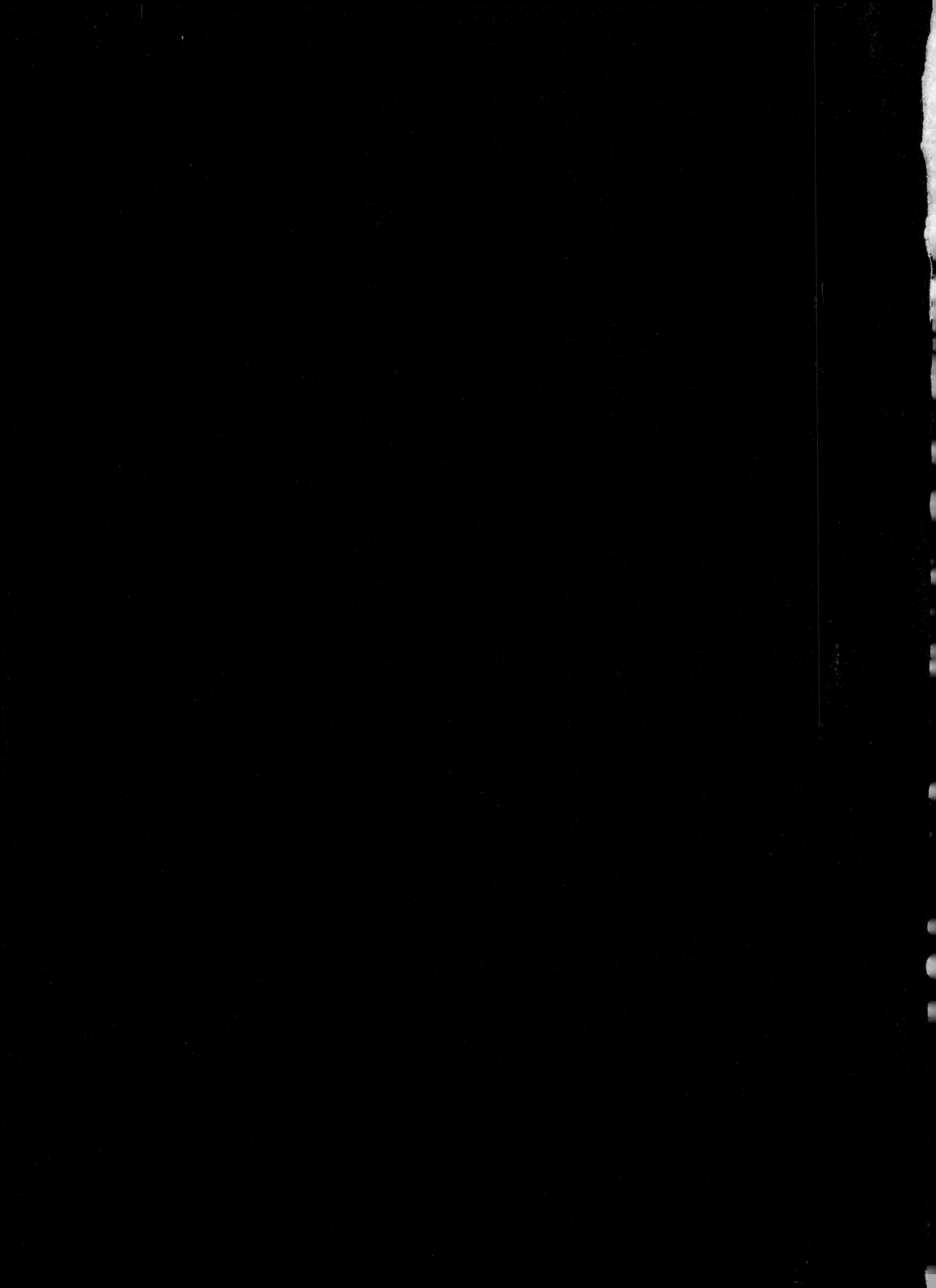

반지의 제왕

THE LORD OF THE RINGS

ILLUSTRATED BY THE AUTHOR

Originally published in the English language
by HarperCollins Publishers Ltd, under the title :

The Lord of the Rings Illustrated edition by J.R.R. Tolkien

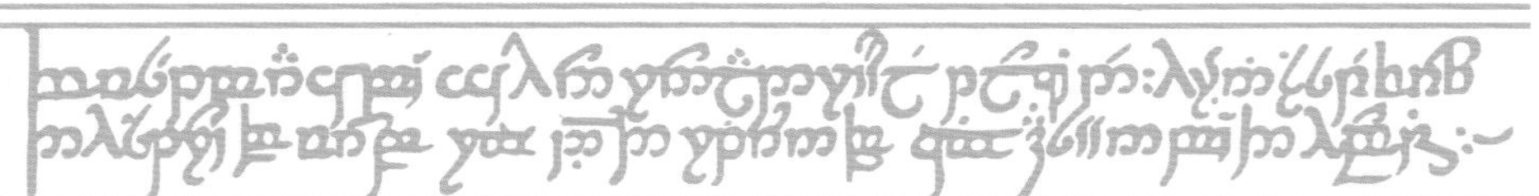

반지의 제왕

THE LORD OF THE RINGS
ILLUSTRATED BY THE AUTHOR

J.R.R. Tolkien.

김보원 김번 이미애 옮김

arte

CONTENTS

PART II 두 개의 탑(The Two Towers)

PART Ⅲ 왕의 귀환(The Return of the King)

BOOK FIVE

BOOK SIX

APPENDIX
반지의 제왕: 해설

ILLUSTRATIONS

Ettenmoors
Nenuial
(Lake Evendim)
Annúminas
Fornost
Weather Hills
Midgewater
Weathertop
(Amon Sûl)
Chetwood
Bree
Old Forest
Hobbiton
White Downs
Far Downs
THE SHIRE
Brandywine Bridge
Barrow Downs
East-West Road
South Downs
Greenway
Last Bridge
Mitheithel
(Hoarwell)
Trollshaws
Rivendell
Ford
Bruinen
(Loudwater)
High Pass
Carrock
Old Ford
Old Forest Road
Forest River
Sir Ninglor
(Gladden River)
Loeg Ningloron
(Gladden Fields)
Misty Mountains
Eregion
(Hollin)
Moria Gate
Dimrill Dale
Celebrant
Nimrodel
LÓRIEN
Dol Guldur
Anduin
(The Great River)
Field of Celebrant
Limlight
North Undeep
South Undeep
The Wold
Sarn Ford
Baranduin
(Brandywine)
MINHIRIATH
Tharbad
Nîn-in-Eilph
(Swanfleet)
Glanduin
Gwathló (Greyflood)
Lond Daer
ENEDWAITH
North-South Road
Dunland
Isengard
FANGORN
ROHAN
East Emnet
West Emnet
Onodló (Entwash)
Fords of Isen
Angren (Isen)
Adorn
Westfold
Helm's Deep
Edoras
Snowbourn
Eastfold
Falls of Rauros
EMYN MUIL
Nindalf
Cair Andros
Mering Stream
Anórien
ERED NIMRAIS
Erech
Lamedon
Druwaith Iaur
Pinnath Gelin
Lefnui
Morthond
Anfalas (Langstrand)
Edhellond
Ciril
Ringló
Gilrain
Celos
Sirith
Lossarnach
Andrast
Ras Morthil
Dol Amroth
Dor-en-Ernil
Belfalas
Serni
Lebennin
Pelargir
Tolfalas
Ethir Anduin
South Gondor
(now a debatable and desert land)
GONDOR

이 책에 수록된 일러스트에 관하여[1]

J.R.R. 톨킨은 취미로 색칠하고 그리기를 좋아했고, 종종 자신의 저작과 연관하여 연필, 잉크, 그림물감 및 색연필로 재능을 발휘했다. 『호빗』의 경우만 보아도 완성된 원고에는 여러 장의 일러스트와 지도들이 담겨 있었다. 톨킨이 본래 구상했던 계획은 일련의 지도들만 싣는 것이었지만, 도중에 그는 생각을 바꾸고 조지 앨런 앤드 언윈(George Allen & Unwin) 출판사에 완성된 그림들을 보내면서 이렇게 덧붙였다. '비록 썩 뛰어나지는 않고 또 기술적으로 적합하지 않을 수 있지만 어쨌든 이것들이 포함되면 책이 더 나아질 것'이라고 말이다. 출판사는 지도 외에는 일러스트 경비를 전혀 책정하지 않았음에도 불구하고, 톨킨의 일러스트들이 매력적이라고 여긴 터라 결국 이들을 포함시키지 않을 수 없었다(이런저런 방식으로 경비를 절약하면서). 1937년 9월 『호빗』이 처음 출간된 이후 독자들은 톨킨의 일러스트들이 본문을 보완해줄 뿐만 아니라 시각적으로도 독자들을 저자의 세계관 속으로 더 깊숙이 이끌어 준다는 생각을 하게 되었는데, 당시 출판사에서도 비슷한 생각을 떠올렸을 것이다.

『호빗』 초판의 평자들 가운데 톨킨의 일러스트를 언급한 이들은 대다수가 칭찬하는 쪽이었다. 그의 일러스트 수준을 두고 언어구사 수준에 미치지 못한다고 생각한 사람은 소수에 불과했다. 이런 생각의 가장 두드러진 예가 리처드 휴즈의 《New Statesman and Nation》(1937.12.4.)에 실린 글로, 그는 '저자가 직접 그린 일러스트들은 그의 문학적 재능과 상상력에 상당할 만한 수준을 보여주지 못하고 있다.'고 썼다. 이 서평이 실린 지 꼭 2주 후 톨킨은 조지 앨런 앤드 언윈 출판사 사장 스탠리 언윈에게 편지를 보냈다. 그리고 '일러스트에 대한 리처드 휴즈의 평가에 다소 기가 꺾였노라고, 내가 그의 평가에 전적으로 동의하기에 더욱더 그랬노라고' 실토했다. 톨킨으로서는 이따금 자신의 일러스트를 조악하고 결함이 많다고 여기고, 자신의 작품을 호되게 비판할 수도 있었을 것이다. 사실 그의 그림 대부분은 자기 자신이나 자식들, 또는 한정된 범위의 친구들에게만 보이려고 만든 사사로운 소일거리였다. 그랬던 만큼, 비록 출판사가 톨킨에게 일러스트의 우수성을 납득시키려 하고, 독자들이 그것을 애정 어린 마음으로 받아들였다 하더라도, 대중의 눈앞에 자신의 일러스트를 내놓는다는 사실 자체가 톨킨에게는 새롭지만 꺼림칙한 경험이었을 것이다. 어쨌든 그는 색칠하고 그리기를 계속해 나갔는데 『반지의 제왕』을 쓰게 되었을 때 이 기량은 다시 한몫을 했다.

1 이 글은 『The Art of the Lord of the Rings by J.R.R. Tolkien(J.R.R. 톨킨의 반지의 제왕 속 예술)』의 서문에서 발췌된 것이다.

『반지의 제왕』의 집필 과정은 복잡다단하고 종종 험난한 것이었다. 결코 그의 상상력에서 무르익은 채 저절로 솟아난 것이 아니었다. 그는 그 진척 과정을 발명하는 만큼이나 '발견'해 나가는 것으로, 그 이야기의 진실이 충만한 시간 속에서 저절로 드러나는 과정으로 기술해 나갔다. 그의 말처럼 '숙고를 거치지 않은 낱말이 단 하나도 없는 가운데 이야기를 해나가는' 속에서 자라난 것이다. 하지만 그 낱말들의 배면(背面)에는 톨킨의 마음속 그림들이 있었고, 그중 일부가 지도, 설계도 및 풍경이나 건축을 그린 그림들로 표현되었다. 크리스토퍼 톨킨은 『The History of Middle-earth(가운데땅의 역사서)』에서 이들 중 일부를 재생하고, 가끔은 명료성을 위해 다시 그리기도 하면서, 그것들과 『반지의 제왕』의 발달 관계를 기술했다. 우리는 『J.R.R. Tolkien: Artist and Illustrator(톨킨의 그림들)』에서 『반지의 제왕』 일러스트를 달리 선별해 포함시켰고—그 수는 매우 한정되며 채색된 것은 일부에 불과한—우리가 발견할 수 있었던 한 그것의 전모를 『The Art of the Lord of the Rings by J.R.R. Tolkien(J.R.R. 톨킨의 반지의 제왕 속 예술)』에서 보여주고자 했다.

본서에 실린 일러스트는 대부분이 출판을 염두에 두고 만들어진 그림들이 아니었다. 앨런 앤드 언윈 출판사가 일러스트가 들어간 『반지의 제왕』을 제안했던 것 같지도 않다. 『호빗』의 출판사에 자신이 그린 일러스트를 포함시킬 것을 설득한 전력이 있던 만큼, 톨킨 스스로 일러스트를 그려야 한다고(비록 착잡한 상념이 들기는 했지만) 생각했을 수도 있다. 그가 그런 생각을 했던 것만큼은 분명하다. 톨킨은 1939년 2월 찰스 퍼스에게 보낸 편지에서 그 문제를 앞질러 거론했는데, 예견하기를(꽤 빗나간 것이긴 하지만), "어쩌면 내년 6월까지는 『반지의 제왕』 원고를 완성할 수 있을 것 같지만, 일러스트를 그릴 시간이나 기운은 없을 듯하네. 도무지 그릴 수가 없는 데다, 그것에 대한 설익은 영감들마저 내게서 아예 달아나버린 것만 같군. 지도 하나가 (이건 꼭 필요하네) 내가 할 수 있는 전부일 것 같네."라고 말한다. 비록 『호빗』의 일러스트를 스스로 그리긴 했어도 후속작의 일러스트를 자신이 어쭙잖게 그릴 수는 없을 것이라고, 톨킨이 친구인 릴러와 패트릭 커크 부부에게 말한 것으로 보아, 1945년 1월까지는 계속 같은 생각이었을 것이다.

톨킨이 일러스트레이터로서의 자기 재능에 확신을 갖지 못했을 수도 있다. 전문 일러스트레이터 '행세'를 하기가 꺼려진다고 앨런 앤드 언윈 출판사에 말한 적도 있었다. 그러던 그가 마침내 자신의 저작을 보완하는 스타일과 상상력을 지닌 전문 일러스트레이터로 만난 사람이 바로 폴린 베인즈(Pauline Baynes)였다. 『Farmer Giles of Ham(햄의 농부 가일스)』가 베인즈의 '장식적 그림'과 함께 선보인 지 2개월 후인 1940년 12월 말경, 톨킨은 그에게 곧 제작에 들어갈 것으로 예상하는 신화 혹은 전설에 관한 두 권의 큰 책(『반지의 제왕』과 『실마릴리온』—편집자 주)을 위해 일러스트나 장식—각 장두(章頭)에 꽃장식이나 작은 가장자리 그림들을 넣어 꾸민 것—을 그려줄 수 있겠냐고 물었다. 『반지의 제왕』 타자 원고를 완성한 톨킨은 그것이 '실마릴리온'(여러 면에서 『반지의 제왕』의 전편(前篇)에 해당하는) 이야기와 함께 출간되어야 한다고 생각했지만, 그러한 사정을 소상하게 설명하지는 않았다. 그러나 『반지의 제왕』은 유달리 길었고 아직 미완 상태였던 '실마릴리온' 또한 마찬가지였다. 톨킨의 생각으로는 이 둘은 분리될 수도, 그렇다고 하나로 압축하여 다시 쓸 수도 없었다. 거대한 영웅담을 출판하겠다는 희망으로 출간 의사를 타진했지만, 전쟁 직후라 책 제작비가 이전보다 세 배 이상 치솟은 상황에서 앨런 앤드 언윈 출판사는 두 권의 책 모두를 동시 발행하는 데 동의하지 않았다. 콜린즈 출판사 또한 비슷한 우려를 표하며 작품의 축소를 요구했다. 그러자 1952년, 톨킨은 입장을 바꾸어('뭐든 아예 없는 것보다는 조금이라도 있는 게 낫다!') 『반지의 제왕』 하나만 출간하는 조건으로 앨런 앤드 언윈 출판사와 다시 접촉했다. 『호빗』 출간에 도움을 주었던 레이너 언윈(스탠리 언윈 사장의 아들)을 통해 출판을 위한 논의가 본격적으로 시작되었다.

앨런 앤드 언윈 출판사는 『반지의 제왕』을 비범한 작품으로 여겨 기꺼이 출판하려고 했지만, 작품이 너무 길어 본문만 인쇄하는 데도 재정적 압박이 상당했다. 그러다 보니 지도, 명각, 문자표, 책 커버 디자인 같은 필수적인 꾸밈새를 훌쩍 넘어서는 예산을 책 제작에 할당할 수 없었다. 이런 사정으로 폴린 베인즈는 톨킨으로부터 부탁받은 일러스트를 제공할 용의가 충분했음에도 불구하고 작업에 참여하지 못했고 톨킨의 그림들만이 수록될 수 있었다.

본서에 수록된 그림들 대부분은 톨킨이 내용을 구체화해 가는 과정에서 글을 보조할 목적으로 만든 것이다. 어떤 것들은 원고의 여백 공간에 연필이나 잉크로 아주 작게 서둘러 그린 스케치에 불과하지만, 어떤 것들은 완성도가 높고 채색도 곁들여졌다. 특히 후자에 속하는 것들로 『반지의 제왕』의 대규모 전투가 펼쳐진 헬름협곡과 나팔산성, 아이센가드의 사루만의 탑 오르상크의 전경, 곤도르의 요새이자 도시 미나스 티리스의 그림들이 있다.

일부 그림들은 톨킨이 오로지 재미 삼아 그린 것으로 보이는데, 버들강 부근 버드나무영감의 초상화, 봄철 로슬로리엔의 그림 및 멀리 운명의 산이 보이는 바랏두르의 전경 같은 것들이 그러하다. 이런 것들은 글을 보조하려는 목적보다, 이미 썼거나 구상했던 혹은 '모리아의 문'처럼 앞으로 쓰게 될 대목들에 대한 자발적인 시각적 표현이었던 것 같다. 이들은 여러 책과 달력 등을 통해 『반지의 제왕』 그림들 가운데 독자들에게 많이 알려져 있긴 하지만 출판된 이야기에 잘 부합하는 것은 아니다.

톨킨은 또한 『반지의 제왕』에 포함시킬 지도들에 더해 몇 개의 일러스트를 그렸다. 위에서 언급한 대로 길고 긴 본문만으로도 이미 막대한 인쇄 비용을 감당해야 했던 터라 초판에서는 일부 이미지만이 수록될 수 있었다. 이 범주에 드는 것으로는 톨킨이 문자와 철자에 관해 설명한 부록 E의 텡과르와 키르스의 도표들뿐만 아니라 속표지를 위한 명각, 절대반지에 새겨진 '불의 문자들', 모리아 문들의 의장(意匠) 및 발린의 무덤 위 룬 문자로 된 명각이 있다.

마지막으로 톨킨이 출판을 위해 만든 많은 의장들이 있다. 이들은 『반지의 제왕』의 어떤 판에도 한동안 수록되지 못했고, 오랜 시간이 지나서야 독자들에게 선보일 수 있었다. 이 부류에 속하는 가장 유명한 것이 모리아에서 발견된 『마자르불의 책』 몇 페이지의 '복사본'으로, 톨킨이 무척이나 애써 만들고 책에 필수적이라고 생각했지만 인쇄하기에는 너무나 비용이 많이 들었던 것이다. 그리고 톨킨이 『반지의 제왕』을 위해 썼지만 궁극적으로는 실리지 못한 발문(Epilogue)에 관련된 '왕의 편지'의 판본들이 있다.

이번 일러스트 특별판본을 통해 독자들은 제3시대 말 가운데땅에 대한 J.R.R. 톨킨의 비전—말과 그림 양면에서 부각되는—을 새롭게 음미할 수 있을 것이다. 이를 통해 마침내 저자의 마음속에 간직되었던 본래의 이야기를 향유하게 되기 바란다.

웨인 G. 해먼드와 크리스티나 스컬

저자 서문

이 이야기는 이야기를 하는 도중에 점점 자라나서 마침내 반지대전쟁의 역사가 되었고, 그 이전 먼 옛날의 역사에 대해서도 적지 않게 들여다볼 수 있게 해 주었다. 이야기가 시작된 것은 1937년 『호빗』의 집필이 막 끝나고 출판을 앞둔 시점이었다. 하지만 나는 이 후편의 작업을 계속 이어 나가지 않았다. 그 전에 우선 이전 몇 년 동안 구체화시킨 상고대의 신화와 전설을 완성하여 정리하고 싶었기 때문이다. 내가 이 작업을 하고 싶었던 것은 개인적인 취향 때문이었을 뿐, 애당초 다른 사람들이 이 작업에 흥미를 느낄 것이라는 희망은 거의 품지 않았다. 무엇보다도 이 작업은 일차적으로 언어학적인 데서 착상이 이루어졌고, 요정어를 위해 필요한 '역사적' 배경을 마련하기 위해 시작했기 때문이다.

충고와 의견을 기대했던 사람들이 '거의'는커녕 '전혀' 흥미를 보이지 않았을 때, 나는 호빗들과 그들의 모험에 관해 더 많은 것을 알고 싶어 하는 독자들의 요청에 고무되어 후편으로 되돌아갔다. 하지만 이야기는 어쩔 수 없이 더 먼 옛날의 세계로 끌려갔고, 사실상 그 시대의 시작과 중간을 이야기하기 전에 벌써 그 종말과 사라짐에 대한 설명이 되고 말았다. 작업은 『호빗』 집필 중에 시작되었는데, 『호빗』에는 이미 엘론드와 곤돌린, 높은요정, 오르크와 같은 더 먼 옛날의 문제에 대한 몇몇 언급들이 있었다. 물론 표면에는 드러나지 않는 더 높고, 더 깊고, 더 어두운 존재들, 곧 두린과 모리아, 간달프, 강령술사, 반지와 같은 것들에 대한 암시가 뜻하지 않게 나타났던 것은 말할 필요도 없다. 이와 같은 암시의 의미와, 그것과 고대 역사의 관계에 대한 발견을 통해 제3시대와 그 시대의 절정인 반지전쟁이 모습을 드러냈다.

호빗들에 대해 더 많은 것을 원했던 사람들은 결국 그것을 얻게 되지만 오랫동안 기다려야만 했다. 왜냐하면 『반지의 제왕』의 집필은 1936년에서 1949년 사이에 간헐적으로 이루어졌기 때문이다. 이 시기에 내게는 게을리할 수 없는 많은 과제가 있었고, 또 학습자로서, 선생으로서 종종 다른 관심사에 몰두할 때가 많았던 까닭이다. 또한 1939년 전쟁의 발발(히틀러가 집권한 독일이 유럽에서 팽창하면서 시작되는 제2차 세계대전— 편집자 주)로 지체하는 시간은 더 길어졌고, 그해 말쯤에 나는 이 책의 BOOK ONE도 채 끝맺지 못하고 있었다. 이후 다섯 해 동안의 암흑기에도 불구하고 나는 이야기를 이제 완전히 버려 둘 수 없다는 것을 깨달았다. 그래서 주로 밤에 꾸준히 작업을 계속하여 드디어 모리아의 발린 무덤 옆에 서게 되었다. 여기서 나는 한참 동안 걸음을 멈추었고, 거의 1년이 지난 뒤에 작업을 재개하여 1941년에는 로슬로리엔과 안두인대하에 이르렀다. 다음 해에는 이 책 BOOK THREE에 들어 있는 내용의 초고를 썼고, BOOK FIVE의 1장과 3장을 시작했다. 그리고 아노리엔에 봉화가 타오르고 세오덴이 검산계곡에 왔을 때 나는 발을 멈추었다. 예지력은 사라졌고, 생각할 수 있는 시간이 없었다.

나 자신의 의무로 수행해야 할, 아니 적어도 보고는 해야 할 전쟁의 어설픈 마무리와 혼란을 내버려 두고 모르도르를 향한 프로도의 여행에 덤벼들었던 것은 1944년이었다. 나중에 BOOK FOUR에 들어가게 되는 장들을 쓴 다음, 당시 공군으로 남아프리카에 머무르고 있던 아들 크리스토퍼에게 순차적으로 보냈다. 그럼에도 이야기가 현재의 결말까지 이르는 데는 다시 5년이 더 걸렸다. 이 시기에 나는 집과 학교를 옮겼는데, 그 시절은 약간은 덜 암울했으나 여전히 어려운 시기였다. 그렇게 해서 마침내 '결말'에 도달했지만, 작품 전체를 수정해야만 했다. 사실상 뒤에서부터 거의 새로 쓰다시피 했다. 나는 직접 타자로 치고 또 쳤다. 열 손가락을 쓰는 전문 타자수에게 맡기는 비용을 내 경제력으로는 감당하기 힘들었다.

마침내 『반지의 제왕』이 출판되어 많은 사람들이 읽었다. 작품의 동기와 의미에 관해 독자들로부터 많은 의견이나 추측을 받기도 했는데, 이에 관련하여 여기서 한 마디 하고자 한다. 일차적인 동기는 정말로 긴 이야기를 써 보고 싶은 이야기꾼으로서의 욕망이었다. 읽는 이의 관심을 끌어, 그들을 즐겁게 하고, 기쁘게 하고, 때로는 흥분시키기도 하고 또 깊은 감동까지 줄 수 있는 그런 이야기를 쓰고 싶었다. 무엇이 재미있고 또 감동적인지를 판단하기 위해 내가 지침으로 삼은 것은 오로지 나 자신의 감각뿐이었고, 그 지침은 종종 많은 이들에게 틀렸다는 판정을 받았다. 책을 읽었거나 혹은 살펴본 몇몇 사람들은 이야기가 따분하고, 우스꽝스럽고, 한심하다고 평했고, 나로서는 이에 이의를 제기할 이유가 없다. 왜냐하면 나도 그들의 작품이나 그들이 선호하는 유형에 대해 비슷한 견해를 가지고 있기 때문이다. 하지만 내 이야기를 좋아하는 많은 이들의 입장에서 보아도 만족스럽지 못한 곳들이 적지 않다. 장편소설에서는 모든 사람들을 모든 점에서 만족시킨다는 것은 어쩌면 불가능한 일이며, 같은 맥락에서 모든 사람을 실망시키는 것 또한 불가능한 일이다. 내가 받은 편지 내용으로 보아 어떤 이들이 결점으로 꼽은 대목이나 장이 또 다른 이들에게는 특별히 호평을 받는 경우를 보았기 때문이다. 그들 중에서도 가장 비판적인 독자인 나 자신도 지금 와서는 크고 작은 부족함들을 발견했지만, 다행히 책의 서평을 쓰거나 아니면 책을 다시 써야 할 의무가 없기 때문에 다른 이들이 지적한 한 가지 사항만을 제외하고는 모른 척 넘어갈 작정이다. 그것은 책의 길이가 너무 짧다는 점이다.

무슨 심층적인 의미나 '메시지'의 존재와 관련해 말하자면, 작가의 의도에는 그런 것이 전혀 없었다. 이 작품은 알레고리적인 것도 아니고 시사적인 것도 아니다. 이야기가 자라나면서 (과거 속으로) 뿌리를 내리고 예상치 못한 가지를 치지만, 핵심적인 주제는 '반지'를 필연적으로 이 작품과 『호빗』 사이의 연결고리로 선택하면서 처음부터 결정되어 있었다. 핵심적인 장인 '과거의 그림자'는 가장 일찍 완성된 부분 중 하나다. 이 장은 1939년의 전조(前兆)가 피할 수 없는 재난의 징조가 되기 오래전에 쓰였고, 설사 그 재난을 피했다 하더라도 이야기는 필연적으로 거기서부터 같은 길을 따라 전개되었을 것이다. 이야기의 소재는 오래전부터 마음속에 있던 것이고, 어떤 경우는 이미 집필이 끝났으며, 1939년에 시작된 전쟁과 그 이후의 사태로 인해 작품에서 수정된 대목은 거의 없었다.

현실의 전쟁은 전설 속에 진행되고 있던 전쟁이나 그 결말과는 닮은 데가 없었다. 만약 그것이 전설의 전개에 암시를 주고 지침을 제시했다면, 반지는 분명히 탈취되어 사우론에 맞서 사용되었을 것이다. 사우론도 멸망당하지 않고 포로가 되었을 것이며, 바랏두르도 파괴되지 않고 점령당했을 것이다. 반지를 차지하는 데 실패한 사루만은 당대의 혼란과 배신 속에 모르도르에서 자신의 반지학 연구에서 빠져 있던 연결고리를 발견했을 것이며, 자칭 가운데땅의 지배자에 도전할 수 있는 자신의 위대한 반지를 곧 만들었을 것이다. 전쟁의 와중에 양측은 모두 호빗들을 증오와 멸시로 대했을 것이며, 호빗들은 노예로도 오래 살아남지 못했을 것이다.

알레고리나 시사적 언급을 좋아하는 이들의 취향이나 생각에 따라 다른 식의 각색도 가능할 것이다. 하지만 나는 어떤 방식이든 알레고리는 정말로 싫어하며, 나이가 들어 그것의 존재를 간파할 수 있을 만큼 조심스러워진 뒤로는 항상 그래 왔다. 나는 독자들의 사고와 경험에 대해 다양한 적용 가능성을 지닌 역사를 (그것이 사실이든 허구이든) 더 좋아한다. 많은 사람들은 '적용 가능성'과 '알레고리'를 혼동한다. 전자는 독자의 자유에 근거하고 있지만, 후자는 작가의 의도적인 지배에서 비롯되는 것이다.

작가는 물론 자신의 경험에서 전적으로 자유로울 수는 없지만, 이야기의 맹아가 경험이라는 토양을 활용하는 방법은 엄청나게 복합적이고, 또 그 과정을 밝히고자 하는 시도는 기껏해야 부적절하고 애매모호한 증거로부터의 추측에 불과하다. 작가와 비평가의 생애가 서로 겹칠 때 두 사람이 공유하는 사고의 흐름이나 당대의 사건들이 당연히 가장 강력한 영향력이 될 것이라고 가정하는 것도, 겉보기에는 그럴듯하겠지만 이 또한 잘못이다. 사실 전쟁의 억압을 충분히 느끼기 위해서는 전쟁의 그림자 속으로 직접 들어가 보아야 한다. 젊은 시절에 1914년을 만났다는 것(제1차 세계대전이 시작된 해 — 편집자 주)이 1939년과 그 후의 몇 년을 겪는 것 못지않게 끔찍한 경험이라는 사실은 세월이 흐르면서 이젠 종종 망각된다. 1918년경, 나의 친한 친구들은 하나를 빼고 모두 죽고 없었다. (톨킨과 그의 친구들은 제1차 세계대전에 참전하여 대부분 프랑스 솜므 전쟁터의 대규모 참호전에서 전사했다. 톨킨 또한 1916년 말에 '참호열'에 걸려 영국으로 호송된 뒤 종전을 맞았다.—편집자 주) 아니 조금 덜 슬픈 예를 들자면, '샤이어 전투'가 내가 이야기를 끝맺고 있던 시점의 영국 상황을 반영한다고 생각하는 이들이 있었다. 그건 그렇지 않다. 이 장은 작품에서 성장해 온 사루만이란 인물에 의해 마지막에 수정되긴 했지만 처음부터 예상했던 필수적인 플롯의 일부로, 분명히 말하지만 아무런 알레고리적 의미나 당대의 정치 상황에 대한 암시는 담고 있지 않았다. 이 장은 사실 (경제 상황이 전혀 다르기 때문에) 불분명하고 또 훨씬 먼 옛날의 경험이긴 하지만 어느 정도는 경험에 근거하고 있다. 내가 어린 시절을 보낸 나라는 내가 열 살이 되기 전에 형편없이 파괴되고 있었다. 자동차는 거의 찾아보기 힘들었고(나는 한 대도 본 적이 없다), 겨우 교외에 철도를 건설하고 있던 시절이었다. 최근 나는 어느 신문에서 한때 번창하던 물방앗간과 그 옆의 연못이 퇴락한 마지막 모습이 담긴 사진을 보았다. 오래전에 내게 그토록 소중한 것들이었다. 나는 젊은 방앗간지기의 모습이 영 마음에 들지 않았다. 하지만 방앗간 노인인 그의 부친은 검은 수염을 기르고 있었고, 그의 이름은 까끌이는 아니었다.

『반지의 제왕』이 새로운 판으로 출간되면서 내용을 수정할 수 있는 기회도 생겼다. 본문에 여전히 남아 있던 많은 오류와 불일치는 수정되었고, 나는 주의 깊은 독자들이 제기한 몇 가지 문제에 대해 정보를 제공하고자 했다. 나는 그들의 언급과 질문을 모두 살펴보았는데, 혹시 그냥 지나친 것이 있다면 그것은 내가 기록을 잘 정리하지 못했기 때문일 것이다. 추가로 해설을 달아야만 답할 수 있는 질문들이 많았는데, 사실 초판에 싣지 못했던 많은 자료들, 특히 좀 더 상세한 언어학적 정보가 담겨 있는 여분의 책을 한 권 만들어야 할지도 모른다. 한편 이 개정판에는 서문과 함께 서장의 추가 항목, 몇 가지 주석, 그리고 인명과 지명 색인이 포함되어 있다. 이 색인은 원래 항목 선정은 완벽했지만, 부피를 줄여야 하는 현재 상황 때문에 참조 사항을 완벽하게 낼 수가 없었다. N. 스미스 부인이 나를 위해 준비해 준 자료를 충분히 활용하여 완벽한 색인을 만드는 데는 추가로 책이 한 권 더 필요할 것이다.

1966년
J.R.R. 톨킨

Three rings for the Elven-Kings under the sky,
Seven for the Dwarf-lords in their halls of stone,
Nine for Mortal Men doomed to die,
One for the Dark Lord on his dark throne
In the Land of Mordor where the Shadows lie.

One Ring to rule them all, one Ring to find them,
One Ring to bring them all, and in the darkness bind them
In the Land of Mordor where the Shadows lie.

반지의 시(The Ring Verse)

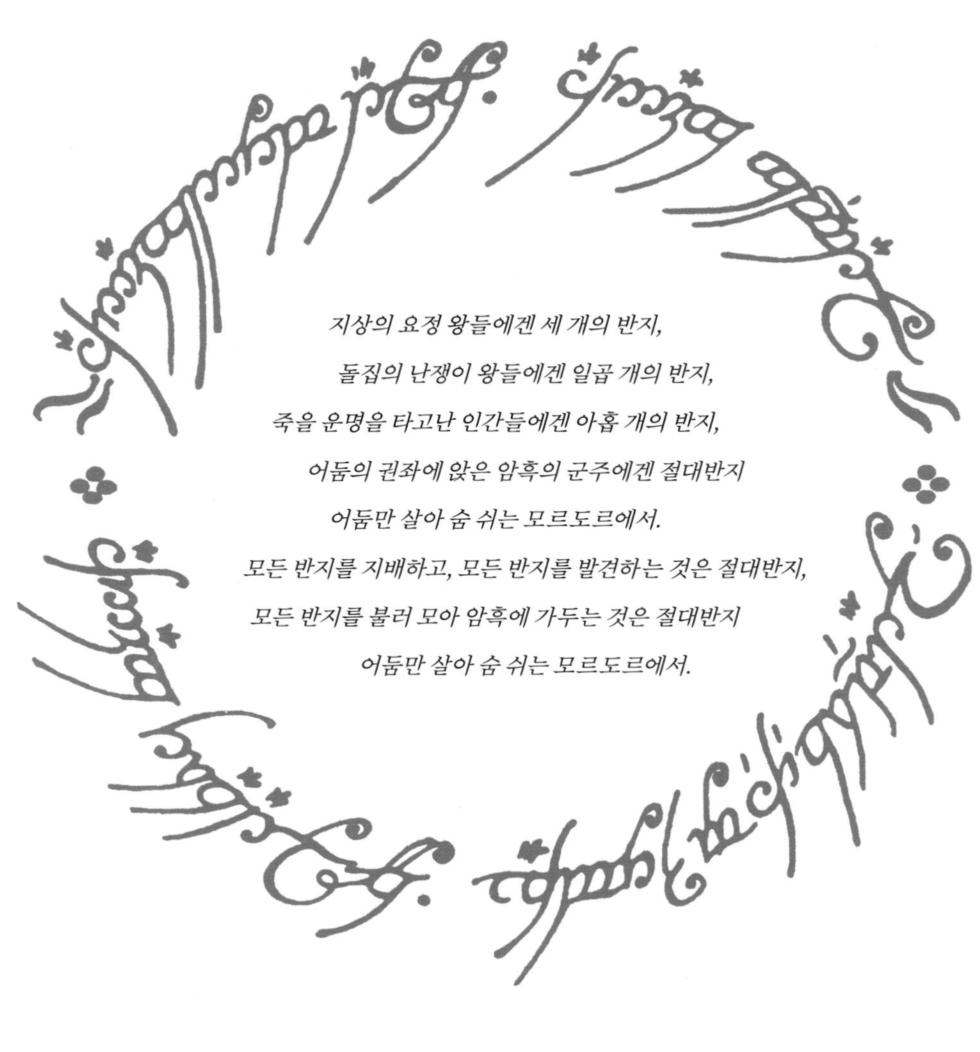

지상의 요정 왕들에겐 세 개의 반지,
돌집의 난쟁이 왕들에겐 일곱 개의 반지,
죽을 운명을 타고난 인간들에겐 아홉 개의 반지,
어둠의 권좌에 앉은 암흑의 군주에겐 절대반지
어둠만 살아 숨 쉬는 모르도르에서.
모든 반지를 지배하고, 모든 반지를 발견하는 것은 절대반지,
모든 반지를 불러 모아 암흑에 가두는 것은 절대반지
어둠만 살아 숨 쉬는 모르도르에서.

프롤로그

1. 호빗에 대하여

이 책은 주로 호빗에 관한 것으로, 책장을 넘기다 보면 독자는 그들의 성격에 대해서는 많이, 그리고 역사에 대해서는 조금 알게 될 것이다. 또 『서끝말의 붉은책』에서 발췌하여 『호빗』이라는 제목으로 이미 출간된 책에서도 더 많은 정보를 얻을 수 있다. 그 이야기는 『붉은책』의 앞부분에서 끌어낸 것으로, 온 세상에 처음으로 널리 알려진 호빗인 빌보가 직접 작성하여 '그곳에서 그리고 다시 돌아와'라는 부제를 달아 두었는데, 그 이야기 속에 그가 동쪽으로 갔다가 돌아온 여행기가 있기 때문이다. 그것은 훗날 모든 호빗들을 이 책에서 이야기하는 당대의 엄청난 사건에 말려들게 만든 모험이었다.

하지만 이 희한한 사람들에 대해 처음부터 좀 더 알고 싶어 하는 이들이 많을지 모르고, 또 위에서 말한 책이 없는 이들도 몇몇 있을 것이다. 그런 독자들을 위해 좀 더 중요한 사항들에 대한 몇 가지 기록을 호빗 전승에서 골라 여기 실었고, 첫째 모험에 대해서도 간략하게 환기해 둔다.

호빗은 눈에 잘 띄지는 않지만 매우 오래된 종족으로, 예전에는 오늘날보다 숫자가 훨씬 많았다. 이는 그들이 평화와 고요와 좋은 경작지를 사랑하기 때문인데, 잘 정돈되고 농사가 잘된 시골이 그들이 즐겨 찾는 곳이다. 그들은 대장간의 풀무나 물방앗간, 베틀보다 복잡한 기계에 대해서는 예나 지금이나 잘 알지도 좋아하지도 않지만, 연장을 다루는 솜씨는 뛰어나다. 심지어 옛날에도 그들은 '큰사람들(그들이 우리를 부르는 이름)'을 보면 대체로 겁을 먹었고 지금도 우리를 만나면 놀라서 피한다. 그래서 만나기 어려워지고 있다. 그들은 청각과 시각이 예민하고, 또 몸이 통통하고 쓸데없이 서두르는 법이 없지만, 그래도 동작은 민첩하고 재치가 넘친다. 그들은 만나고 싶지 않은 덩치 큰 자들이 어슬렁거리며 다가오면 재빨리 소리 없이 사라지는 방법을 일찍부터 터득했고, 그들은 이 기술을 인간들의 눈에는 마법으로 보일 정도로까지 발전시켰다. 하지만 실제로 호빗들이 무슨 마법을 공부한 적은 없다. 다만 사람들 눈을 잘 피하는 것은 오로지 타고난 자질에다 숙련, 그리고 대지와 나누는 깊은 친교로 인해 몸집이 크고 어설픈 종족들은 모방할 수 없을 만큼 전문 기술을 갖춘 덕분이다.

호빗은 몸집이 작은 종족으로, 난쟁이보다 작다. 다시 말해 실제로 키가 난쟁이보다 작지는 않지만 체격이 좀 덜 벌어진 편이다. 그들의 키는 우리 척도로 60센티미터에서 120센티미터 사이로 일정치가 않다. 지금은 거의 90센티미터에도 못 미치는데, 말인즉슨 줄어들어 그렇게 된 것이지 옛날에는 더 컸다고 한다. 『붉은책』에 따르면 이섬브라스 3세의 아들인 툭 집안 반도브라스(황소울음꾼)는 키가 120센티미터여서 말도 탈 수 있었다고 한다. 호빗들의 기록을 모두 들춰 보아도 그를 능가한 인물은 두 명의 유명한 호빗밖에 없는데, 그 흥미로운 이야기가 이 책에서 다뤄진다.

다음에 나올 이야기와 관련이 있는 샤이어의 호빗들로 말하자면, 자신들이 평화와 번영을 누리던 시기에 그들은 유쾌한 족속이었다. 그들은 밝은 빛깔 옷을 입었고, 특히 노란색과 녹색을 좋아했다. 하지만 신발은 거의 신지 않았는데, 그 까닭은 그들의 발이 딱딱하고 질긴 발바닥에다 그들의 머리카락과 유사한 굵고 곱슬곱슬한 털로 뒤덮였기 때문이다. 털은 대체로 갈색이었다. 그래서 그들 사이에 거의 연마하지 않는 유일한 기술이 바로 제화 기술이었다. 반면에 그들은 손가락이 길고 재간이 좋아서 다른 많은 유익하고 보기 좋은 물건을 만들 수 있었다. 그들의 얼굴은 대체로 잘생겼다기보다는 선량한 편이었고, 크고 빛나는 눈에 뺨이 불그레했고, 입은 웃고 먹고 마시기를 즐겼다. 그들은 종종 마음껏 웃고 먹고 마셔 댔으며 거의 언제나 가벼운 농담을 좋아하고 (할 수만 있다면) 하루 여섯 끼 식사를 하기도 했다. 그들은 잔치를 즐기고 손님 접대에 후했으며, 선물도 넉넉하게 주고 또 열심히 받았다.

최근 들어 소원해지긴 했지만 호빗들이 우리의 친척이라는 점은 사실상 명백하다. 그들은 요정들보다, 심지어 난쟁이들보다 훨씬 우리와 가깝다. 옛날부터 그들은 인간들의 언어를 자기네들 방식으로 사용했고, 좋아하는 것과 싫어하는 것도 인간들과 거의 같았다. 그러나 우리들의 관계가 정확히 어떻게 되는지는 더 이상 알 수 없다. 호빗의 기원은 이제는 사라지고 망각된 상고대까지 거슬러 올라간다. 아직까지 그 사라진 시대의 기록이 조금이라도 있는 것은 요정들뿐인데, 이들의 전승도 대부분 자신들의 역사와 관련된 것뿐이라서 그 역사에 인간들은 거의 등장하지 않고 호빗들은 언급조차 되지 않는다. 하지만 사실 다른 종족들이 호빗을 알아보기 이전에 오랫동안 그들이 조용히 가운데땅에 살아왔다는 점은 확실하다. 그리고 결국 세상에 이상한 종족들이 셀 수 없이 가득 차면서, 이 작은사람들의 존재도 미미해진 것 같다. 하지만 빌보의 시대, 그리고 그의 후계자 프로도의 시대가 되자, 그들은 자신들의 의지와는 상관없이 중요하고 또 유명한 존재가 되어 현자와 영웅들로 이루어진 자문단을 불안하게 만들었다.

가운데땅 제3시대인 그 시절은 이제 먼 옛날이고, 대륙의 형태도 그 후 모두 변했다. 하지만 호빗들이 당시에 살던 땅은 그들이 지금도 어슬렁거리며 살고 있는 곳과 틀림없이 같은 곳으로, 구대륙의 서북부이며 바다의 동쪽에 있었다. 빌보 시대의 호빗들은 그들이 처음 살던 고향에 대해 아무것도 알지 못했다. 그들 사이에서는 지식에 대한 사랑이 (족보 지식은 제외하고) 흔한 일은 아니었지만, 그래도 오래된 가문 중에는 자신들이 갖고 있는 서적을 공부하고 또 요정과 난쟁이, 인간 들에게서 먼 옛날과 먼 나라에 대한 기록들을 수집하는 이들도 있었다. 그들 자신의 기록은 샤이어에 정착한 뒤에야 시작되었고, 그들의 가장 오래된 전설도 그들의 방랑 시절보다 이전으로 거슬러 올라가지는 못했다. 그런데도 이 전설을 비롯하여 그들의 독특한 언어와 관습 같은 증거들로 미루어 볼 때, 호빗들이 다른 많은 종족들과 마찬가지로 까마득한 먼 옛날에 서쪽으로 이주해 왔다는 점은 분명하다. 그들의 가장 오래된 이야기들을 들여다보면 그들이 초록큰숲 처마와 안개산맥 사이의 안두인강 상류 골짜기에 거주한 시기가 언뜻 보이는 것 같다. 그들이 왜 나중에 산맥을 넘어 에리아도르로 힘겹고 위험한 이주를 감행했는지는 분명치 않다. 그들 자신의 설명에 따르면 그 땅에 인간들이 늘어났다는 것과 숲에 그늘이 드리워졌다는 사실을 알 수 있는데, 그래서 숲이 어두워지면서 어둠숲이라는 새 이름을 얻었다는 것이었다.

산맥을 넘기 전에 이미 호빗들은 다소 상이한 세 종족으로 나뉘어 있었는데, 털발 혈통과 풍채 혈통, 하얀금발 혈통이 그것이었다. 털발 혈통은 비교적 진한 갈색 피부에 체격과 키가 더 작았고, 수염도 없고 신발도 신지 않았다. 그들은 손과 발이 오목조목하고 민첩했으며, 산악지대와 산기슭을 더 좋아했다. 풍채 혈통은 체격이 크고 몸무게가 무거웠으며, 손과 발도 더 크고 평지와 강가를 더 좋아했다. 하얀금발 혈통은 피부가 희고 머리색도 밝은 편이었고, 다른 이들보다 키가 더 크고 호리호리했으며, 나무와 숲을 사랑하는 자들이었다.

털발 혈통은 과거에 난쟁이들과 상당한 관계를 맺고 있었고 오랫동안 산기슭의 구릉지대에서 살았다. 그들은 일찍부터 서쪽으로 이동하여 다른 이들이 아직 야생지대에 남아 있는 동안 멀리 바람마루에 이르기까지 에리아도르를 돌아다녔다. 그들은 가장 일반적이고 전형적인 호빗이었고 가장 숫자가 많았다. 그들은 한곳에 정착하려는 성향이 가장 강했고, 굴이나 굴집에 살던 조상의 관습을 가장 오래 간직했다.

풍채 혈통은 안두인대하 강 언덕에 오랫동안 남아 있었고, 인간들에 대한 두려움도 다른 종족에 비해 덜했다. 그들은 털발 혈통을 따라 서쪽으로 왔다가, 남쪽으로 큰물소리강 물길을 따라갔는데, 다시 북쪽으로 움직일 때까지 많은 이들은 사르바드와 던랜드 변경 사이에 오랫동안 머물러 있었다.

하얀금발 혈통은 가장 수가 적었고 북방계의 종족이었다. 그들은 다른 호빗들에 비해 요정들과 더 친하게 지냈고, 손기술보다는 말과 노래에 더 능숙했으며, 예로부터 경작보다는 사냥을 좋아했다. 그들은 깊은골 북쪽의 산맥을 넘어 흰샘강을 따라 내려왔다. 에리아도르에서는 그들에 앞서 도착한 다른 종족들과 곧 함께 어울려 살았지만, 상대적으로 대담하고 모험심이 강한 덕분에 털발이나 풍채 혈통 일족들 중에서 지도자나 우두머리 노릇을 하는 것을 종종 발견할 수 있었다. 심지어 빌보 시절에도 하얀금발 혈통의 강한 기질은 툭 집안이나 노릇골의 수장 같은 명문가에서 여전히 찾아볼 수 있었다.

안개산맥과 룬산맥 사이 에리아도르 서부에서 호빗들은 인간들과 요정들을 모두 만났다. 사실 그곳에는 서쪽나라에서 바다를 건너온 인간들의 왕들, 곧 두네다인 사람들 중 일부가 아직 살고 있었다. 하지만 그들은 급속히 줄어들었고 북왕국의 영토는 점점 더 광범위하게 황무지로 전락하고 있었다. 그래서 새로운 이주자들을 위한 공간의 여력이 있었고, 호빗들은 곧 정착을 시작하여 질서정연한 공동체를 이루었다. 그들의 초기 정착지는 오래전에 사라졌고 빌보의 시대에는 잊힌 지 오래였다. 그래도 초기 정착지 중 하나가 규모는 줄었지만 여전히 중요하게 남아 있었다. 샤이어에서 동쪽으로 60킬로미터쯤 떨어진 곳에 있는 브리와 그 인근의 쳇숲이 그곳이었다.

오래전에 요정들에게서 글쓰기를 배운 두네다인 사람들의 방식을 따라 호빗들이 문자를 익히고 글을 쓰기 시작한 것은 틀림없이 이 초기 시대부터였다. 그러면서 그들은 이전에 쓰던 언어를 잊고 서부어라는 공용어를 사용하게 되는데, 이 언어는 아르노르에서 곤도르에 이르는 왕들의 모든 영토와, 벨팔라스에서 룬에 이르는 해안 지방에 두루 통용되고 있었다. 하지만 그들은 달과 날의 명칭뿐 아니라 예로부터 내려온 방대한 양의 인명까지 포함하여 자신들의 고유한 말을 일부 간직하고 있었다.

이때쯤부터 호빗들이 연도를 세기 시작하면서, 전설이 비로소 역사로 접어든다. 왜냐하면 하얀금발 혈통의 형제 마르초와 블랑코가 브리를 출발한 것이 제3시대 1601년이었기 때문인데, 이들은 포르노스트의 대왕의 허락을 받아 자신들을 따르는 많은 호빗들과 함께 갈색강 바란두인을 건너갔다. (곤도르의 기록에 의하면, 그는 북왕국 20대 국왕인 아르겔레브 2세인데, 왕통은 3백 년 뒤 아르베두이 왕에 이르러 단절된다.) 그들은 북왕국 전성기에 건설된 석궁교(石弓橋)를 건너가 강과 먼구릉 사이의 모든 땅을 거주지로 삼았다. 그들이 요구받은 조건은 대교(석궁교)를 비롯하여 다른 다리와 도로 들을 보수하고, 국왕의 사자들이 빨리 지나갈 수 있게 하며, 왕권을 인정하는 것이 전부였다.

그리하여 샤이어력이 시작되는데, 브랜디와인강(호빗들이 바꾼 이름)을 건넌 해가 샤이어력 1년이 되고, 이후의 모든 날짜는 이때부터 기산하였다. (따라서 요정들과 두네다인 달력의 제3시대 연도는 샤이어력 날짜에 1600을 더하면 된다.)

서쪽으로 온 호빗들은 곧 그들의 새 땅을 사랑하게 되어 그곳에 눌러앉았고, 얼마 지나지 않아 인간과 요정의 역사에서 다시 한번 사라졌다. 여전히 국왕이 있기는 했으나 그들은 명목상으로만 그의 백성이었을 뿐, 실질적으로는 자신들이 뽑은 지도자가 통치했고 바깥세상의 일에는 전혀 관여하지 않았다. 앙마르의 마술사왕과 포르노스트에서 마지막 전투가 벌어졌을 때, 호빗들은 국왕을 돕기 위해 궁수(弓手)를 몇 명 보내는데(혹은 그렇게 주장하는데), 인간들의 이야기에는 아무런 기록이 없다. 그러나 이 전쟁에서 북왕국은 막을 내려 호빗들은 그 땅을 자신들의 영토로 차지했고, 사라진 국왕의 권위를 유지하기 위해 족장들 중에서 '사인(Thain)'을 한 사람 뽑았다. 이곳에서 그들은 대역병(샤이어력 37년) 이후 '긴겨울'의 재앙과 그 이후의 기근에 이르기까지 천 년 동안이나 아무런 전쟁에도 시달리지 않으며 번영했고 인구도 늘었다. 이 대기근(샤이어력 1158~1160년) 당시에 수천 명이 목숨을 잃었지만, 다음 이야기가 벌어질 때쯤에는 먼 옛날 일이 되었고, 호빗들은 다시 풍요에 익숙해졌다. 땅은 비옥하고 넉넉한 곳으로, 그들이 들어가기 전에는 오랫동안 사람이 살지 않은 곳이지만, 그 이전에는 좋은 농경지였기 때문에 국왕도 한때는 많은 농장과 밀밭, 포도원, 숲을 소유했던 곳이었다.

이 땅은 먼구릉에서 브랜디와인다리까지가 190킬로미터의 거리였고, 북쪽 황무지에서 남쪽 늪지대까지는 240킬로미터였다. 호빗들은 이 땅을 샤이어라 칭하고 그들의 지도자 '사인'의 관할하에 두었는데, 샤이어는 질서정연한 지역이었다. 이 쾌적한 구석 땅에서 그들은 성실하고 질서 있게 하루하루를 살아가면서 어둠의 무리가 나돌아 다니는 바깥세상에 대해서는 점점 더 신경을 쓰지 않게 되었고, 결국은 평화와 풍요가 가운데땅에서는 당연한 일이며 모든 양식 있는 자들의 권리라고까지 여기게 되었다. 그들은 샤이어의 오랜 평화를 가능하게 해 준 보호자들의 존재와 그들의 노고에 조금이나마 알고 있던 사실도 잊어버리고 무시했다. 사실상 그들은 보호받고 있었지만, 이를 잊어버리고 말았다.

호빗은 어느 종족이라도 호전적이었던 때가 한 번도 없고, 자기네들끼리도 싸우는 법이 없었다. 물론 먼 옛날에는 험한 세상에서 자신을 지키기 위해 싸워야만 했던 때가 종종 있었으나, 빌보의 시대에 그것은 까마득한 옛날이야기였다. 이 이야기가 시작되기 전의 마지막 전투이자 사실상 샤이어 경계 내에서 벌어진 유일한 싸움은 툭 집안 반도브라스가 오르크들의 침략을 물리친 샤이어력 1147년의 푸른벌판 전투였는데, 이마저도 기억에서 사라지고 있을 때였다. 기후도 더 온화해져서 옛날 눈 내리는 추운 겨울이면 먹이를 찾아 북부에서 내려오던 늑대들도 이제는 할아버지들의 옛날이야기에나 나올 뿐이었다. 그래서 샤이어에는 아직 약간의 무기가 남아 있었지만, 대부분 기념품으로 벽난로 위나 벽에 걸려 있거나, 큰말의 박물관에 수집된 상태였다. 박물관을 매돔관이라고 했는데, 그 이유는 호빗들은 당장 쓸모는 없지만 버리기는 아까운 물건을 모두 매돔이라고 불렀기 때문이다. 그들의 집은 매돔들로 가득한 경우가 많았고, 손에 손을 거친 많은 선물들이 그 대부분을 차지했다.

그런데도 이들은 안락하고 평화로운 중에서도 여전히 신기하리만치 강인했다. 실제 그런 상황이 벌어진다 해도 그들을 협박한다거나 죽인다는 것은 어려운 일이었다. 그들은 지칠 줄 모르고 좋은 음식에 탐닉했던 모양인데, 사실 그 이유는 음식이 없는 상황이 오더라도 견딜 수 있기 위해서였다. 호빗들은 살진 겉모습과는 달리 깊은 슬픔이나 적의 침략, 궂은 날씨도 놀라울 정도로 견뎌 냈다. 그 사실은 그들을 잘 알지 못하는 사람들에게는 커다란 놀라움이었다. 다투기를 싫어하고 또 살아 있는 생물은 장난 삼아 죽이지도 않는 그들이었지만, 궁지에 처하면 담대했고 필요할 때는 무기도 다룰 줄 알았다. 그들은 시력이 좋아 과녁을 잘 볼 수 있었고, 그래서 활 솜씨가 좋았다. 활과 화살뿐만이 아니었다. 그들의 땅을 침범한 짐승들은 아주 잘 알듯, 어떤 호빗이든 돌을 줍기 위해 몸을 숙이면 재빨리 몸을 피하는 게 상책이었다.

모든 호빗은 원래 땅속 굴집에 살았고(혹은 그렇게 믿고 있었는데), 여전히 그런 집을 가장 편안하게 느꼈다. 하지만 세월이 흐르면서 다른 주거 형태를 택하지 않을 수 없었다. 실제로 빌보 시절의 샤이어에서 과거의 관습을 유지하는 이들은 대체로 대단한 부자이거나 지독한 가난뱅이뿐이었다. 가난한 호빗들은 지극히 원시적인 형태의 굴, 곧 창문이 하나뿐이거나 아예 없는, 말 그대로 진짜 굴에서 살았다. 반면에 부유한 이들은 여전히 옛날 방식의 단순한 굴을 좀 더 고급스러운 형태로 만들어 살았다. 하지만 이와 같이 크고 가지가 많은 터널들(그들은 이를 '스미알'이라고 했다)을 짓기에 적합한 부지는 아무 데나 있는 것이 아니었다. 그리하여 평지나 저지대의 호빗들은 인구가 늘어나면서 땅 위에다 집을 짓기 시작했다. 사실 호빗골이나 툭지구, 혹은 샤이어의 중심 도시인 흰구릉의 큰말과 같은 구릉지대나 오래된 촌락에서도 이제는 목재나 벽돌, 석재로 지은 집이 많았다. 특히 방앗간지기나 대장장이, 밧줄장이, 달구지 목수와 같은 부류들이 이런 집을 선호했다. 왜냐하면 들어가 살 굴집이 있는 경우에도 호빗들은 오래전부터 헛간이나 작업장을 짓는 관습이 있었기 때문이다.

농가 건물과 헛간을 짓는 관습은 브랜디와인강 하류의 구렛들 주민들이 시작한 것으로 알려져 있다. 동둘레에 속하는 그 지방 호빗들은 꽤 체격이 크고 다리도 굵었으며, 질척거리는 날에는 난쟁이들의 장화를 신었다. 하지만 이들은 혈통상으로는 넓게 보아 풍채 혈통으로 알려져 있었는데, 사실상 턱에 잔털을 기르는 이들이 많은 데서 입증된 셈이었다. 털발이나 하얀금발 혈통은 수염이라곤 흔적도 없었다. 사실 구렛들 주민들이나 호빗들이 나중에 차지한 강 동쪽의 주민들은 대부분 남쪽 멀리서 샤이어로 올라온 이들이었고, 그래서 이들은 여전히 샤이어 어디서도 찾아볼 수 없는 독특한 이름과 이상한 말을 많이 쓰고 있었다.

다른 많은 기술도 그렇지만 건축 기술도 두네다인 사람들에게서 얻었을 것으로 짐작된다. 하지만 호빗들은 그것을 초창기 인간들의 스승이던 요정들에게서 직접 배웠을 가능성도 있다. 왜냐하면 높은요정들이 아직은 가운데땅을 떠나지 않고 그 당시에도 서쪽 멀리 회색항구와 샤이어 영토 내의 여러 곳에 살았기 때문이다. 서끝말 너머 탑언덕에서는 까마득히 먼 옛날에 세워진 세 개의 요정탑을 여전히 볼 수 있었다. 탑들은 달빛이 비치면 멀리까지 빛을 발했다. 가장 높은 탑이 가장 멀리서 푸른 언덕 위에 외로이 서 있었다. 서둘레의 호빗들은 그 탑 꼭대기에 올라가면 바다를 볼 수도 있다고 했다. 하지만 아직 거기 올라간 호빗이 있다는 얘기는 없었다. 사실 바다를 보았거나 항해한 적이 있는 호빗은 거의 없었고, 돌아와서 그 소식을 전해 준 호빗은 더더욱 없었다. 호빗들은 심지어 강이나 작은 배까지도 깊은 의혹의 눈초리로 지켜보았고, 헤엄을 칠 줄 아는 이들도 많지 않았다. 샤이어 시대가 진행될수록 그들은 요정들과 점점 더 말을 하지 않게 되면서 그들을 두려워했고, 그들과 거래하는 요정들을 불신하게 되었다. 그리하여 그들 사이에서 바다는 공포의 단어이자 죽음의 상징이었고, 그들은 서쪽 언덕을 보지 않으려고 고개를 돌렸다.

건축 기술이 요정에게서 나왔든 인간에게서 나왔든 호빗들은 이를 자기 식으로 활용했다. 그들은 탑을 좋아하지 않았다. 그들의 집은 대개 길쭉하고, 나지막하고, 안락했다. 사실 아주 오래된 집들은 스미알을 흉내 내서 지은 것에 불과하고, 마른 풀이나 짚, 아니면 떼로 지붕을 얹었고, 벽도 다소 불룩하게 만들었다. 하지만 그 단계는 샤이어 초기 시절 이야기이고, 호빗 건축은 난쟁이들에게서 배웠거나 스스로 개발한 도구들로 인해 많이 바뀌고 또 개선되었다. 둥근 창문, 심지어 출입문까지도 둥근 모양을 선호하는 것이 호빗 건축술에 남은 중요한 특징이었다.

샤이어 호빗들의 주택과 굴집은 종종 규모가 크고, 대가족이 살고 있었다. (골목쟁이네 빌보와 프로도는 요정들과의 친교를 비롯하여 다른 많은 점에서도 그랬듯이, 아주 예외적으로 독신으로 살았다.) 큰스미알의 툭 집안이나 강노루 저택의 강노루 집안의 경우처럼 이따금 여러 세대의 친척들이 갈래굴이 많은 조상 전래의 저택 한 곳에서 (비교적) 평화롭게 살았다. 모든 호빗은 어떤 경우에나 씨족 중심적이어서 자신들의 친족 관계를 몹시 중요하게 챙겼다. 그들은 무수한 분기(分岐)가 이루어진 기다랗고 세세한 족보를 사용했다. 호빗들과 상대할 때는 누가 누구와, 어느 정도 친척 관계인지를 기억하는 것이 중요하다. 이 이야기의 배경이 되는 시대에서, 좀 더 유력한 집안의 좀 더 유력한 인물들만 포함하는 족보를 이 책에 그려 넣는 것만도 불가능한 일일 것이다. 『서끝말의 붉은책』 끝에 실린 족보는 그 자체만으로도 작은 책 한 권이 되는데, 호빗 외에는 어느 누구든 무척 따분하게 여길 것이다. 호빗들은 그 족보가 정확하면 무척 좋아했다. 그들은 자신들이 이미 아는 사실들이 한 치의 어긋남도 없이 정확하게 기록된 책을 보고 싶어 했다.

2. 연초에 대하여

옛날의 호빗과 관련하여 반드시 언급하고 넘어가야 할 또 한 가지로, 놀라운 습관이 하나 있다. 그들은 진흙이나 나무로 만든 담뱃대로 풀잎을 태워서 연기를 들이마셨는데, '연초' 또는 그냥 '잎'이라고 하는 이 풀잎은 담배의 일종으로 보인다. 이 독특한 습관을 호빗들은 '기술'이라고 부르기를 좋아했는데, 그 기원은 엄청난 수수께끼로 남아 있다. 이에 대해 그 옛날에 찾아볼 수 있었던 모든 자료를 강노루네 메리아독(훗날의 노릇골의 수장)이 모아 두었는데, 그와 남둘레의 담배가 이후의 역사에서 중요한 역할을 하기 때문에 그가 쓴 『샤이어의 식물지』 서문에서 언급한 것을 인용해 볼 만하다.

이것은 확실하게 우리가 창안했다고 주장할 수 있는 기술이다. 호빗이 언제부터 담배를 피우기 시작했는지는 알 수 없으나, 모든 전설과 가문의 역사에서는 흡연을 당연시한다. 오랜 세월 동안 샤이어 주민들은 냄새가 심한 것부터 좀 더 향기로운 것에 이르기까지 다양한 연초를 피웠다. 하지만 남둘레 지른골의 나팔수 집안 토볼드가 아이센그림 2세 시절인 샤이어력 1070년경에 자신의 정원에서 처음으로 순종(純種) 연초를 재배했다는 사실에 대해서는 모든 기록이 일치한다. 가정에서 재배한 최고의 제품은 여전히 그 지방에서 생산되며, 특히 지른골초, 토비영감, 남쪽별 등이 지금 유명한 제품이다.

토비 영감이 어떻게 그 식물을 입수하게 되었는지는, 죽는 날까지도 그가 말하지 않으려고 했기 때문에 기록이 없다. 그는 초본에 대해서는 아는 것이 많았지만 대단한 여행가는 아니었다. 젊은 시절에 종종 브리에 들른 적이 있다고는 하지만, 그가 샤이어에서 그보다 멀리 벗어난 적이 없다는 점은 분명하다. 따라서 그가 브리에서 이 식물을 알게 되었을 가능성이 높은데, 그곳에는 아무튼 지금도 산 남쪽 기슭에 이 연초가 무성하게 자라고 있다. 브리의 호빗들은 사실상 자신들이 연초를 최초로 피웠다고 주장한다. 물론 그들은 자신들이 '식민지인들'이라고 부르는 샤이어 주민들보다 뭐든지 먼저 했다고 우긴다. 하지만 내 생각에 이 경우는 그들의 주장이 맞는 것 같다. 최근 몇 세기 들어 난쟁이들을 비롯하여 여전히 동부대로를 따라 오가는 순찰자나 마법사, 방랑객 같은 이들 사이에 순종의 연초를 피우는 기술이 브리에서 퍼져 나간 것은 명백한 사실이다. 이 기술의 본산이자 중심지는 브리의 오래된 여관인 '달리는조랑말'로, 이곳은 까마득한 옛날부터 머위네 일가에서 운영했다.

그런데도, 내가 남쪽으로 수차례 여행하면서 관찰한 바로는 이 연초는 우리 지방이 원산이 아니라 안두인강 하류에서 북쪽으로 올라온 것이 분명한데, 원래 바다 건너 서쪽나라 사람들이 들여온 것으로 추정된다. 북부에서는 연초가 야생으로 자라는 법이 없고, 지른골처럼 따뜻하게 둘러쳐진 곳에서만 생장하는데, 곤도르에는 그것이 무성하게 자라, 북부보다 풍성하게 더 넓은 지역을 차지하고 있다. 곤도르 사람들은 이를 '향기로운 갈레나스'라고 부르는데, 오직 꽃의 향기 때문에 이를 높이 평가한다. 틀림없이 연초는 엘렌딜의 도착 시기와 우리 시대 사이의 수세기 동안 거기에서 초록길을 따라 운반되어 왔을 것이다. 하지만 곤도르의 두네다인 사람들조차도 우리 호빗들이 처음으로 이 풀을 담뱃대에 넣어 피웠다는 공은 인정한다. 마법사들조차도 우리보다 앞서 이 생각을 해내지는 못했다. 하지만 내가 아는 마법사는 오래전에 이 기술을 습득하여 자신이 계획하고 있는 다른 모든 일에서와 마찬가지로 이것에도 능통해졌다.

3. 샤이어의 체제에 대하여

샤이어는 앞서 언급했듯 '둘레'라고 불리는 동서남북의 네 지역으로 나뉘었고, 이들은 각각 다시 많은 씨족들의 땅으로 분할되어 있었다. 그런데 이 땅에는 여전히 몇몇 구명문가의 이름들이 붙어 있긴 했지만, 이 이야기가 진행되는 시점에서는 더는 그 이름들이 정확하게 씨족들의 땅에 일치하는 것은 아니었다. 툭 집안은 거의 툭지방에 아직 살고 있었으나 골목쟁이네나 보핀 같은 다른 집안은 그렇지 않았다. 네둘레 외곽으로 동쪽 경계는 노룻골에, 서쪽 경계는 서끝말에 닿아 있었는데, 서끝말은 샤이어력 1452년에 편입되었다.

이 당시의 샤이어에는 '정부'라고 할 만한 것이 아무것도 없었다. 대체로 각 가문들이 각자의 일들을 처리했다. 그들의 시간은 대부분 식량을 재배하고 소비하는 데 사용되었다. 그 밖의 문제에서 그들은 욕심 없이 후한 편이었고, 그러면서도 만족스럽고 절도 있게 생활해서, 사유지와 농장, 작업장 및 소규모 수공업 등은 오랜 세월 아무런 변화가 없는 편이었다.

물론 샤이어 북쪽 멀리 그들이 북성(北城)이라고 부르는 포르노스트의 국왕과 관련된 고래의 전통은 남아 있었다. 하지만 거의 천 년 동안 국왕은 없었고, 왕도인 북성의 옛터에는 잡초만 무성했다. 하지만 호빗들은 미개 종족이나 (트롤같이) 못된 종족들에게는 여전히 그들이 국왕에 대해 알지도 못한다고 책잡았다. 왜냐하면 호빗들은 예부터 자신들의 모든 필수적인 법이 국왕에게서 비롯된다고 생각했기 때문인데, 그래서 대개는 자발적으로 그 법을 준수했다. 그리고 그 '규칙'(이라고 불렀다)이 오래되었고 또 정당하다는 것도 한 이유였다.

툭 집안이 오랫동안 명문가였음은 분명하다. 사인의 직책이 수세기 전에 (노루아재 집안에서) 그들에게 넘어갔고, 그 후로는 툭 집안의 우두머리가 그 직책을 맡았다. 사인은 샤이어 주민 회의의 의

장이었고, 샤이어 군대 소집 시 지휘관이었다. 하지만 주민 회의와 군대 소집은 비상시에나 열렸기 때문에, 그럴 일이 없던 당시는 사인의 직책이 명목상의 직함에 불과했다. 사실 툭 집안은 여전히 특별한 존경을 받았는데, 이는 그들이 수도 많고 또 엄청나게 부유했을 뿐 아니라 각 세대마다 독특한 생활 방식과 모험 기질까지 갖춘 뛰어난 인물들을 배출했기 때문이다. 하지만 이제 모험 기질이란 (부유층 사이에서는) 대체로 찬성한다기보다는 묵인하는 정도였다. 그런데도 이 집안의 우두머리를 '툭'이라 부르고, 필요할 때는 가령 아이센그림 2세처럼 그의 이름에 숫자를 붙이는 관습은 남아 있었다.

이 당시 샤이어의 유일한 진짜 관리는 큰말(혹은 샤이어)의 시장으로, 그는 리세, 곧 한 해의 가운데가 되는 날 흰구릉에서 열리는 자유시장에서 7년마다 선출되었다. 시장으로서 그의 유일한 임무는 빈번하게 열리는 샤이어 축제에서 연회를 주재하는 일이었다. 하지만 우체국장과 제1보안관의 직책 역시 시장의 몫이었기 때문에 그는 우편 행정과 치안 업무도 관장했다. 이 두 가지가 샤이어의 유일한 행정이었지만, 배달부의 숫자가 많아서 그쪽이 더 바쁜 편이었다. 호빗들이 모두 글을 배운 것은 아니지만, 배운 이들은 한나절 거리보다 멀리 떨어진 친구들(및 엄선한 친척들)에게 쉴 새 없이 편지를 썼다.

보안서는 경찰 혹은 그와 가장 비슷한 업무에 대해 그들이 붙인 이름이었다. 보안관들은 물론 제복도 입지 않았고 (그런 것에 대해서는 알지도 못했다) 모자에 깃털 하나만 달고 있었다. 실질적으로 그들은 경찰이라기보다는 가축 관리인에 가까워서 주민들보다 길 잃은 가축에 더 신경을 썼다. 전 샤이어를 통틀어 보안관은 모두 열둘로, 각 둘레에 셋씩 있어서 내부 일을 처리했다. 필요한 경우에 따라 차이는 있지만 다소 체격이 큰 인물들이 채용되어 '접경지대의 순찰'을 맡거나, 크든 작든 외부인이 말썽을 부리지 않게 감시했다.

이 이야기가 시작될 즈음 이른바 '국경 수비대'가 대단히 증강되었다. 낯선 인물들과 종족들이 국경 주변을 배회한다는 보고와 신고가 많았다. 상황이 평소와 달라져 옛날이야기나 전설에서 볼 수 있는 심상치 않은 일이 벌어지고 있다는 첫 징후였다. 이 징후에 주의를 기울이는 이는 거의 없었고, 빌보조차도 그것이 어떤 불길한 전조가 될 줄은 까맣게 몰랐다. 그가 그 잊을 수 없는 여행을 떠난 것도 60년 전이었고, 종종 백 살까지 살기도 하는 호빗들이 보기에도 그는 노인이었다. 하지만 그가 가지고 돌아온 막대한 재산이 여전히 남아 있음은 어김없는 사실이었다. 재산이 얼마나 되는지를 그는 아무에게도 밝히지 않았고, 그가 아끼는 '조카' 프로도에게도 마찬가지였다. 그리고 자신이 발견한 반지에 대해서도 그는 여전히 비밀로 했다.

4. 반지의 발견에 대하여

『호빗』에서 이야기한 대로, 어느 날 빌보의 집 앞에 위대한 마법사 회색의 간달프와 열세 명의 난쟁이가 나타났다. 그들은 바로 망명 중인 왕족의 후예 참나무방패 소린과 열두 명의 동료들이었다. 빌보 자신도 두고두고 놀란 일이지만, 샤이어력 1341년 4월 어느 날 아침, 그는 그들과 함께 길을 떠난다. 멀리 동부의 너른골 지방 에레보르산 속 산아래왕국의 왕들이 숨겨 놓았다는 난쟁이들의 엄청난 보물을 찾으러 길을 나선 것이었다. 모험은 성공하여 마침내 보물을 지키고 있던 용을 처치했다. 그러나 최후의 승리를 얻기까지, 다섯군대 전투를 치르고, 소린이 죽고, 또 많은 영웅적인 활약들이 펼쳐졌다. 하지만 만약에 그 도중에 있었던 어떤 '사건'이 없었더라면, 그 이야기도 후세의 역사와는 아무런 연관이 없었을 것이며, 제3시대의 장구한 연대기에서 한 줄도 자리를 차지하지 못했을 것이다. 일행은 야생지대를 향하여 안개산맥의 높은 고갯길을 지나던 중에 오르크(『호빗』에서 고블린으로 표기한 종족임 — 역자 주)의 기습을 받았다. 그 와중에 빌보는 잠시 길을 잃고 산속 깊숙이 숨어 있는 깜깜한 오르크 동굴에 갇히는데, 어둠 속에서 길을 찾아 헤매던 그는 동굴 바닥에 떨어져 있는 반지에 손이 닿았다. 그는 그것을 주머니에 넣었다. 그때만 해도 그것은 그저 행운 정도로만 여겨졌다.

출구를 찾아 헤매던 빌보는 산속 깊은 곳을 내려가다가 더 이상 갈 수 없는 막다른 곳에 이르렀다. 동굴의 막장에는 빛이 전혀 들지 않는 차가운 호수가 있었고, 그 호수 가운데에 있는 바위섬에는 골룸이 살고 있었다. 몹시 역겹게 생긴 조그마한 괴물이었다. 그는 크고 평평한 발을 노 삼아 작은 보트를 저어 가다가 희미한 빛을 뿜는 두 눈에 눈먼 고기가 보이면 긴 손가락으로 잡아 날것으로 먹어 치웠다. 그는 살아 있는 것이면 무엇이든지 먹을 수 있었고, 심지어 싸우지 않고 쉽게 사로잡아 죽일 수만 있다면 오르크까지도 잡아먹었다. 골룸은 오래전 밝은 세상에 있을 때 손에 넣은 비밀의 보물을 가지고 있었다. 그것은 그것을 낀 자의 형체를 보이지 않게 해 주는 황금 반지였다. 그것은 그가 사랑하는 대상이자 그의 '보물'이 되었고, 그는 반지를 가지고 있지 않을 때도 반지와 대화를 나눌 수 있었다. 그는 오르크를 사냥하거나 감시하러 갈 때를 제외하고는 반지를 자기만 아는 섬의 구멍 속에 안전하게 감춰 두었다.

그가 빌보를 처음 만났을 때 반지를 끼고 있었다면 얼른 빌보를 공격했을지도 모른다. 그러나 사정이 그렇지 못했고, 빌보는 자신의 칼로 쓰던 스팅을 손에 쥐고 있었다. 그래서 골룸은 시간을 벌 요량으로 빌보에게 수수께끼 내기를 하자고 제안한다. 만약 자기가 내는 수수께끼를 빌보가 알아맞히지 못하면 빌보를 잡아먹고, 빌보가 이기면 빌보의 소원대로 동굴을 빠져나가는 길을 가르쳐 주겠다는 것이었다.

어둠 속에서 길을 잃고 낙담하여 진퇴양난에 빠져 있던 빌보는 그 제안을 받아들였고, 그들은 여러 가지 수수께끼를 번갈아 주고받았다. 결국 빌보가 이기기는 했지만, 그것은 재치가 있어서라기보다는 오히려 (외견상으로는) 운이 좋았기 때문이었다. 마침내 질문할 수수께끼를 찾지 못해 어물거리던 빌보는, 주머니에 손을 집어넣고는 잊고 있던 반지가 우연히 손에 잡히자 불쑥 소리 질렀다.

"내 주머니에 있는 게 뭐지?"

골룸은 세 번의 기회를 더 요구했지만 해답을 찾지 못했다.

사실 엄격한 게임의 규칙에 따르자면 이 마지막 문제가 단순한 '질문'인지 아니면 '수수께끼'라고

할 수 있는지는 권위자들의 의견도 일치하지 않는다. 그러나 골룸이 그 문제를 받아들여 대답을 하려고 시도한 이상 약속을 지켜야 한다는 데는 누구나 동의한다. 빌보는 그에게 약속을 지키라고 요구했다. 약속이란 신성한 법이므로 예부터 지극히 사악한 존재를 제외하고는 아무도 약속을 어기지 않는데도, 빌보는 그 미끌미끌한 괴물이 약속을 지키지 않을지도 모른다는 생각이 들었다. 그러나 오랜 세월을 홀로 칩거해 온 골룸의 마음은 음흉해졌고, 배신이 숨어 있었다. 그는 몰래 빠져나와 멀지 않은 데 있는, 빌보는 전혀 모르는 자기 섬으로 돌아갔다. 그는 그곳에 자기 반지가 있으리라 생각했다. 이제 배도 출출하고 조금은 약도 오른 그는 '보물'을 자기 손에만 끼면 어떤 무기도 무서울 게 없었다.

그러나 섬에는 반지가 없었다. 그는 그것을 잃어버린 것이었다. 반지는 사라지고 없었다. 빌보로서는 무슨 일이 일어났는지 짐작조차 할 수 없었지만, 골룸의 비명 소리는 빌보의 등골을 서늘하게 했다. 골룸은 이미 너무 늦긴 했지만 마침내 답을 찾았다.

"그놈 주머니에 있는 것이 뭐지?"

그는 소리쳤다. 어서 돌아가서 그 호빗을 잡아 죽이고 '보물'을 찾아야겠다는 일념으로 허둥대는 골룸의 두 눈에선 시퍼런 불꽃이 일었다. 다행히 그 순간 빌보는 자신에게 닥칠 위험을 간파하고 앞도 안 보고 호수에서 달아나기 시작했다. 그런데 다시 한번 행운이 그를 찾아왔다. 그는 달아나다가 주머니에 손을 넣었고, 반지가 그의 손가락에 슬그머니 끼워진 것이었다. 그래서 골룸은 빌보를 보지도 못하고 그를 지나갔고, '도둑놈'이 달아나지 못하도록 출구를 막으러 가게 되었다. 빌보는 조심스럽게 그를 뒤따라갔고, 골룸은 달리면서도 욕설을 지껄이며 자신의 '보물'에 대해 중얼거렸다. 그 소리를 듣고서야 빌보도 드디어 어떻게 된 영문인지 깨달았다. 어둠 속의 그에게 희망이 찾아온 것이었다. 이렇게 해서 빌보는 신기한 반지를 발견하였고, 오르크와 골룸에게서 도망칠 기회를 잡게 되었다.

마침내 그들은 산의 동쪽에 있는, 동굴의 낮은 쪽 출입구로 향하는 보이지 않는 입구 앞에서 멈추게 되었다. 골룸은 거기서 킁킁거리고 귀를 기울인 채 웅크리고 있었고, 빌보는 자신의 검으로 그를 베고 싶은 유혹을 느꼈다. 그러나 연민의 감정이 그를 자제시켰다. 자신의 유일한 희망이 걸린 반지를 손에 넣기는 했으나, 그는 불리한 처지에 있는 불쌍한 괴물을 죽이는 데 그것을 사용하고 싶지는 않았다. 마침내 그는 용기를 내어 어둠 속의 골룸을 뛰어넘어 통로 아래로 달아났고, 등 뒤로는 증오와 절망이 뒤섞인 적의 고함 소리가 따라왔다.

"도둑놈, 도둑놈, 도둑놈! 골목쟁이네! 우린 그걸 영원히 미워해!"

그런데 한 가지 석연치 않은 것은 빌보가 처음에 자기 일행에게 밝힌 이야기가 이것과 다르다는 점이다. 그는 그간의 경위를 이렇게 설명했다. 골룸이 먼저, 내기에서 자기가 지면 '선물'을 하나 주겠다고 약속했다는 것이다. 그러나 막상 내기에서 진 골룸이 그것을 가지러 섬에 갔다 와서 하는 말이, 보물이 어디로 감쪽같이 사라져 버렸다고 했다는 것이다. 그 보물은 아주 오래전에 골룸이 생일 선물로 받은 마법의 반지라고 했다. 빌보는 그것이 자기가 발견한 바로 그 반지임을 알았고, 자기가 게임에서 이겼으니 이제 그 반지의 주인은 당연히 자기라고 생각했다. 그러나 워낙 다급한 상황이라 그는 그것에 대해서는 한마디도 못 하고, 골룸에게 선물 대신 출구라도 가르쳐 달라고 요구했다. 빌보는 회고록에 이렇게 기록했으며 그 후로도, 심지어 엘론드의 회의 이후에도 그것을 수정한 것 같지는 않다. 이 점은 『붉은책』 원전에도 분명히 기록되었고, 몇 권의 사본과 발췌본에도 그렇게 기록되어 있다. 그러나 많은 사본에는 (하나의 대안으로) 진실이 밝혀져 있는데, 이는 분명히 프로도나 샘와이즈의 기록에서 나온 것으로 보인다. 둘은 모두 그 늙은 호빗이 직접 기록한 내용을 어느 것 하나 수정하고 싶지는 않았겠지만 진실을 알고는 있었던 것이다.

하지만 간달프는 처음 빌보의 이야기를 들을 때부터 그를 믿지 않았고, 계속 그 반지에 대해 매우 궁금해했다. 결국 그는 몇 번이나 추궁한 끝에 빌보에게서 진실을 들을 수 있었고, 그 때문에 그들 사이의 우정이 잠시 흔들리기도 했다. 하지만 마법사는 그 사실을 중요하게 생각하는 것 같았다. 빌보에게 말은 하지 않았지만, 그는 그 착한 호빗이 평소 습관과는 전혀 다르게 처음부터 진실을 말하지 않았음을 알게 된 것 또한 중요하게, 또 곤혹스럽게 받아들였다. '선물'이라는 생각은 아무래도 순전히 호빗다운 발상에서 나온 것은 아니었다. 빌보의 고백대로 그것은 골룸의 이야기를 엿들으면서 떠오른 생각이었던 것이다. 사실 골룸은 몇 번이나 반지를 '생일 선물'이라고 불렀다. 그 점 또한 간달프는 이상하고 수상하게 생각했지만, 이 책에서 보게 되듯이 여러 해가 지나도록 그에 대해서는 진실을 발견할 수 없었다.

빌보의 이후 모험에 대해서는 여기서 덧붙일 필요가 없을 것이다. 반지 덕택에 그는 입구에서 오르크 수비대를 피했고, 자신의 일행을 만날 수 있었다. 그는 모험 여행 중에 여러 번 반지를 사용했는데, 대개는 동료들을 돕기 위해서였다. 하지만 그는 가급적 반지에 대해서는 그들에게 말하지 않았다. 고향에 돌아와서도 그는 간달프와 프로도를 제외하고는 아무에게도 이에 대해 말하지 않았다. 샤이어에서는 그 밖의 누구도 반지의 존재를 알지 못했고, 그 자신 또한 그렇게 믿고 있었다. 다만 프로도에게만은 자기가 집필하고 있던 여행기를 보여 주었다.

빌보는 자신의 검 스팅을 벽난로 위에 걸어 놓았고, 용의 보물 중에서 난쟁이들이 선물한 그 신기한 갑옷은 박물관, 정확히는 큰말의 매돔관에 빌려주었다. 하지만 여행 중에 입던 낡은 외투와 두건은 골목쟁이집 서랍에 보관해 두었다. 그리고 반지는 가느다란 줄에 달아 호주머니에 항상 넣고 다녔다.

그가 골목쟁이집에 돌아온 때는 그의 나이 쉰둘이 되던 해(샤이어력 1342년) 6월 22일이었고, 그 후로 골목쟁이 씨가 111번째 생일잔치(샤이어력 1401년)를 준비하기 시작할 때까지 샤이어에는 그리 특기할 만한 일이 일어나지 않았다. 이야기는 바로 이 시점에서 시작된다.

샤이어 기록에 관한 주석

제3시대 말에 샤이어의 통일 왕국 편입으로 마무리된 대사건에서 호빗들이 보여 준 활약으로 인해 호빗들은 자신들의 역사에 좀 더 폭넓은 관심을 갖게 되었다. 그래서 당시 주로 구전으로만 이어지던 그들의 많은 전승들이 수집되고 기록되었다. 명문가들 또한 왕국 전체의 사건들에 관심을 갖게 되었고, 그들 중에는 고대의 역사와 전설을 연구하는 이들이 특히 많았다. 제4시대 첫 세기말경, 샤이어에는 많은 역사서와 기록들을 소장하고 있는 도서관이 이미 서너 곳이나 있었다.

이들 소장품들 중 가장 규모가 큰 것은 아마도 탑아래와 큰스미알, 강노루 저택에 있었던 장서들일 것이다. 제3시대의 종말을 다루고 있는 이 책의 기록은 대부분 『서끝말의 붉은책』에서 나왔다. 반지전쟁의 역사에 관한 가장 중요한 자료가 이렇게 불리게 된 것은, 그것이 서끝말의 읍장을 맡아 온 이쁘동이 집안의 본향인 탑아래에 오랫동안 보관되어 있었기 때문이다. 그것은 깊은골에 가지고 갔던 빌보 개인의 일기였다. 프로도는 낱장으로 된 많은 기록들과 함께 그것을 샤이어로 다시 가지고 돌아왔고, 샤이어력 1420~1421년에 걸쳐 반지전쟁에 대한 자신의 설명을 거의 채워 넣었던 것이다. 이 책과 함께(아마도 붉은 상자 속에) 보관된 붉은 가죽 장정의 또 다른 세 권의 큰 책이 있었는데, 그것들은 빌보가 그에게 작별 선물로 준 것이었다. 이 네 권에다 서끝말에서 다시 다섯 번째 책이 더해지는데, 여기에는 원정대의 호빗 대원들에 대한 회고와 가계도 및 그 밖의 갖가지 내용들이 실려 있었다.

『붉은책』의 원본은 사라지고 없지만, 여러 권의 사본들 특히 1권은 샘와이즈 시장의 후손들이 사용할 수 있도록 많은 사본이 만들어졌다. 하지만 그 가운데 가장 중요한 사본은 나머지 사본들과는 다른 내력을 가지고 있다. 그것은 큰스미알에 보관되어 있던 것인데, 만들어진 곳은 곤도르였다. 아마도 페레그린의 증손자가 요청했던 것 같고, 완성 연도는 샤이어력 1592년(제4시대 172년)이었다. 왕국의 남쪽 필경사는 다음 구절을 덧붙여 놓았다. "왕의 서사 핀데길이 제4시대 172년에 이 작업을 완성하였다." 이 책은 미나스 티리스에 있던 『사인의 책』을 세세한 내용까지 모두 옮긴 정확한 사본이다. 『사인의 책』은 엘렛사르 왕의 요청에 따라 『페리안나스의 붉은책』을 필사한 사본으로, 사인 페레그린이 제4시대 64년에 은퇴하여 곤도르로 돌아갈 때 왕에게 바친 것이었다.

그리하여 『사인의 책』은 『붉은책』의 첫 사본이 되었고, 나중에 누락되거나 분실된 많은 내용이 담겨 있었다. 이 책은 미나스 티리스에서 많은 주석과 함께 수정이 가해지는데, 특히 요정어로 된 이름과 낱말, 인용에 관한 내용이 많았다. 또한 반지전쟁 내용과는 관계가 없는 '아라고른과 아르웬 이야기'를 다룬 몇 장이 축약판으로 추가되었다. 이 이야기는 모두 섭정 파라미르의 손자인 바라히르가 왕이 승하한 얼마 뒤에 기록한 것으로 알려져 있다. 하지만 핀데길 사본의 가장 큰 의의는 이곳에만 빌보의 '요정 문헌 번역'이 통째로 실려 있다는 점이다. 이 세 권의 책은 대단한 기교와 학식이 어우러진 저작으로 평가되는데, 빌보는 1403년에서 1418년 사이에 깊은골에 머물며 생존 인물이든 요정 문헌이든 가능한 모든 자료를 활용하여 이 책을 집필하였다. 하지만 프로도는 책의 내용이 대부분 상고대와 관련된 것이기 때문에 이용하지 않았고, 여기서도 언급하지 않겠다.

메리아독과 페레그린은 명문가의 우두머리가 되었고, 또한 로한 및 곤도르와 교류를 지속했기 때문에, 노루말과 툭지구의 도서관에는 『붉은책』에 나오지 않는 자료들도 많았다. 강노루 저택에는 로한의 역사와 에리아도르에 관한 저작들이 많았는데, 그중 몇몇은 메리아독 자신이 정리하거나 시작한 것들이었다. 하지만 메리아독은 샤이어에서는 주로 『샤이어의 식물지』와 『책력법』의 저자로 알려져 있는데, 후자에서 그는 샤이어와 브리의 책력과 깊은골과 곤도르, 로한의 책력들 사이의 관계를 논했다. 그는 또한 '샤이어의 옛말과 이름'에 관한 짧은 논문도 썼는데, 여기서 그는 '매돔'과 같은 샤이어 말이나 지명에 나오는 고어들과 로히림(로한인) 언어와의 유사성에 특별히 관심을 보였다.

큰스미알의 서적들은 좀 더 큰 줄기의 역사에서는 중요할지 몰라도, 샤이어 주민들 사이에서는 그리 관심을 끌지 못했다. 이 중 어느 것도 페레그린이 직접 저술한 것은 없었지만, 그와 그의 후계자들은 곤도르의 필경사들이 남긴 많은 원고들을 수집하였고, 이는 주로 엘렌딜과 그의 후손들에 관한 역사와 전설의 사본이거나 요약본이었다. 누메노르의 역사와 사우론의 부상(浮上)에 관한 광범위한 자료를 발견할 수 있는 곳은 샤이어에서는 오직 이곳뿐이었다. 메리아독이 수집한 자료의 도움을 받아 『연대기』(제3시대 말에 이르기까지, 상당히 축약한 형태로 해설 B에 실려 있음)가 집대성된 곳도 큰스미알로 추정된다. 연도는 (특히 제2시대의 것은) 종종 추정치이긴 하지만 주목할 만하다. 메리아독은 깊은골을 여러 번 방문했기 때문에 거기서 도움과 정보를 얻었을 가능성이 있다. 엘론드는 이미 떠났지만 그의 아들들은 높은요정족 일부와 함께 그곳에 오랫동안 남아 있었던 것이다. 갈라드리엘이 떠난 뒤에 켈레보른이 그곳에 머물렀다는 이야기도 전해진다. 하지만 그가 결국 회색항구를 찾아 떠나게 된 것이 언제였는지 기록에 남아 있지 않고, 그와 함께 가운데땅에 남아 있던 상고대의 마지막 살아 있는 증인도 사라지고 말았다.

PART Ⅰ

반지 원정대
(The Fellowship of the Ring)

The

Fellowship

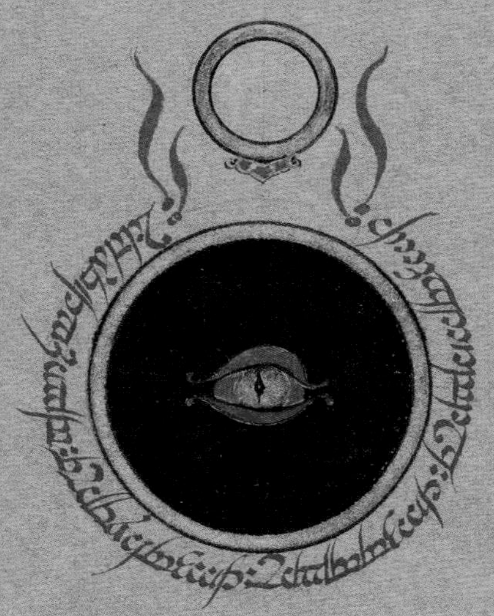

of the

Ring

J.R.R. Tolkien

BOOK ONE

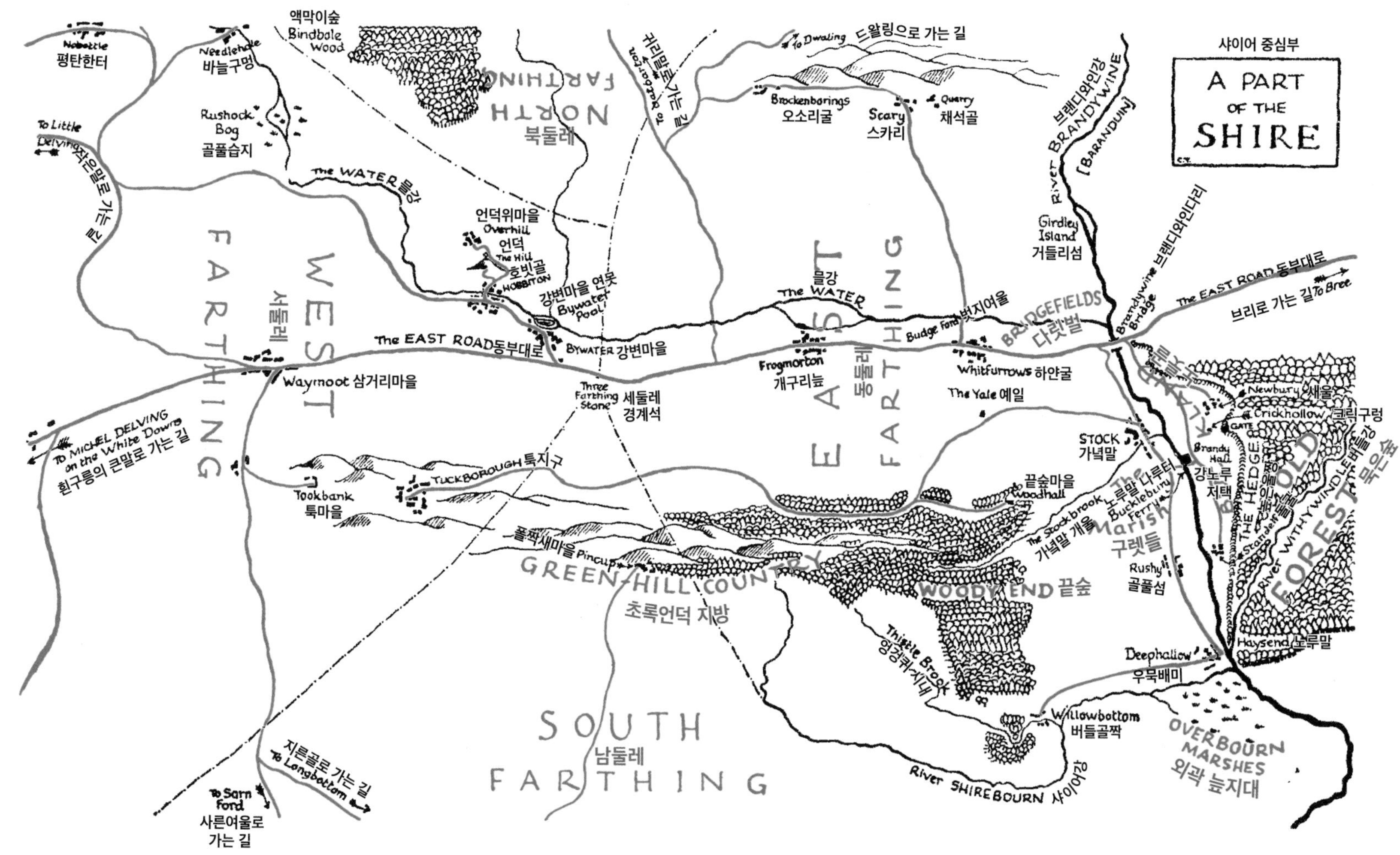
사이어 중심부
A PART OF THE SHIRE
River BRANDYWINE 브랜디와인강
[BARANDUIN]
Girdley Island 거들리섬
Brandywine Bridge 브랜디와인다리
The EAST ROAD 동부대로
To Bree 브리로 가는 길
BRIDGEFIELDS 다릿벌
Budge Ford 벗지여울
Whitfurrows 하얀굴
The Yale 예일
The WATER 물강
EAST FARTHING 동둘레
Frogmorton 개구리늪
Brockenborings 오소리굴
Scary 스카리
Quarry 채석골
To Dwaling 드왈링으로 가는 길
To Oatbarton 귀리말로 가는 길
NORTH FARTHING 북둘레
Bindbole Wood 액막이숲
Nobottle 평탄한터
Needlehole 바늘구멍
Rushock Bog 골풀습지
To Little Delving 작은말로 가는 길
The WATER 물강
언덕위마을 Overhill
언덕 The Hill
호빗골 HOBBITON
강변마을 연못 Bywater Pool
BYWATER 강변마을
The EAST ROAD 동부대로
WEST FARTHING 서둘레
Waymoot 삼거리마을
Three Farthing Stone 세둘레 경계석
To MICHEL DELVING on the White Downs 흰구릉의 큰말로 가는 길
TUCKBOROUGH 툭지구
Tookbank 툭마을
Pincup 졸작새마을
GREEN-HILL COUNTRY 초록언덕 지방
SOUTH FARTHING 남둘레
To Longbottom 지름골로 가는 길
To Sarn Ford 사른여울로 가는 길
STOCK 가녘말
끝숲마을 Woodhall
The Stock-brook 가녘말 개울
The Bucklebury Ferry 노루말 나루터
Marish 구렛들
Rushy 골풀섬
WOODY END 끝숲
Thistle Brook 엉겅퀴 시내
Willowbottom 버들골짝
River SHIREBOURN 샤이어강
Deephallow 우묵배미
OVERBOURN MARSHES 외곽 늪지대
Haysend 노루말
Brandy Hall 강노루 저택
Newbury 새울
Crickhollow 크릭구렁
GATE
THE HEDGE
River WITHYWINDLE 버들강
OLD FOREST 묵은숲
BUCKLAND

Chapter 1

오랫동안 기다린 잔치

골목쟁이집의 골목쟁이 빌보 씨가 머지않아 111번째 생일날 특별히 성대한 잔치를 열겠다고 선언하자 호빗골은 무척 떠들썩해졌다.

빌보는 대단한 부자였고 성격도 무척 특이해서, 그가 사라졌다가 갑자기 돌아온 특별한 사건 이후로 60년 동안 샤이어에서는 경이로운 존재였다. 그가 여행에서 가지고 돌아온 재산은 이제 이 지방의 전설이 되었고, 나이 든 축에서 뭐라고 하든 간에 모두들 골목쟁이집이 있는 언덕에는 보물을 쟁여 놓은 굴이 잔뜩 만들어져 있다고 믿었다. 그 점만으로 그가 명성을 누리기에 충분하지 않다고 한다면, 여전히 정정한 그의 모습 또한 경탄의 대상이었다. 세월은 흘러도 골목쟁이 씨는 전혀 영향을 받지 않는 것 같았다. 그는 아흔의 나이에도 쉰 살 때나 다름없었다. 그가 아흔아홉 살이 되었을 때 사람들은 '정정하다'고 했지만, 아무래도 '변한 게 없다'는 말이 더 어울릴 법했다. 개중에는 고개를 저으며 이건 그리 좋은 일이 아니라고 생각하는 이들도 있었다. 어느 한 사람이 (들리는 소문으로는) 엄청난 재산뿐 아니라 (외관상으로는) 영원한 젊음까지 소유한다는 것은 불공평해 보인 것이다.

"값을 치러야 할 거요. 이건 정상이 아니에요. 무슨 일이 생길 겁니다."

사람들은 그렇게 말했다.

그러나 아직은 아무 일도 일어나지 않았다. 골목쟁이 씨는 돈 쓰는 데는 후한 편이었기 때문에 사람들은 대부분 그의 기행(奇行)이나 행운을 눈감아 주는 편이었다. 그는 친척들과는 (물론 자룻골골목쟁이네를 제외하고는) 왕래하며 친하게 지냈고, 가난하고 하찮은 집안의 호빗들 사이에서는 열성적인 추앙자들도 많았다. 하지만 그의 나이 어린 친척들이 자라기 시작할 때까지는 친한 친구가 없었다.

이들 중에서 가장 나이가 많고 빌보가 좋아한 인물은 골목쟁이 프로도 청년이었다. 빌보는 나이 아흔아홉이 되던 해에 프로도를 양자로 입적시키고 골목쟁이집으로 데려와 살게 했다. 그리하여 자룻골골목쟁이네의 희망도 무산되고 말았다. 빌보와 프로도는 우연히도 생일이 똑같이 9월 22일이었다. 어느 날, 빌보가 프로도에게 물었다.

"얘, 프로도, 너도 여기 와서 나랑 같이 살면 좋겠구나. 그러면 생일잔치도 편하게 같이 할 수 있을 테니까 말이다."

그 당시 프로도는 아직 '트윈즈', 곧 호빗 관습으로는 33세부터 시작되는 성년기와 유년기 사이의 철없는 20대였다.

12년이 더 흘렀다. 해마다 골목쟁이 씨는 골목쟁이집에서 합동 생일잔치를 성대하게 벌였다. 하지만 이번 가을에는 뭔가 상당히 특별한 계획이 있을 것이라는 추측들을 모두 하고 있었다. 빌보가 111세가 되는 해로, 숫자 자체가 꽤나 흥미로운 데다 호빗치고는 상당히 많은 나이(툭 노인도 겨우 130세까지 살았다)였고, 프로도는 33세, 곧 '성년'이 되는 중요한 나이였다.

호빗골과 강변마을 주민들의 입이 바빠지기 시작했고, 다가올 행사에 대한 소문이 샤이어 방방곡곡에 퍼졌다. 골목쟁이네 빌보 씨의 이력과 인품이 다시 주된 화제가 되었고, 노인들은 갑자기 그들의 옛 추억이 인기가 있다는 것을 알았다.

흔히 '영감'이라고 부르는 감지네 햄 노인보다 청중들을 매료시키는 이는 아무도 없었다. 그는 강변마을 가는 길에 있는 작은 여관 '담쟁이덩굴'에서 이야기를 늘어놓았다. 그는 40년 동안 골목쟁이집에서 정원을 관리했고, 또 그 전에도 그 일을 하던 홀만 노인을 도왔기 때문에, 그의 말에는 상당한 권위가 있었다. 이제는 그도 나이가 들고 관절이 시원찮아져서 그 일은 주로 막내아들인 감지네 샘이 맡고 있었다. 그 부자는 모두 빌보나 프로도와 매우 가깝게 지냈다. 그들도 호빗골 언덕에 살았다. 골목쟁이집 바로 밑에 있는 골목아랫길 3번지였다.

"전에도 늘 말했지만 빌보 씨는 대단히 훌륭하고 점잖은 신사지."

영감은 확고한 진리를 설파하듯 말했다. 왜냐하면 빌보는 그를 '햄패스트 씨'라고 부르며 매우 자상하게 대했고, 채소 재배에 대해 늘 조언을 구했기 때문이다. '근채류', 특히 감자에 있어서 영감은 (자신을 포함하여) 인근의 모두에게서 최고 권위자로 인정받고 있었다.

강변마을의 노크스 노인이 물었다.

"그런데 같이 사는 프로도란 젊은이는 대체 어떤가? 골목쟁이네긴 한데 강노루 집안 피가 반 넘게 섞였다면서? 호빗골의 골목쟁이네가 뭐하러 그 멀리 노릇골에서 신붓감을 찾았는지 이유를 모르겠어. 거긴 이상한 사람들뿐이라던데."

영감의 바로 이웃에 사는 두발큰키 집안의 대디가 끼어들었다.

"이상할 게 하나도 없지. 그치들은 브랜디와인강 건너편에 묵은숲을 바로 마주하고 있거든! 소문에 그 동네는 어두컴컴하고 안 좋다더군."

영감이 말했다.

"자네 말이 맞네, 대디. 노릇골의 강노루 집안이 묵은숲 '속에' 사는 건 아니지만, 겉보기엔 이상한 친구들이지. 큰 강에서 배를 타고 빈둥거리며 놀기도 한다더구먼. 그건 정상이 아니야. 사고가 안 나는 게 이상할 정도라니깐. 그런데 그건 그렇다 치고, 프로도 씨도 자네들 누구나 만나 보고 싶어 할 만큼 멋진 호빗 청년이라네. 빌보 씨와 다를 바 없어. 외모만 그런 게 아니야. 아버지 쪽이 골목쟁이네인데 어련하겠는가. 골목쟁이 드로고 씨도 점잖고 훌륭한 호빗이었지. 물에 빠져 죽기 전까지는 그 양반도 어디 흠잡을 데가 없었거든."

"물에 빠져 죽었어요?"

몇몇이 그렇게 물었다. 물론 이전에도 이를 비롯하여 다른 소문을 들은 적이 있었지만, 가족사를 특히 좋아하는 호빗들인지라 그들은 이야기를 다시 들을 준비가 되어 있었다.

"흠, 소문은 그렇게 났지. 알다시피 드로고 씨는 그 가엾은 강노루네 프리뮬라 아가씨와 결혼했네. 프리뮬라는 우리 빌보 씨한테는 외가쪽 사촌이고(프리뮬라 어머니가 툭 노인의 막내딸이거든), 드로고는 빌보 씨와 육촌이니까 따지고 보면 프로도는 빌보 씨한테는 외가로나 친가로나 모두 조카뻘이 되는 셈이야. 무슨 말인지 알아듣겠나? 드로고 씨는 결혼 후에도 종종 강노루 저택에서 장인인 고르바독 씨와 함께 지냈지. (그는 먹고 마시는 것을 특히 즐겼고, 고르바독 노인은 너그럽게 상을 차려 주었다더군.) 그러던 어느 날, 아내랑 브랜디와인강에 배를 타러 나갔다가 부부가 함께 빠져 죽고 어린 프로도만 불쌍하게 남게 된 거야."

노크스 노인이 끼어들었다.

"저녁을 먹고 달빛 속에 물에 들어갔다가 그 변을 당했다면서? 드로고가 너무 무거워서 배가 가라앉았다던데."

호빗골 방앗간지기 까끌이가 끼어들었다.

"내가 듣기엔 여자가 남자를 밀었고, 남자가 여자를 잡아당겼다던데요."

방앗간지기를 그리 좋아하지 않던 영감이 말을 받았다.

"까끌이, 자네는 귀에 들린다고 다 듣나? 밀었느니 당겼느니 왈가왈부할 거 없어. 배라는 것은 말썽 부릴 생각 없이 가만히 앉아 있는 사람한테도 위험하기 마련이야. 여하튼 고아가 되어 오도 가도 못 하게 된 프로도 씨는 그 이상한 노룻골 사람들 틈에 끼어 강노루 저택에서 자랐지. 어느 모로 보나 영락없는 토끼장이야. 고르바독 노인은 거기에 항상 2백 명이 넘는 친척을 데리고 있었어. 빌보 씨가 한 최고의 선행은 그 아이를 빼내 와서 우리같이 좋은 친구들과 함께 살 수 있게 배려해 준 것이지. 한데 내 생각에는 그게 자룻골골목쟁이네한테는 대단한 충격이 된 것 같네. 그자들은 빌보 씨가 길을 떠나 죽었다는 소문이 있었을 때, 골목쟁이집을 차지할 욕심을 품었거든. 그런데 빌보 씨가 돌아와서 그들을 쫓아내고, 계속 사신단 말이야. 게다가 이제는 점점 더 젊어지기까지 하고. 그런데다 갑자기 양자를 들이고 문서까지 깨끗이 정리하신 거야. 이제 자룻골골목쟁이네 녀석들이 골목쟁이집을 구경하기란 하늘의 별 따기지."

서둘레의 큰말에서 사업차 찾아온 방문객이 물었다.

"그런데 듣자 하니 그 집 안에 상당한 돈을 숨겨 놓았다던데요? 언덕 꼭대기까지 금, 은, 보석 상자 들로 가득한 굴이 여기저기 뚫려 있다는 소문을 들었는데요."

영감이 대답했다.

"나도 모르는 이야기를 하시는군요. 보석에 대해서는 아는 게 없어요. 빌보 씨는 돈에는 후한 편이고, 부족한 게 없어 보입디다. 하지만 굴을 만들었다는 얘긴 금시초문이군요. 내가 어렸을 때, 벌써 60년 전의 일이지만 빌보 씨가 돌아오시던 날이 기억납니다. 그때는 내가 홀만 노인을 (그 양반은 우리 당숙입니다) 보조로 돕기 시작한 지 얼마 되지 않았을 땐데, 나는 노인이 시키는 대로 골목쟁이

집으로 올라가서 경매가 벌어지는 동안 누구든 함부로 정원을 밟고 다니지 못하게끔 지키고 있었어요. 한참 그러던 중에 빌보 씨가 큰 짐 꾸러미 몇 개와 상자 두 개가 실린 조랑말을 끌고 언덕을 올라오셨지요. 그 짐 꾸러미와 상자엔 여행 중에 얻은 보물이 가득 차 있었던 것은 사실인 것 같아요. 다른 이들은 금으로 된 산에 갔다 오셨다더군요. 하지만 터널을 가득 채울 만큼 많지는 않았어요. 내 아들 샘이 그건 더 잘 알지도 모르지요. 그 녀석은 골목쟁이집 일이라면 모르는 게 없으니까. 옛날이야기라면 사족을 못 쓰는 녀석이라서 빌보 씨가 하는 이야기는 하나도 놓치지 않고 다 들었을 것이오. 그 어른은 우리 아이에게 글도 가르치셨답니다.

나쁜 뜻은 아니었지요. 아무튼 제발 아무 탈도 없으면 좋으련만. 나는 아이한테 이렇게 얘기합니다. '요정하고 용이라니! 너나 나한테는 양배추하고 감자가 더 어울린다. 높은 어른들 하는 일에 함부로 말려들지 마라. 잘못하면 감당하기 힘든 화를 입을지도 모른다.' 하고 말이죠. 이런 충고는 다른 호빗들한테도 하긴 합니다만."

그는 방앗간지기와 손님을 바라보며 그렇게 덧붙였다. 그러나 영감의 이야기는 별 설득력이 없었다. 빌보의 재산에 대한 전설이 그보다 젊은 세대 호빗들의 머릿속에 너무 깊이 새겨졌기 때문이었다.

방앗간지기가 여론을 대변하듯 말했다.

"그런데 말이죠. 그 후로도 재산이 점점 더 늘어났다는 소문이 있던데요? 그분은 이따금 집을 비우시잖아요. 게다가 찾아오는 이상한 손님들 좀 봐요. 밤에는 난쟁이들이 찾아오지요, 그 늙은 방랑의 마법사 간달프도 가끔 나타나지요. 어르신이 뭐라고 하시든 간에 골목쟁이집은 이상한 집이 틀림없어요. 거기 사는 이들은 더 이상하고요."

그러자 여느 때보다 더 방앗간지기를 홀대하며 영감은 핀잔을 주었다.

"까끌이, 자네는 아까 배 이야기를 할 때도 그렇더니만 도대체 잘 알지도 못하면서 그렇게 떠들어 대는가. 만약 그 정도가 이상하다면 우리 동네는 좀 더 이상해져도 아무 탈 없을 걸세. 벽을 온통 금으로 도배한 굴집에 살면서도 이웃에 맥주 한 잔 내지 않는 치들도 있지 않은가. 하지만 골목쟁이집은 잘하고 있잖아. 우리 아들놈 얘기로는 이번 잔치에는 누구든 초대를 받는다더구먼. 더 솔깃한 얘기는 선물까지 있다는 거야, 누구한테든 말이야. 그게 바로 이번 달일세."

그달이 바로 9월이었고, 날씨는 유난히 좋았다. 그리고 하루 이틀 후에는 잔치 중에 불꽃놀이도 선보일 거라는 (아마도 정통한 소식통인 샘에게서 나온 것 같은) 소문이 나돌았다. 게다가 이번 불꽃놀이는 샤이어에서는 백 년에 한 번 볼까 말까 할 정도로, 툭 노인이 죽은 이후의 불꽃놀이 중에서는 최고일 것이라는 소문이 자자했다.

날이 가고 그날이 점점 다가왔다. 어느 날 저녁, 진기한 물건을 잔뜩 실은 이상하게 생긴 마차가 호빗골로 들어와 언덕을 올라가 골목쟁이집으로 들어갔다. 호빗들은 문틈으로 새어 나온 불빛으로 그 광경을 내다보고는 입이 벌어졌다. 이상한 노래를 부르는 외지인들이 마차를 몰고 있었다. 두건을 깊숙이 눌러쓰고 긴 수염을 늘어뜨린 난쟁이들이었다. 그들 중 일부는 골목쟁이집에 남았다.

9월 둘째 주가 끝나 갈 즈음, 환한 대낮에 짐마차 한 대가 브랜디와인다리 쪽에서 나타나더니 강변마을을 지나왔다. 어떤 노인이 혼자서 마차를 몰고 있었다. 그는 끝이 뾰족하고 길쭉한 파란색 모자를 쓰고 기다란 회색 외투에 은빛 목도리를 두르고 있었다. 턱 밑으로는 흰 수염이 늠름하게 휘날리고 있었으며, 눈썹은 모자 밖으로 비집고 나올 만큼 두툼했다. 꼬마 호빗들은 마차 꽁무니를 졸졸 따라 호빗골을 지나 언덕 위까지 쫓아갔다. 그들이 짐작한 대로 폭죽을 실은 마차였다. 노인은 빌보의 집 앞에서 짐을 부리기 시작했다. 각양각색의 거대한 폭죽 상자에는 각각 붉은색으로 G 와 요정들의 룬 문자 가 새겨져 있었다.

물론 그것은 간달프의 표시였고 이 노인이 바로 마법사 간달프였다. 샤이어에서 그의 명성은 주로 불과 연기와 빛을 다루는 솜씨에서 얻어진 것이었다. 실제로 그가 가운데땅에서 맡은 임무는 훨씬 어렵고 위험했지만, 샤이어의 호빗들은 그것을 짐작조차 못 했다. 그들에게 그는 다만 잔치의 여러 구경거리 중 하나일 뿐이었다. 그래서 꼬마 호빗들은 탄성을 질러 댔다.

"G는 위대하다는 뜻이야."

아이들이 소리를 지르자 노인은 미소를 지었다. 간달프는 호빗골에 아주 가끔 나타났고 오래 머물지도 않았지만, 아이들은 그를 금방 알아보았다. 그러나 노인들 중의 노인을 제외하고는 아이들이나 어느 누구도 그의 불꽃놀이 공연을 본 적이 없었다. 그것은 과거의 전설일 뿐이었다.

노인이 빌보와 몇몇 난쟁이들의 도움을 받아 짐을 다 부려 놓자, 빌보는 꼬마들에게 동전 몇 푼을 나눠 주었다. 그러나 폭죽이나 딱총이 아니어서 구경꾼들은 실망했다.

"이젠 가거라. 때가 되면 넉넉하게 주마."

간달프가 말했다. 그가 빌보와 함께 안으로 사라지자 문이 닫혔다. 어린 호빗들은 한동안 멍하니 대문을 바라보았고, 어쩐지 그 잔칫날이 오지 않을지도 모른다고 생각하며 뿔뿔이 흩어졌다.

골목쟁이집 안에서는 빌보와 간달프가 서쪽으로 정원이 내다보이는 작은 방에서 창문을 열고 앉아 있었다. 느긋한 저녁 시간은 쾌청하고 평화로웠다. 빨갛고 노란 꽃들이 화려한 광채를 뿜어내고 있었고 금어초와 해바라기, 한련이 떼를 입힌 담을 기어올라 둥근 유리창 안을 기웃거렸다.

간달프가 말했다.

"정원이 참 아름답구먼그래!"

"그렇다고들 하더군요. 나도 이 정원을 무척 사랑하죠. 이 유서 깊은 샤이어의 모든 것들까지도요. 하지만 이젠 휴식이 필요할 것 같습니다."

"그러면 이제 계획을 실천에 옮길 생각인가?"

"그래야겠지요. 이미 몇 달 전에 결심했답니다. 아직 결심을 바꿀 생각은 없어요."

"그래, 잘 생각했네. 이제 말은 소용이 없네. 계획을 밀고 나가게……. 자네의 계획 전부를 말이야. 자네를 위해서나 우리 모두를 위해서나 최선의 결과가 나오기를 바라네."

"저도 그렇습니다. 어쨌든 목요일엔 잔치를 벌일 생각입니다. 농담도 한두 마디 덧붙여서요."

간달프는 고개를 가로저으며 물었다.

"글쎄, 웃어 줄 사람이 있을까?"

"두고 봐야겠지요."

다음 날에는 더 많은 마차가 언덕 위로 올라갔고, 또 더 많은 마차가 뒤를 이었다. '동네 물건'을 안 사 준다는 불평이 생길 법도 했지만, 바로 그 주에 호빗골이나 강변마을, 그 인근에서 구할 수 있는 식량이나 물건, 사치품 등 여러 건의 주문이 골목쟁이집에서 쏟아졌다. 들뜨기 시작한 주민들은 달력에서 날짜를 하루하루 지워 나갔고, 그러면서 그들은 초대장을 기대하며 우편 배달부를 간절히 바라보았다.

이윽고 초대장이 쏟아져 나오기 시작하자 호빗골 우체국은 업무가 마비되고 강변마을 우체국도 초대장에 뒤덮여 자원봉사자를 따로 모집할 정도였다. 그리고 뒤이어 '감사합니다. 꼭 참석하겠습니다.'와 같은 내용의 공손한 문구가 담긴 수백 장의 회신이 언덕으로 줄을 이었다.

골목쟁이집 정문에 게시판이 나붙었다. '잔치 용무 외 출입 금지.' 골목쟁이집은 실제로 잔치 준비에 용무가 있는, 아니면 있는 척 슬쩍 들어가 보려던 이들도 입장할 수 없을 때가 있었다. 빌보는 바빴다. 초대장을 쓰고, 답장을 확인하고, 선물을 꾸리고, 또 혼자서 준비해야 할 몇 가지 일들로 분주했다. 빌보는 간달프가 도착한 후로는 바깥에 모습을 나타내지 않았다.

어느 날 아침 호빗들은 빌보의 집 현관 남쪽의 너른 마당에 천막을 치기 위한 장대와 밧줄이 널린 것을 볼 수 있었다. 도로로 이어지는 둑에는 특별 출입문이 만들어지고 넓은 계단과 커다란 흰 대문이 세워졌다. 그 마당에 인접해 있는 골목아랫길의 세 호빗 집안은 선망과 질투의 대상이 되었다. 감지 노인은 자신의 정원에서 일하는 체하던 것마저 그만두었다.

천막들이 올라가기 시작했다. 특히 큰 천막이 하나 있었는데, 얼마나 컸던지 마당에 있는 나무 한 그루가 그 속에 완전히 들어가서 주빈석 앞 한쪽 끝에 당당하게 서 있었다. (호빗들이 보기에) 더 근사한 것은 마당 북쪽 끝에 세워진 거대한 야외 취사장이었다. 인근 수 킬로미터 내에 있는 여관과 음식점에서 끌어모은 요리사들이 이미 골목쟁이집에 자리 잡고 있던 난쟁이들과 다른 이상한 인물들을 돕기 위해 속속 도착했다. 잔치 분위기는 절정에 달했다.

그런데 날씨가 흐려졌다. 잔치 전날인 수요일이었다. 모두 걱정이 태산 같았다. 그리고 목요일, 9월 22일의 동이 텄다. 해가 떠오르면서 구름은 씻은 듯 사라졌고 휘날리는 깃발과 함께 잔치가 시작되었다.

골목쟁이 빌보는 이를 '잔치'라고 부르긴 했으나, 실제로는 다양한 오락거리를 한자리에 모은 것이었다. 근방에 사는 이들은 거의 모두 초대를 받았다. 우연히 초대장을 받지 못한 이들도 소수 있었지만, 그런 사람들도 대부분 참석했기 때문에 문제 될 게 없었다. 샤이어의 다른 지역에 사는 호빗들도 대부분 초대받았으며, 심지어 샤이어 외부 손님들도 간혹 있었다. 빌보는 새로 세운 흰 대문 앞에서 직접 손님을 (추가로 온 손님들까지) 맞았다. 그는 들어오는 사람들에게 모두 선물을 하나씩 주었고, 어떤 이들은 뒷문으로 빠져나가 다시 앞문으로 들어오기도 했다. 호빗들은 생일날 손님들에게 선물을 주는 풍습이 있었다. 대개는 그리 값비싼 것은 아니었고, 또 오늘처럼 그렇게 넉넉하지도 않았다. 여하튼 이 풍습은 나쁜 것은 아니었다. 호빗골과 강변마을에서는 연중 어느 날이나 누군가의

언덕: 물강 건너편의 호빗골(The Hill: Hobbiton-across-the water)

생일이기 때문에 이곳에 사는 호빗은 모두 적어도 일주일에 한 번꼴로 선물을 받을 수 있는 기회가 있었다. 그들은 그 풍습에 절대로 싫증을 내지 않았다.

오늘 선물은 특별히 더 좋은 것이었다. 호빗 꼬마들은 너무 좋아서 밥 먹는 것도 잠시 잊을 지경이었다. 이제껏 한 번도 보지 못한 장난감들도 있었는데, 모두 예쁜 데다 분명히 무슨 요술 장난감이었다. 사실 그것들은 모두 1년 전부터 주문하여 멀리 산속이나 너른골지방에서 가져온 것으로 진짜로 난쟁이들이 만든 것들이었다.

손님들이 모두 인사를 받으며 마지막으로 문으로 들어서자 노래와 춤과 음악과 놀이가 시작되었고, 물론 음식과 술이 나왔다. 공식 식사는 점심, 간식, 저녁(또는 만찬), 세 번이었다. 하지만 점심과 간식은 모든 손님이 한자리에 모여 앉아 식사를 같이한다는 데서만 확인할 수 있었을 뿐이었다. 그 밖의 시간에도 그 수많은 손님은 그저 먹고 마시는 일에 열중했다. 11시부터 폭죽이 시작되는 6시 반까지 줄곧 그랬다.

불꽃놀이는 간달프의 작품이었다. 그것은 그가 손수 싣고 왔을 뿐만 아니라 직접 고안하여 제작한 것들이었다. 그는 직접 나서서 특수 효과와 대형 불꽃, 비행하는 불꽃 등을 발사했다. 그 밖에도 폭죽, 딱총, 딱딱이, 번쩍이, 횃불, 난쟁이촛불, 요정의 분수, 고블린대포, 청천벽력 등이 골고루 나눠져 있었다. 모두 탁월한 것들이었다. 간달프의 솜씨는 세월이 흐를수록 좋아졌다.

고운 목소리로 지저귀는 새의 형상을 본뜬 폭죽이 번쩍거리며 하늘로 치솟았다. 검은 연기를 줄기로 삼은 푸른 나무들이 있었는데, 그 나뭇잎들은 한순간에 봄이 온통 만개하듯 잎을 펼치고, 빛나는 나뭇가지들은 놀란 호빗들 위로 환한 꽃망울을 떨어뜨렸으며, 꽃잎은 하늘을 향해 목을 빼고 있는 얼굴들 위에 닿기 직전에 감미로운 향내를 풍기며 사라졌다. 나비들이 분수처럼 쏟아져 나와 나무들 사이로 반짝이며 날아다녔고, 색색 불꽃 기둥이 솟아올라 느닷없이 독수리가 되기도 하고, 돛단배나 비상하는 백조 무리를 이루기도 했다. 빨간 뇌우와 함께 샛노란 소나기가 쏟아졌고, 은빛 창들이 숲을 이루어 전투 중의 군대처럼 함성을 지르며 갑자기 하늘로 날아오르다가 다시 내려와 백 마리의 뜨거운 뱀처럼 쉿 소리를 내며 물속으로 사라졌다. 빌보에게 경의를 표하는 마지막 깜짝 선물이 있었는데, 이것은 간달프의 의도대로 호빗들을 완전히 혼비백산하게 만들었다. 불이 꺼지고 거대한 연기 기둥이 피어올랐다. 그것은 멀리서 바라본 웅장한 산 같았고, 산꼭대기에서는 불이 이글거리기 시작했다. 초록과 진홍의 화염이 그곳에서 뿜어져 나왔다. 그 안에서 주황색 용 한 마리가 날아올랐다. 실물 크기는 아니었지만 진짜 용처럼 무서웠다. 아가리에서는 화염이 뿜어져 나왔고, 두 눈은 이글거리며 아래를 노려보았다. 함성이 일었다. 그러자 용은 쉭쉭거리며 세 번이나 군중들의 머리 위를 지나다녔다. 그들은 모두 고개를 숙였고 아예 땅바닥에 코를 박은 이들도 많았다. 용은 특급 열차처럼 그들 위를 지나가다가 갑자기 공중제비를 한 번 돌고는 귀가 멍멍할 정도의 파열음과 함께 강변마을 상공에서 폭발했다.

"저건 저녁 식사 신호랍니다!"

빌보가 외쳤다. 두려움과 놀람은 곧 사라졌고, 엎드려 있던 호빗들은 벌떡 일어났다. 모두를 위해 풍성한 식사가 준비되어 있었다. 물론 여기서 모두라는 말은 가족들만의 특별한 저녁 식사에 초대받은 이들을 제외한 것이다. 그 특별 잔치는 나무를 뒤덮어 버린 커다란 천막 안에서 열렸다. 초대받은 이들은 모두 144명이었다(사람들은 사용하기가 적절치 않다고 생각하지만, 어쨌든 호빗들도 이 숫자를 한 그로스라고 한다). 손님들은 (간달프와 같이) 특별한 친분으로 참석한 이들 외에는 모두 빌보와 프로도의 친척 중에서 선택되었다. 어린 호빗들도 많이 있었는데 모두 부모의 허락을 받아 참석한 것이었다. 호빗들은 자식들이 밤늦도록 돌아다녀도 비교적 관대했다. 특히 식사를 공짜로 먹을 수 있을 때는 더욱 그랬다. 어린 호빗을 키우는 데는 많은 식량이 필요했기 때문이다.

참석자들은 대개 골목쟁이, 보핀, 툭, 강노루 집안이 많았다. (골목쟁이 빌보의 할머니 쪽 친척으로) 토박이네에서 몇 명이 왔고, (툭 할아버지 친척으로) 토실이네에서도 몇 명 왔다. 그 외에도 굴집, 볼저, 조임띠, 오소리집, 헌칠이, 나팔수, 자랑발 집안에서도 참석했다. 이들 중에는 빌보의 먼 친척도 있었고, 샤이어 오지에 살고 있어서 호빗골에 처음 오는 이도 있었다. 자룻골골목쟁이 집안도 빠뜨리지 않았다. 오소와 그의 부인 로벨리아가 와 있었다. 그들은 빌보를 싫어했고 프로도는 더 싫어했으나 금빛 잉크로 쓰인 초대장의 위력이 워낙 대단했기 때문에 감히 거절할 수가 없었다. 게다가 사촌인 빌보는 몇 년에 걸쳐 음식을 연구했고, 또 그의 손님 접대는 이미 정평이 나 있었다.

참석한 144명의 손님은 모두 즐거운 잔치를 고대하면서도 한편으로는 이 집주인의 (빠질 수 없는 식순인) 식후 연설을 염려했다. 빌보는 시(詩)라고 하는 짧은 이야기들을 장황하게 늘어놓는 버릇이 있었다. 그리고 가끔 한두 잔 들어가면 그 옛날의 모험담을 이야기하고 싶어 했다. 과연 그들의 기대에 어긋나지 않게 음식상은 매우 훌륭했다. 양이나 질이나 가짓수도 그렇고 잔치 진행도 여유가 있었다. 그다음 몇 주 동안, 이 지역에서는 양식을 사들일 일이 없었다. 그러나 인근의 가게나 창고의 재고 식량은 빌보의 잔치 준비팀이 이미 다 비웠기 때문에 그리 문제 될 것은 없었다.

잔치가 (어느 정도) 끝날 때쯤 연설이 시작되었다. 하지만 손님들은 그들 표현대로 하면 '구석구석까지 꽉 채웠기' 때문에 느긋하고 편안하게 들어 줄 수가 있었다. 그들은 좋아하는 음료수를 홀짝거리거나 맛있는 음식을 야금야금 뜯어 먹으면서 걱정을 잊어버린 지 오래였다. 그들은 무엇이든지 들어 주고 한마디가 끝날 때마다 박수를 칠 준비가 되어 있었다.

빌보가 자리에서 일어나 연설을 시작했다.

"친애하는 형제 여러분."

"조용, 조용, 조용!"

여기저기서 조용히 하자고 외치는 소리가 들렸지만 그들은 실상 그러고 싶지는 않은 눈치들이었다. 빌보는 자기 자리를 떠나 불빛이 환한 나무 밑 의자에 올라섰다. 등불의 불빛이 싱글거리는 그의 얼굴을 비췄다. 그의 수놓은 비단 조끼 위에서는 금단추가 번쩍거렸다. 한 손은 바지 주머니에 넣고 한 손은 들어 올려 흔들어 대는 빌보의 모습을 그들은 모두 볼 수 있었다.

"친애하는 골목쟁이, 보핀, 친애하는 툭, 강노루, 토박이, 토실이, 굴집, 나팔수, 볼저, 조임띠, 헌칠이, 오소리집, 자랑발 프라우드푸츠(Proudfoots) 집안 여러분."

"프라우드피트(Proudfeet)예요!"

천막 뒤쪽에 있던 초로의 한 호빗이 소리쳤다. 그는 물론 자랑발(Proudfoots) 가문이었고, '자랑발'

이라는 이름이 어울리는 인물이었다. 그는 특별히 털이 텁수룩하고 커다란 두 발을 테이블 위에 올려놓고 있었다.

빌보는 계속했다.

"자랑발(Proudfoots) 식구들, 그리고 드디어 여기 골목쟁이집에 오신 것을 진심으로 환영하고 싶은 자룻골골목쟁이네 형제 여러분! 오늘은 저의 111번째 생일입니다. 오늘 백열한 살이 되었다는 말입니다."

"만세, 만세, 만수무강하십시오!"

그들은 환호성을 지르며 테이블을 쾅쾅 내리쳤다. 빌보는 멋지게 해내고 있었다. 짧고 분명한 것, 호빗들은 그런 것을 좋아했다.

"여러분들 모두 저처럼 장수하시길 바랍니다."

천지가 떠나갈 듯한 환호성. 예(혹은 아니요) 하는 고함, 나팔, 뿔나팔, 갖가지 피리를 비롯한 악기 소리들. 그곳엔 앞서 얘기한 대로 어린 호빗들도 상당수 참석했다. 악기가 든 수백 개의 선물 꾸러미가 열렸다. 그것들에는 대부분 '너른골'이라는 마크가 찍혀 있었다. 너른골의 선물 꾸러미는 호빗들이 아주 좋아하는 편은 아니었지만, 여하간 훌륭하다는 데는 이견이 없었다. 거기에는 작지만 완벽하게 만들어진, 매혹적인 음색을 내는 악기들이 들어 있었다. 한구석에서는 툭과 강노루 집안의 어린 꼬마들이 빌보 아저씨가 연설을 끝낸 줄 알고(필요한 내용은 거의 다 끝났으니까) 막 즉석 오케스트라를 구성해서 흥겨운 춤곡을 연주하기 시작했다. 툭 집안 에버라드 군과 강노루네 멜릴롯 양이 테이블 위에 올라서서 손에 벨을 들고 빙글빙글 돌며 춤을 추었다. 예쁘지만 다소 격렬한 춤이었다.

그러나 빌보의 연설은 끝난 게 아니었다. 그는 옆에 있는 아이에게서 나팔을 빼앗아 '뚜우, 뚜우, 뚜우' 하고 세 번 크게 불었다. 곧 소란이 가라앉았다.

"길게 이야기하지 않겠습니다."

좌중에서 다시 환호성이 일었다.

"저는 중요한 일로 여러분 모두를 모신 것입니다."

그의 말에는 상당히 의미심장한 무엇이 담긴 듯했다. 천막 안에는 침묵에 가까운 고요가 흘렀고 툭 집안 몇몇 호빗은 귀를 쫑긋 세웠다.

"사실 세 가지 목적으로 여러분을 모셨습니다. 첫째는 제가 여러분 모두를 대단히 사랑하고 있으며, 111년이란 세월은 여러 훌륭하시고 존경할 만한 호빗들과 함께 살아가기엔 너무나 짧은 시간이었음을 말씀드리기 위한 것입니다."

동감이라는 뜻의 열렬한 환호성이 일었다.

"저는 여러분에 대해서 제가 알고 싶었던 만큼의 절반도 알지 못했고, 여러분이 당연히 받아야 할 사랑의 절반도 드리지 못했습니다."

이 말은 예상치 못했던 것이고 조금은 어려웠다. 간간이 박수가 터져 나왔으나 그것도 대개는 계속 이야기를 끌고 가서 역시 칭찬으로 이어지는지를 알아보려는 의도에서 나온 것이었다.

"둘째는 저의 생일을 축하하는 것입니다."

다시 박수 소리가 났다.

"아마도 우리의 생일이라고 해야겠지요. 아시다시피 오늘은 여기 있는 저의 조카이며 양자인 프로도의 생일이기도 합니다. 오늘로 성년이 되어서 상속을 받게 되었습니다."

몇몇 노인들은 마지못해 박수를 쳤고, 젊은이들은 "프로도, 프로도, 멋쟁이 친구 프로도!" 하고 소리쳤다. 자룻골골목쟁이네 호빗들은 얼굴을 찡그린 채로 '상속을 받는다'는 말이 과연 무슨 의미일까 곰곰이 생각했다.

"우리 둘의 나이를 합하면 144가 됩니다. 이 특별한 숫자를 맞추기 위해 여러분은 초대된 것입니다. 우리 식으로 말하면 한 그로스가 되는 셈이죠."

좌중이 조용해졌다. 말도 안 되는 소리였다. 많은 손님들, 특히 자룻골골목쟁이네 식구들은 마치 자기네가 상자 속에 물건 채우듯 숫자를 맞추려고 초대받았다는 사실에 심한 모욕을 느꼈다.

"한 그로스라고? 웃기는 이야기로구먼."

"옛날이야기를 조금만 하자면, 오늘은 또 제가 통을 타고 긴호수의 에스가로스에 도착한 뜻깊은 날이기도 합니다. 물론 그때는 그날이 생일이라는 것도 몰랐지요. 그때 나이가 쉰하나였으니 생일 같은 것이 그리 중요하게 생각되는 때도 아니었습니다. 하지만 그때는 제가 감기에 걸려 겨우 '대다니 고마스니다.'라는 말밖에 못 했는데도, 잔치를 성대하게 열었던 것이 지금도 기억납니다. 이제 정확하게 그 인사를 다시 드리겠습니다. 저의 누추한 잔치에 참석해 주셔서 대단히 고맙습니다."

집요한 침묵이 이어졌다. 그들은 이제 곧 노래나 시가 장황하게 늘어지겠지 하고 걱정하기 시작했다. 여기서 그만 멈추고 건배 한번 하면 얼마나 좋을까? 그러나 빌보는 노래도 부르지 않았고 시도 읊조리지 않았다. 그는 잠시 호흡을 가다듬었다.

"셋째, 마지막으로 저는 한 가지 '발표'를 하려 합니다."

그가 발표라는 말을 너무 큰 소리로 불쑥 했기 때문에 아직 정신이 남은 이들은 자세를 바로 했다.

"아까 말씀드렸듯이 여러분과 함께 지내기에는 111년이란 세월은 너무 짧은 시간입니다. 그러나 이제 저는 유감스럽지만 이렇게 말씀드릴 수밖에 없습니다. 마지막입니다. 저는 갑니다. 지금 떠나겠습니다. 안녕히 계십시오!"

발을 내려 딛는 순간 그는 눈앞에서 사라졌다. 번쩍거리는 불꽃과 함께 손님들은 모두 눈을 깜박거렸다. 그들이 다시 눈을 떴을 때 빌보는 어디에도 보이지 않았다. 144명의 놀란 호빗들은 입조차 열지 못했다. 자랑발네 오도 노인은 테이블에서 발을 내려놓고 땅바닥을 굴러 보았다. 숨소리조차 들리지 않는 정적이 흘렀다. 잠시 후 깊이 내쉬는 숨소리와 함께 골목쟁이, 보핀, 툭, 강노루, 토박이, 토실이, 굴집, 볼저, 조임띠, 오소리집, 헌칠이, 나팔수, 자랑발 호빗들은 곧 입을 열기 시작했다.

모두들 장난치고는 너무 고약하다고 떠들어 댔고, 손님들의 충격과 불안을 가라앉히기 위해서는 음식과 술이 더 있어야 했다.

"그 양반 미쳤어. 내가 늘 그러지 않던가?"

대부분의 호빗들은 그렇게 이야기했다. 심지어 툭 집안에서도 (몇몇만 제외하고) 빌보의 행동이 좀 지나치다고 생각했다. 그들은 대체로 그때만 해도 그가 사라진 것을 우스꽝스러운 장난 정도로만 여겼다.

그러나 강노루네 로리 노인은 그렇게 믿을 수가 없었다. 나이도 지긋하고 오늘은 음식도 많이 먹었지만 그의 예리한 통찰력은 여전했고, 그래서 그는 며느리인 에스메랄다에게 소곤거렸다.

"얘야, 어딘가 수상쩍은 데가 있는 것 같구나! 그 엉뚱한 골목쟁이가 다시 멀리 떠나 버린 모양이다. 어리석은 늙은이 같으니라고. 하지만 걱정할 것도 없지. 저기 저렇게 먹을 것은 다 남겨 두고 갔으니까."

그는 프로도를 큰 소리로 불러 포도주를 더 가져오게 했다.

프로도는 아무 말 없이 가만히 앉아 있었다. 그는 한참 동안 빌보의 텅 빈 자리 옆에 말없이 앉아 주변의 논평과 질문을 모른 척했다. 물론 그는 이미 모든 내막을 다 알고 있었지만 장난이 재미있었다. 손님들이 놀라고 화내는 모습을 바라보며 그는 웃지 않으려고 무진 애를 썼다. 그러나 한편으론 갑자기 걱정되기 시작했다. 불현듯 자기가 그 늙은 호빗을 진심으로 사랑하고 있다는 생각이 들었다. 손님들은 계속 먹고 마시면서 오늘의 장난을 비롯해 빌보의 이상한 행동을 화제 삼아 떠들었고, 자룻골골목쟁이네 일행은 이미 화를 내고 떠나 버렸다. 프로도는 잔치 자리에 더 있고 싶지 않았다. 그는 일꾼들에게 술을 더 내놓으라고 지시한 다음, 일어나 빌보의 건강을 위해 말없이 건배를 하고 조용히 천막에서 빠져나왔다.

골목쟁이네 빌보는 연설하는 동안에도 한 손으로는 주머니에 있는 황금 반지를 만지작거리고 있었다. 오랫동안 몰래 간직해 오던 마법의 반지였다. 그는 의자에서 내려오면서 반지를 손에 꼈고, 이제 호빗골의 어느 누구도 그를 다시 볼 수 없었다.

그는 잰걸음으로 자신의 굴집을 향해 걸었다. 가는 도중 그는 잠시 멈춰 서서 천막 안에서 일어난 소동과 마당 저쪽에서 벌어지는 흥겨운 소리를 듣고는 웃으면서 집으로 들어왔다. 그는 연회복으로 입었던 수놓은 비단 조끼를 벗어서 박엽지에 잘 싸서 치워 두었다. 그러고는 재빨리 옛날 모험 여행을 떠날 때 입었던 낡은 옷을 걸치고, 허리에 해진 가죽 허리띠를 두르고 낡아 빠진 검은 가죽 칼집에 든 단검을 그 위에 매달았다. 그다음에는 곰팡내 나는 서랍에서 옛날에 입던 외투와 두건을 꺼냈다. 그는 그것들을 마치 보물인 양 소중히 보관했지만 이제는 다 해지고 햇빛에 바래서 원래의 짙은 녹색을 거의 알아볼 수 없었다. 여하튼 그에게는 그 옷이 너무 커 보였다. 그 차림으로 그는 서재로 들어가서 크고 튼튼한 상자에서 낡은 천에 싸인 꾸러미와 가죽 장정의 필사 원고와 커다란 봉투를 꺼냈다. 그는 이미 다른 물건들로 배가 불룩한 그 가방에 책과 꾸러미를 쑤셔 넣었다. 봉투 속에는 반지와 그것을 꿰고 있던 가는 줄을 같이 넣고 봉함한 뒤 '프로도 앞'이라 썼다. 처음에는 그것을 벽난로 위에 놓았다가 갑자기 자기 주머니에 다시 넣었다. 그때 문이 열리고 간달프가 황급히 들어왔다.

"어서 오십시오. 금방 오실 거라고 생각했습니다."

마법사는 의자에 걸터앉으면서 말했다.

"다시 눈으로 볼 수 있게 돼서 반갑구먼. 마지막으로 몇 마디 할 이야기가 있네. 잔치는 자네 계획대로 잘 끝난 것 같은데, 어떤가?"

"그런 것 같습니다. 마지막 불꽃놀이가 압권이었습니다. 다른 것들도 물론이지만 벌어진 입을 다물 수가 없더군요. 직접 손을 좀 더 쓴 거죠?"

"그런 셈이지. 자넨 그 반지의 비밀을 오랫동안 잘 숨겨 오지 않았는가? 그런데 갑자기 사라져 버린다면 손님들이 얼마나 놀라겠는가? 그래서 깜짝 놀랄 만한 불꽃놀이를 하나 넣은 거지."

빌보는 빙긋 웃었다.

"그 때문에 내 장난도 망칠 뻔했어요. 나이 드셨으면 곱게 앉아 계실 일이지. 하지만 나보다 사려가 깊으실 테니까요."

"대개는 그렇지. 하지만 이번 일 전체에 대해서는 어째 자신이 없네. 마지막 순간에 이르렀는데 말이야. 자네는 그 장난으로 모든 친척을 깜짝 놀라게 하고 또 불쾌하게 만든 셈이야. 앞으로 아흐레, 아니 아흔아흐레 동안 샤이어는 그 이야기로 날이 새고 해가 질 걸세. 어디 멀리 갈 계획인가?"

"그렇습니다. 휴식을 취해야겠어요. 전에 말씀드렸듯이 아주 긴 휴식 말입니다. 어쩌면 영원한 휴식일지도 모르지요. 다시 돌아올 것 같지는 않습니다. 사실 그럴 생각도 없고요. 그리고 주변 정리도 다 끝냈습니다. 간달프, 나는 늙었어요. 겉으로는 그렇게 보이지 않을 뿐 마음으로는 확실하게 느낍니다. 지금까지 잘 버텨 온 셈이지요."

그는 콧방귀를 뀌었다.

"아니, 기력이 없어 쓰러질 지경이라는 표현이 더 낫겠어요. 무슨 뜻인지 아시겠어요? 버터 한 조각 가지고 빵을 너무 많이 발라 먹었다는 생각이 드는군요. 그건 옳지 않아요. 무슨 변화가 있어야겠어요."

간달프는 심상치 않은 눈빛으로 그를 찬찬히 뜯어보았다.

"그렇지, 옳은 일이 아닌 것 같네. 아무튼 자네 계획이 결국은 최선의 길이 될 것이라 믿네."

그는 사려 깊게 말했다.

"여하튼 이미 결정은 내렸습니다. 다시 산을 보고 싶어요, 간달프, 산 말입니다. 그러고 나서 어딘가 쉴 만한 데를 찾아야지요. 조용하고 평화로운 곳, 기웃거리는 친척도 없고 계속 벨을 눌러 대는 손님도 없는 곳이 좋겠습니다. 그리고 거기서 집필을 끝낼 생각입니다. 마지막 문장은 이미 멋진 것을 생각해 두었지요. '그리고 그는 죽는 날까지 행복하게 살았다.'"

간달프는 껄껄 웃었다.

"나도 그러기를 바라네. 하지만 마지막 문장이 어떻게 끝나든 간에 아무도 그 책을 읽지 않을 것 같은데."

"아닙니다. 앞으로는 읽을 겁니다. 프로도는 이미 집필된 데까지 다 읽었답니다. 프로도를 잘 돌봐 주실 거죠?"

"물론이지, 내 힘닿는 대로 두 눈 똑바로 뜨고 보살피겠네."

"그 아이는 내가 가자고 하면 물론 따라나설 겁니다. 사실 오늘 잔치를 시작하기 전에도 그 애가 가겠다고 했습니다. 하지만 아직 진심은 아닌 것 같아요. 나는 죽기 전에 마지막으로 그 거친 세계와 산을 보고 싶은데, 프로도는 아직 샤이어를, 이 숲과 들판과 작은 강들을 사랑하고 있지요. 여기가 더 편할 겁니다. 물론 몇 가지 빼고는 모두 프로도에게 남기고 떠날 작정입니다. 혼자 사는 데 익숙해지면 그 애도 곧 행복을 찾을 수 있을 거라고 생각합니다. 이젠 스스로 주인이 될 때가 되었죠."

"모두라고 했는가? 반지는? 자네도 기억하겠지만 우린 약속하지 않았나?"

"예, 아…… 예, 그랬지요."

빌보는 말을 더듬었다.

"어디 뒀나?"

"봉투에 넣어 두었습니다, 정 알고 싶다면 말입니다. 저기 벽난로 위에요. 아니, 이게 내 주머니에 있네!"

빌보는 짜증을 내며 머뭇거렸다.

"거참 이상하네. 어떻게 된 거야? 왜 주머니에 들어와 있지? 그래, 그럴 수도 있지 뭐. 주머니에 들어가지 말란 법이 어디 있겠어."

빌보는 힘 빠진 목소리로 혼자 중얼거렸다.

간달프는 다시 빌보를 향해 두 눈을 똑바로 치떴다. 그의 두 눈에 희미한 섬광이 번득였다. 그는 나직이 말했다.

"빌보, 내 생각에는 그것을 여기 두고 가는 것이 좋겠네. 그러고 싶지 않은가?"

"음, 그래요…… 아니. 또 그 문제군. 반지를 남겨 두고 싶지 않습니다. 왜 그래야 하는지 정말 모르겠군요. 당신은 왜 또 재촉하는 거죠? 항상 내 반지를 가지고 괴롭히잖아요. 지난번 여행에서 가지고 온 다른 것은 전혀 문제 삼지 않으면서."

빌보의 어조에 묘한 변화가 일었다. 그의 목소리는 의혹과 분노로 날카로워졌다.

"그런 셈이지. 하지만 그럴 만한 이유가 있었네. 내가 원한 것은 진실이야. 그건 중요한 문제였어. 마법의 반지들은, 음, 마법을 행할 뿐 아니라 희귀하고 또 호기심을 자극하네. 자네도 말했듯이 나는 그 반지에 남다른 관심이 있었지. 지금도 물론 그렇지만, 자네가 다시 방랑길에 나선다니, 그것이 어디 있는지 알고 싶네. 게다가 자네는 이미 너무 오랫동안 그 반지를 가지고 있었어. 내 생각이 크게 틀리지 않는다면, 빌보 자네는 이제 더는 그것이 필요 없을 걸세."

빌보는 얼굴을 붉혔고, 두 눈에는 분노의 빛이 번득였다. 사람 좋아 보이는 그의 얼굴이 굳어졌다. 빌보는 소리를 질러 댔다.

"도대체 내가 내 물건 가지고 뭘 하든 간에 당신이 무슨 상관이죠? 그 반지는 내 겁니다. 내가 발견했어요. 내 손에 들어온 거라니까요."

"그렇지, 알겠네. 하지만 화낼 필요는 없지 않은가?"

"모두 당신 때문에 그런 겁니다. 분명히 말하지만 이건 내 겁니다. 내 소유물, 내 보물이란 말입니다. 그래요, 내 보물입니다."

마법사도 정색을 하고는 얼굴이 굳어졌다. 그의 깊은 눈동자에 스치는 한 줄기 빛은 그가 내심 놀라움과 경악을 금치 못하고 있음을 보여 주었다. 그가 말했다.

"옛날에도 누가 그렇게 말한 적이 있지? 자네는 아니지만."

"하지만 지금 그렇게 말한다고 해서 안 될 일이 뭡니까? 비록 전에 골룸이 먼저 그렇게 말했다 하더라도 이젠 그의 것이 아니고 내 것입니다. 따라서 분명히 못 박아 두지만 이건 내가 보관하겠어요."

간달프는 일어서서 엄하게 말했다.

"빌보, 그렇게 한다면 자넨 바보가 될 걸세. 자네의 말 한마디 한마디가 그 점을 분명히 밝히고 있네. 반지의 힘이 이제는 자네를 압도할 지경이 된 거야. 반지를 놔주게. 그러면 자넨 자유를 얻을 수 있어."

"내 마음대로, 내 뜻대로 하겠습니다."

빌보는 고집을 부렸다.

"자, 자, 내 친구 빌보! 우리는 오랫동안 좋은 친구가 아니었던가? 그리고 자넨 내게 빚도 있지 않은가. 자! 약속한 대로 하게. 반지를 포기하게."

빌보는 악에 받쳐 소리 질렀다.

"흥! 내 반지가 탐이 난다면 솔직히 그렇게 말씀하세요. 하지만 그렇게는 안 될 겁니다. 분명히 얘기하지만 내 보물을 내놓지 않겠어요."

그의 손이 옆구리에 있는 단검의 손잡이께에 가 멈췄다. 그러자 간달프의 눈에 불꽃이 일었다.

"이제 내가 화를 낼 차례이군. 계속 그렇게 고집을 피운다면 할 수 없지. 그러면 회색의 간달프, 그 진면목을 한번 보게."

그는 호빗에게 바짝 다가섰다. 갑자기 간달프는 무시무시한 거인처럼 보였고, 그의 그림자가 좁은 방 안을 꽉 채웠다.

빌보는 주머니를 꽉 움켜쥐고는 숨을 거칠게 몰아쉬면서 벽 쪽으로 물러섰다. 그들이 서로 정면으로 마주 보고 서 있는 방 안의 공기는 숨 막힐 듯한 긴장감으로 가득 찼다. 간달프의 시선이 호빗의 얼굴에 날카롭게 꽂혔다. 빌보는 천천히 움켜쥔 주먹을 풀고 몸을 떨기 시작했다.

"간달프, 무슨 영문인지 모르겠군요. 당신은 전에는 이런 적이 없었잖아요. 왜 그러시죠? 반지는 내 거라고요. 내가 발견했어요. 그게 없었으면 골룸한테 죽었을 겁니다. 그가 뭐라고 하든 간에 나는 도둑이 아니에요."

"자네가 도둑이라는 게 아니야. 나도 물론 아니고. 자네한테서 그걸 뺏으려는 것이 아니라 자넬 도우려는 것일세. 예전처럼 나를 믿었으면 좋겠네."

그가 몸을 돌리자 그림자도 사라졌다. 그의 몸은 다시 줄어들어 세파에 시달린 구부정한 회색 노인으로 변해 있었다.

빌보는 두 손에 얼굴을 파묻었다.

"죄송합니다. 참 기분이 이상하군요. 하지만 이젠 그것 때문에 시달리지는 않겠네요. 최근에는 반지 때문에 마음고생이 참 심했답니다. 때로는 반지가 나를 지켜보는 눈동자 같은 느낌이 들 때도 있었지요. 늘 그것을 끼고 사라지고 싶은 유혹도 받았고요. 이해하시겠습니까? 가끔은 안전하게 있나 궁금해서 꺼내어 확인해 보기도 했지요. 그 반지를 어디에 넣고 잠가 버리고 싶었지만 주머니에 그것이 없으면 도대체 마음이 놓이지를 않았어요. 왜 그런지 모르겠군요. 도무지 갈피를 못 잡겠네요."

"나를 믿게. 이젠 완전히 결정된 걸세. 반지를 여기 두고 떠나게. 내버리게. 프로도에게 그 반지를 주게. 그러면 내가 돌봐 줌세."

빌보는 잠시 긴장한 채로 마음을 결정하지 못하고 서 있었다. 이윽고 한숨을 쉬고는 힘들게 입을 열었다.

"좋습니다. 그러지요."

그러고 나서 어깨를 늘어뜨리고 허탈하게 웃었다.

"사실 잔치를 그렇게 성대하게 연 것도 다 그 때문이지요. 선물을 많이 나눠 주면 반지를 내놓기도 쉬워질 줄 알았습니다. 결국 아무 효과도 없었지만요. 하지만 그 모든 준비가 물거품이 되지 않게끔 이제라도 떠나야지요. 그러지 않으면 잔치에서 친 장난도 우습게 돼 버리겠지요."

"나 역시 그렇게 생각했네."

"좋습니다. 다른 모든 것들과 함께 반지는 프로도에게 주겠습니다."

그는 깊게 한숨을 내뱉었다.

"이젠 정말 떠나야겠군요. 그러지 않으면 누구를 만날지도 모르겠어요. 작별 인사를 두 번 하는 것만큼 지겨운 일은 없지요."

그는 가방을 들고 문간으로 향했다.

"자넨 아직 주머니에 반지를 가지고 있네."

"저런, 그렇군요. 유언장과 다른 서류들도 같이 가지고 갈 뻔했네요. 당신이 가지고 있다가 나 대신 전해 주세요. 그게 제일 안전하겠습니다."

"아니, 나한테 주지 말고 벽난로 위에 얹어 두게. 프로도가 오기 전까지는 그곳이 안전할 테니까. 내가 그를 기다리겠네."

빌보는 봉투를 꺼냈다. 시계 옆에 그것을 놓으려는 순간 그의 손이 뒤로 움찔했다. 그 바람에 꾸러미가 마룻바닥에 떨어졌다. 빌보가 그것을 줍기도 전에 마법사가 먼저 집어서 그 자리에 올려놓았다. 분노의 경련이 재빨리 호빗의 얼굴을 스쳐 지나갔다. 그러나 이내 안도의 표정과 웃음으로 바뀌었다.

"자, 그럼 끝났군요. 이제 떠납니다."

그들은 현관으로 나왔다. 빌보는 벽걸이에서 자신이 애용하는 지팡이를 꺼내 들고는 휘파람을 불었다. 세 명의 난쟁이들이 바삐 일하던 방에서 뛰어나왔다.

빌보가 물었다.

"준비는 모두 다 끝났소? 짐 싸고 꼬리표 붙이는 일 말이오."

"모두 끝났습니다."

그들이 대답했다.

"그럼 출발합시다."

그는 현관문을 나섰다.

밤공기는 상쾌했고 검은 하늘 여기저기에는 별들이 빛나고 있었다. 그는 고개를 쳐들고 밤공기를 들이마셨다.

"얼마나 즐거운 일인가. 다시 길을 떠나다니! 난쟁이들과 함께 여행을 떠나다니! 이건 내가 오랫동안, 오랜 세월 꿈꿔 온 것이지. 안녕!"

그는 고향 집 대문을 향해 허리를 굽혀 작별 인사를 했다.

"간달프, 몸 건강하십시오."

"빌보, 잘 가게. 서로 떨어져 있는 동안 몸조심하게! 자넨 꽤나 늙었어. 그만큼 지혜로워지기도 했지만 말이야."

"조심하세요. 난 괜찮으니 내 걱정은 하지 마시고요. 이제 예전처럼 홀가분해졌답니다. 큰일을 끝낸 것 같은 기분입니다. 이젠 정말 떠나야 할 때가 되었군요. 발길을 돌릴 때가 되었네요."

그는 인사를 끝내고 혼잣말을 하듯 어둠 속에서 나지막한 소리로 노래를 시작했다.

길은 끝없이 이어지네.
문을 나서면 내리막길
길은 저 멀리 아득히 끝 간 데 없고
이제 나는 힘닿는 데까지 걸어야 하리.
팍팍한 두 다리를 끌고,
더 큰 길이 보일 때까지
많은 길과 많은 일을 만나는 곳으로
그다음엔 어디? 알 수 없다네.

그는 잠시 걸음을 멈추었다. 그러고는 한마디 말도 없이 마당과 천막에서 나오는 불빛과 음성 들을 뒤로하고 세 명의 길동무와 함께 정원을 돌아 긴 비탈길을 또박또박 걸어 내려갔다. 비탈길 끝에는 낮은 울타리가 있었다. 그는 그 울타리를 뛰어넘어 숲길로 접어들더니 풀잎들 위로 일렁이는 바람처럼 밤의 어둠 속으로 사라졌다.

간달프는 그의 뒷모습이 어둠에 묻혀 사라질 때까지 한참 지켜보았다.

"잘 가게, 친구…… 다시 만날 때까지 안녕!"

그는 나지막한 소리로 인사한 뒤 안으로 들어갔다.

곧 프로도가 들어왔다. 그는 간달프가 불도 켜지 않은 어두운 방 안에서 깊은 생각에 잠겨 있는 것을 발견하고 물었다.

"떠나셨나요?"

"그렇다네, 결국 떠났지."

"오늘 저녁때까지만 해도 저는 그것이 농담이기를 바랐습니다. 하지만 진심으로 떠나기를 원하신다는 것도 알고 있었죠. 그분은 진지한 이야기도 항상 농담처럼 하셨거든요. 좀 더 일찍 왔으면 떠나시는 모습을 뵐 수도 있었을 텐데."

"내 생각에 자네 아저씨는 정말로 조용히 떠나고 싶어 한 것 같네. 너무 심려하지 말게. 지금쯤은 아주 마음이 편한 상태일 게야. 자네한테 뭘 남긴 것이 있네. 저기 있군."

프로도는 벽난로 위에서 봉투를 내려 흘끗 보기만 할 뿐 뜯어 보지는 않았다.

"자넨 빌보가 남긴 유언장이나 다른 문서들을 발견하게 될 걸세. 이제부터 골목쟁이집의 주인은 자네야. 게다가 그 반지도 자네가 맡아야 할 것 같네."

프로도가 소리를 질렀다.

"반지요? 그것도 남기고 가셨어요? 참 알 수 없군요. 아직 쓸모가 있을 텐데요."

"그럴 수도 있고, 그렇지 않을 수도 있지. 내가 자네라면 그것을 사용하지 않겠네. 그러나 잘 보관하게. 안전하게 지켜야 해. 난 인제 그만 눈 좀 붙여야겠어."

프로도는 이제 자기가 골목쟁이집의 주인이 되어 빌보 대신 손님들에게 작별 인사를 해야 한다는 것을 깨달았다. 벌써 마당 곳곳에서는 이상한 소문이 퍼졌지만 프로도는 "날이 밝으면 모든 것이 분명하게 밝혀질 것입니다."라고 말할 도리밖에 없었다. 한밤중에 손님들을 모시고 갈 마차들이 도착했다. 배는 가득 채웠으나 불만이 남은 호빗들을 싣고 마차들은 차례로 떠나갔다. 미리 대기하고 있던 정원사들이 늑장을 부리다 뒤처진 나머지 손님들을 짐수레에 싣고 사라졌다.

그 밤은 서서히 걷히고 다시 날이 밝았다. 호빗들은 늦잠을 잤다. 아침나절이 되자 다시 마을 주민들이 하나둘 모여들더니 (시키는 대로) 천막과 식탁, 스푼, 나이프, 술병, 접시, 등잔, 꽃 나무상자, 빵 부스러기, 폭죽 싼 종이, 잊어버리고 간 가방, 장갑, 손수건, (매우 적은 양이지만) 먹다 남은 음식 등을 치우기 시작했다. 그러고 나자 (일부러 부르지도 않은) 다른 호빗들이 나타났다. 골목쟁이네와 보핀, 볼저, 툭 집안 손님들과 근처에 살거나 머물고 있는 손님들이었다. 해가 중천에 걸릴 때쯤 되자 어제 배가 터지도록 먹은 이들도 다시 나타나 골목쟁이집은 어제처럼 여전히 북적댔다. 초대한 일은 없으나 그렇다고 전혀 예상 못 한 건 아니었다.

프로도는 계단 위에서 손님들을 향해 미소를 지어 보이려고 애썼으나 그 얼굴에는 피곤하고 근심스러운 표정이 복잡하게 얽혀 있었다. 그는 모든 방문객을 친절하게 맞았으나 어제저녁 일에 대해 더 할 말이 없었다. 쏟아지는 질문에 대한 그의 대답은 간단했다.

"골목쟁이네 빌보 아저씨는 떠났습니다. 제가 아는 바로는 영원히 떠났습니다."

프로도는 그들 중에서 빌보가 특별히 '메시지'를 남긴 이들을 집 안으로 들어오게 했다. 집 안에는 크고 작은 꾸러미와 짐짝 그리고 작은 가구들이 쌓여 있었다. 각각에는 다음과 같은 꼬리표들이 붙어 있었다.

'친애하는 툭 집안 아델라드에게, 이제 자네 우산일세. 빌보가.'

우산이었다. 아델라드는 '표식이 없는' 우산을 집어 가는 버릇이 있었다.

'참으로 길었던 서신을 기억하며 골목쟁이네 도라에게, 사랑하는 빌보가.'

커다란 폐지통이었다. 도라는 드로고의 누이이며, 빌보와 프로도의 친척 중에서 여자로는 가장 나이가 많았다. 그녀는 아흔아홉 살로 반세기 동안이나 빌보에게 좋은 충고를 수백 장씩 써 보냈다.

'굴집네 밀로에게, 요긴하게 쓰기를 바라며, 골목쟁이네 빌보가.'

금촉으로 된 펜과 잉크병이었다. 밀로는 편지 답장을 쓴 적이 없었다.

'안젤리카를 위하여, 빌보 아저씨가.'

둥근 볼록 거울이었다. 그녀는 골목쟁이 집안의 젊은이로, 지나칠 정도로 미모에 자신감을 갖고 있었다.

'조임띠네 휴고의 장서를 위하여, 기증자가.'

(텅 빈) 책장이었다. 휴고는 책을 빌려 가서 돌려주지 않기로 유명했다.

'자룻골골목쟁이 로벨리아에게 주는 선물.'

은스푼 한 세트였다. 빌보는 자기가 첫 여행을 하고 있을 때 그녀가 자기 스푼을 많이 훔쳐 갔다고 믿고 있었다. 로벨리아도 그 점을 분명히 알고 있었다. 그날 늦게 골목쟁이집에 도착한 그녀는 그 말이 무슨 뜻인지 곧 알아챘다. 그러나 그녀 역시 스푼을 받아 갔다.

이것은 모아 놓은 선물 중에 지극히 작은 일부일 뿐이었다. 빌보의 집은 그가 오랫동안 살면서 쌓아 온 여러 가지 잡동사니들로 어수선했다. 호빗들의 굴집은 대체로 너저분한 편이었다. 선물을 자주 주고받는 그들의 풍습 때문일 것이다. 물론 그 선물들이 항상 새것일 리는 없었다. 그래서 그 지역을 돌고 돌아 이제는 어디에 쓰이는지도 모를 '매돔'들이 한두 가지씩 있었다. 그러나 빌보는 대개 새 물건을 선물로 주고 자기가 받은 것은 잘 보관해 왔다. 이제 그 낡은 굴집도 조금은 깨끗해진 것 같았다.

갖가지 선물들에는 모두 빌보가 직접 써 붙인 꼬리표들이 있었는데, 일부는 부탁이나 농담이 적혀 있기도 했다. 선물은 대부분 그것을 꼭 필요로 하는 사람들에게 주어졌다. 빌보의 선물은 가난한 호빗들, 특히 골목아랫길의 주민들에게 보탬이 되었다. 감지 영감은 감자 두 자루, 삽 새것 하나, 모직 조끼, 관절염 연고 한 갑 등을 선사 받았다. 강노루네 로리 노인에게는 두터운 후의에 대한 보답으로 '묵은포도원' 포도주 열두 병이 선물로 주어졌다. 빌보의 부친이 담근 남둘레산(産)의 독한 적포도주는 이제 농익을 대로 숙성해 맛이 뛰어났다. 로리는 빌보를 완전히 용서하게 되었고 첫째 병을 따서 마셔 본 후로는 그를 최고의 친구로 치켜세웠다.

프로도 앞으로 남은 것도 많았다. 물론 책이나 그림, 가구 등속을 비롯한 많은 물건에 그의 이름이 붙어 있었다. 그러나 돈이나 보석에 대해서는 한마디도 남겨 놓지 않았다. 동전 한 푼, 유리구슬 하나 남지 않았다.

그날 오후는 매우 지겨운 시간이었다. 모든 가구와 물건을 공짜로 나눠 준다는 엉터리 소문이 들불처럼 번져서 집 안은 순식간에 아무 용건도 없는 사람들로 북새통이 되어 버렸다. 그들을 돌려보낼 뾰족한 방법이 없었다. 꼬리표가 떨어져 서로 섞이고 급기야는 싸움이 벌어졌다. 어떤 이들은 마루에서 물건을 바꾸거나 거래하기도 했으며 또 일부는 자기들 이름이 붙지 않은 물건이나 필요 없어 보인다거나 지키는 사람이 없는 작은 물건들을 슬쩍하기도 했다. 집 앞으로 올라가는 길은 짐마차와 손수레로 막혀 버렸다.

그 소동이 벌어지고 있는 통에 자룻골골목쟁이 집안이 도착했다. 프로도는 잠시 쉬기 위해 친구인 강노루네 메리에게 물건을 잘 지키라고 부탁하고는 안으로 들어가 있는 중이었다. 오소가 큰 소리로 프로도를 보자고 했고, 메리는 공손하게 말했다.

"기분이 안 좋아서 지금 쉬고 계세요."

로벨리아가 말했다.

"숨겠다는 수작이지. 어쨌든 프로도를 만나러 왔으니 가서 그대로 전해."

메리는 그들을 오랫동안 마루에 세워 두었고 그들은 그 틈에 자기들 몫의 이별 선물인 스푼 세트를 발견했다. 그러나 그것도 소용이 없었고 마침내 메리는 그들을 서재로 데려가지 않을 수 없었다. 프로도는 많은 서류를 앞에 둔 채 테이블에 앉아 있었다. 여하튼 그는 자룻골골목쟁이네를 만나고 싶은 마음이 전혀 없는 것 같았다. 그러나 그는 주머니에서 뭔가를 만지작거리며 일어서더니 매우 공손하게 그들을 맞았다.

자룻골골목쟁이 일행은 계속 퉁퉁거렸다. 그들은 꼬리표가 없는 여러 값비싼 물건들을 (친구 사이니까) 헐값으로 내놓으라고 요구하기 시작했다. 빌보가 지정한 것만 줄 수 있다고 프로도가 대답하자 그들은 이번 일은 수상쩍은 데가 많다고 우겼다.

오소가 말했다.

"딱 한 가지 분명한 점이 있지. 자네가 벼락부자가 되었다는 사실이야. 유언장을 꼭 봐야겠어."

프로도가 입양되지 않았으면 오소가 상속자가 될 가능성이 컸다. 그는 유언장을 찬찬히 뜯어보고는 콧방귀를 뀌었다. 유감스럽게도 그것은 매우 분명하고 정확했다(무엇보다도 호빗들의 관습에 따라 붉은 잉크로 된 일곱 명의 증인 서명이 있었다).

그는 아내를 향해 외쳤다.

"제기랄, 또 당했어. '60년'이나 기다렸는데 이까짓 스푼이라고? 빌어먹을!"

그는 프로도의 코앞에 삿대질을 해 대고는 쿵쾅거리며 밖으로 나갔다. 그러나 로벨리아는 그렇게 쉽게 물러서지 않았다. 얼마 후 일이 제대로 되어 가는지 알아보기 위해 프로도가 서재에서 나왔을 때도 로벨리아는 여전히 모퉁이 구석구석을 뒤지거나 마룻바닥을 두드려 보면서 근처를 맴돌고 있었다. 프로도는 한사코 나가지 않으려 버티는 로벨리아를 억지로 집 밖으로 내보냈다. 물론 어느새 그녀의 우산 속에는 몇 가지 작은 (그러나 꽤 값진) 물건들이 들어간 후였다. 그녀는 어떻게 하면 마지막 한마디를 속 시원하게 퍼부을 수 있을까 궁리하느라 얼굴을 한껏 찡그리고 있었다. 그러나 층계를 내려가면서 겨우 찾아낸 말이란 이 정도였다.

"이 애송이 녀석! 후회하게 될 거다! 왜 너도 같이 가 버리지 않았어! 넌 이 집안하고는 상관없잖아! 넌 골목쟁이네가 아니야, 넌 강노루네라고!"

"메리, 저 말 들었어? 저것도 욕이라고 한 거겠지?"

등 뒤로 문을 닫으며 프로도가 말하자 강노루네 메리는 이렇게 대답했다.

"칭찬인 셈이죠. 물론 진심은 아니겠지만."

그들은 집 안을 살피다가 지하 저장고 벽에 구멍을 내고 있는 젊은 호빗 셋(둘은 보핀 집안이었고 하나는 볼저였다)을 쫓아냈다. 프로도는 이상한 소리가 들리는 곳에서 자랑발네 산초(자랑발네 오도 노인의 손자)가 커다란 식품 저장실에 구멍을 내는 것을 발견하고는 한바탕 드잡이를 벌여야 했다. 빌보의 황금에 대한 소문이 호빗들에게 호기심과 희망을 부추긴 것이었다. 전설 속의 황금이란 (분명히 부당한 이득은 아니겠지만 획득한 경위가 수상쩍으므로) 방해만 없다면 찾는 이가 임자라고들 생각하고 있었기 때문이다.

산초를 쫓아낸 후 프로도는 마루 의자에 털썩 주저앉았다.

"메리, 가게 문 닫을 시간이군. 문을 잠그게. 오늘은 아무에게도 문을 열지 마. 공성 무기로 공격하더라도 말이야."

그는 피로를 풀기 위해 늦었지만 차를 마시러 갔다. 다시 자리에 앉자마자 현관문에서 들릴 듯 말 듯 한 노크 소리가 들려왔다.

"로벨리아가 틀림없어. 이제야 진짜 후련한 저주가 생각나서 되돌아온 모양이야. 가만히 있어 보자."

그는 계속 차만 마셨다. 노크 소리는 점차 크게 들려왔지만 그는 모른 척했다. 갑자기 마법사의 머리가 창문에 쓱 나타났다.

"프로도, 문을 안 열겠다면 이 창문을 뜯어내 저 산에 처박아 버리겠네!"

"아! 간달프! 잠깐만요."

프로도는 현관으로 달려가며 소리쳤다.

"어서 오세요! 전 로벨리아인 줄 알았어요."

"그렇다면 용서해 주지. 내가 오는 길에 보니까 그 여잔 강변마을 쪽으로 조랑말을 타고 가던데. 몰골이 꼭 귀신 같더구먼."

"저도 하마터면 잡아먹힐 뻔했어요. 솔직히 말하면 빌보 아저씨의 반지를 끼고 싶을 정도였으니까 말이에요. 없어지고 싶은 생각뿐이었어요."

그러자 간달프가 자리에 앉으며 말했다.

"그러면 안 되네. 프로도, 그 반지를 조심하게! 사실 내가 작별 인사를 하러 온 것은 한편으로 그 때문이기도 하지."

"네? 무슨 말씀이세요?"

"자넨 그 반지에 대해 어느 정도까지 알고 있지?"

"빌보 아저씨께 들은 것뿐이지요. 듣긴 들었어요. 어떻게 발견했고 어떻게 사용했는가 하는 것 말이에요. 물론 그 여행 중에 말이죠."

"무슨 얘긴지 궁금하군."

"난쟁이들에게 이야기하거나 책에 쓴 것이 아니랍니다. 제가 여기 온 직후에 얘기해 주셨어요. 당신께 털어놓기 전까지는 당신께도 시달렸다면서 저도 알고 있는 것이 좋겠다고 했어요. '프로도, 우리 사이엔 무슨 비밀이 있을 필요가 없지. 그렇지만 절대로 다른 사람에게까지 퍼져서는 안 된다. 그건 어쨌든 내 물건이니까' 하고 말입니다."

"재미있군. 자넨 그 이야기를 어떻게 생각했나?"

"혹시 '선물'이라고 꾸며 댄 부분을 말씀하시는 거라면 진짜 이야기가 더 그럴듯하다고 생각해요. 그렇게 이야기를 바꿀 필요도 없었고요. 어쨌든 아저씨답지 않은 일이었어요. 약간은 이상하다고 생각했지요."

"내 생각도 그렇다네. 그렇지만 그와 같이 귀한 물건을 가진 사람에게는, 또 그것을 사용하는 사람에겐, 이상한 일이 일어날 수도 있지. 반지에게는 자네가 원하는 대로 사라지게 하는 힘 말고도 다른 힘이 있는지도 몰라."

"무슨 말씀인지 모르겠어요."

"나도 사실은 모른다네. 난 그 반지가 좀 이상하다고 생각하기 시작했을 뿐이야. 특히 어젯밤부터 말이야. 걱정할 필요는 없어. 그렇지만 자네가 내 충고를 따를 생각이라면, 그건 될 수 있는 대로, 아니 절대로 사용하지 말게. 적어도 그로 인해 어떤 이야기나 소문이 나지 않게 각별히 조심해야 하네. 다시 한번 말하지만 안전하게, 몰래 간직해 두게!"

"참 이상하군요. 뭘 두려워하시는 거죠?"

"나도 확신할 수는 없어. 그러니 그 이상 이야기할 수는 없지. 다음에 와서는 뭔가 이야기해 줄 수 있을지 모르지. 나는 곧 떠나야 해. 이것으로 작별 인사를 대신하는 거야."

그는 자리에서 일어섰다.

"아니, 지금요? 일주일쯤은 머무실 줄 알았는데요. 도와주실 일도 있을 텐데."

"나도 그럴 생각이었지만, 계획이 바뀌었다네. 시간이 오래 걸릴지도 몰라. 가능한 한 일찍 돌아오지. 내가 언제 돌아올지는 나도 확실히 모르지만 소리 없이 돌아올 거야. 앞으로는 샤이어를 공공연하게 방문하는 것도 불가능해질 거야. 요즘은 내 인기도 예전만 못한 것 같네. 내가 평화를 깨뜨리는 말썽꾼이란 소문도 들리거든. 게다가 빌보를 사라지게 한 것도 사실은 간달프라는 소문도 있고. 자네와 내가 작당해서 그의 재산을 빼앗으려고 음모를 꾸몄다는 얘기도 있지."

"오소와 로벨리아 말씀이시군요! 구역질 나는 것들! 빌보 아저씨를 따라 산으로 들어갈 수만 있다면 그놈들한테 골목쟁이집과 그 밖의 모든 것을 다 주고 떠나겠어요. 저도 샤이어를 사랑하지만 어쩐지 떠났으면 하는 생각이 들거든요. 아저씨를 다시 만나 뵙지 못할 것 같은 예감이 들어요."

"동감이야. 그 외에도 여러 가지 많은 예감이 든다네. 이제 잘 있게! 몸조심하고! 자네가 예상치 못할 때 돌아올 걸세. 잘 있게!"

프로도는 문간에서 그를 배웅했다. 간달프는 마지막으로 손을 흔들어 보이고는 놀랄 만큼 빠른 속도로 걸어갔다. 그러나 프로도는 늙은 마법사가 등에 무거운 짐이라도 진 것처럼 오늘따라 유난히 어깨가 무거워 보인다고 생각했다. 땅거미가 밀려오며 외투를 걸친 그의 모습이 어둠 속으로 빨려 들고 있었다. 프로도는 그 후 오랫동안 그를 만나지 못했다.

Chapter 2

과거의 그림자

아흐레가 지나고 또 아흔아흐레가 지났어도 소문은 진정될 기미조차 보이지 않았다. 골목쟁이네 빌보의 두 번째 실종 사건은 1년 넘게 호빗골은 물론 샤이어 방방곡곡의 화젯거리였고, 그 후에도 오랫동안 풍문으로 떠돌았다. 어린 호빗들에게는 난롯가의 옛날이야기가 되었고, 결국 '펑' 하는 폭음과 함께 불꽃을 흩날리며 사라졌다가 황금과 보물이 든 자루들을 가지고 돌아왔다는 미치광이 골목쟁이 이야기는 그들이 가장 좋아하는 전설이 되어 버렸다. 그리고 그 당시 실제로 벌어진 사건들이 모두 잊힌 뒤에도 사람들의 입에는 여전히 오르내렸다.

한편 이웃들의 대체적인 견해는, 항상 머리가 약간 돌아 있던 호빗 빌보가 드디어 완전히 미쳐 푸른 하늘로 날아가 버렸다는 것이었다. 그리고 틀림없이 어느 연못이나 강에 떨어져서, 결코 늦었다고는 할 수 없는 비극적인 최후를 맞았으리라는 것이었다. 비난은 주로 간달프에게 쏟아졌다.

"만일 그 고약한 마법사가 프로도를 혼자 내버려 두기만 한다면 그도 마음을 잡고 제대로 호빗다운 호빗이 될 텐데."

이것이 그들이 수군거리는 이야기였다. 그러나 아무리 기다려도 그 마법사는 나타날 낌새조차 보이지 않았고 프로도도 마음을 잡은 듯했다. 그러나 그가 보여 주는 행동은 마을 사람들을 만족시킬 만큼 호빗다운 행동은 아니었다. 오히려 빌보의 성격을 닮은 듯 그 역시 괴팍해지는 것 같았다. 그는 상복을 입지 않았을뿐더러 이듬해에는 빌보의 112번째 생일을 기념하는 잔치를 열어 백 파운드 잔치라는 이름을 붙이기도 했다. 그러나 잔치는 예전만 못했고 초대받은 손님도 스무 명뿐이었다. 또한 호빗식 표현으로 음식이 눈처럼 쏟아지고 술이 비처럼 내리붓는 식사도 겨우 몇 끼에 지나지 않았다.

그중에는 충격을 받은 이들도 있었지만 프로도는 모두 익숙해질 때까지 해마다 빌보의 생일잔치를 열었다. 그는 빌보가 죽었다고 생각하지 않는다고 말했지만 호빗들이 "그렇다면 어디에 있냐?"라고 물으면 어깨를 으쓱해 보일 뿐이었다.

그는 빌보처럼 혼자 살았다. 그러나 친구는 많은 편이었다. 특히(대개 툭 노인의 후손들이면서) 어린 시절에 빌보를 좋아해 골목쟁이집을 들락날락하던 젊은 호빗들과 친하게 지냈다. 폴코 보핀과 프레데가 볼저가 그런 친구들이었으며, 그와 가장 가까운 친구는 (대개 피핀이라 부르는) 툭 집안 페레그린과, (메리아독이 본명이지만 사람들이 그렇게 불러 주지 않는) 강노루네 메리였다. 프로도는 그들과 함께 샤이어를 돌아다니며 한가하게 지냈다. 그러나 혼자 다니는 때가 더 많았으며 놀랍게도 집을 떠나 멀리 별빛 가득한 언덕과 숲을 헤매는 모습도 가끔 눈에 띄었다. 메리와 피핀은 그가 빌보처럼 가끔 요정들이 사는 곳을 방문하는지도 모른다고 의심했다.

시간이 흐르면서 호빗들은 프로도 역시 나이보다 젊어 보이는 징후가 있음을 알아챌 수 있었다. 겉으로 보기에 그는 20대를 막 벗어난 호빗 청년처럼 건장하고 탄력 있는 몸집이었다. 이웃들은 "복을 한꺼번에 타고나는 이들도 있어!" 하며 그를 부러워했다. 그러나 호빗들이 프로도를 이상하게 생각하기 시작한 것은 그의 나이가 대개는 더 근실한 나이라고 생각되는 50대에 접어들면서부터였다.

프로도 자신은 첫 충격 이후, 자신이 골목쟁이집의 주인이 되고, 골목쟁이 씨로 불리는 것도 그럭저럭 괜찮다는 사실을 깨닫게 되었다. 몇 년 동안 그는 아주 행복했으며 미래에 대해 크게 걱정하지도 않았다. 그러나 어찌 된 영문인지 자기도 모르게, 빌보와 함께 떠났어야 했다는 후회가 조금씩 싹트기 시작했다. 그는 가끔 혼자서, 특히 가을이 되면 거친 산과 들을 방황하는 자신을 발견했다. 한 번도 가 본 적 없는 이상한 산의 환상이 그의 꿈에 나타났다. '아마 언젠가는 나도 저 강을 건너게 되겠지.' 하고 혼자 중얼거린 적도 있었다. 반면 마음 한구석에서는 항상 '아직은 안 돼!' 하는 경계의 목소리도 있었다.

그렇게 세월이 흘러 그의 40대도 끝이 나고 50회 생일이 가까워졌다. 50이란 숫자는 어쩐지 의미심장한 (혹은 불길한) 숫자처럼 느껴졌다. 빌보가 갑자기 모험을 떠난 것도 바로 그 나이 때였다. 프로도는 마음의 안정을 찾을 수가 없었다. 지금까지 너무 안일하게 살아온 것 같은 느낌이 가슴을 뒤흔들었다. 지도를 보며 그 끝에 무엇이 있을까 의문을 품게 되었다. 샤이어에서 만들어진 지도에는 국경 너머로 오로지 흰 여백이 있을 뿐이었다. 그는 종종 들판 너머까지, 그것도 혼자서 방황하는 것을 즐겼다.

메리와 다른 친구들은 그를 걱정스러운 눈으로 지켜보기 시작했다. 때때로 당시에 샤이어에 나타나기 시작한 낯선 방랑자들과 함께 걸으며 이야기하는 그의 모습이 눈에 띄기도 했다.

바깥세상에는 이상한 일들이 벌어지고 있다는 풍문이 무성했다. 간달프는 아직 나타나지 않았으며 몇 해 동안 아무 소식도 없었기에 프로도는 수집 가능한 소식은 모두 모았다. 샤이어에는 거의 나타나지 않던 요정들이 저녁 무렵마다 숲을 가로질러 서쪽으로 이동하는 모습이 보였다. 서쪽으로 간 요정들은 다시는 돌아오지 않았다. 그들은 가운데땅의 혼란에 골머리를 앓으며 가운데땅을 떠나고 있었던 것이다. 난쟁이들은 그보다 자주 노상에 나타났다. 난쟁이들은 청색산맥에 있는 자신들의 광산에 갈 때면 항상 샤이어를 통과해 서쪽 회색항구에서 끝나는 고대의 동서대로를 이용했다. 호빗들은 먼 나라 소식을 듣고 싶을 때면 주로 그들에게 의존해 왔다. 난쟁이들은 대개 그리 말이 많지 않았으며 호빗들도 꼬치꼬치 캐묻진 않았다. 그러나 프로도는 먼 나라에서 서쪽으로 피난처를 찾아가는 이상한 난쟁이들을 자주 만났다. 그들은 근심에 가득 차 있었고 어떤 이들은 낮은 소리로 대적(大敵)과 모르도르에 대해 이야기하기도 했다.

호빗들은 까마득한 옛 전설을 통해 모르도르란 이름을 알고 있었다. 그것은 기억의 이면에 있는 그림자 같은 것이었으나 여하튼 불길하고 기분 나쁜 느낌을 주었다. 백색회의에 의해 추방된 어둠숲의 사악한 무리들이 모르도르의 옛 요새에 더 큰 세력을 형성해 다시 자리를 잡은 모양이었다. 암흑의 탑이 다시 세워졌다는 말이 들렸다. 그곳을 중심으로 그들은 먼 곳까지 세력을 뻗쳤으며, 동부와 남부 지방 멀리서는 전쟁을 일으키며 공포 분위기까지 일고 있었다. 산속에서는 오르크들이 다시 득세하기 시작했고 그 멍청하던 트롤 무리도 다시 나타났다. 그들은 예전과 달리 교활했으며 또 끔찍한 무기로 무장했다. 그러나 이 모든 것들보다 사악한 무리들이 나타났다는 소문이 나돌았지만 이름조차 정확하게 알 수 없었다.

물론 이런 모든 이야기가 평범한 호빗들의 귀에까지 들린 것은 아니었다. 그러나 아무리 소문에 어둡고 집에만 붙어 있는 이들도 이상한 소문들을 하나둘 듣기 시작했으며, 사업차 변경까지 가 본 이들은 괴이한 광경들을 보기도 했다. 프로도가 쉰 살 되던 해 봄, 어느 저녁 강변마을의 '푸른용 주막'에서 있었던 대화는 이제 그 소문들이, 비록 대부분의 호빗들은 아직 웃어넘기지만, 이미 샤이어의 평화로운 삶의 중심부에까지 이르렀음을 보여 주었다.

감지네 샘이 난롯가 한구석에 앉아 있었고 반대편에는 방앗간집 아들인 까끌이네 테드가 있었으며 다른 여러 명의 농부 호빗들이 그들의 이야기에 귀를 기울이고 있었다.

"요즘엔 이상한 소문이 많이 들려."

샘이 먼저 말문을 열자 테드가 받았다.

"아, 그런 걸 듣는 사람만 듣지. 난 집에 가면 옛날이야기나 동화만 듣는데?"

"그렇겠지. 그런데 그중에는 꽤 그럴듯한 이야기들도 있단 말이야. 도대체 누가 만들어 낸 걸까? 요즘 세상에 용이 다 나오다니 말이야!"

"난 못 믿겠어. 어릴 땐 그런 이야기도 믿었지만 이제 누가 그런 걸 믿어? 강변마을엔 용이라곤 하나밖에 없어. 뭔지 알아? 바로 이 푸른용 주막의 푸른 용뿐이야."

이 소리에 모두들 한바탕 웃음을 터뜨렸다. 샘도 같이 웃으면서 말을 받았다.

"좋아. 그렇지만 그 나무사람들, 거인들은 어떻게 된 거야? 들리는 얘기론 북부 황야에는 그리 깊이 들어가지 않아도 나무보다 큰 거인들이 산다던데?"

"누가 그래?"

"우리 사촌 할이 그런 얘길 했지. 할은 '언덕위' 마을에서 보핀 씨네 일을 거드는데 사냥하러 북둘레까지 갔다가 그런 거인을 봤다는 거야."

"그걸 어떻게 믿어? 할은 항상 봤다고 하지만 허깨비를 본 건지 어떻게 알아?"

"그렇지만 이번에 본 거인은 키가 느릅나무만 하더라는 거야. 걷는 것도 한 걸음에 7미터를 가는데, 순식간이라는 거야."

"7센티미터겠지. 할이 본 건 십중팔구 거인이 아니라 느릅나무야."

"아까도 말했잖아. 걸어 다니더래. 게다가 북부 황야엔 원래 느릅나무도 없잖아."

"그러면 할이 잘못 본 거지 뭐."

테드의 말에 모두 좋아라 손뼉 치며 웃었다. 테드의 판정승인 셈이었다. 샘이 말했다.

"그렇지만 할패스트 말고도 샤이어를 지나가는 이상한 무리들을 본 이들이 많이 있어. 분명히 지나갔대. 변경에서 돌아온 이들도 많지만 말이야. 그리고 국경 수비대도 엄청나게 바쁘게 움직인대. 요정들이 서쪽으로 이동하고 있다는 소리는 아마 들었겠지. 백색탑들을 지나 항구까지 갈 예정이라고 했어."

샘은 자신 없이 한쪽 팔을 들어 흔들었다. 그러나 누구도 바다가 샤이어 서쪽 너머 그 탑들을 지나 얼마나 먼 곳에 있는지 몰랐다. 그러나 옛날부터 서쪽 저 너머의 회색항구에는 가끔 요정의 배들이 돛을 올리고 떠나 다시는 돌아오지 않는다는 전설이 전해지고 있었다.

"그들은 바다를 건너, 건너, 우릴 남겨 두고 서녘으로 떠난다네."

샘은 노래하듯 슬프고 엄숙하게 고개를 끄덕이며 중얼거렸다. 그러나 테드는 웃었다.

"글쎄, 그 옛날이야기라면 새로울 것도 없지. 그 이야기가 우리하고 무슨 상관인지 모르겠어. 배를 타고 가라고 해! 하지만 분명히 말하지만 그들이 배를 타고 떠나는 건 자네도 보지 못했을 뿐 아니라 샤이어에서 어느 누구도 본 적이 없다는 거야."

"글쎄, 확인할 수야 없지."

샘은 골똘히 생각에 잠겨 말했다. 그는 언젠가 숲속에서 요정 한 명을 보았다고 믿었으며 앞으로도 만날 수 있었으면 하는 소망을 품고 있었다. 어린 시절에 들은 많은 전설 중 호빗들이 알고 있던 요정들에 관한 단편적인 이야기나 이젠 반쯤 잊힌 이야기들에서 그는 항상 깊은 감동을 받았다.

"샤이어에도 요정들과 알고 지내고 소식도 주고받는 이들이 가끔은 있잖아. 우리 주인 골목쟁이씨도 그중 한 분이란 말이야. 그분은 내게 요정들이 배를 타고 떠난다고 말씀하셨지. 또 요정들에 관해 약간은 알고 계신다고도 말이야. 빌보 할아버지는 아는 것이 많았어. 내가 아주 어렸을 때 참 많은 이야기를 들려주셨거든."

"아, 그 집 양반들은 둘 다 정신이 나갔어. 아무리 좋게 보려 해도 빌보 노인은 예전에 미쳤고 프로도는 지금 미쳐 가는 중일 뿐이야. 그 양반들하고 같이 있으면 황당무계한 이야기는 부족하지 않을 거야. 자, 친구들, 이젠 집에 가 봐야지. 건배!"

테드는 자기 잔을 비우고 요란하게 자리에서 일어났다. 샘은 아무 말도 하지 않고 가만히 앉아 있었다. 그는 생각할 것이 많았다. 우선 골목쟁이집 정원에 할 일이 많아 내일은 날이 개면 꽤 바쁜 하루가 될 것 같았다. 잡초는 너무 빨리 자랐다. 그러나 샘의 머릿속을 어지럽히는 것은 정원이 아닌 다른 생각들이었다. 그는 잠시 후 한숨을 내쉬며 일어섰다.

4월 초순의 하늘은 비가 쏟아진 후 다시 맑아지고 있었다. 해가 지자 시원해진 저녁 공기는 조용히 밤 속으로 스며들었다. 그는 초저녁 별들 아래서 생각에 잠겨 나지막하게 휘파람을 불며 호빗골을 지나 언덕 위의 집으로 향했다.

간달프가 오랜만에 다시 나타난 것은 바로 이 무렵이었다. 그는 그 유명한 잔치 후 3년 동안 나타나지 않았다. 그다음 나타나서도 프로도를 잠깐 방문해 정성껏 보살펴 준 뒤 다시 사라졌다. 그 이

후 한두 해는 꽤 자주 나타났는데, 해가 지면 갑자기 들이닥쳤다가는 해 뜨기 전에 소리도 없이 사라졌다. 그는 자기가 하는 일이나 여행에 대해 이야기하는 일이 없었고, 오로지 프로도의 건강이나 하는 일에 대해 사소한 데까지 세심하게 신경을 썼다.

그러다 갑자기 그의 방문이 끊겼다. 프로도가 그를 만나거나 소식을 들은 지도 이미 9년이 넘었다. 프로도는 마법사가 이제 호빗들에게 관심이 없어져 다시는 돌아오지 않을 것이라고 생각했다. 그러나 그날 저녁, 어둠이 깔리고 샘이 집을 향해 걷고 있을 때 서재 창문에서 한때 귀에 익은 노크 소리가 들렸다.

프로도는 놀라면서도 반가운 마음으로 옛 친구를 맞아들였다. 그들은 서로를 찬찬히 살펴보았다.

"잘 지내고 있는가? 프로도, 자넨 여전하군!"

"당신도 그렇군요."

프로도는 이렇게 대답했지만 속으로는 간달프가 예전보다 늙고 피곤해 보인다고 생각했다. 그는 간달프에게 바깥세상의 동정에 관해 캐물었다. 그들은 곧 이야기에 빠져들어 밤늦게까지 함께 앉아 있었다.

다음 날 아침 늦게 식사를 마친 후 마법사는 서재 창문을 열고 그 옆에 프로도와 마주 앉았다. 벽난로에서는 불꽃이 활활 타오르고 바깥의 햇볕도 따스했으며 남쪽에서는 상쾌한 바람이 불어왔다. 만물은 신선해 보였고 온 들판과 나뭇가지 끝에서는 싱싱한 초록의 봄이 아른아른 빛나고 있었다.

간달프는 빌보가 손수건 한 장 없이 골목쟁이집을 떠났던, 거의 80년 전의 어느 해 봄을 생각하고 있었다. 그의 머리는 그때보다 백발이 더 성성했고 수염과 눈썹은 더 텁수룩해졌으며, 얼굴은 지혜와 근심으로 더 깊은 골이 파인 듯했다. 그러나 두 눈은 그때와 다름없이 형형하게 빛을 발했고, 그때처럼 즐겁고 힘차게 담배 연기로 동그라미를 만들 수도 있었다.

프로도가 깊은 생각에 잠겨 말없이 앉아 있었기 때문에 그도 조용히 담배를 피우고 있었다. 햇살이 밝게 비치는 좋은 아침이었건만 프로도는 간달프가 가져온 소식 뒤에 숨은 어두운 그림자를 느꼈다. 마침내 프로도가 침묵을 깼다.

"간달프, 어젯밤에 제게 반지에 대해 말씀하시다가 갑자기 멈추셨지요. 그런 얘기는 밝은 낮에 해야 한다면서요. 이제 그 뒷이야기를 마저 해 주시지요. 반지가 제가 짐작하는 것 이상으로 위험하다는 얘기 말입니다. 왜 그렇지요?"

간달프가 입을 열었다.

"여러 가지 이유가 있지. 그건 내가 처음 생각한 것보다 훨씬 더 무서운 반지야. 그 반지의 위력이 얼마나 대단한가 하면 그것을 소유한 사람은 누구나 그 반지에 완전히 압도당하게 되어 있네. 반지가 사람을 소유하게 되는 셈이지. 아주 먼 옛날 에레기온에서는 우리가 마법의 반지라고 부르는 요정의 반지들이 많이 만들어졌지. 물론 그것들 중엔 온 세상을 뒤흔들 만한 위력을 발휘하는 것도 있

언덕 아래 골목쟁이집(Bag End, Underhill)

었고, 그보다는 좀 못한 것도 있었지. 별 위력을 발휘하지 못하는 반지들은 기술이 세련되기 전에 시험 삼아 만든 것들이라 보석세공요정들이 보기엔 하찮은 것들일 수도 있지만 사실 그것들조차 인간들에겐 위험하다고 여겨지고 있네. 그러니 위대한 반지들, 힘의 반지들은 당연히 훨씬 더 위험하지.

프로도, 인간들은 위대한 반지들 중 하나만 가져도 영원히 죽지 않을 수 있어. 물론 더 성장하거나 힘을 얻는 것은 불가능하지만 최소한 죽지 않고 생명이 유지되는데, 그러다가 결국은 순간순간이 권태로워지지. 그리고 만약 다른 사람에게 자기 형체를 감추기 위해 반지를 자주 사용하게 되면 몸이 점점 '소멸'되지. 그러다가는 영원히 우리 눈에 보이지 않게 되고, 결국에는 반지를 지배하는 암흑의 권능이 감시하는 미명의 지대를 헤매게 되어 있어. 언젠가는 말이야. 혹 의지력이 강하거나 원래 선량한 사람이라면 그 순간이 다소 지연될 수도 있겠지만, 의지력이나 선량함이라는 것도 영원히 지속될 수는 없는 법일세. 결국엔 암흑의 권능에 사로잡히고 만다는 것이지."

"아니, 그럴 수가!"

프로도가 외쳤다. 다시 긴 침묵이 흘렀다. 정원에서 감지네 샘이 잔디를 깎는 소리만이 침묵의 틈을 비집고 들어올 뿐이었다.

프로도가 마침내 입을 열었다.

"언제부터 알고 계셨습니까? 빌보 아저씨는 얼마나 알고 계시지요?"

"빌보가 자네한테 말해 준 게 아마 알고 있는 전부일 걸세. 내가 자넬 잘 돌봐 주리라 믿는다 해도, 위험하다고 생각되는 것을 자네에게 줄 리는 없잖은가 말이야. 빌보는 그 반지가 아주 아름다울 뿐만 아니라 필요할 때는 요긴하게 사용할 수도 있다고 생각했겠지. 무슨 불길한 일이나 이상한 일이 일어나면 그게 다 자기 탓이라고 생각했거든. 그는 바로 그 점이 자기 마음을 갉아먹는다고 노심초사했지만 설마 반지 때문에 그렇게 되었다고는 꿈에도 생각 못 했거든. 하긴 반지를 잘 지켜야 한다는 것은 알고 있었지. 그 반지는 크기나 무게가 일정하지 않아서 이상하게 갑자기 느슨해지거나 조여지기도 한다는 거야. 그래서 애초에 낄 때는 꼭 맞았다가도 갑자기 손가락에서 빠지는 일이 생기는 거야."

"그래요. 마지막 편지에서 그걸 조심하라고 하셨어요. 그래서 항상 줄에 꿰어 두고 있지요."

"잘했네. 빌보는 자기가 그 나이가 되도록 그렇게 정정하게 버틸 수 있는 것이 바로 그 반지의 위력 덕분이라는 걸 까맣게 모르고, 다만 타고난 건강 덕분이라고 자랑했지. 사실은 점점 불안과 근심에 사로잡혀 갔었지만 말이야. 빌보도 자기가 말라비틀어져 간다고 말했거든. 반지가 지배하고 있다는 증거였어."

"언제부터 알고 계셨습니까?"

프로도는 다시 물었다.

"알고 있었느냐고? 프로도, 내가 알고 있는 것이라곤 현자들의 지혜를 넘지 못한다네. 그렇지만 자네 말이 '이 반지에 대해 알고 있었느냐'라는 뜻이라면 글쎄, 아직 모른다고 하는 게 맞겠지. 마지막으로 해 봐야 할 실험이 하나 있어. 내 짐작이 거의 맞을 테지만 말이야. 내가 언제부터 그 반지를 의심하기 시작했더라?"

그는 기억을 돌이키며 생각에 잠겼다.

"보자, 빌보가 반지를 발견한 것이 언젠가 하면 다섯군대 전투가 벌어지기 전, 백색회의가 암흑의 권능을 어둠숲에서 추방하던 해였지. 그때 어두운 그림자가 내 가슴을 짓누르는데 나 자신도 무엇을 두려워하고 있는지를 몰랐었네. 종종 골룸이 '위대한 반지' — 그 점은 어쨌든 처음부터 분명했는데 — 를 어떻게 손에 넣었는지 궁금하기는 했지. 그때 빌보가 반지를 입수한 경위를 털어놓은 거야. 처음엔 도저히 믿을 수가 없었다네. 마침내 그에게 진실을 얻어 냈는데 그때 언뜻 빌보가 유난히 반지의 소유권을 주장한다는 느낌을 받았지. 골룸이 반지를 자기 '생일 선물'이라고 우기던 것과 똑같은 현상이었어. 둘의 거짓말은 너무 비슷했기 때문에, 나는 마음이 편치 않았네. 그 반지가 이미 그에게 사악한 힘을 행사하기 시작했다는 것이 분명해진 거지. 그때가 처음으로 진짜 문제가 있다고 느꼈던 때였네. 빌보에게 그런 반지는 쓰지 말고 내버려 두는 게 낫다고 충고했지만 그는 내 말을 듣지 않고 도리어 화를 냈지. 어쩔 도리가 없었어. 그를 을러대서 빼앗을 수도 없었고, 또 내겐 그럴 권리도 없었지. 지켜보며 기다리는 도리밖에 없더군. 백색의 사루만과 상의할 수도 있었지만 그때마다 무슨 일이 생겼지."

"그가 누구죠? 한 번도 들어 본 적 없는 이름인데요?"

"아마 그렇겠지. 예나 지금이나 호빗들은 그와 별 상관없었지. 하지만 그는 현자들 중에서도 가장 대단한 인물이야. 우리 마법사들의 우두머리이자 백색회의 의장이었네. 그의 지혜는 심오한 경지에 이르렀다고 할 수 있어. 하지만 그 때문에 오히려 오만해져서 남의 참견을 불쾌하게 생각했지. 그는 아주 오랫동안 요정들의 반지에 대한 비밀을 캐내기 위해 광적으로 연구했네. 백색회의에서 반지가 거론되었을 때 반지에 관해 그가 하는 이야기를 듣고 나는 걱정을 많이 덜었지. 그래서 의심도 안 하게 되었어. 물론 조금은 불안했지만 말이야. 여전히 지켜보면서 기다리는 수밖에 없었지.

빌보에겐 아무 탈이 없었고 세월은 그렇게 흘러갔다네. 문제는 그 세월이란 것이 빌보의 나이와 무관하게 흐른다는 것이었어. 다시 근심의 그림자가 가슴을 답답하게 짓누르더군. '외가 쪽으로 장수하는 집안이니까 그럴 수도 있겠지. 좀 더 기다려 보자.' 하고 스스로 마음을 가라앉히면서 기다렸어.

빌보가 이 집을 떠나던 날 저녁까지 난 기다렸네. 그런데 그날 그가 한 말이나 행동은 사루만의 설명으로는 도저히 이해할 수 없는 공포를 느끼게 했지. 나는 마침내 어떤 치명적인 어둠의 힘이 그를 조종하고 있음을 알았어. 그 후 지금까지 여러 해 동안 그 비밀을 알아내려고 애를 썼네."

"그렇다면 빌보 아저씨가 무슨 결정적인 해를 입게 되신 건 아니지요? 시간이 지나면 아저씨도 괜찮아지겠지요? 별 탈은 없는 거죠?"

프로도는 근심스럽게 물었다.

"빌보는 곧 좋아졌어. 그렇지만 이 세상에 반지들과 그 위력에 대해 다 알고 있는 세력은 하나뿐이지. 그래도 내가 알고 있는 한 호빗들에 관해 속속들이 알고 있는 세력은 이 세상 어디에도 없네.

현자들 중에서도 호빗의 역사에 관심 있는 이는 나뿐이었지. 자네들 호빗의 역사는 불확실하면서도 경이로움으로 가득 차 있어. 자네 호빗들은 버터처럼 부드럽다가도 어떤 때는 고목 뿌리보다 거칠어질 수 있지. 그런 점에서 호빗은 다른 현자들이 생각하는 것보다 오랫동안 그 반지의 위력에 대항할 수 있는지도 몰라.

빌보를 염려할 필요는 없네. 물론, 빌보는 상당히 여러 해 동안 반지를 지니고 있었고 또 여러 번 사용했으니 그 마력에서 벗어나는 데는 오랜 시간이 걸릴 걸세. 가령, 다시 반지를 보아도 안전할 때까지 말이지. 그렇게만 된다면 그는 아직 좀 더 오래 그리고 행복하게 살 수 있겠지. 빌보는 반지와 떨어진 순간부터 행복해진 거야. 왜냐하면 그는 자기 의지로 그 반지를 떠난 것이니 말일세. 그게 중요한 점이지. 그래, 난 이제 빌보 걱정은 하지 않네. 반지를 놓아 버렸거든. 지금 내가 걱정하는 건 바로 자네야.

빌보가 떠난 후 난 자네를 비롯해서 매력적이면서도 어리석고 무력한 모든 호빗들을 자세히 지켜보았지. 암흑의 권능이 샤이어를 정복한다면 그건 이 세상에는 정말 엄청난 타격이겠지. 착하고 쾌활하고 멍청한 볼저, 나팔수, 보핀, 조임띠, 물론 우스꽝스러운 골목쟁이네까지 모두 그의 노예가 된다면 말이야."

프로도는 몸을 떨었다.

"우리가 왜요? 왜 우릴 노예로 만들려는 거죠?"

"솔직히 말해 그는 지금까지, 잘 듣게, 적어도 지금까지는 호빗의 존재를 완전히 잊고 있었지. 감사해야 될 일이야. 하지만 자네들의 평화도 이젠 끝났네. 그는 유능한 부하들이 많으니 자네들을 필요로 하지는 않겠지만 이젠 자네들을 다시는 잊지 않을 거야. 자유와 행복을 누리는 호빗들보다 불쌍한 노예 호빗들이 그의 마음에 든다면 할 수 없는 거야. 여기엔 원한과 복수가 개입되어 있다네."

"복수라고요? 무슨 복수 말입니까? 빌보 아저씨와 저와 우리의 반지가 도대체 그와 무슨 관계란 말입니까?"

"아주 관계가 깊지. 자넨 아직 진짜 위험을 모르고 있네. 이야기해 주지. 지난번 내가 여기 왔을 때는 나도 잘 몰랐다네. 그러나 이제 이야기해야 할 때가 온 것 같군. 그 반지를 잠깐 보여 주게."

프로도는 허리띠에 줄을 달아 꿰어서 바지 주머니에 넣어 둔 반지를 꺼냈다. 그러고는 줄을 끌러 그것을 마법사에게 천천히 넘겨주었다. 그런데 갑자기 반지가 매우 무겁게 느껴졌다. 반지인지 프로도인지 어느 쪽인지는 모르겠으나 마치 간달프가 반지를 만지는 것을 꺼리기라도 하는 듯했다.

간달프는 반지를 받아 높이 들어 보였다. 그것은 순금으로 만들어진 것 같았다.

"무슨 무늬가 보이는가?"

"안 보여요. 아무것도 없어요. 긁히거나 닳은 자국도 없이 매끈한데요."

"그렇다면 잘 보게."

프로도에게 불안과 경악을 동시에 주려는 듯 마법사는 갑자기 반지를 이글거리는 벽난로에 던져 버렸다. 프로도는 비명을 지르며 부젓가락을 찾았지만 간달프가 그를 제지했다.

"기다려 보게!"

그는 찡그린 얼굴로 프로도를 흘끗 바라보며 위엄 있는 목소리로 말했다. 반지에는 아무런 변화가 일어나지 않았다. 간달프는 잠시 후 일어나 창문 밖 겉창을 닫고 커튼을 쳤다. 방 안은 어둠과 정적에 휩싸였고 창문 가까운 데서 잔디를 깎는 샘의 재깍대는 가위질 소리만 희미하게 들려왔다. 마법사는 잠시 불 속을 응시하며 서 있었다. 그러다가 허리를 숙여 부젓가락으로 반지를 꺼내 곧바로 집어 들었다. 프로도는 숨을 죽였다.

"꽤 차가울걸. 만져 보게."

프로도는 떨리는 손바닥 위에 반지를 올려놓았다. 반지는 아까보다 굵어지고 무거워진 듯했다.

"들어서 자세히 살펴보게."

프로도는 반지 둘레 안팎에 아주 정교한 펜으로도 그릴 수 없는 가는 선들이 새겨진 것을 발견했다. 불꽃으로 드러난 가는 선들은 유려한 필치로 흘려 쓴 어떤 문자처럼 보였다. 그것들은 깊은 심연에서 튀어나온 듯 아득하면서도 대단히 밝은 빛을 뿜고 있었다.

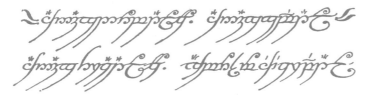

"이 불꽃 같은 문자는 못 읽겠어요."

프로도는 떨리는 목소리로 말했다.

"그렇겠지. 난 읽을 수 있네. 이 문자는 옛날 방식으로 쓴 요정 문자인데, 적혀 있는 것은 모르도르의 언어야. 그대로 읽을 필요는 없겠지. 우리가 쓰는 공용어로 옮기면 대충 이런 뜻이야."

모든 반지를 지배하고, 모든 반지를 발견하는 것은 절대반지,
모든 반지를 불러 모아 암흑에 가두는 것은 절대반지.

"하지만 이것은 요정들의 이야기 가운데서 널리 알려진 시의 두 구절일 뿐이야."

지상의 요정 왕들에겐 세 개의 반지,
돌집의 난쟁이 왕들에겐 일곱 개의 반지,
죽을 운명을 타고난 인간들에겐 아홉 개의 반지,
어둠의 권좌에 앉은 암흑의 군주에겐 절대반지
어둠만 살아 숨 쉬는 모르도르에서.
모든 반지를 지배하고, 모든 반지를 발견하는 것은 절대반지,
모든 반지를 불러 모아 암흑에 가두는 것은 절대반지
어둠만 살아 숨 쉬는 모르도르에서.

그는 노래를 멈추고 굵고도 낮은 소리로 천천히 말을 잇기 시작했다.

"이것이 최고의 반지, 즉 모든 반지를 지배하는 절대반지일세. 그가 아주 먼 옛날에 잃어버린 절대반지란 말이야. 그 때문에 그의 힘은 약해졌고, 지금 이것을 찾기 위해 혈안이 되어 있는 거지. 그러니 이 반지는 절대로 그의 손에 들어가서는 안 되네."

프로도는 꼼짝 않고 묵묵히 앉아 있었다. 동쪽에서 검은 구름이 일어나 거대한 공포의 손이 되어 자기를 덮치는 것만 같았다. 그는 더듬거리며 물었다.

"이 반지가! 도대체 이 반지가 어떻게 제 손에 들어온 거죠?"

간달프가 이야기를 시작했다.

"아! 이야기를 하자면 길다네. 전승의 대가들만이 기억하는 저 먼 암흑기에 사건은 시작되었지. 자네에게 그 이야기를 다 하자면 이 봄이 지나 겨울이 와도 우린 여기 앉아 있어야 할 거야.

어젯밤 암흑군주 사우론에 대해 말했었지. 자네가 지금까지 들은 소문은 사실이야. 그는 다시 일어나 어둠숲의 요새를 버리고 암흑의 탑이 있는 모르도르의 옛 성채로 돌아갔어. 모르도르란 이름이 옛날이야기 어느 한구석에 어두운 그림자처럼 깔려 있는 것을 자네들 호빗들도 들은 적이 있을 거야. 그 어둠의 그림자는 한 번 패한 뒤에도 언제나 다른 형태로 다시 나타나지."

"우리 시대에는 제발 나타나지 않았으면 좋겠는데요."

"나도 그렇고, 이 시대를 살아가는 모든 사람이 그런 심정이겠지. 하지만 시대는 우리가 선택하는 게 아니지 않나? 우리가 해야 할 일은 주어진 시대를 어떻게 살아가는가 하는 거야. 프로도, 이미 우리 시대는 어두워지고 있네. 대적은 빠른 속도로 세력을 키우고 있고, 그의 계획은 아직 완성은 안 되었지만 상당히 진척된 것이 사실이야. 이 반지로 인한 시련이 없다고 할지라도 역시 우리는 매우 위험하고 험난한 시대를 살 수밖에 없네.

그런데 대적은 아직 한 가지 무기를 갖추지 못한 거야. 그에게 모든 저항을 물리칠 수 있는 힘과 지혜를 주고 최후의 저항 세력까지 정복해서 세상을 순식간에 암흑 속에 몰아넣을 무기 말이지. 그것이 바로 절대반지일세.

원래 요정들이 가지고 있던 세 개의 반지는 반지들 중에서 가장 아름다운 것이네. 그런데 요정 왕들이 그가 찾지 못하게 반지를 감추었기에 손에 넣을 수 없었지. 난쟁이들이 가지고 있던 일곱 반지 중에서 셋은 그가 다시 빼앗았고, 나머지는 용들이 삼켜 버렸지. 그렇지만 그는 아홉 반지를 오만무도한 아홉 명의 인간들에게 주어 올가미를 씌워 버린 거야. 오래전부터 그들은 절대반지의 지배하에 들어가 반지악령, 즉 그의 가장 무시무시한 심복이 되어 암흑의 그림자를 추종하는 작은 그림자로 행세하게 된 거라네. 아주 오래전의 일이지. 아홉 반지가 세상에 횡행하던 것도 벌써 오래전의 일이야. 하지만 누가 알겠나? 암흑의 그림자가 다시 세력을 떨치고 있으니 그들도 다시 곧 나타날 걸세. 잠깐! 샤이어의 아침이 아무리 밝고 환해도 이런 이야기는 그만하는 것이 낫겠네.

결론지어 말하자면 지금 상황은 어렵게 된 거야. 아홉 반지는 그의 휘하에 들어 있고 일곱 반지도 역시 그렇지. 나머지는 파괴되었으니까. 세 개의 반지는 아직 숨어 있지만 그를 괴롭히지는 못할 거야. 그러니 이제 그는 절대반지만 찾으면 모든 것을 갖추는 셈이지. 그 반지는 그가 직접 만들었으니 그의 것이고, 또 과거 그의 능력 가운데 상당 부분이 거기에 감추어져 있으니 다른 모든 반지를 지배할 수도 있는 거라네. 만일 그가 그것을 다시 손에 넣는다면 나머지 반지들이 어디 있건, 심지어 세 개의 반지까지도 그의 수중에 들어갈 것이고, 그것들로 일구어 낸 모든 것들도 무방비하게 노출되어 그는 이전보다 강해지겠지.

프로도, 상황이 이렇게 급박하게 되어 있다네. 그는 요정들이 절대반지를 파괴해서 사라졌다고 믿고 있었지. 그렇게 되었어야만 했어. 하지만 이제 그것이 파괴되지 않았고 다시 발견되었음을 알게 되었으니 그는 지금 절대반지를 찾는 데 혼신의 힘을 기울이고 있는 거야. 그것은 그에게는 커다란 희망이지만 우리에게는 엄청난 공포일 뿐이야."

"왜 그 반지는 파괴되지 않았지요? 또 대적이 그렇게 강하다면, 그리고 그것이 그렇게도 소중한 것이라면 왜 잃어버렸지요?"

프로도는 어둠의 손가락들이 반지를 낚아채 가려는 위험을 느끼기라도 한 듯 반지를 쥔 손에 힘을 주며 물었다.

"그건 그에게서 빼앗은 것이었어. 과거에는 그에게 대항하는 요정들의 힘이 막강한 때가 있었네. 인간들도 모두 요정에게서 등을 돌렸던 것은 아니었고. 서쪽나라 사람들이 그들을 도우러 왔으니까 말이야. 유구한 역사 속에서도 이런 대목은 참 기분 좋게 들을 수 있는 대목일세. 그때도 물론 어둠이 위세를 떨치던 암울한 시대이긴 했지만, 위대한 용기나 위대한 역사가 전혀 없지는 않았어. 언젠가는 그 이야기를 모두 들려줄 수 있을 걸세. 아니면 나보다 잘 알고 있는 사람한테서 처음부터 끝까지 자세히 들을 수 있을지도 모르지.

지금으로서는 어떻게 해서 이 반지가 자네 손에 들어오게 되었는가 하는 점이 관심사이니, 물론 그 이야기도 상당히 길지만, 내가 알고 있는 것은 다 이야기하지. 사우론을 물리친 것은 요정의 왕 길갈라드와 서쪽나라 사람 엘렌딜이었네. 그들도 물론 전사하고 말았지만 말이야. 엘렌딜의 아들 이실두르가 사우론의 손가락을 자르고 반지를 빼앗아 자기 것으로 만들었지. 사우론은 그렇게 패배했고 그의 혼은 심연으로 사라졌다가 다시 어둠숲에 그림자로 나타날 때까지 오랜 세월 숨어 지내야만 했네.

그러나 반지도 사라지고 말았어. 안두인대하로 가라앉아 버린 거지. 왜냐하면 이실두르가 그 강 동쪽 기슭을 따라 북쪽으로 행군하던 중에 창포벌판 근처에서 산속의 오르크들에게 기습을 받았기 때문이야. 그 부하들은 대부분 살해당했고 그도 강물에 뛰어들었지만 오르크들의 화살을 맞아 죽었지. 하지만 반지는 물에 떠내려가던 이실두르의 손에서 빠져 버렸네."

간달프는 잠시 숨을 돌렸다가 다시 말을 이었다.

"그렇게 반지는 창포벌판의 어느 어두운 물속에서 사람들의 이야기와 전설에서 멀어진 채 잊혀 있었지. 이 정도의 이야기도 아는 이는 극소수에 지나지 않아. 백색회의에서도 그 이상은 알 수 없었지. 하지만 그 후의 이야기를 내가 들려줄 수 있네."

"오랜 세월이 흐른 뒤, 하지만 여전히 오래전인 옛날, 야생지대 변경 안두인대하 기슭에 손재주가 뛰어나고 발이 빠른 소인족이 살았다네. 이들은 호빗과 유사한 종족으로 짐작되는데, 풍채 혈통의 먼 조상에 가까운 편이었지. 그들은 강을 사랑하여 수영을 즐기기도 하고 갈대로 작은 배를 만들기도 했지. 그들 중에 특히 존경받는 가문이 있었는데, 그들은 다른 가문보다 수적으로도 우세하고 부유했으며 그들의 오랜 역사에 정통한 엄격한 품성의 한 노부인이 집안을 이끌고 있었어. 또한 그 집안에는 호기심이 많고 무슨 일이든 알고 싶어 하는 스메아골이라는 젊은이가 있었지. 그는 사물의 근원과 뿌리에 관심이 많아서 깊은 강으로 뛰어내리거나 자라나는 풀과 나무 밑을 파 보기도 하고 푸른 산에 굴을 뚫기도 했다네. 그는 산꼭대기나 나뭇잎이나 들에 핀 꽃 한 송이도 무심히 바라보는 일이 없었어. 그래서 그의 머리와 두 눈은 항상 아래를 향하고 있었지.

그에게는 데아골이라는 친구가 있었는데, 그는 눈매가 날카로웠지만 스메아골보다는 동작이 굼뜨고 힘도 약했어. 한번은 둘이 함께 배를 타고 꽃갈대와 창포가 무성한 창포벌판으로 내려갔지. 스메아골이 배에서 내려 강둑을 이리저리 돌아다니며 냄새를 맡는 동안 데아골은 배에 남아 낚시를 했어. 그런데 갑자기 커다란 물고기가 낚시에 걸린 걸세. 데아골은 자기 위치를 확인하기도 전에 그만 물에서 당기는 힘에 끌려 강바닥까지 내려가고 말았어. 거기서 데아골은 낚싯줄을 놓았는데, 강바닥에서 뭔가 반짝이는 물건을 발견했기 때문이지. 그래서 숨을 참고는 그 물건을 잡았지.

그러고는 머리에 물풀과 진흙을 잔뜩 묻힌 채 물 위로 머리를 내밀어 숨을 돌리고는 강둑으로 헤엄쳐 나왔다네. 그런데 놀랍게도 진흙을 씻어 내자 그의 손에 아름다운 금반지가 쥐어져 있던 걸세. 햇빛 속에서 아름답게 빛을 발하는 반지를 보며 그는 무척 좋아했지. 그렇지만 데아골이 반지를 바라보며 좋아하는 것을 나무 뒤에서 지켜보던 스메아골이 뒤에서 살그머니 다가와서 친구 어깨 너머로 말했어.

'사랑하는 친구 데아골, 그걸 내게 줘.'

'왜?'

'오늘은 내 생일이니까, 친구. 난 그걸 갖고 싶어.'

'안 되겠는데! 선물은 이미 정성껏 해 주었잖아. 이건 내가 발견했으니까 내가 갖겠어.'

'너, 진심이야?'

스메아골은 그렇게 묻고는 데아골을 붙잡아 목을 졸라 죽여 버렸네. 반지의 금빛은 너무도 찬란하고 아름다웠거든. 그리고 그는 반지를 손가락에 끼었지. 데아골이 어떻게 되었는지는 아무도 알 수 없었네. 집에서 상당히 떨어진 곳에서 살해당했기 때문에 아무도 시체를 발견할 수 없었지. 스메아골은 혼자 집으로 돌아오다, 자기가 반지를 끼고 있으면 가족들이 아무도 자기를 보지 못한다는 사실을 알았네. 그는 몹시 기뻐하며 반지를 잘 감추어 두었지. 그는 반지를 이용해 남의 비밀을 염탐하고는 그 비밀로 못된 일을 벌였어. 그러다 보니 남을 해치는 모든 일에 눈이 밝아지고 귀가 트였지. 반지가 그의 적성에 맞는 능력을 부여한 걸세. 친척들이 모두 그를 싫어하고 그가 나타나면 피하게 된 것도 당연한 결과였지. 그들이 그를 발로 차면 그는 오히려 그들의 발꿈치를 물고 늘어졌어. 그는 도둑질에 재미를 붙였고 혼자 중얼거리고 돌아다니며 목에서 '골룸골룸' 하는 끔찍한 소리를 냈지.

그래서 그들은 그를 골룸이라 부르고 욕하면서 멀리 떠나기를 요구했고, 그의 할머니는 평화를 원했기 때문에 그를 가문에서 추방하고 굴집에서 내쫓아 버렸네.

골룸은 외로이 방황하며 세상의 무정함에 조금은 슬퍼하기도 했지. 그렇게 안두인대하를 따라 오르다가 산맥에서 흘러내리는 지류를 발견하고 그쪽으로 올라갔다네. 그는 보이지 않는 손가락으로 깊은 물속에서 물고기를 잡아 날것으로 먹으며 살았지. 날씨가 몹시 무덥던 어느 날, 물에 고개를 처박고 있던 그는 뒷머리가 불타는 듯 따가워지고 수면에 반사된 반짝이는 햇빛이 자신의 젖은 눈을 아프게 파고드는 것을 느꼈네. 그는 너무도 오래 태양을 잊고 살았기 때문에 그 돌발적인 광선의 아픔에 아연 놀랐던 거야. 그러고는 마지막으로 고개를 들어 태양을 올려다보고 주먹질을 해 댔지.

그러나 고개를 내리다가 그는 저 멀리에 강의 흐름이 시작되는 안개산맥을 보게 되었네. 순간 이런 생각이 떠올랐던 거야. '저 산속은 그늘지고 시원할 거야. 거기서는 태양도 나를 어쩌지 못하겠지. 이 산맥의 뿌리야말로 진짜 산의 뿌리임이 틀림없어. 거기엔 태초부터 지금까지 한 번도 발견되지 않은 대단한 비밀이 감춰져 있을 거야.'

그래서 그날 밤 당장 산 위로 기어 올라갔고, 검은 지류가 시작되는 작은 동굴을 발견했지. 그는 그 굴을 통해 구더기처럼 천천히 산으로 기어들어 누구의 눈에도 띄지 않는 곳에 숨어 버린 거지. 반지도 그와 함께 어둠 속으로 사라졌고, 그 무렵 다시 자신의 힘을 모으기 시작한 반지의 주인도 반지에 대해선 아무것도 알 수가 없게 되었다네."

이야기를 듣고 있던 프로도가 소리쳤다.

"골룸! 골룸? 그놈이 바로 빌보 아저씨가 만난 그 골룸이라는 괴물인가요? 아주 구역질 나는 놈이던데요!"

"어떻게 보면 슬픈 이야기이기도 하지. 이런 일은 다른 이에게도 일어날 수 있어. 물론 내가 알고 있는 호빗에게도 일어날 수 있고."

"골룸이 호빗하고 관계가 있다는 건 믿어지지 않네요. 생각조차 하기 싫은 이야기예요."

프로도는 열을 내며 말했다.

"그렇지만 사실이야. 여하튼 그들의 족보는 호빗들보다 내가 더 잘 알고 있을 걸세. 심지어 빌보의 이야기에도 혈연관계를 암시하는 게 있지. 빌보와 골룸의 생각과 기억의 배경에는 아주 유사한 점이 대단히 많았네. 그들은 서로 너무 잘 알고 있었단 말이야. 호빗이 난쟁이나 오르크 또는 요정에 대해 알고 있는 것보다 잘 알고 있었지. 우선 그들이 서로 풀었던 수수께끼만 해도 그렇지 않은가?"

"그렇긴 하군요. 하지만 호빗 말고 다른 종족들도 수수께끼 내기를 하잖아요? 비슷한 내용도 있을 수 있고요. 호빗은 속임수를 몰라요. 그런데 골룸은 항상 속일 생각만 했어요. 그는 불쌍한 빌보 아저씨를 방심하게 할 심산이었지요. 그리고 아마도 그의 사악한 성격이 그 내기를 즐긴 것 같아요. 이기면 먹이를 쉽게 얻지만 지더라도 크게 손해 볼 일은 없었거든요."

"정말 맞는 얘길세. 하지만 내 생각엔 자네가 간과하는 점이 있는 것 같네. 골룸조차도 완전히 타락한 것은 아니었어. 그는 어느 현자가 짐작할 수 있었던 것보다 훨씬 강인했지. 호빗처럼 말이야. 그의 마음 한구석에는 아직 자신의 본성이 남아 있었다네. 그래서 마치 어둠 속으로 한 줄기 빛이 새어 들듯 과거의 빛이 그의 마음에 비칠 수 있었던 거야. 사실 다정한 목소리를 다시 듣는다는 것만 해도 얼마나 즐거웠겠는가. 바람과 나무, 풀밭에 비치는 햇빛 등, 그 모든 잊힌 것들에 대한 향수를 빌보의 목소리가 되살려 준 셈이지.

그러나 물론 그의 마음에 있는 사악한 심성이 치유되거나 극복되지는 않았으니까 빌보의 목소리는 오히려 사태를 더 악화시켰을 뿐이었지만 말이야."

간달프는 한숨을 쉬고 다시 이야기를 이었다.

"애석하게도 그의 사악한 심성이 고쳐질 가능성은 없었다네. 하지만 전혀 없는 것은 아니었어. 그는 자기도 기억할 수 없을 만큼 오래 반지를 가지고 있었지만 사실 마지막으로 손가락에 낀 것은 아주 오래전이었거든. 칠흑같이 어두운 곳에 숨어 살다 보니 반지는 거의 사용할 필요가 없었던 거지. 그러니 실제로 몸이 '소멸'되어 가지도 않았던 게 확실해. 몸은 야위었으면서도 여전히 튼튼했지. 그러나 물론 그 반지는 그의 마음을 갉아먹었고, 그 고통은 거의 참을 수 없을 지경에 이르렀지.

산속의 모든 '위대한 비밀'도 알고 보니 텅 빈 어둠뿐이란 것이 드러났고, 이젠 더 이상 발견할 것도 없고 할 일도 없어서 물고기를 잡아먹는다거나 쓰라린 과거를 회상하는 것이 소일거리였지. 그도 역시 불쌍한 처지였던 거야. 그는 어둠을 증오했지만 빛은 더욱 싫어했고 만물을 증오했다네. 그중에서도 반지를 가장 증오했지."

"이해할 수가 없군요. 반지가 그의 보물이며 또 유일하게 좋아한 거라면서요? 그걸 증오했다면 왜 버리고 멀리 떠나지 않았을까요?"

"지금쯤이면 자네도 이해가 될 법한데, 프로도. 그는 자신을 미워하면서도 사랑한 것처럼 반지도 미워하면서 사랑한 거야. 반지를 거부할 수 있는 힘이 그에겐 이제 전혀 남지 않았던 거지.

프로도, 힘의 반지는 자신을 스스로 지킨다네. 반지가 주인을 버리고 떠날 수는 있지만 주인이 그것을 버릴 수는 없는 거야. 기껏해야 다른 사람에게 맡길 수는 있지. 하지만 그것도 반지의 노예가 되기 전의 초기에나 가능한 일이야. 내가 알기로는 역사상 유일하게 빌보만이 그 일을 해낸 거야. 그 역시 내 도움이 필요했지만. 그렇지만 빌보조차도 반지를 내려놓거나 포기하지 못했을 수도 있어. 프로도, 결정을 내린 것은 골룸이 아니라 바로 반지야. 반지가 골룸을 떠난 것이지."

"아니, 빌보 아저씨가 나타난 바로 그 시간에 맞춰서 말인가요? 반지로서는 오르크가 더 낫지 않았겠어요?"

"이건 웃을 일이 아닐세. 특히 자네에겐 말이야. 그건 지금까지 반지의 오랜 역사를 통틀어 가장 희한한 일이었어. 우연히 그때 빌보가 그곳에 나타나 아무것도 보이지 않는 캄캄한 어둠 속에서 반지를 손에 잡은 그 사건은 말이야.

프로도, 이 일에는 또 다른 힘이 작용하는 것 같네. 반지에게는 자기의 진짜 주인한테 돌아가려는 회귀 본능이 있다고 할까? 그것은 이실두르의 손가락을 빠져나와 그를 배반했고 다음 기회가 왔을 때는 데아골을 붙잡아 죽음을 가져다주었지. 그다음에는 골룸을 노예로 삼은 건데 골룸이 너무도 보잘것없고 하찮은 존재라서 그를 더 이상 이용할 수가 없게 되었던 거야. 골룸과 함께 있는 한, 그 깊은 연못을 떠날 가망은 없었으니까. 바로 그 무렵에 그 주인이 다시 일어나 어둠숲에서 어둠의 사자들을 내보내기 시작하자 골룸을 배반한 거지. 결국 터무니없이, 상상도 못 한 빌보의 손에 들어갈 줄이야 몰랐겠지만. 샤이어의 빌보에게 말이야!

이렇게 보면 이 사건의 이면에는 반지를 만든 자의 계획마저 뛰어넘는 어떤 다른 힘이 작용하는 것으로 짐작이 돼. 쉽게 말하자면 빌보가 반지를 발견하도록 (그 주인이 아닌 다른 누군가가) 계획했다는 거야. 그렇게 생각한다면 자네가 반지를 가지게 된 것도 누군가의 뜻에 따른 셈이며, 따라서 이 사실은 우리에겐 큰 위안이 되는 거지."

"말씀하시는 뜻을 잘은 모르겠지만 설마 그럴 리야 있겠어요? 그런데 이 반지와 골룸에 대해 어떻게 그렇게 상세하게 아시죠? 막연한 추측은 아니겠죠?"

프로도를 바라보는 간달프의 눈이 빛을 발했다.

"난 많은 것을 알고 많은 것을 공부했지. 하지만 내가 하는 모든 일을 자네한테 설명할 필요야 없지 않겠나? 엘렌딜과 이실두르, 절대반지의 역사에 대해서는 현자들이라면 모두 알고 있네. 자네의 반지는 다른 어떤 증거보다도 그 불꽃 문자로 미루어 볼 때 절대반지임이 분명하네."

"언제 그것을 확신하게 되셨죠?"

프로도가 말을 가로막으며 물었다. 그러자 간달프는 날카롭게 대답했다.

"물론 바로 지금 이 방에서지. 하지만 예상은 했었네. 이 마지막 실험을 하기 위해 나는 그 멀고도 어두운 여행에서 돌아온 거야. 그것은 마지막 증거였고, 이제 모든 것이 너무도 명백하네. 골룸의 이야기를 찾아 역사의 빈틈을 메우는 데는 약간의 추측도 필요했지. 하지만 처음엔 추측으로 시작했어도 이젠 명백한 사실로 밝혀졌어. 난 그를 만났거든."

"골룸을 만나셨다고요!"

프로도는 놀라 외쳤다.

"그래. 가능하다면 그게 가장 확실한 방법 아닌가? 오래전부터 애쓴 끝에 드디어 해냈네."

"빌보 아저씨가 떠난 뒤로 그는 어떻게 되었나요? 그것도 알고 계신가요?"

"전부 다는 알 수 없었지. 하지만 아까 내가 자네한테 들려준 얘기는 골룸이 직접 말한 것일세. 물론 내가 말한 대로 사실 그대로 털어놓지는 않았지만 말이야. 골룸은 거짓말쟁이라서 그의 말은 골라 들어야 하지. 그 반지를 '생일 선물'이라면서 끝까지 우겨 댔지. 자기 말로는 그런 아름다운 물건들을 많이 가지고 있던 할머니한테서 받았다는 거야. 웃기는 이야기지. 스메아골의 할머니가 비록 족장이고 나름대로 대단한 인물이라는 것은 사실이겠지만, 요정들의 반지를 많이 가지고 있었다는 것은 터무니없는 이야기고, 게다가 그런 식으로 반지를 내놓았을 리가 없거든. 하지만 일말의 진실이 섞인 거짓말이기도 하지.

데아골의 죽음이 항상 그의 마음에 걸렸던 거야. 그래서 핑계를 대야겠다고 마음먹고는 계속 반지를 일컬어 '생일 선물'이라고 중얼거린 거지. 칠흑 같은 어둠 속에서 그렇게 계속 중얼거리다 보니 자신도 그렇게 믿게 된 것이고. 그날은 생일이었으니 데아골이 반지를 자기에게 선물했다는 식으로 말이야. 반지가 그날 그렇게 나타난 것은 하나의 선물인 셈이기도 하니까, 그건 자기 생일 선물이라는 거야. 이런 식으로 혼자 계속 우겨 댄 거지.

나는 그가 진실을 밝힐 때까지 참으려고 했지만 어쩔 수 없이 협박을 해야만 했네. 골룸에게 불로 고통을 주겠다고 위협했지. 훌쩍거리기도 하고 투덜대기도 하면서 조금씩 비밀을 털어놓기 시작하더군. 사실 그는 자신이 억울하게 오해를 받아 몰리고 있다고 생각했었겠지. 그런데 수수께끼 내기와 빌보의 탈출에 이르기까지 이야기를 털어놓고는 그 이상은 말하지 않겠다는 거야. 막연하게 추측할 수밖에 없는 몇 마디 이야기를 빼고는 말이지. 나보다 두려운 어떤 공포의 대상이 그를 사로잡았던 거야. 그러면서 자기 물건을 되찾게 될 거라고 중얼거리더군. 만약 자기가 습격을 받아 구석에 몰려 뭔가 빼앗긴 거라면 동료들이 곧 알게 될 것이라는 거야. 자기도 이제는 훌륭하고 힘센 친구들이 생겼으니 그들이 자기를 도와줄 것이고 골목쟁이도 혼이 날 것이라고 생각하고 있는 거지. 빌보를 저주하면서 마구 욕을 해 대더군. 게다가 빌보의 집이 어딘지도 알고 있었어."

"어떻게 알았을까요?"

"글쎄, 어리석게도 빌보가 직접 골룸에게 이름을 말해 버렸네. 따라서 골룸이 일단 바깥세상으로 나온다면 빌보가 사는 곳을 찾는 것은 그리 어려운 일이 아니지. 그는 사실 밖으로 나왔고, 반지에 대한 욕심에 오르크나 심지어 햇빛에 대한 공포조차도 이겨 낼 수 있었던 셈이야. 한두 해 뒤 그는 산을 내려왔네. 반지에 대한 그 갈망은 여전했지만, 이젠 반지가 더 이상 자신을 해치지 않았기 때문에 그는 서서히 원기를 회복하기 시작했지. 그는 세월이 흘러 자신이 늙었음을 실감했지만 공포심은 오히려 줄어들었고 무척이나 배가 고팠다네.

햇빛이건 달빛이건 빛에 대한 공포증은 여전했고 아마 앞으로도 그럴 거야. 하지만 아주 교활한 놈이지. 그는 햇빛과 달빛을 피할 수 있는 방책도 알아냈고, 창백하고 차가운 눈으로 캄캄한 어둠 속을 소리 없이 재빨리 기어가서 겁에 질리거나 방심한 작은 짐승들을 잡아먹고 견뎠던 거야. 그래서 새로운 음식과 새로운 공기 덕분에 더 튼튼해지고 용감해졌지. 그리고 예상한 대로 어둠숲으로 길을 택한 거야."

"그럼 거기서 골룸을 만나신 건가요?"

"거기서 만났지. 그렇지만 그는 전부터 이미 빌보를 찾아 멀리까지 헤매고 다닌 것 같아. 그에게서 뭔가 확실한 정보를 알아낸다는 것은 불가능한 일이지. 그의 이야기는 항상 욕설과 협박으로 뒤범벅이었거든. 이런 식이지. '자기 주머니에 뭐가 있냐고 묻지 않겠어요. 난 말을 안 하려고 했죠, 나쁜 놈. 조그만 사기꾼 같으니! 엉터리 문제라고요. 그놈이 먼저 속였어요. 먼저 말이에요. 규칙을 어겼어요. 붙잡아서 혼을 냈어야 하는 건데. 나쁜 놈. 분명히 혼을 내줄 거예요. 나쁜 놈!'

이야기가 다 그런 식이야. 이런 이야기를 더 듣고 싶지는 않겠지. 난 지겹게 들었다네. 그렇지만 그 투덜대는 소리 사이로 간간이 새어 나오는 이야기를 열쇠로 그가 드디어는 에스가로스와 너른골까지 몰래 염탐하고 돌아다녔다는 사실을 알아냈지. 그런데 빌보와 나, 그리고 난쟁이 일행이 벌였던 모험과 전쟁 이야기가 벌써 야생지대 구석구석까지 퍼져 있었고 빌보의 이름과 그 출신지를 모르는 사람은 아무도 없었네. 게다가 우리는 서쪽으로 돌아올 때도 비밀리에 올 수가 없었거든. 골룸은 그 예민한 귀로 곧 자기가 원하는 것을 모두 알아냈지."

"그러면 왜 빌보 아저씨를 끝까지 쫓아오지 않았을까요? 왜 샤이어에는 나타나지 않은 걸까요?"

"아, 지금 막 그 이야기를 할 참이었네. 골룸도 원래는 그럴 생각이었겠지. 그는 서쪽을 향해 길을 잡고 안두인대하까지 왔던 것 같아. 그런데 거기서 방향을 바꿔 버렸어. 분명히 길이 멀어서 겁을 먹은 것은 아니야. 어떤 다른 힘이 그를 끌고 간 거지. 나 대신 그를 찾아 나섰던 내 친구들도 모두 그렇게 생각했다네.

처음엔 숲요정들이 그를 추적했었지. 아직 흔적이 선명히 남아 있어서 그리 어려운 일은 아니었네. 그런데 어둠숲을 따라 추적하면서 그를 발견할 수는 없었고 대신 그에 대한 소문만 무성하게 접할 수 있었지. 심지어 짐승이나 새들도 무서워할 만한 끔찍한 소문들을 말이야. 숲속 사람들 이야기로는 피를 마시는 유령이 나타나 숲을 공포로 몰아넣었다는 거야. 그 유령은 나무 위로 올라가 새둥지를 찾아내고 산짐승들의 굴속에 들어가 어린 새끼들도 잡아먹고 창문 틈새로 기어들어 와서는 아기들의 요람도 뒤진다는 거야.

그런데 어둠숲 서쪽 끝에서 방향을 바꿔 남쪽을 향하더니 결국에는 숲요정들의 추적에서 벗어나 버렸단 말일세. 그때 내가 큰 실수를 범했지. 물론 첫 실수는 아니었지만. 나중에 큰 화근이 될지도 모른다는 걱정을 하면서도 그 문제를 그대로 내버려 둔 거야. 그때는 그 밖에도 바쁜 일이 많아서 계속 골룸만 추적할 수가 없었거든. 그러면서 여전히 사루만의 이야기만 믿고 있었으니."

간달프는 잠시 숨을 돌린 후 다시 이야기를 계속했다.

"그러니까 그게 벌써 먼 옛날 일이지. 그 뒤로 난 어둡고 위험한 날들을 보냄으로써 그 대가를 톡톡히 치러야만 했어. 빌보가 여길 떠난 후 다시 골룸을 찾았지만 벌써 희미한 자취밖엔 없었지. 한 친구의 도움이 없었다면 그 추적은 아무 소용이 없을 뻔했다네. 아라고른이란 인물인데, 우리 시대 최고의 사냥꾼이자 순찰대원이지. 우린 함께 골룸을 찾아 야생지대 끝까지 내려갔지만 아무 소득도 없었고 희망도 없었네. 그래서 난 결국 추적을 포기하고 다른 길로 갔는데, 그때 골룸이 발견된 거야. 내 친구가 커다란 위험을 무릅쓰고 그 불쌍한 녀석을 붙잡아 내게 데려왔지.

무엇을 하고 있었냐고 물었지만 대답하지 않더군. 그냥 목을 골룸골룸 하며 울면서 우리보고 잔인하다고만 했지. 우리가 몰아붙이자 징징 울면서 두 손을 마주 비비고 마치 먼 옛날의 어떤 고통스러운 기억을 되살리는 듯 손가락을 빨면서 아픈 척하더군. 그러나 결국 두렵긴 하지만 의심할 수 없는 명백한 사실이 드러났네. 그는 한 걸음 한 걸음 몰래 남쪽으로 내려가 마침내 모르도르까지 갔던 거야."

무거운 공기가 방 안을 짓눌렀다. 프로도는 자기 가슴이 쿵쿵 울리는 소리까지 들을 수 있었다. 사방은 쥐 죽은 듯 고요했고 샘의 가위질 소리도 들리지 않았다.

"그래, 결국 모르도르까지."

간달프는 말을 계속했다.

"유감이지만 모르도르는 모든 사악한 무리들을 끌어모으고, 암흑의 권능은 그 일을 위해 전력을 기울이고 있었지. 대적의 반지 역시 골룸에게 영향을 끼쳐 그를 밖으로 소환해 낸 걸세. 남쪽에서 다시 암흑의 권능이 나타났고, 그들이 서부에 대해 증오심을 품고 있다는 소문이 떠돌고 있었어.

골룸의 복수를 도울 수 있는 새로운 친구들이 모르도르에 나타난 거지.

불쌍한 녀석 같으니라고! 제 딴에는 거기서 자기에게 도움이 될 만한 것을 배우고 또 얻을 수 있으리라 여겼겠지. 그래서 모르도르의 변경으로 몰래 잠입하자마자 붙잡힌 골룸은 모든 것을 다 털어놓은 거야. 일은 그렇게 된 걸세. 내가 그 녀석을 다시 발견했을 때는 이미 모르도르에 오랫동안 머물다가 돌아오는 길이었던 거야. 무서운 음모를 가슴에 품고서 말일세. 하지만 지금 중요한 건 그게 아니지. 골룸이 가져올 수 있는 가장 큰 재앙은 이미 시작되어 버렸네.

대단히 유감스럽게도 대적은 골룸을 통해 절대반지가 다시 발견되었다는 사실을 알게 된 거야. 이실두르가 어디서 죽었고 골룸이 어디서 반지를 발견했는지를 그는 확인한 거야. 골룸이 그렇게 오래 산 것만으로도 그 반지가 절대반지라는 확증을 얻은 셈이지. 적은 그것이 요정의 세 반지 중 하나가 아니라는 점을 분명히 알았겠지. 왜냐하면 세 개의 반지는 분실된 적도 없지만 재앙을 당한 적도 없기 때문이지. 또 일곱 반지나 아홉 반지의 소재는 이미 밝혀졌으니 그것이 그 반지들 중 하나가 아니란 점도 확실하고. 적은 그것이 절대반지임을 확신하고 있음은 물론, 호빗과 샤이어라는 이름도 듣게 되었을 거야.

지금쯤 샤이어를 찾느라 분주할지도 모르고 어쩌면 벌써 샤이어의 위치를 확인했을지도 모르네. 프로도, 지금 나는 골목쟁이라는 하찮은 이름이 얼마나 중요한 이름인가를 그들이 벌써 눈치채지 않았을까 하는 게 두려운 거야."

프로도가 외쳤다.

"정말 끔찍하군요. 제게 가끔씩 주신 암시나 경고로 미뤄 짐작했던 것보다도 훨씬 더 위험한 상황인데요. 오, 간달프! 소중한 친구여! 이제 전 어떻게 해야 하죠? 정말 무서워요. 어떻게 해야 하죠? 빌보 아저씨는 기회가 있었을 텐데도 왜 그 나쁜 놈을 죽이지 않고 쓸데없이 연민을 베풀어 살려 준 걸까요?"

"연민이라고? 그래, 빌보의 손을 만류한 것은 연민이었지. 부득이한 경우가 아니라면 죽이지 않으려는 연민과 자비 말일세. 프로도, 빌보는 벌써 그 보답을 받았다네. 그렇게 자기가 반지의 주인이라고 주장했으면서도 결국 악의 세력한테 큰 피해를 당하지 않고 도망칠 수 있었던 것도 연민을 베풀었기 때문일세."

"죄송합니다만 저는 지금 너무 겁이 나서 골룸에겐 아무런 연민도 느낄 수 없어요."

"그를 보지 못했기 때문이지."

"그렇겠죠. 하지만 보고 싶지도 않습니다. 간달프, 당신을 이해할 수가 없어요. 골룸이 그렇게 끔찍한 일들을 벌여 놓았는데도 당신과 요정들은 그를 죽이지 않고 살려 주었다는 말씀이세요? 어쨌든 그는 이제 오르크만큼이나 사악한 존재가 되었고, 분명 적이 되지 않았어요? 그는 죽어 마땅합니다."

"마땅하다고? 어쩌면 그럴지도 모르지. 살아 있는 이들 중 많은 자가 죽어 마땅하지. 그러나 죽은 이들 중에도 마땅히 살아나야 할 이들이 있어. 그렇다고 자네가 그들을 되살릴 수 있는가? 그렇지 않다면 죽음의 심판을 그렇게 쉽게 내려서는 안 된다네. 심지어 우리 마법사라 할지라도 만물의 종말을 모두 알 수는 없거든. 골룸이 죽기 전에 마음이 변화될 가능성이 높지는 않지만 아주 없다고도 할 수 없는 거야. 그도 이젠 반지의 운명에 묶이게 되었거든. 내 생각에는 그가 좋은 쪽이든 나쁜 쪽이든 이 일이 끝나기 전에 어떤 중요한 역할을 할 것 같은 예감이 드네. 빌보의 연민이 많은 이들의 목숨을 구할지도 모른단 말일세. 어쩌면 자네의 목숨까지도 말이야. 여하튼 우리는 그를 죽이지 않았네. 그는 이제 너무 늙었고 불쌍한 처지야. 숲요정들이 그를 감금하긴 했지만 워낙 마음씨가 착한 친구들인지라 아주 친절하게 대하고 있다네."

"그렇긴 하지만, 빌보 아저씨가 골룸을 죽일 수 없었을 바에야 그 반지도 가져오지 않았으면 더 좋았을 거란 생각이 들어요. 차라리 발견하지도 못하고 손에 넣지도 않았으면 좋았을 걸 말예요. 당신은 왜 제게 그걸 맡겼죠? 왜 내버리거나 파괴하지 않고요!"

"내가 맡겼다고? 자넨 지금까지 내가 한 이야기를 못 알아듣는군. 자넨 지금 무슨 소릴 하는지도 모르고 있는 거야. 반지를 내버린다는 건 정말 위험한 일이야. 반지는 스스로 발견될 수 있는 방법이 있다네. 악인들의 손에 들어갔다면 벌써 무시무시한 일이 저질러졌을지도 모르고, 최악의 경우에는 대적의 손에 들어갔을 수도 있어. 왜냐하면 이 반지는 절대반지이고, 대적은 이 반지를 찾아서 자기에게 끌어당기기 위해 온갖 수를 다 쓰고 있으니 말일세.

사랑하는 프로도, 물론 자네한테는 위험한 일이야. 나도 그 점이 대단히 고통스럽네. 하지만 이 일에는 너무 많은 문제들이 걸려 있기 때문에 부득이 위험을 무릅쓰고 자네에게 맡긴 거야. 물론 아무리 멀리 떨어져 있을 때라도 난 샤이어와 자네를 잊은 적이 단 한 순간도 없었네. 자네가 그것을 사용하지 않는 한, 반지는 결코 자네에게 무슨 해를 끼칠 수 없으리라 확신하고 있었지만 말이야. 적어도 상당 기간은 무슨 해를 끼칠 수 없다고 생각했지. 그리고 내가 자네를 마지막으로 만났을 때가 9년 전이었던 것을 생각해 보게. 그때만 하더라도 난 확실하게 알지는 못했거든."

"그렇다면 말씀하신 대로 진작에 파괴해 버리면 되지 않았어요? 경고를 해 주시거나 연락을 주셨으면 제가 없애 버렸을 텐데요."

프로도는 여전히 소리를 높였다.

"없애 버린다고? 어떻게 말인가? 시도해 본 적이 있나?"

"아니요, 없어요. 하지만 망치로 부수거나 불에 녹이면 되겠지요."

"해 보게! 지금 당장 해 보게!"

프로도는 다시 주머니에서 반지를 꺼내 찬찬히 살펴보았다. 반지는 이제 표면에 아무런 글자나 흔적도 없는 평범하고 매끄러운 보통 반지로 변해 있었다. 금빛은 매우 아름답고 순수해 보였고, 프로도는 빛깔의 윤기와 아름다움, 동그라미의 완벽함에 내심 놀랐다. 그것은 실로 경탄을 불러일으킬 만큼 몹시 아름다운 반지였다. 꺼낼 때만 해도 그는 곧바로 반지를 불 한복판에 던질 수 있을 것만 같았다. 그러나 그 순간 그는 그렇게 할 수 없음을, 웬만한 용기 없이는 던질 수 없음을 깨달았다. 그는 반지를 손바닥 위에 올려놓고 망설이면서 간달프가 한 이야기를 기억하려고 애썼다. 그리고 마치 대단한 의지력을 발휘하여 반지를 던질 듯한 동작을 취했다. 그러나 그는 반지를 다시 주머니에 넣고 있었다. 간달프가 기분 나쁜 웃음을 지었다.

“알겠나, 프로도? 자네도 벌써 그 반지를 쉽게 버릴 수 없지 않은가. 그런데 파괴하겠다니 말이나 되는 소린가? 게다가 내가 강요할 수도 없네. 힘으로라면 모를까. 그렇게 되면 자네에게도 충격이 남겠지. 그러나 어쨌든 그 반지를 힘으로 파괴하는 것은 불가능해. 대장간의 망치로 내리친다 해도 그 반지는 끄떡하지 않아. 자네 힘이나 내 힘으로는 어떻게 할 수가 없는 거야.

물론 이 난롯불로는 보통의 금도 녹이지 못하지. 더구나 이 반지는 아까 보았듯이 저 불 속에서 달아오르지도 않아. 샤이어의 대장간에서 이 반지를 녹이는 것은 불가능해. 난쟁이들의 용광로라 할지라도 어림없는 일이야. 용의 불꽃은 힘의 반지를 녹여 없애 버릴 수 있다고들 하지. 그러나 이제 뜨거운 옛 불꽃을 품고 있는 용은 이 땅에 없네. 애당초 절대반지에 위해를 가할 수 있는 용은 있지도 않았어. 심지어 흑룡 앙칼라곤도 말이야. 그 반지는 사우론이 직접 만든 것이니까.”

간달프는 잠시 숨을 돌리고는 계속했다.

“딱 한 가지 방법이 있네. 자네가 진정으로 반지를 대적의 마수를 피해 파괴하고 싶다면 불의 산 오로드루인 깊숙한 곳에 있는 운명의 틈을 찾아 그 속에 던져 버리면 되지.”

프로도가 외쳤다.

“제가 반지를 파괴하겠어요. 아니면 파괴되게 하겠습니다. 그런데 전 그런 위험한 일을 할 위인이 못 되는데 어떻게 하죠? 차라리 반지를 보지 못했더라면 좋았겠어요. 왜 그것이 제게 왔을까요? 왜 제가 선택되었지요?”

“어리석은 말 하지 말게. 이 반지가 딴 사람에게 가지 않은 것은 자네가 잘나서가 아니라는 걸 자네도 알지 않는가? 자네에게 힘이나 지혜가 있어서가 아니야. 어쨌든 자네는 선택되었고, 따라서 자네에게 있는 힘과 용기와 지혜를 모두 짜내야 하네.”

“저는 그런 것들과는 거리가 멀어요. 당신이 오히려 지혜도 있고 용기도 있으니 차라리 당신이 반지를 맡으면 어떨까요?”

그러자 간달프는 벌떡 일어서며 외쳤다.

“안 돼! 그 힘을 가지게 되면 나는 지나치게 강한 능력의 소유자가 되네! 그리고 반지도 더 강하고 치명적인 힘을 휘둘러 댈 거야.”

그의 눈에 불꽃이 일었고 그의 얼굴은 속에서 불길이 타오르는 듯 벌게졌다.

“나를 유혹하지 말게! 나는 암흑군주처럼 될 생각은 털끝만큼도 없어. 내가 진정 그 반지를 바란다면 그건 연민 때문이야. 약자를 위한 연민, 선한 일을 할 수 있는 힘에 대한 갈망 말일세. 나를 유혹하지 말게! 나는 감히 그것을 취할 수 없을 뿐만 아니라 사용하지 않고 안전하게 보관할 자신도 없네. 반지를 사용하고 싶은 욕망은 내 힘으로 억누를 수 없는 유혹이야. 내 앞길에는 너무나 많은 시련이 있기 때문에 그것을 쓰지 않고는 못 배길 걸세.”

그는 창가로 가서 커튼과 겉창을 열었다. 햇살이 다시 방 안으로 흘러 들어왔다. 샘이 휘파람을 불며 지나가고 있었다. 마법사는 프로도를 향해 돌아서며 말했다.

“자, 이제부터는 자네가 결정할 일이야. 하지만 내가 항상 자네를 돕겠네.”

그는 프로도의 어깨에 손을 얹으며 말을 이었다.

"자네가 이 임무를 완수할 마지막 날까지 내가 자네를 돕겠네. 하지만 우리는 즉시 행동해야 해. 대적은 벌써 움직이기 시작했으니 말이야."

오랜 침묵이 흘렀다. 간달프는 다시 의자에 앉아 생각에 잠겨 담뱃대를 빨아 댔다. 그는 두 눈을 감은 듯했지만 실은 눈썹 밑으로 프로도를 뚫어지게 응시하고 있었다. 프로도는 불꽃이 시야를 꽉 채울 때까지 벽난로의 빨간 등걸불에 눈길을 고정하고 있었다. 불꽃의 깊은 속이 보이는 듯했다. 그는 전설 속의 운명의 틈과 불의 산의 공포를 생각하고 있었다. 간달프가 마침내 입을 열었다.

"뭘 생각하는가? 어떻게 해야 할지 결정했나?"

"아닙니다."

프로도는 깊은 어둠 속에서 다시 밝은 곳으로 이끌려 온 듯한 느낌에 놀라며 대답했다. 그는 창밖으로 햇살이 가득한 정원을 바라보았다.

"아니, 어쩌면요. 지금까지 하신 말씀으로 보아 이 반지는 제가 보관하고 지킬 수밖에 없겠군요. 제게 어떤 일이 닥치든 당분간은 말입니다."

"자네가 그 목적을 잊지만 않는다면 어떤 일이 그리 일찍 닥치지는 않을 걸세."

"그렇게만 되면 좋겠습니다만, 가능하다면 저보다 나은 주인을 빠른 시일 내에 찾아 주셨으면 좋겠어요. 그러나 그동안은 저 자신이나 주위의 모두에게 저는 위험한 존재겠군요. 반지를 가지고 여기 이대로 있는 건 더 이상 불가능할 테니까, 이젠 골목쟁이집과 샤이어를 떠나는 것이 옳은 일일 것 같아요."

프로도는 한숨을 쉬고 말을 이었다.

"가능하다면 샤이어를 구하고 싶어요. 한때는 샤이어의 이웃들이 너무 멍청하고 어리석어 보여서 지진이 나거나 용이 쳐들어와 망해 버렸으면 좋겠다는 생각도 했지요. 하지만 이젠 달라졌습니다. 제가 떠나서 샤이어가 평화롭고 안전하게 살아남을 수만 있다면 마음 편하게 떠날 수 있을 것 같아요. 다시 이곳에 돌아올 수 없더라도 언제나 마음 든든하게 믿는 곳이 어딘가에 있다고 생각하게 될 테니까요.

물론 가끔 방랑의 유혹을 느낀 때도 있었지요. 그러나 그것은 일종의 휴가나 아니면 빌보 아저씨의 모험처럼 행복하게 끝나는 것이었을 뿐이죠. 그런데 이 길은 위험을 피해 위험 속으로, 위험을 달고 다니는 추방이나 다름없군요. 그리고 반지를 파괴하고 샤이어를 구하기 위해서는 혼자서 떠날 수밖에 없겠는데, 저는 너무 미약하고 보잘것없는, 뭐랄까 절망적인 심정이 되는군요. 대적은 너무도 강하고 무서운데 말이에요."

간달프에게 말하지는 않았지만, 그렇게 말하는 동안 프로도의 마음속에는 빌보를 따라가고 싶은 욕망이 불꽃처럼 강하게 타올랐다. 빌보를 찾아가자. 어쩌면 다시 만날 수 있을지도 모른다. 그 유혹이 너무나 강렬해서 그는 두려움도 잊었다. 그는 먼 옛날 어느 아침 빌보가 그랬던 것처럼 두건도 쓰지 않고 곧바로 길을 뛰어 내려가고 싶은 충동을 느꼈다.

간달프가 감격에 겨워 외쳤다.

"고맙네, 호빗! 전에도 말했지만 호빗들은 정말 놀라운 이들이야. 한 달이면 호빗들을 알기에 충분한 시간이지만, 백 년이 지나도 그들은 우리가 위기에 처했을 때 여전히 우리를 깜짝 놀라게 할 거야. 나는 지금과 같은 대답을 들으리라고는 기대조차 하지 않았지. 심지어 자네한테서도 말이야. 하여간 빌보는 그 일이 얼마나 중요한지는 몰랐겠지만 후계자를 뽑는 일에는 실수하지 않았군. 걱정되긴 하지만 자네 말이 옳아. 반지는 이제 샤이어에 숨어 있을 수 없어. 자네를 위해서나 모두를 위해서나 자네는 떠나야 하네. 골목쟁이란 이름까지 남겨 두고 말일세. 샤이어를 벗어나 바깥의 거친 세상에 들어가면 그 이름은 위험의 상징이 될 테니까 말이야. 내가 자네에게 새 이름을 하나 지어 주지. '언덕지기'가 어떤가?

그리고 반드시 자네 혼자 가야 하는 건 아닐세. 미지의 위험 속으로 데려가고 싶은 이가 있다면 데리고 가게. 기꺼이 간다고 따라나설 믿을 만한 친구가 있다면 말이지. 하지만 동행을 찾으려 할 때는 조심해야 하네. 아무리 친한 친구라도 말이야. 적은 이미 많은 첩자와 정탐꾼을 풀어놓았어."

갑자기 무슨 소리를 들은 듯 그는 말을 멈췄다. 하지만 프로도가 듣기에는 집 안이나 밖에서 별 특별한 소리가 나는 것 같지는 않았다. 간달프는 창문가로 살그머니 다가갔다. 그러고는 번개같이 창틀 위로 올라서서 긴 팔을 내리뻗었다. 그러자 비명 소리가 나면서 감지네 샘의 고수머리가 간달프에게 한쪽 귀를 잡힌 채 올라왔다.

간달프가 말했다.

"흠, 흠, 맙소사! 감지네 샘이었구먼. 뭘 하고 있었나?"

"살려 주세요. 간달프 씨! 아무것도 안 했습니다! 그냥 창문 밑에서 잔디를 깎고 있었을 뿐이에요."

그는 증거물을 제시하듯 가위를 들어 보이며 간청했다. 간달프는 다시 엄하게 물었다.

"글쎄, 가위질 소리가 끊긴 지 한참 되었는데그래? 얼마 동안이나 처마 밑에서 도둑놈처럼 엿듣고 있었지?"

"처마 밑에서 엿듣다니요? 무슨 말씀인지 모르겠습니다. 골목쟁이집에는 처마가 없는데요. 정말이에요."

"능청 떨지 마! 뭘 들었나? 왜 엿들었나?"

간달프는 샘을 예리하게 쏘아보며 눈썹을 곤두세웠다. 샘은 벌벌 떨며 애원했다.

"프로도 씨, 제발 살려 주세요. 저를 해치지 않게 말려 주세요. 저를 무슨 이상한 걸로 둔갑시키지 못하게 해 주세요. 나이 드신 우리 노친네가 너무 슬퍼할 거예요. 나쁜 뜻은 없었어요. 맹세합니다. 정말이에요."

약간은 놀라고 당황했지만 웃음을 참지 못하던 프로도가 말했다.

"너를 해치진 않으실 거야. 나도 그렇지만 이분도 네가 나쁜 뜻이 있었다고는 생각하지 않으실 테니까, 똑바로 일어서서 묻는 말에 정직하게 대답해."

그러자 샘은 부들부들 떨며 대답했다.

"예, 예. 듣긴 많이 들었는데 무슨 말인지 모르는 이야기가 많았어요. 적이니 반지니 빌보 어른, 용, 불의 산, 그리고 요정이란 말까지 들었어요. 엿듣긴 했습니다만 어쩔 수 없었어요. 알아주실지 모르겠지만, 저는 그런 이야기들을 굉장히 좋아하거든요. 그리고 테드가 뭐라고 하든 간에 그것들을 믿고 있어요. 요정이라고 하셨지요, 저는 그들을 정말로 보고 싶어요. 프로도 씨, 이번에 가실 때 저도 요정 나라로 데려가 주시지 않겠어요?"

"이리 들어와!"

간달프는 갑자기 웃음을 터뜨리며 소리를 지르고는 두 팔을 뻗어 놀란 샘과 가위, 깎인 잔디 부스러기 등을 한꺼번에 들어서 방 한가운데 세웠다.

"요정들한테 데려가 달라고 했지?"

간달프의 얼굴에는 웃음이 번졌지만 눈은 샘을 찬찬히 뜯어보고 있었다.

"프로도가 떠난다는 말도 들었겠군?"

"예, 그렇습니다. 그래서 숨이 막힐 뻔했어요. 아마 그 소리를 들으셨을 거예요. 참으려고 애를 썼는데 너무 충격적이어서 갑자기 튀어나와 버렸어요."

"샘, 어쩔 수 없는 일이야."

프로도는 슬픈 목소리로 말했다. 샤이어를 떠나는 것이 골목쟁이집의 안락한 생활을 포기하는 것보다 쓰라린 이별의 고통을 의미한다는 것을 프로도는 문득 깨달았다.

"난 떠나야 해. 그렇지만……."

그는 말을 멈추고 샘을 정면으로 바라보았다.

"네가 나를 진정으로 염려해 준다면 그 비밀을 꼭 지켜야 해. 그러지 않고 지금 들은 이야기가 한마디라도 새어 나가면 간달프가 너를 반점두꺼비로 만들어 버리고 이 정원에다 뱀을 가득 채우실 거야."

샘은 온몸을 사시나무 떨듯 하며 무릎을 꿇었다.

"일어나, 샘. 그보다 좋은 생각이 떠올랐다. 자네 입을 막을 수도 있고, 또 이야기를 엿들은 데 대한 적당한 벌까지 줄 수 있는 방법이 말이야. 프로도와 함께 가는 것이 어떤가?"

"제가요?"

샘은 산책 나가자는 주인의 신호를 받은 강아지처럼 벌떡 일어나면서 소리쳤다.

"제가 요정들을 보러 간다고요? 야호!"

샘은 소리를 지르며 눈물을 흘렸다.

Chapter 3

세 동무

“자네는 가능한 한 빨리, 아무도 모르게 여기를 떠나야 하네.”

간달프가 말했다. 벌써 두 주일 이상 지났는데도 프로도가 떠날 준비를 하는 것 같지 않아 간달프는 내심 마음을 졸였던 것이다.

“저도 압니다. 하지만 소리 소문 없이 순식간에 사라지기가 어디 쉬운 일입니까? 제가 빌보 아저씨처럼 감쪽같이 사라지면 샤이어는 또다시 발칵 뒤집힐 거예요.”

프로도가 이의를 제기했다.

“물론 사라져서는 안 되지! 안 되고말고. 내 말은 될 수 있으면 빨리 떠나라는 것이지 지금 즉시 떠나라는 이야기는 아니네. 아무도 눈치채지 않게 이곳을 떠날 무슨 묘안이 있다면 조금 늦어져도 괜찮겠지. 그러나 너무 오래 꾸물거려서는 안 되네.”

“가을쯤이 어떨까요? 저와 빌보 아저씨 생일 전후쯤 말입니다. 그때까지는 준비를 할 수 있을 것 같은데요.”

프로도는 이렇게 말하면서도 사실은 운명의 시간이 다가올수록 떠나기가 싫었다. 떠나야 한다고 생각할수록 골목쟁이집에 애착이 생기는 것 같았다. 그는 이제 마지막이 될지도 모를 샤이어의 여름을 맘껏 즐기고 싶었다. 가을이 되면 그 계절엔 늘 그랬듯 여행이 좀 더 쉽게 느껴질 것 같았다. 그는 내심 자기 나이가 쉰 살이 되는 날, 즉 빌보의 128번째 생일을 출발일로 잡고 있었다. 어쩐지 빌보처럼 떠나기에는 그날이 적당할 것 같았다.

빌보의 발자취를 따라간다는 생각이 마음속을 채웠고, 또 그 생각만이 샤이어를 떠나는 것을 견디게 해 주었다. 그는 가능한 한 반지 문제나 자신이 가야 할 최종 여행 목적지에 대한 두려움을 떨치려 애썼다. 그는 간달프에게 자기 심중을 털어놓지 못했다. 마법사가 무슨 생각을 하는지 가늠하기란 언제나 쉽지가 않았다.

마법사는 프로도의 출발일을 듣고 웃었다.

“잘 생각했네. 그게 좋겠어. 하지만 더 지체할 생각은 말게. 난 시간이 갈수록 점점 더 불안해지네. 그동안은 자네가 어디로 떠난다는 소문이 돌지 않게 조심하게. 감지네 샘 입단속도 잘 하고. 떠벌리고 돌아다닌다면 정말로 두꺼비가 될 각오를 단단히 하라고 하게.”

“제가 어디로 떠나는지 아무도 알 수 없을 겁니다. 저도 아직 어디로 떠나야 하는지 뚜렷하게 정하지 않은걸요.”

간달프는 프로도를 나무랐다.

"어리석은 소리 말게! 내 말은 우체국에 주소를 남기지 말라는 말이 아니야. 자네가 이곳을 멀리 떠나기 전까지 샤이어를 떠난다는 소문이 나지 않게 단속하라는 걸세. 동서남북 어느 쪽으로 가도 좋은데, 그 방향은 절대로 드러내서는 안 된다는 말일세."

"마을 사람들에게 골목쟁이집을 떠난다고 작별 인사를 해야 한다는 생각에 너무 빠져 있어서 아직 목적지는 생각도 못 하고 있었어요. 어디로 가면 좋을까요? 누가 저를 인도해 줄까요? 목적은 뭐지요? 빌보 아저씨는 보물을 찾으러 갔었고, 보물을 찾아 돌아왔습니다. 그런데 저는 보물을 버리러 떠납니다. 그것도 돌아올 기약도 없이 말입니다."

"먼 훗날의 이야기는 아무도 예측할 수 없네. 나 역시 모르니까. 자네의 임무는 일단 운명의 틈을 찾는 것이겠지. 하지만 그 임무는 딴 사람의 몫일 수도 있네. 여하튼 자넨 아직 그 먼 길을 떠날 준비가 되어 있지 않아 보인다는 것일세."

"그렇지요. 하지만 우선 어느 쪽으로 가야 되는 겁니까?"

"위험을 향해 가게. 하지만 너무 성급하게, 너무 곧장 가지는 말아야 하네. 자네가 내 충고를 받아들일 의향이 있다면 깊은골 쪽으로 가게. 그 길은 예전보다 험하지만 그렇게 위험하지는 않을 거야. 물론 날이 갈수록 더 험해지겠지만."

"깊은골! 좋습니다. 동쪽으로 가지요. 깊은골로 가겠습니다. 샘을 데리고 요정들의 나라로 가겠습니다. 샘이 좋아하겠군요."

그는 가벼운 마음으로 이야기했지만, 마음속으로는 반(半)요정 엘론드의 저택을 찾아가서 아름다운 요정들이 평화롭게 살고 있을 그 깊은 골짜기의 공기를 맘껏 들이마시고 싶은 희망으로 들떴다.

어느 여름날 저녁, 담쟁이덩굴 여관과 푸른용 주막에 놀라운 소식이 전해졌다. 샤이어 변경에 나타나던 거인들과 이상한 징조들은 그보다 놀라운 이 소식 때문에 뒷전으로 밀렸다. 프로도가 골목쟁이집을 내놓았다는 소식이었다. 아니, 정확하게는 이미 팔렸다는 것이었다. 그것도 자룻골골목쟁이네한테!

"굉장히 값을 잘 쳐서 받았다더군." 하고 말하는 이들도 있었고, "헐값에 판 거지. 로벨리아 부인이 사들인 것을 보면 뻔하잖아." 하고 말하는 이들도 있었다(오소는 이미 몇 년 전에 세상을 뜨고 말았다. 그때 나이가 백두 살이었는데, 오래 살긴 했지만 죽기에는 이른 나이였다).

가격보다도, 왜 프로도가 그 아름다운 굴집을 팔아 치웠는지가 이웃들을 더 궁금하게 했다. 일부에서는, 골목쟁이 씨도 고개를 끄덕이며 동감을 표했지만, 프로도의 돈이 다 떨어졌다는 주장을 펴기도 했다. 호빗골을 떠나 집을 판 돈으로 고향 노릇골에서 강노루네 친척들과 조용히 살 계획이라고 말하는 이들도 있었다. '자룻골골목쟁이네 식구들 꼴 안 보기 위해서'라고 덧붙이는 이들도 있었다. 그러나 골목쟁이집의 그 전설적인 보물과 재산은 호빗들의 머릿속에 너무 깊이 박혀 있었기 때문에 어느 누구도 그 주장을 믿으려 하지 않았다. 대부분의 호빗들은 그것이 간달프의 은밀한 음모라고 생각하고 있었다. 간달프는 아주 조용하게 지냈고 낮에는 밖에 돌아다니지도 않았지만, 모두들 그가 '골목쟁이집에 숨어 있음'을 눈치챘다. 그러나 프로도의 이사 계획과 마법사의 음모가 어떤 관련이 있든지 간에 한 가지 분명한 사실은 골목쟁이네 프로도가 노릇골로 돌아간다는 사실이었다.

그는 이렇게 말하고 다녔다.

"그래요. 이번 가을에 이사할 계획입니다. 강노루네 메리가 나 대신 쓸 만한 작은 굴집이나, 아니면 작은 집을 알아보는 중이랍니다."

사실 그는 메리의 도움으로 이미 노루말 너머 크릭구렁에 작은 집을 하나 구해 놓았다. 샘을 빼고는 누구나 그가 그 집에 영원히 정착할 것으로 믿었다. 동쪽으로 가야겠다는 그의 결심이 그런 구상을 떠올리게 한 것이다. 노릇골은 샤이어의 동쪽 경계에 있었고, 또 어린 시절에 거기에서 살았기 때문에 그쪽으로 돌아간다는 이야기는 그럴싸하게 들릴 것이었다.

간달프는 샤이어에 두 달 넘게 머물렀다. 그러던 6월 말 어느 날 저녁, 그는 갑자기 날이 밝는 대로 떠나야겠다는 말을 꺼냈다. 프로도의 계획도 최종 결정된 직후였다.

"잠깐이면 될 거라고 생각하네. 새로운 소식도 들을 겸 남쪽 지방으로 가 볼 계획일세. 여기서 너무 오랫동안 한가하게만 지낸 것 같아."

그는 가볍게 말했지만 프로도는 그의 얼굴에서 불안을 읽을 수 있었다.

"무슨 일이 생긴 겁니까?"

"별일 아닐세. 걱정스러운 소식이 들리니 가서 좀 살펴봐야겠어. 자네가 급히 떠나야겠다 싶으면 곧 돌아오고, 아니면 기별이라도 함세. 그동안이라도 자네 계획은 그대로 밀고 나가게. 하지만 더 조심해야 하네. 특히 반지 말이야. 다시 한번 간곡히 부탁하지만, 절대 그 반지를 사용하지 말게."

그는 이튿날 새벽같이 떠나갔다.

"곧 돌아오겠네. 늦어도 송별 잔치를 벌이는 날까지는 돌아와야 할 테니까. 어쨌든 자네가 길을 떠나면 내가 동행해야 하지 않겠는가?"

프로도는 사뭇 불안하기는 하면서도 간달프가 들었다는 소식이 뭔지 종종 궁금했다. 그러나 연일 이어지는 화창한 날씨 속에 그는 잠시나마 불안한 생각을 잊을 수 있었다. 샤이어의 여름은 전에 없이 아름다웠고, 또 가을도 유난히 풍성했다. 나뭇가지마다 탐스러운 사과가 주렁주렁 매달렸고, 벌들이 붕붕대는 벌집에서는 달콤한 꿀이 줄줄 흘러내렸으며, 곡식도 키 자랑하듯 쑥쑥 잘 자랐다.

그러나 가을에 접어든 지 한참이 되자, 프로도는 다시 간달프의 일이 걱정되었다. 벌써 9월이 지나가건만 그에게선 아무런 소식이 없었다. 이사 예정일로 잡은 생일이 바로 코앞에 다가왔지만 그는 나타나지도 않고 연락도 없었다. 골목쟁이집은 다시 북적대기 시작했다. 프로도의 친구 몇 명이 골목쟁이집에 묵으면서 짐 꾸리는 일을 도왔다. 프레데가 볼저와 폴코 보핀이 거들었고, 물론 절친한 친구인 툭 집안 피핀과 강노루네 메리도 와 있었다. 그들은 짐을 정리하느라 집을 온통 난장판으로 어질러 놓았다.

9월 20일, 덮개를 덮은 두 대의 짐마차가 팔지 않고 새집으로 옮길 가구와 물건 들을 싣고 브랜디와인다리를 지나 노룻골로 향했다. 그 이튿날 프로도는 안절부절못하면서 간달프가 나타나기를 하루 종일 목을 빼고 기다렸다. 목요일인 생일 아침은 먼 옛날 빌보가 성대한 잔치를 열던 날처럼 맑고 아름답게 밝았다. 그러나 여전히 간달프는 나타나지 않았다. 그날 저녁 프로도는 송별 만찬을 열었다. 그 자신과 네 명의 친구만 참석한 조촐한 자리였다. 그는 가슴이 답답해서 잔치 기분도 나지 않았다. 그는 이 젊은 친구들과 곧 헤어져야 한다고 생각하니 가슴이 미어지는 것만 같았다. 도저히 그들과 헤어질 수 없을 것 같았다.

하지만 젊은 친구들은 모두 무척 기분이 좋아 보였고, 간달프는 없어도 잔치는 곧 흥겨운 자리가 되었다. 식당은 식탁과 의자만 남고 텅 비어 있었으나, 음식도 훌륭했고 포도주도 훌륭했다. 프로도의 포도주는 자룻골골목쟁이네에게 팔아넘긴 물품 목록에 들어 있지 않았다.

"남아 있는 이 물건들에 자룻골골목쟁이네 발톱이 닿으면 어떤 꼴이 될지 걱정스러워. 어쨌든 이 집 대신 좋은 집을 구하긴 했지만 말이야."

잔을 들어 술을 홀짝거리며 프로도가 말했다. 그것은 묵은포도원 상표가 붙은 것으로는 마지막으로 남은 포도주였다.

그들은 간간이 노래도 부르고, 함께 나누었던 즐거운 추억을 돌이켜 보면서, 빌보의 생일을 축하하는 건배를 들었고, 프로도의 관례에 따라 빌보와 프로도의 건강을 기원하며 잔을 부딪쳤다. 그러고 나서 그들은 밖에 나가 별빛을 바라보며 밤바람을 쐬고 들어와 각기 잠자리에 들었다. 프로도의 잔치는 끝났지만 간달프는 나타나지 않았다.

다음 날 그들은 남은 짐을 정리해 또 한 대의 짐마차에 싣느라 분주했다. 메리가 그 짐마차를 맡아서 뚱보(프레데가 볼저)와 함께 먼저 떠나면서 말했다.

"아무라도 먼저 가서 불을 피워 둬야겠지요. 자, 그러면 모레 만납시다. 도중에 길바닥에서 잠들어 버리지만 않는다면요."

폴코는 점심을 먹은 다음 집으로 갔고 피핀은 뒤에 남았다. 프로도는 혹시 간달프의 발소리라도 들리지 않을까 초조하게 기다렸다. 그는 해가 떨어질 때까지만 기다리기로 마음먹었다. 그 후에 그가 오더라도 만약 급한 일이 있으면 곧장 크릭구렁으로 찾아오리라 생각했다. 프로도는 걸어서 갈 작정이기 때문에 어쩌면 그가 먼저 그곳에 도착해서 자기를 기다리고 있을지도 모른다는 생각이 들었다. 그는 마지막으로 샤이어를 한번 둘러보기도 할 겸 호빗골에서 노루말까지 넉넉히 시간을 잡고 걸어갈 예정이었다.

"그러면 약간은 연습도 될 거야."

덩그러니 비어 있는 마루에 먼지를 뒤집어쓴 채 걸려 있는 거울을 들여다보며 그는 중얼거렸다. 그는 장거리 도보 여행을 해 본 적도 없는 데다가, 거울에 비친 자신의 모습이 너무 나약해 보인다고 느꼈다.

점심때가 막 지나서 자룻골골목쟁이네 로벨리아와 머리카락이 꼭 모래 빛깔처럼 누르께한 그녀의 아들 로소가 나타나서 프로도는 심기가 편치 않았다.

"이젠 드디어 우리 집이 됐어."

로벨리아는 집 안에 발을 들여놓으면서 소리를 질러 댔다. 그녀의 그런 말은 방정맞게 들릴 뿐만 아니라 엄격히 따지면 틀린 말이었다. 골목쟁이집의 매매 계약은 자정부터 유효한 것이었다. 그러나 로벨리아가 그렇게 말하는 것도 무리는 아니었다. 그녀는 일흔일곱 해 동안이나 골목쟁이집을 욕심내 왔고, 이제 그녀의 나이도 백 살이 되었다. 여하튼 그녀가 나타난 것은 매매 계약이 된 물건들을 실어 가지 않았나 확인하고 열쇠를 받아 놓기 위해서였다. 그녀는 물품 대장을 가져와서 꼬치꼬치 따졌기 때문에 조사를 끝내는 데는 많은 시간이 걸렸다. 결국 그녀는 보조 열쇠를 받아서 로소와 함께 떠났고, 나머지 열쇠는 골목아랫길의 감지네 집에 맡겨 놓겠다는 약속을 받아 냈다. 그래도 콧방귀를 뀌면서 밤새 감지네가 골목쟁이집을 온통 뒤질지도 모른다고 불만을 드러냈다. 프로도는 그녀에게 차 한잔 대접하지 않았다.

그는 부엌에서 피핀과 감지네 샘과 함께 직접 차를 끓여 마셨다. 샘이 '프로도 씨를 돕고, 새집 정원을 가꾸기 위해' 노릇골로 함께 떠난다는 사실은 이미 널리 알려졌다. 햄 영감은 로벨리아와 이웃해서 살아야 한다는 생각에 대단히 불쾌했지만 아들 샘이 프로도를 따라 집을 떠나도 좋다고 허락했다.

"골목쟁이집에서의 마지막 만찬을!"

프로도는 의자를 뒤로 젖히면서 말했다. 그들은 로벨리아가 설거지하도록 그대로 내팽개쳐 두었다. 피핀과 샘은 세 꾸러미의 짐을 잘 묶어서 현관에 쌓아 놓았다. 피핀은 정원을 산책해야겠다고 밖으로 나갔다. 샘도 보이지 않았다.

해가 뚝 떨어졌다. 어둠이 슬픔과 함께 어수선한 골목쟁이집을 찾아들었다. 프로도는 정든 방들을 둘러보면서 석양이 담장 아래로 깔리며 땅거미가 차츰 밀려오는 정원을 지켜보았다. 실내도 서서히 어두워졌다. 그는 바깥으로 나와 길 아래쪽에 있는 대문을 통해 '언덕길'로 내려가는 고샅길로 들어섰다. 그 앞쪽 어둠 속에서 간달프가 불쑥 나타날 것만 같았다.

하늘은 맑았고, 별빛은 점점 더 밝아지기 시작했다. 그는 큰 소리로 말했다.

"밤공기가 상쾌한데. 출발이 괜찮은 셈이야. 부쩍 걷고 싶은 마음이 당기는군. 이제 그만 꾸물대고 떠나야겠어. 간달프 선생도 뒤따라오겠지."

그는 막 걸음을 떼려다가 딱 멈춰 섰다. 골목아랫길 끝 바로 모퉁이 근처에서 두런거리는 소리가 들렸다. 하나는 분명히 영감의 목소리인데 다른 하나는 전혀 들어보지 못한 사람의 목소리였다. 예감이 좋지 않았다. 무슨 말들을 나누는지 그 내용은 잘 들리지 않았지만 영감의 언성이 높아지는 것을 보니 역정을 내는 것 같았다.

"글쎄 아니라니까 그러시네. 골목쟁이 씨는 떠났어요. 오늘 아침 날이 밝자마자 내 아들놈 샘하고 같이 갔다니까 그러시오. 짐도 다 꾸려 갖고 갔소. 그래요. 집도 팔고 분명히 떠났어요. 왜냐고요? 그건 내가 알 바 아니지, 당신도 마찬가지고. 어디로 갔냐고? 그건 알지. 노루말이라든가 어디라든가, 저쪽 어딘가 봅디다. 맞소, 길은 좋다고들 합디다. 나도 그렇게 멀리는 못 가 봤다오. 노릇골엔 이상한 양반들이 살아요. 아니요, 더 할 얘기가 없소이다. 험, 그럼 잘 가시오."

언덕 아래로 급히 달려가는 발소리가 들렸다. 프로도는 그들이 언덕 위까지 올라오지 않았다는 사실이 자기에게 커다란 안도감을 주는 것 같아 막연하게나마 의아했다.

'내 행방을 꼬치꼬치 캐묻다니 되게 일없이 호기심 많은 친구군.'

그는 영감한테 가서 누구였냐고 물어볼 생각도 없진 않았으나 마음 편하게 (혹은 불편하게) 생각해 버리고는 재빨리 골목쟁이집으로 올라왔다.

피핀은 현관 앞에 놓아둔 짐 꾸러미 위에 걸터앉아 있었다. 샘은 보이질 않았다. 프로도는 어두컴컴해진 문을 열고 안으로 들어가면서 샘을 불렀다.

"샘! 샘! 이젠 가야지."

"예, 갑니다."

저 안쪽에서 대답이 들리더니 곧 입을 소매로 쓱쓱 닦으면서 샘이 나타났다. 그는 지하 식품 저장실에 있는 맥주통에 작별 인사를 하고 왔던 것이다.

"샘, 준비 완료?"

"예, 이제 한참 동안은 견딜 만해요."

프로도는 둥근 문을 닫아걸고 자물쇠를 단단히 채운 다음 열쇠를 샘에게 건넸다.

"샘, 이것을 집에 갖다 놔. 그리고 길을 가로질러 가능한 한 빨리 목초지 건너 오솔길 입구에서 만나지. 오늘 밤에는 마을을 지나가지 않는 게 나을 것 같아. 눈과 귀가 온통 우리들에게만 쏠려 있는 것 같거든."

샘은 재빨리 뛰어 내려갔다.

"자, 드디어 출발이다."

프로도가 말했다. 그들은 짐을 어깨에 메고 단장을 짚고 모퉁이를 돌아 골목쟁이집 서쪽으로 내려갔다.

"안녕!"

불이 다 꺼진 휑한 창문을 향해 프로도는 작별 인사를 했다. 그는 한 손을 들어 흔들고는 돌아서서 (그는 잘 몰랐겠지만 빌보가 갔던 바로 그 길을 따라) 정원 사이로 난 좁은 길로 페레그린을 따라 급히 내려갔다. 그들은 언덕 기슭에 있는 낮은 생울타리를 뛰어넘어 들판에 접어들었고, 풀잎에 스치는 바람처럼 어둠 속으로 들어갔다.

그들은 서쪽 끝 언덕 아래로 난 오솔길 어귀에 다다랐다. 거기서 일단 멈춰서 등짐의 끈을 조정하고 있는데 숨을 헐떡거리며 급히 달려오는 소리가 들리더니 샘이 나타났다. 그는 무거운 짐을 양어깨 위에 높이 지고 있었고, 머리 위에는 펠트 천으로 만든 높고 울퉁불퉁한 자루를 이고서 그것을 모자라고 했다. 어둠에 비친 그의 모습은 꼭 난쟁이 같았다.

프로도가 말했다.

"내 등짐엔 무거운 것만 골라 넣은 것 같군. 달팽이가 얼마나 불쌍한지 이제 알 것도 같아. 집을 등에 지고 살아야만 하니 얼마나 무겁겠어."

"제가 좀 더 질 수 있겠는데요. 제 짐은 가벼워요."

샘이 씩씩하게 말했으나 그건 사실이 아니었다.

피핀이 말했다.

"아니, 샘! 그럴 필요 없네. 오히려 건강에 좋을 수도 있어. 어르신의 짐에는 우리한테 집어넣어 달라고 부탁한 것밖에는 없거든. 요즘 들어 형편없는 약골이 돼서 그렇지, 좀 걸어가다 보면 가볍다고 할 거야."

프로도가 웃으며 말했다.

"불쌍한 이 늙은 호빗에게 자비를! 노릇골에 도착하기도 전에 버들가지처럼 등이 휠 게 확실하군. 이건 농담일세. 샘, 자네가 오히려 짐이 너무 많은 것 같은데, 다음에 쉴 때 나누지."

그는 다시 단장을 집어 들었다.

"자, 우린 모두 야간 도보를 좋아하니 잠자기 전에 한참 걸어 보세."

그들은 잠시 서쪽의 소로를 따라 걸었다. 그리고 그 길에서 왼쪽으로 방향을 바꾸어 다시 들판으로 접어들었다. 그들은 생울타리와 관목숲 경계를 따라 한 줄로 걸어갔고 칠흑 같은 어둠이 그들이 가는 길목마다 지키고 있었다. 그들은 검은 외투를 입고 있었기 때문에 마치 마법의 반지를 끼고 있는 것처럼 어둠에 묻혀 형체가 거의 드러나지 않았다. 그들은 모두 호빗이었고, 소리를 내지 않으려고 조심했기 때문에 그들이 지나가는 소리는 다른 호빗들조차 들을 수 없을 정도였다. 들판과 산속의 짐승들도 그들이 지나가는 것을 전혀 눈치채지 못했다.

얼마 후 그들은 좁은 나무다리로 호빗골 서쪽의 믈강을 건넜다. 강은 꼬부라진 검은 리본처럼 보였고 물가엔 오리나무들이 늘어서 있었다. 그들은 2, 3킬로미터 정도 더 남쪽으로 내려가서 브랜디와인다리로 이어지는 대로를 따라 재빨리 건넜다. 그들은 이미 툭지방에 발을 들여놓고 있었고 동남쪽으로 방향을 바꾸어 초록언덕지방으로 향했다. 첫 번째 산비탈을 오르면서 그들은 뒤로 돌아서서 믈강 변의 포근한 골짜기에 아득하게 반짝이는 호빗골의 불빛을 바라보았다. 어두운 산자락에 가려 불빛은 곧 사라졌고 회색연못 가에 있는 강변마을의 불빛이 나타났다. 마지막 농가의 불빛이 나무들 사이로 가물가물 보이지 않게 되었을 때, 프로도는 뒤로 돌아서서 작별 인사를 했다.

"저 골짜기를 다시 볼 수 있을까?"

그는 낮은 목소리로 중얼거렸다.

약 세 시간 행군하고 나서 그들은 휴식을 취했다. 밤공기는 맑고 시원하고 하늘엔 별이 총총했지만 담배 연기 같은 안개가 개울이나 깊숙한 초원에서 산비탈로 기어오르고 있었고, 잎이 얼마 남지 않은 자작나무들이 머리 위로 부는 미풍에 흔들리며 창백한 하늘에 검은 그물을 치고 있었다. 그들은 (호빗치고는) 매우 간소한 식사를 한 후에 다시 걷기 시작했다. 그들은 눈앞의 어둠 속으로, 멀리 희미한 회색의 띠처럼 뻗은 구불구불한 산길로 접어들었다. 끝숲마을과 가녘말, 그리고 노루말로 연결되는 길이었다. 믈골짜기의 중심 도로에서 갈라져 나와 산속으로 이어진 그 길은 초록언덕 지방의 외곽을 돌아 동둘레의 황량한 오지인 끝숲까지 닿아 있었다.

잠시 후 그들은 어둠 속에서 마른 잎들을 날리는 높은 나무들 사이로 깊숙하게 파묻혀 있는 험한 길로 접어들었다. 사방은 칠흑같이 어두웠다. 이제는 호기심 많은 이목에서 자유로웠으므로 그들은 이야기도 하고 나지막하게 노래도 부르기 시작했다. 그런데 소리 없이 전진하던 피핀이 차츰 뒤로 처지기 시작하더니, 마침내 가파른 비탈을 오를 때쯤 해서는 걸음을 멈추고 하품을 했다.

"너무 졸려서 길바닥에 쓰러질 것 같아요. 서서 잠을 잘 작정인가요? 벌써 자정이 가까운 것 같은데요."

프로도가 대답했다.

"난 자네가 야간 도보를 좋아하는 줄 알았는데. 하지만 급히 서두를 필요는 없지. 메리가 모레 만나자고 했으니까. 아직 이틀은 더 여유 있어. 쉴 만한 데가 나오면 숨 좀 돌리고 가지."

샘이 말했다.

"서풍이 부네요. 산 너머 저쪽에 가면 바람이 불지 않는 아늑한 곳이 나올 것 같아요. 제 기억이 맞는다면 바짝 마른 전나무 숲이 있었던 것 같고요."

호빗골에서 30여 킬로미터 이내 지리는 샘이 잘 알고 있었다. 그러나 그것이 지리에 대한 그의 지식의 한계였다.

그들은 산꼭대기를 넘어서 전나무가 우거진 숲으로 들어갔다. 길옆으로 벗어나 송진 냄새가 나는 캄캄한 숲으로 들어간 일행은 불을 지피기 위해 땔나무와 솔방울을 주워 모았다. 그들은 곧 커다란 전나무 밑동 근처에 불을 피우고 둘러앉았고, 꾸벅꾸벅 졸기 시작했다. 잘 마른 나뭇가지는 탁탁 튀는 소리를 내며 유쾌하게 타올랐고 호빗들은 불가를 빙 둘러 전나무 뿌리 틈새에서 담요를 뒤집어쓰고 곧장 깊은 잠에 빠져들었다. 그들은 보초를 세우지 않았고, 프로도 역시 별로 위험을 느끼지 않았다. 그들은 아직 샤이어 한복판에 있었던 것이다. 불이 사그라지자 짐승이 몇 마리 다가와서 잠든 그들의 얼굴을 가만히 내려다보았다. 무슨 볼일인지 숲을 지나가던 여우 한 마리가 잠시 멈춰 서서 킁킁거리고 냄새를 맡아 보았다.

'호빗들이잖아.'

여우는 생각에 잠겼다.

'흠, 다음엔 또 뭘까? 근처에 이상한 일들이 벌어진다는 얘긴 들었지만, 호빗이 나무 밑에서 잠을 잔다는 건 금시초문이군. 그것도 셋씩이나! 뭔가 엄청나게 희한한 일이 있는 모양이야.'

여우의 생각은 맞았지만, 그 이상은 알지 못했다.

눅눅한 공기를 실은 아침이 희뿌옇게 밝아 왔다. 프로도가 제일 먼저 눈을 떴다. 그는 나무뿌리에 대고 잤던 등 근처의 살이 우묵하게 눌린 것을 알았다. 목도 뻐근했다.

"재미 삼아 걷겠다고? 왜 말을 타지 않았지?"

여행을 시작할 때면 으레 그랬듯 그는 혼자 중얼거렸다.

"내 폭신한 깃털 침대는 자룻골골목쟁이네에게 팔아 버렸으니 원! 이따위 나무뿌리는 그치들한테나 어울릴 텐데."

그는 기지개를 켜면서 소리쳤다.

"일어나게, 호빗들! 상쾌한 아침이야!"

"뭐가 그리 상쾌해요?"

피핀은 담요 한 귀퉁이로 한쪽 눈만 내밀고 짜증을 부렸다.

"샘! 9시 반까지는 아침 식사를 준비해야 해! 세숫물 데워 놓았나?"

샘이 벌떡 일어나면서 아직 잠이 덜 깬 눈으로 대답했다.

"아니요! 아직 안 됐는데요."

프로도는 피핀의 담요를 걷어 내며 그를 옆으로 한 바퀴 굴렸다. 그리고 숲 저쪽으로 걸어갔다. 동쪽 저 멀리서 사방을 온통 뒤덮고 있는 안개를 뚫고 태양이 빨갛게 떠올랐다. 황금빛과 붉은빛을 받은 가을 나무들이 마치 어둑어둑한 바다 위에서 정처 없이 떠도는 배 같았다. 그들 왼편으로는 가파른 비탈길이 아래 계곡으로 내려가다가 결국 시야에서 벗어나고 있었다.

그가 돌아왔을 때 샘과 피핀은 불을 활활 피워 놓았다. 피핀이 외쳤다.

"물! 물은 어디 있어요?"

"난 물을 주머니에 가지고 다니진 않아."

프로도가 대답했다.

피핀이 부산하게 음식과 컵을 챙기면서 말했다.

"물을 뜨러 가신 줄 알았어요. 지금이라도 가 보세요."

"자네도 같이 가지. 물통을 모두 가져오게."

언덕 밑에 개울이 있었다. 그들은 80, 90센티미터 정도 되는 높이에서 회색 암반 위로 떨어지는 작은 폭포의 물을 작은 야외용 주전자와 물통에 가득 채웠다. 물은 얼음장처럼 차가웠으나 그들은 물을 첨벙거리며 손을 씻고 세수를 했다.

아침 식사를 끝내고 짐을 모두 다시 챙기고 나니 10시가 넘었다. 날씨가 개면서 더워지기 시작했다. 그들은 비탈길을 내려가 길을 가로지르는 개울을 건넜다. 다시 오르막이 나타났고 그 뒤로도 한 번 더 오르막 내리막이 있었다. 그때쯤 되자 그들의 외투와 담요, 물, 식량, 그리고 기타 장비 들은 벌써 너무 무거운 짐이 되어 버렸다.

오늘의 행군은 무덥고 지루한 길이 될 것 같았다. 그러나 몇 킬로미터 걸어가자 비탈길이 끝이 났다. 이리저리 굽은 길을 따라 가파른 산비탈의 꼭대기에 파김치가 되어 올라서자 마지막 내리막이 나타났다. 그들 앞으로 관목숲이 점점이 흩어진 저지대가 펼쳐졌고, 그 끝은 갈색 산안개로 덮여 있었다. 그들은 끝숲 너머에 있는 브랜디와인강 쪽을 바라보았다. 길은 한 올 실처럼 구불구불 이어져 있었다.

피핀이 말했다.

"원, 길이 가도 가도 끝이 없군. 난 이제 더 못 가겠어요. 점심 먹기 딱 좋은 시간인데요."

그는 길가 둑에 주저앉아 멀리 동쪽의 안개 속을 바라보았다. 안개 너머에 강이 있었고, 그가 평생을 보낸 샤이어의 경계가 있었다. 샘이 그 옆에 섰다. 샘은 평생 한 번도 본 적이 없는 대지 너머 새로운 지평선을 바라보았다. 샘이 물었다.

"저 숲엔 요정들이 있을까?"
피핀이 대답했다.
"글쎄, 난 아직 그런 말 못 들어 봤는데요."
프로도는 아무 말이 없었다. 그 역시 처음 와 본 것처럼 길을 따라 동쪽을 향해 시선을 던지고 있었다. 갑자기 그가 입을 열었다. 그는 천천히 마치 독백하듯 노래를 부르기 시작했다.

길은 끝없이 이어지네.
문을 나서면 내리막길
길은 저 멀리 아득히 끝 간 데 없고
이제 나는 힘닿는 데까지 걸어야 하리.
팍팍한 두 다리를 끌고,
더 큰 길이 보일 때까지
많은 길과 많은 일을 만나는 곳으로
그다음엔 어디? 알 수 없다네.

피핀이 말했다.
"어쩐지 빌보 아저씨의 노랫가락 같군요. 아니면 비슷하게 한 곡 지은 거예요? 하여간에 누구 노래이건 맥빠지기는 한가지인데요."
프로도가 말했다.
"나도 모르겠어. 마치 내가 만든 노래처럼 방금 내 머릿속에 떠올랐지. 아마 오래전에 들어서 기억하고 있던 노래인지도 모르지. 그러고 보니 길을 떠나기 몇 년 전의 빌보 아저씨 모습이 눈에 선하군. 길은 오직 하나뿐이라고 가끔 말씀하셨지. 길은 커다란 강 같은 것이라 문을 열고 나설 때마다 만나는 모든 길은 그 강의 지류와 같다는 거야.
'프로도, 문을 열고 나선다는 것은 위험한 일이야. 일단 길을 떠난 뒤에는 발길을 조심하지 않으면 어디로 휩쓸릴지 모르는 일이지. 이 길은 바로 어둠숲으로 가는 길이지만, 그대로 두면 외로운산까지 갈 수도 있고 심지어는 더 무서운 곳으로 빠져들 수도 있단 말이다.' 그분은 특히 먼 여행길에서 돌아온 후에 골목쟁이집 현관 앞길에서 그렇게 말씀하셨지."
"글쎄요, 이 길을 쭉 따라가도 한 시간 내로 어딘가에 도착할 수 있을 것 같지가 않군요."
피핀이 등짐을 벗어 내리며 말했다. 프로도와 샘도 짐을 강둑에 기대 놓고 길바닥에 주저앉아 다리를 쭉 뻗었다. 그들은 잠시 쉬고 나서 점심을 양껏 먹은 뒤에 또다시 오랜 시간 쉬었다.

그들이 내리막길을 내려갈 때쯤 해는 점점 나른한 오후의 들판을 향해 내려앉기 시작했다. 그때까지 그들이 가는 길엔 지나가는 사람이 아무도 없었다. 마차가 지나다닐 수 없을 만큼 좁아서인지 끝숲으로 가는 마차는 거의 없었다. 다시 한 시간가량 부지런히 걸었을 때, 샘이 갑자기 그 자리에 우뚝 서더니 뭔가를 듣는 듯 귀를 기울였다. 그들은 이제 평지로 내려와 있었고 구불구불했던 길도 큰 나무들이 듬성듬성 서 있는 풀밭 사이로 곧게 뻗어 있었다. 저 멀리엔 다시 숲이 이어졌다.

샘이 말했다.

"조랑말인지 큰 말인지 모르겠지만 뒤쪽에서 뭔가 따라오는 소리가 들려요."

그들은 뒤를 돌아보았지만 길이 굽어서 멀리까지 보이진 않았다.

"간달프가 우릴 뒤쫓아오는 소린지도 모르겠군."

프로도는 그렇게 말하면서도 혹시 아닐지도 모른다는 의심이 들어 갑자기 뒤쫓아오는 사람을 피해야 한다는 생각이 들었다. 그는 변명하듯 말했다.

"별탈 없을지도 모르지만 아무에게도 들키지 않았으면 좋겠어. 내가 하는 일을 누가 본다거나 쑥덕거리는 데는 이제 진저리가 난다니까. 그런데 혹시 간달프라면……."

그는 잠시 망설이는 듯하다가 말을 이었다.

"깜짝 놀라게 해 주어야지. 이렇게 늦은 데 대한 벌로 말이야. 그러면 일단 숨지."

샘과 피핀은 재빨리 길 왼쪽으로 뛰어들어 길에서 멀지 않은 우묵한 곳에 몸을 숨기고 바닥에 납작하게 엎드렸다. 프로도는 숨어야겠다는 생각과 누군지 알아보고 싶은 호기심 때문에 갈등을 일으키며 잠시 망설였다. 말발굽 소리가 가까워졌다. 아슬아슬한 순간에 그는 길가에 그림자를 늘어뜨리고 있는 큰 나무 뒤의 큼직한 덤불숲 속으로 몸을 던졌다. 그러고는 고개를 들어 땅 위로 튀어나온 굵은 뿌리 위로 조심스럽게 내다보았다.

흑마 한 마리가 모퉁이를 돌아왔다. 호빗들의 조랑말이 아니라 큰 말이었다. 말 위에는 체격이 아주 큰 사나이가 올라타 있었다. 그는 두건이 달린 검은 외투를 푹 둘러쓰고 안장 위에 웅크리고 있어서 높은 등자 위에 놓인 구두만 보였다. 그의 얼굴은 두건의 그늘에 가려 보이지 않았다.

말은 나무 가까이 프로도가 있는 지점에 이르자 멈춰 섰다. 말을 탄 사람은 고개를 숙인 채 무슨 소리를 들으려고 귀를 기울이는지 가만히 앉아 있었다. 사라진 어떤 냄새를 맡으려는 듯 두건 안에서 킁킁거리는 소리를 내더니 길 양쪽으로 고개를 두리번거렸다.

프로도는 문득 들킬지도 모른다는 생각이 까닭 없이 들면서 반지를 생각해 냈다. 그는 도무지 숨도 쉴 수 없었지만, 주머니에서 반지를 꺼내고 싶은 욕망이 간절해져 조금씩 손을 움직이기 시작했다. 반지만 끼면 살 수 있다는 것밖에는 아무 생각도 없었다. 간달프의 충고도 아무 소용이 없었다. 빌보도 반지를 사용하지 않았던가! 반지의 줄이 손에 닿는 순간 프로도는 '하지만 아직 여긴 샤이어니까.' 하는 생각이 들었다. 그 순간 기사는 몸을 일으켜 고삐를 흔들었다. 말은 앞발을 내딛기 시작했고, 처음엔 느리게 걷다가 곧 빠른 걸음으로 달려갔다.

프로도는 길가로 기어 나와서 말이 멀리 사라질 때까지 지켜보았다. 그런데 분명히 확인할 수는 없었지만 말이 그의 시야에서 사라지기 전에 갑자기 방향을 틀어 오른쪽 숲으로 들어가는 것을 본 것 같았다.

"참 이상한 일도 다 있군. 어쨌든 기분 나쁜데."

그는 혼잣말을 중얼거리며 동료들에게로 걸어갔다. 피핀과 샘은 풀밭 위에 납작 엎드려 있어서 아무것도 보지 못했기 때문에 그는 그 기사와 그의 이상한 행동에 대해 설명해 주었다.

"이유는 알 수 없지만 그는 나를 찾기 위해 냄새를 맡았던 게 틀림없어. 본능적으로 발각되면 안 된다는 생각이 들었거든. 샤이어에서는 그런 사람을 한 번도 본 적이 없어."

피핀이 물었다.

"큰사람들이 우리와 무슨 상관이 있나요? 그리고 여기까지 뭐 하러 왔을까요?"

"이곳까지 돌아다니는 큰사람들이 더러 있지. 내가 알기로는 남둘레에서는 큰사람들과 다투기까지 했다던데. 하지만 조금 전과 같은 기사에 대해서는 아무 이야기도 못 들었어. 어디서 왔을까?"

샘이 갑자기 끼어들었다.

"실례합니다만, 전 그가 어디서 왔는지 알아요. 한 사람뿐이라면 방금 그 기사는 호빗골에서 오는 길일 거예요. 그리고 어디로 가는지도 알 것 같아요."

프로도는 깜짝 놀라 그를 바라보며 날카롭게 물었다.

"무슨 소리야, 샘? 왜 미리 말하지 않았어?"

"지금 막 생각났을 뿐이에요. 어떻게 된 거냐 하면 어제저녁 무렵 열쇠를 가지고 집에 갔을 때 아버지가 이런 말을 하시더군요. '어찌 된 일이냐, 샘? 난 네가 오늘 아침 일찍 프로도 씨와 함께 떠난 줄 알았다. 골목쟁이집의 골목쟁이 씨를 찾는 어떤 낯선 사람이 왔다가 방금 떠났단다. 노루말로 가보라고 했지. 목소리가 영 기분 나쁜 사람이었어. 골목쟁이 씨가 옛집을 영원히 떠났다고 알려 주니까 대단히 난처한 듯이 보였어. 나를 보면서 '쳇!' 하고 못마땅하다는 소릴 냈는데 어찌나 소름이 끼치던지.' 어떻게 생긴 사람이었냐고 물었더니 아버지는 이렇게 대답하시더군요. '나도 모르겠다, 하지만 호빗은 아니었어. 키가 크고 검은 옷을 입었는데 나를 내려다볼 정도였어. 외지에서 온 큰사람들 중 하나인 것 같더라. 말투가 이상했어.' 하고요."

샘은 변명을 덧붙였다.

"프로도 씨께서 기다리고 계셨기 때문에, 더 듣고 있을 시간이 없었어요. 그리고 여기 오면서는 까맣게 잊고 있었으니까요. 아버지는 기력이 쇠약해지신 데다가 눈도 침침하신데, 그 사람이 언덕에 올라와서 아버지가 골목아랫길 입구에서 바람을 쐬시는 것을 보았을 때는 날도 꽤 어둑했대요. 무슨 문제가 생기지 않았으면 좋겠어요. 좀 진작 말씀드릴걸."

프로도가 말했다.

"네 아버지 잘못이 아니야. 사실 그 낯선 사람과 네 아버지가 이야기하는 소리는 나도 듣긴 했지. 나를 찾는 것 같기에 하마터면 나가서 누구냐고 물어볼 뻔했거든. 나나 자네가 일찍 이야기를 꺼냈더라면 도중에 더 조심했을 텐데."

피핀이 말했다.

"하지만 아까 그 말 탄 사람과 샘 아버지가 만난 낯선 사람이 같은 사람이 아닐 수도 있잖아요? 우리는 쥐도 새도 모르게 호빗골을 빠져나왔는데, 그 낯선 사람이 어떻게 우리를 따라왔겠어요?"

샘이 물었다.

"뭣 때문에 냄새를 맡고 다닐까요? 아버지 말씀으로는 그 사람이 검은 옷을 입었다고 하셨어요."

프로도는 중얼거렸다.

“간달프를 기다릴걸 그랬어. 하지만 그렇게 되면 문제가 더 심각해졌을지도 몰라.”

“그러면 그 기사에 대해 뭔가 짚이는 것이라도 있단 말이에요?”

프로도가 중얼거리는 소리를 듣고 피핀이 물었다.

“모르겠어. 추측은 그만두는 것이 좋겠네.”

“좋아요, 프로도. 말하고 싶지 않은 것이 있으면 당분간은 비밀로 묻어 두세요. 우선 어떻게 해야 할지부터 생각해 봐요. 제 생각에는 간단하게 배를 채우고 싶지만, 일단은 이 자리를 뜨는 게 좋겠어요. 낯선 사람들이 보이지도 않는 코를 가지고 킁킁거리며 냄새를 맡고 다니는 것이 영 마음에 걸리는데요.”

“그렇게 하세. 내 생각에도 서둘러 움직이는 것이 낫겠어. 그러나 오던 길로는 말고. 그 사람이 다시 돌아올지도 모르니까. 오늘은 꽤 많이 걸어야겠어. 노릇골까지는 아직 멀었으니까.”

그들이 다시 출발했을 때는 나무들이 풀밭 위로 가늘고 긴 그림자를 늘어뜨리고 있었다. 그들은 길 왼쪽으로 약간 벗어나서 가능한 한 몸을 숨기며 걸었다. 그러나 울퉁불퉁한 땅바닥에 긴 풀이 빽빽이 들어차 있고 나뭇가지들마저 덤불 사이로 서로 뒤엉켜 있어서 걷기가 쉽진 않았다.

그들의 등 뒤 언덕 너머로 석양은 붉은빛을 뿌리며 사라졌고, 해가 넘어갈 때쯤 그들은 길로 다시 들어섰다. 몇 킬로미터가량 길이 곧게 뻗어 있던 긴 평지는 이제 끝났다. 그리고 다시 길은 왼쪽으로 방향을 바꾸어 가녘말로 향하는 예일저지대로 이어졌는데, 거기서 오른쪽으로 작은 샛길이 하나 갈라져 나와 참나무고목숲을 지나 끝숲마을로 향해 있었다. 프로도가 말했다.

“이 길이 우리가 가야 할 길이야.”

그들은 갈림길에서 멀지 않은 곳에서 거대한 고목을 발견했다. 나무는 아직 살아 있어서 오래전에 떨어져 나간 큰 가지의 그루터기 근처에는 나뭇잎이 달린 잔가지도 있었다. 그러나 커다란 틈새가 벌어져 있고 속도 텅 비어 있어서 그 안으로 들어갈 수가 있었다. 호빗들은 나무 안으로 기어들어 낙엽과 썩어 문드러진 나뭇조각들을 바닥에 깔고 앉았다. 그들은 휴식을 취하고 가벼운 식사를 했으며 가끔 귀를 기울여 가며 작은 소리로 이야기도 나누었다.

그들이 길을 다시 걷기 시작했을 때는 어스름이 주위를 감싸고 있었다. 서풍이 나뭇가지 사이로 스쳐 지나가면서 나뭇잎들이 소곤거렸다. 길은 이내 땅거미 속으로 서서히 잠겨 들었다. 나무들 위로 어두워져 가는 동쪽 하늘에 별이 하나 나타났다. 그들은 용기를 내려고 어깨를 나란히 하고 발맞춰서 걸어갔다. 잠시 후 별이 더 많아지고 밝아지자 그들의 불안감은 한결 덜해지면서 마침내 말발굽 소리까지 잊었다. 그들은 호빗들이 길을 갈 때 흔히 그렇듯이 (특히 밤에 집 가까이 돌아올 때) 낮은 목소리로 콧노래를 부르기 시작했다. 대개의 호빗들은 그때 저녁 식사나 잠자리에 관한 노래를 불렀으나 이 호빗들은(물론 저녁 식사나 침대에 관한 언급이 없는 것은 아니었지만) 먼 길을 떠나는 나그네의 노래를 부르고 있었다. 이 노래는 골목쟁이네 빌보가 옛 민요 가락에 노랫말을 붙여 만든 것인데, 믈골짜기의 산길을 걸으면서 프로도에게 옛날의 모험을 이야기하다가 가르쳐 준 것이었다.

난로 위엔 새빨간 불꽃
지붕 밑엔 포근한 침대 있지만,
우리의 발길 아직 피곤을 모르니
저기 길모퉁이 돌아가면
아직 아무의 손길도 닿지 않고
불쑥 나타나는 나무, 우뚝 선 바위.
  나무와 꽃, 잎과 풀
  지나가자! 지나가자!
  푸른 하늘 아래엔 언덕과 강
  지나가자! 지나가자!

저기 길모퉁이 돌아가면
낯선 길, 비밀의 문이 있어,
오늘 그 길을 지나쳐도
내일 다시 이 길을 오면
숨은 길이 나타나
해도 가고 달도 갈 테니.
  사과나무, 가시나무, 호두와 자두
  지나가자! 지나가자!
  모래와 바위, 연못과 골짜기
  잘 있거라! 잘 있거라!

등 뒤엔 고향 집, 눈앞엔 먼 나라
어둠을 지나 밤의 모퉁이까지
끝없는 길을 걷다 보면
마침내 별빛 환한 나라
등 뒤엔 먼 세상, 눈앞엔 고향 집
고향 집에 돌아가 편히 쉬리니.
  안개와 황혼, 구름과 어둠
  떠나거라! 떠나거라!
  불꽃과 등불, 고기와 빵
  꿈나라로! 꿈나라로!

노래가 끝나자 피핀이 소리를 질렀다.

"자, 꿈나라로! 자, 꿈나라로!"

프로도가 나직한 소리로 주의를 주었다.

"쉿! 말발굽 소리가 들리는 것 같지 않아?"

그들은 귀를 쫑긋하며 나무 그림자처럼 소리 없이 일어섰다. 저 멀리 뒤쪽 어디에선가 말발굽 소리가 바람결을 따라 서서히 다가왔다. 그들은 소리 없이 신속하게 길에서 벗어나 참나무 아래 그늘로 기어들었다.

프로도가 말했다.

"너무 멀리들 가지는 말게. 발각되고 싶지는 않지만 검은 기사인지 확인해 봐야겠어."

피핀이 거들었다.

"그게 좋겠어요. 하지만 놈들이 냄새를 잘 맡는다는 사실을 잊으면 안 돼요."

말발굽 소리가 점점 가까이 다가왔다. 그들은 나무 밑 그늘 말고는 더 좋은 은신처를 찾을 수 없었다. 샘과 피핀은 커다란 나무 밑에 납작 엎드렸고, 프로도는 다시 길 쪽으로 몇 미터를 기어갔다. 길은 숲속으로 스며든 한 줄기 희미한 빛처럼 창백한 회색이었다. 그 위 어두운 하늘엔 별빛이 가득했고 달은 보이지 않았다.

말발굽 소리가 뚝 그쳤다. 프로도는 두 그루의 나무 사이 좀 더 밝은 곳을 지난 다음 멈춰 선 검은 물체를 보았다. 말의 검은 그림자가 그보다 작은 형체의 그림자에게 끌려가는 것 같았다. 작은 그림자는 길을 벗어나서 고개를 두리번거렸다. 그때 프로도는 킁킁거리는 콧소리를 들은 듯했다. 그림자는 땅바닥에 엎드리더니 프로도가 있는 쪽으로 기어오기 시작했다.

다시 한번 반지를 끼고 싶은 유혹이 프로도를 엄습했다. 이번은 전보다 더 심했다. 유혹은 너무나 강렬했기 때문에 프로도의 손은 자기도 모르게 주머니를 더듬고 있었다. 그런데 그 순간 어디선가 노래와 엇섞인 웃음소리가 들려왔다. 검은 그림자가 갑자기 몸을 벌떡 일으켜 세우더니 뒤로 물러났다. 그러고는 어둠 속에 우두커니 서 있던 말의 그림자 위로 잽싸게 올라타더니 길 건너 어둠 속으로 사라졌다. 프로도는 참았던 숨을 몰아쉬었다.

샘이 쉰 목소리로 속삭였다.

"요정들, 요정들이에요."

그들이 말리지 않았다면 샘은 나무 사이에서 뛰쳐나가 목소리가 나는 쪽으로 달려갔을 것이다.

프로도가 말했다.

"그래, 요정들이 틀림없는 것 같네. 가끔 끝숲에도 나타나지. 물론 샤이어엔 요정들이 살지 않지만 봄가을엔 탑언덕까지 가는 길에 샤이어를 지나간다고들 하더니 오늘은 정말 고마운 일을 하는군. 자네들은 보지 못했겠지만 검은 기사가 바로 저기서 말에서 내려 우리 쪽으로 기어오고 있었어. 그런데 마침 저 노랫소리를 듣더니 번개같이 사라져 버린 거야."

샘은 너무 흥분한 나머지 검은 기사 따위는 잊은 듯했다.

"잠깐 가서 저 요정들을 보면 안 될까요?"

"아, 기다려. 들어 보게! 이리로 오고 있어. 우린 기다리기만 하면 돼."

노랫소리가 점점 가까워졌다. 그중에서도 특히 맑은 한 목소리가 다른 목소리들보다 도드라지게 들려왔다. 요정의 언어로 부르는 노래였다. 프로도는 그 말을 조금은 알아들을 수 있었지만 샘과 피핀은 전혀 알아듣지 못했다. 그러자 차츰 목소리가 곡조에 섞여 들면서 호빗들의 생각 속에 말로 모습을 나타내었고, 그리하여 그들도 약간은 이해할 수가 있었다. 프로도가 알아들은 바로는 그 내용은 대강 이런 것이었다.

흰 눈처럼! 흰 눈처럼! 오, 정결한 여인이여!
오, 서쪽바다 건너의 여왕이여!
오, 여기 어지러운 숲속 나라를 방랑하는
우리들의 빛이시여!

길소니엘! 오, 엘베레스!
그대의 맑은 눈동자, 빛나는 숨결!
흰 눈처럼! 흰 눈처럼! 우리는 그대를 노래하오.
바다 건너 머나먼 땅에서.

태양이 없던 시절
빛나는 그대 손으로 심은 별들이여!
이제 맑고 환한 바람 부는 들판에서
우리는 그대의 은빛 꽃이 피어나는 것을 보노라!

오, 엘베레스! 길소니엘!
이역만리, 숲속에 은거하고 있는
우리들은 아직 기억하고 있네,
서쪽바다 위 그대의 별빛을!

노래가 끝났다. 프로도는 사뭇 놀라운 표정을 지으며 말했다.

"저들은 높은요정들이야. 엘베레스를 노래하고 있어. 저 아름다운 요정들이 샤이어에 오는 일은 거의 없는데. 대해 동쪽 가운데땅에 남아 있는 이들도 그리 많진 않아. 참 알 수 없는 일이군."

호빗들은 길가 어둠 속에 앉았다. 요정들은 계곡을 향해 길을 따라 내려오는 중이었다. 그들은 천천히 지나갔고 호빗들은 그들의 머리와 눈동자에서 반짝이는 별빛을 볼 수 있었다. 그들은 등불 같은 것은 들고 있지 않았다. 그러나 그들이 걷는 동안, 마치 달이 떠오르기 전 산등성이 위로 희뿌연 달빛이 드러나듯 희미한 빛이 그들의 발길 언저리를 비추었다. 그들은 이제 노래를 그치고 조용해졌다. 맨 뒤에 따라가던 요정 하나가 호빗들을 보고 웃었다. 그는 큰 소리로 인사를 건넸다.

"안녕하시오, 프로도 씨! 이렇게 늦은 밤에 어딜 가시오? 혹시 길을 잃은 거 아니오?"

그가 일행을 불러 세우자 요정들은 멈춰 서서 호빗들을 둘러쌌다. 한 요정이 말했다.

"정말 내일은 해가 서쪽에서 뜨겠군! 한밤중에 난데없이 숲속에 호빗 세 명이 나타났으니. 빌보가 떠난 뒤로는 이런 일을 본 적이 없는데, 무슨 일이오?"

프로도가 대답했다.

"귀하신 분들, 우리는 단지 우연히 여러분들과 같은 길을 가게 된 것뿐입니다. 난 별빛을 따라 산책하는 것을 좋아하지요. 같이 가신다면 기꺼이 환영합니다."

요정들은 웃음을 지었다.

"하지만 우린 동행이 필요 없답니다. 게다가 호빗들은 너무 따분하지요. 그리고 우리가 어디로 가는지 알 수도 없을 텐데, 어떻게 같은 길을 간다고 하는 거요?"

"그러면 제 이름은 어떻게 아셨습니까?"

프로도가 되물었다.

"우린 아는 게 많다오. 당신은 우리를 보지 못했겠지만 우린 당신이 빌보와 함께 있는 것을 가끔 보았소."

"실례지만 당신들은 누구시죠? 어느 분이 인도하십니까?"

프로도에게 처음 인사했던 요정이 앞으로 나서며 말했다.

"납니다. 나는 길도르요. 핀로드 가문의 길도르 잉글로리온이오. 우린 망명자들이오. 우리 형제들은 대부분 오래전에 떠났고, 우리도 대해를 건너기 전에 여기 잠시 머무르고 있을 뿐이지요. 아직 우리 말고도 깊은골에 평화롭게 살고 있는 요정들이 있기는 합니다. 자, 그러면 프로도 씨, 무슨 일인지 말해 주지 않겠소? 당신 얼굴에 공포의 그림자가 덮여 있는 것이 보입니다."

피핀이 용감하게 끼어들었다.

"오, 지혜로운 분들! 검은 기사들에 대해 이야기 좀 해 주세요."

"검은 기사들이라고?"

그들은 목소리를 낮췄다.

"왜 검은 기사들에 대해 묻는 거요?"

"검은 기사 두 명이 우릴 쫓아왔어요. 한 명이 두 번 나타난 건지도 모르지만요. 바로 조금 전에 당신들이 가까이 오자 황급히 사라졌지요."

요정들은 바로 대답하지는 않고, 자기네들 언어로 조용히 의견을 교환했다. 그러고 나서 길도르가 호빗들을 향해 돌아섰다.

"지금 이 자리에서 이야기하기는 곤란하군요. 우리와 같이 갑시다. 우리 관습에는 어긋나지만 오늘 밤은 우리와 같이 가시지요. 원하신다면 잠자리도 함께하는 것이 나을 것 같습니다."

"오, 고마우신 분들! 꿈에도 생각하지 못한 행운이군요."

피핀이 말했다. 샘은 입도 제대로 열지 못하고 있었다.

프로도가 공손하게 절하며 감사의 말을 했다.

"정말 고맙습니다. 길도르 잉글로리온. 엘렌 실라 루멘 오멘티엘보, 우리들의 만남의 시간에 별이 빛납니다."

그는 높은요정들의 언어로 인사를 덧붙였다.

길도르가 웃으며 말했다.

"여보게들, 조심해야겠네. 함부로 비밀을 얘기하지 말라고. 여기 고대어를 아는 학자 양반이 계시단 말이야. 빌보도 상당한 대가였지. 반갑소, 요정의 친구."

그는 프로도를 향해 고개를 숙이며 말했다.

"자, 이제 당신 친구들도 우리와 같이 갑시다. 길을 잃지 않게 우리들 가운데로 들어오는 것이 낫겠지요. 먼 길을 걸어야 하니 피곤할 겁니다."

프로도가 물었다.

"왜요? 어디로 갑니까?"

"오늘 밤 우린 끝숲마을 너머 산속의 숲까지 가야 합니다. 상당히 먼 거리이긴 하지만 거기 가서 쉬지요. 그러면 내일 여행길도 짧아질 거니까요."

그들은 다시 말없이 행군을 계속했다. 요정들의 모습은 때로는 그림자 같기도 했고 희미한 빛 같기도 했다. 그들은 마음만 먹으면 (호빗들보다) 교묘하게 발소리나 자취도 없이 걸을 수 있었다. 피핀은 곧 잠이 오기 시작했고, 몇 번인가 쓰러질 뻔도 했다. 그러나 그럴 때마다 옆에서 걷던 키 큰 요정이 그의 팔을 잡아 주었다. 샘은 프로도 옆에서 마치 꿈속을 헤매듯 반은 기쁘고, 반은 두려운 표정으로 걸었다.

길 양쪽의 숲은 더욱 울창해졌고 특히 어린나무들이 빽빽하게 들어찼다. 길이 더 낮아지면서 언덕 사이의 우묵한 곳으로 접어들자 양쪽 산비탈에 개암나무 숲이 우거져 있었다. 거기서 요정들은 드디어 도로를 벗어나 오른쪽 숲에 감춰진 녹색의 길을 찾아들었다. 그 길은 나무가 우거진 비탈을 돌아 올라가 산꼭대기로 이어지고 그곳에서는 강변 계곡에 연한 저지대가 훤히 내려다보였다. 그들은 나무가 우거진 그늘에서 돌연 벗어났고, 밤의 어둠 속으로 잿빛의 넓은 풀밭이 그들의 눈앞에 펼쳐졌다. 풀밭은 삼면이 울창한 숲으로 둘러싸여 있었지만 동쪽으로는 지대가 가파르게 낮아지면서 비탈 아래쪽에서 자라는 거뭇거뭇한 나무들의 꼭대기가 그들의 발밑에 모습을 드러냈다. 저 멀리 별빛 아래로 저지대의 평평하고 희미한 모습이 눈에 들어오고 가까이 끝숲마을의 불빛이 가물거렸다.

요정들은 풀밭에 앉아 작은 소리로 이야기를 나누었다. 그들은 호빗에게 신경을 쓰지 않는 듯했다. 프로도와 일행은 외투와 담요로 몸을 감싸고 있었고 졸음이 그들을 엄습했다. 밤이 깊어지면서 골짜기의 불빛들도 하나둘 사라졌다. 피핀은 푸른 풀로 덮인 흙더미를 베개 삼아 깊이 잠들었다.

동편 하늘 높이 그물성좌인 렘미라스가 올라오고, 붉은 보르길 별이 안개를 뚫고 천천히 불꽃을 내는 보석처럼 떠올랐다. 곧이어 공기의 움직임이 심상치 않더니 베일처럼 드리워진 안개가 걷히고, 하늘의 검객 메넬바고르가 번쩍이는 띠를 두르고 하늘 위로 솟아올랐다. 요정들은 합창을 시작했고 갑자기 나무 아래에서 빨간 불꽃이 일었다.

요정들은 호빗들을 불렀다.

"이리들 오시오! 이제는 이야기를 나누고 즐길 시간입니다."

피핀은 몸을 일으키며 눈을 비볐다. 그는 떨고 있었다.

"저기 홀에 가면 불이 있고 시장한 손님들께 드릴 음식이 있답니다."

피핀 앞에 서 있던 어떤 요정이 말했다.

풀밭 남쪽 끝에 빈터가 있었다. 푸른 풀밭이 숲속까지 쭉 이어져 있어서 나뭇가지로 지붕을 이은 넓은 홀 같은 공간을 만들었다. 주위엔 거목들이 기둥처럼 버티고 있었고 그 한가운데에 장작불이 활활 타올랐다. 나뭇가지 위에는 금빛, 은빛의 횃불들이 차분하게 주위를 밝혔다. 몇몇 요정들이 장작불을 빙 둘러 풀밭이나 나무 그루터기 위에 앉았다. 또 이리저리 돌아다니며 빈 잔에 술을 채우는 요정들도 있었고 접시에 음식을 담는 요정들도 있었다.

그들은 호빗들에게 말했다.

"차린 것은 변변찮습니다만 많이들 드십시오. 집을 떠나 이런 숲에서 손님을 대접하자니 별수 없군요. 다음에 집에 모실 기회가 있으면 한턱 잘 내지요."

"무슨 말씀을, 생일잔치 음식이라 해도 손색이 없겠는데요."

프로도가 정중하게 감사의 말을 전했다.

후에 피핀은 그때 무슨 음식을 먹었고 무슨 술을 마셨는지 거의 기억해 내지 못했다. 그는 줄곧 요정들의 얼굴에 빛나는 환한 빛만 홀린 듯이 쳐다보았다. 그들의 갖가지 목소리도 너무 아름다워서 그는 꿈인지 생시인지 의심스러울 지경이었다. 그가 기억하는 것은 굶어 죽어 가던 사람이 맛있는 흰 빵을 먹을 때의 그 맛보다도 맛있는 빵과, 산딸기보다도 달콤하고 정원에서 기른 과일보다도 싱싱해 보이는 과일이 거기 있었다는 사실뿐이었다. 그는 맑은 샘물처럼 시원하며 여름날 오후처럼 뜨겁고 향기로운 술잔을 비웠다.

샘은 그날 밤 무엇을 느끼고 무엇을 생각했는지 말로 표현할 수도 없었고, 혼자 머릿속으로 상상해 그려 내는 일도 불가능했다. 그렇지만 그것은 그의 일생에서 가장 중요한 기억들 중 하나로 남아 있었다. 그가 기껏 입을 열고 한 말은 이 정도였다.

"흠, 이런 사과를 만들 수 있어야만 정원사란 이름이 아깝지 않겠어요. 하지만 더 감동적인 것은 저 노래예요."

프로도는 즐겁게 먹고 마시며, 이야기를 나누었다. 그러나 그의 관심은 주로 이야기에 쏠렸다. 그는 요정들의 말을 조금밖에 몰랐기 때문에 열심히 들으려고 애를 썼다. 그는 이따금 자기에게 음식을 날라다 주는 요정들에게 요정어로 말을 걸기도 하고 고맙다는 인사를 하기도 했다. 그들은 그를 향해 웃으면서 이렇게 말했다.

"호빗들 중에도 보석 같은 인물이 있군요."

잠시 후 그들은 곯아떨어진 피핀을 나무 밑으로 옮겼다. 그는 날이 완전히 밝아 올 때까지 부드러운 잠자리 위에서 잠을 푹 잤다. 샘은 주인 곁을 떠나려 하지 않았다. 피핀이 잠들자 그는 프로도 옆으로 다시 다가와서 웅크리고 앉았다. 그러나 샘도 마침내 꾸벅꾸벅하더니 눈을 감고 잠에 빠져들었다. 프로도는 늦은 시간까지 자지 않고 길도르와 이야기를 주고받았다.

그들은 옛날이야기부터 최근의 소식에 이르기까지 여러 이야기를 주고받았고, 프로도는 샤이어 바깥의 넓은 세상에서 일어나는 사건들에 대해 물었다. 새로운 소식은 대개 비극적이고 불길한 것들이었다. 한곳에 모이고 있는 어둠의 세력들, 인간들의 전쟁, 요정들의 피난 등등. 프로도는 마침내 가슴속 깊이 묻어 두고 있던 질문을 했다.

"길도르, 빌보 아저씨가 우리를 떠난 후 혹시 그분을 뵌 적이 있습니까?"

길도르는 웃었다.

"본 적이 있죠. 두 번 봤습니다. 바로 여기서 작별 인사를 했고, 그 후로 한 번 더 보았는데, 여기서 아주 먼 곳이지요."

그 이상은 빌보의 이야기를 하고 싶어 하지 않는 것 같았기 때문에 프로도는 잠자코 있었다. 길도르가 말했다.

"프로도, 당신 문제와 관련하여 내게 여러 가지를 묻거나 이야기할 필요는 없습니다. 이미 얼마간은 알고 있을뿐더러, 당신 표정이나 당신 질문 뒤에 숨은 생각을 살펴보면 더 많은 것을 읽을 수 있죠. 당신은 지금 샤이어를 떠나고 있지만 당신이 찾고 있는 것을 과연 찾을 수 있을지, 계획한 바를 이룰 수 있을지, 아니면 무사히 돌아올 수 있을지 걱정하고 있죠? 그렇지 않습니까?"

"그래요. 당신 말이 맞습니다. 하지만 내가 길을 떠난 것은 간달프와 여기 있는 충직한 샘만 아는 비밀인데 이상하군요."

프로도는 나직하게 코를 골고 있는 샘을 내려다보며 물었다.

"아, 걱정하지 마십시오. 우리 입을 통해 그 비밀이 대적에게 넘어가진 않을 겁니다."

"대적이라니요? 그러면 당신은 내가 왜 샤이어를 떠나는지도 알고 있단 말씀이십니까?"

"대적이 왜 당신을 추적하는지는 모릅니다. 하지만 쫓고 있다는 것만은 확실합니다. 내가 보기엔 참 별난 일이지만. 당신한테 분명히 말해 주고 싶은 것은 당신 주위 사방에 위험이 도사리고 있다는 사실입니다."

"기사들 말입니까? 그들이 대적의 하수인들이 아닌가 걱정이 됩니다. 검은 기사들은 누구입니까?"

"간달프가 말해 주지 않았습니까?"

"그들에 대해선 전혀 들은 바가 없습니다."

"그러면 내가 이야기할 계제가 아니군요. 당신이 겁을 먹고 여행을 포기하면 안 될 테니까요. 내가 보기엔 당신은 아주 알맞은 때에 출발한 것 같습니다. 이젠 쉬지도 말고 돌아서지도 말고 서둘러야 할 겁니다. 샤이어는 이제 당신의 은신처가 되지 못하기 때문입니다."

프로도는 목소리를 높였다.

"그런 암시와 경고를 듣고 나니까 더욱더 무섭네요. 물론 나도 앞길에 위험이 도사리고 있다는 것은 알고 있었습니다. 하지만 우리 샤이어 경내에서 그런 위험이 닥치리라고는 전혀 예상하지 못했습니다. 호빗이 믈강에서 브랜디와인강까지를 마음 놓고 돌아다닐 수도 없단 말입니까?"

"샤이어는 당신들만의 땅이 아닙니다. 호빗들 전에는 다른 이들이 살았고 호빗들이 떠나가면 또 다른 이들이 여기 정착할 겁니다. 당신들 주변에는 넓은 세상이 있어요. 샤이어에 울타리를 치고 막을 수는 있겠지만, 언제까지 그렇게 할 수는 없어요."

"알고 있습니다. 하지만 지금까지는 너무나 평화롭고 안전한 땅이었거든요. 이젠 어떻게 해야 하지요? 내 계획은 샤이어를 몰래 떠나서 깊은골로 가는 것이었는데 노릇골에 도착하기도 전에 벌써 미행을 당하고 있으니 말입니다."

"그 계획을 그대로 밀고 나가는 것이 좋겠습니다. 당신 용기라면 충분히 해낼 수 있으리라 생각됩니다. 하지만 더 분명한 조언을 바란다면 간달프에게 여쭤보십시오. 나는 당신이 왜 떠나는지 모르기 때문에 당신의 추적자들이 어떤 수단으로 당신을 공격할지 알 수 없습니다. 이런 것들은 간달프가 잘 알고 있습니다. 샤이어를 벗어나기 전에 간달프를 만날 수 있을 것 같은데, 그렇지 않습니까?"

"그렇게 되었으면 좋겠습니다만, 사실은 그것도 걱정거리 중 하나입니다. 실은 며칠 전부터 간달프를 기다리고 있었습니다. 원래는 아무리 늦어도 그저께까지는 호빗골에 도착하기로 했는데 나타나지 않았거든요. 무슨 일이 있었던 건 아닌지 걱정이에요. 그를 기다려야 할까요?"

길도르는 얼른 대답하지 않았다.

"안 좋은 소식이군요. 간달프가 약속 시간에 늦다니, 예감이 안 좋은데요. 하지만 '마법사들은 까다롭고 성급하니 그들의 일에는 간섭하지 말라.'라는 속담이 있잖아요? 당신이 선택하십시오. 가든 말든."

프로도는 그 말을 되받았다.

"이런 말도 있지요. '요정들에겐 조언을 구하지 마라. 그들은 예와 아니요를 동시에 말하니까.'"

길도르는 껄껄 웃었다.

"그런가요? 요정들은 경솔한 충고는 하지 않지요. 충고란 위험한 선물이기 때문이지요. 심지어 현명한 이들끼리도 그럴 수가 있어요. 모든 길은 언제나 어긋나기 십상입니다. 하지만 당신은? 당신은 아직 자신에 대한 이야기를 내게 모두 털어놓지도 않았습니다. 그런데 어떻게 내가 당신보다 나은 선택을 할 수 있겠습니까? 그러나 만약 당신이 진정으로 조언을 구한다면 우정의 표시로 몇 마디 하겠습니다. 지체하지 말고 지금 즉시 떠나는 것이 좋을 것 같습니다. 출발하기 전까지 간달프가 오지 않으면, 당부하건대 혼자서는 가지 마십시오. 믿을 만하고 용감한 친구와 함께 떠나세요.

당신은 내게 특별히 감사해야 할 겁니다. 내가 기꺼운 마음으로 충고하는 게 아니기 때문입니다. 우리에겐 나름대로의 고통과 슬픔이 있기 때문에 호빗이나 지상의 다른 어떤 무리들의 일에도 거의 관심이 없습니다. 우연이든 고의든 간에 우리의 길과 그들의 길은 만나는 법이 없답니다. 오늘의 이 만남은, 비록 목적이 무엇인지 아직 내게는 분명치 않지만 우연 이상의 의미가 있다는 생각이 듭니다. 내가 말을 너무 많이 하는 것 같군요."

프로도가 말했다.

"대단히 감사합니다. 하지만 검은 기사들이 누군지 간단하게만 말씀해 주시면 더 고맙겠습니다. 지금의 조언을 그대로 따르자면 앞으로 당분간은 간달프를 만나지 못할 텐데, 나를 뒤쫓아오는 그 위험이 무엇인지 꼭 알아야겠습니다."

"대적의 하수인이란 것만으로 충분하지 않습니까? 그들을 피하십시오! 그들에게 아무 말도 걸지 마십시오! 무시무시한 무리입니다. 더는 묻지 마십시오! 하지만 내 예감으로는 드로고의 아들 프로도, 당신은 이 모든 일이 끝나기 전에 나, 길도르 잉글로리온보다 이 끔찍한 것들에 대해 더 많이 알게 될 겁니다. 엘베레스의 가호가 있기를!"

프로도가 물었다.

"하지만 어디서 용기를 얻을 수 있습니까? 지금 내게 가장 필요한 것은 그것입니다."

"용기는 뜻하지 않은 곳에서 얻어집니다. 희망을 가지십시오! 이젠 그만 주무십시오. 아침이면 우린 떠나고 없을 겁니다. 하지만 아무리 먼 곳에 있더라도 소식을 전하겠습니다. 우리 유랑의 무리들은 당신의 여행 소식을 항상 듣고 있을 것이며, 선을 행할 수 있는 힘을 가진 이들이 당신을 지키게 하겠습니다. 지금부터 당신을 요정의 친구라고 부르겠습니다. 하늘의 별들이 당신의 여정이 끝날 때까지 그 길을 비출 겁니다. 이방인을 만나서 이런 즐거움을 얻기란 참으로 드문 일이죠. 더욱이 땅 위의 다른 방랑자의 입술에서 고대어가 흘러나오는 것을 들을 수 있으리라고는 상상도 못 했습니다."

길도르가 이야기를 막 마치려는 순간 프로도는 갑자기 졸음이 몰려오는 것을 느꼈다.

"이젠 눈을 좀 붙여야겠습니다."

요정은 그를 피핀 옆의 나무 밑으로 데려갔고 그는 잠자리에 몸을 던지자마자 깊은 잠에 빠져들었다.

Chapter 4

버섯밭으로 가는 지름길

프로도는 상쾌한 기분으로 눈을 떴다. 그는 땅바닥까지 가지가 늘어져 자신의 주위를 벽처럼 두른 나무 아래 누워 있었다. 고사리와 풀잎으로 폭신폭신하게 꾸며진 그의 잠자리에선 묘한 향기가 났다. 살랑거리는 나뭇잎들 사이로 햇빛이 눈에 어른거렸다. 나뭇잎은 여전히 푸른빛이었다. 그는 벌떡 일어나 밖으로 나갔다.

샘은 벌써 일어나 숲과 잇닿은 풀밭에 앉아 있었다. 피핀도 하늘을 올려다보며 날씨를 살피고 있었지만 요정들은 흔적도 보이지 않았다.

피핀이 말했다.

"요정들이 과일과 술, 빵을 남겨 두고 떠났어요. 이리 와서 아침 드세요. 하룻밤 묵은 빵인데도 맛이 하나도 안 변했어요. 저는 남기지 말자고 했는데 샘이 자꾸만 당신 몫을 챙기더군요."

프로도는 샘 곁에 털썩 주저앉아 아침 식사를 시작했다. 피핀이 물었다.

"오늘 계획은 어때요?"

"가능한 한 빨리 노루말로 가야겠네."

그는 간단하게 대답하고 계속 먹기만 했다.

"혹시 그 기사들이 다시 나타나지 않을까요?"

피핀이 밝은 목소리로 물었다. 그는 밝은 아침 햇살을 다시 보자 기사들과 맞부딪친다 해도 겁나지 않을 것 같은 모양이었다.

프로도는 다시 기사들을 떠올리고 싶지 않았다.

"나타나긴 하겠지. 하지만 놈들에게 들키지 않고 강을 건널 수 있으면 좋겠어."

"길도르한테 무슨 이야기를 들었어요?"

"뭐 별 얘기는 없었네. 잘 알아듣지도 못할 수수께끼 같은 말만 하더군."

프로도는 그 이야기는 더 하고 싶지 않은 기분이었다.

"도대체 무슨 냄샐 맡으려고 킁킁거리고 다닌답니까?"

"그런 건 못 물어봤어."

그는 입에 음식을 잔뜩 문 채 대답했다.

"그걸 물어보셨어야 하는 건데. 난 그게 제일 중요한 문제인 것 같은데."

프로도가 날카로운 소리로 대꾸했다.

"그랬다면 길도르는 더욱더 이야기해 주지 않으려 했을 거야. 피핀, 조금만 날 가만히 내버려 두지 않겠나? 식사하면서까지 자네 신문을 받고 싶진 않아. 나 혼자 생각 좀 하게 내버려 두게."

"맙소사! 아침을 들면서 말이에요?"

피핀은 풀밭 쪽으로 자리를 비켰다.

수상쩍으리만큼 맑은 날씨의 아침마저도 그의 마음에 일고 있는, 쫓기는 듯한 공포심을 걷어 내지는 못했다. 그는 길도르의 충고를 곰곰이 생각했다. 피핀의 즐거운 목소리가 들려왔다. 그는 푸른 잔디밭을 뛰어다니며 흥얼거리고 있었다.

프로도는 혼자 나직이 중얼거렸다.

"안 돼! 그럴 수는 없어. 샤이어에서라면 아무리 피곤하고 배가 고파도 젊은 친구들을 데리고 다닐 수 있어. 여긴 따뜻한 음식과 잠자리가 있거든. 하지만 주린 배를 채우고 피곤한 다리를 쉬게 할 피난처가 아무 데도 없는 방랑의 길로 데려가는 것은, 설사 그들이 선뜻 따라나선다 해도, 달리 생각할 문제야. 짐은 나 혼자 져도 충분해. 샘도 안 돼."

그는 샘을 쳐다보다가 샘도 자기를 지켜보고 있음을 알았다.

"이봐, 샘! 내 얘기 좀 들어 봐. 가능한 한 빨리 샤이어를 떠나야겠어. 크릭구렁에서 하루 정도 쉬어 갈 생각은 아예 집어치우는 게 낫겠어."

"그렇죠, 프로도 씨."

"자넨 계속 나를 따라올 건가?"

"물론입니다."

"이봐, 샘! 이건 아주 위험한 길이야. 위험이 이미 시작됐어. 십중팔구는 우리 둘 다 살아 돌아올 수 없을 거야."

샘은 딱 잘라 말했다.

"당신이 못 돌아오시면 저도 안 돌아옵니다. 그들이 절대로 프로도 씨를 떠나지 말라고 하더군요. 그래서 제가 이렇게 대답했어요. '프로도 씨를 떠나다니요? 꿈에도 그런 생각은 해 본 적이 없어요. 그분이 달나라에 올라가면 저도 올라갑니다. 검은 기사들이 그분을 붙잡으려면 먼저 저부터 처리해야 할 겁니다.' 그랬더니 그들이 웃더군요."

"그들이라니? 대체 무슨 소리를 하는 거야?"

"요정들 말이에요. 어젯밤에 그들과 이야기를 좀 나누었지요. 그들은 당신께서 멀리 떠나시는 걸 알고 있더군요. 그래서 부인해도 소용이 없다 싶었지요. 요정들은 정말 멋진 친구들이에요. 정말 대단했어요."

"그렇지. 가까이에서 보고 나서도 여전히 요정들이 좋은가?"

샘은 천천히 자기 생각을 말했다.

"그들은 저 같은 게 좋아한다느니 싫어한다느니 뭐라고 할 분들이 아닌 것 같아요. 제가 그들을 어떻게 생각하느냐는 별로 중요한 문제가 아니겠지요. 물론 평소에 생각하던 모습과는 많이 달랐죠. 뭐라고 할까, 그들에겐 젊음과 늙음이 함께 있고, 슬픔과 기쁨이 공존한다고나 할까요?"

프로도는 다소 놀란 표정으로 샘을 바라보면서 샘에게 일어난 이 놀라운 변화를 그의 겉모습에서 찾아보려고 애를 썼다. 도대체 그 소리는 지금까지 그가 알고 있던 샘의 목소리가 아니었다. 하지만 이상하리만치 진지해진 표정만 제외하면 거기 앉아 있는 것은 바로 옛날의 감지네 샘 그대로였다.

프로도는 불쑥 물었다.

"이젠 요정을 보겠다는 소원도 풀었는데 굳이 샤이어를 떠날 필요가 없지 않나?"

"그렇기는 하죠. 어떻게 표현해야 좋을지 잘 모르겠지만 어젯밤 이후로 저 자신이 좀 달라졌다는 느낌이 들어요. 시야가 좀 트였다고 할까요? 저는 우리가 매우 먼 길을, 어둠 속으로 떠난다는 것을 알고 있어요. 그리고 돌아오지 못할 수 있다는 것도요. 하지만 제가 원하는 것은 요정이나 용이나 산을 찾아가는 것이 아니에요. 제가 원하는 게 뭔지는 저도 잘 모르지만, 분명한 것은 일이 다 끝나기 전에 제가 해야 할 일이 있다는 거예요. 그것도 샤이어가 아니라 저 바깥세상에서 말이지요. 저는 그 일을 끝까지 해내야만 해요. 제 말을 이해하실지 모르지만요."

"글쎄, 잘 모르겠는걸. 하지만 간달프가 친구 하나는 잘 골라 주었군. 그럼, 함께 가세."

프로도는 아무 말 없이 아침 식사를 끝냈다. 그리고 일어서서 눈 앞에 펼쳐진 들판을 바라보며 피핀을 불렀다.

피핀이 헐레벌떡 달려오면서 벌써 출발하느냐고 외쳤다.

"그래, 곧 출발해야겠어. 우리가 너무 늦잠을 잤거든. 갈 길이 바쁘단 말이야."

"우리가 아니라 내가라고 하세요. 저는 일어난 지 한참 되었다고요. 식사를 마치고 생각을 끝낼 때까지 우리는 계속 기다렸다니까요."

"이젠 둘 다 끝났어. 어서 서둘러서 노루말까지 가지. 어제저녁에 왔던 길로 가지 않고 여기부턴 지름길로 질러갈 생각인데, 자네 생각엔 어떤가?"

"차라리 날아서 가자고 하시지 그래요. 여기서는 어디로 가더라도 걸어서는 똑바로 질러갈 수 없어요."

"어쨌든 도로보단 질러갈 수 있어. 나루터는 끝숲마을 동쪽에 있지만 길은 왼쪽으로 돌아가잖아. 저기 북쪽으로 휘어지는 게 보이지? 저 길은 구렛들 북단을 돌아서 가녘말 북쪽의 브랜디와인 다리에서부터 내려오는 방죽길과 만나게 돼. 하지만 그 길은 한참 돌아가야 하네. 우리가 서 있는 데부터 나루터까지 직선 코스로 간다면 전체 거리의 4분의 1은 줄일 수 있을 거야."

피핀은 계속 못마땅해했다.

"바쁠수록 돌아가라는 말이 있지 않아요? 이곳은 굉장히 지세가 험해요. 구렛들로 내려가면 늪이 있을 뿐만 아니라 여러 곳에 위험지대가 흩어져 있어요. 이 근방을 제가 좀 알기에 하는 소리예요. 또 검은 기사들과 맞부딪치더라도 숲이나 들판보다는 도로가 더 안전하지 않겠어요?"

"숲이나 들판에서는 사람들 눈을 피하기가 훨씬 쉽잖은가. 우리가 길 한복판에 있다고 가정해 봐. 그러면 항상 발각될 위험이 도사리고 있는 거야. 도망도 갈 수 없고 말이야."

마침내 피핀은 승복했다.

"좋습니다. 늪이든 개천이든 어디든지 맘대로 하세요. 하지만 쉽지는 않을 겁니다. 해가 지기 전에 가녘말에 있는 '황금농어' 주점에서 한잔 걸치려던 꿈은 버려야겠군요. 맛을 본 지가 꽤 오래되긴 했지만 여전히 동둘레에서는 그 집 맥주가 최고죠, 아니 옛날에는 그랬어요."

"그게 자네 속셈이었지? 하지만 그래, 자네 말대로 바쁠수록 돌아가야겠지만 술독에 빠지면 더 돌아가는 셈이 되지 않겠어? 무슨 수를 써서라도 황금농어는 피해야겠는걸. 어두워지기 전에 노루말에 도착하고 싶어서 그래. 샘은 어때?"

"프로도 씨와 함께 가겠어요."

샘이 대답했다(다소 불안하게 들리는 그의 목소리에는 동둘레 최고의 맥주 맛을 놓치는 데 대한 깊은 유감도 섞여 있었다).

피핀이 말했다.

"그렇다면 늪과 찔레나무 사이로 뚫고 나가야겠군요."

날은 벌써 전날 못지않게 푹푹 찔 기세였다. 하지만 서쪽 하늘에는 먹장구름이 몰려들고 있었다. 금방이라도 비가 쏟아질 것 같았다. 호빗들은 가파른 둑을 기어 내려가서 나무들이 빽빽이 우거진 숲으로 들어갔다. 그들의 계획은 왼편의 끝숲마을을 지나 산 동편에 자리 잡은 우거진 숲을 뚫고 나가서 그 아래 평지까지 가는 것이었다. 그다음에는 실개천이나 울타리 몇 군데를 제외하고는 나루터까지 계속 훤히 트인 평지였다. 프로도는 직선거리로 30킬로미터 정도 되겠다고 어림했다.

그런데 숲은 보기보다 훨씬 더 울창하고 빽빽해 걷기에 만만치 않았다. 숲속 덤불 사이로는 길이 전혀 나 있지 않아 속도를 낼 수가 없었다. 천신만고 끝에 둑 아래로 내려갔을 때, 그들은 언덕 밑으로 흐르는 개울을 발견했다. 개울은 바닥이 깊었고, 미끌거리는 급경사의 둑에는 가시덤불이 우거져 있었다. 더욱 낭패스럽게도 개울은 그들이 가는 방향을 딱 가로막고 있었다. 건너뛰기에는 폭이 너무 넓어서, 덤불에 긁혀 가며 진흙 바닥에 발을 들여놓지 않고는 건너갈 도리가 없었다. 그들은 어떻게 해야 할지 몰라 그대로 서 있었다.

피핀은 난감해하면서도 웃음을 잃지 않고 외쳤다.

"1차 장애물!"

감지네 샘이 뒤를 돌아보았다. 그들이 방금 내려온 푸른 둑의 꼭대기가 나뭇가지들 틈새로 언뜻 드러났다. 그는 프로도의 팔을 잡으며 말했다.

"저것 좀 보세요!"

그들은 모두 그쪽을 돌아다보았다. 언덕 꼭대기에 하늘을 배경으로 말이 한 마리 서 있는 것이 보였다. 그 옆에는 검은 그림자가 웅크리고 있었다.

그들은 되돌아갈 생각을 아예 포기해야 했다. 샘과 피핀은 프로도를 따라 재빨리 개울가를 따라 우거진 덤불숲으로 몸을 날렸다. 프로도는 피핀을 보며 안도의 숨을 내쉬었다.

"휴! 우리 둘 다 옳았다고 해야겠군. 지름길은 벌써 어긋나 버렸지만, 다행히 제때 몸을 피할 수 있었잖아. 샘, 자넨 귀가 밝지. 무슨 소리 안 들리나?"

그들은 거의 숨을 죽이다시피 꼼짝 않고 서서 귀를 기울였다. 쫓아오는 소리는 없었다. 샘이 말했다.

"말을 끌고 이 비탈을 내려올 생각은 못 하는 것 같아요. 하지만 우리가 여기 있는 것을 눈치챈 것 같으니 빨리 자리를 뜨는 것이 낫겠는데요."

계속 가는 것은 도대체 쉬운 일이 아니었다. 등에는 짐을 지고 있을 뿐만 아니라 관목이나 덤불숲이 그들의 발길을 자꾸 가로막았다. 등 뒤에 버티고 있는 높은 언덕 때문에 바람길이 막혀서 공기가 정체된 듯 퀴퀴한 냄새가 났다. 온갖 고생 끝에 드디어 숲을 벗어났을 때 그들의 몸은 온통 긁힌 상처와 땀투성이로 무척 피로했다. 이젠 방향조차 제대로 가늠할 수가 없었다. 평지에 내려와서 폭도 넓어지고 깊이도 얕아진 개울이 구렛들과 브랜디와인강을 향해 굽이쳐 흐르고 있었다.

피핀이 말했다.

"아, 이제 알겠어요. 이 강이 가녘말개울이에요! 우리가 원래 계획한 길로 가려면 여기서 강을 건너 오른쪽으로 가야 합니다."

그들은 마침내 발을 적셔 가며 개울을 건너, 나무는 없고 골풀만 우거진 둑 위의 넓은 공터로 넘어갔다. 그 너머로는 다시 숲지대가 나타났다. 대부분 키 큰 참나무였고 여기저기 느릅나무와 물푸레나무가 눈에 띄기도 했다. 땅바닥이 비교적 평평하고 덤불도 많지 않았지만 나무가 너무 빽빽해서 앞길을 잘 볼 수가 없었다. 갑자기 한차례 돌풍이 일어 낙엽들이 땅 위로 구르더니 우중충한 하늘에서 빗방울이 후두둑 떨어지기 시작했다. 바람이 잦아들면서 빗방울이 점점 굵어졌다. 그들은 서둘러 풀밭을 지나 나뭇잎들이 두텁게 깔린 숲속으로 들어갔다. 사방에서 빗소리가 후두둑거렸다. 그들은 아무 말도 하지 않고 계속 등 뒤와 양옆을 경계하며 앞으로 나아갔다.

그렇게 한 지 30분 남짓 지났을 때 피핀이 입을 열었다.

"남쪽으로 너무 많이 돌아가는 게 아닌지 모르겠어요. 그러면 숲속으로 계속 들어가는 쪽이거든요. 이 숲은 폭이 그리 넓지 않아요. 기껏해야 1, 2킬로미터 될까, 지금쯤은 숲을 벗어나야 했다고요."

프로도가 말했다.

"이쪽저쪽 가 봤자 소용없어. 계속 직진하세. 아직은 평지로 나가고 싶은 생각도 없으니까."

그들은 몇 킬로미터를 더 걸었다. 흩어지는 구름들 사이로 햇살이 보이기 시작하더니 빗방울이 가늘어졌다. 벌써 한낮이 지나고 몹시 배가 고팠다. 그들은 한 느릅나무 밑에서 멈추었다. 나뭇잎들이 빠르게 단풍이 들고 있었지만 아직 잎사귀가 무성하게 달려 있었고, 나무 밑은 물기가 없어서 앉을 만했다. 식사를 준비하면서 그들은 요정들이 그들의 물병에다 연노란빛의 맑은 물을 가득 채워 놓은 것을 알았다. 물에선 갖가지 꽃에서 딴 꿀 냄새가 나고 놀랄 만큼 시원했다. 그들은 소낙비와 검은 기사 따위는 까맣게 잊고 떠들고 웃었다. 남은 몇 킬로미터의 거리도 곧 끝날 것 같았다.

프로도는 나무 밑동에 등을 기대고 눈을 감았다. 샘과 피핀이 그 옆에 앉아 콧노래를 흥얼거리다 낮은 소리로 노래를 시작했다.

호! 호! 호! 술을 마신다
고통을 잊고 시름을 달래려고.
비가 내리고 바람 불어
아직 갈 길은 멀어도
고목 아래서 휴식을 취하리
구름이 지나갈 때까지.

호! 호! 호! 그들은 큰 소리로 다시 노래를 시작하다가 갑자기 멈추었다. 프로도가 벌떡 일어났다. 무섭고 외로운 어떤 짐승이 울부짖는 듯한 소리가 바람결에 끝자락을 남기며 실려 왔다. 소리가 높이 올라가다가 낮아지더니 마지막으로 찢어질 듯한 고음을 내고 끝났다. 그들이 얼어붙은 듯 꼼짝도 못 하는 동안 그 울부짖음에 답하는 듯한 소리가 들려왔다. 먼저 것보다 멀고 희미한 소리였으나 소름 끼치기는 한가지였다. 그다음에는 바람에 날리는 나뭇잎 소리뿐, 다시 사방이 정적에 휩싸였다.

피핀이 소리를 죽이려 애쓰며 마침내 입을 열었다. 그는 떨고 있었다.

"무슨 소리 같아요? 새소리 같기도 한데, 저런 소리는 샤이어에선 한 번도 들어 본 적 없는데요."

프로도가 대답했다.

"새도 아니고 짐승도 아니고 뭔가를 부르는 소릴세. 일종의 신호야. 알아듣지는 못했지만 저 소리엔 분명히 무슨 뜻이 담겨 있었어. 어느 호빗도 저런 목소리를 낼 수 없지."

더는 아무도 입을 열 엄두를 내지 못했다. 그들은 제각기 검은 기사들을 머릿속에 떠올렸지만 아무도 그것을 말로 표현하지 못했다. 거기 그렇게 눌러앉아 있을 수도 없고 떠나는 것도 망설여졌다. 그러나 그들은 어쨌든 넓은 들판을 건너 나루터까지 가야만 하고 그러자면 가능한 한 일찍, 해가 떨어지기 전에 가는 것이 나을 것 같았다. 잠시 후 그들은 다시 어깨에 짐을 메고 출발했다.

얼마 가지 않아서 갑자기 숲이 끝나고 넓은 초원이 펼쳐졌다. 그제야 그들은 남쪽으로 너무 돌아왔다는 것을 깨달았다. 초원 저쪽 강 건너에 노루말의 야산들이 눈에 들어왔지만 이제는 그들의 왼쪽에 있었다. 숲 가에서 조심스럽게 기어 나온 그들은 탁 트인 풀밭을 서둘러 건너기 시작했다.

평지만 펼쳐진 곳이라 처음에는 숲의 방패막이가 없어서 겁이 났다. 등 뒤 멀리에 그들이 아침을 먹었던 고지가 보였다. 프로도는 능선 위에 하늘을 배경으로 서 있던 말 탄 사람의 모습을 희미하게나마 볼 수 있을까 했지만 그는 흔적도 없었다. 그들이 떠나온 산 너머로 멀어져 가는 태양이 조각구름들 사이에서 빠져나와 다시 대지를 환히 비추고 있었다. 마음 한구석에 여전히 걱정이 남기는 했지만 공포심은 이제 그들을 떠났다. 사람 손이 간 듯 땅이 차츰 평탄해지고 마침내 그들은 경작이 잘된 밭길로 접어들었다. 생울타리와 출입문이 나타나고, 배수를 위한 도랑이 나 있었다. 모든 게 고요하고 평화로운 것이 전형적인 샤이어 마을이었다. 이제 그들은 발걸음을 내디딜수록 더 힘이 났다. 강줄기가 더 가까워지면서 검은 기사들이 저 멀리 두고 떠나온 숲속의 유령들처럼 잊히기 시작했다.

그들은 커다란 무밭 가장자리를 돌아 튼튼하게 만들어진 대문 앞에 도착했다. 그 뒤로는 잘 가꾸어진 낮은 생울타리 사이로 바큇자국이 난 진입로가 한 무리의 나무숲을 향해 나 있었다. 피핀이 멈춰 섰다.

"이 밭과 문이 누구네 것인지 알 것 같은데요. '콩이랑밭'이에요. 그 늙은 농부 매곳의 땅이지요. 저 숲 뒤에는 그의 농장이 있고요."

"갈수록 태산이군!"

프로도는 피핀이 가리키는 곳이 마치 용의 소굴이라도 되는 양 몸을 움츠리며 말했다. 둘은 놀라서 그를 돌아보았다.

피핀이 물었다.

"그 매곳 노인이 어떻다고 그래요? 노인은 강노루 집안과 좋은 친구 사이잖아요. 물론 불법 침입자들은 무서워하겠죠. 사나운 개들이 지키고 있으니까요. 하여간 이 근방에 사는 이들은 모두 울타리 근처에 살고 있으니까 더 조심을 하기는 해야지요."

프로도가 계면쩍게 웃으며 대답했다.

"나도 알고 있어. 하지만 난 그 노인과 개들이 무서워. 그 노인네 농장을 피해 다닌 지 오래되었거든. 내가 어려서 강노루 저택에 살 때 그 노인네 버섯밭에서 서리하다 몇 번 붙잡힌 적이 있었지. 마지막으로 붙잡혔을 때는 나를 마구 패더니 개들 앞으로 끌고 가서는 이렇게 말하는 거야. '얘들아, 잘 봐라. 다음번에 이 꼬마 도둑놈이 들어오면 잡아먹어도 좋다. 알겠지? 자, 쫓아내 버려!' 그때 그 개들이 나루터까지 나를 쫓아왔었지. 사실 개들은 자기 임무가 뭔지 알고 있었기 때문에 정말 나를 잡아먹지는 않았지만, 그때 놀랐던 걸 생각하면 지금도 가슴이 졸아붙는다네."

피핀이 웃었다.

"그렇다면 이제 화해할 시간이 되었군요. 특히 앞으로는 노릇골에 정착해 살게 될 테니까 말이에요. 버섯만 건드리지 않으면 사실 괜찮은 양반입니다. 진입로만 따라가면 가택 침입이 아닐 테니까 안심하고 이 길을 따라갑시다. 노인을 만나면 내가 이야기하겠어요. 그는 메리의 친구이기도 해서 한때는 여기 같이 자주 왔었어요."

그들이 길을 따라 한참 걸어가자 눈앞의 나무들 사이로 큰 초가집과 농장 건물 들이 내다보였다. 매곳이나 가녘말의 흙탕발 집안을 비롯한 구렛들의 주민들은 대부분 굴집이 아니라 주택에서 생활했다. 매곳의 농장은 튼튼한 벽돌로 벽을 쌓고 둘레에는 높은 담이 둘러쳐져 있었다. 진입로와 담이 만나는 곳에 안으로 들어가는 커다란 나무 대문이 있었다.

그들이 가까이 다가가자 갑자기 개들이 사납게 짖어 대기 시작하더니 곧이어 누군가가 큰 소리로 개들을 불렀다.

"악바리! 송곳니! 늑대! 얘들아, 이제 그만!"

프로도와 샘은 그 자리에 얼어붙은 듯 멈춰 서고 피핀은 몇 걸음 더 걸어갔다. 대문이 열리더니 큰 개 세 마리가 사납게 짖어 대면서 길가로 튀어나와 낯선 이들한테 덤벼들었다. 개들은 피핀을 알아보지 못했고 샘은 담에 바짝 기대 몸을 웅크렸다. 늑대처럼 생긴 두 마리 개가 수상쩍다는 듯 코를 킁킁대다가 그가 몸을 조금이라도 움직이면 마구 짖어 댔다. 셋 중에서 가장 덩치가 크고 험상궂게 생긴 녀석이 프로도 앞에 딱 버티고 서서 꼬리를 세우고 으르렁거렸다.

그때 혈색 좋아 보이는 둥근 얼굴에 어깨가 딱 벌어지고 땅딸막한 호빗이 문간에 나타나더니 말했다.

"어이! 어이! 누구신가, 무슨 일이시오?"

피핀이 나서서 인사했다.

"안녕하세요, 매곳!"

농부가 그를 찬찬히 살폈다.

"아니, 이게 누군가? 피핀 군 아닌가? 툭 집안 페레그린이었지, 아마?"

찡그린 얼굴을 웃는 표정으로 바꾸며 그가 소리쳤다.

"자넬 본 지도 참 오래되었구먼. 지금 막 낯선 사람들을 쫓으려고 개들을 풀려던 참이었네. 오늘은 이상한 날이야. 물론 이 근방에는 가끔 이상한 인간들이 지나가기는 하지만. 강이 너무 가까워서 그런가……."

그가 고개를 저으며 말했다.

"그런데 오늘 여기 들른 사람은 한 번도 본 적이 없는 괴상한 녀석이었어. 다음에는 절대로 허락 없이 발을 들이지 못하게 해야겠어."

피핀이 물었다.

"어떻게 생긴 사람이었습니까?"

오히려 농부가 되물었다.

"그러면 자네들은 그 사람을 못 봤단 말인가? 조금 전에 방죽길을 향해 올라갔네. 이상한 사람이었어. 이상한 질문도 많이 했고. 어쨌거나 우선 안으로 들어가서 편하게 이야기하세. 자네와 친구들이 원한다면 술통에 있는 좋은 맥주도 내놓겠네."

농부가 하고 싶은 대로만 내버려 두어도 더 많은 이야기를 해 줄 것이 확실해 보였다. 그래서 그들은 그의 제의를 받아들였다. 프로도가 걱정스럽게 물었다.

"개는 괜찮습니까?"

농부가 웃었다.

"내가 시키지 않으면 자넬 물지는 않을 걸세. 이리 와, 악바리! 송곳니!"

그는 개들을 불러들였다.

"늑대, 이리 와!"

개들이 농부 쪽으로 물러나면서 샘과 프로도를 풀어 주자, 그들은 안도의 한숨을 내쉬었다.

피핀이 둘을 농부에게 소개했다.

"이쪽은 골목쟁이네 프로도입니다. 기억하실지 모르겠지만 옛날에 강노루 저택에 살았었지요."

농부는 골목쟁이란 이름에 깜짝 놀라며 프로도를 뚫어지게 바라보았다. 프로도는 옛날에 버섯을 훔치다 들켜서 개한테 혼난 일을 농부가 기억해 내는 줄 알았다. 그러나 농부 매곳은 그의 팔을 잡으며 말했다.

"점점 더 이상해지는군. 골목쟁이라고 했나? 이리 들어오게! 이야기 좀 하세."

그들은 농부의 부엌으로 들어가서 널찍한 벽난로 가에 앉았다. 매곳 부인이 커다란 항아리에 든 맥주를 가져와 네 개의 큰 술잔을 가득 채웠다. 술맛이 일품이어서 피핀은 황금농어를 놓친 대가로 충분하다고 생각했다. 샘은 술잔에 조심스레 입을 댔다. 그는 샤이어의 다른 지방에 사는 주민들을 원래부터 불신했을 뿐만 아니라, 먼 옛날의 일이기는 하지만 언젠가 자기 주인을 때린 호빗과 쉽게 사귀는 것이 내키지 않았다.

날씨와 농사(평년 수준은 된 듯했다)에 대해 몇 마디 나눈 뒤, 농부 매곳은 술잔을 내려놓고 그들을 하나씩 둘러보고 나서 말했다.

"자, 페레그린. 어디서 오는 길이고 또 어디로 가는 길인가? 혹시 날 찾아온 건가? 그렇다면 자네들이 우리 대문 앞을 지나가는 걸 내가 못 봤는데?"

"아닙니다. 솔직히 말씀드리면, 짐작하신 대로, 우린 반대쪽에서 들어왔어요. 밭을 가로질러 온 셈이지요. 고의는 아니었어요. 나루터로 가는 지름길을 찾다가 끝숲마을 근처 어딘가 숲속에서 길을 잃은 것 같아요."

"급한 길이었으면 도로로 가는 것이 더 나았을 걸세. 하지만 내 걱정은 그게 아닐세. 필요하다면 우리 밭을 가로질러 가도 괜찮아, 페레그린. 그런데 골목쟁이 씨, 아직도 버섯을 좋아하는지는 모르겠네만, 자네 이름은 금방 기억나는군."

그는 웃음을 터뜨리며 말을 이었다.

"어린 시절의 골목쟁이네 프로도는 노릇골의 악동들 가운데서도 유명했었지. 그러나 지금 내가 생각하는 건 그런 일이 아니야. 자네가 여기 나타나기 바로 전에 골목쟁이란 이름을 들었거든. 아까 말한 그 이상한 사람이 내게 뭘 물었는지 아는가?"

그들은 걱정스러운 얼굴로 그의 이야기를 기다렸다. 농부는 천천히 뜸을 들이듯 이야기를 이어갔다.

"그는 흑마를 타고 열린 대문으로 달려 들어와 바로 내 앞에 섰어. 온통 검은색으로 몸을 감싸고 있었는데 정체를 드러내기가 싫은지 외투에다 두건까지 눌러쓰고 있더군. 그래서 '도대체 저 사람이 샤이어에 무슨 일일까?' 혼자 생각했지. 사실 변경을 넘는 큰사람은 많지가 않거든. 여하튼 그 검은 옷을 입은 사람 부류는 한 번도 들어 본 적이 없단 말이야.

그래서 '안녕하시오!' 하고 문밖으로 나서며 인사했지. '이 길은 막혔소. 어딜 가시는지 모르지만 돌아가시는 게 좋습니다.' 했더니 그 사람은 영 기분 나쁜 표정을 짓더군. 그때 악바리가 뛰어나왔는데 그를 보자 킁킁거리며 냄새를 맡더니, 어디 찔리기라도 한 듯 깨갱 하고 비명을 지르고는 꼬리를 사리고 으르렁거리며 달아나 버렸어. 그 검은 사람은 꼼짝도 않고 말 위에 앉아 있고 말이야.

그는 '저쪽에서 오는 길이오.' 하고 천천히, 딱딱하게 말하면서 서쪽 내 밭 쪽을 가리키더군. 그리고 나를 향해 몸을 기울이면서 이상한 목소리로 '골목쟁이를 보았소?' 하고 묻더구먼. 두건을 아주 깊숙이 눌러쓰고 있어서 얼굴이 보이지 않았지만 갑자기 오싹하는 느낌이 들었어. 하지만 그가 왜 우리 땅에 들어와서 그렇게 당당하게 구는지 이유를 모르겠더군.

그래서 이렇게 말했지. '가시오. 여기는 골목쟁이라고는 아무도 없소이다. 잘못 찾아왔소. 이 길을 따라 서쪽으로 가면 호빗골이라는 마을이 있으니 그리 가 보시오.'

그러자 그자가 낮은 소리로 '골목쟁이는 떠났소. 이리로 오고 있소. 멀지 않은 곳에 있을 거요. 그를 만나야 할 일이 있으니 혹시 그가 지나가면 알려 주겠소? 황금을 가져다주겠소.'라고 하더군.

그래서 '그럴 필요 없소, 당신이 왔던 길로 지금 당장 돌아가지 않으면 우리 개를 모두 풀어 놓겠소. 1분 드리지.' 하고 말했지.

그랬더니 그자가 이상하게 쉿 하는 소리를 내는데, 웃는 것 같기도 하고 아닌 것 같기도 한 묘한 소리였어. 그러고는 바로 커다란 말을 나를 향해 몰아대 하마터면 깔릴 뻔했네. 화가 나서 개들을 부르자, 놈은 벌써 홱 돌아서서 대문을 지나 번개같이 방죽길 쪽으로 달려가 버렸어. 자네들은 어떻게 생각하나?"

프로도는 잠시 불을 바라보고 있었지만 머릿속은 오로지 어떻게 하면 나루터까지 갈 수 있을까 하는 생각으로 꽉 차 있었다. 그가 마침내 입을 열었다.

"무엇부터 생각해야 할지 모르겠습니다."

그러자 매곳 노인이 말했다.

"그렇다면 내가 가르쳐 주지. 프로도, 자넨 호빗골의 친구들하고 너무 오래 같이 지낸 거야. 거긴 전부 이상한 친구들뿐이잖은가?"

샘이 의자에서 몸을 떨며 날카로운 눈으로 노인을 쏘아보았다.

"하지만 자네는 어릴 때부터 항상 겁이 없었지. 자네가 강노루 집안에서 나와 늙은 빌보의 양자로 들어갔다는 소식을 들었을 때, 나는 자네가 고생깨나 할 거라고 생각했네. 잘 들어 보게. 이 모든 일이 그 이상한 빌보 때문에 생긴 거 아닌가? 소문에는 빌보의 돈이 교묘한 방법으로 먼 나라로 옮겨졌다던데. 또 호빗골 언덕에 묻혀 있다는 황금과 보석이 어떻게 되었는지 알고 싶어 하는 치들도 많다네."

프로도는 아무 말도 하지 않았다. 농부의 심술궂은 추측에 좀 기분이 상했다.

"자, 프로도, 자네가 노릇골로 돌아오게 되어 반갑네. 내 충고는 이것일세. 여기 정착하게! 그리고 그 이상한 사람들 일에는 휩쓸리지 말게. 자넨 여기 친구도 많이 있잖은가. 그 검은 녀석이 다시 찾아오면 내가 해결해 줌세. 자네가 죽었다고 하거나 아니면 샤이어를 떠났다고 꾸며 대지. 하여튼 자네 좋을 대로 해서 돌려보내지. 그러면 충분할 거야. 그들이 찾는 것은 십중팔구 그 늙은 빌보에 관한 소식 아닌가?"

"그럴지도 모르지요."

프로도는 농부의 눈길을 피해 불을 바라보았다. 매곳은 그를 유심히 살피며 다시 말했다.

"자네는 지금 딴생각을 하고 있군. 그러고 보면 자네와 그 기사가 오늘 오후 거의 동시에 나타난 것도 우연은 절대 아닌 것 같네. 그러니 내 이야기도 결국 자네에겐 크게 새로울 것도 없겠지. 자네 혼자 지켜야 할 비밀을 털어놓으라고 하진 않겠네. 다만 내가 보기에 자네는 큰 걱정거리가 있는 듯한데. 나루터까지 무사히 도착하는 문제를 생각하고 있지, 그렇지?"

"실은 그렇습니다. 우린 어떤 일이 있어도 거기까지 가야 해요. 앉아서 생각만 한다고 해결될 문제는 아니거든요. 지금 곧 출발하는 게 좋지 않을까 하는 생각이에요. 이렇게 환대해 주셔서 대단히 고맙습니다. 웃으실지 모르겠습니다만, 실은 지난 30년간 어르신과 어르신네 개들은 생각만 해도 소름이 끼칠 정도였어요. 유감스러운 일이지요. 그동안 좋은 친구를 모르고 지낸 셈이니까요. 이렇게 일찍 떠나게 되어서 죄송하네요. 다음에 기회가 닿으면 꼭 들르지요."

"언제라도 좋네. 하지만 내가 제안을 하나 하지. 날도 거의 저물었으니 우리 식구는 곧 저녁을 먹을 걸세. 해만 지면 전부 잠자리에 들거든. 자네나 페레그린이 괜찮다면 소찬이나마 저녁 식사를 함께하는 게 어떻겠나?"

"정말 감사합니다만, 우린 지금 즉시 떠나는 게 좋겠어요. 지금 떠난다 해도 어두워지기 전에 나루터에 도착하지 못할 것 같으니까요."

"아, 잠깐만! 그 이야기를 막 할 참이었네. 식사를 간단히 한 다음 내가 작은 마차로 자네 일행을 나루터까지 실어다 줌세. 그러면 시간도 절약될 거고 만일의 사태에 대비하는 방법도 될 테니까 말이지."

프로도가 그 제안을 고맙게 받아들이자 피핀과 샘은 안도의 한숨을 내쉬었다. 해는 이미 서산 너머로 떨어지고 빛은 가물거리고 있었다. 매곳의 두 아들과 세 딸이 들어오고 성대한 만찬이 커다란 식탁 위에 차려졌다. 부엌이 숯불로 환하게 밝혀지고 난롯불도 새로 활활 타올랐다. 매곳 부인이 부산하게 움직이고 농장에서 일하는 한두 명의 호빗도 들어왔다. 잠시 후 모두 열네 명이 식탁에 둘러앉았다. 맥주와 버섯과 베이컨이 상에 가득 차려지고 농장에서 수확한 채소들을 이용한 요리도 많았다. 개들은 난롯가에 앉아서 과일 껍질과 뼈다귀를 핥았다.

식사를 마치자 농부와 아들들이 등불을 가지고 나가 마차를 준비했다. 일행이 밖으로 나왔을 때 마당은 이미 캄캄했다. 그들은 짐을 싣고 올라탔다. 농부가 마부석에 앉아 건장한 두 마리 조랑말에 채찍을 휘둘렀다. 그의 부인이 문을 연 채 문간에 서서 외쳤다.

"여보, 조심하세요! 낯선 사람들과 다투지 말고 곧바로 돌아오시고요."

"알았소."

그는 대문 밖으로 마차를 몰았다. 사방이 바람 한 점 없이 고요하고 차가운 밤공기가 그들을 둘러쌌다. 그들은 등불을 켜지 않고 천천히 나아갔다. 2, 3킬로미터를 지나자 길이 끝나고 깊은 도랑이 앞을 가로막으며 짧은 오르막 비탈이 높은 방죽길로 이어졌다.

매곳이 마차에서 내려 남쪽과 북쪽을 살펴보았지만 어둠 속에서 아무것도 보이지 않았다. 대지는 쥐 죽은 듯 고요했다. 가느다란 강안개 줄기가 도랑 위로 올라와 들판 쪽으로 스며들었다. 매곳이 말했다.

"안개가 짙어지는군. 하지만 집을 향해 돌아설 때까진 등불을 켜지 않겠네. 오늘 밤에는 십 리 밖의 소리도 들릴 것 같군."

매곳의 진입로에서 나루터까지는 8킬로미터 남짓 되었다. 호빗들은 담요로 몸을 감싸고 있었지만 삐걱거리는 바퀴 소리와 따각거리는 느린 조랑말 발굽 소리 사이로 혹시 무슨 소리라도 들리지 않을까 걱정하면서 신경을 곤두세우고 있었다. 프로도에게는 마차가 달팽이보다도 느린 것처럼 느껴졌다. 피핀은 그의 옆에서 꾸벅꾸벅 졸고 있었지만 샘은 안개가 피어오르는 전방을 응시하고 있었다.

마침내 그들은 나루터 입구에 이르렀다. 그들 오른쪽으로 불쑥 나타난 두 개의 커다란 흰 기둥이 그 표지였다. 매곳이 고삐를 당기자 삐걱 소리를 내며 마차가 멈췄다. 그 순간 그들은 하마터면 비명을 지를 뻔했다. 갑자기 그들이 두려워하던 소리가 들려왔기 때문이다. 멀리 앞쪽에서 그들을 향해 다가오는 말발굽 소리였다.

매곳이 펄쩍 뛰어내려 말 머리를 두 팔로 감싸고 전방의 어둠을 응시했다. 따각 따각…… 기사가 가까이 오고 있었다. 발굽이 땅에 부딪치는 소리가 안개 낀 고요한 밤공기를 타고 크게 울려 퍼졌다.

샘이 걱정스럽게 말했다.

"프로도 씨, 숨는 게 낫겠어요. 마차 안에서 몸을 숙이고 담요로 몸을 감추세요. 우리가 저놈을 쫓아 버릴게요."

샘이 마차에서 뛰어내려 농부 옆에 섰다. 검은 기사들이 마차에 접근하려면 먼저 자기부터 물리치지 않으면 안 될 거라는 기세였다.

딱 딱 딱 딱. 말 탄 사람이 그들 가까이 다가왔다.

"어이, 잠깐만!"

매곳이 불렀다. 다가오던 말발굽 소리가 급히 멈췄다. 그들은 1, 2미터 앞 안개 속에서 검은 외투를 입은 형체를 어렴풋하게 확인할 수 있었다. 농부가 샘에게 고삐를 건네고 앞으로 걸어 나갔다.

"자! 가까이 오지 마시오! 원하는 게 뭐요? 어디 가는 길이오?"

"골목쟁이 씨를 찾고 있어요. 혹시 못 보았습니까?"

둔탁한 목소리였다. 그러나 그것은 강노루네 메리의 목소리였다. 희미한 등불 가리개가 벗겨지며 놀란 농부의 얼굴 위로 불빛이 쏟아졌다. 농부가 소리를 질렀다.

"메리!"

"예, 그럼요! 누군 줄 아셨어요?"

메리가 다가서며 물었다. 그가 안개 속에서 모습을 드러내자 그들의 공포심은 가라앉았고 메리의 모습도 갑자기 보통 크기의 호빗으로 줄어든 것 같아 보였다. 그는 조랑말을 타고 있고 안개를 피하기 위해 목에서 턱까지 목도리를 두르고 있었다.

프로도가 마차에서 내려 그를 반겼다. 메리가 말했다.

"마침내 도착했군요. 오늘쯤은 도착하실 것 같아 기다리다가 저녁을 먹으러 가는 길이었어요. 안개가 좀 심하기에 강을 건너 가녘말 쪽으로 가 봤죠. 혹시 어디 개천에라도 굴러떨어지지 않았나 걱정이 돼서요. 도대체 어느 길로 오셨는지 모르겠어요. 매곳 씨, 이분들을 어디서 만나셨어요? 아저씨네 오리 연못에서였나요?"

"아닐세. 우리 집에 몰래 숨어들었기에 붙잡았지. 하마터면 개들을 풀 뻔했네. 하지만 자네 친구들이 더 자세한 이야기를 해 주겠지. 그러면 나는 이만 실례하겠네, 메리, 프로도, 그리고 나머지 분들도. 집에 가 봐야겠어. 밤이 깊어지면 아내가 걱정하거든."

그는 마차를 반대쪽으로 돌리며 인사했다.

"자, 여러분 모두 안녕! 오늘은 참 이상한 날이야. 문간에 발을 들이기까지는 안심해선 안 되겠지만 어쨌든 끝이 좋으면 다 좋은 거지 뭐. 집엔 무사히 도착하겠지."

매곳 노인은 등불을 켜 들고 마차에 올랐다. 갑자기 그가 자리 밑에서 커다란 바구니 하나를 꺼냈다.

"하마터면 잊을 뻔했군. 매곳 부인이 골목쟁이 씨에게 선사하는 걸세."

그는 바구니를 내려 주고는 감사와 작별 인사를 뒤로하고 떠났다.

그들은 마차의 등불이 안개 낀 어둠 속으로 완전히 사라질 때까지 등불이 그리는 희미한 동그라미 불빛을 지켜보았다. 프로도가 갑자기 웃음을 터뜨리며 들고 있던 바구니를 열었다. 버섯 향기가 피어올랐다.

Chapter 5

발각된 계획

“자, 이젠 집으로 가시죠. 재미있는 일이 많았던 모양이지만, 집에 도착할 때까진 참아야겠네요.”

메리가 말했다. 그들은 나루터길로 내려갔다. 잘 닦인 길이 곧게 뚫려 있었고 양쪽 길가에는 회칠한 연석들이 길을 따라 죽 박혀 있었다. 대략 100미터쯤 가니 강둑이 나타났다. 강둑에 나무로 된 넓은 잔교가 있고, 옆에 바닥이 평평한 큰 나룻배가 한 척 매여 있었다. 강가에는 배를 묶는 흰 말뚝들이 높은 장대에 달린 두 개의 등불 아래 어렴풋이 빛나고 있었다. 그들 등 뒤로는 평지의 안개가 생울타리 위까지 올라와 있었지만, 눈앞의 강물은 컴컴하기만 하고 강변의 갈대 사이로 수증기 몇 줄기만 휘돌고 있었다. 건너편에는 안개가 그리 심하지 않은 모양이었다.

메리가 조랑말을 끌고 잔교를 지나 나룻배에 오르자 나머지 일행도 그 뒤를 따랐다. 메리는 긴 장대로 천천히 배를 밀었다. 브랜디와인강은 그들을 태우고 유유히 흘렀다. 건너편 강둑은 경사가 심해 부두에서 위로 오르는 길이 구불구불했다. 그 위에는 등불이 빛났다. 뒤로 어렴풋이 노루언덕이 보였다. 뿔뿔이 흩어진 안개 자락 사이로 산기슭의 노랗고 빨간 둥근 창문들이 눈에 들어왔다. 강노루 집안의 고옥 강노루 저택의 창문들이었다.

먼 옛날 구렛들지방, 아니 샤이어에서 가장 유서 깊은 가문 중 하나인 노루아재 집안의 수장 노루아재네 고르헨다드가 원래 그 땅 동편 경계였던 브랜디와인강을 건넜다. 그는 강노루 저택을 지은 후 자신의 이름마저 강노루로 바꾸고는 그곳에 정착해 주인이 되었다. 그 후 그 땅은 작은 독립 왕국처럼 되었다. 그의 가족은 점점 불어나, 그가 죽은 뒤에도 여전히 번성하여 마침내 강노루 저택은 나지막한 산 전부를 차지했고, 세 개의 커다란 현관, 여러 개의 작은 문, 그리고 백 개가량의 창문이 생겼다. 그 후 강노루 집안의 많은 자손들은 그 주변의 땅을 뚫어 나가며 사방에 집을 짓기 시작했다. 노룻골은 그렇게 시작되어 브랜디와인강과 묵은숲 사이의 인구 밀집 지역이 되었다. 일종의 샤이어 식민지와도 같은 셈이었다. 그 중심 마을은 강노루 저택 뒤편의 언덕과 강둑에 집단 부락을 이룬 노루말이었다.

구렛들의 주민들은 노룻골 주민들과 친하게 지냈고 강노루 공(강노루 집안 우두머리의 명칭)의 권위는 가녘말과 골풀섬 사이에 살고 있는 모든 농부들에게서 인정받고 있었다. 그러나 본래부터 샤이어에 살던 호빗들은 노룻골의 호빗들을 괴상한 친구들, 말하자면 반쯤은 이방인들로 여겼다. 사실 그들은 샤이어의 다른 네둘레의 호빗들과 다를 바가 전혀 없었지만 단 한 가지 배를 좋아한다는 점, 어떤 이들은 수영도 할 수 있다는 점에서 달랐다.

그들의 땅은 원래 동쪽으로는 무방비였으나, 그들은 그쪽에 '높은울짱'이라는 생울타리를 만들어 두었다. 나무들은 여러 세대 전에 심은 것이었고 그동안 꾸준히 손보았기 때문에 지금은 상당히 크고 울창했다. 높은울짱은 브랜디와인다리에서 동쪽으로 커다란 곡선을 그리며 강에서 멀어지다가 울짱끝(묵은숲에서 시작된 버들강이 브랜디와인강으로 흘러드는 곳)까지 이어졌다. 이 생울타리는 끝에서 끝까지 30킬로미터가 넘었다. 하지만 그 숲이 충분한 방어선이 되는 것은 아니었다. 묵은숲과 그 숲이 닿는 접경이 몇 군데 있었기 때문이다. 그래서 대부분의 샤이어에서는 그런 일이 없지만 노룻골 주민들은 해가 지면 꼭 대문을 걸어 잠갔다.

나룻배는 천천히 강을 가로질렀다. 노룻골 강변이 가까워졌다. 일행 중에서 샘만이 유일하게 그 강을 건넌 적이 없었기에 콸콸거리며 유유히 흘러가는 강물을 바라보는 그의 감회는 사뭇 남달랐다. 지금까지의 그의 삶은 뒤편 안개 속으로 사라지고, 앞에는 어두운 모험의 세계가 기다리고 있는 것이다. 샘은 머리를 긁적이며 프로도가 골목쟁이집에서 조용히 살아간다면 얼마나 좋을까 하는 허망한 생각도 잠시 해 보았다.

네 명의 호빗은 나루터에 발을 디뎠다. 메리가 배를 묶어 놓는 동안 피핀이 조랑말을 길 위로 끌어 올렸다. 샤이어에 작별을 고하기라도 하듯 건너편을 멍하니 바라보던 샘이 격한 목소리로 외쳤다.

"프로도 씨, 저것 좀 보세요. 뭐가 보이죠?"

멀리 강 건너 등불 아래 잔교 위로 흐릿한 사람의 형체가 눈에 들어왔다. 마치 그들이 깜박 잊고 온 짐꾸러미 같기도 했다. 자세히 보니 그 형체는 땅바닥을 더듬어 살피는 듯 이쪽저쪽으로 움직였다. 그러고는 몸을 낮추어 기다시피 해 등불 너머 어둠 속으로 사라져 버렸다.

"도대체 저게 뭐예요?"

메리가 소리쳤다.

"우릴 쫓아오던 놈이야. 그러나 지금은 묻지 말게! 어서 떠나세!"

프로도가 대답하자 그들은 서둘러 급히 강둑 위로 올라갔다. 강둑 위에서 다시 건너편을 바라보았지만 모든 것이 안개 속에 휩싸여 아무것도 보이지 않았다.

프로도가 다시 입을 열었다.

"저편에 배가 남지 않아서 천만다행이군! 말이 강을 건널 수 있을까?"

그러자 메리가 대답했다.

"브랜디와인다리까지는 북쪽으로 16킬로미터나 돼요. 아니면 헤엄을 쳐야 해요. 하지만 말이 브랜디와인강을 헤엄쳐 건넜다는 소린 못 들어 봤어요. 그런데 말이 무슨 상관이에요?"

"이따가 얘기해 주지. 집 안에 들어가서 얘기하세."

"좋아요. 길은 알고 있죠? 내가 먼저 가서 볼저네 뚱보한테 오신다고 얘기해야겠어요. 저녁 식사도 준비해야겠고요."

"우린 벌써 매곳네에서 먹었네만 한 끼 더 먹을 수도 있겠지."

"물론이죠! 그 바구니 이리 주세요."

노룻골 나루터(Buckland Ferry)

메리는 말을 마치고 어둠 속을 달려 나갔다.

브랜디와인강에서 크릭구렁에 있는 프로도의 새집까지는 상당한 거리였다. 그들은 노루언덕과 강노루 저택을 왼쪽으로 끼고 돌아 노루말 교외에서 노룻골 중앙 도로로 들어섰다. 그 길은 브랜디와인다리에서 남쪽으로 뻗어 내려오는 도로였다. 북쪽으로 800미터가량 그 길을 따라간 그들은 오른쪽으로 갈라져 나간 작은 도로로 접어들었다. 그들은 오르막 내리막을 넘으며 3킬로미터가량 계속 걸었다.

마침내 그들은 생울타리가 촘촘하게 쳐진 작은 대문 앞에 이르렀다. 주위가 이미 캄캄해서 집의 형체를 전혀 알아볼 수 없었다. 다만 울타리 안쪽에 심어진 작은 관목들로 빙 둘러싸인 넓은 잔디밭 한가운데에 집 한 채가 서 있는 것만 보일 뿐이었다. 프로도가 직접 선택한 집이었다. 왜냐하면 그 집은 노루말에서도 외딴곳에 있었고 근방에 아무도 살지 않았기 때문이다. 남의 눈에 띄지 않고 드나들 수 있는 집이었다. 그 집은 오래전에 강노루 집안에서 지은 것이었다. 손님들이나 강노루 저택의 복잡한 생활에서 잠시 벗어나고 싶은 가족들을 위한 집이었다. 구식 농가였지만 가능한 한 호빗들의 굴집을 본뜨려고 애쓴 흔적이 있었다. 전체적으로 길고 나지막한 형태와 2층이 없다는 점, 뗏장으로 덮은 지붕, 동그란 창문, 커다랗고 둥근 현관문 등이 그것을 말해 주었다.

입구에서 녹색 길을 걸어 올라가는 동안 불빛이 전혀 비치지 않았고 창문에는 가리개가 내려져 있었다. 프로도가 문을 두드리자 볼저네 뚱보가 문을 열었다. 따뜻한 불빛이 쏟아져 나왔다. 그들은 재빨리 안으로 들어가서 불빛이 새지 않게 문을 잠갔다. 넓은 홀 양쪽으로 문이 나 있고, 정면에는 집의 중심부로 내려가는 통로가 있었다. 메리가 통로로 올라오며 말했다.

"자, 어때요? 짧은 시간 동안 살 만한 집으로 손보느라 둘이서 애먹었어요. 뚱보와 내가 마지막 짐마차를 끌고 온 게 어제였거든요."

프로도는 주위를 둘러보았다. 아늑한 집이었다. 그가 즐겨 쓰던 옛 물건들—또는 빌보의 물건들(그것들은 새로운 환경에서도 빌보에 대한 기억을 생생하게 일깨웠다)—이 가능한 한 골목쟁이집과 똑같이 배열되어 있었다. 즐겁고 편안하고 마음에 드는 집이었다. 문득 자기가 정말로 이 집에서 조용히 눌러살려고 온 게 아닌가 하는 생각이 들었다. 친구들에게 이토록 번거로운 일을 시킨 것이 갑자기 미안했다. 그리고 그들에게 자신이 곧, 정말 지금 즉시 떠나야 한다는 사실을 이야기할 수 있을까 하는 걱정이 들었다. 어쨌든 그것은 그날 밤 그들이 잠자리에 들기 전에 결정해야 할 일이었다.

그는 간신히 입을 열어 감탄했다.

"정말 멋진데! 이사했단 생각이 하나도 들지 않는군!"

일행은 외투를 벗어 걸고 짐을 마룻바닥에 내려놓았다. 메리가 그들을 통로 아래로 안내해 맨 끝에 있는 문을 열었다. 불빛이 새어 나오며 뜨거운 김이 그들을 덮었다. 피핀이 소리쳤다.

"목욕탕! 오, 메리아독, 고마우셔라!"

프로도가 말했다.

"누구부터 할까? 나이 순서대로 할까, 아니면 제일 먼저 옷을 벗는 사람을 먼저 하게 할까? 어쨌든 자넨 꼴찌겠군, 페레그린."

그러자 메리가 말했다.

"더 좋은 생각이 있으니 내게 맡겨요. 크릭구렁에서의 새 출발을 목욕탕 때문에 싸우면서 시작할 수는 없잖아요? 목욕탕에는 욕조가 세 개 있고 가마솥에는 펄펄 끓는 물이 가득 있으니 걱정할 거 없어요. 수건하고 깔개, 비누도 전부 준비되어 있으니 어서 들어가세요. 빨리요!"

메리와 뚱보는 통로 반대쪽 끝에 있는 부엌으로 가서 때늦은 저녁 식사를 차리기 위해 마지막으로 음식을 손보았다. 목욕탕에서는 첨벙거리며 물 튀기는 소리와 함께 노랫가락이 마치 경쟁이라도 하듯 흘러나왔다. 피핀의 목소리가 갑자기 다른 목소리를 압도하면서 빌보의 유명한 목욕탕 노래 중 하나를 뽑아냈다.

헤이, 노래 부르세! 피곤한 땀을 씻어야지.
하루를 마무리하는 목욕!
노래하지 않는 자는 멍청이.
오, 뜨거운 물은 고상한 위안!

오, 떨어지는 빗소리도 달콤하고
산과 들을 건너뛰는 냇물 소리 달콤하지만
빗소리보다 물소리보다 달콤한 것,
그건 김이 오르는 뜨거운 물!

오, 타는 목마름을 축이는
냉수만큼 반가운 것은 없지만
더 반가운 건 모자랄 때 마시는 맥주,
등줄기로 쏟아붓는 뜨거운 물!
오, 하늘 밑 하얀 분수에
튀어 오르는 물방울도 아름답지만
어떤 분수 소리보다 달콤한 것은
두 발로 뜨거운 물을 첨벙거리는 소리!

요란하게 물 튀기는 소리가 나더니, 프로도가 "어이." 하고 고함을 질렀다. 피핀의 욕조에서 높이 솟아오른 물방울이 마치 분수라도 만들 것 같았다.

메리가 문 앞으로 가서 외쳤다.

"저녁 식사와 맥주는 잊은 거예요?"

프로도가 머리를 말리며 나왔다.

"온통 물바다라서 모두 치워 놓고 부엌으로 가겠네."

"맙소사!"

메리가 탕 안을 들여다보고 소리를 질렀다. 바닥이 온통 물바다였다.

"목욕탕 청소 끝내기 전에는 밥 먹을 생각 마, 페레그린. 늦게 오면 국물도 없을 거고."

그들은 부엌 난롯가 식탁에서 저녁 식사를 했다.

"세 분 손님께서는 설마 버섯을 더 드시진 않겠지?"

프레데가가 별로 기대하지 않는 투로 묻자, 아니나 다를까 피핀이 소리쳤다.

"더 먹어야지!"

그러자 프로도도 외쳤다.

"그건 내 거야! 여왕처럼 고귀하신 매곳 부인께서 내게 주신 거니까 자네들은 욕심부릴 생각 마. 내가 공평하게 나눌 테니까."

호빗들은 욕심쟁이 인간들보다도 훨씬 더 버섯을 좋아한다. 프로도가 어릴 때 멀리 구렛들의 유명한 버섯밭까지 원정을 간 것이나, 버섯을 도둑맞을 뻔했던 매곳이 그리도 화를 냈던 것을 보면 조금은 알 수 있는 일이다. 하지만 오늘은 먹성 좋은 호빗들에게조차 충분할 정도의 양이었다. 그 밖에도 먹을 것이 많아 식사를 마쳤을 때는 볼저네 뚱보마저도 너무 먹었다면서 숨을 씨근거렸다. 그들은 식탁을 물리고 난롯가로 의자를 당겨 앉았다.

메리가 말했다.

"설거지는 나중에 하고 먼저 이야기를 좀 들어야겠어. 아마 재미있는 일들이 많았던 모양인데, 나를 빼다니 섭섭하네. 자초지종을 모두 이야기해 줘요. 우선 매곳 영감은 어떻게 만났고, 왜 나한테 그렇게 얘기했는지 말이죠. 그 영감 목소리가 거의 겁먹은 투였는데, 참 의외였어요."

프로도는 불을 응시할 뿐 말하려 하지 않았다. 잠시 후 피핀이 입을 열었다.

"우리도 마찬가지였어. 너도 이틀 동안 검은 기사들에게 쫓겨 보면 아마 그렇게 되었을 거야."

"그건 또 무슨 소리야?"

"검은 말을 탄 검은 사람 말이야. 프로도 씨는 말하고 싶지 않으신 모양이니까 내가 자세히 말해 주지."

그러고 나서 피핀은 호빗골을 출발한 순간부터 그때까지 있었던 일들을 모두 이야기했다. 샘이 간간이 고개를 끄덕이기도 하고 탄성을 지르기도 하면서 이야기를 도왔다. 프로도는 여전히 아무 말이 없었다.

"아까 강 건너에 있던 검은 그림자를 보지 못했다면 모두 꾸며 낸 얘기라고 생각했을 거야. 매곳 아저씨 목소리도 이상하게 떨렸지. 어떻게 생각해요, 프로도 씨?"

메리가 묻자 피핀도 거들었다.

"프로도 씨는 저랑 가까운 친척인데 너무 숨기는 게 많은 것 같아요. 털어놓으실 때도 됐잖아요. 지금까지 우리가 들은 것이라고는 빌보의 보물과 관련되었을 거라는 매곳 영감의 추측뿐이잖아요."

"추측일 뿐이지. 매곳은 아무것도 몰라."

프로도가 재빨리 대답했다.

"매곳 영감은 눈치 하나는 빠른 양반이지요. 그 둥글둥글한 얼굴 뒤에는 얘기를 안 해도 많은 것이 숨어 있거든요. 내가 듣기론 언젠가 영감은 묵은숲까지 가 봤대요. 그리고 또 이상한 얘기를 많이 안다는 소문도 있고요. 어쨌거나 그의 추측이 맞는지 틀리는지만 말해 보세요."

프로도가 천천히 입을 열었다.

"어느 정도는 정확한 추측이야. 빌보 아저씨의 옛날 여행과 관련 있거든. 게다가 그 기사들이 찾는 것도 빌보 아저씨 아니면 나야. 자네들은 듣고 싶어 안달이지만 난 자네들이 이 말을 농담으로 여길까 봐 걱정돼. 여기 이 집이나 다른 어느 곳도 내겐 안전하지가 않아."

그는 혹시 창문과 벽이 갑자기 무너지지나 않을까 겁에 질린 사람처럼 주위를 둘러보았다. 다른 호빗들이 서로 의미심장한 눈길을 주고받으며 말없이 그를 바라보았다.

"이야기가 곧 나오겠지?"

피핀이 메리에게 속삭였고 메리도 고개를 끄덕였다. 프로도는 마침내 결심했다는 듯 몸을 일으켜 등을 꼿꼿이 세우며 말했다.

"그렇다면 더는 숨길 수가 없군. 자네들 모두에게 할 말이 있어. 그런데 어디부터 어떻게 시작해야 할지 모르겠네."

"제가 좀 도와드릴 수 있을지도 모르겠네요."

메리가 조용히 말했다. 그러자 프로도가 그를 불안한 눈빛으로 바라보며 물었다.

"그게 무슨 말인가?"

"간단히 말하면 이런 거지요, 프로도 씨. 지금 작별 인사를 어떻게 할까 하는 문제 때문에 고민하시는 거죠? 물론 그 말은 샤이어를 떠나신다는 얘기지요. 그런데 위험이 생각했던 것보다 훨씬 일찍 닥쳐서 지금 당장이라도 출발하고 싶은 생각이 간절하신 거죠. 그런데 그렇게 하고 싶지는 않고. 우리도 다 이해해요."

프로도가 입을 벌리더니 다시 다물었다. 그의 놀란 표정이 너무 재미있어서 다른 호빗들은 모두 웃음을 터뜨리고 말았다.

이번에는 피핀이 나섰다.

"존경해 마지않는 프로도 어르신, 정말 우리 모두를 속일 수 있을 거라고 생각하셨어요? 그랬었다면 그건 별로 지혜롭지도 용의주도하지도 못했어요. 지난 4월부터 분명히 호빗골과 샤이어를 떠날 생각을 하고 계셨던 것을 알아요. 이런 말을 혼자 중얼거리시는 걸 우린 여러 번 들었거든요. '다시 이 골짜기를 볼 수 있을까?' 하는 탄식 말이에요. 그러고는 돈이 다 떨어진 척하면서 정든 골목쟁이집까지 그 자룻골골목쟁이네한테 정말 팔아 버리신 거예요. 그리고 간달프와 나누신 밀담도 그렇고요."

프로도가 마침내 입을 열었다.

"맙소사! 난 상당히 용의주도했다고 생각했는데 겨우 이 정도로군. 간달프가 알면 뭐라고 할까. 그러면 내가 떠나는 것을 샤이어의 모두가 다 알고 있단 말인가?"

그러자 메리가 말했다.

"그렇지는 않아요. 그 점은 걱정 안 하셔도 돼요. 물론 비밀이 오래가지는 않겠지요. 그렇지만 지금은 우리만 알고 있을 거예요. 어쨌든 우리가 당신을 잘 알고 있고, 대개는 당신 편이라는 것도 아셔야 해요. 우린 당신이 뭘 생각하고 있는지 짐작할 수 있었어요. 난 빌보 아저씨도 알고 있었지요. 솔직히 말하자면 그분이 떠난 뒤부터 당신을 주의 깊게 관찰했어요. 그리고 조만간에 그분을 따라 떠나실 거라고 짐작했어요. 실은 이보다 일찍 떠나시지 않을까 예상했죠. 사실 우린 최근 들어 상당히 불안한 상태였어요. 빌보 아저씨처럼 어느 날 갑자기 혼자 슬쩍 떠나 버리시지 않을까 걱정했거든요. 지난봄부터 우리는 항상 주의 깊게 당신을 지켜보면서 우리 나름대로 계획도 세웠지요. 이젠 그리 쉽게 빠져나갈 수 없을 거예요."

"하지만 난 가야 해. 어쩔 수 없는 일이야. 고마운 친구들, 우리 모두에게 고통스러운 일이지만 나를 붙잡으려 해 봤자 소용없어. 그 정도까지 깊이 생각했다면 이젠 나를 도와주게. 막지 않았으면 좋겠어."

이번엔 피핀이 말했다.

"이해를 못 하시는군요. 가셔야지요! 그리고 당연히 우리도 함께 가는 겁니다. 메리와 제가 같이 가기로 했어요. 샘도 좋은 친구니까 당신을 구하는 일이라면 용의 목구멍에라도 뛰어들겠지요. 발을 헛디뎌 넘어지지만 않는다면 말이에요. 하여튼 이 위험한 여행길에는 친구가 여럿 필요할 거예요."

프로도가 격한 감정을 억누르며 말했다.

"사랑하는 친구들! 하지만 난 그 제안을 받아들일 수 없어. 나 역시 오래전에 결정한 일이야. 자네가 지금 위험하다고 말했지만, 자네들은 짐작도 못 할 거야. 이건 보물찾기도 아니고 빌보 아저씨의 여행처럼 다시 돌아올 수 있는 여행도 아니야. 나는 지금 죽을 각오를 하고 위험에 뛰어드는 거야."

그러자 메리가 단호하게 대답했다.

"물론 알아요. 그래서 우리가 함께 가기로 결정한 거예요. 우리는 그 반지가 웃어넘길 만한 물건이 아니라는 것을 알기 때문에, 그리고 당신이 대적과의 싸움에서 이길 수 있게 최선을 다해 돕기 위해 가는 거예요."

"반지라고?"

프로도가 깜짝 놀라 소리쳤다.

"예, 그 반지 말이에요. 존경하는 프로도, 친구들의 눈치를 과소평가했군요. 난 오래전부터, 실은 빌보 아저씨가 떠나기 전부터 그 반지에 대해 알고 있었어요. 그러나 그분이 그걸 비밀로 하는 게 분명했기 때문에 우리가 음모를 꾸미기 전까지는 머릿속에 넣어 두고만 있었지요. 전 물론 당신을 아는 만큼은 빌보 아저씨를 잘 모르지요. 전 나이도 어렸고 그분 역시 대단히 조심했기 때문이에요.

그렇지만 그분도 그렇게 철저하지는 못하셨어요. 혹시 제가 그것을 처음 알아챈 이야기를 듣고 싶으시면 지금 말씀드리지요."

"계속해 보게."

프로도가 나직하게 말했다.

"혹시 짐작하실지 모르겠지만, 그분이 실수하신 건 바로 자룻골골목쟁이네 때문이었어요. 그 잔치가 있기 1년 전 어느 날, 우연히 길을 가다가 빌보 아저씨가 앞에 계시는 걸 봤어요. 그때 갑자기 저 앞쪽 멀리에서 녀석들이 우리 쪽을 향해 다가오더군요. 빌보 아저씨가 발걸음을 늦추더니 순식간에 온데간데없이 사라졌어요. 전 너무 놀라 어디 마땅히 숨을 곳을 찾을 여유조차 없었어요. 겨우 정신을 차려 길가 생울타리 안쪽으로 숨어들었지요. 그러고는 녀석들이 지나갈 때까지 길 쪽을 뚫어지게 살펴보았죠. 그때 갑자기 빌보 아저씨가 다시 나타났어요. 바지 주머니에 뭔가를 집어넣는데 금빛이 번쩍거리더군요.

그 후로 유심히 지켜보았지요. 사실 감시했다고 하는 편이 낫겠죠. 하지만 그건 너무도 호기심을 자극했고, 그때 전 10대였잖아요. 그분의 비밀 책을 본 호빗은 당신 말고는 샤이어 전체에서 아마 저뿐일 거예요."

그러자 프로도가 소리쳤다.

"그분 책을 봤다고? 맙소사, 이젠 비밀이라곤 없군."

"아마 그럴지도 모르죠. 하지만 딱 한 번, 그것도 흘끗 보았을 뿐이에요. 빌보 아저씬 항상 책 곁을 떠나지 않으셨잖아요. 그러니 그것도 쉬운 일이 아니었어요. 그 책이 어떻게 됐는지 궁금한데요. 다시 한번 보고 싶거든요. 혹시 지금 갖고 계세요?"

"아니. 그건 골목쟁이집에 없어. 그분이 가져가셨을 거야."

메리는 이야기를 계속했다.

"아까 말했듯이 사태가 심각해지기 시작하던 올봄까지는 저 혼자만 알고 있었지요. 그러다가 우리 몇이서 음모를 꾸몄어요. 우리는 장난이 아니라 진지하게 이 문제를 생각했기 때문에 많이 겁나지는 않았어요. 비밀을 정탐하는 데는 당신도 쉽지 않은 분이었지만 간달프는 더 어려웠죠. 우리 일당의 정탐대장이 누군지 알고 싶으시면 말씀드릴까요?"

"누구지?"

프로도는 가면을 쓴 무서운 인물이 찬장 속에서 튀어나올 것을 예상이라도 하는 듯 주위를 둘러보았다.

"샘, 자백하지."

메리가 말하자 샘이 귀 끝까지 빨개지면서 일어섰다.

"우리 정보원이지요. 결국 꼬리가 잡히긴 했지만 그때까지 많은 정보를 수집했어요. 그 후로는 글쎄 무슨 맹세를 했는지 입을 다물었지만요."

"샘!"

프로도가 더 이상 놀라고 있을 수만은 없다는 듯 소리쳤다. 그는 도대체 화를 내야 할지, 재미있어해야 할지, 안심해야 할지 아니면 그냥 바보같이 있어야 할지 갈피를 잡을 수가 없었다.

샘이 입을 열었다.

"예, 그렇습니다. 용서해 주세요! 하지만 프로도 씨나 간달프 님께 그 문제에 관한 한 해를 끼칠 생각은 없었어요. 아시겠지만 그분은 생각이 깊으셔서 프로도 씨께서 혼자 간다고 하셨을 때 믿을 만한 친구를 데려가라고 하지 않으셨어요?"

"하지만 그 말은 아무나 믿으라는 이야기는 아니었어."

프로도가 말하자 샘이 억울하다는 듯한 표정으로 그를 바라보았다. 메리가 끼어들었다.

"결국 당신이 무엇을 원하는가에 달렸지요. 우리를 믿으신다면 어디라도 끝까지 따라가겠어요. 그리고 또 우리를 신뢰하신다면 그 비밀을 철저하게, 당신보다 철저하게 지키겠어요. 하지만 우리는 당신이 혼자 곤경에 처해 아무 말 없이 떠나게 내버려 두지 않겠어요. 프로도 씨, 우리는 당신 친구예요. 그리고 어쨌든 일이 이렇게 되었잖아요. 우린 간달프가 당신께 이야기한 내용도 대개는 알고 있어요. 그 반지에 대해서도 상당히 알고 있고요. 사실 우리도 많이 두렵기는 해요. 하지만 당신과 함께 가려고 해요. 함께 갈 수 없다고 하신다면 사냥개처럼 쫓아갈 거예요."

그러자 샘도 덧붙였다.

"게다가 요정들의 충고도 들어야 하지 않겠어요? 길도르는 따라가겠다는 이가 있으면 데려가라고 하지 않았어요? 그 말을 부인하진 못하시겠죠?"

프로도가 샘을 보고 이제는 웃는 얼굴로 대답했다.

"그건 그렇지. 부인할 수 없지. 하지만 앞으로는 자네가 코를 골든 골지 않든, 잠들었다고는 절대 믿지 않겠어. 확인해 보기 위해 꼭 한 번씩 엉덩이를 차 볼 거야. 이 사기꾼 악당들 같으니라고!"

그는 나머지 호빗들도 돌아보면서 일어서서 두 팔을 벌리고 말했다.

"항복일세! 길도르의 충고를 따르지. 앞길의 위험이 그렇게 두렵지만 않다면 지금 난 기뻐서 춤이라도 추고 싶어. 하여간 기쁨을 감추고 싶지는 않아. 내 평생 지금처럼 행복한 순간은 없었네. 사실 오늘 저녁이 얼마나 두려웠는지 자네들은 모를 거야."

"좋아요! 이젠 됐어요. 프로도 대장과 그 부하들을 위해 만세, 만세, 만세!"

그들은 소리 지르며 일어나 프로도를 둘러싸고 춤을 추었다. 메리와 피핀이 특별히 이 순간을 위해 준비해 둔 노래를 부르기 시작했다.

그건 오래전 빌보가 길을 떠날 때 불렀던 난쟁이들의 노래를 모델로 해서 만든 것으로, 가락은 그것과 같았다.

난롯불과 안방이여, 안녕!
바람이 불고 비가 내려도
아침 해가 뜨기 전에 우리는 떠나리,
멀리 숲을 지나 높은 산을 넘어.

그곳은 요정들의 깊은골
무서운 안개로 뒤덮인 숲속
늪과 황야를 지나 달려가리,
그다음엔 어디로 가야 할까?

앞에는 적, 뒤에는 공포
우리 쉴 곳은 하늘 밑 어디?
마침내 고생은 끝나고
긴 여행이 끝나 심부름 마칠 때까지.

떠나야 하리! 떠나야 하리!
아침 해가 뜨기 전에 달려가리!

프로도가 외쳤다.

"좋았어! 하지만 그러자면 잠자리에 들기 전에 준비할 것이 많아. 어쨌든 오늘 밤만은 지붕 아래서 잘 수 있어 다행이야."

그러자 피핀이 소리쳤다.

"아니! 그건 노래일 뿐이에요. 정말 아침 해가 뜨기 전에 출발할 작정이에요?"

"나도 잘 모르겠지만 검은 기사들을 생각하면 한곳에 오래 머물러 있는 건 안전할 것 같지 않아. 특히 이 집은 우리의 새집으로 세상에 알려졌잖아. 게다가 길도르도 기다리지 말라고 충고했거든. 하긴 나도 간달프를 꼭 보고 싶긴 해. 간달프가 나타나지 않았다는 말을 듣고 길도르도 대단히 놀라는 표정이었어. 문제는 결국 두 가지야. 검은 기사들이 얼마나 일찍 노루말에 도착할 것인가, 그리고 우리가 얼마나 일찍 출발할 수 있을 것인가 하는 문제야. 그러자면 준비할 일이 상당히 많아."

그러자 메리가 말했다.

"둘째 문제는 간단해요. 우린 한 시간 안에 출발할 수 있어요. 사실은 제가 다 준비해 놨거든요. 마구간에는 들판을 달릴 수 있는 조랑말이 다섯 필 있고 그 밖에 장비와 준비물도 꾸려 놨어요. 여분으로 넣을 옷가지나 상하기 쉬운 음식만 새로 챙기면 다 돼요."

프로도가 감탄했다.

"상당히 주도면밀한 음모였군그래. 그런데 검은 기사들은 어쩐다? 하루 더 간달프를 기다려도 괜찮을까?"

메리가 다시 말했다.

"그 기사들이 당신을 여기서 발견하면 어떻게 할지에 달렸지요. 물론 그들이 브랜디와인강 동쪽의 북문에서 제지받지 않았다면 지금쯤 여기 도착했을지도 모르고요. 강 건너 와서 바로 생울타리가 강둑으로 내려가는 지점에 북문이 있잖아요. 북문의 문지기들은 야간에는 절대로 그들을 들여

보내지 않을 거예요. 그들이 강제로 뚫고 들어온다면 모르지만요. 제가 아는 한 대낮이라도 강노루 공의 허락이 없으면 들여보내지 않을 거예요. 그 기사들의 흉측한 모습을 문지기들이 좋아할 리가 있어요? 어쩌면 놀라 자빠졌을지도 모르죠. 어쨌든 그들의 무서운 공격을 노룻골이 오랫동안 막지는 못할 거예요. 따라서 아침이면 아마도 골목쟁이란 이름을 수소문하고 다닌 기사들 중 최소 한 명은 통과할지도 몰라요. 당신이 크릭구렁으로 돌아왔다는 것은 꽤 널리 알려졌거든요."

프로도는 잠시 생각에 잠기더니 마침내 입을 열었다.

"이렇게 하지. 내일 아침 해가 뜨자마자 출발하세. 하지만 큰길로는 가지 않겠어. 그러느니 차라리 여기 있는 편이 더 안전할 거야. 다른 길로 가면 한 사나흘 정도는 들키지 않을 수도 있지만, 북문을 통과하기만 하면 내가 노룻골을 떠나는 것이 금방 발각되고 말겠지. 그 기사들이 노룻골에 발을 들여놓았건 아니건 간에 브랜디와인다리와 동부대로는 들키기 쉬운 곳일세. 우린 기사들이 모두 몇 명인지 알 수가 없네. 적어도 둘인데, 더 될지도 몰라. 유일한 해결책은 전혀 예상 밖의 방향으로 떠나는 거야."

프레데가가 겁에 질려 물었다.

"그러면 묵은숲을 뚫고 지나갈 거란 말입니까? 그건 말도 안 돼요. 암흑의 기사들과 맞부딪치는 것만큼 위험한 일이에요."

메리가 나섰다.

"꼭 그렇지는 않아. 위험해 보이긴 하지만 내 생각에는 프로도 씨가 말씀하신 계획이 괜찮을 것 같아. 그 길이 추적을 따돌리고 즉시 이곳을 빠져나갈 수 있는 유일한 길이야. 운만 따라 준다면 출발이 상당히 순조로울 수도 있어."

프레데가가 다시 반대했다.

"묵은숲에는 행운이라곤 없어. 거기서 행운을 만났다는 사람을 아직 못 봤거든. 십중팔구는 길을 잃을 거야. 요즘에는 그 숲에 가는 사람이 없어."

다시 메리가 말을 막았다.

"전혀 없는 건 아니야. 강노루네 사람들도 가끔 기분이 내키면 그 숲에 간다는 얘기를 들었어. 비밀 입구가 있어. 프로도 씨도 오래전에 한 번 들어가 보신 적이 있을 거야. 나도 여러 번 가 봤고. 물론 그때는 대낮이라서 나무들이 모두 잠을 자고 조용했었지."

프레데가가 말했다.

"그럼 좋을 대로들 해. 하지만 난 이 세상에서 묵은숲이 제일 무서워. 이름만 들어도 소름이 쫙 끼칠 정도야. 하지만 난 여행엔 따라가지 않을 거니까 말해 봤자 내 입만 아프지. 어차피 우리 중 누군가는 남아서 간달프가 나타나면 소식을 알려 줘야 할 테니 더 간섭은 않겠어. 그분이 곧 나타날지도 모르잖아."

볼저네 뚱보는 프로도를 좋아하기는 했지만 샤이어를 떠나거나 바깥세상을 구경하고 싶은 생각은 없었다. 그의 선조들 고향이 동둘레, 즉 다릿벌의 벗지여울이었지만 그는 브랜디와인다리도 건너

본 적이 없었다. 그들끼리 세운 원래의 계획에 의하면 그의 임무는 뒤에 남아서 호빗들의 호기심을 무마시키고, 골목쟁이가 크릭구렁에 사는 것처럼 꾸며 일행에게 최대한 시간을 벌게 하는 것이었다. 그래서 그는 그 역할을 맡기 위해 프로도의 옛날 옷까지 가져왔다. 하지만 그 역할이 얼마나 위험한지는 그들 중 누구도 짐작조차 못 했다.

프로도는 간달프를 떠올린 프레데가의 계획을 이해하고 말했다.

"멋진 생각이군. 하마터면 간달프에게 소식을 전할 수 없을 뻔했네. 검은 기사들이 우리 글을 읽을 줄 아는지 어떤지 모르지만 혹시 집에 들이닥쳐 온 집 안을 수색할까 싶어 메모 쪽지 한 장 남길 수 없을까 봐 걱정했는데 참 잘됐군. 뚱보가 우리 뒤에 남아서 이 집을 지켜 준다면 간달프는 분명히 우리가 간 방향으로 따라올 테니까 안심해도 되겠어. 내일 동이 트면 일찍 묵은숲으로 떠나세."

피핀이 말했다.

"자, 이제 그만들 합시다. 여하간 뚱보처럼 여기 남아서 그 검은 기사들을 기다리느니보다는 묵은숲으로 들어가는 것이 더 낫겠죠."

"숲속에 한참 들어가서 검은 기사들을 기다려 보지 그래. 아마 내일 이맘때쯤이면 차라리 나하고 여기 남을걸 하는 생각이 간절해질 거야."

프레데가의 반박에 메리가 나섰다.

"더 싸워 봤자 득 될 게 없어. 잠자리에 들기 전에 마지막으로 짐이나 살펴보고 정리해. 모두들 동트기 전에 깨울 테니."

마침내 잠자리에 들었으나 프로도는 한동안 잠을 이루지 못했다. 다리가 쑤셔 왔다. 아침에는 말을 탈 수 있다니 다행이었다. 그는 뒤척이다가 설핏 잠이 들었다. 그는 높다란 창문 밖으로 검푸른 바다처럼 펼쳐진 나무숲을 내다보는 꿈을 꾸었다. 창문 아래 나무 근처에서 킁킁거리며 기어 다니는 짐승들의 소리가 들렸다. 그것들이 곧 자신의 냄새를 찾아낼 것만 같았다.

그때 멀리서 큰 소리가 들렸다. 처음에 그는 그 소리가 숲의 나뭇잎들 사이에서 울부짖는 바람 소리라고 생각했다. 그러나 그것은 나뭇잎 소리가 아니라 멀리서 들려오는 바닷소리였다. 깨어 있을 때는 한 번도 들어 보지 못했지만 종종 그의 꿈자리를 뒤숭숭하게 했던 소리였다. 갑자기 그는 텅 빈 대지에 홀로 서 있는 자신을 발견했다. 나무 한 그루도 없었다. 그는 캄캄한 황야에 서 있었고 바람에서는 이상한 소금 냄새가 났다. 그는 눈을 들어 저 앞쪽의 높은 산등성이 위에 홀로 서 있는 커다란 흰 탑을 바라보았다. 탑에 올라가 바다를 바라보고 싶은 강한 욕망이 일었다. 그는 탑을 향해 산등성이를 기어오르기 시작했다. 그러나 갑자기 하늘에서 한 줄기 환한 빛이 내비치더니 천둥소리가 들렸다.

Chapter 6

묵은숲

프로도는 갑자기 눈을 떴다. 아직 방 안은 어두웠다. 메리가 한 손엔 초를 들고 다른 손으로 문을 두들겨 대며 서 있었다. 프로도는 아직도 얼떨떨해 있다가 놀란 목소리로 물었다.

"됐어, 이젠 그만해 둬! 대체 웬 소란이야?"

"웬 소란이냐고요? 일어날 시간이에요. 4시 반이란 말이에요. 안개가 잔뜩 꼈어요. 자, 어서 일어나요. 샘이 벌써 아침밥을 차려 놨고 피핀도 일어났어요. 전 나가서 말에다 안장을 씌우고 짐 싣고 갈 말도 안으로 끌어올 참이라고요. 저 느림보 뚱보나 좀 깨우세요! 뚱보도 그만 자고 일어나 환송은 해야 할 거 아니에요?"

6시 조금 넘어서 다섯 명의 호빗들은 출발할 준비를 다 마쳤다. 볼저네 뚱보는 여전히 하품하고 있었다. 그들은 살금살금 집을 빠져나왔다. 메리가 짐을 실은 조랑말을 끌고 앞장섰다. 그는 집 뒤 숲으로 난 길을 통해 들판을 가로지를 심산이었다. 나뭇잎에 맺힌 이슬이 반짝거리고 가지에선 물방울이 떨어졌다. 풀잎이 찬 이슬을 머금고 회색으로 변해 있었다. 사방은 고요하고 멀리서 들리는 작은 소리도 바로 옆에서 나는 것처럼 또렷하게 울려왔다. 어느 집 마당에선가 닭이 꾹꾹거리는 소리가 들리고 문 닫는 소리도 멀리서 들려왔다.

그들은 헛간에서 말을 끌어냈다. 속도가 빠르지는 않지만 하루 종일 걷기엔 충분한, 호빗들이 좋아하는 튼튼한 종자의 조랑말들이었다. 그들은 말에 올라타고 곧 안개 속으로 숨어들었다. 안개는 마지못해 길을 열어 주고는 곧 지나온 등 뒤쪽을 철저하게 가려 주었다. 한 시간쯤 말도 없이 천천히 행군하자 경계로 심어 놓은 생울타리가 보였다. 나무들 모두 키가 크고 은빛 거미줄이 그물처럼 엉켜 있었다.

"저길 어떻게 지나간단 말이야?"

프레데가가 물었다.

"날 따라와. 그러면 알게 될 테니까."

메리가 대답했다.

일행은 그를 따라 울타리를 끼고 왼쪽으로 올라갔다. 얼마 가지 않아 안으로 들어가는 통로가 보였다. 그 길은 계곡 초입으로 이어졌다. 울타리에서 좀 떨어진 곳에 완만하게 땅을 파서 만든 터널이 있었다. 양쪽 벽을 벽돌로 쌓은 둥그런 아치 모양의 터널이 울타리 밑으로 뚫려, 반대쪽 골짜기로 출구가 나 있었다.

볼저네 뚱보가 거기서 말을 멈추고 인사했다.

"조심히 가세요. 몸조심하시고요, 프로도 씨! 이 숲에는 들어가지 않길 바랐는데. 오늘 하루만이라도 아무 위험이 없길 바랄 수밖에 없겠군요. 어쨌든 행운을 빌어요. 이 순간부터 영원히."

"앞으로 이 묵은숲보다 더한 위험이 없다면 난 운이 좋은 걸 거야. 간달프에게 동부대로로 급히 오시라고 전하게. 우리도 가능한 한 빨리 그쪽으로 갈 테니까."

그들 모두가 큰 소리로 작별 인사를 하고 터널 속으로 비탈을 따라 내려가 마침내 프레데가의 시야에서 사라졌다.

터널 속은 어둡고 축축했다. 터널이 끝나는 곳에 촘촘하게 쇠창살로 만든 문이 있었다. 메리가 문을 열고 일행이 모두 통과하자 다시 문을 닫았다. 문이 철커덕 울리며 닫혔다. 기분 나쁜 소리였다. 메리가 말했다.

"자, 이젠 샤이어를 벗어났어. 여기부터가 묵은숲이야."

"소문이 정말일까?"

피핀이 묻자 메리가 대답했다.

"무슨 소문을 말하는지는 모르겠지만, 뚱보의 유모가 말해 줬다는 고블린이나 늑대가 나온다는 귀신 얘기라면 사실이 아니야. 여하튼 난 안 믿어. 하지만 이상하긴 이상한 곳이지. 여기에 들어오면 샤이어와는 달리 모든 것이 살아 있거든. 말하자면 주변에서 벌어지는 모든 일을 숲이 알고 있단 말이지. 나무들도 이방인을 좋아하지 않고 경계의 눈초리를 보내는데, 낮에는 그냥 바라보기만 하고 시비는 걸지 않아. 가끔 심술궂은 나무들이 가지를 떨어뜨리거나 뿌리를 불쑥 내밀기도 하고 덩굴로 몸을 감아서 놀라게 하지. 그런데 밤이 되면 그렇게 무섭다는 거야. 나도 들은 얘기지만 말이야. 어두워진 다음에 여기 들어왔던 건 한두 번밖에 없거든. 그것도 사실 생울타리 근처만 겨우 왔었어. 나무들끼리 서로 수군거리면서 알아듣지 못할 말로 소식과 음모를 주고받고, 바람이 불지 않는데도 나뭇가지들이 흔들리는 것 같더라고. 어떤 사람들은 나무들이 실제로 움직여서 이방인들을 꼼짝도 못 하게 포위하는 걸 봤다고 하던데. 사실 옛날에는 나무들이 울타리를 공격한 적도 있었어. 숲 가로 이동해서는 바로 옆에 몸을 뉘기도 했거든. 그래서 호빗들이 와서 수백 그루의 나무를 베고 숲에 큰불을 피워 울타리 동쪽의 넓은 땅을 태워 버린 거야. 그 후로 나무들이 공격을 포기하기는 했지만 성질이 더 고약해졌다지 아마. 여기서 조금만 가면 그때 불을 질렀던 넓은 공터가 아직도 그대로 있어."

"위험한 건 그럼 나무들뿐이야?"

피핀이 물었다.

"깊은 숲 안쪽이나 저쪽 끝에 가면 이상한 것들이 많이 산다는 소문이 있지만 실제로 보지는 못했어. 하지만 뭔가가 지나다닌 흔적은 있지. 숲에 들어가면 언제나 길이 있는데, 수상쩍은 건 그 길이 가끔씩 이상한 모습으로 바뀌어 버린다는 점이야. 이 터널에서 멀지 않은 곳에서 시작되는 큰길이 있지. 그 길을 따라가면 그때 불을 질렀던 공터가 나올 거야. 우리가 가는 방향은 거기서 동북쪽인데, 지금 그 길을 찾아가는 거야."

마침내 일행은 터널 출구를 지나 넓은 계곡을 가로질러 갔다. 저 멀리 울타리 쪽에서 100미터 이상 떨어진 곳에 묵은숲 중심부로 올라가는 길이 희미하게 보였다. 그러나 그들이 숲에 도착하자 길이 사라져 버렸다. 뒤를 돌아다보니 이미 그들 주위를 둘러싸기 시작한 나뭇가지들 사이로 울타리가 검은 선처럼 보이고, 그들 앞쪽으로는 크고 작은 갖가지 모양의 나무들이 빽빽하게 차 있었다. 곧은 나무, 휜 나무, 배배 꼬인 나무, 옆으로 누운 것, 땅딸막한 것, 날씬한 것, 보드라운 것, 마디투성이인 것, 가지가 많은 것 등 수없이 많은 나무들이 바다를 이루었다. 나무줄기가 모두 매끌매끌한 털이 송송 난 이끼로 덮여 초록빛과 회색빛을 띠었다.

메리는 혼자 꽤 들떠 있었다. 프로도가 그에게 주의를 시켰다.

"길을 잘 찾아 인도해야지. 우리끼리 서로 잃어버리면 큰일이니까. 항상 울타리가 어느 쪽에 있는지 잊지 말고."

그들은 나무들 사이로 길을 트며 나아갔다. 조랑말들이 발굽에 휘감겨 오는 나무뿌리를 조심조심 피하면서 느릿느릿 걸었다. 관목이나 덤불은 없었다. 지대가 차츰 높아지면서 앞으로 나아갈수록 나무들이 더 커지고 거뭇거뭇해지면서 더 빽빽해지는 듯했다. 고요한 숲속에 간간이 떨어지는 이슬방울 소리 외에는 아무 소리도 들리지 않았다. 아직은 나뭇가지들끼리 속삭이거나 움직이는 것 같지 않았지만 그들은 모두 마음속에 누군가 자신들을 지켜보고 있다는 불안한 느낌을 지울 수가 없었다. 그런 기분은 불안한 정도를 지나 차차 혐오감과 적대감으로 변했다. 때문에 간간이 마치 어떤 기습 공격을 예감이라도 한 듯 고개를 위로 홱 쳐들거나 무심코 등 뒤로 고개를 돌리기도 했다. 아직 길이 나타날 조짐은 보이지 않고 나무들이 여전히 그들 앞길을 가로막고 있었다.

피핀이 갑자기 더 못 참겠다는 듯 소리 질렀다.

"어이! 아무 짓도 하지 않을 테니까, 그냥 통과만 시켜 줘!"

모두들 깜짝 놀라 멈춰 섰다. 그러나 그 고함 소리는 마치 두꺼운 커튼에 파묻혀 버리기라도 한 듯 이내 사라져 버렸다. 숲은 더 울창하고 더 무섭게 느껴졌지만 여전히 아무런 메아리나 응답도 들리지 않았다.

"나라면 그렇게 소리 지르지 않겠어. 오히려 그게 더 위험한 거야."

메리가 말했다.

프로도는 혹시 길을 못 찾을지도 모른다고 염려하면서, 이 무시무시한 숲으로 친구들을 데리고 들어온 것이 잘못이었다고 생각했다. 메리가 이쪽저쪽을 살피긴 했지만 이미 어느 쪽으로 가야 할지 자신이 없는 듯했다. 피핀이 눈치채고 핀잔을 주었다.

"그새 벌써 우리가 옆에 따라간다는 것도 잊었군그래."

그러나 순간 메리가 안도의 한숨을 내쉬며 앞쪽을 가리켰다.

"그럼 그렇지. 이 나무들이 움직이고 있어. 저 앞에 그 공터가 있었는데, 그동안 길이 바뀐 것 같아."

앞으로 나아갈수록 하늘이 차츰 밝아 왔다. 그들은 갑자기 숲에서 빠져나와 넓은 원형 공터에 서게 되었다. 머리 위로 맑고 푸른 하늘이 보이자 그들은 깜짝 놀랐다. 아침이 밝아 오면서 안개가 걷히는 것을 숲속에서는 볼 수 없었기 때문이다. 나무 꼭대기에는 햇빛이 반짝였지만 공터 안까지 비칠 만큼 해가 높이 솟은 것은 아니었다. 공터를 둘러싼 나무들은 잎이 더 푸르고 무성했다. 마치 단단한 벽처럼 주위를 포위한 듯한 나무숲이었다. 공터엔 나무라고는 한 그루도 없었고 길쭉하고 빛바랜 당근이나 파슬리, 보드라운 잿더미에서 피어난 들풀, 무성한 쐐기풀이나 엉겅퀴처럼 거칠고 키 큰 잡초 들뿐이었다. 황량한 곳이었다. 그러나 숨 막힐 듯한 숲을 빠져나온 그들에게는 아름답고 유쾌한 정원처럼 보였다.

한결 기분이 좋아진 호빗들은 환한 아침 햇살이 밝아 오는 하늘을 반가이 올려다보았다. 공터 저쪽 끝에는 벽처럼 둘러싼 나무들 사이로 갈라진 틈이 있었고, 그 속으로 좁은 길이 드러났다. 그쪽 숲길은 가끔 나무들 틈새가 좁아지고 무성한 나뭇가지들이 앞을 가렸지만 대체로 공간이 여유 있었고 머리 위로 터진 하늘도 보였다. 그들은 길을 따라 계속 올라갔다. 여전히 오르막길이긴 했지만 그들의 발걸음은 빨라졌고 마음이 한결 가벼워졌다. 드디어 숲이 노기를 누그러뜨리고 그들을 무사히 통과시켜 줄 것 같은 느낌이 들었기 때문이다.

그러나 잠시 후 날씨가 더워지면서 숨이 가빠졌다. 간격이 다시 좁아진 나무들이 그들의 시야를 가렸다. 숲의 심술이 아까보다 강하게 그들을 압박하는 듯했다. 사방이 너무도 고요했기에 낙엽을 스치며 이따금 숨어 있던 나무뿌리에 걸리는 조랑말들의 발굽 소리가 천둥소리만큼 크게 들렸다. 일행의 사기를 돋우기 위해 프로도가 노래를 시작했다. 하지만 목소리는 곧 중얼거리는 소리로 낮아졌다.

오, 어두운 대지의 방랑자들이여,
절망하지 마오! 그대 비록 어둠 속에 서 있으나
저 숲도 언젠가는 끝이 나
비쳐 드는 환한 햇빛을 보리니,
지는 해 아니면 떠오르는 해를,
하루의 끝 혹은 하루의 시작을,
동쪽이든 서쪽이든 모든 숲은 반드시 끝나리니…….

'끝나리니', 이 마지막 마디에서 그의 노래는 침묵으로 잦아들었다. 대기가 차츰 더 무거워지자 말하는 것조차 힘들 지경이었다. 그들 바로 뒤에서 늘어진 고목의 커다란 나뭇가지 하나가 쿵 소리를 내며 길바닥에 떨어졌다. 앞으로 갈수록 나무들이 점점 더 좁혀 오는 듯했다. 메리가 투덜거렸다.

"도대체 이 숲은 끝이라는 걸 모르는 것 같군. 이젠 노래를 부를 맛도 안 나. 숲이 끝날 때까지 기다렸다가 한번 멋지게 숲이 떠나가도록 소리를 질러 보는 게 어떨까?"

그는 쾌활하게 말했다. 속으로야 어떻든 겉으로는 불안한 표정을 짓지 않았다. 일행은 아무 대답도 하지 않았다. 모두 의기소침했다. 천근만근의 무게가 서서히 프로도의 가슴을 짓누르기 시작했다. 그는 한 걸음 내디딜 때마다 이 무시무시한 숲에 무모하게 도전한 것을 후회했다. 사실 그는 (가능하다면) 즉시 걸음을 멈추고 돌아가자고 말하고 싶었다. 그때 바로 눈앞에 변화가 생겼다. 오르막길이 끝나면서 평지와 같은 평평한 길이 펼쳐진 것이었다. 어두운 나무들이 물러나면서 눈앞에 거의 곧게 뻗은 길이 나타났다. 저 멀리 앞쪽에 나무가 없는 푸른 언덕이 주변을 둘러싼 숲 위로 대머리처럼 솟아 있었다. 길은 똑바로 그 언덕을 향하고 있었다.

일행은 잠시나마 그 감옥 같은 숲에서 벗어날 수 있다는 생각에 힘을 얻고 다시 서두르기 시작했다. 길은 내리막이 되었다가 다시 오르막이 되었고 그들은 마침내 가파른 언덕 기슭에 도착했다. 숲은 거기서 끝나고 땅에는 잔디가 깔려 있었다. 숲은 마치 정수리만 반지르르 벗어지고 주위에만 머리숱이 텁수룩한 대머리처럼 언덕 주위를 빙 두르고 있었다.

호빗들은 조랑말을 끌고 언덕 위로 빙빙 돌아 올라갔다. 정상에 올라 사방을 둘러보았다. 공기는 햇빛에 반짝거렸지만 아직 안개가 짙어 멀리까지 볼 수는 없었다. 주변에는 안개가 거의 걷혔지만 숲속은 여전히 안개가 남아 있었고, 남쪽으로는 묵은숲 전체를 가로질러 깊이 파인 골짜기에 하얀 연기처럼 안개가 피어났다.

메리가 손으로 가리키며 말했다.

"저게 버들강이야. 고분구릉에서 시작돼 서남쪽으로 숲을 뚫고 흘러 울짱끝 밑에서 브랜디와인강으로 흘러들지. 저쪽으로는 절대로 가고 싶지 않아. 버들계곡은 이 숲에서도 제일 괴상한 곳으로 유명하거든. 모든 이상한 일들이 거기에서 시작된다는 거야."

모두들 메리가 가리키는 방향을 바라보았지만 깊숙하고 습기 찬 골짜기 위로 떠도는 안개밖에는 보이지 않았다. 그 너머로는 묵은숲의 남쪽 지역이 희미하게 시야에 들어왔다.

언덕 위의 공기가 햇빛으로 차츰 뜨거워졌다. 이미 11시가 지났음이 틀림없었지만 가을 안개는 어느 쪽으로도 그들 시야를 시원하게 틔워 주지 않았다. 서쪽의 생울타리나 그 너머 브랜디와인강의 골짜기도 볼 수 없었고, 혹시나 하고 바라본 북쪽에서도 그들이 찾아야 할 동부대로를 볼 수 없었다. 그들은 수해(樹海)의 고도에 갇혀 있었으며 수평선은 베일에 가려 보이지 않았다.

동남쪽으로는 경사가 급해 흡사 깊은 바다에서 불쑥 솟은 섬처럼 산비탈이 숲 깊은 곳까지 이어졌다. 그들은 풀밭에 앉아 점심을 먹으며 발아래 숲을 내려다보았다. 태양이 높이 떠올라 정오가 지나면서 동쪽으로 묵은숲 너머에 있는 고분구릉 지역의 푸르스름한 선들이 조금씩 눈에 들어왔다. 숲이 아닌 다른 경치를 구경할 수 있다는 것만도 그들에게는 큰 위안이 되었다. 그러나 가능하다면 그쪽으로 가고 싶지는 않았다. 고분구릉은 호빗들의 전설에서 묵은숲만큼이나 악명이 높은 곳이었기 때문이다.

시간이 좀 흐른 뒤에 마침내 그들은 길을 계속 가기로 마음먹었다. 그들을 언덕 위로 데려다준 길은 다시 북쪽으로 계속 뻗어 있었지만 그 길을 따라가지는 않았다. 왜냐하면 그 길은 오른쪽으로 조금씩 굽어 들다가 마침내는 급경사로 이어진 버들계곡에 이를 것이라고 짐작되었기 때문이다. 절대가고 싶지 않은 방향이었다. 잠시 의논한 뒤 그 위험한 길을 버리고 정북쪽을 택하기로 했다. 언덕에서 보이지는 않았지만 동부대로가 거기에서 멀지 않은 거리에 있을 것 같았다. 게다가 북쪽 길은 땅이 더 건조하고 공간이 넓어 보였으며 나무들이 듬성듬성해 보였다. 그리고 지금까지 지나온 빽빽한 숲속의 참나무와 물푸레나무, 혹은 이름 모를 이상한 나무들 대신 소나무나 전나무가 주종을 이루었다.

그들의 선택은 처음에는 옳은 듯했다. 그래서 상당히 빠른 속도로 나아갈 수 있었다. 하지만 이상하게도 고개를 들어 태양을 바라볼 때마다 동쪽으로 가고 있는 느낌이 들었다. 게다가 멀리서 보았을 때 듬성듬성하다 싶던 곳에 이르렀지만 오히려 나무들이 다시 빽빽해지기 시작했다. 땅에는 예상치도 않은 커다란 바큇자국 같은 깊은 고랑이 파인 곳도 있었고 이따금 물구덩이나 오랫동안 이용하지 않아서 가시나무로 뒤덮인 함정도 있었다. 그런 장애물들이 대개 그들이 가려는 방향을 가로막고 있었기에 어쩔 수 없이 기어 내려갔다가 다시 올라오는 수밖에 없었다. 조랑말들에게는 여간 어렵고 위험한 일이 아니었다. 그들이 기어 내려간 골짜기는 빽빽한 관목과 엉클어진 덤불로 가득했고 웬일인지 그들에게 왼쪽 방향을 허용하지 않고 오로지 오른쪽 길만 내주는 듯했다. 그리고 내려갔다 올라올 때마다 바닥에서 상당히 헤매야 했다. 앞으로 나아갈수록 나무가 더 빽빽해지고 숲이 더 어두워졌다. 왼쪽이나 위로 향하는 길을 찾기 힘들어 그들은 어쩔 수 없이 오른쪽으로, 그것도 아래쪽으로만 계속 가게 되었다.

그래도 그들은 자기들이 이미 북쪽으로 가지 못하고 있음을 알고 있었다. 한두 시간 뒤에는 방향 감각마저 완전히 잃고 말았다. 그들은 방향을 잃은 채 길이 난 대로 무작정 끌려가는 꼴이 되고 말았다. 동쪽으로, 남쪽으로, 숲을 빠져나가는 게 아니라 바로 묵은숲의 심장부로 들어가는 것이었다.

그들이 그때까지 만난 어떤 골짜기보다 넓고 깊은 골짜기에 빠져 헤맬 때 해는 이미 기울고 있었다. 그 골짜기는 너무 경사가 급해서 조랑말과 짐을 버리지 않고는 앞으로도 뒤로도 빠져나갈 수가 없었다. 아래로 내려가는 수밖에 달리 도리가 없었다. 땅은 부드러웠고 가끔씩 습지도 나타났다. 둑 위로 샘이 보이더니 곧 풀밭 사이로 작은 시냇물이 졸졸 흘렀다. 그런데 땅이 갑자기 급경사로 변했고 냇물이 큰 소리를 내며 언덕 아래로 떨어졌다. 그들은 머리 위로 높이 나무들이 우거진 깊고 어두운 소협곡에 들어와 있었다.

냇물을 따라 한참 헤매며 고생한 끝에 겨우 어둠에서 빠져나왔다. 마치 문틈으로 새어 든 것처럼 햇빛이 비쳐 들었다. 바깥으로 나와서야 거의 절벽처럼 깎아지른 듯한 높은 언덕의 갈라진 틈새로 기어 내려왔음을 알게 되었다. 발밑에는 넓은 풀밭과 갈대밭이 펼쳐졌고 다른 쪽에는 이쪽만큼이나 가파른 또 하나의 절벽이 보였다. 황금빛 낙조가 따뜻하고 나른하게 그들을 비췄다. 앞에는 흑갈색 강물이 유유히 흘렀고 강가에는 수백 년 묵은 버드나무들이 지천으로 깔려 있었다. 골짜기에는 따스하고 부드러운 미풍이 일어 나뭇가지가 금빛으로 반짝일 때마다 냄새가 코로 스며들었다. 갈대도 바람에 바스락거렸고 버드나무 가지가 딱딱 소리를 냈다.

메리가 입을 열었다.

"아, 여기가 어딘지 조금은 알 것 같군! 우린 목적지하곤 정반대 방향으로 왔어. 여기가 바로 버들강이에요. 가서 좀 살펴보고 올게요."

그는 햇빛을 받으며 넓은 풀밭 사이로 들어갔다. 이윽고 되돌아와서는 절벽 아래와 강 사이에 꽤 단단한 땅바닥이 있으며 물가까지 잔디가 깔린 곳도 있다고 얘기했다.

"게다가 강변을 죽 따라 작은 길이 나 있는 것 같아요. 여기서 왼쪽으로 돌아 그 길로 가면 결국 묵은숲 동쪽으로 나갈 것 같은데."

그러자 피핀이 반대하고 나섰다.

"그 길이 계속 거기까지 이어져 있고 중간에 늪 같은 것도 없어서 무사히 데려다준다면야 괜찮겠지. 하지만 그 길을 누가 만들었을지 생각해 봐. 왜 만들었겠어? 우리 좋으라고 만든 건 절대 아닐 거야. 이 숲과 여기에 있는 것들 모두가 수상해. 소문이 맞는 모양이야. 도대체 동쪽으로 얼마나 더 가야 하는 거야?"

"모르겠어. 사실 버들강 하류로 얼마만큼 내려왔는지 알 수도 없고, 누가 여기까지 와서 길을 뚫은 건지는 더더욱 알 수 없지. 하지만 지금으로서는 다른 방법이 없잖아."

그 밖의 다른 대안이 없었기 때문에 그들은 한 줄로 서서 메리가 찾아낸 길을 따라 올라갔다. 갈대와 들풀이 도처에 무성했고 이따금 키를 넘는 경우도 있었다. 그러나 일단 길에 들어서니 따라가기는 쉬웠다. 늪과 웅덩이 사이의 단단한 땅을 잘 골라 길이 곧게 이어졌다. 길은 높은 언덕에서 시작해 산골짜기를 거쳐 버들강으로 흘러드는 실개천들을 건너는 곳도 있었다. 그런 곳에는 통나무와 잔가지로 묶인 다리가 놓여 있었다.

호빗들은 더위를 느끼기 시작했다. 갖가지 종류의 날곤충들이 귓가에서 앵앵거렸고 오후의 태양이 등 뒤에서 이글거렸다. 갑자기 흐릿한 그늘이 나타났다. 길 위로 커다란 회색 나뭇가지들이 뻗어 있었다. 한 걸음 한 걸음이 아까보다 힘들어졌다. 졸음이 땅에서 기어 나와 다리로 기어오르는 듯했고, 공중에서도 내려와 슬며시 그들 머리와 눈으로 내려앉는 것 같았다.

프로도는 자기도 모르게 입을 벌리고 고개를 꾸벅거렸다. 그 앞에서 걸어가던 피핀이 무릎을 꺾으며 앞으로 고꾸라졌다. 프로도는 걸음을 멈췄다. 메리가 중얼거리는 소리가 들렸다.

"소용없어. 쉬지 않고는 못 배기겠는걸. 자야겠어. 버드나무 그늘이 시원하군. 파리도 없어졌네."

프로도는 그 소리가 왠지 마음에 걸렸다.

"여기서 자면 안 돼! 우선 숲을 벗어나야 해."

그러나 때는 이미 늦었다. 옆에 있던 샘까지 하품하며 멈춰 서서 바보처럼 눈을 껌벅거렸다.

프로도도 갑자기 졸음이 엄습해 옴을 느꼈다. 머리가 어질어질했다. 공중에서는 아무 소리도 들리지 않았다. 다만 반쯤 속삭이는 노랫가락 같은 희미하고 부드러운 소리가 머리 위 나뭇가지 사이에서 들려오는 듯했다. 그는 무거운 두 눈을 억지로 뜨고 머리 위로 축 늘어진 거대한 고목을 바라보았다. 대단히 큰 나무였다. 나뭇가지들이 마치 긴 손가락이 달린 많은 손을 가진 팔처럼 뻗어 있

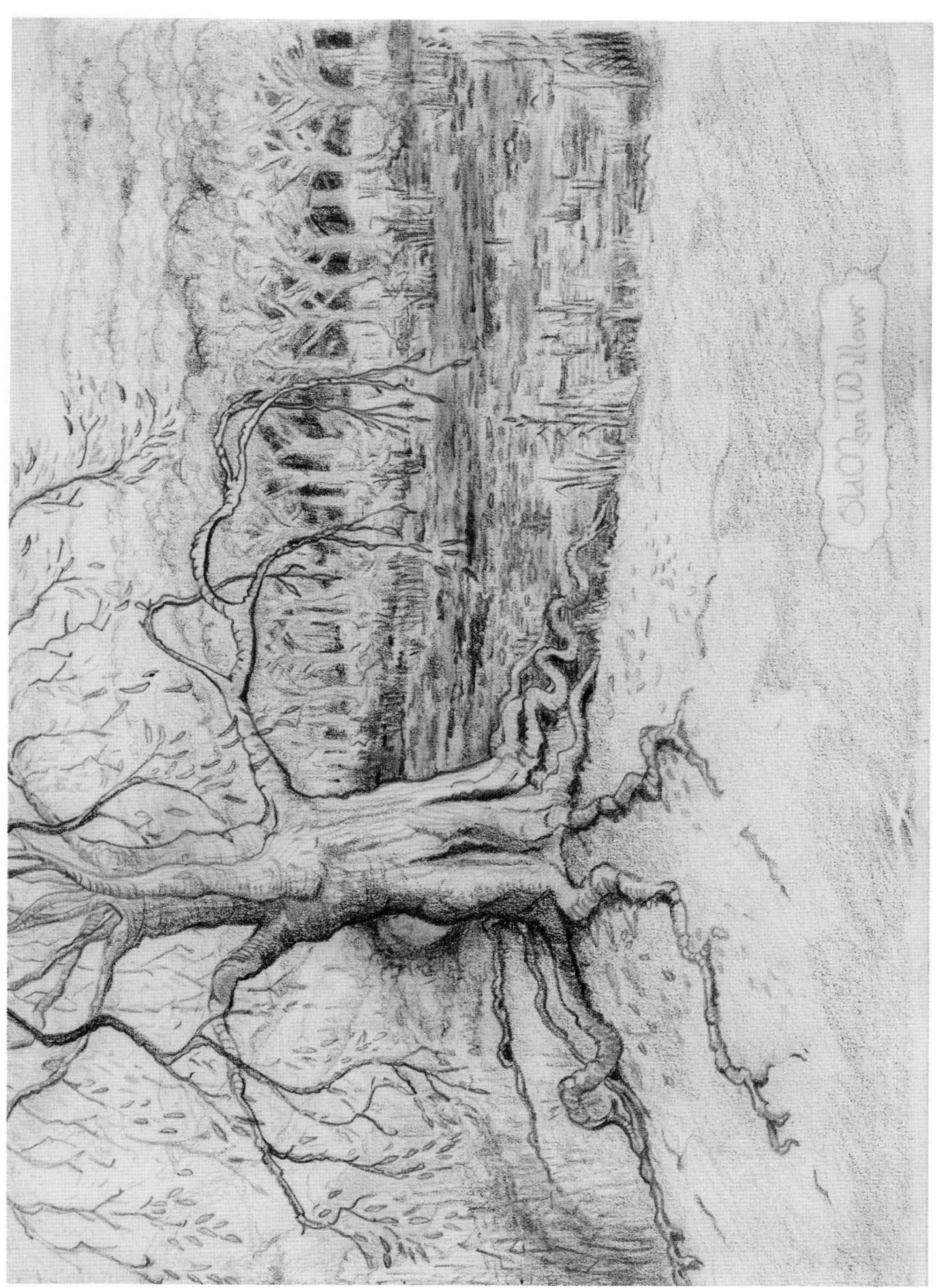

버드나무 영감(Old Man Willow)

었고 옹이 진 뒤틀린 몸통에는 커다란 틈새가 벌어져 나뭇가지가 움직일 때마다 삐걱거리는 소리까지 났다. 맑은 하늘 위에서 팔랑거리는 나뭇잎들의 현란한 빛이 눈을 가리자 그는 그대로 풀밭 위에 쓰러져 버렸다.

메리와 피핀은 몸을 질질 끌며 버드나무 아래로 가 나무에 등을 대고 누웠다. 나무는 흔들릴 때마다 삐걱거리는 소리를 내며 거대한 틈새로 그들을 끌어들이기 위해 입을 쩍 벌렸다. 그들은 회색과 노란색 나뭇잎들이 눈부신 햇빛 사이로 살랑거리며 노래 부르는 것을 쳐다보다 눈을 감았다. 그러자 어디선가 물과 잠을 노래하는 시원한 이야기가 귓가에 들리는 듯했다. 그들은 그 주문에 서서히 스며들어 회색 버드나무 고목에 기댄 채 깊은 잠 속으로 빠져들었다.

프로도는 엄습해 오는 수마와 싸우기 위해 한참 동안 몸부림치다가 겨우 힘을 내어 다시 다리를 질질 끌며 일어섰다. 시원한 물에 발을 적시고 싶은 강한 충동이 일었다.

"샘, 잠깐만 기다려. 발을 물에 좀 담가야겠어."

그는 비몽사몽간에 강으로 걸어갔다. 구불구불한 큰 뿌리들이 물속으로 뻗어 있어 마치 우락부락한 작은 용들이 물을 마시려고 몸을 구부리고 있는 것 같았다. 그는 뿌리들 중 하나에 걸터앉아 시원한 갈색 강물에 열이 나는 다리를 담갔다. 그러고는 그 역시 거기에서 나무에 등을 기댄 채 깜박 잠이 들었다.

샘은 땅바닥에 주저앉아 머리를 긁고 나서 입이 찢어져라 하품을 했다. 그는 걱정이 되었다. 아직 저녁도 안 됐는데 이렇게 갑자기 졸음이 쏟아지는 것이 이상했다. 그는 중얼거렸다.

"햇볕이 뜨겁고 날이 더운 탓만은 아니야. 이 커다란 고목이 기분 나빠. 정말, 믿을 수가 없어. 마치 자장가라도 부르는 것 같단 말이야. 도대체 말도 안 돼!"

그는 발을 끌며 비틀비틀 일어나 조랑말들이 어디 있는지 살펴보았다. 두 마리가 길 저쪽에서 서성대는 것을 보고 막 몰아 오려는 순간 양쪽에서 갑자기 무슨 소리가 들렸다. 한쪽은 아주 큰 소리였고 다른 한쪽은 좀 작긴 했지만 매우 또렷한 소리였다. 하나는 뭔가 무거운 것이 물속에 첨벙 떨어지는 소리 같았고, 또 하나는 문이 조용히 닫힐 때 나는 '찰칵' 소리 같았다.

그는 강가로 뛰어갔다. 프로도가 물에 빠져 있었다. 거대한 나무뿌리가 그를 휘감고 위에서 더 깊숙이 미는 것 같은데 프로도는 꼼짝도 하지 않았다. 샘은 그의 윗도리를 붙잡아 겨우 강둑 위로 끌어 올렸다. 거의 동시에 프로도가 눈을 뜨더니 캑캑거리며 물을 뱉고 나서 말했다.

"샘, 저 괴물 같은 나무가 나를 밀어 넣었어! 거짓말이 아니야! 커다란 뿌리가 나를 친친 휘감더니 슬쩍 밀었단 말야."

"꿈을 꾸신 것 같아요. 아무리 졸려도 그런 곳에 앉으시면 안 되지요."

"모두들 어디 갔지? 무슨 꿈들을 꾸는지 궁금하군."

그들은 나무 뒤쪽으로 돌아갔다. 그제야 샘은 조금 전에 들은 '찰칵' 소리의 정체를 알 수 있었다. 피핀이 사라져 버린 것이었다. 그는 기대고 있던 나무둥치에 완전히 끼여 버렸다. 메리도 마찬가지였다. 그는 또 다른 나무 틈에 허리가 물려 있었다. 두 다리는 아직 바깥쪽에 있었지만 나머지 부분은 구멍 속으로 들어갔고 틈새 가장자리가 마치 집게처럼 그의 몸을 죄었다.

프로도와 샘은 우선 피핀이 누워 있던 나무 밑동을 힘껏 찼다. 그런 다음 불쌍한 메리를 붙잡고 있는 틈새를 벌리기 위해 있는 힘을 다해 당겼으나 아무 소용이 없었다. 프로도는 미친 듯 울부짖었다.

"아니, 이럴 수가! 어쩌다 이 끔찍한 숲에 들어온 거야! 크릭구렁으로 다시 돌아갈 수만 있다면 좋겠어!"

그는 발이 아픈 줄도 모르고 힘껏 나무를 찼다. 아주 작은 진동이 나무줄기를 통해 가지로 전달되자 나뭇잎들이 우수수 흔들리면서 멀리서 들리는 희미한 웃음 같은 소리를 냈다. 샘이 외쳤다.

"짐 속에 도끼가 있지 않을까요?"

"땔나무를 하기 위해 조그만 손도끼를 넣긴 했지만 그게 소용이 있을까?"

그러자 땔나무란 말에 샘이 소리를 질렀다.

"잠깐만요! 불을 피우면 어떨까요?"

"피핀이 산 채로 불이 붙을 수도 있잖아?"

프로도가 걱정스럽게 말했다.

"일단은 이 나무에 상처를 입히거나 겁줄 순 있을 거예요. 메리와 피핀을 내놓지 않는다면 베어 버려야지요."

샘은 사납게 말한 다음 조랑말로 달려가 부싯깃 두 통과 손도끼를 가지고 돌아왔다.

그들은 즉시 가랑잎과 마른 풀, 나무껍질, 나뭇가지들을 한 무더기 주워 모았다. 그러고는 그것들을 호빗들이 잡혀 있는 반대편으로 가지고 가서 나무 밑동에 놓았다. 샘이 부싯깃에 불을 일으키자마자 마른 풀에 옮겨붙어 불꽃과 연기가 치솟았다. 나뭇가지들이 타닥타닥 소리를 내며 탔다. 불꽃이 혀를 널름거리며 말라비틀어진 고목 껍질을 핥으며 그을렸다. 버드나무는 온몸을 크게 한 번 뒤틀었다. 그들 머리 위에서 나뭇잎들이 쉭쉭 비명을 울리며 분노와 고통을 표했다. 갑자기 숨이 넘어갈 듯한 메리의 비명이 들리더니 곧이어 더 안쪽에서 들릴락 말락 하는 피핀의 소리도 들렸다. 메리가 소리를 질렀다.

"불 꺼! 불 꺼! 끄지 않으면 날 두 동강 내겠대. 어서 꺼!"

그러자 프로도가 그쪽으로 달려가며 소리쳤다.

"누가? 뭐라고?"

"불 꺼! 불 꺼!"

메리는 애원하고 있었다. 버드나무 가지들이 격렬하게 흔들렸다. 일진광풍이 일며 사방의 나뭇가지들로 퍼져 나가자 잠자듯 고요하던 강에 커다란 바위가 떨어져 물결이 솟아 퍼지듯 숲 전체가 분노의 물결로 가득 찬 것 같았다. 샘은 발로 짓밟아 불을 껐다. 프로도는 길을 따라 달리며 "살려 줘요! 살려 줘요!" 하고 고함을 질렀다. 그러나 그 날카로운 목소리는 자기 귀에도 잘 들리지 않았다. 고함 소리는 입에서 떠나자마자 버드나무에서 이는 바람에 휩쓸려 나뭇잎들이 우수수 흔들리는 소리 속으로 잦아들었다. 절망적이었다. 그는 속수무책으로 달릴 뿐이었다.

순간 그는 갑자기 발을 멈췄다. 응답이 있었다. 적어도 그는 그렇게 생각했다. 그러나 그것은 그의 뒤쪽, 즉 길 아래쪽의 숲 멀리서 들려오는 소리였다. 프로도는 뒤돌아서서 귀를 기울였다. 소리가 차츰 분명해졌다. 누군가 노래를 부르고 있었다. 그윽하고 아름다운 목소리가 행복하고도 태평한 노래를 읊조리고 있었지만 가사에는 별다른 뜻이 담겨 있지 않았다.

헤이 돌! 메리 돌! 링 어 동 딜로!
링 어 동! 깡충 뛰어! 팔 랄 버드나무!
톰 봄, 유쾌한 톰, 톰 봄바딜로!

이 새로운 상황에 반쯤은 희망을 품고 또 반쯤은 겁먹은 채 프로도와 샘은 꼼짝도 못 하고 서 있었다. 갑자기 긴 횡설수설이 (적어도 그들이 듣기에는 그랬다) 끝나더니 목소리가 굵어지며 청아한 노랫가락이 울려 퍼졌다.

헤이! 오라, 유쾌한 돌! 데리 돌! 내 귀여운 여인!
날개 달린 찌르레기와 바람은 가벼이 날고,
언덕 저 아래, 햇빛이 반짝이는 곳,
차가운 별빛을 기다리며 물가에 서 있는
어여쁜 내 사랑, 강의 여신의 딸,
버들가지처럼 날씬하고, 강물보다 맑은 여인.
늙은 톰 봄바딜은 수련을 가지고
깡충깡충 집으로 돌아간다, 그의 노래 들리는가?
헤이! 오라, 유쾌한 돌! 데리 돌! 유쾌한 — 오,
금딸기, 금딸기, 유쾌한 노란색 딸기 — 오,
불쌍한 버드나무 영감, 네 뿌리를 감추어라!
톰이 달려간다. 해가 지면 저녁이 오는 법,
톰은 수련을 가지고 집으로 돌아간다.
헤이! 오라, 데리 돌! 내 노래 들리는가?

프로도와 샘은 귀신에 홀린 듯 서 있었다. 바람이 멎었다. 나뭇잎들이 다시 잠잠해진 나뭇가지에 조용히 매달려 있었다. 노래가 또 한 곡 이어지고 나서 갑자기 갈댓잎 위로, 높은 꼭대기에 파란 깃털이 달린 낡아 빠진 모자 하나가 깡충깡충 춤추듯 길을 따라 나타났다. 모자가 다시 한번 깡충 뛰더니 웬 사람의 모습이 눈에 들어왔다. 인간이라고 할 만큼 키가 크지는 않았지만 그렇다고 호빗이라고 하기엔 덩치가 너무 컸다. 그는 두툼한 다리를 감싼 커다랗고 노란 목 긴 구두로 쿵쾅거리며, 물을 마시러 내려가는 암소처럼 풀밭을 마구 뭉개며 걸어왔다. 그는 푸른 외투를 입었고 긴 갈색 수염과 밝고 푸른 눈동자를 지녔으며 얼굴은 익은 사과처럼 빨갰다. 웃을 때는 얼굴이 온통 주름투성이가 되었다. 그는 커다란 수련 잎을 쟁반처럼 받쳐 그 위에 작은 수련 꽃다발을 올려 들고 있었다.

"살려 주세요!"

프로도와 샘은 두 팔을 흔들고 외치며 그에게 달려갔다.

"워, 워, 거기 서!"

노인은 한 손을 들며 소리쳤다. 그들은 한 대 얻어맞기라도 한 듯 그 자리에 우뚝 멈춰 섰다.

"자, 꼬마 친구들, 그렇게 풀무처럼 헐떡대며 어디 가는가? 도대체 무슨 일이야? 내가 누군지 아는가? 난 톰 봄바딜이야. 문제가 뭔지 얘기해 봐. 톰은 지금 바쁘다네. 내 수련을 망가뜨리지 말게."

"저희 친구들이 버드나무에게 붙잡혔습니다."

프로도는 숨을 씨근거리며 말했다.

"메리가 틈새로 빨려 들어갔어요!"

샘도 외쳤다. 그러자 톰 봄바딜은 몸을 깡충 뛰며 소리 질렀다.

"뭐라고? 이 버드나무 영감이? 그것뿐이야? 그런 문제라면 쉽게 해결되지. 난 그의 노랫가락을 알고 있거든. 회색 버드나무 영감! 얌전하게 굴지 않으면 뼛속까지 얼게 할 거야! 노래를 불러 뿌리도 잘라 버리고, 바람을 일으켜 가지와 잎을 몽땅 날려 보낼 거야, 이 버드나무 영감!"

그는 풀밭 위에 수련을 곱게 내려놓고 버드나무를 향해 달려갔다. 거기에서 그는 메리의 발만 나무 밖으로 삐쭉 나와 있는 모습을 발견했다. 나머지 부분은 이미 안쪽으로 삼켜져 들어갔다. 톰은 나무 틈새에 입을 대고 낮은 소리로 노래 부르기 시작했다. 그들은 말뜻을 알아듣지는 못했지만 메리가 힘을 얻은 것은 분명해 보였다. 그는 다리를 버둥거리기 시작했다. 톰은 벌떡 일어나더니 축 늘어진 가지 하나를 꺾어 버드나무를 후려쳤다.

"어서 놔, 버드나무 영감! 무슨 생각을 하는 거야? 넌 깨어나면 안 돼. 흙을 먹어! 땅으로 들어가! 물을 마셔! 잠을 자란 말이야! 봄바딜의 말씀이시다."

그러고 나서 그는 메리의 두 발을 잡아 어느샌가 벌어진 틈새 밖으로 끌어냈다. 찢어지는 듯한 소리가 나더니 다른 쪽 틈새도 벌어지며 발길에 차이기라도 한 듯 피핀이 튕겨 나왔다. 나무는 뿌리에서 가지 끝까지 한 번 크게 몸을 요동치더니 죽은 듯 조용해졌다.

"고맙습니다!"

호빗들이 차례로 인사했다. 톰 봄바딜은 너털웃음을 터뜨렸다. 그는 몸을 숙여 호빗들의 얼굴을 살펴보고 말했다.

"자, 꼬마 친구들! 나와 같이 우리 집으로 가세! 식탁에는 노란 크림과 벌꿀, 흰 빵과 버터가 가득하다네. 금딸기도 기다리고 있어. 저녁 식탁에 앉으면 질문할 시간을 충분히 줄 테니 우선 부지런히 날 따라오지."

그는 수련을 집어 들고 따라오라고 손짓하며 깡충깡충 춤추듯 길을 따라 동쪽으로 걸어갔다. 여전히 무슨 뜻인지 알 수 없는 노래를 큰 소리로 부르고 있었다.

너무 놀라기도 하고 또 긴장이 풀리기도 해 걷기도 힘들었지만, 호빗들은 열심히 뒤를 따라갔다.

그러나 그의 속도를 따라잡기 힘들었다. 톰은 곧 그들 시야에서 사라졌고 노랫소리 역시 점점 희미하게 멀어졌다. 갑자기 그의 목소리가 고함치듯 높아지더니 뒤따르는 그들에게 날아왔다.

깡충 뛰어, 꼬마 친구들, 버들강을 올라오게!
톰은 촛불을 켜야 하니 먼저 간다네.
서쪽으로 해가 지면 곧 엉금엉금 기어야 하니까.
밤의 그림자가 내려앉으면 문이 열리고
창밖으로 노란 불빛이 반짝이지.
검은 오리나무도, 백발의 버드나무도 두려워 말게!
뿌리도 가지도 두려워 마! 톰이 앞장을 섰으니.
헤이 어서! 유쾌한 돌! 자네들을 기다리겠어!

그러고 나서 호빗들은 아무 소리도 들을 수 없었다. 거의 동시에 등 뒤 숲으로 해가 진 것 같았다. 그들은 그때쯤이면 기울어 가는 석양빛이 브랜디와인강 수면에 반짝이고 노루말의 창문에 수백 개의 등불이 반짝이는 것을 마음에 그려 보았다. 거대한 그림자들이 그들의 앞길을 가로막았다. 나무 밑동과 가지가 길 위에 어둠을 내려뜨리며 그들을 위협했다. 하얀 안개가 일어 강물 위를 맴돌더니 강가 나무뿌리 둘레로 스며들었다. 바로 그들 발밑에서는 어둑어둑한 수증기가 일어나 빠르게 내리깔리는 땅거미에 섞여 들어갔다.

길을 찾기가 어려워졌고 그들은 너무 피곤했다. 두 다리가 납덩이 같았다. 길 양쪽 덤불과 갈대숲 사이에서 수상쩍은 소리가 은밀히 오가는 듯했고, 고개를 들어 어두운 하늘을 쳐다보면 마디와 옹이가 달린 이상한 얼굴들이 황혼을 배경으로 어두운 표정을 지으며 때로는 높은 둑 위에서 때로는 숲 가에서 그들을 내려다보며 웃고 있었다. 그들은 깨어날 수 없는 무시무시한 꿈속의 이상한 나라에서 헤매는 듯한 느낌이 들었다.

더 걸을 수 없을 만큼 피곤해졌을 때 앞길이 완만한 오르막으로 바뀌었다. 강물 소리가 요란해졌다. 어둠 속에서 흰 물거품이 어렴풋이 비쳐, 자세히 보니 강물이 작은 폭포를 이루고 있었다. 숲이 갑자기 끊기고 안개도 사라졌다. 드디어 묵은숲을 빠져나온 것이었다. 그들의 눈앞에 널따란 풀밭이 펼쳐졌다. 폭이 좁아지고 물살이 급해진 강물이 그들을 환영하듯 즐겁게 콩쾅거리고 이미 하늘가에 나타난 별빛을 받아 여기저기서 반짝반짝 빛을 발했다.

발밑 풀밭이 마치 손질이라도 한 듯 짧고 보드라웠다. 묵은숲의 경계는 생울타리처럼 잘 정돈되어 있었다. 길이 평평하게 손질되어 있었고 길가에는 연석이 박혀 있었다. 희미한 별빛 아래 회색으로 보이는 길이 풀밭으로 뒤덮인 나지막한 산 위로 돌아 올라갔다. 그들은 그제야 겨우 비탈길 저 멀리 위에서 반짝이는 불빛 하나를 발견했다. 다시 내리막과 오르막이 이어지고 나서 불빛을 향해 잔디로 뒤덮인 부드러운 언덕길이 길게 열렸다. 열린 문에서 갑자기 노란 불빛이 환하게 쏟아져 나왔다. 언덕 아래에 있는 톰 봄바딜의 집이었다. 그 뒤로는 회색 민둥산이 가파른 절벽을 이루었고, 너머로는 고분구릉의 어슴푸레한 윤곽이 동녘 밤하늘 아래 깔려 있었다.

호빗과 조랑말들은 함께 발길을 재촉했다. 이미 그들의 피로는 절반쯤, 근심은 모두 달아난 듯했다. 헤이! 오라, 유쾌한 돌! 그들을 환영하는 노랫소리가 흘러나왔다.

헤이! 오라, 데리 돌! 깡충 뛰어, 다정한 친구들!
호빗! 조랑말! 모두 함께! 우리는 잔치를 좋아하지.
자, 즐겁게 놀아 보세! 함께 노래 부르세!

그러자 상쾌한 아침부터 저녁까지 쉬지 않고 흘러내리는 산골짜기 개울물의 노랫가락 같은, 봄날처럼 유서 깊고 싱그러운, 그리고 낭랑한 또 다른 목소리가 은빛 선율로 그들을 맞이하며 울려 퍼졌다.

자, 노래 부르세! 함께 노래 부르세!
해와 별, 달과 안개, 비와 구름을 노래하세!
새싹 위의 햇빛, 깃털 위의 이슬,
광활한 언덕 위의 바람, 헤더밭의 방울 소리
그늘진 연못가의 갈대, 물 위의 수련을.
늙은 톰 봄바딜과 강물의 딸!

노래가 끝날 즈음 호빗들은 이미 문간에 발을 들여놓았으며 황금빛 불빛이 그들을 온통 둘러쌌다.

Chapter 7

톰 봄바딜의 집에서

네 명의 호빗은 널찍한 돌 문지방을 넘고는 눈을 껌벅이며 안을 휘둘러보았다. 낮은 지붕의 들보에 매달린 등불들이 긴 방 안을 비추고 있었다. 검은 광택이 나는 나무로 된 식탁 위에는 길고 노란 양초들이 빛을 발하고 있었다.

방문 맞은편 안쪽에 한 여인이 의자에 앉아 있었다. 그녀의 긴 금발 머리는 어깨 위로 물결치듯 흘러내렸고, 싱싱한 갈대의 빛깔처럼 푸른 가운에는 이슬 같은 은박이 박혀 있었다. 불꽃을 한 줄로 꿴 듯한 순금 허리띠에는 하늘색 물망초 새싹이 새겨져 있었다. 그녀의 발 언저리에는 하얀 수련꽃이 떠 있는 커다란 녹색과 갈색 토기들이 놓여 있어, 그녀는 마치 연못 한가운데 옥좌에 앉은 것처럼 보였다.

"어서 오세요, 귀한 손님들!"

그들은 그 여인의 음성을 듣고서야 오던 길에 들었던 청아한 목소리의 주인공이 누군지를 알았다. 그들은 방 안쪽으로 주춤주춤 들어가 허리를 깊숙이 숙여 절했다. 마치 산속 외딴집에 물 한잔을 청하기 위해 문을 두드렸다가 싱싱한 들꽃으로 옷을 해 입은 아름답고 젊은 요정 여왕을 만났을 때처럼 놀랍고 황망한 느낌이었다. 그들이 입을 열기도 전에 그녀는 가볍게 몸을 일으켜 수련 수반을 넘어 그들을 향해 웃으며 다가왔다. 강가의 꽃밭 사이로 스치는 바람처럼 그녀의 가운이 살포시 바스락거렸다. 그녀는 프로도의 손을 잡으며 말했다.

"이리 오세요, 귀한 분들! 즐겁게 웃으세요. 저는 강물의 딸 금딸기입니다."

그녀는 문을 닫고 돌아섰다. 그녀의 백옥 같은 두 팔이 문을 가로막고 있었다.

"어둠이 들어오지 못하게 해야지요. 아마도 여러분들은 안개와 나무 그림자와 깊은 물과 야생을 두려워하는 것 같군요. 두려워 마세요! 오늘 밤 여러분들은 톰 봄바딜의 지붕 아래 있으니까요."

호빗들은 경이의 눈으로 그녀를 바라보았다. 그녀 또한 그들을 차례차례 내려다보며 웃었다. 프로도는 영문을 모르는 환대에 감격하여 입을 열었다.

"아름다운 금딸기 님!"

그는 가끔 요정들의 아름다운 목소리에 매혹됐던 때와 마찬가지의 기쁨을 느꼈다. 그러나 오늘의 감동은 색다른 것이었다. 기쁨이 그때만큼 강렬하거나 고상한 것은 아니었지만 가슴에 닿는 느낌은 더욱 그윽하고 친근했다. 놀랍기는 했지만 어색한 느낌이 들지 않았다. 그는 다시 말했다.

"아름다운 금딸기 님! 우리가 들었던 그 노래 속에 담겨 있는 기쁨을 이제 분명히 알 것 같습니다."

오, 버들가지처럼 날씬하고, 강물보다 맑은 여인!
오, 흐르는 물가의 갈대, 아름다운 강물의 딸이여!
오, 봄 지나면 여름, 그리고 다시 봄이 오는구나!
오, 폭포에 이는 바람, 나뭇잎들의 웃음소리!

갑자기 프로도는 자신이 이런 노래를 부를 수 있다는 사실에 깜짝 놀라 노래를 멈추고 말을 더듬었다. 하지만 금딸기가 웃음을 지어 보였다.

"멋지군요! 전 샤이어의 호빗들이 이렇게 감미로운 목소리를 갖고 있는 줄 미처 몰랐어요. 그런데 당신은 요정의 친구가 틀림없군요. 그 눈빛과 떨리는 목소리를 보면 알 수 있지요. 즐거운 만남이에요! 이제는 앉아서 집주인이 돌아오실 때까지 기다리세요. 오래 걸리진 않을 거예요. 여러분들의 지친 조랑말들을 돌보고 계실 테니까요."

호빗들은 골풀로 만들어진 낮은 의자에 앉았고, 금딸기는 식사를 준비하느라 바빴다. 그녀의 날렵하고 우아한 몸놀림이 대단히 매혹적이었기에 그들의 눈길은 계속 그녀를 따라다녔다. 집 뒤 어디에선가 노랫소리가 들려왔다. 데리 돌, 메리 돌, 링 어 딩 딜로. 이런 후렴구 사이로 간혹 반복되는 구절이 있었다.

늙은 톰 봄바딜은 유쾌한 친구,
윗도리는 하늘색, 구두는 노란색.

잠시 후 프로도가 다시 말했다.

"아름다운 부인! 어리석은 질문인지 모르겠습니다만, 톰 봄바딜은 누구죠?"

"그분은……."

금딸기는 날렵한 몸놀림을 멈추고 웃으며 말을 시작했다. 프로도는 더욱 궁금해져 그녀를 바라보았다. 그의 호기심 어린 표정을 향해 그녀는 말을 이었다.

"그분은 여러분들이 본 바로 그대로예요. 숲과 물과 산의 주인이시죠."

"그러면 이 이상한 나라가 전부 그분 것인가요?"

"아닙니다. 그렇다면 그것은 짐이 되겠지요."

이렇게 말하는 그녀의 얼굴에서 일순 미소가 걷혔다. 그녀는 마치 혼잣말을 하듯 낮은 목소리로 덧붙였다.

"나무와 풀과 이 땅에서 태어나 성장하는 모든 것은 다 그들 자신의 것입니다. 톰 봄바딜은 주인이지요. 낮이건 밤이건 톰이 숲을 거닐고, 물을 건너고, 산꼭대기를 뛰어다니는 것을 아무도 막을 수 없답니다. 그분에게는 두려움이 없어요. 그분은 주인이시니까요."

그때 문이 열리고 톰 봄바딜이 들어왔다. 그는 이제 모자를 벗고 텁수룩한 갈색 머리 위에 낙엽을 왕관처럼 두르고 있었다. 그는 너털웃음을 터뜨리며 금딸기에게 다가가 손을 잡았다. 그러고는 호빗들을 향해 고개를 숙이며 말했다.

"나의 귀여운 부인일세. 꽃장식 허리띠를 두르고 은초록 옷을 입은 나의 금딸기! 식탁은 준비되었는가? 노란 크림과 꿀과 흰 빵, 버터, 우유, 치즈, 산나물, 익은 열매까지 모두 차려졌군. 이 정도면 충분한가? 저녁 식사는 준비된 거지?"

"그래요. 하지만 손님들은 아직 준비가 안 되신 것 같아요."

금딸기가 대답하자 톰이 손뼉을 치며 큰 소리로 말했다.

"톰, 톰! 손님들이 피곤하다는 걸 까맣게 잊고 있었어! 자, 이리 오시게, 유쾌한 친구들! 톰이 깨끗하게 해 드리지. 때 묻은 손을 씻고, 지친 얼굴도 깨끗이 하고, 더러운 외투는 벗어 버리고, 달라붙은 덩굴도 좀 떼어 내게들."

그가 문을 열자 호빗들은 그 뒤를 따라 짧은 통로로 돌아갔다. 그들은 비스듬한 지붕으로 덮인 나지막한 방에 들어갔다(집의 북쪽 끝에 지어진 별채인 것 같았다). 벽은 깨끗한 돌로 이루어졌지만 대부분 녹색 걸개나 노란색 커튼이 걸려 있었다. 바닥에는 평평한 돌이 박혔고 산뜻한 녹색 골풀이 깔려 있었다. 네 개의 푹신한 매트리스와 하얀 담요가 잘 개켜진 채 벽 한쪽에 놓여 있었고, 맞은편 벽에 붙어 있는 긴 의자 위에는 큰 토기 대야가 있었다. 그 옆에는 김이 나는 뜨거운 물과 찬물이 담긴 물통들이 있었으며 침대 옆에는 푹신한 녹색 슬리퍼가 가지런히 놓여 있었다.

얼마 지나지 않아 몸을 씻고 원기를 회복한 호빗들이 식탁에 둘러앉았다. 서로 마주 보고 호빗이 둘씩 앉고 양쪽 끝에는 금딸기와 주인이 앉았다. 유쾌하고 긴 식사였다. 굶주린 호빗들이 으레 그렇듯 그들은 마음껏 먹었지만 음식이 부족하지는 않았다. 물통의 물은 시원한 냉수 같았지만 마치 포도주처럼 넘어가며 그들의 목을 해방시켰다. 손님들은 갑자기 이야기보다는 노래가 더 쉽고 자연스럽다는 듯 유쾌하게 노래를 부르고 있는 자신들을 발견했다.

마침내 톰과 금딸기가 일어나 재빨리 식탁을 치웠다. 손님들은 모두 피곤한 다리를 발판에 올려놓은 채 꼼짝 말고 휴식을 취하라는 명령을 받았다. 그들 앞 큼지막한 벽난로에는 불이 지펴져 있었고, 사과나무를 장작으로 쓰는지 향긋한 냄새가 배어 나왔다. 모든 것이 정리되자 등불 하나와 벽난로 위 양쪽에 켜 놓은 촛불 두 개를 제외하고 방 안의 모든 등불이 꺼졌다. 금딸기는 촛불을 들고 그들 앞으로 다가와 밤새 편히 쉬라며 한 사람 한 사람에게 인사했다.

"아침까지 편안히 주무세요. 밤의 소리는 조금도 신경 쓰지 마세요. 달빛과 별빛, 언덕 위에서 불어오는 바람 소리 말고는 아무것도 우리 집 창문을 지나갈 수 없으니까요. 안녕!"

옷자락이 스치는 감미로운 소리와 함께 그녀는 방을 나갔다. 그녀의 발소리는 밤의 고요 속에서 비탈길을 내려와 차가운 돌 위로 살며시 떨어지는 냇물 소리처럼 들렸다.

톰은 잠시 말없이 그들 옆에 앉아 있었다. 그동안 그들은 모두 식사 시간에 묻고 싶던 질문을 그제야 해 보려고 용기를 냈다. 졸음이 그들의 눈가에 찾아왔다.

프로도가 마침내 말문을 열었다.

"어르신, 제가 외치는 소리를 들으셨습니까, 아니면 우연히 그때 지나가시던 길이었습니까?"

톰은 즐거운 꿈에서 깨어난 사람처럼 몸을 떨었다.

"응, 뭐라고? 부르는 소리를 들었느냐고? 아니야, 못 들었어. 노래 부르느라 바빴거든. 자네 말대로 우연이라면 우연이랄 수도 있겠군. 자네를 기다리기는 했지만 계획된 일은 아니었어. 우린 자네 소식을 이미 들었고, 자네가 헤매고 있다는 것도 알고 있었지. 모든 길은 버들강으로 내려가는 그 길로 통하니까 우린 자네가 곧 그 길로 내려와 강가에 나타날 거라고 생각했지. 회색 버드나무 영감은 대단한 노래꾼이라서 호빗들이 그 간교한 미로에서 빠져나오기란 아주 힘들다네. 하지만 톰이 거기에 마침 볼일이 있었는데, 버드나무 영감이 감히 그걸 막을 수야 없지."

톰은 다시 잠들기라도 한 것처럼 고개를 꾸벅꾸벅하더니 곧 나지막한 소리로 노래 부르기 시작했다.

난 거기 심부름을 갔었지, 내 귀여운 여인을 위해
수련을, 그 푸른 연잎과 흰 연꽃을 꺾어 오는 일,
겨울이 오기 전 올해의 마지막 걸음이었지.
눈이 다시 녹을 때까지 그녀의 어여쁜 발을 치장할 꽃,
해마다 여름이 끝날 때면 그녀를 위해 꽃을 찾으러 가지.
버들강 저 아래에 있는 넓고 깊고 맑은 연못으로.
이른 봄 가장 일찍 꽃이 피고 가장 늦게 꽃이 지는 곳,
그 연못가에서 먼 옛날 강물의 딸을 보았지.
골풀 속에 앉아 있던 아름답고 젊은 금딸기!
그녀의 노랫소리는 달콤했고 그녀의 가슴은 뛰고 있었지.

그는 갑자기 눈을 뜨고 푸른빛이 감도는 눈으로 그들을 둘러보았다.

그러면 이해가 잘 되었겠지, 이제 다시는
숲속의 강물을 따라 깊숙이 가지는 않겠네,
이해가 가기까지는. 또한 봄이 오기까지는.
다시 버드나무 영감의 집을 지나지 않으리,
유쾌한 봄이 오기까지는. 봄이 와 강물의 딸이
춤추며 강변을 따라 내려가 목욕할 때까지는.

그리고 더는 아무 말도 하지 않았다. 하지만 프로도는 질문을 한 가지 더 하지 않을 수 없었다. 그가 꼭 묻고 싶었던 질문이었다.

"버드나무 영감에 대해 말씀해 주세요. 그는 누굽니까? 전엔 한 번도 들어 본 적이 없거든요."

그러자 메리와 피핀이 갑자기 몸을 바로 일으키며 동시에 외쳤다.

"안 돼, 하지 마세요! 지금은 안 돼요! 내일 아침까지는 안 돼요!"

"옳은 말이야. 지금은 휴식을 취해야 하지. 세상이 어둠 속에 들 때는 듣는 것도 조심해야 하지. 아침 햇빛이 비칠 때까지는 잠을 자게. 편히 자! 밤의 소리도 두려워하지 말고, 회색 버드나무도 두려워 말게."

그는 등불을 내려 불어서 끄고는 양손에 촛불을 하나씩 들고 그들을 침실로 데려갔다. 그들의 매트리스와 베개는 깃털처럼 푹신했고 담요는 흰 양털로 짠 것이었다. 침대 깊숙이 몸을 파묻고 가벼운 이불을 덮자마자 그들은 곧 잠에 빠져들었다.

한밤중에 프로도는 깜깜한 꿈속을 헤매었다. 초승달이 떠오르는 것이 보였다. 희미한 달빛 아래로 큼지막한 대문처럼 둥근 통로가 뚫린 검은 암벽이 펼쳐졌다. 프로도는 몸이 붕 떠오르는 것같이 느껴졌다. 암벽에 산처럼 둘러싸인 평지 한복판에는 사람의 손으로 만들었다고는 볼 수 없는 거대한 석탑이 우뚝 서 있었다. 꼭대기에는 희미하게 사람의 형체가 보였다. 떠오르던 달이 잠시 그의 머리 위에 멈추었고 바람이 불자 그의 백발이 달빛에 반짝였다. 어두운 평원에서 소름 끼치는 통곡과 늑대들의 울부짖음이 들려왔다. 거대한 날개 모양의 그림자가 갑자기 달을 가로질러 갔다. 첨탑 위의 사람의 형체가 두 팔을 들자 그의 지팡이에서 빛이 번득였다. 큰독수리가 내려앉더니 그를 낚아채 멀리 날아갔다. 통곡 소리가 커지며 늑대들이 울부짖었다. 바람이 거세게 불어왔다. 바람 소리를 타고 동쪽에서 따가닥따가닥 말굽 소리가 들려왔다. 프로도는 '검은 기사들!' 하고 생각하며 잠에서 깨어났지만 말굽 소리는 여전히 귓가에 남아 있었다. 그는 이 안전한 돌집을 과연 다시 떠날 용기를 낼 수 있을지 걱정되었다. 그는 꼼짝도 않고 귀를 기울이며 누워 있었다. 그러나 사방은 조용했고 마침내 몸을 돌려 다시 잠이 들어 기억할 수 없는 꿈나라로 빠져들었다.

옆에서는 피핀이 행복한 꿈을 꾸고 있었다. 그러나 꿈에서 무슨 일이 생겼는지 몸을 뒤틀며 신음소리를 냈다. 갑자기 그는 잠에서 깨었다. 아니 잠에서 깨었다고 생각했다. 그러나 그는 어둠 속에서 그의 꿈자리를 괴롭히던 소리를 여전히 들을 수 있었다. 뚝뚝 끼익. 바람에 나뭇가지가 흔들리는 소리 같기도 했고, 손가락 같은 잔가지들이 벽과 유리창을 긁어 대는 소리 같기도 했다. 삐걱 삐걱 삐걱. 그는 집 근처에 혹시 버드나무가 있나 하는 생각이 들어 더럭 겁이 났다. 또 지금 누워 있는 곳이 보통 집이 아니라 버드나무 속 같은 느낌이 들었다. 삐걱삐걱하는 소름 끼치는 소리가 다시 그를 비웃었다. 그는 일어나 앉아 푹신한 베개를 만져 보고 안심하며 다시 누웠다. 귓가에 말소리가 들리는 듯했다.

"두려워 말게! 아침까지 편히 쉬어! 밤의 소리는 걱정 말게!"

그러고 나서 그는 다시 잠이 들었다.

메리의 고요한 잠자리를 괴롭힌 것은 물소리였다. 물소리는 처음에는 잔잔하게 졸졸 들려오다가 점점 커지더니 마침내는 집 주변을 온통 끝도 보이지 않는 호수로 만들어 놓았다. 그리고 벽 아래에서 꾸르륵하는 소리가 나며 서서히 물이 방에 차오르기 시작했다.

'물에 빠져 죽겠어. 곧 침대 위까지 올라오겠어.'

체념하는 사이에 벌써 그는 부드럽고 끈적끈적한 늪에 누워 있는 듯한 기분이 들었다. 벌떡 일어난다는 것이 차갑고 딱딱한 판석 한 귀퉁이를 밟고 서 있었다. 어렴풋이 무슨 소리가 들리는 것 같았다.

"달빛과 별빛, 언덕 위에서 불어오는 바람 소리 말고는 아무것도 우리 집을 지나갈 수 없으니까요."

지나가던 따뜻한 미풍이 커튼을 가볍게 흔들었다. 그는 심호흡을 하고 다시 잠들었다.

샘은 적어도 자기 기억으로는 아무 꿈도 꾸지 않고 세상 모르게 잤다.

네 명의 호빗은 아침 햇살에 동시에 잠에서 깨어났다. 톰이 찌르레기처럼 휘파람을 불며 방 안을 서성이고 있었다. 그들이 일어나려는 기색을 보이자 그는 손뼉을 치며 소리쳤다.

"헤이! 오라, 유쾌한 돌! 데리 돌! 다정한 친구들!"

그가 노란 커튼을 걷자 호빗들은 그제야 방 양쪽에 창문이 나 있음을 알았다. 하나는 동쪽, 다른 하나는 서쪽을 향해 있었다.

그들은 상쾌한 기분으로 벌떡 일어났다. 프로도는 동쪽 창으로 달려가 이슬을 맞아 회색빛을 띤 채마밭을 내다보았다. 그는 잔디가 벽에까지 바짝 붙어 자라고 있고 또 온통 말발굽으로 푹푹 파여 있을 거라고 짐작했다. 그러나 받침대를 휘감고 자라난 강낭콩의 키 큰 줄기가 시야를 가렸다. 그 너머 멀리서는 일출을 배경으로 회색 산봉우리가 희끄무레 떠올랐다. 어슴푸레한 아침이었다. 동쪽으로 가장자리가 붉은 기다란 양털 구름 너머로 노란 하늘이 희미하게 아물거렸다. 비가 올 징조였다. 그러나 아침이 점점 밝아지고 콩밭의 붉은 꽃이 이슬 젖은 푸른 풀잎 위에서 피어났다.

피핀은 서쪽 창밖으로 안개 연못을 내다보았다. 숲이 안개 속에 숨어 있었다. 위에서 내려다보니 마치 비스듬한 구름 지붕을 보는 느낌이었다. 안개가 깃털이나 물결 모양으로 갈라지는 곳은 골짜기나 물길, 버들강의 계곡이었다. 강이 왼쪽 산 위에서 시작되어 하얀 안개 그림자 속으로 사라졌다. 가까이에는 꽃밭과 은빛 그물처럼 잘 정돈된 생울타리가 있었고, 그 너머에는 이슬방울로 연회색을 띤 풀밭이 산뜻한 모습을 드러냈다. 버드나무는 보이지 않았다.

"안녕들 하신가, 유쾌한 친구들!"

톰이 동쪽 창문을 크게 열어젖히면서 소리쳤다. 시원한 공기가 들어오며 빗방울 냄새가 났다.

"오늘은 해가 잘 나지 않을 것 같네. 새벽이 어슴푸레 시작될 때부터 난 벌써 저 멀리 산봉우리까지, 바람과 날씨와 발밑 젖은 풀과 머리 위 젖은 하늘 냄새를 맡으며 한 바퀴 돌아왔지. 창문 밑에서 노래를 불러 금딸기를 깨웠어. 하지만 이른 아침에는 아무도 호빗들을 깨우지 않네. 꼬마 손님들은 한밤중에 깜깜할 때 깨어 있고 날이 새면 자기 시작하는 모양이니까! 링 어 딩 딜로! 자, 일어나게, 유쾌한 친구들! 밤의 소리는 잊고 링 어 딩 딜로 델! 데리 델! 귀한 손님들! 빨리 오면 식탁에서 아침 식사를 대접하겠지만 늦으면 풀잎과 빗방울밖에 없을 거야."

말할 것도 없이(톰의 협박이 무서워서는 물론 아니었지만) 호빗들은 곧 달려갔고 식탁의 접시가 하나 둘 비면서 천천히 일어났다. 톰과 금딸기는 그 자리에 없었다. 톰은 부엌에서 달그락거리기도 하고 층계를 오르내리기도 하고 노래를 부르며 집 바깥 여기저기를 돌아다니기도 했다. 서쪽으로 난 창문이 열려 있어 안개가 구름처럼 뒤덮인 골짜기가 내다보였다. 초가지붕 처마에서 물방울이 떨어졌다. 그들이 식사를 끝마치기도 전에 구름이 하늘을 가득 채우더니 회색 빗방울이 부드럽게 조금씩 조금씩 떨어졌다. 그 두꺼운 커튼 뒤로 묵은숲은 완전히 가려져 보이지 않았다.

창밖을 바라보는 동안 금딸기의 맑은 노랫소리가 위쪽에서 들려왔다. 마치 그 노래에 맞춰 빗방울이 떨어지는 듯했다. 그들은 노랫말을 거의 알아들을 수 없었지만 그 노래가 메마른 들판에 내리는 소나기처럼 달콤한 비의 노래라는 것과 고원의 샘물에서 저 아래 바다까지 흘러가는 강의 일생을 노래하는 것임을 알 수 있었다. 호빗들은 즐겁게 노래를 들었고 프로도는 특히 더 기분이 좋아 빗줄기를 바라보며 반가이 인사라도 하고 싶은 심정이었다. 출발을 연기할 명분이 생겼기 때문이었다. 눈을 뜬 순간부터 다시 떠나야 한다는 생각이 그의 마음을 무겁게 짓누르고 있었지만, 적어도 오늘은 떠나지 않아도 된다고 안심하고 있었던 것이다.

바람이 서쪽부터 잠잠해지더니 더 시커멓고 더 습한 구름이 빗방울을 가득 싣고 고분구릉의 벌거벗은 대지 위로 날아갔다. 집 주변에서는 빗줄기 말고는 아무것도 보이지 않았다. 프로도는 열린 출입문 옆에 서서 백묵처럼 하얀 길이 작은 우윳빛 강으로 변해 골짜기 아래로 물거품을 일으키며 흘러가는 것을 지켜보았다. 톰 봄바딜은 마치 빗줄기를 막기라도 하듯 두 팔로 비를 가리며 집 모퉁이를 돌아왔다. 사실 문간으로 성큼 뛰어든 그의 몸은 신발을 제외하고는 전혀 젖지 않았다. 그는 신발을 벗어서 벽난로 구석에 갖다 놓았다. 가장 커다란 의자에 자리를 잡은 톰은 호빗들을 자기 옆으로 불러 모았다.

"오늘은 금딸기가 세탁하는 날이자 가을 대청소를 하는 날이지. 호빗들에겐 빗물이 너무 셀 테니까 여기서 푹 쉬게. 오늘 같은 날은 옛날이야기를 하거나 궁금한 사연을 주고받기에 안성맞춤이지. 그러면 톰이 먼저 이야기하지."

그는 신기한 이야기를 많이 들려주었다. 때로는 반쯤 혼자 이야기하는 듯하기도 했고, 때로는 짙은 눈썹 아래로 형형한 푸른 눈을 번득이며 그들을 바라보기도 했다. 종종 그의 이야기가 노래로 변하면서 그는 의자에서 일어나 춤을 추기도 했다. 그는 묵은숲의 벌과 꽃, 그리고 그 안에 사는 이상한 짐승 들에 관한 전설들을 들려주었고, 악한 무리와 선한 무리, 다정한 것과 사나운 것, 잔인한 것과 친절한 것, 그리고 덤불숲 속에 숨어 있는 비밀까지도 이야기해 주었다.

호빗들은 이야기를 들으며 자신들과는 다른 묵은숲의 삶을 이해하게 되었고, 그들끼리 평화롭게 지내는 곳에서 자신들이 바로 이방인이 될 수밖에 없음을 어렴풋하게나마 느끼기 시작했다. 톰은 이야기 도중 버드나무 영감을 이따금 언급했다. 그래서 프로도는 그에 대해 충분히 알게 되었다. 실은 너무 많이 알아 버렸다고 하는 편이 나을 것이다. 왜냐하면 그에 관한 이야기는 그리 유쾌한 내용이 아니었기 때문이다. 종종 이상하고 사악한 행동을 한다고 비난했던 나무들의 속마음과 사정을 톰의 이야기를 통해 이해할 수 있었으며, 대지를 자유로이 활보하면서 물고 뜯고 베고 자르고 불태우는 파괴자와 약탈자 들에게 품고 있는 그들의 증오심도 수긍이 갔다. 아무 근거 없이 이 숲의 이름이 묵은숲이 된 것도 아니었다. 사실 이 숲은 지금은 잊힌 고대의 거대한 삼림지였다. 거기에는 아직도 자기가 주인이었던 때를 기억하며 산처럼 서서히 늙어 가는, 나무들의 조상의 조상이 살고 있었다. 숱한 세월이 그들에게 자만심과 심원한 지혜를 심어 주었다. 그리고 그동안 원한도 쌓여 갔다. 그중에서 가장 무서운 것이 바로 버드나무 고목이었다. 그의 마음은 썩어 갔으나 힘은 아주 강하고 지혜는 간교했다. 그는 바람을 부릴 줄 알았고 그의 노래와 생각은 버들강 양안의 숲으로 전파될 수 있었다. 그의 갈급한 회색 영혼은 대지에서 힘을 끌어냈고 땅속으로는 실뿌리처럼, 공중에서는 보이지 않는 손가락처럼 세력을 확장하여 마침내는 생울타리 경계에서 고분구릉까지의 묵은숲 전체를 지배하게 되었다.

갑자기 톰의 이야기가 숲을 떠나 강 상류로 뛰어 올라갔다. 물거품이 이는 폭포와 조약돌, 세월에 마멸된 바위를 넘어 난쟁이 풀밭의 작은 꽃들과 젖은 바위틈에서 노닐던 이야기가 드디어 고분구릉에까지 이르렀다. 그들은 거대 고분들과 초록 무덤들, 그리고 산등성이의 돌로 쌓은 원형지대와 언덕 사이의 분지에 대한 이야기를 들었다. 양 떼들이 무리 지어 음매 하고 울었고 녹색 성벽과 흰색 성벽이 일어났다. 고원에는 성채가 세워졌다. 소왕국의 제왕들은 서로 싸움을 벌였고, 그들의 탐욕스러운 신병기의 붉은 칼날에 아침 햇살이 불꽃처럼 반사되었다. 승리와 패배가 있었으며 탑이 무너지고 성채가 불타올라 화염이 하늘을 찔렀다. 죽은 왕과 왕비 들의 상여 위에 황금이 덮였고, 무덤이 그들을 덮고 나서 돌문이 닫혔다. 그러고 그 위에 풀이 자랐다. 오래전엔 양 떼들이 풀을 뜯으며 뛰놀았지만 언덕은 곧 황량한 빈터가 되었다. 멀리 암흑의 땅에서 어떤 그림자가 나타나면서 무덤의 뼈들이 다시 살아나기 시작했다. 고분악령들은 얼음같이 차가운 손가락에 반지를 끼고 황금 목걸이를 바람에 휘날리며 골짜기를 어슬렁거렸다. 원형지대의 돌기둥들은 마치 부서진 이빨처럼 달빛 속에서 흰 빛을 번뜩이며 웃고 있었다.

호빗들은 몸을 떨었다. 샤이어에서도 묵은숲 너머 고분구릉에 사는 고분악령들에 대한 소문을 들은 적이 있었다. 그러나 그것은 아무도 듣고 싶어 하지 않던 이야기였다. 아무리 아늑한 난롯가에 서라도 마찬가지였다. 네 명의 호빗은 그 집의 평화로운 분위기에 빠져 잊고 있던 사실을 갑자기 기억해 냈다. 톰 봄바딜의 집은 바로 그 무시무시한 산골짜기 중턱에 자리 잡고 있었던 것이다. 그들은 톰의 이야기 가닥을 놓쳐 버리고 서로를 곁눈질하며 불안하게 몸을 꼼지락거렸다.

그들이 그의 이야기를 다시 따라잡았을 때 톰은 그들의 기억 저편에 있는 이상한 나라, 세상이 지금보다 넓어서 서쪽 해안에까지 바다가 바로 뚫려 있던 시절로 돌아가 있었다. 그리고 톰은 거기서 더 거슬러 올라가 요정의 나라만이 깨어 있던 태고의 별빛 속으로 노래를 흥얼거리며 들어갔다. 그런데 그가 갑자기 이야기를 멈추었다. 마치 잠들기라도 한 듯 고개를 꾸벅이는 것이었다. 호빗들은 마법에라도 걸린 듯 꼼짝도 못 하고 그의 동작을 지켜보았다. 그런데 그의 이야기가 주문이라도 되었던 듯 바람도 사라지고 구름도 개고 햇빛도 걷힌 채 동쪽과 서쪽에서 어둠이 몰려와 이윽고 온 하늘을 하얀 별빛으로 가득 채웠다.

며칠 낮, 며칠 밤이 지났는지 알 수 없었다. 프로도는 배고프지도 피곤하지도 않고 오직 경이로울 따름이었다. 별빛이 창가로 흘러들었고 우주의 적막이 자신을 둘러싸고 있는 것 같았다. 그는 갑자기 그 적막이 두려워지면서 궁금증을 감추지 못하고 그에게 물었다.

"어르신, 당신은 누구십니까?"

"응, 뭐라고?"

톰이 몸을 일으키며 말했다. 그의 두 눈이 어둠 속에서 희미한 광채를 발했다.

"내 이름을 아직도 모르는가? 그것이 내가 해 줄 수 있는 유일한 대답일세. 그러면 자네는 누군가? 아직 난 이름도 모른다네. 하지만 자네는 젊고 나는 늙었네. 이 세상에서 가장 늙은 사람, 그게 날세. 친구들, 내 말을 새겨듣게. 톰은 강과 나무들이 있기 전에 여기 이 자리에 있었다네. 최초의 빗방울과 최초의 도토리를 기억하지. 그는 인간이 태어나기 이전에 길을 닦았고 난쟁이들이 도착하는 것도 보았네. 그는 제왕들과 무덤과 고분악령들보다 먼저 여기에 있었고, 바다가 휘어지기 전 요정들이 서쪽으로 이동할 때도 여기 있었네. 그는 두려움이 없던 저 별빛 아래의 어둠을 알고 있었네. 즉 암흑군주가 바깥세상에서 나타나기 전 말일세."

어떤 그림자가 창가를 스쳐 지나가는 듯해 호빗들은 창문 쪽으로 흘끗 시선을 돌렸다. 그들이 다시 고개를 돌렸을 때 금딸기가 등 뒤로 불빛을 받으며 문가에 서 있었다. 그녀는 촛불을 들고 한 손으로 불이 꺼지지 않게 바람을 가리고 있었다. 그녀의 손가락 사이로 빠져나오는 불빛은 마치 흰 조개껍데기에 햇빛이 반사되는 것 같았다.

그녀가 말했다.

"이젠 비가 그쳤어요. 별빛 아래로 새로운 물이 흐르고 있어요. 자, 함께 즐거운 시간을 보내야죠!"

그러자 톰이 맞장구를 쳤다.

"먹고 마실 것도 있어야겠지! 긴 이야기는 목을 마르게 하고 오랫동안 듣는 것도 배를 고프게 하는 법이야. 아침, 점심, 저녁까지!"

그는 자리에서 벌떡 일어나 굴뚝 밑 선반에서 양초를 내려 금딸기가 들고 있는 촛불에서 불을 옮겨붙였다. 그리고 테이블 주변에서 춤을 추더니 갑자기 깡충깡충 문턱을 뛰어넘어 사라졌다.

그는 곧 음식을 담은 커다란 쟁반을 들고 나타났다. 톰과 금딸기는 상을 차렸고 호빗들은 경이와 미소가 반쯤 섞인 표정으로 그들을 지켜보았다. 금딸기의 우아한 자태는 너무 아름다웠고, 톰이 깡충거리는 모습은 우스꽝스러우면서도 유쾌했다. 그들은 하나의 춤을 같이 추고 있었으나, 묘하게도 방 안팎과 식탁 주변을 돌 뿐 서로 방해하지는 않았다. 그동안 음식과 그릇과 촛불이 신속하게 준비되었다. 음식이 희고 노란 촛불의 빛을 받아 은은하게 빛났다. 톰이 손님들에게 인사를 하고 금딸기가 저녁 식사가 준비되었음을 알렸다. 그제야 호빗들은 그녀가 하얀 허리띠를 두르고 온몸을 은빛으로 치장하고 물고기 비늘 같은 구두를 신고 있음을 알았다. 톰의 옷은 모두 빗물에 씻긴 물망초처럼 맑고 푸른 빛깔이었고 양말은 초록색이었다.

지난번보다 더 멋진 저녁 식사였다. 톰의 이야기에 홀려 몇 끼를 거른 걸까? 음식이 차려지자마자 그들은 일주일은 굶은 사람들처럼 게걸스레 달려들었다. 한참 동안 말도 노래도 하지 않고 오로지 숟가락만 바쁘게 움직였다. 잠시 후 다시 기분이 무척 좋아져 웃으며 즐겁게 노래를 불렀다.

밥을 다 먹고 난 뒤 금딸기는 그들에게 노래를 몇 곡 들려주었다. 그녀의 노랫소리는 산속으로 기분 좋게 울려 퍼지다가 조용히 적막 속으로 숨어들었다. 그 적막 한가운데에서 그들은 지금까지 보아 왔던 어떤 것들보다 큰 호수와 강을 마음의 눈으로 볼 수 있었다. 그 물속에는 하늘도 있었고 더 깊은 곳에는 보석처럼 반짝이는 별도 있었다. 그러고 나서 그녀는 다시 한번 그들에게 작별 인사를 하고 난롯가를 떠났다. 그러나 톰은 말짱하게 깨어서 여러 가지 질문을 하느라 바빴다.

톰은 이미 그들과 그들의 가족에 대해 많은 것을 알고 있는 듯했고, 샤이어의 역사와 내력에 대해서는 호빗들조차 기억하지 못하는 먼 옛날의 역사까지 훤하게 알았다. 그 점에 대해 그들은 크게 놀라지는 않았다. 그러나 그는 최근에 얻은 소식이 대부분 농부 매곳에게 들은 것이라고 털어놓아 그들을 놀라게 했다. 그는 그들이 상상한 것 이상으로 매곳을 대단한 인물로 평가하고 있었다.

"그의 늙은 발밑에는 대지가 있고, 그의 손가락 위에는 흙이 있고, 그의 뼛속에는 지혜가 있고 그의 두 눈은 열려 있네."

톰은 매곳을 이렇게 칭찬했다. 톰은 요정들과 알고 지내는 게 분명했고, 어떤 경로를 통해서든 길도르에게서 프로도의 탈출 소식을 들은 것 같았다.

사실 톰은 아는 것이 너무 많았고 질문 또한 매우 교묘했기 때문에 프로도는 자기도 모르게 간달프에게 이야기한 것보다 자세하게 자신의 희망과 공포, 그리고 빌보에 대해 털어놓고 말았다. 톰은 연신 고개를 끄덕였고 검은 기사들에 관한 이야기가 나오자 두 눈엔 섬광이 일었다.

"그 반지 좀 보여 주게!"

이야기 도중에 그가 불쑥 말했다. 그러자 프로도는 스스로도 놀라면서 얼른 주머니에서 반지를 꺼내어 줄을 풀어 톰에게 넘겨주었다. 반지가 그의 커다란 갈색 손바닥에 놓이자 더 커지는 듯했다. 그때 갑자기 그는 반지를 자기 눈에 갖다 대고 웃었다. 호빗들은 잠시 우습기도 하고 놀랍기도 한 광경을 보았다. 반지의 금빛 동그라미 사이로 그의 푸른 눈이 반짝이고 있었다. 그러고 나서 톰은 새끼손가락 끝에 반지를 끼고 촛불에 비춰 보았다. 호빗들은 처음에는 무엇이 신기한지 알아채지 못했다. 그러다가 그들은 놀라 입을 벌렸다. 톰이 사라지지 않은 것이다!

톰은 껄껄 웃고는 공중에서 반지를 빙글 돌렸다. 그것은 번쩍거리는 빛과 함께 사라졌다. 프로도가 놀라 비명을 질렀다. 그러자 톰은 앞으로 몸을 숙이고 웃으면서 반지를 그에게 돌려주었다.

프로도는 그것을 자세히 살펴보았다. 사기꾼에게 보석을 빌려주었다가 되돌려 받는 사람처럼 약간은 의심스럽게 반지를 만져 보았다. 똑같은 반지였다. 모양도 같고 무게도 같았다. 프로도의 손에서는 반지가 항상 이상하리만치 무겁게 느껴졌기 때문이었다. 그러나 뭔가 확인해 보고 싶은 생각이 간절했다. 그는 간달프조차 그렇게 끔찍하게 위험시했던 반지를 톰이 그다지 대수롭지 않게 여기는 것을 보고는 조금은 불안해졌다. 이야기가 다시 계속되자 프로도는 기회를 엿보았다. 톰이 오소리들의 이상한 살림살이에 대해 터무니없는 이야기를 시작했을 때 그는 반지를 슬쩍 꼈다.

메리가 무슨 말을 하려고 그를 향해 몸을 돌리다가 깜짝 놀라서 소리도 못 지르고 입을 벌렸다. 프로도는 (어떤 면에서 그것이 약간은) 기뻤다. 틀림없는 그 반지였다. 메리는 분명 프로도의 의자를 보면서도 그를 보지 못했다. 그는 몰래 일어나서 난로 앞에서 슬그머니 바깥문 쪽으로 향했다.

톰이 그 빛나는 눈으로 모든 것을 다 알아본다는 듯 그를 향해 소리쳤다.

"어이, 잠깐만! 프로도, 이리 오게. 어서! 어딜 가는가? 톰 봄바딜이 늙긴 했지만 아직 그만큼 눈이 멀지는 않았네. 반지를 그만 빼게! 자네 손은 반지가 없어야 더 아름답지 않은가? 이리 돌아와! 장난 그만 치고 여기 와서 앉게! 이야기할 것이 아직 있어. 그리고 내일 아침 일도 생각해 둬야 하지 않겠나? 톰이 자네가 헤매지 않게 길을 잘 가르쳐 주겠네."

프로도는 (애써 재미있다는 듯이) 웃었다. 반지를 빼고는 돌아와서 앉았다. 톰은 내일 아침은 해가 나고 날씨가 좋아서 출발하기에는 괜찮을 거라고 말했다. 그리고 출발은 빠를수록 좋을 거라고도 했다. 왜냐하면 그곳 날씨는 톰도 자신 있게 말할 수 없어서 윗도리를 갈아입는 사이에 날씨가 갑자기 어떻게 변할지 모르는 일이라는 것이었다.

"나는 날씨의 주인이 아닐세. 두 발 짐승은 아무도 주인이 될 수 없지."

그들은 그의 충고대로 그의 집에서 거의 정북향으로 고분구릉 서쪽의 저지대 비탈을 따라가기로 결정했다. 그는 그렇게 하루쯤 걸어가면 고분들을 피해 동부대로를 만날 수 있을 것이라고 말했다. 그는 그들에게 두려워하지 말고 임무에만 충실하라고 부탁했다.

"풀밭을 따라가게. 그리고 웬만한 강심장의 소유자가 아니라면 옛 왕국의 돌조각이나 차가운 고분악령들, 혹은 그들의 집을 함부로 건드리지 말게!"

이 충고를 몇 번이나 당부하고 만약 고분 근처를 지나게 되면 반드시 서쪽으로 지나가라고 일러 주었다.

호! 톰 봄바딜, 톰 봄바딜로!
물이나 숲, 언덕, 갈대, 버드나무 옆이나
불이나 해와 달 어디에 있더라도 이제 우리의 소리를 들어 주오!
오라, 톰 봄바딜, 우리는 그대가 필요하오!

그들은 모두 그 노래를 따라 불렀다. 그는 웃으며 그들 모두의 어깨를 두드려 주고는 촛불을 들고 침실로 인도했다.

Chapter 8

고분구릉의 안개

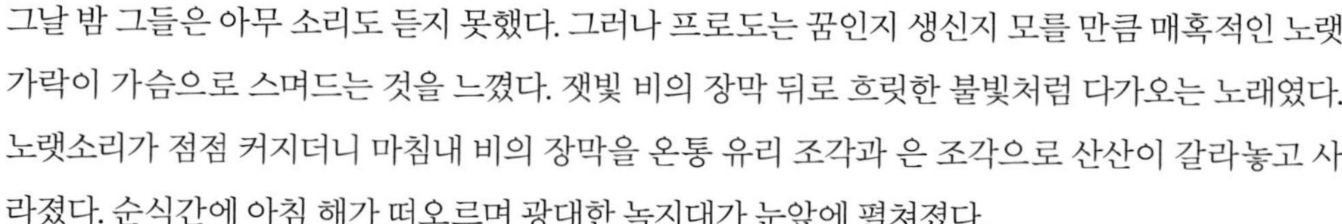

그날 밤 그들은 아무 소리도 듣지 못했다. 그러나 프로도는 꿈인지 생신지 모를 만큼 매혹적인 노랫가락이 가슴으로 스며드는 것을 느꼈다. 잿빛 비의 장막 뒤로 흐릿한 불빛처럼 다가오는 노래였다. 노랫소리가 점점 커지더니 마침내 비의 장막을 온통 유리 조각과 은 조각으로 산산이 갈라놓고 사라졌다. 순식간에 아침 해가 떠오르며 광대한 녹지대가 눈앞에 펼쳐졌다.

환상에서 현실로 돌아오면서 눈을 떠 보니, 마치 새들이 빈틈없이 들어찬 나무처럼 톰이 휘파람을 불며 서 있었다. 햇살이 벌써 고개를 넘어 열린 창문으로 비스듬히 비쳤고 창밖은 온통 초록색과 연노란색으로 덮여 있었다.

호빗들은 오늘도 그들끼리만 아침을 먹었다. 식사를 마친 그들은 그런 날 아침이면 으레 그렇듯 무거운 마음으로 작별 인사를 할 준비를 했다. 비 온 뒤의 쪽빛 가을 하늘은 서늘하고 맑고 환했다. 서북쪽에서 상쾌한 바람이 불어왔다. 말 못 하는 조랑말들은 벌써 코를 킁킁거리고 까불대며 떠나지 못해 안달이었다. 톰은 문간에서 춤추듯 모자를 흔들어 대며 호빗들에게 일어나라고 손짓했다. 빨리 떠나자는 신호였다.

그들은 집 뒤로 난 좁은 길로 들어섰다. 그 집을 뒤에서 보호하고 있는 언덕 위의 북쪽 끝을 향해 비스듬히 올라갈 작정이었다. 마지막으로 급경사 길로 말을 끌고 오르기 위해 그들 모두 말에서 내렸을 때 갑자기 프로도가 발을 멈추고 소리쳤다.

"금딸기! 은녹색의 옷을 입은 아름다운 여인! 우린 작별 인사도 못 했어! 어제저녁 이후로는 못 봤잖아!"

그는 몹시 서운한 표정으로 뒤돌아보았다. 바로 그때 그들을 부르는 맑은 목소리가 물결치듯 귓가에 내려왔다. 언덕 바로 위에서 그녀가 그들을 향해 손짓하고 있었다. 그녀의 머리카락이 햇빛에 현란한 광채를 띠며 휘날렸고, 그녀가 춤추는 동안 발밑 풀잎들이 이슬방울처럼 맑은 빛으로 반짝였다.

그들은 서둘러 마지막 비탈길을 올라가 숨을 헉헉거리며 그녀 옆에 섰다. 그들이 인사하자 그녀는 주위를 둘러보라고 손짓했다. 언덕 아래로 아침 햇살에 반짝이는 대지가 펼쳐졌다. 묵은숲의 산 위에서 보았던 안개 자욱한 희미한 풍경과는 달리 언덕과 골짜기가 뚜렷한 윤곽을 드러내고 있었다. 묵은숲도 이제는 서쪽의 거뭇거뭇한 숲지대 가운데서 연녹색으로 두드러지게 구별되어 드러났다. 그쪽으로는 녹색과 황색, 적갈색의 산등성이들이 햇빛에 모습을 드러냈으며, 그 너머로 브랜디와인강의 골짜기가 숨어 있었다. 남쪽으로 버들강 줄기를 따라가면 브랜디와인강이 저지대에서 만곡을 이루며 호빗들이 알지 못하는 곳으로 흘러가는 것이 마치 멀리서 보이는 희미한 유리처럼 반짝거렸다. 북쪽으로는 지대가 차츰 낮아져 회색과 녹색, 연고동색의 평지와 구릉이 펼쳐지다가 마침내는 아무런 형체도 없이 흐릿하게 사라졌다. 동쪽에는 고분구릉의 수많은 능선이 아침 햇살에 모습을 드러내고는 차츰 멀리 사라졌다. 사라진 곳에는 희뿌연 하늘이 한 줄기 푸르스름한 빛과 섞여 저 멀리, 옛이야기와 기억 속의 높고 험준한 산맥을 말해 주고 있었다.

그들은 크게 심호흡을 하고 산 밑으로 펄쩍 뛰어 내려갔다. 몇 발짝만 달려가면 어떤 곳이라도 닿을 수 있을 것 같았다. 톰처럼 가볍게 높은 산들을 징검다리 삼아 안개산맥을 향해 곧바로 뛰어가야 할 만큼 급하면서도, 한편으로는 동부대로를 향해 고분구릉의 구불구불한 외곽을 기약 없이 걸어갈 생각을 하니 눈앞이 캄캄했다.

금딸기가 말을 걸어 수심에 잠긴 그들의 눈과 생각을 일깨웠다.

"자, 어서 가세요, 아름다운 손님들! 목표를 잊지 말아요. 바람을 왼쪽 눈으로 받으며 북쪽으로 가세요. 발걸음에 축복이 있기를 빕니다. 해가 있을 동안 열심히 가세요!"

그러고 나서 특별히 프로도를 향해 다시 인사했다.

"잘 가요, 요정의 친구! 즐거운 만남이었어요!"

그러나 프로도는 대답할 말이 떠오르지 않았다. 그는 허리를 깊이 숙여 인사하고 말에 올랐다. 그는 언덕을 뒤로하고 완만하게 경사진 길을 따라 일행을 이끌고 천천히 내려가기 시작했다. 톰 봄바딜의 집과 골짜기와 묵은숲이 이제 보이지 않았다. 산등성이의 푸른 풀밭 사이로 지나갈 무렵, 이미 날씨가 따뜻해졌고 숨을 쉴 때마다 달콤한 잔디 냄새가 진하게 코를 자극했다. 녹색 골짜기의 바닥까지 내려와 뒤돌아보았을 때, 그들은 금딸기가 여전히 하늘을 배경으로 조그맣고 날씬한 한 송이 꽃처럼 햇빛을 받고 서 있는 것을 볼 수 있었다. 그녀는 그들을 지켜보며 그들을 향해 두 팔을 벌리고 있었다. 그들이 뒤돌아보자 그녀는 맑은 목소리로 소리친 후 손을 흔들어 인사하고는 돌아서서 산 너머로 사라졌다.

길은 골짜기 바닥을 따라 꼬불꼬불 이어져 가파른 언덕 기슭을 돌아 더 깊고 넓은 골짜기로 접어들었다. 그런 다음 산마루로 다시 올라가더니 때로는 산등성이를 따라, 때로는 부드러운 기슭을 지나 새로운 언덕으로 이어지기도 하고 다시 골짜기로 내려가기도 했다. 주위에는 나무도 없고 물도 찾을 수 없었으며 짧고 푹신한 잔디만이 깔려 있었다. 산등성이를 스쳐 지나는 바람 소리와 낯선 새들의 외로운 울음소리만 들려올 뿐이었다. 시간이 흐를수록 태양은 더 높이 떠올랐고 날이 더워졌다. 산등성이를 새로 오를 때마다 바람은 점점 잦아드는 듯했다. 멀리 서쪽을 바라보자 묵은숲에서 연기가 피어올랐다. 어제 내린 비가 나뭇잎과 뿌리와 흙에서 수증기로 변한 모양이었다. 이제 어두운 그림자는 저 멀리 물러나고 높은 하늘이 파란 모자처럼 뜨겁고 무겁게 느껴졌다.

한낮 무렵 그들은 바닥이 넓고 평평한 분지로 들어섰다. 그곳은 가장자리에 녹색 띠를 두른 얕은 접시 모양의 분지였다. 바람 소리는 전혀 들리지 않았고 하늘이 바로 머리 위에 있는 것 같았다. 고개를 돌려 북쪽을 바라본 그들은 다시 용기를 냈다. 예상했던 것보다 훨씬 많이 온 것이 분명했다.

자욱한 안개 때문에 멀리까지 선명하게 보이지는 않았지만 고분구릉이 곧 끝날 것이 분명했다. 눈 아래로 길쭉한 계곡이 북쪽으로 굽어졌고, 그 계곡은 경사진 두 언덕 사이의 통로로 연결되었다. 그 너머로는 더 이상 산이나 언덕이 보이지 않았다. 정북 방면으로 그들은 기다란 검은 선을 희미하게나마 볼 수 있었다. 메리가 말했다.

"저건 가로수예요. 동부대로가 틀림없어요. 브랜디와인다리에서 동쪽으로 상당히 멀리까지 가로수가 서 있거든요. 소문에는 아주 먼 옛날에 심어졌다고 해요."

그러자 프로도가 말을 받았다.

"멋진데! 오후에도 아침처럼만 걷는다면 해가 지기 전에 고분구릉을 빠져나가 야영지를 찾을 수 있겠어."

그렇지만 그렇게 이야기하면서도 그는 동쪽을 한번 살펴보았다. 고분구릉의 산들이 더 우뚝하게 그들을 내려다보고 있었고, 봉우리마다 녹색의 무덤이 마치 왕관처럼 자리를 잡고 있었다. 갖가지 비석들이 녹색 잇몸에서 나온 들쭉날쭉한 이빨처럼 땅 위에 불쑥불쑥 솟아 있었다.

그 광경을 보고 있노라니 어쩐지 기분이 좋지 않았다. 그래서 그들은 눈을 돌려 쉬고 있던 우묵한 분지를 둘러보았다. 둥근 분지 한가운데에 한낮의 태양을 바라보며 큰 비석이 하나 서 있었다. 한낮이라 그림자가 없었다. 비석은 볼품은 없었지만 어떤 중요한 역할을 맡은 것 같았다. 이정표나 길 표지판 같기도 했고 어떻게 보면 경고판 같기도 했다. 그들은 배가 고팠고 태양은 아직 너무 뜨거웠다. 그들은 비석의 동쪽에 등을 기대고 앉았다. 뜨거운 태양도 이 비석만은 어쩔 수 없는 듯 비석은 이상하리만치 서늘했다. 여하튼 시원해서 좋았다. 거기서 먹을 것과 마실 것을 꺼내 놓고 맑은 하늘 아래서 맛있게 식사를 했다. 그날 하루 먹기에는 충분할 만큼 톰이 도시락을 준비해 주었기에 음식은 맛으로나 양으로나 모자람이 없었다. 등짐을 풀어 놓은 조랑말들도 풀밭에서 한가로이 풀을 뜯었다.

언덕을 겨우겨우 올라와 배가 터지게 식사를 하고, 여전히 뜨겁게 내리쬐는 태양 아래 잔디 향기가 코를 찌르는 곳에서 등을 깔고 다리를 뻗고 코 위의 하늘만 보고 누워 있으니, 다음에 어떤 일이 벌어질지는 이야기하지 않아도 뻔한 이치였다. 그러나 얼마 지나지 않아 그들은 생각하지 않았던 잠에서 갑작스러운 불편을 느끼며 깨어났다. 비석은 차가워졌고 그들이 누운 동쪽으로 기다란 그림자를 드리웠다. 태양은 그들이 누워 있던 분지 서쪽 가장자리 위에서 안개 사이로 희미하고 누르스름한 빛을 발했다. 동쪽, 남쪽, 북쪽 모두 분지 밖으로 짙은 안개가 차가운 벽을 두른 듯 깔려 있었다. 주변에는 무거운 적막감이 감돌았고 냉기마저 느껴졌다. 조랑말들은 고개를 숙인 채 저편에 모여 서 있었다.

호빗들은 깜짝 놀라 벌떡 일어나 서쪽으로 달려갔다. 그들은 자신들이 안개로 둘러싸인 섬에 고립되었음을 깨달았다. 당황해서 서로 바라보는 동안 석양은 바로 그들의 눈앞에서 흰 안개 바다로 빠져 들어갔고, 뒤편 동쪽에서 차가운 잿빛 어둠이 밀려왔다. 안개가 가장자리부터 서서히 위로 말려 올라오더니 그들 머리 위에 지붕처럼 자리 잡았다. 그들은 중앙의 비석이 기둥처럼 버티고 선 안

개의 방 안에 갇혀 버린 꼴이었다.

그들은 덫에 걸려든 기분이었지만 크게 낙심하지는 않았다. 눈앞에 보였던 동부대로의 검은 선이 그려 놓았던 희망적인 광경을 아직 기억하고 있었으며 그것이 어느 쪽인지도 알고 있었기 때문이다. 여하튼 이 비석 둘레의 분지가 너무 섬뜩한 기분이 들어 그 자리에서 더 쉬고 싶은 생각은 없었다. 그들은 차가워진 손가락으로 서둘러 짐을 꾸렸다.

호빗들은 곧 조랑말들을 이끌고 일렬종대로 안개 바다에 빠진 비탈길의 북쪽을 따라 천천히 나아갔다. 갈수록 안개는 더 차갑고 축축해져 머리카락이 이마에 달라붙어 물방울을 떨어뜨렸다. 계곡 바닥에 도착했을 때는 너무 쌀쌀해져 외투와 두건을 꺼냈지만, 그것들도 곧 잿빛 이슬에 젖어 축축해졌다. 그들은 조랑말에 올라 오르막과 내리막을 천천히 더듬어 가며 앞으로 나아갔다. 아침에 보았던 긴 계곡 북쪽 끝에 있던 대문처럼 생긴 통로를 목표 삼아 가능하면 그쪽으로 갈 수 있도록 방향을 잡았다. 일단 그곳만 빠져나가면 바로 일직선으로 동부대로를 향해 달려갈 수 있을 것 같았다. 그들의 생각은 오직 그것뿐이었으며, 게다가 고분구릉만 벗어나면 안개도 없어지겠지 하는 막연한 희망을 품고 있었다.

행군 속도는 매우 느렸다. 길을 잃고 다른 쪽에서 헤매지 않도록 모두 프로도의 뒤를 따라 일렬로 나아갔다. 샘이 바로 뒤에 섰고 그다음에 피핀, 메리 순이었다. 계곡은 끝도 없이 뻗어 있는 것 같았지만 프로도는 갑자기 희망적인 징후를 발견했다. 전방의 길 양쪽으로 안개 속에서 어둠이 서서히 드러나기 시작했다. 프로도는 드디어 언덕 사이의 통로, 즉 고분구릉의 북쪽 입구에 도착했다고 추측했다. 저곳만 지나면 안심이다.

"자, 따라와!"

그는 어깨 너머로 소리치고 앞으로 서둘러 나아갔다. 그러나 프로도의 희망은 곧 당혹과 경악으로 바뀌고 말았다. 어둠의 장막이 더욱 깊어졌고 그들은 그럴수록 위축되었다. 다음 순간 그는 불길한 탑처럼 생긴 두 개의 비석이 마치 문짝이 떨어져 나간 기둥이 서로 떠받치듯 앞을 가로막고 선 것을 발견했다. 아침에 산 위에서는 이런 것을 본 기억이 나지 않았다. 그는 자기도 모르게 그 사이를 통과했다. 어둠이 옥죄듯 더 짙어졌다. 조랑말이 히힝 콧소리를 내며 몸을 뒤로 젖히는 바람에 프로도는 말에서 떨어지고 말았다. 뒤를 돌아보았지만 아무도 없이 그 혼자만 남아 있었다.

그는 동료들을 향해 외쳐 댔다.

"샘! 피핀! 메리! 이쪽이야! 왜 안 따라오는 거야!"

대답이 없었다. 그는 뒷걸음질 치며 미친 듯 외쳤다.

"샘! 샘! 메리! 피핀!"

조랑말이 안개 속으로 뛰어들어 사라져 버렸다. 멀리서 무슨 고함 소리가 들리는 것 같기도 했다.

"여기! 프로도! 여기요!"

동쪽이었다. 그는 커다란 바위 밑에 서서 왼쪽의 어둠 속을 뚫어지게 응시하다가 소리가 들리는 쪽으로 뛰어갔다. 가파른 오르막 같았다.

그쪽으로 달려가면서도 프로도는 계속 미친 듯 외쳤지만 한참 동안 아무 소리도 들리지 않았다. 잠시 후 아까보다 희미한 소리가 더 위쪽, 머리맡에서 들려오는 것 같았다.

"프로도! 여기요!"

안개 속에서 희미한 비명들이 들려왔다. 그러고 나서 "살려 줘요! 살려 줘!" 하는 듯한 아우성이 몇 번 반복되다가 마지막으로 "살려 주세요!" 하는 애원이 기다란 통곡처럼 여운을 남기다 뚝 끊기고 말았다. 그는 있는 힘을 다해 소리 나는 쪽으로 달려갔다. 그러나 빛 한 점 없이 조여 오는 어둠 속에서 방향을 찾는 것은 거의 불가능한 일이었다. 그는 점점 더 위쪽으로 올라가는 것 같았다.

발바닥에 닿는 지면의 감촉으로 보아 마침내 언덕이나 산등성이의 꼭대기에 올라온 것 같았다. 그는 땀을 뻘뻘 흘리며 기진맥진했으나 여전히 으스스한 냉기를 느꼈다. 어둠은 여전히 물러갈 기미를 보이지 않았다.

"어디들 있는 거야!"

프로도는 비참한 심정으로 소리를 질렀다.

대답이 없었다. 그는 귀를 기울이며 서 있었다. 갑자기 냉기가 심해지면서 얼음처럼 찬 바람이 불어왔다. 주변에 변화가 일어났다. 안개가 뒤로 빠져나가며 갈래갈래 흩어졌다. 자기 입김이 보이기 시작하면서 어둠이 뒤로 물러나 열어졌다. 그는 고개를 들어 머리 위에서 빠른 속도로 흘러가는 구름과 안개 사이로 별들이 희미하게 빛나는 것을 보고 놀랐다. 바람이 쌩쌩 소리를 내며 풀잎 위로 스쳐 갔다. 어디선가 들릴까 말까 하는 비명 소리가 나는 것 같아 그쪽으로 움직였다. 걸어가는 동안 안개가 양옆으로 위로 걷히면서 별이 반짝이는 밤하늘이 드러났다. 방향을 가늠하려고 주위를 둘러보다 자신이 언덕 위에서 남쪽을 향해 있음을 알았다. 북쪽에서 언덕을 기어 올라온 게 분명했다. 동쪽에서 살을 에는 듯한 찬 바람이 불어왔다. 그의 오른쪽으로 서쪽 하늘의 별들을 배경으로 검은 형체가 어렴풋이 눈에 들어왔다. 커다란 무덤이 있었다.

"어디들 있는 거야?"

무섭기도 하고 한편으로는 화가 나기도 해 다시 고함을 질렀다.

"여기야!"

음산한 저음의 목소리가 땅속에서 울려 나오는 듯 들려왔다.

"널 기다리고 있어!"

"안 돼!"

프로도는 소리를 질렀지만 꼼짝도 할 수 없었다. 그는 힘없이 무릎을 꺾고 무너져 내리듯 땅바닥에 쓰러졌다. 아무 일도 일어나지 않았고 아무 소리도 들리지 않았다. 그가 몸을 부르르 떨며 고개를 들었을 때, 그림자 같은 검은 형체가 별빛을 등지고 커다랗게 시야를 가로막았다. 그림자는 몸을 숙여 그를 살피고 있었다. 아마 검은 형체의 눈인 듯한 곳에서 멀리서 비쳐 오는 것 같은 희미한 광채가 소름 끼칠 정도로 차갑게 번득였다. 무쇠보다 육중하고 차가운 손길이 그를 잡아챘다. 뼈를 얼어붙게 할 만큼 차가운 감촉이 몸을 스치고 지나간 후 그는 아무것도 기억할 수 없었다.

다시 제정신으로 돌아왔을 때 프로도는 잠시 막막한 공포감으로 치를 떨며 아무 생각도 할 수가 없었다. 그러다 정신을 차리고 보니 무덤에 갇혀 있었다. 꼼짝없이 사로잡힌 것이다. 소문으로만 들었던 그 무시무시한 고분악령들의 주문에 걸려 무덤으로 끌려 들어온 모양이었다. 그는 감히 움직일 엄두도 못 내고 차가운 돌바닥에 그대로 등을 댄 채 두 손을 가슴 위에 얹고 반듯하게 누워 있었다.

공포가 너무 심하다 보니 오히려 공포가 자신을 둘러싼 어둠의 일부처럼 익숙하게 느껴졌다. 프로도는 어느새 그대로 누워 골목쟁이네 빌보와 그의 이야기를 생각하고 있었다. 그와 함께 샤이어의 골목길을 돌아다니면서 모험과 여행을 이야기하던 기억이 스쳐 지나갔다. 아무리 뚱뚱하고 소심한 호빗이라 할지라도 막상 최후의 절망적인 상황에 맞부딪칠 때면 가슴 깊은 곳(종종 깊이 숨어 있는 것이 흠이지만)에 간직한 용기의 씨앗이 싹트게 마련이다. 더욱이 프로도는 지나치게 뚱뚱하지도 소심하지도 않을 뿐 아니라, 사실 그 자신도 모르고 있었지만 빌보(와 간달프)는 그를 샤이어 최고의 호빗으로 여기고 있었다. 그는 모험이 드디어 끔찍한 종말에 이르렀다고 생각했다. 그러나 그러한 절망감이 오히려 그에게 강인함을 불어넣어 주었다. 마치 마지막 순간에 용수철처럼 탄력 있게 튀어 오를 각오로 단단히 무장한 듯 그의 몸은 점점 더 긴장되었으며 이제 더 이상 죽음을 기다리는 나약한 사냥감이 아니었다.

그렇게 이 생각 저 생각을 하며 마음을 진정시키는 동안 그는 불현듯 어둠이 서서히 걷히는 것을 깨달았다. 푸르스름한 빛이 점점 주변을 밝히고 있었다. 그러나 그 빛은 프로도가 누워 있는 마룻바닥 주변만을 감돌 뿐 천장이나 벽에는 닿지 않았기 때문에, 도대체 자신이 어디 있는지 가늠하기 어려웠다. 그가 몸을 비트는 순간 차가운 불빛 속에서 바로 옆에 샘과 피핀, 메리가 누워 있는 것이 보였다. 그들도 모두 바닥에 등을 대고 누워 있었고 얼굴은 죽은 사람처럼 창백했으며, 흰옷을 입고 있었다. 그들의 몸에는 황금으로 세공한 듯한 보석들이 불빛 속에 주렁주렁 매달려 있었다. 그 모습은 아름답기보다 섬뜩할 정도로 차갑게 느껴졌다. 머리에는 가는 관이 씌워져 있었고 허리에는 황금 허리띠, 손가락에는 수많은 반지가 끼워져 있었다. 옆구리에는 칼을 차고 있었고 발끝에는 방패가 놓여 있었다. 그리고 세 호빗의 목에는 한 자루의 긴 칼이 일자로 놓여 있었다.

갑자기 어디선가 노랫소리가 들려왔다. 높낮이가 있는 차가운 웅얼거림이었다. 목소리는 아주 먼 곳에서 한없이 처량하게 들려왔고, 때로는 하늘 높이 가냘프게 올라가기도 하고 때로는 땅에서 흘러나오는 나직한 신음처럼 들려오기도 했다. 처량하면서도 섬뜩한 소리들이 형체도 없이 흘러가는 와중에 간혹가다가 몇 마디 알아들을 수 있는 말이 섞여 들기도 했다. 소름 끼칠 만큼 딱딱하고 섬뜩한 소리들이었으며 냉혹하면서도 처연한 한탄이었다. 밤은 자신이 잃어버린 아침을 비난하고 있었고 추위는 자신이 갈망하는 더위를 증오하고 있었다. 프로도는 뼛속까지 으스스해졌다. 잠시 후 노래가 더욱더 분명해졌는데 프로도는 가슴이 차가워지며 그것이 어떤 주문으로 변해 가고 있음을 알아챘다.

손도 가슴도 뼈도 차가워지고,
돌 아래 잠도 차가울지어다.
돌침대 위에서도 깨어나지 마라,
해도 사라지고 달도 멈출 때까지.
어두운 바람 속에서는 별들도 죽어,
여기 황금 위에 조용히 누울지어다,
암흑의 군주가 자신의 손을
죽은 바다와 황폐한 대지 위에 들어 올릴 때까지.

그의 머리 위로 삐걱거리며 긁는 듯한 소리가 들려왔다. 한쪽 팔로 몸을 일으키던 그는 희미한 빛 속에서 비로소 뒤쪽으로 모퉁이 진 통로에 자신들이 누워 있음을 알았다. 웬 길쭉한 팔이 손가락으로 바닥을 더듬으며 모퉁이를 돌아 나와 가장 가까이 누워 있는 샘과 그의 목 위에 놓여 있는 칼의 손잡이 쪽으로 다가오고 있었다.

프로도는 처음에는 그 주문에 의해 자신이 돌로 변해 버린 것 같다는 착각에 빠졌다. 그러나 곧 도망쳐야 한다는 강박감이 강하게 뇌리를 스쳤다. 만일 반지를 낀다면 그 고분악령이 알아채지 못하게 도망칠 수 있지 않을까 생각했다. 그러면 탈출구를 찾을 수 있을 것도 같았다. 그는 혼자 살아나 메리와 샘, 피핀을 안타까워하며 풀밭을 뛰어 내려가는 자신을 상상해 보았다. 어쩔 도리가 없었다고 하면 간달프도 이해해 줄 것 같았다.

그러나 다음 순간 그에게 솟아난 용기는 친구들을 그렇게 버리고 도망갈 만한 비겁함을 허락하지 않았다. 그는 고개를 내젓고는 주머니를 더듬으며 다시 자기 자신과 싸웠다. 그러는 동안 팔은 더 가까이 다가왔다. 이것저것 생각할 겨를도 없이 그는 자기 옆에 놓여 있던 단검을 집어 들고 동료들의 몸 위로 무릎을 꿇은 채 웅크렸다. 그리고 힘을 다해 다가오는 팔의 손목을 베었다. 손이 잘려 나가며 동시에 프로도가 든 단검도 부서져 버렸다. 날카로운 비명과 함께 빛도 사라졌다. 으르렁거리는 소리가 어둠 속으로 차츰 잦아들었다.

프로도는 몸을 굽혀 메리를 살펴보았다. 그의 얼굴은 얼음장같이 차가웠다. 순간 불현듯 그의 의식 위로 불쑥 떠오르는 것이 있었다. 안개 속을 헤매면서 줄곧 잊고 있던 언덕 아래 집의 기억, 즉 톰의 노래가 떠오른 것이었다. 그는 작지만 필사적인 목소리로 "호! 톰 봄바딜!" 하고 소리를 가다듬으며 점점 큰 소리로 노래하기 시작했다. 그의 목소리는 크고 우렁차게 변해서, 어두운 실내가 마치 북과 트럼펫이 함께 어우러진 듯한 소리로 꽉 차기 시작했다.

호! 톰 봄바딜, 톰 봄바딜로!
물이나 숲, 언덕, 갈대, 버드나무 옆이나
불이나 해, 달, 어디에 있더라도 이제 우리의 소리를 들어 주오!
오라, 톰 봄바딜, 우리는 그대가 필요하오!

노래를 마치자 일순 깊은 정적이 흘렀고 프로도는 자신의 심장 박동 소리를 애타는 심정으로 듣고 있었다. 노래가 끝난 뒤의 그 짧은 정적이 마치 천년 세월처럼 느껴졌다. 그러자 얼마 지나지 않아 아주 멀리서 톰의 노랫소리가 들려왔다. 그 소리는 마치 땅끝에서 울려오는 소리 같기도 하고 두터운 벽 너머에서 들려오는 듯도 했다.

늙은 톰 봄바딜은 유쾌한 친구,
윗도리는 하늘색, 구두는 노란색.
아무도 그를 붙잡지 못하지, 그는 주인이니까.
그의 노래는 가장 힘찬 노래, 그의 발은 가장 빠른 발.

거대한 바위가 굴러떨어지듯 귀를 멍멍하게 하는 큰 소리가 나더니 곧이어 어둠 속으로 빛이 스며들었다. 대낮처럼 환한 진짜 햇빛이었다. 프로도의 발 뒤, 방 끝 쪽으로 문처럼 생긴 낮은 통로가 드러나면서 톰의 머리(모자, 깃털, 그리고 몸통도 함께)가 떠오르는 붉은 아침 햇살을 등에 업고 나타났다. 햇빛이 마룻바닥과 프로도 옆에 누워 있는 세 호빗의 얼굴에도 비쳤다. 그들은 여전히 꼼짝도 않고 있기는 했지만 창백하던 얼굴이 핏기를 되찾고 깊은 잠에 빠져 있는 듯 평온한 모습이었다. 톰은 모자를 벗고 몸을 숙여 어두운 방 안으로 들어서며 노래를 불렀다.

꺼져라, 이 늙다리 귀신! 햇빛 속에 사라지거라!
차가운 안개처럼 오그라들어 바람처럼 통곡하며
산을 넘어 저 멀리 황량한 대지로 떠나가라!
다시는 이곳에 오지 마라! 네 무덤을 비우고 떠나가라!
잊히고 사라져라, 영원히 문이 열리지 않는
어둠보다 어두운 곳으로, 세상이 바뀔 때까지.

노래가 끝나자 방 안쪽이 요란스럽게 무너졌다. 그러고 나서 기다란 여운을 남기며 비명이 이어지다가 끝없이 먼 곳으로 아득하게 사라져 갔고, 그다음에는 다시 고요해졌다.

"이리 오게, 내 친구 프로도! 깨끗한 풀밭으로 나가야겠어. 나 좀 거들어 주게."

톰은 세 호빗을 가리키며 말했다.

그들은 메리와 피핀, 샘을 밖으로 옮겼다. 프로도는 마지막으로 무덤을 빠져나오면서 잘린 손이 아직도 흙더미 속에 묻힌 거미처럼 꿈틀대는 것을 보았다. 톰이 다시 무덤으로 들어갔다. 쿵쾅거리는 소리가 한참 들리더니 그가 갖가지 보석을 한 아름 안고 나왔다. 금, 은, 동, 청동으로 만들어진 갖가지 구슬과 사슬, 보석이 달린 장식품 등이었다. 그는 녹색 무덤 위로 올라가 햇빛에 환히 비치도록 그것들을 모두 내려놓았다.

그 위에 올라서서 그는 한 손에 모자를 들고 바람결에 머리칼을 나부끼며 무덤 서쪽의 풀밭에 나란히 누워 있는 세 호빗을 내려다보았다. 그는 오른손을 들어 올리며 또렷하고 위엄 있는 목소리로 명령했다.

유쾌한 내 형제들 이제 일어나라! 일어나 내 소리를 들으라!
심장과 사지도 온기를 찾으라! 차가운 비석은 쓰러지노라.
어둠의 문이 활짝 열리고, 죽음의 손도 파괴되노라.
밤은 밤 속으로 달아나고, 대문이 환하게 열리노라.

그러자 신기하게도 호빗들이 몸을 부르르 떨더니 팔을 뻗으며 눈을 비비고 벌떡 일어났다. 그들은 놀란 눈으로 먼저 프로도를 보고 다음에는 머리맡에 있는 무덤 위의 톰을 바라보았다. 그러고는 자기들이 입고 있는 흰옷과 갖가지 금빛 보석과 달그락거리는 장신구들을 눈이 휘둥그레져 내려다보았다.

"도대체 어떻게 된 일이에요?"

한쪽 눈가로 흘러내린 황금 관을 더듬으며 메리가 먼저 물었다. 그리고 말을 멈추었다. 그의 얼굴에 그늘이 지며 눈이 감겼다.

"아, 이제 기억이 나요. 카른 둠 사람들이 밤에 우리에게 와서 이 옷을 입혔어요. 아, 그리고 내 가슴에 창을!"

그는 두 손으로 가슴을 움켜쥐었다. 그러고는 "안 돼, 안 돼!" 하고 소리를 지르더니 눈을 뜨면서 다시 말했다.

"내가 지금 무슨 소리를 하고 있지? 꿈을 꾸었군, 어디 갔었어요, 프로도 씨?"

"길을 잃은 줄 알았어. 하지만 지금 이야기하고 싶지는 않아. 우선 어떻게 해야 할지부터 생각해 보세. 여길 떠나야지!"

그러자 샘이 말했다.

"이 옷을 입은 채 말이에요? 내 옷은 어디 갔지요?"

그는 허리띠와 관, 반지 등을 풀밭 위에 내려놓고는 혹시 근처에서 자기 외투와 윗도리, 바지를 찾을 수 있을까 싶어 사방을 힘없이 둘러보았다.

"옷은 다시 찾지 못할 걸세."

톰이 무덤에서 내려오며 이렇게 말하고는 햇빛 속에서 그들 주위를 빙빙 돌면서 춤추며 웃었다. 조금 전에 무슨 위험이나 무시무시한 사건이 벌어졌으리라고는 상상하기가 힘들 정도였다. 그의 춤과 장난기 어린 눈빛을 바라보는 호빗들의 가슴속에도 차츰 공포심이 사라졌다. 어리둥절하면서도 조금은 안도하는 표정으로 피핀이 그를 향해 물었다.

"무슨 뜻이죠? 옷을 왜 못 찾지요?"

그러자 톰은 고개를 저으며 말했다.

"자네들은 지금 깊은 물속에서 살아 나온 거야. 물에 빠져 죽지 않은 것만도 다행이지. 옷이 대수인가! 자, 유쾌한 친구들! 마음을 편하게 먹고 따뜻한 햇볕에 팔다리와 가슴을 녹이게. 이 차가운 옷은 벗어 버리고. 톰이 사냥을 갔다 올 동안 발가벗고 풀밭이나 달려 보게!"

그는 흥얼흥얼 노래를 부르며 산 아래로 뛰어 내려갔다. 프로도는 산과 산 사이의 녹색 계곡을 따라 여전히 흥얼거리며 남쪽으로 달려가는 그의 뒷모습을 지켜보았다.

헤이! 자! 이제 오라! 어딜 그리 돌아다니나?
위로, 아래로, 가까이, 멀리, 여기, 저기, 저 너머로?
쫑긋귀, 날랜코, 촐랑꼬리, 시골뜨기,
하얀양말 우리 어린 꼬마, 그리고 늙은 뚱보 땅딸보!

그는 그렇게 노래를 부르며 한편으로는 모자를 위로 높이 던졌다가 다시 낚아채는 묘기도 부리면서 빠른 속도로 달려 마침내 골짜기 뒤로 사라졌다. 그러나 한참 동안 "헤이 어서! 헤이 어서!" 하는 소리가 바람을 타고 계속 들려왔다.

날이 다시 몹시 더워졌다. 호빗들은 톰이 말한 대로 한참 풀밭을 뛰어다녔다. 그러다가 그들은 혹독한 겨울 추위에서 갑자기 낯익은 고향 땅으로 날아온 사람들처럼, 혹은 오랫동안 병석에 누워 있다가 어느 날 갑자기 완쾌되어 희망이 넘쳐흐르는 사람처럼 기분 좋게 햇볕을 쬐며 누워 있었다.

톰이 돌아올 때쯤엔 이미 원기를 다시 회복하고 (또 배가 고파) 있었다. 그의 모자가 먼저 언덕 위로 모습을 드러내면서 그가 다시 나타났다. 그 뒤로 여섯 마리 조랑말이 수굿하게 따라오고 있었다. 호빗들의 말 다섯에 또 한 마리가 더 있었다. 그 말은 분명 늙은 뚱보 땅딸보인 것 같았다. 그들의 말보다 더 크고 더 건장하고 더 뚱뚱한 (더 늙은) 말이었다. 나머지 말들의 주인인 메리는 아직 그들에게 이름을 붙여 주지 않았었다. 이제 말들은 톰이 지어 준 새 이름을 죽을 때까지 지니고 다녔다. 톰은 말들을 한 마리씩 불러 한 줄로 세우고는 호빗들에게 인사했다.

"자, 여기 조랑말들을 대령했나이다. 이놈들은 (어떤 점에서는) 길을 헤매는 자네들 호빗보다 낫더군. 코가 더 예민하더란 말이야. 자네들이 가려고 했던 곳에서 수상한 냄새를 맡았던 거지. 아마 마음대로 가라고 했으면 제대로 길을 찾았을 거야. 용서하게. 아무리 충성스러운 짐승이라 하더라도 고분악령들 냄새가 나는데 어떻게 하겠는가? 자, 보게들. 여기 짐도 그대로 가지고 있지 않은가 말일세."

메리와 피핀과 샘은 여벌로 가져온 옷을 꺼내 입었다. 그러나 그 옷들은 겨울이 되면 입을 요량으로 준비해 온 두터운 것들이었기에 곧 더워 못 견딜 지경이 되었다.

"저기 저 뚱보 땅딸보란 말은 어디서 온 겁니까?"

프로도가 물었다.

"내 말이야. 네발 달린 내 친구지. 내가 타는 일은 거의 없고 혼자서 가끔 산속 멀리까지 돌아다닌다네. 자네들 조랑말이 나와 함께 있는 동안 우리 땅딸보와 친해졌나 보네. 밤인데도 땅딸보 냄새를 맡고는 재빨리 그에게 달려갔던 거야. 그래서 땅딸보를 데려오면 지혜로운 이야기로 그들의 공포를 덜어 줄 수 있으리라 생각했네. 이제 유쾌한 땅딸보는 이제 이 늙은 톰이 타고 가야지. 헤이! 자네들을 큰길까지 바래다주려고 같이 가는 거야. 그래서 땅딸보를 데려온 거라네. 자네들은 말을 타고 난 걸어간다면 마음 놓고 이야기를 나누지 못할 테니까 말이야."

호빗들은 그 말을 듣고 너무 기뻐 몇 번이나 고맙다는 인사를 했다. 그러나 그는 웃으며 호빗들은 길을 잃어버리는 데엔 일가견이 있으니 자기 땅 경계까지 안전히 가는 것을 자기 눈으로 지켜보아야 안심이 되겠다고 말했다.

"난 할 일이 많아. 시를 짓고, 노래 부르고, 이야기하고, 걷고, 또 내 땅도 돌봐야 하거든. 버드나무 틈새와 무덤의 문짝을 톰이 항상 지키고 있을 수만은 없어. 톰은 지켜야 할 집이 있고, 또 금딸기가 기다리고 있거든."

하늘을 올려다보니 아직 꽤 이른 시간이었다. 아마 9시나 10시쯤 된 것 같았다. 호빗들은 그제야 출출한 배를 채울 궁리를 했다. 전날 비석 옆에서의 식사가 마지막이었던 것이다. 그들은 저녁 식사로 남겼던 음식에 톰이 새로 가져온 음식을 보태 아침을 먹었다. 식탁은 호빗들과 그들이 처한 상황을 생각해 보면 그리 풍성한 것은 아니었으나 식사를 하고 나자 꽤 기분이 좋아졌다. 그들이 음식을 먹는 동안 톰은 무덤 위로 올라가 보석들을 살폈다. 그는 그것들을 모두 풀밭 위에 반짝반짝 빛나게 쌓아 놓았다. 그리고 그것을 '발견하는 모든 생물들, 곧 새와 짐승, 요정과 인간, 그리고 모든 선한 피조물 들'이 공짜로 가져갈 수 있게 내버려 두었다. 그렇게 해야만 무덤의 주문이 풀리고 어느 고분악령도 다시 찾아올 수 없기 때문이다. 그는 보석 더미에서 자기 몫으로 아마 꽃이나 파랑나비의 날개처럼 여러 빛깔이 나는 푸른 보석이 박힌 브로치를 골랐다. 그것을 한참 들여다보던 그는 마치 어떤 옛일을 회상하듯 고개를 끄덕이며 말했다.

"여기 톰과 그 부인을 위한 예쁜 장난감이 있군! 먼 옛날 어깨에 이것을 달았던 여인은 무척 아름다웠겠지. 금딸기가 이제 이것으로 치장할 테니, 우린 그녀를 잊을 수 없겠군."

그는 호빗들에게 각각 섬세한 장인의 솜씨임이 확연한, 나뭇잎 모양의 길고 예리한 단검을 골라 주었는데 거기에는 적황색의 뱀 무늬가 새겨져 있었다. 그가 검을 칼집에서 뽑자 햇빛이 칼날에 부딪혀 섬광이 일었다. 칼집은 가벼우면서도 탄탄한 진귀한 금속으로 만들어진 듯했고, 여러 개의 불꽃 같은 돌들이 박혀 있었다. 칼집이 훌륭해서인지 아니면 무덤 속을 떠돌던 주문 덕분인지는 몰라도 칼날은 오랜 세월이 지났음에도 녹이 슬지 않았고 햇빛 속에 예리하게 번득였다.

"옛날 칼이 호빗들이 쓰기에 길이가 알맞지. 샤이어의 친구들이 동쪽이든 남쪽이든 혹은 어둡고 위험한 먼 나라로 떠난다면 좋은 칼이 꼭 있어야만 할 걸세."

그러고 나서 그는 그 칼들이 먼 옛날 서쪽나라 사람들이 만든 것이고, 그들이 암흑군주의 적이었기에 앙마르의 카른 둠의 마왕에게 패배했다는 이야기를 들려줬다.

"이젠 그들을 기억하는 이들이 거의 없지만, 아직도 사라진 왕들의 몇몇 후손들이 외로이 방황하며 악의 무리에서 착한 사람들을 구해 주고 있다네."

호빗들은 그의 말을 이해하지 못했지만 그의 이야기에는 광대한 세월을 거슬러 올라간 한 시대의 환영이 보였다. 어둠이 깔린 거대한 평원이 나타났고 그 평원 위로 빛나는 칼을 든 채 엄숙한 표정으로 걸어오는 키 큰 사람들이 있었으며 맨 뒤에는 이마에 별을 단 사람이 오고 있었다. 곧 환영은 사라지고 호빗들은 다시 환한 햇빛 속으로 되돌아왔다. 다시 떠날 시간이었다. 호빗들은 짐을 꾸려 말에 싣고 떠날 준비를 했다. 그들은 새로 얻은 무기를 윗도리 속 가죽 허리띠에 매달았으나 매우 어색한 느낌이었고 언제 써먹을 일이 있을지 의심스러웠다. 그들이 위험천만한 탈출을 감행한 후 아직 싸움이라 할 만한 사건이 없었기 때문이다.

드디어 다시 행군이 시작되었다. 그들은 언덕 아래까지는 조랑말을 끌고 내려가, 거기에서부터 조랑말에 올라타고 빠른 속도로 계곡을 빠져나갔다. 언덕 위 옛 무덤 꼭대기를 뒤돌아보자 햇빛이 황금에 반사되어 마치 노란 불꽃처럼 공중에서 번쩍거렸다. 그리고 고분구릉의 한 굽이를 돌아서니 이내 무덤이 시야에서 사라졌다.

프로도는 사방을 둘러보았지만 문처럼 생긴 두 개의 커다란 비석은 흔적도 찾을 수 없었다. 이윽고 그들은 북쪽 입구에 도착해서 재빨리 그곳을 통과했다. 거기부터 길은 내리막이었다. 톰 봄바딜과의 여행은 즐거웠다. 뚱보 땅딸보는 예상했던 것보다 훨씬 더 잘 달렸고, 톰은 그들과 나란히 가거나 때로는 앞장서기도 하면서 시종 노래를 흥얼거렸다. 그러나 노래는 대개 말도 안 되는 소리이거나 아니면 호빗들이 알아듣지 못하는 가사로 놀라움이나 기쁨을 나타내는 고대어였다.

그들은 꾸준히 앞으로 나아갔으나 동부대로는 예상과 달리 쉬 나타나지 않았다. 전날은 안개를 만나지 않았더라도 한낮의 낮잠 때문에 해 지기 전에 대로에 도착하지 못했을 것이다. 그리고 그들이 보았던 검은 띠는 가로수가 아니라 깊은 계곡 가장자리의 관목 덤불이었다. 계곡 반대편은 가파른 암벽이었다. 톰의 이야기로는 그것이 아주 오랜 옛날 한때 어떤 왕국의 경계였다고 하는데, 거기에 무슨 슬픈 사연이라도 있는지 더는 말하려 하지 않았다.

그들은 계곡을 내려간 다음 암벽 사이의 틈을 따라 빠져나왔다. 톰은 그때까지 약간 서쪽을 향하던 방향을 꺾어 정북쪽으로 진로를 바꾸었다. 거기부터 시야가 확 트이고 땅이 비교적 평탄했기에 속도가 빨라졌다. 드디어 저 앞쪽으로 길게 열을 짓고 선 키 큰 나무들이 보였을 때, 서서히 해가 지고 있었다. 그들은 예기치 않은 수많은 모험을 겪은 후 비로소 대로로 되돌아오게 된 것이다. 마지막 남은 길을 전속력으로 말을 달려 기다란 나무 그림자 밑에서 멈추었다. 그들이 멈춘 곳은 경사진 제방 꼭대기였고 땅거미가 지면서 희미해진 동부대로가 발아래로 곡선을 그리며 뻗어 있었다. 거기부터 도로는 서남쪽에서 동북쪽으로 방향을 바꾸었고 도로 오른쪽으로는 넓은 계곡이 급경사를 이루며 뻗어 있었다. 도로에는 최근에 폭우가 내린 듯 곳곳에 물웅덩이와 홈이 파여 있었고 바퀴자국도 보였다.

그들은 제방을 내려가 길 아래위를 살폈다. 아무것도 보이지 않았다. 프로도가 말했다.

"드디어 도착했군! 아마 묵은숲으로 질러온답시고 늦어지긴 했지만 이틀 이상 손해 본 건 아닐 거야. 어쩌면 늦어진 게 결국은 도움이 될지도 모르고. 놈들을 완전히 따돌렸을지도 모르니 말이야."

일행이 그를 돌아보았다. 검은 기사들에 대한 공포의 그림자가 갑자기 그들을 덮쳐 왔다. 묵은숲에 들어간 후 그들은 내내 동부대로로 되돌아갈 궁리만 하고 있었다. 그러나 이제 두 발로 다시 도로를 밟게 되자 그들을 쫓아왔던 공포가 되살아났고, 오히려 대로에서 그들을 기다리고 있는 느낌마저 들었다. 그들은 불안한 표정으로 지는 해를 뒤돌아보았다. 갈색의 큰길은 여전히 텅 비어 있었다.

"오늘 밤에 또다시 추격당하지 않을까요?"

피핀은 한참을 망설이다가 물었다.

"아니, 오늘 밤은 그렇지 않을 거야. 어쩌면 내일도 괜찮을지 몰라. 하지만 내 추측을 믿지는 마. 자신이 없으니까. 이 톰의 지식은 동쪽 방향으로는 한계가 있단 말이야. 어쨌든 암흑의 나라에서 온 그 기사들의 주인이 이 톰은 아니거든."

톰이 이렇게 말했는데도 호빗들은 그가 자기들과 함께 동행해 주었으면 하고 바랐다. 그들은 검은 기사들을 능히 대적할 만한 사람은 바로 톰뿐이라고 믿었다. 그들은 이제 완전히 낯선 세계, 먼 옛날부터 희미한 전설로만 전해 오던 세계로 막 들어갈 참이었던 것이다. 밀려오는 어둠을 바라보니 불현듯 고향 집이 그리워졌다. 진한 외로움과 깊은 절망이 그들을 엄습했다. 그들은 마지막 이별을 두려워하며 말없이 서 있었다. 톰이 이제 막 작별 인사를 남기고 떠나려 한다는 것을 예감하고 있었다. 그는 그들에게 용기를 잃지 말고 어두워지기 전까지 쉬지 말고 달려가라고 격려했다.

"톰이 좋은 충고를 해 주지. 이건 오늘 날이 지기까지만 유효하네. 그다음엔 운에 맡기는 수밖에. 이 길을 따라 7킬로미터가량 달려가면 브리언덕 밑에 브리라는 마을이 나올 걸세. 문이 모두 서쪽으로 나 있는 마을이지. 그곳엔 '달리는조랑말'이라는 오래된 여관이 하나 있는데 주인은 머위네 보리아재라는 사람이야. 오늘 밤은 거기서 묵고 내일 아침 힘을 내서 떠나게. 대담하게, 그러나 조심해서 가야 하네! 항상 마음을 편안하게 먹고 운명에 도전하게!"

그들은 그에게 그 여관까지만이라도 같이 가서 술 한잔 대접하겠노라고 간청했다. 그러나 그는 웃으면서 거절했다.

톰의 땅은 여기서 끝나지. 경계는 넘을 수가 없다네.
톰은 돌봐야 할 집이 있고, 그곳에선 금딸기가 기다리고 있다네.

그는 모자를 머리 위로 높이 던져 올려 쓰고는 땅딸보 등에 올라탔다. 그리고 말을 달려 제방을 넘어 어둠 속으로 노래를 부르며 사라졌다. 호빗들도 제방을 올라 그가 보이지 않을 때까지 지켜보았다. 샘이 입을 열었다.

"봄바딜과 헤어지게 되어 섭섭해요. 그분은 사려가 깊어서 실수가 없을 것 같아요. 우리가 어딜 가더라도 그처럼 멋지고 이상한 분을 다시 만나기 어렵겠죠. 어쨌든 달리는조랑말 여관을 알려 주신 것만 해도 대단히 고마운 일이에요. 고향에 있는 푸른용 주막만큼 괜찮은 집이라면 좋겠는데. 브리에는 어떤 사람들이 살고 있을까요?"

메리가 대답했다.

"브리에는 호빗들이 있지. 물론 큰사람들도 있지만. 인심이 그리 고약하지는 않을 거예요. 그리고 조랑말 여관도 내가 듣기론 꽤 괜찮은 집이고요. 우리 친척들도 가끔 거기 들르거든요."

프로도가 말했다.

"그럴지도 모르지. 하지만 어쨌든 거긴 샤이어가 아닐세. 너무 방심해서는 안 돼. 특히 모두들 기억해야 할 것은 골목쟁이라는 이름을 절대 써서는 안 된다는 점일세. 내 이름은 이제부터 언덕지기야, 알겠나?"

그들은 조랑말에 올라타고 소리 없이 어스름으로 숨어들었다. 어둠은 재빨리 그들을 에워쌌다. 오르막 내리막을 몇 번 지난 뒤에 마침내 멀리서 불빛이 가물거리는 것이 보였다.

브리언덕이 희미한 별들을 배경으로 그들의 앞길을 가로막고 우뚝 서 있었고, 그 서쪽 측면에 커다란 마을이 자리 잡고 있었다. 그들은 오직 밤의 어둠에서 그들을 지켜 줄 대문과 난롯불을 바라는 간절한 마음으로 그쪽을 향해 말고삐를 재촉했다.

Chapter 9

달리는조랑말 여관에서

인구가 그리 많지 않은 브리지방의 중심이 되는 마을인 브리는, 주변을 빙 둘러 황량한 땅이 펼쳐져 있어서 마치 섬처럼 고립되어 있는 것 같았다. 브리 근처에는 언덕 반대쪽으로 스태들이, 좀 더 동쪽의 깊은 골짜기 속에 우묵골이 자리 잡았고 쳇숲 언저리에는 아쳇이 있었다. 브리언덕과 마을 부근에는 작은 규모의 농경지와 폭이 5, 6킬로미터에 불과한 벌목지가 있었다.

브리 사람들은 갈색 머리칼에, 키는 작지만 어깨가 벌어진, 쾌활하고 독립심이 강한 이들이었다. 그들은 대체로 다른 큰사람(인간)들보다는 호빗이나 난쟁이, 요정 들을 비롯한 인근의 주민들과 꽤 친하게 지냈다(지금도 그렇다). 그들은 자신들이 그 땅에 최초로 정착한 사람들이며, 가운데땅의 서부지역에 최초로 발을 들여놓은 사람들의 후예라고 주장했다. 상고대의 격동기를 거치면서 살아남은 사람들은 거의 없었다. 하지만 대해를 건너 다시 돌아온 제왕들은 그때까지도 브리에 사람들이 살고 있는 것을 발견했고, 그 옛 왕들의 기억이 이슬 속으로 사라져 버린 오늘날까지도 그들은 여전히 브리에 뿌리를 박고 살고 있는 것이었다.

옛날에는 서쪽 외곽 지역에는 사람들이 거의 살지 않았다. 샤이어에서 500킬로미터 이내 지역에 정착한 사람들은 그들뿐이었다. 브리 외곽의 황야에는 신비한 방랑자들이 떠돌아다녔다. 브리 주민들은 그들을 순찰자라고 불렀지만 그들의 정체에 대해서는 전혀 아는 바가 없었다. 그들은 브리 사람들보다 키가 더 크고 피부가 더 검었으며, 시각과 청각이 놀랄 만큼 뛰어나 짐승이나 새들의 소리도 알아들을 수 있다는 소문이 있었다. 그들은 남부지역, 심지어는 안개산맥까지 마음대로 활보하고 돌아다녔는데, 어쩐 일인지 최근에는 거의 나타나지 않았다. 그들이 나타날 때는 대개 먼 지방 소식을 가지고 와서 사람들이 잊어버린 이상한 옛날이야기들을 재미있게 들려주었다. 그러나 브리 사람들은 그 이상으로 그들과 가까이 지내려 하지는 않았다.

브리지방에는 호빗 집안도 여럿 정착해 있었다. 그들은 이 세상에서 가장 오래된 호빗 부락, 즉 호빗들이 브랜디와인강을 건너 샤이어를 개척하기 전에 세워진 곳이, 바로 이곳 자기들 마을이라고 주장했다. 브리에 정착한 호빗들도 있긴 했지만 대개는 스태들에 모여 살았고, 특히 사람들의 주택 위쪽 높은 언덕 기슭에 집을 지었다. 큰사람과 작은사람들(그들은 서로를 이렇게 불렀다)은 사이가 좋았고, 상대편의 고유한 관습을 인정해 줌으로써 서로를 당연히 브리에서 없어선 안 될 구성원으로 여기게 되었다. 세상 어느 곳에서도 이처럼 특이한 (그러나 훌륭한) 친교가 맺어진 곳을 찾아보기 힘들었다.

크고 작은 브리인들은 여행을 자주 하지 않았고, 네 마을에서 벌어지는 사건들만이 그들의 주된 관심사였다. 간혹 브리의 호빗들이 노룻골이나 더 멀리 동둘레까지 가는 일도 있었다. 그들이 사는 그 작은 땅은 브랜디와인다리에서 조랑말로 하루 거리밖에 되지 않는 곳에 있었지만 샤이어의 호빗들은 거의 그곳을 찾지 않았다. 가끔 노룻골이나 툭 집안 호빗들이 여관에 들러 하루 이틀 묵고 가는 일도 있었지만 그것도 점점 드물어졌다. 샤이어의 호빗들은 브리 주민들뿐만 아니라 경계 밖에 있는 이들을 모두 이방인이라 불렀고, 따분하고 천박하게 여겨 그들에게 거의 관심을 갖지 않았다. 그 당시 서부지역에는 아마 샤이어의 호빗들이 상상했던 것보다 훨씬 더 많은 이방인들이 떠돌아다녔을 것이다. 그중에는 분명히 유랑객이나 다름없는 뜨내기들도 있어, 그들은 마음에 들기만 하면 아무 산기슭에나 굴을 파고 거기에서 살았다. 하여튼 브리지방의 호빗들은 매너가 세련되었고 살림살이도 괜찮았으며, 대부분 '안쪽'의 먼 친척들만큼 문화적 수준도 유지했다. 샤이어와 브리 사이에 왕래가 빈번한 적도 있었음을 기억하는 이들도 아직은 많았다. 그리고 여러모로 따져 보면 강노루네 주민들 중에는 브리 쪽 혈통이 섞인 호빗들도 꽤 있었다.

브리 마을에는 사람들이 사는 백 채가량 되는 석조 건물이 있는데, 대개 대로 위쪽의 산기슭에 자리를 잡고 서쪽을 향해 창문을 내었다. 산을 빙 둘러 반원 모양의 깊은 도랑이 마을을 감싸고 있고, 안쪽으로는 빽빽한 생울타리가 마을을 에워쌌다. 동부대로는 이 도랑을 건너면서 방죽길과 만나고, 생울타리를 지나는 곳에는 커다란 대문이 세워져 있었다. 대로가 남쪽으로 마을을 빠져나오는 곳에도 대문이 있었다. 해가 지면 문은 대개 폐쇄되었고 문 안쪽엔 문지기들의 작은 초소가 있었다.

길 아래쪽으로 산기슭을 오른쪽으로 돌아가는 곳에 커다란 여관이 하나 있었다. 그것은 동부대로의 교통량이 지금보다 훨씬 많던 옛날에 세워진 것이었다. 과거엔 브리가 교통의 요지였다. 마을 서쪽의 도랑 바깥쪽으로 동부대로와 교차하는 옛날 도로가 하나 더 있는데, 과거에는 인간이나 요정, 호빗 들이 분주하게 다니던 길이었다. 동둘레에서는 아직도 '브리에서 온 소식처럼 이상한'이라는 말이 있는데 그것은 동쪽, 남쪽, 북쪽의 모든 새 소식들이 여관에 몰리고 샤이어의 호빗들도 종종 소식을 들으러 가던 과거부터 내려온 속담이었다. 그러나 북쪽지역은 이미 오래전에 황폐해졌고, 따라서 북부대로는 이용되지 않은 지 오래되어 잡초만 무성했다. 브리 주민들은 그 길을 초록길이라 불렀다.

그러나 브리 여관은 여전히 열려 있었고 주인은 마을의 유지였다. 그 여관은 네 마을에서 수다스럽고 호기심 많은 한량들이 모이는 장소였으며 순찰자들과 다른 방랑자들, 동부대로를 따라 안개산맥까지 오가는 여행객들(대개는 난쟁이들)이 묵어 가는 곳이기도 했다.

프로도 일행이 마침내 초록길 교차로를 지나 마을 어귀에 들어섰을 때, 날은 이미 어두워 흰 별들이 반짝이고 있었다. 서문은 닫혔고, 그 너머 문지기 초소 앞에 한 사람이 앉아 있었다. 그는 벌떡 일어나더니 등불을 가져와 문 위로 들어 올리다가 놀란 얼굴로 그들을 바라보았다.

"원하는 게 뭐요? 어디서 왔소?"

그는 퉁명스럽게 물었다. 프로도가 대답했다.

"여관을 찾고 있습니다. 동쪽으로 여행 중인데 날이 너무 어두워 오늘 밤은 더 갈 수가 없군요."

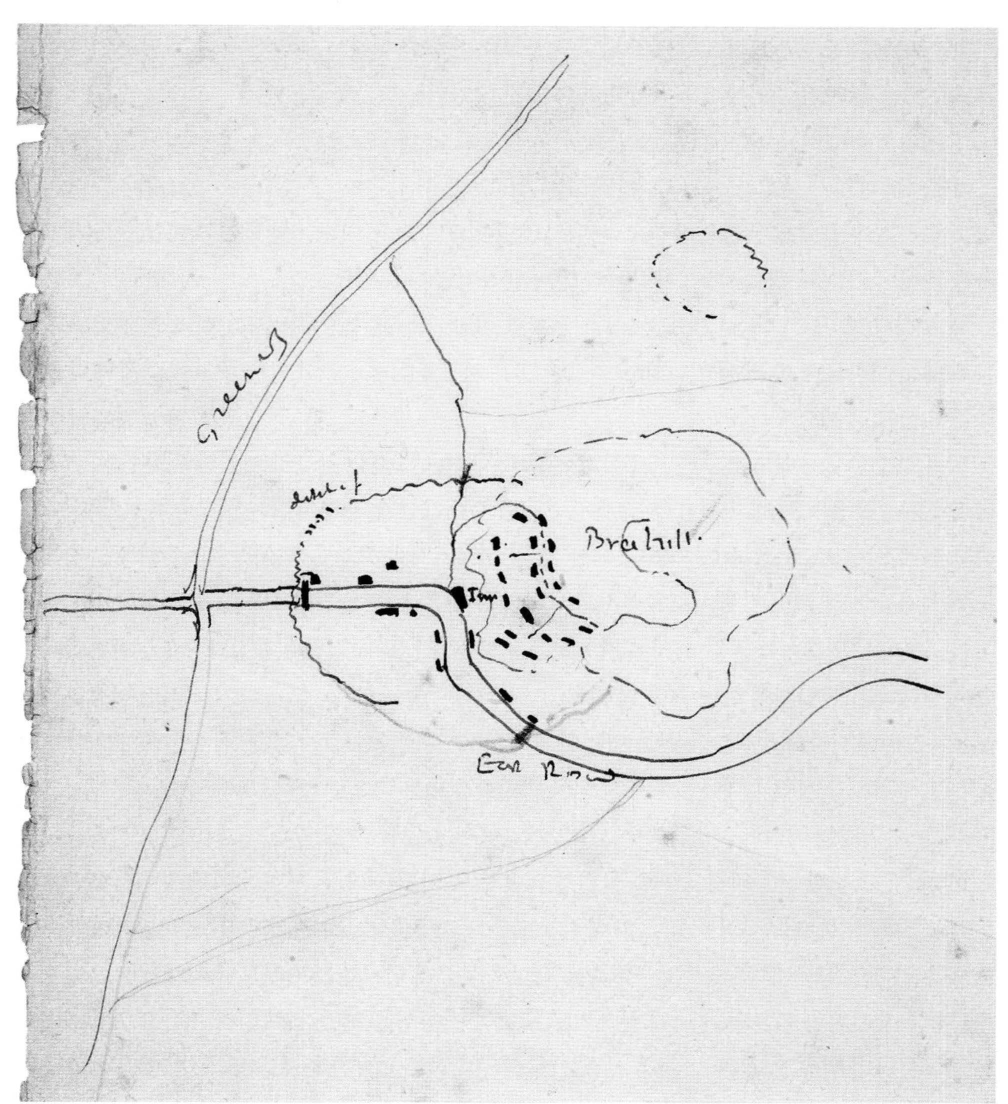

브리 지도(*Plan of Bree*)

"호빗! 네 명의 호빗이라! 게다가 말씨를 보니 샤이어에서 온 모양이군."

문지기는 혼잣말하듯 나직하게 중얼거렸다. 그는 어둠 속에서 그들을 잠시 훑어보더니 천천히 문을 열어 그들을 들어오게 했다. 그러곤 그들이 문 옆에서 멈칫거리자 말을 이었다.

"한밤중에 샤이어 분들이 동부대로에 나타나는 것은 보기 드문 일인데, 무슨 일로 브리를 지나 동쪽으로 가시는지 알고 싶소. 실례지만 성함이 뭡니까?"

"우리 이름과 용건은 당신이 알 바가 아니고, 또 여기는 그런 얘길 나눌 만한 곳이 못 되는 것 같소."

프로도는 그 사람의 인상과 표정이 마음에 들지 않았다.

"그렇기도 하겠지만 어두워진 후에는 용건을 묻는 것이 내 임무요!"

이번에는 메리가 나섰다.

"우리는 노릇골에서 온 호빗들이오. 여행하는 중인데 오늘은 여관에서 묵어야겠소. 나는 강노루라는 호빗이오. 이제 됐소? 브리 사람들은 손님 대접이 좋다고 들었소만."

"좋습니다, 좋아요! 화내실 필요는 없지. 하지만 여관에 들어가면 이 문지기 해리 영감 말고도 질문해 대는 사람들이 줄을 설 겁니다. 호기심이 많은 친구들이거든요. 조랑말 여관에 가시면 다른 손님들이 더 있을 거요."

그가 인사를 했는데도 그들은 대꾸하지 않았다. 그러나 프로도는 그가 여전히 등불을 비추며 수상쩍게 자신들을 노려보고 있음을 느꼈다. 그들이 걸어가는 동안 등 뒤로 문이 닫히는 소리가 '쾅' 하고 들리자 프로도는 안심이 되었다. 그는 왜 그 문지기가 수상쩍은 표정을 지었을까 궁금하면서도 혹시 누군가가 호빗 일행을 찾았을지도 모른다는 생각을 했다. 간달프였을까? 그들이 묵은숲과 고분구릉에서 지체하는 동안 그가 도착했을지도 모를 일이었다. 그러나 문지기의 표정과 목소리에는 어딘가 그를 불안하게 하는 점이 있었다.

문지기는 호빗들의 뒷모습을 한참 바라본 후 다시 초소로 들어갔다. 그가 돌아서자마자 어떤 검은 그림자 하나가 재빨리 대문을 넘어 호빗들이 지나간 어둠 속으로 사라졌다.

호빗들은 호젓한 오르막길을 계속 올라가 외딴집 몇 채를 지난 뒤 드디어 여관 앞에서 말고삐를 늦췄다. 그들의 눈에는 집이 너무 크고 낯설게 보였다. 샘은 3층으로 지어진 창문이 많은 여관을 쳐다보면서 가슴이 철렁하는 느낌을 받았다. 그는 여행 중에 언젠가는 나무보다 키가 큰 거인들이나 아니면 무시무시한 괴물들을 만나게 될지도 모른다는 상상을 했었다. 그러나 처음으로 인간들과 그들의 높다란 집을 본 샘은 그 순간 섬뜩했다. 더욱이 피로에 지친 하룻길 뒤라 더 그랬다. 마당 한 구석 어두운 곳에 검은 말들이 안장을 얹은 채 서 있는 것 같기도 하고, 캄캄한 2층 창문으로 검은 기사들이 내려다보고 있을지 모른다는 생각도 들었다.

샘이 걱정스럽게 물었다.

"오늘 밤 여기서 묵을 건 아니죠? 이 마을에도 호빗들이 있을 테니까 우릴 반길 만한 집이 있을지도 모르잖아요? 그게 더 낫겠어요."

그러자 프로도가 대답했다.

"이 여관이 어때서 그래? 톰 봄바딜이 추천한 집이야. 안으로 들어가 보면 괜찮을 거야."

밖에서 보기에도 그 여관은 낯익은 사람의 눈에 호감이 갈 만한 집이었다. 건물 정면은 도로 쪽을 향하고 있었고, 양쪽 날개는 뒤로 갈수록 조금씩 야트막한 산기슭에 잘려 있어서, 뒤쪽에서는 3층 창문이 지면과 맞닿아 있었다. 그리고 양쪽 날개 사이의 안마당으로 들어가는 커다란 아치가 세워져 있었고, 아치 밑으로 왼쪽에 큼지막한 층계 몇 개가 널찍한 현관까지 이어져 있었다. 문은 열려 있었고 그 사이로 불빛이 새어 나왔다. 아치 위의 등불 밑으로 큼지막한 간판이 흔들렸다. 살집 좋은 흰 조랑말이 뒷다리로 서 있는 그림이었다. 출입문 위에는 흰 글씨로 '머위네 보리아재의 달리는조랑말'이라고 쓰여 있었고, 아래층 창문 여러 곳에서 두꺼운 커튼 뒤로 불빛이 어른거렸다.

그들이 어두컴컴한 바깥에서 망설이는 동안 안에서는 누군가 유쾌한 노래를 부르기 시작하더니 곧 쾌활한 목소리들이 여럿 합세해 노래가 합창이 되었다. 그들은 노랫소리를 잠시 듣고 용기를 내어 말에서 내렸다. 노래가 끝나자 환호성과 박수가 터졌다.

그들은 아치 밑으로 조랑말들을 끌고 들어가 마당에 세워 놓고는 층계를 올라갔다. 앞장서 들어가던 프로도는 하마터면 대머리에 혈색이 좋고 키가 작은 뚱보와 부딪힐 뻔했다. 그는 앞치마를 두른 채 술이 가득 찬 머그잔들을 올려놓은 쟁반을 들고 한쪽 문에서 급히 나와 다른 문으로 들어가는 중이었다.

프로도가 말을 꺼냈다.

"저……."

"죄송합니다, 손님들. 잠깐만요!"

뚱보는 어깨 너머로 소리치고는 왁자지껄한 소음과 자욱한 담배 연기 속으로 사라졌다. 잠시 후 그는 앞치마에 두 손을 닦으며 다시 나와 허리를 굽히면서 말했다.

"어서 오십시오. 뭘 원하십니까?"

"침대 넷과 조랑말 다섯 마리가 들어갈 마구간을 부탁합니다. 당신이 머위 씨인가요?"

"그렇소. 이름은 보리아재요. 머위네 보리아재지요. 분부만 하십시오. 모두들 샤이어에서 오셨군요?"

그렇게 말하면서 그는 갑자기 뭔가를 기억해 내려고 애쓰며 손으로 이마를 쳤다.

"호빗들이시라! 그런데 그게 뭐였더라? 혹시, 손님들 성함을 여쭤봐도 되겠소?"

"툭과 강노루입니다. 이쪽은 감지네 샘이고 내 이름은 언덕지기요."

머위는 손가락으로 딱 소리를 내며 말했다.

"또 잊었군! 하지만 좀 한가해지면 기억이 날 겁니다. 여하간 오늘 저녁은 녹초가 될 지경이지만 최선을 다해 모시지요. 요즘은 샤이어 손님이 참 드문데, 대환영을 못 해 드려 유감입니다. 이상하게도 오늘따라 이렇게 손님이 몰려드는군요. 브리식으로 말하자면 비가 한번 내렸다 하면 억수같이 퍼붓는 거지요. 어이, 놉! 어디 있냐? 이 게으름뱅이 얼간이 같으니라고! 놉!"

"갑니다! 예, 가요!"

쾌활하게 생긴 호빗 하나가 건들거리며 문밖으로 걸어 나오다 여행객들을 보고는 갑자기 멈춰 서더니 대단히 흥미롭다는 듯 찬찬히 뜯어보았다.

"봅은 어디 있어? 몰라? 여하간 찾아봐! 빨리 서둘러! 내가 다리가 여섯에 눈이 여섯 개나 되는 줄 알아? 봅한테 조랑말 다섯 마리가 더 있다고 해. 어쨌든 자리를 만들어 보라고 하란 말이야, 알겠어?"

놉이 싱긋 웃으며 윙크하고는 재빨리 사라졌다.

"그런데 무슨 말을 하려고 했더라?"

머위는 이마를 치며 말했다.

"한 가지가 생각나면 다른 하나를 잊어버리는군. 오늘 밤은 너무 정신이 없어서 머리가 빙빙 돌 지경이라오. 어젯밤에는 초록길을 따라 남쪽에서 올라온 손님들이 있었고, ……아무튼 그것부터 이상한 일이었지요. 그런데 오늘 저녁에는 서쪽으로 가는 난쟁이들 일행이 또 들이닥쳤지요. 그리고 손님들이 나타나신 겁니다. 손님들이 호빗들이 아니었더라면 방도 드리지 못할 뻔했어요. 다행히 이 집을 처음 지을 때 호빗 손님용으로 특별히 북쪽 끝에 방을 한두 개 만들어 두었거든요. 흔히들 좋아하시는 대로 1층에다가 유리창도 동그랗게 했고 다른 것도 모두 호빗식으로 꾸며 놓았습죠. 아마 마음에 드실 겁니다. 식사도 하셔야겠죠? 가능한 대로 빨리 준비하지요. 자, 이쪽으로 오세요."

그는 짧은 내리막 통로로 일행을 데리고 내려가 방문을 열었다.

"아주 멋지고 아늑한 응접실이지요! 마음에 드시길 바랍니다. 그럼 난 바빠서 이만 실례해야겠습니다. 이야기할 시간도 없이 계속 뛰어다녀야 할 지경이라니까요. 다리가 둘뿐인 게 유감천만이지만 도대체 이놈의 살은 빠질 생각을 않는군요. 좀 있다 다시 들르겠습니다. 필요한 것이 있으면 거기 요령을 흔드세요. 그러면 놉이 올 겁니다. 그래도 오지 않으면 다시 한번 흔들고 소리 지르세요."

그가 마침내 사라지자 그들은 거의 숨이 찰 지경이었다. 주인은 아무리 바빠도 이야기를 끝없이 늘어놓을 수 있는 재간이 있는 사람 같았다. 그들이 들어간 방은 작고 아늑했다. 난로에는 따뜻한 불이 활활 타올랐고 그 앞에는 낮은 안락의자가 몇 개 놓여 있었다. 둥근 식탁 위에는 이미 흰 식탁보가 깔려 있었고 그 위에 커다란 요령이 있었다. 그러나 호빗 하인인 놉이 그들이 요령을 울릴 생각도 하기 전에 벌써 부산을 떨며 나타났다. 양초와 접시가 가득한 큰 쟁반을 들고 있었다.

"식사 준비가 될 동안 한잔하시는 게 어떻습니까, 손님들? 그리고 침실도 보여 드리지요."

그들이 세수를 하고 맛있는 맥주를 시원하게 들이켜고 있을 때 머위와 놉이 다시 들어왔다. 눈 깜짝할 사이에 식탁이 차려졌다. 뜨거운 수프와 차가운 고기, 검은딸기 파이, 갓 구워 낸 빵, 버터 조각, 그리고 반쯤 숙성한 치즈 등으로 꽤 풍성한 식탁이었다. 샤이어에서도 이 정도 차림이면 성찬 축에 들 수 있었고, 마지막으로 남아 있던 샘의 걱정(이미 탁월한 맥주 맛 덕분에 상당히 완화되어 있던)도 없앨 수 있을 만큼 좋은 식사였다.

주인은 잠시 식탁 주변을 돌아다니다 가 봐야겠다고 했다.

"식사하시고 나서 바깥손님들과 합석하실 의향이 있으신가 모르겠군요. 아마 바로 침대에 들고 싶으시겠지요? 하지만 생각 있으시면 바깥손님들은 대환영일 겁니다. 요즘은 외지인들이, 죄송합니다만 우리는 샤이어 손님들을 그렇게 부릅니다. 아무튼 외지인들이 없었거든요. 그쪽 소식도 좀 듣고 싶고 혹시 무슨 노래나 재미있는 얘기라면 더 좋겠지요. 하지만 편하실 대로 하십시오. 그리고 부족한 것이 있으면 요령을 울려 주시고."

저녁 식사를 마친 후(쓸데없는 말 한마디 없이 거의 45분 동안 열심히) 원기도 다시 솟고 기분도 좋아진 프로도와 피핀, 샘은 바깥에 나가 보기로 했다. 메리는 공기가 답답할 것 같다며 반대했다.

"난 여기서 난롯불이나 좀 쬐다가 이따 늦게 바람이나 쐬러 나갔다 오겠어. 말조심들 하라고. 우리는 지금 몰래 도망치는 중이라는 걸 잊어서는 안 돼. 여기는 아직도 대로변이고 샤이어에서 그리 멀리 떨어진 곳도 아니야."

"알았어! 너나 조심하라고. 괜히 나갔다가 길이나 잃지 마. 방 안에 있는 게 더 안전할 거야."

피핀이 대답했다.

손님들은 모두 큰 연회실에 모여 있었다. 불빛에 눈이 익숙해지면서 프로도는 여러 부류의 사람들이 상당히 많이 모여 있는 것을 볼 수 있었다. 불빛은 주로 활활 타오르고 있는 장작불에서 나왔다. 들보에 매달린 세 개의 등불이 너무 침침했고, 또 반쯤 연기 속에 가려 있었기 때문이었다. 머위네 보리아재가 장작불 가에서 난쟁이 두엇과 이상하게 생긴 외지인 한두 명과 이야기를 나누고 있었다. 의자에는 많은 사람들이 앉아 있었는데, 브리 사람들과 (함께 앉아 수다를 떠는) 인근의 호빗들, 그리고 난쟁이들도 몇 명 더 있었다. 어두컴컴한 구석에 따로 떨어져 앉아 있는 사람들도 있었지만 제대로 알아볼 수가 없었다.

샤이어의 호빗들이 들어서자 브리 사람들이 환영의 표시로 환성을 질렀고, 초록길을 올라왔다는 낯선 사람들은 호기심에 가득 차 그들을 바라보았다. 주인이 새로 온 손님들을 브리 주민들에게 인사시켰다. 하지만 말이 하도 빨라 호빗들은 그들의 이름을 들었지만 도대체 누가 누구인지 알 수가 없었다. 브리 사람들은 모두 식물과 관련된 (샤이어 호빗들이 보기엔 이상한) 이름들이 많았다. 가령 골풀쏘시개, 염소풀, 헤더발가락, 사과나무, 엉겅퀴털, 고사리꾼 등이 그랬고 머위도 물론 마찬가지였다. 브리의 호빗들도 일부는 그와 비슷한 이름들이었는데 쑥부쟁이란 이름이 꽤 많은 것 같았다. 그러나 대부분의 호빗들은 샤이어에서처럼 강둑, 오소리집, 긴굴집, 모래언덕, 땅굴네 같은 자연스러운 이름이었다. 언덕지기란 이름의 스태들 출신 호빗이 서넛 있었는데, 프로도와 아무 인척 관계도 아닌 것에 의아해하면서도 그를 오랫동안 만나지 못한 사촌 대하듯 다정하게 대했다.

브리의 호빗들은 사실 우호적이고 호기심도 많아 프로도는 자신이 무슨 일을 하는지 약간은 이야기해 줄 필요가 있음을 곧 깨달았다. 그는 역사와 지리에 관심이 많다고 털어놓았다(이 두 단어가 브리 근방에서는 많이 쓰이는 말은 아니었지만 그들은 그 말을 듣자 고개를 끄덕였다). 그는 자신이 책을 한 권 쓸 계획이라고 말하고(그러자 그들은 속으로 좀 놀라는 것 같았다) 친구들과 함께 샤이어 외곽, 특히 동부 지역에 살고 있는 호빗들에 관한 자료를 모으러 나선 길이라고 했다.

이 말에 다시 환성이 일어났다. 정말 프로도가 책을 쓸 계획이었고 또 귀가 몇 개 더 있었더라면 아마 순식간에 몇 장을 충분히 채울 수 있는 이야기를 들었을 것이다. 만약 그것도 모자랐다면 '보리아재 영감'을 위시해 더 많은 정보를 얻을 수 있는 사람들의 이름을 수없이 추천받았을 것이다. 그러나 잠시 후 프로도가 당장 그 자리에서 원고를 쓸 의향을 보이지는 않았기에 그들은 샤이어가 어떻게 돌아가고 있는지 묻기 시작했다. 그러나 말주변 없는 프로도는 곧 한구석에 혼자 앉아 그저 이야기를 듣기만 하면서 주위를 둘러보았다.

사람들과 난쟁이들은 먼 지방에서 벌어진 사건들을 주로 이야기하고 있었는데, 그들 모두에게 공통의 관심이 되는 이야기가 하나 있는 모양이었다. 멀리 남쪽에서 난리가 났다는 소문이 있었다. 초록길을 따라온 인간들은 어딘가 평화롭게 살 수 있는 땅을 찾아 나선 모양이었다. 브리 주민들은 동정심이 많기는 했지만 많은 외지 사람들을 좁은 땅에 모두 받아들일 의사는 없었다. 여행자들 중에서 어떤 못생긴 사팔뜨기 하나가 장차 더 많은 사람들이 북쪽으로 올라올 것이라고 했다.

"여기 그들이 살 곳이 없다면 그들은 또 찾아 나설 거예요. 다른 사람들처럼 그들도 살 권리가 있으니까요."

브리의 주민들은 그 이야기에 영 못마땅한 표정들이었다.

호빗들은 현재로서는 자신들과 별 상관이 있을 것 같지 않은 그런 이야기에 별로 관심을 기울이지 않았다. 큰사람들이 호빗들의 토굴에서 같이 살자고 할 리는 결코 없었다. 그들은 샘과 피핀에게 더 관심이 있었는데 둘은 이제 꽤 느긋한 기분이 되어 샤이어에서 있었던 사건들을 재미있게 이야기했다. 피핀이 큰말에 있던 공관 굴집의 지붕이 무너지던 때의 이야기를 해 사람들을 한바탕 웃겼다. 서둘레에서 가장 뚱뚱한 호빗인 하얀발 윌 시장이 석회 더미에 파묻혔다가 밀가루 묻힌 옹심이처럼 어기적거리며 기어 나오는 모습을 흉내 내자 모두들 배꼽을 잡았다. 그러나 프로도를 약간은 불안하게 만드는 질문도 몇 가지 있었다. 샤이어에 몇 번 가 본 경험이 있는 듯한 브리 사람이 언덕지기 집안은 어디 살며 누구와 친척인지를 물어 그를 난처하게 했다.

갑자기 프로도는 햇볕에 얼굴이 시커멓게 그을린 이상하게 생긴 사람이 벽 옆 어둠 속에 앉아 호빗들의 이야기를 유심히 듣고 있는 것을 깨달았다. 그는 높은 술잔을 앞에 놓고 묘하게 생긴 기다란 담뱃대로 담배를 피우고 있었다. 앞으로 쭉 뻗은 두 다리에는 부드러운 가죽으로 만들어진 굽이 높은 구두가 신겨 있었는데 그에게 꼭 맞긴 했지만 많이 닳고 또 온통 흙투성이였다. 두꺼운 진녹색 천으로 만든 빛바랜 외투로 온몸을 감싼 채 실내의 열기에도 불구하고 그는 얼굴을 거의 가릴 정도로 두건을 깊숙이 눌러쓰고 있었다. 그러나 호빗들을 지켜보는 그의 눈길은 어둠 속에서도 확연히 드러날 정도로 날카로웠다.

머위와 이야기할 기회가 생기자 프로도가 물었다.

"저 사람은 누구입니까? 아까 소개받지 못한 것 같은데요?"

"저 사람?"

고개도 돌리지 않고 곁눈으로 힐끔 보면서 주인이 낮은 소리로 대답했다.

"나도 잘 몰라요. 뜨내기들 중 하난데, 우리는 순찰자라고 부르지요. 이야기를 거의 하지 않지만 어떤 때는 아주 희한한 이야기를 하기도 하지요. 한 달이나 1년씩 보이지 않다가 다시 불쑥 나타납니다. 지난봄에 가끔씩 들락날락했는데 최근에는 도통 못 보았어요. 저 사람 이름이 정확히 뭔지는 나도 모릅니다만, 여기선 흔히들 성큼걸이라고 부르지요. 다리가 길어서 걸음이 굉장히 빨라요. 하지만 어딜 그렇게 급히 달려가는지 아무에게도 말하는 법이 없지요. 우리 식으로 말하자면 동쪽은 동쪽이고 서쪽은 서쪽인 셈이지요. 죄송한 말씀입니다만 여기선 순찰자들과 샤이어 분들을 그렇게 부르거든요. 저 양반에게 관심을 갖다니 참 재미있군요."

그러나 그 순간 맥주를 달라는 주문이 있어 머위는 뒷말을 끝내지 못하고 일어서야만 했다.

프로도는 성큼걸이가 그들이 주고받는 이야기를 모두 알아들었다는 표정으로 이제 자신을 보고 있는 것을 발견했다. 그는 즉시 손짓과 고갯짓으로 프로도에게 가까이 오라고 불렀다. 프로도가 가까이 다가가자 그는 두건을 벗고 희끗희끗하고 텁수룩한 머리를 드러냈다. 차갑고 무표정한 얼굴이었지만 잿빛 두 눈동자는 매우 날카로웠다. 그는 착 가라앉은 음성으로 말했다.

"난 성큼걸이라고 하네. 만나서 반갑군. 언덕지기라고 했지? 머위 영감이 그렇게 말한 것 같은데?"

"그렇습니다."

프로도는 일부러 딱딱하게 대답했다. 그의 날카로운 눈매가 몹시 두려웠던 것이다.

"그런데 언덕지기, 내가 자네라면 자네의 젊은 친구들이 저렇게 이야기를 늘어놓는 걸 놔두진 않을 거야. 술이 있고 난로가 있는 곳에서 우연히 만난 사람들과 담소를 즐기는 것은 좋은 일이지. 하지만 여기는 샤이어가 아니야. 주위엔 이상한 사람들도 있네. 내가 이래라저래라 할 건 아니지만 어쨌든 잘 생각해 보게."

그는 비죽 웃음을 지으며 프로도의 기색을 살폈다. 그러고는 프로도의 얼굴을 직시하며 계속 말을 이었다.

"그리고 최근엔 더 이상한 여행자들도 브리를 거쳐 갔다네."

프로도는 그의 눈길을 마주 보았으나 아무 말도 하지 않았다. 성큼걸이 역시 더 이상 말이 없었다. 그의 눈길이 갑자기 피핀에게로 향했다. 프로도는 이 우스꽝스러운 젊은 툭이 큰말의 뚱보 시장 이야기의 성공에 도취해 이제는 빌보의 송별 잔치를 화제로 삼아 주변의 호빗들을 웃기고 있는 것을 발견하고 깜짝 놀랐다. 그는 이미 빌보의 연설을 흉내 내고 있었고 곧 빌보가 갑자기 사라지는 장면으로 들어갈 찰나였다.

프로도는 불안했다. 사실 이 지방의 호빗들에게는 그 이야기가 강 저쪽에 사는 재미있는 친구들의 재미있는 이야기로 그냥 넘어갈 수도 있었다. 그러나 일부에서는(가령 머위네 영감 같은 이는) 한두 가지 사건을 이미 알고 있을 수도 있었고, 또 빌보가 사라진 사건에 대해서도 오래전에 소문이 돌았을 가능성도 있었다. 그렇게 되면 골목쟁이란 이름도 튀어나올 게 뻔했고, 특히 브리에서 그 이름을 찾는 사람이 있다면 문제가 될 것이었다.

프로도는 어찌할 바를 몰랐다. 피핀은 완전히 분위기에 취해 자신이 지금 얼마나 위험한 짓을 하는지 전혀 의식하지 못하고 있었다. 지금 기분대로라면 반지 이야기까지도 털어놓을지 모른다는 생각에 프로도는 더럭 겁이 났다. 그렇게 되면 큰일이었다.

성큼걸이가 그의 귀에 대고 속삭였다.

"빨리 손쓰는 게 좋겠어."

프로도는 벌떡 일어나 테이블 위에 올라서서 이야기를 시작했다. 피핀의 이야기를 듣던 청중들의 눈길이 모두 그에게 쏠렸다. 몇몇 호빗들은 프로도를 보고 언덕지기 씨가 술을 꽤 마셨나 보다 생각하며 손뼉을 치면서 좋아했다.

프로도는 갑자기 바보 같다는 생각이 들어 (이야기할 때의 그의 버릇대로) 주머니 속의 물건들을 만지작거리기 시작했다. 반지의 감촉이 전해지자 그는 자기도 모르게 반지를 끼고 이 난처한 상황에서 빠져나가고 싶은 충동이 문득 일었다. 그런데 어쩐 일인지 그 충동은 외부에서, 즉 방 안의 다른 어떤 사물이나 사람에게서 그에게 전해져 오는 듯한 느낌이 들었다. 그는 유혹을 단호히 거부하고 반지가 손을 빠져나가 말썽을 부리지 못하게 해야겠다는 생각에 반지를 손안에 꼭 움켜쥐었다. 어쨌거나 어색한 상황은 변하지 않았다.

그는 샤이어에서 하는 대로 우선 '몇 마디 인사치레'를 했다.

"여러분들의 따뜻한 환대에 저희 모두는 무어라 감사의 말씀을 드려야 할지 모르겠습니다. 제가 잠시 여기 머무르는 것을 계기로 샤이어와 브리 사이의 오랜 유대 관계가 더 공고해졌으면 하는 바람이 간절합니다."

그리고 그는 잠시 머뭇거리며 헛기침을 했다.

이제 방 안의 모든 사람들이 그를 쳐다보고 있었고, 호빗들 중 하나가 "노래해요!" 하고 소리를 지르자 여기저기서 "노래! 노래!" 하는 아우성이 일어났다.

"자, 한 곡만 해 보세요. 우리가 못 들어 본 노래 좀 들어 봅시다!"

프로도는 잠시 입을 벌리고 서 있었다. 그런 절망적인 상황에서 그는 빌보가 꽤 좋아했던 (자신이 작사를 했기에 사실 상당히 자랑스럽게도 여기고 있던) 우스꽝스러운 노래를 부르기 시작했다. 특히 어느 여관에 관한 노래였기 때문에 아마 금방 머릿속에 떠오른 모양이었다. 요즘엔 대개 가사의 일부만 전해지고 있지만 여기 전곡을 싣겠다.

옛날에 한 유쾌한 여관이 있었지
어느 오래된 잿빛 언덕 아래,
그곳에서는 갈색 맥주를 빚고 있었지.
어느 날 밤 달나라 사람이 내려와
마시고 흠뻑 취해 버렸지.

마부에겐 비틀거리는 고양이가 있었지
고양이는 다섯 줄 바이올린을 연주하네.
아래위로 활을 흔들어 대며,
때로는 삑삑거리며 높이, 때로는 가르릉거리며 낮게
때로는 중간 소리도 내면서.

농담을 한없이 좋아하는
강아지를 기르는 여관 주인,

손님들이 한바탕 크게 웃을 때면,
그도 우스개에 귀를 기울이다가
  배를 잡으며 웃어 댔지.

어느 여왕 못지않게 오만한
  뿔 달린 암소도 길렀지,
그렇지만 음악만 들으면 술 취한 듯 어지러워,
부숭부숭한 꼬리를 내저으며
  풀밭에서 춤을 추었지.

그리고 오! 줄지어 놓인 은빛 접시들,
  창고 가득한 은빛 스푼들!
일요일에 쓰이는 특별한 짝이 있어,
토요일 오후만 되면
  조심스레 닦았지.

달나라 사람이 곤드레만드레하자
  고양이는 소리치고
접시 하나 스푼 하나가 식탁 위에서 춤을 췄지.
정원의 암소는 미친 듯 날뛰고
  강아지도 자기 꼬리를 좇아다녔지.

달나라 사람은 한 잔 더 들이켜고
  의자 밑으로 굴러떨어졌지.
그러고 꾸벅꾸벅 졸더니 꿈속에서 맥주를 만났네.
하늘에선 별빛이 희미해지고
  새벽이 훤히 밝아 올 때까지.

마부가 비틀거리는 고양이에게 말했지.
  달나라에서 온 백마들이
히힝거리며 안달이 났는데
주인은 세상모르고 자빠져 있고,
  해는 금방 떠오르겠어.

고양이는 바이올린으로 헤이 디들 디들 연주를 했지.
죽은 사람도 일어날 빠른 곡조로
삑삑거리며 활을 켜는 동안
주인이 달나라 사람을 흔들어 깨웠지,
세 시가 넘었어요.

그들은 천천히 언덕 위로 그 사람을 밀어 올려
달나라로 던져 올렸지.
뒤에서는 그의 말들이 뛰어오르고
암소는 사슴처럼 껑충거리고
접시가 스푼과 함께 달려왔었지.

바이올린은 더 빨리 디딜 둠 디들
강아지가 으르렁거렸지.
암소와 말 들은 물구나무를 서고
손님들은 모두 침대에서 튀어나와
마룻바닥에서 춤을 추었지.

핑, 퐁 소리와 함께 바이올린 줄이 끊어졌지.
암소는 달을 향해 뛰어오르고
강아지는 재미있다고 깔깔거렸지.
토요일의 접시는 일요일의 스푼과 함께
어디론가 사라져 버렸지.

둥근 달이 언덕 너머로 굴러 내려갔고
태양이 슬며시 고개를 들었지.
불꽃처럼 환한 두 눈을 태양은 믿을 수 없었지.
한낮인데도 아, 놀라워
모두들 잠자리에 들어가다니!

한동안 요란한 박수갈채가 쏟아졌다. 프로도는 목청이 좋았기 때문에 모두들 그의 노래에 만족했다.

"보리 영감은 어디 있어? 이 노래를 들어야만 하는 건데. 봅더러 고양이한테 바이올린을 가르치게 하라고, 그러면 우리도 춤을 출 텐데."

그들은 맥주를 더 시키더니 다시 소리치기 시작했다.

"손님, 그거 한 번 더 들어봅시다. 자, 한 번만 더요!"

그들은 프로도에게 술을 한 잔 권하고 노래를 다시 부르게 했고 일부는 따라 부르기도 했다. 곡조가 널리 알려진 것이기도 했지만 그들은 노랫말 외우는 데는 일가견이 있었다. 이젠 프로도가 즐길 차례였다. 그는 테이블 위에서 껑충껑충 뛰면서 노래를 불렀다. '암소는 달을 향해 뛰어오르고'라는 대목에 와서는 정말 공중으로 펄쩍 뛰어올랐다. 그러나 너무 높이 뛰어올랐던지 술잔이 가득 놓인 쟁반 위에 떨어지면서 미끄러져 우당탕 테이블 밑으로 구르고 말았다. 청중들은 입이 찢어져라 웃어 댔지만 곧 입을 벌린 채 그대로 숨을 죽였다. 가수가 사라져 버린 것이었다. 마루 틈새로 구멍도 남기지 않고 사라진 듯 그는 온데간데없었다.

호빗들은 놀라 눈이 휘둥그레지더니 갑자기 벌떡 일어나 큰 소리로 보리아재를 불렀다. 모든 손님들이 샘과 피핀을 구석에 남겨 둔 채 뒤로 물러나 어둠 속에서 의심스러운 눈으로 그들을 노려보았다. 아마도 그들을 알지 못할 힘과 목적을 가진 이상한 마법사의 친구들로 간주하는 것이 분명했다. 그러나 샘과 피핀을 가장 불안하게 한 것은 모든 것을 알고 있는 듯 조롱 섞인 표정으로 그들을 바라보며 서 있던 가무잡잡한 브리 사람이었다. 그가 곧 문을 열고 슬며시 빠져나가자 남쪽에서 왔다던 사팔뜨기가 그 뒤를 따랐다. 둘은 저녁 내내 작은 소리로 이야기를 나누고 있었다.

프로도는 잘못했다는 생각이 들었다. 그는 어찌할 바를 모르고 테이블 밑으로 기어나와, 아무 표정 없이 꼼짝 않고 앉아 있던 성큼걸이 옆으로 돌아왔다. 프로도는 벽에 등을 기대며 반지를 뽑았다. 어떻게 손가락에 끼워졌는지 알 수가 없었다. 다만 노래를 부르는 동안 주머니에서 그것을 만지작거렸는데, 넘어지지 않으려고 몸의 균형을 잡다가 손을 뻗치는 바람에 손가락에 반지가 끼워진 모양이었다. 잠시 그는 반지가 무슨 장난을 친 것이 아닐까 하는 생각을 해 보았다. 방 안에서 느껴지는 어떤 소망이나 명령에 대해 반지 스스로 자신의 존재를 드러내려 했는지 모를 일이었다. 그는 밖으로 나간 사람들의 표정이 마음에 걸렸다. 그가 모습을 드러내자 성큼걸이가 말했다.

"도대체, 왜 그런 짓을 했어? 자네 친구들이 저지를 뻔했던 것보다 더 위험한 짓이야! 자넨 벌써 발을 잘못 디딘 거야! 아니면 손가락을 잘못 놀렸다고나 할까?"

프로도는 당혹감을 감추지 못하며 대답했다.

"무슨 말씀인지 모르겠습니다."

"잘 아실 텐데그래. 하지만 일단은 소동이 가라앉을 때까지 여기서 기다리는 게 좋겠지. 골목쟁이 군, 괜찮다면 조용히 할 말이 있네."

"무슨 말입니까?"

그는 자신이 본명으로 불렸다는 사실을 깨닫지도 못하고 물었다. 성큼걸이는 프로도의 눈을 보며 말했다.

"상당히 중요한 일이지. 우리 둘 다에게. 자네한테는 이로운 이야길 거야."

"좋습니다. 나중에 이야기하지요."

프로도는 애써 담담한 표정을 지으며 말했다.

한편 난롯가에서는 토론이 벌어졌다. 그제야 머위 씨가 들어와 사건의 자초지종을 동시에 여러 사람의 입을 통해 듣고 있었다.

"머위 씨, 그 친구가 금방 내 눈앞에 있다가 다음 순간에 안 보이더라고요. 내 말 알아듣겠어요? 노랠 부르다 공중으로 사라졌다니까요."

한 호빗이 열심히 주장했다.

"쑥부쟁이 씨, 설마?"

이해를 못 하겠다는 표정으로 주인이 말했다.

"설마가 아니라니까요! 나는 쓸데없는 소리나 하는 호빗이 아니에요. 게다가……."

쑥부쟁이는 계속 우겼다. 그러나 머위 씨는 고개를 저으며 말했다.

"착각하셨겠지. 아무튼 언덕지기 씨가 공중으로 사라졌다는 얘기가 너무 많기는 많군. 담배 연기가 너무 뿌얘서 그런가?"

"도대체 그 친구 지금 어디 있는 거야?"

몇 사람이 물었다.

"내가 어떻게 압니까? 내일 아침에 돈만 낸다면 그 손님이 어디 갔든 난 상관 안 해요. 툭 씨는 지금 저기 앉아 있잖아요. 사라지지 않았다고요."

"내 두 눈으로 똑똑히 보았다니깐."

쑥부쟁이가 계속 우겼다.

"착각한 모양이지."

깨진 그릇과 쟁반을 주워 모으며 머위 씨가 다시 말했다.

그때 프로도가 나섰다.

"물론 착각하신 겁니다. 저는 사라지지 않았어요. 여기 있습니다! 구석에서 성큼걸이와 이야기를 나누고 있었지요."

그는 난롯가로 성큼 걸어 나왔다. 그러나 대부분의 사람들은 더 놀란 표정으로 뒷걸음질 쳤다. 그들은 프로도가 떨어진 다음 테이블 밑으로 재빨리 성큼걸이에게 기어갔다는 변명을 전혀 수긍할 수 없었다. 대부분의 호빗들과 브리 사람들은 그날 밤을 즐기려던 생각을 바꾸고 곧바로 사라져 버렸다. 그중 한두 사람은 프로도에게 험상궂은 표정까지 지어 보이며 저희들끼리 뭐라고 투덜거리며 나갔다. 남아 있던 난쟁이들과 두세 명의 이상한 사람들도 주인에게만 인사하고 프로도와 그 친구들은 못 본 체하고 떠나갔다. 얼마 지나지 않아 방 안에는 벽 옆에 꼼짝 않고 앉아 있는 성큼걸이밖에 남지 않았다.

머위 씨는 많이 화난 것 같지는 않았다. 아마 그는 오늘 밤의 이 사건을 모두 해결하자면 자신의 여관이 앞으로도 오랫동안 손님들의 토론장으로 쓰일 것이라 계산하는 모양이었다.

"언덕지기 씨, 어떻게 된 겁니까? 우리 손님들을 모두 놀라 쫓겨나게 만들고, 게다가 재주를 부리다가 그릇을 온통 깨 버렸으니 말입니다."

프로도가 정중하게 사과했다.

"본의 아니게 폐를 끼쳐 정말 죄송합니다. 정말 터무니없는 실수였어요."

"좋아요, 언덕지기 씨. 하지만 앞으로 또다시 무슨 재주를 부린다거나 마술을 보여 주시려면 미리 말씀을 해 주세요. 그리고 '제게도' 알려 주시고요. 여기서는 무슨 일이든 이상한 일이 벌어지면 일단 의심부터 하고 봅니다. 아시겠소? 무슨 일이든지 갑자기 좋아하는 법은 없으니까요."

"다시는 그런 일이 없을 겁니다, 머위 씨. 약속하지요. 그러면 이제 우리도 잠자리로 가 봐야겠습니다. 내일 아침 일찍 출발할 예정인데 8시까지 말을 준비해 주실 수 있겠습니까?"

"물론이지요! 하지만 떠나시기 전에 따로 긴히 드릴 말씀이 있습니다, 언덕지기 씨. 당신한테 얘기해야 할 게 이제 생각났어요. 나쁘게는 생각 마세요. 한두 가지 일을 더 마무리한 다음에 객실로 찾아가지요."

"좋습니다."

프로도는 그렇게 대답했지만 가슴이 철렁했다. 그는 잠자리에 들기 전에 얼마나 많은 비밀 이야기를 듣게 될지, 또 그 속에서 어떤 사실이 밝혀질지 궁금했다. 이들이 모두 자신을 둘러싸고 음모를 꾸미고 있는 것은 아닐까? 그는 심지어 머위네의 통통한 얼굴에도 무슨 무서운 흉계가 숨어 있는 것이 아닐까 의심하기 시작했다.

Chapter 10
성큼걸이

프로도와 피핀, 샘은 응접실로 돌아왔다. 촛불이 꺼져 있었다. 메리는 거기 없었고 난롯불도 사그라지고 있었다. 남은 불씨를 살려 장작 두 개를 던져 넣은 후에야 비로소 그들은 성큼걸이가 자신들과 함께 와 있음을 발견했다. 그는 문 옆 의자에 꼼짝도 않고 앉아 있었던 것이다!

"여보세요! 당신은 누군데 여기 들어와 있어요?"

피핀이 물었다.

"난 성큼걸이라고 하네. 그리고 잊어버렸는지는 모르지만 자네 친구가 나하고 조용히 이야기하기로 약속했네."

그러자 프로도가 나섰다.

"나한테 도움이 될 만한 것이 있다고 했는데, 그게 뭐지요?"

"여러 가지지. 하지만 공짜로는 안 되는데."

"무슨 뜻입니까?"

프로도는 날카롭게 물었다.

"놀랄 필요는 없어! 다만 이런 얘기야. 내가 알고 있는 것, 즉 자네에게 도움이 될 충고를 해 줄 테니 그 대가만 치르면 된다는 말이지."

"그 대가란 게 뭐죠?"

그제야 프로도는 자신이 못된 악당에게 걸려들었다는 불길한 예감이 들었고, 돈을 조금밖에 가져오지 않았다는 사실에 생각이 미쳤다. 그 돈을 다 준다 해도 악당이 만족할 리가 없겠지만 그로서는 한 푼이라도 낭비할 수가 없었다. 프로도의 심중을 꿰뚫어 보기라도 하듯 성큼걸이가 비죽 웃으며 말했다.

"자네가 할 수 없는 일은 아니야. 바로 이걸세. 내가 있고 싶을 때까지 자네들 일행에 끼워 달라는 거야."

"아, 그래요?"

프로도는 약간 의외란 듯 되물었다. 그러나 아직 완전히 마음을 놓을 수는 없었다.

"내가 아무리 일행이 더 필요하다 해도 그런 제안에는 쉽게 동의할 수 없어요. 당신이 누군지, 무슨 일을 하는지 하나도 모르면서 말입니다."

성큼걸이는 다리를 꼬고 등을 편하게 기대앉으면서 말했다.

"멋진 친구로군! 자네가 이제야 이성을 찾은 것 같군. 잘됐네. 지금까지는 너무 경솔했어. 어쨌든 좋아! 내가 알고 있는 것을 얘기해 줄 테니 그 대가는 자네가 결정하게. 아마 내 얘기를 듣고 나면 기꺼이 내 제안을 받아들일 걸세."

"그렇다면 말씀해 보시죠. 그게 뭡니까?"

프로도가 물었다.

성큼걸이는 엄숙한 표정으로 이야기를 시작했다.

"얘기가 많지, 그것도 모두 어두운 얘기들이라네. 하지만 자네 일은……."

그는 일어나서 문 쪽으로 가더니 재빨리 문을 열고 바깥을 둘러보았다. 그러고는 조용히 문을 닫고 다시 의자에 앉아 낮은 목소리로 계속 이야기했다.

"나는 귀가 예민하지. 그리고 비록 몸을 숨기는 재주는 없지만 마음만 먹으면 산짐승들조차 눈에 띄지 않게 다가가서 붙잡을 수 있어. 그런데 아까 해거름에 브리 서쪽의 동부대로 생울타리 뒤에 있자니까 호빗 네 명이 구릉지대 쪽에서 오는 게 보이더군. 봄바딜 영감에게 한 말이나 서로 주고받은 이야기를 여기서 모두 되풀이할 필요는 없겠지만 딱 한 가지 내 관심을 끄는 얘기가 있었지. 그들 중 하나가 이런 얘기를 했어. '특히 모두들 기억해야 할 것은 골목쟁이라는 이름을 절대로 써서는 안 된다는 점일세. 내 이름은 이제부터 언덕지기야, 알겠나?' 이 말에 난 호기심이 동해서 여기까지 그들을 따라온 거야. 그들의 뒤를 따라 곧장 서문을 훌쩍 넘어왔지. 골목쟁이 씨는 본명을 숨겨야 할 충분한 이유가 있겠지. 그렇다면 그는 더욱더 조심하는 것이 좋을 것 같네."

그러자 프로도는 다시 격앙된 목소리로 말했다.

"내 이름이 브리 사람들에게 왜 관심거리가 되는지 모르겠군요. 그리고 당신이 왜 그 점에 호기심을 느끼는지도 말예요. 성큼걸이 씨도 아마 남을 엿보고 남의 이야기를 엿들어야 할 충분한 이유가 있을 테니 어디 그 얘기부터 들어보지요."

성큼걸이는 껄껄 웃으며 말했다.

"재치가 있군. 하지만 대답은 간단하네. 나는 골목쟁이네 프로도라는 이름의 호빗을 찾고 있었거든. 나는 그를 급히 찾는 중이었지. 사실 그는 나와 내 친구들에게 대단히 중요한 어떤 비밀을 가지고 샤이어를 빠져나오는 중이란 걸 난 알거든."

그러자 프로도가 자리에서 일어나고 샘도 얼굴을 찌푸리며 벌떡 일어났다.

"자, 오해는 말게. 나는 자네들보다 그 비밀을 더 무섭게 생각하는 사람이야. 정말 조심해야 하네."

그는 몸을 앞으로 바짝 당기며 그들을 바라보았다. 그러고는 낮은 목소리로 다시 말을 이었다.

"사방의 어둠을 조심하게! 암흑의 기사들이 이미 브리를 지나갔지. 지난 월요일에 한 놈이 초록길을 따라 내려갔다는 소문이 있고, 또 한 놈이 남쪽에서 초록길을 따라 올라왔다는 정보도 있어."

잠시 침묵이 흘렀다. 마침내 프로도는 피핀과 샘을 향해 말했다.

"아까 문지기의 인사말부터 이상했어. 그때 눈치챘어야 하는데. 주인도 무슨 얘기를 들은 모양이야. 그러면 왜 우리를 밖으로 나오라고 했을까? 어쨌거나 우린 왜 그렇게 바보 같은 짓을 했지? 여기 가만히 있는 건데 그랬어."

그러자 성큼걸이가 끼어들었다.

"맞네, 그게 나았을 걸세. 내가 할 수만 있었다면 자네들이 연회장에 나오는 것을 막았을 거야. 그런데 여관 주인이 허락하지 않더군. 쪽지 전달도 안 되겠다는 거야."

"그렇다면 그가?"

"아닐세. 머위 영감은 나쁜 사람이 아니야. 다만 나 같은 이상한 뜨내기들을 싫어할 뿐이지."

프로도는 어리둥절한 표정으로 그를 바라보았다. 성큼걸이는 입을 씰룩거리며 눈에 이상한 빛을 띠고 말했다.

"자네가 보기에도 내가 좀 악당같이 보이지 않는가? 하지만 곧 서로를 잘 이해할 수 있게 되겠지. 그렇게 된 후에 자네 노래가 끝날 때 일어났던 그 일도 설명을 들었으면 하네. 그 작은 장난……."

"그건 순전히 실수였어요!"

프로도가 말을 가로막았다.

"글쎄, 그렇다면 실수였겠지. 하지만 그 실수 때문에 자네가 위험해졌어."

"이전보다 위험할 것도 없지요. 그 기사들이 나를 쫓아오고 있다는 것은 이미 알고 있었어요. 그리고 어쨌든 지금은 나를 놓치고 떠나가지 않았어요?"

그러자 성큼걸이가 날카롭게 말했다.

"그렇게 낙관하지 말게. 그들은 돌아올 거야. 그리고 더 많은 놈들이 자네를 쫓아올 거야. 나는 그들이 몇 명이라는 것을 알아. 그 기사들이 누구인지 안단 말이야."

그는 말을 멈췄다. 그의 눈에 냉기가 흘렀다.

"브리에도 믿을 수 없는 사람들이 몇 명 있지. 가령 고사리꾼네 빌 같은 녀석이지. 브리지방에서도 악명 높은 녀석인데 이상한 방문객들이 그의 집을 종종 찾아온다네. 아마 자네도 보았을지 몰라. 조롱하듯이 웃던, 그 얼굴이 가무잡잡한 녀석 말이야. 남쪽에서 올라온 피난민들 중 한 녀석 곁에 앉아 있다가 자네가 그 '실수'를 저지른 후에 곧바로 밖으로 나갔지. 남쪽에서 온 피난민 중 일부도 수상한 녀석들이야. 그리고 고사리꾼 같은 녀석은 누구에게 무엇이든 팔아먹을 수 있는 놈이고. 아니면 일부러 못된 장난을 칠 수도 있겠지."

"고사리꾼이 무엇이든 팔아먹다니, 그게 내 실수와 무슨 상관이 있어요?"

프로도는 성큼걸이가 넘겨짚은 말을 여전히 모르는 척하면서 물었다.

"물론 자네에 관한 소식이지. 조금 전에 자네가 보여 준 묘기를 설명해 주면 지대한 관심을 보일 사람들이 많이 있네. 그러고 나면 자네 진짜 이름은 확인할 필요도 없게 되는 거야. 내 생각으로는 오늘 밤이 새기 전에 아마 그들이 그 소식을 들을 걸세. 이 정도면 충분한가? 나를 길잡이로 데려가든 말든 이제 자네 마음대로 하게. 나는 샤이어와 안개산맥 사이의 지역을 손바닥 들여다보듯 훤히 알고 있어. 오랜 세월 동안 그곳을 돌아다녔거든. 나는 겉보기보다는 나이가 많아. 그리고 자네들한테도 유익할 걸세. 이제부터는 밤낮으로 그 기사들이 경계를 할 테니 자네들은 오늘 밤 이후로 동부대로로 가는 걸 포기해야 할 거야. 아마 브리를 빠져나가서 낮 동안은 달아날 수 있겠지. 하지만 멀리는 못 가. 아무도 도와줄 수 없는 황야나 어느 캄캄한 구석에서 그들이 덮칠지 모를 일이야. 그들을 만나고 싶은가? 무서운 놈들이지!"

호빗들은 그를 바라보다가 그의 얼굴이 고통스럽게 일그러지고 두 손으로 의자의 팔걸이를 꽉 움켜쥐는 것을 보고 놀랐다. 방 안은 쥐 죽은 듯 고요하고 불빛은 더 침침해진 것 같았다. 한동안 그는 과거의 기억을 더듬는 듯, 아니면 어둠 속 저 멀리서 들려오는 소리라도 듣는 듯 두 눈을 감고 있었다. 잠시 후 손으로 이마를 쓸어 올리며 그가 다시 소리쳤다.

"자, 그 추적자들에 대해선 아마도 내가 자네들보다 더 잘 알고 있을 거야. 자네들도 그들을 두려워하고는 있지만 그들이 과연 얼마나 무서운 놈들인지는 잘 모르고 있어. 자네들은 가능한 한 바로 떠나야 하네. 성큼걸이가 아무도 모르는 길로 데려가 주겠어. 같이 가겠나?"

무거운 침묵이 흘렀다. 프로도는 아무 대답도 할 수 없었고 마음속이 의심과 공포로 혼란스러웠다. 샘이 얼굴을 찡그리며 주인을 바라보다가 드디어 입을 열었다.

"감히 제가 먼저 말씀드리자면 전 반대예요! 여기 이 성큼걸이라는 사람이 우리들에게 조심하라고 경고하고 있는데 그 점은 저도 동의해요. 하지만 그는 우선 황야의 유랑자예요. 전 그들에 대해 좋은 이야기를 들은 적이 없어요. 그리고 이 사람이 우리에 대해 뭔가를 알고 있다는 것도 분명해요. 하지만 그렇다고 해서 정말 자기 말대로 아무도 도와줄 수 없는 캄캄한 구석으로 우리를 끌고 가게 할 수는 없는 일이에요."

피핀은 안절부절못하면서 불안한 표정을 지었다. 성큼걸이는 샘의 말에는 상관하지 않고 날카로운 눈길을 프로도에게로 향했다. 프로도는 그와 눈이 마주치자 고개를 돌렸다. 그리고 천천히 말했다.

"안 됩니다. 동의할 수 없어요. 내 생각에 당신은 겉과 속이 일치하지 않는 것 같군요. 당신은 처음에는 브리 사람들처럼 이야기했는데 이제는 목소리가 달라졌어요. 그리고 샘이 말한 대로 당신은 우리에게 조심하라고 주의를 주면서 또 당신을 믿고 따라오라고 하는데, 그 이유를 모르겠어요. 왜 가장을 하는 겁니까? 당신은 누굽니까? 우리들의 일에 관해 당신이 정말 얼마나 알고 있죠? 그리고 그걸 어떻게 알게 된 겁니까?"

그러자 성큼걸이가 쓴웃음을 지으며 말했다.

"사전 교육을 아주 잘 받았군. 하지만 조심하는 것과 망설이는 것은 별개야. 자네들은 자네들만의 힘으로 절대 깊은골까지 갈 수가 없어. 나와 함께 가는 것이 유일한 방법일세. 결정하게. 혹시 도움이 된다면 자네들이 묻는 말에도 대답해 주겠네. 하지만 나를 못 믿는다면 어떻게 내 이야기를 믿을 수 있겠는가? 아직도……."

그 순간 밖에서 노크 소리가 들렸다. 머위 씨가 양초를 가지고 들어섰고, 그 뒤엔 뜨거운 물통들을 든 놉이 서 있었다. 성큼걸이는 재빨리 어두운 구석으로 몸을 숨겼다. 여관 주인이 양초를 테이블 위에 세워 놓으며 말했다.

"안녕히 주무시라는 인사를 드리러 왔지요. 놉! 그 물통들을 각방에 날라 둬."

여관 주인은 문을 닫은 다음 어색한 표정을 지으며 머뭇거리다가 이야기를 시작했다.

"사실은 이렇습니다. 저 때문에 폐가 됐다면 죄송합니다. 하지만 보시다시피 일이 웬만큼 바빠야지요. 전 바쁜 사람입니다. 그런데 이번 주에 들어와 이 일 저 일 터지면서 기억이 되살아나더군요. 제발 너무 늦지나 않았으면 좋겠습니다. 사실 전 샤이어에서 오는 호빗들을 찾아보라는 부탁을 진작에 받았지요. 특히 골목쟁이라는 이름을 가진 호빗을 말입니다."

"그게 나하고 무슨 상관이 있습니까?"

프로도가 이렇게 말하자 주인은 다 알고 있다는 듯 말했다.

"아, 잘 아실 텐데요. 밖으로 비밀이 새어 나가게 할 생각은 없어요. 실은 골목쟁이란 호빗이 언덕지기란 가명으로 지나갈 것이란 이야기까지 들었지요. 그리고 대강 들은 인상착의가 손님한테 꼭 맞는군요."

"그래요? 어디 한번 들어봅시다."

프로도가 말을 가로막았다.

"빨간 볼을 가진 키가 작고 뚱뚱한 친구."

머위 씨는 엄숙하게 말했다.

피핀은 킬킬거리고 웃었지만 샘은 화가 난 표정이었다. 머위 씨는 피핀을 흘끗 보면서 말을 이었다.

"'호빗들은 모두 그렇게 생겼으니 그 말만 가지고는 잘 모르겠지, 보리?' 그분은 제게 이렇게 일러줬지요. '하지만 그 호빗은 키가 보통보다는 크고 꽤 잘생겼어. 갈라진 턱에 눈이 반짝이는 활달한 친구야.' 죄송합니다만 이건 제 말이 아니고 그분이 말씀하신 겁니다."

"그분이라니, 그게 누굽니까?"

프로도는 초조한 빛을 감추지 못하고 물었다.

"아, 혹시 아시는지 모르겠지만 간달프라는 분이지요. 흔히들 마법사라고 하지만 여하튼 저하고는 아주 친한 사이올시다. 하지만 그 양반이 나중에 만나면 저보고 뭐라고 할지 겁이 납니다. 우리 집 맥주를 모두 쓴맛으로 바꿔 버릴지, 아니면 저를 나무토막으로 만들어 버릴지 모르겠어요. 그분은 성질이 좀 급하니까요. 그런데 일이 벌써 글렀으니."

"도대체 당신이 무슨 잘못을 저질렀단 말입니까?"

머위네가 느적느적 이야기를 풀어 나가자 마음이 급한 프로도가 물었다.

"어디까지 얘기했지요?"

주인은 숨을 들이마셨다가 손가락으로 딱 소리를 내며 다시 이야기했다.

"아, 그렇지. 간달프 영감, 그분이 석 달 전에 제 방에 노크도 없이 불쑥 나타났어요. 그리고 이렇게 말했지요. '보리, 난 오늘 아침에 떠나네. 부탁 좀 들어주겠나?' 그래서 말씀해 보시라고 했지요. '난 지금 급하네. 시간이 없어. 샤이어에 연락해야 하는데 누구 믿을 만한 사람 좀 보낼 수 있겠나?' 그래서 내일이나 모레 찾아보겠다고 했지요. 그랬더니 '내일로 하게.' 그러면서 편지를 한 통 주더군요. 주소가 이랬어요."

머위 씨는 주머니에서 편지를 꺼내 주소를 천천히 자랑스럽게 읽었다(그는 글을 읽을 줄 안다는 사실을 대단히 자랑스럽게 여겼다).

"샤이어, 호빗골, 골목쟁이집, 골목쟁이네 프로도 씨."

"간달프가 보낸 편지라고요!"

프로도가 소리를 질렀다.

"아, 그러면 당신이 골목쟁이 씨가 맞군요."

"그래요. 빨리 그 편지를 주세요. 왜 진작 보내지 않았어요? 뜸 들이느라 얘기를 오래 했지만 사실은 그 변명을 하러 여기 오신 거죠?"

불쌍한 머위 씨의 얼굴이 벌게졌다.

"맞습니다, 손님. 정말 죄송합니다. 만일 그 때문에 무슨 사고라도 생겼으면 간달프가 뭐라고 하실지 정말 겁이 납니다. 그렇지만 고의로 그런 건 아니었어요. 그리고 편지도 안전하게 보관하고 있었거든요. 그런데 그다음날, 또 그다음날도 샤이어에 선뜻 가겠다고 나서는 사람이 없었어요. 우리 집 애들도 바빴고요. 그러면서 차일피일 미루다가 잊은 겁니다. 장사가 워낙 바빠서요. 혹시 어디 잘못된 일이라도 있으면 제가 힘닿는 대로 도와드릴 테니 말씀만 하세요. 편지는 그렇고 간달프와 약속한 일이 또 있어요. 이런 이야기를 했지요. '보리, 샤이어의 그 친구가 머지않아 이쪽으로 올지도 몰라. 동행이 하나 있을 걸세. 그런데 이름을 언덕지기라고 할 테니 잘 기억해 두게. 하지만 묻지는 말고. 만일 내가 그때 그와 동행하고 있지 않으면 그가 분명히 위험한 처지에 있을 테니 자네 힘닿는 대로 그를 도와주면 정말 고맙겠네.' 그런데 이제 손님이 나타나신 겁니다. 그리고 제가 보기에는 위험이 곧 닥쳐올 것 같거든요."

"무슨 뜻입니까?"

프로도가 물었다. 그러자 주인은 목소리를 낮춰 말했다.

"그 검은 옷을 입은 사람들 말입니다. 그들은 골목쟁이를 찾고 있었어요. 좋은 일로 찾는 게 아닌 건 분명해요. 월요일이었는데 동네 개들이 마구 짖어대고 거위들도 꽥꽥거리더군요. 참 이상한 일이다 하고 있는데 놉이 들어와서 검은 옷을 입은 두 사람이 문간에서 골목쟁이란 호빗을 찾는다고 말하더군요. 놉의 머리카락이 온통 곤두서 있었어요. 나가서 그들을 돌려보내고 문을 쾅 닫았지요. 하지만 나중에 들어보니 그들은 아쳇까지 가면서 집집마다 똑같은 질문을 했다더군요. 그리고 그 성큼걸이라는 순찰자도 역시 똑같이 물었어요. 손님들이 식사도 하기 전에 만나보겠다고 떼를 썼답니다."

그러자 성큼걸이가 갑자기 밝은 곳으로 나오며 말했다.

"떼를 좀 썼지. 그리고 보리아재, 당신이 나를 진작 들여보내 주었더라면 위험이 상당히 줄어들었을 거요."

여관 주인이 놀라 펄쩍 뛰었다.

"당신은! 당신은 항상 소리 없이 나타나는군요. 여기서 뭘 하고 있는 겁니까?"

"내가 허락했습니다. 날 도와주러 왔다는군요."

프로도가 대답했다.

그러자 머위 씨는 성큼걸이를 수상쩍게 바라보며 말했다.

"글쎄, 손님 일이니까 잘 알아서 하시겠지요. 하지만 제가 손님같이 위험한 처지에 있다면 순찰자와 같이 있지는 않을 겁니다."

그러자 성큼걸이가 말했다.

"그러면 누구하고 같이 있겠소? 하루 종일 손님들이 불러 대야 겨우 자기 이름이나 기억하는 뚱보 여관 주인하고 같이? 이 친구들은 조랑말 여관에 오래 있을 수도 없고, 집으로 돌아갈 수도 없소. 앞으로 갈 길이 멀거든. 당신이 함께 가서 그들을 지켜 주겠소?"

"내가? 브리를 떠난다고! 억만금을 준다 해도 그렇게는 안 돼요!"

머위 씨는 정말 겁먹은 표정을 지었다.

"그런데 언덕지기 씨, 왜 여기서 며칠 조용히 숨어 있으면 안 됩니까? 요 며칠 사이에 벌어진 이상한 일들은 뭐가 뭔지 모르겠습니다. 그 검은 옷을 입은 사람들은 누구를 좇고 있는 건가요? 어디서 온 사람들입니까?"

"미안하지만 모두 다 설명할 수가 없어요. 난 지금 피곤하고 몹시 불안합니다. 그리고 이야기를 하자면 길어져요. 그러나 당신이 나를 돕고 싶다 해도 한 가지 말씀드리지 않을 수 없는 것은, 내가 이 집에 있으면 있을수록 당신이 더 위험에 처하게 된다는 점입니다. 그 검은 기사들은 자세히는 모르지만 아마……."

그때 성큼걸이가 낮은 목소리로 끼어들었다.

"모르도르에서 왔지. 보리아재, 당신이 그 이름을 아는지 모르겠지만, 그놈들은 모르도르에서 온 거요."

그러자 머위 씨는 파랗게 질려 소리쳤다. 그 이름을 아는 모양이었다.

"맙소사! 제 평생 브리에서 들어 본 것 중에 가장 무서운 소식이군요."

"그렇습니다. 그래도 아직 날 돕고 싶은 생각이 있나요?"

프로도가 묻자 머위 씨는 머뭇거리며 말했다.

"그럼요. 전보다 많이 도와드려야지요. 비록 나 같은 사람이 대항해 싸워야 할 적이 바로……."

성큼걸이가 나직이 말했다.

"동쪽의 어둠이지요. 조금만 도와주면 됩니다. 보리아재, 오늘 밤 언덕지기 씨가 이 집에서 언덕지기란 이름으로 지내게만 해 주면 고맙겠소. 그가 내일 떠날 때까지 골목쟁이란 이름은 잊어 주시오."

"물론 그렇게 하지요. 하지만 제가 손님을 보호하고 있다는 것을 그들이 눈치챌까 봐 걱정입니다. 골목쟁이 씨가 오늘 저녁 사람들의 주목을 받게 된 것도 매우 걱정스럽습니다. 빌보 씨가 사라졌다는 소문은 이미 여기까지 퍼졌습니다. 우리 집 얼간이 놉도 그 둔한 머리로 약간은 짐작하고 있거든요. 게다가 브리에는 보기보다 머리가 잘 돌아가는 사람들이 더러 있어요."

프로도가 말했다.

"알겠습니다. 우린 다만 그 기사들이 돌아오지 않기를 바랄 뿐입니다."

머위네가 말했다.

"저도 그런 일이 일어나지 않길 바랍니다. 어쨌든 유령인지 귀신인지 모를 그 기사들이 우리 여관을 호락호락 쳐들어올 수는 없을 겁니다. 내일 아침까지는 아무 걱정 마세요. 놉도 아무 말 하지 않을 겁니다. 제가 두 다리로 버티고 있는 한 그 검은 옷을 입은 놈들이 우리 집 문안에 발을 들여놓을 수는 없습니다. 저희 집에서 일하는 애들과 함께 제가 직접 오늘 밤 보초를 설 테니 걱정 말고 주무십시오."

프로도가 말했다.

"어쨌든 우리는 새벽같이 일어나야 합니다. 가능한 한 빨리 떠나는 것이 낫겠어요. 여섯 시 반에 아침 식사를 부탁합니다."

"물론이지요! 그렇게 일러두겠습니다. 안녕히 주무세요, 골목쟁이, 아차, 언덕지기 씨. 자, 그럼 안녕히들 주무십시오. 참! 그런데 강노루 씨는 어디 계십니까?"

"잘 모르겠는데요."

프로도는 갑자기 걱정이 되기 시작했다. 그들은 모두 메리를 잊고 있었다. 벌써 밤도 꽤 깊은 시간이었다.

"밖에 나가지 않았나 모르겠군요. 아까 바람 쐬러 간다는 소리를 들은 것 같은데."

머위네가 말했다.

"어린애들처럼 따라다녀야 말썽이 없을까, 원! 놀이터에 놀러 나온 걸로나 생각하는 모양이죠? 저는 가서 빨리 문단속을 해야겠습니다. 하지만 손님들 친구가 오면 들여보내죠. 놉을 내보내서 찾아보는 것이 낫겠군요. 모두들 안녕히 주무십시오!"

머위 씨는 여전히 의심스러운 눈초리로 성큼걸이를 다시 한번 돌아보고 밖으로 나갔다. 그의 발소리가 점점 멀어져 갔다.

"어이! 그 편지는 언제나 뜯을 건가?"

성큼걸이가 물었다. 프로도는 편지를 뜯기 전에 밀봉이 그대로 되어 있나 유심히 살펴보았다. 봉투 안에는 분명 마법사의 굵고 우아한 필치로 다음과 같은 내용이 적혀 있었다.

샤이어력 1418년, 한 해의 가운뎃날,
브리의 달리는조랑말에서.

사랑하는 프로도!

좋지 않은 소식이 들려와서 곧 가 봐야겠네. 자네도 빨리 골목쟁이집을 떠나는 것이 좋겠어. 늦어도 7월 말 이전에는 샤이어를 출발하게. 가능한 한 빨리 돌아오겠지만 이미 자네가 떠났으면 뒤를 따라감세. 혹시 브리를 지나가게 되면 거기에 내게 쪽지를 남겨 두게. 주인(머위네)은 믿을 만한 사람일세. 그리고 또 동부대로에서 내 친구들 중 하나를 만날지도 모르겠네. 키가 크고 호리호리하고 얼굴이 시커먼 친군데 흔히들 성큼걸이라고 부르지. 그는 우리가 하는 일을 알고 있으니 자네를 도와줄 걸세. 깊은골로 가게. 거기서 다시 만날 수 있기를 빌겠네. 만약 내가 못 가면 엘론드가 충고를 해 줄 걸세.

그럼, 이만 총총.

간달프. ᚸ

추신. '그것'을 다시는 사용하지 말게. 어떤 이유로도 말이야. 밤에는 여행하지 말게! ᚸ

다시 추신. 성큼걸이가 진짜인지 확인할 것. 노상에는 이상한 작자들이 너무 많네. 그의 진짜 이름은 아라고른이네. ᚸ

황금이라고 해서 모두 반짝이는 것은 아니며,
방랑자라고 해서 모두 길을 잃은 것은 아니다.
속이 강한 사람은 늙어도 쇠하지 않으며,
깊은 뿌리는 서리의 해를 입지 않는다.
잿더미 속에서 불씨가 살아날 것이며,
어둠 속에서 빛이 새어 나올 것이다.
부러진 칼날이 다시 벼려질 것이며,
잃어버린 왕관은 다시 찾을 것이다.

또다시 추신. 머위네가 이 편지를 신속하게 전해 주었으면 좋겠는데. 훌륭한 사람이긴 한데 까마귀 고기를 먹었는지 기억력이 엉망이라네. 필요한 것은 꼭 잊어버리니 말일세. 만약 잊어버리면 이번에는 바싹 구워 버릴 셈이네.

그럼, 안녕!

프로도는 혼자 편지를 다 읽고 나서 피핀과 샘에게 그것을 넘겨주며 투덜거렸다.

"머위 영감이 일을 모두 엉망으로 만들었군! 정말 바싹 구워 버려야겠어. 이 편지를 그때 즉시 받았다면 우리는 지금쯤 깊은골에 무사히 도착했을 텐데. 그런데 간달프에겐 무슨 일이 생긴 걸까? 마치 대단히 위험한 곳으로 떠나가듯 적고 있으니 걱정되는군."

"오랫동안 계속해 온 일일세."

성큼걸이가 말했다. 프로도는 간달프의 두 번째 추신을 생각하면서 고개를 돌려 그를 바라보았다.

"왜 진작 간달프의 친구라고 말하지 않았습니까? 그랬으면 시간이 절약되었을 텐데요."

"그럴까? 하지만 자네들은 지금까지 나를 믿으려 하지 않았어. 나는 그 편지에 대해서는 아무것도 몰랐고. 그러니 내가 자네들을 도와주려면 아무 증거 없이도 자네들이 나를 신뢰할 수 있도록 설득해야만 한다고 생각했네. 어쨌든 간에 처음부터 자네들한테 나의 정체를 드러내 보일 생각은 없었지. 나도 자네들을 먼저 살펴본 뒤에야 진짜인지 확인할 수 있지 않겠는가? 대적이 훨씬 전에 벌써 내 앞에 함정을 파 놓았거든. 그러나 마음속으로 확신한 뒤로는 곧바로 자네들의 질문에 무엇이든 대답할 준비가 되어 있었네. 하지만 내 마음속으로는……."

그는 어색한 미소를 지으며 덧붙였다.

"나 자신을 위해서 자네들이 나를 좋아해 주기를 바랐네. 쫓기는 사람은 가끔 남의 불신에 짜증이 나고 따뜻한 우정이 그리울 때가 있는 법이거든. 하지만 내 인상이 워낙 고약해서 그런 기대는 좀 지나치겠지?"

"그럼요. 어쨌든 첫눈에는……."

간달프의 편지를 읽고 마음을 놓은 피핀이 웃으며 말했다.

"하지만 샤이어 속담에는 거죽보다 속마음이란 말이 있답니다. 그리고 아마 저라도 숲속이나 도랑에서 며칠만 뒹굴면 인상이 그렇게 되고 말 겁니다."

"자네가 성큼걸이처럼 보이려면 황야에서 몇 날, 몇 주, 아니 몇 년을 보내도 부족할 걸세. 그보다도 우선 지금의 자네보다 튼튼해지지 않고서는 그렇게 되기도 전에 먼저 저세상에 가 있겠지."

성큼걸이의 대꾸에 피핀은 다시 기가 꺾였다. 그러나 샘은 전혀 겁내지 않고 여전히 성큼걸이를 의심스러운 눈초리로 쳐다보았다.

"당신이 간달프가 말한 진짜 성큼걸이인지 우리가 어떻게 압니까? 이 편지가 나오기 전까지만 해도 당신은 간달프에 대해서는 한마디도 안 했어요. 내가 보기에 당신은 지금 우리와 함께 가려고 연극을 꾸미는 것 같은데요. 어쩌면 진짜 성큼걸이를 해치고 옷을 빼어 입었는지도 모르죠. 대답해 보세요."

"맹랑한 친구군. 감지네 샘, 미안하네만 내가 자네한테 해 줄 수 있는 대답은 이것뿐일세. 만약 내가 성큼걸이를 해치웠다면 자네들도 이미 목숨이 붙어 있지 못했을걸. 무슨 말이냐 하면 이렇게 길게 얘기할 필요도 없이 자네들을 벌써 해치우고 말았을 거란 말일세. 만약 내가 반지를 빼앗으려고만 했다면 이미 손에 넣고도 남았을 거야. 자, 보게!"

그가 의자에서 몸을 불쑥 일으키자 갑자기 키가 쑥쑥 커지는 것 같았다. 그의 두 눈엔 날카롭고 위압하는 듯한 빛이 번득였다. 그는 외투를 벗어 던지고 옆구리에 감추고 있던 장검의 손잡이에 손을 갖다 댔다. 호빗들은 숨조차 크게 내쉴 수 없었다. 샘은 벙어리가 된 듯 입을 벌리고 그를 쳐다볼 뿐이었다.

"하지만 다행히도 나는 진짜 성큼걸이야."

그는 돌연 온화한 표정으로 돌아가서 그들을 그윽한 눈길로 내려다보았다.

"나는 아라소른의 아들 아라고른이오. 내 목숨이 다할 때까지 그대들을 지켜주겠소."

긴 침묵이 흘렀다. 한참을 망설이던 프로도가 먼저 침묵을 깼다.

"나는 이 편지를 보기 전부터 당신이 친구인 걸 알았습니다. 적어도 그렇기를 바라고 있었지요. 당신은 오늘 저녁에 나를 여러 번 놀라게 하셨지만, 대적의 하수인들의 방식과 다르다는 생각이 든 겁니다. 그들의 첩자라면 아마 더 잘생기긴 했겠지만 어떤 거부감이 느껴졌을 테지요. 제 말이 무슨 뜻인지 아시겠죠?"

성큼걸이는 껄껄 웃었다.

"알고말고. 내가 생긴 건 이리 고약해도 호감은 간단 말이지, 맞나? '황금이라고 해서 모두 반짝이는 것은 아니며, 방랑자라고 해서 모두 길을 잃은 것은 아닐세.'"

프로도가 놀란 얼굴로 물었다.

"그러면 그 시는 당신을 두고 한 말입니까? 저는 그 뜻이 무언지 몰랐습니다. 그런데 간달프의 편지를 보지 않고도 거기 있는 내용을 어떻게 아십니까?"

"나도 몰랐네. 하지만 내 이름은 아라고른이고 그 시구는 그 이름에 어울리지."

그는 돌연 칼집에서 칼을 빼 들었다. 호빗들은 그 칼이 손잡이 아래로 60센티미터 정도 되는 곳에서 부러져 있는 것을 보았다.

"이보게, 샘! 이 칼은 아직까지 살생을 저지른 것 같지는 않지? 그러나 이 칼을 다시 벼려야 할 때가 가까웠네."

샘은 아무 말도 하지 않았다.

"자, 이제 샘이 허락한 셈이니 그 문제는 해결된 것으로 하고 성큼걸이가 자네들의 길잡이가 되겠네. 내 생각엔 지금은 잠자리에 들어 최대한 휴식을 취할 시간이야. 내일은 꽤 어려운 길이 될 걸세. 우리가 브리를 무사히 빠져나갈 수 있다 하더라도 아무도 눈치채지 못하게 빠져나갈 수는 없어. 그래서 가능한 한 빨리 샛길로 숨어들 계획일세. 동부대로 말고 브리지방을 빠져나가는 길을 한두 군데 알고 있지. 그리고 일단 추적만 벗어나면 바람마루로 곧장 향할 것이고."

"바람마루? 거긴 어딥니까?"

샘이 물었다.

"동부대로 바로 북쪽에 있는 야산인데 여기서 깊은골로 가는 길목 중간쯤에 있네. 거기서는 사방이 멀리까지 보이니 거기까지 가서 한번 둘러보세. 만약 간달프가 우리를 따라온다면 분명히 그곳으로 올 거야. 바람마루를 지나서는 길이 험한 곳이 여러 군데 있지."

프로도가 물었다.

"간달프를 마지막으로 본 것이 언제였나요? 지금은 어디서 무얼 하고 있는지 아십니까?"

성큼걸이의 표정이 심각해졌다.

"나도 모르네. 지난봄에 간달프와 함께 서쪽으로 왔어. 그가 다른 곳에서 바쁜 일이 있었기 때문에 지난 몇 년 동안은 내가 쭉 샤이어의 경계 지역을 지키고 있었지. 간달프가 항상 경계를 해야 한다고 했거든. 우리가 마지막으로 만난 것이 5월 초하루 브랜디와인강 하류의 사른여울에서였는데, 자네와 일이 잘 진행되었다면서 자네가 9월 마지막 주에 깊은골로 출발할 거라고 하더군. 나는 그가 자네와 함께 있는 줄 알고 내 볼일 때문에 여행을 떠났는데 그것이 잘못이었어. 분명히 무슨 소식을 들은 모양인데, 나도 가까이 없어서 도와줄 수가 없었지.

간달프를 알게 된 후로 이번처럼 걱정되기는 처음일세. 만약 올 수가 없었으면 연락이라도 했을 텐데 말이야. 며칠 전에 여행에서 돌아왔을 때 그 나쁜 소식을 들었지. 간달프가 사라지고 기사들이 나타났다는 소문이 사방에 짜하게 퍼졌더군. 나는 이 소식을 길도르의 요정들에게서 들었는데 그들이 나중에 자네가 출발했다는 소식도 전해 주었지. 하지만 노릇골을 떠났다는 소식은 듣지 못했기 때문에 그 후로 동부대로로 가는 길목에서 계속 기다리고 있었네."

"검은 기사들이 나타난 것과 간달프가 사라진 것이 무슨 관계가 있나요?"

프로도가 물었다.

"내가 알기로는 간달프의 앞길을 막을 수 있는 자는 바로 대적 그자 말고는 없네. 하지만 희망을 잃진 말게. 간달프는 샤이어의 호빗들이 생각하는 것 이상으로 위대한 분일세. 자네들이 본 것은 그의 불꽃놀이와 장난감밖에 없겠지만 우리들이 하고 있는 이 일은 그의 임무 중에서도 가장 중요한 것일세."

피핀이 하품을 했다.

"죄송하지만 너무 졸려서 못 견디겠어요. 걱정이고 위험이고 간에 우선 잠부터 자야겠어요. 아니면 여기서 그냥 곯아떨어져 버릴 것 같은데요. 그런데 이 멍청이 메리는 어디 갔지? 이 깜깜한 밤중에 찾으러 나가 봤자 헛수고일 테고."

그 순간 그들은 문이 쾅 닫히는 소리를 들었다. 복도를 따라 요란한 발소리가 들리더니 메리가 황급히 뛰어들고 놉이 뒤따라 들어왔다. 그는 재빨리 문을 닫고 그 앞에 막아 섰다. 그들은 모두 놀라서 숨을 헐떡거리고 있는 메리를 바라보고만 있었다.

"놈들을 봤어요, 프로도! 그 검은 기사들을 봤단 말입니다."

"검은 기사들을? 어디서?"

"여기, 이 마을에서요. 아까 방 안에서 한 시간쯤 있다가, 아무리 기다려도 돌아오지 않기에 바람이나 쐬려고 산책을 나갔어요. 한 바퀴 돌고 돌아오는 길에 여관 바깥의 등불 밑에서 별빛을 바라보며 한참 서 있었는데, 갑자기 소름이 끼쳐 오면서 뭔가 무서운 것이 가까이 기어오는 듯한 느낌이 들었어요. 길 건너 등불이 비치지 않는 어둠 속에 더 시커먼 무슨 물체가 있는 것 같더니 곧 소리도 없이 어둠 속으로 사라졌어요. 말은 보이지 않았어요."

성큼걸이가 갑자기 날카롭게 물었다.

"어느 쪽으로 사라졌나?"

메리는 그제야 낯선 사람을 알아채고는 움찔했다. 그러자 프로도가 말했다.

"계속해! 간달프의 친구분인데, 나중에 차차 이야기해 줄게."

"대로를 따라 동쪽으로 올라가는 것 같았어요. 따라가 보려고 했는데 금방 사라져 버렸어요. 그래도 길모퉁이를 돌아서 대로 맨 끝에 있는 집까지는 가 봤어요."

성큼걸이가 놀랍다는 듯이 메리를 바라보았다.

"담력이 대단하군. 하지만 어리석은 일이었네."

메리는 개의치 않고 계속했다.

"잘 모르겠지만, 그건 용감해서도 아니고 어리석어서도 아니었어요. 나 자신도 속수무책으로 끌려가는 듯한 느낌이 들었단 말이에요. 하여간에 그렇게 가다가 생울타리 옆에서 어떤 목소리를 들었어요. 하나는 중얼중얼하는 듯한 소리였고 다른 하나는 속삭이는 것 같기도 하고 쉭쉭거리는 소리 같기도 했어요. 하지만 한마디도 알아들을 수가 없었어요. 거기부터는 온몸이 떨리고 더 이상 가까이 갈 수도 없어서 가만있다가 더럭 겁이 나서 뒤로 돌아서서 죽어라 달렸지요. 그런데 뒤에서 무언가가 뒤좇아오는 바람에 그만 넘어지고 말았어요."

놉이 설명을 했다.

"제가 손님을 발견했습니다. 머위 씨가 저에게 등불을 들고 나가 보라고 했어요. 그래서 처음에는 서문으로 갔다가 다시 남문 쪽으로 가 봤지요. 고사리꾼네 빌의 집 바로 옆 대로에 뭔가가 보이더군요. 확실하진 않지만 마치 두 사람이 몸을 숙이고 무엇을 들어 올리는 것 같았어요. 그래서 소리를 지르며 달려갔더니 그들은 흔적도 없고 강노루 씨만 길가에 쓰러져 있더군요. 잠이 든 것 같았습니다. 그래서 흔들어 깨웠더니 '깊은 물속에 빠졌던 것 같군.' 하고 말하긴 하는데 정신이 나간 사람 같았어요. 그런데 몸을 일으켜 세우려 하자 벌떡 일어나더니 미친 듯이 여기까지 달려온 겁니다."

그러자 메리가 말했다.

"무슨 말을 했는지는 기억나지 않지만 그게 사실인 것 같아요. 무시무시한 꿈이었는데 기억도 나지 않아요. 온몸이 조각조각 찢어지는 것 같았어요. 나를 덮친 것이 뭔지 모르겠어요."

성큼걸이가 말했다.

"암흑의 입김이지. 그 기사들은 마을 외곽에 말을 세워 두고 서문으로 몰래 들어온 것이 틀림없어. 지금쯤은 고사리꾼네 빌도 만나 보았을 테니 소식을 다 알고 있겠군. 그 남부인도 역시 첩자였던 것 같고. 오늘 밤 브리를 떠나기 전에 무언가 일이 벌어질지도 모르겠네."

메리가 물었다.

"어떻게 될까요? 그들이 여관을 공격할 것 같습니까?"

"그러지는 않을 거야. 그들은 아직 여기에 모두 모이지도 못했고, 또 그렇게 공격하는 것은 그들 방식이 아니지. 그들은 어둡고 인적이 드문 곳에선 아주 강한 힘을 발휘하지만 불빛이 있고 사람들이 많은 집은 급박한 경우를 제외하고는 함부로 공격하지 않아. 그리고 아직은 에리아도르의 여러 마을이 근처에 있지 않은가! 그러나 그들의 위력은 그들이 내뿜는 공포에 있지. 이미 브리 사람들 몇몇은 그들의 손아귀에 들어갔어. 그들은 불쌍한 사람들을 이용해서 나쁜 짓을 벌이겠지. 고사리꾼과 낯선 사람들 몇 명, 그리고 문지기 해리도 그 속에 낀 것 같네. 월요일에 그들이 해리와 얘기하는 것을 보았는데, 그들이 지나간 뒤에 보니 그가 안색이 백지장처럼 되어 떨고 있었지."

"사방이 적으로 둘러싸인 것 같습니다. 어떻게 해야 될까요?"

프로도가 물었다.

"일단은 자네들 방에 돌아가지 말고 이 방에 있게! 기사들은 자네들 방이 어딘지 분명히 알고 있을 거야. 호빗들 침실은 북쪽으로 창이 나 있고 지면에 가깝거든. 이 방에 모두 함께 모여서 유리창과 출입문을 봉쇄하는 것이 좋겠어. 우선 내가 놉과 함께 가서 자네들 짐을 가져오겠네."

성큼걸이가 나가자 프로도는 메리에게 저녁 식사 후에 있었던 일을 빠르고 상세하게 설명해 주었다. 성큼걸이와 놉이 돌아왔을 때 메리는 아직도 간달프의 편지를 읽으며 고개를 갸우뚱하고 있었다.

놉이 말했다.

"자, 손님들, 제가 침대마다 시트를 부풀려 놓고 복판에다가 덧베개를 접어 넣어 두었습니다. 그리고 골목…… 언덕지기 씨, 손님 머리는 갈색 양털 깔개로 멋지게 꾸며 놓았지요."

그가 싱긋 웃자 피핀도 따라 웃었다.

"진짠 줄 알겠죠? 하지만 가짜인 것이 탄로 나면 어떻게 하지요?"

그러자 성큼걸이가 말했다.

"어쨌든 아침까지만 이 요새를 지키도록 힘써 보세."

"모두들 안녕히 주무십시오."

놉은 인사를 하고 경계를 서기 위해 현관문으로 나갔다. 그들은 짐과 옷을 응접실 바닥에 모두 쌓아 놓았다. 그러고는 낮은 의자를 출입문 앞에 당겨다 막고 창문을 가렸다. 프로도는 창문 틈으로 별빛이 아직 환한 것을 보았다. 브리언덕 위로 북두칠성이 환하게 빛나고 있었다. 그러고 나서 그는 창문을 닫고 무거운 안쪽 덧문을 내린 다음 커튼을 쳤다. 성큼걸이는 난롯불을 더 살린 뒤에 촛불을 모두 껐다.

호빗들은 모두 난로 쪽으로 발을 향한 채 담요 속으로 기어들었다. 그러나 성큼걸이는 문 앞에 막아 놓은 의자에 자리를 잡았다. 메리가 아직도 궁금한 것이 있었기 때문에 그들은 누워서도 이야기를 더 했다. 메리는 담요 속에서 몸을 굴리며 낄낄거렸다.

"암소가 달에 뛰어올랐다고요? 정말 한심해요, 프로도 씨! 나도 그 장면을 봤어야 하는 건데. 브리 사람들은 그 이야기를 앞으로 백 년 동안 두고두고 할 겁니다."

"동감일세."

성큼걸이가 말했다. 그러고 나서 그들은 모두 입을 다물었고, 호빗들은 차례로 잠이 들었다.

Chapter 11

어둠 속의 검

그들 일행이 브리의 여관에서 잠자리를 준비하고 있을 때, 노릇골에는 어둠이 무겁게 내려앉고 있었다. 골짜기와 강둑을 따라 밤안개가 떠돌았고 크릭구렁의 집은 정적에 휩싸여 있었다. 볼저네 뚱보는 가만가만 문을 열고 밖을 내다보았다. 그는 그날 하루 종일 까닭 모를 두려움에 사로잡혀 잠도 잘 자지 못했고 맘 놓고 쉬지도 못했다. 숨통을 조이는 듯한 밤공기가 사방에서 엄습해 왔다. 그가 어둠을 한참 응시하고 있을 때 갑자기 눈앞의 나무 밑에서 검은 그림자가 어른거렸다. 대문이 저절로 열리더니 소리도 없이 닫히는 것 같았다. 순간 그는 엄청난 공포가 자신을 휘어잡는 것을 느꼈다. 그는 마루로 흠칫 물러나서 정신없이 떨며 서 있다가 얼른 방문을 닫고 빗장을 걸었다.

밤이 깊어 갔다. 그는 길을 따라 살금살금 말을 끌고 오는 소리를 들었다. 그 소리는 대문 앞까지 와서 그쳤다. 밤의 그림자가 대지를 뒤덮듯이 세 개의 검은 그림자가 집 안으로 쓱 들어섰다. 하나는 방문 앞에 섰고 나머지 둘은 양쪽 집 모퉁이 쪽에 지켜 섰다. 그러나 그들은 마치 바위 그림자처럼 꼼짝도 하지 않았고 밤은 서서히 깊어 갔다. 어둠에 휩싸인 집과 나무들은 숨을 죽이고 무슨 일이 일어나기를 기다리고 있는 것 같았다.

나뭇잎이 가늘게 떨리기 시작하더니 멀리서 닭 울음소리가 들려왔다. 날이 새기 직전의 차가운 새벽 공기가 집 주위를 둘러쌌다. 그때 문 앞의 그림자가 움직이기 시작했다. 칼집에서 빠져나온 칼날이 달도 없고 별도 없는 칠흑 같은 밤하늘에 섬뜩한 빛을 뿜어냈다. 희미하지만 둔중하게 치는 소리가 나더니 방문이 흔들리기 시작했다.

"문을 열라! 모르도르의 이름으로!"

나직하지만 위협적인 목소리였다. 또 한 번 쿵 소리가 나더니 빗장이 부서지고 방문이 안으로 벌렁 나자빠져 버렸다. 검은 그림자들이 재빠르게 안으로 들이닥쳤다.

그 순간 집 근처 숲속에서 뿔나팔 소리가 울렸다. 그 소리는 언덕 꼭대기의 봉화처럼 순식간에 밤공기 속으로 퍼져 나갔다.

"비상! 비상! 불이다! 적이다! 비상!"

볼저네 뚱보는 멍청이가 아니었다. 그는 검은 그림자가 마당을 가로질러 오는 것을 보자마자 도망치지 않으면 살 수 없으리란 생각이 퍼뜩 들었다. 그는 뒷문으로 빠져나와 뒷마당을 가로질러 들판으로 죽을힘을 다해 뛰었다. 그러나 그 집에서 가장 가까운 인가는 1킬로미터 이상이나 떨어져 있었다. 그는 근처 인가에 도착하자마자 문 앞에서 쓰러지고 말았다.

"안 돼, 안 돼, 안 돼! 아니야, 나는 아니야! 나한테는 없어!"

그는 계속 소리를 질렀다. 주변의 호빗들이 그가 질러 대는 소리를 알아듣는 데는 한참 시간이 걸렸다. 마침내 그들은 노릇골에 외적이 쳐들어왔다고 생각했다. 아마도 묵은숲에서 이상한 공격을 해 오는 것으로 생각한 그들은 즉각 행동을 개시했다.

"비상! 불이야! 적이다!"

강노루네 호빗들은 근 백 년 동안 사용한 적이 없던 노릇골의 뿔나팔을 불어 댔다. 그것은 브랜디와인강까지 꽁꽁 얼어붙은 그 '혹한의 겨울'에 흰 늑대들이 쳐들어왔을 때 말고는 사용한 적이 없었던 것이었다.

"비상! 비상!"

멀리서 응답하는 뿔나팔 소리가 들려왔다. 구석구석까지 경보가 퍼졌다.

검은 그림자들은 서둘러 집을 빠져나갔다. 그들 중 하나가 달려 나가면서 층계에 호빗용 외투를 떨어뜨렸다. 그들은 급히 말을 몰아 어둠 속으로 사라져 버렸다. 크릭구렁 일대가 순식간에 발칵 뒤집혀 뿔나팔 소리와 허둥대는 발소리들로 온통 난장판이 되어 버렸다. 암흑의 기사들은 등 뒤의 소동에도 아랑곳 않고 질풍처럼 북문 쪽으로 치달았다.

'꼬마 녀석들, 계속 불어 보라고! 나중에 사우론에게 혼 좀 날 거다!'

그들에게는 또 다른 임무가 있었다. 이제 그 집은 텅 비어 있고 반지도 사라졌다는 것을 알았기 때문이었다. 그들은 북문의 경계선을 넘어 샤이어 땅에서 사라졌다.

밤이 깊지 않았을 때 프로도는 갑작스럽게 깨어났다. 어떤 소리나 형체 같은 것이 그의 꿈자리를 괴롭힌 것 같았다. 그는 의자에 앉아서 보초를 서고 있는 성큼걸이를 보았다. 난롯불은 새로 지펴 넣은 듯 활활 타오르고 있었고 그의 눈은 그 불빛을 받아 번득이고 있었다. 그는 꿈쩍도 않고 자리를 지키고 있었다.

프로도는 곧 다시 잠에 들었으나 꿈자리는 다시 바람 소리와 달리는 말발굽 소리로 어지러웠다. 바람이 주위를 빙빙 돌며 집을 흔들어 댔고 멀리서는 뿔나팔 소리가 요란하게 들려왔다. 그는 눈을 번쩍 떴다. 여관 마당에서 수탉이 기운차게 울어 댔다. 성큼걸이는 커튼을 걷고 쨍 소리를 내며 덧문을 열어젖혔다. 열린 창문으로 희미한 새벽빛이 방 안에 쏟아지고 찬 공기가 선뜻하게 밀려들었다.

성큼걸이는 호빗들을 모두 깨우고는 곧 침실로 데려갔다. 침실의 광경을 보고서야 그들은 성큼걸이의 충고가 옳았다는 것을 알았다. 창문은 바깥에서 억지로 열어젖힌 듯 덜렁거리고 커튼이 펄럭였다. 침대는 엉망으로 흩어지고 덧베개들은 난도질당해서 마룻바닥에 뒹굴고 있었으며 갈색 깔개는 아예 갈기갈기 찢겨 있었다.

성큼걸이는 즉시 주인을 불러왔다. 불쌍한 머위 씨는 졸린 듯 연신 선하품을 해 대다가 방 안의 광경을 보고 경악을 금치 못했다. 그는 밤새 한잠도 자지 않았지만 아무 소리도 못 들었다고 말했다. 그는 공포에 사로잡혀 두 손으로 머리를 움켜쥐며 소리쳤다.

"내 평생에 이런 사건은 한 번도 없었어요. 손님들을 받을 수도 없게 침대고 베개고 온통 엉망이 되다니! 세상에 이런 일도 있습니까?"

성큼걸이가 말했다.

"어두운 시대요. 하지만 우리가 이 집을 나가기만 하면 당신은 안전할 겁니다. 우린 곧 떠나겠소. 아침은 걱정 마시오. 물 한 모금, 빵 한 조각이면 충분할 테니까. 우린 2, 3분 내로 짐을 꾸리겠소."

머위 씨는 조랑말들에게 여물을 좀 먹여서 출발할 채비를 할 참으로 밖으로 나갔다. 그러나 그는 금세 당황해서 되돌아왔다. 조랑말이 모두 사라진 것이었다. 간밤에 누가 마구간 문을 열어 말을 모두 내보낸 것이 분명했다. 메리의 조랑말뿐만 아니라 거기 있던 다른 말이나 가축도 모두 없어졌다.

프로도는 그 말을 듣고 몹시 낙심했다. 적은 말을 타고 좇아오는데 어떻게 걸어서 깊은골까지 갈 수 있단 말인가? 차라리 달에 뛰어오르는 게 낫지! 성큼걸이는 한동안 말없이 앉아서 호빗들을 바라보다가 달래듯 말했다.

"그 기사들을 따돌리고 도망가는 데는 조랑말이 별 도움이 안 되네."

그는 프로도의 표정을 보고 이미 심중을 헤아리기라도 했는지 신중하게 말했다.

"내가 생각해 둔 길은 말을 타는 것이 걷는 것보다 빠를 것도 없는 길이야. 애초에 걸어갈 작정이었으니까. 내가 걱정하는 것은 식량이지. 여기부터 깊은골까지는 전적으로 우리가 지고 갈 식량에만 의존해야 해. 그리고 혹시 예정보다 늦어지거나 먼 길로 우회해야 할 사태가 벌어질지도 모르니 될 수 있는 대로 충분히 여유 있게 가져가야 하네. 등짐을 얼마나 지고 갈 수 있겠나?"

"힘닿는 대로 가져가야지요."

피핀은 가슴이 철렁하면서도 보기보다 튼튼하다는 인상을 주려고 애를 썼다.

"저는 두 사람 몫은 할 수 있습니다."

샘도 씩씩하게 말했다.

그러나 프로도는 여전히 걱정스러워 머위네를 향해 물었다.

"무슨 수가 없을까요, 머위 씨? 이 마을에서 조랑말 두 마리 정도 구할 수 없나요? 아니면 짐이라도 싣고 가게 한 마리라도요. 세를 낸다면 거짓말이 될 테고 돈을 주고 사면 어떻습니까?"

그는 돈이 그만큼 될까 걱정을 하면서도 내친김이라 말을 꺼내 보았다. 주인은 표정이 그리 밝지 않았다.

"글쎄요. 이 마을에서 타고 다니던 몇 안 되는 조랑말은 모두 저희 마당에 있었는데 보시다시피 다 달아나 버렸군요. 이곳 브리에는 짐수레나 다른 용도로 쓰이는 말이 거의 없을뿐더러 있어도 팔지를 않아요. 하지만 한번 알아보도록 하지요. 봅을 내보내서 빨리 한 바퀴 돌아보게 해야겠습니다."

성큼걸이가 마뜩잖은 표정으로 말했다.

"그렇게 하시오. 적어도 한 마리는 있어야 할 텐데 걱정이군. 아침 일찍 몰래 빠져나가려던 계획은 수포로 돌아갔군! 차라리 출발한다고 나팔이라도 불어 대는 게 낫겠어. 이게 다 그놈들 작전이겠지만."

"하지만 좋은 점도 있습니다. 기다리는 동안 아침을 먹을 수 있지 않습니까? 빨리 놉을 찾아야지!"

메리가 말했다.

결국 그들은 예정보다 세 시간이나 넘게 지체했다. 봅은 조랑말이고 큰 말이고 간에 인근에서는 딱 한 마리밖에 구하지 못했다고 보고해 왔다. 고사리꾼네 빌의 말인데 팔 수도 있다는 것이었다.

봅이 말했다.

"늙어서 반쯤 죽어 가는 볼품없는 말인데 손님들이 급한 걸 알고는 값을 세 배까지 쳐주지 않으면 팔지 않겠답니다."

프로도가 물었다.

"고사리꾼 빌? 무슨 속임수가 아닐까요? 그놈이 우리 짐을 모두 가지고 돌아와 버린다거나 아니면 우리 뒤를 추적하려는 속셈은 아닐까요?"

성큼걸이가 말했다.

"그럴지도 모르지. 하지만 일단 집을 떠나면 집으로 돌아오기는 힘들 것일세. 내 생각에는 고사리꾼 빌이 이번 기회에 이익이라도 좀 더 보자고 약은 수작을 부리는 것 같군. 문제는 그 말이 금방 죽어 나자빠지지나 않을까 하는 건데, 지금으로선 별다른 뾰족한 수도 없지 않나! 얼마나 달라고 하던가?"

고사리꾼네 빌이 요구한 값은 은화 12페니로 그곳에서 거래되는 조랑말 가격보다 세 배나 비싼 값이었다. 말을 데려와 보니 과연 못 먹어서 뼈만 앙상하게 남아 힘이라고는 하나도 없어 보였다. 하지만 금방 죽을 것 같지는 않았다. 머위 씨가 그 값을 지불했다. 그리고 메리에게는 잃어버린 조랑말들에 대한 대가로 18페니를 따로 주었다. 그는 정직한 사람이었고 브리에서는 꽤 부유한 축에 들었으나 은화 30페니는 그로서도 상당한 타격이었고, 더구나 고사리꾼 빌에게 속았다는 것은 정말 참기 힘든 일이었다.

그러나 그는 결국 이익을 본 셈이었다. 실제로 잃어버린 말은 딱 한 마리뿐이었던 것이다. 나머지 말들은 모두 겁에 질려 달아나기는 했지만 브리지방 여기저기에서 돌아다니다가 발견되었고, 메리의 조랑말들도 함께 도망치기는 했지만 결국은 (꽤 영리한 놈들이라서) 모두 뚱보 땅딸보를 찾아서 고분구릉에까지 내려갔다. 거기서 톰 봄바딜의 보호를 받으며 한동안 편하게 지냈다. 그러나 톰은 브리에서 일어난 일을 듣고 조랑말들을 모두 머위 씨에게 돌려주어서 머위 씨는 얼마 안 되는 돈으로 다섯 마리의 좋은 조랑말을 산 셈이 되었다. 메리의 조랑말들은 브리에서 많은 일을 해야 했지만 봅이 잘 보살펴 주었고, 무엇보다도 프로도 일행과 함께 무섭고 위험한 여행을 하지 않게 된 것이 다행한 일이었다. 그러나 그 덕에 조랑말들은 깊은골을 구경하지 못하게 되었다.

어쨌든 머위 씨가 이익을 보았건 손해를 보았건 그건 나중의 일이고, 그는 또 한바탕 곤욕을 치러야 했다. 여관에 투숙한 손님들이 간밤에 여관이 습격당했다는 소문을 듣고 소동을 벌인 것이다. 남쪽에서 온 여행객들은 자기들 말도 잃어버렸다는 것을 알고 주인에게 온갖 욕설을 퍼부었으나 자기들 일행 중 한 사람이 없어졌다는 사실이 밝혀지자 조금은 머쓱해졌다. 없어진 사람은 바로 고사리꾼네 빌과 함께 있던 사팔뜨기였다. 혐의는 그에게 씌워졌다.

머위네는 화가 나서 악을 썼다.

“그 도둑놈을 찾아서 내 앞에 데려오시오. 나한테 소리 지를 것도 없이 당신네끼리 손해 배상을 하면 될 거 아니오! 고사리꾼한테 가서 그 잘생긴 친구가 어디 있나 한번 물어보시오!”

그러나 그가 어느 누구의 친구도 아니었다는 사실이 밝혀졌고 그가 언제부터 그들 일행과 동행하게 되었는지 기억하는 사람은 아무도 없었다.

아침 식사를 하고 난 후 호빗들은 짐을 다시 풀어서 예상보다 훨씬 길어질지도 모를 여행에 대비해 식량과 물자를 더 많이 챙겨 넣었다. 오전 10시가 다 돼서야 그들은 겨우 출발할 수 있었다. 그때쯤 이미 브리 마을은 온갖 추측들로 떠들썩했다. 프로도의 귀신 같은 마술, 검은 기사들의 출현, 말 도난 사건, 그리고 순찰자 성큼걸이가 수상한 호빗들과 한 패거리가 되었다는 소문은 그곳 사람들에게 앞으로 몇 년 동안 큰 사건이 일어나지 않아도 될 정도로 끝없는 얘깃거리를 제공한 셈이었다. 브리와 스태들 사람들은 말할 것도 없고 우묵골과 아쳇 사람들도 호빗들이 출발하는 광경을 보려고 우르르 몰려나왔다. 여관의 투숙객들도 현관문 앞에 나와 서 있거나 창문 밖으로 고개를 내밀고 있었다.

성큼걸이는 계획을 바꾸어 대로를 따라 브리를 떠나기로 마음먹었다. 여관에서 나와 바로 숲이나 산으로 들어가는 것은 사태를 오히려 악화시킬 염려가 있었다. 주민들의 반 정도는 호빗 일행을 따라와서 어디로 가는지 지켜볼 것이 뻔했기 때문에 함부로 행동할 수 없었다. 그들은 놉과 봅에게 작별 인사를 하고 머위 씨에게는 몇 번이나 고맙다는 인사를 했다.

“세상이 다시 조용해지면 그때 다시 만나 뵐 수 있기를 빌겠습니다. 이 여관에서 오랫동안 맘 놓고 푹 쉴 수 있으면 좋겠어요.”

프로도가 말했다.

그들은 수많은 군중이 지켜보는 가운데 불안하고 풀죽은 모습으로 출발했다. 그들을 바라보는 얼굴이나 그들을 향해 질러 대는 소리가 모두 다정한 것만은 아니었다. 그러나 성큼걸이를 본 브리 사람들은 모두 겁에 질려 있었고, 특히 그의 눈길을 한번 받은 사람들은 아예 입을 다물고 뒷걸음질 치기도 했다. 성큼걸이와 프로도가 맨 앞에 서고 메리와 피핀이 그 뒤를 따랐으며 샘이 맨 뒤에서 조랑말을 끌고 갔다. 조랑말에는 그들의 양심이 허락하는 한 최대한의 짐이 실렸지만 조랑말은 이미 자신의 운명을 예감이라도 했는지 그리 낙담한 기색이 아니었다. 샘은 사과를 씹으며 생각에 잠겨 있었다. 사과는 놉과 봅이 이별의 선물로 준 것인데 그의 한쪽 주머니 가득 되는 분량이었다.

“걸을 때는 사과, 앉아서는 담배. 하지만 둘 다 곧 끝장나고 말겠지.”

그는 혼자 중얼거렸다.

호빗들은 문밖이나 담 울타리 너머로 기웃거리는 호기심 많은 얼굴들을 모른 척하고 태연히 걸어갔다. 프로도는 남문 쪽으로 한참 다가가서야 우거진 생울타리 너머로 손질이 잘 안 된 어두컴컴한 집 한 채를 보았다. 마을 맨 끝에 있는 집이었다. 그 집 창문으로 교활한 눈빛을 한 창백한 얼굴이 쓱 나타나더니 곧 사라졌다. 프로도는 혼자 생각했다.

'그러니까 저기가 그 남쪽에서 온 놈이 숨어 있는 곳이란 말이지! 꼭 고블린같이 생긴 녀석이군.'

울타리 너머로 또 한 얼굴이 대담하게 째려보고 있었다. 그는 두툼한 검은 눈썹에다 조롱 섞인 검은 눈을 하고 있었는데 커다란 입에 냉소를 띠었다. 그는 짧은 검은색 담뱃대를 입에 물고 있다가 그들이 다가가자 담뱃대를 입에서 떼고 침을 뱉었다. 그가 외쳤다.

"안녕하신가, 껑다리! 벌써 떠나나? 드디어 길동무를 만났군?"

성큼걸이는 고개를 끄덕였으나 대답은 하지 않았다. 그가 이번에는 호빗들을 향해 말했다.

"안녕, 애송이들! 자네들 지금 누구하고 같이 가는지나 알고 있나? '거칠 것이 없다'는 성큼걸이야. 이름치고는 근사하지? 오늘 밤을 조심하게! 그리고 자네, 새미, 불쌍한 우리 늙은 조랑말을 박대하면 안 돼! 퉤!"

그가 다시 침을 뱉자, 샘이 재빨리 고개를 돌리고 말했다.

"그런데, 너 고사리꾼, 그 못생긴 대가리 좀 치울 수 없어? 혼 좀 나 볼래?"

그와 동시에 '휙' 하는 소리가 나면서 번개처럼 사과 하나가 샘의 손을 떠나 빌의 코를 정통으로 맞혔다. 피하기에는 이미 너무 늦었다. 울타리 너머로 빌의 욕설이 마구 쏟아졌다.

'아까운 사과 하나만 버렸네.'

샘은 걸어가면서 계속 후회했다.

마침내 그들은 마을을 벗어났다. 줄레줄레 뒤따라 붙던 아이들과 구경꾼들은 지쳤는지 남문에서 터덜터덜 돌아가 버렸다. 그들은 남문을 지나 동부대로 방향으로 몇 킬로미터 더 걸어갔다. 길은 브리언덕 밑을 돌아 왼쪽으로 꺾어지면서 동쪽으로 향해 가다가 급한 내리막길이 되었다. 그리고 숲지대가 나타났다. 그들 왼쪽으로 산 위 동남쪽 완만한 비탈에 스태들 마을의 집들과 호빗들의 토굴이 몇 채 눈에 띄었고 멀리 북쪽의 깊은 분지에서는 우묵골 마을의 연기 자락이 가늘게 피어올랐다. 아첏은 나무들에 가려 보이지 않았다.

내리막길을 따라 한참 내려와서 브리언덕마저도 높은 갈색의 산으로 덩그렇게 윤곽을 드러낼 때쯤 해서 그들은 북쪽으로 빠지는 오솔길을 발견했다. 성큼걸이가 말했다.

"이제부터는 쉬운 길을 버리고 숨어야겠네."

피핀이 말했다.

"지름길이 아니었으면 좋겠어요. 지난번 숲속에서는 지름길이라고 그쪽으로 갔다가 죽을 뻔했거든요."

"아, 그거야 내가 없을 때 얘기지. 내가 가는 지름길은 짧든 길든 간에 틀린 길은 아니야."

성큼걸이가 웃으며 말하고는 대로를 아래위로 한번 훑어보았다. 아무것도 보이지 않았다. 그는 재빨리 나무가 우거진 계곡을 향해 길을 내려가기 시작했다.

그 지방의 지리를 모르는 그들이 이해하는 바로는, 그의 계획은 먼저 아첼으로 가다가 곧 오른쪽으로 방향을 바꾸어 아첼을 지나 동쪽으로 똑바로 황야를 거쳐 바람마루까지 올라가는 것이었다. 그렇게 계획대로만 잘되면 그들은 각다귀늪 때문에 남쪽으로 크게 곡선을 그리고 있는 동부대로를 가로질러 가는 셈이었다. 그러나 물론 그들은 직접 늪지대를 건너야만 했다. 성큼걸이가 설명해 주는 늪지대는 가고 싶은 마음이 내키지 않는 곳이었다.

그렇지만 다른 한편으로는 행군이 기분 나쁜 것만은 아니었다. 사실 지난밤의 소동만 없었다면 그들은 지금까지의 여행 중에서 가장 즐거운 시간을 맞은 것이기도 했다. 태양은 밝게 빛나고 있었지만 뜨겁지 않았다. 계곡 숲속에는 울긋불긋한 단풍이 무성했고 평화롭고 상쾌한 가을을 느낄 수 있었다. 성큼걸이가 수많은 갈림길에서 그들을 자신 있게 인도했기에 망정이지 그들끼리 있었더라면 곧 길을 잃어버렸을 것이 분명했다. 그는 추적을 피하기 위해 몇 번이나 빙빙 돌아가는 우회로를 택했다.

"고사리꾼 빌은 분명히 우리가 어디서 대로를 벗어났는지 확인했을 거야. 하지만 자기 혼자서 따라올 생각은 못 하겠지. 제 딴에는 이 지방을 꽤 알고 있다고 생각하겠지만 숲속에서는 내 상대가 못 된다는 것도 잘 알고 있거든. 내가 걱정하는 것은 다른 놈들에게 뭐라고 전할까 하는 점인데, 그놈들이 멀리 있을 것 같지가 않군. 우리가 아첼으로 갔다고 생각해 주면 좋겠는데 말이야."

성큼걸이의 솜씨 덕분인지 아니면 다른 이유가 있어선지 그들은 하루 종일 살아 움직이는 것이라고는 전혀 보지도 듣지도 못했다. 두 발 달린 동물은 새밖에 없었고 네발 달린 짐승이라고는 여우 한 마리와 다람쥐 몇 마리밖에 없었다. 다음 날도 그들은 꾸준히 동쪽을 향해 나아갔다. 숲속은 여전히 고요하고 평화로웠다. 브리를 떠난 지 사흘째 되는 날, 그들은 첼숲을 빠져나왔다. 대로를 벗어나 샛길로 들어서면서부터 차츰 낮아지기 시작하던 도로는 이제 광활한 평원으로 바뀌었지만 행군하기에는 더 힘이 들었다. 그들은 브리지방의 경계를 벗어나 한참 동안 길도 없는 황야를 걸어 각다귀늪 가까이 나아갔다.

지면이 축축해지면서 곳곳에 소택지와 웅덩이가 나타나고 보이지 않는 작은 새들이 재잘거리는 소리로 가득한 갈대와 골풀밭이 넓게 펼쳐졌다. 그들은 발을 적시지도 않고, 또 정해진 길에서 벗어나지도 않기 위해 무진 애를 썼다. 처음에는 그리 어렵지 않았지만 갈수록 속도가 느려지고 길이 위험해졌다. 늪은 겉보기와 달리 복잡한 곳이어서 순찰자들조차도 그 변화무쌍한 수렁들 사이로 안전하게 다니는 일정한 길을 만들어 놓을 수가 없었다. 파리가 성가시게 굴고 공중에는 작은 각다귀들이 구름처럼 떼를 지어 소매와 바짓가랑이, 머리카락 속으로 기어들어 왔다. 피핀이 소리를 질렀다.

"산 채로 뜯어 먹히겠어! 각다귀늪이라니! 물보다 각다귀가 더 많은걸그래."

샘도 몸을 긁으며 짜증을 냈다.

"이놈들은 호빗이 없으면 무얼 먹고 살까?"

그들은 그 쓸쓸하고 기분 나쁜 곳에서 처량하게 하룻밤을 보냈다. 차갑고 축축하고 불편한 습지 외에는 야영할 만한 곳이 없었고, 날파리와 각다귀벌레 들도 잠을 편히 잘 수 있게 내버려 두지 않았다. 그리고 갈대와 덤불 속에는 소리로 짐작건대 귀뚜라미의 사촌쯤 될 성싶은 끈질기기 짝이 없는 곤충들이 우글거렸다. 사방에서 수천 마리가 밤새 쉬지도 않고 찍찍 소리를 질러 대는 통에 호빗들은 거의 미칠 지경이었다.

나흘째 되는 날도 나을 것이 없었고 밤은 여전히 지긋지긋했다. (샘이 이름을 지어 준) 찍찍이들은 이제 없어졌지만 각다귀들은 여전히 따라왔다.

프로도는 피곤하긴 했지만 눈을 붙이지 못하고 누워 있었다. 멀리 동쪽 하늘에 불빛이 한 점 반짝이는 것이 보였다. 불은 몇 번 반짝이고 사그라졌다. 날이 새려면 아직 몇 시간이 더 지나야 했다. 프로도는 이미 몸을 일으키고 어둠 속을 응시하고 있던 성큼걸이에게 물었다.

"저 불빛이 뭘까요?"

"나도 모르겠네. 산꼭대기에 비치는 번개 같기도 한데, 너무 멀어서 알 수가 없군."

프로도는 다시 누웠지만 오랫동안 하얀 불꽃과 말없이 불빛을 쳐다보고 서 있는 성큼걸이의 어두운 뒷모습을 바라보았다. 마침내 그는 불편한 잠 속으로 빠져들었다.

닷새째 되는 날, 얼마 가지 않아 드디어 늪지대의 웅덩이와 갈대밭에서 벗어나게 되었다. 눈앞의 평지가 조금씩 오르막으로 변했다. 그들은 동쪽 멀리 연이어 늘어선 산봉우리들을 보았다. 그중 가장 높은 산봉우리는 다른 봉우리들과 멀리 떨어져 맨 끝에 장중하게 버티고 서 있었다. 원추형 모양을 한 산의 정상이 약간 평평해 보였다. 성큼걸이가 말했다.

"저것이 바람마루야. 우리가 오른쪽 멀리 버리고 온 동부대로는 저 산 남쪽 기슭 근처를 지나가지. 바람마루로 똑바로 간다면 내일 정오에는 도착할 수 있을 거야. 그렇게 하는 게 좋을 것 같군."

"무슨 말씀이죠?"

프로도가 물었다.

"내 말은, 우리가 바람마루에 도착하면 무엇과 만나게 될지 분명치 않다는 거야. 동부대로가 가깝거든."

"하지만 간달프를 만날 수도 있잖겠어요?"

"그렇기도 하지만 그건 우리의 희망 사항일 뿐이지. 만일 그가 이 길로 온다면 브리에 들르지 않을지도 몰라. 따라서 지금 우리가 어떤 길로 가는지 모를 거란 말이야. 그리고 어쨌든 운이 좋아 함께 그곳에 도착하지 못한다면 만나기가 쉽지 않겠지. 간달프나 우리나 거기서 오래 기다릴 수는 없거든. 기사들이 만일 평지에서 우리를 발견하지 못하면 틀림없이 바람마루로 갈 거야. 거기서는 사방이 다 보이거든. 사실 우리가 여기 서 있으면 저 꼭대기에서 우리를 볼 수 있는 새나 짐승이 많지. 이 지방에서는 새들조차 모두 믿어선 안 돼. 그들 중에는 겉보기와는 다른 정탐꾼들도 있거든."

호빗들은 걱정스러운 얼굴로 먼 산을 바라보았다. 샘은 푸르스름한 하늘을 쳐다보면서 혹시 날카롭고 사나운 눈을 가진 독수리나 매들이 머리 위를 맴돌지나 않나 걱정하는 눈치였다. 샘이 말했다.

"그 말을 들으니 더 겁나고 무서워지잖아요, 성큼걸이!"

"어떻게 하면 좋겠어요?"

프로도가 물었다.

그러자 그리 자신은 없는 듯 성큼걸이가 천천히 말했다.

"내 생각에는 여기부터 가능한 한 동쪽으로 직진해서 바람마루가 아닌 다른 봉우리 쪽으로 가는 것이 최선일 것 같네. 거기 가면 산기슭에 나 있는 도로를 따라갈 수 있지. 그러면 북쪽에서 은밀하게 바람마루로 올라갈 수 있을 거야. 그때가 되면 앞으로 어떻게 될지 알 수도 있을 걸세."

초저녁의 한기가 둘러쌀 때까지 그들은 하루 종일 걸었다. 땅은 점점 더 퍽퍽하고 황량해졌고, 그들 뒤쪽 늪지대에서는 여전히 안개와 수증기가 피어올랐다. 둥글고 붉은 태양이 서편 어둠 속으로 천천히 가라앉을 무렵 몇 마리 새들이 우울하고 슬픈 노래를 불렀으나 곧 대지는 침묵에 휩싸였다. 호빗들은 아득한 고향 골목쟁이집의 따스한 창문 너머로 흘러들던 감미로운 저녁놀을 생각하고 있었다.

하룻길이 끝날 때쯤 그들은 산에서 흘러나와 고여 있는 늪지대로 흘러 들어가는 하천에 이르러, 강둑을 따라 해가 있을 때까지 계속 걸었다. 마침내 강변 오리나무 밑에 야영을 하기 위해 멈춰 섰을 때는 이미 밤이었다. 멀리 전방에서 황혼의 하늘을 배경으로 나무 한 그루 없는 황량한 산등성이의 윤곽이 어슴푸레 떠올랐다. 그들은 그날 밤 불침번을 세웠지만 성큼걸이는 한잠도 자지 않는 것 같았다. 달이 중천에 떠오르면서 초저녁의 대지 위로 차가운 달빛이 내려앉았다.

다음 날 아침 해가 뜨자마자 즉시 출발했다. 하얀 서리가 대지를 덮었고 푸른 하늘은 물감을 뿌린 듯 선명했다. 호빗들은 간밤에 숙면을 취한 것처럼 기분이 상쾌했다. 그들은 이미 적은 식사로 많이 걷는 데 꽤 익숙해지고 있었다. 샤이어라면 겨우 입에 풀칠할 정도에도 못 미치는 양이었다. 피핀이 프로도에게 전보다 키가 두 배나 더 커 보인다고 하자 프로도가 허리띠를 조이며 말했다.

"사실 살이 점점 빠지는 것 같으니 이상한 일이야. 이러다 살이 무한정 빠지면 악령만 남게 되는 게 아닌가 모르겠어."

"그런 소리는 함부로 하지 말게!"

성큼걸이가 놀랄 만큼 엄숙한 표정으로 급히 말을 가로막았다.

산이 더 가까워졌다. 길은 굴곡이 심해 때로는 거의 300미터나 올라가다가 다시 내리막길로 협곡을 이루면서, 그 너머 동쪽으로 이어지는 연결로를 이루기도 했다. 산등성이 위로 푸른 나무들이 우거진 성벽과 수로의 흔적 같은 것을 볼 수 있었고, 산골짝에는 옛날의 돌기둥을 비롯한 유적들이 아직도 남아 있었다. 그들은 밤이 이슥해져서야 서쪽 산비탈에 도착해 야영을 했다. 그날은 10월 5일로, 브리를 떠난 지 엿새째 되는 날이었다.

아침에 그들은 쳇숲을 떠난 후 처음으로 길이라 할 만한 곳으로 들어서게 되었다. 그들은 오른쪽으로 방향을 바꾸어 남쪽으로 그 길을 따라 내려갔다. 그 길은 위쪽 산꼭대기나 서쪽의 평지 어디에서도 쉽게 보이지 않도록 대단히 교묘하게 닦여 있었다. 그들은 가파른 언덕을 올라가거나 골짜기로 내려가기도 했는데, 비교적 평평하고 앞이 트인 곳에서는 양쪽에 커다란 둥근 바위나 깎아 놓은 돌기둥들이 늘어서 있어 마치 생울타리처럼 그들을 숨겨 주었다. 유난히 바위들이 크고 촘촘하게 박힌 지역을 지나면서 메리가 말했다.

"이 길은 누가 무슨 목적으로 만든 거죠? 기분이 좋지 않아요. 어쩐지 무덤 속의 고분악령들이 튀어나올 것만 같아요. 바람마루에는 고분악령들이 없겠지요?"

그러자 성큼걸이가 말했다.

"없지. 바람마루에는 물론이고 이곳 어느 산에도 고분악령들은 없어. 서쪽나라 사람들은 앙마르의 적들이 쳐들어왔을 때 이 산을 지킨 적은 있지만 여기서 살지는 않았지. 이 길은 그때 세워진 성벽을 따라 만들어진 거야. 까마득한 옛날, 북왕국 초기에 그들은 바람마루에 아몬 술이라는 거대한 파수대를 세웠는데, 지금은 모두 불타 없어지고 파수대의 폐허와 그 주변의 원형 띠 모양의 허물어진 돌기둥만 남았지. 하지만 그것도 옛날에는 높고 아름다웠다고 하네. 들리는 소문으로는 인간과 요정의 최후의 동맹이 이뤄졌을 때 엘렌딜이 여기 서서 서쪽에서 길갈라드가 오는지 지켜보았다고 하더군."

호빗들은 성큼걸이를 바라보았다. 그는 황야의 생활뿐만 아니라 옛 전승에도 조예가 깊은 것 같았다. 메리가 물었다.

"길갈라드는 누구예요?"

성큼걸이는 아무 대답도 없이 생각에 잠긴 듯했다. 갑자기 웅얼거리는 듯한 낮은 목소리가 들려왔다.

길갈라드는 요정의 왕.
하프를 타는 이들은 슬프게 노래했지,
안개산맥과 바다 사이의 넓고 아름다운 대지를
마지막으로 다스린 왕이 바로 그였다고.

그의 칼은 길고 창은 예리했으며
번쩍이는 투구는 멀리서도 보였네.
밤하늘의 셀 수 없이 많은 별들도
그의 은빛 방패 속으로 모두 안겨 들어왔지.

그러나 오래전에 그는 떠났고
지금은 어디 있는지 아무도 알 수 없지,
어둠에 뒤덮인 모르도르의 암흑 속으로
그의 별이 떨어졌기에.

모두들 놀라서 뒤를 돌아보았다. 샘의 목소리였다. 메리가 소리쳤다.

"계속해 봐, 샘!"

그러자 샘이 얼굴을 붉히며 말을 더듬었다.

"겨우 이것밖에 몰라. 어릴 때 빌보 어른께 배웠답니다. 내가 요정 이야기를 좋아한다는 걸 아시고는 그런 이야기를 많이 해 주셨지요. 글을 가르쳐 주신 것도 그분인데, 그분은 모르는 게 없어요. 시도 쓰셨죠. 방금 부른 노래도 그분이 지으신 거예요."

성큼걸이가 말했다.

"빌보가 직접 지은 것은 아니지. 그건 '길갈라드의 몰락'이라는 고대어로 된 노래의 일부분인데 그가 번역을 한 모양이지. 그런 줄은 몰랐어."

"노래가 더 있었는데 모두 모르도르에 관한 것이라서 배우지를 못했어요. 노래만 불러도 온통 소름이 끼쳤거든요. 그런데 제가 그쪽으로 가게 될 줄 꿈엔들 알았겠습니까?"

그러자 피핀이 말했다.

"모르도르로 간다고! 제발 거기는 안 갔으면 좋겠어요!"

"그 이름을 그렇게 큰 소리로 말하지 말게!"

성큼걸이가 말했다.

그들이 도로의 남쪽 끝에 가까이 왔을 때는 이미 한낮이었다. 그들은 10월의 맑고 푸른 하늘 아래에서 산의 북쪽 비탈로 들어가는, 마치 다리처럼 생긴 청회색 들길을 보았다. 그들은 곧 해가 있는 동안에 정상에 오르기로 결정했다. 이제는 더 이상 숨는 것도 불가능했고 오로지 적이나 첩자가 그들을 발견하지 못하기만을 바랄 뿐이었다. 산 위에는 움직이는 것이라고는 아무것도 없었다. 간달프가 근처 어디에 있는지는 몰라도 아직은 아무런 기미가 없었다.

바람마루 서쪽 비탈 밑에는 눈에 잘 띄지 않는 분지가 하나 있었는데, 맨 밑바닥은 주발 모양이었고 양옆에는 풀밭이 깔려 있었다. 그들은 말을 세우고 짐을 내려놓았다. 샘과 피핀이 짐을 지키고 셋은 계속 올라갔다. 30분쯤 산을 오른 후 성큼걸이가 먼저 정상에 오르고, 프로도와 메리도 숨을 헉헉거리며 기진맥진한 상태로 정상에 올라섰다. 정상 바로 밑의 비탈은 경사가 심한 암벽이었다.

성큼걸이가 말한 대로 정상에는 틈 사이로 잡초가 무성한 허물어진 돌기둥들이 커다란 원을 그리고 있었고, 그 한가운데는 돌무덤이 있었다. 돌은 모두 불길에 그을린 듯 시커멨고 주변의 잔디밭도 뿌리까지 불에 탄 듯한 흔적이 역력했다. 불길이 산꼭대기까지 휩쓴 듯 원둘레 안에 있는 풀밭이 모두 시커멓게 그을려 살아 있는 것이 아무것도 없었다.

폐허가 된 원둘레의 가장자리에 올라서서 그들은 사방을 멀리까지 둘러보았다. 땅은 대부분 나무도 없이 평탄하고 민둥민둥했지만 남쪽으로 멀리 숲이 보이고, 그 너머로 강이 있는지 물빛이 반짝였다. 동부대로가 그들의 발밑으로 산 남쪽 기슭을 끼고 마치 리본처럼 꼬불꼬불 서쪽에서 오르막 내리막을 달려와 동쪽 어두운 산맥 속으로 사라졌다. 길에는 아무도 보이지 않았다. 길을 따라 동쪽으로 눈길을 돌리다가 그들은 안개산맥을 보았다. 가까운 산기슭은 엷은 갈색이었으나 그 뒤로 솟은 높은 산봉우리들은 잿빛이었고, 다시 그 너머로 하늘을 찌를 듯한 흰 산봉우리들이 구름 사이로 어슴푸레 윤곽을 드러내고 있었다. 메리가 신음을 내뱉었다.

"흠, 드디어 여길 왔군! 정말 음산하고 기분 나쁜 곳이군요! 물도 집도, 간달프의 흔적도 없으니 말예요. 하지만 그분이 여기 왔다가 우리를 기다리지 않고 가 버렸다 해도 탓할 수는 없겠는데요."

성큼걸이는 무언가를 생각하듯 주위를 둘러보며 말했다.

"브리에서 우리보다 하루 이틀 늦게 출발했다 하더라도 우리보다 먼저 여기 도착하셨을 텐데 이상하군. 급할 때는 몹시 빨리 달리시는 분인데!"

갑자기 그는 허리를 굽히고 돌무덤 꼭대기에 있는 돌 하나를 유심히 살펴보았다. 그것은 다른 것들보다 더 반반하고 불길에 그을리지 않은 듯 더 흰색을 띠고 있었다. 그는 그 돌을 들어서 이리저리 뒤집어 보며 자세히 살펴보았다.

"최근에 누군가 만진 돌이군. 자넨 이 기호가 무엇이라고 생각하나?"

프로도는 납작한 돌 아래쪽에 긁힌 자국이 있는 것을 보았다.

I″·III

"세로줄 하나, 점 하나, 그리고 다시 줄이 세 개 있군요."

"왼쪽 세로줄은 가는 가지 같은 것이 달린 것으로 보아 아마 룬 문자로 G일 걸세. 확실하지는 않지만 간달프가 남긴 암호일지도 모르네. 긁힌 자국이 아직 선명한 걸 보면 최근에 새긴 것이 분명하거든. 하지만 우리하고는 전혀 관계없는 다른 기호일지도 몰라. 순찰자들도 룬 문자를 쓸 줄 알고 가끔 여기 오기도 하거든."

메리가 물었다.

"만약 간달프가 쓴 것이라면 무슨 뜻이 됩니까?"

"그렇다면 이건 G3이 되는 셈인데 간달프가 10월 3일 여기 있었다는 말이 되네. 그러니까 사흘 전이지. 짐작건대 몹시 급하고 위험한 상태에 있어서 더 길고 자세하게 쓸 시간도 없고 그럴 엄두도 못 냈던 것 같네. 만약 그렇다면 우리도 조심해야겠지."

그러자 프로도가 말했다.

"그게 무슨 뜻이든 간에 간달프가 남긴 표시라면 정말 다행입니다. 우리 앞에 있든 뒤에 있든 그분이 가까이 있다는 것만 해도 안심이 되네요."

"간달프가 여기 왔었고, 또 위험한 처지였다는 생각이 드네. 여기 이 그을린 자국을 보게. 우리가 사흘 전 밤중에 동쪽 하늘에서 보았던 불빛이 이제 생각나는군. 그가 산꼭대기에서 적의 공격을 받은 것이 분명한데 그다음은 알 수가 없어. 그가 이제 다시 여기 오진 않을 테니 우린 무슨 수를 써서라도 깊은골까지 갈 도리밖에 없네."

"깊은골은 얼마나 멉니까?"

메리가 피곤한 눈으로 주위를 둘러보며 물었다. 바람마루에서 바라본 세상은 넓고 황량했다.

"브리에서 동쪽으로 하루 거리에 있는 '버림받은' 여관 너머의 도로는 거리를 측정한 적이 없는 걸로 알고 있네. 어떤 사람들은 아주 멀다고 하기도 하고 또 어떤 이들은 그렇지 않다고 하기도 하지. 어쨌든 이상한 길이야. 그래서 그 길이 멀든 가깝든 간에 그 길에 들어선 사람들은 모두 빨리 길이 끝나기를 바랄 뿐이지. 하지만 내 경험으로는 날씨가 좋고, 달리 사고만 없다면 여기부터 브루이넨여울까지 약 열이틀 거리로 알고 있어. 브루이넨여울은 바로 깊은골에서 흘러나오는 큰물소리강과 동부대로가 만나는 지점일세. 우리는 동부대로를 거의 이용하지 못할 테니까 앞으로 적어도 2주는 더 가야 할 거야."

프로도가 소리를 질렀다.

"2주라고요? 그동안 무슨 일이 벌어질지도 모르겠군요."

성큼걸이가 대답했다.

"그럴지도 모르지."

그들은 산꼭대기 남쪽 끝에서 한동안 말없이 서 있었다. 프로도는 그 쓸쓸한 곳에서 처음으로 자신의 고독과 위험을 절감했다. 그는 운명이 다시 자신을 평화롭고 사랑스러운 샤이어로 되돌려 놓기를 간절히 바랐다. 그는 서쪽으로 쭉 뻗은 동부대로를 따라 아득하게 보이지 않는 고향 집을 바라보았다. 그 순간 그는 두 개의 검은 점이 길을 따라 서쪽으로 천천히 움직이는 것을 발견했다. 다시 자세히 보니 또 다른 세 점이 자기들 쪽으로 기어오듯이 다가오는 것이 보였다. 프로도는 비명을 지르며 성큼걸이의 팔에 매달렸다. 그러고는 아래쪽을 가리키며 말했다.

"저기 좀 보세요!"

성큼걸이는 즉시 프로도를 끌어당기며 허물어진 돌기둥 뒤의 땅바닥에 몸을 엎드렸다. 메리도 함께 몸을 던졌다. 그가 소리를 죽여 물었다.

"뭡니까?"

성큼걸이가 대답했다.

"아직 잘 모르겠지만 위험할 것 같네."

그들은 다시 천천히 원둘레의 가장자리로 기어가서 들쭉날쭉 갈라진 두 개의 바위 틈새로 내다보았다. 오전에는 날씨가 맑았으나 오후가 되면서 동쪽에서 몰려온 구름 떼가 해를 가려 날씨가 흐려졌다. 메리도 검은 점을 보았지만 어떻게 생긴 것인지 분명하게 알아볼 수는 없었다. 그러나 산 밑에서 조금 떨어진 동부대로에 암흑의 기사들이 모여 있음이 분명했다.

"틀림없어! 적일세!"

그들보다 시력이 좋은 성큼걸이가 확실한 어조로 말했다. 그들은 서둘러 뒤로 물러나서 산의 북쪽 사면을 따라 동료들이 기다리는 곳으로 내려갔다.

한편 샘과 페레그린도 한가하게 쉬고 있지만은 않았다. 그들은 그동안 그 작은 골짜기와 주변의 비탈을 자세히 살펴보는 중이었다. 멀지 않은 산비탈에서 그들은 깨끗한 샘물을 발견하고, 그 근처에서 하루 이틀 전의 것으로 보이는 발자국을 보았다. 골짜기 안에는 최근에 불을 피운 흔적도 있었고, 야영을 하고 급히 떠난 자취도 있었다. 산 쪽 가까운 골짜기 가장자리에는 떨어져 내린 바위도 몇 개 있었는데, 샘은 그 뒤에서 솜씨 좋게 쌓아 놓은 땔나무 더미를 찾아냈다. 샘은 피핀을 돌아보며 말했다.

"간달프가 여기 오셨었는지도 모르겠어. 여기 이렇게 땔나무를 쌓아 놓은 걸 보면 그게 누구든지 간에 다시 돌아올 생각이 있었던 모양이지?"

성큼걸이는 그들이 발견한 것을 심상치 않게 생각했다.

"차라리 내가 여기 남아서 직접 땅바닥을 살펴볼걸 그랬군."

그는 그렇게 말하고 발자국을 직접 확인하기 위해 서둘러 샘물가로 뛰어갔다 와서 말했다.

"걱정한 대로야. 샘과 피핀이 부드러운 땅을 마구 밟아 버려서 발자국들이 서로 뒤엉켜 잘 알아볼 수는 없지만 순찰자들이 여기 왔었던 것 같아. 바로 그들이 나무를 저 뒤에 숨겨 놓았네. 그런데 순찰자들보다 나중에 여기 온 사람들도 있는 것 같아. 적어도 한 사람의 발자국이 더 있어. 하루나 이틀 전에 온 것 같은데, 무거운 구둣발 자국이야. 적어도 한 사람, 아니 확실하지는 않지만 그런 발자국이 몇 개 더 되는 것 같기도 해."

그는 걱정스러운 표정을 지었다. 호빗들은 모두 마음속으로 외투를 입고 구두를 신은 기사들을 생각하고 있었다. 이미 기사들이 이 골짜기를 발견했다면, 빨리 성큼걸이와 함께 다른 곳으로 떠나는 것이 상책이었다. 샘은 적이 벌써 동부대로에 나타났다는 소식을 듣고는 의심스러운 눈초리로 계곡을 둘러보았다. 그는 도저히 더는 못 참겠다는 듯 성큼걸이에게 물었다.

"빨리 여기를 뜨는 것이 좋지 않겠어요, 성큼걸이? 해도 기울어 가고 어쩐지 이 구석이 으스스한 기분이 드는군요."

성큼걸이는 날씨와 시간을 가늠하려는 듯 고개를 들어 하늘을 쳐다보며 말했다.

"물론이지. 방향을 곧 결정해야겠지. 샘, 나도 여기가 마음에 들지는 않지만 여길 떠난다 해도 해지기 전에는 이보다 나은 곳에 갈 수가 없어. 이 자리를 피하면 잠시 눈을 속일 수는 있겠지만 곧 적의 첩자들 눈에 띄기 십상일세. 기껏해야 여기서 북쪽으로 달아나는 수밖에 없는데, 거기나 여기나 위험하기는 마찬가지야. 동부대로가 위험하긴 하지만 대로 남쪽의 숲속으로 숨으려면 그 길을 건너는 수밖에 없네. 동부대로 북쪽은 나무라고는 전혀 없는 평지뿐이야."

메리가 물었다.

"기사들이 우리를 볼 수 있을까요? 제 말은 무슨 뜻이냐 하면 그들은 적어도 대낮에는 눈보다는 코로 냄새를 맡아서 우리를 찾아내는 것 같단 말입니다. 그런데 아까 산 위에서는 우리보고 엎드리라고 하고 이제는 길을 건너가다가 들킬지도 모르겠다고 하시니 이상하군요."

성큼걸이가 대답했다.

"산 위에서는 내가 너무 경솔했어. 간달프가 남긴 암호를 찾느라 정신이 없었거든. 세 명씩이나 올라갈 필요도 없었고 그렇게 오래 있을 필요도 없었는데 잘못했어. 암흑의 기사들은 직접 나타날 수도 있고, 또 브리에서처럼 사람이나 다른 동물들을 첩자로 이용할 수도 있거든. 그들은 우리와는 달리 밝은 곳에서는 사물을 보지 못하고 다만 그 형체를 머릿속에 그림자로만 간직할 수 있는데, 그 그림자는 오로지 정오의 태양으로만 지울 수 있다고 하네. 하지만 어둠 속에서 그들은 우리가 보지 못하는 신호나 형체를 인식하는데, 그때가 가장 무서울 때지. 그리고 언제나 살아 있는 것은 무엇이든 그것의 피 냄새를 맡고 그것을 갈구하면서 또 증오한다네. 시각과 후각 말고도 다른 감각이 더 있지. 그들이 우리 근처에 접근하면 우리는 눈에 보이지 않아도 이상할 만큼 가슴이 섬뜩한 어떤 예감이 드는데, 그들은 우리보다 예민하게 우리가 다가가는 것을 감지한다네. 게다가……."

그는 잠시 숨을 죽이고 겨우 들릴 만큼 낮은 목소리로 덧붙였다.

"반지가 그들을 끌어당기고 있지."

프로도는 거친 눈으로 주위를 살피며 말했다.

"그렇다면 놈들에게서 벗어날 방도가 없단 말입니까? 움직이면 발각돼서 쫓기고, 그대로 있으면 놈들이 저절로 여기를 찾아온단 말이지요!"

성큼걸이는 그의 어깨에 손을 얹었다.

"걱정 말게. 아직 희망은 있어. 자넨 혼자가 아니야. 여기 이 땔나무들을 이용하세. 우린 지금 하늘을 가릴 지붕도 없고 엄호물도 없는데, 어쩌면 이 장작불이 그 두 가지 구실을 모두 해낼지도 모르지. 사우론은 불뿐만 아니라 무엇이든지 자기한테 유리하게 이용할 수 있지만 그 기사들은 불을 아주 싫어하고, 또 그것을 휘두르는 사람들을 무서워하네. 황야에서는 불이 우리의 친구야."

"그리고 소리 한마디 없이 우리가 여기 있다는 것을 알리는 신호가 되겠군요."

샘이 빈정거렸다.

그들은 골짜기 중에서 가장 낮고 깊숙한 곳에 자리를 잡고 불을 피우고 식사를 준비했다. 저녁 그림자가 산속을 찾아들면서 기온이 내려가기 시작했다. 그들은 아침 식사 이후로 아무것도 먹지 못했기 때문에 몹시 시장했지만 함부로 양껏 먹을 수도 없었다. 앞으로 그들이 가야 할 곳은 새나 짐승밖에 없는, 말하자면 세상 모두에게서 버림받은 땅이라는 것을 알고 있기 때문이었다. 순찰자들이 그 산을 넘어 다니기도 하지만 그 수도 적고 오래 머물러 있지도 않았다. 다른 방랑자들도 가끔 있지만 대개는 경계의 대상들이었다. 안개산맥 북쪽 골짜기에서는 가끔 트롤들이 내려와 어슬렁거리기도 했다. 동부대로를 걷는 여행객들을 발견할 수도 있는데, 그들은 대체로 급한 볼일로 달려가는 난쟁이들이어서 무슨 도움을 바라고 말을 붙여 볼 형편도 되지 못했다.

프로도가 말했다.

"식량이 모자랄까 걱정이군요. 지난 며칠 동안도 조심했고 오늘도 결코 잘 먹었다고는 할 수 없는데 벌써 계획했던 것보다 많이 먹었으니 큰일이에요. 아직도 2주 이상은 더 버텨야 하는데."

성큼걸이가 말했다.

"들판으로 나가면 식량은 있네. 열매나 나무뿌리, 약초 들을 구할 수 있겠지. 그리고 난 급하면 사냥꾼이 되는 재주도 있으니 겨울이 오기 전까지는 굶어 죽을 걱정은 말게. 하지만 그렇게 식량을 구하는 일은 여간 힘들고 어려운 일이 아니니까 서두를 필요가 있네. 그러니 가급적 허리띠를 더 조이고 엘론드의 저택에서 맛볼 진수성찬만 생각하세."

어둠이 짙어지면서 날씨도 차츰 쌀쌀해졌다. 골짜기 바깥으로는 어둠 속으로 급하게 빨려 들어

가는 회색빛 대지밖에 보이지 않았으나, 하늘이 다시 맑아지면서 별들이 하나둘 서서히 떠오르기 시작했다. 프로도와 일행은 자신들이 가진 담요와 옷가지를 모두 꺼내 둘러쓰고 모닥불 가에 둘러앉았다. 그러나 성큼걸이는 외투 하나만 뒤집어쓰고 따로 떨어져 앉아서 깊은 생각에 잠긴 듯 담뱃대를 빨고 있었다.

밤이 깊어지고 불꽃이 더욱 활활 타오르기 시작하자 성큼걸이는 호빗들의 사기를 북돋워 주기 위해 이야기를 시작했다. 그는 고대의 역사와 전설에 대해 해박한 지식을 갖고 있어서 상고대 요정과 인간의 신나는 무용담을 끝없이 이야기해 주었다. 그들은 그의 나이가 몇 살인지, 어디서 그런 이야기를 모두 들었는지 궁금해졌다.

그가 요정 왕국의 이야기를 끝내고 잠시 숨을 돌리고 있을 때 메리가 물었다.

"길갈라드 이야길 좀 해 주세요. 지난번에 말씀하신 그 옛날 노래를 더 알고 있나요?"

"물론이지. 프로도도 알고 있을 거야. 우리 모두와 관련이 있는 문제니까."

메리와 피핀이 불빛을 응시하고 있는 프로도 쪽으로 고개를 돌렸다. 프로도가 나직이 말했다.

"난 간달프한테 들은 것밖에는 몰라. 길갈라드는 가운데땅 최후의 요정 왕이었지. 길갈라드는 그들 요정의 언어로는 별빛이란 뜻이야. 요정의 친구인 엘렌딜과 함께 그는……."

그때 성큼걸이가 갑자기 프로도의 이야기를 가로막았다.

"그만! 지금은 대적의 하수인들이 가까이 있으니 그런 이야기를 하기엔 때가 좋지 않아. 엘론드의 저택에 무사히 도착하면 그때 처음부터 끝까지 모두 얘기해 줌세."

샘이 말했다.

"그럼, 무슨 다른 이야기라도 해 주세요. 요정들이 몰락하기 전의 이야기라든가, 어쨌거나 저는 요정들의 이야기를 더 듣고 싶어요. 사방에서 어둠이 점점 더 조여드는 것 같아요."

"티누비엘의 이야기를 해 주지. 그것도 짧게. 왜냐하면 이 이야기는 끝이 어딘지도 모를 만큼 긴데다 옛날 그대로 정확하게 기억하는 사람이 엘론드 말고는 아무도 없으니까. 가운데땅의 이야기가 모두 그렇듯이 슬픈 이야기이긴 하지만 아름다운 이야기야. 그리고 자네들도 힘이 더 솟아날 걸세."

그는 잠시 쉬었다가 이야기를 시작했다. 그러나 그것은 이야기가 아니라 노래였다.

나뭇잎은 길고, 풀잎은 초록
*　헴록 꽃잎은 크고 아름답고,*
숲속 빈터에는 빛이 비쳤네,
*　어둠 속에서 아물거리는 별빛이.*
티누비엘은 거기서 춤을 추고 있었지,
*　보이지 않는 피리 소리에 맞춰,*
그녀의 머리에도, 그녀의 옷자락에도
*　별빛이 반짝이고 있었네.*

추운 산맥에서 베렌이 내려와
길을 잃고 숲을 방황하고 있었지.
요정의 강이 흘러가는 곳에서
그는 슬퍼하며 홀로 걷고 있었네.
헴록 꽃잎 사이로 그는 보았지,
금으로 만든 눈부신 꽃들이
그녀의 망토와 소매에 달려 있는 것을.
그녀의 머리채가 그림자처럼 따라가는 것을.

산속을 헤매 다닐 수밖에 없던
그의 지친 두 다리를 마법이 고쳐 주었지.
그는 날 듯이 힘차게 달려가서
반짝이는 달빛을 붙잡았네.
요정 나라의 우거진 숲속으로
그녀는 춤추듯 가볍게 달려갔지,
적막한 숲속에서 귀 기울이며
외로이 헤매고 있는 그를 남겨 두고.

그는 거기서 종종 들었지,
보리수나무 잎처럼 가볍게 날아가는 발소리를.
비밀의 동굴에 울려 퍼지는
땅속에서 울려 나오는 음악 소리를.
이제 헴록 꽃잎은 시들었고,
한숨 쉬듯 하나씩 하나씩
너도밤나무 잎도 속삭이듯 떨어졌네,
소리 없이 떨고 있는 겨울의 숲속으로.

그는 언제나 그녀를 찾아 헤맸지.
달빛과 별빛을 벗 삼아
차가운 하늘가를 하염없이 떠돌며
아무도 밟지 않은 낙엽을 밟으며 방황했네.
달빛에 빛나는 그녀의 망토는
산꼭대기처럼 높고 멀었지.
흩어지는 은빛 안개 속에서

그녀는 춤을 추고 있었네.

겨울이 지나고 그녀는 다시 왔지,
  솟구치는 종달새처럼, 떨어지는 빗방울처럼
살며시 녹아드는 얼음 조각처럼
  그녀의 노래는 대지에 갑작스러운 봄을 몰고 왔네.
그는 요정의 꽃이 피어나는 것을 보았지,
  그녀의 발밑에서. 다시 힘을 얻은 그는
평화로운 풀밭 위에서 그녀와 함께
  춤추고 노래 부르고 싶었네.

다시 그녀가 달아났지만 그의 걸음도 빨랐지.
  티누비엘! 티누비엘!
그가 요정들의 이름으로 그녀를 부르자
  그녀는 귀 기울이며 돌아섰네.
그녀가 잠깐 멈춰 서는 동안 그의 음성이
  그녀에게 마법을 걸었지. 베렌이 다가왔고
그의 두 팔에 반짝이며 안긴
  티누비엘에게 운명의 순간이 다가왔지.

그녀의 머리채 그림자 속으로
  그녀의 두 눈을 들여다보다가
베렌은 밤하늘에 반짝이는 별빛이
  그 눈동자 속에서 빛나는 것을 보았지.
아름다운 요정 티누비엘
  영원히 죽지 않는 요정 소녀는
반짝이는 은빛 두 팔로
  검은 머리채로 그를 감쌌네.

그들을 떼어 놓은 운명의 길은 멀었지.
  차가운 회색 바위산맥을 넘어
무쇠로 된 방과 어둠의 문을 지나
  아침이 없는 밤의 숲속으로.
이별의 바다가 그들을 가로막았으나

마침내 그들은 다시 만났지.
그리고 먼 옛날 그들은 즐거이 노래 부르며
숲속에서 함께 숨을 거뒀네.

성큼걸이는 한숨을 쉬고 잠시 쉬었다 말했다.

"이건 요정들 언어로는 '안센나스'라는 가락으로 된 노래인데 공용어로는 옮기기가 쉽지 않아. 옮긴다고 옮겨 봤지만 어설프게 흉내 낸 것밖에는 안 되는군. 이 노래는 바라히르의 아들 베렌과 루시엔 티누비엘의 만남을 소재로 한 것인데, 베렌은 유한한 생명의 인간이고 루시엔은 먼 옛날 가운데땅 요정 왕들 중 하나인 싱골의 딸이었지. 그녀는 이 땅에서 가장 아름다운 여인이었어. 북방의 안개 위로 반짝이는 별들처럼 아름다운 그녀의 얼굴 위엔 언제나 환한 빛이 떠돌고 있었다는군. 그 시절에 거대한 적(모르도르의 사우론은 그의 졸개에 불과했는데)이 북부의 앙반드에 살고 있었는데, 그가 훔쳐 온 보석 실마릴을 되찾기 위해 서녘의 요정들이 가운데땅으로 돌아와 전쟁을 일으켰다네. 인간의 조상들은 요정들을 도왔지. 하지만 결국 대적에게 패해 바라히르는 죽게 되었네. 그의 아들 베렌은 천신만고 끝에 공포의 산맥을 넘어 넬도레스숲 속에 있는 싱골의 숨은왕국에 들어가게 된 걸세. 거기서 그는 루시엔이 마법의 강이라는 에스갈두인강 변 숲속에서 춤추고 노래하는 것을 보게 된 거야. 그가 그녀에게 붙여 준 티누비엘이란 이름은 옛말로 나이팅게일이란 뜻이야. 그 후로 그들에게 슬픈 일이 많이 닥쳐서 그들은 오랫동안 헤어져 있었는데, 결국은 티누비엘이 사우론의 지하 감옥에서 베렌을 구출해 냈지. 그들은 함께 힘을 합쳐 갖은 위험을 무릅쓰며 마침내 그 거대한 적을 왕좌에서 끌어내렸고, 베렌은 보석 중의 보석인 실마릴 중 하나를 그의 강철 왕관에서 떼어 내어 그녀의 아버지 싱골에게 신부의 몸값으로 주었다네. 하지만 베렌은 앙반드의 성문을 열고 나온 늑대에게 물려 결국 티누비엘의 팔에 안겨 숨을 거두고 말았지. 그가 죽자 요정인 그녀도 남편을 뒤따르기 위해 유한한 생명을 선택했고, 그리하여 세상에서 사라졌지. 전해 오는 노래에 의하면 그들은 이별의 바다 너머에서 다시 만나, 잠깐 동안 푸른 숲속을 살아서 거닐다가 오래전에 이 세상의 한계를 벗어나 떠나갔다고 하네. 그리하여 요정들 가운데 유일하게 루시엔 티누비엘만이 정말로 죽어서 이 세상을 떠나갔지. 그들은 자신들이 가장 사랑했던 여인을 잃어버린 걸세. 하지만 그녀로 인해서 그 옛날 요정 왕 혈통이 인간들에게도 내려오게 된 거야. 루시엔을 조상으로 모시는 종족들이 아직 있지 않은가! 그들은 결코 후손이 끊어지지 않는다고들 하네. 깊은골의 엘론드가 그 혈통이지. 베렌과 루시엔에게서 디오르, 즉 싱골의 후계자가 태어났고 디오르에게서 백색의 엘윙이 태어났는데, 그녀의 남편이 바로 에아렌딜이라네. 이마에 실마릴을 달고 자신의 배를 몰아 이 세상의 안개를 벗어나 하늘의 바다로 들어간 인물이지. 그리고 그 에아렌딜에게서 누메노르의 왕들, 즉 서쪽나라 사람들이 태어나게 된 거야."

성큼걸이가 이야기하는 동안 그들은 모닥불 빛에 희미하게 어른거리는 그의 얼굴이 이상하리만큼 열띤 표정으로 변해 가는 것을 지켜보았다. 그의 눈이 광채를 띠며 목소리에도 무게와 깊이가 실리는 듯했다. 그의 머리 위로 별이 빛나는 검은 하늘이 숨죽이고 있었다. 갑자기 그의 등 뒤로 바람마루 꼭대기에 희미한 빛이 나타났다. 떠오르는 달이 그들을 가려 주던 산 위로 서서히 솟아올라 산꼭대기의 별빛이 희미해졌다. 이야기가 끝났다. 호빗들은 몸을 뒤틀며 기지개를 켰다. 메리가 말했다.

"저것 봐! 달이 떠오르는데. 밤이 꽤 깊어진 모양이야."

모두 고개를 들어 위를 쳐다보았다. 달을 바라보면서도 그들은 그 희미한 달빛 속에서 조그마한 검은 물체가 산꼭대기에 있는 것을 보았다. 아마도 희미한 달빛 때문에 더욱 뚜렷이 보이는 큰 기둥이거나 튀어나온 바위인지도 몰랐다.

샘과 메리는 일어나서 어둠 속을 걸어 보았다. 프로도와 피핀은 아무 소리 없이 가만히 앉아 있었다. 성큼걸이마저 입을 다물어 사위가 죽은 듯이 고요했지만 프로도는 섬뜩한 냉기가 갑자기 엄습해 옴을 느꼈다. 그는 모닥불 가로 더 가까이 다가앉았다. 그 순간 샘이 골짜기 끝에서 허둥지둥 달려왔다.

"왠지 모르겠지만 갑자기 마구 겁이 나는데요. 죽으면 죽었지 골짜기 바깥으로는 못 나가겠어요. 누군가 비탈을 올라오는 것 같기도 하고."

프로도가 벌떡 일어나며 물었다.

"뭐가 보여?"

"아뇨. 못 봤습니다만 겁이 나서 살펴볼 수도 없었어요."

메리가 말했다.

"뭔가 있는 것 같았어요. 산 그림자 너머 달빛이 비치는 평지 서쪽으로 멀리 두세 개의 검은 형체가 있는 것 같았어요. 이쪽으로 오는 것 같던데요."

성큼걸이가 명령을 내렸다.

"모닥불에 등을 대고 바깥쪽으로 향해 앉게! 양손 가까이 긴 장작을 준비해 두게."

그들은 모닥불을 등지고 어둠 속을 뚫어지게 응시하면서 숨 막힐 듯한 순간을 보냈다. 아무 일도 일어나지 않았다. 어둠 속에선 아무 소리도, 움직임도 없었다. 프로도는 불안한 침묵을 깨야겠다는 생각이 들어 몸을 떨었다. 그는 크게 고함이라도 지르고 싶었다. 성큼걸이가 속삭였다.

"쉿!"

동시에 피핀이 물었다.

"저게 뭡니까?"

골짜기 어귀의 산에서 약간 떨어진 곳에 하나인지 몇인지 헤아릴 수 없는 그림자가 일어서는 것이 보였다(보인다기보다는 느껴졌다). 그 순간 그들은 눈을 번쩍 떴다. 그림자는 더 늘어나는 듯했고 잠시 후에는 모든 것이 분명해졌다. 서너 개의 키 큰 검은 그림자들이 비탈 위에서 그들을 내려다보며 서 있었다. 그들의 검은 어둠이 얼마나 진한지, 그들은 짙은 어둠 속에 뚫린 검은 구멍과도 같았다. 프로도는 기분 나쁜 숨소리처럼 '쉿쉿' 하는 소리가 희미하게 들리는 것 같았고, 살을 에는 듯한 냉기가 온몸을 엄습하는 느낌이 들었다. 그림자들이 천천히 앞으로 다가왔다.

피핀과 메리는 공포에 사로잡혀 땅바닥에 납작 엎드렸다. 샘은 프로도 옆에 바짝 붙었다. 무섭기로 치자면 프로도도 동료들이나 다를 바 없었다. 그 역시 한겨울 추위라도 만난 듯 덜덜 떨고 있었으나 반지를 껴야겠다는 순간적인 유혹에 정신이 팔려 공포를 잊고 있었다. 반지를 끼고 싶은 유혹이 너무 강해서 그는 다른 생각을 전혀 할 수가 없었다. 고분구릉의 사건이나 간달프의 충고를 잊은 것은 아니었다. 그러나 그 모든 충고와 경고를 무시하도록 유혹하는 이상한 힘이 프로도를 사로잡았고 그는 거기에 굴복하고 싶었다. 탈출을 하겠다거나 아니면 좋거나 나쁜 무슨 행동을 취해야겠다는 생각이 아니었다. 그냥 반지를 한번 껴 보아야겠다는 생각만이 간절했다. 그는 말을 할 수가 없었다. 샘이 자기를 바라보는 것도 알고 있었다. 샘은 지금 프로도가 대단히 어려운 지경에 처해 있음을 아는 것 같은 표정이었지만 프로도는 그쪽으로 고개를 돌릴 수가 없었다. 그는 눈을 감고 잠시 자신과 계속 싸웠다. 그러나 역부족이었다. 마침내 그는 천천히 반지를 꿴 줄을 꺼내어 왼손 집게손가락에 반지를 끼었다.

주변의 모든 것이 어둡고 침침하기는 마찬가지였으나 갑자기 그림자의 형체들이 무시무시하게 뚜렷해졌다. 그는 그들의 검은 옷 속까지 꿰뚫어 볼 수 있었다. 모두 다섯 명의 키가 큰 괴한들이었는데, 둘은 골짜기 입구에 서 있고 셋은 앞으로 다가오고 있었다. 그들의 하얀 얼굴에는 날카롭고 냉혹한 눈동자가 이글거리고 있었고 망토 속으로는 기다란 회색 옷이 보였다. 은빛 투구가 그들의 회색 머리카락을 덮고 있었고 말라빠진 손에는 장검이 들려 있었다. 그들은 모두 삼키기라도 할 듯한 눈으로 그를 노려보고 있었다. 그는 필사적으로 칼을 빼 들었다. 횃불처럼 붉은 빛이 칼날에 번득였다. 두 그림자가 걸음을 멈췄다. 다른 하나는 옆의 둘보다 키가 더 크고 머리도 길고 번쩍거렸으며, 투구에는 왕관이 그려져 있었다. 그는 한 손에 장검을, 다른 손에는 단검을 들고 있었는데 단검을 든 손에 희미한 빛이 번쩍이고 있었다. 그는 앞으로 뛰어나오며 프로도를 향해 덤벼들었다.

그 순간 프로도는 땅바닥으로 몸을 날리며 자기도 모르게 "오 엘베레스! 길소니엘!" 하고 소리를 질렀다. 동시에 그는 적의 발을 칼로 찔렀다. 어둠 속에 처절한 비명이 울려 퍼지고, 그는 왼쪽 어깨에 얼음장처럼 차가운 독화살이 뚫고 들어오는 듯한 통증을 느꼈다. 의식이 사라지는 순간에도 그는 희뿌연 안개 속으로 성큼걸이가 양손에 불붙은 장작을 들고 어둠 속에서 뛰쳐나오는 것을 어렴풋이 보았다. 그는 마지막 안간힘을 다해 칼을 던지고는 손가락에서 반지를 빼어 오른손으로 꽉 움켜쥐었다.

Chapter 12

여울로의 탈출

프로도는 정신이 다시 들었을 때도 필사적으로 반지를 움켜쥐고 있었다. 그는 장작을 높이 쌓아 올려 너울너울 타오르는 모닥불 가에 누워 있었다. 세 동료가 그를 내려다보고 있었다.

"도대체 어찌 된 일이야? 그 악령의 왕은 어떻게 됐어?"

프로도는 눈을 뜨자마자 느닷없이 질문을 던졌다. 그들은 프로도가 말을 하는 것을 듣자 너무 기뻐 잠시 대답조차 할 수 없었고, 실은 그가 무엇을 물었는지도 알아채지 못했다. 한참 후에야 프로도는 샘에게서 흐릿한 검은 형체가 자기들 쪽으로 다가오는 것만 보았다는 말을 들었다. 샘은 프로도가 사라진 것을 보고 갑자기 겁에 질렸고, 그 순간 검은 그림자가 옆을 지나가자 자기도 쓰러져 버렸다고 했다. 그는 프로도의 비명을 들었지만 그 소리는 먼 곳 아니면 땅속에서 기어 나온 듯한 괴성으로 아득하게 들릴 뿐이었다. 그들은 처음엔 아무것도 보지 못했지만 곧 칼을 배 밑에 깐 채 죽은 듯이 풀밭 위에 엎어져 있는 프로도를 발견했다. 성큼걸이는 모닥불 가에 그를 눕히라고 말하고는 어디론가 사라져 버렸다. 그것이 얼마 전까지의 일이었다.

샘은 솔직히 성큼걸이가 다시 의심되기 시작했다. 그들이 이야기를 나누고 있을 때 성큼걸이가 어둠 속에서 불쑥 나타났다. 호빗들은 깜짝 놀라고 샘은 칼을 빼어 프로도의 앞을 막아 섰지만 성큼걸이는 태연히 그 옆에 무릎을 꿇고 앉아서 부드럽게 말했다.

"난 암흑의 기사가 아닐세, 샘. 그리고 그들과 한패도 아니야. 놈들이 움직인 흔적이라도 찾아보려고 했는데 아무것도 없더군. 왜 그들이 다시 공격하지 않고 사라졌는지 알 수가 없어. 하여튼 이 근방 어디에 숨어 있는 것 같지는 않아."

그는 프로도의 이야기를 듣고 난 후 머릿속이 복잡하다는 듯 고개를 휘휘 젓고는 한숨을 내쉬었다. 그러고는 피핀과 메리에게 작은 주전자에 가능한 한 물을 많이 끓여 그 물로 프로도의 상처를 씻어 주라고 시켰다.

"불을 잘 피워서 프로도를 따뜻하게 해 주어야 하네!"

그는 그렇게 말하고 일어나 저쪽으로 걸어가면서 샘을 불렀다.

"이제야 좀 알 것 같군. 적은 모두 다섯뿐이었어. 왜 모두 다 나타나지 않았는지 잘 모르지만 아마도 저항을 예상하지 못했던 거 같아. 일단은 물러선 모양인데 필경 멀리 가지는 않았을 걸세. 우리가 이곳을 탈출하지 못하면 내일 밤 다시 오겠지. 어쩌면 놈들은 목표가 일단 달성되었고, 반지가 멀리 달아날 수는 없을 거라고 판단하고 기다리고 있는지도 몰라. 자네 주인이 치명적인 부상을 당해 그들의 의지에 굴복할 거라고 믿는 것 같네. 두고 보면 알겠지."

샘이 갑자기 눈물을 쏟자 성큼걸이가 그를 달랬다.

"낙심 말게! 자네는 나를 믿어야 해. 간달프도 얘기한 적이 있지만 프로도는 내가 생각했던 것보다 훨씬 더 강인하네. 그는 죽지 않아. 적이 예상하는 것보다 훨씬 오랫동안 상처의 독성을 견뎌 낼 거야. 나도 최선을 다해 치료해 보도록 애쓸 테니까, 자네는 내가 없는 동안 그를 잘 지켜야 하네!"

그는 이렇게 말하곤 급히 어둠 속으로 사라져 버렸다.

상처의 통증이 점점 더 심해지고 어깨의 얼음장 같은 냉기가 팔과 옆구리에까지 내려왔지만 프로도는 졸기만 할 뿐이었다. 친구들은 그를 지켜보면서 상처를 씻어 주고 몸을 따뜻하게 해 주었다. 힘겨운 밤이 서서히 지나가고 동쪽 하늘에서 희뿌옇게 박명이 떠오르고 있었다. 성큼걸이는 골짜기에 희미한 아침 빛이 스며들 때쯤 돌아왔다. 그는 소리를 지르면서 그때까지 어두워서 발견하지 못했던 검은 외투를 땅바닥에서 주워 들었다. 아랫단에서 30센티미터쯤 위쪽에 칼자국이 나 있었다.

"이것 좀 보게! 이것이 프로도의 칼자국이야. 적의 상처는 겨우 이것뿐이야. 그는 상처를 입지 않는다네. 오히려 그 무시무시한 마왕을 찌르는 칼이 부러질 뿐이야. 그에게 치명적이었던 것은 바로 엘베레스란 이름이었지."

그는 다시 몸을 숙여 가느다란 단검을 들어 올렸다.

"프로도에게는 이 칼이 더 치명적이었어."

칼날에는 차가운 빛이 감돌았다. 성큼걸이가 칼을 들어 올리자 그들은 칼날 끝부분에 흠이 나 있고 맨 끝이 부러져 있는 것을 발견했다. 그런데 더욱 놀라운 것은 칼을 희미한 아침의 여명에 비추자 칼날이 얼음 녹듯 녹아서 연기처럼 공중으로 사라져 버리는 것이었다. 성큼걸이의 손에는 칼자루밖에 없었다.

"아! 이 저주받은 칼이 바로 프로도에게 상처를 입힌 거야. 이처럼 사악한 무기를 감당할 만한 치료법을 아는 사람은 거의 없지. 하지만 최선을 다해 보겠네."

그는 땅바닥에 앉아서 칼자루를 자기 무릎 위에 올려놓고 이상한 말로 천천히 노래를 불렀다. 그리고 그것을 옆에 내려놓고 프로도를 향해 나직한 목소리로 알아들을 수 없는 말을 건넸다. 그런 다음 허리띠에 찬 주머니에서 길쭉한 풀잎을 수북히 꺼냈다.

"이 잎을 구하러 사방을 헤맸지. 야산에서는 잘 자라지 않는 풀이야. 다행히 동부대로 남쪽 숲에서 풀잎 향기를 맡을 수 있었지."

그가 손가락으로 잎을 뭉개자 향긋하고 톡 쏘는 냄새가 났다.

"이걸 찾게 되어서 정말 다행일세. 이 약초는 서쪽나라 사람들이 가운데땅으로 들여온 것으로 여간 귀한 것이 아니거든. 이름은 아셀라스라고 하는데 워낙 희귀한 것이라 옛날에 서쪽나라 사람들이 살던 곳이나 야영하던 곳에서만 자라지. 북부에서는 황야의 방랑자들 중 일부만 알고 있을 뿐, 이 풀을 아는 이들은 거의 없어. 약효가 대단한 풀인데 프로도의 상처엔 얼마나 효험이 있을지 모르겠군."

그는 나뭇잎을 끓는 물에 집어넣고 그 물로 프로도의 어깨를 씻어 주었다. 수증기에서 상큼한 향기가 났고 다치지 않은 호빗들도 마음이 안정되고 맑아지는 것 같았다. 약초는 상처에도 꽤 효험이 있어서 프로도는 통증은 여전했지만 옆구리의 차가운 기운이 줄어드는 듯한 느낌을 받았다. 그러나 팔의 감각은 돌아오지 않아서 손을 들어 올리거나 사용할 수가 없었다. 그는 자신의 어리석음을 통탄하면서 박약한 의지력을 질책했다. 그제야 그는 자신이 반지를 낀 것이 자신의 욕망이 아니라 적의 강압적인 요구에 굴복한 것임을 깨달았다. 프로도는 이러다 평생 불구가 되는 것은 아닌지, 이 상태로 여행을 계속할 수 있을지 걱정이 태산 같았다. 그는 너무 힘이 없어서 일어설 수도 없었다.

그의 동료들 역시 그 문제를 논의하고 있었다. 그들은 가능한 한 빨리 바람마루를 떠나기로 신속하게 결정을 내렸다. 성큼걸이가 말했다.

"내 생각에 적은 며칠 동안 이곳을 감시하고 있었던 것 같아. 간달프가 여기 왔었다 해도 그도 떠날 수밖에 없었을 걸세. 그러니 다시 돌아오지도 않을 것 같네. 여하튼 어젯밤의 공격이 있었으니 일단 해가 지면 여기는 위험해. 어디로 가든 여기보다는 나을 거야."

날이 훤히 밝자마자 그들은 간단히 아침을 때우고 서둘러 짐을 챙겼다. 프로도가 걸을 수 없었기 때문에 조랑말의 짐을 네 명이 나누어 지고 프로도가 말을 타는 수밖에 없었다. 지난 며칠 동안 그 가련한 짐승은 임무를 훌륭하게 수행했을 뿐만 아니라 살도 더 찌고 몸도 꽤 튼튼해졌다. 그리고 새 주인들, 특히 샘을 잘 따르기 시작한 것이 퍽 다행이었다. 황야에서 그 어려운 길을 가는데도 전보다 몸이 좋아진 것을 보면 고사리꾼네 빌의 집에서 얼마나 학대받았는지 알 법도 했다.

그들은 남쪽으로 방향을 잡았다. 이것은 바로 동부대로를 횡단한다는 의미였지만 숲지대로 가장 빨리 가려면 그 길밖에 없었다. 게다가 그들에겐 연료도 필요했다. 성큼걸이의 말대로 프로도를 항상, 특히 밤중에 따뜻하게 해 주어야 할 뿐 아니라 밤에는 불이 그들 모두에게도 무기가 될 수 있었기 때문이었다. 또한 바람마루를 지나면서부터는 동부대로도 북쪽으로 크게 휘어져 돌아가기 때문에 오히려 숲속으로 빠지는 것이 지름길일 수도 있다는 것이 성큼걸이의 생각이었다.

그들은 조심스럽게 천천히 산의 서남쪽 비탈을 끼고 돌아서 잠시 후 동부대로 길가로 나왔다. 아직 기사들이 나타날 조짐은 보이지 않았다. 그러나 그들이 다시 길을 재촉하고 있을 때 멀리서 서로 부르고 대답하는 서늘한 목소리가 들려왔다. 그들은 벌벌 떨면서 앞쪽의 작은 숲속으로 들어갔다. 그들의 눈앞, 남쪽으로는 길도 없는 황량한 비탈이 펼쳐졌다. 발육 부진으로 이지러진 나무들과 관목들이 빽빽이 들어서 있고 간간이 그 사이로 맨땅이 희끗희끗 드러나기도 했다. 풀을 찾아보기 힘들었지만 거친 회색 잡초가 간혹 눈에 띄었고 빛바랜 단풍잎들도 떨어졌다. 주변 풍경은 하나같이 우울했고 그들의 발걸음도 느리고 지루했다. 그들은 걷는 동안 거의 말을 하지 않았다. 프로도는 동료들이 무거운 짐을 지고 고개를 숙인 채 타박타박 걸어가는 모습을 보고 마음이 아팠다. 성큼걸이조차 피곤하고 어두운 표정이었다.

첫날 행군이 끝나기 전부터 상처가 다시 쑤시기 시작했으나, 프로도는 한참 동안 아무 내색하지 않고 견뎌 냈다. 나흘이 지났다. 그동안 지형과 풍경은 아무 변화가 없었고 다만 바람마루가 등 뒤로 서서히 사라지고 앞쪽으로 멀리 있던 산맥이 어렴풋하게나마 좀 더 가까워진 것 같았다. 그러나 멀리서 들었던 그 고함 말고는 적이 그들이 도망치는 것을 알아채고 뒤쫓아오는 낌새는 아직 없었다. 어둠이 찾아들면 두려움이 그들을 엄습했다. 그들은 밤에는 둘씩 짝지어 보초를 섰으나 구름에 가린 희미한 달빛 아래로 언제 검은 그림자들이 불쑥 다가올지 알 수 없는 일이었다. 나뭇잎이 떨어지고 풀잎이 바람에 스치는 소리 말고는 아무 소리도 들리지 않았고 아무것도 보이지 않았다. 골짜기에서의 공격이 있기 바로 직전에 느꼈던 섬뜩한 두려움이나 냉기를 그 후로는 전혀 느끼지 못했다. 그러나 기사들이 그들의 흔적을 놓쳐 버렸을 리는 절대로 없었다. 어쩌면 좁은 길목에서 잠복하고 있는 것은 아닐까?

닷새째, 해도 저물어 갈 즈음 그들은 여태껏 내려왔던 넓고 얕은 골짜기를 빠져나가기 위해 천천히 오르막을 오르기 시작했다. 성큼걸이는 다시 방향을 동북쪽으로 바꿨다. 그들은 엿새째 되는 날 길고 완만한 경사지의 정상에 올라서서 멀리 숲이 우거진 산들을 보았다. 그들의 발밑으로는 다시 동부대로가 산을 끼고 돌아가고 있었고 오른쪽으로는 엷은 햇빛 속에 회색강이 반짝거렸다. 그리고 더 멀리 또 하나의 강이 안개로 반쯤 가려진 바위 골짜기 사이에서 흘러나오는 것이 어렴풋이 보였다. 성큼걸이가 말했다.

"당분간은 다시 동부대로로 들어가는 수밖에 없군. 우리는 지금 흰샘강에 도착했네. 요정들은 미세이셀이라고 부르기도 하지. 이 강은 깊은골 북쪽의 트롤들이 살고 있는 고원지대, 즉 에튼황야에서 시작해서 남쪽에 가서는 큰물소리강과 합쳐지네. 거기부터는 회색강이라고 부르는 사람들도 있는데, 바다로 들어갈 때쯤에는 상당히 큰 강이 되지. 에튼황야의 수원지 말고 이 강을 건널 수 있는 곳은 바로 동부대로가 지나가는 '마지막다리'밖에 없어."

메리가 물었다.

"멀리 보이는 저 강은 무슨 강이에요?"

"깊은골의 브루이넨이라고도 하는 큰물소리강이야. 마지막다리를 건너 동부대로를 따라 수 킬로미터를 가면 브루이넨여울이 나오지. 하지만 그 강을 어떻게 건너야 할지 아직 생각도 못 했네. 당장 눈앞에 있는 강부터 생각하세! 마지막다리를 무사히 통과하는 것만 해도 큰 행운이야."

그들은 다음 날 아침 일찍 동부대로 길가로 내려왔다. 샘과 성큼걸이가 먼저 길에 들어섰다. 길가에는 그들 말고는 인적이라곤 전혀 없었다. 산 그림자가 진 이쪽에는 비가 조금 내린 듯했다. 성큼걸이는 이틀 전에 비가 온 것으로 추정했다. 그렇다면 그 이전의 발자국은 모두 씻겨나가 버리고 그 이후의 발자국은 없을 것이었다.

그들은 거의 뛰다시피 속력을 내어 걸었다. 2, 3킬로미터쯤 지나서 짧고 가파른 비탈길 바닥에 있는 마지막다리를 보았다. 암흑의 기사들이 거기서 기다리지나 않을까 걱정했으나 아무도 보이지 않았다. 성큼걸이는 그들을 대로변의 작은 숲에 숨어 있도록 하고 혼자서 정탐하러 나섰다.

그는 금세 급히 되돌아왔다.

"적은 보이지 않아. 무슨 뜻인지 알 수가 없지만 아주 이상한 것을 하나 발견했지."

그는 손을 내밀었다. 연녹색 보석이었다.

"다리 한가운데 진흙 속에 박혀 있는 것을 주웠지. 요정석이라고도 하는 녹주석이야. 일부러 거기 놓아둔 것인지 아니면 우연히 떨어진 것인지 모르겠지만 어쨌든 길조로 여겨야지. 다리를 건너도 좋다는 허가증으로 생각하세. 하지만 그다음부터는 더 확실한 허가증이 없으면 동부대로를 다시 포기하는 수밖에 없겠어."

그들은 곧 출발했다. 세 개의 커다란 아치형 교각을 싸고 돌아가는 물소리를 들으며 무사히 다리를 건넜다. 2, 3킬로미터 더 가서 그들은 대로 왼쪽에서 가파른 비탈길로 들어가는 좁은 골짜기를 발견했다. 성큼걸이는 거기서 방향을 바꾸었고 그들은 곧 야산 기슭을 돌아 거무튀튀한 나무들이 우거진 어두운 땅으로 접어들었다.

호빗들은 그 따분한 야산과 위험한 대로를 벗어나게 되어 기뻤지만 새로 들어가는 곳도 위험하고 불안하기는 마찬가지였다. 앞으로 갈수록 주변의 지대가 점점 높아졌다. 산등성이와 고지대에는 폐허가 된 옛 성벽과 탑의 잔해들이 곳곳에 어지러이 널려 있어서 기분이 과히 좋지 않았다. 말을 타고 가던 프로도는 주위를 둘러보며 생각할 수 있는 여유가 있었다. 그는 빌보가 들려준 여행기를 회상하면서 그가 최초로 큰 모험을 했다던 트롤의 숲 근처, 동부대로 북쪽 산 위에 위험한 탑이 많이 있다는 이야기를 생각해 냈다. 프로도는 바로 여기가 그곳이 아닐까 짐작하면서 우연하게도 빌보와 자신이 같은 지점을 지나가게 되는 것이 신기하게 느껴졌다.

그는 성큼걸이에게 물었다.

"이곳엔 누가 삽니까? 이 탑은 모두 누가 세웠지요? 여기가 트롤의 땅입니까?"

"아닐세. 트롤은 집을 짓지 않지. 이 땅에는 아무도 살지 않아. 오래전에 인간들이 여기 살았지만 지금은 아무도 남아 있지 않네. 전설에 의하면 그들은 앙마르의 마수에 걸려들어 악의 무리가 되었다고 하더군. 하지만 결국 북왕국이 멸망하던 전쟁에서 전멸하고 말았지. 이젠 그 이야기도 먼 옛날 일이 되었네. 아직 이 땅에 어둠이 남아 있긴 하지만 이곳을 기억하는 이들은 거의 없을 거야."

페레그린이 물었다.

"이 땅은 비어 있고 기억하는 이들도 없는데 그런 이야기는 어디서 들었어요? 새나 짐승 들한테서 들었을 리는 없을 텐데요."

"엘렌딜의 후예들은 과거의 일들을 절대로 잊지 않아. 깊은골에 가면 내가 말해 준 것보다 훨씬 더 많은 이야기를 들을 수 있을 걸세."

프로도가 물었다.

"깊은골엔 자주 가 보셨습니까?"

"한때 거기 살았었지. 요즘도 여유가 있으면 들르곤 한다네. 내 마음의 고향은 거기야. 하지만 엘론드의 아름다운 저택에서도 평화롭게 쉴 수 없는 것이 내 운명일세."

나무들이 다시 빽빽해지기 시작했다. 그들이 떠나온 동부대로가 브루이넨강으로 달려가고 있었지만 이젠 강도 길도 모두 보이지 않았다. 일행은 기다란 골짜기로 들어갔다. 폭이 좁고 깊이가 깊은 어둡고 고요한 골짜기였다. 꼬불꼬불 늙은 뿌리가 달린 나무들이 가파른 벼랑 밖으로 몸을 내밀고 위쪽 가지는 소나무숲을 향해 하늘을 쳐다보고 있었다.

호빗들은 몹시 피곤했다. 길이 없는 숲속에서 떨어진 나뭇가지와 굴러오는 바윗돌을 피하며 나아가야 했기 때문에 속도도 느렸다. 그들은 프로도를 위해 가능한 한 오르막길은 피했다. 사실 좁은 골짜기를 빠져나오기 위해 오르막길을 찾을 수도 없었다. 그렇게 이틀을 걸었을 때 날이 흐려졌다. 서쪽에서 바람이 조금씩 불어오더니 먼바다에서 몰고 온 빗방울을 어두운 산꼭대기에 쏟아붓기 시작했다. 밤이 되면서 그들은 옷이 흠뻑 젖어 버렸고 불도 피울 수 없었기 때문에 야영은 더욱 침울했다. 다음 날 눈을 떠 보니 정면의 산이 더 높고 가파르게 솟아 있었다. 그들은 방향을 바꾸어 북쪽으로 돌아가는 수밖에 없었다. 성큼걸이의 표정이 점점 더 불안해 보였다. 바람마루를 떠난 지 벌써 열흘이 다 되었고 양식이 점점 줄어들었다. 비는 계속 내렸다.

그날 밤 그들은 등 뒤로 암벽이 둘러쳐진 바위 턱에서 야영을 했다. 얕은 동굴이라기보다는 그저 절벽 중간이 움푹 파인 곳이었다. 프로도는 불안했다. 추위와 습기로 인해 상처가 전보다 쓰렸고 냉기와 통증 때문에 잠을 이룰 수 없었다. 그는 몸서리를 치면서 잠을 설친 채 마치 도둑의 발소리처럼 다가오는 밤의 소리들을 공포에 떨며 들어야 했다. 바위 틈새로 불어오는 바람 소리와 물방울 듣는 소리, '툭' 하고 떨어지는 난데없는 돌멩이 소리가 그를 섬뜩하게 했다. 검은 그림자들이 다가와 목을 조르는 것 같아 벌떡 일어나 앉으면 성큼걸이가 웅크리고 앉아 담배를 피우며 어둠 속을 응시하는 모습이 보였다. 그는 다시 누워서 잠을 청했지만 여전히 꿈자리는 사나웠다. 그는 꿈속에서 샤이어의 정원을 거닐고 있었지만 그것은 안개 속처럼 희미하게만 보였고, 암벽 너머로 그를 내려다보는 커다란 검은 그림자만 뚜렷이 눈에 들어왔다.

아침이 되자 비가 그쳤다. 구름이 여전히 짙게 내리깔려 있었지만 그 틈새로 푸른 하늘이 언뜻언뜻 드러났다. 바람의 방향이 다시 바뀌고 있었다. 그들은 출발을 서두르지 않았다. 차고 맛없는 아침 식사를 끝내자마자 성큼걸이는 그들에게 자기가 돌아올 때까지 절벽의 은신처에 그대로 있으라고 말하고는 혼자 밖으로 나갔다. 그는 가능한 한 위로 올라가서 지형을 한번 둘러볼 심산이었다.

그가 돌아왔지만 좋은 소식은 없었다.

"북쪽으로 너무 왔네. 남쪽으로 다시 돌아가는 길을 찾아야겠어. 이대로 계속 가면 깊은골에서 훨씬 북쪽에 있는 에튼계곡에 이르게 되지. 거기는 트롤들의 땅이고 나도 잘 몰라. 물론 거기서 남쪽으로 깊은골까지 가는 길을 찾을 수도 있겠지만, 내가 그 길을 모르기 때문에 시간도 오래 걸릴 뿐만 아니라 식량도 모자랄 걸세. 그러니 어떻게 하든지 브루이넨여울로 가는 길을 찾아야겠어."

그날은 하루 종일 암벽을 기어올랐다. 그들은 두 언덕 사이의 통로에서 그들이 가고자 하는 동남쪽 방향으로 들어가는 골짜기를 발견했다. 그러나 날이 다 저물 때쯤 길이 다시 높은 산등성이에 가로막혀 버렸다. 어두컴컴한 산등성이가 하늘을 배경으로 마치 이 빠진 톱니처럼 들쭉날쭉 튀어나와 있었다. 그들은 올라가든지 되돌아가든지 양자택일할 수밖에 없었다.

그들은 올라가기로 작정했다. 그러나 여간 어려운 일이 아니었다. 프로도는 곧 말에서 내려 걸어 올라가야만 했다. 그들은 등에 짐을 진 채로 과연 말을 끌고 올라갈 수 있을지, 그리고 길을 발견할 수 있을지 불안했다. 가까스로 정상에 도착했을 때는 모두들 완전히 녹초가 되어 버렸고 날이 벌써 어둑어둑해져 있었다. 그들은 두 개의 산꼭대기 사이에 좁게 파인 곳으로 올라가서 다시 급경사 길을 약간 내려갔다. 프로도는 탈진한 상태로 몸을 덜덜 떨며 땅바닥에 누웠다. 왼쪽 팔엔 감각이 없었고 어깨와 옆구리는 얼음장같이 차가운 발톱으로 후벼 파는 듯 아팠다. 주위의 나무와 바위가 더욱 어두컴컴해 보였다.

메리가 성큼걸이에게 말했다.

"오늘은 더 이상 갈 수 없겠어요. 프로도에겐 너무 무리였어요. 더 크게 탈 나지 않으면 다행이겠는데, 어떡하죠? 우리가 깊은골에 가면 거기서는 치료할 수 있을까요?"

"두고 봐야겠지. 산속에선 나도 어쩔 도리가 없어. 내가 이렇게 서두르는 것도 바로 그 상처 때문이야. 여하간 자네 말대로 오늘 밤은 더 갈 수 없는 것 같군."

샘이 애타는 눈빛으로 성큼걸이를 바라보며 나직이 물었다.

"프로도 씨의 상태는 도대체 어느 정도예요? 상처도 작고 거의 다 아물지 않았어요? 어깨에 난 차가운 흰 상처밖에 보이지 않는데요."

"프로도는 대적의 무기에 당했어. 거기엔 내 힘으로도 제거할 수 없는 독이나 재앙이 숨어 있네. 하지만 포기하진 말게, 샘!"

높은 산마루에서 밤을 지내기엔 추웠다. 그들은 옹이가 불거져 울퉁불퉁한 노송 뿌리 근처에 관솔불을 피웠다. 소나무 밑에 움푹 파인 구덩이는 한때 돌을 캐내던 곳 같기도 했다. 그들은 불가에 오종종 모여 앉았다. 밤바람이 거칠게 몰려왔다. 노송은 바람이 스칠 때마다 우줄우줄 춤추면서 '잉잉' 하는 신음을 내뱉었다. 프로도는 혼미한 가운데서 헤아릴 수 없이 많은 어둠의 날개들이 머리 위를 빙빙 돌아다니는 환상을 보았다. 추적자들이 산골짜기 곳곳에서 날개를 타고 그를 좇아왔다.

새벽이 맑고 상쾌하게 밝아 왔다. 비 갠 뒤의 공기는 더 깨끗했고 하늘빛도 더 산뜻한 쪽빛이었다. 날이 밝자 힘이 좀 나기는 했지만, 그들은 어서 해가 떠올라 차갑게 굳은 몸을 따뜻이 녹여 주기를 간절히 바랐다. 날이 더 밝자 성큼걸이가 메리를 데리고 동쪽 방면의 지형을 살피러 높은 꼭대기로 올라갔다. 해가 떠올라 사방을 환히 비추었을 때 그들은 다소 고무적인 소식을 갖고 돌아왔다. 지금 비교적 바른 방향으로 나아가고 있다는 것이었다. 계속 이렇게 나아가면 산등성이 저 아래 왼쪽으로 안개산맥을 만날 수 있을 것 같았다. 성큼걸이는 멀리 전방에서 큰물소리강을 다시 보았다고 하면서, 잘 보이지는 않지만 브루이넨여울로 향하는 동부대로가 강에서 멀지 않고 그들 가까이 어디에 있을 거라고 짐작했다.

"동부대로로 다시 나가세. 산속에선 길을 찾을 수 없어. 무슨 위험이 있든 간에 여울로 가는 데는 동부대로가 제일 낫겠어."

그들은 식사를 끝내자마자 남쪽 산등성이를 타고 천천히 내려갔다. 그쪽 비탈길은 경사가 훨씬 완만해서 예상했던 것보다 쉽게 내려갈 수 있었고, 프로도는 곧 다시 말에 올랐다. 고사리꾼네 빌의 늙은 조랑말은 의외로 길을 찾는 데 상당한 재능이 있었고, 등에 태운 프로도를 편안하게 해 주려고 애를 썼다. 일행은 다시 힘이 솟았다. 프로도도 아침 햇살을 받자 기분이 좋아졌다. 그러나 이따금 안개가 시야를 가리는 듯해서 그는 두 손으로 눈을 비비곤 했다. 앞장서서 걷던 피핀이 갑자기 뒤로 돌아서서 소리를 질렀다.

"여기 길이 있어요!"

모두들 그에게 급히 달려가 보니 정말이었다. 저 아래 숲에서 꼬불꼬불 올라와서 뒤쪽 산꼭대기로 올라가는 길이 뚜렷하게 드러났다. 간혹 나무가 무성하거나 바위가 굴러떨어져 막힌 곳이 있기는 했지만 한때는 사람들이 자주 왕래했던 길임이 틀림없었다. 그리고 팔다리가 건장하고 힘센 사람들이 길을 닦은 듯 여기저기 고목이 쓰러져 있었고, 큰 바위가 갈라지거나 쪼개진 곳도 있었다.

그들은 그 길이 훨씬 더 쉬웠기 때문에 한참 동안 그 길을 따라갔다. 그러나 길이 어두운 숲속으로 들어가면서 좀 더 넓어지고 평평해지자 그들은 불안해져서 사방을 경계하기 시작했다. 전나무숲을 나오자 갑자기 급경사가 나타나더니 길이 산 중턱의 암벽 왼쪽으로 급히 돌아 내려갔다. 모퉁이에 다다라서 주위를 둘러보자 길이 휘늘어진 나무들로 뒤덮인 낮은 절벽 바로 밑의 좁고 평평한 지대로 이어졌다. 암벽에는 큼지막한 돌쩌귀 하나에 매달린 문 하나가 삐죽 열려 있었다.

그들은 문 앞에 멈춰 섰다. 안쪽에는 동굴이나 무슨 석실이 있는 듯했으나 캄캄해서 아무것도 보이지 않았다. 성큼걸이와 샘, 메리가 온 힘을 다해 밀자 문이 겨우 조금 열렸다. 성큼걸이와 메리가 안으로 들어갔다. 그들은 깊숙이 들어가지는 않았다. 바닥에는 오래된 뼈들이 널려 있었고, 입구 가까이에 커다란 빈 단지들과 깨진 그릇들밖에 보이지 않았다. 피핀이 말했다.

"정말 그런 굴이 있는지 모르겠지만 이건 어쩐지 트롤의 굴인 것만 같은데요. 어서 나오세요. 여길 떠나는 것이 낫겠어요. 그러고 보니 이 길을 누가 만들었는지도 알겠어요. 빨리 도망가죠!"

성큼걸이가 밖으로 나오며 말했다.

"내 생각에는 그럴 필요가 없겠어. 이건 트롤의 굴이 확실하지만 쓰지 않은 지 오래된 것 같아. 걱정할 필요는 없어. 하지만 조심해서 내려가야겠지."

길은 문 오른쪽 평평한 공터를 지나 숲이 우거진 산비탈로 이어졌다. 피핀은 자신이 겁먹고 있음을 성큼걸이에게 보이고 싶지 않아 메리와 함께 저만치 앞장서서 나아갔다. 샘과 성큼걸이는 프로도의 조랑말 양쪽에서 나란히 걸어갔다. 길은 이제 네댓 명의 호빗이 나란히 걸을 수 있을 만큼 넓어졌다. 그러나 얼마 안 가 피핀이 달려오고 메리도 뒤따라왔다. 둘 다 잔뜩 겁에 질린 표정이었다.

피핀이 헐떡거리며 말했다.

"트롤이 있어요! 저 아래 멀지 않은 숲속 빈터예요. 나무 사이로 보았는데 굉장히 커요."

"가서 보세!"

성큼걸이가 막대기 하나를 쥐고 말했다. 프로도는 아무 말도 하지 않았고, 샘은 안색이 창백해졌다.

위로 쭉쭉 뻗은 나뭇가지들이 가려 주기는 했지만 해는 이미 중천에 떠올라서 숲속의 빈터를 환하게 비췄다. 그들은 빈터에서 멀찍이 떨어진 나무들 밑동 사이에 몸을 숨긴 채 숨을 죽이고 내다보았다. 커다란 트롤이 셋이나 있었다. 하나는 웅크리고 있었고 둘은 그를 내려다보며 서 있었다.

성큼걸이가 아무 일도 아니라는 듯 일행을 안심시키고 앞으로 나아갔다.

"일어나라, 늙은 돌!"

그는 그렇게 말하면서 막대기로 웅크린 트롤을 툭 쳤다. 아무 일도 일어나지 않았다. 호빗들은 탄성을 지르고 프로도마저 웃음을 터뜨렸다.

"그렇지, 우리 집안의 가족사를 잊고 있었군! 이것들은 분명히 간달프의 속임수에 넘어가서 열세 난쟁이와 한 명의 호빗을 요리해 먹는 방법을 놓고 싸우던 그 트롤들이 틀림없어."

"우리가 이곳을 지나게 될 줄이야! 꿈에도 생각 못 했는데."

피핀이 말했다. 빌보와 프로도에게서 종종 그 일에 관해 들었기 때문에 그도 그 이야기를 잘 알고 있었다. 그러나 사실 그때는 그 이야기를 반쯤밖에 믿지 않았다. 심지어 지금도 피핀은 혹시 어떤 마법의 힘으로 그들이 다시 살아나면 어떡하나 걱정하며 바위가 된 트롤들을 의심스럽게 지켜보고 있었다.

성큼걸이가 말했다.

"프로도, 자넨 가족사뿐만 아니라 트롤에 관한 지식을 모두 잊어버리고 있군그래. 지금은 해가 중천에 떠 있는 환한 대낮일세. 그런데도 자네들은 숲속에 트롤이 숨어 있다고 나를 겁주고 놀릴 셈인가? 게다가 저 녀석들 중 하나는 귓등에 오래된 새둥지를 매달고 있는 것도 봤어야지. 저게 정말 살아 있는 트롤이라면 얼마나 우스꽝스러운 장식물이겠는가 말이야."

그들은 한바탕 웃어 젖혔다. 프로도도 힘이 다시 솟았다. 빌보의 첫 여행을 돌이켜 보면서 자신감이 생기는 것 같았다. 따사로운 햇빛도 기분 좋게 느껴지고 눈앞을 가리던 안개도 조금 걷히는 듯했다. 그들은 빈터에서 잠시 휴식을 취하고 트롤들의 거대한 다리 그림자 바로 밑에서 점심을 먹었다.

식사를 마치고 나서 메리가 말했다.

"날씨도 좋은데 누가 노래 좀 불러 봅시다! 며칠 동안 노래도 못 듣고 이야기다운 이야기도 전혀 들은 기억이 없는데."

"바람마루에서가 마지막이었지."

프로도가 말했다. 모두 그를 바라보자 그가 웃으며 덧붙였다.

"이젠 내 걱정은 말게! 상태가 훨씬 좋아진 듯한데 노래는 아는 것이 없으니 어떡한다? 샘이 기억을 되살려 한 곡 해 보지!"

메리도 샘을 부추겼다.

"자, 샘! 자네 머릿속에는 입 밖에 내놓는 것보다 더 많은 게 저장되어 있다는 걸 알고 있어."

그러자 샘이 말했다.

"무슨 말들을 하는지 모르겠군요. 하지만 이건 어떨까요? 글쎄 이건 시라고 할 수도 없고 허튼소리로 치부해 주면 좋겠어요. 금방 머릿속에 떠오른 거니까."

그는 일어나서 마치 학생들이 노래하듯이 두 손을 등 뒤로 돌린 채 옛 가락에 맞춰 노래를 부르기 시작했다.

트롤은 바위 위에 홀로 앉아
닳아 빠진 옛날 뼈다귀를 우물우물 씹고 있었네.
그는 몇 년 동안 계속 그것만 뜯었지.
고기를 구할 수가 없었으니까.
끝났어! 틀림없어!
산속 동굴 속에 그는 홀로 살았네.
고기를 구할 수가 없었으니까.

톰이 커다란 구두를 신고 올라와서
트롤에게 말했지, 그게 뭔가?
무덤 속에 누워 있어야 할
우리 삼촌 팀의 정강이뼈 같은데
동굴 속에! 큰길가에!
팀은 벌써 몇 년 전에 죽었으니
무덤 속에 누워 있어야 할 텐데.

젊은이, 트롤이 말했지, 이 뼈는 훔친 걸세.
하지만 무덤 속에만 있으면 뼈다귀가 무슨 소용?
자네 삼촌 죽은 지 한참 지나서
정강이뼈만 꺼내 왔을 뿐이야.
정강이뼈! 썩은 뼈!
불쌍한 늙은 트롤한테 적선 좀 하면 어때?
그 양반은 필요도 없을 텐데.

톰이 말했지, 당신 같은 신사가 왜
허락도 받지 않고 함부로
우리 삼촌 정강이뼈를 훔쳐 왔는지 알 수 없군.
그러니 그 뼈 이리 내놓으쇼!
도둑놈! 불한당!
그분은 돌아가셨지만 그 뼈는 그분 거요.
그러니 그 뼈 이리 내놓으쇼!

트롤이 웃으면서 말했지, 다리 두 개 때문에
자네도 잡아먹어야겠네. 정강이뼈 맛 좀 보세.
싱싱한 고기라 달콤하게 넘어가겠지!
자, 이젠 시식해 볼까.
잘 봐라! 맛봐라!
말라빠진 뼈다귀 뜯는 데도 이젠 지쳤어.
오늘 저녁은 네놈으로 잔치하자!

그러나 저녁거리를 잡았다고 생각한 순간
그의 손안에는 아무것도 없었지.
그가 마음먹기도 전에 톰은 뒤로 빠져나가
그를 혼내 주려고 발로 찼다네.
조심해라! 나쁜 놈!
톰은 생각했네.
엉덩이에 한 방 먹이면 혼쭐나겠지 하고.

그러나 산속에 홀로 앉아 있는
트롤의 뼈와 살은 바위보다 단단해서
차라리 그 발로 산 뿌리를 차는 것이 더 나을 텐데.
트롤의 엉덩이는 끄떡도 않았지.
달려라! 치료하라!
늙은 트롤은 허허 웃고 있었고
톰은 발가락이 아파 어쩔 줄을 몰랐지.

집에 돌아와서 톰의 다리가 고장 났네.
쓸데없는 헛발질로 그의 발은 영영 절름발이가 되었지.
그러나 트롤은 아무렇지도 않다는 듯이
도둑질한 뼈를 입에 물고 여전히 거기 있었어.
고맙소! 주인장!
트롤의 늙은 궁둥이는 여전했다네.
도둑질한 뼈를 입에 물고.

메리가 말했다.
"우리 모두에게 주는 경고로군! 손을 대지 않고 막대기를 쓴 게 천만다행이었군요, 성큼걸이!"

피핀이 물었다.

"샘, 그건 어디서 배웠지? 한 번도 들어 본 적이 없는데."

샘이 뭐라고 우물우물거렸으나 잘 들리지 않았다. 프로도가 말했다.

"물론 자작곡이겠지. 이번 여행으로 감지네 샘의 진면목을 보는구먼. 처음에는 음모를 꾸미더니 이젠 광대 노릇까지 하는군. 나중에 가면 마법사나 아니면, 전사가 될지도 모르겠는걸."

그러자 샘이 말했다.

"제발 둘 중 어느 것도 되지 않았으면 좋겠어요."

오후에도 그들은 계속 숲속을 내려갔다. 어쩌면 먼 옛날 간달프와 빌보, 그리고 난쟁이들이 지나갔던 바로 그 길을 그들이 따라가고 있는지도 몰랐다. 몇 킬로미터를 더 내려가니 그들은 동부대로 위쪽의 높은 언덕 꼭대기에 나와 있었다. 그 지점에서 바라보니 길은 멀리 좁은 산골짜기 훨씬 뒤에 있는 흰샘강에서 동쪽으로 브루이넨여울과 안개산맥에 이르기까지 숲과 헤더가 무성한 비탈을 지나 꼬불꼬불 흘러가고 있었다. 언덕에서 얼마 내려가지 않은 곳에서 성큼걸이가 풀밭 속에 있는 돌 하나를 가리켰다. 돌 위에는 난쟁이들의 룬 문자와 비밀 기호가 거칠게 새겨져 있었지만 비바람에 닳아 잘 알아볼 수 없었다.

메리가 말했다.

"맞았어! 이건 트롤의 황금이 숨겨져 있던 곳을 표시했던 돌이 틀림없어. 프로도, 빌보 아저씨의 몫이 지금 얼마나 남아 있는지 궁금하군요."

프로도는 그 돌을 바라보면서 빌보가 그보다 위험한, 함부로 내버릴 수도 없는 그 보물을 집으로 가져오지 않았더라면 하고 상상해 보았다.

"하나도 없어. 아저씨가 모조리 남들에게 줘 버렸지. 사실 그것들은 도둑놈들에게서 뺏어 온 것이기 때문에 당신의 것으로 생각하지도 않는다고 내게 말씀하시더군."

초저녁의 긴 그림자를 드리운 동부대로는 고요했고 다른 여행자들의 모습도 보이지 않았다. 이젠 달리 갈 수 있는 길도 없었기 때문에 그들은 언덕을 내려가서 서둘러 왼쪽으로 돌아갔다. 급히 떨어지던 석양도 산허리에 걸려 곧 자취를 감춰 버렸다. 그들을 맞이하러 앞쪽 산맥에서 찬 바람이 불어왔다.

그들이 대로에서 떨어진 곳에서 밤새 야영할 곳을 찾기 시작했을 때, 그들의 가슴을 섬뜩한 공포로 몰아넣는 소리가 또 들려왔다. 뒤쪽에서 들려오는 말발굽 소리였다. 그들은 뒤를 돌아보았으나 길이 워낙 기복이 심하고 또 굴곡이 많았기 때문에 멀리까지 볼 수 없었다. 그들은 재빨리 대로를 벗어나 헤더와 월귤나무 가지가 우거진 비탈로 올라가서 개암나무가 빽빽이 작은 숲을 이룬 곳에 숨었다. 그리고 약 10미터 아래 관목숲 사이로 석양빛을 받아 희미한 회색빛 윤곽을 드러낸 동부대로를 바라보았다. 말발굽 소리가 더 가까워졌다. 따가닥따가닥하는 경쾌한 소리로 보아 꽤 빠른 속도 같았다. 그런데 그 소리와 함께 그들은 바람결에 실려 온 듯한 딸랑딸랑하는 방울 소리도 들을 수 있었다.

"암흑의 기사의 말굽 소리가 아닌데."

유심히 듣고 있던 프로도가 말했다. 다른 호빗들도 희망을 가지고 모두 아닌 것 같다고 동의했다. 그러나 여전히 경계를 늦추지 않았다. 그들은 너무 오랫동안 추격의 공포에 시달려 왔기 때문에 뒤에서 달려오는 소리라면 무엇이든 불길하고 적대적인 것으로 생각했던 것이다. 그러나 성큼걸이는 몸을 앞으로 내밀고 한 손을 귀에 댄 채 땅바닥에 엎드려 소리를 듣더니 기쁜 표정을 지었다.

해가 지고 관목 잎들도 부드럽게 흔들렸다. 방울 소리가 더욱 또렷하고 가깝게 들려오고 따가닥 따가닥하는 말굽 소리도 더 커졌다. 갑자기 황혼의 어스름 속으로 백마 한 필이 환한 빛을 내며 급히 달려왔다. 말의 굴레 장식 띠가 마치 별빛 같은 보석이라도 박힌 듯 어스름 속에서 번쩍번쩍 빛을 발했다. 기사의 망토가 등 뒤로 펄럭이고 두건도 벗겨져 금빛 머리카락이 달리는 바람결 속에 희미하게 빛났다. 마치 얇은 베일 사이로 새어 나온 듯한 흰빛이 기사의 형체와 옷을 환히 비췄다.

성큼걸이가 숨어 있던 곳에서 벌떡 일어나 헤더 수풀 사이로 소리를 지르며 대로를 향해 뛰어갔다. 그러나 기사가 벌써 말고삐를 당겨 말을 멈추고 그들이 숨어 있는 숲을 쳐다보았다. 성큼걸이를 보자 그는 말에서 내려 큰 소리를 지르며 달려왔다.

"아이 나 베두이 두나단! 마에 고반넨."

맑게 울려 퍼지는 그 음성이 그들의 마음속에서 의심의 그림자를 몰아냈다. 기사는 요정이 틀림없는 것 같았다. 이 넓은 세상에서 어느 누구도 그렇게 아름다운 목소리를 가질 수 없었다. 그러나 그의 목소리에서 어쩐지 긴박하고 무서운 사태가 예감되었다. 그는 성큼걸이와 뭔가 급박하게 이야기를 나누었다.

이윽고 성큼걸이가 호빗들에게 손짓을 했다. 그들은 숲을 박차고 나가 대로로 급히 내려갔다. 성큼걸이가 그를 소개했다.

"이쪽은 엘론드의 저택에 계시는 글로르핀델일세."

그 요정 영주는 프로도에게 인사를 건넸다.

"반갑습니다, 드디어 만났군요! 나는 당신을 찾으러 깊은골에서 파견되었습니다. 노상에서 혹시 위험한 사태를 당하지나 않았는지 걱정하고 있었지요."

프로도가 환하게 웃으며 물었다.

"그러면 간달프가 깊은골에 도착했단 말입니까?"

글로르핀델이 대답했다.

"아니요. 내가 떠날 때만 해도 그분은 거기 안 계셨지요. 하지만 그건 아흐레 전 일입니다. 엘론드 님은 걱정하고 있던 어떤 소식을 들으신 겁니다. 바란두인(브랜디와인)강을 넘어 당신네 땅으로 여행하던 우리 종족 중의 누군가가 일이 잘못되어 간다는 것을 알고 급히 연락해 온 겁니다. 그 전갈에 의하면 아홉 기사들이 출현했고 당신은 간달프가 돌아오지 않았기 때문에 아무 연락도 받지 못하고 무거운 짐을 진 채 길을 떠났다고 하더군요. 사실 깊은골에도 아홉 기사들과 정면으로 맞설 수 있는 용사가 많지 않은데, 엘론드 님은 그들을 모두 북쪽과 서쪽, 남쪽으로 보내셨지요. 당신이 추격을 피하기 위해 너무 멀리 우회하다가 산속에서 길을 잃었을 것으로 짐작했던 겁니다. 동부대로가 내가 맡은 지역인데 약 이레 전에 미세이셀다리에 가서 거기에 신호를 남겨 두었지요. 사우론의 세 기사가 다리 위에 있다가 달아나기에 서쪽까지 추격해 보았습니다. 다른 두 기사도 만났는데 그들은 남쪽으로 달아나 버리더군요. 그때부터 당신의 자취를 찾기 시작해서 이틀 전에야 찾았지요. 그래서 마지막다리를 건너 되돌아오다가 오늘 당신들이 산을 넘어 내려오는 것을 본 것입니다. 하지만 잠깐만! 여기서 이러고 있을 시간이 없소. 당신이 여기 있으니 우리는 위험을 무릅쓰고 이 길을 달려가야 합니다. 우리 뒤에는 여전히 암흑의 기사가 다섯 놈이나 도사리고 있어요. 길에서 당신의 흔적을 발견하면 순식간에 달려올 겁니다. 게다가 나머지 네 명이 어디 있는지 알 수도 없습니다. 혹시 벌써 브루이넨여울에서 기다리고 있을지도 모르겠군요."

글로르핀델이 이야기하고 있는 동안 땅거미가 더욱 짙어졌다. 프로도는 갑자기 감당할 수 없을 만큼 피로가 엄습해 오는 것을 느꼈다. 해가 지기 시작하면서 눈앞을 가로막는 안개가 더 심해져, 마치 동료들과 자기 사이에 어두운 막이 한 겹 씌워져 있는 것 같았다. 이제는 통증이 되살아나면서 추위까지 몰려왔다. 그는 샘의 팔을 붙잡고 한쪽으로 휘청거렸다. 샘이 격앙된 목소리로 소리쳤다.

"프로도 씨께선 부상당했어요. 해가 지면 계속 갈 수가 없어요. 쉬어야 해요."

글로르핀델이 땅바닥에 쓰러지려는 프로도를 붙잡았다. 프로도의 두 팔을 부드럽게 부축하면서 안색을 살펴보던 그의 얼굴이 갑자기 심각한 표정으로 바뀌었다.

성큼걸이가 바람마루 밑에서 야영하다가 기습당했던 일과 떨어져 있던 적의 칼에 대해 간략하게 설명했다. 그는 숨겨 두었던 칼자루를 꺼내 요정에게 넘겨주었다. 글로르핀델은 그것을 받으며 몸을 떨었지만 찬찬히 살펴보았다.

"당신 눈에는 보이지 않겠지만 이 칼자루에는 무서운 내용이 적혀 있습니다. 아라고른, 엘론드의 저택에 도착할 때까지 이것을 잘 보관하세요. 하지만 조심할 것은 가능한 한 이것을 만지지 말아야 한다는 겁니다! 아! 이 칼이 만든 상처는 내 솜씨로도 어쩔 수가 없어요. 최선을 다하겠습니다만, 무엇보다도 쉬지 말고 계속 달아나는 일이 급합니다."

그는 손가락으로 프로도의 어깨 상처를 만져 보았다. 상처가 예상보다 심했는지 그의 표정이 더욱 심각해졌다. 그러나 프로도는 옆구리와 팔의 냉기가 한결 덜한 느낌이었다. 한 줄기 따뜻한 기운이 어깨에서 손으로 전해 오면서 통증이 다소 가라앉았다. 마치 하늘을 가린 구름이라도 걷힌 듯 그를 둘러싸고 있던 저녁의 어둠도 한 꺼풀 엷어지는 것 같았다. 동료들의 얼굴이 다시 똑똑히 보였고 새로운 희망과 힘이 솟아났다.

글로르핀델이 말했다.

"당신이 내 말을 타는 게 더 낫겠소. 등자를 안장에 맞도록 줄이지요. 가능한 한 말잔등에 꼭 붙어야겠지만 너무 걱정은 마시오. 이 말은 내가 부탁하는 손님은 절대로 떨어뜨리지 않습니다. 걸음걸이가 가볍고 유연할 뿐만 아니라 위험이라도 닥치면 적의 흑마보다 더 빨리 달릴 수 있지요."

그러자 프로도가 말했다.

"안 됩니다. 그럴 수는 없어요. 내 친구들을 위험한 곳에 두고 간다면, 깊은골이든 어디든 절대로 그 말을 타고 가지 않겠습니다."

글로르핀델이 웃으며 말했다.

"당신만 없다면 친구들이 얼마나 안전할지 아직 잘 모르시는군요. 적은 당신만 쫓아가고 우리는 아마 털끝 하나 다치지 않을 겁니다. 우리 모두를 위험하게 하는 것이 바로 프로도 당신이고 또 당신이 가진 물건이라오."

프로도는 더 이상 고집 피우지 못하고 글로르핀델의 백마를 타는 데 동의했다. 그 대신 다른 일행의 짐을 조랑말에 많이 실을 수 있어서 그들은 한결 가볍게 출발할 수 있었고 한동안 꽤 빠른 속도로 나아갔다. 그러나 호빗들은 얼마 가지 못해, 요정의 지칠 줄 모르는 빠른 속도를 따라갈 수 없음을 알아챘다. 그는 계속 그들을 칠흑 같은 어둠 속으로 끌고 가고 밤하늘은 여전히 두꺼운 구름장으로 덮여 있었다. 달도 없고 별도 없었다. 새벽빛이 푸르스름하게 밝아 왔을 때 비로소 글로르핀델은 휴식을 허락했다. 그때쯤 피핀과 메리, 샘은 터덜거리는 다리를 끌고 거의 반쯤 잠든 상태였다. 성큼걸이조차도 피곤한지 양어깨를 축 늘어뜨렸다. 프로도는 말을 탄 채 어두운 꿈을 꾸고 있었다.

그들은 길가에서 2, 3미터 떨어진 헤더 숲 속으로 쓰러질 듯 몸을 던지고 곧 잠들었다. 그러나 잠을 자는 동안 불침번을 선 글로르핀델이 그들을 깨우자, 그들은 한숨도 못 잔 것 같았다. 해가 벌써 높이 떠오르고 간밤의 안개와 구름도 씻은 듯 걷혔다.

"이걸 마셔요."

글로르핀델이 은단추를 박은 가죽 주머니에서 음료수를 따라서 모두에게 한 잔씩 나눠 주었다. 그 음료수는 이른 봄의 샘물처럼 산뜻하고 아무 냄새도 없었으며, 입안에 들어가서는 차지도 뜨겁지도 않았다. 그러나 그것을 마시는 동안 그들은 몸속으로 힘과 생기가 흘러 들어오는 듯한 느낌이 들었다. 음료수를 마시고 나서 그들은 (그들에게 남아 있는 마지막) 빵과 마른 과일을 먹었다. 샤이어에서는 그처럼 맛있는 아침 식사를 해 본 적이 없었던 것 같았다.

그들이 다시 길에 나섰을 때는 다섯 시간 남짓하게 휴식을 취한 뒤였다. 글로르핀델이 여전히 재촉했고, 그날 하루 동안 단 두 번만 간단한 휴식을 허락했다. 그렇게 해서 그들은 해가 지기 전 30여 킬로미터를 갈 수 있었고, 그 지점부터 길이 오른쪽으로 방향을 바꾸어 골짜기 하단부까지 내리막길이 되어, 브루이넨까지 곧장 뻗어 있었다. 호빗들이 보거나 듣기에는 아직까지 무슨 추격의 기미나 소리가 없었다. 그러나 글로르핀델은 그들이 뒤에 처질 때마다 한참 동안 멈춰 서서 귀를 기울이고는 걱정스러운 표정을 짓곤 했다. 그리고 가끔 성큼걸이와 요정어로 이야기를 나누기도 했다.

그러나 아무리 길잡이가 걱정스러운 표정을 지어도 호빗들은 그날 밤 더 이상 갈 수 없었다. 그들은 극도의 피로로 비틀거리며 걸었고, 자신의 발과 다리밖에 다른 것은 생각할 수도 없었다. 프로도의 통증은 점점 더 심해졌고 주위의 사물은 모두 유령 같은 회색 그림자처럼 보일 뿐이었다. 그는 밤이 되는 것이 오히려 반가웠다. 밤이 되면 세상이 덜 희미하게 보였다.

다음 날 아침 일찍 출발할 때 호빗들은 여전히 피로가 풀리지 않았다. 브루이넨여울까지는 아직 몇 킬로미터 더 남아 있어서 호빗들은 사력을 다해 걸었다.

글로르핀델이 말했다.

"강을 건너기 직전이 아마 가장 위험할 겁니다. 우리를 추격하는 발길이 차츰 빨라지고 있고, 브루이넨여울에서는 또 다른 위험이 기다리고 있을지도 모른다는 예감이 듭니다."

길은 여전히 완만한 내리막길이고 길가에는 가끔 풀밭이 있어서 호빗들은 발을 조금이라도 편하게 하려고 가능한 한 그쪽으로 걸었다. 느지막한 오후가 되면서 갑자기 장대 같은 소나무가 우거진 어두컴컴한 숲속으로 들어갔다가 다시 축축한 붉은 바위들이 양쪽 벽을 가득 채운 굴속 같은 곳을 향했다. 급히 달려가는 그들의 발소리가 사방에서 메아리쳐 울려왔다. 한 발만 내디뎌도 수많은 메아리가 울려 퍼지는 듯했다.

빛으로 들어가는 문이라도 통과한 듯 갑자기 길이 터널 끝을 지나 밝은 세계로 나왔다. 그들은 가파른 경사지가 끝나면서 2킬로미터가량 기다란 평지가 펼쳐지고 그 끝에 깊은골(브루이넨)여울이 있는 것을 보았다. 강 건너에는 가파른 갈색 언덕이 있고 실낱같이 가는 길이 꼬불꼬불 언덕 위로 올라가고 있었다. 그 너머로는 안개산맥의 연봉들이 경쟁이라도 하듯 어깨를 견주며 어두운 하늘 위로 삐죽삐죽 솟아 있었다.

그들이 지나온 굴속 같은 길에서는 여전히 발소리가 메아리쳐 울려왔다. 소나무 가지 사이로 바람이 일어나듯 갑자기 일진광풍이 일었다. 글로르핀델이 즉시 뒤로 돌아 귀를 기울이더니 갑자기 큰 소리를 지르며 앞으로 뛰어나갔다.

"어서 피해! 적이다!"

백마가 앞으로 내달았다. 호빗들은 비탈길을 뛰어 내려가고 글로르핀델과 성큼걸이는 후방을 경계하며 따라갔다. 평지를 겨우 반쯤 달려갔을 때 갑자기 뒤에서 말발굽 소리가 들렸다. 그들이 방금 지나온 소나무 숲 입구에 암흑의 기사가 한 명 서 있었다. 그는 고삐를 당겨 말을 멈추고 안장 위에서 육중하게 몸을 비틀었다. 그 뒤로도 하나, 또 하나 그리고 둘이 더 나타났다.

글로르핀델이 프로도에게 소리쳤다.

"앞으로 달려! 달려!"

그는 그 말대로 따를 수가 없었다. 이상한 힘이 그를 붙잡고 있었던 것이다. 말이 천천히 걸어가게 고삐를 당겨 놓고 그는 뒤를 돌아보았다. 기사들은 마치 언덕 위의 무시무시한 동상처럼 견고한 모습으로 거대한 흑마 위에 올라앉아 있었다. 주변의 모든 숲과 대지가 안개 속으로 숨어 버린 듯했다. 갑자기 그는 그들이 자기에게 기다리라는 무언의 명령을 내리고 있다는 것을 마음속으로 느꼈다. 그는 고삐를 잡았던 손을 놓고 칼자루를 잡았다. 그러곤 붉은 섬광을 일으키며 칼을 빼 들었다.

"달려! 계속 달려!"

글로르핀델이 소리를 질렀다. 그러고는 크고 또렷한 목소리로 말을 향해 요정어로 소리쳤다.

"노로 림, 노로 림, 아스팔로스!"

백마는 즉시 몸을 날려 남아 있는 마지막 거리를 바람처럼 달려 나갔다. 그와 동시에 흑마들이 언덕 아래로 추격해 내려오면서 암흑의 기사들이 프로도가 멀리 동둘레의 숲속에서 끔찍스럽게 듣던 것과 같은 괴성을 질러 댔다. 그 소리에 응답이 들려왔다. 왼쪽 나무숲과 바위 사이에서 네 명의 다른 기사들이 날 듯이 달려들어 프로도와 동료들의 간담을 서늘하게 했다. 둘은 프로도를 향해 달려오고, 나머지 둘은 앞길을 차단하려고 여울을 향해 미친 듯이 달려갔다. 거리가 가까워질수록 프로도는 그들이 마치 바람처럼 달려오며 점점 더 검고 거대한 모습으로 압박해 들어오는 것 같았다.

프로도는 잠시 어깨 너머로 뒤를 돌아보았다. 동료들이 더 이상 보이지 않았다. 뒤를 따라오던 기사들이 처지고 있었다. 그들의 거대한 흑마들은 속도에 있어서 글로르핀델 요정의 백마에게 적수가 되지 못했다. 그는 다시 앞을 보았다. 절망적이었다. 숨어 있던 적이 앞길을 차단하기 전에 여울에 닿을 수 있을 것 같지가 않았다. 그는 이제 그들의 모습을 뚜렷하게 볼 수 있었다. 그들은 망토와 두건을 벗어 버린 것 같았고 흰색과 회색 옷을 입고 있었다. 창백한 손에는 장검을 들고 있었고 머리에는 투구를 쓰고 있었다. 그들의 차가운 눈엔 살기가 번득거리고 소름 끼치는 목소리로 그를 향해 소리를 질렀다.

프로도는 완전히 공포에 사로잡혔다. 이제는 칼을 쥘 엄두도 나지 않았고 입에서는 비명조차 나오지 않았다. 그는 두 눈을 감고 말갈기에 매달렸다. 귓가로 바람이 씽씽 지나가고 마구에 달린 방울이 날카롭고 요란한 소리를 냈다. 마치 날개라도 달린 듯 한 줄기 흰 불꽃처럼 요정의 말이 마지막으로 질주하여 맨 앞에 있는 기사의 얼굴을 지나쳐 갈 때 무시무시한 냉기가 창끝처럼 그를 찔렀다.

프로도는 물이 첨벙이는 소리를 들었다. 발밑에서 물거품이 일었다. 말이 강을 건너 자갈밭 길을 올라갈 때쯤에서야 프로도는 자기 몸이 공중으로 붕 떠올랐었다는 것을 깨달았다. 그는 급경사의 언덕길을 오르고 있었다. 여울을 건넌 것이다.

그러나 추격자들은 바로 뒤에 있었다. 언덕 꼭대기에서 말이 걸음을 멈추고 요란하게 히힝거리며 뒤로 돌아섰다. 저 건너편 물가에 아홉 기사들이 있었다. 프로도는 자기를 쳐다보는 그들의 위협적인 얼굴을 보고 다시 절망에 빠졌다. 그가 그토록 쉽게 건넌 여울을 그들도 쉽게 건널 것은 뻔한 이치였다. 일단 그들이 여울을 건너기만 한다면 거기부터 깊은골까지 알지도 못하는 먼 길을 혼자 도망쳐 간다는 것은 불가능한 일이었다. 여하튼 그는 적의 마력이 강하게 자신을 붙잡는 것을 느꼈다. 분노가 다시 솟았지만 그는 더 이상 거부할 힘이 없었다.

갑자기 맨 앞에 있던 기사가 말에 박차를 가했다. 그러나 말이 강물 앞에서 뒤로 물러섰다. 마지막 안간힘을 다해 프로도는 몸을 곧추세운 뒤 칼을 빼 들었다. 그리고 소리쳤다.

"돌아가라! 더 이상 따라오지 말고 모르도르로 돌아가라!"

그 목소리는 자신이 듣기에도 힘이 없었다. 기사들은 멈추었지만 프로도는 봄바딜의 능력을 갖고 있지 못했다. 적들은 그를 향해 냉기가 감도는 거친 비웃음을 던진 다음 소리쳤다.

"돌아오라! 돌아오라! 모르도르로 너를 데려가겠다!"

프로도는 또 한 번 힘없이 말했다.

"돌아가라!"

"반지! 반지!"

그들은 소름 끼치는 목소리로 외쳐 댔다. 갑자기 그들의 우두머리가 물속으로 말을 몰아 오자 두 기사가 그 뒤를 바짝 따랐다. 프로도는 칼을 높이 쳐들고 마지막 힘을 다해 소리쳤다.

"엘베레스와 아름다운 루시엔의 이름으로, 너희들은 결코 반지와 내 몸에 손대지 못할 것이다."

그러자 여울을 거의 반쯤 건너온 우두머리가 등자 위에서 위협적인 자세로 일어나 손을 들었다. 프로도는 말문이 막혀 버렸다. 그는 입의 혀가 꼬이고 가슴이 쿵쾅거리는 것을 느꼈다. 그의 칼이 부러지면서 땅바닥에 떨어져 버리고, 요정의 백마가 뒷걸음질 치며 히힝거렸다. 맨 앞에 섰던 흑마는 벌써 거의 물가에 다다라 있었다.

그 순간 천지를 울릴 듯한 파도 소리가 들리더니 수많은 바위라도 굴릴 듯한 기세로 집채만 한 파도가 밀려왔다. 프로도는 희미한 의식 가운데 발밑의 강물이 일어나고 그 물길을 따라 깃털 장식을 한 기병대 같은 파도가 노호하듯 밀려 내려가는 것을 보았다. 프로도의 눈에는 파도 머리에서 흰 불꽃이 번쩍이는 것 같았고, 물속에는 흰 거품 같은 갈기가 달린 백마 위에 흰옷의 기사들이 타고 있는 듯했다. 그때까지 여울 속에 있던 세 기사는 파도에 휩쓸려 분노한 물거품 속에 묻혀 버렸다. 건너편에 있던 기사들이 당황하여 뒤로 물러섰다.

프로도는 가물가물 꺼져 가는 의식 속에서 비명 소리를 들었다. 그리고 강변에서 망설이던 기사들 등 너머로 흰빛을 내는 물체를 본 것 같았다. 그 뒤로 작고 검은 형체들이 불꽃을 흔들며 달려오고 그 불꽃이 대지를 감싸고 있던 회색 안개 속에서 새빨간 빛을 토해 냈다.

흑마들이 공포에 사로잡혀 어쩔 줄 모르다가 미친 듯이 파도 속으로 뛰어들었다. 기사들의 날카로운 비명이 그들을 싣고 가는 파도의 노호에 묻혀 버렸다. 프로도는 말에서 떨어지면서 파도 소리와 어지러운 함성이 자신을 둘러싸는 것을 느꼈다. 그리고 그는 아무것도 보지도 듣지도 못했다.

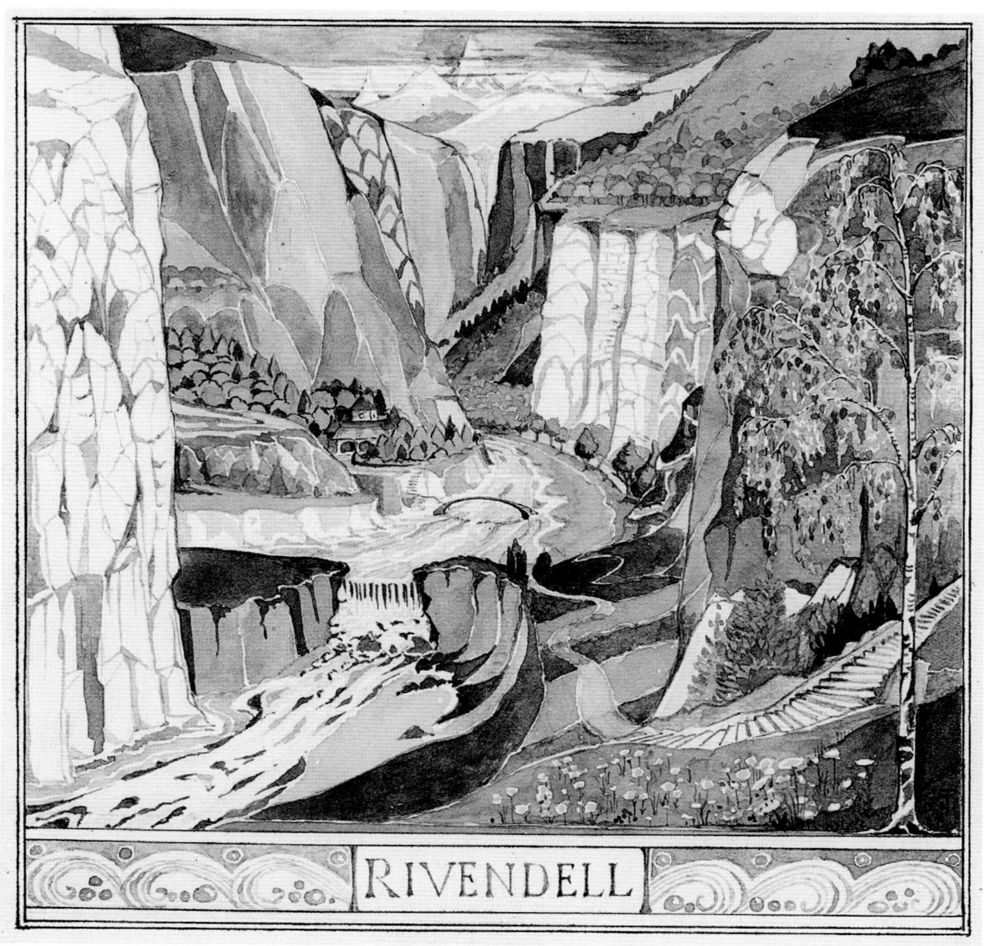

깊은골(Rivendell)

BOOK TWO

Chapter 1

많은 만남

프로도가 눈을 떴을 때는 침대 위였다. 그는 아직도 기억의 한구석을 떠돌고 있는 길고 어지러운 악몽에 사로잡혀 늦잠을 잔 것이 아닌가 생각했다. 아니면 앓아누워 있었나? 그러나 천장이 낯설었다. 다양한 무늬가 새겨진 검은 들보가 평평한 천장을 떠받치고 있었다. 그는 누운 채 한참 동안 벽에 비친 햇빛을 바라보며 폭포 떨어지는 소리를 들었다. 마침내 그는 누운 채 크게 소리를 질렀다.

"여긴 어딥니까? 그리고 지금 몇 시예요?"

그러자 누군가의 목소리가 들려왔다.

"여긴 엘론드의 집이지. 시간은 아침 10시고. 더 알고 싶다면 얘기해 주지. 지금은 10월 24일 아침일세."

"간달프!"

프로도는 벌떡 일어나 앉으며 외쳤다. 열린 창문가의 의자에 늙은 마법사가 앉아 있었다.

"그래, 날세. 집을 떠난 뒤로 그렇게 수없이 어리석은 일을 저지르고도 여기 도착한 걸 보면 자네도 운이 꽤 좋군그래."

프로도는 다시 누웠다. 간달프와 말싸움을 하기엔 마음이 너무 평화롭고 흡족했으며, 그와 말싸움한들 이길 것 같지도 않았다. 그제야 의식이 완전히 돌아오면서 지난 여정이 주마등처럼 머릿속을 스쳤다. 묵은숲의 끔찍한 '지름길', 달리는조랑말 여관의 '사고', 바람마루에서 귀신에 홀린 듯 반지를 끼던 일이 생각났다. 프로도가 기억을 더듬어 깊은골에 이르기까지 여정을 생각해 내려고 애쓰는 동안 간달프는 아무 말 없이 앉아 이따금 담뱃대를 빠끔거리며 창밖으로 하얀 담배 연기 동그라미를 날려 보냈다. 마침내 프로도가 말을 꺼냈다.

"샘은 어디 있습니까? 그리고 다른 친구들도 모두 무사한가요?"

"물론이지. 모두 건강하고 무사하네. 샘은 계속 자네 옆에 있었는데 30분 전쯤에 좀 쉬라고 내보냈지."

"여울에서는 어떻게 된 거지요? 이유는 모르겠는데 모든 게 흐려져 보였어요. 지금도 그렇지만요."

"그랬을 거야. 자네는 사라지기 시작하고 있었거든. 상처가 자네를 거의 압도하고 있었지. 몇 시간만 늦었더라면 우리 힘으로도 어쩔 도리가 없었을 거야. 하지만 사랑스러운 호빗, 자넨 정말 대단한 힘을 갖고 있더군. 고분구릉에서 그걸 보여 주었지. 거기선 아슬아슬했어. 아마 그때가 가장 위험한 순간이었을 거야. 바람마루에서는 좀 더 버텨 볼 수도 있지 않았나?"

"벌써 다 알고 계시는군요. 그런데 고분구릉 일은 아무한테도 말하지 않았는데 어떻게 아셨습니까? 처음에는 그게 너무 무서웠고, 나중에는 다른 일 때문에 잊어버렸거든요. 정말 어떻게 아셨어요?"

그러자 간달프가 자상하게 말했다.

"프로도, 자네는 잠자는 동안 많은 이야기를 했네. 그래서 자네 생각과 기억을 읽어 내는 것은 그리 어려운 일이 아니었지. 하지만 걱정 말게! 조금 전에 내가 '어리석은 일'이라고 했지만 진심은 아니야. 난 자네와 동료들을 대단히 높게 평가한다네. 여기까지 온 것만 해도 적잖은 자랑거리로 삼을 만하고. 게다가 그 엄청난 위험 속에서 여전히 반지를 지켜 왔다는 건 대단한 일일세."

"성큼걸이가 없었다면 해낼 수 없었을 겁니다. 하지만 당신이 계셔야 했어요. 당신이 돌아오시지 않아서 뭘 어떻게 해야 할지 몰랐거든요."

"내가 좀 늦었지. 그 바람에 일을 모두 그르칠 뻔했어. 하지만 어쩌면 전화위복이 될 수도 있다는 생각이 드네."

"무슨 일이 있었는지 듣고 싶군요."

"때가 되면 얘기해 주지. 하지만 오늘은 얘기를 하거나 무슨 다른 일에 신경 쓰면 안 된다는 게 엘론드의 처방이야."

"하지만 얘기를 하지 않으면 쓸데없는 상상이나 추측을 해서 더 피곤해질 텐데요. 이젠 정신이 말짱해요. 궁금한 일이 한두 가지가 아닙니다. 왜 늦으셨어요? 적어도 그것만이라도 말씀해 주셔야죠."

"자넨 곧 알고 싶은 걸 모두 듣게 될 거야. 자네 몸이 건강해지면 우린 회의를 열 테니까 말이야. 우선은 내가 포로로 잡혀 있었다는 사실만 말해 주지."

프로도가 소리를 질렀다.

"당신이요?"

간달프는 엄숙한 표정으로 말했다.

"그렇다네. 이 회색의 간달프가 말이야! 이 세상에는 선이든 악이든 많은 세력들이 있지. 나보다 강한 이들도 있고, 또 아직 상대해 보지 못한 이들도 있어. 하지만 이제 나의 시간이 오고 있네. 모르굴의 군주와 그의 암흑의 기사들이 나타났어. 전쟁 직전에 와 있네!"

"그렇다면 제가 그 기사들과 마주치기 전에도 그들을 알고 계셨군요."

"물론 알고 있었지. 언젠가 자네에게 이야기한 적도 있던 것 같군. 암흑의 기사들이란 반지악령들이고, 그러니까 반지의 제왕 아래 있는 아홉 심복이야. 나는 그들이 다시 활동을 시작한 것은 모르고 있었어. 만일 알았더라면 자네와 함께 즉시 떠났을 걸세. 지난 6월에 자네 집에서 떠난 뒤에야 그 소식을 들었지. 하지만 그 이야기는 뒤로 미루기로 하지. 우선은 우리 모두 아라고른 덕분에 목숨을 건진 거야."

"맞습니다. 우리를 구한 것은 성큼걸이였어요. 하지만 처음에는 겁이 났어요. 아마 샘은 글로르핀델을 만날 때까지는 그를 완전히 믿지 않았을 겁니다."

간달프가 웃었다.

"샘에게서 모두 들었지. 이젠 완전히 의심을 푼 모양이더군."

"저도 성큼걸이를 좋아하게 되어서 기뻐요. 아니, 좋아한다는 말 이상으로 그에게 정을 느낍니다. 가끔씩 이상하고 또 무서울 때도 있지만요. 사실 성큼걸이는 간달프 당신을 연상케 하는 뭔가가 있지요. 큰사람들 중에 그런 사람이 있는 줄은 몰랐습니다. 대개는 그냥 덩치만 크고 멍청한 줄 알았거든요. 머위네처럼 친절하면서 멍청하거나, 고사리꾼네 빌처럼 멍청하면서 성질이 고약하거나 말이지요. 그러고 보면 우리는 브리 사람들을 빼놓곤 인간들에 대해 잘 모르는가 봅니다."

"만일 보리아재를 어리석다고 생각한다면 자넨 아직 브리 사람들도 잘 모른다는 이야기가 되지. 그는 나름대로 충분히 지혜로운 사람이야. 생각하기보다 말하기를 더 좋아하고 또 느림보지만, (브리식으로 말하자면) 때가 되면 돌담 뒤까지 꿰뚫어 볼 수 있는 사람이지. 하지만 이제 가운데땅엔 아라소른의 아들 아라고른 같은 사람은 거의 없네. 바다를 건너온 왕족의 혈통도 거의 끊겼으니까. 이번의 반지전쟁은 아마 그들로서는 마지막 모험이 되겠지."

그러자 프로도가 놀라서 물었다.

"그렇다면 성큼걸이가 고대 왕족의 후예란 말입니까? 저는 그들이 벌써 먼 옛날에 사라진 걸로 알고 있었는데요. 성큼걸이가 그저 순찰자 중의 한 사람인 줄만 알았어요."

"그저 순찰자라니! 프로도, 그들이 바로 순찰자들이야. 북부에 남아 있는 위대한 서쪽나라 사람들의 마지막 후예들이란 말일세. 그들은 전에도 나를 도와주었고, 앞으로도 나는 그들의 도움을 받아야 해. 우린 깊은골에 무사히 도착했지만 반지가 아직 안전하지 않으니 말이야."

"그건 그렇지요. 하지만 지금까지 저는 여기까지만 무사히 도착하면 된다고 생각했습니다. 더는 가고 싶지 않아요. 그냥 쉴 수만 있다면 얼마나 좋을까요! 여행과 모험은 지난 한 달만으로도 충분한 것 같습니다."

프로도는 말없이 눈을 감았다. 잠시 후 그는 다시 입을 열었다.

"머릿속으로 계산해 보았는데 아무리 해도 10월 24일이 나오지 않네요. 제 생각에는 오늘이 21일이 틀림없는 것 같은데요. 여울에 도착한 게 20일이었거든요."

"자넨 말도 너무 많이 하고 계산도 너무 많이 하는군. 이제 어깨나 옆구리는 좀 어떤가?"

"잘 모르겠습니다. 감각이 없어요. 그게 나았다는 얘기도 되겠지만, 그런데……."

그는 억지로 몸을 움직여 보았다.

"팔은 조금 말을 듣네요. 맞아요. 감각이 살아나는 것 같습니다. 냉기가 없어졌네요."

그는 오른손으로 왼손을 만지면서 말했다.

"좋아! 회복이 빠르군. 곧 건강을 되찾을 수 있겠어. 엘론드가 자넬 치료했지. 자네가 여기 온 뒤 며칠 동안 계속 말이야."

"며칠이라고요?"

"그러니까, 정확히 나흘 밤 사흘 낮이지. 자네가 날짜 계산을 잊은 그 20일 밤에 요정들이 자넬 여울에서 데려왔어. 우린 대단히 걱정했지. 샘은 심부름할 때를 빼고는 자네 곁을 밤이나 낮이나 떠난 적이 없었네. 엘론드는 의술의 대가이긴 하지만 적의 무기가 너무 치명적이었지. 솔직히 말해서 난 자네가 죽을 줄 알았네. 상처 속에 칼날 조각이 있는 것 같았는데 어제저녁까지도 그걸 찾을 수가 없었거든. 엘론드가 결국 찾아냈지. 그게 깊이 박혀서 계속 살 속으로 파고들었네."

프로도는 성큼걸이의 손에서 사라져 버린 그 무시무시한 칼의 끝이 부러져 있던 것을 생각해 내고는 몸을 떨었다.

"놀라지 말게! 이젠 없어졌어. 녹아 버렸지. 호빗들은 버티는 힘이 대단해. 내가 알기론 큰사람들 중에서도 많은 용사가 그 칼날 조각에 금방 쓰러지곤 했는데, 자네는 17일 동안이나 몸속에 넣고 다녔으니 말이야."

"그들은 어떻게 하려고 했던 걸까요? 기사들의 계획이 뭐였을까요?"

"자네 상처 속에 들어간 모르굴의 칼로 자네 심장을 찌를 작정이었지. 그것이 성공했더라면 자네도 그들처럼 되었을 걸세. 좀 더 약한 부하가 되어 그들의 명령을 받았겠지. 암흑군주에게 지배받는 악령이 되는 거지. 그는 자네가 반지를 가지려 했다는 이유로 고문했을 수도 있어. 하지만 빼앗긴 반지가 그의 손안에 있는 것을 보는 게 가장 고통스럽겠지."

그러자 프로도가 나지막한 소리로 말했다.

"그 끔찍한 위험을 몰랐던 게 오히려 다행이군요. 물론 안 그래도 무섭기는 했지만, 그런 사실을 알았더라면 한 발짝도 못 움직였을 겁니다. 살아난 게 기적이군요!"

"그렇지. 자네 용기도 물론 가상하지만 운이 좋은 거야. 자네는 심장을 다치지 않고 어깨만 다쳤기 때문에 끝까지 버틸 수 있었지. 말하자면 간발의 차이였네. 자네가 반지를 끼고 있을 때는 더 위험했지. 왜냐하면 그때 자네는 이미 반쯤은 악령의 세계에 들어가 있었기 때문에, 그들이 자네를 사로잡을 수 있었거든. 자네는 그들을 볼 수 있었고, 그들도 자네를 볼 수 있었지."

"맞아요. 끔찍한 모습이었어요. 그런데 그들의 말은 왜 눈에 보이지요?"

"그건 진짜 살아 있는 말이거든. 마치 그들이 살아 있는 우리와 싸울 때 그들의 허상에다 형체를 부여하기 위해 입은 검은 옷이 진짜 천이듯 말이야."

"그렇다면 그 흑마들은 어째서 그 기사들의 말을 고분고분 듣지요? 다른 동물들은 그들이 다가오기만 해도 공포에 사로잡혀 꼼짝을 못 하는데 말입니다. 글로르핀델의 백마도 마찬가지였어요. 그들을 보면 개도 짖고 거위도 꽥꽥거리던데요."

"그 말들은 태어날 때부터 모르도르의 암흑군주에게 복종하도록 훈련받은 거야. 그의 종이나 노예들이 다 악령인 건 아니야. 오르크와 트롤도 있고, 와르그와 늑대인간도 있지. 옛날에도 그랬고 지금도 그렇지만 이 땅 위의 많은 인간 전사와 왕 역시 그의 수하에 있다네. 그리고 그들의 수는 점점 불어나고 있지."

"깊은골과 요정들은 어떨까요? 안전합니까?"

"물론이지. 바깥세상이 완전히 적의 수중에 들어갈 때까지는 안전하네. 요정들도 물론 암흑군주를 두려워하고 그를 보면 달아나지만, 결코 그의 말을 듣거나 복종하지는 않아. 그리고 여기 깊은골에는 적이 가장 두려워하는 상대, 곧 먼바다를 건너온 엘다르 요정 현자들과 영주들이 아직 남아 있지. 그들은 반지악령들을 두려워하지 않아. 왜냐하면 먼 옛날 축복의 땅에서 살았기 때문에 그들은 양쪽 세계에서 동시에 살 수 있고, 보이는 자와 보이지 않는 자 모두에게 강력한 힘을 행사할 수도 있거든."

"빛이 나면서 다른 형체들과는 달리 흐려지지 않은 하얀 물체를 본 기억이 납니다. 그러면 그것이 글로르핀델이었단 말이지요?"

"그렇지. 그가 다른 세계로 들어선 것을 잠시 본 것이네. 그는 첫째자손 중에서도 대단한 용사이자 고귀한 혈통의 요정 영주야. 사실 깊은골에는 일시적이지만 모르도르의 공격을 막아 낼 만한 힘이 있네. 다른 곳에는 또 다른 힘들이 있고, 샤이어에는 샤이어만의 힘이 있지. 그러나 지금의 상황이 계속되는 한 이런 곳들은 곧 사면초가가 되고 말 걸세. 암흑군주가 총공세를 펴고 있거든."

갑자기 간달프가 몸을 일으키며 턱을 내밀었다. 그의 수염이 곧은 철사처럼 빳빳하게 뻗쳤다. "아직은 용기를 잃어선 안 돼. 자네가 죽을 지경이 될 정도로 내가 얘기를 시키지만 않는다면 곧 완쾌될 거야. 여기는 깊은골이야. 당분간은 아무것도 걱정할 필요가 없단 말일세."

"더 낼 용기도 없지만 지금은 아무 걱정 안 합니다. 다만 마지막으로 친구들이 어떻게 되었는지, 그리고 여울에서 어떻게 일이 끝났는지만 말씀해 주세요. 더는 묻지 않겠습니다. 잠을 좀 더 자야겠지만, 얘기를 듣기 전에는 잠이 안 올 것 같네요."

간달프는 의자를 침대 옆으로 당기고 한참 동안 프로도를 내려다보았다. 프로도의 얼굴은 혈색이 돌아와 붉어졌고, 눈동자도 맑아져 의식이 완전히 정상을 되찾은 것 같았다. 그는 미소를 짓고 있었으며, 아무런 이상도 발견할 수 없었다. 그러나 마법사의 눈은 그의 몸에서 미세한 변화를 감지했다. 어쩐지 그의 몸이, 특히 이불 밖으로 나와 있는 왼손이 속이 비어 투명해진 듯한 기미가 보였다. 간달프는 중얼거렸다.

"아직은 기대해 봐야겠지. 지금까지 절반도 못 갔지만, 결국 어떻게 될지는 엘론드도 모를 거야. 설마 일이 나쁜 쪽으로 가지야 않겠지만, 어쩌면 빈 유리잔처럼 속이 텅 비어 버릴 수도 있겠어."

그리고 프로도를 향해 큰 소리로 말했다.

"자넨 다 나은 것 같군. 엘론드에게는 비밀로 하기로 하고 대강만 얘기해 주지. 아주 간략하게 할 테니까 그다음엔 자야 하네. 알겠지? 내가 들은 바로는 이렇게 된 거야. 자네가 달아나자마자 그들은 추격을 시작했지. 자네가 이미 그들의 세계에 반쯤 발을 들여놓아서 그들의 눈으로도 자네를 볼 수 있었기 때문에, 그놈들은 굳이 말의 인도를 받을 필요가 없어진 거야. 게다가 반지 역시 그들을 끌어당겼거든. 자네 친구들은 길옆으로 피해 달아날 수밖에 없었는데, 그렇지 않았다면 그들의 말발굽에 깔려 버렸을 걸세. 자네를 구할 수 있는 것은 백마밖에 없다는 걸 알았지. 기사들은 너무 빨라 따라잡을 수도 없었고, 또 수가 너무 많아 함부로 덤벼들 수도 없었네. 글로르핀델과 아라고른도 맨손으로는 그들 아홉을 동시에 상대할 수가 없었지.

반지악령들이 지나가자 자네 동료들이 그 뒤를 따랐네. 그리고 여울 가까이 길옆에 졸든 나무 몇 그루로 가려진 작은 구덩이가 있었는데 거기서 재빨리 불을 피운 거야. 글로르핀델은 기사들이 여울을 건너려 하면 반드시 물결이 일 것이라는 사실을 알았기 때문에, 그쪽에 남아 있던 놈들을 처치해야겠다고 생각한 거지. 홍수가 일자마자 그는 아라고른을 포함한 자네 동료들과 함께 불붙은 가지를 들고 뛰어간 거야. 기사들은 앞에는 강물, 뒤에는 불꽃이 나타난 데다가 요정 영주가 분노한 것을 보자 당황했지. 말들도 공포에 사로잡혀 반쯤 미쳐 버렸고. 셋은 홍수가 처음 밀려올 때 휩쓸려 가고, 나머지도 놀란 말들이 강물로 뛰어드는 바람에 역시 강물 속으로 사라져 버렸네."

"그렇다면 이제 암흑의 기사들은 끝장난 겁니까?"

"그건 아니야. 말들이 모두 죽어 버렸으니 절름발이나 마찬가지 처지가 되었지만, 반지악령들은 그리 쉽게 죽지 않네. 하지만 지금 당장은 그리 걱정할 필요가 없을 거야. 자네 친구들은 물결이 잔잔해진 뒤에 강을 건너 자네가 부러진 칼을 배 밑에 깐 채 강기슭에 엎드려 있는 걸 발견했지. 백마가 옆에서 지키고 있었네. 얼굴이 창백하고 몸은 얼음장처럼 식어서 모두들 자네가 죽지 않았나 걱정했네. 그때 엘론드의 부하들이 나타나 자네를 천천히 깊은골까지 데려온 거야."

"홍수는 누가 일으킨 건가요?"

"엘론드의 명령이었네. 이 골짜기의 강은 그의 지배하에 있기 때문에 여울을 급히 봉쇄해야 할 땐 강물이 분노하여 홍수를 일으키게 되어 있어. 그래서 악령들의 우두머리가 강물에 들어서자마자 큰 물결이 일어난 거지. 내 솜씨도 일조했고. 자네는 보지 못했겠지만 물결 가운데 백색의 기사들이 거대한 백마를 탄 모습이 있었네. 수많은 집채만 한 바윗돌이 우당탕거리며 굴러가기도 했지. 순간적으로 우리가 너무 심하게 분노를 풀어놓은 게 아닌가 걱정도 했어. 홍수가 통제할 수 없을 정도로 거세져서 자네들까지 휩쓸 정도였거든. 안개산맥의 눈이 녹아 내려오는 강물은 물살이 대단하다네."

"예, 이제야 기억이 납니다. 물결 소리가 천지를 진동하는 것 같았지요. 저도 빠져 죽는 줄만 알았습니다. 친구고 적이고 다 같이 말이지요. 하지만 살았군요!"

간달프는 재빨리 프로도를 바라보았지만, 그는 이미 눈을 감고 있었다.

"맞았어. 당분간은 모두 안전하네. 조만간 브루이넨여울의 승리를 자축하는 잔치가 열릴 거야. 자네들이 그 잔치의 주인공일세."

"멋지군요! 성큼걸이는 말할 것도 없고 엘론드와 글로르핀델 같은 위대한 영주분들이 저를 위해 그렇게 애써 주시고 게다가 환대를 베풀어 주시니 뭐라고 감사드려야 할지 모르겠습니다."

그러자 간달프가 껄껄거리며 말했다.

"거기엔 몇 가지 이유가 있지. 우선은 나 때문이고, 둘째는 반지 때문이야. 자네는 '반지의 사자'야. 게다가 자네는 '반지의 발견자'인 빌보의 후계자가 아닌가!"

"아, 빌보 아저씨! 아저씨는 어디 계실까요? 여기 오셔서 이 이야기를 모두 들으실 수 있다면 참 좋을 텐데. 한바탕 웃음을 터뜨리셨을 겁니다. 암소가 달에 뛰어오른 사건도 있고, 불쌍한 늙은 트롤 이야기도 있는데 말이지요."

졸린 얼굴로 말을 마친 프로도는 깊은 잠에 빠져들었다.

프로도가 이제 편히 쉬고 있는 이곳은 '바다 동쪽의 최후의 아늑한 집'이었다. 이 저택은 오래전 빌보가 말한 대로 '먹고, 자고, 이야기하고, 노래하고, 또 그냥 앉아 좋은 생각을 하기에, 아니면 이 모든 일을 한꺼번에 즐기기에 가장 알맞은 집'이었다. 이곳에 있다는 것 자체만으로도 피로와 공포와 슬픔이 치료되었다.

저녁 무렵 프로도는 다시 잠에서 깨어났다. 이제 휴식과 잠은 충분한 것 같았고, 다만 목이 마르고 배가 고팠다. 그리고 노래도 부르고 이야기도 듣고 싶었다. 그는 침대에서 나와 팔을 움직여 보고는 거의 예전처럼 회복되었음을 알았다. 초록색의 깨끗한 옷이 준비되어 있었고 몸에 꼭 들어맞았다. 거울을 보고 그는 자신이 전보다 많이 야윈 것에 놀랐다. 마치 샤이어의 정원에서 빌보 아저씨와 즐겁게 뛰놀던 어린 조카로 되돌아간 것 같았다. 그러나 그의 두 눈은 깊은 생각에 잠겨 거울을 들여다보고 있었다. 그는 거울 속의 자신을 향해 중얼거렸다.

"그렇군. 마지막으로 거울을 본 뒤로 이상한 일을 한두 가지 겪었지. 하지만 이젠 즐거운 만남의 시간이야!"

그는 두 팔을 크게 뻗으며 휘파람을 불었다.

그때 노크 소리가 나며 샘이 들어왔다. 샘은 프로도에게 달려와 조심스럽고 어색하게 그의 왼손을 잡았다. 그러고는 부드럽게 손을 쓰다듬어 본 후 얼굴을 붉히며 급히 고개를 돌렸다.

"안녕, 샘!"

"따뜻해졌어요. 손 말이에요. 며칠 밤 동안 얼마나 차가웠는지 몰라요. 이젠 승리의 노래를 불러야겠어요!"

그는 탄성을 지르더니 돌아서서 두 눈을 반짝이며 마룻바닥에서 춤을 추었다.

"다시 일어나셔서 정말 기뻐요. 간달프가 올라가서 프로도 씨가 내려오실 준비가 되었는지 살펴보라고 하셨는데 농담인 줄 알았죠."

"준비됐네. 가서 다른 친구들을 만나 보지."

"제가 안내할게요. 이 집은 굉장히 큰 집이에요. 희한한 데도 많고요. 항상 새로운 게 나타나기 때문에 다른 모퉁이를 돌아가면 또 무엇이 나타날지 몰라요. 그리고 요정들 말이에요! 여기도 요정, 저기도 요정, 온통 요정들뿐이에요! 왕처럼 위엄 있고 화려한 이들도 있고, 어린애처럼 나대는 요정들도 있어요. 지금까지는 즐길 만한 마음의 여유나 시간이 없었지만, 노래와 음악도 얼마나 신기한지 몰라요. 그래도 벌써 이곳 사정에 조금은 익숙해졌어요."

프로도는 샘의 팔을 잡으며 말했다.

"샘, 자네가 그동안 어떻게 해 왔는지 잘 알아. 하지만 오늘 밤은 마음 푹 놓고 즐겁게 지내지. 자, 안내해 보게."

샘은 몇 개의 복도와 많은 층계를 내려가서 급경사의 제방 위에 있는 높은 정원으로 그를 인도했다. 프로도는 친구들이 저택 동쪽 현관에 앉아 있는 것을 보았다. 골짜기 아래로 벌써 어둠이 깔렸지만 산꼭대기에는 아직도 석양빛이 감돌았다. 대기도 따스했다. 물이 흘러가고 떨어지는 소리가 크게 울리고, 엘론드의 정원에서는 아직 여름이 완전히 물러가지 않은 듯 저녁 공기 속에 희미한 꽃향기와 풀 냄새가 스며 나왔다. 피핀이 벌떡 일어나며 소리쳤다.

"만세! 우리 위대한 친구께서 오신다! 반지의 제왕 프로도 만세!"

그러자 현관 뒤쪽 그늘에 있던 간달프가 주의를 주었다.

"쉬! 악의 무리들이 이 골짜기 속에야 못 들어오겠지만 그래도 그런 이름을 함부로 불러서는 안 돼! 그리고 반지의 제왕은 프로도가 아니야. 모르도르에서 암흑의 탑을 차지하고 온 세계에 세력을 퍼뜨리는 암흑군주가 바로 반지의 제왕이지. 우리는 지금 이 요새 안에 앉아 있지만 바깥세상은 점점 어두워지고 있어."

피핀이 투덜거렸다.

"간달프는 항상 참으로 명랑한 말씀만 하시는군요. 제가 얌전히 있어야 한다 생각하시지만, 어떻게 이런 집에서 매일 축 처져 우울하게 있을 수 있어요? 때에 딱 어울리는 노래라도 알면 신나게 불러 젖힐 텐데."

그러자 프로도가 웃으며 말했다.

"나도 한 곡조 뽑고 싶은 기분이야. 하지만 일단은 먹고 마시는 게 더 급해."

"문제없어요. 평소와 마찬가지로 절묘하게 식사 시간에 딱 맞춰 일어나셨거든요."

피핀이 말하자 메리도 거들었다.

"그냥 식사가 아니에요. 잔치라고요! 회복되셨다고 간달프가 얘기하시자마자 잔치 준비가 시작됐어요."

그가 말을 마치기도 전에 안쪽에서 그들을 부르는 종소리가 요란하게 울렸다.

엘론드의 저택 안 홀은 벌써 꽉 차 있었다. 대부분이 요정들이었으나 다른 손님들도 드문드문 있었다. 엘론드는 관례에 따라 상단 긴 테이블 끝에 놓인 큰 의자에 앉아 있었고, 그 양쪽에 글로르핀델과 간달프가 자리를 잡았다.

프로도는 경이의 눈으로 그들을 바라보았다. 그 수많은 이야기 속에 나오는 요정 엘론드를 처음으로 본 것이다. 글로르핀델이나 그가 평소에 알고 지내던 간달프까지도 엘론드의 오른쪽과 왼쪽에 자리를 잡으니 대단히 위엄 있고 권위 있는 영주로 보였다.

간달프는 그 둘보다 키가 작았지만 긴 백발이나 늠름하게 늘어뜨린 은빛 수염, 그리고 떡 벌어진 어깨 때문에 마치 고대 전설에 나오는 지혜로운 왕처럼 보였다. 그의 얼굴에서 나이를 느낄 수 없는 것은 아니었으나, 눈처럼 희고 두툼한 눈썹 아래 자리 잡은 검은 눈동자는 당장이라도 불 속에서 활활 타오를 석탄과 같았다.

글로르핀델은 키가 크고 꼿꼿했다. 머리는 빛나는 금발이었고, 얼굴은 젊고 아름다웠으며, 용감무쌍하면서도 기쁨으로 충만한 표정이었다. 눈은 맑고 예리했으며, 목소리는 음악 같았다. 이마에는 지혜가 새겨져 있었고, 손에는 힘이 넘쳐났다.

엘론드의 얼굴은 늙지도 젊지도 않은, 나이를 가늠할 수 없는 그런 것이었다. 그러나 거기엔 기쁨과 슬픔을 함께 간직한 수많은 기억이 아로새겨져 있었다. 그의 머리는 미명의 어둠처럼 검은빛을 띠었고, 그 위에는 은으로 만든 가느다란 관이 씌워져 있었다. 두 눈은 맑은 저녁 날 같은 회색인데, 그 속에는 별빛을 닮은 빛이 담겨 있었다. 그는 오랜 세월 왕좌에 앉아 있는 영주처럼 덕망이 느껴지면서도, 여전히 힘이 넘치는 강건한 용사처럼 정정했다. 그는 깊은골의 군주였으며, 인간과 요정 모두로부터 존경받는 인물이었다.

테이블 중앙에 벽걸이 천을 배경으로, 차양을 친 그 아래에 참으로 아름다운 여인이 앉아 있었다. 그녀는 여성이었지만 엘론드와 너무도 닮은 데가 많아, 프로도는 그녀가 엘론드의 가까운 친척 중 하나일 것이라고 짐작했다. 그녀는 젊은 것 같기도 하고 그렇지 않은 것 같기도 했다. 땋아 내린 검은 머리는 흰 가닥이 한 올도 없었으며, 흰 팔과 맑은 얼굴은 흠이라고는 찾아볼 수 없이 고왔다. 구름 한 점 없는 밤의 회색을 닮은 그녀의 밝은 눈동자에는 별빛이 담겨 있었다. 하지만 그녀에게는 여왕의 품위가 있었고, 오랜 세월의 풍상을 겪은 듯 눈길에는 깊은 사색과 지혜가 담겨 있었다. 이마 위엔 하얗고 작은 보석들이 박힌 은빛 레이스 모자를 쓰고 있었으나, 보드라운 회색 옷은 은으로 만든 나뭇잎 모양의 허리띠 외에 다른 장식물은 없었다.

그렇게 그는 유한한 생명들로서는 아무도 쉽게 볼 수 없는 엘론드의 딸 아르웬을 본 것이었다. 루시엔이 환생했다고 할 만큼 아름다운 여인이었다. 그녀는 요정들의 저녁별이었기 때문에 운도미엘이라 불리기도 했다. 아르웬은 오랫동안 산맥 너머 로리엔의 외가 쪽 친척집에 있다가 최근에 깊은 골의 아버지 집으로 돌아왔다. 그녀의 두 오빠 엘라단과 엘로히르는 무술 수행을 위해 떠나고 없었다. 그들은 북부의 순찰자들과 함께 종종 먼 곳까지 여행했는데, 그들의 어머니가 오르크들의 굴에서 수모를 받은 쓰라린 기억을 절대로 잊을 수가 없기 때문이었다.

프로도는 이제껏 그녀처럼 아름다운 여인을 본 적도 상상한 적도 없었다. 그는 자신이 이처럼 아름답고 고귀한 이들과 같은 테이블에 앉아 있다는 사실에 너무 감격해 얼굴이 화끈거릴 지경이었다. 프로도의 의자는 쿠션을 많이 넣어 높이를 알맞게 조정해 놓았으나 그는 자신이 초라하게 느껴지고, 주제넘은 자리에 나선 것 같았다. 그러나 그런 느낌은 곧 사라졌다. 연회는 매우 유쾌했으며, 음식은 그의 허기진 배를 채우고도 남았다. 시간이 한참 지나서야 프로도는 다시 주위를 둘러보고 옆자리의 손님과도 인사를 나눌 수 있는 여유를 갖게 되었다.

그는 먼저 친구들을 찾았다. 샘은 자신의 주인 곁에 앉게 해 달라고 부탁했지만, 프로도가 중요한 손님이기에 어쩔 수 없다는 대답을 들었다. 프로도는 샘이 피핀, 메리와 함께 상단 가까이 있는 옆 테이블 위쪽 끝에 앉아 있는 것을 보았다. 성큼걸이의 모습은 보이지 않았다.

프로도의 오른쪽에는 화려한 복장을 한 난쟁이가 앉아 있었다. 그는 상당히 중요한 인물인 듯했다. 턱수염을 두 갈래로 길게 늘어뜨렸는데, 입고 있는 옷과 마찬가지로 눈처럼 흰 빛깔이었다. 그는 은으로 만든 허리띠를 매고, 은과 다이아몬드로 장식한 목걸이를 걸고 있었다. 그는 식사를 잠시 멈추고 난쟁이를 보았다.

"안녕하십니까? 반갑습니다. 글로인, 삼가 인사드립니다."

난쟁이는 그를 향해 고개를 돌리며 이렇게 인사하고는, 실제로 의자에서 일어서서 절을 했다.

프로도는 황급히 일어나 받쳐 놓은 쿠션을 떨어뜨리며 깍듯이 답례했다.

"골목쟁이네 프로도가 귀하와 귀하의 댁에 삼가 안녕을 기원합니다. 혹시 저 유명한 참나무방패 소린의 열두 동료 중 한 분이신 글로인이 아니신지요?"

난쟁이는 쿠션을 주워 모아 프로도가 의자에 다시 앉는 것을 정중히 도와주며 말했다.

"그렇습니다. 손님께서는 저 유명한 우리 친구 빌보의 친척이자 양자라는 것을 이미 들어 알고 있으니 여쭙지는 않겠습니다. 회복되신 것을 진심으로 축하드립니다."

"대단히 감사합니다."

글로인이 다시 말했다.

"매우 어려운 여행을 하신 것으로 들었습니다. 호빗 네 분이 무슨 일로 그렇게 긴 여행을 하셨는지 정말 궁금하군요. 빌보가 우리와 함께 떠난 이후론 그런 일이 없었지요. 하지만 너무 캐묻지는 않겠습니다. 엘론드와 간달프께서 싫어하실 테니까요."

"저도 지금은 좀 곤란하군요."

프로도가 정중하게 대답했다. 그는 엘론드의 집일지라도 반지 문제는 함부로 언급할 수 있는 이야기가 아님을 대강 짐작했다. 그래서 그 문제는 당분간 잊기로 했다.

"그렇지만 저 역시 존귀하신 난쟁이께서 무슨 일로 '외로운산'을 떠나서 이 먼 길을 오셨는지 궁금합니다."

글로인이 그를 바라보았다.

"그 이야기를 듣지 못하셨다면 그 역시 아직은 말할 계제가 아니겠지요. 아마도 엘론드께서 우리 모두를 곧 부르실 테니까 그때 가면 아시게 될 겁니다. 그것 말고도 이야깃거리는 많으니까요."

식사가 끝날 때까지 그들은 함께 이야기를 나누었지만 프로도는 주로 듣는 편이었다. 샤이어의 소식은 반지 말고는 별로 특이한 것 없이 자질구레한 것뿐이었으나, 글로인은 야생지대 북부에서 일어난 사건들을 많이 알았다. 베오른의 아들 그림베오른 영감이 이제는 많은 장사들을 거느린 영주가 되어 안개산맥과 어둠숲 사이에 있는 자기 영토 안에서 오르크나 늑대가 함부로 다니지 못하게 한다는 이야기도 들었다. 글로인이 말했다.

"사실 베오른족이 없었다면 너른골에서 깊은골까지의 통행은 일찌감치 불가능했을 겁니다. 그들은 용감하기 때문에 항상 높은고개와 바우바위여울을 무사히 통과할 수 있게 도와줍니다. 하지만 통행료가 너무 비싸지요."

그는 고개를 휘휘 내두르고는 다시 말을 이었다.

"옛날의 베오른과 마찬가지로 그들도 난쟁이들을 그리 좋아하지 않습니다. 요즘 들어서 조금씩 우애가 싹트고는 있지만 말입니다. 우리와 가장 친하게 지내는 쪽은 바로 너른골 사람들입니다. 바르드의 후손이라고 해서 바르드족이라고 하는데 아주 좋은 사람들이에요. 지금은 그 유명한 명궁 바르드의 손자이자 바인의 아들인 브란드가 통치합니다. 그는 강인한 왕이어서 그의 영토는 이제 에스가로스 동쪽과 남쪽 멀리까지 뻗어 있습니다."

"귀하네 사정은 어떠십니까?"

"좋은 일이든 나쁜 일이든 이야기는 많지요. 하지만 대부분은 좋은 편입니다. 이 시대의 어둠을 피할 수 없는 것은 모두 마찬가지지만 우리는 그래도 지금까지 운이 좋았습니다. 정말 제 이야기를 듣고 싶으시다면 기꺼이 해 드리지요. 하지만 지루하면 곧 이야기를 멈추라고 하세요. 난쟁이들은 자기 이야기를 할 때면 끝이 없다고들 하니까요."

그러고 나서 글로인은 난쟁이 왕국의 이야기를 장황하게 늘어놓기 시작했다. 그는 이렇게 착실하게 경청하는 이를 상대하게 된 것이 무척 기쁜 모양이었다. 프로도는 피곤하다거나 화제를 바꾸려는 기색을 전혀 드러내지 않았다. 사실 그는 한 번도 들어 보지 못한 낯선 지명과 인명이 쏟아져 나오자 곧 어리벙벙해졌다. 그러나 그는 다인이 여전히 산아래왕국의 왕좌에 있고, 이제는 늙었지만(이백쉰 살이 넘었으니) 모든 이의 존경을 받고 있으며, 대단한 부자가 되었다는 이야기가 흥미로웠다. 다섯군대 전투에서 살아남은 열 명 중 일곱이 아직 그의 곁에 머물러 있었다. 드왈린, 글로인, 도리, 노리, 비푸르, 보푸르, 그리고 봄부르가 그들이었다. 봄부르는 이제 너무 뚱뚱해져 식탁에 혼자 앉을 수조차 없어서 젊은 난쟁이 여섯이 도와야 한다고 했다. 프로도가 물었다.

"발린과 오리, 오인은 어떻게 되었습니까?"

글로인의 얼굴에 그늘이 스쳤다.

"우리도 모릅니다. 깊은골에 계신 분들께 조언을 청하러 온 것도 바로 발린 때문입니다. 하지만 오늘 밤은 다른 재미있는 이야기를 하지요!"

글로인은 너른골과 산아래왕국에서 이루어진 훌륭한 성과를 비롯해 그들이 하고 있는 일에 대해 이야기를 시작했다.

"우리도 솜씨가 있지만 금속 공예에서는 조상들을 따를 수 없습니다. 비법이 많이 끊어졌지요. 요즘도 훌륭한 갑옷이나 예리한 검이 나오긴 합니다만, 용이 나타나기 전에 만들어진 갑옷이나 칼과는 비교가 안 됩니다. 광산이나 건축 부문에서는 옛날보다 발전했지요. 프로도, 언제 한번 너른골에 와서 수로와 분수, 인공호 들을 구경해 보세요. 석재로 알록달록하게 깔린 포장도로도 있습니다. 지하에는 큰 연회장도 있고 가로수 모양의 아치가 세워진 동굴 도로도 있지요. 산기슭에는 축대와 탑도 많이 있답니다. 그걸 보시면 아마 우리가 결코 게으름뱅이가 아니었다는 걸 아시게 될 겁니다."

"언제 기회가 닿으면 꼭 구경하러 가겠습니다. 스마우그의 폐허에 그 놀랄 만한 변화가 일어난 것을 보면 빌보 아저씨가 얼마나 놀라시겠어요!"

글로인은 프로도를 보고 웃었다.

"빌보를 대단히 사랑하시는군요."

"그렇습니다. 이 세상 어느 궁전, 어느 탑보다도 그분을 먼저 뵙고 싶습니다."

마침내 연회가 끝났다. 엘론드와 아르웬이 일어나 홀을 내려가자 남은 이들도 모두 정해진 순서에 따라 뒤를 따랐다. 문이 열리고 일행은 넓은 복도를 지나 몇 개의 문을 거쳐 멀리 떨어진 홀로 들어섰다. 거기엔 테이블이 없고, 양쪽으로 죽 늘어선 조각이 새겨진 기둥 사이에 놓인 대형 벽난로에서 불꽃이 밝게 타오르고 있었다.

프로도는 어느새 간달프와 나란히 걷고 있었다.

마법사가 말했다.

"이곳은 불의 방이라고 하네. 자네가 잠들지 않고 깨어 있을 수만 있다면 여기서 많은 노래와 이야기를 들을 수 있을 거야. 하지만 이 방은 잔칫날 외에는 텅 비어 있기 때문에, 조용히 사색하려는 사람들이 주로 이용하지. 여기는 1년 내내 불이 피워져 있고 다른 빛은 거의 없네."

엘론드가 들어와서 그를 위해 마련해 둔 의자 쪽으로 걸어가자 요정 음유시인들이 달콤한 음악을 연주하기 시작했다. 방 안이 천천히 채워지자, 프로도는 함께 모여 있는 많은 아름다운 얼굴들을 기쁘게 바라보았다. 황금빛 불빛이 그들의 얼굴에 어른거리고 그들의 머리카락을 빛냈다. 갑자기 그는 난롯가에서 멀지 않은 곳에 작고 검은 형체가 기둥에 등을 대고 낮은 의자에 앉아 있는 것을 보았다. 그 옆 바닥에는 술잔과 빵이 몇 조각 있었다. 프로도는 그가 몸이 아픈지 궁금해졌고(깊은골에서도 사람들이 병에 걸린다면), 그래서 연회장에 나타나지 않았을지도 모른다고 생각했다. 그는 잠에 취한 듯 머리를 가슴에 푹 파묻고는, 검은 외투 자락으로 얼굴을 가리고 있었다.

엘론드가 앞으로 나가 그 말 없는 인물 옆에 걸음을 멈추었다. 그리고 잔잔한 웃음을 띠고 말했다.

"그만 일어나게, 작은 친구!"

그는 프로도를 향해 가까이 오라고 손짓했다.

"프로도, 이제 자네가 그토록 바라던 시간이 왔네. 자네가 오랫동안 그리워하던 친구가 여기 있지."

검은 옷을 입은 인물이 고개를 들고 얼굴을 드러냈다.

"빌보 아저씨!"

그 순간 프로도가 갑자기 그를 알아보고 소리를 지르며 앞으로 뛰쳐나갔다. 빌보가 대답했다.

"잘 있었니, 내 아들 프로도! 드디어 도착했구나! 난 네가 꼭 해낼 줄 알았지. 잘했어, 잘했어! 이 잔치가 모두 너를 축하하기 위한 것이던데, 즐거운 시간을 보냈겠지?"

"왜 거기 안 오셨어요? 그리고 왜 이제야 나타나신 겁니까?"

"네가 잠들어 있었기 때문이야. 난 그동안 '널' 많이 봤단다. 매일 샘하고 네 옆에 앉아 있었지. 하지만 이젠 잔치 같은 것도 시시해져서 연회장에 가지 않았을 뿐이란다. 더구나 해야 할 일도 있었거든."

"무슨 일요?"

"뭐긴, 그냥 하염없이 앉아서 사색하는 일이지. 요즘엔 그런 시간이 늘어났단다. 명상하기엔 이 방이 최고지. 그런데, 일어나라고요?"

그는 한쪽 눈으로 엘론드를 흘겨보았다. 빌보의 눈은 반짝거렸고, 프로도가 보기엔 졸음기라고는 전혀 없었다.

"일어나라니! 사실 잠든 게 아니었어요, 엘론드 님. 모두들 너무 빨리 연회를 마치고 이 방으로 들이닥치는 바람에 노래 한 곡을 다 만들어 가다가 그만 망쳐 버린 겁니다. 한두 소절이 마음에 걸려서 끙끙거리고 있었는데. 하지만 이젠 다 글렀어요. 시끄럽게 노래들을 불러 젖힐 텐데 머리가 제대로 돌아가겠어요? 내 친구 두나단에게나 도와달라고 해야겠군. 그 친구 어딨습니까?"

엘론드가 소리 내어 웃었다.

"찾아보지. 그러면 한쪽 구석으로 가서 작품을 마저 끝내게. 우리가 들어 보고 평가할 수 있게 잔치가 다 끝나기 전에 완성해야 하네!"

엘론드는 요정들을 내보내 빌보가 말하는 친구를 찾게 했지만, 그가 왜 연회에 참석하지 않았는지 그렇다면 지금 어디에 있는지 아는 사람이 아무도 없었다.

한편 프로도와 빌보가 나란히 자리를 잡자, 샘이 재빨리 다가와 그들 곁에 자리를 잡았다. 그들은 방 안의 흥겨운 분위기와 노랫소리를 잊은 채 둘이서만 조용조용 이야기를 나누었다. 빌보는 자신에 대해 들려줄 이야기가 많지 않았다. 그는 호빗골을 떠난 후 동부대로를 따라 돌아다니거나 그 길 양쪽 마을을 정처없이 떠돌았다. 하지만 그의 행로는 줄곧 깊은골을 향했다.

"이곳엔 별 어려움 없이 도착했지. 처음 얼마 동안 쉰 다음에 난쟁이들하고 너른골을 구경하러 갔단다. 그게 내 생애의 마지막 여행이었지. 이제 다시는 여행은 하지 않을 참이다. 늙은 발린은 집을 비우고 없더구나. 그래서 다시 여기로 돌아와 내내 여기 눌러 지냈지. 이 일 저 일 손대 보았다. 글도 더 썼고 노래도 몇 곡 지었지. 여기 요정들이 가끔 내 노래를 부르는데, 난 그게 꼭 날 즐겁게 해 주려고 일부러 그러는 것 같아. 사실 깊은골에 어울릴 만한 좋은 노래도 아닌데. 가끔 요정들이 부르는 노래도 듣고 사색에 잠기기도 하지. 여기선 시간이 흐르지 않는 것 같아. 그냥 그대로 머물러 있는 거 같거든. 아무튼 여러모로 희한한 곳이지.

난 여기 가만히 앉아서도 온갖 소식을 듣고 있다. 안개산맥 너머, 그리고 멀리 남부 지방 소식까지. 하지만 샤이어 소식은 통 듣질 못했지. 물론 반지 소식은 들었단다. 간달프가 종종 여기 왔으니까. 간달프는 별 이야기를 해 주지 않았지만 어쨌든 그와 난 최근 몇 년 동안 사이가 각별해졌단다. 소식을 더 많이 들려준 사람은 두나단이지만. 세상에, 그 반지가 그렇게 골칫거리일 줄이야! 간달프가 좀 더 빨리 그 사실을 알아내지 못한 게 유감이구나. 차라리 그때 내가 직접 가져왔으면 오히려 별 탈 없었을 텐데. 그 때문에 몇 번이나 호빗골로 돌아갈까 망설였는데 이젠 너무 늙었구나. 모두들 못 가게 말리기도 하고, 간달프와 엘론드가 특히 그랬지. 대적이 지금 나를 찾으려고 사방을 뒤지는데 혼자 가다가 산속에서 붙잡히기라도 하면 뼈도 못 추릴 거라는 거야.

게다가 간달프가 '반지는 이미 당신 손을 떠났으니 두 번 다시 그 반지 문제에 간섭하려 하면 당신이나 남들에게 도움될 게 없다.'라고 하더구나. 간달프다운 묘한 말이지. 하여간 자기가 지금 프로도를 신경 쓰고 있다길래 그냥 잠자코 있었는데, 이렇게 무사히 건강하게 다시 만나니 정말 기쁘구나!"

그는 잠깐 말을 끊고 의심에 찬 눈초리로 프로도를 바라보았다. 그러고는 은밀히 물었다.

"지금 갖고 있니? 그동안 있던 일들을 듣고 나니 더 궁금해지는구나. 다시 한번 잠깐만 봤으면 싶다."

"예, 갖고 있죠. 하지만 예전 그대로겠죠, 뭐."

프로도는 이상하게 마음이 내키지 않았다.

"그래, 잠깐만 보자꾸나."

프로도는 조금 전에 옷을 갈아입으면서 자기가 잠든 동안 누군가 반지를 새 줄에 꿰어 목에 걸어준 것을 알고 있었다. 가볍고도 단단한 줄이었다. 그는 천천히 반지를 꺼냈다. 빌보가 손을 내밀었다. 그러나 프로도는 반지를 재빨리 다시 감췄다. 고통스럽고도 놀라운 일이었지만, 그가 보고 있는 건 더 이상 빌보가 아니었다. 그들 사이에 어두운 그림자가 드리운 것 같았다. 프로도는 그 그림자 너머로 탐욕스러운 얼굴에 뼈만 앙상한 손을 내미는 주름투성이의 왜소한 노인을 보았다. 불현듯 그 노인을 주먹으로 한 대 치고 싶은 충동이 일었다.

음악과 노랫소리가 잦아드는 것 같더니 방 안이 조용해졌다. 빌보는 프로도의 얼굴을 힐끗 보고 나서 손으로 눈을 가렸다.

"이제 알겠구나. 치워라! 미안하다. 네게 이 짐을 지게 해서 미안하구나. 모든 게 미안해. 모험에 끝이 있을까? 아마 없겠지. 누군가는 항상 그 짐을 지고 나가야 하지, 그건 어쩔 수 없는 일이야. 책을 다 쓴들 무슨 소용 있겠느냐? 하지만 이제 그 이야긴 그만두고 진짜 소식을 들려주렴. 샤이어 얘길 말이다!"

프로도가 반지를 치우자 그림자가 아무 흔적도 없이 사라졌다. 깊은골의 불빛과 음악이 다시 그를 둘러쌌다. 빌보도 즐겁게 웃었다. 때때로 샘의 정정을 받아 가며 프로도가 들려주는 샤이어 소식은 무엇이든, 마을에서 가장 작은 나무가 쓰러진 사건부터 호빗골에서 가장 어린 꼬마의 짓궂은 장난에 이르기까지, 빌보는 흥미 있게 들었다. 그들은 네둘레 지역의 이야기에 너무 깊이 빠져 있어서 진녹색 옷을 입은 사나이가 가까이 다가온 것도 몰랐다. 그 남자는 미소를 띠고 한동안 그들을 내려다보았다.

갑자기 빌보가 고개를 들더니 소리쳤다.

"어, 이제 나타나셨소. 두나단!"

프로도가 말했다.

"성큼걸이! 당신은 이름이 참 많군요!"

빌보가 말했다.

"성큼걸이라니, 그건 처음 들어 보는 이름인데. 어째서 그런 이름이 생겼소?"

성큼걸이는 한바탕 웃고 나서 말했다.

"브리에선 그렇게들 부르지요. 그리고 이 친구들한테도 그렇게 가르쳐 줬습니다."

프로도가 물었다.

"그럼 두나단이란 이름은 뭐죠?"

빌보가 대답했다.

"두나단, 여기서는 종종 그렇게 부르지. 너도 둔-아단이란 말을 이해할 만큼 요정어에 대한 지식은 있지 않아? 서쪽나라 사람, 즉 누메노르인이란 말이지. 하지만 지금은 공부 시간이 아니야!"

그는 성큼걸이 쪽으로 고개를 돌렸다.

"어디 있었소, 친구? 왜 연회엔 참석하지 않았소? 아르웬 님도 거기 갔었다는데."

성큼걸이가 어두운 표정으로 빌보를 내려다보았다.

"압니다. 하지만 가끔은 즐겁게 지낼 수 없는 때가 있지요. 엘라단과 엘로히르가 예고 없이 황야에서 돌아왔는데 내가 급하게 기다리던 소식을 가지고 왔어요."

빌보가 말했다.

"그렇다면 친구, 이제 그 소식을 들었으니 나한테 시간 좀 내주면 어떻소? 급히 당신 도움이 필요한 일이 있는데. 오늘 저녁 잔치가 끝나기 전에 노래 한 곡을 완성하라는 게 엘론드의 명령인데 막히는 데가 있거든. 자, 저쪽으로 가서 마저 해 봅시다."

성큼걸이가 빙그레 웃었다.

"좋아요. 일단 한번 들어 보고요."

샘이 잠이 들어서 프로도는 한참 동안 혼자 있어야 했다. 깊은골의 요정들도 곁에 있었지만 왠지 외롭고 쓸쓸했다. 옆에 있는 요정들은 음성과 악기 소리가 어우러진 음악만을 조용히 들을 뿐, 다른 데는 전혀 신경쓰지 않았다. 프로도도 음악을 듣기로 했다.

그는 요정의 언어를 완전하게 알아듣지는 못했지만, 주의 깊게 듣기 시작하자 노랫가락과 노랫말의 아름다움이 그를 마법처럼 사로잡았다. 어쩐 일인지 음성이 그대로 형상이 되어 지금까지 그가 상상도 하지 못한 먼 나라의 빛나는 환상이 눈앞에 펼쳐졌다. 그리고 불꽃이 환히 비치는 실내가 세상 끝에서 한숨지으며 떠도는 거품바다의 황금빛 안개처럼 보였다. 음악은 점점 더 꿈같은 세계로 그를 이끌고 금과 은이 넘쳐흐르는 끝없는 강이 헤아릴 수 없이 많은 무늬를 그리며 머리 위를 흘렀다. 음악이 방 안의 요동치는 대기로 바뀌자 그는 거기에 흠뻑 빨려 들었다. 순식간에 그는 휘황찬란한 세계에 제압당하여 깊은 잠의 나라로 빠져들었다.

꿈같은 음악의 나라를 한참 동안 헤매던 프로도는 음악이 갑자기 유장한 강물로 변했다가 어느 순간 낭랑한 음성으로 바뀌는 것을 느꼈다. 울려 퍼지는 노랫소리가 빌보의 목소리 같았다. 처음에는 아련하더니 차차 또렷하게 노랫말이 들려왔다.

에아렌딜은 항해가,
아르베르니엔에 남아 있었다오.
그는 배 한 척을 지었지,
님브레실에서 베어 낸 나무로
은실을 짜서 돛을 만들고
등불도 은으로
뱃머리는 백조의 형상
깃발엔 햇살이 가득했지.

고대 왕들의 갑옷과
사슬로 무장하고
빛나는 방패엔 룬 문자를 새겨
모든 부상과 재앙을 막았지.
활은 용뿔로

화살은 흑단으로
갑옷조끼는 은으로
칼집은 옥수(玉髓)로 만들었지.
강철 검에 대적할 이 없었고
높은 투구는 철석같았고
투구머리에는 독수리 깃털이,
가슴받이엔 에메랄드가 빛났네.

인간 세상의 시간 너머
마법의 길에 미혹되어
북쪽 해안에서 멀리,
달빛 아래 별빛 속을 그는 헤매었다네.
얼어붙은 산 위에 어둠이 뒤덮인
얼음땅의 혹한을 뚫고
하계의 열기와 불타는 황야를
황급히 빠져나와 멀리,
별빛조차 없는 바다 위를 헤맨 끝에
마침내 무(無)의 밤을 통과했지만
그가 고대하던 빛과 찬란한 해안을
끝내 찾지 못했네.
분노의 광풍이 그를 몰아치고
파도 속을 미친 듯이 도망친 에아렌딜,
절망적인 심정으로 고향을 향해
동쪽으로 배를 돌렸네.

그때 엘윙이 그에게로 날아와
어둠 속을 환히 비추었네,
금강석보다 밝은 불꽃으로.
그녀의 목걸이는 빛을 발했지.
그녀가 그에게 실마릴을 달아 주자
그는 살아 있는 빛의 왕관을 쓰고
불꽃처럼 환한 이마로
담대하게 뱃머리를 돌렸네.
깊은 밤, 바다 건너 다른 세상에서

폭풍처럼 바람이 불어왔네
타르메넬의 강풍이었지.
죽음의 입김처럼 차가운 냉기로
바람은 그의 배를 몰아
어느 인간도 가 보지 못한 길을 따라
오랫동안 버려진 잿빛 바다를 건너
동에서 서로 그를 데려갔네.

노호하는 검은 파도에 밀려
에아렌딜은 '끝없는 밤'을 지났고
세상이 시작하기도 전에 가라앉은
해안과 캄캄한 바닷길을 넘어 마침내
세상의 끝 진주 해안에서
아스라이 음악 소리를 들었네.
그곳은 끝없이 넘실거리는 파도 사이로
노란 황금과 하얀 보석이 구르는 곳
희미한 빛에 잠긴 발리노르의 입구 너머로
그는 소리 없이 솟아오르는 신들의 산과,
바다 건너 저쪽
엘다마르를 보았지.
그는 먼바다 저편에서 보았네.
밤의 어둠을 빠져나온 방랑자는
마침내 백색항구에 도착했네,
초록빛 아름다운 요정들의 본향에.
바람은 짜릿하고 상쾌하며
일마린 언덕 아래
가파른 계곡에 은은히 비치는
티리온의 불 밝힌 등대가 유리처럼 투명하게
'그림자호수' 위에 빛나네.

그는 그곳에서 기사 수업을 받았네.
그들은 그에게 노래를 가르치고
늙은 현자들은 불가사의를 들려주며
황금의 하프를 가져다주었지.

그가 칼라키랴골짜기를 지나
비밀의 땅으로 외로이 들어갈 때
그들은 그에게 요정의 흰옷을 입히고
일곱 등불을 가져왔네.
그가 들어간 곳은 영원의 궁정,
그곳은 무수한 세월이 빛을 발하고,
수직의 산정, 일마린왕궁에서
노왕(老王)이 영겁을 통치하고 있네.
인간과 요정은 들어 본 적 없는
언어가 그곳에선 쓰이고,
이 땅의 존재들에겐 허용되지 않는
세계가 그곳에선 보이네.

그들은 미스릴과 요정의 유리로
그에게 배 한 척을 새로 만들어 주었네.
빛나는 뱃머리만 있으나 다듬은 노도 없고,
은으로 만든 돛대에는 돛도 없었네.
한편으로는 등불 삼아
한편으로는 환한 깃발 삼아
엘베레스는 손수 살아 있는 불꽃
실마릴을 배에 걸었네.
그리고 불멸의 날개를 그에게 만들어 주고
불사의 운명을 선사했네.
가없는 하늘을 항해하여
해와 달의 저쪽까지 이르도록.

은빛 샘이 고요히 흘러내리는
영원한 저녁의 나라, 높은 언덕 위에서
그의 날개는 방랑하는 빛처럼
그를 성산의 장벽 너머로 데려갔네.
세상의 끝에서 다시 돌아선 그는
멀리 어둠 속을 날아서 그의
고향을 다시 찾아보고 싶었네.
안개 위 높은 곳을 외로운 별처럼

불타오르며 그는 날아왔네.
태양 앞에서는 먼 불꽃으로
북국의 잿빛 바닷물이 흐르는
여명의 새벽 앞에서는 불가사의로.

그리고 가운데땅 위로 날아가
드디어 멀고 먼 옛날 상고대의
아낙들과 요정 여인들의
쓰라린 통곡을 들었네.
그러나 달이 질 때까지 사라져야 하는
둥근 별이 그의 무서운 운명,
유한한 생명의 인간이 살고 있는
이쪽 땅에서는 절대로 머물 수가 없네.
그는 지금도 영원한 전령관,
한순간도 쉬지 못하고
언제나 멀리까지 비추어야 하리,
서쪽나라의 등불지기여!

노래가 끝났다. 프로도는 눈을 뜨고 빌보가 웃으며 환호하는 청중들에게 둘러싸여 의자에 앉아 있는 것을 보았다. 어떤 요정이 말했다.

"한 번 더 듣고 싶습니다."

빌보가 자리에서 일어나서 인사했다.

"과찬의 말씀을 하시는군요, 린디르. 하지만 너무 피곤해서 다시 할 수가 없어요."

요정들이 웃으며 대꾸했다.

"그다지 피곤하지 않을 텐데요. 자기가 지은 노래는 아무리 불러도 지치지 않잖아요? 그리고 딱 한 번 들어서는 답을 알아맞힐 수도 없어요!"

빌보가 외쳤다.

"뭐라고요? 어느 부분이 내 작품이고 어느 부분이 두나단의 것인지 구분할 수 없단 말이오?"

그 요정이 말했다.

"우리로서는 유한한 생명의 존재들 사이에 놓인 차이점을 알아내기가 힘들답니다."

빌보가 콧방귀를 뀌었다.

"말도 안 되는 소리, 린디르. 인간하고 호빗을 구별 못 하다니. 당신 판단력은 기대 이하군. 완두콩하고 사과도 구별 못 하겠구려."

린디르가 웃었다.

"그럴 수도 있죠, 뭐. 양 눈에는 양이 다 달라 보이겠지요. 양치기 눈에도 마찬가지고요. 하지만 유한한 생명의 존재는 우리의 연구 대상이 아닙니다. 우린 할 일이 따로 있답니다."

빌보가 말했다.

"당신하고 다투고 싶지 않소. 너무 오랫동안 음악과 노랠 들었더니 졸리군. 답은 당신 짐작에 맡기겠소."

그는 일어나서 프로도에게 다가왔다. 그가 소곤소곤 말했다.

"음, 이제 끝났어. 생각한 것보다 좋았던가 보구나. 한 번 더 듣자는 소리 나올 때가 드문데. 넌 구분하겠니?"

프로도는 웃으며 대답했다.

"잘 모르겠어요."

"그렇겠지. 실은 다 내가 지었단다. 아라고른이 녹옥을 자꾸 집어넣으라고 고집부리더구나. 딴에는 중요하다고 생각한 모양인데 이유를 모르겠어. 아니면 혹시 내 머리로 그 노래를 완성하는 게 무리라고 생각한 건지도 모르고. 엘론드의 저택에서 감히 에아렌딜의 노래를 하겠다면 자긴 알 바 아니라는 투로 말하던데. 맞는 말인지도 몰라."

프로도가 말했다.

"전 잘 모르지만 어쩐지 잘 어울린다는 느낌이 들었어요. 노래가 시작될 때 저는 반쯤 잠든 상태였는데 제가 꿈꾸고 있는 어떤 것부터 노래가 계속되는 것 같더라니까요. 노래가 끝날 때까지도 누가 노래를 부르는지 확실하게 알지 못했어요."

"이곳에 익숙해질 때까지는 정신 차리고 깨어 있기가 힘들지. 물론 호빗들이 요정들만큼이나 음악과 시와 이야기를 즐기는 건 아니지만. 어쨌거나 요정들은 먹는 것만큼, 아니 그 이상으로 여흥을 즐기는 것 같구나. 아직도 한참 더 계속할 거야. 몰래 빠져나가 조용히 이야기를 좀 더 하는 게 어떻겠니?"

"지금 여기서 나가도 돼요?"

"물론이지. 지금은 일하는 시간이 아니고 노는 시간이야. 소리만 내지 않으면 마음대로 왔다 갔다 할 수 있어."

그들은 자리를 털고 일어나 조용히 어둠 속으로 물러나 문간으로 향했다. 샘은 얼굴에 엷은 미소를 짓고 깊이 잠들어 있어서 그대로 내버려 두었다. 빌보와 함께 있게 된 즐거움에도 불구하고 프로도는 불의 방을 나오면서 뒤에서 누가 잡아끄는 듯 미련이 남았다. 그가 문을 나오는 순간에도 낭랑한 음성이 뒤따라왔다.

아 엘베레스 길소니엘,
실리브렌 펜나 미리엘
오 메넬 아글라르 엘레나스!

나카에레드 팔란디리엘
오 갈라드렘민 엔노라스,
파누일로스, 레 린나손
네브 아에아르, 시 네브 아에아론!

프로도는 걷다가 멈춰 서서 뒤를 돌아보았다. 엘론드는 여전히 자기 자리에 앉아 있었고, 불꽃이 마치 오뉴월 땡볕이 숲에 내리쬐듯 그의 얼굴 위에 닿아 부서졌다. 그 옆에는 아르웬이 앉아 있었다. 프로도는 아라고른이 그녀 옆에 서 있는 것을 보고 놀랐다. 그의 검은 망토가 뒤로 젖혀져 있었다. 그는 안에 요정의 갑옷을 받쳐 입은 것 같았고 가슴에는 별 하나가 반짝거렸다. 그들은 함께 이야기를 나누고 있었는데, 갑자기 아르웬이 프로도를 향해 고개를 돌리는 것 같았다. 그녀의 눈빛이 멀리서 그에게 날아와 가슴을 찔렀다.

그가 귀신에게라도 홀린 듯 말없이 멈춰 서자, 이야기와 가락이 절묘하게 섞인 요정들의 감미로운 노랫소리가 수많은 보석처럼 흘러나왔다. 빌보가 말했다.

"엘베레스에게 바치는 노래란다. 그들은 그 노래를 부르고 나서 축복의 땅을 찬미하는 노래를 오늘 밤에도 여러 번 부를 거야. 자, 가자!"

그는 프로도를 자신의 작은 방으로 데리고 갔다. 그 방은 정원 쪽으로 문이 나 있고 남쪽으로 브루이넨계곡이 보였다. 그들은 방에 앉아 한참 동안 창밖 멀리 가파른 산 위에 별이 반짝이는 것을 바라보며 조용히 이야기를 나누었다. 머나먼 고향 샤이어의 사소한 소식이나 주변을 둘러싼 어둠의 그림자나 위험은 이제 그들의 화제가 아니었다. 넓은 세상에서 그들이 함께 본 온갖 아름다운 것들, 요정, 별, 나무 그리고 빛나는 세월이 고요히 숲속으로 흘러가는 아름다운 이야기를 낮은 목소리로 나누었다.

문밖에서 노크 소리가 났다.

"죄송합니다만, 혹시 뭐 필요한 거 없으세요?"

샘이 고개를 들이밀고 물었다.

"미안하네만, 감지네 샘, 혹시 자네 주인이 잠자러 갈 시간이란 뜻인가?"

빌보가 물었다.

"실은 저, 내일은 아침 일찍부터 회의가 있답니다. 프로도 씨가 겨우 오늘 아침에야 일어나시지 않았습니까?"

빌보가 웃으며 말했다.

"좋아, 샘. 빨리 가서 간달프에게 자네 주인이 잠자리에 들었다고 이르게. 프로도, 잘 자거라! 정말이지 너를 다시 보게 될 줄이야! 정말로 즐거운 얘기를 함께 나눌 상대는 호빗밖에 없어. 나도 이젠 늙어서 우리 얘기에 네가 등장하는 대목을 모두 볼 수 있을지 모르겠구나. 잘 자거라! 난 정원에서 산보나 하며 엘베레스의 별들을 살펴봐야겠다. 잘 자거라!"

Chapter 2

엘론드의 회의

이튿날, 프로도는 아침 일찍 일어났다. 몸이 가뿐하고 상쾌했다. 그는 아래로 물이 콸콸거리며 흐르는 브루이넨계곡 위 축대를 따라 거닐면서 희미하고 서늘한 아침 해가 먼 산 위로 떠올라 은빛 안개 사이로 햇살을 비추는 것을 지켜보았다. 노란 나뭇잎에 매달린 이슬방울과 관목 덤불에 걸린 거미줄이 곧 스러질 듯 빛났다. 샘은 프로도 옆에서 아무 말 없이 걷다가 가끔 아침 공기를 깊숙이 들이마시며 신기한 듯 멀리 동쪽의 험준한 산세를 바라보았다. 산꼭대기가 모두 하얗게 눈을 이고 있었다.

길모퉁이 옆에 자리 잡은, 바위를 깎아 만든 의자에 도착했을 때, 그들은 간달프와 빌보가 심각하게 이야기를 나누고 있는 것을 발견했다. 빌보가 말했다.

"잘 잤는가, 프로도? 큰 회의에 참석할 수 있겠어?"

프로도가 대답했다.

"네, 거뜬합니다. 하지만 전 오늘은 좀 걸으면서 이 골짜기나 깊숙이 들어가 보았으면 좋겠어요. 저 위에 있는 소나무 숲도 가 보고 싶네요."

그가 멀리 깊은골 북쪽을 가리키자 간달프가 말했다.

"나중에 기회가 있을 걸세. 지금은 계획을 세울 때가 아니야. 오늘은 듣고 결정할 것들이 많아."

그들이 이야기하고 있을 때 갑자기 맑은 종소리가 한 번 울렸다. 간달프가 큰 소리로 말했다.

"엘론드의 회의를 알리는 종소릴세. 가지. 자네와 빌보 모두 참석해야 하네."

프로도와 빌보는 마법사를 따라 구불구불한 길을 돌아 저택으로 총총 내려갔다. 회의에 초대받지 못한, 그리고 관심 밖에 나 있던 샘도 종종걸음으로 그들 뒤를 따랐다.

간달프는 전날 저녁, 프로도가 동료들을 다시 만난 현관으로 그들을 데려갔다. 맑은 가을 아침의 햇살이 계곡을 꽉 채웠다. 하얀 물거품이 이는 계곡 바닥에서 물소리가 요란하게 위로 퍼져 올라왔다. 새들이 지저귀고 대지는 평화로 가득 찬 것 같았다. 프로도는 그 아슬아슬하던 탈출과 바깥세상에서 점점 무성하게 퍼지는 어둠에 관한 소문들이 다만 간밤의 어지러운 꿈자리인 듯 싶었다. 그러나 그가 들어가면서 마주친 얼굴들은 모두 굳은 표정이었다.

엘론드는 이미 도착해 있었고, 몇몇 다른 인물들도 조용히 그 옆에 자리를 잡고 있었다. 글로르핀델과 글로인이 보였다. 성큼걸이는 여행할 때 입었던 낡은 옷을 다시 입고 구석에 따로 떨어져 앉아 있었다. 엘론드는 프로도를 불러 자기 옆자리에 앉게 하고 좌중에게 그를 소개했다.

"친구들, 이 호빗은 드로고의 아들 프로도라 합니다. 여기에 이분보다 위험하고 절박한 임무로 오신 분은 없을 줄로 압니다."

그러고 나서 그는 프로도와 초면인 인물들을 한 명씩 소개했다. 글로인의 옆자리에 앉은 젊은 난쟁이가 그의 아들 김리였다. 그 밖에 글로르핀델 옆에 있는 다른 고문들도 몇 명 소개했다. 에레스토르가 우두머리였고 그와 함께 있는 이가 갈도르였다. 그는 조선공 키르단의 심부름으로 회색항구에서 달려온 요정이었다. 녹색과 갈색 옷을 입은 레골라스라는 낯선 요정은 어둠숲 북부의 요정왕인 스란두일의 아들이라고 했다. 그는 아버지가 보낸 사자였다. 그리고 또 한쪽 구석에 아름답고 기품 있어 보이는 한 사나이가 앉아 있었다. 그는 검은 머리에 오만하고 완고한 회색 눈동자를 가진 사람이었다.

그는 방금 말에서 내렸는지 망토를 두르고 긴 구두를 신고 있었다. 사실 그의 복장은 매우 화려했고 망토 가장자리를 모피로 둘렀지만 오랜 여행으로 때가 많이 묻어 있었다. 그는 하얀 보석이 달린 은목걸이를 하고 머리채를 어깨까지 치렁치렁 늘어뜨리고 있었다. 그는 장식 허리띠 위에 달고 있던 은이 박힌 커다란 뿔나팔을 풀어 무릎 위에 올려놓았다. 그는 프로도와 빌보를 신기한 눈길로 계속 지켜보았다. 엘론드가 간달프를 돌아보며 말했다.

"이분은 보로미르라 하고 남부에서 오신 분입니다. 새벽 일찍 도착했지요. 우리에게 의견을 구하러 오셨답니다. 이 자리에서 답을 얻게 될 것이기에 참석하시라고 했습니다."

회의에서 논의된 사항을 모두 다 이 자리에서 되풀이할 필요는 없을 것이다. 바깥세상, 특히 남쪽과 안개산맥 동쪽의 광활한 지역에서 일어난 사건들이 주로 언급되었다. 프로도도 이미 소문을 들어 알고 있는 것도 있었지만 글로인의 이야기는 전혀 새로운 것이어서 그가 말을 꺼낼 때마다 주의깊게 들었다. 이미 수공예품으로 놀라운 발전을 이룬 바 있는 외로운산의 난쟁이들에게 대단한 시련이 몰아닥친 듯했다. 글로인이 말했다.

"벌써 오래전 일이지요. 우리 형제들에게 불안의 그림자가 덮치기 시작했습니다. 어디서 시작됐는지 처음엔 알 수 없었습니다. 하지만 소문이 은밀히 퍼졌어요. '우린 우물 안 개구리처럼 살고 있다, 넓은 세상에 나가면 부자도 되고 명예도 얻을 수 있다.'라는 소문이었지요. 심지어 모리아를 들먹이는 이들도 있었답니다. 모리아는 지금 우리 말로는 크하잣둠이라고 하는데, 우리 조상들이 건설한 옛 도시지요. 이제 우린 그곳으로 돌아갈 만큼 힘도 세졌고 수도 많아졌다고 주장하는 이들이 생겨났습니다."

글로인은 한숨을 푹 내쉬고 계속 이야기를 이어 갔다.

"모리아! 모리아! 북부의 불가사의죠! 우린 그곳을 너무 깊숙이 파 들어갔습니다. 그래서 그 거명할 수 없는 공포의 존재를 깨워 놓고 말았지요. 두린의 후예들이 떠난 후로 그 거대한 저택들은 오랫동안 텅 빈 채 방치되었습니다. 그런데 이제 다시 그 땅을 회복하려는 움직임이 일어난 겁니다. 하지만 두려움은 여전히 남아 있었지요. 지금까지 수많은 세월이 흘렀지만 스로르 말고는 아무도 크하잣둠의 입구로 들어갈 수 없었기 때문입니다. 그도 결국은 죽고 말았지만요. 그런데 발린이 그 소문에 솔깃해서 그 땅으로 가겠다고 나선 겁니다. 다인 왕께서 허락하시지 않았지만 그는 오리와 오인을 비롯한 많은 추종자를 거느리고 남쪽으로 떠났습니다.

약 30년 전의 일입니다. 그리고 얼마 동안은 소식도 있었고 그런대로 견딜 만한 것 같았지요. 모리아의 입구를 무사히 통과해서 큰 공사를 시작했다는 보고가 들어왔거든요. 그런데 그 후로는 아무 소식도 없었습니다.

그러나 1년 전쯤 우리 국왕께 사자가 왔습니다. 그런데 모리아가 아니라…… 모르도르에서 온 사자였습니다. 그는 한밤중에 말을 타고 와서는 우리 왕을 대문 앞으로 불러냈습니다. 그러고는 위대한 군주 사우론이 우리와 친교를 맺길 원한다고 하더군요. 그는 그 징표로 옛날에 사우론이 우리에게 준 것과 똑같은 반지를 선사하겠다면서 '호빗'이 대체 누구며, 어디 살고 있는지 다그쳤습니다. 그는 또 '언젠가 어떤 호빗이 당신네와 사귄 적이 있다는 사실을 사우론도 이미 알고 있다.'라고 협박했지요.

우린 얼마나 떨었는지 대꾸조차 제대로 할 수 없었습니다. 그러자 그 사자는 안 그래도 소름 끼치는 목소리를 더 낮추면서 말하더군요. 아마 할 수만 있다면 더 부드럽게 했을 겁니다. 그의 말은 대강 이랬습니다. '작은 우정의 표시로 사우론이 이런 부탁을 한다. 그 호빗 도둑놈을 잡아서 싫든 좋든 그놈이 가진 작은 반지를 뺏어 와라. 아주 작은 반지 하난데, 그건 바로 놈이 도둑질한 물건이다. 사우론이 원하는 건 그렇게 하찮은 것 하나다. 너희들은 성의만 표하면 된다. 그렇게만 하면 옛날에 너희 난쟁이 조상들의 것이던 반지 세 개도 돌려주고, 모리아도 영원히 소유할 수 있게 해 주겠다. 그 도둑놈이 아직 살아 있는지, 그렇다면 어디에 사는지 그 소식만 알아 와도 후히 보답하고 사우론과 영원한 친교를 맺을 수 있을 것이다. 만약 거절한다면 뒷일을 책임질 수 없다. 거절하겠는가?'

이 말을 전하는 그의 숨소리에는 마치 징그러운 뱀이 지나갈 때 내는 쉿쉿 하는 소리가 섞인 듯했습니다. 곁에 서 있던 우리 모두 진저리를 쳤습니다. 하지만 다인께선 이렇게 대답하셨지요. '지금은 가부를 밝힐 수 없다. 그럴싸한 그 제안의 진의가 무엇인지 생각해 보고 결정하겠다.' 그러자 사자는 '잘 생각해 봐라. 단, 너무 오래 걸리면 안 된다.'라고 단서를 달았죠. 우리 다인께서는 '내가 생각하는 시간은 내 마음대로다.'라고 하셨지요. 사자는 '지금은 그렇겠지.' 하고는 휭하니 말을 몰아 어둠 속으로 사라졌습니다.

하지만 그날 밤부터 우리는 가슴이 답답해졌습니다. 사자의 섬뜩한 목소리를 되새길 필요도 없이 우린 그 말이 협박인 동시에 속임수임을 직감했던 거지요. 모르도르에 다시 들어선 세력은 변한 게 하나도 없었고, 옛날에 우리를 배반한 그놈들이라는 걸 이미 알았기 때문입니다. 사자는 그 후로 두 번 더 왔습니다만 그냥 돌려보냈습니다. 마지막 사자가 올해가 가기 전에 곧 오기로 되어 있습니다.

그래서 저는 다인의 명을 받고 빌보에게 대적이 찾고 있다는 것을 알려주고, 가능하다면 왜 사우론이 그 하찮다는 반지를 찾고 있는지 알고자 이 자리에 참석하게 된 겁니다. 또 엘론드의 조언도 꼭 받았으면 좋겠습니다. 어둠의 세력이 점점 강해지고 또 가까이 다가오고 있습니다. 너른골의 브란드 왕에게도 사자가 찾아갔다는 소식을 들었습니다. 그분도 걱정하고 계십니다. 우린 그분이 항복해 버릴까 걱정입니다. 이미 그 나라 동쪽 국경에는 전운이 감돌고 있답니다. 만약 우리가 아무런 대답도 해 주지 않으면 대적은 아마 자기 휘하에 있는 인간들을 움직여 브란드 왕과 다인까지 공격할 겁니다."

엘론드가 말했다.

"네, 잘 오셨습니다. 여러분들은 오늘 이 자리에서 대적의 음모를 알아내는 데 필요한 모든 정보를 들으실 수 있을 겁니다. 죽든 살든 싸우는 수밖에 다른 도리가 없습니다. 하지만 여러분은 혼자가 아닙니다. 여러분의 고민은 바로 모든 서부세계가 안고 있는 고민의 일부입니다. 반지! 그 작디작은 반지를, 사우론이 원한다는 그 하찮은 반지를 어떻게 처리하면 좋겠습니까? 그것이 바로 우리가 맞이해야 하는 우리의 운명입니다.

여러분이 여기 모이신 이유도 바로 거기에 있습니다. 하나 여러분 모두를 여기 모이시라고 내가 청한 것은 아닙니다. 여러분은 각각 먼 땅에서 이곳을 찾아와 서로 처음 만나신 것인데, 이 시간, 바로 이 장소에 함께 모인 것이 어쩌면 우연일 수도 있겠지요. 하지만 그렇지 않습니다. 오히려 소명을 받았다고 믿는 것이 나을 겁니다. 다른 누구가 아닌 바로 여기 앉아 있는 우리가 세상의 위기를 타개해 나갈 수 있는 길을 찾아야 한다는 소명 말입니다.

그러므로 이젠 지금까지 서로 따로따로 알고 있던 이야기들을 숨기지 말고 허심탄회하게 털어놓아야 합니다. 그러면 먼저 현재의 위기 상황의 실체를 모든 분이 정확하게 이해하실 수 있게 처음부터 지금에 이르기까지 반지의 내력을 말씀드리겠습니다. 이야기 끝맺음은 다른 분이 하시더라도 시작은 내가 하지요."

엘론드가 낭랑한 목소리로 사우론과 힘의 반지들, 그리고 먼 옛날 제2시대에 그것들이 만들어진 이야기를 하는 동안 참석자들은 모두 온 신경을 집중해 귀를 기울였다. 그의 이야기 중 일부를 아는 이들이 몇몇 있었지만 전말을 다 아는 이는 아무도 없었기 때문에, 엘론드가 에레기온의 보석세공 요정, 그들과 모리아 사이의 우정, 사우론의 함정에 빠진 그들의 지식욕 등을 이야기해 나가자 모두들 공포와 경이의 표정을 지었다. 그 당시에는 아직 사우론의 겉모습만 봐서는 그의 사악함을 알 수 없었기 때문에, 에레기온의 요정들은 그의 도움을 받아들여 세공술을 더욱 발전시켰다. 그러나 사우론은 그들의 비밀을 모두 캐낸 후에 그들을 배반하고, 은밀하게 불의 산에서 모든 반지의 주인이 되는 절대반지를 만들었다. 그러나 켈레브림보르가 사우론의 음모를 알아차리고 자신이 만든 세 개의 반지를 숨겨 버리자 그로 인해 전쟁이 벌어졌다. 에레기온은 전쟁 끝에 폐허가 되었고 모리아의 입구는 막혀 버렸다.

그 후 엘론드는 절대반지의 행적을 따라가며 오랜 세월의 이야기를 풀어놓았다. 그러나 그 역사는 다른 곳에 밝혀져 있고, 또 엘론드 자신도 자신의 전승록에 기록하여 두었으므로 여기서는 생략하겠다. 그것은 끔찍하고 놀라운 무용담으로 가득 찬 긴 이야기였기 때문에, 엘론드가 간략하게 줄였는데도 해가 하늘 높이 솟아올라 오전 한나절이 지나서야 그의 이야기가 끝이 났다.

그는 누메노르의 영화와 몰락을 이야기했다. 인간의 왕들이 깊은 바닷속에서 폭풍의 날개에 실려 가운데땅으로 되돌아왔다. 장신의 엘렌딜과 용감한 그의 두 아들 이실두르와 아나리온은 위대한 군주가 되었다. 그들은 아르노르에 북왕국을 세웠고 안두인강 하구 곤도르에 남왕국을 세웠다. 그러나 모르도르의 사우론이 그들을 공격해 왔고 그리하여 요정들과 인간들은 최후의 동맹을 맺고 길갈라드와 엘렌딜의 군대를 아르노르에 집결시켰다.

거기서 엘론드는 이야기를 멈추고 한숨을 쉬었다.

"그 장엄하게 나부끼던 깃발들이 아직도 기억납니다. 그것을 보고 나는 수많은 제왕과 장수가 벨레리안드에 모여들던 상고대의 영광을 떠올렸습니다. 하지만 상고로드림이 무너지던 날만큼 웅장하거나 아름답지는 못했지요. 요정들은 상고로드림과 더불어 악의 무리가 영원히 멸망했다고 생각했지만 실은 그게 아니었습니다."

"그걸 기억하세요?"

프로도는 놀란 나머지 큰 소리로 말하고 말았다. 그러나 엘론드가 그를 향해 고개를 돌리자 그는 당황해서 말을 더듬었다.

"저, 저는 길갈라드가 돌아가신 것은 아주 먼 옛날이라고 들었거든요."

엘론드는 진지한 표정으로 대답했다.

"맞습니다. 하지만 난 상고대의 일까지 기억할 수 있습니다. 내 부친은 에아렌딜이고 그분은 몰락하기 전의 곤돌린에서 태어났습니다. 그리고 모친은 디오르의 따님 엘윙으로, 디오르는 바로 도리아스 왕국의 공주 루시엔의 아드님이십니다. 나는 이 서부세계에서 세 시대를 살아오면서 수많은 패배와 소용없는 승리를 보았습니다.

나는 길갈라드의 전령으로 그의 군대와 함께 있었습니다. 모르도르의 암흑의 성문 앞에서 벌어진 다고를라드 전투에 참전했고 결국 우리가 승리를 거두었지요. 길갈라드의 창 아에글로스와 엘렌딜의 검 나르실 앞에선 어떤 적도 견딜 수 없었습니다. 나는 오로드루인산 기슭의 마지막 전투를 목격했습니다. 그 전투에서 길갈라드가 죽고, 엘렌딜도 나르실이 부러지면서 함께 죽었습니다. 하지만 사우론 또한 쓰러졌고, 이실두르가 자기 부친의 부러진 검으로 사우론의 손가락을 자른 후 반지를 차지했습니다."

이 말에 보로미르가 끼어들었다.

"반지가 그렇게 된 것이군요. 남부에도 그런 전설이 있었을 텐데 잊힌 지 오랩니다. 여기서는 거명할 수 없는 적의 위대한 반지가 있다는 소문은 들었습니다. 그의 첫 왕국이 멸망하면서 반지도 같이 없어진 줄 알았는데, 이실두르가 가져갔군요! 흠, 굉장한 소식입니다."

엘론드가 말했다.

"유감스럽게도 그렇습니다. 그래서는 안 되는데 이실두르가 가져갔던 겁니다. 반지를 처음 만든 오로드루인화산에 반지를 던져 버렸어야 했는데 말입니다. 하지만 이실두르가 반지를 손에 넣는 것을 목격한 사람은 거의 없었습니다. 그 처절한 마지막 싸움이 벌어질 때 그는 자기 아버지 곁에 혼자 서 있었고, 길갈라드 곁에는 오직 키르단과 내가 서 있었습니다. 그러나 이실두르는 우리의 충고를 들으려 하지 않았습니다.

그가 아버지와 동생의 죽음에 대한 보상으로 반지를 가져야겠다고 너무 고집을 부려 우리는 그 이상 말리지 못했지요. 그러나 이실두르는 반지 때문에 죽었습니다. 그래서 북쪽 사람들은 그 반지를 '이실두르의 재앙'이라고 부르지요. 그러나 어떻게 보면 그로서는 죽는 것이 더 다행이었다고 할 수도 있습니다.

하지만 반지에 관한 소식은 북쪽에만 전해졌고 그것도 극히 일부만 알고 있지요. 보로미르, 당신이 그 소식을 듣지 못했던 것은 이상할 게 없습니다. 이실두르가 죽은 창포벌판 전투에서는 겨우 세 사람만 살아남았는데, 그들은 오랫동안 안개산맥을 헤맨 끝에야 돌아올 수 있었습니다. 그 생존자 중의 한 사람이 이실두르의 종자 오흐타르인데 그는 엘렌딜의 부러진 칼을 간직하고 있었습니다. 그는 당시 어린 나이로 여기 깊은골에 머무르고 있던 이실두르의 후계자 발란딜에게 그것을 가져왔습니다. 그렇지만 나르실은 부러지고 빛도 잃었으며, 다시 벼리지 않은 채 여태 남아 있습니다.

최후의 동맹의 승리를 내가 헛된 것이라고 했던가요? 전적으로 그런 건 아닙니다만 우린 그 전쟁에서 목적을 이루지 못했습니다. 사우론은 사라졌지 죽은 게 아닙니다. 그의 반지 역시 사라졌지 파괴된 건 아닙니다. 암흑의 탑도 무너지기는 했지만 터는 그대로 남아 있었지요. 그 터는 반지의 힘으로 만들어진 것이기에 반지의 힘이 존재하는 한 그것도 영원히 존재할 것입니다. 많은 요정과 용감한 인간 그리고 그들의 친구들이 그 전쟁에서 죽었습니다. 아나리온이 전사하고 이실두르가 살해당했으며, 길갈라드와 엘렌딜도 돌아가셨습니다. 이제 다시는 인간과 요정 사이에 그 같은 동맹이 맺어질 수 없을 것입니다. 인간은 수가 불어났고 첫째자손은 줄어들어 사이가 멀어졌지요. 그날 이후 누메노르인들은 퇴보해 지금은 평균 수명도 많이 줄었습니다.

전쟁이 끝나고 창포벌판에서 살육이 있고 난 뒤, 북부에서는 서쪽나라 사람들이 점점 줄더니 저녁어스름호수 옆의 도시 안누미나스가 폐허가 되고 발란딜의 후계자들은 북구릉의 고원에 있는 포르노스트로 이동했지요. 그러나 지금은 그곳도 황량해졌습니다. 사람들은 그곳을 '사자(死者)의 둔덕'이라 부르며 접근하길 꺼립니다. 왜냐하면 아르노르의 주민들은 수가 점점 줄었고 또 적에게 살해당해, 이제는 풀만 무성한 언덕 위에 무덤들만 남아 있기 때문입니다.

남쪽의 곤도르 왕국은 더 오랫동안 이어졌지요. 몰락하기 직전의 누메노르의 영광을 회상시키기라도 하듯 한동안 그들은 번영을 누렸습니다. 그들은 높은 탑과 견고한 요새, 그리고 많은 배가 드나들 수 있는 항구를 건설했고, 인간들의 왕들이 쓰던 날개 달린 왕관은 다른 많은 민족들에게 경외의 대상이었습니다. 그들의 중심 도시는 별들의 요새라고 하는 오스길리아스였는데 그 한가운데로 안두인대하가 흘러갑니다. 그들은 동쪽으로 어둠산맥 등성이에 '떠오르는 달의 탑'이라는 뜻의 외곽 도시 미나스 이실을 건설했고, 서쪽으로는 백색산맥 기슭에 '지는 태양의 탑'이라는 미나스 아노르를 건설했습니다. 그곳 왕궁에는 백색성수(白色聖樹)가 한 그루 자라고 있었는데, 그것은 이실두르가 서쪽나라에서 가져온 나무의 자손입니다. 그 종자는 원래 에렛세아에서 건너왔고, 그 조상은 세상이 처음 만들어진 그 옛날 아득한 서녘에 있었다고 합니다.

그러나 가운데땅의 세월이 화살같이 빠르게 지나며 아나리온의 아들 메넬딜의 혈통도 끊기고 그 성수도 시들어 버리자, 서쪽나라 사람들의 혈통은 그보다 못한 인간들과 피를 섞게 되었지요. 그러던 중 모르도르에 대한 감시가 소홀해진 사이에 어둠의 세력이 고르고로스로 기어들었고, 결국에 정체를 드러내 미나스 이실을 공격했습니다. 그 후 그 성은 공포의 대상으로 변했지요. 그 성은 미나스 모르굴, 즉 마술의 탑이라 불리게 되었고 미나스 아노르도 새로이 미나스 티리스, 그러니까 감시의 탑이란 이름으로 바뀌게 된 것입니다. 두 도시는 계속 전쟁을 벌였고, 그 사이에 위치한 오스길리아스는 폐허가 되고 그 폐허에는 어둠의 세력이 출몰하기 시작했습니다.

그리하여 많은 생명이 그 전쟁에서 희생되었지요. 하지만 미나스 티리스는 지금까지도 계속 적과 싸우고 있습니다. 아르고나스에서 바다로 연결되는 대하의 통행을 확보하기 위해서입니다. 이제 이 대목에 관한 내 이야기도 끝내겠습니다. 이실두르 시대에 절대반지는 아무도 모르게 사라졌고, 요정들의 세 반지는 그 지배에서 풀려났습니다. 그러나 오늘에 와서 그것들은 다시 위험에 처하게 되었습니다. 유감스럽게도 절대반지가 발견되었기 때문입니다. 그것이 발견되는 과정에 대해서는 내가 한 일이 별로 없으니 다른 분이 말씀하시겠지요."

그가 이야기를 마치자 곧바로 키가 크고 거만한 태도의 보로미르가 일어났다.

"제게 잠시만 시간을 주십시오. 곤도르에 관해 말씀드릴 게 더 있습니다. 그것은 제가 물론 곤도르에서 왔기 때문이고, 또 그곳에서 지금 벌어지는 상황에 대해 여러분께서 알아 두시는 게 좋을 것이기 때문입니다. 우리가 전멸한다면 우리가 어떤 위급한 상황에 놓였으며 또 얼마나 용감하게 싸웠는지, 아무도 아는 사람이 없을 테니 말입니다.

곤도르에서 서쪽나라 사람의 혈통이 끊어지고 그들의 긍지와 위엄이 모두 사라져 버렸다는 말은 믿지 말아 주십시오. 용감한 우리 곤도르인들이 있었기에 동쪽의 야만족들도 멈칫거렸고, 모르굴의 공포도 힘을 죽여 온 것입니다. 서부의 보루, 즉 우리가 있기 때문에 서부의 평화와 자유가 유지되고 있습니다. 만일 안두인 수로를 빼앗긴다면, 그때는 어떻게 되겠습니까?

하지만 그 시간은 그리 머지않았습니다. 거명조차 두려운 대적은 다시 일어났습니다. 우리가 운명의 산이라 부르는 오로드루인에서는 다시 연기가 피어오르고, 검은 땅의 세력은 더 강성해져 우리는 점점 궁지에 몰리고 있습니다. 대적이 안두인대하 동쪽의 아름다운 땅 이실리엔에 쳐들어왔을 때 우리에겐 튼튼한 요새와 막강한 무기가 있었는데도 패하고 말았습니다. 그리고 바로 올 6월에도 모르도르의 급습으로 큰 패배를 당했습니다. 중과부적이었지요. 적은 동부인들, 그리고 그 잔인한 하라드인들과 동맹을 맺었습니다. 하지만 우리가 패배한 것은 수적 열세 때문만은 아니었습니다. 그들에게는 전에 느껴보지 못한 어떤 힘이 있었습니다.

사람들은 달빛 아래서 거대한 암흑의 기사처럼 보이는 어두운 그림자를 보았다고 합니다. 어쨌든 그가 나타나기만 하면 적은 미친 듯 사기가 오르고 우리 편은 모두 공포에 사로잡혀, 말이건 사람이건 할 것 없이 달아나 버립니다. 동쪽을 지키던 병사들 중 극히 일부만 겨우 돌아와, 오스길리아스의 폐허 속에 남은 마지막 다리를 파괴했습니다.

저는 다리를 지키고 있다가 마침내 우리 등 뒤에서 다리가 파괴되는 것을 목격한 무리 속에 있었습니다. 헤엄쳐 강을 건너고 보니 겨우 네 명만 돌아왔습니다. 저와 제 동생, 그리고 다른 두 사람이었습니다. 그러나 우리는 여전히 안두인대하 서안에서 싸우고 있습니다. 우리 등 뒤에서 평화를 누리는 이들은 우리 이름을 들으면 찬사를 보냅니다. 그렇지만 찬사는 많아도 도와주는 이는 없습니다. 다만 로한에서만 우리가 요청하면 도우러 오기로 했을 뿐입니다.

이 어려운 때에 전 엘론드를 뵙기 위해 천 리 길을 달려왔습니다. 백 일 하고도 열흘이 넘게 걸린 긴 여행이었습니다. 그러나 제가 원하는 것은 동맹군이 아닙니다. 엘론드 님의 명성은 무력이 아니라 지혜에 있다고 들었기 때문입니다. 제가 여기에 온 것은 조언을 구하기 위한 것뿐만 아니라 어려운 수수께끼를 하나 풀기 위해섭니다. 지난번 기습을 받던 날 저녁, 제 동생은 잠을 설치다가 이상한 꿈을 꾸었습니다. 그 뒤로 비슷한 꿈을 다시 꾸었고 저도 한 번 그 꿈을 꾸었습니다.

꿈에서 동쪽 하늘이 점점 어두워지며 천둥소리가 커졌고, 서쪽에서는 희미한 빛이 맴돌면서 거기서 아득하고도 또렷한 외침이 들려왔습니다.

부러진 검을 찾으라,
그것은 임라드리스에 거하니라.
그곳에서 조언을 얻으라,
모르굴의 마법보다 강한 조언을.
그곳에서 징조를 보리라,
종말이 머지않았다.
이실두르의 재앙이 다시 일어나고,
반인(半人)족이 나설 것이다.

우리는 이 말을 도무지 이해할 수가 없어 미나스 티리스의 영주, 제 부친 데네소르께 여쭈어 보았습니다. 부친은 곤도르의 전승에 조예가 깊으십니다. 부친께서는 임라드리스라는 건 옛날 요정들의 언어로, 전승의 대가이신 반(半)요정 엘론드 님이 살고 있는 북쪽의 골짜기라고 말씀하셨습니다. 그래서 제 동생이 상황의 긴박함을 깨닫고 꿈에서 말한 대로 임라드리스로 가겠다고 했습니다. 하지만 길이 너무 불확실하고 위험하다고 들었기 때문에 제가 직접 나선 것입니다. 부친께서 허락하시지 않았지만, 저는 기억 속에 사라진 멀고 먼 길을 헤맨 끝에 드디어 모든 사람이 이름은 알지만 어디에 있는지는 몰랐던 엘론드 님의 저택을 찾은 것입니다."

"그렇다면 이제 여기 엘론드의 집에서 당신은 그 수수께끼를 풀게 될 것이오."

아라고른이 일어서며 말했다. 그는 엘론드의 앞 테이블에 자기 검을 던졌다. 칼날이 부러져 있었다.

"부러진 검이 여기 있소."

아라고른이 말하자 보로미르는 순찰자의 여윈 얼굴과 빛바랜 망토를 놀란 눈으로 바라보며 물었다.

"당신은 누굽니까? 미나스 티리스와는 무슨 관련이 있습니까?"

그러자 엘론드가 대신 대답했다.

"그는 아라소른의 아들 아라고른이며, 미나스 이실의 왕인 엘렌딜의 아들 이실두르의 직계 장손입니다. 그는 북부 두네다인의 지도자이지만 그들은 이제 거의 남아 있지 않습니다."

그러자 프로도는 갑자기 놀라 벌떡 일어나며 마치 반지를 내놓으라는 명령을 받기라도 한 듯 큰 소리로 말했다.

"그렇다면 이건 제가 아니라 당신이 가져야 합니다."

그러자 아라고른이 대답했다.

"자네도 나도 그 반지의 주인은 아니오. 다만 잠시 자네가 그것을 지켜야 하는 임무를 맡은 거지."

그러자 간달프가 엄숙하게 말을 했다.

"반지를 내놓게, 프로도! 때가 왔네. 그것을 높이 들어 보로미르가 수수께끼의 나머지를 깨닫게 해 주게!"

좌중은 술렁거렸고 모든 이의 눈길이 프로도를 향했다. 그는 갑자기 부끄러움과 두려움을 함께 느끼며 몸을 덜덜 떨었다. 그런데 어찌 된 셈인지 반지를 내보이고 싶지 않았고 손으로 만지는 것조차 꺼려졌다. 그는 멀리 달아나고 싶었다. 마침내 프로도가 떨리는 손으로 그들 앞에 반지를 높이 들어 올리자 반지는 희미한 섬광을 발했다. 엘론드가 말했다.

"이실두르의 재앙을 보시오!"

황금빛으로 번쩍이는 반지를 바라보는 보로미르의 눈에 불꽃이 일었다. 그는 중얼거렸다.

"반인족이라! 그렇다면 드디어 미나스 티리스의 종말이 임박한 거 아닙니까? 부러진 검은 찾을 필요도 없지 않습니까?"

그러자 아라고른이 말했다.

"미나스 티리스의 종말이라고는 하지 않았소. 우리의 장엄한 모습을 보여 주어야 할 종말이 임박한 건 사실이오. 여기 이 부러진 검은 엘렌딜이 쓰러졌을 때 그와 함께 부러진 바로 그 엘렌딜의 칼입니다. 다른 유품들은 모두 없어졌음에도 후손들에게 이것만은 대단히 귀중한 가보로 전해 내려왔습니다. 예로부터 이실두르의 재앙, 즉 반지가 발견되면 칼도 다시 제 모습을 찾게 된다는 말이 있었기 때문입니다. 이제 당신이 찾던 칼을 발견했으니 어떻게 하겠소? 엘렌딜 왕가가 곤도르로 돌아오기를 원하오?"

그러자 보로미르는 거만하게 말했다.

"나는 무슨 부탁을 하러 온 것이 아니라 수수께끼의 의미를 물으러 왔을 뿐이오. 하지만 우리는 대단히 어려운 처지에 있으니 엘렌딜의 검이 기대 이상의 큰 도움이 될지도 모르지요……. 만일 그게 과거의 어두운 그림자에서 정말로 벗어났다면 말입니다."

그는 아라고른을 다시 보았다. 여전히 의심스러운 눈초리였다.

프로도는 옆에 앉은 빌보가 몹시 흥분했음을 느꼈다. 분명 그는 자기 친구가 의심받고 있다는 사실에 분개한 것 같았다. 빌보는 갑자기 벌떡 일어나더니 큰 소리로 시를 한 수 읊었다.

황금이라고 해서 모두 반짝이는 것은 아니며,
방랑자라고 해서 모두 길을 잃은 것은 아니다.
속이 강한 사람은 늙어도 쇠하지 않으며,
깊은 뿌리는 서리의 해를 입지 않는다.
잿더미 속에서 불씨가 살아날 것이며,
어둠 속에서 빛이 새어나올 것이다.
부러진 칼날이 다시 벼려질 것이며,
잃어버린 왕관은 다시 찾을 것이다.

"그리 좋은 작품은 아니지만 시사하는 바는 많을 것입니다. 엘론드의 설명이 부족하다고 느끼신다면 말입니다. 이 노래를 듣고 백 일하고도 열흘을 달려오신 보람을 얻으시려면 귀 기울여 잘 들으시는 것이 좋습니다."

그는 콧방귀를 뀌며 앉았다. 그리고 프로도를 향해 작게 말했다.

"이 노래는 두나단의 정체를 처음 알았을 때 내가 그를 위해 직접 지은 거야. 내 모험이 완전히 끝난 게 아니라면 그의 시대가 도래할 때 나도 그와 함께 나가고 싶을 정도지."

아라고른은 빌보를 향해 웃어 보이고는 보로미르를 향해 다시 고개를 돌렸다.

"나로서는 당신이 의심하는 것을 이해할 만하오. 데네소르의 홀에 위엄 있게 조각되어 있는 엘렌딜이나 이실두르의 모습과는 너무도 닮은 데가 없으니 말이오. 나는 이실두르의 후손일 뿐 이실두르가 아니오. 나는 오랜 세월 많은 고생을 겪었소. 여기서 곤도르까지의 거리는, 내가 지금까지 걸은 길에 비하면 극히 짧은 거리에 지나지 않소. 나는 수많은 산을 넘고 강을 건넜으며, 황야를 헤매기도 하고 별빛마저 낯선 하라드와 룬의 오지까지도 여행하였소.

그러나 내게 고향이 있다면 그것은 이곳 북부요. 왜냐하면 발란딜의 후예들이 오랜 세월 대를 이어 살아온 곳이 바로 이곳이기 때문이오. 우리 조상들의 찬란한 시대는 이제 어둠 속에 묻혔고 우리의 수도 줄었지만, 이 칼은 언제나 새로운 주인에게로 전해져 내려왔소. 하지만 보로미르, 이 점은 분명히 밝혀 두겠소. 외로운 사람들이오, 우리는. 황야의 순찰자이자, 말하자면 사냥꾼이오. 그러나 언제나 대적의 하수인들만을 사냥하오. 왜냐하면 그들은 이제 모르도르뿐만 아니라 도처에서 발견되기 때문이오.

보로미르, 곤도르가 탄탄한 요새였다면 우리도 나름대로 중요한 역할을 했소. 당신들의 견고한 성벽과 빛나는 칼로도 막을 수 없는 것들이 많소. 당신은 곤도르 밖은 잘 모를 거요. 조금 전에 평화와 자유라고 했소? 우리가 없었다면 북부는 그것을 누리지 못했을 거요. 공포가 모두를 죽음으로 몰고 갔을 테니까. 어둠의 무리는 인적 없는 산에서, 햇빛 없는 숲에서 기어 나오지만 우리를 보면 달아나오. 만일 우리 서쪽나라 사람들이 잠자고 있다면, 아니 진작에 모두 무덤 속에 들어갔다면 고요한 대지와 순박한 사람들의 잠자리에 어떻게 평화가 깃들고, 자유롭게 다닐 수 있는 길이 있겠소?

그러나 당신들은 찬사라도 받지만 우리는 그렇지 못하오. 우리와 맞부딪치면 길손들은 얼굴을 찌푸리고 마을 사람들은 모욕적인 별명까지 붙여 주지요. 지금도 내가 계속 지켜 주지 않으면 적들이 단 하루 만에 쳐들어와 그의 심장을 얼리고, 폐허로 만들어 버릴 수도 있는 마을에 살고 있는 한 뚱보는 나를 '성큼걸이'라고 조롱하오. 하지만 우리는 그 이상의 대접을 바라지는 않소. 순박한 사람들이 근심 걱정 없이 평화롭게 살 수만 있다면 우리는 언제나 음지에서 묵묵히 일할 생각이오. 세월이 바뀌고 풀은 더 무성해졌지만 그 일은 언제나 우리의 임무였소.

하지만 이제 세상은 다시 변하기 시작했소. 새로운 시간이 다가오고 있소. 이실두르의 재앙이 발견되었소. 전쟁이 임박한 거요. 이 칼은 다시 벼려질 것이며, 나도 곧 미나스 티리스로 갈 계획이오."

그러자 보로미르가 말했다.

"이실두르의 재앙이 발견되었다고 했지만, 나는 이 반인족의 손에서 반짝이는 반지를 보았을 뿐입니다. 이실두르가 죽은 것은 이 시대가 시작되기도 전인데 어떻게 현자들께서는 이 반지가 그의 반지인지 알 수 있습니까? 그리고 어떻게 반지가 이제 와서 발견되었고, 그것도 이렇게 이상하게 생긴 심부름꾼 손에 들어가게 된 까닭은 무엇입니까?"

"그 이야기도 곧 하지요."

엘론드가 말하자 빌보가 외쳤다.

"하지만 지금은 안 됩니다. 엘론드 님! 벌써 한낮이에요. 뭘 좀 먹고 기운부터 차려야겠습니다."

엘론드가 웃으며 말했다.

"귀하께 발언권을 드리지 않았습니다만, 지금 드립니다. 자, 이야기하세요. 혹 그 이야기를 아직 시로 만들지 못했다면 그냥 쉬운 말로 하세요. 가능하면 짧게 빨리 끝내시는 게 건강에도 좋으실 겁니다."

빌보가 대답했다.

"좋습니다. 명령대로 하지요. 이제부터 제가 하는 이야기는 진짜이니 혹시 예전에 달리 들으신 분이 있다면……." 그는 글로인을 흘끔 보았다. "용서하시고 그 이야기는 잊어 주십시오. 그 당시에는 반지를 소유하고 싶은 욕심이 앞섰고, 또 도둑이라는 누명을 벗으려다 그렇게 된 겁니다. 이제야 제가 왜 그렇게 어리석은 짓을 했는지 이해가 되는군요. 여하튼 이야기는 이렇습니다."

빌보의 이야기를 난생처음 듣는 이들도 있어 그들은 그 늙은 호빗이 골룸과의 만남을 처음부터 끝까지 이야기할 때—빌보는 전혀 기분 나쁜 표정이 아니었다—신기한 표정으로 귀를 기울였다. 빌보는 골룸과 내기한 수수께끼를 하나도 빠뜨리지 않고 모두 이야기했다. 말리지만 않았다면 그는 자기 생일잔치와 샤이어에서 사라지던 사건까지도 신이 나서 이야기했을 것이다. 그러나 엘론드가 손을 들었다.

"좋습니다, 친구. 오늘은 그 정도면 충분합니다. 이제 반지는 당신의 후계자인 프로도에게 넘어갔으니 그의 이야기를 들어 봅시다!"

그리하여 빌보보다는 마음이 덜 내켰으나, 프로도는 반지를 자신이 보관하기 시작하던 때부터 이야기를 하나하나 풀어 나갔다. 호빗골에서 브루이넨여울까지 오는 도중에는 여러 번 질문이 들어와 일일이 대답해 주어야 했다. 암흑의 기사들에 대해서는 자신이 경험한 모든 것을 전했다. 그가 이야기를 끝내고 자리에 앉자 빌보가 말했다.

"잘했다. 중간에 이 친구들이 방해하지만 않았으면 더 훌륭했을 텐데 말이야. 내가 몇 가지를 기록하려고 했는데, 차라리 나중에 쓰게 될 때 다시 함께 살펴보는 게 낫겠다. 네가 여기까지 오는 동안 겪은 사건들만으로도 몇 장은 채울 수 있겠다!"

"예, 이야기가 상당히 길지요. 하지만 저도 불확실한 곳이 몇 군데 있어요. 좀 더 알아봐야겠지요. 특히 간달프에 대해서 말이에요."

회색항구에서 온 갈도르가 옆에 있다가 그의 이야기를 들었다.

"내가 하고 싶은 이야기를 하시는군요."

그는 그렇게 말하고는 엘론드를 향해 말했다.

"현자들께서는 이 호빗들이 발견한 이 반지가 오랫동안 논란의 대상이 된 그 절대반지라고 믿을 만한 충분한 이유가 있는 모양이신데, 견문이 부족한 저로서는 잘 이해가 안 됩니다. 혹시 무슨 증거가 있으면 들려주실 수 없습니까? 그리고 하나 더 여쭙고 싶은 것은, 사루만은 어떻게 된 겁니까? 반지에 관한 한 그분이 조예가 깊으신 걸로 아는데 이 자리에 안 계시군요. 지금까지 나온 이야기를 그분께 들려드리면…… 그분은 어떻게 말씀하실까요?"

그러자 엘론드가 대답했다.

"그 문제도 모두 관련이 있습니다, 갈도르. 내가 잊은 게 아니니 그것도 답변이 나올 것입니다. 하지만 그런 이야기는 간달프께서 밝혀 주셔야겠지요. 이 문제에 있어서는 그분이 가장 어른이시니, 예의상 순서를 맨 마지막으로 미루어 둔 겁니다."

그 말에 간달프가 입을 열었다.

"갈도르, 어떤 이들은 글로인이 가져온 소식이나 프로도가 추격받은 사실만으로도 그가 가진 것이 대적에게는 대단히 귀중한 어떤 것임을 알 수 있을 겁니다. 그것은 바로 반지입니다. 아홉 반지는 나즈굴이 갖고 있고 일곱 반지는 빼앗기거나 파괴되었습니다."

이 말에 글로인이 몸을 움직였다. 하지만 그는 아무 말도 하지 않았다.

"세 개의 반지는 우리가 알고 있습니다. 그렇다면 그들이 그렇게 혈안이 되어 찾고 있는 이 반지는 뭡니까? 반지를 잃어버리고 다시 찾기까지 안개산맥과 안두인대하 사이에서 많은 시간이 헛되이 소모됐습니다. 그러나 이제 현자들의 부족했던 지식은 드디어 채워졌습니다. 그런데 너무 늦었지요. 대적은 우리 등 뒤에, 내가 걱정한 것보다 훨씬 가까이 와 있었습니다. 다행인 것은 올해, 정확히는 올여름까지는 적도 자세히 몰랐다는 점입니다.

혹시 기억하시는 분이 있는지 모르겠지만, 나는 오래전에 혼자서 돌 굴두르의 강령술사를 찾아간 일이 있습니다. 몰래 그의 행방을 추적하다가 거기서 우리의 우려가 사실임을 알았지요. 그는 다름 아닌 우리의 옛 원수 사우론이었습니다. 다시 형체를 회복하고 세력을 규합하던 중이었습니다. 역시 기억하시는지 모르겠습니다만, 그 당시 우리가 그를 직접 공격하려 했을 때 사루만이 말렸습니다. 그래서 우리는 그냥 오랫동안 지켜보는 수밖에 없었습니다. 하지만 드디어 어둠의 세력이 커지자 사루만도 자기 주장을 거두었고 백색회의에서는 무력으로 사우론을 어둠숲에서 축출하기로 결정했습니다. 그것이 바로 반지가 발견되던 해의 일입니다. 우연이라면 참 이상한 우연이지요.

그러나 엘론드께서 예측하신 대로 우리는 너무 늦었습니다. 사우론 역시 우리를 지켜보고 있었고, 오랫동안 우리의 공격에 대비해 온 것이지요. 그는 거기서 모든 것이 준비될 때까지 아홉 명의 반지악령 부하들이 빼앗은 미나스 모르굴을 통해 모르도르를 지배하고 있었던 것입니다. 그는 우리에게 굴복하는 체하고 몸을 피해 결국 암흑의 탑으로 되돌아가 암흑의 왕국을 선언한 것입니다. 그래서 마지막으로 백색회의가 열렸지요. 그가 전보다 절대반지를 찾는 데 더 열중한다는 것을 알았기 때문입니다. 우리는 그가 혹시 반지에 대해 우리가 모르는 무슨 소식을 들었나 싶어 걱정했지요. 그러나 사루만은 아니라면서 전에 하던 이야기만 되풀이했습니다. 절대반지는 가운데땅에서 절대로 발견되지 않는다는 거였지요. 그는 이렇게 말했습니다.

'최악의 경우, 우리가 반지를 갖고 있지 않고 여전히 반지는 분실 상태라는 것을 적이 안다고 합시다. 그러면 그는 잃어버린 것이니까 언젠가는 찾을 수 있을 거라고 생각하겠지요. 걱정 마십시오. 그는 제풀에 지쳐 쓰러질 것입니다. 이 문제는 내가 오랫동안 연구해 오지 않았습니까? 반지는 안두인대하에 빠졌고 오래전 사우론이 잠자는 동안 강물을 따라 바다로 떠내려갔습니다. 그것은 세상이 끝날 때까지 바다에서 나타나지 않을 겁니다.'"

간달프는 입을 다물고 멀리 안개산맥의 연봉이 삐죽삐죽 솟은 동쪽을 바라보았다. 그 산맥의 거대한 뿌리 밑에, 온 세계를 흔들어 놓을 재앙이 오랫동안 숨어 있었던 것이다. 그는 한숨을 쉬고 말을 이었다.

"내 실수였습니다. 현자 사루만의 말을 너무 믿었어요. 진상을 좀 더 일찍 파악했어야 했습니다. 그랬다면 상태가 지금처럼 급박해지진 않았을 텐데 말입니다."

그러자 엘론드가 그를 위로했다.

"우리 모두의 실수지요. 그래도 당신마저 경계하지 않았더라면 지금쯤 암흑이 우리를 덮쳤을지도 모르는 일입니다. 계속하시지요."

"여러 이야기를 듣긴 했지만 나는 처음부터 의심했습니다. 그래서 반지가 어떻게 골룸의 손에 들어갔고 또 그가 얼마나 오랫동안 그것을 가지고 있었는지 알아보기로 마음먹었습니다. 그래서 그를 지켜보았지요. 그가 자기 보물을 되찾기 위해 어둠 속에서 곧 뛰쳐나올 걸 짐작하고 말입니다. 그는 나타났습니다. 그러나 곧 사라졌지요. 그런데 그때, 유감스럽게도 나는 그 문제를 잠시 보류해 두고 말았습니다. 우리가 종종 그렇듯, 그냥 기다리며 지켜보기로 한 겁니다.

걱정만 하면서 그렇게 시간을 보내다가, 다시 섬뜩한 공포가 느껴지면서 의혹이 생겼습니다. 호빗의 반지는 어디서 온 것일까? 만일 내 우려가 사실이라면 어떻게 해야 할까? 이런 문제들에 대해 나는 결정을 내려야만 했습니다. 하지만 이 말이 새어 나가면 오히려 화를 자초할 수도 있었기 때문에 누구에게 함부로 털어놓을 수도 없었지요. 암흑의 탑과의 기나긴 전쟁을 돌이켜 볼 때 우리의 가장 큰 적은 배신이었기 때문입니다.

열일곱 해 전의 일이었습니다. 그때쯤 나는 갖가지 행색의 첩자들, 심지어 짐승이나 새까지도 샤이어에 모여든다는 것을 알았습니다. 걱정은 더 커졌지요. 나는 두네다인에게 도움을 청했습니다. 그들의 순찰이 두 배로 강화되었지요. 그러고 나서 이실두르의 후계자인 아라고른에게 속을 털어놓았습니다."

그러자 아라고른이 나서서 그 이야기를 들려주었다.

"그래서 저는 좀 늦은 것 같긴 하지만 골룸을 찾는 게 좋겠다고 했습니다. 그리고 이실두르의 후손인 제가 이실두르의 죄과를 속죄하는 것이 당연하다고 생각해서 간달프와 함께 오랫동안 기약 없는 수색에 나섰습니다."

이어서 간달프가 어둠산맥과 모르도르의 경계에 이르기까지 야생지대를 헤맨 이야기를 시작했다.

"거기서 우리는 골룸이 어둠산맥에 오랫동안 숨어 있다는 소문을 들었습니다. 그러나 아무리 찾아도 없어서 결국 포기했습니다. 그런데 포기한 와중에 갑자기 골룸을 찾지 않아도 반지를 확인할 수 있는 길이 있을지도 모른다는 생각이 들었습니다. 만약 그게 절대반지라면 반지 그 자체에서 확인할 수 있는 뭔가가 있을지도 모른다는 생각이었습니다. 사루만이 백색회의에서 한 말이 기억난 거지요. 그 당시에는 반쯤 흘려 버린 말인데 그제야 생생하게 기억났습니다.

'아홉, 일곱, 세 개의 반지는 각각 고유한 보석이 있지만 절대반지는 그렇지 않습니다. 그것은 둥글고 아무런 장식도 없는 평범한 작은 반지나 다를 바가 없습니다. 그러나 제작자는 그 위에다 보통 사람은 알아볼 수 없는 무슨 표시를 해 놓았습니다.'

하지만 그는 그 표시가 무엇인지는 확실히 말해 주지 않았습니다. 누가 그걸 알고 있을까? 반지 제작자, 아니면 사루만? 그가 아무리 반지에 조예가 깊다 하더라도 분명 무슨 근거가 있을 것이다. 사우론 말고 반지가 없어지기 전에 그것을 만져 본 자는 누구일까? 이실두르뿐이다.

그렇게 생각한 나는 골룸을 쫓는 일을 포기하고 급히 곤도르로 내려갔습니다. 옛날엔 우리 마법사들도 그곳에선 환대를 받았습니다. 사루만이 제일 환대받았지요. 그는 도시 영주들의 초대를 여러 번 받은 적이 있을 정도였습니다. 내가 도착하니 데네소르 공은 나를 예전처럼 달가워하는 눈치가 아니더군요. 하지만 못마땅해하면서도 창고에 쌓아 놓은 두루마리 문서들과 서적들을 내놓으면서 이렇게 말했습니다.

'당신 말씀대로 고대의 기록과 이 도시가 처음 세워지던 때의 자료만 읽으시겠다면 한번 찾아봐도 좋습니다. 내가 보기엔 지나간 세월보다 다가올 날이 더 어두워 보입니다. 나는 그게 더 걱정입니다. 하지만 당신이 여기서 오랜 세월 연구에 전념한 사루만보다 학식이 더 깊지 못하다면 내가 아는 것 이상으로 무슨 큰 소득을 올리지는 못할 겁니다. 나도 이쪽 방면에는 좀 아는 바가 있소.'

사실 그의 창고에는 전승의 대가들도 읽을 수 없는 기록들이 많았습니다. 그들의 말과 글은 후대로 오면서 완전히 잊혔기 때문이지요. 그러나 보로미르, 지금도 미나스 티리스에 가면 이실두르가 직접 만든 두루마리가 하나 있는데, 곤도르에서 왕이 사라진 후로 사루만과 나를 제외하고는 누구도 그것을 읽어 본 적이 없을 겁니다. 일부 기록이 말하듯이 이실두르가 모르도르에서 벌어진 전투가 끝난 뒤 곧바로 떠난 것은 아니란 얘기지요."

보로미르가 끼어들었다.

"북부의 일부 기록이겠지요. 곤도르에서는 모두 이렇게 알고 있습니다. 그는 먼저 미나스 아노르로 가서 조카 메넬딜과 함께 그곳에 있었습니다. 그에게 왕위를 맡기기 전에 남왕국의 법도를 가르친 것이지요. 그때 그는 죽은 동생을 기억하면서 서쪽나라에서 가져온 백색성수의 마지막 묘목을 거기에 심었습니다."

그러자 간달프가 다시 말했다.

"그때 그 두루마리도 함께 남긴 거요. 곤도르에서는 그 점은 잘 모르는 것 같더군요. 그 기록은 바로 반지에 관한 것이었는데 이렇게 쓰여 있었습니다.

위대한 반지는 이제 북왕국의 보물로 전해질 것이다. 그러나 엘렌딜의 후예가 이곳에도 있으니 그에 관한 기록은 곤도르에 남길 것이다. 이는 그 영광스러운 순간의 기록이 사라지지 않게 하기 위함이다.

그러고 나서 이실두르는 반지를 발견하던 순간을 이렇게 묘사했습니다.

내가 처음 만졌을 때 그것은 달아오른 석탄처럼 뜨거웠다. 내 손은 시커멓게 눌렸고, 나는 이 통증이 완쾌될 수 있을지 걱정된다. 그러나 이 글을 쓰는 동안 반지는 벌써 식었고, 아름다움이나 모양은 변하지 않았지만 크기는 작아진 듯하다. 반지에 새겨진 글자는 처음에는 빨간 불꽃처럼 선명하더니 이젠 식어서 겨우 알아볼 정도가 되었다. 모르도르에는 그렇게 정교하게 새길 문자가 없어서인지 에레기온의 요정 문자로 새겨져 있다. 나는 그 뜻을 이해할 수 없는데, 상스럽고 거친 것으로 보아 암흑의 땅의 말인 것 같다. 무슨 나쁜 뜻인지는 알 수 없으나 혹시 나중에 기억할 수 있게 여기 기록해 둔다. 반지는 사우론의 뜨거운 손을 그리워하는 것 같다. 그 검은 손은 손이면서도 불타오르듯 뜨거웠고, 길갈라드도 그 손에 살해당했다. 반지가 다시 뜨거워지면 글자가 다시 선명해질지도 모른다. 하지만 나로서는 사우론의 작품 중에서 유일하게 아름다운 이것에 그런 모험을 하고 싶지 않다. 비록 많은 고통이 거기 담겨 있기는 하나 이것은 내게 대단히 소중한 것이다.

그 글을 읽으면서 나의 추적은 끝이 났습니다. 이실두르가 추측한 대로, 새겨진 글은 모르도르와 암흑의 탑 하수인들이 쓰던 언어로 기록된 것이었습니다. 그 내용은 이미 세상에 알려져 있습니다. 왜냐하면 사우론이 그 절대반지를 완성해 손가락에 끼던 날, 세 개의 반지를 만든 켈레브림보르가 그 사실을 알고 멀리서 그가 그 말을 하는 소리를 들은 것입니다. 그래서 그의 사악한 흉계는 세상에 폭로되었지요.

나는 즉시 데네소르 공과 작별하고 북쪽으로 가다가 로리엔으로부터 아라고른이 그곳을 지나갔고 골룸이라는 녀석을 잡았다는 전갈을 받았습니다. 그래서 나는 먼저 그의 이야기를 들으러 아라고른을 찾아갔습니다. 그가 혼자서 얼마나 위험한 고비들을 넘겼는지 감히 상상할 수도 없었지요."

그러자 아라고른이 입을 열었다.

"그 이야기를 새삼스럽게 할 필요는 없지요. 누구든지 암흑의 성문 근처를 헤매거나 모르굴계곡에서 죽음의 꽃들을 밟아 볼 생각이라면 그런 위험은 각오해야 합니다. 저 역시 결국에는 포기하고 집으로 돌아갈 준비를 했습니다. 그런데 다행히도 제가 찾던 것을 우연히 만났습니다. 어떤 진흙탕가에서 맨발 자국을 발견한 겁니다. 최근에 만들어진 발자국이었고 또 급한 걸음이었는데 모르도르가 아니라 그 반대쪽을 향해 있었습니다. 죽음늪 주위를 따라 계속 추적해 가다가 드디어 골룸을 발견했습니다. 냄새나는 웅덩이 가에 숨어서 날이 어두워질 때까지 기다리다가 드디어 녀석을 붙잡은 거죠. 녀석의 몸은 늪지대의 푸른 진흙으로 온통 범벅이었습니다. 평생 동안 저를 증오할 텐데 걱정이 되는군요. 이빨로 깨물기에 혼을 좀 냈거든요. 그의 입에서 얻어낸 거라고는 고작 그 이빨 자국밖에 없었습니다. 데리고 돌아오는 것이 제일 힘들었지요. 골룸의 목에 줄을 걸고 입에는 재갈을 물린 채 앞장세워 밤낮으로 감시하면서 끌고 왔는데, 배고프고 목이 마르니까 겨우 말을 듣더군요. 그렇게 해서 사전에 약속한 대로 그놈을 어둠숲으로 데려가 요정들께 맡겼습니다. 떼어 두고 나니까 살 것 같더군요. 냄새가 정말 고약했습니다. 저는 그놈을 다시는 보고 싶지 않습니다만, 간달프가 돌아와서 오랫동안 놈과 이야기를 나누었습니다."

간달프가 말을 받았다.

"그렇습니다. 길고 지루한 작업이었지요. 하지만 소득이 없는 건 아니었습니다. 우선 골룸이 반지를 잃은 경위는 방금 빌보가 처음으로 털어놓은 이야기와 일치합니다. 하긴 그건 별로 중요한 일이 아니었어요. 이미 짐작하고 있었으니까 말입니다. 그런데 골룸이 그 반지를 창포벌판 근처의 안두인강에서 주웠다는 것을 처음으로 알아냈지요. 그리고 그것을 아주 오랫동안 지니고 있었다는 사실도 알아냈습니다. 동족들보다 몇 배나 더 오래 산 거지요. 반지의 힘이 그의 수명을 동족들보다 훨씬 길게 만든 겁니다. 위대한 반지들만의 능력이지요.

갈도르, 혹시 아직도 의문점이 남아 있다면, 아까 내가 말한 증거가 또 있습니다. 당신이 방금 본 이 반지는 둥글고 아무런 장식도 없는 듯하지만 사실 거기에는 이실두르가 기록한 문자가 새겨져 있습니다. 물론 그것을 보려면 이 황금 반지를 잠시 불 속에 던질 수 있는 용기가 필요합니다. 나는 그렇게 해 보았지요. 그리고 이런 글을 읽었습니다.

'아쉬 나즈그 두르바툴룩, 아쉬 나즈그 김바툴,
아쉬 나즈그 스라카툴룩 아그 부르줌-이쉬 크림파툴.'"

마법사의 목소리가 놀랍게 변했다. 갑자기 그의 목소리가 위협적이고 강렬한 쇳소리로 바뀌었다. 어두운 그림자가 한낮의 태양을 가리는 듯하더니 현관이 잠시 어둠에 휩싸였다. 참석자들은 모두 몸을 떨었고 요정들은 귀를 막았다. 어둠이 사라지고 모두가 안도의 한숨을 쉬고 나서야 엘론드가 말했다.

"회색의 간달프, 지금까지 임라드리스에서는 어느 누구도 감히 그들의 언어로 말한 적이 없었습니다."

간달프가 대답했다.

"그리고 다시는 그런 일이 있어도 안 되겠지요. 하지만 엘론드, 나는 지금 당신의 용서를 구하고 싶지는 않습니다. 이 언어가 서부 방방곡곡에서 들리기를 원치 않는다면, 모든 의심을 버리고 바로 이것이 우리 현자들이 공언했던 것임을 믿어야 합니다. 바로 이것이 대적의 사악함으로 충만한 그의 보물이며, 예전의 그의 위력도 대부분 그 속에 있다는 사실 말입니다. 에레기온의 장인들이 들었고, 자신들이 사우론에게 배신당했음을 깨닫게 된 그 말, 바로 그 암흑기에서부터 전해 오는 말입니다.

'모든 반지를 지배하고, 모든 반지를 발견하는 것은 절대반지,
모든 반지를 불러 모아 암흑에 가두는 것은 절대반지.'

친구 여러분, 나는 골룸에게서 더 많은 것을 알아냈습니다. 그가 말하지 않으려 했고 또 확실하지 않았지만 틀림없는 사실은, 그가 모르도르에 갔으며 거기서 그가 알고 있는 모든 것을 강제로 털어놓게 되었다는 겁니다. 그리하여 대적은 절대반지가 발견되었고, 오랫동안 샤이어에 비밀리에 보관되고 있었다는 사실을 알게 되었습니다. 그리고 그의 하수인들이 거의 우리의 문 앞까지 그것을 추적해 왔으니 이제 적은 곧, 아니 이 말을 하고 있는 바로 이 순간에 이미 우리가 여기 그것을 가지고 있다는 사실을 알게 되었을 겁니다."

모두들 한동안 숨을 죽이고 있었다. 마침내 보로미르가 입을 열었다.

"그 골룸이란 놈이 덩치가 작다고 하셨습니까? 작지만 큰 해악을 끼칠 놈이로군요. 그놈은 어떻게 되었습니까? 어떻게 그를 처리하셨지요?"

아라고른이 대답했다.

"그냥 감옥에 갇혀 있을 뿐입니다. 놈은 예전에도 고생을 많이 했습니다. 고문을 심하게 받은 모양인데 사우론에 대한 공포가 아직 마음에 강하게 남아 있었습니다. 어둠숲의 날쌘 요정들이 그를 꼼짝 못 하게 지키고 있어서 다행입니다. 그는 원한도 대단합니다. 그렇게 야위고 지친 몸에서 어떻게 그런 힘이 나오는지 놀랄 지경이었지요. 지금이라도 풀려난다면 놈은 무슨 말썽을 일으킬지 모릅니다. 모르도르를 떠나도록 허락받은 것도 분명 무슨 흉계가 있었을 겁니다."

"아, 큰일이군요!"

갑자기 레골라스가 외쳤다. 아름다운 그 요정의 얼굴에 대단히 근심스러운 표정이 번졌다.

"제가 가져온 소식을 이제는 말씀드려야 할 것 같군요. 나쁜 소식이 될 거라고 짐작은 했지만 그 말씀을 듣고 나니 정말 큰일입니다. 지금 골룸이라고들 부르시는 그 스메아골이 달아났습니다."

그러자 아라고른은 비명을 질렀다.

"달아났다고! 정말 나쁜 소식이군요! 그 때문에 장차 큰 화를 입지 않을까 두렵습니다. 스란두일 같은 분이 어떻게 그런 실수를 하셨을까요?"

레골라스가 대답했다.

"경계가 소홀해서가 아니라 아마 자비가 지나쳐서 그런 것 같습니다. 그리고 그놈은 외부의 도움도 받은 것 같습니다. 우리의 동태가 외부에 필요 이상으로 알려진 모양입니다. 우리는 힘들기는 했지만 간달프의 부탁대로 주야로 철저하게 감시했습니다. 하지만 그의 몸을 회복시켜 보라는 당부도 있고 해서 차마 지하 토굴에 계속 가둬 둘 수가 없었습니다. 혹시 옛날 하던 대로 더 못된 생각을 할까 봐 걱정도 되고 해서지요."

"당신들은 나한테는 그렇게 친절하지 않았잖소?"

글로인이 눈을 번득이며 말했다. 요정 왕의 깊은 감옥에 갇혔던 옛 기억이 갑자기 되살아난 모양이었다. 그러나 간달프가 그의 입을 막았다.

"자, 잠깐! 친애하는 글로인, 이야기를 막지 마시오. 그 일은 유감스럽게도 오해에서 비롯된 것이었고 벌써 오래전에 풀리지 않았소? 만일 요정과 난쟁이 사이에 있었던 모든 원한을 여기에 다시 끌어들인다면 우린 지금 당장 회의를 그만두는 것이 더 나을 것이오."

글로인이 일어나 절을 했고 레골라스는 이야기를 계속했다.

"맑은 날이면 우리는 골룸을 데리고 숲속을 거닐었습니다. 그곳에는 다른 나무들로부터 떨어진 곳에 그가 자주 올라가던 키 큰 나무가 한 그루 있었습니다. 우리는 가끔 골룸을 가장 높은 가지 끝까지 올려 보내 시원한 바람을 쐬게 했지요. 물론 나무 밑에는 보초를 세웠습니다. 그런데 어느 날 놈이 내려오질 않았습니다. 보초들도 따라 올라갈 마음은 안 들었나 봅니다. 그에게는 손뿐만 아니라 발로도 나뭇가지에 매달리는 재주가 있었습니다. 그래서 그들은 밤늦게까지 나무 밑에 앉아 있었지요.

바로 그 여름날 밤, 달도 없고 별도 없는 칠흑 같은 어둠 속에 오르크들이 갑자기 쳐들어왔습니다. 한참 싸운 끝에 우린 결국 그들을 격퇴했습니다. 그들은 수가 많고 용감하긴 했지만 산을 넘어왔고 또 숲의 지리에 익숙하지 않았으니까요. 싸움이 끝나고 보니 골룸이 없어졌고 보초들도 살해되거나 찾을 수가 없었습니다. 그제야 그 공격이 골룸을 구하기 위한 것이었고, 골룸은 사전에 그 사실을 알고 있었다는 게 자명해졌습니다. 그 탈주가 어떻게 계획되었는지는 모르겠습니다만, 골룸도 교활할 뿐만 아니라 적의 첩자들도 많아졌습니다. 용이 죽던 해에 쫓겨난 그 어둠의 무리들이 더 숫자가 늘어서 돌아왔고, 어둠숲도 우리가 사는 곳을 제외하고는 다시 무서운 땅으로 변해 버렸습니다.

우리는 골룸을 다시 붙잡지 못했습니다. 그의 발자국은 수많은 오르크들과 함께 깊은 숲속을 향하다가 남쪽으로 내려가더군요. 흔적도 곧 사라졌고 더 추격할 용기도 없었습니다. 그곳은 돌 굴두르에 가까웠고, 돌 굴두르는 아직도 우리에게 공포의 대상이니까요."

간달프가 입을 열었다.

"흠, 그렇게 도망쳐 버렸단 말씀이지! 그를 다시 쫓을 시간은 없습니다. 하고 싶은 대로 하도록 내버려 두지요. 골룸이 사우론이나 그 자신도 예상치 못한 역할을 맡게 될지도 모르는 것이니까요.

그러면 지금부터 갈도르의 다른 질문에 대답하지요. 사루만은 어떻게 되었으며, 이런 경우에 그는 어떤 충고를 할 것인가? 자초지종을 말씀드려야겠습니다. 엘론드께서도 간략하게만 알고 계시지요. 그러나 이것은 우리가 결정해야 할 모든 문제와 관련이 있습니다. 그리고 지금까지 진행된 바로는 반지의 긴 내력 중에서 맨 마지막 장이 되는 셈입니다.

6월 말경에 샤이어에 있는데, 까닭 없이 불안한 느낌이 들어 말을 타고 그 좁은 지역의 남쪽 경계로 내려갔지요. 정체 모를 위험이 다가오고 있다는 예감이 들었지요. 곤도르에서 전쟁이 벌어져 밀리고 있다는 소식을 거기서 들었는데, 암흑의 그림자라는 말에는 가슴이 섬뜩했습니다. 그렇지만 내 눈에는 남쪽에서 올라오는 몇몇 피난민들밖에 보이지 않더군요. 물론 말하지 않아도 그들의 얼굴에서 짙은 공포의 그림자를 읽을 수 있었습니다. 그래서 나는 동북쪽으로 방향을 바꿔 초록길을 따라갔습니다. 그러던 중 브리에서 멀지 않은 곳에서 말은 풀을 뜯게 내버려 두고 길가의 둑에 앉아 쉬고 있는 한 여행자를 만났지요. 바로 갈색의 라다가스트였습니다. 그는 한때 어둠숲 변경의 로스고벨에 살았습니다. 그는 나와 같은 마법사인데 몇 해 동안 서로 연락이 끊겼습니다.

'간달프!' 그가 외치더군요. '당신을 찾고 있었는데, 이 근방은 처음이라서요. 내가 전해 들은 건 그저 당신이 샤이어라는 듣도 보도 못한 외딴곳에 있으리라는 것뿐이었소.'

그래서 내가 말했습니다. '제대로 알고 계시군요. 하지만 이곳 주민을 만나면 그렇게 말하지 마시오. 당신은 지금 샤이어 경계에 가까이 왔으니 말이오. 그런데 무슨 일이오? 급한 일인 모양인데. 당신은 특별히 급한 일이 아닌 경우에는 길을 잘 나서지 않는 성미 아니오?'

그랬더니 이렇게 말하더군요. '급한 전갈이오. 상서롭지 못한 소식이지.' 그러고는 마치 산울타리에 귀가 달려 엿듣기라도 하듯 사방을 둘러보고 소리를 낮추더군요. '나즈굴, 그 아홉 나즈굴이 다시 나타났소. 몰래 강을 건너 서쪽으로 오고 있소. 암흑의 기사 복장으로 말이오.'

나는 그제야 까닭 없이 불안했던 이유를 알게 되었습니다. 라다가스트는 말을 계속했지요. '대적은 뭔가 대단히 급하고 중요한 일이 있는 모양이오. 하지만 왜 이렇게 멀리 황량한 오지까지 찾아드는지 이유를 모르겠소.' 그래서 내가 '무슨 말이오?'라고 묻자 그는 이렇게 대답했습니다. '어디를 가든 기사들이 샤이어란 곳에 관해 묻는다고 하오.'

'샤이어라!' 나는 이렇게 말하긴 했지만 가슴이 철렁했습니다. 그 무시무시한 대장까지 포함해서 아홉 나즈굴이 떼 지어 있을 때는 아무리 현자라 해도 상대하기 두려운 법이지요. 먼 옛날 그 대장은 막강한 왕이자 마술사였는데, 지금은 끔찍한 공포의 존재가 되었습니다. 그래서 내가 이렇게 물었지요. '누가 그렇게 말하던가요? 누가 당신을 보냈소?'

'백색의 사루만이오. 필요하면 자기가 도울 수도 있다고 전하라더군요. 단, 도움을 청하려면 빨리 해야지 그러지 않으면 너무 늦을 거라고 했소.'

그 말을 듣고 나는 희망이 생겼습니다. 백색의 사루만은 우리 마법사들 중에서도 가장 뛰어난 존재이기 때문입니다. 라다가스트 역시 훌륭한 마법사입니다. 그는 색깔을 만들고 바꾸는 데 대가이며, 식물과 짐승에 대해 많은 연구를 했기 때문에 특히 새들이 그의 친한 친구들이지요. 하지만 사루만은 오랫동안 대적의 마법을 연구했습니다. 그 덕택에 우리는 종종 적의 기선을 제압할 수 있었고, 돌 굴두르에서 적을 쫓아낸 것도 역시 사루만의 솜씨였습니다. 아홉 나즈굴을 물리칠 수 있는 무슨 무기를 벌써 그가 만들어 놓고 있는지도 모를 일이었지요.

그래서 '내가 가겠다.'라고 말했습니다. 그러자 그는 다시 말하더군요. '그렇다면 지금 바로 가시오. 당신을 찾느라 내가 시간을 너무 지체했으니 말이오. 시일이 촉박하오. 한여름이 되기 전에 당신을 찾아보라는 부탁을 받았는데 이제야 겨우 왔으니. 지금 즉시 출발한다 해도 당신이 그에게 닿기 전에 벌써 아홉 기사들은 자기들이 찾던 곳을 발견했을지도 모르오. 나도 곧 돌아갈 참이오.' 그는 그렇게 말하고 말에 올라타고 떠나려 했습니다.

'잠깐만! 우리는 당신뿐 아니라 도와줄 수 있는 모든 이들의 지원이 필요하오. 우선 당신 친구들인 모든 짐승들과 새들에게도 소식을 전해 주오. 이 문제와 관련 있는 소식이라면 무엇이든 사루만과 간달프에게 가져오라고 부탁해 주시오. 오르상크로 소식을 보내게 말이오.' 그러자 그는 '그렇게 하겠소.'라는 대답과 함께 마치 아홉 나즈굴이 뒤를 쫓기라도 하듯 급히 떠나 버렸습니다.

나는 곧바로 그를 따라갈 수가 없었지요. 그날은 여행을 너무 오래 해서 말뿐만 아니라 나도 무척 지쳤고 또 그 문제를 차근차근 정리해 볼 필요도 있었습니다. 나는 그날 밤 브리에서 묵으면서 샤이어에 돌아갈 시간이 없다고 결정을 내렸습니다. 정말 터무니없는 실수였지요.

그렇지만 프로도에게 편지를 써서 친구인 여관 주인에게 맡기고 그가 오면 전해 달라고 부탁했습니다. 그러고는 그날 새벽에 출발해 마침내 사루만이 있는 곳에 당도했습니다. 그곳은 안개산맥 최남단에 있는 아이센가드란 곳인데 로한관문에서 멀지 않은 곳입니다. 보로미르에게 물으면 에레드 님라이스, 즉 그의 고향에 있는 백색산맥의 최북단과 안개산맥 사이에 위치한 널따란 골짜기가 바로 그곳이라고 가르쳐 줄 겁니다. 하지만 아이센가드는 마치 벽처럼 계곡을 둘러싼 환상(環狀)의 가파른 암벽입니다. 그 계곡 한가운데에 오르상크라는 석탑이 있습니다. 석탑은 사루만이 건축한 것이 아니라 오래전 누메노르인들이 세운 것인데, 높이가 아주 높고 많은 비밀을 간직한 듯하면서도 인공물 같은 느낌이 전혀 들지 않는 탑입니다. 아이센가드의 환상지대를 통하지 않으면 그 탑에 들어갈 수 없는데 그 환상지대에는 출입구가 단 하나 있습니다.

어느 날 저녁 늦게서야 아치형 암벽으로 된 문 앞에 도착했는데, 입구의 경비가 삼엄했습니다. 문지기들은 나를 발견하고는 사루만이 기다리고 있다고 하더군요. 아치 밑으로 말을 타고 들어서자 뒤에서 소리 없이 문이 닫히는데 이상하게도 갑자기 두려운 생각이 들었습니다.

그렇지만 오르상크 밑에까지 말을 타고 가서 사루만의 계단에 당도했습니다. 거기서 그는 나를 맞이했고 탑 속의 높은 방으로 인도하더군요. 그는 손에 반지를 끼고 있었습니다.

'드디어 도착하셨군, 간달프.' 그는 엄숙한 표정으로 말했습니다. 그러나 마음속에 차가운 냉소라도 품고 있는 듯 그의 눈가에는 흰빛이 감돌았습니다.

'그렇소, 백색의 사루만. 당신 도움을 청하러 왔소.' 하지만 어쩐지 사루만은 그 호칭이 마음에 들지 않는 듯한 기색이었습니다.

그는 비웃듯 되물었지요. '정말이오, '회색'의 간달프? 도움을 청한다고? 회색의 간달프가 도움을 청한다는 말은 처음 듣는구려. 그렇게 현명하고 지혜롭고, 들판을 쏘다니며 남의 일에 참견하지 않는 데가 없는 간달프께서 말이야!' 나는 놀라서 그를 쳐다보며 이렇게 말했습니다. '내가 잘못 들은 것인지 몰라도, 지금 사태는 우리 모두가 힘을 합쳐야 할 만큼 급박하게 돌아가고 있소.' 그는 이렇게 응수하더군요. '그럴 수도 있겠지만 너무 늦게 깨달은 것 같소. 그런데 당신은 백색회의의 의장인 내게 지극히 중요한 문제를 오랫동안 숨겼소. 그걸 안 지 얼마나 됐소? 그리고 샤이어의 은신처에 숨어 있으려면 곱게 있을 것이지 뭐 하러 이제야 나타났소?'

그래서 내가 설명했지요.

'아홉 기사가 다시 나타났소. 라다가스트가 그러더군. 강을 이미 건넜다고.'

사루만은 이제 조롱을 감추지도 않고 웃어 댔습니다.

'갈색의 라다가스트라! 새 조련사 라다가스트! 저능아 라다가스트! 멍청이 라다가스트! 그 멍청이는 내가 맡긴 임무만은 썩 잘해 냈단 말이야. 당신이 여기 나타났으니 말이오. 내가 전갈을 보낸 목적은 바로 당신을 이리로 오게 하려는 것이었소. 자, 회색의 간달프, 여기 묵으면서 여독을 푸시오. 난 현자 사루만이자, 반지 세공사 사루만, 다색(多色)의 사루만이오!'

나는 그제야 전에는 흰색이던 그의 옷이 이제는 다채로운 색깔로 변했음을 알아챘습니다. 그리고 그가 움직일 때마다 빛깔은 눈부실 만큼 현란하게 반짝이며 변했습니다. 나는 '흰색이 더 좋은 것 같군.'이라고 말했습니다.

그러자 그는 이렇게 대답했습니다. '흰색! 시작할 때는 그 색이 적격이지. 흰색은 염색할 수도 있고, 흰 페이지는 글을 적을 수도 있고, 흰빛은 쪼개질 수도 있으니 말이오.'

'그럴 경우에 그것은 더는 흰색이 아니오. 어떤 사물의 진실을 발견하기 위해 그것을 파괴한다면 그는 이미 지혜의 길을 벗어난 것이오.'

'당신이 친구로 여기는 그 바보들 중의 하나에게 하듯 내게 설교할 필요는 없소. 내가 당신을 여기 부른 것은 가르침을 받기 위해서가 아니라 기회를 주기 위해서요.'

그리고 그는 몸을 꼿꼿이 세우더니 마치 오랫동안 준비해 온 연설이라도 하듯 이야기를 시작했습니다. '상고대는 지나갔고 지금 이 중시대도 끝나면 곧 신시대가 도래할 것이오. 그와 함께 요정들의 시대가 끝나고 우리의 시대가 임박했다는 뜻이오. 우리가 지배해야 할 인간들의 세계 말이오. 그러자면 이 만물을 우리 뜻대로 정리할 수 있는 힘이 있어야 하오. 물론 그것은 우리 현자들만이 볼 수 있는 최고의 선을 실현하기 위함이오. 그러니 영원한 내 친구이자 협력자인 간달프, 들어 보시오!'

그리고 그는 가까이 다가와서 더욱더 부드러운 소리로 이야기를 계속했습니다. '난 방금 우리라고 했소. 그러나 그건 당신이 내 뜻에 찬성한다는 전제하의 이야기요. 새로운 세력이 떠오르고 있소. 옛날의 구태의연한 동맹이나 연합으로는 막아 낼 수도 없고, 요정이나 쓰러져 가는 누메노르인들에게도 아무런 희망을 걸 수 없소. 당신 앞에, 그리고 우리 앞에는 선택할 수 있는 길이 하나 있소. 그 세력에 동참하는 것 말이오, 간달프. 그것이 현명한 길이오. 그 길에는 희망이 있소. 승리는 목전에 있으니까 그들에게 협력한다면 후한 보상이 있을 것이오. 그 세력이 강해질수록, 검증된 친구들도 늘어날 거요. 당신과 나 같은 현자들은 참을성 있게 견디기만 하면 결국에는 그들의 방향을 통제할 수 있고, 그들을 지배할 수 있게 될 거요. 우리는 우리의 생각을 마음속에 넣어 두고 때를 기다릴 수 있소. 우리의 고상하고 궁극적인 목적, 즉 지식과 규율, 질서를 마음에 새기고만 있다면 그 과정의 오류와 잘못은 잠시 용납될 수 있을 거요. 그렇게만 된다면, 우리의 나약하고 게으른 친구들이 항상 도와준다면서 방해하기만 하던 그 모든 목적을 드디어 이룰 수 있을 것이오. 우리의 계획에는 아무런 실질적 변화가 없을 뿐 아니라 그럴 필요도 없소. 다만 방법상의 차이만 있을 뿐이오.'

그래서 나는 이렇게 답했지요. '사루만, 난 전에도 이런 말을 여러 번 들었는데, 그것은 무지한 사람들을 속이기 위해 모르도르에서 보낸 사자들의 입을 통해서였소. 당신이 그런 터무니없는 이야기를 하려고 나를 부르리라고는 상상도 못 했소.'

그러자 그는 나를 곁눈질로 바라보더니 잠시 생각에 잠겨 있더군요. '흠, 이 현명한 제안이 마음에 들지 않는다 그 말이군. 그런가? 그렇다면 더 나은 방법이 있는데, 어떻소?'

그는 다가와 긴 손으로 내 팔을 잡았습니다. '간달프, 이건 어떻소? 절대반지 말이오! 우리가 그것만 손에 넣는다면 그 세력도 결국 우리에게 넘어올 거요. 내가 당신을 부른 진짜 목적은 이것이오. 내가 사방에 풀어놓은 소식통들에게서 당신이 이 소중한 것의 소재를 알고 있다는 이야기를 들었소. 그렇지 않소? 그렇지 않다면 왜 아홉 나즈굴이 샤이어를 찾고 있으며, 당신은 거기서 뭘 한 거요?' 이 말을 하는 그의 두 눈에는 언뜻 숨길 수 없는 탐욕이 번득였습니다.

나는 그에게서 물러서며 말했지요. '사루만, 당신도 잘 알다시피 한 번에 오직 하나의 손만이 반지를 지배할 수 있소. 그러니 억지로 우리라고 말하지 마시오! 여하튼 나는 그 말에 동의할 수 없고 이제 당신의 본심도 알았으니 반지의 소식은 결코 알려 줄 수 없소. 당신은 백색회의의 의장이었지만 결국 가면을 벗고 말았어. 그러니 당신의 선택이라는 것은 결국 사우론이나 당신에게 굴복하란 뜻이 분명하오. 난 두 가지 다 택하지 않겠소. 다른 제안은 없소?'

그의 얼굴은 이제 차갑고 무섭게 변했습니다. '있지. 난 자네가 순순히 지혜의 길을 택할 것이라 기대하지 않았네. 그럼에도 난 당신이 자발적으로 나를 돕고 당신의 근심과 고통을 덜어 낼 기회를 주었네. 세 번째 길은 여기서 쉬는 거야. 영원히!'

'영원히라고?'

'절대반지의 위치를 내게 말할 때까지 말이야. 당신을 설득할 방법을 찾아봐야지. 아니면 마음에 안 들겠지만 반지가 발견될 때까지 여기 있을 수밖에. 그러면 반지의 지배자께서는 좀 더 사소한 문제에 신경 쓸 여유도 생기시겠지. 가령 회색의 간달프가 오만무례하게 굴면서 일을 훼방한 데 대한 적절한 보상 같은 것 말이지.'

'그렇게 사소한 문제는 아닐 거요.' 나는 그렇게 응수했지만 그는 나를 비웃었습니다. 내 말이 공허한 빈말일 뿐임을 알고 있었기 때문이지요.

그들은 나를 끌고 가 오르상크의 첨탑 위에 홀로 남겨 두었습니다. 사루만이 별을 관찰하던 곳이지요. 거기서 빠져나가는 유일한 길은 수천 개의 계단으로 된 좁은 층계밖에 없었고 발밑은 천 길 낭떠러지였습니다. 나는 계곡을 내려다보고 한때 그렇게 푸르고 아름답던 곳이 이제 온통 지하 요새와 대장간으로 가득 찼음을 알았습니다. 사루만은 아이센가드에 늑대와 오르크를 끌어모아 엄청난 무력을 조성하고 있었습니다. 그는 벌써 사우론의 수하에 들어간 것이 아니라, 아직은 그와 대항하여 자신의 이익을 지키려는 것이었습니다. 그가 만들어 놓은 요새 위로 온통 시커먼 안개가 자욱했고, 오르상크도 안개에 둘러싸여 있었습니다. 말하자면 나는 운해로 둘러싸인 고도에서 탈출의 희망이라고는 전혀 보이지 않는 고통의 나날을 보냈습니다. 혹독한 추위 속에서 한 평도 안 되는 공간을 서성이며 북으로 진격해 올라오는 아홉 나즈굴을 걱정하고 있었던 겁니다.

사루만의 말은 거짓일 수도 있지만 나즈굴이 다시 나타난 것만은 분명한 사실 같았습니다. 아이센가드로 가던 중 거의 확실한 소식을 들었기 때문이지요. 샤이어에 있는 친구들이 매우 염려스러웠지만 일말의 희망이 그래도 남아 있었습니다. 나는 프로도가 내가 편지에 부탁한 대로 즉시 샤이어를 떠나, 적의 추격이 시작되기 전에 깊은골에 도착하기를 바랐습니다. 하지만 나의 희망이나 공포는 둘 다 근거가 희박했습니다. 왜냐하면 희망은 브리의 뚱보에게 달려 있었고, 공포는 사우론의 교활함을 지나치게 두려워한 것이었으니까요. 사실 그 뚱보는 손님들 시중 때문에 바빴고, 사우론의 힘도 걱정한 것만큼 무서울 정도는 아니었습니다. 하지만 아이센가드라는 함정에 홀로 갇힌 상태에서는, 보기만 해도 소름 끼치는 적의 기사들이 샤이어에서 헤매고 있을 거라고는 상상도 할 수 없었지요."

그때 프로도가 소리쳤다.

"저는 마법사님을 보았어요! 앞뒤로 서성이고 계셨는데 머리에서 달빛이 반사되더군요."

그러자 간달프는 놀라서 이야기를 멈추고 그를 바라보았다. 프로도가 계속했다.

"그저 꿈이었어요. 지금 막 기억이 나는군요. 잊고 있었는데 방금 생각이 났습니다. 샤이어를 떠난 뒤인 것 같아요."

다시 간달프가 말을 이었다.

"이야기를 들어 보면 알겠지만 그 일이 있고 난 뒤였군. 그때는 정말 비참했습니다. 내가 그런 궁지에 빠진 적이 한 번도 없었으니, 아마 나를 잘 아는 분들은 내가 그런 곤경을 잘 견딜 수 있었을까 걱정하시는지도 모릅니다. 회색의 간달프가 파리처럼 거미줄에 걸리다니 말입니다! 하지만 아무리 정교한 거미줄이라도 허점은 있기 마련입니다.

처음에 나는 사루만이 말한 대로 라다가스트 역시 배반자가 되었을지도 모른다고 생각했지요. 하지만 길에서 만났을 때 그의 음성이나 눈길에서 무슨 이상한 낌새를 눈치챌 수는 없었어요. 그랬더라면 아이센가드에 가지도 않았을 것이고, 가더라도 좀 더 조심했을 겁니다. 사루만 역시 그런 계산을 했을 것이니 라다가스트에게 속을 보이지 않고 속인 것이지요. 사실 정직한 라다가스트를 유혹해 배반하게 만든다는 것은 거의 불가능한 일입니다. 그래서 그는 나를 진정으로 찾아다녔고 나도 그의 말을 믿은 것이지요.

그러나 사루만의 음모는 바로 그 점 때문에 헝클어지기 시작했습니다. 라다가스트는 내가 부탁한 대로 하지 않을 아무런 이유가 없던 것이지요. 그는 자신의 옛 친구들이 많이 살고 있는 어둠숲으로 들어갔습니다. 안개산맥의 독수리들은 멀리까지 날아다니기 때문에 많은 것을 볼 수 있습니다. 늑대와 오르크가 모이는 것도 보았고, 아홉 기사들이 여기저기 출몰하는 모습과 골룸이 도망쳤다는 소식도 들었습니다.

그래서 여름이 물러갈 즈음 어느 날 달이 뜬 밤에 그들은 이 소식을 내게 전하려고 사자를 보냈습니다. 그리하여 바람의 왕 과이히르가 뜻밖에도 오르상크에 나타나게 된 겁니다. 그는 위대한 독수리들 중에서도 가장 빠른 독수립니다. 독수리는 탑 꼭대기에 서 있던 나를 발견했고, 그래서 사루만이 눈치채기 전에 나를 그곳에서 벗어나게 해 달라고 부탁했지요. 늑대들과 오르크들이 나를 쫓아 오르상크를 출발할 무렵엔 이미 아이센가드에서 멀리 벗어나 있었습니다.

난 과이히르에게 날 어디까지 데려다줄 수 있는지 물었습니다. '아주 멀리까지라도 가능합니다. 하지만 땅끝까지는 안 됩니다. 나는 짐을 나르러 온 것이 아니라 소식을 전하러 온 거니까요.' 그래서 내가 '그렇다면 말이 있는 곳으로 가세. 가장 빠른 말이어야 하네. 지금 매우 화급한 문제가 생겼거든.' 이라고 했더니, '그러면 로한 왕이 있는 에도라스로 모셔 드리지요. 거긴 멀지 않습니다.'라고 하더군요. 로한의 리더마크 땅에는 로히림, 곧 말의 명인들이 살기 때문에 나도 동의했습니다. 안개산맥과 백색산맥 사이의 거대한 골짜기에서 자라는 말보다 훌륭한 말은 세상 어디에도 없습니다. 나는 다시 물었습니다. '로한인들은 아직 믿을 만한가?' 사루만의 배반에 워낙 놀랐기 때문에 의심한 거지요. '그들은 말을 공물로 바칩니다. 해마다 모르도르에 꽤 많은 말을 보낸다는 소문이 있습니다만, 아직 그들의 지배하에 들지는 않았지요. 만일 당신 말씀대로 사루만이 악의 길에 들어섰다면 로한의 종말도 멀지 않은 셈이지요.'

과이히르는 동트기 바로 전에 나를 로한에 내려 주었습니다. 이야기가 너무 길어졌군요. 이제부터는 간단하게 말씀드리겠습니다. 로한에도 벌써 악의 세력이 손을 뻗치고 있었습니다. 사루만의 감언이설에 넘어간 거지요. 로한 왕은 내 경고는 전혀 들을 생각도 않고 말을 한 필 줄 테니 떠나라고 하더군요. 그래서 나는 가장 날렵해 보이는 말을 골랐습니다. 내게는 무척 마음에 드는 선택이었지만 왕에게는 별로 달갑지 않은 일이었겠지요. 난 가장 훌륭한 말을 택했습니다. 지금까지 그렇게 멋진 말은 본 적이 없었지요."

그러자 아라고른이 말했다.

"그렇다면 혈통이 좋은 말인가 보군요. 하지만 무엇보다도 사우론이 말을 공물로 받는다는 건 정말 슬픈 소식입니다. 내가 지난번에 로한에 갔을 때만 해도 그렇지는 않았는데 말입니다."

그때 보로미르가 끼어들었다.

"맹세컨대 지금도 그렇지 않습니다. 그건 대적의 거짓말입니다. 저는 로한인들을 압니다. 진실하고 용감한 민족이지요. 우리가 옛날에 양도한 땅에서 살고 있는 우리의 동맹국입니다."

그러자 아라고른이 대답했다.

"모르도르의 그림자는 사방에 깔려 있소. 게다가 사루만이 그들의 코앞에 있으니 로한은 함락된 거나 마찬가지지요. 당신이 돌아가는 길에 들러 보면 어떤 일이 벌어지고 있을지 모르지요."

"적어도 그들은 말을 팔아서 목숨을 부지하는 일은 하지 않을 겁니다. 그들은 말을 친족처럼 아낍니다. 리더마크의 말은 암흑의 땅과는 거리가 먼 북부평원 태생이고 그들의 혈통은 주인들과 마찬가지로 먼 옛날 자유의 시대부터 이어지기 때문입니다."

그러자 간달프가 말했다.

"보로미르의 말이 맞소. 내가 탄 그 말은 어쩌면 역사의 첫 새벽에 태어난 말일지도 모릅니다. 아홉 기사의 말도, 바람처럼 빠르고 지칠 줄 모르는 그 말과는 비교가 되지 않습니다. 그 준마의 이름은 샤두팍스지요. 낮에는 털이 은빛으로 빛나고 밤에는 마치 어둠 속의 그림자처럼 흔적 없이 달립니다. 발굽 소리의 경쾌함이란 이루 다 표현할 수가 없지요. 아무도 그 말을 타지 못한 모양인데 내가 타면서 길을 들였습니다. 속도가 얼마나 대단한지 로한을 출발한 것과 프로도가 호빗골을 떠난 것이 거의 동시일 텐데, 프로도가 고분구릉에 있을 때 난 벌써 샤이어에 도착했을 정도입니다.

그러나 달리면서도 걱정이 앞섰지요. 북쪽으로 올라오는 내내 기사들의 소식을 들었고 밤낮으로 그들을 따라잡았으나 그들은 여전히 내 앞에 있었으니까요. 내가 알기로 그들은 세력을 분산시켰습니다. 일부는 초록길에서 멀지 않은 샤이어 동쪽 경계에 남았고, 일부는 남쪽에서 샤이어로 잠입했습니다. 내가 호빗골에 도착했을 때 프로도는 이미 떠나고 없더군요. 그래서 감지 영감과 이야기를 몇 마디 나누었는데 말만 많았지 중요한 이야기는 별로 없었습니다. 영감은 골목쟁이집의 새 주인에 대해 영 못마땅한 모양이더군요. 계속 이런 불평을 늘어놓았습니다. '변해도 이렇게 변할 수가 없어요. 내 평생에 이런 꼴을 보다니! 최악의 상황이라니까요!' 그는 몇 번씩이나 최악이라는 말을 하더군요.

그래서 나는 '최악이란 좋은 말이 아니네, 영감. 정말 최악의 경우를 당하면 어쩌려고 그러나?' 하고 위로해 주었습니다. 그렇지만 나는 그의 이야기에서 프로도가 호빗골을 떠난 지 일주일이 채 안 되었고, 바로 그날 저녁 암흑의 기사들이 언덕으로 몰려왔다는 사실을 알아냈습니다. 나는 두려움에 사로잡혀 급히 말을 몰았지요. 노룻골에 도착해 보니 아니나 다를까 벌써 막대기로 개미집을 쑤신 듯 큰 소동이 벌어졌더군요. 크릭구렁의 집은 모조리 난장판이 되어 문이 열려 있고 아무도 보이지 않았습니다. 문간에 떨어져 있던 프로도의 망토를 본 순간 거의 절망적이었지요. 주위를 둘러보고 무슨 소식이라도 들었다면 다소 마음이 놓였겠지만 워낙 급하고 경황이 없었습니다. 곧바로 말을 타고 기사들을 뒤쫓았지요. 하지만 그들은 여러 방향으로 뿔뿔이 흩어져 버려 도무지 방향을 종잡을 수가 없더군요. 속수무책으로 망설이다가 적어도 그들 중 한두 명은 브리로 갔을 거라는 생각이 번뜩 들더군요. 그리고 여관 주인을 생각하니 새삼스럽게 분통이 터지기도 해서 그쪽으로 향했습니다. 여관 주인이 뭔가 들은 말이 있을 거란 생각을 한 거지요.

그리고 '그 영감 이름이 머위(Butterbur)라고 했지! 만일 프로도가 그 영감 때문에 출발이 늦어졌다면 그 이름 그대로 온몸에다 버터를 바르고 숯불에 올려 로스구이를 만들어야겠어.' 그런 생각을 하며 여관에 들어갔습니다. 머위네는 나를 보자마자 사색이 되어 땅바닥에 납작 엎드리더니 땅속으로 꺼질 듯한 시늉을 하더군요."

그러자 프로도가 놀라 외쳤다.

"설마 그를 혼내진 않으셨겠지요? 그는 아주 친절했고 할 수 있는 한 최선을 다했습니다."

간달프는 웃었다.

"걱정 말게! 물어뜯지는 않고 살짝 짖어 주기만 했지. 그의 이야기를 듣고 내가 무척 기뻐하자 그제야 떠는 걸 멈추더군. 그래서 그 늙은이를 힘껏 안아 주었지. 그땐 자초지종을 짐작조차 할 수 없었지만, 어쨌든 자네가 그 전날 밤 브리에서 묵고 아침에 성큼걸이와 함께 떠났다는 걸 알았네. 난 너무 기뻐서 이렇게 외쳤지. '성큼걸이라고!' 그러자 머위네는 내 뜻을 오해하고는 이렇게 변명하더군. '그렇습니다. 걱정이 됩니다만 사실이에요. 그가 먼저 그들 일행에게 접근했고 제가 말렸는데도 그들은 그와 함께 떠났어요. 그들은 여기 있는 동안 아주 즐겁게 지냈지요. 멋지게 한바탕 놀았답니다.' 그래서 난 이렇게 말해 주었지. '멍청이! 바보! 위대하고 사랑스러운 우리의 보리아재! 이건 지난여름 이후 내가 들은 최고의 소식일세. 적어도 금덩이 하나쯤의 가치는 있는 거야. 자네 맥주에 앞으로 7년 동안 마법의 맛이 깃들기를 바라네! 이제야 좀 쉴 수 있겠군. 잠자리에 들어 본 게 언젠지 까마득하군.'

그래서 나는 기사들이 어디 있을까 궁금해하며 그날 밤을 브리에서 묵었습니다. 그때까지 브리에는 그들 중 단둘만 나타난 것 같았습니다. 하지만 밤중에 소식을 더 들었습니다. 적어도 다섯 기사가 서쪽에서 나타나 마을 입구의 문을 부수고 들어와 일진광풍처럼 브리를 휩쓸고 지나갔다는 겁니다. 그래서 브리 사람들은 아직도 공포에 떨면서 말세가 가까웠다고 중얼거리고 있지요. 나는 동이 트기 전에 일어나 그들의 뒤를 따랐습니다.

확실치는 않지만 추리하자면 이렇습니다. 그들의 대장은 브리 남쪽 은밀한 곳에 숨어 있었고, 둘만 먼저 마을로 들어왔습니다. 그리고 넷은 샤이어로 쳐들어간 겁니다. 그러나 브리와 크릭구렁에서 실패하자 그들은 다시 대장에게 되돌아간 것이죠. 그 바람에 동부대로는 그들의 첩자들만 감시할 뿐 경계가 다소 소홀해졌습니다. 대장은 그들 중 일부는 들판을 가로질러 동쪽으로 똑바로 가게 하고, 자신은 분노를 삭이지 못한 채 나머지와 함께 동부대로를 따라 계속 올라온 겁니다.

나는 질풍처럼 달려서, 브리를 떠난 지 둘째 날 해가 지기 전에 바람마루에 이르렀습니다. 그들이 눈앞에 나타났지요. 그러나 그들은 내가 분노한 것을 알았고, 또 하늘에 해가 아직 떠 있었기 때문에 일단 뒤로 물러서더군요. 밤이 되니 그들은 점점 거리를 좁혀 산꼭대기의 아몬 술 원형지대에서 드디어 나를 둘러쌌습니다. 나 혼자 그들 모두를 상대하기는 정말 벅찼습니다. 아마 옛날 봉화를 피운 이래로 바람마루가 그렇게 빛과 불꽃으로 번득인 적은 없었을 겁니다.

동틀 녘에야 나는 겨우 포위망을 벗어나 북쪽으로 달렸습니다. 거기 더 있어 봤자 소용이 없었기 때문이지요. 우선 그 넓은 산을 다 뒤져서 프로도를 찾아낸다는 게 불가능할 뿐 아니라, 아홉 나즈굴을 뒤에 달고 그를 찾는다는 것은 더 어리석은 일이기 때문이었지요. 그래서 일단 아라고른을 믿기로 했습니다. 그리고 그들 중 일부를 유인하면서 프로도보다 먼저 깊은골에 도착해 대책을 강구하기로 결정했습니다. 네 명의 기사가 따라오다가 돌아갔는데 지금 와서 보니 그들은 브루이넨여울로 간 것 같습니다. 그것이 프로도에게는 다행이었지요. 그들이 프로도 일행의 야영지를 습격할 때는 아홉이 아니라 다섯뿐이었으니 말입니다.

나는 흰샘강 상류로 올라가서 에튼황야를 지나 다시 남쪽으로 내려오는 어려운 길을 거쳐 마침내 여기에 도착했습니다. 바람마루에서 여기까지 거의 열닷새가 걸렸지요. 우선 트롤고원 암벽지대에서는 말을 탈 수 없었고, 게다가 샤두팍스가 떠났기 때문이었습니다. 샤두팍스를 주인에게 돌려보내기는 했지만, 우리는 우정이 깊어졌기에 내가 부르면 언제나 다시 찾아오리라 생각됩니다. 하여간 그 때문에 나는 반지보다 겨우 이틀 먼저 여기 도착한 것이지요. 이미 프로도가 위험에 처했다는 소식은 여기에 알려져 있었고, 그것은 사실로 입증되었습니다.

프로도, 이것이 내 이야기의 끝일세. 엘론드와 여러분께서는 이야기가 너무 길었던 점을 양해해 주십시오. 하지만 간달프가 약속을 어기고 제시간에 나타나지 않았다는 사실은 예전에 없던 일이니만큼 반지의 사자에게 그 이유를 분명히 해명할 필요가 있다고 생각했습니다. 이제 내 이야기는 모두 끝났습니다. 우리는 여기에 모였고 반지도 여기 있습니다. 하지만 우리의 목적에 한 걸음도 접근하지 못했습니다. 이제 어떻게 해야 할까요?"

침묵이 흐른 뒤 마침내 엘론드가 입을 열었다.

"사루만의 배신은 슬픈 일입니다. 그를 믿었고, 또 우리의 논의에 그가 항상 깊이 개입했기 때문에 더욱 그렇습니다. 대적의 기술을 깊이 연구한다는 것은 그 의도가 선하든 악하든 간에 위험합니다. 하지만 그와 같은 타락과 배신은 유감스럽게 옛날에도 있었습니다. 우리가 오늘 들은 이야기 중에서는 프로도의 이야기가 가장 놀랍습니다. 나는 여기 있는 빌보 말고는 호빗들을 거의 모릅니다만, 이제 보니 빌보도 내 생각처럼 특이하거나 괴짜 호빗은 아닌 것 같군요. 내가 지난번 서쪽으로 여행한 이후 세상은 많이 바뀌었습니다.

우리가 아는 고분악령들은 여러 가지로 불립니다. 묵은숲에 대해서도 많은 이야기가 전해 오지만 지금 남은 지역은 과거 북쪽 변경의 일부일 뿐이지요. 옛날에는 다람쥐들이 지금의 샤이어에서 아이센가드 서쪽 던랜드까지 나무만 타고 다닐 수 있었던 적도 있습니다. 언젠가 그곳을 여행했는데 신기한 야생 동식물들을 많이 알게 되었습니다. 하지만 봄바딜을 까맣게 잊고 있었어요. 그 옛날 언덕을 뛰어다니던 바로 그 인물이 맞는지 몰라도, 그는 그때 이미 무척 나이가 많았습니다. 그때는 그 이름이 아니었습니다. 우리는 그를 '나이가 많고 아버지가 없다'는 뜻으로 야르와인 벤아다르라고 불렀습니다만, 그 밖에 다른 종족이 붙인 이름도 많았지요. 난쟁이들은 포른이라 불렀고, 북부인들은 오랄드라고 불렀습니다. 이상한 인물이지요. 오늘 회의에 초청했으면 좋았을걸 그랬어요."

"오지 않았을 겁니다."

간달프가 말했다. 그러자 에레스토르가 물었다.

"지금이라도 연락해서 그의 도움을 청하는 게 어떻겠습니까? 그는 이 반지에 영향력을 행사할 수 있을 것 같은데요."

그러나 간달프는 반대했다.

"아니요. 난 그렇게 생각하지 않습니다. 차라리 그에게 반지가 아무 영향력을 행사하지 못한다는 편이 옳겠지요. 그는 그 자신의 주인입니다. 반지를 변화시킬 수도 없고 또 타인에 대한 반지의 힘을 사라지게 할 수도 없습니다. 게다가 지금은 아무도 찾을 수 없는 자신의 조그만 땅에 머물러 있습니다. 아마도 세월이 바뀌기를 기다리고 있을 것이니, 밖으로는 나오지 않겠지요."

에레스토르가 다시 말했다.

"그의 영역 내에선 아무도 그를 괴롭히지 못하는 것 같군요. 그렇다면 그가 반지를 그곳에 영원히 간직하면 어떻겠습니까?"

"안 됩니다. 십중팔구는 맡지 않으려 할 겁니다. 물론 온 세상의 자유민들이 모두 그에게 간청한다면 승낙할지도 모르지요. 하지만 그는 왜 그래야 하는지 이해하지 못할 겁니다. 그에게 반지를 준다면 그는 곧 그걸 잊거나 멀리 던져 두기 십상입니다. 그런 것은 그에게 아무 매력이 없습니다. 따라서 그는 매우 불안한 관리인이 되겠지요. 이것만으로도 충분한 답이 될 겁니다."

간달프의 말이 끝나자 글로르핀델이 말했다.

"여하튼 그에게 반지를 보내는 것은 결국 최후의 날을 연기하는 것밖에는 안 됩니다. 그는 지금 멀리 있습니다. 적의 첩자들에게 들키지 않고 다시 거기까지 간다는 것도 불가능합니다. 설령 그렇게 할 수 있더라도 조만간 반지의 제왕은 반지를 숨긴 곳을 찾아낼 것이고, 그러면 모든 힘을 그리로 기울일 겁니다. 봄바딜 혼자서 그 힘을 막을 수 있을까요? 나는 불가능하다고 봅니다. 결국 모두가 정복되면 봄바딜도 쓰러지고 말겠지요. 최초에 났으니 최후에 쓰러질 법도 하지 않습니까. 그리고 그다음엔 어둠이 덮칠 겁니다."

이번에는 갈도르가 나섰다.

"야르와인에 대해선 이름밖에 아는 게 없지만, 내 생각에도 글로르핀델의 의견이 옳은 것 같습니다. 대적에게 대항할 수 있는 힘이 이 대지 자체에 없다면 그에게도 없습니다. 반대로 사우론에게는 높은 산조차 파괴하고 변형시킬 힘이 있음을 우리는 압니다. 지금 남은 세력이라고는 이곳 임라드리스의 우리와 회색항구의 키르단, 그리고 로리엔뿐입니다. 하지만 다른 모든 곳이 쓰러지고 마지막으로 사우론이 쳐들어올 때, 그들이 대적을 막아 낼 수 있겠습니까, 우리가 막아 낼 수 있겠습니까?"

그러자 엘론드가 대답했다.

"내게는 그럴 만한 힘이 없습니다. 그들도 불가능하지요."

"그렇다면 적에게 강제로 반지를 빼앗기지 않기 위해서 우리가 취할 수 있는 방법은 두 가지뿐입니다. 바다 저쪽으로 보내든 파괴하든 둘 중 하나입니다."

글로르핀델이 말하자 다시 엘론드가 대답했다.

"간달프의 말에 의하면 우리의 기술로는 반지를 파괴하는 것이 불가능하다고 합니다. 그리고 바다 저편의 이들도 그것을 받아들이지 않을 겁니다. 좋든 싫든 그것은 가운데땅에 속한 것이므로 여기 있는 우리가 처리해야 합니다."

글로르핀델이 다시 말했다.

"그렇다면 바닷속에 던져 버립시다. 사루만의 거짓말을 사실로 만드는 겁니다. 우리가 회의하고 있는 이 시간, 이미 그의 발길은 악의 길로 들어서 있음이 분명해졌습니다. 그는 반지가 완전히 사라지지 않았다는 사실을 알면서도 우리에게는 그렇게 믿게 했습니다. 사실 그 자신이 반지를 노리면서 그렇게 말한 것이지만 종종 거짓말에도 진실이 담겨 있을 때가 있습니다. 바닷속이라면 반지는 안전할 것입니다."

그러자 다시 간달프가 나섰다.

"영원히 안전한 것은 아닙니다. 깊은 물속에도 적의 첩자가 있을 수 있습니다. 그리고 바다와 육지는 변하게 마련입니다. 우리가 여기 모인 것은 한 계절이나 일부의 생물들, 아니면 한 시대만을 염려하기 위함이 아닙니다. 과연 가능할지 모르지만 이 골칫거리를 영원히 제거할 수 있는 궁극적인 해결책을 찾아야 합니다."

이번에는 갈도르가 말했다.

"바다는 해결책이 못 됩니다. 만일 야르와인에게 보내는 것이 위험하다면 바다에 던져 버리는 것은 훨씬 더 위험합니다. 제 직감으로도 사우론이 현재의 상황을 보고받는다면 분명 서쪽으로 가는 길에서 우리를 기다릴 겁니다. 틀림없습니다. 지금은 아홉 기사들이 말을 잃은 상태지만, 그것도 잠시뿐 곧 더 날쌘 새 말로 갈아탈 겁니다. 해안선을 따라 북으로 진군하는 길과 사우론 사이에는 기울어 가는 곤도르의 세력만 있을 뿐입니다. 만일 그가 백색탑과 회색항구를 공격한다면 앞으로 요정들은 가운데땅의 깊어 가는 어둠에서 탈출할 길이 없어지는 거지요."

그러자 보로미르가 나섰다.

"그 공격은 당분간은 가능하지 않습니다. 곤도르가 기울어 간다고 말씀하셨지만 아직은 건재합니다. 마지막 순간까지도 곤도르는 매우 용감합니다."

"하지만 당신들의 군세도 아홉 나즈굴을 막을 수는 없습니다. 또한 그들은 곤도르가 지키지 않는 다른 길을 찾아낼 겁니다."

갈도르가 말하자 에레스토르가 나섰다.

"그렇다면 글로르핀델이 이미 말한 대로 길은 두 가지밖에 없습니다. 반지를 영원히 숨기든 아니면 파괴하는 것이지요. 하지만 둘 다 우리의 능력 밖의 일입니다. 누가 이 수수께끼를 풀 수 있겠습니까?"

그러자 엘론드가 엄숙하게 말했다.

"이 자리에 있는 누구도 풀 수 없습니다. 만일 우리가 두 가지 방법 중 하나를 택한다면 어떤 일이 일어날지 아무도 예측할 수 없습니다. 하지만 내가 보기엔 이제 우리가 어떤 길을 택해야 할지 분명해진 것 같습니다. 서쪽으로 가는 길은 가장 쉬운 길이지요. 그렇기 때문에 그 길은 피해야 합니다. 틀림없이 그들이 감시하고 있을 겁니다. 요정들이 그 길로 탈출한 적이 한두 번이 아니니까요. 결국 우리는 어려운 길, 아무도 예견하지 못할 길을 찾아야 합니다. 혹시 희망이 있다면 그 길뿐일 것입니다. 위험 속으로 뛰어드는 거지요. 모르도르로 말입니다. 우리는 반지를 불의 산 분화구로 던져 넣어야 합니다."

다시 침묵이 흘렀다. 프로도는 반짝이는 햇빛과 맑은 물소리로 가득 찬, 계곡이 한눈에 내려다보이는 이 아름다운 저택에 앉아 있으면서도 막막한 어둠의 공포를 느꼈다. 보로미르가 몸을 움직였고 프로도가 그것을 보았다. 그는 손가락으로 커다란 뿔나팔을 만지면서 얼굴을 찡그렸다. 마침내 보로미르가 입을 열었다.

"저는 이런 논의를 정말 이해할 수가 없습니다. 사루만은 배신자이긴 하지만 중요한 암시를 해 준 게 아닙니까? 왜 반지를 숨기거나 파괴하는 것만 생각하시는 겁니까? 반지가 우리 손에 들어왔는데 이처럼 위급할 때 그것을 사용하는 게 좋지 않습니까? 우리 자유국의 군주들은 반지의 힘으로 대적을 이길 수 있을 겁니다. 대적이 가장 두려워하는 것도 바로 그것입니다. 곤도르인들은 용감합니다. 우리는 결코 항복하지 않을 겁니다. 그러나 우리도 언젠가는 패배할지도 모릅니다. 용기는 먼저 힘을 필요로 하고, 그다음엔 무기를 필요로 합니다. 여러분이 말씀하신 대로 반지에 그처럼 놀라운 힘이 있다면 반지를 우리의 무기로 하면 됩니다. 그러면 승리도 우리의 것이 되지 않겠습니까!"

그러자 엘론드가 말했다.

"아, 안 되오. 우리는 '지배의 반지'를 사용할 수 없습니다. 그건 우리가 너무도 잘 아는 사실이지요. 그것은 사우론이 만든 것이고 따라서 그의 것이며 사악한 것입니다. 보로미르, 반지의 힘은 너무 위력적이어서 아무나 함부로 휘두를 수 없습니다. 이미 스스로 위대한 힘을 소유한 자만이 반지를 사용할 수 있을 뿐이지요. 그러나 그런 이들조차 그 때문에 더욱 치명적인 화를 자초할 수 있습니다. 반지에 대한 욕망, 그것이 바로 그의 마음을 타락시키는 겁니다. 사루만을 보시오. 만일 현자들 중 한 명이 반지를 가지고, 또 그의 지혜를 이용하여 모르도르의 군주를 무찌를 수 있다면 그는 곧 사우론의 권좌에 스스로 오를 것이며, 따라서 또 하나의 암흑군주가 탄생하는 겁니다. 이것이 반지가 파괴되어야 하는 또 다른 이유입니다. 이 세상에 반지가 존재하는 한 그것은 현자들에게조차 위협이 됩니다. 왜냐하면 처음부터 악한 이는 없기 때문입니다. 사우론도 마찬가지였습니다. 나는 반지를 숨기기 위해 그것을 만지는 것조차 두렵습니다. 그리고 그것을 휘두르기 위해 만지는 일은 더욱 원치 않습니다."

그러자 간달프도 말했다.

"나 역시 그렇습니다."

보로미르는 의심스럽다는 얼굴로 그들을 바라보았으나 곧 고개를 숙였다.

"정 그렇다면 우리 곤도르는 지금의 무기로 싸우는 수밖에 없겠지요. 그리고 적어도 현자들께서 반지를 지켜 주시는 한 우리는 계속 싸울 겁니다. 혹시 그 부러진 검이 공격을 막아 낼 수 있을지도 모르지요. 그 검을 휘두르는 손이 그 검뿐 아니라 선왕의 능력까지 물려받았다면 말입니다."

그러자 아라고른이 대답했다.

"혹시 압니까? 하지만 그것을 곧 시험해 볼 작정입니다."

"그날이 너무 멀지 않았으면 좋겠습니다. 저는 도움을 요청하러 온 것은 아닙니다만, 우리는 사실 도움이 필요합니다. 다른 이들도 모든 힘을 다해 함께 싸우고 있다는 소식을 듣는다면 우리 곤도르인들도 위안받을 겁니다."

그러자 엘론드가 말했다.

"그 점은 안심하십시오. 당신이 알지 못하는 많은 세력과 나라가 더 있습니다. 당신에게 보이지 않을 뿐이지요. 안두인대하가 아르고나스와 곤도르 입구까지 흘러가는 동안 많은 대지를 거쳐 간다는 것을 기억해 두십시오."

난쟁이 글로인이 나섰다.

"그 모두가 힘을 합치고, 연합하여 각자의 능력을 발휘한다면 그나마 다행이겠군요. 게다가 좀 덜 위험한 다른 반지도 있으니 위급할 땐 사용할 수도 있지 않을까요. 난쟁이들의 일곱 반지는 잃어버렸습니다. 발린이 마지막 반지였던 스로르의 반지를 찾아내지 못한다면 말입니다. 스로르가 모리아에서 사라진 뒤로 아무 소식이 없습니다. 이제 와서 솔직히 말씀드립니다만, 발린이 떠나간 데는 그 반지를 찾기 위한 목적도 있었습니다."

그러자 간달프가 말했다.

"발린은 모리아에서 어떤 반지도 찾을 수 없을 겁니다. 스로르는 반지를 자기 아들 스라인에게 주었지만, 스라인은 소린에게 물려주지 않고 갖고 있다가 돌 굴두르의 토굴에서 강제로 빼앗겼습니다. 내가 너무 늦었지요."

글로인이 탄식했다.

"아, 그럴 수가! 복수의 날은 언제나 올 것인가! 하지만 아직 세 개의 반지는 남아 있지 않습니까? 요정들의 세 반지는 어떻게 되었습니까? 그것도 대단한 힘이 있다고 들었습니다. 요정 영주들께서는 그것을 갖고 계시지 않습니까? 그것들도 역시 먼 옛날에 암흑군주가 만든 것이지요. 지금은 한가히 쉬고 있는 겁니까? 여기 요정 영주들께서 계신데 말씀해 주시지요."

요정들은 아무 말도 하지 않았다. 한참 만에 엘론드가 입을 열었다.

"내 이야기를 듣지 않았소, 글로인? 세 반지는 사우론이 만든 것이 아니고, 그는 만져 보지도 못했습니다. 그것들에 관해서는 언급하는 것이 금지되어 있지만 궁금한 분들이 많을 테니 이야기하겠습니다. 반지는 쉬고 있는 게 아닙니다. 그러나 요정의 반지들은 전쟁이나 정복을 위한 무기로 만들어진 게 아닙니다. 정복은 그 반지들의 목적이 아니지요. 그 반지들을 만든 이들은 힘과 지배와 부의 축적을 바란 것이 아니라 이해와 생성, 치유, 순수의 보존을 희망했습니다. 가운데땅의 요정들은 슬픈 일도 많이 겪었지만 어느 정도 그런 목적을 이룰 수 있었지요. 그러나 만일 사우론이 절대반지를 손에 넣게 되면 세 개의 반지를 이용하여 이루어 놓은 모든 것들을 허물 것입니다. 그리고 그것을 소유한 이들의 머릿속과 가슴속은 모두 그에게 훤히 들여다보이게 됩니다. 세 개의 반지는 차라리 없던 게 더 나을지도 모르게 될 것입니다. 그것이 적의 목적이지요."

"그런데 당신 말씀대로 절대반지가 파괴된다면 그때는 어떻게 됩니까?"

글로인이 다시 묻자 엘론드는 슬픈 음성으로 대답했다.

"나도 정확히는 모릅니다. 어떤 이들은 세 반지는 사우론이 건드린 적이 없기 때문에 자유를 찾아, 사우론이 끼친 이 세상의 해악들을 치유할 수 있을 것이라 희망적으로 생각하기도 합니다. 하지만 내 생각으로는 절대반지가 파괴되면 세 반지도 힘을 잃을 것이고, 많은 아름다운 것들은 사라져 결국 망각되고 말 것입니다. 나는 그렇게 믿습니다."

그러자 글로르핀델이 말했다.

"하지만 사우론을 물리치고 그의 지배에 대한 공포를 영원히 잠재울 수 있다면, 모든 요정들은 그러한 희생을 기꺼이 받아들일 것입니다."

에레스토르가 말했다.

"결국 우리는 또다시 반지를 파괴하는 문제로 돌아왔군요. 하지만 한 발짝도 더 나아가지 못했습니다. 반지를 만들어 낸 그 불을 찾을 수 있는 능력을 가진 이가 누구입니까? 그것은 절망의 길입니다. 한없이 지혜로우신 엘론드께서 말리시지 않는다면 나는 차라리 어리석음의 길이라 부르고 싶습니다."

그러자 간달프가 말했다.

"절망이나 어리석음이라고요? 절망은 아닙니다. 왜냐하면 절망이란 아무 의심 없이 종말을 확신하는 이에게만 어울리는 말이기 때문입니다. 우리는 그렇지 않습니다. 모든 가능한 방법을 검토해 본 뒤 남는 필연을 인식하는 것은 오히려 지혜입니다. 거짓된 희망에 매달리는 이들에게는 그것이 우둔하게 보이겠지요. 그러니 그 어리석음을 우리의 외관으로 만들어 대적의 눈을 피할 가림막이 되게 합시다! 왜냐하면 그는 매우 똑똑하니까 자신의 악의 저울로 모든 일을 정확하게 측정할 테니 말입니다. 그러나 그가 알고 있는 유일한 척도는 욕망, 오직 권력을 향한 욕망뿐입니다. 그는 타인의 생각을 모두 그런 척도로 판단합니다. 어느 누가 반지를 거부한다거나, 우리가 그 반지를 파괴하리라는 것을 그의 사고방식으로는 도저히 생각할 수 없을 겁니다. 우리가 반지를 파괴하기로 작정한다면 그는 알아채지 못할 것입니다."

엘론드가 말을 받았다.

"당분간은 그렇습니다. 우리는 그 길을 가야 합니다. 하지만 매우 어려운 길입니다. 강한 자나 지혜로운 자는 멀리까지 갈 수 없습니다. 그 길은 강한 자만큼의 희망을 가진 약한 이가 가야 하는 길입니다. 역사의 수레바퀴를 움직인 것은 사실 그런 식이었습니다. 강자들의 눈이 다른 곳을 향하는 동안, 작은 손들은 바로 자신들이 해야만 하기 때문에 그 일을 하는 겁니다."

그러자 갑자기 빌보가 입을 열었다.

"좋습니다, 좋아요, 엘론드 님! 그만하세요! 무슨 말씀을 하시는지 충분히 알겠습니다. 어리석은 호빗 빌보가 이 일을 저질러 놓았으니 끝맺음도 제가 하는 것이 낫겠다는 말씀이시지요? 저는 지금까지 여기서 편안하게 지내며 자서전을 계속 집필해 왔습니다. 자세히 말씀드리자면 지금 맺음말을 생각하는 중이었지요. 이렇게도 써 보았습니다. '그리고 그는 그 후로 죽을 때까지 행복하게 살았다.' 전에 많이들 써먹은 말이긴 하지만 훌륭한 맺음말이지요. 이제는 그 말대로 실현될 것 같지 않으니 바꿔야겠습니다. 그리고 제가 다시 끝을 맺을 수 있다면 새로운 내용을 많이 추가해야겠어요. 정말 골치 아프군요. 언제 출발할까요?"

보로미르는 놀라서 빌보를 바라보았다. 둘러앉은 모든 참석자들이 그 늙은 호빗의 말을 대단히 진지하게 받아들이는 걸 보고 그는 터져 나오는 웃음을 참아야 했다. 오직 글로인만이 아득한 옛 기억을 되새기며 소리 없이 웃고 있었다.

간달프가 말했다.

"물론일세, 사랑하는 빌보! 자네가 만일 정말로 이 일을 시작했다면 끝을 내야 옳겠지. 하지만 자네도 잘 알다시피 시작이란 어느 누구에게도 쉬운 일이 아니야. 그 어떤 큰일이라도 영웅이 할 수 있는 것은 아주 작은 부분에 불과하다네. 자네가 그럴 필요는 없어! 혹시 진심으로 그런 생각을 하는지는 몰라도 우리는 자네가 농담 삼아 그런 용감한 제안을 했다고 믿고 싶네. 자네에게는 힘에 부치는 일이야, 빌보. 자네가 다시 떠맡을 수는 없어. 이미 지나갔다네. 충고 한마디 더 하면, 자네 역할은 이제 기록원의 역할 말고는 끝났다는 거야. 자네는 집필을 완성하게. 맺음말을 바꾸지 말고! 아직 희망은 있네. 그들이 돌아올 때 속편을 쓸 준비를 하게."

빌보는 웃었다.

"간달프 당신에게서 이렇게 듣기 좋은 충고가 나올 때도 있군요. 하지만 지금까지의 듣기 싫은 충고는 모두 결과가 좋았는데 이번의 충고는 그래서 꺼림칙하군요. 저는 아직 제게 그 반지를 책임질 만한 힘이나 운이 남아 있다고는 생각하지 않습니다. 반지는 컸는데 저는 그렇지 않거든요. 그런데, 아까 '그들'이라고 하셨는데 누구를 가리키는 겁니까?"

"반지를 맡아서 떠날 사자들일세!"

"알았어요! 그게 누구냐 하는 것이 문제 아닙니까? 오늘 회의에서 결정해야 할 전부이자 유일한 안건이 바로 그거 아닙니까? 요정들은 끝없이 떠들고, 난쟁이들은 진득하게 들을는지 모르겠지만! 저는 늙은 호빗일 뿐이고, 또 점심 먹을 때도 되었어요. 누구 생각나는 이름 없나요? 아니면 식사 후에 다시 모일까요?"

아무도 대답이 없었다. 정오의 종이 울렸다. 여전히 아무도 입을 열지 않았다. 프로도는 모두의 얼굴을 흘끗 둘러보았으나 자신을 바라보는 눈은 없었다. 모든 참석자들은 깊은 생각에 잠긴 듯 눈을 내리깔고 있었다. 거대한 두려움이 그를 덮쳤다. 오랫동안 예견해 왔으나 결코 일어날 리가 없다고 헛되이 희망을 품고 있었던 어떤 운명이 마침내 선고되는 것을 기다리고 있는 기분이었다. 마음에는 빌보와 함께 깊은골에서 평화롭게 살아가고 싶은 욕망이 강하게 일었다. 마침내 그는 억지로 입을 열었다. 그는 자신의 조그마한 목소리가 마치 다른 어떤 힘에 이끌려 나오기라도 하듯, 자신의 목소리를 들으려고 귀를 기울였다.

"제가 반지를 맡겠습니다. 길은 잘 모르지만요."

엘론드가 고개를 들어 그를 바라보았다. 프로도는 그의 눈길이 갑자기 날카로운 창 끝처럼 가슴에 와서 박히는 것을 느꼈다.

"내가 지금까지 들은 이야기가 모두 옳다면, 이 일은 프로도 자네의 몫이라고 생각하네. 자네가 길을 찾을 수 없다면 아무도 찾을 수 없을 걸세. 지금은 샤이어의 호빗들이 그 고요한 들판에서 일어나 강자들의 탑과 지혜를 흔들어 놓을 시간이야. 어느 현자가 이것을 예견할 수 있었겠는가? 아니 그들이 진정 현명하다면 왜 시간이 무르익기 전에 이런 사실을 구태여 알고자 하겠는가? 하지만 이것은 무거운 짐일세. 너무 무겁기 때문에 아무도 남에게 떠맡길 수 없는 짐이야. 나 역시 이 짐을 자네에게 떠맡기지 않겠네. 다만 자네가 기꺼이 맡아 준다면 자네의 선택이 옳다고 말해 주고 싶네. 그리고 고대의 저 위대한 요정의 친구들 곧 하도르와 후린, 투린, 베렌이 모두 한자리에 모인다 해도, 자네도 그들과 동석할 수 있을 걸세."

그때 마루 한구석에 숨어서 엿듣고 있던 샘이 더는 참을 수 없었는지 불쑥 튀어나오며 말했다.

"하지만 프로도 씨를 혼자만 보내시는 건 분명 아니겠지요?"

엘론드는 그를 향해 웃으며 말했다.

"물론이지! 적어도 자네는 함께 가야지. 보다시피 지금 여기서 비밀 회의를 하는 데도 자네를 떼어 놓을 수 없지 않았는가 말이야."

샘은 얼굴을 붉히고 앉으면서 중얼거렸다.

"이제 진짜 아슬아슬한 모험을 하게 되었군요, 프로도 씨!"

그러면서 그는 고개를 휘휘 내저었다.

Chapter 3

반지는 남쪽으로

호빗들은 그날 늦게 빌보의 방에서 자기들끼리만 모여 앉았다. 메리와 피핀은 샘이 회의장에 몰래 들어가 프로도의 동료로 뽑혔다는 사실에 몹시 분개했다. 피핀이 말했다.

"말도 안 돼! 끌어내 감옥에 가두기는커녕, 엘론드께서 그 건방진 행동에 대해 상까지 주시다니 말이야."

그러자 프로도가 말했다.

"상이라니? 난 그보다 무서운 벌은 없다고 생각하네. 자네들은 지금 무슨 말을 하는지 알기나 하고 그런 소리를 하는 건가? 죽으러 가는 길을 상이라니! 어제만 해도 난 내 임무가 완전히 끝나서 여기서 오랫동안, 아니 죽을 때까지 평화롭게 살았으면 하고 생각했네."

메리가 말했다.

"맞아, 저도 이해됩니다. 문제는 그게 아니라 샘이 부럽단 말이에요. 샘은 따라가고 우리만 여기 남으면 그게 벌이 아니고 뭡니까? 아무리 깊은골이라고 해도 말이에요. 우린 모두 같이 먼 길을 왔고 또 죽을 고비도 함께 넘겼잖아요. 우리도 가고 싶다고요."

피핀도 말했다.

"내 말이 그 말이에요. 우리 호빗은 똘똘 뭉쳐야 해요. 그리고 할 수 있어요. 감옥에 가두지만 않는다면 난 무슨 수를 써서라도 따라갈 겁니다. 이런 일에는 머리를 쓸 수 있는 친구가 있어야 해요."

그때 나지막한 창문턱으로 고개를 들이밀며 간달프가 말했다.

"그렇다면 자넨 분명히 빠져야겠군, 툭 집안 페레그린! 하지만 모두들 쓸데없는 싸움을 하는 것 같네. 아직 결정된 건 아무것도 없어."

"결정된 게 없다니요? 그러면 모두 뭘 하신 겁니까? 몇 시간 동안 말이에요."

피핀이 소리치자 빌보가 대답했다.

"이야기를 했지. 할 이야기가 많았거든. 모두들 놀라서 눈이 화등잔만 해졌지. 간달프까지도 말이야. 내가 보기엔 레골라스가 골룸의 소식을 전하자 꽤나 놀란 표정이었어. 나중엔 어물쩍 넘어가긴 했지만 말이야."

그러자 간달프가 말했다.

"그렇지 않네. 자네가 잘못 봤어. 난 이미 과이히르에게서 그 소식을 들었어. 사실대로 말하자면, 자네들 표현대로 눈이 화등잔만 해진 건 바로 자네하고 프로도였어. 놀라지 않은 건 나뿐이었지."

빌보가 말을 받았다.

"흠, 어쨌든 불쌍한 프로도와 샘이 뽑힌 것 말고는 아직 결정된 게 없네. 나는 내가 빠지면 일이 이렇게 될까 봐 내내 걱정했어. 자네들이 물으니까 말인데, 보고가 들어오면 엘론드 님이 몇 명 더 뽑을 거야. 간달프, 그들은 출발했어요?"

"출발했지. 벌써 정찰대가 몇 명 나갔고 내일은 더 나갈 거야. 엘론드가 내보낸 요정들은 순찰자들이나 스란두일 휘하의 어둠숲 요정들과 접촉하게 될 거야. 아라고른도 엘론드의 두 아들과 함께 나갔지. 우리는 출발하기 전에 상당한 거리까지 안전을 확보할 작정이야. 그러니 용기를 내게, 프로도! 여기서 꽤 오래 기다려야 할지도 몰라."

그러자 샘이 우울하게 말했다.

"아니, 한참 기다리다 겨울이 와서 추워지면 떠난단 말인가요?"

빌보가 대답했다.

"어쩔 수 없어. 프로도, 일부는 네 탓도 있어. 일부러 내 생일을 출발일로 잡았다면서? 생일 축하를 아주 희한하게 한다고 생각했지. 자룻골골목쟁이네 녀석들이 하필 내 생일날 골목쟁이집을 차지하게 한단 말이냐? 여하간 여기서 봄이 올 때까지 기다릴 수는 없겠고, 어쨌든 보고가 들어올 때까지는 떠날 수 없네.

겨울이 얼음장 같은 이빨을 드러내
밤새 내린 서리에 바위틈이 갈라지고,
호수가 어두워지고 나무가 옷을 벗을 때,
숲길은 얼마나 무서운 곳인가!

이것이 네 운명이 될까 걱정스럽구나."

그러자 간달프가 말했다.

"유감스럽게도 사실일세. 암흑의 기사들이 어디에 잠복하고 있는지 알아내기 전까지는 출발할 수 없거든."

메리가 물었다.

"하지만 그들은 모조리 강물에 빠져 죽지 않았나요?"

"반지악령들은 그리 쉽게 죽지 않아. 그들의 우두머리인 악령의 군주가 그들을 지배하는 한 그들이 쓰러지고 일어나는 것은 그에게 달린 거야. 우리로서는 그들이 말도 잃어버리고 위장도 벗겨져서 당분간 위험이 덜하기만을 바랄 뿐이지. 하지만 확실한 증거를 찾아야 해. 그동안은 한시름 놓게, 프로도. 글쎄, 내가 자네를 도와줄 방도가 있을지 모르겠네만 이것만은 귀띔해 주지. 아까 누군가 일행 중에 머리를 쓸 수 있는 이가 있어야 한다고 했는데 맞는 말이야. 그래서 내가 자네하고 함께 갈까 생각 중일세."

프로도가 그 말을 듣고 너무 기뻐하자 간달프는 앉아 있던 창문턱에서 내려와 모자를 벗고 고개를 숙여 절하는 흉내를 내며 말했다.

"난 분명히 '생각 중'이라고 했네. 아직 안심하기엔 일러. 이 문제는 엘론드 나름대로 생각이 있을 뿐 아니라, 자네 친구 성큼걸이의 의견도 들어 보아야 하거든. 그러고 보니 깜빡 잊었군. 엘론드와 약속한 걸 잊고 있었어. 자, 난 가네."

간달프가 사라지자 프로도는 빌보에게 물었다.

"여기선 얼마나 있게 될까요?"

"아, 나도 몰라. 깊은골에선 날짜를 계산할 수 없어. 하지만 꽤 오래 있어야 할 거야. 재미있는 이야기를 많이 할 수 있겠군. 내 집필을 도와주는 게 어때? 후편을 시작하는 것도 괜찮겠고, 혹시 맺음말을 생각해 봤니?"

"예, 몇 가지 생각해 봤는데 모두 슬프고 우울한 것들뿐이라서……."

"음, 그러면 안 되지! 책이란 모름지기 끝이 좋아야 해. 이건 어때? '그리고 그들은 여행을 끝내고 모두 함께 행복하게 살았다.'"

"그렇게만 된다면 오죽 좋겠습니까?"

"아! 그런데 어디서 산단 말이에요? 제가 종종 궁금한 게 그거랍니다."

샘이 물었다.

호빗들은 지나온 여행과 앞으로 닥칠 위험을 생각하며 오랫동안 이야기를 나누었다. 그러나 깊은골의 미덕이 거기 있었다. 모든 불안과 공포가 그들의 가슴에서 곧 사라진 것이었다. 앞으로 어떻게 될지 걱정이 없는 것은 아니었지만 지금의 그들에겐 아무런 영향도 미치지 못했다. 그들은 날이 갈수록 더욱 건강해지고 더욱 희망에 가득 찼으며, 말 한마디, 노래 한 곡, 식사 한 끼마다 모두 기쁨을 맛보며 만족스럽고 즐거운 나날을 보냈다.

아침이 언제나 맑고 아름답게 밝아 오고, 저녁이 항상 시원하고 상쾌하게 내려앉는 동안, 시간은 그렇게 흘러갔다. 그러나 가을은 빠르게 지나갔다. 어느새 금빛 햇살은 창백한 은빛으로 바뀌어 갔고, 벌거벗은 나무에서는 마지막 잎새가 떨어졌다. 안개산맥에서 차가운 바람이 일어 동쪽으로 불어 갔다. 밤하늘에 사냥꾼의 달이 둥글게 떠오르자 작은 별들은 모두 사라졌다. 그러나 남쪽 하늘에서는 낮게 내려앉은 별 하나가 붉은빛을 뿌렸다. 매일 밤 달이 기울고 나면 별은 더욱 강렬한 빛을 내뿜었다. 프로도는 어두운 밤하늘에서 빛을 발하는 그 별을 창밖으로 볼 수 있었다. 별빛은 감시의 눈길처럼 강렬하게 골짜기 가장자리의 나뭇가지들 위를 응시하고 있었다.

호빗들이 엘론드의 저택에 머문 지 거의 두 달이 가까워졌다. 늦가을 기운과 함께 11월도 저물고, 12월에 들어서면서 정찰대들이 돌아오기 시작했다. 그들 중에는 북쪽 흰샘강의 수원을 지나 에튼황야까지 갔다 온 이들도 있었고, 일부는 서쪽으로 가서 아라고른과 순찰자들의 도움을 받아 회색강과 옛날 북부대로가 교차하던 지점인 사르바드까지 회색강 하류지대를 살펴보았다. 동쪽과 남쪽으로는 그보다 많은 정찰대원이 파견되었는데 그들은 안개산맥을 넘어 어둠숲까지 수색했으며, 이들 중 일부는 창포강의 수원지가 있는 고개를 넘어 야생지대로 들어간 다음 창포벌판으로 내려가 드디어는 라다가스트의 옛 집이 있는 로스고벨까지 갔다왔다. 라다가스트는 거기에 없었으며, 그들은 '붉은뿔의 문'이라는 높은 재를 넘어 되돌아왔다. 엘론드의 두 아들 엘라단과 엘로히르는 맨 마지막으로 돌아왔다. 그들은 은물길강을 지나 낯선 지방까지 다녀오는 장거리 여행을 했지만 그 결과는 엘론드를 제외한 아무에게도 말하지 않았다.

정찰대는 어느 곳에서도 대적의 기사들이나 다른 졸개들의 흔적이나 소문을 듣지 못했다. 심지어 안개산맥의 독수리들에게서도 아무런 새로운 정보를 얻지 못했다. 골룸 역시 흔적도 없었으며 사나운 늑대들만이 점점 늘어나 안두인강 상류에 출몰했다. 브루이넨여울의 홍수에 빠져 죽은 흑마 세 마리는 그 즉시 여울에서 발견되었고, 정찰대는 그 아래 급류가 지나가는 바위 턱에서 다른 다섯 마리의 시체와 갈기갈기 찢겨 누더기가 된 검은색 긴 망토 하나를 발견했다. 암흑의 기사들의 다른 흔적은 찾을 수 없었고 아무런 기미도 보이지 않았다. 그들은 북부를 떠난 것 같았다.

간달프가 말했다.

"적어도 아홉 중 여덟은 설명이 되는군. 속단은 금물이겠지만 짐작건대 반지악령들은 모두 흩어졌고, 아마 지금쯤은 빈손으로 아무 형체도 없이 모르도르의 군주에게 돌아가는 중일 거야. 그렇다면 그들이 다시 나타나기까지는 시간이 좀 있네. 물론 대적에게는 다른 하수인들이 있겠지만 우리를 추적하려면 먼 길을 여행해서 깊은골 경계까지 와야 할 거야. 그리고 우리가 조심만 한다면 쉽게 발각되지 않을 수도 있어. 하여간 더는 지체하면 안 되겠군."

엘론드가 호빗들을 불렀다. 그는 굳은 표정으로 프로도를 내려다보았다.

"때가 되었어. 반지가 떠나려면 지금 곧 가야 하네. 그러나 반지와 함께 동행하는 이들은 싸움을 하거나 무력의 도움으로 임무를 수행할 생각을 해서는 안 되네. 그들은 아무도 도와줄 수 없는 대적의 영토로 들어가는 것이니 말이야. 프로도, 반지의 사자가 되겠다는 약속을 여전히 지키겠는가?"

"그렇습니다. 샘과 같이 가겠습니다."

"하지만 난 자네를 크게 도와줄 수가 없네. 심지어 지혜로서도 말일세. 난 자네 앞길도 거의 내다볼 수가 없고, 자네 임무가 어떻게 완수될지도 모르네. 이제 어둠은 안개산맥 기슭까지 다가왔고 회색강 경계까지도 안심할 수가 없어. 그 어둠 속에서는 모든 것이 캄캄하게만 보인다네. 자넨 많은 적을 만날 거야. 정면으로 달려드는 적도 있을 테고 변장한 적도 있겠지. 하지만 또한 뜻하지 않은 곳에서 친구를 만날 수도 있어. 자네가 가는 길목에 있는 내 친구들에게 연락이 되는 대로 모두 전갈을 보낼 생각이네. 하지만 이제는 세상이 너무 위험해져서 어떤 곳은 연락이 안 될 수도 있고, 아니면 자네보다 늦게 들어갈 수도 있겠지. 그러면 이제 자네와 함께 떠날 동료를 뽑아 주겠네. 이것은 그들이 원한 것일 수도 있고 운명의 명령일 수도 있지. 그 수는 적어야 하네. 임무가 워낙 화급하고 은밀하게 처리되어야 하니 말이야. 이럴 때는 상고대의 갑옷으로 무장한 수천 명의 요정도 아무 소용 없다네. 모르도르의 사기만 돋울 뿐이니 말이야.

반지의 사자를 따라가는 원정대는 사악한 아홉 기사에 대항한다는 의미에서 모두 아홉 명일세. 자네와 자네의 충직한 하인과 함께 먼저 간달프가 들어가네. 그에겐 이 임무가 가장 중요하며, 어쩌면 그가 해 줘야 할 마지막 수고가 될지도 모르지. 그다음으로 이 세계의 자유민들, 즉 요정, 난쟁이, 인간의 대표들이 포함되네. 요정의 대표는 레골라스이며, 난쟁이 대표는 글로인의 아들 김리이네. 그들은 적어도 안개산맥을 넘을 때까지는 동행하기로 했고 혹시 그 너머까지 갈지도 모르네. 인간을 대표해서는 아라소른의 아들 아라고른이 동행할 걸세. 이실두르의 반지에 대해 그는 대단한 책임감을 느끼고 있으니 말이야."

"성큼걸이!"

프로도가 외쳤다. 그러자 아라고른이 웃으며 대답했다.

"물론이지. 다시 한번 자네 여행에 끼워 주게, 프로도!"

"오히려 내가 같이 가자고 청할 판이었어요. 보로미르와 함께 미나스 티리스로 가는 줄 알았는데."

"거기도 가네. 출발하기 전에 부러진 검을 다시 벼릴 걸세. 자네가 가는 길과 우리가 가는 길이 수백 킬로미터는 겹치지. 그래서 보로미르도 동행하게 될 거야. 용감한 친구지."

다시 엘론드가 말했다.

"둘이 더 있어야 하는데, 생각을 좀 해 봐야겠어. 우리 집안에서 누구 적당한 인물을 찾아보세."

그러자 피핀이 당황해서 소리를 질렀다.

"그러면 우리 자리가 없잖아요! 우리만 뒤에 남을 수는 없어요. 우리도 프로도와 함께 가겠어요."

"앞길이 어떤지 아직 잘 모르기 때문에 그런 거요."

엘론드가 말하자 간달프가 평소답지 않게 피핀의 역성을 들었다.

"프로도도 마찬가지지요. 우리 역시 확실히 모르기는 마찬가집니다. 이 호빗들이 얼마나 위험한 길인지 알면 감히 나서지 못할 거라는 말씀도 맞습니다. 하지만 지금도 이렇게 용감하게 나서고 또 뒤에 남는 것을 수치로 생각하고 있습니다. 엘론드, 이번 일에는 무슨 대단한 지혜보다도 그들의 우정을 믿는 게 더 낫다고 생각합니다. 예컨대 글로르핀델 같은 요정 영주를 뽑는다 해도, 암흑의 탑을 공격하거나 오로드루인화산으로 들어가는 길을 그의 힘으로는 찾을 수 없습니다."

"진지하게 말씀하시지만, 저도 나름대로 걱정이 있어서 그럽니다. 이젠 샤이어도 안전하지 못합니다. 그래서 나는 이 두 호빗을 샤이어로 돌려보내 샤이어의 방식에 따라 닥쳐오는 위험을 경계하고 대비하게 할 생각이었지요. 특히 둘 중 나이가 더 어린 툭 집안 페레그린만은 여기 있었으면 좋겠는데. 정말로 보내고 싶지 않아요."

그러자 피핀이 외쳤다.

"그러면 엘론드, 저를 감옥에 집어넣든지 자루에 넣어 고향에 보내세요. 안 그러면 저도 따라갈 겁니다."

엘론드는 한숨을 쉬었다.

"할 수 없지. 가게. 이제 아홉 명이 찼군. 이레 후에 출발합시다."

엘렌딜의 검이 요정 대장장이들의 손으로 다시 벼려졌다. 칼날에는 초승달과 빛나는 태양 사이에 일곱 개의 별 모양이 그려졌고 그 둘레에는 많은 룬 문자가 새겨졌다. 아라소른의 아들 아라고른이 모르도르 경계로 전쟁의 길을 떠나는 것이었다. 새로 완성된 검의 광채는 현란했다. 햇빛이 칼날에 반사되면 붉게 빛났고, 달빛은 싸늘한 기운으로 바뀌었다. 칼날은 예리하고도 매우 단단했다. 아라고른은 그 칼에 안두릴, 즉 '서쪽나라의 불꽃'이란 이름을 새로 붙였다.

아라고른과 간달프는 여행 경로와 앞으로 닥칠 난관에 대비하기 위해 함께 앉아서 혹은 걸으면서 이야기를 나누었고, 엘론드의 집에 있던 유서 깊은 지도와 전승록을 뒤적이기도 했다. 가끔 프로도가 그들과 합석하는 경우도 있었지만 그는 주로 이야기를 듣는 편이었고, 가능한 한 빌보와 많은 시간을 보냈다.

마지막 며칠간 호빗들은 저녁마다 불의 방에 함께 모였다. 그리고 무엇보다도 거기서 베렌과 루시엔의 노래와 위대한 보석을 손에 넣게 된 이야기를 처음부터 끝까지 들었다. 메리와 피핀이 나가서 돌아다니는 낮 동안 프로도와 샘은 빌보의 작은 방에 있었다. 빌보는 (아직 완성되려면 한참 남은) 저서의 일부나 시구들을 읽어 주면서 프로도의 모험을 기록했다.

출발 전날 아침 프로도는 빌보와 단둘이 있었다. 그 늙은 호빗은 침대 밑에서 나무상자 하나를 꺼냈다. 그는 뚜껑을 열고 속을 더듬으면서 말했다.

"여기 네 칼이 있다. 너도 알다시피 부러졌어. 안전하게 보관은 했지만 대장장이에게 고쳐 달라고 부탁한다는 걸 잊었구나. 이젠 시간이 없겠지? 그래서 네가 이걸 갖고 싶어 할 거라고 생각했다. 알아보겠니?"

그는 상자에서 가죽 칼집에 든 작은 칼을 꺼냈다. 칼을 뽑자 날카롭고 매끄러운 칼날에서 갑자기 싸늘한 빛이 번득였다.

"이게 스팅이다."

그는 별 힘도 들이지 않고 칼을 쉽게 나무 기둥에 꽂아 보였다.

"괜찮다면 가져라. 내겐 이제 더는 필요 없을 것 같구나."

프로도는 고마운 마음으로 받았다.

"그리고 이것도 있구나."

빌보는 보기보다 좀 무거워 보이는 꾸러미를 꺼냈다. 몇 겹의 낡은 보자기를 풀자 작은 갑옷 윗도리가 나타났다. 쇠고리를 촘촘하게 엮어 만든 것으로 옷감처럼 부드러웠으나 얼음처럼 차갑고 강철보다 단단했다. 그것은 은은한 달빛을 띤 은색이었고 흰 보석이 박혀 있었다. 진주와 수정이 박힌 허리띠도 함께 있었다. 빌보는 그것을 밝은 빛 속에 들어 보이며 말했다.

"빛깔이 곱지? 꽤 요긴하게 쓰일 거야. 소린이 내게 준 난쟁이들의 갑옷인데 큰말에 맡겨 두었다가 이곳에 올 때 찾아왔지. 호빗골을 떠나올 때 반지만 빼 놓고 내 옛날 여행의 기념품들을 모두 가져왔는데 이렇게 써먹을 줄은 전혀 몰랐구나. 지금은 가끔 꺼내 보는 것 말고는 전혀 필요가 없어. 이 갑옷은 무겁다는 느낌이 전혀 들지 않지."

"글쎄요, 남에게 보이기엔 별로 좋아 보이지 않는데요."

"나도 옛날엔 그렇게 생각했지. 그런 걱정은 필요 없단다. 이건 겉옷 안에 입을 수 있으니까 말이야, 자! 아무에게도 얘기하면 안 돼! 우리만 아는 비밀이야! 네가 이것을 입고 있다고 생각하면 내 마음이 얼마나 든든하겠니. 암흑의 기사들의 칼도 뚫을 수 없을 거다."

그는 마지막 말은 낮은 목소리로 말했다.

"좋아요, 입지요."

빌보는 프로도에게 갑옷을 입히고 번쩍이는 허리띠 위에 스팅을 차게 했다. 프로도는 그 위에 입고 있던 빛바랜 헌 바지와 겉옷, 윗도리를 다시 껴입었다.

"넌 그냥 지극히 평범한 호빗일 뿐이야. 하지만 이젠 겉보기와는 전혀 다르지. 행운을 빈다!"

빌보는 고개를 돌려 창밖을 바라보며 노랫가락을 흥얼거렸다.

"오늘 이 선물이나 지금까지의 모든 은혜에 대해 뭐라고 말씀드려야 할지 모르겠어요."

"그런 소리 할 것 없다."

말을 하면서 늙은 호빗은 돌아서서 그의 어깨를 툭 쳤다.

"아야! 등이 너무 단단해서 건드릴 수가 없구나. 여하튼 우리 호빗들은 뭉쳐야 해. 특히 골목쟁이 집안은 말이지. 내가 바라는 건 오직 이것뿐이다. 모쪼록 몸조심하고, 돌아올 때는 그동안의 소식과 함께 옛날이야기나 노래가 있으면 무엇이든 수집해 오면 좋겠다. 난 네가 돌아오기 전에 책을 끝내도록 노력하지. 시간이 있다면 후편도 쓰고 싶은데 말이야."

그는 이야기를 멈추고 창문을 향해 돌아서서 나지막한 음성으로 노래를 불렀다.

난롯가에 앉아 생각하네
눈앞에 스쳐 간 모든 것들을,
여름날을 가득 채우던
풀꽃과 나비 들을.

그리고 가을날의 낙엽과
풀잎 위의 잔 거미줄,
아침 안개와 은빛 태양
머리카락에 휘날리는 바람까지.

난롯가에 앉아 생각하네
다시 올 봄의 기약도 없이
겨울이 성큼 찾아올 때
세상은 어떻게 될까.

내가 보지 못한 것들이
아직도 세상엔 많은데,
봄이 올 때마다, 숲이 바뀔 때마다

풀빛이 달라지네.

난롯가에 앉아 생각하네
지나간 추억의 벗들을
그리고 내가 보지 못한
세상을 보고 올 친구들을.

그러나 여전히 앉아 생각하네
지나간 추억의 나날들을
먼 길 돌아오는 발걸음과 목소리를
문간에서 귀 기울이며.

12월 말경의 춥고 흐릿한 날이었다. 동풍이 발가벗은 나뭇가지 사이로 불어와 언덕 위 소나무 숲에서 잉잉거렸다. 낮게 깔린 검은 조각구름들이 머리 위로 서둘러 지나갔다. 초저녁의 음산한 어둠이 출발 준비를 하는 일행을 둘러쌌다. 그들은 어두워지면 출발할 예정이었다. 깊은골을 멀리 벗어나기까지는 가능한 한 한밤중에만 행군하라는 엘론드의 충고 때문이었다.

"사우론 첩자들의 수많은 눈을 조심하십시오. 지금쯤은 틀림없이 기사들이 당했다는 소식이 그의 귀에 들어갔을 것이고 당연히 분노하고 있을 것입니다. 그의 첩자들이 하늘과 땅으로 곧 북쪽을 향해 몰려올 것이니 가는 도중에는 머리 위쪽도 반드시 경계해야 합니다."

그들은 싸움을 벌이지 않고 몰래 임무를 완성하는 것이 목적이었으므로 무장은 거의 하지 않았다. 아라고른은 안두릴 외에는 다른 무기가 없었으며, 황야의 순찰자들처럼 녹갈색의 헌 옷을 그대로 입고 있었다. 보로미르는 안두릴보다는 못하지만 비슷한 모양의 장검을 차고 있었고 뿔나팔과 함께 방패도 들었다.

"산골짜기에서는 나팔 소리가 크고 맑지요. 그러면 곤도르의 적들은 모조리 달아나고 맙니다!"

그렇게 말한 그는 나팔을 입에 대고 크게 불었다. 나팔 소리는 바위에 부딪혀 온 계곡에 메아리쳤고, 깊은골의 주민들은 그 소리에 깜짝 놀랐다.

엘론드가 말했다.

"보로미르, 다음에 나팔을 불 때는 신중히 생각하십시오. 당신의 나라에 다시 발을 들여놓았을 때나 아니면 정말 긴박한 상황에만 불어야 합니다."

"그러지요. 하지만 전 출정할 때면 항상 뿔나팔을 붑니다. 앞으로도 우리는 어두운 곳만 찾아다니겠지만 저는 그렇게 한밤의 도둑처럼 숨지는 않겠습니다."

무거운 것을 대수롭지 않게 여기는 난쟁이답게 김리만 짧은 강철 고리의 윗도리를 겉에 걸치고 허리에는 날이 큼직한 도끼를 찼다. 레골라스는 활과 전통을 들고 허리띠에는 흰 장검을 차고 있었다.

젊은 호빗들은 고분에서 얻은 칼을 각각 가졌고 프로도는 스팅을 찼다. 빌보가 시킨 대로 그는 갑옷을 옷 안에 숨겼다. 간달프는 지팡이를 들고 옆구리에는 요정의 검 글람드링을 찼는데, 그것은 바로 지금 외로운산에 누워 있는 소린의 가슴에 놓인 오르크리스트와 쌍둥이 검이었다.

엘론드는 그들 모두에게 두툼하고 따뜻한 옷을 마련해 주었으며, 모피로 안을 댄 윗도리와 외투를 입혔다. 여분의 식량과 옷가지, 담요를 비롯한 다른 필수품들은 조랑말 한 마리에 모두 실었다. 브리에서 데려온 그 불쌍한 조랑말이었다.

깊은골에 있는 동안 그 조랑말은 놀랄 만큼 변했다. 털에선 윤기가 흘렀고 마치 한창때처럼 원기가 왕성했다. 샘은 그 말에 빌이라는 이름을 붙이고 만일 데려가지 않으면 빌이 크게 상심할 거라고 주장했다.

"이 말은 거의 말을 할 정도까지 됐다니까요. 여기 조금만 더 있으면 정말 말을 할 수 있을 거예요. 저를 쳐다보는 게 꼭 피핀이 대들던 때 같아요. '샘, 나를 데려가지 않으면 혼자서라도 갈 거예요.' 하고 말이에요."

그래서 빌은 간신히 짐말로 따라가게 되었지만, 일행 중에서 유일하게 기가 꺾이지 않고 기분이 좋아 보였다.

그들은 곧 중앙 홀 난로 옆에서 작별 인사를 마치고 밖으로 나와, 아직 밖으로 나오지 않은 간달프를 기다렸다. 열린 문 사이로 한 줄기 희미한 불빛이 새어 나왔고 창문마다 따스한 불빛이 반짝였다. 빌보는 현관 앞 계단에서 외투를 둘러쓰고 프로도와 함께 말없이 서 있었다. 아라고른은 무릎 위에 얼굴을 파묻고 앉아 있었다. 오로지 엘론드만이, 이 순간이 아라고른에게 무엇을 의미하는지 알고 있었다. 어둠 속에 선 다른 이들은 모두 희미한 형체로 보였다.

샘은 울적한 기분으로 조랑말 곁에 서서 바위에 부딪혀 퉁탕거리며 어둠 속으로 흘러가는 강물을 내려다보았다. 여행을 그만두고 싶은 생각이 굴뚝같았다.

그는 말에게 이야기를 걸었다.

"빌, 이 녀석아! 우리를 따라나서면 안 되는 거야. 여기 있으면 봄에 새 풀이 돋기까지는 최고급 건초만 먹을 텐데 말이야."

빌은 꼬리를 한 번 철썩 내저을 뿐 아무 소리도 없었다. 샘은 어깨의 짐 보따리를 헐겁게 하고 머릿속으로 거기에 든 물건을 하나하나 더듬어 보면서 빠뜨린 게 없는지 점검해 보았다. 먼저 가장 중요한 장비인 취사도구, 항상 가지고 다니면서 틈날 때마다 채워 넣는 작은 소금 통, 상당 분량의 연초(틀림없이 모자라겠지만), 부싯돌과 부시, 털 양말, 아마포, 그리고 프로도가 잊은 잡동사니들도 있었는데 샘은 그것들이 아쉬울 때 의기양양하게 꺼낼 작정이었다. 점검이 모두 끝났다.

그때 샘이 중얼거렸다.

"밧줄! 밧줄이 없어. 이런 멍청한! 어젯밤에 '샘, 밧줄을 좀 넣으면 어때? 없으면 아쉬울 거야.'라고 말해 놓고도 잊어버렸군. 그래, 필요할 거야. 이젠 너무 늦었지."

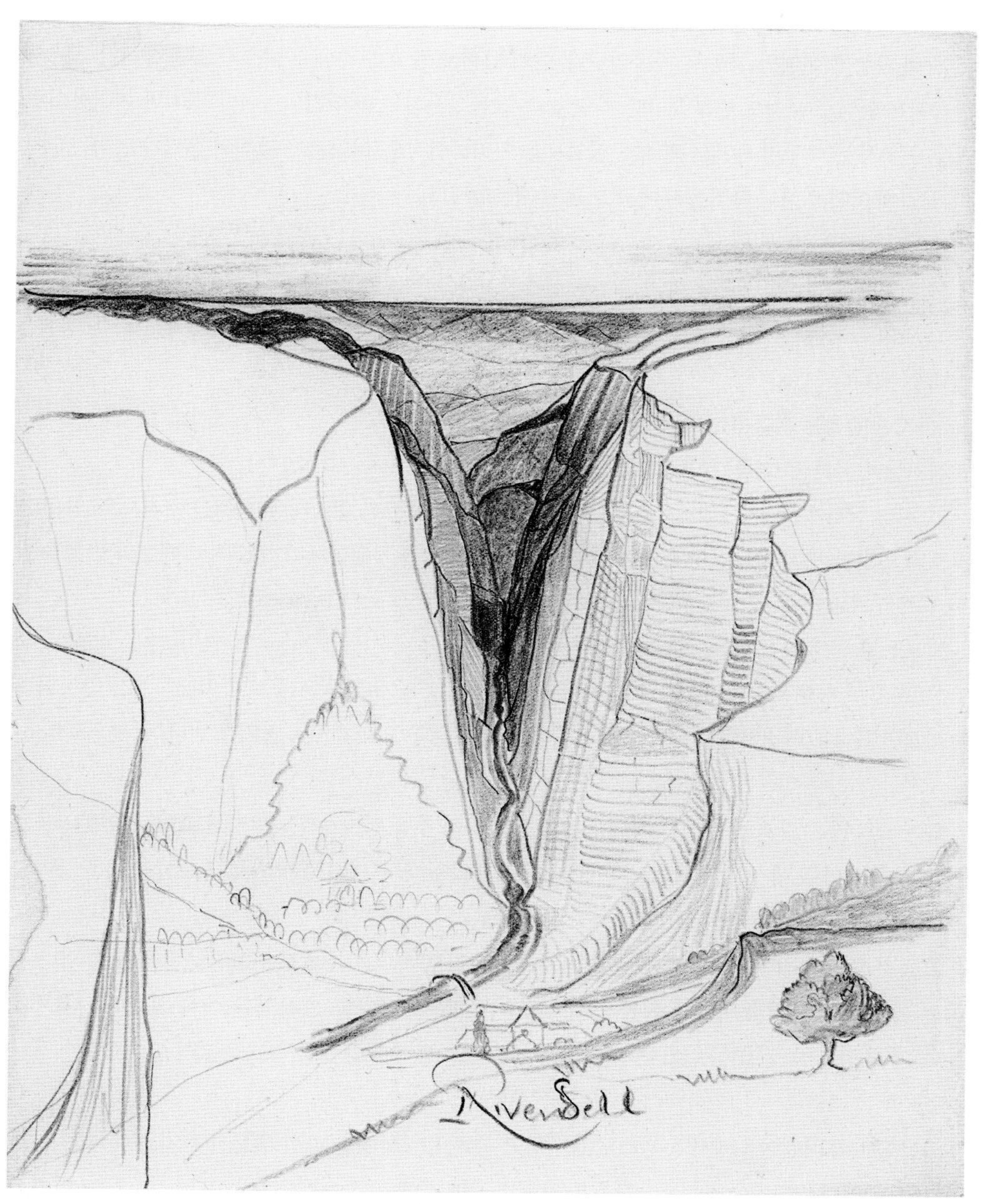

깊은골 서쪽 풍경(Rivendell Looking West)

그 순간 엘론드가 간달프와 함께 나와 일행을 불러 모았다. 그는 낮은 목소리로 말했다.

"작별 인사를 합시다. 반지의 사자는 이제 운명의 산을 향해 떠납니다. 모든 책임은 오로지 그에게만 있습니다. 반지는 버려도 안 되고 대적의 하수인들에게 넘겨서도 안 되며, 누가 함부로 만지게 해서도 안 됩니다. 극히 불가피한 경우에만 일행 중 누구에게 맡길 수는 있겠지요. 다른 분들은 그를 돕기 위해 가는 것이지만 행동은 자유입니다. 여기 남아도 좋고 도중에 돌아오셔도 좋습니다. 경우에 따라서는 옆길로 빠져도 괜찮습니다. 가면 갈수록 돌아서기는 더 어려워집니다. 하지만 여러분의 의지를 구속하는 아무런 맹세나 약속도 없었음을 기억하십시오. 여러분은 자신의 용기가 얼마나 되는지, 앞길에 어떤 위험이 닥쳐올지 아직 모르기 때문입니다."

그러자 김리가 말했다.

"길이 어두워진다고 돌아온다면 그는 배신자입니다."

"그럴지도 모릅니다만 어둠이 내리는 것을 보지도 못한 이들에게 어둠 속의 길을 강요하는 맹세는 절대 안 됩니다."

"하지만 맹세는 흔들리는 마음을 강하게 할 수도 있잖습니까?"

김리는 여전히 우겼다. 그러나 엘론드는 말을 이었다.

"오히려 약하게 할 수도 있지요. 너무 멀리까지 내다볼 필요는 없습니다. 용기를 가지시오! 안녕히! 요정과 인간과 모든 자유민의 축복이 그대들과 함께 있기를 기원합니다. 별빛이 그대들의 얼굴을 밝혀 주기를 기원합니다."

빌보는 추위에 말을 더듬으며 인사했다.

"행운을…… 행운을 빕니다! 프로도, 내 아들아, 네게 일기를 쓰는 것까지 기대하지는 않는다만 돌아오면 하나도 빠짐없이 이야기를 들려주어야 한다. 너무 오래 걸리지 않기를 빈다! 잘 가거라!"

엘론드의 많은 가솔들이 어둠 속에서 그들이 떠나는 것을 지켜보며 나지막한 소리로 작별 인사를 했다. 웃음이나 노랫소리, 음악 소리는 전혀 들리지 않았다. 드디어 그들은 엘론드의 저택을 등지고 소리 없이 어둠 속으로 스며들었다.

그들은 다리를 건너 깊은골의 협곡을 빠져나오는 길로 가파른 오솔길을 천천히 올라갔고, 얼마 후에는 헤더 수풀 사이로 바람이 씽씽거리는 황량한 고원에 닿았다. 그리고 눈 아래 불빛이 가물거리는 '최후의 아늑한 집'을 한 번씩 바라본 뒤 일행은 성큼성큼 밤의 어둠 속으로 걸어 들어갔다.

그들은 브루이넨여울에서 동부대로를 버리고 남쪽으로 방향을 바꿔 우묵한 분지 사이로 난 소로를 계속 걸었다. 그들의 계획은 그 길을 따라 안개산맥 서쪽으로 며칠간 계속 가는 것이었다. 이곳은 산맥 반대편 야생지대의 안두인강 유역 푸른 계곡보다 거칠고 황량했다. 자연히 속도는 더딜 수밖에 없었지만 그렇게 해서라도 수상한 눈길에서 벗어날 수 있기를 바랐다. 이 텅 빈 땅에는 사우론의 첩자들이 없었다. 그 길은 깊은골의 요정들 외에는 아는 이가 거의 없었기 때문이다.

간달프가 앞장서고 아라고른이 그 옆에서 걸어갔는데 그는 어둠 속에서도 이 지역을 잘 알았다. 다른 이들은 한 줄로 뒤따랐다. 그중 눈이 밝은 레골라스가 맨 후미에 섰다. 여행의 초반부는 힘들고 지루했기 때문에 프로도는 바람 소리밖에 기억나는 것이 없었다. 며칠간 흐린 날이 계속되면서 동쪽의 산맥에서 얼음장 같은 바람이 불어왔고, 살을 에는 듯한 추위에는 어떤 옷도 소용없는 것 같았다. 모두 옷을 두껍게 입고 있었지만 움직일 때나 쉴 때나 계속 추위에 떨어야 했다. 한낮에는 우묵한 분지나 곳곳에 흩어져 있는 우거진 가시나무 숲 밑에 숨어서 새우잠을 잤다. 그리고 오후 늦게 불침번이 깨우면 그제야 일어나 하루의 가장 중요한 식사를 했다. 함부로 불을 피울 수가 없었기에 식사는 대개 차갑고 맛이 없었다. 밤에는 다시 길이 보일 때까지 계속 남쪽에 가까운 방향으로 걸었다.

호빗들은 처음엔 매일 지칠 때까지 정신없이 걸었으나 여전히 굼벵이처럼 제자리만 기어가고 있다는 느낌이 들었다. 주변의 풍경은 언제나 전날과 똑같았다. 그러나 그들은 차차 산맥에 접근했다. 깊은골 남쪽부터 산맥은 점점 높아졌지만 방향은 차츰 서쪽으로 기울어졌다. 산맥 중심부의 기슭에는 요란한 물소리로 가득한 깊은 계곡과 황량한 야산이 여기저기 펼쳐졌다. 길은 거의 뚫리지 않았고, 그나마 있는 길들도 굴곡이 심했다. 길을 따라가다 보면 이따금 급경사의 폭포 위이거나 위험한 늪지대이기도 했다.

길을 떠난 지 2주째 접어들자 날씨가 변했다. 바람이 갑자기 가라앉더니 남쪽으로 방향을 바꿨다. 급히 흘러가던 구름도 녹아 사라지면서 밝은 햇빛이 비쳤다. 지루하고 힘든 야간 행군 끝에 차갑고 맑은 새벽이 밝았다. 여행자들은 호랑가시나무 고목들로 뒤덮인 낮은 산등성이에 도착했다. 푸른빛이 감도는 회색 나무줄기는 산 위의 바위와 빛깔이 비슷했다. 떠오르는 아침 햇살에 거무스름한 나뭇잎은 반짝거렸고 열매는 붉은빛을 띠었다.

프로도는 멀리 남쪽으로 자신들이 향한 높은 산맥의 희미한 윤곽을 볼 수 있었다. 왼쪽으로 세 개의 봉우리가 솟아 있었는데, 가장 높고 가까운 봉우리는 정상이 눈으로 덮인 이빨 모양의 산이었다. 그 거대한 봉우리의 벌거벗은 북쪽은 아직 대부분 어둠에 잠겨 있었지만 햇빛이 비치는 곳은 붉게 반사되었다.

간달프는 프로도 곁에 서서 한 손으로 햇빛을 가린 채 그쪽을 바라보았다.

"지금까지는 괜찮았어. 우린 인간들이 호랑가시나무땅이라고 부르는 곳의 경계에 와 있는 거야. 행복하던 시절에는 요정들도 여기 많이 살았는데, 그때는 에레기온이라고 불렀지. 우린 지금까지 직선 거리로 200킬로미터가 넘게 왔네. 물론 실제로 걸은 거리는 훨씬 길지만 말이야. 지형이나 날씨는 전보다 나아지겠지만 위험은 한층 더해질 거야."

"위험하든 어쩌든 햇빛을 보니 살 것 같은데요."

프로도가 두건을 뒤로 젖히고 아침 햇살을 얼굴 가득 받으며 대답하자 피핀이 간달프에게 물었다.

"그런데 산맥이 우리 앞쪽에 있잖아요. 지난밤에 동쪽으로 방향을 바꾼 건가요?"

"아니야, 햇빛이 좋으니 더 멀리까지 잘 봐. 저 봉우리들 지나가면 산맥이 서남쪽으로 방향을 바꾸지. 엘론드의 저택에 지도가 많이 있었는데 아마 자넨 볼 생각이 없었겠지?"

"가끔 보긴 했지만 기억이 나질 않아요. 그런 건 프로도 씨가 잘 기억하겠죠."

그러자 레골라스와 함께 올라온 김리가 말했다.

"내겐 지도가 필요 없소."

그는 깊숙한 두 눈에 묘한 빛을 띤 채 앞을 바라보고 있었다.

"저기는 우리 조상들이 계시던 곳이지. 저 세 봉우리의 모습을 우린 금속과 돌로 수없이 조각했고 또 노래와 이야기도 많이 전합니다. 우리의 꿈속에서는 너무도 생생한 곳이지요. 바라즈, 지락, 샤트후르. 전에 딱 한 번밖에 본 적이 없지만 난 저곳을 대번에 알아볼 수 있소. 이름까지 기억하지요. 왜냐하면 저 산속에 크하잣둠, 곧 난쟁이들의 저택이 있기 때문이오. 요정들은 저곳을 모리아, 즉 검은 구덩이라고 부릅니다. 맨 앞에 있는 게 바라진바르, 인간들은 '붉은뿔', 요정들은 잔인한 카라드라스라고 부르는 산이지요. 그다음이 은빛첨봉과 구름머리봉인데, 요정들은 그것들을 각각 백색의 켈레브딜, 회색의 파누이돌이라고 부르고, 우리는 지락지길, 분두샤트후르라고 합니다. 저기서 안개산맥이 갈라지는데 그 갈라진 사이에 결코 잊을 수 없는 깊고 어두운 골짜기가 있지요. 아자눌비자르, 즉 요정들이 난두히리온이라 부르는 어둔내계곡입니다."

그러자 간달프가 말했다.

"우리가 가고 있는 곳이 어둔내계곡일세. 만일 우리가 카라드라스 반대쪽 아래로 '붉은뿔의 문'이라는 고개로 올라서면 '어둔내계단'을 따라 난쟁이들이 살던 깊은 골짜기로 들어서는 거야. 거기에 가면 '거울호수'가 있고, '은물길강' 수원이 되는 얼음장같이 차가운 샘물이 있지."

"크헬레드자람 호수의 물은 검고, 키빌 날라의 샘물은 차지요. 그것들을 곧 보게 된다고 생각하니 가슴이 두근거립니다."

"실컷 봐 두게, 사랑하는 난쟁이 양반! 하지만 자네가 무얼 하고 싶은지 모르지만 우리는 그 골짜기에서 오래 머물 수는 없네. 은물길강을 따라 내려가다가 비밀의 숲으로 들어가야 하고, 그러고 나서 안두인대하로 향한 후 그다음엔……."

그는 말을 멈췄다.

"계속하세요. 그다음엔 어디예요?"

메리가 재촉했다.

"우리의 목적지겠지…… 결국은. 너무 멀리까지 내다볼 필요는 없어. 1단계 계획이 무사히 끝난 것을 기뻐하세. 내 생각에 오늘은 밤에도 걷지 말고 여기서 그냥 쉬는 게 좋겠어. 호랑가시나무땅 주변은 공기가 맑거든. 한때 요정이 살던 곳은 세상이 혼탁해져도 그 요정들의 기억을 완전히 잊는 데는 시간이 많이 걸리거든."

그러자 레골라스가 말했다.

"맞습니다. 하지만 여기 살던 요정들은 우리 같은 숲요정들과는 다른 종족이었습니다. 그래서 나무와 풀도 이젠 그들을 기억하지 못하지요. 다만 돌과 바위가 슬퍼하는 소리가 들립니다. '그들은 우리를 깊이 팠지. 그들은 우리를 아름답게 다듬었지. 그들은 우리를 높이 세웠지. 그러나 그들은 사라져 버렸어.' 그들은 사라져 버렸어요. 먼 옛날 항구를 찾아 떠나 버렸습니다."

그날 아침 그들은 호랑가시나무덤불이 우거진 깊은 골짜기에서 불을 피웠고, 그날의 아침 겸 저녁 식사는 길을 떠난 이래 가장 즐거운 식사였다. 식후에도 그들은 곧바로 잠자리에 들지 않았다. 오늘은 밤에 잠을 잘 수가 있고 내일 저녁까지 계속 머물 계획이기 때문이었다. 오직 아라고른만 불안한 표정으로 침묵을 지켰다. 잠시 후 그는 일행을 떠나 능선 위로 올라가 나무 그늘에서 무슨 소리라도 듣는 듯 고개를 갸웃거리며 서쪽과 남쪽을 번갈아 바라보았다. 그리고 다시 골짜기 아래로 돌아와 다른 동료들이 웃으며 이야기하는 모습을 물끄러미 지켜보았다.

메리가 물었다.

"무슨 일이에요, 성큼걸이? 뭘 찾고 있어요? 동풍이 다시 그리운 모양이지요?"

"아니요. 하지만 뭔가를 찾고 있지. 전에도 호랑가시나무땅에 여러 번 왔었는데, 이곳엔 아무도 살지 않기 때문에 짐승들의 천국이었소. 특히 새들이 많았지. 그런데 지금은 자네들 소리 말고는 사방이 너무 고요하단 말이야. 난 그걸 느낄 수가 있소. 사방 몇 킬로미터 안에선 아무 소리도 들리지 않아 자네들 소리에 땅이 울릴 지경이오. 이해할 수가 없어."

그러자 간달프가 긴장하며 물었다.

"이유가 뭐라고 생각하오? 인적이 워낙 드문 곳이니 우리는 말할 것도 없고 호빗들이 넷씩이나 나타나서 동물들이 놀란 것 아니겠소?"

"그랬으면 좋겠습니다. 하지만 어쩐지 예전과는 달리 감시당하고 있는 듯한 두려움이 느껴지는군요."

"그렇다면 우리 모두 조심합시다. 순찰자와 함께 다닐 때는 그의 말을 듣는 것이 이롭소. 특히 그 순찰자가 아라고른이라면 더욱 그렇고. 이제 이야기는 그만하고 조용히 쉬면서 불침번을 세우지."

그날 첫 당번은 샘이었지만 아라고른도 함께 불침번을 섰다. 나머지는 모두 잠자리에 들었다. 이제 적막은 샘조차 느낄 수 있을 정도였다. 잠자는 동료들의 숨소리가 샘의 귀에 선명하게 들려왔다. 이따금 조랑말이 꼬리를 철썩거리거나 발굽으로 땅바닥을 긁는 소리가 섬뜩할 만큼 크게 들렸다. 샘은 몸을 움직일 때마다 자신의 관절이 삐걱거리는 소리가 들리는 것 같았다. 사방은 쥐 죽은 듯 고요했고 동쪽 하늘에 태양이 떠오르면서 맑고 푸른 하늘이 나타났다. 그때 남쪽 하늘 멀리서 검은 점이 하나 나타나더니 점점 커지면서 바람에 실린 연기처럼 북쪽을 향해 날아왔다.

"성큼걸이, 저게 뭐예요? 구름 같지는 않은데요."

샘이 아라고른에게 속삭였다. 그는 하늘을 뚫어지게 바라보며 아무 대답도 하지 않았다. 하지만 샘은 다가오는 게 무엇인지 곧 자기 눈으로 확인할 수 있었다. 대단히 빠른 속도로 둥그렇게 원을 그리며 날아오는 것은 새 떼였다. 마치 뭔가를 찾기라도 하듯 새 떼는 구석구석을 누비며 서서히 가까이 날아왔다.

"꼼짝 말고 엎드려!"

아라고른이 날카롭게 소리지르며 호랑가시나무덤불로 샘을 끌어당겼다. 한 무리의 새 떼가 본대에서 떨어져 나와 고도를 낮추며 능선을 향해 직선으로 날아왔다. 샘이 보기에는 몸집이 큰 까마귀

류였다. 워낙 수가 많아서 그들의 머리 위로 날아가는 동안 땅에는 커다란 검은 그림자가 뒤따랐다. '까악' 하는 소리가 크게 울렸다.

새 떼가 서북쪽으로 까마득하게 사라지고 하늘이 다시 밝아질 때까지 아라고른은 꼼짝도 하지 않았다. 그리고 그는 일어나 간달프를 깨웠다.

"까마귀 떼가 산맥과 회색강 사이의 전역을 수색하고 있습니다. 지금 막 호랑가시나무땅을 지나갔는데 원래 이 땅에 살던 무리가 아니고 팡고른과 던랜드에서 날아온 크레바인이라는 까마귀였습니다. 뭘 찾는지는 모르겠습니다. 혹시 남쪽에서 무슨 변고가 일어나 피난하는 중인지도 모르지요. 하지만 제가 보기엔 분명, 지상에서 무언가를 찾고 있었습니다. 더 높은 하늘에선 매도 몇 마리 보였는데 아무래도 오늘 저녁에 다시 출발하는 것이 좋겠습니다. 호랑가시나무땅도 이제 안전한 장소가 아니군요. 우린 감시당하고 있습니다."

"그렇다면 붉은뿔의 문도 마찬가진데. 어떻게 발각되지 않고 그곳을 넘어갈지 걱정이오. 그 문제는 그때 가서 생각하기로 하고, 어두워지면 출발하자는 의견에는 나도 동의합니다."

"다행히 우리가 피운 불이 연기가 적었고 또 크레바인 떼가 오기 전에 거의 사그라졌지요. 다시는 불을 피우지 말아야겠습니다."

오후 늦게 일어나자마자 앞으로 불도 피우지 못하며, 오늘 밤 행군을 계속한다는 소리를 듣고 피핀은 못마땅한 표정을 지으며 불평했다.

"아니, 어떻게 그럴 수가! 겨우 까마귀 때문에! 오늘 저녁엔 정말 근사한 식사를 기대했는데, 뜨끈한 걸 말이에요!"

간달프가 말했다.

"흠, 기대는 계속해도 좋아. 앞으로 기대하지도 않던 멋진 식사가 많을 테니까. 사실 나도 느긋하게 담배도 좀 피우고, 발도 녹이고 싶다네. 하지만 한 가지 분명한 것은 남쪽으로 갈수록 점점 더 따뜻해질 거란 사실이야."

샘이 프로도에게 중얼거렸다.

"너무 뜨거워서 탈이겠지요. 하지만 제 생각엔 지금쯤 그 불의 산이 보일 때도 된 것 같은데요. 다시 말하자면, 이제 여행이 끝날 때도 된 게 아닐까요? 처음에 김리가 이야기하기 전까지는 저기 붉은뿔인가 뭔가가 거긴 줄 알았어요. 난쟁이들 말은 발음이 어려워서 원!"

샘의 머리로는 도무지 지도를 이해할 수가 없었다. 지금까지 그들이 걸어온 먼 길만으로도 너무 엄청났기 때문에 그로서는 도대체 가늠할 수 없었다.

그날 하루 종일 일행은 숨어 지냈다. 검은 새들이 이따금 지나갔지만 석양이 빨갛게 물들면서 모두 남쪽으로 사라졌다. 사방이 어둑어둑해졌을 때 그들은 출발했다. 카라드라스봉이 마지막 석양을 받아 아직 불그레한 빛을 띠고 있었다. 그들은 반쯤 동쪽으로 길을 틀어 곧바로 카라드라스로 향했다. 하늘이 어두워지며 흰 별들이 하나둘씩 나타났다.

아라고른의 인도로 그들은 상당한 거리를 걸었다. 프로도가 보기에 호랑가시나무땅에서 고개까지 이르는 길은 한때 널찍하게 잘 닦인 고대 도로의 자취인 것 같았다. 산 위로 보름달이 떠올라 희미한 빛으로 거뭇거뭇한 바위 그림자를 만들어 냈다. 지금은 쓸쓸하고 황량한 폐허에 뒹굴고 있지만 그것들은 대부분 석공들의 손을 거친 것 같았다.

새벽이 밝아 오기 직전의 차고 쌀쌀한 시간이었다. 달은 벌써 저만치 내려앉고 있었다. 프로도는 하늘을 올려다보다가 갑자기 별빛을 가리며 시커먼 그림자가 지나가는 것을 보았다. 마치 별빛이 잠시 어두워졌다가 다시 반짝이는 것 같았다. 그는 몸을 떨었다.

"뭐 지나가는 거 못 보셨어요?"

그는 바로 앞에 가던 간달프에게 물었다.

"보지는 못했지만 뭔가 지나간 것 같네. 엷은 구름인지도 모르지."

간달프가 대답하자 아라고른이 중얼거렸다.

"속도가 빨랐어요. 바람도 없는데."

그날 밤은 더는 아무 일도 일어나지 않았다. 다음 날 아침은 전날보다 맑았다. 그러나 공기는 다시 차가워졌고 바람은 벌써 동쪽으로 방향을 바꾸었다. 그들은 이틀 밤을 더 걸었다. 산으로 들어갈수록 길은 점점 더 가팔라졌고, 산들은 거대한 장막처럼 눈앞으로 다가들었다. 사흘째 아침 거대한 봉우리 카라드라스가 그들 앞에 위용을 드러냈다. 정상에는 은빛 눈이 덮여 있었고 깎아지른 듯한 측면은 아침 햇살을 받아 핏빛으로 물들었다.

하늘이 거뭇거뭇하게 인상을 찌푸리더니 햇빛도 힘을 잃었고 바람은 이제 동북쪽으로 불었다. 간달프가 킁킁거리며 찬 공기를 들이마시고는 뒤를 돌아보며 아라고른에게 나직하게 말했다.

"겨울이 깊어지고 있소. 북쪽엔 전보다 눈이 더 왔어. 산허리까지 눈이 덮였으니 말이오. 오늘 밤에는 붉은뿔의 문을 오르는데 그 좁은 산길에서 적의 눈에 발각될지도 모르고 또 기습을 받을 수도 있소. 하지만 그보다 더 무서운 적은 날씨일 것 같소. 아라고른, 그래도 이 길이 낫겠소?"

프로도는 이 말을 엿듣고서야 간달프와 아라고른이 오래전부터 시작한 논쟁을 아직 계속하고 있음을 알았다. 그는 걱정스럽게 귀를 기울였다.

아라고른이 말했다.

"간달프, 잘 아시다시피 우리가 가는 길이 처음부터 끝까지 어디 쉬운 데가 있습니까? 예상했든 못했든 위험은 갈수록 커집니다. 계속 가는 수밖에 없지요. 산을 넘는 걸 미뤄 봤자 소용이 없습니다. 남쪽으로 내려가면 로한관문에 이르기 전까진 길도 없습니다. 더구나 지난번 말씀하신 대로 사루만이 그렇게 변했다면 그쪽도 마음을 놓을 수 없잖습니까? 말의 명인들의 장군들이 지금은 어느 편이 되어 있는지 아무도 모릅니다."

"그럴 수도 있지. 하지만 카라드라스 고개 말고 다른 길이 있지 않소? 지난번에 말한 어두운 비밀의 길 말이오."

"그 길 얘기는 이제 그만합시다! 아직은 말입니다. 다른 길이 없다는 게 분명해질 때까지는 아무에게도 말씀하지 마십시오."

"더 들어가기 전에 결정 내려야 하오."
간달프가 말하자 아라고른이 대답했다.
"그렇다면 다들 잠든 후에 다시 한번 각자 생각해 보지요."

오후가 되어 모두들 늦은 아침을 먹는 동안 간달프는 아라고른과 함께 한쪽 옆으로 가서 카라드라스를 바라보고 섰다. 산허리는 벌써 그늘이 져서 음침했으며, 산 정상은 회색 구름에 잠겨 있었다. 프로도는 그들을 지켜보며 어느 쪽으로 결정이 날지 궁금했다. 잠시 후 둘은 되돌아왔고 날씨가 나쁘지만 높은 재를 넘기로 했다고 간달프가 말했다. 프로도는 안심했다. 그는 간달프가 말하던 어두운 비밀의 길이 무엇인지 짐작할 수는 없었지만, 아라고른이 그 말만 듣고도 꺼리는 것을 보면 그쪽을 포기한 게 잘된 것이란 생각이 들었다.

간달프가 말했다.

"우리가 지금까지 관찰한 바에 따르면 붉은뿔의 문은 감시당하고 있는 것 같소. 그리고 날씨도 대단히 좋지 않아요. 눈이 내릴지도 모르오. 그러니 가능한 한 빨리 올라가야 하지만, 아무리 빨리 가도 고개 위에 도착하는 데는 이틀이 더 걸릴 거요. 오늘 밤은 일찍 어두워질 테니 준비되는 대로 빨리 출발합시다."

그러자 보로미르가 말했다.

"죄송합니다만, 한 말씀 드리겠습니다. 저는 백색산맥 그늘에서 태어났기 때문에 고지대의 여행에 관해 조금 아는 게 있습니다. 산을 넘으려면 지독한 추위를 각오해야 합니다. 그러니 소리도 없이 몰래 넘어가려다가 얼어 죽으면 아무 소용 없는 일이지요. 여긴 아직 나무나 덤불이 좀 있으니 모두 힘 닿는 데까지 땔나무를 지고 가는 게 나을 겁니다."

"그러면 빌, 너도 짐을 좀 더 질 수 있을까?"

샘이 조랑말을 바라보며 말하자 조랑말은 그를 애처롭게 바라보았다. 간달프가 말했다.

"좋소. 하지만 생사의 갈림길이란 결정이 내려지기 전까지는 절대 불을 피워서는 안 되오."

그들은 다시 행군을 시작했다. 처음에는 꽤 빠른 속도로 나아갔지만, 곧 길이 가파르고 험해졌다. 꼬불꼬불한 오르막길은 도처에서 흔적도 없이 사라지거나 산에서 굴러 내린 바윗돌로 막혀 있었다. 밤은 짙은 구름 아래 지독한 칠흑으로 짙어져 갔다. 바위 사이로 모진 바람이 소용돌이쳤다. 자정쯤에 그들은 거대한 산맥의 무릎에 올라섰다. 좁은 길이 왼쪽으로 깎아지른 절벽을 끼고 돌아가고, 그 위로 어둠에 묻혀 보이지 않지만 카라드라스의 험궂은 산허리가 솟아 있었다. 오른쪽으로는 깊은 계곡 아래로 암흑의 심연이 펼쳐졌다.

일행은 가파른 비탈길을 간신히 올라 절벽 위에 잠시 멈춰 섰다. 프로도는 얼굴에 부드러운 촉감을 느꼈다. 그는 주머니에서 손을 꺼내 희끗희끗한 눈발이 소매 위에 내려앉는 것을 보았다.

그들은 계속 걸었다. 그러나 얼마 안 가 눈송이는 점차 세차게 어둠 속에서 휘몰아치기 시작했고, 프로도는 눈을 뜰 수가 없었다. 한두 발짝 앞에 서 있는 간달프와 아라고른의 구부정하고 시커먼 형체가 보이지 않을 정도였다. 샘이 바로 뒤에서 헐떡이며 중얼거렸다.

"영 마음에 안 들어. 눈이란 맑은 아침에 내다보아야 좋은 거지, 이렇게 내릴 때는 침대에 있고 싶단 말이야. 호빗골에 이렇게 내리면 모두들 아주 좋아할 텐데!"

북둘레의 고지대 외에는 샤이어에 눈이 많이 내리는 일이 드물었기 때문에 눈은 언제나 즐거운 손님이었다. (빌보를 제외하고) 살아 있는 호빗 중에는 아무도 흰 늑대가 얼어붙은 브랜디와인강을 건너 샤이어에 쳐들어온 1311년 '혹한의 겨울'을 기억하지 못했다.

간달프가 걸음을 멈췄다. 그의 모자와 어깨 위에 눈이 두텁게 쌓였고 신발 위로도 쌓여 벌써 발목까지 차올랐다.

"내가 걱정한 게 바로 이거요. 아라고른, 이제 어떻게 해야겠소?"

"나도 걱정했지요. 그렇지만 내가 걱정한 것과는 다릅니다. 이런 남쪽 지방에서는 고산지대를 제외하곤 폭설이 드문데 이건 좀 이상합니다. 우린 아직 그리 높이 올라오지도 않았습니다. 아직 산 아래라고도 할 수 있는데 말입니다. 여긴 항상 길이 뚫려 있던 곳입니다."

그러자 보로미르가 말했다.

"대적의 농간일지도 모릅니다. 모르도르 경계의 어둠산맥에서는 폭풍도 그의 의지대로 인다는 소문이 있습니다. 그는 신비한 힘과 많은 동맹 세력을 갖고 있지요."

김리가 말을 받았다.

"그렇다면 팔이 꽤 길겠군. 우리를 괴롭히려고 북쪽에서 눈을 퍼서 1500킬로미터나 떨어진 여기까지 가져오다니!"

그러자 간달프가 대답했다.

"팔이 점점 길어지는 모양이야."

그들이 쉬는 동안 바람이 잦아들면서 눈발도 약해지더니 이윽고 멎었다. 그들은 다시 터벅터벅 걷기 시작했다. 그러나 200미터도 채 못 가서 바람이 다시 기승을 부렸다. 바람 소리가 윙윙거렸고 눈발은 이제 눈앞을 가로막는 눈보라로 변했다. 이윽고 보로미르조차 더는 행군이 불가능하다고 생각했다. 호빗들은 거의 반쯤 몸을 숙인 채 키 큰 사람들 뒤를 겨우 따라갔다. 그러나 눈이 계속 이렇게 내린다면 분명, 더 나아갈 수가 없었다. 프로도는 다리가 천근같이 무거웠다. 피핀이 뒤로 처지기 시작했으며, 난쟁이치고는 대단한 체력의 소유자인 김리도 뒤에서 불평했다.

일행은 말 한마디 없이 약속이라도 한 듯 갑자기 걸음을 멈췄다. 사방의 어둠 속에서 괴이한 소리가 들려온 것이었다. 그것은 암벽의 틈새나 골짜기를 지나는 바람의 장난 같았지만 그들의 귀에는 날카로운 비명이나 요란한 웃음소리로 들렸다. 산비탈에서 돌이 굴러떨어지기 시작하더니 머리 위로 소리를 내며 쏟아지거나 그들 옆에 떨어져 박살이 났다. 이따금 집채만 한 바위가 보이지 않는 높은 곳에서 굴러떨어지는 둔중한 소리가 들렸다.

보로미르가 말했다.

"오늘 밤은 더는 못 갑니다. 바람 소리라고 하실 분이 있을지 모르지만 대단히 기분 나쁜 소리군요. 그리고 떨어지는 바위도 우리를 겨냥하고 있습니다."

아라고른이 대답했다.

"분명히 바람 소리요. 하지만 당신 말이 틀린 것은 아니오. 이 세상에는 사우론과 손을 잡진 않았지만 두 발 달린 생물만 보면 적대감을 드러내는 못된 것들이 많으니, 그들 나름대로의 목적이 있겠지. 그중에는 사우론보다도 먼저 이 땅에 나타난 것들도 있었소."

그러자 김리가 말했다.

"카라드라스는 한때 잔인한 산이라고 불릴 만큼 악명이 높았지요. 사우론이란 이름을 들어 보지도 못하던 옛날 일이지만 말입니다."

간달프가 말했다.

"우리가 물리칠 수 없는 적이라면 그게 누구든 무슨 상관이겠는가?"

"그렇다면 어떻게 해야 하죠?"

피핀이 의기소침해서 물었다. 그는 메리와 프로도에게 기댄 채 떨고 있었다.

"여기서 멈추든 되돌아가든 둘 중 하나야. 계속 갈 수는 없어. 내 기억이 정확하다면 여기서 조금만 더 올라가면 이 절벽이 끝나고 기다란 비탈이 나타나는데 그 바닥에는 야트막하고 널찍한 골이 파여 있네. 따라서 거기선 눈이나 돌을 막아 낼 수 없을 거야."

간달프가 말하자 아라고른이 나섰다.

"이 폭설에서는 돌아갈 수도 없습니다. 우리가 오늘 저녁 지나온 길에는 지금 이곳 절벽 아래보다 나은 피신처가 없어요."

그러자 샘이 중얼거렸다.

"피신처라! 이게 피신처라면 지붕 없이 벽 하나만 달랑 있어도 집이라고 우기겠군."

일행은 이제 함께 모여 가능한 한 절벽 쪽에 바짝 붙어 섰다. 절벽은 남쪽을 향하고 있었는데 아랫부분이 약간 밖으로 튀어나와 있어, 그들은 그 돌출부가 떨어지는 돌이나 북풍을 좀 막아 주길 바랐다. 그러나 소용돌이치는 돌풍은 사방에서 휘몰아쳤고 눈발은 더욱 굵어졌다.

그들은 벽에 등을 대고 한자리에 우두커니 모여 섰다. 조랑말 빌 역시 낙심한 표정이었으나 참을성 있게 호빗들 앞에서 그들을 가리며 서 있었다. 그러나 쏟아지는 눈은 곧 빌의 복사뼈를 뒤덮고도 계속 쌓였다. 만일 키 큰 동료들이 없었다면 호빗들은 완전히 눈에 파묻혀 버렸을 것이다.

참을 수 없는 졸음이 프로도에게 밀어닥쳤다. 그는 순식간에 나른한 아지랑이 같은 꿈속으로 가라앉고 있었다. 발끝에는 따뜻한 난로가 놓여 있고, 난로 저쪽 어둠 속에서는 빌보의 목소리가 들려오는 듯했다. '일기 때문에 너무 신경 쓸 필요는 없어. 1월 12일, 눈보라, 그걸 보고하려고 되돌아올 필요는 없었어!' 프로도는 어렵사리 대답할 수 있었다. '하지만 빌보 아저씨, 저는 휴식과 잠이 필요했어요.' 온몸이 덜덜 떨리는 것을 느끼며 그는 고통스럽게 의식을 되찾았다. 보로미르가 눈 속에 파묻힌 그를 들어 올리며 말했다.

"간달프, 이러다가 반인족들은 얼어 죽겠습니다. 눈이 머리 위에 쌓일 때까지 앉아 있는다는 건 어리석은 일입니다. 무슨 대책을 강구해야지요."

간달프는 자기 배낭에서 가죽 물통을 꺼내며 말했다.

"그들에게 이걸 주시오. 모두 한 모금씩만 마시게. 매우 귀한 거니까. 임라드리스의 감로주 미루보르인데 엘론드가 떠나기 전에 주었지. 자, 돌리시오!"

프로도는 따뜻하고 향긋한 감로주를 한 모금 마시자 몸에서 새로운 힘이 솟고 쏟아지던 졸음이 달아나는 것 같았다. 모두들 다시 원기를 되찾고 조금씩 희망이 되살아났다. 그러나 눈은 그칠 줄을 몰랐다. 조금 전보다 굵은 눈발이 휘몰아쳤고 바람도 더 세게 불어왔다.

보로미르가 불쑥 물었다.

"불을 피우는 게 어떻겠습니까? 간달프, 이젠 정말 불이냐 죽음이냐의 기로에 온 것 같습니다. 눈에 완전히 파묻히면 적의 첩자들에게 발각되지는 않겠지만 만사가 끝장나는 것 아닙니까?"

"불을 피울 수 있으면 피워 보시오. 이 눈보라를 견딜 수 있는 자가 있다면 불을 피우든 안 피우든 벌써 우리를 발견했겠지."

보로미르의 제안에 따라 나무와 불쏘시개를 모아 놓고 불을 붙이려 했지만 난쟁이나 요정의 재주로도 도저히 불가능했다. 바람이 너무 심하기도 했지만 땔감이 너무 젖어 있었다. 결국 간달프가 마지못해 손을 썼다. 그는 장작 하나를 집어 잠시 높이 쳐들었다. 그리고 "나우르 안 에드라이스 암멘!" 하는 주문과 함께 지팡이 끝을 장작에 집어넣었다. 즉시 파란색과 초록색의 불꽃이 크게 일어나면서 나무는 탁탁 소리를 내며 타올랐다.

"혹시 어디서 지켜보는 눈이라도 있다면 적어도 나는 발각된 셈이군. 깊은골에서 안두인강 하구까지 글을 읽을 줄 아는 이라면 모두 볼 수 있게 '간달프가 여기 있소.' 하고 방을 써 붙인 꼴이 되었으니 말이야."

그러나 일행은 숨어서 지켜보는 눈이나 첩자를 걱정할 겨를이 없었다. 불꽃을 보기만 해도 그들의 마음은 따뜻해지는 듯했다. 나무는 신나게 타올랐다. 모닥불 둘레의 눈이 쉭쉭거리며 녹아 그들 발밑으로 흘렀지만 그들은 여전히 기분 좋게 불꽃을 향해 두 손을 내밀고 있었다. 춤추듯 너울거리는 작은 모닥불을 가운데 두고 일행은 몸을 웅크린 채 서 있었다. 피곤하고 근심스러운 얼굴들 위로 빨간 불빛이 어른거렸고 등 뒤로는 어둠이 검은 벽처럼 그들을 둘러싸고 있었다.

그러나 장작은 빠르게 타들어 갔으며 눈은 여전히 쏟아졌다.

불기운은 차츰 사그라지기 시작했고, 누군가 마지막 장작을 던져 넣었다.

아라고른이 말했다.

"밤이 깊었으니 새벽이 멀지 않았을 거야."

그러자 김리가 말했다.

"새벽이 되면 저 구름이 없어질까!"

보로미르는 둘러선 자리에서 빠져나오면서 어둠 속을 쳐다보고 말했다.

"눈발이 약해지고 있습니다. 바람도 기세가 꺾였고요."

사그라지는 불빛 속에서 프로도는 피곤한 눈으로 어두운 하늘에서 꺼져 가는 불빛 속으로 떨어져 내리는 눈송이들을 지켜보았다. 한참 바라보았으나 눈발은 약해지는 기색이 없었다. 그런데 졸음이 다시 서서히 몰려오기 시작했을 때 그는 갑자기 바람이 정말 가라앉고 눈송이도 더 크고 드문드문해지는 것을 깨달았다. 서서히 희미한 빛이 눈에 들어오기 시작했고 드디어 눈도 완전히 그쳤다.

시야가 좀 더 밝아지면서 눈 덮인 고요한 세계가 희미하게 드러났다. 그들의 피신처 아래쪽으로 크고 작은 눈 더미만 보일 뿐 그들이 지나온 길은 흔적도 없었다. 그러나 위쪽은 여전히 금방이라도 눈이 퍼부을 것 같은 무거운 구름 뒤로 가려져 보이지 않았다.

김리가 하늘을 쳐다보더니 고개를 내저었다.

“카라드라스는 우릴 용납하지 않습니다. 계속 올라간다면 다시 눈을 퍼부을 거요. 가능하면 빨리 하산하는 게 좋아요.”

이 말에 모두 동의했다. 그러나 하산도 이젠 쉽지 않았다. 어쩌면 불가능할지도 몰랐다. 그들이 불을 피운 자리에서 몇 발짝만 벗어나도 눈은 호빗들의 키를 넘었고, 곳곳에 바람에 밀려온 눈 더미가 뭉쳐 있었다.

“간달프 님이 불을 들고 앞장서신다면 길이 생길 텐데요.”

레골라스가 말했다. 눈보라에도 그의 기는 거의 꺾이지 않았고, 일행 중 유일하게 아직 마음의 여유가 있었다.

간달프가 말을 받았다.

“요정들이 산을 넘어가서 태양을 데려와 우리를 구해 주면 좋겠군. 무슨 재료가 있어야 불을 피우지, 눈을 태울 수야 없지 않은가.”

보로미르가 나섰다.

“좋습니다. 우리 속담에 머리로 안 되면 몸을 쓰라는 말이 있습니다. 우리 중 제일 힘센 이들이 먼저 길을 뚫지요. 보십시오! 천지가 온통 눈으로 뒤덮인 것 같지만 사실 눈이 처음 내리기 시작한 것은 바로 저기 바위 벽을 돌아올 때부터였습니다. 저기까지만 가면 그다음부터는 쉬울 텐데. 제 짐작으로는 200미터 정도밖에 안 될 겁니다.”

“그렇다면 나하고 같이 저기까지만 길을 뚫어 봅시다.”

아라고른이 말했다. 일행 중에서 키는 아라고른이 제일 컸지만, 보로미르도 그 못지않은 데다 어깨나 체격은 더 벌어지고 탄탄했다. 그가 앞장서고 아라고른이 그 뒤를 따랐다. 그들은 부지런히 몸을 움직여 서서히 전진하기 시작했다. 눈이 가슴까지 차오른 곳이 많아서 보로미르는 걷는다기보다 긴 팔로 수영을 하거나 땅을 파 들어가는 것같이 보였다.

레골라스는 한참 동안 입가에 웃음을 띤 채 그들이 힘들여 나아가는 것을 바라보다가 일행을 향해 돌아섰다.

“몸이 좋으니 길을 뚫는다고 했소? 하지만 쟁기질은 농부가 하고, 수영은 수달이 잘하지만 풀밭이나 나뭇잎, 아니면 흰 눈 위로 달려가는 데는 요정이 최고지요.”

그 말이 끝나기가 무섭게 그는 재빨리 앞으로 달려 나갔다. 오래전부터 알고는 있었지만 프로도는 그제야 처음으로 요정이 긴 구두를 신지 않고 가벼운 신을 신고 있으며, 눈 위에 거의 흔적을 남기지 않고 달려가는 것을 볼 수 있었다.

"안녕! 태양을 데리러 갑니다."

그는 간달프에게 인사하면서 쏜살같이 달려 나갔다. 그는 곧 열심히 길을 뚫고 있는 두 사나이를 금방 따라잡아 손을 흔들고는 계속 달려 드디어 바위 벽 뒤로 사라졌다.

모두들 보로미르와 아라고른이 흰 눈 속에서 까만 점이 될 때까지 멀어져 가는 것을 지켜보며 함께 웅크리고 앉아서 기다렸다. 마침내 그들도 시야에서 사라졌다. 시간이 한참 흘렀다. 구름이 내리 깔리면서 다시 눈발이 흩날리기 시작했다.

그들의 느낌으로는 훨씬 오래된 것 같았지만 한 시간가량 지난 후 드디어 레골라스가 돌아오는 것이 보였다. 그와 동시에 그 뒤로 보로미르와 아라고른이 모퉁이를 돌아 힘겹게 비탈길을 올라오고 있었다.

레골라스가 순식간에 다가와 소리쳤다.

"태양은 데려오지 못했습니다. 태양은 남쪽의 푸른 하늘을 거닐고 있는데, 붉은뿔 작은 언덕의 조그만 눈보라 따위는 대수롭지 않다는 투더군요. 하지만 먼 길을 걸어 내려갈 수밖에 없는 여러분을 위해 희소식을 가져왔어요. 저기 모퉁이를 돌아가면 바로 뒤에 가장 큰 눈 더미가 있답니다. 우리 두 용사께서는 거의 그 눈에 묻혀 있는 형상이더군요. 제가 돌아올 때까지 그것을 뚫지 못해 두 분은 거의 포기하고 있었는데, 눈 더미는 높기만 하지 실은 두께가 얼마 되지 않는다고 이야기해 주었지요. 거기만 넘어가면 눈은 갑자기 낮아지고 조금만 더 내려가면 호빗 발가락을 살짝 덮을 정도밖에 안 됩니다."

김리가 큰 소리로 외쳤다.

"아, 제가 말한 대로지요. 이건 보통 눈보라가 아니라 카라드라스의 심술이에요. 요정이나 난쟁이를 싫어하는 겁니다. 그 눈 더미도 우리의 탈출을 봉쇄하기 위한 걸 거요."

그 순간 도착한 보로미르가 말했다.

"다행히도 당신이 인간들과 함께 있다는 걸 카라드라스가 잊은 모양이군요. 그것도 용감무쌍한 사나이들과 함께 말입니다. 하지만 삽이 없어서 정말 아쉬웠습니다. 어쨌든 이제 눈 속으로 길을 뚫어 놨으니 요정들처럼 가볍게 달릴 수 없는 분들은 모두 고맙다고 해야 할 겁니다."

"눈 속에 길을 만들었다지만 우리보고 어떻게 저기까지 내려가란 말이에요?"

모든 호빗들의 생각을 대신하여 피핀이 말하자 보로미르가 대답했다.

"희망을 가지시오! 지치긴 했지만 아직 힘이 남아 있습니다. 아라고른도 마찬가지겠지요. 작은 분들은 우리가 옮겨 드릴 테니 다른 분들은 우리 뒤를 잘 따라오시오. 자, 페레그린 씨, 당신부터 시작할까요."

보로미르는 호빗을 들어 올렸다.

"내 등에 매달리시오! 나도 팔을 써야 할 테니까."

그는 그렇게 말하고 앞으로 성큼성큼 걷기 시작했다. 아라고른과 메리가 그 뒤를 따랐다. 피핀은 아무 연장도 없이 두 팔만으로 만들어 놓은 통로를 보면서 보로미르의 괴력에 놀라지 않을 수 없었다. 그는 심지어 등에 피핀을 매단 채 뒤에 오는 이들을 위해 양쪽으로 눈을 밀어내고 있었다.

드디어 그들은 마지막 눈 더미에 닿았다. 그것은 가파른 급경사의 절벽처럼 그 좁은 산길을 가로막고 있었는데 마치 칼로 자른 듯한 뾰족한 꼭대기는 보로미르의 키보다 두 배는 높았다. 그러나 그 중간쯤에 올라갔다 내려가는 다리처럼 생긴 통로가 만들어져 있었다. 메리와 피핀은 그 반대쪽에 내려서 레골라스와 함께 다른 일행이 도착할 때까지 기다렸다.

잠시 후 보로미르가 샘을 데리고 돌아왔다. 그 뒤로 좁기는 하지만 이제는 잘 닦인 길을 따라 간달프가 빌을 끌고 나타났는데 빌의 등짐 위에는 김리가 앉아 있었다. 마지막으로 아라고른이 프로도와 함께 도착했다. 그들은 통로를 무사히 통과했다. 그러나 프로도가 바닥에 발을 내려놓자마자 우르르 하는 소리와 함께 돌이 섞인 눈사태가 일어났다. 그들은 절벽에 바짝 붙어 웅크렸으나 날리는 눈가루 때문에 거의 눈을 뜰 수가 없었다. 눈앞이 다시 환해졌을 때 그들은 자신들이 막 지나온 길이 완전히 막혀 버린 것을 보았다.

"그만, 그만! 이제 떠날 거야!"

김리가 소리쳤다. 그리고 그 마지막 공격과 함께 산의 분노는 정말 끝난 것 같았다. 침입자들은 격퇴되었고, 카라드라스는 감히 그들이 다시 돌아오지 못하리라고 생각해 만족스러워하는 모양이었다. 구름이 갈라지고 햇살이 조금씩 드러나기 시작하면서 눈의 심술도 이젠 끝이 났다.

레골라스가 말한 대로 내려갈수록 눈은 점점 줄어 드디어 호빗들도 쉽게 걸을 수 있게 되었다. 그들은 곧 전날 밤 처음으로 눈송이를 만나기 시작한 비탈길 꼭대기에 다시 서게 되었다.

날이 샌 지도 벌써 오래였다. 그들은 거기서 서쪽 평지를 바라보았다. 산기슭에 연해 있는 구릉지대 끝에 그들이 재를 오르기 시작했던 골짜기가 보였다. 프로도는 다리가 아팠다. 그리고 그제야 배가 고프다는 생각과 함께 냉기가 뼛속까지 엄습해 왔고 앞으로 내려가야 할 지루하고 고통스러운 행군을 생각하니 머리가 어질어질했다. 검은 점들이 그의 눈앞에 어른거렸다. 그는 눈을 비볐다. 그러나 검은 점들은 여전히 그대로 있었다. 발아래 멀리, 하지만 낮은 산기슭보다는 훨씬 높은 곳에서 검은 점들이 공중을 빙빙 돌고 있었다.

"새들이 다시 나타났군!"

아라고른이 그쪽을 가리키며 말했다. 간달프가 말했다.

"이젠 어쩔 수 없지. 적이든 친구든, 아니면 우리와 상관이 있든 없든 빨리 내려가는 수밖에 없소. 카라드라스의 무릎 위에서 다시 하룻밤을 지낼 수야 없지."

붉은뿔의 문을 뒤로하고 지친 몸을 이끌며 비탈길을 내려가는 그들의 등 뒤로 찬 바람이 몰아닥쳤다. 카라드라스가 그들을 이긴 것이었다.

Chapter 4

어둠 속의 여행

저녁이었다. 희미한 석양이 성큼성큼 대지에서 사라지고 있을 때 일행은 밤의 휴식을 위해 걸음을 멈췄다. 몸이 매우 피곤했다. 산은 짙어 가는 어둠 속으로 모습을 감추고 있었고 찬 바람이 불어왔다. 간달프는 깊은골에서 가져온 미루보르를 다시 한 모금씩 나누었다. 간단히 식사한 후 그들은 회의를 가졌다.

간달프가 먼저 입을 열었다.

"물론 오늘 밤은 더 갈 수 없소. 붉은뿔의 문 공략에 너무 지쳤어. 여기서 잠시 쉽시다."

프로도가 물었다.

"그러고 나서 어디로 갑니까?"

"아직 우리의 여행길은 남아 있고 해야 할 임무도 있지. 계속 가든지 깊은골로 돌아가든지 두 가지 길밖에 없어."

깊은골로 돌아갈 수 있다는 말에 피핀의 얼굴이 갑자기 밝아졌다. 메리와 샘도 희망에 가득 차 간달프를 쳐다보았다. 그러나 아라고른과 보로미르는 아무 표정이 없었다. 프로도는 걱정스러운 얼굴이었다.

"저도 돌아가고 싶습니다. 하지만 창피해서 어떻게 돌아갑니까? 이제 도저히 길이 없다고 확인된 게 아니라면 말입니다. 우린 벌써 실패한 걸까요?"

"자네 말이 맞아, 프로도. 되돌아간다는 것은 패배를 시인하는 것이고 더 큰 패배를 자초하는 길이지. 만일 지금 이대로 돌아간다면 반지는 깊은골에 있을 수밖에 없어. 다시 출발할 수는 없을 테니까. 그렇게 되면 조만간 깊은골은 포위될 것이고 잠시 필사의 저항을 하다가 결국 무너지겠지. 반지악령들도 무서운 적이긴 하지만 지배의 반지가 사우론의 손에 다시 들어갔을 때 그들이 얻게 될 힘과 공포에 비하면 지금은 그야말로 아무것도 아니야."

"그렇다면 계속 가야죠. 길이 있다면 말입니다."

프로도가 한숨을 쉬며 말하자 샘은 다시 암담한 기분이 되었다. 간달프가 말했다.

"길이 하나 있기는 하네. 여행을 시작할 때부터 그 길로 가야 하지 않을까 생각해 왔는데, 그리 기분 좋은 길이 아닐세. 지금까지 자네들한테 얘기하지는 않았지만, 아라고른은 그 계획에 반대했지. 일단 산을 넘어 보자는 거였어."

메리가 말했다.

"붉은뿔의 문보다 나쁜 길이라면 정말 무시무시한 길이겠군요. 하지만 말씀해 보세요. 매도 먼저 맞는 게 낫지 않아요?"

"내가 말하는 길은 모리아의 광산으로 들어가는 것이야."

간달프가 말하자 오직 김리만이 고개를 들었다. 그의 두 눈에 갑자기 불꽃이 이는 듯했다. 하지만 다른 동료들은 모두 모리아라는 이름만 듣고도 공포에 사로잡혀 버렸다. 호빗들까지도 전설 때문에 그곳에 대해 막연한 공포를 느끼고 있었다.

"그 길로 모리아에 들어갈 수 있을지는 몰라도 나가는 길이 있는지는 어떻게 압니까?"

아라고른이 음울하게 물었다. 보로미르도 말했다.

"불길한 이름입니다. 제 생각엔 구태여 그쪽으로 갈 필요가 없습니다. 만일 산을 넘을 수 없다면 남쪽으로 계속 내려가 로한관문까지 가는 겁니다. 그 사람들은 우리 나라와 우호 관계고 또 제가 올라올 때도 그 길로 왔습니다. 아니면 아예 그곳도 지나쳐 아이센강을 건너 '긴해안'과 레벤닌을 지나 해안 지역을 통해 곤도르로 들어가면 됩니다."

그러자 간달프가 말했다.

"보로미르, 당신이 북쪽으로 떠나온 뒤로 상황이 많이 변했소. 내가 사루만에 대해 한 이야기를 듣지 못했소? 그와 나는 모든 일을 끝내기 전에 서로 볼일이 좀 있을 테지만, 반지는 무슨 수를 써서라도 아이센가드를 피해 가야 하오. 우리가 반지의 사자와 함께 가는 한, 로한관문은 우리에게 문을 열어 주지 않을 거요.

멀리 돌아가는 것도 가능하겠지만, 우리에겐 시간이 없소. 그렇게 여행을 하자면 시간이 1년쯤 걸릴 것이고, 또 아무도 살지 않고 은신처도 없는 곳으로만 숨어 다녀야 하오. 그래도 안전이 확보되는 것은 아니오. 사루만과 대적은 감시의 눈을 그쪽에도 뻗치고 있거든. 보로미르, 당신이 북으로 올 때는 남쪽에서 올라오는 외로운 나그네에 불과했소. 대적은 반지를 쫓는 데 온 정신을 집중했기 때문에 당신 같은 나그네에게 관심을 기울일 틈이 없었지. 하지만 지금 당신은 반지의 사자와 함께 돌아가고 있고, 우리와 함께 있는 한 언제나 위험하오. 하늘을 가려 줄 방패가 없다면 내려갈수록 더 위험할 거요.

이제 고개를 무모하게 넘어가려던 계획도 실패했으니 우리 형편은 더 어려워졌소. 지금이라도 그들이 보지 못하게 당분간 모습을 감추지 않는다면 내가 보기엔 희망이 없소. 따라서 산을 넘지도 말고, 돌아가지도 말고, 뚫고 들어가자는 거요. 어쨌든 그 길은 대적으로서는 전혀 예상치 못하는 길이 아니겠소?"

그러자 보로미르가 다시 이의를 제기했다.

"적이 무엇을 예상하는지는 알 수 없습니다. 가능성이 있든 없든 그는 모든 도로를 다 감시할지 모릅니다. 그렇게 되면 모리아로 들어가는 것은 암흑의 탑에 쳐들어가는 것과 다를 바 없이 적의 함정에 빠지는 겁니다. 모리아는 불길한 이름입니다."

"모리아를 사우론의 요새와 비교한다는 것은 당신이 뭘 모른다는 말이오. 암흑군주의 토굴에 가 본 자는 우리 중 나뿐이오. 그리고 나는 그보다 규모가 작긴 했지만 옛날의 돌 굴두르에도 가 보았소. 바랏두르의 입구로 들어간 이는 돌아올 수가 없소. 하지만 모리아로 가는 길이 출구가 없는 거

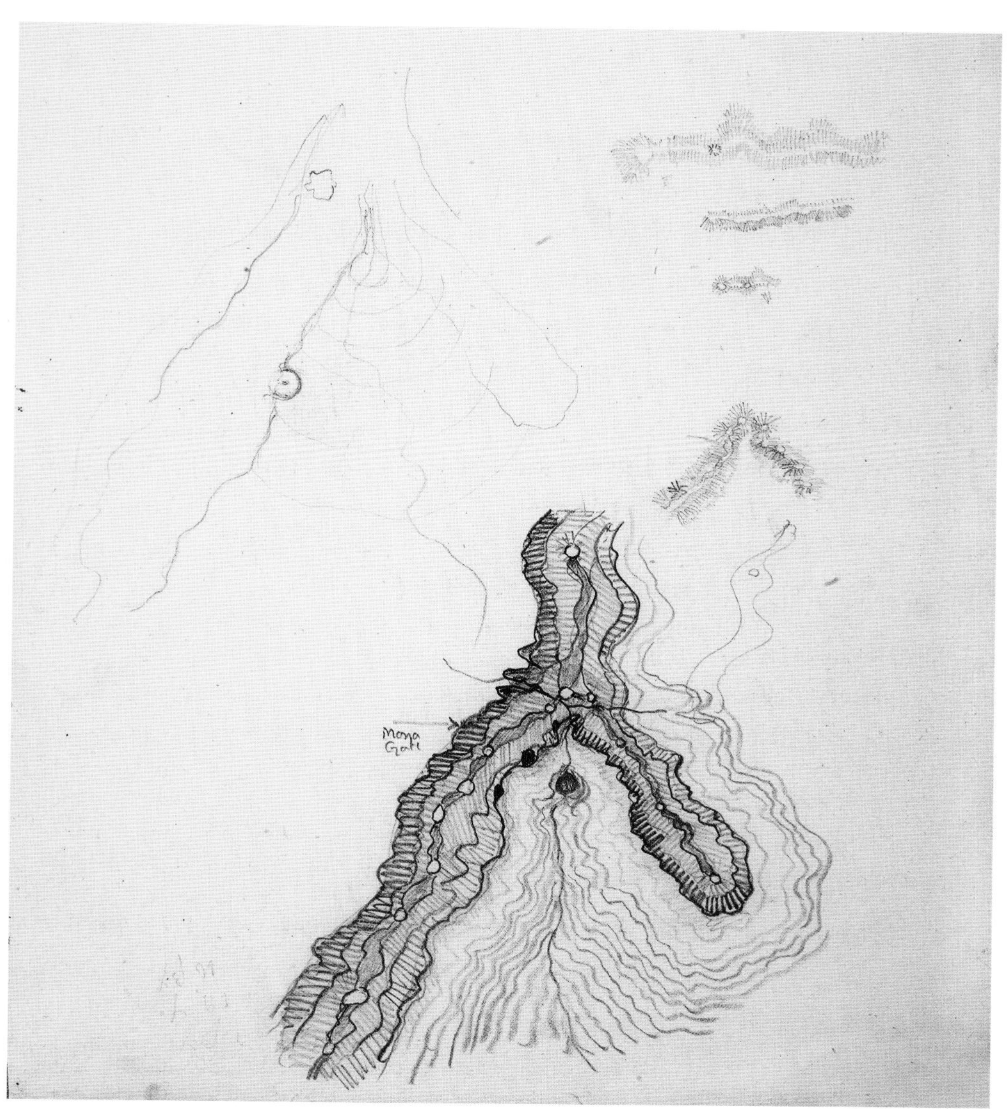

거울호수 주변의 안개산맥 등고선 지도(Contour map of the Misty Mountains around Mirrormere)

라면 당신들을 그리로 인도하지도 않을 것이오. 혹시 거기에 오르크들이 있다면 그땐 고생을 좀 해야겠지. 그건 사실이오. 하지만 안개산맥의 오르크들 대부분은 다섯군대 전투 때 죽거나 뿔뿔이 흩어졌소. 독수리들의 보고에 의하면 오르크들이 멀리서 다시 몰려든다는 소문이 있다지만, 모리아는 아직은 괜찮을 수도 있소. 게다가 난쟁이들이 아직 거기에 있을 가능성도 있고, 푼딘의 아들 발린을 조상의 석실에서 만날지도 모르오. 그리고 아무리 어렵더라도 필요한 길이라면 가야 하지 않겠소?"

김리가 말했다.

"간달프, 저는 함께 가겠습니다. 가서 두린의 방을 찾아보겠습니다. 닫힌 문만 열 수 있다면 거기에 무엇이 기다린다 한들 들어가겠습니다."

"고맙네, 김리. 자네 말에 힘이 나는군. 함께 그 숨겨진 문을 찾아보세. 우린 해낼 수 있을 걸세. 난쟁이들의 유적지에서는 요정이나 인간이나 호빗들보다는 난쟁이가 더 용감하겠지. 난 모리아가 이번이 처음이 아닐세. 스로르의 아들 스라인을 찾으러 오랫동안 그 속을 헤맨 적이 있어. 그리고 지금 보다시피 이렇게 버젓이 살아 있잖은가 말이야!"

아라고른이 조용히 말했다.

"나도 '어둔내문(門)'은 한 번 지나간 적이 있습니다. 나 역시 살아 나왔지만 그 기억은 끔찍합니다. 다시는 모리아에 들어가고 싶지 않습니다."

"저는 처음이지만 싫어요."

피핀이 말했다.

"저도 반대예요."

샘이 중얼거렸다. 그러자 간달프가 말했다.

"물론 싫겠지. 누가 가고 싶겠는가. 하지만 문제는, 내가 앞장선다면 누가 나를 따라오겠느냐는 거지."

"제가 갈 겁니다!"

김리가 의욕적으로 말했다. 그러자 아라고른도 무겁게 말했다.

"나도 가겠습니다. 마법사께서는 내 주장대로 산으로 갔다가 눈 속에서 죽을 뻔했으면서도 내게 싫은 소리 한마디 하지 않았습니다. 당신의 말을 따르겠습니다. 다만 이 한 가지 경고는 유념하는 게 좋겠습니다. 간달프, 내가 지금 생각하고 있는 건 반지나 우리의 목숨이 아니라 바로 간달프 당신의 생명입니다. 이제 분명히 말씀드리지요. 모리아의 문을 지나가려면 조심하셔야 합니다!"

보로미르가 말했다.

"모두가 찬성하지 않는 한 나는 가지 않겠습니다. 레골라스와 꼬마 친구들 생각은 어떠신지? 반지의 사자 이야기도 꼭 들어 봐야 하지 않을까요?"

"나는 모리아에 가고 싶지 않습니다."

레골라스가 의사를 밝혔다. 호빗들은 아무 말도 하지 않았다. 샘은 프로도를 보았다. 마침내 프로도가 말했다.

"저도 가고 싶지 않습니다만 간달프의 충고를 거부하고 싶지도 않습니다. 투표를 미루고 하룻밤 자면서 생각해 보면 어떨까요? 아무래도 춥고 어두운 곳보다는 밝은 아침 햇살 속에서 간달프가 표를 얻기 쉽지 않겠어요? 바람이 온통 춤을 추는군요."

이 말에 모두들 조용히 생각에 잠겼다. 바위틈과 나무 사이에서 바람이 윙윙 불어왔고 그들을 둘러싼 텅 빈 밤의 대지 위에서는 울부짖는 듯한 아우성이 멀리서 들려왔다.

갑자기 아라고른이 벌떡 일어섰다.

"바람 소리가 이상합니다! 늑대들의 울부짖음이 섞여 있소! 와르그들이 산맥 서쪽으로 넘어온 겁니다!"

간달프가 말했다.

"아침까지 미룰 것도 없겠군. 내가 말한 대로요. 적은 드디어 우릴 찾아냈어. 내일 새벽까지 우리가 살아남는다 해도 누가 과연 밤마다 꼬리에 사나운 늑대들을 달고 남쪽으로 여행할 수 있겠소?"

"모리아는 멉니까?"

보로미르가 물었다.

"카라드라스 서남쪽에 입구가 있는데 여기서 직선거리로 24킬로미터쯤 되오. 둘러서 가면 한 30여 킬로미터는 되겠지."

간달프가 가라앉은 목소리로 대답했다.

"그렇다면 내일 아침 날이 밝는 대로 출발하지요. 지금 여기 없는 오르크보다는 옆에 있는 늑대 소리가 더 무섭습니다."

보로미르가 말하자 아라고른이 칼을 빼며 말했다.

"그렇긴 하지. 하지만 와르그들이 있는 데는 오르크들도 따르게 마련이오."

피핀이 샘에게 속삭였다.

"엘론드의 충고를 들을걸 그랬어. 난 아무 쓸모도 없는걸. 황소울음꾼 반도브라스의 핏줄도 소용 없고, 늑대 소리만 들어도 피가 얼어붙는 것 같아. 이렇게 오싹한 건 처음이야."

샘도 속삭였다.

"피핀, 나도 간이 콩알만 해졌어. 하지만 아직 목숨은 붙어 있고 또 우리보다 용감한 친구들과 같이 있잖아. 간달프 영감이 무슨 재주를 부릴지는 모르지만 우리를 늑대 밥이 되게 내버려 두지는 않겠지."

한밤의 공격에 대비해 그들은 지금까지 은신하고 있던 작은 둔덕 꼭대기로 올라갔다. 언덕 위에는 굽은 고목 몇 그루가 엉켜 있었고 사방에는 둥근 옥석들이 빙 둘러 흩어져 있었다. 그들은 한가운데에 불을 피웠다. 어둠 속에 조용히 숨어 있다고 해서 늑대들의 예민한 후각을 속일 수는 없음을 잘 알았기 때문이다.

그들은 모두 모닥불 가에 둘러앉아 불침번을 제외하고는 꾸벅꾸벅 불안한 잠에 빠지기도 했다.

불쌍한 조랑말 빌은 선 채로 벌벌 떨며 진땀을 흘렸다. 늑대들의 울부짖음은 때로는 가까이 때로는 멀리, 사방에서 들려왔다. 칠흑 같은 어둠 속에서 반짝이는 수많은 눈동자들이 언덕 위를 응시하는 것이 보였다. 그중 몇몇은 돌무더기 근처까지 접근하기도 했다. 빙 둘러 있는 돌무더기 빈 틈새로 거대하고 시커먼 늑대 한 마리가 그들을 노려보며 웅크리고 있었다. 아마도 무리 중 우두머리인 듯, 그 늑대에게서 공격 개시를 알리는 날카로운 울음소리가 터져 나왔다.

간달프가 일어서며 지팡이를 높이 쳐들고 한 걸음 앞으로 나섰다.

"잘 들어라, 사우론의 졸개들! 간달프가 예 있다! 그 더러운 껍데기가 귀하다고 생각하면 어서 꺼져라! 이 원 안으로 들어오면 꼬리부터 주둥이까지 흔적도 안 남을 줄 알아라!"

그 늑대가 날카로운 소리를 지르며 그들을 향해 높이 뛰어들었다. 그 순간 핑 하는 날카로운 소리가 들렸다. 레골라스가 활을 당긴 것이었다. 처절한 울음소리와 함께 뛰어오르던 늑대는 땅바닥에 나동그라졌다. 요정의 화살이 목을 관통한 것이었다. 노려보던 눈동자들이 갑자기 사라졌다. 간달프와 아라고른이 앞으로 나가 보았으나 언덕 위의 늑대들은 모조리 달아나고 없었다. 다시 어둠이 고요하게 그들 주위를 둘러쌌고 잉잉거리는 바람 소리 외에는 아무 소리도 들리지 않았다.

밤이 깊어 서편 하늘로 이지러진 달이 기웃거렸고 흩어진 구름 사이로 달빛이 이따금 새어 나왔다. 프로도는 갑자기 잠에서 깨어났다. 별안간 야영지 주변 사방에서 다시 늑대들이 날카롭게 울부짖었다. 수많은 와르그 떼가 소리도 없이 다가와 이제 막 그들을 에워싸고 동시에 공격할 참이었다. 간달프가 호빗들에게 외쳤다.

"불에 나무를 넣어! 칼을 빼고 등지고 돌아서!"

나무를 넣자 다시 타오르는 불꽃 속에서 프로도는 수많은 늑대들이 돌더미를 넘어 덤벼드는 것을 보았다. 그 뒤로 더 많은 늑대들이 계속 밀려왔다. 아라고른의 칼이 우두머리인 듯한 늑대의 목을 관통했고, 보로미르의 긴 팔에서 휙 소리가 나며 또 한 마리의 목이 땅에 떨어졌다. 그 옆에서는 김리가 탄탄한 두 다리를 딱 벌린 채 난쟁이의 도끼를 휘두르고 있었고, 레골라스의 화살이 핑핑 시위를 떠나고 있었다.

이글거리는 불빛 속에서 간달프의 몸이 갑자기 커지기 시작하더니 언덕 위에 높이 세워 놓은 고대 왕의 석조상처럼 거대하고 위압적인 거인으로 변했다. 그는 마치 구름이 내려오듯 몸을 숙여 불타는 나뭇가지를 하나 집어 들고는 늑대들과 맞서 걸어 나왔다. 늑대들은 멈칫했다. 그는 불붙은 나뭇가지를 공중으로 높이 던졌다. 그것은 번개와 같은 하얀 빛을 뿌렸다. 간달프가 벽력같이 소리를 질렀다.

"나우르 안 에드라이스 암멘! 나우르 단 잉가우로스!"

우르릉 콰직 소리가 나더니 그의 머리 위 나무가 눈부신 불꽃의 잎과 꽃으로 덮인 듯 맹렬히 타올랐다. 그리고 나무 꼭대기에서 나무 꼭대기로 불이 옮겨붙었다. 언덕 위는 온통 눈을 뜰 수 없을 만큼 불꽃으로 가득 찼다. 칼날이 다시 불꽃 속에서 현란하게 번득이기 시작했고, 레골라스의 마지막 화살이 허공을 가르며 불이 붙은 채 거대한 우두머리 늑대의 심장에 가서 박혔다. 나머지 늑대들은 모두 달아나고 말았다.

모닥불은 서서히 사그라져 희미한 불똥과 재만 남았다. 매캐한 연기가 불탄 나무들 위에 자욱하게 덮여 있다가 새벽빛이 하늘 위로 희미하게 밝아 오자 검은 구름처럼 언덕 아래로 밀려 내려갔다. 적은 다시 돌아오지 않았다.

샘이 칼을 집어넣으며 말했다.

"내가 뭐라 그랬어, 피핀. 늑대도 그에겐 꼼짝 못 하잖아. 정말 놀라운 일이었어! 하마터면 내 머리카락마저 태울 뻔했다고."

아침이 환하게 밝아 그들은 늑대 시체를 찾아보았지만 흔적도 없었다. 간밤의 격렬했던 전투를 말해 주는 거라고는 시꺼먼 숯으로 변해 버린 나무와 언덕 위에 떨어져 있는 레골라스의 화살들뿐이었다. 화살은 모두 아무 탈이 없었으나 그중 하나는 화살촉만 남아 있었다.

간달프가 말했다.

"걱정한 대로야. 황야에서 먹이를 찾아 헤매는 보통 늑대와는 다른 놈들이었군. 빨리 식사하고 출발합시다."

그날 날씨는 다시 변했다. 그들이 재를 내려왔기 때문에 계속 눈을 퍼부을 필요가 없어서인지 숲속을 가는 물체를 멀리서도 알아볼 수 있을 만큼 날씨가 맑았다. 날씨는 보이지 않는 어떤 힘에 의해 움직이는 듯했다. 바람은 밤새 북풍에서 서북풍으로 바뀌었다가 이제는 잠잠해졌다. 남쪽 하늘의 구름도 사라지고 하늘은 높고 푸르게 개었다. 그들이 출발 준비를 하고 언덕 기슭에 서 있을 때 희미한 햇빛이 산 너머로 비쳤다.

간달프가 말했다.

"해 질 무렵까지는 입구에 도착해야 하는데. 그렇지 않으면 오늘 밤은 어떻게 될지 정말 장담할 수가 없네. 먼 길은 아니지만 아마 돌아가야겠지. 아라고른도 이 길은 처음일 테니 안내할 수 없을 테고, 나도 딱 한 번 모리아 서쪽 벽으로 들어가 본 적은 있지만 아주 오래전 일이거든. 바로 저기."

그는 산허리가 급경사를 이루며 어두운 산기슭으로 떨어지는 동남쪽의 먼 산을 가리켰다. 멀리서 희미하게나마 절벽의 윤곽이 드러났다. 한가운데에 큰 잿빛 절벽 하나가 유달리 다른 것들보다 높게 솟아 있었다.

"자네들 중에 이미 짐작한 이도 있겠지만 재를 내려올 때 난 자네들을 원래의 출발 지점이 아닌 남쪽으로 인도했네. 그 덕분에 5, 6킬로미터 정도 거리를 단축할 수 있어서 다행일세. 자, 이젠 서두르는 수밖에 없소. 갑시다!"

보로미르가 어두운 표정으로 말했다.

"간달프께서 찾는 게 발견되기를 빌어야 할지, 아니면 절벽 앞에 가서 그 문이 영원히 닫혀 있기를 바라야 할지 모르겠군요. 어느 쪽도 마음에 들지는 않지만, 아마도 십중팔구는 등 뒤로 늑대의 추격을 받으며 눈앞에는 출구도 없는 산속에 꼼짝없이 갇힌 것 같습니다. 앞장서십시오."

김리는 모리아로 간다는 사실에 마음이 설레 간달프와 함께 맨 앞에서 걸었다. 그들은 일행을 다시 산맥 옆으로 끌어들였다. 서쪽에서 모리아로 들어가는 유일한 옛 도로는, 원래 그 입구가 있는 근처 산기슭에서 발원하는 시란논이라는 강줄기를 따라 나 있었다. 간달프는 출발 지점에서 남쪽으로 3, 4킬로미터 거리의 가까운 곳에서 강을 찾아내리라 기대했으나, 간달프가 길을 잃은 것인지 아니면 최근에 지형이 변했는지 그 강을 찾을 수가 없었다.

정오가 가까워졌지만 그들은 여전히 붉은 돌로 뒤덮인 황량한 지대에서 방황하고 있었다. 사방을 둘러봐도 물줄기는 찾을 수 없었고 물소리조차 들을 수 없었다. 황량하고 메마른 땅이었다. 그들은 점점 절망적인 심정이 되었다. 살아 있는 짐승이라고는 한 마리도 보이지 않았고 하늘엔 새도 보이지 않았다. 그러나 다른 무엇보다도 그 낯선 땅에서 밤을 다시 맞는다는 것은 상상조차 하기 두려운 일이었다.

선두에서 길을 헤쳐 가던 김리가 갑자기 그들을 불렀다. 그는 나지막한 야산에 올라서 오른쪽을 가리켰다. 급히 달려간 그들은 발밑에서 깊고 좁은 수로를 발견했다. 강바닥은 완전히 말라 버린 채 정적에 휩싸여 있었고, 갈색과 붉은색의 자갈 위로는 물방울조차 찾을 수 없었다. 그러나 수로 이쪽으로 곳곳에 허리가 끊긴 퇴락한 도로가 나타났고, 도로 곳곳에는 이 길이 고대의 중앙 도로임을 말해 주는 무너진 방벽들과 연석들이 눈에 띄었다.

간달프가 소리쳤다.

"아! 드디어 찾았군. 여기가 바로 샛강이 흐르던 곳이오. 옛날엔 여기를 시란논, 즉 문앞개울이라 불렀지. 어찌 된 건가, 이해할 수가 없군. 옛날엔 아주 빠르고 시끄럽게 흐르던 곳인데. 갑시다! 서둘러야 하오. 늦었어."

모두들 발이 부르트고 피곤했지만 굴곡이 심하고 험한 길을 고집스레 쉬지 않고 몇 킬로미터 더 걸었다. 정오가 지나 해가 서쪽으로 기울기 시작했다. 잠시 휴식을 취하며 간단한 식사를 하고 난 뒤 다시 걸었다. 정면으로 험상궂은 산세가 모습을 드러냈지만 길은 골짜기로 접어들며 높은 능선과 멀리 동편 봉우리들만이 겨우 보일 뿐이었다.

한참 뒤 갑자기 길이 급하게 굽이를 틀었다. 지금까지 수로 가장자리와 왼쪽의 가파른 경사지 사이로 남쪽을 향하던 길이 다시 정동으로 방향을 바꾸었다. 모퉁이를 돌아가자 꼭대기가 톱니 모양으로 들쭉날쭉한 10미터 정도의 낮은 벼랑이 그들을 기다리고 있었다. 벼랑 끝의 비교적 넓은 틈새에서 물방울이 조르르 떨어졌다. 한때는 벼랑을 꽉 채울 만큼 힘찬 폭포가 흐르던 곳 같았다.

간달프가 말했다.

"정말 많이 변했군! 하지만 길은 틀림없어. '계단폭포'는 이제 이 모양이 되었군. 만일 내 기억이 맞다면 폭포 옆 암벽 사이로 난 계단이 있었고, 본도로는 왼쪽으로 벗어나 비탈길을 서너 굽이 올라가서 정상의 평지에 닿게 되어 있지. 폭포를 지나면 바로 모리아의 방벽으로 이어지는 야트막한 골짜기가 있었는데 시란논강이 그 사이로 흐르고 그 옆에 길이 있었지. 가서 어떻게 되었는지 확인해 봅시다!"

모리아 입구(*Moria Gate*)

그들은 어렵지 않게 돌계단을 발견했다. 김리가 재빨리 계단을 올랐고 간달프와 프로도가 그뒤를 따랐다. 꼭대기에 올라가서야 그들은 그 길이 막혀 있음을 알게 되었다. 문앞개울이 말라붙은 이유도 밝혀졌다. 그들 등 뒤로 차가운 서편 하늘이 석양빛을 받아 화려한 금빛으로 물들었고, 눈앞에는 어두운 호수가 고요하게 펼쳐졌다. 음울한 수면 위로는 하늘빛도 석양도 반사되지 않았다. 시란논강은 둑으로 막혀 호수의 물이 골짜기를 가득 채우고 있었다. 어두운 호수 저편 끝에 거대한 절벽이 석양에 험악한 모습을 희미하게 드러내며 건너갈 수 없는 막다른 길임을 암시하고 있었다. 그 험상궂은 암벽에서 프로도는 문이나 입구는 고사하고 바위틈이 갈라진 곳도 발견할 수가 없었다.

간달프는 호수 건너편을 가리키며 말했다.

"저것이 모리아의 방벽이야. 호랑가시나무땅에서 우리가 지금까지 걸어온 길 끝에 요정의 문, 즉 모리아의 입구가 있었지. 하지만 이 길이 막혀 버렸으니 어떻게 한다? 아무도 이런 해거름에 이 어두운 호수를 헤엄쳐 건널 생각은 없겠지. 아주 기분 나쁜 호수군."

김리가 말했다.

"호수 북쪽을 돌아가는 길을 찾아야지요. 일단 우리가 따라온 본도로가 어디까지 이어지는지 알아보는 게 낫겠습니다. 호수가 없었다고 해도 조랑말은 계단을 올라오지 못하게 되어 있었습니다."

"어차피 조랑말은 굴에 데리고 들어갈 수 없어. 산으로 들어가는 길은 어둡고 또 곳곳에 좁고 가파른 통로가 있어서 조랑말을 끌고 가는 건 불가능해."

간달프의 대답에 프로도가 말했다.

"불쌍한 빌! 내가 그걸 생각 못 했구나. 불쌍한 샘은 또 얼마나 슬퍼할까."

간달프가 말했다.

"미안하네. 불쌍한 빌은 요긴한 친구였는데 이제 와서 혼자 돌아가게 해야 한다니 정말 유감이야. 내 마음대로 했다면 처음부터 짐을 줄이고 짐승은 데려오지 않았겠지만 말이야. 샘이 좋아하는 빌이라도 마찬가지지. 나는 길을 떠날 때부터 결국은 이 길로 들어가야만 하는 게 아닌가 걱정했거든."

해가 저물고 황혼이 깃든 하늘에 별이 반짝이기 시작할 무렵 일행은 사력을 다해 비탈길을 올라 호수 측면에 닿았다. 호수 폭은 가장 넓은 곳이 겨우 500~600미터 남짓으로 보였으나, 남쪽으로 얼마나 뻗어 있는지는 날이 어두워 알 수 없었다. 호수 북쪽 끝은 일행이 선 곳에서 800미터 거리였고 골짜기 가장자리의 바위 능선과 호수 사이에는 탁 트인 땅이 이어져 있었다. 간달프가 가리키는 건너편까지는 아직 3, 4킬로미터 더 가야 했으므로 그들은 계속 걷기 시작했다. 물론 거기에 이른다 해도 간달프에게는 입구를 찾는 문제가 남아 있었다.

호수 북쪽 끝에 이르자 좁은 도랑이 앞을 가로막았다. 물은 썩어 녹색을 띠었고, 마치 주변의 산을 가리키는 호수의 미끌미끌한 팔처럼 보였다. 김리는 개의치 않고 도랑을 건넜는데, 물이 깊지 않아 발목 정도밖에 차지 않았다. 김리 뒤를 따라 일행은 한 줄로 조심스럽게 도랑을 건넜다. 물풀 아래로 미끈미끈한 돌이 깔려 있어 넘어지기 십상이었다. 프로도는 검고 더러운 도랑물이 발에 닿자 섬뜩했다.

샘이 마지막으로 빌을 끌고 마른 땅에 올라서자 뒤쪽에서 무슨 소리가 들렸다. 물고기 한 마리가 잔잔한 호수를 어지럽힌 듯, 휙 소리가 나더니 퐁당 하면서 잔물결이 일었다. 재빨리 돌아선 그들은 어스름한 그늘에서 이는 잔물결을 보았다. 호수 한 지점에서 시작된 동그라미가 점점 커졌다. 지면에 닿는 부분의 물살이 철썩 부딪히고 다시 조용해졌다. 땅거미가 짙어지면서 한 가닥 남아 있던 저녁놀마저 구름에 가려 버렸다.

간달프의 재촉으로 일행은 더욱 속도를 내기 시작했다. 그들은 호수와 벼랑 사이의 마른 땅에 들어섰다. 길은 종종 폭이 10미터도 되지 않을 만큼 좁았고 굴러 내린 바위와 돌로 막힌 곳도 많았다. 가능한 한 호수에서 떨어져 벼랑을 안다시피 길을 따라갔다. 호수를 따라 남쪽으로 1.5 킬로미터쯤 더 내려가 그들은 호랑가시나무 숲에 이르렀다. 나무 그루터기와 죽은 가지들이 얕은 물가에서 썩고 있었다. 아마 옛날 작은 숲의 잔해이거나 아니면 이제는 물에 잠긴 도로의 울타리인 것 같았다. 프로도는 벼랑 바로 아래에서 호랑가시나무치고는 상상할 수 없을 만큼 커다란 두 그루의 나무를 발견했다. 거대한 뿌리는 벼랑 밑에서 물속으로 뻗쳐 있었다. 멀리 계단 꼭대기에서 바라보았을 때 그 나무는 어렴풋한 벼랑 아래에 서 있는 관목처럼 보였다. 그러나 지금 보니 그들 키보다 높고 꼿꼿하며, 어두운 모습으로 짙은 밤 그림자를 드리운 채 말없이 도로 끝을 지키는 두 기둥처럼 버티고 서 있었다. 간달프가 말했다.

"맞았어, 드디어 도착했군! 호랑가시나무땅에서 시작된 요정들의 도로는 여기서 끝이오. 호랑가시나무가 그들의 상징이니 이 나무로 자신들의 영토가 여기서 끝난다는 걸 밝힌 거요. 이 서쪽 문은 그들이 모리아의 영주들과 교통할 때 쓰던 거고. 서로 다른 종족들끼리 그렇게 친밀한 우호 관계를 맺던 행복하던 시절도 있었지. 심지어 난쟁이와 요정도 말이오."

"그 우정이 깨진 건 난쟁이들의 잘못이 아니었어요."

김리가 말하자 레골라스도 덧붙였다.

"요정들 잘못이란 소리도 못 들었는데."

그러나 간달프가 말했다.

"난 둘 다 들었지만 지금 판결을 내리지는 않겠네. 다만 레골라스와 김리 둘은 당분간 친구가 되어 날 좀 도와주게. 자네들 둘 다의 도움이 필요하거든. 문은 닫힌 채 감춰져 있고 밤이 다가오고 있으니 가능한 한 빨리 찾아봐야지."

그는 다른 이들을 향해 말했다.

"내가 문을 찾는 동안 여러분은 각자 굴속으로 들어갈 준비를 하시오. 이젠 착한 조랑말 빌과도 작별 인사를 해야겠고 겨울 추위에 대비해 가져온 옷들도 모두 버려야 하오. 굴에 들어가면 그런 옷들은 필요 없을 것이고 또 산 너머 남쪽으로 나가면 소용없어질 테니 말이오. 그 대신 조랑말에 실은 짐, 특히 식량과 물통은 각자 나눠 꾸리시오."

그러자 샘이 참담한 표정으로 화를 내며 말했다.

"하지만 어떻게 이렇게 외진 곳에 불쌍한 빌만 내버려 둘 수 있어요, 간달프? 분명히 말씀드리지만 전 반대예요. 이렇게 멀리까지 와서 말이에요!"

"샘, 미안하네. 하지만 문이 열리면 자넨 모리아의 길고 어두운 통로로 빌을 데려갈 수 없을 거야. 빌과 프로도 둘 중에 선택하게."

"빌은 내가 데리고만 가면 프로도 씨를 따라 용이 숨어 있는 굴속이라도 들어갈 거예요. 사방에 늑대들이 우글거리는데 여기 혼자 내버려 둔다는 건 죽으라는 말이나 다름없잖아요."

그러자 간달프는 조랑말 머리 위에 손을 얹고 낮게 말했다.

"그렇지는 않을 거야. 조심해서 잘 살펴 가거라. 넌 현명한 말이고 또 깊은골에서 많이 배웠지. 풀밭이 있는 곳을 잘 찾아서 엘론드의 집으로 가든지 아니면 네가 가고 싶은 곳으로 가거라. 자, 샘! 빌은 우리처럼 늑대를 잘 피해서 집으로 돌아갈 거야."

샘은 침울한 표정으로 조랑말 옆에 서서 아무 대답도 하지 않았다. 무슨 일이 벌어지는 건지 알기라도 하듯 빌은 힝힝거리며 코를 들이대 샘의 귀에 비볐다. 샘은 눈물을 흘리며 고삐를 만지작거리더니 조랑말의 등짐을 끌러 바닥에 내려놓았다. 다른 일행들도 짐을 하나하나 분류해서 뒤에 남겨 둘 것은 따로 쌓고 나머지는 각자 나누어 맡았다.

작업을 모두 끝내고 간달프를 지켜보았지만 그는 아직 아무런 성과를 거두지 못한 것 같았다. 그는 두 그루 나무 사이에 버텨 서서 꼼짝도 않고 막막한 절벽을 뚫어지게 바라보고 있었다. 김리는 그 주위를 서성이며 도끼로 여기저기 두드려 보고 있었고, 레골라스는 무슨 소리라도 듣는 듯 바위 벽에 몸을 바싹 붙이고 있었다.

"천신만고 끝에 겨우 도착했는데 문을 못 찾으면 어떻게 하죠? 아무리 눈에 불을 켜고 봐도 문 비슷한 것조차 없는데."

메리가 묻자 김리가 대답했다.

"난쟁이의 문은 한번 닫히면 흔적이 없지. 보이지 않는 문일세. 비밀을 잊어버리면 문을 만든 사람조차 들어갈 수 없게 돼 있거든."

그러자 간달프가 갑자기 제정신으로 돌아온 듯 몸을 돌리며 말했다.

"하지만 이 문은 애초에 난쟁이들만 알고 있던 비밀의 문은 결코 아니었지. 완전히 구조가 바뀌지만 않았다면, 조금이라도 볼 줄 아는 눈을 가진 이라면 찾을 수 있게 되어 있는 거야."

그는 다시 절벽 쪽으로 걸어갔다. 두 나무 그림자 사이에 반반한 공간이 있었다. 그는 두 손으로 벽 위를 이리저리 쓸어 보면서 뭐라고 낮게 중얼거렸다. 그러더니 갑자기 뒤로 물러서며 말했다.

"봐, 이제 무엇이 보이는가!"

달빛이 희끄무레한 바위 벽면을 교교히 비추었지만 한참을 들여다봐도 아무것도 보이지 않았다. 그러나 잠시 후 마법사의 손이 지나간 자리에 은빛 실핏줄 같은 희미한 선이 돌 위에 나타났다. 처음에는 너무 흐리고 가늘어서 마치 거미줄처럼 달빛에 반사될 때만 반짝 빛을 발했다. 하지만 차츰 더 굵고 선명해지면서 전체 윤곽이 뚜렷이 드러났다.

간달프의 키 정도 되는 높이에 요정 문자가 둥근 아치형의 두 줄로 새겨져 있었다. 그 밑에는 군데

Here is written in the Fëanorian characters accord-
ing to the mode of Beleriand: Ennyn Durin Aran
Moria: pedo mellon a minno. Im Narvi hain ech-
ant: Celebrimbor o Eregion teithant i thiw hin.

두린의 문(The Doors of Durin)

군데 선이 훼손되긴 했지만 일곱 개의 별로 둘러싸인 왕관 밑에 모루와 망치 그림이 나타났고 다시 그 아래 초승달 모양의 잎이 달린 나무 두 그루가 있었다. 문 한복판에는 찬란한 광선을 내뿜는 별 하나가 가장 선명하게 새겨져 있었다.

"두린의 문장입니다!"

김리가 외치자 레골라스도 말했다.

"높은요정들의 나무도 있습니다."

그러자 간달프가 덧붙였다.

"페아노르 가문의 별도 있지. 이 그림은 별빛과 달빛에만 반사되는 이실딘이라는 금속으로 새겨진 거야. 그리고 가운데땅에서는 잊힌 옛날 말을 아는 사람이 만질 때만 눈을 뜨지. 나도 그 말을 들은 지가 너무 오래되어서 기억해 내는 데 한참이 걸렸어."

아치에 새겨진 문자를 해독해 보려고 애쓰던 프로도가 물었다.

"뭐라고 쓴 거죠? 저도 요정 문자는 좀 안다고 생각했는데 이건 모르겠는데요."

"이 문자는 상고대 가운데땅 서부의 요정 문자인데, 지금 우리한테 중요한 내용은 없어. 내용은 이런 거야. '모리아의 왕 두린의 문. 말하라, 친구, 그리고 들어가라.'라고 쓰여 있고 그 아래에는 작은 글씨로 희미하게 '나, 나르비가 만들고 호랑가시나무땅의 켈레브림보르가 그리다.'라고 새겨져 있군."

"말하라, 친구, 그리고 들어가라는 게 무슨 뜻이에요?"

메리가 묻자 이번에는 김리가 대답했다.

"그건 간단하지. 당신이 만일 친구라면 암호를 말하라, 그러면 문이 열릴 테니 들어가도 좋다, 이런 뜻이지."

그러자 간달프가 보충했다.

"맞았어. 이 문은 암호로 열리는 문이지. 난쟁이들의 문은 특정한 시간이나 특정한 이들에게만 열리게끔 만들어진 게 더러 있어. 그리고 시간과 암호를 모두 알고 있어도 열쇠가 필요한 경우도 있지. 하지만 이 문은 열쇠가 필요 없어. 두린의 시대에 이 문은 비밀의 문이 아니었거든. 대개는 열려 있었고 문지기가 앉아 있었지. 하지만 일단 문이 닫히면 암호를 아는 이가 말을 해야만 들어갈 수 있었네. 적어도 기록에는 그렇게 되어 있지. 그렇지, 김리?"

"맞습니다. 하지만 그 암호가 무엇인지는 저도 모르는데요. 나르비와 그의 기술, 그리고 그의 일족은 모두 지상에서 사라졌으니까요."

그러자 보로미르가 놀라서 간달프에게 물었다.

"간달프, 당신도 그 암호를 모르십니까?"

"모르오."

모두들 당황한 표정이 역력했다. 다만 간달프를 잘 아는 아라고른만 아무 동요 없이 태연했다. 보로미르는 검은 호수를 바라보고 온몸을 떨며 소리쳤다.

"그렇다면 이 끔찍한 구석까지 무엇 때문에 끌고 오신 겁니까? 전에 한 번 들어가 보신 적이 있다고 말씀하시지 않았습니까? 그런데 암호를 모른다니 어떻게 된 겁니까?"

"보로미르, 당신의 첫 질문에 대해서는 나도…… 아직은 그 암호를 모른다는 말밖에는 할 말이 없소. 하지만 곧 알 수 있을 거요. 그러니,"

그는 곤두선 눈썹 밑으로 두 눈에 형형한 빛을 번득이며 말했다.

"여기까지 온 일이 정말 소용없게 되었을 때 그런 질문을 하시오. 그리고 둘째 질문, 당신은 내 이야기를 의심하시오? 아니면 생각이 좀 모자라는 건가? 나는 이쪽으로 들어가지 않았소. 동쪽으로 들어갔단 말이오. 좀 더 알고 싶다면 자세히 이야기해 주지. 이 문은 바깥쪽으로만 열리게 되어 있소. 안에서는 당신 손으로 그냥 밀기만 해도 열리게 되어 있지. 하지만 밖에서는 주문을 모르면 무슨 수로도 열 수 없소. 안으로 밀어도 안 된단 말이오."

"그렇다면 어떻게 하실 계획이세요?"

마법사의 곤두선 눈썹에도 아랑곳하지 않고 피핀이 물었다.

"자네 머리로 한번 박아 보게, 툭 집안 페레그린. 만일 그래서 문이 부서지지 않으면 쓸데없는 질문 때문에 생각할 시간을 빼앗기지는 않겠지. 암호는 내가 생각해 낼 걸세. 옛날에는 이런 경우에 쓰는 주문이면 그것이 요정의 것이든, 인간의 것이든, 아니면 오르크의 것이든 모조리 알고 있었지. 지금도 애쓰지 않아도 2백 가지는 기억해 낼 수 있고. 하지만 몇 가지만 시험해 보면 알 수 있겠지. 그리고 아무에게도 가르쳐 주지 않는 난쟁이들의 비밀 암호를 가르쳐 달라고 김리에게 물어보지 않아도 될 거요. 아마도 이 문의 암호는 저기 아치 위의 문자처럼 요정어로 되어 있을 테니까. 아마 내 생각이 맞을 거야."

그는 다시 바위 앞으로 다가가 모루 밑의 한가운데 그려진 은별을 지팡이로 가볍게 건드렸다.

"안논 에델렌, 에드로 히 암멘!
펜나스 노고스림, 라스토 베스 람멘!"

그는 위압적인 목소리로 말했다. 은빛 선이 희미해졌으나 회색 바위 벽은 미동도 하지 않았다.

그는 이 말을 순서를 바꾸어서, 혹은 변형시켜서 여러 번 반복해 보았다. 그리고 다른 주문들을 차례로, 때로는 크게, 때로는 부드럽고 느리게 읊어 보았다. 그다음에는 한 단어로 된 요정어들을 여러 가지로 말해 보았다. 그래도 여전히 아무 소용이 없었다. 절벽은 밤의 어둠 속으로 탑처럼 솟아 있었고 하늘 위에는 수많은 별들이 반짝거렸으며 찬 바람이 불어왔으나, 문은 여전히 요지부동이었다.

간달프는 다시 벽으로 다가가 양팔을 높이 들고 마치 화가 난 듯 명령조의 목소리로 "에드로, 에드로!" 하고 크게 외쳤다. 그러고는 지팡이로 벽을 두드리면서 다시 "열려라, 열려!" 하고 소리를 질렀다. 간달프는 계속해서, 지금까지 가운데땅 서부에서 쓰이던 모든 언어로 명령을 반복했다. 잠시 후 그는 지팡이를 내던지고 땅바닥에 말없이 주저앉았다.

그때 멀리서 늑대들이 울부짖는 소리가 바람결에 실려 왔다. 조랑말 빌이 공포에 사로잡혀 몸을 떨자 샘이 재빨리 곁으로 다가가 낮은 소리로 안정시켰다.

보로미르가 말했다.

"말을 못 달아나게 해! 늑대가 우리를 발견하지 못한다면 계속 필요할지도 모르지. 난 이 구역질 나는 호수가 영 마음에 안 들어!"

그는 몸을 숙여 큰 돌 하나를 집어 들어 어두운 호수 저쪽에 던졌다. 돌은 퐁당 소리와 함께 사라졌으나 그와 동시에 물이 부글부글 끓어오르며 파문이 일었다. 돌이 떨어진 수면에서 큰 물결이 일어나더니 천천히 절벽을 향해 밀려왔다.

프로도가 물었다.

"왜 그래요, 보로미르? 나도 이 호수가 기분 나쁘고 무서워요. 늑대나 문 뒤의 어두운 세계 때문이 아니라 뭔가 다른 게 있는 것 같습니다. 잔잔한 호수는 건드리지 않는 게 좋겠어요."

"차라리 도망가는 게 낫겠어요!"

메리가 말하자 피핀이 물었다.

"간달프는 왜 빨리 문을 못 여는 거죠?"

간달프는 그들에게 신경 쓰지 않았다. 절망적인 상태에 빠졌는지 아니면 깊은 생각에 잠긴 것인지 그는 머리를 푹 숙이고 앉아 있었다. 늑대들의 울부짖음이 다시 들려왔다. 파도가 점점 커지며 다가오더니 일부는 벌써 호숫가에서 찰싹거렸다.

모두가 깜짝 놀랄 만큼 갑작스럽게 마법사가 벌떡 일어났다. 그는 웃고 있었다.

"맞았어! 그래, 그렇지! 답을 알고 나면 모든 수수께끼가 다 그렇듯 너무 쉬운 문제였어."

지팡이를 집어 들고 암벽 앞으로 다가선 그는 맑은 소리로 외쳤다.

"멜론!"

문에 새겨진 별이 잠깐 빛을 내더니 다시 어두워졌다. 그러자 틈새라고는 전혀 없던 암벽에서 커다란 문이 소리 없이 윤곽을 드러냈다. 그리고 그것은 서서히 중앙에서 갈라져 바깥으로 조금씩 열리더니 드디어 양쪽 벽으로 활짝 벌어졌다. 열린 문으로 급경사를 이루고 있는 오르막 계단이 보였으나 입구 근처만 겨우 알아볼 수 있을 뿐 저 안쪽은 칠흑처럼 깜깜했다. 일행은 모두 놀라서 들여다보았다.

간달프가 말했다.

"내가 잘못 생각했어. 김리도 마찬가지고. 메리가 바로 맞힌 거야. 문을 여는 암호는 바로 아치 위에 새겨져 있었던 거야! 번역이 틀린 거야. '친구라고 말하고 들어가라'로 이해했어야 하는 것이지. 요정어로 '친구'라고만 말하면 열리는 것을 그렇게 헤매다니! 요즘처럼 수상한 시절에는 전승의 대가들조차 풀기 어려운 너무 간단한 문제인 거야. 그때가 좋았지! 자, 갑시다!"

간달프가 앞장서 맨 아래 계단에 발을 올려놓았다. 그러나 그 순간 몇 가지 사건이 벌어졌다. 프로도는 누군가 자기 발목을 움켜잡는 느낌이 들어 소리를 지르며 쓰러졌다. 조랑말 빌이 공포에 사로잡혀 울부짖으며 호숫가를 따라 어둠 속으로 달아나 버렸다. 뒤를 따라 달려가려던 샘은 프로도의 비명을 듣고 안타까움에 울음을 터뜨리며 돌아왔다. 나머지 일행이 뒤를 돌아다보았을 때는 마치 뱀 떼가 호수 남쪽에서 헤엄쳐 오기라도 한 듯 호수의 물이 끓어오르고 있었다.

물속에서 구불구불하고 기다란 촉수가 뻗어 나온 것이었다. 그것은 푸르스름한 빛을 발하며 축축이 젖어 있었다. 손가락처럼 생긴 촉수의 끝이 프로도의 한쪽 발을 붙잡아 물속으로 끌어당겼다. 샘은 무릎을 꿇은 채 칼로 그 촉수를 잘라 냈다.

촉수가 프로도의 발목을 놓았다. 샘은 프로도를 끌어 올리며 살려 달라고 외쳤다. 스무 개가량의 다른 촉수들이 다시 덤벼들었다. 어두운 호수의 물이 부글부글 끓었고, 촉수에선 구역질이 나는 악취가 풍겼다.

"문으로 들어가! 계단 위로! 어서!"

간달프가 뛰어나오며 외쳤다. 샘을 제외하고, 모두 공포에 질린 듯 꼼짝도 못 하고 그 자리에 서 있던 이들은 간달프의 말에 정신이 들어 문으로 쫓겨 들어갔다.

위기일발의 순간이었다. 샘과 프로도가 겨우 서너 계단을 올라가고 마지막으로 간달프가 층계에 발을 내딛는 순간 호숫가의 좁은 땅을 건너온 촉수의 끝은 벌써 바위 벽과 문에 달라붙었다. 그중 하나는 별빛에 몸뚱이를 번쩍이면서 문턱 위를 넘어섰다. 간달프는 돌아서서 지켜보았다. 안쪽에서 문을 닫으려면 무슨 암호를 외어야 하는지는 다행히 고민할 필요가 없었다. 수많은 촉수들이 얽히고설킨 채 양쪽 문에 달라붙는 바람에 문은 요란한 소리를 내며 쾅 닫히고 말았다. 사방은 칠흑 같은 어둠에 휩싸였다. 무언가 찢어지고 요란하게 부딪히는 소리가 육중한 문을 사이에 두고 희미하게 들려왔다.

프로도의 팔을 붙잡고 있던 샘은 어둠 속 계단에 쓰러지듯 주저앉았다. 그는 목이 멘 채 말했다.

"불쌍한 빌! 불쌍한 빌! 늑대와 뱀이라니! 뱀한테는 도저히 못 당할 텐데. 하지만 프로도 씨, 전 당신을 따를 수밖에 없었어요."

그들은 간달프가 계단을 내려가 지팡이로 문을 더듬는 소리를 들었다. 돌이 부딪히는 소리가 나며 계단이 울렸다. 하지만 문은 열리지 않았다.

마법사가 말했다.

"후, 됐어! 이제 우리 뒤쪽 입구는 닫혔으니 나가는 문은 산 너머 저쪽 출구뿐인 셈이야. 소리를 들어 보니 위에서 바윗돌이 굴러떨어져 문 앞을 가로막아 나무 두 그루도 쓰러뜨린 것 같아. 참 아깝군! 시원하게 잘생긴 데다 오랫동안 입구를 지켜 온 나무들인데 말이야."

프로도가 말했다.

"전 발이 처음 물에 닿는 순간부터 뭔가 무시무시한 게 있다는 느낌이 들었어요. 그게 뭐였어요? 수가 많았지요?"

그러자 간달프가 대답했다.

"나도 모르겠네. 하지만 그 촉수들은 모두 한 가지 목적으로 움직이고 있었어. 제 발로 기어왔거나 아니면 물속에서 무슨 명령을 받고 온 거겠지. 깊은 땅속에는 오르크보다 오래되고 더 무시무시한 것들이 있거든."

그는 호수에 있는 게 무엇이든 간에 그들 중에서 유독 프로도를 먼저 잡았다는 사실을 일행에게 강조하지 않았다. 보로미르가 혼자 중얼거렸다.

"깊은 땅속이라! 지금 어쩔 수 없이 그쪽으로 가고 있단 말이지. 그렇다면 이 어둠 속에선 누가 앞장서지?"

하지만 그의 말은 사방의 바위 벽에 부딪혀 모두가 들을 수 있을 만큼 크게 메아리쳐 울렸다. 간달프가 대답했다.

"내가 있소. 그리고 김리가 나와 함께 앞장설 거요. 내 지팡이를 따르시오!"

마법사는 앞장서 계단을 오르며 지팡이를 높이 쳐들었다. 지팡이 끝에서 희미한 빛이 퍼져 나왔다. 넓은 층계는 막힌 데가 없고 튼튼했다. 일행은 야트막하고 널찍한 2백 개 정도의 계단을 올라갔다. 꼭대기 역시 천장이 둥글고 바닥이 평평한 통로가 어둠 속으로 계속 이어졌다.

"여기 층계참에서 쉬면서 뭘 좀 먹죠! 식당을 찾을 수야 없을 테니까 말이에요."

프로도가 말했다. 그는 발목을 붙잡히던 순간의 공포를 서서히 떨치면서 갑자기 참기 어려운 시장기를 느꼈다.

그의 제안은 모두의 환영을 받았고 일행은 어둠 속에 무리를 지어 맨 위의 계단에 둘러앉았다. 식사를 마치자 간달프는 일행에게 세 번째로 깊은골의 미루보르를 한 모금씩 마시게 했다.

"곧 바닥이 나겠지만, 입구에서 그렇게 혼이 났으니 지금은 마셔도 괜찮겠지. 운이 특별히 좋은 게 아니라면 출구에 닿기도 전에 전부 마셔야 될 거요. 물통도 조심스럽게 다루시오! 이 굴에도 우물이나 냇물이 있지만 절대로 건드려선 안 되오. 어둔내계곡에 내려가기 전까지는 물통에 물을 채울 기회가 없을 거요."

프로도가 물었다.

"얼마나 걸릴까요?"

"알 수 없지. 사정에 따라 다르겠지만 길을 잃거나 별일이 없으면 곧장 걸어 사나흘 걸리겠지. 서문에서 동문까지 직선거리로 최소한 64킬로미터는 되는 데다 돌아가야 할 곳이 많으니까."

잠깐 동안의 아쉬운 휴식을 마치고 일행은 다시 일어섰다. 모두 가능하면 어서 여행을 마치고 싶었기 때문에, 기진맥진한 상태인데도 아직은 서너 시간씩 강행군할 생각이 있었다. 간달프가 여전히 앞장섰다. 그가 왼손으로 치켜든 지팡이에서 뿌려지는 희미한 빛은 그의 발밑을 겨우 비출 정도였다. 그는 오른손에 자신의 검 글람드링을 들고 있었다. 그 뒤를 김리가 따랐다. 그가 좌우로 고개를 돌릴 때마다 두 눈에서는 희끄무레한 빛이 번득였다. 난쟁이 뒤에는 프로도가 자신의 단검 스팅을 빼 들고 걸었다. 스팅이나 글람드링의 칼날에서 어떤 빛도 뿜어져 나오지 않아 그들은 다소 안심했다. 그 칼은 모두 상고대 요정들의 작품으로, 오르크가 근처에 있으면 차가운 빛을 발했다. 프로도 뒤를 샘이 따르고 그 뒤로 레골라스와 두 젊은 호빗, 보로미르 순서로 걸어갔다. 맨 뒤에는 엄숙한 표정의 아라고른이 어둠을 등지고 묵묵히 걸어갔다.

통로는 좌우로 몇 번이나 꺾어지더니 다시 아래로 향했다. 한참 동안 완만한 내리막길이 이어지다가 다시 평지가 나타났다. 공기는 후텁지근하고 숨이 막힐 지경이었으나 고약한 냄새는 나지 않았고 이따금 찬 바람이 얼굴에 닿기도 했다. 벽에 구멍이 뚫려 있음을 짐작할 수 있었다. 그런 곳이 여러 군데 있었다. 프로도는 마법사의 지팡이에서 비치는 희미한 빛으로 층계와 아치를 비롯해, 어둠 속으로 끝없이 뻗은 울퉁불퉁한 통로들과 터널들을 언뜻언뜻 볼 수 있었다. 다시 기억하고 싶지 않을 만큼 섬뜩한 기운이 느껴졌다.

김리는 두려움을 모르는 용기 말고는 간달프에게 별 도움이 되지 못했다. 다른 동료들과는 달리 그는 적어도 어둠 그 자체에 대해서는 그리 두려워하지 않았다. 종종 간달프는 방향을 선택하기 어려운 지점에서 그와 의논하기도 했지만 마지막 결정을 내리는 것은 항상 자기 자신이었다. 글로인의 아들 김리는 주로 산에서 사는 난쟁이족이었지만 모리아 광산은 그의 상상력으로도 도저히 짐작할 수 없을 만큼 거대하고 복잡했다. 간달프는 먼 옛날의 여행 기억이 이젠 거의 쓸모가 없었지만, 깜깜한 어둠을 헤치고 이리저리 꼬부라진 길을 잘도 찾아갔다. 목적지로 향하는 길이 있는 한 그는 언제나 실패하지 않았다.

"걱정할 건 없소!"

아라고른이 말했다. 여느 때보다 오랫동안 걸음을 멈추고 간달프와 김리가 소곤거리며 의논하고 있었다. 다른 일행은 뒤에서 걱정스럽게 기다렸다.

"걱정할 건 없소! 이렇게 캄캄한 곳은 아니었지만 난 마법사와 함께 수많은 여행을 했고, 내가 본 것보다 놀라운 그의 무용담은 깊은골에서 얼마든지 들을 수 있습니다. 그는 길을 잃지 않을 거요…… 길이 있는 한. 그는 우리가 무서워하는데도 여기까지 데려왔으니까 분명 무슨 수를 써서라도 나가는 길을 찾아낼 거요. 칠흑 같은 어둠에서 길을 찾는 데는 베루시엘 왕비의 고양이들보다 낫거든."

사실 그들에겐 간달프가 더없이 훌륭한 안내자임에 틀림없었다. 입구에서 예상치 못한 필사적인 소동이 벌어지는 바람에 내던지고 온 게 많았다. 그래서 횃불을 피울 만한 장작이나 도구도 없었다. 간달프의 지팡이에서 비치는 빛마저 없었더라면 그들은 크게 후회했을 것이다. 우선 그들이 선택해야 할 길이 너무 많았을 뿐만 아니라, 지나가는 통로 옆 곳곳에 웅덩이나 함정, 혹은 깊은 우물이 도사리고 있었기 때문에 애를 먹어야 했다. 양쪽 벽과 바닥에도 갈라진 틈이나 구멍이 많았으며 가끔 바로 발 앞에서 틈이 벌어지기도 했다. 그중 넓은 것은 폭이 2미터도 넘어 피핀이 건너뛰는 데는 상당한 용기가 필요했다. 아래쪽으로 어둠 속 깊은 곳에서는 마치 커다란 물레방아가 돌아가는 듯 물이 휘감겨 돌아가는 소리가 들려왔다. 샘은 혼잣말로 중얼거렸다.

"밧줄! 내 이럴 줄 알았다니까! 안 가져오면 꼭 이렇게 필요하다니까!"

그렇게 위험한 곳이 자주 나타나면서 일행의 행군 속도는 더 느려졌다. 그들은 걷고 또 걸어, 점점 산의 뿌리를 향하고 있었다. 그들은 이루 말할 수 없을 정도로 피곤했지만 아무 데서나 쉰다고 해서 그리 편할 것 같지도 않았다. 프로도는 죽을 뻔한 고비를 넘긴 후에 식사도 하고 감로주를 마신 덕분에 한참 동안 용기가 살아났다. 하지만 이제는 공포에 가까운 깊은 불안감이 다시 그를 사로잡았다. 지난번에 당한 부상은 깊은골에서 완쾌되었지만, 그 끔찍한 상처가 그에게 영향을 끼치지 않은 건 아니었다. 그의 감각이 더 날카로워져서 전에는 보이지 않던 것들을 알아볼 수 있게 되었다. 그가 곧 알아챈 그와 같은 변화의 표시 중 하나는 간달프를 제외한 일행 누구보다도 그가 어둠 속의 물체를 잘 알아볼 수 있다는 사실이었다. 그리고 무엇보다도 그는 반지의 사자였다. 반지는 줄에 매달린 채 그의 목에 걸려 있었고 가끔 그에게 심한 중압감을 느끼게 했다. 그는 길 앞에 도사린 악과 그의 뒤를 쫓아오는 악의 존재를 확실히 감지할 수 있었다. 그러나 그는 전혀 내색하지 않았다. 그는 칼을 든 손에 더욱 힘을 주며 묵묵히 앞으로 걸어갔다.

뒤에 선 동료들은 가끔씩 빠르게 속삭일 뿐 거의 아무 말도 하지 않았다. 들리는 것은 다만 그들 자신의 발소리뿐이었다. 김리의 난쟁이 구두에서 나는 둔탁한 소리, 보로미르의 무거운 발걸음, 레골라스의 경쾌한 걸음걸이, 호빗들의 들릴까 말까 한 부드러운 발소리, 그리고 맨 뒤에서 큰 걸음으로 성큼성큼 걸어오는 아라고른의 느리고도 안정된 걸음걸이 등이 제각기 또렷하게 들렸다. 일행이 잠깐 걸음을 멈출 때는 보이지 않는 물방울이 똑똑 떨어지는 희미한 소리 외에는 아무 소리도 들리지 않았다. 하지만 프로도는, 보이지는 않지만 어디선가 부드러운 맨발이 살짝 내딛는 것 같은 소리를 듣고 있었다. 상상인지는 몰라도 그런 것 같았다. 이것은 그가 들었다고 확신할 만큼 충분히 크지도 않고 가깝지도 않았지만, 일단 시작되고 나서는 그들이 움직이는 동안 계속 들려왔다. 메아리일 리는 없었다. 그들이 걸음을 멈출 때도 그것은 한참 동안 계속 또닥거리다가 다시 조용해졌기 때문이었다.

그들이 광산에 들어선 것은 해가 지고 나서였다. 중간에 잠깐씩 쉰 것을 빼고 계속 대여섯 시간을 걸었을 무렵, 간달프는 걸음을 멈추고 처음으로 심각하게 고민하기 시작했다. 그의 눈앞에 세 갈래로 나뉘는 아치형 입구가 나타난 것이었다. 모두 동쪽으로 방향은 같았으나 왼쪽 통로는 내리막이었고 오른쪽 통로는 그 반대로 오르막이었으며 가운데 통로는 매우 좁긴 했지만 평탄하게 이어져 있었다.

"여긴 도대체 기억이 나지 않는군."

간달프는 아치 밑에 서서 자신 없는 표정으로 말했다. 그는 혹시 방향을 알려 주는 무슨 기호나 표시가 있을까 싶어 지팡이를 높이 들어 보았으나 그런 것은 아무 데도 없었다. 그는 고개를 저으며 말했다.

"너무 피곤해서 머리가 돌아가지 않는군. 아마 여러분도 나 못지않게 피곤할 테니 오늘 밤은 여기서 쉽시다. 내 말이 무슨 뜻인지 알겠소? 여기야 항상 깜깜하지만 바깥에는 지금 달이 서쪽으로 넘어가고 자정이 지났단 말이오."

그러자 샘이 넋두리를 했다.

"불쌍한 빌! 지금쯤 어디 있을까? 제발 늑대한테만 붙잡히지 않았으면 좋겠는데."

커다란 아치 왼쪽에서 그들은 돌문 하나를 발견했다. 문은 반쯤 닫혀 있었으나 가볍게 밀자 안으로 쉽게 열렸다. 안쪽에는 바위 벽을 깎아 만든 넓은 방이 있었다.

"잠깐만! 잠깐만!"

간달프가 외쳤다. 메리와 피핀이, 앞뒤가 툭 터진 통로가 아니라 그런대로 안심하고 쉴 수 있는 휴식처를 발견한 것이 너무 기뻐 무턱대고 안으로 뛰어들려는 찰나였다.

"잠깐! 안에 무엇이 있는지도 모르지 않나? 내가 먼저 들어가지."

그가 조심스럽게 방으로 들어가자 모두들 한 줄로 뒤를 따랐다.

"보게!"

땅바닥 한가운데를 지팡이로 가리키며 그는 말했다. 그의 발 앞에서 그들은 우물 입구처럼 뚫린 커다랗고 둥근 구멍을 보았다. 둘레에 녹슬고 망가진 쇠사슬이 한쪽 끝을 검은 구멍 속으로 드리운 채 놓여 있었고 여기저기 부서진 돌들이 흩어져 있었다.

"자네들 중 하나는 저 속에 빠져서 지금쯤 끝이 어딘지도 모르는 곳에 떨어질 뻔했소. 안내자가 있으면 말을 잘 들어야지."

아라고른이 메리에게 말하자 김리가 덧붙였다.

"이 석실은 세 통로를 지키는 초소 같은데. 이 우물은 돌 뚜껑을 덮어 두고 경비원들이 사용하던 게 분명해요. 뚜껑이 부서졌으니 모두들 조심하세요."

피핀은 우물에 강한 호기심을 느꼈다. 모두들 담요를 꺼내 가능한 한 우물에서 멀리 떨어져 벽에 붙여 잠자리를 만드는 동안 그는 우물로 다가가 속을 들여다보았다. 아무것도 보이지 않는 어둠 속에서 서늘한 바람이 올라와 얼굴을 스쳤다. 피핀은 갑작스러운 충동을 못 이겨 옆에 있던 돌을 집어 밑으로 던졌다. 무슨 소리가 들리기 전까지 그는 자신의 심장 박동 소리를 여러 번 들을 수 있었다. 그때 저 밑에서, 마치 동굴 속 깊은 연못에 돌이 떨어진 듯 풍덩 하는 소리가 희미하게 들려왔다. 그러나 그 소리는 곧 우물 속에서 공명을 일으키며 큰 소리로 증폭되어 계속 울려왔다.

"이건 뭔가?"

간달프가 날카롭게 물었다. 피핀이 자기가 그랬다고 자백하자 그는 안도의 한숨을 내쉬었다. 하지만 그는 화가 나 있었고, 피핀은 그의 눈에서 빛이 번득이는 것을 볼 수 있었다. 간달프가 으르렁거리며 말했다.

"툭 집안은 모두 자네처럼 멍청이뿐인가? 이건 호빗들끼리 소풍 나온 게 아니야. 우린 지금 중대한 임무를 수행하는 중이란 말일세! 다음엔 자네가 직접 뛰어들어. 그러면 말썽거리도 없어질 테니까. 이제부턴 좀 조용히 있게!"

그리고 몇 분 동안은 아무 소리도 들리지 않았지만 다시 깊은 바닥에서 희미한 소리가 들려왔다. 똑똑, 똑똑. 소리는 멈추었다가 메아리가 사라지자 다시 반복되었다. 똑똑, 똑똑, 똑똑, 똑. 그 소리는 마치 무슨 신호처럼 불안하게 들려왔으나 잠시 후에는 사라져 들리지 않았다.

김리가 말했다.

"망치 소리 같은데. 그게 아니라면 무슨 소린지 모르겠군요."

"그런 것 같네. 예감이 좋지 않아. 저 멍청이 페레그린이 던진 돌과는 상관이 없을지도 모르지만 만에 하나 그 때문에 무슨 탈이 나는 건 아닌지 모르겠어. 제발 앞으로는 그런 짓 좀 말게! 이젠 아무 사고 없이 편히 쉬어야 할 텐데 말이야. 피핀, 자네가 그 벌로 오늘 첫 불침번을 서게."

간달프는 으르렁거리며 담요를 뒤집어썼다.

피핀은 칠흑 같은 어둠에서 문간에 쭈그리고 앉았다. 그러나 우물 속에서 무엇인가 튀어나올 것만 같아 계속해서 돌아보았다. 할 수만 있다면 담요로 우물을 덮어 버리고 싶었다. 이제는 간달프도 거의 잠든 것같이 보였지만 피핀은 감히 그쪽으로 다가갈 엄두를 내지 못했다.

간달프는 조용히 누워 있었지만 잠이 든 건 아니었다. 그는 지난번에 이 광산을 여행하던 기억을 차근차근 돌이켜 보면서 어느 길을 택해야 할지 깊은 생각에 잠겨 있었다. 지금 와서 길을 잘못 들면 만사가 끝장이었다. 한 시간 뒤 간달프는 몸을 일으켜 피핀에게 다가갔다. 그는 다정한 목소리로 말했다.

"구석에 가서 눈 좀 붙이게, 젊은 친구. 졸린 모양인데 가서 자라고. 난 잠이 안 와서 차라리 불침번이나 서는 게 낫겠어."

그는 문 옆에 앉으면서 중얼거렸다.

"이제 문제가 뭔지 알 것 같군. 담배가 모자랐어. 폭설이 내리던 날 아침 이후로 한 대도 못 피웠단 말이야."

피핀이 쏟아지는 잠 속으로 빠져들며 마지막으로 본 것은 마룻바닥에 웅크리고 앉은 늙은 마법사가 빨갛게 달아오른 나무토막을 마디가 굵은 손가락으로 잡아 두 무릎 사이에 감추고 있는 모습이었다. 불빛은 잠시 그의 날카로운 코끝을 비추더니 담배 연기가 한 모금 뿜어져 나왔다.

잠자는 이들을 모두 일으켜 세운 것은 간달프였다. 그는 동료들을 쉬게 하고 여섯 시간 동안 혼자서 불침번을 선 것이었다.

"불침번을 서면서 결정했소. 가운데 길은 예감이 좋지 않고 왼쪽 길은 냄새가 좋지 않아. 밑에 내려가면 틀림없이 썩은 공기가 있을 것 같소. 그래서 오른쪽 길을 택했는데 이젠 슬슬 떠나야겠소."

그들은 여덟 시간 동안 계속 어둠 속을 걸었고, 휴식은 짧게 두 번 취한 게 전부였다. 아직은 위험한 곳을 만나거나 무슨 소리를 듣는 일도 없었고 맨 앞에서 도깨비불처럼 반짝이는 간달프의 희미한 지팡이 불빛 말고는 아무것도 보이지 않았다. 그들이 선택한 통로는 완만한 상승 곡선을 그리고 있었고 그들의 판단으로는 갈수록 지대가 더 높아지고 통로 폭도 넓어졌다. 길 양쪽으로 이제 다른 터널이나 굴로 들어가는 입구는 보이지 않았고 길바닥도 구덩이나 틈새가 없이 평탄하고 단단했다. 한때는 상당히 중요한 통로였음이 분명했다. 그들의 행군 속도는 전보다 더 빨라졌다.

이렇게 해서 그들은 실제로는 30여 킬로미터 넘게 걸었음이 틀림없었지만 직선 거리로는 동쪽으로 24 킬로미터 정도 나아간 것 같았다. 오르막길을 오르면서 프로도는 기분이 다소 풀어졌지만 여전히 까닭 모를 압박감을 느끼고 있었다. 이따금 등 뒤 멀리서 그들 발소리와는 다른 발소리 하나가 따라오는 것 같은 생각이 들었다. 그들의 발소리가 울려 나는 소리가 아니었다.

그들은 호빗들이 쉬지 않고 견딜 수 있을 때까지 계속 걸었다. 그리고 모두들 머릿속으로 잠자리가 될 만한 곳을 생각하기 시작했을 때 갑자기 양쪽의 벽이 사라졌다. 그들은 아치형 입구를 지나 어두컴컴한 공터에 들어선 것 같았다. 지금까지 걸어온 길은 공기가 따스했지만 이곳에서는 찬 기운을 느낄 수 있었다. 그들은 걸음을 멈추고 걱정스러운 표정으로 함께 모였다.

간달프의 표정이 밝아졌다.

"길을 제대로 선택했군. 이젠 좀 살 만한 곳에 온 것 같네. 내 짐작에는 벌써 산 동쪽에 가까워진 것 같아. 다만 너무 높이 올라온 것이 걱정이군. '어둔내문'보다 훨씬 높이 올라온 게 틀림없어. 찬 기운이 감도는 것을 보면 여긴 꽤 넓은 홀인 것 같은데, 좀 위험하긴 해도 이번엔 어디 진짜 한번 불을 켜 볼까!"

그가 지팡이를 높이 들자 번갯불 같은 불꽃이 환하게 일었다. 큰 그림자들이 불쑥 나타나 뒤로 물러섰고, 잠시 일행의 눈에는 머리 위 높은 곳에 수많은 돌기둥으로 떠받쳐진 거대한 지붕이 들어왔다. 정면과 측면으로 거대한 빈 홀이 모습을 드러냈는데 유리처럼 매끄럽고 윤이 나는 검은 벽이 불빛에 반짝였다. 역시 어두컴컴한 아치가 달린 세 군데 다른 입구를 그들은 발견했다. 정면에 동쪽으로 곧은 통로가 하나 있었고 좌우로도 입구가 하나씩 있었다. 그때 불이 꺼졌다.

간달프가 말했다.

"위험을 감수하는 건 이쯤이면 족하네. 전에는 산비탈에 커다란 창문이 있어서 광산 높은 지대에 가면 햇빛이 들어오는 길이 있었지. 우리가 지금 서 있는 데가 그런 곳 같은데 지금은 밤이라서 아침까지는 알 수가 없겠지. 내 말이 맞는다면 내일 아침에는 햇빛을 볼 수 있을 거요. 오늘은 더 갈 수 없으니 여기서 쉽시다. 지금까지는 일이 잘 풀려서 길도 거의 끝나 가지만, 아직 완전히 끝난 건 아니오. 바깥세상으로 나가는 입구까지는 아직 길고 긴 내리막길을 가야 하오."

그들은 찬 공기를 피하기 위해 한쪽 구석에 서로 몸을 기대고 웅크린 채 그 동굴 같은 커다란 홀에서 밤을 보냈다. 동쪽 아치 밑으로 찬 바람이 계속 흘러드는 것 같았다. 거대하고 공허한 어둠이 사방에서 그들을 둘러싸고 있었다. 일행은 산속을 깎아서 만든 수많은 방과 끝없이 뻗은 층계와 통로의 웅장함과 적막함에 압도당했다. 호빗들이 근거 없는 소문으로만 듣고 멋대로 상상하던 이야기들은 모리아의 참모습이 가져다주는 경이와 두려움에 비하면 오히려 부족한 감이 있었다.

샘이 말했다.

"한때는 여기에 난쟁이들이 굉장히 많이 산 모양이지요. 5백 년 동안 이것을 모두 만들자면 오소리보다 바쁘게 뛰어다녔겠어요. 그것도 단단한 바위산에다 말이에요. 무슨 목적으로 만들었을까요? 설마 이 캄캄한 굴에서 살려고 한 건 아니겠지요?"

그러자 김리가 말했다.

"이건 그냥 굴이 아니오. '난쟁이들의 저택'이라는 위대한 도시지요. 그리고 옛날에는 이렇게 어둡지도 않았소. 우리 노래에 아직 남아 있듯이 화려하고 빛나는 도시였소."

그는 몸을 일으키더니 어둠 속에 버티고 서서 낮은 소리로 노래를 부르기 시작했다. 메아리가 천장에서 울려 퍼졌다.

세상은 어리고 산은 초록빛이었지.
달님 얼굴엔 아직 흠집 하나 없고
시내와 돌에는 이름조차 없을 때
두린은 잠에서 깨어 혼자 걸었다.
이름 없는 산과 골짜기에 이름을 지어 주고
아무도 맛보지 않은 우물에서 물을 긷고
고개 숙여 거울호수를 들여다보다가
자신의 머리 그림자 위에서 보았네
은빛 실에 꿰인 보석처럼
별로 만든 왕관이 나타나는 것을.

세상은 아름답고 산은 높았지.
서쪽바다 건너 떠나고 없는
나르고스론드와 곤돌린성의
용맹스러운 왕들이 몰락하기 전,
상고대, 두린 왕의 시대,
그때 세상은 아름다웠다.

그의 자리는 깎아 만든 옥좌
열주가 늘어선 그의 왕궁은
황금 지붕에 은을 박은 대청마루,
문 위엔 위엄을 자랑하는 룬 문자가 새겨졌다.
햇빛, 달빛, 별빛은
수정을 깎아 만든 빛나는 등불에서
구름이 가리고 밤의 장막이 찾아와도
언제나 밝고 아름다운 빛을 뿌렸다.

망치는 모루를 내리치고
끌은 쪼개고 조각도는 새기고
칼날은 벼리고 칼자루는 붙이며
파는 이는 파고 쌓는 이는 쌓았다.
녹주석과 진주, 희뿌연 단백석,
물고기 비늘처럼 얇은 금속,
둥근 방패와 갑옷, 도끼와 검,

번쩍이는 창들이 창고에 그득했다.

산 밑에서 음악이 들려와
두린의 백성들은 피로를 몰랐다.
들려오는 하프 소리와 음유시인들의 노래,
성문 앞에선 트럼펫 소리가 울려 퍼졌다.

세상은 백발이 되고, 산도 늙어
용광로의 불꽃은 차가운 재가 되고
하프 소리도 망치 소리도 들리지 않는구나.
두린의 방은 암흑에 잠기고,
모리아, 크하잣둠 그의 무덤엔
어둠이 내려앉았네.
그러나 가라앉은 별들은 아직
바람 없는 어두운 거울호수에 숨어 있고
깊은 물속에는 두린의 왕관이 기다리고 있다,
그가 다시 잠에서 깨어날 때까지.

샘이 탄성을 질렀다.

"멋진데요! 좀 배웠으면 좋겠어요. '모리아, 크하잣둠'. 하지만 노래를 듣고 나니 그 빛나던 등불 생각에 지금이 더 어두워 보이는데요. 아직도 황금이나 보석이 여기 쌓여 있을까요?"

김리는 말이 없었다. 노래를 마치고 난 그는 아무 말도 하려 하지 않았다. 간달프가 대답했다.

"황금이나 보석? 없네. 오르크들이 여러 번 모리아를 털어 가서 상층에는 남은 게 아무것도 없지. 그리고 난쟁이들도 달아나 버렸기 때문에 이젠 아무도 통로를 타고 하층으로 내려가 깊숙이 숨어 있는 보물을 꺼낼 엄두를 내지 못하는 거야. 저 깊은 물, 공포의 어둠 속에 보물이 잠겨 있거든."

그러자 샘이 다시 물었다.

"그럼 난쟁이들은 왜 다시 돌아오려고 애를 쓰지요?"

"미스릴 때문이지. 모리아가 귀한 것은 황금이나 보석 때문이 아니야. 그건 난쟁이들의 장난감일 뿐이지. 그리고 쇠 때문만도 아니고. 쇠는 그들의 하인일 뿐이거든. 그들이 여기서 그런 것들을 발견한 것은 사실이야. 특히 쇠를 많이 캤지. 하지만 그것 때문이라면 그들은 땅을 팔 필요가 없었어. 필요한 것은 무엇이든지 외부와 교역해서 얻을 수 있었거든. 문제는 세상에서 오직 한 곳, 여기서만 나온다는 모리아 은 때문이야. 흔히들 '진짜 은'이라고 부르기도 하는데 요정들은 미스릴이라고 부르지. 난쟁이들은 또 자기네들끼리만 쓰는 이름이 따로 있었지. 그 금속은 대략 금의 열 배 정도로 값을 쳐주었는데, 이젠 값을 매길 수 없게 되었지. 땅 위에는 남은 게 거의 없고 오르크들조차 그걸 캐기 위해 감히 들어가질 못하니까 말이야. 그 광맥은 북쪽으로 카라드라스까지, 아래로는 저 깊은 어둠까지 깊숙이 뻗어 있네. 난쟁이들이 이야기하지는 않지만 사실 미스릴은 그들이 영화를 이룬 원천이자 또한 그들에게 파멸을 가져온 원인이었지. 욕심이 지나쳐 너무 깊숙이 파 들어가다가 그만 '두린의 재앙'을 잘못 건드린 거야. 그들이 바깥으로 가지고 나온 것은 거의 모두 오르크들이 모아서 그것을 탐내던 사우론에게 공물로 바쳐 버렸지.

미스릴! 그건 누구든지 탐낼 만한 거야. 구리처럼 쉽게 구부릴 수도 있고 유리처럼 매끄럽기 때문에 난쟁이들은 그걸 이용해 담금질한 쇠보다 단단하면서 한없이 가벼운 금속을 만들 수 있었지. 아름답기는 보통 은하고 비슷하지만 미스릴은 녹슬거나 변색되는 일이 절대 없지. 요정들도 그것을 대단히 좋아해서 그걸 가지고 이실딘, 즉 '별달'이라는 금속을 만들었는데 우리가 입구에서 본 게 바로 그거지. 미스릴 고리로 만든 갑옷을 소린이 빌보에게 선물한 적이 있었는데 그게 어떻게 되었는지 궁금하군. 지금쯤은 아마 큰말의 매돔관에서 먼지가 뽀얗게 묻어 있겠지."

그러자 말없이 앉아 있던 김리가 깜짝 놀라 외쳤다.

"뭐라고요? 모리아 은으로 만든 갑옷이라니요! 그건 왕께나 드리는 선물인데요."

"맞는 말일세. 빌보에게 이야기하지는 않았지만 그건 샤이어 전체를 주고도 바꿀 수 없는 보물이지."

간달프가 말했다. 프로도는 아무 말도 안 했지만 슬그머니 옷 밑으로 손을 넣어 갑옷 고리를 만져 보았다. 윗도리 속에 샤이어 전체의 무게와 맞먹는 걸 입고 있다고 생각하니 갑자기 몸이 휘청하는 것 같았다. 빌보는 알고 있었을까? 빌보도 분명 알고 있었을 거란 생각이 들었다. 그건 정말 왕에게나 어울리는 선물이었다. 그러나 그 순간부터 그의 생각은 어두운 광산을 떠나 깊은골로, 빌보에게로, 그리고 빌보와 함께 지낸 골목쟁이집의 즐거운 시절로 날아갔다. 그는 진심으로 그 시절, 그곳으로 돌아가 잔디를 깎고 꽃밭을 거닐고 싶은 생각이 간절했다. 모리아와 미스릴, 그리고 반지까지 모두 잊고 싶었다.

다시 주위는 깊은 정적에 휩싸였고 동료들은 하나둘 잠들기 시작했다. 프로도가 오늘 밤 첫 당번이었다. 보이지 않는 문을 지나 멀리서 불어오는 미풍처럼 공포가 그를 엄습했다. 손이 차가워지고 이마에선 식은땀이 흘렀다. 그는 귀를 곤두세웠다. 지루한 두 시간이 흘러가는 동안 그는 모든 신경을 귀에만 집중시켰다. 하지만 아무 소리도 듣지 못했고 심지어 지금까지 상상 속에 들려오던 발소리도 들리지 않았다.

교대 시간 무렵 그는 서쪽 아치 부근에서 마치 희미한 눈동자처럼 생긴 두 개의 빛을 언뜻 본 것 같았다. 그는 깜짝 놀랐다. 자신이 고개를 숙이고 있었음을 깨달았다. 보초를 서면서 잠들 뻔했군. 꿈까지 꾸다니. 그는 이렇게 생각하며 일어나 눈을 비볐다. 그리고 어둠을 응시하며 선 채로 레골라스가 교대해 줄 때까지 기다렸다.

자리에 누운 그는 곧 잠들었으나 꿈은 계속되는 것 같았다. 어디선가 속삭이는 소리가 들렸고, 두 개의 희미한 빛이 천천히 다가오는 것을 보았다. 그는 잠에서 깼다. 동료들이 옆에서 두런두런 이야기를 나누고 있었고 그의 얼굴 위로 희미한 빛이 비쳤다. 한 줄기 희미한 빛이 동쪽 아치 위 높은 곳에서 지붕 근처의 통로를 따라 길게 선을 긋고 있었다. 북쪽 아치를 통해서도 멀리서 희미한 빛이 들어왔다.

프로도는 일어나 앉았다. 간달프가 인사를 건넸다.

"잘 잤나? 드디어 아침이야. 보다시피 내 짐작이 맞았어. 우리는 지금 모리아 동쪽 높은 산 위에 와 있는 거지. 오늘 해가 지기 전에 정문을 찾아 어둔내계곡의 거울호수를 보게 될 거야."

김리가 말했다.

"그렇게 되면 좋겠군요. 제가 지금까지 본 모리아는 대단히 위대한 곳입니다. 하지만 이젠 어둠과 공포의 세계가 되었군요. 우리 친척들은 흔적도 없고, 어쩌면 발린은 여길 들어오지 않았는지도 모르겠어요."

아침 식사를 마치자 간달프는 다시 걸음을 재촉했다.

"피곤하겠지만 밖에 나가서 쉬는 게 더 낫겠지. 설마 모리아에서 하룻밤 더 보낼 생각들은 없겠지?"

그러자 보로미르가 말했다.

"물론입니다. 하지만 어디로 가지요? 저 동쪽 길입니까?"

"아마 그래야겠지. 나도 지금 우리 위치가 어딘지 정확히는 모르겠소. 짐작건대 정문의 북쪽 상층부 같은데. 내려가는 길을 찾기가 쉽지 않을 것 같아. 저기 동쪽 아치 밑으로 난 길이 맞을 것 같기는 한데, 일단 한번 살펴봅시다. 북문으로 들어온 빛을 먼저 볼까? 그쪽에 창문이 있으면 다행이지만 내 생각에는 긴 통로를 타고 빛이 새어 들어온 것 같은데."

일행은 그를 따라 북쪽 아치 밑으로 갔다. 넓은 복도가 나타났다. 앞으로 나갈수록 빛은 강해졌고 곧 오른쪽 문틈으로 빛이 새어 나오는 것을 알 수 있었다. 문지방은 높고 평평했으며 돌로 만들어진 문짝은 아직 돌쩌귀가 걸린 채 반쯤 열려 있었다. 그 앞에는 네모난 널따란 방이 있었다. 희미하게 빛이 든 방 안이 어둠에 익숙해진 그들 눈에는 눈부실 만큼 밝았다. 일행은 방에 들어서면서 모두 눈을 깜박였다.

그들이 들어서자 방바닥에 두텁게 깔려 있던 먼지가 풀썩 일어났고, 처음엔 형체를 알아볼 수 없던 입구의 여러 물건들이 그들의 발에 걸렸다. 빛은 동쪽 벽으로 높이 난 넓은 창문을 통해 들어오고 있었다. 창문은 위로 경사져 그 끝으로 멀리 네모진 푸른 하늘을 한 조각 볼 수 있었다. 창문을 통해 들어온 빛은 곧바로 방 한가운데 놓여진 석물 위로 떨어졌다. 약 60센티미터 높이의 장방형 석제 물체 위에는 커다란 흰 석판이 놓여 있었다.

"무덤같이 생겼군."

프로도는 이상한 예감이 들어 혼자 중얼거리며 더 자세히 살피려고 몸을 숙였다. 간달프가 급히 그 곁으로 왔다. 석판 위에는 룬 문자가 깊게 새겨져 있었다.

"이건 옛날 모리아에서 사용하던 다에론의 룬 문자야. 여기 인간과 요정의 언어로도 쓰여 있군."

발린의 무덤에 새겨진 글귀(Inscription on Balin's Tomb)

푼딘의 아들 발린

모리아의 군주

"그럴지도 모른다고 생각은 했지만, 그럼 죽었단 말인가!"

프로도가 말했다. 김리는 두건으로 얼굴을 가렸다.

『마자르불의 책』에서 남은 책장

(Leaves from the Book of Mazarbul)

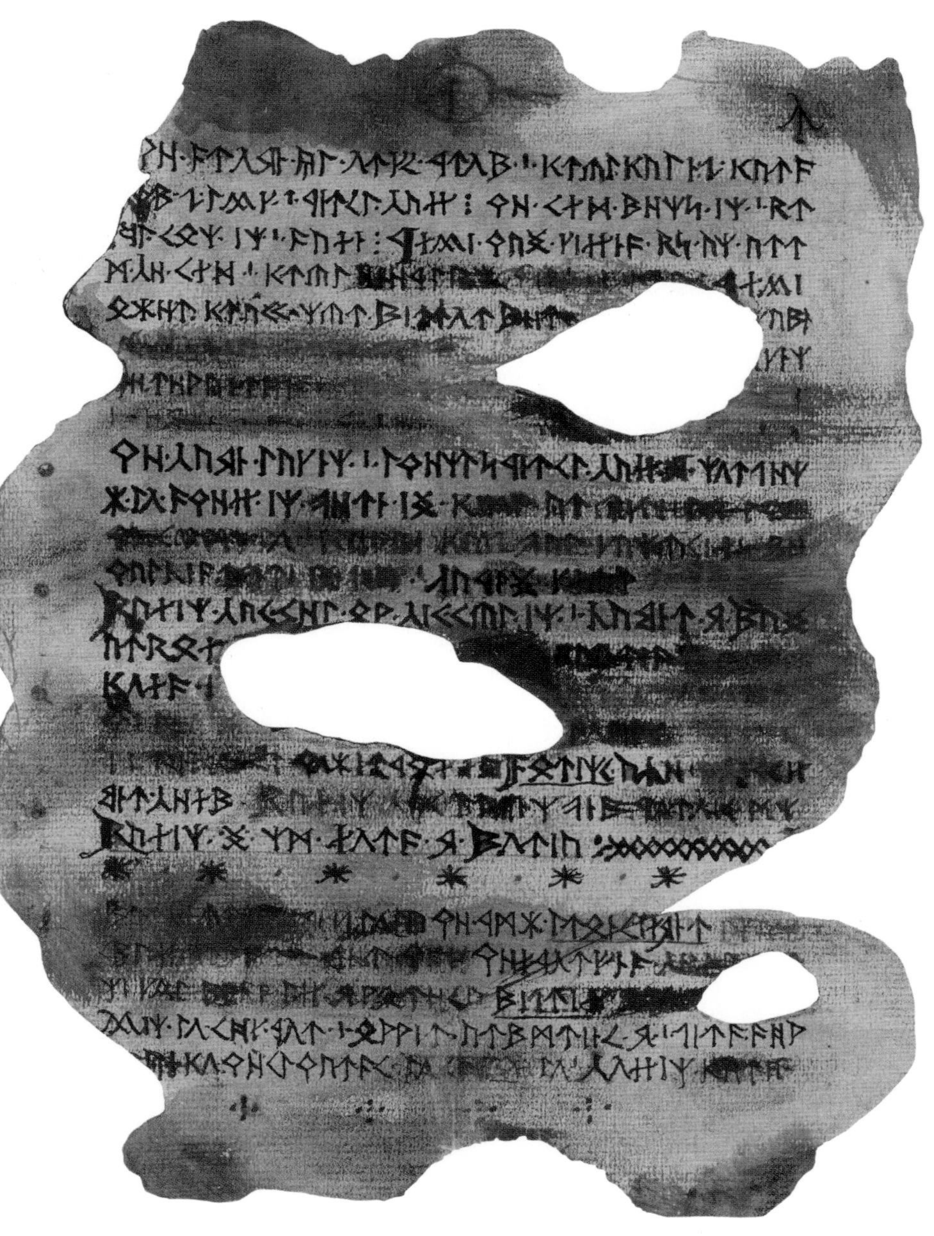

Chapter 5

크하잣둠의 다리

반지의 사자 일행은 발린의 무덤 옆에 말없이 서 있었다. 프로도는 빌보를 생각하면서 빌보와 그 난쟁이의 오랜 우정을, 그리고 발린이 먼 옛날 샤이어를 방문하던 일을 생각했다. 먼지를 뒤집어쓴 발린의 무덤 옆에 서고 보니 그런 일들은 마치 천년 전 세상 저쪽에서 있었던 일 같았다.

마침내 그들은 정신을 차리고 주위를 둘러보면서 발린의 운명이나 그의 일행에게 일어난 일들을 설명해 줄 흔적을 찾기 시작했다. 채광 통로가 있는 쪽 벽에 또 하나 작은 문이 있었다. 그제야 그들은 양쪽 문 앞에 많은 뼈가 흩어져 있고 그 사이에는 부러진 칼이나 도끼 머리, 갈라진 방패, 투구 등이 흩어져 있는 것을 발견했다. 둥근 칼도 여러 개 있었다. 칼날이 시커먼 오르크들의 언월도였다.

사방 벽에는 움푹 파인 많은 벽감(壁龕)이 있었고 거기에는 가장자리에 쇠를 댄 커다란 나무상자들이 있었다. 상자는 대부분 부서진 채 텅 비어 있었으나 뚜껑이 망가진 상자 옆에서 그들은 찢어진 책 한 권을 발견했다. 책은 여기저기 칼자국이 나 있는 데다 군데군데 불에 그을렸으며, 오래된 핏자국처럼 거무튀튀하게 변색되어 도무지 글자를 알아볼 수가 없었다. 간달프가 조심스럽게 집어 석판 위에 올려놓자 책장이 부서져 떨어져 나갔다. 그는 한참 동안 말없이 내려다보았다. 프로도와 김리는 간달프가 매우 조심스럽게 책장을 넘기는 동안 옆에 서서 지켜보았다. 글은 모리아와 너른골의 여러 난쟁이의 필적으로 쓰였으며, 주로 룬 문자를 사용했고 군데군데 요정 문자가 섞여 있었다.

마침내 간달프가 고개를 들고 말했다.

"이건 발린 일행의 운명을 담은 기록으로 보이네. 약 30년 전 그들이 어둔내계곡에 도착하던 때부터 기록한 모양인데, 페이지마다 붙어 있는 숫자가 도착한 후의 햇수를 가리키는 것 같군. 첫 페이지가 1~3으로 적힌 걸 보면 적어도 두 해는 처음부터 기록이 아예 없는 것 같고. 들어 보게. '우리는 오르크들을 정문에서 몰아내고 방을,' 그다음 글자는 불에 타서 안 보이는데. 아마도 '지켰다'인가 보군. '우리는 골짜기의 밝은 햇빛 아래서,' 그렇지, '많은 적을 죽였다. 플로이가 화살에 맞아 죽었다. 그는 적의 대장을 베었다.' 또 안 보이네. 그리고 '플로이는 거울호수 근처의 풀밭에,' 그다음 한두 줄은 읽을 수가 없고. '우리는 북쪽 21호실에 거처를 정했다. 거기는,' 또 읽을 수가 없군. 채광 통로라는 말이 있고 또 '발린은 마자르불의 방에 자리를 잡았다.'"

그러자 김리가 설명했다.

"기록실을 말합니다. 우리가 지금 서 있는 곳이지요."

"글쎄, 그다음 한참 동안은 알아보기 힘들군. '금'이란 단어가 있고 '두린의 도끼', '투구'라는 말이 적혀 있어. 그리고 '발린은 이제 모리아의 군주이다.' 이렇게 해서 한 장이 끝나는군. 그다음엔 별표가 몇 개 있고 다른 이의 필체로 '우리는 진짜 은을 발견했다.' 그리고 '잘 녹였다.'라는 말이 있고. 그렇지, 미스릴이란 단어도 있군. 마지막 두 줄은 '오인은 지하 3층 상단의 병기고를 찾으러' 옳지! '서쪽으로 호랑가시나무땅 입구까지 갔다.'"

간달프는 말을 멈추고 몇 페이지를 그냥 넘겼다.

"이렇게 급하게 휘갈겨 쓴 페이지가 여러 장인데 워낙 지워진 부분이 많고 또 어두워서 잘 보이지 않는군. 여기도 여러 장이 빠진 게 틀림없어. 5라고 적힌 걸 보니까 여기 들어온 지 5년이란 뜻인 모양인데. 흠, 여기도 찢어지고 더럽혀진 곳이 너무 많아 읽을 수가 없어. 바깥으로 가지고 나가서 확인하는 게 좋겠어. 잠깐! 여기 요정 문자로 쓴 좀 크고 굵은 글이 있군."

그러자 마법사의 팔 너머로 들여다보던 김리가 말했다.

"오리의 필적일 겁니다. 오리는 글씨도 아주 빨리 잘 쓸 뿐 아니라 요정 문자도 종종 썼으니까요."

"이렇게 아름다운 글씨로 불길한 소식을 적어 놓았을까 봐 걱정이 되는군. 제대로 알아볼 수 있는 첫 글자는 분명하게 '슬픔'인데, 그 뒤로는 맨 마지막 '어' 자 외에는 읽을 수가 없어. 그렇지, 그 뒤를 보면 '어제 11월 10일, 모리아의 군주 발린이 어둔내계곡에서 돌아가셨다. 군주께서는 거울호수를 둘러보러 혼자 나갔다가 바위 뒤에 숨어 있던 오르크가 쏜 화살에 맞으셨다. 우리는 그 오르크를 죽였지만 훨씬 더 많은…… 동쪽의 은물길강 상류에서…….' 이 페이지의 다른 부분은 거의 알아볼 수 없지만 이건 알겠군. '우리는 정문을 막았다.' 그리고 '오랫동안 견딜 수 있다. 만일…… 끔찍한…… 고통…….' 불쌍한 발린! 겨우 얻은 자리를 5년도 누리지 못하다니. 뒷일이 궁금하지만 그 뒤까지 읽어 볼 시간은 없어. 여기가 마지막 장이군."

그는 말을 멈추었다가 한숨을 내쉬었다.

"읽기가 겁나는군. 비참한 종말을 맞지는 않았나 걱정되네. 들어 보게! '우리는 나갈 수 없다. 우리는 나갈 수 없다. 그들이 다리와 2호실을 점령했다. 프라르와 로니, 날리가 거기서 쓰러졌다.' 그다음 네 줄은 흐려서 보이지 않는데 '닷새 전에 갔다.'는 말만 읽을 수 있군. 그리고 마지막은 '서문 밖 호수의 물이 담까지 올라왔다. 호수의 파수병에게 오인이 붙잡혔다. 우리는 나갈 수 없다. 종말이 다가온다.' 그리고 '아래쪽에서 둥, 둥.' 이건 뭘까? 맨 마지막에는 요정 문자로 급히 갈겨쓴 글씨로 '그들이 오고 있다.'고 되어 있군. 이게 끝일세."

간달프는 숨을 죽이고 조용히 생각에 잠겼다. 일행은 갑자기 그 방에서 공포를 느끼기 시작했다. 김리가 혼자 중얼거렸다.

"우리는 나갈 수 없다? 우리가 들어올 땐 다행히 호수의 물이 줄었고, 호수의 파수병이 남쪽의 물밑에서 자고 있던 모양이군."

간달프는 고개를 들고 주위를 둘러보았다.

"이 양쪽 문으로 마지막까지 버틴 모양이야. 하지만 그때는 몇 명 안 남았겠지. 모리아의 탈환이 그렇게 끝나다니! 용감하긴 했지만 어리석은 시도였어. 아직 때가 되지 않았는데 말이야. 하지만 이제 우리도 푼딘의 아들 발린에게 작별 인사를 해야 할 시간이야. 그는 여기 조상들의 방에 그대로 누워 있어야 할 테니까. 이 마자르불의 책을 가지고 나가서 나중에 자세히 살펴보지. 김리, 이건 자네가 보관하는 게 좋겠어. 나중에 기회가 있으면 다인에게 전해 주게. 다인도 기록을 읽고 나면 슬퍼하겠지만 어쨌든 반가워할 걸세. 자, 갑시다! 벌써 해 뜬 지 한참 되었어."

그러자 보로미르가 물었다.

"어디로 갑니까?"

"그 홀로 돌아갑시다. 하지만 이 방에 와서 소득이 없었던 건 아니오. 이제 우리 위치를 정확히 안 것 같으니까. 김리가 말한 대로 여긴 마자르불의 방이고 우리가 있던 그 홀은 북쪽 끝 21호실이오. 따라서 아까 말한 그 동쪽 아치로 들어가서 남쪽으로 방향을 바꿔 내리막길을 가면 되오. 21호실은 7층일 테니까 정문보다는 여섯 층 위인 셈이지. 자, 홀 안으로 돌아갑시다."

간달프가 말을 끝내기도 전에 엄청나게 시끄러운 소리가 들려왔다. 지하 깊숙한 곳에서 나는 듯한 요란한 굉음이 그들 발밑까지 울렸다. 일행은 깜짝 놀라서 문으로 달려갔다. 둥, 둥, 마치 거인의 손이 모리아의 굴을 커다란 북으로 삼아 치는 듯 계속 울렸다. 그 순간 요란한 나팔 소리가 굴속에 메아리를 일으키며 사방으로 울려 퍼졌다. 그에 응답하는 나팔 소리와 거친 함성이 더 먼 곳에서 들려왔다. 급하게 달려오는 발소리가 요란했다. 레골라스가 외쳤다.

"그들이 오고 있다!"

그러자 김리도 외쳤다.

"우리는 나갈 수 없다!"

간달프가 소리쳤다.

"함정이다! 내가 왜 꾸물거렸을까! 옛날 그들과 똑같이 함정에 빠졌군. 하지만 그때는 내가 없었지. 보자……."

둥, 둥, 북소리가 다시 들리고 사방의 벽이 울렸다. 아라고른이 외쳤다.

"문을 닫고 빗장을 채워요! 힘닿는 대로 짐을 챙기고. 아직 희망은 있으니까!"

그러자 간달프가 반대했다.

"안 되오! 갇혀서는 안 되오. 동쪽 문은 열어 두시오. 희망이 있다면 그쪽뿐이니."

다시 요란한 나팔 소리와 날카로운 아우성이 들려왔다. 복도를 따라 달려오는 발소리가 요란하게 울렸다. 그들이 모두 칼을 빼 들자 날카로운 쇳소리가 방 안에 울려 퍼졌다. 글람드링은 희미하게 빛을 뿌렸고 스팅도 칼날을 번득였다. 보로미르가 서쪽 문에 어깨를 기댔다.

"잠깐! 아직 닫지 마시오!"

간달프가 말했다. 그는 보로미르 곁으로 달려가 자신의 몸을 최대한 늘이며 큰 소리로 외쳤다.

"모리아의 군주 발린의 잠을 깨우는 자는 대체 누군가!"

구덩이로 돌이 굴러떨어지는 듯한 거친 웃음소리가 왁자하게 일어났다. 소란 중에 명령조의 저음이 들렸다. 둥, 둥, 둥. 아래에서는 북소리가 계속 들려왔다.

간달프는 재빠르게 열린 문틈으로 나서며 지팡이를 앞으로 내밀었다. 눈이 부실 만큼 밝은 불빛이 일어나 방 안과 바깥 통로를 환하게 밝혔다. 마법사는 잠깐 밖을 내다보았다. 그가 뒤로 몸을 빼자 화살이 윙윙거리며 복도에 떨어졌다.

"오르크들이오. 수가 무척 많소. 덩치가 크고 무섭게 생긴 놈들도 있는데 아마 모르도르의 검은 우루크들인 것 같소. 지금은 뒤로 주춤거리고 있는데, 뭔가 뒤에 있는 모양이오. 내 생각에는 거대한 동굴 트롤이 여러 놈 나타난 것 같소. 이쪽으로는 희망이 없겠는데."

그러자 보로미르가 말했다.

"저쪽 문으로도 온다면 이젠 가망이 없는 거군요."

동쪽 문 옆에서 귀를 기울이며 서 있던 아라고른이 말했다.

"여긴 아직 소리가 들리지 않습니다. 이쪽은 똑바로 뻗은 내리막 계단인데 아까 그 방으로 돌아가는 길이 아닌 건 분명하군요. 하지만 뒤에 적이 따라오는데 무작정 이 길로 달아나 보았자 소용없을 테고 문을 닫을 수도 없습니다. 열쇠는 없고 자물쇠는 부서졌고, 또 안에서 열리게 되어 있으니까 말입니다. 우선 적의 공격을 지연시킬 조치를 취해야겠는데요. 그들이 마자르불의 방을 두려워하게 해야 합니다."

그는 자신의 칼 안두릴의 날에 손가락을 대어 보면서 비장하게 말했다.

복도에서 무거운 발소리가 들렸다. 보로미르가 몸을 던져 문을 닫고 밀며 버텼다. 그리고 부러진 칼날과 각목으로 문을 걸었고, 그들은 방의 반대쪽으로 물러섰다. 하지만 무작정 달아날 수는 없었다. 문이 휘청거릴 만큼 강한 충격이 가해지고 고리에 걸어 놓은 쐐기가 조금씩 꺾이며 문이 조금씩 열리기 시작했다. 푸르스름한 비늘이 달린 거무튀튀한 피부의 거대한 팔과 어깨가 벌어진 문틈으로 비집고 들어왔다. 그리고 밑으로는 발가락이 없는 크고 넓적한 발이 들어섰다. 바깥은 쥐 죽은 듯 조용했다.

보로미르가 앞으로 달려 나가 온 힘을 다해 그 팔을 내리쳤다. 그러나 그의 칼은 쨍 소리와 함께 옆으로 비껴 나가며 떨리는 그의 손에서 빠져나갔다. 칼날은 이가 빠져 버렸다.

프로도는 갑자기 스스로 생각해도 놀랄 만큼, 가슴에서 뜨거운 분노가 솟구치는 것을 느꼈다. 그는 보로미르 곁으로 뛰어나가는 동시에 "샤이어!" 하고 소리치며 몸을 숙여 스팅으로 괴물의 발을 찔렀다. 울부짖는 비명이 울리며 발이 뒤로 물러났다. 그 바람에 하마터면 프로도의 손에서 스팅이 떨어질 뻔했다. 그의 칼날에서 검은 핏방울이 방바닥으로 뚝뚝 떨어졌다. 보로미르가 다시 몸을 날려 문을 꽝 닫았다.

아라고른이 외쳤다.

"샤이어의 용사로군! 호빗의 칼날이 그렇게 깊이 꽂히다니! 자넨 훌륭한 칼을 가지고 있군, 드로고의 아들 프로도!"

문밖에서 쾅 소리가 나더니 문이 계속 덜컹거렸다. 쇠메와 망치가 문을 두드려 대고 있었다. 문이 삐걱거리고 뒤로 밀리더니 틈새가 갑자기 크게 벌어졌다. 화살이 핑 소리를 내며 무수히 날아들었으나 북쪽 벽에 부딪히거나 방바닥에 떨어졌다. 나팔 소리가 크게 울리고 발소리가 요란하더니 오르크들이 물밀듯 방 안으로 밀려들었다.

수가 얼마나 많은지 도무지 셀 수가 없었다. 오르크들은 기세 좋게 덤벼들었지만 완강한 수비에 당황했다. 레골라스는 두 놈의 목 줄기를 화살로 관통시켰다. 김리는 발린의 무덤 위에 뛰어오른 다른 놈의 다리를 밑에서 잘랐다. 보로미르와 아라고른도 여럿을 해치웠다. 오르크들이 비명을 지르며 퇴각하기 시작했다. 샘이 머리에 가벼운 찰과상을 입은 것을 제외하고 일행은 아무 부상도 입지 않았다. 오르크들의 시체는 모두 열셋이었다. 샘은 재빨리 고개를 숙여 목숨을 구할 수 있었다. 그는 결국 그 오르크를 쓰러뜨렸다. 고분에서 구한 칼이 드디어 위력을 발휘한 것이었다. 만일 까끌이네 테드가 옆에 있었다면, 샘의 갈색 눈동자에 불꽃이 이는 것을 보고 깜짝 놀라 뒤로 나자빠졌을 것이다. 간달프가 외쳤다.

"자, 이때다! 트롤이 돌아오기 전에 빠져나가야 해!"

그러나 퇴각을 했지만 피핀과 메리가 문밖 계단에 도착하기도 전에 머리끝에서 발끝까지 검은 갑옷으로 휘감은, 거의 사람 키만 한 거대한 오르크 대장이 방으로 뛰어들었다. 그 뒤를 따라 오르크들이 순식간에 밀려들었다. 넓고 펑퍼짐한 그의 얼굴은 거무스름했으며 눈은 석탄처럼 시커멓고 혀는 새빨갰다. 그는 큰 창을 휘둘렀다. 거대한 가죽 방패로 보로미르의 칼을 강하게 밀어붙여 그를 땅바닥에 쓰러뜨렸다. 그는 아라고른이 휘두르는 칼날 밑으로 마치 돌진하는 뱀처럼 날렵하게 뛰어들어 창으로 곧바로 프로도를 찔렀다. 창은 프로도의 오른쪽 옆구리를 찔렀고, 프로도는 뒷벽으로 밀려나며 쓰러지고 말았다. 순간 샘이 고함을 지르며 창 자루를 내리쳐 부러뜨렸다. 오르크가 부러진 창대를 내던지고 언월도를 빼 드는 순간 안두릴이 그의 투구 위에서 아래로 일직선을 그었다. 불꽃 같은 섬광이 일며 투구가 반으로 쪼개졌다. 오르크는 머리가 갈라진 채 쓰러졌다. 그의 부하들은 비명을 지르며 달아났고, 보로미르와 아라고른이 그 뒤를 쫓았다.

둥, 둥. 아래쪽 깊은 곳에서 들려오는 북소리는 여전했으며 아주 큰 목소리가 다시 굴속에 울려퍼졌다. 간달프가 외쳤다.

"자, 마지막 기회다! 빠져나가자!"

아라고른은 벽에 기대 쓰러져 있던 프로도를 들어 올렸고, 앞장선 메리와 피핀의 등을 밀며 층계로 향했다. 모두들 그 뒤를 따랐으나 김리만은 레골라스가 잡아끌어야만 했다. 그렇게 위급한 상황에도 김리는 발린의 무덤 옆에서 고개를 숙인 채 서성이고 있었다. 보로미르는 동쪽 문을 세게 잡아당겨서 돌쩌귀에 끼워 넣었다. 문은 안팎으로 큰 쇠고리가 달려 있었으나 잠기지는 않았다.

"난 괜찮아요. 걸을 수 있어요. 내려 주세요!"

프로도가 헉헉거리며 말했다. 아라고른은 너무 놀라 하마터면 그를 떨어뜨릴 뻔했다. 그는 큰 소리로 외쳤다.

"자네가 죽은 줄 알았네!"

간달프도 말했다.

"아직 살았군! 하지만 놀라고 있을 겨를이 없소. 모두 빨리 계단을 내려가시오! 맨 밑으로 가서 몇 분만 날 기다리다가 만일 내가 안 가면 먼저 떠나시오! 빨리 가서 오른쪽 내리막길이 있는지 찾으시오!"

그러자 아라고른이 말했다.

"당신 혼자 문을 지킬 수는 없습니다!"

그러나 간달프는 화를 내며 소리쳤다.

"내가 시킨 대로 하시오! 여기선 이제 칼은 소용없소. 가시오!"

통로는 채광창 하나 없이 완전한 암흑 천지였다. 그들은 내리막 계단을 한참 더듬어 내려간 후 뒤를 돌아보았다. 그러나 아무것도 보이지 않았고 오로지 마법사의 지팡이에서 뿌려지는 희미한 빛만이 저 높은 곳에서 어렴풋이 비쳤다. 그는 아직도 문 옆에서 꼼짝도 않고 지키고 서 있는 듯했다. 프로도는 숨을 거칠게 내쉬며 샘에게 기댔고 샘은 두 팔로 그를 안다시피 했다. 그들은 그 자리에 서서 어둠에 잠겨 있는 계단 위를 올려다보았다. 간달프가 뭐라고 중얼거리는 소리가 프로도에게 들렸다. 그 소리는 굴속에 메아리를 일으키며 경사진 지붕을 따라 아래쪽으로 울렸다. 그가 무슨 말을 했는지는 전혀 알 수 없었다. 사방의 벽이 심하게 요동쳤다. 이따금 북소리가 다시 크게 울렸다. 둥, 둥.

갑자기 계단 꼭대기에서 한 줄기 흰빛이 번쩍했다. 그리고 우르릉 쾅 하는 소리가 육중하게 들려왔다. 둥, 둥, 둥, 둥. 북소리가 요란해지더니 다시 멈춰 버렸다. 간달프가 날듯이 계단을 내려와 그들 한가운데 땅바닥으로 떨어졌다. 그는 어둠 속에서 중심을 잡으려고 몸을 가누며 말했다.

"됐어, 됐어! 끝났어! 내가 할 수 있는 건 다 했어. 하지만 호적수를 만났어! 하마터면 황천 구경을 할 뻔했거든. 하여간 여기 서 있을 시간은 없으니 갑시다! 잠시 빛이 없이 가는 수밖에 없겠는데. 내가 기력을 너무 써 버렸어. 자, 자, 갑시다. 김리, 어딨나? 나와 함께 앞장서야지. 나머지 분들은 모두 바짝 따라오고!"

그들은 무슨 일이 일어났는지 궁금해하며 그 뒤를 조심스럽게 따랐다. 둥, 둥. 북소리가 다시 들렸다. 이번에는 소리도 많이 약해지고 멀리서 들려오는 듯했지만 끊어지지 않고 계속 이어졌다. 그 밖에 달리 그들을 쫓아오는 발소리나 목소리는 없는 듯했다. 간달프는 통로가 자신이 예상하는 방향으로 나 있는 것처럼 오른쪽이나 왼쪽 어디로도 방향을 바꾸지 않았다. 이따금 더 낮은 층으로 내려가는 내리막 계단이 쉰 계단 이상 뻗어 있기도 했다. 사실 그때가 그들에게는 가장 위험한 순간이었다. 어둠 속에서는 내리막길이 보이지 않기 때문에 자칫 잘못하면 허공에 발을 디딜 염려가 많았다. 간달프는 마치 장님처럼 지팡이로 앞길을 더듬어 갔다.

한 시간 남짓 그들은, 적어도 1.5 킬로미터 이상 걸어서 많은 계단을 내려왔다. 여전히 쫓아오는 소리는 들리지 않았다. 그들은 다시 탈출의 희망을 갖기 시작했다. 일곱 번째로 만난 층계 바닥에서 간달프가 발을 멈추고 숨을 몰아쉬며 말했다.

"공기가 뜨거워지는군. 지금쯤은 적어도 출입문과 같은 층에 도착했어야 하는데. 어쨌든 동쪽으로 나가는 왼쪽 통로를 빨리 찾아야지. 여기서 그리 멀지 않을 텐데. 너무 피곤하군. 오르크들이 모두 한꺼번에 덤벼들어도 할 수 없어. 여기서 잠깐 쉬는 수밖에."

김리가 그의 팔을 부축하며 계단에 걸터앉도록 도왔다. 김리가 물었다.

"아까 문 앞에선 어떻게 된 겁니까? 북을 치던 놈을 만나신 건가요?"

"누군지는 잘 모르겠지만 지금까지 한 번도 보지 못한 강한 상대였어. 그 순간에는 문이 닫히는 주문을 외는 수밖에 다른 도리가 없었지. 그럴 때 쓰는 주문을 많이 알기는 해도 제대로 하려면 시간이 필요했어. 문은 부서지기 일보 직전이었고. 바깥에 그렇게 서 있는 동안 방 안에선 오르크들 목소리가 들리더군. 문이 금세라도 떨어져 나갈 것 같고. 그들이 모두 소름 끼치는 자기네 말로 떠들고 있어서 무슨 소린지 알아들을 수가 있어야지. 다만 '가쉬' 즉 불이라는 말만 알아들었지. 순간 누군가 방에 들어왔어. 문 너머로 그걸 느낄 수 있었는데, 오르크들은 모두 겁에 질린 듯 조용해지더구먼. 놈은 쇠고리를 잡아 보고는 그제야 내가 거기서 주문을 걸고 있다는 걸 알아채더군.

누군지는 모르지만 지금까지 그런 상대를 만나 본 적이 없을 정도였어. 그놈의 역주문도 엄청났어. 하마터면 내가 당할 뻔했으니까. 한순간 문이 내 통제를 벗어나 열리기 시작한 거야. 나도 다시 주문을 외는 수밖에 없었지. 그런데 그 주문이 너무 세었어. 문이 산산조각 나 버린 거야. 방 안의 빛이 구름처럼 시커먼 무엇인가에 가려져 버렸고 나도 계단 밑으로 내동댕이쳐진 거지. 벽도 모조리 무너지고 아마 방의 천장도 무너졌을 거야. 발린이 너무 깊이 묻혀 버렸을까 봐 걱정되는데, 확실하지는 않지만 그 무서운 놈도 거기 같이 묻혔을 거야. 적어도 우리 뒤쪽 통로는 완전히 봉쇄된 거지. 아! 그렇게 힘든 상대는 난생처음이었어. 하지만 이제 다 끝난 일이고……. 그런데 프로도, 자넨 어떤가? 물어볼 시간도 없었군. 하지만 난 아까 자네가 말을 했을 때 정말 기뻤네. 아라고른이 데리고 가던 호빗은 용감하긴 하지만 죽은 호빗이라고 생각했거든."

"제가 왜요? 이렇게 건강하게 살아 있지 않습니까? 가벼운 타박상에 통증이 좀 있을 뿐 심하지는 않아요."

그러자 아라고른이 말했다.

"과연! 난 그저 호빗의 몸이 얼마나 단단한 것으로 만들어졌는지 알고 싶을 따름이오. 진작 알았더라면 브리여관에서 좀 더 정중하게 대하는 건데 말이오. 아까 그 창에는 멧돼지도 꿰였을 거요."

"몸을 관통하지 않은 게 다행입니다. 하지만 그땐 정말 망치와 모루 사이에 끼인 줄 알았습니다."

숨 쉴 때마다 옆구리가 결린다는 것을 깨닫고, 프로도는 더는 말을 하지 않았다.

간달프가 말했다.

"자넨 빌보를 닮았어. 전에 빌보한테도 그런 얘기를 한 적이 있지만, 자넨 겉보기와는 다른 뭔가가 있어."

프로도는 그 말에 무슨 다른 뜻이 있는지 궁금했다.

그들은 다시 걷기 시작했다. 곧 김리가 입을 열었다. 그는 어둠 속에서도 상당히 눈이 밝았다.

"저 앞에 불빛이 있는 거 같은데요. 햇빛은 아니고…… 빨갛습니다. 무슨 불일까요?"

그러자 간달프가 중얼거렸다.

"'가쉬'로군! 그들이 말한 게 저것인가? 아래층이 모두 불바다라고? 여하간 계속 가 볼 수밖에 없지."

불빛은 곧 모두가 알아볼 수 있을 정도로 밝아졌고, 정면 통로 저 아래쪽 양쪽 벽에서 이글거리고 있었다. 그 불빛 덕분에 그들은 길을 잘 볼 수 있었다. 그들 앞쪽으로 길은 곧게 내리막으로 이어져 한참 가다가 낮은 아치문까지 뻗쳐 있었는데 거기서 불빛이 들어오고 있었다. 공기가 무척 뜨거워지고 있었다.

아치문에 가까이 다가가자 간달프가 일행에게 기다리라는 손짓을 하고 안으로 먼저 들어갔다. 입구 바로 너머에 서 있는 그의 얼굴이 불빛에 반사되어 빨갛게 익어 보였다. 그는 재빨리 뒤로 물러났다.

"우리를 환영하려고 새로운 악마가 기다리고 있는 게 틀림없는 것 같군. 그런데 여기가 어딘지는 알겠어. 우린 지금 정문 바로 밑에 있는 하층 1단에 와 있소. 이 방은 구(舊)모리아의 2호실이지. 정문은 가까워. 우리의 왼쪽, 그러니까 저기 동쪽 끝에 있는데, 넉넉잡아 400미터만 가면 되네. 다리를 건너 넓은 계단을 올라가 도로를 따라가면 1호실이 나오고 그다음엔 바깥이지! 다들 와서 보게."

그들도 고개를 내밀었다. 정면에는 동굴 같은 텅 빈 홀이 또 있었다. 그들이 하룻밤을 묵었던 홀보다 높고 길었다. 그들은 그 홀의 동쪽 끝 가까이에 서 있었고, 서쪽은 어둠에 잠겨 있었다. 방 가운데에는 높은 기둥이 두 줄로 솟아 있었는데 마치 거대한 나무가 하늘로 뻗친 가지로 천장을 떠받치는 것처럼 조각되어 있었다. 매끄러운 검은 기둥에는 빨간 불빛이 강하게 반사되고 있었다. 방 저쪽 끝 두 개의 거대한 기둥 밑에 큰 틈새가 벌어져 있었다. 이글거리는 불꽃은 바로 거기에서 새어 나와 이따금 기둥 밑동과 언저리를 날름거리는 혀로 핥았다. 뭉게뭉게 피어오르는 검은 연기가 뜨거운 공기 속을 어지러이 맴돌았다.

간달프가 말했다.

"중앙 통로로 내려왔다면 여기서 꼼짝 못 하고 함정에 빠졌겠군. 이젠 우리와 추격자들 사이를 이 불이 가로막아 주겠지. 갑시다! 꾸물거릴 시간이 없소."

간달프가 이렇게 말하는 순간 추격의 북소리가 다시 울려왔다. 둥, 둥, 둥. 홀 서쪽 끝 어둠 속에서 함성과 나팔 소리가 시끄럽게 들렸다. 둥, 둥. 기둥이 요동치고 불꽃이 춤을 추었다.

간달프가 외쳤다.

"자 마지막 달리기를 합시다! 바깥에 아직 해가 있다면 희망은 있지. 따라오시오!"

그는 왼쪽으로 방향을 바꿔 빠른 속도로 매끄러운 바닥을 가로질렀다. 거리는 보기보다 멀었다. 달려가는 동안 그들은 뒤에서 발소리와 북소리가 어지럽게 섞이며 사방에서 메아리치는 소리를 들었다. 갑자기 날카로운 함성이 크게 일었다. 그들의 위치가 발각된 것이었다. 칼과 창이 부딪치는 소리가 요란하게 났고 프로도의 머리 위로 화살 한 대가 윙 날아갔다. 보로미르가 웃으며 말했다.

"녀석들, 불꽃이 가로막고 있는 건 예상 못 했을 거다. 우린 반대쪽에 있단 말이다!"

그러나 간달프가 그들을 불렀다.

"앞을 보시오! 다리가 가까이 있소. 여긴 매우 좁고 위험한 곳이지."

프로도는 갑자기 눈앞에서 시커먼 구렁을 발견했다. 홀의 끝에서 바닥이 사라지고 깊이를 알 수 없는 심연이 나타났다. 바깥문으로 가려면 가장자리의, 경계석도 난간도 없는 좁은 돌다리를 건너야 하는데, 다리 길이는 15미터 정도였고 둥글게 휘어져 있었다. 옛날 난쟁이들이 1호실이나 바깥 통로까지 적에게 점령당했을 때를 대비해 만들어 놓은 방책이었다. 다리 위는 겨우 한 줄로 걸어갈 수 있을 정도였다. 간달프가 다리 앞에서 발을 멈추자 모두 그 앞에 모여 섰다.

"김리, 앞장서게. 그다음엔 피핀과 메리. 똑바로 계속 가서 문을 지나 계단을 올라가게!"

화살이 그들 사이로 떨어졌다. 하나는 프로도를 맞히고 뒤로 튕겨 나갔고 또 하나는 간달프의 모자를 꿰뚫고 검은 깃처럼 박혔다. 프로도는 뒤를 돌아다보았다. 불꽃 건너편으로 검은 무리들이 모여 들었는데 수백 명은 됨직한 오르크들이었다. 그들은 모두 불빛에 핏빛처럼 반사되는 창과 언월도를 들고 있었다. 둥, 둥. 북소리가 점점 커졌다. 둥, 둥.

레골라스가 뒤돌아서서, 비록 그의 작은 활로는 먼 거리지만 활시위에 화살을 메겼다. 그러나 그 순간 그의 손이 아래로 처지며 화살이 땅바닥에 떨어졌다. 그의 입에서 공포와 경악의 비명이 터져 나왔다. 거대한 트롤 둘이 나타난 것이었다. 그것들은 기다란 석판을 들고 와서 불꽃 위로 지나갈 수 있게끔 그 위에 던졌다. 그러나 레골라스가 공포에 사로잡힌 것은 그 트롤들 때문이 아니었다. 오르크들이 마치 무엇에 겁이라도 먹은 듯 양쪽으로 물러서고 있었다. 그들 뒤에서 무엇인가 올라오고 있었다. 똑똑히 보이지는 않았지만 거대한 검은 그림자 같은 것이었다. 그 한가운데에는 언뜻 사람 모양의, 그러나 더 거대한 검은 형체가 있었고, 그에게는 그들 모두를 꼼짝 못 하게 할 만한 공포와 위력이 있는 것 같았다.

그가 불가로 다가오자 마치 구름이 위를 가린 듯 불빛이 어두워졌다. 그는 불꽃이 나오는 틈새를 쉽게 뛰어넘었다. 불꽃은 마치 반기기라도 하듯 그의 몸을 감싸며 널름거렸고 검은 연기가 공중에서 소용돌이쳤다. 펄럭거리는 그의 털에 불이 붙어 등 뒤로 불꽃이 휘날렸다. 그의 오른손은 널름거리는 불꽃처럼 날카로운 검을 쥐고 있었고, 왼손은 가죽끈이 여럿 달린 채찍을 쥐고 있었다. 레골라스가 절망적인 외침을 토했다.

"아! 아! 발로그! 발로그가 왔어!"

그러자 김리가 눈이 휘둥그레지며 쳐다보았다.

"두린의 재앙!"

그는 비명을 지르며 도끼를 떨어뜨리고 얼굴을 손으로 가렸다. 간달프가 휘청거리는 몸을 지팡이에 기대며 중얼거렸다.

"발로그! 이제 알겠군. 정말 운이 없네! 난 벌써 지쳤는데."

검은 형체가 불꽃을 휘날리며 그들을 향해 달려왔다. 오르크들은 함성을 지르며 걸쳐 놓은 돌다리 위로 쏟아졌다. 그때 보로미르가 뿔나팔을 뽑아 들고 불어 댔다. 동굴에서 수많은 사람이 한꺼번에 소리를 지르는 것처럼 요란한 소리가 울려 퍼졌다. 오르크들도 잠시 움찔했고 불꽃의 그림자도 걸음을 멈추었다. 그러나 검은 바람 앞에 불꽃이 사그라들듯 갑자기 메아리도 죽어 버리고 적은 다시 앞으로 다가오기 시작했다.

간달프가 다시 힘을 내어 외쳤다.

"다리를 건너! 달아나! 당신들이 감당할 수 없는 적이야! 내가 길목을 지킬 테니 달아나!"

그러나 아라고른과 보로미르는 그의 명령을 따르지 않고 간달프 뒤편의 다리 저쪽 끝에 버티고 섰다. 나머지 일행은 홀 끝에 있는 문을 넘어가다 말고 차마 간달프 혼자 적을 상대하게 버려둘 수 없어 엉거주춤 뒤를 돌아보고 있었다.

발로그가 다리 앞까지 다가왔다. 간달프는 왼손으로 지팡이를 붙잡고 기댄 채 오른손에 하얀 냉기가 번득이는 글람드링을 들고 다리 한가운데에 버티고 섰다. 적이 그를 마주 보며 다시 멈춰 섰고, 그를 둘러싼 어둠은 거대한 두 개의 날개처럼 펼쳐졌다. 그가 채찍을 높이 들자 가죽끈이 허공을 가르며 딱 소리를 냈다. 그는 코에서 불을 뿜고 있었다. 그러나 간달프는 꼼짝도 하지 않고 버티고 서 있었다.

"넌 지나갈 수 없어!"

그가 말했다. 오르크들도 숨을 죽였고 순간 적막이 감돌았다.

"나는 '아노르의 불꽃'을 휘두르는 '비밀의 불'의 사자다. 너는 지나갈 수 없다. '우둔(Udûn)의 불꽃'이여, 암흑의 불은 너에게 아무 도움이 되지 않을 것이다. 어둠으로 돌아가라! 너는 여길 지나갈 수 없다!"

발로그는 아무 대꾸도 하지 않았다. 그 속의 불은 사그라들지만, 어둠은 더욱 깊어지는 것 같았다. 그가 서서히 다리로 걸음을 옮기는 순간 그의 키는 엄청나게 커졌으며 두 날개도 양쪽 벽에 닿을 만큼 길어졌다. 그러나 간달프는 여전히 어둠 속에서 희미한 빛을 발하며 그 자리에 서 있었다. 거대한 발로그 앞에 홀로 버티고 선 간달프의 구부정한 회색의 형체는 마치 불어오는 폭풍 앞에 선 한 그루 고목처럼 왜소했다.

어둠 속에서 붉은 칼이 불꽃을 일으키며 춤을 추기 시작했다. 이에 맞서 글람드링도 흰빛을 번득였다. 쨍 소리가 나며 하얀 섬광이 일었다. 발로그가 뒤로 물러났고, 그의 칼은 산산이 조각나서 허공에 튀어 올랐다. 마법사는 몸을 휘청하면서 다리 위에서 한 걸음 물러나 다시 균형을 잡고 섰다.

간달프가 다시 말했다.

"너는 지나갈 수 없어!"

그러나 발로그는 몸을 날려 한걸음에 다리로 뛰어들었다. 그의 채찍이 빙빙 원을 그리며 쉿쉿 소리를 냈다.

아라고른이 갑자기 소리를 지르며 다리를 향해 뛰어올랐다.

"혼자는 안 됩니다! 엘렌딜! 나도 여기 있습니다, 간달프!"

"곤도르!"

보로미르 역시 소리를 지르며 합세했다. 그 순간 간달프는 지팡이를 높이 들어 큰 소리로 기합을 넣으며 발밑 다리를 쳤다. 지팡이는 두 동강이 나 손에서 떨어졌다. 눈이 부실 만큼 흰빛이 어둠 속에서 찬란히 피어올랐다. 다리가 끊어진 것이었다. 발로그의 발 바로 앞에서 다리가 끊어지면서 그가 딛고 선 돌이 흔적도 없이 구렁 속으로 사라졌다. 하지만 나머지 부분은 벼랑 밖으로 돌출한 바위처럼 허공에 불쑥 나와 있었다.

무시무시한 비명과 함께 발로그는 앞으로 쓰러졌고 그와 함께 거대한 그림자도 밑으로 추락했다. 그러나 떨어지는 순간 발로그는 안간힘을 다해 채찍을 휘둘렀고, 가죽끈은 마법사의 무릎을 휘감아 그를 벼랑 끝으로 끌어당겼다. 간달프는 비틀거리고 넘어지면서 벼랑 끝을 붙잡았지만 이미 심연으로 떨어지고 있었다.

"빨리 가, 바보들아!"

간달프는 비명과 함께 사라졌다.

불빛이 사라지고 다시 칠흑 같은 어둠이 몰려왔다. 그들은 공포에 사로잡힌 채 구렁을 내려다보았다. 아라고른과 보로미르가 달려가려는 순간 남아 있던 다리가 소리를 내며 무너졌다. 아라고른이 소리를 지르는 바람에 일행은 겨우 제정신이 들었다.

"갑시다! 이제 내가 인도하겠소! 우린 그분의 마지막 명령에 따라야 하오! 나를 따르시오!"

그들은 문을 지나 커다란 계단을 허둥지둥 넘어지면서 기어올랐다. 아라고른이 앞장서고 보로미르가 맨 뒤를 지켰다. 꼭대기에는 넓은 통로가 나타났고 그들은 그 속을 달렸다. 프로도는 샘이 옆에서 우는 소리를 들었지만 그 자신도 달리면서 훌쩍거리고 있었다. 둥, 둥, 둥. 북소리가 등 뒤에서 들려왔지만 그들은 북소리에서 느릿하고 비장한 느낌을 받았다. 둥!

그들은 계속 달렸다. 멀리 전방에서 빛이 점점 밝아지더니 천장에 채광 통로가 나타났다. 그들은 더 빨리 달렸다. 그들은 동쪽으로 난 높은 창문에서 햇빛이 환하게 들어오는 큰 방을 지나 부서진 큰 문을 통과했다. 갑자기 눈앞에 활짝 열린 거대한 문이 나타났다. 눈부신 햇살을 배경으로 서 있는 커다란 아치였다.

정문 양쪽으로 높이 솟은 커다란 초소 뒤의 어둠 속에 문을 지키는 오르크들이 숨어 있었다. 문은 이미 부서져 폐허가 된 지 오래였다. 아라고른이 그의 앞을 가로막는 오르크 대장을 쓰러뜨리자 나머지는 그의 분노에 겁먹고 달아났다. 원정대는 그들을 무시하고 재빨리 정문을 통과했다. 문을 나선 그들은 오랜 세월 닳고 닳은 넓은 계단을 힘껏 달려 내려갔다. 모리아의 입구였다.

그리하여 그들은 마침내 절망적인 심정으로 다시 푸른 하늘 아래로 나왔고 불어오는 찬 바람을 느낄 수 있었다.

그들은 암벽에서 쏜 화살이 닿지 않는 거리에 이를 때까지 계속 달렸다. 어둔내계곡이 눈앞에 펼쳐졌다. 안개산맥의 그림자가 그 위에 내려앉았지만 동쪽으로는 황금빛 햇살이 비치고 있었다. 시간은 겨우 오후 1시경이었다. 태양이 빛나고 있었고 흰 구름이 높이 떠 있었다.

그들은 뒤를 돌아보았다. 산 그림자 속으로 정문의 아치가 시커먼 입을 벌리고 있었다. 느릿한 북소리가 그 속에서 희미하게 들려왔다. 둥, 둥. 가느다란 검은 연기가 문밖으로 피어오를 뿐, 그 밖에 아무것도 보이지 않았고 사방의 골짜기는 텅 비어 있었다. 둥. 그제야 그들은 북받쳐 오르는 슬픔을 이기지 못하고 오열했다. 누구는 망연자실하여 말없이 서서 울고 있었고 땅바닥에 엎드린 이들도 있었다. 둥, 둥. 북소리는 점점 희미해졌다.

Chapter 6
로슬로리엔

"아, 가슴이 아프지만 여기서 머뭇거릴 순 없소."

아라고른이 말했다. 그는 산맥 쪽을 바라보며 칼을 높이 쳐들고 외쳤다.

"잘 가시오, 간달프! 그래서 내가 미리 말하지 않았습니까? '모리아의 문을 지나가려면 조심해야 한다.'라고. 내가 한 말이 씨가 돼 버리다니! 이제 당신이 없는데 우리한테 무슨 희망이 남아 있겠습니까?"

그는 일행을 향해 돌아섰다.

"희망은 없지만 우린 해내야 하오. 복수할 기회는 앞으로 얼마든지 있소. 자, 눈물을 거두고 정신들 차립시다! 아직 갈 길도 멀고 할 일도 많소."

그들은 일어서서 주위를 둘러보았다. 거대한 두 개의 산줄기 사이로 어두컴컴한 골짜기가 북쪽을 향해 깊숙이 파여 있었다. 그 산 너머 하얀 봉우리 세 개가 우뚝 솟아 있었다. 모리아의 거봉인 켈레브딜, 파누이돌, 카라드라스였다. 골짜기 꼭대기에서는 끝없이 이어진 작은 폭포들이 하얀 휘장을 친 것처럼 급류를 흘려보내고 있었다. 산기슭에는 희뿌연 물안개가 자욱했다.

아라고른은 폭포를 가리키며 말했다.

"저기가 바로 '어둔내계단'이라는 곳이오. 운명의 여신이 조금만 더 친절했더라면 우린 저 급류 옆으로 깊이 파인 길을 따라 내려왔을 거요."

김리가 말했다.

"카라드라스가 조금만 덜 잔인해도 그쪽으로 내려올 수 있었겠지. 햇빛 아래서 그저 저렇게 웃고 서 있군."

그는 세 개의 연봉 중에서 가장 북쪽에 있는 흰 봉우리를 향해 주먹질을 하고 돌아섰다.

동쪽으로 뻗은 산줄기는 얼마 가지 않아 끝났고, 밑으로 멀리까지 펼쳐진 넓은 평원이 희미하게 보였다. 남쪽으로는 눈 닿는 곳 끝까지 안개산맥이 펼쳐져 있었다. 현재 그들의 위치는 계곡 서쪽의 고지대였기 때문에 바로 밑 1.5킬로미터 못 되는 거리에 있는 호수를 볼 수 있었다. 길쭉한 타원형의 호수는 북쪽 끝이 긴 창 끝처럼 비쭉 나와서 골짜기로 깊이 박혀 있었다. 남쪽 끝은 밝은 하늘 아래서도 산 그림자에 가려 잘 보이지 않았다. 호수의 물은 마치 불 켜진 방에서 내다본 맑은 저녁 하늘처럼 검푸른 빛을 띠었고 표면은 잔잔했다. 호수를 빙 둘러 완만한 내리막을 이루며 매끈한 잔디밭이 쭉 이어져 있었다.

김리가 슬픈 목소리로 말했다.

"저기 거울호수가 있군요. 우리 말로는 크헬레드자람이라고 하오. 그분이 하신 말씀이 생각납니다. '실컷 봐 두게! 하지만 오래 머물 수는 없네.'라고 하셨거든요. 이제 이 호수를 다시 보려면 또 먼 길을 걸어와야겠지요. 난 이렇게 떠나가는데 그분은 홀로 남아야 하는군요!"

일행은 정문에서 내려가는 길을 따라 계속 걸었다. 길은 험한 데다 여기저기 끊겨 있었고, 갈라진 바위틈에서 피어난 헤더와 가시금작화 사이로 꼬불꼬불 끝없이 돌아갔다. 하지만 그 길도 예전에는 저지대에서 난쟁이 왕국으로 가는, 산 위로 이어진 훌륭한 포장도로였으리라. 길가 곳곳에 비바람에 시달린 연석들이 나뒹굴었고, 바람이 불면 그 가는 줄기를 흐느적거리며 잉잉 소리를 내는 자작나무와 전나무로 뒤덮인 푸른 무덤들이 눈에 띄었다. 길이 동쪽으로 꼬부라지면서 거울호수의 잔디밭 바로 옆으로 이어졌다. 길가에서 멀지 않은 곳에 꼭대기가 부서진 기둥 하나가 우뚝 솟아 있었다.

김리가 소리쳤다.

"두린의 바위다! 이 골짜기의 불가사의를 잠깐이라도 보고 와야겠소!"

아라고른은 모리아의 입구를 돌아보며 말했다.

"빨리 갔다 오게! 여긴 해가 빨리 지는 곳일세. 오르크들은 어두워지면 활개를 치고 돌아다니니까 해 지기 전에 멀리 도망가야 하오. 벌써 그믐이 가까워져서 밤엔 달도 없을지 모르니까."

난쟁이는 길에서 뛰쳐나가며 소리쳤다.

"프로도, 나랑 함께 갑시다! 크헬레드자람을 못 보고 가면 후회할 거요."

그는 기다란 푸른 비탈을 뛰어 내려갔다. 프로도는 상처가 쑤시고 피곤했지만 고요한 푸른 물에 이끌려 천천히 걸음을 옮겼다. 샘이 그 뒤를 따랐다.

김리는 돌기둥 옆에서 걸음을 멈추고 위를 쳐다보았다. 오랜 세월 풍상에 시달린 바위는 여기저기 갈라져 있었고 옆에 새겨 놓은 룬 문자도 흐려져서 읽을 수가 없었다.

난쟁이가 말했다.

"이 기둥은 두린이 처음으로 거울호수를 바라본 지점을 기념하는 거요. 떠나기 전에 우리 눈으로 직접 한번 봅시다!"

그들은 어두운 호수를 내려다보았다. 처음에는 아무것도 보이지 않았다. 그러나 서서히 호수를 둘러싼 산세가 깊고 푸른 물에 비치기 시작했고, 그 밑으로 흰 불꽃 기둥처럼 솟은 봉우리들이 모습을 드러냈다. 그 위로 푸른 하늘이 나타났다. 하늘에는 아직 해가 있는데 그 깊은 물에는 별들이 마치 보석을 박아 놓은 듯 떠 있었다. 물가에 웅크린 그들의 그림자는 비치지 않았다.

김리가 탄성을 질렀다.

"오, 아름답고 신비한 크헬레드자람! 두린의 왕관은 여기서 그가 깨어날 때를 기다리고 있구나. 안녕!"

그는 절하고 돌아서서 푸른 잔디밭을 뛰어올라 다시 도로로 되돌아왔다.

"뭘 봤어?"

피핀이 샘에게 물었으나 샘은 너무 골똘하게 무슨 생각을 하느라 아무 대답도 하지 않았다.

길은 이제 남쪽으로 방향을 바꾸어 골짜기의 하단부를 벗어나면서 경사가 급해졌다. 그들은 호수 밑을 한참 내려가서 수정처럼 맑고 깊은 샘물을 발견했다. 샘물은 돌 틈에서 넘쳐흘러 햇빛에 반짝이면서 바위 틈새의 가파른 통로로 졸졸 흘러내렸다. 김리가 말했다.

"여기가 은물길강의 수원이오. 마시진 말아요! 얼음같이 차니까."

아라고른이 말했다.

"이 물은 곧 빠른 도랑물이 되어서 다른 산골에서 내려온 물줄기와 합쳐지네. 우리는 이 물길을 따라 몇 킬로미터 더 가야 하오. 이건 간달프가 정한 길인데 우선 1차 목표는 저기 은물길강과 안두인강이 만나는 지점에 있는 숲속까지 가는 거요."

그들은 그가 가리키는 쪽을 바라보았다. 강물은 골짜기의 좁은 틈새로 빠르게 흘러내리다가 저지대에 들어서서는 황금빛 아지랑이에 가려 사라졌다.

레골라스가 말했다.

"저기가 로슬로리엔 숲이오. 우리 요정들의 나라 중에서도 가장 멋진 곳이지요. 저 땅의 나무처럼 아름다운 나무는 세상 어디에도 없을 거요. 가을이 돼도 잎이 떨어지지 않고 금빛으로 변하거든요. 봄이 오고 푸른 새잎이 나면 그 잎은 떨어지고 가지마다 노란 꽃이 피지요. 숲의 바닥과 지붕은 온통 금빛이 됩니다. 기둥은 은빛으로 변하고요. 나무껍질이 매끄러운 은백색이거든요. 우린 어둠숲에서 여전히 로슬로리엔의 아름다움을 노래한답니다. 그 숲으로 들어간다고 하니 벌써부터 가슴이 뛰는군요. 지금이 봄이라면 금상첨화일 텐데."

아라고른이 말했다.

"난 겨울이라도 좋소. 하지만 거기까지 가려면 아직 멀었소. 자, 다들 서두릅시다!"

프로도와 샘은 한참 동안은 그럭저럭 일행을 뒤쫓아갈 수 있었으나, 앞장선 아라고른이 너무 빨리 걷는 바람에 잠시 후에는 뒤로 처지고 말았다. 그들은 이른 아침부터 아무것도 먹지 못했다. 샘은 베인 상처가 불같이 화끈거렸고 머리도 어질어질했다. 햇빛이 내리쬐고 있었지만 모리아의 뜨거운 굴속을 빠져나왔기 때문에 바람조차 차갑게 느껴졌다. 샘은 몸을 덜덜 떨었다. 프로도는 한 걸음 한 걸음 내딛는 게 너무 고통스러워 숨조차 제대로 쉬지 못했다.

마침내 레골라스가 뒤를 돌아보고 그들이 한참 뒤에 처진 것을 알아챘고 아라고른을 불러 세웠다. 모두 걸음을 멈추었고 아라고른이 보로미르에게 따라오라고 말하며 그들 쪽으로 뛰어왔다. 그의 얼굴에는 진심으로 미안해하는 표정이 역력했다.

"미안하오, 프로도! 오늘은 하도 많은 일이 일어나고 또 갈 길이 급해서 그만 자네와 샘이 다친 걸 잊었네. 진작 말하지 그랬소! 모리아의 오르크들이 모두 떼거지로 뒤쫓아온다 해도 자네부터 치료했어야 하는 건데 정말 미안하오. 자, 갑시다! 조금만 더 가면 쉴 만한 곳이 있으니 거기 가서 어떻게든 치료해 봅시다. 보로미르, 우리가 둘을 맡읍시다."

그들은 서쪽에서 흘러 내려오는 또 하나의 물줄기를 만났고, 이 시내는 곧 은물길강의 급류와 합세했다. 강물은 녹색 바위 위에서 거센 물살을 일으키며 작은 골짜기로 떨어져 내렸다. 그 근처에는 키가 작고 등이 굽은 전나무가 많았고 비탈길은 골고사리와 월귤나무 덤불로 덮여 있었다. 폭포 밑으로 다시 평지가 펼쳐졌고, 거기서 강물은 반짝이는 조약돌 위로 요란하게 흘러가기 시작했다. 그들은 그 근처에서 휴식을 취했다. 벌써 시간은 오후 3시가 다 되었으나 그들은 정문에서 겨우 3, 4 킬로미터밖에 벗어나지 못했다. 해는 이미 서쪽 하늘로 달아나고 있었다.

김리와 두 젊은 호빗이 잡목과 전나무 가지로 불을 지펴 물을 끓이는 동안 아라고른은 샘과 프로도의 상처를 살펴보았다. 샘의 상처는 깊지는 않았지만 보기에 끔찍했다. 아라고른은 샘의 상처를 보며 표정이 굳었으나 잠시 후 안도의 한숨을 내쉬며 고개를 들었다.

"다행이오, 샘! 오르크를 처음 죽였는데 이만한 대가면 값을 싸게 치른 거요. 오르크들은 칼날에 종종 독을 바르기도 하는데 다행히 자네 상처엔 독이 없소. 내가 치료하면 곧 나을 테니 김리가 물을 끓여 주면 그 물로 상처를 소독하시오."

그는 행낭을 열어 말라빠진 잎사귀 몇 장을 꺼냈다.

"너무 말라서 약효가 떨어지지나 않았는지 모르겠지만, 바람마루 근처에서 구한 아셀라스 잎이 아직 좀 남아 있소. 물에 한 잎 부숴 넣고 그 물로 상처를 깨끗이 씻으시오. 붕대는 내가 감지. 자, 이젠 자네 차례요, 프로도!"

프로도는 다른 사람이 자기 옷에 손을 대게 하고 싶지 않았다.

"난 괜찮아요. 허기만 채우고 좀 쉬면 됩니다."

"안 될 소리. 자네 말대로 망치와 모루가 자네 몸에 무슨 사고를 저질러 놨는지 확인해야겠네. 난 자네가 아직 살아 있다는 게 신기할 정도일세."

그는 조심스럽게 프로도의 낡은 윗도리와 해진 속옷을 벗기다가 깜짝 놀란 표정을 지었다. 그리고 웃음을 터뜨렸다. 은빛 갑옷이 잔물결이 이는 바다 위의 햇빛처럼 그의 눈앞에서 찬란한 빛을 발했다. 그는 조심스럽게 그것을 벗겨서 높이 쳐들었다. 갑옷의 보석이 별빛처럼 반짝거렸고 고리들이 흔들리는 소리가 마치 연못 위에 빗방울 듣는 소리처럼 경쾌하게 울렸다.

"이것들 보게! 여기 요정 왕자님께나 어울릴 멋진 호빗 가죽이 있네. 호빗들이 이런 가죽을 갖고 있다는 소문이 알려지면 아마 가운데땅의 사냥꾼들은 모두 샤이어로 몰려들걸."

김리는 눈이 휘둥그레져서 갑옷을 쳐다보았다.

"게다가 이 세상 모든 사냥꾼의 화살도 무용지물이 되겠군요. 이건 미스릴 갑옷입니다. 미스릴! 이렇게 아름다운 갑옷은 듣지도 보지도 못했습니다. 이게 간달프가 말한 그 갑옷이란 말예요, 프로도? 그렇다면 그는 이 갑옷의 가치를 과소평가한 셈이군. 여하튼 이 갑옷은 임자를 제대로 만난 거군요."

그러자 메리가 말했다.

"빌보 어른하고 매일 그 작은 방에서 뭘 하는지 궁금했어요. 호빗 노인께 축복이 있기를! 이전보다 그분이 더 좋아지네요. 나중에 돌아가서 이야기를 전할 기회가 있었으면 좋겠어요."

봄날의 로슬로리엔숲(The Forest of Lothlorien in Spring)

프로도의 오른쪽 옆구리와 가슴에는 시퍼런 멍이 있었다. 그는 갑옷 속에 보드라운 가죽 셔츠를 입고 있었는데, 갑옷의 고리가 그것을 뚫고 살 속에까지 파고든 것이었다. 왼쪽 옆구리 역시 벽에 부딪힐 때 살갗이 벗겨져 찰과상을 입었다. 모두들 식사를 준비하는 동안 아라고른은 아셀라스를 우려낸 물로 두 호빗의 상처를 씻어 주었다. 짙은 향기가 작은 골짜기에 번져 나갔다. 물안개가 피어오르는 강물을 내려다보던 그들은 모두 상쾌한 기분이 되었고 새로운 힘이 났다. 프로도는 곧 통증이 그치고 숨 쉬기도 편안해지는 것을 느꼈다. 그러나 그는 여전히 며칠 동안은 몸이 뻐근하고 상처에 뭐가 스치기만 해도 욱신거려서 고생해야 했다. 그래서 아라고른이 그의 옆구리에 헝겊 보호대를 붙여 주었다.

아라고른이 말했다.

"갑옷이 놀랄 만큼 가볍군. 견딜 수만 있다면 다시 입으시오. 자네가 그런 갑옷을 입고 있어서 마음이 놓이오. 앞으로 안전지대에 들어갈 때까지는 절대 함부로 벗지 마시오. 잠잘 때도 물론이고. 하지만 이 여행을 계속하는 한 어디에도 안전지대는 없을 거요."

그들은 식사를 하고 다시 떠날 준비를 하면서 불을 끄고 모든 흔적을 없앴다. 그리고 골짜기를 벗어나 다시 길로 들어섰다. 얼마 못 가서 태양이 서쪽 산 너머로 사라지고, 거대한 산 그림자가 산기슭을 점점 기어 내려가기 시작했다. 그들 발밑으로 땅거미가 깔리고 골짜기에는 안개가 일었다. 멀리 동쪽으로 저녁 햇살이 아득한 숲과 평원 위로 잔광을 비추었다. 샘과 프로도는 이제 통증도 덜하고 원기도 회복돼 상당히 빨리 걸을 수 있었다. 아라고른은 도중에 잠깐 휴식을 취하고 세 시간 동안 계속 행군을 강행했다.

주위는 벌써 캄캄해졌고 밤이 깊어 갔다. 하늘에 별들이 나타나기 시작했으나 아직 그믐달은 뜨지 않았다. 김리와 프로도는 맨 뒤에서 묵묵히 걸으며 등 뒤에서 무슨 소리가 들려오는지 귀를 기울였다.

한참 있다가 김리가 침묵을 깼다.

"바람 소리만 들리는 걸 보니 이 근처엔 고블린 같은 것들이 없나 보오. 내 귀는 믿어도 좋소. 오르크들은 모리아에서 우릴 쫓아낸 데 만족하는 모양이오. 사실 우리하고는, 아니 반지하고는, 아무 상관도 없으니 쫓아내는 것만이 그들의 목적인지도 모르지요. 하지만 종종 그들의 우두머리가 죽으면 복수하러 멀리 평지까지 쫓아 나오는 경우도 있다 하오."

프로도는 아무 대꾸도 하지 않았다. 그는 스팅을 내려다보았다. 칼날에는 아무 변화도 없었다. 하지만 그는 여전히 무슨 소리가 귓바퀴를 스쳐 가는 것 같았다. 어둠이 그들을 둘러싸고 밤길이 더욱 어두워지면서 그는 다시 뭔가 급히 뛰어오는 소리를 들었다. 지금도 여전히 그 소리가 들리는 것 같았다. 그는 재빨리 뒤돌아보았다. 저 뒤에서 조그마한 불빛 두 개가 보였다. 아니 언뜻 본 것 같았다. 그러나 그것들은 순식간에 길옆으로 비켜나 사라지고 말았다.

난쟁이가 물었다.

"뭡니까?"

"잘 모르겠어요. 발소리가 들리는 것 같아서 돌아봤더니 사람 눈 같은 불빛이 두 개 보이더라고요. 모리아에 들어올 때부터 쭉 그런 느낌이 들었어요."

김리는 걸음을 멈추고 땅바닥에 귀를 댔다.

"나무들하고 돌들이 밤 인사 나누는 것 말고는 아무 소리도 들리지 않는군. 자, 빨리 갑시다. 너무 뒤처졌어요."

차가운 밤바람이 골짜기 위를 향해 거꾸로 불어왔다. 눈앞의 어둠이 가장자리로 물러간 희미한 회색지대가 넓게 나타나면서 포플러 잎 같은 수많은 나뭇잎들이 미풍에 떨리는 소리가 들려왔다.

레골라스가 소리쳤다.

"로슬로리엔! 로슬로리엔이다! 우린 드디어 황금숲에 도착한 거요. 아! 겨울이라 정말 애석하군."

어둠 속에서 키 큰 나무들이 그들 앞에 나타나 늘어진 나뭇가지 밑으로 불쑥 흘러내리는 개울과 도로 위에 아치를 이루었다. 나무 밑동이 희미한 별빛에 회색빛을 띠었고, 살랑거리는 나뭇잎은 황금빛 낙엽의 색조를 언뜻언뜻 내비쳤다.

아라고른이 말했다.

"로슬로리엔이라! 숲속 바람 소리를 다시 듣게 돼서 정말 기쁘군. 모리아 정문에서 겨우 24 킬로미터도 못 벗어났지만 이젠 더 가기도 힘들어. 오늘 밤은 요정들께서 우리 뒤를 쫓아오는 적을 막아 주시기를 기도해 보세."

김리가 말했다.

"요정들이 아직도 이 어두운 곳에 살고 있다면 말이지요."

그러자 레골라스가 말했다.

"우리 일족 요정들이 여기까지 내려온 것도 벌써 먼 옛날 얘기가 돼 버렸군. 하지만 우린 아직도 로슬로리엔에 누군가 살고 있다고 들었소. 이 땅에는 악을 물리치는 신비한 힘이 있거든. 그렇지만 그들이 누군지 우린 한 번도 본 적이 없소. 어쩌면 북쪽 경계에서 멀리 떨어진 깊은 숲에 살고 있는지도 모르지."

아라고른은 지나간 일을 기억해 내며 한숨을 쉬었다.

"이 숲 깊숙한 곳에 요정들이 살고 있는 건 사실일세. 하지만 오늘 밤은 우리 스스로 몸을 지킬 수밖에 없소. 조금만 더 가면 숲에 완전히 들어설 테니 거기서 쉴 만한 곳을 찾아봅시다."

아라고른이 앞으로 발을 떼기 시작했다. 그러나 보로미르는 내키지 않는지 그 자리에 붙박여 서서 물었다.

"다른 길은 없나요?"

아라고른은 돌아서서 되물었다.

"얼마나 좋은 길을 바라는 거요?"

"그냥 평범한 길 말이오. 길 양쪽에 칼로 울타리를 쳐 놓았다 하더라도 말이오. 우린 지금껏 계속 이상한 길만 골라 오면서 고생만 잔뜩 했소. 내가 반대했는데도 모리아로 들어갔다가 결국 해만 입지 않았소? 그런데 또 황금숲으로 들어가자고 하는군요. 우리 곤도르에서도 여긴 위험한 곳이란 소문이 떠돕니다. 일단 들어가면 살아 나오기가 힘들 뿐 아니라 살아 나오더라도 다치지 않은 사람이 없습니다."

"'다치지 않은' 게 아니라 '달라지지 않은' 게 맞는 말이겠지. 하지만 보로미르, 한때 현명한 사람들이 살던 그 땅에서 이젠 로슬로리엔을 두려워하다니 곤도르도 드디어 기울어 가는 모양이군. 당신이 어떻게 생각하든 지금 우리 앞엔 다른 길이 없소. 모리아로 되돌아가든지, 길도 없는 산속으로 기어들든지, 아니면 혼자서 대하까지 헤엄쳐 가든 맘대로 하시오."

아라고른의 설명에 보로미르가 대답했다.

"그렇다면 할 수 없죠. 당신이 원하는 대로 하지요. 하지만 위험할 거요."

"위험한 건 사실이지. 아름답고도 위험한 곳이오. 하지만 악인만이, 악을 퍼뜨리는 사람만이 이곳을 두려워할 거요. 자, 어서 따라들 오시오!"

숲속으로 1.5킬로미터도 채 못 가서 물줄기가 또 하나 나타났다. 그것은 서쪽으로 산맥을 향해 뻗어 있었으며 나무가 울창한 산비탈에서 내려오는 급류였다. 그들의 오른쪽 멀리 어둠 속에서 그 물줄기가 폭포 아래로 떨어지는 소리가 들렸다. 검은 급류는 그들의 앞길을 가로질러 은물길강과 합쳐지는 지점에서 나무뿌리 둘레로 어렴풋한 소용돌이를 이루었다.

레골라스가 말했다.

"님로델개울이오! 이 냇물을 두고 숲요정들은 옛날부터 많은 노래를 지었지요. 우리 북부에서는 아직도 그 노래들을 부르며 폭포 위에 걸리던 무지개와 물거품 위로 피어오르던 금빛 꽃을 떠올립니다. 지금은 모든 게 어둠에 잠겨 버렸고 님로델다리도 부서져 버렸지요. 난 물에 발을 좀 담가야겠소. 이 물은 피로를 씻는 데 효험이 있다고 합니다."

그는 경사가 급한 개울을 내려가서 물속으로 첨벙 들어가면서 외쳤다.

"이리들 와요! 물이 안 깊어요. 걸어서 건너도 될 것 같아요. 개울을 건넌 다음에 쉽시다. 폭포 소리를 들으면 잠도 잘 오고 슬픔도 잊을 수 있을 거요."

그들은 레골라스를 따라 차례대로 개울을 건넜다. 프로도는 얕은 물가에 서서 잠시 피로한 다리 위로 물이 스쳐 지나가게끔 가만히 서 있었다. 물은 차가웠으나 살에 닿는 감촉은 시원했다. 계속 걸어 들어가자 물은 무릎까지 차올랐고, 프로도는 여행 중에 쌓인 때와 피로가 말끔히 씻긴 것 같았다.

일행은 개울을 다 건너가 개울가에서 휴식을 취하고 식사도 했다. 레골라스는 그들에게 어둠숲의 요정들은 세상이 지금처럼 어두워지기 이전에 안두인강 변에서 뛰놀던 때의 햇빛과 별빛을 아직도 마음에 간직하고 있다면서 로슬로리엔의 이야기들을 들려주었다.

마침내 사위는 침묵에 빠져들었고 그들은 어둠 속에서 마치 음악처럼 들려오는 달콤한 폭포 소리를 들었다. 프로도는 물 흐르는 소리 사이로 노랫소리가 들려오는 듯한 느낌마저 들었다. 레골라스가 물었다.

"님로델의 음성이 들리오? 님로델이란 이름은 옛날 이 개울가에 살던 어떤 아가씨의 이름이오. 그녀의 이야기가 담긴 노래를 한 곡 불러 볼까요? 원래는 우리 숲요정들 말로 지어진 곡이지만, 깊은골에서 그러듯 서부어로 불러 보지요."

그는 바스락거리는 나뭇잎 소리에 섞여 들릴 듯 말 듯한 자그마한 소리로 노래를 부르기 시작했다.

먼 옛날 요정 아가씨가 살고 있었지,
낮에도 빛나는 별처럼.
아가씨의 흰 망토는 금테두리를 둘렀고
구두는 은백색이었네.

아가씨의 눈썹 위엔 별 하나 떠 있었지,
그녀의 머리를 비추는 빛,
마치 아름다운 로리엔
그 황금가지를 비추는 태양 같았네.

긴 머리, 하얀 팔다리,
아가씨는 아름답고 자유로웠지.
바람 속 아가씨의 걸음걸이는
보리수 나뭇잎처럼 가벼웠네.

님로델폭포수 옆,
맑고 차가운 물가에서,
아가씨의 목소리는 은방울 구르듯
빛나는 연못 속으로 떨어졌네.

아가씨가 지금 어디 있는지 아무도 알 수 없지,
햇빛 아래일까, 그늘 속일까.
먼 옛날, 님로델은 길을 잃고
산속을 헤매고 있었네.

회색빛 항구 산 그림자 속에선
요정의 배가 닻을 내리고

몇 날 며칠 동안 아가씨를 기다렸네
　노호하는 바닷가에서.

밤새 북방에는 바람이 일어
　소리 높여 울부짖으며
요정의 바닷가에서 배를 몰아냈다네,
　연이어 밀려오는 파도 너머로.

새벽이 희미하게 밝아 왔지만 뭍은 보이지 않고
　집채만 한 파도가 흩뿌리는
어지러운 물보라 사이로
　산꼭대기가 희미하게 가라앉고 있었네.

암로스는 아득히 사라져 가는 해변을 보았지,
　덮쳐 오는 파도 너머로,
그리고 님로델과 자신을 떼어 놓는
　반역의 배를 저주했다네.

암로스는 그 옛날의 요정 왕,
　나무와 산골짝을 다스렸지
아름다운 로슬로리엔
　봄이면 나뭇가지가 황금으로 변하는 곳에서.

시위 떠난 화살처럼 그는 뛰어들었지,
　키를 놓고 바닷속으로,
날개 펼친 갈매기처럼
　그는 깊은 물속을 헤엄쳐 갔다네.

흐르는 머리카락 사이로 바람이 일고,
　옆에는 빛나는 물거품,
씩씩하고 아름답게, 한 마리 백조처럼
　멀리 사라지는 그를 그들은 보았다네.

하지만 서녘에서는 아무 소식도 없었고

이쪽 바닷가 요정들은
아무도 암로스의 뒷이야기를 듣지 못했다네,
영원토록 영원토록.

레골라스는 끝 부분을 약간 더듬으며 노래를 마쳤다.

"더 부를 수가 없어요. 이건 겨우 일부밖에 안 되는데, 벌써 다 잊어버렸소. 정말 길고도 슬픈 이야기요. 난쟁이들이 산에서 악(惡)의 잠을 깨울 때쯤 '꽃의 로리엔' 로슬로리엔에 어떤 슬픔이 닥쳤는지 그 내력이 다 담긴 노래니까."

김리가 말했다.

"우리 종족이 악을 만든 건 아니오."

레골라스는 슬픈 목소리로 말했다.

"그런 말은 아니오. 어쨌든 악이 나타났소. 그로 인해 님로델 일족의 많은 요정들이 정든 고향을 떠났고, 그녀도 멀리 남쪽, 백색산맥의 고개 위에서 사라져 사랑하는 연인 암로스가 기다리는 배로 돌아오지 못한 거요. 하지만 봄바람에 새싹들이 살랑거릴 때 그녀와 같은 이름의 폭포 옆에 가면 아직도 그녀의 노랫소리가 들리오. 그리고 남쪽에서 바람이 불어올 때면 암로스의 목소리가 바다에서 들리지. 왜냐하면 님로델은 요정들이 켈레브란트라고 부르는 은물길강으로 흘러들고 켈레브란트는 다시 안두인대하로 들어가는데, 안두인은 바로 로리엔의 요정들이 배를 타고 떠난 벨팔라스만으로 흘러들어 가기 때문이오. 하지만 님로델도 암로스도 영영 돌아오지 못했소. 그녀는 폭포 근처 숲의 나뭇가지 위에 집을 지었다고 하오. 나무 위에 사는 게 로리엔 요정들의 관습이었으니까. 지금도 그럴지 모르고. 그래서 그들은 갈라드림, 즉 나무사람들이라고 했소. 숲 깊숙이 들어가면 나무들이 굉장히 크기 때문에 숲속 사람들은 암흑의 권능이 찾아들기 전에는 난쟁이들처럼 땅속을 파지도 않았고 돌로 요새를 짓지도 않았소."

"요즘도 나무 위에 사는 게 땅 위에 앉아 있는 것보다 안전할 것 같군그래."

김리가 말했다. 그는 강 건너 어둔내계곡으로 돌아가는 길을 바라보다가 다시 머리 위에 지붕처럼 덮여 있는 어두운 나뭇가지들을 쳐다보았다.

아라고른이 말했다.

"자네 말이 일리가 있군, 김리. 우린 집을 지을 수도 없으니 가능하다면 갈라드림처럼 나무 꼭대기에서 쉴 곳을 찾아보세. 이렇게 길가에서 시간만 허비하는 건 멍청한 짓이오."

일행은 이제 길에서 벗어나 산에서 내려온 물줄기를 따라 은물길강에서 떨어져, 서쪽으로 숲이 더 우거진 캄캄한 어둠 속으로 들어갔다. 그들은 님로델폭포에서 멀지 않은 곳에서 여러 그루의 나무가 함께 엉켜 있는 곳을 발견했다. 나무들은 강물 위로 가지를 드리우고 있었다. 희끄무레한 나무 밑동은 매우 굵었고 높이는 가늠하기조차 어려웠다.

레골라스가 말했다.

"내가 먼저 올라가 보지요. 뿌리든 가지든 나무 타는 데는 자신 있소. 하지만 이 나무는 노래에서 이름은 들어 봤지만 나한테도 낯설군요. 이름은 말로른이고 노란 꽃이 피는데, 한 번도 올라가 본 적은 없소. 모양이 어떻고 가지가 어떻게 뻗어 있는지 알아보지요."

피핀이 말했다.

"어떻게 생겼든 간에 오늘 밤에 새들 말고 우리한테 쉴 자리만 제공해 준다면 대단한 나무라고 해 주겠어요. 난 횃대 위에서 잘 수는 없어요."

레골라스가 말했다.

"그럼, 땅에 굴을 파게! 자네들 방식대로 말이오. 하지만 오르크들한테 붙잡히지 않으려면 깊이, 그것도 빨리 파야 할 거요."

그는 가볍게 뛰어서 머리 위로 늘어진 나뭇가지 하나에 매달렸다. 그러나 그렇게 잠깐 매달려 있는 동안 나무 위 어둠 속에서 별안간 무슨 소리가 났다.

"다로!"

명령조의 목소리였다. 깜짝 놀란 레골라스는 겁이 나서 다시 땅으로 뛰어내렸다. 그는 나무의 몸통에 등을 기대고 몸을 웅크렸다. 그는 작은 소리로 일행을 향해 말했다.

"가만히 있어요! 움직이지도 말고 말하지도 마시오!"

머리 위에서 가볍게 웃는 소리가 들리더니 곧 다른 목소리가 낭랑하게 요정어로 말했다. 프로도는 한마디도 알아들을 수가 없었다. 왜냐하면 산맥 동쪽의 숲요정들이 쓰는 말은 서부의 요정어와는 다르기 때문이었다. 레골라스는 위를 쳐다보며 같은 말로 대답했다. 메리가 물었다.

"누구지? 무슨 말을 하는 거죠?"

"요정이야. 목소리가 안 들려?"

샘이 대답하자 레골라스가 덧붙였다.

"맞아, 요정들일세. 자네들 숨소리가 너무 커서 어둠 속인데도 화살로 맞힐 수 있을 정도라는군."

샘은 황급히 손을 입에 갖다 댔다.

"하지만 너무 무서워하지는 말라고 하네. 벌써 우리가 왔다는 걸 알고 있었다는 거요. 님로델개울 건너에서 내 목소리를 듣고, 내가 북쪽에서 온 요정인 것을 알고 우리가 강 건너는 것을 막지 않았다 하네. 그리고 나중엔 내 노래도 들었다는군. 지금 프로도와 나를 올라오라고 하는데 아마 프로도와 이번 여행에 대해 무슨 연락을 받은 모양이오. 다른 사람들은 다음에 어떻게 해야 할지 결정될 때까지 일단 나무 밑에서 망을 보며 기다리라는군요."

어둠 속에서 사다리가 쓱 내려왔다. 캄캄하지만 은백색의 희미한 빛을 내는 줄사다리는 눈에 잘 들어왔다. 굵기는 가늘었지만 여러 사람이 매달려도 충분할 만큼 튼튼해 보였다. 레골라스가 날렵하게 사다리를 오르기 시작하자 그 뒤를 프로도가 천천히 올라갔고 샘이 마지막으로 숨소리를 죽이려고 애를 쓰며 기어 올라갔다. 말로른 나뭇가지는 밑동부터 거의 수평으로 뻗어 나와서 다시 위쪽으로 휘어졌고 몸통은 꼭대기에서 다시 수많은 가지로 갈라졌는데, 그 가지들 사이에 나무로 된 받침대가 있는 것을 볼 수 있었다. 그 당시에는 흔히 그런 받침대를 '시렁'이라 불렀는데 요정들은 '탈란'이라고 했다. 그들은 사다리가 오르내리는 중심부의 둥근 구멍을 통해 그 위로 올라갈 수 있었다.

프로도가 마침내 시렁에 올라서자 레골라스는 다른 세 요정과 함께 앉아 있었다. 그들은 진한 회색 옷을 입고 있었기 때문에 움직이지만 않으면 나뭇가지 사이에서는 쉽게 찾을 수 없을 것 같았다. 그들은 모두 일어섰으며 그중 한 요정이 가느다란 은빛을 반사하는 작은 등불의 덮개를 벗겼다. 그는 등불을 들어 프로도와 샘의 얼굴을 비춰 보았다. 그러고는 다시 불빛을 가리고 요정들의 언어로 반갑다는 인사를 했다. 프로도가 더듬거리며 답례를 하자 요정은 다시 공용어로 천천히 말했다.

"잘 오셨습니다! 우리는 거의 언제나 우리 말만 쓰지요. 숲 깊은 곳에 살기 때문에 외부인들과는 거의 접촉하는 일이 없거든요. 북부의 요정들과도 거의 연락이 끊긴 상태랍니다. 하지만 우리 중 일부는 바깥으로 나가서 소식을 듣거나 적의 움직임을 감시하기도 하기 때문에 외부의 언어를 좀 알지요. 나도 그중 하납니다. 난 할디르라고 합니다. 여기 있는 내 형제들인 루밀과 오로핀은 당신들 말을 거의 모릅니다. 하지만 당신이 이리 온다는 소문은 들었습니다. 엘론드의 사자들이 어둔내계단을 넘어 고향으로 돌아가는 길에 로리엔을 들렀습니다. 호빗이나 반인족이란 이름을 들어 본 지 하도 오래되어서 당신들이 아직 가운데땅에 남아 있는 줄은 몰랐습니다. 인상이 나쁘진 않군요. 게다가 우리와 같은 요정과 함께 오셨으니 엘론드가 부탁한 대로 기꺼이 도와드리겠습니다. 사실 우리는 외부인들을 절대 우리 땅에 들여놓지 않는답니다. 어쨌든 오늘 밤은 여기서 묵으셔야겠습니다. 모두 몇 분이십니까?"

레골라스가 대답했다.

"여덟입니다. 나와 호빗 넷, 그리고 인간이 둘인데 그중 한 사람은 아라고른이라고 요정의 친구인 서쪽나라 사람이지요."

"아라소른의 아들 아라고른은 여기 로리엔에서도 잘 알고 있습니다. 게다가 숲의 부인께서도 좋아하시는 분이지요. 모두 좋습니다. 그런데 마지막 한 분은?"

"난쟁이가 한 명 있습니다."

레골라스가 말하자 할디르는 놀란 표정을 지었다.

"난쟁이라! 유감이로군요. 우리는 암흑시대 이래 난쟁이들과 관계를 맺지 않았습니다. 난쟁이는 우리 땅에 들어올 수 없습니다. 안 됩니다."

그러자 프로도가 말했다.

"하지만 그는 외로운산에서 왔습니다. 신실한 다인의 부족이지요. 게다가 엘론드와도 친하게 지내서 엘론드께서 직접 그를 원정대의 일원으로 선택한 것입니다. 그리고 그는 지금까지 용감하고 성실했습니다."

요정들은 낮은 소리로 함께 의논하기도 하고 자기들 언어로 레골라스에게 뭔가를 묻기도 했다. 드디어 할디르가 승낙했다.

"좋습니다. 꺼림칙하긴 하지만 어쩔 수 없지요. 만일 아라고른과 레골라스가 함께 그를 지키고 책임지겠다면 들어가도 좋습니다. 다만 로슬로리엔에 들어갈 때는 눈을 가려야 합니다. 어쨌거나 논쟁은 여기서 끝내지요. 당신네 일행이 계속 나무 밑에서 기다릴 수는 없을 테니까요. 우리는 며칠 전에 수많은 오르크들이 산맥 외곽을 따라 북쪽으로 모리아를 향해 올라가는 것을 발견한 후 계속 관찰해 왔지요. 숲 입구에는 지금 늑대들이 으르렁거리고 있습니다. 만일 당신들이 정말로 모리아에서 오는 길이라면 여기도 곧 위험해질 겁니다. 내일 아침 일찍 떠나셔야 합니다. 호빗 네 분은 여기 올라와서 우리하고 지냅시다. 우린 호빗을 무서워하지 않아요! 바로 옆 나무 위에 탈란이 하나 더 있으니까 다른 분들은 거기서 쉬세요. 레골라스 당신이 책임지고 자리를 살펴 드리세요. 만일 무슨 일이 생기면 우리를 부르세요. 그리고 그 난쟁이를 잘 감시하는 것을 잊지 마시고요."

레골라스는 즉시 할디르의 지시를 전하기 위해 사다리를 타고 내려갔고, 곧 메리와 피핀이 위로 기어 올라왔다. 그들은 헉헉거리고 있었고 다소 겁먹은 표정이었다. 메리가 헐떡이며 말했다.

"여기 있어요! 담요 넉 장을 모조리 가져오느라 죽을 뻔했어요. 성큼걸이가 다른 짐은 나뭇잎 밑에 깊숙이 숨겨 놨어요."

그러자 할디르가 말했다.

"공연한 수고를 하셨군요. 오늘 밤은 남풍이 불지만 사실 겨울에는 나무 위에 있으면 꽤 춥지요. 하지만 우리가 드리는 음식과 물을 드시면 추위가 싹 달아난답니다. 그리고 우리에겐 여분의 털가죽과 외투도 있지요."

호빗들은 이 두 번째 (그리고 훨씬 더 훌륭한) 저녁 식사를 매우 맛있게 먹었다. 그리고 요정들의 털외투뿐만 아니라 자기네 담요까지 뒤집어쓰고 추위에 대비한 후 잠을 청했다. 모두들 대단히 피곤했는데 샘만 쉽게 잠들 수 있었다. 호빗들은 원래 높은 곳을 좋아하지 않는다. 그들은 계단이 있는 곳에서도 2층에서 자는 경우가 거의 없다. 시렁은 그들이 보기에 침실로서는 영 낙제점이었다. 거기에는 벽도 없고 난간도 없이 다만 한쪽 벽에 얼기설기 엮어 만든 간이 벽이 있었다. 그것은 바람 방향에 따라 쉽게 다른 쪽으로 옮길 수 있게 되어 있었다.

피핀은 누워서도 한참 이야기를 계속했다.

"이렇게 높은 데서 자다가 굴러떨어지면 어쩌지?"

샘이 대답했다.

"난 일단 잠이 들면 굴러떨어져도 안 깰 것 같아. 이야기를 적게 하면 더 빨리 곯아떨어질 것 같은데. 내 말이 무슨 뜻인지 알겠어?"

프로도는 한참 동안 눈을 뜨고 있었다. 살랑거리는 희미한 나뭇잎 지붕 사이로 반짝이는 별들이 보였다. 옆에 누운 샘은 그가 눈을 감기도 전에 벌써 코를 골았다. 두 요정이 팔꿈치를 무릎 위에 세운 채 미동도 않고 소곤소곤 이야기를 나누는 모습을 희미하게 볼 수 있었다. 다른 한 요정은 망을 보기 위해 아래쪽 가지에 내려가 있었다. 마침내 프로도는 머리 위 나뭇가지에서 이는 바람 소리와 발아래 님로델폭포의 달콤한 웅얼거림을 자장가 삼아 레골라스의 노래를 머릿속으로 그리며 잠이 들었다.

한밤중에 그는 잠에서 깼다. 다른 호빗들은 자고 있었으나 요정들이 보이지 않았다. 눈썹 같은 달이 나뭇잎 사이로 희미하게 빛났고 바람은 고요했다. 나무 밑에서 좀 떨어진 곳에서 거친 웃음소리와 시끌벅적한 발소리가 들렸다. 쇠붙이들이 쨍그랑하며 부딪치는 소리도 들렸다. 그 소리는 서서히 잦아들면서 남쪽의 숲으로 들어가는 것 같았다.

시렁 가운데로 난 구멍에서 불쑥 머리 하나가 올라왔다. 경계 자세를 취하며 몸을 일으키던 프로도는 그것이 회색 두건을 쓴 요정임을 알았다. 그는 호빗들을 바라보았다. 프로도가 물었다.

"저게 뭐죠?"

"위르크!"

요정은 쉿 소리를 내며 작은 소리로 대답하고는 말아 올린 줄사다리를 시렁 바닥에 던졌다.

"오르크? 뭘 하는 거죠?"

프로도가 물었지만 요정은 벌써 보이지 않았다.

이젠 아무 소리도 들리지 않았다. 나뭇잎들조차 숨을 죽이고 폭포마저 긴장한 것 같았다. 프로도는 담요를 뒤집어쓴 채 몸을 벌벌 떨었다.

땅바닥에서 붙잡히지 않은 것이 천만다행이라는 생각이 들었다. 하지만 나무 위에 있어도 보이지만 않을 뿐 그리 안전하지는 않은 것 같았다. 오르크들은 개처럼 후각이 예민하다고 했고, 나무 타는 데도 선수들이었다. 그는 스팅을 빼 들었다. 푸른 불꽃처럼 칼날이 번쩍 섬광을 일으키더니 천천히 빛이 사라지고 원래의 색으로 되돌아갔다. 칼날의 푸른 빛이 사라진 것을 보니 안심해도 좋겠지만 프로도는 두려움이 사그라지기는커녕 오히려 더 불안해졌다. 그는 몸을 일으켜 뚫린 통로 쪽으로 기어가 아래를 내려다보았다. 아래 나무 밑동 근처에서 누군가 은밀하게 움직이는 소리를 분명히 들을 수 있었다.

요정은 아니었다. 숲에 사는 요정들은 거의 소리가 나지 않게 움직였다. 잠시 후 흐릿하게 킁킁거리는 소리가 났다. 누군가가 나무 밑동의 껍질을 할퀴고 있었다. 그는 숨을 죽이고 어둠 속을 내려다보았다.

침입자는 천천히 나무 위로 기어오르고 있었는데, 다문 이빨 사이로 쉿쉿거리는 소리를 냈다. 프로도는 나무의 몸통 중간쯤까지 올라온 두 개의 희미한 눈동자를 발견했다. 눈동자는 잠시 움직임을 멈추고 위를 빤히 쳐다보았다. 갑자기 눈동자가 옆으로 돌아가더니 그 검은 형체는 나무를 타고 내려가 사라져 버렸다.

그리고 즉시 할디르가 나뭇가지 사이로 올라왔다.

"나무 근처에 전에 보지 못한 침입자가 있었습니다. 오르크는 아니었어요. 내가 나무에 손을 대자마자 달아나 버리더군요. 매우 조심하는 눈치기에 당신네 호빗들 중 한 분인가 했는데 나무 타는 솜씨가 비상한 걸 보고 아니란 걸 알았지요. 비명을 지를까 봐 화살을 쏘지도 못했어요. 싸움을 벌일 수는 없거든요. 오르크 대부대가 지나갔습니다. 님로델개울을 건너서 강변의 구도로를 따라갔습니다. 그 맑은 물에 더러운 발로 들어서다니! 무슨 냄새를 맡는 듯 놈들은 당신이 있는 곳 근처의 땅바닥을 한참 동안 뒤지더군요. 우린 셋이서 백 명 이상을 감당할 수 없어 앞쪽에서 목소리를 흉내 내어 숲으로 유인했지요. 오로핀이 이 소식을 전하려고 우리 동료들이 있는 곳으로 달려갔으니 아마 지금 들어간 오르크들은 단 하나도 로리엔에서 빠져나갈 수 없을 겁니다. 그리고 내일 밤이 되기 전에 북쪽 경계 근처에 많은 요정들이 배치되겠지요. 하지만 당신은 날이 밝자마자 빨리 남쪽으로 가셔야 합니다."

동쪽 하늘에서 날이 희끄무레하게 밝아 왔다. 햇빛은 점점 노란 말로른 나뭇잎 사이로 스며들었고 호빗들은 마치 시원한 여름날, 이른 아침 해가 떠오르는 듯한 느낌이 들었다. 푸르스름한 하늘이 살랑거리는 나뭇가지 사이로 언뜻언뜻 내비쳤다. 시렁 남쪽 측면의 틈새로 프로도는 은물길강 변의 골짜기가 마치 황금빛 바다처럼 미풍을 받아 잔물결이 이는 것을 보았다.

일행이 할디르와 루밀의 안내를 받아 다시 출발했을 때는 아직 새벽 공기가 으스스할 때였다.

"안녕, 아름다운 님로델!"

레골라스가 외쳤다. 프로도는 뒤를 돌아보다가 회색 나무줄기 사이로 흰 거품이 한 줄기 일어나는 것을 보았다.

"안녕!"

그는 작별 인사를 했다. 그렇게 수많은 가락이 끝없이 바뀌며 아름다운 음악처럼 흘러가는 물소리를 다시는 들을 수 없을 것 같았다.

그들은 은물길강 서쪽으로 난 길로 되돌아가 남쪽으로 한참 동안 걸었다. 땅 위에는 오르크들의 발자국이 여기저기 나 있었다. 할디르는 곧 숲으로 방향을 바꿔 나무 그늘이 우거진 강변에서 걸음을 멈췄다. 그가 말했다.

"당신들은 안 보이겠지만 강 건너에 우리 동료가 한 명 있습니다."

그가 새소리 같은 낮은 휘파람을 불자 어린 관목숲 속에서 회색 옷을 입고 두건을 뒤로 젖힌 요정이 나타났다. 그의 머리는 아침 햇살에 금빛으로 반짝거렸다. 할디르가 익숙한 솜씨로 회색 밧줄을 강 건너로 던지자 건너편 요정이 받아 강둑 가까운 나무에 그것을 묶었다. 할디르가 말했다.

"보시다시피 켈레브란트강은 벌써 폭이 굉장히 넓어졌지요. 물살도 빠르고 깊을 뿐만 아니라 아주 차갑습니다. 그래서 이런 북쪽 지역에서는 불가피한 경우가 아니면 물에 들어가지 않지요. 그렇지만 요즘같이 어려운 시절에는 다리를 놓는 것도 조심해야 하니까요. 그래서 우리는 이렇게 건넙니다. 자, 따라오세요!"

그는 들고 있던 밧줄 끝을 나무에 단단히 묶고 가볍게 줄 위를 걸어갔다가 다시 되돌아왔다. 마치 보통의 길을 걷는 것 같았다. 그러자 레골라스가 말했다.

"나야 그 위로 걸어갈 수 있지만 다른 분들은 힘들 텐데, 헤엄쳐야 합니까?"

"아닙니다. 밧줄이 두 개 더 있지요. 하나는 어깨 높이에, 또 한 줄은 허리 높이에 걸어 두면 낯선 분들도 그걸 붙잡고 조심해서 건널 수 있겠지요."

이 가느다란 다리가 완성되자 일행은 모두 강을 건넜다. 조심조심 천천히 건너는 이도 있었고 좀 더 쉽게 건너는 이도 있었다. 호빗들 중에서는 피핀이 가장 날렵했다. 그는 발디딤이 튼튼해서 한 손만으로도 재빨리 건넜다. 하지만 겁은 나는지 아래는 내려다보지 않고 건너편 강둑만 바라보고 걸었다. 샘이 시간을 제일 오래 끌었다. 그는 양쪽 밧줄을 꽉 움켜쥐고 마치 산속의 벼랑이라도 건너

듯 발아래 소용돌이치는 강물을 자꾸만 내려다보았다.

무사히 강을 건너자 샘은 안도의 한숨을 내쉬었다.

"죽는 날까지 배워야 한다고 하시던 아버지 말씀이 맞아요. 물론 그때는 새처럼 나무 위에서 잠자거나 거미처럼 기어가는 방법을 배우란 뜻이 아니라 정원 가꾸기를 말씀하신 거지만요. 앤디 삼촌도 이런 재주는 못 부릴 거예요."

마침내 일행이 모두 은물길강 동쪽에 모이자 요정들은 두 줄의 밧줄을 거둬들여 둥글게 말았다. 강 저쪽에 남아 있던 루밀이 다른 하나를 회수해 어깨에 메고 손을 흔들어 인사하고는 망을 보기 위해 님로델로 돌아갔다.

할디르가 말했다.

"자, 친구들. 이제 여러분은 로리엔의 나이스에 들어오셨습니다. 아마 삼각지라고 알고 계신 분들도 있을 겁니다. 왜냐하면 지형이 은물길강과 안두인대하 사이에 창끝처럼 뾰족하게 자리 잡고 있으니까요. 우리는 나이스의 비밀을 지키기 위해 절대로 이방인을 들이지 않습니다. 지금까지 이곳에 발을 들인 이는 손에 꼽을 정도입니다. 우리가 합의한 대로 난쟁이 김리는 여기부터 눈을 가려야 합니다. 다른 분들은 우리 거처가 있는 에글라딜, 곧 두 강물이 만나는 두물머리 근처까지는 일단 편하게 걸어가셔도 좋습니다."

그러자 김리가 노골적으로 불만을 터뜨렸다.

"나는 그 제안에 동의한 적이 없소. 걸인도 아니고 죄수도 아닌데 눈을 가릴 수는 없소. 그리고 나는 첩자가 아닙니다. 우리 동족은 대적의 하수인들과는 아무 관계도 없소. 또 당신네 요정들께 무슨 해를 끼친 일도 없습니다. 내가 레골라스와 다른 동료들을 배반하지 않았듯이 당신을 배반하지 않으리라는 것은 분명하지 않습니까?"

"당신을 의심하는 건 아닙니다. 이건 우리의 법입니다. 난 법을 함부로 무시할 수 있는 위치에 있지 않습니다. 사실 당신이 켈레브란트강을 건너게 한 것도 많이 양보한 겁니다."

김리의 태도는 완강했다. 그는 두 다리를 다부지게 벌린 채 한 손을 도낏자루에 올리고 말했다.

"나는 자유민이오. 만일 안 된다면 황야 한구석에서 죽는 한이 있더라도 나를 진실한 난쟁이로 인정해 주는 내 고향으로 돌아가겠소."

그러자 할디르가 엄숙하게 말했다.

"이젠 돌아갈 수도 없습니다. 당신은 여기서부터 왔으니 일단 로리엔의 영주님과 부인을 만나 뵈어야 합니다. 당신을 체포할 것인지 아니면 용서할 것인지는 그분들이 판단하실 겁니다. 그리고 당신은 이 강을 다시 건너갈 수도 없을뿐더러 건너가더라도 비밀 초소가 많기 때문에 쉽게 지나갈 수도 없습니다. 당신은 상대방을 보기도 전에 목숨을 잃을 수 있습니다."

김리는 허리띠에서 도끼를 빼 들었다. 할디르와 그 동료도 활을 잡았다. 레골라스가 투덜거렸다.

"제기랄! 난쟁이 고집은 알아줘야 한다니까!"

그러자 아라고른이 말했다.

"잠깐! 여러분이 아직도 나를 통솔자로 인정한다면 모두 내 말을 들어 주시오. 난쟁이 혼자 그렇게 차별 대우를 받는 건 너무 심합니다. 레골라스를 포함해서 우리 모두 눈을 가립시다. 그러면 여행이 더디고 따분하겠지만 그게 최선의 방책입니다."

김리가 갑자기 껄껄 웃었다.

"그 꼴 참 희한하겠군! 개 한 마리가 눈먼 거지들을 끌고 가듯 할디르가 우리 모두를 한 줄로 끌고 간단 말이오? 레골라스만 나와 함께 눈을 가린다면 나도 기꺼이 눈을 가리지요."

"난 요정이고 이들과는 동족이오!"

이번에는 레골라스가 화를 냈다. 아라고른이 다시 말했다.

"이젠 요정들 고집도 알아줘야 한다고 해야겠군. 자, 모두 공평하게 합시다. 할디르, 우리 눈을 모두 가려 주시오."

그들이 헝겊으로 눈을 가리자 김리가 말했다.

"길을 잘못 들어 발가락이 까진다거나 낙상이라도 하면 책임져야 합니다."

"책임질 일은 없을 겁니다. 이곳 지리는 환한 데다가 길도 모두 곧게 잘 닦여 있으니까요."

할디르의 대답에 레골라스가 다시 투덜거렸다.

"아, 시대의 어리석음이여! 모두가 하나의 적과 싸우는 동료면서도 황금빛 나뭇잎으로 뒤덮인 즐거운 숲길을 이렇게 눈을 가리고 걸어야 하다니!"

할디르가 대답했다.

"어리석어 보일 수도 있지요. 사실 암흑군주의 위력이 가장 선명하게 드러나는 때는, 바로 그와 맞서 싸우는 동지들 간에 분열이 일어나는 때요. 로슬로리엔에서 보기엔 이제 바깥세상은 깊은골을 빼고는 어느 곳에서도 신뢰와 믿음을 찾을 수 없기 때문에 함부로 남을 믿다가는 영토를 위험에 빠뜨릴 수도 있소. 우리는 지금 사방이 적으로 둘러싸인 섬에 갇힌 형국이 되었고, 그래서 하프의 현보다는 활시위를 더 자주 만지게 되었소. 지금까지는 양쪽의 강이 우릴 지켜 주었지만 어둠이 서서히 북쪽으로 밀려오면서 이제는 그것도 안전한 방어선으로 믿기 힘들어졌소. 떠나자고 주장하는 형제들도 있지만 이미 너무 늦었소. 서쪽 산맥에는 악의 세력이 몸집을 불리고 있고, 동쪽 황야는 사우론의 무리들로 가득 찼소. 남쪽의 로한땅도 이제는 안전한 통로가 아니고, 대하의 하구도 대적의 감시를 받는다는 소문이 있으니까. 해안까지 내려간다 해도 그곳에는 은신처도 없소. 아직 높은 요정들의 항구가 서북쪽 멀리 반인족들의 땅 너머에 있다고 하지만, 영주와 부인께서는 아시는지 몰라도 나는 어딘지 모르오."

그러자 메리가 말했다.

"우리를 보셨으니 이제 짐작은 하실 수 있겠네요. 우리 호빗들이 사는 샤이어 서쪽에 요정들의 항구가 있죠."

"바다 가까이 살고 있다니 호빗들은 정말 행복하신 겁니다! 우리 중에는 그 항구까지 가 본 이들도 있지만 아주 먼 옛날의 이야기일 뿐 대개는 노래로만 그곳을 기억할 뿐이지요. 가시는 동안 그 항구에 대해 이야기해 주시지요."

"아니, 저도 본 적은 없어요. 사실 전 우리가 사는 곳을 벗어나 본 적이 한 번도 없거든요. 그리고 만일 바깥세상이 어떤 곳인지 알았더라면 감히 이렇게 고향을 떠날 용기가 나지 않았을 거예요."

"로슬로리엔을 보고 싶지 않단 말씀인가요? 사실 세상은 위험투성이인 데다 어두운 곳이 많지요. 하지만 아직 아름다운 곳들도 많이 있습니다. 도처에서, 사랑에 슬픔이 섞여 들지만 어쩌면 사랑은 더 강해지고 있습니다.

우리 중에는 어둠이 곧 물러나고 평화가 다시 찾아올 것이라고 생각하는 이들도 있지만, 사실 난 세상이 다시 아름답게 빛나던 옛날로 돌아가거나 태양이 어제와 똑같이 떠오를 거라고 믿지는 않습니다. 기껏해야 그것은 요정들에겐 휴전일 뿐입니다. 무사히 바다로 가서 영원히 가운데땅을 떠날 시간을 버는 휴전 기간에 불과하지요. 아, 사랑하는 로슬로리엔! 말로른이 없는 나라에 산다는 건 얼마나 서글픈 일입니까? 대해 너머에 말로른 나무가 있다는 소릴 아직 듣지 못했거든요."

할디르가 앞에 서고 다른 요정이 맨 뒤에 선 채 이렇게 이야기를 나누면서 그들은 한 줄로 천천히 숲길을 걸어갔다. 발밑의 땅바닥은 평탄하고 부드러워 얼마간 걸어간 후, 일행은 다치거나 넘어지는 데 대한 두려움 없이 마음 놓고 걸었다. 시력을 잃었기에 프로도는 청각과 다른 감각이 더 예민해지는 것을 느꼈다. 그는 나무와 발밑의 풀잎 냄새를 맡을 수 있었다. 머리 위의 나뭇잎들이 살랑거리는 소리 중에는 여러 다른 가락이 섞였고, 오른쪽 먼 곳에서 흐르는 물소리와 하늘 높이 나는 새들의 가늘고 맑은 노랫소리도 들려왔다. 숲속 빈터를 지날 때는 얼굴과 손에 따스한 햇빛도 느낄 수 있었다.

은물길강 건너편에 발을 디디면서부터 프로도는 이상한 느낌이 들었는데 나이스 깊숙이 들어갈수록 그 느낌은 강해졌다. 마치 시간의 다리를 건너 상고대의 어느 한구석, 이제는 사라져 버린 어느 세계를 걷고 있는 듯한 느낌이었다. 깊은골에서도 옛날을 회상시키는 분위기가 있었지만, 로리엔에서는 옛날이 오늘 속에 여전히 살아 숨 쉬는 것 같았다. 거기에도 악의 소문이 들리고 슬픈 소식들이 전해지고 있었다. 요정들은 바깥 세계를 두려워하며 불신했고, 숲가에는 늑대들이 울부짖었다. 그러나 로리엔에는 아무런 어둠도 없었던 것이다.

그날 그들은 시원한 저녁이 찾아와 나뭇잎 사이로 초저녁 바람이 콧노래를 흥얼거릴 때까지 계속 걸었다. 그리고 아무런 두려움 없이 땅바닥에서 잠을 잤다. 요정들이 그들의 눈가리개를 풀어 주지 않아 나무에 올라갈 수 없었다. 다음 날 아침 그들은 다시 쉬지 않고 계속 걸었고, 걸음을 멈춘 것은 정오가 되어서였다. 프로도는 자신들이 환한 햇빛이 비치는 곳으로 나온 것을 느낄 수 있었다. 갑자기 사방에서 웅성거리는 소리가 들려왔다.

수많은 요정이 소리 없이 행군해 올라와 있었다. 그들은 모리아의 공격에 대항하기 위해 북쪽 지역으로 급히 올라가는 중이었다. 그들이 전해 준 여러 가지 소식을 할디르가 일행에게 들려주었다. 밤새 쳐들어온 오르크들은 기습을 받아 거의 죽고 일부만 살아 산맥으로 도망쳤으나 지금 추격 중이라고 했다. 그리고 팔이 거의 땅에 닿고 등이 굽은 채 달리는 짐승 같은 이상한 괴물이 발견되었는데, 어떻게 보면 짐승 같고 어떻게 보면 짐승이 아닌 것 같다고 했다. 그놈은 붙잡히지 않고 달아났으나 요정들은 그가 적과 한패인지 아닌지 몰라서 활을 쏘지 못했으며, 그 괴물은 은물길강 남쪽으로 사라진 것 같다고 했다.

할디르가 말했다.

"그리고 그들이 갈라드림의 영주와 부인의 전갈을 가져왔습니다. 이제부터는 눈을 가리지 않아도 되겠어요. 난쟁이 김리까지 말입니다. 아마도 부인께서 여러분이 누구이며, 무슨 일을 하는지 아시는 모양입니다. 깊은골에서 새로 연락이 온 모양이지요."

그는 먼저 김리의 눈부터 풀어 주고 정중히 허리를 굽혀 절했다.

"용서하십시오! 이젠 친구처럼 지냅시다. 주위를 한번 둘러보세요. 두린의 시대 이래로 로리엔의 나이스숲을 본 난쟁이는 한 명도 없었습니다!"

차례가 되어 눈앞이 다시 밝아지자 프로도는 고개를 들어 심호흡을 했다. 그들은 작은 공터에 서 있었다. 왼쪽에 커다란 언덕이 있었는데 상고대의 봄날을 연상케 할 만큼 온통 푸른 잔디로 뒤덮였다. 그 위에는 마치 두 개의 왕관처럼 나무가 두 줄로 원을 그리며 심어져 있었다. 바깥 줄의 나무들은 몸통이 눈처럼 희고 잎이 하나도 없었지만 앙상한 모습으로도 매우 아름다웠고, 안쪽 줄에는 은은한 금빛으로 치장한 키 큰 말로른 나무들이 서 있었다. 이 모든 것의 중앙에는 하늘을 찌를 듯 큰 나무가 한 그루 있었으며, 그 높은 나뭇가지 사이에 흰 시렁집이 보였다. 나무 밑을 비롯해 푸른 언덕 도처에는 별처럼 생긴 작은 금빛 꽃들이 총총 피어 있었다. 그리고 그 사이사이로 흰색과 연두색의 다른 꽃들이 좀 더 가느다란 줄기 위에서 고개를 까닥거리고 있었는데, 마치 풀밭의 화사한 색조 사이에 스며든 안개와 같았다. 하늘은 쪽빛이었고, 오후의 태양은 언덕 위에서 이글거리며 나무들 아래로 기다란 초록 그림자를 드리웠다.

할디르가 말했다.

"자! 이제 여러분은 케린 암로스에 와 계신 겁니다. 옛날에는 여기가 우리 영토의 중심부였지요. 그 행복한 시절에는 이 암로스의 언덕 위에 그의 저택이 서 있었습니다. 여기서는 시들지 않는 풀밭 위에 언제나 겨울 꽃이 피어 있습니다. 노란 꽃은 엘라노르, 흰 꽃은 니프레딜이라 하지요. 갈라드림 시(市)에는 해 질 무렵에 들어가기로 하고 여기서 잠시 쉬었다 갑시다."

모두들 향기로운 잔디밭에 앉아 쉬는 동안에도 프로도는 여전히 놀라움을 금치 못하고 그대로 서 있었다. 마치 사라진 세계가 들여다보이는 높은 창문 안으로 들어온 느낌이었다. 그 세계에는 그의 언어로 이름 붙일 수 없는 어떤 빛이 있었다. 그의 눈앞에는 추한 것이라곤 전혀 없었다. 모든 형상은 한편으로는 그가 눈을 뜨는 순간 막 빚어진 것처럼 윤곽이 뚜렷하면서, 다른 한편으로는 오랜 세월의 풍상을 겪어 온 듯 고풍스러웠다. 그가 본 빛깔은 모두 이미 알고 있는 것들이었다. 흰빛, 푸른빛, 초록빛, 금빛. 하지만 그것들은 마치 그가 처음 발견하여 새롭고 놀라운 이름을 붙여 준 빛깔처럼 신선하고 매혹적이었다. 겨울이지만 이곳에서는 어느 누구도 봄이나 여름을 그리워할 필요가 없었다. 땅에 자라고 있는 어느 것에서도 더러움이나 질병이나 기형을 찾아볼 수 없었다. 로리엔에는 흠이라곤 없었다.

고개를 돌려 보니 샘이 그의 옆에서 이 모든 것이 꿈인지 생시인지 알 수 없다는 듯 놀란 표정으로 눈을 비비고 서 있었다. 샘이 말했다.

"햇빛이 이렇게 곱고 맑을 수가 있을까요? 요정들은 언제나 달과 별만 벗 삼아 지내는 줄 알았는데 이곳은 제가 지금까지 들어 본 어느 이야기보다 요정 같은 데가 있어요. 마치 노래 '속으로' 들어온 느낌이 드는걸요. 제 말씀이 무슨 뜻인지 아시겠어요?"

할디르가 그들을 바라보았다. 그는 그들이 무슨 생각을 하고 무슨 말을 하는지 다 아는 듯한 웃음을 지었다.

"당신들은 지금 갈라드림의 여주인의 권능을 느끼고 계신 겁니다. 나와 함께 케린 암로스로 올라가 보시겠어요?"

그들은 그의 경쾌한 발걸음을 따라 산뜻한 잔디로 뒤덮인 비탈을 올라갔다. 프로도는 분명히 걸어가며 숨을 쉬고 있었고, 주변의 살아 있는 꽃과 나뭇잎을 스치는 바람은 자기 얼굴에 와 닿는 바로 그 찬 바람과 같은 바람이었지만, 망각의 세계로 떨어지지 않는 무시간의 세계에 들어선 느낌이 들었다. 그 세계를 지나 다시 바깥세상으로 나간다 하더라도, 샤이어의 방랑자 프로도는 여전히 아름다운 로슬로리엔의 엘라노르와 니프레딜 꽃들 사이로 풀밭 위를 거닐고 있을 것이다.

그들은 흰 나무들로 둘러싸인 동그라미 안으로 들어섰다. 그때 남풍이 케린 암로스로 불어와 나뭇가지 사이로 산들거렸다. 프로도는 그 자리에 조용히 선 채 태초의 바닷가를 씻어 낸 파도 소리와 이제는 지상에서 사라져 버린 바닷새들의 울음소리를 듣고 있었다.

할디르는 벌써 나무 꼭대기의 시렁집으로 오르고 있었다. 프로도는 오를 준비를 하면서 사다리 옆의 나무에 손을 대 보았다. 나무껍질의 촉감과 결을, 그리고 거기에 든 생명을 그렇게 갑작스럽게, 그렇게 예민하게 느껴 본 적이 없었다. 그는 나무와 나무의 촉감에서 어떤 기쁨을 느꼈다. 그것은 목수나 산지기의 기쁨과는 다른, 살아 있는 나무 그 자체의 기쁨이었다.

드디어 높은 시렁 위에 올라서자, 할디르가 손을 잡아 남쪽을 바라보게 했다.

"먼저 이쪽을 보세요!"

프로도는 상당히 먼 거리에 있는 수많은 거목들로 뒤덮인 언덕을 바라보았다. 그러나 다시 보니 그것은 녹색 탑들이 솟아 있는 도시 같기도 했다. 온 사방을 뒤덮은 빛과 힘이 거기서 비롯되고 있는 것만 같았다. 그는 불현듯 그 녹색 도시로 새처럼 날아가 쉬고 싶은 충동이 일었다. 동쪽으로는 로리엔의 전 지역이 안두인대하의 푸른 물빛을 향해 비스듬한 경사를 이루었다. 그가 눈을 들어 강 건너를 바라보자, 빛이 없는 현실 세계가 보였다. 건너편 땅은 평평하고 텅 빈 채 볼품이 없고 희미했으며 멀리 뒤쪽으로 어둡고 황량한 벽처럼 다시 산이 솟아 있었다. 로슬로리엔을 비추는 태양은 그 먼 고지의 어둠까지 밝힐 수 있는 힘을 갖지는 못한 것 같았다.

할디르가 말했다.

"저기에 어둠숲 남부의 요새가 있지요. 저곳은 온통 검은 전나무 숲으로 되어 있는데, 나무들이 서로 엉켜 붙어서 가지가 시들어 썩어 갑니다. 그 한가운데 있는 높은 암석지대에 돌 굴두르가 있지요. 적이 오랫동안 숨어 있던 곳입니다. 대적이 일곱 배나 강한 힘을 지니고 다시 저곳에 진을 치고 있지나 않나 우리는 걱정하지요. 요즘 들어 가끔씩 검은 구름이 그 위를 떠돌거든요. 이 높은 지대에 올라서면 서로 싸우고 있는 두 세력이 보입니다. 지금도 머릿속으로는 계속 싸우고 있지요. 하지만 빛은 어둠의 핵심을 바로 꿰뚫어 보고 있으면서도 자신의 비밀은 지키고 있습니다. 아직은 말입니다!"

그는 몸을 돌려 재빨리 내려갔고 그들도 뒤를 따랐다.

언덕 기슭에서 프로도는 아라고른이 마치 나무처럼 꼼짝도 않고 말없이 서 있는 모습을 보았다. 그의 손에는 금빛의 작은 엘라노르가 들려 있었고 두 눈에는 광채가 서려 있었다. 그는 어떤 아름다운 추억에 잠겨 있었다. 프로도는 아라고른이 언젠가 그 자리에 있었던 것들을 회상하고 있다는 것을 알았다. 모진 세월의 풍상이 그의 얼굴에서 사라지자 아라고른은 흰옷을 입은 헌칠하고 잘생긴 젊은 군주처럼 보였다. 그는 프로도에겐 보이지 않는 어떤 인물을 향해 요정들의 말로 속삭이고 있었다. 아르웬 바니멜다, 나마리에! 그러고 나서 그는 숨을 내쉬며 다시 현실로 돌아와 프로도를 향해 미소를 지으며 말했다.

"여긴 지상 요정 왕국의 심장부라네. 자네와 내가 함께 걸어가야만 하는 저 어두운 길 너머에 빛이 없다면 내 가슴은 언제까지나 여기에 남아 있을 것이오. 가세!"

그는 프로도의 손을 꼭 잡고 케린 암로스 언덕을 떠났다. 그리고 살아 있는 인간으로서는 다시 이곳에 돌아오지 못했다.

Chapter 7

갈라드리엘의 거울

해가 산맥 너머로 가라앉고 숲속에 어둠이 밀려들 무렵 그들은 다시 걷기 시작했다. 길은 벌써 어둠이 내리 깔린 잡목 숲으로 이어졌고, 나무 밑으로는 밤이 찾아들었다. 요정들은 은빛 등불의 덮개를 벗겼다.

얼마 가지 않아 갑자기 길은 숲을 벗어났고, 일행은 초저녁 별이 드문드문 떠 있는 희미한 밤하늘을 볼 수 있었다. 눈앞의 널따란 공터는 큰 원을 그리며 양쪽으로 휘어졌다. 그 뒤의 흐릿한 어둠 속에 깊은 해자(垓字)가 파여 있었으며, 물가의 풀밭은 사라져 간 태양을 기억이라도 하듯 진한 초록빛을 띠었다. 그 건너편에 엄청나게 높은 푸른 성벽이 푸른 언덕을 둘러쌌고, 언덕 위에는 그들이 지금까지 본 것 중에 가장 키가 큰 말로른 나무들이 빽빽했다. 나무의 키는 짐작조차 할 수 없을 정도였지만 마치 살아 있는 탑처럼 어둠 속에서 우뚝 솟아 있었다. 겹겹이 얽힌 나뭇가지와 끝없이 살랑거리는 나뭇잎 사이로 금빛, 은빛, 초록빛의 찬연한 불빛들이 눈에 어른거렸다. 할디르는 일행을 향해 돌아서며 말했다.

"카라스 갈라돈 입성을 환영합니다! 여기는 로리엔의 영주이신 켈레보른과 숲의 여주인 갈라드리엘께서 계신 갈라드림시입니다. 하지만 북쪽에는 문이 없기 때문에 이리 들어갈 수는 없고 남쪽으로 돌아가야 합니다. 도시가 크기 때문에 꽤 많이 돌아야 합니다."

해자 바깥쪽을 따라 흰 돌로 포장된 도로가 있었다. 그들은 그 길을 따라 서쪽으로 향했다. 그들 왼쪽의 도시는 초록빛 구름처럼 갈수록 점점 높아졌고 밤이 깊어질수록 불빛이 밝아지면서 마침내 언덕 전체가 별빛에 불이 붙은 듯했다. 일행은 드디어 백색다리를 건너 도시로 들어가는 정문을 보았다. 문은 도시를 둘러싼 성벽 양끝 사이에, 서남쪽을 향해 나 있었고 대단히 높고 웅장한 등불이 많이 걸려 있었다.

할디르가 문을 두드리고 말을 건네자 문은 소리 없이 열렸다. 프로도는 문지기를 찾아볼 수가 없었다. 여행자들이 들어서자 문은 다시 닫혔다. 그들은 성벽 양쪽 끝 사이로 난 소로를 재빨리 통과해 나무의 도시로 들어섰다. 길에서는 아무도 보이지 않고, 아무 발소리도 들리지 않았지만, 머리 위 공중에서는 여러 목소리가 들려왔다. 멀리 언덕 위에서 나뭇잎에 가랑비가 떨어지는 듯한 노랫소리가 들렸다.

일행은 수많은 길을 돌고 계단을 올라 마침내 높은 지대에 이르렀다. 그들 앞으로 넓은 잔디밭이 펼쳐졌고 한가운데 반짝이는 분수가 솟구쳤다. 나뭇가지에 매달린 은빛 등불이 분수를 비췄고, 솟아난 물은 은빛 수반에 떨어져 흰빛의 시내를 이루며 흘러갔다. 잔디밭 남쪽에 특별히 위용을 자랑하는 나무가 한 그루 있었다. 밑동의 부드러운 표면은 마치 회색 비단처럼 은은하게 빛났으며, 한참 위로 올라가서야 나뭇가지들이 구름처럼 무성한 나뭇잎 사이로 거대한 팔을 뻗고 있었다. 옆에는 폭이 넓은 흰 사다리가 세워져 있었고, 그 발치에 세 명의 요정이 앉아 있었다. 그들은 원정대가 다가가자 일어섰다. 프로도는 그들이 모두 키가 크고, 회색 갑옷에 흰 망토를 어깨 위에 길게 걸치고 있는 것을 보았다.

할디르가 말했다.

"저 위에 켈레보른과 갈라드리엘께서 계십니다. 여러분께서 위로 올라오셔서 이야기를 나누길 원하십니다."

요정 시종들 중 하나가 작은 뿔나팔을 낭랑하게 불자 나무 위에서 세 번 응답하는 나팔 소리가 들려왔다. 할디르가 말했다.

"내가 먼저 올라가지요. 그다음에 프로도, 레골라스 순서로 올라오시고 나머지 분들은 마음대로 올라오십시오. 이런 계단에 익숙하지 않은 분은 시간이 좀 걸리겠지만 쉬면서 올라오셔도 됩니다."

천천히 올라가는 동안 프로도는 많은 시렁집을 지나갔다. 어떤 것은 이쪽에, 어떤 것은 저쪽에 있었고, 개중에는 몸통 둘레에 설치된 것도 있어 사다리가 그 사이로 통하기도 했다. 지상에서 굉장히 떨어진 곳까지 올라와서야 그는 배의 갑판처럼 넓은 탈란에 이르렀다. 그 위에는 집이 한 채 있었는데, 얼마나 큰지 지상의 인간들의 저택과 비교해도 손색이 없을 정도였다. 그는 할디르를 따라 집 안으로 들어갔다. 그가 들어선 방은 타원형이었는데 한가운데로 거대한 말로른 나무의 줄기가 관통했다. 꼭대기가 가까워져 줄기는 꽤 가늘었지만 여전히 훌륭한 기둥 구실을 할 수 있을 정도로 굵었다.

희미한 불빛이 방 안을 비추었으며, 벽은 초록과 은빛에 지붕은 금빛이었다. 안에는 많은 요정들이 앉아 있었다. 나무 몸통 앞, 살아 있는 나뭇가지로 위쪽을 장식한 두 의자에 켈레보른과 갈라드리엘이 나란히 앉아 있었다. 그들은 요정들의 격식대로 손님을 맞이하기 위해 일어섰다. 아무리 위대한 왕일지라도 손님을 맞이할 때는 일어서는 것이 그들의 법도였다. 둘 다 매우 큰 키로, 부인도 영주에 못지않았다. 그들은 위엄이 있으면서도 아름다웠다. 그들은 온통 흰옷을 걸치고 있었고, 부인의 머리는 진한 금발이었으며 켈레보른은 빛나는 은발이었다. 깊은 눈매를 제외하면 어디에서도 그들의 나이를 가늠할 만한 표시가 없었다. 그들의 눈매는 별빛 속의 창날처럼 날카로웠고 깊은 추억을 담은 우물처럼 심오했다.

할디르가 프로도를 그들 앞에 인도하자 영주는 그들의 언어로 환영 인사를 했다. 갈라드리엘은 아무 말도 하지 않은 채 그의 얼굴을 오랫동안 내려다보았다. 켈레보른이 말했다.

"내 의자 곁에 앉으시오, 샤이어의 프로도! 모두 들어오면 함께 이야기하지요."

프로도의 동료들이 들어올 때마다 그는 정중히 그들의 이름을 부르며 인사를 했다.

"어서 오시오, 아라소른의 아들 아라고른! 당신을 마지막으로 본 지 벌써 바깥세상 기준으로 서른여덟 해가 지났지만 당신께는 어려운 세월이었겠지요. 하지만 좋은 쪽이든 나쁜 쪽이든 이제 끝이 다가오고 있소. 잠시나마 여기 당신의 짐을 내려놓고 쉬시오."

"어서 오게, 스란두일의 아들! 우리 요정 형제들이 북쪽에서 여기까지 오는 일도 이젠 참 드물어졌지요."

"글로인의 아들 김리, 어서 오시오. 카라스 갈라돈에서 두린의 종족의 일원을 마지막으로 본 지 아주 오래되었습니다. 오랫동안 지켜 온 우리의 금기를 오늘 깬 거지요. 세상은 점점 어두워지고 있지만 더 좋은 날이 머지않았고, 우리 여러 종족 간에 새로운 우정이 맺어질 수 있음을 이번 기회를 통해 보여 주지요."

김리는 깊숙이 허리를 숙여 절을 했다.

손님들이 모두 영주의 의자 앞에 자리를 잡자 영주는 다시 그들을 둘러보았다.

"모두 여덟 분입니까? 연락을 받기로는 아홉 분이라 했는데 우리 모르게 계획이 변경된 모양이지요? 하긴 엘론드와 우린 너무 멀리 떨어져 있고 또 지난 한 해 동안은 너무 짙은 어둠이 우리 사이를 가로막고 있었으니까."

"아닙니다. 계획이 변경된 것은 아닙니다."

처음으로 갈라드리엘이 입을 열었다. 그녀의 목소리는 맑은 음악과도 같았고 여인의 목소리치고는 깊이가 있었다. 그녀가 말을 계속했다.

"회색의 간달프도 원정대와 함께 출발했지만 우리 땅에 들어오지 않은 겁니다. 그가 어디 있는지 말해 보세요. 그에게 할 이야기가 많습니다. 멀리까지 내다보아도 알 수가 없군요. 이미 로슬로리엔 경계 안으로 들어오신 것이라면 몰라도, 희미한 안개가 그를 둘러싸고 있어서 그의 생각과 발길이 어디로 향하는지 보이지가 않아요."

그러자 아라고른이 대답했다.

"아아! 회색의 간달프는 어둠 속으로 떨어지셨습니다. 모리아에서 빠져나오지 못하신 겁니다."

이 말에 방 안에 있던 모든 요정이 슬퍼하고 놀라며 비명을 질렀다. 켈레보른이 말했다.

"불길한 소식이군요. 지난 오랜 세월 동안 슬픈 소식도 많았지만 이처럼 슬픈 소식은 처음이오."

그는 할디르를 향해 요정들의 언어로 물었다.

"왜 진작 이 소식을 알리지 않았나?"

그러자 레골라스가 대신 대답했다.

"우린 할디르에게 우리의 임무와 목적에 대해 이야기하지 않았습니다. 처음에는 너무 피곤하고 상황이 급박해서 그랬고 나중에는 로리엔의 아름다운 숲길을 걸어오느라 그 슬픔을 잠시 잊은 겁니다."

프로도도 말했다.

"우리의 슬픔은 이루 말할 수 없고 손실도 회복할 수 없습니다. 간달프는 우리의 지도자였고 또 우리를 모리아에서 구해 내셨습니다. 탈출이 거의 불가능한 상황에서 그분은 우리를 구하고 대신 떨어지셨지요."

"자세히 얘기해 보시오."

켈레보른이 물었다. 그러자 아라고른은 카라드라스고개 위에서 있었던 일과 그 후 며칠간 벌어진 사건들을 이야기했다. 그는 발린과 그의 책, 마자르불의 방에서의 싸움, 그리고 불꽃과 좁은 다리, 끔찍스러운 공포의 출현을 차근차근 설명했다.

"이전에는 본 적이 없는 먼 옛날의 악의 화신인 것 같습니다. 그것은 어둠이면서 동시에 불길이었고, 매우 강력하고 무시무시했습니다."

그러자 레골라스도 덧붙였다.

"모르고스의 발로그였습니다. 모든 요정들의 재앙 중에서 지금 암흑의 탑에 도사리고 있는 적을 제외하면 가장 치명적인 재앙 말입니다."

김리도 두 눈에 겁을 잔뜩 집어먹은 채 낮은 소리로 말했다.

"사실 그 다리 위에서 제가 본 것은 바로 우리의 가장 무서운 악몽에 나타나는 적, 바로 두린의 재앙이었습니다."

켈레보른이 탄식했다.

"아아! 우리는 카라드라스산 속에 공포의 존재가 잠자고 있지 않나 해서 오래전부터 두려워하고 있었소. 하지만 모리아에서 난쟁이들이 또다시 그 재앙의 잠을 깨워 놓았다는 것을 미리 알았더라면, 당신들이 이렇게 북쪽 경계로 넘어오지 못하게 했을 텐데. 그럴 리는 없겠지만 혹시 간달프가 자신의 지혜를 망각하고 쓸데없이 모리아의 함정에 빠져든 것은 아닙니까?"

그러자 갈라드리엘이 엄숙하게 말했다.

"성급한 분은 혹시 그렇게 얘기할지도 모르겠습니다만, 간달프는 평생 쓸데없는 일을 한 번도 한 적이 없습니다. 그를 따르는 이들이 그의 참뜻을 모르기 때문에 전할 수 없을 뿐이지요. 안내자가 어찌 되었든 뒤따른 이들은 아무 죄가 없습니다. 그러니 이 난쟁이를 환영한 것을 후회하지 마십시오. 만일 우리 갈라드림 중에서 어느 누가, 심지어 현자인 당신 켈레보른이라도 로슬로리엔을 오랫동안 멀리 떠나 있다가 고향 근처를 우연히 지나가게 된다면, 비록 거기에 용이 우글거린다 해도 다시 들어가 보고 싶지 않겠습니까? 크헬레드자람 호수의 물은 검고 키빌 날라의 샘은 찹니다. 그리고 용맹한 군왕들이 바위산 아래 쓰러지기 전의 상고대, 그 열주가 늘어선 크하잣둠의 방들은 아름다웠습니다."

그녀는 분노와 비탄의 표정이 묘하게 섞인 김리의 얼굴을 바라보며 웃음을 머금었다. 그 옛 이름들을 난쟁이들의 언어로 들은 김리는 고개를 들어 그녀의 눈을 바라보았다. 그는 갑자기 적의 마음속에서 사랑과 이해를 발견한 듯한 기분이 들었다. 경이감이 그의 얼굴에 번지면서 그는 화답의 미소를 지었다.

그는 어색한 몸짓으로 일어나 난쟁이식으로 절을 하고 말했다.

"하지만 살아 있는 땅 로리엔은 더 아름다우며, 땅에 숨겨진 그 어떤 보석의 아름다움도 갈라드리엘 부인께는 미치지 못할 것입니다."

침묵이 흘렀다. 마침내 켈레보른이 다시 말했다.

"김리, 내가 자네의 심경을 잘 몰라 그런 심한 소리를 한 것이니 이해해 주시오. 나도 너무 안타까워서 한 소리였으니까. 이젠 각자 원하는 대로 당신들을 도와주겠소. 특히 무거운 짐을 지고 있는 호빗 한 분은 말할 필요도 없고."

갈라드리엘이 프로도를 보며 말했다.

"당신의 임무는 우리도 알고 있습니다. 하지만 여기서는 그 문제를 더 이야기하지 맙시다. 여하튼 간달프는 분명한 목적을 가지고 있었겠지만 여러분이 이 땅에 도움을 청하러 오신 게 헛걸음은 아닐 겁니다. 왜냐하면 갈라드림의 영주께서는 가운데땅의 요정들 중에서 가장 지혜로운 분이시며, 제왕의 권력보다 나은 선물을 주시는 분이니까요. 영주께서는 세상 첫날부터 서부에 살아오셨으며 나 또한 셀 수 없이 오랜 세월을 영주와 함께 살아왔습니다. 나는 나르고스론드와 곤돌린이 함락되기 전에 산맥을 넘어왔고, 그 후로 오랜 세월 동안 함께 길고 긴 패배와 맞서 싸워 왔습니다.

백색회의를 처음으로 소집한 것도 나였습니다. 그리고 내 계획이 어긋나지 않았더라면 회색의 간달프가 그 회의를 이끌 수 있었고 사태가 지금처럼 악화되지는 않았을 겁니다. 하지만 아직 희망은 남아 있습니다. 내가 여러분에게 줄 수 있는 도움은 이렇게 하라 혹은 저렇게 하라는 충고가 아닙니다. 어떤 일을 계획하고 행동에 옮길 때나, 중요한 선택을 할 경우에도 나는 아무런 도움이 되지 못합니다. 다만 과거와 현재의, 그리고 부분적으로는 미래의 일까지 보여 줄 수 있는 능력이 내게 있습니다. 하지만 이 점은 분명히 말씀드립니다. 여러분의 길은 칼날 위의 길입니다. 한 치라도 어긋나면 실패할 수밖에 없고, 만인에겐 파멸만이 남게 됩니다. 물론 여러분이 모두 진실한 마음만 가지고 있다면 희망은 남아 있습니다."

이 말과 함께 그녀는 그들 모두를 한눈에 둘러보고, 다시 말없이 한 명씩 뚫어지게 응시하기 시작했다. 레골라스와 아라고른을 제외하곤 아무도 그녀의 눈길을 오래 견딜 수가 없었다. 샘은 금방 얼굴을 붉히고 고개를 숙였다.

마침내 갈라드리엘 부인은 그들을 눈길에서 풀어 주고 미소를 지었다.

"마음을 편하게 하시고 오늘 밤은 편히 쉬세요."

아무 말도 하지 않았지만 마치 장시간 날카로운 신문이라도 받은 것처럼 그들은 갑자기 피로가 엄습함을 느끼며 안도의 한숨을 내쉬었다. 켈레보른이 말했다.

"이제 가 보시오! 오랜 고생과 슬픔으로 몹시들 지쳤소. 당신들의 임무가 비록 우리와 직접 관계가 없다 할지라도 모두 완전히 원기를 회복할 때까지 이 도시에서 편히 쉬시오. 당분간은 앞길에 대한 걱정은 접어 두고."

그날 밤 일행은 모두 땅에 내려와서 잠을 잤다. 호빗들은 높은 데서 잠을 자지 않게 된 것이 대단히 만족스러웠다. 요정들은 분수 근처의 나무들 사이에 큰 천막을 설치하고 부드러운 침대를 펴 주었다. 그리고 요정 특유의 아름다운 음성으로 저녁 인사를 하고 그들을 떠나갔다. 한참 동안 그들은 전날 밤 나무 꼭대기에서 있었던 일과, 그날 하루 동안의 여행, 그리고 켈레보른과 갈라드리엘에 대한 이야기를 주고받았다. 아직 그 이전의 일들까지 되돌아볼 용기는 없기 때문이었다.

피핀이 말했다.

"뭣 때문에 얼굴을 붉혔지, 샘? 곧 쓰러질 것처럼 보이던데. 아마 다른 사람들은 자네가 무슨 죄나 지은 줄 알았을 거야. 혹시 내 담요라도 한 장 훔칠 음모를 꾸미고 있던 건 아닌가?"

샘은 농담할 기분이 아니라는 듯 대답했다.

"그런 건 아니야. 정 알고 싶다면 말해 주지. 마치 옷을 하나도 안 입고 서 있는 느낌이 드는데, 그게 싫었어. 그분이 마치 내 속을 들여다보는 것처럼, 샤이어에 조그맣고 멋진…… 게다가 정원까지 딸린 굴집을 지어 주고 거기까지 날아가게 해 준다면 어떻게 하겠느냐고 묻는 것 같았어."

"그거참 희한하네. 나하고 똑같은 느낌이 들었군. 다만, 다만, 더 이상은 얘길 하고 싶지 않네."

메리가 끼어들었으나 말을 제대로 끝맺지 못했다.

그러고 보니 그들은 모두 똑같은 경험을 한 모양이었다. 공포로 가득한 앞길의 어둠과 자신이 가장 원하는 어떤 소망 사이에서 양자택일을 요구받는 이상한 압박감이었다. 자신이 원하는 바가 마음속에 생생하게 그려지고 있었는데, 그것을 얻기 위해서는 자기 임무와 사우론과의 전쟁을 남에게 넘겨 버리고 그 길을 벗어나기만 하면 된다는 것이었다.

김리도 말했다.

"나도 마찬가지였소. 내용은 밝힐 수 없지만."

보로미르도 토로했다.

"대단히 이상하더군. 아마 그건 그냥 시험이고, 좋은 목적으로 우리 생각을 읽으려고 했을지도 몰라. 하지만 그분이 우리를 유혹하는 것이었을지도 모르는 일이지. 우리에게 베풀어 줄 수 있는 어떤 힘이 있는 척하고 제의를 건네는 건지도 모르니까. 말할 필요도 없이 난 그걸 거부했소. 미나스 티리스인들은 약속을 지키는 사람들이니까."

그러나 그는 갈라드리엘이 무엇을 주겠다고 했는지는 말하지 않았다. 프로도는 보로미르가 몇 번이나 물었지만 아무 말도 하지 않으려 했다.

"그분이 당신을 오랫동안 보더군, 반지의 사자!"

"압니다. 하지만 내 마음속에 어떤 생각이 들었는지는 말하지 않겠어요."

"좋소. 하지만 조심하시오! 나는 그 요정 부인과 그분의 계획을 그리 크게 신뢰할 수가 없소."

보로미르가 말하자 아라고른이 엄한 표정으로 나섰다.

"갈라드리엘을 비난하지 마시오! 당신은 지금 무슨 소리를 하고 있는지 모르고 있소. 이 땅에는, 그리고 그분에게는 악이라고는 없소. 외부인이 사악함을 불러들이지만 않는다면 말이오! 조심하시오! 어쨌든 난 깊은골을 떠난 뒤 오늘 처음으로 마음 놓고 잠이나 좀 자야겠소. 깊이 잠들 수만 있다면 슬픔을 잠시라도 잊을 수 있겠지. 그동안 심신이 너무 지쳐 버렸어."

그는 침대에 몸을 던지고 곧 깊은 잠으로 빠져들었다. 다른 일행도 모두 잠들었고 이상한 소리나 악몽이 그들의 잠을 방해하지도 않았다. 그들이 다시 눈을 떴을 때는 환한 햇빛이 천막 앞 잔디밭에 가득했고, 분수가 햇빛에서 반짝거리며 솟아올랐다가 떨어졌다.

그들의 기억으로는 자신들이 로슬로리엔에 며칠간 머문 것 같았다. 머무는 동안 가끔 가랑비가 내려 만물을 싱싱하고 산뜻하게 씻어 준 것을 제외하고는 언제나 화창한 날씨였다. 마치 이른 봄날처럼 짜릿하고도 훈훈한 미풍이 불어오는 가운데, 그들은 그윽하고 사려 깊은 겨울의 고요를 주위에서 느낄 수 있었다. 그들은 하루 종일 먹고 마시며 쉬다가 숲속을 산책하는 일밖에 하는 일이 없었으나 그것만으로도 충분했다.

그들은 영주와 부인을 다시 만나지는 못했고 요정들은 서부어를 잘 모르기 때문에 그들과 이야기를 나눌 기회도 거의 없었다. 할디르는 그들과 작별하고 북쪽 변경으로 다시 돌아갔다. 프로도 일행이 모리아의 소식을 전해 준 뒤 그쪽은 엄중한 경계가 이루어지고 있었다. 레골라스는 첫날 밤을 그들과 함께 지낸 뒤 가끔 식사 시간에 돌아와 이야기를 나누는 것 외에는 주로 이곳의 요정들과 함께 지냈다. 그는 숲속을 산책할 때 종종 김리를 데리고 가는 경우가 있었는데 모두들 그의 바뀐 태도에 고개를 갸웃거렸다.

그제야 그들은 함께 앉아서 혹은 거닐면서 간달프에 대한 추억을 회상해 볼 여유가 생겼다. 그들이 목격한, 혹은 알고 있던 간달프와의 추억이 모두의 마음에 선명하게 떠올랐다. 그들은 부상이 완쾌되고 피로가 회복되면서 더욱더 간달프를 잃은 슬픔을 통절하게 느꼈다. 일행은 종종 숲에서 요정들의 노랫소리를 들었다. 무슨 뜻인지 알 수는 없었지만 그 아름답고 비통한 가락에 간달프의 이름이 들리는 것으로 보아 그들 또한 그를 잃은 슬픔을 노래하는 모양이었다.

"미스란디르, 미스란디르, 오 회색의 순례자!" 요정들은 간달프를 즐겨 그렇게 불렀다. 일행과 함께 있을 때도 레골라스는 자기는 솜씨가 없다면서 그 노래를 번역해 주지 않았다. 무엇보다도 아직은 슬픔이 너무 커서 그것을 노래로 옮기기도 전에 눈물이 쏟아질 것 같았기 때문이었다.

불완전하나마 자신의 슬픔을 노래로 처음 부른 이는 프로도였다. 사실 프로도는 도대체 노래를 짓거나 부를 마음이 전혀 나지 않았다. 깊은골에서도 그는 비록 머릿속에 다른 이들이 지은 많은 노래들이 떠올랐지만 언제나 듣기만 하고 직접 노래를 부르는 일은 없었다. 그러나 이제 로리엔의 분수 옆에 앉아 요정들의 목소리를 들으면서 그의 생각도 서서히 아름다운 노랫가락으로 모양을 갖춰 갔다. 하지만 샘에게 노래를 들려주려고 시작할 때마다 마치 한 줌의 부스러진 낙엽처럼 노래는 산산이 흩어지고 작은 구절들만 희미하게 남곤 했다.

샤이어의 저녁이 회색으로 물들 때
언덕 위로 그의 발소리가 들려왔고
첫 새벽 동트기 전 그는 떠나갔다
말 한마디 없이 먼 여행길로.

야생지대에서 서쪽바다의 해안까지
북녘의 황야에서 남녘의 산골짝까지
용의 굴과 비밀의 문을 지나

어두운 숲속을 헤매고 다녔다.

난쟁이와 호빗, 요정과 인간 들,
유한, 무한의 생명을 지닌 모든 생물들,
가지 위의 새, 굴속의 짐승 들과도
그는 그들의 말로 이야기를 나누었다.

예리한 칼날과, 병을 치유하는 손길,
둘러멘 짐 밑으로 구부정한 어깨
나팔 소리 같은 음성, 타오르는 횃불
여행에 지친 노상의 순례자여.

그가 앉은 자리는 지혜의 보좌
불같은 분노에 웃음도 빨랐다.
가시 박힌 지팡이에 몸을 기댄 채
찌그러진 모자를 쓴 노인.

홀로 다리 위를 지키고 선 그를
불꽃과 어둠이 함께 덮쳤다.
부러진 지팡이는 돌 위에 떨어지고
그의 지혜는 크하잣둠 속으로 사라졌구나.

"와, 빌보 어른 뺨치겠는데요!"

샘이 감탄했다.

"아니야, 그럴 리는 없지. 하지만 이건 최선을 다한 거야."

"혹시 여력이 있다면 불꽃놀이에 대해서도 한마디 덧붙이는 게 어떻겠어요? 이렇게 말이에요."

지상에서 가장 아름다운 폭죽,
녹색과 청색의 별들이 터지고
천둥 뒤의 황금빛 소나기가
꽃비 되어 쏟아진다.

"물론 이 정도로는 턱도 없겠죠?"

"글쎄, 그 문제는 샘 자네에게 맡기기로 하지. 아니면 빌보 아저씨가 하시든지. 여하튼…… 흠, 지금은 더 말하고 싶지가 않아. 간달프의 소식을 어떻게 그분께 전해 드려야 할지 걱정이야."

어느 날 저녁, 프로도와 샘은 서늘한 황혼 속을 함께 걷고 있었다. 두 호빗 모두 다시 마음이 편치 않았다. 프로도는 문득 이별의 어두운 그림자를 느꼈다. 로슬로리엔을 떠나야 할 시간이 가까워졌다는 예감이 든 것이다.

"샘, 이젠 요정들을 어떻게 생각하지? 아주 오래전에도 이런 질문을 한 것 같은데, 그동안 보고 들은 게 많을 테니까 이야기해 보지그래."

"정말 많이 봤지요! 그런데 요정들도 참 다양하군요. 모두 요정인 건 틀림없는데 똑같지는 않아요. 여기 요정들은 집도 없이 방랑하는 요정들과는 달라서 오히려 우리 호빗들하고 비슷한 것 같아요. 심지어는 호빗과 샤이어의 관계보다 그들과 이곳의 연이 더 깊은 것 같네요. 그들이 땅을 만든 건지, 땅이 그들을 만든 건지 알 수가 없어요. 이상하리만큼 조용해요. 아무 일도 일어나지 않는 것 같고 또 일어나기를 바라는 이도 없는 것 같아요. 만일 어딘가에 마력이 있다면 아마도 제 손이 닿지 않는 땅속 깊은 데서 명령을 내리고 있을 거예요."

"어디서든 그것을 볼 수도 있고 느낄 수도 있어."

"글쎄요. 정작 마법 부리는 사람은 안 보이는걸요. 불쌍한 간달프 영감님이 보여 주던 불꽃놀이도 없고 게다가 영주와 부인도 그동안 나타나질 않았거든요. 갈라드리엘이 뭔가 근사한 걸 보여 줬으면 좋겠어요. 요정의 마법 같은 것 말이에요!"

"난 그런 생각 없어. 지금이 좋은걸. 내가 보고 싶은 건 간달프의 불꽃놀이가 아니라 그의 부리부리한 눈썹과 불같은 성질, 그리고 그 음성이야."

"맞아요. 무슨 흠을 잡으려던 건 아니에요. 그저 옛날이야기에 나오는 마법을 한 번만이라도 정말 보고 싶었을 뿐이에요. 그런데 어떤 옛날이야기에도 여기보다 멋진 데는 안 나와요. 뭐라고 할까, 마치 휴일에 고향 집에 있는 느낌이라니까요. 떠나고 싶은 생각이 안 들어요. 하지만 어쩐지 이제는 다시 길을 떠나야 할 순간이 다가온 듯한 예감이 들어요. 그렇다면 또 이겨 내야지요. 우리 노친네 말씀대로 '시작하지 않은 일이 제일 오래 걸리는 법'이니까요. 그리고 마술을 부리든 안 부리든 여기 요정들이 우리에게 무슨 큰 도움이 될 것 같진 않아요. 아마 이곳을 떠나면 간달프가 더 보고 싶을 거예요."

"슬프게도 정말 그럴 것 같아, 샘. 하지만 난 떠나기 전에 꼭 다시 한번 갈라드리엘을 만나 뵙고 싶어."

그가 말을 끝내는 순간 마치 그들의 이야기에 응답이라도 하듯 갈라드리엘이 다가오는 것이 보였다. 흰옷을 입은 그녀의 아름다운 모습이 나무 밑에서 성큼 나타났다. 그녀는 아무 말도 하지 않고 손짓을 했다.

옆으로 방향을 바꿔 그녀는 카라스 갈라돈언덕의 남쪽 비탈로 그들을 인도했다. 초록의 키 큰 산울타리를 지나 그들은 사방이 막힌 정원에 이르렀다. 그곳에는 나무가 한 그루도 없어 하늘이 훤히 드러나 보였고, 어느덧 저녁 별이 떠올라 서쪽 숲 위로 흰 불꽃을 내며 반짝이고 있었다. 기다란 층계를 따라 내려간 부인은 녹색의 깊은 골짜기로 들어갔고, 언덕 위의 분수에서 시작된 은빛 냇물이 그 속으로 졸졸 흘렀다. 그 맨 밑바닥에는 나뭇가지 모양으로 잘 다듬어진 낮은 단 위에 넓고 얕은 은으로 된 대야가 있었으며 그 곁에는 은물병이 놓여 있었다.

갈라드리엘은 흐르는 냇물에서 물을 떠서 대야에 찰랑찰랑하게 담았다. 그런 다음 후 하고 물을 불어 표면이 다시 잔잔해지자 이야기를 시작했다.

"이건 갈라드리엘의 거울입니다. 두 분을 여기 모시고 온 것은 혹시 원한다면 이 거울 속을 보여 드리려는 뜻에서지요."

바람은 잔잔하고 골짜기에는 어둠이 찾아들고 있어 그들 곁에 선 요정 부인의 큰 키가 흐릿하게 보였다. 프로도는 놀란 표정으로 물었다.

"무얼 찾으란 말씀이시지요? 저희가 무얼 보게 되나요?"

"여러 가지를 거울에 명령할 수 있지요. 그리고 어떤 이들에게는 그들이 원하는 것도 보여 줄 수 있습니다. 하지만 거울은 또한 청하지 않은 것까지도 보여 줍니다. 그리고 그런 것들 중에 우리가 보고 싶어 한 것보다 신기하고 유익한 것들이 가끔 있지요. 모든 것을 거울에 맡겨 버렸을 때 거기에 무엇이 나타날지는 나도 알 수 없어요. 거울 속에는 과거와 현재, 그리고 미래의 일까지도 나타나기 때문이지요. 하지만 아무리 지혜로운 이라도 그중 무엇을 보고 있는 것인지 항상 구분할 수는 없습니다. 보시겠습니까?"

프로도는 대답하지 않았다. 그러자 그녀는 샘에게 물었다.

"당신은? 이런 것을 당신네 쪽에서는 마법이라 하겠지만 그 말이 과연 무엇을 뜻하는지 나로서는 알 수가 없습니다. 당신들은 대적의 술수에 대해서도 마법이라 부르지 않습니까? 하지만 정 그렇게 부르고 싶다면 갈라드리엘의 마법이라고 불러도 좋아요. 당신은 요정의 마법을 보고 싶다고 했지요?"

샘은 두려움과 호기심이 섞인 표정으로 몸을 떨며 대답했다.

"그렇습니다. 허락해 주신다면 한번 보겠습니다."

샘은 프로도에게만 들리는 작은 소리로 속삭였다.

"고향에서 무슨 일이 벌어지고 있는지 보는 것도 괜찮겠어요. 집을 떠난 지 하도 오래돼서 궁금하거든요. 하지만 십중팔구 별만 보이거나 아니면 알 수 없는 다른 것들이 나타나겠지요."

부인이 가볍게 웃으면서 말했다.

"십중팔구라고요? 하지만 일단 한번 보세요. 물은 건드리지 말고!"

샘은 단 아래로 올라가 대야 위로 고개를 숙였다. 물은 아무런 반응도 없이 어두운 그대로였다. 물속에는 별들이 비쳤다.

"제 짐작대로 별밖에 없는데요."

샘이 말했다. 그런데 갑자기 무엇에 놀란 듯 샘은 숨을 죽였다. 별이 사라진 것이었다. 어둠의 베일이 걷히듯 거울이 희끄무레하게 변하면서 점점 밝아졌다. 거울 속은 햇빛이 반짝이고 나뭇가지가 바람에 살랑거렸다. 좀 더 자세히 봐야겠다고 작정하기도 전에 빛은 사라지고 이번에는 캄캄하고 높은 절벽 아래 창백한 얼굴의 프로도가 깊은 잠에 빠진 채 누워 있는 모습이 보였다. 그다음에는 샘 자신이 어두운 통로를 따라 걷고 있었고 끝없이 돌아가는 층계를 오르는 것 같았다. 그리고 갑자기 무엇인지 알 수는 없지만 자신이 뭔가를 급히 찾고 있다는 생각이 들었다. 마치 꿈속처럼 환상은 사라지고 나무들이 다시 보였다. 그러나 이번에는 나무가 많지 않아 거기서 무슨 일이 벌어지는지 볼 수 있었다. 나무들이 바람에 흔들리는 게 아니라 땅바닥에 쓰러지고 있었다. 샘은 화가 나서 외쳤다.

"저런! 까끌이네 테드가 나무를 함부로 베고 있어요! 베면 안 되는 나무들인데. 방앗간을 지나 강변마을로 가는 도로로 이어진 가로수길이에요. 가서 한 방 먹였으면 속이 시원하겠는데!"

그러나 곧 낡은 방앗간이 사라지고 커다란 붉은 벽돌 건물이 그 자리에 세워지는 모습이 보였다. 많은 사람들이 바쁘게 일하고 있었다. 근처에는 붉은색의 높은 굴뚝이 서 있었다. 거울 표면에 검은 연기가 구름처럼 떠도는 것 같았다. 샘이 다시 말했다.

"샤이어에 뭔가 좋지 못한 일이 벌어지고 있어요. 메리를 돌려보내야겠다고 하시던 엘론드의 말씀을 이제야 이해하겠어요."

그러다 샘은 갑자기 비명을 지르며 몸을 벌떡 일으켰다.

"이러고 있을 때가 아니에요. 집에 가야겠어요. 골목아랫길이 온통 쑥밭이 되고 불쌍한 우리 노친네가 손수레에 잡동사니를 싣고 언덕 아래로 내려가고 있어요. 집에 가야겠어요!"

그러자 부인이 말했다.

"혼자서는 갈 수 없습니다. 거울을 보기 전에는 주인을 버리고 혼자 돌아가겠다는 생각을 하지 않았지요? 샤이어에 나쁜 일이 벌어지고 있을지도 모른다는 것은 이미 알고 있었을 겁니다. 한 가지 기억해야 할 것은 이 거울은 여러 사건을 보여 준다는 사실이에요. 미래의 일도 있다는 말이지요. 하지만 그 환상을 본 사람이 일부러 그것을 막기 위해 길을 바꾸지만 않는다면 오히려 그 일은 일어나지 않을 수도 있습니다. 거울은 행동의 지침으로 삼기에는 위험한 것이지요."

샘은 두 손으로 머리를 움켜쥐고 땅바닥에 주저앉았다.

"보지 말걸 그랬어요. 이제는 마법을 더 보고 싶지 않아요."

그는 한참 동안 입을 다물고 있다가 억지로 눈물을 삼키고 탁한 소리로 말했다.

"아니에요. 먼 길을 돌아서라도 당신과 함께 고향으로 돌아가겠어요. 안 된다면 어쩔 수 없지만요. 하지만 언젠가는 꼭 고향에 돌아가고 싶어요. 만일 내가 본 것이 사실이라면 누군가는 꼭 혼날 거예요."

"프로도, 이제 보겠어요? 당신은 요정의 마법을 원하지도 않았고 그대로가 좋다고 했지요."

갈라드리엘이 물었다.

"제게 권하시는 건가요?"

"아니에요. 나는 당신에게 이래라저래라 충고할 수가 없어요. 그럴 만한 위치에 있지 않으니까요. 당신은 좋은 것이든 나쁜 것이든 뭔가를 보게 될 테지만 그것은 유익할 수도 있고 불리할 수도 있습니다. 본다는 것은 좋은 것이면서도 동시에 위험한 것입니다. 그렇지만 프로도, 나는 당신에게 이 모험을 감행할 수 있는 지혜와 용기가 있다고 생각해요. 만일 그렇지 않았다면 이리 데려오지도 않았을 거예요. 마음대로 하세요!"

"보겠습니다."

프로도는 받침대 위로 올라가 캄캄한 물 위로 고개를 숙였다. 거울이 곧 맑아지면서 황혼의 대지가 나타났다. 푸르스름한 하늘을 배경으로 멀리 검은 산이 어렴풋이 보였고, 구불구불한 회색의 긴 도로가 나타났다. 멀리서 누군가가 길을 따라 천천히 내려오고 있었다. 처음에는 희미하고 작게 보였지만 가까이 다가올수록 점점 커지고 분명해졌다. 갑자기 프로도는 간달프라는 생각이 들어 하마터면 마법사의 이름을 부를 뻔했다. 그러나 그는 회색이 아니라 어둠 속에서도 희미하게 빛을 발하는 흰옷을 입고 있었고, 손에도 흰 지팡이를 쥐고 있었다. 그는 고개를 숙이고 있어 얼굴을 알아볼 수가 없었고 곧 길모퉁이를 돌아 거울에서 사라졌다. 프로도의 가슴에 의문이 생겼다. 이것은 지난 오랜 세월 외로이 여행하던 간달프의 환영인가 아니면 사루만의 모습인가?

거울 속의 광경은 다시 바뀌었다. 잠깐 동안이지만 아주 작고 선명한 모습으로 빌보가 불안하게 방 안을 이리저리 서성이는 모습을 보았다. 책상 위에는 종이들이 어지럽게 널려 있었고 창밖에는 비가 내리고 있었다.

그리고 잠시 환상이 사라졌다가 프로도는 다시, 자신이 그 일부가 되어 나타나는 거대한 역사의 단편들이 마치 환등기처럼 빠른 속도로 스쳐 가는 것을 보았다. 안개가 걷히고 프로도는 전에 한 번도 본 적이 없는 광경을 보았다. 바다였다. 어둠이 깔린 바다 위에 거센 파도가 일렁이고 있었다. 핏빛처럼 붉은 태양은 구름 사이로 가라앉고, 석양을 배경으로 거대한 배 한 척이 찢어진 돛을 펄럭이며 검은 형체로 서쪽바다 너머에서 올라오는 것이 보였다. 그리고 거대한 강이 번화한 도시 가운데로 흘러가고 있었다. 일곱 개의 첨탑이 솟은 흰 성채가 나타났고 다시 검은 돛을 단 배가 보였다. 하지만 이제 다시 아침이 되어 파도가 햇빛에 눈부시게 반짝이며 흰 나무의 문장을 새긴 깃발이 바람에 펄럭이고 있었다. 전화(戰禍)의 검은 연기가 피어올랐고 태양은 다시 물감처럼 붉은 빛을 뿜으며 희미한 안개로 가라앉았다. 역시 그 안개 속으로 불빛이 가물거리는 작은 배가 빠져들었고 프로도는 한숨을 쉬며 뒤로 물러설 참이었다.

그 순간 갑자기 빛의 세계에 구멍이라도 난 듯 거울 속이 깜깜해졌고 프로도는 그 어둠 속을 들여다보았다. 칠흑 같은 심연 속에서 천천히 작은 눈 하나가 나타나 점점 커지면서 결국 거울을 가득 채웠다. 그 눈동자는 너무 무시무시해서 프로도는 눈길을 돌리거나 비명조차 지를 수도 없이 그 자리에 꼼짝도 못 하고 얼어붙었다. 그 눈가에는 불꽃이 이글거렸고 고양이 눈처럼 노란 눈동자는 날카로운 눈초리로 그를 응시했다. 눈동자의 검은 부분이 마치 창문처럼 열리며 어둠이 드러났다.

눈동자는 서서히 이리저리 움직이기 시작했고 프로도는 그것이 자신을 찾고 있다는 생각이 들어 갑자기 소름이 끼쳤다. 물론 자신이 가만히 있기만 한다면 찾아내지는 못할 것이었다. 목에 걸린 반지가 바위보다 무겁게 느껴지면서 프로도는 고개를 숙였다. 거울이 뜨거워지면서 김이 무럭무럭 올라왔다. 그는 앞으로 엎어질 뻔했다.

"물을 건드리지 말아요!"

갈라드리엘이 나직하게 외쳤다. 환상이 사라지고 프로도는 은빛 물동이 속에서 차가운 별이 반짝이는 것을 보았다. 그는 몸서리를 치며 뒤로 물러나 그녀를 바라보았다. 그녀가 입을 열었다.

"당신이 맨 나중에 본 것이 뭔지 압니다. 그것은 내 마음에도 있기 때문이지요. 두려워 마세요! 하지만 숲에서 노래만 부른다고 해서 이 로슬로리엔이 저절로 적에게서 지켜지는 것은 아니에요. 어쩌면 우리 요정들의 화살로도 불가능한 일일지도 모릅니다. 분명히 말하지만 프로도, 당신에게 이 이야기를 하는 순간에도 나는 암흑군주의 존재를 느끼고, 그의 마음을, 특히 요정들과 관련된 그의 생각을 읽고 있습니다. 그 역시 나와 내 생각을 알아내려고 혈안이지요. 그러나 아직 문은 닫혀 있습니다!"

그녀는 백옥 같은 두 팔을 들어 동쪽을 향해 거부와 부정의 몸짓으로 두 손을 폈다. 요정들에게서 가장 사랑을 받는 저녁별, 에아렌딜이 높은 하늘에서 선명하게 빛났다. 그 빛은 얼마나 밝은지 그녀의 그림자가 땅바닥에 희미하게 비칠 정도였다. 별빛이 그녀의 손가락에 낀 반지에 내려앉았다. 그러자 은빛으로 덮인 반지가 황금처럼 반짝였다. 저녁별이 그녀의 손 위에 쉬러 온 듯 반지의 흰 보석이 빛을 발했다. 프로도는 반지를 바라보며 외경심이 느껴졌다. 갑자기 뭔가 알 것 같은 생각이 들었던 것이다. 그의 생각을 감지하기라도 한 듯 그녀가 말했다.

"그렇습니다. 이 사실은 원래 밝힐 수 없게 되어 있지요. 엘론드도 아마 말하지 않았을 겁니다. 하지만 이제 그 눈을 본 반지의 사자에게까지 감출 수는 없게 되었군요. 로리엔 땅, 갈라드리엘의 손가락에 끼인 이 반지는 바로 남아 있는 세 개의 반지 중 하나입니다. 이것은 금강석의 반지 네냐이며 내가 그 수호자입니다. 대적도 눈치는 채고 있지만, 아직은 모릅니다. 당신의 출현이 우리에게 종말의 서곡으로 느껴지는 이유를 이제 아시겠어요? 만일 당신이 실패한다면 우리도 대적에게 노출됩니다. 반대로 당신이 성공한다면 또 그땐 우리의 힘도 약화돼 로슬로리엔은 사라져 버릴 것입니다. 시간의 물결이 그 위로 휩쓸고 지나가겠지요. 우리는 서녘으로 떠나든지 아니면 이름 없는 골짜기나 동굴에서 이름 없이 살다가 모든 것을 잊고 또 모든 이들에게서 잊힐 것입니다."

프로도는 고개를 숙였다.

"그렇다면 어떻게 되길 원하시는 거죠?"

"운명을 거스를 수는 없지요. 자신의 땅과 업적에 대한 요정들의 사랑은 바다보다 깊어서, 그것의 상실은 무엇으로도 달랠 수 없을 만큼 큰 슬픔입니다. 그러나 그들은 사우론에게 복종하느니 기꺼이 모든 것을 포기할 겁니다. 이젠 그를 알기 때문이지요. 로슬로리엔의 운명에 대해 당신이 어떤 책임을 질 필요는 없습니다. 당신은 자신의 임무만 충실히 수행하면 됩니다. 그런데도 나는 절대반지가 만들어지지 않았다면, 또는 영원히 발견되지 않았더라면 하는 부질없는 공상을 해 보는 것이지요."

"당신은 현명하고 용감하고 아름답습니다. 갈라드리엘 님! 부인께서 원하신다면 절대반지를 당신께 드리겠습니다. 그것은 제게 너무도 무거운 짐입니다."

그러자 갈라드리엘이 갑자기 맑은 목소리로 웃음을 터뜨렸다. 그녀는 말했다.

"갈라드리엘이 현명하긴 하지만 오늘 대단한 적수를 만났군요. 우리가 처음 만났을 때 당신의 마음을 시험해 본 것에 대해 이제 점잖게 복수하시는군요. 통찰력이 대단합니다. 당신이 지금 내놓으려는 것을 나도 마음속으로 대단히 탐내 왔음을 부인하지는 않습니다. 오랜 세월 동안 나는 만약 절대반지가 내 손에 들어온다면 어떻게 할까 생각해 왔지요. 그런데 놀랍게도 그것이 이제 내 눈앞에 나타났군요! 사우론 자신이 일어서든 쓰러지든 간에 그 먼 옛날에 만들어진 악의 반지는 여러 가지 방식으로 활동하는 모양입니다. 만일 내가 협박하거나 아니면 강제로 당신에게서 반지를 뺏는다면 사우론의 반지는 그 이름값을 톡톡히 하는 것이 아니겠어요?

그런데 이제 드디어 반지가 여기 있습니다. 당신은 스스로 반지를 내놓겠다고 합니다! 그렇게 되면 당신은 암흑의 군주 대신에 여왕을 세우는 셈이 됩니다. 나는 암흑의 여왕이 되지는 않겠지만, 아침과 같이 아름다우면서 동시에 밤과 같이 무서운 여왕이 될 겁니다! 바다와 태양과 산 위의 눈처럼 아름다운 여왕이며, 폭풍과 번개처럼 무시무시한 여왕이지요! 나는 온 땅을 뒤흔들 수 있을 만큼 강한 존재가 되어 만인은 나를 사랑하며 또 절망하게 될 겁니다!"

그녀가 손을 들어 올리자 반지에서 환한 빛이 쏟아지며 그녀만을 비추고 주위의 모든 것을 어둠으로 변화시켰다. 프로도 앞에 선 그녀는 이제 거대한 모습으로, 놀랄 만큼 아름답고 외경스럽게 비쳤다. 다시 그녀가 손을 내리자 빛이 사라졌고 그녀는 갑자기 웃음을 터뜨렸다. 그 순간, 놀랍게도 그녀는 다시 소박한 흰옷을 입은 가냘픈 요정 여인으로 돌아와 있었다. 그녀의 감미로운 목소리에는 슬픔이 담겨 있었다.

"시험을 통과하였습니다. 나는 존재를 낮추고 서녘으로 돌아가 갈라드리엘로 남아 있을 겁니다."

그들은 오랫동안 말없이 서 있었다. 마침내 부인이 먼저 말했다.

"돌아갑시다! 이제 우리의 길을 선택했으니 당신들은 아침이 되면 떠나야 합니다. 운명의 파도가 밀려들고 있습니다."

"떠나기 전에 한 가지 질문이 있습니다. 깊은골에서 간달프에게 몇 번이나 묻고 싶었던 문제였지요. 저는 절대반지를 끼어도 좋다고 허락을 받았습니다. 그렇다면 다른 모든 반지들을 볼 수 있고 또 주인들의 생각을 알 수 있어야 하지 않습니까?"

"욕심을 내지 않기 때문이지요. 당신은 반지를 손에 넣은 이후 오로지 세 번만 그 반지를 껴 보았을 뿐입니다. 욕심내지 마세요. 그것은 당신을 파멸시킬 겁니다. 반지는 소유한 자의 능력에 따라 힘을 부여한다고 간달프가 말해 줬지요? 그 힘을 이용하기 전에 당신은 좀 더 강해져야 하고, 또 다른 이들을 압도하고자 하는 당신의 의지를 단련시켜야 합니다. 하지만 당신은 반지의 사자로서, 또 그 반지를 끼고 숨겨진 비밀을 이미 보았기 때문에 벌써 시력이 대단히 날카로워졌습니다. 당신은 흔히 지혜롭다고 하는 많은 이들보다 더 예리하게 내 생각을 꿰뚫어 보았지요. 당신은 또한 일곱 반지와 아홉 반지를 손에 넣은 그의 눈도 보았습니다. 그리고 당신은 내 손의 반지도 알아보지 않았습니까? 당신도 혹시 나의 반지를 보았나요?"

그녀가 샘을 향해 묻자 샘이 대답했다.

“못 보았습니다. 솔직히 말씀드리면 지금 무슨 말씀을 하고 계신지도 모르겠어요. 저는 부인의 손가락에서 별 하나를 보았을 뿐이에요. 하지만 외람된 줄 알면서도 한 말씀 드리자면 프로도 씨 말씀이 옳다는 것이지요. 반지는 부인께서 가지시는 게 좋겠어요. 그래야만 모든 일을 제자리로 돌려놓을 수 있을 테니까요. 그 녀석들이 저의 아버지를 쫓아내지 못하게 막아 주세요. 그 더러운 짓들을 하는 놈들을 혼내 주실 수 있잖아요.”

“그래야지요. 시작은 그렇게 될 겁니다. 하지만 거기서 끝낼 수는 없는 일이지요. 그 얘기는 그만하고, 이제 갑시다!”

Chapter 8

로리엔이여 안녕

그날 밤 일행은 다시 켈레보른의 방으로 초대받았고, 영주와 부인은 그들을 반가이 맞았다. 켈레보른이 마침내 그들의 출발에 대해 이야기했다.

"이제 이 원정을 계속하고자 하는 이들은 각오를 새로이 하고 이 땅을 떠날 시간이 되었소. 더 가고 싶지 않은 이는 잠시 여기 남아 있어도 좋소. 하지만 떠나든 머물든 아무 데도 안전한 곳은 없소. 로슬로리엔의 종말이 임박했으니 말이오. 이곳에 남기를 원하는 이들은 그 마지막 순간의 도래를 목격하겠지만, 세상의 길이 새로이 열릴지 아니면 로리엔의 마지막 부름에 따라 소집될지는 아무도 모르지요. 그리고 그들은 자기 고향으로 돌아가거나 아니면 전쟁으로 목숨을 잃은 이들과 같은 운명이 될 것이오."

침묵이 흘렀다. 이번에는 갈라드리엘이 그들의 눈을 들여다보며 말했다.

"모두 여행을 계속하겠다고 결심하고 있습니다."

그러자 보로미르가 말했다.

"저는 고향이 남쪽에 있기에 가는 겁니다."

"그렇군. 하지만 일행이 모두 당신과 함께 미나스 티리스로 가는 건가?"

켈레보른이 물었다. 그러자 아라고른이 대답했다.

"우리는 아직 길을 정하지 못했습니다. 로리엔을 지나서는 간달프가 어느 길을 염두에 두었는지 모르겠습니다만 어쩌면 간달프도 무슨 뚜렷한 계획은 없었는지 모릅니다."

켈레보른이 말했다.

"그럴지도 모르지요. 하지만 이 땅을 떠나려면 안두인대하를 염두에 두어야 하오. 당신들도 알다시피 로리엔부터 곤도르까지 짐을 가진 나그네는 배를 이용하지 않고는 강을 건널 수 없소. 오스길리아스의 다리는 파괴되었고 모든 선착장도 이제 대적에게 점령되었잖소? 어느 쪽으로 갈 겁니까? 미나스 티리스로 가려면 서쪽 강변을 따라가야 하고 당신들의 목적지로 가는 데는 좀 더 어두운 동쪽 길이 빠르오. 어느 쪽을 택할 겁니까?"

"저는 물론 미나스 티리스로 가는 서쪽 강변을 지지합니다만 결정은 대장이 내려야겠지요."

보로미르가 말했다. 다른 일행은 아무 말도 하지 않았고 아라고른은 몹시 곤혹스러운 표정이었다. 켈레보른이 말했다.

"아직 마음을 정하지 못하셨군요. 내가 결정할 일은 아니지만 이렇게 하면 어떻겠소? 당신들 중에는 배를 다룰 줄 아는 이가 몇몇 있소. 레골라스는 숲강의 격류에 익숙할 것이고, 곤도르의 보로미르나 방랑자 아라고른께서도 배를 좀 아시겠지?"

그러자 메리가 소리쳤다.

"호빗도 하나 있습니다! 호빗이라고 모두 배를 야생마처럼 겁내는 건 아니에요. 우리 집안은 브랜디와인강 변에 살고 있습니다."

"잘됐군. 그러면 내가 당신들께 배를 내주겠소. 가능하면 작고 가벼운 배로 말이오. 강물을 따라 내려간다고 해도 도중에 내려 배를 운반해 가야 할 곳이 몇 군데 있거든. 사른 게비르에 가면 급류가 있고 마지막으로 넨 히소엘을 지나서는 거대한 라우로스폭포를 만나게 되오. 그 밖에도 위험한 곳이 더 있소. 배를 이용하면 당분간은 힘이 덜 들 거요. 하지만 배가 당신들께 마지막 해답을 주지는 못합니다. 결국 동쪽이나 서쪽을 향해서 강을 떠나야 할 테니 말이오."

아라고른은 켈레보른에게 몇 번이나 감사의 인사를 했다. 적어도 당분간은 방향을 정할 필요가 없었기 때문에 그는 배를 선사하겠다는 제안이 너무도 고마웠다. 다른 일행 역시 표정이 밝아 보였다. 앞으로 어떤 위험이 닥쳐오든 간에 등짐을 지고 개미처럼 세월없이 걸어가느니보다는 안두인대하의 거대한 물결을 타고 내려가는 것이 더 좋을 듯했다. 오직 샘만이 걱정스러운 표정이었다. 누가 뭐래도 그는 여전히 배를 야생마보다 무섭게 여겼고, 지금까지 겪어 온 수많은 죽을 고비도 배에 대한 공포심을 더는 데는 도움이 되지 못했다.

켈레보른이 말했다.

"내일 정오까지는 모든 것이 준비되어 포구에서 당신들을 기다릴 겁니다. 내일 아침 당신들의 여행 준비를 도와주도록 요정 몇을 보낼 테니, 자, 이제 그만 내려가서 좋은 꿈들 꾸시오."

갈라드리엘도 인사를 했다.

"편히 주무세요, 친구들! 적어도 오늘 밤만은 아무 걱정 말고 편안히 주무세요. 여러분 각자가 밟아야 할 길은 이미 발 앞에 놓여 있는 셈이니까요. 단지 보이지 않을 뿐이지요. 안녕히 주무세요!"

원정대는 작별 인사를 하고 자신들의 천막으로 돌아왔다. 오늘 밤이 로슬로리엔의 마지막 밤이었기에 레골라스도 함께였다. 그리고 갈라드리엘의 언질에도 불구하고 그들은 모두 함께 의논을 해야만 했다.

앞으로의 방향에 대해, 반지를 애초 계획대로 처리하려면 무슨 방법을 강구해야 할지를 그들은 오랫동안 논의했다. 그러나 아무 결론도 내리지 못했다. 분명히 대부분은 일단 미나스 티리스로 가서 잠시라도 대적의 공포를 피해 보자는 생각을 가지고 있었다. 물론 대장을 따라 강을 건너 모르도르의 어둠 속으로 기꺼이 들어갈 준비 역시 되어 있었다. 그러나 프로도는 아무 말도 하지 않았고, 아라고른 역시 결정을 내리지 못하고 있었다.

만일 간달프가 그들과 함께 있었다면, 아라고른의 계획은 원래 자신의 칼을 가지고 보로미르와 함께 곤도르를 도우러 가는 것이었다. 왜냐하면 그는 꿈의 계시가 바로 자신의 소환장이며, 엘렌딜의 후계자가 앞장서 사우론과 정면 승부를 벌일 시간이 왔다고 믿었기 때문이었다. 그러나 모리아에서부터 간달프의 짐은 그의 어깨로 옮겨졌고, 만일 프로도가 보로미르와 함께 가는 것을 거부한다면 그로서도 반지의 사자를 혼자 가게 내버려 둘 수 없다는 것을 알고 있었기 때문이다. 하지만 그 자신이나 일행 중 어느 누가 프로도에게 도움이 될 수 있단 말인가? 기껏해야 프로도와 함께 장님처럼 어둠 속으로 걸어가는 수밖에 더 있겠는가?

"만일의 경우 나는 혼자라도 미나스 티리스로 가겠소. 그건 내 의무요."

보로미르가 말했다. 그리고 그는 잠시 침묵을 지키며 마치 그 반인족의 생각을 꼭 알아내고 말겠다는 듯이 프로도를 응시했다. 마침내 그는 프로도를 향해 중얼거리듯 나직하게 말했다.

"만일 당신이 반지만 파괴하러 간다면 전쟁이나 무기가 아무 소용 없겠지. 그리고 미나스 티리스인들도 아무 도움이 안 될 거요. 하지만 암흑군주의 무력을 분쇄할 생각이라면 혼자서 그의 영토에 들어가는 것은 어리석은 일이오. 그리고 내던져 버리러 가는 것도 마찬가지로 어리석은 짓이오."

그는 갑자기 자기 생각을 너무 크게 말해 버렸다는 것을 깨닫고는 말을 그쳤다.

"내 말은 목숨을 내던질 필요가 없다는 뜻이지요. 이 문제는 튼튼한 요새를 지키느냐 아니면 죽음의 손아귀 속으로 함부로 걸어 들어가느냐 하는 선택의 문제요. 적어도 내가 보기엔 그렇다는 거요."

프로도는 보로미르의 눈에서 뭔가 전에 없던 이상한 것을 간파하고 그를 정면으로 응시했다. 보로미르의 생각이 그의 뒷말과는 다른 것이 분명했다. 내던질 필요가 없다고? 무엇을? 힘의 반지를? 보로미르는 엘론드의 회의에서도 비슷한 얘기를 한 적이 있었지만, 그때는 엘론드의 반론을 받아들였다. 프로도는 아라고른을 보았으나 그는 혼자 생각에 너무 깊이 빠져 있어서 보로미르의 말을 제대로 알아들은 것 같지 않았다. 그들의 토론은 그렇게 끝났다. 메리와 피핀은 벌써 잠들었고 샘도 졸고 있었다. 밤이 깊어 가고 있었다.

이튿날 아침 그들이 가벼운 짐을 꾸리고 있을 때 그들의 말을 할 줄 아는 요정들이 다가와 식량과 의복 등 여행에 필요한 준비물들을 잔뜩 내려놓았다. 식량은 대부분 아주 얇은 케이크처럼 생긴 것이었는데 겉에는 엷은 갈색이 돌도록 구워졌고 속에서 크림 빛깔이 내비쳤다. 김리가 케이크 하나를 집어 수상쩍은 눈으로 살펴보았다.

"크램."

바삭바삭한 한쪽 귀퉁이를 베어 물면서 그는 조그만 소리로 말했다. 표정이 순식간에 바뀌면서 그는 나머지를 한꺼번에 게걸스럽게 먹어 치웠다. 요정들이 웃으며 외쳤다.

"그만, 그만! 당신은 벌써 하루치를 넘게 먹었소."

"이건 너른골 사람들이 황야를 여행할 때 준비하던 크램의 일종인 것 같습니다."

김리가 말하자 요정들이 대답했다.

"맞습니다. 하지만 우리는 이것을 렘바스 또는 여행식이라 부르지요. 사람들이 만든 어떤 음식보다 열량도 풍부하고 또 어느 모로 보나 크램보다 맛도 좋지요."

"정말 그렇군요. 사실 베오른족의 꿀 과자보다도 맛이 더 좋아요. 이건 대단한 찬사랍니다. 왜냐하면 내가 알기로 베오른족은 빵을 굽는 덴 최고 기술자들이거든요. 하지만 그들도 요즘 와서는 나그네들에게 과자를 팔지 않는데, 당신들은 정말 친절한 분들이십니다!"

"여하간 식량을 절약하셔야 합니다. 한 번에 조금씩, 그것도 꼭 필요할 때만 드셔야 합니다. 이것은 최후의 비상 식량으로 쓰라고 드리는 겁니다. 우리가 지금 드린 대로 풀잎에 싸서 부서지지 않게 보관만 하시면 이 과자는 아주 오랫동안 향기를 유지하지요. 미나스 티리스에서 오신 키 큰 손님이라도 이것 한 조각이면 하루를 충분히 지탱할 수 있습니다."

요정들은 가져온 포장을 풀어 각자에게 옷을 주었다. 그들 각자의 키에 맞게 지은 두건이 달린 망토였다. 그것은 갈라드림 요정들이 손수 짠, 가볍고 따스한 비단과 같은 천으로 만든 옷으로, 색깔은 한마디로 뭐라 말할 수 없는 것이었다. 숲속의 박명에 비추어 보면 회색 같아 보였지만 움직이거나 다른 빛이 비치면 그늘 속의 나뭇잎처럼 녹색이 되었다. 밤이 되면 잡초가 무성한 들판처럼 갈색으로 변했고, 별빛 아래서는 강물처럼 어두운 은빛을 띠기도 했다. 망토는 은줄이 들어간 푸른 나뭇잎처럼 생긴 브로치로 목둘레를 고정시키게 되어 있었다. 피핀이 신기하다는 표정으로 옷을 보며 물었다.

"이게 마법의 망토인가요?"

요정들 중의 우두머리가 대답했다.

"무슨 뜻인지는 모르겠지만 이 땅에서 만들어진 옷이니 아름다운 망토이며 또 훌륭한 천으로 지어진 겁니다. 혹시 그 말씀이 요정의 옷이냐는 뜻이라면 분명히 옳은 말씀입니다. 나뭇잎과 나뭇가지, 물과 풀, 우리가 사랑하는 로리엔의 희미한 빛 속에 비친 이 모든 것들의 빛깔과 아름다움이 이 옷들에 담겨 있습니다. 우리는 우리가 만드는 모든 물건에 사랑하는 모든 것들의 생각을 담기 때문이지요. 하지만 이 옷들은 갑옷이 아닙니다. 창끝이나 칼날을 막을 수는 없어요. 그러나 여러분께선 아주 요긴하게 쓰실 수 있을 겁니다. 우선 무겁지가 않고 경우에 따라선 따뜻한 옷도 되고 시원한 옷도 됩니다. 그리고 숲속을 걷든지 바위산을 오르든지 간에 다른 이들의 눈에서 벗어나는 데 큰 도움이 될 겁니다. 여러분은 정말 놀랄 만큼 부인의 총애를 받고 계시는 겁니다! 부인과 시녀들이 손수 이 옷감을 짰을 뿐 아니라 지금까지 우린 어떤 이방인에게도 우리 옷을 준 적이 없었습니다."

아침 식사를 마치고 일행은 분수 옆 잔디밭과 작별 인사를 나눴다. 고향 집에 온 것 같은 느낌이 들던 아름다운 곳을 떠나야 한다는 생각에 그들은 마음이 무거웠다. 거기에서 며칠을 보냈는지 셀 수도 없었다. 햇빛에 반짝이는 흰 물거품을 바라보며 서 있을 때 푸른 잔디밭 저쪽에서 할디르가 그들을 향해 걸어왔다. 프로도가 반갑게 인사했다. 할디르가 말했다.

"다시 여러분을 안내해 드리려고 지금 북쪽 변경에서 오는 길이지요. 어둔내계곡에 증기와 연기가 구름처럼 자욱하고 산속도 시끄럽습니다. 땅속 깊은 곳에서도 요란한 소리가 울린답니다. 혹시 고향으로 돌아가실 때 북쪽 길을 생각하신 분이 계신지 모르겠지만 불가능합니다. 하지만 자, 이제는 남쪽으로 가야 할 때지요."

그들이 카라스 갈라돈을 지나는 동안 초록빛 길은 텅 비어 있었다. 그러나 머리 위 나무숲에서는 노랫소리와 이야기 소리가 계속 들려왔다. 그들은 말없이 걸었다. 마침내 할디르는 그들을 이끌고 언덕 남쪽 비탈을 내려갔고 곧 등불이 달린 거대한 성문과 흰 다리에 이르렀다. 드디어 그들은 문을 지나 요정들의 도시를 벗어났다. 그러고 나서 포장도로를 지나 말로른 나무가 우거진 작은 숲속으로 난 오솔길을 따라 계속 들어갔다. 은빛 그늘이 깔린 숲을 따라 그들은 동남쪽으로 계속 안두인 강 변을 향해 걸었다.

16킬로미터쯤 걸어 정오가 가까워졌을 때 그들은 높은 녹색 담장을 만났다. 담장 사이 통로를 경계로 숲이 끝났다. 그들 앞에, 햇빛에 반짝이는 황금빛 엘라노르가 점점이 박힌 찬란한 푸른 잔디가 길게 뻗어 있었다. 눈부신 물빛에 양쪽으로 둘러싸인 풀밭은 좁은 곶을 이루며 길게 돌출해 있었다. 그들의 오른쪽인 서쪽에는 은물길강이 현란하게 반짝였고, 왼쪽인 동쪽에는 안두인대하가 검푸른 파도를 넘실거리며 유유히 흘렀다. 강 건너에는 그들의 눈이 닿을 수 있는 곳까지 남쪽으로 계속 숲이 펼쳐졌으나 강변은 나무가 드물고 황량했다. 로리엔 바깥에는 황금빛 가지를 드리우는 말로른 나무도 이제 없었다.

강줄기가 만나는 곳에서 약간 위쪽의 은물길강 변에 온통 흰 나무와 바위로 장식된 포구가 있었다. 그곳에는 여러 척의 크고 작은 배가 정박해 있었다. 일부는 금빛과 은빛, 초록으로 밝은 빛을 띠었고, 나머지 대부분은 흰색이거나 회색이었다. 그들을 위해 회색의 작은 배가 세 척 준비되어 있었고 요정들은 거기에 그들의 짐을 이미 실어 놓았다. 요정들은 또한 각각의 배에 세 사리씩 밧줄을 실었는데 그것들은 보기에는 가늘었지만 매우 튼튼했고 요정들의 망토처럼 감촉이 부드러운 회색이었다.

"이건 뭐지요?"

풀밭 위로 풀려 나온 밧줄 한쪽을 만져 보며 샘이 물었다. 배에 타고 있던 요정이 대답했다.

"물론 밧줄입니다. 밧줄 없이는 멀리 여행할 수가 없지요! 그것도 길고 튼튼하고 가벼운 밧줄이라야 하는데 이게 바로 그런 밧줄입니다. 앞으로 요긴하게 쓰일 겁니다."

"그건 말씀 안 하셔도 잘 압니다. 떠날 때 밧줄을 잊어버렸더니 아쉬운 적이 한두 번이 아니었거든요. 그런데 밧줄 꼬는 건 제가 조금 아는데 이건 재료가 뭔지 모르겠군요. 혹시 비밀은 아니겠지요?"

"재료는 히슬라인이란 것인데 만드는 비법을 가르쳐 드리기에는 시간이 부족하군요. 진작 관심이 있는 줄 알았다면 자세히 말씀드렸을 텐데 아쉽습니다. 하지만 유감스럽게도 조만간 다시 돌아오시지 못한다면 지금 드린 그 선물만으로 만족하셔야 하겠어요. 밧줄을 요긴하게 쓰셨으면 좋겠습니다."

그러자 할디르가 말했다.

"자, 준비는 모두 끝났으니 배에 오르십시오. 처음에는 조심하셔야 합니다."

그러자 다른 요정들이 말했다.

"말씀을 잘 들어 두세요. 이 배들은 다른 배와 달리 가볍게 만들어졌고 장점도 많지요. 아무리 많이 실어도 가라앉지 않습니다. 하지만 잘못 다루면 변덕을 부리니까 하류로 떠나기 전에 여기 선착장에서 오르고 내리는 연습을 해 두시는 게 좋습니다."

원정대는 이런 순서로 배를 탔다. 아라고른과 프로도, 샘이 같은 배에 탔고, 또 보로미르와 메리, 피핀이 한 배에 탔으며, 나머지 한 척에는 이제 절친한 친구 사이가 된 레골라스와 김리가 탔다. 이 마지막 배에 물건과 짐이 대부분 실려 있었다. 배는 넓은 나뭇잎 모양의 깃이 달린 짧은 노로 젓게 되어 있었다. 모든 준비가 끝나자 아라고른은 시험 삼아 은물길강 상류로 올라가 보았다. 물살이 급해 배는 천천히 전진했다. 샘은 뱃머리에 앉아 양쪽 뱃전을 움켜쥔 채 불안한 듯 강변을 돌아보았다. 강물 위로 반짝이는 햇빛이 그의 눈을 어지럽혔다. 곶의 푸른 풀밭을 지나가면서 그들은 강가에까지 심어진 나무들을 보았다. 여기저기서 황금빛 나뭇잎들이 찰랑거리는 물결 위로 떨어져 흘러내렸다. 공기는 무척 맑고 고요했으며, 하늘 높이 나는 종달새들의 노랫소리 외에는 아무 소리도 들리지 않았다.

그들은 강물 위에서 급회전을 했는데, 그러자 당당한 모습으로 그들을 향해 강물을 따라 내려오는 거대한 백조 한 마리가 보였다. 백조의 유려한 목줄기 밑으로 흰 가슴 양쪽에 잔물결이 일었다. 황금빛으로 번쩍이는 부리를 가진 백조의 두 눈은 노란 보석 속에 박아 넣은 흑옥처럼 빛났으며, 웅장한 흰 날개는 반쯤 펼쳐져 있었다. 백조가 가까이 다가오면서 음악 소리가 강물을 따라 흘러왔고, 비로소 그들은 그 백조가 새의 모양을 본떠 요정들의 솜씨로 만들어진 배임을 알았다. 흰옷을 입은 두 요정이 검은 노로 배를 조종하고 있었다. 배 한가운데에 켈레보른이 앉아 있었고, 그 뒤에는 흰옷을 입은 갈라드리엘이 훤칠한 모습으로 서 있었다. 머리에는 황금빛의 화환을 쓰고, 손에는 하프를 든 채 그녀는 노래를 불렀다. 맑고 시원한 하늘 위로 그녀의 목소리가 슬프고도 감미롭게 울려 퍼졌다.

나는 나뭇잎, 황금빛 나뭇잎을 노래했고, 황금빛 나뭇잎이 자라났다.
나는 바람을 노래했고, 바람이 찾아와 나뭇가지 사이로 바람이 일었다.
해를 넘고, 달을 지나, 바다엔 하얀 물거품이 일었고,
그 일마린의 바닷가에 황금빛 나무가 자라고 있었다.
엘다마르의 영원한 저녁, 그 별빛 아래서 나무는 빛났다,
요정들의 도시, 티리온의 성벽 옆 엘다마르에서.
가없이 뻗어 내린 세월의 가지 위에 황금빛 나뭇잎이 자랐다,
이별의 바다 너머 이곳에선 이제 요정들이 눈물짓고 있건만.
오, 로리엔! 겨울이 온다, 발가벗은 앙상한 세월이.
나뭇잎은 강물 위에 떨어지고 강은 유유히 흐르는구나.
오, 로리엔! 이 바닷가에서 난 너무 오래 서성거렸구나.
시들어 가는 왕관에 황금빛 엘라노르를 꽂고 왔구나.
하지만 이제 배를 노래한다면, 어떤 배가 나를 찾아올까?
어떤 배가 나를 데리고 다시 저 넓은 바다를 건너갈까?

아라고른은 백조의 배가 다가오자 자기 배를 정지시켰다. 부인은 노래를 끝내고 그들에게 인사를 했다.

"여러분께 마지막 작별 인사를 드리고 또 이 땅의 축복을 전해 드리고자 왔습니다."

켈레보른도 말했다.

"여러분들은 우리 손님들이었지만 한 번도 함께 식사를 하지 못했소. 그러니 여기 로리엔에서 먼 곳까지 여러분을 실어 갈, 두 강물이 만나는 이곳에서 석별의 오찬을 나눕시다."

백조는 천천히 포구를 향해 나아갔으며 일행도 배를 돌려 그 뒤를 따랐다. 로슬로리엔의 중심부 에글라딜 최남단에 있는 푸른 잔디밭에 석별의 오찬이 준비되었다. 그러나 프로도는 갈라드리엘의 아름다움과 그 목소리에 넋을 잃은 채 거의 먹지도 마시지도 못했다. 이제 그녀는 위험하거나 무서운 존재로 비치지 않았으며, 신비의 마력을 지닌 여인은 더욱 아니었다. 그의 눈에 비친 그녀는 훗날 인간들이 가끔씩 목격하는 요정, 바로 그런 요정의 모습이었다. 존재하면서도 멀리 떨어져 있는, 그리고 유장한 시간의 흐름 속으로 저 멀리 사라져 버린 그 무엇인가의 살아 있는 환영이었다.

잔디밭에서 식사가 끝나자 켈레보른은 다시 여행에 대해 이야기했다. 그는 손을 들어 남쪽의 곶 뒤편에 있는 숲을 가리키며 말했다.

"내려가다 보면 나무가 한 그루도 없는 황량한 지대가 나올 거요. 거기서 강은 높은 황무지의 바위 계곡 사이로 흘러가는데 결국 한참 더 가서 우리 말로 톨 브란디르라고 하는 뾰족바위섬으로 인도할 겁니다. 강은 그 작은 섬의 가파른 기슭을 가운데 두고 마치 날개를 펴듯 양쪽으로 갈라졌다가 다시 라우로스폭포에서 만나 천둥처럼 요란하게 물보라를 일으키며 떨어져 닌달브로 흘러가지요. 당신들 언어로 '진펄'이라 부르는 곳입니다. 그곳은 물살이 완만해지면서 물줄기가 갈라졌다 섞이고 하는 광대한 습지대지요. 서쪽 팡고른숲에서 내려오는 엔트강의 하구가 여럿으로 갈라져 거기서 합류하는데 안두인대하의 오른편, 그 강 유역에 로한이 있소. 그리고 그 건너편에 황량한 구릉지대인 에뮌 무일이 있소. 그곳은 동풍이 부는 곳으로 거기에 가면 죽음늪과 무인지대를 넘어 키리스 고르고르와 모르도르의 암흑의 성문들도 볼 수 있소.

보로미르와 함께 미나스 티리스로 갈 친구들은 라우로스폭포 상류에서 강을 벗어나 습지대가 나타나기 전에 엔트강을 건너는 게 좋을 겁니다. 하지만 엔트강 상류로 너무 올라가면 팡고른숲에서 헤맬 위험이 있으니 조심해야 하오. 그 숲은 이상한 곳이라서 지금은 어떻게 변했는지 더욱 알 수 없소. 하지만 보로미르와 아라고른에게는 이런 충고가 필요 없겠지요."

보로미르가 말했다.

"팡고른에 대해서는 미나스 티리스에서도 들었습니다. 하지만 제가 들은 건 대개 어린애들에게나 어울리는 옛날이야기 정도였습니다. 로한 이북 지역은 이제 우리 곤도르와는 너무 멀리 떨어진 곳이어서 그곳에서 무슨 일이 벌어지는지 우리로서는 전혀 알 수가 없었습니다. 사실 먼 옛날에는 팡고른이 우리 영토에 인접해 있었지만 직접 거기에 가서 그 전설 같은 이야기들을 확인해 본 지는 너무 오래되었지요. 로한까지는 저도 몇 번 가 보았지만 그 북쪽 지역은 가 보지 못했습니다. 이번에 사자로 북쪽에 갈 때는 백색산맥 언저리로 해서 로한관문을 지나 아이센강과 회색강을 건넜습니다. 길고 힘든 여행이었지요. 제 계산으로는 1900킬로미터 정도 되는 여정이었는데, 여러 달이 걸렸습니다. 회색강을 건너다가 사르바드에서 말을 잃어버렸거든요. 그런 여행을 마치고 또다시 여기까지 돌아오고 보니 이제는 필요하다면 로한과 팡고른숲을 통과하는 길도 발견할 수 있을 것 같습니다."

"그렇다면 달리 덧붙일 말도 없지. 하지만 옛날부터 내려오는 전설을 무시하지는 마시오. 옛날이야기에는 종종 지혜로운 이라면 귀 기울여 들어야 할 사실이 담겨 있는 법이니까."

갈라드리엘은 풀밭에서 일어나 시녀에게서 받은 잔에 흰 꿀술을 따라 켈레보른에게 주었다.

"이제 석별의 잔을 들 시간입니다. 드십시오, 갈라드림의 영주! 비록 해가 지면 밤이 오고 우리의 황혼도 가까워졌지만 슬퍼하진 마세요."

그러고 나서 그녀는 원정대원들에게 각각 한 잔씩 따라 주며 작별 인사를 했다. 그들이 잔을 비우자 그녀는 다시 그들을 자리에 앉게 했다. 그녀와 켈레보른도 의자에 앉았다. 시녀들이 그녀를 옹위한 채 말없이 서 있는 동안 그녀는 잠시 일행을 바라보다가 마침내 입을 열었다.

"우리는 이제 석별의 잔을 함께 나누었습니다. 이제 여러분과 우리 사이엔 어둠이 내려앉았습니다. 하지만 여러분이 로슬로리엔을 찾아온 기념으로 떠나기 전에 갈라드림의 영주와 내가 약소한 선물을 드리겠습니다."

그러더니 그녀는 일행을 한 명씩 불렀다.

"여기 켈레보른과 갈라드리엘이 원정대의 대장께 드리는 선물이 있습니다."

그녀는 아라고른을 향해 그렇게 말하며 그의 칼에 맞게 만들어진 칼집을 내밀었다. 칼집에는 금빛, 은빛 꽃잎과 나뭇잎 무늬가 그려져 있고, 여러 가지 보석을 박아 새긴, 룬 문자로 안두릴이란 이름과 함께 칼의 계보가 적혀 있었다. 그녀가 말했다.

"이 칼집에서 빼낸 칼은 녹슬지 않으며 싸움에 지는 한이 있더라도 절대 부러지지 않습니다. 하지만 떠나기 전에 내게 달리 바라는 것은 없습니까? 우리 사이엔 이제 어둠이 내려앉았고, 먼 훗날 돌아오지 못할 여행길에서라면 몰라도 우리는 아마 다시 만나지 못할지도 모릅니다."

그러자 아라고른이 대답했다.

"부인, 당신은 제가 진정으로 원하는 바를 알고 계십니다. 그리고 제가 찾는 유일한 보물을 오랫동안 보호해 오셨습니다. 하지만 그 보물은 당신께서 제게 주실 수 있는 것은 아닙니다. 저는 오로지 어둠을 통해서만 거기에 다다를 수 있을 뿐입니다."

"하지만 이것이 당신의 무거운 마음을 덜어 줄지도 모릅니다. 당신이 이곳을 지나가게 되면 전해 주라는 부탁을 받고 간직하고 있던 것입니다."

그녀는 선명한 초록빛의 큰 보석을 무릎 위에 올려놓았다. 그것은 날개를 펼친 독수리 모양의 은빛 브로치에 박혀 있었다. 부인이 그것을 높이 치켜들자 보석은 마치 봄날의 나뭇잎 사이로 스며드는 햇빛처럼 눈부시게 반짝거렸다.

"나는 이 보석을 내 딸 켈레브리안에게 주었고, 그 애는 다시 자신의 딸에게 주었습니다. 그리고 이제 이것은 희망의 징표로 당신께 가는군요. 이제부터 당신은 당신을 위해 예언되어 있던 이름을 사용하세요. 엘렌딜 가문의 요정석 엘렛사르!"

아라고른은 그 보석을 받아 가슴에 달았다. 그를 바라보던 이들은 모두 놀라지 않을 수 없었다. 그가 전보다 훨씬 더 늠름하고 위엄 있게 보였기 때문이었다. 그의 어깨에서 오랜 세월의 풍상이 씻겨 나간 것 같았다. 아라고른이 말했다.

"베풀어 주신 선물에 진심으로 감사를 드립니다. 켈레브리안과 저녁별 아르웬의 근원이 되시는 로리엔의 여주인이시여! 더 이상 어떻게 찬사를 드릴 수 있겠습니까?"

부인은 고개를 숙여 답례하고, 이번에는 보로미르를 향해 돌아서서 황금으로 만든 허리띠를 선사했다. 그리고 메리와 피핀에게는 은으로 만든 작은 허리띠를 주었는데 거기에는 꽃 모양의 금빛 걸쇠가 달려 있었다. 레골라스에게는 갈라드림의 활을 선사했다. 그것은 어둠숲의 활보다 길고 튼튼했다. 활시위는 요정들의 머리칼로 만든 것이었다. 이와 함께 그는 화살 한 통도 받았다.

그녀는 샘에게 말했다.

"나무를 사랑하는 키 작은 정원사께는 아주 작은 선물을 준비했지요."

그녀는 뚜껑에 은빛 룬 문자 하나가 새겨진 것 외에 별다른 장식이 없는 평범한 작은 회색 나무상자를 그의 손에 쥐여 주었다.

"이것은 갈라드리엘을 의미하는 G인 동시에 당신네 말로 정원을 뜻하기도 합니다. 이 상자에는 나의 과수원에서 가져온 흙이 담겨 있으며, 그 위에는 내가 베풀 수 있는 모든 축복이 내려져 있습니다. 이것은 당신의 앞길을 인도하거나 위험을 막아 주지는 못합니다. 다만 이것을 무사히 보관해 고향에 가져갈 수만 있다면 그때는 큰 도움이 될 겁니다. 당신의 고향이 온통 황량한 폐허가 되어 있다 하더라도, 이 흙을 뿌리면 당신은 가운데땅 어디서도 찾아볼 수 없는 아름다운 정원을 가꾸게 될 겁니다. 그러면 갈라드리엘을 생각하게 될 것이고 또 당신이 겨울밖에 보지 못한 이 로리엔의 아름다움을 멀리서도 느끼게 될 것입니다. 왜냐하면 우리의 봄과 여름은 지나갔고, 이제 이 땅에서는 오직 기억으로만 남아 있을 것이기 때문입니다."

샘은 귀밑까지 빨개져 상자를 받고는 들릴까 말까 한 작은 소리로 중얼거리며 공손하게 절을 했다.

"난쟁이께서는 요정들에게서 무슨 선물을 바라실까요?"

그녀는 김리를 향해 물었다. 김리가 대답했다.

"없습니다, 부인. 저는 갈라드림의 여주인을 뵙고 아름다운 음성을 들은 것만으로도 충분합니다."

그러자 갈라드리엘은 둘러선 요정들을 향해 큰 소리로 외쳤다.

"모든 요정들은 들으시오! 앞으로는 누구라도 난쟁이들이 욕심이 많다거나 무례하다고 말해서는 안 될 것이오! 하지만 글로인의 아들 김리! 당신은 분명히 내가 줄 수 있는 무슨 선물을 바랄 텐데……. 말씀하세요! 당신만 선물을 안 받을 수는 없어요."

김리는 다시 정중하게 절을 하며 더듬거렸다.

"진심입니다, 갈라드리엘 부인. 혹시…… 혹시 이런 말씀을 드려도 될지 모르겠습니다만, 저 하늘의 별이 광산에서 캐낸 보석을 능가하듯, 이 땅의 황금보다 귀한 부인의 머리칼 한 올만 부탁드려도 될까요? 너무 외람된 말씀입니다만 소원을 말해 보라고 하도 그러셔서 그만……."

요정들은 깜짝 놀라서 웅성거렸고 켈레보른도 의외라는 듯 난쟁이를 바라보았으나 부인은 웃고 있었다.

"난쟁이들의 솜씨는 혀끝이 아니라 손끝에 있다고 들었는데 김리에게는 그 말이 해당되지 않는 것 같군요. 지금까지 어느 누구도 이렇게 대담하게 또 이렇게 공손하게 부탁하는 걸 들어 본 적이 없습니다. 내가 명한 것을 내가 어떻게 거절하겠습니까? 하지만 이 선물을 어디에 쓸 건지 말씀이나 해 보시지요."

"제가 부인을 처음 뵈었을 때 하신 말씀을 기념하면서 소중히 보관하고자 합니다. 만일 제가 고향의 대장간으로 돌아갈 수 있다면, 불멸의 수정 속에 넣어 저희 집안의 가보로 전하고자 합니다. 그것은 세상의 마지막 날까지 난쟁이들의 산과 요정들의 숲 사이의 우정의 징표가 될 것입니다."

그러자 갈라드리엘은 긴 머리채를 풀어 세 올의 금발을 뽑아 김리의 손에 쥐여 주었다.

"이 선물과 함께 이 말씀도 들려드리지요. 나는 예언은 하지 않습니다. 모든 예언은 이제 헛된 것이니까요. 한쪽에 어둠이 있다면 다른 한쪽에는 희망이 있습니다. 하지만 희망이 사라지지만 않는다면, 내가 분명히 말씀드릴 수 있는 것은, 글로인의 아들 김리, 당신의 손에는 황금이 흘러넘칠 것입니다. 또한 그렇다고 해도 그 황금이 당신을 지배하지는 못할 것입니다."

그녀는 말을 마치고 프로도를 향해 돌아섰다.

"그리고 반지의 사자, 이제 당신만 남았군요. 선물은 마지막으로 드리지만 당신이 내 마음속에서도 제일 마지막인 건 아닙니다. 당신을 위해서는 이것을 준비했습니다."

그녀는 투명한 작은 유리병을 내놓았다. 그녀가 그것을 흔들자 그것은 반짝반짝 빛을 발했고, 그녀의 손에서 하얀 빛줄기가 뻗어져 나왔다.

"이 병에는 내 분수의 물에 비친 에아렌딜의 별빛을 담았습니다. 어둠이 그대를 둘러쌀 때 이것은 더 환한 빛을 내뿜을 겁니다. 모든 빛이 사라진 캄캄한 어둠 속에서 이것이 당신을 인도하는 빛이 될 수 있길 바랍니다. 갈라드리엘과 그 거울을 기억하십시오!"

프로도는 유리병을 받았다. 병이 손에서 잠시 빛을 발하는 동안 프로도는 다시 한번 여왕처럼 아름답고 위엄 있는, 그러나 결코 두렵지 않은 모습으로 서 있는 그녀를 바라보았다. 그는 절을 했다. 하지만 아무 말도 할 수가 없었다.

갈라드리엘이 몸을 일으키자 켈레보른은 그들을 이끌고 포구로 돌아갔다. 황금빛 정오의 태양이 곶의 푸른 풀밭 위에 내리쬐었고 강물은 은빛으로 반짝거렸다. 드디어 모든 준비가 끝났다. 일행은 조금 전과 같이 배에 올랐다. 로리엔의 요정들이 큰 소리로 작별 인사를 하며 긴 회색 장대를 이용해 그들을 강으로 밀어내자 찰랑거리는 강물이 서서히 그들을 맞았다. 여행자들은 아무 말도 하지 않고 그 자리에 그대로 앉아 있었다. 강으로 돌출한 곶의 꼭짓점에 가까운 푸른 둑 위에 갈라드리엘이 홀로 서 있었다. 그녀 옆을 지나면서 일행은 마치 그녀가 바다 위로 둥실 떠올라 뒤로 사라지는 듯한 느낌을 받았다. 적어도 그들의 눈에는 마치 마법의 나무를 돛대로 세운 환한 배 한 척이 잊힌 해안을 향해 항해하듯 로리엔은 뒤로 미끄러지고 있었다. 앙상한 회색대지 가장자리에 그들을 처량하게 남겨 둔 채.

그들이 여전히 그쪽을 응시하고 있는 동안 은물길강은 대하의 물결 속으로 휩쓸려 들어갔고, 배는 방향을 바꾸어 남쪽을 향해 속력을 내기 시작했다. 갈라드리엘의 흰 자태는 곧 까마득하게 멀어졌다. 그녀는 서쪽으로 떨어지는 햇빛에 반사된 산꼭대기의 유리창처럼, 산 위에서 내려다본 아득한 호수처럼, 그리고 산골짜기에 떨어진 수정처럼 빛을 발했다. 프로도는 그녀가 손을 들어 마지막 작별 인사를 하는 듯한 느낌이 들었다. 그리고 그녀의 노랫소리가 바람결에 실려 아련하면서도 생생하게 들려왔다. 그러나 그녀는 이제 바다 너머 요정들의 옛 말로 노래를 부르고 있었기에 그는 그 뜻을 전혀 알 수가 없었다. 노랫가락은 아름다웠지만 그것은 그에게 아무 위안도 되지 못했다.

하지만 요정들의 말이 흔히 그렇듯 그것은 기억에 깊이 새겨졌고, 오랜 세월이 지나 그는 그 의미를 힘닿는 대로 번역할 수가 있었다. 그 노래는 요정들이 노래를 부를 때 쓰는 언어로 되어 있었으며 그 내용은 가운데땅에서는 전혀 알려지지 않은 이야기였다.

아이 라우리에 란타르 랏시 수리넨,
예니 우노티메 베 라마르 알다론!
예니 베 린테 율다르 아바니에르
미 오로마르디 릿세미루보레바
안두네 펠라, 바르도 텔루마르
누 루이니 야센 틴틸라르 이 엘레니
오마료 아이레타리리리넨

시 만 이 율마 닌 엥콴투바?

안 시 틴탈레 바르다 오이올롯세오
베 파냐르 마랴 엘렌타리 오르타네
아르 일레 티에르 운둘라베 룸불레,
아르 신다노리엘로 카이타 모르니에
이 팔말린나르 임베 멧, 아르 히시에
운투파 칼라키료 미리 오이알레.
시 반와 나, 로멜로 반와, 발리마르!

나마리에! 나이 히루발레 발리마르.

나이 엘레 히루바, 나마리에!

'아, 바람이 부니 나뭇잎이 금빛으로 떨어지고 나무의 날개처럼 무수한 세월이 흘렀구나! 모든 별들이 그녀의 거룩하고 위엄 있는 노랫소리에 몸을 떠는 바르다의 푸른 하늘 아래, 서쪽바다 건너 높은 방에서 달콤한 꿀술을 순식간에 마시듯 오랜 세월이 지나갔구나! 이제 누가 나의 잔을 채워 줄 것인가? 이제 별들의 여왕, 불 밝히는 이 바르다는 만년설산에서 마치 구름처럼 그녀의 두 손을 들어 버렸네. 모든 길은 어둠에 휩싸이고, 우리 사이의 넘실대는 파도 위로 회색대지의 어둠이 몰려오고, 칼라키랴의 보석 위에는 영원히 안개가 덮여 있네. 이제 동부에서 떠나온 이들은 영원히, 영원히 발리마르를 볼 수 없으리라! 안녕! 혹시 그대는 발리마르를 발견할지도 모른다. 혹시 바로 그대가 발리마르를 발견할지도 모른다. 안녕!'

바르다는 이쪽 망명지 가운데땅에 살고 있던 요정들이 엘베레스라 부르는 존재의 다른 이름이다.

갑자기 강이 물길을 바꿨고 양쪽으로 강둑이 높이 솟아올라 로리엔의 빛은 사라졌다. 프로도는 그 아름다운 땅을 다시 볼 수 없었다.

일행은 이제 자신들의 여정을 향해 고개를 돌렸다. 햇빛이 내리쬐고 모두 얼굴이 눈물로 뒤범벅이었기 때문에 눈을 바로 뜰 수가 없었다. 김리는 아예 큰 소리로 엉엉 울고 있었다. 그는 같은 배를 탄 레골라스에게 말했다.

"나는 이 땅에서 가장 아름다운 것을 마지막으로 보았어. 앞으로 부인의 선물 외에는 어떤 것도 아름답다고 하지 않겠어."

그는 손을 가슴에 대며 말을 이었다.

"레골라스, 말해 보시오. 내가 왜 이 여행에 나섰지? 정말 위험한 게 어디에 있는지 난 모르고 있었던 거요. 앞길에 무엇이 기다리는지 깨닫지도 못하고 있다던 엘론드의 말씀이 옳았소. 어둠 속의 공포는 과연 내가 두려워하던 거였소. 하지만 그것이 내 발길을 돌리지는 못했지. 그렇지만 만일 내가, 빛과 환희가 얼마나 위험한지를 알았다면 여기 오지 않았을 거요. 설령 오늘 밤 바로 우리가 암흑군주를 만난다 하더라도, 나는 오늘의 이별에서 내 인생의 가장 큰 상처를 입었다고 할 수 있을 것이기 때문이오. 이토록 가슴이 젖을 수가 있다니, 글로인의 아들 김리가!"

그러자 레골라스가 말했다.

"아니요! 이것은 우리 모두의 슬픔이며, 이 시대에 대지 위를 걸어 다니는 모든 이들의 슬픔이라고 해야 할 거요. 흐르는 강물 위로 배를 타고 갈 때 보이는 풍경처럼 나타났다가 사라지는 것, 이것이 인생이지. 하지만 글로인의 아들 김리, 자넨 축복받은 존재요. 자네가 슬퍼하는 그 상실은 자네의 자유의지로 선택한 거요. 자네는 다른 길을 택할 수도 있었소. 하지만 자네는 동료들을 저버리지 않았고, 따라서 자네가 누리게 될 최소한의 보상은 바로 영원히 자네 가슴에 생생하게 또 깨끗하게 남아 있을 로슬로리엔의 추억이지. 그것은 사라지지도 않고 썩어 없어지지도 않는 추억이오."

"그럴지도 모르지. 정말 옳은 말이오. 고맙소. 하지만 그런 위로는 다 소용없소. 내 마음이 바라는 것은 추억이 아니오. 아무리 크헬레드자람호수처럼 맑다고 해도 그것은 거울밖에 되지 않는 거요. 적어도 난쟁이 김리의 가슴은 그렇게 느끼고 있소. 요정들은 보는 것이 우리와 다르지? 그들에겐 기억이라는 것이, 꿈이라기보다는 오히려 생시와 더 가까운 것이라고 들었소. 하지만 난쟁이들은 그렇지가 않소. 여하간 그 이야기는 그만하고 배를 잘 저어야지! 강물은 빠른데 짐이 너무 많아 배가 깊이 잠겨 버렸어. 차가운 강물에 내 슬픔을 묻어 버리고 싶지는 않거든."

그는 벌써 강심을 벗어나 앞서가는 아라고른의 배를 따라 서쪽 강변으로 노를 저었다.

일행은 이렇게 유유히 흘러가는 넓은 강물을 따라 끝없이 남쪽으로 항해를 시작했다. 양쪽 강변으로 듬성듬성 숲이 있어 그 너머의 지형을 볼 수가 없었다. 바람이 잠잠해지면서 강물은 소리 없이 흘러갔다. 적막을 깨뜨리는 새소리조차 없었다. 오후가 되면서 태양은 점점 흐릿해졌고, 하늘 높이 떠오른 하얀 진주처럼 푸르스름한 하늘 위에서 미광을 발했다. 그리고 해는 곧 서쪽으로 졌고 서서히 어둠이 밀려오면서 별빛조차 없는 희미한 밤하늘이 나타났다. 그들은 강변 숲 그림자 밑으로 배를 몰아 밤의 고요와 어둠을 계속 헤쳐 나갔다. 거대한 나무들이 밤안개 속에서 강물로 목마른 뿌리를 들이민 채 유령처럼 지나쳤다. 황량하고 으스스한 날씨였다. 프로도는 강가의 나무뿌리와 유목 사이로 꼬르륵 소리를 내며 흘러가는 강물 소리를 어렴풋이 들으며 앉아 있다가 마침내 고개를 꾸벅이며 불안한 잠에 빠져들었다.

Chapter 9

안두인대하

프로도는 샘이 깨워 눈을 떴다. 그는 안두인대하 서쪽 강변의 조용한 숲 한구석에 온몸을 담요로 감싼 채 회색의 높은 나무들 밑에 누워 있었다. 그날 밤을 거기서 보낸 것이었다. 희뿌연 잿빛 미명이 벌거벗은 나뭇가지 사이로 찾아들었다. 김리는 작은 불을 피우느라 근처에서 바삐 움직였다.

그들은 날이 환히 밝기 전에 다시 출발했다. 하지만 모두들 남쪽으로 항해를 서두르는 기색은 없었다. 그들은 적어도 라우로스와 뾰족바위섬에 닿기까지는 며칠 여유가 있다는 사실에 만족했다. 그리고 결국 어느 쪽으로 가든 앞길에 닥칠 위험을 재촉하고 싶은 마음은 없었기에 강물이 흐르는 대로 그냥 떠내려가고 있었다. 아라고른은 앞날을 대비하여 힘을 아끼기 위해 일행이 원하는 대로 강물을 따라 흘러가게 내버려 두었다. 그러나 그는 적어도 매일 아침 일찍 일어나 저녁 늦게까지 항해해야 한다는 점은 강조했다. 사실 그는 점점 시간이 급박해짐을 느끼고 있었다. 그들이 로리엔에서 쉬는 동안 암흑군주도 한가하게 놀고 있지는 않았으리란 불안감을 떨칠 수가 없었다.

그렇지만 그들은 그날도, 다음 날도 적의 동정을 전혀 발견할 수 없었다. 지루한 잿빛 시간들이 무료하게 지나갔다. 항해 사흘째가 되면서 풍경이 천천히 바뀌었다. 나무가 점점 드물어지더니 마침내 자취를 감추었고, 왼쪽으로 동쪽 강변에는 볼품없는 기다란 언덕이 멀리 하늘을 향해 뻗어 있었다. 마치 그 위로 불길이 스치고 지나간 듯 대지는 살아 있는 풀잎 하나 없이 온통 시든 갈색이었다. 그 공허를 달래 줄 부러진 나무 한 그루, 갈라진 바위 하나 없는 기분 나쁜 황야였다. 그들은 드디어 어둠숲 남부와 에뮌 무일의 구릉지대 사이에 위치한 거대하고 황량한 '갈색평원'에 도착한 것이었다. 도대체 대적의 어떤 재앙이, 어떤 전쟁이, 아니면 어떤 사악한 행위가 이 넓은 지역을 폐허로 만들었는지 아라고른은 짐작조차 할 수 없었다.

강 오른편 서쪽에도 역시 나무가 없었으나 지형은 평탄한 편이었으며 드문드문 넓은 풀밭이 펼쳐지기도 했다. 그들은 계속 서쪽 강변을 따라 거대한 갈대숲 사이로 빠져나갔다. 갈대는 키가 너무 커서, 작은 배들이 찰랑거리는 갈대숲 경계를 따라 지나가는 동안 서쪽 시야가 가려졌다. 거무튀튀하게 시든 갈댓잎들이 가벼운 찬 바람에 나지막이 구슬픈 소리를 내며 몸을 떨었다. 프로도는 이따금 갈대숲이 터진 사이로, 언뜻언뜻 나타나는 풀밭과 그 너머 멀리 황혼의 언덕을 볼 수 있었고, 까마득하게 보일까 말까 한 곳에 안개산맥의 남쪽 끝 능선들이 한 줄기 검은 선처럼 길게 뻗어 있는 것을 보았다.

새들 말고는 살아 움직이는 것은 아무것도 없었다. 새들은 무척 많았다. 갈대 사이로 지저귀는 작은 새들이 많이 있었으나 눈에 잘 띄지는 않았다. 한두 번 날갯짓하는 소리가 들리더니 백조 떼가 한 줄로 줄을 지어 하늘 위로 날아올랐다. 샘이 외쳤다.

"백조다! 굉장히 큰데요!"

"그렇군. 흑고니요."

아라고른이 대답하자 프로도도 말했다.

"이곳은 너무 넓고 황량해서 어쩐지 쓸쓸한 느낌마저 드는군요. 겨울이 끝날 때까진 남쪽으로 내려갈수록 더 따뜻하고 유쾌한 여행이 될 줄 알았는데 말이에요."

"여긴 남쪽이라고 할 수도 없소. 아직은 겨울이고 우린 바다에서도 멀리 떨어져 있지. 이 지역은 봄이 갑자기 찾아올 때까지는 날씨가 춥고, 어쩌면 다시 눈이 올지도 모르지. 저 아래쪽 대하와 바다가 만나는 벨팔라스만까지 가면 날씨도 따뜻하고 즐거운 일이 있을지도 모르지만 그것도 대적에게 점령당하지 않은 경우에만 가능하오. 까마득히 먼 샤이어로 치자면 우리는 남둘레 남쪽으로 290킬로미터도 채 못 내려온 셈이오. 지금 서남쪽으로 리더마크 북부 평야 저쪽에 보이는 곳이 말의 명인들의 땅 로한이오. 조금 있으면 팡고른에서 내려오는 맑은림강이 대하로 흘러드는 곳이 보일 텐데 거기가 바로 로한의 북쪽 경계요. 예로부터 맑은림강과 백색산맥 사이의 땅은 로히림의 영토였소. 풍요롭고 살기 좋은 땅이며, 특히 목초지가 유명했는데 세상이 어두워지면서 그들도 강가에서 살지 않고 강까지 말을 타고 나오는 일도 없어져 버렸소. 안두인이 넓긴 하지만 오르크들의 화살은 강 건너 훨씬 멀리까지 날아가고, 또 요새는 아예 강을 건너와 종마를 비롯한 로한의 갖가지 말들을 약탈한다는 소문도 있소."

샘은 불안한 눈으로 양쪽 강변을 살펴보았다. 전에는 나무 뒤에 누가 숨어 있거나 무슨 위험이 도사리고 있을 것 같아서 나무가 두려웠지만 이제는 나무가 제발 많았으면 하는 생각이 들었다. 원정대가 너무 노출되어 있다는 느낌이었다. 말하자면 그들은 최전선이라고도 할 수 있는 강 위에서, 주변에 아무 은폐물도 없이 덮개 없는 작은 배를 타고 있는 것이었다.

다음 하루 이틀 동안 남쪽으로 계속 내려가면서 일행은 점점 더 그와 같은 불안감에 사로잡혔다. 하루 종일 그들은 노에 매달려 배를 저었다. 강변은 미끄러지듯 뒤로 물러났다. 이윽고 강폭이 넓어지고 수심이 얕아지면서 동쪽 강변으로 기다란 돌밭이 펼쳐졌고 물 밑에는 자갈 바닥이 보였다. 배를 몰기가 수월치 않게 되었다. 갈색평원은 황량한 고원으로 바뀌었고 그 위로 차가운 동풍이 불어왔다. 서쪽의 풀밭은 이제 굴곡이 심한 저지대로 바뀌면서 풀도 시들었고 덤불진 습지대로 이어졌다. 프로도는 로슬로리엔의 잔디밭과 분수, 맑은 햇빛과 달콤한 가랑비를 생각하며 몸을 떨었다. 어느 배에서도 이야기나 웃음소리가 들리지 않았다. 일행은 저마다 머릿속으로 생각을 하느라 바빴다.

레골라스의 마음은 너도밤나무 숲이 우거진 북부의 어느 산골짜기에서 여름밤의 별빛을 바라보며 뛰놀고 있었고, 김리는 마음속으로 금덩이를 만지작거리며 그것이 갈라드리엘 부인의 선물을 담을 만한 그릇이 될지 궁리하고 있었다. 배 한가운데에 앉은 메리와 피핀은 보로미르가 연신 중얼거리며 손톱을 물어뜯고 있어 불안했다. 그는 이따금 초조한 표정을 지으며 무슨 의심이라도 생긴 듯 노를 저어 아라고른의 배 뒤로 바싹 배를 붙였다. 그럴 때면 뱃머리에 앉아 뒤를 돌아보고 있던 피핀은 전방의 프로도를 바라보는 그의 눈에서 묘한 빛을 볼 수 있었다. 샘은 배가, 지금까지 자기가 생각해 왔듯 위험하지는 않지만 상상한 것 이상으로 불편한 것이라고 훨씬 전부터 결론을 내리고 있었다. 그는 갑갑하고 처량한 기분으로 양옆으로 흘러가는 회색 강물과 스쳐 지나가는 겨울의 대지를 응시할 뿐이었다. 노를 저어야 할 때도 그들은 샘에게 노를 맡기지 않았다.

넷째 날이 저물 무렵 샘은 프로도와 아라고른이 고개를 숙인 너머로 뒤따르는 배들을 바라보았다. 그는 졸음을 참으며 어서 땅에 내려 발끝으로 흙의 감촉을 느끼며 야영을 했으면 하고 바랐다. 갑자기 그의 시야에 이상한 것이 들어왔다. 처음에는 멍한 상태로 보았기 때문에 그는 자리를 고쳐 앉으며 눈을 비볐다. 그러나 다시 보았을 때는 아무것도 없었다.

그날 밤 그들은 서쪽 강변 작은 섬에서 야영을 했다. 샘이 프로도 옆에 담요를 덮어쓰고 누웠다가 말을 꺼냈다.

"우리가 내리기 한두 시간 전에 배에서 이상한 꿈을 꿨어요. 꿈이 아닌 것 같기도 하고요. 하여간 이상한 걸 봤어요."

프로도는 샘이 일단 말을 꺼내면 꼭 이야기를 끝내야 직성이 풀리는 것을 알고 있었기에 말을 받아 줬다.

"흐음, 무슨 일인데? 로슬로리엔을 떠난 뒤로는 웃을 만한 건 보지도 못하고 생각도 못 했는데."

"그런 얘기가 아니에요. 이상한 일이라니까요. 꿈이 아니라면 분명히 뭔가 잘못된 거예요. 일단 한번 들어 보세요. 뭐라고 할까, 말하자면 눈이 달린 통나무를 본 것 같아요."

"통나무야 그럴 수도 있지 뭐. 강에는 통나무가 많이 떠다니잖아? 눈만 빼면 되는 거야."

"아니에요. 바로 그 눈 때문에 제가 자리를 고쳐 앉았다니까요. 처음에는 그냥 김리의 배 뒤로 어둑어둑한 물 위에 통나무가 떠내려오는 게 보였어요. 그래서 별로 신경을 쓰지 않았는데 어쩐지 그 통나무가 우릴 천천히 따라오는 듯한 느낌이 들었어요. 그것도 우리처럼 강물에 떠내려간다고 하면 이상할 것도 없지만 바로 그때 눈이 보였어요. 통나무 이쪽 끝에 혹처럼 불룩 튀어나온 것 위로 희미하게 반짝이는 두 눈을 봤단 말이에요. 게다가 통나무라고 할 수 없는 것이, 모양은 백조 발처럼 생겼는데 크기는 훨씬 큰 발이 물 위로 나왔다 들어갔다 하더라니까요. 그래서 몸을 일으켜 앉으며 눈을 비볐어요. 눈에서 졸음을 씻은 다음에도 보이면 소리를 지르려고요. 그 괴상한 것이 꽤 빠른 속도로 김리 바로 뒤까지 접근했거든요. 그런데 그 눈동자가 제가 자기를 보고 있다는 걸 알아챘는지, 아니면 제가 그제야 졸음에서 벗어난 건지 다시 보니까 없어져 버렸어요. 그렇지만 순간, 언뜻 무언가 시꺼먼 것이 강둑 아래 어둠 속으로 재빨리 숨는 것을 본 것 같아요. 그리고 그 눈은 다시 나타나지 않았어요. 그래서 전 혼잣말로 '감지네 샘, 또 꿈을 꿨구나.' 하고 중얼거렸지요. 바로 그 순간에는 아무 말도 하지 않았지만 그때부터 계속 그 생각만 했어요. 그런데 지금 와서 보니 또 자신이 없네요. 프로도 씨께선 뭐 보신 것 없으세요?"

"샘, 그 눈이 이번에 처음 나타난 것이라면 졸음 때문에 네 눈이 통나무와 어둠을 잘못 본 거라고 해야겠지. 하지만 처음이 아니야. 난 로리엔에 들어가기 전부터 그걸 보았네. 그리고 그날 밤에는 시렁 위를 쳐다보던 이상한 짐승을 발견했는데 할디르도 봤다고 했어. 오르크들의 뒤를 쫓아가던 요정들이 한 이야기를 기억하지?"

"아! 이제 기억이 나요. 제 기억력이 좋지는 않지만 이것저것 연결시켜 보고 빌보 어른 말씀까지 돌이켜 보면 그놈 이름을 짐작할 수도 있을 것 같은데요. 불쾌한 이름이죠. 아마 골룸이던가요?"

"그래. 시렁 위에서 밤을 보낸 뒤로 한동안 내가 걱정한 것도 바로 그 때문이야. 그놈은 모리아에 숨어 있다가 우리 냄새를 맡고 쫓아온 것 같아. 우리가 로리엔에 있는 동안 냄새를 잊은 줄 알았는데 아마 은물길강 변의 숲속에 숨어서 우리가 출발하는 것을 지켜본 모양이야."

"그렇군요. 좀 더 경계를 철저히 해야겠어요. 혹시 한밤중에 그 더러운 손이 우리 목을 조를지도 모르잖아요? 더구나 깨어 있지 않으면 아예 느낄 수도 없겠죠. 그게 제가 지금까지 해 온 생각이에요. 오늘 밤엔 성큼걸이나 다른 이들을 깨울 필요 없이 제가 불침번을 서겠어요. 내일 자면 되지요, 뭐. 저는 배에서는 짐밖에는 안 된다고 하셨죠."

"다행히 '눈이 달린 짐'이지. 불침번을 서는 건 좋은데, 조건이 있어. 한밤중에 교대하게 날 깨우겠다고 약속하란 말이야. 물론 그 전에 아무 일도 없어야겠지만."

깊은 잠에 곯아떨어진 프로도는 칠흑 같은 어둠 속에서 샘이 자기를 흔들어 깨우는 것을 알았다. 샘이 속삭였다.

"죄송하지만 부탁하신 대로 깨웠어요. 별로 이상한 건 없어요. 조금 전에 물 튀기는 소리, 아니면 냄새 맡는 소리가 들리는 것 같았지만 밤이면 강물에서 흔히 나는 소리였어요."

샘이 눕자 프로도는 일어나 앉아 담요로 몸을 싸면서 잠을 쫓았다. 몇 분인지 몇 시간인지 천천히 시간이 흘러갔지만 아무 일도 일어나지 않았다. 프로도는 다시 눕고 싶은 생각이 간절했다. 바로 그때였다. 겨우 형체를 알아볼 수 있는 검은 그림자가 강 위에 정박한 배들 중 하나를 향해 다가가는 것이 보였다. 희끄무레한 긴 손이 뻗어 나와 뱃전을 잡고, 등불처럼 반짝이는 희미한 두 눈이 차가운 빛을 번득이며 배 안을 살피다가 고개를 들고 섬에 있는 프로도를 바라보았다. 그들 사이의 거리는 1, 2미터밖에 되지 않았고, 프로도는 나직하게 들이쉬는 그의 숨소리까지 들을 수 있었다. 그는 일어나 칼집에서 스팅을 꺼내 그 눈을 겨냥했다. 눈빛은 즉시 사라졌다. 다시 쉿쉿 하는 소리와 물 튀기는 소리가 들리면서 그 통나무 모양의 검은 물체는 순식간에 검은 강물로 숨어 버렸다.

아라고른이 잠자다 말고 부르르 떨며 일어나 앉았다.

"무슨 일이오?"

그는 낮은 소리로 물으며 벌떡 일어나 프로도에게 다가왔다.

"꿈자리가 뒤숭숭하더라니. 칼은 왜 빼 들고 있소?"

"골룸이에요. 적어도 제 짐작으로는 그래요."

"아! 그러면 자네도 우리의 작은 미행자를 알아챘군. 모리아에서 님로델까지 계속 우리를 따라왔소. 우리가 배를 탄 후부터 통나무에 매달려 손발로 노를 저어 따라온 끈질긴 놈이오. 밤중에 몇 번 붙잡을 뻔했는데 그때마다 놓쳐 버렸지. 물고기보다 미끄럽고 여우보다 교활한 놈이오. 강물 여행에 지쳐서 나가떨어지길 바랐는데, 물 타는 솜씨가 보통이 아닌 것 같소. 여하간 내일부터는 속도를 더 내야겠소. 자넨 이제 눈 좀 붙이게. 남은 시간은 내가 지킬 테니까. 그리고 그 불쌍한 녀석도 내 손으로 잡았으면 좋겠소. 유익하게 이용할 수 있는 방법이 있거든. 못 잡는다면 무슨 수를 써서라도 따돌려야 하오. 몹시 위험한 존재니까. 혼자서 밤중에 우리에게 덤벼들기보다는 근방에 있는 적을 우리 뒤에 붙일 놈이거든."

그날 밤 골룸은 다시 그림자도 비치지 않았다. 그 후로 그들은 경계를 철저히 했지만 항해가 끝날 때까지 골룸을 결코 다시 볼 수 없었다. 아직도 그들을 따라오고 있다면 그는 대단히 신중하고 교활한 미행자였다. 아라고른의 지시에 따라 그들은 노를 빨리 저었고, 강변의 경치는 빠르게 지나갔다. 그러나 그들은 대개 낮에는 최대한 지형지물을 이용해 숨어 휴식을 취하고 밤이나 미명 속에서만 항해를 계속했기 때문에 주변의 경물을 제대로 보지 못했다. 이렇게 이레가 될 때까지 아무 일도 없었다.

하늘은 여전히 잿빛 구름으로 찌푸렸고 동쪽에서 바람이 불어왔다. 그러나 밤이 이슥해지면서 서쪽 하늘 끝에 먹장 같은 구름이 조금 열리며 노랑과 연초록이 섞인 희미한 빛이 나타났다. 초승달의 하얀 끝자락이 먼 호수 위에 어른거리듯 모습을 드러냈다. 샘은 그것을 보고 이마를 찌푸렸다.

다음 날은 양안(兩岸)의 풍경이 갑자기 바뀌기 시작했다. 강둑이 높아지고 바위 벽이 서서히 나타났다. 그들은 곧 암벽 사이로 지나갔으며 양쪽 강변에는 가시나무와 야생자두 덤불이 우거지고, 검은 딸기와 덩굴식물이 어지럽게 얽힌 가파른 비탈이 보였다. 그 뒤로는 나지막하게 허물어져 가는 절벽이 있었으며, 비바람에 시달린 회색 바위 틈새를 담쟁이덩굴이 시커멓게 뒤덮었다. 다시 그 뒤에는 높은 산등성이들이 솟아 있었고 그 정상에는 바람에 견디다 못해 등이 굽은 전나무들이 서 있었다. 일행은 야생지대 남단, 에뮌 무일의 회색 산악지대에 접근하는 중이었다.

절벽과 바위 틈새 위에는 무수한 새 떼가 하루 종일 푸르스름한 하늘 위로 검은 원을 그리며 선회했다. 아라고른은 그날 낮에 야영하면서 골룸이 혹시 무슨 말썽을 일으켜 그들의 항해가 벌써 황야지대에 알려진 게 아닌가 걱정하며 새 떼의 비상을 수상쩍게 바라보았다. 해가 지고 일행이 다시 출발 준비로 부산하게 움직이고 있을 때, 그는 기울어 가는 석양에서 까만 점 하나를 발견했다. 큰 새 한 마리가 까마득하게 높은 곳에서 가끔 선회하며 서서히 남쪽으로 이동하고 있었다. 아라고른은 북쪽 하늘을 가리키며 물었다.

"레골라스, 저게 뭐죠? 내 생각엔 독수리 같은데."

"맞아요. 사냥용 독수리지요. 예감이 좋지 않은데. 산맥은 여기서도 한참 먼데 말이오."

"완전히 어두워질 때까지는 출발을 연기하지요."

여드레째 저녁이 다가왔다. 기분 나쁜 동풍이 잠잠해지고 하늘은 바람 한 점 없이 고요했다. 가느다란 초승달은 일찌감치 어스름 황혼으로 떨어졌지만 높은 하늘은 맑았고 멀리 남쪽에는 아직 석양빛에 희미하게 빛나는 거대한 구름 떼가 보였다. 서쪽 하늘에는 벌써 별이 빛나고 있었다. 아라고른이 말했다.

"자! 하룻밤만 더 야간 항해를 합시다. 이제 강의 직선 유역에 접어들었는데, 여긴 내가 잘 모르는 곳이오. 이쪽은, 특히 여기부터 사른 게비르의 급류까지는 강을 따라가 본 적이 없어서 자신이 없소. 하지만 내 계산이 맞는다면 사른 게비르 급류까지는 아직 몇 킬로미터를 더 가야 할 거요. 물론 거기에 닿기 전에도 물속의 암초나 바위섬처럼 위험한 곳들이 있소. 경계를 철저히 하고 노를 빨리 젓지 않게 조심합시다."

선두의 배에 탄 샘에게 파수의 임무가 맡겨졌다. 샘은 앞으로 엎드린 채 어둠 속을 응시했다. 밤은 더욱 어두워졌지만 머리 위의 별은 이상하게 더 반짝거렸고 강물 위까지 어른어른 비쳤다. 노를 쓰지 않고 상당한 거리를 떠내려와 거의 자정에 가까워졌을 무렵 샘이 갑자기 소리를 질렀다. 바로 몇 미터 앞의 물 위로 시커먼 물체들이 어렴풋이 보였고 물소리가 요란했다. 물 흐름이 갑자기 왼쪽으로 바뀌며 동쪽 강변을 향했다. 물이 흘러가는 것이 뚜렷하게 보일 정도였다. 그렇게 옆으로 휩쓸려 가는 순간 그들은, 희미한 물거품이 강물 속으로 깊숙이 돌출한 날카로운 암벽에 부딪히는 것을 바로 앞에서 보았다. 배들이 모두 함께 뒤엉켜 버렸다. 자기 배가 앞의 배에 부딪히자 보로미르가 외쳤다.

"아라고른! 미친 짓이오. 밤에는 급류를 지나갈 수 없소. 아니, 밤이든 낮이든 사른 게비르에서는 배가 견뎌 낼 수 없소."

아라고른이 외쳤다.

"뒤로, 뒤로! 돌려! 최대한 돌려!"

그는 노를 강물 속에 집어넣고 배를 돌리려고 애썼다. 그는 프로도에게 말했다.

"내 계산이 틀렸어. 이렇게 멀리까지 내려온 줄은 몰랐는데. 안두인대하는 생각한 것보다 훨씬 빠르군. 그렇다면 벌써 사른 게비르가 바로 앞에 있다는 얘긴데."

그들은 죽을힘을 다해 배를 저지하면서 서서히 방향을 돌렸다. 그러나 처음에는 흐름이 워낙 거세서 조금씩 돌릴 수밖에 없었고 결국 동쪽 강변으로 점점 밀려났다. 한밤중에 바라본 동쪽 강변은 더욱 시커멓고 으스스한 느낌을 주었다. 보로미르가 외쳤다.

"모두 같이 노를 저어요! 노를 저어! 잘못하면 강변 바닥으로 올라가요!"

그가 외치는 순간 프로도는 이미 배 바닥이 바위에 닿는 것을 느꼈다.

그 순간 피융 하는 활시위 소리와 함께 화살이 그들 머리 위로 날아오더니 그중 몇 대는 그들 사이로 떨어졌다. 양어깨 사이에 화살을 맞아 노를 놓친 프로도는 비명을 지르면서 앞으로 기우뚱했다. 그러나 화살은 그의 숨겨진 갑옷에 튕겨 나와 바닥에 떨어졌다. 또 하나가 아라고른의 두건을 관통했고 셋째 화살은 뒷배에 탄 메리의 손 바로 옆 뱃전에 박혔다. 샘은 동쪽 강변의 긴 자갈밭에 검은 그림자들이 이리저리 뛰어다니는 것을 본 듯했다. 그들은 매우 가까운 거리에 있었다.

"위르크!"

레골라스가 급한 김에 요정들의 말로 외쳤다.

"오르크다!"

김리도 외쳤다. 샘은 프로도를 향해 말했다.

"골룸 짓이에요. 틀림없어요. 게다가 잠복한 위치도 정말 절묘해요. 강물이 우리를 저놈들 품에 던져 주고 있잖아요."

그들은 모두 노를 잡아당기며 앞쪽으로 엎드렸다. 심지어 샘까지 거들었다. 그들은 검은 화살촉의 섬뜩한 촉감을 순간순간 느낄 수 있었다. 그러나 모두 머리 위로 씽씽 날아가거나 그들 좌우의 물속으로 떨어질 뿐 그들을 맞히진 못했다. 사방이 캄캄했지만 밤눈이 밝은 오르크들에겐 크게 지장이 없었고 게다가 별빛까지 희미하게 비쳐서, 로리엔의 회색 망토나 요정들이 배를 만들 때 사용한 회색 목재가 아니었다면 그들은 영락없이 모르도르의 교활한 궁수들에게 훌륭한 표적이 될 뻔했다.

그들은 필사적으로 노를 저었다. 워낙 어두웠기 때문에 배가 움직이는지조차 알 수 없었으나 서서히 강물의 소용돌이도 약해지고 동쪽 강변의 어둠도 뒤로 물러서는 느낌이 들었다. 마침내 그들은 강 한가운데로 다시 나와 돌출한 암초들 위로 어느 정도 배를 끌어 올렸다고 생각했다. 그리고 반쯤 방향을 바꿔, 다시 전력을 다해 서쪽 강변으로 배를 몰았다. 강물 위로 드리운 덤불숲의 그림자 아래 그들은 배를 멈추고 일단 숨을 돌렸다.

레골라스가 노를 놓더니 로리엔에서 선사받은 활을 집어 들었다. 그러고는 강변으로 훌쩍 뛰어내려 둑 위로 몇 걸음 기어 올라갔다. 시위를 당겨 화살을 메긴 그는 강 건너 어둠 속을 뚫어져라 응시했다. 그러나 강 건너에서는 날카로운 함성이 들릴 뿐 아무것도 보이지 않았다.

프로도는 고개를 들어 그의 머리 위로 우뚝 선 요정이 목표를 찾아서 건너편을 노려보는 모습을 보았다. 검은 하늘에 점점이 박힌 흰 별들은 마치 왕관처럼 그의 머리 위에서 반짝였다. 그러나 그때 남쪽에서 거대한 구름장이 별빛 가득한 밤하늘 위로 서서히 북상해 왔다. 갑작스러운 공포가 그들을 엄습했다.

"엘베레스 길소니엘!"

하늘을 올려다보던 레골라스가 한숨지으며 말했다. 바로 그 순간 구름인지 아닌지 거대한 검은 물체가 구름보다 훨씬 빠른 속도로 남쪽 하늘의 어둠 속을 빠져나와 모든 별빛을 가리며 그들을 향해 날아왔다. 밤하늘의 어둠보다 검은 거대한 날짐승이었다. 강 건너에서 그 새를 환영하는 함성이 요란하게 울렸다. 프로도는 갑자기 냉기가 온몸을 관통해 심장을 움켜쥐는 듯한 느낌이 들었다. 전에 어깨에 입은 상처를 연상케 할 만큼 강력한 냉기였다. 그는 몸을 숨기듯 엎드렸다.

갑자기 로리엔의 위대한 활이 소리를 냈다. 날카로운 소리와 함께 화살이 시위를 떠난 것이었다. 프로도는 고개를 들었다. 바로 그의 머리 위에서 그 날짐승은 방향을 바꿨다. 그리고 소름 끼칠 만큼 무시무시한 비명을 지르며 동쪽 강변의 어둠 속으로 사라졌다. 하늘은 다시 맑아졌다. 어둠 속에서 비명과 통곡이 터지며 소란스러운 소리가 들려오더니 다시 잠잠해졌다. 그날 밤은 다시 화살이나 고함 소리가 동쪽에서 날아오지 않았다.

잠시 후 아라고른은 다시 배를 상류로 몰고 갔다. 그들은 강변을 따라 한참 헤맨 끝에 드디어 야트막한 작은 만을 찾아냈다. 그곳엔 물가까지 바싹 붙어 선 몇 그루 키 작은 나무들이 있었고 그 뒤에는 가파른 암벽이 솟아 있었다. 일행은 동이 틀 때까지 그곳에서 기다리기로 했다. 밤에 계속 움직인다는 것은 부질없는 짓이었다. 그들은 배를 서로 바싹 붙인 채 배에서 내리지도 않았고 불도 피우지 않았다. 렘바스 조각을 씹으며 김리가 말했다.

"갈라드리엘의 활과 레골라스의 눈과 손을 찬양하세! 친구, 자네는 깜깜한 밤중에도 활 솜씨가 대단하더군!"

"하지만 맞은 게 뭔지 알 수가 있어야지."

"나도 모르지만 어쨌거나 그 시커먼 게 더 가까이 오지 못하게 한 건 천만다행이었소. 소름이 끼치더라니까. 모리아에서 본 어둠이 연상될 정도였지. 발로그의 어둠 말이오."

김리는 나직한 소리로 말을 마쳤다. 아직 냉기에 몸을 떨던 프로도가 말했다.

"발로그는 아니었어요. 그것보다 차가운 거였어. 내 생각에는……."

그는 말을 멈추고 침묵을 지켰다.

"자네 생각엔?"

프로도의 얼굴을 한 번 더 살필 겸 그의 배에서 이쪽으로 몸을 기울이며 보로미르가 따지듯 물었다.

"내 생각에는…… 아니, 그만두겠어요. 그게 무엇이었든 간에, 그놈이 추락하자 적들도 당황했어요."

그러자 아라고른이 말했다.

"그런 것 같소. 하지만 놈들이 어디에, 얼마나 있는지, 그리고 다음에는 또 무슨 일을 벌일지 우리는 아무것도 모르오. 오늘 밤엔 모두 잠을 자면 안 되겠소. 지금은 밤이니까 괜찮지만 날이 새면 또 어떻게 될지 모르겠군. 무기를 가까이 둡시다!"

샘은 손을 꼽아 셈이라도 하듯 칼 손잡이를 두드리며 하늘을 올려다보았다.

"참 이상한 일이야. 샤이어나 야생지대나 달은 마찬가질 텐데, 아니 당연히 똑같을 텐데. 달이 궤도를 벗어난 건가, 아니면 내가 계산을 잘못한 건가? 우리가 나무 위 시렁집에 올라갔을 때 달이 이울고 있던 걸 기억하시죠? 제 짐작으로는 보름에서 일주일이 지난 뒤였어요. 그런데 어젯밤이 우리가 여행을 다시 시작한 지 일주일짼데 어째서 금방 손톱 같은 초승달이 튀어나오는 거죠? 그러면 요정들의 나라에선 하루도 지나지 않았단 말이 되거든요. 음, 분명히 기억할 수 있는 것만도 사흘 밤은 되고, 기억은 잘 나지 않지만 며칠은 더 있었던 게 분명한데 말이에요. 하지만 절대로 한 달까지야 될 리가 없고요. 그러면 거기서는 시간이 흐르지 않는단 말인가요?"

프로도가 말했다.

"어쩌면 그럴지도 모르지. 거기에 있는 동안 우리는 어디선가 오래전에 지나가 버린 시간 속에 머무른 거야. 내 생각에는 은물길강을 따라 안두인대하에 들어와서야 비로소 현실의 땅을 통과하여 대해를 향해 흘러가는 시간 속으로 되돌아온 것 같아. 그리고 내 기억으로도 카라스 갈라돈에서는 초승달이든 그믐달이든 달을 본 적이 없어. 밤에는 별빛, 낮에는 햇빛뿐이었거든."

레골라스가 자기 배에서 말을 건넸다.

"아니, 거기선 시간이 늦게 간다고 할 게 아니라, 변화와 성장이란 것이 사물과 장소에 따라 일정하지 않다고 해야 맞을 거요. 요정들에게도 세계는 움직이는 거요. 매우 빨리 움직이기도 하고 아주 천천히 움직이기도 하지. 빠르다는 것은, 그들 자신은 전혀 변하지 않지만 그 외의 다른 것들이 덧없이 지나가기 때문이요. 이것이 그들에겐 슬픈 거지. 느리다는 것은, 그들이 흘러가는 세월을 셀 필요가 없다는 뜻인데, 아무튼 그들 자신을 위해서는 세질 않지. 지나가는 계절이란 길고 긴 강물 위에 끝없이 반복되는 파도에 불과하니까. 하지만 태양 아래 존재하는 모든 것은 언젠가는 끝이 있게 마련이오."

그러자 프로도가 말했다.

"그러나 로리엔에서는 그 시간이 더디 오는 것이겠지요. 부인의 힘이 거기에 작용을 하는 겁니다. 갈라드리엘이 요정의 반지를 간직하고 있는 한 카라스 갈라돈의 시간은 비록 보기에 짧아 보여도 언제나 풍요한 시간이에요."

아라고른도 말했다.

"그러나 로리엔 밖에서는 그 말을 해서는 안 되네. 나한테라도 말이오. 그만하시오! 하지만 샘, 사실은 자네가 거기서 계산을 잊어버린 거요. 거기선 요정들에게서처럼 시간이 우리 곁을 너무 빨리 지나간 거지. 우리가 거기 있는 동안 바깥세상에서는 달이 새로 떴다가 진 거요. 그리고 어제저녁 초승달이 다시 떠오른 거요. 겨울은 거의 지나갔고, 이제 희망이라고는 거의 없는 봄이 찾아올 거요."

밤은 소리 없이 지나갔다. 강 건너에서는 아무 소리도 들려오지 않았다. 배 안에 웅크린 일행은 날씨의 변화를 느꼈다. 먼바다에서 남쪽을 거쳐 날아온 습한 구름 덕분에 아침 공기도 훈훈하고 바람도 거의 일지 않았다. 급류의 바위에 강물이 부딪혀 철썩이는 소리가 점점 커지며 가까워지는 듯했다. 머리맡의 나뭇가지에서는 이슬이 방울져 떨어지기 시작했다.

날이 밝아 오면서 그들 주변의 풍경은 차분하게 가라앉은 분위기로 변했다. 새벽빛이 서서히 어둠을 몰아내고 사방으로 퍼졌다. 강 위엔 안개가 자욱했고 강변까지 흰 안개에 휩싸여 건너편 강변은 보이지도 않았다. 샘이 말했다.

"원래 저는 안개를 싫어하지만, 오늘 안개는 어쩐지 행운의 징조 같아요. 이제는 그 빌어먹을 고블린 놈들한테 들키지 않고 빠져나갈 수 있을 것 같은데요."

"그럴지도 모르지만 조금 뒤에 안개가 걷히지 않으면 우리도 길을 찾을 수 없소. 사른 게비르를 거쳐 에뮌 무일까지 가려면 길을 꼭 찾아야 하오."

아라고른이 말하자 보로미르가 투덜댔다.

"왜 하필 사른 게비르 급류를 지나 계속 강으로 가야 하는지 이유를 모르겠소. 만일 에뮌 무일이 우리 전면에 있다면 여기서 이 나뭇잎 같은 배를 버리고 바로 서남쪽으로 가는 거요. 거기서 엔트강을 건너기만 하면 우리 곤도르 영토에 들어갈 수 있소."

그러자 아라고른이 대답했다.

"우리가 미나스 티리스로 갈 예정이라면 그럴 수도 있겠지만 아직 그 문제는 결정되지 않았소. 그리고 그 길도 생각보다는 위험한 길이고. 엔트강 유역은 평지에다 습지대고 또 안개가 대단해서 짐을 지고 걸어가려는 이들에겐 대단히 위험하오. 나는 가능한 한 배를 버리지 않을 생각이오. 적어도 강물은 놓칠 수 없는 길이니까."

보로미르는 다시 이의를 제기했다.

"하지만 동쪽 강변은 대적이 장악하고 있고 게다가 만일 아르고나스의 관문을 통과해 무사히 뾰족바위섬에 도착한다 하더라도 그다음엔 어떻게 할 거요? 폭포를 뛰어내려 늪으로 들어간다는 말이오?"

"아니요! 옛 도로를 이용해 라우로스폭포 하단까지 배를 운반하는 거요. 그리고 거기서 다시 배를 타면 되오. 보로미르, 당신은 북쪽 계단을 모르는 건가, 아니면 일부러 잊어버린 척하는 거요? 위대한 제왕들의 시대에 세워진 아몬 헨의 높은 망루도 거기 있잖소? 나는 가는 길에 그 망루를 꼭 올라 보고 싶소. 우리의 방향을 결정하는 데 도움이 될 만한 것을 보게 될지도 모르니까."

보로미르는 굽히지 않고 이 제안에 반대했지만 프로도가 어디로 가든 아라고른을 따르겠다고 분명히 밝히자 승복하며 말했다.

"위급한 친구를 버리는 것은 미나스 티리스 사람들의 법도가 아니오. 그리고 뾰족바위섬에 닿으면 제 도움이 필요할 거요. 그 장대 같은 섬까지만 같이 가겠소. 그 이상은 안 되오. 만일 거기서도 내 도움이 동료들의 인정을 받지 못한다면 난 혼자서 고향으로 돌아가겠소."

날이 밝아지면서 안개도 약간 걷혔다. 일행이 배에 남아 있는 동안 아라고른과 레골라스가 먼저 강변에 내려 보기로 했다. 아라고른은 급류 아래쪽, 강물이 비교적 잔잔한 지점까지 배와 짐을 운반할 수 있는 강변도로를 찾을 수 있기를 바랐다.

"요정의 배는 절대 가라앉지 않을 거요. 하지만 그렇다고 우리까지 사른 게비르를 무사히 살아 통과할 수 있다는 건 아니오. 아직 아무도 성공한 적이 없소. 이곳엔 곤도르인들이 만든 길도 없소. 곤도르의 최전성기에도 그들의 영토는 에뮌 무일을 넘지는 못했으니까. 하지만 만일 길이 있다면 서쪽 강변 어딘가에 사른 게비르 상하류를 연결하는 육로가 있을 거요. 벌써 없어지진 않았을 것이오. 옛날에는, 가벼운 배들은 야생지대에서 오스길리아스까지 통행을 했고, 또 모르도르에 오르크들이 불어나기 시작한 몇 년 전까지만 해도 여전히 그랬으니 말이오."

아라고른의 말에 다시 보로미르가 이의를 제기했다.

"내 평생에 북쪽에서 내려오는 배는 한 번도 본 적이 없소. 게다가 동쪽에는 오르크들이 우글거리고. 설사 연결 도로를 발견한다 하더라도 여전히 첩첩산중일 거요."

"남쪽 방향은 어느 길이나 위험이 도사리고 있다고 봐야겠지. 우릴 하루만 기다리시오. 그래도 우리가 돌아오지 않으면 우리에게 위험이 닥친 것으로 생각하고 새 지도자를 뽑아 그의 지휘대로 행동하시오."

아라고른과 레골라스가 가파른 비탈을 기어올라 안개 속으로 사라지는 모습을 지켜보는 프로도의 마음은 착잡했다. 그러나 그런 걱정은 쓸데없는 것이었다. 두어 시간이 겨우 지나 한낮이 될까 말까 할 무렵, 정찰 임무를 띠고 간 두 사람의 모습이 다시 나타났다. 아라고른은 강둑을 내려오며 말했다.

"잘됐소. 도로가 있소. 그리고 도로 끝에는 쓸 만한 선착장도 있고. 거리도 그다지 멀지 않소. 급류가 시작되는 것이 여기서 800미터 아래고, 급류 길이는 1.5킬로미터도 채 안 되오. 그다음부터는 물살이 좀 빠르기는 하지만 물도 다시 맑아지고 잔잔해지더군. 아마 배와 짐을 옛 도로까지 운반하는 게 가장 어려울 거요. 길은 여기 강변으로부터 200미터쯤 떨어진 곳에서 암벽 아래로 나 있는데 북쪽 선착장은 발견하지 못했소. 만일 어딘가에 있다면 아마 우리가 어젯밤 지나왔을 거요. 상류로 올라가면 찾을 수도 있겠지만 안개 때문에 놓칠 수도 있소. 그러니 내 생각에는 여기서 강을 떠나 가능한 한 빨리 그 도로로 가는 게 좋을 것 같소."

그러자 보로미르가 말했다.

"그건 이 일행 모두가 인간이라 해도 쉬운 일이 아니오."

"하지만 당신과 난 인간이니 한번 해 봅시다."

그러자 김리가 나섰다.

"우리도 할 거요. 짐이 몸무게의 두 배가 나가도 난쟁이는 끄떡없지만 인간들은 다리가 휘청하더군, 보로미르."

정말 힘든 작업이었지만 결국 무사히 끝났다. 짐을 먼저 배에서 내려 강둑 위로 올렸다. 그 위는 평지였다. 그다음에는 배를 물에서 끌어 올렸는데 예상보다 훨씬 가벼웠다. 배를 요정들의 나라에서 자라는 어떤 나무로 만들었는지는 레골라스도 알지 못했지만, 여하튼 놀랄 만큼 튼튼하면서도 가벼웠다. 평지에서는 메리와 피핀 둘이서도 배를 쉽게 운반할 수 있었다. 그러나 그들이 이제 걸어가야 할 도로까지 배를 운반하는 데는 두 인간의 힘이 절대적으로 필요했다. 강에서 도로까지는 완만한 오르막이었다. 회색 석회석들이 어지럽게 널린 황폐한 곳으로 이따금 잡초와 덤불로 뒤덮인 구덩이도 있었고, 가시나무 숲과 가파른 작은 계곡도 나타났으며, 여기저기 내륙의 단구에서 흘러내린 물로 형성된 질척거리는 웅덩이도 보였다.

보로미르와 아라고른이 함께 배를 한 척씩 끌고 갔고 그 뒤로 다른 이들은 짐을 지고 열심히 길을 헤쳐 나갔다. 드디어 도로 위까지 짐과 배가 모두 운반되었다. 그다음부터는 길 위로 뻗친 가시덤불이나 굴러떨어진 작은 바위들을 빼고는 큰 장애물 없이 계속 전진할 수 있었다. 안개는 여전히 오른쪽의 허물어질 듯한 암벽과 왼쪽의 강물 모두를 장막처럼 가리고 있었다. 일행은 사른 게비르의 날카로운 바위 턱과 암초에 강물이 부딪히며 물거품을 일으키는 소리를 들었으나 안개 때문에 볼 수는 없었다. 남쪽 선착장에 짐을 운반하기 위해 그들은 두 번을 왕복해야만 했다.

도로가 강을 향해 방향을 바꿔 완만한 내리막을 형성한 곳에, 강물이 자그만 연못을 이룬 얕은 곳이 있었다. 선착장은 그 얕은 물가에 있었는데 연못은 누가 만든 게 아니라 강으로 야트막하게 돌출한 바위 벽에 부딪힌 강물이 소용돌이를 일으키며 형성된 것이었다. 그 뒤로 가파른 회색 절벽이 우뚝 서 있었고 더 이상 걸어갈 수 있는 길은 없었다.

이미 짧은 오후가 지나 어둑어둑 땅거미가 지고 있었다. 일행은 물가에 앉아 안개에 가려진 사른게비르의 급류가 요동치며 으르렁거리는 소리를 들었다. 피곤에 졸음마저 겹친 데다 저무는 해처럼 기분도 우울했다.

보로미르가 말했다.

"흠, 이제 여기 도착했으니 오늘 밤은 여기서 새워야 하겠군요. 우린 잠이 부족합니다. 아라고른, 당신은 혹시 밤중에 아르고나스관문을 통과하고 싶은 생각이 있는지 모르겠습니다만 우린 너무 피곤해요. 우리 건장하신 난쟁이 친구분만 빼고 말입니다."

김리는 아무 대답도 하지 않았다. 그는 앉은 채 꾸벅꾸벅 졸고 있었다. 아라고른이 말했다.

"그럼 가능한 한 빨리 휴식을 취합시다. 내일은 다시 낮에 항해해야 할 테니까. 만일 날씨가 변하지 않고 그대로 우리를 숨겨 준다면 동쪽의 적에게 들키지 않고 상당히 많이 내려갈 수 있겠지. 하지만 오늘 밤은 교대로 둘씩 불침번을 섭시다. 세 시간씩 쉬고, 한 시간은 지키는 걸로."

새벽녘에 한 차례 빗방울이 떨어진 것 외에는 그날 밤 아무 일도 일어나지 않았다. 날이 환히 밝자 일행은 출발했다. 안개는 이미 걷히기 시작했다. 그들은 가능한 한 서쪽 강변에 바싹 붙었다. 나지막하게 보이던 희미한 절벽의 형체가 점점 높아졌고 거뭇한 절벽 기슭에는 강물이 요란하게 부딪혔다. 아침나절이 되면서 구름이 점점 낮게 깔리며 소나기가 내리기 시작했다. 그들은 배에 물이 고이지 않게 배 위에 가죽 덮개를 씌우고 엎드렸다. 쏟아지는 비의 잿빛 장막 사이로 사방의 풍경은 거의 알아볼 수가 없었다.

하지만 비는 오래 내리지 않았다. 하늘이 서서히 개면서 갑자기 구름이 갈라지더니 조각구름들이 북쪽으로 강의 상류를 향해 오르기 시작했다. 짙은 안개도 걷혔다. 그들 전방으로 넓은 골짜기가 나타났다. 거대한 암벽이 솟아 있고 돌출한 바위 턱과 좁은 틈새로 나무 몇 그루가 매달려 있었다. 강폭이 점점 좁아지고 물살이 빨라졌다. 이제 그들은 앞에 무엇이 있을지도 알지 못한 채, 배를 멈춘다거나 방향을 바꿀 엄두도 내지 못하고 휩쓸려 갔다. 머리 위에는 푸르스름한 하늘이 보이고 양옆으로는 검푸른 강물이 요동쳤으며 전방에서는 빈틈이라고는 전혀 없이 에뮌 무일의 검은 산들이 태양을 가렸다.

프로도는 저 멀리서 두 개의 거대한 바위산이 접근하고 있는 것을 보았다. 거대한 첨탑이나 돌기둥처럼 생긴 것들이었다. 강물 양쪽으로 깎아지른 듯 높이 솟은 돌기둥은 심상치 않은 인상이었다. 그 사이로 좁은 협곡이 형성되어 강물은 그쪽을 향해 배를 몰아넣었다.

아라고른이 외쳤다.

"제왕의 기둥, 아르고나스를 보게! 곧 저기를 지나게 될 텐데, 배를 일렬로 세우고 가능한 한 거리를 띄워! 강 가운데로 방향을 잡고!"

프로도가 그쪽으로 다가갔을 때 그 거대한 기둥은 마치 탑처럼 그를 맞이했다. 거대한 회색 거인

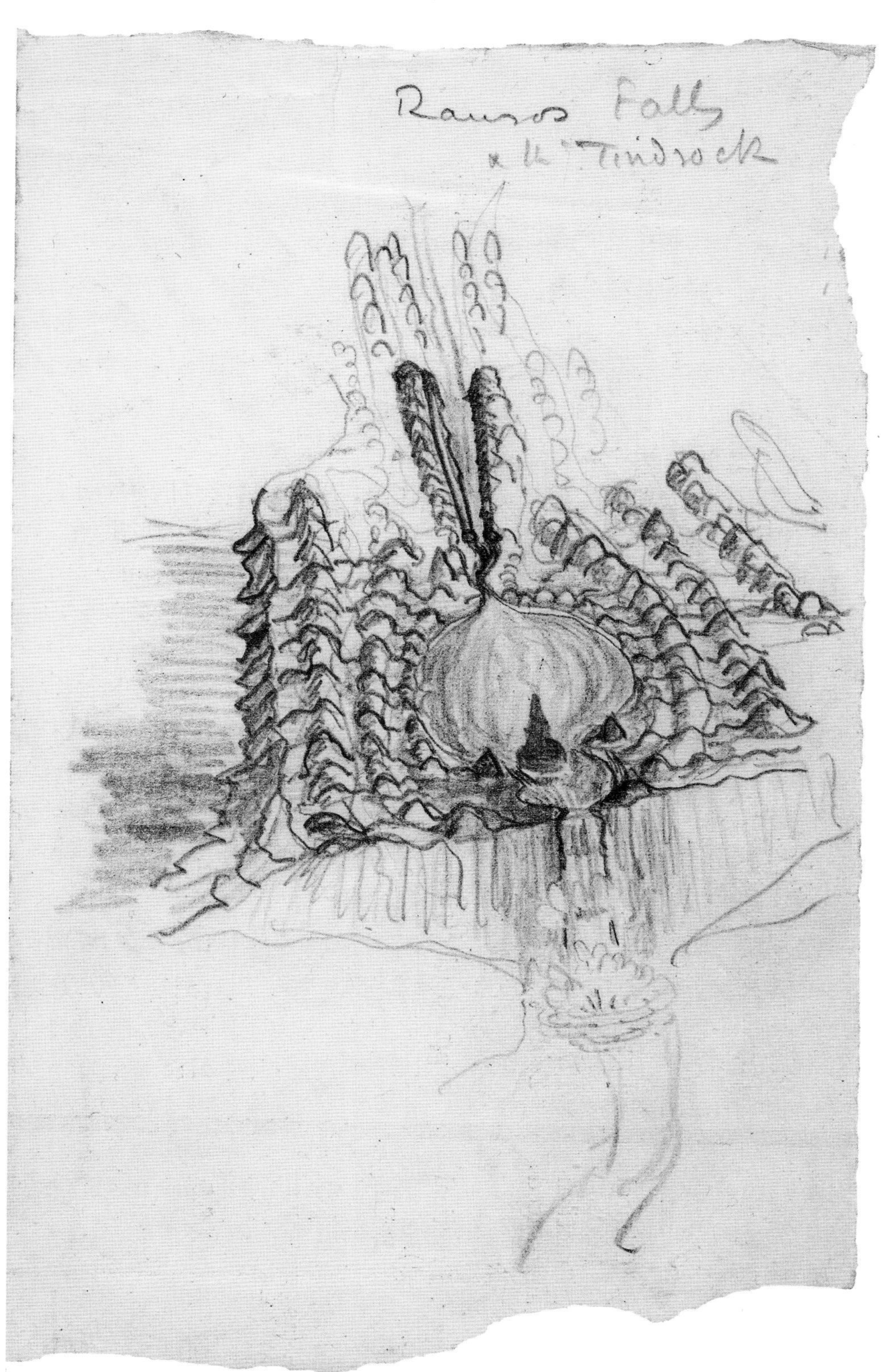

라우로스폭포와 뾰족바위섬(Rauros Falls & the Tindrock)

들은 아무 말이 없었으나 대단히 위압적이었다. 그제야 그는 비로소 그것들이 정말 깎아 만든 기둥이라는 것을 알았다. 옛 왕국의 위용과 장인들의 솜씨가 아로새겨져 있었고, 오랜 세월의 풍상에서도 두 기둥은 과거의 웅장한 모습을 그대로 유지했다. 깊은 물속에 세워진 거대한 받침대 위에 바위를 깎아 만든 거대한 왕의 조상(彫像) 둘이 있었다. 눈동자는 흐려지고 이마에는 금이 갔지만 그들은 여전히 북쪽을 노려보고 있었다. 각각의 왼손은 경고의 표시로 밖을 향해 펼쳐져 있었고 오른손에는 도끼가 쥐어져 있었다. 머리 위에는 곧 허물어질 듯한 투구와 왕관이 씌워져 있었다. 아득한 옛날에 사라진 왕국을 지키는 말 없는 파수꾼으로 그들은 아직 대단한 위엄과 위압감을 풍겼다. 프로도는 외경과 공포에 사로잡혀 배가 그곳에 가까이 다가가는 동안 감히 쳐다볼 생각도 못 한 채 눈을 감고 엎드려 버렸다. 심지어 보로미르마저도 누메노르 파수꾼들의 영원한 그림자 밑으로 배가 순식간에 작은 나뭇잎처럼 가볍게 지나갈 때 절로 고개를 숙이고 말았다. 그들은 이렇게 아르고나스관문의 어두운 협곡으로 들어갔다.

양쪽으로 높이를 가늠할 수조차 없는 가파른 절벽이 무섭게 솟아 있었다. 희미한 하늘이 멀리 까마득하게 보였다. 검은 강물이 포효하며 메아리를 일으켰고 그 위로 바람 소리가 비명처럼 들려왔다. 무릎을 움켜잡고 웅크린 프로도는 앞에 앉은 샘이 혼자 신음하듯 중얼대는 소리를 들었다.

"이럴 수가! 정말 무시무시한 곳이야! 이 배에서 나가기만 하면 난 다시는 웅덩이에라도 발을 담그지 않을 거야. 강은 말할 것도 없지만."

"두려워 말게!"

등 뒤에서 이상한 목소리가 들렸다. 프로도는 고개를 돌려 성큼걸이를 보았다. 아니, 그는 이제 성큼걸이가 아니었다. 거기 있는 사람은 오랜 세월의 풍파에 시달린 순찰자가 아니었다. 아라소른의 아들 아라고른이 위풍당당한 모습으로 고물에 앉아 익숙하게 노를 젓고 있었다. 두건은 뒤로 젖혀졌고 검은 머리는 바람에 휘날렸으며 눈에는 광채가 번득거렸다. 망명지에서 자신의 영토로 다시 돌아온 국왕의 모습이었다.

"두려워 말게! 나는 내 옛 조상 이실두르와 아나리온의 모습을 뵙길 오래전부터 갈망해 왔네. 그분들의 그림자 아래 서면 엘렌딜의 후예이자, 이실두르의 아들 발란딜 가문 아라소른의 아들인, 요정석 엘렛사르는 두려울 것이 없네!"

그의 눈에서 광채가 사라지면서 아라고른은 혼자 중얼거렸다.

"간달프가 여기 있었다면 얼마나 좋을까! 내 도시의 성곽과 미나스 아노르가 정말 보고 싶구나! 그런데 이제 도대체 어디로 가야 한단 말이지?"

협곡은 길고 어두웠으며 부딪히는 물소리와 파도 소리가 서로 메아리치며 어우러졌다. 수로가 서쪽으로 방향을 바꾸면서 처음에는 전방의 시야가 완전히 어둠에 잠겼으나 프로도는 높은 곳에서 작은 빛줄기 하나를 발견했다. 그건 점점 커지면서 빠른 속도로 다가왔고 배는 순식간에 눈부신 빛의 세계로 다시 튕겨 나왔다.

이미 정오를 한참 지난 태양은 바람 부는 하늘 위에 눈부시게 반짝였다. 갇혔던 물이 타원형의 길쭉한 호수 위로 퍼져 나갔다. 넨 히소엘호수였다. 호수는 가파른 회색 산으로 둘러싸였고 비탈에는 나무가 무성했지만 정상은 차갑게 빛나는 햇살만 반사할 뿐 휑했다. 멀리 남쪽 끝에 봉우리 셋이 솟아 있었다. 중간의 봉우리가 양쪽에서 약간 떨어져 앞으로 다소간 튀어나와 물 위에 작은 섬을 이루었고 강물은 희미한 빛을 발하며 그 양옆으로 휘어졌다. 천둥처럼 무거운 소리가 바람에 실려 먼 곳에서 아득하게 들려왔다.

아라고른은 남쪽의 높은 봉우리를 가리키며 말했다.

"톨 브란디르를 보게! 왼쪽이 아몬 라우고, 오른쪽이 아몬 헨이지. 각각 귀[耳]의 산과 눈[眼]의 산이라고 하지. 위대한 군주들이 살아 있을 때는 저 위에 높은 의자가 있어서 망을 보았지. 하지만 중앙의 톨 브란디르에는 사람이나 짐승이 한 번도 발을 디딘 적이 없다고 하네. 해가 지기 전에 우리는 저기 닿을 걸세. 내 귀에는 벌써 라우로스폭포가 부르는 소리가 끊임없이 들려오고 있어."

일행은 당분간 휴식을 취하며 호수 중심부를 따라 남쪽으로 떠내려갔다. 간단한 식사를 하고 다시 노를 잡은 후 속도를 내기 시작했다. 서쪽 산기슭은 벌써 어둠에 잠겨 버렸고 태양은 점점 동그랗고 빨갛게 변해 갔다. 여기저기서 희미한 별들이 고개를 내밀었고 세 개의 봉우리가 황혼 속에 어두컴컴한 모습을 드리웠다. 라우로스폭포 소리가 요란하게 들려왔고 여행자들이 마침내 산 그림자 밑으로 들어왔을 무렵 강물 위에는 밤의 그림자가 깊숙이 내려앉고 있었다.

열흘째의 여정이 저물었다. 그들의 등 뒤에는 야생지대가 있었고 이제 동쪽이나 서쪽을 선택하지 않고는 항해를 계속할 수 없었다. 원정대의 여정은 드디어 막바지에 이른 것이다.

Chapter 10

깨어진 우정

아라고른은 그들을 강물 오른쪽으로 인도했다. 톨 브란디르 그늘 아래 서쪽으로는 아몬 헨 기슭에서 물가까지 푸른 풀밭이 깔려 있었다. 그 뒤에는 나무가 빽빽하게 들어찬 완만한 산비탈이 이어졌고, 호숫가를 따라 서쪽으로도 역시 나무가 울창했다. 옹달샘에서 물이 흘러내리며 풀밭을 적셨다.

아라고른이 말했다.

"오늘 밤은 여기서 야영합시다. 파르스 갈렌초원이란 곳인데 옛날부터 여름철만 되면 아름답기로 소문난 곳이오. 아직 여기까진 적의 마수가 뻗치지 않았으면 좋겠는데."

그들은 배를 푸른 강변으로 끌어 올리고 야영 준비를 했다. 경계를 세웠지만 적이 나타날 기미는 전혀 없었다. 혹시 골룸이 용케 계속 뒤따라왔는지도 모르지만 아직은 아무런 기척이 보이지 않았다. 그런데도 밤이 깊어 가면서 아라고른은 점점 더 불안해져 뒤척거리며 잠을 이루지 못했다. 자정이 조금 지나서 그는 불침번을 서던 프로도에게 다가갔다.

"왜 일어나세요? 차례도 아닌데."

"잘 모르겠군. 꿈속에서 어둠과 공포의 느낌이 들었어. 자네, 칼을 한번 빼 보는 게 좋겠네."

"왜요? 적이 가까이 있는 것 같아요?"

"스팅이 혹시 뭘 가르쳐 줄지도 모르지."

프로도는 칼집에서 요정의 칼을 꺼냈다. 어둠 속에서 칼날이 희미한 빛을 내는 것을 보고 그는 놀랐다.

"오르크예요! 아주 가까운 것은 아니지만 그렇다고 멀지도 않아요."

"걱정이군. 하지만 이쪽 강변에 있는 것 같지는 않아. 스팅의 빛이 희미한 걸 보니 아마 아몬 라우 기슭에 모르도르의 첩자들이 숨어 있는 모양이야. 아직까지 아몬 헨에 오르크들이 나타났다는 소리는 못 들었거든. 하지만 미나스 티리스조차 안두인수로를 안전하게 지켜 주지 못하는 이 험난한 시절에 무슨 일이 벌어질지야 아무도 알 수 없지. 내일은 조심해서 떠나야겠군."

아침 해가 불꽃처럼 떠올랐다. 동녘에는 마치 큰불이라도 난 듯 시커먼 구름이 나지막하게 걸려 있었지만 검은 구름 아래에서 시뻘건 불길을 내뿜으며 태양이 맑은 하늘로 떠올랐다. 톨 브란디르 꼭대기는 황금빛 점을 찍은 듯했다. 프로도는 동쪽으로 고개를 돌려 하늘을 찌를 듯 솟은 섬을 바라보았다. 섬 기슭은 흐르는 물에서 급경사를 이루며 솟아 있었다. 가파른 절벽 위로 나무들이 층층이 비스듬하게 뿌리를 내리고 있는 비탈이 있었고, 다시 그 위로는 접근이 불가능한 회색 암벽이 보였으며, 정상에는 거대한 바위 첨탑이 있었다. 그 주위로 많은 새들이 선회하고 있었으나 그 외에 달리 생명체의 모습은 보이지 않았다.

식사를 마치고 아라고른은 일행을 소집했다.

"드디어 그날이 왔소. 우리가 오랫동안 연기해 온 선택의 날이오. 지금까지는 모두 함께 원정대로 무사히 왔는데 이제부터는 어떻게 해야겠소? 보로미르와 함께 서쪽으로 가서 곤도르의 전쟁에 출전할 것인가, 아니면 공포와 어둠의 땅 동쪽으로 갈 것인가? 아니면 지금까지의 결속을 포기하고 각자 헤어져 제 갈 길로 갈 것인가? 어떤 길을 택하든 빨리 결정해야 하오. 여기서는 오래 머물 수가 없소. 알다시피 적은 동쪽 강변에 숨어 있고 어쩌면 오르크들은 벌써 이쪽으로 넘어왔을지도 모르지."

오랜 침묵이 흘렀지만 움직이거나 말하는 이는 아무도 없었다. 아라고른이 다시 입을 열었다.

"자, 프로도, 미안하지만 이 짐은 자네가 져야 하네. 자넨 엘론드의 회의에서 결정된 반지의 사자니까. 자네의 길이니까 자네만이 선택할 수 있지. 이 문제에 대해서는 나로서도 무슨 말을 함부로 못 하겠소. 난 간달프가 아니오. 비록 그의 짐을 대신 지기 위해 지금까지 나름대로 노력은 했지만 과연 간달프라면 이 순간에 어떻게 했을지 나는 모르겠소. 하지만 그가 지금 여기 있더라도 십중팔구 자네가 선택해야 했을 것이야. 그것이 자네의 운명이니까."

아무 대답도 하지 않던 프로도는 잠시 후 천천히 말했다.

"저도 급한 건 압니다만 아직 결정을 못 했어요. 너무 무거운 짐이군요. 한 시간만 더 주십시오. 그때 말씀드리지요. 혼자 있게 해 주십시오."

아라고른은 자상하고도 애처로운 표정으로 그를 바라보았다.

"좋아, 드로고의 아들 프로도. 한 시간을 줄 테니 혼자 있게. 그동안 우리는 여기서 기다릴 테니 불러도 들리지 않을 정도로 멀리 가지만 말게."

프로도는 고개를 숙인 채 한참 동안 앉아 있었다. 걱정스러운 표정으로 주인을 지켜보던 샘이 고개를 저으며 중얼거렸다.

"사실 해답이야 불을 보듯 뻔한 건데, 그렇다고 감지네 샘이 건방지게 참견할 수야 없겠지."

프로도는 곧 일어나 저편으로 걸어갔다. 다른 이들은 모두 그를 보지 않으려고 억지로 고개를 돌리고 있었지만, 보로미르만은 프로도가 아몬 헨기슭의 숲으로 사라질 때까지 유심히 살펴보고 있었고, 샘이 이 모습을 눈여겨보았다.

처음에는 시름없이 숲을 헤매던 프로도는 자신의 발길이 저절로 산비탈 위로 향하고 있음을 깨달았다. 그는 세월이 흐르는 동안 거의 폐허가 되다시피 한 작은 산길로 접어들었다. 경사가 급한 곳에 돌계단이 놓여 있었지만 이젠 모두 닳고 갈라져서 틈새로 나무뿌리가 박혀 있기도 했다. 어디로 가는지도 모르고 한참 올라간 그는 풀밭에 이르렀다. 풀밭 가에는 마가목나무가 둘러서 있었고, 한가운데엔 넓고 평평한 바위가 있었다. 산 중턱의 그 작은 풀밭은 동쪽으로 훤히 트여 있어서 이른 아침 햇살이 가득히 비쳤다. 프로도는 걸음을 멈추고 발아래 저 멀리 강과 톨 브란디르를 바라보았다.

그 전인미답의 섬과 그가 서 있는 곳 사이의 거대한 하늘을 새들이 선회하고 있었다. 라우로스폭포 소리가 묵직한 반향과 함께 우렁차게 들려왔다.

그는 바위에 앉아 두 손으로 턱을 괴고 동쪽을 바라보며 생각에 잠겼다. 빌보가 샤이어를 떠난 후 일어난 모든 일들이 주마등처럼 뇌리를 스치고 지나갔고 간달프가 말한 것들도 하나하나 떠오르기 시작했다. 시간은 계속 흘렀지만 그는 여전히 아무런 결론도 내리지 못했다.

갑자기 그는 깊은 생각에서 깨어났다. 누군가 등 뒤에서 자신을 기분 나쁘게 노려보는 듯한 이상한 예감이 들었다. 그는 벌떡 일어나 뒤를 돌아보았다. 놀랍게도 그것은 보로미르였다. 그는 다정한 표정으로 웃고 있었다. 보로미르가 앞으로 다가오며 말했다.

"프로도, 당신이 걱정돼서 왔소. 아라고른의 말대로 여기까지 오르크들이 왔다면 누구든지 혼자 돌아다녀서는 안 되겠지. 특히 당신은 더욱 그렇고. 모든 것이 당신에게 달려 있지 않소! 그리고 내 마음도 착잡하오. 다행히 당신을 만났으니 잠시 이야기를 나눌까? 그래야 나도 안심이 되겠고. 여럿이 모여 있으면 도대체 이야기에 끝이 안 나거든. 혹시 둘이서만 있으면 무슨 좋은 생각이 떠오를지도 모르지."

"고맙습니다만 이젠 아무 이야기도 필요 없습니다. 어떻게 해야 할지 결정했으니까요. 다만 행동으로 옮기기가 두려울 뿐입니다. 보로미르, 두렵다는 뜻입니다."

보로미르는 말없이 서 있었다. 라우로스의 물소리는 여전히 요란했고 나뭇가지 사이로 미풍이 불어왔다. 프로도는 몸을 떨었다. 보로미르는 갑자기 그의 곁에 와서 앉았다.

"당신은 지금 쓸데없는 고생을 하고 있다는 걸 아시오? 난 당신을 돕고 싶소. 그 어려운 결정에 충고하고 싶단 말이오. 내 생각을 들어 보겠소?"

"무슨 생각인지 이미 알고 있습니다, 보로미르. 내 마음속에 일어나는 경고의 소리만 없다면 그건 좋은 생각이겠지요."

"경고라니! 무엇에 대한 경고란 말이지?"

보로미르가 날카롭게 물었다.

"지연시키지 말라는 경고입니다. 쉬운 길을 택하지 말라, 내게 지워진 짐을 거부하지 말라는 경고입니다. 구태여 말하자면, 인간들의 힘과 진실을 믿지 말라는 경고입니다."

"당신은 모르고 있었지만 그 힘은 당신이 멀리 고향에 있을 때 오랫동안 당신을 지켜 온 힘인데."

"곤도르인들의 용기를 의심하는 것은 아닙니다. 하지만 세상은 변하고 있어요. 미나스 티리스의 성벽이 아무리 견고하다고 해도 충분하지는 않습니다. 만일 그 성벽이 무너질 때는 어떻게 되겠습니까?"

"우리는 모두 용감하게 싸울 거요. 그리고 아직 희망은 있고."

"반지가 남아 있는 한 희망은 없습니다."

그러자 보로미르는 눈에 빛을 발하며 말했다.

"아! 반지! 반지라! 우리가 그 작은 것 하나 때문에 서로 의심하고 공포를 견뎌야 하다니 참 이상한 일이지! 그 작은 것 하나 때문에! 엘론드의 집에서 잠깐 본 적이 있지만 다시 한번 그 반지를 보여 줄 수 있을까?"

프로도는 고개를 들었다. 가슴에서 갑자기 서늘한 기운이 일었다. 그는 보로미르의 눈에서 이상한 빛이 번득이는 것을 발견했다. 그러나 그의 얼굴은 여전히 다정하고 친절한 표정을 띠었다. 프로도가 말했다.

"가능하면 숨겨 두는 게 좋습니다."

"좋을 대로 하지. 괜찮소. 그렇다고 이야기도 못 하는 건 아니겠지? 당신은 항상 그것이 대적의 손에서 나쁜 일에 쓰일 경우만 생각하는 것 같은데, 좋은 쪽으로도 이용할 수 있지 않을까? 당신 말대로 세상은 변하고 있어. 반지가 있는 한 미나스 티리스는 멸망하고 만다고 했지만 왜 꼭 그래야 하나? 반지가 대적의 손에 들어간다면 그렇게 되겠지. 하지만 우리 손에 있다면 어떻게 될까?"

"회의에 참석하지 않았습니까? 우리는 그것을 이용할 수 없습니다. 반지로 하는 일은 무엇이든지 나쁜 결과로 변합니다."

보로미르는 몸을 일으켜 불안하게 서성거리기 시작했다.

"그래서 당신은 그쪽으로 가겠단 말이지? 간달프, 엘론드, 그 친구들이 당신한테 그렇게 가르친 것뿐이야. 그들 생각으로는 그게 옳겠지. 요정, 반요정이니 마법사니 하는 그 친구들은 곧 후회하게 될걸. 내가 보기엔 소심한 게 아니라 어리석은 짓이지만, 다 나름대로의 방식이니 어쩔 수 없지. 진실한 마음을 품은 사람들은 타락하지 않아. 미나스 티리스의 우리는 오랫동안 굳건히 견뎌 왔지. 우리가 바라는 것은 마법사의 힘이 아니라 우리 자신을 지킬 수 있는 힘, 정의를 세울 수 있는 힘이야. 그런데 보게! 이 어려운 시기에 운명은 우리에게 그 힘의 반지를 가져다준 거야. 나는 그것을 선물이라고 부르겠어. 모르도르에 대항하는 우리에게 주어진 선물이라고. 그것을 이용하지 않는다면 그거야말로 이상한 일이지. 대적의 힘으로 대적을 치는 셈이니까. 두려움을 모르는 냉정한 자만이 승리를 거둘 수 있어. 위대한 지도자, 전사라면 이 순간에 어떻게 행동해야 할 것인가? 아라고른이라면? 만일 그가 거절한다면 이 보로미르는 어떤가? 그 반지는 내게 모든 지휘권을 부여할 걸세. 모르도르의 무리들을 쫓아내고 나면 모든 사람은 나의 깃발 아래로 모여들지 않을까?"

보로미르는 위아래로 성큼성큼 걸어 다니며 계속 큰 소리로 떠들어 댔다. 그의 이야기가 성벽과 무기와 군대의 소집에 이르렀을 때 그는 거의 프로도의 존재를 잊은 듯했다. 그는 대동맹과 영광의 승리를 위한 구상을 밝혔고, 드디어 모르도르를 정복하고 스스로 덕망 있고 지혜롭고 위대한 왕이 되어 있었다. 그는 갑자기 걸음을 멈추고 손을 내저으며 소리쳤다.

"그런데 그들은 우리에게 그것을 내버리라고 하고 있으니! 난 일부러 '파괴'란 말은 쓰지 않았어. 그럴 수만 있다면 그건 좋은 생각이야. 하지만 불가능한 일이지. 기껏 우리의 계획이란 것은 당신 같은 반인족 혼자 무턱대고 모르도르로 들어가 대적에게 반지를 고스란히 넘겨주는 것밖에 안 돼. 어리석기 짝이 없는 노릇이지!"

그는 다시 프로도를 향해 갑자기 돌아서며 말을 이었다.

"당신 생각도 그렇지 않은가? 두렵다고 했지? 그건 아무리 용감한 사람이라도 공감할 수 있는 이야기야. 그렇다면 사실 당신 마음속의 분별력은 반발하고 있단 얘기 아닌가?"

"아니요. 두렵긴 합니다만, 그게 전부입니다. 하지만 당신이 그렇게 얘기하고 보니 더 분명해지는군요. 고맙습니다."

"그렇다면 미나스 티리스로 갈 텐가?"

보로미르가 물었다. 그의 눈에 광채가 일고 얼굴에는 안간힘을 쓰는 기색이 역력히 드러났다.

"내 말을 잘못 알아들으셨군요."

프로도가 말하자 보로미르는 끈기 있게 권유했다.

"잠시 동안이라도 가 보면 어떤가? 미나스 티리스는 여기서 멀지 않아. 그리고 모르도르로 가는 데도 여기서 가는 것보다 멀지 않지. 우리는 오랫동안 황야를 돌아다녔으니, 당신이 다음 행동을 정하려면 대적의 동태에 대한 새로운 정보도 필요할 걸세. 프로도, 나와 함께 가지. 그리고 설령 모르도르로 간다 하더라도 여행하기 전에 잠시 휴식을 취하는 게 낫지 않아?"

그는 호빗의 어깨 위에 다정하게 손을 얹었다. 하지만 프로도는 그의 손이 흥분을 억제하느라 마구 떨리는 것을 느꼈다. 그는 재빨리 옆으로 비켜나서 경계의 눈초리로 그 장신의 사나이를 쳐다보았다. 키가 거의 두 배가 되고 힘에 있어서는 상대도 안 될 거인이었다.

"왜 나를 그렇게 싫어하지? 나는 도둑도 사기꾼도 아닌 진실한 사람이야. 당신의 반지가 필요하다고 솔직하게 털어놓지 않았나. 내 말은 그것을 가지겠다는 게 아니라 내 계획을 시험해 보게 조금만 도와달라는 것이야. 잠깐만 빌려주게!"

"안 됩니다! 절대 안 됩니다! 회의에서는 내게 반지를 맡겼습니다."

"만일 우리가 대적에게 무릎을 꿇고 만다면 그건 바로 우리의 어리석음 때문이야! 도저히 못 참겠군! 바보 같으니라고! 멍청한 고집쟁이! 일부러 사지에 뛰어들어 우리까지 죽이려 하다니! 만일 누군가가 그 반지의 소유권을 주장할 수 있다면 그건 반인족이 아니라 바로 누메노르인이야! 다만 운 나쁘게 네 손에 들어갔을 뿐이라고. 그건 내 것일 수도 있었어. 내 것이 맞아! 이리 내놔!"

프로도는 아무 대답도 하지 않고 재빨리 바위 뒤로 가서 그와 마주 섰다. 보로미르는 좀 더 부드러운 소리로 말했다.

"자, 자, 친구! 그 짐을 벗어 버리는 게 어때? 그러면 의심도 공포도 사라질 걸세. 모든 책임을 내게 떠넘겨. 내가 너무 힘이 세서 빼앗겼다고 해도 좋아. 사실 반인족 너보다야 내가 힘이 셀 테니까."

그는 소리를 지르며 갑자기 바위를 뛰어넘어 프로도에게 덤벼들었다. 잘생긴 호남형인 그의 얼굴이 무섭게 일그러졌고 눈에서는 사나운 불꽃이 일었다.

프로도는 몇 걸음 몸을 피해 다시 바위 반대편으로 갔다. 그가 취할 수 있는 방법은 단 하나였다. 부르르 몸을 떨며 그는 줄에서 반지를 빼 재빨리 손가락에 끼었다. 보로미르가 다시 덤벼드는 순간이었다. 그는 놀란 눈으로 숨을 헐떡이며 잠시 사방을 둘러보았다. 그리고 여기저기 바위와 나무 사이를 미친 듯이 뛰어다니며 프로도를 찾았다. 그는 마구 소리를 질렀다.

"이 사기꾼 같은 놈! 잡히기만 해 봐라! 이젠 네 속셈을 알겠어. 반지를 사우론한테 바치고 우리 모두를 팔아넘길 셈이지? 네놈은 지금까지 우리에게서 도망칠 기회만 노리고 있던 거야. 너희 반인족 놈들은 모두 죽어서 지옥에나 가라!"

그 순간 그는 돌부리에 걸려 얼굴을 땅에 처박고 넘어졌다. 호빗에게 내린 저주가 그 자신에게 씐 듯 그는 한참을 죽은 듯 엎드려 있다가 갑자기 울음을 터뜨렸다. 그리고 일어나서 손으로 눈물을 닦으며 중얼거리기 시작했다.

"내가 뭔 말을 했지? 무슨 짓을 한 거야? 프로도! 프로도! 돌아와! 내가 귀신에 홀린 모양이야. 돌아와!"

아무 대답이 없었다. 프로도는 그의 소리를 들을 수 없었다. 이미 그는 멀리 떨어진 곳에서 뒤도 돌아보지 않고 산꼭대기를 향해 오르고 있었다. 미친 듯 덤벼들던 보로미르의 흉포한 얼굴과 이글거리던 눈빛을 생각하며 그는 공포와 슬픔에 몸을 떨었다.

얼마 후 홀로 아몬 헨 정상에 이른 프로도는 거친 숨을 몰아쉬며 걸음을 멈췄다. 넓고 평탄한 원형의 땅이 안개에 둘러싸인 듯 흐릿하게 보였다. 바닥에는 단단한 판석이 깔려 있고 사방으로는 총안이 있는 흉벽이 폐허가 된 채 둘러싸여 있었다. 그리고 한가운데는 네 개의 돌기둥 위에 계단을 걸어 올라가 앉을 수 있는 높은 의자가 마련되어 있었다. 그는 계단을 올라가 마치 길 잃은 아이가 산속 왕의 옥좌에 오르는 듯한 느낌으로 그 퇴락한 의자에 앉았다.

처음에는 아무것도 보이지 않았다. 그는 온통 어둠으로 둘러싸인 안개 나라에 온 느낌이 들었다. 반지는 여전히 그의 손가락에 끼워져 있었다. 잠시 후 안개의 벽이 여기저기 뚫리면서 많은 환상이 나타났다. 까마득하게 멀리 보이는 환상이었지만 모두 바로 눈앞 책상 위에 놓인 듯 선명했다. 소리는 들리지 않고 다만 생생한 영상들만 환하게 빛났다. 마치 온 세상이 조그맣게 줄어들어 침묵에 잠겨 있는 것 같았다. 그가 앉은 자리는 누메노르인들의 눈의 산, 아몬 헨 정상에 있는 '눈의 망루'였다. 멀리 동쪽으로는 미지의 광막한 대지가 펼쳐져 있었다. 이름조차 알 수 없는 평원과 원시림이었다. 북쪽으로는 안두인대하가 저 밑으로 리본처럼 뻗어 있었고 안개산맥이 깨진 이빨처럼 작고 단단하게 대지에 뿌리박고 있었다. 서쪽으로는 로한의 광대한 초원이 보였고 아이센가드의 첨탑 오르상크가 검은 못처럼 솟아 있었다. 남쪽으로는 바로 발밑에서 안두인대하가 부서지는 파도처럼 라우로스폭포 아래로 곤두박질치고 있었고 물거품이 하얗게 일며 은은한 무지개가 피어올랐다. 그리고 그는 하류의 거대한 삼각주 에시르 안두인을 보았다. 수많은 바닷새들이 햇빛 속에 흰 무리를 지으며 선회했고 그 아래로 은초록빛 바다가 끝없는 파도에 넘실거렸다.

그러나 사방 어디를 보아도 그의 눈에 들어오는 것은 전운이었다. 안개산맥은 꿈틀거리는 개미탑처럼 수천 개의 구멍에서 오르크들이 튀어나왔고, 어둠숲 자락에서는 요정과 인간과 사나운 짐승 들이 필사의 전쟁을 치르고 있었다. 베오른족의 땅은 화염이 충천했고, 모리아는 구름에 덮여 있었으며, 로리엔의 변경에서는 연기가 피어올랐다.

로한의 초원에서는 기사들이 말을 달리고 있었고, 아이센가드에서는 늑대들이 쏟아져 나왔다. 하라드의 항구에서는 전함들이 출항했으며, 동쪽에서는 인간들이 끊임없이 이동하고 있었다. 칼과 창을 든 전사들과 말을 탄 궁수들, 그리고 지휘관들을 태운 수레들과 짐을 실은 마차들이 계속 뒤를 이었다. 암흑군주 휘하의 모든 세력이 움직이고 있었다. 그는 남쪽으로 고개를 돌려 다시 미나스 티리스를 바라보았다. 까마득하게 멀리 있었지만 아름다운 도시였다. 흰 성벽과 수많은 첨탑들이 산속에 아름답고 당당하게 서 있었고, 성벽 위 흉장에는 창검이 번쩍이고, 포탑들은 빛나는 깃발로 가득 차 있었다. 그의 가슴에 희망이 용솟음쳤다. 그러나 미나스 티리스를 대적하는 또 다른 성채가 있었다. 더 거대하고 더 견고한 요새였다. 그의 눈길은 자기도 모르게 동쪽으로 끌렸다. 폐허가 된 오스길리아스의 다리와 기분 나쁜 웃음을 짓고 있는 미나스 모르굴의 입구, 그리고 유령 같은 산맥을 지나 그의 눈은 모르도르의 공포의 계곡 고르고로스를 향해 있었다. 그곳은 햇빛 속에서도 어둠에 뒤덮여 있었고 연기 속으로 불꽃이 이글거렸다. 운명의 산도 불타오르며 독한 연기가 솟아오르고 있었다. 그리고 마침내 그의 시선도 고정되고 말았다. 층층이 쌓아 올린, 이루 말할 수 없이 견고한 검은 성벽과 흉장들, 철의 산, 강철 관문, 난공불락의 첨탑들. 바랏두르, 곧 사우론의 요새였다. 그는 모든 희망을 상실하고 말았다.

그리고 갑자기 그는 그 '눈'을 느꼈다. 암흑의 탑에는 잠들지 않는 눈이 하나 있었다. 그는 그 눈이 자신의 응시를 알아차렸음을 깨달았다. 대단히 무시무시하고 강력한 염력(念力)이었다. 그것은 그를 향해 달려들어 마치 손가락으로 더듬듯 그를 찾았다. 당장이라도 그를 꼼짝 못 하게 하고 정확한 위치를 찾아낼 것만 같았다. 그 눈은 아몬 라우를 더듬더니 톨 브란디르를 훑었다. 프로도는 의자에서 뛰어내려 주저앉으며 회색 두건으로 머리를 감쌌다.

그는 자신의 비명 소리를 들었다. '안 돼! 안 돼!' 다른 소리도 들렸다. '정말 갑니다, 제가 그쪽으로 갑니다.' 그는 혼란스러웠다. 그런데 전혀 반대쪽에서 또 다른 생각이 갑자기 떠올랐다. '빼! 반지를 빼! 바보야, 빼! 반지를 빼란 말이야!'

마음속에서 두 힘이 싸우고 있었다. 잠시 동안 그는 예리한 양쪽 칼끝 사이 한가운데서 몸을 뒤틀며 고통스러워했다. 갑자기 그는 자기 자신의 존재를 다시 깨달았다. 프로도, '목소리'도 아니고 '눈'도 아닌 자유로운 선택권을 가진 자신의 모습이었다. 그리고 그 선택의 순간도 이제 마지막이었다. 그는 손가락에서 반지를 빼냈다. 그 높은 의자 앞에서 밝은 햇살을 받으며 그는 무릎을 꿇고 있었다. 그의 머리 위에 팔처럼 드리워진 어둠의 그림자가 지나갔다. 그림자는 아몬 헨을 놓치고 서쪽에서 서성이다가 사라져 버렸다. 다시 하늘은 맑아지고 푸르름을 되찾았으며 새들이 가지마다 노래하고 있었다.

프로도는 벌떡 일어났다. 말할 수 없는 피로가 그를 엄습했다. 그러나 그의 의지는 확고했고 마음은 훨씬 가벼워졌다. 그는 큰 소리로 혼자 중얼거렸다.

"이제 내가 해야 할 일을 해야겠다. 한 가지 분명한 건 반지의 마력이 벌써 우리 원정대 사이에서도 영향력을 발휘했다는 점이야. 더 많은 해를 끼치기 전에 반지는 떠나야 해. 나 혼자 떠나야 하는 거야. 믿을 수 없는 동지가 벌써 생겼어. 더구나 믿을 수 있는 친구들은 내가 너무 사랑하는 이들이지. 불쌍한 샘, 메리, 피핀! 성큼걸이 역시 마찬가지야. 그의 마음은 미나스 티리스를 향하고 있어. 보로미르가 이제 악의 손아귀에 빠져들었으니 그는 그곳에 정말 필요한 인물이야. 나는 혼자 가야 해. 지금 즉시!"

그는 빠른 걸음으로 길을 따라 내려가 보로미르가 자신을 발견한 그 풀밭으로 돌아왔다. 그는 귀를 기울이며 멈춰 섰다. 강변 근처 숲에서 누가 부르는 소리가 들리는 것 같았다.

"나를 찾고 있군. 시간이 너무 오래 걸린 건가? 몇 시간이 지났는지도 모르겠군."

그는 머뭇거리며 중얼거렸다.

"어떻게 하지? 지금 떠나지 않으면 갈 수 없어. 다시는 기회가 없을 거야. 이렇게 말 한마디 없이 떠난다는 것은 정말 내키지 않아. 하지만 모두 틀림없이 이해하겠지. 샘은 이해할 거야. 달리 무슨 길이 있겠어?"

그는 천천히 반지를 꺼내 다시 손가락에 꼈다. 그는 모습을 감추고 바람처럼 가볍게 언덕을 내려갔다.

일행은 오랫동안 강가에 앉아 있었다. 한참 동안 그들은 불편한 몸을 꿈지럭거리며 침묵을 지키고 있었지만 다시 둥그렇게 모여 앉아 이야기를 시작했다. 이따금 그들은 지금까지의 긴 여행과 수많은 모험을 이야기하며 반지를 잊으려고 애를 썼다. 그들은 아라고른에게 곤도르 왕국과 그 고대의 역사, 그리고 이곳 신비로운 에뮌 무일 변경에 남아 있는 거대한 유적들에 관해 물었다. 바위를 깎아 만든 제왕들의 동상, 아몬 라우와 아몬 헨 정상의 의자, 그리고 라우로스폭포 곁의 거대한 계단에 대한 것들이었다. 그러나 그들의 생각과 이야기는 언제나 프로도와 반지로 되돌아왔다. 프로도는 어떤 길을 택할까? 그는 왜 망설이는 걸까?

아라고른이 말했다.

"프로도는 지금 어느 쪽이 더 위험한 길인지 고민하고 있네. 당연한 고민이야. 우린 지금까지 골룸의 추격을 받았기 때문에 동쪽으로 간다는 것은 전보다 훨씬 더 어려운 일이 되어 버렸지. 우리의 여행 목적이 이미 적에게 발각된 것인지도 몰라. 하지만 미나스 티리스라고 해서 우리의 짐을 파괴할 수 있는 불의 산과 결코 더 가깝지는 않아. 당분간은 거기서 용감하게 저항할 수 있겠지. 하지만 엘론드조차 자신 없다고 한 일을 데네소르 공과 그 병사들이 해낼 가능성은 없어. 반지의 비밀을 지키는 것도 힘들지만 대적이 그것을 빼앗기 위해 총공세를 취해 올 때 막는 것은 거의 불가능해. 우리가 프로도의 입장이라면 어떤 길을 택하겠나? 나도 모르겠네. 지금처럼 간달프가 아쉬워 본 적이 없어."

레골라스가 말했다.

"슬픈 일이지만 간달프의 도움 없이 결정을 내리는 수밖에요. 왜 우리가 결정을 내려서는 안 되지요? 그러면 프로도를 도와줄 수 있을 텐데. 지금이라도 그를 불러서 투표를 합시다. 나는 미나스 티리스를 지지합니다."

김리도 말했다.

"나도 동감이야. 우린 물론 반지의 사자와 동행하도록 뽑혔지만 그렇다고 해서 운명의 산까지 가겠다는 맹세를 하거나 그런 명령을 받은 일은 없어요. 원하는 데까지만 가는 거지요. 사실 난 로슬로리엔을 떠나는 것이 무척 힘들었어. 하지만 지금 여기까지 와서 이제 마지막 선택을 앞둔 마당에 프로도를 버려두고 혼자 갈 수는 없지. 난 미나스 티리스를 지지하지만 프로도가 반대한다면 그를 따르겠어요."

레골라스가 다시 말했다.

"나 역시 그와 함께 가겠어요. 여기 와서 그를 떠난다는 것은 배신이야."

아라고른이 말했다.

"우리 모두 마찬가질세. 그건 정말 배신이지. 하지만 그가 동쪽으로 간다고 해도 내 생각엔 우리 모두 다 따라갈 필요는 없어. 그리고 그래서도 안 되고. 그 길은 위험한 길이니까 혼자서 가나 두세 명이 가나 아니면 여덟이 모두 가나 어렵긴 마찬가지야. 자네들이 내게 결정권을 준다면 나는 세 명의 동지를 선택하겠어. 샘은 도무지 설득이 안 될 테니까 우선 들어가고, 그다음에 김리와 날세. 보로미르는 부친과 백성들이 있는 고향 도시로 돌아가고 나머지 일행도 그와 같이 가게. 만일 레골라스가 끝까지 반대한다면 적어도 메리아독과 페레그린은 그리로 가야 하네."

그러자 메리가 외쳤다.

"말도 안 됩니다! 우린 프로도를 떠날 수 없어요! 피핀과 나는 그가 어디로 가든지 함께 가기로 결정했어요. 지금도 그렇습니다. 물론 전에는 그 말이 무엇을 의미하는지 잘 몰랐지요. 멀리 샤이어나 깊은골에 있을 때는 달리 생각되었으니까요. 프로도를 모르도르로 보낸다는 것은 미친 짓이자 잔인한 일이에요. 왜 말리면 안 되지요?"

피핀도 말했다.

"막아야 해요. 프로도가 걱정하고 있는 것도 바로 그겁니다. 우리가 동쪽으로 가는 것에 동의하지 않을 걸 알거든요. 그래서 아무에게도 터놓고 말하지 않는 거예요. 불쌍한 분이에요. 생각해 보세요. 모르도르에 혼자 간다니 말이나 돼요?"

피핀은 몸을 떨고 다시 말을 이었다

"참 어리석은 양반이에요. 우리한테 그런 부탁을 할 수 없다는 걸 알고 있거든요. 우리가 그를 못 막긴 하지만 마찬가지로 그를 떠날 수도 없다는 것을 알아야 할 텐데 말이에요."

그러자 샘이 말했다.

"미안하지만 피핀, 자네는 프로도 씨를 잘 모르고 있는 것 같아. 그분은 어디로 가야 할지 망설이는 게 아니야. 아니고말고! 미나스 티리스로 가면 이점이 뭘까? 내 말은, 그분에게는 말이야. 보로미르 씨에겐 죄송한 말씀이지만."

샘은 그렇게 덧붙이며 보로미르를 돌아보았다. 보로미르가 그 자리에 없다는 것을 발견한 것은 바로 그때였다. 그 전까지 그는 둘러앉은 일행의 바깥쪽에 조용히 앉아 있었다. 샘은 걱정스러운 표정으로 말했다.

"어디 갔을까? 그 사람 내가 보기엔 요새 조금 이상해졌어요. 물론 그는 우리 문제와는 관계가 없긴 해요. 그는 항상 말했듯이 고향으로 떠나겠지요. 그렇다고 그를 탓할 수는 없어요. 여하간 프로도 씨는 무슨 수를 써서라도 운명의 틈을 발견해야 한다고 생각하고 계세요. 다만 그것을 두려워할 뿐이지요. 분명한 것은 그분이 무척 두려워하고 있다는 점이에요. 문제는 바로 그겁니다. 물론 그동안 집을 떠난 뒤로, 우리 모두 그렇지만, 꽤 단련되긴 했지요. 그렇지 않았더라면 아마 너무 겁이 나서 반지를 강물에 던져 버리고 달아나셨을 거예요. 하지만 여전히 무서워서 떠나지 못하고 계신 거예요. 우리가 그분을 따라가든 따라가지 않든 그분이 걱정하시는 건 우리가 아니에요. 그분은 우리가 따라나서리라는 것도 알고 계세요. 그것이 또 어려운 문제 중 하나지요. 만일 그분이 용기를 내 모르도르에 간다면 그분은 혼자 가실 거예요. 제 말을 잘 들으세요! 그분이 돌아오시면 아마 우리는 한바탕 난리를 쳐야 할 거예요. 틀림없이 혼자 간다고 나설 테니까요."

"샘, 자넨 정말 생각이 깊네. 만일 자네 말이 옳다면 어떻게 해야 할까?"

아라고른이 물었다.

"막아야지요! 못 가시게 해야 합니다!"

피핀이 외쳤다. 그러자 아라고른이 말했다.

"그럴까? 하지만 그는 반지의 사자야. 반지의 운명은 그에게 달린 거야. 그에게 이래라저래라 강요하는 건 우리 도리가 아니지. 설사 그렇게 해 본들 성공은 장담할 수가 없어. 우리보다 훨씬 더 강한 힘이 그에게 작용하고 있으니까."

다시 피핀이 말했다.

"어쨌든 프로도가 용기를 내고 돌아와서 함께 이겨 냈으면 좋겠어요. 기다린다는 건 정말 지겨운 일이에요. 시간도 지나지 않았어요?"

"그렇군. 시간이 많이 지났는데. 아침나절이 다 지나갔어. 프로도를 찾아보세."

그때 보로미르가 다시 나타났다. 그는 숲에서 나와 말없이 그들을 향해 걸어왔다. 그의 얼굴은 딱딱하게 굳었고 약간 슬픈 표정이었다. 그는 모여 있는 이들의 숫자를 세듯 잠시 둘러보다가 눈을 땅으로 떨구고 따로 떨어져 앉았다.

아라고른이 물었다.

"어디 갔다 왔소, 보로미르? 프로도를 보았소?"

보로미르는 잠시 머뭇거렸다. 그는 천천히 대답했다.

"그렇기도 하고 그렇지 않기도 합니다. 언덕 조금 위쪽으로 올라가다가 그를 만나서 이야기를 나누었습니다. 동쪽으로 가지 말고 미나스 티리스로 가자고 권했지요. 내가 화를 좀 내자 뒤로 물러서더니 사라져 버렸습니다. 옛날에 그런 이야기를 듣기는 했지만 그렇게 희한한 일은 처음이었습니다. 아마 반지를 낀 모양입니다. 찾을 수가 없었어요. 난 그가 여기 돌아와 있을 줄 알았습니다."

"그게 전부요?"

아라고른은 매우 엄한 표정으로 보로미르를 노려보며 물었다.

"그렇습니다. 더 할 말이 없습니다."

그러자 샘이 벌떡 일어서며 외쳤다.

"수상해요! 이 사람이 여태까지 뭘 하다가 왔는지 모르겠어요. 프로도 씨가 왜 반지를 낍니까? 절대로 낄 리가 없어요. 만일 끼셨다면 틀림없이 무슨 일이 벌어진 거예요!"

메리도 거들었다.

"절대로 반지를 끼는 법이 없어요. 빌보 어른과는 달라서 보기 싫은 손님을 피할 때도 반지를 끼진 않았어요."

이번에는 피핀이 외쳤다.

"그럼 어딜 갔을까? 지금 어디 있지? 시간이 벌써 한참 지났는데."

아라고른이 다시 물었다.

"보로미르, 당신이 프로도를 만난 지 얼마나 됐소?"

"아마 30분, 아니면 한 시간쯤 됐는지 모르겠는데요. 그러고 나서는 한참 돌아다녔거든요. 난 모릅니다! 몰라요!"

그는 두 손으로 얼굴을 감싸 쥐고 비참한 표정으로 주저앉았다. 샘이 외쳤다.

"사라지신 지 한 시간이나! 지금 당장 찾아봐야 해요. 당장요!"

아라고른이 외쳤다.

"잠깐만! 몇 조로 나눠서 찾아보세. 잠깐! 기다려!"

그러나 소용이 없었다. 그들은 그의 말을 듣지 않았다. 샘이 먼저 뛰어갔고 메리와 피핀도 그 뒤를 따라 서쪽 숲으로 사라지고 말았다.

"프로도! 프로도!"

맑은 고음의 호빗들 목소리가 곳곳에서 들려왔다. 레골라스와 김리도 달려갔다. 원정대원들 사이에 갑자기 공포와 혼란이 찾아온 듯했다.

아라고른은 신음 소리를 냈다.

"모두 흩어지면 길을 잃을 텐데. 보로미르, 당신이 무슨 잘못을 저질렀는지는 모르겠지만 우선은 날 도와주시오. 저쪽 두 명의 젊은 호빗들을 뒤따라가서 프로도를 못 찾더라도 잘 지켜 주시오. 만일 그를 찾거나 무슨 흔적을 발견하면 여기로 돌아오고. 나도 곧 돌아오겠소."

아라고른은 번개같이 뛰쳐나가 샘의 뒤를 쫓았다. 마가목나무 사이 작은 풀밭에 이르러 그는 숨을 헉헉대며 언덕을 오르는 샘을 발견했다. 샘은 계속 "프로도 씨!" 하고 외쳐 댔다.

아라고른이 소리쳤다.

"샘, 같이 가! 우린 따로 떨어지면 안 돼. 여긴 위험한 곳이야. 예감이 이상해. 내가 아몬 헨 정상의 의자에 올라가서 살펴보겠네. 이것 봐! 내 짐작대로야. 프로도가 여길 지나갔어. 자, 눈을 똑바로 뜨고 따라오게!"

그는 빠른 걸음으로 올라갔다. 샘은 젖 먹던 힘까지 내어 따라갔지만 순찰자 성큼걸이를 따라잡는다는 것은 불가능한 일이었다. 그는 곧 뒤처지고 말았다. 아라고른의 모습도 이윽고 시야에서 사라졌다. 샘은 걸음을 멈추고 가쁜 숨을 몰아쉬었다. 갑자기 그는 손으로 이마를 치며 큰 소리로 말했다.

"잠깐, 감지네 샘! 다리가 짧으면 머리를 써야지. 보자! 보로미르는 성격상 거짓말을 하진 못해. 하지만 모든 것을 다 털어놓은 건 분명히 아니었어. 프로도는 대단히 위험한 상황이었을 거야. 그런데 갑자기 용기를 내서…… 드디어 떠나기로 작정을 하셨다! 어디로? 동쪽이야. 샘을 놔두고? 그래, 샘도 없이. 안 돼! 말도 안 돼!"

샘은 손으로 눈물을 닦으며 다시 중얼거렸다.

"잠깐, 감지! 한번 생각해 봐! 프로도 씨는 강물 위로 날아갈 수도 없고 폭포 밑으로 뛰어내릴 수도 없어. 게다가 아무 장비도 없잖아. 그렇다면 배로 돌아가신 게 틀림없어. 배로 돌아가! 샘, 배로 돌아가, 번개같이!"

샘은 돌아서서 미친 듯이 산길을 뛰어 내려갔다. 넘어져 무릎이 벗겨졌지만 다시 일어나 계속 달렸다. 그는 배를 물에서 끌어 올려 놓은 강가의 파르스 갈렌초원 가까이로 다가갔다. 거기엔 아무도 없었다. 등 뒤의 숲에서 부르는 소리가 들리는 것 같았지만 그는 뒤도 돌아보지 않았다. 잠시 입을 벌린 채 꼼짝도 않고 앞을 바라보았다. 배 한 척이 저절로 강둑을 미끄러져 내려가고 있었다. 샘은 소리를 지르며 풀밭을 가로질러 달려갔다. 배가 물 위로 띄워지고 있었다.

"갑니다, 프로도 씨! 갑니다!"

샘은 소리를 지르며 강둑에서 물로 뛰어들어 달아나는 배를 향해 손을 뻗쳤다. 그러나 바로 1미터 앞에서 놓치고 말았다. 비명을 지르며 물에서 첨벙거리던 샘은 얼굴을 아래로 떨구며 깊고 빠른 물살에 휩쓸렸다. 꼬르륵 소리를 내면서 그는 물에 잠겼고 강물이 그의 곱슬머리를 완전히 덮어 버렸다.

빈 배에서 당황한 비명이 터져 나왔다. 노가 빙글빙글 돌더니 배가 방향을 돌렸다. 샘이 죽을 둥 살 둥 텀벙거리며 물 위로 올라왔을 때 프로도는 겨우 그의 머리를 움켜잡을 수 있었다. 그의 둥근 갈색 눈동자에 공포의 그림자가 가득했다.

"샘, 올라와! 자, 내 손을 잡아!"

"살려 줘요! 물 먹었어요. 손이 안 보인다고요."

"여기 있어. 손을 너무 꼭 잡지는 마. 놓지는 않을 테니까. 허둥대지 말고 물을 발로 차 봐. 잘못하면 배까지 뒤집힌단 말이야. 자, 여기 뱃전을 붙잡아. 노를 쓸 수 있어야지."

노를 몇 번 저어 프로도는 배를 강변에 다시 댈 수 있었고, 샘은 물에 빠진 생쥐처럼 강변으로 기어올랐다. 프로도는 반지를 빼고 다시 강변에 내려섰다.

"이 세상에서 제일 큰 사고뭉치가 바로 자네야, 샘!"

그러자 샘은 덜덜 떨며 말했다.

"아니, 프로도 씨, 너무해요. 말도 안 돼요. 저를 버려두고 혼자 가시다니요. 제 짐작이 틀렸더라면 지금쯤 어떻게 되었겠어요?"

"무사히 가고 있겠지."

"무사히요? 저 같은 조수도 없이 혼자 말입니까? 차라리 저를 죽이고 가지 어떻게 그냥 가실 수가 있어요?"

"나하고 같이 가면 그게 바로 죽는 길이야, 샘. 그렇게는 할 수 없었어."

"그렇다고 뒤에 남으라고 할 수는 없지요."

"난 지금 모르도르로 가는 거야."

"잘 알아요. 물론 그쪽으로 가실 줄 알았어요. 저도 같이 가겠어요."

"자, 샘! 제발 나를 방해하지 마! 다른 일행들이 곧 나타날 텐데, 또 이야기하고 다투다 보면 용기도 다시 사라질 거고 기회도 없어져. 지금 가야 해. 그 수밖에 없어."

"물론이지요. 하지만 혼자는 안 됩니다. 저도 갑니다. 안 그러면 아무도 못 가요. 먼저 배마다 구멍을 내 버릴 거예요."

프로도는 어이가 없어 웃음을 터뜨렸다. 갑자기 가슴이 뭉클해지고 용기가 생겼다.

"한 척은 남겨 둬. 우리가 써야 할 테니까. 하지만 아무 장비도, 식량도 없이 이렇게 갈 거야?"

그러자 샘은 신나서 외쳤다.

"잠깐만요, 제 물건을 가져올게요. 준비가 다 되어 있어요. 오늘 떠날 줄 알았거든요."

그는 야영지로 달려가 프로도가 배를 비우려고 동료들의 물건을 꺼내 쌓아 놓은 더미에서 자기 짐을 꺼내고 여분으로 담요 한 장과 식량을 좀 더 챙긴 다음 달려왔다.

"이래서 내 계획이 산산조각이 나 버렸군. 자넬 떼어 놓고 가기가 이렇게 힘들 줄이야. 하지만 샘, 난 기쁘구나. 얼마나 기쁜지 말로 다하지 못할 정도야. 이제 가세! 우린 원래부터 같이 다니게 되어 있나 봐. 우리가 떠나가면 남은 이들은 안전한 길을 찾을 수 있을 거야. 성큼걸이가 잘 인도하겠지. 그들을 다시 만날 수는 없을 것 같구나."

"혹시 모르죠, 프로도 씨. 만날 수도 있어요."

이렇게 해서 프로도와 샘은 함께 그들의 마지막 여행을 시작했다. 프로도가 노를 저어 강변에서 멀어지자 강물은 그들을 곧 톨 브란디르의 험상궂은 절벽 서쪽 지류를 따라 빠른 속도로 몰아갔다. 거대한 폭포의 굉음이 더욱 가까워지고 있었다. 샘의 도움이 있긴 했지만 섬 남쪽 끝에서 물살을 가로질러 강 건너 동쪽 강변까지 배를 몰고 가는 일은 무척 힘들었다.

마침내 그들은 아몬 라우 남쪽 비탈에 도착했다. 거기서 경사가 완만한 강변을 발견해 배를 그 위로 끌어 올리고 커다란 바위 뒤에 가능한 한 보이지 않게 잘 숨겼다. 그리고 양어깨에 짐을 걸머지고 에뮌 무일의 회색 언덕을 넘어 어둠의 땅으로 들어가는 길을 찾아 나섰다.

PART Ⅱ

두 개의 탑
(The Two Towers)

The
Two Towers
J.R.R. Tolkien

BOOK THREE

Chapter 1

보로미르, 떠나다

아라고른은 잽싸게 언덕 위로 내달렸다. 그는 이따금 허리를 굽혀 땅바닥을 살폈다. 호빗들은 발걸음이 가벼워 순찰자로서도 발자국을 찾기가 쉽지 않았다. 그렇지만 꼭대기에서 멀지 않은 곳, 샘 하나가 길을 가로지른 축축한 땅에서 그는 자신이 찾고 있던 걸 보았다.

"내가 자취는 제대로 읽어 낸 거야."

아라고른이 혼잣말로 중얼거렸다.

"프로도는 언덕 꼭대기로 올라간 게 틀림없어. 거기서 뭘 봤을까? 그런데 이상한 건, 왔던 길을 되짚어 다시 언덕을 내려갔단 말이야."

아라고른은 망설였다. 직접 꼭대기로 올라가 보면 영문을 알 만한 단서를 잡을 수 있을 것 같았지만 시간이 촉박했다. 그는 몸을 날려 큼지막한 포석(鋪石)들을 가로지르고 계단을 뛰어올라 단숨에 꼭대기에 다다랐다. 그리고 높은 곳에 앉아 주위를 살폈다. 하지만 해가 어둑해진 터라 세상은 침침하고 멀어 보였다. 저 멀리 독수리 같은 커다란 새 한 마리가 높이 떴다가 널찍한 원을 그리며 천천히 대지를 향해 내려오는 모습이 다시 눈에 띈 걸 제외하면, 북쪽부터 한 바퀴 빙 돌아 처음 자리로 되돌아올 때까지 먼 곳의 산지 외에는 보이는 게 없었다.

그렇게 눈여겨 살피는 중에도 그의 예민한 귀는 대하 서쪽 저 아래 삼림에서 나는 소리를 놓치지 않았다. 그의 몸이 뻣뻣이 굳었다. 왁자한 외침 가운데서 오르크들의 거친 목소리가 식별되자 더럭 소름이 끼쳤던 것이다. 별안간 목구멍 깊은 데서 긁어 올리는 듯 큰 뿔나팔이 울렸고, 그 웅장한 소리는 폭포의 굉음까지 덮으며 힘차게 솟구쳐 산지를 뒤흔들고 계곡에 메아리쳤다.

"보로미르의 뿔나팔이야!" 그가 외쳤다. "위기에 처한 거야!"

그는 용수철처럼 계단을 내달리고 날 듯이 길을 꿰질렀다.

"아! 오늘은 악운이 닥쳐 하는 일마다 죄다 어긋나는군. 샘은 어디 있는 거야?"

뛰어가는 동안 점점 요란해지던 외침 소리가 이제 희미해졌고, 뿔나팔 소리는 더욱 처절하게 울려 퍼졌다. 오르크들의 격하고 새된 고함 소리가 솟구치더니 갑자기 뿔나팔 신호가 뚝 그쳤다. 아라고른은 마지막 비탈을 날래게 내달렸지만 언덕 기슭에 닿기도 전에 그 소리들은 잦아들었다. 그가 왼쪽으로 몸을 돌려 그쪽으로 달려갈수록 그 소리들은 점점 멀어져 갔고 마침내 더는 들리지 않았다. 그는 빛나는 칼을 뽑아 들고 "엘렌딜! 엘렌딜!" 하고 외치며 나무들을 헤치고 돌진했다.

파르스 갈렌에서 1.5킬로미터쯤 떨어진, 호수에서 멀지 않은 숲속의 작은 빈터에서 아라고른은 보로미르를 발견했다. 그는 마치 휴식을 취하는 것처럼 큰 나무에 등을 기대고 앉아 있었다. 그러나 아라고른은 그의 몸에 검은 깃의 화살이 숱하게 꽂혀 있는 것을 보았다. 그는 아직도 손에 칼을 쥐고 있었지만, 그 칼은 손잡이 부근에서 부러져 있었고 곁에는 두 동강 난 뿔나팔이 놓여 있었다. 그의 주위와 발치에는 칼에 베인 오르크들의 시체가 겹겹이 쌓여 널려 있었다.

아라고른은 그의 곁에서 무릎을 꿇었다. 보로미르가 눈을 뜨곤 무슨 말을 하고자 안간힘을 썼다. 마침내 흐릿한 말소리가 천천히 새어 나왔다.

"난 프로도에게서 반지를 뺏으려 했소. 미안하오. 난 그 죗값을 치른 게요."

그의 눈길이 멍하니 돌더니 쓰러진 적들을 향했다. 줄잡아 스무 구의 시체가 거기 널브러져 있었다.

"그들은 갔소, 반인(半人)들 말이오. 오르크들이 잡아 갔소. 그렇지만 아직 죽지는 않았을 거요. 오르크들이 그들을 결박했으니까."

그는 잠깐 말을 멈추고 지친 듯 눈을 감았다. 잠시 후 그가 다시 말했다.

"잘 있으시오, 아라고른! 미나스 티리스로 가서 내 동족을 구해 주시오! 난 실패했소."

아라고른은 그의 손을 잡고 이마에 입을 맞추며 "안 되오!"라고 말했다.

"당신은 이겼소. 당신만큼 큰 승리를 거둔 이는 거의 없었소. 마음을 편히 가지시오! 미나스 티리스는 무너지지 않을 거외다!"

보로미르가 미소를 지었다. 아라고른이 다시 말했다.

"그들은 어느 쪽으로 갔소? 프로도도 거기 있었소?"

그러나 보로미르는 이제 말이 없었다.

"아, 감시탑의 영주이자 데네소르의 후계자가 이렇게 가다니! 비참한 종말이군! 이젠 원정대도 다 무너졌어. 실패한 건 오히려 나야. 간달프가 나를 믿은 것도 허망한 일이었고. 이제 난 어떻게 해야 하나? 보로미르가 내게 미나스 티리스로 가 달라고 부탁했고 나도 정녕 그러고 싶다. 한데 반지와 반지의 사자는 어디 있단 말인가? 내가 무슨 수로 그들을 찾아 원정을 파국에서 구해 낸다는 말인가?"

아라고른은 보로미르의 손을 부여잡고 울면서 허리를 굽힌 채 한동안 무릎을 꿇고 있었다. 레골라스와 김리가 그를 발견한 것은 바로 그때였다. 그들은 언덕의 서쪽 비탈로부터 사냥꾼처럼 소리 없이 나무들을 헤치며 기어 올라왔다. 김리는 손에 도끼를 움켜쥐었고, 화살이 다 떨어진 레골라스는 긴 칼을 들고 있었다. 막 숲의 빈터로 들어선 그들은 뜻밖의 광경에 놀라 멈칫했다. 순식간에 사태를 파악한 그들은 잠시 숙연하게 머리를 숙였다. "아!" 하고 레골라스가 아라고른의 곁으로 다가가며 비통한 목소리로 말했다.

"우린 숲속에서 오르크들을 신나게 쫓고 베었지만 차라리 여기서 함께 싸웠더라면 이런 불행이 닥치지 않았을 것을. 뿔나팔 소리가 나기에 있는 힘을 다해 달려왔는데 너무 늦어 버렸어. 당신도 치명상을 입지나 않았는지 걱정이오."

"보로미르가 죽었소. 나는 그와 함께 여기 있었던 것은 아니기에 다친 데는 없소. 내가 저 언덕 위에 떨어져 있을 동안 그는 호빗들을 지키다가 쓰러졌소."

"호빗들! 그럼 그들은 어디 있소? 프로도는 어디 있고요?"

김리의 말에 아라고른이 지친 듯 대답했다.

"나도 모르오. 보로미르가 죽기 전에 내게 말하기로는, 오르크들이 그들을 포박해 갔다는군. 죽지는 않았을 거라고 했소. 나는 그에게 메리와 피핀을 따라가라고 했지만, 정작 프로도나 샘이 그와 함께 있었는지는 묻지 않았고 물었을 때는 이미 너무 늦어 버렸소. 오늘 내가 한 모든 일은 온통 어긋나 버렸소. 이제 어떻게 해야 하겠소?"

"먼저 망자의 시신을 거둬야지요."

레골라스가 말했다.

"그를 이 더러운 오르크들 가운데 썩은 고기처럼 내버려 둘 순 없지요."

"그렇지만 우린 재빨리 움직여야 해. 그도 우리가 여기서 꾸물거리길 원하진 않을 거야. 우리 원정대 중의 누군가가 산 채로 포로가 된 거라는 희망이 있다면, 우린 오르크들을 쫓아가야 한단 말이지."

김리의 말에 아라고른이 대답했다.

"그러나 우린 반지의 사자가 놈들과 함께 있는 건지 아닌지 모르잖소. 우리가 그를 저버려야 하나? 먼저 그를 찾아야 하지 않겠소? 참으로 난감한 선택이 지금 우리 앞에 놓여 있소!"

레골라스가 말했다.

"그렇다면 우리가 해야만 할 일을 먼저 합시다. 우리가 격식을 갖춰 우리 동지를 매장하거나 그 위에 봉분을 세워 줄 시간도 도구도 없는 처지지만, 돌무덤은 세울 수 있을 겁니다."

"그러자면 일이 힘들기도 하거니와 오래 걸릴 거요. 쓸 만한 돌을 구하려면 물가까지는 가야만 한다고."

김리의 말에 아라고른이 대답했다.

"그렇다면, 그의 무기와 그가 무찌른 적들의 무기를 함께 실어 그를 배에 누입시다. 우린 그를 라우로스폭포로 떠나보내 안두인강에 안기게 할 거요. 적어도 곤도르의 강은 그 어떤 사악한 것도 그의 유골을 욕보이는 일이 없도록 돌봐 줄 것이오."

그들은 재빨리 오르크들의 시체를 뒤져 칼과 갈라진 투구와 방패 들을 한쪽에 쌓아 올렸다.

"봐! 여기 단서들이 있어."

갑자기 아라고른이 외쳤다. 그는 끔찍한 무기 더미 속에서 풀잎 모양의 날에 황금색과 붉은색 무늬가 장식된 칼 두 개를 집어 들었다. 좀 더 뒤지자 붉은색 보석이 박힌 작고 검은 칼집들도 나왔다.

"이것들은 오르크들의 것이 아니야. 호빗들이 차고 다니던 거지. 틀림없이 오르크들이 그들을 약탈했지만 칼을 챙기긴 두려웠던 거야. 그것이 어떤 칼인지 아니까. 모르도르를 파멸시킬 마력이 서린 서쪽나라의 작품이지. 자, 그럼 우리 친구들이 아직 살아 있다면 무기를 갖고 있지 않을 테고, 혹시 만나면 돌려줘야 하니 이것들을 챙겨 두겠어."

레골라스가 말했다.

“난 화살통이 비었으니 구할 수 있는 화살은 죄다 챙길 테요.”

그는 무기 더미와 주변의 땅을 뒤져 화살을 꽤나 찾았다. 그것들은 멀쩡한 데다 오르크들이 늘상 쓰는 화살보다 화살대가 더 긴 것들이었다. 그는 그것들을 꼼꼼히 살폈다.

이윽고 아라고른이 시체들을 둘러보고 말했다.

“여기 널브러진 놈들 중엔 모르도르에서 오지 않은 자들도 많아. 내가 오르크와 그 족속들을 좀 아는데, 이들 중 일부는 북쪽에서, 즉 안개산맥에서 왔어. 그리고 여기엔 내가 처음 보는 놈들도 있어. 이놈들의 장비는 오르크의 것과는 전혀 딴판이라고!”

거기엔 보통보다 허우대가 크고 가무잡잡한 피부와 치켜 올라간 눈꼬리에 굵은 다리와 큰 손을 지닌 네 명의 고블린 형상의 병졸이 끼어 있었다. 그들은 오르크들이 보통 쓰는 언월도가 아니라 그보다 짧고 날이 넓은 칼을 차고 있었다. 또 길이나 모양이 인간의 것과 유사한, 주목으로 만든 화살을 갖고 있었다. 그들의 방패에는 검은 벌판 한가운데 세워진 작고 하얀 손의 이상한 문양이 새겨져 있었고, 철갑 투구의 전면에는 흰 금속으로 세공한 S의 룬 문자가 박혀 있었다.

아라고른이 중얼거렸다.

“이런 표식들은 이전에 본 적이 없어. 무얼 뜻하지?”

김리가 말했다.

“S는 사우론을 뜻하지. 그건 쉬이 알 수 있잖소.”

가만히 듣고만 있던 레골라스가 외쳤다.

“아니야! 사우론은 요정의 룬 문자를 쓰지 않는다고.”

아라고른도 레골라스와 같은 의견이었다.

“그는 그 이름을 쓰지 않을 뿐 아니라 그것을 글로 쓰거나 입에 올리는 것도 용납하지 않지. 그리고 그는 흰색을 쓰질 않아. 바랏두르를 섬기는 오르크들은 빨간 눈의 표식을 쓰지.”

그가 잠시 생각에 잠겼다. 그러고는 한참을 기다려 다시 조심스레 입을 열었다.

“S는 사루만인 것 같네. 아이센가드에서 악이 꿈틀대고 있으니까 서부도 더는 안전하지 않아. 간달프가 우려한 대로 배신자 사루만은 어떤 방식으로든 우리 여정에 관한 소식을 입수했어. 그가 간달프의 추락에 대해서도 알았을 수 있고. 모리아에서 온 추격자들이 로리엔의 감시망을 벗어났거나 아니면 그 땅을 피해 다른 길을 잡아 아이센가드에 이르렀을 수도 있어. 오르크들은 빠르게 움직이거든. 어쨌든 사루만은 이런저런 소식을 알아낼 많은 수단을 갖고 있어. 그 새들을 기억하나?”

“음, 우린 지금 수수께끼들을 궁리할 시간이 없소. 우선 보로미르부터 옮기자고요!”

김리의 말에 아라고른이 대답했다.

“그러나 그다음에는 수수께끼들을 궁리해야만 하네. 우리의 진로를 올바로 택하려면 말이야.”

김리가 말했다.

“아마도 올바른 선택이란 없는지도 모르오.”

난쟁이가 도끼를 들고 가 몇 개의 나뭇가지를 꺾어 왔다. 그들은 활시위로 그것들을 한데 묶고, 그 틀 위에 자신들의 외투를 깔았다. 그리고 대충 만든 이 상여 위에 동료의 시신을 싣고 강변으로 향했다. 거기엔 함께 떠나보낼 그의 마지막 전투의 전리품도 실려 있었다. 강변까지는 짧은 거리였지만 보로미르의 체구가 워낙 크고 건장했기 때문에 옮기기가 쉬운 일은 아니었다.

레골라스와 김리가 서둘러 파르스 갈렌으로 간 사이, 아라고른은 상여를 지켜보며 물가에 남아 있었다. 1.5킬로미터 남짓한 거리라 두 척의 배로 강변을 따라 빠르게 노를 저었지만 그들이 돌아오기까지는 제법 시간이 걸렸다.

레골라스가 말했다.

"참 이상한 일도 다 있네! 강둑에 배가 두 척밖에 없어요. 다른 배는 흔적도 보이지 않았소."

아라고른이 물었다.

"오르크들이 거기 갔었던 걸까?"

김리가 대답했다.

"그놈들의 흔적도 못 봤소. 놈들이 있었다면 배를 죄다 가져가거나 부숴 버렸을 거요. 꾸러미들도 물론이고."

아라고른이 말했다.

"가서 땅바닥을 살펴봐야겠군."

그들은 보로미르를 배의 한가운데에 눕혔다. 잿빛 두건과 요정 외투를 포개어 그의 머리 밑에 받쳐 주고, 길고 검은 머리카락을 빗겨 양어깨 위에 가지런히 놓았다. 그의 허리께에선 로리엔의 황금빛 허리띠가 은은하게 빛났다. 그들은 보로미르의 투구를 그의 곁에 두고 갈라진 뿔나팔과 칼의 손잡이, 파편들을 무릎 위에 올려놓고, 발밑에는 적의 칼들을 모아 놓았다. 그런 다음 뱃머리를 다른 배의 꼬리에 붙들어 매고는 물속으로 끌어냈다. 강변을 따라 노를 젓는 그들의 얼굴에는 비통함이 가득했다. 배는 급류를 따라 파르스 갈렌의 푸른 초원을 지나갔다. 톨 브란디르의 가파른 비탈이 붉게 물들고 있었다. 벌써 오후도 반이나 지나고 있었다. 남쪽으로 향하자 그들 앞에 라우로스폭포의 연무가 황금빛 이내처럼 솟아 희미하게 반짝였다. 세차게 우르릉대는 폭포 소리가 바람 없는 대기를 뒤흔들었다.

그들은 비탄에 잠겨 시신을 실은 배를 띄워 보냈다. 보로미르는 흐르는 물의 가슴 위로 미끄러지며 편안하고 평화롭게 누워 있었다. 그들이 노를 저어 자신들이 탄 배의 방향을 가눌 동안 강물은 보로미르를 데려갔다. 그 배는 황금빛을 배경으로 하나의 어두운 반점으로 이지러지더니 이윽고 별안간 사라졌다. 라우로스폭포는 변함없이 포효를 계속했다. 대하가 데네소르의 아들 보로미르를 영원히 데려가 버린 것이다. 이젠 미나스 티리스에선 아침이면 백색탑 위에 서 있던 그의 모습을 다시는 볼 수 없으리라. 그러나 후일 곤도르에서는 그 요정의 배가 폭포와 거품 이는 웅덩이를 타고 넘어 오스길리아스를 헤치고 안두인강의 많은 어귀를 지나 별이 총총한 밤에 그를 저 대해까지 데려다주었다는 이야기가 오래도록 전해졌다.

셋은 떠나는 그를 눈으로 좇으며 한동안 말이 없었다. 이윽고 아라고른이 말했다.
"백색탑에선 그를 찾겠지만, 그는 산에서도 바다에서도 다시는 돌아오지 못할 게요."
그리고 그는 천천히 노래를 부르기 시작했다.

긴 풀 자라는 늪과 벌판 위로 로한을 헤치며
서풍이 걸어와 성벽을 맴도네.
"오, 떠도는 바람이여,
오늘 밤 그대는 서쪽으로부터 무슨 소식을 내게 가져오는가?
그대는 달빛이나 별빛에 거한(巨漢) 보로미르를 보았나?"
"나는 그가 일곱의 강과 드넓은 잿빛 강물을 타고 넘는 걸 보았네.
나는 그가 텅 빈 땅을 걷다가
마침내 북녘 어둠 속으로 사라지는 걸 보았네.
그리고 더는 그를 보지 못했다네.
북풍이 데네소르 아들의 뿔나팔 소리를 들었을 테지."
"오, 보로미르여! 난 높은 성벽에서 서쪽 저 멀리까지 바라보았건만
당신은 아무도 없는 그 텅 빈 땅에서 돌아오지 않았네."

다음엔 레골라스가 노래했다.

남풍이 대해의 어귀로부터, 모래 언덕과 돌무더기로부터 달아나네.
그것은 갈매기들의 구슬픈 울음을 싣고 성문에서 신음하네.
"오, 한숨짓는 바람이여!
이 밤 그대는 남쪽에서 무슨 소식을 내게 가져오는가?
아름다운 사람, 보로미르는 지금 어디 있는가?
당신 오지 않음에 내 마음 아프오."
"그의 거처를 내게 묻지 마오.
험악한 하늘 아래 흰 해변과 어두운 해변엔
유골이 지천이네.
수많은 이들이 안두인강을 내려가 대해로 흘러들었네.
그들의 안부는 내게 소식 전해 줄 북풍에게 물으라!"
"오, 보로미르여! 바다로 난 길은 성문 넘어 남으로 뻗건만
당신은 잿빛 바다 어귀에서 구슬피 우는 갈매기들과 함께 돌아오지 않았네."

이어서 아라고른이 다시 노래했다.

북풍이 왕들의 관문에서 내달아 포효하는 폭포를 지나네.
그 우렁찬 뿔나팔 소리 탑 주위로 깨끗하고 차갑게 울리네.
"오, 힘찬 바람이여!
오늘 그대는 북족에서 무슨 소식을 내게 가져오는가?
용자(勇者) 보로미르의 어떤 소식을? 그는 저 멀리 있으니."
"나는 아몬 헨 아래서 그의 외침을 들었네.
거기서 그는 많은 적과 싸웠어.
친구들이 그의 갈라진 방패, 부러진 칼을 물가로 가져왔지.
그의 머리 그리 의기 높고 그의 얼굴 그리 아름다우니
그들이 그의 사지(四肢)를 뉘어 주었네.
그리고 라우로스, 황금빛 라우로스폭포는 그 품에 그를 안았지."
"오, 보로미르여! 세상 끝날 때까지
감시의 탑은 늘 북녘의 라우로스, 황금빛 라우로스폭포를 지켜보리라."

이렇게 그들은 애도의 노래를 마쳤다. 이윽고 그들은 배를 돌려 최대한 빠른 속도로 물결을 거슬러 파르스 갈렌으로 몰았다.

김리가 말했다.

"당신들이 동풍은 내 몫의 시로 남겨 두었지만, 난 그것에 대해 한마디도 읊지 않겠소."

아라고른이 말했다.

"그래야겠지. 미나스 티리스에선 사람들이 동풍을 맞으면서도 그것에게 소식을 묻지는 않지. 그나저나 이제 보로미르도 제 갈 길을 갔으니 우리도 서둘러 우리의 길을 택해야 하네."

그는 이따금 몸을 굽히며 초록 잔디를 샅샅이, 재빠르게 살폈다.

"오르크들은 이곳을 지나가지 않았어. 만약 놈들이 이리로 왔다면 그 어떤 것도 확실하게 식별될 수 없거든. 이리저리 가로지르고 다시 흩어진 우리의 모든 발자국이 여기 그대로 있어. 우리가 프로도를 찾기 시작한 후로 호빗들 중 누군가가 여기로 돌아왔던 건지 알 수가 없단 말이야."

그는 샘에서 흘러나온 실개천이 대하로 졸졸 흘러드는 곳 가까이의 강둑으로 돌아갔다.

"여기 선명한 발자국이 몇 개나 있어. 호빗 하나가 물속으로 걸어 들어갔다가 다시 나온 거야. 그런데 얼마나 오래된 건지 알 수가 없군."

김리가 물었다.

"그렇다면 당신은 이 수수께끼를 어떻게 풀이하는 거요?"

아라고른은 대답을 미루고 지난밤 야영지로 돌아가 꾸러미들을 살폈다.

"짐 두 개가 없어. 하나는 분명 샘의 것이야. 그의 짐은 크고 묵직한 편이거든. 그렇다면 답은 이거야. 즉, 프로도는 배를 타고 갔고 그의 하인도 함께 갔어. 프로도는 우리가 저 멀리 떨어져 있는 동안 이곳으로 돌아왔던 게 틀림없어. 내가 언덕을 올라가던 샘을 만나 나를 따라오라고 했는데도 분명 그는 그렇게 하지 않았어. 그는 주인의 속내를 짐작하고 프로도가 떠나기 전에 여기로 돌아온 거야. 그로서도 샘을 두고 떠나기가 쉽지 않았던 거고!"

김리가 툴툴거렸다.

"그렇지만 왜 그는 한마디 말도 없이 우리를 내버려 두고 가야 했던 거요? 참으로 이상한 행위로고!"

아라고른이 말했다.

"용감한 행위이기도 하지. 내 생각엔 샘이 옳았어. 프로도는 모르도르에서의 죽음에로 어떤 친구도 함께 데려가고 싶지 않았던 거야. 그러나 자신이 가야만 한다는 건 알았지. 우리를 떠난 후에 그에겐 자신의 두려움과 의혹을 이겨 낸 어떤 일이 있었던 거야."

레골라스가 말했다.

"혹시 뒤쫓는 오르크들이 덮치자 달아난 것일 수도 있어요."

아라고른이 말했다.

"그가 달아난 건 확실해. 그렇지만 오르크들한테서 달아난 건 아닌 것 같아."

아라고른은 프로도가 갑작스러운 결정을 내리고 떠날 수밖에 없었던 이유에 대해서는 끝까지 입을 다물었다. 보로미르가 죽어 가면서 한 마지막 고백을 그는 오랫동안 비밀로 묻어 두었다.

레골라스가 말했다.

"자, 적어도 이만큼은 이제 분명하네요. 즉, 프로도는 이제 더 이상 대하의 이편에 없고, 배를 탄 이는 프로도일 수밖에 없을 거다. 그리고 샘이 그와 함께 있으며 짐을 가져간 이도 샘일 수밖에 없을 것이다."

"그럼 우리의 선택은 남은 배를 타고 프로도를 뒤쫓든지, 아니면 오르크들을 걸어서 쫓는 것이군. 어느 쪽이든 별 희망은 없지만. 우린 이미 소중한 시간을 꽤 허비했다고."

김리가 말했다.

"생각 좀 해 보자고! 지금이라도 이 사나운 날의 악운을 바꿀 수 있는 올바른 선택을 할 수 있을 것 같아."

아라고른이 말했다. 그러고 나서 한참을 망설이다 마침내 입을 열었다.

"나는 오르크들을 쫓겠어. 마음 같아선 난 프로도를 모르도르까지 안내하고 그와 함께 끝까지 가고 싶어. 그러나 만약 내가 지금 황야에서 그를 찾아 나선다면 나는 포로들을 고문과 죽음에 내맡겨야 해. 드디어 내 마음이 선명해졌어. 즉, 반지의 사자의 운명은 더는 내 손에 있지 않다는 거야. 원정대는 이제 소임을 다했어. 그렇지만 여기 남은 우리는 힘이 닿는 한 동지들을 저버릴 수 없어. 자, 이제 가자고! 꼭 필요치 않은 모든 일은 그냥 놔두자고! 우린 밤낮없이 길을 재촉해야 해!"

그들은 마지막 배를 끌어 올려 나무들이 있는 곳으로 갖고 갔다. 그리고 그 밑에 필요하지 않거나 갖고 갈 수 없는 물건들을 놔두었다. 그러고는 파르스 갈렌을 떠났다. 그들이 보로미르가 쓰러진 빈터로 다시 돌아왔을 때는 막 오후의 햇살이 지고 있었다. 거기서 그들은 별 어려움 없이 오르크들의 자취를 찾을 수 있었다.

레골라스가 말했다.

"다른 족속은 이렇게 마구 짓밟고 다니질 않지. 놈들은 길 가는 데 방해가 되지 않더라도 자라나는 것들을 베고 쓰러뜨리는 걸 즐기는 것 같아."

아라고른이 말했다.

"하지만 그러면서도 놈들은 대단한 속도로 가고 지치지도 않아. 그러다 보면 우린 나중에 딱딱하고 휑한 땅에서 길을 찾아야 할 수도 있어."

김리가 말했다.

"자, 놈들을 좇자고! 우리 난쟁이들도 빨리 갈 수 있고 오르크들보다 빨리 지치지도 않는다고. 그러나 이 여정은 기나긴 추격이 될 것 같군. 놈들은 우리보다 훨씬 앞서갔으니."

아라고른이 말했다.

"옳은 말이야. 우리 모두에겐 난쟁이의 끈기가 필요할 거야. 어쨌든 가자고! 희망이 있든 없든 우린 적의 자취를 좇을 거야. 만약 우리가 더 빠르다는 게 판명된다면 놈들에게 화가 미칠진저! 우린 요정, 난쟁이, 그리고 인간의 세 종족에게 불가사의로 남을 대단한 추격을 시작하는 걸세. 3인의 추격자여, 앞으로!"

아라고른은 한 마리 사슴처럼 뛰쳐나갔다. 그는 나무들을 헤치며 질주했다. 드디어 마음을 정한 만큼 지치지 않고 날래게 일행을 이끌었다. 그들은 호수 부근의 숲을 뒤로했다. 그들은 긴 비탈을 기어올랐다. 해가 떨어져 이미 빨간 하늘을 배경으로 어둡지만 윤곽이 뚜렷한 비탈들이었다. 땅거미가 내렸다. 그들은 돌투성이 땅의 잿빛 그림자들처럼 사라졌다.

Chapter 2

로한의 기사들

땅거미가 짙어졌다. 등 뒤 저 아래 숲에는 엷은 안개가 끼어 안두인강의 희미한 가장자리를 조용히 덮었지만, 하늘은 맑았다. 별들이 돋아났다. 차오르는 달이 서편 하늘에 떠 있었고, 시커먼 윤곽의 바위들이 보였다. 돌투성이 구릉의 기슭에 다다라 그들의 발걸음은 느려졌다. 오르크들의 발자취를 쫓기가 더는 쉽지 않았던 것이다. 여기서 에뮌 무일의 고지는 길고 험한 두 능선으로 북에서 남으로 뻗어 있었다. 각 능선의 서쪽 사면은 가팔라 오르기 힘들지만, 많은 협곡과 좁은 골짜기를 낀 동편 비탈은 보다 완만했다. 3인의 동지는 온밤 내내 가장 높은 첫 능선의 꼭대기까지 기어오르다가 다시 반대편의 깊고 구불구불한 계곡의 어둠 속으로 내려가며 뼈처럼 딱딱한 땅을 헤쳐 나갔다.

동트기 전의 고요하고 서늘한 시간에 그들은 거기서 잠시 쉬었다. 앞서가던 달이 져 버린 지 오래였고 그들의 머리 위로 별들이 반짝였다. 첫 햇살이 아직 뒤편 어두운 구릉지 위로 나타나지 않았다. 아라고른은 한동안 어찌할 바를 몰랐다. 계곡 속으로 내려간 오르크의 자취가 거기서 사라진 것이었다.

"놈들이 어느 쪽으로 접어들 거라고 생각해요? 당신 짐작대로 아이센가드나 팡고른숲에 이르는 보다 곧은 길을 잡아 북쪽으로 갈까요? 아니면 엔트강에 닿고자 남쪽으로 갈까요?"

레골라스의 물음에 아라고른이 말했다.

"목적지가 어디든 놈들이 그 강으로는 가지 않을 거야. 그리고 로한에 크게 잘못된 일이 없고 또 사루만의 힘이 크게 불어난 게 아니라면 놈들은 로한들판을 가로지르는 가장 짧은 길을 택할 거야. 북쪽으로 추적합시다!"

그 넓은 골짜기는 등마루를 이룬 구릉들 사이로 돌구유처럼 뻗쳐 있었고, 밑바닥의 둥근 돌들 속으로 실개울이 졸졸 흘렀다. 오른편에는 험한 벼랑이 자리했고 이슥한 밤 속에 잿빛 비탈들이 희미하게 그림자 진 채 솟아 있었다. 그들은 북쪽으로 1.5킬로미터 남짓 나아갔다. 아라고른은 허리를 굽혀 서쪽 능선으로 이어지는 습곡과 골짜기를 수색하고 있었다. 그보다 좀 앞서 걷고 있던 레골라스가 갑자기 큰 소리를 질러 아라고른과 김리는 황급히 그가 있는 쪽으로 달려갔다. 레골라스는 발치를 손가락으로 가리키며 말했다.

"이미 우린 우리가 쫓고 있는 놈들 중 몇을 따라잡았어요. 자, 보시오!"

그들은 처음에 비탈 기슭에 깔린 둥근 돌이라고 여겼던 것이 아무렇게나 쌓아 둔 오르크들의 시체란 걸 알았다. 죽은 오르크 다섯이 놓여 있었다. 시체들은 숱한 칼질로 심하게 훼손되어 있었고,

둘은 목이 잘려 나갔다. 땅바닥이 그들의 검은 피로 축축했다.

김리가 말했다.

"수수께끼가 또 하나 생겼어! 한데, 이것을 풀려면 날이 밝아야 하는데 우린 그때까지 기다릴 수가 없단 말이야."

레골라스가 말했다.

"흠, 자네가 어떻게 풀이하든 내가 보기엔 우리에게 희망이 될 것 같네. 오르크들의 적은 우리의 친구가 될 수 있잖아. 아라고른, 이 구릉지에 사는 이들이 있나요?"

아라고른이 대답했다.

"없네. 로한인들도 여기까지는 좀처럼 오지 않아. 이곳은 미나스 티리스에서 꽤나 멀어. 우리가 알지 못하는 이유로 어떤 무리의 인간이 여기서 사냥을 하고 있었을 수는 있지만 내 생각엔 그것도 아닌 것 같아."

"그럼 당신 생각은 뭐죠?"

김리의 물음에 아라고른이 대답했다.

"적들 속에서 내분이 일어난 것 같아. 여기 죽은 놈들은 저 멀리서 온 북방 오르크들이야. 쓰러진 놈들 중엔 이상한 배지를 단 큰 덩치의 오르크는 전혀 없어. 한바탕 싸움이 벌어진 것 같아. 이 더러운 족속들에겐 흔한 일이지. 아마도 어느 쪽으로 갈 것인지를 두고 논쟁이 있었던 것 같아."

김리가 말했다.

"아니면 포로들을 두고 논쟁했을 수도 있고요. 그 와중에 그들도 여기서 종말을 맞지 않았기를 바라야죠."

아라고른은 크게 원을 그려 가며 땅바닥을 샅샅이 살폈지만 싸움의 흔적이 더는 보이지 않았다. 그들은 계속 나아갔다. 벌써 동편 하늘이 희붐해지고 있었다. 별들은 스러지고 회색빛이 천천히 커지고 있었다. 그들은 계속 북진해 나아가다 지면이 움푹 꺼진 곳에 이르렀다. 굽이쳐 흐르는 작은 개울이 계곡 저 아래까지 돌길 하나를 파 놓은 위로 관목들이 몇 그루 서 있고 양옆으로는 풀이 무성하게 자라 있었다.

"드디어!" 아라고른이 소리쳤다. "여기 우리가 찾던 흔적이 있어! 이 물길 위쪽이야. 오르크들이 논쟁을 벌인 후 이 길로 간 거야."

이제 추적자들은 재빨리 방향을 틀어 새로운 길을 좇아갔다. 지난밤의 휴식으로 원기를 찾은 듯 그들은 이 돌 저 돌을 짚으며 뛰쳐나갔다. 마침내 그들이 잿빛 언덕의 꼭대기에 다다랐을 때, 돌연 한 줄기 미풍이 불어와 머리카락을 훑고 옷자락을 뒤흔들었다. 으슬으슬한 새벽바람이었다.

뒤를 돌아보니 대하 건너의 먼 구릉지가 환하게 빛났다. 동이 튼 것이었다. 태양의 붉은 테가 어둑한 땅의 양어깨 위로 솟았다. 눈앞의 서쪽에는 세상이 무정형의 잿빛으로 고요히 깔려 있었다. 그렇지만 그들이 쳐다보는 참에도 밤의 어둠은 녹아내렸고 깨어나는 대지의 색깔들이 되돌아왔다. 로한의 드넓은 초원 위로 초록이 넘실거렸고 물 흐르는 계곡들엔 흰 안개가 가물거렸다. 저 멀리 왼편으로 150킬로미터 남짓 떨어진 백색산맥이 청보랏빛으로 드러났다. 머리에 희미하게 빛나는 눈을 이고 아침 장밋빛에 발갛게 물든 채 칠흑의 꼭대기로 솟구쳐 올랐다.

"곤도르! 곤도르여!" 아라고른이 외쳤다. "나 그대를 보다 행복한 시간에 다시 봤으면 좋으련만! 아직껏 나의 길은 그대의 눈부신 개울들에 이르는 남쪽을 향하지 못하네."

곤도르! 산맥과 바다 사이의 곤도르!
거기엔 서풍이 불었고, 은빛나무의 빛이
옛 왕들의 정원에 눈부신 비처럼 떨어졌네.
오, 자랑스러운 성벽이여! 순백의 탑들이여! 오, 날개 돋친 왕관과 황금의 옥좌여!
오, 곤도르, 곤도르! 인간들이 은빛나무를,
혹은 산맥과 바다 사이에 다시 부는 서풍을 언제나 볼 수 있을까?

그는 남쪽을 향한 눈길을 거두고 앞으로 가야 할 길의 서쪽과 북쪽을 두루 살피며 말했다.

"자, 그만 가세!"

그들이 서 있던 능선 바로 발밑부터는 가파른 내리막이었다. 스무 길 남짓 아래 널찍하고 울퉁불퉁한 바위 턱이 깎아지른 벼랑의 가장자리에서 별안간 끝났으니 그곳이 바로 로한의 동부장벽이었다. 그렇게 에뮌 무일은 끝나고 그들의 눈앞에는 로한인들의 초록 평원이 눈길 닿는 데까지 뻗어 있었다.

"봐요!" 레골라스가 어슴푸레한 하늘을 가리키며 소리쳤다. "그 독수리가 또 나타났어. 아주 높이 떠 있어. 이 땅에서 북쪽으로 날아가고 있는 것 같아. 대단한 속도야. 보라고요!"

"아니, 내 눈에는 보이지 않는데, 눈 밝은 레골라스여." 아라고른이 말했다. "그는 까마득히 높이 떠 있음이 분명해. 그가 내가 앞서 봤던 것과 같은 새라면, 그 임무가 궁금하군. 그건 그렇고, 저길 좀 봐! 보다 가까운 데서 더 긴급한 무슨 일이 있나 봐. 평원 위로 뭔가가 움직이고 있어!"

"수가 많아요." 레골라스가 말했다. "도보로 움직이는 큰 부대인데, 그 이상은 잘 모르겠군. 어떤 종족일지도 알 수 없고. 그들은 아주 멀리 있소. 60킬로미터쯤 될까요. 평원은 워낙 편평해서 거리를 가늠하기 어렵거든."

김리가 말했다.

"그렇지만 이제 어느 길로 가야 할지를 알려고 더는 자취를 더듬을 필요는 없을 것 같소. 가능한 한 빨리 벌판으로 내려가는 길을 찾자고요."

"오르크들이 택한 것보다 더 빠른 길을 자네가 찾을 것 같진 않은데."

아라고른이 말했다.

이제 그들은 밝은 햇빛 아래서 적들을 좇았다. 오르크들은 최대한 빠른 속도로 진군한 것 같았다. 이따금 추적자들은 바닥에 떨어지거나 내버려진 것들을 발견했다. 식량 자루들, 딱딱한 회색 빵의 껍질과 부스러기, 찢어진 검은 외투 하나, 돌에 부딪혀 망가진 징 박힌 무거운 구두 한 짝이었다.

그들은 그 자취를 따라 북쪽으로 급경사 진 길을 끼고 나아갔다. 마침내 그들은 요란하게 쏟아져 내리는 개울에 의해 골이 깊게 파인 바위에 도착했다. 그 좁은 협곡 사이로 울퉁불퉁한 길 하나가 가파른 계단처럼 내리뻗어 있었다.

길을 따라 쭉 내려가던 그들은 낯설고도 갑작스럽게 로한의 초원을 맞닥뜨렸다. 그것은 초록의 바다처럼 바로 에뮌 무일의 기슭까지 솟아 있었다. 흘러드는 개울은 후추풀과 수초가 빽빽이 우거진 곳 속으로 모습을 감추었으나 초록의 터널을 이루어 길고 부드러운 비탈을 따라 먼 엔트강 계곡의 늪지를 향해 흐르는 졸졸대는 물소리가 들렸다. 그들은 구릉지에 달라붙은 겨울을 떨쳐 버린 느낌이었다. 마치 봄이 벌써 꿈틀대고 풀과 잎새에 수액이 다시 흐르고 있는 것처럼 여기선 공기가 보다 부드럽고 따스하며 희미한 향기를 머금었다. 레골라스는 불모의 곳들을 거칠 동안의 오랜 목마름 끝에 물을 벌컥벌컥 마구 들이켜는 이처럼 폐부 깊숙이 공기를 들이마셨다.

"아! 이 초록의 내음이라니! 숙면보다 나은 보약이오. 자, 이젠 달려요!"

아라고른이 말했다.

"여기선 발이 가벼울수록 빨리 달릴 수 있겠군. 아마도 징 박힌 장화를 신은 오르크들보다 더 빨리 말이야. 이제 우린 놈들과의 거리를 좁힐 기회를 잡은 거야!"

그들은 강렬한 냄새를 맡은 사냥개들처럼 달리며 일렬로 나아갔다. 그들의 눈엔 간절한 빛이 어렸다. 거의 정서쪽으로 행군하는 오르크들이 휩쓸고 지나간 널찍한 풀밭에 추악한 흔적이 찍혀 있었다. 그들이 지나간 곳엔 로한의 향기로운 풀들이 짓이겨져 꺼멓게 변해 있었다.

"멈춰!" 앞서가던 아라고른이 큰 소리를 지르고 옆으로 비켜섰다. "아직 날 따라오지 마!"

그는 주된 발자국에서 벗어나 날쌔게 오른쪽으로 달려갔다. 다른 것들에서 갈라져 나와 그쪽으로 간 발자국들을 본 것이다. 맨발의 작은 발자국들이었다. 하지만 그것들은 얼마 안 가 주된 자국의 앞뒤에서 비어져 나온 오르크 발자국들과 뒤섞이더니 이윽고 급하게 도로 방향을 틀어 마구 짓밟힌 발자국들 속에 묻혀 버렸다. 아라고른은 가장 멀리 떨어진 지점에서 몸을 굽혀 풀밭에서 뭔가를 집어 들고 이내 뛰어 돌아왔다.

"그래, 아주 확실해! 호빗의 발자국들이야. 내 생각엔 피핀의 것이야. 그는 다른 호빗들보다 키가 작아. 그리고 이걸 보라고!"

그는 햇빛에 반짝이는 물건 하나를 들어 올렸다. 그것은 너도밤나무의 갓 난 잎새 같았는데, 나무라고는 없는 그 평원에선 낯설도록 아리따웠다.

"요정의 외투에 달린 브로치야!"

레골라스와 김리가 함께 소리쳤다.

"로리엔의 잎새들이 괜히 떨어지진 않지. 이건 우연히 떨어진 게 아니야. 뒤따라올 수도 있는 어떤 이들에게 표식으로 떨어뜨려 놓은 거라고. 피핀이 자국을 벗어나 뛰어나간 건 이 목적이었다고 생각돼."

아라고른의 말에 김리가 대답했다.

"그렇다면 적어도 살아 있기는 한 거군. 게다가 기지를 부린 데다 다리도 놀렸어. 이건 고무적인 일이야. 우리의 추적이 헛된 게 아니었군."

"용기를 냈다가 호되게 당하지나 않았기를!" 하고 레골라스가 말했다. "자, 계속 가자고요! 그 명랑한 젊은 친구들이 소 떼처럼 끌려다닌다고 생각하니 가슴이 타는 것만 같소."

해가 중천까지 올랐다가 이윽고 하늘을 타고 서서히 내려왔다. 저 멀리 남쪽으로는 가벼운 구름장들이 바다에서 떠올라 미풍에 실려 갔다. 해가 떨어졌다. 뒤편에서는 어둠이 솟아 동쪽에서부터 긴 팔들을 내뻗쳤다. 그럼에도 추격자들은 걸음을 늦추지 않았다. 이제 보로미르가 쓰러진 지 하루가 지났고, 오르크들은 아직 멀리 앞서 있었다. 그들의 모습은 평원에서 더는 보이지 않았다.

밤 그늘이 주위로 몰려들 즈음 아라고른이 걸음을 멈췄다. 그들은 그날 행군 내내 단 두 번 짧게 쉬었을 뿐이었다. 새벽에 서 있었던 동쪽 경계부터 지금 멈춘 곳까지 그들이 달려온 거리는 60킬로미터쯤 되었다.

아라고른이 말했다.

"마침내 우린 어려운 선택에 직면했어. 여기서 쉬면서 밤을 보낼 건지, 아니면 의지와 힘이 닿는 데까지 계속 뒤쫓을 건지."

레골라스가 말했다.

"우리가 여기서 잠을 자며 쉬는 동안 적들이 우리처럼 쉬지 않고 행군한다면, 놈들은 우릴 멀찌감치 떼어 놓을 거요."

"아무리 오르크라 해도 분명 놈들도 행군 중에 쉬지 않겠어?"

김리가 묻자 레골라스가 대답했다.

"오르크들은 웬만해선 해 아래 탁 트인 곳을 다니지 않는 법이지만 이놈들은 그렇게 했어. 분명 놈들은 밤 동안도 쉬지 않을 거야."

"하지만 우리가 밤 내내 걷는다 해도 놈들의 자취를 따라갈 순 없어."

김리의 말에 레골라스가 다시 말했다.

"내 눈길이 미치는 한, 놈들의 자취는 왼쪽이든 오른쪽으로든 방향을 틀지 않고 일직선으로 뻗어 있어."

"아마 내 어림짐작으로도 어둠 속에서 자네들을 인도해 길을 벗어나지 않게 할 수 있을 걸세. 하지만 만일 우리가 길에서 빗나가거나 놈들이 옆으로 새 버린다면, 날이 밝았을 때 다시 자취를 찾기까지 오랫동안 지체될 수도 있어."

아라고른이 말했다. 그러자 김리가 다시 말했다.

"이럴 염려도 있어요. 우린 오직 낮 동안만 어떤 자취가 딴 길로 새는지 알 수 있잖소. 그런데 만약 아까 본 것처럼 호빗 중 누군가가 놈들의 손아귀에서 빠져나와 도망치거나, 또는 그가 동쪽으로, 예컨대 모르도르를 향해 대하로 끌려간다면, 우린 그 흔적을 그냥 지나치고 까맣게 모를 수 있단 말이오."

"자네 말이 옳아."

아라고른이 말했다.

"그러나 만약 내가 저 뒤편의 표식을 제대로 읽어 낸 거라면, 흰손의 오르크들이 득세해 지금은 부대 전체가 아이센가드를 향하고 있어. 놈들의 현 진로가 내 판단이 옳다는 걸 입증하지."

"그렇지만 그런 표식 풀이를 확신하는 건 성급한 일일 수도 있소." 하고 김리가 말했다. "그리고 호빗의 도망은 어떡할 거요? 만일 어둠 속이었으면 아까같이 피핀이 남겼을지도 모르는 브로치 같은 건 우린 그냥 지나쳤을 거란 말이오."

레골라스가 말했다.

"오르크들은 그 후로 경계를 두 배로 강화할 테고 호빗들의 신세는 훨씬 고달플 거야. 만약 우리가 손쓰지 않는다면 다시는 도망칠 수 없을 거야. 어떻게 손을 써야 할지 짐작이 안 되지만 우선 급한 것은 놈들을 따라잡아야 한다는 거요."

김리가 말했다.

"그렇다 해도 숱한 여정을 거친 데다 우리 종족 가운데서 지구력이라면 누구 못지않은 나로서도 잠시도 멈추지 않고 아이센가드까지 줄곧 달릴 수는 없다고. 나도 애타고 마음 같아선 벌써 출발했을 거야. 그러나 지금으로선 더 잘 달리기 위해서도 조금은 쉬어야겠어. 그리고 쉴 바에는 아무것도 보이지 않는 밤이 딱이야."

아라고른이 말했다.

"그래서 내가 어려운 선택이라고 말한 거요. 이 논쟁을 어떻게 끝낸담?"

"당신이 우리의 길잡이요. 게다가 추적에 능숙하니 당신이 선택하시오."

김리가 말을 마치자 레골라스도 대답했다.

"내 가슴은 계속 가라고 죄어치오. 그러나 우린 항상 단합해야 하오. 난 당신의 판단을 따르겠소."

아라고른이 말했다.

"자네들은 지금 어설픈 선택자에게 선택권을 주는군. 우리가 아르고나스를 헤쳐 온 이후로 내가 한 선택들은 다 어긋났어."

그는 북쪽과 서쪽으로 점점 짙어지는 밤을 오래도록 응시하며 한동안 말이 없었다. 마침내 그가 어렵게 입을 열었다.

"어둠 속을 행군하지는 맙시다. 놈들의 자취나 다른 이러저런 표식을 놓칠 위험이 더 큰 것 같소. 달빛이라도 충분히 비치면 그것에 의지할 수도 있겠으나 애석하게도 일찍 져서 오늘 밤은 달빛조차 여리고 흐릿할 뿐이오."

김리가 중얼거렸다.

"그리고 오늘 밤에는 달이 구름에 가렸소. 귀부인께서 우리에게도 빛을 주셨으면 좋으련만. 프로도에게 주신 것과 같은 선물을 말이오."

"보다 요긴한 곳에 주신 것일 게요." 아라고른이 말했다. "참된 원정은 그의 몫일세. 이 시대의 위대한 행적들 속에서 우리의 원정은 작은 일에 지나지 않네. 혹시 애초부터 헛된 추적일지도 모르고. 지금 내가 어떤 선택을 하든 아무 상관도 없는. 자, 나는 선택했소. 그러니 시간을 최대한 실속 있게 쓰자고!"

그는 바닥에 몸을 던지고 곧장 잠에 빠져들었다. 그도 그럴 것이, 그는 톨 브란디르의 그림자 아래의 밤 이후로 잠을 잔 적이 없었던 것이다. 그는 하늘에 동이 트기 전 잠에서 깨었다. 김리는 아직 깊이 잠들어 있었지만, 레골라스는 북쪽으로 어둠 속을 응시하며 바람 없는 밤 속의 어린나무처럼 생각에 잠겨 말없이 서 있었다.

"놈들은 멀리, 아주 멀리 있어요."

레골라스가 아라고른에게로 몸을 돌리며 서글프게 말했다.

"놈들이 간밤에 쉬지 않았다는 걸 난 직감으로 알겠어요. 이젠 오직 독수리만이 놈들을 따라잡을 수 있을 게요."

아라고른이 말했다.

"그럼에도 불구하고 우린 힘닿는 한 계속 쫓을 걸세. 자! 우린 가야 해. 놈들의 냄새 자취가 희미해져 간다고."

그는 몸을 굽혀 난쟁이를 깨웠다.

"하지만 아직 어두운데." 김리가 말했다. "언덕 꼭대기에 올라선 레골라스라고 해도 해 뜨기 전엔 놈들을 볼 수 없단 말이오."

레골라스가 말했다.

"언덕이든 평원이든, 달 아래든 해 아래든, 놈들이 내 시야를 벗어나 버리지 않았나 싶어 걱정인데."

아라고른이 말했다.

"자네 시력이 소용없다면 대지가 우리에게 풍문을 가져다줄 수도 있지. 놈들의 역겨운 발밑에서 틀림없이 대지가 신음을 토할 테니 말이야."

그는 귀를 잔디에 밀착시킨 채 땅바닥에 몸을 쭉 뻗었다. 그가 그렇게 누운 지 한참이 지났는데도 일어나지 않자, 김리는 그가 실신했거나 다시 잠들어 버린 게 아닌가 싶었다. 새벽이 가물거리며 왔고 그들 주위로 회색빛이 서서히 번졌다. 드디어 그가 몸을 일으키자 친구들은 그 얼굴을 볼 수 있었다. 창백하고 일그러지고 근심에 찬 표정이었다. 그리고 아라고른이 말했다.

"대지의 풍문은 흐릿하고도 혼란스러워. 주변 수 킬로미터 이내에는 걷는 게 전혀 없어. 우리 적들의 발소리는 희미하고도 멀고. 그러나 말발굽 소리가 요란해. 바닥에 누워 자고 있을 때도 그 소리를 들었고 그 때문에 꿈자리가 사나웠던 게 떠오르는군. 서쪽 세계를 지나며 질주하는 말들의 소리였어. 하지만 그 소리는 북쪽으로 달리며 우리에게서 점점 멀어져 가고 있어. 이 땅에서 무슨 일이 벌어지고 있나 봐!"

"갑시다!" 레골라스가 말했다.

추격의 셋째 날은 그렇게 시작되었다. 구름이 끼고 그 사이로 해가 단속적으로 얼굴을 내밀었다가 숨는 그 긴 시간 동안, 그들은 마치 그 어떤 피로도 가슴에 당겨진 불길을 끌 수 없다는 듯, 때론 성큼 걸음으로, 때론 뛰면서 좀처럼 걸음을 멈추지 않았고 거의 말이 없었다. 그들은 드넓은 황야를 지나갔다. 그들이 입은 요정 외투는 회녹색 벌판을 배경으로 흐릿했기에, 요정의 눈이 아니라면, 심지어 한낮의 서늘한 햇빛 속에서도 그들이 가까이 오기 전에 포착할 수 있는 이는 거의 없을 것이었다. 이따금 그들은 렘바스를 선물해 준 로리엔의 귀부인에게 마음 깊이 감사드렸다. 달리는 중에도 그것을 먹고 새로운 힘을 얻을 수 있었기 때문이었다.

온종일 적들의 자취는 끊어짐이나 방향이 바뀌는 일 없이 북서쪽으로 일매지게 뻗쳤다. 또 한 번 날이 저물 무렵 그들은 나무 없는 비탈들에 이르렀다. 그곳의 땅은 앞쪽의 곱사등처럼 낮은 일련의 구릉지들을 향해 솟아올라 있었다. 오르크의 자취는 북쪽으로 구릉지대를 향해 휘어지면서 점점 희미해졌다. 거기서부터는 땅바닥이 더 단단해지고 풀은 더 짧아졌던 것이다. 저 멀리 엔트강이 초록 바탕 속의 은색 실처럼 굽이쳐 흘렀다. 움직이는 것이라곤 아무것도 보이지 않았다. 이따금 아라고른은 짐승이나 인간의 흔적이 전혀 눈에 띄지 않는 것을 의아해했다. 로한인들의 거처 대부분은 옅은 안개와 구름 속에 숨은 백색산맥의 나무 우거진 처마 아래 남쪽으로 수 킬로미터나 떨어져 있었다. 그렇지만 지난날 말의 명인들은 왕국의 이 동쪽 지역 이스템넷에서 수많은 마소를 길렀고, 목부(牧夫)들은 거기서 야영하며 심지어는 겨울철에도 그 일대를 유랑했었다. 그러나 이제 그 모든 땅은 텅 비었고 평화로운 고요함과는 사뭇 다른 침묵이 있을 뿐이었다.

어스름 녘에 그들은 다시 걸음을 멈췄다. 이제 그들은 로한평원을 120킬로미터나 지나왔고 에뮌무일의 장벽은 동쪽 어둠에 묻혀 보이지 않았다. 막 떠오른 달이 안개 낀 하늘에서 깜빡이고 있었지만 약간의 빛을 줄 뿐이고 별들은 가려져 있었다.

"지금은 추격 중에 쉬거나 멈추는 시간이 정말 아까워." 레골라스가 말했다. "마치 사우론이 뒤에서 채찍으로 닦달하는 것처럼 오르크들은 우리를 앞서 달려갔어. 놈들은 이미 그 숲과 어두운 구릉지에 다다랐고 지금도 나무들의 어둠 속을 지나가고 있지 않나 싶어."

김리가 이를 갈았다.

"그렇다면 우리의 희망과 우리의 모든 수고도 쓰라린 끝장이야."

아라고른이 말했다.

"어쩌면 희망은 끝장일 수 있어도 수고는 아닐 걸세. 우린 여기서 방향을 돌리지 않아. 그렇지만 몸은 노곤하군."

그는 그들이 지나온 길을 따라 동녘에 모여드는 밤 쪽을 되짚어 응시했다.

"이 땅에선 뭔가 이상한 게 꿈틀대고 있어. 난 이 정적이 의심스러워. 심지어 저 파리한 달도 의심스럽고. 별들은 희미하고 전에 없이 몸이 노곤해. 순찰자가 쫓아야 할 선명한 자취를 앞두고 몸이 노곤해진다는 건 어림없는 일이지. 적들에게는 속도를 더해 주고 우리 앞엔 보이지 않는 장벽을 세우는 모종의 의지가 있어. 그러고 보니 노곤한 건 사지가 아니라 가슴이야."

아라고른의 말에 레골라스가 대답했다.

"정말 그렇소! 난 우리가 처음 에뮌 무일에서 내려온 이래 그 점을 감지했더랬소. 왜냐하면 그 의지는 우리의 뒤가 아니라 앞에 있으니까요."

그는 손가락으로 로한땅을 넘어 초승달 아래 어두워져 가는 서녘을 가리켰다.

"사루만의 짓이야! 그러나 그가 우리의 발길을 돌려세울 순 없어! 우리는 한 번 더 멈춰야 해. 보라고! 심지어 달도 몰려드는 구름 속에 빠져들고 있잖아. 하지만 다시 날이 밝을 때 우리가 갈 길은 구릉과 늪 사이의 북쪽이야."

아라고른이 중얼거렸다.

밤을 꼬박 새운 건지 잠을 잔 건지 알 수 없지만 레골라스는 예전처럼 먼저 일어나 있었다.

"일어나요! 일어나!" 하고 그가 외쳤다. "빨간 새벽이오. 숲의 처마 부근에서 이상한 것들이 우리를 기다려요. 길조인지 흉조인지 알진 못하지만 어쨌든 우리는 부름을 받았소. 일어나라니까!"

나머지 둘은 벌떡 일어났다. 그리고 그들은 미처 정신을 차릴 새도 없이 출발했다. 서서히 구릉지대가 가까워졌다. 그들이 거기 도착했을 때는 아직 정오가 되기 한 시간 전이었다. 민둥한 능선들로 솟아오르는 초록 비탈들이 북쪽을 향해 일직선으로 뻗은 곳이었다. 발치의 땅은 말랐고 잔디는 짧았지만, 갈대와 골풀의 희미한 덤불들 속을 구불구불 깊이 흐르는 강과 그들 사이에 너비 15킬로미터쯤 되는, 푹 꺼진 좁고 긴 땅이 놓여 있었다. 가장 남쪽 비탈 바로 서쪽에 거대한 원형의 땅이 있었는데 거기엔 숱한 발길에 짓밟혀 잔디가 찢기고 짓이겨져 있었다. 거기서부터 오르크의 자취는 다시 뻗어 나가 구릉지의 메마른 자락을 따라 북쪽으로 방향을 틀었다.

아라고른은 걸음을 멈추고 그 자취를 꼼꼼히 살폈다.

"놈들은 여기서 잠시 쉬었어. 그러나 그 겉으로 드러난 흔적조차도 이미 오래된 거야. 레골라스, 유감스럽게도 자네 직감이 맞은 것 같아. 지금 우리가 있는 곳에 놈들이 서 있었던 지가 어림해서 서른여섯 시간이야. 만약 놈들이 그 속도로 꾸준히 질주했다면 어제 해 질 녘 즈음 팡고른숲의 경계에 도착했을 거야."

"내 눈엔 멀리 멀리 북쪽이나 서쪽으로든 안개 속으로 가물거리며 사라지는 풀밭밖에 안 보이는걸." 하고 김리가 말했다. "구릉지에 오르면 그 숲이 보일까요?"

아라고른이 말했다.

"그곳은 아직 멀리 떨어져 있어. 내 기억이 맞는다면 이 구릉지는 북쪽으로 40킬로미터 남짓 뻗어 있어. 그리고 엔트강 어귀의 북서쪽에 드넓은 땅이 고요히 펼쳐져 있는데 그게 또 75킬로미터쯤 될 거야."

"자, 계속 가자고요." 김리가 말했다. "분명 내 다리는 그런 거리 감각을 잊었소. 마음만 덜 무겁다면 다리가 더 기운을 낼 텐데."

마침내 그들이 구릉지의 끝에 가까웠을 때는 해가 떨어지고 있었다. 그들은 장시간 쉬지 않고 행군했다. 이제 그들은 천천히 가고 있었고, 김리의 등은 굽어 있었다. 난쟁이들은 노역이나 여행에 남달리 강인하지만, 마음속의 모든 희망이 스러지면서 그도 이 끝없는 추적에 지치기 시작했다. 아라고른은 그의 뒤에서 굳은 표정으로 묵묵히 걸으며 이따금씩 몸을 굽혀 지면 위의 어떤 흔적이나 표시를 살폈다. 레골라스만이 여전히 언제나처럼 가볍게 걸었다. 그의 발은 거의 풀밭을 밟는 것 같지도 않았고 지나면서 어떤 발자국도 남기지 않았다. 그럼에도 그는 요정의 여행식만으로도 필요한 모든 기력을 얻었고, 인간들이 그걸 잠이라고 부를지는 몰라도 이 세상의 빛 속에서 번연히 눈을 뜨고 걸으면서도 요정 꿈의 낯선 길들 속에서 정신의 휴식을 취하며 잠을 잘 수도 있었다.

"이 초록 언덕의 꼭대기로 올라가요!"

레골라스의 말을 따라 그들은 지친 몸을 이끌고 긴 비탈을 올라 이윽고 정상에 이르렀다. 그것은 반반하고 휑한 둥근 언덕으로 구릉지의 최북단에 홀로 자리했다. 해가 넘어가고 저녁의 어둠이 커튼처럼 떨어졌다. 그들은 도표나 이정표가 없는 무형의 잿빛 세계 속에 홀로였다. 단지 저 멀리 북서쪽에 스러지는 빛을 배경으로 더 깊은 어둠이 있을 뿐이었다. 바로 안개산맥과 그 기슭의 숲이었다.

김리가 입을 열었다.

"여기엔 우리의 길을 이끌어 줄 만한 게 아무것도 안 보이는데. 음, 이제 다시 걸음을 멈추고 밤을 지내야 해. 점점 추워지는데!"

"적설지에서 불어오는 북풍 탓이지."

하고 아라고른이 말하자, 레골라스도 말했다.

"아침이 오기 전엔 동풍이 될 거야. 쉬어야만 한다면 쉬어야지. 그렇지만 희망을 모두 버리진 말라고. 내일은 알 수 없는 거니까. 종종 해가 뜰 때면 묘안도 떠오른다네."

김리가 말했다.

"우리가 추격을 시작하고 벌써 해가 세 번이나 떠올랐지만 아무런 지혜도 가져다준 게 없다고."

밤이 깊어지면서 점점 더 추워졌다. 아라고른과 김리는 자는 중에도 종종 깨곤 했다. 그들은 깰 때마다 레골라스가 곁에 서 있거나 이리저리 거닐며 혼자서 제 종족의 말로 나지막하게 노래하는 걸 보았다. 그의 노래에 맞추기라도 하듯, 저 위의 견고하고 검은 하늘에 하얀 별들이 열렸다. 밤은 그렇게 흘러갔다. 이제 별도 사라지고 구름도 없는 하늘에 천천히 새벽이 열리는 것을 그들은 함께 지켜보았다. 마침내 해가 떠올랐다. 날은 어슴프레하면서도 맑았다. 동풍이 불어와 안개가 말끔히 걷혔다. 을씨년스러운 빛 속에 그들 주위로 넓은 땅들이 음산하게 널려 있었다.

앞쪽과 동쪽으로 그들이 벌써 여러 날 전에 대하에서 흘낏 본 로한고원의 바람 센 고지가 보였다. 팡고른의 어두운 숲이 북서쪽으로 넓게 퍼져 있었다. 50킬로미터쯤 떨어진 곳에 숲의 그늘진 처마가 고요히 자리했고 그보다 더 먼 쪽의 비탈은 먼 푸르름 속에 잠겼다. 그 너머 저 멀리 안개산맥의 마지막 봉우리, 우뚝한 메세드라스의 하얀 꼭대기가 잿빛 구름 위를 떠도는 듯 어렴풋이 드러났다. 숲에서 흘러나온 엔트강이 그들을 마주했다. 물결은 빠르고 폭이 좁아 양쪽 강둑이 깊이 파였다. 오르크들의 자취는 구릉지에서 강 쪽으로 방향을 바꾸었다.

아라고른은 예리한 눈으로 자취를 강까지 훑고 다음엔 숲 쪽을 되짚으며 강을 훑던 중에 먼 초원 위의 그림자 하나를, 잽싸게 움직이는 거뭇한 반점 하나를 보았다. 그는 바닥에 엎드려 다시금 귀를 곤두세우고 들었다. 한편 레골라스는 길고 가는 손으로 빛나는 요정의 눈에 그늘을 만들며 곁에 서 있었다. 그가 본 것은 그림자도 반점도 아닌 작은 형체의 기병들, 수많은 기병들이었다. 아침 햇살에 닿은 그들의 창끝은 육안으로는 보이지 않는 아주 작은 별들이 반짝이는 것 같았다. 뒤편 저 멀리에서 가느다란 실 가닥들이 소용돌이치듯 어두운 연기가 피어올랐다.

텅 빈 벌판에는 정적이 깔려 김리는 풀밭에서 움직이는 대기의 진동을 들을 수 있었다.

"기사들이야!" 아라고른이 벌떡 일어서며 외쳤다. "날랜 군마를 탄 많은 기사들이 우리를 향해 오고 있어!"

레골라스가 말했다.

"맞소. 백다섯 명이오. 저들의 머리카락은 노랗고 창들은 눈부시게 빛나오. 그 대장은 키가 아주 크고."

아라고른이 미소를 지으며 말했다.

"역시 요정의 눈은 날카롭군."

아라고른의 말에 레골라스가 "아뇨! 저 기사들은 25킬로미터밖에 떨어져 있지 않아요." 하고 덧붙였다.

"25킬로미터든 5킬로미터든," 김리가 말했다. "이 휑뎅그렁한 땅에서 우린 저들을 피할 수 없소. 여기서 저들을 기다려야 하나, 아니면 우리 길을 계속 가야 하나?"

아라고른이 말했다.

"우린 기다릴 거야. 난 지쳤고 또 우리의 추격도 수포로 돌아갔네. 아니면 적어도 우리를 앞질렀던 게야. 이 기병들이 오르크 자취를 되짚어 오고 있으니 저들로부터 소식을 얻을 수도 있어."

"아니면 창에 찔릴지도."

김리가 투덜거렸다.

"빈 안장이 셋 있지만 호빗은 안 보이는데."

레골라스가 말했다.

"우리가 좋은 소식을 들을 거라고 말하진 않았어. 그렇지만 좋은 소식이든 나쁜 소식이든 우린 여기서 기다릴 거야."

아라고른이 말했다.

이제 3인의 동지는 어슴푸레한 하늘을 등져 손쉬운 표적이 될 수도 있는 언덕 꼭대기를 떠나 북쪽 비탈로 천천히 걸어 내려갔다. 언덕 기슭에서 걸음을 멈춘 그들은 외투로 몸을 여미고서 빛바랜 풀밭에 한데 웅크려 앉았다. 시간은 느리고 무겁게 지나갔다. 바람은 가냘프지만 몸에 스며들었다. 김리는 마음이 불안했다.

"아라고른, 저 기병들에 대해 뭐 좀 아는 게 있소? 여기서 앉아 기다리다가 졸지에 죽는 건 아니오?"

김리의 말에 아라고른이 답했다.

"난 저들과 함께 지낸 적이 있어. 저들은 자부심이 강하고 고집도 세지만, 신실하고 생각과 행동이 너그럽고, 용감하되 잔혹하지 않고 현명하되 학식은 별로 없어. 그리고 저들은 암흑기 이전 인간의 자손들이 그랬듯 책을 쓰진 않지만 많은 노래를 부르지. 그러나 최근 여기에서 무슨 일이 있었는지 또 로한인들이 배신자 사루만과 사우론의 위협 사이에서 어떤 심경인지도 모르네. 저들은 곤도르인들과 혈연으로 이어져 있진 않아도 오랜 친구였어. 청년왕 에오를이 저들을 북부에서 데리고 나온 게 기억도 할 수도 없을 만큼 오래전이야. 그리고 저들은 너른골의 바르드족과 어둠숲의 베오른족과 혈연이 닿아. 그 두 종족 속에서 로한의 기사들처럼 키 크고 잘생긴 이들을 아직도 숱하게 볼 수 있거든. 적어도 저들은 오르크들을 사랑하진 않을 거야."

"하지만 간달프는 저들이 모르도르에 공물을 바친다는 소문에 대해 말한 적이 있잖소."
하고 김리가 말했다.

"보로미르가 그랬듯 나도 그 소문을 믿지 않아."

아라고른이 말했다. 그러자 레골라스도 덧붙였다.

"곧 진실을 알게 되겠지. 이미 저들이 다가오고 있으니까."

드디어 김리조차도 질주하는 말발굽이 대지를 울리는 소리를 희미하게나마 들을 수 있었다. 기병들은 자취를 좇아오다가 강에서 방향을 틀어 구릉지 가까이로 다가오고 있었다. 그들은 바람처럼 말을 달리고 있었다.

이제 맑고 힘찬 목소리들의 함성이 벌판을 넘어 울려왔다. 돌연 그 함성은 천둥 같은 굉음으로 덮쳐 왔다. 선두에 선 기병이 옆으로 벗어나더니 언덕 기슭 곁을 지나, 구릉지 서쪽 자락을 따라 다시 남쪽으로 부대를 이끌었다. 그의 뒤로 날래고 빛나며 보기에도 사납고 훤칠한 사슬갑옷의 병사들이 긴 대열을 이루어 달렸다.

그들의 말은 키가 크고 굳세며 다리가 미끈했다. 윤이 나는 회색 털에 긴 꼬리는 바람에 치렁거렸고 의기 높은 목덜미 위로 땋은 갈기가 늘어져 있었다. 말들과 그 위에 탄 사람들이 아주 잘 어울렸다. 큰 키에 사지가 길었고, 연한 아마빛의 머리칼이 가벼운 투구 아래 흘러내려 등 뒤로 나부꼈고, 얼굴은 근엄하고 날카로웠다. 손에는 물푸레나무로 만든 긴 창이 들려 있었고 등에는 채색된 방패를 메었으며 허리띠에는 긴 칼이 꽂혀 있었다. 잘 닦여 빛나는 사슬갑옷이 무릎 위까지 드리웠다.

그들은 둘씩 짝지어 질주했다. 가끔씩 한 사람이 등자에서 몸을 일으켜 앞과 좌우 양쪽을 응시했지만, 그들은 말없이 앉아 자신들을 주시하는 3인의 이방인을 인지하지 못하는 것 같았다. 부대가 거의 지나쳐 갈 즈음 갑자기 아라고른이 일어나 큰 소리로 외쳤다.

"로한의 기사들이여! 북쪽에서 무슨 소식이라도 들으셨소?"

그들은 놀라운 속도와 기량으로 군마들을 제지하고 진로를 바꿔 돌진해 왔다. 곧장 3인의 동지는 뒤의 언덕 사면을 오르내리고 주위를 빙빙 돌며 점점 안으로 다가들면서도 계속 원진(圓陣)을 유지하는 기병들 속에 포위되었다. 사태의 추이를 궁금하게 여기며 아라고른은 말없이 서 있었고 나머지 둘은 움직이지 않고 앉아 있었다.

기사들은 한마디 말이나 외침도 없이 별안간 멈춰 섰다. 수풀처럼 빽빽한 창들이 그들을 향해 겨누어졌다. 기병들 중 몇몇은 손에 활을 들었는데, 벌써 화살이 시위에 메겨진 상태였다. 이윽고 한 명이 앞으로 나섰는데, 나머지 모두보다 키가 큰 장대한 이였다. 그의 투구에는 깃 장식으로 삼은 하얀 말 꼬리털이 나부꼈다. 그는 자신의 창끝이 아라고른의 가슴에서 한 자쯤 되는 거리까지 말을 몰고 나왔다. 아라고른은 꼼짝도 하지 않았다.

"너희는 누구냐? 이 땅에서 뭘 하고 있나?"

그 기사는 서부 공용어를 써서 말했는데, 그 말투와 어조가 곤도르인 보로미르와 흡사했다.

"나는 성큼걸이라 하오. 우린 북쪽에서 왔고, 오르크들을 쫓고 있소."

아라고른이 대답했다.

기사가 말에서 훌쩍 뛰어내렸다. 그는 말을 달려와 자기 곁에 내려선 다른 기사에게 창을 건네더니 칼을 뽑아 들어 아라고른과 대면하고 섰다. 아라고른을 매섭게 훑어보던 그 얼굴에 놀라는 기색이 떠올랐다. 마침내 그가 다시 말했다.

"나는 처음에 당신들을 오르크들로 생각했소. 이젠 그게 아니란 걸 알겠소. 그런데 이런 식으로 놈들을 뒤쫓다니, 정녕 당신들은 놈들에 대해 거의 무지한 거요. 놈들은 빠르고 잘 무장되어 있고 그 수도 많소. 만약 당신들이 놈들을 따라잡았다면, 당신들의 신세는 사냥꾼에서 먹잇감으로 바뀌었을 거요. 그런데 성큼걸이여, 당신에겐 무언가 이상한 데가 있군."

그는 맑고 빛나는 눈을 순찰자에게 돌렸다.

"당신이 댄 그 호칭은 사람의 이름이 아니오. 그리고 당신들의 옷차림도 이상하고. 당신들은 풀밭에서 솟은 건가? 어떻게 우리 눈을 피한 거지? 당신들은 요정족인가?"

"아니요." 아라고른이 말했다. "요정은 우리들 중 한 명만으로 저 먼 어둠숲의 삼림왕국에서 온 레골라스요. 그러나 우린 로슬로리엔을 거쳐 왔소. 그래서 귀부인의 선물과 은총이 우리와 함께 있는 거요."

그 기사는 새삼 놀란 듯 그들을 바라보았으나 눈길은 굳어 있었다.

"그럼, 옛이야기대로 황금숲에 여주인이 있는 거로군! 그녀의 그물을 벗어난 자는 거의 없다고들 하는데. 하여튼 수상한 시절이로고! 그런데 만일 당신들이 그녀의 은총을 받았다면, 그렇다면 아마 당신들도 그물 짜는 이들이고 마술사들이겠군."

갑자기 그가 레골라스와 김리에게로 냉담한 눈길을 돌렸다.

"왜 당신들은 말이 없는 거지, 꿀 먹은 벙어린가?"

그가 다그치듯 묻자, 김리가 벌떡 일어나 두 다리를 벌리고 굳건히 섰다. 손은 도낏자루를 움켜쥐었고 검은 눈이 번득였다.

"말 조련사여, 당신의 이름을 밝히시오. 그러면 나도 내 이름과 그 밖의 것도 밝히리다."

"그 점에 관해서는," 기사가 난쟁이를 빤히 내려다보며 말했다. "먼저 이방인이 신원을 밝혀야 마땅하지. 어쨌든 내 이름은 에오문드의 아들 에오메르요. 리더마크의 제3원수지."

"그렇다면 리더마크의 제3원수, 에오문드의 아들 에오메르여. 글로인의 아들 난쟁이 김리가 당신에게 어리석은 소리 말 것을 경고하겠소. 당신은 자기 생각의 범위를 벗어난 아름다운 것을 험담하는 바, 모자라는 사람이 아니라면 용납할 수 없는 일이오."

에오메르의 눈에 불길이 확 타올랐고 로한인들은 격분하여 뭐라고 중얼거리며 창을 뻗치고 죄어들었다. 에오메르가 외쳤다.

"난쟁이 선생, 만약 당신의 머리가 땅바닥에서 조금이나마 더 높이 있었다면 나는 그 머리는 물론이고 수염과 다른 모든 것을 베었을 것이다!"

"그는 혼자가 아니오! 그 칼날이 떨어지기 전에 당신이 먼저 죽을 거요."

레골라스가 눈으로 좇을 수 없을 만큼 빠르게 손을 놀려 활을 당기고 화살을 메기며 말했다.

에오메르가 칼을 치켜들었고, 자칫 사태가 고약해질 수도 있었으나 아라고른이 그들 사이에 끼어들어 손을 들어 올렸다.

"송구하오, 에오메르여! 사정을 더 알게 되면 왜 당신이 내 동지들을 화나게 했는지 이해할 거요. 우리는 로한에, 그리고 로한인 그 누구에게도, 사람이든 말이든, 악의가 없소. 칼을 내리치기 전에 우리 이야기를 들어 보지 않겠소?"

"그러지." 에오메르가 칼을 내리며 말했다. "하지만 이 의혹의 시절에 리더마크를 방랑하는 자들은 그렇게 오만을 부리지 않는 게 현명할 거야. 먼저 당신의 본명을 말하라."

"먼저 당신이 누구를 받드는지 말하시오." 아라고른이 말했다. "당신은 모르도르의 암흑군주 사우론의 친구인가, 적인가?"

에오메르가 대답했다.

"나는 오로지 마크의 군주, 셍겔의 아드님 세오덴 왕을 받들 뿐이다. 우리는 저 멀리 암흑 땅의 권력자를 받들지 않으며 또 아직은 그와 공공연한 전쟁을 벌이고 있지도 않다. 만약 당신들이 그에게서 달아나고 있다면 이 땅을 떠나는 게 좋을 것이다. 우리의 모든 변경에서 분쟁이 일고 있고, 우리는 위협받고 있다. 그러나 우린 우리 것을 지키고, 선악을 불문하고 이방의 군주를 섬기지 않으며, 오로지 우리가 살아온 대로 자유롭게 살기를 바랄 뿐이다. 우리도 좋은 시절엔 손님들을 환대했지만, 이 시절에 들어선 초대받지 않은 이방인은 대뜸 우리를 냉혹하다고 여기지. 자! 당신은 누군가? 당신은 누구를 받드는가? 당신은 누구의 명을 받아 우리 땅에서 오르크들을 쫓고 있는가?"

아라고른이 말했다.

"나는 그 누구도 받들지 않소. 그러나 사우론의 종들이라면 어느 땅으로 가든 추격하오. 필멸의 인간들 가운데 오르크들에 대해 나보다 잘 아는 이는 거의 없소. 그리고 내가 이런 식으로 그들을 쫓는 건 선택에 따른 것이 아니오. 우리가 추격하는 오르크들이 내 친구 둘을 포로로 잡아갔소. 그런 급박한 처지에 말이 없으면 걸어서 갈 수밖에 없고, 자취를 쫓아도 좋다는 허락을 일일이 청할 수도 없소. 게다가 난 적의 머릿수를 칼로만 헤아릴 것이오. 내게도 무기가 없지는 않으니까."

아라고른이 외투를 뒤로 젖혔다. 그 손이 요정의 칼집을 움켜쥐자 칼집이 돌연 광채를 발했다. 그가 안두릴의 눈부신 칼날을 휘두르자 돌연 화염이 일었다.

"엘렌딜!" 아라고른이 외쳤다. "나는 아라소른의 아들 아라고른으로 요정석, 즉 엘렛사르로 불리며, 곤도르의 엘렌딜의 아들 이실두르의 후계자 두나단이다! 여기 한때 부러졌다가 다시 벼려진 검이 있도다! 당신은 나를 도울 것인가, 아니면 방해할 것인가? 속히 택하라!"

김리와 레골라스는 깜짝 놀라 자신들의 동지를 쳐다보았다. 그도 그럴 것이, 이전에 그들은 그가 이런 분위기를 뿜어내는 것을 보지 못했던 것이다. 인물의 크기에서 에오메르가 졸아든 반면 그는 부쩍 커져 버린 것 같았고, 생기에 찬 아라고른의 얼굴에서 그들은 아르고나스 선왕들의 권세와 위엄을 잠시나마 볼 수 있었다. 잠깐 동안 레골라스의 눈에는 아라고른의 눈썹 위로 하얀 불길이 찬란한 왕관처럼 명멸하는 것 같았다.

뒤로 물러선 에오메르의 얼굴에 외경의 표정이 어렸다. 그는 오만한 눈을 내리깔고 중얼거렸다.

"정말이지 요즘은 수상한 시절이야. 별안간 풀밭에서 꿈과 전설이 튀어나와 생생한 현실이 되다니. 군주시여, 말씀해 주십시오. 무슨 일로 여기 오셨는지요? 그리고 그 알 수 없는 말씀의 뜻이 무엇인지요? 데네소르의 아들 보로미르가 그에 대한 답을 찾고자 떠난 지 오래건만 우리가 그에게 빌려준 말은 기사 없이 혼자 돌아왔습니다. 당신께선 북방에서 어떤 운명을 가져오신 건지요?"

"선택의 운명이오." 아라고른이 말했다. "그대는 셍겔의 아들 세오덴께 이 말을 전해도 좋소. 즉, 사우론과 함께할 것인가 아니면 그에 맞서 싸울 것인가가 걸린 공공연한 전쟁이 그의 앞에 놓여 있다고. 이젠 누구도 이제껏 살아온 대로 살 수 없을 것이고, 자기 것이라 부르는 것을 간직할 수 있는 이도 거의 없을 것이오. 그러나 이 중대한 문제에 대해서는 차후에 이야기할 수 있을 것이오. 혹시 사정이 허락한다면 내가 친히 왕을 찾아뵙겠소. 지금 나는 매우 다급한 처지이고, 해서 도움을, 혹은 적어도 소식을 청하오. 그대는 우리가 우리 친구들을 납치해 간 오르크들을 추격하고 있다는 걸 들었소. 우리에게 무엇을 말해 줄 수 있소?"

"더는 그놈들을 추격할 필요가 없다는 것입니다." 에오메르가 말했다. "오르크들은 전멸했습니다."

"우리 친구들도?"

"우린 오르크들 외에는 아무도 보지 못했습니다."

"그건 정말 이상한데. 쓰러진 놈들을 수색했소? 오르크들 외에 다른 시체들은 없었소? 그들은 작아서 그대 눈엔 그냥 어린애로 보일 테고, 신발은 신지 않고 회색 옷을 입었소."

"난쟁이나 어린애는 없었습니다. 우리는 쓰러진 놈들을 죄다 헤아리고 무기를 거둔 다음 우리의 관습대로 시체들을 한데 쌓아 불태웠습니다. 그 잿더미에선 아직도 연기가 나고 있습니다."

"우린 난쟁이나 어린애를 말하는 게 아니오." 김리가 말했다. "우리 친구들은 호빗이오."

"호빗이라고요? 어떤 종족이죠? 이름이 낯선데요."

에오메르가 물었다.

"낯선 종족에 걸맞은 낯선 이름이죠." 김리가 말했다. "그러나 그들은 우리에게 매우 소중하오. 로한에서 당신도 미나스 티리스를 온통 들쑤셔 놓은 그 소문을 들었을 거요. 반인족에 관한 소문 말이오. 이 호빗들이 반인족이라오."

"반인족!" 에오메르 곁에 섰던 기사가 웃었다. "반인족이라! 하지만 그들은 북방의 옛 노래와 아이들 이야기에나 나오는 소인(小人)일 뿐이잖소. 백주에 우리가 전설 속을 걷는 건지 아니면 초록의 대지 위를 걷는 건지요?"

"둘 모두일 수도 있지." 아라고른이 대답했다. "왜냐하면 우리 시대를 전설로 만들 자는 우리가 아니라 우리 다음에 오는 이들이니까. 초록의 대지라고 했소? 비록 그대가 현실 속에서 그것을 밟고 있긴 하나 실은 그것도 전설의 중대한 소재라네!"

그 기사는 아라고른의 말에 신경 쓰지 않고 에오메르를 향해 말했다.

"시간이 촉박합니다. 대장님, 우린 서둘러 남쪽으로 가야만 합니다. 이 무모한 이들은 제멋대로 공상하게 내버려 두시지요. 아니면 저들을 포박해서 왕께 데려갑시다."

"잠자코 있어, 에오사인!" 에오메르가 자기네 말로 말했다. "잠시 저쪽에 가 있어. 병사들에게 길 위에 집결해 엔트여울로 말 달릴 준비를 갖추라고 일러."

에오사인은 투덜대며 물러나 나머지 기사들에게 명령을 전했다. 곧 그들은 물러섰고 에오메르 홀로 아라고른 일행 곁에 남았다.

"아라고른이여, 당신의 모든 말씀은 하나같이 이상합니다. 그렇지만 진실을 말씀하셨다는 것도 분명합니다. 우리 마크 사람들은 거짓말을 하지 않고 따라서 쉽게 속지도 않습니다. 그러나 당신께선 전부를 말씀하진 않으셨습니다. 이제 제가 무엇을 해야 할지 판단할 수 있도록 당신의 임무를 더 자세히 말씀해 주시지 않겠습니까?"

아라고른이 대답했다.

"나는 몇 주 전, 노래 속에서 '임라드리스'라 불리는 곳에서 출발했소. 미나스 티리스의 보로미르가 나와 동행했소. 내 임무는 데네소르의 아들과 함께 그 도시로 가서 사우론에 맞서 전쟁을 치르는 그의 동족을 돕는 것이었소. 그러나 나와 함께 나선 원정대는 다른 사명도 띠었소. 그것에 대해선 지금 말할 수 없소. 회색의 간달프가 우리의 지도자였소."

"간달프라고요!"

에오메르가 외쳤다.

"회색망토의 간달프는 마크에도 잘 알려진 인물입니다. 미리 알려 드립니다만, 이제 그 이름은 왕의 호의를 담보할 수 없습니다. 사람들이 기억하기로 그는 숱하게 이 땅에 손님으로 왔습니다. 내키는 대로 철이 바뀌면 오기도 하고 수년 만에 오기도 했습니다. 이제 일부 사람들은 간달프가 언제나 이상한 사건들, 대개 불행한 사건들을 가져왔다고 말합니다. 심지어 그를 악의 전령으로 부르는 이들까지 생겼습니다.

정말이지 지난여름에 그가 마지막으로 온 후로 모든 것이 어긋나 버렸습니다. 그때 사루만과 우리의 분쟁이 시작되었지요. 그 전까지만 해도 우리는 사루만을 친구로 생각했지만, 간달프가 와서는 아이센가드에서 돌연 전쟁을 준비하고 있다고 경고했습니다. 그는 자기가 오르상크에 갇혀 있다가 가까스로 탈출했다고 말하고는 도움을 청했습니다. 그러나 세오덴 왕이 그의 말에 귀를 기울이지 않자 간달프는 가 버렸습니다. 그 후 왕께서는 자기 앞에서 다시는 간달프의 이름을 입에 담지 말라고 명하셨습니다. 격노하신 거지요. 간달프가 샤두팍스라고 불리는 말을 가져갔던 겁니다. 그것은 왕의 모든 군마 중 가장 귀하고 메아르종(種)의 으뜸이며 오직 마크의 군주만이 탈 수 있는 말이죠. 그 종의 종마는 에오를의 위대한 말로서 인간의 말을 알아듣지요. 이레 전에 샤두팍스는 돌아왔지만 왕의 분노는 누그러지지 않았습니다. 그 말이 사나워져 어떤 사람도 길들일 수 없게 돼 버렸기 때문입니다."

"그렇다면 샤두팍스는 홀로 저 먼 북방에서 길을 찾아 돌아왔군. 그와 간달프가 헤어진 곳이 바로 거기니까. 그러나 애석하게도 간달프는 더는 말을 타지 못할 거요. 그는 모리아 동굴의 암흑 속으로 추락해 다시 나오지 못했소."

아라고른의 대답을 듣고 에오메르가 말했다.

"괴로운 소식이군요. 적어도 제게는, 그리고 많은 이에겐. 그렇지만 모두에게 그렇진 않습니다. 왕께 가시면 아시게 되겠지만."

"이해가 다 가기 전에 절실히 느끼게 되겠지만, 그건 이 땅의 어느 누가 이해할 수 있는 것보다 더 비통한 소식이오."

아라고른이 말했다.

"그러나 위대한 자가 쓰러지면 그만 못한 자라도 이끌어야 하는 법이오. 모리아를 떠난 이후 기나긴 여정에서 우리 원정대를 인도하는 것이 내 역할이었소. 우린 로리엔을 거쳐 왔고—그대는 앞으로 로리엔에 대해 말하려면 그곳의 진실을 알고서 해야 할 거요—거기서 기나긴 대하를 따라 라우로스폭포에 닿았소. 거기서 보로미르는 그대가 전멸시킨 바로 그 오르크들의 손에 쓰러졌소."

"당신께서 전하는 소식이 비통하기 짝이 없군요."

에오메르가 외쳤다.

"이 죽음은 미나스 티리스에, 그리고 우리 모두에게 엄청난 손실입니다. 그는 훌륭한 전사였소! 모든 이가 그를 칭송했지요. 그는 좀처럼 마크에는 오지 않았습니다. 언제나 동쪽 변경의 전장에 있었으니까요. 그러나 저는 그를 만난 적이 있습니다. 제게는 그가 엄숙한 곤도르인이라기보단 에오를의 날렵한 후손들을 닮았고, 때가 되면 동족의 위대한 지도자가 될 인물로 보였습니다. 하지만 우린 곤도르 바깥에서 이 비통한 소식을 듣지 못했습니다. 그가 언제 쓰러졌습니까?"

"그가 쓰러진 지 이제 나흘째요." 아라고른이 대답했다. "그리고 그날 저녁 이후로 우린 톨 브란디르의 그림자로부터 행군해 온 것이고."

"걸어서요?"

에오메르가 외쳤다.

"그렇소, 보다시피."

크게 놀란 에오메르의 눈이 휘둥그레졌다.

"아라소른의 아드님이시여, 성큼걸이란 이름은 너무 초라하군요. 난 당신을 '날개 달린 발'이라는 이름으로 부르겠습니다. 세 친구분의 이 공적은 많은 연회에서 기려져야 마땅할 것입니다. 나흘이 다하기도 전에 220킬로미터를 주파하시다니! 엘렌딜의 혈통은 참으로 강대하군요!

그건 그렇고, 군주시여, 제가 무엇을 하길 바라십니까? 전 서둘러 세오덴 왕께 돌아가야 합니다. 병사들 앞에선 조심스럽게 말했습니다만, 우리는 아직 암흑의 땅과 공공연한 전쟁을 시작하진 않았습니다. 그리고 왕의 귀에 바짝 대고 비겁한 간언을 올리는 자들도 있습니다. 그러나 전쟁은 다가오고 있습니다. 곤도르와 맺은 오랜 동맹을 우린 저버리지 않을 겁니다. 그들이 싸우는 한 우린 그들을 도울 겁니다. 저 그리고 저와 뜻을 같이하는 모든 이들이 그렇게 생각합니다. 제 관할, 즉 제3원수의 책임 지역이 동(東)마크이기에 저는 모든 가축과 목부를 엔트강 너머로 철수시키고 여기엔 경계병들과 날랜 척후병들만 남겨 뒀습니다."

"그럼 당신들은 사우론에게 공물을 바치지 않는 거요?"

김리가 말하자, 에오메르가 두 눈을 번득이며 대답했다.

"우린 그렇게 하지 않고 결단코 그렇게 한 적도 없소. 그런 거짓 소문이 나돈다는 걸 나도 듣긴 했지만 말이오. 몇 해 전 암흑 땅의 군주가 후한 값으로 우리의 말을 사기를 원했으나 거절했소. 그가 짐승들을 사악한 일에 쓰기 때문이었소. 그러자 그는 오르크들을 보내 우리 말들을 약탈하게 했고, 놈들은 언제나 검은 말들을 골라 할 수 있는 만큼 끌고 갔소. 그래서 이제 여기엔 검은 말이 거의 남지 않았소. 그 때문에 오르크들에 대한 우리의 원한은 사무치오.

그러나 이 시점에서 우리의 으뜸가는 관심사는 사루만이오. 그가 이 모든 땅에 대한 지배권을 주장하고 나섰기에 우리는 수개월 전부터 그와 전쟁을 벌여 왔소. 그는 오르크, 늑대, 그리고 사악한 인간 들을 수하에 끌어들였고 우리의 통행을 막고자 로한관문을 봉쇄했소. 때문에 우린 동서 양쪽으로 포위될 지경이오.

그런 적을 상대하는 건 위험한 일이오. 그는 교활할 뿐 아니라 천변만화의 변장술을 부리오. 그는 두건을 쓰고 망토를 걸친 노인 행색으로 여기저기 돌아다닌다는데, 이제 와서 많은 이들이 회상컨대 간달프와 흡사하다고 합니다. 그의 밀정들은 모든 그물을 교묘히 빠져나가고 그가 부리는 불길한 새들은 하늘을 가로지르오. 나로서는 이 모든 일이 어떻게 끝날지 알 수 없고 그래서 걱정입니다. 그의 편이 아이센가드에만 있는 것 같진 않으니까요. 당신께서 왕의 궁정으로 가신다면 친히 알 수 있을 겁니다. 가지 않으시겠습니까? 의혹과 다급함에 처한 저에게 도움을 주시고자 당신께서 오신 것이란 제 생각이 헛된 희망일까요?"

"사정이 될 때 가겠소."

아라고른이 말했다.

"지금 가시지요! 이 흉흉한 시절에 엘렌딜의 후계자는 에오를의 아들들에게 정말 큰 힘이 될 것입니다. 지금도 웨스템넷에서는 전투가 벌어지고 있는데, 우리에게 불리하게 돌아가는 것은 아닌지 염려됩니다.

말이 나왔으니 하는 말이지만, 저는 이번에 북쪽으로 출정하면서 왕의 허락을 받지 않고 갔습니다. 제가 없으면 궁정에는 경비병이 거의 남아 있지 않는데도 말입니다. 사흘 밤 전에 척후병들이 알리기를 오르크 무리가 동부장벽에서 내려오고 있으며, 그중에는 사루만의 흰색 기장을 단 놈들이 있다고 보고했습니다. 그래서 저는 가장 우려하던 것, 즉 오르상크와 암흑의 탑의 결탁을 의심하고 제 집안의 에오레드를 이끌고 나갔습니다. 이틀 전 해 질 녘에 우린 엔트숲 경계 인근에서 오르크들을 따라잡았습니다. 거기서 놈들을 포위했다가 어제 새벽에 전투를 치렀습니다. 애석하게도 병사 열다섯과 말 열두 필을 잃었습니다. 오르크들은 우리가 예상한 것보다 수가 훨씬 많았어요. 다른 놈들이 대하 너머 동쪽에서 나와 가세하기도 했고요. 그놈들의 자취는 이 지점에서 조금 북쪽으로 가면 뚜렷이 볼 수 있죠. 그런데 다른 놈들이 또 숲에서 나왔어요. 역시 아이센가드의 흰손 기장을 단 거대한 오르크들이었는데 그 족속은 다른 오르크들보다 힘도 세고 사나웠습니다.

그럼에도 불구하고 우린 놈들을 끝장냈습니다. 그러나 우린 너무 멀리까지 나갔던 겁니다. 남쪽과 서쪽에서는 우리에게 와 달라고 아우성입니다. 가시지 않겠습니까? 보시다시피 여분의 말들이 있습니다. 그 검이 해야 할 일이 있습니다. 응낙만 하시면 우리는 김리의 도끼와 레골라스의 활도 활약을 펼치도록 할 수 있습니다. 그들이 숲의 귀부인에 대한 제 경솔한 언사를 용서해 주신다면 말입니다. 저는 오로지 제 땅의 모든 사람이 할 말을 했을 뿐이고 모자란 점이 있다면 기꺼이 배우겠습니다."

아라고른이 말했다.

"그대의 정중한 말에 감사하오. 마음 같아선 그대와 함께 가고 싶지만 난 희망이 남아 있는 한 친구들을 저버릴 수 없소."

"희망은 남아 있지 않습니다." 에오메르가 말했다. "당신들은 북쪽 변경까지 가도 친구들을 찾지 못할 겁니다."

"그렇지만 내 친구들이 뒤에 있진 않소. 우린 동부장벽 멀지 않은 곳에서 그들 중 적어도 한 명은 아직 살아 있다는 분명한 징표를 발견했소. 그 장벽과 구릉지 사이에서 다른 자취를 발견하진 못했지만, 어떤 자취도 이쪽이든 저쪽이든 옆으로 새지 않았소. 내 기량이 완전히 날 떠난 게 아니라면 말이오."

"그렇다면 그들이 어떻게 된 거라고 생각하시는 겁니까?"

"알 수 없소. 그들이 살해되어 오르크들과 더불어 불태워졌을 수도 있소. 하지만 그건 당신이 그럴 리가 없다고 했으니 염려하진 않소. 아마도 전투 이전에, 아니면 그대가 적들을 에워싸기 이전에라도 그들이 숲속으로 끌려간 거라고 생각할 수밖에 없소. 누구도 그런 식으로 그대의 그물을 벗어나지 못했다고 맹세할 수 있소?"

에오메르가 말했다.

"우리가 오르크들을 목격한 뒤로는 그 누구도 벗어나지 못했다고 맹세하겠습니다. 우린 놈들보다 앞서 숲 처마에 닿았으니 만일 그 후로 어떤 생명체가 우리의 원진을 뚫고 나갔다면 그건 오르크가 아니고 어떤 요정의 권능을 지닌 자일 것입니다."

"우리 친구들도 우리와 똑같은 옷차림이었소." 아라고른이 말했다. "그리고 그대들은 대낮의 환한 빛 아래서도 우릴 지나쳤지 않소."

"제가 그 점을 잊었군요." 에오메르가 말했다. "놀라운 일이 너무 많은지라 그 어떤 것을 확신한다는 건 어렵습니다. 세상이 온통 이상해졌어요. 요정과 난쟁이가 일행이 되어 우리가 늘 거니는 벌판을 건질 않나, 사람들이 숲의 귀부인과 이야기를 나누고도 멀쩡히 살아 있질 않나. 게다가 우리 아버지들의 아버지들이 말을 타고 마크 땅으로 오기 전 까마득한 옛 시대에 부러졌던 그 검이 전장으로 되돌아오다니! 이런 시절에 어찌 사람이 해야 할 바를 제대로 판단하겠습니까?"

"늘 판단해 왔던 대로 해야지요." 아라고른이 말했다. "작년 이후로 선과 악이 뒤바뀐 건 아니니까. 또한 요정과 난쟁이가 생각하는 선악과 인간들 사이의 그것이 다른 것도 아니오. 자기 집에서나 황금숲에서나 선악을 분별하는 게 사람의 도리요."

"정녕 옳으신 말씀입니다." 에오메르가 말했다. "저는 당신도, 내 가슴이 하고자 하는 행동도 의심하지 않습니다. 그렇지만 모든 일을 하고 싶은 대로 자유롭게 할 수 있는 것도 아닙니다. 왕께서 허락하시지 않는 한 이방인들이 제멋대로 우리 땅을 떠돌아다니도록 내버려 두는 건 위법이고, 이즈음의 위험한 시절에 그 명령은 더욱 엄격합니다. 저는 당신께 자발적으로 저와 함께 가실 것을 간청했지만 응하지 않으시는군요. 100대 3의 전투를 시작하기란 정말 싫습니다."

그러자 아라고른이 대답했다.

"나는 당신네 법이 그와 같은 우연을 위해 만들어졌다고는 생각하지 않소. 그리고 실은 나는 이방인도 아니오. 비록 다른 이름을 쓰고 지금과 다른 모습이긴 했어도 나는 이전에 한 번 이상 이 땅에 와서 로한인의 부대와 함께 말을 달린 적이 있소. 그때 그대를 보지는 못했소. 그대가 어렸을 때니까. 하지만 난 그대의 부친 에오문드와 셍겔의 아들 세오덴과 이야기를 나눴소. 지난 시절이라면 이 땅의 어떤 고명한 영주도 그 어떤 이에게 내가 맡은 것과 같은 원정을 그만두라고 다그치진 않았을 게요. 적어도 내 임무는 분명하오. 계속 가는 거요. 자, 에오문드의 아들이여. 드디어 선택해야만 하오. 우리를 도와주시오. 아니면 최악의 경우라도 우리를 자유롭게 가도록 해 주시오. 그도 아니면 당신네 법을 집행하도록 하시오. 만일 그대가 그렇게 한다면 당신들의 전쟁터나 왕에게 돌아갈 인원은 더 줄어들 것이오."

에오메르가 잠시 침묵에 잠기더니 이윽고 입을 열었다.

"우리 모두는 서둘러야 할 처지입니다. 제 부대는 떠나지 못해 안달하고 있고 당신들의 희망은 매시각 줄어들고 있습니다. 제 선택은 이렇습니다. 당신들은 가도 좋습니다. 그뿐만 아니라 당신들께 말을 빌려드리겠습니다. 오직 이것만 청합니다. 당신들의 원정이 결실을 맺든 허사로 판명되든, 말들과 함께 엔트여울을 넘어 메두셀드로 돌아오십시오. 지금 세오덴 왕께서 거하고 계신 에도라스의 화려한 궁전으로 말입니다. 그렇게 함으로써 당신들은 내가 오판하지 않았음을 왕께 입증하시는 것입니다. 당신들께서 신의를 지킬 것이라는 것에 저는 저 자신을, 그리고 어쩌면 제 목숨을 거는 바입니다. 부디 저버리지 마십시오."

"저버리지 않겠소."

아라고른이 대답했다.

에오메르가 이방인들에게 여분의 말을 빌려주라는 명령을 내렸을 때 병사들 사이에서 커다란 동요가 일었다. 어둡고 의혹에 찬 눈길이 많았지만, 에오사인만이 감히 터놓고 말했다.

"곤도르의 영주를 자처하는 분께서 내리는 합당한 명령이겠지만, 마크의 말을 난쟁이에게 준다는 걸 그 누가 들어 본 적이 있습니까?"

"아무도 없지." 김리가 말했다. "하지만 걱정 마시오. 앞으로도 그러한 말은 듣지 못할 테니까. 흔쾌하게 주는 것이든 마지못해 주는 것이든 나는 그토록 대단한 짐승의 등에 올라앉느니 차라리 걷겠소."

"하지만 지금은 타야 해. 그러지 않으면 자넨 우리에게 방해가 될 거야."

아라고른의 말에 이어 레골라스가 말했다.

"자, 나의 친구 김리여, 자넨 내 뒤에 타라고. 그러면 만사형통일 테고. 자넨 말을 빌릴 필요도 없고, 말 때문에 마음 어지럽힐 필요도 없잖아."

아라고른은 자신에게 주어진 거대한 암회색 말에 올라탔다. 에오메르가 말했다.

"그 말 이름은 하주펠입니다. 그가 당신을 잘 모셔 이전 주인 가룰프보다 좋은 운으로 인도하기를 바랍니다."

좀 더 작고 가볍지만 고집 세고 격한 성깔의 말이 레골라스에게 주어졌다. 그 말의 이름은 아로드였다. 그런데 레골라스는 안장과 고삐를 떼어 달라고 청했다. 그는 "난 그런 건 필요 없소." 하고 말하곤 가볍게 뛰어 말 등에 올라탔다. 놀랍게도 아로드는 그를 태우고도 순하게 기꺼이 따랐다. 그는 레골라스의 말만 듣고 이리저리 움직였는데, 그것은 모든 좋은 짐승들을 다루는 요정의 수완이었다. 김리는 레골라스의 뒤에 추켜올려진 뒤 그를 꼭 붙잡았는데, 배에 탄 감지네 샘만큼이나 불안한 모양이었다.

"잘 가십시오. 그리고 찾는 바를 꼭 발견하시길! 최대한 빨리 돌아오셔서 이후 우리의 검을 함께 빛냅시다!"

에오메르가 외쳤다.

"돌아오겠소."

하고 아라고른이 말했다. 김리도 외쳤다.

"나도 오겠소. 갈라드리엘 귀부인의 일이 아직 우리 사이에 남아 있으니까. 당신에게 정중한 언사를 가르쳐야겠소."

그러자 에오메르가 답했다.

"두고 봅시다. 이상한 일들이 하도 많이 벌어지는지라 난쟁이의 사랑스러운 도끼질을 받아 가며 어느 고운 부인을 칭송하는 법을 배우는 건 그리 놀랄 일도 아닐 거요. 잘 가시오!"

그 말을 끝으로 그들은 헤어졌다. 로한의 말들은 매우 날렵했다. 조금 지나 김리가 뒤돌아보았을 때 에오메르의 부대는 이미 작고 멀었다. 아라고른은 돌아보지 않았다. 그는 길을 재촉하면서도 하주펠의 목덜미 옆으로 머리를 낮게 굽혀 자취를 살폈다. 머지않아 그들은 엔트강의 경계에 도달했고, 거기서 에오메르가 말한 다른 자취를 만났다. 동쪽의 로한고원에서 내려오는 자취였다.

아라고른은 말에서 내려 바닥을 살피곤 다시 안장에 뛰어올랐다. 그리고 길 한쪽을 따라 발자국을 놓치지 않게 주의를 기울이며 동쪽으로 웬만큼의 거리를 달렸다. 얼마 후 그는 다시 말에서 내려 앞뒤로 오가며 바닥을 훑었다.

"눈에 띄는 게 거의 없어."

아라고른이 돌아와서 말했다.

"주된 자취가 기병들이 돌아올 때 말 타고 지나간 흔적과 온통 뒤섞여 버렸어. 그들의 바깥쪽 진로는 강 쪽에 더 가까웠던 게 틀림없어. 그런데 동쪽으로 난 이 자취는 방금 생긴 것으로 선명하다고. 거기서 반대쪽 길을 잡아 안두인강 쪽으로 되돌아간 발자취도 전혀 없어. 우린 이제 천천히 달리면서 양옆 어느 쪽으로든 갈라져 나간 자취나 발걸음이 있는지 확인해야 해. 오르크들도 이 지점부턴 자신들이 추격당한다는 걸 알아챘던 게 분명해. 그러니 놈들은 따라잡히기 전에 포로들을 빼돌리려는 어떤 시도를 했을 수 있어."

그들이 앞으로 달려 나가면서 날이 흐려졌다. 로한고원 위에 잿빛 구름장들이 낮게 드리웠다. 엷은 안개가 해를 가렸다. 해가 서쪽으로 지면서 나무로 덮인 팡고른의 비탈들이 여느 때보다 가깝게 모습을 드러냈다. 그들은 왼편이나 오른편으로 어떤 자취의 어떤 표식도 보지 못했다. 이따금 도주하던 길에 쓰러진 오르크가 보이기도 했다. 그들의 등이나 목에는 회색 깃털의 화살이 꽂혀 있었다.

오후가 기울어 갈 즈음 마침내 그들은 숲의 처마에 다다랐고, 나무들로 에워싸인 탁 트인 공터에서 대대적인 소각이 있었던 자리를 발견했다. 잿더미는 아직도 뜨거웠고 연기가 피어나고 있었다. 그 곁에는 투구, 갑옷, 쪼개진 방패, 부러진 칼, 활과 창, 그 밖의 전쟁 장비가 무더기로 쌓여 있었다. 가운데 박힌 말뚝 위엔 고블린 형상의 거대한 머리 하나가 꽂혀 있었고, 박살 난 투구 위엔 흰색 기장이 아직 또렷했다. 더 먼 곳에, 숲 가에서 흘러나오는 강에서 멀지 않은 곳에 흙무덤이 하나 있었다. 새로 지은 무덤으로 날것 그대로의 흙이 갓 떠낸 잔디로 덮여 있었고 주위에 창 열다섯 개가 박혀 있었다.

아라고른과 그의 동지들은 전장 주변을 두루 수색했다. 그러나 빛이 흐려졌고 곧 저녁이 내려앉아 어슴푸레하고 희미했다. 해 질 녘까지 그들은 메리와 피핀의 어떤 흔적도 발견하지 못했다.

"더는 어찌할 수가 없어." 김리가 서글프게 말했다. "우리는 톨 브란디르에 닿은 후로 많은 수수께끼에 부딪혔지만 가장 풀이하기 어려운 게 이거야. 내 짐작으론 호빗들의 화장된 뼈가 오르크들의 것과 뒤섞인 것 같아. 만약 프로도가 살아 있어서 내 말을 듣는다면 그에겐 끔찍한 소식일 테고, 또 깊은골에서 기다리는 늙은 호빗에게도 끔찍하겠지만 말이야. 엘론드는 그들이 원정에 나서는 걸 반대했잖아."

"그러나 간달프는 반대하지 않았어."

레골라스가 말했다. 그러자 김리가 대답했다.

"그렇지만 간달프는 스스로 가겠다고 나섰고 또 가장 먼저 사라져 버렸어. 그의 예지도 쓸모없었다고."

그러자 아라고른이 말했다.

"간달프의 계획은 자신이나 다른 이들의 안전을 내다보고 세워진 것은 아니었네. 비록 끝이 암울하더라도 거부하기보다는 시작하는 게 나은 일들이 있지. 그렇지만 난 아직은 이곳에서 떠나지 않겠네. 어쨌든 우린 여기서 아침 빛을 기다려야만 하니까."

그들은 전장 너머 좀 떨어진 곳의 가지를 넓게 뻗친 나무 아래서 야영했다. 그 나무는 밤나무처럼 생겼고, 지난해의 널찍한 갈색 잎들을 아직도 달고 있었다. 그 모습은 흉하게 바깥으로 벌어진 긴 손가락들이 달린 메마른 양손 같았다. 그 나뭇잎들이 밤의 미풍에 호곡하듯 덜걱거렸다.

김리가 몸을 떨었다. 그들은 각기 담요 한 장만 가져왔던 것이다.

"불을 피우자고. 난 더는 위험은 신경 안 써. 오르크들, 촛불 주위로 몰려드는 여름 나방들처럼 닥쳐들라지!"

김리가 말하자 레골라스도 응수했다.

"만일 저 불쌍한 호빗들이 숲에서 길을 잃었다면 불빛을 보고 이리로 올 수도 있지."

"불을 보고 오르크도 호빗도 아닌 다른 것들이 달려들 수도 있어." 아라고른이 말했다. "우린 배신자 사루만의 산악 경계에 가까이 와 있네. 또한 우린 그 숲의 나무를 건드리면 위험하다는 팡고른의 바로 가장자리에 와 있고."

그러자 김리가 말했다.

"그래도 로한인들은 어제 여기에서 대대적인 소각을 했소. 그리고 보다시피 그들은 불을 피우기 위해 나무들을 베기도 했고. 그런데도 그들은 노역이 끝난 후 그날 밤을 여기서 무사히 지냈단 말이오."

아라고른이 말했다.

"그들은 수가 많았네. 그리고 그들이 팡고른숲의 노여움을 개의치 않는 건 그들이 여기 오는 일이 드물고 또 나무들 아래로 지나가지 않기 때문이야. 그러나 우리는 바로 저 숲속으로 가야 할 수도 있어. 그러니 조심하게! 살아 있는 나무를 베어선 안 돼!"

"그럴 필요도 없소." 김리가 말했다. "그 기사들이 나뭇조각과 가지를 충분히 남겨 놓은 데다 죽은 나무도 지천으로 널렸소."

그는 땔감을 모아 와 불을 지피느라 부산을 떨었다. 하지만 아라고른은 거대한 나무에 등을 기대고 말없이 앉아 생각에 깊이 잠겼다. 레골라스는 탁 트인 공지에 홀로 서서 숲의 심원한 그림자 쪽을 바라보며 멀리서 부르는 목소리에 귀를 기울이는 사람처럼 상체를 앞으로 숙였다.

난쟁이가 작고 환한 불길을 피우자 3인의 동지는 거기 바싹 다가가 두건을 둘러쓴 채 몸으로 빛을 가리며 둘러앉았다. 레골라스가 머리 위로 쭉 뻗친 나뭇가지들을 올려다보았다.

"봐요! 나무도 불을 반긴다고!"

그들의 눈이 춤추는 어둠에 현혹된 것일 수도 있지만 그들 각자에게는 가지들이 불길 위로 다가오려고 이리저리 몸을 굽히고, 또 위쪽 가지들도 몸을 수그리고 있는 것처럼 보였다. 그래서 그런지 갈색 잎들도 얼고 갈라진 손을 온기에 녹이는 것처럼 뻣뻣이 물러서 있다가 함께 몸을 비볐다.

침묵이 흘렀다. 문득 닿을 듯 가까운 미지의 어두운 숲이 비밀스러운 목적을 담뿍 안고 상념에 잠긴 거대한 현존으로서 자신의 존재감을 발산했던 것이다. 잠시 후 레골라스가 다시 말했다.

"켈레보른은 우리에게 팡고른숲으로 깊이 들어가지 말라고 경고했어요. 왜 그랬는지 알아요, 아라고른? 보로미르가 들었던 그 숲의 전설이란 뭘까요?"

"난 곤도르와 그 외의 곳에서 많은 이야기를 들었네. 그러나 켈레보른의 말이 아니었다면 난 그것들을 참된 지식이 퇴색함에 따라 인간들이 만들어 낸 전설로만 여겼을 거야. 난 자네에게 그 일의 진실을 물어볼 생각이었어. 아닌 게 아니라 숲요정이 모른다면 인간이 어떻게 대답하겠나?"

그러자 레골라스가 대답했다.

"당신이 나보다 멀리 여행했으니까요. 난 우리 땅에서 이에 관해 들은 게 전혀 없소. 내가 들은 건 인간들이 엔트라 부르는 오노드림이 오래전 거기에 거주한 내력을 일러 주는 노래들뿐이라오. 그도 그럴 것이 팡고른숲은 오래되었으니까, 요정들이 셈하기에도 아주 오래된 곳이니까."

아라고른이 말했다.

"그렇지, 오래되었지. 고분구릉 옆의 숲만큼이나 오래되었어. 그러면서도 그 숲보다는 훨씬 거대하지. 엘론드의 말로는 그 둘은 같은 뿌리에서 나온 것이라네. 상고대의 강대했던 숲의 마지막 요새인 게지. 그때는 첫째자손들이 배회했고 인간은 아직 잠들어 있던 때라네. 그렇지만 팡고른숲은 자신만의 어떤 비밀을 간직하고 있어. 그게 뭔지를 난 모르지만 말이야."

"난 알고 싶지도 않아요." 김리가 말했다. "팡고른숲에 살고 있는 게 무엇이든 나 때문에 성가셔하진 말라고 해!"

이제 그들은 제비를 뽑아 불침번 차례를 정했는데, 첫 번째가 김리의 차례였다. 나머지 둘은 땅에 드러누웠다. 그들은 눕자마자 곧장 잠에 빠졌다.

"김리!" 아라고른이 졸린 목소리로 말했다. "팡고른숲에선 살아 있는 나무에서 큰 가지나 작은 가지를 자르는 건 위험하다는 걸 기억하게. 그렇다고 죽은 나무를 찾아 멀리 헤매지도 마. 차라리 불이 꺼지게 놔두라고! 위급할 땐 날 부르게."

그 말과 함께 그는 잠에 빠져들었다. 레골라스는 이미 하얀 두 손을 가슴 위에 포개고서 꼼짝 않고 누워 있었다. 요정들이 늘 그러듯 그는 눈을 감지 않은 채 생생한 밤과 깊은 꿈을 뒤섞는 것이었다. 김리는 상념에 잠긴 채 도끼날을 엄지손가락으로 훑으며 불가에 웅크리고 앉았다. 나무가 바스락거렸다. 그 외에 다른 소리는 없었다.

문득 김리가 고개를 들었더니 바로 불빛 가장자리에 허리가 굽은 한 노인이 지팡이를 짚고 큰 망토로 몸을 감싼 채 서 있었다. 그는 챙 넓은 모자를 눈 위로 깊숙이 눌러쓰고 있었다. 김리는 즉각 사루만에게 발각된 거란 생각이 뇌리를 스쳤으나 당장은 너무나 놀라 소리도 지르지 못하고 벌떡 일어섰다. 그의 갑작스러운 움직임에 잠이 깬 아라고른과 레골라스가 몸을 일으키고 노인을 빤히 쳐다보았다. 노인은 아무런 말이나 신호도 하지 않았다.

"저, 어르신, 무슨 일이십니까?" 아라고른이 벌떡 일어서며 말했다. "추우면 이리 와서 몸을 녹이시죠!"

그가 앞으로 성큼 나서자 노인은 순식간에 사라졌다. 그의 흔적을 가까이에서 찾을 수 없었을 뿐 아니라 그들은 감히 멀리까지 헤맬 수 없었다. 달이 져서 밤은 몹시 어두웠다.

갑자기 레골라스가 소리쳤다.

"말들! 말들!"

말들이 없어졌다. 말뚝까지 끌고 사라진 것이다. 한동안 셋은 이 새로운 불운에 대한 낭패감에 말없이 서 있었다. 그들은 팡고른숲 처마 아래에 있었고, 이 넓고 위험한 땅에서 유일한 친구인 로한인들과는 헤아릴 수 없이 멀리 떨어져 있었다. 그렇게 가만히 서 있는 동안 저 멀리 어둠 속에서 말들이 힝힝거리는 소리가 들리는 것 같았다. 그러고는 차갑게 살랑대는 바람 소리 외엔 모든 것이 다시 고요해졌다.

"자, 말들은 없어진 거야."

마침내 아라고른이 입을 열었다.

"우린 그들을 다시 찾거나 붙잡을 수 없네. 그러니 그들이 제 발로 돌아오지 않는다면 우린 그들 없이 해 나가야만 해. 우린 우리 발로 출발했고, 아직 우리 발은 그대로 있잖아."

"발이라!" 김리가 말했다. "그렇지만 그걸로 걸을 순 있어도 그걸 먹을 수는 없잖아."

그는 불에 땔감을 좀 던져 얹고 그 옆에 털썩 주저앉았다. 레골라스가 웃으며 말했다.

"자네는 몇 시간 전만 해도 로한의 말은 타지 않으려고 했어. 조만간 어엿한 기사가 되겠는걸."

"그럴 기회가 있을 것 같지 않아."

김리가 말했다. 잠시 후 그는 다시 입을 열었다.

"자네들이 내 생각을 알고 싶다면, 난 그게 사루만이었다고 생각해. 그가 아니라면 누구겠어? 그는 두건을 쓰고 망토를 두른 노인 행색으로 돌아다닌다고 했던 에오메르의 말을 기억하라고. 그가 우리의 말들을 데려갔거나 아니면 겁을 주어 쫓아 버렸고, 우린 닭 쫓던 개 신세야. 더 많은 분란이 우리에게 닥칠 거야, 내 말 유념하게."

"유념하지." 아라고른이 말했다. "하지만 난 그 노인이 두건이 아니라 모자를 썼던 것도 주목하네. 물론 자네 짐작이 옳을지도 모른다는 것과, 우린 여기서 밤이고 낮이고 위험에 처해 있다는 걸 의심하진 않아. 그렇지만 당분간 우리는 할 수 있는 동안 쉬는 것 외에 달리 할 게 없어. 이제 한동안 내가 불침번을 서겠네, 김리. 잠보다는 생각이 더 필요하니까 말이야."

밤이 천천히 지나갔다. 아라고른 다음엔 레골라스가, 그리고 레골라스 다음엔 김리가 불침번을 서며 시간이 흘러갔다. 그러나 아무 일도 없었다. 그 노인은 다시 나타나지 않았고, 말들도 돌아오지 않았다.

Chapter 3
우루크하이

피핀은 어둡고 어지러운 꿈속에 누워 있었다. '프로도, 프로도!' 하고 부르는 자신의 작은 목소리가 시커먼 터널 안에 메아리치는 걸 들을 수 있었다. 그러나 프로도 대신 수백의 흉측한 오르크 얼굴들이 어둠 속에서 그를 보고 싱글거리며 웃었고, 수백의 흉측한 팔들이 사방팔방에서 그의 몸을 붙잡았다. 메리는 어디 있는 걸까?

그는 깨어났다. 차가운 공기가 얼굴에 와 닿았다. 그는 바닥에 등을 대고 누워 있었다. 저녁이 오고 있었고, 머리 위의 하늘은 점차 어슴푸레해지고 있었다. 그는 고개를 돌려보고서야 그 꿈이 생시보다 나쁠 게 없다는 걸 알았다. 손목, 다리, 그리고 발목이 줄로 묶여 있었다. 옆에는 메리가 이마에 더러운 천 조각을 동여맨 채 하얗게 질린 얼굴로 누워 있었다. 그들의 주위에는 대규모의 오르크 부대가 앉거나 서 있었다.

피핀의 지끈거리는 머릿속에서 기억이 이어지며 꿈의 어둠과 분리되었다. 그래, 그와 메리는 숲으로 도망쳤었다. 그런데 그들에게 무슨 일이 생긴 것일까? 왜 그들은 노련한 성큼걸이를 무시하고 그렇게 황급히 가 버렸던가? 그들은 먼 거리를 고함을 지르며 달렸었다. 얼마나 먼 거리였는지 또 얼마나 시간이 흘렀는지 전혀 기억할 수 없었다. 그랬는데 느닷없이 오르크 무리와 딱 부딪친 것이다. 놈들은 귀를 기울이며 서 있으면서도 그들이 자신의 품에 안기다시피 할 때까지 메리와 피핀을 보지 못하는 것 같았다. 이윽고 그들이 고래고래 소리를 지르자 수십 명의 다른 고블린들이 숲에서 뛰쳐나왔었다. 메리와 그는 칼을 뽑았지만 오르크들은 싸우려 들지 않고 단지 그들을 사로잡으려고만 했다. 심지어 메리가 놈들의 팔과 손을 여러 번이나 잘랐는데도. 그리운 메리!

그때 보로미르가 숲을 헤치고 껑충껑충 뛰어왔었다. 놈들은 그와 싸우지 않을 수 없었다. 그가 놈들을 무수히 베자 나머지 놈들은 달아났다. 그런데 길을 되잡아서 멀리 가지 않아 그들은 다시 공격을 받았다. 줄잡아 백 명의 오르크들이었는데, 그중 일부는 몸집이 거대했다. 그런 놈들이 화살을 비 오듯 쏘아 댔다. 모두가 보로미르를 겨냥한 것이었다. 보로미르가 커다란 뿔나팔을 불어 온 숲이 울리자 처음에 오르크들은 당황해서 뒤로 물러났었다. 그러나 메아리 외엔 어떤 응답도 오지 않자 그들은 여느 때보다 더 사납게 공격했었다. 피핀이 기억할 수 있는 건 이 정도였다. 그의 마지막 기억은 보로미르가 나무에 기댄 채 몸에 박힌 화살 하나를 뽑던 모습이었다. 그러고는 갑자기 어둠이 드리워졌다.

"내가 머리에 타격을 입었던 모양이야. 가엾은 메리가 크게 다치지나 않았는지. 보로미르는 어떻게 되었을까? 왜 오르크들이 우리를 죽이지 않았지? 우리는 어디 있고, 어디로 가고 있는 거야?"

그는 그 물음들에 답할 수가 없었다. 춥고 속이 메스꺼웠다.

'차라리 간달프가 우릴 데려가겠다고 엘론드를 설득하지 않았더라면 좋았을걸. 내가 무슨 소용이 있었어? 단지 성가신 존재일 뿐. 무능한 동행자에 짐 더미지. 더구나 지금은 도난당한 처지에서 오르크들에겐 그야말로 하나의 짐 꾸러미야. 성큼걸이나 누군가가 와서 우릴 찾아갔으면 좋으련만. 그런데 내가 그런 희망을 품어 마땅할까? 그러면 모든 계획이 엉망이 되지 않을까? 자유로워졌으면 좋겠어!'

그는 몸을 좀 버둥거렸지만 부질없는 짓이었다. 가까이 앉은 오르크들 중의 하나가 낄낄거리며 역겨운 자기네 말로 동료에게 뭐라고 지껄였다.

"쉴 수 있을 때 쉬라고, 이 꼬맹이 얼간아!"

이번엔 그가 피핀에게 공용어로 말했는데, 그 입을 통해 나오자 그것도 자기네 말만큼이나 끔찍해졌다.

"쉴 수 있을 때 쉬란 말이야! 조만간 네놈 다리를 움직여야 할 테니. 네놈은 목적지에 도착하기도 전에 차라리 다리가 없었으면 하고 바라게 될걸."

다른 오르크 하나가 빈정거렸다.

"내 마음대로 한다면 네놈은 차라리 죽었으면 싶을 거다. 네놈을 찍찍거리게 만들어 줄 테니까, 이 더러운 쥐새끼야!"

그가 피핀 위로 몸을 기울여 누런 이빨들을 얼굴 가까이에 들이댔다. 그는 길고 깔쭉깔쭉한 날이 달린 시커먼 칼을 손에 들고 있었다.

"얌전히 누워 있어, 안 그러면 네놈을 이걸로 간질여 줄 테니."

그가 뱀처럼 쉭쉭거렸다.

"네놈한테 신경 쓰게 하지 마, 안 그러면 난 내가 받은 명령도 까먹어 버릴 수 있다고. 저주받을 아이센가드 놈들! 우글룩 우 바그롱크 샤 푸쉬두그 사루만-글롭 부브호쉬 스카이."

그는 자기네 말로 격앙된 말을 길게 지껄였고, 그 말은 투덜거림과 으르렁거림으로 서서히 잦아들었다.

손목과 발목의 통증이 점점 심해졌고 밑에 깔린 뾰족한 돌멩이들 때문에 등이 파일 듯 아파 왔지만, 피핀은 공포에 질려 꼼짝 않고 누워 있었다. 그는 몸의 고통에 마음 쓰지 않고자 들을 수 있는 모든 소리에 귀를 기울이는 데 열중했다. 사방에서 떠들썩한 목소리들이 들려왔다. 오르크 말은 항상 증오와 분노가 들끓는 것처럼 들렸지만, 가만히 들으니 언쟁 같은 것이 시작되어 점점 격렬해지고 있는 것 같았다.

놀랍게도 피핀은 자신이 그 오가는 말의 상당 부분을 알아들을 수 있다는 걸 알았다. 많은 오르크들이 공용어를 쓰고 있었다. 언뜻 보기에도 두셋의 아주 다른 부족의 구성원들이 함께했기에 그들은 서로의 오르크 말을 이해할 수 없었던 것이다. 이제 그들이 무엇을 할 것인가, 즉 어느 길을 택할 것이고 포로들은 어떻게 처리할 것인가를 두고 격론이 벌어지고 있었다.

한 오르크가 말했다.

“저놈들을 그럴싸하게 죽여 줄 시간이 없어. 이번 여정엔 노닥거릴 시간도 없다니까.”

그러자 다른 오르크가 말했다.

“그건 어쩔 수 없는 거야. 그런데 왜 놈들을 당장 죽이지 않는 거지? 저놈들이 엄청 성가시고 또 우린 급해. 저녁이 다가오니 서둘러 출발해야 한다고.”

세 번째 목소리가 낮고 굵게 으르렁대며 말했다.

“명령의 내용은 이래. ‘모조리 죽이되 반인족은 안 된다. 그들은 사로잡아 최대한 빨리 데려와야 한다.’ 이게 내가 받은 명령이라고.”

“놈들이 뭘 땜에 필요한 거야?” 하고 여러 목소리들이 물었다. “왜 사로잡는 거지? 놈들이 그리 대단한가?”

“아니야! 내가 듣기로는 놈들 중 하나가 뭔가를, 전쟁에 요긴한 뭔가를, 이를테면 이런저런 요정의 비밀 계획을 가졌다는 거야. 어쨌든 저놈들 모두가 신문받을 거라고.”

“네가 아는 게 그뿐이야? 그건 우리가 저놈들을 수색해 알아내면 되잖아? 우리가 직접 이용할 수 있는 어떤 걸 찾을 수도 있을 테고.”

“그것참 흥미로운 발언이군.”

다른 목소리들보다 부드럽지만 더 역겨운 목소리 하나가 빈정거렸다.

“상부에 그 말을 보고해야 할 것 같아. ‘포로들을 수색하거나 약탈해서는 안 된다.’ 내가 받은 명령은 이렇다고.”

“내가 받은 명령도 그래.” 낮고 굵은 목소리가 말했다. “산 채로 포박할 것, 약탈 금지.”

“우리가 받은 명령은 안 그래!” 앞서 말한 목소리들 중의 하나가 말했다. “우리가 모리아광산에서 그 먼 길을 마다치 않고 온 건 죽여서 동족의 원수를 갚기 위한 거라고. 난 죽이고 나선 북쪽으로 돌아가고 싶어.”

“그렇다면 그 뜻을 바꾸는 게 좋을걸. 나는 우글룩이다. 내가 지휘자라고. 난 가장 빠른 길로 아이센가드로 돌아간다.”

“주군이 사루만이야, 아님 위대한 눈이야?” 그 역겨운 목소리가 말했다. “우린 즉시 루그부르즈로 돌아갈 거야.”

“대하를 건널 수 있다면 그리할 수 있겠지.” 또 다른 목소리가 말했다. “하지만 위험을 무릅쓰고 그 다리까지 내려갈 배짱을 지닌 작자가 얼마 되지 않을걸.”

“난 건너왔어.” 그 역겨운 목소리가 말했다. “날개 달린 나즈굴이 동쪽 강둑에서 북쪽을 바라보며 우릴 기다린다고.”

“그럴지도, 그럴지도 모르지! 그렇담 넌 우리 포로들을 데리고 휙 하고 떠나 루그부르즈에서 온갖 포상과 칭송을 받고, 우리더러는 능력껏 말의 나라를 헤쳐 가라는 거군. 아니야, 우린 뭉쳐야 해. 이 땅들은 위험해. 음험한 반역자들과 도적들로 들끓는다고.”

“암, 뭉쳐야 하고말고.” 우글룩이 으르렁댔다. “하지만 난 너같이 비열한 돼지를 믿지 않아. 넌 자기 돼지우리 밖에선 기도 못 펴잖아. 우리가 없었으면 네놈들은 모조리 도망쳤을 거야. 우린 전사 우루크하이이다! 우리가 그 막강한 전사를 쓰러뜨렸다고. 우리가 그 포로들을 붙잡았어. 우리는 현자이신 흰손의 사루만을 받들어. 우리에게 인간의 고기를 먹이로 주시는 그 손 말씀이야. 우리가 아이센가드에서 나와 네놈들을 여기로 이끈 만큼 돌아가는 길도 우리가 택해 네놈들을 이끌 테다. 나는 우글룩이다. 이상."

"웬 사설이 그리 긴가, 우글룩." 그 역겨운 목소리가 빈정댔다. "루그부르즈에서 그 말을 어떻게 생각할지 궁금하군. 우글룩의 양어깨에서 부어오른 머리를 떼어 줘야겠다고 생각할 법도 한데. 대체 그 해괴한 생각들이 어디서 나오는지도 묻고 싶을 테고. 혹시 사루만에게서 나온 건가? 더러운 흰 기장을 달고 제멋대로 나서다니 그는 자신이 어떤 존재라고 생각하는 건가? 상부에선 듬직한 사자(使者)인 나 그리슈나크와 같은 생각일 거야. 해서 나 그리슈나크가 말하노라. 사루만은 얼간이, 그것도 더럽고 믿을 수 없는 얼간이라고. 하지만 위대한 눈이 그를 지켜보고 있지.

돼지라고 했어? 더럽고 하찮은 마법사의 입정 사나운 놈들로부터 돼지라 불린다면 네놈 족속은 기분이 어떻겠나? 확실히 말해 두는데, 그런 놈들이 먹는 게 바로 오르크 고기라고."

오르크 말의 요란한 함성들이 마구 터지고 '쨍그렁' 하고 무기를 뽑는 소리가 울려 퍼졌다. 피핀은 무슨 일이 벌어질지 보고 싶어 조심조심 몸을 굴렸다. 그의 감시병들은 난투에 합세하러 가고 없었다. 어스름 속에서 그는 우글룩으로 짐작되는 크고 시커먼 오르크가 작은 키와 굽은 다리에 어깨가 딱 벌어지고 팔이 땅에 닿을 만큼 긴 그리슈나크와 맞서는 걸 보았다. 더 작은 고블린들이 숱하게 그들을 에워쌌다. 피핀은 이들이 북쪽에서 온 오르크일 거라 생각했다. 그들은 단도와 검을 뽑았으나 우글룩에 대한 공격을 망설였다.

우글룩이 큰 소리로 외치자 그와 맞먹는 크기의 오르크들이 우르르 달려왔다. 그러자 갑자기 우글룩이 예고도 없이 앞으로 뛰쳐나가 날렵하게 두 번 칼을 휘둘러 반대편 둘의 머리를 날려 버렸다. 그리슈나크는 옆으로 비켜서더니 그대로 어둠 속으로 사라졌다. 다른 자들도 물러났는데, 그중 하나가 뒷걸음질 치다가 메리의 엎드린 몸에 걸려 넘어지며 욕지거리를 내뱉었다. 그렇지만 그는 그 덕분에 목숨을 건진 것일 수도 있었다. 우글룩의 부하들이 그를 훌쩍 타고 넘어 넓은 날의 검으로 다른 자를 베어 죽였으니까. 쓰러진 자는 누런 이빨의 감시병이었다. 그 몸뚱이는 아직도 긴 톱날 칼을 손에 쥔 채 피핀 위로 바로 떨어졌다.

우글룩이 외쳤다.

"무기를 거두라! 그리고 어리석은 짓은 더 이상 하지 말자고! 우린 여기서 곧장 서쪽으로 가 계단을 내려간다. 거기서 바로 고원까지 간 다음엔 강을 따라 숲으로 간다. 그리고 우린 밤낮없이 행군한다. 알아들었나?"

'이제 저 추악한 녀석이 부대를 통제하는 데 얼마의 시간이 걸리기만 한다면 내게 기회가 생기는 거야.'

그렇게 생각하자 피핀의 마음에 가냘픈 희망이 일었다. 그 시커먼 칼날이 그의 팔에 칼자국을 내더니 이내 손목까지 미끄러져 내렸다. 그는 피가 손으로 계속 똑똑 떨어지는 걸 느꼈다. 피부에 닿은 쇳덩이의 차가운 감촉도 느꼈다.

오르크들이 다시 행군할 채비를 하고 있었지만 북방족의 일부는 여전히 내켜하지 않았다. 아이센가드의 무리가 둘을 더 베어 죽이고 나서야 겁먹고 움직이기 시작했다. 많은 욕지거리가 오가고 혼란이 일었다. 그동안 피핀은 감시의 눈을 벗어나 있었다. 두 다리는 단단히 묶였지만 두 팔은 손목 둘레로만 죄어져 몸 앞에 두 손을 두고 있었다. 묶인 매듭이 억세게 빡빡했지만 그는 두 손 모두를 함께 움직일 수 있었다. 그는 죽은 오르크를 한쪽으로 밀어내곤 감히 숨도 제대로 쉬지 못한 채 손목 줄의 매듭을 칼날에 대고 아래위로 움직였다. 날카로운 칼날이 죽은 자의 손에 꽉 쥐여 있었던 것이다. 마침내 줄이 잘렸다! 피핀은 재빨리 줄을 손에 쥐고 느슨한 고리로 매듭지어 두 손 위에 걸쳐 놓았다. 그런 다음 쥐 죽은 듯 조용히 누워 있었다.

"포로들을 일으켜라! 저놈들에게 어떤 수작도 부리지 말라! 돌아가서 보고 저놈들이 살아 있지 않으면 다른 누군가가 죽게 될 거다."

우글룩이 소리쳤다. 오르크 하나가 피핀을 자루처럼 붙들어 그의 묶인 양손 사이에 머리를 박고 두 팔을 거머쥐고 아래로 끌어 내리니 피핀의 얼굴이 그의 목에 짓눌렸다. 그렇게 피핀을 떠멘 채 그는 덜컹거리며 걷기 시작했다. 또 다른 오르크가 메리를 같은 방식으로 떠멨다. 오르크의 집게발 같은 손이 쇳덩이처럼 피핀의 양팔을 꽉 죄고 그 손톱이 살을 파고들었다. 피핀은 눈을 감은 채 다시 역겨운 꿈속으로 빠져들었다.

그러다 갑자기 그는 돌처럼 딱딱한 바닥에 다시 던져졌다. 이른 밤이었지만 가냘픈 달은 벌써 서쪽으로 떨어지고 있었다. 오르크들은 드넓게 퍼진 흐릿한 안개를 내다보는 듯한 벼랑 가장자리에 있었다. 가까이에서 물 떨어지는 소리가 들렸다.

오르크 하나가 바싹 다가와 말했다.

"마침내 척후병들이 돌아왔습니다."

"그래, 뭘 발견했나?"

우글룩의 목소리가 으르렁거렸다.

"달랑 기병 한 명이었는데 서쪽으로 부리나케 달아났습니다. 이젠 거리낄 게 아무것도 없습니다."

"음, 그런 것 같아. 한데, 그게 얼마나 오래갈까? 바보 같은 놈들! 그놈을 쏴 버렸어야지! 놈이 경보를 울릴 거잖아. 아침이면 빌어먹을 로한의 말 키우는 놈들이 우리에 대한 소식을 들을 테니. 이제 우린 두 배나 빠르게 달려야 할 거야!"

그림자 하나가 피핀 위로 몸을 굽혔다. 우글룩이었다.

"일어나 앉아! 네놈들을 떠메고 오느라 내 부하들이 지쳤어. 이제 내려가야 하니까 네놈들도 직접 걸어야 해. 이제 순순히 따르라고. 소리를 지른다거나 도망치려는 건 금물이야. 수작을 부리면 그 대가는 반갑지 않을 방법으로 치르게 돼. 주군께서 염두에 두신 네놈들의 사용 가치를 망치지 않고도 괴롭힐 방법은 얼마든지 있어."

그는 피핀의 다리와 발목을 두른 가죽끈을 자르고 머리카락을 잡아 일으켜 두 발로 서게 했다. 피핀이 풀썩 넘어지자 우글룩이 다시 머리카락을 잡고 끌어다 세웠다. 오르크들이 낄낄거리고 웃었다. 우글룩은 피핀의 이 사이로 병 하나를 쑤셔 넣고 목구멍으로 어떤 타는 듯한 액체를 부었다. 피핀은 뜨겁고 맹렬한 열기가 몸속을 헤치며 흐르는 것을 느꼈다. 발과 발목의 통증이 사라졌다. 그는 똑바로 설 수 있었다.

"이젠 다른 놈 차례야!"

하고 우글룩이 말했다. 피핀은 그가 가까이에 누워 있는 메리에게 가서 그를 발로 걷어차는 걸 보았다. 메리가 신음했다. 우글룩은 거칠게 그를 붙잡아 끌어당겨 앉히고 머리의 붕대를 뜯어 버렸다. 다음으로 그는 작은 나무상자에서 꺼낸 어떤 검은 물질을 상처에 문질렀다. 메리가 마구 소리 지르며 격렬하게 발버둥쳤다.

오르크들이 손뼉을 쳐 대고 우우 소리를 지르며 조롱했다.

"약을 안 받으려고 해. 자신한테 좋은 걸 모르는군. 하하! 나중에 볼 만하겠는데."

그러나 그 당시 우글룩은 그냥 장난을 친 게 아니었다. 그로서는 속력을 내야 했고 그러자면 미적대는 부하들을 달래야 했다. 그는 오르크 방식으로 메리를 치료한 것이고 그 효과는 빨랐다. 그는 그 호빗의 목구멍으로 병의 음료를 억지로 넘기고 다리 결박을 끊은 다음 그를 끌어다 세웠다. 메리가 창백하지만 굳세고 도전적인 표정으로, 그리고 아주 생생한 표정으로 일어섰다. 깊이 베인 이마의 상처는 더는 고통스럽지 않겠지만 갈색 흉터는 평생 남을 것 같았다.

"안녕, 피핀!" 메리가 말했다. "그래, 너도 이 소소한 행군길에 올랐어? 우린 어디서 자고 먹는 거지?"

"어이, 이봐!" 우글룩이 말했다. "그런 짓 말아! 입 닥쳐. 서로 말하면 안 돼. 말썽 부리면 저쪽 편에 보고될 거다. 그러면 그분께서 네놈들에게 합당한 벌을 내리실 거야. 자고 먹는 건 괜찮을 거야. 네놈들이 충분히 견디고도 남을 만큼."

오르크 무리는 아래쪽 안개 낀 평원으로 이어지는 좁은 계곡을 내려가기 시작했다. 메리와 피핀은 사이에 낀 열둘 남짓의 오르크들에 의해 갈라진 채 그들과 함께 내려갔다. 밑바닥에 이르러 풀밭에 들어서자 호빗들은 기운이 났다.

우글룩이 외쳤다.

"이젠 중단 없이 계속 간다! 서쪽에서 약간 북쪽으로. 루그두쉬를 따르라!"

"동틀 녘엔 어떡하나요?"

북방족의 몇몇이 물었다.

"계속 달리는 거야." 우글룩이 말했다. "무슨 생각 하는 거야? 풀밭에 앉아 허연 피부의 놈들이 소풍에 함께하기를 기다릴까?"

"하지만 우린 햇빛 아래서 뛸 순 없어요."

"내가 뒤에 있는 만큼 네놈들은 달릴 거야. 달려! 그러지 않으면 네놈들의 소중한 동굴을 다시는 못 볼 테니. 흰손에 맹세코! 어설프게 훈련된 얼치기들을 원정에 내보내서 어쩌자는 거야! 달려, 이 염병할 놈들! 밤이 지속될 동안 달리라고!"

그러자 부대 전체가 오르크 특유의 성큼성큼 내닫는 긴 보폭으로 달리기 시작했다. 밀치고 젖히고 욕설을 퍼부어 대느라 질서라곤 눈곱만큼도 없었다. 그렇지만 속력은 엄청났다. 호빗에게는 각각 감시병 셋이 붙었다. 피핀은 행렬의 저 뒤쪽에 있었다. 그는 자신이 이런 속력으로 얼마나 오래 달릴 수 있을까 싶었다. 그들은 아침 이후로 아무것도 먹지 못했다. 그의 감시병들 중 하나가 손에 채찍을 들고 있었다. 그러나 당장은 몸속의 오르크 술이 여전히 뜨거웠고 정신도 말짱했다.

이따금 마음속에 자신들의 희미한 자취를 찾아 몸을 숙이고 뒤따라 달려오는 성큼걸이의 간절한 얼굴이 떠오르기도 했다. 그러나 아무리 순찰자라 해도 오르크들의 어지러운 발자국 외에 무엇을 발견할 수 있겠는가? 자신과 메리의 작은 발자국들은 앞과 뒤 그리고 주위에서 징 박힌 구두로 짓밟는 발길에 파묻혔다.

벼랑에서 1.5킬로미터쯤 내려가자 땅이 넓고 얕은 저지대로 비탈져 내렸고 바닥은 부드럽고 축축했다. 거기엔 초승달의 잔광 속에 옅은 안개가 희미하게 깜박이며 깔려 있었다. 앞선 오르크들의 어두운 형체들이 점차 흐릿해지다가 이내 안개 속에 잠겼다.

"어이! 이제 조심해!"

우글룩이 후미에서 외쳤다.

피핀은 갑작스레 한 가지 생각이 떠올라 곧바로 행동에 옮겼다. 그는 오른쪽 옆으로 길을 벗어나 붙잡으려는 감시병의 손을 피해 옅은 안개 속에 곤두박질쳐 뛰어들었다. 그리고 사지를 쭉 뻗은 채 풀밭 위에 떨어졌다.

"멈춰!"

우글룩이 고함을 질렀다. 잠시 소동과 혼란이 일었다. 피핀은 발딱 일어나 뛰었다. 하지만 오르크들이 추격했다. 바로 앞에서도 오르크 몇이 불쑥 모습을 드러냈다. 피핀은 생각했다.

'도망친다는 건 가망 없는 일이지! 그러나 축축한 땅 위에 손상되지 않은 나만의 표시를 좀 남겨 놓을 수는 있을 거야.'

그는 묶인 양손으로 목을 더듬어 망토의 브로치를 끌렀다. 긴 팔들과 잔인한 단단한 발톱들에 막 붙잡히는 순간 그는 그것을 땅에 떨어뜨렸다. 그는 생각했다.

'이건 시간의 끝까지 여기 놓여 있을 거야. 내가 왜 이런 짓을 한 건지 모르겠어. 만일 다른 동지들이 탈출했다면 아마도 그들 모두가 프로도와 같이 갔을 텐데 말이야.'

채찍의 가죽끈이 다리를 감아 와 그는 비명을 삼켰다. 우글룩이 달려오며 고함을 질렀다.

"그만하면 됐어! 놈은 아직 먼 길을 달려야 하니까. 두 놈 모두 달리게 해! 채찍은 본때를 보여 줄 때만 쓰고."

그는 피핀에게 몸을 돌리며 으르렁거렸다.

"그러나 이걸로 끝난 게 아니야. 기억해 두지. 벌은 단지 연기되었을 뿐이야. 달려!"

피핀도 메리도 행군 후반부에 대해선 기억하는 게 많지 않았다. 희망이 자꾸만 뒤로 밀리며 희미해지는 가운데 흉흉한 꿈과 역겨운 생시가 비참함의 긴 터널 속으로 뒤섞여 들었다. 이따금 교활하게 다루어지는 잔혹한 채찍을 맞으며 그들은 오르크들의 속도를 따라잡으려 애쓰면서 달리고 또 달렸다. 멈추거나 넘어지면 꽉 움켜잡힌 채 상당한 거리를 질질 끌려갔다.

오르크 술로 인한 온기는 사라졌다. 피핀은 다시 추위와 메스꺼움을 느꼈다. 별안간 그는 고개를 숙이고 잔디 위로 넘어졌다. 살을 쥐어뜯는 날카로운 손톱이 달린 억센 손이 그를 붙들고 들어 올렸다. 그는 또다시 자루처럼 끌려갔다. 주위엔 어둠이 짙어졌다. 그게 또 다른 밤의 어둠인지 또는 자기 눈이 멀어 버린 때문인지 그로서는 알 수 없었다.

그는 와글와글 떠들어 대는 목소리들을 어렴풋이 들었다. 많은 오르크들이 휴식을 요구하고 있는 것 같았다. 우글룩이 고함을 질러 대고 있었다. 그는 제 몸이 땅바닥에 내던져지는 걸 느꼈고 떨어진 그대로 누워 있다가 이윽고 암담한 꿈에 빠져들었다. 그러나 고통을 오래 피하진 못했다. 무쇠 같은 악력이 다시금 덮쳐 왔다. 한참을 들까불리고 뒤흔들리고 나자 서서히 어둠이 물러났다. 그는 그제야 생시의 세계로 돌아오고 아침이란 걸 알았다. 뭐라고 명령을 내리는 고함 소리가 들렸고, 그는 풀밭에 거칠게 내던져졌다.

그는 절망과 싸우며 거기 잠시 누워 있었다. 머리가 어지러웠지만, 몸속의 열기로 보아 또 자신에게 술 한 모금을 먹인 것 같았다. 오르크 하나가 위로 몸을 굽히더니 약간의 빵과 말린 생고기 한 조각을 내던졌다. 그는 곰팡내 나는 회색 빵을 허겁지겁 먹었지만 고기는 먹지 않았다. 엄청 배가 고프긴 했지만 아직은 오르크가 던져 준 살을, 어느 생물의 것인지 감히 짐작도 안 되는 살을 먹을 정도는 아니었다.

그는 일어나 앉아 주위를 둘러보았다. 메리는 멀리 떨어져 있지 않았다. 그들은 폭이 좁고 물살이 빠른 강기슭에 있었다. 앞에는 산들이 불쑥 모습을 드러냈는데, 높은 봉우리 하나가 첫 햇살을 받고 있었다. 앞의 낮은 비탈들에는 숲이 어두운 반점처럼 펼쳐졌다.

오르크들 사이에서 다시 논쟁이 벌어져 고함이 숱하게 오가는 중이었다. 북방의 오르크와 아이센가드의 무리 사이에 바야흐로 싸움이 다시 벌어질 것 같았다. 일부는 뒤쪽 멀리 남쪽을 가리키고 또 일부는 동쪽을 가리키고 있었다. 우글룩이 외쳤다.

"좋아! 그놈들은 내게 맡기라고. 전에 말한 대로 죽여선 안 돼. 그러나 우리가 그 먼 길을 마다치 않고 와서 얻은 걸 네놈들이 내버리고 싶다면 내버리라고! 내가 보살필 거야. 늘 그랬듯 우루크하이 투사들이 그 일을 하겠다고. 만일 네놈들이 허연 피부의 놈들이 무섭다면 달려! 달리라고! 저기 숲이 있어."

그가 앞을 가리키며 고함쳤다.

"저리로 가! 그게 네놈들한텐 제일 큰 희망이지. 꺼지라고! 그것도 빨리, 다른 놈들 정신 차리도록 머리통을 서너 개 더 날려 버리기 전에!"

웬만큼의 욕지거리와 드잡이가 있은 후 북방에서 온 오르크 대부분이 떨어져 나갔다. 백 이상이나 되는 오르크 무리가 산맥을 향해 강을 따라 마구 달렸다. 호빗들은 아이센가드의 무리와 함께 남겨졌다. 줄잡아 팔십이 넘는 이 험상궂고 음험한 무리는, 큰 몸집과 가무잡잡한 피부, 그리고 치켜진 눈꼬리에 거대한 활과 넓은 날의 짧은 칼로 무장하고 있었다. 북쪽의 오르크들 가운데 몸집이 크고 용감한 몇몇이 그들과 함께 남았다.

"이제 그리슈나크를 처치할 거야." 우글룩이 말했다. 그러나 그의 부하 가운데 몇몇까지도 불안한 듯 남쪽을 바라보고 있었다. 우글룩이 으르렁댔다.

"나도 알아! 망할 꼬맹이 기병들이 우리 냄새를 맡았다는 걸. 하지만 그건 모두 스나가, 네놈 잘못이야. 네놈과 나머지 척후병들은 그 귀를 잘라 버렸어야 했어! 그러나 우린 투사들이야. 조만간 우린 말고기 혹은 그보다 더 좋은 걸로 포식할 거야."

그 순간 피핀은 왜 그 부대의 몇몇이 동쪽을 가리키고 있었는지 알았다. 그쪽에서 목쉰 외침 소리가 들리더니 그리슈나크가 다시 나타났고, 등 뒤엔 그처럼 팔이 길고 다리가 굽은 오르크가 마흔 명 정도 있었다. 그들의 방패에는 붉은 눈이 채색되어 있었다. 우글룩이 앞으로 나서 그들을 맞았다.

"그래, 돌아온 건가? 생각을 고쳐먹은 거야, 응?"

"난 명령이 제대로 수행되고 포로들이 안전하게끔 조처하려고 돌아왔어."

"저런!" 우글룩이 말했다. "헛수고야! 명령 수행은 내 지휘 아래 내가 챙길 거야. 다른 볼일은 없나? 부랴부랴 가더니 뭘 두고 간 게 있나?"

"얼간이 한 놈을 두고 갔어." 그리슈나크가 으르렁거렸다. "또 놓치기 아까운 용감한 투사 몇몇도 있고. 난 네놈이 그들을 궁지로 끌어들일 걸 알아. 해서 그들을 돕고자 온 거야."

"대단하시군!" 우글룩이 웃어 젖혔다. "그러나 네놈들에게 싸울 배짱이 없다면 길을 잘못 잡은 거야. 네놈들이 갈 길은 루그부르즈야. 허연 피부의 놈들이 오고 있어. 네놈들의 그 귀한 나즈굴은 어떻게 된 거야? 또다시 엉덩이에 한 방 맞은 건가? 음, 네놈들이 그를 데려왔다면 쓸모가 있었을 텐데. 소문대로 나즈굴이 그렇게 대단하다면 말이야."

"나즈굴! 나즈굴!"

그리슈나크가 마치 그 낱말에 자신이 고통스럽게 음미하는 고약한 맛이 담긴 것처럼 덜덜 떨고 입맛을 다시며 말했다.

"우글룩! 지금 네놈은 네 우중충한 꿈으로도 미치지 못하는 심오한 것을 두고 떠벌리는 거야. 나즈굴! 아, 그것들이 그렇게 대단하다면이라니! 언젠가 네놈은 그런 말을 한 것을 후회하게 될 거다. 이 원숭이 같은 놈!"

그리슈나크는 계속 사납게 으드등댔다.

"위대한 눈께는 나즈굴이 보물과 같은 것이란 걸 네놈은 알아야 해. 그렇지만 날개 달린 나즈굴은 아직 때가 아니야. 아직 때가 아니라고. 그분은 그들이 아직 대하 위로 모습을 드러내지 못하게 하셔. 너무 일찍 노출되지 않게 하시는 거지. 그들은 대전쟁—그리고 다른 목적들에 쓰일 테니까."

"네놈이 아는 건 많은 모양이야." 우글룩이 말했다. "보아하니, 네놈 주제에 어울리지 않게 말이야. 루그부르즈의 높은 분들이 어떻게, 왜 하고 의아하게 생각할 것도 같아. 하지만 그런 동안에도,

늘 그렇듯 아이센가드의 우루크하이는 궂은일을 마다하지 않아. 침 흘리며 거기 서 있지 말고! 네놈의 오합지졸 모두를 모으라고! 네놈의 다른 돼지 떼는 지금 숲으로 달아나고 있어. 네놈들도 따라가는 게 좋을걸. 아니면 네놈들은 살아서 대하로 돌아가지 못할 거야. 당장 꺼져! 지금! 나도 네놈들 꽁무니를 바짝 따라갈 테니."

아이센가드의 무리는 다시 메리와 피핀을 움켜쥐고 등에 떠멨다. 그리고 부대는 출발했다. 그들은 몇 시간이고 달렸다. 가끔 호빗들을 새로운 운반자들에게 떠넘길 때만 잠시 멈출 뿐이었다. 더 빠르고 강인하기 때문인지 아니면 그리슈나크의 어떤 계획 때문인지 아이센가드의 무리가 모르도르의 오르크들을 점점 앞질렀고 그리슈나크의 병사들은 그 뒤를 따랐다. 곧 그들은 앞서 떠난 북쪽 오르크들마저 따라붙고 있었다. 숲이 가까워지기 시작했다.

피핀은 몸이 멍들고 찢긴 데다 자신을 떠멘 오르크의 더러운 턱과 털투성이 귀에 욱신대는 머리가 쓸렸다. 바로 앞에는 구부린 등과 쉬지 않고 이리저리 오르내리며 걷고 있는 단단하고 굵은 다리들이 보였다. 그것들은 마치 쇠줄과 뿔로 만들어진 듯 끝없는 시간의 악몽 같은 초침 소리를 울렸다.

우글룩 부대는 오후에 북쪽 오르크들을 따라잡았다. 비록 희미하고 서늘한 하늘에서 빛나는 겨울 태양이긴 했어도, 그 밝은 햇살 아래서 오르크들은 맥이 풀리고 있었다. 그들의 머리는 아래로 처졌고 혀는 축 늘어졌다.

"구더기 같은 놈들!" 아이센가드 무리가 비웃었다. "햇빛에 푹 익었군. 허연 피부의 놈들이 네놈들을 붙잡아 그대로 먹어도 되겠어. 놈들이 오고 있다고!"

그리슈나크의 고함 소리를 통해 이 말이 한낱 농지거리가 아니란 게 드러났다. 실제로 매우 빠르게 달리는 기병들이 관측된 것이었다. 아직은 뒤쪽 멀리 있긴 했지만 그들은 늪에서 허둥대는 이들을 덮치는 밀물처럼 오르크들을 따라붙고 있었다.

아이센가드의 무리는 피핀이 깜짝 놀랄 만큼 배가된 속도로 달리기 시작했다. 달리기 경주에서 결승점을 향한 필사의 역주 같았다. 이윽고 태양이 안개산맥 뒤로 떨어지고, 어둠이 땅을 덮기 시작했다. 모르도르의 오르크들도 머리를 치켜들고 속도를 내기 시작했다. 숲은 어둡고 빽빽했다. 그들은 벌써 숲 가장자리의 나무 몇 그루를 지나쳤다. 땅은 위로 가팔라지기 시작하고 있었고, 갈수록 점점 더 가팔라졌지만 오르크들은 멈추지 않았다. 우글룩과 그리슈나크가 마지막 힘을 내라고 그들을 몰아대며 함께 아우성쳤다.

'그들은 조만간 해낼 거야. 여길 빠져나갈 거라고.'

피핀은 생각했다. 그러고는 간신히 목을 비틀어 한쪽 눈으로 어깨 너머를 힐끗 돌아보았다. 동쪽에 멀리 있던 기사들이 평원을 질주해 와 벌써 오르크들과 동일 수준에 다다른 것이 보였다. 석양이 그들의 창과 투구를 금빛으로 물들이고 엷은 색의 치렁치렁한 머리카락 속에서 반짝였다. 그들은 오르크들을 흩어지지 못하게 하고 강줄기를 따라 몰면서 포위하고 있었다.

피핀은 그들이 어떤 종속인지 몹시도 궁금했다. 깊은골에서 더 많이 배우고 지도와 그 밖의 것들을 더 많이 봤더라면 하는 아쉬움을 지금에야 그는 느꼈다. 그러나 그 시절엔 원정 계획은 보다 유능한 이들의 몫이려니 했고 또 자신이 간달프나 성큼걸이, 심지어 프로도로부터도 떨어져 나가리라곤 아예 생각도 못 했다. 그가 로한에 대해 기억할 수 있는 거라곤 간달프의 말, 샤두팍스가 그 땅에서 왔다는 것뿐이었다. 어쨌든 그 이름은 희망을 가져다주는 것처럼 들렸다.

'그나저나 우리가 오르크가 아니란 걸 저들이 어떻게 알까? 여기 아래쪽에선 호빗에 대해 들어본 적이 없을 것 같아. 야수 같은 오르크들이 궤멸되는 건 마땅히 기쁜 일일 테지만, 그에 앞서 난 구출되기를 원한다고.'

피핀이 생각하기에, 아무래도 그와 메리는 로한인들이 그들을 알아보기도 전에 오르크들과 함께 죽을 것 같았다.

기사들 중의 몇몇은 달리는 말에서 활 쏘는 데 능한 궁수인 것 같았다. 그들이 사정거리 안으로 빠르게 달려들어 뒤편에 낙오한 오르크들에게 화살을 쏘니 오르크 여럿이 쓰러졌다. 그다음 기사들은 감히 멈춰 서지 못한 채 화살을 마구 쏘아 대는 적의 응사 거리 밖으로 돌아 나왔다. 이런 공방이 숱하게 벌어지는 와중에 때때로 아이센가드의 무리 속으로 화살들이 떨어졌다. 피핀 앞에 있던 오르크 하나가 거꾸러지더니 다시 일어나지 않았다.

기사들이 포위망을 좁혀 들어와 전투를 벌이기 전에 밤이 내리깔렸다. 많은 오르크들이 쓰러졌지만 아직도 족히 2백은 넘게 남아 있었다. 이른 어둠 속에서 오르크들은 작은 언덕에 당도했다. 600여 미터 정도밖에 안 될 만큼 숲의 처마가 아주 가까웠지만 그들은 그 이상 갈 수가 없었다. 로한의 기병들에게 에워싸였던 것이다. 작은 무리가 우글룩의 명령을 어기고 숲을 향해 계속 달려갔으나 단지 셋만 돌아왔다.

그리슈나크가 빈정댔다.

"자, 저 꼴 좀 보라고. 훌륭한 지휘야! 위대한 우글룩께서 다시 우릴 이끌어 빠져나가게 할 수 있겠는걸."

그러나 우글룩은 그리슈나크의 말을 무시하고 명령했다.

"반인족들을 내려놔! 루그두쉬, 넌 둘을 더 데리고 그놈들을 감시해! 역겨운 허연 피부의 놈들이 우리 진영을 돌파하지 않는 한 그놈들을 죽여선 안 돼. 알겠나? 내가 살아 있는 한 난 그놈들이 필요하다고. 그렇지만 그놈들이 소리를 크게 지르면 안 되고 또 구조되게 해서도 안 돼. 놈들의 다리를 묶어라."

명령의 마지막 부분이 무자비하게 수행되었다. 그러나 피핀은 처음으로 자신이 메리와 가까이 있게 된다는 걸 알았다. 오르크들이 마구 외쳐 대고 무기를 서로 부딪치며 대단한 소란을 피우고 있었고, 그 덕분에 호빗들은 용케도 한동안 함께 속삭일 수 있었다. 메리가 입을 열었다.

"난 이것을 대단하게 여기지 않아. 녹초가 되다시피 한 상태야. 자유로워진다 하더라도 멀리까지 기어갈 수 있을 것 같질 않아."

"렘바스!" 피핀이 속삭였다. "나한테 렘바스가 좀 있어. 너는? 난 놈들이 우리에게서 앗아 간 게 칼뿐이라고 생각해."

메리가 대답했다.

"그래, 호주머니에 한 꾸러미 갖고 있어. 하지만 다 부스러졌을 거야. 어쨌든 내가 호주머니 속에 입을 집어넣을 수가 없다고!"

"넌 그럴 필요 없을 거야. 내가……."

바로 그때 무참한 발길질이 날아오는 통에 피핀은 소동이 잦아들었음을 깨우쳤다. 감시병들이 경계의 눈초리를 번득였다.

밤은 춥고 고요했다. 오르크들이 모여든 야산 주위로 일순 작은 횃불들이 타올랐다. 붉은 금빛으로 어둠을 밝히는 횃불이 사방을 빙 둘렀다. 원형의 횃불들이 사정거리 내에 있었지만 기사들은 그 빛을 등지면서까지 나타나진 않았다. 오히려 오르크들이 횃불들을 겨누어 쏘느라 많은 화살을 낭비했기에 마침내 우글룩이 중지시켰다. 기사들은 어떤 소리도 내지 않았다. 밤이 이슥해진 나중에 달이 안개를 벗고 나타났을 때에야 그들의 모습이 간간이 보였다. 끊이지 않고 순찰을 도는 중에 종종 하얀 빛 속에 번쩍이는 어렴풋한 형상들이 보였다.

감시병 중 하나가 기사들 쪽을 노려보며 으르렁거렸다.

"저 빌어먹을 놈들이 해 뜨길 기다리는 거야! 왜 우린 병력을 모아 돌격하지 않는 거야? 참 궁금한 건데, 늙은 우글룩은 자기가 무얼 하고 있다고 생각할까?"

그러자 뒤쪽에서 우글룩이 걸어오면서 으드등거렸다.

"네놈이 그럴 줄 알았다고. 내가 전혀 생각도 할 줄 모른다 이거지, 응? 벼락 맞을 놈 같으니! 네놈도 저 오합지졸, 루그부르즈의 구더기들이나 원숭이들과 똑같이 형편없어. 그런 놈들과 함께 돌격해 봤자 아무 소용 없어. 그놈들은 그냥 찍찍 울며 줄행랑칠 텐데, 저쪽 평지엔 우리 모두를 소탕하고도 남을 만큼 역겨운 꼬맹이 기병들이 수두룩하단 말이야.

저 구더기들이 할 수 있는 게 딱 한 가지 있어. 송곳처럼 날카로운 눈으로 어둠 속을 볼 수 있다는 거지. 하지만 내가 들은 바로 판단하건대, 허연 피부의 이놈들은 대부분의 인간들보다 밤눈이 밝아. 그리고 저놈들에겐 말이 있다는 걸 잊지 마! 놈들은 밤의 미풍도 볼 수 있다는 말까지 나돌아. 그렇지만 그 잘난 놈들도 모르는 게 하나 있어. 마우후르와 그 부하들이 숲속에 있어 언제라도 나타날 거라는 거야."

일견 우글룩의 말은 아이센가드 무리를 안심시키기에 족한 것 같았다. 그러나 다른 오르크들은 기가 죽었을 뿐 아니라 또한 반항적이었다. 그들은 파수병 몇을 세워 두었지만 대부분이 쾌적한 어둠 속에서 휴식하며 땅바닥에 누워 있었다. 게다가 이젠 다시 아주 어두워졌다. 달이 서쪽으로 가다가 두터운 구름 속에 묻히는 바람에 피핀은 몇 발짝 떨어진 곳에서도 아무것도 볼 수 없었다. 횃불들도 야산까지 빛을 뿌리진 못했다. 그렇지만 기사들은 단지 새벽을 기다리며 적을 쉬게 내버려 두는 것으로 만족하지 않았다. 야산의 동쪽 중턱에서 터진 느닷없는 고함 소리로 보아 뭔가 잘못된 게 분명했다. 로한의 기병 일부가 말을 몰고 바짝 다가왔다. 그들은 말에서 내려 야영지 외곽까지 기어가 오르크 여럿을 죽이고는 다시 사라져 버렸다. 우글룩은 그들의 쇄도를 차단하기 위해 황급히 뛰쳐나갔다.

피핀과 메리는 일어나 앉았다. 그들을 지키던 아이센가드의 감시병들도 우글룩과 함께 가고 없었다. 그러나 호빗들이 탈출할 생각을 품었다 하더라도 이내 물거품이 되고 말았다. 털투성이의 긴 팔 하나가 각자의 목덜미를 잡아채어 둘을 바싹 끌어다 붙였다. 그들은 자기들 사이에 들이민 그리슈나크의 거대한 머리와 섬뜩한 얼굴을 어렴풋이 인지했다. 그의 고약한 입내가 그들의 뺨에 훅 끼쳤다. 그는 호빗들을 거칠게 다루며 더듬기 시작했다. 단단하고 차가운 손가락들이 등을 타고 더듬거리자 피핀이 진저리를 쳤다.

"자, 깜찍한 것들!" 그리슈나크가 부드럽게 속삭였다. "꿀 같은 휴식을 즐기고 있는 거야? 또는 그렇지 못한 거냐? 처지가 좀 거북하긴 할 거야. 한쪽엔 칼과 채찍, 다른 쪽엔 역겨운 창들이니, 원! 쬐그만 족속이 너무 커다란 일에 끼어들면 안 되는 법이지."

그는 손가락으로 계속 둘의 몸을 더듬었다. 그의 두 눈에서 창백하지만 뜨거운 불과 같은 빛이 일었다.

적의 간절한 생각에 바로 전염된 것처럼 문득 피핀에게 이런 생각이 들었다.

'그리슈나크는 반지에 대해 알고 있어! 우글룩이 분주한 틈을 타서 그걸 찾고 있는 거야. 자기가 차지하려고 말이야.'

피핀의 가슴에 섬뜩한 두려움이 일었다. 그렇지만 동시에 그는 그리슈나크의 욕망을 이용할 방도를 궁리하고 있었다.

"그런 식으론 그걸 찾지 못할 텐데. 그건 찾기가 쉽지 않지."

피핀은 나직이 속삭였다. 그리슈나크의 손가락들이 기는 걸 멈추고 피핀의 어깨를 꽉 잡더니 물었다.

"'그걸' 찾는다고? 뭘 찾아? 너 지금 무슨 소릴 하는 거야, 귀여운 것아?"

피핀은 잠시 침묵했다. 이윽고 그는 어둠 속에서 갑자기 목구멍 속으로 "골룸, 골룸." 하는 소리를 내며 "아무것도 아냐, 내 보물." 하고 중얼거렸다. 호빗들은 그리슈나크의 손가락들이 움찔거리는 걸 느꼈다. "오, 호!" 하고 그 고블린이 나직한 소리로 뱀처럼 쉭쉭거렸다.

"그런 뜻이구나? 오, 호! 아주, 아—주 위험하구먼, 요 깜찍한 것들이!"

"아마도," 이제야 정신을 바짝 차려 피핀의 속셈을 알아챈 메리가 말했다. "아마도 그럴 거야. 그리고 우리에게만 위험한 건 아니지. 그럼에도 당신 일은 당신 자신이 제일 잘 알 거야. 그걸 원해, 아니야? 그리고 대가로 뭘 줄 건데?"

"내가 그걸 원하느냐고? 내가 그걸 원하느냐고?" 마치 어리둥절한 것처럼 그리슈나크가 말했다. 그러나 그의 양팔은 덜덜 떨고 있었다. "대가로 뭘 주겠냐고? 무슨 뜻이야?"

"우리 뜻은," 피핀이 신중하게 말을 고르며 말했다. "어둠 속에서 더듬어 봐야 아무 소용 없다는 거지. 우린 당신의 시간과 수고를 덜어 줄 수 있어. 그렇지만 먼저 우리 다리를 풀어 줘야 해. 안 그러면 우린 아무 일도, 그리고 아무 말도 안 할 거야."

그러자 그리슈나크가 쉭쉭거리며 대꾸했다.

"친애하는 여린 깜찍이 바보들아. 너희가 가진 모든 것, 너희가 아는 모든 것이 때가 되면 까발려지게 될 거야, 모든 게 말이야! 너희는 신문자를 만족시킬 수 있도록 아는 게 더 많았으면 하고 바라게 될걸. 정녕 그렇게 될 거야. 그것도 아주 곧. 우린 신문을 서두르지 않을 거야. 그럼, 아니고말고! 너희를 이제껏 살려 둔 이유가 뭐라고 생각하나? 요 깜찍한 것들아, 이건 진정으로 해 주는 말인데, 너희에게 친절을 베풀려는 게 아니야. 우글룩의 과오들 중 하나도 아니고."

그러자 메리가 나서서 응수했다.

"그 말은 그럴듯해. 하지만 당신은 아직 먹이를 집에 갖고 가진 못했어. 그리고 어찌 되든 먹이가 순순히 당신의 길로 가는 것 같지도 않아. 만약 우리가 아이센가드에 당도하면 득 보는 쪽은 위대한 그리슈나크는 아닐 거야. 사루만이 찾을 수 있는 모든 걸 차지할 거라고. 만일 당신이 먼저 차지하고 싶은 게 있다면 지금이야말로 거래를 할 때지."

그리슈나크가 분통을 터뜨리기 시작했다. 그는 특별히 사루만이란 이름에 더욱 분노하는 것 같았다. 시간이 지나면서 소동도 잦아들고 있었다. 우글룩이나 아이센가드의 오르크들이 언제라도 돌아올 수 있었다.

"너희가 그걸 갖고 있어? 둘 중 하나가?"

그가 으드등거렸다.

"골룸, 골룸!"

피핀이 말했다. 메리도 외쳤다.

"우리 다리를 풀어 줘!"

그들은 그 오르크의 두 팔이 격렬하게 떨리는 걸 느꼈다. 그리슈나크는 다시 쉭쉭거렸다.

"이런 더럽고 하찮은 벌레 놈들 보게! 다리를 풀어 달라고? 네놈들 몸뚱이의 모든 힘줄을 풀어 줄 테다. 내가 네놈들 뼈마디까지 샅샅이 못 뒤질 것 같으냐? 싹 뒤져 주지! 두 놈 모두 버르르 떠는 조각들로 잘라 주마. 네놈들을 데려가—그리고 독차지하는 데 그 다리들이 꼭 필요하진 않아!"

갑자기 그가 그들을 움켜잡았다. 그의 긴 팔과 어깨의 힘은 엄청난 것이었다. 그는 호빗들을 하나씩 양 겨드랑이 밑에 끼어 옆구리에 거세게 밀착시키고, 숨 막힐 것 같은 거대한 손으로 각자의 입을 틀어막았다. 그런 다음 그는 몸을 수그린 채 벌떡 앞으로 내달았다. 그는 말없이 빠르게 달려 마침내 야산 가장자리에 다다랐다. 거기서 파수병들 사이의 빈틈을 골라 밤 속으로 빠져나와 비탈을 타고 숲에서 흘러나오는 강을 향해 서쪽으로 가자, 달랑 횃불 하나만 켜진 넓게 탁 트인 공간이 있었다.

10미터쯤 가서 그는 걸음을 멈추고 주위를 살피고 귀를 기울였다. 아무것도 보이거나 들리는 것은 없었다. 그는 몸을 반으로 접다시피 하고서 계속 기었다. 다음엔 쭈그리고 앉아 다시 귀를 기울였다. 그러고는 마치 급습의 위험을 감수할 것처럼 벌떡 일어섰다. 바로 그 순간 한 기사의 어두운 형체가 바로 앞에 불쑥 나타났다. 말이 콧김을 내뿜고 앞발을 치켜들었다. 한 병사가 소리쳐 불렀다.

그리슈나크는 호빗들을 자기 밑으로 끌어당기며 몸을 던져 땅바닥에 납작 엎드렸고 이내 칼을 뽑았다. 포로들이 도망치거나 구조되게 놔두느니 죽이려는 심산이 분명했다. 그러나 그것이 그의 파멸을 자초했다. 빼 든 칼이 어렴풋한 쇳소리를 울리며 왼편 저쪽의 불빛을 조금 반사했던 것이다. 어둠 속에서 화살 하나가 쌩 하고 날아왔다. 능숙한 솜씨로 조준된 혹은 운명에 의해 유도된 그것은 그의 오른손을 꿰뚫었다. 그가 칼을 떨어뜨리고 비명을 질렀다. 말발굽들의 빠른 장단이 들렸고, 마침 그리슈나크가 벌떡 일어나 달릴 참에 그를 뒤쫓은 기사가 던진 창이 그를 관통했다. 그는 한 번 끔찍하고 오싹한 비명을 지르고는 잠잠히 드러누웠다.

그리슈나크가 황천객이 되었을 때 호빗들은 여전히 땅바닥에 납작 엎드려 있었다. 또 다른 기사가 동료를 도우러 날래게 말을 타고 왔다. 시각이 특별히 예민한 건지 아니면 어떤 다른 감각 때문인지 그 말은 그들 위로 가볍게 솟구쳐 도약했다. 그러나 그 기사는 요정 망토로 몸을 가린 채 너무나 기죽고 무서워 꼼짝 못 하는 그들을 보지 못했다.

마침내 메리가 몸을 꿈틀대며 부드럽게 속삭였다.

"지금까진 잘 되어 가고 있어. 그런데 날아오는 창에 꿰이는 건 어떻게 피한담?"

그에 대한 답이 거의 즉시 왔다. 그리슈나크의 비명 소리가 오르크들을 분기시켰던 것이다. 야산에서 들려오는 함성과 새된 소리에 호빗들은 자신들이 사라진 게 밝혀졌나 보다고 생각했다. 필시 우글룩이 몇 명의 머리를 날려 버리고 있을 터였다. 그때 느닷없이 빙 두른 횃불들 밖의 오른쪽 방향, 숲과 산맥 방면에서 느닷없이 오르크 목소리의 화답하는 함성들이 들려왔다. 마우후르가 도착해서 포위군을 공격하고 있는 게 명백했다. 말들이 질주하는 소리가 들렸다. 기사들이 그 어떤 출격도 막아 내고자 오르크 화살의 세례를 무릅쓰고 야산을 둘러싼 포위망을 바싹 좁혀 가고 있는 동안, 다른 일단이 새로 나타난 적을 상대하고자 달려 나갔다.

순식간에 메리와 피핀은 자신들이 조금도 움직이지 않고도 원형의 횃불들 바깥에 있게 된 것을 깨달았다. 이제 그들의 탈출을 방해할 것은 아무것도 없었다.

"자," 메리가 말했다. "다리와 손이 자유롭기만 하다면 우린 벗어날 수 있어. 그러나 매듭에 닿을 수가 없어. 물어뜯을 수도 없고 말이야."

"애쓸 필요 없어." 피핀이 말했다. "말하려던 참이었는데, 난 용케도 내 두 손을 풀어 놨어. 이 고리들은 시늉으로 놔뒀을 뿐이야. 넌 먼저 렘바스를 좀 먹는 게 좋겠어."

그는 손목에서 슬쩍 줄을 떼어 내고 꾸러미를 끄집어냈다. 그 과자는 부서지긴 했어도 여태 풀잎 포장에 간직되어 있어 먹을 만했다. 호빗들은 각자 두세 개씩을 먹었다. 그 맛은 이젠 저만치 멀어져 간 평온한 시절의 아름다운 얼굴들, 웃음소리 및 몸에 좋은 음식의 기억을 불러왔다. 한동안 그들은 바로 옆의 전투 함성과 소음에 신경 쓰지 않고 어둠 속에 앉아 상념에 잠긴 채 과자를 먹었다.

먼저 정신을 차린 건 피핀이었다.

"우린 떠나야만 해."

"잠깐만!"

그리슈나크의 칼이 바로 가까이에 놓여 있었다. 그렇지만 그건 호빗들이 쓰기엔 너무 무겁고 꼴사나웠다. 그는 앞으로 기어가 그 고블린의 시체를 찾아 칼집에서 길고 날카로운 단검을 빼냈다. 그리고 이것으로 재빨리 그들의 결박을 끊었다.

"때는 지금이야! 몸이 좀 데워지면 아마 다시 일어서서 걸을 수 있을 거야. 그렇지만 하여튼 지금은 기는 게 좋겠어."

그들은 기어갔다. 잔디가 깊고 푹신해서 도움이 됐다. 그러나 기어가는 건 길고 더딘 일이었다. 그들은 횃불을 멀찍이 피해 벌레처럼 조금씩 앞으로 나아가, 마침내 깊숙한 제방 아래의 어둠 속을 꼴딱꼴딱 흐르는 강의 가장자리에 다다랐다. 그제야 그들은 뒤를 돌아보았다.

소음은 잠잠해졌다. 마우후르와 그의 '친구들'은 사살되거나 격퇴되었다. 기사들은 침묵의 불길한 불침번을 다시 시작했다. 그것은 그리 오래 지속되진 않을 것이었다. 벌써 밤이 깊었던 것이다. 쭉 구름 없이 맑았던 동쪽에서 하늘이 열어지기 시작하고 있었다.

피핀이 다시 입을 열었다.

"우린 몸을 숨겨야 해! 안 그러면 발각될 거야. 우리가 죽은 후에야 오르크가 아니란 걸 이 기사들이 안들 우리에겐 전혀 위로가 안 될 테니까."

그가 일어서서 발을 굴리며 말을 이었다.

"그 줄들이 철사처럼 살을 파고들었지만 내 발이 다시 따뜻해지고 있어. 이젠 비틀거리면서라도 걸어갈 수 있을 것 같아. 넌 어때, 메리?"

메리도 일어서며 말했다.

"응. 해낼 수 있어. 렘바스가 용기를 북돋워 주잖아! 또 저 오르크 술의 열기보다 느낌도 상쾌하고. 난 그게 뭘로 만든 건지 궁금해. 모르는 게 나을 테지만. 그 생각을 씻어 버리기 위해 물 좀 마시자."

"여긴 안 돼. 강둑이 너무 가팔라. 자, 앞으로 가자."

그들은 방향을 돌려 천천히 강줄기를 따라 나란히 걸어갔다. 뒤쪽 동편에서 빛이 차차 커져 갔다. 걸어가면서 그들은 자신들이 포로가 된 후로 일어난 일들을 호빗식으로 가볍게 이야기하며 서로의 감상을 견주어 보았다. 그 이야기를 듣는 누구도 그들이 지독한 고생을 겪고 극단의 위험에 처한 가운데 아무 희망도 없이 고문과 죽음을 향해 나아갔었다는 것이나 자신들이 잘 알고 있듯 지금도 그들에겐 언제고 친구나 안전을 다시 찾을 가능성이 희박하다는 것을 짐작도 할 수 없을 것이다.

메리가 말했다.

"페레그린 툭, 넌 잘 해 오고 있는 것 같아. 만일 내가 빌보 어른께 보고할 기회가 생긴다면 네 행적은 그의 책에서 거의 한 장(章)은 차지할 거야. 특히 저 털북숭이 악당의 술수를 간파하고 장단을 맞춰 준 건 대단했어. 그런데 언제고 누군가가 네 자취를 알아채고 그 브로치를 발견할까 싶어. 정말이지 난 내 걸 잃고 싶진 않지만, 네 건 영영 없어진 게 아닌가 걱정돼.

너와 보조를 맞추려면 내가 기운을 내야겠어. 그뿐 아니라 이제부터는 강노루네 사촌이 앞장서겠어. 내가 힘을 발휘하려다고. 우리가 지금 어디 있는지 넌 잘 모를 거야. 하지만 난 깊은골에서의 시간을 꽤나 잘 썼지. 우린 엔트강을 따라 서쪽으로 가고 있어. 안개산맥의 아랫단이 앞쪽에 있어. 팡고른숲과 함께."

마침 그가 그렇게 말할 때 숲의 어둑한 가장자리가 그들 앞에 불쑥 나타났다. 다가오는 새벽으로

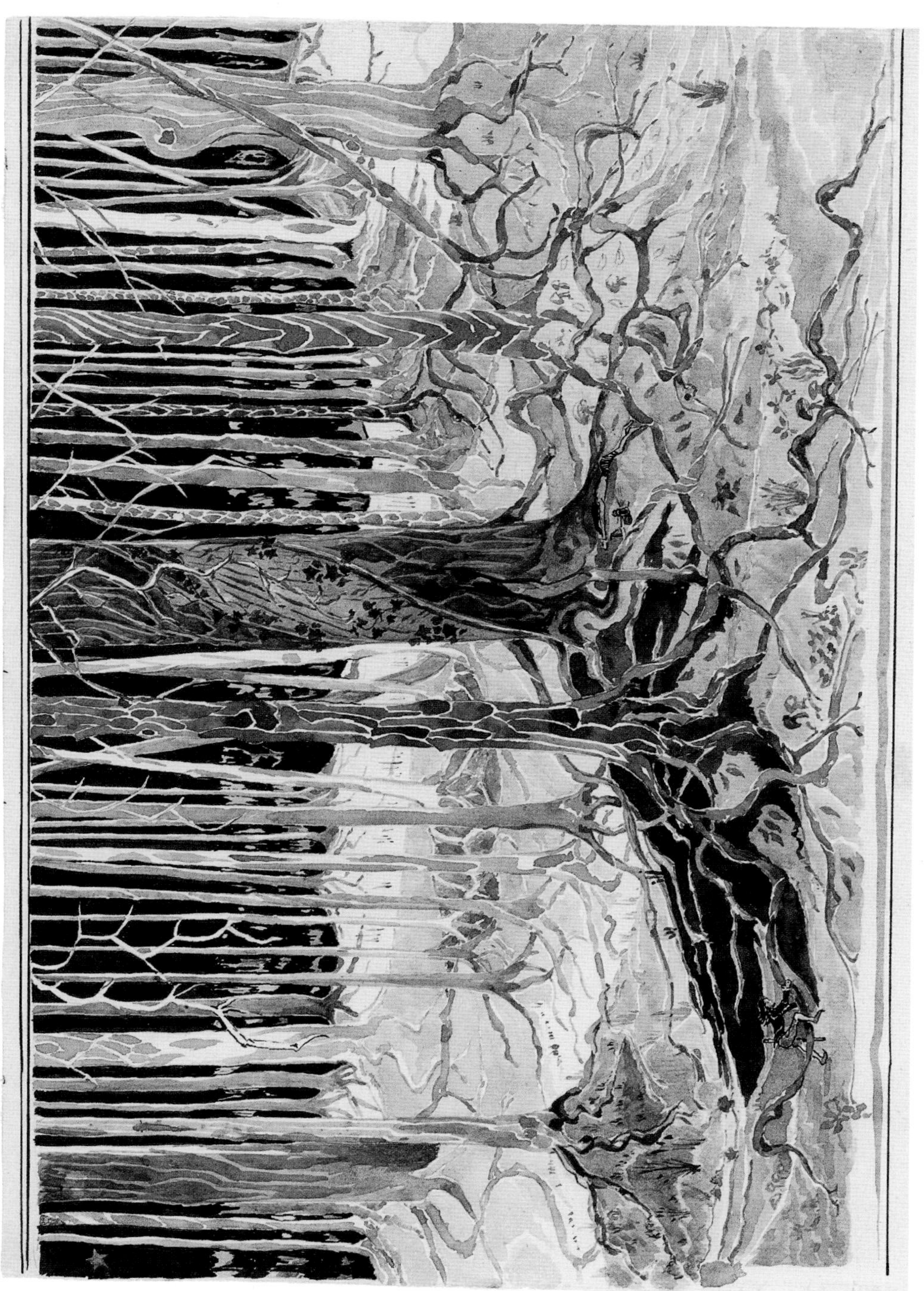

팡고른숲(Fangorn Forest)

부터 기어 달아난 밤이 그 거대한 나무들 아래 피신했던 것 같았다.

"계속 앞장서, 강노루 씨!" 피핀이 말했다. "아니면 뒤돌아 이끌든지! 우린 팡고른숲을 조심하라는 말을 들었어. 그리 똑똑하다는 네가 그걸 잊진 않았을 텐데."

메리가 대답했다.

"물론 잊지 않았어. 그렇지만 내겐 전투의 한가운데로 돌아가는 것보단 아무래도 이 숲이 나은 것 같아."

메리는 나무들의 거대한 가지들 아래로 앞장서 들어갔다. 나무들은 나이를 가늠할 수 없을 만큼 오래돼 보였다. 길게 늘어진 크나큰 수염 같은 이끼가 매달려 미풍에 날리고 흔들렸다. 호빗들은 어둠 속에서 빼꼼히 비탈 쪽을 되돌아보았다. 어스레한 빛 속의 그 작고 은밀한 형체들은 시간의 심연 속에서 야생의 숲으로부터 처음 맞는 새벽을 경이의 눈으로 빼꼼히 내다보는 요정 아이들 같았다.

거리가 가늠되지 않을 만큼 저 먼 대하와 갈색평원 위로 붉은 새벽이 화염처럼 왔다. 사냥 뿔나팔들이 크게 울려 새벽을 맞이했다. 로한의 기사들이 돌연 활기를 띠었다. 다시금 뿔나팔 소리들이 서로 화답하듯 울렸다.

메리와 피핀은 군마들의 울음소리와 갑작스러운 많은 사람들의 노랫소리를 차가운 대기 속에서 선명하게 들었다. 세상의 가장자리 위로 궁형의 불길처럼 태양의 손발이 떠올랐다. 그때 기사들이 동쪽으로부터 우렁찬 함성을 토하며 돌격했고, 갑옷과 창에 붉은 빛이 번뜩였다. 오르크들이 고함을 지르며 남아 있는 모든 화살을 쏘았다. 호빗들은 기병 여럿이 쓰러지는 걸 보았다. 그렇지만 그들은 언덕 위로 올라 거기서 전열을 가다듬은 다음 선회하여 다시 돌격했다. 그러자 살아남은 침략자들의 대부분이 뿔뿔이 흩어져 달아났고, 그 하나하나가 추격을 받아 죽었다. 그러나 검은 쐐기의 대형을 유지하던 한 무리가 숲 방면을 향해 어기차게 달려 나갔다. 그들은 곧장 비탈을 올라와 구경꾼들을 향해 돌진했다. 그들이 가까이 다가오고 있어 그들이 도주하고 말 것이란 점이 확실해 보였다. 이미 그들은 진로를 가로막던 기사 셋을 베어 버렸던 것이다.

그들을 지켜보던 메리가 입을 열었다.

"우린 너무 오랫동안 지켜봤어. 저기 우글룩이 있어! 난 그를 다시 만나고 싶지 않다고!"

호빗들은 몸을 돌려 숲의 어둠 속으로 깊숙이 달아났다.

그 때문에 그들은 우글룩이 팡고른숲 어귀에서 추격대에 따라잡혀 궁지에 몰린 채 최후의 저항을 하는 것을 보지 못했다. 우글룩은 거기에서 마침내 살해되었다. 로한의 제3원수 에오메르가 말에서 내려 그와 일대일의 검투를 벌였던 것이다. 그다음에는 눈이 날카로운 로한의 기사들이 넓은 들판을 가로지르며 달아났다가 아직도 도망칠 힘이 남아 있는 몇몇 오르크를 소탕했다.

기사들은 쓰러진 동지들을 흙무덤에 누이고 승리의 찬가를 부른 후 큰불을 지펴 적들의 시체를 태우고 재를 흩뿌렸다. 그렇게 오르크들의 침략은 끝났고, 그 소식은 모르도르나 아이센가드의 어느 쪽에도 내내 닿지 않았다. 그러나 화장의 연기는 하늘 높이 치솟았고 많은 눈 밝은 이들에게 목격되었다.

Chapter 4

나무수염

그동안에 호빗들은 어둡고 뒤엉킨 숲이 허락하는 한 최대 속도로 나아갔다. 그들은 흐르는 개울을 따라 걷다가 서쪽으로 산맥의 비탈들을 향해 오르며 점점 더 깊이 팡고른숲으로 들어갔다. 오르크에 대한 두려움이 차츰 사라지면서 발걸음도 늦추어졌다. 숲속은 공기가 너무 희박하거나 부족해서인지 숨이 막히는 듯한 야릇한 느낌이 들었다.

마침내 메리가 걸음을 멈추고 헐떡거리며 말했다.

"이런 식으로 계속 갈 순 없어. 난 공기가 좀 필요해."

"어쨌든 물이나 좀 마시자고. 목이 타."

피핀은 개울까지 꾸불꾸불 뻗어 내린 거대한 나무뿌리에 기어올라 몸을 굽히고 쫑그려 모둔 두 손에 약간의 물을 떴다. 물이 맑고 차가워 그는 몇 차례나 물을 떠 마셨다. 메리가 그를 따라 했다. 물을 마시자 기분이 상쾌했고 기운도 나는 것 같았다. 그들은 한동안 개울가에 함께 앉아 욱신거리는 발과 다리에 물을 튀기며 주위에 고요히 선 나무들을 물끄러미 둘러보았다. 이윽고 사방의 잿빛 어스름 속에서 줄지어 늘어선 나무들은 점점 보이지 않았다.

거대한 나무줄기에 몸을 기대며 피핀이 말했다.

"벌써 길을 잃은 게 아닐까? 이름이 엔트든 뭐든 적어도 우리가 이 개울을 따라 내려가면 우리가 온 길로 다시 나갈 수 있겠지."

"다리만 괜찮다면 그럴 수 있지. 그리고 숨을 제대로 쉴 수 있다면 말이야."

메리의 말에 피핀이 다시 대답했다.

"그래, 여긴 너무 어둑하고 답답해. 어쩐지 툭지구의 스미알 저 뒤편, 툭 집안 저택 속의 오래된 방이 생각나. 여러 세대 동안 가구를 옮기거나 바꾼 적이 없는 그 널따란 곳 말이야. 툭 노인께선 연년세세 그 안에서 사셨고, 그분과 그 방은 함께 늙고 누추해졌다고 하지. 그분이 한 세기 전에 돌아가신 후에도 그 방은 전혀 변하지 않았어. 그리고 노인 제론티우스께서는 내 고조할아버지이셨으니 시곗바늘이 좀 되돌아가는 셈이지. 하지만 그것도 이 숲의 오래된 느낌에 비하면 아무것도 아니야. 축 늘어지고 길게 뻗친 저 수염과 구레나룻 같은 저 모든 이끼를 보라고! 또 나무들은 결코 떨어진 적 없는 너덜너덜한 메마른 잎들로 반쯤 뒤덮여 있는 것 같고. 지저분해. 이곳의 봄이 어떤 모습일지 상상도 못 하겠어. 혹 여기에도 봄이 온다면 말이야. 봄의 대청소는 말할 것도 없고. "

메리가 대답했다.

"하지만 어쨌든 태양이 가끔은 비쳐 드는 게 틀림없어. 생김새나 느낌이 빌보 어른이 기술한 어둠숲과는 판이하다고. 그 숲은 아주 어둡고 컴컴하고, 또 어둡고 컴컴한 것들의 보금자리야. 이건 그저 어슴푸레하고 끔찍하게 나무들 천지야. 여기에 동물들이 산다거나 오래도록 머무는 건 전혀 상상이 안 돼."

"안 되고말고. 호빗들이 산다는 것도 물론이고." 피핀이 말했다. "그리고 난 이 숲을 지나갈 엄두가 나질 않아. 150킬로미터를 가도 먹을 게 없을 것 같아. 우리 식량 사정이 어때?"

"얼마 안 남았어. 우린 여분의 렘바스 두 꾸러미만 갖고 도망쳤고 다른 모든 건 남겨 뒀잖아."

그들은 요정 과자가 얼마나 남았는지 살펴보았다. 아껴 먹어도 닷새쯤이나 버틸 부서진 조각들이 전부였다.

"게다가 덮개나 담요도 하나 없어. 어느 쪽으로 가든 우린 오늘 밤 추울 거야."

메리의 말에 피핀이 대답했다.

"자, 이제 길을 정하는 게 좋겠어. 벌써 아침이 지나가고 있어."

바로 그때 그들은 노란빛이 숲속으로 제법 멀리까지 비쳐 들었다는 걸 알아차렸다. 별안간 햇빛의 줄기들이 숲 지붕을 꿰뚫은 것 같았다.

"야호!" 메리가 외쳤다. "우리가 이 나무들 밑에 있을 동안 해가 구름에 가려져 있었던 모양이고, 이제야 다시 뛰쳐나온 거야. 아니면 어떤 틈새를 통해 내려다볼 수 있을 만큼 해가 높이 솟았든지. 그 틈새가 여기서 멀지 않으니……. 가서 찾아보자고!"

그곳은 그들의 생각보다 꽤 멀었다. 지면은 계속 가파르게 솟고 있었고 점점 더 돌이 많아지고 있었다. 나아갈수록 햇빛은 더 넓게 퍼졌고, 그들은 곧 눈앞에 버티고 선 암벽을 마주쳤다. 언덕의 사면이거나 먼 산맥에서 내뻗친 어떤 긴 뿌리가 돌연 끊긴 곳이었다. 암벽 위로는 나무 한 그루 없었고, 햇살이 그 단단한 표면에 한가득 떨어지고 있었다. 그 기슭에 있는 나무들의 잔가지들은 마치 온기를 얻고자 팔을 쭉 내미는 것처럼 단호하지만 고요하게 뻗어 있었다. 이제껏 모든 게 몹시도 추레하고 잿빛으로만 보였건만 지금 숲은 풍요로운 갈색과 윤나는 가죽같이 매끄러운 흑회색의 나무껍질로 번득였다. 나뭇가지들은 어린 풀 같은 연초록으로 환하게 빛났다. 거기엔 이른 봄 혹은 그것이 스쳐 지나가는 듯한 환상이 감돌았다.

암벽 앞에 계단처럼 생긴 무언가가 있었다. 거칠고 고르지 않은 것으로 보건대 아마도 자연적으로 생겨난 뒤 바위의 풍화와 균열을 거친 듯했다. 숲나무의 우듬지들과 나란할 만큼 저 높은 곳 벼랑 아래 바위 턱이 하나 있었다. 거기엔 가장자리에 몇 가지 풀과 잡초 그리고 굽은 가지 둘만 달랑 남은 나무의 늙은 그루터기 외에 아무것도 자라지 않았다. 마치 이리 굽고 저리 휜 어떤 노인이 아침 빛 속에 눈을 깜박이며 서 있는 형상이었다.

메리가 신나서 말했다.

"올라가! 이제 심호흡도 한번 하고 땅도 살펴봐야지!"

그들은 암반을 기어올랐다. 만일 그 계단이 만들어진 것이었다면 그들보다 큰 발과 긴 다리를 위한 것이었다. 그들은 오르는 데만 열중한 나머지 자신들이 속박되었을 때 베이고 쓸린 곳들이 치유되고 원기가 되살아난 신기함에 놀랄 겨를도 없었다. 마침내 그들은 늙은 그루터기 발치께의 바위턱 가장자리에 닿았다. 그들은 펄쩍 뛰어올라 언덕에 등을 기대고 한 바퀴 돌며 심호흡하고 나서 동쪽을 내다보았다. 그들은 자신들이 숲속으로 단지 5, 6킬로미터쯤만 들어왔을 뿐임을 알았다. 나무 우듬지들이 평원을 향해 비탈들 아래로 행군하듯 늘어서 있었다. 저편 숲 가에선 넘실대는 시커먼 연기가 높은 뾰족탑들처럼 솟아 그들을 향해 너울너울 번져 왔다.

메리가 입을 열었다.

"풍향이 바뀌고 있어. 다시 동풍이야. 여기 높은 데는 서늘하군."

"그래. 난 이것이 그냥 한때의 미광일 뿐이고, 모든 게 다시 잿빛으로 변하지 않을까 싶어. 참 안타까워! 이 텁수룩한 오랜 숲도 햇살 속에선 딴판처럼 보였다고. 난 이곳이 좋다고까지 느꼈는데."

그러자 이상한 목소리가 그의 말을 받았다.

"숲이 좋다고까지 느꼈다고! 다행이군! 드물게 고마운 일이기도 하고. 돌아서 봐, 내가 너희들의 얼굴을 볼 수 있게. 나는 너희 둘 모두가 싫다고까지 느끼지만, 서로 성급하게 굴지는 말자고. 돌아서 보라고!"

손가락 마디마다 혹이 달린 커다란 손이 그들 각자의 어깨 위에 얹히고, 그들의 몸이 부드럽게, 그렇지만 불가항력으로 돌려세워졌다. 그러고는 거대한 두 팔이 그들을 치켜들었다.

그들은 자신들이 매우 특이한 얼굴을 보고 있다는 걸 알았다. 그 얼굴의 소유자는 줄잡아 4미터 가량의 키에 매우 건장한 데다 우뚝 솟은 머리에 목이라고 할 만한 게 없는, 인간 같기도 하고 트롤과도 흡사한 거대한 형체였다. 입고 있는 게 초록과 회색의 나무껍질 같은 건지 아니면 그게 바로 살갗인지 분간하기 어려웠다. 하여튼 몸체에서 짧게 뻗은 두 팔은 주름지지 않고 갈색의 반드라운 피부로 덮여 있었다. 커다란 두 발엔 각기 일곱 개의 발가락이 달려 있었다. 긴 얼굴의 아랫부분은 온통 잿빛 수염으로 덮여 무슨 수풀 같은데, 뿌리 쪽이 잔가지가 무성한 편이라면 끝 쪽은 가늘고 이끼가 낀 꼴이었다. 그러나 그 순간 호빗들이 주목한 건 무엇보다도 그 눈이었다. 이 깊숙한 두 눈이 지금 그들을 느리고 엄숙하게 살피고 있었고 그 눈길은 아예 꿰뚫는 듯했다. 초록빛이 뒤섞인 갈색의 눈이었다. 훗날 피핀은 종종 그 눈에 대한 첫인상을 이렇게 묘사하곤 했다.

'그 눈의 뒤편에는 여러 시대에 걸친 기억과 오래고 느리며 착실한 사고로 가득 찬 어마어마한 우물이 있는 것 같았다. 그러나 그 표면은 현재로 빛나고 있었던 바, 흡사 거대한 나무의 바깥 잎사귀들이나 매우 깊은 호수의 잔물결에 어른거리는 햇살과 같았다. 모르긴 해도 마치 땅에서 자라는 어떤 것—잠든 것이라고 말할 수도 있겠지만 달리 보면 뿌리 끝과 나뭇잎 끝 사이, 깊은 대지와 하늘 사이의 그 무엇이 불현듯 깨어났다가 끝없는 세월 동안 자기 내면의 일에 쏟았던 것과 똑같은 느긋한 관심으로 당신을 살피고 있는 것처럼 그저 스스로를 느끼고 있는 것 같았다.'

"흐룸, 훔." 하고 그 목소리가 말했는데, 저음의 목관 악기 같은 낮고 굵은 목소리였다.

"실로 아주 기묘해! 서두르지 말라, 이게 내 좌우명이야. 만약 내가 너희 목소리를 듣기 전에—난 그 작고 민감한 목소리가 좋아. 내가 기억할 수 없는 뭔가를 생각나게 하거든—너희를 봤더라면, 만약 내가 그 목소리를 듣기 전에 너희를 봤더라면 말이야, 나는 너희를 작은 오르크들로 여겨 그냥 짓밟아 버리고 나중에서야 내 실수를 알아차렸을 거야. 정말이지 너희는 아주 기묘해. 모조리 아주 기묘하다고!"

피핀은 여전히 놀란 상태였지만 더는 무섭지 않았다. 그는 그 눈길 아래서 두려움이 아닌 호기심 어린 긴장감을 느꼈다.

"저어, 당신은 누구세요? 그리고 뭘 하는 분이시죠?"

그 오랜 두 눈에 경계하는 듯한 야릇한 표정이 떠올랐다. 깊은 샘들이 덮여 버린 것이었다.

"흐룸, 자," 그 목소리가 대답했다. "음, 난 엔트야, 다들 날 그렇게 불러. 그래, 엔트가 딱 맞는 말이야. 너희들 언어로도 나를 엔트라고 할 테지. 어떤 이들에겐 내 이름은 팡고른이고, 또 나무수염이라고 하는 자들도 있어. 그래, 나무수염이 좋겠어."

"엔트라고요?" 메리가 말했다. "그게 뭐죠? 그런데 당신은 스스로를 뭐라고 불러요? 진짜 이름은 뭐예요?"

"후, 이런!" 나무수염이 대꾸했다. "후! 내 비밀을 다 말하란 게야? 그렇게 성급하게 굴지 마. 게다가 지금 묻고 있는 건 나라고. 너희는 내 나라에 있어. 너희는 누구지? 너희의 정체를 모르겠어. 젊었을 때 배운 옛 계보에 너희는 올라 있는 것 같지 않은데. 그러나 그건 아주, 아주 오래전이었으니 새로운 계보들이 만들어졌을 수도 있지. 어디 보자! 어디 보자! 그게 어떻게 되더라?

숨 탄 것들에 대한 전승(傳承)을 배우라!
먼저 자유로운 종족 넷의 이름을 꼽으라.
모든 것의 으뜸은 요정 아이들,
굴 파는 난쟁이, 그의 집은 어두워,
땅에서 태어난 엔트, 산만큼 오래고
필멸의 인간은 말(馬)을 잘 부린다네.

흠, 흠, 흠.

비버는 건축가, 노루는 뜀쟁이,
곰은 벌 사냥꾼, 멧돼지는 싸움꾼,
사냥개는 걸신(乞神), 토끼는 겁쟁이…….

흠, 흠.

둥지 속의 독수리, 초원의 황소,
뿔 왕관의 수사슴, 제일 날랜 매,

제일 흰 건 백조, 제일 찬 건 뱀…….

훔, 흠, 훔, 흠, 다음은 어떻게 되더라? 룸 툼, 룸 툼, 룸티 투움 툼. 긴 계보였는데. 어쨌든 너희는 그 어디에도 들어맞지 않아!"

메리가 대답했다.

"늘 우린 옛 계보들과 옛날이야기에서 빠져 있는 것 같아요. 우리도 꽤나 오랫동안 여기저기 돌아다녔어요. 우린 호빗이에요."

그러자 피핀이 덧붙였다.

"새로 한 줄 만드는 게 어때요? 이렇게 말이에요.

굴집에 사는 반쯤 자란 호빗.

네 종족 가운데 인간(큰사람) 다음에 끼워 넣으면 맞춤하지요."

"흠! 괜찮군, 괜찮아. 그러면 되겠어. 그래, 너희는 굴집에서 산단 말이지, 응? 썩 어울리고 그럴싸해. 그런데 너희를 호빗이라 부르는 건 누구야? 요정의 말은 아닌 것 같은데. 오래된 말은 죄다 요정들이 만들었어. 이름 짓는 일도 그들이 시작한 거라고."

"다른 이들이 우리를 호빗이라 부른 게 아니고 우리가 스스로 그렇게 불러요."

피핀이 대답했다.

"훔, 흐음! 자, 자! 그렇게 서두르지 말라고! 너희가 스스로를 호빗이라 부른다고? 그러나 너희는 그냥 아무에게나 이름을 말하고 다녀선 안 돼. 조심하지 않으면 너희는 너희의 진짜 이름을 누설하게 되는 거라고."

메리가 말했다.

"우린 그런 일에 조심하지 않아요. 실은 제 이름은 강노루, 강노루네 메리아독이에요. 대부분 그냥 메리라고 부르지만 말이에요."

"그리고 전 툭, 툭 집안 페레그린이고요. 하지만 보통은 피핀 또는 심지어 핍이라고 불려요."

나무수염이 말했다.

"흠, 그렇지만 내가 보기엔 너희는 성질이 급한 종족이야. 나를 믿어 주니 고맙긴 하지만 단박에 너무 터놓고 말하면 안 된다고. 뭐랄까, 여기엔 좋은 엔트들과 나쁜 엔트들이 있어. 혹은 너희 방식으로는 엔트들과, 엔트처럼 생겼지만 엔트가 아닌 것들이 있다고 할 수 있을 거야. 괜찮다면 나도 너희를 메리와 피핀이라고 부르겠어. 좋은 이름들이야. 난 너희에게 내 이름을 말하지 않을 거거든. 어쨌든 아직은 말이야."

반쯤은 빈틈없고 반쯤은 익살스러운 야릇한 표정이 깜빡이는 초록 빛과 함께 눈가에 떠올랐다.

"한 가지 이유는 시간이 오래 걸릴 것이기 때문이야. 내 이름은 내내 자라고 있고, 나는 아주 오래고 오랜 시간을 살았어. 그래서 내 이름은 그 자체가 한 편의 이야기와도 같아. 내 언어, 너희가 옛 엔트어라고 부를 것에서 진짜 이름은 그것에 관련된 것들의 사연을 일러 줘. 사랑스러운 언어지만 그것으로 어떤 걸 말하는 데는 아주 긴 시간이 걸려. 왜냐하면 우리는 말하고 귀 기울여 듣는 데 긴 시간이 걸릴 만한 가치가 있지 않으면 그것으로 그 어떤 것도 말하지 않기 때문이지. 그건 그렇고."

그의 눈이 점점 작아지고 날카로워지다시피 하면서 아주 밝아져 '현재'가 되었다.

"무슨 일이 벌어지고 있는 거지? 그리고 그 모든 일에서 너희는 무엇을 하고 있어? 나는 여기서, 여기서, 여기 아—랄라—랄라—룸바—카만다—린드—오르—부루메에서 아주 많은 것을 보고 듣고 (그리고 냄새 맡고 그리고 느끼고) 해. 미안해, 그건 내가 이 땅에 붙이는 이름의 일부야. 다른 언어들로는 뭐라고 하는지 몰라서 그래. 우리가 발 딛고 선 곳을 너희는 알잖아. 맑은 아침에 서서 주위를 바라보고, 해, 숲 너머의 풀밭, 말(馬), 구름, 그리고 펼쳐지는 세상에 대해 생각하는 곳 말이야. 무슨 일이 벌어지고 있어? 간달프는 무엇을 하고 있고? 그리고 이—부라룸."

그는 대형 오르간에서 나는 불협화음처럼 부르릉거리는 낮고 굵은 소음을 냈다.

"이 오르크들과 젊은 사루만은 저 아래 아이센가드에 있는 건가? 난 소식을 좋아해. 그렇지만 당장 너무 빨리 말하라는 건 아니야."

"참으로 많은 일이 벌어지고 있죠." 메리가 말했다. "우리가 빨리 말하고자 한다 해도 아마 긴 시간이 걸릴 거예요. 그렇지만 서두르지 말라고 하셨으니 어떤 것이든 우리가 당장 말해 드리지 않아도 되겠죠? 우리를 어떻게 하실 거고 당신은 어느 편인지 우리가 묻는다면 무례하다고 생각하실 건가요? 그리고 간달프를 아셨던가요?"

"그럼, 알고말고. 진심으로 나무를 아끼는 유일한 마법사지. 너희는 그를 아나?"

피핀이 침통하게 대답했다.

"예, 알았더랬죠. 그는 훌륭한 친구였고 또 우리의 길잡이였어요."

"그렇다면 너희의 다른 물음들에 대답할 수 있겠군. 나는 너희와 함께 어떤 짓도 하지 않을 거야. 그 물음의 뜻이 너희 허락을 받지 않고 '너희에게 무슨 일을 한다.'라는 거라면 나는 어떤 짓도 하지 않을 거라고. 우리가 함께 어떤 일들을 할 순 있겠지. 나는 편이란 것을 몰라. 나는 내 길을 갈 뿐이야. 하지만 너희의 길이 내 길과 얼마 동안 나란히 나아갈 순 있어. 그런데 너희는 간달프에 대해 말하기를 마치 그가 끝나 버린 이야기 속의 인물인 것처럼 하네."

"예, 그랬죠." 피핀이 침통하게 말했다. "이야기는 계속되는 것 같지만 유감스럽게도 간달프는 거기서 떨어져 나갔어요."

"후, 저런!" 나무수염이 말했다. "훔, 흠, 아, 이것 참." 그는 말을 잠깐 멈추고 오래도록 호빗들을 쳐다보았다. "훔, 아, 이것 참 무슨 말을 해야 할지 모르겠군. 저런!"

"더 듣고 싶으시다면," 메리가 말했다. "말씀드리죠. 그렇지만 시간이 좀 걸릴 거예요. 우릴 좀 내려 주시지 않겠어요? 햇살이 비칠 동안 여기 양지바른 데 함께 앉으면 안 될까요? 우릴 이렇게 들고 계시면 지치실 텐데요."

"흠, 지친다고? 아냐, 나는 지치지 않아. 나는 쉽게 지치지 않아. 그리고 나는 앉지 않아. 나는 그리, 흠, 쉽게 몸을 구부릴 수 없거든. 저기 해가 구름에 가려지고 있어. 여길 떠나자고. 너희는 이런 곳을 뭐라고 부른다고 했지?"

"언덕요?"

하고 피핀이 제시했다.

"바위 턱요? 계단요?"

메리도 제시했다. 나무수염은 생각에 잠겨 그 낱말들을 따라 했다.

"언덕. 그래, 바로 그거였어. 그렇지만 그건 세상의 이 부분이 형성된 이후로 늘 여기 서 있었던 것에 대해서는 좀 성급한 낱말이야. 신경 쓸 건 없고. 여길 떠나자고."

"어디로 가죠?"

하고 메리가 물었다.

"내 집으로, 또는 내 집들 중의 하나로."

나무수염이 대답했다.

"먼가요?"

"모르겠어. 글쎄, 너희는 멀다고 할 수도 있겠네. 하지만 그게 무슨 문제가 되나?"

"음, 보다시피 우린 소지품을 전부 잃어버렸거든요. 약간의 음식만 남았어요."

"오! 흠! 그런 건 걱정할 필요 없어." 나무수염이 말했다. "너희를 오래, 오래도록 기운 넘치게 하고 자라게 할 음료를 줄 수 있어. 그리고 만약 우리가 헤어지기로 결정하면 너희가 선택하는 내 나라 바깥의 어느 지점에든 너희를 내려놓을 수 있어. 가자고!"

호빗들을 하나씩 양팔의 굽은 곳에 부드럽지만 단단히 붙들고, 나무수염은 먼저 한쪽의 커다란 발을, 다음엔 다른 발을 치켜들어 그들을 바위 턱의 가장자리까지 운반했다. 나무뿌리 같은 발가락들이 바위들을 움켜쥐었다. 그다음 그는 조심스럽고 엄숙하게 한 계단 한 계단을 성큼성큼 내려가 숲의 지면에 다다랐다.

곧이어 그는 신중하게 고려된 긴 보폭으로 출발해 나무들을 헤치고 점점 깊이 숲으로 들어갔다. 산맥의 비탈들을 향해 꾸준히 오르면서도 개울에서 멀어지는 법이 없었다. 많은 나무들이 잠들어 있는 것 같았다. 혹은 그냥 지나치는 어떤 다른 생물처럼 그에게도 무심한 것인지도 몰랐다. 그러나 어떤 것은 몸을 떨었고, 또 어떤 것은 그가 다가오자 그의 머리 위로 가지들을 들어 올렸다. 그는 걸어가는 동안 줄곧 길게 흐르는 개울의 음악적 선율 속에서 혼자 중얼거리곤 했다.

호빗들은 한동안 말이 없었다. 참 이상하게도 그들은 안전하고 편안하다고 느꼈고 또 생각하고 궁리할 것이 아주 많았다. 마침내 피핀이 과감하게 다시 말했다.

"저, 나무수염 님, 뭘 좀 물어봐도 될까요? 왜 켈레보른은 우리에게 당신의 숲을 조심하라고 한 거죠? 그가 우리에게 이르길, 그것에 얽혀 드는 위험을 피하라고 했거든요."

"흐음, 글쎄, 그가 그랬다고?"

나무수염이 부르릉거렸다.

"만일 너희가 이 길이 아닌 다른 길로 가고 있었더라면 나도 똑같은 소리를 했을 수 있어. 라우렐린도레난의 숲에 얽히는 위험을 감수하지 말라고! 그건 요정들이 옛적에 부르던 이름이고, 지금은 이름을 줄여 로슬로리엔이라 부르지. 아마도 그편이 옳을 거야. 어쩌면 그것은 자라지 않고 바래져 가고 있으니까. 옛날 옛적엔 노래하는 황금계곡의 땅이었지. 이젠 꿈속의 꽃이고. 아! 그러나 그곳은 기묘한 장소라 아무나 함부로 들어갈 수 없었어. 너희가 거기를 빠져나왔다니 놀랍지만, 훨씬 더 놀라운 건 너희가 거기에 들어갔다는 거야. 오랜 세월 동안 이방인들에게 그런 일은 없었거든. 거긴 기묘한 땅이야.

그리고 이 땅도 그래. 여기서 사람들이 재앙을 당했지. 그럼, 재앙을 당하고말고. 라우렐린도레난 린델로렌도르 말리노르넬리온 오르네말린."

그가 혼잣말로 흥얼거렸다.

"거기서 사는 이들은 꽤나 세상에 뒤처지고 있을 게야. 이 고장도 황금숲 밖의 다른 어떤 것도 켈레보른이 젊었을 적의 모습이 아니야. 그럼에도, 타우렐릴로메아-툼발레모르나 툼발레타우레아로메아노르(해설 F의 '엔트' 참조)라고 그들은 말하곤 하지. 세상은 변했지만 여전히 참된 곳들이 있다는 거야."

"무슨 뜻이죠? 무엇이 참되다는 거죠?"

피핀이 묻자 그가 대답했다.

"나무들과 엔트들이지. 나 자신도 진행되는 모든 것을 이해하진 못하고 그래서 너희에게 설명할 수는 없어. 우리 중 일부는 여전히 참된 엔트이고 우리 나름대로는 매우 팔팔해. 그러나 많은 것들이 졸음에 취해 가고, 너희가 보기엔 나무스럼해지고 있어. 물론 대부분의 나무는 그냥 나무야. 그러나 많은 나무는 반쯤 깨어 있어. 일부는 완전히 깨어 있고 몇몇은 이런, 아, 이런, 엔트스럼해지고 있어. 그런 현상이 내내 진행되고 있어.

나무에 그런 일이 일어나면 어떤 것들은 속이 썩어. 목질과는 아무 상관이 없어. 그걸 말하려는 게 아니야. 글쎄, 나는 엔트강 변의 착하고 오래된 버드나무 몇몇과 가까이 지냈는데 아, 애석하게도 오래전에 죽어 버렸어. 그것들은 아주 속이 텅 비고 정말이지 산산이 부서지고 있었어. 그런데도 어린잎처럼 고요하고 숨결이 감미롭더군. 그 후 산맥 아래 계곡의 몇몇 나무가 겉보기엔 매우 건강한데 속은 속속들이 썩었더라고. 이런 현상이 점점 번지는 것 같아. 한때 이 고장엔 아주 위험한 곳이 몇 군데 있기도 했어. 아직도 매우 흉측한 곳들이 여럿 남아 있지."

"저 멀리 북쪽의 묵은숲처럼 말이에요?"

메리가 물었다.

"그래, 그래, 그와 비슷하지만 훨씬 더 심해. 분명 먼 북쪽 거기엔 거대한 암흑의 어떤 그림자가 드리워져 있고, 그래서 나쁜 기억들이 후세에 전해져. 그러나 이 땅에는 어둠이 한 번도 걷힌 적 없는 우묵한 골짜기들이 있고, 그 나무들은 나보다도 나이가 많아. 그럼에도, 우리는 우리가 할 수 있는 걸 해. 우리는 이방인들과 무모한 자들을 들이지 않아. 또 우리는 나무들을 단련시키고, 가르치고, 걸어 다니며 잡초를 솎아 내지.

우리 오래된 엔트들은 나무목자들이야. 지금은 얼마 남지 않았지만 말이야. 양은 양치기를 닮고 양치기는 양을 닮는다잖아. 그렇지만 그런 일은 느리게 진행되고 둘 중 어느 쪽도 세상에 오래 있진 못해. 그 이치가 나무들과 엔트들에게는 더 빠르고 더 여실하고 그렇게 그들은 함께 기나긴 세월을 거쳐 가. 엔트들은 인간들보다는 요정들을 더 닮았어. 인간들보다 자신에 대한 관심이 적고 다른 것들의 속으로 들어가는 데 더 능하지. 그렇지만 너희도 짐작하다시피 다른 한편으로 엔트들은 인간들을 더 닮았지. 요정들보다 더 쉽게 변하고 더 빨리 외부의 색깔을 취하잖아. 혹은 둘 모두보다 낫기도 해. 그들은 보다 착실하고 사물들에 마음을 더 오래 쓰니까 말이야.

현재 우리 종족의 일부는 나무들과 똑같은 모습이라 그들을 일깨우려면 어떤 큰일이 필요해. 그들은 서로 귓속말로만 말하거든. 그러나 내 나무들 중 일부는 사지가 나긋나긋해서 내게 말하는 이들도 많아. 물론 나무들을 깨워 말하는 걸 가르치고 나무들의 이야기를 배우고 하는 건 요정들이 시작했지. 그들은 언제나 모든 것에게 말을 건네고 싶어 했으니까, 옛 요정들은 말이야. 그러던 중에 암흑이 닥쳤고, 그들은 바다 너머로 사라지거나 먼 계곡들로 달아나 몸을 숨기고 다시는 오지 않을 시절에 대한 노래들을 만들었어. 다시는 오지 않을. 그래, 그래, 옛날 옛적엔 여기부터 룬산맥까지가 통째로 하나의 숲이었고, 이곳은 그 동쪽 끝에 불과했어.

광활한 시절이었지! 온종일 거닐며 노래를 불러도 우묵한 구릉지에선 내 목소리의 메아리만 들렸어. 그 숲은 보다 울창하고 튼튼하고 젊었을 뿐 로슬로리엔의 숲과 흡사했지. 또 그 공기의 내음이라니! 나는 그냥 공기만 들이마시며 일주일을 보내곤 했어."

나무수염이 말이 없어졌다. 그가 성큼성큼 걷는데도 그 커다란 발에선 아무 소리도 나지 않는 듯했다. 이윽고 그가 다시 흥얼거리기 시작했고 그 소리는 곧 웅얼거리는 노래로 변해 갔다. 차츰 호빗들은 그가 자신들에게 노래를 불러 주고 있다는 걸 깨달았다.

봄에 나는 타사리난의 버드나무 우거진 풀밭을 거닐었네.
아! 난타사리온의 봄 정경과 향기여!
그래, 나는 참 좋다고 말했지.
여름에 나는 옷시리안드의 느릅나무 숲을 떠돌았네.
아! 옷시르의 일곱 강가에서의 여름날의 빛과 음악이여!
그래, 나는 최고라고 말했지.
가을에 나는 넬도레스의 너도밤나무 숲에 갔었네.
아! 타우르-나-넬도르의 노랗고 빨갛게 물들어 한숨짓던 가을의 잎들이여!
더 바랄 게 없었지.
겨울에 나는 도르소니온고원의 소나무 숲을 올랐네.
아! 겨울날 오로드-나-손의 바람과 흰 눈과 검은 가지들이여!
내 목소리는 솟구쳐 창공에 울려 퍼졌지.
하나 이제 저 모든 땅들은 파도 아래 잠기고,
나는 암바로나, 타우레모르나, 알달로메,

내 땅, 팡고른의 나라를 걷네.
거기엔 땅속 줄기들 길고
타우레모르날로메의 낙엽보다 두텁게
세월이 쌓여 있네.

그는 노래를 마치고 말없이 계속 성큼성큼 걸었고, 귀가 미치는 데까지 온 숲엔 아무 소리도 없었다.

날이 이울고 나무줄기들에 어스름이 감겼다. 드디어 호빗들은 앞에 희미하게 떠오르는 가파르고 어두운 땅을 보았다. 산맥의 기슭과 우뚝한 메세드라스의 초록 밑자락에 다다른 것이었다. 언덕 아래로 저 위쪽 수원에서 뛰쳐나온 젊은 엔트강이 한 걸음 한 걸음 요란하게 내달아 그들을 맞이했다. 개울 오른쪽에는 풀이 덮인 긴 비탈이 있었는데, 지금은 황혼 속에 잿빛을 띠었다. 거기엔 나무가 자라지 않아 하늘이 탁 트여 있었다. 호수 같은 양털 구름 사이로 벌써 별들이 빛나고 있었다.

나무수염은 좀처럼 속도를 늦추지 않고 비탈을 성큼성큼 올랐다. 갑자기 호빗들의 눈앞에 넓은 빈터가 펼쳐졌다. 거기엔 거대한 나무 두 그루가 살아 있는 문기둥처럼 양편에 하나씩 서 있었다. 그러나 대문이랄 게 따로 있는 건 아니고 두 나무가 서로 가로질러 얽히고설킨 가지들이 대문인 셈이었다. 오래된 엔트가 접근하자 그 나무들이 가지를 치켜들었고 모든 잎들이 바르르 떨며 살랑거렸다. 그 상록수들의 어둡고 윤나는 잎들이 박명 속에 어렴풋이 빛났다. 그 너머엔 마치 언덕 사면에 큰 공회당의 바닥을 깎아 놓은 듯 넓고 평평한 구역이 있었다. 위쪽으로 경사져 올라간 양쪽 벽이 15미터 남짓의 높이였고, 각각의 벽을 따라 주랑처럼 나무들이 늘어섰는데 안으로 들어갈수록 그 키가 점점 더 커졌다.

먼 쪽 끝의 암벽은 가팔랐지만 그 밑자락은 움푹 파여 아치형 천장을 인 얕은 평지의 모습을 되찾았다. 안쪽 끝에서 가운데의 널찍하게 트인 길만 남겨 놓고 바닥에 온통 그늘을 드리운 나뭇가지들을 빼곤 공회당의 천장은 그뿐이었다. 위쪽 수원에서 벗어난 작은 물줄기가 본류를 떠나 벽의 가파른 표면을 타고 딸랑대며 떨어졌다. 은빛 방울로 쏟아지는 그 모습은 활 모양의 평지 앞에 드리운 고운 커튼 같았다. 그 물은 나무들 사이 바닥의 돌 대야로 모아졌다가 거기서 트인 길옆으로 넘쳐흘러, 숲을 가로지르는 엔트강에 다시 합쳐졌다.

"흠! 다 왔어!" 나무수염이 오랜 침묵을 깨고 말했다. "나는 너희를 엔트의 보폭으로 7만 걸음가량 데려왔어. 너희 땅의 셈으론 그게 얼마만한 거리인지는 모르겠지만. 어쨌든 우리는 마지막 산기슭 근처에 와 있어. 이곳 이름의 일부를 너희 언어로 옮기면 샘터집 정도일 거야. 난 이곳이 좋아. 우린 오늘 밤 여기서 머물 거야."

그는 호빗들을 주랑처럼 늘어선 나무들 사이의 풀밭에 내려놓았다. 그들은 그를 따라 거대한 아치를 향해 나아갔다. 나무수염은 걸을 때 거의 무릎을 구부리지 않지만 두 다리는 크나큰 보폭으로

펴진다는 걸 호빗들은 지금에야 알아챘다. 그는 발의 어떤 다른 부분에 앞서 큰 발가락들(정말로 크고 아주 넓었다)을 먼저 땅에 디뎠다.

나무수염은 잠시 비처럼 떨어지는 샘 아래 서서 한 차례 심호흡을 하더니 한바탕 웃고 안으로 들어갔다. 거기엔 거대한 돌 탁자가 하나 있었지만 의자는 없었다. 평지의 뒤쪽은 벌써 꽤 어두웠다. 나무수염은 거대한 용기 둘을 들어 탁자 위에 세웠다. 물이 가득 차 있는 것 같았다. 그런데 그가 그 위로 손을 들자 그것들이 즉시 빛을 발하기 시작했다. 하나는 황금빛으로, 다른 하나는 윤택한 초록빛으로 빛났고, 두 빛이 뒤섞이며 평지를 환히 밝혔는데 마치 여름 해가 어린잎으로 엮인 지붕을 통해 빛나고 있는 것 같았다. 호빗들은 뒤를 돌아보고 뜰의 나무들 또한 빛을 발하기 시작했다는 걸 알았다. 처음엔 흐릿했지만 계속 강해지면서 이윽고 모든 나뭇잎이 테두리에 빛을 둘렀다. 잎들은 초록빛, 황금빛, 그리고 구리처럼 빨간빛을 띠었고 반면 나무줄기들은 발광석으로 주조된 돌기둥들 같았다.

"자, 자, 이제 다시 이야기를 할 수 있어. 너희는 목이 마를 거야. 아마 피곤하기도 할 테고. 이걸 마셔 보라고!"

나무수염이 이렇게 말하곤 평지 뒤쪽으로 갔다. 거기에는 무거운 뚜껑이 달린 높직한 돌 항아리 여러 개가 놓여 있었다. 그는 뚜껑 하나를 열고 큼직한 국자를 담가 사발 셋을 채웠다. 하나는 아주 큰 사발이고 둘은 훨씬 작았다.

"엔트집이란 게 이래. 안됐지만 의자는 없어. 그렇지만 너희는 탁자 위에 앉아도 돼."

그가 호빗들을 들어 올려 2미터가량 높이의 거대한 돌판에 놓았다. 그들은 거기 앉아 다리를 흔들거리고 음료를 홀짝였다.

음료는 물 같았다. 실은 그들이 숲 경계 근처 엔트강에서 마셨던 것과 맛이 흡사했다. 그렇지만 그 속에는 뭐라 형용할 수 없는 어떤 향내나 풍미가 있었다. 그것은 희미하나마 저 멀리서 밤의 서늘한 미풍에 실려 온 숲의 냄새를 떠올리게 했다. 음료의 효과는 발가락에서 시작해 위로 솟으면서 상쾌한 기분과 원기를 가져오고 사지를 거쳐 꾸준히 올라가 바로 머리털 끝까지 뻗쳤다. 정말이지 호빗들은 실제로 머리카락이 곤두서 물결치고 굽이치며 자라는 느낌이 들었다. 나무수염은 먼저 아치 너머의 대야에서 발을 씻고는 자신의 사발을 한 번에 들이켰다. 한데, 그 한 번이란 게 아주 길고도 느린 한 번인지라 호빗들에겐 그의 들이켬이 결코 끝나지 않을 것만 같았다.

드디어 그가 사발을 다시 내려놓았다. "아—아." 하고 그가 한숨을 내쉬었다.

"흠, 훔, 이제 우리는 보다 편하게 이야기할 수 있어. 너희는 바닥에 앉으면 될 테고, 나는 누울 거야. 그래야 이 음료가 머리로 올라와서 내가 잠들어 버리는 일이 없을 테니까."

평지 오른쪽에 60센티미터를 넘지 않는 낮은 다리의 거대한 침대가 마른풀과 고사리로 덮여 있었다. 나무수염은 여기에다 천천히 몸을 내리더니 (몸의 중간 부분을 살짝 굽히는 시늉만 하고서) 이윽고 키대로 쭉 뻗고 드러누웠다. 머리 뒤로 팔베개를 하고, 잎들이 햇빛을 받아 어른거리는 것처럼 여러 빛이 너울거리는 천장을 쳐다보았다. 메리와 피핀은 그 옆의 풀베개들 위에 앉았다. 나무수염이 말했다.

"이제 너희 이야기를 해 봐. 서두르진 말고!"

호빗들은 호빗골을 떠난 이후의 모험 이야기를 말하기 시작했다. 그들은 어떤 명확한 순서를 따라 말하지 않았는데, 그도 그럴 것이 그들은 계속 서로의 말에 끼어들었고 또 왕왕 나무수염이 말하는 이를 멈추게 하고선 이야기의 어떤 앞선 대목에로 돌아가거나 앞으로 훌쩍 뛰어 이후의 사건들에 대해 묻곤 했던 것이다. 그들은 반지에 대해서는 일절 말하지 않았고, 또 그에게 원정을 시작한 이유나 목적지도 말하지 않았다. 무슨 까닭에서인지 그도 이유를 묻지 않았다.

나무수염은 모든 것에 대단한 관심을 보였다. 암흑의 기사들, 엘론드, 깊은골, 묵은숲, 톰 봄바딜, 모리아광산, 로슬로리엔 및 갈라드리엘 등등. 그는 그들로 하여금 샤이어와 그 고장에 대해 몇 번이나 반복해서 설명하게 했다.

그는 이 대목에서 한 가지 이상야릇한 말을 했다.

"너희는 그 근방에서 어떤, 흠, 어떤 엔트를 보지 않았나? 음, 제대로 말하자면 엔트가 아니라 엔트부인을 봤냐는 거지."

"엔트부인요? 그들이 당신처럼 생겼나요?"

피핀이 다시 물었다.

"그래, 흠, 음, 아니야. 이젠 나도 정말 모르겠어."

나무수염이 상념에 잠겨 말했다.

"그렇지만 그들은 너희 고장을 좋아할 것 같고, 그래서 그냥 물어본 거야."

그런데 나무수염은 간달프에 관한 모든 것에 특별한 관심을 보였고 또 사루만의 소행에 으뜸가는 관심을 나타냈다. 호빗들은 자신들이 그것들에 대해 아는 바가 너무나 적다는 것이 무척이나 아쉬웠다. 그 회의에서 간달프가 말한 내용을 샘을 통해 다소 막연하게 전해 들은 게 전부였던 것이다. 그러나 어쨌든 우글룩과 그 부대가 아이센가드에서 왔으며 사루만을 군주로 칭했다는 점만은 분명하게 이야기했다.

그들의 이야기가 이리저리로 돌다가 마침내 오르크들과 로한의 기사들 사이에 벌어진 전투에까지 이르자 나무수염이 "흠, 훔!" 하며 말을 꺼냈다.

"이거, 원! 확실히 대단한 소식이군. 그런데 너희는 내게 모든 걸 말하지 않았어. 아니고말고, 전혀 아니라고. 그렇지만 나는 너희가 간달프가 원하는 정도만 말하고 있다고 믿어. 무언가 아주 큰 일이 벌어지고 있다는 건 알겠어. 그게 무슨 일인지는 때가 되면 알게 되겠지. 혹 때가 어긋날지도 모르지만 말이야. 모조리 알게 될 테지. 그런데 참 이상한 일이야. 옛 계보에도 없는 작은 종족이 툭 튀어나오질 않나, 또 보라고! 잊힌 암흑의 아홉 기사가 다시 나타나 이들을 추격하고, 간달프는 이들을 위대한 원정에 대동하고, 갈라드리엘은 이들을 카라스 갈라돈에 숨겨 주고, 또 오르크들은 황야의 그 먼 길을 마다치 않고 이들을 쫓으니 말이야. 실로 너희들은 엄청난 폭풍에 휘말린 것 같아. 나는 너희들이 폭풍을 잘 헤쳐 나가길 바랄 뿐이야!"

"당신 입장은 어떤 것이죠?"

메리가 물었다.

"훔, 흠, 나는 대전쟁에 대해 고민한 적이 없어. 대체로 그건 요정과 인간의 일이니까. 또 마법사들의 일이기도 하고. 마법사들은 언제나 미래에 대해 고민하잖아. 난 미래에 대해 걱정하는 걸 좋아하지 않아. 오해가 없었으면 하는데, 결단코 나는 어느 누구의 편도 아니야. 왜냐면 절대로 그 누구도 내 편이 아니거든. 나만큼 숲을 아끼는 자는 아무도 없어. 오늘날에는 요정들마저도 그래. 그럼에도 나는 다른 종족들보다는 요정들에게 더 마음이 가. 오래전에 말 못 하는 우리를 치유해 준 게 바로 요정들이었어. 그리고 그건 잊을 수 없는 대단한 선물이었지. 비록 그 후로 서로의 갈 길이 달라지긴 했지만. 물론 내가 전혀 편들지 않는 어떤 것들이 있어. 나는 그놈들에겐 전적으로 반대야. 이—부라룸(그가 다시 낮고 굵은 역겨운 소리를 질렀다)—이 오르크들과 그놈들의 지배자들 말이야.

나는 어둠숲에 그 그림자가 드리웠을 때 걱정하곤 했지만 그것이 모르도르로 옮아가고 나선 한동안 고민하지 않았지. 모르도르는 멀리 떨어져 있으니까 말이야. 그러나 바람이 동쪽으로 불고 있는 것 같고, 어쩌면 모든 숲이 시드는 사태가 다가오고 있어. 그 폭풍을 저지하기 위해 늙은 엔트가 할 수 있는 일은 없어. 헤치고 나아가든가 아니면 파멸할 수밖에.

그러나 지금은 사루만이 문제야! 사루만은 이웃이어서 내가 묵과할 수는 없어. 뭔가를 해야 한다고 생각해. 최근에 나는 종종 사루만을 어떻게 해야 할지 궁리했어."

"사루만이 누구죠? 그의 내력을 좀 아세요?"

피핀이 물었다.

"사루만은 마법사야. 그 이상은 말할 수 없어. 나는 마법사들의 내력을 모르거든. 그들은 크나큰 배들이 바다를 넘어왔을 때 처음 나타났지. 그렇지만 나로선 그들이 그 배들과 함께 왔는지는 전혀 알 수 없어. 내가 믿기로는, 사루만은 그들 가운데서도 위대한 인물로 꼽혔어. 얼마 전—너희는 아주 오래전이라고 할 테지만—그는 여기저기 떠돌며 인간과 요정의 일에 참견하는 걸 그만두고 앙그레노스트에, 혹은 로한인이 아이센가드라고 부르는 곳에 자리를 잡았어. 처음엔 매우 조용했는데 그 명성이 커지기 시작했어. 그가 백색회의 의장으로 선출되었다고 하더군. 하지만 그게 그리 바람직한 선택이 아니었다는 게 판명되었지. 지금에야 드는 생각이지만, 그때 사루만은 이미 사악한 길로 접어들지 않았나 싶어. 하지만 어쨌든 그는 이웃들에게 해를 끼치거나 하진 않았어. 나도 그에게 이러저러한 말을 건네곤 했지. 그가 내 숲 주변을 거닐던 시기가 있었거든. 그 시절에 그는 정중했어. 언제나 내 허락을 구하고 (적어도 나를 마주쳤을 때는) 또 언제나 내 말에 열심히 귀를 기울였어. 나는 그에게 그가 절대 혼자서는 알아낼 수 없었을 많은 일들을 말해 주었지. 그러나 그가 같은 방식으로 내게 보답한 적은 절대 없었어. 그가 언제고 내게 무언가 말해 준 게 있는지 기억나지 않는단 말이야. 그는 점점 더 그렇게 되어 갔어. 내가 기억하기로, 그의 얼굴은—안 본 지 꽤 되었지만 말이야—돌벽 속의 창문들처럼 되어 버렸어. 안에 덧문이 달린 창문들 말이야.

이제 그의 꿍꿍이속을 이해할 것 같아. 그는 권력자가 되길 꾀하고 있어. 금속과 바퀴의 마음을 지닌 그는 당장 자신에게 득이 되지 않는 한 자라나는 것들을 돌보지 않아. 그가 사악한 배신자라는 건 이제 분명해. 그는 타락한 족속인 오르크들과 결탁했어. 브름, 훔! 더욱 고약한 건, 그가 오르크들에게 무슨 짓을, 위험한 무슨 짓을 해 오고 있었다는 거야. 이 아이센가드 놈들은 사악한 인간들을 닮았어. 해를 흔쾌히 마주할 수 없다는 것이야말로 거대한 암흑기에 닥치는 사악한 것들의 표증이지. 그런데 사루만의 오르크들은 태양을 혐오하면서도 견딜 수 있게 된 거야. 대체 그가 무슨 수를 쓴 걸까? 그놈들은 그가 타락시킨 인간들인가, 아니면 오르크와 인간의 두 종족을 뒤섞어 버린 건가? 정녕 무도한 악행이야!"

나무수염은 마치 깊고 은밀한 엔트식 저주를 내리는 것처럼 한동안 부르릉거리며 말했다.

"얼마 전부터 나는 오르크들이 어떻게 감히 내 숲을 그리 무람없이 헤치고 다니는지 의아했지. 최근에서야 나는 그게 사루만 탓이고 또 그가 오래전부터 모든 길들을 염탐하며 내 비밀을 캐 왔다는 걸 짐작했어. 이제 그와 그의 더러운 족속은 대대적인 파괴를 자행하고 있어. 저 아래 경계에선 그놈들이 나무들을—좋은 나무들을 베어 넘어뜨리고 있어. 일부 나무들은 그냥 잘라 버리고 썩도록 내버려 둬—그런 게 오르크식 해악이야. 그러나 대부분은 토막을 내서 오르상크의 불을 위한 땔감으로 운반해 가는 거야. 그래서 요즘 아이센가드에서는 항상 연기가 피어오르고 있지.

에누리 없이 저주받을 놈! 그 나무들 중 많은 이가 싹 틔우고 열매 맺을 때부터 알고 지내 온 내 친구였고, 이젠 영영 사라져 버리고 말았지만 그들은 자신의 목소리를 갖고 있었어. 또 한때 노래하는 작은 숲들이 있던 곳은 그루터기와 가시덤불만 무성한 황무지가 되었어. 나도 무심했지. 사태를 흘러가는 대로 내버려 뒀어. 이런 일은 멈춰야만 해!"

나무수염이 갑자기 침대에서 몸을 일으키더니 우뚝 서서 손으로 탁자를 쿵 하고 내리쳤다. 빛의 용기(容器)들이 진동하며 두 개의 불꽃을 뿜어냈다. 그의 두 눈이 초록 불처럼 깜박이고, 그 수염이 크나큰 금작화처럼 뻣뻣하게 곤두섰다.

"내가 막을 거야!" 그가 우렁차게 말했다. "그리고 너희가 나와 함께해야 해. 너희가 나를 도울 수 있어. 그렇게 하는 게 또 너희 친구들을 돕는 게 될 거야. 사루만을 저지하지 않으면 로한과 곤도르는 앞은 물론이고 뒤에도 적을 갖게 될 거야. 우리의 길들은 나란히 나아가— 아이센가드로!"

"함께 가겠어요. 우리는 할 수 있는 일은 뭐든 하겠어요."

메리가 말했다.

"그래요!" 피핀도 말했다. "흰손이 무너지는 걸 보고 싶어요. 큰 도움이 안 된다 하더라도 나도 거기 가고 싶어요. 난 우글룩과 로한 횡단을 결코 잊을 수가 없어요."

"좋아, 좋아!" 나무수염이 말했다. "하지만 내가 성급하게 말했어. 우리는 성급해선 안 돼. 내가 너무 열을 냈어. 나는 냉정해져서 생각해야 해. '멈춰.'라고 외치기는 쉬워도 그렇게 되도록 하는 건 어렵거든."

그는 아치길로 성큼성큼 걸어가 얼마 동안 비처럼 떨어지는 샘 아래 서 있었다. 이윽고 그가 웃으며 몸을 흔들자 그의 몸에서 바닥으로 반짝이며 떨어진 물방울이 곳곳에서 초록과 빨강의 불꽃처럼 빛났다. 그는 돌아와 다시 침대에 누웠고 아무 말이 없었다.

얼마 후 호빗들은 그가 다시 중얼거리는 걸 들었다. 그는 손가락을 꼽으며 셈하는 것 같았다.

"팡고른, 핑글라스, 플라드리브, 그래그래."

그가 한숨을 짓더니 호빗들을 향해 몸을 돌리며 말했다.

"남은 우리 종족의 수가 너무 적다는 게 문제야. 암흑 이전에 숲을 거닐던 최초의 엔트들 중에서 셋만 남아 있어. 요정식 이름으로 알려 주면 나, 팡고른과 핑글라스, 플라드리브뿐이라고. 너희 말로는 나머지 둘을 잎새머리타래, 나무껍질거죽이라고 불러도 좋아. 그쪽이 더 마음에 든다면 말이야. 하여튼 우리 셋 중에 잎새머리타래와 나무껍질거죽은 이 일에 별 도움이 안 돼. 잎새머리타래는 졸음에 취해 너희가 보기엔 거의 나무스럼해졌어. 그는 여름 내내 자기 무릎 주위 초원의 무성한 풀과 더불어 반쯤 잠든 채 홀로 서 있는 게 일이야. 그는 잎사귀 모양의 머리칼로 덮여 있어. 겨울엔 깨어나곤 하지만, 그럴 때조차도 최근엔 너무 졸려 멀리 걷질 못해. 나무껍질거죽은 아이센가드 서쪽의 산비탈에 살았어. 분쟁이 가장 심했던 곳이지. 그 자신도 오르크들에게 상처를 입었을 뿐 아니라 많은 동족과 나무목자들이 살해되고 파괴되었어. 이후 그는 제일 사랑하는 자작나무들이 있는 높직한 곳으로 올라가고는 내려오려 하질 않아. 그럼에도, 나는 아마도 상당한 무리의 우리 젊은이들을 규합할 수 있다고 생각해—그들에게 그 절박한 필요성을 이해시키고 그들을 분기시킬 수 있다면 말이야. 우린 성급한 종족이 아니거든. 남은 이들이 얼마 안 된다는 게 너무 아쉬워!"

피핀이 말했다.

"당신들은 이 고장에서 오래 살아왔으면서 왜 수가 그리 적은 거죠? 그렇게 많은 이들이 죽었나요?"

"오, 아니야! 너희의 표현대로 내부로부터 죽은 이는 아무도 없었어. 물론 일부는 긴 세월의 불운에 쓰러졌지만, 더 많은 이들은 나무스럼해졌어. 원래 우리의 수가 많지 않았던 데다 그 수가 증가하지도 않았어. 엔팅들—너희 식으로 말하자면 아이들이 없었어. 지독히 긴 세월 동안 말이야. 너희도 알다시피 우리는 엔트부인들을 잃어버렸어."

"정말 비통한 일이에요! 어쩌다 다 죽은 건가요?"

피핀이 물었다.

"그들은 죽지 않았어! 나는 죽었다고 말하진 않았어. 잃어버렸다고 했지. 우리는 그들을 잃고서 찾지 못하는 것뿐이야."

그가 한숨을 내쉬고 말을 이었다.

"나는 대부분이 그걸 안다고 생각했는데. 어둠숲에서 곤도르까지 엔트들이 엔트부인들을 찾아 헤매는 노래들이 요정과 인간 사이에서 널리 퍼졌으니까. 그 노래들이 죄다 잊힐 리는 없지."

"음, 그 노래들이 산맥을 넘어 서쪽의 샤이어까지 전해지진 않았나 봐요. 우리에게 더 이야기해 주거나 노래들 중 하나를 불러 주지 않으시겠어요?"

메리가 말하자, 나무수염이 그 요청을 받아 기쁜 듯 말했다.

"그래, 기꺼이 그러지. 그러나 제대로 할 순 없고 줄여서 이야기해 주지. 그다음엔 우리의 대화를 마쳐야 해. 내일 우리는 소집할 회의가 있고 해야 할 일이 있으며 혹시 여정을 시작할 수도 있어."

"이건 좀 이상하고도 슬픈 이야기야."

그가 잠시 멈추었다가 말을 이어 갔다.

"세상이 젊고 숲들이 드넓은 야생 상태였을 적에 엔트들과 엔트부인들—그땐 엔트아가씨들이었지. 아! 우리 젊었던 시절, 핌브레실 즉 사뿐한 발걸음의 가녀린 자작나무의 사랑스러움이란!—그들은 함께 거닐고 함께 살았지. 그러나 우리의 마음은 같은 방식으로 계속 자라지 못했어. 엔트들은 세상에서 만나는 것들에게 사랑을 주었고, 엔트부인들은 다른 것들에게 생각을 줬어. 엔트들은 거대한 나무, 야생 숲, 높은 구릉지의 비탈을 사랑하고, 석간수를 마시며 지나는 길에 나무들이 떨어뜨려 준 과일만 먹었지. 그리고 그들은 요정들에 대해 배우고 거대한 나무들과 이야기했어. 하지만 엔트부인들은 보다 작은 나무들과 숲 기슭 너머 양지바른 초원들에 마음을 주었어. 그리고 그들은 수풀 속의 자두, 야생 사과와 봄에 활짝 피는 버찌, 여름철 물가에 자라는 초록 약초, 그리고 가을 들판의 씨를 퍼뜨리는 풀들을 본 거야. 그들은 이들과 말을 나누길 원치 않고 이들이 자신의 말을 듣고 따르기를 바랐지. 엔트부인들은 이들이 자신의 바람대로 자라고, 자신의 취향대로 잎과 열매를 맺으라고 명령했어. 엔트부인들은 질서, 풍요, 그리고 평화를 원했거든(그 뜻인즉슨, 사물들은 자신들이 정한 곳에 그대로 있어야 한다는 거야). 그렇게 해서 엔트부인들은 자신이 살 정원들을 꾸몄어. 그러나 우리 엔트들은 계속 떠돌아다니느라 이따금씩만 그 정원에 들렀어. 그러다가 북쪽에 암흑이 닥쳤을 때 엔트부인들은 대하를 건너 새로운 정원들을 꾸미고 새로운 들판을 경작했고 그 때문에 우리가 그들을 볼 일은 더 뜸해졌어. 암흑이 무너진 후 엔트부인들의 땅은 풍요롭게 번성했고 들판엔 곡식이 가득했어. 많은 인간들이 엔트부인들의 솜씨를 배우고 그들을 크게 떠받들었어. 반면에 인간들에게 우리는 하나의 전설, 숲속 깊은 곳에 숨은 하나의 비밀일 따름이었지. 그러나 지금 우리는 아직도 여기 있지만 엔트부인들의 그 모든 정원은 황폐해졌어. 지금 인간들은 그곳을 갈색평원이라고 부르지.

핌브레실을 보고 싶은 욕망이 내게 닥친 건 오래전—사우론과 바다인간들 사이에 전쟁이 벌어졌을 때—이었던 걸로 기억해. 마지막으로 보았을 땐 예전 아가씨 적 모습은 찾기 어려웠지만 여전히 내 눈엔 매우 아름다웠지. 엔트부인들은 노동에 허리가 굽고 피부도 갈색으로 변했고, 또 머리카락은 태양에 그을려 여문 곡식의 색이었고 볼은 빨간 사과 같았어. 그렇지만 그 눈은 여전히 우리 종족의 눈이더군. 우리는 안두인대하를 건너 그들의 땅으로 갔는데, 우리가 본 건 사막이었어. 전쟁이 휩쓸고 지나가 모든 게 불타고 뿌리 뽑혔더라고. 엔트부인들은 거기에 없었어. 우리는 오래도록 그들을 부르고 오래도록 그들을 찾았고, 우리가 만난 모든 이들에게 엔트부인들이 어느 길로 갔는지 물었어. 일부는 그들을 본 적이 없노라고 했고, 또 일부는 그들이 서쪽으로 가는 걸 봤다고 했어. 또 동쪽이라고 하는 이들도, 남쪽이라는 이들도 있었어. 그러나 그 어디를 가 봐도 그들을 찾을 수가 없더라고. 우리의 비애는 아주 컸어. 그렇지만 야생의 숲이 불러 우리는 돌아갔어. 우리는 숱한 해에 걸쳐 틈나는 대로 출타해 두루 걸었고, 그들의 아름다운 이름을 부르며 엔트부인들을 찾았어. 그러나 시간이 지날수록 그 횟수도 줄고 거리도 짧아졌지. 해서 이제 우리에게 엔트부인들은 하나의 기억일 뿐이고, 우리의 수염은 길어지고 잿빛이 되었어. 엔트부인들을 애타게 찾는 우리의 사연을 두고 요정들이 많은 노래를 지었고, 그 노래들의 일부는 인간들의 말로도 옮겨졌어. 하지만 우리는 그에 관한 노래를 짓지 않았어. 엔트부인들이 생각날 때면 그들의 아름다운 이름을 부르는 걸로 족했던 거지. 우리는 우리가 언젠가 다시 만나리라 믿어. 어쩌면 어딘가 함께 살며 모두 흡족해할 만한 땅을 발견할 수 있을 거야. 그러나 그런 일은 양쪽 모두가 지금 가진 모든 것을 잃은 후에나 가능할 거라는 불길한 예감이 들기도 해. 그리고 드디어 그 시기가 가까워지고 있다고 할 수도 있을 거야. 왜냐하면 지난날의 사우론이 정원을 파괴했다면 오늘의 대적은 모든 숲을 시들게 할 것 같으니까.

이런 내력을 읊은 요정의 노래 하나가 있지. 적어도 나는 그렇게 이해해. 그것은 대하의 상류와 하류에서 불려지곤 했어. 결코 엔트의 노래가 아니란 걸 유념하라고. 엔트식이라면 아주 긴 노래가 되었을 테니까. 그렇지만 우리는 그 노래를 외우고 때때로 흥얼거려. 너희 말로 옮기면 이런 내용이야.

엔트 *봄이 너도밤나무 잎을 펼치고 가지에 수액이 찰 때면,*
야생 숲의 개울에 빛이 들고 산마루에 바람이 불 때면,
보폭 길고 숨 깊고 산 공기 에일 때면,
내게 돌아오라! 내게 돌아와
내 땅 어여쁘다고 말해 다오!

엔트부인 *안뜰과 들판에 봄이 와*
잎에 낟알 돋을 때면,
과수원에 꽃이 빛나는 눈처럼 깔릴 때면,
대지에 내리는 소나기와 해가
대기를 향그러움으로 가득 채울 때면,
난 여기 머물고 가지 않으리,
내 땅 어여쁘니.

엔트 *세상에 여름 와서 황금빛 정오*
잠든 잎들의 지붕 아래 나무의 꿈 펼쳐질 때면,
삼림의 공회당이 초록으로 서늘하고 서풍 불 때면,
내게 돌아오라! 내게 돌아와
내 땅 제일이라고 말해 다오!

엔트부인 *여름 햇살에 매달린 과실 익고 장과(漿果) 누렇게 그을릴 때면,*
황금빛 밀짚, 하얀 이삭 수확되어 읍내로 들어올 때면,
서풍 불지만 꿀 넘치고 사과 부풀 때면,

난 여기 태양 아래 머무르리,
내 땅 제일이기에!

엔트 *겨울 올 때면, 숲과 언덕 마구 휩쓸 거친 겨울 올 때면,*
나무들 쓰러지고 별 없는 밤 해 없는 낮을 삼킬 때면,
지독한 동풍에 세찬 비 겹칠 때면
나 그대를 찾고 그대를 부르리,
다시 그대에게 가리라!

엔트부인 *겨울 와 노래 끝날 때면, 마침내 어둠 깔릴 때면,*
메마른 가지 부러지고 빛과 노동 마감될 때면,
나 그대를 찾고 그대를 기다릴 테요,
우리 다시 만날 때까지.
세찬 빗발 아래 우리 함께 길 떠나리!

함께 *우리 함께 서녘에 이르는 길 떠나리,*
그리고 저 멀리 우리 모두의 마음 쉴 땅 찾으리."

나무수염이 노래를 마쳤다.

"이런 내용이야. 물론 요정의 노래라 경쾌하고 말이 빠르고 또 금방 끝나지. 아마도 매우 아리따운 노래라고 생각해. 그렇지만 시간이 있다면 엔트들이 자기네 입장에서 덧붙일 수도 있어! 그러나 이제 나는 일어서서 잠을 좀 잘 거야. 너희는 어디에 서서 잘 건가?"

"우린 보통 누워서 자요. 지금 여기도 괜찮을 거예요."

메리가 말했다.

"누워서 잔다고! 글쎄, 너희는 물론 그렇지! 흠, 훔, 잊고 있었는데, 노래를 부르다 보니 옛 시절이 생각나 내가 젊은 엔팅들에게 말하고 있다는 생각이 든 모양이야. 정말 그랬어. 자, 너희는 침대 위에 누우면 되겠지. 나는 빗물 속에 설 거야. 잘 자!"

메리와 피핀은 침대 위에 기어올라 부드러운 풀과 고사리 속에 몸을 둥글게 오그렸다. 새로 깐 것이라 감미로운 내음이 풍겼고 따스했다. 빛이 꺼지고 나무들의 광채도 흐려졌다. 그러나 그들은 바깥의 아치 아래 늙은 나무수염이 머리 위로 두 팔을 올린 채 미동도 없이 서 있는 모습을 볼 수 있었다. 하늘에 밝은 별들이 돋아나 그의 손가락과 머리를 넘쳐 수백의 은빛 방울로 발에 똑똑 떨어져 내리는 물을 환히 비추었다. 호빗들은 그 물방울 떨어지는 소리를 들으며 잠이 들었다.

그들이 깨어나 보니 서늘한 해가 큼직한 뜰 속으로 그리고 평지의 바닥 위로 빛나고 있었다. 머리 위로는 높은 구름 조각들이 강한 동풍을 타고 내달리고 있었다. 나무수염은 보이지 않았다. 그러나 메리와 피핀이 아치 곁의 돌 대야에서 목욕하고 있는 동안 그가 나무들 사이로 난 길을 걸어오며 흥얼흥얼 노래하는 소리가 들렸다.

"후, 호! 안녕, 메리와 피핀!"

그가 그들을 보고 우렁차게 말했다.

"오래 자더군. 나는 오늘 벌써 백 걸음이나 걸었어. 이제 우리는 음료를 한 사발씩 마시고 엔트뭇에 갈 거야."

그는 그들에게 어제와는 다른 돌 항아리에서 음료를 두 사발 가득 따라 주었다. 지난밤과는 맛도 달랐다. 말하자면, 흙내가 더하고 더 그윽하며 더 원기를 북돋우고 음식다웠다. 호빗들이 침대 끝에 앉아 요정 과자의 작은 조각들을 갉으며 (배가 고파서라기보단 씹어 먹는 걸 아침 식사의 필수 부분으로 여겼기에) 음료를 마실 동안, 나무수염은 엔트어나 요정어 또는 어떤 낯선 말로 흥얼대며 하늘을 올려다보고 서 있었다.

"엔트뭇이 어디죠?"

피핀이 용기를 내어 물었다.

"후, 에? 엔트뭇?"

나무수염이 돌아서며 말했다.

"그건 어떤 장소가 아니라 엔트들의 모임이야—요즘엔 자주 열리지 않지만. 그래도 나는 상당수가 오겠다고 약속하도록 했어. 우리는 늘 모였던 곳에서 모일 거야. 인간들은 그곳을 외따른숲골이라 부르지. 여기서 남쪽으로 좀 떨어진 곳인데, 우리는 정오 전에 거기 도착해야 해."

이내 그들은 출발했다. 나무수염은 어제처럼 호빗들을 양팔에 안고 갔다. 그는 뜰 입구에서 오른쪽으로 돌아 개울을 건너고 나무가 별로 없는 울퉁불퉁한 비탈의 기슭을 따라 남쪽으로 성큼성큼 걸어갔다. 비탈 위로 자작나무와 마가목의 덤불이, 또 그 너머로 하늘을 향해 쭉 뻗친 어두운 솔숲이 보였다. 곧 나무수염은 구릉지를 좀 벗어나 깊은 숲으로 들어갔다. 그곳의 나무들은 호빗들이 여태껏 본 그 어떤 것보다도 크고 높고 우거졌다. 잠시 그들은 처음 팡고른숲에 과감히 들어섰을 때 감지했던 숨 막히는 기분을 희미하게 느꼈지만 그 기분은 이내 사라졌다. 나무수염은 그들에게 아무 말도 하지 않았다. 그가 생각에 잠긴 채 굵고 낮은 음성으로 흥얼대며 혼잣말을 했지만, 메리와 피핀은 한마디도 제대로 알아듣지 못했다. "붐, 붐, 룸붐, 부라르, 붐 붐, 다흐라르 붐 붐, 다흐라르 붐." 등등의 소리가 끊임없이 음색과 리듬을 바꾸며 이어졌다. 간혹 그들은 대지에서 또는 머리 위의 가지에서 혹은 나무줄기에서 나는 듯한 흥얼대거나 바르르 떨리는 소리를 그 말에 대한 대답이려니 생각했다. 그러나 나무수염은 멈추거나 어느 쪽으로도 머리를 돌리는 법이 없었다.

한참을 걸었을 때—피핀은 '엔트걸음'의 수를 헤아리려고 했으나 3천 번쯤에서 놓치곤 그만두었다—나무수염이 속도를 늦추기 시작했다. 그가 갑자기 멈추어 호빗들을 내려놓더니, 두 손을 둥글게 오므려 속이 빈 통 모양을 만들어 입에 갖다 댔다. "훔, 훔." 하는 우렁찬 소리가 뿔나팔의 깊숙한 저음처럼 숲속에 울려 퍼졌고, 나무들이 그에 따라 메아리치는 것 같았다. 저 멀리 여러 방향에서 "훔, 훔, 훔." 하는 소리가 들려왔다. 그건 메아리가 아니라 화답이었다.

그러자 나무수염은 메리와 피핀을 어깨 위에 얹히고 다시 성큼성큼 계속 걸으며 때때로 뿔나팔 같은 신호음을 보냈고 그때마다 화답하는 소리들이 점점 크고 가깝게 들렸다. 이런 식으로 그들은 드디어 어둑한 상록수들이 뚫고 들어갈 수 없는 벽처럼 둘러싼 곳에 도착했다. 그 나무들은 호빗들이 전혀 보지 못한 종류의 것으로 바로 뿌리에서부터 가지가 뻗고 가시만 없는 호랑가시나무처럼 어둡고 반질반질한 잎들이 무성하게 덮인 데다 크고 빛나는 올리브색 봉오리들과 빳빳이 곧추선 이삭 모양의 꽃차례들이 맺혀 있었다.

나무수염은 왼쪽으로 틀어 이 방대한 울타리를 몇 걸음 돌아 좁은 입구에 이르렀다. 입구 속으로 발길에 닳은 길 하나가 펼쳐지다가 갑자기 길고 가파른 비탈 아래로 곤두박질쳤다. 호빗들은 자신들이 거대한 협곡으로 내려가고 있다는 걸 알았다. 거의 사발처럼 둥글고, 아주 넓고 깊으며, 테두리엔 높고 어둑한 상록의 울타리가 솟은 협곡이었다. 안쪽은 풀로 덮여 반반하고, 사발 모양의 밑바닥에 키가 아주 크고 아름다운 자작나무 세 그루가 서 있는 것 외에는 나무라곤 없었다. 서쪽과 동쪽으로부터 다른 두 길이 협곡 속으로 이어져 내렸다.

이미 엔트 여럿이 도착해 있었다. 더 많은 엔트들이 다른 길로 내려오고 있었고, 이제 몇몇이 나무수염을 뒤따르고 있었다. 그들이 가까이 다가옴에 따라 호빗들은 그들을 물끄러미 바라보았다. 호빗이 서로 닮아 보이듯(어쨌든 이방인의 눈에는), 엔트들도 나무수염과 흡사한 이들이 많겠거니 했는데 실상은 전혀 그렇지 않아 호빗들은 매우 놀랐다. 나무들이 서로 다르듯 엔트들도 서로 달랐다. 이름이 같은 나무들이라도 기원과 역사가 판이한 것처럼 다른 이들이 있는가 하면, 자작나무와 너도밤나무, 떡갈나무와 전나무처럼 수종이 다른 것처럼 다른 이들도 있었다. 그중에는 보다 오래된 엔트가 몇 있었는데(나무수염만큼 아득히 오래돼 보이는 이는 없지만), 이들은 정정하지만 아득히 오래된 나무처럼 무성한 수염에 옹이투성이였다. 그리고 한창때의 숲나무처럼 사지가 미끈하고 피부가 매끄러운, 키 크고 건장한 엔트들도 있었지만 젊은 엔트, 즉 어린 나무는 없었다. 모두 합쳐 스물넷 정도가 풀이 무성한 넓은 계곡 바닥에 서 있었고, 같은 수가 행진해 들어오고 있었다.

처음에 메리와 피핀은 그 다종다양함에 압도되었다. 형태와 색깔이 갖가지인 데다 허리 둘레와 키, 팔다리의 길이, 손가락과 발가락의 수(셋에서 아홉에 이르는)까지도 각기 달랐다. 일부는 나무수염과 다소간 비슷한 듯 너도밤나무나 떡갈나무를 연상시켰다. 그러나 종류가 아주 다른 이들도 있었다. 바깥으로 벌어진 커다란 손에 짧고 굵은 다리를 가진 갈색 피부의 엔트들이 밤나무를 연상케 했는가 하면 많은 손가락이 달린 손과 긴 다리에 큰 키로 곧게 솟은 회색의 엔트들은 물푸레나무를 연상시켰다. 어떤 이들(키가 가장 큰 엔트들)은 전나무를, 또 어떤 이들은 자작나무, 마가목, 참피나무를 생각나게 했다. 그러나 그 모든 엔트들이 나무수염 주위로 모여들어 머리를 약간 숙이고 느릿느릿한 가락의 목소리로 웅얼거리며 이방인들을 빤히 오래도록 쳐다보았을 때 그제야 호빗들은 그들 모두가 같은 종족이고 똑같은 눈을 가졌다는 걸 알았다. 그 눈들은 나무수염의 것처럼 그리 오래되거나 깊진 않았지만, 느리고 차분하며 생각에 잠긴 표정과 초록의 깜박임을 똑같이 띠고 있었다.

일행 전체가 나무수염을 중심으로 넓은 원을 둘러 모여들자 알아들을 수 없는 별난 대화가 시작되었다. 엔트들이 느릿느릿하게 중얼거리기 시작했다. 먼저 한 엔트가 가담하고 이어서 다른 엔트가 합세하자 얼마 안 가 모두가 함께 오르고 내리는 긴 리듬으로 읊조리고 있었다. 둘러선 원의 한쪽에서 소리가 커지는가 싶다가 이내 잦아들면 반대쪽 소리가 커지며 요란한 굉음으로 치닫는 식이었다. 피핀은 그 어떤 낱말도 포착하거나 이해하지 못했지만—그로서는 그 언어가 엔트어일 거라고 생각했다—처음에 그는 그 소리가 듣기에 매우 즐거웠다. 그렇지만 점차 그의 주의가 산만해졌다. 오랜 시간이 흐른 뒤 (그렇지만 읊조림은 느슨해질 기미가 보이지 않았다) 그는 엔트어가 대단히 '서두르지 않는' 언어이기에, 그들이 '좋은 아침'이란 인사말은 넘어선 건지 그리고 만약 나무수염이 출석을 점검하기라도 한다면 모든 이들의 이름을 읊조리는 데 며칠이나 걸릴지 의아할 지경이었다. '예'나 '아니요'에 해당하는 엔트어는 뭘까 하고 피핀은 생각하며 하품을 했다.

나무수염이 즉시 그의 기분을 알아챘다. "흠, 하, 헤이, 피핀 군!" 하고 부르자 다른 엔트들이 모두 읊조림을 멈췄다.

"너희가 성급한 종족이라는 것을 잊고 있었어. 게다가 어쨌든 이해하지도 못하는 이야기에 귀를 기울인다는 것은 지루하지. 이제 너희는 내려와도 좋아. 내가 엔트뭇에 너희 이름을 말해 주었고, 그들은 너희를 보고서 너희는 오르크가 아니란 것과 옛 계보에 새로운 한 줄이 삽입되어야 한다는 것에 동의했어. 우리는 아직 그 단계를 넘어서지 못했지만 그 정도면 엔트뭇으로서는 빠른 진행이지. 너와 메리는 협곡 여기저기를 거닐어도 좋아. 원한다면 말이야. 기분 쇄신이 필요하다면 저 건너 북쪽 강둑에 물 좋은 샘이 있어. 모임이 본격적으로 시작되기 전에 아직 해야 할 말이 좀 있어. 내가 짬을 내 너희를 찾아가 어떻게 일이 돌아가는지 알려 주겠어."

그는 호빗들을 바닥에 내려 주었다. 호빗들은 떠나기 전에 깊숙이 절을 했다. 중얼거림의 어조와 눈의 깜박임으로 판단컨대 그 진기한 행위에 엔트들이 무척 재미있어하는 것 같았다. 그렇지만 곧 엔트들은 다시 자신들의 용무로 돌아갔다. 메리와 피핀은 서쪽에서 내려온 길을 올라가 크나큰 울타리의 개구멍을 통해 내다보았다. 협곡의 가장자리에서부터 나무로 덮인 긴 비탈들이 솟구쳤고 그 너머 멀리 가장 먼 능선의 전나무들 위로 높은 산의 봉우리가 하얗고 날카롭게 솟아 있었다. 왼편인 남쪽으로 그 숲이 잿빛의 머나먼 거리 속으로 사라지는 게 보였다. 그쪽 먼 곳에 희미한 초록 빛이 가물거렸는데, 메리는 로한평원이 얼핏 보이는 거려니 여겼다.

"아이센가드는 어디 있는 거야?"

피핀의 물음에 메리가 말했다.

"난 우리가 지금 있는 위치를 도무지 모르겠어. 하지만 저 봉우리는 메세드라스일 것 같아. 내가 기억하는 한 원형 요새의 아이센가드는 산맥 끝의 분기점이나 깊은 틈새에 놓여 있어. 아마도 이 거대한 능선 뒤편일 거야. 저 건너 봉우리 왼쪽에 연기나 안개가 이는 것 같지 않아?"

"아이센가드는 어떤 곳이지? 난 엔트들이 그곳에 대해 뭘 할 수 있을지 궁금해."

메리가 다시 대답했다.

"나도 그래. 아이센가드는 암반이나 산 같은 것에 빙 둘러싸인 곳으로, 안쪽에 편평한 공간이 있고 중앙에는 오르상크라 불리는 섬 또는 바위 기둥이 있어. 그 위에 사루만의 탑이 있고. 빙 둘러싼 성벽에는 문이 하나, 아마도 하나 이상의 문이 있을 거야. 그 속으로 개울이 흐르는데, 산맥에서 나와 로한관문을 가로질러 흘러가. 아이센가드라는 곳은 엔트들이 달려들 수 있는 만만한 곳이 아닌 것 같아. 하지만 난 이 엔트들에 대해 뭔가 이상야릇한 느낌이 들어. 어쨌든 그들은 겉보기처럼 아주 무해하고 꽤 재미난 건 아니라고 생각돼. 느리고 색다르고 참을성 있고 슬퍼 보이지만, 난 그들이 분기될 수 있다고 믿어. 만약 그런 일이 벌어진다면 난 그들의 반대편에 서지 않을 거야."

"맞아!" 피핀이 말했다. "무슨 뜻인지 알아. 앉아서 생각에 잠긴 채 되새김질하는 늙은 암소와 돌진하는 황소는 전연 다를 수 있지. 그리고 그 변화는 갑작스레 올 수도 있고. 나무수염이 그들을 어떻게 분기시킬 수 있을지 궁금해. 그에게 그렇게 할 뜻이 있다는 것도 확실해. 그러나 그들은 분기되는 걸 좋아하지 않아. 나무수염 자신도 지난밤에 분기되었지만 이윽고 화를 다시 억눌렀어."

호빗들은 발길을 돌렸다. 비밀회의장에선 엔트들의 목소리가 여전히 오르내리고 있었다. 이제 해는 높은 울타리를 굽어볼 만큼 높이 솟았다. 햇빛이 자작나무의 우듬지 위에 빛났고 협곡의 북사면을 서늘한 노란빛으로 밝혔다. 거기서 그들은 반짝이는 작은 분수지 하나를 보았다. 그들은 상록수 기슭에 자리한 거대한 사발 모양의 분지 가장자리를 따라 걷다가—발가락에 감기는 서늘한 풀을 다시 느끼고 또 서두르지 않아도 된다는 게 상큼했다—얼마 후 용솟음치는 물가로 내려갔다. 그들은 깨끗하고 차갑고 맛이 얼얼한 물을 조금 마시곤 이끼 낀 돌 위에 앉아, 풀밭 위에 햇빛 비친 자리들과 협곡 바닥에 비친 구름장들의 가볍게 떠가는 그림자를 유심히 바라보았다. 엔트들의 중얼거림은 계속되었다. 그곳은 아주 낯설고 외딴 장소로 그들의 세계 바깥에 있고, 또 그들에게 일어났던 모든 일과도 동떨어진 것 같았다. 그들의 마음에는 동지들, 특히 프로도와 샘 그리고 성큼걸이의 얼굴과 목소리에 대한 그리움이 강렬하게 솟구쳤다.

드디어 엔트들의 목소리가 잠시 멈추었다. 올려다보니 나무수염이 곁에 다른 엔트 하나를 데리고 그들을 향해 오는 게 보였다.

"흠, 훔, 여기 다시 왔어." 나무수염이 말했다. "지겹다거나 좀이 쑤시진 않아, 흠, 에? 자, 아직은 좀이 쑤시고 그래선 안 돼. 우리는 이제 첫 단계를 마쳤어. 이제부터 나는 아이센가드에서 멀리 떨어져 사는 이들과 앞선 회의에 방문할 수 없었던 이들에게 지금의 사태를 다시 설명해야 하고, 그 후에 우리가 할 일을 결정해야 할 거야. 그러나 할 일을 결정하는 것은 마음을 정하기 위해 모든 사실과 사건을 검토하는 일만큼 오래 걸리지는 않아. 그럼에도 우리가 여기에 꽤 오래 있을 것이란 것은 부인할 수 없어. 아마 이틀 정도 될 거야. 그래서 내가 너희에게 친구 하나를 데리고 왔어. 근처에 그의 엔트집이 있어. 요정식 이름은 브레갈라드라고 해. 그는 이미 마음을 정했으니 회의에 남아 있을 필요가 없다는 거야. 흠, 흠, 그는 우리 가운데서 성급한 엔트에 가장 가깝지. 사이좋게 지내야 해. 안녕!"

나무수염이 몸을 돌려 그들을 떠났다.

브레갈라드는 호빗들을 진중하게 살펴보며 얼마 동안 서 있었고, 그들도 언제 '성급함'이 드러날까 궁금해하며 그를 쳐다보았다. 그는 키가 컸고 젊은 엔트 축에 드는 것 같았다. 팔과 다리의 피부가 반들반들하게 빛나고 입술은 불그스름하며 머리카락은 회녹색이었다. 그는 바람 받는 가녀린 나무처럼 몸을 굽히고 흔들 수 있었다. 마침내 그가 입을 열었는데, 그 목소리는 울리긴 했어도 나무수염보다는 높고 맑았다.

"하, 흠, 친구들이여, 산책하자고! 난 브레갈라드야. 너희 언어로는 날쌘돌이지. 그렇지만 물론 그건 별명일 뿐이야. 어느 연로한 엔트께서 하신 질문이 미처 끝나기도 전에 '예'라고 말한 이후로 그렇게 불리게 됐어. 난 마시는 것도 빨라서 다른 이들이 수염을 적시고 있는 동안 다 마시고 밖으로 나가지. 함께 가!"

그는 잘생긴 두 팔을 내리뻗어 손가락이 긴 손 하나씩을 호빗들에게 각각 내밀었다. 그날 호빗들은 온종일 그와 더불어 숲속을 여기저기 거닐며 노래하고 웃었다. 날쌘돌이도 종종 웃음을 터뜨렸다. 그는 구름 뒤에서 해가 나타나도 웃었고, 개울이나 샘을 마주쳐도 웃었다. 개울을 만났을 때 그는 허리를 굽혀 발과 머리에 물을 끼얹었고, 나무들에서 나는 어떤 소리나 속삭임에도 가끔씩 웃었다. 마가목을 볼 때마다 그는 잠시 멈추어 양팔을 쭉 뻗고 노래했고, 또 노래하면서 몸을 이리저리 흔들었다.

해 질 녘에 그는 그들을 자신의 엔트집으로 데리고 갔다. 집이라고 해 봤자 초록색 둑 아래 잔디 위에 세운 이끼 낀 돌 하나에 불과했다. 주위에 마가목이 빙 둘러 자랐고 둑에서 거품을 내며 흘러나오는 샘이 있었다(엔트집이 다 그렇듯). 그들이 이야기하는 동안 숲에 어둠이 깔렸다. 멀지 않은 곳에서 아직도 계속되는 엔트뭇의 목소리들이 들렸다. 그러나 이제 그 목소리들은 더 굵고 덜 느긋한 것 같았다. 간간이 하나의 웅장한 목소리가 높고 활기를 띠는 음조로 솟구치곤 하면 다른 목소리들이 잦아들었다. 그러나 그들 곁의 브레갈라드는 자기네 말로 조용히 속삭이다시피 말했고, 그들은 그가 나무껍질거죽 무리의 일원이고 그 일족이 살던 고장은 유린되었다는 걸 알았다. 그런 사정을 들으니 호빗들에겐 적어도 오르크에 관한 한 그의 '성급함'이 족히 이해될 것 같았다.

"내 고향엔 마가목들이 있었어." 브레갈라드가 조용히 그리고 슬프게 말했다. "내가 어린 엔트였을 때니까 아주 아주 오래전 세상이 고요했을 때 뿌리 내린 마가목들이지. 가장 오래된 것은 엔트들이 엔트부인들을 기쁘게 해 주려고 심었지. 하지만 엔트부인들은 그것들을 보고 미소 짓고는 더 하얀 꽃과 더 탐스러운 열매가 자라는 곳을 안다고 말했어. 그렇지만 내겐 저 이름난 장미의 무리도 그처럼 아름답지는 않았어. 이 나무들이 자라고 자라나자 마침내 하나하나의 그림자가 초록의 터 같았고, 가을에 빨간 열매가 가지가 휠 정도로 매달린 모습은 대단한 아름다움이자 경이였지. 새들이 떼 지어 몰려들곤 했어. 난 새들을 좋아해. 떠들썩하게 지저귈 때조차도. 마가목엔 남아돌 만큼 열매가 많이 열렸어. 그런데 새들이 박정해지고 탐욕스러워져 그 나무들을 쥐어뜯고 열매를 떨어뜨리고는 먹지도 않았어. 그런 중에 오르크들이 도끼를 들고 와서 내 나무들을 잘라 버렸어. 내가 다가가 그 나무들의 긴 이름들을 불렀지만 그들은 몸을 떨지도 듣지도 대답하지도 않았어. 죽어 버린 거야.

오, 오로파르네, 랏세미스타, 카르니미리에여!

오, 아리따운 마가목이여, 네 머리칼 위의 순백의 꽃이여!

오, 내 마가목이여, 어느 여름날 난 환히 빛나는 널 보았네.

네 피부 눈부시게 맑고 잎은 깃털처럼 가볍고

네 목소린 참 서늘하고 부드러웠지.

머리 위에 높직이 쓴 그 왕관 찬란한 황금빛이었어라!

아, 죽은 마가목이여, 네 머리칼 메말라 잿빛이로다.

네 왕관 엎질러지고 네 목소린 영영 잠잠하구나.

오, 오로파르네, 랏세미스타, 카르니미리에여!"

여러 언어로 사랑했던 나무들의 몰락을 애곡하는 것 같은 브레갈라드의 나직한 노랫소리를 들으며 호빗들은 잠이 들었다.

다음 날도 그들은 그와 어울려 지냈지만, 그의 '집'에서 멀리 나가진 않았다. 대부분의 시간 동안 그들은 피난처로 삼은 둑 아래에 말없이 앉아 있었다. 바람이 더 차가워지고 구름장들은 더 빽빽해지고 잿빛으로 변했다. 햇빛이 거의 비치지 않았고, 멀리선 회의 중인 엔트들의 목소리가 여전히 오르내렸다. 때론 크고 힘차게, 때론 낮고 침울하게, 때론 빨라지다가 때론 만가처럼 느릿느릿하고 엄숙했다. 둘째 밤이 왔지만 여전히 엔트들은 서둘러 지나가는 구름과 나타났다간 사라지곤 하는 별들 아래서 비밀회의를 열었다.

셋째 날이 밝았으나 바람이 세고 을씨년스러운 날씨였다. 해 뜰 무렵 엔트들의 목소리가 떠들썩하게 높아지더니 이내 다시 가라앉았다. 아침 시간이 지나면서 바람은 약해지고 대기가 모종의 예감으로 묵직했다. 좁은 골짜기 같은 엔트집에 자리한 호빗들에겐 모임의 소리가 희미했음에도 불구하고 그들은 브레갈라드가 열중해서 귀를 기울이고 있다는 걸 알 수 있었다.

오후가 되자 해가 산맥을 향해 서쪽으로 가면서 구름장들의 째지고 열린 틈새들 사이로 길고 노란 광선들을 내보냈다. 갑자기 그들은 모든 게 매우 조용해졌다는 걸 깨달았다. 숲 전체가 경청하는 침묵 속에 서 있었다. 물론 엔트들의 목소리는 멈추었다. 어찌 된 영문일까? 브레갈라드는 바짝 긴장한 채 꼿꼿이 서서 외따른숲골을 향해 북쪽을 돌아보고 있었다.

그때 굉음과 함께 "라—훔—라아!" 하고 외치는 우렁찬 소리가 울려 퍼졌다. 마치 돌풍이 들이친 것처럼 나무들이 몸을 떨고 굽혔다. 또다시 소리가 끊기더니 이윽고 엄숙한 북소리처럼 행진곡이 시작되었다. 둥둥 울리는 장단과 우렁찬 울림을 뚫고 높고 힘차게 노래하는 목소리들이 샘솟았다.

우리가 간다, 둥둥 북 울리며 우리가 간다.

타—룬다 룬다 룬다 롬!

엔트들이 오고 있었다. 그들의 노래가 점점 가까워지면서 소리도 더 크게 솟구쳤다.

우리가 간다, 뿔나팔 불고 북 울리며 우리가 간다.
타—루나 루나 루나 롬!

브레갈라드가 호빗들을 들어 올리고는 성큼성큼 걸어 나갔다.

이윽고 행진하는 대오가 보였다. 엔트들이 비탈을 내려 그들을 향해 큰 보폭으로 몸을 흔들며 걸어오고 있었다. 나무수염이 선두에 서고 쉰이 넘는 추종자들이 2열 종대로 발로 보조를 맞추고 옆구리에 얹은 손으로 박자를 맞추며 뒤따랐다. 가까이 다가옴에 따라 그들의 번득이고 깜박이는 눈이 보였다.

나무수염은 브레갈라드와 호빗들을 보고 외쳤다.

"훔, 홈! 우렁찬 소리 울리며 우리가 여기 왔어. 드디어 우리가 왔노라! 자, 이 모임에 합세해! 우린 떠난다. 아이센가드로 간다고!"

그러자 엔트들이 일제히 외쳤다.

"아이센가드로! 아이센가드로!"

아이센가드로! 아이센가드가 돌문들로 에워싸여 막혀 있대도,
아이센가드가 굳세고 단단하며 돌처럼 차갑고 뼈처럼 황량하대도,
우리는 간다, 우리는 간다, 우리는 싸우러 간다, 돌을 베고 문을 부수러!
이제 줄기와 가지 불타고 화덕 노호하노니—우리는 싸우러 간다!
운명의 쿵쿵대는 걸음으로 둥둥 북 울리며 어둠의 땅으로 우리가 간다, 우리가 간다!
아이센가드로 운명과 함께 우리가 가노라!
운명과 함께 우리 가노라, 운명과 함께 우리 가노라!

그들은 남쪽으로 행진하며 그렇게 노래했다.

눈이 환하게 밝아진 브레갈라드가 대오에 휙 끼어들어 나무수염 옆에서 행진했다. 이제 그 오래된 엔트는 호빗들을 돌려받아 다시 어깨 위에 올려놓았다. 그들은 노래하는 부대의 선봉에서 두근대는 가슴을 안고 머리를 높이 치켜든 채 자랑스럽게 나아갔다. 결국 무슨 일이 벌어지리라 예상은 했지만, 막상 엔트들에게 닥친 변화에는 깜짝 놀랐다. 지금 그것은 오래도록 둑에 막혔던 큰물이 일거에 터지는 것처럼 갑작스러워 보였다.

"요컨대 엔트들로서는 꽤 빠르게 결정한 셈이죠, 안 그래요?"

잠시 노래가 멎고 손과 발로 장단 맞추는 소리만 들릴 때 피핀이 용기를 내 말했다.

"빠르다고? 훔! 그래, 그래, 정말 그렇군. 내가 기대한 것보다 빨랐어. 실로 나는 오랜 세월 동안 그들이 이처럼 분기되는 걸 본 적이 없어. 우리 엔트들은 분기되는 것을 좋아하지 않아. 게다가 우리의 나무들과 우리의 생명이 큰 위험에 처했다는 것이 분명하지 않으면 우리는 결코 움직이지 않는다고. 사우론과 바다의 인간들 사이의 전쟁 이후로는 그런 위험도 없었고. 우리를 이토록 분개하게 만든 것은—라룸—땔감이 필요하다는 식의 어설픈 변명조차도 없이 나무를 마구잡이로 베어 버린 오르크들의 작태라고. 그리고 마땅히 우리를 도왔어야 할 이웃의 배신도 한몫했지. 마법사들은 사리를 잘 아는 족속이야. 그럼, 그렇고말고. 그런 배반에 합당한 지독한 저주는 요정어, 엔트어 또는 인간들의 언어에도 없어. 사루만을 타도하라!"

그러자 이번에는 메리가 물었다.

"정말 아이센가드의 성문을 부술 건가요?"

"호, 흠, 음, 너희도 알다시피 우리는 할 수 있다고! 아마 너희는 우리가 얼마나 강한지 모를 거야. 혹시 트롤에 대해 들어 본 적이 있나? 대단히 강한 자들이지. 하지만 트롤은 거대한 암흑 속의 대적(大敵)이 엔트를 모방해 만든 위작일 뿐이야. 오르크가 요정의 위작이듯이 말이야. 우리는 트롤보다 강해. 우리의 몸은 대지의 뼈로 만들어졌어. 우리는 돌을 나무뿌리처럼 쪼갤 수 있어. 우리의 정신이 분기되면 더 빠르게, 훨씬 빠르게 쪼개 버려! 만약 우리가 사술(邪術)의 불이나 타격에 베어 넘겨지거나 파괴되지 않는다면 우리는 아이센가드를 산산조각 내고 그 성벽을 깨뜨려 돌무더기로 만들 수 있어."

"그러나 사루만이 당신을 저지하려 들걸요. 안 그래요?"

"흠, 아, 맞아, 그건 그렇지. 그 점을 잊지는 않았어. 실로 나는 그것에 대해 오랫동안 생각해 왔어. 그러나 보다시피 많은 엔트들이 나보다 젊어. 숱한 수령(樹齡)만큼이나. 지금 그들 모두가 분기되어 있고 그들의 마음은 온통 한 가지 일, 즉 아이센가드를 부수는 일에만 쏠려 있어. 하지만 머지않아 그들은 다시 생각하기 시작할 거야. 저녁 음료를 들 때면 그들도 좀 냉정해질 거야. 아마 한잔 생각이 간절해질 거라고! 그러나 지금은 행진하고 노래하게 놔둬! 우리는 갈 길이 멀고, 또 생각할 시간은 앞으로도 있으니까. 시작했다는 것이 대단한 거야."

한동안 나무수염은 다른 이들과 함께 노래하며 계속 행진했다. 그러나 얼마 후 그의 목소리가 중얼거림으로 가라앉더니 다시 침묵에 잠겼다. 피핀은 그의 오래된 이마가 주름지고 찌푸려지는 걸 볼 수 있었다. 마침내 그가 얼굴을 치켜들었고, 피핀은 그의 눈에 깃든 슬픈 표정을 볼 수 있었다. 슬프지만 불행하지는 않은 표정이었다. 마치 초록 불길이 생각의 어두운 샘 속으로 더욱 깊숙이 가라앉은 것처럼 그의 두 눈엔 빛이 있었다. 그가 천천히 말했다.

"물론 그럴 가능성도 있지, 내 친구들이여. 우리가 망할 수도 있고, 그렇다면 이것이 엔트들의 마지막 행진일 테지. 그러나 우리가 집에 틀어박혀 아무것도 하지 않는다 하더라도 하여튼 파멸은 조만간 우리를 찾아낼 거야. 그런 생각이 오랫동안 우리의 가슴에 자라오고 있었고, 그래서 지금 우리가 행진하고 있는 거야. 성급한 결단이 아니야. 이제 엔트들의 마지막 행진은 적어도 노래 한 곡으로 기릴 만한 가치는 있을 거야. 그럼."

그가 한숨을 내쉬며 말을 이었다.

"우리는 사라지기 전에 다른 종족들을 도울 수 있어. 그럼에도 나는 엔트부인들에 대한 노래들이 실현되는 것을 봤으면 좋겠어. 나는 핌브레실을 다시 봤으면 무척이나 좋겠어. 하나 내 친구들이여, 노래도 나무처럼 때가 되어야만, 그리고 제 나름의 방식대로만 열매를 맺어. 종종 노래는 때 아니게 시들기도 하지."

엔트들은 엄청난 속도로 계속 나아갔다. 그들은 남쪽으로 푹 꺼진 길고 우묵한 땅으로 내려갔다가 이번엔 위쪽으로 오르기 시작해 서쪽의 높은 능선까지 계속 올라갔다. 숲은 끊어졌고, 그들은 여기저기 흩어진 자작나무의 무리들을 지나, 그다음엔 수척한 소나무 몇 그루만 자라는 벌거벗은 비탈들에 이르렀다. 해는 앞의 어둑한 언덕 뒤편으로 떨어졌다. 잿빛 땅거미가 깔렸다.

피핀이 뒤를 돌아보았다. 엔트들의 수가 불어났다—아니면 무슨 일이 일어나고 있단 말인가? 그에게는 그들이 가로지른 어스레한 벌거벗은 능선들이 있어야 할 곳이 작은 숲들로 가득 차 있다는 생각이 들었다. 한데 그것들이 움직이고 있지 않은가! 팡고른의 나무들이 깨어나고 그 숲이 일어나 구릉지를 넘으며 행진하여 전장으로 간다는 게 가당키나 한 일인가? 그는 혹시 졸음과 그림자 때문에 잘못 본 게 아닌가 싶어 두 눈을 비볐다. 그러나 그 거대한 잿빛의 형상들은 꾸준히 앞으로 움직였다. 숱한 가지들을 스치는 바람 같은 소음이 일었다. 엔트들은 이제 능선 꼭대기에 가까워지고 있었고 모든 노랫소리가 멎었다. 밤이 내리고 정적이 깔렸다. 엔트들의 발길 아래 대지가 희미하게 떨리는 소리와 바람에 날려 떠도는 숱한 잎들이 속삭이는 듯 살랑거리는 소리 외엔 어떤 것도 들리지 않았다. 드디어 그들은 정상에 서서 어두운 분지를 내려다보았다. 그곳은 산맥 끝자락의 거대한 틈새로, 그 이름은 난 쿠루니르, 바로 사루만의 계곡이었다.

"아이센가드에 밤이 드는군."

나무수염이 말했다.

Chapter 5

백색의 기사

"뼛속까지 으스스 떨려."

김리가 두 팔을 아래위로 움직이고 발을 구르며 말했다. 마침내 날이 밝았던 것이다. 동틀 때 일행은 형편이 되는 대로 아침을 지어 먹었다. 이제 점차 자라나는 빛 속에서 그들은 다시 호빗들의 자취를 수색할 준비를 갖추고 있었다.

"그 노인을 잊지 말라고! 신발 자국이라도 찾을 수 있으면 기분이 좀 낫겠어."

김리의 말에 레골라스가 물었다.

"그런다고 해서 어떻게 기분이 나아진다는 거야?"

"자국을 남기는 발의 소유자라면 겉보기처럼 평범한 노인일 수 있으니까."

김리가 대답했다.

"그럴 수도." 요정이 말했다. "그러나 여기선 무거운 신발도 아무런 자국을 남기지 않을 수 있어. 풀이 길고 탄력이 있거든."

김리가 다시 대답했다.

"순찰자에겐 그런 것도 별 문제가 안 될 거야. 아라고른은 구부러진 잎 하나로도 능히 흔적을 짚어 낸다고. 그렇지만 난 그가 어떤 흔적을 찾아낼 걸로 기대하지 않아. 어젯밤 우리가 본 것은 사루만의 사악한 환영이었으니까. 아침 햇살 아래서 본다 하더라도 난 그렇다고 확신해. 어쩌면 지금도 그의 두 눈은 팡고른숲에서 우리를 내려다보고 있을지 몰라."

아라고른이 대답했다.

"그럴 법한 일이지만 난 그렇게 확신하진 않아. 난 말들을 생각하고 있어. 김리, 지난밤에 자네가 말하길, 말들이 겁에 질려 달아났다고 했어. 하지만 난 그렇게 생각하지 않았네. 레골라스, 자넨 그들의 소리를 들었나? 자네에겐 그들의 울음소리가 공포에 질린 짐승들처럼 들리던가?"

레골라스가 말했다.

"아니요, 난 그들의 소리를 똑똑히 들었소. 어둠과 우리 자신의 두려움만 아니었더라면, 난 그들을 어떤 갑작스러운 반가움에 날뛰는 짐승들로 짐작했을 거요. 말들이 오래도록 보고 싶어 했던 친구를 만날 때 내는 그런 소리였소."

"나도 그렇게 생각했어. 하지만 말들이 돌아오지 않으면 나도 그 수수께끼를 풀 순 없네. 자! 빛이 빠르게 커 가고 있어. 먼저 살피고 추리는 나중에 하자고! 우린 여기, 우리의 야영지 부근에서 주위의 모든 걸 꼼꼼히 살피기 시작해 숲을 향해 비탈을 올라갈 거야. 우리가 간밤의 방문자에 대해 뭐라고 생각하든 우리의 용무는 호빗들을 찾는 거야. 만일 그들이 요행히 도망쳤다면 나무들 속으로 숨어들었을 게 틀림없어. 그러지 않았다면 눈에 띄었을 테니까. 만약 우리가 여기와 숲의 경계 사이에서 아무것도 못 찾으면 그땐 마지막으로 전장과 잿더미를 수색할 거야. 그러나 그쪽엔 별 희망이 없어. 로한의 기병들이 해야 할 일을 너무 잘 해냈으니까."

한동안 동지들은 땅바닥을 기며 더듬었다. 그들 머리 위로 마른 잎들이 휘주근히 매달려 냉랭한 동풍에 덜걱거리는 나무 하나가 음산하게 서 있었다. 아라고른은 천천히 움직이며 동료들에게서 떨어져 갔다. 그는 강둑 근처의 횃불 잿더미에 다다라, 전투가 벌어졌던 야산을 향해 바닥을 되짚어 가기 시작했다. 갑자기 그는 몸을 구부리고 낮게 숙여 풀밭에 얼굴을 묻다시피 했다. 이윽고 그가 나머지 둘을 불렀다. 그들은 급히 달려왔다.

"마침내 여기서 우리는 소식을 찾은 거야!"

아라고른이 말했다. 그는 그들이 볼 수 있도록 부서진 잎 하나를 치켜들었다. 황금색을 띤 크고 창백한 잎으로 이제 시들어 갈색으로 변하고 있었다.

"로리엔의 말로른 잎이야. 이 위에 작은 빵 부스러기들이 있고 풀밭에도 몇 개 더 있어. 그리고 보라고! 끊어진 끈 조각들이 가까이에 놓여 있어!"

"그리고 여기엔 끈을 자른 칼도 있네!"

김리가 말했다. 그가 몸을 구부려 빽빽한 풀더미 속에서 작고 깔쭉깔쭉한 칼날 하나를 끄집어냈다. 육중한 발길에 짓밟혀 그 풀더미 속으로 떠밀린 것이었다. 떨어져 나간 칼자루도 옆에 있었다.

"이건 오르크들의 무기야."

김리가 그것을 조심스럽게 들고 조각된 손잡이를 역겹게 바라보며 말했다. 가늘게 뜬 눈과 음흉한 추파를 던지는 입이 달린 무시무시한 머리통 같은 게 조각되어 있었다.

레골라스가 외쳤다.

"이것 참, 이제껏 마주친 것들 중에 가장 야릇한 수수께끼로군. 결박된 포로가 오르크들과 둘러싼 기병들 모두를 빠져나가다니. 다음으로 그는 여전히 탁 트인 곳에 있는 동안에도 발길을 멈추고 오르크의 칼로 결박을 잘라 내. 하지만 어떻게? 그리고 왜? 두 다리가 묶여 있었을 텐데 어떻게 걸은 거야? 그리고 양팔이 묶여 있었을 텐데 어떻게 칼을 쓴 거야? 만일 어느 쪽도 묶여 있지 않았다면 끈을 자를 건 뭐냐 말이야? 그러고 나서 자신의 수완에 만족한 듯 주저앉아 호젓하게 약간의 여행식을 먹었다니! 말로른 잎이 아니더라도 이 점만으로도 이들이 호빗이었다는 걸 능히 알 수 있어. 내가 추정컨대, 그 후 그는 두 팔을 날개로 바꿔 노래를 부르며 나무들 속으로 날아가 버렸어. 그를 찾는 건 쉬울 거야. 즉, 우리에게도 날개만 있으면 된다고!"

그러자 김리가 말했다.

"하여튼 여기엔 요상한 일들이 넘칠 지경이야. 그 노인이 하고 있던 짓이 마술이 아니고 뭐겠어? 아라고른, 레골라스의 풀이를 어떻게 생각하오? 더 나은 풀이를 할 수 있겠소?"

"어쩌면, 할 수도 있을 거야." 아라고른이 빙그레 미소를 지으며 말했다. "자네들이 고려하지 않은 다른 자취들이 가까이에 있어. 그 포로가 호빗이고 여기 오기 전에 분명 다리와 팔 중 하나가 자유로웠다는 것에 나도 동의해. 내 추정으로는 자유로운 건 팔이었을 것 같아. 그럴 경우 수수께끼를 풀기가 더 쉬워지지. 이 표식들을 보면 그는 어떤 오르크에 의해 이 지점까지 운반되었으니까. 저기 몇 발짝 떨어진 곳에 피가 흘러 있어. 오르크의 피야. 이 현장 주변에는 깊이 파인 말발굽 자국이 수두룩하고 어떤 무거운 것이 질질 끌려간 형적도 있어. 그 오르크는 기병들에 의해 살해되었고, 그 시체는 나중에 횃불 있는 데까지 끌려갔어. 그러나 그 호빗이 발각되지 않은 걸 보면 그는 '사방이 탁 트인 곳'에 있지 않았어. 게다가 밤이었고, 그는 여전히 요정의 망토를 걸치고 있었으니까. 기진맥진하고 배가 고팠으니 그가 쓰러진 적의 칼로 결박을 끊은 다음 사라지기 전에 쉬면서 뭘 좀 먹었다는 건 의아해할 일이 아니지. 그렇지만 아무런 무구나 꾸러미도 없이 달아나긴 했어도 호주머니에 약간의 렘바스를 갖고 있었다는 걸 알게 되니 마음이 좀 놓여. 어쩌면 그게 호빗다운 점이지. 내가 그라고 말하는 걸 유념하게. 메리와 피핀이 여기 함께 있었을 걸로 희망하고 추측하지만 그걸 확실하게 보여 주는 건 아무것도 없다고."

"그런데 당신은 어떻게 그 친구들 중 하나의 손이 자유로워졌다고 보는 거요?"

김리의 물음에 아라고른이 대답했다.

"그건 나도 알 수 없지. 왜 오르크 하나가 그들을 빼돌리고 있었던 건지도 모르고. 그들이 탈출하는 걸 도우려는 게 아니었던 건 분명하겠지. 아니, 이제야 처음부터 날 쩔쩔매게 만들었던 문제가 이해되기 시작하는 것 같아. 보로미르가 쓰러졌을 때 왜 오르크들이 메리와 피핀의 생포로 만족했을까? 놈들은 나머지 우리를 찾으려 애쓰지도 않았고 우리 야영지를 공격하지도 않았어. 오히려 놈들은 최대한의 속도로 아이센가드를 향해 갔어. 놈들이 반지의 사자와 그의 충직한 동무를 붙잡았다고 생각한 걸까? 난 그렇다고 생각하지 않아. 설령 스스로 그만큼은 알고 있었다 하더라도 감히 주군들이 그렇게 명백한 명령을 오르크들에게 내리진 않을 거야. 즉, 그들이 놈들에게 반지에 대해 까놓고 말하진 않았을 거라고. 놈들은 믿을 만한 수하가 아니잖아. 하지만 오르크들이 무슨 대가를 치르더라도 호빗들을 산 채로 잡아 오라는 명령은 받았다고 생각해. 그런데 전투가 벌어지기 전에 그 귀한 포로들을 데리고 몰래 달아나려는 시도가 있었어. 아마 배반 같은 걸 텐데 그런 족속에겐 있을 법한 일이지. 어떤 덩치 크고 대담한 오르크가 자신만의 목적으로 홀로 그 전리품을 갖고 도망치려 했었을 거야. 자, 이게 내가 추리해 본 사연이야. 사연을 달리 꾸며 볼 수도 있을 거야. 그러나 어떤 경우든 우린 이 점은 믿을 수 있어. 즉, 우리 친구들 중 적어도 하나가 도망쳤다는 거야. 로한으로 돌아가기 전에 그를 찾아 돕는 게 우리의 과업이네. 그가 필요에 쫓겨 저 어두운 곳으로 들어갔으니 우리도 팡고른숲에 기가 꺾여선 안 돼."

"난 어느 쪽이 더 꺼려지는지 모르겠어. 팡고른숲인지, 아니면 걸어서 로한을 헤쳐 가야 할 그 기나긴 길에 대한 아득함인지."

김리가 말했다.

"그렇다면 숲으로 들어가세."

아라고른이 말했다.

머잖아 아라고른은 새로운 자취를 찾았다. 엔트강 둑 근처의 한 지점에서 발자국들을 마주쳤던 것이다. 호빗의 발자국들이지만 너무 옅어서 그리 도움되는 것은 아니었다. 그랬다가 다시 숲의 가장자리에 선 거대한 나무의 줄기 아래에서 더 많은 발자국들이 발견되었다. 대지가 맨살로 드러나고 메마른 상태여서 많은 걸 내비쳐 주진 않았다.

"적어도 호빗 하나가 한동안 여기 서서 뒤를 돌아봤고, 그다음에 그는 방향을 돌려 숲으로 들어갔어."

아라고른의 말에 김리가 대답했다.

"그럼 우리도 들어가야지. 하지만 난 이 팡고른숲의 생김새가 마음에 들지 않아. 게다가 우린 조심하라는 말도 들었어. 우리의 추적이 어디라도 좋으니 다른 데로 이어졌으면 좋겠어!"

"꾸며 낸 이야기들이 뭐라 말하든 난 이 숲이 불길한 느낌을 준다고 생각진 않아."

레골라스가 말했다.

"그래, 불길하지 않아. 혹 불길한 게 있다 해도 저 멀리 있어. 속이 시커먼 나무들이 있는 어두운 곳들의 희미한 메아리만이 포착돼. 우리 근처엔 아무 악의도 없어. 그러나 경계와 노여움의 기운은 있네."

그는 마치 귀를 기울이고 눈을 크게 뜬 채 어둠 속을 응시하듯 앞으로 몸을 수그린 채 숲의 처마 아래 섰다.

"숲이 우리한테 노여워할 까닭이 없어." 김리가 말했다. "난 아무런 해도 끼치지 않았다고."

"그렇다면 됐잖아." 레골라스가 말했다. "하지만 그럼에도 불구하고 숲은 해를 입었어. 내부에서 무슨 일이 일어나고 있거나 혹은 일어날 거야. 팽팽한 긴장이 느껴지지 않아? 숨이 막힐 정도야."

난쟁이가 말했다.

"공기가 숨 막힐 듯 갑갑해. 이 숲은 어둠숲보단 적지만 곰팡내가 나고 추레해."

요정이 말했다.

"오래된 거지, 아주 오래. 너무 오래돼서 내가 다시 젊어진 듯한 기분마저 드는걸. 자네들 같은 어린애들과 원정에 나선 이래로 느껴 보지 못했던 기분이야. 이 숲은 오래되었고 기억들로 가득 차 있어. 평화로운 시절에 여길 왔더라면 행복할 수 있었을 텐데."

"어련하시겠수." 김리가 씩씩거리며 대꾸했다. "요정들은 어떤 종류든 다 이상하지만, 어쨌든 자넨 숲요정이니 말이야. 그렇지만 자네가 있어 마음이 놓이긴 해. 자네가 가는 곳이면 나도 갈 거야. 그러나 자네의 활을 언제든 쏠 수 있게 준비해 둬. 난 혁대에 맨 도끼를 느슨하게 해 둘 테니. 물론 나무에다 쓸 건 아니고."

그가 머리 위의 나무를 올려다보며 서둘러 덧붙였다.

"단지 난 준비된 대거리도 없이 불시에 그 노인을 다시 만나고 싶지 않을 따름이야. 자, 가자고!"

그 말과 함께 3인의 추격자는 팡고른숲으로 뛰어들었다. 레골라스와 김리는 자취 추적을 아라고른에게 맡겼다. 그로서도 눈여겨볼 만한 것은 거의 없었다. 숲 바닥은 메마르고 바람에 쌓인 잎들로 덮여 있었다. 그러나 그는 도망자들이 물가에 머물 거라 추정했기에 종종 개울의 둑들로 돌아갔다. 그러던 중 그는 메리와 피핀이 물을 마시고 발을 씻은 장소를 찾아냈다. 거기엔 누가 보아도 분명하게 두 호빗의 발자국들이, 하나가 다른 쪽보다 좀 더 작은 발자국들이 찍혀 있었다. 아라고른이 말했다.

"이건 희소식인걸. 그런데 이 흔적은 이틀 된 거야. 그러니 호빗들은 이곳을 이미 떠난 거야."

그러자 김리가 말했다.

"그렇다면 이제 우린 어쩌지? 팡고른의 성채 전부를 헤치며 그들을 추적할 순 없어. 우린 식량도 변변히 갖추지 못하고 왔어. 만약 그들을 곧 찾지 못하면, 아무 도움이 되지 못할 거라고. 그들 곁에 주저앉아 함께 굶주림으로써 우리의 우정을 보여 주는 것 말고는."

아라고른이 말했다.

"정녕 우리가 할 수 있는 일이 그뿐이라면 그렇게라도 해야지. 계속 가자고."

그들은 마침내 나무수염의 언덕의 가파르고 험준한 끝자락에 이르러 울퉁불퉁한 계단으로 높직한 바위 턱까지 이어진 암벽을 올려다보았다. 빠르게 몰려다니는 구름장들 사이로 희미한 햇빛이 비치고 있어 이젠 숲의 잿빛과 황량함은 덜했다.

레골라스가 말했다.

"올라가 주위를 살펴보자고! 난 아직 숨이 가쁜 느낌이야. 잠시라도 더 자유로운 공기를 맛보고 싶어."

동지들이 위로 기어올랐다. 천천히 움직이는 아라고른은 맨 뒤에서 계단과 바위 턱 들을 세심하게 훑고 있었다.

"난 호빗들이 여기로 올라갔다고 확신해. 그런데 이해가 안 되는 다른 표식들, 아주 이상한 표식들이 있어. 그들이 다음에 어느 길로 갔는지 추정하는 데 도움이 될 어떤 것을 이 바위 턱에서 볼 수 있을지 궁금하군."

그는 일어서서 주위를 돌아봤지만 쓸 만한 것을 보진 못했다. 바위 턱은 남쪽과 동쪽을 향했지만, 시야가 트인 건 동쪽뿐이었다. 거기서 그는 그들이 지나온 평원을 향해 줄줄이 내려선 나무들의 상단들을 볼 수 있었다.

레골라스가 말했다.

"우리가 길을 멀리 돌아서 왔군. 만약 둘째 날이나 셋째 날에 대하를 떠나 서쪽으로 길을 잡았더라면 우리 모두가 함께 안전하게 여기 올 수 있었을 텐데. 하지만 끝에 다다르기 전에 자신이 택한 길이 어디로 이를지 예견할 수 있는 이는 거의 없지."

"그러나 우린 팡고른숲으로 오길 바라진 않았어."

김리가 투덜거리자 레골라스가 말했다.

"그렇지만 우린 여기 와 있어. 그물에 딱 걸려들었고, 봐!"

"뭘 보란 거야?"

"나무들 사이의 저기 말이야."

"어디? 난 요정의 눈을 갖고 있지 않아."

"쉬! 목소리를 더 낮춰, 봐!"

레골라스가 손가락으로 숲속을 가리키며 말했다.

"저 아래 숲, 방금 우리가 지나온 저 뒤쪽 길에. 그자야. 그가 이 나무 저 나무를 지나가는 모습이 안 보여?"

"보여! 이제 보여!" 김리가 쉭쉭거렸다. "그것 봐요, 아라고른! 내가 경고하지 않았소? 저기 그 노인이 있소. 온통 더러운 회색 누더기를 걸치고. 저 꼴이니 내가 처음에 그를 볼 수 없었지."

아라고른이 눈을 돌려 허리가 굽은 형체 하나가 천천히 움직이는 것을 보았다. 그것은 멀지 않은 곳에 있었다. 아무렇게나 만든 지팡이에 몸을 기대고 지친 듯 걷고 있는 늙은 거지 같아 보였다. 그는 머리를 숙인 채 그들 쪽을 보지 않았다. 다른 땅에서였다면 그들은 친절한 말을 건네며 노인을 맞이했을 것이었다. 하지만 지금 그들은 각기 숨겨진 힘—혹은 위협을 쥔 무언가가 다가오고 있다는 야릇한 예감에 사로잡혀 말없이 서 있었다.

노인의 형체가 한 걸음 한 걸음 가까이 다가오는 모습을 김리는 한동안 두 눈을 크게 뜨고 응시했다. 그러다가 더는 견딜 수 없는 듯 갑자기 큰 소리로 외쳤다.

"레골라스, 자네 활! 활을 당겨! 준비해! 사루만이야. 그가 말을 하거나 우리에게 마법을 걸도록 내버려 둬선 안 돼! 먼저 쏴!"

레골라스가 천천히, 그리고 마치 어떤 다른 의지의 저항을 받는 것처럼 활을 들어 당겼다. 그는 손에 화살 하나를 느슨하게 쥐었지만 그걸 시위에 메기진 않았다. 아라고른은 말없이 서 있었고, 그의 얼굴은 경계와 주시에 여념이 없었다.

"왜 기다리는 거야? 뭐가 잘못됐어?"

김리가 나직이 쉭쉭대며 말했다.

"레골라스가 옳아. 아무리 두려움이나 의심이 든다고 한들 아무 눈치도 채지 못하고 싸우자는 통고도 받지 못한 저런 노인을 쏘는 건 삼가야지. 지켜보며 기다리자고!"

그 순간 노인은 걸음을 빨리하더니 놀라운 속도로 암벽의 기슭까지 왔다. 그다음 갑자기 그가 위를 쳐다보았고, 그들은 내려다보며 꼼짝도 않고 서 있었다. 아무런 소리도 없었다.

그들은 노인의 얼굴을 볼 수 없었다. 두건을 쓴 데다 두건 위로 챙이 넓은 모자를 쓰고 있어 코끝과 회색 수염을 빼곤 모든 이목구비가 그늘져 있었다. 그러나 아라고른은 두건에 덮인 이마의 그림자 속으로부터 예리하고 형형한 눈빛을 포착한 듯한 느낌이 들었다.

마침내 노인이 침묵을 깨뜨렸다.

"만나서 정말 반갑네, 내 친구들이여. 자네들에게 말을 하고 싶군. 자네들이 내려올 텐가, 아니면 내가 올라갈까?"

대답을 기다리지 않고 그가 오르기 시작했다. 김리가 소리쳤다.

"지금이야! 그를 멈추게 해, 레골라스!"

그러자 노인이 말했다.

"내가 자네들에게 말하고 싶다고 하지 않았나? 그 활 치우게, 요정 선생!"

레골라스의 두 손에서 활과 화살이 떨어졌고, 두 팔이 옆구리에 헐겁게 매달렸다.

"그리고 자네, 난쟁이 선생, 내가 오를 때까지 부디 그 도낏자루에서 손을 떼라고! 그런 대거리는 필요 없을 테니까."

노인이 염소처럼 날렵하게 울퉁불퉁한 계단을 껑충껑충 오를 동안 김리는 움찔하더니 이내 돌처럼 가만히 서서 빤히 쳐다볼 뿐이었다. 모든 피로가 그에게서 떠나 버린 것 같았다. 그가 바위 턱에 올라섰을 때 그의 회색 누더기에 가렸던 어떤 의복이 일순 드러난 것처럼 스치는 듯 너무나 짧은 섬광이, 백색의 광채가 번득였다. 침묵 속에 김리가 들이쉬는 숨소리가 요란한 쉬쉬거림처럼 들릴 지경이었다.

"다시 말하네만, 반갑네!"

노인이 그들 쪽으로 다가오며 말했다. 그는 몇 미터 떨어진 곳에 서서 머리를 앞으로 내민 채 지팡이 위로 몸을 구부리고, 두건 밑에서부터 그들을 빤히 쳐다보았다.

"대체 이런 곳에서 뭘 하고 있는 겐가? 요정 하나, 인간 하나, 난쟁이 하나가 죄다 요정들의 차림새를 하고서 말이야. 분명 그 모든 것 뒤엔 들어 볼 만한 곡절이 있을 테지. 그런 일은 여기서 흔히 보는 게 아니니까."

아라고른이 물었다.

"당신은 팡고른을 잘 아는 사람처럼 말씀하시는군. 그렇소?"

"잘 알진 못하지." 노인이 말했다. "제대로 알려면 몇 번의 삶으로도 충분치 않을 걸세. 하지만 난 가끔씩 여길 오지."

"당신의 이름과, 당신이 우리에게 말하고 싶은 게 뭔지 들을 수 있겠소? 아침도 거의 지났고 우리에겐 시간을 다투는 용무가 있소."

"내가 하고 싶은 말은 이미 다 했네. 자네들이 뭘 하고 있냐는 것, 또 자네들이 겪은 어떤 사연을 말해 줄 수 있냐는 거지. 내 이름으로 말할 것 같으면!"

그가 길고 나직하게 웃으며 말을 끊었다. 그 소리에 아라고른은 전율이, 야릇한 차가운 전율이 온몸을 훑고 지나는 것을 느꼈다. 그렇지만 그 느낌은 두려움이나 공포는 아니었다. 오히려 그건 느닷없이 피부로 파고들어 살을 에는 대기나, 어수선한 잠에 빠진 이의 뺨을 때려 깨우는 차가운 빗줄기 같은 것이었다.

"내 이름이라!" 노인이 다시 말했다. "이미 짐작하지 않았나? 자네들이 이전에 그걸 들어 본 적이 있을 거라 생각해. 그래, 자네들은 전에 들은 적이 있지. 그건 그렇고, 자네들의 사연은 뭔가?"

3인의 동지는 말없이 서서 아무 대답도 하지 않았다.

"용무를 말해도 되는 건지 의구심이 들기 시작하는 이들이 있군. 다행히도 난 그것에 대해 웬만큼 알아. 내가 믿기로, 자네들은 두 젊은 호빗의 발자국을 추적하고 있어. 그래, 호빗들 말이야. 마치 그런 이상한 이름은 결코 들어 보지 못한 것처럼 멀뚱멀뚱 쳐다보지 말라고. 자네들도 나도 모두 들어 봤으니 말이야. 자, 그들은 이틀 전 여기에 올랐다가 예상치 못한 누군가를 만났어. 이 말을 들으니 마음이 좀 놓이나? 그리고 자네들은 그들이 어디로 간 건지 알고 싶어 하는 거잖아? 자, 자, 그것에 대해선 내가 소식을 좀 알려 줄 수도 있을 거야. 그런데 우리가 왜 이렇게 서 있는 게야? 알다시피 자네들의 용무는 자네들이 생각하는 만큼 급박하지 않아. 앉아서 마음을 편히 갖자고."

노인이 몸을 돌려 뒤편 벼랑 기슭의 낙석과 바위 더미 쪽으로 걸어갔다. 즉시, 마치 마법이 풀린 것처럼 다른 이들이 긴장을 풀고 몸을 움직였다. 김리의 손이 곧장 도낏자루로 뻗쳤다. 아라고른은 칼을 뽑았고 레골라스는 활을 집어 들었다.

노인은 신경 쓰지 않고 그냥 몸을 구부려 낮고 평평한 돌 위에 앉았다. 그때 그의 회색 망토가 벌어졌고, 그들은 속이 온통 흰색 차림인 걸 분명히 보았다.

"사루만이야!" 김리가 손에 도끼를 든 채 그를 향해 벌떡 내달리며 외쳤다. "말해! 우리 친구들을 어디에 숨겼는지 말하라고! 그들을 어떻게 한 거야? 말해! 그러지 않으면 네 모자에다 아무리 마법사라 해도 어떻게 해 보기 난감할 도끼 자국을 새겨 줄 테다!"

김리가 상대하기에 노인은 너무 빨랐다. 그는 벌떡 일어서더니 커다란 바위 꼭대기로 몸을 날렸다. 별안간 키가 커지고 그들 위로 우뚝 솟은 채 그가 거기 서 있었다. 그의 두건과 회색 누더기가 내팽개쳐졌다. 하얀 의복이 빛났다. 그가 지팡이를 치켜들자 김리의 손아귀에서 도끼가 공중으로 튀어 올라 쨍하고 울리며 바닥에 떨어졌다. 까딱도 하지 않는 손에 뻣뻣하게 쥐어진 아라고른의 검이 느닷없는 불길로 타올랐다. 레골라스가 큰 소리로 외치며 화살을 쏘았지만 그것은 불길의 섬광 속에 사라졌다.

레골라스가 외쳤다.

"미스란디르! 미스란디르!"

"자네에게 다시 말하지만 반갑네, 레골라스!"

노인이 말했다. 모두가 그를 응시했다. 그의 머리칼은 햇빛에 반짝이는 눈처럼 하얗고, 옷은 하얗게 번쩍이고 짙은 눈썹 아래의 두 눈은 태양 광선처럼 형형하며 손에는 권능이 있었다. 그들은 경이, 환희, 두려움 사이를 오가며 할 말을 잃고 서 있었다.

마침내 아라고른이 몸을 꿈틀거리며 말했다.

"간달프! 모든 희망을 접고 있었는데 당신은 정말로 곤궁할 때 우리에게 돌아오셨군요! 내 눈에 뭐가 씌었던 건가요? 간달프!"

김리는 아무 말도 하지 않고 무릎 꿇고 주저앉으며 손을 들어 두 눈에 그늘을 만들었다.

"간달프," 노인은 마치 오랜 기억으로부터 오래도록 쓰이지 않은 낱말을 다시 불러내듯 되풀이했다. "그래, 그 이름이야. 나는 간달프였어."

그는 바위에서 걸어 내려와 회색 망토를 집어 들고 몸에 둘렀다. 마치 쭉 빛나고 있던 태양이 방금 구름에 다시 가려진 것 같았다.

"그래, 자네들은 여전히 날 간달프라고 불러도 좋네."

그 목소리는 그들의 오랜 친구이자 길잡이의 목소리였다.

"일어서게, 훌륭한 친구 김리여! 자네가 잘못한 건 없고 또 내가 해를 입은 것도 없어. 친구들이여, 실로 자네들 중 누구도 날 해칠 수 있는 무기를 갖고 있진 않아. 기분 풀게! 우린 다시 만났잖아. 중대한 기로에서 말이야. 거대한 폭풍이 오고 있어. 그러나 물때는 이미 바뀌었어."

그가 김리의 머리 위에 손을 얹자 난쟁이가 올려다보며 갑자기 웃음을 터뜨렸다.

"간달프! 그런데 당신은 온통 하얗군요!"

"그래, 난 이제 하얗다네. 실로 내가 사루만이라고 말할 만도 해, 본모습대로의 사루만 말이야. 그건 그렇고, 자, 자네들의 사정을 말해 줘! 우리가 헤어진 이후로 난 불과 깊은 물을 거쳤어. 난 내가 안다고 생각한 많은 걸 잊어버렸고 또 내가 잊었던 많은 걸 다시 배웠네. 난 멀리 떨어진 많은 것들을 볼 수 있지만 바로 가까이 있는 많은 것들은 볼 수 없어. 자네들이 겪은 일들을 말해 달라고!"

"뭘 알고 싶은가요?" 아라고른이 말했다. "우리가 다리 위에서 헤어진 후로 있었던 모든 걸 말하자면 긴 이야기가 될 겁니다. 먼저 우리에게 호빗들에 관한 소식을 알려 주지 않겠어요? 당신은 그들을 찾았나요? 그리고 그들은 무사한가요?"

"아니, 난 그들을 찾지 못했어. 에뮌 무일의 계곡 위로 어둠이 깔려 있어 독수리들이 알려 줄 때까지 난 그들이 포로 신세가 된 걸 몰랐지."

그러자 레골라스가 외쳤다.

"독수리요! 난 독수리 한 마리가 높이, 멀리 떠 있는 걸 봤어요. 마지막으로 본 게 사흘 전 에뮌 무일 상공이었지요."

"맞아, 그게 바로 오르상크에서 나를 구출해 준 바람의 왕 과이히르야. 난 그를 앞서 보내 대하를 주시하고 소식을 수집하게 했어. 그의 시력은 예리하지. 그렇지만 그도 언덕과 나무 아래로 지나는 모든 걸 볼 순 없어. 어떤 것들은 그가 보았고 또 어떤 것들은 내가 직접 보았지. 반지는 나의 도움 또는 깊은골에서 출발한 원정대 누구의 도움도 벗어나 버렸어. 그것은 하마터면 대적에게 드러날 뻔했다가 간신히 위험을 피했어. 내가 그 일에서 역할을 좀 했지. 내가 높은 곳에 앉아 암흑의 탑과 겨뤘더니 어둠이 지나가더군. 그다음에 난 피곤했어. 몹시도 피곤했지. 그래서 음울한 생각에 잠겨 오랫동안 걸었어."

"그럼 당신은 프로도에 대해 알겠군요. 그의 사정은 어떤가요?"

김리의 물음에 간달프가 조용히 대답했다.

"난 알지 못해. 하나의 크나큰 위험을 벗어나긴 했지만 아직도 많은 위험이 그의 앞에 놓여 있어. 그는 홀로 모르도르로 가기로 결심했고 또 출발했어. 그게 내가 말할 수 있는 전부라네."

"홀로가 아니지요. 우린 샘이 그와 동행한다고 생각해요."

레골라스가 말했다. 그 말에 간달프의 눈이 번득이고 얼굴엔 미소가 떠올랐다.

"샘이 같이 갔다고? 정말 같이 갔어? 이거 새로운 소식인걸. 하지만 놀랍진 않아. 잘됐어! 아주 잘

된 일이야! 자네들이 내 마음을 가볍게 해 주는군. 자네들의 이야기를 더 많이 들려주게. 자, 내 곁에 앉아서 자네들 사연을 말해 주게."

동지들은 간달프의 발치께 바닥에 앉았고, 아라고른이 사연을 설명했다. 한참 동안 간달프는 아무 말도 하지 않았고 또 어떤 질문도 던지지 않았다. 그는 두 손을 무릎 위에 펴 놓고 눈을 감고 있었다. 마침내 아라고른이 보로미르의 죽음과 대하에서의 그의 마지막 여정에 대해 말하자 노인이 한숨을 지었다.

"내 친구 아라고른이여, 자네는 자신이 알거나 추정하는 모든 걸 말하진 않았어. 가엾은 보로미르! 그에게 무슨 일이 있었는지 난 알 수가 없었네. 전사이자 인간들의 영주인 그런 사람에게 그건 격심한 시련이었소. 그가 위험에 처했다고 갈라드리엘이 내게 말해 주었어. 그렇지만 종국에는 그가 헤어났어. 난 그게 기뻤다네. 젊은 호빗들이 우리와 함께 온 것이 단지 보로미르를 위한 것이라 해도 헛된 일은 아니었어. 그러나 그들이 해야 할 역할은 그뿐이 아니야. 그들은 팡고른에 오게 되었지만 그들이 온 것은 작은 돌들이 떨어져 산사태를 일으키는 것과도 같아. 우리가 여기서 말하고 있는 바로 이참에도 난 우르르 무너져 내리는 첫 소리를 듣네. 그 둑이 터질 때 사루만은 집을 벗어나 있다 휩쓸리지 않는 게 좋을 거야!"

"소중한 친구여, 한 가지만은 변하지 않았군요." 아라고른이 말했다. "여전히 수수께끼 같은 말을 하시오."

"뭐라? 수수께끼 같다고?" 간달프가 말했다. "아니! 혼잣말을 좀 크게 하고 있었던 거라네. 노인들의 습관이지. 좌중의 가장 현명한 사람을 골라 말하는 것 말이지. 젊은이들이 요구하는 긴 설명을 한다는 건 지치는 일이거든."

간달프는 웃었지만 지금 그 소리는 반짝이는 햇살처럼 따스하고 다정해 보였다. 그러자 아라고른도 말했다.

"옛 가문들의 셈 방식으로도 나는 더 이상 젊지 않습니다. 내게 보다 명료하게 마음을 열어 주지 않으시겠습니까?"

"그렇다면 날더러 무슨 말을 하라는 건가?"

간달프가 이렇게 말하곤 잠시 멈추어 생각에 잠겼다.

"내 마음을 속 시원하게 알고 싶다면, 요컨대 사태를 바라보는 현시점의 내 시각은 이렇네. 물론 대적은 반지가 돌아다닌다는 것과 호빗 하나가 그걸 운반한다는 걸 오래전부터 알고 있었지. 이미 그는 깊은골에서 출발한 우리 원정대의 수, 그리고 우리 각자의 종족도 알고 있지. 그러나 그는 아직 우리의 목적을 명확하게 인지하진 못해. 그는 우리 모두가 미나스 티리스로 가고 있다고 생각할 테지. 그 자신이 우리의 입장이라면 그렇게 했을 테니까. 그리고 그의 지혜를 기준으로 하면 그건 자신의 권력에 대한 중대한 타격이라고 생각했을 거야. 실로 그는 어떤 강대한 자가 갑자기 나타나 반지를 휘두르며 전쟁으로 그를 공격해 자신을 끌어내리고 그 자리를 차지하지나 않나 싶어 크나큰 불안에 싸여 있어. 우리가 그를 끌어내리기를 원하지만 그의 자리를 차지하길 원하는 이가 아무도 없다는 건 그로선 떠올릴 수 없는 생각이지. 우리가 반지 자체를 파괴하려 한다는 게 그로선 꿈에도 생각할 수 없는 일이라고. 분명 자네는 그 점에서 우리의 운수와 우리의 희망을 볼 테지. 그는 전쟁이 벌어질 걸로 예기하고서 허비할 시간이 없다고 믿고 스스로가 전쟁을 벌였어. 먼저 치는 자가 모질게 치기만 하면 더 이상 칠 필요가 없을 거라는 거지. 그래서 그는 오랫동안 준비해 온 병력을 지금 가동시키고 있어. 뜻했던 것보다 일찍 말이야. 현명한 바보지. 만일 그가 누구도 들어갈 수 없도록 모르도르를 지키는 데 온 힘을 쓰고 또 반지 추격에 모든 지략을 쏟았다면, 그랬다면 실로 우리의 희망은 사그라들고 말았을 테니까. 반지도 그 사자도 그를 오래도록 피할 순 없었을 거라고. 그러나 지금 그의 눈은 본거지 가까이보다는 사방팔방을 응시하고 또 주로 미나스 티리스 쪽을 바라봐. 이제 곧 그의 군사가 폭풍처럼 그곳을 덮칠 거야.

원정대를 요격하려고 보낸 심부름꾼들이 또 실패했다는 걸 그는 아니까. 그들은 반지를 찾지 못했어. 또 그들은 어떤 호빗도 인질로 끌고 가지 못했지. 만일 그들이 그만큼이라도 해냈다면 그건 우리에게 중대한 타격이었을 테고 치명적일 수 있었을 거야. 그러나 암흑의 탑에서 그들의 유순한 충성심이 심판받는 일을 상상함으로써 우리 마음을 어둡게 하진 말자고. 대적은 실패했으니까—지금까지는 말이야. 사루만 덕택에."

"그러면 사루만은 배신자가 아닌가요?"

김리가 물었다.

"물론 배신자지. 이중의 배신자. 그런데 그게 이상하지 않나? 최근 우리가 겪은 어떤 고난도 아이센가드의 배신만큼 쓰라렸던 것 같진 않아. 영주이자 지휘관으로 평가하더라도 사루만은 아주 강대해졌어. 주된 타격이 동쪽에서 다가오고 있는 바로 그 참에도 그는 로한인들을 위협해 그들의 지원이 미나스 티리스에 닿지 못하게 해. 하나 위험한 무기는 그걸 다루는 자에게도 늘 위험한 법이지. 사루만 또한 반지를 자신이 차지하거나 아니면 적어도 사악한 목적을 위해 호빗 몇을 수중에 넣으려는 속셈을 가졌어. 그래서 우리의 적들은 서로 경쟁하여 엄청난 속도로 메리와 피핀을 데려오게 되었고, 때마침 팡고른숲에 이르렀던 거야. 그러지 않았더라면 결단코 그들이 여기에 올 일은 없었을 거야!

또한 그들은 자신의 계획을 어지럽히는 새로운 의혹을 잔뜩 품었어. 로한의 기병들 덕분에 그 전투 소식이 모르도르엔 닿지 않을 거야. 그렇지만 암흑군주는 에뮌 무일에서 나포된 호빗 둘이 자기 부하들의 의사에 반해 아이센가드 쪽으로 운반된 걸 알아. 그로서는 미나스 티리스뿐만 아니라 아이센가드도 경계하게 된 거지. 만일 미나스 티리스가 무너진다면 사루만에겐 낭패일 거야."

"우리 친구들이 그 사이에 끼어 있다는 게 안타깝군요. 아이센가드와 모르도르가 지리적으로 인접해 있다면 우린 그들이 싸우는 걸 지켜보고 기다리기만 하면 될 텐데."

김리의 말에 간달프가 대답했다.

"승자는 이전의 어느 쪽보다 훨씬 강자로 부상하고 또 의혹에서도 벗어날 거야. 그러나 사루만이 먼저 반지를 획득하지 못한다면 아이센가드는 모르도르와 싸울 수 없어. 지금으로선 그는 결코 그렇게 하지 않을 거야. 그는 아직 자신이 처한 위험을 몰라. 그가 모르는 게 많아. 전리품을 손에 넣는

데 갈급한 나머지 본거지에서 기다리지 못하고 심부름꾼들을 만나 알아보려고 친히 나섰어. 그러나 이번만은 때가 늦었던 게, 그가 이 일대에 도착하기 전에 전투는 끝났고 그가 어떻게 해 볼 도리가 없는 상태였어. 그는 여기 오래 머물지도 않았어. 난 그의 마음을 들여다보기에 그 심중의 의혹을 아네. 그에겐 숲에 대한 지식이 없어. 그는 기병들이 전장의 모든 오르크를 죽여 태워 버렸다고 믿고 있어. 그러나 그 오르크들이 포로들을 데려가고 있었는지 아닌지는 알지 못해. 그리고 자기 부하들과 모르도르의 오르크들 사이에 벌어진 싸움도 모르고, 또 날개 달린 사자에 대해서도 몰라."

"날개 달린 사자!" 레골라스가 외쳤다. "내가 사른 게비르여울의 상류에서 갈라드리엘의 활로 그를 쏘아 하늘에서 떨어뜨렸어요. 그를 보고 우리 모두가 두려움에 사로잡혔죠. 이게 무슨 새로운 공포의 씨앗인가요?"

간달프가 대답했다.

"그건 자네가 화살을 쏘아 죽일 수 있는 그런 존재가 아니야. 자넨 단지 그의 군마를 죽였을 뿐이지. 물론 훌륭한 공적이야. 그러나 그 기사는 곧 다른 군마를 탔어. 그가 바로 날개 달린 군마를 타고 다니는 아홉 나즈굴 중 하나이니까. 곧 그 가공할 것들이 태양을 차단하며 우리 편의 마지막 대군을 짓누를 거야. 하지만 그들은 아직 대하를 건너도 좋다는 허락을 받지 못했고, 사루만은 반지악령들이 취한 이 새로운 형상에 대해 알지 못해. 그의 생각은 늘 반지에만 꽂혀 있어. '그것이 전장에 있었나?' '그것이 발견되었나?' '혹시라도 마크의 군주 세오덴이 그것을 입수하여 그 권능을 알게 되면 어쩌지?' 이런 것이 그가 염려하는 위험이네. 그는 로한에 대한 공격을 두 배 세 배로 강화하고자 아이센가드로 급히 돌아갔어. 한데, 화급한 생각에 열중하느라 그가 보지 못한 또 다른 위험이 내내 임박해 있었네. 바로 나무수염을 잊었던 거지."

아라고른이 빙긋 웃으며 말했다.

"또다시 혼잣말을 하시는군요. 난 나무수염은 알지 못해요. 사루만의 이중 배신은 어느 정도 짐작했어요. 그런데 두 호빗이 팡고른숲에 온 것이 우리에게 길고 무익한 추격을 안긴 것 외에 무슨 쓸모가 있다는 건지 모르겠군요."

"잠깐!" 김리가 소리쳤다. "먼저 알고 싶은 게 또 하나 있어요. 우리가 지난밤에 본 게 간달프 당신이었나요, 아니면 사루만이었나요?"

"분명히 자넨 날 본 게 아니야." 간달프가 대답했다. "따라서 자네가 사루만을 본 것으로 짐작할 수밖에. 분명히 우리는 너무 흡사해 보이니까 자네가 내 모자에 구제할 수 없는 도끼 자국을 내려 한 것도 용서해야겠지."

"됐어요, 됐어! 당신이 아니었다니 다행이에요."

김리의 말에 간달프가 다시 웃었다.

"좋아, 훌륭한 난쟁이여. 매번 오인받지는 않았다니 마음이 놓이는군. 나야말로 그 점을 너무나 잘 알지 않겠나! 그래서 당연히 난 자네들이 날 맞이한 태도를 탓하지 않은 거야. 대적을 상대할 땐 자신의 손마저도 의심하라고 친구들에게 누누이 일렀던 내가 어찌 그럴 수 있냐 말이야. 글로인의 아들 김리여, 참 잘했소! 언젠가 자네가 우리 모두를 함께 보고 분간할 수 있는 날이 올 수도 있을 거네."

"그런데 호빗들은," 하고 레골라스가 끼어들었다. "우린 그들을 찾아 멀리 왔는데 당신은 그들이 어디 있는지 아는 것 같아요. 그들은 지금 어디 있죠?"

"나무수염과 엔트들과 함께."

"엔트들요!"

간달프의 말에 아라고른이 탄성을 질렀다.

"그렇다면 깊은 숲의 거주자들과 거인 나무목자들에 대한 오랜 전설이 참이란 겁니까? 세상에 아직도 엔트들이 있나요? 사실 그들이 로한의 전설에 나오는 가공의 인물은 아니더라도 그냥 태곳적의 기억일 뿐이라고 나는 생각했어요."

그러자 레골라스도 외쳤다.

"로한의 전설이라니 천만에! 야생지대의 모든 요정이 오래된 오노드림과 그들의 비애에 대한 노래들을 불렀다고. 그렇지만 우리 요정들에게조차 그들은 기억에 불과해요. 만일 아직도 이 세상을 걸어 다니는 엔트를 만난다면 난 다시 젊어지는 기분일 거야! 그런데 나무수염, 그건 팡고른숲을 공용어로 옮긴 것일 뿐인데, 당신은 어느 한 사람을 두고 말하는 것 같아요. 이 나무수염은 누구죠?"

그러자 간달프가 말했다.

"아! 자넨 많은 걸 묻고 있어. 그의 길고 느린 사연에 대해 내가 아는 조금만을 말한대도 우리의 시간 여유로는 어림도 없어. 나무수염은 숲의 수호자, 팡고른으로 엔트들 가운데 최연장자에다 이 가운데땅에서 아직도 태양 아래 걷는 가장 오래된 생명체라네. 레골라스, 자네가 머잖아 그를 만날 수 있기를 진정으로 바라네. 운 좋게도 메리와 피핀은 여기, 우리가 앉은 바로 이곳에서 그를 만났어. 그가 이틀 전에 여기 와서 그들을 저 멀리 산맥 밑자락의 자기 처소로 데려갔거든. 그는 여기에 가끔 와. 특히 마음이 편치 않고 바깥세상의 풍문으로 마음이 어지러울 때 오지. 나는 나흘 전에 그가 나무들 사이를 큰 걸음으로 거니는 걸 봤어. 그도 나를 봤다고 생각해. 그가 걸음을 잠시 멈췄으니까. 그렇지만 난 아무 말도 안 했어. 생각하느라 머리가 무거웠고 또 모르도르의 눈과 분투를 벌인 후라 지쳐 있었거든. 그도 역시 아무 말 하지 않았고 또 날 부르지도 않았지."

그러자 김리가 말했다.

"아마 그 또한 당신을 사루만이라고 생각했을 수도 있죠. 그런데 당신은 마치 그가 친구인 것처럼 말하는군요. 난 팡고른이 위험하다고 생각했는데."

"위험하다고!" 간달프가 외쳤다. "그렇다면 나도 그래. 매우 위험하지. 자네가 암흑군주의 본거지 앞에 산 채로 끌려가지 않는다면, 난 자네가 언제고 만날 그 어떤 것보다도 더 위험해. 그리고 아라고른도 위험하고, 레골라스도 위험해. 글로인의 아들 김리여, 자넨 위험들로 에워싸여 있어. 자네 자신도 제 나름으로 위험하니까. 분명 팡고른의 숲은 위험해. 특히 도끼를 쓸 만반의 채비를 갖춘 자에겐 말이야. 팡고른 자신, 그도 위험해. 그럼에도 불구하고 그는 현명하고 인정이 있어. 이제 그의 길고 느린 분노가 넘치고 있고 모든 숲이 분노로 충만해 있어. 호빗들이 온 것과 그들이 가져온 소식 때문에 분노가 터져 버렸고 곧 홍수처럼 번질 거야. 그러나 그 물결은 사루만과 아이센가드의 도끼들을 겨누고 있어. 상고대 이후로는 일어나지 않았던 어떤 일이 일어날 참이지. 즉, 엔트들이 깨어나 자신의 강대함을 알게 될 거라고."

"그들이 무슨 일을 할까요?"

레골라스가 깜짝 놀라 물었다.

"난 알지 못해. 난 그들 스스로도 안다고 생각하지 않아. 나도 궁금해."

간달프는 생각에 잠겨 머리를 숙인 채 침묵에 빠졌다.

나머지 셋이 그를 쳐다보았다. 휙휙 지나는 구름 사이로 내비친 햇빛이 그의 두 손 위에 떨어졌다. 손바닥을 위로 한 채 무릎 위에 놓인 그 손들은 물이 가득 찬 컵처럼 빛으로 가득 채워진 것 같았다. 마침내 그가 고개를 들어 해를 똑바로 응시했다.

"아침이 다 가고 있어. 우린 곧 가야 하네."

간달프가 말했다.

"우리의 친구들을 찾아 나무수염을 만나러 갑니까?"

아라고른이 물었다.

"아니, 그건 자네들이 가야 할 길이 아니네. 내가 희망의 말을 했지만 그건 어디까지나 희망일 뿐이야. 희망이 승리는 아니지. 우리와 우리의 모든 친구들에게 전쟁이 닥쳐와 있어. 반지의 사용만이 승리를 보장할 수 있는 전쟁이지. 그것을 생각하면 내 가슴은 크나큰 비애와 두려움으로 가득 차네. 많은 것들이 파괴될 것이고 모든 것이 상실될 수도 있으니까. 나는 간달프, 백색의 간달프지만 흑색이 훨씬 강대하네."

그가 일어나 동쪽을 물끄러미 내다보았다. 그들 중 누구도 보지 못하는 저 먼 곳의 사태를 보는 것처럼 손으로 햇빛을 가리고 응시했다. 그러고 나서 그가 머리를 가로저었다.

"아니야, 그것은 우리의 능력치를 벗어났어. 적어도 그 점만은 다행으로 생각하세. 우리가 반지를 쓰려는 유혹을 더는 느끼지 않을 테니까. 우린 이제 내려가 절망에 가까운 위험에 맞서야 해. 그렇지만 치명적인 위험은 제거된 거라고."

그는 몸을 돌리고 외쳤다.

"자, 아라소른의 아들 아라고른이여! 에뮌 무일계곡에서에서의 자네 선택을 후회하지 말고, 또 그것을 헛된 추적이라 부르지 마시오. 자네는 의혹들 가운데서 옳게 보이는 길을 택했고, 그 선택은 정당했고 또 보답을 얻었소. 그랬기에 우리가 제때 만난 것이오. 그러지 않았다면 만났더라도 이미 때가 너무 늦었을 거요. 그러나 자네 동지들을 찾는 일은 끝났소. 자네가 한 약속이 다음 여정을 일러 주고 있소. 자네는 에도라스로 가서 세오덴을 찾아야 하오. 자네를 필요로 하니까. 이제 안두릴의 검광(劍光)은 그토록 오래 기다려 온 전투에서 빛을 발해야 하오. 로한에는 전쟁이 벌어지고 있고, 설상가상으로 그 전쟁은 세오덴에게 고약하게 돌아가고 있소."

"그럼 우린 그 유쾌한 젊은 호빗들을 다시 볼 수 없나요?"

레골라스가 묻자, 간달프가 대답했다.

"난 그렇게 말하진 않았네. 누가 알겠나? 인내심을 갖게. 자네가 가야 할 곳으로 가고 희망을 가지라고. 에도라스로! 나 또한 거기로 가네."

"젊든 늙었든 그곳은 사람이 걷기엔 먼 길입니다. 내가 거기에 닿기 한참 전에 전투가 끝나지 않을까 걱정됩니다."

아라고른이 말하자 간달프가 대답했다.

"곧 알게 되겠지. 곧 알게 될 거요. 지금 나와 함께 가겠소?"

"예, 우리는 함께 출발할 겁니다. 그러나 난 당신이 마음만 먹는다면 나보다 앞서 거기 도착할 것을 믿어 의심치 않소."

아라고른이 대답했다. 그는 일어나 오래도록 간달프를 쳐다보았다. 그들이 서로 마주 보며 거기 서 있는 동안 나머지 둘은 침묵 속에서 그들을 응시했다. 회색 자태의 인간, 아라소른의 아들 아라고른은 키가 크고 돌처럼 굳세었으며 그 손은 칼자루를 쥐고 있었다. 마치 바다 안개를 헤치고 군소(群小) 인간들의 땅에 발을 디딘 어떤 왕처럼 보였다. 그의 앞엔 늙은 형체가 구부정하게 서 있었다. 하얗고, 어떤 빛으로 속이 환히 밝혀진 듯 빛나며, 세월의 무게로 허리가 굽었지만 왕의 힘을 능가하는 권능을 지니고 있었다.

마침내 아라고른이 말했다.

"간달프, 내 말이 맞지 않나요? 당신은 그 어디든 당신이 원하는 곳에 나보다 빨리 갈 수 있다는 것 말입니다. 그리고 당신은 우리의 대장이며 깃발이라는 것도 말해 둡니다. 암흑군주는 아홉을 가졌지요. 그러나 우리는 그들보다 강대한 하나, 즉 백색의 기사를 가졌습니다. 그가 불과 심연을 헤치고 나왔으니 그들이 그를 두려워할 겁니다. 우리는 그가 이끄는 곳으로 가렵니다."

레골라스도 말했다.

"그래요, 우리는 함께 당신을 따르겠어요. 그렇지만 먼저, 간달프, 모리아에서 당신에게 어떤 일이 있었는지 들으면 제 마음이 편해질 거예요. 우리에게 말해 주지 않겠어요? 당신이 어떻게 구출되었는지 친구들에게 말해 줄 여유도 없단 말인가요?"

"난 이미 너무 오래 지체했네. 시간이 급해. 그리고 1년이란 시간이 주어진다 해도 난 자네들에게 모든 걸 말하진 않을 거야."

간달프의 대답에 김리가 다시 말했다.

"그렇다면 당신이 말하고 싶은 걸 말해 줘요, 시간이 허락되는 대로! 자, 간달프, 발로그는 어떻게 된 건지 말해 줘요!"

"그의 이름은 말하지 말아!"

간달프가 말했다. 잠시 그의 얼굴 위로 고통의 구름장이 지나가는 것 같았고, 그는 죽음처럼 늙은 모습으로 말없이 앉아 있었다. 마침내 그가 천천히, 아주 어렵게 기억을 되살려 내듯 말을 시작했다.

"나는 오랜 시간을 떨어졌어. 그도 나와 함께 떨어졌고 그의 불길이 나를 에워쌌어. 난 화상을 입었지. 다음에 우리는 깊은 물속으로 떨어졌고 모든 것이 어두웠어. 그 물은 죽음의 조류처럼 차가웠네. 내 심장이 얼어붙을 만큼."

"두린의 다리가 걸쳐진 그 심연은 깊고, 누구도 그 깊이를 재지 못했지요."

김리가 말했다.

"빛과 지식이 가닿을 수는 없어도 결국 바닥은 있더군. 마침내 난 거기, 맨 밑바닥의 돌에 닿았어. 여전히 그가 나와 함께 있었어. 그의 불은 꺼졌지만 이번엔 그가 끈적끈적한 것이 되어 질식시키는 뱀보다 더 세게 내 몸을 옥죄었어.

우리는 시간이 헤아려지지 않는, 살아 있는 대지의 저 밑에서 싸웠지. 그가 늘 나를 꽉 붙잡고 나는 늘 그를 베고 하던 중 마침내 그가 어두한 굴속으로 달아났어. 글로인의 아들 김리여, 그 굴은 두린 일족이 만든 건 아니네. 난쟁이들이 판 가장 깊은 동굴 밑 아주 먼 곳에서 세상은 이름 없는 것들에 의해 갉히고 있어. 사우론조차도 그것들을 알지 못해. 그것들은 그보다 더 오래되었거든. 그러고 나서 난 거길 걸어 다녔네만 지금의 태양 빛조차 어둡게 만들 이야기는 하지 않겠어. 저 절망 속에서는 내 적이 나의 유일한 희망이었기에 난 그의 발뒤꿈치를 꽉 붙들고 그를 쫓아갔지. 그렇게 해서 그가 나를 크하잣둠의 비밀 통로로 다시 데려간 거야. 그는 그 모든 통로를 너무도 잘 알고 있더군. 그때부터 우린 내내 위로 올라가 마침내 끝없는 계단에 다다랐다네."

김리가 말했다.

"그 계단은 오래전에 사라졌어요. 많은 이들이 그것은 전설 속에만 나올 뿐 만들어진 적이 없다고 했고 또 어떤 이들은 그것이 파괴되었다고 해요."

"그것은 만들어졌고, 파괴되지 않았어."

간달프가 말했다.

"수천의 계단이 끊임없는 나선형으로 상승해 맨 아래의 지하 감옥에서 가장 높은 봉우리까지 뻗다가 마침내 은빛 첨봉의 정상, 지락지길의 살아 있는 바위 속에 조각된 두린의 탑으로 나오더군.

거기 켈레브딜 위엔 눈 속에 외톨의 창이 나 있고, 그 앞에는 좁은 터, 즉 세상의 안개를 굽어보는, 현기증이 날 만큼 높은 성이 펼쳐졌어. 거기엔 햇빛이 맹렬하게 빛났지만 아래는 모조리 구름에 휩싸였지. 그가 밖으로 뛰쳐나가기에 내가 뒤를 쫓았는데 그의 몸이 새로운 불길로 치솟았어. 지켜보는 자는 아무도 없었어. 그렇지 않았다면 아마 훗날에도 그 산정 전투에 관한 노래들이 여전히 불릴 거야."

갑자기 간달프가 웃었다.

"그런데 사람들은 노래 속에서 무어라 말할까? 저 멀리서 위를 올려다본 이들은 산꼭대기가 폭풍우에 휩싸였다고 생각할 테지. 천둥소리를 들었고 번개가 켈레브딜을 치곤 부서져 일약 널름대는 불길로 되돌아갔다고 말할 거라고. 그 정도면 충분하지 않나? 우리 주변에 거대한 연기가 솟아올랐지. 수증기와 김도 함께. 얼음이 비처럼 쏟아졌고. 나는 내 적을 내던졌고 그는 그 높은 곳에서 떨어져 산 사면을 부수고 그 자신도 박살 나고 말았어. 그다음 어둠이 나를 덮쳤고, 난 생각과 시간을 벗어나 말하고 싶지 않은 길들을 멀리 떠돌았어.

나는 벌거벗은 상태로 돌아가 있었어—짧은 시간 동안, 내 과업을 수행하기 전까지. 난 그렇게 벌거벗은 채 산꼭대기 위에 누워 있었네. 뒤쪽의 탑은 무너져 먼지가 되었고 유리창은 온데간데없었고, 폐허가 된 계단은 불타고 부서진 돌로 막혔지. 난 세상의 그 단단한 뿔 위에서 탈출구도 없이 잊힌 채 혼자였어. 거기 누워 물끄러미 위쪽을 쳐다보고 있는데, 별들이 선회했고 하루하루가 지상에서의 일생만큼이나 길었네. 모든 땅들의 갖가지 풍문들이 희미하게 귓가에 들려오더군. 돋아나는 것들과 죽어 가는 것들, 노래와 울음, 그리고 과중한 짐을 진 돌의 느릿하고 끝없는 신음 소리가 들렸지. 그러던 중에 결국 바람의 왕 과이히르가 다시 나를 발견해 집어 들고 데려왔어.

'난 언제고 자네에게 짐이 될 운명인 모양이야. 어려울 때의 친구여.' 하고 나는 말했어. 그가 이렇게 대답하더군. '당신은 쭉 짐이었지요. 하지만 지금은 그렇지 않아요. 내 발톱에 잡힌 당신은 백조 깃털만큼이나 가벼운걸요. 태양이 당신 몸을 관통해서 빛나요. 실로 난 당신에게 내가 더는 필요하다고 생각지 않아요. 설사 내가 당신을 떨어뜨린대도 당신은 바람을 타고 떠다닐 거예요.'

'날 떨어뜨리지 말아! 로슬로리엔으로 데려다줘!' 하고 난 헐떡이며 말했지. 몸속에서 생명력을 다시 느꼈거든. 그러자 '나를 보내 당신을 찾도록 하신 갈라드리엘 귀부인의 명령이 바로 그것이죠.' 하고 그가 대답했지.

이렇게 해서 내가 카라스 갈라돈에 당도해 보니 자네들은 방금 떠났더군. 난 거기서 머물렀네. 세월이 쇠잔이 아니라 치유를 가져다주는 저 땅의 영원한 시간 속에서 말이야. 나는 치유된 다음 흰색의 옷을 입었어. 난 귀부인과 의견을 교환하며 조언을 드리기도 하고 조언을 받기도 했네. 나는 거기서 낯선 길들을 거쳐 여기 왔으며 또 자네들 중 몇에게 주는 전언을 갖고 왔어. 아라고른에게는 이렇게 전하라시더군.

두네다인은 지금 어디 있느뇨, 엘렛사르여, 엘렛사르여?
왜 그대 친족 저 멀리 떠도는가?
사라진 이들 나타날 시간 가깝고
회색부대 북에서 말 달리노라.
하나 그대에게 정해진 길 어둡고
사자들 바다로 이르는 길 지켜보노라.

레골라스에겐 이런 전갈을 보내셨어.

초록잎 레골라스여, 그대 오래도록 나무 아래서
즐거이 살았네. 바다를 조심하라!
그대 해변에서 갈매기 아우성 들으면
그대 가슴 숲에서 더는 안식하지 못하리."

간달프는 말을 끊고 두 눈을 감았다.

"그분께서 내게 보내신 전갈은 없었나요?"

김리가 이렇게 말하고 머리를 숙이자 레골라스가 말했다.

"그분의 말씀은 뜻을 헤아리기 어려워. 그래서 말씀을 받는 이들도 그 뜻을 잘 몰라."

김리가 다시 말했다.

"그런 말로 위안이 되진 않아."

"그럼 어쩌라고? 그분께서 자네에게 자네 죽음에 대해 공공연히 말씀이라도 하시는 게 좋겠나?"

"그래, 달리 하실 말씀이 없다면 말이야."

김리와 레골라스가 말하는 사이 간달프가 눈을 치켜떴다.

"그게 무슨 뜻이지? 그래. 귀부인의 말씀이 무슨 뜻일지 짐작할 수 있을 것 같아. 미안하네, 김리! 나는 그 전언들을 한 번 더 곰곰이 생각하는 중이었어. 한데 과연 귀부인께서 자네에게 보내신 말씀이 있었네. 그 말씀은 뜻을 헤아리기 어렵지도 않고 또 슬프지도 않아.

'글로인의 아들 김리에게 귀부인의 인사말 전하라. 머리 타래를 진 이여, 그대 가는 곳 어디든 내 생각이 그대와 함께 가겠노라. 하지만 그대의 도끼를 알맞은 나무에 대도록 조심하라!'"

"정말 당신은 딱 제때 우리에게 돌아오셨소, 간달프! 자, 자!"

김리가 낯선 난쟁이 말로 떠들썩하게 노래하고 껑충껑충 뛰어다니다, 도끼를 휘두르며 소리쳤다.

"이제 간달프의 머리는 신성하니까, 쪼개어 마땅한 걸 하나 찾아보자고!"

간달프가 자리에서 일어나며 말했다.

"멀리서 찾을 것 없을 거야. 자! 우린 헤어진 친구들의 만남에 허용된 모든 시간을 다 썼어. 이젠 서둘러야 하네."

그는 낡고 해진 망토를 다시 몸에 두르고 길을 이끌었다. 그를 따라서 일행은 높은 바위 턱에서 빠르게 내려와 숲을 되짚어 헤치고 엔트강 둑으로 내려갔다. 그들은 말없이 걸어 이윽고 팡고른숲 경계 너머의 풀밭에 다시 섰다. 그들이 타던 말들의 흔적은 보이지 않았다.

레골라스가 말했다.

"말들은 돌아오지 않았어. 또 지겨운 걷기가 되겠군!"

"난 걷지 않겠네. 시간이 촉박해."

간달프는 이렇게 말하고는 머리를 치켜들고 휘파람을 길게 불었다. 그 음색이 너무나 맑고 날카로운지라 다른 이들은 저 수염 덮인 늙은 입술에서 나온 소리를 듣고 깜짝 놀라 그 자리에 서고 말았다. 그는 세 번 휘파람을 불었다. 그러자 평원으로부터 동풍을 타고 실려 온 말 울음소리가 멀리서 희미하게 들리는 것 같았다. 그들은 긴가민가하며 기다렸다. 얼마 지나지 않아 말발굽 소리가 들려왔다. 처음엔 풀밭에 누운 아라고른에게만 감지될 정도의, 대지의 미동에 불과했지만 이윽고 점점 크고 또렷해지며 빠른 장단으로 변했다.

아라고른이 말했다.

"한 필 이상의 말이 오고 있어!"

"그럼." 간달프가 말했다. "한 필이 지기엔 우린 너무 큰 짐이지."

"세 필이군요." 레골라스가 평원 위를 내다보며 말했다. "저 달리는 모습 봐! 저기가 하주펠이고 그 옆에 내 친구 아로드가 있어! 그런데 앞서서 성큼성큼 달리는 또 하나가 있어. 아주 거대한 말이야. 난 저런 말은 본 적이 없어."

간달프가 말했다.

"앞으로도 못 볼 걸세. 저건 샤두팍스야. 그는 메아르종 가운데 으뜸이고 말의 제왕이며 로한의 왕 세오덴조차도 더 나은 말은 보지 못했네. 은처럼 빛나고 물살 빠른 개울처럼 거침없이 달리지 않아? 날 태우러 온 거야. 백색 기사의 말이지. 우린 함께 싸우러 가는 거야."

늙은 마법사가 말하는 그때 그 위대한 말이 비탈을 성큼성큼 뛰어올라 그들을 향해 왔다. 가죽은 반짝반짝 빛나고 갈기는 그 속도가 일으킨 바람에 휘날렸다. 다른 두 필도 멀리 뒤에서 따라왔다. 샤두팍스는 간달프를 보자마자 속도를 제어하고 우렁차게 히잉 소리를 질렀다. 그러고는 총총걸음으로 유순하게 다가와 의기 높은 머리를 숙이고 노인의 목에 그 커다란 콧잔등을 비볐다.

간달프가 그를 어루만지며 말했다.

"깊은골에서 여기까지는 먼 길이지, 내 친구여. 그렇지만 너는 현명하고 신속하게도 어려울 때 와주는구나. 이제 함께 멀리 달리고 다시는 이 세상에서 헤어지지 말자꾸나!"

곧 다른 말들도 다가와 마치 명령을 기다리는 듯 조용히 옆에 섰다.

"우린 곧장 너희 주인 세오덴의 처소 메두셀드로 간다."

간달프가 엄숙하게 말했다. 그들이 머리를 숙였다.

"내 친구들이여, 시간이 다급하니 미안하지만 우리가 타겠다. 우리는 너희가 최대 속력을 내 주기를 청한다. 하주펠은 아라고른을, 아로드는 레골라스를 태운다. 나는 김리를 앞에 앉힐 테니 미안하지만 샤두팍스는 우리 둘 모두를 태운다. 이제 우린 물을 좀 마신 다음 출발할 것이다."

레골라스가 아로드의 등에 가볍게 올라타며 말했다.

"이제야 지난밤 수수께끼의 일부가 이해되는군요. 처음에 겁먹고 도망갔든 아니든 간에 우리의 말들은 자신들의 대장 샤두팍스를 만나 기쁘게 그를 맞이한 거예요. 그가 가까이 있다는 걸 아셨나요, 간달프?"

"그럼, 알고 있었지. 난 온 마음을 기울여 그에게 서두르라고 일렀지. 어제만 하더라도 그는 이 땅의 남쪽 저 멀리 있었거든. 그가 빠르게 나를 다시 거기로 데려다줄 거야!"

간달프가 샤두팍스에게 뭐라고 말하자 말은 꽤나 빠른 속도로 출발했다. 그렇지만 다른 말들이 못 따라갈 정도는 아니었다. 얼마 후 샤두팍스는 방향을 틀어 강둑이 보다 낮은 곳을 택해 강을 건넌 다음, 그들을 정남쪽의 나무가 없는 넓은 평지로 이끌었다. 바람이 회색 파도처럼 끝없이 펼쳐진 풀밭을 헤쳐 갔다. 길이나 발길 닿은 자국이 보이지 않았지만 샤두팍스는 지체하거나 머뭇거리지 않았다.

간달프가 말했다.

"샤두팍스는 지금 백색산맥 비탈들 아래 세오덴의 처소로 가는 지름길을 잡아 나가고 있어. 그쪽이 더 빠를 거니까. 강 건너 북쪽으로 큰 길이 뻗은 이스템넷의 지면이 더 단단하지만, 샤두팍스는 모든 늪지와 분지를 빠져나가는 길을 알지."

오랜 시간 동안 그들은 초원과 강변의 땅을 헤치며 계속 달렸다. 때때로 기사들의 무릎 위에 닿을 만큼 풀들이 높아 군마들은 회록색 바다를 헤엄치고 있는 듯했다. 그들은 숨겨진 웅덩이들, 그리고 질퍽대는 위태로운 습지 위로 나부끼는 드넓게 펼쳐진 사초 무리를 수없이 마주쳤지만 샤두팍스는 길을 찾았고 다른 말들은 그가 낸 길을 뒤따랐다. 서서히 해가 하늘에서 떨어져 서쪽으로 기울었다. 대평원 위를 내다보다 일행은 한순간 저 멀리 풀밭으로 가라앉는 빨간 불덩이 같은 그것을 보았다. 시야 끄트머리의 낮은 곳에 산맥의 마루들이 양편으로 붉게 번득였다. 한 줄기 연기가 떠올라 태양 표면을 핏빛이 되도록 거뭇하게 만드는 듯했다. 마치 태양이 대지의 테두리 아래로 내려앉으며 풀밭에 불을 지른 것 같았다.

간달프가 다시 외쳤다.

"저기 로한관문이 있어. 이곳에서 보면 거의 정서쪽이지. 아이센가드는 저쪽에 있다네."

레골라스가 물었다.

"거대한 연기가 보여요. 저게 뭘까요?"

"전투와 전쟁이야! 계속 달려!"

간달프가 외쳤다.

Chapter 6

황금궁전의 왕

그들은 해넘이, 서서히 깔리는 땅거미, 그리고 짙어 가는 밤을 뚫고 계속해서 달렸다. 마침내 그들이 멈추어 말에서 내렸을 때는 아라고른조차 몸이 뻣뻣하고 피로했다. 간달프는 몇 시간의 휴식만을 허락했다. 레골라스와 김리는 잠이 들었고, 아라고른은 등을 대고 몸을 쭉 뻗은 채 납작 드러누웠다. 그러나 간달프는 몸을 지팡이에 기대고 어둠 속을 동서로 응시하며 서 있었다. 모든 것이 고요했고 생명체의 흔적이나 소리라곤 없었다. 그들이 다시 일어났을 때 밤하늘에는 쌀쌀한 바람을 타고 휙휙 지나는 긴 구름장들이 줄을 그어 놓은 듯 뻗쳐 있었다. 그들은 차가운 달 아래서 햇살처럼 빠르게 또다시 나아갔다.

몇 시간이 지났지만 그들은 계속 달렸다. 만약 간달프가 붙잡아 흔들어 깨우지 않았다면 김리는 꾸벅꾸벅 졸다가 말에서 떨어졌을 것이었다. 하주펠과 아로드는 지쳤지만, 의기 높게 앞서 달리는, 거의 보이지 않는 회색 그림자, 자신들의 지칠 줄 모르는 선도자를 따랐다. 이렇게 다시 수 킬로미터를 질주했다. 채워져 가는 달이 구름 낀 서쪽 하늘로 가라앉았다.

살을 에는 듯한 냉기가 대기에 스며들었다. 동편에서 서서히 어둠이 차가운 회색으로 엷어져 갔다. 왼편 저 멀리 에뮌 무일의 캄캄한 암벽 위로 붉은 빛줄기들이 튀어 올랐다. 청명한 새벽이 왔다. 한 줄기 바람이 굽어진 풀밭을 헤치고 질주하여 그들의 길을 가로질러 휩쓸었다. 갑자기 샤두팍스가 가만히 서서 히잉 하고 울었다. 간달프가 앞쪽을 가리키며 소리쳤다.

"보라고!"

그가 외치자 일행은 지친 눈을 치켜들었다. 그들 눈앞에 꼭대기가 흰 눈에 덮이고 검은 줄이 죽죽 그어진 남부산맥이 서 있었다. 산맥 기슭에 밀집한 구릉들에 기대어 초원이 굽이쳐 뻗고, 새벽빛이 닿지 않아 아직 칙칙하고 어두운 많은 계곡들로 흘러들었다. 그리고 그 계곡들은 거대한 산맥의 중심 속을 누비듯 파고들었다. 계곡들 중 가장 넓은 것이 산속의 길게 갈라진 깊은 구멍처럼 여행자들 바로 앞에 펼쳐졌다. 안쪽 깊숙한 곳에 우뚝한 봉우리 하나를 인 험준한 산더미가 흘끗 보였고, 계곡 어귀엔 외딴 고지가 초병처럼 서 있었다. 그 발치 주위로 계곡에서 흘러나온 개울이 한 가닥 은빛 실처럼 흘렀고, 그들은 그 마루 위에서 아직 멀리 떨어지긴 했지만 떠오르는 태양의 황금빛 햇살을 포착했다.

간달프가 외쳤다.

"말해 보게, 레골라스! 저 앞에 보이는 게 뭔지 말해 달라고!"

레골라스가 방금 떠오른 태양의 수평 빛줄기를 손으로 가리며 앞쪽을 빤히 바라보았다.

"쌓인 눈에서 흘러내리는 하얀 개울 하나가 보여요. 개울이 발원하는 계곡 그늘에는 동쪽으로 초록 언덕이 하나 솟았고, 도랑과 거대한 벽과 가시 울타리가 그걸 에워싸고 있어요. 그 안에 집 지붕들이 있고, 한가운데 놓인 초록 대지 위에 인간의 거창한 저택 하나가 높이 서 있군요. 내 눈에는 황금으로 지붕을 인 것 같아요. 그 빛이 그 땅 멀리까지 빛나요. 문기둥들도 황금빛이에요. 거기 빛나는 사슬갑옷을 입은 병사들이 서 있지만, 궁성 안의 다른 모든 건 아직 잠들어 있네요."

간달프가 말했다.

"그 궁성이 에도라스라고 불리는 곳이지. 그리고 저 황금빛 궁전이 바로 메두셀드고. 셍겔의 아들이자 로한 마크의 왕인 세오덴이 저곳에 있네. 우리는 날이 밝아 오면서 여기 당도했네. 이제 우리 앞에 길이 또렷이 보이도록 펼쳐 있네. 그러나 더욱 주의해서 달려야 해. 전쟁이 번지고 있고, 말의 영주 로한인들은 잠들지 않아. 멀리선 그렇게 보일 수 있어도. 모두에게 일러두네만, 세오덴의 처소 앞에 이를 때까진 무기를 빼 들거나 무엄한 언사를 입에 올리지 말게."

여행자들이 개울에 다다랐을 때 아침은 화창했고, 새들이 노래하고 있었다. 빠르게 평원으로 흘러내린 개울은 구릉지 기슭 너머에선 그들의 길을 가로질러 넓게 휘어져 돌아 동쪽으로 흘러, 멀리 바닥에 갈대가 무성한 엔트강에 합류했다. 그 땅은 초록빛 일색이었다. 축축한 초원들에 그리고 개울의 풀 우거진 경계를 따라 버드나무가 많이 자랐다. 이 남쪽 땅에선 버드나무들이 벌써 다가오는 봄을 느끼고 수줍은 듯 가지 끝이 빨갛게 물들고 있었다. 개울 위쪽으로 말발굽에 숱하게 짓밟힌 낮은 제방들 사이로 얕은 여울목이 하나 있었다. 여행자들은 거기로 개울을 건너 고지대로 이어지는 바큇자국 난 널찍한 길 위로 올라섰다.

벽처럼 두른 언덕 기슭에서 길은 높고 푸른 흙무덤의 그림자 아래로 뻗어 있었다. 흙무덤 서쪽으로는 바람에 날려 쌓인 눈으로 덮인 듯 풀들이 하얗게 보였다. 풀섶 여기저기에 작은 꽃들이 수없이 많은 별처럼 피어났다.

간달프가 말했다.

"보게! 풀밭 속의 반짝이는 눈들이 얼마나 아름다운가! 영념화(永念花)라네. 인간들의 이 땅에선 심벨뮈네라고 하지. 사철 내내 피고 죽은 자들이 안식하는 곳에서 자라기 때문이야. 보라고! 우린 세오덴의 선조들이 잠든 거대한 능에 와 있어."

그러자 아라고른이 말했다.

"왼편에 일곱, 오른편에 아홉이군요. 저 황금궁전이 세워진 이후로 꽤 오랜 세월이 흘렀군요."

레골라스도 말했다.

"그 후로 내 고장 어둠숲에선 붉은 잎들이 5백 번이나 떨어졌다네. 그렇지만 우리에게 그것은 잠깐인 듯하오."

"그러나 마크의 기사들에겐 까마득한 옛날 같아서 이 궁전의 축조도 노래의 기억에 불과하고 그 이전의 세월은 시간의 안개 속에 사라진 거야. 이제 그들은 이 땅을 자기 고향, 자신의 땅이라 부르고 그들의 말도 북방의 친족과는 갈라졌지."

아라고른은 말을 마치자 요정과 난쟁이가 들어 본 적 없는 말로 나직하게 읊조리기 시작했다. 거기에는 힘찬 가락이 실려 있었기에 그들도 귀를 기울였다.

레골라스가 말했다.

"저건 로한인의 언어인가 봐. 이 땅 자체를 닮아 풍요롭게 오르내리기도 하고 한편으로는 산맥처럼 단단하고 준엄해. 하지만 필멸의 인간의 비애가 실렸다는 것 외에는 그 뜻을 짐작할 수 없어."

"공용어로는 이런 내용이지." 아라고른이 말했다. "최대한 근사하게 옮긴다면 말이야.

이제 그 말과 그 기사 어디 있느뇨? 부웅 울리던 그 뿔나팔 어디 있느뇨?
투구와 사슬갑옷, 그리고 바람에 나부끼던 빛나는 머릿결 어디 있느뇨?
하프 뜯던 손길과 달아오르던 빨간 화톳불 어디 있느뇨?
그 샘과 그 수확, 그리고 쑥쑥 자라던 키 큰 곡식 어디 있느뇨?
산에 내리는 비처럼, 초원 스치는 바람처럼 그것들 가 버렸네.
그 시절 언덕 뒤 서편에 기울어 그림자 속에 사라졌네.
불타는 죽은 숲의 연기 뉘 거둘 테며
바다에서 돌아오는 흐르는 세월 뉘 볼 텐가?

로한에서 어느 잊힌 시인은 청년왕 에오를이 얼마나 키 크고 아름다웠던가를 회상하며 이렇게 읊었다네. 에오를은 북방에서 말을 달려 내려왔고, 그의 군마 펠라로프는 말들의 선조로 다리에 날개가 달렸다고 했어. 아직도 밤이면 사람들이 그렇게 노래하지."

이런 말을 나누며 여행자들은 말 없는 흙무덤들을 지났다. 그들은 구릉지의 초록 마루들 위로 뻗은 꼬불꼬불한 길을 따라서 마침내 바람에 휩쓸린 넓은 성벽과 에도라스의 성문들에 이르렀다.

빛나는 사슬갑옷을 입은 많은 병사들이 거기 앉았다가 곧장 후다닥 일어나 창으로 길을 막았다.

"멈춰라, 정체를 알 수 없는 이방인들이여!"

그들이 이방인들의 이름과 용무를 대라며 리더마크의 언어로 외쳤다. 그 눈길에 의아함이 감돌았지만 우호적인 기색은 거의 볼 수 없었다. 그들이 험악하게 간달프를 쳐다보았다. 그러자 간달프가 그들과 똑같은 언어로 말했다.

"난 자네들의 말을 잘 이해하네. 그렇지만 그런 이방인은 얼마 없지. 그러니 자네들이 대답을 듣길 원한다면 서부의 관습대로 공용어로 말하는 게 좋지 않겠나?"

"우리의 말을 알고 우리의 친구가 아니면 누구도 성문에 들지 못하게 하라는 것이 세오덴 왕의 분부요."

위병(衛兵)들 중의 하나가 대꾸했다.

"전시에는 우리 종족과 곤도르땅의 성널오름에서 온 이들이 아니면 누구도 여기서 환영받지 못하오. 우리 것과 흡사한 말을 타고 이렇게 요상한 행색으로 평원을 무턱대고 달려온 당신들은 누구요? 우리는 여기서 아까부터 파수를 보며 멀리서부터 당신들을 주시했소. 당신네처럼 수상한 기사들도, 또 당신을 태운 이 말보다 위풍당당한 말도 우린 결코 본 적이 없소. 내 눈이 어떤 마법에 현혹된 게 아니라면 저 말은 메아르종의 하나요. 혹시 당신은 마법사나 사루만이 보낸 밀정 혹은 그가 술책을 부려 만든 환영이 아니오? 당장 속히 대답하시오!"

아라고른이 대답했다.

"우리는 환영이 아니오. 또한 자네들의 눈이 현혹된 것도 아니오. 자네가 묻기 전에 잘 알고 있었듯이, 지금 우리가 탄 이 말들은 자네들의 말이 맞을 게요. 그러나 도둑은 훔친 말을 타고 애초의 마구간으로 돌아가지 않는 법이지. 여기 있는 하주펠과 아로드는 리더마크의 제3원수 에오메르가 이틀 전에 직접 우리에게 빌려준 것이오. 이제 우린 약속한 그대로 말들을 다시 데려왔소. 그때 에오메르가 돌아와 우리가 올 거라는 기별을 주지 않았소?"

그 위병의 눈에 난감한 표정이 떠올랐다.

"에오메르에 대해선 말할 게 없소. 만약 당신들의 말이 참이라면 틀림없이 세오덴 왕께서 그런 말을 들으셨을 거요. 아마 당신들의 방문도 완전히 의외의 일은 아닐 것이오. 하지만 뱀혓바닥이 우리에게 와서 어떤 이방인도 이 성문을 들어서게 하지 말라는 왕명을 전한 게 바로 이틀 전이오."

"뱀혓바닥이라?" 간달프가 그 위병을 날카롭게 쳐다보며 말했다. "이제 아무 말 말라! 내 용무는 뱀혓바닥이 아니라 마크의 군주 자신에 관계된 것이네. 나는 다급하다네. 자네가 가거나 사람을 보내 우리가 왔다고 전해 주지 않겠나?"

그 병사를 뚫어지게 쳐다보는 간달프의 두 눈이 짙은 눈썹 밑에서 번득였다. 위병이 천천히 대답했다.

"좋습니다. 제가 가겠습니다. 그런데 성함들을 뭐라고 말씀드릴까요? 그리고 당신의 용무를 뭐라고 아뢸까요? 당신은 지금 늙고 지쳐 보이지만 속은 사납고 엄격한 분인 듯하오."

"잘 보고 말하는군. 나는 간달프니까. 내가 돌아왔소. 그리고 보시오! 난 말 한 필도 데려왔소. 여기 다른 어떤 손길도 길들일 수 없는 위대한 샤두팍스가 있소. 그리고 여기 내 곁엔 왕들의 후계자, 아라소른의 아들 아라고른이 계시고, 그가 가시는 곳은 성널오름이오. 또한 우리의 동지들인 요정 레골라스와 난쟁이 김리도 있소. 이제 가서 자네 주군께 우리가 성문에 있으며 우리가 그의 궁전에 들어가는 것을 허락하신다면 그와 이야기를 나누고 싶다고 전하시오."

"당신이 일러 주는 이름들은 실로 이상하군요! 그렇지만 이르신 대로 아뢰고 주군의 뜻을 알아오겠소. 여기서 잠시 기다리시면 그분께서 옳다고 여기실 답변을 가져오겠소. 너무 큰 기대는 마시오! 음산한 시절이니까요."

그는 동료들에게 이방인들에 대한 엄중한 감시를 맡기고 신속하게 떠났다.

얼마 후 그가 돌아와 말했다.

"나를 따라오시오! 세오덴 왕께서 입장을 허락하셨소. 그러나 당신들이 지닌 무기는 어떤 것이라도, 지팡이에 불과하다 할지라도, 문지방에 두어야만 하오. 문지기들이 간수할 것이오."

암흑의 성문이 휙 열렸다. 여행자들은 길잡이 뒤로 일렬로 걸어 들어갔다. 깎은 돌로 포장된 널찍한 길 하나가 위로 꼬불꼬불하게 뻗치다가 또 반듯한 계단들로 이뤄진 짧은 층계참들을 오르기도 했다. 그들은 나무로 지은 많은 집과 많은 어두운 문을 지났다. 길옆 돌로 된 수로에는 맑은 물의 개울이 거품을 일으키며 졸졸 흘렀다. 종내 그들은 언덕 꼭대기에 이르렀다. 거기엔 초록빛 대지 위에 높은 단(壇)이 하나 서 있고, 그 발치께 말 머리 모양으로 조각된 돌에서 맑은 샘물이 용솟음쳤다. 그 아래에 넓은 수반(水盤)이 있는데, 물은 거기서 넘쳐흘러 개울로 합류했다. 초록 대지 위로 높고 넓은 돌계단이 이어졌고 꼭대기 계단의 양편에 돌로 깎은 좌석들이 있었다. 거기엔 다른 위병들이 빼 든 칼을 무릎 위에 두고 앉아 있었다. 그들은 황금빛 머리카락을 땋아 어깨 위로 드리웠다. 초록색 방패에는 태양 문장이 새겨졌고 긴 허리갑옷은 광택으로 빛났다. 그럴싸해서 그런지 일어났을 때의 모습을 보니 그들은 필멸의 인간들보다 훨씬 커 보였다.

"앞에 문이 있습니다." 길잡이가 말했다. "저는 이제 성문에서의 임무로 돌아가야 합니다. 잘 가십시오! 마크의 군주께서 당신들께 인자하시길 빕니다!"

그는 몸을 돌려 재빨리 길을 도로 내려갔다. 나머지는 키 큰 근위병(近衛兵)들의 주시 아래 긴 계단을 올라갔다. 간달프가 계단 상단에 이를 때까지 그들은 조용히 위쪽에 서서 아무 말도 하지 않았다. 다 올라가자 갑자기 그들이 맑은 목소리로 자기네 언어로 예의 바른 인사말을 했다.

"어서 오십시오, 멀리서 오신 분들이여!"

그들은 화친의 표시로 자신의 칼자루를 일행들 쪽으로 돌렸다. 초록빛 보석들이 햇빛에 번쩍였다. 그다음에 근위병들 중 하나가 앞으로 나서 공용어로 말했다.

"저는 세오덴 왕의 수문장(守門將)이옵니다. 제 이름은 하마입니다. 저는 당신들께 들어가시기 전에 여기에 무기를 놓아두셔야 한다는 것을 일러 드립니다."

그러자 레골라스가 손잡이가 은으로 된 칼, 화살통 및 활을 건네며 말했다.

"잘 간수하시오. 이것들은 황금숲에서 온 것이고, 로슬로리엔의 귀부인께서 내게 주신 것이오."

수문장의 눈에 놀라운 기색이 떠올랐고, 마치 다루기도 두렵다는 듯 그는 서둘러 그 무기들을 벽 옆에 놓았다.

"누구도 손대지 않을 것임을 약속드리오."

아라고른은 잠시 머뭇거리며 서 있었다.

"안두릴 검을 치우거나 다른 이의 손에 넘기는 것은 내 뜻이 아니오."

"세오덴 왕의 뜻입니다."

하마의 말에 아라고른이 다시 말했다.

"비록 마크의 군주라 할지라도 셍겔의 아들 세오덴의 뜻이 아라소른의 아들이자 곤도르를 이어받을 엘렌딜 후계자의 뜻을 누를 수 있는지 의아하다는 말이오."

"비록 귀하께서 데네소르의 왕좌에 앉으실 곤도르의 왕이라 할지라도 이곳은 아라고른이 아니라 세오덴 왕의 궁전이오."

하마가 이렇게 말하며 날쌔게 문 앞으로 나서 길을 막았다. 그의 손엔 칼이 들렸고 칼끝은 이방인들을 향했다.

간달프가 말했다.

“이런 이야기는 부질없는 것이오. 세오덴 왕의 요구가 쓸데없는 것이지만 그것을 거절하는 것도 쓸데없는 짓이오. 어리석든 현명하든 왕은 자기 궁에서는 자기 뜻대로 하는 법이지.”

“지당한 말씀이오.” 아라고른이 말했다. “만일 내가 안두릴이 아닌 다른 검을 지녔다면 비록 이곳이 나무꾼의 오두막이라 할지라도 집주인이 이르는 대로 할 것이오.”

“그 이름이 무엇이든,” 하마가 말했다. “당신 혼자 에도라스의 모든 병사들을 상대로 싸우지 않으려면 그것을 여기에 두셔야 하오.”

“그는 혼자가 아니오!” 김리가 손가락으로 도끼날을 만지작거리며, 수문장을 마치 자신이 베어 넘기기로 마음먹은 어린나무인 듯 험악하게 치켜보며 말했다. “혼자가 아니라니까!”

“자, 자!” 간달프가 말했다. “여기 있는 우리는 모두가 친구들이야. 혹은 친구가 되어야 해. 만일 우리가 싸운다면 우리에게 돌아올 건 모르도르의 웃음뿐일 테니까. 내 용무는 급박하다고. 적어도 내 칼은 여기 있소. 하마 선생, 잘 간수하시오. 오래전에 요정들이 만든 것으로 글람드링이라 불리오. 이제 난 통과시키시오. 자, 아라고른!”

아라고른이 천천히 칼집을 풀어 손수 검을 벽에 똑바로 기대 놓았다.

“여기다 뒀소. 그렇지만 당신은 그것을 만져서도 또 어떤 다른 이가 그것에 손을 대서도 안 되오. 이 요정의 칼집 속에는 부러졌다가 다시 벼려진 검이 들었소. 아득한 시절에 텔카르가 처음 그것을 공들여 벼렸소. 엘렌딜의 후계자 외에 엘렌딜의 검을 뽑는 자에게는 죽음이 닥칠 것이오.”

수문장이 뒷걸음질 치며 놀라 휘둥그레진 눈으로 아라고른을 바라보았다.

“귀하께선 잊힌 시절로부터 노래의 날개를 타고 오신 것 같습니다. 이르신 대로 될 것입니다. 귀공자시여.”

“음, 안두릴과 동석하는 거라면 내 도끼도 여기 자리해 부끄럽지 않겠군.”

김리가 자신의 도끼를 바닥에 놓았다.

“그럼 이제 모든 게 당신이 바라는 대로 되었으니 우리는 가서 당신의 주군과 이야기를 나누겠소.”

간달프의 말에 수문장은 여전히 머뭇거리다 말했다.

“그 지팡이를, 용서하십시오, 그렇지만 그것도 문간에 두셔야 합니다.”

“이리도 어리석다니!” 간달프가 말했다. “분별과 무례는 전혀 별개요. 난 늙은이요. 만약 내가 지팡이를 짚고 걸어갈 수 없다면, 그렇다면 난 여기 밖에 앉아 있겠소. 세오덴 왕이 나와 이야기를 나누고자 친히 절뚝거리며 나올 때까지.”

아라고른이 웃었다.

“누구에게나 남에게 내맡기고 싶지 않을 만큼 소중한 것이 있는 법이오. 그래도 당신은 노인장에게서 그 의지하는 물건을 떼어 놓으시려오? 자, 우릴 들어가게 해 주지 않겠소?”

하마가 말했다.

"마법사의 손에 쥐어진 지팡이는 노인의 의지물 그 이상의 것일 수 있습니다."

간달프가 몸을 기댄 물푸레나무 지팡이를 그가 뚫어지게 바라보았다.

"그렇지만 건실한 이는 의심스러울 때 자신의 지혜를 믿는 법이죠. 나는 당신들이 친구이고 존경받을 만한 분들로 음흉한 목적을 품고 있지 않다고 믿습니다. 들어가셔도 좋습니다."

이제 근위병들이 대문의 육중한 빗장을 들어 올려 천천히 문을 안쪽으로 돌리자 거대한 돌쩌귀에서 우르르 울리는 소리가 났다. 여행자들이 입장했다. 언덕 위의 맑은 공기를 접한 뒤라 안은 어둑하고 더운 것 같았다. 궁전은 길고 넓었으며 어둠과 어스름에 싸여 있었다. 거대한 기둥들이 높다란 지붕을 떠받쳤다. 그러나 깊은 처마 아래 높직한 동편 창들로부터 밝은 햇살이 가물거리며 여기저기 떨어졌다. 지붕창을 통해 피어오르는 연기의 가녀린 가닥들 위로 연푸른 하늘이 보였다. 어둠에 눈이 익어 가면서 여행자들은 발밑에 갖가지 색의 돌들이 깔리고 가지를 친 룬 문자들과 야릇한 도안들이 서로 얽혀 있다는 걸 인지했다. 그제야 그들은 기둥들에도 무늬가 풍성하게 새겨져 황금색과 반쯤 바랜 색들로 무지근히 가물거린다는 걸 알았다. 벽 위에는 직조된 천이 많이 걸렸는데, 그 널찍한 면 위로 옛 전설의 인물들이 어떤 것은 세월에 따라 흐릿하게, 또 어떤 것은 그늘 속에 어두워지며 행진했다. 그중 하나의 형체에 햇빛이 떨어져 밝게 드러났다. 백마 탄 젊은이였다. 그는 커다란 뿔나팔을 불고 있었고, 그의 노란 머리칼은 바람에 나부끼고 있었다. 말이 머리를 치켜든 채 먼 곳의 전투를 냄새 맡고 히힝 하고 우는 그 콧구멍이 넓고도 붉었다. 거품 이는 물살이 희고 푸르게 쇄도하여 그 무릎 주위로 소용돌이쳤다.

아라고른이 말했다.

"청년왕 에오를을 보게! 그는 저런 모습으로 북방에서 말을 달려 켈레브란트들판의 전투로 갔던 거야."

이제 4인의 동지들은 왕궁 한가운데 긴 화로 위에서 타는 선명한 화톳불을 지나 앞으로 갔다. 이윽고 그들은 발길을 멈췄다. 왕궁의 먼 쪽 끝에, 화로 너머의 문에서 북향으로 세 개의 층계가 달린 단(壇)이 있고 그 단의 가운데에 금빛으로 장식된 거대한 의자가 있었다. 그 위에 노령으로 몸이 너무 굽은 나머지 거의 난쟁이 같은 사람이 앉아 있었다. 그러나 그의 하얀 머리칼은 길고 숱이 많으며 땋은 머리 가닥들이 이마에 걸친 가느다란 황금관 밑으로 풍성하게 떨어졌다. 이마 중앙에는 하얀 금강석이 빛났다. 수염이 눈처럼 무릎 위에 펼쳐졌다. 그렇지만 이방인들을 응시하는 눈길이 반짝이는 데서 보이듯 그의 두 눈은 아직도 환한 빛으로 타올랐다. 의자 뒤로 흰색으로 차려입은 여인 하나가 서 있었다. 그의 발치께 층계 위에는 핼쑥하지만 현명한 얼굴에 눈꺼풀이 무겁게 처진 야윈 모습의 사내가 앉아 있었다.

잠시 침묵이 흘렀다. 노인은 의자에서 움직이지 않았다. 마침내 간달프가 말문을 열었다.

"반갑소이다, 셍겔의 아들 세오덴 왕이시여! 내가 돌아왔소. 보시오! 폭풍이 오는 만큼 제각기 따로 궤멸되지 않으려면 모든 친구들이 한데 뭉쳐야 하오."

백골의 손잡이가 달린 짧고 검은 지팡이에 몸을 무겁게 기대고서 노왕이 천천히 몸을 일으켰다. 그제야 이방인들은 몸이 굽긴 했어도 그가 아직도 키가 크며 젊은 시절엔 실로 늠름하고 기세가 높았음에 틀림없다는 걸 알았다.

세오덴이 말했다.

"어서 오시오. 아마도 당신은 환영을 바랄 테지요. 그러나 사실을 말하자면 이 땅에서 당신을 환영한다는 건 미심쩍은 일이오, 간달프. 당신은 늘 재앙의 사자(使者)였으니까. 분란이 까마귀 떼처럼 당신을 뒤따랐고, 잦아질수록 분란은 더 고약해졌소. 까놓고 말해, 샤두팍스가 기사 없이 돌아왔다고 들었을 때 난 말이 돌아온 것에 기쁘기도 했지만 기사가 없다는 것에 한층 더 기뻤소. 그리고 당신이 마침내 죽었다는 기별을 에오메르가 가져왔을 때 난 별로 애통해하지 않았소. 그러나 먼 데서 오는 소식은 참인 게 드물군. 여기 당신이 다시 나타났으니! 게다가 능히 예기할 수 있듯이 당신과 함께 이전보다 더 고약한 해악들이 닥쳐오겠지. 왜 내가 당신을 환영해야 한단 말이오, 폭풍까마귀 간달프여? 어디 한번 말해 보시오."

그가 다시 천천히 의자에 앉았다.

"지당하신 말씀입니다, 전하." 단의 층계에 앉아 있던 핼쑥한 사내가 말했다. "전하의 아드님 세오드레드께서 서부 변경에서 쓰러지셨다는 비통한 소식이 전해진 지 아직 닷새도 되지 않았습니다. 전하의 오른팔이자 마크의 제2원수이신 분께서 말입니다. 에오메르는 신임할 수 없는 자입니다. 만일 그가 통치하도록 허락하신다면 전하의 성벽을 지킬 병사는 거의 남아 있지 않을 것입니다. 그리고 지금도 우리는 암흑군주가 동쪽에서 꿈틀대고 있다는 소식을 곤도르로부터 듣습니다. 이 방랑자는 바로 이런 시각을 골라서 돌아온 것입니다. 실로 왜 우리가 당신을 환영해야 한단 말이오, 폭풍까마귀 선생? 나는 당신을 라스스펠, 즉 '불길한 소식'이라 부르오. 그리고 불길한 소식은 곧 불길한 손님이라 하지요."

그가 잠시 무거운 눈꺼풀을 치켜들고 음산한 눈길로 이방인들을 쳐다보며 징그럽게 웃었다.

간달프가 나직한 목소리로 말했다.

"내 친구 뱀혓바닥이여, 그대는 현명한 자로 여겨지고 분명 그대 주군에게 든든한 기둥이네. 그렇지만 흉보를 가져오는 사람에도 두 부류가 있을 게야. 스스로가 행악자(行惡者)이거나 또는 그냥 내버려 두다가 어려울 때 도움을 주려고만 오는 사람이지."

그러자 뱀혓바닥이 응수했다.

"말인즉슨 옳소. 하지만 세 번째 부류도 있소. 분란을 일으키는 자, 남의 불행에 쓸데없이 끼어드는 자, 전쟁 덕에 살찌는 썩은 고기를 먹는 새 말이오. 언제고 당신이 무슨 도움을 가져다주셨소, 폭풍까마귀 선생? 그리고 지금은 무슨 도움을 가져오신 거요? 지난번 여기에 왔을 때 당신이 구한 건 우리의 도움이었소. 그때 전하께서 어떤 것이든 마음에 드는 말을 타고 가라고 이르셨는데, 당신은 무엄하게도 샤두팍스를 택했소. 전하께선 몹시도 상심하셨소. 그렇지만 당신을 이 땅에서 서둘러 내보내는 걸 생각하면 그리 대단한 대가는 아니라고 여기는 이들도 있었소. 똑같은 일이 한 번 더 벌어질 것 같소이다. 즉, 당신은 도움을 주기보다는 청할 것이란 말이오. 당신이 군사를 데려왔소? 말, 칼, 창 들을 가져왔소? 그렇다면 난 그걸 도움이라 부르겠소. 우리가 지금 필요로 하는 것이니까. 그나저나, 당신 꽁무니를 따라온 이자들은 누구요? 회색 누더기를 걸친 방랑자 셋에다 당신 자신은 넷 중 제일 거지꼴이니!"

"근자에 당신 궁전의 예법이 다소 흐트러졌소이다, 셍겔의 아들 세오덴이여."

간달프가 말했다.

"성문에서 온 전령이 내 동지들의 이름을 아뢰지 않던가요? 로한의 그 어떤 군주도 이 같은 손님 세 분을 맞아들인 적은 없었을 것이오. 그들이 문간에 둔 무기들은 가장 강대한 이를 꼽더라도 많은 전사에 맞먹는 가치라오. 그들의 의복이 회색인 건 요정들이 입혀 준 것이기 때문이고, 그 덕분에 그들은 막대한 위험의 그림자를 통과해 당신의 궁전에 이르렀소."

뱀혓바닥이 다시 말했다.

"그럼 에오메르의 보고대로 당신들은 황금숲의 여자 마술사와 한패란 게 사실이오? 드위모르데네에선 늘상 책략의 거미줄을 짠다는 말이 놀랄 일도 아니로군."

김리가 성큼 한 걸음 앞으로 나섰다가 별안간 그의 어깨를 붙드는 간달프의 손길을 느끼고 돌처럼 뻣뻣이 멈추었다. 간달프가 나직이 노래를 부르기 시작했다.

드위모르데네에, 로슬로리엔에
인간의 발길 스쳐 간 적 드무네.
늘상 거기 있으며 길고 찬란한 빛을 본
죽을 운명의 눈 좀체 없네.
갈라드리엘이여! 갈라드리엘이여!
그대의 샘물 맑고,
그대 흰 손 안의 별 희며
드위모르데네의, 로슬로리엔의
잎과 땅은 훼손과 더러움 없어
죽을 인간의 생각보다 더욱 곱네!

노래를 마친 간달프는 갑자기 태도를 바꾸었다. 그는 누더기 망토를 내던지고 똑바로 서서 더는 지팡이에 기대지 않았다. 그러고는 맑고 차가운 목소리로 말했다.

"현자는 오직 자신이 아는 바에 대해서만 말하는 법이지, 갈모드의 아들 그리마여! 너는 한 마리 분별없는 벌레가 되었도다. 그러니 조용히 네 갈라진 혀는 이빨 뒤에 감추라! 나는 번개가 떨어질 때까지 알랑쇠 같은 너와 비뚤어진 언사를 주고받고자 불과 죽음을 뚫고 나온 게 아니야!"

그가 지팡이를 들어 올렸다. 우르릉대는 천둥소리가 났다. 동편 창문으로 들던 햇빛이 차단되고 별안간 왕궁 전체가 밤처럼 어두워졌다. 화롯불이 음침한 깜부기불로 흐려졌다. 어두워진 화로 앞에 희고 우뚝하니 선 간달프만이 보일 뿐이었다.
어둠 속에서 그들은 쉭쉭대는 뱀혓바닥의 목소리를 들었다.
"전하, 소신이 그의 지팡이를 금하시라고 간언하지 않았사옵니까? 저 바보 같은 하마가 우리를 배반했나이다!"
번개가 지붕을 쪼개 버린 것처럼 섬광이 일었다. 그러고 나자 모든 게 잠잠했다. 뱀혓바닥이 얼굴을 바닥에 대고 쭉 뻗었다.

"자, 셍겔의 아들 세오덴이여, 내 말을 경청하시겠소? 당신은 도움을 원하시오?"
간달프가 지팡이를 치켜들고 높직한 창 하나를 가리켰다. 그러자 어둠이 걷히는 것 같았고, 그 열린 구멍을 통해 높고 멀리 빛나는 하늘 한 자락이 보였다.
"모든 게 어둡진 않소. 용기를 가지시오, 마크의 군주여. 그보다 좋은 도움은 없을 테니. 절망하는 이들에게 내가 줄 수 있는 조언은 없소. 그렇지만 난 조언을 드릴 수 있고 또 당신에게 드릴 말이 있소. 들으시겠소? 아무에게나 들려줄 말이 아니오. 왕께서 문 앞으로 나가 널리 둘러볼 것을 권하오. 당신은 너무나 오랫동안 어둠 속에 앉아 뒤틀린 이야기와 비뚤어진 선동에 의지하셨소."
세오덴이 천천히 의자에서 일어섰다. 궁전엔 다시 희미한 빛이 커져 갔다. 그 여인이 서둘러 왕 곁으로 가 팔을 붙잡자 노인은 비슬거리는 걸음으로 단에서 내려와 궁전 여기저기를 가만히 걸었다. 뱀혓바닥은 여전히 바닥에 드러누워 있었다. 그들이 문에 이르자 간달프가 문을 두드리며 외쳤다.
"문 열어라! 마크의 군주께서 납시노라!"
문이 밀려나자 살을 에는 공기가 들이쳤다. 언덕 위에 바람이 불고 있었다. 간달프가 말했다.
"근위병들을 계단 밑까지 내려보내시오. 그리고 왕녀시여, 왕을 잠시 내게 맡기시오. 내가 돌볼 것이오."
늙은 왕이 말했다.
"가거라, 내 누이의 딸 에오윈이여! 두려움의 때는 지났노라."
그 여인이 방향을 틀어 천천히 궁전 안으로 들어갔다. 문을 지나면서 그녀는 몸을 돌려 뒤돌아봤다. 차분한 연민이 어린 눈으로 왕을 바라보는 그녀의 눈매가 진지하고 사려 깊었다. 그녀의 얼굴은 매우 아름다웠고, 긴 머리칼은 황금빛 강물 같았다. 은빛 허리띠가 둘린 흰옷을 입은 그녀는 큰 키에 가냘픈 몸매였지만, 왕족답게 강인하고 무쇠처럼 근엄해 보였다. 이렇게 아라고른은 한낮의 찬연한 햇빛 아래 처음으로 로한의 왕녀 에오윈을 보았고, 그녀가 아직 여인에 이르지 못한 창백한 봄의 아침처럼 아름답다고, 아름답고도 차갑다고 생각했다. 그리고 이제 그녀도 아라고른의 존재를 의식했다. 왕들의 훤칠한 후계자로 숱한 겨울을 거친 지혜를 갖추고 회색 망토 속에 크나큰 힘을 가리고 있음을 그녀는 감지했다. 잠시 그녀는 돌처럼 가만히 섰다가 이윽고 빠르게 몸을 돌려 사라졌다.
"자, 군주여! 당신의 땅을 바라보시오! 자유로운 공기를 다시 들이켜 보오!"
간달프가 외쳤다. 높은 대지 꼭대기의 현관에서 그들은 개울 너머로 로한의 초록 들판이 먼 곳의 회색빛으로 아련히 잠기는 걸 볼 수 있었다. 바람에 날린 비의 장막이 비스듬히 떨어지고 있었다. 위쪽과 서편 하늘이 천둥으로 아직 어두웠고 저 멀리 보이지 않는 구릉지 정상에는 번개가 명멸했다. 그렇지만 바람은 북풍으로 바뀌었고, 동쪽에서 몰려온 폭풍우는 벌써 남쪽으로 바다를 향해 밀려나며 잠잠해져 갔다. 갑자기 뒤편 구름이 갈라진 틈새로 한 줄기 햇빛이 찌르듯 내리꽂혔다. 쏟아지는 소나기가 은처럼 번득였고, 저 멀리 강이 어렴풋이 반짝이는 유리처럼 깜박였다.

"여기는 그리 어둡지 않구려."

세오덴이 말했다.

"그렇지요. 또 어떤 자들이 당신의 생각을 유도하려 한 대로 당신 어깨 위에 세월의 무게가 그리 무겁게 얹힌 것도 아니오. 당신이 의지하는 그 물건을 내던지시오!"

간달프의 말이 끝나자 검은 지팡이가 왕의 손에서 돌바닥 위로 덜거덕대며 떨어졌다. 어떤 지루하고 힘든 일을 하느라 오래 굽혔던 허리를 뻣뻣이 펴는 사람처럼, 그가 천천히 몸을 곧추세웠다. 이제 그는 큰 키대로 똑바로 섰고, 열리는 하늘을 들여다보는 두 눈이 푸르렀다.

"근자에 내가 꾼 꿈들은 어두웠지만 이젠 새롭게 깨어난 사람 같은 기분이오. 당신이 진작 왔더라면 하는 생각까지 드오, 간달프. 당신이 너무 늦게 와서 내 왕궁의 최후의 날들을 볼 뿐이 아닌가 싶으니까. 에오를의 아들 브레고께서 세우신 저 높은 궁성도 이젠 오래도록 서 있지는 못할 것이오. 불길이 저 왕궁을 집어삼킬 게요. 뭘 할 수 있겠소?"

간달프가 대답했다.

"할 일은 많소. 그러나 먼저 에오메르를 부르시오. 당신 말고는 모두가 뱀혓바닥이라고 부르는 그리마의 간언에 혹해 당신이 그를 옥에 가두었을 거란 내 짐작이 맞지 않소?"

"사실이오. 그는 내 명령에 반기를 들고 내 궁전에서 그리마를 죽이겠다고 위협했소."

"당신을 사랑하더라도 뱀혓바닥이나 그의 간언은 사랑하지 않을 수 있소."

"그럴 수 있지요. 당신이 부탁하는 대로 하겠소. 하마를 내게 불러 주시오. 수문장으로 미덥지 못했던 만큼 이제 그를 전령으로 쓰려오. 죄 있는 자가 죄 있는 자를 심판할 것이오."

세오덴의 목소리는 준엄했다. 그렇지만 그는 간달프를 쳐다보고 씽긋 웃었고, 그 순간 수많은 근심의 주름살이 펴져 사라지고 다시 돌아오지 않았다.

하마가 소환되어 분부를 받고 떠나자 간달프가 세오덴을 돌의자로 이끌고는 왕 앞의 가장 높은 계단에 앉았다. 아라고른과 그의 동지들이 곁에 섰다.

간달프가 말했다.

"왕께서 들어야 할 모든 걸 이야기할 시간은 없소. 그렇지만 내 희망이 그릇된 게 아니라면 머잖아 보다 상세하게 말할 때가 올 것이오. 보시오! 당신은 뱀혓바닥의 간계가 당신 꿈에 엮어 넣을 수 있는 것보다 훨씬 더 큰 위험에 처했소. 하지만 보시오! 당신은 더는 꿈꾸지 않소. 당신은 살아 있소. 곤도르와 로한은 고립되어 있지 않소. 적은 우리가 어림하는 것보다 강대하지만 우리에겐 그가 헤아리지 못한 희망이 있소."

이제 간달프는 빠르게 말했다. 그의 목소리가 낮고 은밀해서 왕 외에 누구도 그의 말을 듣지 못했다. 그렇지만 그가 말할 동안에도 세오덴의 눈길은 더 환하게 빛났다. 마침내 그가 의자에서 일어나 키대로 서고 간달프가 그 옆에 섰다. 그들은 그 높은 곳에서 함께 동쪽을 내다보았다.

간달프가 큰 소리로 날카롭고 또렷하게 말했다.

"진정, 우리의 가장 큰 두려움이 자리한 저 길에 우리의 희망도 있소. 운명은 여전히 한 가닥 실에 매달려 있소. 그렇지만 만약 우리가 한동안 정복되지 않고 버틸 수만 있다면 아직 희망은 있는 것이오."

다른 이들도 눈길을 동쪽으로 돌렸다. 그들은 사이에 가로놓인 멀고 먼 거리를 더듬어 저 멀리 시야가 미치는 곳까지 응시했고, 그들의 생각은 희망과 두려움에 실려 어둑한 산맥 너머 암흑의 땅까지 나아갔다. 반지의 사자는 지금 어디 있단 말인가? 운명이 매달린 실 가닥은 그 얼마나 가냘픈가! 멀리 보는 눈을 바짝 죄어 살피던 레골라스는 하얗게 반짝이는 것을 포착한 것 같은 느낌이 들었다. 저 멀리 감시탑 꼭대기에 햇빛이 반사된 것일 수도 있었다. 그리고 더 멀리에는 널름대는 아주 작은 불꽃이 있었는데, 까마득히 멀긴 해도 임박한 위협이었다.

간달프의 의지에 반해 아직도 나른한 피로감이 자신을 지배하려고 드는 것처럼 세오덴은 다시 앉았다. 그가 몸을 돌려 왕궁을 쳐다보며 말했다.

"아! 이 사악한 시절이 내 몫이고 또 늘그막에 애써 얻은 저 평화를 밀어내고 오다니! 아, 용자 보로미르여! 젊은이는 사라지고 늙은이는 시들어 가며 구차한 목숨을 부지하다니."

그가 주름진 양손으로 무릎을 움켜잡았다.

"당신의 손가락이 예전의 힘을 더 잘 기억하려면 칼자루를 쥐는 게 좋을 거요."

간달프가 말했다. 세오덴이 일어나 손을 옆구리에 갖다 댔지만 허리띠엔 칼이 매여 있지 않았다.

"그리마가 어디다 치운 거지?"

그가 숨죽여 중얼거렸다. 그러자 맑은 목소리가 울렸다.

"이것을 받으십시오, 전하! 이 칼은 언제고 전하의 부름을 기다리고 있었나이다."

두 사람이 조용히 층계를 올라 꼭대기에서 몇 계단 떨어진 곳에 서 있었다. 에오메르가 거기 있었다. 머리에 투구를 쓰지 않고 가슴에 갑옷을 착용하지도 않았지만 손에는 칼을 뽑아 들고 있었다. 그가 무릎을 꿇으며 칼자루를 왕에게 내밀었다.

"이게 어찌 된 일인가?"

세오덴이 준엄하게 말했다. 그가 에오메르 쪽으로 몸을 돌리자 두 사람은 위풍당당하고 곧추선 그를 경탄의 눈길로 바라보았다. 의자에 웅크리고 앉거나 지팡이에 몸을 의지했던 그 노인은 어디로 갔단 말인가?

"소신이 행한 일이옵니다. 전하!" 하마가 몸을 떨며 말했다. "소신은 에오메르 공이 석방되는 것으로 이해했습니다. 가슴에 기쁨이 넘친 나머지 혹시 소신이 과오를 범했을 수도 있나이다. 하오나, 다시 자유로운 몸이 되고 또 마크의 원수인 만큼 공이 명하는 대로 그의 칼을 가져다주었습니다."

에오메르가 말했다.

"전하의 발치에 두기 위한 것이었습니다."

잠시 침묵이 흐를 동안 세오덴은 앞에 아직도 무릎을 꿇은 에오메르를 내려다보며 서 있었다. 어느 쪽도 움직이지 않았다.

마침내 간달프가 말했다.

"검을 받지 않으시려오?"

세오덴이 천천히 손을 뻗쳤다. 그 손가락들이 칼자루를 잡는 순간 지켜보는 이들에겐 그 가는 팔에 결기와 힘이 되살아난 것 같았다. 갑자기 그가 검을 치켜들고 공중에 휘둘렀다. 어렴풋한 빛이 일고 휙휙 허공을 가르는 소리가 났다. 다음에는 그가 큰 함성을 질렀다. 로한의 언어로 전투 준비를 명하는 그의 목소리가 청아하게 울렸다.

이제 일어나라, 일어나라, 세오덴의 기사들이여!
용맹스러운 공훈을 일깨우라, 동녘이 어둡도다!
말에 고삐를 채우고 뿔나팔을 울리라!
전진하라, 에오를의 군사여!

근위병들이 자신들을 부른다고 생각하고 층계를 뛰어 올라왔다. 그들은 깜짝 놀라 주군을 바라보더니 이윽고 일제히 칼을 빼 그의 발치에 놓으며 외쳤다.

"저희를 지휘하소서!"

그러자 에오메르가 외쳤다.

"웨스투 세오덴 할(만수무강하옵소서, 세오덴 왕이시여)! 전하께서 본래 모습으로 돌아오신 것을 보니 기쁘기 그지없습니다. 간달프여, 그대가 오직 비탄만 가져온다는 말은 다시는 없을 것이오!"

세오덴이 말했다.

"내 누이의 아들 에오메르여, 그대의 칼을 돌려받으라! 그리고 하마여, 내 검을 찾으라! 그리마가 보관해 두었을 것이다. 또한 그를 내게 데려오라. 자, 간달프여, 그대는 내가 듣고자 한다면 들려줄 조언이 있다고 했소. 그 조언이 무엇이오?"

"이미 당신께서는 친히 조언을 받으셨소. 비뚤어진 심성의 소유자가 아니라 에오메르를 신뢰할 것, 후회와 두려움을 떨쳐 버릴 것, 당면한 행동을 실행할 것이오. 에오메르가 권고한 대로 말을 탈 수 있는 모든 병사를 곧장 서쪽으로 보내야 하오. 시간이 있을 동안 우리는 먼저 사루만의 위협을 격파해야 하오. 만약 실패하면 우리는 멸망이오. 만약 성공하면—그때는 다음 과업을 맞이할 것이오. 그동안에 남아 있는 당신의 백성들, 곧 여자와 어린이와 노인은 마련해 둔 산중 피난처로 급히 가야 하오. 그곳은 바로 이 같은 환난의 날에 대비가 되어 있잖소? 양식을 가져가게 하되 지체하지 않도록 하고, 또 크든 작든 귀중품을 과중하게 짊어져선 안 되오. 위태로운 건 그들의 목숨이니까."

"합당한 조언 같소이다." 세오덴이 말했다. "모든 백성으로 하여금 준비토록 하라! 한데, 내 손님인 그대들은—간달프여, 내 궁전의 예법이 흐트러졌다는 그대의 말씀은 지당하오. 그대들은 밤새워 말을 달렸고 이제 아침도 지나가오. 그대들은 잠도 식사도 취하지 못하셨소. 객사가 준비될 것이니 거기서 식사를 하신 후 좀 주무시오."

그러자 아라고른이 말했다.

"아닙니다, 전하. 아직은 지친 자들이 휴식을 취할 수 없습니다. 로한의 군사는 오늘 출격해야 하고 우리도 도끼, 활, 칼을 들고 그들과 함께 갈 것이오. 우리는 궁성 벽에 세워 놓고자 그것들을 가져온 게 아니니까요, 마크의 군주여. 게다가 나는 에오메르 공에게 내 검과 그의 것을 함께 뽑을 것을 약속했소."

"실로 이제야 승리의 희망이 보이오!"

에오메르가 말했다.

"희망이라, 그렇고말고. 그러나 아이센가드는 강하오. 그리고 다른 위험들도 계속 더 가까이 다가오오. 우리가 떠난 뒤 지체하지 마시오. 세오덴이여! 신속히 백성들을 산속의 검산오름 요새로 이끄시오!"

"아니요, 간달프!" 왕이 말했다. "그대는 자신이 베푼 치유 효과를 모르시는군. 그럴 수는 없소. 내가 친히 싸우러 가 전선에서 쓰러지겠소, 피할 수 없는 일이라면 말이오. 그래야만 보다 편히 잠들 것이오."

아라고른이 말했다.

"그렇다면 로한의 패배조차 노래 속에선 영광스러울 것이오."

"마크의 왕께서 말을 달리노라! 전진하라, 에오를의 후손이여!"

근처에 선 무장한 병사들이 외치며 서로의 무기를 부딪쳤다.

"그러나 당신의 백성이 무장도 하지 않은 데다 지도자까지 없어선 안 될 일이오. 왕께서 가신다면 누가 그들을 이끌겠소?"

세오덴이 대답했다.

"떠나기 전에 그 일을 생각하겠소. 음, 내 고문이 저기 오는군."

그 순간 하마가 궁전에서 다시 나왔다. 그 뒤로 뱀혓바닥 그리마가 다른 두 병사 사이에서 몸을 움츠린 채 따라왔다. 그 얼굴이 백지장처럼 창백했다. 햇빛 속에 두 눈이 깜박거렸다. 하마가 무릎을 꿇고 세오덴 왕에게 황금 손잡이에 초록빛 보석이 박힌 장검을 바쳤다.

"전하, 전래의 보도(寶刀) 헤루그림이 여기 있나이다. 그리마의 궤 속에서 찾았습니다. 그가 한사코 열쇠를 내놓지 않으려 했습니다. 그간에 없어진 많은 것들이 거기에 있더이다."

"거짓말이야!" 뱀혓바닥이 말했다. "이 검은 네 주군께서 친히 내게 맡기신 거야."

"그러니 당사자가 그대에게 그것을 다시 달라는 게야. 뭐 못마땅한 거라도 있나?"

세오덴 왕이 말했다.

"그럴 리가 있나이까, 전하!" 뱀혓바닥이 말했다. "소신은 전하와 전하의 소유물을 성심을 다해 받들 뿐입니다. 하오나 옥체를 피로하게 하시거나 기운을 과하게 쓰지 마옵소서. 이 성가신 손님들은 다른 이들에게 맡기십시오. 전하의 수라상이 차려질 참입니다. 가시겠나이까?"

"그러지." 세오덴 왕이 말했다. "그리고 내 손님들을 위한 음식도 내 곁에 차리라. 오늘 그 주인도 말을 달린다. 전령들을 내보내라! 그들로 하여금 가까이 거하는 모든 이들을 소환케 하라! 모든 장정과 무기를 들 수 있는 건장한 소년, 말을 가진 모든 이들로 하여금 오후 2시까지 말을 타고 성문에 모이게 하라!"

"아이고, 전하!" 뱀혓바닥이 소리쳤다. "소신이 우려한 바이옵시다. 이 마법사가 전하를 홀린 것입니다. 선왕들의 황금궁전과 그 모든 재보를 지킬 이가 아무도 남지 않는 것인가요? 마크의 군주를 호위할 자들도 없단 말입니까?"

"이것이 마법에 홀린 것이라 해도 그대가 내 귀에 속삭인 말보다는 더 유익한 것 같구나. 그대의 의술(醫術)은 머잖아 나를 짐승처럼 네 발로 기게 만들었을 게야. 아니야, 한 명도 남아선 안 돼, 그리마 그대까지도. 그리마도 말을 달린다. 가거라! 그대에겐 아직 그대의 칼에 슨 녹을 벗겨 낼 시간이 있어."

뱀혓바닥이 바닥을 기며 애처로운 소리로 울었다.

"온정을 베푸소서, 전하. 전하를 섬기느라 기력이 쇠진된 소신을 가엾이 여기소서! 소신을 전하 곁에서 떠나보내지 마소서! 다른 모든 이들이 떠났다 해도 적어도 소신만은 전하 곁을 지키겠나이다. 전하의 충직한 그리마를 내치지 마소서!"

세오덴이 말했다.

"나는 그대를 가엾게 여긴다. 그대를 내 곁에서 내치지 않아. 나는 친히 내 군사와 함께 싸우러 가는 게다. 그러니 나와 함께 감으로써 그대의 충성을 입증하라."

뱀혓바닥이 이 얼굴 저 얼굴을 번갈아 바라보았다. 빙 둘러싼 적들 사이로 어떤 틈새를 찾는, 쫓기는 짐승의 표정이 그의 눈에 감돌았다. 그가 길고 창백한 혀로 입술을 핥았다.

"비록 연로하시지만 에오를 왕가의 군주에게서 능히 기대될 만한 결단이옵니다. 하오나 전하를 진정으로 사랑하는 이들이라면 전하의 쇠잔해 가는 노령을 염려할 것입니다. 그렇지만 소신이 너무 늦게 온 것 같나이다. 아마도 전하의 별세를 덜 슬퍼할 다른 자들이 이미 전하의 마음을 단단히 붙잡은 것 같나이다. 소신이 그들의 소행을 돌이킬 수 없다면 적어도 이 점에 대해선 소신의 말씀을 들어 주십시오, 전하! 전하의 심중을 잘 알고 전하의 명령을 잘 받드는 이가 에도라스에 남아야 합니다. 충직한 섭정을 임명하십시오. 전하의 고문 그리마로 하여금 전하의 귀환 시까지 모든 것들을 간수하게 하옵소서—그리고 현명한 사람이라면 기대하지 않겠지만, 소신은 전하의 귀환을 볼 수 있기를 축원하나이다."

에오메르가 웃으며 말했다.

"고매한 뱀혓바닥이여! 한데 만약 그런 간청으로도 전쟁을 모면할 수 없다면, 덜 영예로운 것으로 어떤 직책을 받을 텐가? 식량 자루를 산중으로 운반할 텐가—만일 어떤 이가 그대에게 그런 일을 맡긴다면 말이야?"

"아니요, 에오메르, 그대는 뱀혓바닥 선생의 심중을 온전히 이해하지 못하고 있구려."

간달프가 꿰뚫는 듯한 시선을 그에게 돌렸다.

"그는 뱃심 좋고 교활한 자요. 지금도 그는 목숨을 걸고 수작을 부리고 운명의 주사위 노름을 주도하오. 이미 그는 소중한 내 시간을 허비했소. 쓰러져라, 뱀아!"

갑자기 간달프가 섬뜩한 목소리로 말했다.

"배를 깔고 쓰러져라! 사루만이 네놈을 매수한 지 얼마나 되었지? 약속받은 대가가 뭐였나? 모든 남자가 죽고 나면 네놈이 제 몫의 보물을 골라잡고, 탐하던 그 여인을 취한다는 겐가? 네놈은 너무도 오랫동안 그녀를 눈꺼풀 아래로 주시하고 그녀의 발길을 뒤쫓아 다녔어."

에오메르가 칼을 움켜쥐며 일갈했다.

"그건 나도 이미 알고 있었소. 그 때문에 나는 궁정의 법도도 잊고 그를 베어 버리려 했소. 하지만 다른 이유들도 있었소."

그가 앞으로 나섰지만 간달프가 그를 손으로 제지했다.

"에오윈은 이제 안전하오. 하지만 네놈 뱀혓바닥, 네놈은 네 진짜 주군을 위해 할 수 있는 일을 다 했어. 적어도 웬만큼의 보상도 받았고. 그렇지만 사루만은 자신의 거래를 잘 잊는 자야. 충고하는데, 그가 네 충직한 봉사를 잊지 않게끔 어서 달려가 상기시켜 주라고."

"거짓말이야!"

뱀혓바닥이 소리 지르자 간달프가 말했다.

"네놈 입술에선 그 낱말이 너무 자주 쉽게 나오는군. 나는 거짓말을 하지 않아. 보시오, 세오덴이여. 여기 뱀 한 마리가 있소! 그대는 안심하고 저것을 데려갈 수도 없고 또 뒤에 남겨 둘 수도 없소. 저것은 베어 버려야 마땅하오. 그렇지만 저것도 지금처럼 늘 저렇진 않았소. 한때는 저것도 사람이었고 또 제 나름으로 당신을 섬겼소. 말 한 필을 그에게 내주어 자신이 택하는 어디든지 곧장 가게 하시오. 당신은 그의 선택에 따라 그를 판단할 것이오."

세오덴이 말했다.

"네놈이 이 말을 들었으렷다, 뱀혓바닥이여? 네놈이 선택할 건 바로 이것이야. 나와 함께 말을 달려 싸우러 가 전투에서 네 충성을 보여 주든지, 아니면 지금 어디로든 네놈이 원하는 곳으로 가는 것이야. 그러나 후자의 경우, 만일 우리가 언제고 다시 만난다면 나는 자비를 베풀지 않을 것이다."

뱀혓바닥이 천천히 일어났다. 그는 반쯤 감긴 눈으로 그들을 쳐다보았다. 그가 마지막으로 세오덴의 얼굴을 찬찬히 살피곤 말을 하려는 듯 입을 벌렸다. 별안간 그가 몸을 꼿꼿이 세웠다. 양손이 실룩거리고 두 눈이 반짝거렸다. 그 눈에 지독한 악의가 담긴지라 사람들이 그에게서 물러섰다. 그가 이를 드러냈고, 이윽고 숨을 쉬쉬거리며 왕의 발치에 침을 뱉고는 한쪽으로 쏜살같이 달려 층계 아래로 달아났다.

"저놈을 쫓아라! 저놈이 아무에게도 해를 끼치지 못하게 하되 놈을 해치거나 놈의 길을 막지는 말라. 놈이 원한다면 말 한 필을 내주어라."

세오덴이 말했다.

"놈을 태우려는 말이 있다면 말이지."

에오메르가 덧붙였다.

근위병 한 명이 층계를 달려 내려갔다. 다른 근위병 하나는 대지 아래의 샘으로 가서 투구에다 물을 떠 왔다. 그는 그것으로 뱀혓바닥이 더럽힌 돌들을 깨끗이 씻었다.

세오덴이 말했다.

"자, 손님들이여, 갑시다! 가서 급한 대로 식사를 좀 하십시다."

그들은 궁전 안으로 다시 들어갔다. 아래 도성에서는 전령들이 소리치고 전쟁을 알리는 뿔나팔 소리가 들렸다. 도성의 장정들과 인근에 거주하는 자들이 무장하고 집결하는 대로 왕이 출정할 것이기 때문이었다.

왕의 식탁에는 에오메르와 네 손님이 앉았고, 거기엔 또한 왕녀 에오윈이 나와 왕의 시중을 들고 있었다. 그들은 빠르게 먹고 마셨다. 세오덴이 사루만에 대해 간달프에게 묻는동안, 다른 이들은 말이 없었다.

"사루만의 배반이 얼마나 오래전으로 거슬러 올라가는지 누가 짐작이나 하겠소? 그가 늘 사악했던 건 아니오. 한때는 그가 로한의 친구였다는 걸 난 의심치 않소. 그리고 그의 가슴이 한층 차가워졌을 때조차도 그는 여전히 당신을 유용한 존재로 여겼소. 그러나 때가 올 때까지 그가 우정의 가면을 쓰고 당신의 파멸을 궁리한 건 오래된 일이오. 그 시기에 뱀혓바닥의 임무 수행은 수월했던지라 당신이 행한 모든 일이 신속하게 아이센가드에 알려졌소. 당신의 땅은 탁 트여 있어 이방인들이 오가고 했으니까. 더하여 항상 뱀혓바닥이 당신의 귀에 간언을 속살거려 당신 생각에 해독을 끼치고 가슴을 차갑게 만들고 사지를 쇠약하게 했소. 그동안 다른 이들은 지켜보기만 할 뿐 어찌할 수가 없었던 게, 그가 당신의 의지를 좌지우지했기 때문이었소.

그랬다가 내가 탈출해서 당신에게 경고했을 때 그제야 그 가면이 벗겨졌소. 보고자 하는 뜻이 있는 자들에겐 말이오. 그 후 뱀혓바닥은 위험한 수작을 부려 늘 당신을 지체시키고 당신의 전 병력이 규합되는 걸 막았소. 그는 간교한 자라 때에 맞게 사람들의 경계심을 무디게 하거나 그들의 공포심을 이용했소. 임박한 위험은 서쪽인데도 북쪽으로의 헛된 추적에 모든 병력을 투입해야 한다고 그가 기를 쓰고 주장하던 것을 기억하지 못하오? 그는 당신을 구워삶아 에오메르가 침략한 오르크들을 쫓지 못하게 했소. 만일 에오메르가 당신의 입을 빌린 뱀혓바닥의 목소리에 반항하지 않았더라면, 그 오르크들은 지금쯤 크나큰 전리품을 안고 아이센가드에 당도했을 것이오. 실로 그것이 사루만이 무엇보다 갈망하는 그 전리품은 아니었어도 좌우간 내 원정대의 두 대원이고, 왕이시여, 아직은 내가 심지어 당신에게도 터놓고 말할 수 없는 비밀스러운 희망의 공유자들이오. 그들이 지금 어떤 고통을 겪고 있을지 또는 사루만이 우리를 파멸시킬 그 무엇을 알아냈을지 감히 생각할 수 있겠소?"

"내가 에오메르에게 빚진 게 많소. 충직한 가슴은 거침없는 혀와 짝을 이루는 법인데 말이오."

세오덴이 말했다.

"이 말씀도 하셔야지요. 비뚤어진 눈에는 진리가 뒤틀려 보일 수 있다고 말이오."

간달프의 말에 세오덴이 응수했다.

"실로 내 두 눈이 멀었던 것과 매한가지였소. 무엇보다도 내 손님인 당신께 빚을 졌소. 당신은 다시 한번 때맞춰 오셨소. 우리가 떠나기 전에 당신이 택하는 선물을 드리겠소. 무엇이든 말씀만 하시오. 이제 내겐 오직 이 검만 있으면 되오!"

"내가 때맞춰 온 건지 아닌지는 두고 볼 일이오."

간달프가 말했다.

"한데 군주여, 당신이 주겠다는 선물로 난 빠르고 확실해야 하는 내 용무에 맞는 걸 택하겠소. 샤두팍스를 주시오! 이전엔 단지 빌리기만 했소, 그걸 빌린 거라고 부를 수 있다면 말이오. 이제 나는 그를 타고 암흑에 맞서, 은빛을 휘날리며 크나큰 위험 속으로 뛰어들 것인 만큼 나 자신의 것이 아닌 것을 위태롭게 하진 않겠소. 덧붙여 벌써 우리 사이에는 애정의 결속이 있소."

"잘 고르셨소." 세오덴이 말했다. "기꺼이 드리리다. 그렇지만 그것은 참으로 대단한 선물이오. 샤두팍스에 비길 것은 아무것도 없소. 옛적의 강대한 군마들이 그에게서 재현된 것이오. 다시는 그와 같은 말이 재현되지 않을 거요. 그리고 다른 손님들께도 내 병기고에서 찾을 수 있는 그런 것들을 드리겠소. 칼은 필요치 않겠지만 정교한 작업으로 만든 투구와 사슬갑옷들이 있소. 곤도르에서 내 선조들께 보낸 선물들이오. 우리가 출발하기 전에 고르시오. 그리고 그것들이 당신들에게 꽤 쓸모가 있기를 바라오!"

병사들이 왕의 보고(寶庫)에서 무구를 날라 와서 아라고른과 레골라스에게 빛나는 사슬갑옷을 차려입혔다. 그들은 투구와 둥근 방패도 골랐다. 방패의 양각(陽刻)에는 황금이 입히고 푸르고 붉고 흰 보석들이 박혀 있었다. 간달프는 아무런 무구도 취하지 않았고, 김리는 혹 자기 신장에 맞는 것이 있었다 하더라도 사슬로 엮은 갑옷을 필요로 하지 않았다. 에도라스의 보고엔 북방의 산 밑에서 벼려진 자신의 짧은 허리갑옷보다 잘 만든 사슬갑옷이 없었던 것이다. 하지만 그는 자신의 둥근 머리에 잘 맞는, 쇠와 가죽으로 만든 투구를 골랐고 작은 방패도 집어 들었다. 그 방패에는 초록 바탕에 흰 색으로 달리는 백마가 새겨져 있었는데 에오를 왕가의 문장(紋章)이었다.

"그 방패가 당신을 잘 지켜 주기를!" 세오덴이 말했다. "그것은 나의 부왕 셍겔의 시대에, 내가 아직 소년일 적에 나를 위해 만들어진 것이오."

김리가 절을 했다.

"마크의 군주시여! 당신의 문장을 지니게 되어 자랑스럽습니다. 정말이지 나는 말에 실리기보다는 차라리 말을 떠메겠나이다. 나는 제 발을 더 사랑하니까요. 그렇더라도 내가 서서 싸울 곳에 가는 데는 별 문제가 없을 것입니다."

"그럴 테지요."

왕이 일어났다. 그러자 곧장 에오윈이 술을 들고 앞으로 나섰다.

"페르수 세오덴 할(안전한 여정이 되시길, 세오덴 왕이시여)! 이제 이 잔을 받으시고 기쁘게 드십시오. 전하의 들고나심에 건강이 함께하기를 비나이다!"

세오덴이 잔을 비우자 그녀는 손님들에게 그 잔을 권했다. 아라고른 앞에 서자 그녀가 갑자기 멈추고 그를 바라보았는데 두 눈이 빛나고 있었다. 아라고른은 또한 그녀의 아름다운 얼굴을 내려다보고 미소를 지었다. 그런데 잔을 잡는 순간 그의 손이 그녀의 손에 닿자, 아라고른은 그 접촉에 그녀의 몸이 떨렸다는 걸 알았다. 에오윈이 입을 열었다.

"반갑습니다, 아라소른의 아들 아라고른이시여!"

"반갑소이다, 로한의 왕녀여!"

그러나 화답할 때 그의 얼굴엔 근심이 어렸고 그는 미소도 짓지 않았다.

모두가 마시고 나자 왕은 궁전을 내려가 성문에 이르렀다. 근위병들이 거기서 그를 기다렸고, 전령들이 서 있었다. 그리고 에도라스에 남아 있거나 인근에 거주하는 모든 영주들과 족장들이 모여 있었다.

세오덴이 외쳤다.

"보라! 내가 출정하며 이것은 내 마지막 출정이 될 것 같도다. 내게는 후사(後嗣)가 없소. 내 아들 세오드레드는 전사했소. 나는 내 누이의 아들 에오메르를 후계자로 지명하오. 만약 우리 둘 중에 누구도 돌아오지 못한다면 그때는 그대들의 뜻대로 새로운 군주를 선택하시오. 그러나 지금 나는 뒤에 남기는 내 백성을 누군가에게 위탁하여 나 대신 그들을 다스리게 해야 하오. 그대들 가운데 누가 남겠소?"

누구도 대답하지 않았다.

"거명하고 싶은 이가 없소? 내 백성의 신망을 받는 이가 누구요?"

"에오를 왕가입니다."

하마가 대답했다.

"그러나 에오메르를 남겨 둘 수는 없네. 또 그도 남으려 하지 않을 거야. 게다가 그는 에오를 가문의 마지막 후손이오."

왕의 말에 이어 하마가 다시 대답했다.

"소신은 에오메르 공을 말하지 않았습니다. 그리고 그가 마지막 후손도 아닙니다. 에오문드의 따님으로 그의 누이인 에오윈이 있사옵니다. 그녀는 두려움을 모르고 기개가 높습니다. 모든 백성들이 그녀를 사랑합니다. 우리가 떠난 동안 그녀를 로한의 군주로 삼으소서."

세오덴이 말했다.

"그리할 것이다. 전령들은 백성들에게 에오윈 왕녀가 그들을 이끌 것임을 공포하라!"

그다음 왕이 성문 앞의 좌석에 좌정했고, 에오윈이 그 앞에 무릎을 꿇고 그로부터 검과 아리따운 허리갑옷을 받았다.

"잘 있거라, 내 누이의 딸이여! 때가 어둡긴 하지만 어쩌면 우리가 황금궁전에 돌아올 수도 있을 것이다. 그러나 백성들은 검산오름에서 오랫동안 스스로를 지킬 수 있을 것이고, 그리고 만일 전투가 여의치 않게 돌아간다면 피신한 모든 이들이 거기로 갈 것이다."

"그런 말씀은 거두어 주십시오! 저는 전하의 귀환 시까지 하루하루를 1년처럼 견딜 것이옵니다."

이렇게 말하면서도 에오윈의 눈길은 곁에 선 아라고른을 향했다.

"왕께선 다시 오실 것이오. 걱정하지 마시오! 우리를 기다리는 운명은 서쪽이 아니라 동쪽이니 말이오."

아라고른이 말했다.

이제 왕은 간달프와 나란히 계단을 내려갔다. 다른 이들이 그 뒤를 따랐다. 그들이 성문 쪽으로 지나갈 때 아라고른이 뒤돌아보았다. 계단 꼭대기의 궁전 문 앞에 에오윈이 홀로 서 있었다. 그녀는 앞에 검을 곧추세우고 두 손으로 칼자루를 잡고 있었다. 갑옷을 착용한 그녀가 햇살 속에 은처럼 빛났다.

김리는 어깨에 도끼를 메고 레골라스와 함께 걸었다.

"음, 드디어 출발이야! 인간들은 행동하기 전에 많은 말이 필요하다니까. 내 손의 도끼는 좀이 쑤시는 모양인데. 물론 일이 닥치면 이 로한인들이 용맹스럽다는 걸 알지만 말이야. 그럼에도 불구하고 이것은 내 마음에 맞는 싸움은 아니야. 이런 식으로 어떻게 전장까지 간담? 난 간달프의 안장 앞가지에 짐꾸러미처럼 실려 덜컹덜컹 흔들리는 대신 걸어가고 싶어."

레골라스가 대답했다.

"거기가 다른 어디보다 안전한 자리일 성싶어. 그렇지만 전투가 시작되면 분명 간달프는 기꺼이 자넬 발 디디고 서게 해 줄 거야. 아니면 샤두팍스 스스로 그렇게 하든. 도끼는 기사에게 합당한 무기가 아니니까."

"그럼, 난쟁이는 기병이 아니지. 난 오르크들의 목을 베고 싶은 거지 인간들의 머리 가죽을 깎아 주려는 게 아니라고."

김리가 도낏자루를 툭툭 치며 말했다.

성문에서 그들은 노인 젊은이 할 것 없이 수많은 사람들이 모두 벌써 말을 타고 있는 걸 보았다. 천 명 이상이 소집되어 있었다. 그들의 창은 낭창낭창한 목재로 만들어진 것 같았다. 세오덴이 앞으로 나서자 그들이 우렁찬 환호를 외쳤다. 왕의 말 스나우마나가 대기하고 있었고, 아라고른과 레골라스의 말들도 준비되어 있었다. 김리가 얼굴을 찌푸린 채 언짢은 기분으로 서 있는데, 에오메르가 자신의 말을 이끌고 그에게 다가갔다.

"반갑소, 글로인의 아들 김리여! 당신이 약속한 대로 당신의 편달 아래 점잖은 말씨를 배울 시간을 갖지 못했소. 그렇지만 우리의 다툼은 접어 두는 게 좋지 않겠소?"

"한동안은 내 분노를 잊겠소, 에오문드의 아들 에오메르여."

김리가 말했다.

"그러나 언젠가 당신이 자신의 눈으로 갈라드리엘을 본다면, 그땐 그녀가 가장 아름다운 귀부인이라는 것을 당신도 인정할 것이오. 그러지 않으면 우리의 우의는 끝장일 것이오."

"좋소!" 에오메르가 말했다. "그러나 그때까지는 날 용서하고 용서의 표시로 나와 함께 말을 탈 것을 간청하오. 간달프는 마크의 군주와 함께 선두에 설 것이오. 어쨌든 내 말 날랜발은 당신만 좋다면 기꺼이 우리 둘을 태울 거요."

김리는 대단히 흡족해하며 대답했다.

"참으로 감사하오. 만약 내 동지 레골라스가 우리 곁에서 달려도 좋다면 기꺼이 당신과 함께 가겠소."

"좋고말고요." 에오메르가 말했다. "좌측에는 레골라스, 우측엔 아라고른이 있으니 누구도 감히 우리 앞에 서지 못할 거요!"

"샤두팍스는 어디 있지?"

간달프가 말하자 그들이 대답했다.

"초원 위를 사납게 달리고 있어요. 아무도 자신에게 손을 대지 못하게 해요. 저 아래 여울 옆을 버드나무 숲 속의 그림자처럼 가요."

간달프가 휘파람을 불고 말의 이름을 크게 소리쳐 부르자 멀리서 샤두팍스가 갑자기 머리를 쳐들고 히힝 하고 울더니 몸을 돌려 화살처럼 주인을 향해 질주해 왔다. 그 위대한 말이 달려와 마법사 앞에 서는 걸 보고 에오메르가 이렇게 말했다.

"서풍의 숨결이 눈에 보이는 육체를 취한다면 바로 저 모습일 거야."

"선물은 벌써 주어진 듯하오." 세오덴이 말했다. "하지만 모두 들으라! 나는 지금 여기서 가장 지혜로운 고문이자 가장 환영받는 방랑자인 회색망토의 간달프를 우리 동족이 지속할 동안 마크의 영주이자 에오를 후손의 지휘관으로 지명하고, 또 그에게 말들의 왕자 샤두팍스를 수여하노라."

"감사하오, 세오덴 왕이시여!"

간달프가 말했다. 그다음 그는 갑자기 회색 망토를 젖히고 모자를 옆으로 젖히며 말 등에 올라탔다. 그는 투구도 갑옷도 착용하지 않았다. 눈처럼 흰 머리칼이 바람에 자유분방하게 날리고 흰옷이 햇빛 속에 눈부시게 빛났다.

"백색의 기사를 보라!"

아라고른이 외치자 모든 이가 그 말을 복창했다.

"우리의 왕과 백색의 기사여!"

"전진하라, 에오를의 후손이여!"

모두가 환호의 함성을 질렀다. 나팔 소리가 울려 퍼졌다. 말들이 뒷발로 버티고 서서 히이힝 하고 울었다. 창이 방패에 부딪쳐 쨍그랑대는 소리가 났다. 이윽고 왕이 손을 들었고, 로한의 마지막 군대는 느닷없이 닥치는 강풍처럼 우레 같은 소리를 내며 일거에 서쪽으로 달렸다.

에오윈이 고적한 궁정의 문 앞에 홀로 가만히 서서 멀리 평원 위로 번쩍이는 창들을 지켜보았다.

Chapter 7

헬름협곡

그들이 에도라스에서 출격했을 때 해는 이미 서쪽으로 기울고 있었다. 그 잔광이 로한의 굽이치는 들판을 황금빛으로 물들였다. 백색산맥 기슭의 작은 언덕들을 따라 북서쪽으로 밟아 다져진 길이 있었는데 그들은 이것을 따라 초지를 오르내리고 많은 여울들을 통해 물살 빠른 작은 개울들을 건넜다. 멀리 앞쪽에 그리고 오른편에 안개산맥이 모습을 드러냈고, 거리를 좁혀 다가갈수록 그것은 점차 어둡고 커져 갔다. 그들 앞에서 해가 뉘엿뉘엿 떨어졌다. 저녁이 뒤따랐다.

군대는 계속 말을 달렸다. 그들은 조급한 마음에 발길을 재촉했다. 너무 늦게 도착하지 않을까 싶은 조바심에 그들은 낼 수 있는 전속력으로 달리며 좀처럼 발길을 멈추지 않았다. 로한의 군마들은 빠르고 지구력이 강했지만 갈 길이 멀었다. 에도라스에서 아이센강의 여울까지는 180킬로미터가 넘는 거리였는데, 그들은 거기서 사루만 군대를 저지하는 왕의 군대를 만나길 기대했다.

주위로 밤이 몰려들었다. 마침내 그들은 멈추고 천막을 쳤다. 그들은 대략 다섯 시간 이상을 달려 서쪽 평원 멀리까지 진출했지만 아직도 여정의 절반 이상이 앞에 남아 있었다. 이제 그들은 별 총총한 하늘과 차오르는 달 아래 거대한 원형을 이루어 야영에 들어갔다. 무슨 일이 벌어질지 몰라 불을 피우지 않았으나 주위에 말 탄 경비병을 빙 둘러 배치했고, 척후병들이 땅바닥이 우묵한 곳들을 그림자처럼 지나며 멀리 앞으로 달려 나갔다. 기별이나 경보도 없이 밤이 느리게 지나갔다. 새벽녘에 뿔나팔이 울렸고, 그들은 한 시간 내에 다시 출발했다.

아직 머리 위에 구름은 없었지만 대기엔 음산한 기운이 감돌았고 그맘때의 계절치곤 날이 뜨거웠다. 떠오르는 해는 흐릿했고, 그 뒤로 동쪽에서 닥치는 거대한 폭풍 때문인 듯 커져 가는 어둠이 해를 따라 천천히 하늘로 솟았다. 그리고 북서쪽 멀리 안개산맥 기슭 주변에 또 하나의 어둠이 덮이는 것 같았다. 마법사의 계곡에서 느릿느릿 기어 내린 그림자였다.

간달프가 일부러 뒤처져 에오메르 곁에서 말을 달리던 레골라스에게로 다가왔다.

"자네는 요정의 날카로운 눈을 가졌네, 레골라스. 그 눈은 5킬로미터 떨어진 곳에서도 참새와 피리새를 구별할 수 있지. 저 너머 아이센가드 쪽으로 무엇이 보이는지 말해 주겠나?"

레골라스가 손으로 햇빛을 가리고 그쪽을 응시하며 말했다.

"상당한 거린데요. 어둠이 보여요. 그 속에서 움직이는 형체들이 있는데, 저 멀리 강둑 위의 거대한 형체들이에요. 하지만 그것들이 뭔지는 모르겠어요. 내 시야를 가로막는 게 안개나 구름은 아니에요. 모종의 힘이 그 땅 위에 가림막처럼 그림자를 덮어 놓았고, 그것이 개울을 따라 서서히 행진해요. 마치 끝없이 늘어선 나무들 밑의 어스름이 구릉지에서 아래쪽으로 흐르고 있는 것 같아요."

"그리고 우리 뒤로는 바로 모르도르의 폭풍이 다가오네. 캄캄한 밤이 되겠어."

간달프가 말했다.

출정 이틀째가 다가오면서 대기 속의 음산한 기운이 점점 더 커졌다. 오후가 되자 어두운 구름이 그들을 따라잡기 시작했다. 그 어두침침한 덮개의 굽이치는 크나큰 테두리엔 눈부신 햇살이 점점이 박혀 있었다. 태양이 연기처럼 뿌연 안개 속에 핏빛으로 가라앉았다. 마지막 광선들이 스리휘르네 봉우리들의 가파른 표면을 환히 비추면서 기사들의 창끝도 불길에 휩싸였다. 그들은 일몰을 빤히 바라보는 세 개의 깔쭉깔쭉한 봉우리, 즉 백색산맥의 최북단 지맥에 아주 가까이 있었다. 붉게 타오르는 마지막 빛 속에서 선두의 병사들이 검은 반점 하나를 보았다. 말을 달려 그들 쪽으로 돌아오는 기병이었다. 그들은 그를 기다리며 멈춰 섰다.

돌아온 그는 움푹 파인 투구와 쪼개진 방패 차림의 지친 행색이었다. 그는 천천히 말에서 내려 한동안 숨을 헐떡이며 거기 서 있었다. 마침내 그가 말했다.

"여기 에오메르 공이 계십니까? 드디어 오셨군요. 그러나 너무 늦게 또 너무 적은 병력을 이끌고 오셨습니다. 세오드레드 왕자께서 쓰러지신 후로 형세가 크게 악화되었습니다. 어제 우리는 큰 손실을 입고 아이센강 너머로 되밀렸습니다. 강을 건너면서도 많은 병사가 죽었습니다. 그 와중에 밤에는 적의 새로운 병력이 강을 건너 우리 야영지로 들이닥쳤습니다. 아이센가드 전체가 텅 비었음이 틀림없습니다. 게다가 사루만은 강 건너 던랜드의 사나운 고지인들과 유목민들을 무장시켜 우리를 공격하도록 풀어놓았습니다. 우린 완전히 압도당했고 방패의 벽도 허물어졌습니다. 웨스트폴드의 에르켄브란드 공은 그러모을 수 있는 병사들을 헬름협곡 속의 요새로 퇴각시켰습니다. 나머지는 뿔뿔이 흩어졌습니다. 에오메르 공은 어디 계십니까? 앞쪽엔 아무 희망도 없다는 사실을 알려 주세요. 공께서는 아이센가드의 늑대들이 닥쳐들기 전에 에도라스로 돌아가셔야 합니다."

세오덴은 경비병들 뒤에서 그 전사의 눈에 띄지 않은 채 말없이 앉아 있었다. 이윽고 그가 말을 재촉하여 앞으로 나왔다.

"자, 내 앞에 와 서라, 체오를이여! 내가 왔다. 에오를 후손의 마지막 군대가 출정했노라. 그 군대는 싸우지 않고는 돌아가지 않을 것이다."

전사의 얼굴이 기쁨과 놀라움으로 밝아졌다. 그가 몸을 꼿꼿이 세웠다. 다음에 그는 무릎을 꿇고서 새김눈이 있는 검을 왕에게 바치며 외쳤다.

"명하소서, 전하! 그리고 용서하소서! 소신이 생각하기론……."

"그대는 내가 겨울 눈을 뒤집어쓴 한 그루 늙은 나무처럼 구부정한 몸으로 메두셀드에 머물고 있을 것으로 생각했겠지. 그대가 전쟁에 나설 때는 그랬으니까. 그렇지만 서풍이 나뭇가지들을 뒤흔들었다네."

세오덴은 전령에게 말하고 나서 몸을 돌려 경비병에게 명령했다.

"이 전사에게 새 말을 주어라! 에르켄브란드를 도우러 가자!"

세오덴이 말하고 있을 동안 간달프는 앞으로 짧은 거리를 달려 나와 혼자 앉아서, 북쪽으로는 아이센가드를, 그리고 서쪽으로는 지는 해를 응시했다. 그는 다시 돌아와서 말했다.

"말을 달리시오, 세오덴이여! 헬름협곡으로 말을 달리시오! 아이센강의 여울로 가지 말고 평원에서 지체하지도 마시오! 나는 잠시 당신을 떠나야 하오. 급한 용무가 있으니 이제 샤두팍스가 나를 태우고 달려야 하오."

간달프가 아라고른과 에오메르, 그리고 왕의 근위대에게 몸을 돌리며 외쳤다.

"내가 돌아올 때까지 마크의 군주를 잘 지키시오! 협곡 어귀에서 날 기다리시오! 무운을 비오!"

그가 샤두팍스에게 한마디하자 그 위대한 말은 시위를 떠난 화살처럼 내달렸다. 그들이 지켜보는 바로 그 찰나에 그가 사라졌으니 실로 일몰 속의 은빛 섬광, 풀밭을 스치는 바람, 순식간에 내빼 시야에서 벗어나는 그림자였다. 스나우마나가 그를 따라가고 싶은 열망에 콧김을 내뿜고 뒷다리로 일어섰다. 그러나 오직 날개 달린 빠른 새만이 그를 따라잡을 수 있었으리라.

"대체 무슨 일입니까?"

근위병 하나가 하마에게 물었다.

"회색망토의 간달프에게 화급한 일이 생긴 거야. 언제나 그는 느닷없이 오간다네."

"뱀혓바닥이 여기 있었다면 어렵지 않게 설명해 주었을 텐데."

"그렇고말고. 그렇지만 나는 그를 다시 볼 때까지 기다리겠어."

"어쩌면 오래 기다릴걸요."

근위병이 말했다.

이제 군대는 아이센여울로 가는 길을 벗어나 진로를 남쪽으로 돌렸다. 밤이 내렸지만 그들은 계속 달렸다. 산지가 가까워졌으나 스리휘르네의 우뚝 솟은 봉우리들은 어두워지는 하늘을 배경으로 벌써 어슴푸레했다. 아직 수 킬로미터 떨어진 웨스트폴드 계곡의 먼 쪽 사면에 초록의 넓은 저지대, 즉 삼면이 산으로 둘러싸인 평지가 자리하고 있었고, 거기서부터 산지 속으로 골짜기 하나가 열려 있었다. 그 땅의 사람들은 그곳을 헬름협곡이라 불렀는데, 그곳을 피난처로 삼았던 옛 전쟁 영웅의 이름을 딴 것이었다. 스리휘르네의 산 그림자에 덮인 북쪽에서부터 안쪽으로 쭈욱 더 가파르고 좁게 굽이쳐 뻗은 그 협곡을 따라가다 보면 마침내 양쪽에 까마귀만 찾아드는 벼랑이 빛을 차단하며 강대한 탑처럼 솟아 있었다.

협곡 어귀 앞의 헬름관문에는 암반이 발꿈치 모양으로 북쪽 단애까지 돌출되어 있었다. 그 돌출부 위에는 태고의 돌로 쌓은 높은 성벽이 둘러섰고 그 속에 탑이 하나 우뚝 솟아 있었다. 인간들의 말에 따르면, 곤도르가 영화를 누리던 아득히 먼 시절에 바다의 왕들이 거인들을 동원하여 여기에 이 요새를 축조했다고 한다. 그 요새는 나팔산성이라 불렸는데, 탑 위에서 울려 퍼진 나팔 소리가 뒤편의 협곡에 메아리치는 모양이 마치 오래도록 잊힌 대군의 용사들이 산 밑의 동굴들에서 전장으로 출격하는 듯했던 것이다. 또 옛사람들은 골짜기로의 진입을 차단하기 위해 나팔산성에서 남쪽 벼랑까지 성벽을 쌓았는데, 그 밑의 넓은 배수로를 통해 협류(峽流)가 흘러 나갔다. 그 협류는 나팔바위 기슭을 누비고는 초록빛의 넓은 부채꼴 땅을 가로지른 도랑을 따라 흐르며 헬름관문에서 헬름방죽까지 완만하게 경사져 흘렀다. 거기서 그것은 협곡의 분지(盆地)로, 이어서 바깥쪽의 웨스트폴드 계곡으로 떨어졌다. 거기 헬름관문의 나팔산성에 지금 마크의 변경에 위치한 웨스트폴드의 영주 에르켄브란드가 기거했다. 전쟁 위협으로 시절이 어두워지자 그가 영민하게도 성벽을 보수해 요새를 튼튼히 했던 것이다.

기사들이 아직 분지 어귀 앞의 얕은 골짜기에 있을 때 앞서간 척후병들로부터 고함과 거센 나팔소리가 들렸다. 어둠 속에서 화살들이 쌩쌩 날아왔다. 척후병 하나가 재빨리 달려 돌아와 보고하기를, 늑대 기병들이 계곡에 쫙 깔렸고 또 오르크와 야만인의 무리가 아이센여울에서 남쪽으로 부리나케 오고 있으며 헬름협곡 쪽으로 가는 것 같다고 했다.

"우리 병사들이 그리로 도망가다 베어져 누워 있는 것을 수없이 보았습니다. 지휘자도 없이 뿔뿔이 흩어져 헤매는 사람들도 많았습니다. 에르켄브란드 공이 어떻게 되었는지 아는 이는 없는 것 같습니다. 이미 전사한 게 아니라면 헬름관문에 이르기 전에 적에게 따라잡힐 듯합니다."

"간달프의 모습은 보았는가?"

세오덴이 물었다.

"예, 전하. 흰옷의 한 노인이 말을 타고 풀밭을 스치는 바람처럼 평원을 이리저리 지나는 걸 많은 이들이 보았습니다. 일부는 그를 사루만이라고 생각했습니다. 그가 해 지기 전에 아이센가드 쪽으로 가 버렸다는 말도 있습니다. 그보다 앞서 뱀혓바닥이 한 떼의 오르크들과 함께 북쪽으로 가는 게 보였다고 말하는 이들도 있습니다."

척후병의 보고를 들은 세오덴이 말했다.

"만약 간달프와 맞닥뜨린다면 뱀혓바닥은 큰 낭패를 당할 것이야. 어쨌든 지금 내 곁에는 신구의 고문 둘 다 없구나. 그러나 간달프가 말한 대로 이처럼 급할 때는 헬름관문으로 계속 나아가는 것이 최선의 선택이야. 에르켄브란드가 거기 있든 없든 간에. 북방에서 온 군세가 얼마나 큰지 알아보았는가?"

"아주 큽니다. 도주할 때는 적의 수를 두 배로 셈하는 법이라지만, 제가 어기찬 병사들에게서 확인한 바에 의하면 분명 적의 주력은 여기 우리 전 병력의 몇 배는 됩니다."

그러자 에오메르가 말했다.

"그렇다면 신속하게 움직입시다. 우리와 요새 사이를 가로막고 있는 적들을 돌파합시다. 헬름협곡 안쪽에는 수백 명이 몸을 숨기고 누울 수 있는 동굴들이 있으며, 거기서부터 비밀 통로들이 위로 산지까지 쭉 이어집니다."

"비밀 통로들에 의지해선 안 돼. 사루만은 오랫동안 이 땅을 샅샅이 살폈거든. 그럼에도 그곳에서 우리의 방어는 오래 지속될 수 있어. 가자고!"

세오덴 왕이 말했다.

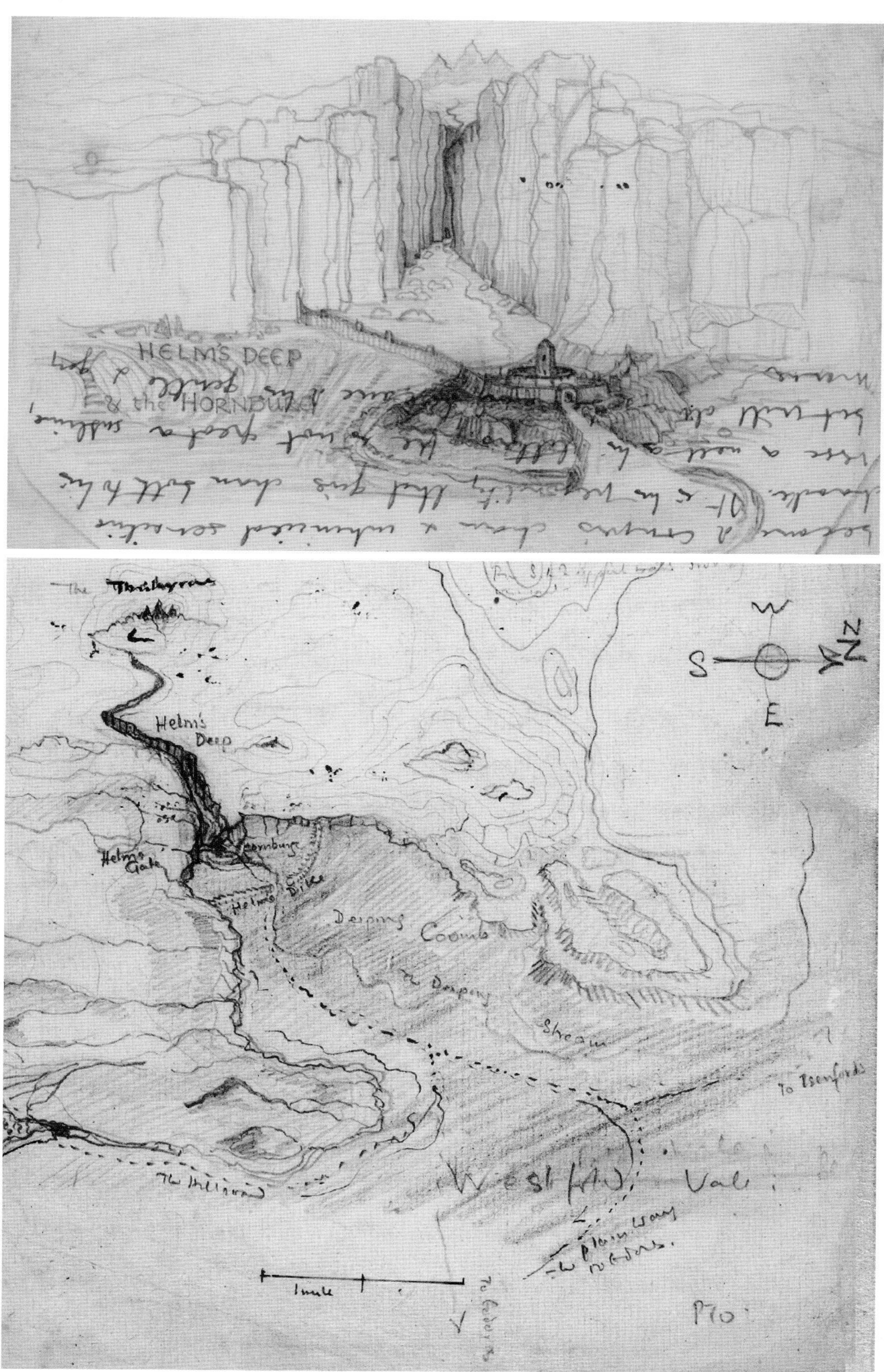

헬름협곡 및 나팔산성과 헬름협곡 주변(Helm's Deep & the Hornburg with Helm's Deep and surrounding lands)

이제 아라고른과 레골라스가 에오메르와 함께 선두에 섰다. 그들은 어두운 밤을 헤치고 계속 말을 달렸다. 어둠이 깊어지고 길이 남쪽으로 올라감에 따라 속도는 점점 더 느려졌지만 산맥 기슭 주변의 어스레한 습곡 속으로 더더욱 높이 올라갔다. 앞쪽에서는 적을 거의 보지 못했다. 여기저기 헤매고 다니는 오르크 떼를 마주쳤지만 기사들이 붙잡거나 베기 전에 그들은 달아났다.

에오메르가 말했다.

"머지않아 왕의 군대가 왔다는 소식이 적의 지휘자에게 알려질 것이오. 사루만이든 혹은 그가 내보낸 그 어떤 대장에게든 말이오."

전쟁의 풍문이 그들 뒤에서 커져 갔다. 이제 그들은 어둠 위로 실려 오는, 귀에 거슬리는 노랫소리를 들을 수 있었다. 협곡의 분지 속으로 깊숙이 올라섰을 때 그들은 뒤를 돌아보았다. 뒤쪽 캄캄한 들판 위로 횃불들, 수없이 많은 점의 불빛들이 붉은 꽃처럼 흩어지거나 명멸하는 긴 선들로 저지대로부터 누벼 오르는 게 보였다. 여기저기에서 더 큰 불길이 솟구치기도 했다.

아라고른이 말했다.

"거대한 무리야. 우릴 바짝 뒤쫓아."

세오덴이 말했다.

"그들은 불을 가져와 건초 더미, 오두막, 나무를 닥치는 대로 태우고 있소. 이곳은 비옥한 골짜기로 농가가 많소. 아, 불쌍한 내 백성들이여!"

"지금이 대낮이어서 우리가 산맥에서 폭풍처럼 달려 나가 그들을 덮칠 수만 있다면! 그들 앞에서 달아난다는 게 마음이 쓰리오."

그러자 에오메르가 아라고른의 말을 받았다.

"아주 멀리까지 달아날 필요는 없소. 앞쪽 멀지 않은 곳에 헬름방죽이 있소. 헬름관문 400미터 아래 분지를 가로질러 새겨진 고래의 참호 겸 누벽이오. 거기서 우린 몸을 돌려 싸울 수 있소."

"아니야. 우린 방죽을 방어하기에도 수가 너무 적어." 세오덴이 나섰다. "그것은 길이가 1.5킬로미터가 넘고 또 그 파열구(破裂口)가 넓다고."

"만약 우리가 공격을 받는다면 후위가 파열구를 지켜야만 합니다."

에오메르가 말했다.

기사들이 방죽의 파열구에 다다랐을 땐 별도 달도 없었다. 위에서 흘러내린 개울이 거기로 빠져나갔고, 개울 옆의 도로는 나팔산성에서부터 이어져 내린 것이었다. 불현듯 그들 앞에 누벽이 어두운 구덩이 너머 높직한 그림자로 모습을 드러냈다. 그들이 말을 타고 오르자 보초 하나가 수하를 했다.

"마크의 군주께서 헬름관문으로 납신 것이다." 에오메르가 대답했다. "나는 에오문드의 아들 에오메르다."

"기대 밖의 희소식입니다." 보초가 말했다. "서두르십시오! 적이 바짝 뒤따르고 있습니다."

군대는 파열구를 통과하여 위쪽의 비탈진 초지에서 걸음을 멈췄다. 곧바로 그들은 기쁘게도, 에르켄브란드가 헬름관문을 지키도록 많은 군사를 남겨 둔 데다 그 후로도 더 많은 병사들이 거기로 도망쳐 왔다는 것을 알았다.

"제대로 싸울 수 있는 병력은 천 명쯤 될 것입니다."

방죽을 지키는 군사를 지휘하는 늙은 감링이 말했다.

"그러나 병사 대부분은 저처럼 너무 늙었거나 여기 있는 제 손자처럼 너무 어립니다. 에르켄브란드 공에 대한 소식을 들으신 게 있습니까? 어제 공께서 웨스트폴드의 정예 기사들 중 살아남은 이들과 함께 이리로 퇴각하고 있다는 전갈이 왔습니다. 하지만 공께선 오지 않았습니다."

에오메르가 말했다.

"지금은 올 수 없는 형편이 아닌가 싶소. 우리 척후병들은 그에 대한 어떤 소식도 얻지 못했고, 적은 우리 뒤편의 계곡 전체를 가득 메우고 있소."

"그가 탈출했으면 좋으련만." 세오덴이 말했다. "그는 강대한 전사였소. 무쇠주먹 헬름 왕의 무공이 그에게서 되살아난 것 같았으니. 그러나 우린 여기서 그를 기다릴 수는 없소. 당장 전 병력을 성벽 뒤에 배치해야 해. 식량은 넉넉한가? 우린 포위 공격이 아니라 대대적인 전투에 나선 것이라 군량을 제대로 챙기지 못했어."

그러자 감링이 대답했다.

"뒤편 협곡의 동굴들에 세 부류의 웨스트폴드 사람들, 즉 젊고 늙은 남자, 아이 및 부녀자가 있습니다. 그렇지만 거기엔 또한 상당한 분량의 식량, 많은 짐승들, 그것들에게 먹일 꼴이 비축되어 있습니다."

"잘됐군." 에오메르가 말했다. "저들은 골짜기에 남은 모든 걸 불태우거나 약탈하고 있소."

감링이 말했다.

"만약 저들이 헬름관문에 와서 우리의 물자를 탐하려 들면 호된 대가를 치를 것입니다."

왕과 그의 기사들은 계속 나아갔다. 개울을 가로지르는 둑길 앞에 다다라 그들은 말에서 내렸다. 그리고 기다란 열을 지어 말을 끌고 경사로를 올라 나팔산성의 성문 안으로 들어섰다. 거기서 그들은 다시 환성과 되살아나는 희망이 버무려진 환영을 받았다. 이제 성시(城市)와 방벽 모두에 배치하기에 충분한 수의 병력이 생긴 것이었다.

에오메르는 재빨리 자신의 병사들에게 임전 태세를 갖추게 했다. 왕과 그의 근위대는 나팔산성에 있었고, 거기엔 웨스트폴드 사람도 많았다. 하지만 에오메르는 협곡 성벽과 그 탑 위, 그리고 성벽 뒤에 자신의 병력 대부분을 포진시켰다. 적이 본격적이고 대대적인 공격을 감행한다면 그쪽의 방어가 가장 염려되기 때문이었다. 그들은 손쓸 수 있는 최대의 호위 속에 말들을 협곡 저 위까지 이끌었다.

협곡 성벽은 6미터 높이에 병사 넷이 꼭대기를 따라 나란히 걸을 만큼 매우 두터운 데다 키 큰 병사만이 그 너머를 볼 수 있는 흉벽(胸壁)으로 방비되어 있었다. 흉벽 여기저기에 병사들이 활을 쏠 수 있는 총안(銃眼)이 나 있었다. 총안이 딸린 이 흉벽은 나팔산성 바깥뜰의 문에서 내리뻗은 층계를 통해 오를 수 있었다. 뒤편 협곡에서도 세 줄의 계단이 성벽으로 뻗쳐 올라갔다. 그러나 흉벽의 앞면은 반반했고, 그것을 이룬 큰 돌들이 대단히 정교한 솜씨로 쌓여 있어 이음새들에 발 디딜 틈이 없었으며, 꼭대기에는 돌들이 바닷물에 움푹 파인 절벽처럼 바깥으로 돌출되어 있었다.

김리는 성벽 위 흉벽에 몸을 기대고 섰다. 레골라스는 활을 만지작거리고 어둠 속을 물끄러미 바라보며 흉벽 위에 앉았다.

"난 이곳이 훨씬 마음에 들어." 난쟁이가 돌 위에서 발을 쾅쾅 구르며 말했다. "산맥에 가까워질수록 점점 가슴이 뛰거든. 여긴 바위가 참 좋아. 이 고장은 뼈대가 단단하다고. 방죽에서 올라오면서 나는 내 발로 그 뼈대를 느꼈어. 내게 1년의 시간과 내 동족 백 명만 준다면, 난 여기를 대군이 들이친다 해도 파도처럼 산산이 부서지고 말 곳으로 만들 수 있다고."

"나도 자네 말을 믿어 의심치 않아." 레골라스가 말했다. "하지만 자넨 난쟁이고 난쟁이들은 이상한 종족이란 말씀이야. 난 이곳을 좋아하지 않고 또 날 밝을 때 본대도 좋아질 것 같지 않아. 그러나 자네가 있어 마음이 놓여, 김리. 자네가 그 단단한 도끼를 들고 억센 다리로 옆에 굳게 서 있다는 게 마음 든든해. 우리들 속에 자네 동족이 더 많았으면 좋겠어. 하긴 어둠숲의 명궁수 백 명이 있다면 더욱 좋겠지만 말이야. 우리에겐 그들이 필요할 거야. 로한인들 중에도 나름대로 훌륭한 궁수들이 있지만 여기엔 그런 궁수가 너무 적어, 너무 적다고."

"활을 쏘기엔 날이 어두워." 김리가 말했다. "정말이지 이젠 잠잘 때야. 자자고! 난 어떤 난쟁이도 느껴 보지 못했을 만큼 엄청 졸려. 말 타는 건 고역이라고. 그렇지만 내 손안의 도끼는 좀이 쑤시는 모양이야. 내게 일렬로 죽 늘어선 오르크의 목과 도끼 휘두를 공간만 준다면 피로가 싹 가실 텐데!"

시간이 느리게 지나갔다. 저 아래 골짜기에선 여기저기 흩어진 불길들이 여전히 타올랐다. 아이센가드의 무리들이 침묵 속에 전진하고 있었다. 많은 줄을 이루어 분지를 굽이쳐 오르는 횃불들이 보였다.

별안간 방죽에서 병사들의 고함과 비명 그리고 격렬한 전투 함성이 터져 나왔다. 타오르는 횃불들이 벼랑 가장자리 너머로 나타나 파열구로 빽빽이 몰려들었다. 그랬다가 그들은 이내 흩어지고 사라졌다. 병사들이 들판을 질주해 돌아와 경사로를 올라 나팔산성 성문으로 왔다. 웨스트폴드 사람들의 후진이 성문 안으로 뛰어 들어오며 외쳤다.

"적이 가까이 왔소! 우린 화살을 있는 대로 쏘아 방죽에 오르크들을 가득 채워 놓았소. 그렇지만 그걸로 놈들을 오래 묶어 둘 순 없을 거요. 이미 놈들은 진군하는 개미 떼처럼 많은 지점들에서 새카맣게 방죽을 기어오르고 있소. 그렇지만 본때를 보여 줬으니 횃불을 들지는 못할 거요."

자정이 지났다. 하늘은 완전히 어두웠고 무거운 대기의 정적은 폭풍우를 예고했다. 갑자기 구름장들이 눈부신 섬광에 그을렸다. 나뭇가지처럼 갈라진 번개가 동편 산을 내리쳤다. 깜짝 놀라 어안이 벙벙해진 잠깐 사이에 성벽 위의 수비병들은 자신들과 방죽 사이의 모든 공간이 흰 빛으로 밝혀지는 것을 보았다. 거기엔 높다란 투구를 쓰고 검은 방패를 든 시커먼 형체들이 마구 득실거리고 있었다. 어떤 것들은 땅딸막하고 상체가 떡 벌어지고 또 어떤 것들은 큰 키에 표정이 험악했다. 수백이 넘는 무리가 방죽을 넘어 파열구를 통해 쏟아져 들어오고 있었다. 그 어두운 물결이 계곡의 양 절벽 사이를 가득 메우며 성벽으로 밀어닥쳤다. 골짜기에 천둥이 우르르 울렸다. 세찬 비가 내리 퍼부었다.

흉벽 너머로 빗발처럼 빽빽한 화살들이 씽씽 날아들어 돌에 부딪쳐 쨍강대고 튀어 나갔다. 명중된 화살도 더러 있었다. 헬름협곡에 대한 공격이 시작된 것이었지만, 안에서는 어떤 소리나 응전의 함성도 들리지 않았고 또 응사하는 화살도 없었다.

공격하는 무리들이 나팔바위와 성벽의 위협적인 침묵에 눌려 흠칫 멈춰 섰다. 이따금 번개가 어둠을 찢어발겼다. 이윽고 오르크들이 날카로운 비명을 지르며 창과 칼을 마구 휘두르고, 흉벽 위에 드러난 것이면 무엇이든 화살을 자욱하게 쏘아 댔다. 마크의 병사들이 깜짝 놀라 내다보았다. 화살 세례는 전쟁의 폭풍에 휩쓸려 요동치는 광대한 어두운 밀밭에서 이삭 하나하나가 가시 돋친 빛을 받아 번쩍이는 듯했다.

놋쇠 나팔 소리가 울려 퍼졌다. 적이 앞으로 쇄도했다. 일부는 협곡 분지를 목표로, 다른 일부는 나팔산성의 성문으로 이어지는 둑길과 비탈길을 향해 밀어닥쳤다. 거기에 덩치가 가장 큰 오르크들과 던랜드 고원지대의 야만인들이 몰려 있었다. 그들은 한순간 멈칫했다가 이내 계속 달려들었다. 번개가 번쩍이자 모든 투구와 방패 위에 장식된 아이센가드의 소름 끼치는 손이 보였다. 그들은 나팔바위의 꼭대기에 닿자 이윽고 성문을 향해 돌진했다.

드디어 응전이 시작되었다. 폭풍 같은 화살과 우박 같은 돌들이 적들을 맞이했다. 동요한 적들은 흩어지고 뒤로 달아났다가 다시 돌격했고, 다시 흩어졌다가 돌진했다. 그럴 때마다 밀려드는 바다처럼 그들은 보다 높은 지점에서 멈추었다. 다시 나팔 소리가 울리자 한 떼의 병사들이 마구 고함을 지르며 앞으로 뛰쳐나왔다. 그들은 지붕처럼 머리 위에 큰 방패를 치켜들고 다른 한편으론 두 개의 거대한 나무 기둥을 운반했다. 그 뒤로 오르크의 궁수들이 밀집해 성벽 위의 궁사들을 향해 우박처럼 화살을 퍼부었다. 그들은 성문에 다다랐다. 강건한 팔들이 크게 휘두른 나무 기둥들이 쿵 하고 찢어발기는 굉음을 내며 성문을 강타했다. 위에서 내던진 돌에 뭉개져 하나가 고꾸라지면 다른 둘이 벌떡 달려와 그 자리를 메꾸었다. 거대한 충차(衝車)들이 반복해서 크게 흔들렸다가 충돌했다.

에오메르와 아라고른은 헬름성벽 위에 함께 서 있었다. 그들은 포효하는 목소리들과 충차들이 쾅 하고 부딪치는 굉음을 들었다. 그 와중에 불현듯 섬광이 번쩍였을 때 그들은 성문이 부서질 위기에 처한 것을 보았다. 아라고른이 외쳤다.

"자! 지금이 우리가 함께 검을 뽑을 시간이오!"

그들은 화급하게 성벽을 따라 계단 위로 쏜살같이 내달려 나팔바위 위의 바깥뜰로 들어섰다. 그리고 달려가면서 소수의 강인한 검사(劍士)를 모았다. 거기엔 서쪽 성벽으로 이어지는 작은 뒷문이 있었고, 그 성벽에서 팔을 쭉 뻗치면 닿을 곳에 벼랑이 자리했다. 그쪽에는 좁은 길 하나가 성벽과 나팔바위의 깎아지른 가장자리 사이를 빙 돌아 성문으로 이어졌다. 에오메르와 아라고른은 함께 그 문을 통해 뛰쳐나갔고 검사들이 그 뒤를 바싹 따랐다. 칼집에서 빼 든 두 개의 검이 하나처럼 번쩍였다.

"구스위네여! 마크를 위한 구스위네 검이여!"

에오메르가 외쳤다.

"안두릴이여! 두네다인을 위한 안두릴 검이여!"

아라고른도 외쳤다. 그들은 측면에서 돌진해 야만인들을 덮쳤다. 안두릴 검이 하얀 불길로 번득이며 솟았다 떨어졌다. 성벽과 탑에서 환성이 솟구쳤다.

"안두릴이야! 안두릴 검이 출전했어. 부러졌던 검이 다시 빛나!"

충차꾼들이 당황해서 나무 기둥을 떨어뜨리고는 몸을 돌려 싸웠다. 그러나 그들이 이어 세운 방패들의 벽은 낙뢰를 맞은 것처럼 부서졌고, 휩쓸리고 베여 쓰러지거나 나팔바위를 넘어 저 아래 돌바닥의 개울로 내던져졌다. 오르크의 궁수들이 정신없이 화살을 쏘아 대고는 이내 도주했다.

에오메르와 아라고른은 잠시 성문 앞에 멈추었다. 멀리서 천둥이 우르릉거리고 있었다. 저 멀리 남쪽 산맥에선 아직도 번개가 명멸했다. 다시 북쪽에서 살을 에는 듯한 바람이 불고 있었다. 구름장들은 찢겨 떠돌고 그 사이로 별들이 빼꼼히 드러났다. 서쪽으로 기우는 달이 폭풍의 여진 속에 노랗게 가물거리며 분지 쪽의 산지 위로 달렸다.

"우리가 좀 늦게 왔나 보오."

아라고른이 성문을 바라보며 말했다. 성문의 거대한 돌쩌귀와 쇠 빗장들이 비틀리고 휘어졌고, 많은 가로장들이 쪼개져 있었다. 그러자 에오메르가 말했다.

"그러나 우리는 성벽 밖 여기선 그들을 막을 수 없소. 보시오!"

그가 둑길을 가리켰다. 벌써 오르크와 인간의 거대한 무리가 개울 너머에서 다시 몰려들고 있었다. 화살들이 윙 하고 날아와 그들 주위의 돌들 위로 튀면서 스쳐 갔다.

"자, 이제 돌아가 안에서 어떻게 성문을 가로지르며 돌과 들보를 쌓을지 궁리해야 하오. 갑시다!"

그들은 몸을 돌려 달렸다. 그 순간 쓰러진 자들 가운데 꼼짝 않고 누워 있던 여남은 명의 오르크들이 벌떡 일어나 발소리를 죽이며 빠르게 뒤따라왔다. 곧 두 명이 에오메르의 뒤꿈치를 겨냥해 몸을 날려 그를 넘어뜨리곤 순식간에 올라탔다. 그런데 누구도 관측하지 못했던 작고 어두운 형체 하나가 어둠 속에서 뛰쳐나와 쉰 목소리로 외쳤다.

"바룩 크하자드! 크하자드 아이메누!"

도끼가 한 차례 휘몰아치며 다른 오르크들의 접근을 막았다. 두 오르크가 머리 없이 고꾸라졌다. 나머지는 달아났다.

아라고른이 도우려고 도로 달려오는 그 참에 에오메르가 허우적대며 일어섰다.

뒷문이 다시 닫히고, 철문에는 빗장이 걸리고, 안쪽으로 돌들이 쌓여 받쳐졌다. 내부가 모두 든든히 정비되자 에오메르가 몸을 돌렸다.

"고맙소, 글로인의 아들 김리여! 출격 시에는 당신이 우리와 함께 있다는 걸 몰랐소. 그러나 때로 불청객이 최고의 손님이 되기도 하오. 어떻게 거기 왔더랬소?"

"잠을 쫓으려고 당신들을 뒤따랐소." 김리가 말했다. "그런데 고지인들을 보니 내겐 덩치가 너무 큰 것 같아 당신들의 검술이나 구경하려고 돌 옆에 앉았댔소."

"이 은공을 갚기가 쉽지 않을 것 같소."

에오메르의 말에 난쟁이는 웃으며 대답했다.

"이 밤이 다하기 전에 기회는 많을 거요. 어쨌든 흡족하오. 모리아를 떠난 후 지금까지 난 나무 외엔 아무것도 베지 못했으니."

"둘이야!"

김리가 도끼를 툭툭 치며 말했다. 그는 성벽 위의 자기 자리로 돌아가 있었다. 그러자 레골라스가 말했다.

"둘이라고? 그럼 내 실적이 훨씬 낫군. 비록 지금은 쏘아 버린 화살들을 더듬어 찾아야 할 형편이긴 하지만 말이야. 모든 화살이 동났거든. 그렇지만 줄잡아도 총계가 스물은 된다고. 하지만 그건 숲속의 나뭇잎 몇에 불과하지."

이제 하늘은 빠르게 걷히고 있었고, 지는 달도 환하게 빛나고 있었다. 그러나 그 빛도 마크의 기사들에게 별 희망을 가져다주진 못했다. 그들 앞의 적은 줄어들기는커녕 더 불어난 것 같았고, 훨씬 많은 병력이 계곡에서부터 파열구를 헤치며 밀어닥치고 있었다. 나팔바위에서의 출격은 단지 짧은 유예를 얻었을 뿐이었다. 성문 공격이 배가되었다. 아이센가드의 무리들이 협곡 성벽을 향해 노호하는 파도처럼 밀려들었다. 오르크들과 고지인들이 성벽 하단을 이쪽 끝에서 저쪽 끝까지 빽빽이 둘러쌌다. 위쪽의 병사들이 끊거나 되던져 버리는 것보다 빠르게 갈고랑쇠 달린 밧줄이 흉벽 위로 던져졌다. 수백 개의 긴 사다리가 치켜들렸다. 아래로 내팽개쳐져 박살 난 것도 많았지만 더 많은 사다리가 그 자리를 채웠고, 오르크들은 남부 어두운 숲속의 원숭이처럼 사다리를 껑충껑충 기어올랐다. 성벽 하단 앞에는 사상자들이 폭풍 속의 조약돌처럼 쌓여 있었다. 그 끔찍한 무덤들이 점점 높게 솟았지만 그럼에도 적은 계속 다가왔다.

로한의 병사들은 지쳐 갔다. 화살은 모두 바닥났고 더는 던질 창도 없었다. 칼날은 이가 빠지고 방패는 갈라졌다. 세 번이나 아라고른과 에오메르는 병사들을 재편성했고, 안두릴 검도 적을 성벽에서 물리치는 필사의 돌격에서 세 차례나 불타올랐다.

그러던 중에 뒤편 협곡에서 소란이 일었다. 개울이 흘러 나가는 배수로를 통해 오르크들이 쥐새끼처럼 기어들었던 것이다. 성벽 상단에 대한 공격이 가장 치열해져 방어 병력 거의 전부가 성벽 꼭대기로 몰려들 때까지 그들은 벼랑의 그림자 속에 모여 있다가, 때가 되자 뛰쳐나온 것이었다. 이미 일부는 협곡의 좁은 입구로 들어가 말들과 뒤섞인 채 수비병들과 싸우고 있었다.

김리가 벼랑에 메아리치는 맹렬한 고함을 지르며 성벽에서 펄쩍 뛰어내렸다. "크하자드! 크하자드!" 그는 곧 상당한 전과를 올렸다.

"아이오이!" 김리가 외쳐 댔다. "오르크들이 성벽 뒤에 있어! 아이오이! 자, 레골라스여! 우리 둘이 처치하기에 충분한 숫자야. 크하자드 아이메누!"

늙은 감링은 나팔산성에서 아래를 내려다보다, 모든 소음을 제압하는 난쟁이의 우렁찬 목소리를 들었다.

"오르크들이 협곡에 들이닥쳤어! 헬름! 헬름! 헬름의 후예여, 전진하라!"

그는 많은 웨스트폴드 병사를 거느리고 층계를 급히 뛰어내리며 이렇게 고함쳤다.

공세가 격렬하고 급작스러운 것인지라 오르크들이 물러났다. 이윽고 그들은 골짜기의 협로(峽路)에 갇혀 모두가 살해되거나, 비명을 지르며 협곡의 갈라진 틈새로 쫓겨 들어갔다가 숨겨진 동굴의 수호자들 손에 쓰러졌다.

"스물하나!" 김리가 외쳤다. 그는 양손 타격으로 도낏자루를 잡고 휘둘러 마지막 오르크를 발밑에 쓰러뜨렸다. "이제 나의 총계가 레골라스 선생을 다시 앞섰어."

"우린 이 쥐구멍을 막아야 하오. 난쟁이들은 돌 다루는 솜씨가 뛰어나다던데, 선생, 우리를 도와주시오!"

감링의 말에 김리가 대답했다.

"우린 전투용 도끼로 돌을 다듬지 않고, 또 손톱으로도 그러지 않소. 그러나 할 수 있는 대로 도와드리겠소."

그들은 근처에서 구할 수 있는 작은 둥근 돌과 깨진 돌을 모았고, 웨스트폴드의 병사들이 김리의 지시 아래 배수로의 안쪽 끝을 봉쇄하자 좁은 출구 하나만이 남았다. 그러자 비에 불어난 협류가 막혀 버린 길에서 거품과 물결을 일으키며 흘러 양쪽 벼랑 사이의 차가운 웅덩이들로 천천히 퍼져 나갔다.

김리가 말했다.

"상류는 더 가물어지겠군. 자, 감링이여, 성벽 위에선 일이 어떻게 돼 가는지 알아봅시다."

김리가 위로 올라갔더니 레골라스는 아라고른과 에오메르 곁에 있었다. 요정은 자신의 긴 칼을 갈고 있었다. 배수로를 통해 난입하려는 시도가 격퇴되었기에 한동안 적의 공격이 잠잠했다.

"스물하나야!"

하고 김리가 말하자, 레골라스가 말을 받았다.

"훌륭해! 하지만 이제 내 총계는 스물넷이라고. 이 위에서 칼부림이 좀 있었지."

에오메르와 아라고른은 지쳐서 칼에 몸을 기대었다. 왼쪽 멀리에서 나팔바위 전투의 굉음과 아우성이 다시 요란하게 솟았다. 그러나 나팔산성은 바다 속의 섬처럼 여전히 굳건했다. 성문들이 망가지긴 했지만 안에서 들보와 돌로 쌓은 방책 위로는 아직 어떤 적도 지나가지 못했다.

아라고른은 창백한 별들과, 이제 계곡을 에워싼 서편 산맥 뒤로 기울어 가는 달을 바라보았다. 그가 말했다.

"몇 년은 되는 것 같은 긴 밤이로군. 날이 새려면 얼마나 더 걸릴까?"
그의 곁으로 막 올라온 감링이 말했다.
"새벽이 멀지 않습니다. 그러나 새벽이 우리에게 도움이 될 것 같지는 않은데요."
"그렇지만 새벽은 언제나 인간들의 희망이오."
하고 아라고른이 말했다. 그러자 감링이 다시 대답했다.
"하지만 아이센가드의 이 족속들, 사루만이 음험한 술책으로 번식시킨 이 반(半)오르크들과 고블린 인간들은 태양에도 움츠러들지 않습니다. 구릉지의 야만인들도 그렇고요. 그놈들의 목소리가 들리지 않습니까?"
"들리오." 에오메르가 말했다. "하지만 내 귀엔 단지 새의 비명과 짐승의 울부짖음 같을 뿐이오."
"그렇지만 던랜드의 언어로 외치는 소리도 많습니다. 저는 저 언어를 알지요. 그것은 오래된 언어로, 한때는 마크의 많은 서편 계곡들에서 쓰였지요. 귀 기울여 보십시오! 저놈들은 우리를 증오하고 또 즐거워하죠. 저놈들에겐 우리의 종말이 확실해 보이거든요. '왕, 왕을!' 하고 놈들은 외쳐요. '우린 저놈들의 왕을 포획할 테다. 포르고일에게 죽음을! 밀짚대가리들에게 죽음을! 북부의 도적놈들에게 죽음을!' 저놈들이 우리에게 붙인 이름들이지요. 놈들은 곤도르의 영주들이 마크 땅을 청년왕 에오를에게 주고 그와 동맹을 맺었다는 원한을 5백 년이 지난 지금도 잊지 않았어요. 그 해묵은 증오심에 사루만이 불을 붙였어요. 놈들은 분기되면 흉포한 족속이죠. 이제 그들은 세오덴 왕을 포획하거나 아니면 자신들이 죽을 때까지 절대로 물러나지 않을 겁니다."
감링의 말이 끝나자 아라고른이 말했다.
"그럼에도 불구하고 날 밝음은 내게 희망을 가져다줄 거요. 병사들이 지키는 한 어떤 적도 나팔산성을 함락시킨 적이 없다고 하지 않소?"
"음유시인들이 그렇게 노래하지요."
하고 에오메르가 말했다.
"그럼 나팔산성을 지킵시다. 그리고 희망을 가집시다!"
아라고른이 말했다.

그들이 이런 이야기를 하고 있을 참에 나팔 소리가 요란하게 울렸다. 이윽고 충돌의 굉음과 함께 불길이 번쩍이고 연기가 피어올랐다. 협류의 물줄기가 쉬쉬거리고 거품을 일으키며 쏟아져 내렸다. 둑에 난 큰 구멍이 터지면서 물줄기들을 더는 막아 두지 못한 것이었다. 한 떼의 어두운 형체들이 몰려들었다. 아라고른이 외쳤다.
"사루만의 사술이야! 우리가 이야기하는 동안 놈들이 다시 배수로로 기어들어 우리 발밑에서 오르상크의 불을 당겼어. 엘렌딜! 엘렌딜이여!"
아라고른은 성벽의 터진 곳으로 벌떡 뛰어내렸다. 바로 그 참에 백 개의 사다리가 흉벽에 걸쳐졌다. 성벽 위아래로 최후의 공격이 모래 언덕을 덮치는 어두운 파도처럼 거침없이 밀려들었다. 방어선이 휩쓸려 버렸다. 일부 기사들은 한 걸음 한 걸음 동굴 쪽으로 물러나며 쓰러지거나 맞붙어 싸우면서 협곡 속으로 점점 쫓겨 들어갔다. 다른 이들은 성채를 향해 퇴각했다.

널찍한 계단 하나가 협곡에서 나팔바위와 나팔산성 후문까지 뻗쳐올랐다. 아라고른은 그 맨 밑바닥 부근에 서 있었다. 여전히 그의 손에서는 안두릴이 빛을 발했고, 계단에 도달할 수 있었던 모든 이가 하나씩 성문 쪽으로 올라갈 동안 적은 그 검이 두려워 달려들지 못했다. 뒤로는 레골라스가 계단 상단에 무릎을 꿇었다. 그는 활시위를 당기고 있었지만 남은 화살은 주워 든 하나가 다였다. 감히 계단에 접근하는 첫 번째 오르크를 겨누어 쏠 채비를 하고, 그는 아래를 뚫어지게 주시했다.

"올 수 있는 이들은 모두 안으로 무사히 들었소. 아라고른이여, 어서 돌아오시오!"

레골라스가 외치자 아라고른이 몸을 돌려 쏜살같이 계단을 뛰어올랐다. 그러나 그는 지친 나머지 달리다가 곱드러지고 말았다. 곧바로 적들이 앞으로 껑충 뛰어나왔다. 오르크들이 그를 붙잡으려고 긴 팔을 쭉 내뻗고 괴성을 지르며 올라왔다. 맨 앞의 오르크가 목에 레골라스의 화살을 맞고 쓰러졌으나 나머지는 그를 타고 넘어 도약했다. 그때 위쪽 외벽에서 내던진 커다란 둥근 돌 하나가 계단 아래로 우당탕탕 굴러떨어져 그들을 도로 협곡 속으로 내몰았다. 아라고른이 당도하자 문은 그를 들이곤 뎅그렁하고 재빨리 닫혔다.

"사태가 고약하게 돌아가는군, 친구들이여."

아라고른이 이마의 땀을 훔치며 말했다.

"꽤나 고약해요. 그렇지만 우리에게 당신이 있는 한 아직 희망은 있어요. 김리는 어디 있지요?"

레골라스가 말하자 아라고른이 대답했다.

"모르겠네. 그가 성벽 뒤 땅바닥에서 싸우는 걸 마지막으로 봤는데, 적 때문에 우린 갈라지고 말았어."

"아! 불길한 소식이네요."

레골라스의 탄식에 아라고른이 다시 말했다.

"그는 억세고 강인하다네. 그가 몸을 빼내 동굴로 되돌아갔기를 바라자고. 거기라면 한동안 안전할 거야. 우리보다 안전하게 말이야. 난쟁이에겐 그런 피난처가 마음에 들 테지."

"그렇게 바랄 수밖에요. 하지만 난 그가 이쪽으로 왔으면 싶어요. 김리 선생에게 내 총계가 이제 서른아홉이란 걸 말해 주고 싶거든요."

아라고른이 웃으며 말했다.

"만약 동굴로 되돌아간다면 그가 다시 자네 총계를 앞지를 걸세. 그렇게 무섭게 휘둘러 대는 도끼는 결코 보지 못했으니 말이야."

레골라스가 다시 말했다.

"난 가서 화살을 좀 찾아야겠어요. 어서 이 밤이 지나야 활 쏘기가 수월해질 텐데."

이제 아라고른은 성채로 들어갔다. 거기서 그는 당혹스럽게도 에오메르가 나팔산성에 당도하지 않았다는 걸 알았다.

"글쎄, 그는 나팔바위로 돌아오지 않았습니다. 그가 자기 주위에 병사들을 모아 협곡 어귀에서 싸우는 걸 본 게 마지막이었지요. 감링이 그와 함께 있었고 또 난쟁이도요. 그렇지만 난 그들에게로 갈 수 없었습니다."

한 웨스트폴드 사람이 말했다.

아라고른은 큰 걸음으로 안뜰을 지나 탑 속의 높은 방으로 올라갔다. 거기엔 왕이 좁은 창문을 등져 어둑한 모습으로 골짜기를 내다보며 서 있었다.

왕이 말했다.

"무슨 소식이오, 아라고른이여?"

"전하, 협곡 성벽이 함락되고 전 방어선이 휩쓸려 버렸습니다. 그러나 많은 병사들이 여기 나팔바위로 탈출했습니다."

"에오메르도 여기 있소?"

"아닙니다, 전하. 하지만 당신의 많은 병사들은 협곡 속으로 후퇴했는데, 몇몇 사람이 말하기를 그중에 에오메르도 있었다고 합니다. 그들은 협로에서 적을 제지하고 동굴 안으로 들어갔을 겁니다. 그다음에 그들이 어떤 희망을 가질 수 있을지는 모릅니다만."

"우리보다는 희망이 있을 거요. 거긴 식량이 충분하다잖소. 그리고 먼 위쪽 바위에 갈라진 틈새들이 있어 공기도 좋소. 누구라도 결사항전 태세의 전사들을 무턱대고 들이칠 수는 없소. 그들은 오래 버틸 수 있을 거요."

"그런데 오르크들이 오르상크에서 사술의 무기를 가져왔습니다."

아라고른이 말했다.

"놈들은 폭파하는 불을 가지고 그것으로 성벽을 함락시켰습니다. 동굴로 들어가지는 못한다 해도 안에 있는 이들을 봉할 수는 있을 겁니다. 그건 그렇고 우리는 지금 우리 자신의 방어에 온 신경을 기울여야 합니다."

세오덴 왕이 말했다.

"나는 이 감옥 같은 곳에서 안달이 날 지경이오. 내가 병사들의 선봉에 서서 전장을 달리며 적의 창병 하나라도 잠재울 수 있다면, 아마 전투의 환희를 다시 맛볼 수 있을 테고 또 그렇게 죽어도 여한이 없을 것이오. 그렇지만 여기선 내가 별 쓸모가 없소."

아라고른이 대답했다.

"적어도 여기에서 전하께선, 마크의 가장 튼튼한 요새의 호위를 받고 계십니다. 에도라스나 심지어 산맥 속의 검산오름보다도 나팔산성에서 전하를 지키기가 더 유리합니다."

"나팔산성이 결코 적의 공격에 떨어진 적이 없다지만 지금은 의심스럽소. 세상이 변해 한때 강고했던 모든 것들이 이제 신뢰할 수 없는 것으로 드러나오. 그 어떤 탑이 저 많은 병력과 저 막무가내의 적개심을 견뎌 내겠소? 만약 아이센가드의 군세가 저토록 강대해졌다는 걸 알았더라면, 아마도 난 간달프의 그 모든 술책에도 불구하고 그렇게 경솔하게 출정해 그에 맞서진 않았을 거요. 이제 그의 간언은 아침 햇살 아래서 그랬던 것만큼 훌륭한 것 같지가 않소."

"모든 게 끝날 때까지는 간달프의 간언을 섣불리 판단하지 마십시오, 전하."

아라고른이 말했다.

"끝이 머지않을 거요. 하지만 난 덫에 걸린 늙은 오소리처럼 갇힌 채 여기서 끝나진 않겠소. 스나우마나와 하주펠 그리고 내 근위대의 말들이 안뜰에 있소. 새벽이 오면 나는 병사들에게 헬름의 뿔나팔을 울리라 명하고 출격하겠소. 그때 나와 함께 말을 달리겠소, 아라소른의 아들이여? 아마 우리는 길을 트거나 아니면 노래에 값할 만한 그런 최후를 맞을 거요—만일 이후에 우리에 대해 노래할 어떤 이가 남는다면 말이오."

"나는 왕과 함께 출전할 것입니다."

말을 마치고 아라고른은 물러나 성벽으로 돌아갔다. 그는 성벽을 한 바퀴 순회하며 병사들의 사기를 북돋우고 공세가 치열한 곳이면 어디든 힘을 보탰다. 레골라스가 그와 함께했다. 폭발하는 불꽃이 연거푸 솟구쳐 성벽의 돌들을 뒤흔들었다. 갈고랑쇠들이 내던져지고 사다리가 걸쳐졌다. 몇 번이고 오르크들은 방죽 꼭대기로 기어올랐고 그때마다 방어자들은 그들을 아래로 떨쳐 냈다.

마침내 아라고른이 적이 날리는 창들에 개의치 않고 성문 위에 섰다. 앞을 내다보니 동편 하늘이 점차 어슴푸레해지는 것이 보였다. 이윽고 그는 화평 교섭의 표시로 손바닥을 밖으로 하고 빈손을 들어 올렸다.

오르크들이 고함을 지르며 야유했다.

"내려와! 내려오라고! 우리한테 이야기하고 싶으면 내려오라고! 너희 왕을 데려와! 우린 투사 우루크하이다. 그가 내려오지 않으면 우리가 그를 굴에서 끌어낼 테다. 비겁하게 숨은 네놈들의 왕을 데려와!"

"왕께선 스스로의 뜻에 따라 머물거나 나오신다."

하고 아라고른이 말했다.

"그럼 넌 여기서 뭘 하는 거냐? 왜 내다보는 거야? 우리 군대의 막강함을 보고 싶은 거야? 우린 투사 우루크하이라고!"

"나는 새벽을 보려고 나온 것이다."

아라고른의 말을 들은 우루크하이들이 조롱했다.

"새벽이 어쨌다는 거야? 우린 우루크하이고 밤이고 낮이고 날씨가 좋든 폭풍이 몰아치든 싸움을 멈추지 않는다고. 해가 뜨든 달이 뜨든 우린 죽이러 왔어. 새벽이 어쨌단 말이냐?"

"새날이 무엇을 가져다줄지는 아무도 모르지. 꺼져라, 새날이 네놈들에게 재앙이 되기 전에."

"내려와! 안 그러면 우리가 네놈을 쏘아 성벽에서 떨어뜨릴 테다! 이건 화평 교섭이 아니야. 네놈은 할 말이 없는 게야."

오르크들이 씩씩거렸다.

"아직 할 말이 남았다." 아라고른이 말했다. "아직껏 그 어떤 적도 나팔산성을 함락시키지 못했다. 떠나라, 그러지 않으면 단 한 놈도 목숨을 부지하지 못할 것이다. 북쪽으로 소식을 갖고 돌아갈

놈 하나도 살아남지 못할 것이다. 네놈들은 자신이 처한 위험을 아직 모르는 게야."

무너진 성문 위에 홀로 서서 적의 무리에 맞선 아라고른에게서 엄청난 힘과 위엄이 드러난지라, 야만인들은 머뭇거리며 어깨 너머로 계곡 쪽을 돌아보았고 일부는 미심쩍은 듯 하늘을 올려다보았다. 그러나 오르크들은 이내 왁자지껄한 목소리로 웃어 댔다. 그리고 아라고른이 껑충 뛰어내리는 순간 성벽 위로 창과 화살이 우박처럼 쌩쌩 날아들었다.

한 차례 포효와 함께 불의 폭발이 일었다. 방금 전 아라고른이 섰던 성문의 아치길이 연기와 먼지 속에 허물어져 내려앉았다. 방책은 마치 벼락 맞은 것처럼 산산이 흩어졌다. 아라고른은 왕의 탑으로 달려갔다.

그러나 성문이 무너지고 주위의 오르크들이 돌격 준비를 하며 고래고래 소리를 지르는 순간, 그들 뒤에서 먼 곳의 바람처럼 술렁임이 일었고, 그 소리는 점차 커져 새벽녘에 이상한 소식을 외치는 숱한 목소리들의 아우성이 되었다. 나팔바위 위의 오르크들이 그 낙심천만의 소식을 듣고는 갈팡질팡하며 뒤를 돌아봤다. 이윽고 위쪽 탑에서 헬름의 거대한 뿔나팔 소리가 갑작스럽고 무시무시하게 울려 퍼졌다.

그 소리를 들은 자는 누구나 몸을 떨었다. 많은 오르크들이 얼굴을 땅에 처박고 갈고리 같은 손으로 귀를 막았다. 마치 모든 벼랑과 언덕 위에 목청 큰 전령이 서 있는 것처럼 협곡 뒤편에서 메아리가 잇따라 울려왔다. 그러나 성벽 위에선 병사들이 경탄한 채 귀를 기울이며 위를 올려다보았다. 메아리가 잦아들지 않았던 것이다. 뿔나팔 소리는 산지 속에서 변함없이 계속 굽이쳤다. 맹렬하고 거침없이 울리는 그 소리들은 이제 점점 가깝고 요란하게 서로 맥놀이를 이루었다.

"헬름 왕! 헬름 왕이시다!" 기사들이 고함쳤다. "헬름 왕이 되살아나 전장에 돌아오신 게야. 세오덴 왕을 위해 헬름 왕께서!"

그 함성과 함께 왕이 나타났다. 그의 말은 눈처럼 희고 방패는 황금색이었으며 창은 길었다. 오른편에는 엘렌딜의 후계자 아라고른이 자리했고, 뒤쪽엔 청년왕 에오를 왕가의 영주들이 말을 달렸다. 하늘에 빛이 튀어 올랐다. 밤이 물러갔다.

"에오를의 후손이여, 전진하라!"

함성과 크나큰 소음과 함께 그들은 돌진했다. 그들은 성문에서 내려가며 포효했고, 둑길을 휩쓸고는 초원을 스치는 바람처럼 아이센가드의 무리들을 헤집고 나아갔다. 뒤편의 협곡으로부터 동굴에서 출격하는 병사들이 준엄한 고함을 지르며 적을 내몰았다. 나팔바위에 남아 있던 전 병력이 쏟아져 나왔다. 그리고 산지에서는 우렁찬 뿔나팔 소리가 내내 메아리쳤다.

세오덴 왕과 동지들은 쉴새없이 말을 달렸다. 그들 앞에서 적의 대장들과 투사들이 쓰러지거나 도주했다. 오르크도 인간도 그들을 배겨 내지 못했다. 적들은 기사들의 칼과 창에 등을 돌리고 얼굴은 계곡을 향했다. 날이 밝으며 닥친 공포와 엄청난 놀라움에 그들은 소리 지르며 울부짖었다.

그렇게 세오덴 왕은 헬름관문에서 말을 달려 거대한 방죽까지 길을 텄다. 거기서 왕의 부대는 멈추었다. 주위에 빛이 점점 환해졌다. 태양 광선들이 동편 능선 위로 확 타올라 그들의 창에 번득였다. 그러나 그들은 말없이 말 위에 앉아 아래쪽의 협곡 분지를 홀린 듯 바라보았다.

그 땅이 변했던 것이다. 이전에 풀이 무성한 비탈들이 계속 솟구치는 산지를 훑던 초록 골짜기가 놓였던 곳에, 이제 숲이 우뚝 드러났다. 벌거벗은 거대한 나무들이 가지가 뒤엉키고 머리칼은 백발인 채 줄줄이 서 있었고, 그 뒤틀린 뿌리들은 긴 초록 풀밭에 묻혀 있었다. 그 밑에 어둠이 있었다. 방죽과 그 이름 없는 숲의 처마 사이에는 400미터가량의 탁 트인 거리만이 가로놓였다. 거기엔 지금 사루만의 오만한 무리들이 왕에 대한 두려움과 숲의 나무들에 대한 공포에 떨며 몸을 움츠렸다. 그들은 헬름관문에서 줄줄이 내려온지라 방죽 위로는 한 명도 남아 있지 않았지만 방죽 아래에는 파리 떼처럼 밀집해 있었다. 그들은 공연히 탈출하고자 분지의 벽 여기저기를 벌벌 기고 또 기어오르려고 버둥거렸다. 동쪽으로는 골짜기의 비탈이 너무 가파르고 돌처럼 단단했다. 그들의 왼편인 서쪽으로부터 종국적인 운명이 다가왔다.

별안간 능선 위로 하얗게 차려입은 기사 하나가 떠오르는 태양 속에 환하게 나타났다. 얕은 산지 위로는 뿔나팔 소리가 울려 퍼지고 있었다. 그의 뒤로는 긴 비탈들을 서둘러 내려오는 천 명의 보병이 있었다. 그들은 손에 칼을 들고 있었다. 키가 크고 강대한 전사 하나가 그들 가운데서 큰 걸음으로 걸었다. 그의 방패는 붉었다. 골짜기의 가장자리에 이르자 그는 거대한 검은 뿔나팔을 입술에 갖다 대고 힘차게 불었다.

"에르켄브란드! 에르켄브란드 영주다!"

기사들이 외쳤다.

"저 백색의 기사를 봐!" 아라고른이 외쳤다. "간달프가 다시 왔어!"

"미스란디르! 미스란디르여!" 레골라스가 말했다. "실로 이야말로 마법이군! 난 그 주문이 풀리기 전에 이 숲을 잘 봐 둘 테야."

아이센가드의 무리들은 이리저리 허둥대고 아우성쳤다. 어디로 향하든 두려움에서 벗어날 수 없었다. 탑에서 다시 뿔나팔 소리가 울렸다. 방죽의 파열구를 통해 왕의 부대가 돌진해 내려갔다. 웨스트폴드의 영주 에르켄브란드는 산지에서 훌쩍 뛰어내렸다. 산중을 거침없이 내달리는 사슴처럼 샤두팍스가 뛰어내렸다. 백색의 기사가 그들을 덮쳤고, 그가 다가오는 걸 보고 적들은 공포심으로 미쳐 버린 듯했다. 그의 앞에서 야만인들은 얼굴을 땅에 깔고 엎드렸다. 오르크들은 휘청거리고 비명을 지르며 칼과 창 모두를 내던졌다. 점점 거세지는 바람에 휘몰리는 검은 연기처럼 그들은 달아났다. 그들은 울부짖으며, 그들을 기다리고 있는 나무들의 그림자 밑으로 들어섰다. 그리고 그 그림자에서 다시 나온 자는 아무도 없었다.

Chapter 8

아이센가드로 가는 길

그리하여 세오덴 왕과 백색의 기사 간달프는 맑게 갠 아침 햇살 속에 협류 옆의 초록 풀밭에서 다시 만났다. 거기에는 아라소른의 아들 아라고른, 요정 레골라스, 웨스트폴드의 에르켄브란드, 그리고 황금궁전의 영주들도 있었다. 그 주위로 로한인들, 즉 마크의 기사들이 몰려들었다. 승리의 환희를 압도하는 경이감 속에 그들의 눈길이 숲을 향했다.

갑자기 크나큰 함성이 울리고, 협곡 속으로 쫓겨 들어갔던 이들이 방죽에서 내려왔다. 늙은 감링과 에오문드의 아들 에오메르가 왔고 그 곁에서 난쟁이 김리가 걸었다. 김리는 투구를 쓰지 않았고 머리에는 핏자국이 밴 붕대가 감겨 있었다. 그렇지만 그의 목소리는 크고 우렁찼다.

"마흔둘이야, 레골라스 선생!" 그가 외쳤다. "아아! 도끼날이 상했어. 마흔두 번째 놈이 목에 쇠깃을 찼더라고. 자네 실적은 어때?"

"자네가 나보다 하나 앞섰네." 레골라스가 말했다. "그러나 자네에게 승리를 내준 게 언짢진 않아. 멀쩡하게 두 다리로 선 자네를 다시 봐서 정말 기쁘다네."

"반갑도다, 내 누이의 아들 에오메르여!" 세오덴이 말했다. "이렇게 그대가 무사한 걸 보니 기쁘기 짝이 없도다."

"어서 오십시오, 마크의 군주시여!" 에오메르가 말했다. "어두운 밤은 지나가고 낮이 다시 왔습니다. 그런데 날이 밝으면서 이상한 일이 생겼습니다."

그는 몸을 돌려 경이의 눈으로 먼저 숲을, 그다음에는 간달프를 물끄러미 바라보며 말했다.

"또 한 번 당신은 위급한 순간에 예기치 않게 와 주셨군요."

"예기치 않았다고?" 간달프가 말했다. "난 돌아와 그대들을 여기서 만날 거라고 말했소."

"그렇지만 당신은 그 시각을 말하지 않았고, 또 어떻게 올 건지도 미리 알려 주지 않았지요. 당신은 이상한 도움을 가져왔어요. 당신의 마법은 굉장하군요, 백색의 기사 간달프여!"

"그럴 수도 있겠지. 하지만 그렇다 해도 난 아직 내 마법을 보여 주지 않았소. 난 다만 위태로울 때 쓸 만한 조언을 해 주었고 샤두팍스의 속력을 이용했을 뿐이오. 그대 자신의 용맹과 밤을 새워 행군한 웨스트폴드 사람들의 억센 다리가 더 많은 일을 해냈소."

그러자 모두들 한층 더 놀란 눈으로 간달프를 응시했다. 그중에는 숲 쪽을 은밀하게 힐끗 쳐다보고는 자신의 눈에 보이는 게 그가 보는 것과는 다른가 하고 미심쩍어하는 것처럼 손으로 이마를 만져 보는 이들도 있었다. 간달프가 길고 유쾌하게 웃었다.

"저 나무들 말이오? 아니요, 그대들처럼 내 눈에도 저 숲이 똑똑히 보이오. 그러나 그건 내가 한 일이 아니오. 그것은 현자의 조언을 벗어난 일이오. 내 계획보다 멋지게, 심지어 내 희망보다도 멋들어지게 이루어졌소."

그러자 세오덴이 말했다.

"그럼, 당신의 마법이 아니라면 대체 누구의 마법이란 말이오? 사루만의 마법이 아니란 것, 그건 분명하오. 우리가 아직 알지 못하는 어떤 대단한 현자가 있단 말이오?"

간달프가 대답했다.

"그것은 마법이 아니라 그보다 훨씬 오래된 하나의 힘이오. 요정이 노래하고 망치 소리가 울리기 전 대지를 거닐었던 힘이지요.

쇠가 발견되거나 나무가 베이기 전에,
달 아래 산이 젊었을 적에,
반지가 만들어지거나 비애가 벼려지기 전에,
오래전에 그것은 숲을 거닐었네."

"그럼 당신의 수수께끼에 대한 답은 무엇이오?"

"그것을 알고 싶다면 당신은 나와 함께 아이센가드로 가야 하오."

세오덴의 물음에 간달프가 대답했다.

"아이센가드로?"

모두가 외치자, 간달프가 다시 말했다.

"그렇소. 난 아이센가드로 돌아갈 것이고, 뜻이 있는 이들은 나와 함께 가도 좋소. 거기서 우리는 이상한 일들을 볼 수 있을 것이오."

"그렇지만 마크에는 사루만의 요새를 공격하기에 충분한 군사가 없소. 병사들이 모두 한데 모이고, 또 부상과 피로가 치유되지 않는다면 말이오."

"그럼에도 불구하고 나는 아이센가드로 가오. 거기서 오래 머물진 않을 것이오. 이제 내가 갈 길은 동쪽이오. 달이 이울기 전에 에도라스에서 날 찾으시오."

간달프가 주장하자 세오덴이 말했다.

"아니요! 새벽이 오기 전 어두운 시간에는 내가 미심쩍게 여겼지만 이제 우리는 헤어지지 않을 것이오. 당신의 조언이 그런 것이라면 나는 당신과 함께 가겠소."

간달프가 말했다.

"난 이제 가능한 대로 빨리 사루만과 이야기를 나누고자 하오. 게다가 그가 당신에게 막심한 피해를 입혔으니 당신이 그 자리에 함께하는 것이 합당할 것이오. 그런데 당신은 얼마나 일찍, 그리고 얼마나 빨리 달릴 것이오?"

"내 병사들은 전투에 지쳤소." 왕이 말했다. "그리고 나 또한 몹시 지친 몸이오. 멀리 말을 달린 데다 잠을 거의 자지 못했으니. 아아! 나의 노쇠는 가장된 게 아니고 또 뱀혓바닥의 속살거림 탓만도 아니오. 그것은 어떤 의원(醫員)도 온전히 치유할 수 없는 병이오. 간달프조차도 어찌할 수 없는."

"그렇다면 나와 함께 말을 달릴 모든 이들로 하여금 당장 쉬게 하시오. 우린 밤의 그림자 아래서 여행할 것이오. 그렇게 하는 게 좋을 거요. 앞으로 우리의 모든 움직임은 가능한 한 은밀해야 한다는 조언을 드리오. 하지만 많은 병사들에게 함께 갈 것을 명하진 마시오, 세오덴이여. 우린 싸우러 가는 게 아니라 화평의 담판을 벌이러 가는 것이니."

그러자 왕은 부상당하지 않고 빠른 말을 가진 병사들을 뽑아 마크의 모든 계곡에 승리의 소식을 알리도록 내보냈다. 또한 그들은 노소를 불문하고 모든 장정들은 서둘러 에도라스로 올 것을 명하는 소환장도 몸에 지녔다. 거기서 마크의 군주는 보름달이 뜬 지 이틀째 되는 날 무기를 들 수 있는 모든 이들의 회합을 가질 작정이었다. 왕은 자신과 함께 아이센가드로 달려갈 병력으로 에오메르와 왕실 근위대 스무 명을 선발했다. 아라고른, 레골라스, 김리 역시 간달프와 함께 갈 것이었다. 부상에도 불구하고 난쟁이는 뒤에 남으려 하지 않았다.

"미미한 타격에 불과한 데다 투구에 튕겨 나갔다니까요. 오르크에게 긁힌 생채기 정도로 날 뒤로 물러나 있게 할 순 없어요."

"자네가 쉴 동안 내가 상처를 돌봐 주겠네."

아라고른이 말했다.

이제 왕은 나팔산성으로 돌아가 여러 해 동안 맛보지 못했던 평온한 잠에 빠져들었다. 선발된 왕의 부대의 나머지도 휴식을 취했다. 반면에 다치거나 부상을 입지 않은 나머지 모든 병사들은 큰 역사(役事)를 시작했다. 숱한 이들이 전투에서 쓰러져 들판이나 협곡에 누워 있었던 것이다.

오르크들은 단 한 명도 살아남지 못했다. 그들의 시체는 무수히 많았다. 그러나 아주 많은 고지인들이 투항했다. 그들은 겁을 먹고 살려 줄 것을 애원했다.

마크의 병사들은 그들로부터 무기를 압수하고 노역을 시켰다. 에르켄브란드가 말했다.

"이제 너희가 한몫 거들었던 해악을 치유하는 데 협조하라! 그리고 이후로는 결코 다시는 무장하고 아이센여울을 건너지 않을 것과 인간의 적들과 함께 진군하지 않을 것을 맹세해야 한다. 그렇게 한다면 너희는 자유로운 몸으로 너희 땅으로 돌아갈 수 있다. 너희는 사루만에게 기만당했으니까. 너희 가운데 많은 수가 그를 신뢰한 대가로 죽음을 맞았다. 설사 너희가 승리했다 하더라도 그 보상은 별반 다르지 않았을 게다."

던랜드인들은 몹시 놀랐다. 사루만이 말하기를, 로한인들은 잔혹해서 포로들을 산 채로 태워 죽인다고 했기 때문이었다.

나팔산성 앞의 들판 중앙에 두 개의 흙무덤이 세워지고 그 밑에 방어전에서 쓰러진 모든 로한의 기사가 묻혔다. 동쪽 골짜기의 기사들이 한쪽에, 웨스트폴드의 기사들이 다른 쪽에 묻혔다. 나팔산성의 그림자 아래 쌓아 올린 외딴 무덤 속에는 왕의 근위대장 하마가 누웠다. 그는 성문 앞에서 전사했다.

인간의 흙무덤들에서 조금 떨어지고 숲의 처마에서 멀지 않은 곳에 오르크들의 시체가 산더미처럼 쌓였다. 그 썩은 고기 더미는 파묻거나 태우기에는 너무나 막대했기에 일꾼들은 난감해했다. 화장을 위한 나무가 거의 없었던 데다 감히 누구도 숲의 이상한 나무들에 도끼를 들이댈 엄두가 나지 않았던 것이다. 설령 간달프가 나무껍질이나 나뭇가지를 해치면 크게 경을 치를 것이라고 경고하지 않았다 하더라도.

"오르크들은 널브러진 채 그냥 놔두지. 아침이 묘안을 가져다줄 수도 있을 테니."

간달프가 말했다.

오후에 왕의 일행은 떠날 준비를 했다. 그렇지만 장례식이 이제 막 시작된 참이라 세오덴은 근위대장 하마를 잃은 걸 애통해하며 무덤 위에 첫 흙을 뿌렸다.

"실로 사루만은 나와 이 모든 땅에 막대한 피해를 입혔도다. 우리가 만날 때 나는 그 사실을 결코 잊지 않을 것이다."

마침내 세오덴과 간달프 그리고 그 동지들이 방죽에서 달려 내려갈 때, 태양은 이미 분지 서편의 산지에 다가들고 있었다. 그들의 뒤에는 아주 큰 무리가 모여 있었다. 로한의 기사들과 함께 동굴에서 나왔던 웨스트폴드 사람들이 남녀노소 할 것 없이 모여든 것이었다. 그들은 맑은 목소리로 승리의 노래를 불렀다. 그다음에 그들은 무슨 일이 일어나려나 싶어 의아해하는 듯 입을 다물었다. 그들의 눈길이 그 나무들에 가닿자 두려움이 엄습했던 것이다.

기사들이 숲으로 가더니 발길을 멈추었다. 말과 사람 모두가 안으로 들어가길 꺼렸다. 나무들은 회색으로 위협적인 기운을 띠었고 주위에는 그림자나 안개가 퍼져 있었다. 길게 쭉 뻗은 가지 끝은 뭔가를 찾는 손가락들처럼 밑으로 처졌고, 뿌리는 생소한 괴물의 사지처럼 바닥에서 일어서고 그 밑으로 어두운 동굴들이 입을 벌리고 있었다. 하지만 간달프는 일행을 이끌고 앞으로 나아갔다. 나팔산성에서 뻗은 길이 그 나무들과 만나는 곳에서, 그들은 강고한 나뭇가지들 아래로 아치형의 문처럼 생긴 틈새를 보았고, 간달프가 그것을 앞장서 통과하자 뒤를 따랐다. 그 길이 계속 이어지고 그 곁으로 헬름협류가 흐른다는 걸 알고 그들은 깜짝 놀랐다. 머리 위로는 하늘이 훤히 트이고 황금빛이 풍성했다. 그러나 양편으로 길게 늘어선 숲은 벌써 어스름에 잠겨 꿰뚫을 수 없는 어둠 속으로 뻗쳐 들었다. 거기서 그들은 가지들이 삐걱거리고 신음하는 소리, 먼 데서 들려오는 고함 소리 그리고 말 없는 목소리들의 풍설(風說)이 격분해 웅얼거리는 것을 들었다. 오르크나 다른 생명체는 보이지 않았다.

이제 레골라스와 김리는 하나의 말에 함께 타고 있었다. 김리가 그 숲을 무서워했기 때문에 그들은 간달프 옆에 바싹 달라붙었다. 레골라스가 간달프에게 말했다.

"여기 안은 뜨거운데요. 주위에서 거대한 분노가 느껴져요. 귀에 대기의 진동이 느껴지지 않아요?"

"느껴지네."

"그 비참한 오르크들은 어떻게 되었나요?"

"내 생각으론, 그건 누구도 알 수 없을 거야."

그들은 한동안 아무 말 없이 달렸다. 그러나 레골라스는 내내 이쪽저쪽을 흘낏거리고 있었고, 김리가 허락했다면 가끔 멈추어 그 숲의 소리에 귀를 기울였을 터였다.

레골라스가 말했다.

"이들은 내가 이제껏 본 것 가운데 가장 이상한 나무들이야. 난 많은 떡갈나무가 도토리에서부터 영락의 노령에 이르기까지 자라는 걸 봐 왔어. 지금 저 나무들 사이를 거닐 여유가 있으면 좋겠어. 저들은 목소리를 갖고 있으니 시간이 지나면 내가 저들의 생각을 이해하게 될 수도 있을 거야."

"아니야, 안 돼!" 김리가 말했다. "저들은 그냥 내버려 두자고! 난 이미 저들의 생각을 짐작해. 두 다리로 걷는 모든 것에 대한 증오야. 그리고 저들이 하는 말은 짓밟고 질식시키는 것에 관한 거라고."

"두 다리로 걷는 모든 것을 증오하는 건 아니야." 레골라스가 말했다. "그 점에서 난 자네가 틀렸다고 생각해. 저들이 증오하는 건 바로 오르크들이야. 여기가 자기네 땅이 아니라서 저들은 요정과 인간에 대해 아는 게 거의 없어. 저들이 생겨난 계곡들은 저 먼 데라고. 짐작건대 저들은 팡고른숲의 깊은 골짜기들로부터, 김리여, 거기서 왔을 거야."

김리가 대답했다.

"그렇다면 그곳은 가운데땅에서 가장 위험한 숲이잖아. 저들이 한 역할에 대해서는 감사해야겠지만 난 저들을 사랑하진 않아. 자넨 저들을 경이롭다고 생각할 수 있겠지만, 난 이 땅에서 훨씬 큰 경이를 보았네. 이제껏 세상에 나온 어떤 작은 숲이나 숲속의 빈터보다 아름다운 것으로 아직도 내 마음은 그 모습으로 가득 차 있어.

인간들의 사고방식은 정말 이상하다네, 레골라스여! 여기 북방계의 불가사의들 중 하나를 갖고도 인간들은 그것에 대해 뭐라고 말하는가? 동굴들이라고 하네! 그냥 동굴들이라니! 전시에 피신하고 양식을 저장해 두는 구멍들이라니! 친애하는 레골라스여, 자네는 헬름협곡의 동굴들이 얼마나 방대하고 아름다운지 아나? 만일 그런 것들이 있다는 게 알려진다면 난쟁이들은 그냥 황홀하게 바라만 보기 위해서라도 성지 순례객처럼 끝없이 찾아들 거야. 아무렴, 그렇고말고! 아무렴, 그렇고말고, 잠시 동안의 일별을 위해서도 순금을 내놓을걸!"

"난 동굴을 보지 않아도 된다면 황금을 내놓겠어. 그리고 만일 내가 안에서 길을 잃었을 경우 날 밖으로 나가게 해 준다면 두 배를 내놓을 걸세!"

레골라스의 말에 김리가 대답했다.

"자네가 직접 동굴을 보지는 못했으니 그 농담을 용서하겠네. 하지만 자넨 바보 같은 소릴 하는 거야. 자네 왕께서 계신 어둠숲 속 언덕 아래 궁전, 오래전에 난쟁이들이 축조를 도왔던 그 궁전을 자네는 아름답다고 생각하겠지? 그 궁전도 내가 여기서 본 동굴에 비하면 오두막에 불과하다네. 웅덩이들 속으로 딸랑대며 떨어지는 물방울들의 영원한 음악으로 가득한 그 광대무변의 동굴들은 별빛 속의 크헬레드자람만큼이나 아름답네.

그리고 말이야, 레골라스, 사람들이 횃불을 들고 메아리치는 둥근 천장 아래로 모래 바닥 위를 걸어갈 때면, 아! 그땐 말이야, 레골라스여, 갖가지 보석과 수정 그리고 귀금속 광맥이 반질반질한 벽에 반짝이고, 그 빛이 타오르는 대리암은 조개처럼 겹겹이 포개지고, 갈라드리엘 여왕의 생동하는 손처럼 투명하다네. 하양, 샛노랑과 새벽 장미빛의 기둥들이 홈이 파이고 비틀려 꿈 같은 형상들을 빚고, 레골라스여, 그것들은 다채로운 색깔의 바닥에서 솟구쳐 지붕에서 늘어뜨린 반짝이는 것들을 만나. 날개, 밧줄, 얼어붙은 구름장처럼 고운 커튼과 허공에 뜬 궁궐의 창(槍), 깃발, 뾰족탑이지. 고요한 호수가 그것들을 거울처럼 비추고, 맑은 유리로 덮인 어두운 웅덩이에서 깜박깜박 빛나는 하나의 세계가 올려다보고, 두린의 마음이 꿈 속에서도 가히 상상할 수 없었을 그런 도시들이 가로들과 기둥으로 둘러싸인 뜰들을 거쳐 어떤 빛도 닿을 수 없는 어둑한 구석들까지 주욱 펼쳐지네. 그 와중에 찌르릉 하고 은빛 물방울 하나가 떨어지면 유리 같은 수면의 둥근 주름들이 모든 탑들을 바다 동굴 속의 해초와 산호처럼 굽어지고 흔들리게 하지. 이윽고 저녁이 오면 그것들은 바래지고 반짝이며 사라지고, 횃불들은 또 다른 방과 또 다른 꿈으로 계속 넘어가는 거야. 방들이 잇달아 펼쳐지는 바, 레골라스여, 궁전에서 궁전이 열리고 둥근 천장들이 잇따르고 층계 너머로 층계가 있지만 그럼에도 꼬불꼬불하게 나아가는 길들은 산맥의 심장부 속으로 계속 이어지네. 동굴들이여! 헬름협곡의 동굴들이여! 나를 거기로 이끈 기회야말로 대단한 행운이었네! 그 동굴들을 떠나자니 눈물이 날 지경이었어."

"그렇다면 김리여, 자네의 낙을 위해," 요정이 말했다. "자네가 전쟁을 몸 성히 이겨 내고 돌아가 그것들을 다시 볼 수 있기를 바라겠네. 그러나 자네 동족 모두에게 알리진 말라고! 자네 이야기로 판단컨대 그들에겐 할 일이 별로 남아 있는 것 같지 않으니 말이야. 아마 이 땅의 사람들도 말수를 줄이는 게 현명할 걸세. 망치와 끌을 쥔 일단의 부산한 난쟁이들이 자신들이 만든 것보다 더 많은 걸 망가뜨릴 테니까."

"아냐, 자넨 이해를 못 하는군. 어떤 난쟁이도 그런 절경에 무감할 수는 없어. 두린의 종족 그 누구도 돌이나 광석을 얻겠다고 그 동굴들을 채굴하진 않을 거라고. 거기서 금강석과 금을 얻을 수 있는 게 아니라면 말이야. 자네 같으면 땔감을 얻고자 봄철에 만개하는 나무들을 잘라 내나? 우리는 이 꽃피는 돌들의 숲 터를 채굴하는 게 아니라 돌볼 거야. 우린 조심스러운 손길로 톡톡 두드리며—아마 온종일 노심초사하며 일한댔자 암석의 작은 조각 하나를 떼어 낼 만큼—작업할 수 있을 테고, 세월이 지나면서 새로운 길들을 터서 암석의 균열들 저 너머로 공허로만 일별 되었던 아직 어두운 먼 방들을 드러낼 거야. 그리고 빛도, 레골라스여! 우린 한때 크하잣둠에서 빛났던 등불과 같은 빛을 만들 거야. 또 우린 원할 때면 산맥이 생성된 이래로 거기 깔려 있던 밤을 몰아낼 것이고, 우리가 휴식을 원할 때는 밤이 돌아오게 해 줄 거야."

김리의 말에 레골라스가 대답했다.

"자네에게 감동했네, 김리! 자네가 이렇게 말하는 걸 이전엔 결코 들어 본 적이 없어. 자네 말을 들으니 이 동굴들을 보지 못한 게 못내 아쉬워지네. 자! 우리 이런 약속을 하세—만약 우리 모두가 우리를 기다리는 위험들을 헤치고 무사히 귀환한다면 한동안 함께 여행하는 거야. 자넨 나와 함께 팡고른숲을 방문하고, 그다음엔 내가 자네와 함께 헬름협곡을 보러 가는 거지."

김리가 대답했다.

"그건 내가 선택할 만한 귀환길은 아닌 듯하네. 하지만 자네가 나와 함께 그 동굴로 돌아가 그 경이를 공유하겠다고 약속한다면, 나도 팡고른숲을 견뎌 보겠네."

"약속하지. 그러나 아아! 이제 우리는 한동안 동굴과 숲 모두를 뒤로해야 해. 봐! 우린 나무들의 끝에 이르고 있어. 아이센가드까지는 얼마나 되죠, 간달프?"

레골라스의 물음에 간달프가 대답했다.

"사루만의 까마귀들이 나는 걸로 보아 75 킬로미터쯤이네. 헬름계곡 어귀에서 아이센여울까지가 25 킬로미터에, 거기서 아이센가드 성문까지가 50 킬로미터지. 그러나 오늘 밤에 그 모든 거리를 주파하진 않을 걸세."

"거기 도착하면 우린 뭘 볼까요?" 김리가 물었다. "당신은 알 테지만 난 짐작도 안 돼요."

마법사가 대답했다.

"나 자신도 확실히는 몰라. 내가 어제 해 질 녘에 거기에 있었네만 그 후에 많은 일이 벌어졌을 수도 있어. 그렇지만 이 여행이 헛되었다고 자네가 말하진 않으리라 생각해—설사 아글라론드의 찬란한 동굴을 뒤로하고 떠난대도 말이야."

드디어 일행은 나무들을 통과해 협곡 분지의 밑바닥에 도착했는데, 거기서 헬름협곡에서 나온 길은 두 갈래로 나뉘어 하나는 동쪽의 에도라스로, 다른 것은 북쪽의 아이센여울로 향했다. 그들이 숲의 처마 아래로 말을 달리던 중 레골라스가 아쉬운 마음에 멈춰 뒤를 돌아보았다. 다음 순간 그가 느닷없이 소리쳤다.

"눈이 있어! 나뭇가지들의 어둠으로부터 내다보는 눈이 있다고! 난 저런 눈들은 난생 처음 봐."

그의 외침에 놀라 다른 이들도 멈춰 고개를 돌렸지만, 레골라스는 뒤로 달리기 시작했다. 그러자 김리가 외쳤다.

"안 돼, 안 된다고! 자넨 넋이 나간 채 마음대로 해도 좋네만 먼저 나는 이 말에서 내려 달라고! 난 어떤 눈도 보고 싶지 않다고!"

그러자 간달프도 외쳤다.

"가만히 있게, 푸른잎 레골라스여! 숲으로 들어가지 말라고, 아직은! 지금은 때가 아니야!"

바로 그때 나무들 속으로부터 이상한 형체 셋이 앞으로 나왔다. 그들은 4미터 남짓으로 트롤만큼이나 키가 컸다. 젊은 나무처럼 단단한 그들의 강건한 몸은 회갈색의 꽉 끼는 의상 혹은 가죽을 입은 것 같았다. 그들의 사지는 길고 손에는 손가락이 많이 달리고 머리칼은 뻣뻣하며 수염은 이끼처럼 회록색이었다. 그들은 엄숙한 눈으로 빤히 내다봤지만 기사들을 보고 있지는 않았다. 그들의 눈길은 북쪽으로 쏠려 있었다. 갑자기 그들이 긴 손을 입가로 들어 올리고 부르는 소리를 내보냈다. 그 소리는 뿔나팔의 가락처럼 맑게 울리면서도 보다 감미롭고 다채로웠다. 그 부름에 화답하는 소리가 들려 기사들이 다시 몸을 돌리자, 같은 종류의 다른 이들이 성큼성큼 풀밭을 헤치며 다가오는 게 보였다. 그들은 북쪽에서 빠르게 왔다. 걸음걸이는 물을 건너는 왜가리를 닮았으나 속도는 비할 바가 아닌 게, 긴 보폭으로 내닫는 그들의 다리가 왜가리의 날개보다 빠르게 움직였던 것이다. 기사들은 경탄하여 큰 소리를 질렀고 일부는 칼자루에 손을 갖다 댔다.

간달프가 말했다.

“무기는 필요 없어. 이들은 목부(牧夫)일 뿐이야. 그들은 적이 아니고 실로 우리에겐 전혀 관심이 없다네.”

그런 것 같았다. 그가 말하는 동안 그 거한들은 기사들을 힐끗 쳐다보지도 않고 숲속으로 성큼성큼 들어가 사라져 버렸던 것이다.

“목부들이라!” 세오덴이 말했다. “그럼 그들이 돌보는 무리는 어디 있소? 그들은 어떤 자들이오, 간달프? 어쨌든 당신에겐 그들이 낯설지 않은 게 분명하니.”

간달프가 대답했다.

“나무목자들이지요. 화롯가에서 옛이야기 들은 지가 그토록 오래되었소? 당신 땅에도 비비 꼬아진 이야기의 가닥들로부터 당신의 물음에 대한 답을 추려 낼 수 있는 아이들이 있다오. 방금 당신은 엔트들을 본 것이오. 오, 왕이여, 당신네 말로 엔트숲이라 부르는 팡고른숲에서 온 엔트들이오. 당신은 그 이름이 단지 한가한 공상 속에나 나오는 거라고 생각하오? 아니요, 세오덴, 그렇지가 않소. 그들에게 당신은 스쳐 가는 이야기에 지나지 않소. 청년왕 에오를에서 노왕 세오덴에 이르기까지의 그 모든 세월도 그들에겐 하찮은 것이고 또 당신 가문의 그 모든 행적도 사소한 일일 뿐이오.”

왕은 잠시 침묵에 잠겼다가 마침내 입을 열었다.

“엔트들이라! 내가 전설의 어둠을 벗어나 그 나무들의 경이를 조금 이해하기 시작하나 보오. 살다 보니 이상한 시절도 다 보는구려. 오랫동안 우리는 짐승과 논밭을 돌보고 집을 짓고 연장을 만들거나 말을 달려 미나스 티리스의 전쟁을 지원했더랬소. 그리고 우린 그것을 인간의 삶, 세상의 이치라고 일렀소. 우린 우리 땅 경계 너머의 일들엔 거의 신경 쓰지 않았소. 우리에게도 이런 일들을 말해 주는 노래들이 있지만 우린 그것들을 태평한 풍습으로 여겨 아이들에게나 가르칠 뿐 잊고 있었소. 한데 그 노래들이 이상한 곳들로부터 우리속으로 내려와 태양 아래 눈앞에서 걷다니.”

“기뻐해 마땅한 일이오, 세오덴 왕이여.” 간달프가 말했다. “인간들의 짧은 목숨뿐 아니라 당신이 전설로 여겨 왔던 그런 것들의 목숨도 위험에 처했소. 설령 당신이 그들을 알지 못한다 해도 당신에겐 동맹자가 없는 게 아니오.”

세오덴이 대답했다.

“그렇지만 나는 또한 슬퍼해 마땅하오. 전쟁의 운세가 어떻게 돌아가든 결국 전쟁이 끝남과 더불어 아름답고 경이로운 많은 것이 가운데땅에서 영영 사라지지 않겠소?”

“그럴 수도 있지요. 사우론의 해악은 온전히 치유될 수 없고 또 없던 것처럼 될 수도 없소. 그러나 우리는 그러한 시절을 피할 수 없는 운명이오. 이제 우리가 시작한 이 여정을 계속합시다.”

간달프가 말했다.

일행은 협곡 분지와 숲을 벗어나 여울을 향한 길을 잡아 나갔다. 레골라스는 마지못해 뒤따랐다. 해는 져서 이미 세상의 테 밖으로 가라앉았다. 그러나 그들이 산지의 그림자에서 달려 나와 서쪽으로 로한관문 쪽을 바라봤을 때, 하늘은 아직도 붉었고 떠도는 구름 아래엔 불타는 빛이 어려 있었다. 그런 하늘을 등져 어둑한 모습으로 검은 날개를 가진 많은 새들이 선회하며 날았다. 일부는 음산하게 우짖으며 머리 위를 지나 바위들 속의 둥지로 돌아갔다.

"썩은 고기 먹는 새들이 전장 주변에서 분주했군."

에오메르가 말했다.

이제 그들은 느긋한 속도로 달렸고, 주위의 평원에는 어둠이 내렸다. 만월이 되어 가는 달이 천천히 점점 높이 올라갔고, 그 차가운 은빛 속에서 융기하는 초원이 드넓은 잿빛 바다처럼 넘실댔다. 십자로에서부터 네 시간쯤 달려 그들은 아이센여울 가까이에 이르렀다. 풀이 무성한 높은 단지(段地)들 사이로 강이 돌바닥의 여울목 속으로 퍼졌고 거기로 긴 비탈들이 빠르게 뻗어 내렸다. 바람에 실려 온 늑대들의 울부짖음이 들렸다. 이곳에서 쓰러졌던 많은 병사들이 떠올라 그들의 마음은 무거웠다.

길은 잔디 깔린 둑들 사이로 푹 꺼졌다가 단지들을 통해 강의 가장자리까지 누비고 나아가 다시 저편으로 올라갔다. 개울을 가로질러 세 줄의 납작한 징검돌이 있고, 그 사이로 말들이 지나갈 여울목들이 양쪽 물가에서 강 한복판의 황량한 작은 섬까지 이어졌다. 그 건널목을 내려다보며 기사들은 뭔가 이상한 느낌이 들었다. 그 여울은 내내 돌멩이들 위로 물이 거세게 콸콸 흐르던 곳인데 지금은 고요했던 것이다. 강바닥이 거의 말라붙고 조약돌과 회색 모래의 벌거벗은 황무지 꼴이었다.

에오메르가 입을 열었다.

"여기가 황량한 곳이 되어 버렸군. 대체 이 강에 무슨 병이 닥쳤던가? 사루만은 고운 것들을 숱하게 파괴하고도 모자라 아이센강의 수원지들마저 삼켜 버렸단 말인가?"

"그렇게 보일 법도 하오."

하고 간달프가 말했다.

"아아!" 세오덴이 말했다. "썩은 고기 먹는 짐승들이 그리 많은 마크의 기사를 삼켜 버린 이 길을 우리가 꼭 건너야 하오?"

간달프가 대답했다.

"이것이 우리의 길이오. 당신 병사들의 죽음은 애통할 일이오만 적어도 산중의 늑대들이 그들을 삼키진 않았다는 걸 당신은 알게 될 거요. 늑대들이 잔치를 벌인 건 그들의 친구인 오르크들과 함께 한 짓이오. 그런 것이 실로 그런 부류의 우의란 게요. 자!"

그들은 강으로 달려 내려갔고, 그들이 다가가자 늑대들이 울부짖음을 멈추고 슬금슬금 달아났다. 달빛 속에서 간달프와 은처럼 빛나는 그의 말 샤두팍스를 보고 겁을 먹은 듯했다. 기사들은 강 가운데의 작은 섬으로 건너갔고, 강둑의 어둠 속으로부터 반짝이는 눈들이 음침하게 그들을 지켜보았다.

"보시오!" 간달프가 말했다.

"친구들이 여기서 악전고투를 벌였소."

작은 섬 한가운데 흙무덤 하나가 쌓아 올려져 있었다. 그 주위로 돌들이 둘리어 있고 여기저기 많은 창들이 널려 있었다.

"이곳 근처에서 쓰러진 모든 마크의 기사들이 여기 누워 있소."

간달프가 말하자, 에오메르도 덧붙였다.

"여기 고이 잠들기를! 그리고 창들이 썩고 녹슬지라도 그들의 흙무덤은 오래도록 서서 아이센강의 여울을 지켜 주기를!"

세오덴이 말했다.

"이 또한 당신이 하신 일이오, 내 친구 간달프여? 하룻저녁과 밤에 많은 일을 하셨소이다!"

"샤두팍스의 도움이 있었고 그 밖에도 도와준 이들이 있었소. 난 빠르게 그리고 멀리까지 말을 달렸소. 그러나 여기 흙무덤 옆에서 당신에게 위안이 될 이 말을 해 드리지요. 여울목 전투에서 많은 이들이 쓰러졌지만 소문으로 듣는 것보다는 그 수가 적었소. 죽은 자들보다 뿔뿔이 흩어진 자들이 더 많았고, 나는 찾을 수 있는 모든 이들을 한데 규합했소. 일부는 에르켄브란드와 합세하게끔 웨스트폴드의 그림볼드와 함께 보냈고, 또 일부에게는 이 매장 작업을 맡겼소. 이제 그들은 당신의 원수 엘프헬름을 따라갔소. 난 그를 많은 기사들과 함께 에도라스로 보냈소. 내가 알기로 사루만은 당신을 대적하고자 전 병력을 급파했고, 그의 수하들은 다른 모든 용무를 제쳐 놓고 헬름협곡으로 갔소. 그 땅에는 적들이 텅 빈 것 같았지만, 그럼에도 불구하고 난 늑대 기사들과 약탈자들이 무방비 상태의 메두셀드로 달려가지나 않을까 걱정했소. 그러나 이젠 당신이 걱정할 필요가 없다고 생각하오. 당신 궁전이 당신의 귀환을 환영하리란 걸 알게 될 테니까."

간달프의 말에 세오덴이 대답했다.

"궁전을 다시 본다면 기쁠 것이오. 비록 이제 내가 거기 머물 시간은 짧을 것이란 걸 믿어 의심치 않지만."

그 말과 함께 부대는 섬과 흙무덤에 작별을 고하고 강을 건너 건너편 둑으로 올라갔다. 그러고 나서 그들은 비탄의 여울을 떠났다는 것에 가벼워진 마음으로 계속 달렸다. 그들이 가면서 늑대들의 울부짖음이 새로 터져 나왔다.

아이센가드에서 건널목까지는 아주 오래된 큰길이 하나 내리뻗어 있었다. 그 길은 얼마 동안 강을 따라 동쪽으로, 그다음엔 북쪽으로 굽으며 강 옆으로 이어지다가, 마지막에는 강을 벗어나 아이센가드의 성문 쪽으로 곧게 나아갔다. 그 성문들은 계곡 서편의 산허리 아래에 자리했고 계곡의 어귀로부터는 25킬로미터 남짓 떨어져 있었다. 그들은 이 길을 따라갔으나 그 위로 말을 달리지는 않았다. 길옆의 땅바닥이 수 킬로미터 주변에 걸쳐 짧고 탄력 있는 잔디로 덮여 단단하고 평평했던 것이다. 이제 그들은 더 빨리 달렸던지라 자정 무렵에 그 여울은 거의 25킬로미터나 뒤쪽에 있었다. 그제야 그들은 밤 여정을 끝내고 멈추었다. 왕이 지쳤던 것이다. 그들은 안개산맥의 기슭에 이르렀고, 난 쿠루니르의 기다란 지맥들이 쭉 뻗어 내려 그들을 맞았다. 달이 서녘으로 들어간 터라 그 빛이 산능선에 가려졌기에 계곡은 그들 앞에 어둡게 놓여 있었다. 그렇지만 계곡의 깊은 그림자로부터 방대한 원뿔 모양의 연기와 증기가 솟았다. 그것은 치솟으면서 가라앉는 달빛을 받아 별 총총한 하늘 위로 가물가물한 은회색의 물결로 굽이치며 퍼져 갔다.

아라고른이 입을 열었다.

"저것을 어떻게 생각하시오, 간달프? 마법사의 계곡이 온통 불타고 있다고 할 만한데요."

그러자 에오메르가 말했다.

"요즘 저 계곡 위로는 언제나 연기가 자욱합니다. 그러나 이전엔 결코 이런 광경을 본 적이 없소. 이건 연기라기보다는 증기라고 해야죠. 사루만이 우릴 맞이하기 위해 무슨 간교한 술책을 쓰는 모양이오. 아마 그가 아이센강의 물을 모조리 끓이고 있고 그래서 강물이 말라붙었나 봅니다."

"그럴 수도 있소." 간달프가 말했다. "내일이면 그가 무슨 수작을 부리는지 알게 될 거요. 괜찮다면 이제 한동안 쉽시다."

그들은 아이센강의 바닥 옆에서 야영을 했다. 그곳은 여전히 조용하고 텅 비어 있었다. 그들 중 일부는 잠을 좀 잤다. 그러나 밤늦게 경비병들이 큰 소리를 질러 모두가 깨어났다. 달은 사라졌다. 머리 위엔 별들이 빛나고 있었지만 땅바닥 위로는 밤보다 시커먼 어둠이 휘감겨 있었다. 강의 양편에서 어둠이 북쪽으로 가며 그들 쪽으로 굽이쳐 왔다. 간달프가 외쳤다.

"자기 자리에 가만히 있어! 무기를 뽑지 마! 기다려! 그러면 그냥 지나갈 거야!"

그들 주위로 엷은 안개가 몰려들었다. 머리 위엔 몇 개의 별이 아직 희미하게 반짝였다. 그러나 양쪽에서 칠흑 같은 어둠의 벽이 솟았다. 그들은 움직이는 그림자 탑들 사이의 비좁은 통로에 있는 형국이었다. 그들은 목소리들, 속삭이는 소리들, 신음 소리들 그리고 끝없이 와삭거리는 한숨 소리들을 들었고, 발아래의 대지도 흔들렸다. 조마조마한 마음으로 앉아 있는 시간이 긴 것 같았다. 하지만 마침내 어둠과 술렁임은 지나갔고 산맥의 지맥들 사이로 사라졌다.

남쪽 멀리의 나팔산성에서도 병사들은 한밤중에 계곡을 휩쓰는 바람과 같은 거대한 소음을 들었고 또 땅바닥이 진동했다. 모두가 겁에 질렸고 감히 누구도 밖으로 나가지 못했다. 하지만 그들은 아침에 나가 보고는 깜짝 놀랐다. 오르크들의 시체가 온데간데없었고 그 나무들도 마찬가지였다. 마치 거기서 거인 목부들이 엄청난 규모의 소 떼들을 방목시켰던 것처럼 아래의 헬름협곡 깊숙한 곳까지 풀밭이 갈색으로 으깨지고 짓밟혀 있었다. 한편 방죽 1.5킬로미터 아래에선 대지에 거대한 구덩이 하나가 파였고, 그 위로 돌이 켜켜이 쌓여 언덕을 이루었다. 병사들은 거기에 자신들이 살해한 오르크들이 묻힌 거라고 믿었다. 그러나 그 숲으로 도망쳤던 자들도 그 시체들과 함께 있는지는 누구도 알 수 없었다. 그 언덕에 발을 들여놓은 이는 아무도 없었던 것이다. 그것은 후에 죽음의 언덕이라 불렸고, 거기엔 풀이 자라지 않을 것이었다. 그러나 그 이상한 나무들은 협곡 분지에서 다시는 보이지 않았다. 그들은 밤에 발길을 돌려 저 멀리 팡고른의 어두운 계곡들로 갔다. 이렇게 그들은 오르크들에게 복수했다.

왕과 그의 일행은 그날 밤 더는 잠을 자지 못했다. 그렇지만 그들은 한 가지를 빼곤 다른 이상한 일은 보거나 듣지 못했다. 곁에 있던 강의 목소리가 갑자기 깨어난 것이었다. 거센 강물이 돌들 사이로 황급히 내달렸고 급류가 지나고 나자 늘 그랬던 대로 아이센강은 거품을 내며 다시 흘렀다.

새벽에 그들은 계속 나아갈 채비를 했다. 빛이 어두컴컴하고 흐릿해서 그들은 일출을 보지 못했다. 위쪽 대기는 안개로 자욱했고, 주변 땅에는 증기가 깔려 있었다. 이제 그들은 큰길을 달려 천천히 전진했다. 길은 넓고 단단하며 잘 관리되어 있었다. 왼편에서 산맥의 긴 지맥이 솟아오르는 게 안개 사이로 어렴풋이 식별되었다. 그들이 난 쿠루니르, 즉 마법사의 계곡으로 들어선 것이었다. 그것은 바깥 위험으로부터 보호된 계곡으로 남쪽으로만 열려 있었다. 한때는 아름답고 푸르렀었던 그 계곡을 통해 아이센강이 흘렀다. 비에 씻긴 산속의 많은 샘과 작은 개울이 흘러들어 강은 평원에 닿기도 전에 벌써 깊고 세차게 흘렀다. 그 주변에는 온통 쾌적하고 비옥한 땅이 널려 있었다.

지금은 그렇지가 않았다. 아이센가드의 성벽 밑에는 아직도 사루만의 노예들이 경작하는 넓은 땅이 있었지만 계곡 대부분은 잡초와 가시덤불로 덮인 황무지가 되어 버렸다. 가시 있는 관목들이 바닥 위로 뻗거나 수풀과 둑 위로 기어올라 덤불투성이의 동굴들을 만들었고 거기에 작은 짐승들이 깃들어 살았다. 거기엔 나무가 자라지 않았지만 우거진 풀숲 속에는 불에 타고 도끼에 잘려 나간 오래된 수풀의 그루터기들이 아직도 보였다. 그곳은 서글픈 지역으로 지금은 급류의 무정한 소음 외엔 고적하기만 했다. 연기와 증기가 음산한 구름장을 이루어 떠다녔고 움푹 꺼진 곳들 속에 잠복하기도 했다. 기사들은 말이 없었다. 그들의 여정이 어떤 음울한 종국에 이를지를 생각하며 많은 이들의 마음이 미심쩍었던 것이다.

몇 킬로미터를 달리고 나자 큰길이 크고 납작한 돌로 포장된 널찍한 가로로 바뀌었다. 네모반듯한 돌들이 능숙한 솜씨로 깔린지라 어떤 이음새에도 풀잎은 보이지 않았다. 졸졸 흐르는 물로 채워진 깊은 도랑들이 양쪽으로 흘러내렸다. 갑자기 그들 앞에 높직한 기둥 하나가 불쑥 모습을 드러냈다. 검은색의 기둥 위에는 기다란 흰손의 형상으로 조각되고 채색된 거대한 돌이 하나 놓여 있었다. 그 손가락은 북쪽을 가리켰다. 이제 아이센가드의 성문이 멀지 않은 곳에 있다는 걸 분명히 알게 되자 그들의 마음이 무거워졌다. 그러나 그들의 눈은 앞의 안개를 꿰뚫을 수 없었다.

마법사의 계곡 속에 있는 산 지맥 밑에는 인간들이 아이센가드라고 부르는 그 고래의 장소가 헤아릴 수 없는 세월에 걸쳐 자리해 왔다. 부분적으로는 산맥이 생길 때 형성되었지만, 옛적에 서쪽나라 사람들이 거기에 크나큰 역사(役事)를 벌였던 데다, 또 사루만이 거기에 오래도록 기거하면서 손을 놀리고 있었던 것도 아니었다.

많은 이들로부터 마법사의 우두머리로 꼽혔던 사루만이 전성기를 구가할 때 그곳의 생김새는 이러했다. 원형의 거대한 석벽이 높이 솟은 벼랑들처럼 방벽 같은 산허리로부터 돌출되어 있고, 그것은 산허리를 벗어나 뻗어 나가다 다시 휘돌아갔다. 석벽에는 하나의 입구만이 만들어져 있었으니 남쪽 벽에 파 놓은 거대한 아치가 그것이었다. 여기서 시커먼 바위를 관통하여 긴 터널이 하나 뚫렸고, 양쪽 끝이 육중한 철문으로 막혀 있었다. 정교하게 만들어진 철문들이 거대한 돌쩌귀들—살아 있는 돌 속에 박힌 쇠기둥들—위에 섬세하게 얹혀 있어 빗장을 지르지 않았을 땐 팔로 가볍게 밀기만 해도 소음 없이 여닫힐 수 있었다. 안으로 들어가 마침내 메아리가 울리는 터널 밖으로 나온 사람은 거대한 원형 평원을 마주하는데, 방대한 얕은 사발처럼 다소 우묵하게 파인 그 평원의 폭은

1.5킬로미터에 달했다. 한때 그것은 푸르렀고 가로수길과 유실수들의 작은 숲들로 채워졌으며 산맥에서 호수로 흘러드는 개울들로부터 물을 공급받았다. 그러나 사루만이 지배하는 근래엔 그 어떤 초록의 것도 자라나지 않았다. 도로엔 어둡고 단단한 판석들이 깔렸고, 그 가장자리로는 나무들 대신 대리석, 구리 및 쇠로 된 기둥들이 육중한 사슬로 이어진 채 행진하듯 길게 줄줄이 늘어서 있었다.

거기엔 많은 집, 방, 홀 및 통로 들이 있었는데, 모두 안쪽 벽 속에 깎아 만들고 또 터널로 이어 놓은 것이었다. 그래서 수많은 창과 어두운 문 들을 통해 탁 트인 원형 평원 전체를 굽어볼 수 있었다. 거기선 일꾼, 하인, 노예 및 많은 무기를 비축한 전사 수천 명이 기거할 수 있었고, 아래의 깊은 굴들에선 늑대들이 사육되었다. 평원은 또한 곳곳에 구멍이 뚫리거나 깊게 파여 있었다. 땅 깊숙이 굴대들이 박히고 그 위쪽 끝이 낮은 흙무덤과 둥근 돌무더기로 덮여 있어 달빛 속에서 아이센가드의 원형 요새는 안식 없는 사자(死者)들의 묘지 같았다. 땅바닥이 진동하고 있었던 것이다. 굴대들은 많은 비탈과 나선형의 계단을 거쳐 저 멀리 아래의 동굴까지 내리뻗었다. 사루만은 거기에 보고(寶庫), 창고, 병기고, 대장간 및 거대한 화덕 들을 두고 있었다. 거기선 끊임없이 쇠바퀴들이 돌고 망치들이 쿵쾅거렸다. 밤이면 통기구들로부터 버섯구름 모양의 증기가 분출되었는데, 그 모습이 밑에서 올라오는 붉거나 푸르거나 유독한 초록의 빛을 통해 환하게 드러났다.

모든 도로는 서로 연결되어 중앙으로 통했다. 거기에 괴이한 형상의 탑 하나가 서 있었다. 아이센가드의 원형 벽을 매끄럽게 다듬은 옛 장인들이 그 탑을 만들었지만, 그것은 인간의 솜씨로 만들어진 게 아니라 까마득히 먼 옛날 산이 격통을 겪을 때 대지의 뼈대에서 찢겨 나온 것 같았다. 돌로 된 뾰족한 봉우리이자 섬이라 할 그것은 검고 견고하게 번득였다. 네 개의 위압적인 다각형 암석 기둥이 하나로 뭉친 모양이었으나, 정상에 이르러서 그것은 각기 뾰족한 뿔을 이루고 있었고, 그 뾰족한 끄트머리들은 창끝처럼 날카롭고 칼처럼 날이 예리했다. 뿔들 사이에 좁은 터가 있는데, 사람이 거기 이상한 기호들이 새겨진 윤나는 돌바닥 위에 서면 평원 위로 150미터 이상의 높이였다. 이것이 사루만의 성채 오르상크로, 그 이름에는 (계획적이든 우연이든 간에) 두 겹의 의미가 있었다. 요정어로 오르상크는 독아산(毒牙山)을, 옛 마크의 언어로는 간교한 정신을 뜻한다.

아이센가드는 굳세고 경이로운 곳으로 오래도록 아름다웠었다. 거기엔 위대한 영주들, 서쪽 곤도르의 섭정들, 그리고 별을 관측하는 현자들이 머물렀다. 그러나 사루만은 그것을 자신의 변덕스러운 목적에 맞게 서서히 변형시켰고 자신의 생각으로는 더 좋게 만들었다고 자부했다. 그러나 그 생각은 미망이었다. 예전의 지혜를 저버리며 취했고, 어리석게도 온전히 자신의 것이라고 여겼던 그 모든 술책과 간계는 오로지 모르도르에서 온 것이었기 때문이다. 해서 그가 만든 것은 아무것도 없었고 모든 것이 저 방대한 요새, 병기고, 감옥, 위대한 힘의 용광로인 암흑의 탑 바랏두르의 하찮은 복사, 아이의 모방 또는 노예의 아첨에 불과했다. 반면에 암흑의 탑은 스스로의 자부심과 한량없는 힘을 굳게 믿고 때를 기다리며 어떤 경쟁자도 용납하지 않고 아첨을 비웃었다.

이런 것이 사루만의 성채에 대한 세인들의 평판이었다. 왜냐하면 살아 있는 사람들이 기억하는 한, 그 성문을 통과한 로한인은 없었던 것이다. 비밀리에 들어갔고 자신이 본 바를 누구에게도 말하지 않은 뱀혓바닥 같은 소수를 제외한다면.

이제 간달프는 손 모양의 거대한 기둥으로 달려가 그것을 지나쳤다. 그가 그렇게 할 때 그 손이 더 이상 희게 보이지 않는 걸 보고 기사들이 크게 놀랐다. 그것은 말라붙은 피 같은 것으로 얼룩져 있었다. 그들은 보다 꼼꼼히 살피고서야 그 손톱들이 빨갛다는 것을 인지했다. 간달프가 개의치 않고 안개 속으로 계속 달려가자 그들도 마지못해 뒤따랐다. 마치 난데없이 홍수라도 났던 것처럼 이제 그들 주변이 온통 물바다였다. 길옆에 물이 흥건히 차오르고 움푹 파인 곳들이 물로 그득 차며 돌멩이들 사이로 실개천들이 줄줄 흘렀다.

마침내 간달프가 멈추어 그들에게 손짓했다. 그들이 가서 그의 어깨 너머로 보니 안개는 걷혔고 희미한 햇빛이 빛났다. 정오가 지났다. 그들이 아이센가드의 성문에 다다른 것이었다.

그러나 성문은 뒤틀린 채 땅바닥에 내팽개쳐져 있었다. 그리고 사방에는 수없이 많은 깔쭉깔쭉한 파편들로 깨지고 쪼개진 돌들이 널리 흩어지거나 무더기 진 잔해로 쌓여 있었다. 거대한 아치는 아직 서 있었지만 지붕 없이 갈라진 틈새 쪽으로 열려 있었다. 터널이 뚫리고 양편의 벼랑 같은 벽의 도처에 커다란 균열과 터진 곳이 벌어졌으며 그 위의 탑들은 산산이 부서져 잿더미가 되었다. 설사 격노한 대양이 솟구쳐 폭풍우를 몰고 구릉지를 덮쳤다 해도 이보다 막대한 파멸을 초래하진 못했을 것이었다.

건너편의 원형 평원은 김이 나는 물로 그득했다. 그것은 속에 들보와 원재(圓材), 상자, 통 및 부서진 톱니바퀴의 잔해가 오르내리고 떠다니는, 부글부글 끓는 하나의 큰 솥과도 같았다. 비틀어지고 기울어진 기둥들이 산산조각 난 몸통들을 큰물 위로 들어 올렸지만 모든 도로는 물에 잠겼다. 저 멀리에선 굽이치는 구름에 반쯤 가려진 채 암반의 섬이 불쑥 모습을 드러낸 것 같았다. 오르상크의 탑은 폭풍에도 부서지지 않고 여전히 어둡고 우뚝한 모습으로 서 있었다. 그 밑바닥 주변에는 가냘픈 물결이 철썩거렸다.

왕과 그의 모든 일행은 사루만의 힘이 전복된 것을 인지한 놀라움에 말없이 말 위에 앉아 있었지만 어떻게 그렇게 된 건지는 그들로선 짐작도 할 수 없었다. 이제 그들은 아치길과 폐허가 된 성문 쪽으로 눈길을 돌렸다. 그들은 그것들 바로 곁의 거대한 잡석 무더기를 보다가 문득 그 위에 작은 형체 둘이 느긋이 앉아 있다는 걸 알아차렸다. 그들은 회색 옷차림이라 돌무더기 속에서 좀체 분간되지 않았다. 방금 한바탕 잘 먹고 이제 그 노역을 그치고 쉬는 것처럼 그들 곁에는 술병과 사발과 접시 들이 널려 있었다. 하나는 잠든 것 같았고, 다른 하나는 다리를 꼬고 머리 뒤에 양팔을 받친 채 부서진 바위에 등을 기대고선 입에서 가늘고 푸른 연기를 긴 다발과 작은 고리 모양으로 내보냈다.

잠시 세오덴과 에오메르 그리고 그의 모든 병사들이 휘둥그레진 눈으로 그들을 빤히 바라보았다. 그들에게는 아이센가드의 그 모든 잔해 가운데서도 이야말로 가장 낯선 광경인 듯했다. 그러나 왕이 입을 열기도 전에, 연기를 내뿜던 작은 형체가 거기 안개의 끝머리에 말없이 앉아 있는 그들을 불현듯 의식하고 벌떡 일어났다. 비록 키가 인간의 절반을 크게 넘진 못했어도 그는 젊은이거나, 혹

오르상크(Orthanc)

은 젊은이 같아 보였다. 곱슬곱슬한 갈색 머리칼로 덮인 머리에는 아무것도 쓰지 않았지만, 그가 걸친, 여행으로 꾀죄죄해진 옷은 간달프의 동지들이 에도라스로 말을 달릴 때 입었던 것과 색깔과 형태가 똑같았다. 그는 가슴에 손을 얹고 깊숙이 머리 숙여 절했다. 그다음 그는 마법사와 그의 친구들을 보지 못한 듯 에오메르와 왕에게로 몸을 돌렸다.

"아이센가드에 오신 것을 환영하나이다, 예하(隷下)들이시여! 저희는 문지기들이올시다. 제 이름은 사라독의 아들 메리아독이고 가엾게도 피로에 몸을 가누지 못한 제 동료는……."

그는 발로 잠들어 있던 제 짝을 쿡 찔렀다.

"팔라딘의 아들로 툭 집안의 페레그린이옵니다. 저희 고향은 저 멀리 북부에 있습니다. 사루만 영주께선 안에 계십니다만 마침 지금은 뱀혓바닥이란 이와 밀담 중이십니다. 그러지만 않는다면 틀림없이 그분께선 이리 납셔서 이 귀하신 손님들을 환영할 것이옵니다."

"틀림없이 그럴 테지!" 간달프가 웃었다. "그럼 식사와 술을 즐기고 나서 다른 일에 신경 쓸 여유가 있을 때는 손상된 문을 지키고 앉아 손님들의 도착을 살피라는 명을 너희에게 내린 이가 사루만이었던가?"

메리가 엄숙하게 대답했다.

"천만에요, 그분은 이런 일을 챙기실 여유가 없지요. 그분은 많은 일에 골몰해 계시니까요. 저희가 받은 명은 아이센가드의 경영을 넘겨받은 나무수염께서 내린 것이옵니다. 그분은 로한의 군주를 합당한 언사로 환영하라고 명하셨사옵니다. 저는 그 명에 따라 최선을 다한 것이옵니다."

"그럼 네 동료들은 뭐야? 레골라스와 나는 뭐냐고?"

김리가 더는 참을 수가 없어 소리질렀다.

"이 악당 같은 놈들, 북슬털 발에 고수머리의 놈팡이들아! 우리가 네놈들을 죽어라 찾도록 만들어 놓고선! 네놈들을 구하려고 늪과 숲, 전투와 죽음을 가리지 않고 900킬로미터를 헤매고 달렸어! 그랬는데 네놈들은 여기서 성찬을 즐기고 빈둥거리고—게다가 연초까지 피우고 있다니! 연초를 피워! 대체 그 연초는 어디서 구했어, 이 악당들아! 엇갈리는 격정들이 마구 요동쳐! 내 가슴이 격노와 환희로 맹렬하게 찢기는데도 터지지 않는 게 신기할 지경이야!"

"내가 할 말을 대신해 주었어, 김리." 레골라스가 웃었다. "난 그들이 어떻게 술을 구했는지가 더 궁금하지만 말이야."

"당신들이 우릴 그렇게 찾으면서도 깨닫지 못한 게 한 가지 있는데, 그건 우리의 판단력이 당신들보다 명석하다는 거예요."

피핀이 한쪽 눈을 뜨며 말했다.

"당신들은 우리가 대군의 약탈이 벌어진 승리의 전장에 앉아 있는 걸 보고도, 우리가 몇 가지 당연한 위안물을 어떻게 구했는지 의아해하잖아요!"

"당연하다고? 믿을 수 없어!"

기사들이 웃음을 터뜨렸다. 세오덴이 말했다.

"우리가 소중한 친구들의 재회를 목도하고 있는 게 틀림없는 것 같소. 그러니까 이들이 당신의 원정대에서 실종된 자들인 모양이오, 간달프? 요즘엔 웬 놀라운 일이 이리 많은지. 궁전을 떠난 이후로 나는 벌써 그런 일을 많이 봤는데, 지금 여기 내 눈앞에 또 다른 전설의 종족이 서 있구려. 이들이 우리 중 일부가 '홀뷔틀라'라고 부르는 반인족 아니오?"

"실례지만, 호빗입니다, 전하."

하고 피핀이 말했다.

"호빗이라고? 자네들 말이 이상하게 변했군. 하지만 그 이름도 그런대로 그럴싸하게 들리네. 호빗이라! 내가 들은 어떤 보고도 실상을 제대로 전하지 못한 것 같군."

메리가 머리를 숙였고, 피핀도 일어나 깊숙이 머리를 숙였다.

"참으로 인자하십니다, 전하. 혹은 저는 전하의 말씀을 그렇게 이해하고 싶습니다. 한데 놀라운 일이 또 하나 있사옵니다! 제가 고향을 떠난 후 많은 땅을 떠돌았지만 지금껏 호빗에 관한 어떤 사연을 아는 종족을 보지 못했습니다."

세오덴이 대답했다.

"내 종족은 오래전에 북방에서 왔지. 그러나 난 자네들을 기만하진 않겠네. 우리도 호빗에 대해선 아는 게 없어. 우리끼리 하는 이야기라곤 저 멀리 많은 언덕과 강을 넘은 곳에 인간의 절반쯤 되는 종족이 모래 언덕 속 굴집에 산다는 게 다야. 그러나 그들의 행적에 관한 전설은 없고, 그들은 하는 일이 별로 없고 인간들의 눈에 띄는 걸 피해 눈 깜빡할 사이에 사라질 수 있으며 또 목소리를 변조해 새 울음소리처럼 들리게 할 수 있다고만 듣고 있네. 그렇지만 더 많은 사연을 들을 수도 있을 것 같군."

"정녕 그렇습니다, 전하."

메리가 말했다.

"그중 한 가지로," 세오덴이 말했다. "나는 그들이 입에서 연기를 내뿜는다는 걸 들어 본 적이 없다네."

"그건 놀라운 일이 아닙니다. 그건 우리가 행한 지 서너 세대밖에 안 되는 기예니까요. 우리식 역법으로 1070년경에 자기 정원에다 진짜 연초를 처음 재배한 이가 바로 남둘레 지른골의 나팔수 집안 토볼드입죠. 토비 영감이 그 식물을 어떻게 입수했냐 하면……."

"당신은 자신이 처한 위험을 알지 못하시오, 세오덴이여."

간달프가 끼어들었다.

"만일 당신이 과도한 인내심으로 그들을 부추긴다면 이 호빗들은 폐허의 가장자리에 앉아 식탁의 즐거움이나 자신들의 아버지, 할아버지, 증조할아버지는 물론 구촌까지 이르는 먼 친척의 자질구레한 행실을 논할 게요. 끽연의 역사를 들으려면 다음에 따로 시간을 마련하는 게 보다 합당할 것이오. 나무수염은 어디 있지, 메리?"

"멀리 북쪽에 있을 거예요. 그는 무얼 좀 마시러 갔거든요— 맑은 물 말이에요. 다른 엔트들도 대부분 그와 같이 있는데 아직도 작업에 분주해요— 저 너머에서 말이에요."

메리가 증기가 피어오르는 호수 쪽으로 손을 흔들어 가리켰고, 그들은 그쪽을 바라보다 마치 산

허리에서 산사태가 일어나고 있는 것처럼 우르릉거리고 덜컹대는 굉음을 희미하게 들었다. 저 멀리서 승리의 나팔 소리 같은 "훔, 훔." 하는 소리가 다가왔다.

"그럼 오르상크는 무방비 상태인 건가?"

간달프가 물었다.

"저 물바다를 보세요. 날쌘돌이와 몇 명의 다른 엔트들이 감시하고 있다고요. 평원의 모든 말뚝과 기둥을 죄다 사루만이 박은 건 아니에요. 날쌘돌이가 계단 밑바닥 부근 바위 곁에 있을 거예요."

메리의 말에 레골라스가 덧붙였다.

"그렇군, 키 큰 회색의 엔트 하나가 저기 있네. 그런데 양팔을 옆구리에 대고서 문 앞의 나무처럼 조용히 서 있어."

"정오가 지났어." 간달프가 말했다. "그리고 하여튼 우린 이른 아침 이후로 아무것도 먹질 못했네. 그렇지만 난 가능한 대로 빨리 나무수염을 만나고 싶어. 그가 나에게 아무 전갈도 남기지 않았나, 아니면 접시와 술병에 정신이 팔려 잊어버린 겐가?"

메리가 대답했다.

"전갈을 남겼어요. 막 말하려던 참이었는데 다른 질문들이 많아서 못 했네요. 마크의 군주와 간달프께서 북쪽 성벽으로 오시면 거기서 나무수염을 찾을 수 있을 것이고 또 그가 반갑게 맞을 것이라 전하라고 했어요. 제가 덧붙여 말씀드려도 좋다면, 또한 두 분은 거기서 최고의 음식을 보실 것입니다. 그 음식은 미천한 소인들이 발견해 선별한 것이랍니다."

그는 말을 마친 후 머리를 숙였다. 간달프가 웃었다.

"더욱 좋은 일이군! 자, 세오덴이여, 나무수염을 찾으러 나와 함께 말을 달리지 않겠소? 여기저기로 돌아다녀야 하지만 멀진 않소. 당신이 나무수염을 만나면 많은 걸 배울 거요. 나무수염은 팡고른이자 엔트들 가운데 가장 연장자이고 우두머리니까 말이오. 게다가 그와 이야기를 나누면 당신은 모든 생명체 가운데 가장 오래된 이의 말을 듣게 될 것이오."

"당신과 함께 가겠소." 세오덴이 말했다. "안녕, 귀여운 호빗들이여! 내 궁전에서 다시 만날 수 있기를! 거기서 너희는 내 곁에 앉아 하고 싶은 이야기를 마음껏 할 수 있을 것이네. 기억할 수 있는 데까지 너희 조상들의 행적을 풀어놓을 수 있어. 우리는 또한 토볼드 영감과 그의 초본(草本) 식견에 대해서도 이야기할 수 있겠지. 안녕!"

호빗들은 깊숙이 머리를 숙였다. 피핀이 작은 소리로 말했다.

"그러니까 저분이 로한의 왕이시군! 곱게 늙으신 양반이야. 아주 점잖고."

Chapter 9

수공의 표류물

간달프와 왕의 부대는 동쪽으로 방향을 틀어 폐허가 된 아이센가드의 성벽을 일주하며 달려갔다. 그러나 아라고른과 김리, 레골라스는 뒤에 남았다. 그들은 아로드와 하주펠이 풀밭을 찾아 어슬렁거리게 놔두고 가서 호빗들 곁에 앉았다.

아라고른이 말했다.

"자, 자! 추적은 끝나고 드디어 우리는 다시 만난 거야. 우리 중 누구도 오리라고 생각지 못한 곳에서 말이야."

레골라스가 말했다.

"대단한 분들이 중대한 문제를 논의하러 갔으니 아마도 추적자들은 자신이 품었던 작은 수수께끼들에 대한 답을 배울 수 있을 것 같아. 우린 자네들의 흔적을 쫓아 그 숲까지 갔었지만, 아직도 진상을 알고 싶은 것들이 많아."

"우리도 당신들에 대해 알고 싶은 게 아주 많다고요. 그 늙은 엔트 나무수염을 통해 몇 가지는 알게 됐지만 그걸로 성이 차진 않아요."

메리도 말했다. 그러자 레골라스가 대답했다.

"모든 일엔 순서가 있는 법이지. 우리가 추적자였으니 먼저 자네들이 우리에게 자네들 이야기를 해 줘야지."

김리도 한마디 거들었다.

"아니면 그건 두 번째로 돌리든가. 그 이야긴 식사 후가 더 좋을 걸세. 난 머리가 욱신거리고, 때도 한낮을 지났어. 너희 말썽꾼들이 우리에게 아까 말한 약탈물을 좀 찾아 준다면 과오가 벌충될 수도 있을 거네. 음식과 술을 내놓는다면 자네들에 대한 내 원한을 어느 정도 풀 수 있을 거라고."

"그렇다면 음식을 내어 드리지요. 여기서 들겠어요, 아니면 부서지긴 했지만 사루만의 위병소에서—저 건너 아치 아래죠—더 편하게 들겠어요? 우린 길을 감시하기 위해 여기 바깥에서 식사해야 했지요."

메리가 말하자 김리가 대꾸했다.

"그렇게 한 걸 감시라고! 그나저나 난 오르크의 집이라면 어떤 곳도 들어가지 않겠어. 또 오르크들의 고기나 놈들이 때려잡은 어떤 것에도 손대지 않을 거야."

메리가 다시 말했다.

"그렇게 하라고 권하지도 않을 거예요. 우리 자신이 오르크들을 평생 갈 만큼 신물 나게 겪었다고요. 그렇지만 아이센가드에는 다른 종족들도 많았어요. 사루만은 자신이 부리는 오르크들을 신뢰하지 않을 만큼의 지혜는 간직했어요. 그는 성문 경비는 인간들에게 맡겼으니 그들을 자신의 가장 충직한 수하로 여긴 것 같아요. 어쨌든 그들은 총애를 받아 식량도 꽤 많이 받았어요."

"연초도?"

김리의 물음에 메리가 웃으며 대답했다.

"아뇨, 그건 못 받았을걸요. 그렇지만 그건 또 다른 이야기로 점심 식사 후에 하는 게 좋겠죠?"

메리가 웃으며 말했다.

"자, 그럼 가서 점심을 들자고!"

난쟁이가 말했다.

호빗들이 길을 이끄는 가운데 그들은 아치 아래를 지나 계단 꼭대기의 좌측 넓은 문에 이르렀다. 그 문은 바로 큼직한 방으로 통했다. 먼 쪽 끝에 보다 작은 다른 문들이 있고 한쪽엔 난로와 굴뚝이 있었다. 그 방은 돌을 깎아 만든 것이었다. 창문들이 터널 속으로만 나 있는 걸로 보아 한때는 어두웠을 것이 분명했다. 그러나 지금은 부서진 지붕을 통해 햇빛이 들었다. 난로엔 땔나무가 타고 있었다.

"내가 불을 좀 피워 놓았죠." 피핀이 말했다. "안개 속에서도 불을 보니 기운이 나더라고요. 주위에 장작이 거의 없어 우리가 구할 수 있었던 건 대부분 젖은 것이었어요. 그렇지만 굴뚝은 환기가 아주 잘 돼요. 바위를 관통해 위로 구불구불하게 통하는 것 같은데 다행히 막히지는 않았어요. 불은 쓸모가 많죠. 토스트를 좀 만들어 줄게요. 빵이 사나흘 묵은 거라 염려되긴 하지만."

아라고른과 그의 동료들은 기다란 식탁의 한쪽 끝에 앉았고, 호빗들은 내실 문들 가운데 하나를 통해 사라졌다. 잠시 후 그들은 접시, 사발, 컵, 칼 그리고 다양한 종류의 음식을 들고 돌아왔다. 피핀이 말했다.

"저장실이 저 안에 있는데 운 좋게도 홍수를 피했어요."

메리도 말했다.

"음식물을 보고 코를 싸쥘 필요는 없어요, 김리 선생. 이건 오르크의 먹이가 아니고 나무수염이 부르듯 인간의 음식이라고요. 포도주나 맥주를 들겠어요? 저기 안쪽에 술통이 하나 있는데 꽤 괜찮아요. 그리고 이건 소금에 절인 돼지고긴데 최상품이에요. 당신들이 원하면 베이컨 몇 조각을 썰어 구워 줄 수도 있고요. 야채가 없는 게 유감이에요. 지난 며칠 사이 식량 조달이 끊기다시피 했거든요! 빵에 바를 게 버터와 꿀밖에 없어요. 이 정도로 되겠어요?"

김리가 말했다.

"그럼, 되고말고! 원한이 많이 삭감되었어."

곧 그 셋은 식사하느라 분주했고, 두 호빗이 태연하게 두 번째 식사에 달려들었다.

"손님들의 식사에 동무를 해 드려야죠."

그들의 말에 레골라스가 웃으며 대답했다.

"웬일로 오늘 아침엔 예절이 깍듯하군. 하지만 우리가 도착하지 않았더라도 아마 자네들은 이미 서로를 동무 삼아 다시 먹고 있었을걸."

"그럴 수도 있고, 또 그래서 안 될 것도 없잖아요? 우린 오르크들과 지낼 동안 험한 식사만 했고 그전 며칠간은 거의 제대로 먹질 못했다고요. 원 없이 먹어 본 지가 꽤 오래된 것 같아요."

피핀의 말에 아라고른이 덧붙였다.

"그렇다고 해서 자네들 몸이 축난 것 같진 않은데. 실로 건강미가 넘쳐 보여."

"그래, 정녕 그래 보여."

컵 상단 위로 눈을 들어 그들을 아래위로 훑어보던 김리가 말했다.

"저런, 우리가 헤어졌을 때보다 자네들 머리칼이 갑절이나 빽빽하게 곱슬거려. 그리고 단언컨대, 자네들 모두가 얼마쯤 자랐어. 자네들 나이의 호빗에게 그게 가능하다면 말이야. 어쨌든 이 나무수염이란 자가 자네들을 굶기진 않았군."

"그러진 않았죠." 메리가 말했다. "그러나 엔트들은 마시기만 하는데, 마시는 걸로는 포만감을 느끼기 어려워요. 나무수염의 음료가 자양분이 많긴 하겠지만 뭔가 실한 게 당긴다니까요. 그리고 심지어 렘바스도 기분 전환엔 별 도움이 안 되더라고요."

"자네들이 엔트들의 광천수를 마셔 봤다는 거지, 응? 아, 그렇다면 김리의 눈이 잘못 본 게 아닐 거라고 생각돼. 팡고른의 음료에 대해서는 이상한 노래들이 불려 왔거든."

레골라스가 말했다.

"그 땅에 대해선 많은 이상한 이야기가 들려왔지. 하지만 난 거기에 들어가 본 적이 없어. 자, 그곳에 대해, 그리고 엔트들에 대해 더 이야기해 보게."

아라고른의 말에 피핀이 대답했다.

"엔트들은…… 음, 엔트들은 우선 모두가 각양각색이에요. 그러나 지금 그들의 눈은, 그들의 눈은 아주 기묘해요."

그가 몇 마디 더듬거리며 말해 봤지만 그 소리는 점점 작아지며 스러졌다. 잠시 후 그가 다시 이야기를 계속했다.

"당신들은 멀리서 몇몇 엔트를 봤어요, 이미—어쨌든 그들은 당신들을 보고서 당신들이 오고 있다고 알려 줬거든요—그리고 당신들은 여길 떠나기 전에 다른 많은 엔트들을 보게 될 거예요. 그러니 당신들 스스로가 마음에 그려 보고 생각해야 해요."

"자, 자!" 김리가 말했다. "우린 이야기를 중간에서 시작하고 있어. 난 우리 원정대가 깨진 저 이상한 날부터 시작해 제대로 순서를 밟아 이야기를 했으면 좋겠어."

"시간이 있다면 그렇게 하죠." 메리가 말했다. "그렇지만 먼저—식사를 다 마치셨다면—담뱃대를 채우고 불을 붙이세요. 그러면 잠시나마 우리 모두가 다시 브리 또는 깊은골에 무사히 돌아온 것 같은 기분이 들 거예요."

그는 연초가 가득 채워진 작은 가죽 쌈지를 내놓았다.

"이런 게 무더기로 있어요. 그러니 우리가 떠날 때 당신들 모두가 원하는 만큼 챙겨 갈 수 있어요.

우리는 오늘 아침 화물 구조 작업을 좀 했거든요. 피핀과 내가 말이죠. 이리저리 떠다니는 게 아주 많더라고요. 어떤 지하실이나 창고에서 밀려 올라온 작은 통 두 개를 발견한 건 피핀이었죠. 열어 보니 이걸로 가득 차 있더라고요. 더는 바랄 수 없을 만큼의 고급품인 데다 전혀 손상되지도 않았어요."

김리가 연초를 조금 집어 손바닥에다 비비곤 냄새를 맡았다.

"감촉도 좋고 냄새도 좋은걸."

"좋고말고요!" 메리가 말했다. "친애하는 김리여, 그건 지른골의 연초 잎이라고요! 통에 명명백백하게 나팔수 집안의 인장이 찍혀 있어요. 어떻게 그게 이리로 오게 된 건지는 짐작도 안 되지만요. 사루만이 혼자서 쓰려고 한 게 아닌가 싶어요. 난 그게 그렇게 멀리까지 나도는 줄은 전혀 몰랐어요. 그러나 그게 지금은 꽤 요긴하네요!"

"그럴 테지. 그것과 짝이 될 담뱃대가 있다면 말이야. 애석하게도 난 내 담뱃대를 모리아에서, 혹은 그 전에 잃어버렸어. 자네들이 취득한 전리품 중에 담뱃대는 없나?"

김리의 말에 메리가 대답했다.

"아뇨, 없는 것 같은데요. 그 어떤 담뱃대도 못 봤어요, 여기 위병소에서조차도. 사루만은 이 진미(珍味)를 혼자서만 숨겨 둔 것 같아요. 그러니 오르상크의 문들을 두들겨 그에게 담뱃대 하나만 달라고 간청한들 아무 소용 없을 거라고요! 좋은 친구들이라면 위급 시에 그래야 하듯, 우린 담뱃대를 함께 써야 할 거예요."

"잠깐만!"

피핀이 갑자기 저고리 안쪽으로 손을 넣어 줄에 매달린 작고 부드러운 지갑 하나를 꺼냈다.

"난 비장품 한두 개를 몸 가까이 간직하지요. 내겐 반지들만큼이나 소중한 것들이죠. 그런 게 여기 하나 있어요. 내가 오랫동안 써 온 목제 담뱃대죠. 그리고 여기 또 하나가 있는데, 쓰지 않은 담뱃대예요. 왜 그랬는지는 모르겠으나 난 그걸 긴 여행 중에도 갖고 다녔어요. 내가 가진 연초가 다 떨어졌을 때 정말이지 여행 중에 어떤 연초를 구할 수 있으리란 기대는 전혀 못 했어요. 그런데 지금에야 이게 결국 쓰임새가 생기네요."

그가 넓고 반반한 대통이 달린 작은 담뱃대를 들어 김리에게 건넸다.

"자, 이걸로 우리 사이의 묵은 원한이 풀릴까요?"

"풀리고말고!" 김리가 소리쳤다. "참으로 고결한 호빗이여, 이걸로 내가 되레 자네에게 큰 빚을 졌네."

레골라스가 말했다.

"자, 나는 야외로 돌아가 바람과 하늘의 조화가 어떤지 살펴야겠네."

"우리도 함께 가지."

아라고른이 말했다.

그들은 밖으로 나가 성문 앞에 쌓인 돌더미 위에 앉았다. 이제 그들은 계곡 저 아래까지 볼 수 있었다. 안개가 걷히며 미풍에 떠내려가고 있었다. 아라고른이 말했다.

"이제 여기서 잠시 느긋한 여유를 갖자고! 간달프의 말대로, 그가 다른 데서 분주할 동안 우리는 이 폐허의 끄트머리에 앉아서 이야기를 할 거야. 전에는 좀체 느끼지 못했던 피로가 느껴지는군."

그는 회색 망토를 둘러 갑옷 상의를 감추고는 긴 다리를 쭉 뻗었다. 그런 다음 그는 뒤로 누워 입술로부터 한 줄기의 가느다란 연기를 내보냈다. 피핀이 말했다.

"봐요! 순찰자 성큼걸이가 돌아왔어요!"

아라고른이 대답했다.

"그는 결코 떠난 적이 없어. 나는 성큼걸이이자 두나단이고 또 곤도르와 북방, 둘 모두에 속하네."

그들은 한동안 말없이 연초를 피웠고, 햇빛이 그들 위에 빛났다. 해는 서쪽에 높이 걸린 흰 구름장들로부터 계곡 속으로 비껴 들고 있었다. 레골라스는 뚫어지게 하늘과 해를 올려다보고 혼잣소리로 나지막이 노래하며 가만히 누워 있었다. 마침내 그가 일어나 앉았다. "자, 이제!" 레골라스가 말했다. "시간이 가고 있고, 안개도 바람에 날려 가고 있어. 혹은 자네들 이상한 종족들이 담배 연기에만 파묻혀 있느라 안개는 흩날려 버릴 걸세. 자네들 사연은 어찌 된 건가?"

그러자 피핀이 말문을 열었다.

"내 사연은 어둠 속에서 깨어나 보니 몸이 꽁꽁 묶인 채 어느 오르크 야영지에 있다는 사실을 알게 된 데서 시작해요. 어디 보자, 오늘이 며칠이죠?"

"샤이어력으로 3월 5일이지."

아라고른이 말했다. 피핀이 손가락을 꼽으며 셈을 좀 하고 다시 말했다.

"고작 아흐레 전이군! (샤이어의 달력에서 모든 달은 30일이다) 우리가 붙잡힌 지 1년은 된 것 같은데. 음, 그중 절반은 악몽 같았지만, 그 후에도 아주 끔찍한 사흘이 뒤따랐다고 생각해요. 내가 중요한 대목을 까먹으면 메리가 정정해 줄 거예요. 채찍과 오물과 악취 따위를 세세하게 말하진 않겠어요. 그런 건 기억하고 싶지도 않고요."

이렇게 운을 뗀 후 그는 보로미르의 마지막 싸움과 에뮌 무일에서 그 숲까지 이르는 오르크의 행군에 대한 이야기에 돌입했다. 여러 사항들이 자신들의 추측과 들어맞으면서 듣는 이들이 고개를 끄덕였다.

"여기 자네들이 떨어뜨린 소중한 물건들이 좀 있네. 그것들을 다시 갖게 되어 기쁠 거야."

아라고른이 망토 아래 혁대를 풀고 거기서 칼집에 든 칼 두 자루를 꺼냈다. 칼을 본 메리가 외쳤다.

"음! 이것들을 다시 보리라곤 생각도 못 했어요! 난 내 칼로 오르크 몇 놈을 베기도 했는데, 우글룩이 우리에게서 칼들을 앗아 갔어요. 그가 얼마나 험악하게 노려보던지! 처음엔 그가 우리를 찌를 거라고 생각했는데 마치 불에 덴 것처럼 그것들을 내던지더라고요."

"그리고 여기 또 자네의 브로치가 있어, 피핀. 아주 귀한 것이라 내가 안전하게 챙겨 두었지."

아라고른이 말했다.

"알아요. 그걸 버린다는 게 쓰라린 고통이었죠. 그렇지만 내가 달리 무엇을 할 수 있었겠어요?"

"달리 없지. 위급할 때 비장품을 내던지지 못하는 이는 족쇄를 차게 되는 법이야. 자네는 옳게 행동한 거야."

아라고른이 피핀을 추켜세우자 김리도 말했다.

"손목 결박을 끊은 것, 그건 약삭빠른 처치였어! 그 점에서 자네들은 운이 좋았어. 그렇지만 자네들은 그 기회를 야무지게 붙들었다고 할 수 있지."

"그리고 우리에겐 골치 아픈 수수께끼를 던져 주었지. 난 자네들에게 날개가 생겼나 싶었어!"

레골라스가 이렇게 말하자, 피핀이 대답했다.

"불행히도 그렇진 않았지요. 하지만 당신들은 그리슈나크란 자를 몰랐어요."

피핀은 몸서리를 치며 더는 말하지 않고, 발톱처럼 파고들던 손, 뜨거운 숨결, 털투성이 양팔의 괴력과 같은 마지막 끔찍한 순간들에 대한 이야기는 메리에게 미뤘다.

이야기를 들은 아라고른이 말했다.

"바랏두르—놈들이 루그부르즈라고 부르는—의 오르크들에 대한 이야기를 들으니 마음이 꺼림칙하군. 암흑군주는 이미 너무 많은 걸 알고 있고 그 졸개들 또한 그래. 게다가 분명 그리슈나크는 그 말싸움 후에 대하 너머로 모종의 전언을 보냈어. 붉은 눈이 아이센가드 쪽을 바라보고 있을 게야. 하여튼 사루만은 자승자박의 궁지에 빠졌어."

"맞아요, 어느 쪽이 이기든 그의 앞길은 처량해요. 그가 부리는 오르크들이 로한에 발을 들인 그 순간부터 사태가 온통 어긋나기 시작했어요."

메리도 맞장구를 쳤다. 그러자 김리가 말했다.

"우린 그 늙은 악당을 언뜻 한 번 봤어. 혹은 그랬을 거라고 간달프가 암시하더군. 그 숲의 가장자리에서 말이야."

"그게 언제였죠?"

"다섯 밤 전이지."

아라고른이 대답했다.

"어디 보자. 다섯 밤 전이라—이제 우린 당신들이 전혀 모르는 부분의 이야기에 다다랐네요. 우리는 그 전투가 벌어졌던 다음 날 아침에 나무수염을 만났고 그 밤에는 그의 엔트집들 중 하나인 샘터집에 있었어요. 다음 날 아침 우린 엔트뭇, 즉 엔트들의 집회에 갔어요. 내가 평생 본 것 가운데 가장 희한한 집회였죠. 그것은 그날 온종일, 그리고 다음 날까지 지속되었기에 우리는 날쌘돌이라고 불리는 엔트와 이틀 밤을 지냈어요. 그러던 중 그 모임의 사흘째 날 오후 늦게 엔트들이 별안간 격노했어요. 정말 굉장했어요. 마치 안에서 뇌우(雷雨)가 일어나려고 하는 것처럼 그 숲이 팽팽하게 느껴지다가 삽시간에 폭발했어요. 그들이 행진하면서 불렀던 노래를 당신들이 들을 수 있었다면 좋았을 텐데."

그러자 피핀도 맞장구를 쳤다.

"만약 사루만이 그걸 들었다면 자신의 두 다리로 뛰어야만 했었대도 지금쯤 160킬로미터는 줄행랑쳐 있을걸요.

아이센가드가 강대하고 단단하며, 돌처럼 차갑고 뼈처럼 벌거벗었대도
우린 간다, 우린 간다, 우린 싸우러 간다, 돌 쪼개고 문 부수러!

노래는 이보다 훨씬 더 길어요. 노래의 많은 부분이 가사가 없이 뿔나팔과 드럼의 음악 같았죠. 아주 활기찼어요. 그러나 난 그게 단지 행진곡일 뿐 그 이상의 의미는 없고, 그냥 노래일 뿐이라고 생각했어요—여기 도착할 때까진 말이에요. 이제 난 그렇지 않다는 것을 알아요."

메리가 이야기를 이어 말했다.

"밤이 깔린 후에 우리는 마지막 능선을 넘어 난 쿠루니르로 내려왔어요. 그 숲 자체가 우리 뒤에서 움직이고 있다는 느낌이 처음 든 게 바로 그때였어요. 난 내가 엔트식의 꿈을 꾸고 있나 보다고 생각했는데, 피핀도 그 점을 알아챘더라고요. 우린 둘 다 기겁했어요. 그렇지만 우린 나중에서야 영문을 좀 알게 되었지요.

그건 후오른들이었어요. 혹은 엔트들이 '줄임말'로 그들을 그렇게 불러요. 나무수염은 그들에 대해 많이 말하려고 하지 않았지만, 내 생각에 아마도 그들은 거의 나무처럼 되어 버린 엔트들이에요, 적어도 겉보기에는. 그들은 말없이 나무들을 끝없이 지켜보며 숲에, 또는 그 처마 아래 여기저기 서 있어요. 그렇지만 가장 어두운 계곡들의 깊숙한 곳엔 그들이 수백은 있을 거라 난 믿어요.

그들에겐 대단한 능력이 있어 자신의 몸을 그림자로 감쌀 수 있는 것 같아요. 그래서 그들이 움직이는 걸 보기가 어려워요. 하지만 분명히 움직여요. 화가 나면 아주 빠르게 움직일 수 있어요. 아마도 당신들이 가만히 서서 날씨를 살피거나 살랑대는 바람에 귀를 기울이다가 불현듯 자기가 숲 한가운데 있으며 더듬어 가는 거대한 나무들이 자기 주위를 온통 에워싸고 있다는 걸 알게 되는 것과 흡사하죠. 그들은 아직 목소리를 갖고 있어 엔트들과 말을 할 수 있어요—나무수염의 말로는, 그게 바로 그들이 후오른이라고 불리는 이유래요—그러나 그들은 괴상해지고 거칠어졌어요. 위험해진 거죠. 만일 주위에 그들을 감독할 참된 엔트들이 없다면 그들을 만난다는 것은 정말 무서울 거예요.

자, 우린 이른 밤에 긴 산골짜기를 기어 내려가 마법사의 계곡 상단으로 들어갔어요. 엔트들이 바스락대는 모든 후오른들을 뒤에 거느린 채. 물론 우린 그들을 볼 수 없었지만, 대기 전체가 삐걱거리는 소리로 그득했어요. 아주 어둡고 구름 낀 밤이었어요. 그들은 산지를 떠나자마자 대단한 속도로 움직이며 질풍 같은 소음을 냈어요. 구름 사이로 달도 나타나지 않았는데, 자정을 넘긴 지 얼마 되지 않아 키 큰 숲이 아이센가드의 북쪽을 온통 둘러쌌어요. 적들이나 어떤 수하(誰何)의 낌새도 없었죠. 탑 속의 높직한 창 하나에서 한 가닥 빛이 어렴풋이 빛나는 게 전부였어요.

나무수염과 몇 명의 엔트들이 주변을 빙 돌아 계속 기어 거대한 성문이 보이는 곳까지 갔어요. 피핀과 나는 그와 함께 있었죠. 우리는 나무수염의 양어깨에 앉아 있었고, 나는 그의 몸이 긴장해서 떨리는 걸 느낄 수 있었어요. 그러나 엔트들은 분기되었을 때조차도 조심성과 참을성이 대단해요. 그들은 숨 쉬고 귀를 기울이며 깎아 놓은 돌들처럼 꼼짝 않고 서 있었어요.

그러던 중 대번에 엄청난 소란이 일었어요. 나팔들이 요란하게 울리고 아이센가드의 성벽에 메아리쳤어요. 우린 우리가 발각되어 전투가 시작되는 거려니 생각했어요. 그러나 전혀 그런 게 아니었어요. 사루만의 전 병력이 행진해 떠나고 있었어요. 난 이 전쟁이나 로한의 기병들에 대해 많이 알진 못하지만, 사루만은 최후의 일격으로 로한의 왕과 그 병사들을 파멸시킬 작정이었던 것 같아요. 그가 아이센가드를 텅 비웠으니까요. 적이 나가는 광경을 보니 행진하는 오르크들의 행렬이 끝이 없었고, 여러 무리들은 거대한 늑대에 올라탔어요. 인간들도 무척 많았어요. 대부분이 횃불을 들고 있어 난 그들의 얼굴을 볼 수 있었죠. 대부분이 보통의 인간으로 키가 큰 편에 머리칼은 검고 험상궂은 얼굴이지만 특별히 사악해 보이진 않았어요. 하지만 보기에도 끔찍한 다른 자들도 일부 있었어요. 키는 인간과 비슷하지만 고블린 같은 얼굴에 누르스름한 피부를 하고 짓궂게 노려보는 사팔뜨기 눈이더라고요. 그들을 보고 있자니 덥석 브리 마을의 저 남쪽에서 왔다던 사람이 떠오르더라니까요. 다만 그는 이들처럼 그토록 빤하게 오르크를 빼닮지 않았을 뿐이지요."

"나도 그가 생각나더군." 아라고른이 말했다. "우린 헬름협곡에서 이 반(半)오르크들과 숱하게 대적했어. 저 남부인이 사루만의 밀정이었다는 게 이제 분명한 것 같아. 그러나 그가 암흑의 기사들과 한통속으로 움직이는 건지 아니면 오로지 사루만을 위해서만 움직이는 건지는 나도 몰라. 이 사악한 족속이 언제 서로 결탁하고 또 언제 서로를 기만하고 있는지를 안다는 건 어려운 일이지."

메리가 다시 말을 이었다.

"글쎄, 분명 모든 부류들을 통틀어 줄잡아 만 명은 되었어요. 그들이 성문을 빠져나가는 데만 한 시간이 걸렸어요. 일부는 큰길을 따라 그 여울로 갔고, 일부는 방향을 틀어 동쪽으로 갔어요. 저 아래 1.5 킬로미터쯤 떨어진 곳에 다리 하나가 세워져 있는데, 강이 거기선 매우 깊은 수로 속을 흐르죠. 일어서면 지금도 그게 보여요. 그들은 모두 귀에 거슬리는 목소리로 노래를 부르고 있었고 또 마구 웃어 대며 끔찍한 소란을 피우고 있었어요. 사태가 로한에게는 아주 암담해 보인다고 난 생각했어요. 하지만 나무수염은 움직이지 않았어요. 그가 말하길, '오늘 밤 내 용건은 바위와 돌로 아이센가드를 치는 거야.'라고 했어요.

비록 어둠 속에서 무슨 일이 벌어지고 있는지 알 수 없었지만, 그래도 난 성문이 다시 닫히자마자 후오른들이 남쪽으로 움직이기 시작했다고 믿어요. 그들이 맡은 상대는 오르크들인 것 같았어요. 아침에 보니 그들이 계곡 저 아래에 있었죠. 혹은 하여튼 누구도 꿰뚫어 볼 수 없는 그림자가 거기에 있었어요.

사루만이 전군을 내보내자마자 우리 차례가 왔어요. 나무수염이 우리를 내려놓고 성문으로 다가가더니 망치로 두들기듯 문을 쾅쾅 두드리고 사루만을 부르기 시작했어요. 성벽에서 날아온 화살과 돌 외엔 아무 응답이 없었어요. 그러나 엔트들에게 화살은 무용지물이었죠. 물론 화살이 그들에게 상처를 입히긴 했지만 따끔따끔 쏘는 파리들처럼 그들을 격노하게 만들 뿐이었어요. 엔트의 몸은 바늘꽂이 같아 오르크의 화살이 빽빽하게 꽂혀도 큰 상해를 입지 않죠. 한 가지 이유로 그들에겐 독이 통하지 않거든요. 게다가 그들의 피부는 아주 두꺼워 나무껍질보다 더 단단한 것 같아요. 그들에게 중상을 입히려면 매우 육중한 도끼 타격이 필요하죠. 그들은 도끼를 좋아하지 않아요. 그렇지만 엔트 하나를 해치우려면 아주 많은 도끼잡이가 있어야 할 거예요. 한 번 엔트를 내리친 자는 결코 두 번째 타격 기회를 갖지 못하거든요. 엔트의 주먹 한 방이면 쇠붙이도 얇은 주석처럼 찌부러지고 말죠.

몸에 몇 개의 화살이 박히자 나무수염이 흥분하기 시작했어요. 그의 말로는 단연 '성급해지기' 시작한 거죠. 그가 '훔, 훔.' 하고 우렁찬 소리를 지르자 엔트 열둘이 성큼성큼 다가갔어요. 화난 엔트는 오싹하리만큼 무서워요. 그들의 손가락과 발가락이 바위에 착 달라붙기 무섭게 바위가 빵 껍질처럼 산산이 부서져요. 그건 거대한 나무뿌리가 백 년에 걸쳐 하는 일이 단 몇 초 속에 압축되는 걸 지켜보는 것 같죠.

그들은 밀고 당기고 찢고 흔들고 두들겼어요. 쨍그랑 꽝, 우지끈 뚝딱 하는 소리가 요란하더니 5분 만에 이 거대한 성문들을 폐허로 짓이겨 버렸고, 벌써 일부는 모래 구덩이 속의 토끼들처럼 성벽을 부수어 들어가기 시작하고 있었어요. 무슨 일이 벌어지고 있다고 사루만이 생각했는지 모르겠지만, 하여튼 그는 어찌해야 할지 몰랐어요. 물론 요즘 들어 그의 마법이 쭉 쇠퇴해 왔을 수도 있겠지요. 그렇지만 하여튼 그는 많은 노예와 기계와 물자도 없이 홀로 궁지에 빠진 상태에선 배포도 당찬 용기도 갖지 못한 것 같아요. 내 말이 무슨 뜻인지 아실 거예요. 연로한 간달프와는 아주 다르죠. 난 사루만의 명성이란 게 내내 아이센가드에 자리 잡을 때의 영민함에서 주로 말미암은 게 아닌가 싶어요."

아라고른이 다시 끼어들었다.

"아니야. 한때 그는 그 명성만큼이나 위대했지. 지식이 깊고 생각은 섬세하며 손재주는 경탄할 정도였어. 게다가 그는 남들의 마음을 지배하는 권능을 가졌지. 현명한 이들은 설득하고 속 좁은 족속은 을러댈 수 있었다고. 분명 그는 그 권능을 아직도 갖고 있어. 그가 패배를 겪은 지금에도 그와 단둘이서 이야기할 경우 무사할 거라고 말할 만한 이가 가운데땅에 많질 않아. 그의 사악함이 백일하에 드러난 지금에도 아마 간달프, 엘론드 그리고 갈라드리엘이 있을 뿐 그 외엔 없다시피 할 거야."

그러자 피핀이 말했다.

"엔트들은 무사한걸요. 그가 한 번은 그들을 속인 모양이지만 다시는 어림없어요. 그리고 어쨌든 그는 그들을 이해하지 못했고, 또 그들을 계산에서 빠뜨리는 엄청난 실수를 범했어요. 그는 그들에 대한 계획이 없었고 일단 그들이 일을 벌이고 나서는 어떤 계획도 세울 시간이 없었지요. 우리의 공격이 시작되자마자 아이센가드에 남아 있던 쥐새끼 같은 놈 몇이 엔트들이 만든 구멍을 통해 도망치기 시작했어요. 엔트들은 인간들은 신문한 다음에 풀어 주었어요. 이쪽 아래로는 20~30명밖에 안 됐어요. 몸집 크기에 관계없이 오르크 족속은 거의 달아나지 못했다고 생각돼요. 후오른들로부터 말이죠. 그때쯤엔 계곡 아래로 내려갔던 이들을 포함해 그들로 가득 찬 숲이 아이센가드를 완전히 에워쌌으니까요.

엔트들이 남쪽 성벽 대부분을 쓰레기 더미로 만들고, 또 남아 있던 종자(從者)들이 자기를 저버리고 도망치자 돌연 사루만은 공포에 사로잡혀 내뺐어요. 우리가 도착했을 때 그는 성문에 있었던 것 같아요. 자기 군대가 장쾌하게 행진해 나가는 광경을 보려고 나왔을 거예요. 엔트들이 돌진해 들어

가자 그는 황급히 떠났어요. 그들은 처음엔 그를 알아보지 못했어요. 그렇지만 밤이 쫙 펼쳐진 데다 별빛이 아주 밝았기에 엔트들이 넉넉히 사물을 식별할 수 있었는데, 갑자기 날쌘돌이가 '나무 도살자, 나무 도살자야!' 하고 외쳤어요. 날쌘돌이는 점잖은 성품이지만 그 때문에 사루만을 더욱더 격렬하게 증오해요. 자기네 일족이 오르크의 도끼에 잔혹한 수난을 당했거든요. 그가 안쪽 성문에서부터 길을 따라 휙 내달렸죠. 그는 분기되면 바람처럼 움직일 수 있어요. 어렴풋한 형체 하나가 기둥들의 그림자를 안팎으로 누비며 다급히 멀어지다가 탑의 문이 있는 계단에 거의 다다랐어요. 정말 아슬아슬했어요. 날쌘돌이가 사루만을 어찌나 맹렬히 쫓았던지 한두 걸음이면 붙잡혀 목이 졸릴 바로 그 순간에 그가 문안으로 쏙 미끄러져 들어갔어요.

오르상크에 무사히 돌아온 지 얼마 되지 않아 곧 사루만은 소중한 기계의 일부를 가동시켰어요. 그 무렵 아이센가드에는 많은 엔트들이 들어와 있었어요. 일부는 날쌘돌이를 따라 들어왔고, 다른 이들은 북쪽과 동쪽으로부터 난입했지요. 그들은 여기저기 돌아다니며 닥치는 대로 마구 부수고 있었죠. 갑자기 불길과 고약한 연기가 확 떠올랐어요. 평원 곳곳에 널린 통풍구와 환기갱에서 분출되고 내뿜어지기 시작한 거죠. 여러 엔트들이 불에 그을려 물집이 생겼어요. 그중에 너도밤나무뼈라고 불린 걸로 생각되는 키가 훤칠하고 잘생긴 엔트 하나가 모종의 액화(液火)에 휩싸여 횃불처럼 타 버렸어요. 끔찍한 광경이었지요.

그 광경에 엔트들이 꼭지가 돌아 버렸어요. 난 앞서도 그들이 진짜 분기한 것이라고 생각했는데 그게 아니었어요. 난 드디어 그 실상을 보았어요. 혼비백산할 정도였지요. 그들이 포효하고 우렁찬 굉음을 내지르고 나팔 같은 소리를 내뿜자 그 소음만으로도 돌들이 갈라져 떨어지기 시작했어요. 메리와 나는 땅바닥에 엎드려 망토로 귀를 틀어막았지요. 엔트들이 윙윙거리는 질풍처럼 오르상크의 암반 주위로 겹겹이 성큼성큼 쇄도해 기둥을 부수고 환기갱 아래로 눈사태가 난 듯 둥근 돌을 집어던지고 거대한 석판들을 잎사귀처럼 공중으로 던져 올렸어요. 탑은 급회전하는 선풍의 한가운데에 놓인 것 같았어요. 쇠말뚝과 건축용 석재들이 수백 미터 높이로 치솟았다가 오르상크의 창들에 부딪치는 걸 봤어요. 그러나 나무수염은 냉정을 유지했어요. 다행히 그는 화상을 전혀 입지 않았죠. 그는 자기 일족이 격분한 나머지 다치는 걸 원치 않았지만 또 혼란의 와중에 사루만이 어떤 구멍으로 빠져나가는 것도 원치 않았죠. 많은 엔트들이 몸을 던져 오르상크의 암반에 덤벼들었지만 소용이 없었어요. 그것은 아주 반반하면서도 단단하거든요. 아마도 그 속에는 사루만의 것보다 오래되고 강력한 어떤 마법이 깃든 모양이에요. 하여튼 그들은 그것을 움켜쥐거나 거기에 균열을 내지도 못하고 그것에 부딪치느라 몸에 멍이 들거나 상처가 날 뿐이었어요.

나무수염이 빙 둘러선 엔트들 속으로 나아가 큰 소리로 외쳤어요. 그의 엄청난 목소리는 모든 소음을 제압했죠. 별안간 쥐 죽은 듯 고요해졌어요. 그 정적 속에서 우린 탑 속의 높은 창문에서 나오는 째지는 듯한 웃음소리를 들었어요. 그것이 엔트들에게 기묘한 효과를 끼쳤어요. 끓어넘칠 듯했던 그들이 이젠 차가워지고, 얼음처럼 냉혹해지고 조용해졌어요. 그들은 평원을 떠나 나무수염 주위에 몰려들어 아주 조용히 서 있었어요. 잠시 그가 그들에게 자기들의 언어로 말했어요. 내 생각에, 그는 그들에게 오래전 머릿속에 세워 두었던 계획을 설명하고 있었어요. 이윽고 그들은 회색빛 속에 조용히 사라졌어요. 그 무렵에 동이 트고 있었어요.

나는 그들이 성채를 감시하고 있었다고 믿어요. 그렇지만 파수꾼들이 어둠 속에 감쪽같이 몸을 숨긴 데다 너무도 조용했기에 내 눈에 그들은 보이지 않았죠. 나머지는 북쪽으로 가 버렸어요. 그날 온종일 그들은 눈에 띄지 않는 곳에서 분주했어요. 그 대부분의 시간 동안 우린 홀로 남겨졌어요. 따분한 하루였기에 우린 여기저기 좀 떠돌아다녔죠. 그렇지만 되도록 오르상크의 창문들이 보이는 거리는 벗어났어요. 창문들이 아주 위협적으로 우리를 쏘아보았거든요. 우린 그 시간의 상당 부분을 먹을 것을 찾으며 보냈죠. 또한 우린 남쪽 멀리 로한에서는 무슨 일이 벌어지고 있고 또 우리 원정대의 다른 모든 이들은 어떻게 되었을까를 궁금해하며 앉아서 이야기도 했죠. 이따금 멀리서 돌이 구르고 떨어지는 소리와 산지에 메아리치는 쿵쿵대는 소리가 들렸어요.

오후에 우리는 원형 평원 주위를 걸으며 무슨 일이 일어나고 있는지 알아보려고 했어요. 계곡 상부에 후오른들이 그늘진 거대한 숲을 이루었고, 북쪽 성벽 주위에도 또 하나의 숲이 있더군요. 우린 감히 거기로 들어가진 못했어요. 그렇지만 내부에선 부수고 찢어발기는 작업의 소음이 계속되고 있었어요. 엔트들과 후오른들이 거대한 구덩이와 참호를 파고 있었고, 아이센강과 그들이 찾을 수 있는 다른 모든 샘과 개울의 물 전부를 끌어모아 방대한 웅덩이와 댐을 만들고 있었어요. 우린 그냥 지켜만 봤죠.

어스름 녘에 나무수염이 성문으로 돌아왔어요. 그는 혼잣말로 흥얼거리고 큰 소리를 지르곤 했는데 흡족한 기분인 듯 했어요. 그는 서서 거대한 팔과 다리를 쭉 뻗고 심호흡을 했어요. 내가 그에게 피곤하시냐고 물었죠.

그가 말했어요. '피곤하냐고? 피곤하냐고 했어? 음, 아니야, 피곤한 게 아니라 몸이 뻣뻣할 뿐이야. 엔트강의 물을 한 입 쭉 들이켰으면 좋겠어. 우리는 열심히 일했거든. 오늘 우리는 지난 오랜 세월에 걸쳐 해 온 것보다 더 많이 돌을 깨고 땅을 팠어. 그러나 이젠 거의 끝났어. 밤이 내리면 이 성문 근처나 낡은 터널에서 얼쩡대지 마! 물이 쏟아져 나올 거야. 게다가 사루만의 모든 오물이 씻겨 갈 때까지는 한동안 구정물일 거야. 그다음에는 아이센강이 다시 깨끗이 흐를 수 있어.' 그는 그냥 지루함을 달래고자 느긋하게 성벽을 조금 더 허물어뜨리기 시작했어요.

우린 그 놀라운 일이 벌어질 때 누워서 잠을 좀 자기에 어디가 안전할지를 궁리하고 있었을 뿐이었죠. 길 위로 기사 하나가 신속하게 달려오는 소리가 들렸어요. 메리와 난 가만히 누워 있었고, 나무수염은 아치 아래 어둠 속에 몸을 숨겼어요. 갑자기 거대한 말 한 마리가 은빛 섬광처럼 성큼성큼 다가왔어요. 벌써 날은 어두웠지만 난 그 기사의 얼굴을 선명하게 볼 수 있었어요. 그 얼굴이 빛나는 것 같았고, 옷차림은 온통 하얗게 보였어요. 난 그냥 일어나 앉아 입을 벌린 채 빤히 쳐다보았죠. 큰 소리로 부르려고 했지만 되질 않았어요.

그럴 필요가 없었어요. 그가 바로 우리 곁에 멈춰서서 우릴 내려다봤거든요. '간달프!' 하고 마침내 내가 말했지만 내 목소린 속삭임에 불과했죠. 그가 말하길, '안녕, 피핀! 이건 뜻밖의 유쾌한 만남이야!'라고 했던가? 아냐, 그럴 리가 없죠. 그는 이렇게 말했어요. '일어나, 이 툭 집안의 멍텅구리야! 도대체 이 난리통 속에 나무수염은 어디 있어? 난 그에게 용무가 있어. 꾸물대지 말고 빨리!'

나무수염이 그의 목소리를 듣고 즉시 어둠 속에서 나왔고, 해서 이상한 만남이 벌어졌어요. 둘 중 어느 쪽도 전혀 놀라는 것 같지 않아서 내가 놀랐어요. 분명 간달프는 여기서 나무수염을 찾을 수 있을 걸로 기대했고, 또 나무수염은 간달프를 만날 작정으로 성문 근처를 배회하고 있었던 것 같았거든요. 한데 우린 그 오래된 엔트에게 모리아에 관한 모든 것을 이야기했었어요. 그가 그 당시 우리에게 보인 묘한 표정을 난 기억해요. 나로선 그가 간달프를 만났었거나 그에 대한 모종의 소식을 듣고도 아무것도 성급하게 말하려 하지 않는 거라고 짐작할 뿐이었죠. '서두르지 말라!'가 그의 좌우명이니까요. 하지만 누구도, 심지어 요정들까지도, 간달프가 자리하고 있지 않을 땐 그의 동정에 대해 이러쿵저러쿵 말하지 않는 법이죠.

'훔! 간달프!' 하고 나무수염이 말했어요. '오셔서 기쁘오. 숲과 물, 그루터기와 돌은 내가 마음대로 움직일 수 있소. 그런데 여기엔 처리해야 할 마법사가 하나 있소.'

'나무수염이여!' 하고 간달프가 말했어요. '당신의 도움이 필요하오. 당신은 많은 일을 했지만 해야 할 일이 더 있소. 오르크 약 만 명을 처치해야 하오.'

그러고 나서 그 둘은 어느 구석으로 가 함께 협의했어요. 틀림없이 나무수염에겐 너무 서두르는 것처럼 보였을 거예요. 왜냐하면 간달프가 엄청 다급한 나머지 그들의 말소리가 들리지 않는 곳으로 가기도 전에 벌써 대단한 속도로 말하고 있었으니까요. 그들이 떨어져 있었던 건 몇 분밖에 안 됐어요. 아마 15분쯤 되려나. 이윽고 간달프가 우리에게 돌아왔는데 한시름 던 듯 즐거워 보이기까지 했어요. 그제야 그는 우릴 만나 반갑다고 말하더군요.

그래서 나도 이렇게 물어봤지요. '그런데 간달프, 여태 어디 계셨어요? 그리고 다른 동지들은 만나셨나요?'

'어디 있었든 간에 이렇게 돌아왔잖아.' 하고 그가 참으로 간달프다운 방식으로 대답했어요. '그래, 다른 이들 중 몇은 만났어. 하지만 그 소식을 들으려면 기다려야 해. 지금은 위험한 밤이고, 난 빨리 달려가야 해. 그렇지만 다가올 새벽은 더 밝을 거야. 만약 그렇다면 우린 다시 만날 거고. 몸조심하고 오르상크 곁에는 절대 가지 마! 안녕!'

간달프가 떠난 뒤 나무수염은 깊은 생각에 잠겼어요. 분명 그는 짧은 시간에 많은 걸 배웠고 그걸 소화시키고 있었어요. 그가 우리를 쳐다보고 이렇게 말했어요. '흠, 자, 너희는 내가 생각했던 그런 성급한 족속은 아니군. 너희는 할 수도 있을 것보다 훨씬 적게 말했고 해야 할 말만 했으니까. 흠, 참으로 많은 소식을 알았어! 자, 이젠 나무수염이 다시 바빠질 게 틀림없어.'

그가 가기 전에 우린 그에게서 얼마간의 소식을 전해 들었지만 그랬다고 해서 기운이 나는 건 전혀 없었어요. 그렇지만 우린 당장은 프로도와 샘, 또는 가여운 보로미르보다는 당신들 셋에 대해 더 많이 생각했어요. 우리가 헤아려 보건대 대단한 전투가 벌어지고 있거나 곧 벌어질 것이고, 또 당신들은 그 속에 있고 결코 거기서 빠져나오지 못할 수도 있다고 추측했거든요.

나무수염은 '후오른들이 도와줄 거야.' 하고 말했어요. 그 뒤 그는 가 버렸고 우린 오늘 아침에야 그를 다시 보았어요.

깊은 밤이었어요. 우린 돌무더기 상단에 누워 있었고 그 너머로는 아무것도 볼 수 없었어요. 안개 또는 어둠이 크나큰 담요처럼 우리 주위의 모든 걸 가려 버렸죠. 대기는 후텁지근하고 께느른한 것 같고 바스락대는 소리, 삐걱거리는 소리 그리고 지나치는 목소리들 같은 중얼거리는 소리로 가득 찼어요. 내 생각엔 전투를 돕기 위해 추가로 수백의 후오른들이 지나가고 있었던 게 틀림없었어요. 얼마 후 멀리 남쪽에서 천둥이 우르릉대는 굉장한 소리가 일었고, 저 멀리 로한을 가로질러 번갯불이 번뜩거렸어요. 가끔씩 수십 킬로미터 떨어진 산봉우리들이 흑백으로 찌르듯 치솟았다가 이내 사라지는 게 보였어요. 그리고 우리 뒤편으로는 산속에서 천둥 같은 소음이 들렸는데 실은 천둥소리는 아니었어요. 때때로 계곡 전체가 메아리쳤어요.

엔트들이 댐을 부수고 모아 둔 모든 물을 북쪽 성벽의 틈새를 통해 아래쪽 아이센가드로 쏟아부은 건 자정쯤이었던 게 틀림없어요. 후오른의 어둠이 지나갔고 천둥소리가 우르릉거리며 멀어져 갔어요. 달이 서쪽 산맥 뒤로 가라앉고 있었지요.

아이센가드는 슬며시 기어드는 시커먼 개울들과 웅덩이들로 그득 채워지기 시작했어요. 그것들은 평원 위로 퍼지며 마지막 달빛 속에 번득였어요. 이따금 그 물결은 통풍구나 환기갱 속으로 흘러들었어요. 거대한 흰 증기가 쉭쉭대며 솟고 연기가 소용돌이처럼 떠올랐죠. 여기저기서 폭발이 일고 불길이 확 타올랐어요. 거대한 증기의 소용돌이 하나가 오르상크를 겹겹이 휘감고 선회하며 솟았는데, 아래는 불타고 위는 달빛으로 환한 우뚝한 구름 봉우리 같았어요. 그러고도 훨씬 더 많은 물이 쏟아져 들어오니 마침내 아이센가드가 온통 김을 내뿜고 부글부글 끓어오르는 하나의 거대하고 납작한 냄비처럼 보였어요."

"어젯밤 난 쿠루니르 어귀에 당도했을 때 우리는 남쪽에서 치솟는 구름 같은 연기와 증기를 봤어." 아라고른이 말했다. "우린 사루만이 우리를 상대로 어떤 새로운 술책을 꾸미고 있는 게 아닌가 싶었네."

"그가 아니었어요!" 피핀이 말했다. "아마도 그는 숨이 막혀 캑캑대며 더는 웃지 못했을 거예요. 아침이 되자, 어제 아침이죠, 물은 모든 구멍들 속으로 스며들고 짙은 안개가 끼었죠. 우린 저 건너 위병소에 피신했는데 그러고도 다소 무서웠어요. 호수가 넘쳐 낡은 터널을 통해 쏟아져 나오기 시작했고 물은 계단 위로 빠르게 차오르고 있었거든요. 우리도 구멍 속의 오르크들처럼 꼼짝없이 갇히는 게 아닌가 싶었는데, 저장실 뒤쪽에서 나선형 계단을 찾아 아치 꼭대기로 빠져나왔어요. 통로들이 금 간 데다 꼭대기 근처는 떨어진 돌로 반쯤 막혀 있어 빠져나온다는 게 고역이었어요. 거기서 우리는 큰물 위로 높직한 데 앉아 아이센가드의 수몰을 지켜보았지요. 엔트들이 더 많은 물을 계속 쏟아부어 마침내 모든 불길이 꺼지고 모든 동굴이 차 버렸어요. 안개가 천천히 한데 모이더니 증발해 올라 거대한 우산 같은 구름이 되었어요. 그 높이가 1.5 킬로미터는 되었을 거예요. 저녁에 커다란 무지개가 동쪽 능선 위에 걸쳤고, 뒤이어 산허리에 내리는 굵은 이슬비에 저녁놀이 가려 버렸죠. 이 모든 일이 아주 고요하게 진행되었어요. 저 멀리서 몇 마리 늑대가 음산하게 울부짖었어요. 밤이 되자 엔트들은 물의 유입을 그쳐 아이센강이 원래대로 흐르게 했죠. 그리고 그것으로 모든 게 끝났어요.

그 이후로 물이 다시 빠지고 있었어요. 틀림없이 밑의 동굴들에서 이어지는 어딘가에 배수구들이 있나 봐요. 만일 사루만이 창문으로 슬쩍 내다보았다면 틀림없이 지저분하고 황량한 난장판으로 보였을 거예요. 우린 몹시 외로웠어요. 그 모든 폐허 속에 말을 건넬 엔트 하나 보이지 않고 또 아무 소식도 없었으니까요. 우린 거기 아치 꼭대기에서 그 밤을 꼴딱 보냈는데 날이 춥고 습해서 잠을 이루지 못했어요. 언제라도 무슨 일이 벌어질 것만 같은 느낌이었지요. 사루만은 여전히 자신의 탑 속에 있었어요. 밤에 계곡 위로 오르는 바람 소리 같은 소음이 들렸어요. 난 멀리 떨어져 있었던 엔트들과 후오른들이 그제야 돌아온 거라고 생각했죠. 하지만 지금 그들 모두가 어디로 갔는지는 몰라요. 우리가 계단을 내려와 다시 주위를 둘러본 건 안개 끼고 습기 찬 아침이었는데, 주변엔 아무도 없었어요. 이상이 우리가 들려줄 사연의 전부인 셈이에요. 그 모든 혼란이 지나간 지금 세상은 평화로워 보일 지경이에요. 그리고 간달프가 돌아왔으니 어쨌든 더 안전해 보이고요. 이제 난 잠들 수 있을 거예요!"

그들 모두가 잠시 침묵에 잠겼다. 이윽고 김리가 담뱃대를 다시 채우고 부싯돌과 깃으로 불을 댕기며 말했다.

"한 가지 궁금한 게 있어. 뱀혓바닥 말이야. 자네들은 세오덴에게 말하기를 그가 사루만과 함께 있다고 했어. 뱀혓바닥이 어떻게 거기 간 거야?"

"오, 그러네요, 그를 깜박했네요."

피핀이 이야기를 다시 시작했다.

"그는 오늘 아침에야 여기로 왔어요. 우리가 막 불을 피우고 아침 식사를 할 때 나무수염이 다시 나타났어요. 그가 밖에서 '훔, 훔.' 하는 소리를 내며 우리 이름을 부르는 걸 들었지요.

'어이, 친구들, 너희가 어떻게 지내는지 보려고 훌쩍 와 봤네. 소식도 좀 전해 줄 겸해서 말이야. 후오른들은 돌아왔네. 모든 게 잘됐어. 그럼 잘되고말고!'라고 말하며 그가 웃고 자기 허벅지를 찰싹찰싹 쳤어요. '아이센가드에는 이제 오르크들이 없고 도끼도 더는 없어! 그리고 날이 저물기 전에 남쪽에서 사람들이 올 게야. 너희가 보면 반가워할 몇 사람이 말이야.'

그가 그 말을 마치자마자 길 위에서 말발굽 소리가 들렸어요. 우린 성문 앞으로 부리나케 뛰쳐나갔고, 난 성큼걸이와 간달프가 군대의 선두에서 말을 타고 다가오는 걸 볼 수 있으려나 싶어 서서 빤히 바라보았죠. 그런데 안개를 헤치고 달려온 건 늙고 지친 말에 탄 한 사람이었고, 인물 자체가 야릇하고 배배 꼬인 것 같았어요. 다른 이는 없었어요. 안개를 헤치고 와 갑자기 앞에 펼쳐진 그 모든 폐허와 파괴의 광경을 보더니 그는 앉은 채 입을 딱 벌렸고 얼굴엔 핏기가 가셨어요. 그는 너무나 당혹했던 나머지 처음엔 우리를 알아보지도 못하는 것 같았어요. 우릴 알아보았을 땐 비명을 지르고 말을 돌려 달아나려고 했어요. 그러나 나무수염이 큰 걸음 세 발짝을 내딛고 긴 팔을 내밀어 그를 안장에서 들어 올렸지요. 말은 공포에 질려 도망치고, 그는 땅바닥에 넙죽 엎드렸죠. 그가 말하길, 자신은 왕의 친구이자 고문인 그리마로 세오덴이 사루만에게 보내는 중요한 전언을 지니고 온 몸이라고 했어요. 그리고 이렇게 말하더군요.

'다른 어느 누구도 감히 더러운 오르크들로 가득한 그 광활한 땅을 관통해 말을 달리려 하지 않았소. 그래서 내가 파견된 것이오. 그리고 나는 그 위험한 여행을 한지라 시장하고 지친 상태요. 늑대들에게 쫓겨 원래 길을 벗어나 멀리 북쪽으로 달아났더란 말이오.'

난 그가 나무수염을 곁눈질하는 것을 포착하곤 혼잣말로 '거짓말쟁이!'라고 중얼거렸어요. 나무수염이 자신의 길고 느린 방식대로 몇 분간이나 그를 쳐다보자, 마침내 그 비열한 자가 바닥에서 벌레처럼 허우적대더군요. 그러자 드디어 나무수염이 이렇게 말했어요. '하, 흠, 난 당신이 오리라 생각했소, 뱀혓바닥 선생.' 그 이름을 듣자 그자가 움찔했어요. '간달프가 먼저 여길 왔더랬지. 해서 나는 당신에 대해 필요한 만큼 알고 있고 또 당신을 어떻게 해야 할지도 알아. 하나의 덫에 모든 쥐새끼들을 잡아넣으라고 간달프가 말했고 또 나도 그렇게 할 거야. 이제는 내가 아이센가드의 지배자이고 사루만은 탑에 갇혀 있어. 그러니 당신은 거기로 가서 당신이 생각해 낼 수 있는 모든 전언들을 전할 수 있어.'

그러자 뱀혓바닥이 말했어요.

'날 보내 주오, 나를 보내 주시오! 난 그 길을 알고 있소.'

'물론 그 길을 잘 알 테지. 하지만 여기는 사정이 좀 변했어. 직접 가서 보라고!'

나무수염이 이렇게 말하고 뱀혓바닥을 놓아주었어요. 그는 우리가 바짝 뒤따르는 가운데 절뚝거리며 아치를 통과해 마침내 원형 평원 안으로 들어가 자신과 오르상크 사이에 가로놓인 사방팔방의 큰물을 볼 수 있었어요. 그러고 나자 그가 우리에게로 몸을 돌렸어요. '날 떠나게 해 주오!' 그가 애처로운 소리로 말했어요. '나를 떠나게 해 주시오! 이제 내 전언은 소용이 없소.'

'실로 그렇지.' 나무수염이 말했어요. '그러나 당신에겐 두 가지 선택밖에 없네. 간달프와 당신 주군이 도착할 때까지 나와 함께 있든가 아니면 저 물을 건너는 것이지. 어느 쪽을 택할 텐가?'

그는 자기 주군이란 말에 몸을 떨더니 한 발을 물에 담갔다가 도로 물러나며 '난 헤엄을 못 치오.' 하고 말했어요.

그러자 나무수염이 대꾸했어요. '물이 깊지 않은데, 더럽긴 하지만 당신에게 해롭진 않을 텐데, 뱀혓바닥 선생. 이제 들어가!'

그 말과 함께 그 비열한 자는 허우적거리며 큰물 속으로 들어갔어요. 그가 너무 멀리 가서 내가 그를 볼 수 없게 되기 전에 물이 거의 그의 목까지 차올랐어요. 내가 마지막으로 본 그의 모습은 어떤 낡은 술통인가 나뭇조각인가에 그가 매달린 꼴이었어요. 그러나 나무수염은 그를 따라 걸어 들어가 그의 진로를 지켜보았죠.

그는 돌아와서 말했어요. '자, 그는 들어갔네. 나는 그가 질질 끌린 쥐새끼처럼 계단을 기어오르는 것을 보았어. 탑 속에는 아직도 누군가가 있어. 손 하나가 밖으로 나와 그를 안으로 끌어들였거든. 그가 거기로 갔으니 그가 마음에 드는 환영을 받기를 바랄 뿐이야. 이제 나는 몸에 달라붙은 진흙을 깨끗이 씻어야 해. 혹시 나를 찾는 이가 있거든 멀리 북쪽에 있을 거라고 전해. 이 아래쪽에는 엔트가 마시거나 목욕하기에 맞춤한 맑은 물이 없거든. 그래서 너희 두 친구에게 부탁하는데, 성문에서 다가오는 사람들을 잘 살펴봐 줘. 로한들판의 군주가 올 테니 유념하라고! 너희가 아는 만큼의 요령으로 그를 환영해야 해. 그의 병사들이 오르크들과 위대한 전투를 치렀으니까. 아마 엔트들보다는 너희가 그런 군주에게 합당한 인간들의 언사를 잘 알 거야. 내가 태어나서 지금까지 초록 들판에는 많은 영주들이 있었지만 나는 결코 그들의 말이나 이름을 배우지 못했어. 그들은 인간의 음식을 원할 텐데 그런 것에 대해서는 너희가 죄다 알 것 아니야? 그러니 할 수 있다면 너희가 생각하기에 왕이 드시기 알맞은 음식을 찾아봐.' 이것으로 이야기는 끝이에요. 이 뱀혓바닥이란 자가 누구인지 알고 싶긴 하지만 말이에요. 정말로 그가 왕의 고문이었어요?"

"그랬다네." 아라고른이 말했다. "그리고 또한 로한에 잠입한 사루만의 밀정이자 종복이었지. 운명은 그가 받아 마땅한 것 이상의 호의를 베풀진 않았어. 그가 그토록 굳세고 장대하다고 생각했던 그 모든 것이 폐허가 된 광경은 틀림없이 충분한 벌이었을 테니까. 그러나 난 더 지독한 게 그를 기다리고 있지 않나 싶어."

"그래요. 난 나무수염이 호의로 그를 오르상크로 보내 줬다고 보진 않아요." 메리가 말했다. "그는 그 일을 다소 냉혹하게 즐기는 것 같았고 목욕하고 물 마시러 갈 때는 혼자 웃고 있었어요. 그 후에 우린 표류물을 수색하고 뒤적거려 찾느라 바쁜 시간을 보냈어요. 우린 인근의 여러 곳에서 큰물의 고수위 위에 있는 저장실 두세 개를 찾았어요. 그러나 나무수염이 엔트 몇을 내려보냈고, 그들이 물자 대부분을 옮겨 갔어요.

'우리는 인간의 음식이 25인분 필요해.'라고 그 엔트들이 말한 걸로 보아 누군가가 당신들이 도착하기 전에 그 인원수를 꼼꼼히 계산했다는 걸 알 수 있어요. 분명 당신들 셋은 지체 높은 분들과 함께하는 걸로 간주되었을 테고요. 그렇다고 해서 당신들이 더 좋은 음식을 먹진 못했을 거예요. 장담컨대, 우리는 보낸 것만큼이나 좋은 것을 챙겨 두었으니까요. 더 좋을 거예요. 우리가 음료는 보내지 않았으니까.

'음료는 어떻게 해요?' 하고 내가 그 엔트들에게 물었죠. 그들이 말했어요. '아이센강의 물이 있잖아. 그리고 엔트들과 인간들에게는 그것으로 충분해.'

그러나 난 그 엔트들이 짬을 내서 산속의 샘물로 자신의 음료를 좀 빚기를 바라요. 그랬다면 간달프가 돌아올 때 그의 수염이 말려 올라가는 걸 볼 수 있을 거예요. 그 엔트들이 가고 난 후 우린 피곤하고 배도 고팠어요. 그러나 우린 투덜대지 않았죠. 수고의 대가를 듬뿍 얻었거든요. 피핀이 모든 표류물 가운데 제일 귀한 저 나팔수 집안의 연초통들을 발견한 것도 바로 인간의 음식을 수색하던 중이었어요. '연초는 음식 다음으로 좋은 거야.' 하고 피핀은 말했지요. 이것이 현 상황에 이른 경위랍니다."

"이제 우린 모든 걸 완벽하게 이해해."

김리가 말하자 아라고른도 덧붙였다.

"한 가지만 빼고. 남둘레의 연초가 아이센가드에 있는 것 말일세. 생각할수록 야릇한 일이라고. 난 아이센가드에 머문 적은 없지만 이 땅을 여행한 적은 있기에 로한과 샤이어 사이에 놓인 텅 빈 지역들을 잘 알아. 오랜 세월 동안 물자도 사람도 그 길로는 지나가지 않았어. 공공연히 지나가진 않았다고. 내가 추정하기론, 사루만이 샤이어의 누군가와 내통한 거야. 뱀혓바닥과 같은 자들은 세오덴 왕의 궁전 말고도 다른 곳에서도 발견될 수 있어. 혹시 그 통들에 날짜가 찍혀 있던가?"

"그래요. 1417년의 소출, 그러니까 작년 거죠. 아니지, 이젠 재작년이지. 작황이 좋은 해였죠."

피핀의 대답을 듣고 아라고른이 다시 말했다.

"아, 자, 어떤 재앙이 벌어졌든 이젠 그쳤으면 좋겠는데. 그렇지 않다면 현재로선 우리 손길이 거기엔 미칠 수 없단 말이야. 그렇지만 난 간달프에게 그 일을 언급할 생각이야. 큰일에 열중한 그에겐 사소한 일로 보일 수도 있지만."

메리도 말했다.

"그가 뭘 하고 있는지 궁금해요. 오후도 지나가고 있어요. 가서 둘러봐요! 원한다면, 성큼걸이여, 하여튼 당신은 이제 아이센가드에 들어갈 수 있어요. 그러나 썩 유쾌한 광경은 아니에요."

Chapter 10

사루만의 목소리

그들은 폐허가 된 터널을 통과해 돌무더기 위에 서서 오르상크의 어두운 암벽과 거기 달린 많은 창문을 빤히 쳐다봤는데, 그 광경은 주위에 온통 널린 황량한 분위기 속에서도 여전히 위협적이었다. 이제 큰물은 거의 다 가라앉았다. 떠 있는 찌꺼기와 표착물로 덮인 음울한 웅덩이가 여기저기 남아 있었다. 그러나 널찍한 원형 평원은 대부분 다시 맨몸을 드러냈다. 진흙과 굴러떨어진 바위로 뒤덮인 광대한 황야에는 시커먼 구멍들이 파이고 술 취한 듯 이리저리 기운 말뚝과 기둥이 점점이 박혀 있었다. 엉망이 된 우묵땅의 가장자리엔 방대한 흙무덤과 비탈이 모진 폭풍우에 마구 내던져진 조약돌들처럼 깔려 있었다. 그 너머에는 뒤죽박죽이 된 초록 계곡이 산맥의 어둑한 지맥들 사이의 긴 골짜기 속으로 뻗쳐올랐다. 그들은 그 황무지 건너편에서 기사들이 발 디딜 데를 찾아 조심스럽게 다가오는 걸 보았다. 그들은 북쪽에서 오는 길로 벌써 오르상크에 가까워지고 있었다. 레골라스가 말했다.

"간달프와 세오덴, 그리고 그의 병사들이야! 가서 맞이하자고!"

메리도 한마디했다.

"신중하게 걸어요! 조심하지 않으면 느슨해진 석판들이 불쑥 기울어 구덩이에 처박힐 수 있다고요."

그들은 어수선한 길을 따라 성문에서 오르상크까지 천천히 걸어갔다. 판석들이 금 가고 진흙투성이였던 것이다. 그 기사들은 그들이 다가오는 것을 보자 암벽의 그늘 아래서 발길을 멈추고 기다렸다. 간달프가 그들을 맞으러 앞으로 달려 나왔다.

"자, 나무수염과 나는 흥미로운 토론을 갖고 몇 가지 계획을 세웠네. 그리고 우리 모두가 간절했던 휴식도 좀 취했어. 이제 우린 다시 나아가야 하네. 동지들, 자네들도 모두 쉬면서 원기를 회복했으리라 싶은데 어떤가?"

"예, 그랬어요." 메리가 말했다. "그러나 우리의 토론은 연초 연기 속에서 시작하고 끝났죠. 그럼에도 이전보다는 사루만에 대한 악감정이 덜해진 걸 느껴요."

"정말로? 음, 난 그렇지 않은데. 이제 내겐 떠나기 전에 수행해야 할 마지막 과업이 있어. 사루만에게 고별 방문을 해야 한다고. 위험하지, 아마 소용없는 일일 수도 있고. 하지만 해야만 해. 자네들 중에 원하는 이들은 나와 함께 갈 수 있어. 그러나 조심해야 하네! 그리고 농담해선 안 되고! 그럴 때가 아니니까."

김리가 먼저 말했다.

"난 가겠소. 그를 보고 싶기도 하고, 그가 진짜 당신을 닮았는지 알고 싶어요."

그러자 간달프가 말했다.

"그런데 어떻게 자네가 그걸 알 수 있겠나, 난쟁이 선생? 사루만은 자네를 상대하는 목적에 부합하다면 자네 눈에는 능히 나처럼 보일 수 있어. 자네가 벌써 그의 모든 위장을 간파할 만큼 현명한가? 음, 두고 볼 일일 테지, 아마도. 그는 한꺼번에 많은 이의 눈길 앞에 자신을 내보이길 꺼릴 수도 있어. 그렇지만 내가 모든 엔트들에게 눈에 띄지 않는 곳으로 이동하라고 했으니 아마 우리는 그를 설득해 밖으로 나오게 할 수도 있을 거야."

그러자 피핀이 물었다.

"그 위험이란 게 뭐죠? 그가 우리에게 화살을 쏘고 창문 밖으로 불길을 쏟아붓기라도 할까요? 아니면 멀리서 우리에게 마법을 걸 수 있나요?"

"마지막 것이 가능성이 제일 크지. 만일 자네가 태평한 마음으로 그의 문으로 달려간다면 말이야. 그러나 그가 무엇을 할 수 있을지, 무엇을 하려고 들지는 알 도리가 없어. 궁지에 몰린 야수에게 접근하는 일엔 안전이 담보되지 않아. 게다가 사루만은 자네가 짐작하지 못하는 권능들을 갖고 있어. 그의 목소리를 조심하게!"

이제 그들은 오르상크의 밑부분에 다다랐다. 그것은 검었고, 암벽은 비에 젖은 것처럼 번득였다. 그 돌의 많은 면들은 새롭게 끌로 깎은 듯 날카롭게 날이 서 있었다. 기부(基部) 근처의 몇 군데 긁힌 자국과 박편 같은 작은 지저깨비들이 엔트들의 격분이 남긴 흔적의 전부였다.

동쪽으로 두 교각의 귀퉁이에 지면 위로 높이 거대한 문 하나가 있었다. 그 위로는 덧창 하나가 쇠창살로 둘러쳐진 발코니로 통했다. 문지방까지는 스물일곱 개의 널찍한 층계들이 일렬의 계단으로 뻗어 올랐는데, 암벽과 마찬가지로 검은 돌을 진기한 기술로 깎은 것이었다. 이것이 탑으로 들어가는 유일한 입구였지만, 기어오르는 벽에는 깊고 비스듬한 구멍들과 더불어 높은 창이 많이 파여 있었다. 첨봉의 깎아지른 면 속의 작은 눈들처럼 그 창들은 저 멀리 위쪽을 응시했다.

계단 아래서 간달프와 왕이 말에서 내렸다.

"내가 올라가겠소. 난 오르상크에 와 본 적이 있어 내게 닥칠 수 있는 위험을 아오."

간달프의 말에 세오덴이 대답했다.

"나도 올라가겠소. 난 늙은 몸이라 더 이상 위험이 두렵지 않소. 난 내게 참으로 많은 해악을 끼친 적과 이야기하고 싶소. 에오메르가 나와 함께 가서 내 노쇠한 발이 비틀거리지 않게 돌봐 줄 거요."

"뜻대로 하시오. 아라고른이 나와 함께 갈 것이오. 나머지는 계단 아래서 기다리시오. 뭔가 보거나 들을 만한 일이 있다면 여기서도 충분히 보고 들을 수 있을 테니까."

간달프의 말에 김리가 외쳤다.

"안 될 말이오! 레골라스와 나는 보다 가까이에서 보고 싶소. 여기서 우리는 각자가 우리 동족을 대표하오. 우리도 뒤따르겠소."

"그렇다면 가자고."

간달프가 계단을 올랐고, 세오덴이 옆에서 함께 갔다.

로한의 기사들은 계단 양쪽에서 꺼림칙한 마음으로 말 위에 앉아 자신들의 주군에게 무슨 일이 생기지나 않을까 염려하며 거대한 탑을 음울하게 올려다봤다. 메리와 피핀은 자신들이 대수롭지 않고 또 안전하지도 않다고 느끼며 맨 아랫단에 앉아 있었다. 피핀이 투덜댔다.

"여기서 성문까진 800미터에 불과해! 난 눈에 띄지 않게 슬쩍 떠나 위병소로 돌아가고 싶어! 우린 왜 온 거야? 우린 여기 있을 필요가 없어."

간달프가 오르상크의 문 앞에 서서 지팡이로 문을 두들겼다. 문에서 공허한 소리가 울려 퍼졌다. 그가 위풍당당하게 큰 목소리로 외쳤다.

"사루만, 사루만! 사루만이여, 앞으로 나서라!"

얼마 동안 아무런 응답이 없었다. 마침내 문 위의 창문 빗장이 빠졌지만 그 어두운 틈에선 어떤 형체도 보이지 않았다.

"누구요?" 하나의 목소리가 말했다. "뭘 원하오?"

세오덴이 흠칫 놀라며 중얼거렸다.

"난 저 목소리를 알아. 그리고 난 저 목소리에 처음 귀 기울였던 그날을 저주해."

간달프가 다시 외쳤다.

"가서 사루만을 데려오라. 넌 그의 종복이 되었으니, 그리마 뱀혓바닥이여! 그리고 우리 시간을 허비하게 하지 말라!"

창문이 닫혔다. 그들은 기다렸다. 갑자기 또 다른 목소리가 들렸다. 저음에 선율이 아름다운 목소리로 그 소리 자체가 혼을 빼는 것이었다. 방심한 채 그 목소리에 귀를 기울인 이들은 좀체 자신이 들은 말을 전하지 못했다. 또 설사 전한다 하더라도 스스로 긴가민가했는데, 그들에겐 힘이 거의 남아 있지 않았던 것이다. 대개는 그 목소리가 말하는 걸 듣는 게 즐거웠다는 것만 기억했다. 그것이 말하는 모든 것이 현명하고 온당해 보였고 재빨리 거기에 동의함으로써 자신도 현명해 보이고 싶은 욕망이 불현듯 솟구쳤다. 다른 이들이 하는 말은 그에 대비되어 귀에 거슬리고 투박한 것 같았다. 만일 그 다른 이들이 그 목소리를 부정하기라도 하면 매료된 자들의 가슴엔 분노의 불길이 타올랐다. 어떤 사람들에게 그 마력은 그 목소리가 자신에게 말할 동안만 지속되었다. 그래서 그것이 다른 사람에게 말할 땐 그들은 빙긋이 웃었는데, 마치 남들은 마술사의 곡예를 입을 딱 벌리고 멍하니 바라보지만 꿰뚫어 본 이들은 빙긋 웃는 것과 같았다. 많은 이들의 경우 그들을 매혹시키는 데는 그 목소리 하나만으로 족했다. 그렇지만 그 목소리에 정복된 이들에겐 그것에서 멀리 떨어져 있을 때도 그 마력은 지속되었고, 내내 그 부드러운 목소리가 자신에게 속삭이고 재촉하고 있다고 들었다. 그 목소리에 무감한 이는 없었다. 그 지배자가 그것을 통제하는 한 정신과 의지의 노력 없이는 누구도 그것의 간청과 명령을 물리치지 못했다.

이제 그것이 부드러운 물음을 담아 말했다.

"글쎄, 왜 당신은 내 휴식을 방해해야만 하지? 당신은 밤낮을 가리지 않고 내게 아예 평화를 주지 않을 텐가?"

그 어조는 이해심 많은 이가 부당한 피해를 입고 기분이 상했을 때 취할 만한 것이었다.

그가 오는 어떤 소리도 듣지 못했기에 그들은 깜짝 놀라 올려다보았다. 하나의 형체가 난간에 서서 그들을 내려다보는 게 보였다. 커다란 망토에 몸을 감싼 노인이었다. 망토의 색깔은 분별하기 쉽지 않았던 것이, 그들이 눈을 움직이거나 그가 몸을 꿈틀거리면 변했던 것이다. 높은 이마를 지닌 그의 얼굴은 길었고, 깊고 어두운 두 눈은 그 깊이를 가늠하기 어려웠다. 지금 그 눈에 어린 표정은 엄숙하고 자비로우며 약간 지쳐 보이긴 했지만. 머리칼과 수염은 희었으나 입술과 귀 주위로는 검은 가닥들이 아직도 보였다.

"닮았으면서도 또 안 닮았단 말이야."

김리가 중얼거렸다.

"자, 자,"

그 부드러운 목소리가 말했다.

"나는 당신들 중 적어도 두 사람의 이름은 알고 있지. 간달프는 너무나 잘 알기에 그가 여기서 도움이나 조언을 구할 거란 기대는 하지 않아. 그렇지만 그대, 로한땅 마크의 군주 세오덴은 고상한 문장(紋章)과 에오를 가문의 아름다운 용모로 대번에 알아보겠소. 오, 명망 높은 셍겔의 훌륭한 아들이여! 왜 그대는 진작, 그리고 친구로서 오지 않았소? 나는 서부의 가장 강대한 왕인 그대를 무척이나 만나고 싶었고, 특히 요 근년에 들어선 그대를 에워싼 우매하고 간악한 간언들로부터 그대를 구해 주고 싶었다오! 이미 너무 늦은 것이오? 내게 가해진 위해들에도 불구하고—애석하게도 로한의 군사가 거기에 한몫 톡톡히 했지만—그럼에도 나는 그대를 구해 줄 것이고 또 만약 그대가 자신이 택한 이 길을 달린다면 불가피하게 다가들 파멸에서 그대를 건져 주겠소. 실로 나 혼자만이 지금 그대를 도울 수 있소."

세오덴이 말을 할 것처럼 입을 벌렸지만 아무 말도 하지 않았다. 그는 어둡고 근엄한 눈으로 자신을 굽어보는 사루만의 얼굴을 올려다보았고 그다음에는 곁에 선 간달프를 쳐다보았다. 그는 망설이는 것 같았다. 간달프는 어떤 내색도 하지 않고 아직 오지 않은 어떤 부름을 참을성 있게 기다리는 이처럼 돌처럼 묵묵히 서 있었다. 로한의 기사들은 처음엔 사루만의 말에 찬동하여 수런거리며 몸을 꿈틀댔지만 이윽고 그들 또한 홀린 사람들처럼 말이 없었다. 그들에게는 간달프가 자신들의 군주에게 그렇게 그럴듯하고 어울리게 말한 적이 결코 없었던 것 같았다. 세오덴을 상대로 한 간달프의 모든 언동이 이제는 거칠고 교만해 보였다. 그에 더하여 그들의 가슴엔 하나의 그림자가, 즉 크나큰 위험에 대한 두려움이 스며들었다. 간달프가 그들을 어둠 속에서의 마크의 종말로 몰아가고 있는 반면, 사루만은 탈출구 옆에 선 채 그 문을 반쯤 열어 두어 거기로 한 줄기 빛이 들어오는 것 같았다. 무거운 침묵이 흘렀다.

"이 마법사의 말은 물구나무 선 거야."

느닷없이 그 침묵을 깬 것은 난쟁이 김리였다. 그가 도낏자루를 움켜쥐며 으르릉거렸다.

"오르상크의 언어로는 도움은 파멸을 뜻하고 구조는 살해를 뜻해. 명명백백한 사실이지. 더구나 우리는 여기 구걸하러 온 게 아니야."

"닥쳐라!"

사루만이 외쳤다. 눈 깜짝할 순간 동안 그의 목소리는 덜 상냥했고 그의 눈에는 빛이 깜박이다가 사라졌다.

"나는 아직 자네에게 말하지 않았어, 글로인의 아들 김리여. 자네 고향은 저 멀리에 있고, 이 땅의 분란은 자네가 상관할 바가 아니야. 그러나 자네가 그것에 휩쓸린 게 자네 자신의 뜻이 아니었던 만큼 나는 자네가 했던 역할을 탓하진 않겠어—그건 어느 모로 보나 용맹한 것이었어. 어쨌든 부탁하네만 내가 먼저 내 이웃이자 한때는 내 친구였던 로한의 왕과 이야기할 수 있게 해 주게.

세오덴 왕이여, 어떻게 하시겠소? 나와 화평을 맺고 오랜 세월에 걸쳐 쌓은 내 지식이 가져다줄 수 있는 모든 원조를 받으시겠소? 우리가 이 사악한 시절에 대처할 방안을 함께 의논하고 우리가 입은 손해를 상호 후의로 회복하여 우리 둘 모두의 영토를 이전 그 어느 때보다 아름답게 꽃피우지 않으시겠소?"

그럼에도 세오덴은 대답하지 않았다. 그가 안간힘을 다해 싸우는 것이 분노인지 의구심인지는 누구도 알 수 없었다.

에오메르가 말했다.

"전하! 제 말을 들어 주소서! 지금 우리는 조심하라는 주의를 받은 그 위험에 직면해 있습니다. 승리를 위해 나선 우리의 출정길이 결국 갈라진 혀에 꿀을 바른 늙은 거짓말쟁이의 말에 망연자실해서야 되겠습니까? 할 수만 있다면, 덫에 걸린 늑대도 사냥개들에게 저렇게 말할 것입니다. 참으로 그가 전하에게 무슨 원조를 줄 수 있습니까? 그가 바라는 것이라곤 자신이 처한 곤경에서 벗어나는 것뿐입니다. 그러함에도 전하께선 배신과 살해를 업으로 하는 이자와 화평을 교섭하시렵니까? 아이센의 여울에 묻힌 세오드레드 왕자, 그리고 헬름협곡에 있는 하마의 무덤을 기억하십시오!"

"독 묻은 혀에 대해 말하자면 네 혀는 어떠냐, 젊은 독사여?"

사루만이 말했는데, 이제 그의 분노가 확 타오른 것이 역력했다. 이윽고 그가 다시 부드러운 목소리로 말을 이었다.

"하나, 자, 에오문드의 아들 에오메르여! 모든 이에겐 자신의 직분이 있는 법이지. 무용(武勇)이 자네의 직분이고 또 자네는 그것으로 고귀한 명예를 얻는 것이네. 자네 주군께서 적으로 지명하는 자들을 죽이는 걸로 만족하시게. 자네가 이해하지 못하는 정략에는 끼어들지 마시오. 그러나 만약 자네가 왕이 된다면 아마 자네도 친구들을 신중하게 선택해야 한다는 걸 알게 될 것이오. 사루만의 우의와 오르상크의 힘은 가벼이 내칠 수 있는 게 아니오. 근거가 있든 없든, 이런저런 불만거리가 이면에 깔려 있다 할지라도 말이오. 자네가 승리를 거둔 건 하나의 전투이지 전쟁이 아니라네—그것도 다시는 기대할 수 없는 도움을 받은 것이지. 다음엔 그 숲의 그림자가 자네 문간에 닥친 걸 보게 될 것이야. 그것은 변덕스럽고 분별없으며 인간을 아끼는 마음이라곤 없네.

그건 그렇고, 로한의 군주여, 용자(勇者)들이 전투에서 쓰러졌다고 해서 내가 살인자로 불려야겠소? 만약 당신이 전쟁에 나선다면—쓸데없이 말이오, 나는 전쟁을 원치 않았으니까—병사들은 죽게 마련이오. 그러나 만일 그 때문에 내가 살인자라면, 그렇다면 에오를 가문 전체가 살인의 피로 얼룩졌소. 그들은 많은 전쟁을 치렀고 대항하는 자들을 숱하게 쳐부쉈으니까. 그렇지만 그들은 후에 어떤 세력들과는 화평을 맺었으니 그런 명민함이 해로울 게 무엇이겠소. 자, 세오덴 왕이여, 우리 화평과 우의를 맺지 않으시려오, 당신과 내가 말이오? 명령은 우리가 내리는 것이오."

"우리는 평화를 원하오."

마침내 세오덴이 탁한 목소리로 힘겹게 말했다. 여러 기사들이 환성을 외쳤다. 세오덴이 손을 들어 올렸다. 그리고 왕은 이번에는 더욱 또렷한 목소리로 말을 이었다.

"그렇소, 우리는 평화를 원하오. 당신과 당신의 모든 소행이―그리고 당신이 우리를 넘겨 버리려는 당신의 음험한 지배자의 소행이―사라졌을 때, 우리는 평화를 누릴 것이오. 사루만, 당신은 거짓말쟁이고, 사람의 마음을 타락시키는 자요. 당신이 내게 손을 내밀지만 나는 오로지 모르도르의 마수의 발톱 하나를 볼 뿐이오. 잔인하고 냉혹한! 설령 나를 상대로 한 당신의 전쟁이 정당하다 하더라도―실은 그렇지 않았던 게, 당신이 지금보다 열 배나 현명하다 하더라도 자신의 이득을 위해 자기 마음대로 나와 내 백성을 지배할 권리는 없을 테니까―설사 그럴지라도 웨스트폴드에서의 횃불들과 거기에 죽어 드러누운 아이들에 대해선 뭐라 말하려오? 게다가 그놈들은 나팔산성 성문 앞에서 이미 죽은 하마의 시신을 난도질했소. 당신이 아끼는 까마귀들이 한 바탕 잔치를 벌이게끔 당신의 목이 창가의 교수대에 걸릴 때, 나는 당신과 오르상크와 화평을 맺겠소. 이상이 에오를 왕가의 결단이오. 위대하신 선조들의 불민한 자손이오만 내가 당신의 손가락을 핥을 이유는 없소. 다른 데 알아보시구려. 한데, 당신의 목소리는 마력을 잃은 듯하오."

기사들은 꿈에서 깜짝 놀라 깨어난 이들처럼 세오덴을 물끄러미 쳐다보았다. 사루만의 음악을 들은 뒤끝인지라 그들의 귀에 주군의 목소리는 늙은 까마귀의 것처럼 껄끄럽게 들렸다. 그러나 사루만은 한동안 격분에 사로잡혀 제정신이 아니었다. 그는 마치 지팡이로 왕을 칠 것처럼 난간 위로 몸을 굽혔다. 문득 일부 기사들에게는 뱀이 공격하려고 똬리를 트는 모습이 보이는 것 같았다.

"교수대와 까마귀들이라고!"

그는 쉭쉭거렸고, 기사들은 그 끔찍한 변화에 몸을 떨었다.

"노망든 늙은이 같으니! 에오를 왕가란 게 고작 도적놈들이 악취 속에 술을 퍼마시고 그 새끼들은 땅바닥에서 개들과 함께 뒹구는 초가 헛간 아니더냐? 그놈들 자신이야말로 너무나 오랫동안 교수대를 면했지. 하지만 올가미는 서서히 당겨지다 종국엔 팽팽하고 단단하게 조이는 법. 하겠다면 목 매달아 보라고!"

이제 그가 천천히 자제력을 발휘하면서 그의 목소리가 변했다.

"왜 내가 인내심을 갖고 당신에게 말한 건지 모르겠군. 내겐 당신도 또 진격만큼이나 줄행랑에도 날랜 당신의 하찮은 마병 무리가 필요치도 않은데 말이지, 말 군주 세오덴이여. 오래전에 나는 당신의 가치와 지력엔 과분한 지위를 당신에게 부여했더랬어. 이제 내가 다시 그것을 부여한 건 당신으로 인해 오도되는 이들이 어느 길을 택할지 분명히 깨닫도록 하려는 것이었어. 당신은 내게 허세와 욕설을 늘어놓았어. 그렇다면 좋아! 궁상맞은 당신의 오두막에나 돌아가라고!

그나저나 그대, 간달프여! 어떻든 나는 그대가 안타깝고 그대의 수치에 마음 아프오. 어찌 이런 무리와 어울리는 걸 감내할 수가 있소? 간달프, 그대는 자존심이 센 인물이오—고귀한 정신과 깊고 멀리 보는 눈을 지녔으니 그럴 만도 하오. 지금에라도 내 조언을 경청하지 않으시려오?"

간달프가 몸을 꿈적이고는 위를 쳐다보며 말했다.

"우리의 마지막 만남에서 못다 한 말이 있소? 아니면 혹시 이미 한 말 중에서 철회할 게 있는 거요?"

사루만이 잠시 멈추었다. 그는 난감한 듯 생각에 잠겼다.

"철회라? 철회라고? 나는 그대 자신을 위해 그대에게 조언하고자 애썼네만 그대는 좀체 귀 기울이려 하지 않았네. 그대는 자존심이 강해 조언을 좋아하지 않지. 실로 자신의 지혜가 풍부하니 그럴 만도 하고. 하지만 이번 경우엔 그대가 내 의도를 일부러 곡해하여 판단을 그르쳤다고 생각하네. 그대를 설득하려는 일념 때문에 내가 인내심을 잃었던 모양이오. 진심으로 그 일을 후회하오. 비록 폭력적이고 무지한 자들을 대동하고 내게 돌아왔지만 난 그대에게 아무런 악의가 없었고 지금도 없으니까. 내가 어떻게 그러겠소? 우린 둘 다 고상하고 유서 깊은 마법사단의 구성원들이잖소, 가운데땅에서 가장 특출한 단체의? 우리의 우정은 둘 모두에게 똑같이 이로울 게요. 우리는 세상의 소요를 치유하기 위해 아직도 함께 많은 걸 이루어 낼 수 있소. 서로를 이해하고 이 잡스러운 족속은 생각에서 떨쳐 버리자고! 그들로 하여금 우리의 결정을 받들게 하자고! 난 공익을 위해 기꺼이 과거를 시정하고 당신을 받아들이겠소. 나와 협의하지 않으려오? 이리로 올라오지 않겠소?"

사루만이 이 마지막 노력에 기울인 힘이 참으로 대단했기에 그의 말이 들리는 곳에 서 있던 자들 모두가 마음이 흔들렸다. 그러나 이제 그 마력은 종전과는 완전히 달랐다. 어느 인자한 왕이 과오를 범했지만 총애해 마지않는 대신을 점잖게 타이르는 것으로 들렸다. 하지만 자신에게 하는 게 아닌 말을 문간에서 경청하는 것처럼 그들은 차단되어 있었다. 버릇없는 아이들이나 어리석은 하인들이 윗사람들의 종잡기 어려운 담화를 엿듣고는 그로 인해 자신의 처지가 어떻게 바뀔는지 의아해하는 것과도 같았다. 이 둘은 보다 고결한 틀에서 만들어진 존귀하고 지혜로운 인물들이었다. 그런 그들이 동맹한다는 건 당연했다. 간달프는 탑 속으로 올라가 오르상크의 고대광실에서 그들의 이해력을 넘어서는 심원한 일들을 논의할 것이었다. 문이 닫힐 것이고, 그들은 밖에 남겨져 물러난 채 할당될 작업이나 벌을 기다릴 것이었다. 심지어 세오덴의 마음속에도 의혹의 그림자처럼 그런 생각이 자리했다.

'그는 우리를 배반할 것이다. 그는 들어갈 테고—우리는 길 잃은 신세가 될 것이다.'

그때 간달프가 웃음을 터뜨렸다. 그 환상은 한 모금의 연초 연기처럼 사라졌다.

"사루만, 사루만이여!"

간달프가 계속 웃으며 말했다.

"사루만, 당신은 삶의 길을 잘못 골랐네. 당신은 왕의 어릿광대가 되어 그의 고문들을 흉내 냄으로써 빵이나 매를 벌었어야 했어. 아, 나를!"

그가 유쾌한 재미를 누르느라 잠시 말을 멈췄다.

"서로를 이해한다고? 당신은 나를 전혀 이해하지 못하는 듯하오. 그러나 나는 이제 당신, 사루만을 너무나 잘 이해하오. 난 당신의 주장과 행적을 당신이 짐작하는 것보다 더 또렷이 기억하지. 내가 지난번 당신을 방문했을 때 당신은 모르도르의 옥리(獄吏)였고 난 거기로 보내질 참이었지. 어림도 없는 일이오. 글쎄, 지붕을 통해 탈출했던 손님은 도로 문을 통해 들어오기 전에 곰곰 생각하는 법이지. 글쎄, 난 내가 올라갈 거라고 생각하지 않소. 그렇지만 사루만, 마지막으로 들어 보시오! 당신이 내려오지 않겠소? 아이센가드는 당신이 희망하고 공상한 것보다는 튼튼하지 않다는 게 판명되었소. 당신이 아직도 신뢰하는 다른 것들도 그렇게 될 수 있어. 잠시 그곳을 떠나는 게 좋지 않겠소? 어쩌면 새로운 일에 착수할 수도 있을 테고. 잘 생각하오, 사루만! 내려오지 않으려오?"

사루만의 얼굴 위로 그림자가 지나갔고 이내 그 얼굴은 죽은 듯 창백해졌다. 그가 그것을 감추기 전에 그들은 그 가면을 꿰뚫어, 머무르는 것도 질색이지만 은신처를 떠나는 것도 두려워하는, 의혹에 휩싸인 한 정신의 고뇌를 보았다. 잠깐 동안 그가 머뭇거렸고, 누구도 숨을 쉬지 않았다. 이윽고 그가 말했을 때, 그의 목소리는 새되고 차가웠다. 오만과 증오가 그를 정복하고 있었다.

그는 조롱하듯 말했다.

"내가 내려갈 듯싶은가? 어떤 이가 비무장 상태로 내려가 문밖에서 도둑놈들과 얘기할까? 여기서도 당신 말은 꽤 잘 들려. 난 바보가 아니고 당신을 믿지도 않네, 간달프. 내 계단 위에 몸을 드러내진 않았지만 그 숲의 귀신들이 당신 명령을 기다리며 숨어 있다는 걸 알아."

"배반자들은 언제고 남을 불신하지."

간달프가 진력난 듯 대답했다.

"그러나 당신은 목숨을 염려할 필요는 없네. 정말로 날 이해한다면 당신도 알 테지만, 난 당신을 죽이거나 해치고 싶지 않아. 그리고 내겐 당신을 보호할 힘이 있어. 당신에게 마지막 기회를 주고 있는 거요. 당신은 자유롭게 오르상크를 떠날 수 있소. 선택만 한다면."

사루만이 비웃었다.

"그럴싸한데. 그야말로 회색의 간달프다운 수법이야. 참으로 정중하고 참으로 친절하네. 오르상크가 널찍하고 편해 보이니까 내가 떠나 줬으면 좋겠다는 거 아닌가. 하지만 왜 내가 떠나고 싶어 해야 하는가? 그리고 '자유롭게'라는 말은 무슨 뜻인지? 거기엔 필시 조건이 달려 있을 성싶은데?"

간달프가 대답했다.

"떠나야 할 이유는 당신이 창문에서 볼 수 있잖소. 다른 이유들도 생각날 것이오. 당신의 졸개들은 궤멸되어 산산이 흩어졌고, 당신의 이웃들은 당신이 적으로 만들었으며, 그리고 당신은 당신의 새로운 주인을 기만했거나 그러려고 했소. 그의 눈이 여기로 향할 때 그것은 분노의 시뻘건 눈일 거요. 그건 그렇고 내가 말하는 '자유롭게'의 뜻은 그냥 '자유롭게'일 뿐이네. 사슬이나 명령의 속박에서 자유로운 몸으로 당신이 가고 싶은 데로 갈 수 있어. 당신이 원한다면, 사루만이여, 심지어, 심지어는 모르도르로 갈 수도 있네. 그렇지만 먼저 당신은 오르상크의 열쇠와 당신의 지팡이를 나한테 건네야 할 걸세. 그것들은 당신 처신의 담보물이 될 것이고, 만약 당신이 그것들을 가질 만하다면 나중에 반환될 것이야."

사루만의 얼굴이 격노로 일그러지며 흙빛으로 변했고, 두 눈에 시뻘건 불길이 타올랐다. 그가 난폭하게 웃어 젖혔다. 그의 목소리는 절규로 치닫고 있었다.

"나중이라고! 나중이라! 그래, 네가 바랏두르의 열쇠마저 차지할 때가 되겠군. 그에 더해 일곱 왕들의 왕관과 다섯 마법사들의 지팡이를 수중에 넣고, 지금 네가 신은 것보다 훨씬 큰 구두를 획득했을 때겠군. 소박한 계획이야. 내 도움이 거의 필요치 않은 계획이고! 내게는 달리 할 일이 있어. 바보처럼 굴지 마. 나와 흥정하고 싶으면 기회 있을 때 사라져 정신이 말짱할 때 돌아와! 그리고 네 뒤꽁무니에 매달린 이 흉한들과 자질구레한 오합지졸은 떼고 오라고! 잘 가게!"

그가 몸을 돌려 발코니를 떠났다.

"돌아와, 사루만!"

간달프가 위풍당당한 목소리로 외쳤다. 지켜보던 이들에겐 매우 놀랍게도 사루만이 다시 몸을 돌렸고, 마치 자신의 의지에 반해 질질 끌리듯 천천히 철제 난간으로 돌아와 몸을 기대고 거친 숨을 내쉬었다. 그의 얼굴은 주름이 잡히고 시든 모습이었다. 그의 손이 집게발처럼 무거운 검은 지팡이를 그러쥐었다.

간달프가 준엄하게 말했다.

"나는 네게 가도 좋다고 허락하지 않았어. 내가 말을 마친 게 아니라고. 사루만, 자넨 바보가 되었군. 게다가 신세도 가련해졌어. 아직도 자네는 우행과 악에서 벗어나 대의에 공헌할 수도 있었을 텐데. 하지만 자넨 틀어박혀 낡은 책략들의 끄트머리나 갉작거리길 택하는군. 그렇다면 틀어박혀! 그러나 경고하는데, 자넨 다시는 쉽게 나올 수 없을 거야. 동쪽의 어두운 손이 쭉 뻗쳐 자네를 붙들어 주지 않으면 나올 수 없다고, 사루만!"

간달프의 목소리에는 힘과 권위가 넘쳤다.

"보라고, 나는 자네가 배신한 회색의 간달프가 아니야! 나는 죽음으로부터 돌아온 백색의 간달프야. 이제 자네에겐 어떤 색깔도 없으니 내가 자네를 마법사단과 백색회의에서 추방하노라."

그는 손을 들어 또렷하고 차가운 목소리로 천천히 말했다.

"사루만, 네 지팡이는 부러졌다."

딱 하는 소리와 함께 사루만의 손에서 지팡이가 두 동강으로 쪼개지고 그 상단부가 간달프의 발치에 떨어졌다.

"가라!"

간달프가 말했다. 사루만은 비명과 함께 벌렁 자빠지더니 기어서 떠났다. 그 순간 위에서부터 둔중하고 빛나는 물체 하나가 맹렬하게 떨어져 내렸다. 그것은 사루만이 막 떠나던 철제 난간에 맞고 튀어 간달프의 머리 옆을 아슬아슬하게 지나 그가 서 있던 계단을 강타했다. 난간이 울리고 뚝 부러졌다. 우지끈하는 소리와 더불어 계단이 불꽃을 튀기며 산산조각이 났다. 그러나 그 공은 온전했다. 계단 아래로 계속 굴러 내려간 그 수정의 구체(球體)는 검었지만 심장 모양의 불길로 타오르고 있었다. 그것이 튕겨서 웅덩이 쪽으로 내려가자 피핀이 쫓아가 그것을 주워 들었다.

"지독한 악당 놈이군!"

에오메르가 소리쳤다. 그러나 간달프는 태연했다.

"아니야, 저건 사루만이 던진 게 아닐세. 또 심지어 그가 시킨 짓도 아닐 거야. 그건 먼 위쪽의 창에서 떨어졌어. 조준이 잘못되긴 했지만, 뱀혓바닥 선생이 보낸 이별의 일격인 듯해."

"조준이 엉성했다면 그건 그가 당신과 사루만 중에 어느 쪽을 더 증오하는지 마음을 정하지 못한 때문일 수도 있죠."

아라고른의 말에 간달프가 대답했다.

"그럴 수도 있을 걸세. 저 둘은 함께 어울려 봤자 별 낙이 없을 거요. 그들의 말은 서로를 갉아 댈 테니. 그러나 그 벌은 정당하다네. 만일 언제고 뱀혓바닥이 살아서 오르상크를 나온다면 그가 받을 벌은 지은 죄보다 훨씬 무거울 것이오. 어이, 친구, 그건 내가 맡을 거야! 난 자네에게 그걸 처리하라고 부탁하지 않았어."

간달프는 이렇게 말하고 나서, 날쌔게 몸을 돌려 마치 아주 무거운 물건을 지고 오는 것처럼 느릿느릿 계단을 올라오는 피핀을 보고 외쳤다. 그는 그를 맞으러 내려가 그 호빗에게서 어두운 구체를 다급히 빼앗아 망토 자락으로 감쌌다.

"이건 내가 간수하지. 사루만이라면 내던진다는 건 생각도 못 했을 물건일 거야."

"그러나 그에겐 던질 만한 다른 것들이 또 있을걸요. 그것으로 토론이 끝난 거라면 돌이 닿을 거리를 벗어나자고요, 어쨌든!"

김리의 말에 간달프가 대답했다.

"이야기는 끝났네. 가자고."

그들은 오르상크의 문에 등을 돌리고는 내려갔다. 기사들이 환호로 왕을 맞이하고 간달프에게 깍듯이 인사했다. 사루만의 마력이 깨진 것이었다. 그들은 간달프가 부르면 오고 내치면 기어 사라지는 걸 보았던 것이다. 간달프가 말했다.

"자, 그 일은 끝났어. 이제 나는 나무수염을 찾아 자초지종을 알려 줘야 해."

그러자 메리가 말했다.

"아마 그는 벌써 짐작했을 텐데요, 확실히? 그 일이 달리 끝날 수도 있었나요?"

"그렇진 않았지." 간달프가 대답했다. "비록 아슬아슬한 때가 있긴 했지만. 하지만 내겐 시도해 볼 만한 이유들이 있었네. 일부는 자비를 베푸는 것이었고 또 일부는 자비와는 별 관계가 없는 것이었지. 먼저 사루만의 목소리의 권능이 이울고 있다는 게 드러났어. 그는 폭군과 상담자를 겸할 수가 없어. 음모가 무르익으면 더는 비밀이 될 수 없기도 하고. 그런데도 그는 그 함정에 빠져 다른 이들이 듣는데도 자신의 희생양들을 하나씩 처치하려고 했어. 나머지가 엿듣는 가운데 말이지. 그때 내가 그에게 마지막이자 온당한 선택의 기회를 주었지. 모르도르와 자신의 사적인 획책 둘 모두를 포기하고 어려움에 처한 우리를 도움으로써 과오를 보상할 기회를 준 거야. 그는 우리의 다급함을 누구보다도 잘 알아. 그는 크나큰 공헌을 할 수 있었어. 그러나 그는 도움을 주지 않고 오르상크의 힘을 간직하는 쪽을 택했어. 그는 지배하려고만 들 뿐 봉사할 생각은 없는 거야. 이제 그는 모르도르의 그림자에 대한 공포 속에 살면서 아직도 폭풍을 다스릴 수 있다는 몽상에 빠져 있어. 불행한 바보지! 만약 동쪽의 힘이 그 팔을 아이센가드로 뻗친다면 그는 삼켜지고 말 거야. 우리가 바깥에서부터 오르상크를 파괴시킬 순 없어. 그러나 사우론은—그가 무슨 일을 할 수 있을지 누가 알겠나?"

"한데, 사우론도 정복하지 못하면요? 당신은 그를 어떻게 할 계획인가요?"

피핀이 묻자 간달프가 대답했다.

"내가? 할 것이 아무것도 없어! 난 그에게 어떤 짓도 하지 않을 거야. 난 지배권을 원치 않아. 그가 어떻게 될 거냐고? 난 몰라. 다만 그 많은 훌륭한 자질들이 지금 탑 속에서 곪고 있다는 게 마음 아플 뿐이지. 그럼에도 사태가 우리에게 고약하게 돌아가진 않았어. 운명의 부침이란 참 야릇하지! 종종 증오는 스스로를 해치네! 짐작건대, 설령 우리가 안으로 들어갔다 하더라도 우린 뱀혓바닥이 우리에게 내던진 것보다 귀한 보물은 거의 찾지 못했을 거야."

새된 비명 소리가—갑자기 끊겨 버렸지만—먼 위쪽의 열린 창에서 들려왔다. 그러자 간달프가 말했다.

"사루만도 그렇게 생각하는 것 같군. 내버려 두자고!"

이제 그들은 폐허가 된 성문으로 돌아왔다. 그들이 아치 밑으로 빠져나오자마자 그들이 서 있었던 돌무더기의 어둠 속에서 나무수염과 다른 엔트들 열둘이 성큼성큼 올라왔다. 아라고른, 김리 및 레골라스가 경탄의 눈길로 그들을 물끄러미 쳐다보았다. 간달프가 말했다.

"여기 내 동지 셋이 있소, 나무수염이여. 내가 그들에 대해 이야기했지만 당신은 아직 그들을 본 적이 없지요."

그는 그들의 이름을 하나씩 일러 주었다.

그 오래된 엔트는 그들을 오래도록 샅샅이 살피고 나서 차례대로 그들에게 말을 걸었다. 마지막으로 그가 레골라스를 대면했다.

"그러니까 자네는 어둠숲에서부터 그 머나먼 길을 온 것인가, 요정 친구여? 아주 거대한 숲이었는데!"

"아직도 그렇지요. 그러나 그곳에 사는 우리가 새로운 나무들을 보는 게 물릴 만큼 거대하진 않지요. 나는 팡고른의 숲을 여행하고 싶은 마음이 굴뚝같아요. 숲의 처마 너머로는 제대로 발을 들여놓진 못했지만 그냥 발길을 돌리고 싶진 않았어요."

나무수염의 두 눈이 기쁨으로 빛났다. 그가 말했다.

"구릉지가 나이를 더 먹기 전에 자네 소망이 이뤄지길 바라네."

"운이 닿는다면 가겠습니다. 내 친구와 약속하길, 만일 모든 일이 잘 풀리면 함께 팡고른을 방문하기로 했지요—당신의 허락을 얻어서요."

"자네와 함께 올 요정은 누구든 환영이오."

하고 나무수염이 말했다.

"내가 말하는 친구는 요정이 아닌데요."

레골라스가 말했다.

"여기 있는 글로인의 아들 김리를 말하는 겁니다."

김리가 고개를 깊숙이 숙였는데 혁대에서 도끼가 쑥 빠져 덜컥거리며 땅바닥에 떨어졌다.

"훔, 흠! 아, 자!" 나무수염이 험악한 눈으로 그를 보며 말했다. "난쟁이에다 도끼쟁이라! 훔! 나는 요정들에 대해 호의를 갖고 있네만 자네가 요청한 건 과한 일일세. 이건 이상한 우정이군!"

레골라스가 대답했다.

"이상해 보일 수도 있겠지요. 하지만 김리가 살아 있는 한 저 혼자 팡고른에 가진 않겠습니다. 오, 팡고른숲의 주인이신 팡고른이여, 그의 도끼는 나무들이 아니라 오르크의 목을 베기 위한 것입니다. 그는 전투에서 오르크 마흔둘을 베었지요."

"후! 자, 자! 그건 한결 듣기 좋은 이야기군! 자, 자, 일이란 이치대로 진행되는 만큼 서둘러서 맞이할 필요는 없네. 그나저나 이제 우리는 한동안 헤어져야 하네. 낮이 끝나 가고 있고, 또 간달프가 말하길 당신들은 해 지기 전에 가야 한다고 했고, 마크의 군주는 어서 자신의 궁전으로 돌아가고 싶어 하오."

그러자 간달프가 말했다.

"그렇소, 우린 가야 하오, 지금. 내가 당신에게서 당신의 문지기들을 데려가야 할 것 같소. 하지만 당신은 그들이 없어도 아주 잘 지내실 거요."

"아마 그럴 테지요. 그러나 난 그들이 보고 싶을 거요. 우리가 참으로 짧은 참에 친구가 된지라 내가 성급해지고 있는 게 틀림없는 것 같소—어쩌면 나이를 거꾸로 먹어 젊어지는 것 같기도 하고. 아닌 게 아니라, 그들은 내가 숱한 세월에 걸쳐 본 것 중에 해나 달 아래의 첫 새로운 것이라오. 난 그들을 잊지 못할 거요. 난 그들의 이름을 기나긴 족보 속에 끼워 넣었소. 엔트들은 그것을 기억하리다.

땅에서 태어나 산맥만큼 오래된 엔트들,
물 마시며 두루두루 걷네.
그리고 사냥꾼처럼 몹시 시장한 호빗 아이들
잘 웃고 작고 귀여운 종족이라네.

잎들이 새로 돋아나는 한 그들은 친구로 남을 것이오. 잘 가시게! 그건 그렇고 혹 저 위쪽 너희의 즐거운 땅 샤이어에서 소식을 듣거든 내게 기별해 줘! 내 말 무슨 뜻인지 알잖아. 엔트부인들에 대해 듣거나 보거든. 할 수만 있다면 너희가 직접 와!"

"그럴게요!"

메리와 피핀은 함께 말하곤 서둘러 얼굴을 돌렸다. 나무수염은 그들을 쳐다보았고 상념에 잠겨 머리를 흔들며 한동안 말이 없었다. 이윽고 그가 간달프에게로 돌아섰다.

"그래서 사루만은 떠나지 않을 거란 게요? 그가 그럴 거라고는 나도 생각지 않았소. 그의 가슴은 검은 후오른의 것처럼 썩었소. 만일 내가 패해 내 모든 나무들이 파괴된다 한들, 내게 숨어들 어두운 구멍 하나가 남아 있는 한 나라도 나오지 않을 것이오."

"그럴 테지요. 그러나 당신은 온 세상을 자신의 나무들로 뒤덮어 다른 모든 생물을 질식시키고자 획책하지 않았소. 그렇지만 어김없이 사루만은 거기 남아 증오를 키우고 능력껏 음모의 그물을 다시 짤 거요. 그는 오르상크의 열쇠를 갖고 있소. 하지만 그의 탈출은 용납될 수 없소."

"정녕 안 될 일이지! 그건 엔트들이 맡아 처리할 거요. 사루만은 나의 허락 없이는 그 암벽 너머로 발을 붙일 수 없을 것이오. 엔트들이 그를 감시할 거외다."

"좋소! 정녕 내가 바라는 바요. 이제 나는 시름 하나를 덜고 가서 다른 일들에 착수할 수 있겠소. 그러나 경계해야 하오. 큰물이 다 빠졌소. 탑 주위로 보초들을 세우는 걸로는 충분치 않을 거요. 오르상크 밑에 깊숙한 길들이 파여 있어 머잖아 사루만이 표시 나지 않게 드나들려고 할 게 분명하오. 수고를 떠맡겠다면 큰물을 다시 쏟아부어 줄 것을 청하오. 아이센가드가 늘 물이 고인 웅덩이가 되거나 당신이 출구들을 발견할 때까지 들이부어 주시오. 지하의 모든 장소들이 물에 잠기고 출구들이 봉쇄되면 사루만은 높은 곳에 머물러 창밖을 내다볼 수밖에 없을 거요."

간달프의 말이 끝나자 나무수염이 대답했다.

"그 일은 엔트들에게 맡겨 두오! 우리가 계곡을 밑바닥에서 꼭대기까지 샅샅이 수색하고 하나하나의 자갈 밑까지도 들여다볼 거요. 나무들이 돌아와 여기에 살고 있소. 오래된 나무들, 야생 나무들이 말이오. 우리는 그것을 감시의 숲이라 부를 거요. 내가 알지 못하고선 다람쥐 한 마리도 여길 지나갈 수는 없을 테요. 그건 엔트들에게 맡기시오! 그가 우리를 괴롭힌 세월의 일곱 배가 지날 때까지 우리는 지치지 않고 그를 감시할 것이오."

Chapter 11

팔란티르

간달프와 그의 동지들 그리고 왕과 그의 기사들이 아이센가드로부터 다시 출발했을 때 해는 산맥의 긴 서쪽 지맥 뒤로 가라앉고 있었다. 간달프는 뒤에 메리를 태우고 아라고른은 피핀을 태웠다. 왕의 근위대 둘이 잽싸게 말을 타고 앞으로 나아가더니 곧 계곡 속으로 내려가며 시야에서 사라졌다. 나머지는 느긋한 속도로 뒤를 따랐다.

성문에는 엔트들이 긴 팔을 쳐든 채 조상(彫像)들처럼 장엄하게 일렬로 서 있었지만 소리를 내진 않았다. 메리와 피핀은 구불구불한 길을 따라 웬만큼 내려온 후 뒤를 돌아보았다. 하늘엔 여전히 햇빛이 비치고 있었으나 아이센가드 위로는 긴 음영이 퍼져 있었다. 잿빛 폐허가 어둠 속에 빠져들고 있었다. 거기에 지금 나무수염이 홀로 고목의 옛 그루터기처럼 서 있었다. 호빗들은 저 멀리 팡고른 경계의 양지바른 바위 턱에서 그들이 처음 만난 때를 생각했다.

그들은 흰손 형상의 기둥에 이르렀다. 기둥은 그대로 서 있었지만 조각된 손은 내팽개쳐져 산산조각이 되어 있었다. 길 한가운데에 긴 검지가 어스름 속에 하얗게 놓여 있었고 그 빨간 손톱은 검게 변색되는 중이었다.

"엔트들은 사소한 것 하나하나에도 신경 쓰는군!"

간달프가 말했다. 그들은 계속 말을 달렸고, 계곡엔 저녁이 짙어 갔다.

잠시 후 메리가 간달프에게 물었다.

"우리는 오늘 밤 멀리까지 달릴 건가요, 간달프? 뒤꽁무니에 자질구레한 오합지졸을 매단 기분이 어떤지 모르겠지만 그 오합지졸도 피곤해서 뒤꽁무니 쫓기를 그치고 드러누웠으면 좋겠어요."

"그래, 그 말을 들었던가? 그 말을 가슴에 사무치게 담아 두지 말게! 자네들을 겨냥해 더 긴 소리를 하지 않은 걸 다행으로 여기라고. 그는 자네들을 눈여겨보았어. 자네들의 자존심에 위안이 된다면 이 말을 해 줘야겠군. 지금 그의 머릿속에는 나머지 우리 모두보다는 자네와 피핀이 들어 있어. 자네들이 누구고, 어떻게 거기에 왔고 또 왜 왔는지, 자네들이 무얼 알며 왜 포로로 잡혔던지 그리고 만일 그렇다면 오르크들이 죄다 죽었을 때 어떻게 탈출했는지—사루만의 대단한 정신이 골머리를 앓는 건 바로 그런 작은 수수께끼들 때문이야. 메리아독, 그로부터 받은 조롱은 실은 칭찬이지. 만약 자네가 그의 관심을 영광으로 여긴다면 말이야."

간달프의 말이 끝나자 메리가 말했다.

"고마워요! 그러나 당신의 뒤꽁무니를 쫓는 게 더 큰 영광이에요, 간달프. 한 가지 이유는, 그 처지라면 같은 질문을 두 번 할 수 있거든요. 오늘 밤 우린 멀리까지 달릴 건가요?"

간달프가 웃었다.

"정말 못 말리는 호빗이로군! 모든 마법사들은 호빗 한둘은 데리고 있어야만 해—그들에게 영광이란 낱말의 의미를 가르치고 그들의 잘못을 바로잡게 말이야. 미안하네. 하지만 심지어 난 이런 대단찮은 일들에도 신경 썼다네. 우린 계곡 끝에 이를 때까지 서너 시간 동안 천천히 달릴 거야. 내일은 더 빠르게 달려야 하고.

우리가 떠났을 땐 아이센가드에서 곧장 평원을 가로질러 에도라스의 왕궁으로 갈 생각이었어. 며칠의 여정길이지. 그러나 곰곰 생각해 계획을 바꿨지. 왕이 내일 돌아올 거란 사실을 알리러 전령들이 헬름협곡으로 앞서갔다네. 그는 거기서 많은 군사와 함께 구릉지 속의 길을 통해 검산오름으로 달릴 거야. 이제부턴 피할 수만 있다면 밤이든 낮이든 둘이나 셋 이상이 함께 내놓고 움직여서는 안 되네."

"그에 따라 국물도 없냐, 두 그릇을 먹느냐가 갈린다는 거군요! 난 오늘 밤 잠자리 이상은 내다보지 못하나 봐요. 헬름협곡과 그 나머지 모든 것은 어디 있으며 어떤 곳이죠? 난 이 고장에 대해선 아는 게 없어요."

"그렇다면 좀 배워야지. 무슨 일이 벌어지는지 이해하고 싶다면. 그렇지만 지금 당장은 아니고 또 나로부터는 아닐세. 내겐 생각해야 할 다급한 일들이 너무 많아."

"좋아요. 모닥불 곁의 성큼걸이에게 매달려 보죠. 당신보단 그가 덜 까칠하니까요. 그런데 왜 이렇게 온통 비밀스러운 거죠? 난 우리가 전투에서 이겼다고 생각하는데."

"그래, 우리가 이겼어. 그러나 그것은 첫 승리일 뿐 그 자체로는 우리의 위험을 가중시켜. 아이센가드와 모르도르 사이엔 내가 아직껏 헤아리지 못한 모종의 제휴가 있네. 나는 그들이 어떻게 소식을 교환하는지 확실히 알진 못하지만 분명 그들은 그렇게 했어. 내 생각으로는 바랏두르의 눈이 초조하게 마법사의 계곡 쪽을, 그리고 로한 쪽을 향하고 있을 거야. 그 눈이 적게 알수록 좋은 거지."

길은 계곡을 따라 굽이치며 천천히 지나갔다. 아이센강이 그 돌투성이 바닥 위로 때론 멀리서 때론 가까이서 흘렀다. 산맥에서 밤이 내려왔다. 안개는 죄다 사라졌다. 으슬으슬한 바람이 불었다. 둥글게 차오르는 달이 동편 하늘을 어슴푸레하고 차가운 광채로 가득 채웠다. 오른편 산의 아래쪽 마루들이 벌거벗은 구릉지로 비탈져 내렸다. 그들 앞에 넓은 평원이 잿빛으로 펼쳐졌다.

마침내 그들은 멈추어 섰다. 곧 그들은 옆으로 돌아 큰길을 버리고 다시 상큼한 고지대의 잔디로 들어섰다. 그들은 서쪽으로 1.5킬로미터가량 나아가 넓은 골짜기에 닿았다. 그것은 둥근 돌 바란의 비탈 속으로 도로 휘어들며 남쪽으로 트여 있었다. 안개산맥 북쪽에 늘어선 언덕들 가운데 마지막으로 기슭에는 풀이, 꼭대기엔 헤더가 우거진 돌 바란 말이다. 그 골짜기의 양면에는 지난해의 고사리들이 텁수룩했는데, 그 속에서 둥글게 말린 봄의 엽상체들이 향긋한 흙을 헤치고 막 모습을 내밀고 있었다. 가시나무가 얕은 기슭들에 무성하게 자라 있어 그들은 한밤이 되기 두 시간 전쯤에 그 아래서 야영을 했다. 그들은 가지를 펼친 산사나무 뿌리께의 우묵한 곳에 불을 피웠다. 수령이 오래되어 여기저기 비틀리긴 했지만 키가 크고 모든 가지가 정정했으며 작은 가지의 끄트머리마다 꽃봉오리가 부풀고 있었다.

한 차례에 둘씩 불침번이 정해졌다. 나머지는 식사 후 외투와 담요로 몸을 감싸고 잠을 잤다. 호빗들은 따로 한쪽 구석에서 오래된 고사리 더미 위에 누웠다. 메리는 졸렸지만 피핀은 야릇하게도 들떠 있는 것 같았다. 그가 몸을 뒤척일 때면 고사리에서 우두둑거리고 바스락대는 소리가 났다.

"왜 그래? 개미굴 위에라도 누운 게야?"

메리가 물었다.

"아냐, 왠지 마음이 편치 않아. 침대에서 잔 지 얼마나 되었을까?"

피핀의 대답에 메리가 하품을 했다.

"손가락으로 꼽아 봐! 먼저 로리엔을 떠난 지 얼마나 되었는지부터 알아야 해."

"오, 그것 말이군! 난 침실의 진짜 침대를 말하는 거야."

"음, 그렇다면 깊은골부터지. 그렇지만 난 오늘 밤은 어디서라도 잘 수 있어."

"넌 운이 좋았던 거야, 메리."

피핀이 오래 말을 끊었다가 나직하게 말했다.

"넌 간달프와 함께 말을 타고 있었잖아."

"음, 그게 어쨌단 거지?"

"그에게서 어떤 소식이나 정보를 들은 게 있어?"

"그럼, 아주 많이. 평소보다 많이. 하지만 너도 그 전부나 대부분을 들었어. 네가 바로 곁에 있었고 또 우리가 비밀을 이야기하고 있지도 않았으니 말이야. 그렇지만 만일 네가 그에게서 더 많은 걸 얻을 수 있다고 생각한다면, 그리고 그가 널 선택한다면 내일은 네가 그와 함께 갈 수 있어."

"내가 그렇게 할 수 있다고? 좋아! 하지만 그는 입이 무거워, 안 그래? 전혀 변한 게 없다고."

"오, 아니야, 그는 변했어!"

메리가 잠기에서 좀 깨기도 하고 또 자기 동무를 근심케 만드는 게 무언지 궁금해하며 말했다.

"그가 어딘지 성장한 것 같아. 내 생각에, 그는 예전보다 더 친절하면서도 더 놀라게 하고, 더 유쾌하면서도 더 엄숙해졌어. 그는 변했어. 다만 얼마나 변했는지 알 수 있는 기회가 아직 없었을 뿐이지. 어쨌든 그가 사루만을 상대로 벌인 저 수작의 마지막 대목을 생각해 보라고! 한때는 사루만이 간달프보다 위였다는 걸 기억하라고. 그게 정확히 뭐든 간에 사루만은 백색회의의 의장이었어. 백색의 사루만이었지. 이젠 간달프가 백색이지만. 사루만은 오라니까 왔다가 지팡이를 빼앗겼고, 그 다음엔 가라니까 갔다고!"

"자, 일단 간달프가 변했다면, 전보다 입이 더 무거워진 게 다야."

피핀이 주장했다.

"근데, 저…… 유리공 말이야. 그가 그걸 몹시 반기는 것 같더라고. 그는 그것에 대해 뭔가를 알거나 짐작하는 게 있어. 하지만 그가 우리에게 말해 준 게 있어? 아니지, 일언반구도 없었잖아. 그렇지만 내가 그걸 주웠고, 그게 웅덩이 속으로 굴러드는 걸 막은 것도 나야. 어이, 친구, 그건 내가 맡을 거야—그뿐이었어. 그게 무얼까? 매우 무겁다는 느낌이 들었어."

마치 혼잣말을 하는 것처럼 피핀의 목소리가 매우 낮아졌다.

"어이구! 그러니까 네가 끙끙대는 게 그거야? 자, 내 친구 피핀이여, 길도르의 언명을 잊지 말라고. 샘이 곧잘 인용하던 그 언명 말이야—마법사들의 일에 끼어들지 말라. 그들은 예민해 쉬이 화를 내니까."

메리의 말에 피핀이 다시 대답했다.

"하지만 지난 수개월 동안 우리의 삶 전부가 마법사들의 일에 쭈욱 끼어든 것이었어. 위험도 있겠지만 정보를 좀 얻고 싶어. 난 그 공을 한번 보고 싶다고."

"잠이나 자라고! 넌 조만간 충분한 정보를 얻을 테니까. 친애하는 피핀, 툭 집안의 그 누구도 호기심 때문에 강노루 집안사람을 들들 볶은 적이 없네. 그런데 지금 네가 그러고 있는 것 아닐까?"

"그렇담, 까놓고 말해 보자고! 내가 하고 싶은 걸 네게 말하는 게 뭐가 잘못이야? 그 돌을 한번 보고 싶다는 것뿐인데? 내가 그걸 가질 수 없다는 걸 나도 알아. 암탉이 알을 품듯 늙은 간달프가 그걸 꼭 품고 있잖아. 그렇지만 네게서, 넌 그걸 가질 수 없으니 잠이나 자라는 말밖엔 들을 수 없다는 게 섭섭해."

"음, 그럼 내가 달리 무슨 말을 할 수 있겠어? 미안해, 피핀. 하지만 넌 정말 아침까진 기다려야 해. 아침 식사 후엔 나도 네 마음에 들 만큼 알고 싶어질 테고, 또 할 수 있는 어떤 방식으로든 마법사 후리기를 도울게. 그러나 지금은 난 더는 눈 뜨고 있을 수가 없어. 만일 내가 또 하품한다면 두 귀가 찢어지고 말 거야. 잘 자!"

피핀은 더는 말하지 않았다. 이제 그는 가만히 누워 있었지만, 잠은 여전히 저 멀리 있었다. 잘 자라고 말한 지 몇 분 만에 잠든 메리의 부드러운 숨소리도 잠을 청하는 데는 아무 도움이 되지 않았다. 모든 게 고요해짐에 따라 그 검은 구체(球體)에 대한 생각이 점점 더 강렬해지는 것 같았다. 피핀은 그것을 두 손에 들었을 때의 무게감을 다시 느꼈고 또 한순간 들여다보았던 그 신비로운 붉은 심연을 다시 보았다. 그는 몸을 뒤채며 다른 일을 생각하려고 애썼다.

마침내 더는 견딜 수가 없었다. 피핀은 일어나 주위를 둘러보았다. 날씨가 쌀쌀해서 그는 망토로 몸을 감쌌다. 달은 골짜기 저 아래로 차갑고 희게 빛나고 있었고, 수풀들의 어둠은 칠흑이었다. 주위에는 온통 잠든 형상들이 깔려 있었다. 두 명의 불침번은 보이지 않았다. 아마도 그들은 언덕 위에 있거나 아니면 고사리 속에 몸을 숨기고 있을 것이었다. 자신도 이해하지 못하는 어떤 충동에 이끌려 피핀은 간달프가 누워 있는 곳으로 조용히 걸어갔다. 그가 간달프를 내려다봤다. 마법사는 잠든 것 같았으나 눈꺼풀은 완전히 감기지 않았다. 그 긴 눈썹 아래로 두 눈이 반짝였다. 피핀은 황급히 뒷걸음질 쳤다. 그러나 간달프에게선 아무런 기척도 없어 그 호빗은 반쯤은 본의 아니게 또 한 번 앞으로 끌려 마법사의 머리 뒤에서부터 다시 기어 다가갔다. 그는 담요에 몸을 둘둘 말고 그 위에 망토를 덮고 있었다. 그의 바로 곁에, 그의 오른쪽 옆구리와 굽혀진 팔 사이에 작은 언덕 같은 것이, 어두운 천에 감싸인 둥근 물체가 있었다. 이제 막 그의 손이 그것에서 슬며시 미끄러져 바닥에 떨어진 것 같았다.

피핀은 거의 숨도 쉬지 않고 한 걸음씩 가까이 기어갔다. 마침내 그는 무릎을 꿇고 앉았다. 다음으로 그는 살금살금 두 손을 내밀어 그 덩어리를 천천히 들어 올렸다. 그것은 예상했던 만큼 그리 무거운 것 같진 않았다.

'결국은 어떤 잡동사니 꾸러미에 불과할 수도 있을 거야.'

이렇게 생각하며 그는 이상한 안도감을 느꼈다. 그러나 그는 그 꾸러미를 다시 내려놓지는 않았다. 그는 그것을 그러쥐고 잠시 서 있었다. 그때 그에게 한 가지 생각이 떠올랐다. 그는 발끝으로 걸어 나가 큰 돌멩이 하나를 찾아서 돌아왔다.

이제 그는 재빨리 천을 벗겨 거기에 그 돌멩이를 싸고는 무릎을 꿇고서 그것을 마법사의 손 옆에 도로 놓았다. 그리고 드디어 천을 벗겨 낸 그 물체를 바라보았다. 반드러운 수정 구체 하나가 지금 어둡고 죽은 듯이 그의 무릎 앞에 알몸으로 놓여 있었다. 피핀은 그것을 들어 올려 황급히 자신의 망토에 감추고는 자기 잠자리로 돌아가려고 몸을 반쯤 돌렸다. 바로 그 순간 간달프가 잠 속에서 몸을 꿈적이곤 무슨 말인가를 중얼거렸다. 낯선 언어로 하는 말인 것 같았다. 그의 손이 뭔가를 더듬어 찾다가 그 천에 싸인 돌을 움켜쥐었고, 그다음 한숨을 내쉬곤 다시 움직이지 않았다.

'이 천치 같은 바보야! 넌 자진해서 소름 끼치는 분란에 휘말려 들고 있는 거야. 빨리 그걸 도로 갖다 놔!'

피핀이 속으로 중얼거렸다. 그러나 이제 그는 무릎이 떨려 감히 그 꾸러미에 손이 닿을 만큼 마법사에게 가까이 가질 못했다.

"이젠 그를 깨우지 않고는 결코 그걸 다시 갖다놓을 수가 없어. 내 마음이 좀 더 차분해질 때까진 안 된다고. 그러니 먼저 한번 봐도 괜찮겠지. 그렇지만 바로 여기선 안 되지!"

그는 그 자리를 슬금슬금 벗어나 자기 잠자리에서 멀지 않은 초록의 작은 언덕 위에 주저앉았다. 달이 계곡 가장자리 위로 엿보았다.

피핀은 양 무릎을 세워 그 사이에 공을 끼우고 앉았다. 그는 그 위로 몸을 낮게 숙였는데, 그 모습이 다른 아이들에게서 떨어져 한쪽 구석에서 음식 사발 위로 몸을 수그리는 욕심 많은 아이 같았다. 그는 망토를 옆으로 젖히고 공을 빤히 쳐다보았다. 주위의 대기는 고요하면서도 팽팽한 것 같았다. 처음에 그 구체는 표면에 달빛이 번득이는 가운데 어둡고 칠흑 같았다. 이윽고 그 깊은 속에서 어렴풋한 붉은빛과 꿈틀거림이 일었고 그것이 그의 두 눈을 사로잡은 나머지 이제 그는 그것에서 시선을 돌릴 수가 없었다. 이내 그 내부가 온통 불타는 것 같더니 공이 뱅뱅 돌고 있거나 내부의 빛들이 선회하고 있었다. 갑자기 그 빛들이 사라졌다. 그가 숨을 헐떡이며 버둥거렸지만, 양손으로 공을 거머쥐고 여전히 몸을 구부린 채였다. 그의 몸이 점점 더 가까이 굽혀지다가 종내 뻣뻣해졌다. 그의 입술이 잠깐 동안 움직였지만 소리는 나지 않았다. 다음 순간 그가 목이 졸린 듯한 비명과 함께 벌렁 자빠지고는 잠잠히 누웠다.

그 비명은 귀청을 찢을 듯했다. 불침번들이 기슭에서부터 벌떡 뛰어내렸다. 곧 숙영지 전체가 떠들썩했다.

"그러니까 이자가 도둑이군!"
간달프가 말했다. 그는 구체가 놓인 곳 위에 다급히 자신의 망토를 덮었다.
"아니, 넌 피핀이잖아! 이것 참 탄식할 노릇이군!"
그가 피핀의 몸 곁에 무릎을 꿇었다. 그 호빗은 보지 못하는 눈으로 하늘을 빤히 치켜보며 뻣뻣이 등을 대고 누워 있었다.
"해괴한 일이로고! 대체 무슨 행짜를 부린 거야—자기 자신에게 그리고 우리 모두에게도?"
마법사의 얼굴이 일그러지고 초췌해졌다. 그는 숨소리를 들으려고 피핀의 손을 잡고 그 얼굴 위로 몸을 숙였고, 그다음엔 그의 이마에 두 손을 갖다 댔다. 그 호빗이 몸을 벌벌 떨었다. 두 눈은 감겨 있었다. 그가 외마디 소리를 지르곤 벌떡 일어나 앉더니 달빛 속에 창백하게 드러난 주위의 모든 얼굴을 어리둥절한 눈으로 물끄러미 쳐다보았다.
"그것은 네 것이 아니야, 사루만! 내가 곧장 그걸 가지러 사람을 보낼 테다. 알겠나? 알았다고 말만 하라고!"
피핀은 간달프로부터 몸을 움츠리면서 억양이 없는 새된 목소리로 외쳤다. 그러고는 일어나 도망치려고 발버둥쳤으나 간달프가 부드럽고도 단단히 그를 붙잡았다.
"툭 집안의 페레그린이여! 정신 차려!"
몸이 누그러지면서 그 호빗은 마법사의 손을 꼭 쥔 채 뒷걸음질 치며 소리쳤다.
"간달프! 간달프! 제발 용서해 주세요!"
"용서해 달라고? 먼저 자네가 무슨 짓을 했는지 말해!"
간달프의 말에 피핀이 더듬거리며 말했다.
"난, 나는 그 공을 꺼내 그걸 봤어요. 그리고 난 기겁할 것들을 봤어요. 그래서 도망치려고 했는데 그럴 수가 없었어요. 그런 중에 그가 와서 나를 신문했어요. 또 그가 날 쳐다봤고, 그리고, 그러고는, 내가 기억하는 건 그게 다예요."
"그걸로는 안 돼. 자네가 무얼 봤지? 그리고 자넨 뭐라고 말했어?"
간달프가 준엄하게 말했다.
피핀은 두 눈을 감고 와들와들 떨면서도 아무 말도 하지 않았다. 고개를 돌려 버린 메리를 빼곤 그들 모두가 침묵 속에서 그를 주시했다. 그러나 간달프의 얼굴은 여전히 엄했다.
"말해!"
피핀이 낮고 머뭇거리는 목소리로 다시 시작했고, 그가 하는 말은 서서히 보다 명료하고 힘이 실렸다.
"어두운 하늘과 높은 흉벽들을 보았어요. 또 아주 작은 별들도 보았고요. 아주 멀리 떨어진 곳이고 오래전 같지만 그럼에도 단단하고 선명했어요. 이윽고 별들이 들락거리다가—그것들이 날개 달린 것들에 의해 차단되었어요. 정말로 아주 컸다고 생각되지만, 그 유리 속에서는 탑 주위를 선회하는 박쥐들 같아 보였어요. 그런 것이 아홉이었다고 생각돼요. 그중 하나가 일직선으로 나를 향해 날기 시작하더니 점점 더 커졌어요. 그것은 끔찍한—아니, 아니에요! 말 못 하겠어요.

그것이 밖으로 날아올 것 같은 생각에 난 피신하려고 했어요. 그런데 그것이 구체를 온통 뒤덮었을 때 그것은 사라졌어요. 그다음에 그가 왔어요. 그는 내가 들을 수 있게 말을 하지 않았어요. 그는 그냥 쳐다봤고, 나는 이해했어요.

'그래, 돌아온 건가? 왜 너는 그렇게 오랫동안 보고하지 않았지?'

난 대답하지 않았어요. '넌 누구냐?' 하고 그가 말했지만 난 여전히 대답하지 않았어요. 그렇지만 대답하지 않는다는 게 끔찍이도 고통스러웠고 또 그가 날 몰아붙였기에 '나는 호빗이에요.'라고 말했죠.

그러자 갑자기 그가 날 알아보는 것 같았고 날 비웃었어요. 잔인한 웃음이었죠. 칼에 찔리는 것 같았어요. 난 발버둥을 쳤어요. 하지만 그는 이렇게 말했어요. '잠깐만 기다려! 우리는 곧 다시 만날 테니. 이 깜찍한 것은 그의 것이 아니라고 사루만에게 전해. 곧장 그걸 가지러 사람을 보낼 거라고. 알겠나? 알았다고 말만 하라고!'

그러고는 그가 나를 흡족한 듯 바라봤어요. 내 몸이 산산조각 나는 기분이었죠. 아니, 아니에요! 더는 말 못 하겠어요. 더는 아무것도 기억이 안 나요."

"나를 봐!"

하고 간달프가 말했다. 피핀이 그의 두 눈을 똑바로 쳐다보았다. 마법사는 침묵 속에서 잠시 그의 시선을 붙들어 두었다. 이윽고 그의 얼굴이 보다 부드러워지고 미소의 기미가 떠올랐다. 그가 피핀의 머리 위에 부드럽게 손을 얹었다.

"됐어! 더는 말하지 마! 자네가 상해를 입진 않았어. 내가 우려한 대로 자네의 눈엔 거짓이 없어. 그나저나 그가 자네와 길게 이야기하지 않았거든. 자넨 여전히 바보, 정직한 바보군, 툭 집안 페레그린이여. 보다 똑똑한 자들이었으면 그런 위기에서 더 고약하게 처신했을 수도 있어. 그러나 이건 명심해 둬! 자네가, 그리고 자네 친구들 모두가 이를테면 주로 운이 좋아서 위기를 벗어난 것이란 걸. 그런 행운을 두 번 기대할 수는 없어. 만일 그때 그 자리에서 그가 자네를 신문했더라면 자넨 십중팔구 자네가 아는 모든 걸 다 말했을 거야. 우리 모두에게 파멸이 닥치게끔. 하지만 그는 너무 간절했어. 그는 단지 정보만 원했던 게 아니야. 그는 너를 원했어, 다급하게. 암흑의 탑에서 너를 상대하려고 말이지, 느긋하게. 몸서리칠 건 없어! 마법사들의 일에 끼어들려면 그런 일쯤은 염두에 둬야 해. 그렇지만 난 자네를 용서해. 안심하게! 사태가 우려한 만큼 고약하게 돌아가진 않았으니."

그는 피핀을 온화하게 들어 올려 그의 잠자리로 데리고 갔다. 메리가 따라가 그의 곁에 앉았다.

"할 수 있다면 거기 누워 쉬게, 피핀. 날 믿게. 다시 손바닥이 가렵거들랑 나한테 말해! 그런 것들은 치유될 수 있으니까. 그러나 어쨌든, 친애하는 호빗이여, 다신 내 팔꿈치 아래에 바위덩이를 놓진 말아! 자, 한동안 자네 둘이 함께 있게 해 주지."

그 말과 함께 간달프는 나머지에게로 돌아섰다. 그들은 어지러운 생각에 잠겨 여태 오르상크의 돌 곁에 서 있었다. 간달프가 말했다.

"위험이란 건 전혀 예기치 못한 밤에 오는 법이오. 우린 아슬아슬한 위기를 넘겼소!"

"그 호빗은 어때요? 피핀 말입니다."

아라고른의 물음에 간달프가 대답했다.

"이젠 모든 게 괜찮을 거라 생각하오. 그는 오랫동안 사로잡히진 않았고, 또 호빗들은 놀라운 회복력을 갖고 있소. 아마 그것에 대한 기억이나 공포는 빠르게 희미해질 거요. 어쩌면 너무 빨리. 그대가 오르상크의 돌을 간수하겠소, 아라고른? 그건 위험한 짐이오."

"정녕 그렇지요. 하지만 모든 이에게 그렇진 않소. 그것을 정당하게 제 것이라고 주장할 이가 있소. 분명코 이것은 엘렌딜의 보고(寶庫)에서 나온 오르상크의 팔란티르로 곤도르의 왕들이 여기에 둔 것이오. 나의 때가 다가오는 것이오. 내가 그것을 간직하겠소."

간달프가 아라고른을 바라보았고, 다음 순간 다른 이들에게는 아주 놀랍게도 그가 망토에 덮인 그 돌을 들어 올리고 그것을 바치며 머리를 숙였다.

"이것을 받으소서, 왕이시여! 장차 그대에게 되돌려질 다른 것들의 담보로서 말입니다. 그러나 그대의 것을 사용함에 있어 제가 조언을 드릴 수 있다면 그것을 사용하지는 마십시오—아직은! 신중하셔야 하오."

"그토록 오랜 세월 동안 기다리고 준비했던 내가 성급하거나 부주의한 적이 있었소?"

아라고른이 말했다.

"아직까지는 결코 없었습니다. 하오니 길의 막바지에서 넘어지지 마소서."

간달프가 대답했다.

"그건 그렇고 좌우간 이 물건은 비밀로 해야 하오. 그대 그리고 여기 있는 다른 모든 이들이! 누구보다도 그 호빗, 페레그린은 그것이 누구의 손에 주어졌는지를 알아서는 안 되오. 사악한 발작이 다시 그를 덮칠 수도 있소. 결코 그런 일이 있어선 안 되는 것이었지만, 애석하게도 그는 그것을 손으로 다루고 그 속을 들여다보았기 때문이오. 그는 아이센가드에서 결코 그것을 건드리지 말았어야 했고 또 그 점에 관해선 내가 보다 신속한 조치를 취했어야만 했소. 그러나 내 정신이 사루만에게 쏠려 있던지라 내가 즉각 그 돌의 속성을 헤아리지 못했소. 그때 나는 지친 상태라 누워서 그것을 곰곰 생각하던 차에 잠이 나를 덮쳤던 게요. 그랬다가 이제야 안 것이오."

"그렇소, 어김없는 말씀이오. 드디어 우리는 아이센가드와 모르도르 사이의 연계와 그것이 어떻게 작동했는지를 안 것이오. 많은 것이 해명되는군요."

아라고른이 말하자, 세오덴도 덧붙였다.

"우리의 적들은 기묘한 권능들과 더불어 기묘한 약점들도 지녔구려! 때때로 사악한 의지가 악을 망친다는 옛말이 있잖소."

간달프가 말했다.

"그런 일을 숱하게 보지요. 하지만 이번에는 우리가 이상하게도 운이 좋았소. 어쩌면 내가 이 호빗 덕분에 하나의 중대한 실수를 면했는지도 모르오. 나는 그 쓰임새를 알아내고자 스스로 이 돌을 시험해 볼 건지 말 건지 궁리했더랬소. 만일 내가 그렇게 했더라면 나 자신이 그에게 드러났을 것이오. 정녕 언젠가는 그렇게 될 테지만 아직은 그런 시련을 감당할 준비가 되어 있지 않은 처지에서 말이오. 그나저나 설령 거기서 빠져나올 힘이 있다 하더라도 그가 날 봤다는 게 화근이 되었을 거요. 아직은—비밀 유지가 더는 소용없는 시간이 올 때까지는."

"이젠 그 시간이 왔다는 게 내 생각이오."

아라고른이 말했다.

"아직은 아니오. 잠시 동안이지만 의혹의 시간이 남아 있고 우리는 그것을 이용해야만 하오. 분명코 대적은 그 돌이 오르상크에 있다고 생각했소—왜 그러지 않겠소? 따라서 그 호빗이 거기서 포로가 된 몸으로 사루만이 가하는 고문에 못 이겨 그 유리를 들여다보게 된 거라고 그는 또 생각했소. 지금쯤 그 어두운 정신은 그 호빗의 목소리와 얼굴로, 그리고 기대감으로 가득 차 있을 거요. 그가 자신의 실수를 알아차리기까지는 시간이 좀 걸릴 수 있소. 우리는 그 시간을 낚아채야 하오. 지금까지 우리는 너무 느긋했더랬소. 빨리 움직여야 하오. 이제 아이센가드 부근은 더는 얼쩡거릴 곳이 못 되오. 나는 곧장 툭 집안 페레그린과 함께 앞서 달릴 거요. 남들이 잠잘 동안 어둠 속에 누워 있느니 그것이 그에게 나을 게요."

그러자 세오덴이 말했다.

"나는 에오메르와 열 명의 기사를 곁에 두겠소. 날이 밝는 대로 그들은 나와 함께 달릴 것이오. 나머지는 아라고른과 함께 가다가 마음이 내키면 즉시 내달릴 수 있을 거요."

간달프도 찬성했다.

"뜻대로 하시오. 그러나 엄폐물이 될 구릉지까지는 최대의 속력을 내시오, 헬름협곡까진!"

바로 그 순간 그들 위로 그림자 하나가 떨어져 내렸다. 환한 달빛이 갑자기 차단된 것 같았다. 여러 기사들이 큰 소리를 지르곤 마치 머리 위로부터의 타격을 막으려는 것처럼 양팔을 머리 위로 들며 몸을 웅크렸다. 맹목적인 두려움과 지독한 냉기가 그들을 엄습했던 것이다. 그들은 몸을 움츠리고 올려다봤다. 날개 달린 광대한 형체 하나가 검은 구름장처럼 달 위로 지나갔다. 그것은 선회하여 가운데땅의 어떤 바람보다도 대단한 속력으로 날아 북쪽으로 갔다. 그 앞에선 별들도 기운을 잃었다. 그것이 사라졌다.

그들은 돌처럼 굳은 채 일어섰다. 간달프는 두 팔을 밖과 아래로 향한 채 뻣뻣한 몸으로 두 손을 꽉 쥐고 위를 응시하고 있었다.

"나즈굴이야! 모르도르의 사자지. 폭풍우가 오고 있어. 나즈굴이 대하를 건넜어! 달려, 달리라고! 새벽을 기다려선 안 돼! 빠른 것이 느린 것을 기다리게끔 내버려 둬선 안 돼! 달려!"

그가 용수철처럼 튀어 나갔고 달리면서 샤두팍스를 불렀다. 아라고른이 그의 뒤를 따랐다. 간달프는 피핀에게로 가서 그를 품에 안았다.

"이번에 자넨 나와 함께 가네. 샤두팍스가 자네에게 자신의 속력을 보여 줄 거야."

다음에 그는 자신이 잤던 곳으로 달려갔다. 샤두팍스가 벌써 거기에 서 있었다. 모든 짐이 든 작은 가방을 어깨에 둘러멘 마법사는 말의 잔등에 뛰어올랐다. 아라고른이 망토와 담요에 싸인 피핀을 들어 올려 간달프의 품에 안겨 주었다.

"잘 있으시오! 빠르게 뒤따르시오! 가자, 샤두팍스!"

간달프가 외치자 그 위대한 말이 머리를 쳐들었다. 늘어진 꼬리가 달빛 속에서 휙휙 움직였다. 이윽고 그가 대지를 박차고 앞으로 내달더니 산맥에서 불어온 북풍처럼 사라졌다.

메리가 아라고른에게 말했다.

"아름답고 평온한 밤이군요! 어떤 이들은 억세게도 운이 좋아요. 그는 잠자기를 원치 않았고 간달프와 함께 달리길 원했어요—그러고는 저렇게 가잖아요! 본보기로 그 자신이 돌로 변해 여기에 영원히 서 있는 대신에."

아라고른이 대답했다.

"만일 오르상크의 돌을 처음 들어 올린 이가 그가 아니라 자네였더라면 지금 상황은 어떨까? 자넨 더 고약하게 처신했을 수도 있어. 누가 알겠나? 하지만 지금 자네의 운은 나와 함께 가는 거야. 당장 말이네. 가서 채비하고 피핀이 남겨 둔 게 있으면 무엇이든 갖고 와. 서둘러!"

재촉하거나 길을 일러 주지 않아도 샤두팍스는 평원 위를 나는 듯이 달리고 있었다. 한 시간이 채 지나지 않아 그들은 아이센의 여울에 도달해 그것을 건넜다. 기사들의 흙무덤과 거기 꽂힌 차가운 창들이 그들 뒤에 잿빛으로 놓여 있었다.

피핀은 회복되는 중이었다. 몸에 열이 있었지만 얼굴에 와 닿는 바람은 매섭고도 상쾌했다. 그는 간달프와 함께 있었다. 그 돌, 그리고 달 위로 어렸던 그 끔찍한 그림자에 대한 공포는 산맥의 안개 속이나 한때의 꿈속에 남겨진 일들처럼 바래지고 있었다. 그가 숨을 깊게 들이쉬더니 말했다.

"난 당신이 안장 없이 말 타는 줄은 몰랐어요, 간달프. 안장이나 고삐가 없잖아요!"

간달프가 말했다.

"난 샤두팍스를 탈 때만 요정의 방식으로 타네. 샤두팍스는 마구를 걸치지 않아. 그건 그렇고 자네가 샤두팍스를 타는 게 아니야. 그가 기꺼이 자네를 싣고 갈 건가, 말 건가 하는 것이지. 만약 그가 기꺼이 그런다면 고마운 거고. 그럴 경우 공중으로 튀쳐나가지만 않는다면 자네가 자신의 등에 남아 있도록 하는 게 그의 소임이지."

피핀이 물었다.

"지금 그는 얼마나 빨리 가고 있나요? 되도록 바람을 거슬러 빠르게 가는데도 아주 유연해요. 그리고 그 발걸음은 얼마나 가벼운지!"

"그는 지금 가장 빠른 말이 질주하는 만큼 빠르게 달리고 있어. 그렇지만 그에겐 그게 빠른 게 아니야. 여기는 땅이 좀 오르막이고 또 강 건너편보다 울퉁불퉁해. 하지만 별빛 아래로 백색산맥이 가까워지고 있는 걸 보라고! 저편에 스리휘르네산의 봉우리들이 시커먼 창들처럼 서 있잖아. 조만간 우리는 갈림길에 다다르고 이틀 전에 전투가 치러졌던 헬름계곡에 도착할 거야."

피핀은 한동안 다시 말이 없었다. 그들 밑으로 수 킬로미터의 거리가 주파될 동안 그는 간달프가 짤막한 시구들을 여러 언어로 웅얼대며 혼자서 나직하게 노래 부르는 것을 들었다. 마침내 마법사가 그 호빗이 가사를 알아듣는 노래로 넘어갔다. 그 가운데 몇 행이 세찬 바람을 뚫고 그의 귀에 또렷이 다가들었다.

키 높은 배들과 의기 높은 왕들
  모두 해서 아홉 척의 배에 탔네
무슨 연유로 그들은 무너진 땅에서
  넘실대는 바다 너머 왔던가?
일곱 별들과 일곱 돌들
  그리고 흰 나무 하나.

"무슨 뜻이죠, 간달프?"

마법사가 대답했다.

"그냥 전승의 가락들 가운데 일부를 마음속으로 읊조려 보는 거야. 아마 호빗들은 언젠가 들어봤던 가락이라 해도 잊어버렸을 걸세."

"아뇨. 전혀 그렇지 않아요."

피핀이 말했다.

"당신에겐 흥미가 없을지 몰라도 우린 우리 나름의 가락을 많이 갖고 있거든요. 하지만 이런 건 들어 보지 못했어요. 무엇에 관한 거죠? 일곱 별들과 일곱 돌들이라뇨?"

"옛 왕들의 팔란티르들에 관한 거지."

"그게 뭔데요?"

"그 이름은 저 멀리 보는 것을 뜻했지. 오르상크의 돌이 그중 하나라네."

"그렇다면 그건 대적이 만든 게 아니…… 아니잖아요?"

피핀이 주저하며 말했다.

"아니지."

간달프가 말했다.

"사루만이 만든 것도 아니고. 그건 그의 재주로도, 그리고 사우론의 재주로도 어림없지. 팔란티르들은 서쪽나라 너머에서, 즉 엘다마르에서 왔어. 놀도르 요정들이 그것들을 만들었지. 아마 페아노르가 손수 그것들을 공들여 만들었을 거야. 햇수로는 측량될 수 없을 만큼 아득한 옛 시절에 말이야. 하지만 사우론이 사악한 용도로 돌릴 수 없는 건 없다네. 애석한지고, 사루만이여! 이제야 난 인지하게 되었네만 그것이 그의 몰락의 원인이었어. 우리 스스로가 지닌 것보다 더 심오한 기예로 고안된 것들은 우리 모두에게 위험하다네. 그렇지만 그는 그 책임을 져야만 해. 바보 같으니! 일신의 이득을 위해 그것을 비밀로 하다니. 그는 그것에 대해 백색회의의 그 누구에게도 단 한마디도 하지 않았어. 아직껏 우리는 그 파멸적인 전쟁의 와중에 곤도르 팔란티르들의 운명에 대해선 생각하지 못했네. 인간들은 그것들을 잊어버리다시피 했어. 곤도르에서조차도 그것들은 단지 소수만 아는 비밀이었네. 아르노르에서도 그것들은 오로지 두네다인의 전승 가락 속에서만 기억되었네."

"그렇다면 옛 인간들은 그것들을 무엇에 썼나요?"

피핀이 물었다. 그는 그렇게 많은 질문들에 대한 대답을 들으니 기쁘고 놀랍기도 했지만 이런 일이 얼마나 오래도록 지속될까 싶기도 했다. 간달프가 대답했다.

"멀리 보는 일에, 그리고 정신적인 교류에 썼지. 그런 방식으로 그들은 오랫동안 곤도르 왕국을 방비하고 통일시켰어. 그들은 그 돌들을 미나스 아노르와 미나스 이실 그리고 원형 요새 아이센가드 속의 오르상크에 세워 두었지. 이들 가운데 으뜸 돌은 오스길리아스가 폐허가 되기 이전 그곳의 별 지붕 아래 있었어. 나머지 셋은 저 멀리 북방에 있었고. 엘론드가에서 전해지는 말로는, 그것들은 안누미나스와 아몬 술에 있었고, 엘렌딜의 돌은 회색 배들이 정박하는 룬만(灣)의 미슬론드를 마주 보는 탑 구릉에 있었다고 해.

각각의 팔란티르는 서로서로 화답했고, 곤도르에 있던 모든 것들은 오스길리아스의 시야에 내내 열려 있었어. 오르상크의 암반이 시간의 폭풍우를 견뎌 낸 것처럼 그 탑의 팔란티르도 남아 있었다는 것이 이제 드러나고. 그러나 그것은 혼자서는 멀리 떨어진 것들과 먼 시절의 작은 영상들만 볼 수 있을 따름이야. 그것이 사루만에게 아주 유용했다는 건 의심의 여지가 없지만 그럼에도 그는 그걸로 만족하진 못했던 것 같아. 그는 사방팔방으로 점점 더 멀리까지 주시하다가 마침내 바랏두르를 응시했어. 그러고 나서 걸려들고 말았지!

없어진 아르노르와 곤도르의 돌들이 지금 어디에 있는지, 땅속에 파묻혔는지 물속 깊이 가라앉았는지 누가 알겠어? 그러나 사우론은 적어도 하나를 수중에 넣고 자신의 목적에 맞게 길들였던 게 틀림없어. 내 추측으론, 그것은 이실의 돌이었어. 그는 오래전에 미나스 이실을 점령해서 그것을 사악한 곳으로 바꾸었거든. 해서 그곳은 미나스 모르굴이 되었지.

사루만의 두리번거리던 눈이 얼마나 빠르게 덫에 걸려 사로잡혔고, 또 그 이후로 내내 어떻게 그가 멀리서부터 설득되었고 설득이 먹히지 않을 땐 으름장에 시달렸는지를 헤아리는 건 이젠 쉬운 일이지. 물려다가 물린 꼴이고, 독수리의 발톱에 채인 매, 쇠 그물에 걸린 거미 신세지! 얼마나 오랫동안 그가 검열과 지시를 받기 위해 종종 그 유리에 다가가야만 했을지 궁금해. 그리고 철석같은 의지를 갖지 못한 어떤 이가 그 속을 들여다볼 경우 바랏두르 쪽으로 심히 경도된 오르상크의 돌이 그의 마음과 시선을 재빨리 거기로 이끌지 않을까? 게다가 그것이 사람을 자신에게로 끌어당기는 힘이란! 내가 그 힘을 느껴 보지 않았겠어? 지금도 나는 그것에 대한 내 의지를 시험해 보고 싶어. 그에게서 그것을 확 떼어 내 내가 원하는 곳으로 돌려—물과 시간의 드넓은 대양 너머 아름다운 티리온 탑을 바라보고 백색나무와 금빛나무가 함께 꽃 피우던 시절 작업에 열중한 페아노르의 상상할 길 없는 손과 정신을 감득할 수 있게 말이야."

그는 한숨을 내쉬고 침묵에 잠겼다.

"이 모든 걸 진작 알았더라면 싶어요. 난 내가 무엇을 하고 있는지 전혀 몰랐어요."

피핀이 말했다.

"오, 아니지, 자넨 알고 있었어. 자넨 자신이 그릇되고 어리석게 행동하고 있다는 걸 알았어. 그리고 자넨 스스로에게도 그렇게 말했어. 다만 자네가 귀를 기울이지 않았을 뿐. 내가 이 모든 걸 자네에게 사전에 말해 주지 않았던 건, 나도 벌어진 모든 일을 곰곰 생각해 보고서야 드디어 이해했기 때문이야. 우리가 함께 말을 달리는 이참에 말이네. 설령 내가 미리 말했다 하더라도 그로 인해 자네의 욕망이 줄어들거나 더 쉽게 저항하진 못했을 거야. 오히려 정반대일 걸세! 그럼, 불에 손을 데어 봐야 확실히 깨닫는 법이지. 직접 겪어 본 후에야 불에 대한 충고가 가슴에 깊이 새겨진다고."

"정말 그래요. 만일 지금 내 앞에 일곱 돌들 모두가 펼쳐져 있다 해도 난 두 눈 질끈 감고 두 손을 호주머니에 넣어 버릴 거예요."

"좋아! 그게 내가 바라는 바야."

"한데 알고 싶은 게 있는데……."

피핀이 운을 띄웠다.

"어이쿠!" 간달프가 소리쳤다. "만약 자네 호기심을 만족시키고자 꼬박꼬박 알려 줘야 한다면 난 자네에게 대답하느라 여생을 다 보내고 말 걸세. 뭘 더 알고 싶은가?"

피핀이 웃으며 말했다.

"모든 별들과 모든 생물의 이름들, 그리고 가운데땅, 천상계 및 세상을 가르는 바다들의 모든 역사요. 당연하죠! 거기서 무엇을 감하겠어요? 난 오늘 밤 바쁠 일이 없거든요. 당장 궁금한 건 그 검은 그림자에 관한 거예요. 당신이 '모르도르의 사자야!' 하고 소리치는 걸 들었는데, 그게 뭐죠? 그것이 아이센가드에서 무슨 일을 할 수 있나요?"

"그것은 날아다니는 암흑의 기사, 나즈굴이지. 그것이 자네를 암흑의 탑으로 납치해 갈 수도 있었네."

"하지만 그것이 날 잡으러 온 건 아니잖아요, 안 그래요? 내 말은, 그게 내, 내가 한……."

피핀이 더듬거리며 말했다.

"물론 몰랐지. 바랏두르에서 오르상크까지는 직선 비행 거리로 1000킬로미터 남짓이니, 나즈굴조차도 그 거리를 나는 데는 몇 시간이 걸릴 거야. 그러나 분명 사루만은 오르크의 습격 이후에 그 돌을 들여다봤고, 그래서 그의 은밀한 생각은 그가 의도한 이상으로 간파된 게 틀림없어. 해서 그가 무슨 일을 하고 있는지를 파악하고자 사자가 파견된 거지. 게다가 오늘 밤 그런 일이 있었으니 또 다른 사자가 올 거라고 난 생각해. 그것도 신속하게. 하여 사루만은 자신이 손을 집어넣은 죔쇠가 죄어드는 최후의 고통을 맛보게 될 거야. 그에게는 보내 줄 포로가 없으니까. 그는 수중에 멀리 보는 돌도 없는지라 소환에 응할 수도 없어. 사우론으로서는 사루만이 그 포로를 붙들고서 그 돌도 사용하기를 거부하고 있다고 믿을 수밖에 없을 거야. 사루만이 사자에게 이실직고하더라도 도움이 되진 않을 거야. 아이센가드는 폐허가 되었을지라도 사루만은 오르상크 속에서 여전히 안전하거든. 그러니 원하든 원하지 않든 그는 반역자로 보일 거야. 바로 그런 난감함을 피하고자 우리를 물리쳤는데도 말이야. 그런 곤경에서 그가 무슨 일을 할지 나로선 짐작이 가질 않아. 내 생각에, 오르상크에 있는 한 그에게는 아직 아홉 기사들에게 저항할 힘이 있고 또 그렇게 할 거야. 그는 나즈굴을 함정에 빠뜨리거나 아니면 적어도 나즈굴이 타고 다니는 날개 달린 짐승을 죽이려 할 수 있어. 그럴 경우 로한은 자신의 말들을 단속해야겠지.

그러나 그 결과가 우리에게 좋을지 나쁠지는 알 수가 없어. 대적의 책략이 혼선을 빚거나 사루만에 대한 분노 때문에 장애에 부딪칠 수도 있어. 내가 거기 있었고, 오르상크의 계단 위에 서 있었다는 걸—뒤꽁무니에 호빗들을 달고서—그가 알 수도 있을 거고. 혹은 엘렌딜의 후계자가 살아 있어 내 곁에 서 있었다는 것도. 만약 뱀혓바닥이 로한의 갑옷에 현혹되지 않았다면 그는 아라고른과 그가 공언한 직함을 기억할 거야. 그게 바로 내가 염려하는 바야. 그러면 우린 위험에서 벗어나는 게 아니라 오히려 더 큰 위험으로 뛰어드는 것이니까. 샤두팍스의 한 걸음 한 걸음이 자네를 암흑의 땅으로 점점 가까이 데려가는 거야, 툭 집안 페레그린이여."

피핀은 아무 대답도 하지 않고 다만 갑작스레 몸에 냉기가 닥치는 듯 망토를 꽉 움켜쥐었다. 회색 땅이 그들 아래로 지나쳤다.

간달프가 말했다.

"자, 보라고! 앞에 웨스트폴드 계곡들이 펼쳐지고 있어. 이제 우린 동쪽 길에 돌아온 거야. 저편의 어두운 그림자가 헬름계곡의 어귀네. 아글라론드와 찬란한 동굴들이 그쪽에 있지. 그것들에 대해선 묻지 마. 나중에 다시 만나면 김리에게 물어보라고. 그러면 자네는 처음으로 자신이 바라는 것보다 더 긴 대답을 듣게 될 테니. 자넨 그 동굴들을 구경하진 못할 게야. 이번 여정에선 말이야. 곧 우린 그것들을 멀찌감치 뒤로할 테니까."

"난 당신이 헬름협곡에서 묵을 걸로 생각했어요! 그럼 당신은 어디로 가는 거예요?"

"미나스 티리스로, 그곳이 전쟁의 파도에 휩쓸리기 전에!"

"오! 거기는 얼마나 멀어요?"

"멀고도 멀지. 세오덴 왕의 처소보다 세 배는 더 멀어. 모르도르의 사자들이 날아다니는 와중에 여기서 그곳까지는 동쪽으로 150킬로미터가 좀 넘지. 샤두팍스는 더 먼 거리를 달려야 해. 어느 쪽이 더 빠른 걸로 판명될까?

이제 우린 동틀 때까지 달릴 텐데, 그때까진 몇 시간이 남았네. 그때는 샤두팍스라도 구릉지의 어느 저지(低地)에서 쉬어야 해. 에도라스에서라면 더 좋겠지만. 할 수 있다면, 잠을 자! 깨어나면 에오를가의 황금 지붕 위에 비치는 새벽의 첫 미광을 볼 수 있을 거야. 그리고 그때부터 이틀 안에 자넨 민돌루인산의 보랏빛 그림자와 아침에 하얗게 드러나는 데네소르 탑의 성벽을 보게 될 걸세.

자, 가자, 샤두팍스여! 달려라, 명마여, 이제껏 결코 달려 본 적 없는 속도로! 지금 우린 네가 태어났고 네가 하나하나의 돌멩이까지 다 아는 땅에 왔어. 자, 달려라! 희망은 속도에 있노라!"

전장으로 부르는 나팔 소리를 들은 것처럼 샤두팍스가 머리를 쳐들고 큰 소리로 울부짖었다. 그러고는 앞으로 내달았다. 그의 발에서 불꽃이 날았고, 밤이 질주하듯 그의 머리 위를 스쳐 지났다.

서서히 잠에 빠져들면서 피핀은 이상한 느낌이 들었다. 발밑으로는 세상이 거센 바람의 굉음과 함께 우르르 굴러가는데 그와 간달프는 달리는 말의 조상(彫像) 위에 앉아 돌처럼 조용했다.

BOOK FOUR

Chapter 1

스메아골 길들이기

“음, 우리는 궁지에 빠진 게 틀림없어요.”

감지네 샘이 말했다. 그는 낙심하여 양어깨를 구부린 채 프로도 곁에 서서 찌푸린 두 눈으로 어둠 속을 빤히 내다보았다.

그들이 셈하기로는, 원정대로부터 도망친 지 사흘째 저녁이었다. 그들은 에뮌 무일의 황량한 비탈과 돌들 속을 기어오르며 버둥거리느라 시간의 흐름을 거의 놓쳐 버렸다. 그들은 때로는 나아갈 길을 찾지 못해 왔던 길을 되짚어가기도 했고, 때로는 빙빙 돌며 헤매다 몇 시간 전에 있었던 곳으로 다시 돌아온 걸 깨닫기도 했다. 그렇지만 전체적으로 그들은 길을 찾을 수 있는 한 이 이상하게 뒤엉켜 붙은 언덕들의 바깥 가장자리를 따라가며 꾸준히 동쪽으로 나아갔다. 그러나 항상 그들은 아래의 평원 위로 험하게 솟구친 그 바깥 면들은 가파르고 높아 지나갈 수 없다는 걸 알았다. 뒤범벅된 가장자리 너머로는 납빛으로 썩어 가는 늪지가 있었는데, 거기에선 아무것도 움직이지 않았고 심지어 새 한 마리도 보이지 않았다.

이제 호빗들은 벌거벗고 척박하며 기슭이 안개에 싸인 우뚝한 벼랑 가에 서 있었다. 뒤로는 울퉁불퉁한 고지(高地)가 떠도는 구름을 머리에 이고 솟아 있었다. 동쪽에서 냉랭한 바람이 불어왔다. 앞에는 형체 없는 땅 위로 밤이 몰려들고 있었고, 그 땅의 핼쑥한 초록은 음산한 갈색으로 바래지고 있었다. 저 멀리 오른쪽엔 낮에 햇살이 구름을 뚫고 비칠 때마다 단속적으로 희미하게 빛나던 안두인강이 이젠 어둠에 가려 보이지 않았다. 그러나 그들의 시선은 강을 넘어 곤도르로, 그들의 친구들에게로, 인간들의 땅으로 다시 돌아가진 않았다. 남쪽과 서쪽으로, 그들은 다가오는 밤의 가장자리에 먼 산맥 형상의 정지한 연기처럼 어둑한 선 하나가 걸린 곳을 물끄러미 내다보았다. 간간이 저 멀리서 아주 작은 붉은 섬광이 지평선 위로 명멸했다.

“진퇴양난이에요!”

샘이 말했다.

“저것은 일찍이 들어 본 모든 땅들 가운데 우리가 조금이나마 더 가까이서 보고 싶지 않은 곳이자 또한 우리가 가닿고자 애쓰는 곳이에요! 게다가 저것은 우리가 결코 다다를 수 없는 곳일 뿐이죠. 우리가 완전히 길을 잘못 든 모양이에요. 우린 내려갈 수가 없고, 장담컨대 설령 내려간들 저 모든 초록의 땅이 역한 늪지란 걸 알게 될 거예요. 어휴! 냄새가 나요?”

그가 킁킁대며 바람 냄새를 맡았다.

"그래, 냄새가 나."

프로도가 말했다. 그러나 그는 움직이지 않았고, 두 눈은 그 어둑한 선과 깜빡이는 불꽃 쪽을 빤히 내다보며 고착되어 있었다. 그가 숨죽여 중얼거렸다.

"모르도르야! 내가 저길 가야 한다면, 빨리 가서 끝장을 봤으면 좋겠어!"

그가 몸서리쳤다. 바람은 쌀쌀하면서도 차가운 부패의 냄새로 가득 찼다.

"자."

마침내 눈길을 거둬들이며 그가 말했다.

"진퇴양난이든 아니든 우린 밤새 여기 머물 순 없어. 여기보다는 쉽게 비바람을 피할 수 있는 곳을 찾아 또 한 번 야영해야 해. 아마도 새로운 날이 우리에게 길을 보여 줄 거야."

"아니면 또 새롭고 또 새롭고 또 새로운 날이 오고, 어쩌면 그 어떤 날도 보여 주지 못할지도. 우린 엉뚱한 길로 왔어요."

샘이 투덜거렸다.

"글쎄, 난 건너편의 저 암흑으로 가는 게 내 운명이라고 생각해. 그러니 길은 찾아질 거야. 한데, 내게 그 길을 보여 줄 것이 선일까 악일까? 우리가 가진 모든 희망은 속도에 있어. 지체는 대적에게 유리할 뿐이야—그런데도 난 여기서 지체하고 있어. 우리를 조종하는 건 바로 암흑의 탑의 의지인가? 내 모든 선택들은 그릇된 것으로 판명됐어. 나는 훨씬 전에 원정대를 떠나 대하와 에뮌 무일의 동쪽인 북쪽에서 내려와서 전투평원의 굳은 땅을 넘어 모르도르의 고개로 향했어야 했어. 그렇지만 지금 너와 나 단둘이서 돌아가는 길을 찾는 건 가능하지 않고, 또 오르크들이 동쪽 제방 위에서 어슬렁대고 있어. 하루가 지날 때마다 소중한 날이 허비되는 거야. 난 지쳤어, 샘. 어떻게 해야 할지 모르겠어. 식량은 얼마나 남았지?"

"뭐라더라, 아, 저 렘바스란 것만요, 프로도 씨. 양은 꽤 돼요. 질리도록 먹었지만 없는 것보단 낫죠. 처음 맛보았을 땐 언제고 다른 음식을 원하리라곤 생각지도 못했지만 말이죠. 하지만 지금은 다른 걸 먹고 싶어요. 수수한 빵 한 조각과 한 조끼—아니, 반 조끼라도 좋은데—의 맥주면 술술 넘어갈 거예요. 마지막 야영지에서부터 이 멀리까지 조리 기구를 낑낑대며 끌고 왔지만 무슨 소용이 있었죠? 우선 땔감이 없고 요리할 것도 전혀 없으니, 심지어 풀조차도 없단 말이에요!"

그들은 방향을 돌려 돌투성이의 움푹한 곳으로 내려갔다. 서쪽으로 기우는 해가 구름 속으로 갇혀 밤이 빨리 왔다. 풍화된 암반의 거대하고 깔쭉깔쭉한 봉우리들 속 한구석에서 그들은 추위에 몸을 뒤척이면서도 그런대로 잘 잤다. 적어도 동풍은 피할 수 있었다.

"그것을 또 보셨나요, 프로도 씨?"

샘이 물었다. 그들은 이른 아침의 차가운 잿빛 속에서 얇은 렘바스를 으적으적 씹으며 추위에 얼어 뻣뻣하게 앉아 있었다.

"아니, 지금까지 이틀 밤 동안 듣고 본 게 전혀 없어."

"저도 그래요. 그르르르! 그 눈을 보고 기겁했다니까요! 그건 그렇고 우리가 드디어 그놈을, 그

지긋지긋한 살금이를 떨쳐 버렸나 봐요. 골룸! 내 손으로 놈의 목을 붙잡기만 하면 그 목구멍에다 골룸이란 소리를 처넣어 버릴 거예요."

"그럴 필요가 없길 바라네. 어떻게 그놈이 우릴 따라왔는지 모르겠어. 그렇지만 자네 말대로 그가 다시 우릴 놓쳐 버렸을 수도 있어. 이 메마르고 황량한 땅에선 우리가 많은 발자국도 많은 냄새도 남길 수가 없으니 아무리 냄새를 잘 맡는 코라도 별수 없을 거야."

"정말 그랬으면 좋겠어요. 놈을 없애 버리고 싶다니까요, 영영!"

"나도 그래."

하고 프로도가 말했다.

"그러나 그놈이 나의 으뜸가는 골칫거리는 아니야. 난 우리가 이 산지에서 벗어났으면 좋겠어. 지긋지긋해. 건너편의 그림자와 나 사이에 죽은 듯한 평지밖에 없이 이렇게 노출되어 있으니 동쪽으로는 온통 벌거벗은 기분이야. 저 그림자 속에는 눈이 하나 있지. 자! 오늘은 어떻게든 내려가야만 해."

그러나 그날도 점점 시간이 지나, 오후가 빛이 바래 저녁이 되어 갈 때도 그들은 여전히 능선을 따라 기어오르고 있을 뿐 어떤 탈출구도 찾지 못했다.

가끔 저 불모의 땅의 침묵 속에서 뒤쪽으로 희미한 소리가 들리는 것 같았다. 돌멩이가 떨어지거나 암반 위를 퍼덕이며 걷는 듯한 가상의 발소리 같은 것이었다. 그러나 걸음을 멈추고 가만히 서서 귀를 기울이면 더는 아무 소리도 들리지 않았고, 돌 언저리 위를 스치는 한숨 같은 바람 소리뿐이었다. 그러나 그 소리만 들어도 날카로운 이빨 사이로 나직하게 쉭쉭 소리를 내는 숨결이 생각났다.

그들은 점차 북쪽으로 굽어지는 에뮌 무일의 바깥 능선을 따라 온종일 힘겹게 나아갔다. 이제 그 가장자리를 따라 긁히고 풍화된 바위가 어지러이 널린 드넓은 평지가 쭉 뻗어 있었다. 거기엔 벼랑 표면 속의 깊은 새김눈들에까지 가파르게 비탈져 내리는 참호 같은 골짜기들이 파여 있었다. 점점 깊어지고 빈번해지는 이 갈라진 틈들 속에서 길을 찾느라, 프로도와 샘은 가장자리를 꽤 벗어나 왼쪽으로 밀려갔다. 그래서 그들은 자신들이 수 킬로미터 동안이나 느리지만 꾸준히 비탈을 내려가고 있었다는 걸 알아채지 못했다. 벼랑 꼭대기가 저지대를 향해 낮아지고 있었던 것이다.

마침내 그들은 멈춰 섰다. 능선은 북쪽으로 더 급하게 굽었고 보다 깊은 계곡에 의해 깊이 베여 있었다. 능선은 저편에서 한달음에 몇 길씩이나 다시 우뚝 솟았다. 마치 칼질에 의해 수직으로 깎인 것처럼 거대한 회색 벼랑이 그들 앞에 우뚝 섰다. 그들은 더는 앞으로 나아갈 수 없어 이제 동쪽이나 서쪽으로 방향을 돌려야만 했다. 그러나 서쪽으로 간다면 다시 산지의 한가운데로 이르는 것이라 더 힘들고 더 지체하게 될 것이고, 동쪽을 택한다면 바깥 절벽으로 이르게 될 것이었다.

"이 골짜기를 기어 내려갈 수밖에 없어, 샘. 이 길이 어디로 통하는지 살펴보자고!"

프로도가 말했다.

"살 떨리는 낙하뿐이죠, 뭐."

갈라진 틈은 보기보다 길고 깊은 것 같았다. 그들은 조금 내려가다가 옹이투성이에 말라비틀어진 나무 몇 그루를 보았다. 며칠 만에 처음 보는 나무들로, 대부분이 뒤틀린 자작나무였고 간간이 전나무도 있었다. 많은 것들이 동풍에 의해 깊은 속까지 결딴난 채 죽어 퀭한 몰골이었다. 좀 더 온화한 시절에는 이 계곡에도 아름다운 수풀이 있었음이 틀림없지만 지금은 45미터쯤 지나고 나자 나무가 더는 없었다. 다만 부러진 늙은 그루터기들이 거의 벼랑 가장자리까지 어지럽게 널려 있을 뿐이었다. 암반의 단층 모서리를 따라 뻗은 골짜기의 밑바닥은 부서진 돌들로 울퉁불퉁했고 아래로 가파르게 경사져 있었다. 마침내 그 끝에 왔을 때 프로도가 몸을 굽혀 상체를 밖으로 내밀며 말했다.

"봐! 우리는 꽤 많이 내려온 게 틀림없어. 아니면 벼랑이 내려앉았거나. 여기선 벼랑이 이전보다 훨씬 낮고 또 더 수월해 보여."

샘이 그의 곁에 무릎을 꿇고 마지못한 듯 가장자리 너머를 내다보았다. 그러고는 멀리 왼편에 솟아오른 거대한 벼랑을 힐끗 올려다보며 투덜거렸다.

"더 수월하다고요! 하긴, 올라가는 것보다 내려가는 게 언제나 쉬운 법이죠. 날 수 없는 이들도 뛰어내릴 순 있잖아요!"

"그렇지만 대단한 도약일 텐데. 음, 얼추 보기에도……."

그는 잠시 서서 눈대중으로 거리를 가늠했다

"열여덟 길쯤 될 것 같아. 그 이상은 아니고."

"그만하세요! 으윽! 전 높은 곳에서 내려다보는 건 질색이라고요! 그렇지만 기어 내려가는 것보단 보는 게 낫죠."

"매한가지야. 난 우리가 여기로 기어 내려갈 수 있다고 생각하고 또 시도해야 할 거라고 생각해. 봐, 암석이 몇 킬로미터 이전과는 아주 달라. 미끄러져 내린 데다 여기저기 금이 나 있어."

아닌 게 아니라, 골짜기 끝의 벼랑은 더는 깎아지르지 않고 바깥쪽으로 다소 경사져 있었다. 기반이 이동하는 바람에 옆으로 줄지은 층들이 온통 뒤틀리고 흐트러진 가운데 크나큰 균열과 길게 기울어진 모서리들이 남겨진 거대한 누벽이나 안벽(岸壁) 같아 보였다. 그 균열과 모서리는 곳에 따라서는 거의 계단만큼 넓었다.

"우리가 내려가기로 할 거라면 당장 하는 게 좋아. 날이 일찍 어두워지고 있어. 폭풍우가 몰려올 것 같아."

동편 산맥의 흐릿한 연기가 벌써 긴 두 팔을 서쪽으로 쭉 뻗치고 있는 보다 짙은 어둠 속에 잠겼다. 거세지는 바람에 실려 우르릉대는 먼 천둥소리가 들렸다. 프로도는 킁킁거리며 대기의 냄새를 맡아 보곤 의심스러운 듯 하늘을 올려다봤다. 그는 망토 밖으로 허리띠를 매어 단단히 조이고 가벼운 보따리를 등에 걸머지고는 벼랑 가장자리로 걸음을 옮겼다.

"난 해 볼 거야."

프로도가 말하자 샘이 침울하게 말했다.

"그럼, 좋아요! 하지만 제가 먼저 가겠어요."

"자네가? 무엇 때문에 마음이 바뀐 거지?"

"마음이 바뀐 게 아니에요. 그냥 이치가 뻔하잖아요. 미끄러져 내릴 개연성이 큰 것을 맨 밑에 두라잖아요. 전 프로도 씨 머리 위로 떨어져 프로도 씨를 나가떨어지게 하고 싶지 않아요—한 번 추락에 두 명이 죽는다는 건 말이 안 되죠."

프로도가 말리기도 전에 그는 주저앉아 가장자리 위로 두 다리를 흔들고 몸을 비틀어 돌리며 발가락을 휘저어 발 디딜 곳을 찾았다. 일찍이 그보다 용감하거나 어리석은 짓을 태연하게 한 적이 있는지 자못 의심스러웠다.

"아냐, 아니라고! 샘, 이 못 말리는 멍청이 같으니! 어디로 나갈지 한번 둘러보지도 않고 그렇게 무작정 건너려다간 어김없이 죽고 말거야! 돌아와!"

그는 샘의 겨드랑이에 두 팔을 끼워 다시 끌어 올렸다.

"자, 잠시 기다리며 침착해지라고."

그다음 그는 바닥에 엎드려 몸을 내밀고 아래를 내려다보았다. 아직 해가 지지 않았음에도 빛은 빠르게 바래지고 있는 것 같았다.

"우린 이 일을 해낼 수 있다고 생각해."

이내 그가 말했다.

"어쨌든 난 할 수 있어. 그리고 냉정을 유지하고 신중하게 날 따른다면 너도 할 수 있어."

"어떻게 그렇게 자신할 수 있는지 모르겠군요. 참! 프로도 씨도 빛이 이래서는 바닥까지 볼 수 없어요. 발이나 손을 둘 데가 없는 곳에 다다르면 어쩔 거예요?"

"도로 올라와야지, 뭐."

프로도의 말에 샘이 반박했다.

"말이야 쉽죠. 아침이 되어 빛이 더 많을 때까지 기다리는 게 좋아요."

"아니야! 마냥 기다릴 순 없어."

갑자기 프로도가 이상하리만치 격정적으로 말했다.

"난 매시간, 매분이 아까워. 난 내려가 볼 거야. 내가 돌아오거나 부를 때까진 따라오지 마!"

그는 손가락으로 경사면의 돌처럼 딱딱한 가장자리를 그러쥐고 천천히 몸을 내리다가 두 팔이 거의 최대한 벌어졌을 때 발가락으로 바위 턱을 디뎠다.

"한 걸음 내려왔어! 그리고 이 바위 턱은 오른쪽으로 넓게 퍼져 있어. 여기선 아무것도 붙들지 않고도 설 수가 있어. 난 이제……."

갑자기 그의 말이 뚝 끊겼다.

허둥지둥 다가오던 어둠이 이제 크게 속도를 올려 동쪽으로부터 질주해 와 하늘을 삼켰다. 바로 머리 위에서 우르릉 쾅쾅 하고 찢어질 듯 메마른 천둥소리가 들렸다. 모든 걸 그을릴 듯한 번개가 산지 속으로 떨어졌다. 다음엔 한바탕 사나운 바람이 몰아치고, 거센 바람 소리에 섞여 높고 째질 듯한 비명 소리가 들려왔다. 호빗들은 호빗골에서 도망쳐 올 때 저 먼 구렛들에서 바로 그러한 외침을 들은 적이 있었다. 샤이어의 숲에서도 그 소리에 오싹 소름이 끼쳤었다. 여기 낯선 황무지에서 느끼는 공포감은 훨씬 더 막대했다. 그 소리는 공포와 절망의 차가운 칼날처럼 온몸을 헤집고 꿰뚫어 심장과 숨이 멎을 지경이었다. 샘이 바닥에 넙죽 엎드렸다. 프로도는 무심결에 붙잡고 있던 바위를 스르르 놓고 양손으로 머리와 귀를 감쌌다. 그가 흔들리고 발을 헛디디더니 울부짖는 비명과 함께 아래로 주르르 미끄러졌다.

샘이 그 소리를 듣고 힘겹게 가장자리까지 기어가 소리쳤다.

"프로도 씨! 프로도 씨! ……프로도 씨!"

그는 아무 대답도 듣지 못했다. 그는 자신이 온몸을 부들부들 떨고 있다는 걸 알았지만, 숨을 가다듬고 다시 한번 외쳤다.

"프로도 씨!"

바람이 목소리를 목구멍으로 도로 밀어 넣는 것 같았다. 그런데 바람이 작은 계곡 위로 그리고 저 멀리 능선 너머로 포효하며 지날 때, 응답하는 희미한 외침이 귀에 와 닿았다.

"괜찮아, 괜찮다고! 난 여기 있어. 그런데 아무것도 안 보여."

프로도는 가냘픈 목소리로 부르고 있었다. 실제로 그는 아주 멀리 떨어져 있진 않았다. 미끄러지긴 했지만 추락한 건 아니었고 몇 미터 밑의 보다 넓은 바위 턱에 닿아 덜컹거리곤 일어섰다. 다행히도 이 지점의 바위 표면은 꽤 뒤로 기울었고, 또 바람이 그를 벼랑 쪽으로 몰아붙여서 그의 몸이 쓰러질 듯 앞으로 기운 건 아니었다. 그는 차가운 돌에 얼굴을 대고 가슴이 세차게 뛰는 걸 느끼며 잠시 안정을 취했다. 주위의 모든 것이 깜깜했기에 그는 어둠이 칠흑처럼 깊어진 게 아니라면 자신이 시력을 상실한 거라고 생각했다. 갑자기 눈이 멀어 버린 게 아닌가 싶었다. 그는 깊이 숨을 들이쉬었다.

"돌아오세요! 돌아와요!"

위쪽 어둠 속에서 샘의 목소리가 들려왔다.

"그럴 수가 없어. 보이지가 않아. 붙잡을 곳을 전혀 찾을 수 없어. 아직은 움직일 수 없어."

"제가 무얼 할 수 있나요, 프로도 씨? 무얼 할 수 있냐고요?"

샘이 위험할 만큼 몸을 멀리 내밀고 크게 소리쳤다. 왜 프로도 씨가 볼 수 없다는 거지? 어스레한 건 분명했지만 그토록 어두운 건 아니었다. 그는 아래에 있는 프로도를, 두 다리를 벌리고 벼랑에 기댄 회색의 쓸쓸한 형체를 볼 수 있었다. 그러나 그는 도움의 손길이 닿지 않을 만큼 저 멀리 있었다.

또다시 우르릉 쾅쾅 하고 천둥이 쳤고, 이윽고 비가 내렸다. 우박과 뒤섞여 눈앞을 온통 가릴 만큼 세찬 빗발이 모질도록 차갑게 벼랑에 들이닥쳤다.

"제가 프로도 씨에게로 내려갈게요."

샘이 고함쳤다. 그러나 그런 식으로 어떻게 돕겠다는 건지는 그도 말할 수가 없었다.

"아니야, 안 돼! 기다려!"

프로도가 대꾸했다. 목소리가 한결 힘찼다.

"난 곧 좋아질 거야. 벌써 기분이 나아졌는걸. 기다려! 자넨 밧줄 없인 아무것도 할 수 없어."

"밧줄이라고!"

샘이 흥분과 안도감 속에서 마구 혼잣말하며 외쳤다.

"자, 내가 얼간이들에 대한 본보기로 밧줄 끝에 목이 매달릴 만한 인물이 아니기를! 감지네 샘, 넌 에누리 없는 얼간이야. 우리 노친네가 내내 내게 했던 말이고. 맹추도 그가 즐겨 쓴 낱말이었지. 그래, 밧줄이야!"

"시시한 이야기는 그만둬!"

프로도가 외쳤다. 이젠 재미와 짜증을 모두 느낄 만큼 기운을 차린 상태였다.

"자네 아버지의 말은 신경 쓸 것 없어! 혹시 주머니 속에 밧줄을 좀 가진 게 있다는 걸 스스로에게 일러 주고 있는 거야? 그렇다면 어서 꺼내!"

"그래요, 프로도 씨. 놀랍게도 제 꾸러미 속에 있어요. 수백 킬로미터나 끌고 다녔으면서도 까맣게 잊었네요!"

"그럼 서둘러서 한쪽 끝을 내리라고!"

샘은 재빨리 꾸러미를 풀어 속을 뒤졌다. 정말 거기 밑바닥에 로리엔의 요정들이 만든 매끄러운 회색 밧줄 한 사리가 있었다. 그는 한쪽 끝을 주인에게 던졌다. 프로도의 눈에서 어둠이 걷히는 것 같았다. 혹은 그의 시력이 되살아나고 있었다. 흔들리며 내려오는 회색 줄이 보였는데, 프로도는 줄에서 흐릿한 은빛 광택이 난다고 생각했다. 어둠 속에서 시선을 고정시킬 지점이 생기자 어지러움이 덜했다. 그는 몸을 앞으로 내밀어 끝자락을 허리에 단단히 감고 밧줄을 양손으로 꽉 잡았다.

샘은 뒷걸음질 쳐서 벼랑에서 1, 2미터 떨어진 그루터기에 발을 힘껏 딛고 버텼다. 반은 끌리고 반은 기어오르며 프로도는 위로 올라와 바닥에 몸을 내던졌다.

멀리서 천둥이 으르렁대고 우르릉거렸고 비는 여전히 거세게 떨어지고 있었다. 호빗들은 도로 작은 골짜기로 기어갔다. 그러나 거기서 쓸 만한 피신처를 찾진 못했다. 빗물이 실개천을 이루어 흘러내리기 시작하더니 곧 크게 불어나 돌멩이들에 부딪혀 철벅거리고 거품을 내며 거대한 지붕의 홈통 같은 벼랑 너머로 쏟아져 내렸다.

"하마터면 저 아래서 반쯤 익사하거나 깨끗이 쓸려 내려갔을 거야. 자네가 저 밧줄을 갖고 있었다니 대단한 행운이야!"

프로도가 말했다.

"더 일찍 생각해 냈더라면 행운도 더 컸을 텐데. 우리가 떠날 때 그들이 배에 밧줄을 실은 걸 기억하시죠? 요정의 나라에서 말이에요. 전 그게 딱 마음에 들어 꾸러미에 한 사리 쑤셔 넣었죠. 그게 수년 전 같아요. 할디르였던가, 요정들 가운데 하나가 '위급할 때 도움이 될 거요.' 하고 말했는데 꼭 들어맞았어요."

"나도 한 가닥 가져올 생각을 못 한 게 아쉽군. 하기야 그리 황급하고 어수선한 와중에 원정대를 떠났으니. 밧줄이 충분하기만 하다면 내려가는 데 쓸 수 있어. 밧줄 길이가 얼마나 되지?"

샘이 양팔로 길이를 재며 천천히 밧줄을 늦추어 풀어냈다.

"다섯, 열, 스물, 서른 발 안팎이네요."

샘의 대답에 프로도가 탄성을 질렀다.

"누가 이런 일을 생각할 수 있었겠어!"

"아! 그럼요, 누가요? 요정들은 놀라운 종족이에요. 좀 가늘어 보이지만 질기고 또 손에 우유처럼 부드럽게 감기죠. 차곡차곡 빈틈없이 꾸려지고 아주 가볍죠. 정말 놀라운 종족이에요!"

"서른 발이라! 그 정도면 충분할 거라고 믿어. 해 지기 전 폭풍우가 지나가면 난 해 볼 테야."

프로도가 곰곰 생각하며 말했다.

"비는 벌써 거의 그쳤어요. 하지만 다시는 어두컴컴한 데서 위험한 일은 하지 마시라고요, 프로도 씨! 게다가 저는 바람을 타고 들려온 저 비명 소리를 아직 극복하지 못했어요. 당신은 그랬는지 몰라도요. 암흑의 기사 같은 소리였어요. 그들이 날 수 있는지는 모르지만, 공중 높은 곳에서 나는 소리였죠. 밤이 지날 때까지 이 틈새에서 죽치고 있는 게 상책이란 생각이 들어요."

"그렇지만 나는 암흑 나라의 눈이 늪지 너머로 지켜보는 가운데 이 가장자리에 묶인 채 한순간도 더 보낼 생각이 없어. 어쩔 수 없는 게 아니라면 말이야."

프로도가 말했다. 그 말과 함께 그는 일어나 다시 골짜기 밑바닥으로 내려갔다. 그가 주위를 살폈다. 동쪽 하늘이 다시 개고 있었다. 너덜너덜하고 축축한 폭풍우의 자락들이 걷히고 있었고, 그 주력은 그곳을 지나쳐 잠시 사우론의 음험한 생각이 드리웠던 에뮌 무일 위로 거대한 날개를 펼쳤다. 그것은 거기서 방향을 틀어 우박과 번개로 안두인계곡을 강타하고 전쟁의 위협에 싸인 미나스 티리스 위에 그림자를 던졌다. 그다음 그것은 산맥 속으로 내려 거대한 소용돌이를 모아 곤도르와 로한 경계 위로 서서히 굴러갔고, 마침내 저 멀리 평원 위의 기사들이 서쪽으로 말을 달리다가 그 검은 탑들이 태양 뒤로 움직이는 걸 보았다. 그러나 여기, 사막과 악취 풍기는 늪지 위로는 깊고 푸른 저녁 하늘이 또 한 번 열렸고, 얼마 안 되는 창백한 별들이 초승달 위로 창공 속의 작고 하얀 구멍들처럼 나타났다.

"다시 볼 수 있다니 좋군."

프로도가 심호흡을 하며 말했다.

"저기 말이야, 난 내가 시력을 잃은 거라고 잠시 생각했어. 번개나 그보다 고약한 어떤 것 때문에 말이야. 회색 밧줄이 내려올 때까진 아무것도, 전혀 아무것도 볼 수 없었어. 어찌 된 셈인지 밧줄이 희미하게 반짝이는 것 같았어."

"그게 어둠 속에서 다소간 은빛으로 보이더군요. 처음에 쑤셔 넣은 후로 꺼내 본 적이 있는지 기억나진 않지만, 이전엔 그렇다는 걸 전혀 알아채지 못했죠. 그나저나 내려가기로 결심했다면, 프로도 씨, 그것을 어떻게 쓸 건가요? 서른 발이면 열여덟 길쯤인데, 그건 벼랑 꼭대기에서 짐작한 것에 불과해요."

프로도는 잠시 생각했다.

"그걸 저 그루터기에 단단히 매, 샘! 그리고 이번엔 자네가 원한 대로 먼저 내려가는 거야. 내가 자네를 내려 줄 테니 자넨 손과 발을 써서 암벽에서 떨어지기만 하면 돼. 그래도 자네가 어떤 바위 턱에 체중을 실어 나를 쉬게 해 준다면 도움이 될 거야. 자네가 다 내려가면 내가 뒤따를 거야. 이제 다시 기분이 좋아졌어."

"아주 잘 됐어요."

샘이 진지하게 말했다.

"해야만 할 일이라면 당장 해치우자고요!"

그가 밧줄을 집어 가장자리에서 제일 가까운 그루터기 위에 단단히 매고 다른 쪽 끝은 자신의 허리를 둘러 묶었다. 그는 내키지 않는 듯 몸을 돌려 두 번째로 벼랑 가를 넘어갈 준비를 했다.

그런데 일은 예상한 만큼의 절반도 어렵지 않았다. 두 발 사이로 내려다보았을 땐 한 번 이상 눈을 질끈 감았지만 밧줄이 그에게 자신감을 주는 것 같았다. 곤란한 지점이 한 군데 있었는데, 거기엔 바위 턱이 없고 암벽이 가파른 데다 심지어 짧은 거리 동안이긴 하나 하부가 잘려 있었다. 거기서 그는 쭉 미끄러져 은빛 줄에 매달린 채 대롱대롱 흔들렸다. 그러나 프로도가 천천히 그리고 안정되게 내려 주어 마침내 밑바닥에 닿았다. 프로도는 샘이 아직 공중에 높이 떠 있을 동안 밧줄이 다하면 어떡하나 하는 게 으뜸가는 걱정거리였는데, 샘이 밑바닥에 닿아 "내려왔어요!" 하고 위를 향해 소리쳤을 때 그의 손엔 아직도 밧줄이 반 정도 남아 있었다. 샘의 목소리는 아래에서 선명하게 들려왔지만 그의 모습은 볼 수 없었다. 샘이 입은 회색의 요정 망토가 어스름 속에 껴묻혔던 것이다.

프로도가 뒤를 따르는 데는 시간이 좀 걸렸다. 그가 허리에 밧줄을 둘렀고, 밧줄은 위쪽에 단단히 결박되어 있었다. 그리고 밑바닥에 닿기 전에 다시 올라갈 수 있게끔 밧줄의 길이를 줄여 놓았다. 그럼에도 그는 추락의 위험을 감수하고 싶지 않았고 또 이 가느다란 회색 줄을 샘만큼 그리 굳게 믿지 않았다. 그래도 전적으로 밧줄에 몸을 맡겨야 할 곳이 두 군데 있었다. 표면이 반들반들한 곳들로 거기선 호빗의 튼튼한 손가락으로도 움켜쥘 만한 데가 없었고 바위 턱들은 서로 멀리 떨어져 있었다. 그러나 마침내 그도 내려왔다.

"자! 우린 해냈어! 우리가 에뮌 무일에서 탈출했다고! 이제 다음으로 뭘 한담? 어쩌면 우린 곧 발밑에 닿는 단단한 바위를 그리워할지도 몰라."

프로도가 외쳤다. 그러나 샘은 대답하지 않았다. 그는 내려온 벼랑을 도로 빤히 올려다보고 있었다.

"이런 맹추들 같으니! 얼뜨기들이라니까! 내 아름다운 밧줄! 그것은 저기 그루터기에 매여 있고 우리는 밑바닥에 있잖아요. 그 살금대는 골룸에게 우리는 제일 알맞은 작은 계단을 남겨 줬다고요! 차라리 우리가 어느 길로 갔는지를 알리는 표지판을 세워 놓는 게 나아요. 어쩐지 일이 너무 쉽다 싶었어요."

"만일 우리 둘이 밧줄을 사용하고도 그걸 우리와 함께 밑으로 갖고 올 방법을 생각해 낼 수 있다면, 맹추든 뭐든 자네 아버지가 자네에게 붙인 어떤 이름이라도 내게 떠넘겨도 좋아. 원한다면 기어올라 가 밧줄을 풀어 내려오라고!"

샘이 머리를 긁적였다.

"아니에요. 죄송하지만 어떤 방법도 생각해 낼 수가 없어요. 그러나 이걸 남겨 둔 게 찜찜하고, 그건 사실이라고요."

그는 밧줄 끝을 쓰다듬고는 가볍게 흔들었다.

"요정의 고장에서 가져온 그 어떤 것을 내놓는다는 건 쓰라린 일이에요. 어쩌면 갈라드리엘께서 손수 만드신 것일 수도 있는데. 갈라드리엘이시여!"

그가 침통하게 머리를 끄덕이며 중얼거렸다. 그는 위를 쳐다보고는 마치 작별 인사를 하는 것처럼 마지막으로 밧줄을 잡아당겼다.

두 호빗 모두가 소스라치게 놀랄 만큼 그것이 풀렸다. 샘이 나자빠졌고, 회색의 긴 사리가 소리 없이 주르르 미끄러져 그의 머리 위에 떨어졌다. 프로도가 웃었다.

"누가 저 밧줄을 맸지? 그게 그동안을 지탱했다는 게 용한 일이야! 자네가 맨 매듭에 내 체중을 온통 맡긴 걸 생각하면!"

샘은 웃지 않았다. 그가 기분이 상한 어조로 말했다.

"제가 기어오르는 데는 그다지 능숙하지 않을 수 있어요, 프로도 씨. 하지만 밧줄과 매듭에 대해선 웬만큼 알아요. 프로도 씨도 알다시피 그건 우리 가문의 내림이라고요. 그래요, 제 할아버지께서, 그리고 그 뒤를 이어 제 삼촌 앤디, 즉 제 아버지의 손위 형님께서 오랜 세월 동안 밧줄골에서 밧줄을 엮으셨지요. 그리고 저도 샤이어 안팎의 어떤 이에게도 뒤지지 않을 만큼 그루터기에 단단하게 밧줄을 맨다고요."

"그렇다면 밧줄이 끊어진 게 틀림없군. 바위 모서리에 긁히거나 했을 수 있지."

프로도의 말에 샘이 훨씬 더 기분이 상한 목소리로 말했다.

"장담하지만 그렇진 않았어요!"

그는 허리를 숙여 밧줄 끝을 살펴보았다.

"끊어지지도 않았어요. 한 가닥도 끊어지지 않았다고요!"

"그렇다면 매듭에 문제가 있는 게 틀림없는 것 같은데."

하고 프로도가 말했다.

샘은 머리를 흔들 뿐 대답하지 않았다. 그는 생각에 잠겨 손가락들 사이로 밧줄을 통과시키고 있었다. 마침내 그가 말했다.

"마음대로 생각하세요, 프로도 씨. 하지만 저는 밧줄이 저절로 풀린 거라고 생각해요—제가 불렀을 때 말이에요."

그는 밧줄을 둘둘 감아 꾸러미 속에 고이 챙겨 넣었다.

"어쨌거나 그것은 내려왔어. 그게 중요한 거야. 그나저나 이제 우린 다음 행동을 생각해야 해. 곧 밤이 다가올 거야. 별들이 참 아름다워, 달도 그렇고!"

"저것들을 보니 기운이 나죠, 안 그래요?"

샘이 위를 쳐다보며 말했다.

"아무래도 저것들은 요정들의 작품 같아요. 게다가 달이 커지고 있어요. 우린 이 구름 낀 날씨 속에서 하룬가 이틀 밤 동안 달을 못 봤어요. 제법 빛을 내기 시작하는데요."

"그렇군. 그러나 보름달이 되려면 며칠 더 있어야 해. 반달이 비추는 빛으로 저 늪지를 건널 수 있을 것 같진 않아."

밤의 첫 어둠 아래서 그들은 여정의 다음 단계에 돌입했다. 잠시 후 샘은 몸을 돌려 지나온 길을 뒤돌아보았다. 골짜기 어귀는 어슴푸레한 벼랑 속에 검은 브이(V) 자 모양이었다.

샘이 말했다.

"밧줄을 찾아서 기뻐요. 어쨌든 우린 그 노상강도 같은 놈에게 작은 수수께끼를 하나 던져 놓았어요. 그놈도 저 바위 턱에 더럽고 펄럭거리는 발을 한번 갖다 대 보라죠!"

그들은 벼랑 가를 벗어나 둥근 돌과 울퉁불퉁한 돌이 깔린 황무지로 걸음을 옮겼다. 돌들은 비에 흠뻑 젖어 미끄러웠다. 땅바닥은 여전히 가파르게 경사져 있었다. 얼마 가지 않아 그들의 발 앞에 갑자기 거대한 균열이 시커멓게 입을 쩍 벌렸다. 넓지는 않았지만 그래도 흐릿한 빛 속에서 건너뛰기엔 너무 넓었다. 그 깊숙한 틈에서 물이 콸콸 흐르는 소리가 들리는 것 같았다. 그 균열은 그들 왼편에서 북쪽으로 휘어져 다시 구릉지 쪽으로 나 있었다. 어쨌든 어둠이 지속되는 한 그 방향으로의 길은 가로막힌 셈이었다.

"제 생각엔 벼랑의 선을 따라 다시 남쪽으로 가는 길을 선택하는 게 좋을 것 같아요. 거기서 어떤 구석진 곳이나 아니면 심지어 동굴 같은 걸 찾을 수도 있을 거예요."

샘의 말에 프로도도 동의했다.

"나도 그렇게 생각해. 난 지쳤어. 오늘 밤엔 더는 돌멩이들 사이를 기어 다닐 수 없을 것 같아—지체되는 건 싫지만 말이야. 우리 앞에 명료한 길이 있었으면 좋겠어. 그렇다면 두 다리가 꺾일 때까지 계속 나아갈 거야."

그들의 행군은 에뮌 무일의 울퉁불퉁한 기슭에서보다 조금도 더 쉬워지지 않았다. 샘도 비바람을 피해 쉴 만한 어떤 구석이나 움푹 꺼진 곳을 찾지 못했다. 오로지 황량한 돌투성이 비탈들만 벼랑 옆에 험준하게 솟아 있었다. 벼랑은 이제 다시 솟아올라 그들이 돌아갈수록 더 높고 가팔라졌다. 마침내 기진맥진한 그들은 벼랑 기슭에서 멀지 않은 곳에 놓인 둥근 돌들을 바람막이 삼아 바닥에 몸을 던졌다. 그들은 얼어붙도록 추운 밤에 거기서 얼마 동안 처량하게 몸을 움츠리고 앉아 있었다. 잠을 물리치기 위해 별의별 수를 다 써 보았지만 졸음은 계속 밀려들었다. 이제 달은 높고 선명하게 떠 있었다. 가느다란 흰 달빛이 바위 표면을 환하게 비추고 벼랑의 차갑고 가파른 벽을 흠뻑 적셨고, 드넓게 자태를 드러내는 어둠을 시커먼 그림자들로 줄이 죽죽 그어진 으슬으슬하고 창백한 회색으로 바꾸었다.

"자!"

프로도가 일어서서 망토를 몸에 밀착되게 두르며 말했다.

"샘, 내 담요를 받아서 잠 좀 자. 난 보초를 설 겸 잠시 아래위를 거닐 테니까."

갑자기 그가 뻣뻣해지더니 몸을 굽혀 샘의 팔을 꽉 잡았다.

"저게 뭐지? 저기 벼랑 위를 봐!"

샘이 쳐다보고는 잇새로 날카롭게 숨을 들이쉬었다.

"쉬잇! 바로 그놈이에요! 그 골룸이라고요! 지긋지긋한 놈이야! 우리가 벼랑을 기어 내려온 게 놈에겐 수수께끼일 거라고 생각하다니! 저놈 좀 봐요! 벽 위를 기어 다니는 역겨운 거미 같아요."

어스레한 달빛 속에 가파르고 거의 반들반들해 보이는 벼랑 표면을 따라 작고 시커먼 물체 하나가 가느다란 사지를 밖으로 벌린 채 움직이고 있었다. 그 부드럽고 착 달라붙는 손과 발톱은, 어떤 호빗도 보거나 쓸 수 없었을 갈라진 틈새들과 발붙일 곳을 찾고 있었다. 아니면 먹이를 찾아 헤매는 어떤 커다란 벌레인 양 끈적끈적한 발로 그냥 기어 내려오는 것처럼 보였다. 게다가 그는 냄새로 길을 찾는 것처럼 머리부터 내려오고 있었다. 이따금 천천히 머리를 치켜들어 바싹 여윈 기다란 목 위로 내밀기도 했다. 호빗들은 두 개의 작고 희미하게 번들거리는 불빛을 흘낏 보았는데, 그 두 눈은 한순간 달빛에 깜빡였다간 곧장 눈꺼풀에 덮였다.

샘이 말했다.

"놈이 우릴 볼 수 있다고 생각하세요?"

"모르겠어."

프로도가 조용히 말했다.

"그러나 못 보리라 생각해. 친숙한 눈길이라도 이 요정 망토를 보긴 어려워. 자네가 어둠 속에 몇 걸음만 떨어져 있어도 난 자넬 볼 수가 없는걸. 더구나 저놈은 해나 달을 좋아하지 않는다고 들었어."

"그럼 왜 저놈이 바로 여기로 내려오고 있는 걸까요?"

"조용히, 샘! 어쩌면 그는 우리 냄새를 맡을 수 있을 거야. 그리고 그는 요정만큼 예리하게 들을 수 있다고 믿어. 이제 그가 뭔가를 들었다고 생각해. 아마도 우리 목소리일 거야. 우린 저기 뒤쪽에서 꽤나 소리를 질러 댔잖아. 그리고 1분 전까지만 해도 우린 너무 큰 소리로 말하고 있었어."

"음, 전 놈이 신물이 나요. 놈이 자꾸만 저에게 달라붙는데 할 수만 있다면 한마디 하겠어요. 이젠 어쨌든 놈을 따돌릴 순 없을 것 같아요."

샘이 회색 두건을 얼굴 위로 쑥 내리고 벼랑을 향해 살금살금 기어갔다. 프로도가 뒤를 따르며 속삭였다.

"조심해! 놈을 놀라게 해선 안 돼! 보기보단 훨씬 위험한 놈이야."

기어오는 시커먼 형체는 이제 4분의 3 정도 내려와 벼랑 기슭 위로 5미터 조금 못 미치는 곳에 있는 성싶었다. 호빗들은 커다란 둥근 돌의 그림자 속에 돌처럼 조용히 웅크리고 앉아 그를 지켜보았다. 그는 통과하기 어려운 지점에 이르렀거나 어떤 것 때문에 애를 먹는 것 같았다. 그가 냄새를 맡느라 킁킁대는 소리가 들렸다. 간간이 귀에 거슬리는 쉭쉭거리는 숨소리가 들려왔는데, 그 소리가 마치 저주처럼 들렸다. 그가 머리를 치켜들고 침을 뱉는 소리도 들리는 것 같았다. 그러고는 계속 움직였다. 이제 그들은 귀에 거슬리는 새된 목소리를 들을 수 있었다.

"아춰, 쓰쓰! 조심해야지, 내 보물! 급할수록 천천히. 우린 목 부러질 위험을 감수해선 안 되지. 안 그래, 보물? 안 되고말고, 보물—골룸!"

그는 다시 머리를 치켜들어 달빛에 눈을 깜빡이곤 재빨리 눈을 감았다. 그리고 쉭쉭거렸다.

"우린 저 달빛이 무지 싫어. 역겹고 메스껍고 오싹한 빛이란 말이야—쓰쓰—저것이 우릴 감시해.

보물—우리 눈도 아프게 해."

이제 그는 점차 낮게 내려오고 있었고, 쉭쉭대는 소리도 더 날카롭고 또렷해졌다.

"어디 있지? 어디 있어, 내 보물, 내 보물아? 그건 우리 거야, 그럼, 그리고 우린 그걸 원해. 그 도둑놈들, 그 도둑놈들, 그 더럽고 아니꼬운 도둑놈들. 내 보물을 가진 그놈들은 어디 있는 거야? 저주받을 놈들! 우린 그놈들을 증오해."

샘이 속삭였다.

"우리가 여기 있는 걸 놈이 아는 것 같지가 않아요. 안 그래요? 한데 그의 보물이란 게 뭐죠? 그걸 말하……."

"쉿!"

프로도가 낮게 속삭였다.

"놈이 이제 가까워지고 있어. 속삭임도 들릴 만큼 가까이 말이야."

정말로 골룸은 갑자기 다시 멈춰 섰고 앙상한 목 위의 큰 머리가 마치 무슨 소리에 귀를 기울이는 것처럼 이리저리로 축축 늘어졌다. 창백한 눈은 반쯤 눈꺼풀에 덮인 채였다. 샘은 꾹 참았지만 손가락에 경련이 일어났다. 분노와 역겨움으로 가득한 그의 눈은 여전히 혼잣말로 속삭거리고 쉭쉭대며 다시 움직이기 시작한 그 비참한 생물에게 붙박여 있었다.

드디어 그는 그들의 머리 바로 위, 땅바닥에서 4미터가량밖에 안 되는 곳까지 왔다. 벼랑이 약간 안쪽으로 깎여서 그 지점부터는 가파른 비탈이었다. 골룸조차도 붙잡을 만한 곳을 전혀 찾을 수 없었다. 그는 다리부터 먼저 디디려고 몸을 비틀어 구부리는 것 같더니 갑자기 바람 소리처럼 날카로운 비명을 지르며 떨어졌다. 떨어지면서 그는 몸통 주위로 팔과 다리를 말아 올렸는데, 그건 타고 내려오던 실이 뚝 끊겼을 때 거미가 취하는 행동과 흡사했다.

샘은 대번에 숨어 있던 곳에서 나와 두 번의 도약만으로 자신과 벼랑 기슭 사이의 거리를 가로질렀다. 그는 골룸이 일어서기 전에 위에 올라탔다. 그러나 추락 후 무방비 상태에서 갑자기 그렇게 붙잡혔어도 골룸은 그가 예상한 것보다 훨씬 완강했다. 샘이 어디를 붙잡기도 전에 긴 팔과 다리가 그의 몸에 감겨 두 팔을 꼼짝 못 하게 했다. 부드럽지만 지독히도 강한 손아귀가 착 달라붙어 서서히 죄는 끈처럼 그의 몸을 압착했다. 끈적거리는 손가락들은 그의 목을 더듬어 찾았다. 그다음엔 날카로운 이빨이 그의 어깨를 파고들었다. 샘이 할 수 있는 일이라곤 자신의 단단한 둥근 머리를 옆으로 돌려 그의 얼굴을 힘껏 들이박는 것뿐이었다. 골룸은 쉭쉭 소리를 내며 침을 뱉었지만 붙잡은 걸 놓진 않았다.

만일 샘이 혼자였다면 큰 낭패를 겪었을 터였다. 하지만 프로도가 뛰쳐나와 칼집에서 스팅을 뽑았다. 그가 왼손으로 골룸의 가늘고 긴, 부드러운 머리칼을 붙잡고 머리를 뒤로 젖히자 기다란 목이 쭉 늘어났고, 독기 어린 흐릿한 눈이 하늘을 향했다.

"놔주라고, 골룸! 이건 스팅이야. 옛적 언젠가 본 적 있지. 놓으라고, 그러지 않으면 넌 이번엔 그 맛을 보게 될 거야! 네놈의 목을 자를 테야."

골룸이 무너지더니 젖은 끈처럼 느슨해졌다. 샘이 어깨를 어루만지며 일어났다. 그의 눈은 분노로 이글거렸으나 보복할 수는 없었다. 그의 비참한 적은 훌쩍이며 돌멩이들 위에 넙죽 엎드려 누워 있었다.

"우릴 해치지 마! 저들이 우릴 해치지 않게 해, 보물! 저들이 우릴 해치지 않겠지, 안 그래? 점잖은 작은 호빗들이 말이야! 우린 해칠 생각이 없었는데 저들이 불쌍한 생쥐를 덮치는 고양이처럼 달려들었어. 저들이 그랬다고, 보물. 게다가 우린 무척 외로운데, 골룸. 저들이 우리에게 잘해 주면 우리도 저들에게 잘할 텐데, 아주 잘! 안 그래? 그럼, 그렇고말고."

"자, 저걸 어떻게 하죠?"

샘이 말했다.

"단단히 묶자고요. 더는 우리 뒤를 살금살금 뒤따르지 못하게."

"그러나 그건 우릴 죽일 거야, 죽일 거라고!"

골룸이 훌쩍였다.

"잔인한 작은 호빗들이야. 이 춥고 딱딱한 땅에 우릴 단단히 묶어 내버리다니, 골룸, 골룸!"

골골거리는 목청에서 흐느낌이 샘물처럼 솟아났다. 프로도가 말했다.

"아니야. 만일 우리가 그를 죽인다면 단박에 죽여야 해. 그러나 우린 그렇게 할 수 없어. 현 상황에선 안 돼. 불쌍한 놈이야! 그는 우리에게 아무런 해를 끼치지 않았어."

"아니, 해를 끼치지 않았다고요?"
하고 샘이 어깨를 문지르며 말했다.

"장담하지만, 어쨌든 저놈은 우리를 해치려고 했고 지금도 해치려고 해요. 우리가 잠든 사이에 우리 목을 조르려는 게 놈의 계획이라고요."

"그럴 수도 있겠지. 하지만 실제로 행하는 것과 하고자 하는 건 별개의 문제라고."

프로도는 생각에 잠겨 잠시 말을 멈추었다. 골룸은 가만히 누워 있었지만 훌쩍임은 멈추었다. 샘은 그를 무섭게 노려보며 서 있었다.

그때 프로도는 자신이 과거로부터의 목소리들을 아주 또렷하게, 그러나 아주 멀리서 듣는 것 같았다.

'빌보 아저씨는 기회가 있었을 텐데도 왜 그 나쁜 놈을 죽이지 않고 쓸데없이 동정을 베풀어 살려 준 걸까요?'

'동정이라고? 그래, 빌보의 손을 만류한 것은 동정심이었지. 부득이한 경우가 아니라면 죽이지 않으려는 동정과 자비 말일세.'

'골룸에겐 아무런 동정심도 느낄 수 없어요. 그는 죽어 마땅합니다.'

'마땅하다고? 어쩌면 그럴지도 모르지. 살아 있는 이들 중 많은 자가 죽어 마땅하지. 그러나 죽은 이들 중에도 마땅히 살아나야 할 이들이 있어. 그렇다고 자네가 그들을 되살릴 수 있는가? 그렇지 않다면 죽음의 심판을 그렇게 쉽게 내려서는 안 된다네. 심지어 우리 마법사라 할지라도 만물의 종말을 모두 알 수는 없거든.'

"지당하신 말씀이에요."

하고 프로도가 칼을 내리며 큰 소리로 대답했다.

"전 여전히 불안해요. 그렇지만 당신이 보다시피 나는 저자를 건드리지 않겠어요. 막상 그를 보니 동정심이 들어요."

샘은 그 자리에 없는 누군가에게 말하고 있는 것 같은 주인을 빤히 쳐다보았다. 골룸이 머리를 치켜들고 애처롭게 말했다.

"그래, 우린 비참해, 보물. 비참, 비참이라고! 호빗들은 우릴 죽이지 않을 거야. 훌륭한 호빗들이."

"그래, 우린 그러지 않을 거야. 그러나 널 놓아주지도 않을 거야. 넌 사악한 마음과 고약한 심보로 꽉 차 있어, 골룸. 넌 우리와 함께 가야 할 거야. 그게 다야. 물론 우린 널 감시할 거야. 그렇지만 할 수 있으면 넌 우릴 도와야 해. 친절을 베풀면 그만큼 갚아야 하지."

"그렇지, 정말 그렇지."

골룸이 일어나 앉으며 말했다.

"훌륭한 호빗들이야! 우린 그들과 함께 가겠어. 그들에게 어둠 속에서 안전한 길을 찾아 주겠어, 그럼. 그런데 이 춥고 딱딱한 땅에서 그들은 어디로 가는 거지? 우린 그게 궁금해. 그럼 궁금하지."

그가 호빗들을 올려다보았다. 그 깜박이는 흐릿한 눈 속에서 일순 교활함과 열망의 희미한 빛이 가물거렸다.

샘은 그를 쏘아보며 잇새로 공기를 빨아들이는 소리를 냈다. 그러나 그는 주인의 기분에 뭔가 야릇한 구석이 있고 그 일은 왈가왈부할 것이 아니란 걸 감지한 것 같았다. 그럼에도 불구하고 그는 프로도의 대답에 깜짝 놀랐다.

프로도는 움찔 꼬리를 사리는 골룸의 눈을 똑바로 쳐다보며 조용하고 단호하게 말했다.

"넌 그걸 알아. 넌 능히 짐작하고 있어, 스메아골. 우린 모르도르로 갈 거야, 당연히. 그리고 너는 거기로 가는 길을 안다고 난 믿어."

"아취, 쓰쓰!"

골룸은 마치 그 같은 솔직함과 대놓고 그 이름들을 거론하는 게 고통스러운 듯 양손으로 귀를 막으며 말했다.

"우린 짐작했지. 그럼, 우린 짐작했다고. 그렇지만 우린 그들이 가는 걸 원치 않았어, 안 그래? 아니지, 보물! 훌륭한 호빗들은 아니야. 거기엔 잿더미, 잿더미와 먼지, 그리고 갈증이 있고, 또 구덩이들, 구덩이들, 구덩이들과 오르크들, 수천의 오르크들이 있어. 훌륭한 호빗들은 그런 곳들에—쓰쓰—가선 안 돼."

"그럼 넌 거기 가 본 거로군? 그리고 넌 도로 거기로 끌리고 있어, 안 그래?"

프로도가 몰아세우자 골룸이 새된 소리를 질렀다.

"그래, 그래. 아니야! 한 번, 그건 우연이었어, 안 그래, 보물? 그럼, 우연이었지. 그러나 우린 돌아가지 않을 거야. 아니지, 아니고말고!"

그러고는 갑자기 그의 목소리와 언어가 바뀌더니 목이 메어 흐느끼며 말했다. 그것은 그들에게 하는 말은 아니었다.

"날 내버려 둬, 골룸! 너는 날 아프게 해! 오, 내 가여운 손들이여, 골룸! 난, 우린, 난 돌아가고 싶지 않아. 난 그걸 찾을 수 없어. 난 피곤해. 난, 우린 그걸 찾을 수 없어, 골룸, 골룸, 아니, 그 어디서도. 그들은 언제나 깨어 있어. 난쟁이들, 인간들, 그리고 요정들, 부리부리한 눈의 무시무시한 요정들. 난 그걸 찾을 수 없다고. 아취!"

그가 일어나 긴 손을 살 없이 뼈로 만들어진 매듭처럼 꽉 움켜쥐고 동쪽을 향해 흔들었다.

"우린 안 갈 거야! 널 위해선 안 갈 거야."

그러더니 그는 다시 무너져 내렸다. "골룸, 골룸." 하고 그가 얼굴을 바닥에 대고 훌쩍이며 소리쳤다.

"우릴 쳐다보지 마! 가 버려! 잠이나 자라고!"

그러자 프로도가 말했다.

"그는 네 명령에 따라 가 버리거나 잠들지는 않을 거야, 스메아골. 그러나 네가 진정 그에게서 자유로워지길 원한다면 넌 나를 도와야 해. 그리고 돕는다는 건 그에게로 가는 길을 네가 우리에게 찾아주는 걸 뜻해. 그러나 너는 끝까지 갈 필요는 없어. 그의 땅 성문 너머로는 안 가도 돼."

골룸이 다시 일어나 앉아 눈꺼풀 아래로 그를 쳐다보았다. 그리고 꽥꽥 소리 질렀다.

"그는 저 너머에 있어! 언제나 거기에. 가는 길 내내 오르크들이 너를 포로로 잡으려 할 거야. 대하의 동쪽에서 오르크들을 찾는 건 쉬워. 스메아골에게 부탁하지 마! 불쌍한, 불쌍한 스메아골! 그는 오래전에 가 버렸어. 그들이 그의 보물을 빼앗았고 그는 이제 길을 잃었어."

"네가 우리와 함께 간다면 아마도 우린 그를 다시 찾을 수 있을 거야."

"아냐, 아니야, 절대로! 그는 자기 보물을 잃어버렸어."

"일어나!"

프로도가 명령했다. 골룸이 일어서서 벼랑을 등지고 뒷걸음질 쳤다. 프로도가 다시 말했다.

"자! 밤과 낮 중에서 언제 길을 찾기가 더 쉽지? 우린 지쳤어. 그러나 만일 네가 밤을 택한다면 우린 오늘 밤 출발할 거야."

골룸이 우는소리로 칭얼댔다.

"큰 빛들은 우리 눈을 아프게 해. 그럼, 그렇다고. 하얀 얼굴 아래선 안 돼, 아직은 안 돼. 그것은 곧 언덕 뒤로 갈 거야, 그럼. 먼저 좀 쉬어, 훌륭한 호빗들이여!"

"그럼 앉아. 그리고 움직이지 마!"

프로도가 말했다.

호빗들은 각기 그의 양옆에 앉아 암벽에 기댄 채 다리를 쉬었다. 따로 말로 약속할 필요도 없이, 그들은 잠들면 안 된다는 사실을 잘 알고 있었다. 달이 천천히 지나갔다. 산속에서 어둠이 떨어져 내려 앞의 모든 것이 캄캄해졌다. 하늘에는 많은 별들이 떠올라 밝게 빛났다. 아무도 움직이지 않았다. 골룸은 다리를 끌어모아 무릎 위에 턱을 괴고, 넓적한 손발은 땅바닥에 댄 채 눈을 감고 앉아 있었다. 그러나 마치 무엇을 생각하거나 귀를 기울이고 있는 듯 긴장된 모습이었다.

프로도는 건너편의 샘을 바라보았다. 눈길이 마주쳤고 그들은 서로를 이해했다. 그들은 머리를 뒤로 기댄 채 눈을 감고, 아니 감은 것 같은 상태로 느긋하게 쉬었다. 곧 그들의 고른 숨소리가 들렸다. 골룸의 양손이 약간 실룩거렸다. 거의 감지할 수 없을 정도로 머리가 좌우로 움직였고, 한쪽 눈이, 그리고 또 한쪽 눈이 빠끔히 열렸다. 호빗들은 아무 내색도 하지 않았다.

갑자기 골룸은 놀랄 만큼 민첩한 동작으로 메뚜기나 개구리처럼 튀어 올라 어둠 속으로 뛰어갔다. 그러나 그건 프로도나 샘이 예상한 바였다. 골룸이 채 두 걸음도 뛰어가기 전에 샘이 그를 덮쳤다. 프로도 역시 달려와 골룸의 다리를 잡고 내동댕이쳤다.

"자네 밧줄의 유용함이 다시 입증되는걸, 샘."

프로도가 말하자 샘이 밧줄을 꺼내며 으르렁거리듯 말했다.

"이 춥고 딱딱한 땅에서 어디로 가려던 거였어, 골룸 씨? 우린 궁금해. 그래, 우린 궁금하다고. 장담컨대, 네놈의 오르크 친구들 몇을 찾으려는 거였어. 이 역겹고 믿을 수 없는 놈아. 이 밧줄이 가야 할 곳은 바로 네놈 모가지 둘레야. 단단한 올가미와 함께 말이야."

골룸은 조용히 누워 더는 수작을 부리지 않았다. 그는 샘의 말에 대답하지 않고 다만 독기 어린 재빠른 눈길을 던졌다.

프로도가 말했다.

"우린 그를 붙들어 두기만 하면 돼. 그가 걸어야 하니까 다리를 묶으면 안 돼. 혹은 팔도, 그는 팔도 거의 다리만큼이나 쓰는 것 같거든. 한쪽 끝은 그의 발목에 묶고 다른 쪽 끝은 자네가 꽉 쥐어."

샘이 매듭을 묶는 동안 그는 골룸을 감시했다. 그러나 그 결과는 그들 모두를 깜짝 놀라게 만들었다. 골룸이 비명을 지르기 시작했다. 그 가늘고 째지는 소리는 듣기에도 아주 끔찍했다. 그는 몸부림쳤고 입을 발목에 갖다 대 밧줄을 물려고 했다. 그는 계속 비명을 질러 댔다.

마침내 프로도는 그가 정말로 고통스러워한다고 확신했다. 그러나 매듭 때문일 리는 없었다. 그는 매듭을 살펴보고 지나치게 단단히 조여지지 않았음을 확인했다. 사실 필요한 만큼 단단히 조여졌다고 말하기도 어려울 정도였다. 샘은 자신의 말과는 달리 그렇게 모질지 못했다.

"왜 그래? 네가 도망치려고 할 거면 넌 묶여야 돼. 그러나 우린 너를 아프게 하고 싶진 않아."

"그게 우릴 아프게 해, 아프게 한다고!"

골룸이 쉭쉭거렸다.

"그게 몸을 얼어붙게 하고 살을 파고든다고! 요정들이 꼰 밧줄이야, 우라질 놈들! 모질고 잔인한 호빗들! 그러니까 우리가 탈출하려는 거야! 그럼, 그렇고말고, 보물. 우린 그들이 잔인한 호빗들이란 걸 짐작했어. 그들은 요정들을, 부리부리한 눈의 사나운 요정들을 방문해. 우리에게서 그걸 벗겨 줘! 아프다고!"

"아니, 벗겨 주지 않겠어. 이렇게 하지 않는 한 안 돼."

프로도는 잠시 생각하느라 말을 멈췄다.

"내가 믿을 수 있는 어떤 약속을 네가 하지 않는 한 벗겨 줄 수 없어."

"우린 그가 원하는 걸 하겠다고 맹세하겠어, 그래, 그럴 거야! 으, 아프다니까!"

골룸이 여전히 몸을 비틀고 발목을 움켜잡으며 말했다.

"맹세해?"

프로도가 묻자, 골룸은 눈을 크게 뜨고 이상한 눈빛으로 프로도를 응시하며 갑작스럽고 또렷하게 말했다.

"스메아골, 스메아골이 보물에 걸고 맹세할 거야."

"보물에 걸어? 네가 어떻게 감히?"

프로도가 꼿꼿이 몸을 세우며 소리쳤다. 샘은 또다시 그의 말과 단호한 목소리에 깜짝 놀랐다.

"생각해 봐!

'모든 반지들을 지배하고 암흑 속에서 그것들을 묶을 절대반지.'

네 약속을 그것에 걸겠어, 스메아골? 그것은 널 사로잡을 거야. 아니, 그것은 너보다 더 믿을 수 없는 거야. 그것은 네 말을 왜곡시킬 수도 있어. 조심해!"

골룸이 몸을 움츠리며 다시 되풀이했다.

"보물에 걸고, 보물에 걸고!"

"그런데 뭘 맹세할 거야?"

"아주, 아주 착해지기로."

골룸은 이렇게 말하고 프로도의 발치로 기어와 앞에 넙죽 엎드리곤 쉰 목소리로 속삭였는데, 마치 그 말에 그의 뼈대 자체가 두려움으로 뒤흔들리는 것처럼 몸서리쳤다.

"스메아골은 결코, 결코 그가 그것을 갖지 못하게 할 것을 맹세할 거야. 결단코! 스메아골이 그것을 구할 거야. 그러나 그는 보물에 걸고 맹세해야 해."

"아니야! 그것에 걸어선 안 돼."

프로도가 준엄한 연민의 눈길로 그를 내려다보며 말했다.

"그것이 널 미치게 만들 거라는 걸 네가 알면서도, 할 수만 있다면 네가 원하는 건 오직 그것을 보고 그것을 만지려는 것뿐이야. 그것에 걸어선 안 돼. 하려거든 그것을 두고 맹세해. 왜냐하면 넌 그것이 어디 있는지 아니까. 그럼, 넌 알아, 스메아골. 그것은 네 앞에 있어."

잠시 동안 샘에게는 자신의 주인은 커지고 골룸은 오그라든 것처럼 보였다. 키 크고 준엄한 그림자 하나, 즉 잿빛 구름 속에 자신의 찬연함을 감춘 강대한 지배자와 그의 발치 앞에서 낑낑대는 왜소한 개 한 마리처럼. 그렇지만 그 둘은 어떤 면에선 유사하고 이질적이지가 않았다. 그들은 서로의 마음에 가닿을 수 있었다. 골룸이 몸을 일으켜 무릎을 꿇고 해롱거리며 앞발로 프로도를 긁기 시작했다.

"앉아! 앉으라고! 이제 네 약속을 말해!"

"우리는 약속해요! 그럼, 나는 약속해요!"

골룸이 말했다.

"나는 보물의 주인을 섬기겠어요. 착한 주인에 착한 스메아골, 골룸, 골룸!"

갑자기 그가 울더니 다시 자기 발목을 물어뜯기 시작했다.

"밧줄을 풀어 줘, 샘!"

프로도가 말했다. 샘은 마지못해 순종했다. 곧바로 골룸이 일어나 껑충대며 뛰어다니기 시작했는데, 그 모습이 매 맞고 난 뒤 주인의 다독거림을 받은 개와 흡사했다. 그 순간부터 얼마 동안 그의 변화된 모습이 지속되었다. 말할 때 쉭쉭대는 소리와 징징 짜는 소리가 줄었고, 또 소중한 자신에게가 아니라 그의 동료들에게 직접 말했다. 그들이 곁에 다가서거나 어떤 갑작스러운 움직임을 보이면 그는 움츠러들거나 움찔하곤 했고, 또 그들의 요정 망토를 만지려 하지 않았다. 그렇지만 그는 다정하게 굴었고 실로 보기 딱할 만큼 상대방의 기분을 맞추고자 애썼다. 농담을 건네거나 프로도가 상냥하게 말을 건네기라도 하면 캑캑거리며 웃고 깡충깡충 뛰었으며, 프로도가 그를 꾸짖으면 눈물을 흘리곤 했다. 샘은 그에게 어떤 종류든 거의 말을 하지 않았다. 그는 여느 때보다 더 깊이 그를 의심했고, 고를 수만 있다면 이 새로운 골룸, 즉 스메아골보다는 차라리 예전의 골룸이 더 낫다고 여겼다.

"자, 골룸, 아니면 우리가 너를 뭐라고 불러야 하든 간에, 때가 됐어! 달이 사라졌고 밤도 사라지고 있어. 우린 출발하는 게 좋아."

"그래요, 그래."

하고 골룸이 여기저기 뛰어다니며 동의했다.

"떠나요! 북쪽 끝과 남쪽 끝 사이를 가로지르는 길은 딱 하나뿐이에요. 내가 그걸 발견했지요. 내가 했다고요. 오르크들은 그것을 쓰지 않아요. 오르크들은 그것을 몰라요. 오르크들은 저 늪지를 가로지르지 않고 몇 킬로미터가 되건 빙 돌아가요. 당신들이 이 길로 가는 건 아주 운이 좋은 거예요. 당신들이 스메아골을 찾은 것도 아주 운이 좋은 거고요, 그럼요. 스메아골을 따라와요!"

그가 몇 걸음을 떼더니 산책 가자고 재촉하는 한 마리 개처럼 미심쩍은 듯 뒤돌아봤다. 샘이 소리쳤다.

"잠시 기다려, 골룸! 지금은 너무 앞서가지 마! 내가 네 뒤에 바싹 붙을 거고 또 밧줄을 준비해 뒀어."

"안 돼요, 안 돼!"

골룸이 말했다.

"스메아골은 약속했어요."

그들은 밝고 깨끗한 별들 아래 한밤중에 출발했다. 골룸은 한동안 그들이 왔던 길을 따라 그들을 도로 북쪽으로 이끌더니, 이윽고 에뮌 무일의 가파른 언저리를 벗어나 오른쪽으로 구부러져 아래의 방대한 늪지를 향해 울퉁불퉁하고 돌이 많은 비탈들을 내려갔다. 그들은 빠르게 그리고 부드럽게 어둠 속으로 사라졌다. 모르도르 성문 앞의 드넓은 황야 위로 캄캄한 침묵이 드리워져 있었다.

Chapter 2

늪지 횡단

골룸은 머리와 목을 앞으로 내밀고 때론 발뿐 아니라 손까지 써 가며 재빨리 움직였다. 프로도와 샘은 그를 따라가는 데 애를 먹었다. 그러나 그는 더는 도망치려는 생각은 하지 않는 것 같았다. 그들이 뒤처지기라도 하면 그는 몸을 돌리고 그들을 기다리곤 했다. 얼마 후 그들은 골룸의 인도하에 앞서 마주쳤던 좁은 협곡의 가장자리에 닿았다. 그렇지만 이번에 그들은 산에서 더 멀리 떨어져 있었다.

골룸이 소리쳤다.

"이쪽요! 이 아래 안쪽에 길이 있어요. 그럼 이제 우린 그걸 쭉 따라—밖으로, 밖으로 저 너머로 가는 거예요."

그가 늪지를 향해 남쪽과 동쪽을 가리켰다. 심지어 서늘한 밤공기 속에서도 그들의 콧구멍에 늪지의 냄새가 독하고 역겹게 다가왔다. 골룸이 냄새를 맡으려고 가장자리를 따라 아래위로 돌아다니더니 마침내 그들을 불렀다.

"이쪽이에요! 우린 이리로 내려갈 수 있어요. 스메아골은 이 길로 한 번 갔어요. 오르크들을 피하느라 이리로 갔죠."

그가 길을 인도했고, 호빗들은 그를 따라 어둠 속으로 기어 내려갔다. 이 지점에선 갈라진 틈새가 깊이 5미터, 너비 4미터쯤에 불과해 가기 어려운 길은 아니었다. 밑바닥에는 물이 흘렀는데, 실은 그것은 산지에서 똑똑 떨어져 내려 저 너머의 고인 웅덩이와 수렁에 물을 대는 작은 강들 중 하나였다. 골룸은 오른쪽으로 방향을 틀어 남쪽으로 비스듬히 내려가더니 얕고 돌이 많은 개울을 첨벙첨벙 물을 튀기며 걸어갔다. 그는 물을 대하자 매우 즐거운 것 같았다. 혼자서 낄낄 웃기도 하고 심지어 가끔은 깍깍대며 노래 같은 걸 부르기도 했다.

차갑고 딱딱한 땅들
그것들이 우리 손을 콕콕 물고
그것들이 우리 발을 갉작대네.
바위와 돌은
살점이라곤 하나 없이
닳고 닳은 뼈다귀들 같네.
그러나 개울과 웅덩이는

축축하고 서늘하네
발에 닿는 느낌 참 좋아!
해서 이제 우린 바라네—

"하! 하! 우리가 뭘 바라는 거죠?"
하고 그가 곁눈질로 호빗들을 보며 깍깍거렸다.
"우리가 말해 줄게요. 그가 오래전에 그걸 맞혔어요, 골목쟁이 집안의 그가 맞혔죠."
그의 눈에 번득이는 불꽃이 일었고, 샘은 어둠 속에서 그 불꽃을 포착하고는 그것이 전혀 유쾌하지 않다고 생각했다.

숨 없이도 살아 있고
죽음처럼 차갑고
목마르지 않는데도 늘 마시고
갑옷 입었으나 쨍그랑 소리 나지 않네.
메마른 땅에서 익사하고
섬을 산이라 생각하고
샘을 한 모금 공기로 생각하네.
참 매끄럽고 참 아름다워!
만나니 그 얼마나 기쁜가!
우리 바라는 건 오직
참 달고 즙 많은
물고기 하나 잡는 것!

이런 노랫말은 프로도가 골룸을 길잡이로 채택하려 한다는 걸 알아챘던 그 순간부터 샘이 고심해 왔던 문제 하나를 더욱 절박하게 느끼도록 만들 뿐이었다. 바로 식량 문제였다. 그의 주인도 그것을 고심했을 것이란 생각은 들지 않았다. 그러나 골룸은 그랬을 것이라고 그는 추정했다. 정말 골룸은 그렇게 외로이 떠돌면서 어떻게 먹고살았을까?
샘은 생각했다.
'제대로 먹질 못했을 거야. 놈은 몹시도 굶주려 보여. 장담하지만, 물고기가 없다면 맛에 개의치 않고 호빗을 시식하려고 들 거야—우리의 방심을 틈타서 말이야. 글쎄, 놈이 그렇게는 못 할걸. 적어도 감지네 샘은 말이야.'

그들은 오랜 시간 동안 캄캄하고 구불구불한 골짜기 속을 비틀거리며 걸어갔다. 적어도 프로도와 샘의 지친 발걸음에는 그렇게 느껴졌다. 골짜기는 동쪽으로 굽어져 계속 나아갈수록 넓어지면서 점차 얕아졌다. 드디어 하늘이 아침의 첫 회색빛으로 어렴풋해졌다. 골룸은 전혀 지친 기색이 없었지만 이제 위를 쳐다보고는 걸음을 멈췄다.

"곧 날이 밝을 거예요."

마치 일광이 자신의 말을 엿듣고서 덮치기라도 할 존재인 것처럼 그가 속삭였다.

"스메아골은 여기 머물 거예요. 나는 여기 멈출 거고 그러면 저 노란 얼굴은 날 보지 못할 거예요."

"우린 해를 보면 반가운데. 그러나 우리도 여기 머물겠어. 너무나 지쳐 현재로선 조금도 더 갈 수가 없어."

프로도가 말했다.

"저 노란 얼굴을 반가워하다니 당신들은 현명치 못해요. 그것이 당신들을 똑똑히 보이게 해요. 훌륭하고 현명한 호빗들은 스메아골과 함께 여기 머물러요. 오르크들과 역겨운 것들이 근처에 있어요. 그들은 멀리 볼 수 있어요. 나와 함께 머물러 숨어요."

그들 셋은 골짜기 암벽 기슭에 자리 잡고 쉬었다. 이제 암벽은 키 큰 사람의 신장보다 그리 높지 않았고 바닥에는 넓고 평평한 바위가 깔려 있었다. 바위 끝에서는 개울이 흘렀다. 프로도와 샘은 평평한 바위 위에 등을 기대고 앉아 쉬었다. 골룸은 개울로 들어가 물을 헤치고 휘저었다.

"음식을 좀 먹어야 해. 배고파, 스메아골? 우리에겐 나눌 게 아주 적지만 네게도 줄 수 있는 만큼은 줄게."

배고프냐는 말에 골룸의 창백한 눈에서 푸르스름한 빛이 타올랐다. 야위고 핼쑥한 얼굴에서 두 눈이 여느 때보다도 더 불거져 나온 것 같았다. 잠깐 동안 그는 예전의 골룸 방식으로 되돌아갔다.

"우린 굶주렸어. 그래, 굶주렸다고 우린, 보물. 그들이 먹는 건 뭐지? 그들에게 맛있는 물고기가 있나?"

핏기 없는 입술을 핥으며 날카로운 노란 이빨 사이로 그의 혀가 축 늘어졌다.

"아니, 우리에게 물고기는 없어. 우리가 가진 건 이것뿐이야."

프로도가 이렇게 말하며 얇고 납작한 렘바스 하나를 들어 올렸다.

"그리고 물이 있지. 여기 개울물이 마시기 적당하다면."

"그래, 그래, 좋은 물이지. 마실 수 있는 동안 그걸 마셔, 그걸 마시라고! 그런데 그들이 가진 저게 뭐지, 보물? 깨물어 먹는 건가? 맛있을까?"

프로도는 얇고 납작한 것의 일부를 부숴 잎사귀에 싸인 채로 그에게 건넸다. 골룸이 킁킁대며 잎사귀 냄새를 맡더니 안색이 변했다. 발작적인 역겨움의 반응이 얼굴에 확 끼쳤고, 예전의 적의마저 얼핏 내비쳤다.

"스메아골이 그것의 냄새를 맡아! 요정 나라에서 온 잎사귀들, 카악! 그것들에서 악취가 나. 스메아골이 그 나무들에 올랐고 손에서 그 냄새를 씻어 낼 수가 없어, 내 고운 손에서 말이야!"

그는 잎사귀를 떨어뜨리곤 렘바스의 한구석을 잡고 조금 갉아 먹었다. 그러더니 침을 뱉었다. 한바탕 기침이 그의 몸을 뒤흔들었다. 그는 입에 거품을 튀기며 지껄여 댔다.

"아취! 아니야! 당신들은 불쌍한 스메아골을 숨막히게 하려는 거야. 먼지와 재, 그는 그런 걸 먹을 수 없어. 그냥 굶을 수밖에. 하지만 스메아골은 개의치 않아. 훌륭한 호빗들! 스메아골은 약속했어. 그는 굶을 거야. 그는 호빗들의 음식을 먹을 수 없어. 그는 굶을 거야. 가엾은 말라깽이 스메아골!"

프로도가 말했다.

"미안해. 하지만 난 널 도울 수가 없을 것 같아. 먹어 본다면 이 음식도 네 몸에 좋을 거라고 생각하지만. 그렇지만 넌 먹어 볼 수조차 없는 것 같아. 어쨌든 아직까진 말이야."

호빗들은 말없이 렘바스를 으적으적 씹었다. 샘은 어쩐지 맛이 예전보다 훨씬 낫다고 생각했다. 골룸의 행태가 그로 하여금 그 풍미를 다시 느끼게 해 주었다. 그러나 그는 마음이 편치 않았다. 식사하는 이의 의자 곁에서 뭔가 먹을 것을 바라는 개처럼 골룸이 손에서 입으로 들어가는 한 조각 한 조각을 지켜보았던 것이다. 그들이 식사를 끝내고 쉬려고 할 때야 비로소 그는 그들이 자기도 먹을 수 있는 맛있는 음식을 감춰 두지 않았음을 확신하는 것 같았다. 그는 그들에게서 몇 걸음 떨어진 곳으로 가 외따로 앉아 조금 훌쩍거렸다.

"저기요!" 샘이 프로도에게 속삭였지만 그리 나직한 소리는 아니었다. 사실 그는 골룸이 듣든 말든 개의치 않았다.

"우린 잠을 좀 자야 해요. 그러나 약속을 했든 안 했든 간에 저 배고픈 악당을 곁에 두고 둘 다 잘 수는 없어요. 장담하지만, 스메아골인지 골룸인지 그놈은 쉽게 자기 습성을 바꾸지 않을 거예요. 프로도 씨께서 먼저 주무세요. 제가 더는 눈꺼풀을 지탱할 수 없을 때면 프로도 씨를 부르겠어요. 저놈이 풀려 있는 동안엔 예전처럼 교대로 자는 거죠."

"아마, 네 말이 옳을 거야, 샘."

프로도가 내놓고 말했다.

"그에게 변화가 있지만 정확히 어떤 종류의 변화이고 얼마나 깊은 것인지는 나도 아직 확신할 수 없어. 그렇지만 진정으로 하는 말인데, 두려워할 필요는 없다고 생각해—현재로선. 그럼에도 네가 원한다면 불침번을 서. 더도 말고 두 시간만 자게 해 주고 그다음에 날 깨워."

프로도는 너무 피곤했기 때문에 말을 마치자마자 머리를 숙이고 잠들었다. 골룸은 더는 아무런 두려움도 갖지 않는 것 같았다. 그는 아주 태평하게 몸을 웅크리고 곧 잠이 들었다. 이내 꽉 다문 이빨 사이로 쉬쉬대는 숨소리가 나지막히 새어 나오고 있었지만 그는 돌처럼 고요히 누워 있었다. 샘은 둘의 숨소리를 듣고 있다간 자신도 잠들어 버릴 것 같아서 잠시 후 일어나 골룸을 가볍게 쿡쿡 찔렀다. 그의 두 손이 펴지고 실룩댔을 뿐 다른 움직임은 보이지 않았다. 샘이 몸을 수그리고 그의 귀에 바싹 대고 "물고기" 하고 말했지만 아무런 반응이 없었다. 한 번이나마 골룸의 숨결이 메이는 일조차 없었다.

샘이 머리를 긁적이며 중얼거렸다.

"정말 잠든 게 틀림없군. 만약 내가 골룸의 처지라면 결단코 그는 다시는 깨어나지 못할 거야."

그는 마음에 벌떡 떠오른 칼과 밧줄에 대한 생각을 억누르곤 주인 곁에 가 앉았다.

깨어나 보니 하늘이 어두침침했다. 그들이 아침 식사를 했을 때보다 밝은 게 아니라 어두웠다. 샘이 벌떡 일어섰다. 특히 몸으로 느껴지는 원기와 허기를 통해 그는 자신이 낮 시간을, 적어도 아홉 시간을 자 버렸다는 걸 불현듯 깨달았다. 프로도는 이제 모로 쭉 뻗고 누운 채 여태 깊은 잠에 빠져 있었다. 골룸은 보이지 않았다. 선대로부터 물려받은 아버지의 풍부한 말 광에서 골라져 자신에게 붙여진 다양한 책망의 이름들이 샘에게 떠올랐다. 또한 당분간은 경계할 만한 게 없다던 주인의 말이 옳았다는 생각도 떠올랐다. 어쨌든 그들은 둘 다 무사했으며 목이 졸리지 않았던 것이다.

"불쌍한 놈! 그런데 놈은 어디로 간 거야?"

샘은 반쯤 후회하듯 중얼거렸다.

"멀지 않아, 멀지 않다고!"

하고 말하는 목소리가 위쪽에서 들렸다. 그가 올려다보자 저녁 하늘을 등진 골룸의 큰 머리와 두 귀의 형체가 보였다.

"이봐, 뭘 하고 있는 거야?"

샘이 그 형체를 보자마자 의심이 되살아나 소리쳤다.

"스메아골은 배가 고파. 곧 돌아갈 거야."

"지금 돌아와! 어이! 돌아오라고!"

샘이 고함을 질렀지만 골룸은 사라져 버렸다. 고함 소리에 프로도가 깨어 두 눈을 비비며 일어나 앉았다.

"이봐! 뭐가 잘못됐어? 몇 시야?"

"모르겠어요. 해가 진 것 같아요. 그리고 놈이 가 버렸어요. 배고프다면서."

그러자 프로도가 말했다.

"걱정 마! 어쩔 수 없는 일이야. 그는 돌아올 거야. 두고 보라고. 아직 한동안은 그 약속이 유효할 거야. 어쨌든 그가 자신의 보물을 떠나진 않을 테니."

프로도는 그들이 골룸을, 매우 배고픈 골룸을 풀어놓은 채 곁에 두고 몇 시간이나 곯아떨어졌다는 걸 알고도 가볍게 여겼다.

"자네 아버지가 붙여 준 그 심한 이름들은 생각하지 마. 자넨 녹초가 되게 지친 몸이었으니 오히려 잘된 거야. 이제 우리 모두가 쉬었잖아. 게다가 우리는 어려운 길, 최악의 길을 앞두고 있어."

그러자 샘이 말했다.

"저, 식량 말인데요. 우리가 이 일을 하는 데 시간이 얼마나 걸릴까요? 그리고 그것이 끝나고 나면 그때 우리는 무얼 하죠? 이 여행식은 사실 속을 든든하게 채워 주진 못하지만—그걸 만든 분들을 깎아내리려는 건 아니지만 어쨌든 제 느낌엔 그래요—용하게도 다리 힘은 확실히 떠받쳐 주죠. 어쨌든 매일 얼마씩은 먹어야 하는데 양이 늘어나는 건 아니거든요. 제가 헤아리기엔, 글쎄, 3주 정도는 버틸 수 있을 거예요. 그것도 물론 허리띠를 졸라매고 조금씩만 먹어야겠지만요. 지금까지 우린 좀 헤펐어요."

"일을 끝, 끝내는 데 얼마나 걸릴지는 나도 몰라. 우린 산지에서 비참하도록 지체했어. 그렇지만 내 소중한 호빗, 감지네 샘와이즈—실로 내 가장 소중한 호빗이자 친구 중의 친구인 샘—그 뒤에 어떻게 될 건지는 우리가 생각할 필요가 없다고 난 생각해. 자네 표현대로 우린 그 일을 행하는 것일 뿐이야—우리가 언제고 해낼 거란 희망이 어디 있어? 그리고 설사 우리가 해낸다 해도 그 결과가 어떨지 누가 알겠어? 만일 절대반지가 그 불길 속으로 들어가고 우리가 바로 그 가까이에 있다면? 샘, 자네에게 묻지만, 우리가 언제고 다시 빵을 필요로 하게 될 것 같아? 난 그럴 거라고 생각하지 않아. 만약 우리 사지의 기력을 지탱시켜 운명의 산에 이를 수 있다면 그게 우리가 할 수 있는 전부야. 내가 할 수 있는 것 그 이상일 거란 생각이 들기 시작해."

샘이 말없이 고개를 끄덕였다. 그는 프로도의 손을 잡고 그 위로 몸을 숙였다. 손 위에 눈물이 떨어지긴 했으나 입을 맞추지는 않았다. 그러고는 얼굴을 돌려 코 위로 옷소매를 끌어당기곤, 일어나 애써 휘파람을 불고, 그러는 사이에 "저 지겨운 놈은 어디 있는 거야?" 하고 말하기도 하면서 이리저리 발을 굴렀다.

실제로 골룸은 오래지 않아 돌아왔다. 그러나 너무 조용히 돌아왔기에 그들은 그가 앞에 나타날 때까지 전혀 기척을 듣지 못했다. 그의 손과 얼굴은 온통 검은 진흙으로 얼룩져 있었다. 그는 아직도 무언가를 씹으며 침을 흘렸다. 그들은 그가 씹는 게 뭔지 물어보거나 생각하고 싶지 않았다.

'지렁이나 딱정벌레, 아니면 구멍에서 나온 끈적끈적한 어떤 것이겠지. 브르르! 역겨운 놈, 불쌍한 놈!'

샘은 이렇게 생각했다. 골룸은 개울에서 한껏 물을 마시고 몸을 씻을 때까지 그들에게 아무 말도 하지 않았다. 이윽고 그가 입술을 핥으며 그들에게 다가왔다.

"이제 한결 나아요. 쉬었나요? 계속 갈 준비가 된 거예요? 훌륭한 호빗들, 예쁘게도 자던걸요. 이제 스메아골을 믿어요? 아주, 아주 좋아요."

여정의 다음 단계는 이전 단계와 똑같았다. 앞으로 나아갈수록 골짜기는 점차 얕아지고 바닥의 경사는 완만해졌다. 바닥엔 돌 대신 흙이 훨씬 많아졌다. 양옆의 비탈은 점점 얕아져 한낱 제방처럼 보였다. 계곡이 구불구불 굽이치며 뻗기 시작했다. 그날 밤도 거의 다 지나갔지만 구름이 달과 별을 가려, 가녀린 회색빛이 서서히 퍼지는 것으로만 날이 밝아 오는 걸 알 수 있었다.

날이 으슬으슬한 시각에 그들은 수로가 끝나는 곳에 이르렀다. 제방은 이끼 덮인 둔덕으로 바뀌었다. 개울은 썩어 가는 바위의 마지막 턱 위로 콸콸 흘러 갈색 늪 속으로 떨어져 사라졌다. 바람결을 느낄 순 없었지만 마른 갈대들이 서로 부딪치는 소리가 쉭쉭 우르르 하고 들렸다.

이제 넓은 늪과 수렁들이 남쪽과 동쪽으로 쭉 뻗어 흐릿한 박명 속에 잠기며 양옆과 앞에 놓여 있었다. 어둡고 구린 웅덩이에서 안개가 소용돌이치는 연기처럼 피어올랐다. 움직이지 않는 대기 속에서 그 냄새는 숨통을 짓눌렀다. 거의 정남쪽으로 머나먼 곳에 성벽처럼 둘러선 모르도르의 산맥이 보였다. 그것은 마치 안개로 에워싸인 위태로운 바다 위에 떠 있는 검고 우툴두툴한 구름처럼 불쑥 모습을 드러냈다.

이제 호빗들은 전적으로 골룸에게 의지할 수밖에 없었다. 그처럼 자욱한 안개 속에서 사실 그들은 자신들이 늪지의 북쪽 경계 바로 안쪽에 와 있고, 또 그 늪지의 대부분이 앞의 남쪽에 펼쳐져 있다는 것을 알 리가 없었다. 만약 그 땅들을 알았더라면 그들은 좀 지체되더라도 온 길을 좀 되잡아 갔을 테고, 그다음엔 동쪽으로 틀어 험한 길을 지나 모르도르 성문 앞 옛 전쟁터 다고를라드의 황량한 평원으로 되돌아갔을 터이다. 물론 그 길을 택한다고 해서 크게 희망이 있는 건 아니었다. 그 돌투성이의 평원 위엔 몸을 가릴 곳이 없었고, 또 거기를 가로질러 오르크들과 대적의 군사가 사용하는 길이 뻗어 있었다. 아무리 로리엔의 망토라 할지라도 거기서 그들을 가려 줄 수는 없었을 것이다.

프로도가 말했다.

"이제 우린 진로를 어떻게 잡는 거지, 스메아골? 역겨운 냄새가 나는 이 늪지를 건너야만 하나?"

"그럴 필요 없어요, 전혀 없어요. 만일 호빗들이 한시바삐 저 어두운 산맥에 닿아 그를 보러 가고 싶은 게 아니라면 말이죠. 뒤로도 좀 가고 또 돌아서도 좀 가면……."

그의 앙상한 팔이 북쪽과 동쪽으로 흔들렸다.

"딱딱하고 차가운 길을 통해 바로 그의 나라 성문에 다다를 수 있어요. 숱한 그의 수하들이 거기서 손님들을 살피고 있다가 얼씨구나 하고 그들을 바로 그에게 데려갈걸요. 그의 눈은 늘상 그쪽을 감시해요. 오래전에 그것이 거기서 스메아골을 포착했죠."

골룸이 진저리를 쳤다.

"그러나 그 후로 스메아골은 눈을 이용했어요. 그럼, 그럼요. 그 후로 난 눈과 발 그리고 코를 이용했어요. 난 다른 길들을 알아요. 더 힘들고 그다지 빠르진 않지만 그가 보는 걸 원치 않는다면 더 나아요. 스메아골을 따라와요! 그가 당신들을 데리고 늪지를, 안개를, 아주 짙은 안개를 헤쳐 나갈 수 있어요. 매우 조심스럽게 스메아골을 따라와요. 그러면 그가 당신들을 포착하기 전에 당신들은 먼 길을, 아주 먼 길을 갈 수 있을 거예요. 그럼, 아마도요."

이미 날이 밝아 바람 없고 음산한 아침이었다. 늪지의 악취는 육중한 제방들에 깔려 있었다. 해는 낮고 구름 낀 하늘을 꿰뚫지 못했고, 골룸은 즉각 여정을 계속하고 싶어 안달이 난 것 같았다. 그래서 그들은 잠깐의 휴식 후에 다시 출발했고, 그들이 떠나온 산이나 그들이 찾던 산맥을 포함해 주위 땅들에 대한 모든 시야가 차단된 채 곧 어둑하고 고요한 세계 속으로 사라졌다. 그들은 일렬로 천천히 갔다. 골룸, 샘, 그리고 프로도의 순서로.

셋 중 프로도가 가장 지친 것 같았고, 천천히 갔는데도 그는 종종 뒤처졌다. 곧 호빗들은 하나의 방대한 늪으로 보이던 것이 실은 웅덩이들과 폭신한 진창들, 그리고 굽이쳐 흐르지만 반쯤은 길이 막힌 수로들이 끝없이 이어진 그물망이란 걸 알았다. 노련한 눈과 발만이 이토록 얼키설키 뒤얽힌 속에서 굽이치는 길을 헤치고 나갈 수 있었다. 분명 골룸에게는 그런 노련함이 있었고 또 그것을 모조리 동원해야 할 형편이었다. 킁킁대며 냄새를 맡고 혼잣말로 중얼거릴 동안에도 긴 목 위의 그 머리는 내내 이쪽저쪽으로 돌고 있었다. 때때로 그는 손을 들어 그들을 멈추게 하고는 조금 앞으로 나가 몸을 웅크리고서 손가락이나 발가락으로 바닥을 점검하거나 땅에 한쪽 귀를 바싹 대고 귀를 기울였다.

음울하고 진력나는 날씨였다. 이 버려진 지역에선 차갑고 끈적끈적한 겨울이 여전히 기세를 떨쳤다. 초록의 것이라곤 맑지 못한 물결의 어둡고 미끌미끌한 표면 위에 뜬 납빛 잡초의 찌꺼기들뿐이었다. 죽은 풀들과 썩어 가는 갈대들이 오래전에 잊힌 여름철의 너덜너덜한 그림자처럼 안개 속에 모습을 드러냈다.

시간이 지나면서 빛이 조금 증가했다. 안개가 점점 엷어지고 보다 투명해지면서 걷혔다. 이제 눈부신 거품이 바닥에 쫙 깔린 평온한 고장에서 세상의 부패와 연기들 저 위로 태양이 높이 황금빛으로 떠오르고 있었지만, 아래의 그들로선 침침하고 어슴푸레하며 색채도 온기도 주지 못하는 태양의 지나치는 환영(幻影)만 볼 수 있을 뿐이었다. 그 빛은 지상의 모든 것을 흐릿하고 창백하게 보이게 만들 뿐 아무런 색채나 온기도 전하지 못했다. 하지만 태양의 존재를 상기시키는 이 미약한 징후에도 골룸은 얼굴을 찌푸리며 움찔거렸다. 그가 행군을 중지했기 때문에 그들은 거대한 갈색 갈대밭의 경계에서 쫓기는 작은 동물들처럼 웅크리고 앉아 쉬었다. 깊은 정적이 깔렸다. 속이 빈 씨앗 깃털들의 가냘픈 떨림과 그들은 느낄 수 없는 작은 대기의 움직임 속에서 부러진 풀잎들의 전율만이 그 정적의 표면을 스칠 뿐이었다.

"새 한 마리도 없어!"

샘이 침울하게 말했다.

"없죠, 새들은 없어요. 맛 좋은 새들인데!"

골룸이 대답하며 이빨을 핥았다.

"여기엔 새라곤 없어요. 뱀, 지렁이, 웅덩이에 사는 것 들은 있죠. 먹기 고약한 것들만 잔뜩 있어요. 새들은 없고."

그가 서글픈 듯 말을 맺었다. 샘이 역겨운 눈길로 그를 쳐다보았다.

골룸과의 여정 셋째 날은 이렇게 지나갔다. 보다 행복한 땅에서라면 저녁 그림자가 길게 끌릴 무렵 이전에 그들은 다시 나아갔다. 잠깐씩 멈춘 걸 빼곤 내내 앞으로 나아갔다. 잠깐씩 멈춘 것도 휴식을 위한 것이라기보다는 골룸을 돕기 위한 것이었다. 이젠 그조차도 대단히 신중하게 앞으로 가야만 했던 데다 또 그가 종종 한동안 갈피를 못 잡고 헤맸던 것이다. 그들이 죽음늪 바로 한가운데 이르렀을 땐 날이 어두웠다.

그들은 몸을 숙이고 한 줄로 밀착해서 골룸이 취하는 모든 동작을 주의 깊게 따르며 천천히 걸었다. 늪지는 고여 있는 넓은 연못들로 통하면서 더욱 질척거렸다. 그 속에선 꾸르륵거리는 진흙에 빠지지 않고 발을 디딜 단단한 땅을 찾기가 점점 어려워졌다. 여행자들의 몸이 가벼웠기에 다행이었지 그렇지 않았다면 아마 그들 중 누구도 길을 찾아 나갈 수 없었을 것이다.

이내 날이 완전히 어두워졌다. 대기 자체가 칠흑같이 검고 무거워 숨 쉬기조차 어려울 지경이었다. 갑자기 불빛들이 나타났을 때 샘은 자기 눈을 비볐다. 그는 자기 머리가 이상해지고 있다고 생각했다. 그는 먼저 불빛 하나를 왼쪽 눈으로 곁눈질해 봤는데, 그 파리한 광채는 얼핏 스치곤 스러지고 말았다. 그러나 곧이어 다른 불빛들이 나타났다. 어떤 것들은 흐릿하게 빛나는 연기 같았고, 어떤 것들은 몽롱한 불꽃처럼 눈에 보이지 않는 촛불들 위로 느릿느릿하게 깜박였다. 불빛들은 감추어진 손길에 의해 펼쳐진 섬뜩한 수의(壽衣)처럼 여기저기서 너울거렸다. 그러나 그의 동료들 중 누구도 한마디 말이 없었다. 마침내 샘은 더는 견딜 수가 없어서 귀엣말로 말했다.

"이게 다 뭐지, 골룸? 이 불빛들 말이야. 이제 우리 주위를 온통 에워쌌어. 우리가 함정에 빠진 건가? 저들은 누구지?"

골룸이 위를 쳐다보았다. 그의 앞에는 어두운 물결이 있었고, 그는 길을 미심쩍어하며 이쪽저쪽으로 바닥을 기고 있었다.

"그래요, 불빛들이 온통 우리를 감쌌어요. 홀리는 불빛들이야! 시체에서 나오는 인광(燐光)이야, 그럼, 그럼. 그것들에 신경 쓰지 말아요! 보지 말라고! 그것들을 따라가지도 말고! 주인님은 어디 있지?"

샘은 뒤를 돌아보고 프로도가 다시 뒤처졌다는 걸 알았다. 그는 그를 볼 수가 없었다. 그는 어둠 속으로 몇 걸음 되돌아갔지만, 감히 멀리까지 움직이거나 쉰 목소리로 속삭이는 것 이상으로 부를 수가 없었다. 그는 파리한 불빛들을 쳐다보며 생각에 잠겨 서 있던 프로도와 부딪치고 말았다. 프로도의 두 손은 양 옆구리에 뻣뻣하게 내걸렸고 거기서 물과 진흙이 떨어지고 있었다. 샘이 말했다.

"자, 프로도 씨! 그것들을 쳐다보지 말아요! 골룸이 말하길 그걸 쳐다보면 안 된대요. 그를 따라붙어 가능한 대로 빨리 이 저주받은 곳을 벗어나요—할 수 있다면 말이에요!"

프로도가 꿈에서 되돌아온 듯 대답했다.

"알았어. 난 가고 있어. 계속 가!"

샘은 다시 서둘러 앞으로 가다가 어떤 오래된 뿌리나 덤불에 발이 걸려 곱드러졌다. 그는 떨어지면서 두 손을 바닥에 묵직하게 짚었는데, 두 손이 끈적이는 진흙 속에 깊숙이 빠져들어 얼굴이 어두운 연못의 표면에 닿을 듯 가까워졌다. 쉭쉭대는 희미한 소리가 들리고 불쾌한 냄새가 치솟고, 불빛들이 깜박이고 너울거리고 빙빙 돌았다. 일순간 아래의 물이 때 묻은 유리로 뿌옇게 된 창문처럼 보였고 자신은 그 안을 들여다보는 듯했다. 그는 수렁에서 힘겹게 손을 빼내다가 비명을 지르며 벌떡 뒤로 나자빠졌다.

"물속에 죽은 것들이, 죽은 얼굴들이 있어! 죽은 얼굴들이!"

샘이 기겁해서 말했다. 골룸이 웃었다.

"그러니까 죽음늪이죠. 그럼, 그럼. 그게 바로 이 늪의 이름이에요. 인광들이 비칠 때는 속을 들여다보면 안 돼요."

"저들은 누구죠? 저들은 뭐 하는 자들이죠?"

샘이 덜덜 떨며 이제 자기 뒤에 있는 프로도에게 몸을 돌리며 물었다.

"나는 몰라."

하고 프로도가 꿈결 같은 목소리로 말했다.

"그렇지만 나도 그들을 봤어. 인광들이 비칠 때 웅덩이들에서 말이야. 그들이, 파리한 얼굴들이 모든 웅덩이들에, 어둑한 물 아래 깊고도 깊게 누워 있어. 내가 본 것 중엔 험상궂고 사악한 얼굴들이 있는가 하면 고상하고 슬픈 얼굴들도 있었어. 의기 높고 아름다운 얼굴도 많았는데, 그 은빛 머리카락엔 잡초가 뒤엉켜 있었어. 그러나 모든 것들이 악취를 풍기고 썩어 가고 있고 죽어 있더라고. 그들 속에는 무시무시한 빛이 있고."

프로도가 양손에 두 눈을 묻었다.

"난 그들이 누군지 몰라. 그렇지만 난 거기서 인간들과 요정들 그리고 오르크들을 본 것 같아."

그러자 골룸이 말했다.

"맞아요, 맞아. 모든 게 죽고 썩었어요. 요정들과 인간들과 오르크들이. 그래서 죽음늪이죠. 오래전에 대단한 전투가 있었대요, 그래요, 스메아골이 젊었을 때, 보물이 오기 전 내가 젊었을 때 들은 바로는. 정말 대단한 전투였대요. 긴 칼을 빼 든 키 큰 인간들과 무시무시한 요정들 그리고 새되게 외쳐 대는 오르크들, 그들이 암흑의 성문에서 몇 날 몇 달 동안 싸웠어요. 어이구, 그 이후로 그 늪이 커졌는데 무덤들을 삼켜 버리며 기고 또 기어 내내 뻗는 거예요."

"그러나 그건 아주 오래전이야. 정말로 사자(死者)들이 거기 있을 리가 없어! 암흑의 땅에 무슨 사악한 술수가 꾸며진 것 아니야?"

샘이 물었다. 골룸이 대답했다.

"누가 알겠어요? 스메아골은 몰라요. 당신들은 그들의 마음을 움직일 수 없고, 당신들은 그들을 만질 수 없어. 우리가 한 번 시도했죠, 그렇지, 보물? 나는 한 번 해 봤어요. 하지만 당신들은 그들의 마음을 움직일 수 없어요. 아마도 볼 수만 있을 뿐 만질 순 없는 형체들이겠죠. 안 되고말고, 보물. 모두가 죽었어."

스메아골이 그들을 만지려 했던 이유를 짐작할 만하다고 생각한 샘이 그를 험악하게 노려보고 다시 진저리를 쳤다.

"음, 난 그들을 보고 싶지 않아. 결코 다시는! 계속 가서 여길 벗어날 수 없어?"

그러자 골룸이 대답했다.

"되고말고! 그렇지만 천천히, 아주 천천히. 매우 조심스럽게! 그렇지 않으면 호빗들도 저 아래로 가서 사자들과 합세해 작은 촛불들을 밝힐 거야. 스메아골을 뒤따라라요! 불빛들은 쳐다보지 말고!"

골룸은 연못을 도는 길을 찾아 오른쪽으로 기어갔다. 그들은 몸을 숙이고 가끔 골룸이 하는 그대로 두 손을 사용하며 바짝 뒤따라갔다.

'만일 이런 길이 계속 이어진다면 우린 일렬로 늘어선 소중하고 작은 골룸 셋이 되겠는걸.'

샘은 생각했다.

드디어 그들은 시커먼 연못의 끄트머리에 이르러 섬들처럼 서로 떨어진 위태로운 덤불들을 이쪽저쪽으로 기거나 건너뛰는 위험을 무릅쓰며 연못을 건넜다. 가끔 그들은 시궁창처럼 악취가 나는 물속에 발을 딛거나 손부터 먼저 빠져 허우적대기도 했다. 그러고 나면 거의 목까지 진흙이 들러붙어 구린내가 났고 서로서로의 콧구멍에서도 고약한 냄새가 났다.

밤이 깊어서야 마침내 그들은 다시 보다 단단한 바닥에 닿았다. 골룸이 혼잣말로 쉭쉭대며 중얼거렸다. 그러나 그는 흡족해 보였다. 그는 어떤 신비한 방법으로, 즉 촉각과 후각 그리고 어둠 속에서도 형체를 파악하는 신비한 기억력이 혼합된 감각으로 자신의 현 위치를 정확히 알고 또 가야 할 앞길을 확신하는 것 같았다.

"이제 우린 계속 가는 거예요! 훌륭한 호빗들! 용감한 호빗들! 물론 몹시, 몹시도 지쳤지요. 우리도 그래, 내 보물, 우리 모두가. 그러나 우린 주인님을 저 사악한 불빛에서 멀리 데리고 가야 해. 그럼, 그럼, 그래야 하고말고."

이 말과 함께 그는 거의 속보로 키 큰 갈대들 사이로 난 긴 샛길 같아 보이는 곳을 따라 다시 출발했다. 그들은 비트적거리면서도 가능한 한 빠르게 뒤를 좇았다. 그러나 얼마 안 되어 그는 다시 심란해진 것처럼, 또는 역정이 난 것처럼 쉭쉭거리며 갑자기 멈춰, 미심쩍게 킁킁대며 냄새를 맡았다.

"뭐야?"

샘이 그 몸짓을 오해하고서 으르렁댔다.

"왜 킁킁대는 거야? 코를 싸쥐어도 악취 때문에 졸도할 참인데. 너도 악취를 풍기고 주인님도 악취를 풍겨. 이곳 전체가 악취로 가득 차 있어."

"그래, 그래, 샘한테서도 악취가 나고! 불쌍한 스메아골은 그 냄새를 맡지만 착한 스메아골은 그걸 참아. 그래야 훌륭한 주인님을 돕지. 그러나 그건 중요치 않아. 대기가 움직이고 있어. 변화가 다가오고 있어. 스메아골은 이상하게 생각해. 그는 별로 기분이 좋지 않다고."

그는 다시 나아갔다. 그러나 불안한 마음이 커져 그는 이따금 키대로 꼿꼿이 서서 목을 빼고 동쪽과 남쪽을 살폈다. 얼마 동안 호빗들은 그를 심란하게 하고 있는 것을 듣거나 느낄 수 없었다. 그러다가 별안간 셋 모두가 멈춰 뻣뻣이 서서 귀를 기울였다. 프로도와 샘에게는 저 멀리서 길게 울부짖는 비명이 들린 것 같았다. 높고 가늘고 무자비한 소리였다. 그들은 몸을 와들와들 떨었다. 동시에 그들도 인지할 만큼 대기가 꿈틀거렸고, 날씨는 매우 차가워졌다. 그렇게 귀를 쫑그리고 서 있는데, 멀리서 오는 바람 같은 소음이 들렸다. 몽롱한 불빛들이 흔들리고 희미해지더니 꺼져 버렸다.

골룸은 움직이려 하지 않았다. 그는 바람이 늪지 위를 포효하듯 날아 그들에게 와락 덮칠 때까지도 몸을 떨고 혼자서 뜻 모를 소리를 주절대며 서 있었다. 밤이 덜 어두워졌다. 머리 위로 굽이쳐 지나면서 뒤틀리고 소용돌이치며 무정형으로 표류하는 안개가 보이거나 어렴풋이 보일 만큼 날이 밝아졌다. 위를 쳐다보니 구름장들이 부서지고 갈가리 찢기고 있었다. 그러더니 남쪽 높은 데서 휙휙 날리는 구름의 파편들 속에서 달이 가물거리며 드러났다.

호빗들은 달을 보고 잠시 마음이 밝아졌지만, 골룸은 몸을 움츠리며 그 하얀 얼굴에 욕설을 퍼부었다. 프로도와 샘은 하늘을 응시하며 보다 신선해진 대기를 깊이 들이마시던 중에 그것이 다가오는 걸 보았다. 저주받은 산맥에서 날아오는 작은 구름장, 모르도르에서 풀어놓은 검은 그림자, 날개가 달리고 불길한 거대한 형체였다. 그것은 달을 휙 가로질러 죽음 같은 외침을 토하고는, 바람을 앞지르는 맹렬한 속도로 서쪽으로 가 버렸다.

그들은 앞으로 푹 쓰러져 앞뒤 가릴 것 없이 차가운 대지 위에 넙죽 엎드렸다. 그러나 공포의 그림자는 다시 선회해 날아와 이번엔 더욱 낮게, 바로 그들 위를 지나치며 그 무시무시한 날개로 늪의 악취를 날려 보냈다. 그러고는 사우론의 분노의 속도로, 도로 모르도르로 날아가 사라졌다. 그 뒤로 바람이 죽음늪을 벌거벗고 황량하게 남겨 둔 채 굉음을 울리며 따라갔다. 그 벌거벗은 황무지는 눈길이 미칠 수 있는 곳까지, 심지어는 저 먼 위협적인 산맥에까지 단속적인 달빛으로 얼룩졌다.

프로도와 샘은 악몽에서 깨어나 친근한 밤이 여전히 세상을 덮고 있음을 확인하는 어린애들처럼 눈을 비비며 일어났다. 그러나 골룸은 기절한 듯 땅바닥에 그대로 엎드려 있었다. 그들이 가까스로 그를 일깨웠지만 그는 한동안 얼굴을 들려 하지 않고 크고 넓적한 양손으로 뒤통수를 잡은 채 양 팔꿈치를 모아 앞으로 엎드려 있었다. 그가 갑자기 울부짖었다.

“악령들이야! 날아다니는 악령들! 그 보물이 그들의 지배자야. 그들은 모든 걸, 모든 것을 봐. 누구도 그들로부터 숨을 수 없어. 저 빌어먹을 하얀 얼굴 때문에! 그리고 그들은 모든 것을 그에게 고해. 그는 보고, 그는 알아. 아춰, 골룸, 골룸, 골룸!”

달이 저 멀리 톨 브란디르 너머 서쪽으로 기울어 완전히 지고 난 다음에야 그는 비로소 일어나 움직이려 했다.

그때부터 샘은 골룸에게 생긴 변화를 다시 감지했다고 생각했다. 그는 더욱 알랑거리고 친근한 척했다. 그러나 간간이 샘은 그의 눈에 스치는 어떤 이상한 표정들을 알아챘다. 특히 그 눈길이 프로도를 향할 때 그랬다. 게다가 그의 말투는 점점 더 예전의 것으로 되돌아갔다. 샘에게는 또 하나의 커져 가는 걱정거리가 있었다. 프로도가 지쳐, 탈진할 정도로 지쳐 보였다. 그는 아무 말도 하지 않았고 좀처럼 입도 벌리지 않았다. 그는 아무런 하소연도 하지 않았지만 점점 무게가 늘어나는 짐을 진 사람처럼 힘겹게 걸었다. 그가 점점 더 더디게 발을 질질 끌며 걸었기에 샘은 종종 골룸에게 기다려 달라고 말해야 했다.

사실 모르도르 성문을 향해 한 걸음 한 걸음 내디딜 때마다 프로도는 목에 걸린 그 반지가 점점 더 무거운 짐이 된다는 걸 느꼈다. 이제 그는 자신을 대지 쪽으로 끌어당기는 실제적인 무게로 반지를 느끼기 시작하고 있었다. 그러나 그의 마음이 훨씬 더 어지러운 건 그 눈—그는 혼자서 그것을 이렇게 불렀다— 때문이었다. 그가 걸을 때마다 몸을 움츠리고 수그리게 만드는 그것은 단순한 반지의 끌어당김 그 이상의 무엇이었다. 그 눈, 즉 막강한 권능으로 모든 구름의 장막과 대지와 육체를 꿰뚫어 보고, 그 죽음 같은 응시 아래 알몸으로 꼼짝 못 하게 꽂아 두고자 분투하는 적의를 오싹하리만큼 점점 크게 의식했다. 여태껏 그것을 막아 냈던 장막들이 너무나 무르고 얇아졌다. 지금 프로도는 그 의지의 현 거처와 깊은 속이 어디에 있는지 정확히 알았다. 그는 그 의지에 직면하고 있었고, 그것의 권세가 그의 이마에 부딪쳤다.

어쩌면 골룸도 같은 종류의 어떤 것을 느꼈을 것이다. 그러나 그 눈의 압박과 매우 가까워진 반지에 대한 탐욕, 그리고 반쯤은 차가운 쇠에 대한 두려움 때문에 했던 비굴한 약속 사이에서 그의 비열한 가슴에 무슨 생각이 일어나는지 호빗들은 짐작조차 못 했다. 프로도는 그런 것엔 신경도 쓰지 않았다. 샘은 대부분의 정신이 주인에게 쏠린 나머지 자신의 가슴 위에 떨어진 어두운 그림자를 주목할 여유가 없었다. 이제 그는 프로도를 자기 앞에 세우고 그의 모든 움직임을 주의 깊게 살피며 그가 비틀거리기라도 하면 부축하고 서투른 말로나마 그에게 용기를 북돋우려 애썼다.

드디어 날이 밝았을 때 호빗들은 그 불길한 산맥이 벌써 얼마나 더 가까이 다가섰는지 알고는 깜짝 놀랐다. 대기는 이제 더 맑고 차가워졌다. 여전히 멀리 떨어져 있긴 했지만 모르도르의 산맥은 더는 시야 한구석에서 가물가물해 보이는 위협이 아니었다. 오히려 냉혹한 검은 탑들처럼 음산한 황야를 가로지르며 그들을 험악하게 굽어보았다. 늪지는 메마른 토탄층과 말라 갈라진 진흙의 드넓은 평지 속으로 사라지며 끝났다. 앞의 땅은 사우론 성문 앞의 불모지 쪽으로 길고 얕은 비탈, 불모의 냉혹한 비탈을 이루며 솟아올랐다.

회색의 빛이 지속되는 동안 그들은 날개 달린 공포의 대상이 지나가며 그 냉엄한 눈으로 자신들을 염탐할까 두려워 검은 돌 아래 벌레들처럼 몸을 움츠리고 숨었다. 그 여정의 나머지는 그 속에서 기억이 의지할 그 어떤 것도 찾아낼 수 없는 점점 커져 가는 두려움의 그림자였다. 그들은 이틀 밤을 더, 길 없는 지루한 땅을 헤치며 힘겹게 나아갔다. 대기가 점차 꺼칠꺼칠해지는 것 같았고 숨을 막히게 하고 입을 바싹 마르게 하는 독한 악취로 가득 찼다.

골룸과 함께 길을 나선 지 닷새째 되는 날 아침, 그들은 다시 한번 발길을 멈추었다. 그들 앞에는 새벽 속에 거대한 산맥이 어둑한 모습으로 지붕을 이룬 연기와 구름에까지 뻗쳐 있었다. 산맥 기슭에서 바깥으로는 거대한 버팀벽과 울퉁불퉁한 언덕이 어지럽게 흩어져 있었는데, 가장 가까운 것이라야 20킬로미터도 채 떨어져 있지 않았다. 프로도는 겁에 질려 주위를 돌아보았다. 비록 죽음늪과 무인지대의 메마른 황야가 무시무시하긴 했어도, 지금 구물구물 움직이는 낮이 그의 오그라드는 눈앞에 느릿느릿하게 드러내는 이 지역은 훨씬 더 끔찍했다. 심지어 죽은 얼굴들의 연못에도 초록 봄의 어떤 초췌한 환영은 다가올 것이지만, 여기엔 봄도 여름도 내내 오지 않을 것이었다. 여기엔 아무것도 살지 않았다. 심지어 썩은 걸 먹는 불결한 생장물도 살지 않았다. 웅덩이에는 핼쑥한 흰색과 회색의 재와 꼬물거리는 진흙이 숨 막힐 듯 메워져 있었다. 마치 산맥이 주위의 땅들에 내장의 오물을 토해 놓은 것 같았다. 으깨져 가루가 된 바위의 높은 둑들과 불에 결딴나고 독에 오염된 원추형의 거대한 흙무덤들이 끝없이 줄지은 추잡한 묘지처럼 서서 마지못한 빛 속에 서서히 드러났다.

그들이 모르도르 앞에 깔린 폐허에 이른 것이었다. 애초의 모든 목적이 수포로 돌아가더라도 끈질기게 남아 노예들의 어리석은 노역을 거증할 영구적인 기념비요, 백약이 무효일 만큼 더럽혀지고 병든 땅이었다—대해가 몰려들어 망각으로 씻어 내지 않는 한.

"속이 메스꺼워요."

하고 샘이 말했다. 프로도는 말하지 않았다.

악몽이 숨겨진 잠에 빠져들 것을 알고 잠을 물리치는 사람들처럼, 그들은 그 어둠을 통과해야만 아침을 맞이할 수 있다는 걸 알면서도 한동안 거기에 서 있었다. 빛이 넓어지고 단단해졌다. 헐떡이는 구덩이들과 유독한 둔덕들이 소름 끼치도록 선명해졌다. 해가 떠올라 구름과 긴 깃발 모양의 연기 사이로 움직이기 시작했다. 그러나 햇빛조차 더러워져 있었다. 호빗들은 그 빛을 반기지 않았다. 박정하게도 그것은 암흑군주의 잿더미들 속을 헤매는 찍찍거리는 작은 허깨비들 같은 그들의 무력함을 고스란히 드러내는 것 같았다.

너무 지쳐 더는 갈 수 없게 되자 그들은 쉴 만한 장소를 찾았다. 한동안 그들은 화산암 부스러기의 둔덕 그림자 아래 말없이 앉아 있었다. 그러나 그 둔덕에서 역한 냄새와 증기가 새어 나와 목구멍을 압박해 숨이 막혀 왔다. 골룸이 먼저 일어났다. 그는 주절대며 욕설을 퍼붓더니 호빗들에게는 한마디 말이나 눈짓조차 없이 네 발로 기어 어디론가 가 버렸다. 프로도와 샘은 그를 따라 기어가 이윽고 거의 원형을 이룬 넓은 구덩이에 다다랐다. 서쪽 면이 더 높게 쌓여 있는 그곳은 감각이 마비될 만큼 추웠고, 밑바닥에는 잡다한 색깔의 진흙이 깔린 기름투성이의 웅덩이가 있었다. 그들은 이 음산한 웅덩이에 몸을 웅크리고서 그 그늘 속에서 그 눈의 주시를 피할 수 있기를 바랐다.

낮 시간은 천천히 흘러갔다. 그들은 극도의 갈증에 시달렸지만 물병에서 몇 방울밖에 마시질 못했다. 물병을 마지막으로 채운 게 그 골짜기에서였는데, 이제 되짚어 생각해 보니 그들에게 그곳은 평화와 아름다움의 장소 같았다. 호빗들은 번갈아 불침번을 서기로 했다. 처음엔 피곤한데도 불구하고 둘 다 전혀 잠을 이룰 수 없었다. 그러나 저 먼 곳의 해가 천천히 움직이는 구름 속으로 내려가고 있을 때 샘이 꾸벅거렸다. 프로도가 파수를 볼 차례였다. 그는 구덩이의 비탈에 등을 기대고 누웠지만 그런다고 해서 자신을 짓누르는 압박감이 줄어든 건 아니었다. 연기가 줄무늬처럼 죽죽 그어진 하늘을 올려다보며 그는 이상한 환영들, 말 달리는 어두운 형체들, 그리고 과거에서 불려 나온 얼굴들을 보았다. 그는 비몽사몽간에 시간의 흐름을 잊었고 마침내 망각이 그를 덮쳤다.

샘은 주인이 부르는 소리를 들었다고 생각하고 잠에서 깨어났다. 저녁이었다. 프로도는 잠들어 거의 구덩이 밑바닥까지 미끄러져 내려가 있었으니 그가 불렀을 리는 없었다. 골룸이 그의 곁에 있었다. 순간 샘은 그가 프로도를 깨우려 하고 있었다고 생각했지만 이내 그렇지 않다는 것을 알았다. 골룸은 혼잣말을 하고 있었다. 스메아골은 동일한 목소리를 쓰지만 찍찍거리고 쉭쉭대는 소리를 내는 모종의 다른 생각과 논쟁을 벌이고 있었다. 그가 말할 때 눈에는 파리한 빛과 초록빛이 번갈아 나타났다.

"스메아골은 약속했어."

첫 번째 생각이 말했다. 대답이 나왔다.

"그래, 그래, 내 보물. 우린 약속했지. 우리의 보물을 구하고 그가 그것을 차지하지 못하게 하기로—절대로. 하지만 그것이 그에게로 가고 있어. 그래, 한 걸음씩 더 가까이. 그 호빗이 그걸 어떻게 하려는 건지 우린 궁금해. 그럼, 우린 궁금하지."

"난 몰라. 난 어쩔 수가 없어. 주인이 그걸 가졌어. 스메아골은 주인을 돕기로 약속했어."

"그래, 그래. 주인을 돕기로, 그 보물의 주인 말이지. 그러나 만일 우리가 주인이라면, 그렇다면 우린 우리 자신들을 도우고, 그렇지, 그러고도 여전히 약속을 지킬 수 있어."

"그러나 스메아골은 아주 아주 착해지겠다고 말했어. 훌륭한 호빗이야! 그가 스메아골의 다리에서 잔혹한 밧줄을 벗겨 줬어. 그는 내게 말도 곱게 해."

"아주 아주 착해져. 잉, 내 보물? 착해지자고. 물고기처럼 착해지자고, 다정한 친구. 하지만 우린 자신들에게, 물론 그 훌륭한 호빗을 해치진 말고. 그건 안 돼, 안 돼."

"그렇지만 보물은 약속을 지켜."

하고 스메아골의 목소리가 반박했다. 상대방이 말했다.

"그렇다면 그걸 지켜. 그리고 우리 자신들이 그걸 지키자고! 그러면 우리가 주인이 되는 거야. 골룸! 다른 호빗, 그 고약하고 의심 많은 호빗은 벌벌 기게 만드는 거야, 그럼, 골룸!"

"그러나 그 훌륭한 호빗은 아니지?"

"오, 아니지. 우리가 내키지 않으면 그러지 않을 거야. 그럼에도 그는 골목쟁이 집안 식구야, 내 보물. 그래, 골목쟁이 집안 식구지. 골목쟁이 집안의 한 놈이 그것을 훔쳤어. 그는 그걸 발견하고도 아무 말, 아무 말도 안 했어. 우린 골목쟁이 집안 식구들을 증오해."

"아냐, 이 골목쟁이는 아니야."

"맞아, 모든 골목쟁이야. 그 보물을 간직한 놈들은 모두. 우리가 그걸 가져야만 해."

"그러나 그가 볼 거야, 그가 알 거야. 그가 그것을 우리에게서 뺏을 거야."

"그는 봐. 그는 알아. 그는 우리가 실없는 약속을 하는 걸 들었어—그의 명령을 어기고, 그럼. 그걸 뺏어야만 해. 악령들이 수색하고 있어. 그걸 뺏어야만 한다고."

"그를 위해서 갖자는 게 아니야!"

"물론이지, 다정한 친구. 보라고, 내 보물, 만일 우리가 그것을 갖는다면 그렇다면 우린 도망칠 수 있어. 심지어 그로부터도, 안 그래? 어쩌면 우리는 아주 강해질 거야. 악령들보다도 더 강하게. 스메아골 군주? 골룸 대왕? 유일무이의 골룸! 매일 물고기를 먹고, 하루에 세 번, 바다에서 갓 잡은 걸로. 가장 귀하신 골룸! 그걸 가져야만 해. 우린 그걸 원해, 우린 그걸 원해, 우린 그걸 원해!"

"하지만 그들은 두 명이야. 그들은 금방 깨어나 우릴 죽일 거야."

스메아골이 마지막 안간힘을 다해 푸념했다.

"지금은 아니야. 아직은 아니라고."

"우린 그걸 원해! 그러나……."

마치 새로운 생각이 떠오른 것처럼 그는 여기서 오래도록 말이 끊겼다.

"아직은 아니라고, 응? 어쩌면 아니겠지. 그녀가 도와줄 수도 있어. 그녀가 그럴 수 있다고, 그럼."

"아냐, 아니야! 그런 식은 안 돼!"

하고 스메아골이 울부짖었다.

"돼! 우린 그걸 원해! 우린 그걸 원하잖아!"

두 번째 생각이 말할 때마다 골룸의 긴 손이 프로도 쪽으로 천천히 더듬어 기어갔다가는 다시 스메아골이 말할 때면 홱 하고 거두어졌다. 결국은 구부러지고 실룩거리는 긴 손가락들이 달린 두 팔이 그의 목 쪽으로 더듬어 갔다.

샘은 그 토론에 정신을 빼앗긴 채 가만히 누워 있었지만 반쯤 감은 눈꺼풀 아래로 골룸이 하는 모든 움직임을 지켜보고 있었다. 그의 단순한 생각에는 골룸의 으뜸가는 위험은 보통의 배고픔, 즉 호빗들을 먹고 싶은 욕구인 것 같았다. 그러나 이제 그는 그렇지 않다는 걸 깨달았다. 골룸은 반지의 끔찍한 부름을 느끼고 있었다. '그'는 물론 암흑군주였다. 그러나 '그녀'는 누구일까 궁금했다. 저 하찮은 놈이 이리저리 헤매 다니던 중에 사귄 추잡한 친구들 중 하나려니 싶었다. 그 와중에 그는 요점을 잊어버렸다. 명백하게 일이 꽤 진척되어 프로도가 위험해지고 있었던 것이다. 몸이 몹시도 노곤했지만 그는 애써 기운을 내어 일어나 앉았다. 신중해야 하고 자신이 그 토론을 엿들었다는 걸 드러내선 안 된다는 생각이 퍼뜩 들었다. 그는 큰 소리로 한숨을 내쉬고 입이 찢어져라 하품했다.

"시간이 얼마나 됐어?"

하고 그가 졸린 목소리로 말했다.

골룸이 이빨 사이로 쉬쉬 소리를 길게 내보냈다. 그는 잠시 긴장하고 위협적인 태도로 일어섰다가 다음 순간 푹 주저앉고는 앞으로 넘어져 네 발로 기어 구덩이의 경사를 올라왔다.

"훌륭한 호빗들! 훌륭한 샘! 머리가 멍하지. 그래, 머리가 멍할 거야! 파수는 착한 스메아골에게 맡겨 둬! 그런데 벌써 저녁이야. 어스름이 기어오고 있어. 가야 할 시간이야."

'딱 좋은 때야! 게다가 우리가 헤어져야 할 때이기도 하고.'

샘은 생각했다. 그런데 실로 이젠 골룸을 풀어 준다는 게 그를 함께 데리고 가는 것만큼이나 위험한 일이 아닐까 하는 의구심이 퍼뜩 들었다.

"저주스러운 놈! 숨이나 콱 막혀 버렸으면!"

이렇게 중얼거리고 나서 그는 비틀거리며 구덩이를 내려가 주인을 깨웠다.

아주 희한하게도 프로도는 몸이 가뿐한 기분이었다. 그는 꿈을 꾸던 중이었다. 어두운 그림자가 지나갔고 선명한 환상이 이 병든 땅의 그를 찾아들었다. 기억에 남은 내용이라곤 아무것도 없었지만 그럼에도 그는 그 때문에 기뻤고 마음도 보다 가벼웠다. 짓누르던 부담이 덜해졌다. 골룸이 개처럼 즐거워하며 그를 반겨 맞았다. 그는 긴 손가락을 꺾어 딱딱 소리를 내고 프로도의 무릎을 앞발로 긁으면서 낄낄 웃고 재잘거렸다. 프로도는 그에게 미소를 지어 보이며 말했다.

"자, 너는 우리를 잘, 그리고 충직하게 안내해 줬어. 이제 마지막 단계야. 우리를 성문까지 데려다 줘. 그러면 너에게 더는 같이 가자고 부탁하지 않을게. 우릴 성문까지 데려다주면 넌 원하는 곳으로 가도 좋아—우리의 적들에게 가는 것만 빼고."

"성문까지요, 에?"

골룸은 깜짝 놀라고 겁에 질린 듯 생쥐처럼 찍찍거렸다.

"성문까지라고 주인님이 말하셨어! 그래, 그렇게 말하신 거야. 그리고 착한 스메아골은 부탁하신 대로 하고. 오, 그럼. 그러나 보다 가까워지면 아마 우리는 알게 될 거예요. 그때 우린 알 거라고요.

그건 전혀 좋아 보이지 않을 거예요. 오, 아니에요! 오, 아니라고요!"

그러자 샘이 말했다.

"허튼소리 마! 그 일을 해치우자고!"

어스름이 깔리는 가운데 그들은 구덩이에서 기어 나와 천천히 죽음의 땅을 헤쳐 나갔다. 멀리 가지 않아 그들은 그 날개 달린 형체가 늪지 위를 휙 지나갔을 때 닥쳤던 그 두려움을 다시 한번 느꼈다. 그들은 걸음을 멈추고 역한 냄새가 나는 바닥에 웅크렸다. 그러나 음산한 저녁 하늘에는 아무것도 보이지 않았고, 곧 그 위협적인 존재는 바랏두르가 내린 어떤 급한 사명을 띠었는지 머리 위로 높이 지나갔다. 얼마 후 골룸이 일어나 뭐라 중얼대고는 몸을 떨며 다시 앞으로 기어갔다.

자정 넘어 한 시간이 지났을 때 그 두려움이 세 번째로 그들에게 닥쳤다. 그러나 이번엔 엄청난 속도로 서쪽으로 질주하며 구름 저 위로 지나가고 있는 것처럼 그것은 보다 멀어 보였다. 그러나 골룸은 겁에 질려 어쩔 줄을 몰라 했고, 그들이 쫓기고 있으며 그들의 접근이 발각된 거라고 확신했다.

"세 번째예요! 삼세번은 진짜 위협이라고요. 그들은 우리가 여기 있는 걸 감지해요. 그들은 그 보물도 감지해요. 그 보물이 그들의 주인이거든요. 우린 이 길로는 더는 갈 수 없어요. 안 돼요. 그것은 소용없어, 소용없어요!"

간청도 상냥한 말도 더는 소용이 없었다. 마침내 프로도가 화난 목소리로 명령하고 칼자루에 손을 갖다 대고서야 골룸은 다시 일어나려고 했다. 드디어 그가 으르렁대며 일어서서 매 맞은 개처럼 앞서갔다.

그들은 지루한 밤이 끝날 때까지 내내 비트적대며 나아갔고, 두려움의 또 다른 날이 올 때까지 침묵 속에 머리를 숙이고 걸었다. 아무것도 보이지 않았고, 귓가에 쉭쉭대는 바람 소리 외에는 아무것도 들리지 않았다.

Chapter 3

굳게 닫힌 암흑의 성문

이튿날 날이 새기 전에 모르도르로의 여정은 끝났다. 그들 뒤쪽에는 늪과 불모지가 있었고, 앞쪽엔 핼쑥한 하늘을 배경으로 어두워지는 가운데 거대한 산맥이 위압적인 머리를 쳐들었다.

모르도르의 서쪽으로는 에펠 두아스의 산맥, 즉 어둠산맥이 행진하듯 펼쳐졌고, 북쪽으로는 에레드 리수이의 울퉁불퉁한 봉우리들과 메마른 능선들이 잿빛으로 널려 있었다. 그러나 실은 리슬라드와 고르고로스의 음침한 평원과 그 한가운데의 냉혹한 누르넨내해를 둘러싼 거대한 장벽의 일부인 이들 산맥은 서로 접근하면서 긴 지맥들을 북쪽으로 힘차게 뻗쳤고, 이 지맥들 사이에 일렬종대가 지나갈 정도의 깊은 애로(隘路)가 있었다. 이것이 바로 키리스 고르고르, 즉 유령고개로 대적의 땅으로 들어가는 관문이었다. 양쪽에 높은 벼랑이 험악하게 버티고 섰고, 그 어귀에서부터 검은 뼈대의 헐벗은 두 개의 가파른 언덕이 뻗쳐 있었다. 그 언덕들 위에 견고하고 높은 두 개의 탑, 모르도르의 이빨이 서 있었다. 그것들은 옛적에 의기와 힘이 왕성했던 곤도르인들에 의해 세워진 것으로, 그들은 사우론을 격파해 패주시킨 후 그가 다시는 자신의 옛 왕국으로 돌아올 생각을 품지 못하게 하고자 했다. 그러나 곤도르의 강성함은 쇠하고 사람들은 잠에 빠져 오랜 세월 동안 탑들은 텅 빈 채 서 있었다. 그때 사우론이 돌아왔다. 이제 쇠미했던 감시탑들은 보수되고 무기로 가득 채워졌으며 수비대가 주둔하여 끊임없이 경계의 눈초리를 번득였다. 돌처럼 무표정한 그 탑들에는 북, 동, 서쪽을 응시하는 어둑한 창구들이 뚫려 있었고, 각각의 창은 잠들지 않는 눈들로 가득 찼다.

암흑군주는 그 고개의 어귀를 가로질러 이 벼랑에서 저 벼랑으로 돌로 된 누벽을 쌓아 올렸다. 그 속에는 단 하나의 철문이 있고, 총안이 달린 흉벽 위로 경비병들이 부단히 오갔다. 양편의 언덕 밑 암반에는 백여 개의 동굴과 구멍이 뚫려 있었는데, 거기에 다수의 오르크들이 신호만 있으면 싸우러 나가는 검은 개미들처럼 출격 태세를 갖추고 잠복해 있었다. 사우론의 소환을 받거나 암흑의 성문 모란논을 열어 줄 암호를 알지 못하는 한 누구도 그 호된 맛을 보지 않고는 모르도르의 이빨을 통과할 수 없었다.

두 호빗은 절망의 눈길로 그 탑들과 성벽을 물끄러미 바라보았다. 그들은 멀리서도 어슴푸레한 빛 속에 성벽 위 시커먼 경비병들의 움직임과 성문 앞의 순찰대를 볼 수 있었다. 이제 그들은 에펠 두아스의 최북단 버팀벽의 쭉 뻗친 그림자 아래, 암반이 움푹 꺼진 구렁 가장자리 위를 빤히 내다보며 누워 있었다. 무거운 대기를 일직선으로 가르고 나는 까마귀라면, 그들의 은신처에서 보다 가까운 탑의 시커먼 꼭대기까지는 200미터밖에 되지 않을 것 같았다. 아래의 언덕에서 피운 불에서 연기가 나는 것처럼, 희미한 연기가 은신처 위로 피어올랐다.

날이 밝았다. 황갈색 태양이 에레드 리수이의 생기 없는 능선들 위로 눈을 깜박였다. 그때 느닷없이 귀에 거슬리는 나팔 소리가 요란하게 울렸다. 그 소리는 감시탑들에서 울려 퍼졌고 멀리 언덕들 속에 숨겨진 요새와 전초(前哨)들로부터 화답하는 나팔 소리가 나왔다. 그리고 저 너머 우묵한 땅에도 바랏두르의 강력한 뿔나팔 소리와 북소리가 희미하지만 깊고도 불길하게 메아리쳤다. 모르도르에 두려움과 노역의 지긋지긋한 하루가 또다시 시작된 것이었다. 야간 경비병들은 지하 감옥과 깊은 집회장들로 소환되었고, 험악한 눈매의 사나운 주간 경비병들이 근무지로 행진하고 있었다. 흉벽 위로 쇳빛이 어렴풋이 번득였다.

샘이 먼저 입을 열었다.

"자, 드디어 왔네요. 여기 성문이 있지만 제게는 과연 도달할 수 있을까 싶을 만큼 먼 것 같아요. 이거 참, 만일 우리 노친네가 지금 저를 본다면 한두 마디 하실걸요! 발걸음을 조심하지 않으면 비참한 종말을 맞을 거라고 종종 말씀하셨거든요. 그러나 지금은 노친네를 다시 보게 될 거라곤 생각지 않아요. 그는 '내가 그렇게 말했잖니, 샘.' 하고 말할 기회가 없어 섭섭하실 거예요. 그게 더욱 애석한 일이죠. 제가 그의 늙은 얼굴을 다시 볼 수만 있다면 그는 숨이 붙어 있는 한 계속 잔소리를 해 대실걸요. 그나저나 저는 먼저 세수를 해야 할 거예요. 안 그러면 그가 절 알아보지 못할 테니까요.

'이제 우리가 어느 길로 가야 하느냐?'라고 물어볼 필요도 없을 것 같은데요. 우린 더는 갈 수 없어요—오르크들에게 들어 올려 달라고 부탁할 생각이 아니라면 말이에요."

"없지, 없고말고!" 골룸이 말했다. "쓸데없지. 우린 더는 갈 수 없어. 스메아골이 그렇다고 말했어. 성문에 가면 그때 우린 알 거라고 말이야. 그리고 지금 우리가 알고 있고. 오, 그래, 내 보물, 우리는 알고 있다고. 스메아골은 호빗들이 이 길로 갈 수 없다는 걸 알았어. 오, 그럼. 스메아골은 알았지."

"제길, 그럼 뭣 때문에 우릴 이 길로 데려왔어?"

샘이 말했다. 그는 이치나 사리에 맞게 말할 기분이 아니었다.

"주인님이 그렇게 말했어. '우릴 성문까지 데려다줘.' 하고 주인님이 말했어. 그래서 착한 스메아골은 그렇게 한 거야. 주인님이 그렇게 말했어. 똑똑한 주인님이."

"내가 그랬지."

하고 프로도가 말했다. 그의 얼굴은 엄숙하고 굳었으면서도 결연했다. 그는 더럽고 수척하며 피로에 찌들었지만 더는 몸을 웅크리지 않았고 두 눈도 맑았다.

"모르도르에 들어가려고 그렇게 말했어. 그리고 다른 길은 모르기도 하고. 따라서 나는 이 길로 가겠어. 난 누구에게도 같이 가자고 부탁하지 않아."

"아니, 안 돼요, 주인님!"

골룸이 앞발로 그를 긁으며 큰 비탄에 잠긴 듯 울부짖었다.

"저 길은 소용없어요! 소용없다고요! 그 보물을 그에게 갖다주지 말아요! 그가 그걸 손에 쥐면 그는 우리 모두를 먹어 치울 거예요. 온 세상을 먹어 치울 거라고요. 그것을 간직해요. 훌륭한 주인님, 그리고 스메아골에게 다정하게 대해 줘요. 그가 그걸 갖게 하지 말아요. 아니면 여길 떠나 좋은 곳들로 가서 그것을 귀여운 스메아골에게 돌려주세요. 그래요, 그래, 주인님이 그걸 돌려주는 거예요, 네? 스메아골이 그걸 안전하게 간직하고 착한 일을 많이 할 거예요. 특히 훌륭한 호빗들에게요. 호빗들은 고향으로 가고요. 저 성문으로는 가지 마세요!"

프로도가 대답했다.

"나는 모르도르의 땅으로 가라는 명령을 받았고 따라서 난 가겠어. 만약 단 하나의 길만 있다면 그렇다면 난 그 길을 잡아야만 해. 그 후의 일은 될 대로 되겠지."

샘은 아무 말도 하지 않았다. 그에겐 프로도의 표정만으로 족했다. 그는 자신의 말이 아무 소용도 없으리라는 것을 알았다. 그리고 결국 그는 처음부터 그 일에 대해 그 어떤 현실적인 희망도 품지 않았다. 그러나 명랑한 호빗인지라 그는 절망이 늦춰질 수 있는 한 희망을 필요로 하지 않았다. 이제 그들은 비참한 종말에 이른 것이었다. 그러나 그는 그 먼 길 내내 주인에게 충실했고 그것이 그가 여기까지 온 주된 목적이었으며, 그리고 그는 여전히 주인에게 충실할 것이었다. 그의 주인은 홀로 모르도르로 가지 않을 것이었다. 샘이 그와 함께 갈 테니까—그리고 어쨌든 그들은 골룸을 떨쳐 낼 것이었다.

그러나 골룸은 아직 떨려 나갈 생각이 없었다. 그는 두 손을 쥐어짜고 찍찍거리며 프로도의 발치에 무릎을 꿇고 애원했다.

"이 길은 안 돼요, 주인님! 또 다른 길이 있어요. 오, 그래요, 정말로 있어요. 더 어둡고 더 찾기 어렵고 더 은밀한 다른 길이에요. 그렇지만 스메아골은 그것을 알아요. 스메아골이 보여 줄게요!"

"또 다른 길이라고!"

하고 프로도가 샅샅이 살피는 눈길로 골룸을 내려다보며 미심쩍은 듯 말했다.

"그래요! 그래요, 정말! 또 다른 길이 있었어요. 스메아골이 그걸 찾았어요. 그게 아직도 거기 있는지 가 봐요!"

"이전엔 이것에 대해 말하지 않았잖아?"

"안 했죠. 주인님이 묻지 않았으니까요. 주인님은 자신이 뭘 하려고 하는지 말하지 않았어요. 그는 불쌍한 스메아골에게 말해 주지 않아요. 그는 말하기를, '스메아골, 성문까지 데려다줘—그다음엔 잘 가! 스메아골은 달아나 착하게 살 거야.'라고만 했어요. 그러나 지금은 '난 이 길로 모르도르에 들어갈 작정이야.' 라고 말해요. 그래서 스메아골은 겁나요. 훌륭한 주인님을 잃고 싶지 않거든요. 그리고 그는 약속했어요. 주인님이 약속하게 만들기도 했고요. 그 보물을 구하기로. 하지만 만약 이 길로 갈 거라면 주인님은 그걸 그에게, 곧바로 그 암흑의 손에 갖다주게 될 거예요. 스메아골은 둘 모두를 구해야 해서 옛날에 거기 있었던 또 다른 길을 생각해 낸 거예요. 훌륭한 주인님, 스메아골은 아주 착하고 언제나 도울 거예요."

샘이 얼굴을 찌푸렸다. 만일 눈길로 골룸의 목에 구멍을 낼 수 있었다면 그는 그렇게 했을 것이다. 그의 마음은 의심으로 가득 찼다. 어느 모로 보나 골룸은 진정으로 근심했고 프로도를 돕고 싶어 했다. 그러나 샘은 자신이 엿들은 토론을 기억하고는 오래도록 감춰져 있던 스메아골이 승리했다고 믿기는 어렵다는 걸 깨달았다. 어쨌든 그 토론에서 스메아골이 상대방을 제압하지는 못했던 것이다. 샘의 추측은 이러했다. 스메아골과 골룸이라는 두 개의 반쪽들(혹은 그 자신이 마음속으로 이름 붙인 대로 살금이와 구린 놈)은 휴전과 일시적 동맹을 맺은 것이었다. 어느 쪽도 대적이 반지를 갖는 걸 원치 않았고, 양쪽 모두가 가능한 한 오래 프로도를 붙잡히지 않게 지키고 자신들의 눈 아래 두고 싶어 했다—어쨌든 구린 놈이 여전히 그의 '보물'을 손에 넣을 기회가 있는 한. 샘에게는 정말 모르도르로 가는 또 다른 길이 있는지도 의심스러웠다.

샘은 생각했다.

'프로도 씨가 어떻게 할 작정인지 저 늙은 악당의 어느 반쪽도 알지 못한다는 게 다행이야. 장담하지만, 만일 프로도 씨가 그 보물을 영원히 끝장내려고 한다는 걸 그가 안다면 곧바로 분란이 생길 거야. 어쨌든 늙은 구린 놈은 대적을 너무나 무서워해—그리고 그는 그로부터 모종의 명령을 받거나 받은 처지인데—우릴 돕다가 붙잡히느니, 그리고 어쩌면 그의 보물이 녹아 버리게 놔두느니 우리를 저버릴 거야. 적어도 내 생각은 이렇다고. 주인님도 그것을 신중하게 생각하기를 바라. 그는 누구 못지않게 현명하지만 마음이 여려. 그의 천성이지. 그가 다음으로 뭘 할 건지는 그 어떤 감지도 짐작할 수 없어.'

프로도는 골룸에게 즉시 대답하진 않았다. 느리지만 빈틈없는 샘의 마음속에 이런 의혹들이 지나가는 동안, 그는 키리스 고르고르의 어두운 벼랑을 물끄러미 바라보며 서 있었다. 그들이 은신한 곳은 낮은 언덕 사면에 파인 구렁으로 그것과 깎아지른 산맥의 바깥 버팀벽 사이에 놓인 긴 참호 같은 계곡보다 좀 높은 곳에 있었다. 계곡 한가운데는 서쪽 감시탑의 검은 토대가 서 있었다. 모르도르의 성문으로 모이는 어슴푸레하고 탁한 길들이 아침 햇살에 선명하게 보였다. 하나는 도로 북쪽으로 구불구불하게 펼쳐졌고 또 하나는 동쪽으로 뻗어 에레드 리수이 기슭 주위에 걸린 안개 속으로 멀어져 갔으며 세 번째 길이 그가 있는 방향으로 나 있었다. 그 길은 탑 주위로 급히 휘면서 좁은 애로로 들어갔다가 그가 서 있는 구렁에서 멀지 않은 아래쪽으로 지나갔다. 서쪽, 즉 그의 오른쪽에서 그 길은 산맥 자락을 감싸며 남쪽으로 뻗더니 에펠 두아스의 서쪽 사면을 온통 뒤덮은 짙은 어둠 속으로 사라졌다. 그것은 그의 시야를 벗어나 산맥과 대하 사이의 좁은 땅으로 계속 이어졌다.

물끄러미 바라보던 중에 프로도는 평원에서 큰 소란과 움직임이 있다는 것을 알았다. 비록 대부분이 저 너머의 늪지와 황야에서 표류해 온 연기와 증기에 가리긴 했지만 전 병력이 행진 중인 것 같았다. 그러나 여기저기서 창과 투구가 번쩍이고 길옆 평지 위로 기병들이 많은 무리를 이루어 달리는 것이 보였다. 그는 저 멀리 아몬 헨 위에서 품었던 환상을 상기했다. 이젠 수년 전인 듯싶지만 실은 며칠 전의 일이었다. 그러자 격정에 휩싸인 가슴에 한순간 꿈틀거렸던 희망이 헛된 것임을 알았다. 나팔 소리는 응전이 아니라 환영을 위해 울린 것이었다. 그것은 오래전에 스러져 간 용사들의 무덤에서 복수의 망령처럼 일어선 곤도르인들이 암흑군주를 공격하는 게 아니었다. 이들은 암흑군주의 부름을 받고 드넓은 동쪽 지역에서 몰려든 다른 종족의 인간들이었다. 밤에 성문 앞에서 야영했다가 이제 그의 불어나는 권세를 더하기 위해 안으로 행진하는 대군이었다. 점점 날이 밝아 오는 가운데 이 거대한 위협에 그처럼 가까이 있는 자신들의 위험한 처지를 불현듯 절감한 프로도는 재빨리 가냘픈 회색 두건을 머리 위로 바싹 끌어당기고 기슭으로 내려섰다. 그다음 그는 골룸에게로 돌아섰다.

"스메아골, 나는 너를 한 번 더 믿겠어. 나는 그렇게 해야만 하고, 또 전혀 예상치 못한 곳에서 네게서 도움을 받는 게 내 운명이고, 사악한 목적을 품고 오랫동안 뒤쫓은 나를 돕는 것이 네 운명인 모양이야, 정녕. 너는 지금까지 내게 참 잘해 주었고 약속도 충실히 지켰어. 진심이야."

그는 샘을 흘끗 바라보고 이렇게 덧붙였다.

"두 번이나 우리를 마음대로 할 수 있었지만 너는 우리에게 해를 끼치지 않았잖아. 또 너는 네가 한때 추구했던 것을 나한테서 빼으려고도 하지 않았어. 삼세번째가 최고로 판명되길 바라. 그러나 미리 일러두지만, 스메아골, 넌 위험에 처해 있어."

"그럼, 그럼요, 주인님!" 골룸이 말했다. "무시무시한 위험이죠! 생각만 해도 스메아골의 뼈대가 떨리는걸요. 하지만 그는 달아나지 않아요. 그는 훌륭한 주인님을 도와야 하니까요."

"난 우리 모두가 공유하는 위험을 말한 게 아니야. 너 혼자에게 닥친 위험을 말한 거야. 너는 네가 보물이라고 부르는 것을 두고 맹세했어. 그것을 기억해! 보물이 너에게 약속을 지키게 할 거야. 그러나 보물은 약속을 비틀어 너를 파멸로 이끌 방법도 강구할 거야. 벌써 넌 비틀리고 있어. 어리석게도 넌 방금 나에게 네 속셈을 누설했어. '그것을 스메아골에게 돌려줘요.'라고 넌 말했어. 다시는 그런 말을 하지 마! 그런 생각이 네 속에 자라나게 해선 안 돼! 넌 결코 그걸 다시 가질 수 없어. 그것에 대한 욕망 때문에 넌 비참한 종말을 맞을 수 있어. 넌 결코 그걸 다시 가질 수 없어. 스메아골, 난 최후의 위급 시에 그 보물을 착용할 거고, 그 보물은 오래전에 널 길들여 놓았어. 만약 내가 그걸 끼고 네게 명령하면 넌 복종할 거야. 설사 그것이 절벽에서 뛰어내리라거나 불 속에 네 몸을 던지는 것이라 할지라도. 내 명령은 그런 것일 거야. 그러니 주의하라고, 스메아골!"

샘은 찬동하면서도 동시에 깜짝 놀라 주인을 쳐다보았다. 그의 얼굴과 목소리에는 그가 예전에 알지 못했던 표정과 어조가 어려 있었다. 경애하는 프로도 씨의 친절은 너무나 대단한 것이어서 어떤 때는 그가 눈이 멀었다고 생각해 왔다. 물론 그는 또한 프로도 씨가 세상에서 가장 현명한 자(아마도 빌보 영감이나 간달프는 제외하고)라는 양립할 수 없는 믿음도 굳게 지니고 있었다. 골룸도 제 나름으로 프로도의 친절과 눈멂을 혼동하여 유사한 실수를 저질렀을 수 있었다. 그러나 그를 안 지 얼마 되지 않은 골룸의 실수는 이해할 여지가 더 많았다. 하여튼 프로도의 이 말을 듣고 그는 부끄러웠고 겁을 먹었다. 그는 바닥에 넙죽 엎드려 "훌륭하신 주인님"이란 말 외에는 어떤 말도 또렷하게 할 수 없었다.

프로도는 한동안 참을성 있게 기다렸다가 이윽고 덜 준엄하게 다시 말했다.

"자, 이제 골룸이든 스메아골이든 네가 원한다면 나에게 다른 길을 말해 주고 또 할 수 있다면 내가 분명한 길을 저버릴 만한 어떤 희망이 그 길에 있는지 보여 줘. 나는 다급해."

그러나 골룸은 가련한 처지에 놓인 데다 프로도의 위협에 완전히 무기력해져 있었다. 그는 중얼거리고 찍찍대며 말하다가도 사이사이에 바닥을 기며 둘 모두에게 '불쌍하고 귀여운 스메아골'에게 상냥하게 대해 달라고 번번이 애원했다. 그 통에 그에게서 어떤 명료한 설명을 듣는다는 건 쉽지 않았다. 얼마 뒤 그가 좀 진정되고 난 후에, 프로도는 에펠 두아스에서 서쪽으로 굽어지는 길을 따라가면 머잖아 둥글게 늘어선 어두운 나무들 속의 교차로에 다다를 것이라는 말을 조금씩 헤아렸다. 오른편 길은 오스길리아스와 안두인대하의 교각으로 통하고, 가운데 길은 남쪽으로 계속 이어졌다.

골룸이 말했다.

"계속, 계속, 계속요. 우린 그 길로 가 보지 않았어요. 그러나 그 길을 500킬로미터 따라가면 마침내 결코 잔잔한 법이 없는 큰물이 나온대요. 거기엔 물고기가 아주 많아 큰 새들이 잡아먹어요. 신나는 새들이죠. 그렇지만 우린 거기에 가 본 적이 없어요. 그럴 기회가 없었어요, 애석하게도! 더 멀리 나가면 더 많은 땅들이 있대요. 하지만 그곳은 노란 얼굴이 아주 뜨겁고 구름도 거의 없으며 그곳 사람들은 사납고 얼굴이 가무잡잡해요. 우린 그런 땅은 보고 싶지 않아요."

"그럼!" 프로도가 말했다. "네 길에서 벗어나지만 말라고. 그런데 세 번째 갈림길은 어때?"

"오, 그래요, 오, 그렇죠, 세 번째 길이 있죠. 그건 왼쪽 길이에요. 그것은 곧장 오르기 시작해서 구불구불하게 이어지다가 우뚝하게 높은 그림자로 통해요. 시커먼 바위를 돌면 그게 보일 거예요. 별안간 머리 위로 그것이 보일 테고 그러면 숨고 싶어질 거예요."

"그걸 본다고, 그걸 봐? 뭘 볼 거라는 거야?"

"옛 요새요. 매우 오래된 건데 지금은 아주 무시무시해요. 오래전 스메아골이 젊었을 적에 우린 남쪽에서 전해진 이야기들을 듣곤 했어요. 오, 그래요. 우린 저녁이면 버드나무의 땅에서 대하의 둑에 앉아 많은 이야기를 하곤 했어요. 대하도 더 젊었을 때죠, 골룸, 골룸."

그가 울고 투덜거리기 시작했다. 호빗들은 참을성 있게 기다렸다. 골룸이 다시 말을 이었다.

"남쪽에서 전해진 이야기들은 빛나는 눈의 키 큰 인간들, 돌 언덕 같은 그들의 집, 그리고 그들 왕의 은빛 왕관과 하얀 나무에 관한 것으로 놀라운 이야기들이었지요. 그들은 아주 높은 탑들을 세웠는데, 그중 하나는 은백색으로 그 속엔 달처럼 생긴 돌이 하나 있고 그 주위로 거대한 하얀 성벽이 둘러져 있어요. 오, 그래요, 그 달의 탑에 대한 이야기가 많았어요."

프로도가 말했다.

"그건 엘렌딜의 아들 이실두르가 세운 미나스 이실일 거야. 대적의 손가락을 자른 이가 바로 이실두르였지."

"맞아요, 그의 검은 손엔 손가락이 네 개밖에 없어요. 그러나 그것만으로도 족해요. 그리고 그는 이실두르의 도시를 증오했어요."

골룸이 몸서리치며 말했다.

"그가 증오하지 않는 게 어디 있던가? 그런데 그 달의 탑이 우리와 무슨 관계가 있지?"

"자, 주인님, 그것은 거기 있었고 지금도 거기 있어요. 높은 탑과 하얀 집들 그리고 성벽 말이죠. 그러나 지금은 훌륭하지도 아름답지도 않아요. 그가 오래전에 그것을 정복했어요. 이젠 아주 끔찍한 곳이죠. 여행자들은 그것을 보곤 몸을 덜덜 떨고 보이지 않는 데로 기어가 그것의 그림자를 피해요. 하지만 주인님은 그 길로 가야 할 거예요. 그게 유일한 다른 길이니까요. 거기는 산들도 더 낮고, 옛길이 계속 위로 뻗어 꼭대기의 어두운 고개에 이르고는 다시 내리막으로 계속 뻗어요—고르고로스까지."

목소리가 속삭임으로 잦아들면서 그가 진저리를 쳤다.

"그런데 어떻게 그 길이 우리에게 도움이 될 거란 거지? 분명 대적은 자신의 산들에 대해 속속들이 알 테고 또 그 길도 여기만큼 엄중하게 감시될 텐데. 그 탑이 텅 비어 있진 않겠지, 안 그래?"

샘이 말하자 골룸이 속삭이듯 말했다.

"오, 그럼, 비어 있지 않아! 텅 비어 있는 것처럼 보여도 그렇지 않아, 오, 아니고말고. 아주 무시무시한 것들이 거기 살고 있어. 오르크들이, 그럼, 언제나 오르크들이 살지. 그러나 더 흉악한 것들, 더 흉악한 것들도 거기 살아. 그 길은 성벽의 그림자 바로 아래로 뻗어 성문을 지나가. 그 길 위에서 움직이는 건 모조리 그들에게 파악돼. 속에 있는 것들이 모조리 안다고. 침묵의 감시자들 말이야."

"그러니까 네 조언이란 게, 거기에 도착하더라도, 만일 그럴 수 있다면 말이야, 지금과 같은 곤경이나 아니면 더 나쁜 곤경에 빠질 길로 가자는 거야? 그걸 확인하려고 또 한 번 남쪽으로의 긴 장정에 나서야 한다는 거야?"

샘이 묻자 골룸이 대답했다.

"아냐, 그렇지 않아. 호빗들은 알아야 해, 이해하려고 해야 해. 그는 그쪽으로는 공격이 있을 걸로 생각하지 않아. 그의 눈은 모든 방향을 살피지만 아무래도 주의를 더 기울이는 곳이 있어. 그로서도 대번에 모든 걸 볼 수는 없으니까, 적어도 아직까지는. 너도 알다시피 그는 대하에 이르기까지 어둠산맥 서쪽의 모든 나라를 정복했고, 지금도 대하의 다리들을 지키고 있어. 그러니 다리에서 큰 싸움을 치르거나, 아니면 숨길 수가 없기에 필히 그의 눈에 띌 만큼 많은 배를 갖추지 않고는 누구도 달의 탑에 당도할 수 없다고 그는 생각해."

"넌 그가 뭘 하고 있고 무슨 생각을 하는지에 대해 많이 아는 것 같아." 샘이 말했다. "최근까지 그와 쭉 이야기해 온 거야? 아니면 단지 오르크들과 허물없이 어울리다 보니 알게 된 거야?"

"훌륭한 호빗이 아니야. 분별력도 없고."

골룸이 샘에게 화난 눈길을 던지고는 프로도에게로 돌아서며 말했다.

"그래요, 물론 스메아골은 주인님을 만나기 전에 오르크들과 이야기를 나눴어요. 그리고 많은 종족들과도요. 그는 아주 멀리 돌아다녔으니까요. 지금 그가 말하는 것은 많은 종족들이 말하고 있는 바예요. 그에게, 그리고 우리에게 큰 위험이 닥친 곳은 바로 여기 북쪽이에요. 그는 언젠가는 암흑의 성문에서 나올 거예요. 머잖아 곧 말이에요. 대부대가 나오려면 이 길뿐이에요. 그러나 그는 저 아래 서쪽은 걱정하지 않아요. 거기엔 침묵의 감시자들이 있거든요."

"바로 그거야!" 샘이 물러서지 않고 말했다. "그러니까 우리가 그들의 성문까지 걸어가 그걸 두드리고 우리가 모르도르에 이르는 바른 길을 택한 건지 물어보자는 것 아니야? 아니면 그들은 원체 말이 없으니 대답도 안 할까? 도무지 말이 안 돼. 차라리 여기서 그렇게 하는 게 낫지. 힘들여 먼 길 걸을 필요도 없이."

그러자 골룸이 쉭쉭거리며 말했다.

"농담하지 마! 우스운 게 아니야. 오, 아니고말고! 재미있는 것도 아니고. 모르도르에 들어가겠다는 것부터가 말이 안 되는 일이야. 하지만 주인님이 '난 가야 해.'라거나 '난 갈 거야.'라고 말한다면 어떤 방도를 취해야만 하잖아. 그러나 그가 저 끔찍한 도시로 가선 안 돼. 오, 안 되지. 당연히 안 돼. 대체 무슨 영문으로 이 모든 일을 하려는 건지 누구도 내게 말해 주지 않지만 스메아골이, 착한 스메아골이 도움되는 게 바로 그 대목이야. 스메아골이 다시 돕는다고. 그는 그것을 찾았어. 그는 그것을 알아."

"뭘 찾은 거지?"

프로도가 물었다. 골룸이 웅크려 앉았고 그의 목소리는 다시 속삭임으로 잦아들었다.

"산맥 속으로 다가드는 작은 길요. 그다음엔 계단, 좁은 계단이 하나 있어요. 오, 그래요, 아주 길고 좁아요. 그리고 더 많은 계단이 있어요. 또 그다음엔……."

그의 목소리가 한층 더 낮아졌다.

"터널이, 어두운 터널이 하나 있고, 그리고 마침내 작은 틈새가 나오고, 그다음에 큰 고개 위로 높이 하나의 길이 있어요. 바로 그 길을 통해 스메아골은 그 암흑에서 빠져나왔어요. 그러나 몇 년 전의 일이었어요. 이젠 그 길이 사라져 버렸을 수도 있어요. 그렇지만 그렇진 않을 거예요. 아마 그렇지 않을 거예요."

"그렇지만 난 도무지 그 말하는 태도가 마음에 안 들어."

하고 샘이 말했다.

"어쨌든 말로는 너무나 쉬운 것처럼 들리거든. 만일 그 길이 아직 거기 있다면 그것은 감시되고 있을 거야. 감시되고 있지 않았어, 골룸?"

샘은 이렇게 말하면서 골룸의 눈에서 초록빛이 번득이는 걸 포착했거나 포착한 것처럼 느꼈다. 골룸은 뭐라고 중얼거렸지만 대답은 하지 않았다. 프로도가 준엄하게 물었다.

"그것이 감시되고 있지 않아? 그리고 네가 그 암흑에서 탈출했다고, 스메아골? 오히려 넌 무슨 사명을 띠고 떠나는 걸 허락받았던 것 아니야? 적어도 그것이 아라고른이 생각한 바야. 몇 년 전 죽음늪 곁에서 널 찾아냈던 그가 말이야."

"그건 거짓말이야!"

골룸이 쉭쉭거렸고, 아라고른이란 이름을 듣자 그의 두 눈에 음험한 빛이 떠올랐다.

"그는 나에 대해 거짓말했어요. 그럼, 그랬어요. 나는 미약하지만 나 혼자 힘으로 탈출했다고요. 정말로, 난 그 보물을 찾으라는 명령을 받았고 난 찾고 또 찾았어요. 당연히 그랬죠. 그러나 암흑의 존재를 위한 건 아니었죠. 그 보물은 우리 것이었어요. 당신들에게 말하지만 그건 내 것이었어요. 난 탈출한 거라고요."

프로도는 이 일에서만큼은 골룸의 말이 진실에서 그리 동떨어진 게 아니라는 이상한 확신이 들었다. 그가 어떻게 해서든 모르도르에서 빠져나오는 길을 발견했고 또 적어도 그 자신의 약삭빠른 재주로 그렇게 한 것이라고 믿었다. 한 가지 이유로, 그는 골룸이 '나'라고 말한 것에 주목했는데, 그것이 드물게 나타날 때면 대개 그 순간에는 예전의 진실과 성심의 잔재가 위로 떠올랐다는 걸 일러주는 표식 같았던 것이다. 그러나 이 점에서 골룸을 신뢰할 수 있다 하더라도 프로도는 대적의 간계를 잊지는 않았다. 그 '탈출'은 허락되거나 준비된 것일 수도 있고 그래서 암흑의 탑이 잘 아는 바일 수도 있었다. 그리고 사정이야 어떻든 골룸이 많은 것을 숨기고 있음도 분명했다. 프로도가 말했다.

"다시 묻는데, 그 비밀의 길이 감시되는 건 아니야?"

그러나 골룸은 아라고른이란 이름 때문에 기분이 뚱해진 상태였다. 그는 이번만큼은 진실을, 혹은 적어도 그 일부분을 말했는데도 의심받는 거짓말쟁이가 띨 법한 몹시도 기분 상한 표정을 띠었다. 그는 대답하지 않았다.

"감시되고 있는 게 아니냐고?"

프로도가 반복했다.

"그래요, 아마도 그럴 거예요. 이 나라에는 안전한 곳이라곤 없으니까요."

골룸이 뿌루퉁하게 말했다.

"안전한 곳은 없어요. 그러나 주인님은 해 보든지 아니면 집으로 가야 해요. 다른 길은 없어요."

그들은 그에게서 더는 아무 말도 들을 수 없었다. 그 위험한 곳과 높은 고갯길의 이름을 그는 말할 수 없거나 말하지 않으려고 했다.

그곳의 이름은 풍문에 떠도는 무시무시한 이름 키리스 웅골이었다. 아마 아라고른이라면 그들에게 그 이름과 거기에 내포된 의미를 말해 줄 수 있었을 것이고, 간달프라면 경계하라고 일렀을 것이었다. 그러나 그들은 홀로였고, 아라고른은 멀리 떨어져 있었으며, 간달프는 배신 때문에 지체된 채 아이센가드의 폐허 한가운데서 사루만을 상대로 분투하고 있었다. 그러나 그가 사루만에게 최후통첩의 말을 던지고 팔란티르가 오르상크의 계단에서 불꽃을 튀기며 와르르 굴러 내렸을 때도 그는 내내 프로도와 샘와이즈를 생각했고 희망과 연민의 마음으로 그 먼 거리를 가로질러 그들을 찾고 있었다.

간달프가 가 버렸다고, 저 멀리 모리아의 어둠 속으로 영영 가 버렸다고 믿었음에도 불구하고, 어쩌면 프로도는 아몬 헨에서 그랬던 것처럼 그것을 어렴풋이 느꼈다. 그는 말없이 고개를 숙이고서 간달프가 그에게 말했던 그 모든 것을 상기하고자 애쓰며 오랫동안 바닥에 앉아 있었다. 하지만 이 선택에 관해서는 그 어떤 조언도 생각해 낼 수 없었다. 실로 암흑의 땅이 아직 아주 멀리 있는 상태에서 간달프의 인도는 그들에게서 너무나 빨리, 정말 너무나 빨리 거두어져 버린 것이었다. 그들이 마지막에 어떻게 거기에 들어가게 될지를 간달프는 말하지 않았다. 어쩌면 그도 말할 수 없었을 것이다. 그는 한 번 감히 북쪽에 있는 대적의 요새, 돌 굴두르 속으로 들어갔었다. 그러나 암흑군주가 다시 권력을 잡고 부상한 이후로 그가 언제고 모르도르 안으로, 불의 산과 바랏두르 속으로 들어가 봤던가? 프로도는 그렇지 않을 거라고 생각했다. 그런데 샤이어 출신의 자그마한 반인족 하나가, 조용한 시골의 그렇고 그런 호빗 하나가, 위대한 이들도 갈 수 없거나 감히 가지 못한 길을 찾을 거라는 기대를 안고 여기 있는 것이었다. 그건 잔혹한 운명이었다. 그러나 그는 스스로 그것을 짊어졌다.

이젠 참으로 아득해서 은빛과 금빛의 나무들이 여전히 꽃을 피웠던 무렵 세상의 청년기에 대한 이야기의 한 장(章) 같은 저 먼 어느 해 봄 자신의 거실에서. 이것은 잔혹한 선택이었다. 그는 어느 길을 선택해야 한단 말인가? 그리고 만일 둘 모두가 공포와 죽음으로 귀결된다면 선택이란 게 무슨 소용이란 말인가?

낮이 되었다. 그들이 숨어 있는 작은 회색 구렁에, 두려움의 땅의 경계에 매우 가까운 곳에 깊은 정적이 깔렸다. 그 정적은 마치 그들을 주위의 모든 세계와 차단하는 두터운 장막인 듯했다. 머리 위에는 둥근 천장 모양의 파리한 하늘에 쏜살같이 지나는 연기로 줄이 죽죽 그어져 있었다. 그러나 그것은 골똘한 생각으로 묵직해진 대기의 거대한 심연이 비쳐 보이는 듯 높고 멀 것 같았다.

해를 등지고 나는 독수리라도 얇은 회색 망토로 몸을 감싼 채 그 운명의 무게 아래 움직이지 않고 묵묵히 앉아 있는 호빗들을 발견하진 못했을 것이다. 혹시 한순간 비상을 멈춘 독수리가 아주 작은 형체의 골룸을 볼 수 있었을지도 모른다. 그러나 아마 웬 인간의 아이가 굶어 죽어 아직도 너덜너덜한 옷가지에 해골과 거의 뼈처럼 하얗게 여윈 팔다리만이 붙은 채 누워 있다고, 그래서 한 입 쪼아 먹을 것도 못 된다고 생각했을 것이다.

프로도는 무릎 위로 머리를 숙였으나 샘은 양손으로 머리를 받치고 두건 너머로 텅 빈 하늘을 응시했다. 적어도 한동안은 하늘이 텅 비어 있었다. 그러나 다음 순간 샘은 새 같은 어두운 형체 하나가 시야 속으로 선회해 들어와 멈춰 떠 있다가 이윽고 다시 멀어져 가는 걸 본 듯했다. 두 개가 더 뒤를 이었고, 얼마 후 네 번째가 나타났다. 보기에는 아주 작았지만 그는 그것들이 쭉 펼친 방대한 날개로 대단히 높이 날고 있는 거대한 새들임을 알 수 있었다. 그는 눈을 가리고 몸을 웅크렸다. 암흑의 기사들을 대했을 때 느낀 것과 똑같은 두려움이 덜컥 일었다. 바람결에 들리는 울부짖음과 달을 가리는 그림자와 함께 닥쳤던, 그 어떻게도 해 볼 수 없던 공포에 비해 이번 것은 그리 압도적이거나 강력하진 않았다. 이 위협은 더 멀었다. 그렇지만 엄연한 위협이었다. 프로도도 그것을 느꼈다. 그의 생각이 중단되었다. 꿈틀거리며 몸을 떨긴 했지만 그는 위를 쳐다보진 않았다. 골룸은 구석에 몰린 거미처럼 몸을 웅크렸다. 날개 달린 형체들은 선회하다가 급강하하더니 쾌속으로 다시 모르도르로 날아갔다.

샘이 숨을 깊게 내쉬더니 쉰 목소리로 나직하게 말했다.

"그 기사들이 다시 나타났어요, 하늘 높이. 전 그들을 봤어요. 그들이 우리를 볼 수 있다고 생각하세요? 그들은 아주 높이 떠 있었어요. 만일 그들이 이전과 똑같은 암흑의 기사들이라면, 그렇다면 대낮의 빛으로는 많은 걸 볼 수 없지 않아요? 안 그래요?"

"그래, 아마 못 볼 거야." 프로도가 말했다. "그렇지만 그들의 군마는 볼 수 있어. 지금 그들이 타고 다니는 이 날개 달린 짐승들은 아마 다른 어떤 생물보다 더 많은 걸 볼 수 있어. 그것들은 썩은 고기를 먹는 거대한 새들과 같아. 그것들은 뭔가를 찾고 있어. 대적이 경계 태세에 들어간 것 같아."

두려움의 순간이 지나자 주위를 감쌌던 정적도 깨졌다. 한동안 그들은 보이지 않는 섬에 있는 것처럼 주위로부터 단절되어 있었다. 이제 그들은 다시 노출되었고 위협이 다가왔다. 그러나 프로도는 여전히 골룸에게 말을 하거나 선택하지 않았다. 마치 꿈을 꾸고 있거나 자신의 가슴과 기억 속을 들여다보고 있는 것처럼 그의 두 눈은 감겨 있었다. 마침내 그가 몸을 꿈틀거리며 일어섰고, 말을 하고 결정을 내릴 것처럼 보였다.

그런데 그가 갑자기 외쳤다.

"들어 봐! 저게 뭐지?"

새로운 공포가 그들에게 닥쳤다. 노랫소리와 함께 쉰 목소리로 외치는 함성이 들렸다. 처음엔 멀리서 들렸으나 차차 가까워졌다. 암흑의 날개들이 그들을 탐지하고는 그들을 붙잡으려고 무장한 병사들을 내보낸 것이란 생각이 덜컥 그들 모두의 마음에 떠올랐다. 사우론의 이 무시무시한 종복들에겐 감당할 수 없는 속도란 없는 것 같았다. 그들은 귀를 기울이며 몸을 웅크렸다. 목소리들과 무기와 마구가 쨍그랑거리는 소리가 가까워졌다. 프로도와 샘은 칼집 속에서 작은 칼을 느슨하게 빼어 두었다. 도주는 불가능했다.

골룸이 천천히 일어나 벌레처럼 구렁 가장자리로 기어갔다. 그는 아주 조심스럽게 조금씩 몸을 들어 올려 마침내 돌의 갈라진 두 지점 사이로 그 너머를 응시했다. 한동안 그는 움직이지 않고 소리도 내지 않은 채 거기 머물러 있었다. 이내 목소리들이 다시 멀어지기 시작하더니 서서히 사라져 갔다. 저 멀리 모란논의 누벽 위에서 나팔 소리가 울렸다. 그러자 골룸이 조용히 뒤로 물러나 구렁으로 미끄러져 내려왔다. 그가 낮은 목소리로 말했다.

"더 많은 인간들이 모르도르로 가고 있어요. 가무잡잡한 얼굴들이에요. 우린 이전에 저렇게 생긴 인간들을 본 적이 없어요. 그럼, 스메아골은 보지 못했어요. 그들은 사나워요. 검은 눈에 길고 검은 머리카락, 귀에는 황금 고리를 달았어요. 그래요, 아름다운 황금이 주렁주렁 달렸어요. 그리고 일부는 볼에 빨간 칠을 하고 빨간 망토를 걸치고 깃발과 창끝도 죄다 빨개요. 또 둥근 방패를 들었는데, 커다란 대못이 박혀 있고 노랗고 검어요. 훌륭하지 않아요. 잔인하고 사악한 인간들 같아요. 거의 오르크들만큼이나 나쁜데 덩치는 훨씬 커요. 스메아골은 그들이 대하 끝 저편의 남쪽에서 왔다고 생각해요. 그들은 저 길을 올라왔거든요. 그들은 암흑의 성문으로 계속 나아갔는데, 뒤따라 더 올 거예요. 계속해서 더 많은 자들이 모르도르로 오고 있어요. 언젠가는 전부 저 안에 있을 거예요."

"거기 올리폰트들도 좀 있어?"

낯선 곳의 소식이 궁금한 나머지 두려움도 잊고 샘이 물었다.

"아니, 올리폰트는 없어. 올리폰트가 어떤 족속이야?"

골룸이 물었다. 샘이 일어서서 뒷짐을 진 채 (시를 읊을 때는 늘 그랬듯이) 노래를 시작했다.

생쥐 같은 회색에
집채같이 큰 몸집

뱀 같은 코로
나는 풀밭을 터벅터벅 걸으며
대지를 진동시키지.
내가 지나면 나무들 부러지네.
나는 입에 뿔나팔 물고
큰 귀를 펄럭이며
남쪽 땅을 거닌다네.
헤아릴 수 없는 세월 속을
나는 터벅터벅 유랑할 뿐
땅에 눕는 법 없다네,
죽을 때조차도.
나는 올리폰트,
만물 중에 제일 크고
막대하고 늙고 우뚝하지.
만약 당신이 나를 만난 적 있다면
날 잊지 못하리.
만약 그렇지 않다면
당신은 내가 참되다고 생각지 않으리.
하나, 나는 늙은 올리폰트
거짓말하는 법 없다네.

샘이 낭송을 마치고 말했다.

"그것이 우리가 샤이어에서 읊는 가락이야. 어쩌면 터무니없는 것일 수도 있지만, 그렇지 않을 수도 있어. 그러나 너도 알겠지만, 우리에겐 우리 나름의 옛이야기들이 있고 또 남쪽으로부터의 소식도 들어. 옛날에는 호빗들도 왕왕 여행을 다니곤 했어. 돌아온 이들이 많지 않았던 데다 그들이 말한 걸 다 믿지도 않아. '브리에서 온 소식은 샤이어의 풍설만큼도 확실하지 않다.'라는 속담도 있지. 그러나 난 저 아래 멀리 태양 땅의 큰 종족에 대한 이야기를 들은 적이 있어. 우리네 옛이야기 속에서는 어둑사람들이라고 불리는데, 그들은 싸울 때 올리폰트를 탄다고 해. 그들은 올리폰트의 등이나 온갖 곳에 집과 탑을 싣고, 또 올리폰트들은 서로에게 바위와 나무를 던진대. 그래서 네가 '온통 빨간색과 황금색으로 치레한 남쪽에서 온 인간들'이라고 말했을 때, '거기 올리폰트들도 좀 있어?' 라고 말한 거야. 그들이 존재한다면 난 위험 여부와 무관하게 한번 보려고 했거든. 그렇지만 이젠 언제고 올리폰트를 보게 될 거라고는 생각지 않아. 어쩌면 그런 야수는 없나 봐."

그가 한숨지었다. 골룸이 다시 말했다.

"없어, 올리폰트는 없다고. 스메아골은 그들에 대해 들어 본 적 없어. 그들을 보고 싶지도 않고.

또 그들이 존재하기를 원치도 않아. 스메아골은 여길 떠나 어딘가 더 안전한 곳에 숨고 싶어. 스메아골은 주인님이 함께 가길 원해. 훌륭한 주인님, 스메아골과 같이 가지 않겠어요?"

프로도가 일어섰다. 샘이 화롯가에서 읊던 올리폰트에 대한 옛 가락을 자랑 삼아 선보였을 때, 그는 온갖 근심에 짓눌린 와중에서도 웃었고, 그 웃음 덕에 망설임에서 벗어났다.

"하얀 올리폰트를 탄 간달프가 천 마리의 올리폰트들을 이끌고 우리에게 와 줬으면 좋겠어. 그럼 우린 아마 이 사악한 땅으로 들어갈 길을 낼 수 있을 거야. 그러나 우리에게 있는 거라곤 지친 두 다리가 전부야. 자, 스메아골, 삼세번째가 최상일 수도 있을 거야. 너와 함께 가겠어."

"착한 주인님, 현명한 주인님, 훌륭한 주인님!"

골룸이 프로도의 무릎을 톡톡 치며 기뻐 소리쳤다.

"착한 주인님! 그럼 이제 훌륭한 호빗들은 돌들의 그림자 아래서 돌들 아래에 바싹 붙어서 쉬어요! 저 노란 얼굴이 가 버릴 때까지 조용히 누워 쉬어요. 그때가 되면 우린 빨리 갈 수 있어요. 우리는 어둠처럼 부드럽고 빨라야 해요!"

Chapter 4

향초와 토끼 스튜

햇빛이 비치는 몇 시간 동안 그들은 태양의 움직임에 따라 이리저리 그늘을 찾아 움직이며 쉬었다. 드디어 그들이 은신한 분지의 서쪽 테두리 그림자가 길어지더니 어둠이 온 골짜기를 채웠다. 그제야 그들은 약간의 음식을 먹고 물을 아껴 마셨다. 골룸은 아무것도 먹지 않았지만 물은 기꺼이 받아 마셨다.

"곧 더 많은 걸 구할 수 있을 거예요."

하고 골룸이 입술을 핥으며 말했다.

"좋은 물이 여러 줄기로 대하로 흘러내리고, 우리가 가는 땅에 좋은 물이 있어요. 아마 스메아골은 거기서 음식도 구할 거예요. 그는 아주 배고파요. 그럼요, 골룸!"

그가 크고 넓적한 양손을 쪼그라든 배 위에 얹자 두 눈에 흐릿한 초록빛이 떠올랐다.

그들이 길을 나섰을 때는 땅거미가 짙었다. 그들은 분지의 서쪽 테두리 위로 기어올라 길가의 울퉁불퉁한 지역으로 유령처럼 스며들었다. 이제 만월에서 사흘이 지났지만 달은 자정이나 되어야 산맥 위로 떠오르므로 초저녁인데도 매우 어두웠다. 높이 솟은 모르도르의 이빨의 탑에서는 단 하나의 빨간 불꽃이 타오르고 있었다. 그 외에 모란논의 불침 경계를 나타내는 표시는 아무것도 보이거나 들리지 않았다.

그들이 돌투성이 불모의 땅을 비칠비칠 헤치며 도망칠 동안 그 빨간 눈이 몇 킬로미터에 걸쳐 그들을 주시하는 것 같았다. 그들은 감히 길 위로 올라서진 못하고 길의 오른쪽을 지키며 가능한 한 좀 떨어진 거리에서 따라갔다. 드디어 밤이 이슥해졌고, 단 한 번 짧게 쉰 것 외엔 휴식을 취하지 않은 그들이 어지간히 지쳤을 때, 그 눈은 불꽃같은 작은 점으로 줄어들더니 이내 사라졌다. 그들은 보다 낮은 산맥의 어두운 북쪽 마루를 돌아 남쪽으로 향했다.

이제 그들은 이상할 정도로 가벼워진 마음으로 다시 휴식을 취했다. 그러나 오래 쉬지는 않았다. 골룸은 지금의 속도에 만족하지 못했다. 그의 계산으로는 모란논에서 오스길리아스 위의 십자로까지는 거의 150킬로미터였고, 그는 그 거리를 네 차례의 행정(行程)으로 주파하고 싶어 했다. 그래서 그들은 강행군을 계속했고, 마침내 넓은 회색 황야에 새벽이 다가오기 시작했다. 그때까지 거의 40킬로미터나 걸었던 탓에 호빗들은 아무리 용기를 내더라도 더는 걸을 수 없었다.

점점 밝아 오는 빛에 덜 척박하고 덜 황량한 땅이 그들 앞에 드러났다. 왼편으로는 아직도 산맥이 음산하게 불쑥 솟아 있었지만, 바로 가까이에 구릉지의 시커먼 기슭에서 벗어나 서쪽으로 구부러지는 남쪽 길이 보였다. 길 건너편에 어두운 구름 같은 거무스름한 나무들로 뒤덮인 비탈들이 있었고, 그 주위에는 온통 히스 황야가 펼쳐졌다. 거기엔 헤더, 금작화, 산딸나무 그리고 그들이 알지 못하는 관목들도 함께 우거져 있었다. 여기저기에 키 큰 소나무들이 무리 지어 서 있었다. 호빗들은 지쳤는데도 기운이 좀 났다. 신선하고 향기로운 공기가 저 멀리 북둘레의 고지대를 생각나게 했던 것이다. 암흑군주의 지배하에 든 지 몇 년밖에 되지 않아 아직 완전히 황폐해지지 않은 땅을 걷노라니 일시적이나마 우울함이 걷히는 것 같았다. 그러나 그들은 자신들이 처한 위험을 잊지 않았고 또한 어두운 산에 가려져 있긴 해도 암흑의 성문이 아직도 너무 가까이 있다는 것도 잊지 않았다. 그들은 빛이 비치는 동안 사악한 눈길을 피해 은거할 수 있는 장소를 찾아 주위를 두리번거렸다.

불안 속에 낮이 지나갔다. 그들은 헤더 속에 깊숙이 누워 거의 변화가 없어 보이는 느릿느릿한 시간을 헤아렸다. 그들은 여전히 에펠 두아스의 그림자 아래 있었고, 해는 가려져 보이지 않았다. 골룸을 신뢰하는 건지 아니면 너무 피곤해서 그에게 신경을 쓸 수 없는 건지, 때때로 프로도는 깊고 평화롭게 잠을 잤다. 그러나 샘은 꾸벅꾸벅 졸면서도 잠을 이룰 수 없었다. 분명 골룸이 은밀한 꿈속에서 몸을 뒤척이고 씰룩대며 깊이 잠에 빠졌는데도. 어쩌면 불신보다는 배고픔 때문에 잠들지 못하는 것 같았다. 그는 수수하고 든든한 식사, '냄비에서 방금 끓여 낸 무언가 뜨거운 것'을 염원하기 시작했던 것이다.

밤이 다가오면서 대지가 무정형의 회색으로 변하자마자 그들은 다시 출발했다. 얼마 가지 않아 골룸은 그들을 남쪽 길로 이끌었다. 이제 위험은 더 커졌지만 그들은 더 빠르게 전진했다. 그들은 앞쪽 길에서 말발굽 소리나 발소리가 들리지 않는지 또는 뒤쪽에서 자신들을 뒤따르는 소리는 없는지 귀를 곤두세웠다. 그러나 밤이 깊도록 아무 소리도 들리지 않았다.

그 길은 까마득히 오래전에 만들어진 것으로 모란논에서 50킬로미터가량은 새로 보수되었으나 남쪽으로는 황야가 길을 침식한 상태였다. 곧고 튼튼한 구간과 평탄한 길에서는 아직도 옛 인간들의 솜씨를 볼 수 있었다. 이따금 길은 언덕 중턱의 비탈을 헤치고 나가거나 개울을 훌쩍 넘어 불후의 석공술로 세워진 넓고 맵시 있는 아치로 이어졌다. 그렇지만 마침내는 길가 숲에 삐죽이 드러난 부서진 기둥이나 잡초와 이끼 속에 내던져진 포석을 빼곤 석조물의 모든 자취가 사라졌다. 헤더와 나무와 고사리가 기어 내려와 강둑 위로 쑥 내밀거나 길 위로도 마구 뻗쳐 나왔다. 갈수록 길은 좁아져 사람이 잘 다니지 않는 시골의 달구지 길처럼 되어 버렸다. 그래도 길은 구부구불하게 휘지 않고 듬직한 진로를 유지하며 가장 빠른 길로 그들을 안내했다.

이렇게 해서 그들은 인간들이 한때 이실리엔이라 부른 땅의 북쪽 변경으로 들어섰다. 뻗쳐오르는 숲들과 빠른 물살의 개울들이 있는 아름다운 고장이었다. 별과 둥근 달이 떠 있는 밤은 상쾌했다. 호빗들은 앞으로 갈수록 대기의 향기가 짙어짐을 느꼈다. 헉헉거리고 투덜대는 것으로 보아 골룸도 그걸 알아챘지만 음미하는 것 같진 않았다. 날이 새는 기미가 보이자 그들은 다시 걸음을 멈췄다. 그들은 산허리를 깎아 낸 기다란 통로의 끝에 다다랐다. 깊고 몸통의 양쪽 면이 가파른 그 통로를 통해 길은 돌투성이의 능선을 가르고 나아갔다. 이제 그들은 서쪽 제방으로 올라가 사방을 살폈다.

하늘에 동이 트고 있었고, 이제 산맥은 훨씬 더 멀리 떨어진 상태에서 동쪽으로 긴 만곡을 이루며 물러나다가 아스라이 사라졌다. 서쪽으로 돌자 완만한 비탈이 저 아래 흐릿한 안개 속으로 뻗어 내렸다. 주변엔 소나무, 전나무, 삼나무처럼 진이 많은 나무들과 샤이어에선 볼 수 없는 나무들이 각기 조그만 숲을 이루었고 그 사이사이엔 제법 넓은 공터가 있었다. 도처에 향기로운 풀들과 관목들이 풍성했다. 깊은골에서 시작된 기나긴 여정이 고향에서 남쪽 멀리 떨어진 여기까지 이어졌건만, 호빗들은 바깥세상과 거의 단절된 이 지역에서야 비로소 풍토의 변화를 느꼈다. 여기엔 벌써 봄이 한창이었다. 새싹들이 이끼와 흙을 뚫고 나오고, 낙엽송들은 초록의 손가락들을 달고, 잔디에는 작은 꽃들이 열리고 있으며 새들이 노래하고 있었다. 이젠 황폐해진 곤도르의 정원, 이실리엔이 여태 봉두난발의 숲 정령 같은 사랑스러움을 간직하고 있었다.

이실리엔은 남쪽과 서쪽으로 안두인대하의 따뜻하고 얕은 계곡들에 면해 있었고, 동쪽으로는 에펠 두아스로 감싸였지만 그 산 그림자 안에 들지는 않았으며, 북쪽으로는 먼바다에서 불어오는 남풍과 촉촉한 바람을 받는 에뮌 무일로 둘러싸여 있었다. 거기엔 오래전에 심어진 많은 큰 나무들이 자라났는데, 마구잡이로 뻗치는 후손들의 기세 속에 의지할 데 없는 노령으로 빠져들고 있었다. 위성류와 톡 쏘는 향이 나는 테레빈나무와 올리브, 월계수가 작은 숲을 이루었다. 또한 노간주나무와 도금양도 있었고, 무성한 수풀을 이루며 자라나거나 휘감겨 붙는 무성한 줄기로 깊은 융단처럼 숨겨진 돌들을 뒤덮은 백리향, 푸르거나 빨갛거나 연초록의 꽃을 내미는 많은 종류의 세이지, 마조람, 새로 싹트는 파슬리 그리고 샘의 원예 지식으로는 알 수 없는 형태와 향기를 띤 숱한 풀들이 있었다. 동굴들과 바위 벽들은 벌써 갖은 종류의 바위떡풀과 돌나물로 빈틈없이 장식되어 있었다. 개암나무 덤불 사이엔 앵초와 아네모네가 피어 있고, 풀밭에는 아스포델과 많은 백합이 반쯤 벌린 머리를 끄덕였다. 진초록의 풀밭 옆에는 웅덩이가 있어 안두인대하로 흘러가는 개울들이 그 서늘한 곳에서 쉬어 갔다.

그들은 길을 등지고 비탈을 내려갔다. 풀과 덤불을 헤치며 걸어가니 달콤한 향기가 주위로 피어올랐다. 골룸은 기침과 헛구역질을 했지만 호빗들은 깊이 숨을 들이마셨다. 샘이 갑자기 웃음을 터뜨렸다. 너무도 마음이 느긋해졌던 것이다. 그들은 빠르게 흐르는 개울을 따라가 이내 얕은 골짜기 속의 작고 맑은 호수에 다다랐다. 그것은 옛날 돌로 만든 침전지의 잔해에 고인 것으로, 조각이 새겨진 호수 가장자리는 온통 이끼와 장미 덩굴로 뒤덮여 있었다. 호수 주위엔 붓꽃이 줄지어 피어 있었고, 어둡고 부드럽게 찰랑이는 수면 위엔 수련 잎들이 떠돌았다. 호수는 깊고 신선했고 먼 쪽 돌로 된 가장자리 너머로 내내 잔잔하게 물이 넘쳐흘렀다.

그들은 여기 물이 흘러드는 곳에서 몸을 씻고 양껏 물을 마셨다. 그리고 쉴 수 있는 은신처를 찾았다. 이 땅은 여전히 아름다워 보였지만 그럼에도 불구하고 지금은 대적의 영토였다. 그들은 길에서 멀리 벗어나진 않았지만 그 짧은 거리를 오는 동안에도 옛 전쟁의 상흔과 함께 오르크들과 암흑 군주를 섬기는 역겨운 졸개들이 만들어 낸 새로운 상처들을 보았다. 그대로 드러난 오물과 쓰레기

구덩이, 함부로 베어져 고사한 나무들, 그리고 그 껍질 위에 거칠게 새겨진 알지 못할 음험한 기호들과 사나운 눈의 표식 등이 그것이었다.

샘은 잠시 모르도르를 잊은 채 호수 어귀 밑으로 기어가 낯선 식물과 나무 냄새를 맡고 만져 보다가 불현듯 그들의 아직도 상존하는 위험을 상기했다. 그는 아직도 불길에 그을린 그대로인 원형의 공터에 이르러, 거기서 까맣게 타고 부서진 뼈와 해골의 무더기를 발견했다. 찔레 덤불과 해당화 그리고 길게 뻗치는 참으아리 덩굴 같은, 빨리 자라는 야생의 식물들이 벌써 그 끔찍한 향연과 살육의 장소를 뒤덮고 있었다. 그러나 살육이 벌어진 것은 오래전 일이 아니었다. 그는 황급히 동료들에게 돌아갔으나 아무 말도 하지 않았다. 골룸이 긁어 파헤치지 못하게 그 뼈들을 그대로 가만 놔두는 게 좋을 거라고 생각했기 때문이었다.

"푸근히 누울 곳을 찾아봐요. 더 내려가진 말고요. 저는 더 높은 곳이 좋을 것 같아요."

샘이 말했다.

그들은 호수 위쪽으로 얼마간 되돌아가 양치류의 짙은 갈색 덤불을 발견했다. 그 너머에는 꼭대기에 늙은 삼나무가 얹힌 가파른 제방을 기어오르는 검은 잎의 월계수 덤불이 있었다. 그들은 거기서 쉬기로 결정했다. 그날은 벌써 밝고 따뜻할 조짐을 보이고 있었다. 이실리엔의 작은 숲들과 빈터를 따라 소요하기에 좋은 날이었다. 그러나 오르크들이 한낮의 햇빛을 꺼린다 해도 여기엔 그들이 숨어서 감시할 만한 곳이 너무 많았고, 그 밖에도 음험한 눈들이 두루 깔려 있었다. 사우론은 많은 부하를 거느리고 있었던 것이다. 게다가 골룸은 어떤 경우든 노란 얼굴 아래서는 움직이려 하지 않을 것이었다. 곧 태양이 에펠 두아스의 어두운 능선들 위로 내다볼 텐데 그러면 그는 그 빛과 열 속에서 생기를 잃고 움츠러들 것이었다.

샘은 행군하는 내내 식량 문제를 심각하게 고민해 왔다. 통과할 수 없을 것만 같던 암흑의 성문에 대한 절망이 지나간 만큼 그도 프로도와 마찬가지로 자신들의 사명이 완수된 후의 일에 대해선 신경 쓰고 싶지 않았다. 그러나 어쨌든 앞으로 있을 더 위급한 때를 위해 요정들의 여행식은 아끼는 게 현명할 것 같았다. 3주를 간신히 버틸 양밖에 없다고 셈한 지 엿새 이상의 시간이 흐른 것이었다.

샘은 생각했다.

'만일 그 시간 내에 그 불길에 도착한다면 이 상태로도 괜찮을 거야. 어쩌면 우린 돌아오기를 바랄 수도 있어. 그럴 수도 있다고!'

게다가, 긴 야간 행군의 끝에 이르러 멱 감고 물을 마신 뒤라 그는 여느 때보다 더욱 허기를 느꼈다. 그가 진정 원한 것은 골목아랫길에 면한 정겨운 부엌의 불 곁에서 하는 저녁 또는 아침 식사였다. 그는 문득 한 가지 생각이 떠올라 골룸에게로 돌아섰다. 골룸은 이제 막 그들에게서 살금살금 떨어져 나가 양치류 속을 네 발로 기어가고 있었다.

"어이, 골룸!" 샘이 말했다. "어딜 가는 거야? 사냥하러 가나? 음, 저 말이야, 킁킁이, 넌 우리 음식을 좋아하지 않는 것 같고, 나도 다른 걸 한번 먹었으면 싶어. 너의 새로운 좌우명이 '언제나 도울 준비가 되어 있다'잖아. 배고픈 호빗에게 뭐 괜찮은 걸 구해 줄 수 없을까?"

"할 수 있지. 아마 할 수 있을 거야. 그들이 부탁한다면—상냥하게 부탁한다면 스메아골은 언제나 돕지."

샘이 말했다.

"좋아! 부탁하네! 만일 이걸로 충분히 상냥하지 않다면, 내가 간청하네."

골룸이 사라졌다. 그는 얼마 동안 보이지 않았다. 프로도는 렘바스를 몇 입 먹은 다음 갈색 양치류 속에 자리 잡고 잠에 빠졌다. 샘이 그를 쳐다보았다. 이제 막 이른 햇빛이 나무 밑의 그늘로 기어들었지만 주인의 얼굴이, 그리고 옆의 바닥에 늘어뜨린 두 손이 또렷이 보였다. 문득 치명상을 입은 후 엘론드의 궁전에 잠들어 누워 있던 프로도의 모습이 떠올랐다. 그때 곁에서 지켜보면서 샘은 때때로 어떤 빛이 그의 몸속에서 희미하게 빛나는 것 같다고 생각했다. 한데 지금은 그 빛이 더욱 또렷하고 강했다. 프로도의 얼굴은 평화로웠고 두려움이나 근심의 흔적이 전혀 없었다. 그러나 그 얼굴은 늙어 보였다. 늙고도 아름다워 보였다. 얼굴 자체는 변하지 않았지만 마치 전성기에 조각된 윤곽이 이전에는 숨겨져 있다가 이제야 섬세한 선으로 드러난 듯했다. 감지네 샘이 스스로에게 그런 식으로 표현했다는 것은 아니다. 그는 뭐라 표현할지 몰라 머리를 흔들며 이렇게 중얼거렸을 뿐이다.

"난 그를 사랑해. 그가 저런 모습일 때 어쨌든 가끔 그것이 비쳐 나와. 그러나 그렇든 아니든 나는 그를 사랑해."

골룸이 조용히 돌아와 샘의 어깨 너머로 내다보았다. 프로도를 보더니 그는 눈을 감고는 아무 소리도 내지 않고 기어가 버렸다. 샘이 잠시 후 그에게로 갔더니 그는 뭔가를 씹으며 혼잣말로 중얼거리고 있었다. 옆의 바닥에는 작은 토끼 두 마리가 놓여 있었고, 그는 그것들을 탐욕스럽게 노려보고 있었다. 그가 말했다.

"스메아골은 언제나 돕는다고. 그가 토끼들, 맛있는 토끼들을 가져왔지. 그런데 주인님은 잠이 들었고 아마 샘도 자고 싶어 하는 것 같아. 지금은 토끼를 원치 않는 거야? 스메아골은 도우려고 하지만 그도 금세 원하는 모든 걸 붙잡을 순 없어."

샘은 토끼에 전혀 불만이 없었고 또 그렇게 말했다. 적어도 요리된 토끼 고기는 꺼려하지 않았다. 물론 모든 호빗은 요리할 줄 안다. 그들은 글을 깨우치기에 앞서(많은 호빗들이 못 깨우치고 말지만) 요리하는 법을 배우기 시작한다. 그리고 샘은 호빗의 기준으로 따지더라도 훌륭한 요리사였고, 기회가 있을 때마다 야영지에서 숱하게 요리를 해 왔다. 그는 아직도 쓰임새가 있을 거란 생각에서 꾸러미 속에 얼마간의 조리 기구를 갖고 다녔다. 작은 부시통 하나, 큰 것 속에 작은 게 포개지는 두 개의 작고 얕은 냄비, 그리고 냄비들 속엔 나무 숟갈 하나, 두 갈래 진 짧은 포크 하나와 몇 개의 꼬챙이가 채워져 있었다. 그리고 꾸러미 밑바닥의 납작한 나무상자 속엔 점차 줄어들어 가는 귀중품인 소금이 약간 숨겨져 있었다. 그러나 요리를 하려면 불과 그 밖의 다른 것들이 필요했다. 샘은 칼을 꺼내 날을 갈면서 잠시 생각하더니 이내 토끼를 손질하기 시작했다. 그는 몇 분 동안이라 하더라도 프로도를 잠든 채 홀로 두지는 않을 작정이었다.

샘이 말했다.

"자, 골룸, 부탁할 일이 또 하나 있어. 가서 이 냄비들에 물을 채워 도로 갖고 와!"

"스메아골이 물을 가져올 거야, 그럼. 그런데 호빗은 무엇 때문에 저렇게 많은 물이 필요하지? 그는 물을 마셨고 또 멱도 감았는데."

"네가 신경 쓸 일이 아냐. 짐작이 안 되더라도 곧 알게 될 거야. 그러니 물을 빨리 갖고 올수록 빨리 알게 될 거야. 내 냄비들 중 하나라도 망가뜨리지 마, 그렇지 않으면 네 머리를 잘디잘게 썰어 버릴 테니."

골룸이 떠난 사이에 샘은 또 한 번 프로도를 쳐다보았다. 그는 아직도 조용히 자고 있었다. 하지만 이번에 샘은 그의 얼굴과 손이 야윈 것에 마음이 쓰였다.

"그는 너무 여위고 속이 허해졌어. 호빗으로선 정상이 아니야. 이 토끼들을 요리할 수 있다면 그를 깨울 거야."

샘은 바싹 마른 양치류를 한 더미 긁어모은 다음 한 다발의 잔가지와 부러진 나무를 줍기 위해 제방 위로 기어올랐다. 꼭대기의 쓰러진 삼나무 가지가 충분한 땔감을 제공했다. 그는 양치류 덤불 바로 바깥쪽 제방 기슭에서 잔디를 얼마만큼 걷어 내 얕은 구멍을 만들고 그 속에 땔감을 넣었다. 부싯돌과 깃으로 그는 능숙하게 작은 불꽃을 일구었다. 불에서는 연기가 거의, 아니 전혀 나지 않았고 대신 향기로운 냄새가 풍겼다. 그가 불 위로 몸을 숙여 불길을 가리며 더 큰 장작을 올려놓고 있을 때 골룸이 냄비를 조심스레 들고 혼자 뭐라고 투덜대며 돌아왔다.

그는 냄비를 내려놓은 다음에야 별안간 샘이 뭘 하고 있는지를 알아챘다. 그가 가냘픈 비명을 질렀는데 매우 놀라고 또 화가 난 것 같았다.

"아취! 쓰쓰—안 돼! 안 돼! 어리석은 호빗들! 바보 같아! 그래, 바보 같다고! 그러면 안 된다고!"

"뭘 하면 안 된다는 거야?"
하고 샘이 놀라서 물었다.

"저 역겨운 빨간 혓바닥들을 만들지 말라고! 불, 불 말이야! 그건 위험해! 그럼 그렇잖고. 그건 태우고, 그건 죽여. 그리고 적들을 불러들일 거야, 그럼!"

골룸이 쉭쉭거렸다.

"난 그렇게 생각하지 않아. 젖은 나무를 올려 연기를 내지 않는 한, 그렇게 되진 않아. 그리고 만일 그렇게 된대도 별수 없어. 어쨌든 난 지금 그 위험을 감수할 거야. 난 이 토끼들을 삶을 거라고!"

"토끼를 삶는다고!"
하고 골룸이 당혹해서 깩깩거렸다.

"스메아골이, 가엾고 배고픈 스메아골이 당신들을 생각해 남긴 아름다운 고기를 망치려고! 뭣 때문에, 뭣 땜에, 이 얼간이 호빗아! 그건 어리고 연하고 맛나. 그냥 먹어, 그냥 먹으라고!"

그는 벌써 가죽이 벗겨진 채 모닥불 옆에 놓여 있는 토끼를 움켜잡았다. 그러자 샘이 말했다.

"자, 자! 각자 자기 방식대로 하는 거야. 네겐 우리 빵이 안 넘어가지. 내겐 날고기가 그래. 네가 토끼 한 마리를 내게 줬으면, 알겠지만, 그 토끼는 내가 마음 내키면 요리할 수 있는 내 거라고. 알겠어? 그리고 난 그렇게 할 생각이고. 넌 날 지켜볼 필요가 없어. 가서 한 마리 더 잡아 너 좋을 대로 먹으라고. 어디 은밀하고 내 눈에 보이지 않는 곳에 가서 말이야. 그러면 넌 불을 안 볼 거고 난 널 안 볼 테니 양쪽 다 좋잖아. 그래야만 마음이 놓인다면 불에서 연기가 나지 않도록 할 거야."

골룸은 투덜대며 물러서더니 양치류 속으로 기어갔다. 샘은 냄비를 다루느라 분주했다. 그가 혼잣말을 했다.

"호빗에게 토끼 고기에 곁들여야 할 건……. 약간의 향초와 채소, 특히 감자지. 빵은 말할 것도 없고. 향초는 어떻게든 구할 수 있을 것 같은데, 골룸!"

그가 나긋하게 불렀다.

"삼세번이라고 했어. 향초가 좀 필요해."

양치류 속에서 골룸이 머리를 들어 삐죽이 내다보았지만 그 표정은 도와줄 것 같지도 상냥하지도 않았다.

"월계수 잎 몇 장하고 약간의 백리향과 세이지면 돼. 물이 끓기 전에 말이야."

샘의 말에 골룸이 툴툴거렸다.

"안 돼! 스메아골은 기분이 안 좋아. 그리고 스메아골은 냄새나는 잎들도 안 좋아해. 그는 풀이나 풀뿌리를 먹지 않아. 굶어 죽어 가거나 몹시 아프기 전까지는 말이야. 가여운 스메아골은 말이야! 그렇지, 보물?"

"부탁한 대로 하지 않으면 스메아골은 물이 끓으면 그 속에 들어가게 될 거야."

샘이 으르렁거렸다.

"샘이 그의 머리를 끓는 물에 처넣을 거야. 그렇고 말고, 보물. 그리고 난 그로 하여금 만약 제철의 것이라면 순무와 당근 그리고 감자도 찾도록 할 거야. 장담하지만 이 고장엔 온갖 좋은 것들이 무성하게 자라고 있어. 감자 여섯 개를 가져온다면 크게 보답할게."

"스메아골은 안 갈 거야! 오, 안 되지, 보물. 이번엔 안 된다고. 그는 겁나고 아주 피곤하고 또 이 호빗은 상냥하지 않아. 전혀 상냥하지 못하다고. 스메아골은 풀뿌리와 당근 그리고 감자를 파내지 않을 거야. 근데, 감자가 뭐지? 어, 보물, 감자가 뭐야?"

"가, 암, 자!"

샘이 말했다.

"우리 노친네의 낙이었고 공복을 든든하게 하는 데에는 그만한 게 드물지. 그렇지만 넌 찾지 못할 테니 둘러볼 필요도 없어. 그건 그렇고 착한 스메아골이 되어 향초를 갖다줘. 그러면 난 널 더 좋게 생각할 거야. 더군다나 네가 마음을 고쳐먹고 계속 그 마음을 유지한다면 언젠가 가까운 날에 네게 감자 몇 개를 요리해 줄게. 샘와이즈 감지가 대접하는 물고기 튀김과 감자 튀김이라고. 너도 그건 싫다고 하지 못할 테지."

"아니, 아니야! 우린 싫다고 할 수 있어! 맛난 물고기를 망치려고 그걸 그슬리다니. 당장 내게 물고기를 주고 역겨운 감자 튀김은 이제 그만둬!"

"오, 넌 어쩔 수 없는 놈이군. 잠이나 자!"
샘이 말했다.

결국 샘은 혼자 힘으로 원하는 걸 찾아야만 했다. 그러나 그는 멀리까지, 주인이 아직 잠들어 누워 있는 곳이 보이지 않는 데까지 갈 필요가 없었다. 한동안 샘은 생각에 잠긴 채 물이 끓을 때까지 불길을 살피며 앉아 있었다. 햇빛이 더 강해지면서 대기가 따스해졌다. 잔디와 잎에선 이슬이 사라졌다. 이윽고 토막 낸 토끼 고기가 다발로 묶은 향초들과 함께 냄비 속에서 바글바글 끓기 시작했다. 시간이 지나면서 샘은 잠에 빠질 뻔하기도 했다. 그는 간간이 포크로 고기를 찔러 보고 국물 맛을 보기도 하면서 근 한 시간 동안 고기가 익게 놔두었다.

모든 게 준비되었다고 생각했을 때 그는 불에서 냄비를 들어 올리고 프로도에게 발소리를 죽이며 다가갔다. 샘이 그를 굽어보고 섰을 때 프로도가 두 눈을 반쯤 떴고 이윽고 꿈에서 깨어났다. 또 한 번의, 포근하고 돌이킬 수 없는 평화로운 꿈이었다.

"안녕, 샘! 쉬지 않았어? 뭐가 잘못됐어? 시간은 얼마나 되었어?"
하고 그가 말했다.

"동튼 지 두 시간쯤요. 아마도 샤이어 시간으로는 얼추 8시 반일걸요. 그러나 잘못된 건 아무것도 없어요. 비록 뿌리채소와 양파와 감자가 없어 제대로 된 음식이라고 할 순 없지만요. 제가 당신을 위해 스튜를 좀 만들었어요. 고기로 국물도 좀 내고요. 프로도 씨. 몸에 좋을 거예요. 컵에 담아 홀짝이며 조금씩 드시든지 아니면 좀 식혀서 냄비째 드셔도 돼요. 사발을 가져오지 못한 데다 제대로 된 식기라곤 아무것도 없거든요."

프로도가 하품을 하고 기지개를 켰다.

"좀 쉬지 그랬어, 샘. 그리고 이 지역에서 불을 피우는 건 위험해. 그렇지만 시장하긴 해. 흠! 여기서 나는 냄샌가? 대체 뭘 끓였지?"

"스메아골이 가져다준 선물이에요. 어린 토끼 두 마리죠. 아마 지금쯤 골룸은 후회하고 있겠지만요. 그런데 같이 넣을 만한 게 몇 가지 향초밖에 없었어요."

샘과 프로도는 양치류 덤불 바로 안쪽에 앉아 낡은 포크와 숟가락을 같이 쓰며 냄비째로 스튜 요리를 먹었다. 그들은 각기 요정들의 여행식을 반 조각씩 먹었다. 성찬과도 같은 식사였다.

"휘이우! 골룸!"
하고 샘이 부르며 나직하게 휘파람을 불었다.

"이리 와! 아직 네 마음을 고쳐먹을 시간이 있어. 만약 토끼 스튜를 먹어 보고 싶다면 아직 좀 남았어."

아무 대답이 없었다.

"오, 음, 자기가 먹을 걸 찾으러 갔나 봐요. 마저 먹어 치우죠."

"그런 다음 자넨 잠을 좀 자야 해."

프로도가 말했다.

"제가 졸고 있는 동안 잠드시면 안 돼요, 프로도 씨. 전 놈을 굳게 믿지 않아요. 놈 속에는 아직도 구린 놈—못된 골룸 말이에요—이 꽤 많이 남아 있고, 그것은 다시 점점 강해지고 있어요. 놈이 당장 저부터 목 조르려고 할 거란 생각이 들긴 하지만요. 우린 서로 죽이 맞지 않고 또 놈도 샘을 좋아하지 않아요. 오, 아니고말고 보물, 전혀 좋아하지 않는다고요."

식사를 마친 후 샘은 조리 기구를 닦기 위해 개울로 갔다. 돌아가려고 일어서면서 그는 뒤쪽으로 비탈을 바라보았다. 그 순간 그는 내내 동쪽으로 깔려 있던 증기인지 안개인지 아니면 어두운 그림자인지 또는 뭔지 분간할 수 없던 것으로부터 해가 떠오르는 것을 보았다. 해는 주변 나무들과 빈터에 황금빛 광선을 뿌렸다. 그때 샘은 햇빛을 받아 보기에도 선명한 청회색 연기가 위쪽 수풀에서 가느다랗게 피어오르는 것을 보았다. 그는 아연실색하며 그것이 자신이 끄는 걸 잊어버린 모닥불에서 오르는 연기라는 걸 깨달았다.

"저건 안 될 일이야! 저렇게 보이리라곤 생각도 못 했군!"

샘은 중얼거리고는 서둘러 발걸음을 돌리기 시작했다. 그런데 갑자기 그가 발길을 멈추고 귀를 기울였다. 휘파람 소리를 들었나? 아니면 어떤 이상한 새가 지르는 소리인가? 만일 휘파람 소리였다면 그건 프로도가 있는 방향에서 들려온 게 아니었다. 다른 곳에서 그 소리가 다시 들려왔다. 샘은 가능한 한 빨리 언덕을 뛰어 올라갔다.

타다 남은 장작 하나가 바깥쪽 끝까지 다 타 버려 불가에 있던 양치류에 옮겨붙었고, 그 양치류가 타오르면서 잔디에서 연기가 났다는 걸 알 수 있었다. 그는 황급히 남은 불을 짓밟아 끄고 재를 흩뜨리고, 잔디는 구멍에다 던졌다. 그러고 나서 살금살금 걸어 프로도에게로 돌아가 물었다.

"휘파람 소리와 그 응답 같은 소리를 들으셨어요? 몇 분 전에요. 단순한 새소리였기를 바라지만 그렇게 들리진 않았어요. 제 생각엔 누군가가 새소리를 흉내 내는 것 같았어요. 제가 피운 모닥불에서 연기가 나고 있었어요. 제가 재난을 자초한 거라면 전 절대로 저 자신을 용서하지 않을 거예요. 아마 그럴 기회조차 오지 않을지도 모르지만요!"

"쉿! 목소리를 들은 것 같아."

프로도가 속삭였다.

두 호빗은 작은 꾸러미들을 묶어 곧바로 도망칠 수 있게 메고는 양치류 속으로 더 깊이 기어 들어갔다. 거기서 그들은 쭈그리고 앉아 귀를 기울였다.

틀림없이 목소리들이 들렸다. 낮고 은밀하게 말하고 있었지만 점점 가까이 다가오고 있었다. 그때 청천벽력처럼 바로 가까이에서 누군가 말하는 소리가 또렷이 들렸다.

"여기야! 연기가 피어오른 곳이 바로 여기라고! 그것은 아주 가까운 데 있을 거야. 양치류 속이 틀림없을 거야. 우리는 그것을 덫에 걸린 토끼처럼 잡을 거야. 그제야 그게 대체 뭔지 알 수 있을 거야."

"그래. 게다가 그것이 알고 있는 것도 말이야!"

하고 두 번째 목소리가 말했다.

곧 네 명의 인간이 서로 다른 방향에서 양치류를 헤치고 성큼성큼 다가왔다. 도주나 은신이 더는 불가능했기에 프로도와 샘은 벌떡 일어나 등을 맞대고 작은 칼들을 휙 뽑았다.

만약 그들이 눈앞의 광경에 크게 놀랐다면, 그들의 체포자들은 훨씬 더 크게 놀랐다. 키 큰 인간 넷이 거기 서 있었다. 둘은 끝부분이 넓고 환히 빛나는 창을 손에 들었고, 다른 둘은 거의 자기 키만큼이나 되는 거대한 활과 초록 깃 화살이 든 거대한 화살통을 메고 있었다. 모두가 옆구리에 칼을 차고 있었고, 마치 이실리엔숲의 빈터에서 눈에 띄지 않고 걸을 수 있도록 위장한 것처럼 다양한 색조의 초록색과 갈색 옷을 입고 있었다. 초록색 긴 장갑이 양손을 덮고 있었고 아주 매섭게 빛나는 눈을 제외하곤 얼굴 전체를 초록색 두건과 가면으로 가리고 있었다. 프로도는 바로 보로미르를 떠올렸다. 왜냐하면 이 인간들의 거동과 신장 그리고 말투가 그와 매우 흡사했던 것이다.

그들 중 하나가 말했다.

"우리가 찾던 자들이 아닌 것 같아. 그런데 대체 이들은 뭐지?"

"오르크들은 아닌걸."

또 다른 이가 프로도가 손에 쥔 스팅 검이 번득이는 걸 보고 빼 들었던 칼자루를 내려놓으며 말했다. 그러자 셋째 사람이 미심쩍은 듯 말했다.

"요정들인가?"

"아니야! 요정들은 아니라고!"

일행 중 제일 키가 크고 지휘자인 듯한 넷째 사람이 말했다.

"이즈음엔 요정들이 이실리엔을 거닐지는 않아. 그리고 요정들은 보기에도 놀라울 만큼 아름다워. 혹은 그렇다고들 하지."

"우리는 그렇지 않다는 뜻이군요."

샘이 말했다.

"참으로 고맙습니다. 그건 그렇고 우리를 두고 이러쿵저러쿵 이야기를 마치셨다면, 아마도 당신들은 누구며 왜 두 지친 여행자를 쉬게 내버려 두지 않는지 말해 주실 테죠?"

초록색 차림의 키 큰 이가 험상궂게 웃으며 입을 열었다.

"나는 곤도르의 대장 파라미르다. 하지만 이 땅엔 여행자들이라곤 없어. 오로지 암흑의 탑 혹은 백색탑의 수하들이 있을 뿐."

"우린 그 어느 쪽도 아니오. 그리고 파라미르 대장께서 뭐라시든 우리는 여행자들이오."

프로도가 말했다.

"그렇다면 서둘러 너희의 신분과 용무를 밝혀라. 우리에겐 해야 할 일이 있고 또 지금 여기는 수수께끼를 풀거나 화평 교섭을 할 시간이나 장소가 아니야. 자, 너희 패거리의 셋째 놈은 어디 있지?"

"셋째라고요?"

"그래, 저 아래 웅덩이에 코를 박고 있는 살금거리는 놈을 봤어. 고약한 몰골이더군. 오르크들 중

염탐하는 족속이거나 아니면 그놈들의 앞잡이일 성싶은데. 그런데 그놈이 간교한 술수로 우릴 따돌렸단 말이야."

프로도가 대답했다.

"난 그가 어디 있는지 모르오. 그는 단지 여행 중에 우연히 만난 길동무일 뿐이니 난 그에 대해 책임이 없소. 만일 당신들이 그와 마주치거든 목숨만은 살려 주시오. 그를 우리에게 데려다주시거나 아니면 보내 주시오. 그는 단지 가엾고 좀 모자라는 자일 뿐이라 우리가 얼마 동안 돌봐 주었소. 그러나 우리로 말할 것 같으면 저 멀리 북과 서쪽으로 많은 강들 저편에 있는 샤이어의 호빗들이오. 나는 드로고의 아들 프로도이고 함께 있는 이는 햄패스트의 아들 샘와이즈로 나를 받드는 훌륭한 호빗이오. 우린 먼 길을 거쳐 왔소—깊은골 혹은 일부 사람들이 임라드리스라고 부르는 곳에서부터."

이 말을 들은 파라미르는 깜짝 놀라 주의를 더 집중했다.

"우리의 동지는 일곱이었소. 그중 한 명은 모리아에서 잃었고, 나머지 동지들과는 라우로스폭포 위의 파르스 갈렌에서 헤어졌소. 우리 일행은 호빗 둘, 난쟁이 하나, 요정 하나, 그리고 두 명의 인간이었소. 그 두 사람 중의 하나는 아라고른이고, 또 한 사람은 남쪽 도시 미나스 티리스에서 왔다고 말했던 보로미르였소."

그러자 네 명의 사나이 모두가 탄성을 질렀다.

"보로미르라고!"

"데네소르 영주의 아들 보로미르 말인가?"

파라미르의 얼굴에 야릇하게 준엄한 표정이 어렸다.

"당신들이 그와 동행했다고? 그게 사실이라면 실로 대단한 소식이군. 작은 이방인들이여, 데네소르의 아들 보로미르는 백색탑의 경비대장이자 우리의 총지휘관임을 알아 두라고. 우리는 그의 빈자리를 애타게 아쉬워한다네. 그렇다면 당신들은 누구이고 또 그와 무슨 관계가 있는 거지? 빨리 말하라고, 해가 올라가고 있어!"

"당신은 보로미르가 깊은골로 가져온 그 수수께끼 같은 말을 알고 있소?"

부러진 검을 찾으라,
그것은 임라드리스에 거하니라.

프로도의 말에 파라미르가 깜짝 놀라며 말했다.

"물론 알고 있소. 당신도 그것을 알고 있다니 당신이 진실을 말하고 있다는 걸 알 수 있겠소."

"내가 거명했던 아라고른이 그 부러진 검을 갖고 있소. 그리고 우리는 노래에서 언급되는 반인족이오."

"알 만하오." 파라미르가 생각에 잠겨 말했다. "혹은 그럴 수도 있으리라는 걸 알겠소. 그런데 이실두르의 재앙은 뭐요?"

"그건 비밀이오. 틀림없이 때가 되면 밝혀질 것이오."
하고 프로도가 대답했다.
"우리는 이것에 대해 더 많이 알아내야 하오. 그리고 왜 당신들이 저편—그림자 아래 동쪽으로 이리 멀리까지 온 건지도 알아야 하오."
파라미르는 손가락으로 그쪽을 가리키긴 했지만 그 이름을 말하진 않았다.
"하지만 지금 당장은 아니야. 우리에겐 할 일이 있소. 당신들은 위험에 처해 있고, 그리고 오늘은 들판이나 길을 통해 멀리까지 갈 수는 없을 것이오. 한낮이 되기 전에 바로 가까운 데서 치열한 전투가 벌어질 거요. 그러면 죽음 아니면 도로 안두인대하로 날래게 달아나는 것만이 남을 거요. 당신들의 안녕과 나 자신의 안녕을 위해 두 병사를 남겨 당신들을 지키도록 하겠소. 현명한 이라면 이 땅에서 우연히 길에서 마주친 것을 신뢰하지 않지. 만약 내가 돌아오면 당신과 이야기를 더 나눌 것이오."
프로도가 깊이 머리를 숙이며 말했다.
"잘 가시오! 당신이 어떻게 생각하든 나는 유일의 대적에 대항하는 모든 이들의 친구요. 만일 우리 반인족이 아주 강하고 담대해 보이는 당신들을 섬길 수 있다면, 또 내 용무가 허락한다면, 우린 당신과 함께 가겠소. 당신들의 칼 위에 빛이 반짝이기를 비오."
"다른 면은 어떨지 몰라도 반인족은 참 예의 바른 종족이군. 잘 가시오!"
파라미르가 말했다.

호빗들은 다시 앉았지만 자신들의 생각과 의구심에 대해선 서로 아무 말도 하지 않았다. 바로 곁 어두운 월계수의 얼룩덜룩한 그림자 밑에 두 병사가 보초를 서고 있었다. 낮의 열기가 더해 감에 따라 그들은 가끔씩 가면을 벗어 열을 식혔다. 프로도는 그들이 창백한 피부와 검은 머리카락, 회색 눈, 그리고 슬픔이 어렸지만 긍지가 가득한 얼굴을 지닌 잘생긴 인간들이란 걸 알았다. 그들은 나직한 목소리로 이야기를 나누었다. 처음에는 예전에 쓰이던 공용어로 말하다가, 이윽고 자기들이 쓰는 또 다른 언어로 넘어갔다. 프로도는 귀를 기울여 듣다가 그들이 쓰는 언어가 요정어라는 것을, 혹은 그 언어와 별반 다르지 않다는 것을 알고 깜짝 놀랐다. 해서 그는 경이의 눈으로 그들을 바라보고는 그제야 그들이 남방의 두네다인, 즉 서쪽나라 영주들의 혈통을 이어받았다는 걸 알았다.
얼마 후 프로도가 그들에게 말을 걸었다. 그러나 그들은 천천히 그리고 신중하게 대답했다. 그들은 자신들을 곤도르의 병사 마블룽과 담로드라고 소개했다. 그들은 이실리엔의 유격대들이었고, 폐허가 되기 전 한때 이실리엔에서 살았던 인간들의 후예였다. 데네소르 영주는 그런 이들 중에서 침투대원들을 선발하여 안두인대하를 은밀히 건너(그들은 어떻게 또는 어디로 건넜는지는 말하려 하지 않았다) 에펠 두아스와 대하 사이를 배회하는 오르크들이나 다른 적들을 공격하게 했다.
"여기서 안두인의 동쪽 기슭까지는 대충 50킬로미터인데, 우리가 이렇게 멀리까지 출격하는 건 드문 일이오. 그러나 우린 이번 여정에서 새로운 임무를 띠었으니 하라드인(人)들을 매복 공격하는 것이오. 저주받을 놈들!"

마블룽이 말하자 담로드가 덧붙였다.

"그럼, 저주받을 남부인 놈들! 옛적 곤도르와 남쪽 끝 하라드의 왕국들 사이에는 비록 우호는 없었더라도 교류는 있었다고 하오. 그 시절 우리의 경계는 안두인 어귀 너머 멀리 남쪽으로 뻗어 있었고, 그 왕국들 중 가장 가까이 있던 움바르도 우리의 지배권을 인정했소. 그러나 그건 오래전 일이오. 양쪽 사이에 왕래가 있은 지 참으로 오래되었소. 그러다가 최근에 우린 그들이 대적의 유혹을 받았다는 것을 들었소. 동쪽에서도 수많은 이들이 그랬듯 그들은 그에게로 넘어갔거나 혹은 그에게로 돌아갔소—그들은 언제라도 그의 의지에 따를 상태였으니까. 나는 곤도르의 시절이 얼마 남지 않았다는 걸 확신하오. 그리고 미나스 티리스의 성벽도 운이 다 되었소. 그의 세력과 적의(敵意)는 참으로 막강하오."

마블룽이 말했다.

"그럼에도 우린 하릴없이 주저앉아 그가 모든 걸 제 뜻대로 하게 내버려 두진 않을 거요. 이 저주받을 남부인들은 옛길들로 행군해 올라와 암흑의 탑의 군세를 불리고 있소. 그럼, 곤도르의 기예로 만들어진 바로 그 길들로 말이오. 그리고 우리가 들어 알기로는, 그들은 자신들의 새로운 지배자의 권세가 아주 막강해서 그의 산맥의 그림자마저도 자신들을 보호해 줄 거라 믿고 점점 더 무분별하게 가는 형편이오. 우린 또 한 번 그들의 버릇을 고쳐 주려고 온 거요. 며칠 전에 우리는 놈들의 거대한 병력이 북쪽으로 행군하고 있다는 정보를 얻었소. 우리의 계산으로는 그중 한 무리가 정오 조금 전에 지나갈 예정이오—협곡길을 넘어 저 위의 길을 지나갈 것이오. 그 길이야 지나갈 테지만 놈들은 그럴 수 없지! 파라미르가 대장인 한 안 될 일이오. 지금 그는 갖가지 위험한 작전을 이끌고 있소. 하지만 그의 생명이 마력으로 지켜지거나 혹은 운명이 어떤 다른 일에 쓰고자 그를 데려가지 않는 거요."

그들의 이야기는 경청하는 침묵으로 잦아들었다. 모든 것이 고요한 가운데 경계하는 것 같았다. 양치류 덤불 가장자리에 웅크리고 앉은 샘이 밖을 빠끔히 내다보았다. 그는 호빗의 날카로운 눈으로 더 많은 인간들이 주위에 있다는 걸 알았다. 그는 그들이 언제나 작은 숲이나 덤불의 그늘을 벗어나지 않으면서 한 명씩 또는 긴 열을 지어 비탈들을 살그머니 오르거나, 갈색과 초록 옷을 입어 거의 눈에 띄지 않는 가운데 풀밭과 덤불을 헤치며 포복하는 모습을 볼 수 있었다. 모두가 두건과 가면을 쓰고 손에는 긴 장갑을 끼고 파라미르와 그의 동료들처럼 무장하고 있었다. 오래지 않아 그들 모두가 지나가 사라졌다. 해가 솟아 남쪽으로 다가갔다. 그림자들이 줄어들었다.

'그 빌어먹을 골룸은 어디 처박혀 있는 거야?'

샘이 보다 짙은 그늘 속으로 도로 기어들며 생각했다.

'놈은 오르크로 오인되어 창에 꿰이거나, 노란 얼굴에 의해 지글지글 구워지기 십상일 거야. 하지만 제 한 몸은 잘 건사할 것 같기도 해.'

그는 프로도 곁에 드러누워 졸기 시작했다.

그가 뿔나팔 소리를 들었다고 생각하며 깨어났다. 그는 벌떡 일어나 앉았다. 이제 한낮이었다. 경비병들은 바짝 정신을 차리고 긴장한 채 나무 그림자 속에 서 있었다. 별안간 뿔나팔 소리가 더 요란하게 울려 퍼졌다. 틀림없이 위로부터, 비탈의 꼭대기 너머로부터 들려오는 소리였다. 샘은 비명 소리와 마구 내지르는 고함 소리도 들었다고 생각했지만 그 소리는 마치 멀리 떨어진 동굴에서 나는 것처럼 희미했다. 그러더니 이내 아주 가까이에서, 그들이 숨은 곳 바로 위에서 전투의 소음이 터져 나왔다. 쇠와 쇠가 부딪쳐 울리는 귀에 거슬리는 소리, 쇠 투구에 칼이 쨍그랑 부딪는 소리, 칼날이 방패를 둔중하게 내리치는 소리가 똑똑히 들렸다. 괴성과 비명이 낭자했고, 그 와중에 "곤도르! 곤도르!" 하고 외치는 소리가 또렷하고 힘차게 들렸다. 샘이 프로도에게 말했다.

"백 명의 대장장이들이 모두 한꺼번에 쇠를 두드리는 것 같아요. 이제 그들은 제가 바라는 만큼 가까이 있어요."

그러나 그 소음은 점점 더 가까워졌다. 담로드가 외쳤다.

"그들이 오고 있어! 봐! 남부인들의 일부가 매복 공격에서 빠져나와 길을 벗어나 줄행랑치고 있어. 저기 가잖아! 우리 용사들이 그들을 좇고, 대장이 진두지휘해."

샘은 더 많은 걸 보고 싶은 간절한 마음에 앞으로 나가 경비병들과 합세했다. 그는 약간의 거리를 기듯이 나아가 월계수들 중 큼직한 것 하나에 올랐다. 잠깐 동안에 그는 빨간 옷차림의 가무잡잡한 사람들이 조금 떨어진 곳의 비탈을 달려 내려가고, 초록 옷차림의 전사들이 그들을 좇아 껑충껑충 뛰며 달아나는 놈들을 베어 넘기는 모습을 언뜻 보았다. 공중에는 화살이 빽빽했다. 그때 갑자기 그들이 몸을 숨긴 제방의 가장자리 너머로 한 사람이 가느다란 나무들을 헤치고 돌진해 그들 위로 떨어지다시피 했다. 그는 몇 미터 떨어진 양치류 속에서 멈추었는데, 얼굴을 아래로 처박고 황금빛 경식장(頸飾章) 밑의 목에서는 초록의 화살 깃들이 튀어나와 있었다. 진홍색 옷은 갈가리 찢어졌고 놋쇠 판을 겹쳐 만든 허리갑옷은 째지고 갈라졌으며, 금실로 땋은 새까만 머리 가닥들은 피에 흥건히 젖어 있었다. 그의 갈색 손은 아직도 부러진 칼의 손잡이를 움켜쥐고 있었다.

처음 보는 인간 대 인간의 전투였지만 샘은 별로 마음에 들지 않았다. 그는 죽은 자의 얼굴을 볼 수 없는 걸 다행으로 여겼다. 그는 그 사람의 이름이 무엇이고 어디에서 왔는지, 또 그가 정말 사악한 심성을 지녔는지, 아니면 어떤 거짓이나 협박에 넘어가 고향을 떠나 그 긴 행군을 한 것인지, 그리고 실은 그가 오히려 고향에 평화롭게 머무르고 싶진 않았을지 궁금했다—이 모든 생각들이 순식간에 떠올랐다가 그의 마음에서 빠르게 밀쳐졌다. 마블룽이 떨어진 시체 쪽으로 막 걸음을 옮길 참에 새로운 소음이 들렸던 것이다. 엄청난 비명과 고함 소리였다. 그 속에서 샘은 날카로운 포효 소리나 나팔 소리 같은 굉음을 들었다. 그다음 거대한 충차들이 땅바닥을 울리는 것처럼 쿵쿵거리며 마구 부딪치는 엄청난 소리가 들렸다.

"조심해! 조심하라고!"

담로드가 그의 동료에게 외쳤다.

"발라들이시여, 그를 비켜 가게 해 주소서! 무막! 무막이야!"

샘은 거대한 형체 하나가 나무들로부터 돌진해 비탈을 질주해 내려오는 걸 보았는데, 그에겐 참으로 놀랍고 두려우며 오래도록 기쁨으로 남은 사건이었다. 집채만 하게, 아니 집채보다 훨씬 큰 그것은 그에게 회색으로 뒤덮인 움직이는 언덕 같아 보였다. 어쩌면 두려움과 경이감 때문에 호빗의 눈에 그는 실제보다 커 보였을 수도 있다. 그러나 실로 하라드의 무막은 어마어마한 몸집의 야수로 지금 그 같은 거수(巨獸)는 가운데땅을 거닐지 않는다. 훗날에도 여전히 살아남은 그의 동족은 단지 그의 치수와 장엄함을 짐작케 할 정도밖엔 되지 않는다. 그는 똑바로 경비병들을 향해 계속 다가오다가 아슬아슬한 순간에 옆으로 벗어나 불과 몇 미터 떨어진 곳으로 지나치며 그들의 발밑을 뒤흔들었다. 거대한 다리는 나무둥치 같았고, 돛처럼 생긴 방대한 두 귀는 밖으로 쭉 펼쳐졌으며, 긴 코는 막 덮칠 것 같은 거대한 뱀처럼 위로 솟구쳤고, 작고 빨간 눈은 격분에 휩싸였다. 끝이 위로 구부러진 뿔 같은 어금니들에는 황금빛 띠들이 감긴 채 피가 뚝뚝 떨어지고 있었다. 진홍빛과 황금빛의 장식들이 몸 주위에 너덜너덜하게 매달려 마구 펄럭거렸다. 오르내리는 등 위에는 바로 성채 같은 것의 잔해가 숲을 맹렬하게 헤쳐 오느라 박살 난 채 얹혀 있었다. 그리고 목덜미 위 높은 곳에는 아직도 아주 작은 형체 하나가 필사적으로 매달려 있었다—어느 강대한 전사, 어둑사람들 가운데서도 어느 거인의 몸이었다.

그 거수는 맹목적인 분노로 웅덩이와 덤불을 마구잡이로 휩쓸고 큰 소리로 울부짖으며 계속 나아갔다. 옆구리의 세 겹 가죽 여기저기에 화살이 빗발치듯 쏟아졌으나 아무 해도 입히지 못하고 스치거나 동강 나고 말았다. 양쪽 길에 있던 사람들이 필사적으로 달아났지만 그 야수는 많은 이들을 따라잡아 짓뭉개 버렸다. 이내 그는 시야에서 사라졌지만 여전히 울부짖고 쿵쿵 땅을 울리는 소리가 저 멀리서 들렸다. 이후 그가 어떻게 되었는지 샘은 결코 듣지 못했다. 탈출해서 황야를 배회하다가 마침내 고향에서 멀리 떨어진 곳에서 죽었는지, 아니면 어떤 깊은 구덩이에 갇혀 버렸는지, 또는 계속 광란을 부리다가 이윽고 대하에 뛰어들어 삼켜지고 말았는지 알 수 없었다.

샘이 숨을 깊이 들이쉬며 말했다.

"그게 올리폰트였어요! 그러니까 올리폰트들은 실재하는 거고, 난 그중 하나를 본 거예요. 맙소사! 하지만 고향의 누군들 내 말을 믿을 이는 없겠는걸. 자, 저 일이 끝나면 전 잠을 좀 잘 거예요."

마블룽이 말했다.

"잘 수 있을 때 자 두라고. 대장이 다치지 않았다면 돌아올 거야. 그리고 그가 오면 우린 신속히 출발할 거야. 우리의 행적에 대한 소식이 대적에게 닿자마자 우린 추격을 당할 테고 머잖아 그렇게 될 거야."

그러자 샘이 말했다.

"가야만 할 때는 조용히 가세요. 내 잠을 방해할 필요는 없잖아요. 난 밤새 걷고 있었다고요."

마블룽이 웃으며 말했다.

"난 대장께서 자넬 여기 내버려 둘 거라곤 생각하지 않아, 샘와이즈 선생. 어쨌든 곧 알게 될 걸세."

Chapter 5

서녘으로 난 창

샘은 불과 몇 분밖에 졸지 않은 것 같았는데 깨어나 보니 늦은 오후였고, 파라미르는 이미 돌아와 있었다. 그는 많은 병사들을 데리고 왔다. 이제 그 습격에서 살아남은 자들이 전부 부근의 비탈에 모였는데 2백 명 내지 3백 명의 병력이었다. 그들은 넓은 반원을 그리며 앉았는데, 그 양 날개 사이에 파라미르가 바닥에 앉았고 프로도는 그의 앞에 서 있었다. 묘하게도 포로를 신문하는 자리 같았다.

샘이 양치류에서 기어 나왔지만 아무도 그에게 주의를 기울이지 않았기에 그는 줄지어 앉은 병사들의 끝자락에 자리를 잡았다. 거기서 그는 돌아가는 모든 일을 보고 들을 수 있었다. 그는 필요하다면 주인을 돕기 위해 돌진할 채비를 갖춘 채 열중해서 지켜보고 귀를 기울였다. 그는 이제 가면을 벗은 파라미르의 얼굴을 볼 수 있었다. 그것은 근엄하고 위풍당당했으며, 샅샅이 살피는 눈초리 뒤에는 날카로운 예지가 서려 있었다. 끈질기게 프로도를 응시하는 회색의 눈에는 의심이 깃들어 있었다.

곧 샘은 그 대장이 몇 가지 점에서 프로도의 자기 해명에 만족해하지 않는다는 걸 알아챘다. 즉, 깊은골에서 출발한 원정대에서 그가 맡은 역할이 무엇이고, 왜 그가 보로미르를 떠났으며 그리고 그가 지금 어디로 가고 있는가 하는 것들이었다. 특히 그는 자주 이실두르의 재앙으로 말을 돌렸다. 프로도가 대단히 중요한 어떤 일을 감추고 있다는 걸 그는 분명히 알고 있었다.

"그러나 이실두르의 재앙이 되살아나는 건 바로 반인족이 등장할 때였어. 혹은 그 말을 그렇게 판단해야 마땅하지."

그가 힘주어 말했다.

"그러면 지목된 반인족이 당신이라면, 틀림없이 당신은 이 물건을, 그게 무엇이든 간에, 당신이 말한 그 회의에 가져갔고 거기서 보로미르는 그것을 봤어. 부인할 텐가?"

프로도는 대답하지 않았다. 파라미르가 말했다.

"그것 봐! 그래서 나는 당신으로부터 그것에 대해 더 알고 싶다고. 왜냐하면 보로미르에 관한 일은 곧 내 일이기도 하니까. 옛이야기들에 따르면 오르크의 화살 하나가 이실두르를 살해했어. 그러나 오르크의 화살들은 수도 없이 많으니 곤도르의 보로미르가 그중 하나를 보고 그걸 운명의 조짐이라고 생각하진 않았을 거야. 당신은 이 물건을 간직하고 있나? 당신은 그것이 비밀이라고 말하는데, 그건 당신이 그것을 감추고자 하기 때문이 아닌가?"

"아니요, 내가 그러려고 해서가 아니오."

하고 프로도가 대답했다.

"그것은 내 것이 아니오. 그것은 위대하든 하찮든 죽을 운명을 타고난 그 어떤 자의 것도 아니오. 굳이 그것의 소유를 주장할 만한 이가 있다면 그는 내가 거명했던 아라소른의 아들 아라고른일 것이오. 모리아에서 라우로스까지 우리 원정대를 이끌었던."

"왜 그렇지? 엘렌딜의 아들들이 세운 도시의 왕자 보로미르는 아니고?"

"아라고른이 이실두르 엘렌딜의 아들 자신으로부터 부계로 이어지는 직계 후손이기 때문이오. 그리고 그가 지닌 검이 바로 엘렌딜의 검이오."

죽 둘러앉은 병사들 사이에 놀라움에 따른 수런거림이 번져 갔다. 몇몇은 큰 소리로 외치기도 했다.

"엘렌딜의 검! 엘렌딜의 검이 미나스 티리스에 오다니! 거창한 소식인걸!"

그러나 파라미르의 얼굴엔 아무런 동요도 없었다.

"그럴 수도 있겠지. 그러나 이 아라고른이란 자가 혹여 미나스 티리스에 온다면 그렇게 대단한 주장은 확증되어야 할 것이고 또 명백한 증거가 필요할 것이야. 내가 엿새 전에 출정했을 때도 그는 물론이고 당신 원정대의 그 누구도 오지 않았었어."

"보로미르는 그 주장을 납득했소. 정말이지, 만약 보로미르가 여기에 있다면 그가 당신의 모든 물음에 대답해 줄 것이오. 그가 여러 날 전에 이미 라우로스에 있었고 그때 당신의 도시로 곧장 갈 작정이었으니 만약 당신이 돌아가면 거기서 곧 그 대답들을 들을 수 있을 것이오. 다른 모든 대원들처럼 그도 원정대 속에서의 내 임무를 알고 있소. 그 회의에 참석한 모든 이들 앞에서 임라드리스의 엘론드께서 직접 그것을 내게 맡기셨으니까. 그 사명을 띠고 난 이 나라로 들어왔소만, 나로선 그것을 원정대 밖의 어떤 이에게도 누설할 수 없소. 그렇지만 대적에 대항한다고 주장하는 이들이라면 그 사명을 방해하지 않는 게 옳을 것이오."

프로도의 심경이 어떻든 간에 그의 어조는 당당했고, 샘도 옳다고 여겼다. 하지만 파라미르는 그것으로 성이 차지 않았다. 그가 말했다.

"그러니까! 나 자신의 일에나 신경 써서 본거지로 돌아가고 당신들은 그냥 내버려 두라는 거잖아. 보로미르가 오면 모든 걸 말해 줄 테니 말이야. 한데 당신은 말하길, '그가 돌아오면' 이라고 했어! 당신은 보로미르의 친구였나?"

자신을 덮치던 보로미르에 대한 기억이 마음에 생생하게 떠올라 프로도는 잠시 머뭇거렸다. 그를 주시하는 파라미르의 두 눈이 점차 준엄해졌다.

마침내 프로도가 입을 열었다.

"보로미르는 우리 원정대의 용감한 일원이었소. 그렇소, 나는 그의 친구였소. 내 쪽에선 말이오."

파라미르가 냉혹한 미소를 지었다.

"그럼 당신은 보로미르가 죽은 걸 안다면 애통해할 건가?"

"진정 애통해할 것이오."

프로도가 말했다. 다음 순간 그는 파라미르의 눈에 어린 표정을 포착하고는 멈칫했다.

"죽어요? 그가 죽었고 당신은 그걸 안다는 거요? 당신은 날 갖고 놀면서 말장난으로 날 함정에 빠뜨리려고 했던 거요? 아니면 지금 당신은 거짓말로 날 올가미에 꾀려는 거요?"

"난 상대가 오르크라 할지라도 거짓말로 올가미에 꾀진 않을 거야."

파라미르가 말했다.

"그렇다면 그가 어떻게 죽었고, 당신은 그걸 어떻게 아오? 당신이 떠나올 때는 원정대의 그 누구도 그 도시에 도착하지 않았다고 말하지 않았소?"

"그가 어떻게 죽었는지에 대해선 그의 친구이자 동지인 당신이 내게 말해 줄 걸로 기대했는데."

"하지만 우리가 헤어졌을 때 그는 분명 살아 있고 강건했소. 그리고 내가 아는 한 그는 여전히 살아 있소. 분명 세상에는 위험한 일이 많긴 하지만 말이오."

파라미르가 말했다.

"많다마다. 그리고 배신도 적지 않고."

이런 대화를 듣고 샘은 갈수록 안달이 나고 화가 났다. 마지막 말은 더는 참을 수가 없는 것이어서 그는 원형 대열의 한가운데로 뛰쳐나가 주인 곁으로 성큼성큼 다가와 말했다.

"실례합니다, 프로도 씨. 하지만 이 대화는 할 만큼은 한 거예요. 그에겐 당신께 그렇게 말할 권리가 없어요. 다른 누구를 위한 만큼이나 그와 이 모든 대단한 인간들을 위해 당신께서 얼마나 많은 일을 겪으셨는데. 이보시오, 대장!"

샘이 양손을 허리께에 짚고 파라미르 앞에 정면으로 꼿꼿이 섰다. 그는 마치 과수원에 들른 일에 대해 다그침을 받자 '시건방짐'을 내보였던 어린 호빗에게 이르는 듯한 표정을 얼굴에 띠었다. 좌중이 약간 술렁거렸지만 또한 지켜보는 이들의 얼굴에는 싱글거리는 웃음기도 돌았다. 땅바닥에 앉은 그들의 대장이 두 다리를 떡 벌린 채 벌컥 화가 난 젊은 호빗과 눈을 부라리는 광경은 전에 없던 경험이었다.

"이보시오! 당신이 노리는 게 뭡니까? 모르도르의 오르크들이 우릴 덮치기 전에 요점을 말합시다! 만일 내 주인이 보로미르를 살해하고서 도망친 거라고 생각한다면 당신은 제정신이 아니에요. 하지만 까놓고 말하고 끝냅시다! 그다음 당신이 그것에 대해 어떻게 할 작정인지나 압시다. 그러나 대적에 맞서 싸운다고 하는 이들이 다른 이들로 하여금 방해받지 않고 자신의 본분을 다하도록 해 주지 않는다는 건 서글픈 일이에요. 만일 그가 지금 당신을 볼 수 있다면 엄청 기뻐할 겁니다. 새로운 친구를 얻었다고, 그렇게 생각할 테니까요!"

"성급하게 굴지 마!" 파라미르가 말했지만, 화를 낸 건 아니었다.

"자네보다 훨씬 현명한 주인 앞에서 말하지 말아. 그리고 난 우리의 위험을 깨우쳐 줄 이를 필요로 하지도 않아. 그렇다 하더라도 난 어려운 일에서 올바르게 판단하기 위해 짧은 시간이나마 할애하는 거야. 내가 자네처럼 성급했다면 오래전에 자넬 베어 버렸을 수도 있어. 난 곤도르 영주의 허락 없이 이 땅에 어슬렁거리는 이는 죄다 베어 버리라는 명령을 받은 몸이니까. 그러나 난 필요 없이 사람이나 짐승을 베지 않으며 또 필요할 때조차도 기꺼운 마음으로 하진 않아. 나는 또 함부로 말하지도 않아. 그러니 안심하라고. 자네 주인 곁에 앉아 잠자코 있어!"

샘은 벌게진 얼굴로 무겁게 주저앉았다. 파라미르가 다시 프로도 쪽으로 얼굴을 돌렸다.

"데네소르의 아들이 죽은 걸 내가 어떻게 아느냐고 당신은 물었어. 죽음은 어떻게든 알려지는 법이지. 밤은 때때로 가까운 혈족에게 소식을 가져준다고 하지 않나. 보로미르는 내 형님이었어."

비애의 그림자가 그의 얼굴을 스쳤다.

"보로미르가 지녔던 무구(武具) 중에 특별히 기억하는 것이 있나?"

프로도는 또 다른 함정을 염려하고 그리고 이 논쟁이 결국 어떻게 될는지 의아해하며 잠시 생각했다. 그는 보로미르의 교만한 손아귀로부터 어렵사리 반지를 지켜 냈는데 이제 호전적이고 강대한 저렇게 많은 병사들 속에서 자신의 처지가 어떻게 될는지 알 수 없었다. 그렇지만 그는 파라미르가 생김새는 형과 많이 닮았지만 덜 이기적인 사람으로 보다 엄격하고도 현명하다는 것을 직감했다.

"보로미르가 뿔나팔을 가졌던 걸 기억하오."

그가 마침내 말했다.

"잘도 기억하는군. 정말로 그를 본 사람처럼. 그렇다면 아마 당신은 그것을 마음에 그려 볼 수도 있겠군. 은테를 두르고 고대의 문자들이 새겨진, 동방의 들소로 만든 거대한 뿔나팔을. 그 뿔나팔은 우리 가문의 장자가 많은 세대에 걸쳐 지녔던 것이네. 그리고 옛적 곤도르의 경계 안 어디서든 급박할 때 그것을 불면 그 소리가 헛되이 울리는 법이 없다고 하지.

내가 이 위험한 출정에 나서기 닷새 전, 열하루 전의 이맘때 나는 그 뿔나팔의 울림을 들었어. 북쪽에서 울리는 것 같았지만 마치 마음속의 메아리일 뿐인 듯 소리는 희미했어. 우리는 그걸 흉조로 생각했네, 아버님과 나는. 보로미르가 떠난 후 우리는 그에 대한 어떤 소식도 듣지 못했고 또 변경의 어떤 파수병도 그가 지나가는 걸 본 적이 없었으니까. 그리고 그 사흘 뒤 밤에 또 다른 더 이상한 일이 나한테 닥쳐왔네.

나는 밤에 파리한 어린 달 아래 잿빛 어둠 속에서 안두인강 변에 앉아 끝없이 흐르는 물줄기를 쳐다보고 있었지. 갈대들이 서글픈 듯 살랑이고 있었어. 이젠 우리의 적들이 부분적으로 점령해 우리 땅을 침략하는 거점이 된 오스길리아스 인근의 강변을 우린 늘 그처럼 감시하지. 그런데 그 밤엔 자정 시간에 온 세상이 잠들었어. 그때 난 보았어. 혹은 본 것 같았어. 잿빛으로 가물거리며 강물 위에 떠도는 한 척의 배를, 뱃머리가 높은 이상한 생김새의 작은 배 한 척을. 노를 젓거나 키를 잡은 이는 없었어.

두려움이 엄습했어. 그 주위로 파리한 빛이 감돌았거든. 그러나 난 일어나 강둑으로 가 강물 속으로 걸어 나가기 시작했어. 내 몸이 그것 쪽으로 이끌렸어. 이윽고 그 배가 나를 향해 돌더니 그 속도를 유지하며 손을 뻗으면 닿을 만한 거리 안으로 흘러들었지만 난 감히 손을 대지 못했어. 그것은 마치 무거운 짐이 실린 것처럼 깊이 잠겼고 내 눈길 아래로 지나갈 때 보니 맑은 물로 거의 가득 차 있는 것처럼 보였고 거기서 빛이 나왔어. 그리고 그 물속에 감싸여 한 전사가 잠들어 누워 있었어.

그의 무릎 위엔 부러진 칼이 놓여 있었어. 몸에는 많은 상처가 있었고. 보로미르, 내 형님이 죽은 거였네. 난 그의 무구, 그의 칼, 그의 사랑스러운 얼굴을 알아봤어. 단 한 가지 보지 못한 건 그의 뿔나팔이었지. 단 한 가지 내가 알아보지 못한 건 그의 허리에 둘러진, 이를테면 황금 이파리들을 이은 아리따운 허리띠였어. '보로미르!' 하고 난 외쳤어. '그대의 뿔나팔은 어디 있소? 그대는 어디로 가오? 오, 보로미르여!' 그러나 그는 사라졌어. 그 배는 물줄기 속으로 몸을 돌려 가물거리며 밤 속으로 나아갔어. 그건 꿈 같으면서도 꿈이 아니었어. 깨어남이 없었으니까. 그리고 난 그가 죽어 대하를 따라 바다로 간 거라고 확신해."

프로도가 말했다.

"애석한 일이오! 실로 내가 아는 보로미르의 모습 그대로요. 그 황금 허리띠는 로슬로리엔에서 갈라드리엘 귀부인께서 주신 것이오. 보다시피, 우리에게 요정의 회색 옷을 입혀 주신 이도 그분이시오. 이 브로치도 똑같은 솜씨에서 나온 거죠."

그는 목 밑으로 망토를 동인 초록과 은빛의 잎사귀를 만졌다. 파라미르는 그것을 유심히 바라보았다. 그가 말했다.

"아름답군. 그래, 똑같은 기예의 소산이군. 그러니까 당신은 로리엔의 땅을 지나온 건가? 옛적엔 라우렐린도레난이라 불렸지만 인간들은 그 이름을 잊은 지가 오래되었지."

파라미르는 새로운 경이의 눈길로 프로도를 바라보며 나직하게 덧붙였다.

"당신에게서 이상했던 많은 것들이 이제야 이해되기 시작하는군. 내게 더 말해 주지 않겠소? 보로미르가 고향 땅이 보이는 데서 죽었다고 생각하니 비통해서 그러오."

프로도가 대답했다.

"이미 말한 것 이상은 말할 수가 없소. 당신의 이야기를 들으니 내 마음에 불길한 예감이 가득하지만 말이오. 당신이 본 것은 환영일 뿐이라고, 즉 이미 있었거나 앞으로 있을 사악한 운명의 어떤 그림자라고 생각하오. 정녕 그것이 대적의 거짓된 술수가 아니라면 말이오. 나도 죽음늪의 웅덩이들 밑에 잠들어 누운 옛 전사들의 아리따운 얼굴들을 봤소. 혹은 그의 사악한 술책 때문에 그렇게 보였을 수도."

"아니, 그건 그렇지 않았어. 그의 수작은 가슴을 역겨움으로 가득 채우는 법이지만 내 가슴은 슬픔과 연민으로 가득 찼어."

"그렇지만 어떻게 그런 일이 정말 일어날 수 있었겠소? 어떤 배도 톨 브란디르에서 돌투성이 언덕을 넘어갈 수는 없고 게다가 보로미르는 엔트강과 로한평원을 가로질러 고향으로 가고자 했소. 그런데도 그 어떤 배가 거대한 폭포의 포말을 타넘고도 격랑의 웅덩이들 속에서 침몰하지 않을 수 있겠소? 비록 물이 잔뜩 실렸다곤 해도 말이오."

"나도 모르지. 그런데 그 배는 어디서 온 건가?"

파라미르가 묻자 프로도가 대답했다.

"로리엔에서 왔소. 우리는 그와 같은 배 세 척에 나눠 타고 안두인강을 따라 노를 저어 그 폭포까지 갔소. 그것들 또한 요정들의 작품이오."

"당신은 숨겨진 땅을 거쳐 왔군. 그러나 당신은 그 땅의 힘을 거의 이해하지 못하는 것 같아. 만일 인간들이 황금숲에 거하는 마법의 여주인과 거래한다면 그들은 이상한 일들이 뒤따를 걸로 생각할 거야. 필멸의 인간이 이 태양의 세계 밖으로 나가는 건 위험한 일이고 또 옛적에도 거기서 변치 않고 돌아온 이는 드물었다고 하니까 말이야.

'보로미르, 오, 보로미르여! 죽지 않는 귀부인께서 그대에게 무슨 말씀을 하셨소? 그녀는 무엇을 보신 거요? 그때 그대의 가슴속엔 무엇이 깨어났소? 대체 왜 그대는 라우렐린도레난으로 갔고, 그대 자신의 길을 따라 로한의 말을 타고 아침에 고향으로 돌아오지 않았소?'"

다음 순간 그는 다시 프로도에게로 얼굴을 돌려 조용한 목소리로 한 번 더 말했다.

"드로고의 아들 프로도여, 나는 당신이 그 물음들에 대해 어떤 대답을 해 줄 수 있을 거라고 짐작하오. 그러나 아마 여기서나 또는 지금은 아닐 거요. 하지만 당신이 내 이야기를 계속 환영으로 여기지 않도록 이 점은 말해 두겠소. 어쨌든 보로미르의 뿔나팔은 헛보기로가 아니라 실제로 돌아왔소. 돌아오긴 했으나 도끼나 칼 같은 것에 의해 두 동강이 나 있었소. 그 동강들은 각기 따로 강변에 다다랐지. 하나는 북쪽으로 엔트강의 합류점 아래 곤도르의 경비병들이 있던 갈대숲에서 발견되었고, 다른 하나는 그 강에 볼일이 있던 한 사람이 밀물 위에 뱅뱅 돌고 있던 걸 발견했어. 야릇한 일이긴 하나, 비밀은 드러나는 법이라고 하지.

이제 그 장자(長子)의 뿔나팔은 소식을 기다리며 높은 의자에 앉으신 데네소르의 무릎 위에 두 동강으로 놓여 있소. 그래, 당신은 뿔나팔이 동강 난 것에 대해 아무것도 말해 줄 수 없소?"

그러자 프로도가 대답했다.

"그렇소, 난 그 일에 대해선 알지 못하오. 그러나 당신이 뿔나팔이 울리는 소리를 들은 날은, 당신의 셈이 맞다면, 우리가 헤어진 날이고 나와 내 하인이 원정대를 떠난 날이었소. 이제 당신의 이야기를 들으니 두려움에 온몸이 떨리오. 만일 그때 보로미르가 위험에 처해 살해되었다면, 내 모든 동료들도 죽은 거라고 두려워하지 않을 수 없으니까요. 그들은 내 동족이고 친구들인데.

나에 대한 의심을 접고 날 놓아주지 않겠소? 나는 지치고 비탄에 잠긴 데다 두렵소. 그러나 내게는 해야 할, 혹은 기도(企圖)해야 할 일이 있소, 나도 살해되기 전에 말이오. 그러니 더더욱 서둘러야 하오, 만일 우리 원정대에서 살아남은 이가 우리 반인족 둘뿐이라면.

'곤도르의 용맹한 대장 파라미르여, 당신은 돌아가서 할 수 있을 동안 당신의 도시를 방어하고 나는 내 운명이 이끄는 곳으로 가게 내버려 두시오.'"

"나로서도 함께 나눈 우리의 이야기에서 아무 위안도 얻지 못했소."

하고 파라미르가 말했다.

"그런데 분명 당신은 그것으로부터 필요 이상의 두려움을 끌어내는군. 만일 로리엔의 요정들 자신이 그에게 오지 않았다면 누가 보로미르를 그렇게 장례식을 치르듯 차려입혔단 말이오? 오르크들이나 감히 그 이름을 거명할 수 없는 자의 졸개들은 아니오. 내 짐작으론, 당신 원정대의 몇몇은 아직 살아 있소.

그러나 그 북부 행군에 무슨 일이 닥쳤든 간에 난 더 이상 당신, 프로도를 의심치 않소. 만일 어려운 시절을 겪으며 내가 웬만큼 인간들의 말과 얼굴을 판단하게 되었다면, 그렇다면 나는 반인족도 미루어 헤아릴 수 있을 게요! 비록…….”

파라미르는 여기서 잠시 미소를 지었다.

“당신에겐 이상한 데가 있지만, 프로도여, 아마도 어떤 요정의 분위기 같은 것 말이오. 그러나 내가 처음에 생각한 것보다 더 많은 것이 우리 둘의 대화에 달려 있소. 이제 나는 당신을 미나스 티리스로 데려가 당신이 거기서 데네소르 영주께 대답하게 해야 하오. 만약 내가 지금 내 도시에 해가 되는 침로를 선택한다면 의당 내 목숨을 부지할 수 없을 것이오. 해서 나는 무엇을 해야 할지를 성급하게 결정하진 않겠소. 그렇지만 우린 더는 지체하지 말고 여기를 떠나야 하오.”

그가 벌떡 일어나 몇 가지 명령을 내렸다. 그의 주위에 몰려 있던 병사들이 즉시 작은 무리들로 나뉘어 이쪽저쪽으로 가더니 바위와 나무의 그림자 속으로 재빨리 사라졌다. 이내 마블룽과 담로드만이 남았다. 파라미르가 말했다.

“자, 당신들 프로도와 샘와이즈는 나와 내 호위병들과 함께 갈 거요. 당신들은 길을 따라 남쪽으로 갈 수 없소. 만약 그럴 생각이었다면. 그곳은 며칠 동안 안전하지 않을 것이고 또 이 작은 전투가 있은 뒤로는 이제껏 그랬던 것보다 항시 더 엄중하게 감시될 것이오. 어쨌든 당신들은 지친 상태라 오늘은 멀리 갈 수 없다고 생각하오. 그리고 우리도 지쳤소. 이제 우린 여기서 대략 15 킬로미터도 채 되지 않는 우리의 비밀 장소로 갈 것이오. 오르크들과 대적의 밀정들도 아직 그곳을 발견하진 못했고, 설령 그들이 발견한다 해도 우린 많은 적에 맞서서 그곳을 오래도록 지킬 수 있을 것이오. 거기서 우린 한동안 물러나 쉴 수 있을 것이오. 그리고 당신들도 우리와 함께. 아침이 되면 나에게 그리고 당신들에게도 최선의 방책이 될 것을 결정하겠소.”

프로도로서는 이 요청 혹은 명령에 동의하는 것 외에 할 수 있는 것이 없었다. 곤도르인들의 습격 때문에 이실리엔에서의 여행은 여느 때보다 더 위험해졌기에 어쨌든 당분간은 그것이 현명한 방침인 것 같았다.

그들은 곧 출발했다. 마블룽과 담로드가 약간 앞서고 파라미르는 프로도와 샘과 함께 뒤따라갔다. 호빗들이 멱을 감았던 웅덩이의 이쪽 편을 휘돌아 그들은 개울을 건너고 긴 강둑을 오른 다음 줄곧 아래쪽과 서쪽으로 뻗친 초록 그늘의 삼림지로 들어갔다. 그들은 호빗들의 가장 빠른 걸음걸이에 맞춰 걸어갈 동안 소리를 죽여 얕은 목소리로 이야기했다.

“내가 갑작스럽게 우리 이야기를 중단한 건 샘와이즈가 일깨워 준 대로 시간이 급박하기 때문만이 아니라 또한 우리의 이야기가 많은 병사들 앞에서 내놓고 논의하기엔 적합하지 않은 일들에 근접하고 있었기 때문이오. 내가 이실두르의 재앙은 내버려 두고 내 형님의 일로 화제를 돌린 것도 그 때문이었소. 당신은 내게 완전히 솔직하진 않았소. 프로도.”

파라미르가 말하자 프로도가 대답했다.

“난 어떤 거짓말도 하지 않았고 진실에 대해선 할 수 있는 데까지 말했소.”

“당신을 탓하는 게 아니오. 당신은 어려운 처지에서 능숙하게 그리고 현명하게 말했던 것 같소. 하지만 난 당신의 말이 일러 주는 것보다 더 많은 것을 당신에게서 알아내거나 짐작했소. 당신은 보로미르와 사이가 좋지 않았거나 우호적으로 헤어지지 않았소. 당신, 그리고 샘와이즈도 모종의 불만을 품은 것으로 짐작되오. 난 그를 무척이나 사랑했고 해서 기꺼이 그의 죽음에 대해 복수하고 싶지만 또한 나는 그를 잘 아오. 나는 이실두르의 재앙—내가 감히 추측건대, 이실두르의 재앙이 당신들을 갈라놓았고 당신 원정대의 불화의 원인이었다고 생각하오. 그것은 분명 어떤 대단한 전래의 가보(家寶)인데, 그런 것이 있으면 동지들 사이에서도 화평은 보장되지 않소. 옛이야기들도 그런 이치를 가르쳐 주잖소. 내가 근사하게 짚어 내지 않았소?"

"근사하지만," 프로도가 말했다. "적중한 건 아니오. 우리 원정대에는 비록 의구심은 있었지만 불화는 없었소. 에뮌 무일에서 어느 길을 택해야 할 것인가에 대한 의구심이 있었소. 그러나 그것은 어떻든 간에 옛이야기들은 또한 전래의 가보 같은 것들에 관한 경솔한 언사의 위험도 우리에게 가르쳐 주지요."

"아, 그렇다면 내가 생각한 대로군. 당신의 불화는 오로지 보로미르와만 관계된 것이었어. 그는 이 물건을 미나스 티리스로 가져오고 싶었던 거요. 애석하오! 얄궂은 운명이 그를 마지막으로 본 당신의 입을 봉해 내가 정녕 알고 싶은 것을 내게 털어놓지 못하게 하다니. 마지막 시간에 그의 가슴과 생각 속에 무엇이 있었던가를 알고 싶었는데. 그가 과오를 저질렀든 아니든 난 이 점은 확신하오. 그가 어떤 좋은 일을 이루려다가 장하게 죽었다는 걸 말이오. 그의 얼굴은 심지어 생전보다도 더 아름다웠으니까.

그건 그렇고, 프로도, 나는 처음에 이실두르의 재앙을 두고 당신을 심하게 다그쳤소. 용서하시오! 그런 시간과 장소에서 현명치 못한 처사였소. 생각할 시간이 없었기 때문이었소. 우린 격전을 치렀던 데다 내 마음엔 신경 쓸 일이 너무 많았소. 하지만 난 당신과 이야기하면서 점점 진실에 가까이 다가들었고 그랬기에 일부러 더 빗나갔소. 바깥으로 널리 퍼지지 않은 고래(古來) 전승(傳承) 중의 많은 것이 이 도시의 지배자들에게 여태 보존되어 있다는 것을 꼭 알아 두시오. 비록 우리의 몸속에도 누메노르인의 피가 흐르지만 우리 가문은 엘렌딜의 혈통은 아니오. 우리의 혈통은, 왕이 전쟁에 나갔을 때 그를 대신해서 지배한 훌륭한 섭정 마르딜에게로 거슬러 올라가오. 아나리온 가문의 마지막 후예로 후사(後嗣)가 없었던 에아르누르 왕은 결국 돌아오지 못했소. 비록 인간의 세대로 따지면 많은 세대가 지나긴 했지만 그날 이후로 섭정들이 이 도시를 다스려 왔소.

그러고 보니 어렸을 적 보로미르에 대한 일이 기억나오. 우리가 함께 우리 조상들에 대한 이야기와 우리 도시의 역사를 배울 때 언제나 그는 자기 아버지가 왕이 아니라는 것에 못마땅해했소. '만일 왕이 돌아오지 않는다면, 섭정이 왕이 되려면 몇백 년이 지나야 하나요?' 하고 그는 물었소. '왕권이 약한 다른 곳들에서라면 아마 몇 년쯤이겠고, 곤도르에서는 만 년도 충분치 않을 것'이라고 내 부친께서 대답하셨소. 아! 가엾은 보로미르. 이 이야기를 듣고 그에 대해 뭔가 생각나는 것이 없소?"

"있지요. 그렇지만 그는 언제나 아라고른을 예로써 대했소."

"그건 의심치 않소." 파라미르가 말했다. "당신이 말하듯 그가 아라고른의 주장을 납득했다면 그를 대단히 공경했을 것이오. 그러나 그때까진 위기가 닥치지 않았소. 그들은 아직 미나스 티리스에 닿지 않았거나 그것의 전쟁에서 서로 간에 경쟁자가 되지 않았으니까.

한데 내 이야기가 옆길로 새고 말았군. 데네소르 가문의 우리는 오랜 구전(口傳)을 통해 고래의 전승을 많이 알고 있소. 더군다나 우리의 보고(寶庫)에는 많은 것들이 보존되어 있소. 쭈그러든 양피지와 돌, 그리고 은박과 금박 위에 다양한 문자로 쓰인 책들과 서판(書板)들이 있지요. 어떤 것들은 이제 누구도 읽지 못하고, 나머지 것들도 그 비밀을 밝힐 수 있는 이는 거의 없다오. 나는 가르침을 받은 바 있어 그것들을 조금은 읽을 수 있소. 회색의 순례자가 우리를 찾아온 것도 바로 이 기록들 때문이었소. 난 아이였을 때 그를 처음 봤는데 그 후로도 그는 두세 번 왔었소."

"회색의 순례자요? 그의 이름이 뭐였소?"

프로도가 묻자 파라미르가 대답했다.

"우리는 요정의 방식대로 그를 미스란디르라고 불렀고 그도 만족해했소. 그는 '내 이름은 나라의 수만큼이나 많지.' 하고 말했소. '요정들 사이에선 미스란디르, 난쟁이들에겐 트하르쿤, 잊힌 서녘에서 젊을 적의 나는 올로린이었고, 남쪽에선 잉카누스, 북쪽에선 간달프라네. 동쪽으로는 가질 않고.'라고도 말했소."

"간달프!" 프로도가 외쳤다. "그일 거라고 생각했소. 가장 소중한 상담자, 회색의 간달프죠. 우리 원정대의 지도자였소. 그는 모리아에서 실종되었소."

"미스란디르가 실종되었다고!" 파라미르가 말했다. "당신의 원정대에는 흉한 운명이 따라붙은 것 같구려. 그렇게 대단한 지혜와 권능을 지닌 이가—그는 우리와 함께 지낼 때 놀라운 일을 많이도 행했으니까— 사라져 그토록 많은 전승이 세상에서 없어지다니. 그게 확실하오? 혹시 그가 단지 당신들을 떠나 자신이 가고픈 데로 간 건 아니오?"

"비통하지만 그렇소. 나는 그가 나락으로 떨어지는 걸 봤소."

"여기에 모종의 무서운 사연이 있다는 걸 알겠소. 아마도 저녁때 당신이 내게 말해 줄 수 있겠지요. 이제야 드는 생각이지만, 이 미스란디르는 전승의 대가(大家)를 넘어 우리 시대에 행해진 업적들의 위대한 원동력이었소. 그가 우리와 함께 있어 우리 꿈의 어려운 낱말들에 대해 자문해 줬더라면, 사자를 보낼 필요도 없이 그가 그것들의 뜻을 선명하게 풀어 줬을 텐데. 하지만 어쩌면 그는 그렇게 할 뜻이 없었을 테고 그랬기에 보로미르의 여정은 운명 지워진 것이었소. 미스란디르는 결코 우리에게 앞일에 대해 말하지 않았고 또 자신의 심중을 내비치지도 않았소. 어떻게 했는지 모르오만, 그는 데네소르의 승낙을 얻어 우리 보고의 비장품을 보았고, 나는 그로부터 얼마간 배우기도 했소. 그가 가르칠 생각이 들었을 때 (그런 경우가 드물긴 했지만) 말이오. 특별히 그가 늘 찾고 또 우리에게 물었던 건 곤도르의 초기에 다고를라드에서 치러진 대전에 관한 것이었소. 우리가 그 이름을 부르지 않는 '그'가 타도되었던 그 전쟁 말이오. 그리고 그는 이실두르에 관한 이야기들에 열을 올렸는데, 그에 대해선 우리도 알려 줄 게 빈약했소. 우리네가 그의 종말에 관해 확실하게 아는 건 전무했으니까."

이제 파라미르의 목소리는 속삭임으로 잦아들었다.

"그러나 난 이 정도는 배우거나 미루어 헤아렸고 그 후로 쭉 그것을 마음속의 비밀로 쟁여 뒀소.

즉, 이실두르는 곤도르를 떠나 필멸의 인간들 속에서 다시는 보이지 않기 전에 거명되지 않는 자의 손에서 무엇인가를 취했소. 나는 미스란디르의 탐문에 대한 답이 여기에 있다고 생각했소. 하지만 당시에는 그것이 오로지 옛 학식을 추구하는 이들에게만 관계된 일로 보였소. 우리 꿈에 나온 수수께끼 같은 낱말들을 두고 격론을 벌였을 때도 난 이실두르의 재앙이 바로 이것과 동일한 것이라곤 생각하지 못했소. 우리가 아는 유일한 전설에 따르면 이실두르는 매복 중이던 오르크들의 화살에 살해되었고, 미스란디르도 결코 내게 더는 말해 주지 않았으니까.

진실로 이 물건이 무엇인지 나는 아직도 짐작할 수 없지만 그것이 어떤 권능과 위험의 보물인 것은 틀림없소. 어쩌면 암흑군주가 고안해 낸 파괴적인 무기일지도. 만일 그것이 전투에서의 우위를 부여하는 물건이라면, 자존감이 강하고 대담무쌍하며 종종 성급한 데다 늘상 미나스 티리스의 승리를 (그리고 그 속에서의 자신의 영광을) 열망했던 보로미르가 그런 것을 탐하고 그것에 매혹될 수 있다는 것을 난 능히 믿을 수 있소. 그가 그런 사명을 띠고 갔다는 것이 비통할 뿐이오! 부친과 원로들에 의해 내가 선발되어야 마땅했음에도 불구하고 그는 자신이 더 나이가 많고 더 대담하다며 (둘 모두 사실이었소) 주제넘게 나섰고 그 기세를 누구도 만류할 수가 없었소.

하지만 더는 두려워 마시오! 나는 그것이 한길에 놓여 있다고 해도 취하지 않을 것이오. 미나스 티리스가 몰락하고 있고 나 혼자만이 그것을 구할 수 있다 하더라도 나는 그것을 위해 그리고 내 영광을 위해 암흑군주의 무기를 쓰지 않을 것이오. 아니지, 난 그 같은 위업은 바라지 않소, 드로고의 아들 프로도여."

프로도도 확고하게 말했다.

"엘론드의 회의도 그러지 않았고 나도 그렇지 않소. 난 그런 일들엔 상관하지 않을 거요."

"나는 백색성수(白色聖樹)가 왕의 안뜰에서 다시 꽃 피고 은빛 왕관이 돌아온 평화로운 미나스 티리스를 보고 싶소. 또 미나스 아노르가 예전처럼 빛으로 충만하고 고상하고 공명정대하며 여왕 중의 여왕으로 아름답기를 바랄 뿐 많은 노예를 거느린 여주인이나 심지어는 자발적인 노예들의 여주인이 되는 건 바라지 않소. 우리가 모든 것을 삼키려는 파괴자에 맞서 우리의 목숨을 지키는 한, 필경 전쟁은 있는 법이오. 하지만 나는 찬란한 칼을 그 날카로움 때문에, 화살을 그 날램 때문에, 또 전사를 그의 영광 때문에 사랑하진 않소. 난 오직 그것들이 지키는 것, 즉 누메노르인들의 도시를 사랑하오. 또 그 도시가 자체의 기억, 오랜 전통, 아름다움 및 현재의 지혜로 인해 사랑받길 원할 뿐 사람들이 늙은 현자의 위엄을 경외하는 것과는 다르게 경외의 대상이 되길 원치 않소.

그러니 날 두려워 마시오! 난 당신에게 더 말해 달라고 청하지 않소. 나아가 지금은 내가 더 근사하게 짚었는지 말해 달라고 청하지도 않소. 그러나 만약 당신이 날 신뢰하겠다면, 나는 당신의 현 원정 여행에, 그것이 무엇이든 간에 조언해 줄 수 있고—그렇소, 그리고 심지어 당신을 도와줄 수도 있소."

프로도는 아무 대답도 하지 않았다. 하마터면 그는 도움과 조언의 욕망에 굴복해서 하는 말이 참으로 현명하고 공명정대해 보이는 이 엄숙한 젊은이에게 심중의 모든 걸 말해 버릴 뻔했다. 그러나 무언가가 그를 제지했다. 그의 가슴은 두려움과 비애로 무거웠다. 만일 그럴 법해 보이는 대로 정녕

9인의 도보자들 중에서 이제 그와 샘만 남은 것이라면, 그렇다면 그가 그들 사명의 비밀을 홀로 떠맡은 것이었다. 성급한 말을 하느니 부당할지라도 불신하는 게 나았다. 게다가 파라미르를 바라보고 그의 목소리에 귀 기울이고 있노라니 반지의 매혹에 넘어가 무시무시하게 돌변했던 보로미르에 대한 기억이 마음에 생생하게 떠올랐다. 그들은 서로 달랐으면서도 또한 아주 닮았던 것이다.

그들은 늙은 나무들 아래로 회색과 초록의 그림자들처럼 발소리도 내지 않고 한동안 침묵 속에서 계속 걸었다. 그들의 머리 위에선 많은 새들이 노래했고, 이실리엔의 상록림 속에 윤기 어린 지붕을 이룬 거뭇한 잎새들 위로 태양이 반짝였다.

샘은 대화에 끼지 않고 다만 귀 기울여 듣기만 했다. 동시에 그는 호빗의 예민한 귀로 주변 삼림의 모든 나직한 소음에 주의를 기울였다. 한 가지 그가 주목한 것은 그 모든 이야기 속에서 골룸의 이름이 한 번도 떠오르지 않은 것이었다. 다시는 그것을 듣지 않기를 바라는 건 무리라고 느꼈음에도 불구하고 그는 기뻤다. 그들만 따로 걷고 있지만 바로 근처에 많은 병사들이 있다는 것도 그는 곧 인지했다. 담로드와 마블룽이 앞의 그림자들 속을 들락날락할 뿐 아니라 양옆에서도 다른 이들이 모두 어떤 지정된 장소로 빠르고 은밀하게 가고 있었다.

한번은, 피부가 따끔거리는 느낌에 누가 자신을 뒤에서 지켜보는 게 아닌가 싶어 별안간 돌아봤을 때 그는 작고 어두운 형체 하나가 나무둥치 뒤로 후딱 숨는 걸 언뜻 포착했다고 생각했다. 그는 말하려고 입을 벌렸다가 다시 다물어 버렸다.

"확실치도 않은데. 게다가 그들이 그를 잊고자 한다면 왜 내가 그 늙은 악당 놈을 그들에게 상기시킨단 말인가? 나도 잊었으면 싶은 마당에!"

그는 혼잣말로 중얼거렸다.

그렇게 계속 나아가자 마침내 삼림이 점차 성기고 땅이 더 가파르게 내려앉기 시작했다. 그제야 그들은 다시 오른쪽의 옆길로 들어 빠르게 좁은 골짜기 속의 작은 강에 다다랐다. 둥근 웅덩이를 벗어나 저 위로 졸졸 흐르다 이젠 세찬 물살로 불어나, 너도밤나무들과 회양목들이 드리운 가운데 깊이 파인 강바닥 속의 숱한 돌멩이들 위로 쏟아져 내리는 개울이었다. 서쪽으로 아래의 흐린 빛 속에 저지대와 넓은 초원이 보였고, 안두인의 넓은 유역이 저 멀리 기울어 가는 햇살에 반사되었다.

"유감스럽지만 여기서 실례를 좀 해야겠소."

하고 파라미르가 말했다.

"이제까지 당신들을 살해하거나 포박하지 않고 명령보다 예의를 앞세웠던 만큼 용서해 주길 바라오. 그러나 어떤 이방인도, 심지어는 우리와 함께 싸우는 로한인이라 하더라도 지금 우리가 가는 길을 두 눈 뜨고 봐선 안 된다는 게 지엄한 명령이오. 그래서 당신들의 눈을 가려야 하오."

"뜻대로 하시오. 심지어 요정들도 긴급할 때에는 마찬가지였소. 해서 우린 눈을 가린 채 아름다운 로슬로리엔의 경계를 건넜지요. 난쟁이 김리는 그것을 고깝게 여겼지만 호빗들은 감내했소."

프로도가 대답하자 파라미르가 다시 말했다.

"내가 당신들을 인도할 곳은 그리 아름답지 않소. 그나저나, 마지못해서가 아니고 자발적으로 받아들이겠다니 기쁘오."

그가 나직하게 부르자 마블룽과 담로드가 나무들에서 나와 그에게로 돌아왔다.

"이 손님들의 눈을 가려라. 단단히 묶되 불편을 느끼진 않도록, 손은 묶지 말라. 보려고 하지 않겠다고 약속할 테니. 난 그들이 자진해서 눈을 감을 것이라 믿을 수 있어. 하지만 발을 헛디디면 눈을 깜박이게 되는 법이야. 비틀거리지 않도록 그들을 인도하라."

이제 두 호위병은 초록 스카프로 호빗들의 눈을 가리고 그들의 두건을 거의 입까지 끌어 내린 다음 재빨리 각자의 손을 잡고 길을 나섰다. 프로도와 샘이 그 길의 이 마지막 1.5킬로미터에 대해 아는 것은 모두 어둠 속에서 짐작으로 안 것이었다. 얼마 후 그들은 자신들이 가파른 내리막길 위에 있다는 걸 알았다. 곧 길이 매우 좁아졌기에 그들은 양쪽 석벽을 스치며 일렬종대로 갔고, 호위병들은 그들의 어깨 위에 단단하게 얹은 손으로 그들을 뒤에서 조종했다. 간간이 울퉁불퉁한 곳에 이를 때면 그들은 한동안 번쩍 들렸다가 다시 땅에 내려졌다. 오른쪽으로 항상 흐르는 물소리가 들렸고, 그것은 점점 가까워지고 요란해졌다. 드디어 그들은 멈춰 섰다. 재빨리 마블룽과 담로드가 그들의 몸을 몇 차례나 돌리는 바람에 그들은 온통 방향 감각을 잃었다. 그들이 위쪽으로 조금 올라가니 추운 것 같았고 개울물 소리가 희미해졌다. 그때 그들은 몸이 들어 올려져 운반되는 가운데 많은 계단을 내려가고 모퉁이 하나를 돌았다. 갑자기 다시 물소리가 들렸는데, 세차게 흐르고 물이 튀는 듯 이젠 소리가 요란했다. 사방에서 물소리가 나는 것 같았고, 그들은 손과 뺨에 닿는 가랑비를 느꼈다. 드디어 그들은 다시 땅에 발을 디디게 되었다. 잠시 동안 그들은 눈이 가려져 반쯤 두려운 마음으로 자신들이 어디에 있는지도 모른 채 그렇게 서 있었다. 둘 중 누구도 말하지 않았다. 그때 파라미르의 목소리가 바로 뒤에서 들려왔다.

"그들이 볼 수 있게 해 주어라!"

스카프가 제거되고 두건이 뒤로 젖혀지자 그들은 눈을 깜박이고 숨을 헐떡였다.

그들은 반들반들한 돌이 깔린 축축한 바닥 위에 서 있었다. 그것은 뒤쪽에 어둡게 열린 대충 깎은 바위 문의 현관 계단인 셈이었다. 그러나 앞에는 얇은 휘장 같은 물이 걸려 있었는데, 프로도가 팔만 쭉 뻗치면 가닿을 수 있을 만큼 아주 가까웠다. 그것은 서쪽을 향해 있었다. 뒤편으로 지는 해의 수평 광선들이 그것에 부딪치자 그 붉은빛이 변화무쌍한 색채를 띠며 명멸하는 숱한 빛살들로 부서졌다. 마치 금과 은, 루비, 사파이어 및 자수정이 한데 꿰어진 커튼이 드리워진 가운데 그 모든 보석들이 소진되지 않는 불길로 환하게 빛나는 어떤 요정 탑의 창가에 서 있는 것만 같았다.

"어쨌든 운 좋게 제시간에 당도해 당신들의 인내에 보답할 수 있게 되었소. 이것이 바로 일몰의 창(窓) 헨네스 안눈으로 샘이 많은 땅 이실리엔에서도 가장 아름다운 폭포요. 일찍이 이방인이 그것을 본 경우는 거의 없다오. 하지만 뒤편에 그것에 어울릴 만한 왕궁은 없소. 이제 들어가 보시오!"

파라미르가 말하는 그 참에 해가 떨어졌고, 흐르는 물속에 비치던 불길이 사그라졌다. 그들은 몸을 돌려, 가까이하기가 꺼려지는 낮은 아치 밑을 지났다. 곧장 그들은 널찍하고 거친 데다 지붕이 들쭉날쭉하게 기울어진 암벽의 방에 들어섰다. 몇 개의 횃불이 밝혀져 반짝이는 벽들에 어슴푸레한 빛을 던졌다. 거기엔 벌써 많은 사람들이 있었다. 한쪽의 어둡고 좁은 문을 통해 다른 사람들이 두세 명씩 계속 들어오고 있었다. 눈이 어둠에 익숙해지면서 호빗들은 그 동굴이 짐작했던 것보다 크고 또 대단한 양의 무기와 식량으로 채워져 있다는 것을 알았다.

파라미르가 말했다.

"자, 여기가 우리의 은신처요. 그리 안락한 곳은 아니지만 여기서 마음 편히 밤을 보낼 수는 있을 거요. 적어도 여기는 축축하지 않고 불은 없어도 음식이 있소. 한때는 물결이 이 동굴을 통해 아치 밖으로 흘러내렸지만 옛 장인들에 의해 수로가 골짜기 저 위로 바뀐 뒤로 물결은 두 배 높이의 저 위쪽 바위들 위로 떨어지오. 그때는 이 석실(石室)에 이르는 길들이 물이나 다른 어떤 것이 들어오지 못하도록 하나만 빼고 죄다 막혔더랬소. 지금은 나가는 길이 둘뿐인데, 당신들이 눈을 가린 채 들어온 저쪽 통로와 창의 휘장을 통해 칼날 같은 돌로 채워진 깊고 우묵한 땅으로 나가는 것이오. 이제 저녁 식사가 준비될 때까지 잠시 쉬시오."

호빗들은 한쪽 구석으로 안내되어 원한다면 누울 수 있게끔 낮은 침대 하나를 제공받았다. 그동안 사람들은 동굴 여기저기로 부산하게 움직였는데 그 움직임은 조용했고 또 신속하면서도 규율이 잡혀 있었다. 벽에서 가벼운 식탁들이 내려져 가대(架臺)들 위에 세워지고 식기가 놓였다. 식기는 대부분 수수하고 장식이 없었지만 모든 것이 아름답게 잘 만들어진 것이었다. 둥근 큰 접시, 유약을 바른 갈색 점토나 둥글게 깎은 회양목으로 만든 사발들과 접시들이 매끄럽고 깨끗했다. 여기저기에 윤나는 청동으로 만들어진 잔이나 물동이가 있었고 맨 안쪽 식탁의 가운데 대장의 좌석 곁에는 수수한 은으로 만든 받침 달린 술잔이 놓여 있었다.

파라미르는 사람들 사이를 여기저기 돌아다니며 들어오는 한 사람 한 사람에게 나직한 목소리로 상황을 물었다. 일부는 남부인들을 추격하다가 돌아왔고, 다른 이들은 길 근처에 척후병으로 뒤처져 있다가 마지막으로 들어왔다. 거대한 무막만 빼고 남부인들은 모조리 섬멸되었다. 그러나 무막이 어떻게 되었는지는 누구도 말하지 못했다. 적의 움직임은 보이지 않았고, 심지어 오르크의 밀정 하나도 얼씬거리지 않았다.

"보고 들은 게 아무것도 없나, 안보른?"

하고 파라미르가 마지막으로 들어온 이에게 물었다.

"음, 없습니다, 대장님. 적어도 오르크는 없습니다. 하지만 좀 이상한 어떤 것을 봤거나 본 것 같습니다. 어스름이 짙어질 때면 눈에는 물체가 실제보다 더 크게 보이는 법이니 어쩌면 다람쥐였을 수도 있을 것입니다."

이 말에 샘이 귀를 곤두세웠다.

"그렇지만, 그렇더라도 그것은 검은 다람쥐였고 꼬리는 보이지 않았습니다. 그것은 땅바닥 위의 그림자 같았는데 제가 가까이 다가가니까 나무둥치 뒤로 휙 숨고는 여느 다람쥐처럼 날래게 높직이 올라갔습니다. 대장께서 이유 없이 야생 짐승을 죽이지 못하게 하시는 데다 그것이 그런 짐승 같아서 저는 화살을 쏘지 않았습니다. 어쨌든 확실하게 겨냥하여 쏘기에는 날이 너무 어두웠고, 그놈은 눈 깜짝할 새에 나뭇잎들의 어둠 속으로 들어가 버렸습니다. 하지만 저는 수상한 느낌이 들어 한동안 거기 머물렀다가 이후 서둘러 돌아왔습니다. 제가 몸을 돌리는데 그 물체가 저 위 높은 데서 저에게 쉭쉭대는 소리를 들은 것 같습니다. 아마 큰 다람쥐일 수도 있을 겁니다. 어쩌면 어둠숲 짐승들 중의 일부가 그 거명되지 않는 자의 그림자를 감지하고 우리의 숲들로 유랑해 오고 있는지도 모릅니다. 거기엔 검은 다람쥐들이 있다고 하니 말입니다."

"그럴 수도 있겠지." 파라미르가 말했다. "그러나 만일 사정이 그렇다면 그건 불길한 징조일 거야. 어둠숲을 탈출한 것들이 이실리엔에 오는 건 반갑지 않은 일이니까."

샘은 그가 그렇게 말하면서 호빗들 쪽을 언뜻 쳐다본 듯한 느낌이 들었다. 하지만 샘은 아무 말도 하지 않았다. 한동안 그와 프로도는 뒤로 누워 횃불을 쳐다보았고, 병사들은 이리저리 움직이며 숨죽인 목소리로 말했다. 그런 중에 갑자기 프로도는 잠이 들었다.

샘은 이런저런 방식으로 따져 보며 자신과 씨름했다.

'그는 괜찮은 사람일 수 있어. 그렇지만 아닐 수도 있고. 감언(甘言)으로 시커먼 속을 감출 수도 있으니까.'

그가 하품을 했다.

'일주일 동안도 잘 수 있겠고 그러면 몸이 가뿐해질 거야. 그리고 주위에 이 모든 큰 인간들이 널려 있는데 깨어 있다 한들 내가 뭘 할 수 있겠어, 달랑 혼자서? 아무것도 없어, 감지네 샘. 하지만 그렇더라도 넌 계속 깨어 있어야만 해.'

그는 용케도 그렇게 했다. 동굴의 문에서 들어오는 빛이 희미해졌고 떨어지는 물의 회색 휘장은 점차 어렴풋해지다가 몰려드는 그림자 속에 보이지 않았다. 아침이든 저녁이든 밤이든 물소리는 가락이 바뀌는 법 없이 계속되었다. 그것은 잠을 자라고 수런거리고 속닥였다. 샘은 두 주먹을 두 눈에 갖다 박았다.

이제 더 많은 횃불이 밝혀지고 있었다. 포도주통 하나에 구멍이 뚫렸다. 저장된 술통들이 열리고 있었다. 사람들이 폭포에서 물을 길어 오고 있었다. 일부는 대야에서 손을 씻고 있었다. 넓은 구리 대야와 하얀 천이 대령되자 파라미르도 씻었다.

"손님들을 깨워라. 물도 갖다주고. 식사 시간이야."

그의 말에 프로도가 일어나 앉아 하품하고 기지개를 켰다. 시중 받는 것에 익숙하지 않은 샘은 자기 앞에 물 대야를 들고 허리를 굽힌 키 큰 사람을 얼마쯤 놀란 눈으로 쳐다보았다.

"그걸 바닥에 내려놓으시오, 선생, 부디! 그러는 게 나와 당신에게 더 편하단 말이오."

그다음에 샘이 찬물 속에 머리를 처박고 목과 귀에 물을 끼얹었는데 그 모습에 병사들이 놀라면서도 재미있어했다. 호빗들을 시중 들던 병사가 물었다.

"저녁 식사 전에 머리를 씻는 게 당신네 땅의 관습이오?"

"아니요, 아침 식사 전에 하지요." 샘이 말했다. "그러나 잠이 모자랄 때는 목에 찬물을 끼얹는 게 시든 상추에 내리는 비와도 같소. 자! 이제 난 좀 먹을 수 있을 만큼 오래도록 깨어 있을 수 있소."

그들은 파라미르의 옆 좌석들로 안내되었다. 그들에게 편하도록 모피가 덮이고 인간들의 긴의자들보다 꽤 높은 술통들이 그들을 위한 좌석이었다. 파라미르와 그의 모든 병사들은 식사 전에 잠시 침묵 속에 몸을 돌려 서쪽을 향했다. 파라미르가 프로도와 샘에게 똑같이 하라는 신호를 했다. 그들이 자리에 앉자 파라미르가 말했다.

"우린 언제나 이렇게 하오. 과거의 누메노르 쪽, 그리고 그 너머 현재까지 존재하는 요정의 고향 쪽과 또 요정의 고향 너머 언제나 있을 것 쪽을 향하오. 당신들에겐 식사 때 그런 관습이 없소?"

"없습니다."

프로도가 말했는데, 이상하게도 자신이 조야하고 무지하다는 기분이 들었다.

"그러나 우리가 손님일 경우엔 집주인에게 인사를 하고 또 식사 후에는 일어나서 감사를 드리지요."

"그건 우리도 그렇게 하오."

파라미르가 말했다.

그토록 긴 여행과 야영 그리고 고적한 황야에서 지낸 날들 이후인지라 호빗들에게는 그 저녁 식사가 진수성찬 같았다. 차갑고 향기로운 연노란빛 포도주를 마시고 깨끗한 손과 깨끗한 나이프와 접시로 버터 바른 빵, 소금 간이 배인 고기와 말린 열매 그리고 훌륭한 붉은 치즈를 먹다니. 프로도와 샘은 제공되는 그 어떤 음식도 사양하지 않았고 나아가 두 번째 아니 정녕 세 번째 그릇도 마다하지 않았다. 포도주가 핏줄과 지친 사지 속을 돌자 그들은 가슴이 흥겹고 느긋해지는 걸 느꼈다. 로리엔의 땅을 떠난 후로 느껴 보지 못한 기분이었다.

식사가 모두 끝나자 파라미르는 그들을 동굴 안쪽의 구석진 곳으로 안내했다. 커튼으로 일부가 가려진 그곳으로 의자 하나와 두 개의 발판이 날라져 왔다. 벽감(壁龕)에는 오지 등불이 타올랐다.

파라미르가 말했다.

"당신들은 곧 자고 싶을 거요. 특히 훌륭한 샘와이즈가 그럴 텐데, 그는 먹기 전엔 눈을 감으려 하질 않았소—숭고한 시장기의 날이 무뎌질까 봐 그런 건지 내가 못 미더워 그런 건지는 모르겠소만. 그러나 식사 후에 너무 빨리 잠자는 건, 그것도 오래도록 굶은 후라면 좋지 않소. 잠시 이야기를 나눕시다. 깊은골에서 시작된 당신들의 여정에는 틀림없이 이야깃거리가 많았을 거요. 그리고 아마 당신들도 우리에 대해 그리고 지금 당신들이 있는 땅에 대해 알고 싶은 게 있을 거요. 내 형님 보로미르와 늙은 미스란디르 그리고 로슬로리엔의 아름다운 종족에 대해 말해 주시오."

프로도는 더는 졸리지 않았기에 기꺼이 말하고자 했다. 그러나 비록 음식과 술로 마음이 느긋해지긴 했어도 조심성을 죄다 잃은 것은 아니었다. 샘은 혼자서 밝게 미소를 짓거나 흥얼대고 있다가도 프로도가 말할 때면 처음엔 기꺼이 경청하며 가끔 과감하게 동의의 찬탄을 표할 뿐이었다.

프로도는 많은 사연을 말했지만 언제나 원정대의 사명과 반지를 비켜나 오히려 황야에서 늑대들을 마주쳤던 때나 카라드라스 밑의 설원 그리고 간달프가 추락한 모리아의 광산 등 그들의 모든 모험에서 보로미르가 수행한 용감한 역할을 장황하게 이야기했다. 파라미르는 다리 위에서 벌어진 전투 이야기에 가장 큰 감명을 받았다.

"오르크들로부터 도망친다는 건, 또는 심지어 당신이 거명한 그 사나운 것, 발로그로부터 도망친다는 것도 보로미르로서는 질색이었을 게 틀림없소—설령 그가 맨 마지막으로 떠났다 하더라도 말이오."

파라미르의 말에 프로도가 대답했다.

"그가 맨 마지막이었소. 그건 그렇고 아라고른이 우리를 이끌어야만 했소. 간달프의 추락 후로는 길을 아는 이가 그뿐이었으니. 하지만 만일 우리같이 돌봐 주어야 할 미약한 족속이 없었더라면, 아라고른이나 보로미르가 도망쳤을 거라곤 생각지 않소."

"어쩌면 거기서 보로미르가 미스란디르와 함께 추락했더라면 좋았을 것이오. 그랬더라면 라우로스폭포 위에서 기다리던 그 운명으로 나아가진 않았을 텐데."

파라미르가 말했다.

"그렇죠, 어쩌면. 그나저나 이젠 당신네 형편을 말해 주시오."

프로도는 다시 한번 그 일을 비켜나며 이렇게 말했다.

"난 미나스 이실과 오스길리아스, 그리고 오래도록 지탱해 온 미나스 티리스에 대해 더 알고 싶으니까요. 당신들은 오랜 전쟁 속에서 그 도시에 대해 어떤 희망을 갖고 있소?"

파라미르가 말했다.

"우리가 어떤 희망을 갖냐고? 어떤 희망이란 걸 가져 본 지가 오래요. 정녕 엘렌딜의 검이 돌아온다면 다시 희망의 불길이 당겨질 수 있겠지만, 그렇더라도 사악한 날의 도래를 지연시킬 뿐이라고 생각하오. 만약 요정들이나 인간들로부터 예기치 못한 다른 도움이 동시에 오지 않는다면. 대적의 세력은 점점 불어나는데 우리는 계속 졸아들고 있으니까. 우리는 쇠해 가는 종족으로 봄이 없는 가을과도 같소.

누메노르인들은 큰땅의 해안 지역에 광범위하게 정착했지만 대부분이 악행과 우매한 짓거리에 빠져들었소. 많은 이들이 암흑과 흑마술에 매혹되었소. 일부는 완전히 나태와 안일에 빠졌고 또 다른 일부는 자기네끼리 싸우다가 허약해져 결국 야만인들에게 정복당하고 말았소.

일찍이 곤도르에서 사악한 술수가 행해졌다거나 거명할 수 없는 자가 명예롭게 거명된 적이 없다고 하오. 그리고 서녘으로부터 전해진 오랜 지혜와 아름다움은 가인(佳人) 엘렌딜의 아들들의 영토에 오래도록 남아 있었고 거기서 아직도 명맥이 이어지오. 하지만 그렇다 하더라도, 괴멸된 게 아니라 단지 추방되었을 뿐인 대적을 잠든 것으로 생각하며 점차 노망에 빠져들어 스스로의 쇠잔을 자초한 것이 바로 곤도르였소.

누메노르인들은 자신들의 옛 왕국에서 가졌다가 잃어버린 그것, 즉 변치 않는 끝없는 삶을 여전히 열망했기 때문에 죽음이 상존했소. 왕들은 무덤을 살아 있는 이들의 집보다 호화롭게 만들었고, 족보 속의 옛 이름들을 아들들의 이름보다 귀하게 여겼소. 자손이 없는 영주들은 쇠락한 궁전에 앉아 문장(紋章)에 탐닉했고, 시들어 버린 이들이 밀실에 틀어박혀 불로장생의 영약을 조제하거나 높고 추운 탑에 앉아 별에 대해 질문하곤 했소. 게다가 아나리온 혈통의 마지막 왕에겐 후계자가 없었다오.

그러나 섭정들은 보다 현명하고 운도 좋았소. 보다 현명했다는 건 그들이 해안의 억센 족속과 에레드 님라이스의 강건한 산악인들을 끌어들여 우리의 군세를 보강했기 때문이오. 또 그들은 북방의 오만한 종족들과는 휴전을 맺었는데, 그 용맹한 이들은 때때로 우리를 침공하긴 했지만 야만적인 동방인이나 잔인한 하라드인과는 달리 멀긴 해도 우리의 친족이었소.

그리하여 12대 섭정 키리온(내 부친은 26대 섭정인데)의 시절에는 그들이 원군으로 달려와 드넓은 켈레브란트평원에서 우리의 북부 지역을 강점했던 적들을 무찔렀던 것이오. 이들이 바로 우리가 로히림이라 부르는 말(馬)의 명인들이고, 우리는 그들에게 오랫동안 인구가 희박했던 칼레나르돈평원을 일부 나누어 주었는데, 그 지방이 후에 로한이라 불리게 된 거요. 그리고 그들은 우리의 동맹이 되어 위급할 때면 우리를 도와 우리의 북쪽 변경과 로한관문을 방비하며 늘 우리의 충실한 이웃이었소.

그들은 우리의 전승과 관습에서 요긴한 것들을 배웠고, 그들의 영주들은 급할 땐 우리 말을 쓴다오. 그렇지만 그들은 대부분 자기네 선조의 풍습을 굳게 지키고 자기네의 기억을 고수하며, 자기네끼리는 그들만의 북방어를 쓴다오. 우리는 그들을 사랑하오. 키 큰 남자들과 아름다운 여자들이 똑같이 용감한 데다 금발에 눈매가 시원하고 강건하오. 그들을 보노라면 상고대(上古代)의 청년기 인간들이 떠오르오. 실로 우리네 전승의 대가들이 이르듯 옛적부터 그들과 우리 사이에는 이런 친연성이 있소. 시초에 누메노르인들이 그랬듯 그들도 저 동일한 인간의 세 가계(家系)로부터 나왔소. 아마도 요정의 친구인 금발의 하도르는 아니래도 그렇지만 부름을 거부하고 바다 너머 서녘으로 가지 않은 그의 아들들과 종족에게서 나왔을 것이오.

우리의 전승에서는 그렇게 인간을 셈하여 세 부류로 나누오. 즉, 높은 족속 또는 서녘 인간이라 불리는 누메노르인, 중간 족속과 여명의 인간에 속하는 로히림과 아직도 멀리 북방에 거하는 그들의 친족, 그리고 야만인 혹은 암흑의 인간이오.

그렇지만 이제는, 만약 로히림이 기예와 품위가 향상되어 여러 면에서 우리와 더 닮아 버렸다면 우리도 그들과 더 닮아 버린 나머지 더 이상은 좀체 높은 족속이란 칭호를 주장할 수가 없소. 비록 다른 것들에 대한 기억은 지니고 있지만 우리가 여명의 중간 인간이 된 것이오. 로히림이 그런 것처럼 우리도 이젠 전쟁과 무용(武勇)을 그 자체로 좋은 것, 즉 유희이자 목적으로 사랑하오. 전사는 단지 무기를 휘둘러 살해하는 재주 이상의 많은 기예와 지식을 가져야 한다고 아직도 우리는 생각하지만, 그럼에도 불구하고 우리는 전사를 다른 장인(匠人)들보다 높게 평가하오. 우리 시대의 필요가 그런 것이니까. 내 형님 보로미르부터가 그랬소. 뛰어난 무용을 갖춘 그는 그 덕분에 곤도르의 최고 전사로 꼽혔소. 실로 그는 무척이나 용맹했소. 오랜 세월에 걸쳐 미나스 티리스의 어떤 후계자도 그토록 싸움에 모질고 그토록 선뜻 전투에 나서거나 거대한 뿔나팔을 그토록 힘차게 불진 못했소."

파라미르가 한숨을 내쉬고 한동안 침묵에 잠겼다.

"당신은 많은 이야기를 했지만 요정에 대한 이야기는 별로 없네요, 대장님."

샘이 별안간 용기를 내어 말했다. 파라미르가 요정을 공경하는 마음으로 언급하는 것 같다는 걸 알아챈 샘은 그의 정중함과 그가 대접한 음식과 술보다 이것에 훨씬 더 감복했고 그로 인해 의구심도 잦아들었다.

"실로 그랬군, 샘와이즈 군. 그건 내가 요정의 전승에 대해 박식하지 못하기 때문이네. 하지만 자네는 그 지적을 통해 우리가 누메노르에서 가운데땅으로 영락하면서 변해 버린 또 다른 대목을 짚어 주는군. 미스란디르가 자네의 동지였고 또 자네가 엘론드와 담화를 나누었다면 알겠지만, 누메노르인들의 선조 에다인은 최초의 전쟁에서 요정들과 나란히 싸웠고, 그 대가로 요정의 고향이 바라보이는 바다 가운데의 왕국을 선물로 받았지. 그러나 가운데땅에서 인간과 요정은 암흑기에 대적의 간계로 인해 그리고 그 속에서 각자가 서로 갈라진 길을 더욱 멀리 걸어간 시간의 느린 변화로 인해 소원해졌어. 이제 인간들은 요정들을 두려워하고 의심하지만 그들에 관해 아는 건 거의 없네. 그리고 우리 곤도르인들은 점차 다른 인간들, 예컨대 로한인들처럼 되어 가지. 암흑군주의 적인 그들조차도 요정들을 피하고 황금숲을 꺼림칙한 마음으로 이야기한다네.

그렇지만 우리 가운데는 가능한 경우에 요정들과 교제하는 이들이 아직도 좀 있다네. 이따금 어떤 이가 은밀히 로리엔으로 가기도 하고. 하지만 돌아오는 일은 좀체 없어. 내가 그렇게 하는 건 아니고. 나는 필멸의 인간이 일삼아 상고대의 종족을 찾아 나서는 걸 위험하다고 여기니까 말이야. 그렇지만 순백의 귀부인과 담화를 나눈 자네가 부럽군."

"로리엔의 귀부인이여! 갈라드리엘이여!"

샘이 외쳤다.

"당신은 그녀를 보셔야 합니다. 정녕 그러셔야 해요, 대장님. 대장께서 제 말을 이해하실지는 몰라도, 저는 일개 호빗에 불과하고 고향에선 정원을 돌보는 게 직업인지라 시에는 그리 능통치 못해요—시를 짓는 데는 말이에요, 그저 가끔씩 익살스러운 운율을 조금 만들긴 해도 진짜 시는 아니죠—해서 제가 뜻하는 바를 충분히 말씀드릴 수가 없네요. 그건 노래로 불려야 하거든요. 그러자면 성큼걸이, 즉 아라고른이나 늙은 빌보 씨를 만나셔야 할 거예요. 하지만 저도 그녀에 대한 노래 하나를 지을 수 있으면 좋겠어요. 그녀는 아름다워요, 대장님! 사랑스럽고요! 때로는 꽃 피운 거대한 나무 같고 때로는 작고 가녀린 하얀 나팔수선화 같죠. 금강석처럼 단단하면서도 달빛처럼 보드랍죠. 햇빛처럼 따스하고 별들 속의 서리처럼 차갑고요. 설산처럼 꼿꼿하고 멀지만, 제가 일찍이 보았던, 머리에 데이지를 꽂은 봄철의 어떤 아가씨만큼이나 명랑해요. 그러나 이것도 한 무더기의 허튼소리일 뿐 제 뜻과는 얼토당토않죠."

"그렇다면 실로 그녀가 사랑스러운 것이 틀림없군. 위태로울 만큼 아름답고."

"저는 위태로운 것에 대해선 몰라요." 샘이 말했다. "제 생각으로는 사람들이 위태로움을 지니고 로리엔으로 가고서는, 자신들이 가져온 것을 거기서 발견하는 것 같아요. 하지만 어쩌면 당신이 그녀를 위태롭다고 부를 수도 있을 거예요. 왜냐하면 그녀는 그 자체로 아주 강하니까요. 당신이, 당신이 그녀에게 몸을 날려 부딪친다면 암초에 걸린 배처럼 산산조각이 나거나 강물에 빠진 호빗처럼 익사하고 말 거예요. 그렇다고 암초나 강을 탓할 수는 없죠. 그런데 보로……."

그가 급히 말을 멈추었지만 얼굴이 붉그레해졌다. 파라미르가 말했다.

"그래서? 자넨 '그런데 보로미르는'이라고 말할 참이었지? 무엇을 말하려던 거야? 그가 위태로움을 지니고 갔다는 건가?"

"그래요, 대장님. 실례지만. 그리고 당신의 형님은 훌륭한 인물이었어요. 제가 그렇게 말해도 좋다면. 하지만 당신은 내내 뭔가 단서를 잡고자 열심이었죠. 저는 깊은골을 떠나 먼 길을 오면서 줄곧 보로미르를 지켜보고 그의 말에 귀를 기울였어요—이해하시겠지만 내 주인을 돌보려는 거였지 보로미르에게 해를 끼칠 생각은 없었어요—그리고 로리엔에서 그가 제가 앞서 짐작했던 바, 즉 그가 원하던 것을 처음으로 분명히 알았다는 게 제 소견이에요. 처음 본 순간부터 그는 대적의 반지를 탐했어요!"

"샘!"

프로도가 아연실색해서 외쳤다. 그는 한동안 혼자만의 생각에 깊이 빠졌다가 화들짝 깨어났지만 때는 너무 늦었다.

"어이구머니나!"

샘의 얼굴이 하얘졌다간 이윽고 시뻘게지며 말했다.

"또 일을 저질렀네! '넌 그 큰 입을 열기만 하면 실언이야.' 하고 노친네가 내게 종종 말하곤 했는데 지당한 말씀이었어. 아이고, 아이고 이런!"

"자, 이보세요, 대장님!"

샘이 갖은 용기를 다 짜내 파라미르에 감연히 맞서며 몸을 돌렸다.

"하인이 얼간이라는 걸 빌미로 내 주인을 이용하려 들지는 말아요. 당신은 요정들과 그 밖의 모든 것을 거론하며 내내 아주 능란하게 말해서 저를 방심케 했어요. 하지만 거죽보다는 마음이라고 하죠. 지금이야말로 당신의 진면목을 보일 기회예요."

파라미르가 야릇한 미소를 지으며 느리게 그리고 아주 나직하게 말했다.

"그런 것 같군. 그래, 그게 모든 수수께끼들에 대한 답이군! 세상에서 사라졌다고 생각된 절대반지 말이야. 그래서 보로미르가 그걸 우격다짐으로 뺏으려 했나? 해서 당신들은 도망쳤고? 그러고는 줄곧 달렸는데—내게로 온 거야! 그 결과 나는 여기 황야에서 당신들, 두 반인족과 부르면 곧 달려올 내 병사들 그리고 반지들 중의 반지를 앞에 두고 있고. 참으로 얄궂은 운명이야! 곤도르의 대장 파라미르가 진면목을 보일 기회라! 하!"

아주 키가 크고 준엄한 태도로 우뚝 일어선 그의 회색빛 두 눈이 번득였다.

프로도와 샘은 발판에서 벌떡 일어나 벽에 등을 기댄 채 서로 몸을 나란히 붙이고 칼자루를 더듬어 찾았다. 침묵이 흘렀다. 동굴 속의 모든 병사들이 이야기를 그치고 무슨 영문인가 싶어 그들 쪽을 쳐다보았다. 그러나 파라미르는 다시 의자에 앉아 조용히 웃기 시작하더니 이윽고 갑자기 다시 엄숙해졌다. 그러고는 다시 말했다.

"애석한지고, 보로미르여! 그건 너무나 가혹한 시련이었어! 당신들이 나의 비애를 그 얼마나 가중시켰는지, 인간들의 위험을 지고서 먼 나라에서 온 당신들 두 낯선 유랑자가 말이야! 하지만 반인족에 대한 나의 판단보다 인간들에 대한 당신들의 판단이 서툴군. 우리는 진실을 말하는 이들이오, 우리 곤도르인들은. 우린 떠벌리는 법이 거의 없고 말한 바를 실행하거나 실행 중에 죽지. 대로에서 발견한대도 그것을 줍지 않겠다고 난 이미 말했소. 설령 내가 이 물건을 탐낼 만한 사람이고, 그리고 내가 말할 땐 이 물건이 무엇인지 분명히 알지 못했다 하더라도, 그럼에도 난 그 말을 맹세로 여기고 또 지킬 것이오.

하지만 난 그런 사람이 아니오. 혹은, 나는 사람이 피해야만 하는 어떤 위험들이 있다는 걸 알 만큼은 현명하오. 편히 앉으시오! 그리고 안심하게, 샘와이즈. 만일 자네가 실수를 저지른 것 같다면 그리 될 수밖에 없었다고 생각하게. 자네 가슴은 충직할 뿐 아니라 예민하고 자네의 눈보다 더 맑게 봤어. 이상하게 들릴지도 모르네만, 내게 이것을 밝힌 것이 오히려 안전하다네. 심지어는 그것이 자네가 사랑하는 주인을 도울 수도 있네. 내게 그럴 힘이 있다면 그것이 그에게 득이 되도록 하겠어. 그러니 안심하게. 그러나 다시는 이 물건을 떠들썩하게 거명하지 말게. 한 번으로 족하니까."

호빗들은 자기네 자리로 돌아가 아주 조용히 앉았다. 병사들은 대장이 작은 손님들과 이런저런 농담을 했다가 이제 끝난 걸로 이해하고 다시 그들의 술과 이야기로 돌아갔다.

파라미르가 말했다.

"자, 프로도여, 이제 드디어 우린 서로를 이해한 거요. 만약 당신이 다른 이들의 부탁에 마지못해 이 물건을 떠맡았다면, 그렇다면 당신에게 연민과 경의를 표하오. 그리고 그것을 숨겨 두고 사용하지 않는 당신에 경탄하는 바이오. 당신은 내게 하나의 새로운 종족이고 하나의 새로운 세상이오. 당신네 종족의 모든 이들도 마찬가지지요? 당신네 땅은 평화와 만족의 나라이고 또 거기선 정원사들이 크게 존경받을 게 틀림없소."

"그곳도 만사가 형통한 건 아니오. 그러나 정원사들이 존경받는 건 분명하지요."

"그나저나 거기서도 사람들은 틀림없이 싫증이 날 게요, 심지어 정원에서도, 이 세상의 태양 아래 만물이 그렇듯. 게다가 당신들은 고향에서 멀리 있고 여행에 지쳐 있소. 오늘 밤은 이만합시다. 두 분 모두 주무시오—할 수 있다면 편히. 두려워 마시오! 혹시라도 위험이 나를 덮치고 그 시험에서 내가 드로고의 아들 프로도보다 못한 인물로 드러날까 싫어 그것을 보거나 만지거나 그것에 대해 지금 아는 것(그걸로 족하다오)보다 더 알고 싶지 않소. 이제 가서 쉬시오—그렇지만 의향이 있다면 당신들이 어디로 가고 싶은지 그리고 무엇을 할 건지만 미리 말해 주시오. 나는 망을 보고 기다리고 또 생각해야 하니까. 시간이 지나가오. 아침이 되면 우리는 각자 우리에게 지정된 길들로 신속히 가야만 하오."

두려움의 첫 충격이 지나가면서 프로도는 자신의 몸이 와들와들 떨리는 걸 느꼈다. 이제 대단한 피로가 구름장처럼 그를 내리 덮쳤다. 그는 더는 시치미를 떼거나 저항할 수 없었다.

"나는 모르도르로 들어가는 길을 찾고 있었소. 고르고로스로 가던 참이었소. 난 불의 산을 찾아 그 물건을 운명의 심연 속에 던져야 합니다. 간달프가 그렇게 말했지요. 내가 언제고 거기에 닿으리라곤 생각하지 않지만."

파라미르가 엄숙한 놀라움의 표정으로 잠시 그를 빤히 쳐다봤다. 다음 순간 갑자기 그는 좌우로 흔들거리는 프로도를 붙잡아 부드럽게 들어 올리고는 침대로 데려가 눕히고 따뜻하게 덮어 주었다. 곧장 그는 깊은 잠에 빠져들었다.

그 곁에는 그의 하인을 위해 또 하나의 침대가 놓여 있었다. 샘은 잠깐 머뭇거리다가 이윽고 머리를 깊이 숙이고 말했다.

"안녕히 주무세요, 대장 각하. 대장님은 기회를 제대로 잡으셨어요."

"내가 그랬던가?"

"예, 대장님, 그리고 진면목을 보이셨어요. 바로 가장 고결한 것을요."

파라미르가 미소를 지었다.

"주제넘은 하인이군, 샘와이즈 군. 하지만 아니네, 칭찬받을 만한 것에 칭찬을 받는 건 그 어떤 보상보다 값지지. 그렇지만 이 일엔 칭찬할 게 없었네. 내겐 내가 해 온 바와 다르게 하고픈 유혹이나 욕망이 없었으니."

"아, 그런데요, 대장님." 샘이 말했다. "당신은 제 주인에게 요정 같은 기품이 있다고 하셨는데, 그건 훌륭하고도 참된 말씀이에요. 하지만 전 이렇게 말할 수 있어요. 당신께도 어떤 기품이 있는데, 대장님, 그게 어떤 거냐 하면—글쎄, 간달프를, 마법사들을 떠올리게 하는 거예요."

파라미르가 말했다.

"어쩌면 자넨 아주 멀리서도 누메노르의 기품을 식별할 수 있겠군. 잘 자게!"

Chapter 6

금단의 웅덩이

프로도가 깨어나 보니 파라미르가 자신의 몸 위로 머리를 숙이고 있었다. 한순간 그는 묵은 두려움에 사로잡혀 벌떡 일어나 뒷걸음질 쳤다.

"두려워할 것 없소."

파라미르가 말했다.

"벌써 아침인가요?"

프로도가 하품을 하며 말했다.

"아직 아니오. 그러나 밤은 끝나 가고 보름달도 지고 있소. 가서 보겠소? 당신의 조언을 듣고 싶은 일도 하나 있소. 잠을 깨워 미안하오만 같이 가시려오?"

"그러지요."

프로도가 따스한 담요와 모피를 떠나며 일어나 약간 떨면서 말했다. 불기가 없는 동굴은 추운 것 같았다. 정적 속에서 물소리가 시끄럽게 들렸다. 그는 망토를 걸치고 파라미르를 따라갔다.

샘은 어떤 경계 본능으로 별안간 깨어나 주인의 빈 침대를 보곤 벌떡 일어섰다. 다음 순간 그는 이제 흐릿한 흰 빛으로 가득 찬 아치길을 등진 두 개의 어둑한 형체, 프로도와 또 한 사람을 보았다. 그는 벽을 따라 깔린 매트리스들 위에 자고 있는 여러 줄의 병사들을 지나 그들을 황급히 쫓아갔다. 동굴 어귀를 지나며 보니 이제 폭포의 휘장은 비단과 진주와 은실로 짜인 눈부신 베일이 되어 녹아드는 달빛의 고드름들 같았다. 그러나 샘은 발길을 멈추고 그 광경에 경탄할 겨를도 없이 옆으로 방향을 돌려 동굴 벽의 좁은 통로를 따라 주인을 쫓아갔다.

그들은 먼저 캄캄한 통로를 따라가다 이윽고 축축이 젖은 많은 계단을 올라 바위 속을 깎아 만든 작고 평평한 층계참에 다다랐다. 창백한 하늘이 길고 깊은 환기갱(煥氣坑)을 통해 저 높은 데서 어스레한 빛을 비췄다. 여기서부터 두 개의 계단이 이어졌는데, 하나는 개울의 높은 제방까지 계속 뻗어 오르는 듯했고 다른 하나는 왼쪽으로 꺾였다. 그들은 왼쪽 계단을 따라갔다. 그것은 작은 탑에 달린 계단처럼 휘돌아 위로 뻗쳤다.

마침내 그들은 동굴 속의 어둠을 벗어나 주위를 살펴보았다. 그들은 난간이나 흉벽도 없는 넓고 판판한 바위 위에 있었다. 오른편인 동쪽으로는 폭포가 있었는데 여울이 많은 단지(段地)들 위로 튀어 흩어지며 떨어졌다. 그다음 그것은 가파른 수로를 따라 쏟아지며 반반하게 깎인 도랑을 거품이 이는 검고 거센 물살로 가득 채우고는 거의 그들의 발치에서 굽이치고 쇄도하여 왼쪽에 입을 딱 벌린 가장자리 위로 수직으로 돌진했다. 한 사람이 가장자리 부근에 말없이 아래쪽을 응시하며 서 있었다.

프로도는 몸을 돌려 빙 둘러 뛰어내리는 물결의 매끄러운 목덜미들을 지켜보았다. 다음으로 그는 두 눈을 치켜들고 저 먼 곳을 응시했다. 새벽이 가까워진 듯 세상은 고요하고 차가웠다. 멀리 서쪽으로 둥글고 하얀 보름달이 떨어지고 있었다. 아래의 거대한 계곡 속에는 흐릿한 안개가 가물댔다. 은빛 연기가 넓은 만(灣)을 이룬 듯한 그 밑에 안두인대하의 저녁 물결이 넘실거렸다. 그 너머로는 새카만 어둠만이 깔렸고, 곤도르 왕국의 백색산맥 에레드 님라이스의 봉우리들이 머리에 만년설을 뒤집어쓴 채 유령의 이빨처럼 차갑고 날카롭게 모습을 드러냈다.

한동안 프로도는 거기 높은 돌 위에 서 있었다. 이 방대한 밤의 대지 속 어디에서 옛 동지들이 걷거나 자는지 혹은 안개에 감싸여 드러누워 죽었는지 곰곰 생각하노라니 온몸에 전율이 일었다. 왜 그는 망각의 잠을 벗어나 여기 와 있단 말인가?

샘도 똑같은 물음에 대한 답을 간절히 원했기에 프로도의 귀에만 들리리라 생각하고 중얼댈 수밖에 없었다.

"전망이 아주 좋은데요, 프로도 씨, 그렇지만 뼈대는 말할 것도 없고 심장까지 으스스한걸요! 뭔 일이 있는 거죠?"

파라미르가 듣고 대답했다.

"곤도르의 달넘이라네. 아름다운 이실이 가운데땅을 떠나며 오랜 민돌루인봉의 흰 머리타래를 흘긋 보는 거야. 몸은 좀 떨리더라도 볼 만한 광경이지. 그러나 내가 당신들을 데려와 보여 주려던 건 이게 아니네—비록 샘와이즈, 자네는 청하지도 않았는데 와서 경계의 벌을 받고 있지만 말이야. 그렇지만 술 한 모금의 보상이 있을 걸세. 자, 이제 보시게."

파라미르가 말없이 서 있던 경비병 곁을 지나쳐 위로 올라가자 프로도도 뒤를 따랐다. 샘은 주춤거렸다. 이 높고 축축한 벼랑 바위 위에서 그는 벌써 불안했다. 파라미르와 프로도가 아래를 보았다. 저 아래에서 흰 물결이 거품 이는 우묵한 곳으로 쏟아져 내리고 다음엔 암반 속 타원형의 깊은 웅덩이 주위로 험악하게 소용돌이치고는 마침내 좁은 문을 통해 다시 빠져나가 김을 피워 올리고 졸졸거리며 보다 잔잔하고 평탄한 유역 속으로 흘러갔다. 아직 남은 달빛이 폭포의 발치로 비스듬히 비쳐 들며 웅덩이의 잔물결 위로 번득였다. 이내 프로도는 가까운 제방 위에서 작고 검은 것 하나를 인지했다. 그러나 그가 바라보는 그 참에도 그것은 화살이나 끝부분이 날카로운 돌처럼 솜씨 좋게 검은 물을 가르며 자맥질해 폭포의 격랑과 포말 바로 너머로 사라졌다.

파라미르가 곁에 선 병사에게로 돌아섰다.

"자, 저게 무엇일 것 같은가, 안보른? 다람쥐 아니면 물총새? 어둠숲의 밤 웅덩이들에 검은 물총새들이 있나?"

안보른이라고 불린 병사가 대답했다.

"뭔지는 잘 몰라도 절대로 새는 아닙니다. 분명히 사지가 있는 데다 사람처럼 자맥질도 하는데, 그 솜씨가 아주 능숙합니다. 뭘 하는 걸까요? 휘장 뒤의 우리 은신처로 오르는 길을 찾을까요? 그렇다면 드디어 우리는 발각된 것 같습니다. 저는 여기 활을 갖고 있고 또 저에 못지않게 훌륭한 다른 궁사들을 양쪽 둑에 배치해 두었습니다. 오로지 당신의 발사 명령만 기다리고 있습니다, 대장님."

"쏠까요?"

파라미르가 재빨리 프로도에게로 돌아서며 말했다. 프로도는 잠깐 동안 대답하지 않았다. 이윽고 그가 입을 열었다.

"아니요! 아니요! 부디 쏘지 마시오."

만일 샘이 그럴 용기가 있었다면 그는 보다 빠르고 큰 소리로 "예."라고 말했을 것이었다. 직접 볼 수는 없었지만 그는 그들의 말만 듣고도 그들이 보고 있는 게 무엇인지 능히 짐작했다.

파라미르가 말했다.

"그렇다면 당신은 이 물체가 뭔지 아시오? 자, 이제 보셨으니 왜 그것을 살려 둬야 하는지 말해 주시오. 우리가 함께 나눈 그 모든 대화에서 당신은 한 번도 당신의 떠돌이 동료에 대해 말한 적이 없고 나도 당분간은 그를 내버려 뒀소. 그를 붙잡아 내 앞에 데려오는 것은 천천히 해도 되는 일이라고 생각했소. 나는 휘하의 가장 명민한 사냥꾼들을 보내 그를 수색하게 했지만 그는 그들을 따돌렸고, 그들은 이제까지 그를 보지 못했는데 어제 땅거미가 내릴 때 여기 있는 안보른이 그를 보았소. 이제 그는 단지의 고지대에서 토끼잡이를 하는 것보다 더 심각한 침입을 했소. 감히 헨네스 안눈까지 왔으니 그의 목숨은 날아간 것이오. 참으로 놀라운 놈이오. 그토록 은밀하고 그토록 교묘하게 바로 우리 창 앞의 웅덩이에 와서 물장구를 치며 놀다니. 그는 인간들이 밤새 파수도 없이 잠잔다고 생각하는 걸까? 왜 그렇게 생각하는 걸까요?"

프로도가 대답했다.

"두 가지 대답이 있을 거요. 하나는, 그가 비록 교활할지라도 인간들에 대해 아는 바가 거의 없어 아마도 감쪽같이 숨겨진 당신네 은신처에 인간들이 숨어 있다는 걸 알지 못할 겁니다. 또 하나는, 그가 자신의 조심성보다 강력한 압도적인 욕망에 이끌려 여기로 왔다는 게 내 생각이오."

파라미르가 낮은 목소리로 말했다.

"그가 여기로 이끌려 온 거라고 하셨소? 그럼 그가 당신의 짐에 대해 알 수 있거나 안다는 게요?"

"실로 그렇소. 그 자신이 그것을 오랫동안 지니기도 했지요."

"그가 그것을 지녔었다고? 이 일은 갈수록 새로운 수수께끼들 속으로 말려드는군. 그럼, 그가 그것을 쫓고 있는 거요?"

파라미르가 경탄하여 격하게 호흡하며 말했다.

"아마도. 그것은 그에게 보물 같은 것이오. 하지만 지금 그가 찾는 건 그게 아니오."

"그럼, 그는 지금 뭘 찾는 거요?"

파라미르의 물음에 프로도가 대답했다.

"물고기죠, 보시오!"

그들은 어두운 웅덩이를 빤히 내려다보았다. 웅덩이의 저쪽 끝에서 작고 검은 머리 하나가 막 바위들의 그림자 밖으로 나타났다. 잠깐 은빛이 번득이고 잔물결이 일렁였다. 그것은 물가로 헤엄쳐 갔고, 이내 개구리처럼 놀라울 만큼 민첩하게 물 밖으로 나가 제방을 기어올랐다. 그것은 곧장 주저앉아 퍼덕거리며 반짝이는 작은 은빛 물체를 갉아 먹기 시작했다. 이제 마지막 달빛이 웅덩이 끝의 석벽 뒤로 떨어지고 있었다.

파라미르가 나직이 웃었다.

"물고기라! 그런 거라면 덜 위험한 허기로군. 그렇지 않을 수도 있고. 헨네스 안눈의 웅덩이에서 잡은 물고기 때문에 그는 자신의 모든 걸 내놓아야 할 수도 있지."

"활은 조준되어 있습니다." 안보른이 말했다. "쏘면 안 되나요, 대장님? 무단으로 이곳에 온 자는 죽이는 게 우리 법입니다."

"기다려, 안보른." 파라미르가 말했다. "이건 보기보다 어려운 일 같아. 이제 무슨 말을 하시겠소, 프로도? 왜 우리가 저자의 목숨을 살려 줘야 하오?"

프로도가 말했다.

"저자는 가엾게도 배가 고픈 겁니다. 또 자신이 처한 위험을 몰라요. 당신네가 미스란디르라고 부르는 간달프라면 당신들에게 그런 이유로, 그리고 다른 이유들로도 그를 죽이지 말라고 일렀을 거요. 그는 요정들에게도 그렇게 하는 것을 금했소. 나는 그 이유를 명확히 알진 못하고, 또 내가 짐작하는 바를 여기 바깥에서 내놓고 말할 순 없소. 그러나 이자는 모종의 방식으로 우리의 사명에 긴히 관여되어 있소. 당신들이 우리를 발견해 붙잡기 전까지 그는 우리의 길잡이였소."

"당신들의 길잡이라!" 파라미르가 말했다. "일이 점점 더 야릇해지는군. 프로도여, 난 여러모로 당신의 편의를 봐드릴 용의가 있지만 이것은 들어줄 수 없소. 이 교활한 떠돌이가 제 마음대로 여기서 자유롭게 가도록 내버려 두었다가, 마음 내키면 나중에 당신들과 합류하거나 아니면 오르크들에게 붙들려 고문의 협박에 알고 있는 걸 죄다 털어놓게 할 수는 없단 말이오. 그를 죽이든가 붙잡아야 하오. 신속히 붙잡을 수 없다면 죽여야 하오. 그런데 화살을 쏘지 않고서 어떻게 갖가지 모습으로 변하는 저 미꾸라지 같은 걸 붙잡을 수 있겠소?"

"내가 그에게 조용히 내려가지요. 당신들은 계속 활을 겨누고 있다가 만일 내가 실패하면 적어도 나를 쏠 수는 있을 거요. 나는 도망치지 않을 테니."

"그럼 빨리 가서 해 보시오! 만일 그가 목숨을 건진다면 그는 불행한 여생을 당신의 충직한 하인으로 보내야 할 거요. 프로도를 제방까지 안내하게, 안보른. 그리고 발소리를 죽이고 가라고. 저것에게도 코와 귀가 있으니까. 자네 활은 이리 줘."

안보른이 투덜대고는 나선형 계단을 내려가 층계참에 이르는 길을 안내했고, 다음엔 다른 계단을 타고 올라 마침내 빽빽한 덤불로 둘러싸인 좁은 빈터에 다다랐다. 말없이 쭉 지나치다가 웅덩이 위쪽 남쪽 제방의 꼭대기에 이르렀다는 걸 알았다. 이제 날은 어두워졌고, 폭포는 서쪽 하늘의 좀처럼 사라지지 않는 달빛만을 반사하며 어슴푸레한 잿빛이었다. 그는 골룸을 볼 수 없었다. 그가 조금 앞서갔고 안보른이 발소리를 죽이며 그 뒤를 따랐다. 안보른은 프로도의 귀에 대고 "계속 가시오!" 하고 속삭이며 말했다.

"오른편을 조심하시오. 만약 웅덩이에 떨어지면 물고기를 잡는 당신의 친구 외엔 아무도 도울 수가 없소. 그리고 당신은 못 보겠지만 가까운 곳에 궁사들이 있다는 것을 잊지 마시오."

프로도는 골룸처럼 양손을 써서 길을 더듬고 몸이 흔들리지 않도록 조심하며 앞으로 기어갔다. 바위들은 대부분 편평하고 매끈했지만 미끄러웠다. 그는 귀를 기울이며 걸음을 멈췄다. 처음에 그는 뒤편에서 끊임없이 떨어지는 세찬 폭포 소리 외엔 아무 소리도 들을 수 없었다. 그러다가 이내 그는 앞쪽 멀지 않은 데서 쉭쉭하는 중얼거림을 들었다.

"물꼬기, 맛있는 물꼬기. 하얀 얼굴은 사라졌어, 내 보물, 그래, 마침내. 이제 우린 편안하게 물고기를 먹을 수 있어. 아냐, 편안하진 않아, 보물. 보물이 없어졌으니까, 그럼, 없어졌다고. 더러운 호빗들, 야비한 호빗들이야. 우릴 버리고 가 버렸어, 골룸. 그리고 보물도 가 버렸어. 가여운 스메아골만 외톨이로 남았어. 보물은 없어. 야비한 인간들, 그들이 그것을 차지할 거고, 내 보물을 훔쳐 갈 거야. 도둑놈들. 우린 그들을 증오해. 물꼬기, 맛있는 물꼬기. 우릴 강하게 해 줘. 눈을 밝게, 손가락을 단단하게 해 줘, 그럼. 그들의 목을 졸라 버려, 보물. 그래, 만약 우리가 기회를 잡는다면 그들을 모두 목 졸라 버려, 그럼. 맛있는 물꼬기, 맛있는 물꼬기!"

그렇게 그 소리는 폭포처럼 거의 끊어지지 않고 계속되었다. 간간이 군침을 삼키거나 목구멍에서 꼴록꼴록 하는 희미한 소음이 끼어들 뿐이었다. 프로도는 연민과 역겨움을 품고 귀 기울이며 몸서리를 쳤다. 그는 그것이 멈추기를, 그리고 다시는 저 목소리를 들을 필요가 없기를 바랐다. 안보른은 뒤쪽 멀지 않은 곳에 있었다. 그는 도로 기어가 그에게 궁사들의 발사를 청할 수 있었다. 골룸이 걸신들린 듯 먹느라 방심한 사이에 아마도 그들은 꽤 가까이 다가갈 수 있을 것이었다. 제대로 쏜 단 한 방이면 프로도는 그 비참한 목소리에서 영영 벗어날 것이었다. 그러나 그럴 수 없었던 것이, 이제 골룸은 그에게 요구할 권리가 있었다. 하인은 섬김의 대가로 주인에게 요구할 권리를 갖는다. 설령 두려워서 섬기는 것이라 할지라도. 골룸이 아니었다면 그들은 죽음늪 속에서 허우적거렸을 것이다. 아무튼 프로도는 간달프라면 그것을 바라지 않았을 거란 것도 아주 분명히 알고 있었다.

"스메아골!"

그가 나직이 불렀다.

"물꼬기, 맛있는 물꼬기."

하고 중얼거리는 소리가 들렸다.

"스메아골!"

프로도가 좀 더 크게 말했다. 그 목소리가 멈췄다.

"스메아골, 주인이 널 찾아왔어. 주인이 여기 있어. 이리 와, 스메아골!"

들이쉬는 숨소리 같은 쉭쉭하는 나직한 소리 외엔 아무 대답도 없었다.

"이리 와, 스메아골! 우린 위험에 처해 있어. 인간들이 여기서 널 발견하면 죽일 거야. 죽고 싶지 않다면 빨리 와. 주인에게 오라고!"

"아니요! 훌륭한 주인이 아니야. 불쌍한 스메아골을 떠나 새 친구들과 함께 갔어요. 주인님은 기다릴 수 있잖아요. 스메아골은 아직 식사가 끝나지 않았어요."

"시간이 없어!" 프로도가 말했다. "물고기를 갖고 와. 오라고!"

"아니에요! 물고기를 끝내야 해요."

프로도가 필사적으로 말했다.

"스메아골! 보물이 화낼 거야. 내가 보물을 끼고 이렇게 말할 테야. 그가 뼈를 삼키다가 숨이 막히게 하라고. 다시는 물고기 맛을 보지 못하게 하라고. 와! 보물이 기다리고 있어!"

쉭쉭하는 날카로운 소리가 들렸다. 이내 골룸이 잘못을 저지르고 뒤를 쫄쫄 따르는 개처럼 어둠 속에서 네 발로 기어 나왔다. 반쯤 먹은 물고기가 입에 물려 있었고 또 한 마리가 손에 쥐여 있었다. 그가 거의 코와 코가 맞닿을 만큼 프로도에게 바싹 다가와 킁킁대며 냄새를 맡았다. 그의 흐릿한 두 눈이 빛나고 있었다. 다음에 그는 입에서 물고기를 빼내고 똑바로 일어섰다. 그가 속삭였다.

"훌륭한 주인님! 훌륭한 호빗, 불쌍한 스메아골에게 돌아왔어요. 착한 스메아골이 왔어요. 이제 가요, 빨리 가요, 그럼. 하얗고 노란 얼굴들이 어두울 동안 나무들을 헤치고. 그래요, 자, 가요!"

"그래, 우린 곧 갈 거야. 그러나 곧장은 아니야. 약속한 대로 난 너와 함께 갈 거야. 다시 약속하지. 그러나 지금은 아니야. 넌 아직 안전하지 않아. 내가 널 구해 줄 테니 넌 날 믿어야만 해."

프로도의 말에 골룸이 미심쩍은 듯 말했다.

"우리가 주인님을 믿어야 한다고? 왜요? 왜 곧장 가지 않아요? 다른 이는, 그 신경질적이고 무례한 호빗은 어디 있죠? 그는 어디 있어요?"

프로도가 폭포 쪽을 가리키며 말했다.

"저 위에 있어. 난 그가 없이는 안 가. 우린 그에게 돌아가야 해."

프로도는 맥이 풀렸다. 이것은 속임수나 진배없었다. 그는 파라미르가 골룸이 죽게 내버려 둘 거라고 정말로 걱정하진 않았다. 하지만 파라미르는 아마도 골룸을 포로로 잡아 묶을 것이고, 그러면 이 불쌍한 배신자에게 프로도의 행동은 배신으로 보일 것이었다. 프로도가 할 수 있는 유일한 방법으로 그의 목숨을 구했다는 걸 그에게 이해시키거나 믿게 하기는 아마도 불가능할 것이었다. 그가 달리 무엇을 할 수 있단 말인가?—양쪽 모두에게 최대한 근사하게 신의를 지키는 것 외에.

"이리 와! 안 그러면 보물이 화낼 거야. 이제 우린 개울 위쪽으로 해서 돌아가는 거야. 계속 가, 계속 가. 네가 앞장서서!"

골룸은 코를 킁킁거리고 수상쩍어하며 물가에 바싹 붙어 얼마간을 기어갔다. 이내 그가 멈추고는 머리를 치켜들었다.

"저기 뭐가 있어요! 호빗이 아니에요."

갑자기 그가 몸을 돌렸다. 그의 퉁방울눈에 초록빛이 가물거리고 있었다. 그가 쉭쉭거렸다.

"주인님, 주인님이! 사악해! 교활해! 거짓이야!"

그가 침을 뱉고는 덤벼들 것처럼 하얀 손가락이 달린 긴 두 팔을 쭉 뻗쳤다.

그 순간 그의 뒤에서 커다란 검은 형체의 안보른이 불쑥 나타나 그를 덮쳤다. 크고 굳센 손 하나가 그의 목덜미를 붙들어 꼼짝 못 하게 했다. 순식간에 그가 온통 축축하고 진흙투성이인 몸을 마구 뒤틀며 뱀장어처럼 버둥거리고 고양이처럼 물고 할퀴었다. 그러나 어둠 속으로부터 병사 두 명이 더 다가왔다.

"가만히 있어! 안 그러면 네 몸을 고슴도치처럼 온통 바늘로 꽂아 버릴 거야. 가만있으라고!"

골룸이 축 늘어지더니 흐느껴 울기 시작했다. 그들은 그를 아주 단단히 묶었다. 프로도가 말했다.

"살살, 살살 해요! 그에겐 당신들에게 대적할 만한 힘이 없소. 될 수 있는 대로 아프게 하지 마시오. 그렇게만 하지 않으면 그는 한결 조용해질 거요. 스메아골! 그들은 너를 해치지 않을 거야. 내가 너와 함께 가서 네가 아무 해도 입지 않게 할 거야. 그들이 나도 죽이지 않는 한 그런 일은 없어. 주인을 믿어!"

골룸이 몸을 돌려 그에게 침을 뱉었다. 병사들이 그를 일으켜 세워 두 눈 위로 두건을 씌우고는 데려갔다.

프로도는 매우 비참한 기분으로 그들을 따라갔다. 그들은 덤불 뒤의 빈터를 통과해 계단과 통로를 따라 도로 동굴로 들어갔다. 두세 개의 횃불이 켜져 있었다. 병사들은 일어나 움직이고 있었다. 샘도 거기에 있었는데, 그는 그 병사들이 운반해 온 축 늘어진 묶음을 의아한 눈길로 쳐다보았다. 그가 프로도에게 말했다.

"그를 잡았어요?"

"그래. 음, 아니야, 내가 잡은 게 아니야. 그가 애초에 날 믿었기에 내게로 온 거지. 난 그가 이렇게 묶이는 걸 원치 않았어. 일이 잘됐으면 좋겠어. 그러나 난 이 모든 일이 지긋지긋해."

"저도 그래요." 샘이 말했다. "그리고 저 애물단지가 있는 한 뭣 하나 제대로 될 리가 없을 거예요."

한 병사가 와서 호빗들에게 손짓하더니 그들을 동굴 안쪽의 깊은 구석으로 데려갔다. 거기엔 파라미르가 의자에 앉아 있었고, 그의 머리 위 벽감 속엔 등불이 다시 밝혀져 있었다. 그는 그들에게 자기 옆의 등받이 없는 의자들에 앉으라고 신호한 뒤 말했다.

"손님들을 위해 술을 가져와. 그리고 그 포로도 내게 데려와."

술이 날라져 왔고 이어서 안보른이 골룸을 운반해 왔다. 그는 골룸의 머리에서 덮개를 벗기고 그를 제 발로 서게 하고는 뒤에 서서 그를 부축했다. 골룸은 두 눈에 어린 적대감을 무겁고 파리한 눈꺼풀로 가리며 눈을 깜박였다. 물이 뚝뚝 떨어져 온몸이 축축하고 물고기 비린내를 풍기는 게 (아직도 그는 손에 물고기 하나를 쥐고 있었다) 참으로 비참한 몰골이었다. 성긴 머리타래들이 뼈만 앙상한 이마 위로 무성한 잡초처럼 걸려 있었고, 코에선 콧물이 흘러내리고 있었다. 그가 말했다.

"우리를 풀어 줘! 우릴 풀어 달라고! 끈이 우릴 아프게 해. 그럼, 그렇다니까, 그것이 우릴 아프게 해. 그리고 우린 아무 짓도 안 했어."

"한 짓이 없어?"

하고 파라미르가 날카로운 눈길로 그 비참한 자를 쳐다보며 말했다. 하지만 그의 얼굴에는 노여움이나 연민이나 놀라움의 기색은 전혀 없었다.

"한 짓이 없다고? 결단코 네놈이 포박되거나 그보다 더한 처벌을 받을 만한 어떤 짓도 하지 않았어? 그렇지만 다행히도 그건 내가 판단할 일은 아니야. 하지만 오늘 밤 네놈은 오면 죽는 곳에 온 거야. 이 웅덩이의 물고기 값을 톡톡히 치러야 한다고."

골룸이 손에서 물고기를 떨어뜨리고 말했다.

"물고기를 원치 않아."

"물고기에 매겨진 값이 아니야. 여기 와서 웅덩이를 바라본 것만으로도 사형감이야. 내가 지금껏 네놈을 살려 둔 건 여기 있는 프로도의 간절한 부탁 때문이었어. 그가 말하기를, 네놈이 적어도 그에게는 어느 정도 감사를 받을 만한 도움을 줬다는 거야. 그러나 네놈은 내 의심도 풀어야만 해. 이름이 뭐야? 어디서 온 거야? 그리고 어디로 가는 거야? 네 용무는 뭐야?"

그러자 골룸이 대답했다.

"우린 길을 잃었어요, 길 잃은 거라고요. 이름도 없고 용무도 없고 보물도 없고 아무것도 없어요. 속이 비었을 뿐이에요. 배가 고팠을 뿐이에요. 그래요, 우린 배가 고파요. 불쌍한 녀석이 작은 물고기 몇 개를, 역겨운 뼈만 앙상한 작은 물고기들을 잡았을 뿐인데 죽인다고요. 대단히 현명하고 대단히 정당해요. 너무나 대단히 정당해요."

"대단히 현명하진 않아." 파라미르가 말했다. "그러나 정당하긴 하지. 그래, 아마도, 우리의 얼마 안 되는 지혜에 합당할 만큼은 정당하지. 그자를 풀어 주시오, 프로도!"

파라미르가 허리띠에서 손톱 깎는 작은 칼을 빼내 프로도에게 건넸다. 골룸은 그 몸짓을 오해하고는 비명을 지르고 벌렁 나자빠졌다. 프로도가 말했다.

"자, 스메아골! 날 믿어야 해. 난 널 저버리지 않아. 할 수 있다면 사실대로 대답해. 그래야만 네게 득이 되고 해를 입지 않을 거야."

그가 골룸의 손목과 발목을 묶은 끈들을 자르고 그를 일으켜 세웠다.

"이리 와!" 파라미르가 말했다. "날 쳐다봐! 이 장소의 이름을 아나? 전에 여기 와 본 적이 있나?"

골룸이 천천히 두 눈을 들고 마지못한 듯 파라미르의 눈을 들여다봤다. 잠깐 동안 그는 모든 빛이 사라진 음침하고 파리한 두 눈으로 그 곤도르인의 맑고 흔들림 없는 두 눈 속을 응시했다. 고요한 침묵이 흘렀다. 다음 순간 골룸은 머리를 떨어뜨리고 몸을 움츠려 내리더니 마침내 벌벌 떨며 바닥에 쭈그리고 앉았다.

"우린 알지 못하고 알고 싶지도 않아요." 그가 훌쩍거렸다. "결코 여기 오지 않았고 결코 다시 오지도 않아요."

"네 마음속에는 잠긴 문들과 닫힌 창들이 있고 그 뒤엔 어두운 방들이 있어. 그러나 이 대목에선 네가 사실대로 말한 것으로 판단해. 네겐 좋은 일이지. 다시는 돌아오지 않고 또 말이나 신호를 통해 어떤 생물도 이리로 이끌지 않겠다고 맹세할 테냐?"

파라미르의 말을 듣고, 골룸이 프로도를 곁눈질하며 말했다.

"주인님이 알아요. 그래요, 그가 알아요. 우릴 구해 주신다면 우린 주인님에게 약속하겠어요. 우린 그것에 걸고 약속하겠어요, 그래요."

그가 프로도의 발치로 기어가 칭얼거렸다.

"우릴 구해 주세요, 훌륭한 주인님! 스메아골이 보물에게 약속해요. 굳게 약속해요. 절대로 다시 오지 않고 절대 말하지 않아요, 절대 안 해요! 안 해요, 보물, 절대로!"

"만족하시오?"

하고 파라미르가 말했다.

"예. 어쨌든 당신은 이 약속을 받아들이든가 아니면 당신네 법을 집행해야 하오. 그 외의 방도는 없을 것이오. 그러나 나는 그가 내게 오면 다치지 않을 거라고 약속했소. 그리고 난 신의 없는 자가 되고 싶진 않소."

프로도가 말했다.

파라미르는 잠시 생각에 잠겨 앉아 있었다. 마침내 그가 말했다.

"아주 좋소."

마침내 그가 말했다.

"너를 네 주인, 드로고의 아들 프로도에게 넘긴다. 널 어떻게 할 건지는 그가 밝힐 것이야!"

"하지만 파라미르 공이시여. 당신은 거론하신 프로도에 관한 당신의 뜻은 아직 밝히지 않으셨소. 그것을 알 때까지는 그도 자신이나 동료들에 대한 계획을 세울 수가 없소. 당신의 판단은 오늘 아침까지 미뤄졌는데, 이제 그때가 되었소."

하고 프로도가 고개를 숙이며 말했다.

파라미르가 말했다.

"그럼 내 결정을 밝히겠소. 프로도여, 더 높은 권위를 받드는 내게 주어진 권한 내에서 밝히건대, 당신은 곤도르 왕국에서 자유로운 몸이란 것을 선언하오. 그 옛 경계의 가장 먼 곳까지 말이오. 단, 당신이나 당신과 동행하는 어떤 자도 무단으로 이 장소에 올 수는 없소. 이 결정은 만 1년 동안 유효할 것이고, 당신이 그 기한 이전에 미나스 티리스로 와서 그 도시의 영주 겸 섭정을 알현하지 않는 한 그 이후에는 시효가 만료되오. 그때는 내가 그분께 내가 행한 바를 추인하고 그것을 종신으로 해 주십사는 소청을 올리겠소. 그동안에는 당신의 보호 아래 있는 그 누구도 내 보호 아래 그리고 곤도르의 방패 아래 있을 것이오. 답이 되었소?"

프로도가 깊숙이 머리를 숙였다.

"그렇습니다. 그리고 만일 그토록 높고 고귀한 분께 어떤 쓸모가 있다면 당신을 섬기겠습니다."

"큰 쓸모가 있지요." 파라미르가 말했다. "자, 그럼 이자를, 이 스메아골을 당신의 보호 아래 두시겠소?"

"나는 스메아골을 나의 보호 아래 두는 바입니다."

프로도가 말했다. 그러자 샘이 주위의 사람에게 들릴 만큼 한숨을 내쉬었다. 물론 그 공대(恭待)에 한숨을 쉰 건 아니었다. 그것에 대해선 어느 호빗이든 그럴 것처럼 그도 전적으로 수긍했다. 실로 샤이어에서라면 그 같은 일에 훨씬 더 많은 감사와 절을 바쳐야 했을 터였다.

파라미르는 골룸에게 몸을 돌리며 말했다.

"그럼, 네게 일러두는데, 너는 죽음의 심판 아래 있다. 그러나 프로도와 동행하는 한 너는 적어도 우리로부터는 안전해. 그렇지만 네가 언제고 그 없이 혼자 떠도는 게 곤도르인에게 발견되면 그 심판은 바로 떨어진다. 그리고 만일 네가 그를 잘 섬기지 않는다면 곤도르 안이든 밖에서든 죽음이 네게 닥칠 것이다. 이제 내 말에 대답해. 너는 어디로 가려는 거야? 그의 말로는 네가 그의 길잡이였다는데. 너는 그를 어디로 인도하고 있었지?"

골룸은 대답하지 않았다.

"이것은 비밀로 인정하지 않겠다. 대답하라, 아니면 내 결정을 뒤집을 테니!"

그럼에도 골룸은 대답하지 않았다. 그러자 프로도가 나섰다.

"내가 대신 대답하지요. 그는 내가 부탁한 대로 나를 암흑의 성문까지 데려다줬소. 그러나 그것을 통과할 수는 없었소."

"그 거명할 수 없는 땅으로 들어갈 열린 문은 없소."
하고 파라미르가 말했다.

"그걸 알고서 우리는 방향을 바꿔 남향대로로 왔소. 그가 말하길 미나스 이실 근처에 길이 하나 있다고, 아니 있을 거라고 말했으니까요."

"미나스 모르굴이오."
하고 파라미르가 말했다.

"어느 쪽인지 확실히 알진 못하오. 그러나 내가 생각하기로, 그 길은 그 오랜 도시가 있는 계곡 북면의 산맥 속으로 오르는 모양이오. 그것은 높은 고개로 솟구치다가 다음에는 쭉 내리막으로—그 너머의 곳까지."

"그 높은 고개의 이름을 아시오?"

파라미르가 물었다.

"아니요."
하고 프로도가 대답하자 파라미르가 다시 말했다.

"키리스 웅골이라 불리오."

골룸이 날카롭게 쉭쉭거리더니 혼잣말로 중얼대기 시작했다. 그러자 파라미르가 그에게로 몸을 돌리며 말했다.

"그 이름이 맞지 않나?"

"아니에요!"

골룸은 다음 순간 마치 무엇에 찔린 것처럼 깩깩대며 소리쳤다.

"그래요, 그래, 우린 그 이름을 한 번 들었어요. 하지만 그 이름이 우리에게 무슨 상관이에요? 주인님이 들어가야만 한다고 말했어요. 그래서 우린 어떤 길을 찾아야만 했어요. 찾을 만한 다른 길이 없어요, 없다니까요."

"다른 길이 없다고? 그걸 어떻게 알지? 그리고 누가 저 어두운 왕국의 모든 경계를 샅샅이 탐사했단 말인가?"

파라미르가 말했다. 그는 생각에 잠긴 눈길로 오래도록 골룸을 쳐다보았다. 이윽고 그가 다시 말했다.

"이자를 데려가, 안보른. 부드럽게 대하되 감시해. 그리고 스메아골, 넌 폭포로 뛰어들려고 하지 말아. 거기 바위들의 날카로운 이빨에 넌 명줄을 재촉할 수도 있어. 이제 가서 네 물고기나 먹어."

안보른이 밖으로 나갔고, 골룸은 그 앞에서 몸을 움츠리고 갔다. 동굴 안쪽의 깊숙한 곳을 가로질러 커튼이 쳐졌다.

"프로도여, 나는 당신이 이 일을 매우 어리석게 처리한다고 생각하오. 난 당신이 이자와 함께 가서는 안 된다고 생각하오. 그놈은 사악하오."

파라미르가 말했다.

"아니요, 아주 사악하지는 않소."

프로도의 말에 파라미르가 다시 말했다.

"아마도 전적으로 사악하지는 않겠죠. 그러나 악의가 종양처럼 그것을 좀먹고 있고, 악이 자라나고 있소. 그의 인도는 아무 소용 없을 것이오. 만약 당신이 그와 헤어지겠다면 난 그가 거명하는 곤도르 변경의 어느 지점으로든 그를 안전하게 데려다주겠소."

"그가 받아들이지 않을 거요. 그는 오랫동안 해 온 대로 나를 쫓아 따라올 겁니다. 그리고 난 그를 내 보호 아래 두고 그가 이끄는 대로 가겠다고 몇 차례나 약속했소. 내게 그와의 신의를 깨뜨리라고 청하시진 않겠죠?"

"그건 아니오." 파라미르가 말했다. "그러나 마음 같아선 그러고 싶소. 본인이 그렇게 하기보다는 타인에게 신의를 깨라고 충고하는 게 덜 어려울 것 같으니 말이오. 특히 친구가 부지불식간에 스스로를 해치는 길로 가는 게 눈에 번연히 보인다면 말이오. 하지만 그러지 않겠소—만약 당신이 그와 동행하겠다면 이제 당신은 그를 견뎌야만 하오. 그러나 난 당신이 키리스 웅골로 가야 한다고는 생각하지 않소. 그는 그곳에 대해 아는 바를 당신에게 다 말해 주지도 않았소. 난 그의 마음속에서 그 정도는 분명하게 인지했소. 키리스 웅골로 가지 마시오!"

"그럼 내가 어디로 가야 할까요? 암흑의 성문으로 되돌아가 위병들에게 자수할까요? 당신은 이곳에 대해 무엇을 알고 있기에 그 이름을 그토록 두려워하시오?"

"확실한 건 아무것도 없소. 이즈음 우리 곤도르인들은 그 길의 동쪽으로 지나가는 법이 없고, 우리 젊은이들 가운데 누구도 그런 적이 없으며 또 우리 중 누구도 어둠산맥에 발을 들여놓은 적이 없소. 어둠산맥에 관해 우리가 아는 것이라곤 오래된 전언과 지난 시절의 풍문뿐이오. 그러나 미나스 모르굴 위의 고개들에는 모종의 음험한 공포의 대상이 자리 잡고 있소. 만일 키리스 웅골이 거명된다면 노인들과 전승지식에 능통한 이들은 얼굴색이 하얘져 말을 잃고 말 거요.

미나스 모르굴의 계곡은 아주 오래전에 악의 수중에 들어갔소. 추방된 대적이 아직 저 멀리에 거하고, 그리고 이실리엔의 대부분 지역이 아직 우리 수중에 있을 동안에도 그곳은 위협과 두려움의 대상이었소. 당신도 알다시피, 그 도시 미나스 이실은 한때 의기 높고 아름다운 요새였고 우리 도시의 쌍둥이 자매였소. 그러나 그곳은 대적이 자신의 첫 힘을 떨쳐 좌지우지했던 사나운 병사들에 의해 점령되었고, 그의 몰락 이후 그들은 집도 주인도 없이 떠돌았소. 그들의 영주들은 음흉한 사술에 빠져들었던 누메노르인들이라고 하는데, 대적은 그들에게 힘의 반지들을 주고서 그들을 삼켜 버렸으니 그들은 끔찍하고도 사악한 살아 있는 유령이 되어 버렸소. 그의 몰락 후로 그들은 미나스 이실을 점령해 거처로 삼고 그곳과 부근의 모든 계곡을 부패로 가득 채웠소. 그것은 텅 빈 것처럼 보이지만 실은 그렇지 않은 게, 폐허가 된 그 성벽 속에는 형태 없는 공포의 존재가 살았소. 아홉 영주가 거기에 있다가 자신들이 비밀리에 돕고 준비한 그들 지배자의 귀환 이후로 다시 강성해졌소. 그러던 중에 아홉 기사들이 공포의 성문에서 출격했고, 우리는 그들을 버텨 낼 수 없었소. 그들의 성채에 접근하지 마시오. 발각되고 말 거요. 그것은 잠들지 않는 적의의 장소로 눈꺼풀이 없는 눈들로 가득하다오. 그 길로 가지 마시오!"

프로도가 말했다.

"하지만 당신은 내게 다른 어디로 가라고 하시겠소? 당신은 당신이 직접 나를 그 산맥으로나 그 너머로 안내할 수는 없다고 하셨소. 그러나 나는 엘론드의 회의에서 했던 엄숙한 서약 때문에 그 산맥 너머로 길을 찾거나 아니면 찾다가 죽을 수밖에 없소. 그리고 만일 내가 막바지에서 그 길을 거부하고 돌아선다면, 그렇다면 내가 인간들과 요정들 속의 어디로 가야 한단 말이오? 당신은 내가 이 물건, 당신의 형님을 욕망으로 미치게 만든 물건을 갖고 곤도르로 오기를 바라오? 그것이 미나스 티리스에 어떤 마력을 발휘하겠소? 썩음으로 가득 찬 죽은 땅을 가로질러 서로를 보고 싱글거리는 미나스 모르굴의 두 도시가 있지 않겠소?"

"난 그렇게 될 것을 바라지 않소."
하고 파라미르가 말했다.

"그럼 내가 어떻게 하기를 바라시오?"

"모르겠소. 단지 당신이 죽음이나 고통으로 가지 않기를 바랄 뿐이오. 그리고 난 미스란디르라면 이 길을 택했을 거라고 생각하지 않소."

"그렇지만 그는 사라졌으니 난 내가 찾을 수 있는 길들을 택해야만 하오. 그리고 오랫동안 찾을 시간도 없소."
하고 프로도가 말했다.

"그건 가혹한 운명이고 가망이 없는 사명이오. 그러나 좌우간 이 길잡이 스메아골을 조심하라는 내 경고를 기억하시오. 그는 얼마 전에도 살생을 저질렀소. 나는 그에게서 그것을 간파했소."

파라미르는 이렇게 말하고 한숨지었다.

"자, 이렇게 우리는 만나고 헤어지는구려, 드로고의 아들 프로도여. 당신에겐 다정한 인사말이 필요치 않을 게요. 난 이 태양 아래서 어떤 다른 날에 당신을 다시 볼 거란 희망을 품지 않소. 그러나 이제 당신은 당신과 당신의 모든 동족에게 주는 내 축복과 함께 갈 것이오. 음식이 준비될 동안 잠시 쉬시오.

난 어떻게 이 비루한 스메아골이 우리가 이야기하는 물건을 소유하게 되었고, 또 어떻게 그것을 잃어버렸는지 무척이나 알고 싶소만 지금 당신을 성가시게 하진 않겠소. 바라기 힘든 일이지만 혹여 당신이 산 자들의 땅으로 돌아와, 우리가 양지바른 벽 옆에 앉아 옛 비애를 웃어넘기며 우리의 이야기를 다시 할 수 있다면 그때 내게 말해 주시오. 그때까지, 혹은 누메노르의 멀리 보는 돌의 시계(視界)를 넘어선 어떤 다른 시간까지 안녕하시오!"

그는 일어나 프로도에게 깊숙이 허리를 숙이고는 커튼을 걷고 동굴 속으로 들어갔다.

Chapter 7

십자로로의 여정

프로도와 샘은 다시 침대로 돌아와 말없이 누워서 잠시 쉬었다. 반면에 병사들은 부산하게 움직이며 하루 일과를 시작했다. 얼마 후 그들에게 세숫물이 날라져 왔고 그런 다음 3인분의 음식이 차려진 식탁으로 안내되었다. 파라미르가 그들과 함께 아침 식사를 했다. 그는 전날의 전투 이후로 잠을 자지 못했지만 피곤해 보이진 않았다.

식사를 마치자 그들은 자리에서 일어섰다. 파라미르가 먼저 입을 열었다.

"길에서 허기에 시달리지 않기를 바라오. 당신들에게 양식이 얼마 남지 않아 여행자들에게 알맞은 얼마간의 식량을 꾸러미에 넣으라고 일렀소. 이실리엔을 걸어갈 때는 물이 부족한 일은 없을 테지만, 살아 있는 죽음의 계곡 임라드 모르굴에서는 흐르는 어떤 개울에서도 물을 마시지 마시오. 또한 이 점도 알려 드려야겠소. 척후병들과 파수병들이 전부 돌아왔소. 모란논이 보이는 데까지 잠입했던 이들까지도. 그들 모두가 한 가지 이상한 것을 발견했소. 그 땅이 텅 비어 있다는 거요. 길 위에 아무것도 없고 발소리나 나팔 소리 혹은 활시위의 소리가 어디서도 들리지 않는다고 하오. 뭔가를 기다리는 정적이 거명할 수 없는 땅 위를 덮고 있소. 이게 무슨 조짐인지 모르겠소. 그러나 시간은 모종의 크나큰 종결에 빠르게 다가가고 있소. 폭풍우가 오고 있소. 할 수 있을 동안 서두르시오. 준비가 됐으면 갑시다. 곧 태양이 그림자 위로 떠오를 게요."

병사들이 호빗들의 꾸러미(이전보다 약간 묵직해진)와 함께 윤이 나는 재목의 단단한 지팡이 두 개를 가지고 왔다. 끝에 물미를 댄 지팡이로 문양이 조각된 상단부에 땋은 가죽끈이 꿰어져 있었다.

"헤어지는 마당에 당신들에게 드릴 마땅한 선물이 없구려."
하고 파라미르가 말했다.

"하지만 이 지팡이들을 받으시오. 황야에서 걷거나 기어오르는 데 쓸모가 있을 겁니다. 백색산맥의 사람들도 이런 걸 쓴답니다. 물론 당신들 키에 맞게 자르고 물미를 새로 박은 것이오. 곤도르의 목수들이 애용하는 레베스론이란 아름다운 나무로 만들어진 것인데, 길을 찾고 돌아오는 효능이 붙어 있소. 부디 그 효능이 당신들이 들어가는 암흑 땅에서 완전히 멈추지 않기를 바라오."

호빗들이 깊숙이 허리를 숙였다. 프로도가 말했다.

"참으로 자상하신 주인이시여! 반(半)요정 엘론드께서 제게 말씀하시길 길을 가는 중에 은밀하고 예기치 못한 우정을 얻게 될 것이라고 하셨지요. 분명 저는 당신께서 보여 주신 우정을 구하지 않았습니다만, 그것을 얻었으니 전화위복입니다."

이제 그들은 떠날 채비를 했다. 골룸은 어떤 구석 혹은 은신처에서 이끌려 나왔는데, 비록 프로도에게 바싹 붙어 파라미르의 눈길을 피하긴 했지만 예전보다는 자신의 처지에 만족한 것 같았다.

파라미르가 말했다.

"당신들의 길잡이는 눈을 가려야 하오. 그러나 원하신다면 당신과 당신의 하인 샘와이즈는 그렇게 하지 않겠소."

병사들이 와서 천으로 눈을 가리자 골룸이 깩깩대고 몸부림치며 프로도를 부여잡으려고 했다. 그러자 프로도가 말했다.

"우리 셋 모두의 눈을 가리되 먼저 내 눈을 감싸시오. 그러면 아마 그도 해를 끼치려는 게 아니란 걸 알 것이오."

그렇게 된 다음, 그들은 헨네스 안눈의 동굴 밖으로 인도되었다. 통로와 계단을 지난 후 그들은 주위의 서늘한 아침 공기를 느꼈다. 신선하고도 감미로운 공기였다. 여전히 눈을 가린 채 그들은 얼마 동안 완만한 비탈을 오르내리며 계속 걸었다. 드디어 파라미르의 목소리가 눈가리개를 풀라고 명령했다.

그들은 다시 숲의 나뭇가지들 아래 서 있었다. 이제 그들과 개울이 흐르던 협곡 사이엔 기다란 남향 비탈이 가로놓여 있어 폭포의 소음은 들리지 않았다. 서쪽에서 그들은 나무들 사이로 비쳐 드는 빛을 볼 수 있었다. 마치 세상이 거기서 갑자기 끝나고 벼랑의 가장자리에서 위의 하늘만 쳐다보는 것 같았다.

파라미르가 말했다.

"여기서 우리의 길은 최종적으로 갈라지오. 내 권고를 받아들이겠다면, 아직은 동쪽으로 방향을 틀지 마시오. 일직선으로 계속 가시오. 그래야 수 킬로미터 동안 숲의 엄호를 받을 수 있소. 서쪽으로는 땅이 거대한 계곡들 속으로 푹 꺼지는 가장자리가 있는데, 때론 급작스럽고 가파르며 때론 긴 언덕 사면을 거치오. 이 가장자리와 숲 가를 벗어나지 마시오. 여정의 첫머리에는 밝은 빛을 받으며 걸어갈 것이라 생각하오. 그 땅은 거짓된 평화 속에서 꿈을 꾸기에 한동안은 모든 악이 거둬져 있소. 할 수 있을 동안, 잘 가시오!"

그는 자기네 방식으로 몸을 굽혀 호빗들의 어깨에 두 손을 얹고 이마에 입을 맞추며 그들을 포옹했다.

"모든 선한 이들의 선의가 함께하기를!"

그들은 머리가 땅에 닿도록 절했다. 그다음 그는 몸을 돌려 뒤돌아보지 않고 그들을 떠나 조금 떨어진 곳에 서 있는 두 명의 호위병에게로 갔다. 그들은 이제 이 초록 차림의 세 사람이 엄청 빠르게 움직여 거의 눈 깜짝할 새에 사라지는 걸 보고 깜짝 놀랐다. 파라미르가 서 있던 숲은 마치 한바탕의 꿈이 지나간 것처럼 텅 비고 황량해 보였다.

프로도는 한숨을 쉬고 남쪽으로 돌아섰다. 마치 그 모든 예의범절을 무시한다는 걸 보여 주려는 듯 골룸은 나무 밑자락의 흙을 파헤치고 있었다.

'벌써 또 배가 고픈 거야? 이것 참, 또 시작되는군!'

샘은 생각했다.

"그들이 드디어 갔어? 역겹고 악독한 인간들! 스메아골의 목은 아직도 아파, 그럼 그렇다니까. 갑시다!"

골룸이 말했다.

"그래, 가자! 그렇지만 네게 은총을 베푼 이들에 대해 험담밖에 할 수 없다면 입 다물고 있어!"

프로도가 말했다.

"훌륭하신 주인님! 스메아골이 농담했을 뿐이에요. 언제나 용서해요, 그는 그래요, 그럼, 그럼, 훌륭한 주인님의 작은 속임수들까지도. 오, 그럼요, 훌륭한 주인님, 훌륭한 스메아골!"

프로도와 샘은 대꾸하지 않았다. 꾸러미를 들어 메고 지팡이를 손에 쥐고서 그들은 이실리엔의 숲속으로 나아갔다.

그들은 그날 두 번 쉬고 파라미르가 제공한 음식을 조금 먹었다. 말린 과일과 소금에 절인 고기는 여러 날 동안 먹기에 족했고, 빵은 신선함이 유지될 동안은 계속 먹을 만큼 충분했다. 골룸은 아무것도 먹지 않았다.

보이지 않는 가운데 해가 머리 위로 떠올라 지나가더니 가라앉기 시작했고, 서쪽 나무들 사이로 비쳐 드는 빛은 황금색이 되어 갔다. 언제나 그들은 서늘한 초록 그림자 속에서 걸었고, 주위는 온통 고요했다. 새들은 모두 날아가 버리거나 아니면 느닷없이 벙어리가 된 것 같았다.

어둠이 고요한 숲에 일찍 깃들었고, 그들은 밤이 떨어지기 전에 지쳐서 걸음을 멈췄다. 헨네스 안눈으로부터 35킬로미터 남짓을 걸었던 것이다. 프로도는 아주 늙은 나무 아래의 깊은 흙 위에 누워 그 밤을 잠으로 보냈다. 그 곁의 샘은 마음이 편치 않았다. 샘은 몇 번이나 잠에서 깼지만 골룸의 흔적은 어디에도 없었다. 그는 호빗들이 휴식에 들자마자 슬며시 빠져나갔던 것이다. 그는 근처의 어떤 구덩이에서 혼자 잠을 잤는지 아니면 밤새 잠 못 이루고 뭔가를 찾아 떠돌아다녔는지 말하지 않았다. 하지만 그는 가물거리기 시작한 첫 빛과 더불어 돌아와 동료들을 깨웠다.

"일어나야 해요, 그럼, 그래야만 해요! 아직 갈 길이 멀어요, 남쪽과 동쪽으로. 호빗들은 서둘러야만 한다고요!"

정적이 더 깊어진 것 같다는 걸 빼곤 그날도 전날과 다름없이 지나갔다. 대기가 음산해져 나무들 밑에선 숨이 막힐 정도로 답답해지기 시작했다. 천둥이 일 것 같은 분위기였다. 골룸은 가끔 킁킁대며 대기의 냄새를 맡느라 걸음을 멈췄고 그다음엔 뭐라고 혼자 중얼대고는 더 속도를 내야 한다고 그들을 재촉하곤 했다.

주간 행군의 세 번째 단계가 다가오고 오후가 이지러져 갈 무렵, 눈앞에 숲이 펼쳐지고 나무들은 보다 커지고 드문드문해졌다. 아름드리 너도밤나무들이 숲속의 넓은 빈터에 어둑하고 장엄하게 서 있었고, 그 속 여기저기에 희끗희끗한 물푸레나무와 거대한 떡갈나무가 막 갈색과 초록의 봉오리를 내밀고 있었다. 주위로는 이제 잠들려고 하얗고 푸른 잎을 접은 애기똥풀과 아네모네가 길게 뻗은 초록 풀밭을 알록달록하게 물들였다. 삼림 히아신스의 잎이 지천으로 깔린 구역들에서는 벌써 종처럼 생긴 매끄러운 줄기들이 흙을 헤치고 고개를 디밀고 있었다. 짐승이든 새든 살아 있는 것이 보이지 않았지만 골룸은 이처럼 탁 트인 곳에서 점점 두려워했다. 그래서 이제 그들은 긴 그림자들을 골라 재빨리 옮겨 다니며 조심스럽게 걸었다.

그들이 숲의 끝에 이르렀을 때 빛은 빠르게 사그라지고 있었다. 거기서 그들은 무너져 가는 가파른 제방 아래로 뱀처럼 뒤틀린 뿌리를 뻗친 옹이투성이의 늙은 떡갈나무 아래 앉았다. 그들의 앞에는 깊고 어스레한 계곡이 놓여 있었다. 계곡의 먼 쪽 사면에 음침한 저녁 아래 청회색의 숲들이 다시 모여 남쪽으로 행진하듯 뻗쳐 있었다. 오른쪽으로는 곤도르의 산맥이 불길이 반점처럼 얼룩진 하늘 아래 먼 서쪽에서 붉게 타올랐다. 왼쪽엔 어둠이 깔려 있었다. 즉, 모르도르의 우뚝 솟은 성벽이 있고, 그 어둠 속에서부터 긴 계곡이 나와 계속 넓어져 가는 골을 타고 안두인대하를 향해 가파르게 떨어졌다. 계곡의 바닥에는 물살 빠른 개울이 흘렀다. 프로도는 그 무정한 소리가 고요한 정적을 가르고 다가오는 것을 들을 수 있었다. 개울 옆 이쪽 편에는 길 하나가 희미한 리본처럼 아래로 구불구불하게 펼쳐져, 가물대는 석양빛이 전혀 닿지 않는 으슬으슬한 회색 안개까지 이어져 내렸다. 거기서 프로도는 저 멀리, 이를테면 아련한 바다 위에 떠도는 것처럼 낡은 탑의 높고 희미한 상단부와 들쭉날쭉한 첨탑들의 쓸쓸하고 어둑한 모습을 어렴풋이 식별한 것 같았다.

그는 골룸에게로 돌아서서 물었다.

"우리가 어디 있는지 알아?"

"예, 주인님. 위험한 곳들이에요. 이것은요, 주인님, 달의 탑에서 대하 기슭의 폐허가 된 도시까지 뻗은 길이에요. 폐허가 된 그 도시는, 그래요, 아주 고약한 곳으로 적들로 가득해요. 우린 인간들의 조언을 받아들이지 말았어야 했어요. 호빗들은 길에서 멀리 벗어나 버렸어요. 이젠 동쪽으로, 저기 위쪽으로 가야 해요."

그가 어두워져 가는 산맥을 향해 말라빠진 팔을 흔들었다.

"게다가 우린 이 길을 이용할 수 없어요. 오, 안 돼요! 잔인한 종족들이 저 탑에서 내려와 이리로 온다고요."

프로도가 그 길을 내려다보았다. 어쨌든 지금 그 위에서 움직이고 있는 건 아무것도 없었다. 안개에 싸인 텅 빈 폐허까지 내리뻗은 그 길은 고적하고 내버려진 것 같았다. 그러나 대기 속에는 음험한 기운이 감돌았다. 마치 눈으로 볼 수 없는 것들이 실제로 오르내리고 있는 듯했다. 프로도는 이제 어둠 속으로 졸아드는 먼 뾰족탑들을 다시 바라보며 몸을 부들부들 떨었고, 물소리도 차갑고 잔혹한 것 같았다. 악령들의 계곡에서 흐르는 오염된 개울 모르굴두인의 물소리였다.

프로도가 말했다.

"어떻게 한다? 우린 길고도 멀리까지 걸어왔어. 뒤편 숲속에서 눈에 띄지 않고 누울 수 있는 어떤 장소를 찾아볼까?"

"어둠 속에 숨는 건 소용 없어요. 호빗들이 숨어야 하는 건 낮이에요. 그럼, 낮이라고요."

호빗이 말했다.

"오, 자," 샘이 말했다. "한밤중에 다시 일어나더라도 우린 잠시 쉬어야 해. 그러고 나서도 어두운 시간은 여전히 남아 있을 거야. 네가 길을 안다면 우리를 멀리까지 데리고 갈 시간은 충분하다고."

골룸은 마지못해 이것을 받아들였다. 그는 나무들 쪽으로 뒤돌아 한동안 옥죄는 듯한 숲 가장자리를 따라 동쪽으로 나아갔다. 그는 음산한 길에 매우 가까운 땅바닥에서는 쉬려고 하지 않았다. 그래서 얼마간 의논한 후에 그들은 모두 큰 호랑가시나무의 아귀 속으로 기어올랐다. 몸통에서 함께 뻗어 나온 굵은 가지들이 좋은 은신처와 꽤 안락한 피난처가 되었다. 밤이 되자 닫집 같은 나무 아래가 완전히 어두워졌다. 프로도와 샘은 물을 약간 마시고 빵과 말린 과일을 좀 먹었지만 골룸은 곧장 몸을 둥글게 웅크리고 잠들었다. 호빗들은 눈을 감지 않았다.

골룸이 깨어난 것은 자정이 조금 지난 때가 틀림없었다. 갑자기 그들은 눈꺼풀 없는 골룸의 창백한 두 눈이 자신들을 보고 번득이고 있다는 걸 알아챘다. 그가 귀를 기울이고 킁킁대며 냄새를 맡았는데, 그것은 그들이 이전에 인지했듯이 그가 밤 시각을 알아보기 위해 늘상 하는 행동이었다.

"쉬었나요? 잘 잤나요?" 그가 말했다. "갑시다!"

샘이 으르렁거렸다.

"우린 쉬지 못했고 자지도 못했어. 그러나 가야만 한다면 가겠어."

골룸은 곧장 나뭇가지에서 뛰어내려 땅을 네 발로 짚었고, 호빗들도 보다 굼뜨긴 했지만 골룸을 따라 했다.

땅에 닿자마자 그들은 골룸이 길을 이끄는 가운데 동쪽으로 어둡고 비탈진 땅을 오르며 다시 나아갔다. 거의 앞을 볼 수가 없었다. 이제 밤이 아주 깊어서 걸려 넘어지기 전에는 좀체 나뭇가지들을 인지할 수가 없었다. 지면은 더 울퉁불퉁해져 걷기가 어려웠다. 그러나 골룸은 전혀 걱정하지 않는 것 같았다. 그는 그들을 이끌어 수풀과 광막한 가시나무 덤불을 헤치고, 때로는 깊게 갈라진 틈새나 어두운 구덩이의 가장자리를 돌고, 때로는 관목으로 뒤덮인 시커먼 분지 속으로 내려갔다 다시 올라가기도 했다. 그러나 그들이 조금 내려갔다 하면 언제나 저편의 비탈은 더 길고 더 가팔랐다. 그들은 꾸준히 기어오르고 있었다. 처음 걸음을 멈추고 돌아봤을 때 그들은 떠나온 숲의 처마를 희미하게 인지할 수 있었다. 그것은 방대하고 짙은 그림자처럼, 그리고 어둡고 휑한 하늘 아래보다 어두운 밤처럼 깔려 있었다. 동쪽으로부터 거대한 칠흑이 천천히 모습을 드러내 희미하고 뿌옇게 된 별들을 집어삼키는 것 같았다. 이후 지는 달이 추격하는 구름에서 벗어났지만 그 주위로는 온통 노르께한 광채가 둘러져 있었다.

마침내 골룸이 호빗들에게로 돌아섰다.

"곧 날이 밝아요. 호빗들은 서둘러야 해요. 사방이 탁 트인 이런 곳에서 머무는 건 안전하지 않아요. 서둘러요!"

그가 걸음걸이를 빨리하자 그들은 지친 발걸음으로 뒤를 따랐다. 곧 그들은 깎아지른 거대한 산등성이 같은 땅으로 기어오르기 시작했다. 여기저기에 최근 불길의 상처인 개간지가 펼쳐졌지만 대부분 금작화와 월귤나무 및 작은 키에 거친 가시나무가 빽빽하게 우거진 수풀로 덮여 있었다. 꼭대기로 다가갈수록 금작화 덤불들이 점점 빈번해졌다. 그것들은 아주 늙은 데다 키가 크고, 아래쪽은 수척하고 껑충하지만 위쪽은 굵었는데, 벌써 여리고 달콤한 향기를 발산하는 노란 꽃들을 내밀고 어둠 속에서 가물거리고 있었다. 가시투성이의 덤불들은 키가 아주 커서 호빗들은 깊고 따끔따끔한 흙으로 덮인 길고 건조한 통로를 지나면서도 곧추서서 그 아래로 걸어갈 수 있었다.

이 드넓은 산등성이의 저편 가장자리에서 그들은 행군을 멈추고 숨으려고 뒤엉킨 가시나무 숲 밑으로 기어갔다. 지면까지 휘어진 가지들엔 오래된 찔레 덤불이 어지러이 기어오르고 있었다. 안쪽 깊숙한 곳에는 죽은 가지와 관목으로 기둥을 이루고 봄의 첫 잎새와 싹으로 지붕을 인 속이 빈 공회당 하나가 있었다. 그들은 너무 지쳐서 먹지도 못한 채 거기에 한동안 누워 있었다. 그리고 그들은 은신처의 구멍들을 통해 밖을 빠끔히 내다보며 천천히 날이 밝기를 기다렸다.

그러나 날은 새지 않고 단지 죽은 듯한 갈색의 어스름만 계속되었다. 동쪽에는 잔뜩 찌푸린 구름 아래 칙칙한 붉은빛이 있었지만 새벽의 붉음은 아니었다. 그 사이에 어지러이 널린 땅들을 가로질러 에펠 두아스산맥이 그들을 험악하게 노려보았다. 밤이 두텁게 깔려 빠져나가지 못한 아래쪽은 캄캄하고 형체가 없었지만 위쪽은 타는 듯한 노을을 배경으로 단단하고 위협적으로 뚜렷이 드러난 삐죽삐죽한 봉우리들과 모서리들을 이고 있었다. 멀리 오른쪽에는 산맥의 거대한 지맥 하나가 도드라져 어둠 속에서 어둑하고 검은 모습으로 서쪽으로 힘차게 뻗쳤다.

"여기서 어느 길로 가지? 저것이 그 입구—모르굴계곡의 입구인가, 저 시커먼 덩어리 너머 저쪽 멀리 있는?"

프로도가 물었다.

"그것에 대해 벌써 생각할 필요가 있을까요? 분명 우린 오늘 더는 움직이지 못할 텐데요, 날이 밝더라도 말이에요."

샘이 대답했다.

"아마 못 할 거예요, 못 할 수 있어요." 골룸이 말했다. "하지만 우린 곧 그 십자로로 가야 해요. 그래요, 십자로로요. 저편에 있는 길이죠, 그럼요, 주인님."

모르도르 위의 붉은빛이 사그라졌다. 동쪽에서 거대한 증기가 피어올라 머리 위로 천천히 다가오자 어스름이 한층 짙어졌다. 프로도와 샘은 약간의 음식을 먹고 그대로 드러누웠지만 골룸은 안절부절못했다. 그는 그들의 음식 중 어떤 것도 먹으려 하지 않고 물만 조금 마신 후 킁킁 냄새를 맡고 중얼대면서 덤불들 밑으로 이리저리 기어 다녔다. 그러다가 그는 갑자기 사라졌다.

"사냥하러 간 거겠죠."

샘은 이렇게 말하고는 하품을 했다. 이번엔 그가 먼저 잘 차례였고 그는 곧 꿈속에 깊이 빠져들었다. 그는 자신이 뭔가를 찾으러 골목쟁이네 정원으로 돌아온 거라고 생각했다. 그러나 등에 무거운 짐을 졌기 때문에 몸이 앞으로 수그러졌다. 어떻게 된 건지 정원에는 온통 잡초가 무성했고, 가시나무와 고사리가 맨 아래쪽 울타리 근처의 화단을 잠식하고 있었다.

"해야 할 일이 산더미군. 그러나 난 너무 지쳤어."

하고 그는 줄곧 말했다. 이내 그는 찾고 있던 것을 기억해 냈다.

"내 담뱃대!"

그는 그 말과 함께 깨어났다. 그는 눈을 뜨고 왜 자신이 울타리 아래에 드러누워 있었는지 의아하게 여기며 혼잣말을 했다.

"바보 같으니! 그건 내내 네 꾸러미 속에 있잖아!"

그때 그는 깨달았다. 첫째, 담뱃대는 꾸러미 속에 있겠지만 연초가 없다는 것을. 다음으로는 자신이 골목쟁이네로부터 수백 킬로미터나 떨어져 있다는 것을. 그가 일어나 앉았다. 거의 어두워진 것 같았다. 왜 그의 주인은 순번을 어기고 그가 계속 자게 내버려 뒀을까. 바로 저녁까지 계속?

"안 주무셨나요, 프로도 씨?" 그가 말했다. "몇 시죠? 해 저물 때가 가까워지는 것 같아요!"

"아니, 그렇지 않아. 그러나 날이 더 밝아지지 않고 더 어두워지고 있어. 점점 더 어두워져. 내가 식별하는 한에는 아직 정오도 안 됐어. 그리고 자넨 세 시간 정도 잤을 뿐이야."

프로도의 말에 샘이 다시 물었다.

"무슨 일인지 궁금해요. 폭풍이 몰려오려나요? 만약 그렇다면 일찍이 없던 최악이 될 거예요. 그냥 울타리 아래 박혀 있을 게 아니라 깊은 굴속에 있었으면 싶을 거예요."

그가 귀를 기울였다.

"저게 뭐죠? 천둥소리 아니면 북소리, 그것도 아니면 대체 무슨 소리죠?"

"모르겠어. 저 소리가 계속된 지는 한참 됐어. 때로는 땅바닥이 진동하는 것 같고 때로는 귀에 둔중한 공기가 왱왱거리는 것 같아."

샘이 주위를 둘러보고 말했다.

"골룸은 어디 있어요? 아직 돌아오지 않았어요?"

"안 왔어. 흔적도 소리도 없었어."

"음, 전 그 녀석을 참을 수가 없어요. 사실 제가 여행에 갖고 다니는 것 중 중도에 잃어버려 그놈보다 아깝지 않을 게 없다고요. 그러나 이렇게 멀리까지 와 놓고 지금 우리가 가장 필요로 할 바로 그때 사라지는 건 딱 그놈다운 짓이죠—말하자면, 대체 놈이 무슨 쓸모가 있을 건가 하는 건데, 전 심히 의심스럽다고요."

"자넨 죽음늪에서의 일을 잊었나 보군. 그에게 아무 일도 없었으면 좋겠는데."

"하긴 저도 놈이 덫에 걸리지 않길 바라요. 프로도 씨도 그렇게 말씀하시겠지만 어쨌든 그놈이 다른 자들의 수중에 들어가지 않길 바라요. 만일 그가 그렇게 되면 우린 곧 고초를 겪을 테니까요."

그 순간 우르릉대고 둥둥거리는 소음이 다시 들렸다. 이번에는 더 우람하고 깊은 소리였다. 발아래의 땅바닥이 흔들리는 것 같았다. 프로도가 말했다.

"어쨌든 우린 고초를 겪을 것 같아. 우리의 여정도 종말에 가까워지고 있는 듯싶어."

"그럴 수도 있겠죠. 하지만 생명이 있는 곳에 희망이 있다고 우리 노친네가 입버릇처럼 말했죠. 그리고 음식이 필요하다고 덧붙이곤 했지요. 뭘 좀 드시고, 프로도 씨, 그다음에 좀 주무세요."

샘이 말했다.

샘이 생각하기에 오후라고 불러야 마땅할 시간이 흘러갔다. 그가 은신처에서 내다보니 그림자도 없는 어두침침한 세계가 특색도 없고 색깔도 없는 어둠 속으로 천천히 사라지는 것만 보였다. 숨이 막힐 것 같았지만 덥지는 않았다. 프로도는 몸을 뒤척이고 가끔 중얼거리며 불편한 잠을 잤다. 샘은 그가 간달프의 이름을 부르는 걸 두어 번 들었다. 시간이 끝없이 느릿느릿 흐르는 것 같았다. 별안간 샘은 뒤에서 쉭쉭대는 소리를 들었다. 거기 골룸이 네 발로 기는 자세로 두 눈을 번득이며 그들을 빤히 쳐다보고 있었다.

"일어나요, 일어나! 일어나라고요, 잠꾸러기들 같으니!" 그가 속삭였다. "일어나요! 시간이 없어요. 우린 가야 해요, 그래요, 곧장 가야 해요. 시간이 없다고요!"

샘이 의심스러운 눈초리로 그를 빤히 쳐다보았다. 그는 겁을 먹거나 흥분한 것 같았다.

"지금 가자고? 무슨 속셈이야? 아직 시간이 안 됐어. 차 마실 시간조차도 안 됐어. 적어도 차 마실 시간을 지키는 점잖은 곳들에선 말이야."

"바보 같은 소리!"
하고 골룸이 쉭쉭거렸다.

"우린 점잖은 곳에 있지 않아. 시간이 바닥나고 있어, 그래, 빨리 달리고 있다고. 꾸물댈 시간이 없어. 우린 가야 해. 일어나세요, 주인님. 일어나요!"

그가 프로도를 할퀴듯 붙잡았고, 프로도는 소스라쳐 잠에서 깨어 갑자기 일어나 앉아 그의 팔을 그러쥐었다. 골룸이 뿌리치고 벗어나 뒷걸음질 쳐 물러났다. 그가 쉭쉭댔다.

"바보같이 굴어선 안 돼요. 우린 가야 해요. 어물거릴 시간이 없어요!"

그들은 그에게서 아무것도 더 캐낼 수가 없었다. 어디에 갔었는지, 무슨 일이 일어나려 한다고 생각하기에 그렇게 서두르는 건지 그는 말하려 하지 않았다. 샘은 짙은 의심이 가득 들었고 또 그것을 내보였지만, 프로도는 마음속에 지나가고 있는 생각의 어떤 기색도 내보이지 않았다. 그는 한숨을 쉬고 꾸러미를 들어 올리고는 내내 몰려드는 어둠 속으로 나아갈 채비를 했다.

골룸은 가능한 곳에서는 어디서나 몸을 숨기고, 훤히 트인 구역을 가로지를 때는 반드시 거의 바닥에 닿을 만큼 몸을 숙이고 달리며 매우 은밀하게 그들을 언덕 중턱 아래로 인도했다. 그러나 이제 빛은 너무나 흐릿해서 눈 밝은 야생 동물이라 하더라도 두건을 쓰고 회색 망토를 걸친 호빗들을 좀체 볼 수 없었을 테고, 또 조심스럽게 걷는 그들의 발소리를 들을 수도 없었을 터였다. 작은 가지가 부러지거나 잎사귀가 살랑대는 소리도 없이 그들은 지나가 사라졌다.

약 한 시간 동안 그들은 말없이 일렬로 걸었다. 그들의 가슴은 어둠과 완벽한 정적에 짓눌려 있었다. 이따금 먼 데서 천둥 같은 것이 희미하게 우르릉거리는 소리나 산속의 어떤 움푹한 데서 나는 북소리만이 정적을 깨트릴 뿐이었다. 그들은 은신처에서 내려와 남쪽으로 방향을 튼 다음, 산맥을 향해 위로 경사진 길고 울퉁불퉁한 비탈을 가로질러, 골룸이 찾을 수 있는 한 곧은 행로를 잡아 나갔다. 곧 앞쪽 그리 멀지 않은 곳에서 띠 모양으로 둘러선 나무들이 검은 벽처럼 모습을 드러냈다. 점차 가까이 다가서면서 그들은 그 나무들이 방대한 크기에다 매우 오래된 것 같다는 걸 깨달았다. 마치 폭풍과 번개가 휩쓸고 지나갔지만 그것들을 죽이거나 깊이를 알 수 없는 뿌리를 뒤흔들진 못한 것처럼 비록 우듬지는 몹시 여위고 부러졌어도 여전히 높이 치솟아 있었다.

"십자로예요, 그래요."

골룸이 속삭였는데, 은신처를 떠난 후로 그가 처음 한 말이었다.

"우린 저 길로 가야 해요."

그는 이제 동쪽으로 돌아 그들을 비탈 위로 인도했다. 그런 중에 갑자기 그것이 그들 앞에 있었다. 남향대로였다. 그 길은 산맥의 바깥쪽 기슭 주위를 굽이쳐 나아가다간 이내 갑자기 내리받이가 되어 거대한 원형의 나무들 속으로 돌입했다.

골룸이 나직하게 말했다.

"이게 유일한 길이에요. 그 너머로는 길이란 없어요. 어떤 길도 없어요. 우린 십자로로 가야 해요. 그러나 서둘러요. 조용히!"

적의 야영지에 들어온 척후병들처럼 은밀하게 그들은 그 길로 살금살금 기어 내려가, 돌투성이 제방 아래 서쪽 가장자리를 따라 살그머니 나아갔다. 돌들과 같은 회색인 데다 사냥하는 고양이처럼 어김없는 발걸음이었다. 마침내 그 나무들에 당도해 보니 그것들은 한가운데가 거무스름한 하늘로 트인 지붕 없는 거대한 원 속에 서 있었다. 엄청나게 큰 나무둥치들 사이의 구역들은 폐허가 된 어느 공회당의 거대하고 어두운 아치들 같았다. 바로 그 중앙에서 네 개의 길이 만났다. 그들의 뒤로는 모란논으로 가는 길이 놓였고, 앞에는 그 길이 다시 남쪽으로 길게 뻗쳤으며, 오른쪽으로는 옛 오스길리아스로부터 뻗은 길이 위로 솟구쳐 교차점을 가로지르곤 동쪽 어둠 속으로 빠져나갔다. 바로 그들이 잡을 네 번째 길이었다.

프로도는 두려움에 휩싸여 잠시 거기 서 있던 중에 하나의 빛이 반짝이고 있다는 것을 알아차렸다. 그는 그것이 곁에 있는 샘의 얼굴 위로 빨갛게 타오르는 걸 보았다. 그쪽으로 몸을 돌리자 아치를 이룬 나뭇가지들 너머로 오스길리아스로 가는 길이 쭉 펼친 리본만큼이나 곧게 서녘으로 내리뻗친 게 보였다. 거기, 저 멀리에 이제 그늘 속에 잠긴 서글픈 곤도르 너머로 태양이 지고 있었다. 드디어 느릿느릿 굽이치는 거대한 구름 장막의 가두리를 찾아내 아직 더럽혀지지 않은 바다 쪽으로 불길한 불덩이가 되어 떨어지고 있었다. 짧은 노을이 좌상(坐像)의 거대한 형상 하나에 떨어졌다. 아르고나스 왕들의 거대한 석상처럼 고요하고 엄숙한 형상이었다. 그것은 세월에 닳고 거친 손길들에 훼손되어 있었다. 그 머리는 온데간데없고 그 자리엔 우롱하듯 대충 깎은 둥근 돌 하나가 놓여 있었다. 야만의 손들이, 이마 한가운데 커다란 붉은 눈 하나가 박힌 채 이빨을 드러내고 싱긋 웃는 얼굴을 조잡하게 흉내 내 그린 것이었다. 무릎과 커다란 의자 위에, 그리고 받침대 주위로 온통 함부로 휘갈겨 쓴 글씨가 모르도르의 구더기 같은 족속이 사용하는 더러운 상징들과 뒤섞여 있었다.

프로도는 수평으로 비쳐 드는 광선들을 눈으로 좇다가 별안간 그 늙은 왕의 머리를 보았다. 그것은 길가에 굴러떨어져 놓여 있었다.

"보라고, 샘! 왕이 다시 왕관을 얻었어!"
하고 그가 깜짝 놀라 외쳤다.

두 눈은 움푹 꺼지고 조각된 수염은 부서졌지만 높고 준엄한 이마 주위에 은과 금의 작은 왕관이 씌워져 있었다. 작고 하얀 별 모양의 꽃이 달린 덩굴식물 하나가 마치 쓰러진 왕에게 경의를 표하듯 그 이마를 둘렀고, 돌로 된 머리카락 틈새들에는 노란 돌나물꽃이 반짝였다.

"그들은 영원히 정복할 수는 없어!"

프로도가 말했다. 그 짧은 일별은 갑자기 사라졌다. 태양이 가라앉아 사라졌고, 마치 등불에 갓을 씌운 듯 캄캄한 밤이 되었다.

미나스 모르굴 입구(Minas Morgul gate)

Chapter 8

키리스 웅골의 계단

골룸은 프로도의 망토를 잡아당기고 겁에 질려 안달하며 쉭쉭거리고 있었다.

"우린 가야 해요. 여기 서 있으면 안 돼요. 서둘러요!"

마지못해 프로도는 서쪽을 등지고 길잡이가 이끄는 대로 동쪽의 어둠 속으로 따라 들어갔다. 그들은 원형으로 늘어선 나무들을 떠나 산맥을 향해 길을 따라 기어갔다. 길은 얼마간 곧게 뻗더니 곧 남쪽으로 굽어지기 시작해 마침내 그들이 멀리서 보았던 바위의 거대한 어깨 바로 아래로 이어졌다. 그들의 머리 위로 시커멓고 위압적으로 드러난 그것은 뒤편의 어두운 하늘보다 더 어두웠다. 길은 그 그림자 아래로 포복하듯 계속되었고, 그 모퉁이를 돌고는 다시 동쪽으로 도약하여 가파르게 솟기 시작했다.

프로도와 샘은 이제 자신들의 위험에 크게 신경쓰지 않은 채 무거운 마음으로 터벅터벅 걸어가고 있었다. 프로도의 고개가 아래로 숙여졌다. 그의 목에 달린 짐이 다시 그를 아래로 잡아당기고 있었다. 거대한 십자로를 지나치자마자 이실리엔에선 거의 잊고 있던 그것의 무게가 한 번 더 불어나기 시작했다. 이제 발 앞의 길이 가팔라진다고 느끼면서 그는 지친 듯 눈길을 들었다. 그 순간 그는 그것을 보았다. 골룸이 보게 될 거라고 말해 줬던, 바로 그 반지악령들의 도시였다. 그는 돌투성이의 제방에 기대며 몸을 웅크렸다.

길게 경사진 계곡이, 깊게 갈라진 틈과 같은 그림자가 산맥 속으로 깊숙이 거슬러 올라갔다. 계곡의 지맥들 속으로 좀 들어온 저쪽, 에펠 두아스의 시커먼 무릎 위의 암반 같은 자리에 미나스 모르굴의 성벽과 탑이 높이 서 있었다. 대지고 하늘이고 그 주변이 온통 어두웠지만 그곳에는 빛이 밝혀져 있었다. 먼 옛날 산협 속에 아름답고 찬연하게 솟았던 달의 탑 미나스 이실에 갇혀 있던 달빛이 대리암 석벽을 뚫고 샘솟고 있는 게 아니었다. 느릿느릿한 월식에 걸려 맥을 못 추는 달보다 정녕 파리한 그 빛은 부패를 발산하는 악취처럼 너울거리고 날리는 시체의 빛, 그 무엇도 비추지 못하는 빛이었다. 성벽과 탑에는 창문들이 보였는데, 공허의 내부를 들여다보는 헤아릴 수 없이 많은 검은 구멍들 같았다. 그러나 탑의 상단은 밤 속을 곁눈질하는 섬뜩한 거대한 머리처럼 처음엔 이쪽으로 다음에는 저쪽으로 천천히 회전했다. 한동안 세 동료들은 몸을 움츠리고 내키지 않는 눈길로 위쪽을 응시하며 서 있었다. 먼저 정신을 차린 건 골룸이었다. 그는 다시 절박하게 그들의 망토를 잡아당겼지만 말은 한마디도 하지 않았다. 그는 그들을 앞으로 끌어당기다시피 했다. 그들은 마지못해 한 발 한 발씩 떼었는데, 시간이 그 속도를 지체시키는 것 같아서 발을 들어 올렸다가 내려놓는 사이에 지겹도록 긴 몇 분이 지나갔다.

그렇게 그들은 느릿느릿 하얀 다리에 도착했다. 여기서 길은 희미하게 번득이며 계곡 가운데의 개울을 건너 도시의 성문을 향해 구불구불하게 굽이쳐 오르며 나아갔다. 북쪽 성벽의 바깥쪽 원형 통로에 시커멓게 아가리를 벌린 것이 바로 그 성문이었다. 양쪽 강가에는 넓은 평지가, 창백한 하얀 꽃들로 가득한 어둑한 풀밭이 펼쳐졌다. 이 꽃들도 빛을 발했다. 그러나 아름답지만 뒤숭숭한 꿈속의 발광한 형체들마냥, 모양이 끔찍한 그 꽃들은 욕지기나는 납골당 냄새를 희미하게 발산했다. 대기에는 썩은 냄새가 진동했다. 다리는 풀밭과 풀밭 사이에 걸쳐져 있었다. 다리 입구에는 인간과 짐승의 형상을 본뜬 정교한 조각상들이 세워져 있었지만 모두 더럽고 보기에 역겨웠다. 밑으로 흐르는 물소리는 조용했고 물에서 증기가 피어올랐다. 다리 주변으로 몸부림치고 소용돌이치는 증기는 죽음처럼 차가웠다. 프로도는 현기증이 나고 정신이 혼미해졌다. 그때 갑자기 자신의 의지가 아닌 어떤 힘이 작용하는 것처럼 그가 비트적거리며 황급히 앞으로 나가기 시작했다. 무엇을 찾는 듯 더듬는 두 손이 내뻗쳤고 머리는 축 늘어져 이리저리 흔들렸다. 샘과 골룸 모두가 그를 잡으러 달려갔다. 샘은 주인이 바로 다리 입구에서 비틀거리다 막 떨어지려고 할 때 그를 품 안에 붙잡았다.

"그쪽이 아니에요! 아니, 그쪽이 아니라니까요!"

골룸이 속삭였다. 이빨 사이로 새어 나온 숨결이 휘파람처럼 무거운 정적을 찢는 것 같아 그는 기겁하여 땅바닥에 웅크렸다. 샘이 프로도의 귀에 대고 중얼거렸다.

"멈추세요, 프로도 씨! 돌아와요! 그쪽이 아니에요. 골룸이 아니라고 하는데 이번만은 저도 그와 생각이 같아요."

프로도가 손으로 이마를 어루만지고는 두 눈을 언덕 위의 도시로부터 확 잡아뗐다. 빛을 발하는 탑이 그를 홀렸던 것으로, 그는 성문 쪽으로 난 가물거리는 길로 뛰어가고픈 욕망과 싸웠다. 마침내 그가 힘들여 몸을 돌렸는데, 그렇게 할 때 그는 반지가 자신을 거역해 목에 걸린 줄을 끌어당기는 걸 느꼈다. 그리고 그가 시선을 돌릴 때 두 눈도 당장 눈이 멀어 버린 것 같았다. 그의 앞에 있는 어둠은 꿰뚫을 수 없는 것이었다.

겁에 질린 동물처럼 땅바닥을 기던 골룸은 벌써 어둠 속으로 사라지고 있었다. 샘은 비틀거리는 주인을 부축해 이끌며 될 수 있는 한 빨리 골룸을 따라갔다. 개울의 가까운 쪽 둑에서 멀지 않은 곳, 길가의 석벽 속에 틈새가 하나 있었다. 이것을 통과하고 나자 샘은 그들이 한 좁은 길 위에 있다는 걸 알았다. 그것은 주(主) 도로가 그랬듯이 처음엔 희미하게 번득이다가 이윽고 죽음 같은 꽃들의 풀밭 위로 오르며 흐릿해지고 어두워지면서 계곡의 북쪽 사면으로 꼬부라져 굽이쳐 올랐다.

호빗들은 이 길을 따라 나란히 터벅터벅 걸었다. 앞서가는 골룸은 뒤돌아서 그들에게 계속 오라고 손짓할 때 외에는 보이지 않았다. 그럴 때 그의 두 눈은 어쩌면 유독한 모르굴의 광채를 반사하여 초록빛과 흰빛으로 반짝이거나, 그것에 화답하는 내부의 어떤 기운에 의해 환해졌다. 프로도와 샘은 줄곧 두려운 마음으로 어깨 너머를 힐끗거리고 또 줄곧 눈을 도로 끌어당겨 어두워지는 길을 찾으면서도 그 죽음 같은 번득임과 어두운 눈구멍들을 늘 의식했다. 그들은 낑낑대며 천천히 나아갔다. 독기 서린 개울이 내뿜는 악취와 증기를 벗어나 위로 오르자 숨 쉬기가 한결 수월해졌고 머리도 맑아졌다. 그러나 이제 그들의 사지는 마치 짐을 지고 밤새 걸었거나 거센 물결을 헤치며 오래 헤

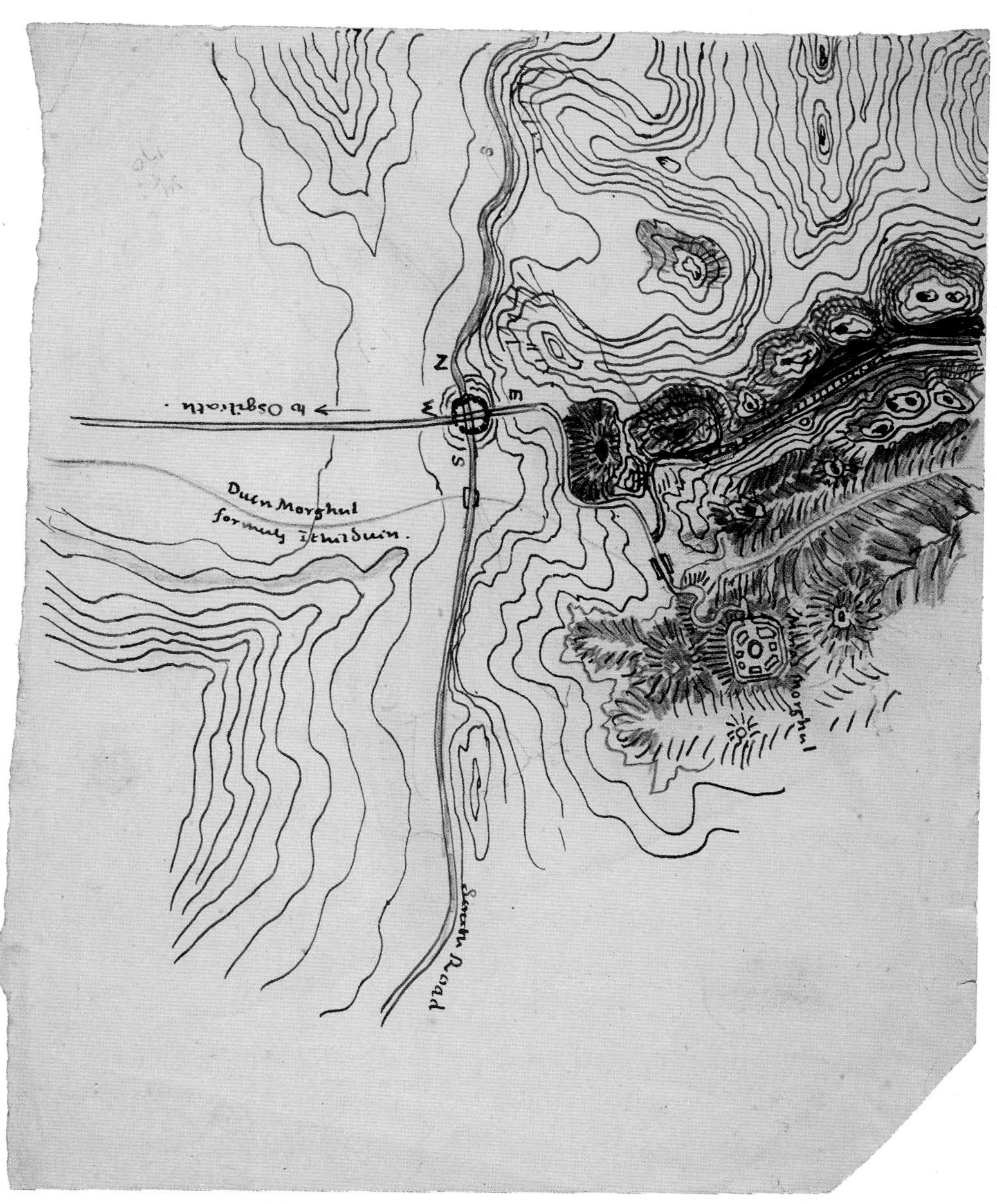

미나스 모르굴과 십자로(Minas Morgul & the Cross-roads)

엄친 것처럼 극도로 피로했다. 마침내 그들은 잠시 멈추지 않고는 더 나아갈 수 없었다.

프로도가 발길을 멈추고 돌 위에 주저앉았다. 이제 그들은 거대한 혹처럼 생긴 헐벗은 바위의 꼭대기까지 올라온 것이었다. 앞쪽으로는 계곡 방향으로 저지대가 뻗어 있고, 그곳의 상단 옆으로 돌아 길이 이어졌다. 그 폭은 오른편의 갈라진 틈이 있는 널찍한 바위 턱 정도에 불과했다. 길은 산의 가파른 남쪽 사면을 가로질러 위로 기어오르다가 마침내 위의 어둠 속으로 사라졌다.

프로도가 나직이 말했다.

"난 잠시 쉬어야겠어, 샘. 그것이 날 무겁게 눌러, 내 친구 샘, 아주 무거워. 내가 그것을 얼마나 멀리까지 지고 갈 수 있을까? 어쨌든 과감히 저것에 달려들기 전에 쉬어야겠어."

그가 앞의 좁은 길을 손으로 가리켰다.

"쉬잇! 쉿! 쉬잇!"

하고 골룸이 서둘러 그들에게 돌아오며 쉭쉭거렸다.

그가 입술에 손가락들을 갖다 대고 절박하게 머리를 흔들었다. 그는 프로도의 소매를 잡아끌며 길 쪽을 가리켰지만 프로도는 움직이려 하지 않았다.

"아직은 아냐. 아직은 아니라고."

피로와 피로보다 더한 것이 그를 짓눌렀다. 마치 그의 정신과 육체가 모진 마법에 걸린 것 같았다.

"난 쉬어야겠어."

하고 그가 중얼거렸다.

이 말에 골룸은 두려움과 동요가 격심해진 나머지 마치 공중의 보이지 않는 자가 엿듣는 걸 막으려는 것처럼 손으로 입을 가리고 쉭쉭거리며 다시 말했다.

"여기선 안 돼요, 안 돼요. 여기서 쉬면 안 된다니까요. 바보들 같아! 눈들이 우리를 볼 수 있어요. 그들이 다리로 오면 우리를 볼 거라고요. 떠나요! 올라가요, 올라요! 가요!"

"가요, 프로도 씨." 샘이 말했다. "이번에도 그의 말이 옳아요. 우린 여기서 머무를 수 없어요."

"알았어. 해 볼게."

프로도가 반쯤 잠든 상태에서 말하는 것처럼 아득한 목소리로 말했다. 그는 지긋지긋한 듯 일어섰다.

그러나 때가 너무 늦었다. 그 순간 발아래서 바위가 떨리고 흔들렸다. 어느 때보다 요란한 거대한 굉음이 지면을 울리고 산맥에 메아리쳤다. 그다음 별안간 모든 걸 다 태울 듯한 기세로 붉은 섬광이 밀어닥쳤다. 동쪽 산맥 저 너머에서 솟은 섬광은 하늘로 치솟아 검은 먹구름을 붉게 물들였다. 그 그림자의 계곡과 죽음 같은 차가운 빛 속에서 그것은 견딜 수 없을 만큼 격렬하고 사나워 보였다. 깔쭉깔죽한 칼처럼 생긴 돌 봉우리들과 능선들이 고르고로스에서 분출되는 불길을 배경으로 유난히 시커멓게 돌출되어 보였다. 이윽고 무시무시한 천둥소리가 들렸다.

그러자 미나스 모르굴이 응답했다. 검푸른 번개가 확 타올랐다. 탑에서, 그리고 빙 에두른 산지에서 갈퀴 모양의 푸른 화염이 음산한 구름 속으로 솟구쳤다. 대지가 신음했고, 저 멀리 도시로부터 외침 소리가 들렸다. 맹금들이 내는 것 같은 날카롭고 높은 목소리와 격정과 두려움으로 날뛰는 말들의 새된 콧소리가 한데 뒤섞여 대기를 찢으며 다가와, 청역(聽域)을 넘어선 높이까지 치솟았다. 호빗들은 그쪽으로 몸을 돌리더니 손으로 귀를 막고 몸을 바닥에 내던졌다.

넌더리 나도록 길게 울부짖다가 침묵으로 잦아들며 그 끔찍한 외침이 끝나자 프로도는 천천히 머리를 들었다. 좁은 계곡을 가로질러 이제 그의 눈길과 거의 수평이 되는 곳에 그 사악한 도시의 성벽이 서 있었고, 그 동굴 같은 성문이 번득이는 이빨을 드러낸 입처럼 넓게 벌어지고 있었다. 그리고 그 성문에서 대군이 쏟아져 나왔다.

전 부대가 밤처럼 어두운 검은 옷차림이었다. 프로도는 창백한 성벽과 빛나는 포장도로를 배경으로 줄줄이 늘어선 작고 검은 형체들이 소리 없이 빠르게 행진하여 끝없이 밖으로 나오는 걸 보았다. 그들의 앞에는 거대한 무리의 기병들이 정렬된 그림자들처럼 움직였고, 그 선두에 나머지 모두보다 몸집이 우람한 자가 있었다. 그는 두건 위에 무섭게 빛나는 왕관 모양의 투구를 쓴 것 외에는 온통 검은 차림의 기사였다. 그가 아래의 다리로 다가오고 있었고, 빤히 쳐다보는 프로도의 두 눈은 깜박이거나 시선을 거두지도 못한 채 그를 좇았다. 진정 아홉 암흑기사의 영주가 무시무시한 부대를 전장으로 이끌기 위해 지상으로 돌아온 것인가? 여기에, 실로 여기에 그 차가운 손을 들어 치명적인 칼로 반지의 사자를 내리쳤던 광포한 왕이 있었다. 묵은 상처가 욱신욱신 쑤셨고, 엄청난 한기가 프로도의 가슴 쪽으로 퍼졌다.

그가 이런 생각들로 두려움에 짓눌리고 마법에 걸린 듯 꼼짝달싹 못 하고 있던 참에 그 기사가 바로 다리 입구 앞에서 갑자기 멈춰 섰고 뒤편의 전 부대가 정지했다. 잠시 죽음 같은 정적이 흘렀다. 어쩌면 반지악령의 군주를 부른 것이 반지였을 테고, 해서 그는 자기 계곡 내의 어떤 다른 힘을 감지하고 한순간 마음이 어지러웠던 것이다. 두려움의 투구와 왕관을 쓴 그 어두운 머리가 이리저리 돌며 그 보이지 않는 눈들로 어둠을 훑었다. 프로도는 다가오는 뱀 앞의 한 마리 새처럼 움직이지도 못하고 기다렸다. 기다리면서 그는 반지를 끼어야 한다는 압박을 그 어느 때보다 절실하게 느꼈다. 그러나 그 압박이 막강했음에도 지금 그는 그것에 굴복하고픈 마음이 내키진 않았다. 반지가 자신을 배반할 뿐이라는 것과 설령 그것을 낀다 하더라도 자신에겐 모르굴의 왕을 대적할 힘이 없다는 것을—아직은 없다는 것을—그는 알고 있었다. 공포 때문에 기가 꺾이긴 했어도 그 자신의 의지 속에는 그 명령에 따르려는 어떤 응답의 움직임도 더는 없었다. 그는 다만 외부로부터의 강대한 힘이 자신에게 부딪쳐 오는 것을 느낄 뿐이었다. 그것이 그의 손을 붙들었고, 프로도가 그것을 바라지 않고 단지 미결정 상태에서 (마치 저 먼 곳의 어떤 옛이야기를 바라보는 것처럼) 마음으로 주시할 동안 그것은 그 손을 조금씩 목에 걸린 줄을 향해 움직여 갔다. 그제야 그 자신의 의지가 꿈틀거렸다. 그것은 천천히 그 손을 억지로 밀어내고 그것으로 하여금 다른 물건, 그의 가슴 가까이에 숨겨져 있는 물건 하나를 찾도록 했다. 그의 손아귀에 꽉 쥐어진 그것의 감촉은 차고 단단한 것 같았다. 오랫동안 고이 간직해 왔지만 그때까진 거의 잊고 있었던 갈라드리엘의 작은 유리병이었다. 그것을 만지자 한동안 반지에 대한 모든 생각이 그의 마음에서 사라졌다. 그는 한숨을 내쉬고 머리를 숙였다.

그 순간 반지악령의 군주는 몸을 돌려 말에 박차를 가해 다리를 가로질러 달렸고, 그의 음험한 부대 전체가 뒤를 따랐다. 어쩌면 요정 망토들이 그의 보이지 않는 눈을 물리쳤고 또 왜소한 적의 마음이 강해지면서 그의 생각을 슬쩍 비켜 버렸을 터였다. 어쨌든 그는 다급했다. 이미 결전의 순간이 닥쳤기에 그는 위대한 지배자의 명령에 따라 서부로 진격해야만 했다.

곧 그는 그림자가 그늘로 들어서듯 구불구불 휘어진 도로를 따라 달렸고 그 뒤로 여전히 검은 대군의 행렬이 다리를 건넜다. 이실두르가 강성했던 시절 이래로 저 계곡으로부터 그처럼 거대한 부대가 출동한 적은 한 번도 없었다. 그토록 강력한 무기를 갖춘 사나운 무리가 안두인대하의 여울들을 공격한 일도 없었다. 그렇지만 모르도르가 이번에 내보낸 부대는 하나의 무리일 뿐 가장 강력한 무리도 아니었다.

프로도가 몸을 꿈틀거렸다. 그리고 불현듯 파라미르가 애틋하게 생각났다.

'드디어 폭풍우가 닥친 거야. 창과 칼로 무장한 이 거대한 군세는 오스길리아스로 가고 있어. 파라미르가 제때 알 수 있을까? 짐작은 했더라도 공격 개시의 시간을 알았을까? 아홉 기사의 왕이 오는데 이제 누가 그 여울들을 지킬 수 있단 말인가? 게다가 또 다른 부대들이 들이닥칠 텐데. 내가 너무 늦었어. 만사가 끝장이야. 길에서 너무 꾸물댄 탓이야. 다 끝났다고. 내 사명이 수행된다 하더라도 누구도 알지 못할 거야. 내가 말해 줄 이도 아무도 없을 테고. 부질없는 일이 될 거야.'

그는 자신의 나약함을 뼈저리게 느끼며 울었다. 그동안에도 모르굴의 무리는 계속 다리를 건너갔다.

그때 아주 멀리서, 마치 별이 드는 어느 이른 아침 날이 밝아 문들이 열릴 무렵의 샤이어의 기억에서 나오는 것처럼, 그는 샘이 말하는 목소리를 들었다.

"깨어나세요, 프로도 씨! 깨어나시라고요!"

만약 그 목소리가 "아침 식사가 준비됐어요."라고 덧붙였다 하더라도 그는 거의 놀라지 않았을 터였다. 분명 샘은 절박했다. 그가 다시 말했다.

"깨어나세요, 프로도 씨! 그들이 사라졌어요."

철컹하는 둔중한 소리가 났다. 미나스 모르굴의 성문들이 닫혔다. 창기병의 마지막 행렬이 길 아래로 사라졌다. 탑은 계곡을 가로질러 여전히 이빨을 드러내고 씽긋 웃는 듯했지만 그 속의 빛은 사그라지고 있었다. 도시 전체가 나직하게 내리덮인 어두운 그늘과 정적으로 다시 빠져들고 있었다. 그렇지만 경계의 분위기는 여전히 삼엄했다.

"깨어나세요, 프로도 씨! 그들이 사라졌으니 우리도 가는 게 좋아요. 제 말을 이해하실지 모르겠지만 저기엔 아직도 어떤 것이 생생하게 움직여요. 눈이 달린 어떤 것이거나 어떤 꿰뚫어 보는 마음이에요. 우리가 한곳에서 오래 머물수록 그것은 그만큼 빨리 우리를 찾아낼 거예요. 어서요, 프로도 씨!"

프로도가 머리를 들더니 이내 일어섰다. 절망감은 떠나지 않았지만 나약한 마음은 지나갔다. 이제 그는 바로 전에 정반대로 느낀 것만큼이나 또렷하게, 자신이 해야만 할 일은 할 수 있다면 해야 한다는 것과, 파라미르, 아라고른, 엘론드, 갈라드리엘, 간달프 또는 다른 누군가가 그것에 대해 알게 될 것인지는 목적 외의 일이라고 느끼며 음울한 미소를 띠기까지 했다. 그는 한 손에 지팡이를 쥐고 다른 손엔 갈라드리엘의 유리병을 쥐었다. 벌써 손가락 사이로 선명한 빛이 샘솟고 있는 걸 보며 그는 그것을 품속에 밀어 넣고 가슴에 밀착시켰다. 그다음 그는 이제 어두운 심연을 가로지르는 하나의 희미한 회색빛에 불과한 모르굴의 도시에서 몸을 돌려 위로 향한 길을 갈 준비를 했다.

미나스 모르굴의 성문들이 열렸을 때 골룸은 호빗들을 그 자리에 내버려 두고 바위 턱을 따라 그 너머의 어둠 속으로 기어갔던 모양이었다. 이제 그가 이빨을 딱딱 마주치고 손가락을 딱딱 꺾으며 기어 돌아왔다. 그가 쉭쉭거렸다.

"바보 같으니! 어리석긴! 서둘러요! 위험이 지나갔다고 생각하면 안 돼요. 지나가지 않았어요. 서둘러요!"

그들은 대꾸하지 않고 다만 그를 따라 오르막의 바위 턱까지 갔다. 이미 다른 위험들을 그토록 숱하게 겪은 터였음에도 불구하고, 둘 중 누구도 그 일에는 마음이 내키지 않았다. 그러나 그것은 오래 지속되지는 않았다. 길은 산허리가 다시 바깥쪽으로 융기한 둥그런 모퉁이에 닿았고 거기서 갑자기 암반 속의 좁은 입구로 통했다. 골룸이 말했던 첫 계단에 드디어 도달한 것이었다. 어둠이 더 짙어져 그들은 손이 미치는 거리 너머로는 아무것도 볼 수가 없었다. 그러나 골룸이 몇 미터 앞에서 그들을 향해 돌아섰을 때 그의 두 눈은 파리하게 빛났다. 그가 속삭였다.

"조심해요! 계단이에요. 계단이 많아요. 조심해야 돼요!"

정말로 조심할 필요가 있었다. 프로도와 샘은 처음에는 이제 양쪽에 벽이 있어 한결 수월하다고 느꼈지만 계단은 거의 사다리처럼 가팔랐고, 또 위로 위로 올라갈수록 그들은 점점 뒤편의 길고 시커먼 낙차(落差)를 의식하게 되었다. 게다가 계단은 좁고 간격이 고르지 않아 처음의 생각과 달리 위험했다. 계단은 모서리가 닳아 반들반들했고 어떤 단들은 허물어졌고 또 어떤 것들은 발길이 닿으면 금이 가기도 했다. 호빗들은 힘들여 나아가다가 마침내 젖 먹던 힘까지 모은 손가락으로 앞의 단들에 매달려 욱신대는 무릎을 우격다짐으로 굽혔다 폈다 하는 지경에 이르렀다. 계단이 가파른 산 속으로 점점 깊이 파고들수록 그들의 머리 위에는 암벽이 더더욱 높게 솟았다.

그들이 더는 견딜 수 없다고 느낀 바로 그 순간에 드디어 그들은 다시 자신들을 빤히 내려다보는 골룸의 두 눈을 보았다. 그가 속삭였다.

"우린 올라온 거예요. 첫 계단은 지났어요. 그렇게 높이 올라오다니 재주가 좋은 호빗들이네요. 재주가 아주 좋은 호빗들이예요. 몇 개의 단만 더 지나면 끝이에요, 그래요."

샘은 정신이 어질어질한 데다 매우 지쳤다. 프로도는 그를 따라 마지막 단을 기어오르고는 주저앉아 다리와 무릎을 문질렀다. 그들은 경사가 보다 완만하고 계단이 없긴 하지만 계속 뻗쳐오르는 것 같은 깊고 어두운 통로를 앞에 두고 있었다.

골룸은 그들이 오래 쉬게 내버려 두지 않았다.

"아직 또 다른 계단이 있어요. 훨씬 긴 계단이에요. 다음 계단의 꼭대기에 닿으면 쉬어요. 아직은 안 돼요."

샘이 신음 소리를 냈다.

"더 길다고 그랬어?"

"그럼, 그러엄, 더 길어. 그러나 그리 어렵진 않아. 호빗들은 직선 계단을 올라왔어. 다음엔 나선형 계단이야."

"그리고 그다음엔 뭐가 있어?"

하고 샘이 묻자, 골룸이 나직하게 말했다.

"곧 알게 될 거야. 오, 그럼, 곧 알게 된다고!"

"네가 터널이 하나 있다고 말한 걸로 생각하는데. 뚫고 나가야 할 터널이나 그런 게 없어?"

"오, 그래, 터널이 하나 있지. 그러나 호빗들은 그것에 돌입하기 전에 쉴 수 있어. 그것을 통과하면 거의 꼭대기에 다다른 셈이지. 통과하면 다 온 거나 마찬가지야. 오, 그럼!"

프로도는 몸을 와들와들 떨었다. 기어오르느라 땀이 났었는데 이젠 춥고 끈적끈적하게 느껴졌고, 게다가 어두운 통로에는 위쪽의 보이지 않는 고지에서 불어 내리는 으슬으슬한 바람이 새어 들었다. 그는 일어나 몸을 흔들었다.

"자, 계속 가자고! 이곳은 앉아 있을 만한 곳이 아니야."

프로도가 말했다.

통로는 몇 킬로미터나 계속되는 것 같았고, 늘상 머리 위로 흐르던 으슬으슬한 공기는 나아갈수록 모진 바람으로 번졌다. 산맥은 죽음 같은 섬뜩한 숨결로 그들의 기를 꺾어 높은 곳들의 비밀로부터 발길을 돌리게 하거나 그들을 뒤편의 어둠 속으로 날려 보내려는 것 같았다. 그들은 별안간 오른쪽에서 벽을 느낄 수 없었을 때야 끝에 다다랐다는 것을 알았다. 보이는 것이라고는 거의 아무것도 없었다. 거대하고 보기 흉한 검은 덩어리의 형체와 짙은 회색 그림자가 그들의 머리 위와 사방을 에워쌌다. 그러나 잔뜩 찌푸린 구름 아래로 간간이 흐릿한 붉은빛이 깜박여 그들은 앞쪽과 양옆으로 거대한 봉우리들이 지붕을 떠받친 기둥처럼 높이 늘어선 것을 볼 수 있었다. 넓은 바위 턱 위에 이르기까지 그들은 수백 미터는 기어 올라온 것 같았다. 왼쪽에는 벼랑이, 오른쪽엔 깊은 구렁이 있었다.

골룸은 벼랑 아래로 바싹 붙어 길을 이끌었다. 당분간은 더는 오를 일은 없었지만 이제 어둠 속에서 땅바닥은 더 울퉁불퉁하고 위험했고 길에는 낙석의 더미와 덩어리가 널려 있었다. 그들은 천천히 조심스럽게 걸어 나갔다. 모르굴계곡에 들어온 후 얼마나 시간이 흘렀는지 샘도 프로도도 더는 짐작할 수 없었다. 밤은 끝이 없는 것 같았다.

마침내 그들은 벽이 어렴풋이 모습을 드러내는 것을 깨달았다. 또 한 번 앞에 계단이 펼쳐졌다. 그들은 잠시 멈췄다가 다시 오르기 시작했다. 길고 지루한 오르막길이었지만 이번 계단은 산허리로 파고들진 않았다. 여기선 거대한 벼랑의 표면이 뒤쪽으로 비탈졌고, 그 위를 가로질러 계단이 뱀처럼 구불구불하게 뻗어 있었다. 어느 한 지점에서 그것은 옆으로 뻗어 바로 어두운 구렁의 가장자리까지 이어졌다. 프로도가 힐끗 내려다보자 모르굴계곡 상단의 거대한 골짜기가 광대하고 깊은 구덩이처럼 보였다. 그 심연 밑으로, 죽음의 도시에서 감히 거명할 수 없는 고개까지 이르는 악령의 길이 마치 개똥벌레가 토해 낸 실 가닥처럼 가물거렸다. 그는 황급히 시선을 돌렸다.

계단은 계속 위로 휘어 구불구불 나아가다가 마침내 짧은 일직선의 마지막 구간과 더불어 다시금 또 다른 평지로 빠져나왔다. 길은 거대한 협곡의 주(主) 고개로부터 떨어져 나와 이젠 에펠 두아스의 보다 높은 지대 속 얕은 협곡 밑바닥을 따라 위태롭게 행로를 잡아 나갔다. 호빗들은 양쪽의 높은 교각들과 들쭉날쭉 뾰족한 석주들을 어슴푸레하게 식별할 수 있었다. 그것들 사이에는 밤보다 시커먼 거대한 균열과 틈새가 있었고 거기서 잊힌 겨울들이 볕을 쬐지 못하는 돌을 갉고 쪼아댔다. 정말로 이 어둠의 땅에 무시무시한 아침이 오고 있는 것인지 아니면 자신들이 저 너머 고르고로스의 고통 속에서 사우론이 일으킨 어떤 거대한 폭력의 불길을 보았을 뿐인지 그들로선 알 수 없었지만, 이제 하늘의 붉은빛은 더 강렬해진 것 같았다. 그럼에도 저 멀리 앞에서, 그리고 그럼에도 저 위 높은 데서 고개를 쳐든 프로도에게는 이 모진 길의 바로 그 꼭대기가 보이는 것 같았다. 동쪽 하늘의 을씨년스러운 붉은빛을 등지고 제일 높은 능선 속 두 검은 산마루 사이에, 깊게 파이고 갈라진 틈새 하나의 윤곽이 뚜렷이 드러났고, 각각의 산마루는 어깨 위에 돌로 된 뿔이 얹힌 것 같았다.

그는 잠시 멈춰서 보다 주의 깊게 바라보았다. 왼쪽 뿔은 높직하고 가늘었으며 그 속에선 붉은빛이 타올랐다. 저 너머 땅의 붉은빛이 어떤 구멍을 통해 빛나고 있었다. 이제 그는 그것이 바깥쪽 고개 위에 자리한 검은 탑이란 것을 알았다. 프로도는 샘의 팔을 건드리고 손가락으로 가리켰다.

샘이 말했다.

"난 저것의 생김새가 마음에 들지 않아요."

샘은 이렇게 말하고는 골룸에게 돌아서며 으르렁댔다.

"그러니까 너의 이 비밀스러운 길도 결국 감시되고 있었던 거야. 넌 내내 알고 있었을 텐데?"

그러자 골룸이 말했다.

"모든 길이 감시되고 있어, 그럼. 당연히 그렇지. 하지만 호빗들은 어떤 길이든 시도해야만 해. 이 길이 감시가 가장 덜한 것일 테고. 어쩌면 그들 모두가 큰 전투에 가 버렸을 수도 있어, 어쩌면 말이야!"

"어쩌면?"

샘이 툴툴거리며 다시 프로도에게 돌아섰다.

"자, 아직 멀리 떨어져 있는 것 같으니 저기에 닿으려면 한참을 더 올라가야 해요. 그리고 터널도 아직 남아 있고요. 쉬셔야 할 것 같아요, 프로도 씨. 지금이 밤인지 낮인지조차 모르겠지만 우린 몇 시간씩이나 계속 걸어왔어요."

"그래, 우린 쉬어야 해. 바람이 들이치지 않는 구석을 좀 찾아서 기운을 차리자고—마지막 구간을 위해서."

그는 그게 그럴 것이려니 하고 여겼다. 저 너머 미지의 땅에 대한 두려움 그리고 거기서 벌어질 사태는 아득하고 너무나 멀리 떨어져 있어 아직 그의 마음을 어지럽히지 않는 것 같았다. 그의 마음은 이 철통 같은 벽과 감시를 돌파하거나 극복하는 데 온통 쏠려 있었다. 일단 그 불가능한 일을 해낼 수 있다면, 그렇다면 여하튼 사명은 완수될 것이었다. 혹은 키리스 웅골 아래 돌투성이 어둠 속에서 아직도 고투를 벌이는, 지리하고 암담한 시간 속의 그에게는 적어도 그렇게 보였다.

그들은 두 개의 큰 암벽 사이 어두운 틈새에 주저앉았다. 프로도와 샘은 약간 안쪽으로 앉았고, 골룸은 입구 근처의 땅바닥에 쭈그리고 앉았다. 거기서 호빗들은 거명할 수 없는 땅으로 내려가기 전 마지막일 것으로 짐작되는 식사를, 어쩌면 그들이 언제고 함께 먹을 마지막 식사를 했다. 그들은 곤도르의 음식 약간과 요정들의 여행식을 먹고 물을 마셨다. 그러나 물은 아끼기 위해 입술을 적실 정도만 마셨다.

샘이 말했다.

"언제 다시 물을 구할 수 있을까요? 그렇지만 저쪽이라 하더라도 물은 마실 것 같은데요? 오르크들도 물은 마시겠죠, 안 그래요?"

"그럼, 그놈들도 물은 마시지. 그러나 그런 것에 대해선 말하지 말자고. 그런 물은 우리에겐 적합하지 않을 테니까."

"그럼 더더욱 병에 물을 채워야겠는데요. 그런데 이 위쪽엔 물이 전혀 없어요. 물소리나 물방울 흐르는 소리도 듣지 못한걸요. 더군다나 어쨌든 파라미르가 모르굴에선 어떤 물도 마셔선 안 된다고 했잖아요."

샘의 말에 프로도가 대답했다.

"임라드 모르굴에서 흘러나오는 물은 안 된다는 게 그의 말이었지. 지금 우린 그 계곡에 있는 게 아니니까, 만일 우리가 샘을 마주친다면 그건 거기로 흘러드는 것이지 거기에서 흘러나오는 건 아닐 거야."

"전 그 말은 믿지 않겠어요. 목이 말라 죽어 가기 전까진요. 이곳엔 뭔가 사악한 기운이 감돌아요."

샘이 킁킁대며 냄새를 맡았다.

"그리고 냄새도 나는 것 같아요. 알아차리세요? 숨 막히게 갑갑한 야릇한 종류의 냄새예요. 기분이 좋지 않아요."

"난 여기의 그 어떤 것도 전혀 마음에 들지 않아. 계단이든 돌이든, 숨결이든 뼈다귀든. 대지, 공기, 그리고 물까지, 죄다 저주받은 것 같아. 그러나 우리의 길은 그 속에 놓여 있어."

"예, 그건 그래요." 샘이 말했다. "우리가 출발하기 전에 그것에 대해 더 많이 알았더라면 우린 여기에 있지도 않을걸요. 그러나 왕왕 일은 그렇게 되고 마는 것 같아요. 옛이야기와 노래 속의 용감한 일들이 그렇잖아요, 프로도 씨. 제가 모험이라고 부르곤 하는 일들이죠. 이야기 속의 놀라운 이들이 찾아 나서는 게 그런 일들이라고 전 생각했더랬죠. 왜냐면 그들은 그런 일들을 원했고, 또 삶은 얼마간 따분한 반면에 그것들은 신나니까 프로도 씨 말씀대로라면 유희 같은 게 되는 거죠. 그러나 정작 중요한 이야기들 또는 우리 마음에 남아 있는 이야기들은 그렇지가 않아요. 사람들은 그런 일들에 그냥 마주쳤던 것 같아요, 대개는요—당신께서 표현하듯 그들의 길이 그쪽으로 놓였던 거죠. 그들에게도

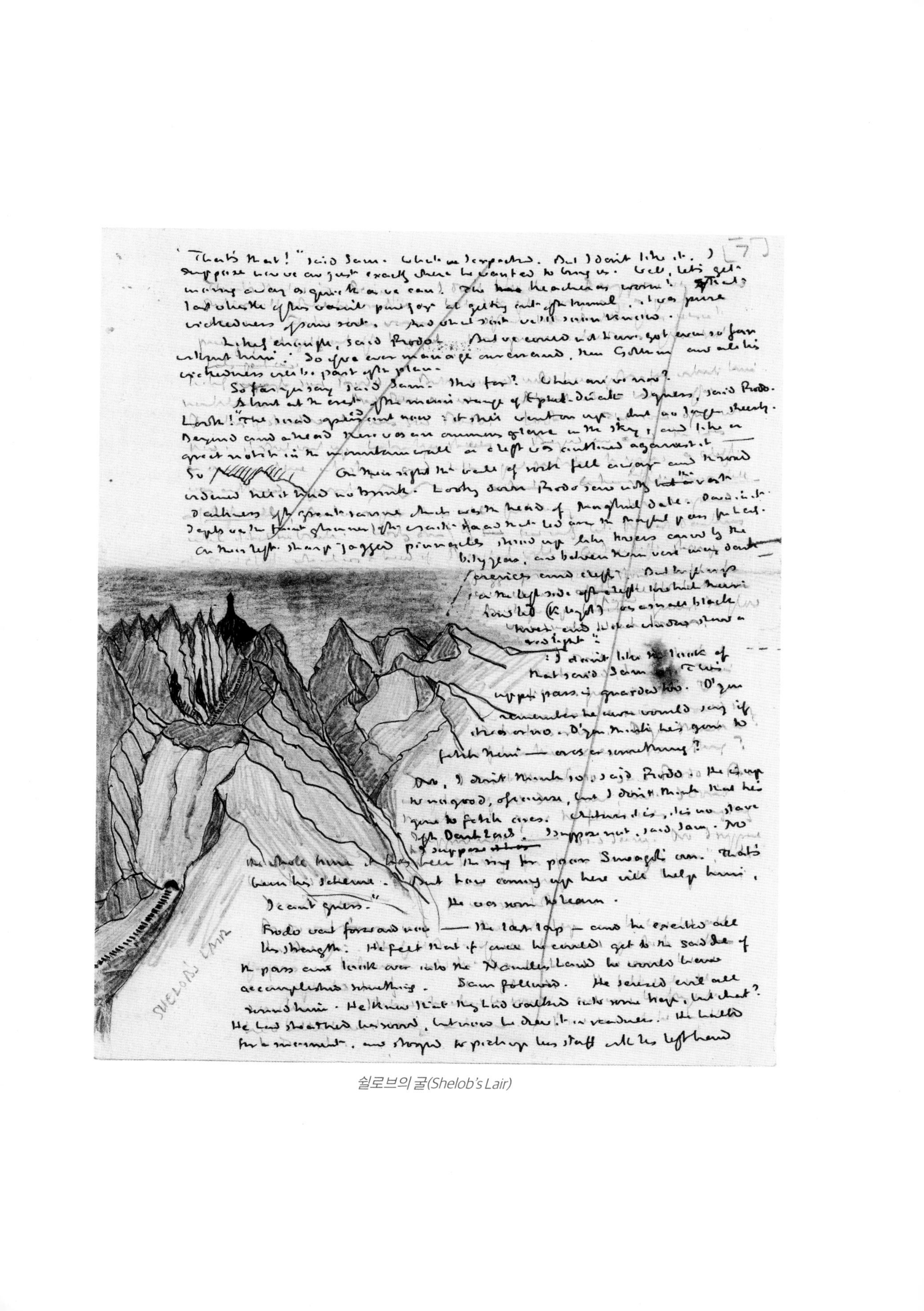

쉴로브의 굴(*Shelob's Lair*)

우리처럼 발길을 돌릴 많은 기회가 있었을 테지만 그들은 그렇게 하지 않았을 따름이에요. 또 그들이 그렇게 했더라도 우린 알 수가 없을 거예요. 그들은 잊혔을 테니까요. 우린 계속 나아가는 이들에 관해 듣지만—모두가 좋은 결말에 이르진 않는다는 걸 유념해야 해요. 적어도 이야기 밖이 아니라 속의 사람들이 좋은 결말이라고 부르는 것에는 이르지 않죠. 당신도 아시듯, 고향에 돌아오면 별 탈은 없지만 예전과 같지 않다는 걸 알게 되죠—빌보 어르신처럼 말이에요. 그러나 듣기에는 그런 것들이 반드시 최상의 이야기는 아니지만 직접 맞닥뜨리기에는 최상의 이야기일 수 있죠! 우리는 어떤 종류의 이야기에 빠져든 걸까요?"

"나도 궁금해." 프로도가 말했다. "하지만 모르겠어. 진짜 이야기는 으레 그렇지. 자네가 좋아하는 어떤 이야기든 예로 들어 봐. 자넨 그게 어떤 종류의 얘긴지, 행복한 결말인지 슬픈 결말인지 알거나 짐작할 수 있을 거야. 그러나 그 속의 사람들은 모르지. 그리고 자넨 그들이 아는 걸 원치 않지."

"그럼요, 물론 원치 않죠. 베렌을 보자고요. 그는 자신이 상고로드림의 강철 왕관에서 저 실마릴을 얻을 거라고는 생각도 못 했어요. 그렇지만 그는 얻었고, 게다가 저것은 우리보다도 더 악조건의 장소이고 더 암담한 위험이었어요. 물론 그것은 긴 이야기라서 행복한 시기를 지나 비탄과 그 너머까지 계속되죠—그리고 실마릴도 돌고 돌아 에아렌딜에게 넘어갔고요. 그런데 참, 프로도 씨, 제가 이전엔 결코 생각하지 못한 건데요! 우리는— 당신은 귀부인께서 주신 저 별 유리병 속에 그것의 빛을 얼마간 갖고 있잖아요! 글쎄, 그걸 생각하면 우린 여전히 같은 이야기 속에 있다고요! 이야기는 계속되고 있고요. 위대한 이야기들은 결코 끝나지 않는 건가요?"

"그럼, 이야기로서 그것들은 절대 끝나지 않지. 그러나 그 속의 사람들은 왔다가 자신의 역할이 끝나면 가는 법이지. 우리의 역할도 언젠가는—아니 어쩌면 때 이르게 끝날 거야."

프로도가 말하자 샘이 음울하게 웃었다.

"그때가 되면 우리는 얼마간의 휴식과 잠을 취할 수 있겠네요. 제 말뜻은 그냥 그것뿐이에요, 프로도 씨. 소박한 일상의 휴식과 잠, 그리고 깨어나서 해야 하는 정원에서의 아침 일 같은 거죠. 제가 내내 바랄 것은 그런 게 다가 아닌가 싶어요. 모든 크고 중요한 계획들은 저 같은 것들과는 상관이 없죠. 그럼에도 저는 우리가 언제고 노래나 이야기 속에 담기게 될지 궁금해요. 물론 우리가 담긴 게 하나 있긴 하죠. 그러나 제 말은, 아시다시피, 말로 옮겨져 난롯가에서 들려지거나 또는 오랜 세월 후에 빨갛고 검은 철자들이 실린 거창하고 큰 책으로 읽히는 거예요. 그러면 사람들이 '프로도와 반지에 대해 들어 보자!'라고 말하겠죠. 또 이렇게도 말할 테죠. '좋아요, 그건 제가 제일 좋아하는 이야기 중 하나예요. 프로도는 아주 용감했어요, 그렇지 않아요, 아빠?' '그럼, 얘야, 호빗 가운데 제일 유명한 인물인데 그건 대단한 거야.'"

"너무나 대단하군."

프로도는 이렇게 말하고 웃었는데, 가슴에서 우러난 길고 맑은 웃음이었다. 사우론이 가운데땅에 온 이후 그런 웃음소리는 그 일대에선 들린 적이 없었다. 별안간 샘에게는 모든 돌들이 귀를 기울이고 있고 우뚝 선 바위들이 그 돌들 위로 몸을 구부리는 것 같았다. 그러나 프로도는 그런 것들에 신경 쓰지 않고 다시 웃으며 말했다.

"아니, 샘, 어떻든 자네 말을 들으니 마치 그 이야기가 이미 쓰인 것처럼 기분이 유쾌해지는군. 하지만 자넨 중요 인물들 가운데 한 명을 빠뜨렸어. 강심장 샘와이즈 말이야. '난 샘에 대해 더 듣고 싶어요, 아빠. 왜 그의 말을 더 많이 넣지 않은 거예요, 아빠? 그게 제가 좋아하는 것이고 그걸 들으면 웃음이 나와요. 그리고 샘이 없었다면 프로도는 큰일을 이루지 못했을 거예요, 안 그래요, 아빠?'"

샘이 말했다.

"글쎄요, 프로도 씨. 놀리시면 안 돼요. 전 진지하게 말한 거예요."

"나도 그랬어. 지금도 그렇고. 우린 좀 너무 앞서가고 있어. 샘, 자네와 난 아직 이야기 중 최악의 지점들에서 옴짝달싹 못 하고 있고, 어떤 이들은 십중팔구 이 대목에서 이렇게 말할 거야. '이제 책을 덮어요, 아빠. 더는 읽고 싶지 않아요.'"

"그럴지도 모르죠. 하지만 저라면 그렇게 말하진 않겠어요. 이미 완료되어 위대한 이야기의 일부가 된 일들은 다르다고요. 뭐, 심지어 골룸조차도 이야기 속에선 착할 수 있을 테고 어쨌든 프로도 씨께서 곁에 두기엔 실제보다 나은 인물일 수도 있어요. 그리고 자기 말로는 그 자신도 한때 이야기를 좋아하곤 했다지요. 그는 자기를 주인공과 악당 중 어느 쪽으로 생각할까요?"

샘은 골룸에게로 돌아서며 소리쳤다.

"골룸! 넌 주인공이 되고 싶니? 어, 이번엔 또 어디로 갔지?"

은신처의 입구에도 가까운 어둠 속에도 그의 자취는 없었다. 그는 늘 그랬듯 한 모금의 물은 받아 마셨지만 그들의 음식은 거절했고 그 후엔 자려고 몸을 곱송그린 것 같았다. 그들은 전날 그가 오랫동안 자리를 비웠던 목적들 가운데 적어도 하나는 자신의 입맛에 맞는 음식을 찾아 헤매는 것이려니 하고 여겼다. 그런데 지금 그는 그들이 이야기할 동안 다시 슬며시 사라져 버린 게 분명했다. 그러나 이번엔 무슨 목적이란 말인가?

"전 놈이 말도 없이 살금살금 사라지는 게 마음에 안 들어요. 그리고 지금은 특히나 그래요. 놈이 어떤 종류의 바위에 끌리는 게 아니라면 이런 높은 데서 음식을 찾고 있을 리는 없어요. 아니, 이끼 한 줌도 없잖아요!"

샘이 말했다.

"지금 그에 대해 안달해 봤자 소용없어. 그가 없었다면 우린 이렇게 멀리까지 올 수 없었을 거야. 심지어 고갯길이 보이는 데까지도 올 수 없었다고. 그러니 우린 그의 행태를 감수해야 할 거야. 만일 그가 믿을 수 없는 자라 하더라도 어쩔 수 없는 일이야."

"그렇다 하더라도 저는 놈을 감시하겠어요. 믿을 수 없는 놈이라면 더더욱. 이 고갯길이 감시되는지 아닌지를 놈이 결코 말하지 않으려 한 걸 기억하세요? 지금 저기 탑이 보이는데, 저것은 버려진 것일 수도 있지만 아닐 수도 있어요. 당신께선 놈이 그들을, 오르크들이든 누구든, 데리러 간 거라고 생각하진 않으세요?"

프로도가 대답했다.

"아니, 난 그렇게 생각하지 않아. 설령 그가 어떤 사악한 일을 꾸미고 있다 할지라도, 또 그런 일이 있을 수도 있다고 여기지만 말이야. 난 그게 그런 거라고 생각지 않아. 오르크들이나 대적의 어떤 졸개들을 데려오진 않을 거라고. 왜 그가 지금까지 기다리고 기어오르는 그 모든 고생을 겪으며 자신이 두려워하는 땅에 이렇게 가까이까지 왔을까? 우리가 그를 만난 이후로 그는 아마 몇 번이나 우리를 오르크들에게 팔아넘길 수 있었을 거야. 아니야. 만일 뭔가가 있다면 그건 그가 매우 비밀스럽게 여기는 자신만의 작고 개인적인 술수일 거야."

"음, 옳은 말씀인 듯해요, 프로도 씨." 샘이 말했다. "그 말씀에 크게 안심되는 건 아니지만요. 전 확신해요, 놈이 저를 오르크들에게 넘기는 걸 자기 손에 입 맞추는 것만큼이나 기꺼이 할 거란 걸 의심치 않아요. 하지만 제가 잊고 있었네요—놈의 보물을요. 아니, 제 추측으론 그가 내내 노린 건 불쌍한 스메아골을 위한 보물이었어요. 바로 그게 그의 모든 자잘한 책략들의 바탕에 깔린 단 하나의 생각이죠. 만일 놈에게도 생각이란 게 있다면 말이에요. 그러나 우릴 이렇게 높은 곳까지 데려온 게 놈에게 어떤 도움이 될지는 저로선 짐작할 수가 없네요."

"십중팔구 그 자신도 짐작 못 할 거야. 그리고 난 그가 자신의 얼빠진 머릿속에 하나의 명료한 계략만 갖고 있다고는 생각하지 않아. 내 생각에, 정말로 그는 부분적으로는 보물이 대적의 수중에 들어가지 않게끔 애쓰고 있어. 할 수 있는 한 말이야. 만약 대적이 그걸 가진다면 그건 그 자신에게도 최후의 재앙이 될 테니까. 그리고 아마도 그는 다른 부분으로는 그냥 때를 기다리며 기회를 엿보고 있는 중일 거야."

"맞아요. 제가 전에 말한 대로 살금이 겸 구린 놈이죠. 그러나 그들이 대적의 땅에 가까워질수록 그만큼 더 살금이는 구린 놈을 닮을 거예요. 제 말 잘 들으세요. 만일 언제고 우리가 그 고갯길에 닿으면 정말이지 놈은 우리가 그 소중한 물건을 경계 너머로 갖고 가게 내버려 두지 않을 거예요. 반드시 무슨 분란을 일으킬 거라고요."

"우린 아직 거기 당도하지 않았어."
하고 프로도가 말했다.

"그렇죠, 하지만 그때까지는 우린 눈을 크게 뜨고 지켜보는 게 좋아요. 만약 우리가 방심하는 게 보이면 곧장 구린 놈이 떨쳐 일어날 거예요. 지금은 당신께서 눈을 좀 붙여도 안전하겠지만요. 제 곁에 가까이 누우시면 안전해요. 당신께서 주무시는 걸 보면 전 참으로 기쁠 거예요. 제가 지켜볼 거예요. 게다가 어쨌든 제 팔이 당신을 두른 채로 가까이 누우신다면 그 누구도 당신의 샘이 모르게 당신께 다가와 손댈 수는 없어요."

"잠이라! 그럼, 심지어 여기서도 난 잘 수 있어."

프로도가 말하고 한숨지었는데, 마치 사막에서 서늘한 초록의 신기루라도 본 듯했다.

"그럼 주무세요, 프로도 씨! 제 무릎을 베고 누우세요."

몇 시간 후 골룸은 앞쪽 어둠으로부터 길을 따라 살금살금 기어 돌아와 그들의 그런 모습을 보았다. 샘은 머리가 옆으로 떨어지고 거칠게 숨을 쉬며 돌에 기대어 앉아 있었다. 그의 무릎에는 깊이 잠든 프로도의 머리가 놓여 있었는데, 그의 흰 이마 위에 샘의 갈색 손 하나가 얹혔고 다른 손은 주인의 가슴 위에 부드럽게 놓여 있었다. 그들의 얼굴 모두에 평화가 깃들어 있었다.

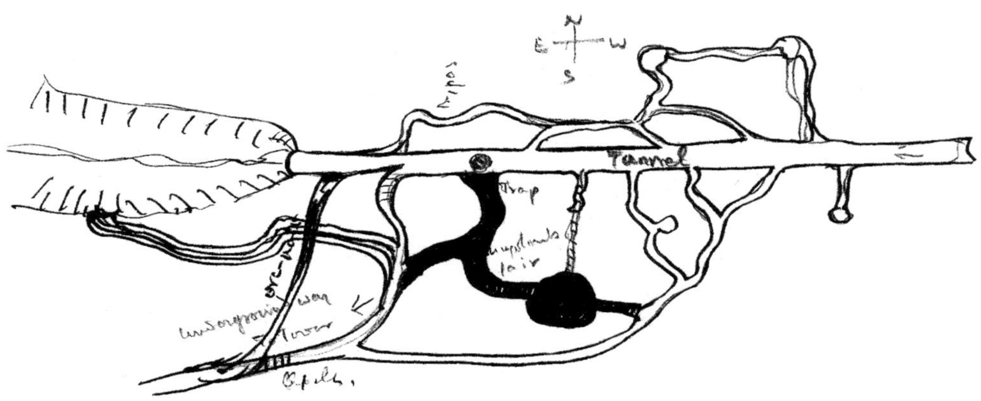

쉴로브의 굴 지도(*Plan of Shelob's Lair*)

골룸이 그들을 쳐다보았다. 그의 여위고 굶주린 얼굴 위로 야릇한 표정이 스쳤다. 두 눈에서 번득임이 사라지면서 그것들은 흐릿한 잿빛으로 변하고 늙고 지친 듯했다. 고통의 경련이 그의 몸을 뒤트는 것 같았고, 이어서 그는 눈길을 돌려 마치 어떤 내면의 토의에 열중한 것처럼 머리를 가로저으며 뒤로 고갯길 쪽을 빤히 올려다봤다. 이윽고 그는 돌아와 떨리는 한 손을 천천히 내밀어 아주 조심스럽게 프로도의 무릎을 만졌다—하지만 그 감촉은 거의 애무와도 같았다. 눈 깜짝할 동안이라도 잠든 이들 중 하나가 그를 볼 수 있었다면 그는 자신이 제 수명보다 훨씬 오래도록, 친구들과 친족 그리고 청춘의 들판과 개울보다 오래도록 살아온 세월에 쪼그라든 늙고 지친 호빗 하나를, 늙고 굶주리고 가련한 호빗 하나를 봤다고 생각했을 것이다.

그러나 그 감촉에 프로도가 꿈틀대고 잠 속에서 나직이 소리치자 즉시 샘이 화들짝 깨어났다. 그의 눈에 먼저 들어온 것이 골룸이었다. 그는 '나리를 더듬는군.' 하고 생각하고, 우락부락하게 말했다.

"어이, 너? 무슨 짓거리를 하는 거야?"

"아무것도 아냐, 아무것도. 훌륭한 주인님이야!"
하고 골룸이 나직이 말했다. "

"아무렴. 그런데 어딜 갔던 거야? 살그머니 떠났다가 살그머니 돌아오고, 이 늙은 악당아?"

샘의 말에 골룸이 주춤거리며 물러났는데, 그의 두꺼운 눈꺼풀 아래로 초록 섬광이 가물거렸다. 툭 튀어나온 두 눈에다 굽은 사지 위에 웅크려 주저앉은 모습이 영락없는 거미 꼴이었다. 조금 전의 눈 깜짝할 순간은 돌이킬 수 없이 사라졌다.

"살금거리고 살금거린다고!"

그가 쉭쉭거렸다.

"호빗들은 언제나 아주 예의 바르지, 그럼. 오, 훌륭한 호빗들! 스메아골이 그들을 다른 누구도 찾을 수 없는 비밀스러운 길들로 데려다줬어. 그는 피곤하고 그는 목이 말라, 그래, 목말라. 그리고 그는 그들을 안내하며 길들을 찾았는데 그들은 날더러 살금살금거린대. 아주 훌륭한 친구들이야. 오, 그래, 내 보물아, 아주 훌륭하다고."

샘은 믿을 마음이 더 생긴 건 아니었지만 자신이 좀 심했다는 생각이 들어 말했다.

"미안해. 미안하다고. 그렇지만 네가 날 놀라게 해서 잠이 깼단 말이야. 게다가 난 잠들면 안 되는 터라 그 때문에 신경이 좀 날카로워진 거야. 그나저나 프로도 씨가 저토록 지쳤길래 내가 눈 좀 붙이시라고 청했어. 자, 사정이 그렇게 된 거야. 미안해. 그런데 넌 어딜 갔었지?"

"살금거렸지."
하고 골룸이 말했는데, 그 눈에서 초록 섬광이 사라지지 않았다.

"오, 좋아." 샘이 말했다. "네 마음대로 해! 난 그 말이 진실과 동떨어진 거라고 여기진 않아. 그럼 이제 우리 모두가 함께 살금거리며 가는 게 좋겠군. 시간이 얼마나 됐지? 아직 오늘이야, 아님 내일인 거야?"

"내일이지. 혹은 호빗들이 잠들었을 때가 내일이었어. 매우 어리석고 매우 위험한 짓이야. 만일 불쌍한 스메아골이 여기저기 살금대며 망을 보고 있지 않았더라면 말이야."

"난 곧 우리가 그 말에 넌더리가 날 거라고 생각해. 그러나 걱정 말라고. 내가 프로도 씨를 깨울 테니까."

샘은 이렇게 말하고, 프로도의 이마에서 머리카락을 부드럽게 쓸어 올리고 몸을 숙여 나지막이 말했다.

"일어나세요, 프로도 씨! 일어나요!"

프로도가 꿈틀대며 눈을 뜨더니 자신의 몸 위로 수그린 샘의 얼굴을 보고 미소를 지었다.

"날 일찍 깨우는 거 아니야, 샘? 아직도 어둡잖아!"

"예, 여긴 언제나 어둡죠. 한데 골룸이 돌아왔어요, 프로도 씨. 그리고 그가 말하길 벌써 내일이래요. 그러니 우린 계속 걸어가야 해요. 마지막 구간을."

프로도가 숨을 깊이 들이쉬고 일어나 앉았다.

"마지막 구간이라! 안녕, 스메아골! 음식 좀 찾았어? 좀 쉬었나?"

"스메아골에겐 음식도 휴식도 아무것도 없어요. 그는 살금이니까요."
하고 골룸이 말했다. 샘이 쯧쯧 혀를 차면서도 성미는 억눌렀다.

프로도가 말했다.

"너 자신에게 고약한 이름들을 붙이지 마, 스메아골. 그것들이 참이든 거짓이든 그건 어리석은 일이야."

"스메아골은 자신에게 주어지는 건 받아야 해요. 그는 친절한 샘와이즈 나리로부터 그 이름을 받았어요, 아는 게 엄청 많으신 호빗 말이에요."

프로도가 샘을 쳐다보았다. 샘이 말했다.

"맞아요. 불시에 잠에서 깨어나 그가 옆에 있는 걸 보고 제가 그 말을 썼어요. 미안하다고 말했는데, 곧 그렇지도 않을 것 같아요."

"자, 그러면 그건 접어 두자고." 프로도가 말했다. "그건 그렇고 이제 우린 요점에 이른 것 같아. 너와 내가 말이야. 스메아골, 말해 줘. 우리 둘이서만 남은 길을 찾을 수 있을까? 고갯길과 들어가는 길이 보여. 그러니 이제 우리가 남은 길을 찾을 수 있다면 우리의 합의는 끝난 거라고 말할 수 있을 거야. 약속한 바를 지켰으니 이제 너는 자유로워. 음식과 휴식으로 돌아가거나 어디든 가고 싶은 데로 갈 수 있어. 단, 대적의 부하들에게 가는 것만 빼고. 그리고 언젠가 너에게 보답할 날이 있을 거야. 나 아니면 나를 기억하는 이들이 말이야."

골룸이 우는소리로 말했다.

"아니, 아니, 아직은 아니에요. 오, 아니에요! 그들은 자기들끼리 길을 찾을 수 없어요. 안 그래요? 오, 안 돼요, 정말. 곧 터널이 나타나요. 스메아골이 계속 가야 해요. 휴식도 없고 음식도 없지만 아직은 아니라고요."

Chapter 9

쉴로브의 굴

골룸이 말한 대로 지금이 실제로 낮 시간일 수도 있었지만, 호빗들로선 다른 점을 알 수가 없을 지경이었다. 아마도 위의 음산한 하늘이 완전히 캄캄하진 않은 채 방대한 지붕을 이룬 연기 같고, 다른 한편으론 균열들과 구멍들 속에서 여태 꾸물대던 깊은 밤의 어둠 대신 회색의 침침한 그림자가 주변의 돌투성이 세계를 감싼 걸 제외한다면 말이다. 골룸이 앞장서고 호빗들은 나란히 선 가운데 그들은 갈라지고 비바람에 마모된 암석 교각들과 기둥들 사이의 긴 골짜기를 올라갔다. 그것들은 양편에 다듬다 만 거대한 석상들처럼 서 있었다. 아무 소리도 들리지 않았다. 앞쪽으로 얼마쯤, 1.5킬로미터 남짓 되는 곳에 거대한 회색 암벽이 있었는데, 돌산에서 마지막으로 솟아오른 거대한 덩어리였다. 그것은 주변보다 어두운 모습으로 드러났고 그들이 다가갈수록 꾸준히 솟아오르더니 마침내는 그들 위로 높이 우뚝하게 솟구쳐 그 너머의 모든 것에 대한 시야를 차단했다. 그 발치 앞에는 짙은 그림자가 깔려 있었다. 샘이 킁킁대며 공기의 냄새를 맡았다.

"으윽! 그 냄새야! 냄새가 점점 강해지고 있어요."

이내 그들은 그 그림자 아래에 있었고 그 속에서 동굴의 입구를 보았다.

"이게 들어가는 길이에요. 이것이 터널의 입구라고요."

골룸이 나직하게 말했다. 그는 그것의 이름인 토레크 웅골, 즉 쉴로브의 굴을 말하지 않았다. 거기서부터 악취가 풍겨 나왔는데, 모르굴의 풀밭에서 맡았던 부패의 역겨운 냄새가 아니라, 마치 안쪽 어둠 속에 뭐라 이름 붙일 수 없는 오물이 쌓이고 갈무리된 것 같은 고약한 냄새였다.

"이게 유일한 길인가, 스메아골?"

하고 프로도가 물었다.

"예, 예. 우린 지금 이 길로 가야만 해요."

골룸이 대답하자, 샘이 말했다.

"너는 이 구멍을 지나가 본 적이 있다는 거야? 쳇! 근데 넌 악취가 아무렇지도 않은 모양이군."

골룸의 두 눈이 반짝였다.

"그는 우리가 뭘 꺼리는지 몰라, 안 그래, 보물? 그럼, 그는 모르지. 그러나 스메아골은 온갖 걸 견딜 수 있어. 그럼. 그는 지나가 봤으니까. 오, 그럼, 쭉 지나갔지. 이게 유일한 길이야."

샘은 다시 물었다.

"그런데 대체 어디서 이 냄새가 나는 거야? 뭐 같으냐면—음, 말하고 싶지도 않군. 장담컨대, 그 속에 백 년 동안의 오물이 가득 찬 오르크들의 더러운 구멍 같다고."

"자, 오르크들이든 아니든 이게 유일한 길이라면 우린 그걸 잡아야만 해."
프로도가 말했다.

그들은 숨을 깊게 들이쉬고 안으로 들어갔다. 몇 걸음 만에 그들은 앞을 내다볼 수 없는 칠흑의 어둠 속에 놓였다. 모리아의 빛이 없는 통로들 이래로 프로도나 샘은 그 같은 어둠을 겪어 본 적이 없었다. 가능한 일인지는 몰라도, 여기의 어둠이 더 깊고도 진했다. 거기선 공기가 움직이고 있었고 메아리와 공간 감각이 있었다. 여기선 공기가 정지하고 고여 있어 께느른한 데다 소리도 울리지 않았다. 말하자면 그들은 진정한 어둠 그 자체에서 빚어진 시커먼 증기 속에서 걸었다. 그것을 호흡하면 두 눈뿐만 아니라 정신까지 눈멀고 심지어는 색깔, 형체 및 그 어떤 빛에 대한 기억마저도 생각에서 사그라들었다. 언제나 있어 왔고 또 언제나 있을 것 같은 밤이 전부였다.

그러나 한동안은 그들이 아직 느낄 수 있었으니, 정녕 그들의 발과 손가락의 감각이 처음엔 고통스러울 만큼 날카로워진 것 같았다. 놀랍게도 벽의 촉감은 매끄러웠고, 바닥은 가끔씩을 제외하곤 곧고 가지런한 가운데 내내 똑같은 가파른 비탈의 오르막이었다. 터널은 높고도 넓었는데, 폭이 워낙 넓은지라 호빗들이 두 손을 쫙 뻗어 옆의 벽만 만지며 나란히 걷는데도 불구하고 그들은 서로 떨어져 어둠 속에 홀로 고립되고 말았다.

먼저 들어갔던 골룸은 단지 몇 발짝 앞에 있는 것 같았다. 그들이 아직 그런 일에 신경 쓸 수 있을 동안에는 바로 앞에서 쉬쉬대고 헐떡거리는 그의 숨소리가 들렸다. 그러나 얼마 후엔 그들의 감각이 둔해져 촉각과 청각 모두가 마비되는 것 같았다. 그들은 주로 들어올 때의 의지의 힘으로, 돌파하겠다는 의지와 마침내 저 너머의 높은 문에 닿으려는 욕망으로 더듬어 걸으며 계속 나아갔다.

아마 아주 멀리까지 가기도 전이었을 것이다. 이내 시간과 거리 감각을 놓쳐 버린 오른편의 샘이 벽을 더듬다가 측면에 출구가 하나 있다는 걸 인지했다. 잠시 동안 그는 덜 께느른한 어떤 공기를 흐릿하게 들이마셨고 뒤이어 그들은 그것을 지나쳤다.

"여기엔 통로가 하나만이 아니네요."

샘이 힘들게 속삭였다. 숨결로 어떤 소리를 낸다는 것도 어려운 것 같았다.

"이처럼 오르크다운 곳은 그 어디에도 없을걸요!"

그 후로는, 먼저 오른편의 샘이, 다음에는 왼편의 프로도가 그런 출구 서너 개를 지나쳤는데, 어떤 것은 보다 넓고 또 어떤 것은 보다 작았다. 그러나 본(本)길에 대해선 아직 어떤 의구심도 없었던 것이, 그것은 곧게 뻗어 어느 쪽으로도 굽지 않고 꾸준히 위로 이어졌던 것이다. 하지만 그것은 그 얼마나 길고, 그런 길을 그들이 얼마나 더 견뎌야만 할 것이며 혹은 그들이 견뎌 낼 수는 있을 것인가? 기어오를수록 공기의 숨 막힘이 커져 가고 있었다. 그리고 이제 그들에겐 종종 캄캄한 어둠 속에서 오염된 공기보다 더 두터운 어떤 장애가 감지되는 것 같았다. 앞으로 밀고 나가면서 그들은 무언가가 머리나 두 손에 스치는 것을 느꼈다. 아마도 긴 촉수(觸手)들이나 늘어뜨려진 덩굴들 같았으나 그들로선 그게 뭔지 알 수가 없었다. 게다가 악취가 계속 심해졌다. 후각이 그들에게 남겨진 유일하게 선명한 감각으로 느껴질 만큼 악취는 심해졌고 그것을 견딘다는 건 대단한 고통이었다. 한 시간, 두 시간, 세 시간, 그들은 빛이 없는 이 구멍 속에서 얼마나 많은 시간을 보냈던가? 몇 시간—아니 어쩌면, 며칠, 몇 주일일지도. 샘이 터널 가를 떠나 프로도 쪽으로 몸을 움츠리자 그들의 손이 닿았고, 그들은 서로 손을 굳게 맞잡고 함께 계속해서 나아갔다.

마침내 왼쪽 벽을 따라 더듬어 가던 프로도가 별안간 공허에 다다랐다. 하마터면 그가 옆의 허공 속으로 떨어질 뻔했다. 여기에는 암벽 속에 그들이 이제껏 지나친 어떤 것보다도 훨씬 넓은 출구가 있었고, 거기로부터 심히 고약한 냄새와 강렬한 숨은 적의의 느낌이 닥쳐와 프로도가 휘청거렸다. 그리고 그 순간 샘도 비틀거리며 앞으로 넘어졌다.

프로도는 메스꺼움과 두려움을 떨치며 샘의 손을 꽉 쥐었다. 그가 목소리 없는 목쉰 숨결로 말했다.

"위쪽이야! 그 모든 게 여기서 나와, 악취와 위험이. 때는 지금이야! 빨리!"

그는 남아 있는 힘과 결기를 불러일으켜 샘을 끌어 일으키고 안간힘을 써서 자신의 사지를 움직였다. 샘이 그의 곁에서 비틀거렸다. 한 발, 두 발, 세 발—마침내 여섯 발짝. 어쩌면 그들은 그 무시무시한 보이지 않는 출구를 지나쳤을 수도 있었다. 그러나 그런 건지 아닌지는 몰라도 마치 모종의 적대적인 의지가 당장은 그들을 풀어 준 것처럼 갑자기 움직이기가 보다 쉬워졌다. 그들은 여전히 손을 맞잡고 허우적거리며 나아갔다.

하지만 그들은 곧 새로운 어려움에 마주쳤다. 터널이 두 갈래로 갈라졌거나 갈라진 것처럼 보였고, 어둠 속에서 그들은 어느 쪽이 더 넓은 길인지 혹은 어느 쪽이 곧은길을 보다 가깝게 따라가는지 알 수 없었다. 그들은 어느 쪽을 택해야 하는가? 왼쪽인가, 오른쪽인가? 그들은 자신을 안내해 줄 어떤 것도 알지 못했지만 그릇된 선택이 치명적일 것이란 건 확신할 수 있었다.

"골룸이 어느 길로 갔죠? 그리고 왜 그는 기다리지 않은 거죠?"

샘이 헐떡이며 말했다.

"스메아골! 스메아골!"

프로도가 부르려고 애쓰며 말했다. 그러나 그의 목소리는 깍깍거렸을 뿐이고 그 이름은 거의 그의 입술을 떠나자마자 울리지 않았다. 아무 대답도, 어떤 메아리도 심지어 공기의 떨림조차 없었다.

샘이 중얼거렸다.

"그가 이번엔 정말로 가 버린 것 같아요. 이곳이 그가 우리를 데려오고자 했던 정확히 바로 그 자리일 거예요. 골룸! 언제고 내가 널 다시 붙잡는다면 네놈은 된통 후회하게 될 거야."

곧 그들은 어둠 속에서 휘젓고 더듬다가 왼쪽 출구가 막혔다는 걸 알았다. 거기는 막다른 길이거나 아니면 통로에 어떤 육중한 바위가 떨어진 것 같았다. 프로도가 속삭였다.

"이게 길일 리는 없어. 옳든 그르든, 우리는 다른 쪽을 택해야만 해."

"어떻든 빨리요!" 샘이 헐떡이며 말했다. "주위엔 골룸보다 더 사악한 어떤 게 있어요. 어떤 것이 우릴 주시하고 있는 걸 전 느낄 수 있어요."

그들이 몇 미터 가지 않았을 때 뒤편의 무겁게 깔린 정적 속에서 깜짝 놀랄 만한 섬뜩한 소리가 들렸다. 골록골록대고 부글부글거리는 소음과 악의에 찬 긴 쉭쉭거림이었다. 그들이 몸을 빙 돌렸으나 아무것도 보이지 않았다. 그들은 무엇인지 모르는 것을 빤히 쳐다보고 기다리며 돌처럼 꼼짝하지 않고 서 있었다.

"함정이에요!"

샘이 외치며 칼자루에 손을 가져갔다. 그러면서 그는 칼이 묻혀 있었던 고분 속의 어둠을 생각했다.

'지금 톰 영감님이 우리 곁에 있으면 좋으련만!'

다음 순간, 주위가 어둠으로 에워싸이고 가슴에는 캄캄한 절망과 분노가 쌓인 채 서 있던 그에게 하나의 빛이 보인 것 같았다. 그것은 그의 마음속의 빛으로, 창문 없는 구덩이 속에 오래 갇혔던 이의 눈에 닥치는 태양 광선처럼 처음엔 거의 견딜 수 없을 만큼이나 찬연했다. 이윽고 그 빛은 색깔을 띠어 초록색, 황금색, 은색, 백색이 되었다. 요정의 손길로 그려진 작은 그림 속에서처럼 그는 저 멀리서 갈라드리엘 귀부인이 양손에 선물을 들고서 로리엔의 풀밭에 서 있는 모습을 보았다. '그리고 반지의 사자,' 그는 그녀의 목소리를 멀지만 또렷이 들었다. '당신을 위해서는 이것을 준비했습니다.'

부글거리는 쉭쉭 소리가 더 가까이 다가왔다. 어둠 속에서 목표물을 느긋하게 노리며 움직이는 어떤 거대한 절지 생물이 삐걱대는 소리가 들렸다. 그 소리에 앞서 악취가 훅 끼쳐 왔다.

"프로도 씨, 프로도 씨!"

샘이 외쳤다. 그 목소리에는 생기와 절박함이 돌아와 있었다.

"귀부인의 선물! 별 유리병이요! 그녀가 어두운 곳들에서 당신께 빛이 될 거라고 말씀하신 것, 별 유리병이요!"

"별 유리병?"

프로도가 잠에서 깨어나 영문을 모르고 대답하는 이처럼 중얼거렸다.

"아, 그래! 내가 왜 그걸 잊고 있었지? 모든 빛이 사라졌을 때 인도하는 빛! 지금이야말로 빛만이 정녕 우리를 도울 수 있어."

천천히 그의 손이 가슴으로 다가갔고, 그는 천천히 갈라드리엘의 유리병을 높이 치켜들었다. 잠깐 동안 그것이 대지 쪽을 향하는 둔중한 안개 속에서 분투하면서 떠오르는 별처럼 희미하게 빛났다. 이윽고 그것의 힘이 커지고 프로도의 마음속에 희망이 자라나면서 그것은 불타기 시작하다 은빛 불길로 환하게 밝혀졌다. 그 모양은 마치 마지막 실마릴을 이마에 단 에아렌딜이 석양의 높은 길에서 친히 내려온 것처럼 작은 심장 모양의 눈부신 빛이었다. 그 앞에서 어둠이 물러났으며, 마침내 그것은 청명한 수정 구체(球體)의 한가운데서 빛나는 것 같았고 그것을 든 손에는 하얀 불꽃이 튀었다.

프로도는 그 충만한 가치와 권능을 짐작하지 못한 채 그렇게 오래도록 지녀 왔던 이 놀라운 선물을 경이의 눈길로 응시했다. 그는 모르굴계곡에 이를 때까지는 도상(途上)에서 그것을 거의 기억하지 못했고 또 거기서 드러나는 빛이 두려워 아예 사용한 적도 없었다.

"아이야 에아렌딜 엘레니온 앙칼리마!"

프로도는 이렇게 외쳤지만 스스로도 무슨 말을 한 건지를 몰랐다. 왜냐하면 구덩이의 오염된 공기에 구애받지 않은, 다른 깨끗한 목소리가 그의 목소리를 통해 말하는 것 같았던 것이다.

그러나 가운데땅에는 다른 권능들, 즉 밤의 힘들이 있었고 그것들은 오래되고 강력했다. 그리고 어둠 속을 거니는 그녀는 저 멀리 거슬러 올라간 시간의 심연 속에서 요정들이 그런 외침을 외치는 걸 들었지만 신경 쓰지 않았고, 지금도 그 때문에 주눅 들지도 않았다. 프로도는 그렇게 말하는 참에도 어떤 거대한 적의가 자신에게 쏠려 있고 죽음과 같은 시선이 자신을 노려보고 있다는 걸 느꼈다. 터널 아래 멀지 않은 곳에서, 그들과 그들이 비틀대고 휘청거렸던 출구 사이에서 그는 점차 눈에 보이기 시작하는 눈들, 두 개의 거대한 무리를 이룬 많은 창(窓)이 달린 눈들을 알아챘다. 다가오는 위험이 드디어 정체를 드러낸 것이었다. 별 유리병의 광휘는 그 눈들의 수많은 각면(刻面)들에 부딪쳐 꺾이고 반사되었고, 그 반짝임 뒤에는 죽음 같은 파리한 불길이 내부에서 꾸준히 타오르기 시작했다. 사악한 생각의 어떤 깊은 구덩이 속에서 지펴진 불길이었다. 그것들은 괴물 같고 소름 끼치는 눈들로, 흉포하면서도 동시에 결의와 끔찍한 즐거움으로 충만한 채 도저히 빠져나갈 수 없는 함정에 걸려든 먹이를 흡족한 듯이 바라보고 있었다.

프로도와 샘은 공포에 질려 천천히 뒤로 물러나기 시작했지만, 주시하는 그들의 눈길은 재앙 같은 눈들의 무시무시한 응시에 붙들린 채였다. 그러나 그들이 물러나는 만큼 눈들은 다가섰다. 프로도의 손이 흔들렸고, 천천히 유리병이 축 처졌다. 그때 갑자기 자신들을 붙든 마법의 주문에서 풀려나 한동안 달릴 수 있게 되자, 그들은 즐기는 눈들에 대한 헛된 공포감에서 둘 다 몸을 돌려 함께 달아났다. 그러나 그렇게 달리면서도 프로도가 돌아보니 즉각 눈들이 뒤에서 껑충껑충 달려오는 무시무시한 모습이 보였다. 죽음의 악취가 구름장처럼 그를 에워쌌다.

프로도가 절망적으로 외쳤다.

"서, 서라고! 뛰어 봤자 소용없어."

눈들이 서서히, 더 가까이 기어왔다.

"갈라드리엘!"

프로도는 힘껏 외치며 혼신의 용기를 모아 유리병을 한 번 더 치켜들었다. 눈들이 멈췄다. 마치 어떤 의혹의 기미에 마음이 어지러워진 것처럼 잠시 그것들의 시선이 느슨해졌다. 그러자 프로도의 가슴에서 불길이 타올랐고, 그는 자신이 하는 일이 우둔함인지 절망인지 용기인지 생각할 겨를도 없이 유리병을 왼손에 잡고 오른손으로 칼을 뽑았다. 스팅 검이 번쩍거렸고, 날카로운 요정의 칼날이 은빛 불꽃을 발했으며 가장자리에서는 파란 불길이 너울거렸다. 다음으로 샤이어의 호빗 프로도는 그 별을 높게 쳐들고 빛나는 칼을 앞으로 내밀고서 침착하게 걸어 내려가 눈들에 맞섰다.

그것들이 흔들렸다. 빛이 다가들자 그것들 속으로 의혹이 스며들었다. 그것들은 하나하나씩 흐릿해졌고, 천천히 그것들이 물러섰다. 그토록 치명적인 광휘에 시달린 적이 일찍이 없었던 것이다. 그것들은 지하에서 해와 달, 별로부터 안전했었는데, 이제 별 하나가 바로 그 땅속으로 내려온 것이었다. 빛이 계속 다가들자 눈들은 기가 꺾이기 시작했다. 그것들은 하나하나씩 죄다 어두워졌다. 그것들이 눈길을 돌렸고, 거대한 몸집이 그 사이 빛이 닿지 않는 곳에서 방대한 그림자를 들어 올렸다. 그것들이 사라졌다.

"프로도 씨, 프로도 씨!"

샘이 소리쳤다. 그는 자신의 칼을 빼 들고 싸울 준비를 한 채 뒤에 바싹 붙어 있었다.

"별들과 영광! 혹시라도 이 일을 듣게 된다면 요정들이 그것을 주제로 노래를 만들 거예요! 그리고 저도 살아서 그들에게 말해 주고 그들이 노래하는 걸 들을 수 있기를 바라요. 그렇지만 계속 가진 마세요, 프로도 씨! 저 굴로 내려가진 말라고요. 지금이 우리의 유일한 기회예요. 지금 이 역겨운 구멍을 빠져나가요!"

그들은 한 번 더 몸을 돌려 처음엔 걷다가 나중엔 뛰었다. 그들이 나아가면서 터널의 바닥이 가파르게 솟아오른 데다, 성큼성큼 걸음을 내디딜 때마다 보이지 않는 굴의 악취 위로 그들은 점점 높이 올라갔기에 사지와 가슴에 힘이 다시 돌아왔던 것이다. 하지만 그들 뒤에는 여전히 감시자의 증오가 잠복해 있었다. 어쩌면 한동안 눈이 멀었을 수도 있겠지만 굴하지 않고 계속 죽음을 노리고 있었다. 이제 차갑고 희박한 공기가 흘러와 그들을 맞았다. 드디어 출구인 터널의 끝이 그들 앞에 있었다. 그들은 지붕 없는 곳을 갈망하면서 헐떡이며 몸을 앞으로 내던졌고, 그다음 순간 그들은 깜짝 놀라 뒤로 자빠지며 비틀거렸다. 출구가 어떤 장애물로 막혀 있었던 것이다. 그러나 돌은 아니었다. 폭신하고 약간 유연한 것 같으면서도 튼튼해서 꿰뚫을 수 없었다. 공기는 새어 들었지만 빛은 한 가닥도 통하지 않았다. 그들은 한 번 더 돌진했지만 뒤로 나동그라졌다.

프로도가 유리병을 높이 들어 살폈더니 앞에 별 유리병의 광휘로도 꿰뚫을 수 없고 밝힐 수도 없는 회색 물체가 있었다. 마치 빛에 의해 드리워진 게 아니어서 어떤 빛으로도 흩뜨릴 수 없는 그림자 같았다. 터널의 폭과 높이를 가로질러 방대한 피륙이 짜여 있었다. 어떤 엄청나게 큰 거미의 거미줄처럼 반듯했지만 더 촘촘하게 짜였고 훨씬 컸으며 각각의 실이 밧줄만큼이나 두꺼웠다.

"거미줄이잖아! 고작 이거야? 거미줄이라니! 한데 대단한 거미군! 덮쳐서 뭉개 버려요!"

샘이 짓궂게 웃었다. 그가 격분에 이끌려 칼로 그것을 베었지만 그가 후려친 실은 끊어지지 않았다. 그것은 약간 우그러졌다가는 곧 잡아당긴 활시위처럼 되튀어 칼날을 내치고 칼과 팔 모두를 튕겨 올렸다. 샘이 세 차례나 온 힘을 다해 내리치자 마침내 수없이 많은 줄들 중의 단 한 줄이 뚝 끊어져 뒤틀리곤 대기 속을 소용돌이치며 휘갈겼다. 그것의 한쪽 끝이 샘의 손을 내리쳤고, 그는 고통의 비명을 지르며 흠칫 물러나 손을 입가에 갖다 댔다.

샘이 말했다.

"이런 식으로 길을 트려면 며칠이나 걸리겠어요. 어떡하죠? 그 눈들이 돌아왔나요?"

"아니, 보이지 않아. 그러나 그것들이 나를 쳐다보고 있거나 나를 두고 생각하고 있다는 걸 난 아직도 느껴. 아마도 어떤 다른 계획을 세우면서 말이야. 만일 이 빛이 약해지거나 소용이 없어지기라도 하면 그것들은 재빨리 다시 올 거야."

"결국 함정에 빠졌어요! 그물에 걸린 각다귀 꼴이에요. 파라미르의 저주가 골룸 그놈을 물어뜯기를, 그것도 속살 깊숙이!"

샘이 비통하게 말했다. 분노가 다시 피로와 절망을 뛰어넘었다.

"그런다고 해서 지금 우리에게 도움이 되진 않을 거야. 자! 스팅 검이 무얼 할 수 있는지 알아보자고. 이건 요정의 칼날이야. 이것이 벼려진 벨레리안드의 어두운 협곡들 속에도 공포의 거미줄들이 있었지. 그러니 자네가 파수를 보며 그 눈들을 제지해야 해. 여기, 별 유리병을 받아. 겁먹지 마. 그것을 쳐들고 감시해!"

그러고 나서 프로도는 거대한 회색 그물로 걸어 올라가 이리저리 넓게 휘갈기며 그것을 베었다. 사닥다리 꼴로 조밀하게 매달린 줄들을 가로질러 모진 칼날을 빠르게 그어 댔지만 곧장 튕겨 나가고 말았다. 파랗게 번득이는 칼날이 풀밭을 베어 나가는 낫처럼 헤치고 나가자 줄들이 튀어 오르고 몸을 뒤틀더니 곧 느슨해졌다. 아주 큰 틈새가 하나 만들어졌다.

그가 계속 타격을 가하자 마침내 팔이 닿는 범위 안의 모든 망이 부서졌고 위쪽 부분은 불어 드는 바람 속의 흐트러진 베일처럼 흩날리고 흔들거렸다. 함정이 격파되었다.

"자!" 프로도가 외쳤다. "계속! 계속!"

별안간 그의 마음이 바로 절망의 입구에서 탈출한 데 따른 격렬한 환희에 휩싸였다. 그의 머리가 독한 술을 한 모금 들이켠 듯 핑 돌았다. 그가 큰 함성을 내지르며 뛰쳐나갔다.

밤의 굴을 헤쳐 나온 그의 두 눈에는 그토록 어두운 땅도 밝아 보였다. 거대한 연기가 솟아올라 점차 엷어져 갔고, 음침한 하루의 마지막 시간들이 지나가고 있었으며 모르도르의 붉은 눈초리가 음울한 어둠 속에 잠잠해졌다. 그렇지만 프로도는 돌연한 희망의 아침을 대하는 것 같았다. 그는 거의 암벽의 정상에 도달했다. 이제 조금만 더 올라가면 되었다. 그의 앞에 오목한 틈새, 키리스 웅골이 있었다. 그것은 검은 능선에 새겨진 어슴푸레한 눈금 같았고, 암반의 뿔들이 양편의 하늘 속에서 어두워지고 있었다. 조금만 더 달리면, 단거리 선수처럼 달리기만 하면 그는 완주할 것이었다!

"고갯길이야, 샘!"

프로도는 자기 목소리의 날카로움에 주의하지 않고 외쳤다. 이제 터널의 숨 막힐 듯한 대기에서 벗어나자 그 목소리는 높고 거칠게 울려 퍼졌다.

"고갯길이야! 달려, 달리라고, 그럼 우린 완주할 거야, 누구든 우릴 막을 수 있기 전에 완주하는 거야!"

샘은 두 다리를 재촉할 수 있는 한 빠르게 뒤따라 붙었다. 그러나 자유로워질 것이 기쁘면서도 불안했다. 그는 달리면서도 눈들이나 그의 상상을 뛰어넘는 어떤 형체가 뒤좇아 뛰쳐나올 것이 두려워 계속해서 터널의 어두운 아치를 힐끔힐끔 돌아보았다. 그나 그의 주인은 쉴로브의 술책에 대해 아는 게 너무도 적었다. 그녀에게는 자신의 굴에서 나오는 출구가 많이 있었다.

거미 형상의 그 사악한 것은 오랫동안 거기에서 살아왔다. 쉴로브는 옛적 한때, 이젠 바다 아래 잠긴 서쪽나라 요정들의 땅에 살았던 것들과 동족이었고, 또 오래전 베렌이 달빛 어린 헴록 꽃 무리 가운데의 초록 풀밭에서 루시엔을 만나기 전에 도리아스에 있는 공포의 산맥에서 맞서 싸웠던 것들과도 동족이었다. 어떻게 쉴로브가 파멸로부터 도망쳐 거기에 왔는지를 알려 주는 이야기는 없었다. 암흑기로부터 전해지는 이야기가 거의 없었던 것이다. 그러나 그럼에도 그녀는 거기 있었으니, 사우론에 앞서, 그리고 바랏두르의 첫 돌을 놓기에 앞서 거기 있었다. 그녀는 자신 외의 누구도 섬기지 않으면서 요정들과 인간들의 피를 마시고 끊임없이 성찬을 궁리하며 몸을 부풀리고 살찌우며 그림자의 거미줄을 짰다. 살아 있는 모든 것이 그녀의 음식이었고 그녀가 토해 내는 것이 어둠이었다. 그녀보다 못한 새끼들이 이 골짝 저 골짝에, 에펠 두아스에서 동쪽 산지까지, 돌 굴두르와 어둠숲의 요새들에 이르기까지 두루 퍼져 있었다. 그 새끼들은 그녀 자신이 낳은 가련한 수컷들과의 교미에서 생긴 사생아들이었는데, 그도 그럴 것이 그녀는 교미 후엔 그 짝들을 죄다 죽여 버렸던 것이다. 그러나 그 누구도 불행한 세상을 어지럽히는 데 웅골리안트의 마지막 자식인 그녀, 강대한 쉴로브에 필적할 수가 없었다.

이미 수년 전에 골룸은, 어두운 구멍이면 모조리 파고들었던 스메아골은 쉴로브를 보았었고, 지난날에는 그녀에게 머리를 조아리고 그녀를 숭배했던지라, 그녀의 사악한 의지의 어둠이 그가 곤하게 걷는 모든 길들에 따라붙어 그를 빛과 참회로부터 떼어 놓았다. 게다가 그는 그녀에게 먹이를 데려오겠다고 약속했었다. 하지만 쉴로브의 육욕(肉慾)은 그와는 달랐다. 그녀는 탑이나 반지, 혹은 정신이나 손으로 만든 그 어떤 것에 대해서도 알지 못했고 또 좋아하지도 않았다. 그녀가 오로지 탐한 것은 다른 모든 것들에게는 심신의 죽음이었고 자신에게는 홀로 누리는 생명의 포식이었다. 산맥도 더는 자신을 가로막지 못하고 어둠도 자신을 담아낼 수 없을 만큼 그녀는 홀로 부풀어 오르길 탐했다.

그러나 그 욕망의 성취는 아직 요원한 일이었다. 사우론의 권세가 커져 빛과 살아 있는 것들이 그의 변경을 떠나고 계곡의 도시가 죽으며 요정이나 인간은 얼씬거리지 않고 불행한 오르크들만 나타날 동안, 그녀는 자기 굴에 숨어 오래도록 굶주려 있었다. 더군다나 조악한 음식일 뿐인 오르크들마저 경계를 늦추지 않았다. 그러나 그녀는 먹어야만 했기에 그들이 아무리 분주하게 고갯길과 자신의 탑에서 새로운 꼬불꼬불한 통로를 파더라도 늘 그들을 함정에 빠뜨릴 어떤 방식을 찾아냈다. 그렇지만 그녀는 보다 맛 좋은 고기를 탐했다. 그런 참에 골룸이 그것을 그녀에게 가져다준 것이었다.

"우린 곧 알게 될 거야, 곧 알게 될 거라고."

골룸은 종종 이렇게 혼잣말을 하곤 했다. 그는 에뮌 무일에서 모르굴 계곡에 이르는 위험한 길을 걸으며 불길한 기분이 닥칠 때면 그렇게 말했다.

"우린 곧 알게 될 거야. 아마, 오 그래, 아마 그녀가 뼈다귀와 텅 빈 옷을 내던질 때 우린 그걸 찾고 그걸 손에 넣을 수 있을 거야. 맛있는 음식을 가져다준 불쌍한 스메아골에 대한 보답으로서의 보물 말이야. 그러면 우린 우리가 약속한 대로 보물을 구해 낼 거야. 오 그럼! 그리고 우리가 그걸 안전하게 확보했을 때면 그땐 그녀도 알게 될 거야. 오 그럼, 그때 가서 우린 그녀에게 되갚아 줄 거야, 내 보물. 그때 가서 우린 모든 이에게 되갚아 줄 거야!"

그는 간교하게도 속으로 이렇게 생각했지만 아직 쉴로브에게는 속셈을 감추고 싶었다. 동료들이 잠들어 있을 동안 다시 그녀에게로 가서 머리를 깊이 조아렸을 때조차도.

그리고 사우론은 어떤가 하면, 그는 쉴로브가 잠복한 곳을 알고 있었다. 그로서는 그녀가 굶주린 채, 그렇지만 악의는 조금도 누그러지지 않은 채 거기에 머물고 있다는 것이 만족스러웠다. 자신의 땅으로 들어오는 저 오랜 길의 감시자로서 쉴로브는 자신의 재간으로 고안할 수 있는 어떤 다른 방책보다도 확실하기 때문이었다. 게다가 오르크들이 유용한 노예들이긴 하지만, 그는 풍족하게 거느리고 있었다. 이따금 쉴로브가 그들을 붙잡아 식욕을 채운다 해도 못마땅해할 일이 아니었다. 얼마만큼은 그들을 떼어 줄 수 있었다. 종종 어떤 사람이 고양이에게 맛난 것을 던져 주듯 (그는 그녀를 그의 고양이라고 부르지만 그녀는 그를 주인으로 인정하지 않는다) 사우론은 별 쓸모가 없는 죄수들을 그녀에게 보내곤 했다. 그는 오르크들을 쉴로브의 구멍으로 떼밀려 가게 해 놓고는 그녀가 그들을 갖고 논 수작이 보고되도록 했다.

그렇게 그들은 자신들의 책략을 즐기며 공생하면서 공격도 분노도 또 자신들의 사악함의 어떤 종말도 두려워하지 않았다. 아직껏 파리 한 마리도 쉴로브의 거미줄을 빠져나간 적이 없었으니, 이제 그녀의 열망과 굶주림은 훨씬 커졌던 것이다.

그러나 가엾은 샘은 그들이 자초한 이 재앙에 대해 어떤 두려움, 그로서는 볼 수 없는 어떤 위협이 점점 크게 닥치고 있다는 느낌 외에는 아무것도 몰랐다. 이윽고 그 느낌이 묵직해지자 그에겐 달리는 것이 무거운 짐이었고 두 발엔 납덩이가 달린 것 같았다.

주위에는 두려움이 감돌고 앞의 고갯길에는 적들이 있는데도 그의 주인은 이상한 흥분 상태에서 그들을 맞으러 무턱대고 달리고 있었다. 그는 뒤편의 그림자와 왼쪽 벼랑 밑의 짙은 어둠에서 눈길을 떼어 내 앞쪽을 쳐다보곤, 자신의 낭패감을 가중시키는 두 가지를 알아챘다. 프로도가 칼집에 넣지 않고 여태 들고 있던 칼이 푸른 불길을 일으키며 빛나고 있었고 또 이제 뒤편 하늘이 어두워졌는데도 불구하고 탑 속의 창(窓)은 여전히 붉게 타오르고 있었다.

"오르크들이야! 우린 결코 이렇게 급하게 해선 안 돼. 사방에 오르크들이 있고 또 오르크들보다도 더 고약한 게 있어."

샘이 중얼거렸다. 다음 순간 그는 재빨리 비밀 엄수의 오랜 습관으로 되돌아가 아직 들고 있는 소중한 유리병을 손으로 감쌌다. 잠시 그의 손이 자신의 살아 있는 피로 빨갛게 빛났고 이내 그는 자신을 드러내는 그 빛을 가슴 부근의 주머니에 깊숙이 찔러 넣고 요정 망토를 여몄다. 이제 그는 보속을 빨리하고자 애썼다. 그의 주인이 그를 앞서 달리고 있었다. 이미 스무 걸음쯤 앞서서 그림자처럼 계속 휙휙 달리고 있는지라, 곧 저 회색 세계 속으로 시야에서 사라질 것 같았다.

샘이 별 유리병의 빛을 감추자마자 쉴로브가 다가왔다. 약간 앞쪽이자 그의 왼쪽에서 별안간 그는 일찍이 본 것 중 가장 지긋지긋한 형체가, 악몽의 공포보다 더 끔찍한 형체가 벼랑 아래 시커먼 구멍 같은 그림자로부터 분출하는 걸 보았다. 그녀는 거미와 흡사했지만, 몸집은 거대한 야수들보다 훨씬 방대하고 무자비한 눈들에 담긴 사악한 목적 때문에 그것들보다 더 끔찍했다. 기가 꺾여 물러났다고 생각했던 바로 그 눈들이 거기 그녀의 밖으로 내민 머리에 몰려든 채 다시 사나운 빛으로 밝혀져 있었다. 거대한 뿔들이 달린 데다 줄기처럼 짧은 목 뒤에는 공기를 잔뜩 채워 넣은 방대한 자루처럼 부풀어 오른 엄청난 몸뚱이가 양다리 사이에서 흔들리며 축 늘어져 있었다. 거대한 몸체는 검푸른 반점으로 얼룩진 가운데 시커멓고 아래의 복부는 어슴푸레하고 빛이 나며 악취를 발산했다. 다리들은 굽었는데 등 위로 높이 마디진 커다란 관절들이 달려 있었고, 머리카락은 무쇠 가시처럼 삐져나왔으며, 각각의 다리 끝에는 갈고리 같은 발톱이 붙어 있었다.

그녀는 철벅거리는 부드러운 몸체와 접힌 사지를 굴의 위쪽 출구에서 힘들여 빼내자마자 때론 삐걱대는 다리들로 달리고 때론 갑작스럽게 뛰어오르기도 하며 무시무시한 속도로 움직였다. 그녀는 샘과 그의 주인 사이에 있었다. 샘을 보지 못한 건지 혹은 그 빛의 사자(使者)여서 당분간 그를 피한 건지 그것은 하나의 먹이, 프로도에게만 온 마음을 집중했다. 프로도는 유리병을 지니지 않은 채 아직 자신에게 닥친 위험을 알아채지 못하고 무턱대고 길 위를 달려가고 있었다. 그는 빠르게 달렸지만 쉴로브는 더 빨랐다. 그녀가 몇 번만 더 도약하면 그를 잡아먹을 것 같았다.

샘은 숨을 헐떡이며 남아 있는 모든 숨을 모아 고함을 질렀다.

"뒤를 조심해요! 조심해요, 프로도 씨! 저는……."

별안간 그의 외침은 덮이고 말았다.

길고 끈적끈적한 손 하나가 그의 입을 막았고 또 하나의 손이 그의 목을 붙잡았으며 다른 한편으론 무언가가 그의 다리를 감고 들었다. 급습당한 그는 뒤로 쓰러져 공격자의 품속에 떨어졌다.

골룸이 그의 귀에 대고 쉭쉭거렸다.

"그를 잡았어! 드디어, 내 보물아, 우린 그를 잡았어, 그럼, 그 역겨운 호빗을. 우리는 이놈을 잡고 그녀는 다른 놈을 잡을 거야. 오, 그럼, 쉴로브가 그를 잡을 거야, 스메아골이 아니고. 그는 결코 주인을 해치지 않겠다고 약속했지. 하지만 그는 널 잡았다고. 이 메스껍고 더럽고 하찮은 좀도둑놈!"

그가 샘의 목에 침을 뱉었다.

배신에 대한 격분, 그리고 주인이 치명적 위험에 놓인 처지에서 지체하고 있음에 대한 필사적인 마음 때문에 샘에게 느닷없이 맹렬한 힘이 솟구쳤다. 그것은 골룸이 이 느릿느릿하고 아둔한 호빗에게서 예상했었던 그 어떤 것도 훌쩍 뛰어넘는 힘이었다. 골룸 자신도 더 빠르게 혹은 더 모질게 몸을 뒤틀어 댈 수는 없었다. 샘의 입을 막았던 그의 손이 슬쩍 비껴가자 샘은 자신의 목을 붙든 손아귀에서 벗어나려고 애쓰다가 홱 몸을 숙이곤 다시 앞으로 돌진했다. 그의 손에는 아직 칼이 쥐어져 있었고 그의 왼팔에는 파라미르가 준 지팡이가 끈으로 매달려 있었다. 그는 죽을 힘을 다해 몸을 돌려 자신의 적을 찌르려고 했다. 그러나 골룸은 너무나 빨랐다. 그의 긴 오른팔이 쏜살같이 튀어나와 샘의 손목을 꽉 움켜쥐었다. 그의 손가락들은 죔쇠처럼 억셌다. 골룸이 천천히 그리고 가차 없이 그 손을 앞으로 내리누르자 마침내 샘이 고통의 비명을 지르며 손에 쥔 칼을 놓았고, 그것은 바닥에 떨어졌다. 그리고 그동안에도 내내 골룸의 다른 팔은 샘의 목을 단단히 죄고 있었다.

그러자 샘이 최후의 계략을 부렸다. 그는 젖 먹던 힘을 다해 몸을 떼어 내고 두 발을 굳게 디뎠다. 다음으로 갑자기 그가 두 다리로 땅을 박차고 온 힘을 다해 몸을 뒤로 내던졌다.

샘에게서 이런 단순한 계략조차 예상치 못한 골룸은 샘이 위에 올라탄 가운데 뒤로 나동그라졌고, 자신의 복부에 그 건장한 호빗의 무게를 그대로 받았다. 그에게서 쉭쉭대는 날카로운 소리가 뿜어져 나왔고 일순간 샘의 목을 조른 손이 느슨해졌다. 그러나 그의 손가락들은 여전히 칼 쥔 손을 꽉 붙들었다. 샘은 앞쪽으로 몸을 떼어 내 곧추서더니 다음으로 골룸에게 잡힌 손목을 축으로 해서 재빨리 빙 돌아 오른쪽으로 떨어져 나갔다. 샘이 왼손으로 지팡이를 쥐고 휘두르자 그것은 쌩 하는 날카로운 소리와 함께 골룸의 팔꿈치 바로 아래 그의 쭉 뻗은 팔에 떨어졌다.

깩깩 비명을 지르며 골룸이 쥐었던 손을 놓았다. 그러자 샘이 냅다 달려들어, 지팡이를 왼손에서 오른손으로 바꿔 쥘 새도 없이 또 한 번 모진 일격을 가했다. 골룸이 뱀처럼 잽싸게 옆으로 미끄러졌기에 그의 머리를 겨눈 타격은 등 저편으로 떨어졌다. 지팡이는 금이 가 부러졌다. 본때를 보여주는 건 그 정도로 족했다. 뒤에서부터 움켜잡는 건 골룸의 오랜 술수인 데다 실패한 적이 좀체 없었다. 그러나 그는 이번엔 앙심에 휘둘려 희생양의 목을 두 손으로 조르기도 전에 떠벌리고 히죽이 웃는 실수를 저지른 것이었다. 그 무시무시한 빛이 어둠 속에서 아주 돌연하게 나타난 이후로 그의 멋진 계획은 죄다 어긋나 버렸다. 이제 그는 자신의 몸집에 못지않은 크기의 격분한 적과 맞섰다. 이 싸움은 그에게 유리하지 않았다. 샘은 땅바닥에서 칼을 주워 들고 그것을 치켜올렸다. 골룸은 깩깩 비명을 지르고 네 발로 기며 옆으로 껑충껑충 뛰더니 개구리처럼 한 번의 큰 도약으로 저만치 달아났다. 샘이 그를 붙잡기도 전에 그는 놀라운 속도로 달려 도로 터널 쪽으로 사라졌다.

샘은 손에 칼을 들고 그를 뒤쫓았다. 당분간 그는 자기 머릿속의 잔학한 분노와 골룸을 죽이려는 욕망 이외의 다른 모든 걸 까맣게 잊고 있었다. 하지만 그가 따라잡기도 전에 골룸은 사라졌다. 어두운 구멍이 그의 앞에 서 있고 거기서 나온 악취가 그에게 닿았을 때야 프로도와 그 괴물에 대한 생각이 천둥소리처럼 샘의 정신을 후려쳤다. 그는 획 몸을 돌리고는 주인의 이름을 부르고 또 부르며 미친 듯이 돌진해 길을 올라갔다. 그는 너무 늦었다. 거기까지는 골룸의 음모가 성공한 것이었다.

Chapter 10

샘와이즈 군의 선택

프로도는 얼굴을 위로 한 채 바닥에 누워 있었고, 괴물이 그의 위로 몸을 굽히고 있었다. 그것은 자신의 제물에 너무 열중한 나머지 샘이 곁에 바싹 다가올 때까지 그와 그의 외침을 알아채지 못했다. 돌진해 오면서 샘은 프로도가 벌써 발목에서 어깨까지 온몸이 끈으로 둘둘 묶여 있다는 걸 알았고 괴물은 그 거대한 앞다리들로 그의 몸을 반쯤은 들어 올리고 반쯤은 끌어당기기 시작하고 있었다.

프로도에게서 가까운 쪽 바닥에 그의 요정 칼날이 희미하게 빛나며 놓여 있었다. 그의 손아귀에서 떨어져 쓸모없게 된 것이었다. 샘은 어찌해야 할지 또는 자신이 용감하거나 충직하거나 아니면 격분에 차 있는지 생각할 겨를이 없었다. 그는 고함을 지르며 냅다 앞으로 내달아 주인의 칼을 왼손에 그러쥐었다. 그러고는 돌진했다. 무기라고는 오로지 변변찮은 치아뿐인 작은 동물이, 자신의 친구 위에 버티고 선 뿔과 가죽의 탑과 같은 야수에게 달려들었다. 야만적인 맹수의 세계에서도 이보다 사나운 돌격은 일찍이 볼 수 없는 것이었다.

그의 작은 고함 때문에 모종의 흐뭇한 꿈이 망쳐진 듯 그녀가 무시무시한 적의의 시선을 천천히 그에게로 돌렸다. 그러나 셀 수 없이 오랜 세월 동안 겪었던 그 어떤 것보다도 격렬한 분노가 자신에게 닥쳤다는 걸 감지하기도 전에 그 빛나는 칼이 그녀의 발을 파고 들어 발톱을 잘라 냈다. 샘은 안으로 뛰어들어 그 다리들의 장심(掌心) 속에서 재빨리 다른 손을 치밀어 그녀의 수그린 머리 위에 무리 지은 눈들을 찔렀다. 커다란 눈 하나가 어두워졌다.

이제 그 애처로운 이는 그녀 바로 밑에 있었지만 당분간은 독침과 발톱의 사정권에서 벗어나 있었다. 부패한 빛을 담은 방대한 복부가 그의 위에 있었고, 거기서 나는 악취 때문에 그는 몸을 가누기가 어려웠다. 그럼에도 또 한 번의 타격을 노릴 만큼 그의 격분은 여전했다. 그녀가 그를 깔아뭉개 그와 그의 하찮고 되바라진 용기를 질식시키기 전, 그는 죽을힘을 다해 찬연한 요정의 칼날로 괴물을 쭈욱 베었다.

그러나 쉴로브는 용들과는 달라서 눈 이외에는 이렇다 할 약점이 없었다. 아주 오랜 가죽은 부패로 인해 곳곳에 혹이 나고 움푹 들어갔지만 악성 생장의 켜들이 쌓이면서 내부로부터 점점 두꺼워졌다. 칼날이 가죽을 예리하게 파고들어 깊은 생채기를 냈지만 어떤 인간의 힘으로도 그 무시무시한 겹겹의 주름들을 꿰뚫을 순 없었다. 요정이나 난쟁이가 쇠를 벼리고 베렌이나 투린의 손이 그것을 휘두른다 할지라도 어림없는 일이었다. 그녀는 그 타격에 몸을 꿈틀댔지만 이내 거대한 자루 같은 복부를 샘의 머리 위로 높이 치켜들었다. 상처에서 독이 거품처럼 부글부글 일었다. 이제 그녀는 다리들을 바깥으로 내벌리고서 다시 그 엄청난 몸집을 그의 위로 내리눌렀다. 하지만 너무 일렀다.

왜냐하면 샘이 두 발을 딛고 가만히 서서 자신의 칼을 떨어뜨리곤 두 손으로 요정의 칼날의 끝을 위를 향해 쥐고서 그 소름 끼치는 지붕을 비꼈던 것이다. 그러니까 쉴로브는 자신의 잔혹한 의지의 추진력으로, 어떤 전사의 손보다도 막강한 힘으로 제 몸을 모진 대못 위에 내던진 것이었다. 샘이 서서히 땅바닥으로 짓눌릴수록 칼끝은 점점 더 깊이 파고들었다.

쉴로브로선 악의 세계에서 그리 오래도록 살아오면서 그러한 고통을 맛본 적도 없었고 맛보리라고는 꿈에도 생각하지 못했다. 옛 곤도르의 가장 용맹한 전사나 함정에 빠진 가장 흉포한 오르크도 이런 식으로 자신에게 맞서거나 자신의 소중한 살에 칼날을 갖다 댄 적은 일찍이 없었던 것이다. 전율이 그녀의 온몸을 휩쓸었다. 그녀는 다시 몸을 들어 올려 칼끝으로부터 몸을 비틀어 떼더니, 뒤틀리는 사지를 몸 아래로 굽히고는 발작하듯 도약해 뒤쪽으로 내뺐다.

지독한 악취에 어질어질한 채, 그리고 두 손으로는 아직도 칼자루를 굳게 쥔 채 샘은 프로도의 머리 곁에 쓰러져 무릎을 꿇었다. 그는 눈앞의 안개를 헤치고 프로도의 얼굴을 희미하게 알아보곤 침착함을 잃지 않고 혼수상태에서 벗어나고자 완강하게 싸웠다. 그가 천천히 머리를 들어 올리자 그녀가 몇 발짝밖에 떨어지지 않은 곳에서 자신을 노려보고 있는 게 보였다. 그녀의 긴 주둥이에서는 독이 거품처럼 질질 흘렀고, 상처 입은 눈 밑에서는 초록의 분비물이 뚝뚝 떨어졌다. 거기서 그것은 들썩이는 복부를 바닥에 쫙 벌리고 활 모양의 거대한 다리들을 벌벌 떨면서 또 한 번의 도약을 위해 기운을 모으며 웅크리고 있었다—이번에는 짓뭉개고 독침으로 죽일 심산이었다. 소량의 독을 쏘아 먹잇감의 버둥거림을 잠재우는 데 그치지 않고, 숨통을 끊은 다음 갈가리 찢어 버릴 심산이었다.

그녀를 쳐다보고 그녀의 눈 속에서 자신의 죽음을 보며 샘 자신도 몸을 웅크리고 있던 그 참에, 마치 어떤 먼 곳의 목소리가 일러 준 것처럼 한 가지 생각이 그에게 떠올랐다. 그는 왼손으로 가슴팍을 더듬어 바라던 것을 찾았다. 환영 같은 공포의 세계에서 그것의 촉감은 차갑고 단단하고 견실했다. 바로 갈라드리엘의 유리병이었다.

"갈라드리엘!"

그가 가냘프게 외쳤는데 이윽고 저 먼 곳의 음성들이 또렷하게 들렸다. 샤이어의 정겨운 어둠 속에서 별들 아래를 거닐 때의 요정들의 외침 그리고 엘론드의 저택 가운데 불의 방에서 잠결에 들려왔던 요정들의 음악이었다.

'길소니엘 아 엘베레스!'

그러고 나자 그의 혀가 풀렸고, 그의 목소리는 자신도 알지 못하는 언어로 외쳤다.

아 엘베레스 길소니엘
오 메넬 팔란 디리엘,
레 날론 시 딩구루소스!
아 티로 닌, 파누일로스!

그리고 그 외침과 함께 그는 비틀대며 일어나 다시 햄패스트의 아들 호빗 샘와이즈가 되었다. 그가 소리쳤다.

"자, 덤벼, 이 더러운 것! 네놈이, 금수 같은 네놈이 내 주인을 해쳤으니 네놈은 대가를 치러야 할 거다! 우리는 계속 길을 가야 할 몸이지만 우린 먼저 네놈과의 묵은셈을 치르고야 말겠어. 덤벼, 다시 한번 맛보라고!"

마치 그의 불굴의 기개가 그 권능을 가동시킨 것처럼 그의 손에 들린 유리병이 갑자기 하얀 횃불처럼 환하게 빛났다. 그것은 창공에서 튀어나와 견딜 수 없는 빛으로 어두운 대기를 태우는 별처럼 타올랐다. 일찍이 하늘로부터 그 같은 공포가 쉴로브의 얼굴에 타오른 적이 이전에는 없었다. 그것의 광선들이 그녀의 상처 입은 머릿속으로 들어가 참을 수 없는 고통의 칼자국을 냈고, 빛의 무시무시한 감염이 이 눈 저 눈으로 퍼져 갔다. 그녀는 내부의 번갯불로 시력이 결딴나고 정신은 극심한 고통에 휩싸인 채 앞다리들로 대기를 두들기며 벌렁 나자빠졌다. 그다음 그녀는 요절난 머리를 돌려 옆으로 구르더니 뒤편 어두운 벼랑 속의 입구를 향해 엉금엉금 기어가기 시작했다.

샘은 계속 다가갔다. 술 취한 사람처럼 비틀대면서도 그는 계속 다가갔다. 그러자 쉴로브가 드디어 패배에 쪼그라든 몸으로 꽁무니를 뺐고 그로부터 황급히 달아나려 애쓰느라 몸을 씰룩이고 떨었다. 그녀는 그 구멍에 이르자 샘이 그녀의 질질 끌리는 다리들을 마지막으로 한 차례 베는 그 참에도 몸뚱이를 마구 구멍으로 욱여넣었고, 푸르스름하고 노르께한 한 줄기 점액을 남기곤 굴속으로 미끄러져 들었다. 그와 동시에 그는 땅바닥에 쓰러졌다.

쉴로브는 사라졌다. 그것이 자신의 굴속에서 오래도록 누워 적의와 비참함을 달래고 어둠의 느릿느릿한 세월 속에서 떼 지은 눈들을 재건하면서 내부로부터 스스로를 치유하다가 마침내 죽음과 같은 허기 때문에 한 번 더 어둠산맥의 골짜기에 그 무시무시한 올가미를 쳤는지에 대해선 이 이야기는 아무 말도 하지 않는다.

샘은 홀로 남겨졌다. 감히 거명할 수 없는 땅의 저녁이 전장에 떨어졌을 때야 그는 지친 몸을 이끌어 도로 주인에게로 기어갔다.

"프로도 씨, 사랑하는 프로도 씨!"
하고 샘이 말했지만 프로도는 말이 없었다. 그가 자유의 몸이 되는 것에 대한 열망과 환희에 휩싸여 앞으로 뛰쳐나갔을 때 쉴로브가 무지무지한 속도로 뒤따라와 한 번의 날랜 타격으로 그의 목을 쏘았던 것이다. 이제 그는 창백하게 드러누워 아무 소리도 듣지 못했고 움직이지도 않았다.

"나리, 사랑하는 나리!"

샘이 긴 침묵을 견디며 귀를 기울였지만 허사였다. 그러자 그는 가능한 한 빨리 묶인 줄을 끊어내고 프로도의 가슴에, 그리고 입에 머리를 갖다 댔지만 아무런 생명의 기척을 찾지 못했고 심장의 가장 가냘픈 고동도 느낄 수 없었다. 가끔 그는 주인의 손과 발을 비비고 이마도 만졌지만 모든 게 싸늘했다.

"프로도! 프로도 씨! 절 여기 혼자 버려두지 말아요! 당신의 샘이 부르잖아요! 내가 따라갈 수 없는 곳으로 가지 말아요! 깨어나요, 프로도 씨! 오, 깨어나요! 프로도, 소중한 이, 소중한 이여! 깨어나라고요!"

이윽고 분노가 치민 나머지 그는 격정에 휩싸여 허공을 찌르고 돌멩이들을 걷어차고, 할 테면 해보라고 고성을 내지르며 주인의 몸 주위로 날뛰었다. 그러다가도 이내 돌아와 몸을 숙이곤 땅거미 속에서 자기 밑에 창백하게 드러누운 프로도의 얼굴을 쳐다보았다. 그 와중에 갑자기 그는 프로도가 로리엔 땅 갈라드리엘의 거울 속에서 자신에게 드러났던 그림 속에 있다는 것을 알았다. 창백한 얼굴로 높고 어두운 벼랑 아래 깊이 잠들어 누워 있던 프로도였다. 혹은 깊이 잠든 거라고 그때 그는 생각했었다.

"그는 죽었어! 잠든 게 아니라 죽은 거야!"

그가 그렇게 말했을 때 마치 그 말이 독을 다시 가동시킨 것처럼 그 얼굴의 색이 납빛 초록으로 변한 것 같았다.

다음 순간 캄캄한 절망이 들이닥쳐 샘은 땅바닥에 머리를 숙이고 회색 두건을 당겨 그의 머리 위에 씌웠다. 그의 가슴에 밤이 밀려들었고 그는 그 이상 아무것도 알지 못했다.

마침내 그 캄캄함이 지나갔을 때 샘이 눈을 들어 보니 주위엔 어둠이 깔려 있었다. 그러나 그는 그사이에 몇 분 혹은 몇 시간이나 세상이 꾸물대며 돌아갔는지 알 수 없었다. 여전히 그는 같은 장소에 있었고, 여전히 그의 주인도 죽어 그의 곁에 누워 있었다. 산들이 허물어지지 않았고 대지가 폐허로 되지도 않았다.

"어떡하지, 어떡하지? 그와 함께 이 먼 길을 온 게 허사란 말인가?"

그러자 그들의 여행이 시작될 무렵 당시엔 스스로도 이해하지 못한 말을 내뱉었던 자신의 목소리가 기억났다. '저에겐 끝나기 전에 해야 할 어떤 게 있어요. 저는 그 일을 끝까지 해 내야만 해요, 제 말을 이해하실지 모르지만요.'

"하지만 내가 뭘 할 수 있지? 프로도 씨를 산맥 꼭대기에 묻지도 않고 죽은 채 내버려 두고 고향으로 갈 수는 없잖아? 아니면 계속 간다? 계속 간다?"

그는 되풀이해서 말했는데, 한순간 의구심과 두려움이 그의 몸을 뒤흔들었다.

"계속 간다? 그게 내가 해야만 할 일인가? 그것도 그를 내버려 두고서?"

그러다가 마침내 그는 울기 시작했고, 프로도에게 가서 그의 몸을 수습해 차가운 두 손을 가슴 위에 포개고 망토를 몸에 꼭 감싸 주었다. 그러고는 한쪽에는 자신의 칼을, 다른 쪽에는 파라미르가 준 지팡이를 갖다 놓았다.

"만일 제가 계속 가야 한다면, 그렇다면 실례지만 저는 당신의 검을 가져야 해요, 프로도 씨. 그렇지만 이것을 당신 곁에 놓아두겠어요. 옛적에 그것이 고분 속 늙은 왕 곁에 놓였듯이 말이에요. 게다가 당신은 빌보 어르신께서 주신 아름다운 미스릴 갑옷을 입으셨잖아요. 그리고 당신의 별 유리병을, 프로도 씨, 당신은 그것을 저에게 빌려주셨는데, 저는 이제 늘 어둠 속에 있을 테니 제게는 그것이 필요할 거예요. 제게는 과분하고 귀부인께서 당신에게 준 것이지만, 아마 그분도 이해하실 거예요. 당신은 이해하나요, 프로도 씨? 나는 계속 가야만 해요."

샘이 말했다.

그러나 그는 갈 수가 없었고, 아직은 갈 수 없었다. 그는 무릎을 꿇고 프로도의 손을 잡고는 그것을 놓을 수가 없었다. 시간이 흘러갔지만 여전히 그는 주인의 손을 잡고 마음속으로 어떻게 할 건지를 궁리하며 무릎을 꿇고 있었다.

이제 그는 자신의 몸을 떼어 내고 복수를 위한 외로운 여행에 나설 힘을 찾고자 애썼다. 일단 갈 수만 있다면 그는 분노를 동력으로 삼아 세상의 모든 길을 헤집으며 좇을 것이었다. 드디어 그를 붙잡을 때까지, 골룸을. 그때가 오면 골룸은 쥐도 새도 모르게 죽을 것이었다. 그러나 그것이 그가 하고자 마음먹은 것은 아니었다. 그것 때문에 주인을 떠난다는 건 가치 있는 일이 아닐 것이었다. 그런다고 해서 프로도가 살아나는 것도 아닐 테고 그렇게 할 수 있는 건 아무것도 없을 터였다. 그들은 둘이 함께 죽는 게 더 나았을 것이다. 그리고 그 또한 외로운 여행이 될 것이었다.

그는 빛나는 칼끝을 바라보았다. 그는 시커먼 벼랑 가와 무(無)로의 텅 빈 추락이 있던 뒤편의 곳들을 생각했다. 그쪽으로는 탈출구가 없었다. 그것은 아무것도 하지 않는 것이었고 심지어는 애도하는 것도 아니었다. 그것은 그가 하려고 마음먹은 바가 아니었다.

"그렇다면 난 뭘 해야 하나?"

그가 다시 외쳤다. 그제야 그는 그 어려운 답을 선명히 알 것 같았다. '그것을 끝까지 해낸다.' 또 한 번의 외로운 여정, 최악의 여정이었다.

"뭐라? 내가, 홀로, 운명의 틈으로 간다고, 정말로?"

그는 여전히 기가 질렸지만 그 결의는 자라났다.

"뭐라? 내가 그에게서 반지를 빼낸다? 그 회의는 그것을 그에게 주었어."

그러나 대답이 곧장 나왔다.

"그리고 그 회의는 그에게 동지들을 주었어. 사명이 실패하지 않게 하려고. 그리고 너는 모든 원정대원들 중에서 남은 마지막이야. 그 사명은 실패해선 안 돼."

그는 신음했다.

"내가 마지막이 아니었으면 좋겠어. 늙은 간달프나 아니면 누군가가 여기 있었으면 좋으련만. 왜 내가 혈혈단신으로 남아 이런 결심을 해야 하는 거야? 난 일을 그르치고 말 게 틀림없어. 게다가 반지를 갖고 가는 건 내가 할 일이 아닐뿐더러 주제넘게 나서는 짓이야.

하지만 샘, 넌 주제넘게 나선 게 아니라 앞으로 내세워졌어. 그리고 옳고 합당한 인물이 아니라는 점에 대해 말하자면, 글쎄, 프로도 씨도 빌보 씨도 아니었다고 말할 수 있을 거야. 그들 스스로가 선택한 게 아니었다고.

아, 자, 난 결심해야 해. 난 결심하겠어. 그러나 난 틀림없이 일을 그르치고 말 거야. 달리 '감지네 샘'이겠어.

자, 어디 한번 보자. 만일 우리가 여기서 발견되거나 프로도 씨가 발견되고 저 물건이 그의 몸에 있다면, 음, 대적이 그걸 차지할 거야. 그렇게 되면 우리 모두는, 로리엔은, 그리고 깊은골 및 샤이어와 그 밖의 모든 것은 끝장이야. 더군다나 허비할 시간이 없어. 혹은 어쨌든 시간 허비가 곧 끝장일 테지. 전쟁은 시작되었고 십중팔구 사태는 벌써 대적의 뜻대로 돌아가고 있어. 그것을 갖고 돌아가 조언이나 허락을 얻을 계제가 아니야. 아니지! 문제는 그들이 와서 날 죽여 주인의 시체 위에 겹쳐 놓고 그것을 차지할 때까지 여기 앉아 있든지 아니면 그것을 갖고 가는 거야."

그는 깊이 숨을 들이쉬었다.

"그렇다면 그것을 맡아, 그거야!"

샘이 몸을 숙였다. 그는 매우 부드럽게 목의 걸쇠를 풀고 프로도의 짧은 상의 속으로 손을 밀어넣었다. 그다음 다른 손으로 머리를 들어 올려 차가운 이마에 입을 맞추고는 살며시 그 위로 목걸이를 빼냈다. 그 머리는 다시 뒤로 조용히 눕혀져 안식에 들었다. 고요한 얼굴 위로 어떤 변화도 나타나지 않았고, 샘은 다른 모든 징표들보다도 그것에 근거해 이제 프로도가 죽었고 원정을 그만두었다는 걸 드디어 확신했다.

"안녕히 계세요, 프로도 씨, 사랑하는 이여!"
하고 그가 중얼거렸다.

"당신의 샘을 용서하세요. 그 일이 끝나면 이곳으로 돌아오겠어요—만일 용케도 그 일을 해낸다면 말이에요. 그다음에 다시는 당신을 떠나지 않겠어요. 제가 올 때까지 편히 쉬세요. 그리고 그 어떤 더러운 놈도 당신 곁에 오지 않기를! 만일 귀부인께서 제 말을 들을 수 있어 한 가지 소원을 들어주신다면 저는 돌아와서 당신을 다시 보고 싶어요. 안녕히!"

그러고 나서 그는 자신의 목을 숙여 목걸이를 걸었다. 마치 거대한 돌덩이가 매달린 것처럼 곧장 반지의 무게 때문에 그의 머리가 땅바닥으로 수그려졌다. 그러나 서서히, 마치 그 무게가 덜해지거나 아니면 그에게서 새로운 힘이 자라난 것처럼 그는 머리를 들어 올리고 그다음 크게 용을 써서 일어서고는, 자신이 그의 짐을 지고 걸을 수 있다는 것을 알았다. 그는 잠시 유리병을 치켜올리고 주인을 내려다보았는데, 이제 그 빛은 여름날 저녁 별의 부드러운 광휘로 은은하게 타올랐고 그 빛 속에서 프로도의 얼굴은 다시 고운 색을 띠었다. 오래전에 어둠을 지나친 이처럼 창백하지만 요정의 미(美)를 띤 아름다운 얼굴이었다. 샘은 그 마지막 모습의 쓰라린 위안을 안고 몸을 돌려 그 빛을 감추고는 짙어 가는 어둠 속으로 계속 비트적대며 걸어갔다.

그가 가야 할 길은 멀지 않았다. 터널은 뒤로 얼마쯤의 거리에 있었고, 벼랑길은 200미터나 그에 못 미치는 앞쪽에 있었다. 어스름 속에 길이 보였다. 오랜 세월에 걸쳐 밟히고 다져져 깊게 파인 길은 이제 양쪽에 벼랑을 거느린 기다란 골 속으로 완만하게 뻗쳐올랐다. 골은 급속히 좁아졌다. 곧 샘은 널찍하고 얕은 단들의 긴 층계에 이르렀다. 오르크의 탑이 험악하게 찌푸린 채 바로 위에 있었고, 그 속에서 붉은 눈이 타올랐다. 지금 그의 몸은 그 아래의 어두운 그림자 속에 숨겨졌다. 그는 계단의 꼭대기까지 올라가다가 마침내 벼랑길 속에 있었다.

"나는 결심했어."

그는 계속해서 자신에게 말했다. 그러나 그는 그렇게 하지 않았었다. 비록 최선을 다해 숙고했지만, 지금 그가 하고 있는 일은 전적으로 자기 본성의 결을 거스르는 것이었다.

"내가 잘못 택한 건가? 내가 어떻게 해야만 했던 걸까?"

샘이 중얼거렸다.

벼랑길의 가파른 측면들이 그를 둘러싸자 그는 실제의 정상에 도달하기도 전에, 마침내 감히 거명할 수 없는 땅속으로 내려가는 길을 바라보기도 전에 몸을 돌렸다. 잠시 그는 견딜 수 없는 의혹 속에서 꼼짝도 하지 못한 채 뒤를 돌아보았다. 몰려드는 어둠 속의 작은 반점 같은 터널 어귀가 아직은 보였다. 그는 프로도가 누운 곳을 보거나 가늠할 수 있다고 생각했다. 저 아래 땅바닥에 희미하게 빛나는 것이 하나 있다는 뜬금없는 생각이 들었다. 혹은 어쩌면 그것은 그가 자신의 모든 삶이 폐허 속에 허물어졌던 저 높은 돌투성이의 장소를 물끄러미 내다볼 때 흘러내린 눈물로 인한 착각일 수도 있었다.

"내 소망, 단 하나의 내 소망을 이룰 수만 있다면! 돌아가 그를 찾고 싶은 소망을!"

그는 한숨지었다. 그러고는 마침내 앞의 길로 몸을 돌려 몇 걸음을 내디뎠다. 그것은 그가 일찍이 내디딘 발걸음 중 가장 무겁고 내키지 않는 것이었다.

단지 몇 걸음일 뿐이었다. 그리고 이제 몇 걸음만 더 내디딘다면 그는 아래로 내려가고 있을 테고 결코 다시는 저 높은 곳을 볼 수 없을 것이었다. 그때 갑자기 그는 어떤 외침과 목소리를 들었다. 그는 돌처럼 꼼짝 않고 섰다. 오르크의 목소리들이었다. 그것들은 그의 뒤에도 그의 앞에도 있었다. 쿵쿵 짓밟는 발들과 귀에 거슬리는 고함들의 소음이었다. 오르크들이 먼 쪽에서부터, 아마도 탑으로 들어가는 어떤 입구로부터 벼랑길로 올라오고 있었다.

그 뒤로 쿵쿵거리는 발소리와 고함이 일었다. 그는 몸을 빙 돌렸다. 그들이 터널에서 분출하면서 저 아래로 작고 붉은 빛들, 횃불들이 깜박이며 멀어져 가는 게 보였다. 드디어 추격이 시작된 것이었다. 탑의 붉은 눈은 눈멀었던 게 아니었다. 그가 발각된 것이었다.

이제 앞쪽에서 다가오는 횃불들의 깜박이는 빛과 쇠가 부딪히는 쨍그랑 소리는 아주 가까워졌다. 곧장 그들은 꼭대기에 이르러 그를 덮칠 것이었다. 결심하는 데 너무 시간이 오래 걸렸던 것이고 이제 그것은 아무 소용도 없었다. 어떻게 탈출하거나 목숨을 구하거나 반지를 구할 수 있단 말인가? 문제는 반지였다. 그는 어떤 생각이나 결심도 의식하지 못했다. 자신도 모르는 사이에 그는 목걸이를 벗겨 내고 반지를 손에 쥐었다. 오르크 부대의 선두가 바로 앞의 벼랑길에 모습을 드러냈다. 그 순간 그는 반지를 끼었다.

세상이 변했고, 시간의 단 한 순간이 한 시간의 생각으로 가득 찼다. 시력이 희미해지는 반면 청각이 예리해졌다는 걸 그는 즉시 인지했다. 그러나 쉴로브의 굴에 있을 때와는 사정이 달랐다. 지금은 주위의 모든 사물이 어둡지 않고 희미했다. 반면에 그 자신은 거기 회색의 흐릿한 세계 속에 홀로 작고 시커멓고 견고한 바위처럼 있었고, 그의 왼손을 내리누르는 반지는 뜨거운 황금의 구체(球體) 같았다. 그는 자신이 보이지 않기는커녕 모골이 송연할 만큼 도드라져 보인다고 느꼈고, 어딘가에서 하나의 눈이 자신을 찾고 있다는 걸 알았다.

저 멀리 모르굴계곡에서 돌에 금이 가는 소리와 졸졸대는 물소리가, 저 아래 암반 밑에선 어떤 막다른 통로에서 길을 잃고 더듬어 가는 쉴로브의 끓어오르는 고통의 소리가, 탑의 지하 감옥에서 나는 목소리들이, 그리고 터널에서 나오면서 질러 대는 오르크들의 함성들이 들렸다. 덧붙여 앞에는 오르크들의 요란한 발소리와 찢는 듯한 아우성이 그의 귀를 멍멍하게 할 만큼 마구 밀려들었다. 그는 벼랑에 기대어 몸을 움츠렸다. 그들은 유령 부대처럼 진군해 올라갔다. 그 모습은 안개 속의 일그러진 회색 형상들이자 손에 파리한 불꽃을 든 꿈속의 악귀들 같았다. 그들은 그를 지나쳐 갔다. 그는 몸을 곱송그린 채 어떤 바위 틈새 속으로 기어가 숨으려 했다.

그는 귀를 기울였다. 터널에서 나온 오르크들과 행군해 내려가는 다른 놈들이 서로를 알아보고는, 이제 두 패거리가 부산을 떨며 고함을 지르고 있었다. 그는 양쪽 모두의 소리를 또렷이 듣고 그 내용을 이해했다. 아마도 반지가 언어들에 대한 이해력을, 혹은 그저 이해력을 준 것 같았는데 특히 그것을 만든 사우론의 부하들에 대한 이해력을 준 것 같았고, 그래서 주의를 기울이면 그들의 생각을 이해하고 자신의 말로 옮길 수 있었다. 분명 반지는 그것이 벼려진 장소에 다가갈수록 그 힘이 크게 증대했다. 하지만 그것이 부여하지 못하는 게 한 가지 있었으니 그것은 용기였다. 현재로선 샘은 모든 것이 다시 조용해질 때까지는 여전히 숨는 것, 낮게 엎드리는 것만을 생각했고, 애태우며 귀를 기울였다. 그는 그 목소리들이 얼마나 가까이 있는지 알 수가 없었다. 그들이 주고받는 말은 거의 자신의 귀에다 대고 하는 것 같았다.

"어이, 고르바그! 너흰 여기 위에서 뭘 하고 있는 게야? 벌써 전쟁에 질린 거야?"

"규율 위반이야, 이 뒤틈바리야! 그럼, 넌 뭘 하고 있는 게냐, 샤그랏? 거기 잠복하는 데 넌더리가 난 게야? 그래서 내려가 싸울 생각이야?"

"네놈이야말로 규율 위반이야. 난 이 고갯길의 지휘자야. 그러니 정중하게 말하라고. 뭐 보고할 게 있나?"

"아무것도 없어."

"하이! 하이! 요이!"

지휘자들의 수작 속으로 날카로운 고함이 끼어들었다. 저 아래의 오르크들이 갑자기 뭔가를 본 것이었다. 그들은 달리기 시작했다. 나머지 병사들도 그랬다.

"하이! 이것 봐! 여기 뭐가 있어! 바로 길바닥에 드러누웠는데. 첩자, 첩자야!"

뿔나팔 소리가 요란하게 울리고 짖어 대는 듯한 목소리들이 어지럽게 들렸다.

샘은 무시무시한 충격을 받고 위축된 기분에서 깨어났다. 그들이 주인을 본 것이었다. 그들은 무엇을 할 것인가? 그는 오르크들에 대한 오싹한 얘기들을 들은 적이 있었다. 그런 끔찍한 짓이 벌어지도록 내버려 둘 수는 없었다. 그는 벌떡 일어섰다. 그는 원정과 자신의 모든 결심을, 그리고 그것들과 더불어 두려움과 의구심을 내팽개쳤다. 이제 그는 자신의 자리가 무엇이고 어디였던지를 알았다. 주인 곁이었다! 비록 거기서 자신이 할 수 있는 일이 뭔지는 분명치 않을지라도. 그는 도로 계단을, 프로도를 향한 길을 달려 내려갔다. 그리고 생각했다.

'거기에 얼마나 많은 놈이 있을까? 적어도 탑에서 나온 놈들이 서른 내지 마흔은 될 테고, 저 밑에서 올라온 놈들은 그보다 훨씬 많을 거야. 놈들이 날 해치우기 전에 내가 얼마나 많은 놈을 죽일 수 있을까? 내가 칼을 뽑자마자 놈들은 그 검의 화염을 볼 테고 그러면 놈들이 조만간 날 해치울 거야. 언제고 어떤 노래가 그것을 언급해 줄지 궁금해. 샘와이즈가 높은 고개에서 쓰러지며 그의 주인 둘레에 시체의 벽을 쌓아 올린 내력을. 아니야, 어떤 노래도 없을 거야. 당연히 아니지. 반지가 발견되고 나면 노래는 더는 없을 테니까. 어쩔 수 없지. 내 자리는 프로도 씨 곁이야. 그들은 그것을 이해해야만 해—엘론드와 그 회의, 그리고 온갖 지혜를 다 갖춘 위대한 영주들과 귀부인들은 말이야. 그들의 계획은 어그러져 버렸어. 나는 그들의 반지의 사자가 될 수 없어. 프로도 씨 없이는 안 될 일이지.'

그러나 이제 오르크들은 그의 흐릿한 시야에서 벗어나 있었다. 그는 자신의 일신을 생각할 시간이 없었지만 자신이 지쳤다는 걸, 거의 탈진할 만큼 지쳤다는 걸 깨달았다. 자신이 원하는 대로 다리가 움직여 주질 않았다. 그는 너무도 느렸다. 길은 수 킬로미터나 되어 보였다. 안개 속에서 놈들은 모두 어디로 갔단 말인가?

놈들이 다시 나타났다! 여전히 멀찍이 앞에 있었다. 땅바닥에 누운 무언가의 주위로 형체들이 몰려 있었다. 몇 놈은 냄새를 맡는 개처럼 몸을 숙인 채 이리저리 내닫고 있는 것 같았다. 그는 힘차게 달려 나가려고 애썼다.

"달려, 샘! 안 그러면 넌 다시 너무 늦어 버리고 말 거야!"

그는 칼집 속의 칼을 느슨하게 해 두었다. 즉시 그것을 뽑아 다음엔…….

바닥에서 무언가가 들어 올려지자 야유하고 웃어 대는 왁자한 소란이 일었다.

"야 호이! 야 하리 호이! 위로! 위로!"

그때 한 목소리가 고함쳤다.

"이제 떠나! 빠른 길로. 도로 지하문으로 가는 거야! 모든 징표로 보건대 오늘 밤엔 그녀가 우릴 괴롭히지 않을 거야."

오르크 형상들의 전 부대가 다시 움직이기 시작했다. 가운데 네 놈이 시신 하나를 어깨 위로 높이 운반하고 있었다.

"야 호이!"

그들이 프로도의 시신을 데려갔다. 그들은 떠났다. 샘은 그들을 따라잡을 수 없었다. 그렇지만 그는 끙끙대면서도 계속 걸었다. 오르크들이 터널에 도착해 안으로 들어가고 있었다. 짐을 멘 자들이 먼저 갔고, 그 뒤로 서로 밀치고 당기는 대단한 승강이가 벌어졌다. 샘은 계속 다가갔다. 그가 칼을 뽑자 흔들리는 손에서 푸른빛이 명멸했지만 그들은 그것을 보지 못했다. 그가 헐떡이며 다가드는 바로 그 순간 맨 후미에 있던 오르크가 시커먼 구멍 속으로 사라졌다.

잠시 그는 헐떡이며 가슴을 움켜쥐고 서 있었다. 그다음 그는 얼굴 위로 소매를 당겨 얼룩과 땀과 눈물을 닦아 냈다.

"저주받을 더러운 놈들!"

그는 말하고 그들을 쫓아 어둠 속으로 뛰어들었다.

그에게 터널 속은 더는 아주 어두워 보이지 않았다. 오히려 엷은 연무에서 벗어나 보다 짙은 안개 속으로 들어선 것 같은 느낌이었다. 피로가 점차 커지고 있었지만 그의 의지는 그만큼 더 굳세졌다. 얼마쯤 앞에 횃불들의 빛이 보인다고 그는 생각했다. 그러나 아무리 기를 써도 그들을 따라잡을 수가 없었다. 오르크들은 터널 속을 빠르게 가는 데다 이 터널을 잘 알고 있었다. 쉴로브의 위험에도 불구하고 그들은 죽음의 도시에서 산맥을 넘어가는 가장 빠른 이 길을 종종 이용하지 않을 수 없었던 것이다. 주(主) 터널과 거대한 둥근 구덩이가 얼마나 아득한 시절에 만들어졌고 쉴로브가 머나먼 옛날에 거처를 정한 곳이 어디인지 그들은 알지 못했다. 그렇지만 그들은 지배자들이 내린 임무를 수행하느라 이리저리 오가는 길에 그 굴을 피하기 위해 그 주변의 양쪽으로 많은 샛길을 스스로 파 놓았다. 오늘 밤 그들은 밑으로 멀리 내려갈 생각 없이 도로 벼랑 위의 감시탑으로 통하는 측면 통로를 찾으려고 발길을 서두르고 있었다. 그들 대부분은 자신들이 보고 발견한 것에 만족해 기분이 매우 들떠 있었기에 달려가면서도 자기네 방식대로 재잘대고 투덜거렸다. 샘은 죽은 듯한 대기 속에 단조롭고 딱딱하게 들리는 그들의 거친 목소리들을 들으면서도 그중에서 두 목소리를 또렷이 분간해 낼 수 있었다. 그 목소리들이 더 컸고 또 그에게 더 가까웠던 것이다. 두 무리의 대장들은 대열의 후위를 맡아 보는 것 같았고 그렇게 가면서 실랑이를 벌였다.

"네놈의 오합지졸이 저리 야단법석을 떨지 못하게 할 수 없어, 샤그랏? 쉴로브가 우릴 덮치지 않을까 걱정된다고!"

하고 한쪽이 투덜댔다.

"허튼소리 작작해, 고르바그! 네놈의 졸개들이 더 떠들어 대고 있다니까. 어쨌거나 얘들이 좀 놀게 내버려 둬! 쉴로브를 걱정할 필요는 조금도 없다고 생각해. 그녀가 대못 위에 주저앉은 모양인데 그렇다고 우리가 애달파할 건 없잖아. 못 봤어? 저 망할 동굴로 돌아가는 길을 따라 온통 내갈긴 역겨운 오물을? 한 번만 더 얘기하면 백 번째야. 그러니 얘들이 웃게 내버려 두라고. 게다가 드디어 우린 대단한 횡재를 했어. 루그부르즈가 원하는 어떤 걸 얻었으니 말이야."

"루그부르즈가 그걸 원한다고, 에? 넌 그게 뭐라고 생각해? 내겐 그게 요정 같아 보였어. 보통보다 작긴 하지만. 그런 게 뭐가 위험하다는 거지?"

"우리가 한번 보기 전엔 알 수 없지."

"오호! 그러니까 그들이 네게 무얼 보게 될 건지 일러 주지 않았다는 말이지? 그들은 우리에게 자기들이 아는 걸 다 말해 주지 않아. 안 그래? 절반도 말해 주지 않아. 하지만 그들도 실수할 수 있어! 심지어 대가리 것들도 말이야."

"쉿, 고르바그!"

샤그랏의 목소리가 낮아졌다. 심지어 야릇하게 예민해진 청각으로도 샘은 그가 한 말을 간신히 포착할 수 있을 뿐이었다.

"그들도 실수할 수 있지. 그렇지만 그들은 도처에 눈과 귀를 깔아 뒀어. 필시 내 부하들 중에도 좀 있을걸. 그렇지만 그들이 뭔가를 두고 골치를 썩이고 있는 건 틀림없어. 네 말대로 저 아래의 나즈굴이 그렇고, 루그부르즈도 그래. 뭔가 낭패가 날 뻔했던 거야."

"날 뻔했다고!"

하고 고르바그가 말했다.

"그럼. 하지만 그건 나중에 얘기하자고. 지하로에 도착할 때까지 기다려. 거기에 우리가 잠시 이야기할 만한 곳이 있으니까, 얘들이 계속 갈 동안 말이야."

그 후에 즉각 샘은 횃불들이 사라지는 걸 보았다. 그러고는 우르릉거리는 소음이 일었고 , 그가 서둘러 나갈 참에 쿵 하는 충돌음이 들렸다. 그가 짐작하는 한 오르크들이 방향을 돌려, 프로도와 그가 빠져나가려 시도했지만 막혀 있다는 걸 알았던, 바로 그 출구로 들어간 것 같았다. 그것은 여전히 막혀 있었다.

거대한 돌 하나가 길을 가로막은 것 같았지만 오르크들은 어떻게든 통과했었다. 맞은편에서 그들의 목소리가 들려왔던 것이다. 그들은 탑을 향해 산맥 속으로 점점 더 깊이 파고들며 계속 달려가고 있었다. 샘은 절망적이었다. 그놈들이 어떤 고약한 목적으로 주인의 시신을 떠메고 가는데 그는 따라갈 수가 없었다. 그는 그 장애물을 찌르고 밀기도 하고 또 몸을 던져 부딪치기도 했지만 그것은 꼼짝도 하지 않았다. 그때 안쪽 멀지 않은 데서, 혹은 그가 그렇다고 생각한 데서 두 대장이 다시 얘기하는 소리가 들렸다. 혹시 뭔가 유용한 걸 알 수도 있을 거란 기대에 그는 잠시 동안 귀 기울이며 가만히 서 있었다. 혹시 미나스 모르굴에 소속된 것 같은 고르바그가 밖으로 나올 수도 있었고 그러면 그때 슬쩍 안으로 들어갈 수도 있을 터였다.

고르바그의 목소리가 들려왔다.

"아니야, 난 몰라. 대개 전언이란 날짐승보다 빠르게 퍼지는 법이지. 그러나 난 그것의 이유를 캐지 않아. 그러지 않는 게 상책이지. 그르르! 저 나즈굴들은 생각만 해도 온몸이 오싹해진다고. 그들은 널 쳐다보는 즉시 네게서 육체를 벗겨 내고 널 맞은편의 어둠 속에 벌벌 떨게 내버려 둬. 하지만 그는 그들을 좋아해. 요즘은 그들이 그의 총애를 받고 있으니 툴툴거려 봤자 소용없어. 정말이지 저 아래의 도시에서 섬기는 일은 장난이 아니라고."

"그렇담 넌 여기 위로 올라와 쉴로브와 한패가 되어야겠군."

하고 샤그랏이 말했다.

"그들이 없는 어떤 곳이라면 그러고도 싶어. 그러나 지금은 전쟁 중이고, 그게 끝나면 사정이 보다 편해질 수도 있지."

"그들의 말로는 전쟁은 잘 돌아간다던데."

"그들은 그렇게 말할 테지." 고르바그가 투덜거렸다. "곧 알게 될 거야. 하지만 어쨌든 그것이 잘되어 간다면 우리에게도 훨씬 많은 기회가 생길 거야. 어떤가?—만약 기회가 오면 너와 내가 슬쩍 빠져 어딘가에서 믿을 만한 애들 몇 데리고 우리끼리 한 판 벌이는 게? 아주 손쉬운 약탈거리가 풍부하고 거창한 왕초들이 없는 어딘가에서 말이야."

"아! 옛날처럼 말이지."

샤그랏이 말했다.

"그럼!" 고르바그가 말했다. "그렇지만 크게 기대하진 마. 난 마음이 편치 않아. 말했다시피 거창한 왕초들도, 그래."

그의 목소리는 거의 속삭임으로 잦아들었다.

"그래, 심지어 최고의 왕초도 실수할 수 있어. 뭔가 낭패가 될 뻔했다고 넌 말했는데. 내가 알기론 정말로 무슨 일이 낭패가 되었다고. 그러니 우린 정신 바짝 차려야 해. 낭패를 수습하는 건 언제나 불쌍한 우루크들의 몫이지만 수습해 봤자 공치사뿐이지. 하지만 잊지 말라고. 적들은 그를 사랑하지 않는 만큼이나 우리도 사랑하지 않아. 그러니 만일 그들이 그를 이긴다면 우리도 끝장이야. 근데 이봐, 넌 언제 출동 명령을 받은 거야?"

"한 시간쯤 전, 너희가 우리를 보기 바로 전이지. 이런 전갈이 왔거든. '나즈굴 기분 꺼림칙함. 계단에 첩자들 우려됨. 갑절의 경계. 계단 상단까지 순찰.' 그래서 곧장 왔지."

"고약한 일이야." 고르바그가 말했다. "한번 따져 보자고—우리 침묵의 감시자들은 이틀 전부터 불안해했어. 그건 내가 알아. 그런데 하루가 더 지날 동안에도 순찰 명령은 내게 떨어지지 않았고 또 어떤 전갈도 루그부르즈로 전해지지 않았어. 위대한 신호가 먹혀들지 않고 나즈굴의 영주는 전장으로 떠나고 그 밖에 여러 가지 때문이지. 내가 듣기로, 그런 다음 그들은 루그부르즈로 하여금 한동안 주의를 기울이도록 할 수가 없었어."

"위대한 눈은 다른 데서 분주한 모양이로군." 샤그랏이 말했다. "대단한 일들이 멀리 서쪽에서 벌어지고 있다고 하잖아."

"내 말이!" 고르바그가 으르렁거렸다. "한데 그사이에 적들이 계단을 올라온 게야. 그런데도 넌 뭘 하고 있었어? 특별 명령이건 아니건 넌 망을 봐야 하는 거잖아, 안 그래? 넌 뭐 하는 놈이야?"

"그만해! 내게 내 임무를 가르치려 들지 마. 우리의 경계엔 빈틈이 없었어. 우린 재미있는 일이 벌어지고 있다는 걸 알았어."

"아주 재미있는 일?"

"그래, 아주 재미있는 일이지. 빛과 고함과 그 밖의 모든 것 말이야. 그나저나 쉴로브가 바삐 움직였어. 내 부하들이 그녀와 그녀의 살금이를 봤거든."

"그녀의 살금이? 그게 뭔데?"

"틀림없이 너도 본 적이 있을 거야. 작고 야위고 시커먼 놈인데, 거미 같거나 어쩌면 쫄쫄 굶은 개구리를 더 닮았지. 이전에도 여기 온 적이 있어. 수년 전에 처음 루그부르즈 바깥으로 나왔는데, 우린 상부로부터 그를 지나가게 하라는 명령을 받았어. 그 후로도 그는 한두 번 계단을 올라왔지만 우린 그를 그냥 내버려 뒀어. 마나님과 모종의 기맥이 통하는 것 같더라고. 하긴, 먹잇감으로도 허접한 놈일 테고, 또 그녀는 상부로부터의 지시에 신경 쓰지도 않거든. 그건 그렇고 넌 계곡에다 훌륭한 파수병 하나를 둔 셈이야. 이 모든 소란이 일기 전날 그가 여기 위에 있었네. 지난밤 이른 때에 우린 그를 봤어. 어쨌든 우리 애들이 보고하기를, 마나님께서 꽤 재미를 보고 있다는데, 그 전갈이 오기 전까진 꽤 잘된 일인 성싶었어. 난 그녀의 살금이가 그녀에게 장난감 하나를 갖다줬거나 어쩌면 네가 그녀에게 전쟁 포로든 뭐든 선물 하나를 보냈을 수도 있다고 생각했어. 그녀가 재미를 보고 있을 땐 난 끼어들지 않아. 사냥에 나선 쉴로브를 빠져나가는 건 없거든."

"없다고! 그럼 저 뒤에서 일어난 일은 뭐야? 그 때문에 난 마음이 편치 않단 말이야. 계단을 오른 게 뭐든 간에 빠져나갔다고. 그것이 그녀의 거미줄을 끊고 그 구멍에서 깨끗이 빠져나갔어. 그건 생각해 봐야 할 대단한 일이란 말야!"

"아, 자, 그렇지만 결국 그녀는 그를 잡았잖아, 안 그래?"

"그를 잡았다고? 누굴 잡았어? 이 쪼그만 놈 말이야? 한데 그 한 놈뿐이었다면, 쉴로브는 벌써 오래전에 그를 식료품실로 데려갔을 테고 지금쯤 거기에 있을 거야. 그리고 루그부르즈가 그를 원했다면 네가 가서 그를 데려와야 했을 거야. 네겐 신나는 일이지. 하지만 한 놈이 아니었어."

이 대목에서 샘은 보다 주의 깊게 경청하기 시작해 돌에 귀를 바싹 갖다 댔다.

"그녀가 그를 둘둘 묶었던 줄을 누가 자른 거야, 샤그랏? 거미줄을 자른 것과 똑같은 놈이야. 그걸 몰랐단 말이야? 그리고 마나님의 몸에 못을 박은 건 누구야? 난 똑같은 놈이라고 생각해. 그런데 그놈은 어디 있지? 그놈이 어디 있냐고, 샤그랏?"

샤그랏은 대답하지 못했다.

"네게도 머리란 게 있다면 당연히 그걸 써야지. 이건 웃을 일이 아니야. 너도 잘 알다시피 이제껏 누구도, 어느 누구도 쉴로브의 몸에 못을 박은 적이 없었어. 물론 그걸 슬퍼할 건 없어. 그렇지만 생각해 봐—고난의 옛 시절 이후로, 대공성(大攻城) 이후로 나타났던 그 어떤 반역자보다도 더 위험한 누군가가 이 부근을 나다니고 있어. 무언가 낭패가 난 거야."

"그렇담 그게 뭔데?"

하고 샤그랏이 으르릉댔다.

"모든 징표로 보건대, 샤그랏 대장, 아주 큰 전사 하나가 나다니는 것 같아. 십중팔구 요정일 텐데, 어쨌든 요정의 칼을 들고 아마 도끼도 지녔을 거야. 더군다나 그는 네 구역에도 나다니는데, 그런데도 넌 그를 탐지하지 못했어. 실로 아주 재미있는 일이야!"

고르바그가 침을 뱉었다. 샘은 자신에 대한 이런 설명에 씁쓸한 미소를 지었다.

샤그랏이 말했다.

"아, 자, 넌 언제나 사태를 어둡게 바라보지. 넌 그 징표들을 너 좋을 대로 풀이할 수 있겠지만 다르게 설명할 수도 있다고. 여하튼 난 모든 지점에 파수병을 배치해 둔 만큼 한 번에 한 가지씩 처리할 거야. 먼저 우리가 붙잡은 놈을 한번 보고 나서, 그다음에 다른 일에 대해 걱정하기 시작할 거라고."

그러자 고르바그가 대답했다.

"짐작건대 그 쪼그만 놈에게서 많은 걸 알아내지 못할걸. 그는 눈앞의 이 난리와는 아무 상관이 없었을 수도 있다고. 어쨌든 날카로운 칼을 지닌 그 큰 놈은 그를 대단하게 여긴 것 같지 않아. 바닥에 누운 걸 그냥 내버려 뒀잖아. 요정들의 단골 수법이지."

"곧 알게 되겠지. 자! 이만하면 충분히 이야기했어. 가서 포로를 한번 보자고!"

"넌 그놈을 어떻게 하려는 거야? 내가 그를 처음 발견했다는 걸 잊지 마. 뭔가 쓸 만한 게 있으면 나와 내 부하들에게도 돌아갈 몫이 있는 거야."

그러자 샤그랏이 으르렁거렸다.

"이봐. 난 명령을 받은 몸이야. 명령을 위반하면 내 배때기나 네 배때기도 성치 못해. 파수병에 의해 발견된 어떤 침입자든 탑에 수감되어야 해. 포로는 발가벗겨지고. 옷, 무기, 편지, 반지 또는 장신구 등 모든 물품에 대한 명세서가 곧장 루그부르즈에 전달되어야 해. 또 오로지 루그부르즈에만 전달해야 해. 그가 누굴 보내거나 그 자신이 친히 올 때까지, 포로는 안전하고 온전하게 보관되어야 해. 위반 시에는 어떤 파수병이든 죽음을 면치 못해. 그 명령이 명명백백한 만큼 난 그대로 할 거야."

"발가벗겨, 에?" 고르바그가 말했다. "아니, 이, 손톱, 머리카락 또 그 밖의 것까지 죄다?"

"아니, 그 정도는 아니고. 그는 루그부르즈로 간다네. 그러니 그는 안전하고 건강해야 하지."

그러자 고르바그가 웃어 젖혔다.

"그게 어렵다는 걸 너도 알 텐데. 지금 그는 썩은 고기에 불과해. 루그부르즈에서 그런 걸 갖고 뭘 하려는 건지 도통 짐작이 안 가. 그는 가마솥에 들어가는 게 나을걸."

"이런 바보!" 샤그랏이 으드등거렸다. "쭉 똑똑한 소리를 해 오더니, 다른 이들 대부분이 아는 걸 너만 모르는 것도 많군. 만일 조심하지 않으면 네놈이 가마솥에 들어가거나 쉴로브의 먹이가 될 거야. 썩은 고기라! 마나님에 대해 아는 게 고작 그거야? 줄로 묶을 때는 고기를 탐하는 거야. 그녀는 죽은 고기는 먹지 않고 차가운 피도 빨지 않아. 이놈은 죽은 게 아니라고!"

샘은 휘청거리다 돌을 꽉 붙들었다. 어두운 세계가 송두리째 거꾸로 뒤집히고 있는 것 같았다. 충격이 너무나 큰 나머지 졸도할 지경이었다. 그러나 정신줄을 놓지 않으려고 분투하는 그 참에도 그는 몸 깊은 데서 울려오는 훈유(訓諭)의 소리를 감지했다.

'이 바보야, 그는 죽지 않았고 네 가슴은 그걸 알고 있었어. 네 머리를 믿지 마, 샘와이즈. 그건 너의 가장 좋은 부분이 아니야. 네 문제점은 네가 정말로 어떤 희망을 갖지 않았다는 거야. 이제 어떡할 거야?'

당장은 부동(不動)의 돌에 몸을 기대고 역겨운 오르크의 목소리들을 귀 기울여 듣는 것 외에는 어쩔 도리가 없었다.

둘째 계단에서 본 키리스 웅골(Cirith Ungol from the second stair)

샤그랏이 계속 말했다.

"허, 참! 쉘로브에겐 독이 한 가지만 있는 게 아냐. 사냥할 때 그것은 그냥 먹잇감의 목을 한번 가볍게 건드릴 뿐이야. 그러면 먹잇감은 뼈를 발라낸 물고기처럼 휘주근해지고, 그다음 그녀는 그것을 마음대로 처리하는 거지. 늙은 우프삭을 기억해? 그가 며칠간 보이지 않았어. 그러다가 어느 구석에서 그를 발견했는데, 매달려 있었어. 그렇지만 완전히 깬 상태로 눈을 부릅뜨고 있더라고. 우리가 얼마나 배꼽 잡고 웃었던지! 아마 그녀가 그를 잊어버렸던 모양이지. 하지만 우린 그를 건드리지 않았어—그녀의 일에 끼어들어 이로울 게 없으니까. 이 쪼그만 악당, 그도 몇 시간이면 깨어날 거야. 잠시 동안의 메스꺼운 기분을 넘기면 말짱해질 거야. 혹은 만일 루그부르즈가 그를 그대로 내버려둔다면 그렇게 될 거야. 물론 자신이 어디 있고 자신에게 무슨 일이 있었던 것인지 어리둥절한 시간을 거칠 테지만."

"그리고 그에게 무슨 일이 일어날 건지도." 고르바그가 웃어 댔다. "우리가 다른 일은 할 수 없다 해도 어쨌든 그에게 몇 가지 이야기는 해 줄 수 있지. 그는 사랑스러운 루그부르즈에 와 본 적이 없을 테니 어떤 꼴을 당하게 될지 알고 싶을걸. 생각보다 일이 재미있어지겠어. 가자고!"

"아무 재미도 없을 거야. 그리고 그는 안전하게 간수되어야 해. 안 그러면 우린 모두 죽은 거나 다름없어."

"아무렴! 하지만 내가 너라면 난 루그부르즈에 보고를 보내기 전에 먼저 나돌아다니는 큰 놈을 잡을 거야. 새끼 고양이를 잡고 그 어미를 놓쳤다고 말하는 게 그리 곱게 들리진 않을 테니."

그 목소리들이 움직여 떠나기 시작했다. 샘은 멀어져 가는 발소리를 들었다. 충격에서 회복되고 있던 그에게 이제 격렬한 분노가 엄습했다. 그가 외쳤다.

"내가 모든 걸 그르친 거야! 그럴 줄 알았다니까. 이제 그들은 그를 붙잡아 갔어, 악마들이! 더러운 놈들이! 결코 너의 주인을 떠나지 말라, 결코, 결단코, 그게 내겐 제격의 규칙이었어. 그리고 난 그것을 가슴으로 알고 있었어. 내가 용서받을 수만 있다면! 이제 난 그에게로 돌아가야 해. 어떻게 해서든, 어떡하든 간에!"

그는 다시 칼을 뽑아 칼자루로 돌을 두들겨 댔지만 둔중한 소리만 울릴 뿐이었다. 그러나 칼이 너무나 찬연하게 타올라 그는 그 빛 속에서 어렴풋하게나마 볼 수 있었다. 놀랍게도 그는 그 거대한 장애물이 육중한 문처럼 생기고 자기 키의 두 배에 못 미친다는 것을 알아챘다. 그 위에는 입구의 꼭대기와 낮은 아치 사이에 어둡고 휑한 공간이 있었다. 아마도 그것은 쉘로브의 침입을 막으려는 방책(防柵)으로, 그녀의 간지로도 어떻게 해 볼 도리가 없게끔 안쪽에 모종의 빗장이나 자물쇠가 단단히 질러져 있었다. 샘은 남은 힘을 다해 펄쩍 뛰어올라 꼭대기를 붙들고 기어올라 맞은편으로 떨어졌다. 그런 다음 그는 손에 쥔 칼이 타오르는 가운데 모퉁이를 돌고 구불구불한 터널을 오르며 미친 듯이 달렸다.

주인이 아직 살아 있다는 소식에 그는 피로도 까맣게 잊고 마지막 기운까지 끌어 일으켰다. 이 새로운 통로는 간단없이 굽고 휘었기에 앞에 있는 어떤 것도 보이지 않았다. 그러나 그는 자신이 두 오르크를 따라잡고 있다고 생각했다. 그들의 목소리가 다시 점점 가까워지고 있었던 것이다. 이제 그들은 꽤나 가까이에 있는 것 같았다.

"그게 내가 하려는 바야. 그를 바로 꼭대기 방에 둘 거라고."
하고 샤그랏이 성난 말투로 말했다.

"뭣 땜에? 저 아래엔 감옥이 없어?"

고르바그가 으르렁거리자 샤그랏이 대답했다.

"그래야 그가 안전할 테니까. 알겠어? 그는 귀중한 몸이야. 난 내 부하들 모두를 믿지 않아. 네 부하들도 못 믿고. 또 재미에 안달할 때의 너도 마찬가지야. 그는 내가 두고 싶은 곳으로 갈 거야. 네가 오지 못할 곳으로. 네가 예의 바르게 굴지 않는다면 말이야. 꼭대기로 올라갈 거야. 거기선 그가 안전할 테니."

그 순간 샘이 외쳤다.

"과연 그럴까? 넌 나다니는 저 위대하고 큰 요정 전사를 잊고 있는 거야!"

그 말과 함께 샘은 마지막 모퉁이를 돌아 질주했지만 터널의 어떤 속임수 때문이든 아니면 반지가 그에게 부여한 청각의 속임수 때문이든 자신이 거리를 오판했다는 걸 깨달았다.

여전히 두 오르크는 상당히 앞에 있었다. 이제 붉은 섬광을 등져 시커멓고 땅딸막한 모습의 그들이 보였다. 마침내 통로는 일직선으로 뻗어 비탈 위로 올랐고, 그 끝에 거대한 두 겹의 문이 활짝 열려 있었는데 아마도 탑의 높은 뿔 저 아래의 깊숙한 방들로 이어지는 것 같았다. 짐을 떠멘 오르크들은 벌써 안으로 들어갔다. 고르바그와 샤그랏은 성문에 가까이 다가들고 있었다.

샘은 목쉰 노랫소리, 요란한 뿔나팔 소리와 징을 두들기는 소리가 뒤섞인 끔찍한 아우성을 들었다. 고르바그와 샤그랏은 벌써 거의 문간에 이르렀다.

샘은 고함을 지르고 스팅을 휘둘렀지만 그의 작은 목소리는 그 소란 속에 묻혀 버렸다. 아무도 그를 거들떠보지 않았다.

거대한 문들이 쿵 닫혔다. 우르르. 쇠 빗장이 안에서 철커덕하고 걸렸다. 뎅그렁. 성문이 닫혔다. 샘은 빗장 걸린 놋쇠 판들에 몸을 던져 부딪치곤 정신을 잃고 땅바닥에 쓰러졌다. 그는 어둠 속 바깥에 남겨졌다. 프로도는 살아 있지만 대적에게 붙잡혔다.

PART Ⅲ

왕의 귀환
(The Return of the King)

THE LORD OF THE RINGS
THE RETURN
OF THE KING

BOOK FIVE

Chapter 1

미나스 티리스

간달프의 망토에 감싸여 있던 피핀은 밖을 내다보았다. 무서운 속도로 질주가 시작된 후 너무 오랫동안 폭 싸여서 혼란스럽기 그지없는 꿈속을 헤매었기에, 지금도 꿈인지 생시인지 알 수 없었다. 어둠의 세계가 휙휙 밀려나고 바람이 귓전에서 큰 소리로 울부짖었다. 하늘에서 선회하는 별 말고는 아무것도 보이지 않았다. 오른쪽으로 멀리 남쪽 산맥이 길게 뻗어 내려간 곳에서 하늘을 배경으로 거대한 그림자들이 지나갔다. 잠이 덜 깬 상태에서 그는 시간이 얼마나 흘렀는지, 또 어디를 지나왔는지 헤아려 보려 했지만, 몽롱하고 모호한 기억뿐이었다.

처음에는 맹렬한 속도로 쉬지 않고 달렸고, 새벽녘에 흐릿한 금빛 광선을 보았으며, 고요한 도시에 이르러 언덕 위 커다란 빈집에 도착했다. 그러나 자리를 잡고 쉬기도 전에 또다시 날개 달린 그림자가 하늘을 덮고 지나가며 공포를 선사했다. 간달프는 다정하게 피핀을 달래 주었고, 피핀은 꿈결처럼 사람들이 오가며 두런거리는 소리, 간달프가 지시하는 소리를 어렴풋이 들으며 구석에서 지쳤지만 편치 않은 잠에 빠져들었다. 그러고 나서 어둠이 깔리자 다시 달리고 또 달렸다. 그가 팔란티르의 돌을 본 지 이틀째, 아니 사흘째 되는 밤이었다. 그 무서운 기억이 떠오르자 그는 완전히 정신을 차리고 몸을 떨었다. 바람 소리는 위협하는 목소리들로 가득했다.

하늘에 어떤 빛이 타올랐다. 시커먼 방벽 너머로 노란 불꽃이 피어올랐다. 피핀은 더럭 겁이 나서 몸을 움츠렸다. 간달프는 지금 나를 어떤 무시무시한 나라로 데려가는 걸까. 눈을 비비고 나서야 그것이 동쪽의 어둠 위로 떠오르는 달이라는 것을 알았다. 이제 보름달에 가까웠다. 그러면 아직 이슥하게 깊은 밤이 아니었고, 어둠 속에서 몇 시간 더 질주할 것이다. 그는 몸을 뒤척이며 물었다.

"지금 어디에 있는 거죠, 간달프?"

"곤도르 왕국. 지금 아노리엔 지방을 지나고 있지."

다시 침묵이 흘렀다. 얼마 후 피핀은 간달프의 망토를 움켜잡고 갑자기 소리쳤다.

"저게 뭐예요? 보세요! 불, 붉은 불이에요! 이 근처에 용이라도 있나요? 보세요, 저기 또 있어요!"

그러나 간달프는 대답하지 않고 샤두팍스에게 소리쳤다.

"가자, 샤두팍스! 서둘러야 해! 시간이 없구나. 봐라! 곤도르의 봉화가 타오르며 도움을 청하는구나. 전쟁의 불이 붙은 거야. 저기, 아몬 딘의 봉화! 에일레나크의 봉화! 점점 더 빨리 서쪽으로 전달되고 있군. 나르돌, 에렐라스, 민림몬, 칼렌하드, 그리고 로한의 국경 할리피리엔으로!"

그러나 샤두팍스는 속보를 멈추고 느릿느릿 걷다시피 하더니 고개를 쳐들고 울부짖었다. 그러자 어둠 저편에서 대답하듯 다른 말들의 울음소리가 들려왔다. 이내 말발굽 소리가 들리더니, 세 명의 기사가 휘몰아치듯이 달려와서는 그들을 지나쳤고, 달빛에 날아다니는 유령처럼 서쪽으로 사라져 갔다. 그러자 샤두팍스는 전력을 다해 힘차게 질주했고, 어둠이 포효하는 바람처럼 그를 스쳐 지나갔다.

간달프는 곤도르의 풍습이라든가, 방대한 국경선을 따라 높이 솟은 외곽 산꼭대기들에 영주가 봉화대를 설치했다든가, 위급할 때는 북쪽의 로한이나 남쪽의 벨팔라스에 전령을 파견하기 위해 그곳에 초소를 두고 팔팔한 말을 늘 대기시켜 놓는다는 이야기를 들려주었다. 하지만 피핀은 다시 졸음이 쏟아져서 귀를 기울일 수 없을 지경이었다.

"북쪽의 봉화가 타오른 지 꽤 오래됐지. 그렇지만 고대의 곤도르에는 그런 것이 아예 필요 없었어. 그들에게는 일곱 개의 천리안의 돌이 있었으니까."

피핀은 이 말에 불안하게 몸을 뒤척였다.

"무서워할 건 없어. 잠이나 자게. 자넨 프로도처럼 모르도르로 가는 게 아니라 고작 미나스 티리스에 가고 있으니 말일세. 지금으로선 그만큼 안전한 곳도 없을 거야. 만일 곤도르가 함락되거나 반지를 빼앗기는 사태가 벌어진다면 샤이어도 더는 안전할 수 없겠지."

"아무래도 위로가 되는 이야긴 아니군요."

그래도 여전히 졸음이 쏟아졌다. 다시 깊은 꿈에 빠져들기 전에 마지막으로 본 것은, 서쪽으로 기우는 달빛을 받아 떠다니는 섬처럼 구름 위에서 희미하게 빛나는 높고 흰 산봉우리들이었다. 그는 프로도가 지금 어디 있을지, 혹시 모르도르에 도착했을지, 아니면 죽고 말았을지 궁금했다. 그날 밤 프로도도 멀리 떨어진 곳에서 날이 새기 전에 곤도르 저편으로 기우는 달을 바라보고 있었다는 사실을 그로서는 알 수 없었다.

피핀은 목소리들이 들리는 바람에 깨어났다. 낮에는 숨고 밤에는 말을 달리며 하루가 또 지나갔다. 어스름이 깔려 있었다. 곧 다시 차가운 새벽이 다가왔고, 냉기가 도는 잿빛 안개가 주위에 자욱이 깔려 있었다. 샤두팍스는 땀을 흘리며 서서 콧김을 내뿜었지만 여전히 목을 꼿꼿이 세운 채 피로한 기색을 전혀 내보이지 않았다. 두툼한 망토를 두른 키 큰 사람들이 샤두팍스 옆에 많이 몰려 있었고, 그들 뒤로 돌로 쌓은 성벽이 안개 속에서 어렴풋이 드러났다. 성벽은 일부 파손되어 있었다. 아직 어둠이 채 걷히지 않았는데도 서둘러 복구하는 소리가 들려왔다. 망치 소리, 흙 바르는 소리, 바퀴 소리가 났다. 안개 속 여기저기에서 횃불과 너울거리는 불길이 흐릿하게 타오르고 있었다. 간달프는 앞을 가로막은 사람들과 이야기를 나누고 있었다. 피핀은 잠시 귀를 기울이다가 그들이 지금 자기에 대해 얘기하고 있다는 것을 알아차렸다.

그들 중 지휘자가 말했다.

"그럼요, 저희는 당신을 잘 압니다, 미스란디르. 당신은 일곱 개소 성문의 통과 암호도 알고 계시니 마음대로 들어가실 수 있지요. 하지만 저희는 당신과 동행한 자를 모릅니다. 어떤 존재이지요? 북쪽 산에서 내려온 난쟁이인가요? 요즘 저희는 이방인을 환영하지 않아요. 신의가 있고 우리를 도와주리라 믿을 수 있는 강력한 전사가 아니라면 말입니다."

"난 저 사람에 대해 데네소르 공 앞에서도 보증할 수 있소. 그리고 무용(武勇)이란 것이 반드시 체구에 비례하는 건 아니오. 그는 자네보다 더 많은 전투와 위험을 겪었소, 잉골드. 자네는 이 친구보다 두 배나 크지만. 또한 그는 우리가 소식을 전해 줄 아이센가드의 폭풍을 막 뚫고 온 길이라 무척 지쳐 있소. 그렇지만 않으면 그를 깨울 텐데 말이지. 그의 이름은 페레그린이고 아주 용감한 인간이오."

"인간이라고요?"

잉골드가 의심스러운 듯 반문하자 다른 이들은 웃음을 터뜨렸다. 피핀은 이제 완전히 정신을 차리고 외쳤다.

"인간이냐고요! 물론 아니에요! 난 호빗이에요. 난 인간도 아니고, 필요한 때만 빼곤 그리 용감하지도 않아요. 그래요, 간달프가 당신들을 속인 거예요."

그러자 잉골드가 말했다.

"위대한 업적을 이룬 이는 스스로를 드러내지 않는 법이지요. 그런데 호빗은 뭡니까?"

이번에는 간달프가 대답했다.

"반인족이오. 물론 전에 말했던 그 반인족은 아니고."

사람들의 얼굴에 놀라는 기색이 떠오르자 그가 덧붙였다.

"이 친구가 아니라 그 동족 중의 하나지."

그러자 피핀이 끼어들었다.

"그래요. 난 그와 함께 여행한 친구예요. 당신네 나라의 보로미르도 함께 있었지요. 그는 북쪽의 눈밭에서 날 구했고요. 결국에는 나를 많은 적들에게서 지키려다 살해되었지만."

"쉿! 슬픈 소식은 그의 부친에게 먼저 알려야지."

간달프가 이렇게 주의를 주자 잉골드가 말했다.

"이미 예상하고 있던 일입니다. 근래에 이상한 전조가 있었거든요. 하지만 이제 서둘러 건너가십시오. 미나스 티리스의 영주께선 아드님의 소식을 들려줄 사람을 애타게 기다리실 테니까요. 그가 인간이든 아니면……."

"호빗이에요. 당신들의 영주께 큰 도움은 못 되겠지만, 난 용감한 보로미르를 생각해서라도 최선을 다할 생각이에요."

"그럼 조심해 가시지요."

잉골드가 말했다. 사람들이 길을 터 주자 샤두팍스는 성벽 사이의 좁은 문으로 걸어 들어갔다. 잉골드가 뒤에서 외쳤다.

"요즘처럼 도움이 절실한 때에 데네소르 공과 우리 모두에게 좋은 조언을 해 주시기 바랍니다. 미스란디르! 당신은 습관처럼 늘 슬픔과 위험한 소식만 가져온다고들 하지만 말입니다."

"도움이 필요할 때만 오니까 그런 소리들을 하겠지. 자네에게 한 가지 조언을 하자면, 펠렌노르의 성벽을 수리하기에는 너무 늦었다고 말해야겠소. 이렇게 폭풍이 눈앞에 닥쳐왔을 때는 그대들의 용기가 가장 좋은 방어책이 될 거요. 그리고 난 희망을 가져왔소. 나쁜 소식만 가져오는 건 아니지.

자, 어서 흙손을 치우고 칼을 정비할 시간이오."

"이 일은 저녁 안에 끝날 겁니다. 여기가 방어선 성벽의 끝부분이니까요. 그리고 이쪽은 우방인 로한 쪽을 향하고 있으니까 공격당할 위험이 제일 적은 곳이지요. 그들 소식을 알고 계신가요? 그들이 도우러 올까요?"

"그렇소. 올 거요. 하지만 그들은 이미 자네들 후방에서 많은 전투를 치렀네. 이쪽 길이든, 어느 길이든 이제는 안전하지 않아. 방심하지 말게. 폭풍까마귀 간달프가 아니었다면 자네들은 로한의 기사는커녕 아노리엔에서 쏟아져 나오는 수많은 적들을 보았을 테지. 지금도 그럴 가능성이 없진 않고. 부디 안녕히! 졸지 마시오."

간달프는 이제 람마스 에코르를 지나 넓은 평원에 들어섰다. 이실리엔이 적의 공격으로 함락되자 곤도르인들은 숱한 노력을 들여 외벽을 건조했고, 그것을 람마스 에코르라고 불렀다. 성벽은 50여 킬로미터 이상 뻗어 있었는데, 산맥 기슭에서 시작해 펠렌노르평원을 감싸고 다시 돌아갔다. 펠렌노르는 안두인대하의 수심이 깊은 곳을 향해 비탈진 긴 언덕과 강안의 계단식 지형에 자리한 아름답고 비옥한 도시 평원이었다. 도시의 큰 성문에서 가장 먼 외벽은 북동쪽으로 시에서 20킬로미터 떨어져 있었는데, 그곳의 가파른 둑에서 보면 강 옆으로 긴 평원이 내려다보였다. 사람들은 그곳 강둑을 아주 높고 튼튼하게 쌓았다. 왜냐하면 오스길리아스의 여울목과 다리에서 이어진 길이 그곳에서 벽으로 둘러싸인 둑길로 들어왔고, 총안이 있는 탑들 사이에 경비대가 지키는 문을 거쳐 지나가기 때문이었다. 시에서 가장 가까운 곳은 5킬로미터밖에 떨어지지 않은 남동쪽 외벽이었다. 그곳에서 안두인대하는 남이실리엔의 에뮌 아르넨 언덕들을 넓게 돌아와서 서쪽으로 급히 방향을 틀었고, 바로 그 강 언저리에 외벽이 세워져 있었다. 그 밑에는 남쪽 영지에서 상류로 거슬러 온 배들이 정박할 하를론드 부두와 선착장이 있었다.

도시 평원은 넓은 경지와 많은 과수원이 있는 풍요로운 땅이었고, 농가에는 곡식 건조장, 창고, 가축우리, 외양간 등이 있었다. 고지대에서는 여러 갈래의 개울이 잔물결을 일으키며 푸른 들판을 지나 안두인으로 흘러갔다. 그러나 그곳에 거주하는 목자나 농부는 별로 많지 않았다. 곤도르 사람들은 대부분 도시의 일곱 개 원형 구역 안에서 살았고, 일부는 롯사르나크의 변경에 있는 산속 깊은 골짜기나 훨씬 남쪽에 다섯 갈래의 급류가 흐르는 아름다운 레벤닌에서 살았다. 산맥과 바다 사이에는 거친 사람들이 살고 있었다. 그들도 곤도르인으로 인정되기는 했지만 여러 혈통이 뒤섞였고, 또 그들 중에는 곤도르 왕국이 세워지기 전의 암흑시대에 산속 음지에서 살아온 잊힌 사람들의 후손인 키가 작고 피부가 거무스레한 사람들도 있었다. 그러나 그 너머 벨팔라스의 드넓은 영지에는 임라힐 대공이 바다를 바라보는 돌 암로스성에 살고 있었다. 그는 고귀한 혈통을 가진 이였고 그의 종족도 그러해서 키가 크고 잿빛 바다색 눈을 가진 꿋꿋한 사람들이었다.

간달프가 한참 말을 달린 후에, 하늘에 빛이 퍼지기 시작했다. 피핀은 정신을 차리고 밖을 내다보았다. 왼쪽에는 바다처럼 깔린 안개가 동쪽의 음산한 어둠으로 솟아오르고 있었다. 그러나 오른쪽에는 서쪽에서 뻗어 온 거대한 산맥이 돌연히 가파르게 끊어져 머리를 높이 쳐들고 있었다. 마치 이

돌의 도시, 미나스 티리스(Stanburg, Minas Tirith)

땅이 만들어질 때 강이 거대한 산의 장벽을 터뜨려서 앞으로 다가올 시대에 전쟁과 협상의 장이 될 장대한 계곡을 깎아 놓은 것 같았다. 그리고 저기 에레드 님라이스의 백색산맥이 끝나는 곳에서, 간달프가 장담했듯이, 시커멓고 거대한 민돌루인산과 그 높은 협곡의 짙은 자줏빛 그늘, 그리고 밝아 오는 빛을 받아 하얗게 빛나는 높은 암벽이 보였다. 돌출된 산기슭 위에 일곱 겹의 석벽으로 방비된 도시가 자리 잡고 있었는데, 그 석벽은 너무 튼튼하고 오래되어 마치 인간이 축조한 것이 아니라 거인이 땅의 뼈를 깎아 만든 것처럼 보였다.

피핀이 놀라워하며 가만히 바라보는 동안에, 성벽은 흐릿한 잿빛에서 흰색으로 변했고 새벽 햇살을 받아 희미한 붉은빛이 감돌았다. 그러더니 갑자기 태양이 동쪽 어둠을 넘고 올라와서 도시 정면에 광선을 쏘았다. 그 순간 피핀은 탄성을 질렀다. 가장 높은 성벽에 우뚝 솟은 엑셀리온 탑이 진주와 순은으로 만든 뾰족한 기둥처럼 은은히 빛을 발했고 그 첨탑은 수정처럼 반짝이며 하늘을 향해 높고 아름답고 근사한 자태를 드러냈던 것이다. 흉벽에 꽂힌 하얀 깃발들이 아침의 선들바람에 펄럭였고, 은나팔 소리처럼 청명한 종소리가 멀리서 울려왔다.

간달프와 페레그린은 떠오르는 햇살을 받으며 곤도르의 큰 성문에 이르렀다. 그들이 다가가자 철제 대문이 안쪽으로 열렸다. 거기 모여 있던 사람들이 외쳤다.

"미스란디르! 미스란디르! 당신을 보니 정말로 폭풍우가 닥쳤다는 걸 알겠군요."

"바로 자네들 머리 위에 와 있지. 난 그 폭풍의 날개를 타고 왔네. 자, 비켜 주게. 데네소르 공께서 섭정의 권한을 갖고 계시니 먼저 그분을 뵈어야지. 어떤 일이 일어나든 간에, 자네들이 알고 있던 곤도르는 끝날 때가 되었다네. 자, 비켜들 주게."

사람들은 앞에 타고 있는 호빗과 말에 호기심의 눈길을 보냈지만, 간달프의 말에 순응하여 뒤로 물러섰고 더 이상 묻지 않았다. 이 도시 사람들은 말을 타는 일이 거의 없었기에, 영주의 전령마를 제외하면 길에서 말을 보기 어려웠다. 그들은 샤두팍스를 쳐다보며 서로 속삭였다.

"저 말은 로한의 왕이 소유한 명마 중 하나겠지? 이제 곧 로한인들이 달려와서 우리 힘을 키워 줄 거야."

그러나 샤두팍스는 길고 구불구불한 길을 당당하게 걸어 올라갔다.

미나스 티리스는 그 자체의 축조 양식에 따라 언덕을 깊이 파고 든 일곱 개의 단 위에 세워져 있었고, 단마다 성벽이 세워져 있었으며, 성벽마다 성문이 있었다. 그런데 성문들은 일렬로 나 있지 않았다. 바깥 성벽의 가장 큰 성문은 원형 도로의 동쪽에 있었지만, 그 다음 성문은 동남쪽, 세 번째는 동북쪽, 이런 식으로 위로 올라가면서 엇갈리게 세워져 있었다. 그래서 궁성으로 올라가는 포장도로는 처음에 이쪽으로, 다음에는 저쪽으로 언덕을 가로질러 돌아갔다. 그리고 큰 성문과 일직선에 있는 곳을 지날 때마다 아치 모양의 굴에 들어가서 방대하고 기다란 바위를 뚫고 나아갔다. 돌출된 그 거대한 바윗덩어리는 도시의 원형 구역을 첫 번째만 제외하고 모두 양쪽으로 갈라놓았다. 그 바위는 태곳적부터 생긴 언덕의 일부였고, 거기에 옛 사람들의 뛰어난 기술과 노동이 더해져, 큰 성문 안쪽 넓은 광장의 뒤로 돌의 각루가 드높이 서 있게 되었다. 동쪽을 향한 각루의 모서리는 배의 용골처럼 날카로웠다. 각루는 제일 높은 원형 구역 높이에까지 솟구쳤는데, 그 꼭대기에 총안이 있는 흉벽이 둘려 있었다. 그래서 궁성에 올라간 사람들은 산더미만 한 배의 선원들처럼 꼭대기에서 수직으로 200여 미터 밑에 있는 성문을 내려다볼 수 있었다. 궁성의 입구도 동쪽으로 나 있었지만 바위 안쪽 방향으로 깊이 파고 들어갔고, 거기에서 등불을 밝힌 긴 비탈길을 오르면 일곱 번째 성문으로 이어졌다. 이렇게 해서 마침내 궁정과 백색탑 발치에 분수가 있는 광장에 이른다. 백색탑은 기단에서 첨탑까지 90미터나 되는 높고 아름다운 건물이었고, 평원에서 300미터 높이에 섭정의 깃발이 휘날리고 있었다.

이 성채는 실로 견고해서, 적이 배후로 돌아 민돌루인산의 낮은 기슭을 타고 '파수언덕'과 산괴가 만나는 좁은 산등성이로 들어오지 않는 한, 무기를 들 수 있는 최소한의 사람만 있어도 다수의 적이 와도 점령되지 않을 요새였다. 그러나 다섯 번째 성벽의 높이에 이르는 그 산등성이는 서쪽으로 맞닿은 절벽에 이르기까지 높은 성벽으로 둘러싸여 있었다. 그 공간은 산과 탑 사이에서 늘 고요한 곳이었기에 죽은 왕과 영주를 위한 집들과 반구형 무덤들이 있었다.

피핀은 아이센가드보다 더 장대하고 튼튼하며 아름다운, 아니 상상도 하지 못할 정도로 방대하고 인상적인, 그 돌로 지어진 도시를 경이감에 차서 바라보았다. 하지만 그 도시는 실은 해를 거듭하면서 조금씩 쇠락하고 있었다. 그곳에서 편안하게 살 수 있었을 인구의 절반이나 이미 부족했다. 어느 거리에나 큰 저택과 안뜰이 있고, 문과 아치형 출입구에는 고대 문자로 보이는 아름답고 이상한 모양의 글자들이 새겨져 있었다. 과거에 이 도시에 살던 위대한 사람들이나 그 친지들의 이름인 모양이라고 피핀은 생각했다. 그러나 지금 거리는 쥐 죽은 듯이 고요했다. 넓은 보도에서는 발소리가 거의 들리지 않았고, 건물에서는 사람들의 목소리가 나지 않았으며, 문이나 텅 빈 창문에서 내다보는 얼굴도 없었다.

마침내 그들은 어두운 곳을 벗어나 일곱 번째 성문을 빠져나왔다. 프로도가 이실리엔의 숲속을 걸으면서 받던 따스한 햇살이 이곳의 부드러운 벽과 뿌리 깊은 기둥, 그리고 왕관을 쓴 왕의 머리 모양이 조각된 종석이 달린 거대한 아치도 비추고 있었다. 궁성 안에서는 말을 타는 것이 금지되었기에 간달프는 말에서 내렸다. 샤두팍스는 주인이 다정하게 뭐라 말하자 기꺼이 말 시종에게 끌려갔다.

검은 제복 차림의 궁성 경비대원들은 왕관을 연상시키는 이상한 모양이지만 모자 춤이 높고 얼굴에 꼭 맞게 긴 가리개가 달린 투구를 쓰고 있었다. 가리개 윗부분에는 흰 바닷새 날개 장식이 달려 있었다. 그 투구는 실제로 고대 곤도르가 누렸던 영화의 유물인 미스릴로 만든 것이었기에 은빛으로 빛났다. 검은 제복에는 은색 왕관과 다각형 별들 밑에 눈처럼 꽃이 만발한 나무가 하얀색으로 수놓여 있었다. 이 제복은 엘렌딜의 후계자의 제복이었고, 한때 백색성수가 서 있던 분수의 궁정을 지키는 경비대원 외에는 누구도 입을 수 없는 옷이었다.

그들이 도착하기 전에 이미 소식이 전해진 것 같았다. 그들은 아무 질문도 받지 않고 조용히 성문을 통과했다. 간달프는 하얗게 포장된 궁정 도로를 재빨리 걸어갔다. 아침 햇살을 받으며 분수에서는 상쾌하게 물이 솟았고 주위엔 밝은 녹색의 잔디가 깔려 있었다. 그런데 그 중앙에는 고사한 나무 한 그루가 분수대를 굽어보며 서 있었고, 그 말라비틀어진 가지에서 떨어지는 물방울이 슬픈 듯이 다시 맑은 물속으로 방울방울 흘러내렸다.

간달프를 서둘러 따르면서 피핀은 이 풍경을 보았다. 왠지 슬퍼 보이는 것 같았다. 저 말라 죽은 나무를 이렇게 모든 것이 잘 가꿔진 궁정에 왜 방치해 두는지도 궁금했다.

'일곱 별들과 일곱 돌들, 그리고 흰 나무 하나.'

전에 간달프가 중얼거리던 말이 떠올랐다. 어느새 피핀은 은은히 빛나는 탑 아래 큰 건물의 입구에 섰고, 말없이 서 있는 키 큰 문지기를 지나 차갑게 울리는 석조 저택의 그림자 속으로 마법사의 뒤를 따라 들어갔다.

그들은 길고 텅 빈 포장된 복도를 따라 걸었다. 간달프가 피핀에게 말했다.

"말조심하게, 페레그린. 지금은 호빗의 말재주를 부릴 때가 아니야. 세오덴은 친절한 노인이지만, 데네소르는 전혀 다르거든. 거만하고 음흉하지. 왕으로 불리지는 못하지만 고귀한 혈통과 권력을 지닌 사람이야. 어쨌든 자네가 보로미르에 대해 얘기해 줄 수 있으니 주로 자네에게 말을 걸고 많이 물어볼 걸세. 그는 보로미르를 무척 사랑했지. 지나칠 정도로 말이야. 서로 닮지 않아서 더 그랬을 거야. 그렇지만 데네소르가 아들에 대한 사랑을 내세워 자네에게 말을 시킨다면, 그건 자신이 원하는 것을 나보다는 자네에게서 알아내기 쉬울 거라는 계산에서일 거야. 그러니 필요 이상으로 떠벌리면 안 되네. 특히 프로도의 임무에 대해선 반드시 입을 다물어야 해. 그 문제는 적당한 시기에 내가 처리할 테니까. 또 꼭 필요한 경우가 아니면 아라고른에 대해서도 말하지 말게."

"왜요? 성큼걸이에게 뭐 잘못이라도 있어요? 그도 이리 온다고 했잖아요, 안 그래요? 어차피 곧 도착할 텐데요, 뭘."

피핀이 속삭이듯 말했다.

"아마 그렇겠지. 하지만 그가 온다면 누구도 예상하지 못한 방식으로 올 거라네. 데네소르도 포함해서 말이야. 그편이 더 낫겠지. 적어도 우리로 인해 그가 온다는 사실이 알려져선 안 돼."

간달프는 반짝이는 높은 금속 문 앞에서 멈췄다.

"자, 피핀, 이제 와서 자네에게 곤도르의 역사를 가르치기에는 너무 늦었지. 하긴 샤이어의 숲에서 새집이나 뒤지며 놀고 있었을 때 미리 배워 뒀더라면 좋았겠지만. 내가 일러 준 대로만 하게. 강력한 영주에게 그의 후계자 사망 소식을 알리면서 왕권을 주장할 사람이 올 거라고 떠벌린다면, 그건 그리 현명하지 못한 일이니 말이야. 이 정도면 무슨 소린지 알아듣겠지?"

"왕권이라고요?"

피핀은 깜짝 놀라 물었다.

"그래. 지금까지 오는 동안 귀를 닫고 세상사에 깜깜인 채로 자고 있었다면 이제는 깨어날 시간이야!"

그가 문을 두드렸다.

문이 열렸으나 열어 준 사람의 모습은 보이지 않았다. 피핀은 거대한 홀을 들여다보았다. 높은 기둥들이 홀 양쪽에 줄지어 늘어서서 지붕을 떠받치고 있었고, 그 옆의 넓은 복도에 깊이 파인 창문에서 스며든 햇빛이 홀 안을 비추고 있었다. 거대한 검은 대리석 기둥들은 기묘한 짐승들과 이파리 모양으로 조각된 커다란 기둥머리에 닿아 있고, 그 위의 어둑한 곳에서 커다란 아치형 천장들이 흐릿한 금빛으로 어슴푸레 빛났다. 바닥은 하얀 광택이 도는 매끄러운 돌이 깔려 있었는데 다채로운 색깔의 유려한 장식 무늬가 새겨져 있었다. 그 길고 장중한 홀에는 벽걸이도, 유명한 이야기를 수놓은 태피스트리도 없었고, 엮어 만든 물건이나 목제 장식물도 보이지 않았다. 차가운 돌을 깎아 만든 큰 조각상들이 둥근기둥 사이에 말없이 늘어서 있을 뿐이었다.

오래전에 죽은 왕들의 조상을 보면서 피핀은 갑자기 아르고나스의 바위 조각상을 떠올리며 경외감을 느꼈다. 계단을 오르면 연단의 저쪽 끝에는 왕관 모양의 투구처럼 생긴 대리석 천개(天蓋) 밑에 높다란 옥좌가 놓여 있었고, 그 뒷벽에는 꽃이 만개한 나무 모양이 조각되고 보석으로 장식되어 있었다. 그러나 옥좌는 비어 있었다. 연단 맨 아래 널찍하고 두꺼운 계단에는 아무 장식도 없는 검은 돌의자가 놓여 있었고, 거기에 한 노인이 자기 무릎을 내려다보며 앉아 있었다. 그의 손에는 금색 손잡이가 달린 흰 지팡이가 들려 있었다. 그는 고개를 들지 않았다. 엄숙하게 그들은 그를 향해 긴 홀을 걸어갔고 그의 발의자에서 세 걸음 정도 떨어진 곳에 섰다. 간달프가 말했다.

"안녕하시오, 미나스 티리스의 영주이자 섭정이신, 엑셀리온의 아들 데네소르여! 이 암울한 시간에 충고와 소식을 전하러 왔소."

그러자 노인은 고개를 들고 쳐다보았다. 그의 위풍당당한 뼈대와 상앗빛 피부, 깊고 검은 두 눈 사이의 긴 매부리코를 본 피핀은 왠지 보로미르보다 아라고른을 떠올렸다. 노인이 입을 열었다.

"실로 암울한 시간이오. 당신은 늘 그런 때에 오곤 했지, 미스란디르. 곤도르의 종말이 임박했음을 알리는 온갖 징조들이 있지만 그 암울함이 지금 내게는 내 암울함보다 더하진 않소. 듣자 하니 당신이 내 아들의 죽음을 목격한 자를 데려왔다던데, 바로 이 친구요?"

"그렇소. 두 명 중 하나이지요. 한 명은 지금 로한의 세오덴 왕과 함께 있는데 머지않아 이리 올 거요. 보시다시피 반인족이오. 하지만 예언에서 말한 그 사람은 아니오."

"그래도 반인족이군." 데네소르가 음산하게 말했다. "나는 그 이름에 호감을 느끼지 않소. 그 저주받은 말들이 우리를 혼란에 빠뜨렸고, 내 아들을 그 무모한 일에 끌어들여 결국 사지로 몰아갔으니. 내 아들 보로미르! 지금 우리는 네가 필요한데! 너 대신 파라미르가 갔어야 했는데!"

그러자 간달프가 말했다.

"파라미르는 기꺼이 갔을 거요. 하지만 비탄에 젖어 공정함을 잃진 마시오! 보로미르는 그 임무를 자청했고, 다른 사람에게 맡기려 하지 않았소. 그는 지도력이 있는 인물이었고 또 자신이 원하는 바를 추구하는 사람이었소. 난 그와 먼 곳을 여행하며 그의 기질을 알게 되었지요. 그런데 공께서는 그의 죽음을 언급하셨는데, 우리가 오기 전에 그 소식을 들으셨소?"

"이걸 받았소."

데네소르는 들고 있던 지팡이를 내려놓고 자신이 바라보던 물건을 무릎에서 집어 들며 말했다. 반으로 쪼개진, 은으로 장식된 들소 뿔나팔을 양손에 하나씩 들고 있었다.

"저건 보로미르가 항상 걸고 있던 뿔나팔인데!"

피핀이 외치자 데네소르가 말했다.

"그랬겠지. 나도 그랬으니까. 우리 집안의 장자가 대대로 그래 왔듯이 말이야. 이 나팔은 곤도르의 왕가가 끊기기 전 아득한 과거에도, 마르딜의 부친 보론딜께서 멀리 룬평원에서 아라우의 들소를 사냥한 후부터 전해져 내려왔지. 열사흘 전 북쪽 국경에서 희미하게 울리는 이 나팔 소리를 들었는데, 대하를 타고 쪼개진 채 내게 흘러온 거요. 다시는 이 나팔 소리를 들을 수 없겠지."

그는 말을 멈췄고, 잠시 무거운 침묵이 흘렀다. 갑자기 그는 검은 눈으로 피핀을 응시했다.

"그대는 이것에 대해 할 말이 있는가, 반인족?"

"열사흘, 열사흘……."

피핀은 말을 더듬었다.

"예, 그쯤 되었을 것 같아요. 네, 그가 뿔나팔을 불 때 전 옆에 있었어요. 그런데 아무도 도우러 오지 않았어요. 오르크들만 더 많이 몰려왔죠."

그러자 데네소르는 피핀의 얼굴을 날카롭게 주시하며 말했다.

"음, 그대가 거기 있었다? 더 말해 보게. 왜 아무도 도우러 오지 않았지? 그리고 내 아들처럼 용감한 사나이도 빠져나올 수 없는 위험에서 그대는 어떻게 빠져나왔지? 또 오르크 따위가 감히 어떻게 그를 해칠 수 있단 말인가?"

피핀은 얼굴이 확 달아올라 두려움도 잊고 말했다.

"더없이 용감한 사나이라도 단 한 대의 화살에 쓰러질 수 있는 법이지요. 게다가 보로미르는 수많은 화살을 맞았으니까요. 마지막으로 보았을 때 그는 나무 옆으로 쓰러지며 옆구리에서 검은 깃털이 달린 화살을 뽑아내고 있었어요. 전 기절해 버렸고 포로가 되었지요. 더는 그를 보지 못했고, 알지도 못합니다. 그렇지만 그는 매우 용감한 사람이었기에 그를 진심으로 추모합니다. 그는 암흑군주의 부하들에게 습격당한 저와 제 친구 메리아독을 구하려다 죽었어요. 비록 자신이 쓰러지는 바람에 우릴 구하진 못했지만, 그에 대한 고마운 마음에는 변함이 없습니다."

그러고 나서 피핀은 노인의 눈을 들여다보았다. 노인의 차가운 목소리에 담긴 경멸과 의혹에 상처받은 그의 내면에서 묘한 자존심이 일어났던 것이다.

"물론 위대한 인간의 영주께서는 북쪽 샤이어의 반인족, 호빗이 그다지 쓸모없는 존재라고 생각하시겠지요. 그렇더라도 저는 제가 진 빚을 갚기 위해서 영주님께 봉사하겠노라고 맹세하겠습니다."

피핀은 회색 망토 자락을 옆으로 젖혀 작은 칼을 빼서는 데네소르의 발밑에 놓았다.

노인의 얼굴에 냉랭한 겨울 저녁의 차가운 햇살과도 같은 옅은 미소가 스쳐 지나갔다. 그렇지만 그는 고개를 숙여 부서진 뿔나팔을 내려놓고는 손을 뻗으며 말했다.

"칼을 달라!"

피핀은 칼을 들어 칼자루를 그에게 내밀었다.

"이 칼은 어디서 온 것이지? 무수한 세월을 거친 것이군. 틀림없이 먼 옛날 북쪽의 우리 혈족들이 만든 칼이렷다?"

"저희 고향의 경계에 있는 언덕에서 발견된 겁니다. 지금 그곳에는 사악한 것들만 살고 있어서 더 자세히 말씀드리고 싶지 않군요."

"자네는 기이한 이야기들에 엮여 있는 모양이군. 겉모습만 보고는 사람을, 아니, 반인족을 제대로 알 수 없다는 것을 다시 한번 보여 주는군. 자네의 봉사를 받아들이겠네. 몇 마디 말에 기가 꺾일 것 같지 않고 예의 바르게 말할 줄도 아니까. 말소리가 우리 남쪽 사람들에게는 약간 이상하게 들리긴 해도. 앞으로 닥쳐올 날에 대비해서 크든 작든 호의적인 모든 종족의 도움이 필요하겠지. 자, 충성 맹세를 하게!"

그러자 간달프가 말했다.

"자네 마음이 결정됐으면 이 칼자루를 잡고 공의 말씀을 따라 하게."

"결심했어요."

노인이 무릎 위에 칼을 올려놓자, 피핀은 칼자루에 손을 올려놓고 데네소르의 말을 천천히 따라 했다.

"이 자리에서 저는 곤도르와 곤도르의 섭정께 충성과 봉사를 맹세합니다. 지금 이 시간부터 영주께서 저를 풀어 주시거나 죽음이 저를 데려가거나 세상이 종말을 맞을 때까지, 궁핍하든 풍요롭든, 평화로운 시절이든 전시이든, 살아 있든 죽었든, 저는 오로지 주군의 명에 따라서 말하거나 말하지 않고, 행하거나 행하지 않고, 오거나 가겠다고, 반인족, 샤이어의 팔라딘의 아들 페레그린이 맹세합니다."

"나, 왕의 섭정이자 곤도르의 영주, 엑셀리온의 아들 데네소르는 충성 맹세를 듣고 결코 잊지 않을 것이며, 충성에는 사랑으로, 무용에는 명예로, 배반에는 복수로, 그대의 행위에 반드시 보답할 것을 약속하노라."

그런 다음 피핀은 칼을 돌려받아 칼집에 넣었다.

"자, 이제 그대에게 내리는 첫 명령이다. 내게 숨김없이 말하라. 모든 이야기를 들려주고 또 내 아들 보로미르에 대한 기억도 남김없이 말하라. 자, 여기 앉아서 시작하게."

데네소르가 발의자 옆에 있던 작은 은종을 흔들자 즉시 시종이 나타났다. 피핀은 들어올 때 보지 못했던 시종들이 문 옆의 양쪽 협실에 대기하고 있었음을 그제야 알았다.

"손님들께 포도주와 음식과 의자를 갖다드려라. 그리고 한 시간 동안 누구도 방해하지 못하게 하라."

그런 다음 데네소르는 간달프에게 말했다.

"신경 쓸 일이 너무 많아 지금은 시간을 그 정도밖에 낼 수 없소. 훨씬 더 중요한 일들이지만, 지금 내겐 이게 가장 절박한 일이니. 그렇지만 하루를 마감할 무렵에 다시 이야기를 나눌 수 있을 거요."

"빠를수록 좋겠소. 내가 아이센가드에서 여기까지 650킬로미터가 넘는 길을 바람처럼 달려온 것이 그저 이 예의 바른 작은 전사 한 명을 데려오려 한 것은 아니니 말이오. 공께는 세오덴 왕이 대규모의 전투를 치렀고, 아이센가드가 격파되었고, 내가 사루만의 지팡이를 부러뜨린 일 따위는 아무것도 아니란 말이오?"

"물론 내게도 중요한 일이오. 하지만 동쪽의 위협에 대해서는 나 스스로 계획을 세울 만큼 이미 충분히 알고 있소."

그는 검은 눈을 돌려 간달프를 보았다. 이제 피핀은 둘 사이에 어떤 공통점을 보았고 그들 사이의 긴장감이 느껴졌다. 그들의 눈과 눈에는 언제 불꽃을 내며 타오를지 모를 도화선이 연결된 것 같았다.

데네소르는 실로 간달프보다 더 위대한 마법사 같았고, 더 군주답고 아름답고 강력해 보였으며 나이도 더 많아 보였다. 그러나 피핀은 간달프에게서 더 큰 힘과 깊은 지혜와 감춰진 권위를 직감적으로 느낄 수 있었다. 실제로 나이도 간달프가 훨씬 더 많을 것이다. 도대체 그는 얼마나 나이를 먹었을까? 피핀은 갑자기 궁금해졌는데 지금까지 한 번도 그것에 대해 생각해 보지 않았던 것이 이상할 정도였다. 나무수염이 마법사들에 관해 뭐라고 얘기해 준 적이 있었지만 그때만 해도 간달프 역시 마법사라는 사실을 그리 실감하지 못했었다. 간달프는 어떤 존재일까? 어느 아득한 시간과 장소에서 이 세상에 왔고, 언제 떠날 것인가? 이런 생각을 하다가 정신을 차리고 보니, 데네소르와 간달프는 서로의 마음을 읽고 있기라도 하듯 여전히 서로를 응시하고 있었다. 먼저 눈길을 돌린 사람은 데네소르였다. 그는 입을 열었다.

"그렇소. 팔란티르가 사라졌다고들 말하지만, 곤도르의 영주는 보통 사람들보다 예리한 눈을 갖고 있고 또 많은 소식을 접하고 있소. 자, 앉으시오."

곧 시종들이 의자 하나와 작은 걸상 하나를 가져왔다. 한 시종은 은병과 잔, 그리고 하얀 케이크를 쟁반에 받쳐 들고 왔다. 걸상에 앉은 피핀은 늙은 영주에게서 눈을 뗄 수 없었다. 실제로 그랬는지 아니면 느낌에 불과한 것인지 잘 모르지만, 영주가 팔란티르를 언급했을 때 갑자기 눈을 빛내며 피핀의 얼굴을 흘끗 쳐다본 것 같았다.

영주는 친절하기도 하고 조롱하는 것 같기도 한 목소리로 말했다.

"자, 이야기해 보게, 내 직속 기사여. 내 아들과 가깝게 지낸 이의 이야기를 몹시 듣고 싶으니."

피핀은 그 커다란 홀에서 곤도르 영주의 꿰뚫듯이 날카로운 눈길과 이따금 매서운 질문 공세를 받으며 이야기한 그 시간을, 더구나 바로 옆에 앉아 지켜보고 귀를 기울이며 (피핀이 느끼기에는) 치밀어 오르는 분노와 조급함을 애써 억누르고 있는 간달프를 내내 의식하면서 이야기를 해야 했던 그 시간을 결코 잊을 수 없었다. 마침내 그 시간이 지나 데네소르가 다시 종을 쳤을 때 피핀은 탈진한 느낌이었다.

'아홉 시를 지났을 리 없어. 이제 아침을 내리 세 번이라도 먹을 수 있겠어.'

피핀이 이렇게 생각하고 있을 때 데네소르가 말했다.

"미스란디르 경을 준비된 숙소로 모셔라. 동행한 이 친구도 좋다면 당분간 같이 지내게 하고. 이 반인족이 내게 충성을 맹세했음을 모두에게 알려라. 팔라딘의 아들 페레그린이라고 소개하고 그에게 2급 암호를 알려 주게 하라. 대장들에게는 세 시 종이 울리자마자 여기 모여서 나를 기다리라고 전하라."

데네소르는 다시 간달프에게 말했다.

"친애하는 미스란디르 경, 원한다면 언제든지 오시오. 내 짧은 수면 시간을 제외하면 언제라도 좋소. 노인의 어리석음에 대한 분노를 흘려 버리고 다시 와서 위안이 되어 주시오."

"어리석다고? 천만에. 당신은 절대로 노망날 사람이 아니지. 당신은 슬픔도 방패로 이용할 수 있지 않소. 내가 바로 옆에 앉아 있는데도 아무것도 모르는 호빗에게 한 시간이나 질문한 목적을 내가 모른다고 생각하시오?"

"알고 있다면 그걸로 됐소. 아쉬울 때에 도움과 충고를 무시하는 자존심은 어리석음일 테니. 하지만 당신은 자신의 의도에 따라서 충고와 도움을 나눠 주고 있지 않소? 그러나 곤도르의 영주는 다른 사람들의 목적을 이루는 도구가 되지 않을 거요. 그 목적이 아무리 가치 있는 것일지라도. 그리고 곤도르의 영주에게 현재 상황에서 가장 가치 있는 목적은 곤도르의 이익이오. 곤도르를 통치하는 일은 다른 사람이 아닌 바로 내 일이오. 왕이 다시 출현하지 않는 한."

"왕이 다시 출현하지 않는 한이라고? 좋소, 경애하는 섭정. 지금은 누구도 기대하지 않는 그 사건에 대비해서 왕국을 보존하는 것은 당신의 임무이지요. 그 임무와 관련해서 당신은 청하기만 하면 어떤 도움이든 받게 될 것이오. 하지만 이 점을 분명히 밝혀 두겠소. 곤도르든 다른 나라든, 크든 작든, 어떤 나라를 통치하는 것은 내 일이 아니오. 내 관심사는 지금 세상이 직면한 위험에 처한 가치 있는 것들이라오. 그리고 앞으로 다가올 날에 여전히 아름답게 자라 열매 맺고 다시 꽃피울 것이 이 암울한 밤을 견뎌 낼 수 있다면, 곤도르가 멸망하더라도, 나는 내 임무가 완전히 실패했다고 생각하지 않을 거요. 왜냐하면 나 역시 섭정이기 때문이오. 아직 모르셨소?"

말을 마친 간달프는 돌아서서 성큼성큼 홀을 걸어 나왔고 피핀은 옆에서 뛰다시피 하며 따라갔다.

걸어가면서 간달프는 피핀을 바라보지도, 말을 걸지도 않았다. 안내인은 건물의 문에서부터 분수 궁정을 지나 큰 석조 건물들 사이의 길로 인도했다. 여러 번 모퉁이를 돌아서 그들은 북쪽 성벽에 가까운 건물에 이르렀다. 언덕과 산맥이 만나는 산허리에서 멀지 않은 곳이었다. 실내로 들어가 조각된 넓은 계단을 올라 거리보다 높은 2층에 이르자 안내인은 그들에게 밝고 공기가 잘 통하는 아름다운 방을 보여 주었다. 은은한 황금빛이 감도는 민무늬의 멋진 휘장이 드리워져 있었다. 가구는 별로 없어서 작은 탁자 하나와 의자 두 개, 그리고 긴 걸상 하나뿐이었다. 양쪽에 커튼이 내려진 벽감이 있었는데, 그 안에는 잘 정돈된 침대와 손을 씻을 수 있게 준비된 물병과 대야가 보였다. 길고 좁은 창문 세 개는 북쪽으로 나 있어 아직 안개에 잠긴 안두인대하의 큰 굽이 너머로 멀리 에뮌무일산맥과 라우로스폭포가 보였다. 피핀은 돌로 쌓은 창문턱 너머로 밖을 내다보려고 걸상에 올라가야 했다. 안내인이 나가고 문이 닫히자 피핀이 말했다.

"제게 화나셨어요, 간달프? 하지만 전 최선을 다했어요."

"물론 그랬지!"

간달프는 갑자기 웃음을 터뜨리며 말했다. 그는 피핀에게 다가와 그의 어깨를 팔로 감싸고 창밖을 내다보았다. 피핀은 약간 어리둥절해서 바로 옆에 있는 그의 얼굴을 올려다보았다. 그 웃음소리가 유쾌하고 명랑했기 때문이었다. 그런데 처음에는 간달프의 얼굴에서 근심과 슬픔의 주름살밖에 보이지 않았다. 하지만 더 골똘히 들여다보니 그 아래 큰 기쁨이 깔려 있었다. 터져 나오기만 한다면 온 왕국을 웃게 할 만한 기쁨의 샘이었다.

"사실 자넨 최선을 다했어. 끔찍한 두 늙은이 사이에서 또다시 곤혹스러운 입장에 처하는 일이 없기를 바라네. 어쨌든 곤도르의 영주는 자네가 짐작하는 것 이상으로 더 많이 자네에게서 알아냈을 걸세, 피핀. 보로미르가 모리아에서부터 원정대를 지휘하지 못했다는 사실이나, 자네 일행 중에 앞으로 곤도르에 올 고귀한 인물이 있었다는 것, 그가 그 유명한 칼을 가진 사람이란 사실을 감출 수 없었지. 사람들은 곤도르의 옛 전설을 중요하게 생각하고 있네. 또 보로미르가 떠난 다음에 데네소르는 이실두르의 재앙이라는 말과 노래에 대해 오랫동안 숙고해 왔을 거야.

데네소르는 이 시대의 다른 인간들과는 좀 달라. 대대로 내려온 혈통이 어찌 되었든, 우연히도 서쪽나라 왕가의 고귀한 피가 그에게 흐르는 것이 거의 확실해. 그의 아들 파라미르도 그렇다네. 그가 가장 사랑한 아들 보로미르는 그렇지 않지만. 데네소르는 통찰력이 있어. 하려고 마음만 먹으면 아마 멀리 있는 사람들의 마음속까지도 꿰뚫어 볼 수 있을 걸세. 그를 속이는 건 아주 어려운 일인 동시에 위험한 일이라네.

꼭 명심해야 하네! 자넨 이제 그에게 충성을 맹세한 신하니까 말이야. 자네가 무슨 생각이 들어서, 무슨 마음에 그렇게 했는지 나로선 모르겠네만. 어쨌든 잘한 일이야. 너그러운 행위를 냉정한 충고로 억눌러서는 안 된다는 생각에서 자네를 제지하지 않았네. 그 일로 그는 마음도 동하고 기분도 좋아진 것 같았네. 게다가 이제는 근무 시간이 아닐 때는 미나스 티리스를 자유롭게 활보할 수 있게 되었지. 그렇지만 다른 일면도 있네. 자넨 그의 명령에 복종해야 해. 그는 그것을 잊지 않을 걸세. 언제나 방심하지 말게."

그는 말을 멈추고 한숨을 쉬었다.

"자, 내일 일까지 미리 걱정할 필요야 없겠지. 다만 내일은 오늘보다 더 고약한 사태가 전개될 거야. 앞으로 상당히 오랫동안 말이지. 그것을 피하기 위해 내가 더 할 수 있는 일은 없네. 이미 장기판은 짜였고, 말들이 움직이고 있어. 내가 몹시 찾아내고 싶은 말은 이제 데네소르의 후계자가 된 파라미르야. 그는 지금 이 도시에 있지 않은 것 같네. 아직 소식을 들을 만한 시간이 없었네만. 난 이제 가 봐야겠네, 피핀. 영주의 회의에 가서 알아낼 수 있는 걸 알아내야지. 대적은 이미 움직이기 시작했고 곧 전력을 다해 게임을 펼칠 거야. 장기판의 졸들도 다른 말들처럼 많은 걸 보게 될 걸세. 곤도르의 전사, 팔라딘의 아들 페레그린, 칼날을 벼리게."

간달프는 문으로 걸어가다가 돌아섰다.

"난 지금 급하다네, 피핀. 밖에 나갈 때 부탁 좀 들어주게. 피곤하지 않으면 쉬기 전에 샤두팍스를 찾아가서 어떻게 있는지 좀 봐 주게. 곤도르인들은 친절하고 현명한 사람들이라 동물에게도 잘해 주겠지만, 말을 다루는 데에 일류는 아니니 말이지."

이렇게 말하며 간달프는 나갔다. 그때 성채의 탑에서 맑고 아름다운 종소리가 들려왔다. 은방울 같은 종소리가 세 번 공중에 울리더니 그쳤다. 일출 후 제3시를 알리는 소리였다.

잠시 후 피핀은 방문을 나섰고 계단을 내려가서 거리를 둘러보았다. 이제 화창하고 따스한 햇살이 내리비치자 탑과 큰 건물들의 그림자가 서쪽으로 늘어졌다. 푸른 하늘 높이 민돌루인산이 하얗게 눈 덮인 투구와 망토 모양의 거봉을 드러냈다. 궁성 안에는 무장한 사람들이 순번대로 임무 교대할 시간이 되었는지 이리저리 오가고 있었다. 피핀은 중얼거렸다.

"샤이어에서는 지금 아홉 시인데. 봄날의 따스한 햇살을 받으며 창문을 열고 맛있는 아침을 먹을 시간이지. 아, 맛있는 아침 식사! 저 사람들은 아침을 먹기나 하는 걸까? 아니면 벌써 먹었나? 그럼 점심은 언제, 어디서 먹는 걸까?"

그때 궁성의 중앙에서 자신을 향해 좁은 길을 따라오는 흑백색 옷차림의 사나이가 보였다. 피핀은 문득 외로운 느낌이 들어 그에게 말을 걸어 볼까 생각했지만 그럴 필요가 없었다. 그 사람이 곧바로 피핀에게 와서 말을 걸었던 것이다.

"당신이 반인족 페레그린이오? 당신이 섭정님과 이 도시에 충성을 맹세했다고 들었어요. 환영합니다."

그는 손을 내밀어 피핀과 악수했다.

"난 바라노르의 아들 베레곤드요. 오늘 아침에는 임무가 없기 때문에 당신에게 암호와 그 밖에 궁금해할 것들을 알려 주러 왔소. 나도 당신에 대해 알고 싶은 것이 많아요. 우리는 예전에 반인족을 본 적이 없거든요. 소문은 들은 적이 있지만, 우리가 아는 옛이야기에는 반인족에 관한 언급이 거의 없어요. 더구나 당신은 미스란디르의 친구라면서요. 그를 잘 아시오?"

"글쎄요. 짧은 기간이기는 하지만 평생 그분 이야기를 듣고 알아 왔다고 할 수 있겠지요. 최근 들어 함께 긴 여행을 했고요. 하지만 그분은 두꺼운 책과 같아서 내가 읽은 부분은 한두 페이지 정도밖에 안 될 거예요. 하긴 몇 사람만 빼면 누구보다도 내가 그분에 대해 많이 알고 있겠죠. 우리 원정대 중에서 그분을 실제로 아는 사람은 아라고른뿐일 거예요."

"아라고른? 그는 누굽니까?"

피핀은 말을 더듬었다.

"아…… 우리와 동행한 사람이에요. 아마 지금 로한에 있을 겁니다."

"당신이 로한에서 왔다고 들었소. 그 나라에 대해 묻고 싶은 게 많아요. 우리가 품고 있는 미미한 희망이나마 대부분 그들에게 걸고 있으니까요. 참, 당신의 궁금증을 풀어 주는 게 내 임무였다는 걸 잊었군요. 자, 뭘 알고 싶습니까, 피핀 씨?"

"음, 지금 좀 시급한 문제이긴 한데, 물어봐도 될까요? 아침 식사와 그 밖의 식사는 어떻게 하지요? 다시 말해서, 내 말뜻을 이해하신다면, 식사 시간은 언제고, 식당이 있다면 어디에 있느냐 하는 거예요. 그리고 주점은요? 여기까지 오면서 현명하고 사려 깊은 사람들이 사는 데 오면 맥주 한 잔 마실 수 있겠지 하는 기대감에 부풀어 사방을 둘러보았지만 한 군데도 보이지 않더군요."

베레곤드는 그를 진지하게 바라보았다.

"당신은 노병이군요. 노병들은 늘 돌아와서 먹을 음식과 술을 기대하며 전쟁터에 나간다고 하지요. 나 자신은 그럴 기회가 없었지만 말이오. 그럼 오늘 아무것도 먹지 못했소?"

"글쎄요. 예의를 갖춰 말하자면 먹긴 먹었죠. 그렇지만 당신들의 친절하신 영주님의 배려로 포도주 한 잔과 하얀 케이크 한두 조각 먹었을 뿐이에요. 그런데 그 대가로 영주님은 한 시간이 넘도록 질문 공세를 퍼부어서 진땀을 빼게 하셨어요. 아주 배고프게 만드는 일이었지요."

베레곤드는 웃으며 말했다.

"식탁에선 몸집이 작은 사람이 더 큰 일을 한다고 하지요. 당신도 이 궁성의 다른 사람들처럼 조금은 먹었군요. 그것도 아주 명예롭게 말이오. 여기는 요새이자 감시탑이고 곧 전쟁터가 될 곳입니다. 우린 해 뜨기 전에 일어나 침침할 때 한 입 먹고는 근무 시간에 일하러 갑니다. 그렇지만 실망할 건 없어요."

그는 피핀의 실망한 기색을 보고 다시 웃으며 말을 이었다.

"막중한 임무를 수행한 사람들은 오전 중반에 기운을 얻기 위해 뭘 좀 먹곤 합니다. 우린 임무에 따라 정오나 그 후에 가벼운 식사를 하고, 해가 질 무렵에 다들 모여서 식사하고 가급적 즐거운 시간을 갖지요.

자, 갑시다. 조금만 걸어가면 먹을 걸 찾을 수 있어요. 흉벽에 올라가서 먹고 마시며 맑은 아침 경치를 둘러봅시다."

피핀이 얼굴을 붉히며 말했다.

"잠깐만요. 내 식탐, 아니 좋게 말해서 허기 때문에 깜빡했군요. 당신들이 미스란디르라고 부르는 간달프가 샤두팍스를 찾아보라고 부탁했어요. 로한의 명마인데 그 군주께서 가장 소중하게 여기시던 말이지요. 그런데 간달프의 노고에 대한 감사의 표시로 하사하셨다고 들었어요. 그 말의 새 주인도 그 말을 어떤 인간들보다 더 사랑하니까, 만일 간달프의 선의가 이 도시에 가치 있다고 생각하신다면, 그 말에게도, 가능하다면, 이 호빗에게 베푼 것보다 더 친절하게 극진히 대접해야 할 거예요."

"호빗이라고요?"

베레곤드가 의아한 듯 물었다.

"우리 자신을 그렇게 부르죠."

"그걸 알게 되어 즐겁소. 억양이 이상하다고 해서 아름다운 언어가 훼손되는 것은 아니라고 말할 수 있으니. 호빗은 구변이 좋은 종족이군요. 자, 이제 갑시다. 그 훌륭한 말을 내게 소개해 주세요. 나는 동물을 사랑하는데 이 석벽의 도시에서는 동물을 보기가 힘들어요. 우리 조상은 원래 깊은 산골짜기에서 살았고 그 전에는 이실리엔에서 살았어요. 그렇지만 걱정 말아요. 예의상 잠시 방문하는 데 지나지 않을 테니 곧바로 음식을 찾으러 갑시다."

피핀은 샤두팍스가 좋은 마구간에서 세심한 보살핌을 받고 있음을 알 수 있었다. 여섯 번째 원형 구역의 성벽 밖에는 준마를 몇 마리 키우는 마구간이 전령들의 숙소 바로 옆에 있었다. 전령들은 언제라도 데네소르나 다른 지휘관들의 긴급한 명령에 따를 준비가 되어 있었다. 그렇지만 지금은 말들과 기수가 멀리 나간 모양이었다.

샤두팍스는 피핀이 들어서자 고개를 돌리며 울음소리를 냈다.

"잘 있었나? 간달프도 시간 나는 대로 곧 오실 거야. 지금은 너무 바쁘셔서 내게 대신 안부를 전하라고 하셨어. 잘 있는지도 보고 말이야. 아주 편안한 것 같은데? 긴 여행이었으니 푹 쉬어야지."

샤두팍스는 고개를 끄덕이며 발을 굴렀다. 그렇지만 베레곤드가 머리를 부드럽게 어루만지며 옆구리를 쓰다듬도록 내버려 두었다.

"이 친구는 긴 여행에서 막 돌아온 게 아니라 이제부터 한바탕 뛰고 싶어 하는 것 같군요. 정말 힘차고 당당한 말이에요! 마구는 어디 있지요? 틀림없이 값지고 무척 아름답겠지요?"

"이 말에 어울릴 만큼 값지고 아름다운 마구는 없어요. 게다가 마구가 필요 없어요. 만일 이 말이 당신을 태우겠다고 마음먹으면 그다음은 혼자 다 알아서 하거든요. 그렇지만 태우지 않겠다고 마음먹으면 어떤 굴레나 채찍이나 마구를 써도 이 말을 길들일 수 없어요. 안녕, 샤두팍스. 참고 기다리게. 전투가 곧 시작될 거야."

샤두팍스가 고개를 들고 울부짖었다. 목장 전체가 진동할 만한 큰 소리에 그들은 손으로 귀를 틀어막아야 했다. 그들은 구유에 가득 찬 여물을 보고 목장을 나섰다.

"자, 이제 우리 구유로 갈 시간이군."

베레곤드가 말했다. 그는 피핀을 다시 궁성으로 데리고 돌아가 큰 탑의 북쪽에 위치한 문으로 안내했다. 그들은 서늘한 기운이 감도는 긴 계단을 내려가 등불이 밝혀진 넓은 복도에 들어섰다. 옆 벽면에 들창문들이 있었고 그중 하나가 열려 있었다.

"여기가 내가 속한 경비대의 식료품 창고이자 저장실이오."

그는 이렇게 말하고 열린 문 안으로 소리를 질렀다.

"안녕, 타르곤. 아직 좀 이른 시간이지만 여기 영주께 충성을 맹세한 친구가 한 명 와 있다네. 이 친구는 허리띠를 졸라매고 아주 긴 여행을 한 데다 아침부터 너무 힘든 일을 해서 배가 고프다네. 뭐 먹을 것 좀 주게."

그들은 빵과 버터와 치즈, 그리고 작년 겨울에 저장해서 약간 시들었지만 아직 신선하고 맛있는 사과와 새로 빚은 맥주가 담긴 가죽 부대를 받아서 나무 접시, 컵과 함께 바구니에 담아 밖으로 나왔다. 베레곤드는 동쪽으로 뻗은 흉벽으로 안내했다. 성벽 턱 밑에 총안이 뚫려 있고, 돌의자가 놓여 있었다. 그들은 바깥세상의 아침 풍경을 한눈에 내려다볼 수 있었다.

그들은 먹고 마시면서 곤도르의 현재 상황과 관습, 생활 방식에 대해, 그리고 샤이어와 피핀이 보았던 낯선 지방들에 대해 이야기를 주고받았다. 이야기를 나누면서 베레곤드는 점점 더 놀라워했고, 의자에 앉아 다리를 흔들어 대다가 가끔 발돋움해서 성 아래 세상을 내려다보는 호빗을 경이에 찬 눈으로 쳐다보았다.

"솔직히 말해 당신은 우리 기준으로 볼 때 어린이, 그것도 아홉 살 정도의 꼬마로밖에 보이지 않아요. 그런데도 세상을 꽤 안다는 우리 노인네들도 들어 보지 못한 위험을 겪고 놀라운 것들을 보았군요. 난 처음 우리 섭정께서 당신을 고대 의식에 따라 기사로 봉하셨다는 소식을 듣고 변덕스러운 기분에서 그러신 줄 알았어요. 그런데 내 생각이 틀렸어요. 내 어리석음을 용서해 주겠어요?"

"물론이지요. 사실 오해하신 게 아니에요. 난 호빗의 기준으로 보아도 소년에 지나지 않아요. 4년 더 있어야 샤이어에서 정한 성년이 되거든요. 그러니 신경 쓰시지 않아도 좋아요. 자, 이리 와서 저 아래 보이는 것들에 대해 더 얘기해 주세요."

해가 하늘 높이 솟으며 골짜기의 안개도 걷히기 시작했다. 아직 채 흩어지지 않은 안개는 흰 구름 조각처럼 머리 위로 흘러가고 있었다. 그 아래 동쪽에서 불어오는 산들바람이 점점 거세지면서 궁성의 깃발들과 흰 군기들을 펄럭였다. 어림잡아 25킬로미터쯤 떨어진 골짜기 저편에서 안두인대하가 은색으로 빛나며 서북쪽에서 흘러갔다. 그러고는 서남쪽으로 꺾어지며 세차게 흘러 250킬로미터도 더 돼 보이는 바다 쪽으로 어슴푸레하게 사라졌다.

피핀은 눈앞에 펼쳐진 펠렌노르평원을 모두 볼 수 있었다. 멀리 점점이 박힌 농가와 낮은 담, 헛간과 외양간 들은 보였지만 어디서도 소나 다른 짐승은 보이지 않았다. 녹색 평원을 가로질러 큰 도로와 작은 길이 나 있고, 큰 성문을 드나드는 수레들로 오가는 길이 혼잡했다. 이따금 말을 탄 기사가 안장에서 뛰어내려 급히 성안으로 들어오기도 했다. 그러나 대부분은 남쪽으로 향한 주 도로를 따라가다가, 대하보다 더 빨리 방향을 돌려 언덕 기슭을 돌아서는 곧 시야에서 사라졌다. 넓은 주 도로는 잘 포장되어 있었고, 도로를 따라 동쪽 가장자리에는 말을 탄 사람들을 위한 넓은 풀밭이 있으며, 그 너머에 성벽이 세워져 있었다. 그 승마로에서 말을 탄 기사들이 질주하며 오갔지만, 모든 거리는 남쪽으로 내려가려는, 지붕이 덮인 큰 짐수레들로 꽉 막힌 것 같았다. 그러나 일견 혼잡스러워 보이는 것이 실은 질서 정연하다는 것을 피핀은 곧 알 수 있었다. 짐수레들은 세 줄로 움직이고 있었는데, 말들이 끄는 짐수레가 가장 빠르게 움직였고, 알록달록한 아름다운 덮개가 덮여 있고 더 천천히 움직이는 큰 짐마차는 황소가 끌었으며, 서쪽 길가를 따라가는 손수레는 터벅거리며 걷는 사람들이 힘겹게 끌고 갔다.

"저 길은 툼라덴과 롯사르나크의 골짜기와 산골 마을을 지나 레벤닌으로 갑니다. 저기 마지막 짐수레가 가는군요. 노인들과 아이들, 그들을 보살펴 줄 부녀자들을 태우고 피난 가는 겁니다. 모두 성 밖으로 나가야 하고, 정오까지는 성문 앞 5킬로미터까지 도로를 비워야 합니다. 명령이에요. 슬프지만 불가피한 일이지요."

베레곤드는 한숨을 쉬며 말을 이었다.

"지금 헤어진 사람들 중에 다시 만날 사람은 거의 없겠지요. 이 도시에는 워낙 아이들이 적었는데, 이젠 하나도 없군요. 떠나지 않겠다고 고집을 부리며 뭔가 할 일을 찾겠다는 소년들이 몇 명 있기는 하지요. 내 아들도 그중 하나고."

그들은 잠시 침묵에 잠겼다. 피핀은 당장에라도 들판에 쏟아져 들어오는 수천의 오르크들을 보게 될까 걱정스러운 듯이 동쪽을 바라보았다. 그러고는 큰 만곡을 이루며 흐르는 안두인대하의 중간 지점을 가리키며 물었다.

"저기 보이는 건 뭔가요? 다른 도시인가요, 아니면 뭔가요?"

"도시였지요. 곤도르의 수도였고 여기는 일개 요새에 불과했어요. 저곳이 안두인대하 양안에서 무너져 버린 오스길리아스의 폐허랍니다. 오래전에 적들이 탈취해 불태웠지요. 하지만 데네소르 공의 젊은 시절에 우리는 저 도시를 되찾았어요. 저기서 거주하려는 것이 아니라 전초 기지를 세우고 무기를 보내기 위해 다리를 재건하려 했지요. 그런데 그때 미나스 모르굴에서 무시무시한 기사들이 공격해 온 겁니다."

"암흑의 기사들?"

피핀은 예전의 공포가 되살아나 검은 눈을 크게 뜨고 물었다.

"그래요. 검은 차림이었지. 당신도 그들을 좀 알고 있는 모양이군요. 그들에 관해 언급하지는 않았지만."

"그들을 알아요."

피핀이 속삭이듯 말했다.

"하지만 지금은 그들에 대해 말하지 않겠어요. 이렇게, 이렇게나 가까운데."

그는 말을 끊고 눈을 들어 강 너머를 바라보았는데, 온통 거대하고 위협적인 그림자만 보이는 것 같았다. 어쩌면 그것은 보일락 말락 어렴풋이 드러난 산이고 그 삐죽삐죽한 봉우리들이 100 킬로미터쯤 깔린 안개에 가려진 것일지 모른다. 어쩌면 그저 구름들이 벽처럼 쌓여 있고 그 너머에 더 깊은 어둠이 덮인 것인지 모른다. 하지만 그것을 바라보는 동안 피핀의 눈에는 그 어둠이 점점 커지고 뭉치면서 천천히, 아주 천천히 올라가 태양이 있는 곳을 덮어 버리려는 것 같았다.

"모르도르에 아주 가깝다고요?"

베레곤드가 조용히 말했다.

"그래요, 바로 저기 있지요. 우리는 그것을 거의 언급하지 않지만, 그 어둠을 늘 보면서 살아왔어요. 어떤 때는 더 흐릿하고 멀게 느껴지기도 하고, 어떤 때는 더 가깝고 더 시커멓게 느껴지지요. 지금은 점점 더 커지면서 짙어지고 있어요. 그러니 우리의 불안과 공포도 커져 갑니다. 그 무시무시한 기사들이 교두보를 다시 점령하고 우리의 최고 전사들을 많이 학살한 지 1년도 채 안 되었어요. 여기 서쪽 강기슭에서 마침내 적을 몰아낸 사람은 보로미르였지요. 그래서 우린 지금 오스길리아스의 거의 절반을 차지하고 있는 거예요. 잠시 그렇겠지요. 저기서 또 다른 맹공을 기다리고 있으니까요. 다가올 전쟁의 대공세일 겁니다."

"언제쯤일 거라고 생각하세요? 그저께 밤에 봉화가 타오르고 전령이 달려가는 것도 보았거든요. 간달프는 그것이 전쟁이 시작되었다는 신호라고 하던데요. 그는 무섭게 서둘렀어요. 그런데 지금은 매사가 다시 느긋해진 것 같아요."

"모든 준비가 끝났기 때문일 겁니다. 폭풍 전야의 고요함일 뿐이죠."

"그런데 그저께 밤에 왜 봉화를 올렸죠?"

"포위당한 다음에 도움을 청하면 이미 늦으니까요. 하지만 영주님과 지휘관들의 회의 내용을 나는 모릅니다. 그분들은 여러 방법을 통해 소식을 받으시지요. 그리고 데네소르 공은 여타의 사람들과 달라요. 그분은 먼 곳을 보시거든요. 데네소르 공이 한밤중에 탑의 높은 방에 홀로 앉아 이리저리 생각을 돌리면, 미래를 어느 정도 읽을 수 있고 때로는 적과 씨름하면서 그 마음도 살펴본다고 하더군요. 그래서 나이보다 늙고 기력이 쇠진하셨다고요. 그 말이 사실이든 아니든 지금 우리 대장 파라미르께서 위험한 임무를 맡아 강을 건너가셨는데 어떤 소식을 보내셨을지도 모르지요.

그래도 봉화를 올린 것에 대한 내 생각을 알고 싶다면, 그저께 저녁에 레벤닌에서 온 소식 때문일 겁니다. 거대한 함대가 안두인하구에 다가오고 있는데, 남부에 사는 움바르의 해적들이 탄 배였답니다. 그들은 오래전부터 곤도르의 권세를 두려워하지 않았고, 적과 연합해서 지금 그를 위해 거세게 공격하고 있어요. 이 공격 때문에 우리가 기대하던 레벤닌과 벨팔라스의 원군이 다른 곳으로 가야 할 겁니다. 그들은 억세고 전사들도 많아요. 그래서 우린 북쪽 로한의 도움을 한층 더 기대하게 되었고, 당신이 가져온 승전보가 우릴 더욱 기쁘게 해 주었지요."

그는 말을 멈추고 일어서서 북쪽과 동쪽 그리고 남쪽을 둘러보며 다시 말을 이었다.

"하지만 아이센가드에서 일어난 사건에서 우리는 이제 거대한 그물과 계략에 사로잡혔다는 경고를 받은 겁니다. 이건 그저 여울목에서의 분쟁이나 이실리엔이나 아노리엔에서의 급습, 매복과 약탈 정도가 아닙니다. 오래전부터 계획된 대전이고, 우린 그 장기판의 졸에 불과합니다. 자부심으로 무슨 말을 하든 말이지요. 저 내해 너머 극동에서도, 북쪽의 어둠숲과 그 너머에서도, 그리고 남쪽 하라드에서도 뭔가 움직이고 있다고 합니다. 그러니 지금은 온 세상이 시험에 처한 것이지요. 저항하느냐 아니면 암흑에 굴복하느냐.

그렇지만 페레그린 씨, 우리는 암흑군주의 가장 큰 증오에 언제나 정면으로 맞서고 견디어 왔다는 명예가 있어요. 그의 증오는 태곳적부터 바다의 심연을 넘어왔으니까요. 여기가 가장 맹렬한 공격을 받을 겁니다. 그렇기 때문에 미스란디르가 급히 오셨겠지요. 우리가 무너진다면 누가 저항할 수 있겠소? 페레그린 씨, 우리가 끝까지 버틸 희망이 있다고 생각합니까?"

피핀은 대답하지 않았다. 그는 거대한 성벽과 탑들, 멋진 깃발, 하늘 높이 뜬 태양을 바라보고, 동쪽의 점점 커져 가는 어둠을 응시했다. 암흑의 긴 손가락, 숲과 산 속의 오르크들, 아이센가드의 배신, 사악한 눈을 가진 새들, 샤이어의 오솔길에도 나타난 암흑의 기사들, 그리고 날개 달린 공포의 사자 나즈굴이 떠올랐다. 몸이 부르르 떨리면서 희망이 시들어 버린 것 같았다. 그 순간 태양도 검은 날개가 지나가며 가리기라도 한 듯 한순간 흔들리며 어두워졌다. 하늘 저 높이 거의 들리지 않는 곳에서 아주 희미하지만 가슴을 찌르는 차갑고 잔인한 울부짖음이 들려온 것 같았다. 그는 얼굴이 하얗게 질려 성벽에 대고 몸을 웅크렸다.

"저게 뭐지? 당신도 뭔가 느꼈어요?"

베레곤드가 물었다.

"예. 우리의 몰락의 신호예요. 몰락의 그림자, 무서운 하늘의 기사!"

피핀이 더듬거리며 말했다.

"그래, 몰락의 그림자! 미나스 티리스가 몰락할까 두렵군요. 밤이 오고 있어요. 내 피가 식어 버린 느낌이에요."

잠시 그들은 고개를 푹 숙이고 앉아 아무 말도 하지 않았다. 그러다 갑자기 피핀은 고개를 들고 여전히 빛나고 있는 태양과 여전히 산들바람에 휘날리는 깃발을 보았다. 그는 몸을 떨며 말했다.

"지나갔어요. 아니, 나는 아직 절망에 빠지지 않겠어요. 간달프도 나락으로 떨어졌지만 돌아왔고 우리와 함께 있거든요. 우린 한 다리만 남아도, 아니 무릎을 꿇게 되더라도 반드시 저항할 거예요!"

"옳은 말이오!"

베레곤드는 일어나 이리저리 큰 걸음을 떼어 놓으며 외쳤다.

"시간이 지나면 결국 만물이 종말을 맞게 되더라도, 곤도르는 아직 멸망하지 않을 겁니다. 난폭한 적들이 몰려와 시체로 산을 쌓고 이 성벽을 탈취한다 해도 말이오. 우리에겐 아직 다른 요새도 있고, 산으로 도피하는 비밀 통로도 있어요. 초록 풀이 자라는 어딘가 비밀의 골짜기엔 희망과 기억이 계속 살아남을 겁니다."

"좋든 나쁘든 빨리 결판이 났으면 좋겠어요. 사실 난 전사도 아니고, 전투에 대한 생각은 하기도 싫어요. 그런데 피할 수 없는 전쟁으로 치닫는 상황에서 가만히 기다리는 게 최악이에요. 하루를 보내는 데만도 벌써 얼마나 지치는지 모르겠어요! 이렇게 꼼짝 못 하고 선제공격도 못 하면서 가만히 지켜봐야 하는 상황만 아니라면 더 좋겠어요. 로한에서도 간달프가 아니었더라면 공격하지 못했을 거예요."

"많은 사람들의 아픈 곳을 찌르는군요! 하지만 파라미르 공이 돌아오면 상황이 달라질 거예요. 그는 용감한 분이지요. 사람들이 생각하는 것 이상으로요. 요즘 사람들은 대장이 현명하고 두루마리에 기록된 학식과 노래에 두루 박식하면서도 동시에 전장에서는 용감하고 기민한 판단력을 가질 수 있다는 사실을 잘 믿지 않지요. 하지만 파라미르 공은 그런 분입니다. 보로미르만큼 저돌적이고 열성적이지는 않지만, 불굴의 정신은 절대 뒤지지 않아요. 그렇지만 지금 뭘 할 수 있으실까? 우린 저기, 저곳의 산을 공격할 수 없어요. 우리의 힘이 미치는 범위가 짧아졌기 때문에 적이 그 안에 들어올 때까지 칠 수 없는 거예요. 그때가 되면 육중한 손으로 내리쳐야지요!"

그는 칼자루를 찰싹 두드렸다.

피핀은 그를 쳐다보았다. 이 나라에서 본 다른 사내들처럼 키 크고 당당하며 고귀한 그 남자는 전쟁을 생각하며 눈을 반짝였다. '슬프게도! 내 손은 깃털처럼 가벼운데.' 피핀은 이런 생각을 했지만 소리 내어 말하지는 않았다. '간달프가 나더러 장기판의 졸이라고 했지? 그렇겠지. 그런데 엉뚱한 장기판에 놓였어.'

그들은 해가 중천에 오를 때까지 이야기를 나눴다. 갑자기 정오를 알리는 종이 울리자 요새는 소란스러워졌다. 감시병을 제외하고 모두들 식사하러 가고 있었다.

"나와 함께 가겠어요? 오늘은 내 부대 식당에 가도 좋습니다. 아직은 당신이 어느 중대에 배정될지 모르니 말이에요. 섭정께서 당신을 휘하에 두고 부리실지도 모르지요. 어쨌든 환영받을 겁니다. 아직 시간이 있을 때 가급적 많은 사람들을 만나는 게 좋겠지요."

"기꺼이 가겠어요. 솔직히 말하면 난 좀 외로우니까요. 제일 친한 친구를 로한에 두고 와서 지금은 말을 걸거나 농담을 나눌 사람이 없거든요. 당신의 중대에 들어갈 수 없을까요? 당신이 대장인가요? 그렇다면 날 받아 주세요. 아니면 날 위해 말씀해 주시든지."

그러자 베레곤드는 웃으며 말했다.

"아니, 아니에요. 난 대장이 아니에요. 나는 관직도, 지위도, 귀족 신분도 없고, 궁성 제3중대에 속한 평범한 병사에 불과해요. 하지만 페레그린 씨, 곤도르의 탑 경비대의 병사일 뿐이라도 이 도시에서는 소중한 존재로 여겨지고 온 나라에서 명예롭게 인정을 받는답니다."

"그렇다면 내겐 과분한 일이군요. 나를 숙소로 데려다주세요. 간달프가 돌아오지 않았으면 당신의 초대에 기꺼이 응하지요."

간달프는 숙소에 없었고, 전갈을 보내지도 않았다. 그래서 피핀은 베레곤드를 따라가 제3중대의 사람들을 만났다. 피핀이 큰 환영을 받았기에 그를 데려간 베레곤드도 피핀만큼이나 뿌듯해했다. 벌써 궁성에서는 미스란디르의 동행과, 그가 데네소르와 긴 밀담을 나누었다는 것에 대한 이야기가 많이 오간 것 같았다. 또한 북쪽에서 온 반인족의 대공이 곤도르에 충성과 5천의 병력을 약속했다는 소문도 돌고 있었다. 어떤 사람들은 로한의 기사들이 올 때 체구는 작지만 용맹한 반인족 전사를 한 명씩 대동할 거라고 말하기도 했다.

피핀은 이런 희망찬 이야기들을 안타깝게도 부인하지 않을 수 없었지만, 보로미르와 친구가 되었고 데네소르 공이 예우한 사람에게 지당해 보이는 그의 새로운 위상에서 벗어날 수 없었다. 그들은 그가 와 준 것을 고마워했고, 그의 말과 바깥세상의 이야기를 진지하게 경청했으며, 그에게 음식과 맥주를 실컷 가져다주었다. 사실 피핀에게 단 한 가지 괴로운 일은 간달프의 조언에 따라 '조심하고', 호빗들이 친구들과 어울릴 때 늘 그렇듯이 혀가 마음대로 지껄이지 않도록 경계하는 것이었다.

마침내 베레곤드가 일어나서 말했다.

"자, 지금은 작별해야겠군요. 이제 일몰까지 근무 시간입니다. 여기 있는 다른 친구들도 마찬가지일 거예요. 그런데 아까 말한 대로 외롭다면, 이 도시를 구경시켜 줄 명랑한 안내인이 있는 게 좋겠지요? 내 아들이 기꺼이 함께 다닐 겁니다. 괜찮은 녀석이에요. 이 제안이 마음에 든다면, 맨 아래 원형 구역에 내려가서 램프 장인의 거리, 라스 켈레르다인에 있는 오래된 객사를 찾아보세요. 아직 도시에 남아 있는 소년들 몇 명과 함께 거기 있을 겁니다. 큰 성문에서 문이 닫히기 전에 볼 만한 구경거리가 있을 거예요."

그는 밖으로 나갔고 다른 사람들도 곧 따라 나갔다. 실안개가 끼고 있기는 했지만 아직 화창한 날씨였고, 남쪽 지방이라고 해도 3월치고는 더웠다. 피핀은 졸음이 밀려왔지만 숙소로 돌아가면 따분할 것 같아 아래로 내려가 도시를 둘러보기로 마음먹었다. 그는 샤두팍스를 위해 남긴 음식 몇 조각을 가지고 갔다. 사료는 넉넉해 보였지만 샤두팍스는 그 음식을 품위 있게 받아먹었다. 그 후에 그는 굽은 길을 여러 번 돌아 계속 아래로 내려갔다.

그는 길을 가면서 많은 사람들의 시선을 받았다. 그의 면전에서 사람들은 정중하고 예의 바르게 곤도르식으로 가슴에 손을 얹고 머리를 숙여 인사했다. 그러나 그가 지나가면 밖에 있던 사람들이 집 안에다 미스란디르와 동행한 반인족 대공을 보러 나오라고 외치는 소리가 빈번히 들려왔다. 공용어가 아닌 언어를 사용한 사람들도 많았지만 오래지 않아 피핀은 적어도 에르닐 이 페리안나스(반인족의 대공)가 무슨 뜻인지 깨달았고, 자신의 칭호가 자기보다 먼저 도성에 전파되었음을 알았다.

그는 아치 모양의 거리와 아름다운 골목과 널돌이 깔린 도로를 많이 지났고 마침내 맨 아래 가장 넓은 원형 구역에 이르렀다. 그곳에서 램프 장인의 거리를 찾았는데, 큰 성문 쪽으로 나 있는 넓은 거리였다. 그는 오래된 객사를 찾았다. 그것은 잿빛으로 풍화된 석조 건물로, 양옆에 딸린 부속 건물 두 동은 길 뒤쪽으로 세워져 있고, 그 사이에 좁은 잔디밭이 깔려 있었다. 그 뒤에 창문이 많이 달린 집이 있었는데, 정면에는 기둥들을 세우고 지붕을 받친 현관이 있고 계단 몇 개를 내려오면 잔디밭으로 이어졌다. 소년들이 기둥들 사이에서 놀고 있었다. 피핀이 미나스 티리스에서 본 유일한 아이들이었다. 피핀은 멈춰 서서 그들을 바라보았다. 이내 아이들 중 한 명이 그를 보고는 소리를 지르며 잔디밭을 가로질러 거리로 달려오자 다른 아이들도 뒤를 따랐다. 그 소년은 피핀 앞에 서서 아래위로 훑어보았다. 소년이 먼저 입을 열었다.

"안녕하세요! 어디서 왔어요? 이 도시에선 못 보던 얼굴인데."

"그래. 하지만 내가 곤도르 사람이 되었다고 하더구나."

"아, 그래! 그렇다면 우린 모두 여기 사람이군요. 그런데 몇 살이세요? 이름은 뭐예요? 난 벌써 열 살이에요. 키는 곧 150센티미터가 될 거고. 당신보다 더 커요. 그런데 우리 아버진 경비대원인데 키가 제일 큰 사람에 속해요. 당신 아버지는 누구예요?"

"무엇부터 먼저 대답할까? 우리 아버진 샤이어의 툭지구 근처에 있는 흰우물마을에서 농사를 짓고 계시지. 내 나이는 스물아홉이 다 되어 가고. 그 점에선 널 능가하지? 키는 120센티미터밖에 안 되는데 더 자라지는 않을 거야. 옆으로나 자랄까."

"스물아홉이라고!"

소년은 이렇게 외치며 휘파람을 불었다.

"나이가 아주 많군요. 우리 아저씨 요를라스처럼. 하지만 난 당신을 거꾸로 세울 수도 있고 넘어뜨릴 수도 있어요."

소년이 이렇게 덧붙이자 피핀도 웃으며 대꾸했다.

"내가 가만히 있으면 그럴 수 있겠지. 하지만 나도 네게 똑같이 해 줄 수 있을걸. 내 작은 마을에서는 다들 레슬링 기술을 알고 있단 말이야. 거기서는 내가 유난히 크고 힘도 세다고 알려져 있어. 난 아직까진 아무도 날 거꾸로 세우게 놔둔 적이 없었지. 그러니 만일 네가 그런 짓을 시도하는 데 달리 방도가 없으면 난 널 죽여야 할지 몰라. 네가 좀 더 나이를 먹으면 사람들의 겉모습과 실제가 같지 않다는 걸 알게 될 거야. 네가 날 나약한 낯선 꼬마나 손쉬운 노리갯감으로 생각한다면 하나 경고해 두지. 난 그렇지 않아. 난 잔인하고 대담하고 사악한 반인족이란 말이야!"

피핀이 이렇게 말하며 험악한 표정을 짓자, 소년은 놀라 한 걸음 물러났다. 그러나 곧 주먹을 꽉 쥐고 호전적인 눈빛을 띤 채 발을 내딛었다. 그러자 피핀은 다시 웃으며 말했다.

"아니야. 낯선 이의 말을 그대로 믿어서는 안 돼. 난 투사가 아니야. 그렇지만 어쨌든 도전할 땐 이름을 밝히는 게 예의겠지?"

그러자 소년은 당당하게 몸을 세우며 말했다.

"난 경비대원 베레곤드의 아들 베르길이에요!"

"그럴 줄 알았어. 네 아버지와 꼭 닮았거든. 네 아버님을 만났는데, 너를 찾아보라고 하시더구나."

"그럼 왜 처음부터 그렇게 말하지 않았어요?"

베르길은 갑자기 당황한 표정을 띠며 말했다.

"설마 아버지가 마음이 바뀌어서 저를 여자들과 같이 피난을 보내려는 건 아니겠죠? 아니, 안 돼요. 마지막 짐수레도 떠나 버렸거든요."

"네 아버지의 전갈은 그렇게 나쁘지는 않아. 좋지도 않겠지만. 네가 날 거꾸로 세우기보다 시내 구경을 시켜 주고 외로움을 달래 주는 게 더 좋다면 그렇게 하라고 전하시던데. 나는 그 보답으로 먼 나라의 이야기를 들려줄 수 있고."

베르길은 마음이 놓여 손뼉을 치며 웃었다.

"잘됐어요. 자, 가요. 우린 성문으로 구경 나가려던 참이었어요. 자, 가요."

"거기 무슨 일이 있니?"

"해가 지기 전에 변방의 지휘관들이 남부대로로 올 거래요. 지금 가면 볼 수 있어요."

베르길은 좋은 말벗이었고, 메리와 헤어진 후 피핀이 만난 가장 좋은 말동무였다. 그들은 곧 웃고 명랑하게 이야기하면서 사람들의 많은 시선을 아랑곳하지 않고 도로를 따라 걸어갔다. 오래지 않아 그들은 큰 성문으로 향하는 군중 속에 묻혀 버렸다. 성문에 이르렀을 때 피핀이 이름과 암호를 말하자 경비병이 경례하고 통과시켜 주었을 뿐 아니라 동행인까지 데려가게 해 주었으므로, 피핀에 대한 베르길의 존중심은 한층 커졌다.

"잘됐어요! 우리는 요즘 어른과 동행하지 않으면 성문을 통과할 수 없거든요. 이제 더 잘 볼 수 있겠어요."

성문 밖에는 많은 군중이 길가를 따라서, 미나스 티리스로 통하는 길들이 모두 만나는 포장된 넓은 공간의 언저리에 서 있었다. 사람들은 모두 남쪽을 바라보았고, 곧 웅성거리는 소리가 커졌다.

"저기 먼지가 일고 있어! 그들이 오고 있어!"

피핀과 베르길은 조금씩 앞으로 나아가 군중 앞에 서서 기다렸다. 멀리서 나팔 소리가 들려오자 환호하는 소리가 몰려드는 구름처럼 울려왔다. 그러고 나서 나팔 소리가 요란하게 울리자 주위 사람들이 모두 환성을 질렀다.

"포를롱! 포를롱!"

피핀은 사람들이 외치는 소리를 듣고 베르길에게 물었다.

"뭐라고 하는 거지?"

"포를롱이 왔어요. 늙은 뚱보 포를롱, 롯사르나크의 영주예요. 우리 할아버지가 사는 곳이지요.

야호! 왔어요. 훌륭한 포를롱!"

선두에서 튼튼한 다리를 가진 커다란 말이 걸어왔다. 어깨가 넓고 몸집이 장대한 회색 수염의 노인이 타고 있었다. 비록 늙었지만 갑옷과 검은 투구를 착용하고 무겁고 긴 창을 들고 있었다. 그 뒤로 먼지를 뒤집어쓴 병사들이 무장하고 전투용 큰 도끼를 든 채 당당하게 줄지어 행진해 왔다. 단호한 얼굴의 그들은 피핀이 곤도르에서 본 사람들보다 더 작고 거무스레했다. 사람들이 계속 환호를 보냈다.

"포를롱! 진실한 마음, 진실한 친구! 포를롱!"

그러나 롯사르나크인들이 지나가자 그들은 이렇게 중얼거렸다.

"이렇게 적다니! 2백 명밖에 안 되잖아? 열 배는 기대했는데. 검은 함대에 관한 새 소식 때문일 거야. 그래서 전력의 10분의 1만 보내는 모양이야. 아주 조금이라도 없는 것보다는 낫지만."

지원 부대들은 이렇게 환호와 갈채 속에서 속속 입성했다. 외지의 병사들이 위험에 빠진 곤도르 시(市)를 수호하기 위해 행군해 왔다. 그러나 그들의 수는 너무 적었고, 기대했던 것보다 그리고 필요에 따라 요청했던 것보다 적었다. 링글로계곡 사람들은 영주의 아들, 데르보린의 인솔하에 도보로 3백 명이 입성했다. 거대한 검은뿌리계곡 모르손드산지에서는 장신의 두인히르가 두 아들 두일린, 데루핀과 5백 명의 사수를 인솔하고 왔다. 멀리 떨어진 긴해안의 안팔라스에서는 영주인 골라스길의 근위병을 제외하면 장비를 갖추지 못한 사냥꾼과 목동, 그리고 작은 마을에 사는 다양한 사람이 길게 줄지어 왔다. 라메돈에서는 단호한 산사람들 몇 명이 지휘자도 없이 걸어왔다. 어촌인 에시르에서는 배를 타지 않아도 되는 어부들 몇백 명이 왔다. 핀나스 겔린에서는 초록언덕의 아름다운 영주 히를루인이 녹색 갑옷으로 무장한 3백 명의 용사를 인솔해 왔다. 마지막으로 돌 암로스의 대공이자 데네소르의 친척인 임라힐이 배와 은색 백조의 문장이 그려진 황금빛 기치를 앞세우고 당당하게 입성했다. 그는 완전히 마구를 갖추고 회색 말을 탄 기사들의 호위를 받고 있었으며, 그 뒤로는 그 영주만큼이나 장대한, 회색 눈과 검은 머리의 전사 7백 명이 노래를 부르며 입성했다.

이것이 전부였다. 다 합쳐 봐야 3천 명도 되지 않았다. 더 올 병사도 없었다. 그들의 외침과 발소리는 도시로 들어가 사라져 갔다. 구경꾼들은 잠시 입을 다물고 서 있었다. 바람이 멎었고 잔뜩 안개가 깔린 저녁이라서 먼지가 공중에 그대로 남아 있었다. 벌써 성문을 닫을 시간이 되었고 붉은 해는 민돌루인산 저편으로 넘어가고 있었다. 어둠이 도시를 뒤덮었다.

피핀은 하늘을 올려다보았는데 마치 방대한 먼지와 연기에 뒤덮인 듯 하늘은 잿빛으로 변했고, 그것을 뚫고 내려온 빛이 흐릿하게 보였다. 그러나 서쪽에서는 지는 해가 연무에 온통 불을 붙여 놓아서 민돌루인산은 잔불이 얼룩덜룩 박혀 불타오르는 화염을 배경으로 검은 위용을 드러내고 있었다. 피핀은 옆에 소년이 있다는 사실도 잊은 채 중얼거렸다.

"아름다운 날이 분노로 끝나는구나!"

"정말 그럴 거예요. 저녁 종이 울리기 전에 돌아가지 않으면 말이죠. 가요! 성문을 닫는 나팔 소리가 들려요."

그들은 성문이 닫히기 전에 마지막으로 통과하여 손을 맞잡고 도시로 돌아왔다. 그들이 램프 장인 거리에 도착했을 때 탑들의 종들이 일제히 장엄하게 울렸다. 많은 창문에서 갑자기 불빛이 새어 나왔고, 성벽을 따라 늘어선 집들과 병사들의 막사에서 노랫소리가 들려왔다.

베르길이 말했다.

"이만 헤어져야겠어요. 아버지께 안부 전해 주세요. 보내 주신 친구에 대해서도 감사하다고요. 그리고 곧 다시 놀러 오세요. 이제 전쟁이 안 나면 좋겠어요. 아저씨와 즐거운 시간을 보낼 수 있을 테니까요. 롯사르나크의 할아버지 댁에 갈 수 있겠지요. 봄철에 거길 가면 아주 좋아요. 숲과 들판에 꽃이 가득 피고요. 그렇지만 언젠가 함께 가게 되겠지요. 적들은 우리 영주님을 절대로 이길 수 없을 테니까요. 게다가 우리 아버진 아주 용감하거든요. 안녕히, 다시 오세요."

소년과 작별하고 나서 피핀은 궁성을 향해 서둘러 돌아갔다. 길이 멀게 느껴졌고, 그는 배가 고프고 더웠으며, 시커먼 어둠이 재빨리 내려앉았다. 하늘에는 별 하나 박혀 있지 않았다. 그는 식당의 식사 시간에 늦었지만 베레곤드는 반갑게 맞이하면서 옆에 앉아 아들의 소식을 들었다. 피핀은 식사를 마치고 잠시 앉아 있다가 이상스레 울적한 기분이 들어 그들과 작별했다. 이제 간달프를 다시 보고 싶은 마음이 굴뚝같았다.

베레곤드는 그들이 앉아 있던 궁성 북쪽의 작은 건물 문 앞에서 물었다.

"길을 찾을 수 있겠어요? 달빛이 없는 캄캄한 밤인 데다 도시 안에서는 불을 어둑하게 밝히라는 명령이 내려왔기에 더 어두워요. 성벽에서는 절대로 불을 환히 켜 놓으면 안 됩니다. 참, 다른 소식이 있군요. 내일 일찍 데네소르 공께서 당신을 부르실 겁니다. 당신이 제3중대에 배속되지 않을 것 같아 섭섭하군요. 그렇지만 다시 만날 수 있을 겁니다. 안녕히 주무십시오."

숙소는 탁자 위에 놓인 작은 등불밖에 없어서 어두웠다. 간달프는 아직 돌아오지 않았다. 울적한 기분이 피핀을 더욱 짓눌렀다. 그는 걸상에 기어 올라가 창밖을 내다보았지만, 잉크를 쏟아 놓은 웅덩이를 들여다보는 것 같았다. 그는 내려와서 덧문을 닫고 침대로 갔다. 잠시 누워서 간달프의 발소리를 들으려고 귀를 기울이다가 편치 않은 잠에 빠져들었다.

한밤중에 그는 불빛 때문에 깨어났다. 간달프가 들어와서 이리저리 방 안을 서성대는 모습이 협실의 커튼 너머로 보였다. 탁자 위에는 촛불과 양피지 두루마리가 있었다. 마법사가 한숨을 쉬며 중얼거리는 소리가 들렸다.

"파라미르는 언제 돌아올까?"

피핀은 커튼 밖으로 고개를 내밀며 말했다.

"이보세요, 당신이 절 완전히 잊은 줄 알았어요. 다시 보니 마음이 놓여요. 오늘 낮은 아주 길었어요."

그러자 간달프가 말했다.

"하지만 밤은 너무 짧을 걸세. 난 혼자서 좀 평온한 시간을 보내야 해서 돌아왔네. 자넨 자 두는 게 좋을 거야. 침대에서 잘 수 있을 때 말이지. 해가 뜰 때 데네소르에게 자넬 데려가야 해. 아니, 해가 뜰 때가 아니라 그가 호출할 때. 암흑이 시작되었네. 이제 새벽은 오지 않을 걸세."

Chapter 2

회색부대의 통과

간달프는 떠났고 샤두팍스의 말발굽 소리가 어둠 속에서 사라졌을 때 메리는 아라고른에게 돌아갔다. 파르스 갈렌에서 짐을 잃었기 때문에 가벼운 꾸러미 하나만 남았고, 거기엔 아이센가드의 잔해에서 건져 낸 몇 가지 쓸모 있는 물건들만 들어 있을 뿐이었다. 하주펠에게 이미 안장을 얹어 두었다. 레골라스와 김리는 말과 함께 옆에 서 있었다. 아라고른이 말했다.

"원정대에서 아직 네 명이 남아 있군. 우린 같이 가야지. 하지만 내가 생각했듯이 우리끼리만 가진 않을 것 같네. 세오덴 왕도 즉시 출발하기로 결정하신 모양이니까. 날개 달린 어둠이 출현한 후에 국왕께서는 어둠을 틈타 산으로 돌아가길 바라시네."

"그다음에는 어디로?"

레골라스가 묻자 아라고른이 대답했다.

"아직은 알 수 없네. 왕은 나흘 전에 지시하여 에도라스에 소집된 군대를 보러 가실 거야. 그곳에서 전쟁 소식을 들으시겠지. 그리고 로한의 기사들은 미나스 티리스로 진군하겠지. 하지만 나는, 그리고 나와 함께 갈 사람은……."

"나를 넣어 주세요."

레골라스가 말하자 김리가 외쳤다.

"김리도!"

"음, 그렇지만 내가 택할 길은 어두울 거야. 나 역시 미나스 티리스로 가겠지만, 아직은 길이 보이지 않네. 오랫동안 준비해 온 시간이 다가오고 있어."

그러자 메리도 말했다.

"날 남겨 두지 마세요. 내가 아직 큰 쓸모가 있었던 건 아니지만, 그래도 모든 일이 다 끝난 다음에야 돌아보는 짐 꾸러미처럼 처박혀 있기는 싫어요. 로한의 기사들은 지금 저 때문에 신경 쓰고 싶지 않을 거예요. 물론 왕께서는 궁정으로 돌아가실 때 내가 옆에 앉아서 샤이어에 대한 이야기를 들려줘야 한다고 말씀하셨지만요."

"그래, 자네는 왕과 같은 길을 가야 할 것 같아, 메리. 하지만 그 결말의 기쁨을 너무 기대하진 말게. 세오덴 왕이 다시 메두셀드의 옥좌에 편히 앉게 될 날은 아주 오래 걸릴 테니 말이야. 이 잔인한 봄엔 많은 희망이 스러져 가고 있거든."

곧 모두들 출발할 준비가 되었다. 스물네 필의 말이 정렬하고 김리는 레골라스 뒤에, 메리는 아라고른 앞에 올라탔다. 이내 그들은 어둠 속을 신속히 달려갔다. 아이센여울의 돌더미를 지난 지 얼마 되지 않아 어떤 기사가 행렬의 말미에서 전속력으로 달려와 왕에게 말했다.

"전하, 일단의 기사들이 우리 뒤를 쫓고 있습니다. 여울을 건널 때 그 소리가 들린 것 같았는데 지금은 확실합니다. 그들이 무섭게 달려오고 있으니 곧 우릴 따라잡을 것 같습니다."

세오덴은 당장 부대를 정지시켰다. 기사들은 말을 돌려 창을 움켜잡았다. 아라고른은 말에서 먼저 내려 메리를 내려 준 다음 칼을 빼 들고 왕 옆에 버티고 섰다. 에오메르와 왕의 부대는 후미로 달려갔다. 메리는 자신이 전보다 더 거추장스러운 존재로 느껴졌고, 싸움이 시작되면 어떻게 해야 할까 생각했다. 왕의 소규모 호위 부대가 사로잡혀 패배한다면, 자신 혼자 어둠을 틈타 도망쳐서 어딘지도 모르는 로한의 끝없는 황야를 헤매게 된다면 어떻게 될까?

'절대 안 돼!'

그는 이렇게 생각하며 칼을 빼 들고 허리띠를 졸라맸다.

기울어 가던 달이 흘러가는 큰 구름에 가렸다가, 갑자기 구름을 뚫고 나와 다시 선명해졌다. 그들은 이제 말발굽 소리를 들을 수 있었고, 여울에서 이어진 길을 따라 빠르게 다가오는 검은 형체들을 보았다. 달빛이 창끝 여기저기에서 반짝였다. 추격자들의 숫자를 정확하게 알 수는 없었지만 적어도 왕의 호위부대보다 적지 않은 것 같았다.

그들이 쉰 걸음쯤 떨어져 있을 때 에오메르가 큰 소리로 외쳤다.

"정지, 정지! 그대들은 누군데 감히 로한의 평원에서 말을 달리는가?"

추격자들은 급히 말을 멈췄다. 정적이 흘렀다. 그러다가 어떤 기사가 말에서 내려 천천히 앞으로 걸어 나오는 것을 달빛 속에서 볼 수 있었다. 그가 화평의 표시로 손바닥을 바깥으로 향한 채 들어 올린 손이 하얗게 빛났지만, 왕의 근위 기사들은 무기를 움켜잡았다. 열 걸음 앞에서 그는 멈춰 섰다. 달빛을 등진 그의 검은 몸체는 아주 컸다. 그의 맑은 목소리가 울렸다.

"로한? 로한이라고 했소? 반가운 말이군. 우린 아주 먼 곳에서 로한을 찾아 급히 달려왔소."

그러자 에오메르가 대답했다.

"그렇다면 제대로 찾았소. 저 여울을 건넜을 때 그대들은 로한에 들어섰소. 하지만 여긴 세오덴 왕의 영토요. 왕의 허락 없이는 누구도 여기서 말을 달릴 수 없소. 그대들은 누구요? 그렇게 서둘러 온 이유가 뭐요?"

"난 북부의 순찰자 할바라드 두나단이오. 우린 아라소른의 아드님 아라고른을 찾고 있는데 로한에 계시다고 들었소."

그러자 아라고른이 외쳤다.

"그렇다면 그도 제대로 찾은 거요."

아라고른은 말고삐를 메리에게 건네고 앞으로 달려 나가 그를 껴안았다.

"할바라드! 이건 전혀 예상하지 못한 기쁨인걸!"

메리는 안도의 한숨을 쉬었다. 왕에게 호위 부하들이 몇 명 없을 때 공격하려는 사루만의 마지막 흉계라고 생각했던 것이다. 그런데 아직은 세오덴을 위해 목숨을 바칠 필요가 없는 것 같았다. 그는 칼을 다시 칼집에 꽂았다.

아라고른은 왕에게 돌아서며 말했다.

"잘되었습니다. 이들은 내가 살던 먼 땅에서 온 동족들입니다. 그들이 왜 왔고 또 몇 명이나 되는지 할바라드가 말씀드릴 겁니다."

"저는 서른 명을 이끌고 왔습니다. 급히 모을 수 있는 친척은 그 인원밖에 없었지요. 하지만 엘라단과 엘로히르 형제가 함께 참전하러 왔습니다. 당신의 소환을 듣자마자 최대한 빨리 달려왔어요."

그러자 아라고른이 말했다.

"나는 자네들을 소환한 적이 없네. 그걸 바란 적은 있었지만. 자네들을 종종 생각했고 특히 오늘 밤에는 많이 생각했지만 말이지. 그렇지만 전갈을 보낸 적은 없어. 어떻든 이리 오게. 그런 문제는 천천히 생각해도 될 테니. 보다시피 우리는 위험한 상황에서 급히 달리고 있다네. 왕께서 허락하신다면 이제 우리와 함께 가세."

세오덴 왕은 이 소식에 실로 기뻐하며 말했다.

"좋소. 공의 친지들이 그대와 같은 사람들이라면, 아라고른 공, 이 서른 명의 기사는 수효로 판단할 수 없는 막강한 힘이 될 거요."

기사들은 다시 출발했다. 아라고른은 두네다인과 함께 말을 달리며 북쪽과 남쪽 지방의 소식들에 대해 이야기를 나눴다. 엘로히르가 그에게 말했다.

"아버님께서 당신께 보내는 전갈을 가져왔소. '짧은 나날이 남아 있다. 황급히 서둘러야 한다면 사자(死者)의 길을 기억하라.'라는 전갈이오."

"내 소망을 이루기에는 하루하루가 늘 너무 짧다는 느낌이었소. 하지만 실로 화급한 경우가 아니라면 그 길을 택하기 어렵겠지."

그러자 엘로히르가 말했다.

"그건 곧 알게 되겠지요. 하지만 이렇게 사방이 탁 트인 길에서 그런 얘긴 그만하는 게 낫겠소."

"자네가 갖고 있는 건 뭔가, 친구?"

아라고른은 할바라드에게 물었다. 할바라드는 창 대신 긴 지팡이를 들고 있었는데, 군기라도 되는 양 검은 천에 싸여 촘촘히 접혀 있고 여러 가죽끈으로 묶여 있었다.

"깊은골의 영애께서 공에게 보내신 겁니다. 그분이 은밀히 오랜 시간에 걸쳐 만드셨어요. 전갈도 보내셨습니다. '이제 짧은 나날이 남았어요. 우리의 희망이 이루어지거나 아니면 모든 희망이 사라지겠지요. 그래서 그대를 위해 만든 것을 보냅니다. 안녕히, 요정석이여!'"

그러자 아라고른이 말했다.

"자네가 들고 있는 게 뭔지 알겠네. 당분간 나 대신 들어 주게."

그는 고개를 돌려 큰 별들 아래 북쪽을 바라보았다. 그러고는 입을 다물었고, 밤새 말을 달리는 동안 아무 말도 하지 않았다.

마침내 협곡의 분지를 빠져나와 나팔산성으로 돌아왔을 때 밤이 지나고 동쪽 하늘은 어슴푸레한 잿빛이었다. 그들은 그곳에 드러누워 잠시 쉬며 상의했다.

메리는 잠에 빠졌다가 레골라스와 김리가 깨우는 바람에 정신을 차렸다. 레골라스가 말했다.

"해가 중천에 떴어. 다들 일어나 일하고 있고. 자, 이곳을 볼 수 있을 때 잘 봐 두는 게 좋아, 굼뱅이 양반아."

김리도 말했다.

"사흘 전에 여기서 전투가 벌어졌지. 레골라스와 내기를 했는데 내가 오르크 한 놈 차이로 이겼어. 가서 좀 보란 말이야. 그런데 저기에 동굴도 있어, 메리. 신비로운 동굴이지. 레골라스, 거길 가 보는 게 어떨까?"

"안 돼. 시간이 없어. 조급하게 돌아보면 신비로움도 깨지지 않겠어? 너와 함께 이곳에 다시 오기로 약속했잖아. 평화와 자유를 누릴 수 있는 날이 오면. 이제 정오가 다 됐어. 내가 듣기론 정오에 식사를 하고 떠난다고 했어."

레골라스가 말했다.

메리는 일어나 하품을 했다. 몇 시간의 수면으론 충분치가 않았다. 그는 지쳤고 좀 울적했다. 피핀이 그리웠다. 자신이 잘 이해하지 못하는 일로 모두들 신속하게 계획을 세우고 있는 와중에 자신은 쓸데없는 짐처럼 느껴졌다.

"아라고른은 어디 있어요?"

레골라스가 대답했다.

"나팔산성의 높은 방에. 그는 쉬지도 않고 잠도 자지 않은 것 같아. 뭔가 숙고를 해야겠다며 몇 시간 전에 그리 올라갔어. 그의 친척인 할바라드만 따라갔지. 뭔가 알 수 없는 의혹과 근심에 휩싸여 있었어."

김리도 말했다.

"새로 온 사람들은 이상한 친구들이야. 하나같이 장대한 데다 품위가 있어서 로한의 기사들도 그 옆에 서면 어린애처럼 보일 정도거든. 게다가 비바람을 견뎌 낸 돌로 조각한 얼굴처럼 굳어 있단 말이야. 아라고른도 그렇지만. 하나같이 입이 무겁지."

"하지만 일단 말을 할 때는 아라고른처럼 정중하더군. 그런데 엘라단과 엘로히르 형제를 자세히 봤어? 그들의 복장은 다른 이들보다 덜 칙칙해. 고귀한 요정답게 아름답고 용감하고. 깊은골의 엘론드의 아들들에게 그건 놀랄 일이 아니지만 말이야."

레골라스가 이렇게 말하자 메리가 물었다.

"그들은 왜 왔을까요? 당신들은 알아요?"

이제 메리는 옷을 다 입고 어깨에 회색 망토를 둘렀다. 그들 셋은 나팔산성의 부서진 성문 쪽으로 걸어갔다. 김리가 대답했다.

"소환에 응해서 왔다고 자네도 들었잖아. 깊은골에 이런 전갈이 왔다는군. '아라고른에게 동족의 도움이 필요하다. 두네다인은 로한의 아라고른에게 달려가라!' 그런데 이 전갈이 어디서 온 건지 그들도 의아해하고 있어. 내 생각엔 간달프가 보낸 것 같은데."

레골라스는 그와 의견이 달랐다.

"아니, 갈라드리엘이야. 북쪽에서 회색부대가 올 거라고 간달프를 통해 말하셨잖아?"

김리는 그 의견에 동의했다.

"그래, 자네 말이 맞아. 숲의 여주인님! 그분은 많은 이들의 마음과 욕망을 읽으셨지. 그런데 우린 왜 친족들이 와 주길 바라지 않았지, 레골라스?"

레골라스는 문 앞에 서서 빛나는 눈동자를 저 멀리 북쪽과 동쪽으로 돌렸다. 그의 아름다운 얼굴에 고통스러운 기색이 역력했다. 그가 대답했다.

"올 수 있는 자가 아마 없을 거야. 우리 동족은 말 타고 참전하러 갈 필요가 없어. 우리 나라에서도 이미 전쟁이 일어났으니."

세 친구는 잠시 함께 걸으면서 전세가 엎치락뒤치락했던 사태에 대한 이야기를 나누었고, 부서진 문에서 내려가며 길옆의 풀밭에 산더미처럼 쌓인 전사자들을 지나, 마침내 헬름방죽에 서서 분지를 들여다보았다. 그곳에는 이미 시체를 높이 쌓아 올린 시커멓고 섬뜩한 '죽음의 언덕'이 있었다. 오르크들의 시체를 태운 재는 거대한 검은 돌로 덮여 있었고, 풀밭에는 후오른들이 마구 짓밟아 파인 자국이 선명하게 보였다. 던랜드인들과 나팔산성의 수비대원들이 헬름방죽과 들판에서 그리고 그 너머의 부서진 성벽 주위에서 일하고 있었다. 그런데 사방이 기이하게도 고요하게 느껴졌다. 엄청난 폭풍에 시달린 후 쉬고 있는 지친 골짜기 같았다. 곧 그들은 발길을 돌려 성안으로 점심 식사를 하러 갔다.

이미 자리 잡고 있었던 왕은 그들이 들어서자 메리를 불러 옆에 앉혔다. 왕이 말했다.

"이건 내가 바라던 것과는 다르네. 여긴 에도라스의 아름다운 궁전이 아니니까. 함께 있어야 할 자네 친구도 떠났고. 그대와 내가 메두셀드의 높은 식탁에 함께 앉을 날이 곧 오지는 않을 테지. 그리 돌아가더라도 연회를 베풀 시간이 없을 걸세. 그렇지만 자, 가능할 때 먹고 마시며 이야기를 나누도록 하세. 그러고 나선 나와 함께 말을 타고 가세."

"제가요? 정말 멋진데요!"

메리는 놀랍고 기뻐서 외쳤다. 친절한 말에 이처럼 고마운 마음을 느껴 본 적이 없어서 그는 더듬거렸다.

"전 늘 사람들에게 방해가 될 뿐이라고 걱정했어요. 하지만 제가 할 수 있는 일이 있다면 무엇이든 해내고 싶습니다."

"그건 추호도 의심치 않네. 그대를 위해 황야의 훌륭한 조랑말을 준비시켜 놓았지. 우리가 갈 길에서 자네를 태우고 어느 말보다도 빨리 달릴 걸세. 나팔산성부터는 평지가 아니라 산길로 갈 테고, 검산오름을 거쳐서 에오윈 왕녀가 기다리고 있는 에도라스로 갈 테니까. 그대가 원한다면 내 시종무사로 임명하겠네. 내 종사에게 맞을 갑옷이 여기 있는가, 에오메르?"

"여기는 큰 무기고가 없습니다, 전하. 하지만 그에게 맞을 가벼운 투구는 찾을 수 있을 것 같습니다. 그의 신장에 맞는 갑옷이나 칼은 없습니다."

"칼은 제게 있어요."

메리는 자리에서 일어나 검은 칼집에서 빛나는 작은 칼을 뽑으며 말했다. 노왕에 대한 사랑이 갑자기 열렬히 타올라 그는 한쪽 무릎을 꿇고 왕의 손을 잡아 입을 맞추며 외쳤다.

"세오덴 왕이시여, 샤이어의 메리아독이 칼을 바쳐도 될까요? 괜찮으시면 제 충성을 받아 주십시오."

"기꺼이 받겠네."

왕은 길고 쭈글쭈글한 손을 호빗의 갈색 머리에 얹고 축복했다.

"자, 일어서게, 메리아독, 메두셀드의 직속 기사, 로한의 종사여! 이 칼을 받고 영원히 간직하라."

"저는 전하를 아버님으로 모시겠습니다."

"그러게. 얼마간."

세오덴 왕이 말했다.

그들은 음식을 들며 이야기를 나누었는데 곧 에오메르가 말했다.

"출발할 시간이 다 되었습니다, 전하. 나팔을 불라고 명령할까요? 그런데 아라고른은 어디 갔습니까? 그의 자리는 비어 있고 음식도 먹지 않았군요."

그러자 왕이 대답했다.

"말에 오를 준비를 갖추게 하라. 그리고 아라고른 공에게 시간이 됐다고 알리라."

왕은 그의 근위대와 메리를 대동하고 나팔산성의 성문을 지나 기사들이 모여 있는 풀밭으로 나왔다. 이미 많은 기사들이 말에 올라 있었다. 이젠 대부대였다. 왕이 이미 나팔산성에 수비대원 몇 명만 남겨 두고 나머지는 모두 에도라스의 무기고로 가도록 명령을 내렸던 것이다. 한밤중에 천 명의 창병이 떠났고, 왕을 모시고 가기 위해 5백 명가량이 남아 있었는데 이들 대부분은 웨스트폴드의 들판과 계곡에 살던 사람들이었다.

약간 떨어진 곳에 순찰자들이 창과 활, 칼로 무장한 채 열을 이루고 조용히 앉아 있었다. 그들은 짙은 회색 망토를 둘렀고, 머리와 투구를 두건으로 휘감고 있었다. 그들의 말들은 튼튼하고 당당했으며 거친 털을 갖고 있었다. 그중 아무도 타지 않은 말은 북쪽에서 데려온 아라고른의 말, 로헤륀이었다. 말들의 안장이나 마구는 보석이나 금으로 반짝이지도 않았고 장신구도 달려 있지 않았으며, 그 주인들도 망토의 왼쪽 어깨에 꽂은 빛나는 별 모양의 은 브로치 외에는 배지나 표시를 일체 달지 않았다.

왕은 스나우마나에 올라탔고, 그 옆에서 메리는 스팁바라는 조랑말에 앉았다. 곧 에오메르가 아라고른과 함께 문을 나왔고, 할바라드도 검은 천에 감긴 지팡이를 안고, 젊지도 늙지도 않은 장신의 두 인물과 함께 걸어 나왔다. 엘론드의 두 아들인 그들은 매우 닮아서 거의 분간하기 어려웠다. 검은 머리칼에 회색 눈, 아름다운 요정의 얼굴을 가진 그들은 똑같이 은회색 망토 밑에 빛나는 갑옷을 입고 있었다. 그들 뒤로 레골라스와 김리가 걸어왔다. 메리는 아라고른에게서 눈을 뗄 수가 없었다. 단 하룻밤 사이에 긴 세월에 짓눌린 듯 그는 놀랍게도 달라 보였다. 지쳐 보이는 잿빛 얼굴이 비장했다. 그는 왕 옆에 서서 말했다.

"제 마음이 괴롭습니다. 이상한 전갈을 받은 후 멀리서 새로운 위험이 닥쳐오고 있음을 알게 되었지요. 오랫동안 고심했습니다만 이제 계획을 수정해야 할 것 같습니다. 세오덴 왕이시여, 이제 검산오름을 향해 출발하면 언제쯤 도착하실 수 있겠습니까?"

그러자 에오메르가 답했다.

"지금 정오에서 한 시간이 지났으니, 사흘째 되는 날 밤이 되기 전에 요새에 도착할 겁니다. 그러니 만월 다다음 날이 되겠지요. 왕께서 명하신 소집일은 바로 그다다음 날입니다. 로한의 전력을 모으려면 그 이상 서두를 수는 없습니다."

아라고른은 잠시 생각에 잠겼다.

"사흘이라." 그가 중얼거렸다. "그때야 소집이 시작된다고요. 지금으로는 더 앞당길 수 없겠군요."

그는 고개를 들었다. 그는 뭔가 결정을 내린 것 같았고, 얼굴에서는 근심스러운 기색이 줄어들었다.

"그렇다면 왕이시여, 허락해 주신다면 저는 제 동족들과 새로운 계획을 따라야겠습니다. 이제부터는 우리 길을 가야 하고 더 이상 숨지 않겠습니다. 제가 은밀히 행동할 시간은 지났습니다. 동쪽으로 지름길을 달려서, 사자의 길로 가겠습니다."

"사자의 길이라고!"

세오덴은 몸을 떨며 말했다. 에오메르도 몸을 돌려 아라고른을 바라보며 물었다.

"왜 그 길을 말씀하시는 겁니까?"

메리가 보기에 아라고른의 말을 들을 수 있었던 기사들은 모두 창백하게 질린 것 같았다. 세오덴이 말했다.

"그런 길이 실제로 존재한다면, 그 문은 검산오름에 있소. 그렇지만 살아 있는 사람은 통과할 수 없소."

에오메르 또한 말했다.

"아, 아라고른, 내 친구여! 우리가 함께 전장에 나가길 바랐소. 하지만 그대가 사자의 길을 택한다면 이별의 시간이 되었고, 우리가 이 태양 아래서 다시 만날 수 없을 것 같소."

"그렇더라도 난 그 길을 택할 거요. 하지만 우리는 다시 전장에서 만날 거라고 믿소, 에오메르. 모르도르의 전군이 우리를 가로막더라도 말이오."

그러자 세오덴이 말했다.

"그대의 뜻대로 하시오, 아라고른 공. 다른 이들이 감히 발을 내딛지 못하는 괴이한 길을 지나는 것이 그대의 운명인지 모르지. 이 이별로 내 마음이 아프고, 내 힘도 약화되겠지. 하지만 이제 산길로 가야겠소. 더 지체할 시간이 없구려. 자, 안녕히!"

"안녕히 가십시오, 왕이시여! 위대한 무훈을 빕니다! 안녕, 메리! 자넬 찾아 팡고른숲까지 오르크를 사냥하며 무사하길 빌었네만, 이제 누구보다 안전한 보호자에게 자넬 맡기네. 바라건대, 레골라스와 김리는 나와 사냥을 계속하겠지. 우리는 자네를 결코 잊지 않을 거야."

"안녕!"

메리는 더 이상 한마디도 할 수 없었다. 그는 몹시 왜소해진 느낌이었고, 오가는 암울한 말들에 어리둥절하고 의기소침해졌다. 언제나 명랑하기 그지없는 피핀이 전보다 더 그리웠다. 기사들은 떠날 준비를 끝냈고, 말들도 안절부절못하고 있어서, 차라리 빨리 출발하고 끝내면 좋을 것 같았다.

세오덴이 에오메르에게 지시하자 그는 손을 쳐들고 크게 외쳤다. 그 소리와 함께 기사들은 출발했다. 그들은 헬름방죽 위를 달리다가 분지로 내려갔고, 그런 다음에 동쪽으로 신속히 돌아서 산기슭을 에워싼 길을 1.5 킬로미터쯤 따라갔다. 마침내 그 길은 남쪽으로 굽어지며 언덕들 사이로 지나더니 시야에서 사라졌다. 아라고른은 방죽에 올라 왕의 부하들이 멀리 골짜기를 내려갈 때까지 바라보았다. 그러고는 할바라드에게 돌아서며 말했다.

"저기에 내가 사랑하는 세 사람이 가고 있네. 제일 작은 친구를 제일 적게 사랑하는 건 아닐세. 그는 어떤 결말로 나아가는지 모르고 있어. 그렇지만 알더라도 갈 거야."

"샤이어족은 체구는 작지만 대단히 훌륭한 친구들이지요. 우리가 그들의 경계 지역을 오랫동안 힘들여 지켜 온 것을 그들은 알지 못하지만, 저는 억울하게 생각하지 않습니다."

"이제 우리의 운명은 함께 엮여 있네. 그렇지만 안타깝게도 여기서 헤어질 수밖에. 자, 난 뭘 좀 먹어야겠네. 우리도 곧 떠나세. 자, 레골라스와 김리! 먹으면서 자네들과 이야기를 나눠야겠네."

그들은 나팔산성 안으로 돌아갔다. 하지만 아라고른은 홀의 테이블에 앉아 한동안 아무 말도 하지 않았다. 다른 이들은 그가 입을 열기를 기다렸다. 마침내 레골라스가 참지 못하고 말했다.

"어서요! 터놓고 말하고 마음 편히 있으세요. 불안감을 떨쳐 내고요! 우리가 새벽에 이 음산한 곳으로 돌아온 후 무슨 일이 있었나요?"

"나로서는 나팔산성의 싸움보다 더 무서운 투쟁이었어. 오르상크의 돌을 보았다네."

"그 저주받은 마법의 돌을 봤다고요!"

김리가 공포와 경악에 질린 얼굴로 부르짖었다.

"그래, 뭐라고 말했어요? 그자에게? 간달프도 마주 보기 두려워하는 그에게?"

그러자 아라고른은 눈을 번득이며 엄중하게 말했다.

"자넨 지금 누구와 이야기하는지 잊었군. 내가 그에게 무슨 말을 했을지 걱정되는가? 나는 이미 에도라스의 성문 앞에서 내 직함을 터놓고 선포하지 않았는가. 아닐세, 김리."

그는 얼굴을 풀고 좀 더 부드러운 목소리로 말을 이었다. 그는 여러 날 밤을 새우며 힘겹게 일한 사람처럼 보였다.

"아니, 여보게, 나는 그 돌의 합법적인 주인이고, 그걸 사용할 권리와 힘을 갖고 있네. 적어도 그렇게 판단했지. 그 권리는 의심의 여지가 없네. 힘도 충분했지…… 거의."

그는 깊이 숨을 들이마셨다.

"치열한 싸움이어서 그 피로가 금방 가시지 않는군. 난 그자에게 아무 말도 하지 않았어. 끝에 가서 그 돌을 내 의지대로 잡아떼었지. 그자는 그것만으로도 참기 어려웠을 거야. 그런데 나를 보았지. 그래, 김리. 그자가 날 봤네. 지금과는 다른 차림새로 보았어. 그 일로 인해 그자가 이익을 보게 된다면 내가 잘못한 일이겠지. 하지만 그렇게 생각하지 않네. 내가 살아서 땅 위를 걸어 다닌다는 사실이 그의 심장을 강타했을 거야. 지금까지 몰랐을 테니까. 오르상크의 눈은 세오덴의 갑옷을 꿰뚫어 보지 않았네. 하지만 사우론은 이실두르와 엘렌딜의 검을 잊지 않았지. 이제 그의 거대한 계획이 실현되려는 바로 그 순간에 이실두르의 후계자와 그 검이 나타난 거야. 나는 다시 벼려 만든 이 검을 보여 줬지. 그는 아직 공포를 초월할 만큼 강력하진 못하다네. 아니, 의혹이 늘 그의 마음을 좀먹고 있을 거야."

"그렇지만 그는 엄청난 권력을 휘두르고 있어요. 그러니 이제 더 빨리 공격의 손길을 뻗치지 않을까요?"

김리가 묻자 아라고른은 대답했다.

"성급한 공격은 대개 빗나가는 법이지. 우리는 적에게 압박을 가해야 하네. 적이 움직이기를 더는 가만히 기다려선 안 돼. 보게, 친구들. 나는 그 돌을 조종하면서 여러 가지를 알게 되었네. 예상치 않았던 심상치 않은 위험이 남쪽에서 곤도르에 밀려오는 것을 보았네. 그러면 미나스 티리스의 방어력이 상당히 분산되겠지. 그것을 재빨리 막지 못하면, 미나스 티리스는 열흘 안에 함락될 걸세."

"그러면 함락될 수밖에 없겠네요. 그곳에 보낼 원군도 없고, 설사 있다 해도 어떻게 그 시간 내에 갈 수 있겠어요?"

김리가 다시 말했다.

"보낼 원군이 없으니 내가 직접 가야지. 그런데 완전히 함락되기 전에 연안지대로 갈 수 있는 유일한 길은 산속을 통과하는 것이라네. 바로 그것이 사자의 길이지."

김리는 다시 외쳤다.

"사자의 길이라! 기분 나쁜 이름인데. 아까 보니, 로한 사람들도 그 이름을 별로 좋아하지 않더군요. 살아 있는 사람이 무사히 갈 수 있기는 한 건가요? 그 길을 통과한다 해도 이렇게 적은 인원으로 모르도르의 공격을 어떻게 막아 낸다는 겁니까?"

"로한인들이 이 땅에 온 후에 산 사람은 누구도 그 길을 이용하지 못했네. 그 길이 그들에겐 닫혀 있으니까. 그렇지만 이실두르의 후계자는 이 암울한 때에 용기를 내면 그 길을 이용할 수 있어. 들어보게. '아라고른에게 예언자의 말과 사자의 길을 기억하게 하라.' 이건 엘론드의 아들들이 깊은골에서 그들의 학식 깊고 현명한 부친으로부터 받아 온 전갈이야."

그러자 레골라스가 물었다.

"예언자의 말이 뭡니까?"

"포르노스트의 마지막 왕 아르베두이 시대에 예언자 말베스가 이렇게 말했지.

지상에 긴 어둠이 깔리고
서쪽으로 암흑의 날개에 닿는다.
탑이 흔들리고, 왕들의 무덤에
파멸이 다가온다. 사자들이 깨어난다,

맹세를 어긴 자들에게 때가 왔다.
에레크의 바위에 다시 서서,
산에 울리는 나팔 소리 들으리라.
누구의 나팔인가? 누가 그 잊힌 자들을
잿빛 어스름에서 불러내는가?
그들이 충성을 바치겠노라 맹세한 자의 후계자가,
북쪽에서 오리라, 위급한 상황에 몰려
그는 사자의 길에 들어서리라."

그러자 김리가 말했다.

"비밀의 길이겠군, 틀림없이. 그런데 이 시는 더 비밀스러워."

"자네가 더 잘 이해한다면 같이 가자고 하겠네. 이제 난 그 길로 갈 테니까. 물론 나도 흔쾌히 가는 건 아니야. 위급한 상황에 몰려서 가는 것뿐이지. 그러니 자네들은 자유롭게 자기 의사에 따라 선택하면 되겠네. 같이 간다면 큰 노고를 치르고 무서운 공포와 맞닥뜨려야 할 테니까. 더 나쁠 수도 있고."

"사자의 길이라도, 그 길이 어떤 종말에 이르더라도, 난 함께 가겠어요."

김리가 용감하게 말하자 레골라스도 말했다.

"나도 물론 함께 갑니다. 난 죽은 사람이 두렵지 않으니까."

"잊힌 자들이 싸우는 법을 잊어버리지 않았으면 좋겠는데. 그렇지 않다면 우리가 그자들을 성가시게 할 이유가 없을 테니까."

김리가 이렇게 덧붙이자 아라고른이 답했다.

"에레크에 도착하면 알게 되겠지. 하지만 그들은 사우론에 대항해 싸우겠다는 맹세를 깨뜨렸으니까, 맹세를 지키려면 다시 싸워야 해. 에레크에는 이실두르께서 누메노르에서 가져오셨다는 검은 바위가 아직 서 있네. 언덕 위에 있는데, 그곳에서 산의 왕은 곤도르가 개국될 때 이실두르에게 충성을 맹세했다네. 그런데 사우론이 돌아와 다시 강성해지자 이실두르께서 산사람들에게 맹세를 지키라고 소환하셨지만 그들은 따르지 않았다네. 그들은 암흑시대에 사우론을 숭배했던 거야.

그러자 이실두르께서 산의 왕에게 말씀하셨지. '그대가 마지막 왕이 되리라. 서쪽나라가 암흑군주보다 더 강력한 것이 증명된다면, 난 그대와 그대 종족에게 이 저주를 내리겠노라. 그대들은 맹세를 지킬 때까지 절대로 안식을 얻을 수 없으리라. 이 전쟁은 헤아릴 수 없이 긴 세월 동안 지속될 것이고, 전쟁이 끝나기 전에 그대들은 소환받으리라.' 그래서 그들은 격노한 이실두르 앞에서 달아났고, 감히 사우론 편에서 전쟁에 나갈 엄두를 내지 못했어. 그리고 산속의 은밀한 곳에 숨어 다른 인간들과 교류를 끊은 채 황량한 언덕에서 차차 줄어든 거야. 그런데 안식을 얻지 못한 사자들의 공포가 에레크언덕과 그들이 머물렀던 모든 곳에 퍼져 있다네. 그렇지만 나를 도와줄 살아 있는 사람이 없으니 그 길로 가야지."

그는 일어서 "가자!"하고 외치며 칼을 뽑았다. 칼은 나팔산성의 어슴푸레한 홀에서 번뜩였다.

"에레크의 바위로! 난 사자의 길로 간다. 뜻 있는 자는 날 따르라!"

레골라스와 김리는 아무 대답도 하지 않고 일어나 아라고른을 따라 홀을 나섰다. 풀밭에는 두건을 쓴 순찰자들이 굳어 버린 듯 고요히 기다리고 있었다. 레골라스와 김리는 말에 올랐다. 아라고른은 로헤륀에 올라탔다. 그러자 할바라드가 커다란 뿔나팔을 불었고, 그 소리는 헬름협곡에 메아리쳤다. 그 소리와 함께 그들은 껑충 내달아 천둥처럼 골짜기를 달려 내려갔다. 방죽과 나팔산성에 남아 있던 이들은 몹시 놀라서 그들을 바라보았다.

세오덴이 산길을 따라 천천히 전진하는 동안, 아라고른의 회색부대는 빠르게 평원을 질주해 다음 날 오후에 에도라스에 닿았다. 그들은 저기서 잠시만 멈추었고, 다시 계곡을 따라 올라가서 어둠이 깔릴 무렵에 검산오름에 이르렀다.

에오윈 왕녀는 그들을 매우 반갑게 맞이했다. 그녀는 지금껏 두네다인과 엘론드의 아름다운 아들들처럼 강인해 보이는 사람을 본 적이 없었다. 그러나 그녀의 눈길은 주로 아라고른에게 머물렀다. 그들과 식탁에 앉아 이야기를 나누며 그녀는 세오덴이 떠난 후 서둘러 보낸 짤막한 소식들만 받았던 모든 사건에 대해 자세히 들을 수 있었다. 헬름협곡에서 벌어진 전투와 적들의 대량 학살, 세오덴과 그 기사들의 돌격에 대해 들었을 때 그녀의 눈이 빛났다. 이윽고 그녀가 말했다.

"여러분, 피곤하실 테니 이제 숙소로 가셔서, 급하게 마련한 곳이지만 가급적 편안히 쉬십시오. 내일은 더 좋은 숙소를 준비하겠습니다."

그러나 아라고른이 대답했다.

"아닙니다, 왕녀. 우리 때문에 수고하실 필요는 없습니다. 우린 오늘 밤에 여기 누웠다가 내일 아침 요기만 하면 충분합니다. 몹시 긴급한 용무가 있어서 아침 햇살이 비치자마자 떠나야 합니다."

그러자 왕녀는 미소를 지으며 말했다.

"그렇다면 이 유배된 에오윈에게 소식을 전해 주시고 얘기를 나눠 주시려고 일부러 그 먼 길을 돌아오시다니 정말 친절하십니다."

"사실 누구도 그런 일을 시간 낭비라고 여기지 않을 겁니다. 하지만 왕녀, 사실 내가 가야 하는 길이 이 검산오름을 지나지 않는다면 이리 올 수 없었겠지요."

그러자 그녀는 아라고른의 대답이 별로 마음에 들지 않는다는 듯이 말했다.

"그렇다면 길을 잘못 드셨군요. 검산계곡에서는 남쪽이든 동쪽이든 나가는 길이 없습니다. 그러니 오셨던 길로 돌아가시는 게 좋겠어요."

"아니요, 왕녀. 길을 잃지 않았소. 난 당신이 태어나서 이곳을 아름답게 만들어 주기 전부터 이 땅을 걸어 다녔어요. 이 골짜기에서 나가는 길이 딱 하나 있습니다. 그 길로 갈 겁니다. 내일 사자의 길로 갈 겁니다."

그러자 왕녀는 뭔가에 찔린 사람처럼 하얗게 질린 얼굴로 그를 응시했고, 한참 아무 말도 하지 않았다. 다른 사람들 역시 입을 다물고 있었다. 마침내 왕녀가 입을 열었다.

"아라고른, 그러면 당신의 임무는 죽음을 좇는 것인가요? 그 길에서 찾을 수 있는 것은 죽음밖에 없으니까요. 그들은 살아 있는 사람을 보내 주지 않아요."

"나는 보내 줄 겁니다. 어쨌든 난 위험을 무릅쓸 겁니다. 다른 길이 없으니까요."

"하지만 그건 미친 짓이에요. 용명을 떨치고 무용을 갖추신 이분들을 그 어둠 속으로 끌고 가시면 안 돼요. 이분들의 도움이 절실하게 필요한 전장으로 인도하세요. 제발 여기 계시다가 제 오라버니와 함께 가 주세요. 그렇다면 우리 마음은 한결 즐겁고 희망도 더 커질 거예요."

"미친 짓이 아닙니다, 왕녀. 난 약속된 길로 가는 겁니다. 그리고 나를 따르는 사람들도 자유로운 의지로 그렇게 하고 있어요. 여기 남아서 로한의 기사들과 함께 전장에 나가길 원한다면 그렇게 할 수 있습니다. 그러나 난 사자의 길로 가야 합니다. 어쩔 수 없으면 나 혼자서라도 말이지요."

그러고 나서 그들은 더 이상 아무 말 없이 식사했다. 그러나 그녀의 눈길이 아라고른에게서 떨어지지 않았기에, 사람들은 그녀가 몹시 괴로워하고 있음을 느낄 수 있었다. 마침내 일행은 자리에서 일어나 왕녀의 배려에 대해 고맙다고 말하고 밤 인사를 나눈 뒤 침소로 갔다.

그러나 아라고른이 레골라스와 김리와 함께 머물기로 한 숙소로 향했을 때 그의 벗들은 이미 들어가고 없었는데 에오윈이 그를 따라와서 불렀다. 돌아보니 흰옷을 입고 있는 그녀는 어둠 속에서 희미하게 깜박이는 빛 같았다. 하지만 그녀의 두 눈은 열렬히 타오르고 있었다.

"아라고른, 왜 그 치명적인 길로 가려 하시나요?"

"그래야만 하기 때문입니다. 그렇게 해야만 사우론에 대항하는 전쟁에서 내 임무를 수행할 가능성이 조금이라도 엿보이기 때문입니다. 내가 위험한 길을 선택한 게 아니에요. 만일 내 마음이 원하는 곳에 갈 수 있다면, 지금 나는 저 북쪽 깊은골의 아름다운 계곡에서 노닐고 있을 겁니다."

잠시 그녀는 무슨 뜻인지를 생각하는 듯이 아무 말도 하지 않았다. 갑자기 그녀가 그의 팔에 손을 올려놓았다.

"당신은 엄격하고 단호한 군주이시군요. 그렇게 해서 사람들은 명성을 얻는 법이지요."

그녀는 잠시 말을 멈췄다가 다시 이었다.

"만일 꼭 가셔야 한다면 저도 따라가게 해 주세요. 저는 산에 숨어 있는 데 지쳤어요. 위험과 전투에 맞닥뜨리고 싶어요."

"당신에게는 백성들에 대한 의무가 있소."

"그 의무라는 말은 너무 많이 들어 왔어요. 그렇지만 저도 에오를 왕가의 후손 아닌가요? 보모가 아니라 여전사 아닌가요? 전 머뭇거리기만 하면서 아주 오래 기다려 왔어요. 이제는 비틀거리지 않으니, 제 인생을 제 뜻대로 살아갈 수 있지 않을까요?"

"그렇게 하면서 명예를 누릴 수 있는 사람은 거의 없습니다. 당신은 왕이 돌아오실 때까지 백성을 다스릴 책임을 맡지 않으셨소? 만일 당신이 선택되지 않았더라면 어떤 중장이나 대장이 그 책임을 맡았겠지요. 그는 그 일에 싫증이 났든 아니든 자기 책임에서 달아날 수 없을 거요."

그러자 그녀는 비통하게 외쳤다.

"전 언제나 그런 책임을 맡아야 하나요? 기사들이 출발할 때 저는 뒤에 남아 있고, 그들이 명예를 얻을 때 저는 집안을 돌보고, 그들이 돌아올 때 음식과 침대나 마련해야 하나요?"

"누구도 돌아오지 못할 시간이 곧 올 수 있소. 그때가 되면 용기가 필요하겠지만 명예는 얻지 못하겠지요. 고향을 지키기 위한 마지막 무용을 기억할 사람이 하나도 남지 않을 테니까요. 그러나 칭송받지 못한다 해서 그 행위의 용맹성이 떨어지는 것은 아닙니다."

"당신의 말씀은 죄다 이런 뜻일 뿐이에요. 너는 여자다, 네 역할은 집 안에 있다, 그러나 남자들이 전장에서 명예롭게 전사해서 더 이상 집이 필요하지 않으면 그때 집에 남아 불에 타 죽어도 된다는 거죠. 하지만 전 에오를 왕가의 후손이지, 시중드는 여인네가 아니에요. 전 말을 탈 줄 알고 칼도 휘두를 수 있어요. 고통이나 죽음도 두렵지 않아요."

"당신은 무엇이 두렵소, 왕녀?"

"새장요. 창살 뒤에 머물러 있는 것 말이에요. 위대한 일을 할 수 있는 기회가 돌이킬 수 없이 혹은 희망을 품을 수 없이 사라져 버리고, 습관이 굳어 버리거나 늙어서 그 창살을 순순히 받아들일 때까지 머물러야 하다니."

"그렇지만 당신은 위험하다는 이유로 내가 택한 길에서 모험을 감행하지 말라고 충고했지요."

"다른 사람에게는 그렇게 충고할 수도 있지요. 하지만 전 당신에게 위험에서 달아나라고 충고한 게 아니라, 당신의 칼로 명성과 승리를 얻을 수 있는 전장에 나가시라고 한 겁니다. 고귀하고 탁월한 능력이 헛되이 버려지는 것은 보고 싶지 않아요."

"나도 그렇소, 왕녀여. 그래서 남아 계시라고 말씀드리는 겁니다. 당신은 남쪽에는 볼일이 없으니 말이오."

"당신과 함께 가는 이들도 마찬가지지요. 그들은 오로지 당신과 헤어지고 싶지 않아서 함께 가는 겁니다. 당신을 사랑하니까요."

왕녀는 말을 마치고 돌아서서 어둠 속으로 사라졌다.

햇살이 하늘에 퍼지기는 했지만 해가 아직 동쪽의 높은 산등성이 위로 올라오지 않았을 때 아라고른은 출발 준비를 했다. 그의 일행은 모두 말에 올랐고, 아라고른이 안장에 오르려 할 때 에오윈이 작별 인사를 하기 위해 나왔다. 그녀는 기사의 복장으로 칼을 차고 있었다. 그녀는 술잔을 들고 와 쾌속을 기원하며 입술에 대고 약간 마신 다음 아라고른에게 넘겨주었다. 아라고른은 술을 마시고 나서 말했다.

"안녕히 계시오, 로한의 왕녀여! 난 그대의 가문과 그대, 그리고 그대 백성들의 안녕을 기원하며 마셨소. 에오메르에게 말을 전해 주시오. 어둠 너머에서 우리가 다시 만날 거라고!"

가까이 서 있던 레골라스와 김리의 눈에는 그녀가 울고 있는 듯이 보였다. 그토록 단호하고 당당한 여인의 울음은 더욱 비통하게 보였다. 이윽고 그녀는 말했다.

"정말 가시는 건가요, 아라고른?"

"그렇소."

"어제도 부탁드렸지만 제가 함께 가는 것을 허락하지 않으실 건가요?"

"안 됩니다. 왕과 그대 오빠의 허락도 없이 내가 그런 일을 허락할 수는 없습니다. 그들은 내일까지 돌아오지 못할 테지요. 그러나 난 지금 한시가 급합니다. 안녕히!"

그러자 그녀는 무릎을 꿇고 말했다.

"이렇게 간청합니다."

"왕녀님, 안 되오."

아라고른은 그녀의 손을 잡아 일으키며 말했다. 그리고 그녀의 손에 입을 맞추고는 안장에 뛰어올라 말을 달렸고 뒤를 돌아보지 않았다. 다만 그를 잘 알고 가까이 서 있던 이들만이 그가 큰 고뇌를 견디고 있음을 눈치챌 수 있었다.

그러나 에오윈은 꽉 쥔 손을 옆구리에 대고 돌로 깎은 조각처럼 꼼짝도 하지 않은 채, 그들이 사자의 문이 있는 '유령산', 검은 드위모르베르그 아래 깔린 어둠 속으로 사라질 때까지 지켜보았다. 그들이 시야에서 사라지자 그녀는 돌아섰고, 마치 눈먼 사람처럼 휘청거리며 자기 숙소로 돌아갔다. 그러나 그녀의 백성들은 이 작별의 광경을 보지 못했다. 그들은 두려움에 질려 숨어 있었고, 한낮이 되어 그 무모한 이방인들이 다 가 버릴 때까지 나오려 하지 않았던 것이다. 그들 중 누군가가 이렇게 말했다.

"그들은 요정인간들이야. 자기들이 원래 살던 어두운 곳으로 가 버리고 다시는 돌아오지 않으면 좋겠어. 그러지 않아도 흉흉한 시절인데 말이야."

그들은 아직 우중충한 빛 속에서 달렸다. 그들 앞에 우뚝 선 유령산의 시커먼 산등성이 위로 해가 아직 솟아오르지 않았던 것이다. 줄지어 늘어선 고대의 돌들 사이를 지나 딤홀트에 이르렀을 때도 두려움이 엄습했다. 레골라스도 오래 견디기 힘들어한 검은 나무들이 드리운 어둠 속에서 그들은 산자락에 벌어진 움푹 꺼진 곳을 보게 되었다. 바로 그 길 위에 운명의 손가락처럼 보이는 장대한 돌이 하나 있었다.

"피가 차갑게 식어 버리는 것 같아."

김리가 말했다. 그러나 아무도 대답하지 않아 그의 목소리는 발밑에 쌓인 축축한 전나무 바늘잎 위에서 사그라졌다. 말들이 그 위협적인 바위를 지나가려 하지 않았기에 기사들은 말에서 내려 끌고 가야만 했다. 이렇게 해서 그들은 마침내 깊은 협곡에 이르렀다. 그곳에는 깎아지른 듯한 암벽이 있었고, 벽에는 어둠의 문이 밤의 입처럼 열려 있었다. 문의 넓은 아치 위에 기호들과 도형들이 조각되어 있었지만 너무 흐릿해 읽을 수 없었고, 무시무시한 기운이 잿빛 증기처럼 문에서 흘러나왔다.

일행은 멈춰 섰다. 인간의 유령을 두려워하지 않는 레골라스를 제외하고는, 모두들 겁에 질렸다. 할바라드가 말했다.

"이 문은 몹시 불길하군. 저 너머에 내 죽음이 있고. 그렇더라도 과감하게 이 문을 통과하겠어. 그렇지만 말들이 들어가려 하지 않겠는데."

그러자 아라고른이 말했다.

"우리는 들어가야 해. 그러니 말들도 가야지. 이 어둠을 통과하더라도 그 너머에 갈 길이 멀어. 우리가 시간을 지체할수록 사우론의 승리는 점점 가까워질 거요. 자, 날 따르시오!"

아라고른이 앞장섰다. 이 순간 그의 의지가 워낙 강력했기에 두네다인과 말들 모두 그를 따랐다. 실로 순찰자들의 말들은 주인을 매우 사랑했기에, 옆에서 걷는 주인의 마음이 확고하다면 그 문의 공포도 기꺼이 맞설 수 있었다. 그러나 로한의 말인 아로드는 앞으로 나아가기를 거부했고, 보기에 딱할 정도로 공포에 질려 땀을 흘리고 부들부들 떨었다. 그러자 레골라스가 말의 눈에 손을 얹고 어떤 노래를 불렀다. 어둠 속에서 은은히 퍼져 나간 그 노랫소리에 말은 고분고분 이끌려 갔고 레골라스는 문을 통과했다. 이제 문밖에는 난쟁이 김리만 남았다. 그는 무릎이 부들부들 떨리는 자신에게 화가 났다.

"이건 듣도 보도 못한 일이야! 요정이 지하로 내려가는데 난쟁이가 못 가다니!"

이렇게 외치며 그는 돌진했다. 그러나 문지방을 넘을 때 그의 발은 마치 납덩이처럼 질질 끌리는 것 같았다. 그리고 당장 눈앞이 깜깜했다. 세상의 깊은 땅속을 겁 없이 걸어 다녔던 글로인의 아들 김리에게도 그러했다.

아라고른은 검산오름에서 가져온 횃불을 높이 쳐들고 맨 앞에서 전진했다. 맨 뒤에서는 엘라단이 횃불을 들고 따르고 있었다. 김리는 그 뒤에서 비틀거리며 엘라단을 따라잡으려 애썼다. 침침한 횃불의 불꽃 말고는 아무것도 보이지 않았다. 그러나 일행이 걸음을 멈추면 끊임없이 속삭이는 목소리들이 그를 에워싸는 것 같았다. 그가 들어 본 적 없는 언어로 중얼거리는 말이었다.

일행을 공격하거나 길을 가로막는 것은 없었으나 난쟁이가 느낀 공포는 걸음을 옮길수록 끝없이 더더욱 커졌다. 무엇보다도 이제는 돌아갈 수 없다는 것을 알기 때문이었다. 뒤쪽 길마다 어둠 속에서 따라온 보이지 않는 무리가 우글거리고 있었다.

이렇게 시간이 헤아릴 수 없이 흘러갔는데, 그러다 김리는 훗날에도 떠올리고 싶지 않은 광경을 마주하게 되었다. 그가 판단하기에 길은 폭이 넓었는데, 이제 일행은 갑자기 큰 빈터에 들어섰고 양쪽에 더는 벽이 보이지 않았다. 길은 겨우 양쪽 벽을 가늠할 정도였는데 갑자기 일행은 양벽이 탁 트인 거대한 빈터에 이른 것이다. 이제 극심한 두려움에 짓눌려 난쟁이는 발을 떼어 놓기 어려울 지경이었다. 멀리 왼쪽의 어둠 속에서 아라고른의 횃불이 가까이 갔을 때 뭔가 반짝였다. 그러자 아라고른은 잠시 멈춰 섰다가 무엇인지 알아보려고 다가갔다. 난쟁이는 중얼거렸다.

"도대체 저 친구는 공포를 못 느끼나? 다른 동굴에서라면 나 글로인의 아들 김리가 황금의 광채를 보고 제일 먼저 달려가겠지. 그렇지만 여긴 아니야! 그냥 내버려 두자고!"

그렇지만 그도 가까이 다가갔고, 엘라단이 양손에 횃불을 쳐들고 있는 가운데 아라고른이 무릎을 꿇고 있는 모습을 보았다. 그 앞에는 장대한 남자의 유골이 있었다. 갑옷 차림이었고, 그의 마구는 아직도 온전히 남아 있었다. 동굴 안의 공기가 바싹 말라 있기 때문이었다. 금박을 입힌 그의 쇠사슬 갑옷은 빛을 발했다. 허리띠는 금과 석류석으로 만든 것이었고, 얼굴이 땅바닥에 박힌 뼈만 남은 머리에는 황금으로 화려하게 장식된 투구가 씌워져 있었다. 유골은 저 멀리서 이제 희미하게 보이는 동굴 벽 가까이에 쓰러져 있었고, 그 유골 앞에는 굳게 닫힌 석문이 있었다. 그의 손가락뼈는 석문의 갈라진 틈새를 아직도 움켜잡고 있었다. 그가 마지막 절망 속에서 바위를 내리친 듯 금이 가고 부러진 칼이 옆에 놓여 있었다.

아라고른은 그에게 손대지 않고 한참 말없이 바라보다가 일어서서 한숨을 쉬었다.

"세상이 끝날 때까지 심벨뮈네의 꽃들은 절대로 여기에 오지 않을 테지."

그는 이렇게 중얼거렸다.

"아홉 능과 일곱 능은 지금 푸른 잔디에 덮여 있고, 이 긴 세월 동안 그는 열 수 없는 문 앞에 누워 있었구나. 이 문은 어디로 통하는 걸까? 그는 왜 통과하려 했을까? 누구도 알 수 없으리라! 하지만 그건 내 볼일이 아니다!"

그는 이렇게 외치고는 돌아서서 후미를 따라온 속삭이는 어둠을 향해 외쳤다.

"그대들의 보물과 비밀은 저주받은 세월에 묻어 두라! 우리는 오로지 신속함을 요구한다. 우릴 지나가게 하고 날 따라오라! 나는 그대들을 에레크의 바위로 소환한다!"

아무 응답도 들려오지 않았다. 그렇지만 그 철저한 침묵은 앞서 들리던 속삭임보다 더 무서웠다. 그런데 차가운 바람이 한 줄기 밀려오더니 횃불이 깜빡거리다 꺼져 버렸고, 다시 불을 붙일 수 없었다. 한 시간인지 몇 시간인지 이어진 시간에 대해 김리는 기억하는 바가 거의 없었다. 다른 이들은 길을 재촉했지만, 그는 제일 뒤에 있었고 자신을 움켜잡으려는 듯한 무리에 대한 공포에 계속 시달렸다. 또한 유령의 수많은 발소리 같은 희미한 소음이 그를 따라왔다. 그는 비틀거리다가 넘어져 결국에는 짐승처럼 네 발로 기어갔고 더 이상은 도저히 견딜 수 없다는 기분이 들었다. 끝장을 내고 달아나는 방법을 찾거나 아니면 완전히 미쳐서 뒤돌아 돌진해서는 따라오는 공포와 대면하는 수밖에 없었다.

갑자기 물소리가 또르르 들려왔다. 악몽 같은 검은 그늘 속에 돌멩이가 하나 떨어진 듯 단단하고 또렷한 소리였다. 빛이 조금 더 들어왔고, 보라! 일행은 또 다른 문을 통과했다. 높은 아치형의 넓은 문이었다. 그들 옆으로 실개천이 흘러갔고, 그 너머에는 하늘을 배경으로 높이, 칼날처럼 예리하게 깎아지른 절벽들 사이로 한 갈래 길이 가파르게 경사져 내려갔다. 그 골이 너무 깊고 좁아서 하늘은 어둡게 보였고 작은 별들이 반짝였다. 하지만 김리가 나중에 알았듯이 해가 지려면 아직 두 시간이나 더 있어야 하고, 여전히 그들이 검산오름에서 출발한 바로 그날이었다. 그렇지만 당시 김리의 느낌으로는 그 상황은 몇 년이 지났거나 아니면 다른 세계에서 바라보는 황혼 같았다.

일행은 다시 말에 올랐고 김리는 레골라스에게 돌아갔다. 그들은 줄지어 나아갔고, 어스름이 몰려와 짙푸른 땅거미가 지고 있었다. 공포가 여전히 그들을 뒤쫓고 있었다. 김리에게 무언가 말하려고 고개를 돌리다가 레골라스는 뒤쪽을 돌아보았고, 난쟁이는 요정의 빛나는 눈에서 반짝이는 빛을 볼 수 있었다. 그들 뒤에서 오는 엘라단은 그들 일행의 마지막이었지만, 길을 따라 내려간 자들의 마지막은 아니었다.

레골라스가 말했다.

"사자들이 따라오고 있어. 인간들과 말들의 형체, 갈가리 찢어진 구름 같은 흐릿한 깃발, 안개 낀 밤의 겨울 덤불 같은 창들이 보여. 사자들이 따라오는군."

그러자 엘라단이 덧붙였다.

"그래, 사자들이 뒤에서 말을 타고 오고 있지. 그들은 소환되었으니까."

일행은 마침내 좁은 협곡에서 벗어났는데, 마치 벽의 틈새에서 튀어나온 듯 별안간 나오게 되었다. 그들 앞에는 큰 계곡이 펼쳐져 있었고, 옆에서는 냇물이 시원한 소리를 내면서 여러 단의 폭포를 이루며 흘러내렸다.

"도대체 여기가 어디지?"

김리가 말하자 엘라단이 대답했다.

"우린 모르손드강의 수원에서 내려온 거요. 그 차갑고 긴 강은 결국 바다로 흘러가서 돌 암로스의 성벽으로 밀려가지. 그러니 이곳의 이름이 어떻게 생겨났는지 앞으로는 물어볼 필요가 없겠지요. 사람들은 이곳을 검은뿌리라 부른다오."

모르손드계곡은 산맥 남쪽의 깎아지른 듯한 암벽 속으로 움푹 들어가 있었다. 그 가파른 비탈은 풀로 덮여 있었지만, 이미 해가 진 다음이라서 이 시간에는 온통 우중충하게 보일 뿐이었다. 멀리 저 아래 인간들의 집에서 불빛이 반짝였다. 이 계곡은 비옥한 곳이라서 많은 종족들이 살고 있었다.

그때 아라고른이 고개를 돌리지 않은 채, 모두 들을 수 있도록 크게 외쳤다.

"기운을 내게, 친구들! 자, 달리자, 달려! 오늘이 다 가기 전에 에레크의 바위에 도착해야 하네. 아직 갈 길이 멀어!"

그래서 그들은 뒤돌아보지 않고 산속 들판을 달렸고, 이윽고 물이 점점 불어나는 산골짝의 급류 위에 걸린 다리에 이르러서 평지로 내려가는 길을 발견했다.

그곳에 서 있던 집과 촌락에 그들이 다가가자 집의 불빛이 꺼지고 문이 잠겼다. 들판에 나와 있던 사람들은 공포에 질려 소리를 지르고 쫓기는 사슴처럼 있는 힘을 다해 도망쳤다. 그리고 점점 깊어가는 어둠 속에서 똑같은 외침이 울려 퍼졌다.

"사자의 왕! 사자의 왕이 왔어!"

마을 저 아래에서는 종이 울렸고, 사람들은 아라고른의 얼굴이 보이면 모두 달아났다. 그러나 회색부대는 말이 지쳐 비틀거릴 때까지 서두르며 사냥꾼처럼 질주했다. 그래서 자정 바로 직전에, 산속 동굴처럼 온통 깜깜할 때, 그들은 결국 에레크의 언덕에 도착했다.

에레크언덕과 주위의 빈 들판들은 오랫동안 사자의 공포에 휩싸여 있었다. 언덕 꼭대기에는 검은 바위가 서 있었는데, 커다란 구체처럼 둥글고 반쯤 땅에 묻혀 있는데도 사람만 했다. 어떤 사람들이 믿었듯이 그 바위는 하늘에서 떨어진 것 같았고, 이 세상 것이 아닌 듯이 보였다. 하지만 서쪽나라의 구전 설화를 아직 잊지 않은 사람들은 그 바위가 누메노르의 폐허에서 온 것이고, 이실두르가 이곳에 왔을 때 세워 놓았다고 말했다. 그 계곡에 사는 사람들은 감히 그 바위에 접근하거나 그 근처에서 살려 하지 않았다. 그곳은 그림자 인간들의 밀회 장소라서, 공포의 시간이 오면 그들이 거기 모여 바위를 둘러싸고 웅성거릴 거라고 말했다.

한밤중에 일행은 그 바위에 다가가 멈춰 섰다. 엘로히르가 아라고른에게 은나팔을 건넸고, 아라고른이 나팔을 불었다. 가까이 서 있던 사람들은 그 소리에 답하는 나팔 소리가 저 멀리 깊은 동굴에서 울리는 메아리처럼 들려온 것 같았다. 다른 소리는 전혀 들리지 않았다. 그러나 자신들이 서 있는 언덕 주위에 거대한 무리가 모여 있다는 것을 알 수 있었다. 유령의 입김처럼 차가운 바람이 산 위에서 불어왔다. 아라고른은 말에서 내렸고 바위 옆에 서서 큰 소리로 외쳤다.

"맹세를 어긴 자들이여, 왜 왔는가?"

그러자 그에 대답하는 어떤 목소리가 아득히 멀리서 나오듯이 깜깜한 어둠 속에서 들려왔다.

"우리의 맹세를 이행하고 안식을 얻기 위해."

그러자 아라고른이 말했다.

"마침내 그때가 되었다. 난 안두인대하의 펠라르기르로 간다. 그대들은 날 따르라. 이 땅에서 사우론의 종복들이 깨끗이 소멸될 때 나는 그 맹세가 이행되었다고 여길 것이며, 그대들은 안식을 얻고 영원히 떠날 것이다. 나는 곤도르의 왕 이실두르의 후계자 엘렛사르이기 때문이다!"

이렇게 말하며 그는 할바라드에게 지금까지 들고 온 커다란 기장을 펼치라고 명령했다. 보라! 그것은 온통 새까맸다. 혹시 어떤 무늬가 있었더라도 그 검은색에 가려졌을 것이다. 그 순간 정적이 흘렀고, 밤새껏 속삭임이나 한숨 소리 하나도 들리지 않았다. 일행은 바위 옆에서 야영했으나 자신들을 둘러싼 그림자들에 대한 두려움 때문에 잠을 거의 이룰 수가 없었다.

차갑고 흐릿한 새벽이 밝아 오자 아라고른은 즉시 일어나 그 자신 외에는 누구도 경험해 보지 못했을 무서운 속도로 진을 빼는 여정을 이끌었다. 오로지 그의 의지가 그들을 계속 진군하게 만들었다. 북쪽의 두네다인과 난쟁이 김리 그리고 요정 레골라스를 제외하고 다른 보통의 인간이었다면 그 여정을 견딜 수 없었을 것이다.

그들은 타를랑지협을 지나 라메돈에 이르렀다. 뒤에서는 그림자 군단이 압박을 가하고 앞에선 공포의 기운이 퍼져 나가는 가운데 마침내 그들은 키릴강 변의 칼렘벨에 이르렀다. 해는 뒤편 서쪽으로 핀나스 겔린산맥 너머에 피처럼 붉은빛을 뿌리며 가라앉고 있었다. 키릴강 변의 소읍들과 여울은 황량하게 비어 있었다. 많은 사람들이 이미 전장에 나갔고, 남아 있던 사람들은 사자의 왕이 온다는 소문에 산으로 도망쳐 버렸던 것이다. 이튿날에는 새벽이 밝아 오지 않았고, 회색부대는 모르도르의 폭풍의 어둠 속으로 들어가서 사람들 시야에서 사라졌다. 그러나 사자들은 뒤를 따랐다.

Chapter 3

로한의 소집

이제 다가오는 전쟁과 어둠의 습격에 맞서기 위해 모두들 동쪽으로 달려가고 있었다. 피핀이 도시의 큰 성문에 서서 돌 암로스의 대공이 기치를 휘날리며 들어오는 것을 보았을 때, 로한의 왕은 산에서 내려왔다.

날이 저물고 있었다. 기울어 가는 마지막 햇빛이 로한의 기사들에게 드리운 길고 뾰족한 그림자가 그들 앞에서 걸어갔다. 가파른 산비탈을 뒤덮고 소곤거리는 전나무 숲 밑으로 이미 어둠이 기어들었다. 왕은 이제 하루가 저물어 가는 시간에 천천히 말을 몰았다. 길은 풀 한 포기 없는 거대한 바위의 가장자리를 끼고 돌아 나지막이 한숨짓는 나무들의 어두운 그늘로 들어섰다. 그들은 길고 구불구불한 대열을 이루고 계속해서 내려갔다. 마침내 골짜기의 바닥에 이르렀을 때 그 깊은 곳엔 이미 밤이 찾아와 있었다. 해는 보이지 않았다. 폭포 위에 땅거미가 내려앉았다.

온종일 저 멀리 아래에서 시냇물이 급히 흘러내렸는데, 뒤쪽의 높은 산 고개에서 시작한 그 냇물은 소나무 숲 사이의 좁은 길을 헤치며 흘러와 이제는 돌문을 지나 더 넓은 계곡으로 흘러들었다. 기사들은 그 물줄기를 따라갔는데 갑자기 그들 앞에 요란한 물소리와 함께 검산계곡이 저녁의 땅거미 속에서 모습을 드러냈다. 그곳에서 흰 눈내강이 작은 지류들과 합쳐 바위에 부딪혀 분무를 일으키며 세차게 흘러 에도라스와 푸른 언덕, 그리고 평원으로 나아가고 있었다. 멀리 오른쪽으로 그 골짜기의 꼭대기에는 거대한 스타크혼산이 구름에 덮인 방대한 돌출부 위로 어렴풋이 모습을 드러냈다. 만년설에 덮인 그 날카로운 거봉의 서쪽은 석양에 붉게 물들고 동쪽은 푸른 그림자를 드리운 채 이 세상을 넘어선 곳에서 은은히 빛을 발했다.

메리는 긴 여행 중에 많은 이야기를 들어온 이 낯선 땅을 바라보며 경이로움을 느꼈다. 그곳은 하늘이 보이지 않는 세상이었다. 어둑한 공기가 깔린 흐릿한 심연을 통해 그의 눈에 보이는 것은 끝없이 오르는 비탈들과 첩첩이 늘어선 거대한 바위 벽들, 그리고 안개에 휘감긴 가파른 절벽들뿐이었다. 그는 잠시 앉아서 반쯤은 꿈에 잠기듯이 요란한 물소리와 검은 나무들의 속삭임, 바위 갈라지는 소리, 이 모든 소리 뒤에서 깊은 생각에 잠겨 기다리는 광활한 정적을 들었다. 그는 원래 산을 사랑했다. 아니 먼 이국 땅의 이야기에 나오는 첩첩이 이어지는 산맥을 좋아했었다. 그러나 지금 그는 견디기 어려운 가운데땅의 무게에 짓눌리고 말았다. 조용한 방의 난롯가에 앉아 이 광대한 풍경을 차단해 버리고 싶은 마음이 간절했다.

메리는 매우 피곤했다. 천천히 말을 달리기는 했지만 거의 쉬지 않았던 것이다. 거의 사흘간 지친 몸으로 아래위로 흔들리면서 고개를 넘고 긴 골짜기를 지나고 많은 냇물을 건너왔다. 때로 길이 넓어지면 왕 옆에서 말을 몰았다. 텁수룩한 회색 조랑말에 앉은 호빗과 큰 백마를 탄 로한의 군주가 나란히 가는 모습을 보고 많은 기사들이 빙그레 웃는 것을 알아채지 못했다. 그는 왕에게 자기 고향과 호빗들에 대해 이야기하기도 했고, 왕에게서 마크와 그 땅의 옛 용사에 관한 이야기를 듣기도 했다. 그러나 대체로는, 특히 이 마지막 날에는, 왕의 뒤에서 홀로 묵묵히 말을 달리며 뒤에서 로한 기사들이 느릿하고 낭랑한 언어로 나누는 대화를 들으며 이해해 보려고 애썼다. 샤이어에서보다 더 풍부하고 강하게 발음되기는 했지만 그가 알고 있는 단어도 많았는데, 그래도 그 단어들을 연결시켜 이해하기는 어려웠다. 때로 어떤 기사가 맑은 목소리로 신나는 노래를 부르기도 했고, 메리는 무엇에 관한 노래인지 잘 모르면서도 가슴이 뛰는 것을 느꼈다.

그는 내내 외로움을 느꼈지만, 하루가 저물 무렵에는 특히 심했다. 온통 낯선 땅에서 피핀은 어디로 갔을지 궁금했고, 아라고른과 레골라스, 김리는 어떻게 되었을지 걱정했다. 그러다 갑자기 심장에 찬 손이 닿은 것처럼 퍼뜩 프로도와 샘 생각이 났다.

"그들을 잊고 있었어!"

그는 스스로를 나무라듯 중얼거렸다.

"나머지 우리들보다 훨씬 더 중요한데. 난 그들을 도우러 왔어. 그런데 지금 그들은 수백 킬로미터나 떨어진 곳에 있겠지. 아직 살아 있다면 말이야."

그는 몸을 떨었다.

"아, 마침내 검산계곡에 이르렀군! 우리 여정도 거의 끝나 갑니다."

에오메르가 말했다. 그들은 멈춰 섰다. 좁은 협곡에서 빠져나오는 길은 아주 가팔랐다. 저 아래 어스름에 잠긴 방대한 계곡이 높은 창문을 통해 보이듯이 언뜻 보일 뿐이었다. 강가에서 한 줄기 작은 빛이 가물거리고 있었다. 세오덴이 말했다.

"이 여행은 끝난 것 같군. 하지만 내겐 아직 가야 할 길이 멀지. 이틀 전이 보름이었으니까 아침에는 마크의 기사들을 소집하기 위해 에도라스로 가야겠군."

그러자 에오메르가 낮은 소리로 말했다.

"하지만 제 간언을 좀 들어 주십시오! 소집이 끝나면 돌아오셔서 이기든 지든 전쟁이 끝날 때까진 여기 계셔 주십시오."

세오덴은 미소를 지었다.

"아니다, 내 아들아. 이제부터는 너를 이렇게 부르마. 내 늙은 귀에 뱀혓바닥처럼 달콤한 말을 속삭여서는 안 돼!"

그는 몸을 세우고 뒤쪽 어스름 속에서 긴 열을 이루고 있는 기사들을 돌아본 다음 말을 이었다.

"서쪽에서 달린 이후로 이 며칠의 시간이 긴 세월처럼 느껴지는군. 난 다시는 지팡이에 의지하지 않겠다. 만일 전쟁에서 진다면 산 속에 숨는다 한들 무슨 소용이 있겠나? 그리고 이긴다면 쓰러져 죽는다 해도 마지막 힘까지 다했다면 그게 뭐 슬픈 일이겠나? 자, 어쨌든 다시 출발하자. 오늘 밤은 검산오름 요새에서 묵을 테니, 적어도 하룻밤의 휴식은 남아 있는 셈이지. 자, 달려가자!"

검산오름(Dunharrow)

그들은 점점 짙어 가는 어둠 속에서 계곡으로 내려갔다. 여기서 눈내강은 골짜기의 서쪽 벽 가까이로 흘러갔다. 길을 따라가니 곧 얕은 물이 돌들 위에서 큰 소리를 내며 흐르는 여울에 이르렀다. 여울에는 경비대가 있었다. 왕이 다가가자 많은 이들이 그늘진 바위에서 튀어나왔고 왕을 보자 즐거운 목소리로 소리쳤다.

"세오덴 왕! 세오덴 왕! 마크의 왕이 돌아오셨다!"

그러자 누군가 뿔나팔을 길게 불었고, 그 소리는 계곡에 메아리쳤다. 이어 다른 뿔나팔 소리들이 이에 호응해 울리더니, 강 저편에서 불이 밝혀졌다.

갑자기 위쪽에서 나팔들의 큰 합주 소리가 울렸다. 그 소리는 마치 텅 빈 굴속에서 울리듯이, 여러 음을 하나의 소리로 모아 구르고 바위 벽에 부딪히며 퍼져 나갔다.

이렇게 마크의 왕은 서쪽에서 승전하고 돌아와 백색산맥 기슭의 검산오름에 도착했다. 그곳에 와 보니 남은 전력이 이미 모여 있었다. 왕의 개선이 알려지자마자 남아 있던 지휘관들은 간달프의 전갈을 갖고 그를 맞기 위해 여울로 달려온 것이었다. 그들의 대표자 격인 검산계곡의 수장 둔헤레가 말했다.

"전하, 사흘 전 새벽에 서쪽에서 샤두팍스를 타고 바람같이 에도라스로 달려온 간달프에게서 승전보를 들었습니다. 저흰 더할 나위 없이 기뻤습니다. 간달프는 기사들의 소집을 서둘러야 한다는 전하의 명령도 전해 주었습니다. 그러고 나서 날개 달린 어둠이 찾아왔습니다."

그러자 세오덴이 말했다.

"날개 달린 어둠이라고? 우리도 그것을 봤네만 그건 간달프가 떠나기 전날 밤이었는데."

"그럴지도 모릅니다. 하지만 동일한 것인지 아니면 비슷한 다른 것인지 몰라도, 그날 아침에 괴물 새 모양의 날아다니는 어둠이 에도라스 상공을 날아 사람들을 공포에 몰아넣었습니다. 그것은 메두셀드의 지붕에 닿을 정도로 낮게 날아와 심장을 얼어붙게 하는 울부짖음을 토했지요. 그러자 간달프는 들판에 집결하지 말고 여기 산 밑 골짜기에서 전하를 기다리는 게 좋겠다고 충고했습니다. 또 정 필요한 때가 아니면 불을 붙이거나 피우지 말라고 했습니다. 믿음직한 말로 들렸기에 저희는 그대로 따랐습니다. 전하께서 계셨더라도 그렇게 지시하셨을 거라고 생각했으니까 말입니다. 여기 검산계곡에서는 그런 끔찍한 것들을 보지 못했습니다."

"잘했네. 난 이제 요새로 가서 쉬기 전에 원수들과 지휘관들을 만나야겠네. 그러니 될 수 있는 대로 빨리들 오라고 전해 주게."

길은 이제 동쪽으로 곧게 뻗어 계곡을 가로질렀다. 이 지점에서 계곡의 폭은 채 1킬로미터도 되지 않았다. 이제 땅거미가 지면서 우중충해 보이는 거친 풀이 무성한 평지와 초원이 사방에 펼쳐져 있었지만, 앞쪽의 골짜기 저편에서 메리는 가파른 절벽을 볼 수 있었다. 그것은 스타크혼의 거대한 뿌리들 중에서 떨어져 나온 마지막 절벽으로 오랜 세월 강물에 깎여 있었다.

평평한 곳에는 어디나 수많은 사람들이 몰려 나와 있었다. 일부는 길옆에 몰려와서, 서쪽에서 돌아온 왕과 기사들을 즐거운 목소리로 환호했다. 그들 뒤쪽으로 막사들과 가설 오두막들이 정연하게 줄지어 멀리까지 넓게 펼쳐지며 세워져 있었고, 말들도 줄지어 말뚝에 매여 있었다. 무기들이 산더미처럼 쌓여 있고, 포개진 창들은 새로 심은 나무들의 관목 숲처럼 빽빽이 쌓여 있었다. 이제 대규모 부대가 모두 어둠 속에 잠겼고, 고지에서 냉기가 도는 밤바람이 불어왔다. 그러나 등불 하나 타오르지 않았고, 화톳불 하나도 피어오르지 않았다. 두터운 망토를 걸친 위병들이 이리저리 순찰하고 있었다.

메리는 기사들이 얼마나 많이 모였을지 궁금했다. 점점 깊어 가는 어둠 때문에 그들의 수를 짐작할 수 없었지만, 어쨌든 수천 명의 강력한 대부대로 보였다. 그가 좌우로 응시하는 동안 왕의 일행은 계곡 동쪽의 어렴풋이 보이는 절벽 밑에서 올라왔다. 그곳에서 갑자기 오르막길이 시작되었는데, 위를 쳐다본 메리는 깜짝 놀랐다. 이제껏 본 적이 없는 형태의 길에 들어선 것이다. 노래도 전해지지 않는 아득한 시절에 인간의 손으로 만든 걸작이었다. 그 길은 구불구불 뱀처럼 휘어서 가파른 바위 비탈을 가로지르며 위쪽으로 올라갔다. 계단처럼 가파르지만 뒤쪽으로 그리고 앞쪽으로 고리 모양을 이루면서 올라가는 길이었다. 이 길에서는 말들도 걸어갈 수 있었고, 수레도 천천히 끌고 갈 수 있었다. 하지만 위쪽에서 수비한다면 어떤 적도, 공중으로 날아오지 않는 한, 이 길로 올라올 수 없었다. 길이 꺾이는 곳마다 사람 모습으로 깎아 놓은 거대한 선돌이 있었다. 이 석상들은 책상다리를 하고 쪼그리고 앉아 투박한 팔로 커다란 배를 감싼 자세였으며, 팔다리는 매우 크고 투박해 보였다. 오랜 세월을 지나면서 석상들의 얼굴은 지나가는 사람들을 서글프게 응시하는 듯한 검은 눈구멍을 제외하고는 거의 다 침식되어 있었다. 기사들은 그 석상에 눈길도 주지 않았다. 그들은 그 석상들을 푸켈맨이라 불렀고, 거의 관심을 기울이지 않았다. 그 석상에는 어떤 힘도, 공포도 남아 있지 않았다. 그러나 어스름 속에서 슬픔에 잠긴 듯이 보이는 석상들을 응시하던 메리는 놀라움과 연민에 가까운 감정을 느꼈다.

얼마 후 그는 뒤를 돌아보았고, 계곡에서 벌써 몇십 미터 올라왔다는 것을 알아차렸다. 그렇지만 아직 저 밑에는 여울을 건너 준비된 막사로 향하는 기사들이 길을 따라 구불구불하게 긴 대열을 이루고 있었다. 요새로 오르는 사람은 왕과 그의 근위대뿐이었다.

마침내 왕의 부대는 날카로운 절벽 가장자리에 이르렀다. 여기서 오르막길은 바위 벽들 사이에 깎아낸 좁은 길로 이어졌고, 이 짧은 비탈길을 오르면 넓은 고지로 이어졌다. 피리엔펠드라 불리는 풀과 히스가 무성한 초록 산지였다. 뒤쪽 거대한 산맥의 무릎에 놓인 이곳은 깊이 파인 눈내강의 수로보다 훨씬 높았다. 남쪽으로는 스타크혼산에 맞닿았고, 북쪽으로는 톱니 같은 이렌사가의 봉우리가 있었으며, 저기 그 사이에서 기사들은 칙칙한 소나무들이 빽빽이 들어찬 가파른 경사지에서 솟아오른 유령산, 드위모르베르그의 험준한 검은 암벽을 마주 보게 되었다. 이 고지는 두 줄로 늘어선 형체 없는 선돌로 양분되어 있었는데, 그 선돌들은 땅거미 속으로 들어가면서 점점 작아지다가 나무들 속에서 사라졌다. 그 길을 따라갈 용기가 있는 사람은 곧 드위모르베르그산 아래 검은 딤홀트에 이르렀고, 위협적인 돌기둥과 입을 벌리고 있는 금지된 문의 그림자를 마주했다.

이곳이 바로 오래전에 잊힌 고대인들의 걸작품, 검산오름이었다. 이곳을 만든 이들의 이름은 잊혔고, 어떤 노래나 전설에도 등장하지 않았다. 그들이 무슨 목적으로 이곳을 건설했는지, 도시를 건설했는지, 비밀스러운 사원을 건설했는지, 아니면 왕들의 무덤을 만든 것인지 로한 사람들은 알 수 없었다. 그들은 서안으로 배가 들어온 적도 없을 때, 혹은 두네다인의 곤도르가 세워지기 이전의 암흑시대에 여기서 노고를 기울였다. 그러나 지금 그들은 흔적도 없이 사라졌고, 오직 푸켈맨이 남아서 아직도 모퉁이마다 앉아 있다.

메리는 줄지어 늘어선 선돌들을 바라보았다. 그것들은 풍우에 침식되어 시커멓고, 기울어진 것, 쓰러진 것, 금이 가거나 부서진 것도 있었다. 마치 굶주리고 늙은 이빨들이 줄지어 서 있는 것 같기도 했다. 메리는 이것들이 무엇일지 궁금했고, 왕이 이 석상들을 따라 그 너머 어둠 속으로 들어가지 않기를 바랐다. 그는 돌길 양쪽으로 세워져 있는 천막과 막사로 눈을 돌렸다. 그런데 이것들은 숲에서 될 수 있는 대로 멀리 떨어져 절벽 가장자리 쪽에 옹기종기 모여 있었다. 피리엔펠드의 넓은 오른쪽에 대다수가 몰려 있고, 왼쪽에는 높고 큰 막사를 중심으로 더 작은 야영지가 있었다. 이쪽에서 한 기사가 그들을 맞이하기 위해 나왔으며, 왕 일행도 그쪽으로 향했다.

가까이 다가가자 메리는 그 기사가 어스름 속에서 은은히 빛나는 머리칼을 길게 땋아 늘인 여인이라는 것을 알 수 있었다. 그녀는 전사처럼 투구를 쓰고 허리까지 오는 갑옷을 입었으며 칼을 차고 있었다. 가까이 다가온 그녀가 외쳤다.

"어서 오십시오, 마크의 군주여! 이렇게 돌아오셔서 정말 기쁩니다."

"그래, 너는 아무 일 없었겠지, 에오윈?"

세오덴이 물었다.

"아무 일 없었습니다."

이렇게 대답하는 그녀의 목소리에서 메리는 정말 아무 일이 없던 것이 아니라는 느낌과 함께, 이렇게 강인한 얼굴의 여인에게서는 잘 믿어지지 않는 일이지만, 그녀가 울고 있었다는 생각을 떨치기 힘들었다.

"아무 일 없었습니다. 물론 갑자기 집을 떠나 이리로 피난해야 했던 사람들에겐 힘든 길이었습니다. 전쟁 때문에 푸른 들판에서 쫓겨난 지 오래되어 불평하는 이들도 간혹 있었지만, 특별히 안 좋은 일은 없었습니다. 이젠 보시다시피 정돈되었습니다. 전하를 위해 숙소를 준비해 두었지요. 전 여기서 전하의 승전보와 또 돌아오실 날짜까지 모조리 듣고 있었으니까요."

"그럼 아라고른이 여기 온 모양이군. 아직 여기 계신가?"

에오메르가 물었다.

"아니에요. 그분은 떠나셨어요."

에오윈은 이렇게 말하며 눈을 돌려 동쪽과 남쪽의 검은 산맥을 바라보았다.

"어느 쪽으로 떠났지?"

에오메르가 물었다.

"모르겠어요. 그분은 한밤중에 오셨다가 어제 아침 해가 산 위로 오르기도 전에 떠나셨어요."

그러자 세오덴이 말했다.

"슬퍼하고 있구나, 내 딸아. 무슨 일이냐? 말해 봐라. 아라고른이 그 길에 대해 이야기하더냐? 저 사자의 길 말이다."

그는 드위모르베르그 쪽으로 줄지어 서 있는 검은 선돌들을 가리켰다.

"예, 전하. 그분은 아무도 돌아올 수 없는 저 어둠 속으로 들어가 버리셨어요. 전 말릴 수가 없었습니다. 그분은 가 버리셨어요."

"그렇다면 이제 우리의 길은 갈라졌군요. 그는 사라졌고요. 우린 그 없이 달려야 하고, 그만큼 희망도 줄었습니다."

에오메르가 말했다.

그들은 이제 입을 다물고 키 작은 히스가 무성한 풀밭을 지나 왕의 천막에 이르렀다. 거기서 메리는 모든 것이 완벽하게 갖춰져 있고, 자신에 대한 배려도 잊지 않았음을 알게 되었다. 왕의 침소 곁에 작은 천막이 세워져 있었다. 사람들이 왕에게 가서 자문을 받느라 왔다 갔다 하는 동안 그는 혼자 앉아 있었다. 밤이 깊어 서쪽으로 반쯤 보이는 산꼭대기 위에서 별이 반짝이기 시작했으나 동쪽은 캄캄하고 별 하나 없었다. 그 선돌들은 서서히 흐릿해지며 보이지 않았지만, 그래도 그 너머에 드위모르베르그의 웅크린 그림자가 어둠보다 더 시커멓게 뒤덮고 있었다.

메리는 혼자 중얼거렸다.

"사자의 길, 사자의 길이라고? 그게 뭘 뜻하는 걸까? 이제 모두들 날 두고 떠났어. 어떤 운명을 향해 나아갔지. 간달프와 피핀은 동쪽의 전장으로, 샘과 프로도는 모르도르로, 그리고 성큼걸이와 레골라스, 김리는 사자의 길로. 곧 내 차례도 올 거야. 사람들이 무슨 의논을 하고 있을까? 왕은 어떻게 하실 작정일까? 그분이 가시는 곳에 나도 가야 하는데."

이런 우울한 생각을 하다 보니 갑자기 배가 몹시 고프다는 생각이 들어 그는 일어섰고, 이 낯선 막사에 자기처럼 허기를 느끼는 사람이 또 있는지 찾아 나서려 했다. 그런데 바로 그 순간 나팔 소리가 울렸고 어떤 사람이 그를 부르러 왔다. 왕의 종사로서 식탁에서 왕의 시중을 들라는 것이었다.

천막 안쪽에는 수놓인 휘장으로 가려진 작은 공간이 있었고, 가죽이 깔려 있었다. 작은 탁자 주위에 세오덴과 에오메르, 에오윈 그리고 검산계곡의 수장 둔헤레가 앉아 있었다. 메리는 왕에게 시중들기 위해 그의 의자 옆에 서서 기다렸다. 깊은 생각에 잠겨 있던 노왕은 곧 정신을 차리고 그에게 얼굴을 돌리며 웃어 보였다.

"이리 오게, 메리아독. 서 있을 필요 없어. 내가 이 땅을 다스리는 한, 그대는 항상 내 옆에 앉아서 이야기를 들려주며 내 마음을 가볍게 해 주어야 하네."

왕의 왼편에 호빗을 위한 자리가 마련되었지만 누구도 이야기를 청하지 않았다. 실은 오가는 이야기도 거의 없이 그들은 대부분 침묵 속에서 식사를 계속했다. 마침내 메리는 용기를 내서 마음을 괴롭히던 문제를 물어보았다.

"전하, 전 두 번이나 사자의 길이라는 말을 들었습니다. 그건 대체 뭔가요? 성큼걸이, 아니, 아라고른 공은 어디로 간 겁니까?"

세오덴은 한숨을 내쉬었지만, 아무도 대답하지 않았다. 마침내 에오메르가 말했다.

"우리도 잘 모른다네. 그래서 마음이 무겁지. 그런데 사자의 길에 대해 말하자면, 자네도 이미 그 길의 첫 단에 발을 올려놓았네. 아니, 불길한 징조를 말하는 건 아니야. 우리가 올라온 길이 저 너머 딤홀트의 그 문으로 연결되는 길이라네. 그러나 그 너머에 무엇이 있는지는 아무도 몰라."

그러자 세오덴이 말했다.

"그래, 아무도 모르지. 그렇지만 지금은 거의 전해지지 않는 옛 전설 가운데 그곳에 대한 이야기가 좀 있네. 에오를 왕가의 아버지에게서 아들에게로 전해진 이 옛이야기가 사실이라면, 드위모르베르그 아래의 문은 산속 비밀 통로로 이어지고 어딘가 종착지로 간다는 거야. 그러나 브레고 왕의 아들 발도르가 그 문으로 들어갔다가 두 번 다시 돌아오지 못한 이래, 누구도 감히 그 비밀을 찾아내려 하지 못했지. 신축된 메두셀드를 축성하기 위해 브레고 왕이 개최한 연회에서 발도르는 술잔을 비우고 경솔한 맹세를 했어. 그래서 결국 자신이 이어받을 옥좌에 오를 수 없게 되었네.

사람들의 말에 의하면, 암흑시대부터 사자들이 그 길을 지키면서 살아 있는 사람들이 그들의 비밀 장소로 들어오지 못하게 막고 있다네. 때로 그들이 그림자처럼 문을 빠져나와 돌길을 내려가는 것이 보이기도 한다는 거야. 그러면 검산계곡 사람들은 문을 꼭 걸어 잠그고 창문을 덮어 가리고는 무서움에 떤다네. 그렇지만 사자들이 자주 나오는 건 아니고, 큰 혼란과 죽음이 다가오는 시기에만 나타난다고 하지."

"검산계곡에 이런 얘기도 있더군요. 얼마 전 달이 비치지 않는 밤에 이상한 차림새의 대부대가 지나갔답니다. 그들이 어디에서 왔는지는 아무도 모르지만, 회합의 약속을 지키기 위해 가는 것처럼 돌길을 올라 산으로 사라졌다고 하더군요."

에오윈이 낮은 목소리로 말했다.

"그럼 왜 아라고른이 그 길로 간 거죠? 그 이유를 아세요?"

"우리가 모르는 사실을 친구인 자네에게도 말하지 않았다면, 이 땅의 살아 있는 사람 중에 그의 목적을 알 사람은 하나도 없겠지."

에오메르가 말했다. 그러자 에오윈이 말했다.

"제가 보기에 그분은 처음 궁에서 뵈었을 때와는 많이 달라지셨어요. 더 엄숙하고 더 나이 들어 보였지요. 그분은 주문에 걸려 있고, 마치 사자의 부름을 받은 사람 같았어요."

세오덴 왕이 말했다.

"아마 부름을 받았을 거야. 그를 다시는 볼 수 없을 거라는 예감이 드는구나. 그렇지만 그는 고귀한 운명을 타고난 왕다운 인물이지. 그것을 위안으로 삼으렴, 내 딸아. 이 손님으로 인해 네가 느끼는 슬픔에 위안이 필요할 것 같으니. 옛날 우리 에오를가 사람들이 북쪽에서 나와, 험한 세월에 피난처가 될 만한 험준한 곳을 찾으려다 마침내 눈내강을 거슬러 올라갔을 때, 브레고와 그의 아들 발도르는 요새의 계단을 올라 그 문 앞에 이르렀단다. 문지방에는 도무지 나이를 짐작할 수 없는 노인이 앉아 있었는데, 키가 크고 왕다운 체모였지만 이제는 오래된 석상처럼 쇠락해 버렸지. 사실 그분들은 그가 움직이지 않았기에 진짜 석상인 줄 알았단다. 그들이 그를 지나 문을 넘으려 할 때까지 아무 말도 하지 않았거든. 그런데 그때 그에게서 목소리가 나왔는데 땅속에서 나온 소리 같았고, 또 놀랍게도 서쪽나라의 언어로 말했어. '이 길은 닫혀 있다.'

그래서 그들은 멈춰 서서 그를 보고는 아직 살아 있다는 걸 알게 되었지. 그러나 그는 그들을 쳐다보지도 않았어. '이 길은 닫혀 있다.' 다시 그의 목소리가 들렸지. '이 길은 사자들이 만들었고, 그 시간이 올 때까지 사자들이 지킨다. 이 길은 닫혀 있다.'

그래서 발도르가 물었지. '그 시간이 언제입니까?' 그러나 대답은 들리지 않았어. 바로 그 순간에 노인은 죽어 얼굴을 땅에 박은 채 쓰러졌거든. 그 산에 사는 고대인들에 대한 다른 소식은 들어 본 적이 없단다. 하지만 어쩌면 마침내 예언된 시간이 되었을지 모르고, 아라고른은 무사히 통과할지 모르지."

에오메르가 말했다.

"하지만 그 문에 들어가 보지 않고 그 시간이 되었는지 아닌지 어찌 알 수 있겠습니까? 저 같으면 모르도르의 전군이 제 앞에 있고 제가 단신으로 달리 피난할 곳이 없더라도 그 길로는 가지 않을 겁니다. 아, 이 어려운 때에 그렇게 용감한 사람이 그런 홀림에 빠지다니! 지금은 굳이 땅속으로 들어가 찾지 않아도 땅 위에 사악한 무리들이 수없이 많지 않습니까? 전쟁이 임박했는데요."

그때 밖에서 세오덴의 이름을 외치는 소리와 근위대가 저지하는 소리가 들려오는 바람에 에오메르는 말을 멈췄다.

곧 근위대장이 휘장을 젖히고 말했다.

"곤도르의 전령이라고 하는 기사가 여기 와 있습니다. 그는 즉시 전하를 뵙고자 합니다."

"들여보내라!"

세오덴이 말했다. 키가 큰 사람이 들어왔는데, 하마터면 메리는 소리를 지를 뻔했다. 한순간 보로미르가 다시 살아 돌아온 줄 알았던 것이다. 그렇지만 곧 그렇지 않다는 걸 알 수 있었다. 그는 보로미르의 친척인 양 키가 크고 잿빛 눈에 당당한 모습으로 보로미르와 비슷했지만 실은 낯선 사람이었다. 섬세한 쇠사슬 갑옷 위에 암녹색 망토를 걸친 기사 차림으로, 투구 앞쪽에 작은 은별이 달려 있었다. 그의 손에는 검은 깃과 강철 미늘 촉이 달린 화살 한 자루가 들려 있었다. 화살촉은 붉게 칠해져 있었다.

그는 한쪽 무릎을 꿇고 세오덴에게 그 화살을 바쳤다.

"곤도르의 우방 로한의 군주이시여! 저는 섭정 데네소르의 전령 히르곤으로 이 전쟁의 징표를 가져왔습니다. 곤도르는 큰 위기에 처해 있습니다. 지금까지 여러 번 로한은 우릴 도와주셨지만, 곤도르가 결국 쓰러지지 않도록 지금이야말로 전하의 전력을 최대한 신속하게 보내 주시기를 데네소르 공께서 요청하셨습니다."

"붉은 화살이라!"

세오덴은 오래 기다렸지만 막상 그때가 되자 무시무시한 부름을 받은 사람처럼 화살을 받으면서 말했다. 그의 손이 떨렸다.

"내가 재위하는 동안 마크에서 붉은 화살을 본 적은 한 번도 없었지. 정말 올 것이 오고야 만 것인가? 그런데 데네소르 공께선 내 전력과 신속한 도움을 어느 정도로 기대하고 계신가?"

"아마 전하께서 가장 잘 아시겠지요. 오래지 않아 미나스 티리스는 포위될 것입니다. 만약 전하께 많은 병력의 포위 작전을 깰 만한 전력이 없으시다면, 로히림의 강력한 군대가 성 밖에서보다는 안에 들어와 싸우는 것이 유리할 거라고 데네소르 공께서 말씀하셨습니다."

"그렇지만 데네소르 공은 우리가 기마대라서 야외에서 싸우는 데 익숙하고, 또 우린 흩어져 사는 사람들이라 소집하는 데 시간이 걸린다는 사실을 알고 계실 거요. 하지만 미나스 티리스의 성주는 전갈에 담긴 내용보다 더 많이 알고 계신다는 소문이 사실인 모양이군, 히르곤? 왜냐하면 그대가 보다시피 우린 이미 전쟁을 치렀고, 준비가 안 된 상태는 아니니까. 회색의 간달프가 우리와 함께 있었고 지금도 우린 동쪽의 전쟁에 대비해 병사를 소집하고 있소."

"데네소르 공께서 이 일들에 대해 무엇을 알고 계신지, 또는 추측하고 계신지 저로서는 알 수 없습니다. 그러나 실로 우리 상황은 절박합니다. 우리 영주께서는 전하께 명령하는 것이 아니라 다만 오랜 우정과 오래전의 맹약을 기억해 주시고, 전하의 이익을 위해서 하실 수 있는 모든 일을 해 주십사 간청드리는 것입니다. 지금 동부의 여러 왕들이 모르도르에 봉사하기 위해 달려온다는 보고가 들어오고 있는 실정입니다. 북쪽에서부터 다고를라드평원까지 작은 접전과 전쟁의 소문이 무성합니다. 남쪽에서는 하라드인들이 움직이고 있고 우리의 해안 전역에 불안감이 조성되고 있어서, 그쪽에서는 조력을 거의 기대할 수 없는 상황입니다. 제발 서둘러 주십시오! 우리 시대의 운명은 바로 미나스 티리스의 성벽 앞에서 결정될 테니까요. 만일 거기서 형세가 저지되지 않는다면 그것은 로한의 아름다운 평원도 휩쓸어 버리겠지요. 그렇게 된다면 이 산속의 요새도 피난처가 될 순 없을 것입니다."

세오덴이 대답했다.

"암울한 소식이군. 그렇지만 전혀 예기치 못한 건 아니었지. 그러니 데네소르 공께 이렇게 전하게. 로한은 자신의 위기라고 느끼지 않더라도 그를 도우러 갈 거라고. 그러나 우린 배신자 사루만과의 전투에서 많은 손실을 입었고, 또 그의 소식에서 분명히 드러나듯이, 북부와 동부의 전선을 소홀히 할 수 없다네. 또한 암흑군주가 지금처럼 막강한 힘을 휘두른다면 미나스 티리스 앞 전투에서 우리를 견제하면서, 동시에 대군으로 대하를 건너 왕들의 관문을 치고 나갈 걸세.

그렇지만 이런 신중한 논의는 그만두겠네. 우리는 갈 걸세. 내일 아침에 소집하기로 되어 있네. 군기가 정비되는 대로 출발할 걸세. 난 적의 간담을 서늘케 할 창병 만 명을 평원 너머로 보낼 작정이었네. 그렇지만 내 요새를 비워 둘 순 없으니, 그보다 조금 줄어들 걸세. 어쨌든 적어도 6천 명의 병력은 확실하게 내 뒤를 따를 것이네. 그러니 마크의 왕이 몸소 곤도르로 간다고 데네소르 공에게 전하게. 다시 돌아오지 못할지도 모르지만. 그러나 길은 멀고 또 사람들과 짐승들은 도착해서도 싸울 힘이 남아 있어야 하니 적어도 내일부터 일주일 후에 그대들은 북쪽에서 온 에오를 후예들의 함성을 들을 수 있겠네."

"일주일이라! 정 그러시다면 할 수 없습니다만, 예상치 못한 뜻밖의 원군이 오지 않는 한, 전하께서 일주일 후에 도착하시면 폐허가 된 성벽만 남아 있을지 모릅니다. 그럼 전하께선 백색탑에서 벌어질 오르크들과 검은 인간들의 잔치 정도는 방해하실 수 있겠지요."

"적어도 그렇게 하겠네. 하지만 나는 전쟁과 긴 여행에서 막 돌아왔고, 지금은 좀 쉬어야겠네. 오늘 밤은 여기서 쉬게. 그럼 로한의 소집을 볼 수 있을 게고, 그 광경에 좀 더 기쁜 마음으로 빨리 돌아갈 수 있을 게야. 회의는 아침에 하는 게 제일 좋지. 밤에는 생각이 이리저리 바뀌기 쉬운 법이니까."

그 말과 함께 왕은 일어났고 다른 사람들도 모두 따라 일어섰다.

"자, 이제 각자 쉬러들 가서 숙면을 취해 두게. 그리고 자네, 메리아독, 오늘 밤에는 자넬 부르지 않을 걸세. 그렇지만 내일 날이 밝자마자 내 부름에 따를 준비를 하고 있게."

"그러겠습니다. 사자(死者)의 길로 함께 달려가자고 하시더라도."

"불길한 말은 하지 말게. 그 이름을 붙일 수 있는 길이 여럿일 수도 있으니까. 그렇지만 난 자네에게 어떤 길이든 함께 가자고 명령할 거라고 말한 적이 없네. 잘 자게!"

"난 다들 돌아온 다음에야 부름을 받을 생각은 없어. 혼자서 뒤에 남진 않을 거야! 난 남지 않을 거야, 절대로 남지 않아."

메리는 막사에서 이 말을 계속 중얼거리다가 결국 잠이 들었다. 그러다가 누가 흔들어 깨우는 바람에 잠에서 깨었다.

"일어나게, 일어나, 홀뷔틀라."

누군가 소리쳤다. 마침내 메리는 깊은 꿈에서 빠져나와 깜짝 놀라 일어나 앉았다. 아직 밖이 깜깜한 것 같았다.

"무슨 일이오?"

"왕께서 자넬 부르시네."

"그렇지만 아직 해가 뜨지 않았는데."

"오늘은 해가 뜨지 않을 거야, 홀뷔틀라. 이렇게 잔뜩 구름이 끼어 있으니, 다신 해가 안 뜰지도 모른다는 생각이 들 정도야. 그렇지만 해가 보이지 않는다고 시간도 정지한 건 아니야. 어서 서두르게."

옷을 서둘러 입으며 메리는 밖을 내다보았다. 세상은 어둠침침했다. 공기조차 갈색으로 보였으며, 주변의 사물이 어둡고 칙칙하고 그림자도 없이 정적이 감돌았다. 서쪽 저 멀리까지 기어가 계속 세력을 확장하고 있는 거대한 어둠의 손가락들 틈으로 새어 나온 약간의 빛이 아니었다면 구름의 형체도 보이지 않았다. 머리 위에는 거무칙칙하고 형체 없는 어둠의 묵직한 지붕이 걸려 있고 빛은 강해지기는커녕 더 약해지는 것 같았다.

메리는 하늘을 쳐다보며 나지막하게 속삭이고 있는 많은 사람들을 볼 수 있었다. 그들의 얼굴은 어둡고 슬퍼 보였으며, 어떤 사람은 겁에 질려 있었다. 메리는 무거운 마음으로 왕에게 갔다. 곤도르의 기사 히르곤이 왕 앞에 있었고, 옆에는 그와 비슷하게 생기고 같은 옷을 입었으나 키가 좀 작고 우람한 다른 사람이 앉아 있었다. 메리가 들어설 때 그는 왕에게 말하고 있었다.

"이건 모르도르에서 시작된 것입니다, 전하. 어제 일몰 무렵부터 시작됐습니다. 전하의 영토 이스트폴드 산악지대에서 검은 기운이 일어나 하늘을 덮는 걸 본 후, 제가 밤새 달려오는 동안 이 어둠은 별들을 삼키며 따라왔습니다. 이젠 거대한 구름이 이곳부터 어둠산맥까지 온 땅을 덮어 버렸고, 점점 더 어두워지고 있습니다. 전쟁이 이미 시작된 겁니다."

잠시 왕은 말없이 앉아 있었다. 마침내 그가 입을 열었다.

"이렇게 우린 마지막 순간에 이르렀군. 많은 것들이 사라져 갈 우리 시대의 가장 큰 전쟁이지. 그렇지만 적어도 숨을 필요는 없게 됐지. 우리는 가장 빠른 직선 길로, 개방된 도로를 전속력으로 달려갈 거야. 당장 군대를 소집하고, 지체하는 자는 기다리지 않겠네. 그런데 미나스 티리스엔 군비가 충분한가? 당장 서둘러 떠나려면 그곳에 도착할 때까지의 식량과 물 외엔 다른 짐이 없어야 하네."

"오랫동안 충분한 군량을 준비해 놓았습니다. 최소한의 짐으로 최대한 신속히 달려가 주십시오."

히르곤이 말했다.

"그렇다면 전령을 부르게, 에오메르. 기사들을 정렬시켜라."

세오덴이 말했다. 에오메르가 밖으로 나가자, 즉시 요새의 나팔이 울려 퍼졌으며, 아래에서는 거기에 답하는 많은 나팔 소리가 들려왔다. 그러나 그 소리는 어젯밤 메리가 들은 것처럼 맑고 용감하게 들리지 않았다. 무거운 공기 속에서 둔탁하고 거칠게 울려 불길하게 들렸다.

왕은 메리에게 말했다.

"난 전장으로 가네, 메리아독. 이제 곧 떠날 거야. 그대를 봉사의 서약에서 풀어 주겠네. 물론 우정의 서약은 그대로 남아 있다네. 그대는 여기 머물게. 원한다면 나 대신 이 땅을 통치할 에오윈 왕녀를 섬겨도 좋네."

"그렇지만, 그렇지만, 전하."

메리는 말을 더듬었다.

"전 전하께 제 칼을 바쳤습니다. 이렇게 전하와 이별하고 싶지 않습니다. 세오덴 왕이시여! 제 친구들 모두 전장에 나갔는데, 저만 뒤에 남는다면 부끄러울 겁니다."

"그러나 우린 크고 빠른 말을 타고 갈 거야. 그대의 용기는 물론 대단하지만 그런 말을 탈 순 없지 않은가?"

"그러면 저를 말 잔등에 묶거나 등자에 매달아 주십시오."

메리는 간청했다.

"달려가기에는 먼 길입니다. 하지만 제가 말을 탈 수 없다면, 뛰다가 발바닥이 다 닳아 없어지고 몇 주 후에 너무 늦게 도착하더라도 달려가겠습니다."

세오덴은 빙그레 웃으며 말했다.

"그보다는 나와 함께 스나우마나를 타고 가는 게 낫겠네. 적어도 에도라스까지는 같이 가서 메두셀드를 보세. 나는 그 길로 갈 테니까. 거기까진 스팁바가 그대를 태우고 갈 수 있을 거야. 평원이 나오기 전까지는 빨리 질주하지 않을 테니 말이야."

그때 에오윈이 일어나며 말했다.

"자, 이리 와요, 메리아독. 당신을 위해 준비한 옷을 보여 줄게요."

그들은 함께 밖으로 나갔다.

"아라고른이 내게 부탁한 것은 이것뿐이에요. 당신이 전장에 가려면 무장을 해야 한다고요. 난 그러겠다고 말했어요. 이상하게도 종말이 오기 전에 당신에게 그런 옷이 꼭 필요할 거란 생각이 들었거든요."

막사 사이를 지나며 에오윈이 말했다.

이제 그녀는 메리를 왕의 근위대 막사 가운데 있는 임시 숙소로 데려갔다. 거기에 있던 병기 담당자가 작은 투구와 둥근 방패, 그 밖의 장비를 가져왔다.

"우리에겐 당신한테 맞을 갑옷이 없어요. 지금 새로 만들 시간도 없고요. 대신 여기 아주 질긴 가죽 상의가 있어요. 또 허리띠와 단검도 있고요. 칼은 갖고 있지요?"

메리는 고개 숙여 인사했다. 그녀가 준 방패는 김리에게 준 것과 비슷했고 흰말의 문양이 그려져 있었다.

"다 가져가세요. 이렇게 무장하고 공훈을 세우기를 빌어요. 자, 이제 안녕, 메리아독! 그렇지만 당신과 난 다시 만나게 될 거예요."

그리하여 어둠이 점점 퍼져 나가는 가운데 마크의 왕은 그의 기사들을 동쪽 길로 인솔할 준비를 했다. 어둠 속에서 많은 이들은 마음이 무겁고 겁에 질려 있었다. 그러나 그들은 강건한 사람들이었고 왕에 대한 충성심이 깊어서 에도라스에서 피난 온 부인네와 어린이, 그리고 노인이 거주하는 막사에서도 울음소리나 불평 소리가 거의 들리지 않았다. 파멸의 운명이 그들에게 드리워져 있었지만 그들은 말없이 그것을 맞이하고 있었다.

두 시간이 빠르게 지나고 왕은 이제 어스름 속에서 은은히 빛나는 그의 백마에 올라탔다. 비록 그의 높은 투구 밑으로 흘러내린 머리칼은 눈처럼 희었지만 그는 위풍당당하고 자신만만하게 보였다. 많은 이들이 그를 보고 놀라워했고, 굴하지 않고 두려워하지 않는 그의 모습에 용기를 얻었다.

요란하게 흐르는 강 옆 넓은 들판에는 거의 5천5백 명에 이르는 기사들이 완전 무장을 한 채 여러 중대로 정렬해 있었고, 수백 명의 사람들이 가벼운 짐을 진 여분의 말들과 함께 서 있었다. 나팔 하나가 울렸다. 왕이 손을 들어 올리자 마크의 대군은 조용히 움직이기 시작했다. 선두에는 왕의 근위대 중 가장 명망 있는 열두 기사가 섰다. 그리고 왕은 오른쪽에 에오메르를 대동한 채 그 뒤를 따랐다. 그는 요새에서 에오윈에게 작별 인사를 했는데, 몹시 쓰라린 순간이었다. 그러나 이제 왕은 앞으로 가야 할 길에 마음을 쏟았다. 그의 뒤에서 스팁바에 탄 메리가 곤도르의 전령들과 나란히 가고 있었고, 그들 뒤로 왕의 근위대 중 다른 열두 기사가 따르고 있었다. 그들은 엄숙하고 확고부동한 표정으로 대기하고 있는 병사들의 긴 대열을 지나 내려갔다. 긴 대열의 끝자락에 이르렀을 때, 고개를 들어 예리하게 호빗을 쳐다보는 사람이 있었다. 그와 눈이 마주친 메리는 그가 다른 사람들에 비해 체구가 작은 젊은이라고 생각했다. 그의 맑은 회색 눈을 보자 온몸에 오싹하는 전율이 일었다. 아무 희망도 없이 죽음을 찾아가는 사람의 얼굴이라는 생각이 갑자기 스쳤던 것이다.

그들은 큰 돌들을 넘어 돌진하는 눈내강 옆에 나 있는 회색 길을 따라 검산아래와 강위라는 작은 마을들을 지났다. 마을에서는 슬픈 얼굴의 여인네들이 어두운 문가에서 그들을 내다보았다. 나팔도, 하프도, 사람들의 노랫소리도 없이 동쪽으로 나아가는 위대한 원정이 이렇게 시작되었다. 이후 세세 대대로 로한에서 앞다투어 노래한 이 원정이.

어둑한 아침 어두운 검산오름에서
셍겔의 아드님이 직속 기사들과 대장들을 데리고
에도라스로 떠나신다,
마크 통치자의 옛 궁전은 안개에 싸여 있고,
황금빛 들보는 어둠에 덮여 있다.
작별을 고하신다, 자유로운 백성들과
벽난로와 옥좌, 그리고 빛이 사라지기 전
오랫동안 연회를 열었던 신성한 곳에.
왕은 전진하신다, 뒤에는 공포가
앞에는 숙명이 자리한 채. 서약을 지키셨고,
맹세를 모두 이행하셨지.
세오덴께서 진군하신다, 닷새 낮과 닷새 밤을.
에오를의 후손은 동쪽으로 전진한다.
폴데와 펜마크와 피리엔숲을 지나,
6천의 창기병이 선렌딩으로,
민돌루인 아래의 강성한 성널오름으로,
적에게 포위되고 불길에 휩싸인
남쪽 왕국의 바다 왕의 도시로.
운명이 몰아갔고, 암흑이 삼켜 버렸다,
말들과 기사들을. 멀리 말발굽 소리가
정적 속에 가라앉았다. 이렇게 노래는 전한다.

왕이 에도라스에 도착했을 때 시간상으로는 정오였지만 어둠은 점점 깊어만 갔다. 거기서 왕은 아주 잠시만 머물렀고, 집결지에 늦게 도착한 60여 명의 기사들이 합류하면서 전력이 보강되었다.

식사를 마치고 그는 다시 떠날 채비를 하고는 그의 종사에게 다정하게 작별 인사를 하려 했다. 그러나 메리는 자신을 두고 떠나지 말아 달라고 마지막으로 간청했다. 세오덴이 말했다.

"이미 말한 대로 스텁바 같은 조랑말이 나설 여행이 아니라네. 그리고 우리가 곤도르의 평원에서 치르리라고 예상하는 전쟁에서, 비록 그대가 근위 종사이며 몸집보다 훨씬 더 큰 용기가 있다고 하지만, 무엇을 할 수 있다고 생각하는가, 메리아독?"

"그건 아무도 알 수 없습니다. 그렇지만 전하, 절 곁에 두지 않으실 거라면 왜 저를 근위 종사로 받아들이셨습니까? 전 후세의 노래에서 늘 뒤에 남는 녀석으로 전해지길 원치 않습니다."

"그대를 안전하게 보호하기 위해 받아들인 걸세. 그리고 내 명령에 따르라고 받아들인 거야. 기사들 중에 그대를 떠맡을 자가 없을 걸세. 만약 전쟁이 내 성문 앞에서 벌어진다면 후세의 음유시인들이 그대의 무용을 기억하겠지. 그렇지만 데네소르가 다스리는 성널오름은 여기에서 510킬로미터나 떨어져 있단 말일세. 더 이상 말하지 않겠네."

메리는 고개를 숙여 절하고는 불행한 심정으로 물러났고, 기사들의 대열을 바라보았다. 부대들은 이미 떠날 준비를 하고 있었다. 사람들은 허리띠를 졸라매거나 안장을 살피기도 하고 말을 쓰다듬기도 했다. 점점 낮아지는 하늘을 걱정스럽게 쳐다보는 사람도 있었다. 사람들 눈에 띄지 않게 어떤 기사가 다가오더니 호빗의 귀에 나지막하게 속삭였다.

"의지가 부족하지 않으면 길이 열린다고들 하지. 나도 그렇게 생각하고."

메리는 그를 올려다보고 아침에 본 그 젊은 기사를 알아보았다.

"그댄 마크의 군주께서 가시는 곳으로 가길 원하지. 그대의 얼굴에서 읽을 수 있어."

"그래요."

"그렇다면 나와 같이 가세. 저 들판 멀리 나갈 때까지 그대를 내 망토 아래 감추고 내 앞에 태우고 갈 수 있어. 이 어둠은 점점 더 짙어지고. 이런 호의를 거부해서는 안 되겠지. 아무에게도 말하지 말고 어서 가세."

"정말 고맙습니다! 비록 성함은 모르지만 정말 감사드려요."

"모른다고?"

그 기사는 나지막하게 말했다.

"그러면 날 데른헬름이라 부르게."

이렇게 되어 왕이 출발했을 때 메리아독은 데른헬름 앞에 앉게 되었다. 그들을 태운 큰 회색 말 윈드폴라는 그들의 무게를 개의치 않는 것 같았다. 왜냐하면 데른헬름은 유연하고 잘 짜인 체격이긴 했지만 다른 기사들에 비해 가벼웠기 때문이다.

어둠 속으로 그들은 계속 달려갔다. 에도라스에서 동쪽으로 60킬로미터 되는 곳에서 눈내강은 엔트강으로 흘러들었다. 그 옆의 버드나무 숲에서 그들은 야영을 했다. 그러고는 다시 계속해서 폴데를 지나고, 펜마크(늪 접경지)를 지났다. 펜마크에서 그들의 오른쪽으로는 곤도르 국경 옆의 할리피리엔의 어두운 그림자 아래 산기슭을 따라 울창하게 우거진 참나무 숲이 있었고, 왼쪽으로 멀리 엔트강 어귀의 늪지대에 안개가 끼어 있었다. 그들이 이렇게 달리고 있을 때, 북쪽의 전쟁에 대한 소문이 들려왔다. 외따로 질주하던 사람들이 오르크의 대부대가 황량한 로한고원으로 진군해 동쪽 국경을 침범하고 있다는 소식을 전했다. 그러자 에오메르가 외쳤다.

"달려라! 달려! 이제 돌아서기엔 너무 늦었다. 엔트강 어귀의 습지는 우리 측면을 방어해 줄 것이다. 이제 필요한 건 속력이다. 달려라!"

이렇게 세오덴 왕은 자신의 영토를 벗어났고, 길고 구불구불한 길들을 지나서, 칼렌하드, 민림몬, 에렐라스, 나르돌 등 봉화대가 있는 언덕들을 지나서 계속 전진했다. 그 봉화들은 이미 꺼져 있었다. 들판 전체가 잿빛으로 고요했다. 그들 앞에선 어둠이 끝없이 짙어졌고, 사람들 마음속의 희망은 점점 옅어졌다.

Chapter 4

곤도르 공성

간달프는 피핀을 깨웠다. 창문으로 아주 희미한 빛만 들어왔기에 방에는 촛불이 켜져 있었다. 뇌우가 밀려오기 전처럼 무거운 공기가 감돌았다.

"지금 몇 시죠?"

피핀이 하품하며 물었다.

"제2시가 지났지. 일어나서 준비할 시간이야. 자넨 영주에게 불려가서 새 임무를 받게 될 거야."

"그럼 아침 식사도 줄까요?"

"아니, 그건 내가 준비했지. 오늘 정오까지 더 이상의 식사는 없어. 식량은 이제 배급제가 되었거든."

피핀은 아주 유감스러운 얼굴로 작은 빵 덩어리와 (그의 생각에는) 터무니없이 작은 버터 한 조각, 그리고 묽은 우유 한 잔을 보았다.

"절 왜 이리 데려왔죠?"

피핀은 말했다.

"자네가 잘 알 텐데. 자네가 더 이상 장난치지 못하게 하기 위해서지. 그리고 여기 온 것이 마음에 안 든다 해도 다 자네가 자초한 것임을 잊어선 안 돼."

피핀은 더는 아무 말도 하지 않았다.

곧 그는 간달프와 함께 다시 차가운 회랑을 지나 탑의 홀로 내려갔다. 거기엔 데네소르가 잿빛 어둠 속에 앉아 있었다. 피핀은 그가 끈질긴 늙은 거미처럼 보인다고 생각했다. 그는 전날 이후로 조금도 움직이지 않은 것 같았다. 그는 간달프에게 자리를 가리켜 앉으라고 손짓했다. 하지만 피핀은 잠시 무시된 채 그대로 서 있었다. 그러나 곧 노인은 그를 향해 말했다.

"그래, 페레그린. 어제 유익하고 즐겁게 시간을 보냈기를 바라네. 이 도시의 식탁이 그대의 기대에 미치지 못했으리란 염려는 들지만."

피핀은 자신의 말과 행동을 영주가 대부분 알고 있으며, 자신의 생각도 많은 부분 짐작하고 있다는 불안한 느낌이 들었다. 그는 대답하지 않았다.

"그래, 그대는 어떤 임무를 맡길 원하는가?"

"주군께서 임무를 지정해 주실 거라고 생각했습니다."

"그대가 어떤 자리에 적합할지 알게 되면 그렇게 하겠네. 그대를 내 곁에 두면 금세 알게 되겠지.

내 시종 무사가 야전 수비대로 이동시켜 달라고 상신을 해 왔으니 그대가 잠시 그 자리를 맡게. 내 시중을 들고, 심부름을 하고, 또 전쟁이나 회의로 바쁘지 않을 때면 내게 이야기나 들려주게. 노래 부를 줄 아나?"

"예, 우리 호빗들 중에서는 잘하는 편이지요. 하지만 저흰 이런 위험한 시절이나 이런 훌륭한 궁에 어울릴 노래는 모릅니다. 바람이나 비보다 거친 것들에 대해서는 노래하지 않거든요. 그러니 제 노래들도 대개 웃기는 것이거나 먹는 것에 관한 것뿐입니다."

"왜 그런 노래들이 내 궁이나 이런 시절에 어울리지 않는다고 생각하는가? 어둠의 그림자 밑에서 오랫동안 살아온 우리야말로 그 어둠에 시달리지 않은 땅의 메아리를 들을 자격이 있지 않을까? 그러면 비록 감사의 말은 듣지 못한다 해도 우리가 불철주야 노력한 일이 보람 없는 것은 아니었다고 느낄 테니 말이지."

피핀은 가슴이 철렁했다. 미나스 티리스의 영주 앞에서 샤이어의 노래를 부르는 것은 그리 달갑지 않은 일이었다. 그가 제일 잘 아는, 우스꽝스러운 노래는 더욱 그러했다. 이런 경우에는 맞지 않는 너무 촌스러운 노래들이었다. 하지만 그는 당분간 그 고역을 면할 수 있었다. 노래를 부르라는 명령을 받지 않았던 것이다. 데네소르는 간달프에게 몸을 돌리더니, 로한인들과 그들의 방책에 관해, 그리고 왕의 조카인 에오메르의 지위에 대해 물었다. 피핀은 데네소르가 직접 국외로 나가 본 지 무척 오래되었을 텐데 그 먼 곳에 사는 사람들에 대해 많이 알고 있다는 사실이 놀라웠다.

오래지 않아 데네소르는 피핀에게 잠시 나가 있으라고 손짓하며 말했다.

"궁성 병기고로 가서 탑의 제복과 장비를 받게. 준비가 되어 있을 거야. 어제 명령했으니까. 옷을 갖춰 입고 돌아오게."

그는 지시대로 했다. 피핀은 곧 흑색과 은색의 낯선 제복을 차려입은 자신을 보았다. 작은 사슬갑옷을 입었는데 그 사슬은 흑옥처럼 새까만 강철로 만든 것이었고, 춤이 높은 투구의 양옆에는 작은 까마귀 날개 장식이 달려 있고 중앙에 은별이 붙어 있었다. 갑옷 위엔 검은색의 짧은 코트를 걸쳤는데, 가슴 부분에 성수(聖樹)의 상징이 은으로 수놓여 있었다. 그의 낡은 옷은 잘 개어 치워 두었지만, 로리엔의 회색 망토만은 근무 시간에는 입을 수 없어도 갖고 있는 것은 좋다는 허락을 받았다. 그는 알지 못했지만 지금 그의 모습은 예전에 호빗들이 불렀듯이 에르닐 이 페리안나스, 즉 반인족의 대공처럼 보였다. 그렇지만 그의 마음은 편치 않았다. 게다가 어둠이 그의 기분을 짓누르기 시작했다.

온종일 어둡고 침침했다. 해가 뜨지 않은 새벽부터 저녁이 될 때까지 짙은 어둠이 점점 깊어만 갔고, 도시 사람들 모두가 무거운 압박감을 느끼고 있었다. 저 위에 거대한 구름이 암흑의 땅에서 일어난 전쟁의 바람에 실려서 빛을 삼키며 서쪽으로 서서히 밀려가고 있었다. 그 아래 땅 위의 공기에는 바람 한 점 없이 정적만 감돌아 마치 안두인대하의 모든 유역이 무시무시한 폭풍의 습격을 기다리는 것 같았다.

제11시 무렵 마침내 얼마간의 휴식 시간을 얻은 피핀은 밖으로 나왔고, 무거운 마음도 달래고 대기하는 일도 더 잘 참을 수 있도록 먹고 마실 것을 찾으러 갔다. 그는 식당에서 베레곤드를 만났다.

그는 펠렌노르평원 너머 방벽대로 위의 요새에 전령으로 갔다가 방금 돌아온 참이었다. 그들은 함께 성벽으로 걸어갔다. 피핀은 실내에서 감금된 느낌이었고, 우뚝 솟은 궁성 안에서도 숨이 막힐 듯한 느낌을 버릴 수 없던 것이다. 그들은 어제 음식을 먹으며 얘기를 나누었던, 동쪽을 향한 총안 아래에 다시 나란히 앉았다.

일몰 시간이었지만 그 거대한 어둠의 장막은 이제 서쪽으로 멀리 펼쳐져 있었다. 태양은 마침내 바닷속으로 가라앉을 때에야 간신히 밤이 되기 전의 짧은 작별의 빛을 내보냈다. 프로도가 십자로에 쓰러져 있는 왕의 머리를 만지며 본 것도 바로 그 석양빛이었다. 그러나 민돌루인산 그늘에 있는 펠렌노르평원은 그 빛마저 비치지 않아 음울한 갈색으로 보였다.

피핀은 어제 그곳에 앉아 있었던 것이 여러 해 전의 일처럼 여겨졌다. 까마득하게 느껴지는 그때만 해도 그는 호빗이었고, 그때까지 겪은 수많은 위험에도 상처받지 않은 명랑한 방랑자였다. 지금의 그는 당당하지만 칙칙한 경비대의 제복을 입고 엄청난 습격에 대비하는 이 도시의 작은 일개 병사였다.

다른 시간과 장소였더라면 피핀은 새 제복을 입게 되어 기뻐했을 것이다. 하지만 그는 지금 자신이 아무런 역할도 못 하고 있다는 사실을 잘 알고 있었다. 그는 더없이 위험한 시기에 음울한 주인의 시중을 열심히 들고 있는 하인일 뿐이었다. 갑옷은 거추장스러웠고, 투구는 머리를 짓눌렀다. 그는 망토를 옆 의자에 올려놓았다. 저 아래 어두워지는 평원에서 지친 시선을 돌리며 하품을 하고는 한숨을 쉬었다.

"오늘은 피곤한가 보군요?"

베레곤드가 물었다.

"그래요, 아주 많이요. 빈둥거리며 기다리는 데 진력이 났어요. 난 영주께서 간달프와 대공과 그 밖의 높은 분들과 의논하는 그 길고 지루한 시간 동안 영주님의 방문 앞에서 빈둥거리며 기다리기만 했어요. 더구나 난 다른 사람들이 음식을 먹는 동안 배고픈 채로 시중드는 데는 전혀 익숙하질 않거든요. 베레곤드, 그건 호빗에겐 너무 지독한 시련이에요. 아마 당신은 내가 명예를 더 영광스럽게 느껴야 한다고 생각하겠지요. 그렇지만 그 명예가 다 무슨 소용이죠? 사실 이 밀려오는 어둠 밑에서 음식도 다 무슨 소용이 있겠어요? 도대체 이게 무슨 징조일까요? 공기조차 자욱하고 갈색으로 보이다니 말이에요! 동쪽에서 바람이 불 때 이런 어둠을 종종 보았나요?"

"아니, 이건 자연적인 현상이 아닙니다. 그의 사악한 계략이지요. 그가 사람들을 낙담시키고 의논을 방해하려고 불의 산에서 뿜어져 나오는 시커먼 연기를 보내는 겁니다. 실제로 그렇게 되고 있어요. 파라미르 공께서 돌아오시면 좋을 텐데. 그분은 결코 낙담하지 않으실 겁니다. 하지만 이제 그분이 암흑을 빠져나와 강을 건너올 수 있을지 누가 알겠어요?"

"그래요. 간달프도 걱정하고 있어요. 여기서 파라미르를 보지 못해 실망하신 것 같았거든요. 그런데 그분은 또 어딜 가신 거지? 점심 식사 전에 영주의 회의 석상을 떠났는데, 기분이 좋지 않은 것 같았어요. 나쁜 소식을 예감한 것 같아요."

이렇게 얘기를 나누다가 그들은 갑자기 너무 놀라 말문이 막혔고, 온몸이 돌멩이라도 된 듯 얼어붙어 버렸다. 피핀은 양손으로 귀를 틀어막은 채 몸을 웅크렸다. 그러나 흉벽에서 내다보며 파라미르 얘기를 하고 있던 베레곤드는 몸이 굳은 채 깜짝 놀란 눈으로 쏘아보았다. 피핀은 온몸을 오싹하게 하는 이 소리를 전에 들어 알고 있었다. 그가 샤이어의 구렛들에서 오래전에 들었던 바로 그 소리였다. 하지만 지금은 힘과 증오심이 더 커져서 듣는 이의 심장을 절망의 독으로 파고들었다.

얼마 후 베레곤드가 간신히 입을 열었다.

"그들이 왔어요! 용기를 내서 저것 좀 보시오! 저 아래 그 무시무시한 것들이 있군요."

피핀은 마지못해 다시 의자에 올라가 성벽 너머를 내다보았다. 펠렌노르평원은 저 아래 어둑하게 펼쳐져 있었고, 점점 희미해져서 저 멀리 보일 듯 말 듯 한 대하의 경계선으로 사라져 갔다. 그러나 이제 피핀은 자신보다 아래쪽으로 중간쯤 되는 허공에서 때 아닌 밤의 그림자처럼 그 강을 가로질러 재빨리 선회하는 다섯 마리의 새 같은 형체를 볼 수 있었다. 썩은 고기를 먹는 새처럼 끔찍하지만 독수리보다 크고 죽음처럼 잔인했다. 그것들은 급강하하여 대담하게 흉벽 사정 거리 안으로 날아오기도 했고 빙빙 돌며 멀어지기도 했다.

피핀은 나지막하게 속삭였다.

"암흑의 기사들! 하늘을 나는 암흑의 기사들! 그런데 저것 좀 봐요, 베레곤드. 저것들은 분명 뭔가를 찾고 있지요? 계속 빙글빙글 돌다가 저기 한곳을 덮치잖아요! 저 들판에 뭔가 움직이고 있는게 보여요? 검고 작은 점들 말이에요. 그래요, 말 탄 사람들이야. 넷인가 다섯인가? 아! 차마 더 이상 볼 수가 없어. 간달프! 간달프, 구해 줘요!"

날카로운 긴 소리가 또다시 들렸다가 사라졌다. 피핀은 추적당하는 짐승처럼 헐떡이며 벽에서 물러났다. 그 소름 끼치는 소리를 뚫고 저 밑에서 길고 높은 음조로 끝나는 나팔 소리가 먼 곳에서 들리듯이 희미하게 울려왔다. 그러자 베레곤드가 외쳤다.

"파라미르! 파라미르 공이시네! 이건 그분이 부르는 소리야! 용감하신 분! 그런데 어떻게 성문까지 오실 수 있을까? 저 더러운 지옥의 매들이 공포를 일으키는 것 말고 다른 무기를 가졌다면? 그렇지만 저길 봐요! 그분 일행은 달리고 있어요. 성문에 도달할 거요. 아, 말들이 미친 듯이 달리고 있군. 저걸 봐요! 사람들이 말에서 떨어졌군. 그래도 그들은 뛰고 있어요. 아니, 한 사람은 아직 타고 있는데, 다른 이들에게 돌아가고 있군. 틀림없이 저분이 우리 대장일 겁니다. 그는 사람과 동물을 다 통제할 수 있다오. 아! 저 더러운 것들 중 한 놈이 그분에게 덮치는군. 도와줘요! 도와줘! 아무도 도우러 나가지 않을 셈인가? 파라미르!"

이 말과 함께 베레곤드는 껑충 뛰어나가 어둠 속으로 달려갔다. 경비대의 베레곤드가 사랑하는 대장 생각에 여념이 없는 동안 피핀은 공포에 떨었던 것이 부끄러워 일어나 밖을 보았다. 바로 그 순간 북쪽에서 은백색의 섬광이 번쩍였다. 어두운 평원에 내려온 작은 별 같았다. 그 빛은 화살처럼 움직이며 점점 커져서 성문으로 달려오는 네 사람에게 집중되었다. 창백한 빛이 뿌려지자 그 음울한 어둠은 그 앞에서 움츠러드는 것 같았다. 그러고 나서 그 빛이 가까워졌을 때 성벽에 부딪혀 울리는 메아리처럼 큰 목소리가 들린 것 같았다. 피핀은 외쳤다.

"간달프! 간달프! 언제나 가장 암담한 순간에 나타나시지! 어서 달려요! 어서, 백색의 기사! 간달프, 간달프!"

그는 큰 경주에서 달리는 주자에게 들리건 말건 열심히 격려하는 구경꾼처럼 거칠게 소리쳤다.

그러나 내리 덮치던 그 검은 그림자들은 이제 새로 온 방해물을 의식했다. 한 마리가 빙빙 돌며 그에게 다가가자, 그는 한 손을 쳐들었다. 거기에서 한 줄기 흰 광선이 위쪽으로 쏘아진 것 같았다. 그 나즈굴은 긴 울음소리를 토해 내며 방향을 돌렸고, 다른 네 마리도 대오가 흔들렸다. 그러고 나서 그들은 나선형으로 빠르게 올라 동쪽으로 날아가더니 낮게 깔린 구름 사이로 사라졌다. 그러자 펠렌노르평원은 잠시 어둠이 옅어진 것 같았다.

피핀은 지켜보았고, 말을 탄 사람과 백색의 기사가 만나 걸음을 멈추고는 걸어오는 사람들을 기다리는 것을 볼 수 있었다. 그제야 사람들이 그들을 맞으려고 도시에서 쏟아져 나갔다. 얼마 지나지 않아 그들은 외벽 아래로 들어가 피핀의 시야에서 사라졌다. 피핀은 그들이 성문으로 들어서고 있음을 알 수 있었다. 그들이 곧바로 탑의 섭정에게 갈 것이라 짐작한 피핀은 급히 궁성 입구로 달려갔다. 거기서 그는 높은 성벽 위에서 그 질주와 구출을 지켜본 많은 사람들 속에 섞였다.

오래지 않아 바깥 원형 구역에서 올라오는 거리들에서 떠들썩한 소리가 들려왔고, 파라미르와 미스란디르의 이름을 외치며 환호하는 소리가 요란했다. 곧 피핀은 횃불과 사람들에게 둘러싸여 천천히 말을 몰고 오는 두 기수를 볼 수 있었다. 한 사람은 흰색 옷차림이었지만 더 이상 빛을 발하지 않았고, 자신의 불을 다 써 버렸거나 아니면 감추고 있는 듯 어스름 속에서 흐릿해 보였다. 다른 사람은 어둡게 보였고 고개를 숙이고 있었다. 그들은 말에서 내려 샤두팍스와 다른 말을 마부에게 넘기고 문에 서 있는 보초에게로 걸어갔다. 회색 망토를 뒤로 젖힌 채 확고한 걸음걸이로 나아가는 간달프의 눈에는 아직 불꽃이 이글거렸다. 초록 일색의 옷차림을 한 다른 사람은 피곤하거나 부상당한 듯 약간 비틀거리며 천천히 걸었다.

그들이 성의 아치문에 걸린 등불을 지나갈 때 피핀은 앞으로 밀고 나갔고, 파라미르의 창백한 얼굴을 본 순간 숨이 멎는 느낌이었다. 그것은 무서운 공포와 고뇌에 시달렸었으나 이젠 그것을 이겨내고 다시 평정을 찾은 사람의 얼굴이었다. 그는 당당하고 진중한 모습으로 잠시 서서 경비병과 얘기를 나누었다. 그를 응시하던 피핀은 그가 그의 형 보로미르, 자신이 처음 본 순간부터 좋아했으며, 위풍당당하면서도 친절한 태도에 경탄하지 않을 수 없었던 그 대단한 인물과 꼭 닮았다고 생각했다. 하지만 갑자기 파라미르에 대해서는 예전에 알지 못했던 감정이 일어 이상하게 마음이 움직였다. 여기 있는 사람은 아라고른이 이따금 드러내는 지고의 고귀한 분위기를 갖고 있었다. 아라고른만큼 고귀하진 않겠지만, 또 그만큼 헤아릴 수 없거나 동떨어진 존재로 여겨지지는 않았었다. 후세에 태어난 인간의 왕족이었지만 요정 종족의 지혜와 슬픔이 배어 있는 그런 인물이었다. 베레곤드가 파라미르의 이름을 언급할 때 왜 그렇게 사랑이 넘쳤는지를 그는 이제 이해할 수 있었다. 파라미르는 검은 날개의 그림자 밑으로 들어가더라도 사람들이 기꺼이 뒤따를, 피핀 자신도 뒤따를 대장이었다.

"파라미르!"

그는 다른 사람들과 함께 크게 외쳤다.

"파라미르!"

그러자 도시 사람들의 함성 속에서 낯선 목소리를 포착한 파라미르는 고개를 돌려 그를 내려다보곤 놀라서 말했다.

"어디서 온 거요, 반인족? 더구나 탑의 제복을 입고. 어디에서?"

그러자 간달프가 옆으로 다가와 말했다.

"그는 나와 함께 반인족의 땅에서 왔소. 나와 함께 왔지. 그렇지만 여기서 더 지체하지 맙시다. 할 말과 할 일이 많은 데다 그대는 지쳤으니까. 그는 우리와 함께 갈 거요. 실로 그래야지. 그가 자신의 새 임무를 나보다 쉽게 잊지 않았다면, 한 시간 내로 다시 주인에게 시중들러 가야 한다는 걸 알고 있을 테니. 자, 피핀, 따라오게."

마침내 그들은 영주의 사실(私室)에 도착했다. 목탄 화로 주변에 푹신한 의자들이 마련되어 있었고, 곧 포도주가 나왔다. 피핀은 거의 주목을 받지 않은 채 데네소르의 의자 뒤에 서 있었고, 이야기를 듣는 데 열중한 나머지 이번에는 지루한 줄 몰랐다.

파라미르는 흰 빵을 먹고 포도주를 한 잔 마신 후 부친의 왼쪽에 있는 낮은 의자에 앉았다. 간달프는 그 반대편으로 조금 떨어진 곳에 있는 조각된 나무 의자에 앉았다. 처음에 그는 잠든 것처럼 보였다. 파라미르가 처음에는 자신이 열흘 전에 맡았던 임무에 대해서만 얘기했던 것이다. 그는 이실리엔의 소식과 함께 적과 그 동맹군의 동태에 관한 정보를 가져왔다. 또한 하라드인들과 그들의 거수(巨獸)를 물리친 노상 전투에 대해서도 이야기했다. 일개 지휘관이 영주에게 이전에도 종종 들었던 문제들을 보고하는 식이었다. 국경 분쟁의 사소한 사건들이라서 이제는 유명세를 잃어 무익하고 하찮은 것으로 보였다.

그러다 갑자기 파라미르는 피핀을 보며 말했다.

"그런데 신기한 일도 있었습니다. 왜냐하면 북쪽의 전설에 나오는 반인족을 이 남쪽 땅에서 본 게 이번이 처음이 아니었으니까요."

이 말에 간달프는 똑바로 앉으며 의자 팔걸이를 움켜잡았다. 그러나 아무 말도 하지 않았고, 피핀의 입에서 터져 나오려는 탄성을 눈짓으로 막았다. 데네소르는 그들의 얼굴을 보고는 고개를 끄덕였다. 말로 표현되지 않았어도 그들의 얼굴에서 많은 것을 알아냈다는 듯이. 다른 이들이 말없이 가만히 앉아 있는 가운데 파라미르는 느릿느릿 이야기를 시작했다. 그의 눈은 주로 간달프를 주시하고 있었지만, 이따금 전에 만난 이들의 기억을 되살리기라도 하듯 피핀에게 눈길을 돌리기도 했다.

그가 프로도와 그의 하인을 만난 일과 헨네스 안눈에서 벌어진 사건들을 이야기하자 피핀은 조각된 의자를 움켜쥔 간달프의 손이 떨리는 것을 보았다. 그 손은 창백하고 몹시 늙어 보였는데, 피핀은 그 손을 바라보다가 갑자기 두려운 생각에 몸서리를 치면서 간달프도, 그 간달프마저 불안해하고 있으며, 아니 두려워하고 있음을 깨달았다. 방 안의 공기가 밀폐되어 움직이지 않는 느낌이었다. 마침내 파라미르는 그 여행자들과 작별했고 그들이 키리스 웅골로 가기로 결심했다는 얘기를 끝으로 말을 마쳤고 고개를 저으며 깊이 한숨을 쉬었다.
그러자 간달프가 벌떡 일어서며 외쳤다.
"키리스 웅골? 모르굴계곡 말이오? 언제요, 파라미르, 언제? 그들과 언제 헤어졌소? 그들이 언제쯤 그 저주받은 계곡에 도착하겠소?"
"그저께 아침에 그들과 헤어졌습니다. 그들이 일직선으로 남쪽을 향한다면, 거기부터 모르굴두인계곡까진 75킬로미터 정도이고 거기에서 서쪽의 저주받은 탑까지는 25킬로미터의 거리지요. 아무리 빨리 가더라도 오늘 이전엔 거기 닿기 힘드니까 아마 아직은 도착하지 못했을 겁니다. 당신이 무엇을 염려하시는지 압니다. 그런데 이 어둠은 그들의 모험과는 상관없습니다. 이 어둠은 엊저녁에 시작되었고, 어젯밤에는 이실리엔 전체가 어둠에 덮였지요. 제 생각에 적은 이미 오래전에 우리를 공격할 계획을 세웠고, 그 여행자들이 저와 헤어지기 전부터 그 시간은 이미 정해져 있던 것 같습니다."
간달프는 일어나서 서성거렸다.
"그저께 아침이라면 거의 사흘간 이동했겠군! 그들과 헤어진 곳은 여기서 얼마나 멀리 있소?"
"새처럼 직선으로 날아간다면 약 125킬로미터쯤 되는 곳이지요. 하지만 저는 더 빨리 올 수 없었습니다. 엊저녁에는 대하의 긴 하중도 카이르 안드로스에 있었어요. 말을 이쪽 강안에 매어 두고 북쪽을 경계하고 있었는데, 어둠이 밀려오기 시작하기에 서두르는 것이 좋겠다고 생각하고 말을 탈 수 있는 세 명과 함께 달려온 겁니다. 다른 사람들은 오스길리아스의 여울을 지키는 수비대를 보강하기 위해 그리로 보냈습니다. 제가 잘못한 걸까요?"
그는 아버지 쪽을 바라보았다. 데네소르가 갑자기 눈을 빛내며 말했다.
"잘못? 왜 그런 걸 묻는 거냐? 그들은 네 휘하에 있는 부하들인데. 아니면 네 행동 전체를 판단해 달라는 거냐? 너는 내 앞에선 겸손하게 행동하지. 하지만 아주 오랫동안 너는 내 충고에 따라 네 뜻을 굽히지 않았어. 그래, 넌 늘 그래 왔듯이 교묘하게 말했지. 그렇지만 네가 줄곧 미스란디르를 쳐다보면서 네가 말을 잘하고 있는지 아니면 너무 많이 말한 건 아닌지 묻고 있었다는 걸 내가 모르고 있는 줄 아느냐? 그는 오랫동안 네 마음을 차지해 왔지.
아들아, 네 아버지는 늙었지만 아직 노망난 늙은이는 아니야. 난 늘 그랬듯이 보고 들을 수 있어. 네가 절반만 말했거나 아예 말하지 않은 것들 중에서 이제 내게 숨겨진 비밀은 거의 없을 게다. 난 많은 수수께끼의 답을 알고 있으니까. 아, 보로미르, 네가 가 버리다니……."
"아버님, 제 행동이 불쾌하셨다면 이런 엄한 꾸지람을 듣기 전에 아버님의 조언을 여쭐걸 그랬습니다."
파라미르가 조용히 말했다.
"그랬더라면 네 판단이 달라졌을까? 내가 보기에는 그래도 넌 네 뜻대로 했을 거야. 난 널 잘 안다. 언제나 넌 옛날의 왕처럼 위풍당당하고 너그러우며 고상하고 온유하게 보이길 원하지. 고귀한 혈통을 가진 사람이 평화로운 시대에 보좌에 앉는다면 그런 면모가 잘 어울리겠지. 그렇지만 이런 필사적인 때에 온유함은 곧 죽음으로 보상받는다."

"그렇겠지요."

파라미르가 말했다. 그러자 데네소르는 다시 외쳤다.

"그럴 거라고? 그러나 네 죽음뿐만이 아니지, 파라미르 경. 네 아비의 죽음, 그리고 이제 보로미르가 가 버린 이상 네가 책임지고 보호해야 할 네 백성들의 죽음이야."

"그렇다면 아버님께선 저희 형제의 처지가 바뀌었기를 바라십니까?"

파라미르가 물었다.

"그래, 진심으로 그랬으면 좋겠어. 보로미르는 내게 충실했고 또 마법사의 제자가 아니었으니 말이다. 그 애였다면 아비가 원하는 것을 잊지 않았을 테고, 운 좋게 손에 넣은 것을 내버리지 않았을 게다. 그 애라면 내게 막강한 힘을 선사했을 거야."

순간 파라미르의 자제심이 무너졌다.

"전 왜 형이 아닌 제가 이실리엔에 남았는지 기억해 주십사고 아버님께 청하고 싶습니다. 적어도 한 번은 아버님의 조언대로 이루어졌습니다. 그리 오래전 일도 아니죠. 그 임무를 형에게 맡긴 분은 바로 이 도시의 영주이십니다."

"내가 타 놓은 쓰디쓴 잔을 휘젓지 마라. 밤마다 나는 그 쓴맛을 맛보았고, 더 지독하게 쓴 것이 그 앙금에 아직 남아 있음을 예감하지 않았더냐? 지금 그 맛을 알게 되었듯이. 이렇지 않았어야 했는데! 그것이 내 손에 들어왔어야 했는데!"

그러자 간달프가 말했다.

"진정하시오. 어떤 일이 있어도 보로미르는 당신에게 가져오지 않았을 거요. 그는 죽었고 또 훌륭하게 죽었소. 그에게 안식이 있기를! 그러나 당신은 스스로를 기만하고 있소. 보로미르는 그것을 잡으려고 손을 뻗었을 테고, 그것을 잡으면서 몰락했을 거요. 그것을 자기 것으로 삼았을 테고, 그가 돌아왔을 때 당신은 예전의 당신 아들이 아니라는 것을 알게 되었을 거요."

데네소르의 얼굴은 차갑게 굳어졌다.

"당신은 보로미르가 호락호락하지 않다는 걸 알았겠지, 그렇지 않소?"

그가 나지막하게 말했다.

"그러나 난 그의 아비로서 그가 내게 그걸 가져왔으리라 확신하오. 당신은 지혜롭겠지, 미스란디르. 그러나 아무리 당신이 현명하다고 해도 모든 지혜를 다 가진 건 아닐 거요. 마법사들의 거미줄과 같은 계략이나 바보들의 성급함과는 다른 의도가 있을 수도 있소. 이 문제에 있어서 난 당신이 생각하는 것보다 더 많은 학식과 지혜를 갖고 있소."

"그렇다면 당신이 가진 지혜란 무엇이오?"

"피해야 할 두 가지 어리석음이 있다는 것은 적어도 알고 있지. 이 물건을 사용하면 위험하다는 것. 또 이런 시점에 그것을 지각없는 반인족들에게 맡겨서 적의 영토로 보낸 것은, 그건 바로 당신과 여기 있는 내 자식이 한 일이지만, 미친 짓이라는 거요."

"데네소르 공이라면 어떻게 했겠소?"

"아무것도 하지 않았을 거요. 그러나 적이 그걸 되찾게 된다면 우리에게 분명히 닥쳐올 파멸을 무릎쓰면서, 멍청이들이 아니라면 생각할 수도 없는 그런 희망을 가지고, 그것을 위험 속에 던져 넣는 일은 절대로 하지 않았을 거요. 그것을 깊이 잘 감추고 지켰어야 했소. 극도로 필요한 상황이 아니라면 사용하지 않고 그의 손아귀에서 멀리 떼어 놓는 거요. 그는 최후의 승리를 거둬서 무슨 일이 벌어지든 이미 죽은 우리가 고통받을 수도 없게 된 다음에야 그걸 되찾을 수 있겠지."

"당신은 늘 그렇듯 곤도르만 생각하시는군, 영주. 그러나 다른 사람들과 다른 생물들이 있고, 앞으로 다가올 시간이 있소. 나는 그의 노예들도 안쓰럽소."

"만일 곤도르가 몰락하면 사람들은 어디서 도움을 얻을 수 있겠소? 만일 내가 그 물건을 지금 이 궁성의 깊은 지하 보관소에 갖고 있다면 우린 이 어둠에 덮여 최악을 염려하며 두려움에 떨지 않아도 될 테고, 우리의 계획도 방해받지 않았을 거요. 내가 유혹을 견디지 못할 것이라 생각한다면, 당신은 아직 나를 모르고 있소."

그러나 간달프는 다시 말했다.

"그럼에도 불구하고 나는 당신을 믿지 않소. 만일 당신을 믿었다면, 그것을 여기로 보내서 당신에게 맡기고, 나와 다른 이들은 큰 고통을 덜었을 거요. 그런데 지금 당신의 말을 들으니 보로미르와 마찬가지로 당신도 더 신뢰할 수 없게 됐소. 잠깐, 분노를 참으시오. 이 문제에 있어서 나는 나 자신도 믿을 수 없소. 그래서 이 물건이 기꺼이 선물로 내게 제공되었을 때도 난 거절했소. 당신은 강한 사람이니 어떤 문제에서는 아직 스스로를 제어할 수 있으시겠지. 그러나 그것이 당신 손에 들어가면 당신을 압도했을 거요. 당신이 그걸 민돌루인산 아래 깊이 파묻는다 해도, 어둠이 커지면서 그 물건은 당신의 마음을 태워 버릴 테고, 더 고약한 일들이 이어져 곧 우리에게 닥쳤을 거요."

한순간 간달프를 바라보는 데네소르의 눈이 다시 활활 타올랐고, 피핀은 두 사람의 의지가 첨예하게 대립하고 있음을 다시 느낄 수 있었다. 이제 그들의 시선은 눈에서 눈으로 전달되는 칼날 같았고, 그들이 서로 말을 받아넘길 때마다 번뜩였다. 피핀은 어떤 무서운 공격이 일어날까 봐 두려움에 몸을 떨었다. 그러나 갑자기 데네소르가 긴장을 풀고 냉정을 되찾았다. 그는 어깨를 으쓱해 보였다.

"만일 내게 그것이 있었다면! 만일 당신에게 있었다면! 그런 말과 만일을 가정하는 것은 헛된 일이지. 그것은 이미 어둠 속으로 사라졌어. 그것 앞에, 우리 앞에, 어떤 운명이 기다리고 있는지는 오직 시간이 보여 주겠지. 그 시간은 그리 오래 걸리지 않을 거야. 남아 있는 전력에서, 자기 방식대로 적과 싸우는 모든 이들은 하나가 되고, 할 수 있는 한 희망을 갖고, 희망이 사라지면 그래도 자유롭게 죽겠다는 배짱이 있어야겠지."

그는 말을 끊고 파라미르를 바라보며 물었다.

"오스길리아스의 수비대는 어떻더냐?"

파라미르는 대답했다.

"전력이 그리 대단치 못합니다. 그래서 아까 말씀드렸듯이 그곳을 강화하려고 이실리엔의 부대를 보냈습니다."

"그것으로 충분치 않을 게야. 첫 공격을 받을 곳이 바로 거기니까. 용감한 대장이 거기 필요할 게다."

"거기도 그렇고 다른 곳들도 마찬가지입니다."
파라미르는 대답하고 한숨을 내쉬었다.
"아! 형님이 계셨더라면! 저도 형을 사랑했지요."
그는 일어섰다.
"이제 물러가도 되겠습니까, 아버님?"
그는 몸을 휘청하며 아버지의 의자에 기댔다.
"그래, 지쳤구나. 내가 듣기론 네가 공중에 악의 그림자가 드리운 가운데 멀리서 급히 달려왔다더구나."
"그 이야기는 하지 말아 주세요!"
파라미르가 말했다.
"그럼 그렇게 하지. 가서 가급적 쉬어라. 내일은 더 괴로운 일이 있을 테니."

이제 모두들 영주에게서 물러나 아직 여유가 있을 때 쉬려고 갔다. 밖에는 별빛 하나 없이 깜깜했기에 간달프는 작은 횃불을 든 피핀을 데리고 그들의 숙소로 향했다. 그들은 방문을 닫을 때까지 아무 말도 하지 않았다. 문을 닫고 나서야 마침내 피핀이 간달프의 손을 잡으며 말했다.
"말해 주세요. 아직 희망이 있나요? 프로도에게 말이에요. 아니, 적어도 대체로 프로도에게요."
간달프는 피핀의 머리 위에 손을 올려놓으며 대답했다.
"원래 희망이 별로 없는 일이었잖은가. 아까 들은 대로 멍청이의 희망일 뿐이지. 더구나 키리스 웅골이란 말을 들으니……."
그는 말을 멈추고, 자신의 눈이 동쪽의 어둠을 꿰뚫을 수 있기라도 하듯 창가로 걸어갔다. 그는 중얼거렸다.
"키리스 웅골이라! 왜 그 길로 갔을까?"
그는 돌아섰다.
"방금 전에 그 지명을 들었을 때 난 낙심천만이었다네, 피핀. 그러나 실은 파라미르가 가져온 소식에 어떤 희망이 담겨 있다고 믿네. 우리 적은 프로도가 아직 자유롭게 움직이고 있는데 결국 전쟁을 시작했고 먼저 행동에 나선 것이 분명하거든. 그러니 그는 이제 여러 날을 이쪽으로, 저쪽으로 눈을 돌리느라 자기 땅은 신경 쓰지 않을 거야. 하지만 피핀, 난 그가 조급히 굴고 있고 무언가를 두려워하고 있음을 멀리서 느낄 수 있어. 그는 의도했던 것보다 빨리 시작했어. 그를 자극한 어떤 일이 일어난 거야."
간달프는 잠시 생각에 잠겼다가 중얼거렸다.
"어쩌면, 어쩌면 자네의 어리석은 짓도 도움이 됐을지 모르지. 자 보자, 그는 약 닷새 전에 우리가 사루만을 격파하고 팔란티르를 손에 넣었다는 걸 알았겠지. 그렇지만 그게 무슨 의미가 있을까? 우린 그것이 큰 도움이 되도록 쓸 수도 없고, 또 그가 모르게 쓸 수도 없는데. 아! 혹시, 아라고른이? 그의 시대가 다가오고 있지. 그에겐 속으로 감추고 있는 어마어마한 힘과 의지가 있다네, 피핀. 대담하고 단호하며, 필요하다면 자신의 판단으로 엄청난 모험도 감행할 수 있는 사람이지. 아마 그일 거야. 그가 팔란티르를 사용해서 적에게 자신을 보여 주고 도전했을 거야. 바로 그런 목적을 위해서 말이지. 궁금하군. 그래, 로한의 기사들이 올 때까지는 그 답을 알 수 없겠군. 그들이 너무 늦게 도착하지 않는다면 말이지. 우리 앞엔 끔찍한 날들이 놓여 있네. 지금 가능할 때 잠을 자 두게."

"그렇지만."

피핀이 말했다. 그러자 간달프가 물었다.

"그렇지만 뭔가? 오늘 밤엔 한 가지만 더 대답해 주지."

"골룸 말이에요. 대체 왜 그들이 놈과 함께, 아니 그놈을 따라갈 수 있어요? 그리고 당신과 마찬가지로 파라미르도 그놈이 그들을 데려가는 곳이 내키지 않는 것 같던데요? 뭐가 잘못된 건가요?"

"그건 지금 대답할 수 없네. 그러나 내 마음속에선 프로도와 골룸은 모든 것이 끝나기 전에 다시 만나리란 예감이 들었네. 좋든 나쁘든 간에 말이야. 그러나 키리스 웅골에 대해선 오늘 밤 더 이상 이야기하지 않겠네. 배반, 배반이 두렵네. 그 비열한 생물의 배반이. 그렇지만 그렇게 되어야 할지도 몰라. 배신자는 본심을 드러내고 자신이 의도치 않았던 선을 낳을 수 있다는 것을 기억하자고. 때론 그런 일이 일어날 수 있다네. 잘 자게."

다음 날 아침도 갈색 어스름 속에서 시작되어, 파라미르의 귀환으로 잠시 들떠 있던 사람들의 마음은 다시 무겁게 가라앉았다. 날개 달린 어둠은 그날 다시 보이진 않았지만 가끔 도시의 하늘 높은 곳에서 희미한 울부짖음이 들려와 많은 사람들은 잠시 공포에 질렸고 마음 약한 사람들은 떨며 흐느끼기도 했다.

그런데 이제 파라미르가 다시 떠났다. 사람들은 이렇게 수군거렸다.

"그분에게 조금도 쉴 시간을 안 주는군. 영주께선 그를 너무 몰아대는 것 같아. 이제 그는 다시 돌아오지 못할 형 몫까지 두 사람 몫을 해내야 해."

그리고 사람들은 항상 북쪽을 바라보며 말했다.

"로한의 기사들은 어디 있는 거지?"

사실 파라미르가 자신의 뜻에 따라 떠난 것은 아니었다. 그러나 위원회 의장은 그 도시의 영주였으며, 그는 그날 자신의 뜻을 다른 사람에게 굽힐 기분이 아니었다. 아침 일찍 위원회가 소집되었다. 거기 모인 지휘관들은 모두 남쪽에서 받는 위협 때문에 전력이 너무 약화되어 만약 로한의 기사들이 도착하지 않는다면 자신들이 공격할 힘이 없다는 데 의견을 모았다. 로한의 기사들이 올 때까지 성벽에 사람을 배치하고 기다려야 한다는 의견들이었다. 그러나 데네소르는 이렇게 주장했다.

"하지만 우리가 그렇게 공들여 만든 외벽의 방어선 람마스를 가볍게 포기해선 안 돼. 적은 강을 건너기 위해 대가를 톡톡히 치러야 할 거야. 이 도시를 공격하려고 무력을 동원해도 북쪽의 카이르 안드로스는 늪지라 안 되고, 남쪽 레벤닌은 강이 넓어서 많은 배가 필요할 테니 할 수 없을 거야. 그가 힘을 쏟을 곳은 바로 오스길리아스지. 보로미르가 전에 그곳에서 놈들을 격퇴하지 않았나."

그러자 파라미르가 말했다.

"그건 시험 삼아 해 본 공격에 불과합니다. 지금은 그 통로를 지키기 위해 우리가 입을 손실의 열 배를 적에게 돌려준다 해도 후회할 상황입니다. 그는 우리의 일개 중대를 전멸시키기 위해 일개 군단이라도 희생시킬 수 있는 전력을 가졌으니까요. 그리고 그가 전력으로 밀고 들어온다면 멀리 내보낸 부대를 철수시키는 것도 너무 위험한 일입니다."

임라힐 대공도 말했다.

"그리고 카이르 안드로스는 어떻게 합니까? 오스길리아스를 방어하려면 그곳도 보강해야 합니다. 좌측의 위험을 잊으면 안 됩니다. 로한인들은 올 수도, 안 올 수도 있습니다. 또한 파라미르는 암흑의 성문에 거대한 전력이 집중되고 있다고 알려 주었습니다. 일개 군단 이상이 거기에서 몰려나와 그 통로 이외의 곳으로도 공격해 올 가능성이 큽니다."

그러나 데네소르는 주장을 굽히지 않았다.

"전쟁에선 많은 위험을 감수해야 하지. 카이르 안드로스엔 수비대가 있으니 더 이상 그렇게 멀리 전력을 보낼 순 없어. 그러나 대하와 펠렌노르를 싸우지도 않고 넘겨줄 순 없네. 혹시 여기 주군의 뜻을 따를 용기를 가진 지휘관이 아직 있다면 말이지."

그러자 모두 입을 다물었다. 그러나 마침내 파라미르가 말했다.

"전 아버님의 뜻에 반대하지 않습니다. 아버님은 형님을 잃으셨으니, 제가 형님 대신 가서 할 수 있는 일을 하겠습니다. 만일 아버님이 명령하신다면."

"난 그렇게 명령한다."

"그렇다면 안녕히 계십시오. 그러나 제가 돌아온다면, 절 더 좋게 보아 주십시오."

"그건 네가 돌아올 때의 태도에 달렸지."

데네소르가 말했다.

파라미르가 동쪽으로 떠나기 전에 마지막으로 이야기를 나눈 사람은 간달프였다.

"무모하게 쓰라린 마음으로 목숨을 내던져서는 안 되오. 그대는 전쟁 말고도 다른 일들 때문에 여기에 꼭 필요한 사람이니까. 그대 아버님은 그대를 사랑하시오, 파라미르. 모든 일이 끝나기 전에 그걸 깨닫게 되실 거요. 잘 가시오!"

이렇게 파라미르는 다시 떠났고, 그와 함께 가길 원하거나 또 도시에서 할애할 수 있는 병사들이 같이 떠났다. 성벽 위에서 어떤 사람들은 어둠을 통해 황폐한 도시를 바라보고는 그곳에서 대체 무슨 일이 벌어졌을지 의아해했다. 아무것도 보이지 않았기 때문이다. 또 다른 사람들은 북쪽을 바라보며 로한의 세오덴이 있는 곳까지의 거리를 계산했다.

"그들이 올까? 그들이 오래전의 동맹을 기억하고 있을까?"

그럴 때면 간달프가 대답했다.

"그래, 그들은 올 거라네. 너무 늦게 올지는 몰라도. 생각들 해 보게. 그가 붉은 화살을 받은 건 기껏해야 그저께쯤일 거야. 그리고 에도라스에서 여기까지는 아주 먼 길이지."

다시 밤이 되고 나서 소식이 전해졌다. 여울에서 급히 달려온 전령은 미나스 모르굴에서 대군이 쏟아져 나와 이미 오스길리아스 가까이 접근하고 있으며 또한 남쪽의 잔인하고 장대한 하라드인들이 그들과 연합하고 있다고 전했다.

"이번에도 그 암흑기사 대장이 그들을 지휘하고 있습니다. 그가 퍼뜨리는 공포는 그보다 먼저 강을 넘었습니다."

이 불길한 소식과 함께 피핀이 미나스 티리스에 온 지 사흘째 되는 날이 저물어 갔다. 이제는 파라미르라 할지라도 그 여울을 오래 지킬 수 있으리라는 희망을 가질 수 없었기에 사람들은 마음 편히 잠자리에 들지도 못했다.

다음 날 아침, 어둠은 이미 깊어질 대로 깊어져 더 이상 짙어지지는 않았으나, 사람들의 마음을 어제보다 더욱 무겁게 짓눌렀다. 엄청난 공포가 그들을 압도했다. 곧 나쁜 소식이 들려왔다. 안두인의 통로가 적에게 점령당했다는 소식이었다. 파라미르는 펠렌노르의 성벽으로 퇴각하여 병사들을 방벽대로의 요새에 재집결시켰으나, 적의 전력이 열 배가 넘는다는 것이었다. 전령은 말했다.

"파라미르께서 혹시 펠렌노르평원을 가로질러 온다 할지라도 아마 적이 곧 뒤따를 것입니다. 적은 통로를 차지하는 데 아주 비싼 대가를 치렀지만, 우리가 바란 만큼은 아니었지요. 치밀한 계획이 세워진 것 같습니다. 이제 보니 적들이 비밀리에 동오스길리아스에 수많은 뗏목과 거룻배를 준비해 놓았습니다. 그들은 딱정벌레들처럼 떼 지어 건너왔습니다. 그러나 우릴 격파한 건 바로 암흑의 대장이었습니다. 그가 온다는 소문만 들어도 배겨 낼 사람이 없을 지경이지요. 심지어 그의 부하들마저도 그에게 질려서 그의 명령이라면 자기네들끼리라도 서로 죽일 것 같았습니다."

"그렇다면 나는 여기보단 거기서 더 필요하겠군."

간달프는 이렇게 말하고는 당장 말에 올라 달려갔다. 그에게서 나오는 빛도 곧 시야에서 사라져 버렸다. 그날 밤 내내 피핀은 홀로 잠을 이루지 못하고 벽 위에 서서 동쪽을 바라보았다.

빛이 없는 어둠 속에서 비웃기라도 하듯 아침을 알리는 종소리가 울렸을 때, 피핀은 저 멀리서 불길이 솟아오르는 것을 보았다. 저 너머 펠렌노르 성벽이 서 있는 어둠침침한 곳이었다. 감시병들이 큰 소리를 질렀고, 도시의 모든 남자들은 무장을 갖추었다. 이따금 붉은 불빛이 번쩍였고, 무겁게 깔린 공기 속으로 분명치 않은 우르릉 소리가 천천히 들려오기도 했다.

사람들은 울부짖었다.

"적들이 성벽을 점령했구나! 적들이 성벽을 부숴 구멍을 뚫었어! 적들이 몰려온다!"

베레곤드는 절망해서 부르짖었다.

"파라미르는 어디 계신가? 설마 전사하신 건 아닐 테지!"

처음 소식을 가져온 것은 다름 아닌 간달프였다. 그는 늦은 아침 무렵에 몇 명의 기사들과 함께 마차 대열을 호위하고 왔다. 마차에는 파괴된 방벽대로의 요새에서 간신히 구출한 부상병들이 실려 있었다. 그는 당장 데네소르에게 갔다. 영주는 백색탑 홀 위의 높은 방에서 피핀을 대동하고 앉아 있었다. 그는 북쪽, 남쪽, 동쪽으로 나 있는 침침한 창문을 통해 사방을 둘러싸고 있는 운명의 어둠을 꿰뚫어 보기라도 하듯 검은 눈으로 뚫어지게 보고 있었다. 대체로 그의 눈길은 북쪽을 향했으며, 고대의 비방에 의해 아주 먼 평원의 말발굽 소리들을 들을 수 있기라도 한 듯 이따금 귀를 기울이기도 했다.

"파라미르는 돌아왔소?"

그가 묻자 간달프가 대답했다.

"아니요. 하지만 내가 떠날 때 아직 살아 있었소. 그는 펠렌노르를 넘어 퇴각하는 부대가 궤멸되지 않도록 후방 부대에 남기로 했소. 그가 부하들을 결집시켜 꽤 버틸 수 있을지 모르지만, 나는 의심스럽소. 그는 너무 강대한 적과 맞붙어 있으니까. 내가 우려하던 적이 나타났소."

그러자 피핀은 겁에 질려 자신의 직분도 잊고 외쳤다.

"암흑군주는 아니겠지요?"

데네소르가 씁쓸하게 웃었다.

"아니, 아직은 아니야. 페레그린! 그는 모든 전투에 이기고 나서 내 항복을 받아 내기 위해서가 아니면 나타나지 않을 거야. 그는 다른 이들을 무기로 사용하지. 위대한 군주들은 다 그렇게 한다네. 현명하다면 말일세, 반인족. 그렇지 않다면 내가 왜 아들까지 희생시켜가면서 이 탑에 앉아 생각하고, 지켜보고, 기다리겠는가? 나도 아직 칼을 들고 싸울 수 있는데 말이지."

그가 일어서더니 검은색의 긴 망토를 열어젖혔다. 보라! 그는 망토 아래 사슬갑옷을 입고 있었고, 흑색과 은색의 칼집에 큰 칼자루가 달린 장검을 차고 있었다.

"이런 차림으로 나는 걸어 다녔고, 여러 해 동안 이런 차림으로 잠을 잤지. 내 몸이 나이와 더불어 쇠약해지고 나약해지지 않도록."

그러자 간달프가 받았다.

"하지만 지금은 바랏두르의 군주 아래 대장들 가운데 가장 흉포한 녀석이 그대의 외벽을 차지해 버렸소. 그가 바로 그 옛날 앙마르의 왕, 마술사, 반지악령, 나즈굴의 대장이자 사우론의 손에 들린 공포의 투창, 절망의 그림자요."

"그렇다면 미스란디르, 그대는 천적을 만났군. 나는 오래전부터 암흑의 탑의 군대에서 누가 대장인지 알고 있었지. 당신이 돌아와서 하려는 말이 이게 전부요? 아니면 적에게 압도되어 철수한 거요?"

피핀은 간달프가 분노를 터뜨리지나 않을까 걱정되어 떨었지만 그건 기우였다. 간달프는 나직하게 말했다.

"그럴지도 모르지. 그러나 우리가 힘을 겨룰 때는 아직 오지 않았소. 그리고 예부터 전해 오는 말이 맞는다면, 그는 인간 남자의 손에 쓰러지지 않을 운명이고, 그를 기다리는 운명은 현자들의 눈에도 보이지 않소. 어쨌거나 절망의 지휘관은 아직 전면에 나서지 않았소. 그는 아까 당신이 말한 그 지혜에 따라 뒤에서 지배하면서 광란에 빠진 노예들을 앞세워 몰아가고 있지.

아니, 내가 돌아온 것은 아직 치유할 수 있는 부상자들을 호송하기 위해서였소. 람마스의 성벽이 여기저기 부서져서 곧 모르굴의 대군이 여러 지점에서 침입할 테니까. 무엇보다도 이 말을 하러 왔소. 곧 평원에서 전투가 시작될 거요. 돌격대를 정비해야 하오. 기병들로 이루어진 돌격대 말이오. 그들에게 잠시나마 희망을 걸 수 있소. 적이 준비하지 못한 부분이 있는데, 그들에게 기병이 별로 없다는 거요."

"하지만 기병은 우리도 거의 없소. 이제 로한의 원군이 아슬아슬하게 때맞춰 오겠군."

데네소르가 대답하자 간달프가 다시 말했다.

"그들보다 먼저 다른 사람들을 보게 될 것 같소. 카이르 안드로스의 패잔병들이 이미 도착했으니까. 그 섬은 점령됐소. 암흑의 성문에서 나온 다른 군대가 동북쪽에서 오고 있소."

"어떤 사람들은 당신이 나쁜 소식을 전하면서 즐거워한다고 비난해 왔지, 미스란디르. 그렇지만 내게 이건 새로운 소식이 아니오. 어젯밤이 되기 전부터 알고 있었으니까. 돌격대에 대해서는 이미 생각해 보았소. 자, 내려갑시다."

시간이 흘렀다. 마침내 성벽 위 감시병들의 눈에 퇴각하는 야전 부대가 보이기 시작했다. 제일 먼저 지치고 부상당한 사람이 많이 포함된 소부대가 무질서하게 들어왔고, 어떤 이들은 무언가에 쫓기는 듯 미친 듯이 달려왔다. 동쪽으로 멀리 떨어진 곳에서 불꽃이 깜박거리더니 이제는 들판 여기저기로 번져 나갔다. 집들과 외양간들이 불타고 있었다. 그러더니 많은 곳에서 붉은 불꽃이 작은 강처럼 급히 흘러갔고 어둠 속에서 굽이쳐 나아가 성문에서 오스길리아스로 이르는 넓은 길을 향해 모여들고 있었다.

사람들은 수군거렸다.

"적이야. 방벽이 무너졌어. 무너진 성벽을 통해 몰려오는 거야. 횃불을 들고 오는 모양이야. 우리 병사들은 어디 있지?"

시간상으로는 이제 저녁 무렵이었지만 사방이 너무나 어두워서, 궁성 위에서 가장 시력이 좋은 사람들이 봐도 평원에서 무엇 하나 분명히 보이지 않았다. 다만 불타고 있는 곳이 점점 늘어났고, 줄지어 늘어선 불길의 길이와 속도가 증가했을 뿐이었다. 이윽고 도시에서 1.5 킬로미터도 채 떨어지지 않은 곳에서 비교적 정렬이 잘된 부대가 아직 함께 모여서 뛰지 않고 행진해 오는 모습이 보였다. 감시병들은 숨을 멈췄다.

"파라미르가 저기 있는 게 틀림없어. 그는 사람과 짐승을 통제할 수 있거든. 그분은 아직 해낼 수 있을 거야."

이제 퇴각하는 주력 부대가 400미터도 떨어지지 않은 곳에 이르렀다. 뒤쪽 어둠에서 후위 부대의 잔존 인원인 소규모의 기병들이 질주해 오고 있었다. 그들은 또다시 궁지에 몰리자 돌아섰고, 다가오고 있는 불꽃의 대열과 마주했다. 그때 갑자기 사나운 함성이 요란하게 들려왔다. 적의 기병대가 휩쓸듯이 밀려왔던 것이다. 불꽃의 대열은 급류처럼 쏟아져 들어왔다. 줄줄이 이어진 횃불을 든 오르크들과 붉은 기를 든 사나운 남부인들이 거친 언어로 고함을 지르며 퇴각하고 있는 부대를 파도처럼 덮쳤다. 그리고 어두운 하늘에서 찌르는 소리를 토하며 날개 달린 어둠, 나즈굴이 살육의 현장으로 내리꽂듯 하강했다.

퇴각군은 궤멸하기 시작했다. 그들은 달아나고 있었고, 이리저리 미친 듯 내달리며 무기도 내던져 버리고 공포에 질려 울부짖으며 땅에 넘어졌다.

그때 궁성에서 나팔 소리가 울리더니 데네소르가 마침내 돌격대를 내보냈다. 성문 뒤 어두운 곳과 어렴풋이 보이는 외벽 아래 정렬해 있던 그들은 그의 신호를 기다리고 있었다. 도성 안에 남아 있던 기병 전원이었다. 이제 그들은 껑충 뛰어나가 대오를 만들고 속도를 내어 질주하면서 큰 소리를 지르며 돌진했다. 성벽 위에서 응원하는 함성이 들렸다. 돌격대 선두에서 돌 암로스의 백조 기사들이 그들의 대공과 더불어 대공의 문장이 든 푸른 깃발을 머리에 꽂고 달려 나갔던 것이다. 그들은 외쳤다.

"곤도르를 위해 암로스가 간다! 파라미르에게 암로스가 간다!"

그들은 번개처럼 달려 나가 퇴각군의 양 측면에 있는 적들을 공격했다. 그런데 그들 모두를 앞질러 풀밭의 바람처럼 빠르게 질주해 나간 한 명의 기사가 있었다. 샤두팍스를 탄 그는 다시 한번 베일을 벗고 빛을 발하고 있었는데 들어 올린 한 손에서 빛 한 줄기가 퍼져 나갔다.

나즈굴은 이 흰 불꽃의 적수와 대적할 그들의 대장이 아직 오지 않았기에 날카로운 비명을 토하며 물러갔다. 먹이에 눈이 팔려 있던 모르굴의 대군은 미친 듯이 질주하다가 불시에 저돌적인 공격을 당하자 대열이 무너지고 질풍 속의 불똥처럼 흩어졌다. 이제 힘을 얻은 야전 부대는 돌아서서 추격자들을 휘몰아치기 시작했다. 사냥꾼들이 사냥감이 되었다. 퇴각이 맹공격으로 바뀌었다. 들판은 부상당한 오르크들과 사람들로 뒤덮였으며, 내던져진 횃불의 연기가 소용돌이치고 식식 소리와 함께 꺼져 가면서 악취가 올라왔다. 기병대는 계속 질주했다.

그러나 데네소르는 그들이 멀리 진격하는 것을 허락하지 않았다. 적은 저지당해 잠시 물러났으나 동쪽에서 여전히 대군이 밀려오고 있었다. 다시 나팔 소리가 울리며 퇴각을 알렸다. 곤도르의 기병들은 멈춰 섰다. 그들이 보호막이 되어 준 덕분에 그 뒤에서 야전 부대가 재정렬할 수 있었다. 이제 그들은 흔들림 없이 성으로 행군해 왔다. 성문에 도착하여 입성하면서 당당하게 발걸음을 옮겼다. 곤도르의 시민들은 그들을 자랑스럽게 쳐다보며 큰 소리로 칭찬했다. 그러나 그들의 마음은 아직 불안했다. 부대 인원이 비통하게도 줄어든 것을 알 수 있었기 때문이다. 파라미르는 휘하 부대의 3분의 1의 손실을 입었다. 그런데 그는 어디 있는 것일까?

그는 맨 마지막으로 들어왔다. 그의 부하들이 먼저 입성했다. 기사들도 돌아왔고, 돌 암로스의 기치와 대공이 그 뒤를 따랐다. 말에 탄 대공이 자기 앞에 싣고 자기 팔로 부축하고 있던 사람은 그 살육의 들판에서 발견된 그의 친척, 데네소르의 아들 파라미르였다.

"파라미르! 파라미르!"

사람들은 거리에서 눈물을 흘리며 외쳤다. 그러나 그는 아무 대답도 하지 못했다. 사람들은 그를 싣고 굽어진 길을 올라 궁성에 있는 그의 부친에게 갔다. 나즈굴이 백색기사의 공격을 피해 옆으로 비켜 달아나던 순간 치명적인 화살이 날아왔고, 말에 탄 하라드의 전사를 궁지에 몰았던 파라미르가 맞아 땅에 떨어진 것이었다. 쓰러진 그를 베어 버렸을 남부의 붉은 칼에서 그를 구한 것은 바로 돌 암로스의 돌격이었다.

임라힐 대공은 백색탑으로 그를 데려가서 말했다.

"영주의 아들은 위대한 무용을 남기고 이제 돌아왔습니다."

그는 자신이 목격한 상황을 다 이야기했다. 그러나 데네소르는 일어나서 아들의 얼굴을 들여다보고는 아무 말도 하지 않았다. 그는 사람들에게 방에다 침대를 만들고 파라미르를 눕히라고 명령한 후에 방을 나섰다. 그러고는 탑의 꼭대기 밑에 있는 밀실로 홀로 올라갔다. 그 시간에 그곳을 올려다본 많은 사람들은 그 방의 작은 창문에서 흐릿한 빛이 잠시 반짝이고 깜박거리다가 섬광과 함께 사라지는 것을 볼 수 있었다. 그리고 데네소르가 내려와 파라미르에게 가서 그의 옆에 아무 말없이 앉았을 때 그의 얼굴은 아들의 얼굴보다 더 죽은 사람처럼 잿빛으로 변해 있었다.

이렇게 되어 이제 도시는 마침내 포위되었고, 적에게 둥글게 둘러싸였다. 람마스는 파괴되었고, 펠렌노르평원 전체가 적의 수중에 들어갔다. 성벽 밖에서 온 마지막 소식은 성문이 닫히기 전 북쪽 길을 달려온 사람들이 전한 것이었다. 그들은 아노리엔과 로한에서 오는 길이 도시와 만나는 지점을 지키던 수비대의 잔존 인원이었다. 그들을 인솔하고 온 사람은 바로 닷새가 되기 전 아직 태양이 떠올랐고 아침 햇살 속에 희망이 남아 있을 때 간달프와 피핀을 맞아들인 잉골드였다.

"로한인들의 소식이 없습니다. 로한은 이제 오지 않을 겁니다. 그들이 온다 해도 우리에겐 도움이 되지 않겠지요. 우리가 소식을 들은 바로는, 새로운 대군이 안드로스를 거쳐 강을 건너 제일 먼저 왔다고 합니다. 그들은 강한 자들입니다. 눈 휘장을 단 오르크 대군과, 우리가 여태껏 보지 못한 새로운 인간들의 수많은 부대입니다. 키는 크지 않지만 체격이 당당하고 무자비하며, 난쟁이들처럼 수염을 기르고 큰 도끼를 사용합니다. 아마 드넓은 동부의 어떤 야만적인 땅에서 오지 않았나 생각됩니다. 그들이 북쪽 길을 장악했고, 많은 부대가 아노리엔으로 들어갔습니다. 로한인들은 오지 못합니다."

성문은 닫혔다. 밤새도록 성벽 위의 감시병들은 적들이 바깥 평원에서 돌아다니며 들판과 나무를 태우고, 죽었든 살았든 보이는 사람들을 무조건 난도질하는 소리를 들을 수 있었다. 이미 강을 건너온 적들의 숫자를 어둠 속에서 가늠할 수는 없었다. 그러나 아침이 되어, 아니, 그 어둑한 그림자가 평원에 스며들었을 때, 사람들은 밤중에 겁에 질려서 실제보다 더 많이 예상한 것이 아니었음을 알 수 있었다. 펠렌노르평원은 행군하는 그들 부대로 온통 시커멓게 뒤덮였고, 어둠 속에서 눈을 부릅뜨고 볼 수 있는 가장 먼 곳까지 검거나 검붉은 대규모 막사들이 포위된 도시 주위에 더러운 버섯이 자라듯이 돋아나 있었다.

오르크들은 개미처럼 부지런히 급하게 움직이며 성벽에서의 사정거리를 바로 벗어난 곳에 거대한 원을 그리며 둘러싸도록 깊은 참호를 팠다. 참호가 만들어졌을 때 각 참호에서 불이 타올랐는데, 어떻게 불을 붙였고 어떤 연료를 사용하는지, 기술인지 마술인지 도무지 알 수 없었다. 하루 종일 그 작업이 진행되었지만, 미나스 티리스의 사람들은 막을 도리가 없어 그냥 보고만 있었다. 참호 열의 양끝이 완성되면 커다란 수레들이 다가오는 것을 볼 수 있었다. 곧 더 많은 오르크 부대들이 각각 참호 뒤에 숨어서 커다란 투척기를 재빨리 설치했다. 그러나 성벽 위에는 거기에 이를 정도의 큰 투척기나 그 작업을 방해할 것이 없었다.

처음에 사람들은 비웃으며 그 기계에 대해 별다른 두려움을 느끼지 않았다. 그도 그럴 것이 도시의 가장 큰 성벽은 누메노르의 기술과 힘이 망명 생활로 사라지기 이전에 세워진 것으로 매우 높고 놀랍도록 두꺼웠기 때문이었다. 또한 그 외면은 오르상크의 탑처럼 단단하고 검고 매끄러워서 그것이 서 있는 땅을 갈라놓을 이변이 없는 한, 어떤 강철이나 불로도 깨뜨릴 수 없었다.

"어림도 없지. 거명할 수 없는 대적이 직접 오지 않는 한. 또 그가 온다 해도 우리가 살아 있는 한은 여기 들어올 수 없을 거야."

그러나 누군가가 말했다.

"우리가 살아 있는 한? 그게 얼마나 될 것 같은데? 그는 이 세상이 시작된 이후 수많은 강국을 몰락시킨 무기를 갖고 있잖아. 바로 굶주림 말이야. 길은 차단됐고, 로한은 오지 않을 거야."

그러나 그 투척기는 무너뜨릴 수 없는 성벽에 탄환을 낭비하지 않았다. 모르도르 군주의 가장 큰 적에게 공격을 명령한 것은 약탈자나 오르크의 대장이 아니었다. 악의적 힘과 마음이 그것을 이끌었다. 커다란 투척기가 장치되자마자 고함 소리가 자자하고 밧줄과 축의 삐걱거리는 소리가 요란한 가운데 그들은 놀랍도록 높이 포탄을 발사하기 시작했다. 그래서 그것들은 흉벽 바로 위로 날아들어 첫째 원형 구역에 거대한 울림과 함께 떨어졌다. 그 탄환들은 어떤 비밀스러운 기술로 만들어진 것인지 몰라도 떨어지면서 화염이 되어 터졌다.

곧 성벽 안에는 화재의 위험이 커져서, 틈을 낼 수 있는 사람들은 모두 여러 곳에서 타오르는 불길을 잡으려고 뛰어다녔다. 그러고 나서 더 큰 것이 날아오는 와중에 또 다른 것들이 우박처럼 쏟아졌다. 덜 파괴적이지만 더 끔찍한 것이었다. 성벽 안쪽의 거리와 작은 길마다 그것이 굴러다녔는데, 타오르지 않는 작고 둥근 탄환이었다. 그러나 달려가서 그것이 무엇인지를 확인한 사람들은 큰 소리로 울부짖으며 눈물을 흘렸다. 적들은 오스길리아스와 람마스, 평원에서 싸우다 쓰러진 사람들의 머리를 도시에 던져 넣은 것이다. 차마 볼 수 없으리만큼 끔찍했다. 어떤 것은 으스러져 형태가 없었고, 어떤 것들은 심하게 난도질을 당했다. 그렇지만 아직 형태를 식별할 수 있는 것도 많이 있었다. 그들은 큰 고통을 느끼며 죽은 것 같았다. 그리고 모두 다 '눈꺼풀 없는 눈'의 더러운 낙인이 찍혀 있었다. 이렇게 훼손되고 오욕당했지만, 누군가 예전에 알던 사람의 얼굴을 다시 보게 되는 경우도 종종 있었다. 살았을 때 당당하게 무장하고 걸었거나, 들에서 쟁기질을 했거나, 휴일이면 산의 푸른 골짜기에서 말을 타고 달렸던 얼굴들이었다.

사람들은 성문 앞에 벌 떼처럼 몰려든 비정한 적들을 향해 주먹을 휘둘렀지만 아무 소용도 없었다. 그 적들은 저주에도 개의치 않았고, 서부의 언어도 이해하지 못했으며 짐승이나 썩은 새매처럼 거친 소리로 악을 썼다. 그러나 오래지 않아 미나스 티리스에는 모르도르의 대군에 맞서 저항할 용기를 가진 사람이 얼마 남지 않았다. 암흑의 탑 군주에게는 굶주림보다 더 신속한 무기, 두려움과 절망이 있었던 것이다.

나즈굴이 다시 날아왔다. 그들의 암흑군주가 이제 힘을 증대시키고 비축했기에, 그의 의지와 악의만을 입에 올리는 자들의 목소리는 악과 공포로 가득 차 있었다. 그들은 죽어 가는 사람의 살로 배를 채우려고 기다리는 독수리처럼 도시 위에서 계속 빙빙 돌았다. 사람들의 시야와 사정거리를 벗어난 곳에서 날았지만 늘 거기 있었고, 치명적인 소리로 공기를 찢어 놓았다. 그들이 울부짖을 때마다 그 소리는 나아지기는커녕 점점 더 견디기 어려웠다. 결국에는 용감한 사람들도 그 숨은 위협이 그들 위로 지나가면 땅에 엎어지거나 아니면 그대로 선 채 마비된 손에서 무기를 떨어뜨렸는데, 그러는 동안 그들의 마음에는 암울한 기분이 흘러들었다. 그들은 더 이상 전쟁에 대해 생각하지 않았고, 오로지 숨거나 기어 들어갈 일을, 그리고 죽음을 생각했다.

이 비극적인 날에 파라미르는 온종일 백색탑 안의 침대에 누워 치명적인 열로 오락가락하고 있었다. 그가 죽어 가고 있다고 누군가 한 말이 성 전체와 거리에 퍼져 나갔다. 그의 아버지는 그 옆에 앉아 아무 말 없이 아들을 지켜보았고, 도시 방어에 더는 신경을 쓰지 않았다.

피핀은 이처럼 암울한 시간을 보낸 적이 없었고, 우루크하이의 손아귀에 잡혔을 때도 이보다 더 끔찍했던 것 같진 않았다. 그의 임무는 영주의 시중을 드는 것이라 영주 옆을 지켰으나, 거의 잊힌 상태로 불 꺼진 방문 옆에 서서 두려운 마음을 최대한 억누르는 것이 고작이었다. 그가 지켜보는 가운데 바로 그의 눈앞에서 데네소르는 폭삭 늙어 버린 것 같았다. 데네소르의 거만한 의지에서 무언가 꺾이고, 엄격한 마음이 혼란스러워진 것 같았다. 아마도 슬픔과 자책으로 그렇게 된 듯싶었다. 눈물을 흘리지 않던 그 얼굴에서 눈물이 비쳤는데, 그것은 데네소르의 분노보다 더 견디기 어려웠다.

그는 더듬거렸다.

"우, 울지 마십시오, 주군. 그는 좋아질 거예요. 간달프에게 여쭤보셨나요?"

"마법사에 대한 얘기로 위로하지 말게. 그 바보의 희망은 사라졌어. 적은 그걸 찾아냈어. 이제 그의 힘은 점점 커지고 있지. 그는 우리 생각도 읽을 수 있어. 우리가 무엇을 하든 파멸일 뿐이야.

난 내 아들을 불필요한 위험으로 내몰았어. 고마워하지도 않고, 축복해 주지도 않고. 그런데 이제 그 아이는 혈관에 독이 흐르는 채 여기 누워 있어. 아니야, 아니야, 이제 전쟁이 어떻게 되든 내 혈통은 끝나 가고, 섭정 가문도 종말을 맞은 거야. 그럼 비천한 족속이 인간 왕족으로 마지막 남은 사람들을 지배하겠지. 모두 내쫓길 때까지 산에 숨어서 말이야."

사람들이 문 앞에 와서 도시의 영주를 애타게 찾았다. 그러나 데네소르는 말했다.

"아니야, 난 내려가지 않겠다. 내 아들 곁에 있어야 해. 이 아이가 죽기 전에 무슨 말을 할지도 몰라. 종말이 가까워졌어. 그대는 아무나 좋은 사람을 따라가게. 그 회색의 바보라도. 그의 희망은 무너졌지만, 난 여기 남겠다."

그래서 곤도르시의 마지막 방어 명령을 내린 사람은 간달프였다. 그가 나타난 곳마다 사람들의 마음은 가벼워졌고, 날개 달린 어둠은 기억에서 사라졌다. 그는 쉬지 않고 궁성에서 성문까지, 성벽

남쪽에서 북쪽까지 계속 걸어 다녔고, 빛나는 갑옷을 입은 돌 암로스의 대공이 동행했다. 대공과 그의 기사들은 여전히 스스로를 누메노르인의 혈통이 이어진 영주들로 여겼던 것이다. 그들을 본 사람들은 속삭이듯 말했다.

"옛이야기가 맞는 모양이야. 저 사람들의 핏줄엔 요정의 피가 흐르는 게 분명해. 먼 옛날에 그 땅에 님로델의 요정들이 살았다고 하거든."

그러고 나서 누군가 어둠 속에서 님로델의 노래 몇 절을 읊조리기도 하고, 또 까마득히 사라져 간 시절의 안두인계곡의 노래를 부르기도 했다.

그러나 그들이 가 버리면 다시 어둠이 사람들을 뒤덮었고, 그들의 마음은 차갑게 식어 버렸으며, 곤도르의 용맹은 시들어 재로 스러지고 말았다. 이렇게 그들은 낮 시간의 침침한 공포에서 밤의 절망적인 어둠으로 서서히 빠져들었다. 이제 첫째 원형 구역에서는 불길을 잡지 못해 여기저기서 맹렬히 타올랐다. 외벽의 수비대는 이미 여러 지점에서 퇴각로가 끊긴 상태였다. 그러나 자리를 지키는 충실한 이는 별로 많지 않았고, 대부분은 둘째 성문 안으로 달아나 버렸다.

전장 뒤쪽으로 저 멀리 대하에는 이미 신속하게 다리가 놓여서 온종일 더 많은 병력과 군수품이 쏟아지듯 강을 건너왔다. 마침내 한밤중이 되어서야 공격이 뜸해졌다. 적의 선두 부대는 불타오르는 참호들 사이에 남아 있던 여러 갈래의 우회로를 통해 계속 진격해 왔다. 그들은 가까이 접근할 때의 손실도 아랑곳하지 않고 무리를 지어 떼거리로 성벽 위 사수들의 사정거리 안으로 계속 몰려들었다. 그들의 불빛은 한때 곤도르가 자랑했던 솜씨가 뛰어난 사수들에게 많은 표적을 드러내 주었지만, 실은 그들에게 큰 손실을 입힐 만한 군세가 성벽 위에 남아 있지 않았다. 그러자 도시의 사기가 이미 저하된 것을 간파한, 보이지 않는 적의 대장은 공세를 강화했다. 오스길리아스에 세워진 거대한 공성탑이 어둠 속에서 천천히 굴러오고 있었다.

전령들이 백색탑의 방으로 다시 몰려왔다. 그들에게 아주 급박한 용무가 있어 보였기에 피핀은 그들을 들어오게 했다. 데네소르는 파라미르의 얼굴에서 눈을 떼고 천천히 고개를 들어 그들을 말없이 바라보았다.

"첫째 원형 구역이 불타고 있습니다, 주군. 무엇을 명령하시겠습니까? 주군께선 아직 영주이자 섭정이십니다. 모든 사람이 미스란디르를 따르고 있진 않습니다. 사람들은 성벽에서 도망쳐서 수비벽을 공백 상태로 만들고 있습니다."

"왜? 그 바보들은 왜 도망치지? 기왕 다 타 죽어야 한다면 차라리 먼저 타 죽는 게 나을 텐데. 너희들의 불더미로 돌아가라! 나? 난 이제 내 화장대(火葬臺)로 가겠다. 내 화장대로! 데네소르와 파라미르에겐 무덤이 필요 없다. 무덤이 아니야! 미라가 되어 긴 잠을 자진 않겠어. 서쪽나라에서 여기로 배가 오기 전 시절의 이교도 왕들처럼 화장할 거야. 서쪽은 실패했어. 돌아가 불태워라!"

전령들은 인사도, 대답도 하지 않고 돌아서서 달아났다.

이제 데네소르는 일어서서 잡고 있던 파라미르의 뜨거운 손을 놓으며 슬프게 말했다.

"그는 타고 있어, 벌써 타고 있어. 내 아들의 정신의 터전이 무너졌어."

그러고는 조용히 피핀에게 다가와 그를 내려다보며 말했다.

"잘 가게나! 팔라딘의 아들 페레그린! 그대의 봉공은 짧았지만 이제 끝나 가는 것 같군. 이제 얼마 남지도 않았지만 그대의 의무를 해제하겠네. 자, 이제 가서 그대가 원하는 방식으로 죽게나. 그대가 원하는 사람들과 함께. 그대를 이 사지로 끌어들인 어리석은 자네 친구하고라도 말이지. 내 직속 기사들을 이리 보내고 가게나. 안녕히!"

"전 작별을 고하지 않겠습니다, 영주님."

피핀은 무릎을 꿇고 말했다. 그 순간 그는 갑자기 다시 한번 호빗답게 일어나서 노인의 눈을 들여다보았다.

"전 잠시 주군을 떠나겠습니다. 지금 당장 간달프를 찾아야 하니까요. 그렇지만 그는 바보가 아닙니다. 그리고 간달프가 삶을 포기할 때까지 저는 죽음을 생각하지 않을 겁니다. 또한 주군께서 살아계신 동안에는, 제 충성의 맹세와 주군에 대한 봉공에서 벗어나지 않겠습니다. 적들이 결국 이 궁성까지 온다면, 전 여기 주군 옆에 서서 제게 주신 이 무기의 값어치를 다하고 싶습니다."

"그대 좋을 대로 하게, 반인족. 그러나 내 삶은 끝났네. 내 직속 기사들을 보내게."

그는 파라미르에게 돌아갔다.

피핀은 그 방에서 나와 직속 기사들을 부르러 갔다. 여섯 명의 튼튼하고 잘생긴 직속 기사들이 왔으나 그들은 이 부름에 떨고 있었다. 데네소르는 조용한 목소리로 파라미르에게 따뜻한 이불을 덮어 주고, 그가 누운 침대를 들라고 그들에게 명령했다. 그들은 그 명령에 따라 침대를 들고 방을 나섰다. 열에 시달리는 환자가 가급적 불편하지 않도록 그들은 천천히 걸어갔고, 데네소르는 이제 지팡이에 의존하여 고개를 숙인 채로 그들을 따랐다. 피핀이 제일 뒤에서 따라갔다.

그들은 백색탑에서 나와 마치 장례식장으로 향하듯, 낮게 드리운 구름 밑에서 깜박이는 검붉은 불빛에 물든 어둠 속으로 천천히 큰 궁정 뜰을 걸어갔다. 그리고 데네소르의 한마디 명령에 따라, 시든 성수 옆에서 멈춰 섰다.

저 아래 도시에서 들려오는 전쟁의 소음 외에는 사방이 고요했다. 그들은 죽은 나뭇가지에서 검은 연못으로 떨어지는 구슬픈 물방울 소리를 들었다. 그런 다음 계속 걸어 궁성의 문을 지났다. 그곳 문지기들은 놀라고 경악한 눈길로 그들이 지나가는 것을 바라보았다. 서쪽으로 돌아 그들은 마침내 여섯째 원형 구역의 뒤쪽 성벽에 있는 문에 이르렀다. 펜 홀렌이라 불리는 그곳은 장례식 때 외에는 늘 잠겨 있어서, 도시의 영주와 무덤의 표지를 가진 사람, 그리고 사자의 집을 관리하는 사람만이 지날 수 있었다. 그 문을 지나 굽어진 길을 따라 여러 번 굽이를 돌아서 내려가면 민돌루인의 절벽 그늘 아래 있는 좁은 땅이 나왔다. 그곳에 죽은 왕들과 섭정들의 무덤이 세워져 있었다.

길옆의 작은 집에 문지기가 앉아 있다가 공포에 질린 눈으로 등불을 들고 다가왔다. 영주의 명령에 그는 자물쇠를 끌러 조용히 문을 열어젖혔고, 그들은 그에게서 등불을 받아 들고 안으로 들어갔다. 흔들리는 등불 빛에 어렴풋이 보이는 오래된 벽들과 많은 기둥이 박힌 난간들 사이에 이어진 비탈길은 어두컴컴했다. 그들이 아래로, 아래로 천천히 옮기는 발소리가 메아리쳤다. 마침내 그들은 적막의 거리, 라스 디넨에 이르렀다. 흐릿한 빛을 발하는 원형 지붕과 텅 빈 건물, 오래전에 죽은 사람들의 조각상들이 늘어선 거리에서 그들은 섭정의 집으로 들어가 침대를 내려놓았다.

거기서 피핀은 불안하게 주위를 둘러보았다. 아치형 천장이 있는 넓은 방에 들어왔음을 알 수 있었다. 그 방은 장막에 싸인 벽들에 작은 등불이 드리운 거대한 그림자에 덮여 있는 듯했다. 대리석으로 조각된 탁자들이 여러 줄로 늘어서 있는 것이 어렴풋이 보였다. 탁자마다 머리를 돌베개에 받치고 손은 가슴 위에 포개 놓은 잠자는 형체가 누워 있었다. 그러나 가까이 있는 넓은 탁자는 비어 있었다. 데네소르가 손짓하자 그들은 파라미르와 그 부친을 그 탁자에 나란히 올려놓았고, 한 이불로 두 사람을 덮고는, 임종의 침상 옆에서 애도하는 사람들처럼 고개를 숙였다. 그러자 데네소르가 낮은 소리로 말했다.

"우린 여기서 기다리겠다. 그러나 방부 처리를 하는 자들은 불러오지 말아라. 잘 타는 나무를 가져와서 이 주위와 밑에 쌓고 기름을 부어라. 내가 명령하거든, 횃불을 갖다 대거라. 이 명령대로 시행하고 내게 아무 말도 하지 말라. 이제 작별하자!"

"실례합니다, 영주님."

피핀은 이렇게 말하며 돌아섰고, 겁에 질려 그 죽음의 집에서 도망치듯 빠져나왔다. 그는 중얼거렸다.

"가엾은 파라미르! 간달프를 찾아야 해. 가엾은 파라미르! 그에게 필요한 건 눈물이 아니라 약이야. 아, 어디를 가야 간달프를 찾을 수 있을까? 바쁜 일에 둘러싸여 정신이 없겠지. 죽어 가는 사람이나 미친 사람에게 할애할 시간이 없을 거야."

문을 지나며 그는 아직 남아서 경비를 서고 있는 시종 한 명에게 말했다.

"당신의 주군은 지금 제정신이 아니에요. 최대한 천천히, 느릿느릿 하세요. 파라미르가 살아 있는 동안에는 불을 가져가선 안 돼요. 간달프가 올 때까진 아무 일도 하면 안 돼요."

"미나스 티리스의 주인이 누군데? 데네소르 공인가, 아니면 회색의 방랑자인가?"

"회색의 방랑자 외에는 아무도 없는 것 같아요."

피핀은 이렇게 말하고 재빨리 돌아서서 그의 발이 달릴 수 있는 최대한의 속도로 구불구불한 길을 올라갔고, 깜짝 놀란 문지기를 지나서 문을 빠져나온 다음에도 계속 달려 마침내 궁성의 성문 가까이에 이르렀다. 그가 지날 때 보초를 서던 사람이 소리를 질렀다. 베레곤드의 목소리였다.

"어딜 그렇게 달려갑니까, 페레그린?"

"미스란디르를 찾으러 가요."

피핀이 대답했다.

"영주님의 전령은 긴급한 것일 테니, 나 때문에 지체돼서는 안 되겠지요. 하지만 가능하면 재빨리 좀 말해 주시오. 무슨 일이 일어난 겁니까? 우리 주군은 어디로 가셨고요? 난 방금 근무에 들어왔는데, 영주님이 닫힌문으로 가셨고 사람들이 파라미르를 모셔 갔다고 들었습니다."

"그래요. 적막의 거리로 갔어요."

베레곤드는 눈물을 감추려고 고개를 숙였다.

"그분이 죽어 가고 있다고 사람들이 말하더군요. 그러면 지금은 돌아가셨겠지요."

그는 한숨을 쉬었다.

"아뇨, 아직은 아니에요. 지금이라도 그의 죽음을 막을 수 있을 것 같아요. 그러나 영주께서는 그의 도시가 함락되기도 전에 먼저 무너지신 것 같아요, 베레곤드. 그는 무엇엔가 홀린 것 같고 위험해요."

그는 데네소르의 이상한 말과 행동에 대해 재빨리 이야기했다.

"난 당장 간달프를 찾아야 해요."

"그렇다면 전장으로 내려가야 하겠지요."

"알아요. 주군께선 날 의무에서 풀어 주셨어요. 그렇지만, 베레곤드, 가능하면, 끔찍한 일이 일어나지 않도록 막아 줘요."

"영주께서는 흑색과 은색의 제복을 입은 신하들에게 주군의 명령을 제외하고 어떤 이유에서도 자기 위치를 벗어나지 말라고 명령하셨어요."

"그렇다면 당신은 명령과 파라미르의 목숨 중에서 하나를 선택해야겠군요. 그런데 명령에 대해 말하자면, 당신이 상대할 사람은 영주가 아니라 광인 같아요. 난 즉시 달려가야 해요. 가능하면 돌아오겠어요."

피핀은 시의 외곽을 향해 아래로, 아래로, 계속 내달렸다. 화염에서 도망치는 사람들이 그를 지나쳤고, 그의 제복을 본 누군가는 돌아서서 소리쳤지만 그는 일체 관심을 두지 않았다. 마침내 둘째 성문을 통과했는데 그곳에는 성벽들 사이에 큰 불길이 솟구치고 있었다. 그런데 이상하리만치 고요했다. 어떤 소음도, 전투의 함성이나 무기의 소음도 들리지 않았다. 그러다 갑자기 끔찍한 비명과 큰 충격과 함께 쿵 하고 깊이 울리는 소리가 들려왔다. 그는 갑자기 밀려든 두려움과 공포로 무릎까지 후들후들 떨릴 지경이었지만 억제하려고 애쓰며 모퉁이를 돌았고, 성문 너머의 넓은 빈터로 들어섰다. 그러다 갑자기 딱 멈춰 섰다. 간달프를 발견한 것이다. 그러나 피핀은 뒷걸음질 쳤고, 몸을 웅크리고 어두운 곳으로 기어 들어갔다.

자정이 지난 후 대규모의 공격이 계속되었다. 북소리가 우르르 울렸다. 적의 부대가 연거푸 북쪽과 남쪽에서 성벽을 압박해 왔다. 단속적으로 빛나는 붉은빛 속에서 움직이는 집채처럼 보이는 거대한 짐승들, 하라드의 무마킬이 불길에 휩싸인 좁은 길로 거대한 탑들과 기계를 끌고 올라왔다. 하지만 그들의 대장은 그들의 공격이나 얼마나 많이 살해할 것인지에 대해 그리 관심을 두지 않았다. 그의 목적은 다만 수비력을 시험해 보고, 곤도르인들을 여러 곳에서 분주하게 만드는 것이었다. 그가 가장 강력하게 공격할 곳은 성문이었다. 강철과 쇠로 만들어져서 대단히 튼튼하고, 불굴의 돌로 쌓은 탑과 각루로 방어되기는 하지만, 바로 그곳이 실마리였고, 그 높고 뚫을 수 없는 성벽 중에서 가장 취약한 부분이었다.

북소리는 더 크게 울렸다. 불길이 치솟았다. 거대한 기계가 들판을 가로질러 다가오고 있었다. 그 기계의 중간에는 길이가 33미터에 달하는 숲속의 나무처럼 거대한, 성벽을 부수는 공성망치가 강철 사슬에 매달려 흔들리고 있었다. 그것은 모르도르의 어두운 대장간에서 오랜 세월에 걸쳐 주조된 것이었다. 검은 강철로 주조된 그 흉측한 머리 부분은 잔인한 늑대와 비슷한 모양이었고 파멸의 저주가 새겨져 있었다. 그들은 옛날 지하 세계의 쇠망치를 기념하기 위해 그것을 그론드라고 불렀다. 큰 짐승들이 그것을 끌었고, 오르크들이 그 주위를 둘러싸고 호위했으며, 그것을 휘두를 트롤들이 뒤에서 따라왔다.

그러나 성문 주위의 저항은 아직 강력했다. 돌 암로스의 기사들과 가장 강인한 수비대원들은 거기서 막다른 골목에 몰려 있었다. 화살과 창이 비 오듯 날아들었다. 공성탑들이 와르르 무너지거나 횃불처럼 갑자기 화염에 휩싸이기도 했다. 성문 좌우의 성벽 앞은 잔해들과 시체들로 뒤덮여 있었다. 그러나 광기에 휘몰린 듯이 적들은 더더욱 몰려왔다.

그론드가 천천히 굴러왔다. 그것의 단단한 덮개 위에는 불이 붙지 않았다. 그것을 끌고 오는 큰 짐승들이 사납게 날뛰다가 이따금 그것을 호위하는 수많은 오르크들을 짓밟아 엉망으로 만들기도 했지만, 그 시체들은 길옆으로 던져졌고 다른 오르크들이 그 자리를 메웠다.

그론드가 천천히 굴러왔다. 북소리가 더욱 세차게 울렸다. 산더미처럼 쌓인 시체 위에 어떤 무시무시한 형체가 나타났다. 큰 키에 두건을 쓰고 검은 망토를 두른 기사였다. 그는 시체들을 짓밟으며 천천히 전진했고, 날아오는 창도 개의치 않았다. 그는 멈춰 서더니 흐릿하게 빛나는 장검을 뽑아 들었다. 그의 이런 몸짓이 수비자들과 적들 모두에게 엄청난 공포를 일으켰다. 사람들의 손이 옆으로 축 늘어져서 화살 하나 날리지 못했다. 한순간 모든 것이 정적에 휩싸였다.

북이 둥둥둥 울리며 덜컹거렸다. 거대한 손들이 그론드를 어마어마한 힘으로 세차게 내던졌다. 그것은 성문에 부딪쳐 휙 돌았다. 구름 속을 달리는 천둥처럼 쿵 소리가 온 도시에 우르르 울려 퍼졌다. 그러나 철문과 강철 기둥은 그 충격을 견뎌 냈다.

그러자 그 암흑의 대장이 등자에서 일어나 끔찍한 목소리로 크게 외쳤고, 사람의 가슴뿐만 아니라 돌마저 찢어 놓을 마력과 공포가 담긴 말을 어떤 잊힌 언어로 내뱉었다.

세 번 그는 부르짖었다. 세 번 그 거대한 공성망치가 우르르 울렸다. 그러자 갑자기 마지막 타격에 곤도르의 성문이 부서졌다. 마치 폭파의 주문에 걸린 것처럼 산산이 부서졌다. 타는 듯한 번개의 섬광이 일었고, 성문은 산산조각 나 땅 위에 굴러떨어졌다.

나즈굴의 군주가 안으로 들어왔다. 뒤에서 타오르는 불길을 배경으로 거대하고 검은 형체가 불쑥 나타나서 절망을 선사하는 엄청난 위협이 되었다. 나즈굴의 군주가 지금껏 어떤 적도 통과하지 못한 아치길 밑으로 들어왔고, 그의 얼굴 앞에서 모두들 도망쳤다.

오직 한 사람만 예외였다. 거기 성문 앞 빈터에서 말없이 꼼짝 않고 기다리며 간달프가 샤두팍스를 타고 앉아 있었다. 이 세상의 말 중에서 오직 샤두팍스만이 동요하지 않고 적막의 거리에 새겨진 그림처럼 확고부동하게 그 공포를 견뎌 냈다.

"너는 여기 들어올 수 없다."

간달프가 말했다. 그 거대한 어둠이 멈춰 섰다.

"너를 기다리고 있는 심연으로 돌아가라! 돌아가! 너와 네 주인을 기다리는 무(無)로 떨어져 버려라. 어서 가라!"

암흑의 기사는 두건을 젖혔다. 그러자 보라! 그는 왕관을 쓰고 있었는데 그것을 쓴 머리는 보이지 않았다. 왕관과 망토를 두른 넓고 시커먼 어깨 사이에서 붉은 불이 번쩍였다. 보이지 않는 입에서 죽음처럼 음산한 웃음이 새어 나왔다.

그는 말했다.

"늙은 멍청이! 늙은 멍청이! 지금은 내 시간이다. 죽음을 보고도 알아차리지 못하는가? 이제 죽어라. 악담을 퍼부어도 소용 없어!"

이 말과 함께 그는 칼을 높이 쳐들었고 칼날에서 불꽃이 흘러내렸다.

간달프는 움직이지 않았다. 그런데 바로 그 순간, 저 뒤편 도시의 어느 안뜰에서 수탉 한 마리가 울었다. 그 수탉은 마법이니 전쟁이니 하는 것은 개의치 않고 다만 죽음의 그림자 너머로 저 높은 하늘에서 새벽과 함께 오고 있는 아침을 환영하려고 소리 높여 쩽쩽하게 울었다.

그러자 마치 거기에 화답하듯 저 멀리서 다른 소리가 들려왔다. 나팔, 나팔, 나팔 소리였다. 민돌루인의 어두운 산기슭에서 그 소리가 희미하게 메아리쳤다. 사납게 불어 대는 북부의 큰 나팔 소리였다. 로한이 마침내 온 것이다.

Chapter 5

로한 기사들의 질주

날이 어두워 담요를 뒤집어쓰고 땅에 누워 있던 메리의 눈에는 아무것도 보이지 않았다. 밤의 공기는 무겁게 가라앉았고 바람도 불지 않았지만 주변의 보이지 않는 나무들이 조용히 한숨짓는 것 같았다. 그는 고개를 들었다. 그러자 그 소리가 다시 들려왔다. 마치 나무가 울창한 언덕과 산기슭에서 나는 희미한 북소리 같았다. 둥둥 울리는 그 소리는 갑자기 멈췄다가 다른 쪽에서 다시 울리기도 했고, 가까이 느껴졌다가 멀리 느껴지기도 했다. 그는 경비병들도 그 소리를 들었을지 궁금했다.

경비병들은 보이지 않았지만, 로한의 부대가 사방을 둘러싸고 있음을 그는 알고 있었다. 그는 어둠 속에서 말의 냄새를 맡을 수 있었고, 말들이 움직이며 솔잎이 깔린 땅에서 가볍게 발을 구르는 소리도 들을 수 있었다. 그들은 에일레나크 봉화대 주변의 소나무 숲에서 야영하고 있었다. 에일레나크는 동부 아노리엔의 큰길 옆에 있는 드루아단숲의 긴 능선에서 솟아오른 높은 언덕이었다.

메리는 피곤했지만 잠을 이룰 수 없었다. 이미 나흘이나 쉬지 않고 달려왔고, 끝없이 짙어만 가는 어둠이 서서히 그의 가슴을 짓눌렀다. 그는 뒤에 남아 있을 핑계도 충분했고, 더구나 왕의 명령까지 받았는데도 왜 자신이 그렇게 기를 쓰고 오려 했는지 의아했다. 또한 노왕이 자기가 명령을 어긴 것을 알고 있는지, 그래서 화가 나 있는지 궁금했다. 그렇지 않을 것 같았다. 데른헬름과 그들이 속한 에오레드를 통솔하는 원수 엘프헬름 사이에는 어떤 묵계가 있는 것 같았다. 그와 그의 부하들은 메리를 못 본 척했으며, 그가 말해도 못 들은 척했다. 그는 데른헬름이 싣고 가는 자루 하나에 불과한 것 같았다. 데른헬름도 위로가 되지 않았다. 그는 누구에게도 말을 걸지 않았다. 메리는 자기가 작고 불필요한 존재이고, 외롭다는 느낌이 들었다. 이제 불안한 시간이 다가왔고, 부대는 위험에 접근하고 있었다. 그들은 도시 지역을 둘러싼 미나스 티리스의 외벽까지 하루의 여정도 남지 않는 곳에 와 있었다. 척후병들이 미리 파견되었는데, 일부는 돌아오지 못했다. 급히 돌아온 다른 이들은 그들 앞의 도로가 봉쇄되었다고 보고했다. 적의 대군이 아몬 딘의 서쪽으로 5킬로미터 지점에 주둔해 있으며, 그들에게서 15킬로미터도 떨어지지 않은 길까지 일부 군세가 이미 진격해 오고 있다는 것이었다. 오르크들이 길옆의 산과 숲을 뒤지며 돌아다니고 있었다. 왕과 에오메르는 밤에 자지 않고 회의를 열었다.

메리는 누군가와 이야기하고 싶었고, 그래서 피핀을 생각했다. 하지만 그래 봐야 불안감만 커질 뿐이었다. 불쌍한 피핀, 거대한 돌의 도시에 갇혀서 외롭고 무서울 텐데. 메리는 자신이 에오메르처럼 대단한 기사가 되어 나팔이나 다른 걸 불며 전속력으로 달려가 그를 구출하고 싶었다. 그는 일어나 앉아 이번에는 좀 더 가까이에서 다시 울리기 시작한 북소리를 들었다. 곧 나지막하게 말하는 소리가 들려왔고, 나무들 사이로 지나가는 반쯤 가린 어둑한 등불이 보였다. 주위의 사람들이 어둠 속에서 불분명하게 움직이기 시작했다.

어떤 장신의 형체가 나타나서는 그의 몸에 걸려 넘어지면서 나무뿌리인 줄 알고 욕을 했다. 그 목소리를 들으니 원수 엘프헬름이었다.

"난 나무뿌리가 아니에요. 자루도 아니고요. 당신 발에 멍든 호빗이에요. 당신이 내게 해 주실 수 있는 최소한의 보상은 지금 어떤 상황인지 말씀해 주시는 거예요."

"이 악마의 어둠 속에 이렇게 숨어 있는 게 무엇이든 간에, 우리 왕께선 우리에게 만반의 준비를 갖추라는 분부를 내리셨지. 신속한 이동 명령이 떨어질 거야."

그러자 메리는 불안해서 물었다.

"그럼 적들이 오고 있나요? 저게 그들의 북소린가요? 누구도 저 소리에 주의를 기울이지 않는 것 같아서 내 상상인 줄 알았어요."

"아니, 아니야. 적은 길 위에 있지, 산 위에 있지 않아. 그대는 숲의 야인들인 우오즈의 소리를 들은 거야. 그들은 그런 식으로 멀리서 얘기를 나누거든. 아직 이 드루아단숲에 살고 있다네. 옛 시대의 유민으로 소수가 은밀히 살고 있는데, 야수처럼 사납고 경계심이 강하지. 곤도르나 마크와 함께 전쟁터에 나가진 않지만 그들도 지금 이 어둠과 오르크들의 출현에 동요하고 있어. 지금 상황으로 보면 거의 그렇듯이, 다시 암흑시대가 돌아올까 봐 겁내고 있는 거야. 사실 그들이 우릴 공격하지 않는 걸 고맙게 생각해야지. 그들은 독화살을 사용한다고 하거든. 또한 숲에서는 그 누구와도 비교할 수 없을 만큼 놀라운 재주를 갖고 있지. 그런데 그들이 세오덴 왕께 봉사하겠다고 제의해 왔어. 그들 족장 한 사람이 지금 왕을 알현하러 와 있지. 저쪽에 불빛이 보이지? 나도 그 이상은 몰라. 자 이제 나도 왕명을 수행하러 가야지. 짐을 꾸리게나, 자루 양반!"

그는 어둠 속으로 사라져 갔다.

메리는 야인이나 독화살 이야기가 마음에 들지 않았다. 하지만 그것과는 별개로, 지독한 두려움이 마음을 짓눌렀다. 기다리는 것은 견딜 수 없었다. 앞으로 어떤 일이 일어날지 무척 알고 싶었다. 그는 일어섰고, 나무들 사이로 사라지기 전에 마지막으로 보였던 등불을 좇아 조심스럽게 걸어갔다.

오래지 않아 그는 커다란 나무 밑에 왕을 위해 설치된 작은 막사가 있는 빈터에 이르렀다. 위쪽에 갓을 씌운 큰 등불이 나뭇가지에 걸려서 그 밑에 희미한 빛을 둥글게 보내고 있었다. 세오덴 왕과 에오메르가 거기 앉아 있었고, 그들 앞에는 오래된 돌처럼 울퉁불퉁하고 이상하게 생긴 땅딸막한 남자가 땅바닥에 앉아 있었다. 혹투성이의 얼굴에는 듬성듬성 난 수염이 마른 이끼처럼 제멋대로 퍼져 있었다. 그는 짧은 다리에 팔이 굵고 나무 그루터기같이 생긴 뚱뚱한 사람으로, 허리 부근만 풀로 가리고 있었다. 메리는 전에 어디선가 그를 본 적이 있는 것 같았다. 갑자기 검산오름의 푸켈맨이 떠올랐다. 여기 있는 남자는 그 오래된 석상이 살아난 것이거나 아니면 오랜 옛날 잊힌 장인들이 모방했던 그 실물들이 순수한 혈통을 간직한 채 영겁의 세월을 통해 이어져 내려온 것 같았다.

메리가 가까이 기어갔을 때는 침묵이 흐르고 있었다. 곧 그 야인이 어떤 질문에 대답하는 듯 말하기 시작했다. 그의 말소리는 깊은 후음처럼 들렸는데 놀랍게도 공용어를 사용하고 있었다. 그러나 계속 끊기는 말투였고, 투박한 단어가 가끔 섞이기도 했다.

그가 말했다.

"아니야, 말 타는 사람의 아비. 우리는 싸우지 않는다. 사냥만 한다. 숲에서 고르군을 죽인다. 오르크족을 미워한다. 당신들도 고르군을 미워한다. 우린 할 수 있는 대로 돕는다. 야인은 멀리 듣고 멀리 본다. 길을 다 안다. 우리는 돌집들이 생기기 전부터 여기 살았다. 키 큰 사람들이 큰 바다에서 오기 전부터 여기 살았다."

그러자 에오메르가 답했다.

"그렇지만 우리는 전투에서 도움이 필요하다. 당신과 당신의 종족은 우릴 어떻게 돕겠는가?"

"소식을 가져온다. 우린 언덕에서 내다본다. 우린 큰 산에 올라가 내려다본다. 돌의 도시는 닫혔다. 거기 바깥에 불이 타고 있다. 이젠 안에도. 거기로 가고 싶은가? 그러면 빨리 가야 한다. 그런데 고르군과 멀리서 온 인간들이……."

그는 울퉁불퉁한 짧은 팔을 들어 동쪽을 가리키며 말했다.

"말 달리는 길에 앉아 있다. 아주 많이, 말 탄 사람들보다 더 많이."

"당신은 그걸 어떻게 알지?"

에오메르가 물었다.

그 노인의 넓적한 얼굴과 검은 눈은 아무것도 드러내지 않았으나 그의 목소리는 불쾌감으로 무뚝뚝했다.

"야인은 거칠고 자유롭다. 그러나 어린애는 아니다. 난 위대한 족장, 간부리간이다. 난 많은 것을 센다. 하늘의 별들, 숲의 나뭇잎들, 어둠 속의 인간들. 당신들은 스물의 열과 다섯 배의 스물이 있다. 그들은 더 많다. 큰 싸움이 나면 누가 이길까? 그리고 돌집 벽 주위에 걷고 있는 건 더 많다."

그러자 세오덴이 탄식했다.

"아! 너무나 예리한 말이로군. 정찰병이 보고한 바로는 그들이 길을 가로질러 참호를 파고 말뚝을 박아 놓았다네. 우리가 갑자기 공격해서 그들을 쓸어 버릴 수는 없겠어."

"그렇지만 우린 최대한 속도를 내야 합니다. 성널오름이 불타고 있습니다!"

에오메르가 말했다. 그러자 족장이 다시 덧붙였다.

"간부리간은 아직 다 말하지 않았다. 그 길만 아는 건 아니다. 함정도 없고, 고르군도 다니지 않는, 우리와 동물들만 다니는 길을 안내하겠다. 돌집족이 더 강했을 때 많은 길을 만들었다. 그들은 사냥꾼이 짐승 살을 자르듯 산을 잘랐다. 야인들은 그들이 돌을 음식으로 먹었다고 생각한다. 그들은 드루아단에서 림몬까지 큰 짐수레로 갔다. 그들은 더는 오지 않는다. 길은 잊혔지만 야인은 잊지 않는다. 언덕 위와 언덕 뒤에 그 길은 수풀과 나무 아래 뚫려 있고, 그 너머에 림몬이 있고 내려가면 딘이 있다. 거기 끝에서 다시 말 타는 사람의 길로 나간다. 야인은 그 길을 알려 주겠다. 그럼 당신들은 고르군을 죽이고 빛나는 철로 나쁜 어둠을 물리치고, 우리는 거친 숲으로 돌아가 잠잘 수 있다."

에오메르와 왕은 자신들의 언어로 의견을 나눴다. 마침내 세오덴이 야인에게 말했다.

"그대의 제안을 받아들이겠다. 우리 배후에 적을 두고 가지만 무슨 상관이 있겠는가? 돌의 도시가 함락되면 우리는 돌아갈 수 없을 테니. 만일 그 도시를 구한다면, 오르크의 대군은 스스로 무너질 것이다. 간부리간, 만일 당신이 충직하다면 우린 그대에게 풍족하게 보상할 테고, 당신은 마크와 영원한 우정을 나누게 될 것이다."

"죽은 자는 산 자의 친구가 될 수 없고, 선물도 줄 수 없다. 그러나 당신이 암흑에서 살아난다면, 그땐 숲의 우리를 우리끼리 내버려 두고 더는 짐승처럼 사냥하지 말라. 간부리간은 당신들을 함정에 빠뜨리지 않는다. 그는 말 타는 사람들의 아비와 함께 갈 것이다. 만일 당신들을 잘못 이끌었다면 당신들은 그를 죽여도 된다."

"그렇게 하라!"

세오덴이 명령을 내리자 에오메르가 물었다.

"적의 옆을 지나서 다시 길로 나오려면 얼마나 걸리는가? 당신이 인도한다면 우리는 말을 천천히 몰 수밖에 없고 길도 좁지 않을까 생각하는데?"

간이 대답했다.

"우리는 걸어서도 빨리 간다. 저쪽 돌수레골짜기는 말 네 마리가 갈 정도로 길이 넓다."

그는 손으로 남쪽을 가리켰다.

"그러나 시작과 끝은 좁다. 우리는 여기서 딘까지 해 뜰 때에서 정오 사이에 간다."

그 말을 듣고 에오메르는 세오덴에게 말했다.

"그렇다면 우린 길잡이에게 최소한 일곱 시간은 줘야겠습니다. 하지만 다 해서 열 시간 정도는 잡는 게 좋을 거 같습니다. 예측하지 못한 일이 우릴 가로막을 수 있고, 또 만일 우리가 한 줄로 걸어가야 한다면 산에서 나왔을 때 다시 전열을 정비하는 데 상당한 시간이 걸릴 겁니다. 지금 시간이 어떻게 됐을까요?"

"누가 알겠는가? 지금 사방이 깜깜한 한밤중인데."

세오덴이 말했다. 그러자 간이 끼어들었다.

"사방이 어둡지만 사방이 한밤중은 아니다. 해가 뜨면 가려져 있어도 우린 느낄 수 있다. 이미 해는 동쪽 산맥을 오른다. 하늘의 들판에서 하루를 시작한다."

다시 에오메르가 말했다.

"그렇다면 되는대로 빨리 출발해야겠습니다. 그래도 오늘 곤도르에 도착해서 도움을 줄 가능성은 별로 없겠지만."

메리는 더 이상 들으려 하지 않고 살그머니 돌아와서 행군 소집을 위해 준비했다. 전투에 나가기 전의 마지막 행군이 될 것이다. 그 전투에서 살아남을 사람은 많을 것 같지 않았다. 그러나 피핀과 화염에 휩싸인 미나스 티리스를 생각하고는 두려움을 떨쳐 버렸다.

그날은 매사 잘 진행되었고, 그들을 요격하려고 기다리는 적을 보지도, 듣지도 못했다. 야인들은 빈틈없는 사냥꾼들을 전위 부대로 내보냈기 때문에, 오르크나 순찰감시병은 숲속의 동정을 전혀 알 수 없었다. 포위된 도시에 가까이 갈수록 주위는 점점 더 어두워졌고, 기사들은 마치 사람과 말의 시커먼 그림자처럼 긴 대열을 이루고 나아갔다. 부대마다 숲의 야인이 붙어 인도했으며, 늙은 간은 왕 옆에서 걸어갔다. 처음에는 예상보다 더 오래 걸렸다. 기사들이 말을 끌고 걸어가면서 야영지 뒤쪽의 울창한 숲의 능선을 넘고 돌수레골짜기로 내려가서 길을 찾느라 시간이 걸렸던 것이다. 늦은 오후가 되어서야 선두가 아몬 딘의 동쪽 기슭 너머로 길게 뻗은 넓은 회색 잡목 숲에 이르렀다. 그 숲은 나르돌에서 딘까지 동서로 이어지는 산맥에 파인 거대한 틈새를 덮어 감추었다. 그 틈새를 통해 잊힌 수렛길이 오래전에 뚫렸고, 아노리엔을 지나서 말이 달리는 도시의 큰 도로로 연결되었다. 그러나 인간의 여러 세대가 지나는 동안 나무들이 제멋대로 자라났기에, 이제 그 길은 사라지기도 하고 군데군데 끊긴 데다 무수한 세월 동안 쌓인 낙엽들에 파묻혀 있었다. 하지만 그 잡목 숲은 기사들이 탁 트인 전장으로 나가기 전에 그들을 숨겨 줄 마지막 희망이었다. 그 숲 너머에 도로와 안두인평원이 있었고, 동쪽과 남쪽으로는 풀 한 포기 없이 바위투성이인 언덕이 있었던 것이다. 그 구부러진 언덕들이 모여 첩첩이 쌓여 가며 민돌루인의 거대한 몸집과 허리를 이루고 있었다.

선두 부대가 멈춰 섰다. 그들 뒤의 긴 대열이 돌수레골짜기의 골을 빠져나오자 그들은 여러 갈래로 흩어져서 잿빛 나무들 아래의 야영지로 이동했다. 왕은 지휘관들을 회의에 소집했다. 에오메르가 길을 염탐하기 위해 정탐병을 보냈지만, 간이 고개를 저으며 말했다.

"말 탄 사람을 보내야 소용없다. 야인은 이미 이 나쁜 공기에서 볼 수 있는 건 다 봤다. 그들이 곧 와서 내게 말할 것이다."

지휘관들이 모였다. 그런데 그때 메리의 눈에는 분간되지 않을 정도로, 간과 비슷한 푸켈맨 모습의 다른 야인들이 숲에서 조심스럽게 걸어 나왔다. 그들은 간에게 이상한 후음이 섞인 언어로 말했다. 곧 간은 왕에게 말했다.

"야인들은 많은 이야기를 한다. 첫째, 경계하라! 딘 저편으로 한 시간 거리에 아직도 많은 사람들이 주둔해 있다."

그는 어두운 봉화대를 향해 서쪽으로 팔을 흔들며 말을 이었다.

"그러나 여기서부터 돌족의 새 성벽까지는 아무도 없다. 거긴 아주 바쁘다. 성벽은 더 이상 서 있지 않다. 고르군이 땅의 천둥과 검은 쇠봉으로 그것을 부쉈다. 그들은 경계하지 않고, 주위를 둘러보지 않는다. 자기편이 모든 길을 감시한다고 생각한다."

이 말을 하며 늙은 간은 꿀룩꿀룩 희한한 소리를 냈다. 웃고 있는 것 같았다.

에오메르가 외쳤다.

"좋은 소식이오! 이렇게 암울한 가운데도 다시 희망이 비치는군요. 적의 책략이 의도치 않게 우리에게 도움이 되는 경우가 이따금 있습니다. 이 가증스러운 어둠이 우리를 숨겨 주었지요. 지금 곤도르를 파괴하고 돌덩이 하나하나까지 패대기치려는 그의 욕망 때문에, 그 오르크들이 제가 가장 걱정하던 바를 덜어 주었습니다. 그 외벽은 우리에게 오랫동안 대항할 수 있었습니다. 그러나 이제는 우리가 휩쓸고 지나갈 수 있습니다. 우리가 거기까지 갈 수만 있다면."

세오덴은 간에게 말했다.

"다시 한번 감사하오, 숲의 간부리간이여. 소식과 길 안내에 감사하며 행운이 함께하길 빌겠소."

"고르군을 죽여라! 오르크족을 죽여라! 다른 말은 야인을 즐겁게 하지 못한다. 이 나쁜 공기와 어둠을 빛나는 쇠로 몰아내라!"

간이 이렇게 외치자 세오덴 왕이 답했다.

"그 일을 하려고 우리가 멀리 달려왔소. 우리는 그것을 시도할 것이오. 그러나 우리가 무엇을 이룰 수 있을지는 오직 내일이 알려 줄 것이오."

간부리간은 웅크리고 앉아서 작별의 표시로 뿔처럼 단단해 보이는 이마를 땅에 댔다. 그러고는 떠날 것처럼 일어섰다. 그러나 갑자기 이상한 냄새를 맡고 깜짝 놀란 숲속 동물처럼 얼굴을 위로 쳐들었다. 그의 눈이 번쩍였다.

"바람이 바뀌고 있다!"

그는 이렇게 소리치고는 눈 깜짝할 사이에 자기 동료들과 함께 어둠 속으로 사라져 버렸다. 로한의 기사들은 다시는 그들을 볼 수 없었다. 오래 지나지 않아 멀리 동쪽에서 희미한 북소리가 울리기 시작했다. 야인들은 이상하고도 추한 모습이었지만 그들이 자신들을 속여 함정으로 이끌었을지도 모른다는 걱정은 아무도 하지 않았다.

엘프헬름이 말했다.

"우린 더 이상 안내자가 필요 없습니다. 우리 부대에는 평화롭던 시절에 성널오름까지 와 본 기사들이 있습니다. 저도 그중 하나입니다. 우리가 도로에 이르면 곧 남쪽으로 꺾이고, 거기서 도시 성벽까지는 35 킬로미터 정도 됩니다. 그 길의 대부분은 양옆에 풀밭이 깔려 있어서 최고 속도를 낼 수 있다고 곤도르의 전령들이 전했습니다. 우리는 그 길로 신속하게, 큰 소음 없이 달려갈 수 있을 겁니다."

그러자 에오메르가 말했다.

"그렇다면 우린 이제 치명적인 일을 앞두고 있고 최대의 전력이 필요하니, 지금 휴식을 취한 다음 밤중에 출발할 것을 제안합니다. 그렇게 출발 시간을 맞춰서 내일 그래도 빛이 있을 때나 왕께서 전투 신호를 보낼 때 우리가 평원에 도착하도록 말입니다."

이 제안에 왕이 동의하자 지휘관들은 자리를 떴다. 그러나 엘프헬름이 곧 다시 돌아와서 말했다.

"정탐병들이 회색숲 너머에서 두 사람 말고는 아무것도 발견하지 못했습니다. 두 구의 시체와 두 마리 말뿐이었답니다."

에오메르가 물었다.

"그래, 어떤 자들이었소?"

"곤도르의 전령들이었습니다. 한 명은 히르곤 같았답니다. 손에는 아직 붉은 화살을 움켜잡고 있었습니다만 머리는 잘려 나간 상태였습니다. 또 정황으로 보아 그들은 죽기 전에 서쪽으로 달아났던 것 같습니다. 그들이 돌아왔을 때 이미 적들이 외벽을 차지했거나 아니면 공격 중이었던 모양입니다. 그들이 늘 그래 왔듯이 역참에서 새 말로 갈아탔다면 아마 이틀 밤 전이었겠지요. 그들은 도시로 가지 못하고 돌아오던 길인 것 같습니다."

"아아! 그렇다면 데네소르는 우리가 온다는 소식을 듣지 못했을 테니 우리의 출정을 비관적으로 생각하겠군!"

세오덴이 탄식했다. 그러자 에오메르가 위로하듯 말했다.

"긴급한 상황에서 지체되는 것은 참기 어려우나, 아예 없는 것보다는 늦는 것이 낫다고 하지 않습니까. 인간이 말하기 시작한 이후로 지금처럼 이 옛 속담의 진실성을 입증한 적도 없을 겁니다."

밤이 되었다. 길 양쪽에서 로한의 대군이 조용히 전진하고 있었다. 이제 길은 민돌루인산 기슭을 지나 남쪽으로 꺾어졌다. 곧바로 저 멀리 검은 하늘 아래 붉은빛이 타오르고 있었고, 큰 산허리들이 그 빛을 배경으로 어두운 윤곽을 드러냈다. 그들은 펠렌노르평원의 람마스 외벽에 다가가고 있었고 아직 동이 트기 전이었다.

왕은 선두 부대의 중간에서 말을 몰았고, 그의 직속 기사들이 그를 둘러쌌다. 엘프헬름 휘하의 에오레드가 그 뒤를 따랐는데, 메리는 데른헬름이 자기 위치를 벗어나 어둠 속에서 조금씩 꾸준히 앞으로 나아가 마침내 왕의 근위대 바로 뒤에서 달리고 있다는 것을 알아차렸다. 행군이 멈췄다. 메리는 전방에서 나직하게 말하는 목소리를 들었다. 그들에 앞서 외벽 가까이까지 위험을 무릅쓰고 다녀온 정찰병들이었다. 그들은 왕에게 보고했다.

"큰불이 나고 있습니다, 전하. 도시 전체가 화염에 휩싸였고 평원은 적들로 덮였습니다. 그러나 그들은 모두 공격에 관심이 쏠려 있는 것 같습니다. 저희 짐작으로는 외벽엔 남아 있는 사람이 거의 없습니다. 그놈들은 경솔하고 부수기에만 바쁜 것 같았습니다."

다른 사람이 말했다.

"야인의 말을 기억하십니까, 전하? 제 이름은 위드파라인데, 평화롭던 시절에 로한고원에 살았던 적이 있어서, 저도 공기에서 전갈을 받습니다. 이미 바람이 바뀌고 있습니다. 남쪽에서 불어오는 바람의 숨결이 있습니다. 희미하지만 바다 냄새가 실려 있습니다. 아침이 되면 새로운 소식이 올 것 같습니다. 전하께서 외벽을 통과하실 때쯤엔 연기 너머로 새벽이 올 것입니다."

"위드파라, 그대의 말이 사실이라면 그대는 오늘을 넘어 축복받은 세월을 누릴 수 있으리라!"

세오덴은 이렇게 말하고 가까이 있는 그의 직속 기사들을 향해 몸을 돌렸다. 그는 이제 제1에오레드의 많은 기사들이 들을 수 있도록 또렷한 목소리로 말했다.

"자, 이제 때가 되었다, 에오를의 후손, 마크의 기사들이여! 적들과 화염이 그대의 앞에 있고, 그대의 집은 저 멀리 뒤에 있다. 그러나 그대가 외지에서 싸운다 할지라도 거기서 얻는 영예는 영원히 그대에게 돌아가리라! 그대들은 서약했으니 이제 그것을 이행하라! 왕과 나라와 동맹을 위해!"

사람들은 방패에 창을 부딪쳐 울렸다.

"에오메르, 내 아들아! 그대가 제1에오레드를 이끌라. 중앙에서 왕의 기치를 뒤따르라. 엘프헬름, 그대의 부대는 성벽을 통과할 때 우익을 맡으라. 그림볼드는 좌익으로 부대를 인솔하라. 다른 부대들은 이 세 선두 부대를 바짝 따르게 하라. 적이 모여 있는 곳은 어디든 공격하라. 아직 우린 평원의 상황을 잘 모르니 지금 다른 작전을 세우진 않겠다. 자, 이제 어둠을 두려워 말고 진격하라!"

위드파라가 어떤 변화를 예견했든 간에, 사방이 아직 깊은 어둠에 잠겨 있었기에 선두 부대는 최대한 빨리 달렸다. 메리는 데른헬름 뒤에 앉아 달리면서 왼손으론 그를 붙잡고 다른 손으론 칼을 칼집에서 쉽게 뺄 수 있도록 느슨하게 했다. 그는 지금 노왕의 말이 진실이라는 것을 뼈저리게 절감하고 있었다.

'이번 전쟁에서 그대가 무슨 일을 할 수 있겠는가, 메리아독?'

그는 생각했다.

'바로 이거야. 한 기사에게 짐이나 되고, 기껏해야 말에서 떨어지지 않고 질주하는 말발굽에 밟혀 죽지 않기를 바라는 것 말이야.'

외벽까지 5킬로미터도 안 남았다. 그들은 곧 그곳에 도착했다. 메리에겐 너무 순식간이었다. 거친 함성이 터져 나왔고 무기들이 부딪쳤지만 잠시뿐이었다. 성벽 주위에서 분주하게 오가던 얼마 안 되는 오르크들은 깜짝 놀랐다. 그들은 재빨리 살해되거나 쫓겨 갔다. 람마스 북문의 폐허 앞에서 왕은 다시 멈췄다. 제1 에오레드는 그의 뒤와 양옆에서 그를 둘러쌌다. 엘프헬름의 부대는 오른쪽으로 떨어져 있었지만, 데른헬름은 계속 왕 가까이에 있었다. 그림볼드의 부하들은 옆으로 돌아서 더 멀리 동쪽 성벽의 큰 틈새로 갔다.

메리는 데른헬름 등 뒤에서 앞쪽을 응시했다. 저 멀리, 16 킬로미터나 그 이상 되는 곳에서 큰불이 타오르고 있었다. 그곳과 지금 기사들이 있는 곳 사이에서 타오르는 불길들은 방대한 초승달 모양으로 이어져 있었는데, 가장 가까운 곳은 5킬로미터도 떨어져 있지 않았다. 그 외에는 어두운 들판에서 보이는 것이 거의 없었다. 그는 아직 아침의 희망도 보지 못했고, 바뀌었든 아니든 바람도 느끼지 못했다.

이제 곤도르의 평원으로 로한의 기사들은, 마치 사람들이 절대로 안전하다고 믿은 제방 틈새로 밀물이 흘러들듯, 천천히 그러나 꾸준히 쏟아져 들어갔다. 그러나 암흑의 대장은 오로지 도시 함락에 온 마음과 의지를 쏟고 있었고, 그의 계획에 결함이 있다고 경고하는 보고는 아직 받지 못했다.

잠시 후 왕은 대군을 공성의 화염과 외곽 평원 사이로 이끌어 가려고 약간 동쪽으로 길을 틀게 했다. 아직까지 그들은 공격받지 않았고, 세오덴은 아직 공격 개시의 신호를 보내지 않았다. 마침내 그는 다시 한번 멈춰 섰다. 이제 도시는 더 가까워졌다. 타는 냄새가 공기에 배어 있었고, 바로 죽음의 그림자가 깔려 있었다. 말들은 불안해했다. 스나우마나를 타고 있는 왕은 꼼짝하지 않고 갑자기 고뇌나 두려움이 엄습한 듯이 미나스 티리스의 고통을 응시했다. 고령의 그는 겁먹고 위축된 것 같았다. 메리 자신은 공포와 의혹의 엄청난 무게에 가슴이 짓눌리는 기분이었다. 그의 심장은 천천히 뛰었다. 불확실한 상황에 시간이 정지된 것 같았다. 그들은 너무 늦었다! 너무 늦으면 아예 없느니만 못하다! 세오덴은 겁에 질려 노구를 숙이고 살금살금 달아나서 산에 숨고 싶었을 것이다.

그 순간 갑자기 메리는 마침내 그것을 분명히 느꼈다. 어떤 변화를. 바람이 얼굴에 와 닿았다! 빛이 희미하게 깜박이고 있었다. 멀리, 저 멀리 남쪽에서, 희미한 회색 형체처럼 구름이 모습을 드러내고 떠가는 것을 볼 수 있었다. 그 너머에 아침이 온 것이다.

그러나 바로 그 순간에 마치 도시 밑 땅에서 번개가 치솟은 듯이 섬광이 일었다. 아주 짧은 순간 그것은 멀리서 흑백으로 눈부시게 빛났고, 일직선으로 솟아오른 그 꼭대기는 반짝이는 바늘처럼 보였다. 그러고 나서 다시 어둠이 덮였을 때, 엄청난 꽝 소리가 온 들판에 울려 퍼졌다.

그 소리에 왕의 굽은 몸이 갑자기 꼿꼿하게 펴졌다. 그는 다시 크고 당당해 보였다. 등자에서 몸을 일으킨 그는 어느 인간도 낸 적 없는 맑은 목소리로 크게 부르짖었다.

일어나라, 일어나라, 세오덴의 기사들이여!
사악한 행위에 분기하라, 불과 학살!
창은 흔들리고, 방패는 부서지니,
칼의 날, 붉은 날, 태양이 떠오르기 전에!
이제 달려라, 달려! 곤도르로 달려라!

이 외침과 함께 세오덴 왕은 기수(旗手) 구슬라프의 큰 뿔나팔을 움켜잡았고, 너무나 강한 힘으로 불었기에 나팔이 산산조각 나 버렸다. 그러자 곧바로 대부대의 모든 나팔이 하늘을 향해 합주를 시작했다. 이 시간에 울린 로한의 나팔 소리는 평원에서 폭풍처럼, 산지에서 천둥처럼 퍼져 나갔다.

이제 달려라, 달려! 곤도르로 달려라!

갑자기 왕이 스나우마나에게 소리치자 말은 질풍처럼 뛰어나갔다. 그의 뒤에서 푸른 초원을 달리는 백마가 그려진 그의 기치가 바람에 펄럭이며 좇아갔으나 그를 따라잡지는 못했다. 그 뒤를 이어 그의 직속 기사들이 질풍처럼 달렸지만, 왕은 여전히 선두를 달렸다. 에오메르가 투구에 붙은 흰 깃털을 나부끼며 전속력으로 질주했고, 제1에오레드의 앞줄은 해안에 밀려가 거품을 일으키는 파도처럼 포효했지만, 왕을 따라잡을 수는 없었다. 왕은 마치 무언가에 홀린 것 같았고, 아니면 그의 선조들의 투혼이 그의 핏줄에서 새로 피어난 불길처럼 타오르는 것 같았다. 그는 고대의 신처럼, 심지어 세계가 젊었을 때 일어난 발라의 전투에서 용맹을 떨쳤던 위대한 오로메처럼 스나우마나에 버티고 앉아 있었다. 그의 금 방패의 덮개가 벗겨졌다. 보라! 그것은 태양의 형상으로 빛을 발했고, 그의 준마의 하얀 발 주위의 풀잎들은 선명한 초록색으로 빛났다. 아침이 온 것이다. 아침이 왔고, 바다에서 바람이 왔다. 어둠이 걷혔다. 모르도르의 병사들은 울부짖었고, 공포에 사로잡혀 달아났고, 죽음을 맞았다. 분노의 말발굽이 그들을 짓밟고 달려갔다. 그러고 나서 로한의 대군은 노래하기 시작했다. 전투의 환희에 휩싸여 그들은 적을 살해하며 노래를 불렀다. 아름답고도 무시무시한 그들의 노랫소리는 성까지 퍼져 나갔다.

Chapter 6

펠렌노르평원의 전투

그러나 곤도르 공략을 지휘한 것은 오르크의 대장이나 강탈자가 아니었다. 어둠은 그의 주인이 계획한 날짜가 되기 전에 너무 일찍 흩어지고 있었다. 행운은 그 순간 그를 배신했고, 세상은 그에게서 등을 돌렸다. 승리는 그가 손을 뻗어 붙잡으려던 순간에 그의 손아귀에서 빠져나가고 있었다. 그러나 그의 팔은 길었다. 그는 아직도 대군을 지휘하며 엄청난 힘을 휘두를 수 있었다. 왕이자 반지악령이자 나즈굴의 군주인 그는 많은 무기를 갖고 있었다. 그는 성문을 떠나 사라졌다.

마크의 세오덴 왕은 성문에서 강으로 이어지는 길에 도착해서 이제 2킬로미터도 떨어져 있지 않은 도시로 향했다. 그는 새로운 적들을 찾으려고 속도를 약간 늦추었고, 그의 기사들이 왕의 주위로 몰려들었다. 데른헬름도 그들 가운데 끼어 있었다. 저 앞 성벽 가까이에서 엘프헬름의 부하들은 공성 기계들 사이에서 적들을 찌르고 죽이며 불구덩이로 몰아가고 있었다. 펠렌노르평원의 북쪽 거의 절반이 회복됐으며, 적들의 막사가 불태워졌고, 오르크들은 사냥꾼에 쫓기는 짐승처럼 강으로 달아났다. 로한인들은 이리저리 임의대로 달리고 있었다. 그러나 그들은 아직 포위망을 완전히 와해시키지 못했고, 성문도 빼앗지 못했다. 성문 앞에는 많은 적들이 몰려 있었고, 평원의 절반에는 아직 싸우지 않은 대군이 여전히 우글거리고 있었다. 길 저편 남쪽으로는 하라드인들의 주력부대가 있었는데, 그들 대장의 깃발 주위에 기사들이 모여 있었다. 그 대장은 멀리 바라보다가, 밝아오는 빛 속에서 왕의 깃발을 발견했고 그것이 격전지에서 훨씬 앞선 곳에 몇 명 되지 않는 기사들만으로 호위되고 있음을 알아챘다. 그는 강한 분노에 사로잡혀, 붉은 바탕에 검은 뱀이 그려진 자신의 기치를 펼치고 많은 부하들과 함께 초원 위의 백마를 향해 달려갔다. 남부인들이 뽑아 든 언월도는 별처럼 반짝였다.

그러자 세오덴도 그를 보았다. 왕은 적이 다가올 때까지 기다리지 않고 스나우마나에게 소리치며 적을 맞으러 황급히 돌진했다. 그들의 부딪침과 충돌은 실로 대단했다. 그러나 북부인들의 흰 분노는 더 뜨겁게 타올랐고, 기사들이 긴 창을 다루는 솜씨가 더 뛰어나고 맹렬했다. 그들은 수적으로 열세였지만 숲속에 떨어지는 벼락처럼 남부인들을 가르며 나아갔다. 공세의 정면에서 셍겔의 아들 세오덴이 앞장섰다. 그의 창은 적의 대장을 넘어뜨렸을 때 부르르 떨었다. 그는 칼을 뽑아 들고 적들의 기치로 급히 달려가 깃대와 기수를 베어 버리고 그 검은 뱀을 땅에 처박았다. 그러자 적의 기병들 중에 살아남은 자들은 모두 돌아서서 멀리 달아나 버렸다.

그러나 아! 한창 영예를 구가하던 그 순간에 왕의 금 방패에 그늘이 졌다. 하늘의 새 아침 햇살이 가려졌다. 어둠이 그의 주위에 내려앉았다. 말들이 뒷다리로 일어나서 울부짖었다. 사람들은 말에서 떨어져 땅 위를 기어 다녔다. 세오덴이 외쳤다.

"내게 오라! 내게 오라! 에오를의 후손이여, 일어나라! 어둠을 두려워 말라!"

그러나 스나우마나는 공포에 사로잡혀 뒷발로 일어서서는 공중에서 앞발을 버둥거렸고 그러다가 큰 비명을 지르며 옆으로 쓰러져 버렸다. 검은 창이 말을 꿰뚫었던 것이다. 왕도 그 밑에 깔려 쓰러졌다.

거대한 어둠이 구름이 떨어지듯 가까이 내려왔다. 그런데 보라! 그것은 날개 달린 생물이었다. 그것을 새라고 말한다면 그 어떤 새보다도 컸다. 그런데 그것은 벌거숭이라서 큰 깃이나 깃털 하나 달려 있지 않았다. 그것의 거대한 날개는 뿔처럼 돌기가 있는 손가락들 사이에 가죽 갈퀴처럼 달려 있었고 악취를 풍겼다. 이것은 아마 더 오래전 세계의 생물이었을 것이다. 그 종자는 달 아래 잊힌 차가운 산맥에 머물면서 그들의 시대를 넘어 오래도록 살아남았고, 흉측한 둥지에 살면서, 시대에도 걸맞지 않고 악에 물들기 쉬운 이 마지막 새끼를 낳았다. 그런데 암흑군주가 그 새끼를 붙잡아 썩은 고기를 먹여 키웠고, 마침내 그것은 날아다니는 다른 것들과는 비교할 수 없이 엄청나게 커졌던 것이다. 그는 그 생물을 자기 부하에게 탈것으로 주었다. 이 생물은 아래로, 아래로 내려왔다. 손가락에 달린 갈퀴를 접으면서 꺽꺽거리듯 울부짖고는 스나우마나의 몸에 올라앉아 털 하나 없는 긴 목을 구부리고 발톱으로 살을 헤집었다.

그 위에 어떤 형체가 앉아 있었다. 검은 망토를 걸친 거대하고 위협적인 형체였다. 그는 강철 왕관을 쓰고 있었으나 그 왕관과 옷 사이에 그 치명적인 눈빛 말고는 아무것도 보이지 않았다. 나즈굴의 군주였다. 어둠이 걷히기 전에 이 새를 불러 공중으로 돌아갔던 그는 이제 파멸을 안고 다시 돌아왔고, 희망을 절망으로, 승리를 죽음으로 바꾸어 놓았다. 그는 크고 검은 철퇴를 휘둘렀다.

그러나 세오덴이 완전히 버림받은 것은 아니었다. 그의 직속 기사들은 살해되어 주위에 쓰러져 있거나 아니면 말들이 미쳐 날뛰는 바람에 멀리 떨어져 있었지만, 한 사람이 아직도 거기 서 있었다. 두려움을 넘어선 충성심을 가진 젊은이 데른헬름이었다. 그는 자신의 군주를 아버지처럼 사랑했기에 울고 있었다. 돌격해 오는 동안 그는 메리를 뒤에 태운 채 안전하게 전투를 치러 냈다. 그러나 어둠이 다가오자 윈드폴라가 공포에 미쳐 날뛰며 그들을 내동댕이치고 들판으로 달아나 버렸다. 메리는 얼떨떨한 상태에서 짐승처럼 네 발로 기었고, 무시무시한 공포에 사로잡혀 앞이 보이지 않고 속이 메스꺼웠다.

메리의 마음은 속으로 이렇게 외치고 있었다.

'왕의 신하야! 왕의 신하야! 넌 그분 곁에 있어야 해. 군주를 아버님처럼 모시겠다고 말했잖아.'

그러나 그의 의지는 대답하지 않았고 몸은 부들부들 떨었다. 감히 눈을 뜰 수도, 얼굴을 들 수도 없었다.

그런데 마음속의 깜깜한 곳에서 데른헬름의 말소리가 들린 것 같았다. 하지만 지금 그 목소리는 이상하게 들렸고, 예전에 알던 다른 목소리를 연상시켰다.

"꺼져라, 더러운 드윔메를라익, 썩은 새매의 군주! 죽은 이를 가만히 놔둬라!"

그러자 차가운 목소리가 대답했다.

"나즈굴과 그 먹잇감 사이에 끼어들지 말라! 그러지 않으면 그대 차례가 되어도 그대를 죽이지 않고 모든 어둠 너머 비탄의 집까지 끌고 가서 거기에서 육체를 삼켜 버리고, 오그라든 정신이 '눈꺼풀 없는 눈' 앞에 벌거벗겨져 남게 만들 것이다."

칼이 뽑히는 소리가 울렸다.

"네 마음대로 해라. 그러나 할 수 있는 한 난 널 막겠다."

"날 막아? 이 바보. 어떤 살아 있는 남자도 날 막을 수 없다."

그러자 메리의 귀에 그 순간 가장 어울리지 않는 이상한 소리가 들려왔다. 데른헬름이 웃음을 터뜨리는 소리 같았는데, 그 맑은 목소리는 강철처럼 울렸다.

"난 살아 있는 남자가 아니야! 네가 보고 있는 건 여자이거든. 난 에오문드의 딸 에오윈이다. 네놈은 나와 내 군주이자 친척 사이를 가로막고 있어. 네가 불사의 몸이 아니라면 꺼져라! 살아 있는 놈이든 죽지 않는 어둠이든 그분을 건드린다면 네놈을 쳐부수겠다."

날개 돋친 생물은 그녀를 향해 괴성을 질러 댔지만, 반지악령은 아무 대답도 하지 않았고 마치 어떤 의혹을 느낀 듯 잠자코 있었다. 메리는 그 순간 너무나 놀란 나머지 두려움도 잊었다. 그래서 눈을 번쩍 떴고 그러자 눈꺼풀에서 어둠이 걷혔다. 자신에게서 몇 걸음 떨어진 곳에 그 거대한 짐승이 앉아 있었고 그 주위에는 온통 어둠이 깔려 있었다. 그 짐승 위에 절망의 그림자처럼 앉아 있는 나즈굴의 군주가 희미하게 보였다. 약간 왼쪽에서 자신이 지금껏 데른헬름이라 불렀던 여자가 그들을 마주하고 서 있었다. 지금까지 그녀를 가려 주었던 투구가 벗겨져서, 매듭에서 풀려난 그녀의 빛나는 머리칼이 어깨에 흘러내려 은은한 금빛을 발하고 있었다. 바다처럼 잿빛을 띤 그녀의 눈은 단호하고도 사납게 빛났지만 그녀의 볼에는 아직 눈물이 흐르고 있었다. 손에 칼을 쥔 그녀는 적의 무시무시한 눈에 맞서 방패를 쳐들었다.

그는 에오윈이었고, 데른헬름이었다. 메리의 마음에 검산오름에서 출발할 때 보았던 그 얼굴의 기억이 섬광처럼 떠올랐다. 아무 희망도 없이 죽음을 찾아가는 사람의 얼굴. 그의 마음이 연민과 큰 경이감으로 채워지면서, 호빗 특유의 천천히 달아오르는 용기가 갑자기 일깨워졌다. 그는 주먹을 꽉 움켜쥐었다. 그녀가 죽어서는 안 된다. 저토록 아름답고, 저토록 필사적인데! 적어도 홀로, 아무 도움도 받지 못한 채 죽어서는 안 된다!

적의 얼굴이 자신을 향하지는 않았지만, 그 치명적 눈길이 자기에게 쏠릴까 두려워서 그는 감히 움직일 엄두도 내지 못하고 있었다. 천천히, 아주 천천히, 그는 옆으로 기어가기 시작했다. 그러나 의혹과 악의에 차서 자기 앞에 서 있는 여인에게 몰두한 암흑의 대장은 그를 진흙 속의 한 마리 벌레쯤으로밖에 여기지 않는 듯 주의를 기울이지 않았다.

갑자기 그 거대한 짐승은 그 흉측한 날개를 펄럭였고 그러자 더러운 바람이 밀려왔다. 그것은 다시 공중으로 날아올랐고, 찢어지는 소리와 함께 재빨리 내려와 에오윈을 덮치며 부리와 발톱으로 공격했다.

그래도 그녀는 움찔하지 않았다. 로한의 처녀, 왕의 자손인 그녀는 비록 가냘프지만 강철 칼날 같았고, 아름답지만 무시무시했다. 그녀는 재빨리 능숙하게 치명적인 일격을 가했다. 앞으로 뻗은 짐승의 목을 갈라 잘라 내자, 잘린 머리가 돌처럼 땅에 떨어졌다. 그 거대한 몸통이 커다란 날개를 펼친 채 땅에 떨어져 부서지고 늘어졌을 때 그녀는 날쌔게 뒤로 뛰어 물러났다. 그 짐승이 떨어지자 어둠이 물러났다. 그녀 주위에 빛이 쏟아졌고, 그녀의 머리칼은 떠오르는 아침 햇살에 반짝였다.

거대하고 위협적인 암흑의 기사가 그 짐승의 잔해에서 일어나 그녀 위로 높이 솟았다. 마치 독처럼 귀를 찌르는 증오의 괴성을 지르며 그는 철퇴를 내리쳤다. 그녀의 방패가 산산조각 났고 팔이 부러졌다. 그녀는 비틀거리며 무릎을 꿇었다. 그가 그녀에게 몸을 숙여 구름처럼 덮을 때 그의 눈은 빛을 발했다. 그는 그녀를 죽이려고 철퇴를 높이 쳐들었다.

그러나 갑자기 암흑의 기사도 날카로운 고통의 비명을 지르며 앞으로 비틀거렸고, 그의 철퇴는 멀리 빗나가 땅에 꽂혀 버렸다. 메리의 칼이 등 뒤에서 그의 검은 망토를 찢고 쇠사슬 갑옷 밑을 지나 그의 단단한 무릎 뒤쪽의 힘줄을 꿰뚫었던 것이다.

메리는 소리쳤다.

"에오윈! 에오윈!"

그러자 그녀는 비틀거리며 애써 일어나 마지막 힘을 다해 그 거대한 어깨가 자기 앞으로 기우는 순간 그의 왕관과 망토 사이에 칼을 찔러 넣었다. 칼은 불꽃을 튀기며 산산조각이 났다. 왕관은 덩그렁 울리며 굴러떨어졌다. 에오윈은 쓰러진 적 위에 엎어지고 말았다. 그러나 아! 그 망토와 갑옷 안에는 아무것도 없었다. 그것들은 이제 찢어지고 구겨진 채 볼품없이 땅바닥에 널려 있었다. 그러자 어떤 비명 소리가 전율하는 공기 속으로 올라갔고, 날카롭게 울부짖는 소리로 서서히 잦아들어, 이미 죽어 육신이 없는 가느다란 목소리가 바람과 함께 지나가 사라져 버렸고, 다시는 이 세상의 이 시대에서 들을 수 없었다.

거기 이 살상의 현장 한가운데에 호빗 메리아독이 서 있었다. 눈물이 앞을 가려 한낮의 올빼미처럼 눈을 껌벅거렸다. 부연 안개 사이로 그는 이제 쓰러져 움직이지 못하는 에오윈의 아름다운 머리를 보았고, 가장 영예로운 순간에 쓰러진 왕의 얼굴도 보았다. 그를 깔고 넘어진 스나우마나가 고통을 못 이겨 옆으로 굴러간 것이다. 하지만 그 말은 그 주인의 파멸의 원인이 되고 말았다.

메리는 몸을 굽혀 왕의 손을 잡고 입을 맞추었다. 그러자 아, 세오덴이 눈을 떴는데, 그 눈은 아주 맑았다. 그는 아주 힘겹게 조용히 말했다.

"안녕, 홀뷔틀라! 내 몸은 부서졌네. 나는 나의 선조들에게 가네. 이제는 강대한 그분들과 어울려도 부끄럽지 않을 걸세. 내가 검은 뱀을 쓰러뜨렸으니. 음산한 아침, 찬란한 낮, 그리고 황금빛 석양이라네!"

메리는 말을 할 수 없어 다시 울기 시작했다. 그는 마침내 말했다.

"용서하십시오, 전하. 제가 명령을 어긴 것과, 그러고도 헤어지는 이 순간에 울기만 하고 전하께 아무 도움도 드리지 못하는 것을요."

늙은 왕은 미소를 지었다.

"슬퍼하지 말게! 자넬 용서하네. 위대한 선심은 거절되지 않는 법이지. 이제 축복받은 삶을 누리게. 그리고 자네가 다시 담뱃대를 물고 편히 앉아 있을 날이 오면 날 생각해 주게! 이제는 전에 약속한 대로 자네와 함께 메두셀드에 앉아 있을 수도, 또 자네의 연초 이야기도 못 듣게 됐으니 말일세."

그는 눈을 감았다. 메리는 그의 옆에 고개를 숙이고 있었다. 곧 그가 다시 말했다.

"에오메르는 어디 있지? 내 눈이 캄캄해지는데, 가기 전에 그를 보고 싶구나. 그가 내 뒤를 이어 왕이 되어야지. 그리고 에오윈에게 전갈을 보내고 싶구나. 에오윈, 그 애는 날 보내지 않으려 했지. 그런데 이제 그 애를 다시 보지 못하겠구나. 딸보다 더 사랑하는 그 애를."

"전하, 전하!"

메리는 외쳤다.

"그녀는 지금……."

그러나 그 순간 떠들썩한 소리가 들렸고, 그들 주위에서 뿔나팔과 나팔을 불어 대고 있었다. 메리는 주위를 둘러보았다. 그는 전투를 잊었을 뿐만 아니라 온 세상을 잊고 있었다. 왕이 말을 달리다 쓰러진 후에 많은 시간이 지난 것 같았다. 하지만 실은 아주 짧은 시간에 불과했다. 그러나 이제 그는 곧 합세할 대규모 전투의 한복판에서 그들이 사로잡힐 위험에 처해 있다는 것을 깨달았다. .

적의 새로운 병력이 강에서 급히 길을 올라오고 있었고, 성벽 아래에서도 모르굴의 군단이 밀려오고 있었다. 남쪽 들판에서는 기병을 앞세운 하라드의 보병이 왔고 그들 뒤에서 전투탑을 짊어진 무마킬의 거대한 등판들이 다가오고 있었다. 그러나 북쪽에서는 흰 투구 깃을 꽂은 에오메르가 로한의 선진을 다시 모아 결집하고 이끌었으며, 성안에 남아 있던 모든 군세가 밀려 나왔고 그 선두에 선 돌 암로스의 은빛 백조가 성문에서 적을 몰아내고 있었다.

한순간 메리의 머리에 어떤 생각이 스치고 지나갔다.

'간달프는 어디 있지? 여기 있지 않은가? 그가 왕과 에오윈을 구할 수는 없었을까?'

그러나 잠시 후 에오메르가 급히 그곳으로 달려왔다. 그와 함께 살아남은 왕의 직속 기사들도 이제 말을 진정시키고 달려왔다. 그들은 거기 쓰러져 있는 죽은 짐승의 시체를 보고 경악했고, 그들의 말은 가까이 오려고 하지도 않았다. 에오메르는 말에서 내려 왕의 곁에 다가왔지만 슬픔과 절망에 압도당해 아무 말도 못 하고 서 있었다.

그러자 기사 한 명이 거기 죽어 쓰러진 왕의 기수 구슬라프의 손에서 왕의 기치를 뽑아내어 높이 세웠다. 천천히 세오덴은 눈을 떴다. 기치를 보자 그는 에오메르에게 넘겨주라는 몸짓을 하며 말했다.

"마크의 왕 만세! 이제 승리를 향해 돌진하라! 에오윈에게 내 작별 인사를 전해 주게!"

왕은 에오윈이 바로 옆에 쓰러져 있다는 것을 알지 못한 채 마침내 숨을 거두었다. 그러자 옆에 있던 사람들이 울며 외쳤다.

"세오덴 왕! 세오덴 왕!"

그러나 에오메르는 그들에게 외쳤다.

"너무 슬퍼 말라! 돌아가신 기사분은 용감했고
종말은 위대했다. 그분의 무덤을 쌓으면
여인네들이 눈물을 흘릴 것이다. 그러나 지금은 전쟁이 우릴 부른다!"

그러나 이렇게 외치면서 그도 울고 있었다.

"왕의 직속 기사들은 여기 남으라. 전투에 훼손되지 않도록, 왕의 옥체를 정중하게 이 들판에서 옮기도록 하라. 그리고 여기 쓰러진 그의 직속 기사들도 영예롭게 모셔라."

그리고 그는 살해된 이들을 보며 그들의 이름을 불렀다. 그러다 갑자기 쓰러져 있는 자기 누이 에오윈을 보았고, 그녀를 알아보았다. 그는 소리를 막 지르려다 심장이 화살에 관통당한 사람처럼 한순간 가만히 있었다. 그러고 나서 그의 얼굴은 죽은 사람처럼 창백해졌으며 차가운 분노가 끓어올라 한동안 말을 할 수 없었다. 그는 완전히 흥분한 상태였다.

"에오윈! 에오윈!"

마침내 그는 부르짖었다.

"에오윈, 네가 어떻게 여기에 있지? 이 무슨 광기나 악마의 소행이란 말이냐! 죽음, 죽음, 죽음! 죽음이 우리 모두를 삼키는구나!"

그러더니 주위의 조언을 듣지도 않고, 또 도시의 사람들이 다가오는 것을 기다리지도 않고, 그는 황급히 박차를 가해 대부대의 선두로 돌아갔고, 뿔나팔을 불면서 큰 소리로 공격을 명했다. 온 평원에 그의 맑은 외침이 퍼져 나갔다.

"죽음으로! 달려라, 파멸과 세상의 종말을 향해 달려라!"

그의 외침과 함께 대부대는 전진하기 시작했다. 그러나 로한인들은 더 이상 노래하지 않았다. 그들은 크고 무시무시한 목소리로 '죽음'을 외쳤고, 거대한 파도처럼 점점 속도가 빨라지면서 왕의 시신 주변을 휩쓸고 지났고 함성을 지르며 남쪽으로 돌진해 갔다.

그런데 호빗 메리아독은 눈물로 범벅이 된 눈을 껌벅이며 여전히 그 자리에 서 있었다. 하지만 아무도 그에게 말을 걸지 않았고, 실은 관심을 기울이는 사람도 없었다. 그는 눈물을 훔치고 허리를 숙여 에오윈이 준 초록색 방패를 집어 등에 멨다. 그러고는 떨어뜨린 칼을 찾아보았다. 그가 일격을 가했을 때 팔이 마비되었던 것이다. 지금은 왼팔만 쓸 수 있었다. 그런데 보라! 저기 그의 칼이 있는데, 놀랍게도 불 속에 던져진 나뭇가지처럼 연기를 내고 있었고, 그가 쳐다보는 사이에 그것은 꼬이고 마르더니 다 타 버렸다.

이렇게 서쪽나라 사람의 작품인 고분구릉의 칼은 사라져 버렸다. 그러나 오래전 두네다인이 아직 초창기였고 그들의 주적은 앙마르의 죽음의 왕국과 그 마술사왕이었을 때, 북왕국에서 그 칼을 천천히 벼려 온 사람이 그것의 운명을 알았더라면 매우 기뻐했을 것이다. 더 강한 자가 휘둘렀더라도 다른 칼이었다면 그 적에게 이토록 치명적인 상처를 입힐 수 없었을 것이다. 그 칼은 죽지 않는 육체를 가르고, 보이지 않는 그의 근육과 그의 의지를 엮어 놓은 주문을 깨뜨렸던 것이다.

사람들은 왕의 시신을 들어 올렸고, 임시변통으로 창 자루에 망토를 펼쳐 만든 들것에 왕을 모시고 도시로 향했다. 다른 사람들은 에오윈을 조심스럽게 들어 올려 그 뒤를 따랐다. 그러나 죽은 직속 기사들은 아직 들판에서 옮길 수 없었다. 왕의 직속 기사 중 일곱이 거기 쓰러졌으며, 그중에는 그들의 대장인 데오르위네도 있었다. 사람들은 그 시신들을 적들과 잔인한 짐승에게서 분리해 그들 주위에 창을 쌓아 놓았다. 후에 모든 것이 다 끝났을 때 사람들은 돌아와 그 짐승의 시체를 불태웠다. 그러나 스나우마나는 무덤을 파고 묻었으며, 그 위에 곤도르와 마크의 글자로 새긴 비석을 세웠다.

충성스러운 신하이지만 왕의 재앙
날렵한발의 자손, 쾌속의 스나우마나 이곳에 잠들다.

스나우마나의 무덤에는 풀이 푸르게 잘 자랐지만, 그 짐승을 태운 땅은 언제까지나 검었고, 아무것도 자라지 않았다.

이제 메리는 슬픔에 잠겨 천천히 운구인들 옆을 걸어갔고, 전투에는 더 이상 관심을 두지 않았다. 그는 지쳤고 심한 고통을 느끼고 있었으며 그의 팔다리는 한기가 돌듯이 떨렸다. 바다에서 세찬 비가 몰려왔고, 세상 만물이 세오덴과 에오윈을 위해 우는 것 같았으며, 그 잿빛 눈물로 도시의 화염을 꺼 버리고 있었다. 곧 피어오른 안개 속에서 곤도르인의 선두 부대가 다가오는 것이 보였다. 돌 암로스의 대공 임라힐이 달려와 그들 앞에서 고삐를 당겼다.

"그대들은 뭘 운반하고 있소, 로한의 친구들?"

그가 외쳤다. 그러자 로한인들이 답했다.

"세오덴 왕이오. 그분은 돌아가셨소. 그러나 이젠 에오메르 왕께서 전장으로 달려가셨소. 바람에 나부끼는 흰 투구 깃털을 단 분이오."

그러자 대공이 말에서 내렸고, 왕과 그의 위대한 전공을 기리기 위해 시신 곁에 무릎을 꿇고는 눈물을 흘렸다. 그리고 일어서서는 에오윈을 보고 놀라서 물었다.

"설마, 여기 여인이 있소? 로한의 여인들도 우리를 도우러 전장에 온 것이오?"

그러자 로한인들은 비통하게 답했다.

"아닙니다! 단 한 분입니다. 에오메르의 누이 에오윈 왕녀이십니다. 우린 지금까지 그녀가 참전한 줄 몰랐고, 그래서 더욱더 슬퍼하고 있는 겁니다."

그러자 대공은 비록 얼굴이 창백하고 차갑지만 아직도 아름다운 그녀를 더 자세히 보기 위해 고개를 숙이며 손을 만졌다. 그러고 나서 외쳤다.

"로한의 친구들! 그대들 중에 의사는 없는가? 이분은 치명상을 입었지만 내가 보기엔 아직 살아 있소!"

그리고 그는 자기 팔에 달린 반짝이는 팔목 보호대를 그녀의 차가운 입술에 대 보았다. 그러자,

아! 거기엔 거의 보이지 않는 입김이 약간 서려 있었다.

"서두르시오!"

그는 도움을 요청하라고 자신의 기사 한 명을 신속히 성으로 돌아가게 했다. 그러나 자신은 쓰러진 이들에게 깊이 고개 숙여 작별을 고하고는 다시 말에 올라 전장으로 달려갔다.

이제 펠렌노르평원에서는 싸움이 맹렬히 달아오르고 있었다. 무기가 부딪치는 소리와 함께 사람들의 고함 소리, 그리고 말의 울음소리가 뒤섞여 요란했다. 뿔나팔과 나팔이 울렸고, 무마킬들도 전장으로 내몰리면서 큰 소리로 울부짖고 있었다. 도시의 남쪽 벽 아래에서는 이제 곤도르의 보병들이 그곳에 큰 군세를 형성하고 있던 모르굴 군단을 내몰고 있었다. 그러나 기병들은 에오메르를 돕기 위해 동쪽으로 달려갔다. 그중에 관문의 수장인 장신의 후린과 롯사르나크의 영주, 초록언덕의 히를루인 등과 함께 아름다운 임라힐 대공과 그의 기사들이 끼어 있었다.

그들의 도움이 로한인들에게는 늦은 감이 없지 않았다. 왜냐하면 행운은 에오메르에게 등을 돌렸으며, 그의 분노가 그를 함정으로 이끌었기 때문이다. 노기등등한 그의 저돌적인 공세는 적의 선진을 완전히 궤멸시켰고, 그의 기사들의 거대한 쐐기 모양의 대형은 남부인들의 대열을 흐트려 적의 기병을 물리치고, 보병들을 파멸의 구렁텅이로 몰아넣었다. 그러나 무마킬이 나타나는 곳마다 말들은 감히 접근하지 못하고 움츠러들거나 이리저리 도망쳐 버렸다. 그래서 그 거대한 야수는 싸우지도 않은 채 거대한 수성탑같이 버티고 섰고 그 주위로 하라드인들이 몰려들었다. 더구나 하라드인들만으로도 공격하는 로한인들의 세 배나 되었는데, 곧 사정은 더 악화되기 시작했다. 오스길리아스에서 새로운 적들이 평원으로 쏟아져 들어오고 있었다. 그들은 도시를 약탈하고 곤도르를 유린하기 위해 소집되어 그곳에서 대장의 명령을 기다리고 있었다. 그 대장은 이제 사라졌으나, 모르굴의 부관 고스모그가 그들을 전장으로 내몬 것이다. 그들은 도끼를 든 동부인들과 칸드의 바리아그들, 그리고 진홍색 옷을 입은 남부인들, 흰 눈과 붉은 혀를 가진 반(半)트롤처럼 시커먼 원(遠)하라드의 인간들이었다. 일부는 로한인들의 후방으로 급히 밀려갔고, 또 일부는 서쪽으로 나아가 곤도르의 병사들을 물리치며 그들이 로한과 결합하지 못하도록 저지하고 있었다.

날씨마저 곤도르에 등을 돌리기 시작했고, 그들의 희망이 흔들리면서 도시에서 새로운 함성이 들려왔다. 오전 중반이었는데 큰 바람이 일더니 비를 북쪽으로 밀어냈고 해가 났다. 성벽 위에 있던 감시병들은 맑은 공기를 통해 저 멀리서 새로운 공포의 대상을 본 것이다. 그와 함께 그들의 마지막 희망도 스러져 버렸다.

안두인대하는 하를론드의 굽어진 곳부터 세로로 길게 흘러서 도시 사람들이 몇십 킬로미터를 내려다볼 수 있었고, 눈이 좋은 사람들은 다가오는 배를 다 볼 수 있었다. 그래서 그쪽을 쳐다보던 사람들이 경악하여 소리를 질렀던 것이다. 반짝이는 강물에 시커먼 선단이 바람을 타고 접근하고 있었다. 쾌속선들, 그리고 순풍에 불룩하게 부푼 검은 돛과 수많은 노 덕분에 빠르게 다가오는 큰 범선들이었다.

사람들이 소리쳤다.

"움바르의 해적! 움바르의 해적들이야! 봐! 움바르의 해적들이 오고 있어! 그러면 벨팔라스도 함락되었고, 에시르와 레벤닌도 넘어갔겠구나! 해적들이 밀려오고 있다! 이거야말로 종말의 마지막 일격이군!"

도시에서 명령을 내릴 지휘자를 찾을 수 없었기에 어떤 사람들은 제멋대로 종각으로 달려가 경종을 울렸다. 또 어떤 사람들은 퇴각을 알리는 나팔을 불기도 했다.

사람들은 외쳐 댔다.

"성안으로 돌아와! 성안으로! 완전히 패하기 전에 빨리 성안으로 돌아와!"

그러나 범선을 빠르게 몰고 온 바람이 그 떠들썩한 소리를 흩어 버리고 말았다. 로한인들은 사실 그런 소식이나 경고를 들을 필요가 없었다. 자신들의 눈으로 그 검은 돛들을 너무도 잘 볼 수 있었던 것이다. 에오메르는 이제 하를론드에서 1.6 킬로미터도 떨어지지 않은 곳에 있었다. 그곳에서 부두까지 그가 처음 대적한 적들이 북새통을 이루고 있었고, 그의 뒤쪽에서는 새로운 적들이 회오리바람처럼 쏟아져 나와 그와 대공의 부대를 갈라 놓고 있었다. 이제 에오메르는 대하를 바라보았고, 희망이 그의 가슴에서 스러져 버렸다. 그가 앞서 축복했던 바람을 이제는 저주받은 바람이라 불렀다. 그러나 모르도르의 대군은 용기를 얻었고, 새로운 욕망과 분노에 사로잡혀 맹공의 함성을 지르며 달려들었다.

이제 에오메르는 비장한 기분이었고, 그의 마음은 다시 명료해졌다. 그는 가능한 모든 군세를 자신의 기치 아래 모으기 위해 뿔나팔을 불었다. 마지막으로 큰 방어벽을 구축해서 모두가 쓰러질 때까지 싸우고, 장차 노래로 불릴 만한 항전을 이 펠렌노르평원에서 치르려 했던 것이다. 마크의 최후의 왕을 기억할 사람이 서부에 하나도 살아남지 못하더라도. 그래서 그는 푸르른 작은 언덕으로 말을 몰아 그곳에 자신의 기치를 세웠고, 백마가 바람에 나부끼며 달렸다.

의혹에서 벗어나, 어둠에서 벗어나, 동이 트는 곳으로
나는 칼을 뽑아 들고, 햇빛 속에서 노래하며 왔지.
희망의 종말로 달렸다, 가슴이 찢어지도록,
분노로, 파멸과 붉은 땅거미로 인해!

그는 이 시를 읊었다. 하지만 이렇게 읊으면서 그는 웃었다. 다시 한번 전투에 대한 욕망을 느낀 것이다. 그는 아직 상처도 입지 않았고, 젊었고, 왕이었다. 사나운 종족의 군주였다. 그런데 아아! 그는 절망을 비웃으면서도 다시 검은 선단을 바라보았고, 그러고는 그들에 저항하기 위해 칼을 높이 들었다.

그런데 그 순간 경이로운 느낌이 그를 사로잡았고, 큰 기쁨이 솟아났다. 그는 칼을 햇살이 비치는 허공에 높이 던졌고, 다시 칼을 잡으며 노래를 불렀다. 모든 사람의 시선이 그의 눈길을 따랐다. 보라! 가장 앞장선 배에는 큰 기치가 접혀 있었는데, 배가 하를론드를 향해 방향을 돌렸을 때, 바람이 그 깃발을 펼쳐 주었다. 그 기치에는 꽃이 만발한 성수의 문양이 새겨져 있었다. 곤도르의 표지였다.

성수 주위에는 엘렌딜 이후 셀 수 없는 세월 동안 어떤 영주도 사용할 수 없었던 일곱 개의 별과, 그 위를 장식한 왕관이 수놓여 있었다. 그 별들은 엘론드의 딸 아르웬이 보석으로 수놓은 것이었기에 햇살을 받아 빛을 발했고, 왕관은 미스릴과 황금으로 만든 것이라서 아침 하늘 아래 눈부시게 반짝였다.

그리하여 아라소른의 아들인 아라고른, 엘렛사르, 이실두르의 후계자가 사자의 길을 벗어나 바닷바람에 실려 곤도르 왕국에 도착한 것이었다. 로한인들은 격렬하게 웃음을 터뜨리고 번쩍이는 칼을 휘두르며 기쁨을 표출했고, 도시에서는 나팔을 불고 종을 울리며 넘치는 즐거움과 놀라움을 드러냈다. 반면 모르도르의 대군은 어리둥절해서 어쩔 줄 몰랐고, 자기편 배에 적들이 타고 있다는 사실을 놀라운 마술로 여겼다. 이제는 그들이 암울한 두려움에 휩싸였다. 운명의 조류가 그들에게 등을 돌렸으며, 종말이 눈앞에 닥쳤다는 사실을 실감하지 않을 수 없었다.

돌 암로스의 기사들은 햇빛을 증오하는 반트롤과 바리아그, 그리고 오르크 들을 몰아가며 동쪽으로 달려가고 있었다. 에오메르는 남쪽으로 달려갔고, 그의 코앞에서 달아난 적들은 곧 양쪽에서 협공당하게 되었다. 하를론드의 부두에 닿아 배에서 뛰어내린 병사들이 질풍처럼 북쪽으로 휩쓸고 간 것이다. 레골라스와 도끼를 휘두르는 김리가 왔고, 기치를 든 할바라드, 이마에 별을 달고 있는 엘라단과 엘로히르 형제, 그리고 북부의 순찰자인 정의의 손 두네다인이 레벤닌과 라메돈, 남쪽 영지의 대단히 용감한 전사들을 이끌고 질주했다. 맨 앞에서 아라고른이 서쪽나라의 불꽃, 새로 점화된 불처럼 빛을 발하는 안두릴, 옛날처럼 완전하게 다시 주조된 나르실을 들고 달려왔고, 그의 이마에는 엘렌딜의 별이 붙어 있었다.

그리하여 마침내 전장의 한복판에서 아라고른과 에오메르가 만났다. 그들은 칼에 기댄 채 서로를 바라보며 반가워했다.

"이렇게 다시 만났구려. 모르도르의 전군이 우리들 사이에 있었어도. 내가 나팔산성에서 그렇게 말하지 않았소?"

아라고른이 말하자 에오메르가 답했다.

"그렇게 말씀하셨지요. 하지만 희망은 종종 우릴 속이지요. 또 그때는 당신이 예지력을 가진 사람인 줄 몰랐어요. 그러나 기대치 않았던 원군은 두 배나 더 반갑고, 또 이렇게 벗을 만나는 것보다 더 즐거운 일은 없습니다."

그들은 손을 꼭 맞잡았다.

"실로 이보다 더 시의적절한 때에 만난 적도 없었고요. 그렇지만 당신이 너무 일찍 온 건 아닙니다. 우린 많은 손실과 슬픔을 겪었으니까요."

에오메르가 말했다.

"그렇다면 그 얘기를 하기 전에 복수합시다."

아라고른이 말했고, 그들은 전장으로 같이 달려갔다.

그들은 맹렬한 전투와 긴 노고를 앞두고 있었다. 남부인들은 대담하고 잔인한 사람들이었으며 절망에 빠지면 흉포해졌다. 동부인들도 억세고 전쟁에 단련된 자들이라서 살려 달라고 애걸하지 않았다. 불타 버린 농가나 헛간 옆에, 작은 구릉이나 언덕 위에, 성벽 아래나 들판에 여기저기 모여서 그들은 계속 결집하고 날이 저물 때까지 싸웠다.

이윽고 태양이 민돌루인산 너머로 기울어 가면서 온 하늘을 타오르는 노을로 뒤덮어 산과 언덕을 모두 핏빛으로 물들였다. 안두인강은 불처럼 이글거렸고, 펠렌노르평원의 풀들도 황혼에 붉어졌다. 그 시간이 되어서야 곤도르벌판의 위대한 전투는 끝났다. 람마스 외벽 안에는 살아 있는 적이 단 한 명도 없었다. 달아나다가 죽거나 대하의 붉은 거품에 빠져 죽은 자를 제외하면 모조리 살해되었다. 동쪽의 모르굴이나 모르도르로 돌아간 자는 거의 없었다. 하라드인들의 땅에는 멀리서 이야기가 들려왔을 뿐이다. 곤도르의 분노와 공포에 대한 소문이었다.

아라고른과 에오메르, 임라힐은 도시의 성문으로 돌아갔다. 이제 그들은 기쁨이나 슬픔도 느낄 수 없을 정도로 지쳐 있었다. 이 세 사람은 부상당하지 않았는데, 그들의 운명과 무기 다루는 힘과 기술이 워낙 특출했던 것이다. 실로 그들이 분노했을 때 감히 그들에게 맞서거나 그들의 얼굴을 쳐다볼 수 있는 사람은 거의 없었다. 그러나 많은 이들이 부상을 입었거나 불구가 되었고 혹은 들판에서 죽었다. 포를롱은 혼자 말을 잃은 채 싸우다 도끼에 살해되었고, 모르손드의 두일린과 그 동생은 무마킬의 눈을 쏘려고 사수들을 인솔해 그 괴수 가까이 접근하다가 깔려 죽고 말았다. 아름다운 히를루인은 핀나스 겔린으로 다시는 돌아갈 수 없게 되었고, 그림볼드도 그림슬레이드로 돌아갈 수 없으며, 정의의 팔을 가진 순찰자 할바라드는 북쪽 고향으로 다시 돌아갈 수 없었다. 유명한 자이든 무명의 전사든, 지휘관이든 병사든, 적지 않은 이가 쓰러졌다. 이는 실로 엄청난 대전이었고, 어떤 이야기에서도 그 총수를 다 헤아리지 못했다. 그래서 먼 훗날 로한의 시인은 '성널오름의 무덤'이라는 노래에서 이렇게 읊었다.

언덕에서 울리는 뿔나팔 소리를 들었네,
남쪽 왕국에서 칼들은 빛나고.
준마들은 돌의 땅으로 질주했지,
아침에 부는 바람처럼. 전쟁은 불붙었네.
세오덴이 쓰러졌지, 위대한 셍겔의 후손,
자신의 황금궁전과 푸른 초원으로,
북쪽 초원으로 결코 돌아가지 못했지,
대군의 고귀한 군주인 그는. 하르딩과 구슬라프,
둔헤레와 데오르위네, 대담한 그림볼드,
헤레파라와 헤루브란드, 호른과 파스트레드,
먼 나라에서 싸우다 쓰러졌네.
성널오름 언덕 흙 속에 누워 있다네,
동맹인 곤도르의 영주들과 함께.

아름다운 히를루인은 바다 옆 언덕으로,
노병 포를롱은 꽃 피는 계곡으로,
고국 아르나크로, 결코
승전가를 울리며 돌아가지 못했지. 장대한 사수들
데루핀과 두일린도 어두운 물결로,
산 그림자 아래 모르손드의 호수로 돌아갈 수 없었지.
아침의 죽음과 해 질 녘의 죽음이
귀인들과 천인들을 데려갔네. 이제 그들은
곤도르의 큰 강 옆 풀밭에서 긴 잠을 잔다네.
지금은 눈물처럼 잿빛, 은빛으로 빛나지만
그때는 붉은 물결이 포효하며 뒹굴었지.
피로 물든 물거품이 석양에 타올랐지,
봉화대가 밤중에 타오르듯,
람마스 에코르에 붉은 이슬이 떨어졌지.

Chapter 7

데네소르의 화장

성문에서 어둠의 그림자가 물러난 후에도 간달프는 여전히 꼼짝 않고 말에 앉아 있었다. 그러나 피핀은 자신을 짓누르던 커다란 중압감이 사라지기라도 한 듯이 벌떡 일어섰다. 그러고는 가만히 서서 뿔나팔 소리에 귀를 기울였다. 그 나팔 소리에 가슴이 기쁨으로 터질 것만 같았다. 후년에 가서도 그는 멀리서 뿔나팔 소리가 들려올 때마다 솟아나는 눈물을 억제할 수 없었다. 그러나 갑자기 자신의 볼일이 생각나서 그는 내달렸다. 그 순간 간달프는 몸을 움직였고 샤두팍스에게 뭐라 이르고는 성문을 지나가려 했다.

"간달프, 간달프!"

피핀이 외치자 샤두팍스가 멈춰 섰다.

"자넨 여기서 뭘 하고 있는 건가? 흑색과 은색의 제복을 입은 자들은 영주의 허락 없이 궁성에서 떠날 수 없다는 것이 이 도시의 규율 아닌가?"

"허락받았어요. 그분이 절 쫓아내셨어요. 그런데 전 겁이 나요. 뭔가 끔찍한 일이 일어날 거예요. 영주님은 제정신이 아닌 것 같아요. 그분이 자살하지나 않을지, 혹시 파라미르까지 죽이려는 건 아닐지 두려워요. 어떻게 좀 해 볼 수 없으세요?"

간달프는 열린 성문으로 바라보고는 이미 들판에서 요란해지는 전투의 소음을 들었다. 그는 주먹을 꽉 쥐고 말했다.

"난 가야겠네. 암흑의 기사가 가 버리긴 했지만 그래도 우리에게 재앙을 몰고 올 걸세. 난 시간이 없어."

그러자 피핀이 외쳤다.

"하지만 파라미르는요! 그는 아직 죽지 않았어요. 누군가 말리지 않으면 그를 산 채로 태워 버릴 거예요."

"그를 산 채로 태운다고? 대체 무슨 소리인가? 빨리 말해 보게!"

"데네소르가 무덤에 갔어요. 그런데 파라미르를 데리고 갔어요. 우리 모두 타 버릴 거라면서 자기는 그때까지 기다리지 않겠다는 거예요. 직속 기사들에게 화장대를 만들어 자신과 파라미르를 태우라고 명령했어요. 장작과 기름을 가져오라고 시킨 사이에 전 빠져 나왔어요. 오는 길에 베레곤드에게 말하긴 했지만 그는 자기 자리를 감히 벗어나지 못할 거예요. 근무 중이니까요. 그리고 그가 제지할 힘이 있겠어요?"

피핀은 이렇게 말을 쏟아 놓고 떨리는 손으로 간달프의 무릎을 잡았다.

"파라미르를 구해 주실 수 없어요?"

"어쩌면 할 수 있겠지. 하지만 내가 그렇게 한다면, 다른 사람들이 죽을 거라네. 그게 걱정이군. 그래, 아무도 그를 도울 수 없으니 내가 가야겠지. 하지만 이 일로 인해 재난과 슬픔이 이어지겠군. 우리 성채의 심장부에서도 적은 우리를 공격할 힘이 있다네. 지금 일어나는 일은 그의 의지가 작용한 것이니까."

간달프는 이렇게 결심하자마자 신속히 행동을 개시했다. 피핀을 잡아 올려 자기 앞에 태우고는 샤두팍스에게 방향을 바꾸라고 지시했다. 그들은 뒤에서 들려오는 전투의 소음을 들으며 미나스 티리스의 도로를 따라 달그닥 소리를 내며 올라갔다. 절망과 공포에서 되살아난 사람들이 무기를 잡고 서로 외쳐 대고 있었다.

"로한이 왔다!"

지휘관들은 소리치고, 부대가 정렬되고 있었다. 많은 사람들이 이미 성문으로 행진해 가고 있었다.

그들을 발견한 임라힐 대공은 소리쳐 불렀다.

"지금 어디 가십니까, 미스란디르? 로한인들이 곤도르의 평원에서 싸우고 있습니다! 우린 가능한 모든 전력을 모아야 합니다."

그러자 간달프가 답했다.

"모든 사람이, 아니 그 이상이 필요할 거요. 최대한 서두르시오. 난 할 수 있을 때 돌아오겠소. 지금은 데네소르 공에게 용무가 있소. 지체할 수 없는 일이오. 영주가 안 계시는 동안 대신 지휘권을 맡으시오."

그들은 계속 길을 따라 나아갔다. 궁성 가까이 올라갔을 때, 얼굴에 불어오는 바람이 느껴졌고, 저 멀리 남쪽 하늘에서 빛 한 줄기가 커지면서 아침이 흐릿하게 밝아 오고 있음을 알 수 있었다. 그래도 그들은 희망을 느끼지 못했다. 어떤 사악한 일이 자신들 앞에 벌어졌는지 알지 못하고, 또한 너무 늦게 갈까 봐 두려웠던 것이다.

간달프가 말했다.

"암흑이 지나가고 있군. 하지만 이 도시엔 아직 무겁게 드리워져 있네."

궁성 문에 경비병이 보이지 않았다.

"그럼 베레곤드가 간 거예요."

피핀은 약간 희망차게 말했다. 그들은 길을 돌아 닫힌문을 향해 황급히 나아갔다. 문은 활짝 열려 있었고, 문지기가 그 앞에 쓰러져 있었다. 누군가 그를 살해하고 열쇠를 가져간 모양이었다.

간달프가 말했다.

"적의 수작이야! 그는 이런 일을 좋아하거든. 친구와 친구가 싸우고, 마음이 혼란스러워 충성심이 갈라지는 일 말이지."

이제 그는 말에서 내려 샤두팍스에게 마구간으로 돌아가라고 일렀다.

"내 친구, 자네와 난 한참 전에 평원으로 달려갔어야 하는데, 다른 일 때문에 지체되는군. 내가 부르면 곧 달려오게!"

그들은 문을 지났고, 가파르고 구불구불한 길을 따라 내려갔다. 빛은 점점 밝아지고 있었고, 길 옆에 서 있는 긴 둥근기둥들과 조상들이 회색 유령처럼 천천히 스쳐 지나갔다.

갑자기 정적이 깨지며 저 밑에서 고함 소리와 칼 부딪치는 소리가 들려왔다. 도시가 건설된 이후로 이 신성한 장소에서 한 번도 들린 적이 없는 소리였다. 마침내 그들은 라스 디넨에 이르러 거대한 둥근 지붕 아래 어스름 속에서 희미하게 빛나는 섭정의 집으로 급히 다가갔다.

"멈춰라! 멈춰! 이 미친 짓을 당장 멈추란 말이다!"

간달프는 문 앞의 돌계단을 뛰어오르며 외쳤다.

거기엔 칼과 횃불을 든 데네소르의 시종들이 있었고, 제일 높은 계단의 현관 앞에는 흑색과 은색의 경비대 제복을 입은 베레곤드가 홀로 서 있었다. 그는 시종들이 문으로 다가서지 못하게 막고 있었다. 시종 두 명이 이미 그의 칼에 쓰러져 신성한 장소를 피로 얼룩지게 했다. 다른 이들은 그를 저주하며, 범법자이자 영주에 대한 배신자라고 비난했다.

간달프와 피핀은 앞으로 가면서 사자의 방에서 흘러나오는 데네소르의 외침을 들을 수 있었다.

"빨리, 빨리! 내가 명령한 대로 시행하라! 이 변절자를 죽여라! 아니면 내가 직접 해야만 한단 말이냐!"

위쪽에서 베레곤드가 왼손으로 꽉 붙잡고 있던 문이 활짝 열리며 그 뒤에서 크고 무시무시해 보이는 영주가 나타났다. 그의 눈에는 불꽃같은 빛이 타올랐고 손에는 칼이 들려 있었다.

그러나 간달프가 계단을 뛰어오르자 사람들은 그에게서 쓰러지듯 물러나며 눈을 가렸다. 그가 들어오자 마치 어두운 곳에 하얀 빛이 밀려온 것 같았기 때문이었다. 그런데 그는 격노하고 있었다. 그가 손을 들어 올리자 데네소르의 손에 들려 있던 칼이 허공으로 날아가 뒤쪽 어둠 속에 떨어져 버렸다. 데네소르는 깜짝 놀라 간달프에게서 뒷걸음질 쳤다.

간달프가 말했다.

"이게 무슨 일이오, 영주? 죽음의 집은 산 사람에게 어울리는 곳이 아니오. 성문 앞에서 벌어지고 있는 전투로 만족하지 못한단 말이오? 왜 사람들이 이 신성한 곳에서 싸우는 것이오? 우리의 적이 여기 라스 디넨에 오기라도 했소?"

"언제부터 곤도르의 영주가 그대에게 대답할 의무가 있었소? 또 내가 내 시종들에게 명령도 할 수 없단 말이오?"

"명령은 할 수 있소. 그렇지만 당신의 의지가 광기와 해악을 향하고 있다면, 다른 사람들은 당신의 의지에 대항할 수 있소. 당신 아들 파라미르는 어디 있소?"

"안에 누워 있소. 타고 있소. 벌써 불타고 있단 말이오. 그들이 내 아들의 몸에 불을 붙였소. 그러나 곧 모두가 타게 될 거요. 서쪽 세계는 끝났소. 그 전체가 거대한 화염에 휩싸이고, 모든 것이 끝날 거요. 재! 재와 연기가 바람에 날려 갈 거요."

영주를 사로잡은 광기를 확인한 간달프는 그가 이미 흉악한 짓을 저지른 것은 아닌지 염려하면서 베레곤드와 피핀을 뒤따르게 하고 안으로 달려 들어갔다. 데네소르는 뒤로 물러서다가 결국 안에 있는 탁자 곁에 섰다. 그들은 열이 올라 혼수상태에 빠진 채 탁자에 누워 있는 파라미르를 발견했다. 그 아래와 주위에는 기름에 흠뻑 젖은 장작이 높이 쌓여 있었고, 파라미르의 옷과 담요에도 기름이 뿌려져 있었다. 하지만 아직 장작에 불이 붙지는 않았다. 간달프는 회색 망토 속에 그의 강력한 빛을 숨겨 놓았듯이 자기 내면에 숨겨져 있던 힘을 드러냈다. 그는 장작단 위로 뛰어올라 환자를 가볍게 들어 올리고는 다시 뛰어내려서 그를 문가로 데려갔다. 그러는 동안 파라미르는 신음 소리를 내면서 꿈속에서 아버지를 불렀다.

데네소르는 최면 상태에서 깨어나는 사람처럼 흠칫 놀랐고 그의 눈에선 불꽃이 사라졌다. 그는 흐느끼며 말했다.

"내 아들을 데려가지 마오! 그 앤 날 부르고 있어."

그러자 간달프가 대답했다.

"그는 부르겠지. 그러나 당신은 아직 그에게 올 수 없소. 그는 죽음의 문턱에서 이제 치유를 받아야 하오. 어쩌면 못 받을지도 모르지. 반면에 당신이 할 일은 당신의 도시에서 벌어지고 있는 전장으로 곧장 가는 거요. 거기서 죽음이 당신을 기다리고 있을지 모르지. 당신도 마음속으로 그것을 알고 있겠지."

"파라미르는 다시 깨어나지 못할 거야. 전투는 헛된 짓이야. 왜 우리는 더 오래 살길 바라는 거지? 왜 우린 나란히 죽음으로 나아가면 안 되는 거지?"

"곤도르의 섭정, 당신의 권한은 당신이 죽을 시간을 결정하라고 주어진 것이 아니오. 그런 일을 저지른 사람은 암흑의 권능에 지배되었던 이교도 왕들밖에 없소. 오만과 절망 속에서 스스로를 죽이고, 자신의 죽음을 수월하게 하려고 자기 친족을 살해하는 그런 짓을 하오."

이렇게 말하며 파라미르를 안은 채 죽음의 집을 나선 간달프는, 현관 앞에 놓여 있던 파라미르를 싣고 온 침상 위에 그를 눕혔다. 데네소르는 그를 따라와서 멈춰 서서는 몸을 떨면서 아들의 얼굴을 갈망하는 눈으로 바라보았다. 한순간 모두들 입을 다물고 가만히 고뇌에 찬 영주를 지켜보는 가운데, 그는 머뭇거렸다.

간달프가 말했다.

"갑시다! 우리의 도움이 필요하오. 당신이 아직 할 수 있는 일이 많이 있소."

그러자 갑자기 데네소르는 웃음을 터뜨렸다. 그는 다시 몸을 당당하게 곧추세우고 방 안의 탁자로 재빨리 돌아가 그가 베개로 삼았던 것을 집어 들었다. 그리고 다시 문 쪽으로 돌아오면서 그 덮개를 벗겼다. 그러자, 아! 그의 손에 팔란티르 돌이 들려 있었다. 그가 들고 있는 동안 돌은 그 내부의 불꽃으로 타오르기 시작하는 것 같았다. 그래서 영주의 여윈 얼굴은 붉은 불에 비춰진 듯 붉어졌고, 단단한 돌로 깎은 듯한 그 얼굴은 검은 그림자와 선명하게 대비되어, 고귀하고 오만하며 무시무시해 보였다. 그의 눈은 번쩍였다.

"오만과 절망이라고? 그대는 백색탑이 눈멀었다고 생각하는가? 아니야, 난 그대가 아는 것보다 더 많은 것을 보아왔어, 이 회색 바보야. 그대의 희망은 무지일 뿐이야. 가서 힘껏 치료해 보시지! 가서 애써 싸우라고. 부질없는 짓이야. 하루쯤은 평원에서 작은 승리를 거둘 수도 있겠지. 그러나 지금 저기서 일어나는 힘에 대항한 승리란 있을 수 없어. 이 도시에 겨우 그 손의 첫째 손가락이 뻗쳤을 뿐이야. 동부 전체가 움직이고 있어. 지금 이 순간에도 그대의 희망이었던 바람이 그대를 속여 안두인대하의 강물 위로 검은 돛을 띄워 보내고 있어. 서부는 끝난 거야. 노예가 되고 싶지 않은 사람은 모두 떠나야 하는 시간이 되었어."

"그런 말은 적의 승리를 확실하게 만들어줄 뿐이오."

간달프가 이렇게 말하자 데네소르는 비웃듯 대답했다.

"그럼 희망을 계속 갖고 있게! 내가 그대를 모르는 줄 아는가, 미스란디르? 그대의 야망은 나 대신 통치하려는 것이지. 북쪽, 남쪽, 아니, 서쪽의 모든 권좌 뒤에서 조종하려는 것이지. 난 그대의 마음과 계략을 읽어 왔어. 그대가 이 반인족에게 입을 다물라고 명한 사실을 내가 모를 줄 아는가? 내 방에서 염탐하라고 들여보낸 것을 모를 줄 알아? 하지만 함께 대화를 나눌 때 나는 그대의 원정대 전원의 이름과 목적을 알아냈지. 그래! 그대는 왼손으로 나를 모르도르의 방패막이로 잠시 사용하면서 오른손으로는 북쪽의 그 순찰자를 내 자리에 앉히려는 거야.

그러나 분명하게 말하지, 간달프 미스란디르. 난 그대의 도구가 되진 않겠네. 난 아나리온 가문의 섭정이란 말이네. 벼락 왕족 밑에서 늙은 시종 노릇이나 하진 않겠어. 그가 설혹 자신의 권리를 입증할 수 있다 해도 그는 그저 이실두르의 후손일 뿐이야. 나는 이미 오래전에 권위와 왕권을 박탈당한 누더기 집안의 마지막 후손에게 고개를 숙이진 않겠어."

"그대의 의지가 그렇다면 앞으로 어떻게 할 생각이오?"

"난 내 평생 해온 대로, 아득히 먼 옛 선조들이 해 온 대로 해 나가겠어. 이 도시의 평화 속에서 군주로 행세하고, 마법사의 제자가 아닌, 자기 나름의 의지가 있는 아들에게 권좌를 물려주는 것이지. 그러나 운명이 이를 방해한다면 난 더 이상 아무것도 하지 않겠어. 실추된 삶도, 반쪽짜리 사랑도, 줄어든 명예도 갖지 않겠어."

"내가 보기에 자신이 위탁받은 것을 충실히 양도하는 섭정이라면 사랑이나 명예가 실추되지는 않을 것 같은데. 적어도 당신은 아직 생사가 의심스러운 아들에게서 선택을 박탈할 권리는 없소."

이 말을 듣자 데네소르는 다시 눈에 불을 켜고 팔란티르를 겨드랑이에 낀 채 작은 칼을 꺼내 들고 침상을 향해 달려들었다. 그러나 베레곤드가 뛰어들어 파라미르 앞을 가로막았다.

그러자 데네소르가 외쳤다.

"그래! 그대는 이미 내 아들의 사랑을 절반 훔쳤지. 그런데 이젠 내 기사들의 마음마저 훔쳐서 그들이 마지막에 내 아들을 완전히 훔쳐 가는구나. 그렇지만 적어도 내 마지막을 내 마음대로 하겠다는 의지만은 꺾을 수 없어."

그는 시종들을 향해 소리쳤다.

"이리 와라! 너희들 모두 배신자가 아니라면 이리 와!"

그러자 그들 중 두 명이 계단을 뛰어올라 그에게 갔다. 그는 한 사람의 손에서 재빨리 횃불을 빼어 들고 다시 방으로 뛰어 들어갔다. 간달프가 말릴 겨를도 없이 그는 횃불을 장작더미에 던졌고,

그러자 탁탁 소리를 내며 금방 불길이 치솟기 시작했다.

데네소르는 탁자로 뛰어올라 화염과 연기에 휩싸인 채 발밑에 있던 섭정의 지팡이를 집어 들고는 무릎에 대고 부러뜨렸다. 지팡이 조각을 불 속으로 던지더니 그는 몸을 굽혀 탁자 위에 누웠고, 가슴 위에 올려놓은 팔란티르의 돌을 양손으로 움켜잡았다. 훗날 전해지기로는, 그 돌을 들여다본 사람은, 그것을 다른 목적으로 사용할 수 있을 만큼 강한 의지력이 있지 않은 한, 불꽃에 타 버린 늙은 두 손밖에 볼 수 없었다고 한다.

간달프는 슬프고 경악스러운 마음에 고개를 돌리고는 문을 닫았다. 잠시 그는 생각에 잠겨 조용히 문턱에 서 있었다. 바깥에 있는 사람들에게 안에서 불길이 탐욕스럽게 이글거리는 소리가 들려왔다. 그러고 나서 데네소르의 커다란 비명 소리가 들려왔다. 이후에는 아무 말도 없었고, 두 번 다시 살아 있는 사람들에게 보이지도 않았다.

간달프가 말했다.

"이렇게 엑셀리온의 아들 데네소르가 가버리는군."

그러고는 겁에 질려 서 있는 베레곤드와 영주의 시종들에게 돌아섰다.

"그리고 그대들이 알고 있던 곤도르의 시대도 이렇게 지나가고 있네. 이제 좋든 나쁘든 그날들이 끝났네. 여기서 악행이 일어나기는 했지만 이제 그대들 사이에 남아 있는 적대감은 날려버리게. 그건 적이 계획한 일이었고, 그의 뜻을 실현하는 일이었으니. 그대들은 그대들이 만들지도 않은, 서로 상충하는 의무의 덫에 갇혀 있었던 걸세. 그러나 맹목적으로 복종하는 영주의 가신 제군들, 생각해 보게. 만일 베레곤드가 반역하지 않았다면 백색탑의 대장, 파라미르도 지금 불타 버리고 말았을 걸세. 이 불행한 곳에서 쓰러진 동료들을 안고 나가게나. 우리는 곤도르의 새 섭정 파라미르 공을 평화로이 쉴 수 있는 곳으로, 혹시 죽을 운명이라면 편히 죽을 수 있는 곳으로 모셔 갈 테니."

간달프와 베레곤드는 침상을 들고 치유의 집으로 운반했다. 그들 뒤에서 피핀이 고개를 숙인 채 걸어갔다. 그러나 영주의 시종들은 겁에 질린 듯이 사자의 집에 서서 그들을 멍하니 바라보았다. 간달프가 라스 디넨의 끝에 이르렀을 때 엄청난 소음이 들려왔다. 뒤돌아보니 그 집의 둥근 지붕이 갈라지며 연기가 치솟았다. 그러더니 돌이 우르르 쏟아지면서 그 지붕이 휘몰아치는 불 속에 떨어졌다. 하지만 불길은 줄지 않고 떨어진 잔해들 사이에서 춤추듯 타올랐다. 그러자 공포에 질린 시종들은 도망쳐 나와 간달프를 따랐다.

마침내 그들은 섭정의 문으로 돌아왔다. 베레곤드는 슬픈 얼굴로 문지기를 바라보며 말했다.

"난 이 일을 영원히 후회할 걸세. 하지만 내가 미친 듯이 서둘렀는데 그는 내 말을 듣지 않으려 하고 내게 칼을 들이댔지."

그는 죽은 문지기에게서 뺏은 열쇠를 꺼내 문을 닫아 잠근 후 말했다.

"이 열쇠는 이제 파라미르 공께 드려야지."

그러자 간달프가 말했다.

"돌 암로스의 대공이 영주의 부재중에 대신 통치하고 있네. 그러나 그가 여기 없으니 내가 스스로 지휘권을 행사해야겠군. 이 도시에 다시 질서가 잡힐 때까지 자네가 열쇠를 간직하고 잘 지키도록 하게."

이제 그들은 도시의 높은 구역으로 들어왔고, 아침 햇살 속에 치유의 집을 향해 걸어갔다. 그곳은 원래 위중한 병을 앓는 사람들을 위해 따로 세워진 아름다운 건물들이었는데, 지금은 전장에서 부상당한 사람들이나 죽어 가는 사람들을 돌보는 장소로 쓰이고 있었다. 그 건물들은 궁성 입구에서 멀지 않았고, 제6 원형 구역 안의 남쪽 성벽 가까이 있었는데, 그 주변은 도시에서는 유일하게 정원과 나무들이 심어진 잔디밭으로 둘러싸여 있었다. 그곳에는 미나스 티리스에 남아 있도록 허용된 여자들 몇 명이 있었는데, 치유하거나 치유사를 돕는 데 재주가 있기 때문이었다.

간달프와 그 일행이 침상을 들고 치유의 집 정문으로 가고 있을 때, 저 밑의 성문 앞 들판에서 찢어질 듯이 큰 비명 소리가 나더니 대기를 꿰뚫고 바람에 실려 멀어져 갔다. 그 비명이 너무 섬뜩해서 사람들은 잠시 멈춰 섰다. 하지만 그 소리가 사라졌을 때 갑자기 그들의 가슴에는 어둠이 동쪽에서 밀려온 이후 느껴 보지 못했던 희망이 솟아올랐다. 또한 빛이 더 선명해지고 태양이 구름 사이로 뚫고 나온 것 같았다.

그러나 간달프의 얼굴은 어둡고 슬퍼 보였다. 베레곤드와 피핀에게 파라미르를 치유의 집으로 데려가라고 지시하고 나서 그는 옆에 있는 성벽으로 올라갔고, 흰 조각상처럼 서서 새로운 햇빛을 받으며 저 아래를 내려다보았다. 그는 자신에게 주어진 투시력으로 들판에서 일어난 일을 모두 보았다. 에오메르가 전장의 선봉에서 달려 나와 들판에 쓰러진 사람들 곁에 섰을 때 간달프는 한숨을 쉬었고, 다시 망토로 몸을 가리고는 성벽에서 내려왔다. 치유의 집에서 나온 베레곤드와 피핀은 생각에 잠겨 문 앞에 서 있는 간달프를 보았다.

그들이 쳐다보자 간달프는 잠시 침묵을 지키다가 마침내 입을 열었다.

"친구들, 그리고 이 도시의 주민들과 서부의 모든 이들이여! 큰 슬픔과 위대한 무용이 일어났다네. 우린 울어야 할지 아니면 기뻐해야 할지? 우리가 감히 바라지도 못했던 일이 일어났어. 적들의 대장이 쓰러졌다네. 조금 전에 들었던 비명은 그의 마지막 절망의 울부짖음이었던 거야. 그러나 그는 재앙과 쓰라린 손실을 일으키고 사라졌어. 데네소르의 광기만 아니었던들 내가 막을 수도 있었을 텐데. 적의 손길이 이렇게 멀리 뻗칠 줄이야! 아! 그런데 그의 의지가 어떻게 이 도시의 심장부에 들어올 수 있었는지 이제는 알게 됐네.

섭정들은 자기들끼리만 알고 있는 비밀일 거라고 생각해 왔겠지만, 나는 여기 백색탑에 일곱 팔란티르 중 적어도 하나가 보관되고 있을 거라고 짐작했지. 데네소르가 지혜롭던 시절에는 자기 힘의 한계를 알고 있기 때문에 주제넘게 그 팔란티르를 사용해서 사우론에게 도전하려고 하지 않았겠지. 그런데 그의 지혜가 사라졌어. 자신의 영토가 점차 위험해지자 그는 팔란티르를 보고 결국은 속게 된 것 같네. 보로미르가 출발한 다음에는 훨씬 더 빈번히 들여다보았을 거야. 그는 대단히 강한 사람이라서 암흑의 권능에 굴복하지는 않았지만, 그럼에도 불구하고 그 힘이 그에게 보여 준 것만 보았던 걸세. 의심할 바 없이, 그가 얻은 지식이 종종 도움이 되기도 했겠지. 그러나 그에게 보인 모르도르의 막강한 힘의 환영은 그의 가슴에 절망감을 불어넣어서 결국 정신착란을 일으키고 말았네."

"이젠 저도 이상하게 보인 일들을 이해할 수 있어요."

피핀은 이렇게 말하면서 떠오르는 기억에 몸을 떨었다.

"파라미르가 누워 있던 방에서 영주님이 나갔다가 돌아왔는데 그때 그분이 갑자기 변했다고, 늙고 쇠약해졌다고 처음으로 느꼈어요."

그러자 베레곤드도 말했다.

"파라미르께서 탑으로 옮겨진 바로 그 시간에 많은 경비대원들이 탑의 제일 높은 방에서 나온 이상한 빛을 보았습니다. 그런데 전에도 그 빛을 본 적이 있었어요. 그래서 도시에서는 오래전부터 영주께서 때로 마음속으로 적과 싸움을 벌이신다는 소문이 돌고 있었지요."

"아! 그렇다면 내 추측이 옳았군! 그런 식으로 사우론의 의지가 미나스 티리스에 침투한 거야. 그래서 난 여기서 지체되었던 거지. 그리고 아직 여기에 더 남아 있어야 할 것 같군. 파라미르뿐 아니라 보살펴야 할 다른 일들이 곧 있을 것 같으니.

이제 나는 저기서 오는 사람들을 만나러 가야겠네. 저 평원에서 내 마음을 몹시 비통하게 만든 광경을 보았네. 더 슬픈 일이 일어날 수 있네. 자, 나와 같이 가세, 피핀! 하지만 베레곤드, 자네는 궁성으로 돌아가서 경비대장에게 무슨 일이 있었는지 말해야겠지. 그의 의무는 자네를 경비대에서 쫓아내는 것일 테지. 그렇지만 그가 내 조언을 받아들일 용의가 있다면, 자네를 치유의 집으로 보내라고 전하게. 자네 대장의 경호와 시중을 맡도록 말이야. 그리고 혹시 가능할지 모르지만 파라미르가 깨어난다면 자네가 그 옆에 있어야지. 그를 불에서 구해 낸 건 바로 자네니까. 자, 가게! 난 곧 돌아오겠네."

말을 마친 그는 돌아서서 피핀과 함께 도시의 낮은 지대로 내려갔다. 그들이 발을 재촉해 가고 있을 때 바람이 회색 비를 몰고 와서 불길을 다 꺼 버렸고 큰 연기가 솟아올랐다.

Chapter 8

치유의 집

미나스 티리스의 부서진 성문 앞에 이르렀을 때 메리의 눈은 눈물과 피로로 안개가 낀 듯했다. 그는 사방에 널려 있는 잔해와 시체들에 거의 신경을 쓰지 않았다. 불길과 연기, 그리고 악취가 공중에 만연했다. 불에 탔거나 불구덩이에 던져진 기계들이 많이 있었고, 시신들도 마찬가지였다. 거대한 남쪽의 야수들이 반쯤 타거나 돌에 맞아 부서지고 아니면 용감한 모르손드 궁수들의 화살에 눈이 관통된 채 여기저기에 나자빠져 있었다. 흩뿌리던 비가 잠시 멎더니 햇살이 저 높은 곳에서 반짝였다. 그러나 도시의 낮은 지대는 여전히 악취를 풍기는 연기에 휩싸여 있었다.

벌써 사람들은 전투의 잔해를 치워 길을 정리하고 있었다. 성문에서 환자용 들것이 운반되어 왔다. 사람들은 부드러운 베개 위에 에오윈을 조심스럽게 눕혔다. 하지만 왕의 시신 위엔 큰 황금빛 천을 덮었고 그 옆에서 횃불을 들고 시신을 옮겼다. 햇빛 속에서 흐릿한 횃불이 바람에 흔들렸다.

이렇게 세오덴과 에오윈은 곤도르시에 들어왔고, 그들을 본 사람들은 모두 두건을 벗고 고개를 숙였다. 그들은 불타 버린 원형 구역의 잿더미와 자욱한 연기를 지나 돌길을 따라 계속 올라갔다. 메리에게 그 오르막길은 영원히 지속될 것 같았다. 불쾌한 꿈속의 의미 없는 이동이고, 도무지 기억해 낼 수 없는 희미한 목적지를 향해 끝없이 나아가는 것 같았다.

그의 앞에 가던 횃불들은 서서히 깜빡이다가 사라지고 그는 어둠 속을 걸었다. 그는 생각했다.

'이건 무덤으로 가는 굴이야. 거기서 우린 영원히 머물 거야.'

그런데 갑자기 그의 꿈속에 살아 있는 목소리가 끼어들었다.

"아! 메리! 고맙게도 널 찾아내다니!"

그는 눈을 들었는데 눈앞의 안개가 조금 걷혔다. 피핀이었다! 그들은 좁은 길에서 얼굴을 맞대었고, 그 길에는 그들 외엔 아무도 보이지 않았다. 그는 눈을 훔치고 나서 물었다.

"왕은 어디 계시지? 에오윈 왕녀님은?"

그러고는 비틀거리며 문턱에 주저앉아 다시 울기 시작했다. 피핀이 말했다.

"그들은 궁성으로 올라갔어. 네가 걷다가 잠이 들어 길을 잘못 든 줄 알았어. 네가 그분들과 함께 오지 않은 것을 알고는 간달프가 너를 찾으라고 날 보낸 거야. 불쌍한 메리! 널 다시 보니 얼마나 기쁜지 몰라. 하지만 몹시 지친 것 같으니, 더 이상 말 시켜서 피곤하게 하진 않을게. 그렇지만 이것만 말해 봐. 상처가 났거나 부상당한 곳이 있어?"

"아니. 글쎄, 아니, 다친 것 같지는 않아. 그렇지만 그를 찌른 후부터 오른손을 쓸 수가 없어, 피핀. 내 칼은 나뭇조각처럼 타 버리고 말았어."

피핀이 근심스러운 표정을 지었다.

"자, 가급적 빨리 가는 게 좋겠어. 널 안고 갈 수 있으면 좋겠는데. 넌 더 이상 걷는 것은 무리 같아. 이렇게 걸어오게 해선 안 되는데 말이야. 그렇지만 그들을 이해해 줘. 이 도시에서 끔찍한 일들이 너무 많이 일어났거든, 메리. 전장에서 돌아오는 가엾은 작은 호빗 한 명쯤은 쉽게 못 보고 지나칠 수 있어."

"못 보고 지나가는 게 항상 나쁜 건 아니야. 아까도 날 못 보고 지나쳤거든, 그…… 아! 안 돼, 안 돼. 난 말할 수 없어. 도와 줘, 피핀! 눈앞이 다시 깜깜해지고 있어. 내 팔이 너무 차가워."

"내게 기대, 메리! 자, 가자! 한 발씩. 그리 멀지 않아."

"날 묻으러 가는 거니?"

"물론 아니야."

피핀은 가슴속으로 두려움과 연민에 짓눌렸지만 가급적 쾌활하게 들리도록 애쓰며 말했다.

"아니야, 우린 치유의 집으로 가는 거야."

그들은 큰 집들과 네 번째 원형 구역 성벽 사이에 난 길에서 돌아 궁성으로 올라가는 큰 도로로 다시 접어들었다. 한 걸음 한 걸음씩 걸어 올라가는 동안 메리는 비틀거리며 뭔가 잠꼬대처럼 중얼거렸다.

'난 거기까지 데려갈 수 없겠어.' 피핀은 생각했다. '좀 도와줄 사람이 없을까? 여기 혼자 두고 갈 수도 없는데.'

그런데 놀랍게도 바로 그때 한 소년이 뒤에서 뛰어오고 있었다. 옆을 지나칠 때 보니 바로 베레곤드의 아들 베르길이었다.

피핀이 외쳤다.

"이봐, 베르길! 어디 가는 거지? 널 다시 보니, 또 아직 살아 있는 걸 보니 기쁘구나."

"난 지금 치유사에게 심부름을 가고 있어요. 지체할 시간이 없어요."

베르길이 말했다.

"그럴 필요는 없어. 거기 가거든 그들에게 내가 전장에서 돌아온 호빗을, 그러니까 '페리안'을 데리고 있다고 전해 주면 돼. 내 생각엔 그가 더 이상 걸을 수 없을 것 같거든. 만약 미스란디르가 거기 계시면 이 소식을 듣고 기뻐하실 거야."

베르길은 계속 달려갔다.

'난 여기서 기다리는 게 낫겠어.'

피핀은 이렇게 생각했다. 그래서 그는 메리를 조그만 볕이 드는 보도에 조용히 눕히고, 자신도 그 옆에 앉아 무릎으로 메리의 머리를 받쳐 주었다. 그는 친구의 몸과 팔, 다리를 부드럽게 쓸어 보고 손을 잡았다. 그의 오른손은 얼음장처럼 차가웠다.

그리 오래지 않아 간달프가 직접 그들을 찾으러 왔다. 그는 메리에게 몸을 굽혀 이마를 살짝 만져 보고는 조심스럽게 안아 들고 말했다.

"메리는 이 도시로 영예롭게 모셨어야 했어. 그는 내 믿음에 훌륭하게 보답했네. 만약 엘론드가 내게 양보하지 않았더라면 자네들 둘 다 보내지 않았을 테고, 그랬더라면 오늘의 해악은 더 통탄스러웠을 거야."

그는 한숨을 쉬고 다시 말을 이었다.

"지금 전세가 극히 불안정한 상태인데 내가 돌봐야 할 사람이 여기 또 있군."

이렇게 해서 마침내 파라미르와 에오윈과 메리는 치유의 집 침대에 눕혀졌다. 그리고 그들은 보살핌을 잘 받았다. 후대의 모든 학예는 고대의 전성기에 비하면 뒤떨어졌다고 할 수 있지만, 곤도르의 의술만은 여전히 발달하고 있었고 상처나 고통, 그리고 바다 동쪽의 필멸의 존재인 인간들이 겪어야 하는 질병을 치료하는 기술이 뛰어났다. 물론 노쇠만은 예외라서, 그것에 대해서는 어떠한 치료법도 발견하지 못했다. 사실 그들도 점차 다른 지역의 인간들보다 긴 수명을 누릴 수 있다고는 말할 수 없게 되었고, 그들 중에서 아주 순수한 혈통을 유지한 몇몇 가문을 제외하면 백 살 이상의 나이를 먹고도 여전히 원기를 유지하는 사람은 점차 줄어들었다. 그러나 지금 당면한 경우에 그들의 기술과 지식은 한계에 부딪치고 말았다. 치유될 수 없는 질병으로 고통받는 사람들이 많았던 것이다. 그 질병이 나즈굴에게서 온 것이기 때문에 그들은 암흑의 그림자라고 불렀다. 그 병에 걸린 사람들은 서서히 점점 더 깊은 꿈에 빠져들어 잠꼬대도 하지 않게 되고 죽은 듯 차가워지다 결국은 죽고 마는 것이었다. 치유사들이 보기에는 반인족과 로한의 왕녀에게 이 질병이 깊이 침투한 것 같았다. 아침나절이 지나는 동안에 그들은 아직 이따금 꿈속에서 중얼거리고 있었다. 그래서 간호인들은 혹시 그들의 상처를 이해하는 데 도움이 될 것을 알 수 있지나 않을까 하는 희망으로 그들이 중얼거리는 소리를 빼놓지 않고 들었다. 그러나 그들은 곧 깊은 어둠에 빠지기 시작했고, 해가 서쪽으로 기울기 시작할 무렵에는 얼굴에 잿빛 그림자가 덮이기 시작했다. 파라미르는 내릴 기미가 보이지 않는 열에 시달리고 있었다.

간달프는 근심스러운 표정으로 이 사람 저 사람을 돌아보았고, 간호인들은 자신들이 들은 바를 그에게 말해 주었다. 이렇게 하루가 지나갔고, 바깥에서는 변덕스러운 희망과 기이한 소문들과 함께 전투가 계속되고 있었다. 그런데도 간달프는 기다렸고, 지켜보았고, 나가려 하지 않았다. 마침내 붉은 황혼이 온 하늘을 채웠고, 창문을 통해 들어온 빛이 환자들의 잿빛 얼굴에 내려앉았다. 그러자 옆에 있는 사람들에겐 붉은 석양빛에 그들의 얼굴이 부드럽게 물들어 마치 건강을 되찾은 것처럼 보였지만 그건 희망의 조롱에 불과했다.

그때 치유의 집에서 일하는 여인 중에 가장 나이 많은 부인 요레스가 파라미르의 아름다운 얼굴을 보며 눈물을 흘렸다. 모두들 그를 사랑했던 것이다. 그녀는 말했다.

"아! 이분이 돌아가시면 어쩌나. 사람들의 말대로 옛날에 왕이 계셨듯이 곤도르에 지금 왕이 계시다면. 옛 전설에 말하길 '왕의 손은 치유자의 손'이라 했는데. 또한 그것으로 적법한 왕을 알 수 있다고 하는데."

그러자 그 옆에 서 있던 간달프가 말했다.

"사람들은 오래도록 당신의 말을 기억할 거요, 요레스! 당신의 말에 희망이 있으니. 왕이 곤도르에 정말로 돌아왔을지도 모르지. 도시에 전해진 이상한 소문을 듣지 못했소?"

"전 이런저런 일로 너무 바빠서 고함이나 비명에 관심을 기울일 수 없었어요. 제가 바라는 건 저 살인자 악마들이 이 집에 들어와 환자를 괴롭히지 않으면 좋겠다는 것뿐이에요."

그러자 간달프는 급히 밖으로 나갔다. 벌써 하늘의 노을은 다 타 버려 황혼에 물들었던 언덕의 빛이 희미해지고 평원 위에는 잿빛 땅거미가 지고 있었다.

이제 해가 지고 있을 때, 아라고른과 에오메르와 임라힐은 그들의 지휘관들 및 기사들과 함께 도시 가까이 모여들었다. 성문 앞에 이르렀을 때 아라고른이 말했다.

"저 거대한 화염에 싸여 지는 해를 보시오! 저것은 많은 것들의 종말과 몰락의 표시이자, 세상의 흐름의 변화를 뜻하는 겁니다. 그러나 이 도시와 영토는 섭정의 통치하에 아주 오랫동안 평화로웠으니, 내가 초대받지 않고 들어간다면 전쟁 중에 절대로 있어서는 안 될 의혹과 논란이 일어나지나 않을까 걱정이오. 우리 쪽이나 모르도르, 어느 한쪽의 승리가 확실해질 때까지 나는 입성하지도, 또 내 권리를 주장하지도 않겠소. 이 평원에 막사를 세우고 도시의 영주가 맞으러 올 때까지 여기서 기다리겠소."

그러나 에오메르가 말했다.

"이미 그대는 왕의 기치를 올렸고 엘렌딜 왕가의 기장을 펼쳐 보이지 않으셨습니까? 그대의 권리에 대한 도전을 허용하실 건가요?"

"아니요. 다만 시간이 아직 무르익지 않았다고 생각할 뿐이오. 그리고 적과 그 부하들이 아니라면 누구와도 싸울 마음이 없소."

그러자 임라힐 대공이 말했다.

"이 문제에 대해 데네소르의 친척인 사람이 조언해 드려도 된다면, 제 생각엔 공께서 현명하게 판단하신 것 같습니다. 데네소르는 의지가 강하고 오만한 사람이고 또 나이도 많습니다. 그리고 그 아들이 가 버린 이후 그의 심기가 이상해졌습니다. 하지만 저라면 공을 걸인처럼 이렇게 문간에 머물게 하지 않을 겁니다."

아라고른이 대답했다.

"걸인이 아니오. 도시와 돌집에 익숙하지 않은 순찰자들의 대장이라 여기시오."

그는 자신의 기치를 접어 넣으라고 지시했고, 북왕국의 별을 떼어 엘론드의 아들들에게 맡겼다.

임라힐 대공과 로한의 에오메르는 그와 작별하고 도시에 들어가서 몰려 있는 사람들을 지나 궁성으로 올라갔다. 그들은 탑의 홀에 이르러 섭정을 찾았다. 그러나 그의 의자는 비어 있었다. 단 앞의 의식대(儀式臺) 위에 마크의 세오덴 왕이 안치되어 있었다. 그 주위에는 열두 개의 횃불이 꽂혀 있고 로한과 곤도르의 기사 열두 명이 지키고 서 있었다. 의식대의 휘장은 녹색과 흰색이었으며 시신의 가슴까지 큰 황금색 천이 덮여 있었다. 그 위에 칼집에서 빼낸 칼이 올려져 있었고 발치엔 방패가 놓였다. 횃불 빛이 반사된 그의 백발은 마치 분수대의 물보라에 어린 햇살처럼 일렁였고, 그의 얼굴은 아름답고 젊어 보였다. 다만 그 얼굴에 깃든 평화로움은 젊음이 닿을 수 없는 것이었다. 그는 잠을 자는 것 같았다.

잠시 왕 옆에 조용히 서 있다가 임라힐이 말했다.

"섭정은 어디 계신가? 또 미스란디르는 어디 가신 거지?"

경비대원 중 한 명이 대답했다.

"곤도르의 섭정께서는 치유의 집에 계십니다."

그러자 에오메르가 물었다.

"내 누이 에오윈은 어디 모셔 놓았는가? 분명히 왕 옆에 격식에 부족함 없이 모셨을 텐데? 그녀를 어디에 모셨나?"

그러자 임라힐이 말했다.

"하지만 에오윈 왕녀는 여기 모셔 올 때까지 살아 계셨소, 아직 모르고 계셨소?"

그러자 에오메르는 뜻밖의 희망으로 너무 갑자기 가슴이 벅차고 또 한편으로 새로운 걱정과 두려움에 휩싸여, 아무 말 없이 몸을 돌려 급히 홀에서 나갔다. 임라힐 대공도 그를 따랐다. 그들이 밖으로 나왔을 때 이미 밤이 저물어 하늘에 많은 별이 빛나고 있었다. 그때 그곳으로 간달프와 회색 망토를 휘감은 사람이 걸어오고 있었다. 그들은 치유의 집 문 앞에서 만났다. 그들은 간달프에게 인사하고 물었다.

"우린 섭정을 찾고 있는데 사람들은 그가 치유의 집에 있다고 합니다. 그가 어떤 상처를 입었습니까? 그리고 에오윈, 그녀는 어디 있습니까?"

그러자 간달프가 대답했다.

"그녀는 안에 누워 있고 아직 살아 있지만 죽음이 임박했소. 그렇지만 파라미르 공은 그대들이 들은 대로 악의 화살에 찔렸소. 지금은 그가 섭정이오. 데네소르는 가 버렸으니까. 그의 집은 잿더미가 되었소."

그들은 그의 이야기에 슬픔과 경악에 잠겼다. 그러나 임라힐이 말했다.

"곤도르와 로한이 같은 날 그들의 영도자를 잃었다면, 승리는 기쁨을 잃었고, 쓰라린 대가를 치른 것이지요. 에오메르 공이 지금 로한인을 통치하고 계십니다. 곤도르는 그럼 그동안 누가 다스리지요? 아라고른 공께 사람을 보내야 하지 않을까요?"

그러자 망토로 가리고 있던 사람이 말했다.

"이미 여기 왔소."

그러면서 문에 달린 등불의 빛 속으로 걸어 나오자 그들은 바로 아라고른을 알아보았다. 그는 갑옷 위에 로리엔의 회색 망토를 둘렀고, 갈라드리엘의 녹색 돌 외에 다른 표식은 달지 않았다.

"간달프께서 청하시기에 왔소. 그러나 지금의 나는 아르노르의 두네다인의 지도자일 뿐이오. 그러니 파라미르가 깨어날 때까지 돌 암로스의 대공이 도시를 통치하는 게 좋겠소. 그렇지만 앞으로 우리가 적을 상대하는 데 있어서 간달프가 우리 모두를 지휘할 것을 제안하겠소."

그러자 그들은 모두 그 말에 동의했다. 간달프가 입을 열었다.

"시간이 촉박하니 이렇게 서 있지 말고 들어갑시다. 치유의 집에 있는 환자들에게 남은 희망이 있다면 그건 오로지 아라고른께서 오시는 것뿐이오. 곤도르의 현명한 부인 요레스가 말했소. '왕의 손은 치유자의 손, 그것으로 적법한 왕을 알리라.'"

아라고른이 앞장서서 들어갔고 다른 사람들은 뒤를 따랐다. 문에는 궁성의 제복을 입은 경비병 두 명이 서 있었다. 한 명은 헌칠했으나 다른 한 명은 어린이 정도의 키밖에 안 되어 보였다. 그는 그들을 본 순간 놀람과 기쁨으로 크게 소리쳤다.

"성큼걸이! 얼마나 멋진 일이야! 제가 검은 배에 당신이 타고 있을 거라고 예상했다는 걸 알아요? 그런데 사람들은 모두 해적이라고 하면서 제 말을 듣지 않잖아요. 어떻게 그렇게 한 거죠?"

아라고른은 환하게 웃으며 호빗의 손을 잡았다.

"정말 반갑네! 그렇지만 지금은 여행 얘기 할 시간이 아닌 것 같아."

그러자 임라힐이 에오메르에게 말했다.

"우리 주군을 저렇게 부르는 모양이지요? 하지만 아마도 주군은 다른 이름으로 왕관을 쓰시겠지요."

그러자 아라고른이 그 말을 듣고 돌아서서 말했다.

"그렇소. 난 고대의 언어로는 엘렛사르, 즉 요정석이고 엔비냐타르, 즉 부활자요."

그러고는 가슴에 달린 녹색 돌을 손으로 들어 올리며 말을 이었다.

"그러나 내 왕가가 다시 세워질 수 있다면 그 이름은 성큼걸이가 될 것이오. 고대어로 하면 그리 나쁘게 들리지 않을 거요. 나와 내 후손들은 텔콘타르라 불릴 겁니다."

말을 마친 그들은 치유의 집 안으로 들어갔다. 그들이 병실로 가는 동안 간달프는 에오윈과 메리아독의 용감한 공적과 병세를 들려주었다.

"난 그들 곁에 오래 있었는데, 처음에는 꿈속에서 많은 이야기를 하더니 죽음 같은 어둠에 빠져들었소. 난 먼 곳의 많은 것을 볼 수 있었지."

아라고른은 먼저 파라미르에게 갔고, 그다음에 에오윈, 마지막으로 메리를 살펴보았다. 환자들의 얼굴과 상처를 다 보고 나서는 한숨을 쉬었다.

"내게 주어진 능력과 기술을 다 쏟아야 하겠소. 엘론드가 여기 계셨더라면 좋았을 텐데. 우리 동족 중에서 가장 연장자이자 더 큰 힘을 갖고 계시니."

그가 매우 지쳤으며 슬픔에 잠긴 것을 본 에오메르는 말했다.

"우선 공께선 좀 쉬어야겠소. 그리고 뭘 좀 드셔야 하지 않겠소?"

그러자 아라고른이 대답했다.

"아니요. 지금 이 세 사람, 특히 파라미르에겐 시간이 없소. 최대한 서둘러야 합니다."

그는 요레스를 불러 물었다.

"이 치유의 집에 약초가 저장되어 있소?"

"예, 있긴 있습니다만, 모두에게 돌아가기에는 좀 부족할 거예요. 게다가 앞으로 어디서 조달받을 길도 없어요. 이 끔찍한 날들에 모든 게 엉망이 되어 버렸거든요. 불에 타 버리기도 하고, 심부름할 아이들은 너무 적고, 게다가 길도 전부 막혀 버렸지요. 롯사르나크에서 이곳으로 운송이 끊긴 지 이제 셀 수도 없이 오래되었으니까요! 하여튼 공께서도 잘 아시겠지만 저흰 이 집에 갖고 있는 것으로 최선을 다하고 있지요."

"때가 되면 그건 알게 되겠지. 부족한 게 하나 더 있군. 수다 떨 시간이지. 아셀라스를 갖고 있소?"

"전 모르겠습니다. 적어도 그런 이름의 약초는 모릅니다. 제가 가서 약초사에게 물어보고 오지요. 그 사람은 옛날 약초 이름도 다 아니까요."

"그건 일명 임금님풀이라고도 하오. 아마 그 이름은 알겠지. 요새 시골 사람들은 그렇게 부르는 모양이니까."

"아, 그거요! 그럼요. 처음부터 귀인께서 그렇게 말씀하셨으면 제가 알았지요. 그런데 그 풀은 저희에게 없습니다. 확실합니다. 저흰 그 풀이 무슨 약효가 있다는 소리는 들어보질 못했거든요. 사실 전 숲에서 자라는 그 풀을 보면 제 동생들에게 이렇게 말했답니다. '임금님풀이라니, 참 이상한 이름이야. 왜 그렇게 불리는지 모르겠어. 내가 왕이라면 내 정원에 더 아름다운 꽃들을 심을 텐데 말이야.' 하지만 그 풀은 찧어 보면 냄새가 달콤하지요. 달콤하다는 게 적당한 표현이라면 말이에요. 어쩌면 '몸에 좋은'이라고 말하는 편이 더 나을지도 모르지요."

"아주 몸에 좋지. 자, 이제 부인, 당신이 정말 파라미르 공을 사랑한다면, 그리고 이 도시에 그 약초가 있다면, 당신이 입을 놀리듯이 재빨리 임금님풀을 가져오시오."

그러자 옆에 있던 간달프가 끼어들었다.

"만일 없다면, 내가 요레스를 내 뒤에 태우고 롯사르나크까지 가겠소. 부인이 날 그 숲으로 안내해야지. 물론 동생들한테 가는 것이 아니고. 샤두팍스는 '빨리'라는 말의 참뜻을 부인에게 가르쳐 줄 거요."

요레스가 나가자 아라고른은 다른 부인들에게 물을 데우라고 지시했다. 그리고 한 손으로 파라미르의 손을 잡고 다른 손으로는 이마를 짚었다. 이마는 땀으로 흠뻑 젖어 있었다. 그러나 파라미르는 미동도 하지 않았고, 거의 숨도 쉬지 않는 것처럼 보였다.

아라고른은 간달프에게 말했다.

"그는 기력이 거의 고갈되었소. 그렇지만 이건 부상에서 온 것이 아닙니다. 이걸 보십시오! 상처는 아물었거든요. 그대가 생각하듯이 그가 나즈굴의 화살에 맞았다면 그는 아마 그날 밤에 죽었을 겁니다. 이 상처는 내 생각엔 남부인의 화살을 맞아 생긴 것 같습니다. 누가 그걸 뽑았소? 누가 갖고 있지 않은가?"

그러자 임라힐이 대답했다.

"제가 뽑았습니다. 그리고 상처를 지혈했습니다. 하지만 전 다른 일이 급했기에 그 화살을 보관하지 못했습니다. 제가 기억하기에도 남부인들이 쓰는 화살 같았습니다. 하지만 그 상처는 그리 심하거나 치명적인 게 아니었습니다. 제 생각엔 날개 달린 그림자가 남긴 것 같습니다. 그렇지 않다면 이런 열과 고통은 이해가 안 되거든요. 이 문제를 어떻게 생각하시는지요?"

아라고른이 대답했다.

"탈진, 부친의 심기에 대한 슬픔, 부상, 그리고 무엇보다도 암흑의 입김, 이런 것들이 다 합쳐진 것 같소. 그는 확고한 의지를 가진 사람이었소. 이번 외성의 전투에 나가기 전에도 이미 어둠 밑에 가까이 갔으니. 아마 그가 외곽 요새를 지키려고 싸우고 있었을 때도 암흑은 서서히 그를 잠식해 왔을 거요. 내가 조금 더 빨리 올 수 있었더라면 좋았을 것을!"

그때 약초사가 들어왔다.

"귀인께서 흔히 시골 사람들이 임금님풀이라 부르는 약초를 찾으신다고 들었습니다만, 그건 전문 용어로는 아셀라스라고 하는 것이고 또 발리노르어를 아는 사람들은……."

아라고른이 말을 가로챘다.

"내가 찾고 있소. 그대가 그걸 '아세아 아라니온'이라 하든 '임금님풀'이라 하든 그걸 갖고 있기만 하다면 무슨 문제겠소."

"죄송합니다. 공께서 단순한 전투 지휘관이 아닌 전승의 대가라는 걸 알겠습니다. 그렇지만, 송구하오나 저흰 여기서 아주 심하게 다친 사람들이나 병자만 돌보고 있기에 그런 것은 가지고 있지 않습니다. 그 풀이 탁한 공기를 향기롭게 한다든가, 아니면 일시적인 무력증을 없애는 것 외에 다른 약효가 있는지는 알지 못하니까요. 물론 선량한 요레스 같은 여인네들이 뜻도 잘 모르고 되풀이하는 고대의 시구에 관심이 있으시다면 별문제겠습니다만.

암흑의 입김이 불어올 때,
죽음의 그림자가 드리울 때,
모든 빛이 사라질 때,
아셀라스여 오라! 아셀라스여 오라!
*　죽어 가는 이에게 생명을*
왕의 손에 네 몸을 누이고!

이건 제 생각엔 노파들의 기억 속에서 잘못 전해져 온 엉터리 시가 아닐까 의심스럽습니다만, 그 시에 정말 무슨 의미가 있는지는 귀인의 판단에 맡기겠습니다. 그렇지만 지금도 어떤 노인들은 그 약초의 향기를 두통에 쓰기도 합니다."

"그렇다면 왕의 이름으로 명하니 그대는 즉시 가서, 그 약초를 갖고 있는, 그대보다 학식은 없을지 몰라도 더 현명한 그 노인을 찾아보라."

간달프가 소리쳤다.

이제 아라고른은 파라미르 옆에 무릎을 꿇고 앉아 그의 이마에 한 손을 올려놓았다. 지켜보는 사람들에겐 어떤 큰 투쟁이 진행되고 있는 것처럼 보였다. 왜냐하면 아라고른의 얼굴은 무척 지친 듯이 잿빛으로 변했던 것이다. 이따금 그는 파라미르의 이름을 불렀는데 그때마다 점점 목소리가 작아져서 마치 아라고른이 그들에게서 떨어져 나가 멀리 어두운 골짜기를 헤매면서 잃어버린 사람을 부르고 있는 것 같았다.

마침내 베르길이 뛰어 들어와 천에 싸 온 여섯 장의 풀잎을 내놓았다.

"임금님풀이에요. 그렇지만 그리 신선한 것 같진 않아요. 이 풀들은 적어도 두 주 전에 딴 것이거든요. 그래도 약효가 있겠지요?"

그는 파라미르를 보고 울음을 터뜨렸다. 그러나 아라고른은 미소를 지었다.

"그래, 효력이 있을 게다. 최악의 상태는 지났으니까. 자, 이제 안심하거라."

그가 풀잎 두 장을 들어 손바닥에 올려놓고 입김을 분 다음 그것을 으깨자 그 즉시 아주 신선한 향기가 풍겨 방 안을 가득 채웠다. 마치 공기 그 자체가 깨어나서 진동하며 기쁨으로 반짝이는 듯한 향기였다. 그 잎들을 끓는 물이 담긴 사발에 넣자 당장에 사람들의 기분이 가벼워졌다. 각자에게 닿은 그 향기는 봄철의 아름다운 세상을 보면 한순간 떠오르는 어떤 대지 위에서 구름 한 점 없는 햇살 아래 이슬에 젖은 신선한 아침의 기억을 떠올렸던 것이다. 아라고른은 새 힘을 얻은 사람처럼 일어나 웃음 띤 눈으로 물이 담긴 사발을 파라미르의 꿈꾸는 얼굴 앞에 놓았다.

요레스가 옆에 있는 한 여인네에게 말했다.

"자, 봐! 누가 이걸 믿을 수 있었겠어? 이 약초는 내 생각보다 훨씬 더 낫네. 내가 처녀였을 때 본 임로스 멜루이의 장미꽃을 생각나게 하네. 어느 왕도 그보다 더 아름다운 꽃은 바랄 수 없지."

갑자기 파라미르가 몸을 뒤척이더니 눈을 떴고, 자기에게 몸을 숙이고 있는 아라고른을 보았다. 그러자 그를 알아보고 흠모하는 눈빛이 떠올랐다. 그는 나직하게 말했다.

"주군, 주군께서 절 부르셨습니다. 제가 왔습니다. 왕께서 내리실 명령은 무엇입니까?"

"더 이상 어둠 속을 헤매지 말고 깨어나게! 그대는 지쳤으니 휴식을 취하고 음식을 든 후에 내가 돌아올 때를 준비하고 있게!"

"그렇게 하겠습니다, 주군. 왕께서 돌아오셨는데 누가 빈둥거리며 누워 있겠습니까?"

"그럼 잠시 쉬게나. 난 날 필요로 하는 다른 이들에게 가 보아야겠소."

아라고른은 이렇게 말하고 간달프, 임라힐과 함께 방을 나섰다. 베레곤드와 그 아들은 거기 남아 기쁨을 감추지 못했다. 피핀은 간달프를 따라 나가서 문을 닫으며 요레스가 외치는 소리를 들었다.

"왕이시다! 너도 들었지? 내가 뭐라고 했어? 치유자의 손이라고 했잖아!"

왕이 정말로 자신들에게 돌아왔으며 전투 후에는 치유의 손길을 가져왔다는 말이 곧 치유의 집 밖으로 새어 나가 온 도시에 퍼졌다.

그러나 아라고른은 에오윈에게 갔을 때 이렇게 말했다.

"이건 심각한 상처와 아주 강한 타격으로 입은 부상이오. 부러진 팔은 적절히 치료가 됐으니 그녀가 살아가려는 힘만 있으면 시간이 지나면서 나을 거요. 부러진 건 방패를 들었던 팔이지만, 사실 더 심각한 건 칼을 썼던 팔이오. 부러지지는 않았지만 이 팔은 아예 생명을 잃은 것 같소.

아! 그녀는 자신의 몸과 마음의 힘을 훨씬 능가하는 적과 겨루었소. 그런 적을 상대하려는 사람이 충격 그 자체로 파괴되지 않으려면 강철보다 단단한 몸을 가져야만 하지. 그녀를 그 악령과 맞닥뜨리게 한 것은 정말 사악한 운명이었소. 왕녀들 중에서도 가장 아름다운 여인인데. 그렇지만 난 아직도 그녀에 대해 뭐라고 말해야 할지 모르겠소. 처음 그녀를 보고 또 그녀의 슬픔을 알았을 때는 한 송이 백합처럼 꼿꼿하고 당당하게 서 있는 하얀 꽃을 본 것 같았지만, 나는 그녀가 보석세공요정들이 강철로 만든 꽃처럼 강인하다는 것을 알았소. 아니면 서리를 맞아 수액이 얼음으로 바뀌어서 쓰디쓴 달콤함으로, 보기에는 여전히 아름답게 서 있지만 병에 걸려 이제 곧 떨어져 죽게 된 것은 아니었을까? 그녀의 병은 오늘보다 훨씬 전에 시작되었지, 그렇지 않소, 에오메르?"

"내게 그걸 물으시다니 놀랍습니다. 이 문제에 있어서, 모든 일에서도 그렇듯이, 나는 그대를 탓하지 않습니다. 그렇지만 내가 알기로는, 내 동생 에오윈은 그대를 처음 보기 전까지는 어떤 서리에도 상처받은 일이 없었습니다. 뱀혓바닥이 있던 시절에 선왕께서 그의 유혹에 빠지셨을 때도 내 동생은 저와 걱정과 고통을 나누었으며 점점 커지는 두려움 속에서도 선왕을 돌봐 드렸지요. 그러나 그것 때문에 그녀가 이렇게까지 된 건 아닙니다."

그러자 간달프가 말했다.

"친구여! 그대는 마음대로 타고 다닐 말도 있고, 무용도 세웠고, 들판을 돌아다닐 자유도 있소. 그러나 그녀는 여인의 몸으로 태어났어도 적어도 그대에게 비길 만한 기개와 용기를 갖고 있소. 하지만 노인의 시중을 들어야 할 운명이었지. 아버지처럼 사랑한 그 노인이 비열한 음모에 걸려 불명예스러운 노망에 빠지는 것을 지켜보았고, 자신의 역할이 그가 기대는 지팡이만도 못하다는 느낌을 맛보아야 했소. 그대는 뱀혓바닥이 오로지 세오덴의 귀에만 독약을 흘려 넣었으리라 생각하오? '망령 든 늙은이 같으니! 에오를 왕가란 게 고작 도적놈들이 악취 속에 술을 퍼마시고 그 새끼들은 땅바닥에서 개들과 함께 뒹구는 초가 헛간 아니더냐?' 그대는 이런 말을 전에 들어 본 적이 없소? 바로 뱀혓바닥의 스승, 사루만의 말이오. 뱀혓바닥이 그보다 더 교활하게 이 말을 돌려서 했으리라는 건 의심할 바 없소. 만일 오빠에 대한 사랑과 자기 임무에 대한 책임감이 그녀의 입을 막지 않았다면 그대는 이미 오래전에 그 말을 들었을 게요. 그러나 자신의 삶이 전부 무의미해지고 규방의 벽이 마치 야수를 가둔 토끼 우리처럼 자신을 사방에서 옭죄는 듯이 여겨지는 쓰라린 밤을 홀로 지새우며 그녀가 무어라 외쳤을지 누가 알겠소?"

그러자 에오메르는 입을 다물었고, 자신들이 함께 살아온 삶을 회고하는 듯 조용히 동생의 얼굴을 바라보았다.

아라고른이 말했다.

"나 역시 그대가 본 것을 보았소, 에오메르. 이 세계의 불운 중에서도, 보답할 수 없는 아름답고 용감한 여인의 사랑을 보는 것처럼 쓰라리고 부끄러운 일은 아마 없을 것이오. 절망에 빠진 그녀를 두고 검산오름을 떠나 사자의 길에 들어선 이후 난 슬픔과 연민을 떨쳐 버릴 수 없었소. 또한 그 길에서도 그녀에게 닥칠지 모를 위험에 대한 두려움보다 큰 공포는 느낄 수 없었소. 그렇지만, 에오메르, 난 그녀가 나보다 그대를 진정으로 사랑한다고 말할 수 있소. 그녀는 그대를 알고 사랑하지만 나에 대해 그녀가 느끼는 감정은 허상과 관념에 불과한 것이오. 영예와 위업 그리고 로한의 평원에서 멀리 떨어진 외지에 대한 동경, 그런 것에 지나지 않소. 아마 난 그녀의 몸을 치료해 어둠의 골짜기에서 불러낼 힘은 갖고 있을지 모르겠소. 그렇지만 그녀가 깨어나서 무엇을 느낄지, 희망일지, 망각일지, 절망일지 그건 나로서는 알 수 없소. 만일 절망이라면, 나로서는 할 수 없는 다른 치유를 할 수 있는 사람이 있으면 몰라도, 그렇지 않으면 그녀는 죽게 될 것이오. 아! 그녀의 무용은 가장 용감한 여왕의 대열에 오를 만한 것인데!"

아라고른은 몸을 굽혀 그녀의 얼굴을 바라보았다. 그 얼굴은 백합처럼 희고 서리처럼 차가웠으며 돌로 깎아 놓은 듯이 굳어 보였다. 그는 고개를 숙여 그녀의 이마에 키스하고 그녀의 이름을 조용히 불렀다.

"에오문드의 딸 에오윈이여, 일어나라! 그대의 적은 이미 사라졌다!"

그녀는 몸을 뒤척이진 않았으나 숨을 깊게 내쉬기 시작했고 흰 린넨 이불 아래서 오르내리는 가슴이 보였다. 아라고른은 아까처럼 아셀라스 잎 두 장을 비벼 끓는 물에 넣고 그 물로 그녀의 이마와 이불 위에 놓인 차갑고 무감각한 오른팔을 문질렀다.

그러자 정말로 아라고른에게 어떤 잊힌 서쪽나라의 치유력이 있었는지, 아니면 에오윈 왕녀를 부른 그의 목소리의 힘이었는지, 약초의 달콤한 기운이 방 안에 퍼져 옆에 서 있던 사람들은 창을 통해 살을 에는 듯한 바람이 스며드는 느낌을 받았다. 그러나 그것은 냄새가 없었고, 아주 맑고 깨끗하고도 여린 공기였으며, 마치 별들의 천장 아래 눈 덮인 높은 산맥이나 저 멀리 바닷물에 씻긴 은빛 해안에서 새로 만들어져 아무도 마셔 보지 못한 그런 공기 같았다.

"일어나시오, 에오윈, 로한의 왕녀여!"

아라고른은 다시 부르면서 그녀의 오른손을 잡았고, 생명이 돌아와 그 손에 온기가 도는 것을 느꼈다.

"일어나시오! 어둠은 물러갔고, 모든 암흑은 다시 정화되었소."

그리고 그녀의 손을 에오메르에게 넘겨주고 물러서며 말했다.

"부르시오!"

그는 조용히 방을 빠져나갔다.

"에오윈, 에오윈!"

에오메르는 눈물을 흘리며 외쳤다. 그러자 그녀는 눈을 뜨고 말했다.

"에오메르! 오라버니를 보니 얼마나 기쁜지 모르겠어요. 사람들이 오라버니가 살해되었다고 했거든요. 아니, 그건 그저 내 꿈속의 어두운 목소리였나 봐요. 제가 얼마나 오래 잠을 잤지요?"

"그리 오래되지는 않았어, 내 동생아! 그렇지만 더 이상 그런 생각은 마라."

"이상하게 피곤하군요. 좀 쉬어야겠어요. 그렇지만 이건 말해 줘요. 마크의 왕께선 어떻게 되셨지요? 아! 그게 꿈이었다고는 말하지 마세요. 그게 꿈이 아니란 걸 잘 아니까요. 그분은 예견하신 대로 돌아가셨지요."

"그래, 그분은 돌아가셨어. 그렇지만 그분은 딸보다 더 사랑하는 에오윈에게 작별 인사를 전해 달라고 하셨단다. 지금 곤도르의 궁성 안 큰 홀에 영예롭게 누워 계셔."

"슬픈 일이에요. 그렇지만 예전에 에오를의 왕가가 양치기의 헛간보다도 못하게 추락한 듯이 보였을 때 내가 감히 바랐던 것보다는 훨씬 나을지도 모르지요. 그런데 왕의 시종 반인족은 어떻게 됐나요? 에오메르, 오라버니께선 그를 리더마크의 기사로 삼아야 해요. 아주 용감하거든요."

그러자 간달프가 말했다.

"그는 지금 옆방에 누워 있소. 내가 곧 가 볼 거요. 에오메르 공은 잠시 여기 계시오. 그리고 그대가 다시 건강해질 때까진 전쟁이나 적들에 대해서 얘기하면 안 되오. 그대가 다시 깨어나 건강과 희망을 되찾는 것을 보게 되어 아주 기쁘오, 용감한 왕녀님."

"건강요? 아마 그렇겠지요. 적어도 제가 채울 수 있는, 어떤 쓰러진 기사의 빈 안장이 있고 또 할 일이 있는 동안은요. 그렇지만 희망? 그건 모르겠어요."

간달프와 피핀은 메리의 방으로 가 이미 침대 옆에 서 있는 아라고른을 보았다.

"가엾은 메리!"

피핀은 울며 침대 옆으로 달려갔다. 그가 보기에 메리의 상태는 더 나빠진 것 같았다. 그의 얼굴은 마치 슬픔의 세월에 짓눌리고 있는 듯이 어두워 보였다. 갑자기 피핀은 메리가 죽을지도 모른다는 두려움을 느꼈다. 그러나 아라고른이 말했다.

"두려워할 건 없네. 난 제시간에 왔거든. 그를 다시 불렀지. 그는 지금 지치고 슬픔에 잠겨 있어. 에오윈 왕녀가 받은 상처, 그 끔찍한 것을 용감하게 공격하면서 입은 상처를 그도 입었거든. 그렇지만 이건 치료될 수 있네. 그는 아주 강하고 낙천적인 정신을 가졌거든. 그의 슬픔이 쉽게 잊히지는 않겠지. 그렇지만 그것이 그의 마음을 어둡게 하진 못할 테고, 아마 그에게 지혜를 줄 거야."

그리고 아라고른은 손을 메리의 머리에 올려 갈색 머리칼을 부드럽게 쓸다가 눈꺼풀을 살짝 만지며 이름을 불렀다. 아셀라스의 향취가 과수원의 향기나 벌들이 날아다니는 햇빛 속의 헤더꽃처럼 풍겨 나오자 갑자기 메리가 깨어나더니 말했다.

"배가 고픈데, 몇 시나 되었지요?"

피핀이 대답했다.

"저녁 시간이 지났어. 네게 먹을 걸 갖다 주는 게 여기서 허용되는지는 잘 모르지만."

그러자 간달프가 말했다.

"허용될 걸세. 그리고 그의 명성이 자자한 이 미나스 티리스에서 찾을 수 있는 거라면 이 로한의 기사가 원하는 건 무엇이든 가능할 걸세."

메리가 외쳤다.

"좋아요! 그럼 먼저 저녁 식사를 하겠어요. 그리고 그 후에 담뱃대."

그 순간 그의 안색이 변했다.

"아니, 담뱃대는 아니에요. 전 다신 담뱃대를 들 수 있을 것 같지 않아요."

"왜 그래?"

피핀은 묻자 메리는 천천히 대답했다.

"음, 그분은 돌아가셨어. 이제 모두 다 생각났어. 그분은 나와 함께 연초 이야기를 할 수 없게 돼 미안하다고 하셨어. 그건 그분의 마지막 말씀이나 다름없었어. 난 이제 그분을 생각하지 않고는, 그리고 그날, 피핀, 그분이 아이센가드에 오셔서 우리에게 친절하게 대해 주셨던 날을 생각하지 않고는 연초를 피울 수 없을 것 같아."

그러자 아라고른이 말했다.

"그렇다면 연초를 피우고 그분을 생각하게나. 다정한 마음을 가졌던 분이고, 또한 위대한 왕이자 동맹의 서약을 이행하신 분이니까. 그분은 어둠에서 마지막 아름다운 아침으로 달려 나오신 거라네. 자네가 그분을 그리 오래 모시진 않았지만 그건 끝까지 기쁘고 영광스러운 기억이 될 걸세."

메리는 미소를 지었다.

"음, 그럼, 성큼걸이가 줄 수 있다면 저는 연초를 피우고 생각하겠어요. 제 짐 속에 사루만의 고급 연초가 들어 있었는데 전쟁통에 어떻게 됐는지 잘 모르겠거든요."

"메리아독 군, 만일 내가 전쟁통에 자기 소지품도 내팽개치는 그런 경솔한 전사에게 연초를 주려고 산을 넘어 화염과 칼이 난무하는 곤도르 영토까지 왔다고 생각한다면 그건 오산이야. 자네 짐을 다시 찾지 못한다면 이 집의 약초사를 부르러 보낼 수밖에. 그러면 그는 자네에게 그런 약초가 무슨 효용이 있느냐고 물을 것이고 그 약초를 시골 사람들은 서인초라 부르고 고상한 말로는 갈레나스라 하고, 또 더 학식 있는 언어로는 또 뭐라고 한다고 얘기할 거야. 또 자기도 잘 모르는 반쯤 잊힌 시구를 덧붙일 거고. 그러고 나서야 자네한테 실망을 안겨 주며 이 집에 그런 약초는 없다고 하곤, 자네에게 언어의 역사에 대해 숙고하게 만들고 갈 걸세. 하지만 나도 지금은 가야겠네. 검산오름을 떠난 뒤엔 이런 침대에서 자 본 적도 없었고, 새벽이 되기 전부터 지금까지 먹은 것도 없으니 말이지."

메리는 그의 손을 쥐고 입을 맞췄다.

"정말 미안해요. 바로 나가 보세요. 브리에서의 그날 밤 이후 우린 당신한테 정말 짐만 되었거든요. 그렇지만 이런 때 가볍게 이야기하고 의도보다 적게 말하는 게 우리 습관이에요. 우린 말을 너무 많이 할까 봐 걱정하지요. 농담이 적절하지 않을 때에는 제대로 말을 못 해요."

"나도 잘 알지. 그렇지 않았으면 내가 같은 방식으로 자네를 놀렸을 리 있나. 샤이어가 영원히 번성하길!"

이렇게 말한 아라고른은 메리의 손에 입을 맞추고 방에서 나갔다. 간달프도 같이 갔다.

방에 남아 있던 피핀이 말했다.

"저런 사람이 또 있을까? 물론 간달프는 빼고 말이야. 난 그들이 서로 친척이 아닌가 하는 생각이 들어. 이 사랑스러운 얼간이야, 네 침대 옆에 네 꾸러미가 있잖아. 내가 널 만났을 때 넌 꽁무니에 그걸 매달고 있었어. 물론 성큼걸이도 아까부터 그걸 봤어. 어쨌든 내 것도 있으니까. 자, 어서. 지른골산(産)이야. 내가 가서 음식을 찾아볼 동안 파이프에 채워 둬. 그다음에 좀 편안히 있자고. 아아! 우리 툭과 강노루 집안은 이 고상한 차원에서는 오래 견딜 수 없지."

그러자 메리가 대꾸했다.

"그래, 어쨌든 아직까진 그래. 그렇지만 피핀, 적어도 이제는 그 고귀한 분들을 볼 수도 있고 또 존경할 수도 있지. 내 생각엔, 우선 사랑하기에 알맞은 것을 먼저 사랑해야 해. 누구나 어딘가에서 삶을 시작해야 하고 뿌리를 내려야 하지. 그리고 샤이어의 흙은 깊어. 그래도 더 깊고 더 고귀한 것들도 많은 것 같아. 그들에 대해서 알든 모르든 간에 그들이 없었다면, 어떤 시골 영감도 이른바 평온하게 자기 과수원을 가꿀 수 없을 거야. 난 이제 그들을 조금은 안 것 같아 기뻐. 그런데 지금 내가 왜 이런 소릴 하고 있는 거지? 담뱃잎은 어디 있어? 그리고 깨지진 않았는지 모르지만 내 짐 속에서 담뱃대를 꺼내 줘."

아라고른과 간달프는 이제 치유의 집 원장에게 가서 파라미르와 에오윈이 거기 머물러 오랫동안 세심한 보살핌을 받아야 한다고 말했다. 먼저 아라고른이 말했다.

"에오윈 왕녀는 곧 일어나 떠나려 할 거요. 하지만 그것을 허용해서는 안 되오. 어떻게 해서든 적어도 열흘은 머무르게 해야 하오."

그러자 간달프도 말했다.

"파라미르로 말하면 그는 곧 부친의 죽음을 알게 될 거요. 그러나 그가 완전히 회복해서 일을 볼 수 있을 때까진 데네소르의 광증에 관한 이야기를 전부 해 주면 안 되오. 지금 저기 있는 베레곤드나 페리안이 아직은 그런 이야기를 하지 않도록 조치를 취해 주시오!"

"그럼 지금 제가 돌보는 또 다른 페리안, 메리아독은 어떻게 해야 할까요?"

원장이 물었다. 그러자 아라고른이 대답했다.

"그 친구는 아마 내일쯤 얼마간이라도 일어날 수 있을 거요. 그가 원하는 대로 하게 놔두시오. 자기 친구가 돌봐 주면 걸을 수도 있을 테니까."

원장도 고개를 끄덕이며 말했다.

"그들은 정말 놀라운 종족입니다. 아주 강한 체질을 가진 것 같습니다."

치유의 집 문 앞에는 이미 많은 사람들이 아라고른을 보기 위해 몰려와 있어서 그들이 나서자 그 뒤를 따랐다. 그가 저녁 식사를 마치자 사람들이 몰려와 부상당했거나 암흑의 그림자에 잠식된 친척이나 친구를 고쳐 달라고 사정했다. 아라고른은 일어나서 밖으로 나와 엘론드의 아들들을 불러 그들과 함께 밤늦도록 사람들을 치유했다. 그러자 도시 전역에 '정말로 왕께서 돌아오셨다.'라는 소문이 퍼져 나갔다. 그들은 그가 녹색 돌을 달고 있기에 그를 요정석이라 불렀으니, 그가 태어날 때 앞으로 얻을 이름이라고 예언되었던 일이 그의 백성들에 의해 실현된 셈이었다.

더는 일을 할 수 없게 되자 그는 망토를 걸치고 도시를 빠져나가 새벽녘에 막사에 도착했고, 아주 짧은 시간 동안 잠을 잤다. 아침이 되어 푸른 물 위에 떠 있는 백조처럼 생긴 흰 배, 즉 돌 암로스의 기치가 탑에서 휘날리자 그것을 본 사람들은 왕이 돌아온 것이 꿈이었던가 하고 의아해했다.

Chapter 9

마지막 회합

전투 이튿날 아침이 밝았다. 가벼운 구름이 떠 있고 서풍이 부는 아름다운 날씨였다. 레골라스와 김리는 일찍 일어나 도시로 가도 좋다는 허락을 받았다. 그들은 메리와 피핀이 매우 보고 싶었다. 김리가 말했다.

"그들이 살아 있다니 정말 기쁘군. 우린 로한까지 오면서 그들 때문에 큰 고생을 치러야 했는데, 그걸 헛수고로 만들고 싶지 않으니까 말이야."

요정과 난쟁이가 함께 미나스 티리스로 들어가자, 사람들은 이 이상한 동행을 놀란 눈으로 바라보았다. 그도 그럴 것이 인간의 상상을 초월한 아름다운 얼굴의 레골라스가 맑은 목소리로 요정의 노래를 부르며 아침 거리를 걸어가는 한편, 그 옆에서 김리는 수염을 쓰다듬으며 주위를 빤히 쳐다보고 성큼성큼 걸어갔기 때문이다.

김리가 성벽을 바라보며 말했다.

"여긴 괜찮은 석조물들이 좀 있군그래. 하지만 잘 다듬어지지 못한 것들도 있고 또 길도 더 잘 놓을 수도 있겠는데. 아라고른이 이 도시로 돌아오면 내가 산의 석공 기술을 제공해야겠어. 그럼 우린 자랑스러워할 만한 도시를 만들 수 있을 거야."

그러자 레골라스도 말했다.

"여기엔 정원이 더 필요한걸. 집들이 너무 썰렁해. 자라나면서 기쁨을 주는 것들이 너무 부족해. 아라고른이 이 도시에 돌아오면 숲의 요정들이 노래를 불러 줄 새들과 죽지 않는 나무를 선물하겠어."

마침내 그들은 임라힐 대공의 거처에 도착했다. 대공을 본 레골라스는 깊이 고개를 숙여 인사했다. 여기서 실로 요정의 피가 흐르는 인간을 발견한 것이었다.

레골라스가 외쳤다.

"반갑습니다, 영주님! 님로델의 주민들이 로리엔의 숲을 떠난 것은 아주 오래전 일인데, 아직 암로스의 부두에서 바다 건너 서쪽으로 떠나지 않은 분을 뵙게 되었습니다!"

그러자 대공이 대답했다.

"우리 고향 전설도 그렇게 전하고 있소. 그러나 거기서는 벌써 오랫동안 아름다운 종족을 한 명도 볼 수 없었소. 이 슬픔과 전투의 한복판에서 그대를 보게 되니 정말 놀랍소. 그대는 뭘 찾고 있소?"

"저는 임라드리스에서 미스란디르와 함께 떠난 아홉 원정대원 중 하나입니다. 제 친구인 이 난쟁이도 그렇습니다. 우린 아라고른 공과 함께 왔지요. 지금은 친구 메리아독과 페레그린을 찾고 있습니다. 그들이 공의 보호를 받고 있다고 들었습니다만."

"치유의 집에서 그들을 볼 수 있을 겁니다. 내가 그리 안내하지요."

"안내자 한 사람만 보내 주시면 됩니다, 공이시여. 아라고른이 대공께 보내는 전갈도 있으니까요. 그분은 지금 다시 도시로 들어오길 원치 않습니다. 그런데 즉시 지휘관 회의를 열어야 해서, 대공님과 로한의 에오메르께서 자신의 막사로 내려오시길 바라고 있습니다. 최대한 빨리 말이죠. 미스란디르는 이미 거기 있습니다."

레골라스가 말했다.

"그리 가겠소."

임라힐은 이렇게 말하고 정중히 인사하고는 그들과 헤어졌다.

레골라스는 김리에게 말했다.

"저 사람은 인간의 아름다운 군주이자 위대한 대장이야. 이 어려운 시절에도 곤도르에 저런 사람이 있다면, 전성기엔 그 영화가 정말 대단했겠는데."

"하긴 저 훌륭한 돌 조각품들도 다른 것들보다 오래된 것이고, 또 처음에 만든 작품들일 거야. 인간들이 시작한 일들이 다 그렇듯이 말이야. 봄에 서리가 내리질 않나, 여름에 안개가 끼질 않나. 그들은 항상 자신들의 약속을 못 지키지."

"그렇지만 그들이 뿌린 씨가 싹트지 않는 경우는 드물어. 폐허와 부패 속에서도 그 씨앗들은 항상 숨어 있다가 언젠가 기대치 않았던 시간과 장소에서 다시 피어난단 말이야. 인간의 행적은 우리의 행적보다 더 오래갈 거야, 김리."

"그렇지만 '될 수도 있었다.'라는 기대 외엔 결국 수포로 돌아갈 거야."

난쟁이가 말하자 레골라스도 덧붙였다.

"그것에 대해 요정들은 답을 알지 못해."

그때 대공의 시종이 와서 그들을 치유의 집으로 안내했다. 그들은 정원에서 친구들을 만났다. 그들의 만남은 즐거운 것이었다. 잠시 그들은 함께 걷고 이야기를 나누며 바람 부는 원형 구역 안에서 아침 햇살 아래 짧으나마 평화로운 한때를 즐길 수 있었다. 메리가 피곤함을 느끼자 그들은 치유의 집 풀밭을 뒤로하고 성벽 위에 앉았다. 남쪽으로 안두인대하가 햇빛에 반짝이며 흘러가 레골라스의 시야에서도 벗어날 정도로 멀리 레벤닌과 남이실리엔의 넓은 여울과 녹색 실안개 속으로 사라지고 있었다.

다른 친구들이 이야기를 나누는 동안 레골라스는 잠시 태양을 바라보며 조용히 앉아 있었다. 그는 대하 위로 날개를 퍼덕이며 날아가는 흰 바닷새들을 보고 소리쳤다.

"봐! 갈매기야! 저들은 먼 내륙으로 날아가고 있어. 저들을 보면 난 경이로움과 함께 가슴이 울리는 것을 느낄 수 있어. 우리가 펠라르기르에 가기 전까진 저들을 한 번도 본 적이 없었는데, 거기서 해전을 벌이러 나갈 때 저들의 울음소리를 들었어. 그때 난 이 가운데땅의 전쟁을 완전히 잊어버리고 몸이 굳어 버린 듯 가만히 서 있었지. 저들의 울부짖음은 바다를 얘기해 주는 것 같았거든. 바다!

아! 난 아직 본 적이 없어. 그렇지만 우리 종족들의 마음속 깊은 곳에는 바다를 향한 깊은 동경이 숨쉬고 있지. 그 동경을 일깨우면 위험해. 아! 갈매기! 난 너도밤나무 밑에서나 느릅나무 밑에서 다시는 평온을 얻지 못할 거야."

그러자 김리가 말했다.

"그런 소리 하지 마! 이 가운데땅에는 아직 우리가 못 본 것이 수없이 많고, 또 우리가 해야 할 큰일도 있어. 그런데 아름다운 종족이 모두 부두로 달려간다면 남아 있어야 하는 이들은 더 삭막한 세상을 봐야 하잖아."

그러자 메리도 말했다.

"정말 단조롭고 삭막하겠죠! 레골라스, 당신은 부두로 가선 안 돼요. 크든 작든 다른 친구들이, 심지어 김리처럼 현명한 일부 난쟁이들도 이곳에서 늘 당신을 필요로 한단 말이에요. 적어도 나는 그러기를 바라요. 이 전쟁의 최악은 아직 오지 않았다는 느낌을 받고 있기는 하지만요. 이 전쟁이 완전히 끝나고, 게다가 아주 잘 끝난다면 얼마나 좋을까!"

그러자 피핀이 소리쳤다.

"그렇게 우울해하지 마! 지금은 햇빛이 비치고 있고 또 우린 적어도 하루 이틀은 여기 함께 있을 수 있잖아. 난 모두의 이야기를 듣고 싶어. 어서요, 김리! 당신과 레골라스는 오늘 아침에만 벌써 열 번은 족히 성큼걸이와 함께한 이상한 여정에 대해서 얘기했잖아요. 그런데 자세하게는 말하지 않았어요."

김리가 대답했다.

"여긴 지금 태양이 비치고 있지. 하지만 그 길에는 다시는 생각하고 싶지 않은 어둠의 기억이 있어. 앞에 놓인 길이 어떤 것인지 미리 알았더라면 난 아무리 우정을 위해서라도 그 사자의 길로는 가지 않았을지 몰라."

피핀이 다시 물었다.

"사자의 길? 아라고른이 그 말을 하는 걸 들었는데, 그래서 그게 무슨 말인지 궁금했어요. 당신이 더 자세히 말해 주겠죠?"

"내키지는 않아. 그 길에서 내가 망신을 당했거든. 나, 글로인의 아들 김리가, 인간보다 억세다고 생각해 온 내가, 땅속에서라면 어떤 요정보다도 강인하다고 믿어 온 내가 말이야. 그 어느 것도 입증할 수 없었어. 오로지 아라고른의 의지에 이끌려 그 길을 견딜 수 있었어."

그러자 레골라스가 끼어들었다.

"또 그에 대한 사랑에 의해서였지. 그를 알게 된 이들은 한결같이 자기 나름대로 그를 사랑하게 되니까. 심지어 그 차가운 로한의 왕녀도 말이야. 우리가 검산오름을 떠난 건 자네가 거기 도착하기 전날 이른 새벽이었어, 메리. 사람들은 모두 지독한 공포에 사로잡혀서 우리가 떠나는 걸 감히 내다볼 엄두도 못 냈지. 저 아래 집에 부상으로 누워 있는 에오윈 왕녀만 예외였어. 헤어질 때 무척 슬퍼했어. 그걸 본 나까지 슬퍼질 정도로."

"아! 난 내 생각밖엔 할 여유가 없었어. 아니! 그 여행 얘기는 못 하겠어."

김리는 입을 다물었다. 그러나 피핀과 메리가 몹시 궁금해했기에, 마침내 레골라스가 이야기를 꺼냈다.

"자네들의 궁금증을 풀어 줄 만큼만 얘기해 줄게. 난 공포를 느끼지 않았으니까. 인간의 그림자들은 힘도 없고 약할 것 같아서 두렵지 않았지."

그러고 나서 그는 산맥 아래 유령이 출몰하는 길과 에레크에서의 음울한 회합, 그리고 안두인대하를 따라 펠라르기르에 이르기까지 470킬로미터나 되는 대장정에 대해 재빨리 이야기했다.

"그 검은 바위에서부터 항구까지 나흘 밤낮을 달리고 닷새째 날에 도착했지. 그런데 아! 난 모르도르의 어둠 속에서도 희망이 피어나는 것을 느낄 수 있었어. 왜냐하면 그 어둠 속에서 그림자 군단은 보기에도 점점 강해지고 점점 더 무시무시해지는 것 같았거든. 내가 보니 일부는 말을 타고 있었고 일부는 그냥 뛰고 있었는데 모두 다 엄청난 속도로 움직이고 있었지. 그들은 아무 소리도 내지 않았지만 눈들은 빛났어. 라메돈의 고지에 이르러서는 그들이 우리를 거의 따라잡아 둘러쌌는데, 아마 아라고른이 제지하지 않았다면 우리를 앞질렀을 거야.

그의 명령에 그들은 다시 뒤로 물러섰지. 심지어 인간의 그림자들도 아라고른의 의지에 복종할 수밖에 없구나, 그리고 그들이 아직은 그의 명령에 복종하겠구나 하고 생각했지.

하루는 빛이 있는 가운데 달렸는데, 그다음 날에는 새벽이 오지 않았어. 그래도 우린 계속 달렸지. 우린 키릴과 링글로를 지나 사흘째 되는 날 길라인하구 위쪽의 린히르에 도착했지. 그곳에선 라메돈 사람들이 강을 따라 올라온 움바르와 하라드의 사악한 무리들과 여울을 서로 차지하려고 싸우고 있더군. 그렇지만 수비대나 적들이나 우리를 보고는 사자의 왕이 왔다고 소리를 지르며 싸움을 포기하고 달아나 버렸지. 라메돈의 영주 앙보르만 우리를 견뎌 낼 배짱이 있더군. 아라고른은 그에게 회색 군단이 지나간 후에 용기가 있다면 부하를 모아 뒤따르라고 명령했지.

'이실두르의 후계자가 펠라르기르에서 그대의 도움을 기다리노라.' 하고 아라고른이 말했어.

이렇게 우리는 길라인을 가로지르면서 모르도르의 동맹군들을 궤멸시켜 몰아냈고, 그러고 나서 잠시 쉬었어. 그런데 곧 아라고른이 일어나 외쳤지. '보라! 미나스 티리스가 벌써 공격당하고 있다. 우리가 도우러 가기 전에 함락될까 두렵다.' 그래서 우린 밤이 새기 전에 다시 말에 올라 레벤닌의 평원으로, 말들이 달릴 수 있는 한 최대 속도로 달려온 거야."

레골라스는 말을 멈추고 한숨을 쉰 다음 남쪽으로 눈을 돌리며 나지막하게 노래 부르기 시작했다.

켈로스에서 에루이로 은빛 물결 흐른다,
레벤닌의 푸른 초원에서!
그곳 풀은 무성하게 자라지. 바닷바람 속에서,
흰 백합이 살랑거리고,
말로스, 알피린의 금종이 울린다,
레벤닌의 푸른 초원에서,

바닷바람 속에서!

"우리의 노래에서 그 초원은 푸르렀어. 하지만 그때 초원은 어두웠고, 우리 앞에 펼쳐진 어둠 속에서 칙칙한 황무지처럼 보였지. 그 드넓은 초원의 풀과 꽃을 무심히 짓밟으며 우리는 하룻밤과 하루 낮을 적을 쫓아 달려서 마침내 대하의 하구에 이를 때까지 끝장을 보았지.

그때 난 대해에 가까이 왔다고 마음속으로 생각했어. 어둠 속에서 강물은 광대하게 보였고 수많은 바닷새들이 강가에서 울어 대고 있었거든. 아! 그 갈매기들의 울음소리! 숲의 여주인께서 내게 갈매기들을 주의하라고 하셨잖아? 이제 난 그것을 못 잊을 거야."

그러자 김리가 끼어들었다.

"나로 말하자면, 새들에 대해서는 전혀 신경도 쓰지 않았지. 그때 우리가 마침내 본격적인 전쟁터에 이르렀으니까. 거기 펠라르기르에는 움바르의 주력 함대가 있었어. 커다란 전선이 50척쯤 됐고, 그보다 작은 배들은 수없이 많더군. 우리에게 쫓겨 달아난 적들이 먼저 그 부두에 닿아서 공포를 전해 주었지. 그래서 어떤 배들은 달아나려고 이미 닻을 올려 강을 내려가거나 먼 기슭에 닿으려 하고 있었고, 수많은 작은 배들은 불길에 휩싸여 있었어. 하지만 하라드인들은 이제 기슭에까지 쫓기자 궁지에 몰려 우리를 향해 돌아섰지. 절망에 빠지면 사나운 자들이었어. 그런데 우리를 보더니 웃더군. 그들의 군세가 아직 대단했거든.

하지만 아라고른이 멈춰 서서 큰 목소리로 외쳤지. '이제 오라! 검은 바위의 이름으로 그대들을 소환한다!' 그러자 제일 뒤에 처져 있던 그림자 군단이 갑자기 잿빛 밀물처럼 밀어닥쳐서, 앞에 있는 모든 것을 휩쓸어 버렸어. 희미한 비명 소리가 들렸고, 아득한 나팔 소리, 그리고 먼 곳에서 수많은 목소리들이 속삭이는 듯한 소리가 들렸어. 오래전 암흑시대에 일어난 어떤 잊힌 전투의 메아리 같았지. 희끄무레한 칼들이 칼집에서 뽑혔어. 그렇지만 난 그 칼날들이 아직도 잘 베이는지는 모르겠어. 사실 그 사자들에게는 공포 외에 다른 무기가 필요 없었지. 누구도 그들을 배겨 내지 못했으니까.

사자들은 정렬된 모든 배 위로 몰려갔다가 물을 건너서 정박하고 있는 배 위까지 밀려갔어. 그러자 쇠사슬로 노에 묶여 있던 노예들을 제외한 선원들 모두가 겁에 질려 미친 듯 바다 위로 몸을 던져 버렸지. 우리는 도망가는 적들 사이로 쉴 틈을 주지 않고 달려들어 가랑잎처럼 날려 버리고 마침내 강안에 이르렀어. 아라고른은 남아 있는 큰 전선 한 척마다 두나단 한 사람씩 보내서 배에 남아 있던 포로들을 안심시키고, 두려움을 떨치고 자유롭게 행동하라고 일러 주었어.

그 어둠의 날이 지나기 전에 우리에게 대항하려고 남은 적은 하나도 없었지. 모두 빠져 죽었거나 아니면 걸어서라도 자기네 나라로 도망갈 작정으로 남쪽을 향해 달아나 버린 거야. 모르도르의 계략이 그런 공포와 어둠의 유령에 의해 뒤집혔다는 게 정말 이상스럽고도 놀라운 일이더군. 그 자신의 무기가 치명타가 되어 돌아간 거지."

그러자 레골라스도 거들었다.

"정말 이상한 일이었어. 바로 그 시간에 난 아라고른을 보고 생각했지. 그가 그 반지를 가졌더라면 그 강인한 의지로 해서 얼마나 위대하고 무서운 군주가 될 수 있었을까 하고 말이야. 모르도르가 그를 두려워한 것은 그만한 이유가 있던 거야. 하지만 그의 정신은 사우론의 지력보다 훨씬 고귀하지. 그는 루시엔의 자손이니까. 그 가계는 셀 수 없이 긴 세월이 흘러도 결코 몰락하지 않을 거야."

김리도 말했다.

"그런 예언은 난쟁이의 눈으로는 볼 수 없어. 그렇지만 그날 아라고른은 정말 막강했어. 아! 모든 검은 선단이 그의 손에 들어왔거든. 그는 가장 큰 전선을 자신의 것으로 정하고 올라섰지. 그러고는 적에게서 뺏은 나팔들을 다 같이 크게 불게 했어. 그러자 어둠의 대군이 강안으로 물러서더군. 거기에서 그들은 불타는 배의 화염에 어린 눈동자의 붉은빛 외에는 아무것도 보이지 않는 채 조용히 서 있었지. 아라고른은 그 사자들에게 큰 목소리로 외쳤어.

'이제 이실두르의 후계자의 말을 들으라! 그대들의 맹세는 이행되었도다. 이제 돌아가서 다시는 그 계곡을 소란스럽게 하지 말라. 이제 떠나 안식을 취하라!'

그러자 사자의 왕이 그 대군 앞에 나서서 자기 창을 꺾어 내던졌어. 그러고는 정중하게 절하고 돌아섰고, 그러자 그 회색 군단 전체가 재빨리 물러나 갑작스러운 바람에 날려 흩어지는 연기처럼 사라져 버렸지. 난 그때 꿈에서 깬 듯한 느낌이었어.

그날 밤 우린 다른 사람들이 일하는 사이에 잠시 쉬었어. 왜냐하면 거긴 풀려난 포로가 많았고, 또 습격을 받아 잡혀 온 많은 곤도르인들이 노예로 있다가 해방됐거든. 게다가 오래지 않아 레벤닌과 에시르의 주민들이 많이 모여들었고, 라메돈의 앙보르가 모을 수 있는 모든 기병들을 데리고 왔지. 이제 사자들에 대한 공포에서 벗어나자 그들은 우리를 돕고 또 이실두르의 후계자를 보러 온 거야. 이미 그 이름에 대한 소문이 어둠 속에서 불길처럼 번져 갔거든.

이제 우리 얘기의 막바지에 이르렀군그래. 그날 저녁과 밤 사이에 많은 배들이 출항할 준비를 갖추고 사람들이 승선했어. 그래서 아침에 선단이 출발했지. 지금은 그게 오래전 일처럼 아득하게 느껴지는데, 실은 바로 그저께 아침이었고 또 우리가 검산오름에서 떠난 지 엿새째 되는 날이었어. 그런데도 아라고른은 시간이 너무 촉박하다는 걱정에 시달렸지.

'펠라르기르에서 하를론드 정박지까지는 210킬로미터나 돼. 우린 하를론드에 내일까진 가야 하네. 그러지 못하면 다 끝나고 말 걸세.' 그래서 풀려난 사람들이 노에 붙어서 힘껏 저었지만, 배는 대하에서 천천히 움직였어. 물살을 거슬러 올라가는 것이기도 하고, 남쪽에선 물살이 그리 세지 않았지만 바람의 도움을 받을 수 없었으니까. 그래서 부두에서 거둔 승리에도 불구하고 마음이 무거웠는데 갑자기 레골라스가 웃으며 말했지.

'네 수염을 들어 봐, 두린의 아들아! 이런 말이 있잖아. 모든 희망이 사라졌을 때 종종 희망이 솟아난다고.' 그렇지만 그가 무슨 희망을 보았는지는 말하지 않았어. 밤이 되어 어둠이 점점 더 깊어졌는데, 우리 가슴은 불타오르기 시작했어. 왜냐하면 북쪽 멀리 구름 아래서 붉은 화염을 보았거든. 그때 아라고른이 말했어. '미나스 티리스가 불타고 있다.'라고 말이야.

그런데 한밤중에 희망이 실로 다시 솟아났어. 남쪽을 바라보고 있던 에시르의 숙련된 선원들이 대해에서 불어오는 신선한 바람으로 어떤 변화가 오고 있다고 말했거든. 그래서 날이 새기 훨씬 전에 범선들은 돛을 올렸고 우리는 점차 속도를 얻어서 마침내 새벽빛이 이물에 부딪는 포말을 하얗게 만들어 줄 때까지 배를 몰았던 거야. 그래서 너희들도 알다시피 우린 순풍을 타고 아침 제3시에 어둠이 걷힌 햇빛 속에서 도착했고, 전투에서 그 위대한 깃발을 펼쳤지. 앞으로 어떻게 될지 모르지만 정말 위대한 날이자, 위대한 시간이었어."

레골라스가 말했다.

"앞으로 어떤 일이 벌어지든, 위대한 행위의 가치는 줄어들지 않아. 사자의 길을 통과한 것은 위대한 일이었어. 앞으로도 그렇게 남을 거야. 훗날 그것을 노래로 불러 줄 사람이 곤도르에 단 한 명도 남지 않더라도."

그러자 김리가 다시 말했다.

"그런 일이 닥칠지도 몰라. 아라고른과 간달프의 얼굴이 아주 침울해 보였거든. 저 아래 막사에서 그들이 지금 무슨 논의를 하는지 궁금하군. 나도 메리처럼 이 전쟁이 우리의 승리로 이제 끝났으면 좋겠거든. 그렇지만 앞으로 할 일이 무엇이든, 난 외로운산의 동족들의 명예를 위해서라도 내 몫을 다하고 싶어."

레골라스도 말했다.

"나도 위대한 숲의 동족들을 위해, 그리고 백색성수의 영주를 위해서 그렇게 하겠어."

그러고 나서 그들은 입을 다물었고, 지휘관들이 회의하고 있는 동안 각자 열심히 생각을 이어 가며 그 높은 곳에 잠시 앉아 있었다.

임라힐 대공은 레골라스, 김리와 헤어지자 곧 에오메르를 부르러 보냈다. 그들은 함께 도시에서 내려갔고, 세오덴 왕이 전사한 곳에서 멀지 않은 들판에 세워진 아라고른의 막사로 갔다. 거기에서 그들은 간달프, 아라고른 그리고 엘론드의 아들들과 함께 의견을 나눴다. 간달프가 먼저 말했다.

"공들, 곤도르의 섭정이 돌아가시기 전에 한 말을 먼저 들어 보시오. '하루쯤은 평원에서 작은 승리를 거둘 수도 있겠지. 그러나 지금 저기서 일어나는 힘에 대항해서 승리란 있을 수 없어.' 난 공들에게 그분처럼 절망에 빠지라는 것이 아니라 이 말 속에 담긴 진실을 생각해 보자는 뜻으로 말하는 거요.

팔란티르는 절대로 거짓을 보여 주지 않소. 바랏두르의 군주라 할지라도 그렇게 할 수 없소. 아마 그는 자신의 의지로 자기보다 약한 사람에게 무엇을 보여 줄지를 선택하거나 아니면 그들이 본 것의 의미를 오해하도록 유도할 수는 있을 거요. 그럼에도 불구하고 데네소르가 팔란티르를 통해 자신에게 대적하는 엄청난 군세가 모르도르에 집결했으며, 또 더 많이 모이는 중이라는 걸 보았을 때, 그가 사실을 본 것만은 틀림없을 거요.

첫 번째 대공세를 물리치는 데도 우리의 힘이 충분했다고는 말할 수 없소. 다음 번 공세는 더욱 엄청날 거요. 그렇다면 이 전쟁은, 데네소르가 생각했던 대로, 마지막 희망도 걸 수 없소. 그대들이 여기 앉아서 이어지는 포위 작전을 견뎌 내든, 아니면 대하 너머로 무모하게 전진하여 제압되든 간에, 무력을 통해서는 승리를 얻을 수 없소. 그대들 앞엔 고약한 선택만 남았을 뿐이오. 신중하게 조언하자면, 지금 견지하고 있는 강력한 요새를 더욱 강화해 공세를 기다리라고 말하겠소. 그렇게 함으로써 종말이 오기 전의 시간을 조금 늦출 수 있을 것이오."

그러자 임라힐이 말했다.

"그럼 우리가 미나스 티리스나 돌 암로스 또는 검산오름으로 물러나 거기서 모래성 안에 앉은 어린애처럼 파도가 다가오기를 기다리라는 말씀입니까?"

"그것은 새로운 제안이라고 할 수도 없소. 그대는 이미 데네소르의 시대에 그와 비슷한, 아니면 그 정도의 일들을 해 오지 않았소? 그러나 아니오! 그것이 신중한 계획일 거라고 말했소. 나는 그런 신중론을 제안하지 않소. 승리는 무력으로 얻을 수 없다고 말했지. 난 여전히 승리를 바라지만, 무력에 의한 승리는 아니오. 왜냐하면 이 온갖 정략들의 한가운데에 바랏두르의 근원이자 사우론의 희망인 그 권능의 반지가 끼어 있기 때문이오.

그 반지에 관해서라면 이제 공들 모두 우리의 곤경과 사우론의 곤경을 이해할 만큼 알고 있소. 만일 그가 그걸 되찾는다면 공들의 용맹은 허사가 되고 그는 신속하고 완벽한 승리를 거둘 거요. 이 세계가 지속되는 동안 누구도 그의 종말을 예측할 수 없을 정도로 완벽한 승리이겠지. 그러나 만일 그 반지가 파괴된다면 그는 추락할 거요. 너무나 깊은 심연으로 추락해서 그의 재기를 혹시라도 예측하는 일은 있을 수 없을 정도겠지. 그는 애초에 그가 갖고 태어난 힘의 특별한 능력을 잃을 테고, 그 권능을 발휘하여 만들어졌거나 시작된 모든 것이 허물어져 그는 영원히 중상을 입을 거요. 그저 어둠 속에서 스스로를 좀먹는 작은 악령이 되어 다시는 성장하지도, 형태를 갖추지도 못할 거요. 그리하여 이 세상의 거대한 악이 제거되겠지.

또 다른 악이 올 수도 있소. 사우론 자신도 종복이나 밀사에 지나지 않으니까. 그러나 우리의 일은 세계의 모든 흐름을 통제하는 것이 아니지. 우리의 역할은 우리가 살고 있는 시대를 구하기 위해 우리의 내면에서 시키는 일을 하는 것이고, 우리가 사는 들판에서 악의 뿌리를 뽑는 것이오. 우리 후손들이 깨끗한 땅을 경작할 수 있도록 말이오. 우리 후손들의 시대에 날씨가 어떨까 하는 것은 우리가 결정할 문제가 아니지.

지금 사우론은 이 모든 것을 알고 있소. 자기가 잃어버린 그 귀한 물건이 다시 발견된 것도 알고 있고. 하지만 그것이 어디 있는지는 아직 모르고 있소. 아니, 그러기를 우리는 바라고 있지. 그러므로 그는 지금 큰 의혹에 빠져 있소. 만약에 우리가 그것을 발견했다면, 우리 가운데 그걸 다룰 만한 힘이 있는 사람이 있다는 말이오. 그는 그것도 알고 있소. 아라고른, 내가 잘못 추측한 것이 아니라면, 그대가 오르상크의 돌을 통해 그에게 그대의 모습을 보여 준 것 같소만?"

그러자 아라고른이 대답했다.

"나팔산성을 떠나기 전에 그렇게 했습니다. 시간이 무르익었다고 생각했고, 또 바로 그런 목적을 위해 그 돌이 내게 왔다고 생각했지요. 그건 그러니까 반지의 사자가 라우로스에서 동쪽으로 떠난 지 열흘째 되던 날이었고, 그래서 사우론의 눈을 그의 영지 밖으로 끌어내야 한다고 생각한 겁니다. 그는 그의 탑으로 돌아간 후 도전을 받은 적이 거의 없었지요. 하지만 그 도전에 대한 응답으로 그의 공세가 그렇게 신속히 전개될 줄 알았더라면 감히 내 모습을 보여 주지 않았을 겁니다. 그대에게 충고를 구하기엔 너무 시간이 없었지요."

에오메르가 말했다.

"그런데 이건 어떻게 생각하십니까? 그가 반지를 찾게 되면 모든 일이 허사라고 하셨지요. 만일 우리가 그걸 갖고 있다면 그는 왜 자신의 공격이 허사라고 생각하지 않을까요?"

간달프가 대답했다.

"그는 아직 확신하지 못하고 있소. 그리고 그는 우리와 달리, 자신의 적이 안심할 때까지 기다림으로써 자신의 힘을 구축한 것이 아니오. 더구나 우린 그것의 완전한 힘을 휘두르는 법을 하루 만에 배울 수 없소. 사실 그것은 여럿이 아닌 단 하나의 주인만 사용할 수 있소. 그러니 그는 우리 가운데 가장 강한 자가 다른 이들을 누르고 그 반지의 주인이 되기 위해 다툼을 벌일 시간을 예상할 거요. 그럴 때에 그가 돌연히 행동을 취한다면 그 반지는 그를 돕겠지.

그는 지금 살피는 중이오. 그는 많은 것을 보고 들을 수 있으니까. 그의 나즈굴들은 아직도 하늘에 떠 있소. 사람들은 지치고 졸려서 보지 못했지만 그것들은 오늘 해 뜨기 전에 이 평원 위를 지나갔소. 그는 여러 징후를 연구하고 있소. 그에게서 보물을 빼앗아 간 검이 다시 벼려진 것, 행운의 바람이 우리에게로 돌아선 것, 그의 첫 공세가 예기치 못한 패배를 당한 것, 그리고 그의 강한 대장이 파멸된 것을 말이오.

우리가 여기서 이야기를 나누는 동안에도 그의 의심은 점점 커져 가고 있소. 그의 눈은 이제 똑바로 우릴 향하고 있어서, 다른 움직임에는 눈길을 거의 돌리지 않고 있소. 우리는 계속 그렇게 되도록 해야 하오. 우리의 모든 희망은 거기에 달려 있소. 그러니 내 제안은 이렇소. 우린 반지를 가지고 있지 않지. 현명함인지 무모한 어리석음인지는 몰라도, 우리는 이미 그 반지를 파괴하러 보냈소. 그것이 우리를 파멸시키지 않도록. 반지가 없으면 우린 무력으로 그의 힘을 꺾을 수 없소. 그러니 우린 어떤 희생을 치르더라도 그의 시선을 그의 진짜 위험에서 떼어 놓아야 하오. 우린 무력으로 승리를 얻을 수 없지만, 무력을 통해 반지의 사자에게 유일한 기회를 줄 수 있소. 미미한 기회일지라도 말이지.

아라고른이 이미 시작한 것과 마찬가지로 우리도 나서야 하오. 사우론이 마지막 승부수를 던질 때까지 밀어붙여야지. 그의 영지가 텅 비도록 그의 숨은 힘을 다 불러내야 하오. 당장 진격해 가서 그와 맞서야 하오. 그에게 물리는 한이 있더라도 우리 자신이 미끼가 되어야 하는 거요. 그는 야망과 탐욕으로 인해 그 미끼를 덥석 물 거요. 우리의 성급한 공격에서 새 반지군주의 자만심을 엿볼 수 있다고 생각하겠지. 그러면서 말할 거요. '보라! 저 녀석은 자기 목을 너무 빨리, 너무 멀리 내밀었구나. 가까이 와서 보라! 저 녀석이 도저히 빠져나갈 수 없는 덫에 갇힐 테니. 거기서 저 녀석을 뭉개 버리고 저 녀석이 오만하게도 차지한 것을 다시 영원히 내 것으로 하리라.'

우린 두 눈을 뜬 채 자진해서 그 덫으로 들어가야 하오. 용기를 내야겠지만 우리 자신을 위한 희망은 그리 크지 않을 거요. 왜냐하면 공들, 우린 살아 있는 땅에서 멀리 떨어진 채 이 암흑의 전쟁에서 완전히 소멸할지도 모르기 때문이오. 혹시 바랏두르가 무너진다 하더라도 우린 살아서 새 시대를 보지 못할 수도 있소. 그러나 이것이 우리의 의무라고 나는 생각하오. 여기 가만히 앉아 있어도 틀림없이 멸망할 텐데 그렇게 죽는 편이, 차라리 새 시대가 영원히 오지 않을 거라는 걸 인식하며 죽는 것보다는 낫기 때문이오."

잠시 침묵이 흘렀다. 이윽고 아라고른이 말했다.

"난 이미 시작한 대로 계속 해 나가겠소. 우리는 희망과 절망이 맞붙은 벼랑 끝에 와 있소. 머뭇거리다가는 떨어질 거요. 이제 간달프의 제안을 모두 받아들입시다. 사우론에 대항한 그의 오랜 노고가 이제 결정적인 시험대에 올랐소. 이분이 없었다면 이미 오래전에 모든 것이 사라졌을 거요. 그렇지만 난 누구에게도 명령할 권리가 없소. 다들 자신의 뜻대로 선택합시다."

그러자 엘로히르가 말했다.

"우리는 그 목적을 위해 북쪽에서 여기까지 왔소. 그리고 우리 아버님 엘론드께서도 바로 그런 제안을 보내셨소. 우리는 돌아서지 않습니다."

에오메르가 말했다.

"나로 말하면 이런 심각한 문제에 대해선 아는 바가 별로 없소. 그러나 알 필요도 없소. 내가 아는 것은 이것 하나이고 그것으로 충분한데, 내 친구인 아라고른께서 나와 내 백성을 구해 주셨다는 것이오. 그러니 난 그분이 청할 때 그를 도울 겁니다. 난 가겠소."

임라힐도 말했다.

"저로 말하면 아라고른 공께서 왕권을 주장하시든 안 하시든 간에 그분이 나의 군주라고 여기고 있습니다. 그분의 바람은 제겐 명령입니다. 저도 가겠습니다. 그러나 당분간 저는 곤도르의 섭정이라는 위치에 있고, 그 백성을 먼저 생각해야 할 의무가 있습니다. 아직 신중론에 관심을 기울일 필요가 있습니다. 좋은 결과든 나쁜 결과든 모든 가능성에 대비해야 하니까요. 우리가 승리를 거둘 수도 있고, 그 희망이 조금이라도 남아 있는 한 곤도르를 방비해야 합니다. 전 승리를 거둔 후에 폐허가 된 도시, 황폐한 땅으로 돌아오고 싶지 않으니까요. 그리고 우리 북방 측면에 아직 접전하지 않은 적이 있다는 것을 로한인들에게서 들었으니 말입니다."

간달프가 말했다.

"맞는 말이오. 난 이 도시를 무방비 상태로 두고 가자고 제안한 것은 아니오. 사실 우리가 동쪽으로 이끌 병력은 모르도르에 본격적인 공세를 가할 정도의 대부대일 필요는 없소. 싸움을 걸기에 충분한 규모면 되니까. 그리고 우린 곧 움직여야만 하오. 그래서 지휘관들을 부른 거요. 늦어도 이틀 내로 소집하고 이끌 수 있는 병력이 얼마나 되겠소? 물론 위험을 알면서도 기꺼이 갈 만한 강인한 사람들이어야겠지."

그러자 에오메르가 대답했다.

"병사들은 다 지쳤고, 가볍든 위중하든 간에 많은 이들이 부상당했습니다. 또한 많은 말을 잃었는데 그건 감내하기 어려운 손실입니다. 우리가 곧 떠나야 한다면 2천 명도 동원하기 어려울 것입니다. 하지만 도시 방어를 위해 그 정도의 인원을 남겨 두어야겠지요."

아라고른이 말했다.

"이 평원에서 싸웠던 사람들만 계산할 필요는 없소. 해안 지방에서 적을 몰아냈으므로 남부 영지에서 지금 새로운 군세가 오는 길이오. 이틀 전에 롯사르나크를 지나 여기로 오도록 펠라르기르에서 4천 명을 보냈소. 두려움을 모르는 앙보르가 인솔하고 있으니 이틀만 기다리면 우리가 떠나기 전에 그들이 당도할 거요. 또한 많은 사람들에게 구할 수 있는 어떤 배라도 타고 대하를 따라 날 따르라고 명령했소. 이런 바람이면 그들이 곧 당도할 테고, 이미 하를론드에 여러 척이 들어왔소. 내가 판단하기로는 우리가 7천의 기병과 보병을 데려갈 수 있겠소. 그래도 이 도시는 공세가 시작됐을 때보다 더 잘 수비될 거요."

임라힐이 다시 물었다.

"성문이 파괴되었습니다. 지금 그것을 재건하고 새로 세울 기술자들을 어디서 구할 수 있을까요?"

그러자 아라고른이 대답했다.

"다인의 왕국 에레보르에 그런 기술이 있소. 우리의 희망이 소멸돼 버리지 않는다면, 그때 내가 그 산의 장인들을 초청하러 글로인의 아들 김리를 보내겠소. 그렇지만 사람이 성문보다는 나은 법이지. 사람들이 성문을 버리고 달아난다면 어떤 성문도 적에 대항해서 견뎌 내지 못할 겁니다."

이것이 영주들의 회의에서 합의된 결과였다. 그들은 그날부터 이틀째 되는 날 아침에 가능하면 7천 명의 병력으로 진격하기로 한 것이다. 그들이 가려는 곳은 험난한 땅이기에 병력 대다수는 보병이 될 것이었다. 아라고른은 남쪽에서 확보한 약 2천 명의 군사를 이끌기로 했고, 임라힐은 3천5백 명을 인솔하며, 에오메르는 말을 타진 않지만 보병으로 훌륭한 몫을 담당할 5백의 인원을 보내는 동시에 자신은 정예기병 5백 명을 직접 지휘하기로 했다. 또한 다른 5백의 기병이 엘론드의 아들들과 두네다인, 그리고 돌 암로스의 기사들과 함께 가기로 했다. 모두 보병 6천 명과 기병 천 명이었다. 그러나 말도 아직 있고 전투도 가능한 약 3천 명의 로한 주력 부대는 엘프헬름의 지휘하에 아노리엔에 있다는 적을 막기 위해 서부대로에서 잠복하기로 했다. 곧 쾌속의 기마 정찰대가 적의 동향을 탐지하기 위해 북쪽으로, 동쪽으로는 오스길리아스에서 미나스 모르굴에 이르는 도로 쪽으로 파견되었다.

마침내 전력을 일일이 점검하고 공격 작전을 숙의하고 진격로를 정하게 되었을 때, 갑자기 임라힐 대공이 큰 웃음을 터뜨리며 말했다.

"정말이지, 이건 곤도르 역사상 가장 우스운 농담거리입니다. 전성기를 생각하면 그 당시 선봉 부대 정도밖에 안 될 7천의 병력으로 산맥을 넘고 암흑의 땅 난공불락의 성문으로 돌격하다니요! 마치 어린아이가 실과 버들가지로 만든 활을 들고 철갑기사를 위협하는 거나 다름없지요. 만일 말입니다, 미스란디르. 말씀하신 대로 암흑군주가 그렇게 많은 것을 안다면, 우리를 보고 두려움을 느끼기는커녕 비웃으며 마치 침을 갖고 덤비는 파리에게 하듯 새끼손가락으로 뭉개 버리지 않을까요?"

그러자 간달프가 말했다.

"아니요, 그는 파리를 사로잡아 침을 뺏으려 할 거요. 그리고 우리 중에는 각각 천 명의 철갑기사에 값할 만한 이름을 가진 이들이 있지 않소? 아니요, 그는 웃지 못할 거요."

아라고른도 말했다.

"우리도 웃지 않소. 만일 이것이 농담거리라면, 웃어 버리기엔 너무 쓰라린 농담이 되겠지요. 아니요. 이건 극한의 위험에 처해서 두는 마지막 수가 될 겁니다. 어느 편이든 이번 일은 게임의 종말을 뜻하게 될 거요."

그러면서 그는 안두릴을 뽑아 높이 들고 햇빛 속에 광채를 뿌리며 말했다.

"너는 마지막 전투가 치러질 때까지 다시는 칼집에서 쉬지 않을 것이다."

Chapter 10

암흑의 성문 열리다

이틀 후 서부의 군세는 펠렌노르 평원에 모두 집결했다. 오르크들과 동부인들의 군단은 아노리엔에서 돌아왔으나, 자신들이 지난번에 격파한 로한인들에게 유린당하고 흩어져 변변히 싸움도 못해 보고 카이르 안드로스를 향해 도주했다. 그래서 그쪽의 위협도 해소되었으며, 남쪽에서 새로운 군세가 당도해 도시의 방어는 충실해졌다. 정찰병들은 쓰러진 왕의 석상이 있는 십자로에 이르기까지 모든 도로에 적이 하나도 남아 있지 않다고 보고해 왔다. 이제 마지막 공세의 모든 준비가 갖추어졌다.

레골라스와 김리는 다시 아라고른, 간달프의 부대에서 함께 떠나게 되었고 두네다인과 엘론드의 아들들과 함께 선봉에 섰다. 메리는 그들과 함께 갈 수 없어서 치욕스럽게 여겼다.

아라고른은 이렇게 말했다.

"자넨 이런 여행을 할 만한 상태가 아니야. 하지만 수치스러워할 건 없네. 자네가 이 전쟁에서 더 이상 아무 일도 하지 않는다 해도 이미 위대한 명예를 얻었으니 말이지. 페레그린이 가서 샤이어 주민들을 대표할 거라네. 그 친구도 지금껏 기회가 주어지는 대로 잘해 왔지만 자네의 행위에 비견될 만한 위업을 이루지는 못했으니, 자넨 그에게 위험의 기회를 주는 데 인색해서는 안 되겠지. 그렇지만 사실 지금은 모두가 위험한 상황이라네. 모르도르의 성문 앞에서 비참한 최후를 맞는 것이 우리의 역할일지 모르지만, 만일 그렇게 된다면 여기에서든 아니면 검은 파도가 자네를 덮치는 어디에서든 자네도 마지막 막다른 곳에 부딪치게 될 거라네. 자, 잘 있게!"

그래서 메리는 의기소침하게 서서 군대의 소집을 바라보고 있을 수밖에 없었다. 베르길이 옆에 있었는데 그도 역시 풀이 죽어 있었다. 왜냐하면 그의 아버지가 지금 도시 부대를 이끌고 출정할 예정이기 때문이었다. 그는 그의 사건에 대한 판결이 날 때까지 경비대에 합류할 수 없었다. 피핀은 곤도르의 병사로서 베레곤드와 같은 부대에 소속돼 출정했다. 메리는 그가 장신의 미나스 티리스인들 사이에서, 키는 작지만 몸을 꼿꼿이 세운 채 정렬해 있는 것을 그리 멀지 않은 곳에서 볼 수 있었다.

마침내 나팔이 울리고 부대가 행군하기 시작했다. 분대마다 그리고 중대마다 그들은 방향을 바꿔 동쪽으로 전진해 갔다. 그들이 방벽대로로 이어지는 큰길로 나아가 시야에서 사라져 버린 뒤에도 오랫동안 메리는 거기 서 있었다. 아침 햇살을 받아 번쩍이는 창과 투구가 사라져 버린 후에도 그는 이제 친구 하나 없이 외롭다고 생각하며 무거운 마음으로 고개를 숙이고 서 있었다. 그가 아끼는 모든 이들이 이제 멀리 동쪽 하늘에 걸려 있는 어둠 속으로 가 버리자, 그의 마음에는 그들을 다시 볼 수 있으리라는 희망이 거의 사라졌다.

절망감 때문에 되살아나기라도 한 듯 팔의 통증이 다시 시작되면서 그는 허약해지고 늙어 버린 느낌이었고, 햇빛도 약해진 것 같았다. 베르길이 손으로 그를 잡아 정신을 차리게 하며 말했다.

"가요, 페리안 님. 내가 보기에 당신은 아직 아픈 것 같아요. 내가 치유사들에게 데려다줄게요. 하지만 걱정할 건 없어요. 그들은 다시 돌아올 거예요. 미나스 티리스인들은 절대로 지지 않으니까요. 더구나 이제 그들에게는 요정석 님이 계시잖아요. 또 경비대의 베레곤드도 있고요."

정오가 되기 전에 군대는 오스길리아스에 이르렀다. 거기에선 징집할 수 있는 노동자들과 기술자들이 바삐 움직이고 있었다. 어떤 사람들은 적이 만들었다가 도망가면서 일부 파괴한 나룻배와 선교를 수리하고 있었고, 전리품과 다른 비품들을 모으고 있는 사람들도 있었다. 강 동쪽에서는 나머지 사람들이 방어벽을 서둘러 구축하고 있었다.

선두 부대는 옛 곤도르의 폐허를 지나 넓은 대하를 건너, 고대의 영화로웠던 시대에 지어진 아름다운 태양의 탑에서부터 지금은 저주받은 골짜기의 미나스 모르굴이 되어 버린 높은 달의 탑까지 이어지는 긴 직선 도로에 이르렀다. 그들은 오스길리아스에서 8킬로미터쯤 되는 지점에서 첫날 행군을 마치고 정지했다.

그러나 기병들은 계속 진군해 저녁이 되기 전에 십자로의 거대한 원형 숲에 이르렀다. 사방이 고요했다. 어떤 자취도 볼 수 없었고, 외침이나 군호도 들리지 않았다. 또 길가의 바위나 잡목 숲에서 화살이 날아오지도 않았다. 그러나 앞으로 나아갈수록 그들은 대지의 경계가 강화되고 있음을 느꼈다. 나무와 돌, 풀잎과 나뭇잎도 다 듣고 있는 것 같았다. 어둠은 걷혔고, 저 멀리 서쪽 안두인계곡 위에 황혼의 해가 걸려 있어서 산맥의 흰 봉우리들이 대기 속에서 홍조를 띠고 있었지만, 에펠 두아스에는 어두운 그림자가 고요히 모든 것을 덮고 있었다.

아라고른은 원형 숲으로 이어지는 네 갈래 길 모두에 나팔 주자를 세워 큰 소리로 팡파르를 불게 했으며 전령들은 크게 외쳤다.

"곤도르의 영주들께서 돌아오셨다. 이제 그분들께 속한 이 땅을 다시 회수하신다."

이제 조각상 위에 올려졌던 끔찍한 오르크 머리를 끌어 내려 산산이 부서뜨렸고, 고대 왕의 두상을 다시 제자리에 올려놓았다. 그 두상은 아직도 흰색과 금색의 꽃으로 왕관을 두르고 있었고, 사람들은 오르크들이 그 위에 갈겨 놓은 더러운 낙서를 힘들여 닦고 깎아 냈다.

곧 열린 회의에서 누군가 미나스 모르굴을 먼저 공격해야 하며 그곳을 점령하면 철저히 파괴해야 한다고 주장했다.

임라힐 대공이 말했다.

"아마도 그곳에서 위쪽 고갯길로 가는 편이 암흑군주를 공격하기에는 북쪽 성문보다 더 쉬울 겁니다."

그러나 간달프는 이 의견에 극력 반대했다. 왜냐하면 그 계곡엔 사람들을 광기와 공포로 몰아가는 지독한 악이 존재하며, 또한 파라미르가 가져온 소식도 있었기 때문이었다. 반지의 사자가 정말로 그 길을 택했다면, 무엇보다도 모르도르의 경계를 그쪽으로 돌려서는 안 된다. 그래서 다음 날 주력 부대가 도착했을 때, 그들은 모르도르가 모르굴고개로 새로운 군대를 보내거나 남쪽에서 그의 동맹군을 보낼 경우에 대비하여 십자로를 수비하도록 강력한 경계병들을 배치해 놓았다. 그 경계 부대에는 이실리엔의 길을 잘 알고 있고 십자로 주변의 숲이나 비탈에 잠복할 수 있는 사수들을 주로 배치했다. 그러나 간달프와 아라고른은 모르굴계곡의 입구 쪽으로 선두 부대와 함께 전진해 그 악의 도시를 살펴보았다.

그곳은 어두웠고 생기가 없었다. 그도 그럴 것이 거기 살던 오르크들과 모르도르의 열등한 생물들은 전투에서 전멸했고 나즈굴은 떠나 있었기 때문이다. 그러나 계곡의 대기는 공포와 적의로 가득 차 있었다. 그들은 악의 다리를 부숴 버리고 그 악취 나는 들판에 불을 지른 후 떠났다.

다음 날, 즉 그들이 미나스 티리스에서 출발한 지 사흘째 되는 날, 군대는 길을 따라 북쪽으로 행군하기 시작했다. 그 길을 따라가면 십자로에서 모란논까지 수백 킬로미터의 거리였지만, 그들에게 무슨 일이 닥칠지는 직접 가 보기 전까지 아무도 알 수 없었다. 그들은 공개적으로 행군했지만 경계를 게을리하지 않고 전진하면서, 앞길에는 기마 정찰병들을 보내고 길 양편으로는 보병들을 보내 정찰하게 했다. 특히 동쪽 측면을 경계했는데, 그쪽에는 어두운 잡목 숲이 우거져 있고 바위투성이의 협곡과 험준한 바윗덩어리들이 뒹구는 언덕이 있었으며 그 너머로 에펠 두아스의 길고 음침한 비탈이 위로 뻗치고 있기 때문이었다. 날씨는 여전히 좋았고 바람은 서쪽에서 불어오고 있었지만, 그 무엇도 어둠산맥 주위에 들러붙은 어둠과 슬픈 안개를 흩날려 버릴 수 없었다. 그들 뒤편에서 때때로 큰 연기가 일어나 상층 바람 속에서 맴돌았다.

가끔 간달프는 나팔을 불게 했고 전령들은 "곤도르의 영주들이 오셨다! 모두 이 땅을 떠나거나 아니면 항복하라!"라고 외치곤 했다. 그러자 임라힐이 말했다.

"곤도르의 영주들이라 하지 말고 엘렛사르 왕이라 외치는 게 어떻습니까? 아직 즉위하신 건 아니지만 그건 엄연한 사실이니까요. 또한 전령들이 그 왕호를 사용한다면 적은 좀 더 생각해야만 할 테니 말입니다."

그래서 그 후엔 하루 세 번씩 엘렛사르 왕께서 오셨다고 외치게 했다. 그러나 그 도전에 응답하는 소리는 들려오지 않았다.

비록 외견상으론 아무 동요 없이 전진하는 것 같았지만, 최고 지휘관에서부터 최하급 병졸에 이르기까지 그들의 마음은 의기소침했고, 북쪽으로 1킬로미터씩 나아갈수록 악에 대한 예감이 그들의 마음을 점점 더 무겁게 짓눌렀다. 십자로에서 행군한 지 이틀이 지날 무렵에 그들은 처음으로 전투의 도전을 받았다. 오르크와 동부인들의 강력한 군세가 매복해 있다가 선두를 공격한 것이었다. 그곳은 바로 파라미르가 하라드인들을 요격했던 곳으로, 동쪽 언덕의 돌출된 곳을 깊게 깎아 낸 길이었다. 그러나 서부군 지휘관들은 마블룽이 지휘하는 헨네스 안눈 출신의 능숙한 정찰병들에게서 이미 충분한 정보를 얻었기에, 매복병들이 도리어 덫에 걸려들고 말았다. 기병들이 서쪽으로 널리 우회하여 적의 측면과 후면으로 육박해 들어갔기 때문에 그들은 살해당하거나 동쪽 산속으로 달아나 버렸다.

그러나 그 승리가 지휘관들의 마음을 밝게 해 주진 못했다. 아라고른이 말했다.

"이건 가장된 공격에 불과할 뿐이오. 내 생각에 이 공격의 주 목적은 우리에게 큰 피해를 주려는 것이라기보다는 적을 얕보게 해 유인하려는 것인 듯싶소."

그리고 그날 밤부터 나즈굴이 출몰해 군대의 모든 움직임을 주시하며 따라다녔다. 아주 높이 떠 날고 있어서 레골라스를 제외한 다른 사람의 눈에는 보이지 않았지만, 사람들은 어둠이 짙어지고 햇빛이 흐려지는 것을 통해 그들의 존재를 느낄 수 있었다. 비록 반지악령들이 적을 향해 낮게 날아 내려오거나 울부짖지는 않았지만, 그들에 대한 두려움은 떨쳐 낼 수 없었다.

이렇게 시간이 흐르고, 희망 없는 여행이 계속되었다. 십자로를 떠난 지 나흘째 되는 날, 그러니까 미나스 티리스를 출발한 지 엿새째 되는 날, 마침내 그들은 살아 있는 땅의 끝에 이르렀고, 키리스 고르고르 고개의 성문들 앞에 펼쳐진 황량한 땅에 들어서게 되었다. 에뮌 무일까지 북쪽과 서쪽으로 뻗어 있는 늪지와 황야가 어렴풋하게나마 눈에 들어왔다. 그곳이 너무나 황량하고 거기에 깔려 있는 공포가 너무도 깊어서, 일부 병사는 용기를 잃고 더 이상 북쪽을 향해 걷지도, 말을 몰지도 못했다.

그들을 본 아라고른의 눈에는 분노보다 연민의 정이 어렸다. 그들은 로한이나 저 멀리 웨스트폴드에서 온 젊은이들이거나 아니면 롯사르나크 출신의 농부들이었기 때문이다. 그들에게 모르도르는 어릴 때부터 악의 대명사였으며, 그들의 소박한 삶과는 어울리지 않는 비현실적 전설 같은 것이었다. 그런데 지금 그들은 현실로 나타난 악몽 속을 걸어가고 있었던 것이다. 또한 그들은 이 전쟁을 이해하지도 못할뿐더러, 어떤 운명으로 인해 이런 곳에 이끌려 왔는지도 모르는 사람들이었다.

아라고른은 그들에게 말했다.

"돌아가라! 그러나 명예를 지켜서 뛰지는 말고! 그대들도 할 일이 있을 터이니 부끄러워할 건 없다. 카이르 안드로스에 이를 때까지 계속 서남쪽으로 가라. 만일 그곳이 적의 수중에 떨어졌다면, 내 생각엔 그럴 가능성이 클 것 같은데, 또 그대들이 할 수 있다면, 그곳을 탈환하라. 그리고 곤도르와 로한을 위해 끝까지 사수하라!"

그러자 그의 자비로운 마음에 감복한 일부 병사는 두려움을 떨쳐 내고 계속 전진했으며, 나머지 병사들도 자신들이 해낼 수 있을 것 같은 임무를 듣고는 새로운 희망을 안고 떠났다. 이미 십자로에 많은 사람을 남겨 두었기에 서부의 지휘관들은 채 6천 명도 안 되는 병사를 이끌고 마침내 모르도르의 세력에 도전하기 위해서 암흑의 성문으로 나아갔다.

그들은 매순간 도전에 대한 응답을 기다리며 천천히 전진했다. 이제 주력 부대에서 정찰병이나 소부대를 파견하는 것은 병력 낭비에 불과했으므로 다 함께 모여서 전진했다. 모르굴계곡에서 진군한 지 닷새째 되는 날 해 질 녘에 그들은 마지막 야영을 준비했고, 막사 주위에 죽은 나무와 히스를 모아 불을 놓았다. 그들은 거의 뜬눈으로 밤을 지새웠다. 희미하게 보이는 많은 것들이 그들 주변을 어슬렁거리며 배회하는 것을 느낄 수 있었고, 멀리서 늑대가 울부짖는 소리도 들을 수 있었다. 바람도 잠들어 주위의 공기는 전혀 움직이지 않았다. 구름도 없었고 초승달이 된 지 나흘이 지났지만 땅에서 연기와 김이 솟아올라 하얀 초승달은 모르도르의 안개에 가려져 거의 보이지 않았다.

날씨는 차가워졌다. 아침이 되자 바람이 다시 일기 시작했지만 이번에는 북쪽에서 불어와 점점 거세어지는 산들바람으로 상쾌해졌다. 밤에 배회하던 것들은 이제 모두 사라져 주위는 텅 빈 것 같았다. 북쪽으로는 악취 나는 구덩이들 사이에 화산암과 부서진 바위, 메마른 흙이 쌓인 거대한 무더기와 둔덕, 더러운 모르도르 추종자의 토사물이 널려 있었다. 남쪽으로는 이제 가까이 있는 키리스 고르고르의 거대한 성벽이 희미하게 모습을 드러냈다. 그 한가운데에 암흑의 성문이 있었고, 그 양쪽으로 삐죽 솟은 이빨탑 두 개가 높이 시커멓게 서 있었다. 이제 지휘관들은 마지막 행군에 임해서, 동쪽으로 굽은 옛길에서 방향을 돌려 잠복의 위험이 있는 언덕을 피해 프로도가 그랬던 것처럼 서북쪽에서 모란논으로 접근하고 있었다.

위압적인 아치 아래, 암흑의 성문의 거대한 강철 문 두 짝은 굳게 닫혀 있었다. 흉벽 위에는 아무것도 보이지 않았다. 모두 조용히 지켜보고 있었다. 이제 그들은 이 어리석은 여행의 마지막 종말에 이르러, 이른 아침의 회색빛 여명 속에 한기를 느끼며 도저히 희망을 갖고 공격해 볼 수 없는 탑과 성벽 앞에 외로이 서 있었다. 그들이 엄청난 위력이 있는 공성 기계를 가져왔다거나, 혹은 적에게 성문과 성벽을 지키는 데 필요한 인원 외에 다른 병력이 없다 하더라도, 희망이 없기는 매한가지였을 것이다. 더구나 그들은 모란논 주변의 언덕과 바위마다 적들이 잔뜩 숨어 있다는 것을, 그 뒤쪽의 어둡고 좁은 골짜기에는 구멍과 굴이 뚫려 있어 더러운 무리들이 우글거리며 잠복하고 있다는 것을 알 수 있었다. 또한 그들은 모든 나즈굴이 모여들어 이빨탑 상공을 독수리처럼 선회하고 있는 것을 보았고, 자신들이 감시당하고 있다는 것을 알았다. 그러나 여전히 적은 아무런 움직임도 보이지 않았다.

그들에게는 끝까지 자신의 역할을 수행하는 것 이외에 다른 선택의 여지가 없었다. 그래서 아라고른은 이제 생각할 수 있는 최선의 진형으로 병사들을 배치하여 오르크들이 여러 해의 노역으로 발파된 돌과 흙을 쌓아 만든 거대한 두 개의 구릉에 자리 잡게 했다. 모르도르를 향한 그들 앞쪽에는 해자(垓字) 모양으로 김이 나는 거대한 진흙탕과 더러운 냄새를 풍기는 수렁이 가로놓여 있었다. 모든 진형이 갖추어지자 지휘관들은 암흑의 성문을 향해 기병들과 기수들, 전령들과 나팔 주자들로 이루어진 대부대의 호위를 받으며 진격을 개시했다. 간달프가 주 전령관으로 나섰고, 아라고른은 엘론드의 아들들과 로한의 에오메르 그리고 임라힐과 함께 진격했다. 레골라스와 김리, 페레그린도 역시 진군 명령을 받아서, 모르도르의 모든 적들에게 보란 듯이 모습을 드러냈다.

그들은 소리가 들릴 정도로 모란논에 접근해 기치를 펼치고 나팔을 불었다. 전령들도 버티고 서서 모르도르의 흉벽 너머로 울리도록 소리 높이 외쳤다.

"나오라! 암흑의 땅의 군주는 앞으로 나오라! 그로 하여금 정의의 심판을 받게 하라! 부정하게 곤도르를 침략하고 그 영토를 약취한 자! 이제 곤도르의 왕께서 그가 악행을 속죄하고 영원히 사라질 것을 요구하신다. 나오라!"

긴 침묵이 이어졌고, 성벽과 성문에서는 그에 응하는 고함이나 소리도 들려오지 않았다. 그러나 사우론은 이미 계획을 세워 놓았고, 이 생쥐들을 몰살하기 전에 먼저 잔인하게 희롱하려고 마음먹었다. 그리하여 지휘관들이 막 돌아서려는 순간 갑자기 정적이 깨졌다. 산에서 천둥소리처럼 큰 북소리가 길게 울리더니, 바위를 뒤흔들고 사람의 귀를 멀게 할 정도의 나팔 소리가 들려왔다. 그러자 암흑의 성문이 큰 소리와 함께 활짝 열리더니 안에서 암흑의 탑의 사절단이 모습을 드러냈다.

제일 선두에 몸집이 크고 사악하게 생긴 형체가 시커먼 말을 타고 나왔다. 그걸 말이라 할 수 있다면. 그가 타고 있는 동물은 몸집이 아주 크고 끔찍하게 생겼으며 머리는 흉측한 모양이어서 살아 있는 동물의 머리라기보다는 해골처럼 보였고, 눈구멍과 콧구멍에서는 불을 뿜고 있었다. 그 기사는 온통 검은색으로 뒤집어썼고 높은 투구도 검은색이었다. 그러나 그는 반지악령이 아닌 살아 있는 인간이었다. 바랏두르의 부관인 그의 이름은 어느 기록에도 전해지지 않았고, 그 자신도 자기 이름을 잊어 이렇게 말했다.

"나는 사우론의 입이다."

그러나 그는 원래 검은 누메노르인이라 불리던 종족 출신이었으며, 변절자라는 말이 있었다. 그들은 사우론이 통치하던 시절에 가운데땅에 거점을 마련하고는 그를 숭배하며 악의 지식에 탐닉한 종족이었다. 처음 암흑의 탑이 일어섰을 때 그는 그의 종복으로 들어갔고, 교활한 계략으로 점점 군주의 총애를 받게 되었다. 그는 엄청난 마술을 익혔으며, 사우론의 마음을 상당 부분 간파하여 그 어떤 오르크보다도 잔인해졌다.

지금 걸어 나온 기사가 바로 그였는데, 검은 갑옷을 입은 소부대와 붉은 악의 눈이 그려진 검은 기치 하나만 대동했을 뿐이었다. 이제 서부 지휘관들의 몇 걸음 앞에 멈춰 선 그는 그들을 아래위로 훑어본 다음 웃으며 말했다.

"이 오합지졸 중에 나를 상대할 만한 자격을 지닌 자가 있는가? 아니면 나를 이해할 만한 지혜를 가진 자가 있는가? 적어도 그대는 아니야."

그는 아라고른을 향해 냉소를 흘리며 비웃었다.

"왕이 되려면 요정의 유리 조각이나 이런 어중이떠중이 집단보다 더 나은 뭐가 있어야 하거늘. 아무렴, 산에 사는 화적 떼도 이 정도의 졸개들은 거느릴 수 있단 말이야!"

아라고른은 아무 대꾸도 하지 않고 상대의 눈을 응시하며 계속 쏘아보았다. 잠시 그들은 그렇게 힘을 겨루었다. 그런데 아라고른이 전혀 움직이지도 않고 무기로 손을 뻗지도 않았는데 상대는 겁을 먹었고 마치 무력으로 위협당한 것처럼 물러서며 비명을 지르듯 외쳤다.

"난 전령이자 사절이니 공격해서는 안 된다!"

그러자 간달프가 말했다.

"그런 법이 있다면 사절이 무례하게 굴지 않아야 한다는 것도 관습이지. 하지만 누구도 그대를 위협하지 않았다. 네 볼일을 다 끝낼 때까지 우릴 겁낼 필요는 없어. 그렇지만 그대의 주인이 새로운 지혜를 얻지 못한다면 그의 모든 종복들과 함께 그대는 큰 위험에 빠질 것이다."

"그래, 그럼 그대가 대변인인가, 회색 수염 늙은이? 우린 그대에 대한 소문을 때때로 듣지 않은 줄 아는가? 그대가 여기저기 돌아다니며 안전하게 멀리 떨어진 곳에서 늘 음모와 골칫거리를 꾸며 내는 걸 말이야. 그렇지만 이번엔 코를 너무 멀리 내밀었는걸, 간달프 선생. 그대는 감히 위대한 사우론의 발 앞에 어리석은 그물을 친 자가 어떤 결과를 맞는지 보게 될 거야. 난 그대에게 증거물을 보여 주라는 지시를 받았지. 특히 그대에게 말이야. 이리로 감히 다가올 용기가 있다면 와 보라."

그가 지시를 보내자 경호원으로 보이는 이가 검은 천으로 싼 꾸러미를 들고 앞으로 나왔다.

사절은 그것을 옆에 놓았다. 지휘관들에게는 놀랍고 절망스럽게도, 그 안에서 먼저 샘이 갖고 다니던 작은 칼을 꺼냈고, 다음에 요정의 브로치가 달린 회색 망토를 꺼냈고, 마지막으로 프로도가 해진 옷 속에 입고 있던 미스릴 갑옷을 꺼냈다. 그들은 눈앞이 깜깜해졌고, 그 정적의 순간에 온 세상이 정지된 느낌이었다. 그들의 심장이 멎고 마지막 희망이 사라져 버렸다. 임라힐 대공 뒤에 서 있던 피핀이 비통한 외침과 함께 앞으로 달려 나갔다. 그러자 간달프가 그를 뒤로 밀치며 단호하게 말했다.

"조용히!"

그러자 사절은 큰 소리로 웃어 젖혔다.

"흥, 당신들에게 꼬마가 또 있었군그래. 당신이 그들에게서 무슨 쓸모를 찾았는지 모르겠군. 그렇지만 그들을 모르도르에 밀정으로 보낸 건 당신이 늘 저지르던 바보짓을 능가하는 멍청한 짓이었지. 어쨌든 저 꼬마가 적어도 이 증거물들을 전에 본 적이 있다는 것은 확실하군. 당신들이 부정해봐야 소용없게 되었으니 난 저 꼬마에게 감사해야겠는걸."

그러자 간달프가 대답했다.

"그것을 부인할 생각은 없다. 사실 난 그것들 모두와 그 내력까지 잘 알고 있지. 그대, 사우론의 더러운 입이 비웃고 있지만 실은 모르고 있는 것까지도 말이야. 그런데 그대는 왜 그것들을 이리 가져온 건가?"

"난쟁이의 갑옷, 요정의 망토, 멸망한 서쪽나라의 칼, 그리고 샤이어의 생쥐 마을에서 온 밀정, 흥, 놀라지 말게. 우린 잘 알고 있어. 이건 음모의 증거들이야. 자, 이것들을 지녔던 자는 당신이 잃어도 아깝지 않은 생물이었을 수도 있지. 아니면 반대로 당신에게 아주 소중한 생물이었을지 모르고. 만약 그렇다면 당신에게 남아 있는 변변치 않은 지혜라도 모아 빨리 의논해 보지 그래. 사우론께서는 밀정을 별로 좋아하지 않으시고, 그의 운명이 어떻게 될 것인지는 당신의 선택에 달려 있으니 말이야."

누구도 그의 말에 대답하지 않았다. 그러나 그는 그들의 얼굴이 공포에 질려 잿빛으로 변하고 눈에 경악한 기색이 감도는 것을 보고는 다시 웃었다. 그가 보기엔 게임이 잘 풀려 나가는 것 같았기 때문이다. 그는 다시 말을 이었다.

"좋아, 좋아! 그 녀석이 당신들에게 소중한 놈이었군그래. 아니면 당신들은 그 녀석이 맡은 임무가 실패하지 않길 바랐군. 그건 실패했어. 그래서 이제 그 녀석은 우리의 위대한 탑에서 고안해 낼 수 있는 최고의 기술로 아주 천천히, 오랜 세월 고문을 받아야 할 테고, 절대로 풀려날 수 없을 거야. 그가 변하거나 만신창이가 되지 않는 한 말이지. 그렇게 되어야 그놈은 당신에게 돌아갈 수 있을 게고, 그러면 당신은 자기가 무슨 짓을 했는지 보게 될 거야. 만일 당신이 우리 주군의 조건을 수락하지 않는다면 반드시 그렇게 되겠지."

"조건을 말해 보라."

간달프가 흔들리지 않는 목소리로 말했으나 가까이 있는 사람들은 그의 얼굴에서 고뇌를 읽을 수 있었다. 이제 그는 마지막 순간에 꺾이고 패배하고 늙고 시들어 버린 사람처럼 보였다. 그들은 그가 조건을 수락할 것을 의심하지 않았다.

"조건은 이렇다."

사자는 웃음을 지으면서 그들 하나하나를 둘러보며 말했다.

"곤도르의 천민들과 그들에게 현혹된 동맹군들은 우선 위대한 사우론에게 다시는 공공연히 혹은 비밀리에 무력으로 대들지 않을 것을 서약하고 당장 안두인대하 너머로 물러가라. 안두인 동쪽의 모든 땅은 영원히 사우론의 소유가 될 것이다. 안두인 서쪽은 안개산맥과 로한관문까지 모르도르의 속국이 될 것이며, 그곳 시민들은 무기를 가질 수 없고, 그들 자신의 일을 처리하는 데 허락을 받아야 한다. 그리고 무엄하게도 파괴해 놓은 아이센가드를 재건하는 데 협조해야 하며, 그곳은 사우론의 소유가 될 것이다. 거기에는 그의 부관이 거주할 것이다. 물론 사루만이 아니라 더 믿을 만한 자이지."

사절의 눈을 보고 그들은 그의 생각을 알 수 있었다. 그가 바로 그 부관일 것이며, 서부에 남은 모든 인간을 자기 지배하에 넣을 것이다. 그는 폭군이 될 것이고 그들은 그의 노예가 될 것이다. 그러나 간달프가 말했다.

"이건 졸개 한 명을 인도하는 대가로는 너무 엄청나군. 당신 주인은 많은 전투에서 이겨야 얻을 수 있는 것을 이 교환의 대가로 원하고 있단 말인가! 아니면 곤도르평원에서 전투에 지고 낙심하여 이제 말장난에나 매달리겠다는 건가? 그리고 우리가 그 포로의 가치를 그렇게 높이 친다면, 사기술의 대가인 사우론이 자기 약속을 지키리라고 우리가 어떻게 믿을 수 있단 말인가? 포로는 어디 있는가? 그를 이리 데리고 나와 우리에게 인도하라. 그런 다음에야 그 제안을 검토해 보겠다."

그 치명적인 적의 말을 받아넘기면서 뚫어지게 상대를 지켜보던 간달프는 그때 아주 짧은 순간이나마 사절이 당황한 기색을 간파할 수 있었다. 그러나 그는 재빨리 다시 웃었다.

"사우론의 입과 무례한 말장난을 하려 들지 말라! 확신이 필요하다고? 사우론은 아무런 확신도 주지 않는다. 만일 그대가 사우론의 관용을 간청한다면 먼저 그의 명령을 이행하라. 이것이 그의 조건이다. 받아들이거나 아니면 그만둬라!"

"우리가 받아들이는 건 이것이다."

갑자기 간달프가 소리치며 망토를 젖히자 어둠 속으로 마치 칼날 같은 하얀 섬광이 빛을 발하며 쏟아져 나왔다. 그의 치켜든 손 앞에서 추한 사절이 뒤로 물러서자, 간달프는 와락 달려들어 증거물들 즉 갑옷과 망토와 칼을 낚아채며 말했다.

"우리 친구를 기념하기 위해 이걸 가져가마. 그러나 네가 말한 제안은 단호히 거부한다. 이제 사자로서의 임무는 끝났고 죽음이 임박했으니 어서 꺼져라. 우린 여기에 신의 없고 저주받은 사우론과 말장난하러 온 게 아니다. 게다가 그의 노예는 더 말할 나위조차 없다. 꺼져 버려라!"

모르도르의 사자는 더 이상 웃지 못했다. 그의 얼굴은 경악과 분노로 인해 마치 먹이에 다가서다가 가시 돋친 막대로 콧등을 얻어맞은 야수처럼 일그러졌다. 격렬한 분노로 이글거리며 입으로는 침을 질질 흘리고 목구멍으로는 형언할 수 없는 분노의 소리를 간신히 내보내고 있었다. 그러나 지휘관들의 사나운 얼굴과 맹렬한 눈을 보았을 때 그는 분노를 능가하는 공포를 느껴야 했다. 그는 큰 비명을 지르며 돌아섰고, 타고 온 생물에 뛰어올라 부하들과 함께 키리스 고르고르를 향해 미친 듯 달렸다. 그 부하들이 달려가면서 긴 나팔을 불어 신호를 보내자, 그들이 채 성문에 닿기도 전에 사우론이 덫을 작동시켰다.

북이 울리고 불길이 치솟았다. 암흑의 성문들이 활짝 열렸다. 성문에서는 마치 수문을 올렸을 때 격류가 소용돌이치며 쏟아져 나오듯이 대군이 쏟아져 나왔다. 지휘관들이 다시 말에 올라 뒤로 물러나자 모르도르의 대군에서 조롱하는 고함 소리가 크게 일었다. 멀리 서 있는 망루 뒤편 에레드 리수이의 어둠 속에서 신호를 기다리고 있던 동부인 군세가 가까이 밀려오자 먼지가 대기를 뒤덮었다. 모란논 양쪽의 언덕에서 셀 수 없으리만치 많은 오르크들이 쏟아져 내려왔다. 서부인들은 포위되었고, 곧 그들이 서 있던 회색 구릉들은 그들보다 백 배는 더 많아 보이는 적들의 바다로 온통 둘러싸여 버렸다. 사우론은 강철 덫 속에 달아 놓았던 미끼를 거두어들인 것이었다.

아라고른은 전열을 배치할 시간조차 거의 없었다. 그는 간달프와 함께 구릉 위에 서 있었고, 거기엔 성수와 별의 기치가 아름답고도 결사적으로 펄럭이고 있었다. 다른 구릉에는 로한과 돌 암로스의 기치, 즉 백마와 은빛 백조가 굳건하게 세워져 있었다. 각 구릉 주위로 사방을 향해 둥글게 방어선이 구축되었고, 창과 칼이 빽빽이 늘어섰다. 그러나 가장 강력한 첫 공세가 예상되는 모르도르의 정면 쪽으로 왼쪽에는 엘론드의 아들들이 두네다인과 함께 버티고 있었고, 오른쪽은 장신의 아름다운 돌 암로스인들을 이끈 임라힐 대공과 탑의 경비대 중에서 선발된 기사들이 맡고 있었다.

바람이 불자 나팔이 울리면서 화살이 울음을 토하기 시작했다. 그러자 남쪽을 향하던 태양은 모르도르의 뿌연 매연에 뒤덮였고, 위협적인 연기 속에서 마치 하루의 종말이라도 온 듯, 아니면 빛의 세계의 종말이라도 온 듯, 멀리서 음산한 붉은빛을 던지고 있었다. 그러자 짙어 가는 어둠 속에서 나즈굴이 차가운 목소리로 죽음을 외치며 날아와 모든 희망을 꺼 버리고 말았다.

피핀은 간달프가 그 제안을 거절함으로써 프로도가 그 탑에서 고문받을 운명에 처한 것을 들은 순간 공포에 질려 몸을 움츠렸다. 그러나 곧 마음을 가다듬고 임라힐의 부하들과 함께 곤도르의 최전선에 베레곤드와 나란히 섰다. 모든 것이 다 끝장난 지금, 빨리 전사해서 자기 삶의 쓰라린 이야기를 끝내는 것이 최선인 것 같았다.

"메리가 여기 있었으면 좋았을걸."

그는 자기도 모르게 중얼거렸다. 공격하려고 진군해 오는 적들을 보면서도 마음속에서 여러 생각들이 재빨리 스쳐 지나갔다.

'그래, 그래. 이제 어쨌든 그 가엾은 데네소르를 조금은 이해할 수 있겠어. 어차피 죽어야 하니, 메리와 함께 죽을 수 있으면 좋았을 텐데. 하지만 메리는 여기 없으니, 나보다 편안한 종말을 맞이하길 빌 수밖에. 어쨌든 난 최선을 다할 거야.'

그는 칼을 뽑아 칼날에 새겨진 붉은색과 황금색이 뒤얽힌 형상들을 바라보았다. 유려한 누메노르의 문자들이 칼날 위에서 불처럼 반짝였다.

'이 칼은 바로 이런 때를 위해 만들어졌다지. 그 더러운 적의 사자를 이 칼로 칠 수 있었으면 나도 메리와 막상막하일 텐데. 그렇지만 다 끝나기 전에 그런 짐승 몇 마리는 잡을 수 있겠지. 아, 다시 서늘한 햇빛과 푸른 풀밭을 볼 수 있다면!'

그가 이런 생각을 하고 있을 때 첫 공세가 닥쳐왔다. 구릉 앞에 있는 진흙탕 때문에 지체되자 오르크들은 거기 정지해서 이쪽 수비대를 향해 화살을 퍼부어 댔다. 그러나 그들 사이로, 야수처럼 울부짖으며 대부대의 고르고로스 트롤들이 성큼성큼 다가왔다. 그들은 인간보다 크고 건장했으며 꽉 끼는 뼈 비늘로 짠 옷만 입고 있었다. 어쩌면 그것은 옷이 아니라 그들의 소름 끼치는 가죽인지도 몰랐다. 그들은 울퉁불퉁한 손에 커다란 검은색의 둥근 방패와 묵직한 망치를 들고 있었다. 그들은 주저하지 않고 진흙탕에 뛰어들어 건너오면서 고함을 질러 댔다. 폭풍처럼 몰려온 그들은 곤도르인들의 방어선으로 뛰어들어 투구와 머리를 가릴 것 없이, 또 팔과 방패를 가릴 것 없이 마치 달구어진 굽은 쇠를 내리치는 대장장이처럼 마구 망치를 휘둘러 댔다. 피핀 옆에 있던 베레곤드도 세게 얻어맞아 쓰러졌고, 그를 내리친 거대한 트롤 대장은 손톱을 뻗치고 그에게 몸을 숙였다. 이 끔찍한 괴물들은 흔히 쓰러뜨린 적의 목구멍을 잡아 뜯었기 때문이었다.

그 순간 피핀이 위쪽으로 칼을 찔렀다. 서쪽나라의 문자가 새겨진 칼이 거인의 가죽을 꿰뚫고 치명적으로 깊이 파고들자 검은 피가 쿨럭이며 뿜어져 나왔다. 그러자 거인은 그들을 덮치며 마치 바위가 굴러떨어지듯 앞으로 넘어져 버렸다. 피핀에게는 암흑과 함께 악취와 몸이 부서지는 고통이 엄습하면서 거대한 어둠 속으로 떨어지는 느낌이 들었다.

'내 예상대로 이렇게 끝나는구나.' 그의 생각은 날개를 펄럭이며 날아가려는 순간에 이렇게 말했다. 날아가기 전에 마음속에서 조금 웃기도 했다. 마침내 온갖 의혹과 걱정과 공포를 다 내던져 버리니 즐겁기까지 했다. 그런데 그것이 날아올라 망각 속으로 들어가고 있을 때 어떤 목소리가 들린 것 같았다. 저 위 잊힌 세계에서 외치는 소리 같았다.

"독수리가 오고 있다! 독수리가 오고 있다!"

피핀의 생각은 한순간 더 맴돌았다.

'빌보! 하지만 그게 아니야! 독수리는 아주, 아주 오래전의 그분 이야기에 나왔어. 이건 내 이야기고, 이젠 끝난 거야. 안녕!'

이제 그의 생각은 멀리 날아갔고, 그의 눈은 더 이상 아무것도 보지 못했다.

BOOK SIX

Chapter 1
키리스 웅골 탑

샘은 땅바닥에서 간신히 몸을 일으켰다. 순간 자신이 어디 있는지 알 수 없었지만, 곧 온갖 절망과 고통이 되살아났다. 그가 지금 있는 곳은 오르크들 요새의 아래쪽 문밖, 짙은 어둠 속이었다. 요새의 놋쇠 문은 굳게 닫혀 있었다. 아마도 그 문에 있는 힘을 다해 부딪치고는 정신을 잃었던 것이리라. 하지만 얼마나 오랫동안 쓰러져 있었는지 알 수 없었다. 그때는 절망과 분노로 온몸이 불덩이같이 뜨거웠지만, 지금은 추워서 몸이 덜덜 떨렸다. 샘은 문으로 기어가 바싹 귀를 갖다 댔다.

요새 안 저 멀리서 오르크들이 떠들어 대는 소리가 어렴풋이 들리더니 곧 잠잠해졌다. 소동을 멈춘 것인지 더 멀리 가 버린 것인지, 정적만이 감돌았다. 머리가 지끈지끈 아파 오고 어둠 속에서 환영의 불빛이 어른거렸다. 그는 생각을 계속하면서 몸을 가누려 애썼다. 저 문을 통해 오르크들의 요새 안으로 들어갈 가망은 없었다. 문이 저절로 열릴 때까지 며칠이고 기다려야 할지도 몰랐다. 그러나 그렇게 기다리고 있을 수만은 없었다. 한시가 급했다. 이제 자신에게 주어진 임무가 무엇인지에 대해서는 한 점의 의혹도 없었다. 프로도를 구출해야 한다. 아니면 적어도 그러려고 노력하다 죽어야 한다.

"아마도 죽게 되겠지. 그렇게 되기가 더 쉬울 거야."

그는 단호한 어조로 중얼거리며 스팅을 칼집에 꽂고 놋쇠 문에서 돌아섰다. 어둠 속에서 갈라드리엘의 빛을 꺼내 볼 엄두도 내지 못하고 샘은 손으로 더듬으며 천천히 왔던 길을 되돌아갔다. 그러면서 프로도와 함께 십자로를 떠난 이후에 겪었던 사건들을 꿰맞춰 보려고 애썼다. 몇 시나 되었을지 궁금했다. 대충 하루와 그다음 날 사이의 언제쯤일 것 같았다. 그러나 오늘이 며칠인지는 도무지 헤아릴 수가 없었다. 일단 들어오기만 하면 세상의 시간은 잊히고, 그 안에 발을 들인 자들도 모두 잊히고 마는 암흑의 대지에 그는 지금 와 있는 것이다.

"친구들이 우리 생각이나 하는지 모르겠어. 멀리 있는 그들에겐 무슨 일이 일어나고 있을까."

샘은 눈앞의 허공에다 힘없이 손을 흔들었다. 그러나 사실 지금 그는 서쪽이 아니라 남쪽을 향하고 있었다. 어둠 속에서 쉴로브의 굴로 되돌아왔던 것이다. 한편 저 바깥의 서부는 지금 샤이어력으로 3월 14일 정오에 가까운 시간이었다. 이 시간, 아라고른은 펠라르기르에서 검은 함선들을 이끌고 있었고, 메리는 로한인들과 함께 돌수레골짜기를 달려가고 있었다. 이 무렵 미나스 티리스에서는 불길이 솟구쳤으며, 피핀은 데네소르의 눈에서 이글대는 광기를 보고 있었다. 온갖 걱정과 두려움 속에서도 친구들의 생각은 늘 프로도와 샘에게서 떠나지 않았다. 프로도와 샘, 그들은 결코 잊히지 않았다. 하지만 멀리 있는 친구들의 걱정이 지금 무슨 소용이란 말인가. 생각만으로는 햄패스트의 아들 샘와이즈에게 아무 도움도 되지 않았다. 샘은 완전히 혼자였다.

마침내 샘은 오르크들 통로의 바위 문에 돌아왔다. 문의 손잡이나 빗장을 찾을 수 없어, 전에 했던 대로 바위 문을 타고 올라가 가볍게 땅바닥에 뛰어내렸다. 그런 다음 쉴로브의 굴 출구 쪽으로 살금살금 다가섰다. 쉴로브의 거대한 거미줄은 찢긴 채 여전히 차가운 공기에 나부끼고 있었다. 악취 나는 어둠 속을 뚫고 나온 뒤라 샘에게는 공기가 차갑게 느껴졌다. 하지만 그 찬 공기를 마시자 기운이 솟았다. 샘은 조심스럽게 밖으로 기어 나갔다.

으스스할 정도로 사방이 적막했다. 빛 같은 것이 보였는데, 그것은 어두운 낮이 종말을 고할 때의 어스름이었다. 모르도르에서 만들어져 김을 내며 서쪽으로 흘러가는 거대한 연기가 머리 위로 낮게 지나가고 있었다. 소용돌이치는 거대한 구름과 연기 덩어리의 아래쪽이 다시 음산한 붉은빛으로 물들었다.

샘은 고개를 들어 오르크들의 탑을 올려다보았다. 갑자기 좁은 창마다 일제히 불이 밝혀져 마치 작고 빨간 눈동자처럼 보였다. 그것이 무슨 신호일지 궁금했다. 분노와 절망으로 잠시 잊고 있었던 오르크들에 대한 두려움이 되살아났다. 아무리 생각해 보아도, 자신이 선택할 수 있는 길은 오로지 하나뿐이었다. 이대로 계속 가서 그 무서운 탑의 정문을 찾아야 한다는 것이다. 그러나 무릎에 힘이 없었다. 그제야 자신이 떨고 있음을 느꼈다. 샘은 벼랑 사이로 보이는 탑과 고개의 두 뿔 같은 산마루에서 시선을 거두고는 내키지 않는 발걸음을 재촉하며 천천히 걷기 시작했다. 걸으면서 길옆 바위를 감싼 짙은 어둠 속을 찬찬히 살피며 귀를 바짝 곤두세웠다. 프로도가 쓰러져 있던 곳을 지날 때 아직도 쉴로브의 악취가 풍겨 왔다. 계속 걸어 위로 올라갔다. 마침내 그는 절대반지를 끼고 샤그랏 일당에게서 몸을 숨겼던 바로 그 고개에 이르렀다.

샘은 주저앉았다. 그 순간 그는 더 나아가도록 스스로를 재촉할 수 없었다. 일단 이 고개에서 모르도르의 땅으로 한 발짝 내디딘다면 그 걸음을 돌이킬 수 없으리라는 느낌이 들었다. 다시는 돌아올 수 없는 길이 되고 말리라. 샘은 별다른 생각 없이 절대반지를 꺼내어 다시 손가락에 끼었다. 그 즉시 엄청난 반지의 무게를 느꼈고, 모르도르의 눈에 어린 적의가 새롭게, 그러나 전보다 훨씬 강하고 무시무시하게 느껴졌다. 그 눈은 스스로를 방어하기 위해 쳐 놓은 어둠을 꿰뚫어 보려 하고 있었지만, 지금 그 어둠은 불안과 의혹에 가득 찬 그 눈의 탐색을 가로막고 있었다.

반지를 끼자 예전처럼 청각은 날카로워진 것 같았지만 눈에 비친 사물은 어느 것이나 윤곽이 선명하지 않고 흐릿했다. 길 양쪽의 암벽은 마치 안개에 덮인 것처럼 희끄무레하게 보였다. 그러나 멀리서 쉴로브가 고통스러워하며 거품을 내뿜는 소리까지 들려왔다. 또한 금속이 부딪치는 소리와 거친 고함 소리가 바로 옆에서 나는 것처럼 또렷하게 들렸다. 갑자기 샘은 벌떡 일어나 길옆의 벽에 몸을 바싹 붙였다. 반지를 낀 것이 천만다행이었다. 오르크들이 이쪽으로 행군하는 것 같았다. 적어도 처음엔 그렇게 생각했다. 그러나 곧 그렇지 않다는 것을 알았다. 탑 안에서 들려오는 오르크의 고함 소리를 듣고 착각을 일으킨 것이다. 고갯길 왼편으로 샘의 머리 바로 위에 가장 높은 탑 꼭대기가 보였다.

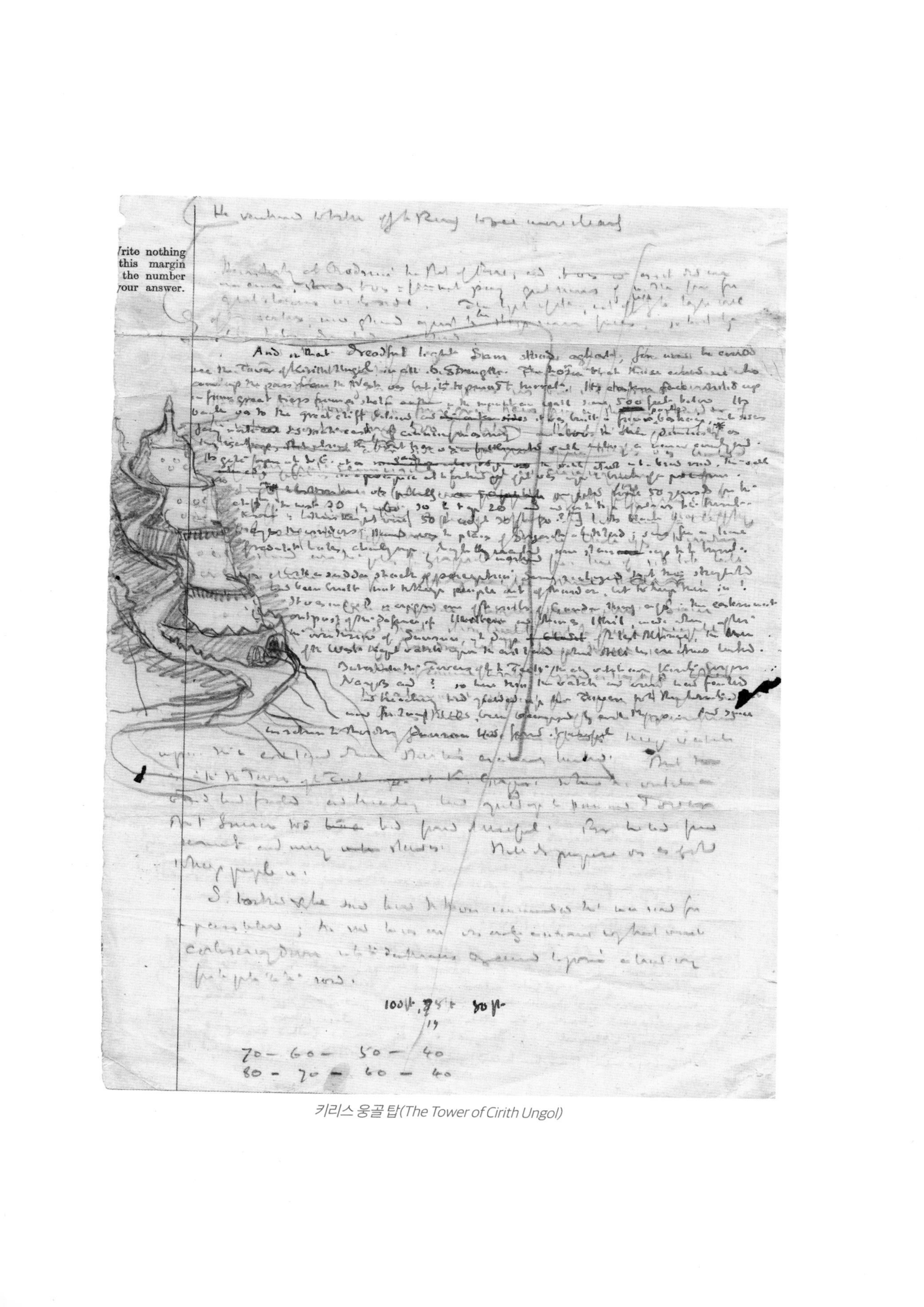

Write nothing
this margin
the number
your answer.

70 — 60 — 50 — 40
80 — 70 — 60 — 40

키리스 웅골 탑(The Tower of Cirith Ungol)

샘은 몸서리를 치면서 억지로 움직여 보려고 애썼다. 오르크들이 무슨 극악한 짓을 저지르고 있는 게 분명했다. 명령이 내려왔을 테지만 그 어떤 명령일지라도 잔혹한 오르크들이라면 꺼릴 게 없을 것이다. 지금 프로도를 고문하고 있을 것이다. 어쩌면 잔인하게 토막 내고 있을지도 모른다. 그는 귀를 기울였다. 그러는 동안 한 가닥 희망이 다가왔다. 탑 안에서 오르크들 간에 싸움이 벌어지고 있는 게 분명했다. 샤그랏과 고르바그가 서로 주먹질을 하고 있었다. 이런 추측만으로 희망을 품기엔 너무 성급했지만, 일단 샘에게는 큰 용기를 주는 사건이었다. 어쩌면 기회가 있을지도 모른다. 프로도에 대한 사랑이 다른 생각을 모두 물리쳐 버렸다. 그는 자신이 처한 위험도 잊은 채 큰 소리로 외쳤다.

"프로도 씨, 제가 갑니다!"

샘은 곧장 뛰어올라 고개를 훌쩍 넘었다. 그러자 길은 즉시 왼쪽으로 꺾이며 가파른 내리막으로 변했다. 샘은 이제 모르도르에 들어선 것이었다.

샘은 손가락에서 반지를 뺐다. 더 선명하게 보고 싶기 때문이라고 속으로 생각했지만 어쩌면 어떤 위험에 대한 불길한 예감 때문이었는지도 모른다. 그는 중얼거렸다.

"최악이라도 제대로 볼 수 있는 게 낫겠지. 안개 속에서 더듬거려 봐야 아무 소용없어."

샘의 눈앞에 펼쳐진 모르도르의 대지는 거칠고 잔인하며 냉혹했다. 정면에는 에펠 두아스산맥의 가장 높은 산등성이로부터 내려온 깎아지른 절벽이 저 아래 어두운 계곡을 향해 내리꽂고 있었다. 계곡 반대쪽은 좀 더 낮은 산맥이 솟아 있었다. 멀리 붉은빛을 배경으로 시커멓게 보이는 등성이는 송곳니처럼 삐죽한 바위들로 들쭉날쭉했다. 이 봉우리들이 바로 모르도르를 둘러싼 내벽인 험준한 모르가이연봉이었다. 그 연봉 너머 저 멀리, 거의 곧바로 앞쪽으로, 작은 불꽃들이 점점이 비치는 광활한 호수 같은 어둠 너머에서 타오르는 거대한 불길이 보였다. 거기서 나온 연기가 소용돌이치며 거대한 기둥을 이루었는데, 아랫부분은 암홍색을 띠었지만 위로 갈수록 검어졌다. 위로 올라간 연기는 자욱하게 피어오른 거대한 지붕 같은 덩어리에 합쳐져서 이 저주받은 땅을 뒤덮었다.

샘이 지금 바라보고 있는 것은 바로 불의 산 오로드루인이었다. 이따금 잿빛 원추형 화산체 속 심연의 용광로가 뜨겁게 달아올라 굉음을 일으키며 높이 용솟음치고는 산비탈의 터진 틈새로 녹은 암석 용액을 쏟아냈다. 용암 일부는 넓은 유역으로 퍼져 이글거리며 바랏두르 쪽으로 흘러갔다. 어떤 용암은 굽이치며 암석투성이의 평지로 흘러들어, 고문당한 대지가 토해 낸 용처럼 뒤틀린 모습으로 식어 버리기도 했다. 바로 그 화산 폭발의 순간에 샘은 운명의 산을 본 것이었다. 서쪽에서는 아무리 높이 올라가도 에펠 두아스산맥에 가로막혀 운명의 산에서 터져 나오는 불빛을 온전히 볼 수 없었다. 그러나 이제 그 빛이 황량한 바위 표면에 이글거리면서 그 바위들은 피에 젖은 것처럼 보였다.

그 무시무시한 불빛을 받으며 서 있던 샘은 갑자기 기겁하고 말았다. 바로 왼편에 키리스 웅골 탑이 위용을 과시하고 서 있었던 것이다. 그가 반대쪽에서 보았던 뾰족한 꼭대기는 맨 위에 얹힌 망루에 불과했다. 그 탑의 동쪽 면은 저 아래 산 벽의 기반암에서부터 세 개의 거대한 단으로 이루어져 있었다. 탑은 뒤쪽의 큰 절벽에 등을 대고 있었고, 그 절벽에서 돌출하도록 만든 뾰족한 각루들은 위로 올라갈수록 크기가 작아졌다. 뛰어난 석공의 솜씨로 만들어진 각루들의 가파른 옆면은 북동쪽과 남동쪽을 향했다. 샘이 지금 서 있는 곳에서 60미터쯤 아래 있는 제일 낮은 단에는 흉벽이 좁은 뜰을 에워싸고 있었다. 그 문은 거의 남동쪽으로 나 있는데 넓은 길 위에 열려 있었다. 그 길의 바깥쪽 난간은 절벽의 가장자리를 따라 이어졌고, 그러다가 남쪽으로 방향을 틀어 어둠 속에서 구불구불 내려가서 모르굴고개를 넘어온 도로와 만났다. 그런 다음 그 길은 모르가이의 들쑥날쑥 갈라진 틈을 지나 고르고로스계곡으로 들어간 다음 멀리 바랏두르로 이어졌다. 샘이 서 있는 좁은 윗길은 계단과 가파른 길로 내리 치달아 위압적인 흉벽 밑에서 큰 도로와 만났다. 거기에서 탑문까지는 가까웠다.

탑을 지켜보던 샘은 갑자기 중요한 사실을 깨달았다. 그것은 가히 충격적이었다. 이 요새는 적들을 모르도르에 들어오지 못하게 막기 위해서가 아니라 가둬 두기 위해 세워졌다는 사실이었다. 이 탑은 사실 곤도르의 요새 중 하나였는데, 오래전 요정과 인간의 최후의 동맹 이후 서쪽나라 사람들이 사우론의 잔당을 감시하기 위해 이실리엔 방어벽의 동쪽 전초 기지로 세운 것이었다. 그러나 이빨탑 나르코스트와 카르코스트의 경우와 마찬가지로, 여기도 감시가 소홀했던 탓에 배신자에 의해 반지악령의 군주에게 넘어가고 말았던 것이다. 그래서 지금까지 오랫동안 악의 무리들이 요새를 장악해 왔다. 모르도르로 돌아온 사우론은 이 요새가 쓸모 있음을 알았다. 당시만 해도 그의 부하는 얼마 되지 않았고 겁먹은 노예들이 많았기 때문에, 예전처럼 이 요새는 모르도르에서 탈출하는 자들을 막을 목적으로 사용되었다. 또한 무모한 적이 은밀히 모르도르로 잠입하려 할 때, 그가 설사 모르굴과 쉴로브의 경계를 뚫을 수 있다 하더라도, 이 요새가 불철주야로 침입자를 막는 마지막 경비탑 역할을 해 왔다.

곳곳에서 감시하고 있을 저 벽 아래로 기어가서 빈틈없이 경계할 탑 문을 통과하는 것은 불가능하다는 사실을 샘은 너무나 명확히 깨달았다. 설령 그곳을 통과할 수 있다 하더라도 그 너머 감시가 삼엄한 대로에서는 멀리 갈 수도 없었다. 불빛이 닿을 수 없는 곳에 어둠이 짙게 깔려 있어도, 어두운 데서 눈이 밝은 오르크들은 샘을 쉽게 발견할 수 있을 것이다. 하지만 그 대로가 아무리 절망적으로 보일지라도 지금 그가 해야 할 일은 훨씬 더 절망적이었다. 그 문을 피해서 달아나는 것이 아니라 그 안으로 들어가야 하는 것이다. 그것도 혼자서.

샘은 다시 절대반지를 생각했다. 하지만 공포와 위험만 느껴질 뿐 아무 위안도 되지 않았다. 멀리서 폭발하는 불의 산을 본 순간 그는 반지에 변화가 생겼음을 의식하게 되었다. 머나먼 옛날 그 반지를 벼려 만들었던 바로 그 화산의 분화구에 가까워질수록 반지의 힘은 점점 더 커졌고, 급기야 어떤 강력한 의지가 아니고는 도저히 제어할 수 없는 무시무시한 힘이 되었다. 그렇게 서 있는 동안 샘은 반지를 끼지도 않고 줄에 매어 목에 걸고 있는데도 자신이 더 커진 느낌이 들었다. 마치 자신의 거대하고 비틀린 그림자를 몸에 걸치고 있는 것 같았고, 그 그림자가 모르도르 성벽 위에 드리워져 막대하고 불길한 위협을 가하는 느낌이었다. 샘은 이제부터 두 가지 선택밖에 없다고 느꼈다. 반지가 그를 괴롭히더라도 절대반지를 끼지 않든지, 아니면 반지를 자기 것이라 주장하며 암흑의 골짜기 너머 지하 요새에 앉아 있는 권력에게 도전하는 것이다. 그런데 이미 반지는 그의 의지와 이성을 좀먹으며 샘을 유혹하고 있었다. 그의 머릿속에서 무모한 환상들이 걷잡을 수 없이 일어났다. 시대의 영웅, 최강자 샘와이즈가 불칼을 들고 암흑의 땅을 성큼성큼 가로질렀고, 그의 명령에 몰려든 수많은 군사들이 뒤따르는 가운데 그는 전진하여 바랏두르를 전복했다. 다음 순간 구름이 걷히고 흰 태양이 빛났다. 그의 명령에 따라 고르고로스계곡은 꽃과 수목의 동산이 되어 열매를 맺었다. 그가 절대반지를 끼고 자기 것이라 주장하기만 하면 이 모든 일이 이루어질 수 있었다.

이 시험의 순간에 샘이 의연하게 버틸 수 있었던 것은 무엇보다도 프로도에 대한 사랑 때문이었다. 그리고 그의 내면 깊숙한 곳에는 평범한 호빗의 분별력이 아직 정복되지 않은 채 남아 있었다. 설사 그 환상이 그저 자신을 기만하는 속임수가 아니더라도, 샘은 자신이 그런 짐을 감당할 만한 큰 인물이 아님을 마음속 깊이 알고 있었다. 그가 바라는 것, 그에게 적절한 것은 자유로운 정원사의 작은 정원이지, 왕국으로 불어난 큰 정원이 아니었다. 자기 손으로 가꾸어야 하는 곳이지 남들의 손에 명령을 내리는 곳이 아니었다. 그는 중얼거렸다.

"어쨌든 이런 잡생각은 다 속임수일 뿐이야. 놈은 내가 소리 지를 틈도 없이 날 찾아내서 위협할 거야. 여기 모르도르에서 반지를 끼면 당장 발각되겠지. 봄날의 서리처럼 희망이 없는 상황이군그래. 지금이야말로 남의 눈에 띄지 않아야 할 때인데, 반지를 낄 수 없다니! 그런데 조금이라도 나아가려면, 발을 옮길 때마다 질질 끌리고 천근만근 무거워져. 그러니 어떻게 해야 하지?"

사실 그는 망설일 것도 없었다. 이제 더 이상 지체하지 말고 문으로 내려가야 한다는 걸 알고 있었다. 그래서 그는 그림자를 털어 내고 환상을 떨쳐 버리려는 듯이 어깨를 한번 으쓱하고는 천천히 내려가기 시작했다. 한 걸음씩 내디딜 때마다 몸이 작아지는 느낌이었다. 얼마 가지 않아 그는 아주 작고 겁에 질린 호빗의 본모습으로 돌아왔다. 탑의 벽 바로 아래를 지나고 있을 때 그는 반지의 도움 없이도 싸우는 소리를 들을 수 있었다. 그 순간 그 소리는 외벽 뒤의 뜰에서 들려오는 것 같았다.

샘이 그 길을 절반쯤 내려갔을 때 시커먼 입구에서 오르크 둘이 붉은빛이 있는 곳으로 달려 나왔다. 다행히도 그들은 샘이 있는 쪽이 아닌 대로를 향했는데, 갑자기 넘어지면서 땅바닥에 쓰러져 꼼짝도 하지 않았다. 샘의 눈에는 화살이 보이지 않았지만 누군가 흉벽이나 문 뒤에 숨어서 그들을 쏜 모양이었다. 샘은 왼편 벽에 딱 붙어서 계속 걸어갔다. 위를 한번 올려다보니 벽을 타고 올라갈 만한 가능성은 전혀 없었다. 그 석조물은 9미터나 올라가야 거꾸로 된 계단처럼 돌출된 층이 있을 뿐, 그 사이에는 갈라진 틈이나 바위 턱 하나 없었다. 길은 정문뿐이었다.

샘은 살금살금 나아갔다. 탑 안에서 샤그랏과 살아가는 오르크들이 얼마나 많을지, 고르바그의 일당은 얼마나 되는지, 그리고 그들이 싸우고 있다면 무엇 때문에 싸우는 것인지 궁금했다. 전에 본 바로는 샤그랏의 편이 한 마흔 명쯤 되었고, 고르바그는 그 두 배가 넘는 부하를 거느리고 있었다. 물론 샤그랏의 순찰대는 그의 수비대의 일부에 지나지 않을 테지만. 그들이 프로도와 전리품을 놓고 싸우고 있을 것이 거의 확실했다. 한순간 샘은 걸음을 멈췄다. 두 눈으로 똑똑히 본 듯, 상황이 불현듯 선명해진 것이다. 그래, 미스릴 갑옷! 물론 프로도는 그것을 입고 있었고, 그 녀석들은 그것을 보았을 테지. 샘이 엿들었던 바로는 고르바그가 그걸 몹시 탐낼 것이 분명했다. 그렇다면 바랏두르의 명령만이 현재로서는 프로도의 생명을 지켜 줄 수 있는데, 그것을 무시하고 오르크들이 언제라도 프로도를 죽일지 모를 일이었다. 샘은 중얼거렸다.

"서둘러, 이 게으름뱅이야! 자, 지금이 절호의 기회야."

샘은 스팅을 뽑고 열린 문을 향해 달려갔다. 그런데 그 문의 큰 아치 밑을 막 지나려는 순간 그는 충격을 느꼈다. 마치 눈에 보이지 않는 쉴로브의 거미줄에 걸려든 것 같았다. 장애물은 보이지 않았지만, 그의 의지로 극복할 수 없는 강력한 무언가가 길을 막고 있음이 분명했다. 자세히 살펴보니 문 뒤쪽의 어둠 속에 두 명의 파수병이 있었다.

그들은 왕좌에 앉아 있는 거대한 형상 같았다. 각각은 세 개의 몸체가 붙어 있었는데, 세 개의 머리는 각각 바깥쪽과 안쪽, 그리고 정문 맞은편을 보고 있었다. 머리에 독수리처럼 생긴 얼굴이 달려 있었고 넓은 무릎 위에 놓인 손 역시 독수리 발톱 같았다. 괴물들은 거대한 돌덩어리로 깎은 것 같았는데 움직일 수 없었지만 의식이 있었다. 그들의 몸속에는 무시무시한 경계의 악령이 깃들어 있어 적을 알아보았다. 보이든 보이지 않든 그 누구도 무사히 통과할 수 없었다. 그가 들어가든 나가든 이 괴물들이 그를 저지할 것이다.

샘은 마음을 굳게 먹고 다시 한번 돌격했다. 그러다가 딱 멈추고는 가슴과 머리를 한 대 얻어맞은 것처럼 비틀거렸다. 그 순간 달리 어찌할 방도가 없었기에, 갑자기 떠오른 생각에 따라 대단히 과감하게도, 그는 갈라드리엘의 유리병을 천천히 꺼내 높이 쳐들었다. 그 흰빛은 신속히 밝아지면서 시꺼먼 아치 밑의 어둠을 밀어냈다. 괴물 파수병들은 충격을 받아 가만히 앉아서 끔찍한 모습을 드러냈다. 시꺼먼 눈알에서 빛이 번득이는 순간 그 악의적인 눈빛 때문에 샘은 움츠러들었다. 그러나 서서히 그것들의 의지가 흔들리면서 무너져 내려 두려움에 빠져드는 것을 알 수 있었다.

샘은 쏜살같이 달려 그것들을 지났다. 그러나 달리면서 유리병을 품에 집어넣는 순간, 등 뒤에서 쇠 빗장이 탕 소리를 내며 걸리듯 괴물들의 감시가 되살아났다는 것을 알 수 있었다. 그 사악한 머리들에서 귀가 째지는 듯한 비명이 터져 나와 그의 눈앞에 있는 위압적인 탑 전체에 쩌렁쩌렁 울렸다. 그러자 저 위 높은 곳에서 답신하듯이 거친 종소리가 한 번 울렸다.

"일 저질렀군! 자, 초인종을 눌렀으니 누구든 나와라! 샤그랏에게 위대한 요정의 전사가 요정의 칼을 들고 찾아왔다고 일러라!"

샘은 부르짖었다. 하지만 반응이 없었다. 샘은 전진했다. 손에 든 스팅에서 푸른빛이 번득였다. 안뜰은 칠흑 같은 어둠에 휩싸여 있었지만 보도 위에 널려 있는 시체들이 보였다. 오른쪽 발치에 단검을 등에 맞은 궁수 둘이 있었고 그 너머에 더 많은 시체들이 흩어져 있었다. 칼에 베여 넘어지거나 화살을 맞아 혼자 쓰러진 것도 있었지만 서로 칼로 찌르고 목을 조르다가 물어뜯기도 하면서 죽어 자빠진 시체들이 둘씩 엉켜 있기도 했다. 시커먼 피로 물든 돌바닥은 미끄러웠다.

제복을 입은 시체 두 구가 눈에 띄었다. 하나는 붉은 눈을 표지로 달았고, 다른 하나는 죽음의 섬뜩한 얼굴로 더럽혀진 달을 표지로 달고 있었다. 그러나 샘은 그걸 자세히 보려고 멈추지 않았다. 뜰을 가로지르자 탑의 발치에 있는 큰 출입문이 반쯤 열려 있었고 붉은빛이 새어 나왔다. 덩치 큰 오르크 하나가 문지방에 쓰러져 있었다. 샘은 그 시체를 뛰어넘어 안으로 들어갔다. 그러고는 어찌할 바를 몰라 주위를 돌아보았다.

소리가 울리는 넓은 복도가 문에서부터 산비탈 쪽으로 뻗어 있었다. 벽에 걸린 받침대에서 타오르는 횃불들이 어슴푸레하게 빛을 발했지만 저 멀리 안쪽 끝은 어둠에 잠겨 있었다. 양쪽으로 수많은 문과 입구가 있었지만 바닥에 뻗어 있는 두어 구의 시체 외에는 아무것도 보이지 않았다. 아까 들었던 우두머리가 말을 생각해 보면 프로도는 죽었든 살았든 탑 꼭대기 방에 있을 가능성이 많았다. 그런데 그곳으로 올라가는 길을 찾으려면 꼬박 하루가 걸릴지도 모를 일이었다. 샘은 중얼거렸다.

"뒤쪽일 거야. 탑 전체가 뒤쪽을 정점으로 솟아 있거든. 어쨌든 우선은 이 불빛을 따라가는 수밖에 없지."

샘은 복도를 따라 나아갔다. 하지만 이제는 천천히 걸었고, 발을 내디딜 때마다 더욱 내키지 않았다. 다시금 공포가 엄습했다. 적막 속에서 그의 발소리만이 점점 크게 울려 퍼졌고 그 소리는 마치 큰 손바닥으로 돌을 철썩 때리는 소리 같았다. 시체들, 적막함, 횃불 아래서 피를 뚝뚝 흘리는 듯한 시커멓고 축축한 벽, 문간과 어둠 속에서 튀어나올지 모를 죽음의 공포, 출입문에서 기다리고 있는 악의에 찬 경계의 눈길, 이런 것들은 억지로라도 용기를 내어 맞닥뜨릴 수 있는 종류의 것들이 아니었다. 불확실하고 무시무시한 이런 상상보다는 차라리 싸우는 게 더 나을 것 같았다. 물론 한 번에 너무 많은 적들과 싸우지 않을 때의 말이지만. 샘은 이 끔찍한 탑 어딘가에 결박당해 있거나 고통에 빠져 있을, 아니면 죽었을지도 모를 프로도에게로 생각을 돌렸다. 그리고 계속 앞으로 나아갔다.

횃불들을 지나 복도 끝의 커다란 아치문 가까이 이르자 이곳이 바로 지하 통로의 출입구라는 생각이 들었다. 바로 그때, 머리 위 저 멀리서 소름 끼치는 비명이 들려와 샘은 그 자리에 멈춰 섰다. 그러고 나서 발소리가 들려왔다. 바로 머리 위에서 누군가 계단을 쿵쿵거리며 급히 내려오고 있었다.

자기 손을 억제하기에는 그의 의지가 너무 약했고 굼떴다. 샘의 손은 벌써 줄을 잡아당겨 반지를 움켜쥐었다. 그러나 가슴 쪽으로 움직인 손이 반지를 막 잡아채려는 순간 오르크 하나가 통탕거리며 계단을 내려오는 바람에 그는 미처 반지를 끼지 못했다. 오르크는 오른쪽의 컴컴한 출입구에서 샘 쪽으로 달려 나왔다. 여섯 걸음 정도 떨어진 곳에서 고개를 들어 샘을 보았다. 샘은 오르크의 가쁜 숨소리를 듣고 충혈된 눈에서 번뜩이는 광채를 보았다. 오르크는 소스라치게 놀라서 그 자리에 얼어붙었다. 그의 눈에 들어온 것은 손에 단검을 쥔 채 떨지 않으려고 애쓰는 겁에 질린 호빗이 아니었다. 뒤쪽의 어른거리는 불빛에 어렴풋이 드러난, 회색 그림자에 가려진 거대하고 소리 없는 형체였다. 한 손에 칼을 들고 있었는데 그 칼에서 나오는 빛은 그 자체만으로도 견디기 어려운 고통이었다. 다른 한 손은 가슴에 대고 꽉 움켜쥐고 있었는데 마치 막대한 힘으로 파멸을 가져올, 알 수 없는 무기를 감추고 있는 것 같았다.

잠시 몸을 웅크렸던 오르크는 공포에 질린 듯 비명을 내지르며 왔던 길로 달아났다. 적이 꽁무니를 뺐을 때 순간적으로 용감해지는 개라도, 이 순간의 샘보다 더 용맹스러울 수는 없을 것이다. 샘은 고함을 지르며 뒤를 쫓았다.

"자, 요정 전사를 가로막을 자 아무도 없다! 내가 간다. 네놈은 올라가는 길을 안내만 하면 돼. 그렇지 않으면 네놈의 거죽을 벗겨 버리겠다!"

그러나 오르크는 식사를 배불리 했는지 행동이 민첩했고 길에도 익숙했다. 하지만 샘에게는 낯선 길이었고, 게다가 배고프고 지쳐 있었다. 계단은 높고 경사가 급했으며 휘어져 돌아갔다. 샘은 숨이 가빠 헐떡거리기 시작했다. 오르크는 곧 보이지 않았고 계속 올라가는 발소리만 희미하게 들릴 뿐이었다. 이따금 그놈이 질러 대는 비명이 벽을 타고 메아리가 되어 울려 퍼졌다. 하지만 서서히 모든 소리가 사라져 갔다.

샘은 터벅터벅 걸어 올라갔다. 이제 길을 제대로 찾은 거라고 느꼈고, 꽤 기운이 났다. 샘은 반지를 다시 집어넣고 허리띠를 졸라매며 중얼거렸다.

"놈들이 스팅과 나를 보고 저렇게 몸서리를 친다면 이건 기대보다 훨씬 희망적인걸. 어쨌든 샤그랏과 고르바그의 부하들이 내가 할 일을 대신 다 해 놓은 것 같군. 겁에 질린 저 쥐새끼 말고는 살아남은 놈이 하나도 없는 게 분명해."

순간 샘은 돌벽에 머리를 부딪치기라도 한 듯 그 자리에 딱 멈춰 섰다. 자신의 말에 한 대 얻어맞은 듯 정신이 번쩍 들었던 것이다. 살아남은 놈이 하나도 없다! 그렇다면 아까 그 소름 끼치는 죽음의 비명은 누가 지른 것일까? 샘은 울부짖듯 외쳤다.

"프로도 씨다. 프로도 씨! 놈들이 그분을 죽였으면 어쩌지? 어쨌든 이제 곧장 꼭대기까지 올라가서 어떻게 할지 봐야겠어!"

샘은 계속 위로 올라갔다. 계단참이나 위층으로 이어지는 입구에 켜진 횃불 외에는 온통 어두웠다. 샘은 계단의 숫자를 세어 보았으나 200이 넘자 잊어버리고 말았다. 그런데 머리 위 어디에선가 말소리가 들려오는 듯했다. 그는 발소리를 죽이고 조심스럽게 걸었다. 살아남은 놈은 쥐새끼 한 마리 말고도 또 있는 모양이었다.

더는 숨을 쉴 수도, 무릎을 굽힐 수도 없겠다 싶을 때 계단은 끝이 났다. 샘은 그 자리에 멈춰 섰다. 목소리가 이제 가깝게 들려왔다. 주위를 살펴보니 지금 서 있는 곳은 바로 탑의 맨 윗단인 세 번째 단의 평평한 지붕이었는데, 폭이 20미터쯤 되는 탁 트인 공간에 나지막한 난간이 달려 있었다. 지붕 한가운데에 있는 계단 입구 위에는 둥근 천장이 씌워져 있었고, 지붕으로 나가는 낮은 문이 동쪽과 서쪽으로 나 있었다. 동쪽으로 저 밑에 광막한 어둠에 싸인 모르도르평원이 보였고 저 멀리 불타는 산도 눈에 들어왔다. 깊은 분화구에서 이제 막 솟구친 화염의 강이 활활 타올라 멀리 떨어진 이 탑 꼭대기까지 붉게 비쳤다. 서쪽으로는 지붕 뒤쪽에 자리 잡은 커다란 망루의 아랫부분이 시야를 가로막고 서 있었다. 뾰족하게 솟아오른 꼭대기는 주위를 에워싼 산마루보다도 높았다. 길고 좁은 창문에서는 빛이 어른거렸다. 샘이 서 있는 곳에서 10미터도 채 안 되는 곳에 문이 있었다. 문은 열려 있었지만 어두웠다. 바로 그 어둠 속에서 목소리가 흘러나왔다.

처음에 그 소리를 듣지 못한 샘은 동쪽 문에서 돌아서서 주위를 둘러보았다. 이 높은 곳에서 몹시 격렬한 싸움이 벌어졌음을 알 수 있었다. 주위엔 온통 오르크의 시체가 널려 있었고, 절단된 머리와 사지가 곳곳에 흩어져 나뒹굴었다. 죽음의 냄새가 코를 찔렀다. 일격을 가하고 으르렁대는 소리와 비명 소리가 들려오는 바람에 샘은 쏜살같이 움직여 몸을 숨겼다. 분노에 찬 오르크의 목소리가 높아졌다. 거칠고 난폭하며 냉혹한 그 목소리를 샘은 당장 알아차렸다. 이 탑의 대장 샤그랏의 목소리였다.

"다시 가지 않겠다고? 이 빌어먹을 놈, 스나가! 내가 큰 상처를 입어서 날 업신여겨도 된다고 생각한다면 큰 오산이야. 이리 와 봐! 조금 전에 라드부그란 놈에게 해 준 것처럼 네놈 눈알도 뽑아 버리고 말겠다. 그리고 새로 신병이 들어오면 그땐 널 쉴로브에게 보내 주지."

그러자 스나가가 퉁명스럽게 대답했다.

"대장이 죽기 전에는 아무도 오지 않을 거요. 내가 두 번이나 말했듯이 고르바그의 부하가 먼저 입구로 나갔고 우리 편은 아무도 나가지 않았어요. 라그두프와 무즈가쉬가 달려 나갔지만 화살에 맞고 말았죠. 창문으로 봤다니까요. 그들이 마지막이었어요."

"그렇다면 이젠 네놈이 가야지. 난 여기 남아 있어야 해. 다쳤단 말이야. 더러운 반역자 고르바그란 놈은 바랏두르의 지하 토굴에 처넣어야 해!"

샤그랏의 목소리는 점점 잦아들고 더러운 이름과 저주의 소리만 반복해서 울려 퍼졌다.

"난 그놈한테 내 것보다 좋은 걸 줬는데 놈은 날 찔렀어. 내가 놈의 목을 조르기 전에 말이야. 그러니 네가 가야 해! 내 말 안 들으면 잡아먹고 말 테다. 이 소식을 바랏두르에 전해야 한단 말이야. 안 그러면 우리 모두 지하 토굴로 가게 된다고. 네놈도 마찬가지야. 여기서 슬그머니 빠져나갈 수는 없어."

그러자 스나가가 소리쳤다.

"당신이 대장이든 아니든 나는 저 계단으로 다시 내려가지 않겠어요. 난 안 가요! 단검에서 손을 떼요. 안 그러면 당신 창자에다 화살을 박아 줄 테니. 여기서 벌어진 일들이 그들의 귀에 들어가면 당신은 더 이상 내 대장이 아닐걸요. 난 지금껏 이 탑을 지키기 위해 구린내 나는 모르굴의 변절자들과 싸웠는데, 당신들 높은 대장 둘이 약탈품을 놓고 싸우는 바람에 쑥대밭이 되고 말았잖아요."

그러자 샤그랏은 버럭 소리를 질렀다.

"그만해! 난 명령대로 따랐어. 먼저 시작한 건 고르바그야. 저 근사한 갑옷을 슬쩍 챙기려 했잖아."

"당신이 그자를 부추긴 셈이죠. 기세등등하게 만들었잖아요. 어쨌든 그자가 당신보다는 눈치가 빨랐어요. 염탐꾼 중에 위험천만한 자가 아직 잡히지 않았다는 말을 그자가 여러 번 했지만 당신은 들으려 하지 않았잖아요. 지금도 듣지 않고. 정말이지, 고르바그가 옳았어요. 무시무시한 전사가 돌아다니고 있어요. 손에 피가 묻은 요정이거나 더러운 타르크(해설 F '오르크와 암흑어' 참조—역자 주)일 거예요. 그가 이리 오고 있어요. 당신도 종소리를 들었죠. 파수병을 무사히 통과했는데, 그건 타르크만 할 수 있는 일이죠. 지금 그놈은 계단에 있어요. 난 놈이 계단을 떠날 때까지는 내려가지 않겠다는 거예요. 당신이 나즈굴이더라도 안 가요."

"그래? 네놈 마음대로 하겠단 말이지? 그놈이 이리로 오면 나만 버리고 달아나겠단 말이지? 안 돼! 그렇게는 안 되지! 그 전에 네놈 배때기에 시뻘건 구멍을 뚫어 줄 테다!"

몸집이 작은 오르크가 쏜살같이 망루 문밖으로 달려 나왔다. 그 뒤로 몸집이 큰 샤그랏이 좇아 나왔는데 몸을 웅크리고 있어 긴 팔이 바닥에 닿을 정도였다. 한 팔을 축 늘어뜨린 채 피를 흘리고 있는 듯했다. 다른 팔로는 커다란 검은 꾸러미를 꼭 껴안고 있었다. 그가 지나갈 때 계단 출입문 뒤에 웅크리고 있던 샘은 그의 흉악한 얼굴을 언뜻 보았다. 피로 얼룩진 그의 얼굴엔 손톱으로 할퀸 듯한 상처가 나 있었다. 비어져 나온 송곳니에서 침이 뚝뚝 흘렀고, 짐승처럼 으르렁거렸다.

샘이 바라보는 동안 샤그랏은 지붕을 돌며 스나가를 좇아갔다. 이윽고 덩치가 작은 오르크가 고개를 숙여 샤그랏을 피하고는 소리를 지르며 망루 속으로 다시 들어갔다. 그러자 샤그랏이 멈춰 섰다. 난간 옆에 서서 헐떡거리며 왼손을 힘없이 쥐었다 폈다 하는 모습을 동쪽 문을 통해 볼 수 있었다. 그는 들고 있던 꾸러미를 바닥에 놓고 오른손으로 붉은 단검을 뽑아 들고 칼날에 침을 뱉었다. 그러고는 난간으로 가서 몸을 기대어 멀리 아래쪽 뜰을 내려다보고 두 번 소리를 질렀다. 하지만 응답이 없었다.

샤그랏이 흉벽 위로 몸을 굽히고 등을 지붕 꼭대기로 향했을 때, 쓰러져 있던 시체 중 하나가 꿈틀거리는 것을 보고 샘은 흠칫 놀랐다. 그놈은 기어가더니 손을 뻗어 꾸러미를 잡아챘고, 비틀거리며 일어섰다. 그러고는 한 손에 자루가 짧게 잘려 나간 뭉툭한 창을 들고 공격 자세를 취했다. 그러나 고통 때문인지 아니면 증오 때문인지 쉿 하는 소리가 이빨 사이로 새어 나왔다. 순간 샤그랏은 뱀처럼 날렵하게 몸을 돌려 적의 목에 칼을 찔러 넣으며 외쳤다.

"고르바그! 아직 죽지 않았군! 이제 완전히 마무리 지어 주마."

샤그랏은 쓰러진 몸 위로 달려들어 미친 듯이 발로 짓밟았다. 그리고 몇 번이고 허리를 숙여 칼로 찌르고 난도질해 댔다. 그러다가 이윽고 만족한 듯 머리를 뒤로 젖히고는 소름 끼치도록 쿨럭거리는 소리를 내며 환성을 내질렀다. 잠시 후 피 묻은 칼을 핥아 이빨 사이에 물고 꾸러미를 집어 들고는 계단 출입문 쪽으로 성큼성큼 달려왔다.

샘은 생각할 여유가 없었다. 다른 쪽 문으로 빠져나갈 수도 있었지만 그랬다간 분명 발각될 것이다. 그렇다고 오랫동안 괴물 같은 오르크와 숨바꼭질할 수 있는 것도 아니었다. 어쩌면 그는 할 수 있는 최선의 방법을 택한 것이다. 샘은 샤그랏과 대적하기 위해 고함을 지르며 뛰쳐나갔다. 샘은 반지를 쥐고 있지 않았지만, 그가 숨기고 있는 힘은 그것만으로도 모르도르의 종복들에게 위협적이었다. 그리고 그는 여전히 스팅을 손에 움켜쥐고 있었다. 칼날에서 반짝이는 빛은, 무시무시한 요정 나라의 무자비한 별빛같이 오르크의 눈을 찔렀다. 샤그랏의 종족에게 그 나라는 생각만 해도 차가운 공포를 일으키는 곳이었다. 게다가 샤그랏은 보물을 들고서 싸울 수가 없었다. 그는 멈춰서 송곳니를 드러내며 으르렁거렸다. 다시금 오르크들의 방식대로 옆으로 펄쩍 뛰었다. 샘이 달려들자 묵직한 꾸러미를 방패 겸 무기로 삼아 얼굴을 향해 세게 휘둘렀다. 샘은 비틀거렸다. 샤그랏은 그 틈을 타 계단 아래로 뛰어 달아나고 말았다.

샘은 욕하며 그 뒤를 좇았지만 얼마 안 가 멈추고 말았다. 프로도를 생각한 것이었다. 또 오르크 한 놈이 망루 안으로 되돌아간 사실이 기억났다. 또 한 번 양자택일해야만 했다. 깊이 생각할 시간이 없었다. 샤그랏이 빠져나가면 얼마 안 가서 원군을 이끌고 돌아올 테고, 만일 그를 뒤좇는다면 탑 위에 남은 저 오르크가 끔찍한 일을 저지를지 모른다. 이대로 따라간다고 해도 샤그랏을 놓칠 수 있고 어쩌면 그의 손에 죽게 될지도 모르는 일이었다. 샘은 잽싸게 돌아서서 계단을 다시 달려 올라갔다. 그는 탄식하며 중얼거렸다.

"또다시 잘못하고 있는 것 같아. 하지만 나중에 어찌 되건 우선 꼭대기로 올라가 보는 게 내가 할 일이야."

멀리 저 밑에서 귀중한 꾸러미를 안은 샤그랏이 계단을 뛰어내려 마침내 뜰을 지나 출입문으로 내달렸다. 만일 샘이 그를 볼 수 있고 또 그에게 닥친 불행을 알았다면 그는 전율하지 않을 수 없었을 것이다. 그러나 지금 샘의 정신은 온통 추적의 마지막 단계에 쏠려 있었다. 샘은 망루의 문으로 조심스럽게 다가가 안으로 들어섰다. 문이 열리자 어둠뿐이었다. 그러나 뚫을 듯이 응시하던 그의 눈은 곧 오른쪽에서 희미한 빛을 감지할 수 있었다. 그 빛은 또 다른 계단으로 이어지는 입구에서 새어 나오고 있었다. 계단은 어둡고 좁아 보였으며 둥근 외벽의 안쪽을 따라 휘돌아 망루로 오르고 있었다. 저 위의 어딘가에서 횃불 하나가 희미하게 깜박이고 있었다.

샘은 조용히 계단을 오르기 시작했다. 도중에 왼쪽으로 문이 있었고, 문 위에 걸린 횃불이 탁탁 타고 있었다. 맞은편에는 서쪽을 내다보는 좁고 긴 창이 있었다. 언젠가 프로도와 함께 저 아래 터널 입구에서 올려다본 적이 있는 붉은 눈 중 하나가 바로 이 창이었던 것이다. 샘은 재빨리 그 문을 지나 위층으로 올라갔다. 언제 공격당할지 모르는 상황이었다. 등 뒤에서 누군가 자신의 목을 잡아 조를 것 같은 느낌 때문에 두려웠다. 샘은 이제 동쪽으로 난 창문에 이르렀고, 또 다른 횃불이 망루의 중앙을 지나는 통로의 문 위에 걸려 있었다. 열려 있는 문으로 들여다보니, 흔들리는 횃불과 기다란 창문을 통해 스며든 바깥의 불그스레한 빛을 제외하면 통로는 어두웠다. 그런데 계단은 여기서 끝났고, 더 이상 오르는 길이 없었다. 샘은 살그머니 통로로 들어갔다. 통로 양옆으로 난 나지막한 문은 모두 잠겨 있었고 아무 소리도 들리지 않았다. 샘은 중얼거렸다.

"기껏 올라왔는데 막다른 길이라니! 여긴 탑 꼭대기가 아닌데. 이제 어떻게 하지?"

아래층으로 다시 내려가 문을 열어 보려 했지만 끄떡도 하지 않았다. 그는 다시 올라갔다. 얼굴에서 땀이 줄줄 흘렀다. 단 몇 분도 낭비할 시간이 없는데 아까운 시간이 1분 1분 흘러갔다. 그는 아무것도 할 수 없었다. 샤그랏이라든가 스나가, 그 밖의 어떤 오르크에게도 관심이 없었다. 오로지 프로도 생각뿐이었다. 얼굴 한번 보고 손 한번 잡을 수 있기를 간절히 원했다.

마침내 지치고 결국 낙담한 샘은 통로보다 아래쪽 계단에 앉아 양손으로 머리를 감싸 쥐었다. 주위는 고요했다. 무시무시할 정도로 적막했다. 그가 왔을 때 이미 힘없이 타고 있던 횃불이 탁탁 소리를 내다가 꺼져 버렸다. 어둠이 조수처럼 밀려와 그를 덮쳤다. 오랜 추적과 슬픔이 허무하게 끝나는 순간, 가슴속에 밀려온 뭐라 말할 수 없는 어떤 감상에 젖어 샘은 노래를 부르기 시작했다.

어둡고 냉랭한 탑 안에서 그의 목소리는 가냘프게 떨렸다. 외롭고 지친 호빗의 목소리를 요정의 군주가 부르는 노랫소리로 착각할 오르크는 아무도 없을 터였다. 그는 옛날 샤이어의 동요와 고향 마을의 풍경처럼 갑자기 머릿속에 떠오른 빌보의 시 한 토막을 웅얼거렸다. 그러자 갑자기 새로운 힘이 샘솟으며 목소리가 커졌다. 단순한 곡조에 잘 어울리는 가사가 저절로 흘러나왔다.

태양 아래 서쪽 땅에서
봄에는 꽃들이 피어나고
나무에는 싹이 트고, 시냇물이 흐르고,
멋쟁이 새들이 즐겁게 노래하지.
구름 한 점 없는 밤이면
흔들리는 너도밤나무
갈라진 머리카락 사이에
흰 보석 같은 요정의 별이 열린다.

긴 여정이 끝난 여기,
깊이 깔린 어둠 속에 내 비록 있지만
높고 튼튼한 탑들을 넘어
가파른 산들을 넘어
온갖 어둠 위로 태양은 떠오르고
별들은 영원토록 머무른다.
그러나 낮이 끝났노라 말하지 않을 것이며
별에게 작별을 고하지도 않으리라.

'높고 튼튼한 탑들을 넘어'라고 노래를 이어 가려다가 그는 갑자기 그쳤다. 그의 노래에 응답하는 희미한 음성이 들린 것 같았기 때문이다. 그러나 다시 아무 소리도 들려오지 않았다. 아니, 들렸다. 무슨 소리인지 들리기는 했는데 목소리는 아니었다. 발소리가 가까워지고 있었다. 위 통로의 문이 살며시 열리면서 돌쩌귀가 삐걱 소리를 냈다. 샘은 몸을 웅크리고 귀를 기울였다. 쿵 하는 둔탁한 소리가 나면서 문이 닫히고 오르크의 고함 소리가 울려 퍼졌다.

"야! 거기 있는 놈, 이 더러운 쥐새끼 같은 놈아! 찍찍 소리를 그치지 않으면 내가 올라가 처치해 주겠다. 듣고 있냐?"

대답이 없었다. 스나가는 다시 외쳤다.

"좋아. 그렇다면 내가 직접 가서 네놈이 무슨 짓을 하고 있는지 알아보지."

돌쩌귀가 다시 삐걱거렸다. 샘은 열린 문틈으로 명멸하는 빛과 밖으로 나오는 오르크의 희미한 형상을 보았다. 그는 사다리를 들고 있는 듯했다. 갑자기 모든 문제가 일시에 밝혀졌다. 탑의 맨 꼭대기 방은 통로 천장의 들창을 통해 연결되는 것이었다. 스나가는 들고 있던 사다리를 위쪽을 향해 고정시키고 기어 올라가 샘의 시야에서 사라졌다. 빗장을 푸는 소리가 들렸다. 끔찍스러운 목소리가 다시 울려 퍼졌다.

"조용히 자빠져 있어. 시키는 대로 하지 않으면 혼내 줄 테다! 이렇게 편안하게 자빠져 있는 것도 그리 오래가지 않을 게야. 지금 당장 재미를 보고 싶지 않으면 아가리 닥쳐. 알아들어? 정신 좀 차리게 주의를 주지!"

채찍 소리가 났다.

순간 샘의 가슴속에 분노의 불꽃이 타오르기 시작했다. 벌떡 일어선 샘은 한 마리 날쌘 고양이처럼 사다리를 타고 올라갔다. 머리를 내밀어 보니 크고 둥근 방의 한가운데였다. 천장에는 빨간 등불이 매달려 있고 서쪽을 향한 창은 높고 어두웠다. 창 아래 벽 옆에 어떤 물체가 엎어져 있었고 그 위로 시커먼 오르크가 양다리를 벌리고 서 있었다. 그는 두 번째로 채찍을 들어 올렸지만 내리치지는 못했다.

스팅을 움켜쥔 샘이 소리를 지르며 바닥을 가로질러 달려갔던 것이다. 오르크는 빙빙 돌며 피하려 했지만 미처 움직이기 전에 샘은 채찍을 든 오르크의 손을 내리쳐 버렸다. 오르크는 손이 날아가 버려 고통과 두려움으로 울부짖으면서도 머리를 숙인 채 필사적으로 덤벼들었다. 샘의 다음 번 공격은 표적에서 많이 빗나가서 그는 균형을 잃고 뒤로 넘어지고 말았으나 오르크가 자기 몸 위에서 비틀거릴 때 그놈을 움켜잡았다. 애써 일어서려 하는데 비명과 함께 쿵 소리가 났다. 황급히 빠져나가려던 오르크가 사다리 꼭대기에서 발을 헛디뎌 뻥 뚫린 작은 문으로 떨어져 버렸던 것이다. 샘은 아랑곳하지 않고 바닥에 웅크리고 있는 이에게 달려갔다. 프로도였다.

그는 알몸으로 더러운 넝마 더미 위에 기절한 듯이 누워 있었다. 팔을 위로 올려 머리를 감싸고 있었고, 옆구리에는 끔찍한 채찍 자국이 가로로 길게 나 있었다.

"프로도 씨! 프로도 씨!"

샘이 외쳤다. 눈물이 앞을 가렸다.

"샘이에요! 제가 왔어요!"

샘은 프로도를 반쯤 일으켜 가슴에 꼭 끌어안았다. 그러자 프로도가 눈을 뜨며 중얼거렸다.

"아직도 꿈인가? 조금 전의 꿈은 끔찍했는데."

"꿈이 아니에요. 진짜예요. 저예요. 제가 왔어요."

프로도는 샘을 꼭 붙잡으며 말했다.

"믿을 수 없군. 조금 전까지 채찍을 든 오르크가 있었는데 갑자기 샘으로 변하다니. 저 아래서 나는 노랫소리를 듣고 신호를 보내려 했었어. 그건 꿈이 아니었겠지? 그게 자네였나?"

"네, 프로도 씨. 저는 거의 절망했었어요. 당신을 찾을 수 없었거든요."

"이제 됐어, 샘. 사랑하는 샘!"

프로도는 샘의 포근한 품에 안겨 눈을 감았다. 마치 자다가 놀란 어린아이가, 다정한 목소리나 손길에 두려움을 떨치고 안도하는 모습 같았다.

샘은 그렇게 앉아 있는 것이 한없이 행복하기만 했다. 하지만 마냥 앉아 있을 수만은 없었다. 프로도를 찾긴 했지만 일이 끝난 것이 아니다. 그를 구출해야 한다. 샘은 프로도의 이마에 입을 맞추고 말했다.

"프로도 씨! 일어나세요!"

샘은 여름날 아침에 골목쟁이집에서 커튼을 걷으며 그랬듯 쾌활한 목소리를 내려고 애쓰며 말했다.

프로도는 한숨을 쉬며 일어나 앉아 물었다.

"여기가 어디지? 내가 어떻게 여기 온 거지?"

"길게 이야기할 시간이 없어요. 어디 딴 곳으로 가야 해요. 지금 이곳은 프로도 씨께서 붙잡히기 전에 터널 근처에서 함께 보았던 그 탑 꼭대기예요. 그 후로 시간이 얼마나 지났는지 모르겠어요. 하루는 더 지난 것 같은데요."

"그 정도밖에 안 됐어? 몇 주일은 지난 것 같은데. 기회가 있을 때 전부 얘기해 주게. 내가 무언가에 얻어맞지 않았나? 암흑 속에 쓰러져 더러운 꿈을 꾸었어. 그러다 깨어 보니 꿈보다 나쁘더군. 오르크들이 나를 둘러싸고 있지 않겠어? 지독하게 독한 술을 내 목에 부어 넣었던 것 같아. 점차 정신이 들었는데 머리가 아프고 기운이 없었어. 그들은 내 옷을 벗기고는 그중 두 놈이 다가와 자세히 살피다가 흡족해서 웃기도 하고, 칼을 만지작거리면서 계속 질문했어. 난 정말이지 미치는 줄 알았지. 놈들의 손톱과 눈은 절대로 잊지 못할 거야."

"놈들 얘길 하고 있는 한은 잊을 수가 없죠. 놈들을 두 번 다시 보고 싶지 않으면 어서 떠나야 해요. 걸으실 수 있겠어요?"

프로도는 천천히 일어서며 말했다.

"그래. 걸을 수 있어. 다치진 않았어, 샘. 너무 지쳤을 뿐이야. 여기가 좀 아프긴 한데."

그는 등 뒤 왼편 어깨를 가리켰다. 그가 자리에서 일어서자 등불에 비친 벌거벗은 몸이 마치 불길에 휩싸인 듯이 새빨갛게 보였다. 그는 한두 걸음 떼어 보았다. 약간 기운이 나는 듯 말했다.

"한결 좋아. 혼자 있을 때나 감시병이 있을 때는 움직여 볼 생각도 못 했어. 고함을 지르며 싸움이 벌어지기 전까지는 말이야. 굉장히 덩치가 큰 두 놈이 싸움을 벌인 것 같아. 나하고 내 소지품 때문에 말이야. 난 여기서 떨고 있었지. 얼마 후에 죽은 듯이 잠잠해졌는데, 그게 더 불안하더군."

"네. 싸움이 벌어진 것 같아요. 원래 2백 명 정도 있었던 것 같거든요. 감지네 샘이 감당하기엔 좀 벅찬 숫자라고 할 수 있었죠. 그 많은 놈들이 자기네들끼리 다 죽이고 죽은 거예요. 운이 좋았어요. 그 얘기를 여기서 다 하자면 한이 없겠어요. 이제 어떻게 해야 한담? 이렇게 벌거벗은 채 암흑의 땅을 걸어가실 수는 없는데."

"내게 있던 건 모조리 빼앗겼어, 샘. 알겠어? 모조리 말이야."

프로도는 고개를 숙인 채 바닥에 주저앉았다. 프로도는 자신의 말에서 자신이 당한 불행을 또다시 뼈저리게 느끼며 절망감에 사로잡혔던 것이다.

"원정은 실패로 끝났어, 샘. 여기서 나간다 해도 우린 달아날 수 없어. 요정만이 탈출할 수 있겠지. 멀리, 가운데땅 밖으로, 바다 건너 아주 멀리. 어둠을 막아 낼 수 있을 만큼 먼 곳일지는 모르지만 말이야."

"아니에요, 프로도 씨. 그놈들이 전부 다 빼앗지는 못했어요. 원정은 아직 실패하지 않았다고요. 제가 그것을 빼냈어요. 정말 죄송해요. 지금 제가 보관하고 있어요. 목에 매달고 있는데 엄청나게 무겁군요."
샘은 반지와 줄을 더듬어 찾았다.
"이제 프로도 씨께서 다시 보관하셔야지요."
그러나 샘은 프로도에게 다시 무거운 짐을 지우는 것이 썩 내키지는 않았다. 프로도가 놀란 나머지 큰 소리로 외쳤다.
"자네가 갖고 있다고? 지금 갖고 있어? 샘, 자넨 정말 굉장한 친구야!"
그러나 다음 순간 그의 어조가 싹 바뀌었다.
"이리 줘!"
프로도는 일어서서 떨리는 손을 내밀며 소리쳤다.
"당장 이리 내놔! 네가 갖고 있어선 안 돼!"
샘은 깜짝 놀라 말했다.
"그러죠, 프로도 씨. 여기 있어요."
샘은 천천히 반지를 꺼내 줄을 머리 위로 빼냈다.
"그렇지만 지금 우리가 있는 곳은 모르도르예요. 여기서 나가면 불의 산이 보여요. 그래서 이 반지는 무척 위험하거든요. 무게도 대단하고요. 곧 아시게 될 거예요. 지니시기 너무 힘들면 제가 좀 거들어도 되지 않을까요?"
"안 돼!"
프로도는 줄에 매달린 반지를 샘의 손에서 낚아챘다.
"안 돼! 절대 안 돼! 이 날강도 같은 놈!"
프로도는 두려움과 적개심이 가득한 눈으로 샘을 노려보며 헐떡였다. 그러다가 갑자기 한 손으로 반지를 꽉 움켜쥐더니 소스라치게 놀랐다. 이제야 시야가 밝아지는 모양이었다. 한 손으로 지끈거리는 이마를 쓸었다. 상처와 두려움으로 여전히 멍한 상태이긴 했지만 조금 전에는 어떤 무시무시한 환상에 사로잡힌 모양이었다. 프로도의 눈앞에서 샘이 추악한 오르크로 변해 탐욕스러운 눈으로 침을 질질 흘리면서 자신의 보물을 툭툭 건드리는 것이었다. 그러나 이제 환상은 사라졌다. 눈앞에 샘이 무릎을 꿇고 앉아 있었다. 가슴에 비수가 꽂힌 듯 그의 얼굴은 고통으로 일그러져 있었다. 눈에서는 눈물이 흘러내렸다. 프로도가 외쳤다.
"샘! 내가 무슨 말을 했지? 내가 어떻게 했어? 용서해 줘! 자네가 이렇게 날 위해 모든 일을 잘해 놓았는데 말이야. 반지의 무서운 위력 때문이었어. 이 반지가 절대 발견되지 않았더라면 좋았을 것을! 하지만 날 걱정하진 말게, 샘. 이 짐은 내가 끝까지 져야 해. 달라질 순 없는 거야. 나와 이 운명 사이에 자네가 끼어들어서는 안 돼."
소매로 눈물을 닦으며 샘이 말했다.
"알고 있어요, 프로도 씨. 하지만 제가 도울 수는 있겠죠? 우선 여기서 모시고 나가야겠어요, 지금 당장. 아시겠어요? 당장 말입니다. 그러자면 우선 옷이 필요하고, 음식도 좀 구해야겠는데 옷은 문제가 없겠어요. 모르도르에 있으니 모르도르식으로 차려입으면 되겠죠. 달리 방도가 없어요. 아무래도 프로도 씨와 제가 오르크 옷을 입을 수밖에 없겠어요. 자, 이걸 두르고 계세요."

샘은 회색 망토를 벗어 프로도의 어깨에 걸쳐 주었다. 보따리를 내려 바닥에 놓은 뒤 칼집에서 스팅을 빼냈다. 칼날은 이제 거의 빛을 발하지 않았다.

"이걸 잊고 있었군요. 그놈들이 모조리 빼앗아 간 건 아니에요. 기억하시는지 모르지만 스팅과 유리병은 제게 빌려주셨잖아요. 그래서 제가 가지고 있었어요. 이건 잠시만 더 빌려주실 수 있겠죠? 지금 가서 좀 찾아보고 오겠어요. 여기서 조금씩 걸으면서 다리를 풀고 계세요. 금방 돌아올 테니까요."

"조심해, 샘! 서둘러 다녀오고. 살아남은 오르크가 있을지도 모르니까."

"운에 맡기고 해 보죠, 뭐."

샘은 들창으로 가서 사다리를 내려갔다. 잠시 후 그의 머리가 다시 나타나더니 긴 칼을 바닥으로 던지며 말했다.

"쓸 만한 게 있군요. 그 자식은 죽었어요. 채찍질하던 놈 말이에요. 허둥대더니 목이 부러졌나 봐요. 자, 이 사다리를 위로 끌어 올려 두세요. 제가 신호를 보내기 전에는 절대로 사다리를 내리시면 안 돼요. 제가 '엘베레스'라고 말할게요. 요정들의 말이니, 오르크들은 그 말을 절대로 하지 못할 거예요."

잠시 프로도는 그대로 앉아 있었지만 온갖 두려움이 걷잡을 수 없이 일어나 온몸이 떨렸다. 그래서 그는 일어서서 회색 요정 망토를 몸에 두르고 정신을 딴 데 쏟기 위해 걷기 시작했다. 왔다 갔다 하면서 방 구석구석을 살피기도 했다.

그리 긴 시간은 아니었으나 두려움 때문에 적어도 한 시간은 지난 느낌이 들었다. 그때 저 밑에서 샘이 나지막하게 "엘베레스, 엘베레스." 하고 부르는 소리가 들렸다. 프로도는 즉시 사다리를 내렸다. 샘은 커다란 꾸러미를 머리에 인 채 가쁜 숨을 내쉬며 올라와서는 바닥에 쿵 하고 내려놓았다.

"서두르세요, 프로도 씨! 우리한테 맞을 만한 작은 옷을 찾아다녔는데 이것으로 때워야겠어요. 서둘러야 해요. 살아 있는 놈이라곤 한 놈도 보지 못했지만 왠지 기분이 좋지 않아요. 감시당하는 느낌이에요. 뭐라고 설명하긴 어렵지만. 날아다니는 추악한 그 기사 놈들 중 하나가 캄캄한 이 어둠 속 어딘가 높은 데서 지켜보는 것 같아요."

샘은 꾸러미를 풀었다. 프로도는 내용물을 보자 구역질이 났지만 어쩔 도리가 없었다. 알몸으로 가지 않으려면 이것들을 입어야만 했다.

프로도는 털이 긴 지저분한 모피 바지와 더러운 가죽 윗옷을 입고 그 위에 탄탄한 쇠사슬 갑옷을 걸쳤다. 오르크한테는 좀 짧았을 테지만 프로도에겐 너무 길고 무거웠다. 그 위로 날이 넓은 칼이 든 짧은 칼집이 매달린 허리띠를 졸라맸다. 오르크가 쓰는 투구도 몇 개 있었는데 그중에 쇠 테두리를 두른 검은 투구가 프로도에게 맞았다. 쇠 테두리는 가죽으로 싸여 있었고 부리 모양의 코 덮개 위에 악마의 눈이 새빨갛게 그려져 있었다. 샘이 말했다.

"모르굴의 물건인 고르바그의 칼이 더 낫지만, 여기서 이런 일이 벌어진 뒤에 그놈의 소지품을 갖고 모르도르로 가는 건 좋지 않을 것 같아요. 자, 다 됐어요, 프로도 씨. 이제 얼굴에 가면을 쓰고 팔을 길게 늘어뜨리고 다리를 안짱다리처럼 걷기만 하면 완벽한 오르크가 되겠는데요. 자, 이렇게 하면 감쪽같을 거예요."

샘은 커다란 검은 망토를 프로도의 어깨에 둘러 주었다.

"자, 이제 다 됐어요! 방패는 가면서 골라도 되겠지요."

"샘, 자넨 어쩌고? 똑같이 옷을 입어야지?"

"계속 생각해 봤는데요. 제가 입던 옷을 여기에 조금이라도 남겨 놓으면 안 될 것 같아서요. 그렇다고 없애 버릴 수 있는 방법도 없고요. 이 옷 위에 오르크 갑옷을 껴입을 수도 없잖아요? 어떻게든 가리긴 가려야겠는데 말이죠."

샘은 꿇어앉아서 자기의 요정 망토를 조심스럽게 말았다. 놀랍게도 망토는 아주 작은 뭉치가 되어 자루 속에 들어갔다. 샘은 일어나 짐을 등에 짊어진 다음 오르크 두건을 쓰고 어깨에 검은 망토를 걸쳤다.

"자, 이만하면 다 됐겠지요. 빨리 나가야겠어요."

쓴웃음을 지으며 프로도가 말했다.

"샘, 난 계속 걸어갈 수는 없을 것 같아. 가는 길에 주막이 몇 군데 있는지 알아봤겠지? 아니면 요기할 것을 구한다고 하더니 잊은 건가?"

샘은 당황스러워하며 말했다.

"맙소사, 내 정신 좀 봐! 이걸 어쩌죠? 하지만 저도 당신께서 잡혀가신 후에 얼마나 굶었는지 몰라요. 물이나 음식이 제 입으로 들어간 게 언제였는지 기억도 안 나요. 당신을 찾아 헤매느라 먹는 것도 잊고 있었어요. 잠깐, 가만있어 보세요. 파라미르가 위급한 경우에 먹으라고 우리한테 준 음식 말고도 요정의 여행식이 충분히 남아 있었는데. 그런대로 두 주 정도는 버틸 수 있을 정도였어요. 하지만 지금 물통에 물이 있더라도 한 모금밖에 남지 않았을 거예요. 우리 두 사람의 목을 적시는 데도 부족할 거예요. 오르크는 먹지도 마시지도 않나요? 아니면 그놈들은 더러운 공기와 독만 먹고 사나요?"

"놈들도 먹고 마시지. 그들을 길러 낸 어둠은 흉내만 낼 줄 알지, 만들어 낼 줄은 모르거든. 진정으로 새로운 것은 만들지 못하는 거야. 어둠은 오르크에게 생명을 준 게 아니라 망치고 일그러뜨려 놓았을 뿐이지. 놈들도 살려면 다른 생물들처럼 살아가는 수밖에 없어. 먹을 게 없으면 썩은 물, 썩은 고기라도 먹을 거야. 하지만 독은 먹지 않을걸. 놈들이 내게 먹을 걸 줬었어. 그러니 자네보다는 내가 낫겠지. 여기 어딘가에 음식과 물이 있을 거야."

"하지만 그걸 찾을 시간이 없어요."

"자네가 생각하는 것보다 상황이 심각하진 않아. 자네와 헤어져 있는 동안 난 조금은 운이 좋았어. 놈들이 전부 다 가져간 건 아니거든. 바닥에 흩어진 쓰레기 가운데서 식량 주머니를 찾았단 말이야. 물론 놈들이 샅샅이 뒤지긴 했지만 아마 렘바스 생김새와 냄새가 비위에 몹시 거슬렸던 모양이야. 골룸이 역겨워했던 것 이상으로 말이지. 여기저기 흩어져 있고 또 짓밟혀 뭉개진 것도 있지만 어쨌든 다 주워 모았어. 아마 자네가 갖고 있는 양보다 많이 모자라진 않을 거야. 하지만 파라미르가 준 음식은 그들이 먹어 버렸고 내 물통도 박살을 냈어."

"그렇다면 더 할 말이 없지요. 그 정도면 충분합니다. 하지만 물 때문에 좀 고생이 되겠는데요. 자, 프로도 씨, 이제 나가요! 더 이상 지체하면 호수물을 통째로 준대도 우리에게 아무 소용도 없겠어요."

"샘, 자네가 한 입이라도 먹지 않으면 난 여기서 꼼짝도 않겠어. 자, 이 요정 과자를 먹고 자네 물통의 물을 마셔. 지금 상황은 절망적이야. 그러니 내일 음식까지 걱정해 봐야 무슨 소용이 있겠나. 내일은 영영 오지 않을지도 모르는데."

마침내 그들은 출발했다. 사다리에서 내려온 샘은 떨어져 죽은 오르크의 시체 곁에 사다리를 내려놓았다. 계단은 어두웠으나 불의 산에서 비쳐 온 불빛이 지붕 꼭대기에 여전히 반사되고 있었다. 이제 그 불빛은 암적색으로 꺼져 가고 있었다. 그들은 완벽한 변장을 위해 각자 방패를 주워 들었다.

그들은 큰 계단을 터벅터벅 걸어 내려갔다. 조금 전에 떠나온, 그들이 다시 만난 작은 탑의 그 방이 포근하게 느껴질 정도였다. 이제는 다시 밖으로 나온 것이고, 무시무시한 공포가 벽을 따라 울렸다. 키리스 웅골 탑의 모든 생물이 죽었을지 몰라도 그 탑은 여전히 공포와 악에 잠겨 있었다.

마침내 그들은 바깥뜰로 통하는 문에 이르러 걸음을 멈췄다. 모르도르의 번쩍이는 빛이 희미하게 비치는 정문 양쪽에, 시커멓게 버티고 선 적의에 가득 찬 파수병들이 벌써부터 자신들을 압도하는 느낌이었다. 여기저기 널브러진 끔찍한 오르크의 시체 때문에 한 걸음 한 걸음 떼어 놓기도 힘들었다. 아치에 닿기 전에 그들은 멈춰 서고 말았다. 이제 한 발자국도 떼어 놓을 수 없을 정도로 몸도 마음도 고통스러웠고 피로했다.

프로도는 그런 투쟁을 치를 힘이 없었다. 그는 바닥에 주저앉으며 중얼거렸다.

"샘, 난 못 가겠어. 졸도할 것 같아. 내게 무엇이 엄습했는지 모르겠네."

"전 알아요, 프로도 씨. 일어서세요. 정문이에요. 저기서 악마가 장난질을 쳐요. 하지만 전 통과했고 이제 다시 나갈 거예요. 전보다 위험할 리 없겠죠. 자, 지금이 기회예요!"

샘은 다시 갈라드리엘의 유리병을 꺼냈다. 그의 강인함에 경의를 표하는 듯이, 그리고 놀라운 일을 해낸 그 충실한 호빗의 갈색 손을 찬란하게 빛내 주려는 듯이 유리병은 갑자기 눈부신 빛을 쏟아냈다. 그러자 어둠에 잠겨 있던 안뜰이 번개처럼 휘황한 빛으로 환해졌다. 그 빛은 사라지지 않고 계속 남아 있었다.

"길소니엘 아 엘베레스!"

샘이 외쳤다. 왠지 모르게 그는 샤이어에서 만난 요정들과 함께 숲에 숨어 있던 암흑의 기사들을 물리쳤던 그 노래가 생각났던 것이다. 프로도도 외쳤다.

"아이야 엘레니온 앙칼리마!"

줄이 툭 끊기듯 갑자기 파수병들의 의지가 풀리는 순간 프로도와 샘은 앞으로 고꾸라질 듯이 내달렸다. 눈을 번득이는 거대한 괴물들을 지나 정문을 통과했다. 갑자기 쿵 소리가 들려왔다. 바로 그들 발뒤꿈치에서 아치의 종석이 무너져 내렸고 그 위의 벽도 허물어지고 있었다. 머리카락 한 올 차이로 위험에서 벗어난 것이었다. 종소리가 울렸다. 파수병들의 높고 소름 끼치는 통곡 소리가 공중으로 울려 퍼졌다. 그러자 어둠 저 높은 곳에서 응답하는 소리가 들려왔다. 시꺼먼 하늘에서 날개 달린 형상이 소름 끼칠 정도로 날카로운 소리를 지르며 구름을 가르고 쏜살같이 내리꽂혔다.

Chapter 2

암흑의 대지

샘은 정신을 차리고 유리병을 재빨리 품에 넣고 외쳤다.

"달리세요, 프로도 씨! 아니, 그쪽이 아니에요. 그쪽 벽 너머에 낭떠러지가 있어요. 절 따라오세요."

샘은 길 아래쪽으로 달려갔다. 낭떠러지에 돌출한 각루를 재빨리 돌아서 쉰 걸음 정도 달리자, 탑에서는 이미 그들의 모습이 보이지 않았다. 당장은 위기에서 벗어난 것이었다. 그들은 바위에 등을 기대고 웅크린 채 숨을 가다듬고는 가슴을 움켜잡았다. 이제는 부서진 정문 옆 성벽에 내려앉은 나즈굴이 괴성을 질러 대자 낭떠러지 전체가 울렸다.

공포에 질려 그들은 비틀비틀 걸어갔다. 얼마 안 가서 길은 다시 동쪽으로 급히 꺾였고 잠시 동안이지만 탑에서 그들의 모습이 보였다. 노출된 길을 재빨리 지나면서 그들은 흉벽 위에 앉은 커다란 검은 형체를 보았다. 곧이어 그들은 암벽 사이에 깎아 낸 길로 거꾸러지듯 달려 내려갔다. 그 길은 급경사를 이루며 내려가 모르굴도로와 이어졌다. 그들은 길을 내려가 합류점에 이르렀다. 여전히 오르크의 기척도 보이지 않았고 나즈굴의 울부짖음에 응답하는 징후도 없었다. 그러나 정적이 오래가지 않으리란 것은 분명했다. 당장이라도 추적이 시작될 것 같았다. 프로도가 말했다.

"이러면 안 될 것 같아, 샘. 우리가 진짜 오르크라면 달아날 게 아니라 탑으로 들어가야 하잖아. 누구라도 우릴 보면 당장에 정체를 알아챌 거야. 어쨌든 이 길에서 벗어나야 해."

"하지만 어떻게요? 날개 없이는 벗어날 수가 없는데요."

에펠 두아스산맥의 동쪽 면은 절벽과 벼랑으로 몹시 가파르게 떨어져 내렸고, 절벽과 안쪽 산마루 사이의 깊은 계곡은 어둠에 잠겨 있었다. 가파른 경사길을 한 번 더 내려가면, 길들이 합류하는 곳을 지나 가까운 곳에 임시 돌다리가 협곡 위에 걸려 있었고, 다리와 교차하는 길은 모르가이연봉의 급경사면과 협곡으로 향했다. 프로도와 샘은 필사적으로 달려 다리를 건넜다. 거의 다리 끝에 이르자마자 추적의 고함 소리가 들려왔다. 그들 뒤로 저 멀리, 이제는 산비탈 높은 곳에서 키리스웅골 탑이 어렴풋이 보였고 그 암벽은 칙칙한 붉은색으로 타오르고 있었다. 갑자기 탑에서 거친 종소리가 울리더니 고막을 찢는 듯한 소리로 퍼져 나갔다. 나팔 소리도 들렸다. 이제 다리 끝 너머에서 응답하는 소리가 들려왔다. 오로드루인의 꺼져 가는 불빛조차 차단된 암흑의 계곡에서 프로도와 샘은 앞을 볼 수가 없었다. 하지만 벌써 무거운 철 군화 소리가 들려왔고 길 위에서 빠른 속도로 달려오는 말발굽 소리가 울렸다.

"빨리, 샘! 여기를 넘어가자!"

프로도가 외쳤다. 그들은 나지막한 다리 난간으로 기어올랐다. 다행히도 이 지점에서는 모르가이의 비탈이 길과 거의 비슷한 높이에 있었기에, 깊은 계곡으로 무섭게 떨어질 위험은 없었다. 그러나 너무 어두워서 그들은 얼마나 깊이 떨어져야 할지 짐작도 할 수 없었다.

"자, 갑니다, 프로도 씨, 그럼, 안녕!"

샘은 이렇게 외치고 먼저 뛰어내렸다. 프로도가 그 뒤를 따랐다. 그들은 뛰어내리면서도 말 탄 기수들이 다리 위를 질주하는 소리와 뒤에서 달려오는 오르크들의 요란한 발소리를 들었다. 샘은 감히 용기를 낸다면 큰 소리로 웃고 싶었을 것이다. 이러다가 보이지 않는 바위에 떨어져 박살 나는 게 아닌가 하는 두려움도 반쯤 있었지만, 호빗들은 결국 4미터도 안 되게 추락했고, 쿵 하고 바스락 소리를 내며 전혀 예상하지 못했던 곳에 떨어졌다. 가시덤불이었다. 샘은 그대로 꼼짝 않고 누워, 긁힌 손을 가만히 핥았다.

말발굽 소리와 사람의 발소리가 지나가자 샘이 나지막히 말했다.

"맙소사! 모르도르에서도 식물이 자라는 줄은 몰랐는데요. 미리 알았더라면 무엇보다도 이걸 찾아봤을 텐데. 이 가시는 느낌으로 보아 길이가 30센티미터는 되는 것 같아요. 내 옷을 다 뚫고 들어와 박혔어요. 나도 그 갑옷을 입는 건데."

"오르크 갑옷에도 가시가 뚫고 들어온걸. 가죽 윗옷도 별수 없고 말이야."

그들은 덤불에서 빠져나오려고 발버둥쳤다. 하지만 가시덤불은 철사처럼 질길 뿐 아니라 갈고리처럼 끈질기게 들러붙었다. 마침내 그들이 빠져나왔을 때 망토는 갈가리 찢어져 있었다. 프로도가 속삭였다.

"샘, 아래쪽으로 가자. 최대한 빨리 계곡 아래로 내려가서 북쪽으로 가는 거야."

바깥세상에는 다시 날이 밝아오고 있었다. 모르도르의 어둠 너머 저 멀리 가운데땅 동쪽 먼 곳에서 태양이 떠오르고 있었다. 하지만 이곳은 여전히 한밤중인 듯 캄캄하기만 했다. 화산이 마지막 연기를 내뿜으며 불이 잦아들었다. 번뜩이던 빛은 절벽에서 사라졌다. 그들이 이실리엔을 떠난 후로 줄곧 불어오던 동풍도 이제 멎었다. 그들은 어둠 속에서, 손으로 더듬고 넘어지며 가시덤불을 헤치고 말라 버린 잡목 숲을 헤매기도 하고, 또 바위를 기어오르기도 하면서 힘겹게 천천히 내려갔다.

이윽고 그들은 걸음을 멈추고 바위에 등을 기대고 나란히 앉았다. 땀이 흘렀다.

"샤그랏이 물 한 컵을 준다면 기꺼이 악수하겠어요."

샘이 먼저 말을 꺼냈다.

"그런 소리 하지 마! 갈증만 심해질 뿐이야."

프로도는 지치고 현기증이 나 바닥에 몸을 뻗고 누웠다. 잠시 그렇게 누워 있던 그는 억지로 몸을 일으켰다. 놀랍게도 샘은 잠이 들어 있었다.

"일어나, 샘! 어서 일어나! 다시 떠나야 할 시간이야."

겨우 몸을 일으킨 샘이 말했다.

모르도르(Mordor)

"아이구 깜짝이야! 잠이 들었나 봐요. 제대로 잠을 자 본 지 하도 오래돼서 눈이 저절로 감겨 버렸어요."

이번에는 프로도가 앞장섰다. 깊은 협곡 바닥에 두텁게 깔린 돌과 바위 사이에서 가급적 북쪽을 가늠하며 계속 걸어갔다. 그러다 갑자기 멈춰 서면서 말했다.

"이건 아무 소용 없어, 샘. 도저히 못 견디겠어. 이 갑옷 말이야. 지금 같으면 필요도 없잖아. 피로할 때는 미스릴 갑옷도 무겁게 느껴졌는데 이건 그것보다 훨씬 더 무거워. 사서 고생할 필요가 있겠어? 우린 싸워 이기지도 못할 텐데 말이야."

"하지만 무슨 일이 일어날지 몰라요. 칼이 들어올 수도 있고 화살이 날아올 수도 있어요. 무엇보다 골룸이 아직 살아 있어요. 이 어둠 속에서 칼에 맞을지도 모르는데 프로도 씨께서 가죽옷 한 장만 걸치고 있다는 건 말도 안 돼요."

"이봐, 샘. 난 이제 지쳤어. 피곤해. 사실 희망도 없어. 하지만 내가 몸을 움직일 수 있는 한은 그 화산까지 가려고 계속 노력해야 해. 반지 하나만 해도 벅찬데 이런 짐까지 걸치고 가자니 죽을 지경이야. 벗어 버려야겠어. 그렇다고 자네에게 고마워하지 않는다고 생각하지는 마. 자네가 날 위해 이걸 구하느라 시체 속을 누비고 다닌 걸 생각하면 내가 다 소름이 끼칠 정도야."

"그런 말씀 마세요, 프로도 씨. 아! 할 수만 있다면 제가 당신을 업고 가고 싶어요. 정 그러시면 벗으세요."

프로도는 망토를 벗은 뒤 오르크의 쇠사슬 갑옷을 벗어 던져 버렸다. 그는 몸을 부르르 떨었다.

"정말 필요한 건 따뜻한 옷이야. 날씨가 추워진 건지 아니면 오한이 든 건지 모르겠어."

"제 망토를 드릴게요."

샘은 짐을 풀어 요정의 망토를 꺼냈다.

"괜찮지요, 프로도 씨? 오르크의 옷으로 몸을 단단히 싸고 허리띠를 맨 다음 이걸로 몸을 덮으세요. 오르크식은 아니지만 따뜻할 거예요. 그리고 당신을 보호하는 데는 다른 어떤 무기보다 나을 거예요. 귀부인께서 만드신 거니까요."

프로도는 망토를 받아 걸치고 브로치를 채웠다.

"훨씬 나은데! 가볍기도 하고. 이젠 갈 수 있겠어. 그런데 이 칠흑 같은 어둠이 가슴속까지 파고드는 것 같아. 탑에 갇혀 있을 때 브랜디와인강과 끝숲, 그리고 호빗골의 물방앗간으로 흐르는 믈강을 기억해 내려고 했었지. 이제 그것들을 다시 볼 수도 없을 텐데."

샘이 대답했다.

"이번엔 프로도 씨께서 물 얘길 꺼내시는군요. 귀부인이 우릴 볼 수만 있다면, 우리 얘길 들을 수만 있다면, 그분께 이렇게 말하겠어요. '부인, 우리에게 필요한 것은 빛과 물이에요. 그 어떤 보석보다도 그저 깨끗한 물과 평범한 햇빛을 원해요. 도와주세요.' 하지만 여기서 로리엔까지는 너무 먼 길이군요."

샘은 한숨을 쉬며 에펠 두아스산맥의 정상을 향해 손을 흔들었다. 이제 에펠 두아스는 어두운 하늘을 배경으로 더 시커멓게 보이는 곳으로 짐작할 수 있을 뿐이었다.

다시 출발했지만 얼마 안 가 프로도가 멈춰 섰다.

"암흑의 기사가 우리 머리 위에 있는 것 같아. 잠시 멈추는 게 좋겠어."

그들은 커다란 바위 밑에서 웅크리고 서쪽을 향해 앉았다. 한동안 말없이 있다가 마침내 프로도가 안도의 한숨을 내쉬며 말했다.

"지나갔어."

그들은 일어서다 깜짝 놀라 눈이 휘둥그레졌다. 왼쪽 저 멀리 남쪽에서 잿빛으로 변해 가는 하늘을 배경으로 길게 뻗은 큰 산맥의 어둡고 검은 봉우리들과 높은 산등성이가 보이기 시작했던 것이다. 그 산맥의 뒤에서 빛이 밝아지고 있었다. 서서히 빛줄기는 북쪽으로 뻗어 왔다. 저 위 하늘 높은 곳에서 전쟁이 벌어졌다. 살아 있는 세계에서 불어온 바람이 악취와 매연을 휘몰아 그것들의 발원지인 암흑의 땅으로 몰아넣으면서, 소용돌이치던 모르도르의 구름들이 가장자리가 찢긴 채 물러나고 있었다. 음침한 덮개의 가장자리가 살짝 들리면서 흐릿한 빛이 모르도르에 스며들었다. 감옥의 더러운 유리창으로 들어온 흐릿한 아침 햇살처럼. 샘이 말했다.

"저걸 보세요, 프로도 씨! 저길 좀 봐요. 바람이 바뀌었어요. 심상찮은 일이 벌어지고 있나 봐요. 이제 사우론도 제 마음대로 할 수 없는 거예요. 저기 어둠이 흩어지고 있잖아요. 무슨 일이 벌어지고 있는지 볼 수 있으면 좋으련만."

때는 3월 15일 아침이었다. 안두인의 골짜기 너머로 태양은 동쪽에 드리워진 어둠을 넘어 솟아올랐고 서남풍이 불어왔다. 이 시각 펠렌노르평원에서는 세오덴이 쓰러져 죽어 가고 있었다.

프로도와 샘이 지켜보는 동안 빛은 에펠 두아스산맥의 능선을 타고 퍼져 나갔다. 바로 그때 서쪽에서 대단히 빠르게 다가오는 물체가 보였다. 처음에는 산꼭대기 위에서 희미하게 비치는 긴 빛줄기를 배경으로 검은 점처럼 보였지만 점점 커지더니, 번개처럼 어두운 연기구름 속으로 뛰어들었고 그들의 머리 위 높은 곳에서 지나갔다. 그것은 날아가면서 긴 비명을 질렀다. 바로 나즈굴의 비명이었다. 그러나 그 비명이 이제는 그들에게 공포를 안겨 주지 못했다. 그건 암흑의 탑 바랏두르에 비보를 전하는 경악과 비탄의 울부짖음이었다. 반지악령의 군주가 죽은 것이다. 샘이 외쳤다.

"제가 뭐랬어요. 심상찮은 일이 벌어지고 있다고 그랬잖아요. 샤그랏은 전쟁이 문제없다고 그랬지만 고르바그는 믿지 않았지요. 역시 고르바그가 옳았어요. 일이 잘돼 가나 봐요. 프로도 씨, 그래도 희망을 갖지 못하시겠어요?"

프로도는 한숨지었다.

"그래도, 대단한 희망은 못 돼, 샘. 저 산맥을 넘어 먼 곳이야. 우린 지금 서쪽이 아니라 동쪽으로 가고 있어. 게다가 난 너무 지쳤어. 반지가 너무 무거워, 샘. 그것이 눈앞에 또다시 나타나기 시작했어. 불타오르는 거대한 수레바퀴 말이야."

신이 났던 샘은 다시 풀이 죽고 말았다. 그는 근심스러운 표정으로 프로도를 바라보며 손을 잡았다.

"기운을 내세요, 프로도 씨. 저는 바랐던 것 하나를 얻었어요. 한 줄기 빛 말이에요. 우리에게 도움이 될 정도로요. 하지만 위험이 되기도 하겠지요. 조금 더 가서 남의 눈에 띄지 않는 곳에서 쉬어요. 우선 음식을 한 입 드세요. 요정들의 음식이니까 기운이 나실 거예요."

그들은 렘바스 한 조각을 나눠 바싹 마른 입에 넣고 억지로 씹으면서 터벅터벅 걸어갔다. 잿빛 어스름 정도에 불과한 빛이었지만 자신들이 산과 산 사이의 깊은 계곡에 있다는 것은 충분히 알 수 있었다. 계곡은 북쪽으로 완만한 경사를 이루고 있었고 바닥은 원래 강바닥이었지만 지금은 바싹 말라 있었다. 그들이 걷고 있는 돌길 저편으로 서쪽 절벽 아랫단에 꼬불꼬불한 오솔길이 이어져 있었다. 호빗들이 사정을 알았더라면 그 길에 더 빨리 이를 수 있었을 것이다. 그 길은 다리 서쪽 끝에서 더 큰 모르굴도로를 벗어나 바위를 깎아 만든 긴 계단을 내려와서 계곡 바닥에 이르렀던 것이다. 그것은 키리스 웅골에서 철의 턱 카라크 앙그렌, 즉 아이센마우스협로 사이의 작은 초소나 북쪽의 요새로 급히 가려는 순찰병과 전령이 이용하던 지름길이었다.

호빗들이 이 길로 간다는 건 위험천만한 일이었지만 그들에게는 빨리 가는 것이 더 중요했다. 게다가 프로도는 모르가이의 길 없는 협곡에서나 큰 바위들 사이에서 기어가는 고통을 더는 견딜 수 없을 것 같았다. 또한 추적자들은 그들이 북쪽으로 방향을 잡으리라고는 예상하지 못할 것으로 판단했다. 그들은 평지로 이어지는 동쪽이나 서쪽 고갯길을 먼저 철저하게 수색할 것이다. 프로도는 탑의 북쪽으로 한참 올라간 후에 동쪽으로 방향을 잡을 생각이었다. 동쪽으로 그들 원정의 절망적인 마지막 단계에 들어설 것이다. 그래서 그들은 강바닥을 가로질러 오르크의 길에 들어섰고 얼마간 길을 따라 걸어갔다. 왼편으로 절벽이 머리 위에 돌출해 있었기 때문에 위에서는 그들을 볼 수가 없었다. 그러나 굽이굽이 돌아가는 길이었기에 굽은 곳을 돌 때마다 그들은 칼자루를 움켜쥐고 경계 태세를 취해야만 했다.

빛은 더 환해지지 않았다. 오로드루인에서 여전히 엄청난 연기가 뿜어져 나오고 있기 때문이었다. 위로 솟구친 연기는 대립하는 공기층에 밀려 한없이 높이 올라갔고, 바람이 미치지 못하는 곳에 이르러 사방으로 퍼져 크기를 짐작할 수 없는 지붕을 형성했다. 지붕을 받친 중앙 기둥은 보이지 않는 어둠의 심연에서 솟아올랐다.

그들은 한 시간이 넘도록 터벅터벅 걷다가 갑자기 무슨 소리가 들려 멈춰 섰다. 믿을 수 없지만 잘못 들을 리 없는 소리였다. '똑똑' 하고 떨어지는 물소리였다. 왼쪽의 작은 도랑에서, 너무나 날카롭고 좁은 도랑이라서 마치 거대한 도끼로 시커먼 절벽을 쪼개 놓은 것 같았는데, 물이 방울방울 떨어지고 있었다. 햇빛이 내리쬐는 바다에서 모인 달콤한 빗물이 운 나쁘게도 결국 이 암흑의 땅의 벽 위에 떨어져 부질없이 헤매다가 흙먼지 속으로 스며들고 있었던 것이다. 물은 마치 작은 실개천처럼 바위틈에서 나와 길을 가로질러 흘러서는 남쪽으로 돌아 순식간에 메마른 돌 틈에서 사라졌다. 샘은 잽싸게 달려가면서 말했다.

"귀부인을 다시 뵙게 되면 이렇게 말하겠어요. '빛을 주시더니 물도 주셨군요.'라고 말이에요. 프로도 씨, 제가 먼저 마실게요."

"좋아, 둘이 마실 만큼은 충분히 되겠는데 뭐."

"그런 뜻이 아니에요. 제 말은요, 이 물에 독이 있다거나 무슨 이상이 있을까 봐 먼저 마셔 보겠다는 거예요. 아시겠어요?"

"그래, 하지만 우리 함께 행운을 믿어 보자. 아니면 우리의 축복을 말이야. 아, 그래도 조심해! 아주 찰 거야."

물은 그리 차지 않고 시원했지만 맛은 그리 좋지 못했다. 집에서라면 쓰고 기름기가 있다고 불평했을 것이다. 그러나 여기서는 이 물도 이루 형언할 수 없을 만큼 달디달았다. 두려움이나 조심성이 끼어들 틈도 없었다. 그들은 실컷 마셨고, 샘은 물통을 가득 채웠다. 그 후에 프로도는 훨씬 편안해져서, 그들은 쉬지 않고 몇 킬로미터를 걸어갔다. 마침내 길이 넓어지고 길가를 따라 거친 담벼락이 이어지기 시작했다. 또 다른 오르크들의 요새가 근처에 있다는 증거였다.

프로도는 계곡 너머 어둑어둑한 산등성이를 바라보면서 한숨지으며 말했다.

"자, 여기서 방향을 바꿔야 해. 동쪽으로 말이야. 난 저 위 어딘가에서 구덩이를 찾을 만큼의 기운만 남은 것 같아. 그러고 나서 쉬어야겠어."

강바닥이 이젠 길보다 조금 아래 있었다. 그들은 기어 내려가서 바닥을 건너기 시작했다. 놀랍게도 거기엔 어둠에 덮인 웅덩이가 여럿 있었다. 계곡 위쪽 어디에선가 흘러온 가느다란 물줄기가 웅덩이로 모여들었다. 서쪽 산맥 아래 외곽의 변두리에서 모르도르는 죽어 가는 땅이었지만, 아직 죽은 것은 아니었다. 이곳의 식물은 거칠고 비틀리고 모질게 살아남으려고 발버둥치며 자라고 있었다. 모르가이협곡의 계곡 건너편에는 키 작은 관목들이 숨어서 땅에 바짝 붙어 있고, 무리 지어 자라는 억센 잿빛 풀은 바위와 자리를 다투었고, 바위 위에는 시든 이끼가 덮여 있었다. 어디에나 비틀리고 뒤엉킨 가시덤불이 제멋대로 뻗어 나갔다. 침처럼 찌르는 긴 가시가 있는가 하면, 칼처럼 살을 찢는 갈고리 모양의 가시도 있었다. 지난해의 퇴색하고 오그라든 이파리가 붙어 있어서 서글픈 바람에 부딪치며 사사삭 소리를 냈지만, 구더기에 시달리면서도 싹이 막 돋아나고 있었다. 암갈색인지 회색인지 검은색인지 모를 파리들이 오르크처럼 붉은 눈 모양의 반점을 달고 붕붕거리며 침을 쏘아 댔다. 가시덤불 위에서는 굶주린 각다귀들이 구름처럼 떼를 지어 날아다니며 맴돌았다. 샘이 팔을 내저으며 투덜거렸다.

"오르크의 갑옷도 소용없고, 차라리 오르크의 가죽이 있으면 좋겠어요."

마침내 프로도는 더 나아갈 수 없게 되었다. 그동안 둘은 좁고 완만한 비탈길을 올라왔는데, 마지막의 뾰족한 산마루를 볼 수 있으려면 아직 먼 길을 가야 했다. 프로도가 말했다.

"샘, 난 지금 쉬어야겠어. 가능하다면 잠도 좀 자고."

주위를 둘러보았지만 이 음울한 곳에는 쥐새끼 한 마리도 얼씬거릴 것 같지 않았다. 지칠 대로 지친 그들은 나지막한 바위에 가시덤불이 발처럼 늘어져 막을 쳐 준 곳으로 기어들었다.

거기 앉아서 그들은 가능한 대로 식사를 했다. 앞으로 남은 최악의 날들을 위해 귀중한 렘바스는 아껴 두고, 샘의 꾸러미에 있던 파라미르가 준 음식을 절반만 먹었다. 그들은 말린 과일과 훈제육 작은 한 조각, 그리고 물을 조금 마셨다. 계곡 웅덩이에서도 물을 마셨지만 몹시 목이 말랐다. 모르도르의 공기에는 입안을 마르게 하는 독특한 쓴맛이 있었다. 물을 생각하자 샘의 희망찬 기분마저 풀이 죽었다. 모르가이연봉을 넘으면 무시무시한 고르고로스대평원이 그들을 기다리고 있었다. 샘이 말했다.

"먼저 주무세요, 프로도 씨. 다시 어두워지는데요. 이제 밤이 거의 가까워진 것 같아요."

프로도는 한숨을 쉬더니 샘의 말이 채 끝나기도 전에 곯아떨어졌다. 샘은 피로를 떨치려고 몸부림쳤고, 프로도의 손을 잡은 채 밤이 깊어질 때까지 가만히 앉아 있었다. 그러다가 결국에는 졸음을 쫓으려고 은신처에서 기어 나와 밖을 내다보았다. 그 땅은 삐걱거리는 소리나 부딪치는 소리, 그 밖의 은밀한 소리로 가득 찬 것 같았지만 목소리나 발소리는 전혀 들려오지 않았다. 에펠 두아스산맥 너머 서쪽 밤하늘에는 아직 어슴푸레한 빛이 남아 있었다. 시커멓게 높이 솟은 바위산 위 구름 조각 사이로 흰 별 하나가 잠시 반짝이는 것이 보였다. 황폐한 땅에서 올려다본 그 아름다운 별은 샘을 감동시키기에 충분했고, 샘은 얼마간 희망을 되찾을 수 있었다. 한 줄기 선명하고 차가운 광선처럼 어떤 생각이 샘의 뇌리를 찔렀다. 결국 암흑은 언젠가 지나갈 하찮은 것에 불과하고, 그것이 닿지 못하는 곳에 빛과 지고한 아름다움이 영원히 존재한다는 생각이었다. 탑에서 불렀던 그의 노래는 희망이라기보다는 도전이었다. 그땐 자신만을 생각하고 있었기 때문이었다. 그러나 지금은, 한순간, 자신의 운명도, 심지어 프로도의 운명도, 큰 걱정거리가 아니었다. 샘은 가시덤불로 기어들어 프로도 곁에 누웠고, 온갖 두려움을 떨쳐 버리고는 깊고 편안한 잠에 빠져들었다.

둘은 손을 잡은 채 동시에 깨어났다. 샘은 상쾌하게 하루를 맞을 기분에 가까웠지만 프로도는 한숨을 쉬었다. 밤새도록 불에 대한 꿈을 꾸며 뒤숭숭한 상태로 잠을 잤기에 깨어나도 개운치 않았던 것이다. 그래도 잠을 자고 나니 치유의 효과가 전혀 없는 것은 아니라서 조금 기운이 났고 자신의 짐을 한 단계 더 견뎌 낼 수 있게 되었다. 그들은 시간을 알 수 없었고, 얼마나 잤는지도 몰랐다. 그렇지만 약간의 음식을 먹고 물을 마신 뒤 계속 협곡을 올라갔다. 마지막으로 자갈들과 미끄러지는 돌로 덮인 가파른 비탈을 오르자 드디어 협곡을 벗어날 수 있었다. 최후까지 살아 있던 것들도 몸부림을 포기한 곳이었다. 모르가이의 꼭대기는 풀 한 포기 없이 뾰족한 바위투성이로, 그저 석판처럼 황량했다.

한참 헤매고 탐색한 후 그들은 올라가는 길을 찾았다. 양손으로 헤치고 기어서 마지막 백 걸음쯤 올라갔다. 그들은 시커멓고 험준한 두 바위 사이의 갈라진 틈에 이르렀고 그곳을 지나자 모르도르의 마지막 장벽 끝에 와 있음을 알게 되었다. 그들 밑으로 500미터쯤 떨어진 바닥에 내륙 평원이 드넓게 펼쳐져 있었는데, 그들 눈에 보이지 않는 무정형의 어둠 속으로 뻗어 나갔다. 바깥세상의 바람은 이제 서쪽에서 불어왔고, 큰 구름들이 높이 떠서 동쪽으로 흘러가고 있었다. 그러나 음산한 고르고로스평원에는 회색빛만 드리워졌다. 안개가 땅 위로 길게 나부꼈고 움푹 꺼진 곳에 숨어 있었으며 땅의 갈라진 틈새로 증기가 새어 나오기도 했다.

아직도 저 멀리, 적어도 64킬로미터 정도 떨어진 곳에서 운명의 산이 보였다. 그 발은 잿더미에서 있고, 그 거대한 원추형 봉우리는 높이 치솟았으며, 연기를 내뿜는 그 머리는 구름에 감싸여 있었다. 그 불빛은 어제 어두워졌고, 산은 연기를 뿜으며 잠들어 있었다. 마치 잠든 야수처럼 위험스럽고 위협적인 존재였다. 그 뒤로 방대한 어둠이 마치 천둥구름처럼 불길하게 걸려 있었다. 그 바랏두르의 장막은 저 멀리 잿빛산맥에서 남쪽으로 뻗어 내려가는 긴 산줄기 위로 솟아 있었다. 암흑의 권능은 깊은 생각에 잠겨 있었고, 눈길을 안으로 돌려서 의혹과 위험을 일깨우는 소식들, 번쩍이는 칼과 직접 보았던 근엄하고 제왕다운 얼굴에 대해 숙고하고 있었다. 그래서 얼마간 그것은 다른 문제에 거의 신경을 쓰지 않았고, 그것의 모든 거대한 요새는 문마다, 탑마다, 음울한 어둠에 에워싸여 있었다.

프로도와 샘은 혐오와 경이가 뒤섞인 감정을 느끼며 이 역겨운 땅을 바라보았다. 그들이 선 곳에서부터 연기를 내뿜는 산까지, 그리고 그 산을 둘러싼 북쪽과 남쪽의 모든 것이 폐허가 되어 죽은 것 같았다. 불에 타 말라 버린 황무지였다. 이 땅의 군주가 노예들과 병사들을 무슨 수로 먹이고 유지하는지 의아한 생각이 들었다. 어쨌든 그는 수많은 부하를 거느리고 있었다. 그들의 눈이 닿을 수 있는 한, 모르가이연봉의 기슭을 따라서 그리고 멀리, 남쪽으로 막사들이 있었다. 일부는 천막이었고 일부는 작은 마을처럼 조직되어 있었다. 그중에서 가장 큰 막사 중 하나가 그들 바로 아래에 있었다. 평원에서 채 1.5킬로미터도 들어가지 않는 곳에, 거대한 벌레 소굴처럼 곧게 뻗은 황량한 도로에 오두막들과 길고 나지막하며 칙칙한 건물들이 다닥다닥 붙어 있었다. 그 주위로 여러 족속들이 분주하게 오갔고, 그곳에서 넓은 길이 동남쪽으로 이어져 모르굴도로와 만났다. 그 길을 따라 작고 검은 형체들이 많은 줄을 지어 급히 행군하는 것이 보였다. 샘이 말했다.

"정말 마음에 들지 않는 곳이에요. 가망 없는 곳이라고 말해야겠죠. 저렇게 많은 족속이 있으니, 음식은 물론 샘이나 물이 있겠지만요. 그런데 내 눈에 이상이 없다면 저들은 분명 사람이지, 오르크가 아니에요."

샘도, 프로도도 연기를 내뿜는 산 너머 이 광활한 대지 남쪽으로 검고 충충한 누르넨호수 옆에 노예들이 일하는 큰 경작지가 있다는 사실을 알 리 없었다. 또한 동쪽과 남쪽으로 공물을 조달하는 지역에까지 대로가 뚫려 있어 탑의 군사들이 여러 가지 물품과 전리품, 그리고 새로 포획한 노예들을 긴 수레 행렬로 실어 나른다는 사실도 알 리 없었다. 이곳 북부 지역에는 광산들과 대장간이 있었고, 오랫동안 준비해 온 전쟁을 위해 소집한 병사들의 집결지가 있었다. 여기서 암흑의 권능은 장기판의 말을 다루듯 군대를 움직이면서 병사들을 긁어모으고 있었다. 그것의 힘을 처음 타진해 볼 첫 선발대가 서쪽 국경의 남쪽과 북쪽에서 저지당하자 그들을 잠시 후퇴시킨 다음, 새로 정비한 병력을 내놓았고 보복 공격을 하기 위해 키리스 고르고르 주변에 병력을 집결시키고 있었던 것이다. 그 산에 접근하지 못하도록 차단하려는 목적도 있었다면, 이보다 더 완벽한 배치는 없을 것 같았다. 샘이 말했다.

"이런! 저들이 뭘 먹고 마시든 우리는 손도 댈 수 없겠어요. 내려갈 길이 없잖아요. 그리고 내려간다 해도 적들이 우글거리는 훤히 트인 평원을 어떻게 가로지르겠어요?"

"그래도 시도는 해 봐야지. 내가 예상했던 것보다 나쁘진 않아. 난 평원을 가로지르겠다는 희망도 품지 못했거든. 지금도 희망이 없긴 마찬가지지. 하지만 할 수 있는 한 최선을 다해야지. 지금으로서 최선은 될수록 오래 붙잡히지 않는 거야. 그러니 우리는 계속 북쪽으로 가야 하고, 평원이 좁아진 곳은 사정이 어떤지 살펴봐야지."

"하지만 뻔한 일이에요. 평원이 좁은 곳에는 오르크와 인간이 더 빽빽하게 들어차 있겠죠. 곧 알게 될 거예요, 프로도 씨."

"그렇겠지. 우리가 그곳까지 가게 된다면 말이야."

프로도는 이렇게 말하고 돌아섰다.

그들은 오래지 않아 모르가이산마루나 혹은 어디든 높은 곳을 따라서는 계속 갈 수 없다는 것을 깨달았다. 길이 없는 데다 깊은 협곡들이 파여 있었던 것이다. 결국 그들은 올라왔던 협곡을 다시 내려가 계곡을 따라가는 길을 찾을 수밖에 없었다. 계곡을 건너 서쪽의 오솔길로 되돌아갈 엄두가 나지 않았기 때문에 그들은 험한 길을 계속 가야만 했다. 1.6킬로미터 정도 걸어가자 짐작했던 대로 절벽 자락의 우묵한 골짜기에 옹기종기 모여 있는 오르크들의 요새가 보였다. 시커먼 동굴 입구에 돌로 쌓은 오두막이 몇 채 모여 담장에 둘러싸여 있었다. 쥐새끼 한 마리 얼씬하지 않았지만, 그래도 그들은 옛 수로의 양쪽을 따라 이 지점에서는 빽빽이 자란 가시덤불에 몸을 바싹 붙이고 조심스럽게 기어갔다.

3, 4킬로미터쯤 가자 오르크의 요새는 등 뒤로 보이지 않게 되었다. 그러나 이제 마음을 놓고 편하게 숨을 쉬려는 순간 거칠고 큰 오르크의 음성이 들려왔다. 둘은 제대로 자라지 못한 갈색 관목 뒤로 재빨리 몸을 숨겼다. 그 소리가 점점 가까워졌다. 곧 오르크 둘이 나타났다. 그중 하나는 갈색 누더기를 걸치고 짐승의 뿔로 만든 활을 들고 있는데, 작은 체구에 피부가 검고 커다란 콧구멍을 벌름거리는 게 영락없는 정탐병이었다. 또 한 놈은 샤그랏 일당들처럼 몸집이 큰 전투대원으로 사악한 눈 표지를 달고 있었다. 그는 등에 활을 메고 끝이 뭉툭한 짧은 창을 들고 있었다. 그들 역시 말다툼하고 있었는데, 종족이 다른 놈들이었으므로 각자 자기들 방식으로 공용어를 사용했다.

호빗이 숨은 곳에서 스무 걸음도 채 떨어지지 않은 곳에서 왜소한 오르크가 갑자기 멈춰 서더니 계곡 너머 오르크 요새를 가리키며 말했다.

"에이! 난 돌아가겠어. 돌에다 코를 아무리 갖다 대고 혹사시켜 봐야 소용없는 짓이야. 흔적이 없잖아. 네가 우기는 바람에 냄새를 놓친 거야. 놈들은 계곡을 따라간 게 아니라 산 위로 올라갔단 말이야. 내 말을 들었어야지."

"네놈 같은 꼬마 정탐병은 별 쓸모가 없지, 안 그래? 네놈의 건방진 코보다는 눈이 훨씬 낫지."

몸집이 큰 오르크가 말하자 작은 녀석이 외쳤다.

"그러면 네놈은 그 눈깔로 뭘 봤는데? 바보 같은 소리 마! 네놈은 뭘 찾고 있는지도 모르잖아."

"누구 탓인데? 내 탓은 아니야. 상부에서 내려온 지시 사항이니까. 처음에는 번쩍이는 갑옷을 입은 커다란 요정이라고 하더니 나중에는 작은 난쟁이 인간이랬다가, 다음엔 또 반역자 우루크하이 떼거리라고 했잖아. 그놈들 모두 다일지 모르지."

"정신이 나간 거야. 들리는 소문이 맞는다면 대장 몇쯤은 머리가 날아갈 거라던데. 탑이 공격당해서 네놈 같은 전투병 몇백 명이 나자빠지고 포로가 달아났다니까. 너희들 전투병들이 하는 짓이 그 모양이니 싸움터에서 좋지 않은 소식이 들려오는 게 당연하지."

"좋지 않은 소식이 있다니, 누가 그래?"

전투병 오르크가 외쳤다. 그러자 정탐병도 지지 않고 소리쳤다.

"뭐야? 없다고는 누가 그래?"

"그건 못된 반역자나 할 소리야. 닥치지 않으면 죽여 버리고 말겠어!"

"알겠어. 알겠단 말이야! 입 다물고 생각 좀 해 봐야겠어. 그런데 살금살금 돌아다니는 그 시꺼먼 놈은 무슨 상관이 있지? 칠면조같이 손을 펄럭거리는 그놈 말이야?"

"내가 어떻게 알아? 하지만 그놈은 아무것도 아닐걸. 여기저기 냄새나 맡고 다니는 아무짝에도 쓸모없는 놈이야, 틀림없어. 염병할! 놈이 우리 손에서 빠져나가자마자 빨리 생포하란 지시가 떨어졌단 말이야."

"지시만 하지 말고 자기네들이 놈을 직접 잡아 보시지 그래. 내가 도착했을 땐 벌써 그놈이 그 버려진 쇠사슬 갑옷을 헤집어 놓은 데다 그 근방을 사방 돌아다녀 놔서 냄새도 맡을 수 없게 됐단 말이야."

정탐병이 투덜거리자 전투병도 말했다.

"어쨌든 그래서 그놈이 목숨은 건졌지. 난 말이야, 그놈을 잡으라는 지시가 있기도 전에 화살을 쐈단 말이야. 쉰 걸음 정도 떨어진 거리에서 정확하게 놈 등에다 쐈는데 그냥 달아나고 말았어."

"얼간이 같은 놈! 그렇게 놓치다니. 네놈은 표적에서 빗나가게 쏘는 데다 너무 느려서 쫓아가질 못한단 말이야. 그래서 꼭 우리 정탐병을 불러오게 만들지. 이게 한두 번이야?"

이렇게 말하고 정탐병 오르크는 달려가 버렸다.

"돌아오지 못해? 상부에 보고할 거다!"

전투병이 외쳤다.

"누구한테? 네 그 높으신 샤그랏한테? 그는 이제 대장도 아니야."

"나즈굴한테 네 이름과 번호를 보고할 테다. 나즈굴 중 하나가 지금 탑을 감독하고 있단 말이야."

전투병은 소리를 낮춰 이렇게 말했다. 그러자 정탐병은 멈춰 섰다. 그는 두려움과 분노가 섞인 목소리로 외쳤다.

"이 협잡꾼 같은 놈! 넌 임무도 제대로 수행 못 해! 네놈 일당들한테 끝까지 충실하지도 못할 거고! 악이나 쓰는 그 더러운 놈들에게 어서 가 봐. 그들은 네놈을 그 자리에서 얼어붙게 만들걸. 적이 그들을 먼저 해치우지 않았다면 말이야. 그들이 '일인자'를 이미 해치웠다던데. 그 소문이 맞았으면 좋겠군."

그러자 손에 창을 들고 있던 큰 체구의 오르크가 그를 잡으려고 달려갔다. 그러나 바위 뒤로 뛰어간 정탐병은 달려오는 전투병 오르크의 눈에 화살을 쏘아 명중시켰다. 오르크가 쿵 하며 쓰러지자 정탐병은 그대로 골짜기를 건너 달려가 버렸다.

호빗들은 한참 동안 가만히 앉아 있었다. 이윽고 샘이 일어나며 말했다.

"아주 정확하게 명중시켰는데요. 이렇게 멋진 전우애가 모르도르 전체에 쫙 깔려 있다면 우리의 문제도 절반은 줄어들 텐데 말이에요."

"쉿, 조용히 해, 샘. 또 다른 놈들이 있을지 몰라. 지금까지 우리가 붙잡히지 않은 건 정말 놀라운 일이야. 우리가 방심한 사이에 놈들은 뒤를 바짝 쫓고 있었던 거야. 하긴 저렇게 서로 싸워 대는 게 바로 모르도르의 정신이지. 그 정신이 모르도르의 구석구석까지 퍼졌고. 듣기로는 오르크들은 그냥 내버려 두면 자기편끼리도 항상 싸운다는 거야. 하지만 샘, 우린 마음을 놓아선 안 돼. 왜냐하면 그들은 우리의 예상 이상으로 우리를 증오하고 있거든. 그것도 줄기차게 말이야. 아까 두 녀석도 우릴 발견했다면 말다툼을 그치고 당장 우릴 먼저 죽이려고 했을 거야."

한참 동안 침묵이 흘렀다. 이윽고 샘이 낮은 소리로 말했다.

"그들이 칠면조같이 생긴 놈이라고 하던 말 들으셨지요, 프로도 씨? 골룸이 아직 살아 있다고 말씀드렸잖아요, 기억하세요?"

"그래, 기억나. 자네가 그걸 어떻게 알았는지 궁금했었어. 그건 그렇고, 샘, 완전히 어두워질 때까지 여기서 나가지 않는 게 좋겠어. 그러니 자네가 그걸 어떻게 알았는지, 지난 일을 모조리 말해 줘. 소리를 낮춰 조용히."

"알겠어요. 하지만 그놈을 생각하면 열이 나서 목소리가 커질 것 같아요."

호빗들이 가시덤불 밑에 앉아 있는 동안 모르도르의 음산한 빛마저 다시 저물어 별 하나 보이지 않는 밤이 되었다. 샘은 골룸의 배신과 쉴로브의 공포, 그리고 자신이 직접 오르크와 상대했던 모험담을 들려주었다. 이야기를 마치자 프로도는 아무 말 없이 샘의 손을 꼭 잡았다. 그러고는 한참 만에 몸을 일으키며 말했다.

"자, 이제 떠나야지. 이렇게 고생하며 도망치다 결국 붙잡혀서 모두 헛수고로 끝나게 될 날이 언제일지 모르지만 말이야. 어둡지만 유리병을 쓸 수 없으니 자네가 계속 보관해, 샘. 난 손바닥 말고는 갖고 있을 데도 없는데 이렇게 어두울 때는 두 손 모두 비워 두는 게 좋겠지. 스팅은 자네에게 줄게. 난 오르크의 칼이 있으니까. 하지만 내가 다시 적을 내리치는 일은 없을 것 같군."

어둠 속에서 길도 없는 땅을 걸어가기란 여간 힘들고 위험한 일이 아니었다. 하지만 수없이 넘어지고 비틀거리면서도 그들은 천천히 북쪽을 향해 걸어갔다. 돌이 깔린 골짜기의 동쪽 기슭을 따라 몇 시간을 걸었을 때 서쪽 고개 너머에 잿빛 어스름이 깔렸다. 그 너머 땅에서는 하루가 시작된 지 오래 지난 시간이었다. 호빗들은 다시 숨을 곳으로 들어가 교대로 잠을 청했다. 샘은 눈을 뜨자마자 음식 생각이 간절했다. 이윽고 프로도가 일어나 식사 문제와 앞으로의 계획 등에 관해 이야기를 꺼내자 샘은 가장 걱정스러웠던 문제에 대해 물어보았다.

"프로도 씨, 말씀 도중에 죄송하지만, 앞으로 얼마나 더 가야 하는지 알고 계신 거예요?"

"아니, 정확히는 몰라, 샘. 깊은골을 떠나기 전에 모르도르의 지도를 봤지만 기억이 희미해. 그 지도는 적이 모르도르에 돌아오기 이전에 만들어진 거였어. 하지만 분명히 기억나는 건 북쪽 어딘가에 서쪽 산줄기와 북쪽 산줄기가 만나는 곳이 있다는 거야. 그곳은 탑 옆에 있던 다리에서 최소한 100 킬로미터 정도 떨어져 있었어. 거기가 건너기 좋은 지점 같더군. 물론 그곳에 도착하면 여기 있을 때보다 산에서 더 멀어지겠지. 거기서 산까지는 100킬로미터 정도 될 거야. 아마도 우리는 다리에서부터 북쪽으로 60킬로미터는 올라왔을 테고. 별일 없더라도 일주일 내로 운명의 산에 닿기는 힘들겠어. 모르긴 몰라도 가까이 갈수록 반지는 더 무거워질 테고, 따라서 내 걸음은 더 느려지겠지."

프로도의 말에 샘은 한숨을 쉬었다.

"제가 염려했던 대로군요. 어떻게 하죠? 물은 말할 것도 없고 식사도 줄여야겠어요. 아니면 좀 더 빨리 가든지요. 지금까지 이 계곡에서 빠져나가지 못했으니 말이에요. 한 번 먹을 식량과 요정의 여행식밖에 안 남았어요."

프로도는 숨을 들이쉬며 말했다.

"좀 더 빨리 걷자, 샘. 자, 가자! 또 걷는 거야."

날은 아직 그리 어둡지 않았다. 그들은 열심히 걸었다. 어느새 밤이 깊어 도중에 몇 번 잠시 쉬기는 했지만 지친 발로 비틀거리면서도 계속 걸어갔다. 시커먼 하늘 끝자락이 회색으로 물들기 시작했을 때 그들은 바위 밑 어둑한 구멍으로 숨어들었다.

서서히 빛이 밝아지더니 전보다 훨씬 선명하게 빛났다. 서쪽에서 불어오는 강풍이 상층 기류에서 모르도르의 연기를 몰아내고 있었다. 곧 그들은 주변 몇 킬로미터 이내의 형세를 살펴볼 수 있었다. 산맥과 모르가이 사이에 움푹 파인 계곡은 오르막을 따라가면서 좁아졌다. 안쪽 산 능선은 이제 에펠 두아스의 가파른 사면에 비하면 바위 턱 정도로밖에 보이지 않았다. 그러나 동쪽에서 그 산 능선은 거의 수직으로 떨어져 고르고로스평원으로 들어갔다. 앞에 있는 수로는 깨진 바위 턱들에 가로막혀 있었다. 큰 산맥에서 동쪽으로 뻗어 나온 높고 황량한 지맥이 장벽을 만들었던 것이다. 그 지맥은 북쪽의 안개 자욱한 잿빛 에레드 리수이산맥에서 길게 뻗어 나온 지맥과 마주쳤고, 양쪽 지맥이 끝난 곳 사이에 좁은 틈이 있었다. 그곳이 바로 카라크 앙그렌, 즉 아이센마우스였고, 그곳 너머에 깊은 우둔계곡이 펼쳐졌다. 모란논 뒤에 자리한 그 계곡에는 암흑의 성문을 방어할 목적으로 모르도르의 종복들이 파 놓은 수많은 굴과 지하 무기고가 있었다. 그곳에서 지금 모르도르의 군주는 서부 지휘관들의 총공세에 맞설 대규모의 부대를 급히 소집하고 있었다. 바깥으로 뻗은 지맥 위에는 보루와 탑들이 세워졌고, 횃불이 타올랐다. 두 지맥 사이의 좁은 틈을 가로질러 흙벽이 세워져 있었고, 그 앞에 깊이 파인 해자를 건널 수 있는 곳은 다리 하나뿐이었다.

북쪽으로 수 킬로미터 멀리, 서쪽 지맥이 큰 산맥에서 뻗어 나가는 모퉁이가 있는데, 이곳에 두르상이라는 오래된 성이 서 있었다. 그 성은 우둔계곡 근방에 운집한 수많은 오르크 요새 중 하나였다. 그 성으로부터 휘돌아 내려오는 도로가 벌써 환해지는 빛 속에서 선명하게 보였다. 도로는 호빗들이 쉬고 있는 곳에서 2, 3 킬로미터 떨어진 지점에서 동쪽으로 방향을 바꾸었다. 거기서부터 지맥 비탈에 깎인 바위 턱을 따라가다가, 평지로 내려가 아이센마우스까지 이어졌다.

주위를 살펴본 호빗들은 북쪽으로 올라온 것이 소용없는 일이라고 생각했다. 오른쪽의 평지는 어둠침침하고 연기가 자욱해서 막사나 군대의 이동을 볼 수 없었다. 하지만 그 지역은 온통 카라크 앙그렌 요새의 감시망 속에 있었다. 프로도가 말했다.

"샘, 우린 막다른 길에 이른 것 같네. 우리가 계속 간다면 저 오르크 탑으로 올라가는 수밖에 없겠지. 되돌아가지 않는 한 우리가 택할 수 있는 건 저 탑에서 내려오는 도로밖에 없단 말이야. 그렇다고 서쪽으로 갈 수도 없고 동쪽으로 내려갈 수도 없으니."

"그렇다면 저 길로 가야죠, 프로도 씨. 운에 맡기는 거예요. 모르도르에서도 운이 따를지 모르지만. 이제 더 헤매고 돌아다니거나 되돌아가느니, 차라리 죽기 살기로 덤비는 게 낫겠어요. 식량도 다 떨어져 가요."

"좋아, 샘! 자네가 앞장서. 자넨 아직도 희망을 간직한 모양이니. 난 희망을 완전히 잃었는데 말이야. 샘, 난 달릴 수도 없어. 그저 자네 뒤를 따라 걸어가야겠어."

"떠나기 전에 뭘 좀 드시고 주무셔야 해요. 자, 이리 오세요."

샘은 프로도에게 얇은 여행식 한 조각과 물을 먹게 하고 자기 망토를 말아 머리 밑에 받쳐 주었다. 프로도는 너무 기진맥진한 나머지 아무 말도 하지 못했다. 그런 프로도에게 샘은 지금 마시게 한 물이 마지막 한 모금이었다는 것과 렘바스도 자기 몫을 더 주었다는 사실을 말하지 않았다. 그가 잠들자 샘은 그의 숨소리를 들으며 얼굴을 유심히 들여다보았다. 야윈 얼굴에 주름이 있었지만 잠든 얼굴은 평온하기 그지없었다. 샘은 혼자 중얼거렸다.

"다녀올게요, 프로도 씨. 잠시만 혼자 계셔요. 물을 구하지 못하면 우리는 어디에도 가지 못할 테니까요."

샘은 살며시 기어 나와 날렵하게 돌길을 뛰어 계곡 바닥으로 내려갔고, 말라 버린 수로를 따라 북쪽으로 거슬러 올라갔다. 얼마 가다 보니 바위 턱이 나타났다. 오래전에 그곳에서 샘이 분출하여 작은 폭포를 이루었음이 분명했다. 지금은 말라붙어 정적이 감돌고 있었지만 샘은 한 가닥 희망을 걸고 몸을 숙여 귀를 기울였다. 놀랍게도 물이 똑똑 떨어지는 소리가 들렸다. 몇 발짝 기어 올라가자, 산비탈에서 흘러 내려온 가늘고 시커먼 물줄기가 작은 웅덩이로 모여들고, 거기서 넘쳐 나온 물이 메마른 돌 틈으로 사라지고 있었다.

물은 마실 만했다. 샘은 양껏 마시고 물통에 가득 채워 넣었다. 그가 돌아서는 순간 그림자 같은 시커먼 형체가 프로도가 숨어 있는 바위 근처에서 움직이는 것이 언뜻 보였다. 입에서 터져 나오는 비명을 삼키며 샘은 물가에서 뛰어내려 미친 듯 달려갔다. 놈은 눈치 빠르게 숨어 버렸지만 샘은 분명히 보았다. 그놈의 덜미를 잡고 싶었지만 그놈은 이미 샘이 오는 소리를 듣고는 자취도 없이 사라져 버린 뒤였다. 샘이 마지막으로 본 것은 동쪽 낭떠러지를 넘어 달아나기 전에 흘끗 뒤돌아보던 그놈의 눈이었다. 샘은 중얼거렸다.

"휴우, 운이 좋았어. 하마터면 큰일 날 뻔했네. 수천 명이나 되는 오르크 놈들만 해도 충분한데 킁킁거리고 돌아다니는 저 냄새나는 놈까지 상대해야 한다니 이게 무슨 일이람! 놈은 화살에 맞아 죽어 버렸어야 하는 건데!"

샘은 프로도 곁에 와 앉았다. 프로도를 그대로 자게 놔두었다. 그러나 자신은 잠을 잘 엄두도 낼 수 없었다. 하지만 시간이 흐를수록 눈꺼풀이 무거워졌고 더 이상 참기 어려워지자 그는 조용히 프로도를 깨웠다.

"프로도 씨, 골룸이 근처에 있어요. 제가 본 놈이 골룸이 아니라면 쌍둥이일 거예요. 물을 구하러 잠깐 나갔었는데 막 돌아오려는 순간에 그놈이 킁킁거리며 돌아다니는 걸 봤어요. 우리 둘 다 잠들면 위험할 것 같아요. 죄송하지만 더는 졸음을 이길 수가 없네요."

"이런! 가엾은 샘, 어서 누워 눈 좀 붙여. 내 생각엔 오르크보다는 골룸이 나을 것 같아. 어쨌든 골룸은 우릴 오르크에게 넘기진 않을 테니까. 자신이 잡히기라도 하면 몰라도."

"하지만 그놈도 강탈과 살인을 서슴지 않을 거예요. 프로도 씨, 잠들면 안 돼요! 물통에 물이 가득 있으니까 실컷 드세요. 가다가 다시 채우면 되니까요."

말을 마치기가 무섭게 샘은 곯아떨어졌다.

샘이 잠에서 깼을 때 날은 다시 어두워지고 있었다. 프로도는 뒤쪽 바위에 등을 기댄 채 자고 있었다. 물통은 비어 있었다. 골룸이 다녀간 흔적은 없었다.

모르도르의 밤이 다시 찾아왔고 산마루 위에는 횃불이 붉은빛으로 맹렬하게 타오르고 있었다. 호빗들은 다시 출발했다. 이제 그들의 여정에서 가장 위험한 단계에 들어선 것이다. 그들은 먼저 작은 샘에 들렀다가 조심스럽게 도로로 올라갔다. 그들이 들어선 곳에서 길은 동쪽으로 꺾어져 30킬로미터가량 떨어진 아이센마우스로 향했다. 넓지 않은 길 언저리에 담장이나 난간이 없었고, 길가의 낭떠러지는 갈수록 깊어졌다. 사방이 괴괴했다. 잠시 귀를 기울여 인기척이 없는 것을 확인한 후에 그들은 일정한 속도로 동쪽을 향해 걸었다.

20킬로미터 정도 갔을 때 그들은 멈춰 섰다. 조금 전부터 길은 약간 북쪽으로 굽었고, 이미 지나온 직선 도로는 이제 가려서 보이지 않았다. 위험은 바로 거기에 도사리고 있었다. 그들은 잠시 쉬고 나서 다시 걷기 시작했다. 걸음을 많이 떼지도 않았을 때 갑자기 밤의 정적을 깨고 소리가 들려왔다. 그들이 계속 속으로 두려워했던 소리, 바로 행군하는 발소리였다. 아직은 뒤에 떨어져 있는 것 같았지만 뒤를 돌아보자 1.6킬로미터도 떨어지지 않은 모퉁이를 돌고 있는 반짝이는 횃불이 보였다. 그들은 빨리 움직이고 있었다. 다가오는 속도가 너무도 빨라 프로도가 달아나 도망가는 것은 불가능해 보였다.

"내가 두려워했던 일이야, 샘. 모든 걸 운에 맡겼는데 우리에겐 운이 따르지 않나 봐. 우린 덫에 갇혔어."

프로도는 당황한 눈으로 위압적으로 버티고 선 벽을 올려다보았다. 오래전에 몇 길이나 되도록 수직으로 암벽을 깎아 이 길을 닦은 모양이었다. 이번에는 다른 쪽으로 가서 벼랑 너머로 어둠에 잠긴 깜깜한 구덩이를 내려다보았다. 프로도는 암벽 밑의 길바닥에 털썩 주저앉아 고개를 숙이며 말했다.

"우린 마침내 덫에 갇혔어."

"그런 것 같군요. 할 수 없지요. 앉아서 기다릴 수밖에."

샘도 절벽의 그림자가 드리워진 어둑한 곳에 프로도와 나란히 앉았다.

오래 기다릴 필요도 없었다. 오르크들이 무서운 속도로 달려오고 있었다. 맨 앞줄의 오르크들이 횃불을 들고 있었다. 그들이 다가오자 어둠 속의 붉은 불꽃이 점점 더 크게 보였다. 횃불이 다가왔을 때 얼굴을 가릴 수 있기를 바라며 샘도 고개를 숙였다. 그러고는 무릎 앞에 방패를 놓아 자신들의 발도 가렸다.

'놈들이 제발 서둘러 달려가고 지친 놈 둘만 남기면 좋을 텐데.'

샘은 이렇게 생각했다.

그런데 정말 그럴 것 같았다. 선두의 오르크는 고개를 숙인 채 헐떡거리며 성큼성큼 달려왔다. 이들은 암흑군주의 전쟁에 마지못해 끌려 나온 왜소한 종족이었다. 이들이 바라는 것은 오로지 행군을 끝내고 채찍질에서 벗어나는 것뿐이었다. 이들 옆에서 몸집이 크고 사나운 우루크 둘이 채찍을 휘두르고 소리치면서 대열 앞뒤로 왔다 갔다 하고 있었다. 대열이 한 줄씩 지나갔다. 환하게 비치던 횃불은 이미 저만큼 앞서고 있었다. 샘은 숨을 죽였다. 이제 대열의 반 이상 지나간 것 같았다. 그때 갑자기 노예 몰이꾼들 중 하나가 길옆에 웅크린 그들을 보고는 채찍을 휘두르며 소리쳤다.

"이놈들! 일어서!"

그들이 움직이지 않자 그는 큰 소리로 대열을 멈추게 했다.

"어서 일어서, 굼벵이 같은 놈들아! 축 늘어져 앉아 있을 때가 아니란 말이야!"

그는 그들 쪽으로 한 발 다가왔고, 어둠 속에서도 그들 앞에 놓인 방패의 무늬를 알아보았다.

"탈주병들인가? 아니면 그럴 생각인가? 네놈들 부대는 어제저녁 이전에 우둔계곡에 집결하기로 되어 있었잖아? 그걸 모르진 않겠지. 이놈들, 일어서서 정렬해! 말 안 들으면 번호를 상부에 보고할 테다!"

이 말에 호빗들은 억지로 몸을 일으켰고, 몸을 굽힌 채 발이 아픈 병사처럼 발을 질질 끌며 대열 후미로 걸어갔다. 그러자 오르크가 다시 외쳤다.

"거기가 아니야! 세 줄 앞! 그 자리를 지키지 않으면 그땐 정말 쓴맛을 보여 줄 테다!"

그는 호빗들 머리 위로 긴 채찍을 휘둘렀다. 그러고 나서 다시 채찍을 휘두르고 고함을 지르며 부대를 다시 빠른 속도로 출발시켰다.

이미 지칠 대로 지친 가엾은 샘에게도 견디기 힘든 행군이었지만, 프로도에게는 말할 나위 없는 고문이자 악몽이었다. 프로도는 이를 악물고 머릿속을 비우려 애쓰며 필사적으로 버텼다. 땀에 젖은 오르크들의 몸에서 풍기는 악취가 코를 찔렀다. 프로도는 갈증으로 헐떡거리기 시작했다. 행군은 계속되었고, 그는 숨을 쉬고 두 다리를 계속 움직이는 데 있는 힘을 다 쏟고 있었다. 도대체 어떤 지독한 결말로 나아가려고 이 고생을 하며 참고 있는지 생각할 엄두도 내지 못했다. 몰래 빠져나갈 희망은 전혀 없었다. 이따금 오르크 몰이꾼이 뒤로 빠져서 그들을 놀려 댔다.

"자, 간다!"

그는 큰 소리로 웃으며 그들 다리에 채찍을 갈겼다.

"채찍 맛을 보면 힘이 벌떡 솟지, 이 굼벵이들아. 보조를 맞춰! 지금 네놈들 정신을 번쩍 들게 해 주고 싶지만, 네놈들이 부대로 지각 귀환할 때 살갗이 남아나지 않을 만큼 채찍질을 당할 테니까. 그게 네놈들에게도 보탬이 될 거다. 지금 전쟁 중이란 걸 모르나!"

그렇게 몇 킬로미터를 달리자 길은 긴 비탈길을 내려가 평원으로 들어갔다. 마침내 프로도는 남은 기력마저 다 소진했고 그의 의식도 오락가락했다. 그러다가 휘청거리며 발을 헛디뎠다. 샘은 자신도 보조를 맞추기 힘든 지경이었지만 프로도가 쓰러지지 않도록 떠받치려고 애썼다. 이제는 어느 순간에라도 모든 것이 끝장날 거라고 생각했다. 프로도가 기절하거나 쓰러지면 모든 것이 들통날 테고, 그렇게 되면 그들의 모든 노력은 허사가 될 것이다.

'저 큰 몰이꾼 놈을 어떻게든 내 손으로 죽여 버리자.'

샘은 이렇게 마음을 먹었다.

그러나 샘이 칼자루에 손을 댄 순간 예기치 못했던 구원이 찾아왔다. 대열은 이미 평지로 나와 우둔계곡 입구 쪽으로 다가가고 있었다. 그 입구에 들어가기 조금 전에 다리 끝의 관문 앞에서, 서쪽에서 오는 길과 남쪽에서 오는 길, 그리고 바랏두르에서 오는 길이 서로 만나고 있었다. 어느 길에서나 병사들이 이동하고 있었다. 서부의 지휘관들이 진격해 오고 있었기에 암흑군주는 병사들을 서둘러 북쪽으로 이동시키고 있었다. 그래서 우연히도 각 부대의 대규모 인원이 교차로에서, 벽 위에 밝힌 횃불 빛이 닿지 않는 어두운 곳에서 한꺼번에 마주치게 된 것이었다. 각 부대가 서로 먼저 문으로 들어가서 행군을 끝내려고 하면서 밀치고 욕설을 퍼붓는 통에 순식간에 아수라장이 되고 말았다. 몰이꾼들은 고함을 지르고 채찍을 휘둘러 댔지만 싸움이 벌어졌고 칼을 뽑아 든 병사들도 있었다. 중무장을 하고 바랏두르에서 온 우루크족이 두르상 부대를 향해 공격을 개시하자 대열은 아비규환의 수라장이 되었다.

샘은 기진맥진해 현기증이 날 지경이었지만 이 기회를 놓칠세라 재빨리 프로도를 끌고 바닥에 엎드렸다. 그러자 그들 몸 위로 오르크들이 엉겨 넘어지며 욕설을 퍼부었다. 호빗들은 손과 무릎으로 천천히 기어서 아수라장을 벗어났고, 마침내 눈에 띄지 않게 길 가장자리 너머로 떨어졌다. 길가에는 칠흑 같은 밤이나 안개가 질을 때 대장들이 길을 찾는 데 도움이 되도록 만들어 놓은 높은 연석이 있었는데 평지보다 몇 미터 높게 단을 쌓아 놓은 것이었다.

그들은 잠시 가만히 누워 있었다. 너무 어두워 달리 숨을 만한 곳을 찾을 수도 없었다. 하지만 샘은 적어도 큰길에서 더 멀리 벗어나 횃불이 비치지 않는 곳까지 가야 한다고 생각했다.

"자, 프로도 씨, 조금만 더 기어가면 쉴 수 있어요."

프로도는 마지막으로 죽을힘을 다해 두 손을 짚고 몸을 일으켜 20미터쯤 기어갔다. 그리고 나서 갑자기 앞에 나타난 얕은 구덩이 속으로 곤두박질쳐 죽은 듯 꼼짝도 하지 못하고 누워 있었다.

Chapter 3

운명의 산

샘은 누더기가 된 오르크 망토로 프로도의 머리를 받쳐 주고는 로리엔의 회색 망토를 펼쳐 둘의 몸을 덮었다. 샘은 저 아름다운 요정의 땅을 생각했다. 요정들이 짠 이 옷이 마술이라도 부려서 이 섬뜩한 황야에서 자신들을 감쪽같이 숨겨 준다면 얼마나 좋을까. 싸우고 고함치는 소리가 점점 잦아드는 걸로 보아 병사들이 아이센마우스를 통과한 모양이었다. 수많은 병사들이 뒤섞여 혼잡할 테니 당분간은 자신들이 없어졌다는 사실이 발각되지 않을 것 같았다.

샘은 물을 한 모금 마시고 프로도에게도 억지로 마시게 했다. 프로도가 좀 정신을 차리자 샘은 소중한 여행식 한 조각을 전부 프로도에게 주었다. 그들은 너무도 지쳐서 두려움도 그리 느끼지 못하고 그대로 잠이 들었다. 그러나 땀이 식은 데다 딱딱한 바위의 냉기가 온몸을 파고들어 제대로 잘 수가 없었다. 북쪽에서 암흑의 성문을 지나 키리스 고르고르 고개를 넘어온 차고 희박한 공기가 땅 위를 흐르며 속삭였다.

아침이 되자 다시 잿빛 어스름이 감돌았다. 높은 산 위에는 서풍이 불었지만, 모르도르의 암흑의 땅 방벽을 넘어 돌바닥 위를 감도는 공기는 살을 에는 듯 차갑고 숨 막히는 죽은 공기였다. 샘은 구덩이에서 밖을 내다보았다. 주위는 온통 황량하기 그지없고 평평하며 메마른 담갈색을 띠고 있었다. 근처의 길 위에는 쥐새끼 한 마리 보이지 않았다. 하지만 샘은 불과 200미터 북쪽에 있는 아이센마우스 성벽 위에서 노려보고 있을 감시의 눈을 생각하고 가슴이 섬뜩해졌다. 저 멀리 남동쪽으로 운명의 산이 마치 서 있는 어두운 그림자처럼 어렴풋이 보였다. 거기서 연기가 뿜어져 나오고 있었다. 하늘 높이 올라간 연기는 동쪽으로 끌려갔지만, 너울거리는 거대한 구름이 산비탈을 떠돌며 땅 위에 퍼졌다. 북동쪽으로는 몇 킬로미터 채 안 되는 곳에 잿빛산맥의 산기슭 구릉들이 우울한 잿빛 유령처럼 서 있었다. 그 너머 안개 낀 북쪽의 고산들은 찌푸린 하늘만큼이나 어두운 구름들이 멀리서 줄지어 있는 것처럼 솟아 있었다.

샘은 거리를 어림잡아 보고 어느 쪽으로 가야 할지도 생각해 보려고 애썼다. 위협적인 운명의 산을 바라보면서 그는 우울한 목소리로 중얼거렸다.

"한 걸음 한 걸음씩 걸어서 80킬로미터는 가야 할 거야. 만일 하루 걸리는 거리라면, 지금 프로도 씨의 몸으론 걸어서 꼬박 일주일은 걸릴 거야."

샘은 고개를 가로저었다. 이런저런 생각을 하다 보니 예전에 알지 못했던 어두운 생각이 서서히 머릿속에 떠올랐다. 그의 튼튼한 마음엔 여태껏 희망이 오랫동안 사라진 적이 없었다. 지금까지 그는 언제나 돌아갈 일도 생각해 왔다. 그러나 이제 드디어 쓰라린 진실을 깨닫게 된 것이다. 식량은 기껏해야 목적지에 도착할 때까지 견딜 만큼만 남았다. 임무를 완수하면, 그들은 그 끔찍한 황야 한가운데서 집도, 먹을 것도 없이 결국은 외롭게 죽을 수밖에 없을 것이다. 고향으로 돌아간다는 것은 생각조차 못 할 일이었다.

샘은 생각했다.

'떠날 때 내가 해야 한다고 느꼈던 일이 바로 그거였나? 프로도 씨를 끝까지 돕고 그다음에 함께 죽는 거? 그래, 그게 내 일이라면, 그걸 해야지. 하지만 강변마을을 몹시 보고 싶군. 초막골네 로지와 그 오라비들, 그리고 아버지와 여동생 마리골드도 모두 보고 싶어. 그런데 정말로 돌아갈 희망이 없었다면 간달프가 프로도 씨에게 이런 임무를 맡겨 보내지 않았을 거야. 간달프가 모리아에서 떨어진 다음에 모든 게 빗나가고 말았어. 그가 떨어지지 않았더라면 좋았을 것을. 그가 살아 있었으면 뭔가 해 줬을 텐데.'

그러나 샘의 마음속에서 희망이 사라지자, 아니 사라지는 것처럼 보이자, 그건 새로운 힘으로 바뀌었다. 샘의 평범한 호빗 얼굴은 안으로 다져진 의지로 인해 엄숙하고도 단호한 표정으로 바뀌었다. 그는 온몸에 전율이 이는 것을 느꼈다. 마치 자신이 절망과 피로, 그리고 끝도 없이 가야만 하는 황야, 이 어떤 것에도 굴하지 않을 돌과 강철의 존재로 바뀌고 있는 듯이.

샘은 전혀 새로운 책임감을 느끼며 눈길을 돌려 가까이 있는 땅을 보고 다음에 할 일을 생각했다. 날이 좀 밝아 오면서 놀라운 사실을 확인할 수 있었다. 멀리서 보았을 때는 그냥 멋없이 광활하고 밋밋하게 보였던 대지가 실은 온통 부서지고 파괴된 땅이라는 것이었다. 사실 고르고로스평원은 물렁물렁한 진흙땅이었을 때 소낙비처럼 쏟아진 거대한 바위와 벼락을 무수히 맞은 듯, 커다란 구덩이가 곳곳에 파여 있었다. 그중에서도 유독 큰 구덩이의 가장자리에는 부서진 바위들이 둔덕을 이루고 있었고, 구덩이에서 갈라진 넓은 틈들이 사방으로 뻗어 나갔다. 이 땅은 정말 날카로운 눈을 가진 감시병만 없다면 기어가서 숨고 또 기어가서 숨을 수 있는 곳이었다. 적어도 기력이 왕성하고 빨리 갈 필요도 없는 사람에게라면 안성맞춤의 조건이었다. 그러나 허기지고 지친 데다 목숨을 부지하는 동안 갈 길이 먼 그들에게는 이 땅이 견디기 힘든 형벌처럼 여겨졌다.

이런 것들을 생각하면서 샘은 프로도에게 갔다. 깨울 필요도 없이 프로도는 이미 일어나 앉아 바위에 등을 기댄 채 구름 덮인 하늘을 물끄러미 바라보고 있었다.

"저, 프로도 씨, 죽 둘러보고 생각을 좀 해 봤는데요. 길에는 쥐새끼 한 마리 얼씬하지 않던데요. 기회가 있을 때 달아나는 게 좋겠어요. 가실 수 있겠어요?"

"갈 수 있어. 가야지."

프로도가 말했다.

그들은 또다시 출발했다. 이 구덩이에서 저 구덩이로 재빨리 몸을 날려 숨었다가 다시 기어갔다. 하지만 그들은 북쪽 산기슭쪽 엇비스듬한 방향으로 나아갔다. 가장 동쪽으로 난 길이 줄곧 그들을 따라왔지만 마침내 산자락을 끼고 돌아 저 멀리 짙은 어둠 속으로 사라져 버렸다. 지금은 길게 뻗은 그 평평한 잿빛 길을 따라서 이동하는 인간도, 오르크도 없었다. 암흑군주는 병력의 이동을 이미 끝냈던 것이다. 더군다나 그는 자기 왕국의 요새에서도 남몰래 밤 시간을 이용했다. 자신에게 대항하며 자신이 쳐 놓은 장막을 찢어 놓은 세상의 바람이 두렵고, 또 자기 방비 벽을 뚫고 들어온 대담한 첩자들에 대한 소식으로 골치가 아팠던 것이다.

호빗들은 지친 몸을 끌고 몇 킬로미터를 가서 멈추었다. 프로도는 거의 탈진한 상태였다. 발각될까 두려워 기어가다가, 구부정하게 걷다가, 어정쩡하게 아주 천천히 나아가다가 갑자기 빠른 속도로 달음박질쳐야 하는 이런 방식으로는 프로도가 오래 버틸 수 없겠다고 샘은 생각했다.

"프로도 씨, 어두워지기 전에 도로로 돌아가야겠어요. 다시 한번 운에 맡겨 보죠. 지난번에는 거의 운이 없었지만 완전히 없었다고는 할 수 없잖아요. 곧장 몇 킬로미터만 더 가서 쉬어요."

샘은 자신의 생각보다 큰 모험을 시도하고 있었다. 프로도는 자신의 무거운 짐과 마음속 갈등에 너무나 짓눌려 있었고 또 너무나 절망적인 심정이었기에 어떻게 되든 상관없다고 생각했다. 그들은 둔덕으로 올라가 바로 암흑의 탑으로 이어지는 고행의 길을 따라 터벅터벅 걸어갔다. 다행히 운이 좋게도 그날은 도중에 살아 있거나 움직이는 방해물을 만나진 않았다. 밤이 되자 그들은 모르도르의 어둠 속으로 숨어들었다. 거대한 폭풍이 몰아닥칠 것처럼 천지가 온통 괴괴했다. 서부의 지휘관들이 이미 교차로를 지나 임라드 모르굴의 죽음의 들판에 불을 질렀던 것이다.

이렇게 필사적인 원정은 계속되어, 절대반지가 남으로 가는 동안 왕의 깃발들은 북으로 진군하고 있었다. 호빗들에게는 하루하루가, 한 걸음 한 걸음이 이전보다 더욱 고통스러웠다. 기력이 점점 떨어지는 데다 땅은 점점 지독해졌다. 낮에는 적을 볼 수 없었지만, 밤이 되면 이따금 길옆 후미진 곳에 들어가 불편하게 쭈그리고 앉아 있는 동안 수많은 발소리와 달려가는 말발굽 소리가 들려왔다. 하지만 무엇보다도 두려운 것은 끊임없이 다가오는 위협적인 힘이었다. 무시무시하게 위협적인 악의 힘이 어두운 장막 뒤 왕좌에 앉아 깊은 생각과 끊임없는 악의에 잠겨 그들을 기다리고 있었던 것이다. 그 위협은, 세상의 종말을 고할 때 밤의 장막이 밀려오듯이, 점점 가까이 그리고 점점 시커멓게 다가왔다.

마침내 무시무시한 밤이 천지를 뒤덮었다. 서부의 지휘관들이 살아 있는 땅의 끝에 거의 이르렀을 때, 두 호빗은 공허한 절망의 시간에 이르렀다. 오르크의 대열에서 빠져나온 지 이제 겨우 나흘이 되었지만 그들에게는 기나긴 악몽과 같은 시간이었다. 그동안 프로도는 말 한마디 없이 구부정하게 몸을 숙인 채 비틀거리며 걷기만 했다. 그의 눈에는 더 이상 발밑의 땅이 보이지 않는 것 같았다. 샘이 보기에 프로도는 자기들이 여태껏 겪은 어떤 고통보다도 지독한 고통에 시달리는 것 같았다. 반지는 점점 더 무거워져서 신체적으로 엄청난 짐이 되었을 뿐 아니라 정신적으로도 견디기 힘든 고문이었다. 샘은 프로도가 상대의 주먹질을 피하려는 듯, 아니면 자신을 자세히 들여다보려는 무시무시한 눈에서 겁먹은 자신의 눈을 가리려는 듯 왼손을 들어 올리는 모습을 몇 번이나 보았다. 프로도는 때로 오른손을 슬그머니 가슴께로 가져가 움켜쥐었다가는 의지를 되찾아 천천히 내리기도 했다.

밤이 깊어지자 프로도는 주저앉아 양 무릎 사이에 머리를 파묻고 두 팔은 축 늘어뜨렸다. 힘없이 매달린 그의 양손에 미미한 경련이 일어났다. 사방이 칠흑같이 어두워질 때까지 샘은 프로도를 지켜보았다. 뭐라 할 말도 떠오르지 않았다. 샘은 혼자 깊은 생각에 잠겼다. 샘도 지치고 두려웠지만 그래도 아직 견딜 만한 힘이 남아 있었다. 렘바스가 큰 힘이 되어 준 것이다. 그것마저 없었다면 그들은 벌써 죽었을 것이다. 물론 그것이 식욕을 충족해 주진 못했다. 이따금 샘은 평범한 빵과 고기 생각이 간절했다. 그러나 이 요정들의 여행식은 여행자들이 다른 음식을 먹지 않고 그것만으로 지탱해 나갈 때 효과가 더 컸다. 즉 의지력과 인내심을 강화시키고 근육과 뼈에 인간의 한계를 뛰어넘는 힘을 불어넣어 주는 것이다. 그러나 이 순간 그들은 새로운 결정을 내려야만 했다. 그들은 이 길을 더 이상 따라갈 수 없었다. 길은 동쪽으로 이어져 어둠 속으로 들어갔지만 운명의 산은 그들 오른편, 즉 거의 정남쪽에서 어렴풋이 모습을 드러내고 있었다. 그들은 그쪽으로 가야 하는 것이다. 하지만 아직 그 산 앞에는 연기가 피어오르고 황량하며 재에 뒤덮인 넓은 땅이 펼쳐져 있었다.

"물! 물!"

샘이 중얼거렸다. 그동안 샘은 스스로 물 마시길 극도로 자제해 왔다. 이제는 바싹 말라 버린 입 안의 혀가 부어서 굳어 버린 것 같았다. 그러나 그의 자제에도 불구하고, 갈 길이 며칠 더 남아 있는 지금 물통의 물은 절반밖에 남아 있지 않았다. 그래도 위험을 무릅쓰고 오르크들의 길로 오지 않았더라면 오래전에 물은 바닥이 나 버렸을 것이다. 물을 구할 수 없는 지역인지라 급히 군대를 이동시켜야 할 경우에 대비해 노상에 긴 간격을 두고 물탱크를 비치해 두었던 것이다. 샘은 그중 한 물탱크에서 물을 찾아냈다. 오르크가 흙탕물로 만들어놓은 물은 탁한 색깔로 썩어 가고 있었지만 그들 처지에선 그것조차 감지덕지했다. 하지만 그것도 하루 전의 일이었고, 앞으론 그런 희망도 전혀 없었다.

이런 근심을 하다가 지쳐서 샘은 졸기 시작했다. 내일 일은 내일 일이고, 지금 할 수 있는 일이라곤 아무것도 없었다. 꿈을 꾸다 불안하게 깨어나곤 했다. 그는 히죽거리며 웃는 눈빛 같은 것을 보았고 기어오는 검은 형체를 보았다. 들짐승이 울부짖는 소리 같기도 하고 고문받는 생물이 지르는 듯한 끔찍한 소리도 들었다. 샘이 깜짝 놀라 깨어 보면, 사방은 짙은 어둠에 잠겨 있고 주위에는 텅 빈 어둠뿐이었다. 딱 한 번, 그가 일어나 주위를 사납게 두리번거렸을 때, 눈빛 같은 흐릿한 빛을 여전히 볼 수 있었다. 그건 잠에서 깬 뒤 본 것이 틀림없었다. 그러나 그 빛은 깜박거리다가 이내 사라지고 말았다.

그 지긋지긋한 밤은 내키지 않는 듯이 천천히 지나갔다. 이어서 아침 빛이 들기는 했지만 여전히 어둡고 침침했다. 운명의 산이 가까워지자 공기가 매우 탁했을 뿐 아니라 암흑의 탑에서 사우론이 만들어 낸 어둠의 장막이 점점 짙게 퍼져 나갔다. 프로도는 꼼짝도 않고 누워 있었다. 샘은 그 곁에 섰지만 말을 하고 싶지 않았다. 물론 무슨 말을 해야 할지는 알고 있었다. 프로도가 다시 노력할 수 있게 그의 의지를 부추겨야 했다. 한참 후 샘은 몸을 굽혀 프로도의 이마를 어루만지며 귀에 대고 말했다.

"프로도 씨, 일어나세요. 떠날 시간이에요."

마치 갑작스러운 벨 소리에 놀라 깬 듯이 프로도는 벌떡 일어서서 저 멀리 남쪽을 바라보았다. 운명의 산과 황무지를 보자 그는 다시 겁에 질린 것 같았다.

"견딜 수가 없어, 샘. 말할 수 없이 무거워. 정말 너무 무거워."

샘은 그런 소릴 해 봤자 소용이 없고 오히려 해가 될 거라는 사실을 알고 있었지만, 프로도가 가엾어서 가만히 있을 수가 없었다.

"그럼 제가 대신 가지고 갈게요, 프로도 씨. 정말 기꺼이 그러고 싶어요. 제게 힘이 남아 있는 한."

그러자 갑자기 프로도의 눈에 광기가 번득였다.

"저리 비켜! 내게 손대지 마! 이건 내 거야! 저리 꺼져!"

그는 그렇게 외치며 칼자루에 손을 댔다. 그러나 곧 목소리가 변하더니 애처롭게 말했다.

"아니야, 그게 아니야, 샘. 자넨 이해해야 돼. 이건 내가 맡아야 할 짐이야. 나 아니면 누구도 질 수 없어. 그리고 이젠 너무 늦었고. 샘, 이 문제에서는 날 도와줄 수 없어. 난 지금 반지의 힘에 거의 사로잡혔어. 이젠 포기할 수 없어. 자네가 이 반지를 가져가려고 하면 난 미쳐 버리고 말 거야."

샘은 고개를 끄덕이며 말했다.

"알겠어요. 하지만 프로도 씨, 가만 생각해 보니 필요 없는 짐들이 있어요. 조금이라도 짐을 줄여야겠어요. 이제부턴 저곳으로 곧장 갈 테니, 필요하지 않은 것들을 가지고 있어 봤자 무슨 소용이 있겠어요?"

이렇게 말하며 샘은 운명의 산을 가리켰다. 프로도도 그쪽을 바라보았다.

"그래, 자네 말이 맞아. 그 길에서 필요한 것은 거의 없어. 그 끝에 가면 아무것도 필요 없겠지."

프로도는 오르크의 방패를 집어던지고 투구도 벗어 버렸다. 그러고는 회색 망토를 벗고 단검이 꽂힌 무거운 허리띠도 풀어 바닥에 내팽개쳤다. 누더기가 다 된 검은 옷마저 찢어 버리고는 소리쳤다.

"자, 이제 난 오르크가 아니야. 정당한 것이든 아니든 무기는 갖지 않겠어. 그놈들이 잡아가겠다면 그러라지 뭐."

샘도 프로도처럼 오르크의 물건들을 벗어 던지고는 자루에 든 물건도 모두 꺼냈다. 지금까지 힘들게 이토록 멀리 끌고 다녔던 만큼, 하나하나가 그에게는 소중한 것이었다. 가장 아까운 것은 조리기구들이었다. 버릴 생각을 하니 눈물이 핑 돌았다.

"프로도 씨, 그 토끼 고기 생각나세요? 우리가 파라미르 대장의 땅에서 따스한 강둑 아래 앉아 있던 곳은요? 그날 제가 올리폰트를 봤었지요."

"아니, 잘 생각이 나질 않아, 샘. 그런 일이 있었다는 건 알겠는데 자세하게 기억하진 못하겠어. 음식의 맛, 물의 감촉, 바람 소리, 나무, 풀, 꽃, 달과 별, 이런 것들이 전혀 기억나질 않아. 샘, 지금 난 벌거벗은 채 어둠 속에 있어. 나와 불꽃 바퀴 사이에 있던 가리개도 완전히 걷혀 버렸어. 이제는 맨정신으로 눈을 뜨고 있어도 그것이 보이기 시작해. 다른 것들은 모조리 사라져 버렸어."

샘은 그에게로 가서 손에 입을 맞췄다.

"그럼 그걸 빨리 없앨수록 더 빨리 쉴 수 있어요."

하지만 그 밖에 어떤 위로의 말도 떠오르지 않았다.

'말해 봤자 아무 도움도 안 돼.'

샘은 아무렇게나 던져 놓았던 물건들을 다시 주워 모으며 이렇게 중얼거렸다. 그로서는 아무나 볼 수 있게 물건들을 황야에 방치해 놓고 싶지 않았다.

'그 냄새나는 놈이 오르크 갑옷을 주운 모양이지. 하지만 칼까지 줍게 하진 않겠어. 그놈은 빈손일 때도 위험한 놈이니까. 내 프라이팬을 더럽히게 하지도 않겠어.'

이렇게 생각하며 샘은 그 땅에 입을 벌리고 있는 수많은 틈새 중 하나에 물건들을 끌고 가서 모두 던져 넣었다. 자신이 소중하게 간직해 온 조리 기구가 어둠 속으로 떨어지는 소리는 마치 죽음의 조종처럼 슬프게 들려왔다.

그는 다시 프로도에게 갔고, 허리띠로 쓰려고 요정의 밧줄을 조금 잘라 회색 망토를 입힌 후 꼭 묶어 주었다. 남은 밧줄은 다시 잘 감아 자루에 넣은 다음 남은 여행식과 물통을 챙겼다. 스팅은 허리띠에 그대로 매달려 있었고, 가슴팍의 윗옷 주머니엔 갈라드리엘의 유리병과 그녀가 준 작은 상자가 숨겨져 있었다.

마침내 그들은 운명의 산을 똑바로 바라보며 출발했다. 이제는 몸을 숨기겠다는 생각조차 하지 않고, 피로감과 약해지는 의지를 오로지 앞으로 나아가야 한다는 한 가지 일에 쏟았다. 경계가 삼엄한 곳이지만 을씨년스러운 날에 사방이 어둑했기에 아주 가까이서가 아니면 그들을 발견할 수 없었다. 암흑군주가 거느리는 종복 중에서 오로지 나즈굴만이, 작지만 꺾일 줄 모르는 의지로 그가 지키는 영역의 심장부를 파고드는 치명적 위험을 알릴 수 있었을 것이다. 그러나 마침 나즈굴과 그들의 검은 날개들은 다른 용무로 출동해 있었다. 그들은 모르도르 외곽에 모여서 서부 지휘관들의 행군을 미행하고 있었고, 암흑의 탑도 그쪽으로 관심을 쏟고 있었다.

그날 프로도는 새로 힘을 조금 얻은 것 같아 보였다. 그의 짐이 다소 가벼워지긴 했지만 사실 그 이상으로 힘이 나는 것 같았다. 처음에 그들은 그의 예상보다 더 멀리, 더 빨리 걸었다. 땅은 무척 험하고 걷기 어려웠지만 그들이 상당한 진척을 이뤘기에 운명의 산은 점점 더 가까워졌다. 하지만 날이 저물고 흐릿한 빛마저 너무나 빨리 자취를 감추기 시작하자 프로도는 다시 축 늘어져 비틀거리기 시작했다. 그날 새로운 노력을 기울인 탓에 남아 있던 힘을 다 써 버린 것 같았다.

마지막 휴식 때 프로도는 앉아서 말했다.

"목이 말라, 샘."

그러고는 더 이상 말이 없었다. 샘은 그에게 한 모금의 물을 주었다. 이제 한 모금의 물만 남아 있었다. 샘은 한 방울의 물도 마시지 않았다. 이제 다시금 모르도르의 밤이 그들을 에워싸면서, 온갖 생각 중 물에 대한 기억이 떠올랐다. 그가 본 적이 있는 온갖 시냇물과 개천, 샘이 떠올랐다. 푸른 버드나무 그늘 아래로 흐르던 물이나 햇빛을 받아 반짝거리던 시냇물이 감은 두 눈 뒤에서 춤추고 잔물결을 일으키며 그를 고문했다. 초막골네 졸리, 톰, 닙스 형제와 그들의 누이 로지와 함께 강변마을의 연못에서 수영할 때 발끝에 느껴지던 차가운 진흙의 감촉이 다시 생생하게 되살아났다. 샘은 한숨지었다.

'하지만 오래전 일이야. 더구나 거긴 너무 먼 곳이고. 돌아가는 길이 있다 해도, 저 산을 통과해야만 하는 거야.'

샘은 잠이 오지 않아 혼자 토론이라도 하듯 중얼거렸다. 그는 씩씩하게 말했다.

'이봐, 우린 예상보다 잘 해냈어. 어쨌든 시작이 좋았어. 우리가 멈추기 전에 그 먼 길을 절반은 온 것 같거든. 이제 하루만 더 버티면 해낼 수 있어.'

그러고 나서 멈추자 자신의 목소리가 대답했다.

'바보 같은 소리, 감지네 샘. 프로도 씨가 몸을 움직일 수 있다고 해도 하루를 더 그렇게 걸을 순 없어. 그리고 너도 그렇지. 남은 물과 대부분의 음식을 다 드리고 네가 오래 버틸 것 같아?'

'그래도 나는 꽤 걸어갈 수 있어. 갈 거야.'

'어디로?'

'그야 물론 운명의 산이지.'

'그다음엔 어떻게 할 거야, 감지네 샘? 그다음엔 말이야. 목적지에 도착하면 뭘 어떻게 할 건데 그래? 프로도 씨 혼자서는 아무 일도 못 하실 텐데 말이야.'

샘은 이 질문에 대답할 말이 없다는 것을 깨닫고 매우 당혹스러웠다. 사실 그는 명확히 알고 있지 못했다. 프로도가 자신의 임무에 대해 자세하게 말해 준 적이 없었기 때문에 샘은 막연히 반지를 어떻게든 불 속에 던져 넣어야 한다는 것만 알고 있었다. 그는 오래된 그 이름이 떠올라 중얼거렸다.

'운명의 틈이라! 글쎄, 프로도 씨가 그곳을 찾아낼 수 있을지 모르겠어.'

'그것 봐, 전부 헛된 일이야. 프로도 씨도 그렇게 말했잖아. 넌 공연히 이리저리 뛰어다니면서 힘만 들이는 바보란 말이야. 네가 그렇게 고집만 부리지 않았더라면 벌써 며칠 전에 함께 드러누워서 잘 수 있었을 텐데. 하지만 어찌 됐든 넌 죽게 될 거야. 아니면 더 비참한 꼴이 되든가. 이제라도 그대로 드러누워서 다 포기하는 편이 나을걸. 어쨌든 정상에는 절대로 이르지 못할 테니까.'

'나는 가고 말 거야. 내 뼈다귀만 빼고 나머지를 다 버리는 한이 있더라도 말이야. 내 등과 심장이 박살 나는 한이 있더라도, 프로도 씨를 업고라도 갈 거야. 그러니 말싸움은 그만두자고!'

바로 그 순간 샘은 땅속에서 어떤 미진을 느꼈다. 그리고 땅속에 가둔 천둥이 울리듯이 멀리서 깊은 울림이 들려오는 듯했다. 구름 밑에서 빨간 불길이 잠깐 깜박이다가 이내 사라졌다. 운명의 산도 편치 않은 잠에 빠진 것이다.

오로드루인으로 향하는 원정의 마지막 단계가 시작되었다. 그런데 그것은 샘이 견딜 수 있으리라고 예상했던 것보다 훨씬 가혹한 고문이었다. 그는 온몸이 아팠고, 입이 너무 말라 한 입의 음식도 넘길 수가 없었다. 사방은 여전히 암흑에 잠겨 있었다. 산의 연기 때문만은 아니었다. 폭풍이 밀려오는 것 같았고, 멀리 남동쪽으로 검은 하늘 아래 번갯불이 가물거렸다. 무엇보다 견디기 힘든 것은 사방에 퍼져 있는 독한 연기였다. 숨 쉬기가 힘들고 고통스러웠다. 현기증이 나서 그들은 비틀거리며 쓰러지기도 했다. 하지만 그들의 의지는 꺾이지 않았기에 몸부림치며 계속 전진했다.

운명의 산은 점점 가까이 다가오다가 마침내 그들이 무거운 머리를 들었을 때 방대하게 드러난 산세가 그들의 시야를 완전히 메웠다. 엄청난 양의 재와 화산암 그리고 불탄 바위들이 깔려 있고, 그 가운데에 가파른 화산추가 구름을 뚫고 솟아올라 있었다. 어스름한 낮 시간이 지나고 다시 칠흑처럼 캄캄한 밤이 오기 전에 그들은 엉금엉금 기고 넘어져 가면서 산기슭에 이르렀다.

프로도는 헐떡거리며 땅바닥에 드러누웠다. 샘은 그 곁에 앉았다. 놀랍게도 샘은 약간의 피로만 느낄 뿐 머리는 다시 맑아지는 것 같았다. 더 이상 마음속의 토론으로 마음이 심란해지지도 않았다. 비관적인 주장을 모르는 바 아니었지만 그런 것에는 이제 귀를 기울이지 않기로 했다. 의지가 확고해졌으므로, 그 의지를 꺾을 것은 죽음밖에 없었다. 이제는 자고 싶은 욕망도 없었고, 잘 필요도 없었다. 오히려 경계심만 가중되었다. 온갖 위험이 이제 정점을 향해 집중되고 있다는 것을 샘은 알았다. 바로 내일이 운명의 날이 될 것이다. 최후의 노력을 바치는 날 혹은 재앙의 날, 마지막으로 숨막히는 날이 될 것이다.

하지만 그 순간은 언제 올 것인가? 밤은 한도 끝도 없이 지속되는 것 같았다. 1분 1분이 뚝뚝 떨어져 나가서 흐르는 시간에 아무것도 보태지 못하고 아무런 변화도 가져오지 못할 것만 같았다. 두 번째 어둠이 시작되어서 낮이 다시는 돌아오지 못하는 것이 아닌지 궁금해지기 시작했다. 샘은 프로도의 손을 더듬었다. 싸늘하게 떨고 있었다. 프로도의 온몸이 떨리고 있었다. 샘은 중얼거렸다.

"담요를 버리지 않았어야 했는데."

그는 드러누워 자신의 몸으로 프로도를 감싸듯 부드럽게 안았다. 그러다 그도 잠이 들었다. 나란히 잠든 그들에게 원정의 마지막 날이 어둑한 빛으로 찾아들었다. 바람은 전날 서풍으로 바뀌기 전에 잦아들었는데, 이제는 북쪽에서 일기 시작했다. 보이지 않는 햇빛이 호빗들이 누워 있는 어둠 속으로 서서히 스며들었다.

"자, 그날이야! 마지막으로 헐떡거릴 그날이 온 거야!"

샘은 이렇게 소리치며 억지로 몸을 일으켰다. 그가 몸을 숙여 프로도를 조용히 깨우자 프로도는 신음 소리를 냈다. 프로도는 의지를 짜내어 비틀거리며 일어섰지만 다시 무릎을 꿇으며 쓰러지고 말았다. 그리고 간신히 두 눈을 들어 높이 솟은 운명의 산의 검은 비탈을 쳐다보고 측은하게도 두 손을 대고 기기 시작했다.

이를 본 샘은 가슴속에서 눈물을 흘렸지만 말라 버려 따끔거리는 그의 두 눈에서는 아무것도 흘러내리지 않았다. 샘은 중얼거렸다. '내 등이 부러지는 한이 있더라도 프로도 씨를 모시고 가겠다고 말했지. 그렇게 하겠어.' 샘은 외쳤다.

"자, 프로도 씨! 제가 대신 그 반지를 갖고 갈 수는 없지만, 당신과 반지를 함께 지고 갈 수는 있어요. 일어나세요! 자, 제 등에 업히세요. 어디로 가야 하는지만 일러 주세요."

프로도를 등에 업고 두 팔을 자기 목 옆으로 축 늘어뜨린 채 두 다리를 자기 겨드랑이 아래서 꽉 잡고 나서 샘은 비틀거리며 일어섰다. 그런데 놀랍게도 무게는 가볍게 느껴졌다. 사실 샘은 프로도만이라도 업을 힘이 있을지 걱정이었다. 그러면서도 한편으로는 그 저주받은 반지의 질질 끌어당기는 그 엄청난 무게를 자신이 나눌 수 있기를 바랐다. 그러나 그런 걱정과는 달리 예상 밖의 무게였다. 프로도가 칼에 찔리고 독침에 찔리며 오랜 고통에 시달렸을 뿐 아니라 슬픔과 공포와 객지에서의 오랜 방랑에 너무 쇠약해진 것인지, 아니면 샘 자신에게 누군가 마지막 기운을 선사한 것인지는 알 수 없지만, 어쨌든 샘은 고향 땅 샤이어의 풀밭이나 건초 들판에서 호빗 꼬마를 등에 업고 장난치며 뛰어놀 때처럼 어렵지 않게 프로도를 업을 수 있었다. 샘은 심호흡을 한 번 하고 출발했다.

그들은 북쪽 산기슭에 도착했다. 약간 서쪽으로 긴 회색 비탈길이 있었는데 더러 끊기긴 했지만 그리 가파르진 않았다. 프로도는 아무 말도 없었다. 샘은 기력이 다하고 의지마저 꺾이기 전에 어서 빨리 높이 올라가야 한다는 일념으로, 있는 힘을 다해 걸어 올라갔다. 경사가 심한 곳을 피해 이리저리 돌아가기도 하고 가끔씩 비틀거리기도 하면서 쉬지 않고 올라갔다. 그러다 결국은 등에 무거운 짐을 진 달팽이처럼 기기 시작했다. 결국 팔다리가 말을 듣지 않아 더 이상 갈 수 없게 된 샘은 업고 있던 프로도를 가만히 내려놓았다.

프로도는 눈을 뜨고 숨을 들이쉬었다. 산 아래쪽에 퍼져 있던 독한 연기에서 벗어나자 숨 쉬기가 훨씬 수월했던 것이다. 쉰 목소리로 프로도는 말했다.

"고마워, 샘. 얼마나 더 가야 하지?"

"모르겠어요. 우리가 어디로 가는 건지 전 모르니까요."

샘은 뒤를 돌아보고 나서 다시 위를 올려다보았다. 자신의 노력으로 상당히 높이 올라왔다는 것을 알고는 꽤 놀랐다. 불길하게 우뚝 선 운명의 산은 밑에서 올려다보았을 때는 무척 높아 보였는데, 여기까지 와서 보니 프로도와 함께 올랐던 에펠 두아스의 높은 고개보다 낮은 듯했다. 그 방대한 기저의 산허리는 엉망으로 무너져 내렸지만 평지에서 약 1000미터 높이로 솟아 있었고, 그 위에 그 절반 정도의 높이로 중앙 화산추가 솟아올라 마치 거대한 가마나 굴뚝에 들쭉날쭉한 분화구가 얹어진 모양새였다. 샘은 이미 산 기저부의 절반 이상을 올라온 셈이었다. 저 아래 고르고로스평원은 연기와 어둠에 뒤덮여 거의 보이지 않았다. 위를 올려다보니 목구멍이 다 말라 버렸기에 망정이지 하마터면 탄성을 지를 뻔했다. 머리 위로 부서진 바위 언덕과 능선 사이에 오솔길인지 도로인지 몰라도 길이 분명히 있었던 것이다. 그 길은 서쪽에서 올라오는 허리띠처럼 점점 높아졌고 뱀처럼 산을 감돌아 동쪽 편에서 화산추의 기슭에 닿은 후 돌아가면서 보이지 않았다.

샘의 머리 위에서는 그 길이 보이지 않았다. 그곳이 가장 낮은 부분이었지만, 샘이 서 있는 곳에서부터 비탈의 경사가 심해졌기 때문이었다. 하지만 몹시 애를 써서 조금만 더 올라가면 그 길로 들어설 수 있으리라고 짐작했다. 한 줄기 희망이 다시 솟았다. 그들은 이제 산을 정복할 수 있으리라. 샘은 혼자 중얼거렸다.

"그래, 길이 있는 것도 다 무슨 목적이 있어서겠지. 만일 저 길이 없었다면 내가 결국 패했다고 말할 수밖에."

그 길이 샘을 위해 만들어진 것은 물론 아니었다. 샘은 알지 못했지만, 그가 본 것은 바랏두르에서 삼마스 나우르, 즉 불의 방까지 이어진 사우론의 길이었다. 암흑의 탑의 거대한 서문에서 시작된 그

바랏두르(Barad-dur)

길은 큰 쇠다리를 통해 깊은 구렁을 넘고, 평원에 들어와서는 연기를 피우는 두 수렁 사이를 5킬로미터쯤 지나, 드디어 운명의 산 동쪽으로 이어진 길고 비탈진 둑길에 이르렀다. 거기서부터 넓은 산을 둘러싸고 남쪽에서 북쪽으로 휘감아 돌며 오르는 그 길은, 연기를 뿜어내는 꼭대기까지는 여전히 멀리 떨어져 있지만 화산추의 상단 부분에 있는 어두운 입구로 이어졌다. 그 입구에서 동쪽을 보면 암흑에 둘러싸인 사우론 요새의 눈의 창이 일직선으로 보였다. 산의 용광로가 요동치면 길은 종종 막히기도 하고 파괴되기도 했지만 그때마다 수많은 오르크가 동원되어 복구되고 치워졌다.

샘은 깊이 숨을 들이쉬었다. 길은 있는데 어떻게 비탈을 올라 그곳에 가야 할지 알 수 없었다. 우선 쑤시는 등을 풀어야만 했다. 그는 프로도 곁에 잠시 드러누웠다. 둘 다 아무 말도 하지 않았다. 빛이 서서히 밝아 왔다. 갑자기 샘은 알 수 없는 긴박감을 느꼈다. 누군가 자신을 부른 것 같았다.

'지금이다! 지금이야. 그러지 않으면 너무 늦어!'

샘은 마음을 다잡고 일어섰다. 프로도 역시 그런 외침을 들은 듯 무릎을 대고 일어서려고 애썼다. 그는 숨찬 목소리로 말했다.

"기어서 가겠어, 샘."

그들은 마치 작은 회색 곤충처럼 한발 한발 기어서 비탈을 올라갔다. 마침내 길을 찾았다. 깨진 돌조각과 재로 다져진 넓은 길이었다. 프로도는 기어서 그 길까지 올라가서는, 마치 어떤 충동에 의해 움직이는 듯이 천천히 몸을 돌려 동쪽을 바라보았다. 저 멀리 사우론의 그림자가 드리워져 있었다. 그런데 바깥 세계에서 불어온 돌풍에 찢겼는지, 아니면 내부의 큰 불안으로 말미암아 동요한 탓인지, 어둠을 덮은 구름이 소용돌이치더니 잠시 흩어졌다. 바로 그 순간 프로도는 바랏두르의 무자비한 첨탑들과 가장 높은 탑의 철관이 그 주위의 광막한 어둠보다 더 어둡고 더 시커멓게 솟아오르는 것을 보았다. 한순간 그것은 그저 응시하기만 했다. 그러나 측정할 수 없이 높은 거대한 창문에서 찌르듯이 붉은 불꽃, 꿰뚫어 보는 눈의 깜박이는 빛을 북쪽으로 쏘아 댔다. 그러고 나서 어둠이 다시 펼쳐지면서 무시무시한 환영은 사라졌다. 그 눈은 그들을 향하지 않았다. 그것은 서쪽의 지휘관들이 막다른 골목에 몰려 있는 북쪽을 바라보고 있었고, 암흑의 힘이 치명적인 공격을 가하기 위해 이동하자 그 눈의 온갖 악의도 그쪽으로 쏠리고 있었다. 하지만 프로도는 그 끔찍한 시선에 치명적인 상처를 입은 듯 쓰러졌다. 그는 손으로 목을 더듬어 줄을 찾았다.

샘은 그의 옆에 무릎을 꿇었다. 프로도는 들릴락 말락 하게 속삭였다.

"도와줘, 샘! 도와줘, 샘! 내 손을 잡아 줘! 막을 수가 없어."

샘은 프로도의 두 손을 손바닥이 맞붙게 모아 잡고 입을 맞추고 나서 자신의 손으로 감싸 쥐었다. 그때 갑자기 어떤 생각이 떠올랐다. 샘은 중얼거렸다.

'그가 우릴 발견했어! 이제 끝장이야. 아니 곧 끝장나겠지. 이봐, 감지네 샘, 이젠 정말 끝 중에서도 끝인 모양이야.'

샘은 프로도를 다시 업고 자기 가슴 쪽으로 그의 손을 끌어당겨 잡았다. 그러자 프로도의 두 다리는 허공에 매달려 달랑거렸다. 그런 다음에 샘은 고개를 숙이고 전력을 다해 오르막길을 따라갔다. 길은 처음에 보기보다 쉽지 않았다. 다행히도 키리스 웅골에서 본 큰 요동으로 쏟아져 나온 불길이 흘러내린 곳은 주로 남쪽과 서쪽 비탈일 뿐 이쪽 길은 막히지 않았다. 하지만 곳곳에 길이 허물어졌거나 가로로 갈라진 틈이 있었다. 얼마간 동쪽으로 오르던 길은 갑자기 예각으로 꺾여서 한동안 서쪽을 향했다. 길이 꺾인 부분은 오래전 산의 분화구가 토해 낸 암석이 풍화되어 깊이 깎인 옛 암반이었다. 무거운 짐에 짓눌려 숨을 헐떡이면서 샘은 그 길을 돌았다. 바로 그때 그는 무언가 울퉁불퉁한 바위에서 떨어져 나가는 것을 곁눈으로 흘끗 보았다. 그가 지나가면서 넘어뜨린 검은 돌멩이 같았다.

갑자기 무거운 물체가 그를 강타하는 바람에 그는 앞으로 고꾸라졌다. 아직 프로도의 손을 꼭 잡고 있던 샘의 손등이 찢겼다. 머리 위에서 증오로 가득 찬 소리가 들려왔다. 그제야 그는 무슨 일이 일어난 것인지 알아차렸다.

"나쁜 주인! 우릴 속였어! 스메아골을 속였어, 골룸. 그 길로 가면 안 돼! 그 보물에 해를 입히면 안 돼! 스메아골한테 내놔! 우리에게 줘! 내놓으란 말이야!"

간신히 몸을 일으킨 샘은 즉시 칼을 뽑았다. 그러나 그는 아무것도 할 수 없었다. 골룸과 프로도가 한데 엉겨 붙어 있었던 것이다. 골룸은 프로도를 마구 할퀴며 반지와 줄을 낚아채려고 안간힘을 쓰고 있었다. 완력으로 보물을 빼앗아 가려는 이 공격이 프로도의 내면에서 꺼져 가던 의지의 불씨에 불을 붙인 게 틀림없었다. 프로도가 갑자기 격분하며 대항했던 것이다. 골룸은 물론이고 샘조차 놀랄 정도였다. 골룸이 변하지 않고 예전 그대로였다면 싸움의 결과는 달라졌을 것이다. 그러나 강렬한 욕망과 무서운 공포에 내몰린 골룸은, 갈증과 배고픔 그리고 고독에 시달리면서 걸어온 험난한 길 때문에 가혹한 변화를 감수해야만 했다. 그는 뼈와 가죽만 남은 형편없는 말라깽이가 되어 있었다. 그의 두 눈에는 맹렬한 분노의 불길이 타올랐다. 그러나 그에게 남은 힘은 적에 대한 적의에 미치지 못했다. 프로도는 그를 내동댕이치고 나서 몸을 부르르 떨면서 일어섰다.

"떨어져라! 떨어져!"

프로도는 가슴팍으로 손을 가져가 가죽 윗옷 아래 있는 반지를 움켜쥐고 외쳤다.

"떨어져라! 이 비열한 놈! 썩 꺼져 버려! 넌 끝장이야. 더 이상은 날 속이거나 죽일 수 없어!"

그때 갑자기 샘은, 전에 에뮌 무일의 처마 밑에서 그랬듯이, 이 두 적수가 다른 환영으로 보였다. 몸을 웅크리고 있는 한 형체는 생명체의 그림자에 지나지 않았고, 완전히 망가지고 패배하긴 했지만 여전히 사악한 욕망과 분노로 가득 차 있었다. 그 앞에 선 흰옷을 입은 형체는 지금 동정심이라곤 찾아볼 수 없이 잔인한 표정을 짓고 있었는데 그 가슴팍에서 불의 바퀴를 쥐고 있었다. 그 불에서 명령하는 목소리가 울려 퍼졌다.

"썩 꺼져! 날 더 이상 괴롭히지 마라! 다시 날 건드린다면 너는 스스로 운명의 불 속에 던져질 것이다!"

그러자 웅크리고 있던 형체는 깜박이는 두 눈에 공포가 어린 채 물러났지만 동시에 눈에는 채울 수 없는 욕망이 이글거렸다.

다음 순간에 환영이 사라지고 프로도가 보였다. 가슴에 손을 얹은 채 그는 가쁜 숨을 몰아쉬고 있었고, 그 발치에서 골룸이 무릎을 꿇고 양 손바닥을 펼쳐 땅바닥에 대고 있었다.

"조심하세요! 덤벼들지도 몰라요."

샘이 소리치고 칼을 휘두르며 걸어갔다. 그는 다시 외쳤다.

"빨리요, 프로도 씨! 가세요! 가요! 시간이 없어요. 이놈은 제가 맡을 테니 어서 가세요!"

프로도는 멀찍이 선 사람을 바라보듯 샘을 바라보며 말했다.

"그래, 가야겠어. 샘, 안녕! 이제 마침내 끝이군. 운명의 산에 종말이 올 거야. 안녕!"

이 말을 남기고 프로도는 돌아서서, 느린 걸음이지만 몸을 꼿꼿하게 세우고 오르막길을 따라 갔다.

"자, 드디어 네놈을 처치할 수 있게 되었군!"

샘은 소리치며 칼을 뽑아 싸울 준비를 하고 앞으로 껑충 뛰어올랐다. 그러나 골룸은 덤벼들지 않았다. 골룸은 바닥에 픽 쓰러지며 우는소리로 말했다.

"우릴 죽이지 마. 비정한 칼로 우릴 베선 안 돼. 제발 살려 줘. 조금만 더 살아 있게 해 줘. 항복이야. 우리가 졌어. 보물이 가 버리면 우리도 죽고 말아. 죽어서 먼지가 될 거야."

그는 앙상한 긴 손가락으로 길의 재를 움켜쥐며 쉿쉿 소리를 냈다.

"먼지!"

샘의 손이 머뭇거렸다. 그의 마음은 분노와 험악한 기억으로 끓어올랐다. 수천 번 죽여 마땅한 이 기만적인 살인마를 죽이는 것은 천번 만번 옳은 일일 터였다. 또 그렇게 해야만 안전할 것이다. 하지만 가슴 깊은 곳에서 무엇인가가 그를 억눌렀다. 몰락하여 몹시 비참하게 홀로 이 잿더미에 쓰러져 있는 놈을 향해 칼을 휘두를 수는 없는 일이었다. 샘도 잠시 동안이긴 했지만 절대반지를 갖고 있었다. 그래서 지금 그는 그 절대반지에 예속된 운명으로서 살아 있는 동안 다시는 평화와 안락을 누릴 수 없을 쇠락한 골룸의 영혼과 몸의 고뇌를 어렴풋이나마 짐작할 수 있었다. 하지만 자신의 감정을 표현할 적절한 말은 찾을 수 없었다.

"에이, 저주받은 놈! 구린내 나는 놈! 썩 꺼져 버려! 난 네놈을 발로 차 버릴 수 있을 때가 아니면 널 믿지 않아. 꺼지지 않으면 이 무자비한 칼로 네놈을 베어 버리겠어."

골룸은 두 팔 두 다리로 일어서서 몇 발짝 뒷걸음질 쳤다. 샘이 발길질하려 하자 그는 길 아래로 뛰어 달아났다. 샘은 그에게 더 이상 관심을 두지 않았다. 갑자기 프로도가 궁금해져 위쪽을 쳐다보았지만 모습이 보이지 않았다. 샘은 걸음을 재촉해 길을 따라 올라갔다. 만일 뒤를 돌아보았더라면 그리 멀지 않은 곳에서 돌아선 골룸이 뒤따라오고 있는 것을 알 수 있었을 것이다. 골룸은 두 눈에 거친 광기를 발산하며 잽싸게, 그러면서도 아주 신중하게 바위틈에 몸을 숨기며 살그머니 그를 뒤따라 산을 기어오르고 있었다.

길은 오래지 않아 다시 굽었다. 샘은 마지막으로 동쪽을 향해 원추형의 산세를 따라 깎아 놓은 좁은 길을 지나 산비탈에 자리한 검은 문에 이르렀다. 그것이 바로 삼마스 나우르의 문이었다. 이제 저 멀리서 남쪽을 향해 오르던 태양이 연기와 안개를 꿰뚫고 우중충하고 흐릿한 붉은 원반처럼 불길하게 타올랐다. 그러나 산 주위의 모르도르는 온통 죽은 대지처럼 고요히 어둠에 잠겨, 뭔가 무서운 일격을 기다리는 것 같았다.

샘은 벌어진 입구에 이르러 안을 들여다보았다. 내부는 칠흑같이 어두웠고 뜨거웠으며 우르르 울리는 요란한 소리가 공기를 뒤흔들고 있었다. 그는 소리쳐 불렀다.

"프로도! 프로도 씨!"

그러나 응답이 없었다. 잠시 서 있는 동안 미칠 듯한 공포로 심장이 두근거렸다. 샘은 뛰어들었다. 한 그림자가 그 뒤를 따랐다.

처음에는 아무것도 보이지 않았다. 그는 다급한 나머지 갈라드리엘의 유리병을 꺼냈는데, 그 병은 떨리는 그의 손에서 차갑고 흐릿하게 보였을 뿐 이 숨막힐 듯한 어둠 속에 빛을 밝히지 못했다. 그가 서 있는 이곳은 사우론의 영토에서 심장부에 해당되는 곳으로, 가운데땅에서 가장 강대한 그의 옛 권능으로 벼려 만든 대장간이었다. 그래서 다른 힘들은 여기서 기세를 펴지 못했다. 겁에 질린 샘은 어둠 속에서 몇 발짝 더듬거리며 나아갔다. 그런데 갑자기 한 줄기 붉은 섬광이 튀어 올라서 높고 검은 천장을 강타했다. 그제야 샘은 여기가 화산추 안으로 이어지는 긴 터널이거나 동굴 속이라는 것을 알게 되었다. 그런데 조금만 더 앞으로 가면 바닥과 양쪽 벽에 갈라진 큰 틈들이 있어서, 그곳에서 붉은 섬광이 솟아올랐다가 어둠 속으로 스러지곤 했다. 저 밑에서는 쉬지 않고 돌아가는 기계 소리 같은 요란한 굉음이 끊임없이 들려왔다.

또다시 빛줄기가 솟아올랐다. 그런데 저기, 바로 운명의 틈, 그 깊은 틈의 가장자리에 프로도가 서 있었다. 빛을 등지고 있어 검게 보이고 긴장하여 몸을 꼿꼿이 세우고 있었지만 그는 마치 돌로 변하기라도 한 듯이 꼼짝하지 않았다. 샘이 외쳤다.

"프로도 씨!"

그러자 프로도는 몸을 움직이며 또렷한 소리로 말했다. 그런데 그 목소리는 지금껏 샘이 그에게서 들어 본 적 없는 또렷하고 힘찬 목소리여서 운명의 산에서 터져 나오는 굉음을 압도하며 지붕과 벽에 울려 퍼졌다.

"내가 왔다. 하지만 내가 여기 와서 하려고 했던 바를 이제는 하지 않기로 선택한다. 나는 그 행위를 하지 않을 것이다. 반지는 내 것이다!"

이렇게 외치면서 반지를 손가락에 낀 순간 프로도는 샘의 눈앞에서 사라져 버렸다. 샘은 입을 딱 벌렸지만 소리칠 사이도 없이 순식간에 많은 일이 벌어졌다.

등 뒤에서 무언가 그를 후려치는 바람에 샘은 무릎을 꿇고 넘어지다가 머리를 바닥에 부딪치고 나동그라졌다. 검은 물체가 그를 덮친 것이었다. 샘은 꼼짝도 하지 못했다. 사방은 잠시 어둠에 잠겼다.

프로도가 바로 사우론 영토의 심장부인 삼마스 나우르에서 절대반지를 자기 것이라고 주장하며 손가락에 낀 순간, 저 멀리 바랏두르의 권능이 요동쳤다. 암흑의 탑은 그 토대에서부터 오만하고 무자비한 꼭대기에 이르기까지 뒤흔들렸다. 암흑군주는 갑자기 그의 존재를 의식하게 되었고, 모든 어둠을 꿰뚫는 그의 눈은 평원을 가로질러 자신이 만들었던 문을 보았다. 눈 깜박할 사이에 자신이 저지른 엄청난 실수가 명료하게 드러났고, 적들의 온갖 책략이 마침내 까발려졌다. 그러자 그의 분노가 맹렬한 불꽃으로 치밀어 올랐고, 한편으로는 두려움이 방대한 검은 연기처럼 솟아올라 질식할 것 같았다. 그는 지금 자신이 치명적인 위험에 처했으며, 자신의 운명이 위태로운 줄타기를 하고 있다는 사실을 깨달았던 것이다.

그의 마음은 자신의 온갖 술수, 공포와 기만의 덫, 온갖 책략과 전쟁에서 떨어져 나왔다. 그의 영토 전역에 미진이 일었고, 그의 노예들은 겁에 질렸고, 그의 군대는 멈춰 섰고, 그의 대장들은 갑자기 지휘자를 잃고 전의도 상실해서 머뭇거리고 절망했다. 자신들이 주인에게 잊혔기 때문이었다. 그들을 장악했던 권능은 이제 너무도 강력하게 운명의 산에 온 마음과 목적을 쏟았다. 그의 소환을 받은 반지악령, 나즈굴들이 하늘을 찢는 괴성을 지르면서 마지막 힘을 다해 필사적으로 바람보다 빨리 날았고 날개로 돌풍을 일으키며 운명의 산을 향해 남쪽으로 돌진했다.

샘은 일어섰다. 어질어질했고 머리에서 흘러내린 피가 두 눈으로 들어갔다. 더듬거리며 앞으로 나아가자 이상하고 끔찍한 광경이 눈에 들어왔다. 벼랑 끝에서 골룸이 보이지 않는 적과 미친 듯이 싸우고 있었다. 그는 이리저리 흔들리며, 벼랑 가까이에서 굴러떨어질 뻔하고, 뒤로 물러서고, 바닥에 쓰러지고, 일어나고, 다시 넘어졌다. 그러면서 내내 쉿쉿거리기만 할 뿐 말은 없었다.

아래쪽에서 불길이 분노로 깨어나 붉은빛이 눈부시게 빛났다. 동굴 전체에 환한 빛과 열기가 가득했다. 그 순간 갑자기 골룸이 긴 손을 입으로 끌어 올리는 것이 보였다. 하얀 어금니가 번득이는가 싶더니 무엇인가를 딱 물어뜯었다. 프로도의 비명 소리가 들렸다. 거기 벼랑 끝에서 무릎을 꿇고 쓰러진 프로도가 보였다. 골룸은 미친 듯 춤을 추며 반지를 치켜들었다. 그 반지에는 아직 손가락이 끼워져 있었다. 참으로 반지는 살아 있는 불로 만들어진 것인 양 이제 빛을 발했다.

"보물! 보물! 보물! 내 보물! 아, 내 보물!"

골룸이 외쳐 댔다. 이렇게 소리를 지르며 눈을 들어 자신의 포획물을 흡족해하며 바라보다가 그는 벼랑 쪽으로 너무 가까이 다가갔다. 벼랑 끝에서 넘어지고는 한순간 버둥대더니, 비명을 지르며 떨어졌다. 저 깊은 구렁에서 "보물!"이라는 그의 마지막 비명이 울려왔다. 그리고 그는 사라져 버렸다.

엄청난 진동과 굉음이 사방에서 터져 나왔다. 불길이 치솟아 천장에 닿았다. 쿵쿵 소리는 이제 거대한 폭음으로 변했고, 산 전체가 요동쳤다. 샘은 프로도에게 달려가 그를 안고 문밖으로 옮겼다. 모르도르평원보다 훨씬 높은 삼마스 나우르의 어두운 문턱에서 너무나 놀랍고 두려운 나머지 샘은 다른 것을 다 잊고 가만히 서서 돌로 변한 듯이 멍하니 응시했다.

그는 잠시 소용돌이치는 구름의 환영을 보았다. 그 구름 한가운데에 언덕만큼 높은 탑들과 흉벽들이 헤아릴 수 없이 깊은 구덩이 위에 강력한 산의 권좌를 자랑하며 세워졌다. 큰 궁정과 지하 토굴, 절벽처럼 깎아지른 창 없는 감옥, 그리고 강철과 금강석으로 만들어진 입 벌린 성문들이 보이는가 싶더니 이내 모든 것이 사라져 버렸다. 탑들이 무너져 내렸고 산들이 허물어졌다. 성벽이 부서지고 녹아내리며 붕괴했다. 엄청난 연기와 분출하는 증기가 소용돌이치며 위로, 위로 피어오르다가 마침내 위압적인 파도처럼 무너졌고, 그 거친 꼭대기가 둥글게 말리더니 땅 위에 거품을 쏟아 내며 흘렀다. 그러자 마침내 몇 킬로미터에 걸쳐서 전달된 쿠르릉 소리가 고막을 찢는 듯한 굉음으로 폭발했다. 땅이 흔들렸고, 평원은 들썩이다가 갈라졌고, 오로드루인이 휘청거렸다. 그 갈라진 산꼭대기에서 불을 토해 냈다. 하늘은 번개에 그을린 천둥을 터뜨렸다. 후려치는 채찍처럼 검은 비가 빗발치며 쏟아졌다. 구름을 가르고 온갖 다른 소리들을 찢어 놓는 비명을 지르며 나즈굴이 번개처럼 빠른 속도로 폭풍의 중심부로 날아들었다. 산과 하늘에서 불타오르는 폐허에 사로잡혔기에 반지악령들은 탁탁 소리를 내며 타올랐고, 불길에 오그라들었고, 그러고 나서 스러졌다.

"자, 이것이 끝이군, 감지네 샘."

옆에서 목소리가 들렸다. 프로도는 지칠 대로 지쳐서 창백했지만 다시 본래의 자신으로 돌아와 있었다. 긴장감도, 광기도, 두려움도 모두 사라지고 이제 그의 두 눈에는 평화가 깃들었다. 무거운 짐도 이제는 사라져 버렸다. 그는 고향 샤이어에서 즐겁게 지내던 때의 다정한 프로도였다.

"프로도 씨!"

샘은 소리치며 무릎을 꿇었다. 세상이 파멸에 처한 바로 그 순간 샘은 오로지 기쁨을, 큰 기쁨을 맛보았다. 짐은 사라졌다. 프로도 씨도 구출되었고 다시 자유로운 예전의 모습을 되찾았다. 그 순간 피를 흘리는 그의 손이 눈에 들어왔다.

"가엾은 손! 동여맬 것도 없고, 약도 없어요. 차라리 그놈한테 내 손을 전부 주는 건데. 하지만 그놈은 다시는 돌아올 수 없는 곳으로 영원히 가고 말았어요."

"그래. 그런데 간달프의 말을 기억하고 있나? 골룸도 할 일이 남아 있을지 모른다던 말 말이야. 샘, 그가 없었다면 난 그 반지를 파괴하지 못했을 거야. 그 쓰라린 최후의 순간까지 와서 우리의 원정이 수포로 돌아갈 뻔했어. 그러니 그를 용서하기로 하지. 원정은 성공했고 이제 모든 게 끝났으니까. 자네가 지금 나와 함께 있어서 얼마나 기쁜지 모르겠네, 샘. 모든 것이 다 끝난 이 순간에 말이야."

Chapter 4

코르말렌평원

언덕을 둘러싼 모르도르의 대군이 미친 듯이 날뛰고 있었다. 서부군의 지휘관들은 밀려드는 파도에 침몰하고 있었다. 태양이 붉게 타오르는 가운데 나즈굴의 날개 밑으로 죽음의 그림자가 어둡게 드리워졌다. 아라고른은 오래전 일이나 멀리 떨어진 곳의 일에 대한 생각에 잠긴 사람처럼 말없이 단호한 얼굴로 자신의 기치 아래 서 있었다. 하지만 그의 눈은 밤이 깊어 갈수록 밝게 빛나는 별처럼 빛을 발했다. 언덕 위에 서 있는 간달프는 희고 싸늘하게 보였고 그의 몸 위에는 어두운 그림자가 내려앉지 못했다. 서부인들을 포위한 모르도르군은 밀어닥치는 물결처럼 언덕을 향해 돌진해 왔고, 무기가 부딪치거나 깨지는 요란한 소리 사이로 고함을 지르는 목소리들이 파도처럼 포효했다.

그때 갑자기 어떤 환영이라도 본 듯 간달프가 몸을 움직였다. 그는 고개를 돌려 어슴푸레한 빛이 감도는 청량한 북쪽 하늘을 바라보았다. 그리고 두 손을 들어, 요란한 소음을 압도하는 쩡쩡 울리는 목소리로 외쳤다.

"독수리들이 온다!"

그러자 그에 응답하는 목소리들이 소리쳤다.

"독수리들이 온다! 독수리들이 온다!"

모르도르군은 하늘을 올려다보며 대체 무슨 징후인지 몰라 어리둥절했다.

북쪽의 모든 독수리들 중에서 가장 위대한 바람의 왕, 과이히르와 그 형제 란드로발이 날아온 것이었다. 가운데땅의 생성 초기에 에워두른산맥의 범접하기 어려운 높은 봉우리에 둥지를 틀었던 늙은 소론도르의 가장 강력한 후계자들이었다. 그들 뒤로는 북쪽 산맥에서 온 그의 부하들이 신속하게 긴 대열을 이루며 밀려오는 바람을 타고 속력을 더해 날아오고 있었다. 그들은 공중에서 급강하해서 나즈굴을 향해 곧바로 날아갔다. 그들이 비행하면서 넓은 날개를 펄럭이자 돌풍이 이는 것 같았다.

그러나 나즈굴은 몸을 돌려 날아가 모르도르의 어둠 속으로 사라져 버렸다. 갑자기 암흑의 탑에서 들려온 무서운 소리를 들었던 것이다. 바로 그 순간 모르도르의 대군은 겁에 질려 후들후들 떨었다. 의혹이 와락 마음을 움켜잡았고, 웃음은 사라졌고, 손이 떨리고 팔다리에서 힘이 빠졌다. 그들에게 분노와 증오심을 불어넣어 조종해 온 권능이 흔들리자, 그들은 그 의지에서 풀려난 것이었다. 이제야 자신들이 상대하는 적들의 눈에서 치명적인 빛을 보게 된 모르도르의 졸개들은 공포에 질렸다.

그러자 서부군의 지휘관들은 암흑의 한가운데서 새로 솟아오른 희망으로 가슴이 부풀어 크게 외쳤다. 포위되었던 언덕에서 곤도르와 로한의 기사들, 북방의 두네다인, 그리고 주위에 몰려 있던 부대들이 전투적인 창병들을 앞세워 압박을 뚫으면서 동요하는 적들을 밀어붙였다. 그러나 간달프가 다시 한번 손을 들며 우렁찬 소리로 외쳤다.

"멈추라, 서부의 용사들이여! 멈춰 기다리라! 운명의 시간이다!"

그의 외침과 동시에 발밑의 대지가 흔들리기 시작했다. 산 위에 높이 솟은 암흑의 첨탑들 위로 거대한 어둠이 신속히 일어나 하늘로 솟아오르며 불빛을 깜박거렸다. 땅이 신음하며 마구 흔들렸다. 이빨탑들이 흔들리고 휘청거리더니 깨어져 부서져 내렸다. 위력적인 성벽이 허물어졌다. 암흑의 성문이 쓰러져 부서졌다. 그러자 멀리서 북소리 같기도 하고 포효하는 소리 같기도 한 파멸의 굉음이 길게 메아리치며 울려왔다. 처음엔 미약했던 그 소리는 점점 커지더니 구름에까지 이르렀다.

간달프가 외쳤다.

"사우론의 왕국은 이제 끝났다! 반지의 사자가 자신의 임무를 완수했다!"

지휘관들은 남쪽 모르도르를 바라보았다. 구름의 장막을 배경으로 어떤 거대한 그림자 형체가 시커멓게 솟아올랐고, 번개를 머리에 두른 그 불가해한 형체는 온 하늘을 덮어 버릴 것 같았다. 어마어마하게 방대한 그것은 세상 위에 우뚝 서서 그들에게 거대하고 위협적인 손을 뻗쳤다. 끔찍하긴 하지만 무력한 손이었다. 그것이 그들 위로 상체를 구부리려 했을 때 큰 바람이 그것을 낚아챘던 것이다. 그것은 바람에 불려 흩어졌고, 사라졌고, 그러고는 정적이 내려앉았다.

지휘관들이 숙였던 머리를 들어 다시 올려다보았을 때, 보라! 적은 달아나고 있었고, 모르도르의 군세는 이미 바람에 날리는 먼지처럼 흩어지고 있었다. 개미들이 우글거리는 굴을 지배하고 있던, 부풀어 오른 배에 알을 가득 품은 여왕이 갑자기 죽음을 당하면, 개미들 역시 의지도 목적도 없이 헤매다 힘없이 죽어 버리게 된다. 그처럼 사우론의 피조물, 주문에 걸렸던 오르크와 트롤, 짐승 들은 정신없이 이리저리 날뛰었다. 일부는 스스로 죽음으로 돌진했고, 어떤 놈들은 구덩이 속에 몸을 던졌으며, 또는 가망 없는 구멍이나 빛이 없는 음지에 숨으려고 울부짖으며 달아났다. 그러나 룬과 하라드인들, 동부인들과 남부인들은 자신들의 패배와 서부 지휘관들의 위풍과 영광을 보았다. 그들 중에서도 사악한 노역에 가장 오래 깊이 종사했고 서부인들을 뿌리 깊이 증오한 거만하고 대담한 자들은 이제 최후의 결전을 위해 대오를 정비하려고 애썼다. 그러나 대부분의 인간들은 사력을 다해 동쪽으로 도주하고 있었고, 일부는 무기를 던진 채 자비를 구걸했다.

이제 간달프는 전투와 지휘를 아라고른과 다른 영주들에게 맡기고 언덕 꼭대기에 올라 소리를 질렀다. 그러자 거대한 독수리, 바람의 왕 과이히르가 날아와 그의 앞에 앉았다. 간달프가 먼저 입을 열었다.

"내 친구 과이히르, 그대는 나를 두 번이나 태워 주었지. 세 번째가 모든 것을 보상해 줄 걸세. 물론 그대가 내킨다면 말이지. 내 옛 생명이 소진되었던 지락지길에서 그대가 구해 주었을 때보다 더 무겁지는 않을 걸세."

"당신 몸이 돌로 만들어졌다 해도 당신이 원하는 곳 어디든지 태워다 드릴 겁니다."

과이히르가 말했다.

"그렇다면 가세. 그대 동생과 가장 빠른 이를 하나만 더 데리고 가세! 우리는 지금 나즈굴의 날개를 능가하는, 바람보다 더 빠른 속도가 필요하니 말일세."

"지금은 북풍이 불고 있지만 우린 그보다 빨리 날아갈 수 있을 겁니다."

과이히르는 이렇게 대답한 후 간달프를 태우고 란드로발과 젊고 재빠른 메넬도르와 함께 남쪽으로 온 속력을 다해 날아갔다. 그들은 우둔과 고르고로스를 지나면서 파멸과 혼란에 빠진 저 밑의 대지를 보았다. 그들 앞에는 운명의 산이 불을 내뿜으며 타오르고 있었다.

"자네가 지금 나와 함께 있어서 얼마나 기쁜지 모르겠네, 샘. 모든 것이 다 끝난 이 순간에 말이야."

프로도가 말했다.

"네, 제가 함께 있어요."

샘은 프로도의 다친 손을 부드럽게 자기 가슴에 올려놓으며 말을 이었다.

"프로도 씨도 저와 함께 있고요. 이제 긴 여행이 끝났네요. 그런데 그 험난한 길을 걸어온 후에도 아직은 포기하고 싶지 않아요. 그건 왠지 저답지 않은 것 같아요. 이해하시겠지요."

"그래, 그럴 거야. 그렇지만 세상일이란 게 다 그렇지. 희망이 사라지고 종말이 오는 거야. 우리는 이제 기다릴 시간도 얼마 남지 않았어. 우린 파멸과 붕괴 속에 갇혔고, 달아날 길이 없어."

"하지만 여기 위험한 곳에서, 이른바 이 운명의 틈에서 적어도 조금은 벗어날 수 있지 않을까요? 자, 프로도 씨, 어쨌든 길을 따라 내려가 보시지요."

"좋아, 샘. 자네가 원한다면 가겠어."

그들은 일어서서 구불구불한 길을 따라 천천히 내려갔다. 마구 흔들리는 암흑의 산 기슭을 향해 내려가는 동안, 엄청난 연기와 증기가 삼마스 나우르에서 뿜어져 나왔다. 갈라지고 벌어진 화산추의 사면에서 토해 낸 엄청난 뜨거운 용암이 우레처럼 울리며 폭포처럼 서서히 동쪽 산비탈로 흘러내렸다.

프로도와 샘은 더 이상 나아갈 수 없었다. 몸과 마음에 남아 있던 마지막 힘이 급속히 빠져나가고 있었다. 그들은 산기슭에 재가 쌓인 나지막한 언덕에 이르렀다. 그곳에서의 탈출은 불가능했다. 그 언덕은 이제 고통으로 몸부림치는 오로드루인에서 오래 견딜 수 없는 작은 섬에 불과했다. 그 주위의 땅은 모두 입을 벌렸고, 갈라진 깊은 틈과 구덩이에서 연기와 불꽃을 분출했다. 그들 뒤에서 암흑의 산은 경련을 일으켰다. 그 사면이 찢기며 큰 틈들이 벌어졌다. 화염의 강이 그들을 향해 긴 비탈을 서서히 내려왔다. 곧 그들은 완전히 에워싸일 것이다. 뜨거운 재가 비 오듯이 쏟아져 내렸다.

그들은 이제 가만히 서 있었다. 샘은 아직도 프로도의 손을 잡고 어루만지며 한숨을 쉬었다.

"우리는 정말 굉장한 이야기 속에 남겠지요, 프로도 씨? 그 이야기를 들을 수 있으면 좋을 텐데. '자, 이제 아홉 손가락의 프로도와 운명의 반지에 관한 이야기가 시작된다.'라고들 말할까요? 그러

사우론의 팔(The arm of Sauron)

면 우리가 깊은골에서 외손잡이 베렌과 위대한 보석 이야기를 들었을 때처럼 모두들 숨을 죽일 거예요. 참 듣고 싶은데! 우리 이야기의 다음은 어떻게 될지 궁금해요."

마지막 순간까지 두려움을 떨치려고 이런 말을 하면서도 그의 눈은 계속 바람이 불어오는 북쪽을 향하고 있었다. 멀리 그곳의 하늘은 마치 차가운 바람이 돌풍이 되어 암흑과 파멸의 구름을 몰아내 버린 듯 청명하게 개어 있었다.

바로 그때 바람처럼 날아온 과이히르가 멀리 볼 수 있는 예리한 눈으로 그들을 발견하고는 거친 바람 밑으로 내려왔다. 그러고는 하늘의 큰 위험을 무릅쓰고 공중에서 선회했다. 두 작은 형체가 서로 손을 잡고 외로이 나지막한 언덕 위에 서 있는 모습이 보였다. 그들 밑에서 온 땅이 흔들리며 헐떡거렸고 불의 강이 밀려 내려오고 있었다.

과이히르는 그들을 발견하고 급강하하면서, 그들이 쓰러지는 것을 보았다. 힘이 소진되어서인지, 아니면 연기와 뜨거운 공기에 질식했는지, 그도 아니면 마침내 절망에 압도되어 죽음으로부터 눈을 가린 것인지 알 수 없었다.

그들은 나란히 누워 있었다. 과이히르와 란드로발, 재빠른 메넬도르는 급히 내려갔다. 어떤 운명이 닥쳐온 줄도 모르고 꿈속에서 반지의 사자들은 암흑과 불에서 멀리 떨어진 곳으로 실려 갔다.

샘은 깨어났을 때 자신이 부드러운 침대에 누워 있는 것을 알았다. 머리 위로 넓은 밤나무 가지가 부드럽게 흔들리고, 그 어린잎 사이로 햇살이 들어와 연녹색과 금빛으로 반짝였다. 공기는 여러 가지 달콤한 향기로 그윽했다.

그는 그 냄새, 이실리엔의 향기를 기억하고 있었다.

'맙소사! 얼마나 오랫동안 잠을 잔 거지?'

그는 그렇게 생각했다. 그 향기로 인해 그는 양지바른 강둑 아래 조그만 모닥불을 피워 놓았던 시절로 되돌아갔고, 그사이 일어났던 모든 일들이 깨어나는 그의 기억에서 지워졌던 것이다. 그는 몸을 쭉 뻗고 깊은 숨을 내쉬었다.

"참 굉장한 꿈을 꾸었구나. 깨어나서 다행이야!"

그는 그렇게 중얼거리며 일어나 앉았고, 자기 옆에서 평화롭게 잠들어 있는 프로도를 보았다. 그의 한 손은 머리 뒤에, 다른 한 손은 담요 위에 놓여 있었다. 그런데 담요 위에 올려진 오른손에 셋째 손가락이 없었다.

그 순간 기억이 완전히 되살아나서 샘이 크게 소리쳤다.

"그건 꿈이 아니었어! 그럼 우리가 어디 있는 거지?"

그러자 뒤쪽에서 부드러운 목소리가 들려왔다.

"이실리엔 땅에, 왕의 보호 아래 있지. 그리고 왕께서 자넬 기다리고 계신다네."

이 말과 함께 나뭇잎 사이로 반짝이는 햇빛 속에서 하얀 옷차림에 하얀 눈처럼 빛나는 수염을 늘어뜨린 간달프가 나타나 그의 앞에 섰다.

"자, 샘와이즈 군, 기분이 어떤가?"

그러나 샘은 침대에 다시 벌렁 드러누워 입을 벌린 채 멍하니 쳐다보기만 했다. 놀랍기도 하고 너무 기뻐서 대답할 수 없었다. 마침내 그는 숨을 헐떡이며 말했다.

"간달프! 당신이 돌아가신 줄 알았어요! 하긴 저 자신도 죽은 줄 알았지만요. 슬픈 일들은 모두 사라진 건가요? 세상이 어떻게 되었지요?"

"거대한 그림자가 사라져 버렸지."

간달프는 이렇게 말하며 크게 웃었다. 그 웃음소리는 음악 같기도 하고 말라붙은 땅 위에 흐르는 물소리 같기도 했다. 그 소리를 듣자 샘은 셀 수 없이 많은 날 동안 웃음소리를, 순수한 기쁨의 소리를 듣지 못한 채 지내 왔다는 생각이 들었다. 그 소리는 그가 지금까지 느꼈던 모든 기쁨의 메아리처럼 들렸다. 그러나 샘 자신은 울음을 터뜨렸다. 그러고는 마치 달콤한 비가 봄바람을 몰고 온 후 태양이 더 화창하게 빛나듯, 그는 울음을 멈추었고 웃음이 솟아올라 활짝 웃으면서 침대에서 뛰어내렸다.

"기분이 어떠냐고요? 글쎄, 어떻게 말해야 할지 모르겠어요. 제 기분은, 글쎄……."

그는 허공에 팔을 내저으며 말을 이었다.

"겨울이 지난 후의 봄 같고, 나뭇잎 위의 햇살 같고, 나팔과 하프 그리고 제가 들어 봤던 모든 노래들 같아요!"

그는 말을 멈추고 프로도를 돌아보았다.

"그런데 프로도 씨는 어떤가요? 손이 저렇게 되다니 너무 딱해요! 그렇지만 다른 데는 아무 이상 없기를 바라요. 잔혹한 고통을 겪으셨어요."

그러자 프로도가 일어나 앉아 웃으며 말했다.

"그래, 다른 곳은 다 괜찮아. 자네가 깨어나길 기다리다가 다시 잠들었어. 샘, 이 잠꾸러기야. 난 오늘 아침 일찍 일어났었는데 지금은 정오쯤 됐을걸."

"정오라고요? 도대체 어느 날 정오란 말씀이세요?"

샘은 날짜를 계산해 보려 애쓰며 말했다.

"새해 14일이라네. 샤이어력(샤이어력에서는 3월, 또는 레세가 30일이었다)으로는 4월 8일이지만 앞으로 곤도르에서는 사우론이 멸망하고 자네들을 불구덩이에서 왕 앞으로 데려온 날, 즉 3월 25일에 새해가 시작될 걸세. 왕께서 자네들을 고쳐 주셨고 지금 자네들을 기다리고 계신다네. 자네들은 그분과 함께 식사하게 될 거야. 준비가 되면 내가 그분께 안내하지."

간달프가 대답했다.

"왕이라고요? 어떤 왕 말입니까? 누구신데요?"

"곤도르의 왕이자 서부왕국의 군주이시지. 그분은 자신의 옛 영토를 되찾으셨다네. 곧 대관식이 있겠지만 지금은 자네들을 기다리시지."

"우린 뭘 입어야 할까요?"

샘이 물었다. 왜냐하면 그들이 여행 중에 입었던 낡고 떨어진 옷이 침대 옆 바닥에 개어져 있는 것을 볼 수 있었기 때문이었다.

"물론 자네들이 모르도르로 가는 길에 입었던 옷이지. 프로도, 자네가 암흑의 땅에서 입었던 오르크의 누더기도 길이 보존될 걸세. 물론 나중에 다른 옷을 마련해 주겠지만, 아무리 값비싼 비단옷이나 아마천도, 갑옷이나 으리으리한 문장이 새겨진 옷이라도 그 옷보다 더 명예로울 수는 없지."

그런 다음, 그는 그들에게 두 손을 내밀었다. 뭔가 빛나는 물체가 보였다.

"도대체 뭘 들고 계시는 거죠? 그것이 설마……?"

프로도가 물었다.

"그래, 자네들의 두 보물을 가져왔지. 자네들이 구조되었을 때 샘에게 있더군. 갈라드리엘의 선물 말이야. 프로도, 자네의 유리병과 샘, 자네의 상자야. 이것을 무사히 되찾게 되어 기쁠 테지."

그들은 몸을 씻고 옷을 입은 다음 가볍게 요기를 하고 간달프를 따라갔다. 그들이 누워 있던 너도밤나무 숲을 빠져나와서, 햇빛을 받아 눈부신 긴 연녹색 잔디밭에 들어섰다. 그 경계에 진홍빛 꽃이 잔뜩 피어 있고 암녹색 잎이 무성한 당당한 나무들이 서 있었다. 그 나무들 뒤에서 흐르는 물소리가 들려왔는데, 그들 앞에 꽃이 만발한 둑 사이로 개울이 흘러내려, 잔디밭 끝에 있는 푸른 숲에 이르렀고, 거기서 아치를 이루고 있는 나무들 밑으로 흘러가 멀리서 희미한 물빛이 일렁였다.

그들이 숲의 입구에 도착하자 놀랍게도 빛나는 갑옷으로 무장한 기사들과, 은색과 검은색 제복을 입은 키 큰 호위병들이 늘어서서 정중하게 절하며 그들을 맞아들였다. 그런 다음 누군가 길게 나팔을 불었다. 그들은 노래하는 시냇물 옆으로 복도처럼 늘어선 나무들을 따라 계속 걸어갔다. 이윽고 넓은 풀밭에 이르렀는데 그 너머에 은빛 실안개에 잠긴 넓은 강이 보였다. 나무가 울창한 긴 섬이 강 위에 솟아 있었고, 그 기슭에는 많은 배들이 정박해 있었다. 그러나 그들이 지금 서 있는 들판에는 대군이 햇빛 속에 반짝이며 지위와 부대에 따라 정렬해 있었다. 호빗들이 가까이 가자 그들은 칼을 뽑고 창을 흔들며 뿔나팔과 나팔을 불었고 수많은 목소리들이 여러 언어로 소리쳤다.

반인족 만세! 최고의 찬사로 그들을 칭송하라!
쿠이오 이 페리아인 아난! 아글라르니 페리안나스!
최고의 찬사로 칭송하라, 프로도와 샘와이즈를!
다우르 아 베르하엘, 코닌 엔 안눈! 에글레리오!
그들을 칭송하라!
에글레리오!
아 라이타 테, 라이타 테! 안다베 라이투발멧!
그들을 칭송하라!
코르마콜린도르, 아 라이타 타리엔나!
그들을 칭송하라! 반지의 사자들, 최고의 찬사로 그들을 칭송하라!

프로도와 샘은 얼굴이 발갛게 상기되고 놀라움으로 눈을 빛내면서 앞으로 나아갔다. 떠들썩한 대군의 한가운데 푸른 뗏장으로 만든 높은 의자가 셋 놓여 있었다. 오른쪽 의자 뒤에는 녹색 바탕에 흰색으로 잔디 위에서 자유로이 뛰노는 커다란 말이 그려진 깃발이, 왼쪽 의자 뒤에는 푸른색 바탕에 은색으로 바다에서 항해하는 백조 모양의 배가 그려진 깃발이 각각 꽂혀 있었다. 그러나 중앙의 가장 높은 권좌 뒤에는 빛나는 왕관과 일곱 개의 빛나는 별 아래 검은 들판에 꽃이 만발한 백색 성수가 그려진 커다란 깃발이 바람에 휘날리고 있었다. 권좌 위에는 갑옷 차림에 투구를 쓰지 않은 한 사람이 커다란 칼을 무릎에 올려놓고 앉아 있었다. 그들이 가까이 다가가자 그가 일어섰다. 그러자 호빗들은 그를 금방 알아보았다. 비록 많이 달라지긴 했지만, 기품 있고 즐거운 얼굴에 위풍당당한, 회색 눈에 검은 머리카락을 가진, 인간들의 군주였다.

프로도가 그에게 달려가자 샘도 그 뒤를 바짝 쫓으며 외쳤다.

"아니, 이게 정점을 찍는 일 아니야? 성큼걸이라니! 그렇지 않다면 내가 아직도 꿈을 꾸고 있거나!"

그러자 아라고른이 말했다.

"그래, 샘. 바로 성큼걸이라네. 자네가 내 인상을 마땅찮게 여겼던 그 브리에서부터 무척 긴 여정이었네. 그렇지 않나? 우리 모두에게 길고 험난한 길이었지만, 자네들의 여정이 특히 암울한 길이었어."

다음 순간 아라고른이 무릎을 굽혀 그들에게 절하자, 샘은 놀랍고도 몹시 당혹스러웠다. 아라고른은 오른손으론 프로도를, 왼손으론 샘을 잡고 권좌로 이끌어 앉힌 다음, 주위에 서 있던 사람들과 지휘관들에게 몸을 돌리고 모두에게 들릴 만큼 큰 소리로 외쳤다.

"이들을 최고의 찬사로 칭송하라!"

즐거운 환성이 울려 퍼졌다가 사라지자, 곤도르의 한 음유시인이 앞으로 나와 무릎을 꿇고 한 곡 부르겠다고 청했다. 샘의 기쁨은 절정에 달했다.

보라! 시인은 이렇게 시작했다.

"오! 한 점 부끄럼 없이 용감한 제후들과 기사들이시여, 왕과 대공들이시여, 곤도르의 가인들이시여, 로한의 기사들이시여, 그대 엘론드의 아들들이시여, 북부의 두네다인이시여, 요정과 난쟁이시여, 샤이어의 용감한 이들이시여, 서부의 모든 자유민들이시여, 이제 내 노래를 들어 보시오. 아홉 손가락의 프로도와 운명의 반지라는 노래를 불러 드리겠습니다."

이 말을 들은 샘은 너무 기쁜 나머지 크게 웃음을 터뜨리며 일어나 외쳤다.

"아, 위대한 영광과 명예! 내 모든 꿈이 실현되다니!"

그러고 나서 그는 눈물을 흘렸다.

그러자 온 대군이 함께 웃고 울었다. 그처럼 흥겨워하고 눈물을 흘리는 와중에 음유시인의 낭랑한 목소리가 은구슬과 금구슬처럼 솟아오르자 사람들은 숨을 죽였다. 그는 가끔은 요정의 말로, 때로는 서부의 언어로 노래했는데, 상처 입은 사람들의 마음을 파고드는 아름다운 단어들로 감정이 넘쳐흘렀고 칼날처럼 예리한 기쁨을 느꼈다. 그들의 생각은 고통과 기쁨이 함께 어우러져 흐르고 눈물이 곧 축복의 포도주인 영역으로 나아갔다.

마침내 해가 정오를 지나 나무들의 그림자가 길어질 때 그는 노래를 끝냈다.

"그들을 최고의 찬사로 찬양하라!"

그는 무릎을 꿇으며 이렇게 말했다. 그러자 아라고른을 비롯한 전 대군이 일어섰고, 준비되어 있던 커다란 천막으로 가서 먹고 마시며 어두워질 때까지 즐겼다.

프로도와 샘은 무리에서 떨어져 막사로 안내되었다. 거기서 낡은 옷을 벗자 그들의 옷은 차곡차곡 개켜져 명예롭게 보관되었고 깨끗한 아마 옷을 받았다. 그러고 나서 간달프가 들어왔는데 놀랍게도 그의 손엔 프로도가 모르도르에서 빼앗겼던 칼과 요정의 망토 그리고 미스릴 갑옷이 들려 있었다. 샘에게는 금박 입힌 갑옷과 요정의 망토를 갖다주었다. 망토의 얼룩지고 찢어진 부분은 깨끗하게 수선되어 있었다. 그는 그들 앞에 칼 두 자루를 내려놓았다. 그러자 프로도가 말했다.

"전 더 이상 칼을 원하지 않아요."

"적어도 오늘 밤만은 차야 하네."

간달프가 말하자, 프로도는 원래 샘의 것이었으나 키리스 웅골에서 자신이 찼던 작은 칼을 집으며 말했다.

"스팅은 자네에게 주겠어, 샘."

"안 돼요, 프로도 씨! 빌보 어른이 그걸 당신께 주셨잖아요. 스팅은 그분의 갑옷과 잘 어울려요. 빌보 어른은 다른 이가 이 칼을 차는 것을 원치 않으실 거예요."

결국 프로도는 샘의 말을 듣기로 했다. 간달프는 그들의 시종처럼 무릎을 꿇고 검대를 매어 주고는 일어서서 그들의 머리에 가느다란 은관을 씌워 주었다. 이렇게 차려입은 후 그들은 대향연에 참석했다. 그들은 왕의 식탁에 앉았다. 그곳엔 간달프와 로한의 왕 에오메르, 임라힐 대공, 주요한 지휘관들과 김리와 레골라스가 있었다.

그런데 묵념이 끝난 후 포도주가 나왔을 때, 왕의 시중을 드는 두 종사가 들어왔다. 아니, 종사처럼 보였다. 한 명은 미나스 티리스 경비병들의 은색과 흑색의 제복을 입었고 다른 하나는 흰색과 녹색으로 된 제복을 입고 있었다. 샘은 이 건장한 장정들의 군대에서 이런 어린 소년들이 뭘 하고 있는지 의아했다. 그런데 갑자기 그들이 가까이 다가와서 똑똑히 보였을 때 샘은 깜짝 놀라 소리쳤다.

"아니, 보세요, 프로도 씨! 여길 보세요! 피핀 아니에요? 툭 집안 페레그린 씨라고 해야겠지요. 그리고 메리 씨! 저런, 키가 많이 자랐군요. 우리보다 얘깃거리가 더 많겠는데요."

그러자 피핀이 샘에게 돌아서면서 말했다.

"정말 많아요. 연회가 끝나는 대로 얘기해 줄게요. 그동안 간달프께 여쭤보세요. 간달프가 예전처럼 비밀스럽게 굴진 않거든요. 요즘엔 말을 하기보다는 웃는 시간이 더 많지만. 메리와 난 지금 좀 바빠요. 보시다시피 각자 곤도르시와 마크의 기사이니까요."

마침내 그 즐거운 날도 저물었다. 해가 지고 둥근 달이 안두인대하의 안개 너머로 서서히 떠올라

흔들리는 이파리들 사이에 반짝일 때, 프로도와 샘은 아름다운 이실리엔의 향기가 퍼져 나가는 가운데 속삭이는 나무들 아래 앉았다.

그들은 메리와 피핀, 간달프와 밤늦도록 이야기를 나누었고 얼마 후 레골라스와 김리도 동석했다. 그 자리에서 프로도와 샘은 라우로스폭포가 있는 파르스 갈렌에서 우정이 깨어졌던 그 불운한 날 이후 친구들에게 일어난 숱한 사건들을 알게 되었다. 그래도 서로 묻고 대답해 줘야 할 것은 여전히 많았다.

샘은 오르크들과 말하는 나무들, 거대한 평원, 질주하는 기사들, 찬란한 동굴, 백색탑과 황금궁전, 항해하는 커다란 배, 전투 등등 이 모든 것에 귀를 기울이다가 머릿속이 혼란스러워졌다.

그러나 온갖 놀라운 일들 중에서도 가장 놀라운 것은 메리와 피핀의 키가 컸다는 사실이었다. 샘은 그들을 세워 놓고 프로도와 함께 직접 등을 맞대 보고는 머리를 긁적이며 말했다.

"이 친구들 나이에 이렇게 크다니 도대체 이해가 안 된단 말이에요! 정상보다 8센티미터나 더 크다니. 그렇지 않으면 내가 난쟁이든가."

그러자 김리가 말했다.

"물론 자넨 난쟁이가 아니지. 몇 번이나 말해 줬잖아. 엔트의 음료를 계속 마시면 맥주를 마신 것과는 다른 일이 벌어진다고 말이야."

그러자 샘이 말했다.

"엔트의 음료라고요? 또 그 엔트에 관한 얘기예요? 도대체 엔트란 게 뭔지 상상할 수가 없군요. 우리가 모든 걸 제대로 이해하려면 몇 주일은 걸리겠어요."

그러자 피핀이 말했다.

"몇 주일은 걸리죠. 그렇지만 그다음엔 미나스 티리스의 탑에 프로도 씨를 가둬 놓고 겪은 일을 모두 적으라고 해야 할 거예요. 그렇지 않으면 절반쯤 잊어버릴 테고, 그러면 가엾은 빌보 어른께서 몹시 실망하실 테니까요."

마침내 간달프가 일어서며 말했다.

"왕의 손은 치유의 손길이라네, 친구들. 그분이 온 힘을 쏟아부어서 자네들을 죽음의 문턱에서 불러내셨네. 그 덕분에 자네들은 모든 걸 잊고 달콤한 망각의 잠에 빠져들 수 있었지. 자네들은 축복받아 오랫동안 푹 자긴 했지만 이제 또 잘 시간이야."

그러자 김리도 말했다.

"샘과 프로도뿐 아니라 피핀 자네도 자야 해. 자네로 인해 내가 겪은 그 잊을 수 없는 고통 때문에라도 난 자네를 사랑한다네. 그 마지막 전투를 치른 언덕에서 자네를 찾아낸 것을 잊을 수 없을 거야. 이 난쟁이 김리가 아니었다면 자네는 그때 죽었겠지. 하지만 이제는 한 무더기의 시체 밑에서 발만 보여도, 적어도 이제 난 호빗의 발을 찾아낼 수 있어. 그 거대한 시체를 들춰내고 자네를 발견했을 때 난 꼭 자네가 죽은 줄 알고 내 수염을 모조리 뽑아 버릴 뻔했지. 자네가 일어나 걸을 수 있게 된 지 하루밖에 지나지 않았으니 이제 잠자리에 들게나. 나도 자러 가겠어."

그러자 레골라스도 말했다.

"난 이 아름다운 숲을 거닐겠어. 그것만으로도 충분한 휴식이 되니까. 우리 요정의 영주께서 허락하신다면, 앞으로 우리들 중 일부는 이곳으로 이주하게 될 거야. 우리가 오게 되면 이곳은 얼마간 축복받은 땅이 되겠지. 얼마간이 인간에게 한 달일지, 한평생일지, 백 년일지는 몰라도. 하지만 안두인대하가 가까이 있고 안두인은 바다로 통하지. 바다로!"

바다로, 바다로! 흰 갈매기 우짖고
바람이 불고, 흰 포말이 흩날리네.
서쪽으로, 서쪽으로, 둥근 해가 지고 있네.
잿빛 배, 잿빛의 배여, 그대는 듣는가,
나보다 먼저 떠난 내 동족이 부르는 목소리를?
떠나리, 떠나리, 날 낳아 준 숲을.
우리의 날은 끝나고, 우리의 시대는 저물어 가니,
외롭게 저어 넓은 바다를 건너가리.
마지막 해안에서 긴 파도가 구르고,
잊힌 섬에서 부르는 목소리는 달콤하네.
인간은 찾을 수 없는 요정의 고향 에렛세아.
낙엽이 지지 않는 영원한 우리들의 땅.

이렇게 노래하며 레골라스는 언덕을 내려갔다.

그러자 다른 이들도 자리를 떴고, 프로도와 샘도 잠자리에 들었다. 아침에 다시 희망차고 평온한 기분으로 깨어났다. 그들은 이렇게 이실리엔에서 많은 날들을 보냈다. 대군이 야영하고 있는 코르말렌평원은 헨네스 안눈과 가까운 곳이기에, 밤이면 폭포에서 떨어지는 물이 바위가 많은 그곳 입구를 통해 세차게 흐르는 소리를 들을 수 있었다. 그 시냇물은 꽃이 만발한 풀밭을 지나 카이르 안드로스섬을 안고 흐르는 안두인강에 합류했다. 호빗들은 자신들이 전에 지났던 곳 여기저기를 다시 둘러보며 다녔다. 샘은 숲의 그늘이나 빈터에서 단 한 번만이라도 그 거대한 올리폰트를 볼 수 있기를 바랐다. 곤도르 공략 당시에 그 거수(巨獸)도 상당수 동원되었지만 모두 살해되었다는 것을 듣고는 애석해하며 슬픈 손실이라고 생각했다.

"글쎄, 동시에 여러 곳에 있을 수는 없는 일이지만, 어쨌든 난 아깝게도 많은 것을 놓친 것 같아."

그동안에 대군은 미나스 티리스로 귀환할 준비를 마쳤다. 지친 사람들은 휴식을 취했고 부상자들은 완쾌되었다. 그중 일부는 동부인과 남부인들을 완전히 진압할 때까지 많은 전투를 치렀고, 모르도르의 북쪽 성채를 진압한 병사들이 이제 막 돌아왔다.

마침내 5월이 가까워지자 서부의 지휘관들은 출발 명령을 내렸다. 그들은 부하들과 함께 배에 올라 카이르 안드로스부터 안두인대하를 따라 내려가 오스길리아스로 향했고 거기서 하루를 지냈다. 다음 날 그들은 펠렌노르평원에 이르러 거대한 민돌루인산 아래의 백색탑들을 다시 보게 되었다. 서부인들의 마지막 유물로서 암흑과 화염을 겪고 새로운 날을 맞이한 곤도르인의 도시였다.

그 평원 한복판에서 그들은 커다란 천막을 치고 아침을 기다렸다. 그날은 4월의 마지막 날이었으며 왕은 해가 뜰 무렵 그의 성으로 입성할 예정이었다.

Chapter 5

섭정과 왕

곤도르의 수도 미나스 티리스에는 의혹과 두려움이 짙게 드리워져 있었다. 매일매일 희망 없이 아침을 맞으며 몰락의 소식을 기다리던 사람들에게 밝은 태양과 화창한 날씨는 자신들을 조롱하는 것 같았다. 그들의 영주는 불에 타 죽었으며, 로한의 왕도 전사해 성안에 안치되어 있었다. 한밤중에 그들에게 돌아왔던 왕은 어떤 무력이나 용기로도 정복할 수 없는 끔찍한 암흑의 세력과 전쟁을 벌이기 위해 다시 떠났고, 그 후 아무런 소식도 들려오지 않았다. 대군이 모르굴계곡을 떠나 산 그림자 밑 북쪽으로 간 이후 단 한 사람의 전령도 오지 않았고, 어둠에 덮인 동쪽에서 무슨 일이 벌어지고 있는지 소문조차 들을 수 없었다.

지휘관들이 떠난 지 이틀째 되는 날에 에오윈은 자신을 돌봐 주던 여자들에게 옷을 갖다달라고 하고는 만류를 뿌리치고 자리에서 일어났다. 그들이 옷을 입히고 아마천 붕대로 팔을 고정시키자 그녀는 치유의 집 원장에게로 갔다.

"원장님, 마음이 불안해서 더 이상 한가하게 누워 있을 수 없습니다."

그러자 원장이 말했다.

"하지만 왕녀님은 아직 치료가 끝나지 않았습니다. 그리고 저는 왕녀님을 특별히 주의 깊게 보살피라는 명령을 받았지요. 적어도 일주일은 더 누워 계셔야 합니다. 그렇게 명령을 받았거든요. 제발 다시 돌아가 누우십시오."

"전 완쾌되었어요. 왼팔만 빼고 적어도 몸은 다 나았습니다. 이 팔도 이제 편안하고요. 하지만 아무 일도 하지 않으면 다시 아플 겁니다. 그런데 전황은 어떻습니까? 간호하는 이들은 아무 말도 해주지 않는군요."

"새로운 소식이 전혀 없습니다. 영주들께서 모르굴계곡으로 떠났다는 것 말고는 아무 소식도 오지 않았습니다. 북쪽에서 오신 새 영주께서 총지휘관이라고 하더군요. 그분은 위대한 영주이자 치유자라고 합니다. 치유의 손이 칼도 휘두를 수 있다는 사실이 제겐 이상하게 들리긴 합니다만, 옛이야기가 사실이라면 과거에도 그런 일이 있었다고 합니다. 하지만 근래 곤도르에서는 그런 일이 없었거든요. 오랫동안 우리 같은 치유사들은 기사들이 입은 상처를 꿰매는 일에 종사해 왔지요. 사실 그들이 없더라도 우리가 할 일은 여전히 많을 겁니다. 세상은 불운과 재난으로 인해 상처투성이가 되고 있으니 굳이 전쟁으로 배가시키지 않아도 충분하지요."

"원장님, 전쟁을 일으키는 데는 둘이 아닌 단 하나의 적만 있어도 충분합니다. 칼이 없는 사람들도 칼에 찔려 죽을 수밖에 없게 되지요. 암흑군주가 군대를 일으켰는데, 곤도르인들에게 약초나 뜯으라고 하시겠습니까? 몸의 병이 낫는 것이 언제나 좋은 일은 아니지요. 극심한 고통 속에서 죽더라도 전장에서 죽는 것이 항상 나쁜 일도 아니고요. 허락된다면 전 이 암흑의 순간에 후자를 택하겠습니다."

원장은 그녀를 바라보았다. 창백한 얼굴에 눈을 빛내며 우뚝 선 그녀는 오른손을 움켜쥔 채 동쪽 창문 밖을 내다보았다. 그는 한숨을 쉬며 고개를 저었다. 잠시 후 그녀는 다시 그에게로 몸을 돌렸다.

"제가 할 일이 전혀 없을까요? 누가 이 도시를 지휘하지요?"

"정확히는 모릅니다. 그런 일은 제 소관이 아니니까요. 듣기로는 로한의 기사들을 지휘하는 이가 있고, 곤도르인들은 후린 공이 통제한다고 하더군요. 그렇지만 법적으로는 파라미르 공이 이 도시의 섭정입니다."

"그분을 어디서 뵐 수 있지요?"

"여기 계십니다. 그분은 심하게 부상당하셨지만 지금은 쾌유되고 있습니다. 하지만 그분께서 뭐라 하실지……."

"절 그분께 데려다주시겠어요? 그러면 알게 되겠지요."

파라미르는 치유의 집 정원을 홀로 거닐고 있었다. 햇살이 따스하게 비춰 그의 혈관에 다시 흐르는 생명의 피를 느끼게 해 주었다. 그러나 그는 무거운 마음으로 동쪽을 바라보았다. 원장이 다가와서 부르자 그는 돌아서서 로한의 왕녀 에오윈을 보았다. 그는 그녀의 부상을 보고 연민을 느꼈고 예리한 눈으로 그녀의 슬픔과 불안을 알아차렸다. 원장이 소개했다.

"영주님, 이분은 로한의 에오윈 왕녀이십니다. 왕과 함께 오셨다가 심한 부상을 입으시고 지금은 제 보호를 받고 계시지요. 하지만 마음이 편치 않으셔서 이 도시의 섭정과 면담하기를 원하십니다."

그러자 에오윈이 말했다.

"영주님, 원장님의 말씀을 오해하지 말아 주십시오. 제가 불편하게 느끼는 건 보살핌이 부족해서가 아닙니다. 치유를 바라는 이들에게 여기보다 적합한 곳은 없을 겁니다. 하지만 이렇게 나태하게 빈둥거리며 새장에 갇혀서 지낼 수는 없습니다. 저는 전장에서의 죽음을 바랐지만 죽지 않았고, 전쟁은 지금도 계속되고 있습니다."

파라미르가 신호를 보내자 원장은 절을 하고 물러갔다.

"제가 어떻게 해 드리면 좋겠습니까? 저 또한 이 치유의 집에 갇혀 있을 뿐입니다."

그는 연민의 정이 깊은 사람이었기에 그녀를 바라보는 순간 그 비탄에 잠긴 아름다움에 심장이 찔린 듯한 느낌을 받았다. 그녀는 그의 진지하고도 다정한 눈을 보았다. 기사들 사이에서 성장한 왕녀는 그 눈빛에서 직감적으로 이 사람이야말로 마크의 어느 기사와도 능히 대적해 물리칠 수 있을 만한 사람이라는 것도 알았다.

"무엇을 원하십니까? 만일 제가 해 드릴 수 있는 일이라면 기꺼이 도와드리겠습니다."

파라미르가 말하자 에오윈은 대답했다.

"저를 내보내도록 원장에게 명령을 내려 주셨으면 합니다."

이렇게 대답하는 에오윈의 목소리는 여전히 당당했지만 그녀의 마음은 흔들렸고, 처음으로 자신에 대한 의혹을 품게 되었다. 장신의 이 남자, 강하면서도 유연한 이 사람이 자신을 그저 제멋대로인 여자나 단조로운 일을 끝까지 견딜 만한 굳건한 마음을 갖지 못한 어린애로 생각할지도 모른다는 생각이 들었다.

파라미르가 대답했다.

"저도 원장의 보호하에 있습니다. 또한 저는 이 도시에서 제 권한을 아직 행사한 적이 없습니다. 하지만 그렇지 않더라도 저는 원장의 충고에 귀 기울일 테고, 긴급한 경우가 아니라면 치료에 관한 그의 뜻을 거스르지 않을 것입니다."

"하지만 저는 치료를 바라지 않아요. 저는 제 오라버니 에오메르처럼, 아니 그 이상으로 세오덴 왕처럼 전쟁에 나가고 싶어요. 이제 그분은 돌아가셔서 명예와 평화를 누리고 계시니, 저보다 훨씬 나은 처지라 할 수 있습니다."

"당신이 기운을 차렸더라도 다른 지휘관들을 따라가기엔 너무 늦었습니다. 하지만 바라든 바라지 않든 머지않아 전쟁에서의 죽음은 우리 모두에게 닥쳐올 테지요. 아직 시간이 있는 동안에 치유사가 지시하는 대로 하신다면 당신 나름의 방식으로 죽음에 대면할 준비를 더 잘할 수 있겠지요. 당신과 나, 우리는 참을성 있게 기다림의 시간을 견뎌야 합니다."

에오윈은 아무 대답도 하지 않았다. 그러나 그가 그녀를 바라보는 동안, 마치 어렴풋한 봄의 첫 전조에 모진 서리가 녹듯, 그녀 내면의 무언가가 부드러워진 것을 느꼈다. 반짝이는 빗방울처럼 그녀의 눈에서 눈물이 고여 뺨을 타고 흘렀다. 당당한 그녀의 머리가 약간 숙여졌다. 그러고는 조용히, 그에게 말하기보다는 혼자 중얼거리듯이 말했다.

"하지만 치유사들은 아직 일주일이나 더 침대에 누워 있으라고 합니다. 그리고 창문은 동쪽으로 나 있지도 않아요."

이제 그녀의 목소리는 슬픔에 잠긴 젊은 처녀의 목소리였다. 파라미르의 마음은 연민으로 가득했지만 그는 미소를 지었다.

"창문이 동쪽으로 나 있지 않다고요? 그건 바꿀 수 있습니다. 이 문제는 원장에게 명을 내리겠습니다. 만일 당신이 이 집에서 보살핌을 받으며 휴식을 취하시겠다면, 원하시는 대로 이 정원에서 햇빛 속을 거니실 수 있습니다. 우리의 모든 희망이 가 버린 동쪽을 바라보실 수 있고요. 여기서 저도 걷고 기다리며 동쪽을 바라보고 있습니다. 이따금 저와 함께 거닐며 이야기를 나눠 주신다면 제 근심도 줄어들 것입니다."

그러자 그녀는 고개를 들고 그의 눈을 바라보았다. 그녀의 창백한 얼굴에 홍조가 떠올랐다.

"영주님, 제가 어떻게 당신의 근심을 덜어 드릴 수 있습니까? 그리고 저는 살아 있는 사람들의 이야기를 원치 않습니다."

"솔직한 대답을 듣고 싶습니까?"

"그렇습니다."

"그렇다면 로한의 에오윈 왕녀, 당신이 아름답다고 말씀드려야겠소. 우리의 산과 계곡에는 아름답고 빛나는 꽃과 그보다 더 아름다운 처녀들이 있습니다. 하지만 지금까지 저는 곤도르에서 당신처럼 아름답고 슬픔에 찬 꽃이나 여인을 본 적이 없습니다. 아마 암흑이 우리 세상을 지배할 날이 이제 며칠 남지 않았기에 그렇게 느껴지는지도 모르겠습니다. 암흑이 닥쳐올 때 저는 동요하지 않고 그것을 직시하길 바랍니다. 하지만 태양이 아직 빛나고 있을 때 당신을 볼 수 있으면 제 마음이 한결 편안해질 것입니다. 당신과 나, 둘 다 암흑의 그림자 밑을 지나왔고, 한 사람의 손길이 우리를 그곳에서 끌어내 주었으니까요."

그러나 에오윈이 말했다.

"저는 그렇지 않습니다. 암흑의 그림자는 아직도 제 위에 드리워져 있습니다. 제게 치유를 기대하지 마십시오. 저는 여전사이고, 제 손은 무기로 거칠어졌습니다. 하지만 최소한 방에 갇혀 있지 않아도 되게 해 주셔서 감사합니다. 섭정께서 허락해 주셨으니, 이제부턴 가끔 바깥을 산책하겠습니다."

에오윈은 정중하게 절하고 안으로 들어갔다. 하지만 파라미르는 오랫동안 정원을 혼자 거닐었다. 이제 그의 눈길은 동쪽 성벽보다는 치유의 집 안을 향하는 일이 더 많아졌다.

그는 안으로 들어가자 원장을 불렀고, 에오윈에 관해서 그가 알고 있는 사실을 모두 들었다. 원장이 말했다.

"하지만 영주님, 우리와 함께 있는 호빗에게서 더 자세히 들으실 수 있을 겁니다. 그는 왕과 함께 출정했고, 나중에 그 왕녀님과 함께 있었다고들 하니까 말입니다."

그래서 파라미르는 메리를 불렀고, 그날이 지나기 전에 많은 이야기를 나누었다. 파라미르는 메리가 말로 옮겨 놓은 것보다 더 많은 사실을 짐작했고, 이제 로한의 왕녀 에오윈의 슬픔과 불안에 대해 이해하게 되었다고 생각했다. 그 청명한 저녁나절에 파라미르와 메리는 정원을 산책했지만 그녀는 나오지 않았다.

다음 날 아침 파라미르가 밖에 나왔을 때 성벽 위에 서 있는 에오윈이 보였다. 흰옷을 입은 그녀는 햇빛을 받아 은은히 빛나고 있었다. 그가 부르자 그녀가 내려왔다. 그들은 침묵하기도 하고 이야기를 나누기도 하면서 풀밭을 거닐다가 그늘에 앉았다. 이후로 그들은 매일 이렇게 시간을 보냈다. 원장은 창문으로 내다보며 내심 기뻐했는데, 치유사로서 근심을 덜 수 있기 때문이었다. 당시 상황에 대한 두려움과 불길한 전조가 사람들의 마음을 늘 무겁게 짓눌렀지만, 그가 돌보는 두 사람이 잘 지내며 매일 기운을 얻고 있다는 것은 분명했다.

에오윈이 처음 파라미르를 찾아간 이후 닷새가 지났다. 그들은 도시의 성벽에 함께 서서 먼 곳을 바라보고 있었다. 전쟁에 관한 소식이 전혀 들려오지 않아 모두들 침울한 마음으로 기다리고 있었다. 날씨도 이제는 화창하지 않고 쌀쌀했다. 밤부터 일기 시작한 바람이 북쪽에서 살을 에일 듯이 불어왔고 점점 거세어지고 있었다. 주위의 대지는 잿빛으로 황량해 보였다.

그들은 따뜻한 옷과 두툼한 외투를 입고 있었다. 에오윈은 깊고 푸른 여름밤 같은 짙푸른 망토를 걸치고 있었는데, 그 가장자리와 목둘레는 은빛 별로 장식되어 있었다. 파라미르는 그 옷을 가져오게 해 그녀를 감싸 주고는, 옆에 선 그녀의 자태가 실로 여왕처럼 아름답게 보인다고 생각했다. 그 망토는 일찍이 돌아가신 자신의 어머니, 즉 암로스의 핀두일라스를 위해 만들어진 것이었다. 어머니에 대한 기억은 아득한 옛날의 아름다움과 그의 첫 번째 슬픔을 간직한 것이었기에, 그 옷이야말로 에오윈의 아름다움과 슬픔에 더할 나위 없이 잘 어울려 보였다.

그러나 에오윈은 별 장식이 있는 망토를 걸치고도 몸을 떨었다. 그러고는 잿빛 땅 너머에서 불어오는 차가운 바람을 맞으며 맑은 북쪽 하늘을 바라보았다.

"에오윈, 무엇을 찾소?"

"암흑의 성문이 저 너머에 있지 않아요? 그리고 그분은 지금쯤 그곳에 도착하시지 않았을까요? 그분이 떠나신 지 이레가 되었어요."

"이레가 되었다! 이런 말을 한다고 나쁘게 생각하진 말아 줘요. 지난 이레는 내가 알게 되리라 생각하지도 못했던 기쁨과 고통을 가져다주었습니다. 당신을 보는 기쁨과, 이 사악한 시간의 공포와 의혹이 실로 암울해진 고통이지요. 에오윈, 이 세상이 지금 당장 종말을 고하지 않기를, 그리고 내가 발견한 것을 그렇게 빨리 잃지 않기를 바랍니다."

그녀는 그를 진지하게 바라보았고 그녀의 눈빛은 친절했다.

"당신이 발견한 것을 잃으신다고요? 요즘 같은 시절에 무엇을 발견하고 또 잃을 수 있다고 하시는지 모르겠군요. 하지만 이런 얘기는 그만두는 게 좋겠어요. 아니, 아무 말도 하지 않기로 해요! 전 지금 무시무시한 벼랑 위에 서 있고, 발밑은 어두운 심연이에요. 내 뒤에 빛이 조금이라도 있는지 모르겠어요. 아직 돌아볼 수 없으니까요. 파국의 일격을 기다리고 있는 셈이지요."

"그렇소, 우리는 파국의 일격을 기다리고 있소."

파라미르가 말했다. 그리고 그들은 더 이상 이야기를 나누지 않았다. 그들이 성벽 위에 서 있는 동안 바람이 잦아들고 빛이 희미해지더니, 태양도 침침해지고 도시와 주변의 모든 소리들도 침묵한 것 같았다. 바람 소리도, 목소리도, 새들의 지저귐이나 나뭇잎이 바스락거리는 소리도, 그리고 그들의 숨소리마저 들리지 않았다. 그들의 심장 고동마저 잠잠해지고 시간이 정지한 것 같았다.

그렇게 서 있던 그들은 자기도 모르게 서로 손을 붙잡고 꼭 쥐었다. 그들은 알 수 없는 무언가를 계속 기다렸다. 그때 갑자기 저 멀리 산등성이 너머에서 거대한 암흑의 산이 세상을 삼켜 버릴 듯 파도처럼 솟아오르고 그 주위에서 번쩍이는 번개가 보였다. 다음 순간, 땅이 흔들리고 도시의 성벽이 진동했다. 한숨 같은 소리가 그들 주위에서 올라오고, 갑자기 그들의 심장도 다시 뛰기 시작했다.

"누메노르를 연상시키는군요."

파라미르는 이렇게 말했다. 그러고는 스스로 자신이 한 말에 놀라움을 금치 못했다.

"누메노르라고요?"

에오윈이 물었다.

"그렇소, 침몰한 서쪽나라 사람들의 땅 말이오. 푸른 평원과 언덕 위로 기어오르던 거대한 어둠의 파도, 그 피할 수 없는 암흑을 연상시키는군요. 종종 그 꿈을 꾸었지요."

"그렇다면 어둠이 몰려오고 있다고 생각하세요? 피할 수 없는 암흑이?"

에오윈은 이렇게 말하며 그에게 바싹 다가섰다. 그녀의 눈을 들여다보며 파라미르가 말했다.

"아니요, 그것은 마음속의 그림에 불과해요. 무슨 일이 일어나고 있는지 모르니까요. 깨어나는 내 이성은 거대한 악이 들이닥쳐서 우리가 이 세상의 마지막 날을 맞았다고 말하지만, 내 감정은 그렇지 않다고 말하고 있어요. 내 팔다리에는 기운이 넘치고, 어떤 이성도 거부할 수 없는 희망과 기쁨이 찾아왔어요. 에오윈, 에오윈, 로한의 백의의 왕녀여, 이 순간 나는 어떤 암흑도 오래 지속되지 않으리라고 믿어요!"

그는 고개를 숙여 그녀의 이마에 입을 맞췄다.

그들은 그렇게 곤도르의 성벽 위에 서 있었다. 한 줄기 거센 바람이 일더니 그들의 검은색과 황금색 머리카락을 휘날려 공중에서 뒤섞었다. 그러자 암흑의 그림자가 떠나고 태양을 가렸던 그림자가 사라지면서 빛이 쏟아졌다. 안두인의 강물은 은처럼 빛을 발하고 도시의 모든 집들에서 사람들이 왠지 모를 기쁨을 느끼며 노래를 불렀다.

정오를 지나 해가 기울기 전에 동쪽에서 거대한 독수리가 날아와 서부 지휘관들의 희망찬 소식을 전했다.

이제 노래하라, 그대 아노르 탑의 사람들이여,
사우론의 제국은 영원히 종말을 고했고,
암흑의 탑이 무너졌으니.

노래하고 기뻐하라, 그대 감시탑의 사람들이여,
그대들의 경계는 헛되지 않아
암흑의 성문은 부서지고,
그대들의 왕이 승리를 거둬
그 문을 통과하셨으니.

노래하고 즐거워하라, 그대 서부의 모든 자손들이여,
그대들의 왕이 돌아오시리니,
그리하여 그대들 가운데서
평생 머무르실 것이니.

시들어 버린 성수는 되살아날 것이며
왕께서 고귀한 장소에 심으시고
이 도시를 축복하시리라.

모든 이들이여 노래하라!

그러자 곤도르의 거리마다 사람들이 나와서 노래를 불렀다.

이어진 날들은 금빛 찬란했고, 봄과 여름이 합쳐져 곤도르의 평원에서 함께 향연을 열었다. 카이르 안드로스에서 발 빠른 기사들이 달려와 그간의 소식을 전하자, 도시는 왕의 입성을 준비했다. 메리는 명을 받아 물건을 실은 짐마차를 몰고 오스길리아스로 갔고 거기에서 카이르 안드로스로 배를 타고 갔다. 하지만 파라미르는 가지 않았다. 이제 완쾌되었으므로 그는 도시의 섭정으로서 일하고 있었던 것이다. 비록 그것이 잠시 지속될 일이고 그 임무는 자신을 대신할 자를 위해 준비하는 것이었지만.

에오윈도 오라버니에게서 코르말렌평원으로 오라는 전갈을 받았지만 가지 않았다. 파라미르는 그것을 의아하게 생각했지만 여러 가지 일로 바빴기에 그녀를 볼 시간이 거의 없었다. 그녀는 여전히 치유의 집에 머물며 홀로 정원을 산책했고, 그녀의 얼굴은 다시 창백해졌다. 온 도시에서 오로지 그녀만 홀로 괴로워하고 슬퍼하는 것 같았다. 치유의 집 원장은 이를 염려해 파라미르에게 알렸다.

얼마 후 파라미르는 그녀를 찾아왔고, 두 사람은 다시금 함께 성벽 위에 올랐다.

"에오윈, 당신의 오라버니께서 기다리시는 코르말렌평원으로 가서 함께 기쁨을 나누지 않고 왜 여기 남아 계시나요?"

그러자 그녀는 대답했다.

"그 이유를 모르시나요?"

"두 가지 이유가 있을 것 같소. 하지만 어느 것이 진실인지 나로서는 알 수 없군요."

"저는 수수께끼를 하고 싶지 않습니다. 그냥 솔직하게 터놓고 말씀해 주세요."

"원한다면 말씀드리겠소. 첫째로, 당신이 가지 않는 이유라고 내가 짐작하는 바는 당신을 부른 사람이 오라버니일 뿐이고, 이제 엘렌딜의 후계자로서 전쟁에 승리한 아라고른 공을 보는 것이 기쁨을 주지 않기 때문이오. 또 다른 추측은 내가 가지 않았기에 당신도 내 가까이 머물러 있고 싶은 것이 아닌가 하는 거요. 어쩌면 둘 다 맞아서 당신 스스로도 어느 쪽인지 모를 수도 있겠지요. 에오윈, 당신은 나를 사랑하지 않나요? 앞으로도 그럴까요?"

"전 다른 분으로부터 사랑받기를 원했어요. 하지만 누구의 동정도 바라지 않아요."

"그것은 알고 있소. 당신은 아라고른 공의 사랑을 원했지요. 그분은 고귀하고 강대한 분이며 당신은 명성과 영광을 누리게 되기를, 또한 지상의 평범한 이들보다 높이 오르기를 바랐기 때문이지요. 어린 병사의 눈에 비친 위대한 지휘관처럼 그분은 당신에게 위대해 보였겠지요. 사실 위대한 분이고, 모든 인간들의 군주이자 가장 뛰어난 분입니다. 그런데 그분은 당신에게 연민과 이해심만을 보여 주었기에, 당신은 전장에서의 용감한 죽음 이외에는 아무것도 바라지 않았던 거지요. 에오윈, 나를 보세요!"

에오윈은 파라미르를 오랫동안 찬찬히 바라보았다. 파라미르가 말했다.

"에오윈, 다정한 심성의 선물인 연민을 경멸하지 말아요! 하지만 나는 당신에게 연민을 베푸는 것이 아닙니다. 당신은 고귀하고 용감한 여인이며 잊히지 않을 명성을 스스로 이룩했어요. 그리고 당신은 요정들의 언어로도 표현할 수 없을 만큼 아름답소. 나는 당신을 사랑합니다. 한때 당신의 슬픔을 동정했지요. 하지만 지금, 당신이 슬픔을 모르고 두려움이나 결핍이 없는 여성이라 하더라도, 또 당신이 곤도르의 축복받은 왕비라 할지라도, 나는 여전히 당신을 사랑할 겁니다. 에오윈, 당신은 날 사랑하지 않소?"

그 순간 에오윈의 마음에 동요가 일었다. 마침내 그녀는 자신의 마음을 이해하게 된 것이다. 갑자기 그녀의 얼굴에서 겨울이 사라지고 햇살이 빛났다. 그녀는 입을 열었다.

"전 지금 미나스 아노르, 태양의 탑에 서 있습니다. 보세요! 암흑의 그림자가 사라졌어요. 이제는 여전사가 되지 않겠어요. 또 위대한 기사들과 겨루지도 않을 테고 학살의 노래를 즐겨 부르지도 않겠어요. 저는 치유자가 되어 땅에서 자라나고 열매를 맺는 모든 것을 사랑하겠어요."

마지막으로 그녀는 파라미르를 똑바로 쳐다보며 말했다.

"더 이상 여왕이 되기를 바라지 않겠어요."

그러자 파라미르는 유쾌하게 웃었다.

"그것참 잘됐군요. 나는 왕이 아니니까. 하지만 로한의 백의의 왕녀가 원한다면 나는 그녀와 결혼하겠소. 그리고 그녀가 바란다면 강 건너 아름다운 이실리엔에 살면서 정원을 만들고 더 행복한 나날을 보내겠어요. 백의의 왕녀만 같이 간다면 그곳에서 모든 것들이 기쁨으로 자랄 겁니다."

"그러면 전 제 동족을 떠나야 하는 겁니까, 곤도르의 사나이시여? 또한 당신의 당당한 동족들이 '저기 북쪽의 거친 여전사를 길들인 영주가 지나간다. 그래 우리 누메노르족에서는 선택할 여인이 없었단 말인가?'라고 뒤에서 수군거리게 하실 건가요?"

"기꺼이 그렇게 하겠소."

파라미르가 대답했다. 그는 그녀를 안고 햇살이 화창한 하늘 아래에서 그녀에게 입을 맞췄다. 그들은 많은 사람들이 볼 수 있는 성벽 위에 서 있었지만 그는 개의치 않았다. 실제로 많은 사람들이 그들을 보았고, 그들이 손을 잡고 성벽에서 내려와 치유의 집으로 들어갈 때 그 주위에서 발하는 빛을 보았다.

파라미르는 치유의 집 원장에게 말했다.

"여기 로한의 에오윈 왕녀가 오셨소. 이분은 이제 완치되었소."

그러자 원장이 답했다.

"그렇다면 저는 왕녀님을 제 보호에서 풀어 드리고 작별을 고하겠습니다. 다시는 상처나 질병으로 고생하지 않으시길 바랍니다. 또한 왕녀님의 오라버니께서 돌아오실 때까지 이 도시의 섭정이신 파라미르 공의 보살핌을 추천하겠습니다."

그러자 에오윈이 말했다.

"이제 떠나도 좋다는 허락을 받았지만 저는 여기 머물겠어요. 이곳이 제게는 가장 축복받은 곳이니까요."

그녀는 왕이 돌아올 때까지 그곳에 머물렀다.

도시에서는 모든 준비가 끝났다. 민림몬에서 핀나스 겔린까지, 심지어는 먼 해안까지 곤도르 전역에 소식이 퍼져서, 도시로 들어올 수 있는 사람들은 모두 서둘러 모여들었다. 도시는 인파로 홍수를 이루었다. 여인들과 아이들은 꽃을 들고 도시의 집으로 돌아왔다. 돌 암로스에서는 가장 숙련된 하프 연주자들이 찾아왔으며, 레벤닌 계곡에서는 비올과 플루트, 은제 뿔나팔 연주자들과 청명한 목소리의 가수들이 몰려왔다.

마침내 성벽에서 들판의 천막이 내려다보이는 저녁이 되었다. 그날 밤 사람들이 새벽을 기다리는 동안 밤새 불이 타올랐다. 맑은 아침에 더는 그림자가 드리워지지 않는 동쪽의 산들 위로 태양이 떠올랐을 때, 도시의 모든 종이 울리고 깃발이 바람에 나부꼈으며 성채의 백색탑 위에는 햇빛을 받아 눈처럼 빛나는 섭정의 은빛 깃발이 다른 문장이나 의장을 달지 않은 채 마지막으로 걸렸다.

이제 서부의 지휘관들은 대군을 이끌고 도시로 향했고, 사람들은 그들이 떠오르는 햇빛을 받아 눈부시게 반짝이고 또 은빛 물결처럼 파문을 일으키며 열을 맞춰 행진해 오는 것을 볼 수 있었다. 그들은 성문 앞 200미터 지점에서 멈추었다. 아직 성문은 다시 세워지지 않았고 그 자리에 임시 관문이 설치되어 그 양편에 은색과 검은색 갑옷으로 무장한 병사들이 긴 칼을 빼 든 채 서 있었다. 관문 앞에는 섭정 파라미르와 관문의 수장인 후린, 그리고 곤도르의 다른 지휘관들이 서 있었고, 그 옆에는 마크 왕의 경호대장인 엘프헬름 원수와 기사들을 대동한 로한의 에오윈 왕녀가 있었다. 그리고 관문 안 양쪽에는 형형색색의 옷을 입고 화관을 두른 사람들이 물밀듯 늘어서 있었다.

미나스 티리스 성벽 앞에는 넓은 공간이 있었는데, 각지에서 온 기사들과 곤도르와 로한의 병사들, 도시민들 그리고 전국 방방곡곡에서 온 사람들이 그곳을 에워쌌다. 은색과 회색 갑옷을 입은 두네다인이 행렬에서 걸어 나오자 사람들은 숨을 죽였다. 그들 앞으로 아라고른이 천천히 걸어왔다. 그는 은띠를 두른 검은 갑옷을 입었고 순백의 긴 망토를 걸쳤으며 멀리서도 그 빛이 보이는 커다란 녹색 보석으로 목 부분을 고정시켰다. 그는 머리에 아무것도 쓰지 않았고 다만 이마에 두른 가느다란 은띠에 별 모양의 장식을 달고 있었다. 그와 함께 백색 갑옷을 입은 로한의 왕 에오메르와 임라힐 대공, 간달프가 걸어왔고, 그 옆에 네 명의 자그마한 인물들이 같이 왔다. 많은 사람들이 그들을 보고 놀랐다. 군중 속에 섞여 있던 요레스는, 그들을 보고 놀라는 임로스 멜루이에서 온 친척 여자에게 말했다.

"아니야, 저들은 어린애가 아니야. 멀리 있는 반인족의 나라에서 온 페리안들이야. 그곳에서 상당히 명망 있는 귀족들이래. 내가 치유의 집에서 한 사람을 보살펴 주어서 잘 알아. 저들은 몸집은 작아도 아주 용감하다지. 그들 중 하나는 자기 종사만 데리고 암흑의 나라로 가서는 그 군주와 맞서서 혼자 싸웠다는 거야. 그리고 그 탑에 불을 질렀다지. 믿기 어려운 일이지만 도시에서는 그렇게들 얘기해. 요정석과 함께 걸어오는 이가 바로 그이일 거야. 그들은 아주 친한 사이라니까. 요정석 공께선 정말로 놀라우신 분이야. 말씀하시는 게 유약하지 않으면서도 속담에 나오듯 황금의 마음을 지니셨어. 게다가 그분은 치유의 손을 갖고 계시거든. '왕의 손은 치유의 손'이라고 내가 말했지. 그분이 왕이라는 사실이 그렇게 해서 밝혀진 거야. 미스란디르가 내게 이렇게 말했어. '요레스, 사람들이 당신의 말을 오래도록 기억할 거요.' 하고 말이야. 그리고……."

하지만 요레스는 시골에서 온 친척에게 새로운 사실을 계속 알려 줄 수 없었다. 갑자기 나팔이 울리고 사방이 쥐 죽은 듯 조용해졌던 것이다. 그러자 관문에 서 있던 파라미르와 후린이 앞으로 나갔고, 궁성 경비대의 높은 투구와 갑옷을 착용한 네 명의 기사가 은띠로 묶인 검은 레베스론 나무상자를 들고 그 뒤를 따랐다.

파라미르는 사람들이 둘러선 가운데서 아라고른과 마주했다. 그러고 나서 아라고른 앞에 무릎을 꿇고 말했다.

"곤도르의 마지막 섭정이 사직을 요청합니다."

그러면서 그는 흰 막대를 바쳤다. 그러나 아라고른은 막대를 쥐었다가 다시 건네주며 말했다.

"그 직무는 아직 끝나지 않았소. 내 혈통이 이어지는 한 그것은 그대와 그대 자손에게 영원히 지속될 것이오. 이제 그대의 임무를 수행하시오."

그러자 파라미르가 일어나 낭랑한 목소리로 외쳤다.

"곤도르인들이여, 이 도시 섭정의 말을 들으시오! 보시오! 마침내 왕권을 되찾으러 오신 분이 계십니다! 이분은 아라소른의 아드님 아라고른이시며 아르노르 왕국 두네다인의 대장이시자 서부대군의 총지휘관이시며 북방의 별을 보유하셨고 다시 벼려진 칼의 주인으로 전쟁의 승리를 가져오셨습니다. 또한 누메노르의 후계 엘렌딜의 아드님이신 이실두르의 아드님 발란딜 혈통으로 치유의 손길을 가지신 요정석, 즉 엘렛사르이십니다. 이분께서 도시에 입성하셔서 왕이 되셔야 하지 않겠소?"

그러자 전 대군과 모든 사람들이 일제히 "옳소!" 하고 외쳤다.

요레스는 친척에게 다시 말했다.

"저건 이 도시의 의식에 불과한 거야. 저분은 벌써 들어오셨거든. 저분이 내게 뭐라고 하셨느냐 하면……."

이때 파라미르가 다시 외쳤기에 그녀는 말을 멈춰야만 했다.

"곤도르인들이여, 전승학자들의 말에 의하면, 왕이 되기 위해서는 부왕이 서거하시기 전에 직접 왕관을 계승받거나 사정이 여의치 않으면 부왕의 능에 홀로 가서 그의 손에서 왕관을 가져오는 것이 관습이라고 합니다. 그러나 지금은 상황이 전혀 다르므로 내가 섭정의 권한으로 과거 우리 선조들의 시절에 통치하셨던 마지막 왕, 에아르누르 왕의 왕관을 라스 디넨에서 이리 가져왔습니다."

그러자 호위병들이 걸어 나왔고 파라미르가 상자를 열어 옛 왕관을 치켜들었다. 그것은 궁성 경비대의 투구와 같은 모양이었으나 더욱 고상한 순백색이었으며, 양쪽 날개는 바닷새의 날개를 본떠 진주와 은으로 만들어져 있었다. 이는 곧 대해를 건너온 왕의 상징이었다. 일곱 개의 보석이 이마를 두른 띠에 박혀 있고 제일 위에는 불꽃처럼 빛을 뿌리는 커다란 보석이 박혀 있었다.

아라고른은 왕관을 건네받은 다음 번쩍 치켜들고 외쳤다.

"에트 에아렐로 엔도렌나 우툴리엔. 시노메 마루반 아르 힐디냐르 텐 암바르멧타!"

이것은 엘렌딜이 바람의 날개를 타고 대해에서 왔을 때 한 말인데, "위대한 대해에서 난 이 가운데땅으로 왔노라. 나와 내 후손들은 이 세상의 종말이 올 때까지 여기 머물겠노라!"라는 의미였다.

그러나 아라고른은 놀랍게도 왕관을 머리에 쓰지 않고 다시 파라미르에게 주면서 말했다.

"많은 이들의 노고와 용기로 내가 다시 왕위를 계승하게 되었소. 이에 대한 감사의 표시로, 반지의 사자께서 왕관을 갖다주시고 미스란디르께서 씌워 주셨으면 하오. 그분이야말로 모든 성취를 일으키신 분이었으며, 이는 곧 그분의 승리라 할 수 있겠기 때문이오."

그러자 프로도가 앞으로 나와 파라미르에게서 왕관을 받아 간달프에게 갖다주었고, 간달프는 무릎을 꿇은 아라고른의 머리에 백색 왕관을 씌워 주며 말했다.

"이제 왕의 시대가 도래했소! 발라의 왕좌가 지속되는 한 축복이 있으라!"

아라고른이 일어섰을 때 그를 본 사람들은 모두 침묵 속에 응시했다. 이제 처음으로 그의 본모습이 드러난 것 같았기 때문이었다. 과거 바다의 왕들처럼 장신인 그는 주위의 사람들보다 훨씬 커 보였다. 고대의 인물들처럼 나이 들어 보이면서도 아직 한창때의 원기 왕성한 남성이었다. 그의 이마에는 지혜가, 손에는 힘과 치유력이, 주위에는 후광이 비치고 있었다. 그러자 파라미르가 외쳤다.

"왕을 보라!"

그 순간 모든 나팔이 울렸고, 엘렛사르 왕이 앞으로 나아가 관문에 이르자 관문의 수장 후린이 관문을 열었다. 하프와 비올, 플루트가 청아한 목소리의 노랫소리와 어우러지는 가운데 왕은 꽃으로 덮인 거리를 지나 궁성에 이르러 입성했다. 성수와 별이 그려진 왕의 기치가 가장 높은 탑 위에 펼쳐졌고, 엘렛사르 왕의 시대가 시작되었다. 이에 대한 노래는 그 후 수없이 만들어졌다.

그의 통치하에서 그 도시는 처음 영광을 누렸던 나날보다도 더 아름다워졌다. 나무들과 분수들이 도시를 가득 채웠고, 미스릴과 강철로 성문을 주조했으며, 거리를 흰 대리석으로 포장했다. 산에 사는 난쟁이들은 도시에 와서 재건을 도왔고, 숲에 사는 요정들은 크게 기뻐하며 도시를 찾아왔다. 모두 보수되고 깔끔해졌으며, 집집마다 남녀노소의 웃음소리로 가득 찼으며, 창문은 닫히지 않았고, 뜰은 사람들로 붐볐다. 제3시대가 끝난 후 새로운 시대에 이르기까지, 그 도시는 사라진 날들의 기억과 영광을 간직했다.

대관식이 끝난 후 며칠 지나자 왕은 궁전의 옥좌에 앉아 성명을 발표했다. 동부와 남부 그리고 서쪽의 던랜드와 어둠숲의 경계 지역 및 여타 수많은 지역과 부족이 사절단을 보내왔다. 왕은 스스로 굴복해 온 동부인들을 사면하고 석방했으며, 하라드림과 평화 협정을 맺었고, 모르도르의 노예들도 누르넨내해 근방에 땅을 주어 살게 했다. 또 용감한 행적을 남긴 많은 사람들에게 칭송과 보상을 내렸다. 마지막으로 궁성의 경비대장이 베레곤드를 데려와 판결을 받게 했다. 왕이 베레곤드에게 말했다.

"베레곤드, 그대는 그대의 칼로 살상이 금지된 구역, 성전에 피를 뿌렸다. 또한 섭정이나 지휘관의 허락 없이 그대의 직무 구역을 이탈했다. 예전이라면 이에 대한 마땅한 벌은 사형이었다. 이제 그대의 운명을 선고하겠다. 전장에서의 무용을 고려해, 그리고 그대의 행위가 파라미르 공에 대한 사랑에서 우러나온 것임을 고려해 형벌은 면제하기로 한다. 다만 즉시 궁성의 경비병 직책을 박탈할 것이며 당장 미나스 티리스를 떠나야 한다."

그러자 베레곤드의 얼굴에서 핏기가 가셨다. 그는 마음속 깊이 상처를 입고 고개를 숙였다. 왕은 말을 이었다.

"그렇게 시행되어야 한다. 그대는 이제 이실리엔의 대공 파라미르 공의 경비대인 백색기사단에 합류해야 하기 때문이다. 더구나 그대는 그 대장으로 임명되었다. 그 지휘관으로서 명예와 평화를 누리며 그대의 모든 것을 걸고 생명을 구해 드렸던 대공을 섬기면서 에뮌 아르넨에 살게 될 것이다."

그제야 베레곤드는 왕의 자비로움과 정의로움을 깨닫고 크게 기뻐하며 무릎을 꿇고 왕의 손에 입을 맞추었다. 그는 흡족하고 기쁜 마음으로 떠나갔다. 아라고른은 파라미르에게 이실리엔을 영지로 하사하고 나서 곤도르시가 보이는 에뮌 아르넨 언덕에 거주할 것을 명했다.

"왜냐하면 모르굴계곡의 미나스 이실은 완전히 파괴될 것이기 때문이오. 시간이 지나면 깨끗하게 정화되겠지만 상당한 기간 동안 아무도 그곳에 살 수가 없을 게요."

왕은 이렇게 말했다.

마지막으로 왕은 로한의 에오메르를 미소로 맞이하고 포옹하며 말했다.

"우리 사이에는 주고받는 보상이 있을 수 없겠지요. 그대와 나는 형제이니 말이오. 과거의 행복한 시절에 북쪽에서 에오를이 말을 달려온 이후 이보다 더 축복받은 동맹 관계는 없었소. 어느 쪽도 상대를 실망시키지 않았고 앞으로도 그럴 것이오. 자, 세오덴 왕을 성전에 안장했으니 그대가 동의한다면 그분은 곤도르의 왕들 사이에서 편안히 쉬실 수 있소. 하지만 그대가 원한다면 그분을 다시 로한으로 모시고 가 동족들 사이에서 쉬시게 하겠소."

그러자 에오메르가 대답했다.

"왕께서 평원에서 내 앞에 나타난 이후 난 왕을 사랑해 왔고 그 사랑은 실망을 주지 않을 것입니다. 하지만 지금은 잠시 우리 땅으로 돌아가 여러 가지를 정리하고 정비해야겠습니다. 그리고 모든 준비가 끝나면 서거하신 분을 모시러 다시 오겠습니다. 얼마간 그분을 여기서 쉬게 해 주십시오."

에오윈은 파라미르에게 말했다.

"이제 전 고향으로 돌아가 다시 오라버니의 일을 도와드리겠어요. 그리고 제가 아버지처럼 사랑했던 분이 편히 쉬시도록 안치되면 돌아오겠어요."

이렇게 즐거운 나날이 지나갔다. 5월의 8일째 되는 날 로한의 기사들은 출발 준비를 마친 후 북쪽 길로 떠나갔고, 엘론드의 아들들도 함께 떠났다. 성문에서 펠렌노르평원의 외벽까지 길마다 사람들이 늘어서서 그들에게 경의를 표했다. 멀리서 왔던 사람들은 기뻐하며 다시 고향으로 돌아갔고, 도시는 전쟁의 상처와 암흑의 기억을 지우고 새로 재건하려는 노력으로 분주했다.

호빗들은 레골라스, 김리와 함께 미나스 티리스에 계속 머물렀다. 아라고른이 그 동지들이 흩어지는 것을 원치 않았던 것이다. 아라고른이 그들에게 말했다.

"결국에는 우리의 연대도 끝을 맺어야겠지. 하지만 자네들을 좀 더 오래 붙잡아 두고 싶네. 자네들이 동참했던 일이 아직 완전히 끝난 게 아니거든. 내가 어른이 된 후로 늘 바라마지 않았던 그날이 가까워지고 있네. 그날이 왔을 때 내 벗들이 곁에 있어 주기를 바라는 걸세."

하지만 아라고른은 그날에 대해서는 자세히 말하려 하지 않았다. 반지 원정대는 아름다운 집에서 간달프와 함께 머물며 내키는 대로 여기저기 다녔다. 프로도는 간달프에게 물어보았다.

"아라고른이 말하는 그날이 어떤 날인지 아세요? 우린 여기서 행복한 시간을 보내고 있고 또 떠나고 싶진 않지만, 하루하루 시간이 지나고 있고 빌보 아저씨도 기다리실 거예요. 또 우리 고향은 샤이어이잖아요."

"빌보도 그날을 기다리고 있고 자네들이 왜 지체되고 있는지 잘 알고 있네. 또 시간이 흘러가는 거야 이제 기껏해야 5월이고 아직 한여름이 시작되지도 않았잖아. 모든 것이 변해서 한 시대가 지난 것 같지만 사실 자네들이 원정을 떠난 지 아직 채 1년도 안 되었다네."

그러자 프로도는 피핀에게 말했다.

"피핀, 자넨 간달프가 전보다 속내를 잘 털어놓으신다고 말하지 않았어? 그땐 아마 노고에 지치셨던 모양이야. 이젠 회복하신 것 같은데."

그러자 간달프가 말했다.

"사람들은 식탁 위에 무엇이 차려질지 미리 알고 싶어 하지만 잔치를 준비하느라 애쓴 사람은 비밀을 간직하고 싶은 법이라네. 놀라움으로 인해 찬사가 더 커질 테니 말일세. 그리고 아라고른도 어떤 신호를 기다리고 있다네."

그러던 어느 날 간달프가 보이지 않았다. 그러자 원정대는 무슨 일인지 궁금했다. 간달프가 밤중에 아라고른과 함께 도시를 빠져나와 민돌루인산 남쪽 기슭으로 갔던 것이다. 그곳에서 그들은 몇 세대 전에 만들어진 길을 발견했다. 지금은 사람들이 겁이 나서 감히 따라가 볼 엄두도 내지 못하는 길이었다. 그 길은 높고 신성한 장소로 이어졌는데, 오로지 왕들만 걸을 수 있었다. 그들은 가파른 길을 따라 올라가 눈 덮인 높은 봉우리들 아래의 고원에 이르렀다. 그곳에서는 도시 뒤편의 절벽이 내려다보였다.

이제 아침이 되었다. 그들은 저 아래 도시를 내려다보았다. 도시의 탑들은 햇빛에 반사되어 하얀 연필처럼 보였고, 안두인 유역의 골짜기는 정원 같았으며, 어둠산맥은 황금빛 안개로 휘장이 드리워진 듯했다. 그들의 시선이 회색의 에뮌 무일에 닿자 반짝이는 라우로스는 흡사 멀리 떨어져 있는 별의 광채처럼 보였다. 강은 펠라르기르까지 리본처럼 구불구불하게 풀려 나갔고, 그 너머 하늘가에는 은은한 빛이 감돌았다. 그곳은 바로 바다였다.

간달프가 입을 열었다.

"여기가 바로 당신의 영토이자, 앞으로 더 위대한 왕국의 심장부가 될 곳이오. 이제 제3시대는 종말을 고했고 새 시대가 시작되었소. 당신의 임무는 새 시대의 시작을 준비하고, 보존할 만한 것은 보존하는 것이겠지요. 파멸의 위험에서 구조된 것이 많이 있지만, 또한 많은 것들이 사라져야 합니다. 세 반지의 권능도 끝났소. 눈앞에 보이는 모든 대지가 이제 인간들의 거주지가 될 것이오. 지금부터는 인간들의 시대라서, 손위 종족들은 사라지거나 떠나게 될 것이오."

"내 소중한 친구 간달프, 나 역시 그것을 잘 알고 있습니다. 그렇지만 내겐 아직 당신의 조언이 필요합니다."

"아니, 이제 더 이상은 필요가 없소. 내 시대는 제3시대였소. 나는 사우론의 적이었고, 이제 내 일은 끝난 거요. 나는 곧 떠나겠소. 이제는 당신과 당신 백성들이 짐을 떠맡아야 하오."

"하지만 난 불사의 몸이 아닙니다. 나는 죽어야 하는 인간이고, 순수한 누메노르의 혈통을 지녔기에 보통 인간들보다 오래 살기는 하겠지만 그것도 짧은 시간에 불과할 겁니다. 지금 여인들의 배 속에 있는 아이들이 태어나 노년에 이를 때쯤이면 나 역시 노쇠하겠지요. 만일 내 소망이 이루어지지 않는다면, 내가 죽은 후 누가 곤도르와, 이 도시를 자신의 여왕처럼 여기며 사랑하는 자들을 다스리겠습니까? 분수의 궁정에 있는 성수는 여전히 시들어 말라 있습니다. 그것이 살아나리라는 징후를 언제 볼 수 있겠습니까?"

그러자 간달프가 말했다.

"푸르른 대지에서 눈을 돌려 저 황량하고 차갑게 보이는 곳을 보시오!"

아라고른이 몸을 돌리자, 그의 등 뒤로 눈 덮인 언덕 자락에서 내리뻗은 비탈진 돌길이 있었다. 유심히 바라보니, 그 황량한 곳에 무언가 성장하는 것이 홀로 서 있었다. 그는 그곳으로 기어올랐고, 눈 덮인 곳의 언저리에서 솟아난 1미터도 되지 않는 어린나무를 발견했다. 그것은 벌써 길고 맵시 있는 어린잎을 내밀고 있었다. 잎의 위쪽은 검고 아래쪽은 은색이었으며, 그 가느다란 꼭대기에 작은 꽃들이 무리 지어 한 송이를 달고 있었는데 그 흰 꽃잎이 햇빛을 받은 눈처럼 반짝거렸다.

아라고른은 큰 소리로 외쳤다.

"예! 우투비에네스! 찾았어요! 하! 최고 손위 나무의 자손이 여기 있군요! 그런데 어떻게 여기 있게 되었을까요? 이건 아직 수령이 7년도 안 된 것 같은데."

그러자 간달프도 따라와서 보며 말했다.

"틀림없이 이건 아름다운 님로스 계통의 나무요. 님로스는 갈라실리온의 묘목이었고, 갈라실리온은 여러 이름으로 불리던 텔페리온, 즉 '손위 나무'의 과실이었소. 이 나무가 어떻게 해서 정해진 시간에 이곳에서 싹을 틔웠는지 그 누가 말할 수 있겠소? 이곳은 오래된 성스러운 곳이니 아마도 왕의 가계가 끊기기 전에, 또 궁정의 성수가 시들기 전에 열매를 옮겨 심어 놓은 것 같소. 이 나무의 열매가 무르익는 것은 극히 드물지만, 그 안의 생명은 오랜 세월 잠을 자기도 하기에, 누구도 그 깨어나는 시간을 예측할 수 없다고 하오. 내 말을 명심하시오. 일단 열매가 익으면 그 계통이 끊어지지 않도록 반드시 심어 줘야 하오. 예전 엘렌딜의 혈통이 북쪽 황무지에 숨어 있었듯이 이 나무 역시 이 산에 숨어 있었던 거요. 하지만 님로스의 계보는 당신의 가계보다 더 오래되었소, 엘렛사르 왕."

그러자 아라고른은 부드럽게 그 어린나무에 손을 대었다. 그러자 아! 그것은 땅에 뿌리를 슬쩍 대고 있었기라도 한 듯 상처 하나 없이 들려 올라왔다. 아라고른은 그것을 궁성으로 가져갔다. 시든 성수는 뽑아냈지만 태워 버리지 않고, 정성을 다해 라스 디넨의 정적 속에 쉬도록 안치했다. 아라고른은 궁정 분수 가에 새 성수를 심었다. 성수는 아주 빠른 속도로 즐겁게 성장하기 시작했다. 그리고 6월에 들어서자 꽃이 만개했다.

"이제 신호가 왔으니 그날이 머지않겠군."

아라고른은 이렇게 말하고 성벽 위에 경비병을 배치했다.

하지 바로 전날 아몬 딘에서 전령이 도착했고, 한 무리의 가인(佳人)들이 북쪽에서 말을 타고 오고 있으며 이제 펠렌노르 외벽 거의 가까이 왔다고 전했다. 그러자 왕은 말했다.

"마침내 그분들이 오셨군! 온 도시에 준비하도록 하라!"

하지 전날 저녁, 동쪽 하늘은 사파이어처럼 푸르렀고 하얀 별이 빛을 발했지만, 서쪽 하늘은 아직 황금빛에 물들어 있을 때였다. 말을 탄 사람들이 차갑고 향기로운 대기를 가르고 북쪽 길을 내려와 미나스 티리스의 성문으로 다가왔다. 제일 앞에는 은색 기를 든 엘로히르와 엘라단이 말을 몰고 있었고, 그 뒤를 글로르핀델과 에레스토르 그리고 깊은골의 온 가족이 따르고 있었다. 로슬로리엔의 영주 켈레보른과 갈라드리엘이 백마를 타고 그 뒤를 따랐으며, 그들과 함께 그 나라의 요정들이 머리에 흰 보석을 달고 회색 망토를 입고 왔다. 마지막으로 요정과 인간의 세계에서 가장 강력한 자 엘론드가 안누미나스의 홀을 든 채 말을 달렸고, 그 옆에서 그의 딸이자 요정들의 저녁별 아르웬이 회색 말을 타고 왔다.

이마에 별을 단 아르웬이 달콤한 향기를 풍기며 어슴푸레한 저녁 빛 속에 다가오는 것을 본 프로도는 경이로운 기분으로 찬탄하며 간달프에게 말했다.

"우리가 왜 기다렸는지 이제야 알겠어요! 이것이 끝이군요. 이제는 낮 시간이 사랑스러울 뿐 아니라 밤도 아름답고 축복받는 시간이 될 거예요. 밤의 모든 두려움은 사라지고요."

왕은 손님들에게 환영의 인사를 건넸고, 그들은 말에서 내렸다. 엘론드는 안누미나스의 홀을 왕에게 건네주고 자기 딸의 손을 왕의 손에 올려놓았다. 그들은 함께 높은도시로 올라갔고, 하늘에는 모든 별들이 꽃을 피웠다. 엘렛사르 왕, 즉 아라고른은 하짓날에 왕의 도시에서 아르웬 운도미엘과 결혼식을 올렸다. 이로써 그들의 오랜 기다림과 노고의 이야기는 결실에 이르렀다.

Chapter 6

많은 이별

축하하며 기뻐한 날들이 지나자 마침내 반지 원정대도 각자의 고향으로 돌아가야겠다고 생각했다. 프로도가 왕을 만나러 갔을 때 그는 왕비 아르웬과 함께 궁정 분수 옆에 앉아 있었다. 아르웬이 발리노르의 노래를 부르는 동안 분수 가의 성수는 싹을 틔우고 꽃을 피웠다. 그들은 프로도를 환영하며 일어나 인사했다. 아라고른이 먼저 입을 열었다.

"자네가 무슨 말을 하러 왔는지 알고 있네. 고향으로 돌아가고 싶은 게지. 자, 내 친애하는 벗이여, 나무들도 그 조상의 땅에서 더 잘 자라는 법이지. 하지만 자네는 서부의 어느 땅에서나 환영받을 걸세. 자네의 종족은 위인들의 전설에서 큰 명성을 얻은 적이 별로 없었지만, 이젠 사라져 버린 수많은 넓은 나라들보다 자네의 고향이 더 큰 명성을 누릴 걸세."

그러자 프로도가 대답했다.

"샤이어로 돌아가고 싶은 것은 사실입니다. 하지만 먼저 깊은골로 가야겠어요. 이 행복한 나날에 부족한 것이 있다면, 빌보 아저씨가 없어서 섭섭했거든요. 엘론드의 가족들과 함께 오시지 않아서 무척 서운했어요."

그러자 아르웬이 말했다.

"그것이 놀라웠나요, 반지의 사자님? 당신은 이제 파괴된 그 반지의 권능을 알고 있잖아요? 그 마력으로 일어났던 일들이 이제 모두 사라져 가고 있어요. 그런데 당신의 친척은 그 반지를 당신보다 오래 지니고 계셨지요. 당신들 종족의 기준으로 보면 빌보 씨는 상당히 연로하신 편이고요. 빌보 씨는 당신을 기다리고 계세요. 마지막 여행을 빼고 다시는 긴 여행을 하지 않으려 하시니까요."

"그러면 곧 떠나도록 허락해 주시길 바랍니다."

그러자 아라고른이 대답했다.

"이레가 지나면 우리도 함께 갈 걸세. 멀리 로한의 땅까지 갈 생각이네. 이제 사흘 후에 세오덴 왕을 모셔 가서 마크에 안장하려고 에오메르 왕이 이리 오실 거라네. 우리도 돌아가신 분께 경의를 표하기 위해 함께 가기로 했네. 자네가 가기 전에, 우선 파라미르가 전에 자네에게 했던 약속을 확인시켜 주지. 자네와 자네 동료들은 곤도르의 어디든 자유롭게 다닐 수 있네. 자네의 장거(壯擧)에 값할 수 있는 선물이 있다면 무엇이라도 주겠네만. 자네가 원하는 것은 무엇이든 가져가도 좋다네. 또 자네는 명예롭게 이 땅의 대공으로 성장(盛裝)하고 말을 탈 걸세."

그러자 아르웬 왕비도 말했다.

"엘론드의 딸로서 당신에게 선물을 드리겠어요. 부친 엘론드께서 회색항구로 떠나실 때 난 같이 가지 않을 겁니다. 내 선택은 과거 루시엔의 선택과 같고, 나 또한 그녀처럼 좋은 일뿐 아니라 고통스러운 일도 선택했으니까요. 그렇지만 반지의 사자여, 때가 되고 당신이 원한다면 당신이 나 대신 가도 좋습니다. 만일 상처가 계속 아프고 그 짐에 대한 기억으로 마음이 무겁다면, 서쪽나라로 가서 당신의 고통과 피로를 모두 치유할 수 있을 겁니다. 하지만 지금은 당신의 삶과 인연을 맺은 요정석과 저녁별을 기념하기 위해 이것을 달아 주세요."

그녀는 가슴에 걸고 있던 별 모양의 흰 보석이 달린 은사슬을 떼어 프로도의 목에 걸어 주었다.

"공포와 암흑의 기억이 당신을 괴롭힐 때 이것이 당신에게 도움이 될 거예요."

사흘이 지나자 왕이 말했던 대로 로한의 에오메르가 마크의 가장 훌륭한 기사들로 선별한 에오레드를 인솔하고 미나스 티리스로 왔다. 환영이 끝나고 모두 대연회장 메레스론드에 모여 식탁에 둘러앉았다. 에오메르는 아름다운 귀부인들을 보고 대단히 놀라워했다. 잠자리에 들기 전 그는 난쟁이 김리를 불러 말했다.

"글로인의 아들 김리, 그대의 도끼는 준비되었겠지?"

"아닙니다, 왕이시여. 하지만 필요하면 곧 가져오겠습니다."

"스스로 판단하게. 황금숲의 여주인에 관한 경박한 말이 우리 사이에 오갔었지? 자, 이제 난 그녀를 내 눈으로 보았네."

"그렇다면, 왕이시여, 무엇이라 말씀하시겠습니까?"

"안됐지만, 그녀가 살아 있는 여인들 중 가장 아름다운 여인이라고 말하진 못하겠군."

"그렇다면 제 도끼를 가지러 가야겠군요."

"하지만 우선 변명을 좀 해야겠네. 만일 내가 다른 사람들 사이에서 그녀를 보았다면 자네가 바라는 말을 기꺼이 했을 거라네. 하지만 지금은 저녁별 아르웬 왕비를 첫째로 꼽겠어. 그리고 내 말을 부정하는 자가 있다면 기꺼이 결투를 하겠고. 자, 내 칼을 가져오라고 할까?"

그러자 김리는 깊이 고개를 숙였다.

"아닙니다, 전하. 결투는 제가 포기하겠습니다. 전하는 저녁을 선택하셨지만, 저는 아침에 제 사랑을 바쳤습니다. 그리고 머지않아 그것이 영원히 사라져 버릴 거라는 예감이 듭니다."

마침내 출발의 날이 다가왔다. 위대하고 아름다운 일행이 북쪽으로 여행할 준비를 마쳤다. 곤도르의 왕과 로한의 왕은 성전으로 갔고, 라스 디넨의 무덤에서 세오덴 왕을 황금의 관에 옮기고는 침묵 속에 도시를 통과했다. 관은 커다란 마차에 실렸으며 로한의 기사들이 그 주위를 둘러싸고 경호했다. 앞에는 왕의 깃발이 나부꼈다. 메리는 세오덴의 기사였으므로 마차에 올라 왕의 무기를 지켰다.

다른 동료들에게는 체구에 따라 말이 준비되었다. 프로도와 샘와이즈는 아라고른 옆에서 말을 몰았고, 간달프는 샤두팍스에 탔다. 피핀은 곤도르의 기사들과 함께 말을 달렸고, 레골라스와 김리는 늘 그랬듯이 아로드에 함께 올라탔다.

아르웬 왕비, 켈레보른과 갈라드리엘, 엘론드와 그 아들들, 돌 암로스와 이실리엔의 대공들, 그 밖에 많은 지휘관들과 기사들이 함께 떠났다. 일찍이 마크의 어느 왕도 셍겔의 아들 세오덴만큼 장대한 행렬을 거느리고 고향에 돌아온 적이 없었다.

그들은 서두르지 않고 유유히 아노리엔을 지나 아몬 딘 아래 회색숲에 이르렀다. 그곳에선 살아 있는 것이라고는 하나도 찾아볼 수 없었지만, 언덕에서 아스라이 북소리가 들려왔다. 그러자 아라고른은 나팔을 불게 한 다음 전령으로 하여금 외치게 했다.

"자, 엘렛사르 왕께서 오셨다! 왕께서는 간부리간과 그 동족에게 드루아단숲을 영원히 하사하셨다. 이후로는 어느 누구도 그들의 허락 없이 이 숲에 들어가지 못하리라!"

그러자 북소리가 한층 크게 울렸다가 곧 잠잠해졌다.

마침내 보름간의 여행 후 세오덴의 마차는 로한의 푸른 들판을 지나 에도라스에 이르렀다. 여기서 그들은 휴식을 취했다. 황금궁전은 빛으로 가득했으며 아름다운 벽걸이로 장식되었고, 궁전이 건축된 이후 최고의 연회가 열렸다. 사흘 후 마크인들은 세오덴의 장례식을 준비했다. 돌아가신 왕은 생전에 소지했던 무기와 여러 가지 아름다운 물건들과 함께 돌무덤에 안장되었으며, 그 위에는 커다란 봉분이 쌓였다. 그리고 그 위는 푸른 잔디와 흰 영념화로 덮였다. 이제 고분들판 동편에는 여덟 개의 봉분이 있었다.

왕의 직속 기사들은 백마를 타고 무덤 주위를 돌며 음유시인 글레오위네가 지은 노래, 셍겔의 아들 세오덴 왕의 노래를 불렀다. 글레오위네는 그 후 다른 노래를 전혀 짓지 않았다고 한다. 기사들의 느린 노랫소리는 그 언어를 이해하지 못하는 사람들에게도 감동을 주었다. 하지만 그 노랫말은 북쪽의 천둥 같은 말발굽 소리와 켈레브란트평원의 전장에서 울부짖는 청년왕 에오를의 함성을 다시 들려주어서 마크인들의 눈을 빛나게 했다. 왕들의 이야기가 계속 이어졌고, 헬름의 뿔나팔 소리가 온 산에 요란하게 울렸으며, 마침내 암흑이 닥쳐와 분연히 일어난 세오덴 왕이 암흑을 헤치고 불을 향해 질주하다 태양이 다시 민돌루인에 빛을 발할 무렵 장렬한 죽음을 맞이하는 부분에 이르렀다.

의혹을 넘어, 암흑을 넘어, 날이 밝을 때까지
햇빛 속을 노래하며 달리셨지, 칼을 빼 들고
희망의 불을 붙이시고, 희망으로 끝맺었지.
죽음을 넘어, 두려움을 넘어, 몰락을 넘어
상실을 넘어, 생명을 넘어, 영원한 영광으로!

메리는 초록 봉분의 바닥에 서서 울었다. 노래가 끝나자 그는 크게 외쳤다.

"세오덴 왕이시여, 세오덴 왕이시여, 안녕히! 얼마간이었지만 아버지와 다름없었던 분이시여! 안녕히!"

장례가 끝나고 여자들의 곡도 잠잠해져 마침내 세오덴만 무덤에 홀로 남겨졌다. 일행은 황금궁전에서 대연회를 베풀며 슬픔을 달랬다. 세오덴은 장수를 누렸을 뿐 아니라 그의 위대한 선조들보다 더욱 명예로운 죽음을 맞았기 때문이다. 마크의 관습에 따라 왕들을 추모하고 건배할 시간이 되자, 햇살 같은 금발을 휘날리며 눈같이 흰 옷을 입은 에오윈이 에오메르에게 술이 가득 찬 잔을 건네주었다.

그러자 전승의 대가인 음유시인이 일어나 마크의 왕들을 차례로 읊기 시작했다. 청년왕 에오를, 황금궁전의 건립자 브레고, 불운한 발도르의 동생 알도르, 프레아, 프레아위네, 골드위네, 데오르, 그람, 그리고 마크의 위기 때 헬름협곡에 은거한 헬름. 이렇게 서쪽 아홉 개 봉분의 주인들이 거명되었다. 여기서 일단 직계가 끊기고 동쪽 봉분의 왕가가 이어진 것이었다. 헬름의 조카 프레알라프, 레오바, 왈다, 폴카, 폴크위네, 펭겔, 셍겔 그리고 마지막으로 세오덴이 그들이었다. 세오덴이 언급되자 에오메르는 잔을 비웠다. 그러자 에오윈은 시종들에게 잔을 채우라고 지시했고 모두 일어나 새로운 왕에게 건배하며 외쳤다.

"마크의 왕 에오메르 만세!"

연회가 끝날 무렵 에오메르가 일어나 말했다.

"지금 이 자리는 선왕 세오덴의 장례연입니다만, 헤어지기 전에 기쁜 소식을 전해 드리겠습니다. 선왕께서는 내 누이 에오윈에게 친아버님이나 마찬가지였으므로 제가 전해 드리는 이 소식을 기뻐하시겠지요. 이 궁전이 처음 맞이하는 여러 지방의 훌륭하신 분들이여, 내 말을 들어 주십시오. 곤도르의 섭정이자 이실리엔의 대공이신 파라미르 공께서 로한의 에오윈에게 청혼했고 그녀는 청혼을 기꺼이 받아들였습니다. 그러므로 그들은 여러분들 앞에서 혼약을 맺을 겁니다."

파라미르와 에오윈이 앞으로 나와 손을 잡자 모든 이들이 건배하며 축복을 보냈다. 다시 에오메르가 말했다.

"이렇게 해서 마크와 곤도르의 우정은 새로운 끈으로 엮였으니 그만큼 더 즐거운 일이 아니겠습니까."

그러자 아라고른도 말했다.

"에오메르, 그대의 나라에서 가장 아름다운 이를 곤도르에 기꺼이 내주다니 그대는 인색한 사람이 아니구려!"

그러자 에오윈은 아라고른의 눈을 바라보며 말했다.

"치유자이신 전하, 제게 축복을 내려 주십시오."

아라고른은 대답했다.

"그대를 처음 본 후로 늘 그대의 행복을 기원했소. 그대가 기뻐하는 것을 보니 내 마음 또한 치유되는 것 같소."

연회가 끝나자 떠나야 할 사람들은 에오메르 왕과 작별 인사를 나눴다. 아라고른과 그의 기사들, 로리엔과 깊은골에서 온 이들도 떠날 준비를 했다. 그러나 파라미르와 임라힐은 에도라스에 머물렀고, 저녁별 아르웬도 그대로 머물러 친지들과 작별했다. 그녀의 아버지 엘론드는 딸과 함께 언덕으로 올라가 오랫동안 이야기를 나누었다. 그들의 마지막 이별을 본 사람은 없었지만, 그들의 이별은 세상의 종말을 넘어서까지 지속될 쓰라린 것이었다.

손님들이 떠나기 전 에오메르와 에오윈은 메리에게 왔다. 에오메르가 먼저 말했다.

"자, 안녕, 샤이어의 메리아독이자 마크의 홀드위네여! 가서 행운을 찾고 곧 돌아와 우리의 환영을 받길 바라네. 옛날 왕들이라면 성널오름평원에서의 자네의 공적에 대해 마차에 다 실을 수 없을 만큼 선물을 주며 치하했겠지. 그런데 자네는 무기를 제외하곤 아무것도 받지 않겠다고 했다지. 그 말을 수락하겠네. 사실 내게는 그런 용맹한 행위에 값할 만한 물건이 없으니 말이야. 하지만 내 누이는, 아침을 알리는 마크의 나팔 소리와 데른헬름의 기념으로 이 작은 물건을 받아 주길 바란다네."

그러자 에오윈은 메리에게 오래된 나팔을 주었다. 그것은 작고 정교하게 만들어진 은나팔로 녹색 어깨띠가 달려 있었는데, 나팔 끝에서부터 입구까지 달리는 말에 탄 기사들이 일렬로 조각되어 있고 그와 더불어 위대한 미덕을 기리는 룬 문자가 새겨져 있었다. 에오윈은 말했다.

"이것은 우리 집안의 가보예요. 난쟁이들이 만든 것으로 용 샤다의 보물 창고에서 찾은 것입니다. 청년왕 에오를께서 북쪽 땅에서 가져오셨지요. 곤경에 처한 이가 불면 적의 마음에 두려움이 생기고 친구들의 가슴에는 즐거움이 넘쳐 도우러 올 거예요."

그것마저 거절할 수는 없었기에 메리는 나팔을 받고 에오윈의 손에 입을 맞췄다. 그들은 그를 포옹한 다음 얼마간 작별을 고했다.

이제 손님들은 떠날 준비가 끝나자 이별의 잔을 돌리고 찬사와 우정을 나눈 다음 길을 떠났다. 그들은 헬름협곡에 도착해 이틀간 쉬었다. 거기서 레골라스는 김리에게 한 약속을 지키느라 그와 함께 '찬란한 동굴'로 갔다. 돌아온 레골라스는 입을 다물었고, 김리만이 그 동굴을 제대로 묘사할 적절한 표현을 알 거라고 말했다.

"사실 말다툼에서 난쟁이가 요정을 이겨 본 적은 이제껏 없었지. 자, 이젠 팡고른으로 가서 묵은 셈을 청산하기로 하지."

그들은 협곡분지에서 아이센가드로 달려가 그동안 엔트들이 분주하게 해낸 일들을 보았다. 원형으로 쌓여 있던 돌들은 모두 부서지고 제거되었으며 그 내부는 나무들이 가득 들어찬 과수원과 정원이 되었다. 그 사이로 시냇물이 흘러 중앙에 맑은 호수를 이루고 있었다. 그 가운데 난공불락의 첨탑 오르상크가 우뚝 서 있어, 맑은 호수에 그 검은 바위가 비추었다.

그들은 아이센가드의 옛 성문이 있던 자리에 잠시 앉았다. 오르상크에 이르는 길 입구에는 커다란 나무 두 그루가 파수병처럼 서 있었다. 그 너머 오르상크로 가는 길 양편에는 초록 풀이 돋아 있었다. 그들은 이런 변화에 놀라 어리둥절해하며 주위를 돌아보았다. 다른 생물은 전혀 보이지 않았다. 그러나 곧 "흠흠" 하는 소리가 들리더니 나무수염이 날쌘돌이를 데리고 성큼성큼 다가와 그들에게 인사했다.

"오르상크의 나무안뜰에 오신 것을 환영합니다. 오시는 것은 알았지만 아직 할 일이 많아 계곡 위에서 일하고 있었어요. 당신들도 동쪽과 남쪽에서 열심히 일했다고 하더군요. 내가 들은 소식은 다 좋은 것이었소."

나무수염은 그들의 위업을 이미 다 알고 있는 것 같았다. 이윽고 말을 멈추고는 간달프를 한참 바라보았다.

"자, 이리 오십시오. 당신이 가장 강력한 분이라는 것이 입증되었소. 당신의 모든 노력은 좋은 결실을 맺었지요. 자, 이제 어디로 가십니까? 여기는 어떻게 오셨소?"

그러자 간달프가 대답했다.

"당신의 일이 어떻게 되어 가는지 보려고 들렀소, 친구여. 그리고 이루어진 모든 일에 대한 당신의 도움에 감사드리러 왔소."

"흠, 공정하신 말씀. 분명 우리 엔트들도 한몫했지요. 여기 살던 그 저주받을 나무 도살자를 처리하는 일만이 아니었소. 그것들, 부라룸, 사악한눈에, 검은손에, 안짱다리에, 냉혹한 심장에, 날카로운 손톱에, 더러운 배에, 피에 굶주린 모리마이테싱카혼다, 흠, 이놈들이 쳐들어왔소. 물론 당신들처럼 성미 급하신 분들에게는 이 벌레 같은 오르크들의 이름이 오랜 세월 동안 고문을 받는 것처럼 너무 길 테지요. 그놈들은 강 건너 북쪽에서 내려왔는데 여기 계신 위대한 분들 덕분에 라우렐린도레난에는 들어갈 수 없었소."

그러면서 그는 로리엔의 영주 부부에게 절을 했다.

"그 더러운 놈들은 로한고원에서 우리를 만나게 되어 기절초풍했소. 우리에 대해 들어 본 적이 없었을 테니 말이지. 우리에 대해 모르기는 다른 종족들도 마찬가지겠지요. 하여간 우리를 기억할 놈들은 많지 않을 거요. 살아 도망친 놈들이 얼마 되지 않을뿐더러 그마저도 강물이 처리해 주었으니 말이오. 하여간 당신들에게는 잘된 일이었소. 그놈들이 우리를 만나지 않았더라면 로한의 왕은 멀리 나갈 수가 없었을 테고 아니면 돌아올 고향을 잃었을지도 모르지."

그러자 아라고른이 말했다.

"우리도 그것을 잘 알고 있소. 미나스 티리스와 에도라스는 그 일을 영원히 잊지 않을 거요."

"'영원'이란 우리 엔트들에게도 너무 긴 말입니다. 당신의 말은 당신 왕국이 지속되는 동안이란 뜻이겠지요. 어쨌든 당신 왕국은 우리 엔트들에게도 길게 느껴질 만큼 오래 지속될 거요."

그러자 간달프도 말했다.

"새로운 시대가 시작되었소. 그리고 이 시대는 인간의 왕국이 당신들보다 오래 지속된다는 것을 입증할 거요, 내 친구 팡고른. 그런데 말해 보시게. 내가 부탁한 일은 어떻게 되었소? 사루만은 어떻소? 그는 아직 오르상크에 싫증을 내지 않았소? 당신이 해 놓은 일을 창문으로 내다보고 경치가 더 좋아졌다고 생각하지는 않을 텐데?"

메리는 나무수염이 오랫동안, 엉큼하게도 보이는 시선으로 간달프를 쳐다본다고 생각했다.

"아! 당신이 그 얘기를 하리라 생각했소. 오르상크에 싫증이 났느냐고? 나중에야 무척 싫증이 났겠지요. 하지만 자기 탑보다는 내 목소리에 더 싫증이 났을 게요. 흠! 내가 긴 이야기를 들려주었지요. 아니, 적어도 당신들의 기준으로는 길게 여겨질 만큼 해 주었소."

"그런데 그는 왜 한참 머물며 당신의 이야기를 들었소? 당신이 오르상크로 들어갔었소?"

"흠! 오르상크에 들어가다니! 그가 창가에 와서 들었지. 다른 방법으로는 소식을 들을 수가 없으니 말이오. 게다가 소식 내용은 대단히 싫어했지만 그럼에도 알고 싶어서 안달이 났었다오. 그래서 모든 이야기를 귀담아들더군. 하지만 나는 그 소식에다 그가 생각해야 마땅할 여러 가지 것들을 덧붙여서 말해 주었소. 그는 몹시 싫증을 내더군요. 항상 성급하게 굴었소. 결국 그것이 그의 파멸이 되고 말았지만 말이오."

"내 친구 팡고른, 당신은 신중하게 '살았다'든가, '들었다'든가, '굴었다'라고 과거형을 골라 쓰시는구려. '현재'는 어떻게 된 거요? 그가 죽었소?"

"내가 아는 한, 죽지는 않았소. 그는 가 버렸소. 그렇소, 이레 전에 가 버렸소. 가게 내버려 두었지요. 기어 나왔을 때 보니 남은 것이 거의 없더군요. 그 벌레 같은 부하 놈은 창백한 그림자와 다를 바가 없었소. 자, 내가 그를 안전하게 지키겠다고 약속했다는 말은 하지 마시오, 간달프. 나도 알고 있으니까. 하지만 그 이후로 상황이 달라졌소. 난 그가 더는 해를 끼칠 위험이 없을 때까지 붙잡아 놓았던 겁니다. 난 생물을 감금하는 것을 무엇보다도 싫어한다는 것을 이해하셔야 하오. 그런 작자들이라 해도 꼭 필요한 경우가 아니라면 우리에 가둬 두지 않겠소. 독니가 없는 뱀은 어디나 기어 다녀도 괜찮소."

"당신 말이 옳을지 모르지. 그렇지만 그 뱀에게는 아직 독니 하나가 남아 있소. 목소리의 독을 갖고 있지. 아마도 그가 당신 마음의 약한 부분을 알고 당신을, 나무수염마저 설복시킨 것 같소. 자, 그가 가 버렸다니 더 할 말은 없겠군. 이제 오르상크의 탑은 원래의 주인인 왕에게 돌아갈 것이오. 그것이 필요 없을지도 모르지만."

그러자 아라고른이 말했다.

"그것은 나중에 살펴보기로 합시다. 엔트들이 오르상크를 지키고 내 허락 없이는 아무도 들어가지 못하게 한다면 여기 모든 계곡을 엔트들에게 주겠소."

그러자 나무수염이 답했다.

"그 탑은 잠겨 있소. 사루만에게 잠그고 열쇠는 달라고 했소. 날쌘돌이가 갖고 있습니다."

날쌘돌이는 바람에 휘어지는 나무처럼 절을 하고는 아라고른에게 강철 고리로 연결된 두 개의 커다랗고 정교한 검은색 열쇠를 넘겨주었다. 아라고른이 말했다.

"그대들에게 다시 한번 감사를 드립니다. 이제 작별을 고해야겠소. 그대의 숲이 평화롭게 번창하기를! 이 계곡이 울창해지면 그대들이 한때 거닐었던 산 서쪽 편에도 남은 공간이 있을 거요."

나무수염은 슬픈 표정을 지었다.

"숲은 울창해지고 우거지겠지만 엔트들은 그렇지 않을 겁니다. 엔팅이 없으니 말이오."

"하지만 이제는 찾을 희망이 더 커졌을지 모르지요. 오랫동안 막혀 있던 동쪽 땅도 당신들에게 개방될 거요."

그러나 나무수염은 고개를 흔들며 말했다.

"그곳은 가기에 너무 멀고 또 인간들이 너무 많지요. 그나저나 내가 대접할 생각도 잊고 있었군그래! 여기서 잠깐 쉬어 가시지 않겠소? 팡고른숲을 관통함으로써 귀향길을 단축하려는 분이 혹시 계신지?"

그는 켈레보른과 갈라드리엘을 바라보았다.

하지만 레골라스를 제외하고는 모두 다 지금 출발해야 하고 남쪽이나 서쪽으로 떠나야겠다고 말했다. 레골라스는 김리에게 말했다.

"이리 와 봐, 김리. 팡고른이 허락해 주신다면, 나는 엔트숲의 오지로 들어가 가운데땅의 다른 곳에서는 볼 수 없는 나무들을 찾아볼 거야. 자네도 나와 같이 가서 약속을 지키는 게 어때? 그런 다음에 여행을 계속해서 어둠숲의 고향으로 돌아가세나."

썩 내키지는 않는 것 같았지만 김리는 이 말에 동의했다.

"그럼 마침내 여기서 반지 원정대의 행로는 끝나게 되었군. 하지만 약속한 대로 머지않아 날 도와주러 내 나라로 돌아와 주기 바라네."

아라고른이 말했다. 그러자 김리가 대답했다.

"우리 영주께서 허락하신다면 언제라도! 자, 호빗들, 안녕! 이제 자네들은 고향으로 안전하게 돌아갈 테고, 나도 자네들한테 위험이 닥칠까 염려되어 잠 못 이루는 밤은 없겠지. 가능한 한 소식을 보낼 테고 또 우리들 중 몇몇은 때로 만날 수도 있겠지. 하지만 우리 모두가 다시 모이는 일은 없을 것 같군."

그러고 나자 나무수염은 그들 모두에게 차례로 작별 인사를 했고, 켈레보른과 갈라드리엘에게는 경의를 표하며 천천히 세 번 절하고 말했다.

"우리가 그루터기나 바위 옆에서 만난 후 오랜 세월이 흘렀소. 아 바니마르, 바니말리온 노스타리! 이처럼 마지막 순간에야 만나게 되다니 슬픈 일이오. 이제 세상은 변하고 있으니 말이지. 물과 땅, 공기에서 그것을 느낄 수 있소. 아마 다시는 만나지 못하겠구려."

그러자 켈레보른이 이렇게 말했다.

"나는 모르겠소, 연장자여."

그러나 갈라드리엘이 말했다.

"가운데땅에서는 만나지 못하겠지요. 파도 밑에 누워 있는 땅이 다시 솟아오를 때까지 말이에요. 그런 다음에 타사리난의 버드나무 숲에서 봄에 만나게 될 겁니다. 안녕히!"

마지막으로 메리와 피핀이 엔트에게 인사를 했고 엔트는 그들을 바라보면서 즐거운 표정을 지었다.

"자, 유쾌한 친구들, 가기 전에 나와 함께 한 모금 또 마시지 않겠나?"

"물론이지요."

그들이 대답하자 그는 그들을 데리고 나무 그늘로 갔다. 그곳에는 커다란 돌 항아리가 놓여 있었다. 나무수염은 대접 세 개에 음료를 가득 채워 하나씩 들고 마시게 했다. 그러면서 나무수염은 대접 너머로 그들을 야릇한 눈빛으로 쳐다보며 말했다.

"조심하게, 조심해! 내가 마지막으로 봤을 때보다 자네들은 벌써 키가 많이 자랐어."

그들은 웃으며 대접을 비웠다.

"자, 안녕! 자네들의 나라에서 엔트부인들의 소식을 듣게 된다면 꼭 전해 주어야 하네."

나무수염은 이렇게 말하며, 커다란 손을 흔들어 모든 이들에게 인사하고는 나무들 사이로 사라졌다.

여행자들은 이제 더 속도를 내어 달렸고 로한관문으로 향했다. 마침내 아라고른은 피핀이 오르상크 천리안의 돌을 들여다보았던 곳 근처에서 그들과 작별했다. 호빗들은 그 작별이 무척 섭섭했다. 아라고른은 호빗들을 실망시킨 적이 한 번도 없었고 수많은 위험 속에서 그들을 잘 이끌어 왔던 것이다.

"우리 친구들을 볼 수 있는 돌이 있다면 좋을 텐데. 그러면 멀리서도 친구들에게 말할 수 있잖아."

피핀이 이렇게 말하자 아라고른이 대답했다.

"자네가 사용할 수 있는 돌이 지금 하나 남아 있네. 미나스 티리스의 돌이 보여 주는 것은 자네가 보고 싶어 하지 않을 테니. 하지만 그 오르상크의 돌은 왕이 보관할 거라네. 내 영토에서 무슨 일이 일어나는지, 또 백성들이 무엇을 하는지 알아야 하니까. 하지만 툭 집안 페레그린, 자네는 곤도르의 기사라는 사실을 잊지 말게나. 자네를 그 임무에서 풀어 준 것은 아니니 말일세. 자네는 지금 휴가를 받아서 가는 것이고, 난 곧 자네를 부를 걸세. 그리고 샤이어의 친구들, 내 영토는 북쪽에도 있고 언젠가는 내가 그곳에 가리라는 걸 기억해 주게."

그러고 나서 아라고른은 켈레보른과 갈라드리엘에게 작별 인사를 했다. 갈라드리엘이 그에게 말했다.

"요정석이여, 그대는 암흑을 헤치고 희망에 이르렀고 모든 소망을 이루었지요. 앞으로의 나날을 행복하게 보내세요."

켈레보른도 말했다.

"친족이여, 안녕히! 그대의 운명은 내 운명과 다르기를, 그대의 보석이 끝까지 그대와 함께하길 빌겠소."

이렇게 그들은 이별했다. 마침 일몰 시간이었다. 얼마 후 그들이 뒤돌아보았을 때 서부의 왕은 기사들을 거느리고 말 위에 앉아 있었다. 지는 석양빛이 그들을 비춰 마구는 붉은 금처럼 반짝였고 아라고른의 흰 망토는 불꽃처럼 타올랐다. 아라고른이 녹색의 돌을 들어 올리자 그의 손에서 녹색 불꽃이 솟아올랐다.

이제 얼마 남지 않은 동지들은 아이센강을 따라가다가 서쪽으로 방향을 돌려 로한관문을 통과했고, 그 너머 황야를 지난 다음에 북쪽으로 방향을 돌려서 던랜드 경계를 통과했다. 요정들이 그 나라에 간 적이 거의 없었음에도 던랜드인은 그들을 두려워해 달아나고 숨었다. 하지만 여행자들은 아직 대규모 일행이었고 필요한 것을 충분히 구비하고 있었기에 별로 주의를 기울이지 않았다. 그들은 여유 있게 길을 가며 필요할 때마다 야영을 하고 쉬었다.

왕과 작별한 지 엿새째 되는 날에 그들은 오른쪽으로 안개산맥을 끼고 내려오는 숲을 통과하게 되었다. 해 질 무렵에 넓은 들판으로 다시 나오게 되었을 때 그들은 지팡이에 몸을 의지하고 걸어가는 노인을 따라잡게 되었다. 회색인지 더러워진 흰색인지 구별이 되지 않는 옷을 입은 노인의 발치에 또 다른 거지가 몸을 웅크린 채 낑낑거리며 따라가고 있었다. 간달프가 말을 걸었다.

"이보게, 사루만! 어디로 가는가?"

"대체 무슨 상관이야? 아직도 내게 오라 가라 명령하고 싶은가? 내 몰락에도 만족하지 못한단 말인가?"

"그 답을 잘 알 텐데. 둘 다 아니라네. 어찌 되었든 이제 내가 일할 시간은 끝나 가고 있네. 왕께서 짐을 떠맡으셨지. 당신이 오르상크에서 기다렸더라면 왕을 뵐 수 있었을 테고 그랬더라면 왕께서 지혜와 자비를 보여 주셨을 것을."

"그렇다면 빨리 떠나길 잘했군. 나는 왕에게 아무것도 바라지 않으니 말이야. 처음 질문에 대한 답을 듣고 싶다면 말해 주지. 난 그의 영토를 벗어나는 길을 찾고 있어."

"그렇다면 또다시 길을 잘못 들었군. 당신의 이 여행은 희망이 없어 보이네. 그런데 우리의 도움을 비웃을 텐가? 우리는 당신을 돕겠다고 제안하고 있네."

"나를? 흥, 제발 나를 보고 웃지나 마시지. 너희들의 찌푸린 얼굴이 더 좋으니까. 난 여기 계신 부인도 믿지 않아. 늘 나를 미워했고 너희를 위해 계략을 꾸며 왔으니까 말이야. 이 부인께서는 틀림없이 내 가난한 처지를 고소해하는 재미를 보려고 너희들을 이 길로 이끌었을 거야. 너희들이 쫓아온다는 걸 알았다면 난 절대로 그런 재미를 주지 않았을 텐데."

그러자 갈라드리엘이 말했다.

"사루만, 우리에겐 당신을 쫓아다니는 것보다 더 급박한 일과 걱정거리가 있어요. 오히려 당신이 행운을 잡았다고 말하는 편이 나을걸요. 이제 당신에게 마지막 기회가 있으니까요."

"이번이 마지막이라면 다행이군. 또다시 거절하는 수고를 덜게 될 테니 말이야. 내 모든 희망은 사라졌지만 너희들의 희망을 나눠 갖진 않겠어. 너희들에게 혹시라도 희망이 있다면 말이지."

한순간 그의 눈에 불길이 일었다.

"꺼져 버려! 내가 헛되이 이런 문제를 오래도록 연구해 온 줄 아나? 너희들은 스스로를 몰락시켰고 그것을 잘 알고 있어. 나는 방랑하면서 너희들이 내 집을 무너뜨렸을 때 너희들의 집도 함께 무너졌다는 사실을 생각하며 위안을 얻을 거야. 자, 그 넓은 바다를 어떤 배로 건너갈 수 있을까?"

그는 조롱하듯 말을 이었다.

"아마 유령들이 가득한 회색의 배겠지?"

이렇게 말하며 그가 소리 내어 웃었는데, 갈라지고 소름 끼치는 목소리였다.

"이 바보야, 어서 일어서!"

그는 발치에 앉아 있던 거지에게 소리치며 막대기로 내리쳤다.

"돌아서! 이 고상하신 분들께서 우리 길로 가신다면 우린 다른 길로 가야지. 일어서. 안 그러면 저녁엔 빵 껍질 하나 주지 않을 거다."

그러자 그 거지는 몸을 돌렸고 구부정한 자세로 지나가며 낑낑거렸다.

"불쌍한 그리마! 불쌍한 그리마! 항상 얻어맞고 욕이나 먹고! 그를 몹시 증오해! 그에게서 떠나고 싶어!"

그러자 간달프가 말했다.

"그렇다면 그를 떠나라!"

하지만 뱀혓바닥은 공포에 질린 게슴츠레한 눈으로 간달프를 힐끗 보기만 했고, 발을 질질 끌며 재빨리 사루만 뒤로 가서 숨었다. 그 비참한 두 사람은 일행을 지나 호빗들 앞으로 왔다. 사루만은 발을 멈추고 호빗들을 빤히 쳐다보았다. 그들은 동정 어린 눈으로 사루만을 쳐다보았다.

"꼬마들아, 너희들도 고소한 꼴을 보려고 왔단 말이지? 너희들은 거지가 뭘 원하는지 관심도 없지, 안 그래? 필요한 건 다 갖고 있으니까. 음식에다 좋은 옷, 또 담뱃대에 넣을 최상품 연초도 갖고 있겠지. 그래, 맞아! 그 담배가 어디서 난 것인지 난 알고 있지. 너희들은 거지한테 연초 한 대도 주지 않겠지, 안 그래?"

"내게 있다면 주겠어요."

프로도가 이렇게 말하자 메리가 덧붙였다.

"잠깐 기다리시면 내게 남은 것을 드리지요."

그는 말에서 내려 안장에 걸린 쌈지를 뒤졌다. 그러고는 사루만에게 가죽 쌈지를 건네주었다.

"거기 든 것을 가지세요. 마음대로 피우세요. 이건 아이센가드에서 떠다니던 것이에요."

"내 거야, 내 거. 내가 비싸게 주고 산 거란 말이야!"

사루만은 주머니를 움켜잡으며 소리쳤다.

"너희들은 틀림없이 더 많이 가졌을 테니 기념으로 이걸 돌려주는 거겠지. 도둑이 거지 것을 빼앗아 눈곱만큼이라도 돌려준다면 그래도 거지는 고마워해야만 하겠지. 네 녀석들이 고향에 돌아갔을 때 생각보다 남둘레의 사정이 좋지 않다면 꼴좋을 게다. 너희들 고향에 오랫동안 연초가 부족하기를!"

그러자 메리가 말했다.

"고맙소. 그렇다면 나와 함께 긴 여행을 한 그 쌈지는 돌려주시지요. 그건 당신 것이 아니니까. 그 담배는 당신의 넝마에 싸시지요."

"도둑은 좀도둑질을 당해도 싼 법이야."

사루만은 이렇게 말하고 나서 등을 돌리고 뱀혓바닥을 발로 차며 숲 쪽으로 가 버렸다. 피핀이 입을 열었다.

"참 놀랍군. 도둑이라니! 잠복해서 우리에게 상처를 입힌 데다 오르크들을 시켜서 우리를 로한 전역으로 끌고 다닌 건 어떻게 되는 거야?"

그러자 샘이 말했다.

"아 참, 그런데 그가 '샀다'고 말했어요. 어떻게 샀을까요? 남둘레에 대한 그의 얘기가 마음에 걸리네요. 정말 고향으로 돌아갈 때가 되었어요."

"물론 그렇지만 빌보 아저씨를 만나야 하니까 더 빨리 갈 수는 없어. 무슨 일이 있든 먼저 깊은골로 가야 해."

프로도가 말하자 간달프가 이에 동의했다.

"그렇게 하는 게 좋겠지. 하지만 사루만은 정말 안됐군! 영 나아질 것 같지 않아. 완전히 쇠락하고 말았으니. 그렇더라도 난 나무수염의 생각에 동의할 수 없네. 아직은 조잡하고 치졸한 해악을 끼칠 수 있을 거야."

이튿날 그들은 던랜드 북부로 계속 이동했다. 지금은 사람이 살지 않지만 푸르고 쾌적한 지대였다. 9월이 되어서 금빛 찬란한 낮과 은빛이 감도는 밤이 이어졌고, 그들은 느긋하게 말을 달려 이윽고 백조강에 도착했고 오래된 여울을 보았다. 폭포 동쪽에서 강은 낮은 지대로 급히 흘러들었고, 멀리 서쪽으로 안개 속에 잠긴 호수와 작은 섬들 사이로 구불구불 이어져서 회색강으로 나아갔다. 그곳의 갈대숲에 수많은 백조들이 모여 살았다.

이렇게 해서 그들은 에레기온에 들어섰다. 마침내 어느 날, 아름다운 아침이 밝아 오면서 은은하게 빛나는 안개 너머로 희미한 빛줄기가 퍼질 무렵, 그들은 낮은 언덕에 세워 둔 텐트에서 멀리 동쪽으로 햇살에 비친 세 개의 봉우리를 보았다. 떠다니는 구름 사이로 하늘을 찌를 듯이 높이 솟은 세 봉우리, 카라드라스, 켈레브딜, 그리고 파누이돌이었다. 이제 그들은 모리아의 문에 가까이 온 것이었다.

여기서 그들은 이레 동안 머물렀다. 아쉬운 작별의 시간이 또다시 다가왔기 때문이었다. 이제 곧 켈레보른과 갈라드리엘, 그들의 동족은 동쪽으로 돌아서 붉은뿔의 문을 지나 어둔내계단과 은물길강을 따라 그들의 고향으로 갈 것이다. 그들이 지금까지 서쪽 길로 멀리 돌아온 것은 엘론드와 간달프가 나눌 이야기가 많았기 때문이고, 그래서 그들은 여기서도 쉽게 떠날 수 없었다. 호빗들이 깊은 잠에 빠진 뒤에도 그들은 별빛 아래 함께 앉아서 지나간 시절들에 대해 이야기를 나누었고, 이 세상에서 자신들이 한 일과 즐거웠던 일들을 회상하거나 앞으로 다가올 나날에 대해 의논했다. 만일 어떤 방랑자가 우연히 이곳을 지나갔다면 눈에 보이거나 귀에 들리는 것이 거의 없었을 테고, 다만 돌로 깎은 회색 형체들을 보았다고 생각했을 것이다. 그리고 그것을 사람이 살지 않는 땅에서 지금은 잊힌 것들의 기념비로 여겼을 것이다. 왜냐하면 그들은 움직이거나 입으로 말하지 않았고, 마음으로 마음을 보았던 것이다. 생각이 오가는 동안 오로지 그들의 빛나는 눈이 흔들리거나 번뜩이는 빛을 발했다.

그러나 마침내 나눌 이야기가 끝났고, 그들은 '세 개의 반지'가 사라질 시간이 될 때까지 당분간 다시 헤어지게 되었다. 회색 망토를 걸친 로리엔의 요정들은 산 쪽으로 말을 달려 암석과 그림자 사이로 재빨리 사라졌다. 깊은골로 향하는 이들은 언덕에 앉아, 짙어 가는 안개 속에서 섬광이 반짝일 때까지 지켜보았다. 그 후로는 아무것도 보이지 않았다. 갈라드리엘이 작별의 표시로 반지를 높이 쳐들었다는 것을 프로도는 알았다. 샘은 돌아서면서 한숨을 쉬었다.

"나도 로리엔으로 돌아가면 좋겠어!"

마침내 어느 날 저녁 그들은 고원의 습지를 횡단했고, 여행자들에게 늘 그렇게 여겨지듯이 불쑥 나타난 벼랑에 이르렀다. 깊은골의 계곡으로 내려가는 벼랑에서 내려다보니 저 아래 엘론드의 저택에서 등불이 반짝이고 있었다. 그들은 골짜기를 내려가 다리를 건너 문 앞에 이르렀고 모든 이들이 엘론드 일행의 귀향을 기뻐하며 집집마다 불을 밝히고 노래를 불렀다.

호빗들은 식사도 목욕도 다 미루고, 심지어 망토를 벗을 여유도 없이 빌보를 찾아갔다. 빌보는 작은 방에 혼자 앉아 있었다. 종이와 펜, 연필이 흐트러져 있는 방에서 빌보는 작고 환한 등불 앞에 의자를 놓고 앉아 있었다. 매우 늙었지만 평화롭고 조금 졸린 모습이었다.

그들이 들어서자 그는 눈을 뜨고 올려다보았다.

"어이, 여보게들! 이제들 돌아왔나? 내일이 또 내 생일이라네. 자네들 참 잘했네. 내가 백스물아홉 살이 된다는 걸 알고 있나? 1년만 더 살 수 있으면 외할아버지 툭 노인과 비기는 걸세. 더 오래 살고 싶네만 두고 봐야지."

빌보의 생일잔치 후 호빗 네 명은 얼마간 더 깊은골에 머물렀다. 그들은 빌보와 함께 많은 시간을 보냈다. 빌보는 식사 때를 제외하면 거의 모든 시간을 자기 방에서 지내고 있었다. 그는 지금도 식사 시간만큼은 매우 잘 지켰고, 식사 시간에 맞춰 정확하게 깨어났다. 불 가에 둘러앉아서 그들은 차례로 그들의 여행과 모험에서 기억나는 사건을 빌보에게 들려주었다. 처음에 그는 기록을 좀 하는 척했지만 종종 잠이 들었다. 그러다가 깨어나서는 "참 굉장하구먼! 정말 놀라워! 그런데 어디까지 했더라?" 하고 말했다. 그러면 그들은 빌보가 졸기 시작한 부분부터 다시 이야기를 이어 갔다.

빌보가 정말로 정신을 차리고 주의 깊게 들었던 것은 아라고른의 대관식과 결혼식에 관한 이야기였다.

"물론 나도 결혼식에 초대받았지. 아주 오랫동안 그것을 기다려 왔다네. 그런데 어찌 된 셈인지 막상 그 일이 다가오니 난 여기서 할 일이 많다는 생각이 들더군. 게다가 짐 싸는 게 아주 번거로운 일이라서."

두 주가 지났을 때 프로도는 창밖을 내다보고 밤새 서리가 내려 흰 그물처럼 보이는 거미줄을 바라보았다. 그러다 문득 빌보에게 작별 인사를 하고 떠나야 한다는 생각이 들었다. 사람들의 기억에 남을 정도로 아름다운 여름이 지난 후 날씨는 여전히 맑고 아름다웠으나 벌써 10월이 되었다. 곧 날씨가 변해서 비가 오고 바람이 불기 시작할 것이다. 게다가 아직 가야 할 길이 멀었다. 하지만 그의 마음이 불편했던 것은 사실 날씨 걱정 때문이 아니었다. 샤이어로 돌아가야 할 시간이라는 예감이 들었던 것이다. 샘도 그렇게 느꼈는지 전날 밤에 이렇게 말했다.

"프로도 씨, 우린 멀리 여행하고 많은 것을 봤지만 여기보다 더 좋은 곳은 있을 것 같지 않아요. 여기엔 모든 것이 조금씩 섞여 있어요. 샤이어, 황금숲 로슬로리엔, 곤도르, 왕들의 궁성과 주막, 초원과 산, 이 모든 것이 조금씩 있어요. 하지만 어찌 된 일인지 곧 떠나야 할 것 같아요. 솔직히 말하면 아버지도 걱정되고요."

"그래, 샘, 여기엔 모든 것이 다 있지. 바다를 빼놓고 말이야."

프로도가 대답했다. 그는 이제 혼자 중얼거렸다.

"바다를 빼놓곤 말이야."

그날 프로도는 엘론드에게 떠나겠다고 말했고, 다음 날 아침에 떠나기로 결정했다. 간달프는 기쁘게도 이렇게 말했다.

"나도 같이 가야 할 것 같네. 적어도 브리까지만이라도. 머위네를 보고 싶거든."

저녁 무렵에 그들은 빌보에게 작별 인사를 하러 갔다.

"그래, 자네들이 가야 한다면 가야겠지. 섭섭하네. 자네들이 몹시 그리울 거야. 하지만 자네들이 그곳에 있다는 것을 아는 것만으로도 족하지. 그런데 지금은 몹시 졸리는군."

그러고 나서 프로도에게 미스릴 갑옷과 스팅을 주었다. 이미 주었다는 사실을 잊어버렸던 것이다. 그리고 세 권의 전승록을 건네주었다. 빌보가 여러 차례에 걸쳐 거미 같은 글씨체로 쓴 그 책들의 붉은 표지에는 '요정 문헌 번역. B. B.'라는 서명이 붙어 있었다.

샘에게는 금이 담긴 조그만 주머니를 주었다.

"용 스마우그에게서 뺏은 것 중에서 거의 마지막 남은 거란다. 자네가 결혼을 하려면 도움이 될 거야."

이 말에 샘의 얼굴은 발갛게 물들었다.

"자네 젊은 친구들한텐 충고밖에 줄 것이 없군."

그는 메리와 피핀에게 말했다. 그리고 모범이 될 만한 훌륭한 충고를 마친 후 샤이어의 관습대로 마지막 충고를 덧붙였다.

"모자에 비해 머리가 너무 커지지 않도록 조심하게나. 자네들이 성장을 곧 멈추지 않는다면 모자나 옷이 비싸다는 사실을 알게 될 걸세."

그러자 피핀이 말했다.

"하지만 어르신께서 툭 노인을 이기길 원하신다면, 저희도 황소울음꾼을 이기려고 해 봐도 되잖아요?"

빌보는 웃으며 주머니에서 두 개의 예쁜 담뱃대를 꺼냈다. 그것은 부리가 진주로 장식된 섬세한 은 세공품이었다.

"이것으로 담배를 피울 때마다 날 생각해 주게. 요정들이 날 위해 만들어 주었지만 난 이제 담배를 피우지 않거든."

그러다 갑자기 졸기 시작하더니 잠깐 잠이 들었다. 그는 다시 깨어나 말했다.

"그런데 어디까지 했더라? 그래, 선물을 주던 중이었지. 그러고 보니 생각나는데, 프로도, 네가 가지고 간 내 반지는 어떻게 되었지?"

"없애 버렸어요. 아저씨도 없애 버린 걸 아시잖아요."

"참 안됐구먼! 그걸 다시 한번 보고 싶었는데. 아니지, 왜 이렇게 정신이 없지. 그걸 없애려고 자네들이 갔었지? 하지만 모든 것이 너무 혼란스러워. 너무 많은 일들이 그 반지와 뒤섞여 있어서 말일세. 아라고른의 일이며 백색회의, 곤도르, 로한의 기사들, 남부인들과 올리폰트……. 그런데 샘, 자넨 정말로 그것을 보았나? 그리고 동굴과 탑, 황금 나무들, 기상천외한 것들 말이야.

내가 여행에서 돌아올 땐 너무 직선거리로 왔어. 간달프가 세상 구경을 시켜 줄 수도 있었을 텐데. 하지만 그랬더라면 돌아오기 전에 내 집이 경매 처분되었을 테고 그러면 더 곤란해졌겠지. 어쨌든 지금은 너무 늦었어. 여기 앉아서 모험담을 듣는 것이 실은 더 편하다네. 따뜻한 불 가는 안락하고 음식은 맛이 좋지. 또 원할 때는 요정들을 볼 수 있으니, 더 이상 뭘 바라겠나?"

길은 끝없이 이어지네.
문을 나서면 길이 시작되지.
길은 저 멀리 아득히 끝 간 데 없고
할 수 있는 이들은 길을 따라가겠지.
그들에게는 새로운 여행이 시작되지만,
마침내 나는 지친 발을 이끌고,
불 켜진 여관으로 향한다오,
저녁의 휴식과 수면을 위해서.

빌보는 마지막 말을 중얼거리며 고개를 숙이더니 곤히 잠들었다.

저녁의 어스름이 짙게 깔리고 방 안의 불빛은 더 환하게 타올랐다. 그들은 잠든 빌보를 바라보며 그의 얼굴에 떠오르는 미소를 보았다. 얼마간 그들은 침묵을 지키며 앉아 있었다. 샘은 방을 둘러보고는 벽 위에 비친 그림자들을 보면서 조용히 말했다.

"프로도 씨, 우리가 떠나 있는 동안 어르신이 글을 많이 쓰시지는 않은 것 같아요. 이제 우리 이야기는 안 쓰실 모양인가 봐요."

그 말에 빌보가 듣고 있었기라도 한 듯 한 눈을 뜨고 기지개를 켰다.

"보다시피 난 잠이 많아졌다네. 글을 쓸 시간이 있으면 오로지 시를 쓰고 싶구나. 사랑하는 프로도, 네가 가기 전에 이 방을 좀 정리해 주지 않겠니? 내 기록들과 문서들, 그리고 일기도 모아서 네가 좀 가져가거라. 난 자료를 모아 정리할 시간이 없거든. 샘의 도움을 받으면 되겠지. 그리고 네가 꿰맞춰서 제대로 형태를 갖춘 다음에 돌아오려무나. 그럼 내가 한번 훑어볼 테니. 내가 너무 까다롭게 평가하지는 않을 거야."

"당연히 제가 해야지요. 그리고 곧 돌아올 거예요. 이젠 더 이상 위험하지 않으니까요. 이젠 왕이 계시고, 그분이 곧 모든 길을 평정하실 거예요."

"고맙다, 사랑하는 프로도. 너는 정말 내 마음을 편안하게 해 주는구나."

이렇게 말하며 그는 다시 잠들었다.

다음 날 차가워진 바깥 날씨 때문에 간달프와 호빗들은 빌보의 방에서 그와 작별했다. 그리고 나서 엘론드와 그 친족들에게도 인사를 했다.

프로도가 문간에 서 있을 때 엘론드는 그에게 즐거운 여행을 빌어 주고 축복하며 말했다.

"프로도, 금방 돌아올 생각이 아니라면 아마 이곳으로 다시 올 필요는 없을 걸세. 이맘때쯤 낙엽이 지기 전, 나뭇잎이 황금빛으로 물들 무렵에 샤이어의 숲에서 빌보를 찾게나. 나도 그와 함께 있을 테니."

다른 사람들은 이 말을 듣지 못했고, 프로도 혼자서 이 말을 간직했다.

Chapter 7

고향 가는 길

마침내 호빗들은 고향으로 향했다. 그들은 이제 샤이어를 다시 보고 싶어 안달이 날 지경이었지만, 프로도의 몸이 불편해서 처음에는 말을 천천히 몰았다. 브루이넨여울에 도착했을 때, 프로도는 물속으로 들어가기를 꺼려하는 기색이었다. 한동안 그의 눈은 어느 누구도, 주위의 어떤 사물도 보지 못하는 것 같았다. 그날 그는 온종일 침묵을 지켰다. 10월 6일이었다.

"자네 어디 아픈가, 프로도?"

간달프가 프로도 옆을 지나며 조용히 물었다.

"네, 어깨가 아파요. 상처가 쑤시고 암흑의 기억이 절 짓눌러요. 꼭 1년 전 오늘이었어요."

"정말 안타깝군! 완전히 나을 수 없는 상처도 있다네."

"제 경우가 그런 것 같아요. 이제 이전으로 돌아갈 수는 없어요. 제가 샤이어에 가더라도 과거와 똑같지는 않을 거예요. 제가 똑같지 않으니까요. 저는 칼과 독침과 이빨, 그리고 오랫동안 짊어졌던 짐으로 상처를 입었어요. 어디서 휴식을 얻을 수 있을까요?"

간달프는 아무 대답도 하지 않았다.

다음 날 저녁이 되자 통증과 불안감이 가라앉았고, 프로도는 전날의 암울함을 기억하지 못하는 듯 명랑해졌다. 그 후 여행은 순조로웠고 하루하루가 빠르게 지나갔다. 그들은 여유롭게 말을 달렸고, 가을 햇살에 나뭇잎이 빨갛고 노랗게 물든 아름다운 숲에서 종종 서성이며 시간을 보냈다. 마침내 그들은 바람마루에 도착했는데, 저녁 무렵이라 산 그림자가 길 위에 길고 어둡게 드리워져 있었다. 그러자 프로도는 일행들에게 빨리 가자고 재촉했고, 언덕을 바라보지 않고 고개를 숙여 망토로 온몸을 꽉꽉 감싼 채 그림자 속을 질주했다. 그날 밤 날씨가 갑자기 변해서 비를 동반한 바람이 서쪽에서 불어오더니 차가운 바람이 거세게 몰아쳤고 낙엽들은 공중에서 새처럼 선회했다. 그들이 쳇숲에 도착했을 때는 나뭇가지에 이파리가 거의 남지 않았고, 장대처럼 내리는 빗줄기에 가려 브리언덕은 잘 보이지 않았다.

그래서 사나운 바람이 불고 비가 내리는 10월 말의 어느 저녁에 다섯 명의 여행객은 오르막길을 지나 브리의 남쪽 문에 도착했다. 그런데 문이 꼭 잠겨 있었다. 빗줄기가 얼굴을 후려쳤고, 어두워지는 하늘에는 낮게 깔린 구름이 급히 지나갔다. 이보다는 나은 환영을 받으리라 기대했던 그들은 조금 실망했다.

몇 차례 소리를 지르고 나서야 문지기가 나왔는데 손에는 큰 곤봉이 들려 있었다. 그는 겁에 질린 의심스러운 눈길로 그들을 쳐다보았다. 일행에 간달프가 끼어 있고, 옷차림이 좀 이상스럽긴 하지만 그들이 호빗이라는 것을 알자 이내 얼굴을 펴고 일행을 환영했다. 그는 문을 열면서 말했다.

"들어들 오시오. 이 불한당 같은 날씨에 춥고 비가 내리는 곳에 서서 소식을 들을 수야 없지. 달리는조랑말 여관에 가면 보리 영감이 틀림없이 환영해 줄 거요. 거기서 들을 만한 이야기를 다 들을 수 있소."

"그리고 자네도 나중에 우리 이야기를 듣게 되겠지. 그런데 해리는 어떤가?"

간달프가 웃으며 이렇게 묻자 문지기는 얼굴을 찌푸리며 대답했다.

"가 버렸어요. 그 얘기는 보리아재에게 묻는 게 나을 거예요. 좋은 저녁이 되시길!"

"자네도 편안한 저녁 보내게!"

그들은 문을 지나 안으로 들어갔다. 생울타리 안쪽으로 길가에 길고 나지막한 오두막이 세워져 있고 많은 사람들이 나와서 담장 너머로 일행을 바라보고 있었다. 고사리꾼 빌의 집은 울타리가 부서지고 너저분했으며 창문은 모두 널빤지로 막혀 있었다.

"샘, 그때 던진 사과에 그가 맞아 죽었을까?"

피핀이 묻자 샘이 대답했다.

"아니, 그럴 가능성은 별로 없다고 생각해. 하지만 난 그 불쌍한 조랑말이 어떻게 됐을지 궁금해. 늑대가 으르렁대며 그 말을 둘러싼 광경이 자꾸 떠오르거든."

마침내 그들은 달리는조랑말 여관에 도착했다. 겉으로 보면 그리 달라지지 않은 것 같았다. 나지막한 창문의 붉은 커튼 뒤에서 불빛이 새어 나왔다. 그들이 벨을 누르자 놉이 문을 조금만 열고 슬쩍 내다보았다. 불빛 아래 서 있는 그들을 보고는 깜짝 놀라 소리쳤다.

"머위 씨, 머위 씨! 그들이 돌아왔어요!"

"그들이 돌아왔어? 그래, 그럼 내 본때를 보여 주지!"

머위네의 목소리가 들리더니 돌진하듯 뛰어나오는 모습이 보였다. 그는 곤봉을 쥐고 있었다. 그러나 그는 그들을 보고는 그 자리에 딱 멈춰 섰다. 험상궂게 찡그려졌던 얼굴이 놀라움과 기쁨으로 밝아졌다.

"놉, 이 얼간아! 옛 친구들을 이름으로 부를 수는 없냐? 몇 번씩이나 이렇게 날 놀라게 할 셈이야? 자, 그런데 당신들은 어디서 오시는 길이오? 다시 볼 수 있을 줄 몰랐는데. 정말 생각도 못 했어. 성큼걸이와 함께 황야로 떠났으니 말이야. 그 어둠의 인간들은 도처에 출몰하고. 하지만 당신들을 다시 만나니 반갑군. 특히 간달프, 당신을 만나서 말이에요. 들어오세요, 어서! 전에 쓰시던 방을 드릴까? 그 방은 비어 있어요. 요즘은 대부분의 방이 비어 있지요. 당신들도 곧 알게 될 테니 숨길 것 없이 얘기해야겠죠. 곧 저녁 식사를 준비하겠어요. 하지만 지금은 손이 비질 않아서 말이야. 놉, 굼벵아! 봅에게 말해라! 아참, 잊고 있었군. 봅은 밤에 집으로 가지. 자, 놉, 손님들 말을 마구간으로 끌고 가. 물론 간달프께서는 직접 마구간으로 가시겠지요. 처음 그 말을 보았을 때 말씀드렸지만, 정말 훌륭한 말이에요. 자, 어서 들어오셔서 편히 쉬세요."

적어도 머위네의 말투는 변하지 않았고, 여전히 숨가쁘게 부산을 떨었다. 하지만 주위에는 아무도 없었고 아주 고요했다. 연회실에서 두어 사람의 말소리가 들려왔다. 그가 들고 온 촛불 빛 아래서 자세히 살펴보니 주인의 얼굴은 전보다 주름살이 많아지고 수심을 띠고 있었다.

그들은 1년 전의 그 이상한 밤에 묵었던 응접실로 안내되었다. 그런데 그를 따라가며 은근히 불안해졌다. 보리아재는 용감한 얼굴을 하고 있었지만 고통을 받고 있음이 분명했던 것이다. 모든 것이 예전과 많이 달랐다. 하지만 그들은 아무 말 않고 기다렸다.

그들이 예상했던 대로 저녁 식사가 끝나자 머위네는 식사가 어땠는지를 물어보려고 응접실에 들어왔다. 실제로 음식은 좋았고, 조랑말 여관의 맥주나 음식 맛은 예전과 다름없었다.

"자, 오늘 밤은 연회실로 가시자고 하지 않겠어요. 다들 피곤하실 테니까요. 게다가 오늘 저녁 연회실에는 사람들도 별로 없어요. 하지만 잠자리에 들기 전에 30분만 할애해 주신다면 우리끼리 조용히 이야기를 나누고 싶은데 말씀이에요."

그러자 간달프가 말했다.

"우리도 바라는 바라네. 우린 피곤하지 않아. 한가롭게 왔거든. 좀 춥고 배고프고 옷이 젖었지만 그건 자네가 다 해결해 주지 않았나. 자, 앉게! 자네에게 담배가 있으면 좋겠네만."

"글쎄 다른 것을 요구하시면 기쁘게 드렸을 텐데, 저희에게 지금 담배가 달리거든요. 저희가 직접 경작한 것밖에 없는데 그것도 충분치 않아요. 요즘 샤이어에서 물건이 오지 않아요. 하지만 한번 구해 보지요."

그는 하루나 이틀 정도 피울 만큼의 자르지 않은 연초 다발을 들고 돌아왔다.

"남린치 거예요. 저희가 가진 것 중에는 최상품이지만 늘 말했듯이 남둘레산과는 비교가 안 되지요. 물론 다른 점에서는 브리가 훨씬 낫지만요."

그는 불 가의 큰 의자에 앉았고 간달프는 맞은편에 앉았다. 호빗들은 그들 사이의 낮은 의자에 자리를 잡았다. 그러고 나서 그들은 머위네가 처음 말한 30분의 몇 배가 되는 긴 시간 동안 그간의 소식을 주고받고 이야기를 나눴다. 그들의 이야기는 대부분, 주인장에게 놀랍고도 혼란스럽고 상상을 뛰어넘는 것이었다. 그들의 이야기를 들으며 머위네는 자기 귀를 의심하듯 "설마, 그런 말씀은 아니겠지요?"라고 여러 차례 반복해서 말했다.

"골목쟁이 씨, 그런 얘기는 아니겠지요. 아니 언덕지기 씨인가? 너무 뒤죽박죽이 되었군요. 간달프, 그런 말씀은 아니겠지요? 내 참! 우리가 사는 시대에 그런 일이 일어나리라고 누가 상상이나 했겠어요!"

그는 자신의 이야기도 많이 했다. 상황이 아주 좋지 않다고 했다. 장사도 순조롭지 않을뿐더러 최악의 상태라는 것이었다.

"외부에서 브리로 오는 사람이 전혀 없어요. 브리 주민들도 대개 집 안에서 문을 걸어 잠그고 있지요. 기억하시겠지만 작년에 초록길을 올라온 낯선 사람들과 악당들 때문에 이런 일이 생긴 거예요. 그 후로 더 많은 사람들이 왔지요. 곤란을 피해 도망 온 불쌍한 사람들도 있었지만 대개는 도둑질과 나쁜 짓을 일삼는 악당들이에요. 여기 브리에서도 심각한 사건이 터졌지요. 한바탕 싸움이 벌어져 몇 명이 살해되었어요. 정말로, 죽었단 말이에요. 제 말을 믿을 수 없겠지요?"

그러자 간달프가 말했다.

"물론 믿지. 몇 명이나 그렇게 됐나?"

"셋하고 둘이지요."

머위네는 큰 종족과 작은 종족을 구분해 말했다.

"불쌍한 헤더발가락네 맷하고 사과나무네 라울리, 또 언덕 너머에서 온 가시뽑기네 톰, 멀리서 온 강둑네 윌리, 스태들 출신의 언덕지기 집안 한 사람이지요. 모두 좋은 사람들이었어요. 정말 안타까운 일이지요. 서문 문지기였던 염소풀네 해리하고 고사리꾼 빌은 외지에서 온 녀석들 편에 섰어요. 그리고 그 녀석들과 함께 떠나 버렸지요. 싸움이 벌어진 날 밤에 그놈들이 그 낯선 녀석들을 끌어들였을 거예요. 우린 연말에 그놈들을 성 밖으로 몰아냈거든요. 그런데 새해 초에 싸움이 벌어졌지요. 폭설이 내린 다음에 말이에요.

이제 그놈들은 강도가 되어서 아첫 너머 숲과 북쪽 황야에 숨어 살아요. 옛날이야기에 나오는 험악한 시절과 마찬가지예요. 길을 다니기가 불안해서 누구도 멀리 가려고 하지 않고 또 일찌감치 문단속을 하지요. 마을 성벽에는 감시원을 세워 둬야 하고 밤이면 성문을 많은 사람이 지켜야 한다니까요."

그러자 피핀이 말했다.

"그렇지만 우리가 올 때 귀찮게 구는 자들이 없던데요? 우린 천천히, 전혀 경계하지 않고 왔는데 말이에요. 골치 아픈 일은 모두 뒤에 남겨 두고 온 줄 알았는데."

"그렇지 않으니 유감이지요. 사실 그놈들이 당신들을 건드리지 않은 것은 놀랍지 않은 일이죠. 칼과 투구, 방패로 무장한 일행은 공격하진 않으니까요. 아마 그들은 무장한 당신들을 보고 주저했겠지요. 사실 나도 당신들을 처음 봤을 때 좀 놀랐으니까요."

그제야 호빗들은 주민들이 돌아온 자신들을 보고 놀란 것이 아니라 자신들의 무장을 보고 놀라서 쳐다보았다는 것을 알았다. 그들은 무장한 동료들과 전장에서 말을 모는 데 익숙해졌기 때문에, 자신들의 망토 자락 밑으로 엿보이는 빛나는 갑옷과, 곤도르와 마크의 투구, 방패에 새겨진 아름다운 전쟁의 문장이 고향에서 이상하게 보이리라는 것을 잊고 있었다. 게다가 간달프는 흰옷에 푸르고 은빛 나는 커다란 망토를 두르고 옆구리에 긴 칼 글람드링을 찬 채 거대한 회색 말을 타고 있지 않았던가.

간달프가 웃으며 말했다.

"그들이 겨우 우리 다섯을 두려워할 정도라면, 우리가 여행 중에 만난 적들에 비해 대단치 않은 놈들이겠군. 하지만 어쨌든 간에 우리가 머무는 동안에는 쳐들어오지 않겠어."

그러자 머위네가 물었다.

"얼마나 머무실 건데요? 얼마간이라도 저희와 함께 계셔 주시면 솔직히 말해서 정말 좋겠어요. 아시다시피 저흰 이런 일에 익숙하지 않아서요. 순찰자들은 모두 철수했다고 하더군요. 지금까지 우린 그들의 노고를 진정으로 고맙게 여기지 못했어요. 이 주변에 강도보다 더 위험한 것들이 많았죠. 지난겨울엔 울타리 너머에서 늑대들이 울부짖었고 숲에는 검고 무서운 그림자 같은 형체들이 어슬렁거렸어요. 생각만 해도 온몸이 얼어붙는 것 같아요. 정말 무시무시했어요. 제 말이 이해가 가시죠?"

간달프가 대답했다.

"그랬겠지. 요즘은 거의 어디나 아직도 상당히 혼란스럽지. 하지만 기운 내게, 보리아재! 자네들은 큰 골칫거리를 맞닥뜨렸지만 더 깊이 빠지지 않은 것이 다행이니. 이제 좋은 시절이 오고 있다네. 순찰자들도 돌아왔지. 우리가 함께 왔으니 말이야. 게다가 왕도 다시 돌아오셨으니 그분이 곧 여기에도 마음을 써 주실 거야.

초록길도 다시 통행할 수 있을 테고 왕의 사자들도 북쪽으로 가게 될 걸세. 그러면 다시 왕래가 자유로워지고 악의 무리들은 모두 황무지 밖으로 쫓겨나겠지. 시간이 지나면 황무지는 더 이상 황무지가 아닐 테고, 한때 버려졌던 땅에 사람들이 돌아와 밭을 일굴 걸세."

그러나 머위네는 고개를 저었다.

"물론 높은 분들이 몇 분 다니신다면 해로울 일이야 없겠지요. 하지만 우린 그 폭도들과 강도들에게 질렸어요. 브리에도, 또 근방에도 이방인이 아예 오지 않으면 좋겠어요. 우릴 그냥 내버려 두는 게 제일 좋지요. 낯선 이들이 여기저기에 막사를 치고 자리를 잡고서 우리 들판을 함부로 망치는 것을 원치 않거든요."

"보리아재, 누구도 자네를 간섭하지 않을 걸세. 아이센강과 회색강 사이에는 며칠이나 여행해야 브리에 당도할 만큼 충분한 땅이 있고, 또 브랜디와인 남쪽 연안에도 넓은 땅이 있지 않나. 예전에는 여기서 160킬로미터쯤 떨어진 북쪽 초록길 끝에서도 많은 사람들이 살았다네. 북구릉이나 저녁어스름호수 옆 말일세."

"'사자의 둔덕' 말인가요? 거긴 귀신이 나오는 곳인데요. 강도들 빼고는 아무도 가지 않아요."

머위네는 의심스럽다는 듯이 말했다.

"하지만 순찰자들은 간다네. 사자의 둔덕이라고 말했나? 오랫동안 그렇게 불려왔지만 사실 그곳의 원래 이름은 포르노스트 에라인, 즉 왕의 북성이었네. 왕께서 언젠가는 그곳에 오실 테고 그때쯤이면 귀인들이 말을 달릴 걸세."

"그건 좀 더 희망적으로 들리는군요. 그럼 틀림없이 제 장사에도 도움이 되겠지요. 그분이 브리를 그냥 내버려 두시기만 한다면 말이에요."

"그러실 걸세. 그분도 브리를 잘 알고 계시고 또 사랑하신다네."

"그러세요?"

머위네가 어리둥절한 표정으로 말했다.

"수백 킬로미터나 떨어진 커다란 성안의 높은 옥좌에 앉아 계시는 분이 어떻게 이 브리를 아실까요? 게다가 황금 잔으로 포도주를 드실 테니 이 달리는조랑말 여관이나 맥주 따위를 알고 계실 리 없잖아요. 물론 간달프, 저희 집 맥주야 맛이 좋지요. 작년 가을에 오셔서 좋은 말씀 해 주시고 가신 이래로는 비범한 맛이었지요. 요즘처럼 심란할 때 그나마 그것이 유일한 위안이지요."

그러자 샘도 말했다.

"하지만 그분은 당신의 맥주가 늘 맛이 좋다고 그러시던데요."

"그런 말씀을 하셨다고요?"

"물론이지요. 그분은 바로 성큼걸이예요. 순찰자들의 대장 말이에요. 아직도 모르시겠어요?"

이 말을 들은 머위네의 표정은 경악 그 자체였다. 넓적한 얼굴에 눈이 점점 둥그렇게 커지더니 마침내 입을 쩍 벌리고 헐떡거렸다. 그는 좀 진정되자 소리쳤다.

"성큼걸이라고! 그가 왕관과 그 모든 것, 황금의 잔을 갖게 되었다고! 도대체 우린 어디로 가고 있는 거지?"

그러자 간달프가 대답했다.

"더 좋은 시절로 가고 있지. 최소한 브리에서는 말이야."

"제발 그러면 좋겠어요. 이건 올 한 해 내가 들었던 얘기 중에서 가장 멋진 얘기군요. 오늘 밤에는 가벼운 마음으로 편안히 잘 수 있겠어요. 당신들이 생각할 거리를 많이 주었지만 내일까지 미뤄야겠어요. 전 이제 자러 갑니다. 여러분도 그러시는 게 좋으시겠지요? 자, 놉, 이 굼벵이야!"

그는 자기 이마를 치면서 중얼거렸다.

"놉! 가만있자, 그러니 뭐 생각나는 게 있는데."

"머위네 씨, 또 무슨 편지 전하는 걸 잊기라도 하셨나요?"

메리가 묻자 머위네는 이렇게 대답했다.

"아, 강노루 씨, 그 이야기는 이제 그만두세요. 이런, 당신 때문에 또 잊었군요. 뭐였더라? 놉, 마구간, 바로 그거야. 제가 보관하고 있는 게 있어요. 고사리꾼 빌과 말 도난 사건을 기억하시죠? 여러분이 그놈한테 샀던 그 조랑말이 여기 있어요. 혼자서 돌아왔답니다. 어디 갔다 왔는지는 더 잘 아시겠지요. 마치 늙은 개처럼 텁수룩한 털에 옷걸이처럼 비쩍 말랐지만 살아 있더군요. 놉이 돌봐 주었지요."

그러자 샘이 외쳤다.

"뭐라고요! 내 빌 말이에요? 아버지가 뭐라 하시건 간에 난 억세게 운이 좋은 놈이에요. 또 하나의 희망이 실현되었으니까요. 그 녀석은 지금 어디 있지요?"

샘은 마구간으로 가서 빌을 보고 나서 잠을 자겠다고 고집을 부렸다.

여행자들은 다음 날 종일 브리에 머물렀다. 머위네는 더 이상 장사가 안 된다고 투정을 부릴 새가 없었다. 두려움보다 호기심이 앞선 사람들이 몰려와 그의 집이 북적거렸던 것이다. 호빗들은 예의상 저녁 무렵 연회실에 잠깐 들러 많은 질문에 대답했다. 브리 사람들은 기억력이 좋았기에 프로도에게 책을 썼느냐고 묻는 사람도 꽤 됐다.

"아직 못 썼어요. 고향에 가서 정리할 겁니다."

그는 사람들에게 브리에서 벌어진 놀라운 일들도 다루어서, 멀리 남쪽에서 벌어진, 그리 관련도 없고 중요하지도 않은 사건들을 다룰 그 책에 약간의 흥미를 불어넣겠다고 약속해야 했다.

그러자 젊은이들 중 한 명이 노래를 청했다. 그러나 모두들 침묵하며 인상을 찌푸리는 바람에 그 요청은 반복되지 않았다. 분명 사람들은 기괴한 사건을 또다시 보고 싶지 않았던 것이다.

일행이 머무는 동안 낮에는 아무 일도 없었고 밤에는 어떤 소음도 들리지 않아 브리의 평화는 깨지지 않았다. 다음 날 아침 그들은 일찍 일어났다. 여전히 비가 내리고 있었다. 밤이 되기 전에 샤이어에 도착하려면 말을 오래 달려야 했다. 브리 사람들은 모두 나와 그들을 전송했다. 그들은 지난 1년간 그 어느 때보다도 즐거운 듯했다. 예전에 무장한 여행자들을 보지 못했던 사람들은 그들의 무장을 보고 놀라서 입을 다물지 못했다. 흰 수염을 휘날리는 간달프는 구름에 가린 햇살처럼 푸른 망토 밑에서 어슴푸레 펴져 나오는 듯한 빛으로 놀라움을 선사했고, 네 명의 호빗들은 잊힌 전설에 등장하는 무사 수행 중인 기사들 같았다. 왕에 관한 이야기를 비웃던 사람들도 그 이야기가 사실일지 모른다고 생각했다.

머위네가 입을 열었다.

"자, 여러분의 여행과 귀향에 행운이 있기를! 우리가 들은 소식이 사실이라면, 샤이어의 사정도 그리 좋지 않다고 미리 말씀드려야겠군요. 이상한 일이 일어나고 있다고 하더라고요. 그러나 한 가지 근심이 있으면 다른 근심을 몰아내는 법이지요. 전 제 문제로 시달리고 있었어요. 하지만 감히 말씀드리건대 여러분은 여행에서 많이 변해서 돌아오셨으니 골칫거리를 즉시 해결하시겠지요. 행운이 있길 빕니다. 이곳에 자주 들러 주시면 더욱 기쁘겠어요."

그들은 그에게 인사를 하고 출발해서 서문을 지나 샤이어로 향했다. 조랑말 빌이 그들과 함께 갔다. 그는 예전처럼 짐을 잔뜩 진 채 샘 옆에서 걸으며 만족스러워 보였다.

"보리아재가 귀띔한 게 무슨 일인지 궁금한데."

프로도가 말하자 샘이 우울한 얼굴로 대답했다.

"전 어느 정도 예상할 수 있어요. 전에 갈라드리엘의 거울에서 보았을 때 나무들이 모조리 잘리고 늙은 아버지는 골목아랫길에서 쫓겨나셨더군요. 좀 더 서둘러 돌아올걸 그랬어요."

그러자 메리도 말했다.

"남둘레에 무슨 일이 있는 게 분명해. 어디에나 연초가 부족하다니 말이야."

"무슨 일이건 간에 로소가 그 주범일 거야. 확실해."

피핀이 말하자 간달프도 끼어들었다.

"그가 깊이 관련되어 있더라도 주범은 아닐 걸세. 자네들은 사루만을 잊었나 보군. 그는 모르도르보다도 먼저 샤이어에 관심을 가졌거든."

"간달프께서 함께 계시니 어떤 문제라도 금방 해결이 될 텐데요, 뭘."

메리가 말하자 간달프는 고개를 저었다.

"지금은 같이 있지만 얼마 안 가 그렇지 않게 될 걸세. 난 샤이어로 가는 게 아니거든. 그러니 자네들 스스로 문제를 해결해야지. 바로 그런 일을 할 수 있도록 훈련받아 왔지 않나. 아직 이해하지 못하겠나? 내 시대는 끝났다네. 이젠 일을 바로잡거나 바로잡게 도와주는 건 내 일이 아닐세. 그리고 이보게들, 자네들에겐 도움이 필요 없어. 자네들은 이제 성장했어. 아주 높이 성장했지. 자네들은 이미 위대한 인물들이야. 난 자네들 중 누구에 대해서도 조금도 불안하지 않다네.

자네들이 알고 싶어 할 테니 말해 주지. 난 이제 곧 다른 길로 가서 톰 봄바딜과 긴 이야기를 나눌 걸세. 내 평생 해 본 적이 없는 긴 이야기 말이지. 그는 이끼를 줍는 자였고 난 계속 구르는 운명을 지닌 돌이었지. 하지만 내가 굴러갈 날들이 끝나고 있으니 이제 서로에게 할 말이 많을 거야."

얼마 후 그들은 톰 봄바딜과 헤어졌던 동부대로에 이르렀다. 그곳에 다가가면서 톰 봄바딜이 거기 서서 지나가는 그들에게 인사를 건네길 바랐다. 얼마간은 기대도 했다. 하지만 그는 흔적조차 보이지 않았다.

남쪽으로 고분구릉에 잿빛 안개가 끼었고, 멀리 묵은숲 위에도 짙은 안개가 덮여 있었다. 그들은 멈춰 섰다. 프로도는 안타까운 듯 남쪽 방향을 바라보며 말했다.

"저희도 그 영감님을 무척 뵙고 싶어요. 그분은 어떻게 지내고 계실까요?"

"그는 틀림없이 전처럼 잘 지내고 있을 걸세. 조금도 시달리지 않았을걸. 아마 우리가 한 일이나 본 것에 대해서도 별 관심이 없을 거야. 아마도 엔트들을 만난 것만 빼고 말이지. 나중에 자네들은 그를 보러 갈 시간이 있을 걸세. 하지만 내가 자네들이라면 지금은 길을 재촉해 고향으로 가겠네. 그러지 않으면 문이 닫히기 전에 브랜디와인다리에 도착하지 못할 테니 말이야."

"하지만 그 길에는 문이 없는데요. 잘 아시잖아요. 물론 노룻골문이야 있지만 거긴 언제라도 들어갈 수 있는걸요."

메리가 이렇게 말하자 간달프가 대답했다.

"전에 없었다는 말이겠지. 이젠 문 몇 개를 보게 될 거야. 그리고 노룻골문에서도 자네가 예상했던 것보다 더 곤란을 겪게 될 거야. 하지만 자네들은 잘 처리해 나가겠지. 잘 가게, 친구들! 마지막 작별은 아닐세. 아직은 말이야. 잘들 가게!"

그는 샤두팍스에게 길을 벗어나게 했고, 그 거대한 말은 길옆으로 나 있는 녹색 제방을 뛰어넘었다. 간달프가 소리를 지르자 말은 북풍처럼 고분구릉을 향해 사라져 갔다.

"자, 이제 함께 출발했던 우리 네 명만 남았군요. 나머지 사람들은 하나씩 하나씩 뒤에 남았고요. 마치 천천히 희미해지는 꿈 같은데요."

메리가 말하자 프로도는 고개를 저으며 대꾸했다.

"내게는 그렇지 않아. 다시 잠에 빠져드는 것 같아."

Chapter 8

샤이어 전투

비에 젖은 피곤한 몸으로 일행이 브랜디와인에 도착한 것은 해가 진 다음이었다. 그 길은 막혀 있었다. 다리 양끝에 대못이 박힌 커다란 문이 세워져 있었다. 강 저편에는 2층짜리 새 집들이 서 있었는데, 세로로 길고 좁은 창문에서 커튼도 없이 흐릿한 불빛이 새어 나오고 있어서 샤이어답지 않게 음울해 보였다.

그들이 바깥 성문을 꽝꽝 두드리며 소리쳐 불렀지만 처음에는 아무 대답도 없었다. 잠시 후 놀랍게도 누군가가 뿔나팔을 불더니 곧 창문의 불이 꺼졌다. 어둠 속에서 어떤 목소리가 소리쳤다.

"누구야? 꺼져 버려! 들어올 수 없어. '일몰과 일출 사이에는 출입 금지'라고 쓰인 경고문도 안 보여?"

그러자 샘이 소리쳐 대답했다.

"당연하지, 이 깜깜한 데서 어떻게 경고문을 읽을 수 있어? 하지만 샤이어의 호빗들이 이런 밤에 비를 맞으며 밖에 서 있어야 한다면 그 경고문을 보자마자 찢어 버리겠어."

이 말에 창문이 탁 닫히더니 한 무리의 호빗들이 초롱불을 들고 왼쪽 집에서 쏟아져 나왔다. 그들은 다리 저편의 문을 열었다. 몇 명은 다리를 건너왔다. 그들은 일행을 보고 겁에 질린 것 같았다. 메리는 그들 중 하나를 알아보고 소리를 질렀다.

"자, 이것 봐! 울짱지기네 홉! 자네가 날 몰라봤다면 이젠 알아봐야지. 난 강노루네 메리야. 도대체 이게 무슨 소동이야? 또 자네 같은 노룻골 출신이 여기서 무슨 짓을 하고 있는 거야? 자넨 울타릿문에 있었잖아."

"맙소사! 틀림없는 메리 씨로군요! 더구나 완전 무장을 하다니. 당신은 죽었다고들 하던데. 묵은 숲에서 실종됐다고 했어요. 어쨌든 당신이 살아 있는 걸 보게 되니 반갑군요."

"그럼 그렇게 입 벌리고 빗장 사이로 날 쳐다만 보지 말고 어서 문을 열게."

"미안하지만 메리 씨, 우린 명령을 받았거든요."

"누구 명령인데?"

"골목쟁이집에 계신 대장의 명령이지요."

그러자 프로도가 놀라 물었다.

"대장? 대장이라고? 로소를 말하는 건가?"

"그럴 겁니다, 골목쟁이 씨. 하지만 요즘엔 그냥 대장이라고 불러야 해요."

"아, 그러셔! 어쨌든 그가 골목쟁이란 성을 떼어 버렸다니 반갑군. 그렇지만 지금이야말로 골목쟁이 집안에서 그 녀석을 혼 좀 내서 정신을 차리게 해야겠어."

문 너머에 있는 호빗들은 입을 꾹 다물었다.

"이런 식으로 얘기해 봐야 아무 소용도 없어."

그들 중 누군가가 이야기했다.

"대장이 듣게 될 거야. 당신들이 시끄럽게 굴면 대장의 큰 인간을 깨우게 될 거야."

그러자 메리가 외쳤다.

"그럼 그가 깜짝 놀라서 벌떡 일어나게 해 주지. 만일 자네 말이 그 고귀하신 대장께서 황야의 악당들을 고용했다는 뜻이라면, 우리가 너무 일찍 돌아온 것은 아니구먼."

그는 말에서 뛰어내렸고, 초롱불을 비춰 경고문을 읽고는 떼어서 찢은 다음 문 너머로 던져 버렸다. 호빗들은 뒤로 물러섰고, 여전히 문을 열려고 하지 않았다.

"피핀, 이리 와! 우리 둘이면 충분해."

메리와 피핀이 문을 기어오르자 호빗들은 도망쳤다. 곧 조금 전과는 다른 나팔 소리가 들렸다. 오른편의 더 큰 집에서 몸집이 크고 육중한 인간이 문간의 불빛을 등지고 나타났다. 그는 앞으로 나서며 으르렁거렸다.

"이게 무슨 짓들이냐! 문을 부순다고? 꺼져 버려! 안 그러면 네놈들의 그 더럽고 조그만 모가지를 비틀어 버리겠다!"

그러나 그는 번쩍이는 칼들을 보고는 그 자리에 멈춰 섰다. 그를 본 메리가 외쳤다.

"고사리꾼 빌! 만일 10초 내로 문을 열지 않으면 후회하게 될 거다. 내 말을 듣지 않는다면 네 몸에 칼자국이 날 거야. 문을 열고 그 문으로 나가서 다시는 돌아오지 마라! 네놈은 악당에다 노상강도야."

고사리꾼 빌은 움찔하더니 발을 질질 끌고 와서 문을 열었다.

"열쇠를 이리 내놔!"

메리가 말하자 그 악당은 열쇠를 머리 위로 내던지고는 그대로 어둠 속으로 빼소니쳤다. 그가 말 옆을 지날 때 한 마리가 뒷발질로 그를 걷어찼지만 그는 비명을 지르며 어둠 속을 그대로 달려갔다. 그 후로는 그에 관한 소문도 들을 수 없었다.

"잘했어, 빌!"

샘이 조랑말에게 말했다.

"자네가 말한 큰 인간은 그 정도로 됐고, 대장은 나중에 보기로 하지. 우리들은 우선 방이 필요한데, 자네들은 다리목 여관을 헐고 대신 이 음침한 집들을 지은 모양이지? 그렇다면 우린 여기 들어가야겠군."

메리가 이렇게 말하자 홉이 더듬거리며 대답했다.

"미안하지만 메리 씨, 그건 허용되지 않는 일이라서……."

"뭐가 허용되지 않는다는 거지?"

"낯선 사람을 받아들인다거나, 여분의 음식을 주는 것 등등이죠."

"도대체 무슨 일이 있었던 거야? 작년에 흉작이었나? 아니면 무슨 일이야? 작년 여름과 추수철은 날씨가 좋았을 텐데."

"날씨야 좋았지요. 농사도 많이 짓기는 했는데 그것이 어떻게 되었는지는 잘 알 수가 없어요. 수확량을 재고 실어서 보관소로 옮기는 '추수꾼들'과 '분배자들' 천지였거든요. 그런데 그들은 분배보다는 수확에 더 신경을 썼어요. 그래서 우리는 그 곡식들 대부분을 다시 보지 못했지요."

그러자 피핀이 하품을 하며 말했다.

"자, 이런 일이 오늘 밤 내게는 너무 성가시군. 먹을 것은 우리 자루에 있으니 드러누울 방이나 주게. 아무 방이나 줘도 지금껏 우리가 지내 왔던 많은 곳들보다는 나을 거야."

문에 섰던 호빗들은 여전히 불안해 보였다. 분명 어떤 규칙이 깨어지고 있었다. 그러나 전부 무장하고 있는 네 명의 노련한 여행자들의 요구를 거절할 수도 없는 노릇이었다. 특히 둘은 유달리 크고 건장해 보였다. 프로도는 문을 다시 잠그라고 명령했다. 주위에 불한당들이 득실거릴 테니 어쨌든 보초를 세우는 것이 합당한 일이었다. 그런 다음 네 명의 일행은 경비대 건물로 들어가 가급적 편히 쉬었다. 그곳은 가구도 없는 누추한 곳이었고 불이 잘 피지 않는 작고 초라한 벽난로가 있었다. 2층에는 딱딱한 침대들이 줄지어 놓였고 벽마다 경고문과 규칙이 붙어 있었다. 피핀은 그것들을 모조리 찢어 버렸다. 맥주도 없고 음식도 조금밖에 없었지만 일행이 가져온 것으로도 식사를 할 수 있었다. 피핀은 규칙 제4조를 어기고 다음 날분의 나무들을 불 속에 집어넣었다.

"자, 샤이어에 무슨 일이 있었는지 듣는 동안 담배 한 대 어떨까?"

그러자 홉이 대답했다.

"지금은 연초가 전혀 없어요. 대장 부하들한테만 조금 있지요. 재고가 모두 사라져 버린 것 같아요. 연초를 실은 수레들이 옛길을 따라 남둘레에서 사른여울 쪽으로 내려갔다고 하더군요. 그게 당신들이 떠난 다음이니까 작년 말 즈음이었어요. 하지만 그 이전에도 조금씩 몰래 빠져나갔지요. 그로소가……."

다른 호빗 몇 명이 소리쳤다.

"입 닥쳐, 울짱지기네 홉! 그 얘기를 해선 안 된다는 걸 알잖아. 대장이 듣게 되면 우리 모두 곤란하게 될 거야."

그러자 홉은 화가 나서 말했다.

"우리 중 누군가가 고자질하지 않는다면, 그가 알게 될 리 없잖아."

샘이 말리듯 말했다.

"됐네, 됐어. 그걸로 충분해. 더는 듣고 싶지도 않아. 환영도 없고, 맥주도 담배도 없는 데다가 규칙투성이에 오르크들 같은 이야기나 하고 있다니! 이제 좀 쉬기를 바랐는데 앞으로도 해야 할 일뿐이로군! 우선 잠을 자고 아침까지는 잊어야겠어."

그 새로운 '대장'은 정보를 입수하는 수단이 있음이 분명했다. 다리에서 골목쟁이집까지는 족히

60킬로미터나 되는 거리였으나 누군가 급히 그 길을 다녀간 모양이었다. 프로도와 그 친구들은 곧 알게 되었다.

그들은 뚜렷한 계획을 세우지도 않았고, 처음엔 크릭구렁으로 함께 내려가서 휴식을 좀 취하려고 막연히 생각했었다. 그러나 이제 상황이 돌아가는 것을 보고는 호빗골로 곧장 가기로 작정했다. 그래서 이튿날 그들은 대로를 따라 출발했고 꾸준히 말을 달렸다. 바람은 자고 있었으나 하늘은 잿빛이었다. 땅은 슬프고 황량해 보였다. 어쨌든 벌써 11월 1일이었고 가을의 끄트머리였다. 이상하게도 주변 곳곳에서 불이 타오르며 연기를 내뿜고 있었다. 연기는 거대한 구름으로 피어올라 멀리 끝숲 쪽으로 흘러갔다.

저녁이 되자 그들은 다리에서 35킬로미터가량 떨어져 있는, 대로가 가로지르는 개구리늪이라는 마을에 이르렀다. 그들은 그곳에서 밤을 보내기로 결정했다. 개구리늪의 '표류하는통나무'는 훌륭한 여관이었다. 그러나 그들이 마을 동쪽 끝에 도착했을 때 '길 없음'이라고 쓰인 커다란 팻말이 붙은 울타리가 눈에 띄었다. 그 뒤에는 깃털 달린 모자를 쓴 보안관들이 막대기를 들고 서 있었는데, 일견 위엄 있어 보이기도 하면서 겁에 질린 눈치였다. 프로도는 애써 웃음을 참으며 그들에게 물었다.

"이게 다 뭔가?"

"골목쟁이 씨, 보시는 대로입니다."

깃털을 두 개 단 보안관의 우두머리인 호빗이 말했다.

"당신들은 문 부수기, 규칙서 찢기, 문지기 공격, 불법 침입, 허락 없이 샤이어 건물에서 잠자기, 음식으로 보초 매수하기 혐의로 체포되었습니다."

"그 밖에 또 없나?"

"그것만으로도 체포하기엔 충분합니다."

그러자 샘이 말했다.

"내 몇 가지 더 덧붙여 주지. 너희 대장 이름 말하기, 여드름투성이 얼굴 한 대 치고 싶어 하기, 그리고 너네 보안관들이 참 미련하다고 생각하기."

"그만, 그만둬요. 조용히 따라오라는 대장의 명령입니다. 우린 당신들을 강변마을까지 데리고 가서 대장의 인간들에게 인계할 겁니다. 하고 싶은 말은 대장이 신문할 때 하면 됩니다. 하지만 감옥굴에 오래 있고 싶지 않다면 긴말을 안 하는 게 좋겠지요."

프로도와 그 동료들이 웃음을 터뜨리자 파수꾼들은 당황했다. 프로도가 말했다.

"웃기지 말게. 난 내가 가고 싶은 곳에, 그리고 마음 내킬 때 갈 거야. 난 마침 그 골목쟁이집에 갈 거네만, 자네들도 같이 가겠다고 우긴다면 마음대로 하게."

"좋습니다, 골목쟁이 씨. 하지만 당신들이 체포되었다는 사실을 잊지 마세요."

파수꾼의 우두머리는 울타리를 조금 열면서 말했다.

"절대로 잊지 않겠네. 하지만 자네를 용서하지. 오늘은 더 이상 길을 가고 싶지 않으니 표류하는 통나무 여관까지 안내해 준다면 참 고맙겠군."

"그렇게는 할 수 없습니다, 골목쟁이 씨. 그 여관은 폐쇄되었거든요. 마을 저쪽 끝에 파수꾼들의 집이 있으니 그리 모셔다 드리지요."

"좋아, 앞장서게. 따라갈 테니."

샘은 파수꾼들을 바라보다가 그중 아는 호빗을 찾아냈다.

"이봐, 작은굴 로빈. 이리 와 봐! 나하고 얘기 좀 하세."

화가 나지만 감히 참견하지 못하는 우두머리를 겁먹은 눈으로 바라보며, 작은굴은 뒤로 처져 조랑말에서 내린 샘과 나란히 걸었다.

"이봐, 수탉 로빈! 자넨 호빗골 출신인데 이렇게 프로도 님과 그 친구들을 잡으러 오다니 좀 모자란 거 아닌가? 그건 그렇고 여관이 폐쇄되었다니 그게 무슨 소린가?"

"여관은 모조리 폐쇄됐어. 대장은 맥주를 못 마시게 하거든. 적어도 그렇게 해서 일이 시작됐지. 하지만 지금 와서 생각해 보니 맥주를 대장의 인간들이 몽땅 차지해 버린 것 같아. 그리고 대장은 주민들이 돌아다니는 것을 좋아하지 않아. 그래서 어디 가야 할 때면 꼭 파수꾼 처소에 가서 용무를 설명해야 하지."

"자네가 그런 어처구니없는 짓에 관련되어 있다니 부끄러운 줄 알게. 자넨 주막 바깥보다는 안을 더 좋아했잖아. 근무 중이건 비번이건 간에 항상 주막에 들락거렸지."

"할 수만 있다면 지금도 그렇게 하고 싶어. 하지만 날 너무 몰아세우진 말게. 어떻게 하겠어? 난 이미 7년 전에, 이런 일이 있기 전에 파수꾼이 되었다는 걸 잘 알잖아. 여기저기 돌아다니면서 주민들을 만나고 새로운 소식도 듣고 또 좋은 맥주가 어디 있는지 알 수도 있었지. 하지만 지금은 사정이 달라졌어."

"그렇다면 그 일을 그만둘 수도 있잖아. 점잖은 직업이 아니라면 아예 파수꾼을 그만두는 거야."

"그건 허용되지 않아."

"그 '허용되지 않아'란 말 한 번만 더 하면 화내겠어."

"화를 낸다고 해도 유감스럽게 여기진 않겠어."

로빈은 목소리를 낮춰 말했다.

"만일 우리가 다 같이 화를 내게 된다면 무슨 일이든 할 수 있을 텐데 말이야. 문제는 그 대장의 인간들이거든. 그들은 동네방네 돌아다닌단 말이야. 우리같이 작은 호빗이 권리를 찾겠다고 저항이라도 하면 곧장 감옥굴에 집어넣어 버리지. 처음엔 밀가루옹심이 영감님, 그러니까 큰말 시장인 하얀발 윌 노인을 끌고 갔고 다음엔 더 많은 호빗들을 끌고 갔어. 최근엔 사태가 더 악화되어 그들을 종종 때리기도 한다더군."

샘은 화가 나서 말했다.

"아니, 그렇다면 왜 자넨 그들을 위해 일하는 거야? 누가 자넬 개구리늪으로 보냈지?"

"누가 보낸 것이 아니라 우린 여기 파수꾼 처소에 머물고 있는 거야. 지금 우린 제1동둘레 부대야. 파수꾼은 전부 다 해서 수백 명이 되지만 새로운 규칙 때문에 더 필요하다고 하더군. 대부분은 어쩔 수 없이 여기 있지만, 물론 다 그런 건 아니야. 샤이어 주민들 중에도 허풍을 떨며 남의 일에 참견하길 좋아하는 작자들이 있으니까. 또 대장하고 그 인간들을 위해 첩자 노릇을 하는 자들도 있어."

"아, 그래서 자네가 우리 소식을 들었군!"

"그래 맞아. 지금 우린 소식을 서로 전하지 못하게 되었지만, 그들은 예전의 발 빠른 파발꾼 제도를 이용해서 각 지점마다 특별 전령을 대기시키거든. 어젯밤에 하얀굴에서 '비밀 전갈'을 갖고 온 녀석이 있었지. 여기선 또 다른 녀석이 그걸 받아 가지고 갔고. 그러더니 오늘 오후에 자네 일행을 체포해 곧장 감옥굴로 보내지 말고 강변마을로 데리고 오라는 전령이 내려온 거야. 대장이 자네 일행들을 직접 한번 보겠다는 거야."

"프로도 씨가 그와 담판을 내면 생각이 달라질걸."

개구리늪의 파수꾼 처소는 다리의 경비대 건물만큼이나 고약했다. 단층집에 똑같이 생긴 좁은 창문이 나 있고 추한 벽돌을 아무렇게나 쌓아 만든 집이었다. 실내는 습기가 차고 어두웠으며 몇 주 동안 닦지 않은 긴 식탁에 식탁보도 없이 저녁 식사가 차려져 있었다. 음식은 식탁과 방에 어울리는 것이었다. 일행은 그곳을 떠나게 된 것이 기뻤다. 강변마을까지는 약 30킬로미터 남았고 그들은 아침 10시에 출발했다. 좀 더 일찍 출발할 수도 있었지만 일부러 지체해서 파수꾼 대장의 화를 돋울 요량이었다. 서풍이 북풍으로 바뀌었고 날이 점점 차가워졌지만 비는 그쳤다.

마을을 출발하는 일행의 '희한한 차림새'를 보려고 나왔던 몇몇 호빗들은 웃음이 허용되는지 아닌지 알 수 없었지만 그 행렬을 보고 웃음을 참을 수 없는 것 같았다. 열두 명의 파수꾼이 죄수들을 '호송'한다고는 했지만, 메리가 선두에 섰고 그 뒤를 프로도와 그 친구들이 말을 타고 따라갔다. 메리와 피핀, 샘은 편히 앉아 이야기를 나누며 웃고 노래를 부르는 반면, 파수꾼들은 엄하고 진지한 표정을 지으려 애쓰며 터벅터벅 걸어가고 있었다. 그러나 프로도는 아무 말도 하지 않았고 왠지 슬프고 깊은 생각에 잠겨 있는 것 같았다.

그들 일행이 마지막으로 지나친 이는 울타리를 자르고 있던 건장한 시골 노인이었다.

"어이! 지금 누가 누구를 호송하는 거지?"

노인이 이렇게 조롱하자 두 명의 파수꾼이 열을 빠져나가 그에게로 갔다. 그러자 메리가 우두머리에게 외쳤다.

"이봐, 우두머리! 자네 부하들에게 돌아오라고 명령하게. 내가 저들을 어떻게 다루는지 보고 싶지 않다면 말이야."

두 명의 호빗은 우두머리에게 질책을 받고 실쭉해서 돌아왔다.

"자, 가세나!"

메리가 말하자 네 명의 여행자는 파수꾼들이 아무리 빨리 걸어도 따라잡기 힘들 정도로 조랑말들의 걸음을 재촉했다. 햇빛이 비치고 차가운 바람이 불어왔지만 그들은 이제 헉헉대며 땀까지 흘렸다.

세둘레 경계석에서 파수꾼들은 따라가기를 포기했다. 그들은 정오에 딱 한 번 쉬었을 뿐 거의 23

킬로미터나 걸었던 것이다. 더욱이 오후 3시쯤 되자 배가 고프고 발도 아파서 도저히 보조를 맞출 수 없었다.

"자, 자네들은 편하게 오게나! 우린 먼저 갈 테니."

메리가 말하자 샘도 외쳤다.

"잘 가게, 수탉 로빈! 푸른용 주막 앞에서 기다리지. 그곳이 어딘지는 잊지 않았겠지. 오는 길에 빈둥거리지 말게!"

"당신들은 체포령을 어기고 있어요. 어기고 있다고요! 난 책임질 수 없어요!"

우두머리가 가련하게도 이렇게 외치자 피핀이 대답했다.

"앞으로 더 많이 여러 가지를 어기게 되겠지만 자네한테 책임져 달라고 부탁하지 않을 거야. 행운이 있기를!"

여행자들은 속보로 말을 몰았고, 태양이 멀리 서쪽 지평선 위에서 흰구릉을 향해 가라앉기 시작할 때 강변마을의 넓은 연못가에 도착했다. 여기서 그들은 처음으로 고통스러운 충격을 맛보았다. 이곳은 프로도와 샘의 고향이었는데, 그들은 이곳을 이 세상 그 어느 곳보다도 사랑한다는 사실을 새삼 실감하게 되었다. 그들이 알고 있던 집들은 대부분 사라지고 없었다. 어떤 집은 불타 버린 듯했다. 연못 북쪽의 둑 위에 줄지어 늘어서 있던 쾌적하고 오래된 호빗들의 집은 버려진 채 황폐해졌으며, 물가로 곧장 이어지던 그들의 정원은 잡초가 무성했다. 그보다 더 기가 막힌 것은 연못가를 따라 추한 새 집들이 일렬로 늘어서 있었는데, 그곳은 호빗골도로가 강둑 가까이 뻗어 있던 지점이었다. 전에는 이곳에 가로수들이 늘어서 있었는데 지금은 모조리 사라지고 없었다. 경악한 눈으로 골목쟁이집 쪽의 길을 올려다보자 저 멀리 벽돌로 쌓은 커다란 굴뚝이 보였다. 그것은 저녁 하늘에 검은 연기를 내뿜고 있었다. 샘은 제정신이 아니었다.

"프로도 씨, 전 당장 가 봐야겠어요. 무슨 일인지 알아봐야겠어요. 우리 노친네도 찾아야 하고요."

"우선은 우리가 어떤 상황인지 알아야 해요, 샘. 아마 그 대장이란 놈이 악당들을 대기시켜 놓았을 거예요. 여기 상황이 어떤지 알려 줄 사람을 찾아야 하는데."

메리가 이렇게 말했으나 강변마을의 집과 굴의 문은 모두 다 굳게 잠겨 있었고 그들을 반기는 이는 아무도 없었다. 그들은 조금 의아하게 생각했지만 곧 그 이유를 알게 되었다. 호빗골에 가장 가까이 있는 푸른용 주막에 가 보니, 그 집은 인적도 없고 창문은 모두 깨어져 있었다. 그들은 주점 벽에 기대어 축 늘어져 있는 대여섯 명의 추악한 자들을 볼 수 있었다. 그자들은 사팔눈에 누르스름한 얼굴을 하고 있었다. 샘이 말했다.

"브리에 있던 고사리꾼 빌의 친구들 같은데."

그러자 메리도 중얼거렸다.

"아이센가드에서 많이 본 족속들 같아요."

불한당들은 손에 곤봉을 들고 허리에 뿔나팔을 차고 있었지만 다른 무기는 가진 것 같지 않았다.

일행이 길을 올라가자 그들은 벽에서 떨어져 걸어 나와서는 그들 앞을 가로막았다. 가장 크고 악랄하게 생긴 녀석이 먼저 입을 열었다.

"도대체 어딜 가고 있는 거냐? 더는 갈 수 없어. 그런데 그 귀하신 파수꾼들은 어디 있지?"

"열심히 걸어오고 있겠지. 발이 좀 아픈가 보던데. 우린 여기서 기다리겠다고 약속했어."

메리가 대답하자 그 악당은 자기 동료에게 말했다.

"거봐! 내가 뭐라고 했었어? 샤르키한테 그 조그만 바보들은 믿을 수가 없다고 그랬잖아. 우리 중 몇이 직접 갔어야 했는데."

그러자 메리가 다시 대답했다.

"하지만 무슨 차이가 있었을까? 우린 이 지역에서 노상강도를 본 적이 없지만 그런 놈들을 어떻게 다뤄야 하는지는 잘 알고 있지."

"뭐, 노상강도? 네놈들이 그따위로 말한다고? 말버릇을 고치지 않으면 우리가 고쳐 주지. 네놈들, 조그만 바보들이 너무 거만해졌단 말이야. 우리 두목의 친절한 마음씨를 너무 믿지 않는 게 신상에 좋아. 이제 샤르키가 오셨으니 두목도 샤르키 말씀대로 할 거란 말이야."

그러자 프로도가 조용히 물었다.

"뭘 한다는 거지?"

"이 시골도 이제 잠에서 깨어나 모든 것을 정돈할 필요가 있단 말이지. 샤르키가 그렇게 하실 거야. 네놈들이 그렇게 건방지게 군다면 아마 그분도 인정사정 안 봐주실걸. 네놈들에겐 더 큰 두목이 필요해. 만일 더 문제를 일으키면 네놈들은 올해가 가기 전에 더 큰 두목을 뵙게 될 거다. 그러면 네놈들도 한두 가지 배우게 되겠지, 이 쥐새끼 같은 꼬마 놈들아."

"너희들 계획을 알게 되니 기쁘군. 난 지금 로소를 만나러 가는 길인데 그도 역시 너희들 계획을 듣는 데 관심이 있겠지."

프로도가 이렇게 말하자 악당은 웃음을 터뜨렸다.

"로소라고! 그는 다 잘 알고 있어. 걱정 말라고. 그는 샤르키가 말하는 대로 할 테니까. 우린 두목이 문제를 일으키면 갈아 치울 수도 있단 말이야. 알겠어? 만일 조그만 놈들이 쓸데없이 자꾸 끼어들려고 한다면 우린 그놈들을 해치울 수도 있다고. 알겠어?"

"그래, 알겠다. 우선 너희들이 이곳에서 시대에 뒤떨어지고 정보에도 어둡다는 것을 알겠어. 너희들이 남부를 떠난 뒤 많은 일들이 일어났지. 너희들 악당들의 시대는 끝났어. 암흑의 탑은 무너졌고 곤도르에는 왕이 돌아오셨지. 아이센가드도 파괴되었고 너희들의 소중하신 주인님은 황야의 거지가 되었어. 오는 도중에 만났거든. 이젠 아이센가드에서 깡패들이 오는 게 아니라 초록길을 따라 왕의 사신들이 오는 거야."

그러자 악당은 프로도를 보며 야비하게 웃었다.

"황야의 거지라고? 정말 그래? 어디 실컷 떠들어 봐라, 이 쪼그만 허풍쟁이야. 그렇다고 해서 네놈들이 오랫동안 빈둥거리고 살았던 이 기름진 땅을 우리가 떠날 줄 아느냐? 왕의 사신이라고? 잘됐구먼. 보게 되면 잘 기억해 두지."

그는 이렇게 말하며 손가락으로 프로도의 얼굴을 딱 쳤다.

그러자 피핀은 도저히 가만히 있을 수가 없었다. 그는 코르말렌평원을 생각했다. 그런데 여기 이 사팔뜨기 악당 따위가 반지의 사자를 향해 쪼그만 허풍쟁이라고 부르고 있다니. 그는 망토를 뒤로 젖히고 번쩍이는 칼을 뽑았다. 그가 말을 몰고 달려 나가자 은색과 검은색의 곤도르 의장이 은은한 빛을 발했다. 그는 외쳤다.

"내가 바로 왕의 사자다! 네놈은 왕의 친구이며 서부에서 가장 유명한 이들 중 한 명과 말하고 있는 거다. 네놈은 악당일 뿐 아니라 바보로구나. 어서 무릎을 꿇고 용서를 빌어라. 아니면 이 트롤의 칼로 네놈을 처단하겠다."

서쪽으로 기울어 가는 햇살에 칼날이 번득였다. 메리와 샘도 칼을 뽑고 피핀을 지원하러 달려 나갔지만 프로도는 움직이지 않았다. 악당들은 뒤로 물러섰다. 브리지방의 농부들을 겁주고 놀란 호빗들을 위협하는 것이 그들의 주된 일거리였다. 그러나 빛나는 칼을 겨눈 무서운 얼굴의 용감한 호빗들을 보고 놀라지 않을 수 없었다. 그리고 이 새로 온 호빗들의 목소리에는 이제껏 그들이 들어보지 못한 어조가 실려 있었다. 그 어조는 그에게 공포를 주기에 충분했다. 이번에는 메리가 외쳤다.

"꺼져라! 만일 네놈들이 또다시 이 마을을 괴롭힌다면 후회하게 될 거다."

세 명의 호빗이 앞으로 나서자 악당들은 몸을 돌려 호빗골도로 쪽으로 달아났다. 그들은 달아나면서 뿔나팔을 불었다.

"우리가 일찍 온 게 전혀 아닌데요."

메리가 말하자 프로도가 대답했다.

"하루도 일찍 오지 않았어. 어쩌면 너무 늦었는지도 모르지. 적어도 로소를 구하기엔 말이야. 불쌍한 바보 같으니. 정말 안됐어."

그러자 피핀이 말했다.

"로소를 구한다고요? 무슨 말씀을 하시는 거예요? 그를 파멸시킨다고 해야지요."

"자넨 상황을 잘 모르는 것 같군, 피핀. 로소는 사정이 이렇게까지 되길 바라진 않았을 거야. 그는 심성이 좋지 않은 바보였을 뿐이지. 아마 지금쯤은 그도 잡혀 있을 거야. 악당들은 꼭대기에 올라앉아 그의 이름으로 곡물을 약탈하고 강도질하고 협박해서 모든 걸 운영하고 파괴하고 있는 거야. 하지만 오랫동안 그의 이름을 빌리지는 않겠지. 내 생각에 그는 지금 골목쟁이집에 갇혀 있을 걸세. 아마도 겁에 질려 있겠지. 우리 힘으로 빨리 구해야 해."

"정말 어리둥절하군요. 여행의 막바지에 이런 일이 있을 줄은 꿈에도 생각 못 했어요. 바로 이 샤이어에서 절반은 오르크인 악당들과 싸워야 하다니. 그것도 여드름쟁이 로소를 구하기 위해서."

"싸운다고? 글쎄, 그렇게 되겠지. 하지만 기억해 두게. 호빗들이 적의 편으로 넘어갔더라도 호빗들을 죽여선 안 돼. 내 말은, 그저 겁나서 악당들의 명령에 복종하는 게 아니라 진심으로 그들의 편이 된 호빗이라도 마찬가지야. 샤이어에서는 지금까지 어떤 호빗도 고의로 다른 호빗을 죽인 적이 없었어. 지금도 그래. 그리고 피할 수만 있다면 어느 누구도 죽이지 않는 게 좋아. 성질을 누그러뜨리고 마지막 순간까지 검을 삼가게."

프로도의 말에 메리가 대꾸했다.

"하지만 이런 악당들이 많으면 틀림없이 싸워야 할 거예요. 프로도, 그저 충격받은 채 슬퍼하면서 로소나 샤이어를 구할 수는 없잖아요."

그러자 피핀도 거들었다.

"물론 안 되지. 그들을 두 번 겁주기는 쉽지 않을걸요. 지금 그놈들은 기습을 당한 것에 불과하니까요. 나팔 부는 소리를 들었죠? 분명 이 근처에 다른 악당들이 있을 거예요. 숫자가 늘면 더 대담해지겠죠. 게다가 우린 오늘 밤 어디서 묵어야 할지 생각해야 해요. 아무리 무장을 했더라도 우린 네 명밖에 안 되잖아요."

그러자 샘이 대답했다.

"내게 생각이 있어요. 우선 남쪽 오솔길로 내려가 초막골네 톰 영감 집으로 가는 거예요. 그분은 언제나 강건했어요. 그분의 아들이 여럿 있는데 모두 내 친구들이지요."

그러나 메리가 반대했다.

"안 돼요. 안전한 곳으로 숨어 봐야 소용이 없어요. 그건 사람들이 늘 해 온 일이고 또 악당들이 좋아할 일이죠. 그놈들은 우릴 무력으로 급습해서, 구석으로 몰아넣고, 우리를 쫓아내거나 태워 죽이려고 할 거라고요. 안 돼요. 우린 지금 당장 뭔가를 해야 해요."

"뭘 한다는 거지?"

피핀이 묻자 메리는 단호하게 말했다.

"샤이어를 봉기시키는 거지! 우리 동족을 깨우자고! 보다시피 그들도 이런 상황을 싫어하잖아. 한두 명의 악당이나, 우쭐대느라고 상황이 어떤지를 모르는 몇몇 바보들을 빼고 모두가 말이야. 샤이어의 주민들은 너무 오랫동안 편안하게 살아왔기 때문에 이럴 때 어떻게 해야 할지 모르는 거야. 하지만 도화선만 있어 봐. 그들 모두가 불처럼 타오를걸. 그 대장의 인간이란 놈들도 그걸 알고 있을 거야. 그러니까 우릴 될 수 있는 대로 빨리 짓밟아서 꺼 버리려고 하는 거지. 우린 시간이 얼마 없어.

샘, 의향이 있다면 초막골의 농장으로 빨리 가. 그분은 이 근방에선 최고위 자이고 또 건장한 어른이니까. 어서 가! 난 로한의 나팔을 불어 악당들이 들어 보지 못한 음악을 들려주겠어."

그들은 마을 중앙으로 달려갔다. 샘은 방향을 바꿔 초막골의 집이 있는 남쪽 오솔길을 따라 전속력으로 말을 달렸다. 그리 멀리 가지 않았을 때 청명한 나팔 소리가 하늘을 울리며 멀리 언덕과 들판으로 메아리치는 것이 들려왔다. 그 부름의 소리에 너무도 강렬한 호소력이 있었기에 샘은 하마터면 말을 돌려 돌아갈 뻔했다. 그의 조랑말이 뒷다리로 일어서며 울부짖었다.

"자, 가자! 우린 곧 돌아갈 거야!"

잠시 후 메리의 나팔 음조가 달라졌고, 노룻골의 뿔나팔 소리는 대기를 흔들며 위로 퍼졌다.

깨어나라! 깨어나라! 공포와 불과 적이다! 깨어나라!
불이다! 적이다! 깨어나라!

샘의 뒤쪽에서 왁자지껄하는 소리와 함께 문이 쾅 닫히는 소리가 들려왔다. 앞쪽에서는 어스름 속에서 불빛이 켜지기 시작했고 개들이 짖으며 달려오는 발소리가 들렸다. 그가 오솔길 끝에 닿기도 전에 농부 초막골이 세 아들 톰, 졸리, 닉을 데리고 달려오고 있었다. 그들은 손에 도끼를 들고 길을 막았다.

"아니! 이건 악당이 아닌데. 크기로 보면 호빗이야. 그런데 기묘한 복장을 하고 있군."

샘은 농부의 목소리를 들었다.

"넌 누구냐? 이게 무슨 일이야?"

"샘이에요. 감지네 샘. 제가 돌아왔어요."

농부 초막골은 가까이 다가와 희미한 불빛 속에서 그를 자세히 쳐다보았다.

"그래, 목소리는 맞군. 얼굴도 예전과 다름없어. 그런데 그런 옷을 입은 자넬 길거리에서 보았다면 그냥 지나쳤겠는걸. 자넨 다른 지방에 갔었던 모양이군. 우린 자네가 죽은 줄 알고 걱정했었지."

"죽지 않았어요. 프로도 씨도 아무 일 없고요. 친구들과 함께 왔어요. 그들은 지금 샤이어를 봉기시키려고 하고 있어요. 악당들과 그 대장을 몰아내려고요. 이제 시작이지요."

"훌륭하네, 훌륭해! 그래, 마침내 시작했군! 난 1년 내내 한바탕 사건을 일으켜 보려고 몸이 근질근질했지만 주민들이 도와주질 않더라고. 게다가 돌봐야 할 아내와 로지가 있지 않은가. 악당들이 무슨 짓을 저지를지 모르거든. 자, 가자 얘들아! 강변마을이 일어섰으니 우리도 한몫 끼어야지."

"초막골 부인과 로지는 어떤가요? 그들만 내버려 두는 건 안전하지 않을 거예요."

"닙스가 함께 있어. 하지만 생각이 있다면 자네가 직접 가서 돌보게나."

초막골은 씩 웃으며 말하고는 아들들과 마을을 향해 달려갔다.

샘은 서둘러 초막골의 집으로 갔다. 넓은 안마당 계단 위 크고 둥근 문 옆에 초막골 부인과 로지가 서 있고, 그 앞에 닙스가 쇠스랑을 들고 서 있었다.

"나요! 감지네 샘! 그러니 닙스, 날 찌르진 말게. 하긴 갑옷을 입고 있으니 별 상관은 없지만 말이야."

그는 말에서 뛰어내려 계단을 올라갔다. 그들은 깜짝 놀라 아무 말도 못 하고 그를 쳐다보았다.

"안녕하세요, 초막골 부인! 안녕, 로지!"

로지가 말했다.

"안녕, 샘? 어디 갔었어요? 모두들 당신이 죽었다고 하던데. 하지만 난 봄부터 당신을 만나길 기대해 왔어요. 그런데 당신은 서둘러 오지 않았지요. 안 그래요?"

샘은 수줍어하며 말했다.

"아마 그랬을 거야. 하지만 지금은 서두르고 있어. 우린 악당들을 처치하려고 하거든. 난 곧 프로도 씨께 돌아가야 해. 부인과 로지가 어떻게 지내는지 잠깐 보려고 왔지."

"우린 잘 지내고 있네. 하지만 이 날강도 불한당 놈들만 없으면 더 잘 지내겠지."

초막골 부인이 말하자 로지도 외쳤다.

"자, 어서 가요. 지금껏 프로도 씨를 보살폈다면 이렇게 위험한 때에 그분을 두고 오면 어떻게 해요?"

샘에게 이 말은 너무 가혹한 질문이었다. 꼬박 일주일은 생각해야 대답할 수 있거나 아니면 도저히 답할 수 없는 질문이었다. 그는 몸을 돌려 조랑말에 올라탔다. 그가 막 달려가려 할 때 로지가 뛰어내려 왔다.

"샘, 정말 멋있어요. 이제 가세요! 하지만 몸조심하고 악당들을 물리치자마자 곧 돌아와야 해요."

샘이 돌아왔을 때는 이미 마을 전체가 봉기해 있었다. 많은 젊은이들 말고도 이미 백 명도 넘는 건장한 호빗들이 도끼와 망치, 긴 칼, 단단한 막대기를 들고 모여들었고, 몇 명은 사냥용 활을 가지고 있었다. 외진 농가에서 더 많은 호빗들이 몰려들고 있었다.

몇몇 주민은 큰불을 피웠다. 활기를 돋우기 위해서이기도 했지만 불 피우는 것을 대장이 금지해 왔기 때문이기도 했다. 밤이 깊어질수록 불은 더 환하고 크게 타올랐다. 메리의 지시에 따라 다른 호빗들은 마을 양끝 길을 가로질러 방벽을 쌓아 올렸다. 파수꾼들은 마을 끝에 도착해서는 너무 놀란 나머지 아무 말도 못 했다. 그러나 상황이 어떻게 돌아가는지 알게 되자 그들 대부분은 모자에서 깃털을 떼어 버리고 반란에 가담했다. 그렇지 않은 파수꾼들은 슬슬 꽁무니를 뺐다.

샘은 프로도와 그 친구들이 초막골네 톰 영감과 이야기를 나누고 있는 모습을 보았다. 그들 주위를 강변마을 주민들이 둘러싼 채 경탄하며 바라보고 있었다. 농부 초막골이 물었다.

"자, 다음에 할 일은 뭔가?"

"사정을 더 알기 전에는 아직 어떻게 해야 할지 모르겠군요. 악당들은 얼마나 되지요?"

"그건 알기 어렵네. 그놈들은 이리저리 옮겨 다니거든. 호빗골로 가는 길가의 창고에도 한 50명 있더군. 하지만 그놈들은 '추수 작업'이라고 부르는 도둑질을 하면서 이리저리 돌아다니고 있어서 확실하게 알 수 없네. 또 그놈들이 두목이라고 부르는 놈 주변에도 한 20명 넘게 있을 거야. 두목이란 놈은 골목쟁이집에 있지. 아니 적어도 전엔 거기 있었어. 하지만 실제로 한두 주일 전부터는 아무도 보지 못했다네. 그 부하란 놈들이 누구도 접근하지 못하게 하거든."

"그놈들이 호빗골에만 사는 건 아니겠죠?"

"아니지, 더 많이 있으니 유감이지. 지른골 남쪽과 사른여울 근처에도 꽤 여럿 있지. 끝숲에도 있고 삼거리마을엔 그놈들 창고가 있어. 또 감옥굴이라 부르는 곳도 있어. 큰말에 있던 그 곡물 창고 말이야. 놈들은 거길 감옥으로 만들어서 자기네한테 반항하는 호빗들을 가둬 두고 있지. 어쨌든 다 합해도 3백 명 이상은 되지 않을 거야. 우리가 뭉치기만 하면 쳐부술 수 있어."

그러자 메리가 물었다.

"놈들에게 무기가 있나요?"

"온갖 나쁜 짓을 할 때 사용하는 채찍과 칼, 곤봉이 있지. 지금까지 보여 준 건 그게 다야. 하지만 싸움이 시작되면 다른 무기가 나올지도 모르지. 어떤 놈들은 활도 갖고 있어. 그놈들이 우리 주민 한둘을 쏜 적이 있거든."

"그거 보세요, 프로도. 싸워야 한다고 말했잖아요. 그놈들이 먼저 살인을 시작했잖아요."

메리가 이렇게 말하자 초막골이 대답했다.

"정확히 말하면 그렇지는 않다네. 적어도 먼저 활을 쏜 건 툭 집안이었어. 페레그린 군, 자네 아버님은 처음부터 로소와 상대하지 않으셨고, 누군가 꼭 대장 노릇을 해야 한다면 그것은 적어도 적법한 샤이어의 사인이어야지, 벼락출세한 녀석은 안 된다고 말씀하셨지. 로소가 대장의 인간 놈들을 보냈을 때도 그분은 입장을 바꾸지 않으셨어. 툭 집안은 운이 좋아 초록언덕 지방이나 큰스미알 같은 곳에 큰 굴을 갖고 있어서 불한당들이 접근할 수가 없었어. 그리고 악당들이 절대로 땅에 발을 못 들여놓게 놈들이 접근하면 툭 집안사람들은 활을 쏘아 댔지. 그리고 기웃거리던 놈 셋을 쏘았어. 그 후로 악당들이 더 악랄해졌지. 그놈들은 툭 집안을 엄중하게 감시하고 있다네. 지금은 누구도 그곳에 들어가거나 나올 수가 없어."

그러자 피핀이 외쳤다.

"툭 집안 만세! 하지만 이젠 누군가 들어가야겠지요. 난 스미알로 가겠어요. 나하고 툭지구에 같이 갈 사람 없어요?"

피핀은 여섯 명의 젊은이와 함께 조랑말을 타고 달려가며 외쳤다.

"곧 다시 만납시다! 들판 너머 23킬로미터밖에 되지 않으니까 아침까지 우리 툭 집안 친척들 부대를 이끌고 오겠어요."

깊어 가는 어둠 속으로 그들이 질주해 가자, 메리는 뒤에 대고 나팔을 불어 댔고, 주민들은 환호했다.

프로도는 가까이 서 있는 주민들에게 말했다.

"어쨌든 난 살인은 원하지 않소. 악당들도 마찬가지고. 호빗을 해치지 못하게 막아야 하는 불가피한 경우가 아니라면 절대 죽여선 안 돼요."

그러자 메리가 말했다.

"좋아요! 하지만 호빗골의 강도들이 곧 올 거예요. 그놈들이 그저 이야기나 나누자고 오는 건 아니겠지요. 그놈들을 적절하게 다루려고 노력해야겠지만 최악의 사태에도 대비해야 할 거예요. 자, 저한테 전략이 있어요."

"훌륭하군. 그럼 자네가 준비를 맡게."

프로도가 말했다.

바로 그때 호빗골 쪽으로 보냈던 호빗들이 뛰어 돌아왔다.

"그놈들이 와요! 스무 명 정도 돼요. 그런데 두 놈은 서쪽으로 가던데요."

"아마 삼거리마을로 갔을 걸세. 악당들을 더 데리러 말이야. 가고 오는 데 각각 24킬로미터나 되니 아직은 그놈들을 걱정할 필요가 없어."

초막골이 말했다.

메리는 지시를 내리기 위해 황급히 뛰어다녔고, 초막골은 무기를 지닌 호빗을 빼놓고는 모두 집안으로 들어가게 했다. 그들은 오래 기다리지 않아도 되었다. 곧 큰 목소리와 발소리가 들려왔다. 일단의 악당들이 길을 따라 내려왔다. 그들은 장벽을 보고 비웃었다. 이 작은 지역에 자신과 같은 인간 스무 명에게 대항할 호빗이 있으리라고는 상상도 못 했다.

호빗들은 장벽을 열고 옆으로 비켜섰다.

"고맙군! 이제 채찍에 얻어맞기 전에 집으로 가 잠이나 자!"

그들은 길을 따라 내려가며 소리를 질렀다.

"불을 꺼! 집 안에 들어가서 가만히 있으란 말이야! 그러지 않으면 네놈들 쉰 명을 붙잡아다 감옥굴에 1년간 처넣을 테니까. 들어가! 두목이 화내고 계신다!"

그러나 어느 누구도 그들의 명령에 귀를 기울이지 않았다. 악당들이 지나가자 그들은 조용히 그 뒤를 따라갔다. 악당들이 모닥불에 가까이 갔을 때 그곳에는 초막골 혼자 불을 쬐고 서 있었다. 우두머리가 그에게 말했다.

"네놈은 누구냐? 뭘 하고 있는 거야?"

그러자 초막골은 천천히 그를 쳐다보며 말했다.

"나도 네놈한테 그걸 물어보려던 참이다. 여기는 네놈들 땅이 아니고 또 네놈들은 필요 없어."

"그래? 하지만 우린 네놈이 필요한데. 얘들아, 저놈을 끌고 가자. 저놈을 감옥굴로 데려가라. 먼저 조용하게 만들어라."

인간들이 한 걸음 앞으로 나와 멈춰 섰다. 주위에서 갑자기 함성이 터지자 그들은 농부 초막골 하나만 있는 것이 아니라는 사실을 깨달았다. 그들은 둘러싸여 있었다. 그늘진 곳에서 기어 나온 호빗들이 불빛이 닿지 않는 어둠 속에서 원을 그리며 서 있었다. 숫자는 거의 2백 명이었고 모두 무기를 들고 있었다.

메리가 앞으로 나서며 우두머리에게 말했다.

"우린 좀 전에도 만났지. 분명히 여기 돌아오지 말라고 경고했는데. 이제 다시 경고한다. 너희들은 불빛 속에 서 있고 사수들이 네놈들을 둘러싸고 있다. 만일 네놈들이 이분이나 또는 다른 누구에게든 손가락 하나 까딱한다면 네놈들을 모두 벌집처럼 쑤셔 놓을 테다. 가지고 있는 무기는 다 내려놔!"

우두머리는 주위를 둘러보았다. 그는 함정에 빠진 것이다. 하지만 부하들이 스무 명이나 되었기에 겁먹지는 않았다. 그리고 호빗들에 대해 너무도 모르고 있었기 때문에 자신이 처한 위험한 상황을 깨닫지 못했다. 어리석게도 그는 싸우기로 작정했다. 돌파하기 쉬울 것이다. 그는 외쳤다.

"저놈을 잡아라! 저놈들에게 한 방 먹여!"

왼손엔 긴 칼, 오른손엔 곤봉을 들고 그는 빙 둘러서 있는 호빗들에게 달려들면서 호빗골 쪽으로 뚫고 나가려고 했다. 그는 길을 가로막고 서 있는 메리를 향해 사납게 일격을 가하려 했으나 그 순간 날아든 네 대의 화살을 맞고 쓰러져 버렸다.

다른 놈들에게는 그것으로 충분했다. 우두머리의 죽음을 본 악당들은 바로 항복했다. 무기는 빼앗기고 밧줄에 묶여 자신들이 세웠던 텅 빈 오두막으로 끌려갔다.

호빗들은 그들의 손과 발을 묶어 가둬 놓고 보초를 세워 지켰다. 죽은 우두머리는 끌고 가 매장했다.

"끝나고 보니 너무 쉬운 것 같은데, 안 그래? 우리가 쳐부술 수 있다고 내가 말했잖아. 하지만 우리에겐 도화선이 필요했던 거야. 메리, 자네는 아슬아슬하게 때맞춰 돌아왔네."

초막골이 말하자 메리가 대답했다.

"아직 할 일이 남았어요. 만일 아까 계산하신 것이 맞는다면 우린 아직 놈들의 10분의 1도 처리하지 못한 셈이니까요. 다음 공격은 아침까지 기다려야 할 것 같군요. 그러고 나서 대장이란 놈을 만나 봐야겠어요."

"왜 지금은 안 된단 말이지? 6시가 지난 지 얼마 안 됐고 난 아버지를 보고 싶은데. 초막골 씨, 우리 노친네는 어떻게 지내시는지 아세요?"

샘이 묻자 초막골이 곧바로 대답했다.

"좋지도 나쁘지도 않으셔. 그놈들이 골목아랫길을 파낸 것은 그분께 큰 타격이었어. 그분은 지금 대장의 인간들이 불 지르고 약탈하다 남는 시간에 지은 새 집 중 한 채에 계신다네. 강변마을에서 1.5킬로미터쯤 되는 곳이야. 자네 아버님은 기회 있을 때마다 내게 오셨어. 다른 불쌍한 호빗들보다는 꽤 잘 드신 것 같더군. 물론 규칙에 반대한 호빗들 중에서 말이야. 난 그분을 우리 집에 계시게 하고 싶었지만 허용되지 않았어."

"고맙습니다, 초막골 씨. 결코 잊지 못할 거예요. 하지만 전 아버지를 뵙고 싶어요. 그놈들이 얘기하는 대장이라든지 샤르키라든지 하는 것들이 아침이 되기 전에 거기서 무슨 짓을 저지를지 모르잖아요."

"알겠네, 샘. 젊은 친구 한둘을 뽑아서 그분을 우리 집으로 모셔 오게. 믈강 건너 옛 호빗골 가까이 갈 필요는 없을 거야. 여기 있는 졸리가 길 안내를 할 걸세."

샘은 출발했다. 메리는 밤새 마을 주위를 지킬 보초와 장벽을 지킬 경비원을 배정했다. 그러고 나서 그는 프로도와 함께 초막골네 집으로 가 따뜻한 부엌에서 가족들과 함께 식사를 했다. 초막골 가족은 예의 삼아 그들의 여행에 관해 몇 가지 물었지만 대답에 큰 관심을 보이지는 않았다. 그들에겐 지금 샤이어 상황이 더 큰 문제였던 것이다.

농부 초막골이 말했다.

"이 모든 일이 여드름쟁이 때문에 시작됐어. 프로도, 당신이 떠난 다음 이런 사태가 벌어졌소. 여드름쟁이 녀석이 우스꽝스러운 생각을 했던 거야. 모든 것을 다 차지하고 다른 주민들 위에서 군림하고 싶어 했지. 녀석은 사실 그때도 필요 이상으로 많은 재산을 소유하고 있었어. 그런데도 늘 더 많은 것을 움켜쥐려 했지. 그 녀석이 어디서 그 많은 돈을 얻게 되었는지는 모르지만 말이야. 방앗간도, 맥아 저장고도, 여관도, 농장도, 연초 농원도 모조리 차지해 버렸지. 아마 그 녀석은 골목쟁이집으로 오기 전에 이미 까끌이의 방앗간을 샀을 거야.

물론 그 녀석은 남둘레에서 제 아비가 물려준 많은 유산으로 시작했겠지. 그리고 제일 좋은 연초를 상당량 팔았던 것 같아. 한두 해 정도 몰래 외부로 실어 날랐거든. 그런데 작년 말부터는 연초뿐 아니라 곡물도 상당량 내보내기 시작했어. 그러자 물건이 달리기 시작했고 겨울에는 더 심해졌다네. 주민들이 분개했지만 그 녀석은 이런저런 변명을 갖다 붙였지. 많은 인간들, 대개는 악당들이 커다란 수레를 끌고 와 남쪽으로 물건을 실어 갔고 일부는 아예 상주하게 되었지. 점점 더 많은 인간들이 몰려들었다네. 상황이 어떻게 돌아가는지 채 알아차리기도 전에 그놈들은 샤이어 전역에 퍼져서 멋대로 나무를 베고 땅을 파서 헛간이나 집을 지었지. 처음에는 곡물이나 그 밖의 손실에 대해 여드름쟁이가 보상했지만 얼마 안 있어 놈들이 주인 행세하며 멋대로 아무거나 가져가게 된 거야.

그러자 약간의 반발이 있었지만 대단하지는 않았지. 시장인 윌 영감이 골목쟁이집으로 항의하러 갔지만 거기까지 가지도 못했다네. 도중에 악당들이 붙잡아 큰말에 있는 굴속에 가둬 버렸거든. 아마 지금도 거기 있을 걸세. 그 후, 새해가 되고 얼마 지나지 않았을 때였어. 시장 자리가 계속 비어 있게 되자 여드름쟁이 녀석이 멋대로 스스로를 '대장 보안관' 아니면 그냥 '대장'이라고 부르기 시작했지. 누구든 그 녀석들 말로 '주제넘은' 짓을 하려 들면 윌과 같은 전철을 밟게 됐다네. 사태는 점점 더 악화되었고, 인간들한테 줄 것을 빼곤 담배도 남지 않게 되었어. 대장은 맥주도 금지해 버렸지. 물론 인간들에게는 예외였어. 모든 주점과 여관은 문을 닫았고 규칙은 점점 많아졌지만 물자는 점점 더 모자라게 되었지. 그 악당들이 소위 '공정한 분배'를 한답시고 곡물을 거둬들이는 동안, 자기 것을 조금도 숨겨 놓지 못한 이들은 특히 심했지. 그놈들의 공정한 분배란 자기들은 가지고 우린 가져선 안 된다는 뜻이었던 게야. 물론 파수꾼 초소에서 남은 것을 분배하긴 했지만 그건 먹을 수도 없는 거였지. 정말 최악의 상황이었어. 그런데 샤르키란 놈이 온 다음에는 그보다 더했지. 완전히 망해 버린 거야."

그러자 메리가 물었다.

"그 샤르키란 놈이 누구예요? 어떤 악당놈이 말하는 것을 들었는데요."

"그 악당들의 우두머리지. 우리가 그놈 얘기를 처음 들었던 것은 작년 9월 말 추수 무렵이었어. 우린 그놈을 본 적이 없지만 골목쟁이집에 있다네. 그놈이 지금 진짜 두목이라지. 악당들은 그놈이 시키는 대로 하고 있어. 그런데 시키는 일이라곤 대부분 모조리 파괴하고 불태우고 부숴 버리는 것이고, 이젠 살인까지 하지. 살인하면 나쁜 짓이라는 생각도 이젠 없어졌어. 놈들은 나무를 베어서 내버려 두고, 집을 태우고선 더 짓지도 않아.

까끌이의 방앗간을 좀 보라고. 여드름쟁이가 골목쟁이집에 오자마자 그걸 부숴 버렸어. 그러고는 더러운 인간들을 데려와 더 큰 방앗간을 짓고 바퀴와 기이한 기계 장치들로 가득 채웠지. 그 얼뜨기 테드 녀석만이 그걸 기뻐하면서 한때 자기 아버지가 주인이었던 방앗간에서 인간들을 위해 바퀴를 닦아 주며 일했다네. 여드름쟁이가 그러는데 더 많은 곡물을 더 빨리 실어 갈 수 있을 거라더군. 그 녀석은 그 비슷한 다른 방앗간도 갖고 있었어. 하지만 제분하려고 해도 곡물이 있어야 하잖아. 새 방앗간이 생겼다고 해서 예전보다 할 일이 많아지는 것도 아니고. 그런데 샤르키란 놈이 온 다음부터는 더 이상 제분도 않는다네. 항상 망치질에 연기와 악취만 뿜어내고 있지. 그래서 호빗골은 밤에도 조용하지 않아. 그리고 놈들이 고의로 오물을 내다 부어서 물강 하류를 온통 오염시켰지. 그건 브랜디와인까지 흘러갔어. 그놈들이 샤이어를 폐허로 바꿔 버릴 생각이라면 제대로 하고 있는 셈이지. 그 바보 같은 여드름쟁이가 이 모든 것을 꾸미고 있는 건 아닐 거야. 틀림없이 그 샤르키란 놈의 짓이지."

그러자 젊은이 톰이 끼어들었다.

"맞아요. 그놈들은 심지어 여드름쟁이의 늙은 모친 로벨리아도 끌고 갔어요. 아무도 그 노인네를 좋아하지 않았지만 여드름쟁이는 자기 어머니를 끔찍이 위했지요. 호빗골 주민 몇 명이 보았대요. 그녀가 낡은 우산을 가지고 오솔길을 내려오는데 악당들이 큰 수레를 끌고 올라가고 있었대요. 그녀가 먼저 '어디들 가는 길이야?' 하니까 '골목쟁이집으로.' 했다지요. 그러니까 '또 뭐 하러?' 하니까 '샤르키를 위해 헛간 몇 채 짓게.' '누가 그렇게 시킨 거야?' '샤르키가 시켰지. 길을 비켜, 이 늙은 할망구야.' 하니까 '이 더러운 도둑놈들아, 샤르키란 놈 꺼져 버리라고 해라!' 했다는 거예요. 그러면서 우산을 번쩍 들고 자기 체구의 두 배는 되는 우두머리한테 덤볐다지요. 그러자 놈들은 노파를 붙잡아 감옥굴에 가둬 버렸대요. 그 고령의 노인네를 말이에요. 그놈들이 끌고 간 다른 호빗들을 더 안타깝게 생각하는 이가 많지만, 어쨌든 그 노파가 누구보다도 큰 용기를 보여 주었다는 사실은 부정할 수 없지요."

이런 이야기를 나누는 도중에 샘이 자기 아버지와 함께 급히 들어왔다. 감지 영감은 더 늙어 보이지는 않았지만 귀가 약간 먹었다.

"안녕하세요, 골목쟁이 씨! 이렇게 돌아오신 것을 뵙게 되니 정말 반갑습니다. 하지만 솔직히 말하자면 좀 따질 일이 있습니다. 제가 늘 말했듯이 골목쟁이집을 파시는 게 아니었어요. 거기서 모든 재앙이 시작됐거든요. 샘의 말을 들으니 당신은 다른 지방에서 암흑의 인간들을 쫓아 산 위를 헤매고 다녔다는데, 난 뭣 때문에 그러셨는지는 잘 모르겠지만요, 그동안 놈들은 여기서 골목아랫길을 파내고 내 감자밭을 엉망진창으로 만들어 버렸어요."

"감지 씨, 정말 죄송하게 됐습니다. 하지만 이제 돌아왔으니 최선을 다해 보상해 드리지요."

"네, 아주 공정한 말씀입니다. 항상 말했듯이 골목쟁이 집안 프로도는 진짜 신사이시거든. 그 성을 가진 다른 호빗에 대해서는 그렇게 생각하지 않지만요. 그런데 우리 샘은 만족스럽게 잘 처신하던가요?"

"더할 나위 없이 만족스러웠어요, 감지 씨. 믿으실지 모르겠습니다만 샘은 이제 가운데땅 전역에서 가장 유명한 인물 중 하나랍니다. 사람들이 여기에서 대해까지, 그리고 대하를 넘어서까지 그의 공적을 기리기 위한 노래를 만들고 있다니까요."

샘은 얼굴을 붉히며 고맙다는 듯이 프로도를 보았다. 로지가 눈을 반짝이며 그에게 미소를 보내고 있었던 것이다.

"샘이 이상한 무리들과 어울렸다는 것은 알겠지만 아직 믿기 어려운 것이 많군요. 옷은 어떻게 된 겁니까? 갑옷이 잘 어울리건 아니건 간에 난 갑옷 입는 건 반대랍니다."

농부 초막골 가족과 손님들은 다음 날 아침 일찍 일어났다. 밤새 아무 소리도 들리지 않았으나 얼마 안 있어 큰 소동이 벌어질 게 틀림없었다.

"골목쟁이집에는 악당이 한 놈도 남지 않은 모양인데. 하지만 삼거리마을에서 언제 몰려올지 모르지."

초막골이 말했다.

아침 식사 후 툭 집안에서 보낸 전령이 말을 타고 왔다. 그는 활기에 차 있었다.

"사인께서 저희 영지 주민들을 모두 부르셨어요. 소식은 불길처럼 퍼져 나가고 있답니다. 우리 영지를 감시하던 악당들 중에 살아남은 놈들은 모두 남쪽으로 달아났어요. 사인께서는 그 강도들을 멀리 쫓아내려고 뒤쫓아 가셨지요. 그러고도 보낼 수 있는 주민들은 모두 페레그린 씨한테 딸려서 이리 보내셨어요."

그러나 그다음 소식은 별로 좋지 않았다. 밤새 나가 있던 메리가 10시쯤 말을 타고 돌아왔다.

"6.5킬로미터쯤 떨어진 곳에 악당들이 상당수 있더군요. 그놈들은 삼거리마을에서 오는 중인데 흩어졌던 놈들도 거기 끼어든 모양이에요. 대략 백 명 정도 됩니다. 오면서 아무 데나 불을 지르고 있어요. 망할 놈들!"

그러자 초막골이 말했다.

"이제 그놈들은 대화고 뭐고 없이 무조건 죽이려 들 거야. 툭 집안에서 원병이 곧 도착하지 않는다면, 안전한 곳에 숨어서 볼 것도 없이 활을 쏘는 게 나을 거야. 일이 해결되려면 싸워야 할 거요. 프로도 씨!"

툭 집안의 호빗들은 빨리 도착했다. 피핀을 선두로 건장한 호빗 백여 명이 툭지구와 초록언덕 지방에서 행군해 왔다. 이때쯤 메리도 악당들을 상대할 만한 건장한 호빗들을 충분히 확보하고 있었다. 놈들이 가까이 왔다고 전령이 알려 왔다. 악당들은 온 마을이 자신들에 대항해 봉기한 것을 알고 있어서, 모반의 중심지인 강변마을부터 잔인하게 진압할 작정인 것 같았다. 하지만 놈들은 냉혹하긴 했지만 전술을 알 만한 지도자가 없었다. 그들은 전혀 경계도 하지 않은 채 접근해 왔다. 메리는 신속하게 전략을 세웠다.

악당들은 동부대로를 따라 터벅터벅 걸어왔고, 멈추지 않고 강변마을길로 접어들었다. 약간 경사진 오르막길의 양쪽에 높은 제방이 있었고 그 꼭대기에 나지막한 산울타리가 늘어서 있었다. 큰길에서 200미터쯤 올라가 굽은 곳을 돌았을 때 뒤집어진 농가의 낡은 수레들이 견고한 장벽을 이루고 있었다. 그들은 멈춰 섰다. 그 순간 그들은 자기들의 머리보다 약간 높은 양편 제방의 산울타리에 호빗들이 늘어서 있는 것을 알아차리게 되었다. 그들 뒤쪽에서 다른 호빗들이 들에 숨겨 놓았던 수레들을 이제 밀어 와서 퇴로를 막아 버렸다. 위쪽에서 메리가 외쳤다.

"자, 네놈들은 함정으로 걸어 들어왔다. 호빗골에서 왔던 네 동료들도 똑같았지. 한 놈은 죽었고 나머지는 포로가 됐다. 무기를 버려라! 그리고 스무 걸음 뒤로 가서 그 자리에 앉아라. 이탈하는 자에겐 무조건 활을 쏘겠다!"

그러나 악당들은 이제 이런 말에 쉽게 겁을 먹지 않았다. 몇몇은 따르려 했지만 곧 동료들이 전의를 북돋워 주는 것 같았다. 스무 명가량이 뒤로 물러서며 수레 방벽을 공격했다. 여섯이 화살에 맞았지만, 나머지는 그대로 돌격해 호빗 둘을 죽였다. 그러고 나서 끝숲 쪽으로 뿔뿔이 흩어져 달아났다. 달려가던 놈들 중 둘이 더 쓰러졌다. 메리가 뿔나팔을 크게 불자 멀리서 응답하는 소리가 들려왔다.

"저놈들은 멀리 못 갈 거야. 지금 이 지역은 온통 우리 사수들로 들끓고 있으니까."

피핀이 말했다.

오솔길 뒤쪽에 갇힌 인간들은 아직 여든 명가량이었는데 장벽과 제방을 기어오르려 했기 때문에 호빗들은 그들을 도끼로 베거나 활로 쏘아야 했다. 그러나 가장 힘세고 필사적인 놈들이 서쪽 제방을 뚫고 나왔고, 이제는 도망가기보다는 상대를 죽이는 데 열중해서 맹렬하게 호빗들을 공격했다. 몇 명의 호빗들이 쓰러졌고 나머지는 갈팡질팡하고 있을 때 동쪽 제방에 있던 메리와 피핀이 건너와 악당들을 공격했다. 메리는 혼자서 거대한 오르크처럼 생긴 사팔눈의 짐승 같은 우두머리를 해치웠다. 그러고는 자신의 통솔하에 있는 호빗들을 이끌어 왔고, 사수들을 넓은 원을 그리도록 배치함으로써 남아 있는 악당들을 포위했다.

마침내 전투는 끝이 났다. 일흔 명가량의 악당들이 죽어 들판에 쓰러졌고 열두 명은 포로로 사로잡혔다. 호빗 쪽은 열아홉 명이 죽고 서른 명가량이 부상당했다. 죽은 악당들을 수레에 싣고 근처의 오래된 모래 채취장에 묻었다. 나중에 그곳은 '전투매장지'로 불리게 되었다. 쓰러진 호빗들은 언덕 비탈의 무덤에 안장되었고, 나중에 큰 비석이 세워져 일대는 공원이 되었다. 그리하여 옛날에 북둘레에서 벌어졌던 1147년의 푸른벌판 전투 이후 샤이어에서 일어난 유일한 전투이자 마지막 전투인 1419년의 강변마을 전투가 끝이 났다. 다행히 인명 손실은 적었지만 이 전투는 『붉은책』의 한 장을 차지하게 되었고, 전투에 참가한 모든 호빗들의 이름은 명부에 기록돼 샤이어의 역사가들이 암기하게 되었다. 초막골 집안의 명성과 부는 이때부터 상당히 높아졌다. 하지만 어떤 명부에서도 가장 상위를 차지한 이름은 지휘관 메리아독과 페레그린이었다.

프로도는 전투에 참가했지만 칼을 빼진 않았고, 그의 중요한 역할은 동료들의 죽음에 격분한 호빗들이 항복한 적들을 살해하지 못하게 말린 것이었다. 전투가 끝나고 뒤처리를 맡긴 다음, 메리와 피핀, 샘은 프로도에게 갔고 초막골네와 함께 그들의 집으로 돌아갔다. 늦은 점심 식사를 마친 후 프로도는 한숨을 쉬며 말했다.

"자, 이제 그 대장을 처리할 때가 된 것 같네."

"물론이에요. 빠르면 빠를수록 좋아요. 너무 점잖게 대하지 마세요. 그놈이 악당을 끌어들였으니 놈들이 저지른 모든 해악에 책임이 있잖아요."

메리는 이렇게 말했다. 초막골은 스물네 명가량의 건장한 호빗들을 선발해 놓고 말했다.

"골목쟁이집에 악당이 남아 있지 않다는 것은 짐작일 뿐이야. 사실은 아무도 알 수 없으니까."

그들은 걸어서 출발했다. 프로도, 샘, 메리, 피핀이 앞장섰다.

이때가 그들의 인생에서 가장 큰 슬픔을 느낀 시간 중 하나였다. 그들의 눈앞에 거대한 굴뚝이 솟아 있었다. 물강을 건너 옛 마을에 다가갔을 때 새로 지은 조잡한 집들 사이로 새로 지은 방앗간이 찌그러지고 더러운 모습으로 서 있는 것이 보였다. 그 거대한 벽돌 건물은 시냇물 위쪽에 위치하여 연기와 악취를 내뿜으며 물을 오염시키고 있었다. 강변마을길의 나무들은 모조리 베어지고 없었다.

다리를 건너 언덕을 올려다보았을 때 그들은 깜짝 놀라 숨을 멈췄다. 샘이 거울에서 본 환영도 지금 눈앞에 펼쳐진 광경을 예상하게 하지는 못했던 것이다. 서쪽 편의 오래된 농장은 부서졌고 그 자리엔 타르 칠을 한 헛간들이 일렬로 늘어서 있었다. 울창하던 밤나무는 몽땅 베어졌다. 제방과 울타리도 모조리 쓰러져 있었다. 풀도 없이 짓밟힌 들판에는 커다란 수레들이 제멋대로 나뒹굴었다. 골목아랫길은 뻥하니 입을 벌린 모래와 자갈 채석장이 되었다. 그 너머 골목쟁이집은 여기저기 멋대로 세운 오두막들 때문에 보이지도 않았다.

"놈들이 그걸 베어 버렸어! '잔치나무'를 베어 버렸단 말이야!"

샘은 이렇게 소리치며 예전에 빌보가 고별 연설을 할 때 그늘을 드리워 주었던 나무가 서 있던 곳을 가리켰다. 나무는 베어진 채 들판에 나동그라져 있었다. 이것이 불행의 마지막 강타이기라도 한 듯 샘은 울음을 터뜨렸다.

그때 웃음소리가 들렸다. 방앗간 마당의 나지막한 벽 위에서 심술궂게 생긴 호빗 한 명이 빈둥거리고 있었다. 그의 얼굴은 더럽고 손도 시커멨다. 그는 빈정대듯 샘에게 말했다.

"왜 맘에 들지 않니, 샘? 넌 항상 마음이 약했지. 네 녀석이 늘 주절거리던 대로 배를 타고 떠나 버린 줄 알았는데. 그래, 무엇 때문에 돌아온 거냐? 이제 우리는 샤이어에서 할 일이 있어."

"그렇게 보이는군. 얼굴 씻을 시간은 없지만, 벽 위에 앉아 있을 시간은 있나 보지? 하지만 까끌이 씨, 이 마을에서 청산할 셈이 스무 개는 되는데, 네가 빈정거리면서 그걸 늘리지 않는 게 좋을걸. 그러지 않으면 네 지갑으로 감당 못 할 비싼 대가를 치러야 할 테니까."

까끌이네 테드는 벽에 침을 뱉었다.

"제기랄! 너희들은 날 건드릴 수 없어. 난 두목의 친구란 말이야. 너희들이 건방지게 굴면 두목이 손봐 주실 거야."

그러자 프로도가 말했다.

"샘, 저 바보에게 더 이상 말을 낭비할 필요 없어. 저렇게 망가진 호빗이 많지 않기만 바랄 뿐이네. 저건 악당들이 일으킨 온갖 피해보다 더 고약한 골칫거리로군."

그러자 메리가 소리쳤다.

"까끌이, 이 더럽고 무례한 녀석아. 게다가 셈도 할 줄 모르는 놈 같으니라고. 우린 지금 네놈의 그 고귀한 두목을 없애려고 언덕으로 올라가는 길이다. 벌써 그의 인간들은 다 처리했단 말이다."

테드의 입이 놀라 떡 벌어졌다. 바로 그 순간 그는 메리의 지시에 따라 행군해 오는 호빗들을 본 것이었다. 그는 방앗간으로 뛰어들며 나팔을 크게 불어 댔다.

"괜히 힘쓰지 말고 그만 불어라. 내게 더 좋은 게 있으니까."

메리가 웃으며 이렇게 말하고 은나팔을 꺼내 불자 그 청명한 소리는 언덕 너머로 울려 퍼졌다. 그러자 호빗골의 굴과 헛간, 초라한 집에서 호빗들이 쏟아져 나와 환호하며 일행을 따라 골목쟁이집으로 올라갔다.

오솔길 맨 위에 이르러 행렬은 멈춰 섰다. 프로도와 그 동료들만 계속 걸어가 마침내 과거에 사랑했던 옛집에 도착했다. 정원에는 오두막과 헛간들이 세워져 있었고 어떤 것들은 서쪽 창문 가까이에 세워져서 햇빛을 차단하고 있었다. 도처에 쓰레기가 쌓여 있었다. 문은 온통 흠집투성이였고, 초인종은 사슬이 풀린 채 늘어져 소리도 나지 않았다. 노크해도 아무 대답도 없었다. 기다리다 못해 문을 밀자 문은 그냥 열렸다. 온 집 안에 고약한 냄새가 진동했고 오물이 가득 차 있어 엉망진창이었다. 오랫동안 아무도 살지 않은 듯했다.

"그 형편없는 로소란 놈은 어디 숨은 거야?"

메리가 말했다. 그들은 방마다 샅샅이 찾아보았지만 쥐새끼들 말고는 살아 있는 것이 보이지 않았다.

"헛간을 좀 뒤져 보라고 할까?"

그러자 샘도 덧붙였다.

"이건 모르도르보다 지독한데요. 한 가지 점에서 훨씬 더 지독해요. 이른바 가슴에 사무치게 와 닿으니까요. 여긴 내 고향이고 난 예전의 아름다웠던 모습을 아직도 생생하게 다 기억하는데."

"그래, 이게 바로 모르도르라네. 모르도르가 만들어 낸 작품이니까 말이야. 사루만은 스스로를 위해 일하고 있다고 생각할 때도 실은 모르도르의 일을 하고 있었던 거야. 로소처럼 사루만에게 넘어간 자도 마찬가지지."

프로도가 말하자 메리도 혐오감을 느끼고 주위를 둘러보며 말했다.

"나갑시다. 그 작자가 일으킨 이 모든 재앙을 진작 알았더라면 내 쌈지를 사루만의 목구멍에다 처넣는 건데."

"물론, 물론이야! 하지만 그렇게 하지 않았으니 내가 너희들의 귀향을 이렇게 환영해 줄 수 있는 거지."

문가에 사루만이 서 있었다. 그는 배부르고 흡족한 듯이 보였으며 눈은 적의와 즐거움으로 이글거렸다.

갑자기 프로도는 이 모든 상황을 이해했다.

"샤르키!"

사루만은 웃으며 말했다.

"그래, 너도 그 이름을 들었나 보지? 아이센가드에서 부하들이 그렇게 불렀지. 아마 애정의 표시일 거야. ('샤르키'는 아마도 오르크어 '샤르쿠(노인)'에 어원을 둔 것 같다.) 그렇지만 날 여기서 보게 되리라곤 예상 못 했겠지."

"예상치 못했소. 하지만 이건 짐작할 수 있었지요. 비열한 방법으로 작은 해악을 끼칠 거라고. 간달프는 아직 당신에게 그 정도의 힘은 남아 있다고 경고했었소."

"물론 할 수 있지. 그리고 작은 해악 이상의 것도 일으킬 수 있고 말이야. 너희들은 날 웃겼어. 너희 시시한 호빗 영주들이 위대한 이들과 함께 말을 달리고 또 하찮은 자신들의 존재에 한심하게도 기빠하는 꼴이라니. 너희들은 모든 일을 잘 끝냈으니 이제 느긋하게 돌아와 이 시골에서 편안하고 멋진 나날을 보내리라 생각했겠지. 사루만의 집은 파괴될 수 있고 사루만을 쫓아낼 수 있어도 너희들 집은 아무도 건드릴 수 없으리라 생각했단 말이지. 그래! 간달프가 돌봐 줄 테니까."

사루만은 다시 웃음을 터뜨리며 말을 이었다.

"그가 그렇게 해 줄 것 같아? 그는 너희 졸개들이 맡은 일을 끝내면 내던져 버리는 거야. 그런데도 네놈들은 그 뒤를 쫓아다니며 꾸물거리고 수다를 떨면서 필요 이상으로 두 배가 넘는 거리를 돌아왔지. 그래서 난 '저놈들이 저런 멍청이들이라면 내가 먼저 가서 한 수 가르쳐 줘야겠군. 한 가지 못된 짓을 저지르면 다른 못된 짓을 당하게 된다는 것을 말이야.'라고 생각했지. 시간과 인원이 좀 더 충분했다면 더 뼈저린 교훈을 줄 수 있었을 텐데. 하지만 이미 너희들이 평생 일해도 개선하거나 원상태로 복구할 수 없을 만큼 많은 일을 해 놨어. 그러니 그것을 생각하며 내가 입은 손해와 견주어 보면 즐거울 거야."

"그런 일에서 즐거움을 느끼다니, 당신이 안쓰럽군요. 그저 기억의 즐거움에 지나지 않을 테니 말이지요. 이제 당장 떠나서 다시는 돌아오지 마시오!"

마을의 호빗들은 사루만이 어느 헛간에서 나오는 것을 보았고 즉시 골목쟁이집 문 앞에 몰려들었다. 그들은 프로도의 말을 듣고 분개하며 중얼거렸다.

"저놈을 그냥 가게 내버려 두면 안 돼! 저놈을 죽여야 해! 악당! 살인자! 저놈을 죽여!"

사루만은 호빗들의 적의에 찬 얼굴을 둘러보며 미소를 지었다. 그러고는 조롱하듯 말했다.

"죽이라고? 용감한 호빗들! 자신 있다면 죽여 보시지 그래!"

그는 가까이 다가가서 검은 눈으로 음흉하게 그들을 바라보았다.

"하지만 내가 가졌던 것을 다 잃었다고 해서 내 능력이 모조리 사라졌다고 생각하면 오산이야. 나를 쓰러뜨리는 자는 저주받을 것이다. 내 피가 샤이어에 얼룩진다면 이곳은 황폐해지고 다시는 치유되지 못할 것이다."

호빗들이 주춤했으나 프로도가 말했다.

"그의 말을 믿지 마시오! 그는 상대를 위협하고 속일 수 있는 목소리를 빼곤 모든 능력을 잃었소. 하지만 그를 죽여서는 안 됩니다. 복수를 복수로 갚는 것은 무익한 일이고, 또 어떤 것도 치유하지 못합니다. 가시오, 사루만. 가장 빠른 길로 떠나시오!"

"뱀! 뱀!"

사루만이 부르자 가까이 있는 오두막에서 뱀혓바닥이 개처럼 기어나왔다.

"다시 길에 나서게 됐다, 뱀! 이 멋진 분들과 영주들께서 우리를 또 내쫓으신단다. 가자!"

사루만이 가려고 돌아섰고, 뱀혓바닥은 발을 질질 끌며 그 뒤를 따랐다. 그러나 사루만이 프로도 옆을 지날 때 그의 손에서 칼이 번쩍였다. 그는 재빨리 프로도를 찔렀다. 그러나 칼날이 숨겨진 갑옷에 부딪쳐 딱 부러지고 말았다. 샘이 이끄는 열두 명의 호빗이 고함을 지르며 앞으로 뛰어나와 악당을 땅에 내동댕이쳤다. 샘은 칼을 뽑았다. 그러나 그 순간 프로도가 소리쳤다.

"안 돼, 샘! 지금도 그를 죽여선 안 돼. 날 해치진 못했잖아. 난 어떤 경우라도 그가 이런 나쁜 방식으로 살해되는 걸 바라지 않아. 한때 위대한 자였고, 우리가 감히 손을 들어 공격할 수 없는 고귀한 출신이었어. 이제 그는 몰락했고, 그를 치유하는 것은 우리 능력 밖의 일이야. 하지만 나는 그래도 그의 목숨을 살려 주고 싶어. 스스로 치유하는 길을 찾기를 바라면서."

사루만은 일어서서 프로도를 바라보았다. 그의 눈에는 경이와 존경, 그리고 증오가 뒤섞인 미묘한 빛이 떠올랐다. 그는 입을 열었다.

"호빗, 많이 성장했구나. 그래, 대단히 많이 자랐어. 이제 현명해지고 또 잔인해졌군. 내 복수의 달콤함을 빼앗아 가고 거기다 자비의 빚을 더해 주니 말이야. 이제 나는 쓰라린 마음으로 가는 수밖에 없군. 너의 그 자비가 가증스러워! 자, 이제 떠나서 다시는 너를 괴롭히지 않겠다. 그렇지만 네게 건강과 장수를 빌어 줄 거라고 기대하진 마라. 너는 그 어느 것도 누리지 못할 테니까. 하지만 그건 내 소행이 아니야. 그저 예언할 뿐이지."

그는 걸음을 옮겼고, 호빗들은 그에게 길을 열어 주었다. 그러나 무기를 움켜쥔 그들의 손가락 관절은 너무 힘을 준 나머지 하얗게 되었다. 뱀혓바닥은 망설이다가 그의 주인을 따라갔다.

프로도가 그를 불렀다.

"뱀혓바닥! 당신은 따라갈 필요가 없소. 당신은 내게 악한 일을 하지 않았소. 좀 더 건강해져 당신의 길을 갈 수 있을 때까지 여기서 얼마간 음식도 먹고 쉴 수 있게 해 주겠소."

뱀혓바닥은 멈춰 서더니, 머물고 싶은 마음이 얼마간 있는지 뒤돌아보았다. 사루만이 돌아섰다.

"악한 일을 한 적이 없다고?"

그는 찢어지는 웃음소리를 냈다.

"아, 없겠지! 밤중에 살짝 밖에 나갔을 때도 그냥 별을 보러 간 거겠지. 그런데 불쌍한 로소가 어디 있는지 누가 물어보았던가? 뱀, 네놈은 알고 있지, 안 그래? 자, 말 좀 해 보실까?"

그 말에 뱀혓바닥은 겁을 먹고 훌쩍거렸다.

"안 돼, 안 돼요!"

"그렇다면 내가 말해 주지. 그 불쌍하고 조그만 녀석, 너희들의 친애하는 두목을 뱀혓바닥이 죽였지. 그렇지, 뱀? 틀림없이 잠자는 놈을 찔러 죽였을 거야. 제대로 매장이나 했는지 모르겠군. 뱀이 최근에 무척 굶주렸는데 말이야. 자, 뱀은 그다지 착한 놈이 아니야. 이 녀석은 내게 맡기는 게 좋을걸."

뱀혓바닥의 붉은 눈에 거친 증오의 빛이 떠올랐다.

"당신이 시켰잖아요, 당신이!"

그는 쉿쉿 소리를 냈다. 사루만은 비웃듯 말했다.

"넌 항상 샤르키가 말하는 대로 하지, 안 그래, 뱀? 자, 이제 그가 명령한다. 따라와!"

그러고 나서 그는 기어가는 뱀혓바닥의 얼굴을 발로 차 넘어뜨리고는 돌아서서 걸어갔다. 그러나 그 순간 딱 하는 소리가 났다. 갑자기 뱀혓바닥이 일어서더니 숨겨 두었던 칼을 꺼내 개처럼 으르렁거리며 사루만의 등으로 뛰어올라 그의 머리를 뒤로 잡아당겨 목을 자르고는 고함을 지르며 길을 달려갔다. 프로도가 정신을 차리고 뭐라 말하기도 전에 세 발의 호빗 화살이 시위를 울리며 날아가 뱀혓바닥의 몸을 꿰뚫었다.

주위에 모여 있던 호빗들은 경악했다. 그도 그럴 것이 사루만의 시신 주위에 회색빛 안개가 끼더니, 불에서 나온 연기처럼 천천히 높은 곳으로 올라가서, 수의를 입은 흐릿한 형상처럼 언덕 위에 어렴풋이 보였다. 잠시 그것은 흔들리며 서쪽을 바라보았으나 서쪽에서 차가운 바람이 불어오자 방향을 돌렸고 한숨 소리와 함께 흩어져서 사라져 버렸다.

프로도는 안쓰럽고 두려운 마음으로 시신을 내려다보았다. 그가 바라보는 동안 그 시신은 마치 오랜 세월이 지난 주검이 갑자기 모습을 드러낸 것처럼 오그라들었고, 쭈글쭈글한 얼굴은 두개골에 누더기가 된 살을 덮어 놓은 것처럼 보였다. 프로도는 그 옆에 아무렇게나 펼쳐진 더러운 망토 자락으로 시신을 덮고 몸을 돌렸다. 샘이 입을 열었다.

"자, 저렇게 종말을 맞았군요. 참 역겨운 종말이에요. 그런 꼴을 볼 필요가 없었더라면 더 좋았을 걸. 하지만 시원하게 제거되었군요."

"이것이 전쟁의 마지막 끝일 거예요."

메리가 말하자 프로도 역시 한숨을 쉬며 말했다.

"나도 그렇기를 바라네. 이것이 마지막 일격이기를. 하지만 바로 여기 골목쟁이집의 문 앞에서 벌어지다니! 내 모든 희망과 두려움 속에서도 적어도 이런 일은 예상하지 못했어."

그러자 샘이 우울하게 말했다.

"전 이 아수라장을 깨끗이 정돈할 때까지 끝이라고 말하지 않겠어요. 많은 시간과 노력이 필요할 거예요."

Chapter 9

회색항구

그 아수라장을 다 정돈하려면 물론 많은 노력이 필요했지만, 샘이 우려했던 것만큼 시간이 오래 걸리지는 않았다. 전투 다음 날 프로도는 큰말로 가서 감옥굴의 죄수들을 풀어 주었다. 그들이 찾아낸 첫 번째 호빗은 이제는 뚱뚱하지 않은 뚱보 프레데가 볼저였다. 그는 스카리언덕 근처 오소리굴에 숨어 있다가 악당들이 굴에 연기를 피워 반역자들을 체포할 때 자기가 이끈 일단의 호빗 반역자들과 함께 잡혔던 것이다.

"자네도 우리와 같이 가는 편이 더 좋았을 텐데, 불쌍한 프레데가!"

너무 쇠약해져서 걸음을 옮기지 못하는 그를 부축하며 피핀이 말했다. 그는 간신히 한쪽 눈을 뜨고 용감하게 미소를 지으려 애쓰며 작은 소리로 말했다.

"아니, 이 목소리 큰 거인은 도대체 누구지? 꼬마 피핀이 아니잖아! 지금 자네 모자 치수가 어떻게 되나?"

그리고 로벨리아도 있었다. 불쌍하게도 좁고 어두운 감방에서 나온 그녀는 무척 늙고 여위었지만 그런데도 자기 발로 절뚝거리며 걷겠다고 고집을 부렸다. 그녀는 환영을 받았다. 여전히 우산을 잡은 채 프로도의 팔에 기대 걸어 나왔을 때 호빗들은 손뼉을 치며 환호했다. 그녀도 큰 감동을 받고 눈물을 흘렸다. 그녀는 평생 호빗들 사이에서 평판이 좋지 않았던 것이다. 그런데 로소가 살해되었다는 소식을 듣고는 충격을 받아 골목쟁이집으로 돌아가려 하지 않았다. 그녀는 골목쟁이집을 프로도에게 돌려주고 억센터의 조임띠네 친척들에게로 갔다.

이듬해 봄에 그 가엾은 노파가 죽었을 때(그녀는 이미 100살이 넘었다) 프로도는 무척 놀랐고 또 감동받았다. 그녀는 그 혼란으로 집을 잃은 호빗들을 위해 쓰라고 자신의 돈은 물론 로소의 재산 중에 남은 것 모두를 그에게 남겨 주었다. 그리하여 골목쟁이 가문의 불화는 끝이 났다.

하얀발네 윌 영감은 누구보다도 오래 감옥굴에 있었지만 다른 호빗들보다는 덜 가혹한 대우를 받은 것 같았다. 그러나 그도 시장의 임무를 다시 떠맡기 전에 충분히 회복할 시간이 필요했다. 그래서 하얀발이 건강을 되찾을 때까지 프로도가 그 대리인으로 일하기로 동의했다. 시장 대리로서 프로도가 한 일은 파수꾼들에게 본연의 임무를 되찾아 주고 그 수를 줄인 것뿐이었다. 악당들의 잔존 세력을 소탕하는 일은 메리와 피핀에게 맡겼는데, 그 일도 오래지 않아 끝났다. 남쪽의 강도들은 강변마을 전투 소식을 들은 후 사인에게 저항다운 저항도 못 하고 달아나 버렸다. 연말이 되기 전에 얼마 남지 않은 생존자들은 숲에서 체포되었고, 투항한 자들은 경계 지역으로 보내졌다.

그동안 복구 작업은 급속히 진행되었고, 샘은 아주 바쁘게 뛰어 다녔다. 호빗들은 필요할 때면,

그리고 기분이 내키면, 꿀벌처럼 열심히 일할 수 있었다. 작지만 민첩한 호빗 소년 소녀들의 손부터 닳고 각질이 있는 노인 손에 이르기까지 모든 연령대의 호빗 수천 명이 기꺼이 일손을 제공했다. 율(샤이어력에서 한 해의 첫날과 마지막 날. 이 이틀은 어느 달에도 속하지 않는다. — 역자 주)이 되기 전에 '샤르키의 부하'들이 지었던 오두막들과 건물들은 벽돌 한 장 남지 않고 흔적도 없이 사라졌고, 그 벽돌들은 오래된 토굴집들을 좀 더 안락하고 건조하게 복구하는 데 사용됐다. 헛간과 광, 버려진 토굴, 그리고 특히 큰말의 지하도와 스카리의 오래된 채석장에서 악당들이 숨겨 놓았던 많은 양의 음식과 맥주가 발견되었다. 그래서 그해 율은 예상보다 훨씬 활기에 넘쳤다.

새 방앗간을 헐어 내기 전에 호빗골에서 이루어진 첫 번째 일은 언덕과 골목쟁이집 주위를 치우고 골목아랫길을 복구하는 것이었다. 새 모래 구덩이의 앞쪽을 평평하게 다듬어 넓은 그늘진 정원을 만들었고, 남쪽에 새 굴들을 파서 굴의 뒤쪽이 언덕으로 들어가게 했고, 벽돌로 굴 안을 댔다. 샘의 아버지는 '3번지'를 되찾았다. 그는 누가 듣건 말건 상관하지 않고 이런 말을 했다.

"내가 늘 말했듯이, 역풍이 불어도 누군가에게는 이익이 되는 법이야. 그리고 끝이 더 좋으면 만사가 다 좋은 법이지."

새로 난 길에 어떤 이름을 붙여야 할지 토론이 벌어졌다. '전투정원'이라는 안도 있었고 '더 나은 스미알'이라는 안도 있었다. 그러나 분별 있는 호빗들이 으레 그렇게 해 왔듯이 그것은 얼마 후 그저 '새 길'이라고 불렸다. 그것을 '샤르키의 말로'라고 부르는 것은 순전히 강변마을 주민들의 농담이었다.

이번 일로 가장 큰 손실과 피해를 입은 것은 나무였다. 샤르키의 명령에 따라 샤이어 전역에서 나무들이 무자비하게 베어졌던 것이다. 샘은 무엇보다도 이것을 슬퍼했다. 왜냐하면 이 손실은 복구하는 데만 오랜 세월이 걸릴 테고, 그의 증손주 대가 되어야 샤이어의 본래 모습으로 돌아올 거라고 생각했던 것이다.

그는 몇 주간 너무도 바빠서 지나간 모험에 대해 생각할 겨를이 없었다. 그런데 어느 날 갑자기 갈라드리엘의 선물이 떠올랐다. 그는 그 상자를 꺼내 다른 여행자들(호빗들은 그들 일행을 이렇게 불렀다)에게 보여 주며 조언을 구했다.

"자네가 언제쯤 그것을 기억해 낼지 궁금했지. 열어 보게."

프로도가 말하자 샘은 상자를 열었다. 안에는 부드럽고 미세한 회색 가루가 가득 들어 있었고, 중앙에는 은빛 결이 있는 작은 호두처럼 생긴 씨앗이 하나 있었다.

"이것으로 무얼 할 수 있을까요?"

샘이 말하자 피핀이 제안했다.

"바람 부는 날 공중에다 뿌리고 어떻게 되는지 두고 보지요."

"어디에서?"

이 말에 이번에는 메리가 대답했다.

"한 곳을 묘목장으로 골라서 그곳 식물들이 어떻게 되나 보지요."

"하지만 이렇게 많은 주민들이 고통당했는데 이걸 모두 내 정원에다 뿌리면 갈라드리엘이 좋아하지 않으실 거야."

이번에는 프로도가 말했다.

"샘, 자네가 가진 모든 기지와 지혜를 다 발휘해 보게. 그러고 나서 자네의 작업에 도움이 되고 향상시키도록 그 선물을 사용하게나. 아주 아껴서 말이야. 많지는 않지만 알갱이 하나하나가 다 가치 있는 걸 거야."

샘은 특히 아름답고 사랑스러운 나무가 있던 곳들을 찾아다니며 묘목을 심고 흙 속 뿌리에 그 귀중한 가루를 조금씩 뿌렸다. 그는 이 일을 하느라 샤이어 전역을 오르내렸는데, 그가 호빗골과 강변 마을에 특히 관심을 쏟았다고 해서 비난할 이는 아무도 없었다. 마침내 이제 소량의 가루밖에 남지 않았다. 샘은 샤이어의 중심이라 할 수 있는 세둘레 경계석으로 가서 축복하며 남은 가루를 공중에 날렸다. 그 조그만 은빛 씨앗은 과거에 잔치나무가 있었던 잔치정원에 심었다. 그는 어떤 일이 일어날지 궁금했다. 겨우내 최대한 참을성을 발휘했지만 무슨 일이 있는지 끊임없이 나가 보고 싶은 마음을 억제하느라 힘들었다.

그가 얼토당토 않은 희망을 품었더라도 봄이 되자 그것을 훨씬 능가하는 일이 벌어졌다. 그의 나무들은 마치 시간이 촉박해서 20년 동안에 할 일을 1년에 다 하려는 듯이 싹을 틔우고 자라나기 시작했다. 잔치 마당에는 아름답고 싱싱한 나무가 솟아났다. 그 나무는 은빛 껍질과 기다란 잎사귀를 갖고 있었는데 4월이 되자 황금빛 꽃망울을 터뜨렸다. 그것은 정말로 말로른이었고, 그 지역의 명물로 여겨졌다. 그다음 해부터 더욱더 아름답고 품위 있게 자라나 그 나무는 널리 알려졌으며, 그것을 보기 위해 긴 여행을 오는 이들도 적지 않았다. 안개산맥 서쪽과 대해 동쪽에 있는 유일한 말로른이었으며, 세상에서 가장 아름다운 나무들 중 하나였다.

샤이어의 1420년은 참으로 경이로운 한 해였다. 제 시기에 맞춰 딱 적합한 햇볕이 내리쬐고 달콤한 비가 내렸을 뿐 아니라, 그 이상의 무언가가 있는 것 같았다. 풍요와 성장의 분위기가 무르익었고, 가운데땅에서 반짝이다 사라져 가는 여름의 아름다움을 능가하는 아름다운 빛이 감돌았다. 그 해에 태어나거나 잉태된 아이들은 (그 어느 해보다도 아이들이 많이 태어났는데) 모두 아름답고 건강했으며, 대체로 예전의 호빗들에게는 흔치 않았던 황금빛 머리카락을 가지고 있었다. 과일이 풍성하게 수확돼 어린 호빗들은 딸기와 크림으로 목욕할 지경이었다. 아이들은 자두나무 아래 풀밭에 앉아 한번 먹기 시작하면 산더미를 만들고서야 일어났다. 그건 마치 정복자가 적의 머리를 쌓아 놓은 모습 같았다. 병에 걸린 이도 없었고, 풀도 너무 잘 자라 제초를 담당한 호빗을 제외하곤 모두 좋아했다. 남둘레의 포도나무는 열매가 많이 달려 가지가 축 늘어졌으며 연초 생산량도 놀라웠다. 모든 곳에서 많은 곡물이 수확되어 추수기에는 헛간마다 빈 공간이 없었다. 북둘레의 보리는 특히 훌륭해 1420년산 맥주는 오랫동안 기억되었고 하나의 전설이 되었다. 실제로 한 세대가 지난 후에도 한 노인이 주막에서 자신의 노고에 값하는 맛 좋은 맥주를 한 파인트 마시고는 한숨을 쉬며 "1420년산 맥주는 정말 훌륭했어."라고 말하는 소리를 들을 수 있었다.

샘은 처음에 프로도와 함께 초막골네 집에 머물렀다. 그러나 '새 길'이 완성되자 아버지와 함께 옮겨 갔다. 다른 일 말고도 그는 골목쟁이집을 치우고 복구하는 일을 지휘하느라 바빴다. 종종 샤이어를 떠나 숲에서 일하기도 했다. 그래서 그는 3월 초에 집에 있지 않았고 프로도가 아프다는 사실을 알지 못했다. 그달 13일에 농부 초막골은 프로도가 침대에 누워 있는 것을 보았다. 그는 목걸이에 달린 흰 보석을 움켜쥐고 있었으며 반쯤 꿈을 꾸고 있는 듯했다. 그는 이렇게 중얼거렸다.

"영원히 가 버렸어. 이제 모든 것이 어둡고 텅 비었어."

그러나 이 증세는 곧 사라졌다. 25일에 샘이 돌아왔을 때 프로도는 회복되었고 자신에 대해 한마디도 말하지 않았다. 그동안 골목쟁이집은 정리가 끝났고, 메리와 피핀이 옛 가구와 가재도구를 다 가지고 크릭구렁에서 돌아와 그 오래된 굴은 곧 예전의 모습을 되찾았다.

마침내 모든 준비가 끝나자 프로도가 말했다.

"자넨 언제 이사해서 나와 같이 살 텐가, 샘?"

프로도의 말에 샘은 좀 난처한 표정이었다.

"자네가 원치 않는다면 아직은 올 필요 없어. 하지만 아버님이 가까이 계시니 좋지 않은가. 그리고 과수댁 럼블 부인이 아버님을 잘 보살펴 드릴 거야."

"그게 아니에요, 프로도 씨."

샘의 얼굴은 새빨개졌다.

"그렇다면 뭔가, 샘?"

"로지, 초막골네 로즈 말이에요. 그녀는 제가 다른 곳에 가는 것을 좋아하지 않는 것 같아요. 아직 제가 터놓고 말한 적이 없으니 그녀도 그런 말은 할 수 없었지만요. 그런데 제가 말하지 않았던 것은 먼저 할 일이 있었기 때문이에요. 그런데 이제 말을 했더니 이렇게 대답하더군요. '당신은 1년을 낭비했는데 왜 더 기다려야 해요?' 그래서 전 이렇게 말했어요. '낭비했다고? 나라면 그렇게 얘기하지 않겠어.' 하지만 그녀가 무슨 뜻으로 그런 소리를 했는지 저도 이해해요. 제 자신이 둘로 갈라진 느낌이 들어요."

"알겠네. 자넨 결혼하고 싶고, 그렇지만 나와 함께 골목쟁이집에 살고도 싶다고? 그렇다면 여보게, 얼마나 쉬운 일인가? 가급적 빨리 결혼하게. 그리고 로지와 함께 옮겨 오게. 자네가 아무리 대가족을 바라더라도 골목쟁이집의 방은 충분하니까 말이야."

그렇게 그 일은 결정되었다. 감지네 샘은 초막골네 로즈와 1420년 봄(수많은 결혼식이 있었던 해였기 때문에도 그해는 오래 기억되었다)에 결혼했고, 골목쟁이집에 와서 살았다. 샘이 스스로를 행운아라고 생각했다면, 프로도는 자신이 더 행운아라는 것을 알고 있었다. 왜냐하면 샤이어를 통틀어 자신처럼 정성스러운 보살핌을 받는 호빗은 없었기 때문이다. 복구 작업이 계획되고 진행되고 있을 동안 그는 조용히 시간을 보내면서 많은 글을 썼고 자신의 기록들을 살펴보았다. 그해 하지에 열린 '자유시장'에서 그는 시장 대리직을 사임했고, 하얀발 윌 영감이 다시 7년간 연회를 주관하는 임무를 맡았다.

메리와 피핀은 얼마간 크릭구렁에서 함께 살았고, 노룻골과 골목쟁이집 사이에는 꾸준한 왕래가 있었다. 두 젊은 여행자는 자신들의 노래와 이야기, 장신구와 경이로운 방문객들로 샤이어에서 이채로운 존재가 되었다. 주민들은 그들이 '귀족적'이라고 말했는데, 그 말은 좋은 의미를 지닌 것이었다. 그들이 빛나는 갑옷을 입고 멋진 방패를 든 채 먼 곳의 노래를 부르며 말을 달리는 것을 보면 호빗들은 마음이 들떴다. 그들은 키가 컸고 건장해졌지만 다른 면에서는 별로 변하지 않았다. 그러나 예전보다 정중하고 더 명랑하고 쾌활해진 것이 달라졌다면 달라진 점이었다.

그러나 프로도와 샘은 필요할 때만 섬세하게 직조된 긴 회색 망토를 입고 아름다운 브로치로 목 부분을 고정시킬 뿐 평상시에는 일상적인 옷차림을 즐겼다. 프로도는 흰 보석이 달린 목걸이를 항상 목에 걸고 있었으며 종종 보석을 만졌다.

이제 모든 일이 순조롭게 풀려 나갔고 앞으로 더 나아지리라는 희망이 만연했다. 그리고 샘은 어느 호빗보다도 바쁘고 즐거웠다. 프로도에 대한 막연한 불안감을 제외하면 그해에는 어떤 근심거리도 없었다. 프로도는 샤이어에서 일어나는 모든 일에서 조용히 물러났다. 그래서 그가 고향에서 합당한 대우를 받지 못하는 것 같아 샘은 가슴 아팠다. 그의 공적이나 모험에 대해서 아는 이도 없었고, 또 알려고 하는 자도 없었다. 그들의 찬사와 존경은 대개 메리아독과 페레그린에게, 그리고 (샘 자신은 잘 모르고 있었지만) 샘에게 쏟아졌다. 가을이 되자 옛 고통의 그림자가 다시 드러났다.

어느 날 저녁 샘이 서재에 들어갔을 때 프로도가 왠지 아주 이상하게 보였다. 그는 매우 창백했으며 눈은 먼 곳을 바라보는 것 같았다.

"프로도 씨, 무슨 일이세요?"

"난 상처를 입었지. 상처를 입었어. 결코 치유될 수 없는 상처야."

그러나 그는 얼마 후 회복되었고, 고통도 사라진 것 같아 보였다. 한참 후에야 샘은 그날이 10월 6일이라는 것을 알았다. 2년 전 그날 그들은 바람마루 아래 작은 계곡에서 암울한 고통의 시간을 보낸 바 있었다.

시간이 흘러 1421년이 되었다. 프로도는 3월이 되자 다시 앓았지만, 신경 쓸 일이 많았던 샘에게 그 사실을 애써 숨겼다. 3월 25일 샘과 로지의 첫 아기가 태어났다. 샘은 그날을 기록해 두었다.

"저, 프로도 씨, 전 지금 곤란한 처지예요. 프로도 씨께서 허락하신다면 우린 첫 아기 이름을 프로도라 짓고 싶었어요. 그런데 사내애가 아니라 딸애가 태어났지 뭐예요. 다행히 저보다는 로즈를 많이 닮아서 아주 예뻐요. 그래서 어떻게 해야 할지 모르겠어요."

"샘, 옛 관습이 좋지 않을까? 로즈처럼 꽃 이름을 따게나. 샤이어의 여자아이들 가운데 절반은 꽃 이름을 따서 부르지 않나. 이보다 좋은 이름이 있을까?"

"프로도 씨 말씀이 옳아요. 여행 중에 아름다운 꽃 이름을 몇 가지 듣긴 했지만 그 이름들은 매일 부르고 쓰기에는 좀 거창한 것 같아요. 아버지는 늘 '이름은 짧게 지어라. 그래야 부르기 전에 다시 짧게 줄일 필요가 없으니까.' 하고 말씀하셨지요. 하지만 꽃 이름이라면 길어도 상관없어요. 물론 아름다운 꽃이어야 하지요. 제 생각엔 아기가 지금도 아주 예쁘지만 앞으론 더 아름다워질 것 같아요."

프로도는 잠깐 생각에 잠겼다.

"그럼, 샘, 엘라노르가 어떨까? 로슬로리엔의 초원에서 본 그 자그마한 금빛 꽃, 태양별이라는 뜻을 지닌 그 꽃 말이야."

"좋아요! 그게 바로 제가 원하던 거예요."

샘은 기뻐서 소리를 질렀다.

어린 엘라노르가 거의 6개월쯤 되었고 1421년도 가을에 접어들었을 무렵, 프로도는 샘을 서재로 불렀다.

"목요일이 빌보 아저씨 생신이라네, 샘. 그러면 그분은 툭 노인을 능가하는 거야. 백서른한 살이 되시니까."

"그렇군요. 정말 놀라운 분이세요."

"그런데 샘, 자네와 내가 함께 떠날 수 있도록 로즈 혼자 지낼 수 있을지 알아봐 주겠나? 물론 이제 자넨 멀리 갈 수도, 오래 떠나 있을 수도 없겠지만 말이야."

프로도는 약간 아쉬운 듯이 말했다.

"물론 그럴 수야 없지요, 프로도 씨."

"그렇겠지. 하지만 걱정 말게. 자네는 내가 가는 길을 볼 수 있을 걸세. 로즈에게 자네가 아주 오래 떠나 있지는 않을 거라고, 두 주 이상은 걸리지 않을 거라고 말해 주게. 자네는 안전하게 돌아올 테고."

"전 당신과 함께 깊은골까지 가서 빌보 어른을 뵐 수 있으면 좋겠어요. 하지만 제가 진정으로 있고 싶은 곳은 바로 여기예요. 제 마음은 이렇게 둘로 갈라져 있어요."

"가엾은 샘. 그렇게 느껴지겠지. 하지만 곧 나아질 걸세. 자네는 충실하고 온전한 성품을 갖도록 태어났고, 앞으로도 그럴 걸세."

다음 하루 이틀 동안 프로도는 샘과 함께 자신의 원고와 글을 훑어보았고 그의 열쇠를 넘겨주었다. 무늬 없는 붉은 가죽 표지로 둘러싸인 큰 책이 있었는데, 그 긴 낱장들은 이제 거의 채워져 있었다. 처음에는 많은 낱장들이 가늘고 꾸불꾸불한 빌보의 필체로 채워져 있었지만, 대부분은 확고하고 유려한 프로도의 필체로 쓰여 있었다. 그 책은 여러 장(章)으로 나뉘어 있었는데 제80장은 완성되지 않았고, 그다음에는 빈 낱장들이 남아 있었다. 속표지에는 여러 제목이 쓰여 있었는데 하나씩 차례로 줄을 그어 지워졌다.

나의 일기. 나의 뜻밖의 여행. 그곳으로 그리고 다시 이곳으로. 그 이후 무슨 일이 벌어졌는가.

다섯 호빗의 모험. 위대한 반지의 이야기: 골목쟁이네 빌보가 자신의 관찰과 친구들의 기록을 토대로 편집함. 반지전쟁에서 우리는 무엇을 했는가.

여기서 빌보의 필체는 끝났고 다음은 프로도가 쓴 것이었다.

반지의 제왕의

몰락과

왕의 귀환

(작은 이들이 본 바를 기록함.

샤이어의 빌보와 프로도의 회고록.

친구들의 기록과 현자들의 지식으로 보완되었음.)

깊은골에서 빌보가 번역한 '전승록'의 초록을 첨부함.

"아니, 거의 다 끝내셨군요, 프로도 씨! 끈기 있게 작업을 해 오셨네요."
샘은 경탄해 외쳤다.
"거의 끝냈어, 샘. 마지막 장은 자네를 위한 거라네."

9월 21일에 그들은 함께 출발했다. 프로도는 미나스 티리스에서부터 내내 그를 태우고 왔던, 지금은 성큼걸이라 불리는 조랑말을 탔고, 샘은 사랑하는 빌을 타고 떠났다. 아름다운 황금빛 아침이었고 샘은 어디로 가는지 묻지 않았다. 짐작할 수 있을 것 같았다.

그들은 가녘말길에 들어서 구릉들을 넘었고 끝숲을 향해 나아갔다. 조랑말들이 마음대로 걷도록 내버려 두었다. 초록언덕 지방에서 야영을 한 후 9월 22일 해가 기울어 갈 무렵 천천히 내려가서 숲의 입구에 들어섰다.

"암흑의 기사들이 처음 나타났을 때 바로 저 나무 뒤에 숨지 않았었나요, 프로도 씨? 그 일이 지금은 꿈만 같아요."

샘은 왼쪽을 가리키며 말했다.

저녁이 되었다. 동쪽 하늘에서 별들이 반짝이고 있을 때 그들은 부러진 참나무를 지나 방향을 돌렸고 개암나무 숲 사이의 언덕길을 따라 내려갔다. 샘은 말없이 기억에 잠겨 있었다. 이내 그는 프로도가 나지막히 혼자 부르는 노래를 의식하게 되었다. 오래된 여행 노래였지만 가사는 똑같지 않았다.

아직 모퉁이를 돌면 기다리고 있을 거야,
새로운 길이나 비밀의 문이.
종종 지나쳤지만
언젠가 그날이 오면
달의 서쪽, 태양의 동쪽에 나 있는
숨은 길을 따라갈 거야.

그런데 마치 그 노래에 응답하듯이 저 아래 계곡에서 길을 오르며 어떤 목소리들이 노래했다.

아! 엘베레스 길소니엘!
실리브렌 펜나 미리엘
오 메넬 아글라르 엘레나스
길소니엘, 아! 엘베레스!
우린 아직 기억한다네,
이 먼 땅에서 숲속에 거주하는 우리는,
서쪽바다에 비치는 별빛을.

프로도와 샘은 멈추었고 옅은 그늘에 말없이 앉았다. 마침내 여행자들이 그들을 향해 다가오면서 가물거리는 불빛이 보였다.

길도르를 비롯한 많은 아름다운 요정들이었다. 함께 말을 달려온 엘론드와 갈라드리엘을 보고 샘은 어리둥절했다. 엘론드는 회색 망토를 걸치고 이마에 별을 달았으며 하프를 손에 들고 있었다. 그의 손가락에는 크고 파란 돌이 박힌 반지가 끼여 있었는데, 바로 그 반지가 요정의 세 반지 중에서 가장 강력한 빌랴였다. 백마를 탄 갈라드리엘은 빛나는 흰옷을 입고 있었다. 그녀 자신이 부드러운 빛으로 반짝이는 듯이 보였기에 그녀의 옷은 달을 가린 구름 같았다. 그녀의 손가락에는 미스릴로 만든 반지, 네냐가 끼워져 있었는데, 그 반지에는 얼어붙은 별처럼 명멸하는 흰 돌 하나가 박혀 있었다. 뒤에서 작은 회색 조랑말을 타고 졸면서 천천히 따라오는 이가 바로 빌보였다.

엘론드는 그들에게 정중하고 우아하게 인사했고, 갈라드리엘은 미소를 지었다.

"자, 샘와이즈 군. 당신이 내 선물을 잘 사용한 것을 듣고 보았어요. 이제 샤이어는 전보다 더 축복받고 사랑스러운 곳이 될 거예요."

샘은 고개를 숙여 절을 했지만 무슨 말을 해야 할지 몰랐다. 그녀가 얼마나 아름다운지를 잊고 있었던 것이다.

그때 빌보가 잠에서 깨어 눈을 떴다.

"어이, 프로도! 자, 난 오늘로 툭 노인을 이겼단다. 그러니 시합은 끝난 거야. 이젠 난 다른 여행을 떠날 준비가 된 것 같아. 너도 함께 갈 거냐?"

"네, 저도 갈 거예요. 반지의 사자들은 함께 가야지요."

"어디 가시는 거예요, 프로도 씨?"

마침내 무슨 일이 일어날 것인지 알게 된 샘이 소리쳤다.

"항구로 간다네, 샘."

"그런데 저는 갈 수 없겠지요."

"그래, 샘. 어떻든 아직은 아니야. 항구 너머로는 갈 수 없어. 자네도, 잠시 동안이라도, 반지의 사자이긴 했지만. 자네에게도 때가 올 거야. 너무 슬퍼 말게나, 샘. 자네 마음이 늘 두 쪽으로 갈라질 수는 없잖은가. 앞으로 긴 세월 동안 자네는 하나이자 전체로 온전한 삶을 살아야지. 자네에게는 즐길 것도, 되어야 할 것도, 또 할 것도 아주 많이 있다네."

"하지만 그 큰일을 이루신 프로도 씨께서도 샤이어에서 오랜 세월 즐거운 나날을 보내실 거라고 생각했는데."

샘은 눈물을 글썽이며 말했다.

"나도 한땐 그렇게 생각했지. 하지만 내 상처가 너무 깊어, 샘. 난 샤이어를 구하려고 노력했고 샤이어를 구했지만, 날 위한 것은 아니었어. 위험한 상황에서 종종 이렇게 될 수밖에 없는 거야, 샘. 누군가는 포기하고 잃어버려야 다른 이들이 그것을 간직할 수 있지. 하지만 자넨 내 상속자라네. 내가 가진 모든 것과 갖게 될 모든 것을 자네에게 남기겠어. 또한 자네에겐 로즈와 엘라노르가 있잖은가. 이제 꼬마 프로도도 태어날 테고, 꼬마 로지와 메리, 골디락스, 피핀, 어쩌면 더 많은 아기들이 태어나겠지. 나는 볼 수 없겠지만. 자네의 손과 지혜는 어디에서나 필요할 거야. 물론 자네는 원하는 한 오랫동안 시장으로 지내면서 봉사하게 될 테고, 역사상 가장 유명한 정원사가 될 걸세. 또 자네는 『붉은책』에 나오는 사건들을 읽어 주고 지나간 시대의 기억을 되살려 주어서, 사람들이 그 '엄청난 위험'을 기억하고 자신들이 사랑하는 땅을 더 사랑하게 되겠지. 그 '이야기'의 자네 역할이 지속되는 한 자넨 그런 일들을 하며 누구보다도 바쁘고 행복할 거야.

자, 이제 함께 말을 달리세."

그러자 엘론드와 갈라드리엘은 계속 말을 달렸다. 제3시대는 끝났고, 반지들의 시대도 지나갔으며, 그 시절의 이야기와 노래도 결말에 이른 것이다. 이제 더 이상 가운데땅에 머물고 싶지 않은 고귀한 혈통의 많은 요정들이 그들과 함께 갔다. 그들과 함께 샘과 프로도, 빌보는 슬프기는 하지만 축복 속에서 쓰라리지 않은 슬픔을 느끼며 말을 달렸다. 그리고 요정들은 기뻐하며 그들에게 경의를 표했다.

그들은 저녁 내내, 그리고 밤새 샤이어의 한가운데를 말을 타고 지났지만 들짐승들을 제외하곤 아무도 그들을 보지 못했다. 다만 방랑자들만이 어둠 속 나무 밑을 재빨리 스쳐 지나가는 어렴풋한 빛을 보거나 달이 넘어갈 무렵 풀밭 사이로 흐르는 빛과 그림자를 보았을 뿐이다. 그들은 샤이어를 지나 흰구릉 남쪽 변방으로 갔고, 먼구릉과 탑들에 도착해서 멀리 바다를 바라보았다. 그러고는 룬강의 긴 하구에 위치한 미슬론드 곧 회색항구에 도착했다.

그들이 항구 입구에 이르자 조선공 키르단이 앞으로 나와 그들에게 인사했다. 그는 매우 큰 키에 수염이 길었고 별처럼 빛나는 눈을 빼곤 아주 늙어 보였다. 그가 인사하며 말했다.

"이제 모든 준비가 되었소."

그러고 나서 키르단은 그들을 항구로 안내했다. 부두에는 흰 배 한 척이 있었는데, 거대한 회색 말 옆에 선 흰색 옷을 입은 사람이 그들을 기다리고 있었다. 그가 몸을 돌려 다가올 때 프로도는 간달프를 알아보았다. 그는 이제 세 번째 반지인 '위대한 나라'를 훤히 드러나도록 손가락에 끼고 있었다. 반지에 박힌 돌은 불처럼 빨갰다. 이제 간달프와 함께 떠날 것이기에 배를 탈 사람들은 기뻐했다.

그러나 샘은 이제 마음속 깊이 슬픔이 번져 왔다. 그리고 작별이 쓰라린 것이라면 홀로 돌아가는 길은 더욱 침통할 것 같았다. 그런데 그들이 배 옆에 서 있고 요정들은 배에 오르고 모두들 떠날 준비를 하고 있을 때 메리와 피핀이 황급히 달려왔다. 눈물을 흘리면서도 피핀은 그 와중에 웃음을 터뜨리며 말했다.

"프로도 씨, 전에도 우릴 떼어 놓고 달아나려다 실패했었죠? 이번에는 거의 성공할 뻔했지만 또 다시 실패예요. 하지만 이번에 우리에게 알려 준 것은 샘이 아니라 간달프예요."

그러자 간달프가 말했다.

"그랬지. 혼자 돌아가는 것보다는 셋이 함께 돌아가는 게 나을 것 같아서 말일세. 자, 내 친구들, 마침내 여기 해안에서, 가운데땅에서의 우리 원정대의 우정이 끝을 맺게 되었군. 부디 마음 편히 돌아가게나. 울지 말라고 하진 않겠어. 눈물이라고 해서 전부 다 나쁜 건 아니니까."

프로도는 메리와 피핀에게 입을 맞추고, 마지막으로 샘에게 입을 맞춘 다음 배에 올랐다. 돛이 펼쳐지고 바람이 불자 배는 회색빛으로 반짝이는 긴 하구를 따라 천천히 미끄러져 갔다. 프로도가 들고 있던 갈라드리엘의 유리병이 반짝이다가 사라졌다. 배는 드높은 대해로 들어서서 서녘으로 향했다. 이윽고 비가 내리는 어느 밤에 프로도는 공중에 퍼진 달콤한 향기를 맡으며 수면 위에 퍼지는 노랫소리를 들었다. 그러자 마치 톰 봄바딜의 집에서 꿈꾸었을 때처럼 회색빛 비의 장막이 은빛 유리로 변해 물러났고, 하얀 해안과 그 너머 재빨리 떠오르는 해 아래에 펼쳐진 녹색의 대지가 보였다.

그러나 항구에 서 있던 샘에게는 저녁이 점점 깊어지며 어두워졌다. 잿빛 바다를 바라보는 동안 물 위에 떠 있는 그림자 하나가 보였지만 그 그림자는 곧 서녘으로 사라져 버렸다. 그는 밤늦도록 그곳에 서 있었고, 가운데땅 해안에 부딪는 파도의 한숨 소리와 나직한 속삭임만이 들려왔다. 그 소리는 그의 가슴속 깊이 가라앉았다. 그의 곁에는 메리와 피핀이 서 있었는데 그들도 말이 없었다.

마침내 세 친구는 몸을 돌렸다. 그러고는 한 번도 뒤돌아보지 않고 집을 향해 천천히 말을 몰았다. 그들은 샤이어에 도착할 때까지 아무 말도 나누지 않았지만, 그 긴 회색 길에서 여정을 함께하는 친구에게 큰 위안을 얻었다.

마침내 그들은 넓은 고원을 지나 동부대로를 달렸고, 메리와 피핀은 노릇골로 갔다. 벌써 그들은 노래를 부르며 달려가고 있었다. 샘은 강변마을로 방향을 돌려서 달렸으며 해가 저물 무렵 언덕으로 올라갔다. 집에 도착하니 안에서는 노란 불빛이 새어 나오고 불이 활활 타고 있었다. 저녁 식사가 차려져 있었고, 그를 기다리고 있었다. 로즈는 그를 맞아들이고 의자에 앉힌 다음 꼬마 엘라노르를 그의 무릎에 앉혔다.

그는 긴 숨을 내쉬며 말했다.

"자, 이제 돌아왔어."

(끝)

APPENDIX

반지의 제왕: 해설

백색성수와 별들(The White Tree and stars)

A. 왕과 통치자들의 연대기

이 해설편에 수록된 사항들(특히 A에서 D까지의) 대부분의 출처는 프롤로그의 '샤이어 기록에 관한 주석' 말미에 있는 내용을 참조하면 된다. 해설 A의 'III 두린 일족'은 필시 난쟁이 김리가 아는 바를 토대로 정리한 것이다. 그는 페레그린, 메리아독과 우정을 쌓았고 후에 곤도르와 로한에서 여러 차례 그들과 다시 만났다.

각 출처에 나오는 전설과 역사, 전승담은 매우 광범위하다. 여기서는 그 가운데서 가장 적절한 부분만을 요약해서 발췌하였다. 그 주된 목적은 반지전쟁과 그 기원을 설명하고 이야기의 큰 줄거리상의 빈틈들을 메우는 것이다. 빌보의 주요 관심사인 제1시대의 고대 전설은 엘론드와 누메노르의 왕들과 족장들의 가계(家系)에 관련된 것이어서 아주 간략하게만 언급된다. 길이가 긴 연대기와 이야기에서 발췌한 부분은 대괄호(〔 〕)로 표시하고, 그보다 후대에 삽입한 내용은 낫표(「 」) 안에 집어넣었다. 대괄호 안의 기록은 출처에 나오는 그대로이고 그 밖의 것들은 편집을 거친 것이다.

여기에 표시된 연월일은 제2시대 또는 제4시대라고 표시되어 있지 않는 한 모두 제3시대의 것을 나타낸다. 제3시대는 세 반지가 떠나는 3021년 9월에 끝난 것으로 간주되지만 곤도르에선 기록상 제4시대가 3021년 3월 25일에 시작된다. 곤도르와 샤이어의 일자에 오차가 벌어지는 문제에 대해선 프롤로그와 해설 D를 참조하라. 명부에서 왕과 통치자들의 이름 다음에 나타나는 연대는 하나뿐인 경우 사망 연도를 뜻한다. † 표시는 그 사건의 연대기가 반드시 포함되지 않더라도 전사나 다른 이유로 요절했음을 나타낸다.

I
누메노르의 왕들

누메노르

페아노르는 엘다르 가운데 예술과 전승 지식에서 가장 뛰어났지만, 또한 가장 오만불손한 자이기도 했다. 그는 세 개의 실마릴 보석을 만들어 그 안에 발라의 땅을 밝혀 준 두 그루의 나무 텔페리온과 라우렐린의 광휘를 채웠다.[1]

호시탐탐 그 보석들을 노리던 대적 모르고스는 그것들을 훔치고 두 나무를 파괴한 다음 가운데땅으로 가져가 상고로드림의 거대한 요새 안에 엄중히 간직했다.[2]

페아노르는 발라의 뜻을 거역해 축복의 땅을 버리고 가운데땅으로 망명하면서 상당수의 동족을 이끌고 갔다. 그는 자존심이 강했기 때문에 무력으로 모르고스에게서 보석들을 되찾을 작정이었다. 그 결과 상고로드림에 맞선 엘다르와 에다인의 가망 없는 전쟁이 시작되었고, 거기서 그들은 끝내 완패하고 말았다. 에다인(아타니)은 가운데땅 서부 대해(大海) 연안에 제일 먼저 도착한 세 인간 민족으로서, 엘다르와 동맹하여 대적에게 대항했다.

엘다르와 에다인 사이에는 세 차례 혼사가 있었다. 루시엔과 베렌, 이드릴과 투오르 그리고 아르웬과 아라고른이 부부의 연을 맺은 것이다. 마지막 혼사에 의해 오랫동안 단절된 반(半)요정의 분파들이 재결합되고 그 혈통이 부활하였다.

루시엔 티누비엘은 제1시대 도리아스의 회색망토 싱골 왕의 딸이었으나, 그녀의 어머니는 발라와 같은 종족인 멜리안이었다. 베렌은 에다인 첫 번째 가문의 바라히르의 아들이었다. 그들은 함께 모르고스의 강철 왕관에서 실마릴 하나를 탈취했다.[3] 루시엔은 영생을 상실했고, 요정들은 그녀를 영영 잃고 말았다. 디오르가 그녀의 아들이었고, 엘윙은 디오르의 딸이었다. 그리고 엘윙이 실마릴을 간수했다.

이드릴 켈레브린달은 숨겨진 도시 곤돌린의 왕 투르곤의 딸이었다.[4] 투오르는 에다인의 세 번째 가문이자 모르고스와의 전쟁에서 가장 명성을 떨쳤던 하도르 가문 후오르의 아들이었다. 항해가 에아렌딜이 그들의 아들이었다.

에아렌딜은 엘윙과 결혼해 실마릴의 권능으로 암흑을 지나[5] 아득한 서녘에 이르렀고, 요정과 인

---

1 BOOK2 271쪽, BOOK6 1037쪽 참조.
가운데땅에는 황금빛 나무 라우렐린과 유사한 것이 남아 있지 않았다.

2 BOOK2 270쪽 참조.

3 BOOK1 220쪽, BOOK4 768쪽 참조.

4 『호빗』 Chapter 3, 『반지의 제왕』 BOOK2 270쪽 참조.

5 BOOK2 259~263쪽 참조.

간 모두의 사절로서 도움을 얻어 내 모르고스를 물리쳤다. 에아렌딜은 필멸의 땅으로 돌아가는 것이 허락되지 않아, 실마릴을 실은 그의 배는 별이 되어 하늘을 항해하며 가운데땅에서 대적(大敵)과 그 부하들에게서 억압받는 이들에게 희망의 상징이 되었다.[6]

고대 발리노르를 비추던 두 나무의 빛은 모르고스가 그것들을 독살한 이후엔 실마릴에만 남아 있었다. 그러나 다른 두 개의 실마릴은 제1시대 말에 상실되고 말았다. 이에 관한 모든 이야기와 요정 및 인간에 관한 다른 많은 이야기는 『실마릴리온』에 기술되어 있다.

에아렌딜은 두 아들 엘로스와 엘론드를 두었는데 이들은 페레딜, 즉 반요정이었다. 제1시대 에다인의 영웅적 지도자의 혈통은 오로지 그들에게서만 보존되었다. 그리고 길갈라드의 죽음 이후[7] 가운데땅에서 높은요정의 왕통 또한 오직 그들의 후손에 의해서만 승계되었다.

제1시대 말에 발라들은 반요정들에게 그들이 어떤 종족에 속할 것인지에 대해 돌이킬 수 없는 선택을 하라고 했다. 엘론드는 요정으로 남을 것을 선택하고 지혜의 대가가 되었다. 따라서 그에게는 아직도 가운데땅에 남아 있는 높은요정들에게 주어진 것과 똑같은 은사(恩賜)가 주어졌다. 즉 그들은 필멸의 땅에 싫증이 나면 회색항구에서 배를 타고 아득한 서녘으로 들어갈 수 있게 된 것이다. 이 은사는 세상이 변한 뒤에도 존속되었다. 그런데 엘론드의 자식들에게도 선택의 과제가 주어졌다. 엘론드와 함께 세상의 둘레 너머로 떠나든지 아니면 가운데땅에 남아 영생을 잃고 결국에는 죽음을 맞을 것인지를 결정해야 했다. 그러므로 엘론드는 반지전쟁의 결말이 어떻게 되든 비애를 겪을 수밖에 없었다.[8]

엘로스는 인간이 되어 에다인과 함께 남았지만, 그에게는 하등한 인간들보다 몇 배나 긴 수명이 허락되었다.

모르고스에 대적하여 싸운 에다인이 겪은 수난에 대한 보상으로, 세상의 수호자인 발라들은 그들에게 가운데땅의 위험을 벗어나 살 수 있는 땅을 선사했다. 그리하여 그들은 바다를 건너 에아렌딜 별의 인도를 받아 모든 필멸의 땅 중에서 가장 서쪽에 있는 거대한 섬 엘렌나에 당도했다. 거기서 그들은 누메노르 왕국을 세웠다.

그 땅의 한가운데에 우뚝한 산 메넬타르마가 있었는데, 눈이 밝은 자는 그 정상에서 에렛세아에 위치한 엘다르항구의 백색탑을 볼 수 있었다. 그곳에서 엘다르가 에다인에게 와서 지식과 갖가지 선물로 그들을 풍요롭게 해 주었으나, 이와 함께 누메노르인들에게 '발라의 금제(禁制)'라는 명령도 전했다. 그 명령에 의해 그들은 자신들의 땅이 보이지 않는 곳까지 서쪽으로 항해하는 일과 불사의 땅에 발을 들여놓는 일이 금지되었다. 비록 처음에는 하등한 인간들의 세 배에 이르는 긴 수명이 주어졌지만, 그래도 그들은 언젠가는 죽지 않으면 안 되었다. 발라도 그들에게서 인간의 선물(훗날 인

6 BOOK4 768, 777쪽, BOOK6 977, 986쪽 참조.
7 BOOK1 211쪽, BOOK2 270쪽 참조.
8 BOOK6 1039, 1040쪽 참조.

간의 운명이라 불리게 되었다)을 빼앗을 수는 없었기 때문이다.

엘로스는 누메노르의 초대 왕이 되었고 후에 높은요정의 시호를 받아 타르미냐투르로 불렸다. 그의 후손들은 장수를 누렸으나 죽음을 피할 수는 없었다. 훗날 강성해졌을 때 그들은 선조의 선택을 못마땅하게 여기고, 엘다르의 운명인 이 세상에서의 영생을 탐해 금제에 대해 불평을 늘어놓았다. 이렇게 하여 그들의 반역이 시작되었는데, 그 뒤에는 사우론의 사악한 교사가 있었다. 『아칼라베스』에 기록된 대로 이는 누메노르의 몰락과 고대 세계의 멸망을 가져왔다.

누메노르의 왕과 여왕은 다음과 같다. 엘로스 타르미냐투르, 바르다미르, 타르아만딜, 타르엘렌딜, 타르메넬두르, 타르알다리온, 타르앙칼리메(최초의 여왕), 타르아나리온, 타르수리온, 타르텔페리엔(두 번째 여왕), 타르미나스티르, 타르키랴탄, 타르아타나미르 대왕, 타르앙칼리몬, 타르텔렘마이테, 타르바니멜데(세 번째 여왕), 타르알카린, 타르칼마킬, 타르아르다민.

아르다민 이후로 왕들은 누메노르어(아둔어)로 왕호를 썼다. 아르아두나코르, 아르짐라손, 아르사칼소르, 아르기밀조르, 아르인질라둔. 인질라둔은 선왕들의 이런 방식을 유감스럽게 여겨 자신의 왕호를 '천리안'이란 뜻의 타르팔란티르로 바꾸었다. 그의 딸이 네 번째 여왕 타르미리엘이 되어야 했지만 왕의 조카가 왕권을 찬탈해 황금왕 아르파라존이 되었고, 그가 누메노르의 마지막 왕이었다.

타르엘렌딜 재위 시에 누메노르의 첫 번째 선단(船團)이 가운데땅으로 돌아왔다. 그의 맏자식은 딸 실마리엔이었다. 그녀의 아들은 발란딜이다. 그는 서쪽나라의 안두니에 가문의 첫 번째 영주였는데, 이 가문은 엘다르와의 친교로 유명했다. 그에게서 마지막 영주 아만딜이 나왔고, 아만딜의 아들이 장신의 엘렌딜이었다.

6대 왕은 후사가 딸 하나밖에 없었기에 그녀가 첫 번째 여왕이 되었다. 이를 계기로 남녀를 구분하지 않고 왕의 맏이가 왕권을 물려받는 것이 왕가의 법도로 정해졌다.

누메노르 왕국은 제2시대 말까지 존속되어 그 권세와 호사는 날로 더해 갔고, 제2시대 중반에 이르기까지 누메노르인들은 지혜와 여기(餘技)에서도 번성을 누렸다. 그들에게 어둠의 첫 징후가 드리운 것은 11대 왕 타르미나스티르 재위 시였다. 길갈라드를 돕기 위해 막대한 원군을 보낸 이가 바로 그였다. 그는 엘다르를 사랑했지만 동시에 시기했다. 누메노르인들은 이제 위대한 항해자들이 되어 동쪽의 모든 바다를 탐험하고는 서녘과 금단의 수역까지 가 보고 싶어 했다. 삶이 즐거워질수록 그들은 엘다르의 영생을 더욱 갈망하기 시작했다.

더구나 미나스티르 이후 왕들은 부와 권력에 혈안이 되었다. 애초에 누메노르인들은 사우론에게 고통받는 하등한 인간들의 교사이자 친구로서 가운데땅에 온 것인데, 이제 그들의 항구는 드넓은 해안 지역을 속령으로 삼는 요새가 되었다. 아타나미르와 그의 후계자들은 과중한 조공을 부과해 누메노르의 배들은 노획물을 가득 싣고 돌아가곤 했다.

금제에 대해 처음으로 공공연히 반기를 든 왕은 타르아타나미르로서, 그는 엘다르의 영생이 당연히 자신들의 것이어야 한다고 선언했다. 이렇게 해서 어둠이 깊어지고 죽음에 대한 생각이 사람들의 마음을 어둡게 했다. 그 후로 누메노르인들은 분열되었다. 한편에는 엘다르와 발라들에게 등을 돌린 왕과 그를 추종하는 세력이 있었고, 다른 한편에는 스스로를 충직한자들이라고 부르는 소수의 무리가 있었다. 그들은 대개가 그 땅의 서쪽에 살고 있었다.

왕과 그의 추종자들은 차츰 엘다르어를 사용하지 않아 마침내 20대 왕은 왕호를 누메노르어로 바꿔 스스로를 아르아두나코르, 즉 '서부의 군주'라 칭했다. 이는 충직한자들에겐 불길한 징조로 보였다. 왜냐하면 여태껏 그들은 그 칭호를 발라들 중 하나에게, 또는 '노왕(老王)' 만웨에게만 바쳤기 때문이었다.[9] 실제로 아르아두나코르는 충직한자들을 박해하기 시작했고 공공연히 요정어를 쓰는 자들을 처벌했다. 그리하여 엘다르는 더 이상 누메노르를 찾아오지 않았다.

그럼에도 불구하고 누메노르인들의 권세와 부는 계속 증대되었다. 그러나 죽음에 대한 공포가 커지면서 그들의 수명 역시 줄어들어 부귀를 누림에도 불구하고 기쁨은 사라졌다. 타르팔란티르는 해악을 고쳐 보려고 했으나 이미 때가 너무 늦어 누메노르에는 반역과 투쟁이 일어나기 시작했다. 그가 죽자 반역을 주도한 그의 조카가 왕권을 차지해 아르파라존 왕이 되었다. 황금왕 아르파라존은 역대의 모든 왕 가운데서 가장 오만하고 강성했는데, 그의 야망은 전 세계의 제왕이 되는 것이었다.

그는 가운데땅의 패권을 잡기 위해 막강한 사우론에게 도전하기로 결심했다. 그리하여 마침내 왕이 친히 거대한 함대를 이끌고 움바르에 상륙했다. 누메노르인들의 세력과 광휘가 너무도 대단하여 사우론의 부하들도 주인을 저버리고 달아났다. 그래서 사우론은 스스로를 낮추어 신하의 예를 표하며 용서를 구했다. 아르파라존은 오만에 빠져 어리석어진 나머지 사우론을 포로로 삼아 누메노르로 끌고 왔다. 오래지 않아 그는 왕을 홀려 왕의 수석 고문이 되었고, 이윽고 얼마 남지 않은 충직한자들을 제외한 모든 누메노르인의 마음을 사로잡아 어둠으로 이끌었다.

사우론은 왕에게 거짓으로 간하여 영생은 '불사의 땅'을 차지하는 자의 것이 될 것이며, 금제는 오로지 인간의 왕들이 발라들을 능가하지 못하게 하기 위해 부과된 것일 뿐이라고 단언했다. "그러나 위대한 왕들은 자신의 권리를 찾는 법이죠." 하고 그는 왕께 아뢰었다.

결국 아르파라존은 이 간언에 넘어가고 말았다. 그는 자신의 수명이 얼마 남지 않았음을 느낀 데다 죽음에 대한 공포로 정신을 제대로 가누지 못한 것이다. 그는 전대미문의 대규모 군대를 동원해 만반의 준비를 갖춘 후 출정 나팔을 불고 함대를 출동시켰다. 그는 발라의 금제를 어기고 서부의 군주들로부터 영생을 빼앗기 위한 전쟁에 나섰다. 그러나 아르파라존이 축복의 땅 아만의 해안에 발을 들여놓자, 발라들은 그들의 수호자 역할을 그만두고 유일자에게 호소하였고 세상은 일변하였다. 누메노르는 내던져져 바닷속에 잠겼고, '불사의 땅'은 세상의 둘레 너머로 영원히 분리되었다. 누메노르의 영광은 이렇게 끝났다.

9 BOOK2 262쪽 참조.

충직한자들의 마지막 지도자인 엘렌딜과 그의 아들들은 아홉 척의 배를 이끌고 파멸에서 탈출했다. 그들의 배에는 님로스의 묘목 한 그루와 일곱 개의 '천리안의 돌'이 실렸는데, 그것들은 엘다르가 그들 가문에 준 선물이었다.[10] 아홉 척의 배는 엄청난 폭풍에 밀려 가운데땅의 해안에 표착했다. 그 뒤로 그들은 가운데땅의 서북부에 누메노르인의 망명 왕국인 아르노르와 곤도르를 세웠다.[11] 엘렌딜은 대왕이 되어 북쪽의 안누미나스를 거처로 삼았고, 남부의 통치는 두 아들 이실두르와 아나리온에게 맡겼다. 그들은 모르도르의 경계에서 그리 멀지 않은 곳인 미나스 이실과 미나스 아노르 사이에 오스길리아스를 건설했다.[12] 파멸에서 가까스로 빠져나온 그들은 적어도 그 와중에서 사우론도 불귀의 객이 되었을 것이라고 믿고 있었다.

그러나 실은 그렇지 않았다. 사우론이 누메노르의 파멸에 갇힌 것은 사실이고 그 때문에 오랫동안 거하던 육신은 소멸되었지만, 그는 증오의 망령이 되어 어두운 바람을 타고 다시 가운데땅으로 달아났다. 그는 다시는 인간을 홀릴 만한 형체를 취할 수 없게 되었지만, 그 때문에 더욱 사악하고 가증스러운 존재가 되었다. 그 후로 그의 권능은 오로지 공포를 통해서만 드러났다. 그는 모르도르에 다시 들어가 한동안 잠자코 은거했다. 그러나 그가 가장 증오하는 엘렌딜이 자기 손아귀에서 빠져나가 바로 자신의 땅과 접한 곳에서 왕국을 호령하고 있다는 것을 알고는 격노했다.

그래서 그는 얼마 후 망명 왕국들이 채 뿌리를 내리기 전에 전쟁을 벌였다. 오로드루인화산이 다시 한번 화염을 뿜었고, 곤도르에서는 그것을 아몬 아마르스, 즉 '운명의 산'이라고 불렀다. 그러나 사우론의 공격은 너무 섣불렀다. 그가 세력을 채 정비하지도 못한데 반해, 길갈라드는 그의 부재중에 꾸준히 세력을 키운 것이다. 결국 사우론에 맞서 '최후의 동맹'이 결성되었고 사우론은 패했고 절대반지를 빼앗겼다.[13] 이렇게 해서 제2시대는 막을 내렸다.

망명 왕국들

북왕조 : 이실두르의 후계자들

아르노르 _ 엘렌딜 제2시대 †3441, 이실두르 †2, 발란딜[14] 249, 엘다카르 339, 아란타르 435, 타르킬 515, 타론도르 602, 발란두르 †652, 엘렌두르 777, 에아렌두르 861.

---

10 BOOK6 1037쪽 참조.

11 BOOK2 269~270쪽 참조.

12 BOOK2 271쪽 참조.

13 BOOK2 270쪽 참조.

14 이실두르의 넷째 아들인 그는 임라드리스에서 출생했다. 그의 형제들은 창포벌판에서 전사했다.

아르세다인 _ 포르노스트의 암라이스[15](에아렌두르의 장남) 946, 벨레그 1029, 말로르 1110, 켈레파른 1191, 켈레브린도르 1272, 말베길[16] 1349, 아르겔레브 1세 †1356, 아르벨레그 1세 1409, 아라포르 1589, 아르겔레브 2세 1670, 아르베길 1743, 아르벨레그 2세 1813, 아라발 1891, 아라판트 1964, 최후의 왕 아르베두이 †1975. 북왕국의 종말.

족장들 _ 아라나르스(아르베두이의 장자) 2106, 아라하엘 2177, 아라누이르 2247, 아라비르 2319, 아라고른 1세 †2327, 아라글라스 2455, 아라하드 1세 2523, 아라고스트 2588, 아라보른 2654, 아라하드 2세 2719, 아랏수일 2784, 아라소른 1세 †2848, 아르고누이 2912, 아라도르 †2930, 아라소른 2세 †2933, 아라고른 2세 제4시대 120.

남왕조: 아나리온의 후계자들

곤도르의 왕들 _ 엘렌딜, (이실두르와) 아나리온 제2시대 †3440, 아나리온의 아들 메넬딜 158, 케멘두르 238, 에아렌딜 324, 아나르딜 411, 오스토헤르 492, 로멘다킬 1세(타로스타르) †541, 투람바르 667, 아타나타르 1세 748, 시리온딜 830. 그 뒤로 네 명의 '선박왕'이 이어졌다. 타란논 팔라스투르 913. 그는 후사가 없던 최초의 왕이었으며, 조카 타르키랸이 왕위를 승계했다. 에아르닐 1세 †936, 키랸딜 †1015, 햐르멘다킬 1세(키랴헤르) 1149. 이때 곤도르는 전성기를 누렸다.

아타나타르 2세 '영화대왕(榮華大王)' 알카린 1226, 나르마킬 1세 1294. 후사가 없는 두 번째 왕으로 아우가 그 뒤를 이었다. 칼마킬 1304, 미날카르(1240~1304 섭정으로서), 1304년 로멘다킬 2세로 재위에 올라 1366년 서거, 발라카르 †1432. 그의 재위 시에 곤도르 최초의 재앙인 친족분쟁이 시작되었다.

발라카르의 아들 엘다카르(처음에 비닛하랴라고 불렸음) 1437년 폐위됨. 찬탈왕 카스타미르 †1447. 엘다카르 복위 후 1490년 서거.

알다미르(엘다카르의 차남) †1540, 햐르멘다킬 2세(비냐리온) 1621, 미나르딜 †1634, 텔렘나르 †1636. 텔렘나르와 그의 자식들 전부가 역병으로 사망하여 미나르딜의 차남인 미나스탄의 아들, 즉 왕의 조카가 대를 이었다. 타론도르 1798, 텔루메흐타르 움바르다킬 1850, 나르마킬 2세 †1856, 칼리메흐타르 1936, 온도헤르 †1944, 온도헤르와 그의 두 아들은 전사했다. 1년 후인 1945년 텔루메흐타르 움바르다킬의 후손인 개선장군 에아르닐에게 왕관이 수여되었다. 에아르닐 2세 2043, 에아르누르 †2050. 여기서 왕통이 끊어졌다가 3019년 엘렛사르 텔콘타르에 의해 복구된다. 그사이 왕국은 섭정들이 통치했다.

곤도르의 섭정들 _ 후린 가문: 펠렌두르 1998. 그는 온도헤르 사후 1년 동안 통치했고, 곤도르로 하여금 아르베두이의 왕권 주장을 물리치도록 조언했다. 사냥꾼 보론딜 2029.[17] '확고부동'의 마르딜 보론웨가 통치를 맡은 최초의 섭

---

15 에아렌두르 이후 왕들은 더는 높은요정식의 왕호를 쓰지 않았다.

16 말베길 이후 포르노스트의 왕들은 다시 아르노르 전역의 통치권을 주장하며, 그 징표로서 왕호 앞에 '아르' 또는 '아라'라는 접두사를 붙였다.

17 BOOK5 815쪽 참조. 전설에 따르면, 당시 여전히 룬해 부근에서 발견되던 흰 들소는 사냥꾼 발라 아라우의 들소의 후손이라고 한다. 상고대에 발라 가운데서 그만이 자주 가운데땅을 찾아왔다. 그의 이름을 높은요정식으로 표기하면 '오로메'가 된다.

정. 그의 후계자들은 더 이상 높은요정식의 왕호를 사용하지 않았다.

통치 섭정들 _ 마르딜 2080, 에라단 2116, 헤리온 2148, 벨레고른 2204, 후린 1세 2244, 투린 1세 2278, 하도르 2395, 바라히르 2412, 디오르 2435, 데네소르 1세 2477, 보로미르 2489, 키리온 2567. 그의 재위 시에 로한인들이 칼레나르돈에 들어왔다.

할라스 2605, 후린 2세 2628, 벨렉소르 1세 2655, 오로드레스 2685, 엑셀리온 1세 2698, 에갈모스 2743, 베렌 2763, 베레곤드 2811, 벨렉소르 2세 2872, 소론디르 2882, 투린 2세 2914, 투르곤 2953, 엑셀리온 2세 2984, 데네소르 2세. 그는 마지막 통치 섭정이었으며, 에뮌 아르넨의 영주인 차남 파라미르(사망 연도 제4시대 82)가 뒤를 이어 엘렛사르 왕의 섭정이 되었다.

에리아도르, 아르노르
그리고 이실두르의 후계자들

〔에리아도르는 안개산맥과 청색산맥 사이의 전 지역을 지칭하는 옛 명칭으로, 남쪽으로 회색강, 그리고 사르바드를 넘어 그 강에 합류하는 글란두인강에 인접해 있었다.

전성기의 아르노르는 깊은골과 호랑가시나무땅이 자리한 회색강 및 큰물소리강의 동쪽 땅과 룬강 너머의 지역을 제외한 에리아도르 전 지역을 포괄했다. 룬강 너머는 푸르고 조용한 요정들의 나라로, 인간의 발길이 닿은 적이 없었다. 그러나 난쟁이들은 청색산맥의 동편에, 특히 룬만(灣)의 남쪽 지역에 살았고 지금도 그곳에 살고 있다. 그들은 그곳에 아직도 쓸모가 있는 광산들을 갖고 있다. 이러한 이유로 그들은 우리들이 샤이어에 오기 전 오랜 세월 동안 그래 온 것처럼 대로를 따라 동쪽으로 통행하곤 했다. 회색항구에는 조선공 키르단이 살았는데, 마지막 배가 서녘을 향해 출항할 때까지 계속 그곳에 살았다고 전해진다. 열왕들의 시대에 아직도 가운데땅에 남아 있던 높은요정들 대부분은 키르단과 함께 지내거나 린돈의 해안에서 살았다. 지금까지 가운데땅에 남아 있는 요정들이 있다 해도 그 수는 미미할 것이다.〕

북왕국과 두네다인

엘렌딜과 이실두르 이후 아르노르에는 여덟 명의 대왕이 있었다. 에아렌두르 이후에는 아들들 간의 알력으로 인해 왕국은 아르세다인, 루다우르, 카르돌란으로 분할되었다. 서북쪽에 자리잡은 아르세다인은 브랜디와인강과 룬강 사이의 지역과, 바람산맥에 이르기까지 대로 이북 지역을 점유했다. 동북쪽의 루다우르는 에튼황야, 바람산맥 그리고 안개산맥 사이에 자리 잡았고, 흰샘강과 큰물소리강 사이의 두물머리 땅을 포괄했다. 남쪽의 카르돌란은 브랜디와인강과 회색강 그리고 대로를 그 경계로 했다.

이실두르의 혈통은 아르세다인에서는 유지된 채 지속되었으나, 카르돌란과 루다우르에선 곧 끊어지고 말았다. 이들 왕국 사이에는 빈번한 분쟁이 일어났는데 이 때문에 두네다인의 쇠퇴가 가속화되었다. 분쟁의 주된 이유는 브리를 향해 뻗은 서쪽 지역과 바람산맥의 소유권이었다. 루다우르와 카르돌란은 모두 자국의 변경에 위치한 아몬 술(바람마루)을 차지하고 싶어 했다. 왜냐하면 아몬 술의 탑에 북방의 팔란티르가 있었기 때문이었다. 나머지 두 개의 팔란티르는 아르세다인에 보관되어 있었다.

〔아르노르에 화가 닥친 것은 아르세다인의 말베길 재위 초기였다. 그 당시에 에튼황야 너머의 북방에서 앙마르 왕국이 발흥한 것이다. 앙마르의 영토는 산맥의 양쪽에 걸쳐 있었는데, 그곳으로 온갖 사악한 인간들과 오르크들 그리고 다른 사나운 족속들이 몰려들었다. 「그 나라의 영주는 '마술사왕'이라고 불리었는데, 곤도르가 강성하던 시절에 아르노르 왕국들이 분열될 조짐을 보고 두네다인을 파멸시키기 위해 북쪽으로 온 반지악령들의 우두머리가 바로 그였다는 것이 훗날에 가서야 밝혀졌다.」〕

말베길의 아들 아르겔레브의 시절에 다른 두 왕국에 이실두르의 후손이 남아 있지 않다는 이유로 아르세다인 왕은 다시금 아르노르 전 영토에 대한 통치권을 주장했다. 루다우르는 그 주장에 거세게 반발했다. 당시 루다우르에는 두네다인들이 별로 없었고, 앙마르와 비밀리에 손잡은 고지인들의 사악한 영주가 통치권을 잡고 있었다. 따라서 아르겔레브는 바람산맥을 요새화했지만,[18] 루다우르와 앙마르와의 전투에서 전사하고 말았다.

아르겔레브의 아들 아르벨레그는 카르돌란과 린돈의 도움을 얻어 바람산맥에서 적을 몰아냈고, 이후 오랜 세월 동안 아르세다인과 카르돌란은 바람산맥과 대로 그리고 흰샘강 기슭을 따라 경계선을 구축했다. 이 무렵에 깊은골은 포위되었다고 전해진다.

1409년 앙마르의 대군이 강을 건너 카르돌란으로 진입하여 바람마루를 포위했다. 이때 두네다인이 격퇴되고 아르벨레그가 살해되었다. 아몬 술의 탑은 불에 타 무너졌지만 팔란티르는 화를 면해 퇴각 길에 포르노스트로 이송되었다. 루다우르는 앙마르에 복속된 사악한 인간들에 의해 점령되었고,[19] 거기 남아 있던 두네다인은 살해되거나 서쪽으로 도주했다. 카르돌란은 무참하게 유린되었다. 아르벨레그의 아들 아라포르는 아직 성년에 이르지 못했지만 용맹했고, 키르단의 도움을 받아 포르노스트와 북구릉에서 적들을 몰아냈다. 카르돌란의 두네다인 가운데 잔존한 충신들도 튀른 고르사드(고분구릉)에서 항전하거나 뒤편 묵은숲에 은거했다.

앙마르는 한때 린돈과 깊은골에서 온 요정들에 의해 정복되었다고 전해진다. 엘론드가 산맥 너머의 로리엔으로부터 원군을 부른 것이다. 바로 이 무렵 흰샘강과 큰물소리강 사이의 두물머리 땅에 살던 풍채 혈통이 서쪽과 남쪽으로 피난했다. 전쟁과 앙마르에 대한 두려움과, 에리아도르, 특히 동부 지역의 기후와 풍토가 갈수록 악화되어 살기에 적합하지 않았기 때문이었다. 그중 일부는 야

---

18 BOOK1 211쪽 참조.

19 BOOK1 227쪽 참조.

생지대로 돌아가 창포강 변에 살면서 고기잡이를 생업으로 삼았다.

아르겔레브 2세 시절에 동남쪽으로부터 에리아도르에 역병이 돌아 카르돌란 사람들 대부분이 죽었는데, 특히 민히리아스에서 피해가 혹심했다. 호빗들과 다른 많은 종족들이 큰 화를 입었으나, 역병은 북쪽으로 갈수록 그 기세가 약해져 아르세다인 북부 지역은 거의 피해가 없었다. 이때, 카르돌란의 두네다인이 종말을 맞았고 앙마르와 루다우르의 악령들이 인적 없는 흙무덤들로 들어와 살게 된 것이 그때였다.

〔옛날에 튀른 고르사드라 불리던 고분구릉의 무덤들은 아주 오래된 것으로, 제1시대 때 에다인의 선조들이 청색산맥을 넘어 지금은 린돈만이 남아 있는 벨레리안드로 들어오기 전에 그중 대부분을 축조했다고 한다. 따라서 두네다인은 돌아온 후에 그 언덕들을 경배했고 많은 왕과 영주의 시신을 그곳에 안치했다. 『반지의 사자가 감금돼 있던 고분이 1409년 전사한 카르돌란의 마지막 대공의 무덤이라는 설도 있다.』〕

〔1974년 앙마르의 세력이 다시 크게 일어나 겨울이 다 가기 전에 마술사왕이 아르세다인을 습격했다. 그는 포르노스트를 점령하고 남아 있던 두네다인 대부분을 룬강 너머로 축출했다. 쫓겨난 이들 가운데는 왕자들도 있었다. 그러나 아르베두이 왕은 최후까지 북구릉에서 항전하다가 호위병 몇 명과 함께 북쪽으로 피신했다. 그들은 빠른 말 덕분에 간신히 탈출할 수 있었다.

한동안 아르베두이 왕은 산맥 맨 끝에 있던 난쟁이들의 오래된 광산 갱 속에 숨어 있었으나, 결국에는 굶주림을 견디지 못하고 포로켈의 설인족 롯소스에게 도움을 청했다.[20] 그는 해안에서 야영 중인 한 무리의 설인을 찾았지만, 그들은 왕을 도우려 하지 않았다. 왕에게는 그들에게 줄 만한 것이 없었기 때문이다. 왕이 갖고 있던 몇 개의 보석은 그들에게 아무 쓸모가 없었다. 또한 그들은 앙마르의 마술사왕을 두려워했다. 그들은 마술사왕이 자기 마음대로 서리를 내리기도 하고 녹이기도 할 수 있다고 믿었다. 하지만 그들 중 일부는 왕과 그 부하들의 수척한 모습이 딱해서, 또 일부는 그들이 지닌 무기가 두려워서 왕 일행에게 약간의 음식을 주고 눈으로 오두막을 지어 주었다. 타고 온 말들이 모두 죽었기 때문에, 아르베두이 왕은 그곳에서 남쪽으로부터의 도움의 손길이 오기만을 바라며 기다릴 수밖에 없었다.

아르베두이의 아들 아라나르스에게 왕이 북쪽으로 피신했다는 소식을 들은 키르단은, 즉시 포로켈로 배를 보내 왕을 찾도록 했다. 그 배는 맞바람 때문에 여러 날을 지체한 후 겨우 그곳에 이르렀는데, 선원들은 실종자들이 용케 꺼뜨리지 않고 살려 놓은 작은 장작불을 멀리서 볼 수 있었다. 그러나 그해 겨울은 물러갈 기미를 보이지 않고 오래도록 기승을 부렸다. 때가 벌써 3월이었는데도 그제야 녹기 시작한 얼음장이 해안 멀리까지 깔려 있었다.

설인들은 배를 보고 크게 놀라며 겁을 먹었다. 그들은 생전에 그런 선박이 바다에 떠 있는 것을

20 〔낯설고 비우호적인 이들은 포로드와이스 고대인의 잔존 주민으로, 모르고스가 지배하는 땅의 혹독한 추위에 익숙하다. 그 땅은 샤이어에서 북쪽으로 500여 킬로미터보다 더 멀지는 않을 텐데도 여전히 혹한이 기승을 부린다. 롯소스는 눈 속에 집을 짓고 살며, 뼈로 발을 감싸 얼음 위를 달리고 바퀴 없는 수레를 끌고 다닌다고 한다. 그들은 대부분 넓은 포로켈만(灣)으로 서북쪽이 차단되어 적이 근접할 수 없는 거대한 포로켈곶에 사는데, 종종 산맥 기슭에 위치한 만의 남쪽 물가에서 야영을 한다.〕

본 적이 없었던 것이다. 이제 그들은 전보다 훨씬 우호적인 태도로 왕과 살아남은 일행을 썰매에 태워 얼음판 위로 갈 수 있는 데까지 모셔 갔다. 이렇게 해서 그들은 배에서 내려진 보트에 닿을 수 있었다.

그러나 설인들은 불안했다. 그들은 대기 속에서 위험의 낌새가 감지된다고 느꼈다. 롯소스의 족장이 아르베두이에게 말했다.

"이 바다괴물에 올라타지 마시오! 저 선원들이 가지고 있다면, 저들에게 필요한 음식과 물건들을 가져오게 하고 당신은 마술사왕이 돌아갈 때까지 이곳에 머무는 게 좋겠소. 여름이 되면 그자의 권능도 시들해질 테니 말이오. 하지만 지금은 그자의 숨결이 치명적인 데다가 그의 팔은 무척 길다오."

그러나 아르베두이는 그의 충고를 받아들이지 않았다. 왕은 족장에게 사의를 표하고 반지를 주며 말했다.

"이것은 당신으로선 짐작도 못 할 만큼 귀한 물건이오. 그 오랜 연륜만으로도 말이오. 이 반지에는 아무 힘도 없지만 우리 가문을 사랑하는 자들은 이것을 크게 공경하오. 이것이 당신에게 당장 도움이 되진 않겠지만 행여 당신이 곤경에 처했을 때 나의 동족이 그대가 바라는 것으로 후하게 반지 값을 쳐줄 것이오."[21]

그런데 우연인지 선견지명인지는 몰라도 롯소스 족장의 충고는 옳았다. 배가 바다 한복판에 이르기도 전에 엄청난 폭풍이 일고 북방에서 앞을 볼 수 없을 만큼 거센 눈보라가 몰아쳤다. 폭풍에 밀려 배가 도로 얼음장 위에 얹히고 주위로 얼음 더미가 쌓였다. 키르단의 선원들이라 할지라도 속수무책이었다. 밤이 되자 얼음 때문에 선체가 부서지며 배가 침몰했다. 최후의 왕 아르베두이는 이렇게 종말을 맞았고, 그와 함께 팔란티르들도 바다에 묻혔다.[22]

난파 소식은 오랜 후에야 설인들을 통해 전해졌다.〕

샤이어 주민들은 전란에 휩쓸렸지만 살아남았다. 대부분이 달아나서 숨었던 것이다. 그들도 왕을 돕기 위해 궁수들을 보냈지만 돌아온 자는 아무도 없었다. 또 일부는 앙마르를 물리친 전투에 가담하기도 했다(그 내용은 남부 연대기에 자세히 기술되어 있다). 후에 평화가 도래하자 샤이어 주민들은 스스로 통치하며 번성했다. 그들은 왕을 대신하여 사인(Thain)을 선출하고 그것으로 만족했다. 그렇지만 오랫동안 많은 이들이 왕의 귀환을 기대했다. 그러나 마침내 그 기대는 잊혀, 다만 이루어질 수 없는 어떤 좋은 일이나 고칠 수 없는 어떤 나쁜 일이 있을 때 쓰는 '왕께서 돌아오신다면'이라는 말 속에서만 그 희망의 흔적을 찾아볼 수 있게 되었다. 제1시대 최초의 사인은 구렛들 출신의 부카였는데, 노루아재 가문은 자기네가 그 후예라고 주장했다. 부카는 우리네 셈법으로 379년(1979년)에 사인이 되었다.

---

21 〔이렇게 해서 이실두르 가문의 반지가 무사하게 되었다. 두네다인은 후일 값을 치르고 그 반지를 되찾았다. 전해지기로는 그것이 바로 나르고스론드의 펠라군드가 바라히르에게 주었고 베렌이 엄청난 위험을 무릅쓰고 되찾은 그 반지라고 한다.〕

22 〔그것들은 안누미나스와 아몬 술에 있던 돌들이었다. 이제 북방에 남은 돌은 룬만이 내다보이는 에뮌 베라이드 탑에 있는 것뿐이었다. 그 돌은 요정들이 지키고 있었는데, 우리들은 결코 몰랐지만, 키르단이 엘론드가 떠나는 배에 실을 때까지 그곳에 있었다(BOOK1 65쪽). 그러나 우리가 듣기에, 그 돌은 다른 것들과 다르며, 그것들과 연결되어 있지 않고 오로지 바다만 보였다고 한다. 돌을 그곳에 둠으로써 엘렌딜은 사라진 서녘의 에렛세아를 '곧은 방향으로' 되돌아보려 한 것이다. 그러나 누메노르는 저 아래 '굽은 바다'에 영원히 잠겨 있었다.〕

아르베두이의 죽음으로 북왕국은 종말을 고했다. 이제 두네다인도 거의 남지 않은 데다 에리아도르의 모든 민족들이 현저하게 감소한 것이다. 그러나 왕통은 두네다인의 족장들에 의해 계승되었고, 아르베두이의 아들 아라나르스가 첫 지도자였다. 그의 아들 아라하엘은 깊은골에서 양육되었으며, 그 후 지도자들의 모든 아들들이 그 전철을 따랐다. 그곳에는 바라히르의 반지, 나르실의 부러진 조각, 엘렌딜의 별, 안누미나스의 홀(笏) 등 그들 가문의 가보도 함께 보존되어 있었다.[23]

〔북왕국이 종말을 고하자 두네다인은 어두운 곳으로 잠행하여 은밀한 방랑자들이 되었다. 그들의 행적과 노고가 노래나 기록으로 전해지는 일도 없었다. 엘론드가 떠난 이후 이제 그들에 대한 기억은 거의 남지 않았다. 불안한 평화가 끝나기 전에도 사악한 무리가 다시 에리아도르를 공격하거나 은밀히 침입하기 시작했지만, 두네다인 족장들은 대개 장생을 누렸다. 아라고른 1세는 늑대들에 의해 살해되었다고 전해지는데, 그들은 그 후로도 내내 에리아도르의 위험으로 남았고 그 위험은 아직도 끝나지 않았다. 아라하드 1세 때, 오르크들이 갑자기 나타났다. 나중에야 밝혀진 것이지만, 이들은 오래전부터 에리아도르로 넘어가는 고개를 차단하기 위해 안개산맥에 비밀리에 요새를 구축해 오고 있었다. 2509년 엘론드의 아내 켈레브리안이 로리엔으로 여행하던 중 붉은뿔고개에서 오르크들에게 기습을 당했다. 갑작스러운 공격에 호위병들은 뿔뿔이 흩어지고 그녀는 붙잡혀 끌려갔다. 엘라단과 엘로히르가 뒤쫓아가 그녀를 구출했으나 이미 고문당하고 독으로 상처를 입은 뒤였다.[24] 그녀는 임라드리스로 돌아와 엘론드의 손길로 육신은 치유되었으나, 가운데땅에서의 온갖 기쁨을 잃어버리고는 이듬해 회색항구로 가서 대해를 건넜다. 훗날 아랏수일의 시대에 안개산맥에서 수가 크게 불어난 오르크들이 그 땅을 유린하기 시작하자, 두네다인과 엘론드의 아들들이 그들과 전투를 벌였다. 큰 무리의 오르크가 서쪽 멀리까지 침범해 샤이어에까지 이르렀으나, 툭 집안 반도브라스에 의해 격퇴된 것도 이 무렵의 일이었다.[25]〕

16대이자 마지막 지도자이며 다시금 곤도르와 아르노르 양국의 왕이 된 아라고른 2세 이전에 열다섯 명의 지도자가 있었다. 〔우리는 그를 우리의 왕이라 부른다. 그가 북쪽으로 복구된 안누미나스의 궁전으로 와서 한동안 저녁어스름호수 가에 머무르자 샤이어의 모든 이들이 매우 기뻐했다. 그러나 그는 샤이어에 들어오지 않았는데, 그것은 큰사람들은 누구라도 그 경계를 넘어서는 안 된다는 자신이 만든 법령을 스스로 굳게 지킨 것이다. 그러나 그는 자주 많은 아름다운 이들을 동반하고 대교(大橋)까지 나들이하여 거기서 친구들을 포함해 자신을 만나고자 하는 모든 이들을 만나곤 했다. 그중 몇몇은 그와 함께 떠나 그의 궁전에서 원하는 기간만큼 머물기도 했다. 사인인 페레그

---

23 〔왕께서 우리에게 일러 주시길, 누메노르에서는 홀이 왕권의 으뜸가는 상징이었다고 한다.(여기서 왕은 아라고른 2세를 가리킨다.—역자 주). 왕들이 왕관을 쓰지 않고 엘렌딜의 별인 엘렌딜미르라는 하얀 보석이 하나 박힌 은빛 머리띠를 이마에 두른 아르노르에서도 마찬가지였다(BOOK1 170쪽, BOOK5 924쪽 참조).〕 빌보는 왕관에 대해 말할 때 분명 곤도르의 경우에 한정했다(BOOK2 275쪽 참조). 그는 아라고른의 혈통에 관해 정통해진 것 같다. 〔누메노르의 홀은 아르파라존과 더불어 사라졌다고 한다. 안누미나스의 홀은 안두니에 영주들의 은빛 막대였는데, 그것이 지금은 가운데땅에 보존된 것 가운데 인간의 손으로 만들어진 가장 오래된 물건일 것이다. 엘론드가 그것을 아라고른에게 넘겨주었을 때 벌써 5천 년이나 된 것이었다(BOOK6 1038쪽 참조). 곤도르의 왕관은 누메노르인의 투구 모양을 본뜬 것이었다. 그것은 처음에는 진짜 평범한 투구였고, 이실두르가 다고를라드 전투에서 쓴 것도 그런 형태였다고 전해진다(아나리온의 투구는 바랏두르에서 날아온 돌팔매에 그가 맞아 죽었을 때 부서졌다). 그러나 아타나타르 알카린 재위 시에 그것이 보석으로 장식된 투구로 바뀌었다가 아라고른의 대관식 때 사용되었다.〕

24 BOOK2 253쪽 참조.

25 프롤로그 21쪽, BOOK6 1081쪽 참조.

린이 여러 차례 왕의 궁전에 갔고, 샘와이즈 시장도 그랬다. 그의 딸인 가인 엘라노르는 저녁별 왕비의 시녀가 되었다.〕

세력이 미약해지고 백성의 수가 줄었음에도 많은 세대에 걸쳐 아버지에서 아들로의 왕위 계승이 끊어지지 않은 것은, 북왕조의 자랑이자 놀라움이었다. 또한 왕통이 끊긴 이후 곤도르의 쇠퇴가 가속화되면서 가운데땅에서 두네다인의 수명이 점차 줄어들었음에도 불구하고, 북왕국의 많은 지도자들은 여전히 여느 사람들보다 두 배나 장수했고, 우리들 가운데 가장 나이 많은 이들보다도 훨씬 오래 살았다. 실제로 아라고른은 아르베길 왕 이후 왕가에서 누구보다 장수해 210세까지 살았다. 엘렛사르 아라고른에게서 옛 왕들의 위엄이 되살아났다.

곤도르 그리고 아나리온의 후계자들

바랏두르 앞에서 전사한 아나리온 이후로 곤도르에는 서른한 명의 왕이 있었다. 비록 국경에서 전쟁이 끊이지 않았지만, 남부의 두네다인은 영화대왕 알카린이라 불린 아타나타르 2세 때까지 천 년이 넘도록 바다와 육지에서 권세와 부를 키워 갔다. 그러나 쇠퇴의 조짐은 그때부터 이미 나타나고 있었다. 남부의 귀인들은 결혼을 늦게 하여 자식을 얼마 두지 못한 것이다. 팔라스투르는 후사가 없던 최초의 왕이었고, 두 번째는 아타나타르 알카린의 아들 나르마킬 1세였다.

미나스 아노르를 재건한 이는 7대 오스토헤르 왕이었으며, 그 후로 왕들은 여름철이면 오스길리아스보다 그곳에 거했다. 그의 재위 시에 곤도르는 동부의 야만인들로부터 처음으로 공격을 받았다. 그러나 그의 아들 타로스타르가 그들을 격퇴해 '동부의 승리자'라는 로멘다킬의 칭호를 얻었다. 하지만 그는 후에 동부의 새로운 무리들과의 전투에서 살해되었다. 그의 아들 투람바르가 부왕의 원수를 갚아 동쪽의 여러 곳에서 승리를 거두었다.

12대 타란논 왕으로부터 선박왕의 시대가 열려 왕들은 함대를 구축하여 안두인하구의 서해안과 남해안을 따라 곤도르의 지배권을 확장했다. 대군의 사령관으로 거둔 승리를 기리기 위해 타란논은 '해안의 영주'라는 팔라스투르 칭호로 왕위에 올랐다.

그의 조카 에아르닐 1세가 왕위를 이어받아 옛 항구 펠라르기르를 재정비하고 거대한 해군을 양성했다. 그는 바다와 육지에서 움바르를 포위 공격을 하여 점령했는데, 그곳은 이후 곤도르군의 거대한 항구 겸 요새로 쓰였다.[26] 그러나 에아르닐은 승리를 오래 누리지는 못했다. 그는 움바르 연안

26 움바르의 거대한 곶과 육지로 둘러싸인 하구는 예로부터 누메노르인의 땅이었다. 그곳은 '왕의 사람들'의 요새였는데, 훗날 그들은 사우론에게 넘어가 검은 누메노르인들이라 불렸다. 그들은 무엇보다 엘렌딜의 추종자들을 증오했다. 사우론의 몰락 후 그들의 일족은 급속히 수가 줄어 가운데땅의 인간들과 섞였지만, 그럼에도 곤도르에 대한 증오만은 여전했다. 따라서 움바르를 점령하는 데는 크나큰 대가를 치러야 했다.

에서 엄청난 폭풍우를 만나 많은 전함과 병사들과 함께 목숨을 잃었다. 그의 아들 키랸딜이 전함 건조를 계속했으나, 움바르에서 쫓겨난 영주들의 지휘 아래 하라드인들이 거대한 군세로 요새를 공격하여 키랸딜은 하라드와이스에서의 전투에서 쓰러지고 말았다.

여러 해 동안 움바르는 포위당했지만 곤도르의 강성한 해군력 때문에 함락되지는 않았다. 키랸딜의 아들 키랴헤르는 때를 기다리다가 군세가 갖추어지자 마침내 바다와 육지를 통해 북쪽에서 급습했다. 그의 대군이 하르넨강을 건너 하라드인들을 철저히 궤멸시켰다. 결국 하라드의 왕들도 곤도르의 왕권을 인정하지 않을 수 없었다(1050년). 키랴헤르는 이 쾌거로 '남부의 승리자' 햐르멘다킬이라는 칭호를 얻었다.

그의 오랜 재위 기간 중에 햐르멘다킬의 막강한 권세에 감히 도전하려는 적이 없었다. 그는 134년 동안 왕위에 있었는데, 이는 아나리온의 왕가 전체에서 한 명을 제외하고는 가장 긴 기간이었다. 그의 재위 시에 곤도르의 위세는 절정에 달했다. 그 당시 곤도르의 영토는 북쪽으로는 켈레브란트 평원과 어둠숲의 남단, 서쪽으로는 회색강, 동쪽으로는 룬의 내해, 남쪽으로는 하르넨강, 그리고 거기서부터 해안을 따라 움바르반도와 항구에까지 뻗쳤다. 안두인계곡의 인간들도 그 권세를 인정했고, 하라드의 왕들도 신하의 예를 표했으며, 그들의 아들들은 볼모로 곤도르의 궁전에서 살아야 했다. 모르도르는 황량했으나 막강한 요새를 구축하여 그 길목을 지키며 엄히 감시했다.

햐르멘다킬을 끝으로 선박왕의 시대는 끝났다. 그의 아들 아타나타르 알카린은 대단한 호사를 누렸는데, "귀한 보석도 곤도르에서는 아이들이 갖고 노는 공깃돌에 불과하다."라는 말이 나돌 정도였다. 그러나 아타나타르 왕은 안락에 탐닉해 자신이 물려받은 권세를 유지하는 데는 완전히 손을 놓아 버렸고, 그의 두 아들도 기질이 아버지와 같았다. 왕이 죽기 이전부터 이미 곤도르는 쇠퇴하기 시작했는데, 이를 적들이 눈치채지 못했을 리가 없었다. 모르도르에 대한 감시도 소홀해졌다. 그럼에도 불구하고 곤도르에 최초로 큰 재앙이 닥친 것은 발라카르 왕에 이르러서였다. 그건 다름 아닌 친족분쟁이었는데, 그로 인해 야기된 막대한 손실과 황폐는 결코 회복될 수 없는 것이었다.

칼마킬의 아들 미날카르는 혈기왕성한 인물이었다. 1240년 나르마킬 왕은 국사의 번거로움을 피하려는 마음에서 그를 왕국의 섭정으로 삼았다. 그때부터 그는 아버지의 자리를 물려받을 때까지 왕을 대신하여 곤도르를 다스렸다. 그의 주된 관심사는 북부인이었다.

북부인들은 곤도르의 권세로 인해 평화가 지속되자 크게 수를 불렸다. 왕들은 그들에게 호의를 베풀었는데, 이는 그들이 하등한 인간들 중에서는 그래도 두네다인에 가장 가까운 친족이기 때문이었다(그들 대부분은 옛 에다인 선조들의 후예였다). 그들에게 안두인대하 너머 초록큰숲 남쪽의 넓은 땅을 주어 동부인들에 대한 방비책으로 삼았다. 과거에 동부인들의 침략은 대개 내해와 잿빛산맥 사이의 평원을 통해 이루어지곤 했기 때문이었다.

비록 처음에는 소소했으나 나르마킬 1세 때 그들의 공격이 다시 시작되었다. 그러나 섭정은 북부인들이 언제까지나 곤도르에 충성을 바치지는 않을 것이며, 그들 중 일부는 전리품에 대한 욕심 때문이든 아니면 그쪽 왕자들 간의 반목 때문이든 간에 동부인들과 손잡으리라는 것을 깨닫게 되었다. 그리하여 1248년 미날카르는 대병력을 이끌고 나가 로바니온과 내해 사이에서 동부인들의 대군을 격파하고, 바다 동쪽의 적의 진영과 거주지를 모조리 파괴했다. 그 전공으로 그는 로멘다킬이라는 칭호를 얻었다.

로멘다킬은 개선 후 안두인대하 서안을 맑은림강의 하구까지 요새화하고 어떤 이방인도 에뮌 무일 너머 대하로 내려오는 것을 금했다. 넨 히소엘의 입구에 아르고나스의 돌기둥들을 세운 이도 바로 그였다. 그러나 그는 군사가 필요한 데다 곤도르와 북부인들 사이의 유대를 강화하고 싶었기 때문에, 많은 북부인들을 휘하에 들여 일부에게는 군대 내의 높은 자리를 주었다.

로멘다킬은 전쟁에서 자신을 도와준 비두가비아에게 특별한 호의를 베풀었다. 스스로를 로바니온의 왕이라 칭한 그는 초록숲과 켈두인강[27] 사이에 영지를 두고 있었지만, 실제로 북부의 대공들 가운데 가장 강력한 인물이었다. 1250년 로멘다킬은 아들 발라카르를 비두가비아에게 대사로 보내 잠시 그곳에 살면서 북부인들의 언어와 풍습, 정책을 익히도록 했다. 하지만 발라카르는 아버지의 의도를 훨씬 뛰어넘어 버렸다. 그는 북부의 땅과 사람들을 사랑하게 되었고, 급기야는 비두가비아의 딸 비두마비와 결혼했다. 그것은 그가 본국으로 귀환하기 몇 년 전의 일이었다. 훗날 친족분쟁은 이 결혼에서 비롯되었다.

〔이미 곤도르의 고관들은 자기네와 섞여 사는 북부인들을 곱지 않은 눈길로 바라보고 있었다. 더구나 왕위 후계자나 왕의 아들이 하찮고 이질적인 민족과 결혼한다는 것은 전대미문의 일이었다. 발라카르 왕이 늙자 남부 일대에서 벌써 반란이 일어났다. 왕비는 아름답고 고귀한 이였으나, 하등한 인간들의 운명대로 단명했다. 그러자 두네다인은 그녀의 자손들도 단명해서 인간 왕들의 위엄을 실추시킬까 봐 우려했다. 또한 그들은 지금은 엘다카르라고 불리지만 이국에서 태어나 어린 시절 어머니 쪽 나라 사람들의 이름처럼 비닛하랴라고 불린 왕자를 군주로 섬기는 것을 달가워하지 않았다.

따라서 엘다카르가 부왕을 계승하게 되자 곤도르는 내란에 휩싸였다. 그러나 엘다카르를 왕위에서 몰아내기는 쉽지 않은 일이었다. 그에게는 곤도르의 혈통뿐 아니라 북부인의 대담무쌍한 정신도 있었던 것이다. 그는 준수하고 용맹한 데다 부왕에 비해 조로(早老)하는 기미를 전혀 보이지 않았다. 왕가 후예들이 주도한 모반이 일어나자 그는 있는 힘을 다해 그 무리에 맞서 싸웠다. 그는 오스길리아스에서 포위당하고도 오랫동안 버텼으나, 결국 굶주림과 반란군의 대공세를 이기지 못하고 화염에 휩싸인 도성에서 쫓겨났다. 그 포위 공격과 화재의 와중에서 오스길리아스의 궁전 탑이 파괴되었고, 팔란티르도 물속에 잠겨 버렸다.

그러나 엘다카르는 적에게서 벗어나 친족이 있는 북부 로바니온으로 갔다. 거기서 그는 곤도르를 섬긴 북부인들과 영토 북쪽에 있던 두네다인을 규합했다. 많은 두네다인이 그를 존경했으며, 더 많은 이들은 찬탈자를 증오하게 되었다. 왕위 찬탈자는 로멘다킬 2세의 동생인 칼리메흐타르의 손자 카스타미르였다. 그는 왕위에 가장 가까운 친족 중 하나였을 뿐 아니라, 반란군 중에서 가장 많

27 일명 '달리는강'.

은 추종자를 갖고 있었다. 그는 함대의 총사령관이었기에 해안 지방과 펠라르기르 및 움바르대항구의 사람들로부터 지지를 받고 있었다.

카스타미르가 왕위에 오른 지 얼마 되지 않아 거만하고 무자비한 성격이 드러났다. 처음 오스길리아스 점령에서 보여 주었듯이 그는 잔인한 인물이었다. 그는 당시 생포된 엘다카르의 아들 오르넨딜을 사형에 처했다. 또한 그의 명령으로 도성에서 자행된 학살과 파괴는 전쟁 시 필수 불가결하게 발생할 수밖에 없는 정도를 훨씬 뛰어넘는 것이었다. 미나스 아노르와 이실리엔의 백성들은 이런 일을 잊지 않았다. 카스타미르가 백성들을 별로 신경 쓰지 않고 오로지 함대만 생각하며, 펠라르기르로 궁전을 옮기려 한다는 것이 드러나자, 그에 대한 애정은 시간이 흐를수록 줄어 갔다.

이렇게 해서 그가 왕이 된 지 10년밖에 안 되었을 때, 때를 기다리던 엘다카르가 북방에서 대군을 이끌고 쳐들어오자, 칼레나르돈과 아노리엔, 이실리엔에서 백성들이 그에게로 몰려들었다. 레벤닌의 에루이여울목에서 큰 전투가 벌어져 곤도르의 아까운 인재들이 무수히 피를 흘렸다. 엘다카르도 전투에서 카스타미르를 칼로 베어 아들 오르넨딜의 원수를 갚았다. 그러나 카스타미르의 아들들은 무사히 탈출해 친족들과 함대를 이끌고 펠라르기르에서 오래도록 항전했다.

그들은 거기서 가능한 모든 병력을 모아 (엘다카르에게는 바다에서 그들과 싸울 만한 전함이 없었다) 바다로 나가 움바르에 터를 잡았다. 그들은 그곳을 왕의 반대파를 위한 피신처로 만들고 독자적인 왕권을 세웠다. 움바르는 그 후로도 오랜 세월 동안 곤도르와 전쟁을 벌이면서 해안 지역과 바다로 나가는 모든 통로를 위협하는 존재가 되었다. 그곳은 엘렛사르 시대에 이르러서야 비로소 완전히 평정되는데, 그사이에 남곤도르에서는 움바르 해적들과 왕군 사이의 분쟁이 끊이지 않았다.〕

〔곤도르에게 움바르의 상실은 통탄할 만한 것이었다. 그것은 단지 남부에서 영토가 줄어들고 하라드인들에 대한 통제력이 느슨해졌기 때문만이 아니라, 그곳이 바로 누메노르 최후의 왕인 황금왕 아르파라존이 상륙하여 사우론의 힘을 무력화한 곳이기 때문이었다. 비록 나중에 악의 거대한 세력이 다시 떨쳐 일어나긴 했지만, 엘렌딜의 추종자들조차도 아르파라존의 대군이 아득한 대해로부터 나타난 것을 자랑스럽게 기억했다. 당시 그들은 항구가 내려다보이는 곳의 가장 높은 언덕에 거대한 흰 돌기둥으로 기념비를 세워 놓았다. 그 돌기둥의 꼭대기에 놓인 수정 구슬은 햇빛과 달빛을 받아 눈부신 별처럼 빛나 맑은 날이면 곤도르 해안이나 서쪽바다 멀리서도 볼 수 있었다. 그 돌기둥은 최근 사우론이 두 번째로 세력을 일으킬 때까지 그렇게 서 있었다. 사우론의 치욕을 나타내는 기념비인 그 기둥은, 움바르를 점령한 그의 수하들에 의해 파괴되었다.〕

엘다카르의 귀환 후 왕가와 두네다인의 다른 가문들의 혈통은 점점 더 하등한 인간들의 피와 섞이게 되었다. 많은 귀인들이 친족 분쟁에서 목숨을 잃은 것이다. 반면 엘다카르는 자신이 왕관을 되찾는 데 도움을 준 북부인들에게 호의를 베풀어 로바니온에서 온 많은 자들이 곤도르의 백성으로 충원되었다.

처음에는 우려한 것과는 달리 이처럼 피가 섞인 결과가 두네다인의 쇠퇴 촉진으로 나타나지는 않았다. 그렇지만 두네다인의 몰락은 이전부터 그래 온 것처럼 서서히 진행되었다. 의심할 바 없이 그것은 무엇보다도 가운데땅 그 자체에 원인이 있었고, 또 별의 땅이 침몰한 이후 누메노르인에게 주어진 선물들이 하나씩 서서히 빛을 잃어 갔기 때문이었다. 엘다카르는 235년의 수명을 누렸고, 망명 기간 10년을 포함해 58년 동안 재위했다.

곤도르에 두 번째이자 가장 큰 재앙이 닥친 것은 26대 왕 텔렘나르가 통치할 때였다. 그의 아버지는 미나르딜이었다. 미나르딜은 엘다카르의 증손자로, 펠라르기르에서 움바르의 해적들에게 살해되었다.[28] 『카스타미르의 증손자인 앙가마이테와 상가햔도가 당시 해적들을 지휘했다.』 곧이어 동쪽에서 음산한 바람과 함께 무서운 역병이 들이닥쳤다. 왕과 그의 모든 자손이 죽었고 엄청난 수의 곤도르 백성이 목숨을 잃었는데, 특히 오스길리아스의 피해가 컸다. 그로 인해 기력이 소진되고 병사도 태부족이어서 모르도르변경에 대한 감시가 중단되고 길목을 지키던 요새의 병력도 철수했다.

훗날 밝혀진 바에 따르면, 바로 이 때 초록숲의 어둠이 깊어지고 사악한 것들이 다시 나타났으며, 이것은 바로 사우론 준동의 조짐이었다는 것이다. 곤도르의 적들 역시 역병으로 피해를 입었다. 그렇지 않았다면 그들은 곤도르가 쇠약해진 기회를 놓치지 않고 제압했을 것이다. 그러나 사우론은 기다렸다. 아마도 당시 그의 최우선 목표는 모르도르로 들어가는 길을 여는 일이었을 것이다.

텔렘나르 왕이 죽자 미나스 아노르의 백색성수 또한 시들어 죽었다. 그러나 왕위를 승계한 조카 타론도르가 궁성에 다시 묘목을 심었다. 왕궁을 영원히 미나스 아노르로 옮긴 이도 바로 그였다. 오스길리아스는 이제 부분적으로 사람이 살지 않아 폐허로 변하기 시작한 것이다. 역병을 피해 이실리엔이나 서쪽 계곡들로 피신한 사람들 가운데 돌아오려는 자는 아주 미미했다.

어려서 왕위에 오른 타론도르는 곤도르의 왕들 가운데 가장 오래도록 재위했다. 그러나 그는 자국 영토를 재정비하고 힘을 조금씩 기르는 것 이상으로 무엇을 이루어 내지는 못했다. 하지만 그의 아들 텔루메흐타르는 미나르딜의 죽음을 잊지 않은 데다, 안팔라스에 이르기까지 해안을 침략하는 해적들의 방자함에 격분해 1810년 병력을 모아 움바르를 급습했다. 그 전쟁에서 카스타미르의 마지막 후손들이 비명에 사라졌고, 움바르는 한동안 다시 왕의 지배 아래 놓였다. 텔루메흐타르에게는 움바르다킬이라는 칭호가 덧붙었다. 그러나 곧이어 곤도르에 닥친 새로운 재앙 때문에 움바르는 또다시 상실되어 하라드인들의 수중으로 들어갔다.

세 번째 재앙은 전차몰이족의 침공이었다. 이들은 거의 백 년 동안이나 전쟁을 벌임으로써 그러지 않아도 쇠퇴 일로를 걷던 곤도르의 힘을 완전히 소진시켰다. 전차몰이족은 동방에서 온 하나의 족속이거나 여러 족속들의 동맹군이었는데, 이전에 출현한 어떤 적보다 강성하고 무장이 잘 되어 있었다. 그들은 대형 마차를 몰고 진격했고, 대장들은 전차를 타고 싸웠다. 나중에야 밝혀진 것이지만, 그들은 사우론의 밀사들로부터 부추김을 받아 곤도르를 급습한 것이었다. 나르마킬 2세는

28 원문에 미나르딜이 엘다카르의 아들이라고 되어 있었지만, 미나르딜은 엘다카르의 아들이 아닌 증손자이다(아나리온의 후계자들의 목록을 보라). 이러한 오류를 하퍼콜린스에 메일을 보내, 미나르딜이 엘다카르의 증손자임을 인정하는 답장을 받아(Wild, 네이버 카페 '중간계로의 여행') 이 책에 정정 수록한다.—편집자 주

1856년 안두인대하 건너에서 그들과 맞서 싸우다 전사했다. 그로 인해 로바니온의 동부와 남부의 백성들은 노예가 되었고, 한동안 곤도르의 국경은 안두인대하와 에뮌 무일까지로 밀려났다. 『이 무렵에 반지악령들이 모르도르로 재입성한 것으로 생각된다.』

나르마킬 2세의 아들 칼리메흐타르는 로바니온에서의 봉기에 힘입어 1899년 다고를라드에서 동부인들에게 큰 승리를 거둠으로써 아버지의 원수를 갚았다. 그래서 그 후 한동안 위험에서 벗어났다. 오랫동안의 침묵과 소원함을 종식하고 두 왕국이 다시 함께 머리를 맞댄 것은 북왕국에서는 아라판트가, 남왕국에서는 칼리메흐타르의 아들 온도헤르가 집권하던 때였다. 어떤 단일한 힘과 의지가 누메노르의 생존자들을 향해 여러 방면에서 공세를 집중시키고 있다는 것을 마침내 깨달은 것이다. 아라판트의 후계자 아르베두이가 온도헤르의 딸 피리엘과 결혼한 것도 이때였다(1940년). 그러나 두 왕국은 서로에게 원군을 보낼 처지는 못 되었다. 왜냐하면 전차몰이족이 막강한 군세로 재등장한 것과 때를 같이하여 앙마르가 아르세다인에 대한 공격을 재개했기 때문이었다.

이제 대다수의 전차몰이족은 모르도르 남쪽을 지나 칸드와 근하라드의 사람들과 동맹을 맺었다. 북쪽과 남쪽으로부터 퍼부어진 엄청난 공세를 맞아 곤도르는 멸망 위기에 처했다. 1944년 온도헤르 왕과 그의 두 아들 아르타미르와 파라미르가 모란논 북쪽 전투에서 쓰러지자, 적은 이실리엔으로 쏟아져 들어왔다. 그러나 남부군의 사령관 에아르닐이 남이실리엔에서 대승을 거두고 포로스강을 건너온 하라드군을 궤멸시켰다. 그는 서둘러 기수를 북쪽으로 돌려 퇴각 중이던 북부군을 최대한 규합하여 전차몰이족의 본진을 습격했다. 그들은 곤도르가 전복되어 이제 전리품을 챙기는 일만 남은 줄 알고 연회와 환락에 빠져 있었다. 에아르닐은 적진을 급습하여 전차들에 불을 지르고 적군을 크게 물리쳐 이실리엔에서 몰아냈다. 그의 군대 앞에서 달아나던 자들의 대다수는 죽음늪에서 목숨을 잃었다.

〔온도헤르와 그 아들들이 죽자 북왕국의 아르베두이는 이실두르의 직계 후손이자 온도헤르의 자식 중에서 유일하게 살아남은 피리엘의 남편 자격으로 곤도르의 왕권을 이어받겠다고 주장했다. 그러나 그 주장은 거부당했다. 그 일에 주축을 맡은 인물은 온도헤르 왕의 섭정 펠렌두르였다.

곤도르의 각의는 다음과 같이 답변했다. "곤도르의 왕관과 왕권은 오로지 이실두르에게서 이 왕국을 양도받은 아나리온의 아들 메넬딜의 후계자들 것이다. 곤도르에서 왕위는 오로지 아들들에게만 상속된다. 우리는 아르노르의 법도가 이와 다르다고 들은 적이 없다."

이에 대해 아르베두이는 이렇게 대꾸했다. "엘렌딜에게는 두 아들이 있었는데, 그중에서 이실두르가 장자로서 부왕의 후계자였다. 우리는 오늘날까지도 엘렌딜의 이름이 곤도르 왕통의 제일 앞자리에 있음을 알고 있다. 그분이야말로 두네다인 전역을 다스린 대왕이셨기 때문이다. 엘렌딜이 생존해 계셨을 때 남왕국은 두 아들이 공동으로 통치하도록 위임되었다. 그러나 엘렌딜이 서거했을 때 이실두르는 부왕의 고귀한 왕권을 이어받으러 떠났고, 남왕국의 통치는 부왕이 그런 것처럼 아우의 아들에게 위임했다. 그분은 곤도르의 왕권을 양도한 것이 아니며, 또 엘렌딜의 왕국을 영원히 분할하려는 뜻을 품은 것도 아니었다.

더구나 예로부터 누메노르에서는 국왕의 홀이 남녀를 불문하고 왕의 장자에게 전해져 왔다. 이러한 법도가 끊임없이 전쟁에 시달린 망명지에서 지켜지지 않은 것은 사실이다. 그러나 이것이 우리 백성들의 법도이며, 따라서 이제 우리는 온도헤르의 아들들이 후사 없이 돌아가셨다는 사실을 말하고자 하는 바이다."[29]

이에 대해 곤도르에서는 회답이 없었다. 개선장군 에아르닐이 곤도르의 왕관을 자기 것이라 주장했고, 그가 왕가의 일원이었기에 곤도르의 모든 두네다인은 그 주장을 승인했다. 그는 나르마킬 2세의 아우 아르키랴스의 아들 칼림마킬의 아들 시리온딜의 아들이었다. 아르베두이는 자신의 주장을 밀어붙이지는 않았다. 그에게는 곤도르 두네다인이 내린 선택에 반대할 힘도, 그럴 의지도 없던 것이다. 그러나 아르세다인의 왕권이 소멸되어 버린 뒤에도 그의 후손들은 그 주장을 결코 잊지 않았다. 이제 북왕국이 종말을 맞을 시간이 다가오고 있던 것이다.

아르베두이는 그 이름이 뜻하듯 실제로 마지막 왕이었다. 이 이름은 그가 태어났을 때 예언자 말베스가 지은 것으로, 그는 아르베두이의 부친에게 이렇게 말했다고 한다.

"왕자를 아르베두이라고 불러야 합니다. 그가 아르세다인의 마지막 왕이 될 것이기 때문입니다. 두네다인에게 선택권이 돌아가겠지만, 그들이 다른 선택을 한다면 왕자는 이름을 바꾸고 거대한 왕국의 왕이 될 것입니다. 그러나 그렇게 될 희망은 별로 없습니다. 그렇다면 두네다인은 다시 발흥하여 통합을 이룰 때까지 많은 슬픔과 희생을 겪을 것입니다."

곤도르에서도 에아르닐을 뒤이은 왕은 하나뿐이었다. 만일 왕관과 홀이 하나로 통합되었다면 왕권이 유지되고 많은 해악을 피할 수 있었을 것이다. 그러나 비록 에아르닐이 현자이고 거만한 사람이 아니었을지라도, 그 역시 대부분의 곤도르인처럼 아르세다인의 영토가 그곳의 유구한 왕통에도 불구하고 대수롭지 않은 것으로 느꼈던 것이다.

그는 아르베두이에게 자신이 남왕국의 법도와 필요에 따라 곤도르의 왕관을 썼음을 알리는 전언에서 다음과 같이 말했다. "그러나 나는 아르노르의 정통성을 잊지 않으며, 우리의 친족 관계를 부인하지 않을 것이오. 나는 엘렌딜의 왕국들이 서로 소원해지는 것을 바라지 않소. 그대가 도움을 필요로 할 때 힘닿는 데까지 도움을 드리겠소."

그러나 에아르닐이 약속한 것을 이행할 때가 되었다고 여기기까지는 그리 오랜 시간이 걸리지 않았다. 아라판트 왕은 점차 쇠해 가는 군세로 앙마르의 공세를 막느라 분투했으며, 왕위를 이어받은 아르베두이 또한 같은 노력을 기울였다. 그런데 마침내 1973년 가을 아르세다인이 크나큰 곤경에 처했으며, 마술사왕이 최후의 일격을 준비하고 있다는 전갈이 곤도르에 전해졌다. 그러자 에아르닐은 할애할 수 있는 최대의 군사를 동원해 아들 에아르누르의 지휘하에 함대를 최대한 신속하게 북으로 보냈다. 그러나 때는 너무 늦었다. 에아르누르가 린돈항에 도착하기도 전에 마술사왕은 아르세다인을 정복했고, 아르베두이는 사망하고 말았다.

---

29 〔(왕께서 알려 주신 바에 따르면) 그 법은 제6대 타르알다리온 왕이 후사로 딸 하나만을 남겼을 때 누메노르에서 만들어졌다. 그 왕녀가 최초의 통치 여왕 타르앙칼리메였다. 그러나 그 이전에는 법도가 달랐다. 제4대 타르엘렌딜 왕은 딸 실마리엔이 장자였음에도 아들 타르메넬두르에게 왕위를 물려주었다. 그러나 엘렌딜의 혈통은 실마리엔으로부터 이어져 내려온 것이었다.〕

그러나 에아르누르가 회색항구에 도착하자 요정들과 인간들은 기뻐하며 크게 놀랐다. 그의 함대가 워낙 대규모여서 하를론드와 포를론드 두 항구를 가득 채우고도 정박할 곳이 모자랄 정도였던 것이다. 전함들에서는 위대한 왕들의 전쟁에 걸맞은 물자와 식량을 비롯하여 엄청난 군대가 내려왔다. 이는 곤도르 전 병력 가운데 소규모 파견대에 지나지 않았지만 북왕국 사람들에게는 엄청나 보였다. 무엇보다도 군마들이 찬사의 대상이었는데, 그도 그럴 것이 많은 말들이 안두인계곡에서 온 데다 헌칠한 기수들과 로바니온의 의기 높은 영주들이 대동한 것이었다.

그리하여 키르단은 린돈이나 아르노르에서 가능한 모든 병력을 소집하여 출정 준비가 끝나자 룬강을 건너 북쪽으로 행군해 앙마르의 마술사왕에게 도전했다. 그 무렵 마술사왕은 사악한 무리들을 가득 모아, 그곳 왕들의 궁전과 법도를 유린하며 포르노스트를 거점으로 삼고 있었다. 그는 자만심에 찬 나머지 요새에서 적의 공격을 기다리지 않고, 예전에 그런 것처럼 그들을 일거에 룬강으로 쓸어 버릴 요량으로 적군을 맞으러 달려 나왔다.

그러나 서부의 대군이 저녁어스름언덕에서 뛰쳐나와 그를 덮치면서 네누이알과 북구릉 사이의 평원에서 일대 격전이 벌어졌다. 구릉을 돌아온 기병의 주력 부대가 북쪽에서 쏟아져 내려 자신들 진영을 유린하자 앙마르의 군세는 이미 전의를 상실해 포르노스트를 향해 퇴각하기 시작했다. 마술사왕은 간신히 살아남은 패잔병을 이끌고 자신의 영토인 앙마르를 향해 북쪽으로 도주했다. 그러나 카른 둠의 피신처에 도달하기도 전에 그는 에아르누르가 선봉에 선 곤도르의 기병대들에게 따라잡혔다. 동시에 요정 영주 글로르핀델 휘하의 군대가 깊은골에서 몰려왔다. 앙마르는 철저히 궤멸되어 산맥 서쪽에는 앙마르의 인간이나 오르크가 단 한 명도 살아남지 못했다.

그러나 전해지는 이야기에 따르면, 모든 것을 잃은 뒤에 마술사왕 자신이 검은 옷차림에 검은 복면을 쓴 채 검은 말을 타고 갑자기 나타났다고 한다. 그의 모습을 본 이들은 모두 겁에 질렸다. 하지만 증오에 찬 그는 오로지 곤도르의 대장만을 노리고 오싹한 괴성을 지르며 곧장 달려들었다. 에아르누르는 그와 맞서고자 했으나, 어떻게 해보기도 전에 그의 말이 그 무시무시한 돌격을 견디지 못하고 길에서 벗어나 그대로 달아났다.

그러자 마술사왕이 웃음을 터뜨렸다. 그 소리를 들은 이들은 그 소름 끼치는 웃음소리를 결코 잊지 못했다. 그러나 그때 글로르핀델이 백마를 타고 다가서자 마술사왕은 웃음을 거두고 도주하여 어둠 속으로 사라졌다. 전장에 어둠이 깔렸기에 그의 종적을 알 수 없었고, 그가 어디로 갔는지 아는 이는 아무도 없었다.

에아르누르가 다시 말을 타고 돌아왔을 때 글로르핀델은 짙어 가는 어둠 속을 응시하며 이렇게 말했다.

"그자를 뒤쫓지 마시오! 그는 이 땅에 돌아오지 않을 것이오. 그의 운명의 날은 아직 한참 멀었소. 그리고 그는 사내의 손에는 결코 쓰러지지 않소."

많은 이들이 이 말을 기억했다. 그러나 자신의 치욕을 갚고 싶은 일념뿐이었던 에아르누르는 분해서 몸을 떨었다.

앙마르의 사악한 왕국은 이렇게 종말을 맞았다. 그리고 이렇게 해서 곤도르의 대장 에아르누르

는 마술사왕의 증오를 사게 되었다. 그러나 그 증오가 겉으로 드러나기까지는 수많은 세월이 흘러야만 했다.〕

나중에서야 밝혀진 바지만, 이렇게 해서 마술사왕은 에아르닐의 재위 시에 북쪽으로부터 모르도르로 도주했다. 거기서 그는 다른 반지악령들을 불러 모았으며, 그들 중 그가 우두머리였다. 그러나 그들이 모르도르에서 키리스 웅골의 관문을 지나 미나스 이실을 포위 공격한 것은 2000년이 되었을 때였다. 그들은 미나스 이실을 2002년에 점령하고 탑 안에 있던 팔란티르를 수중에 넣었다. 제3시대가 지속되는 동안 누구도 그들을 그곳에서 축출하지 못했다. 이제 미나스 이실은 공포의 땅이 되었고, 이름도 미나스 모르굴로 바뀌었다. 아직 이실리엔에 남아 있던 사람들 대부분이 그곳을 버리고 떠났다.

〔에아르누르는 부왕과 같은 용맹함을 지녔으나 지혜로는 부왕에 미치지 못했다. 그는 강건한 신체와 격렬한 기질의 소유자였다. 유일한 낙이 전투를 벌이거나 무용을 닦는 것이었기에, 아내를 얻으려 하지 않았다. 그의 무용은 아주 대단해서 곤도르에서는 어느 누구도 그의 기쁨인 무술에서 그를 능가할 수 있는 이가 없었다. 그는 대장이나 국왕이라기보다는 투사처럼 보였고, 여느 사람들보다 훨씬 오래도록 용맹함과 무예를 유지했다.〕

2043년 에아르누르가 왕위를 계승하자 미나스 모르굴의 왕은 그가 과거 북방 전투에서 감히 자기 앞에 나서지 못했다고 조롱하며 일대일로 싸우자고 도전했다. 그때는 섭정 마르딜이 왕의 분노를 진정시켰다. 텔렘나르 왕의 시대 이래로 왕국의 수도이자 궁성의 소재지인 미나스 아노르는 이제 모르굴의 사악한 힘을 밤낮 없이 경계하기 위해 미나스 티리스로 개칭되었다.

에아르누르가 왕위에 오른 지 7년이 되었을 때, 모르굴의 영주는 나약한 젊은이가 이제는 노쇠해지기까지 했다고 빈정거리며 다시 도전해 왔다. 이번에는 마르딜도 더 이상 왕을 만류할 수 없었다. 왕은 소수의 기사들만 호위대로 대동하고 미나스 모르굴의 성문으로 달려갔다. 그러나 그들 일행에 대한 소식은 두 번 다시 들리지 않았다. 곤도르에서는 그 사악한, 수없는 적이 왕을 함정에 빠뜨렸고, 왕이 미나스 모르굴에서 고통스러운 최후를 맞았을 것이라고 믿었다. 그러나 왕의 죽음을 목격한 이가 아무도 없었기에 섭정 마르딜은 오랜 세월 동안 왕을 대신하여 곤도르를 다스렸다.

이제 왕가의 후손은 거의 남아 있지 않았다. 친족분쟁으로 왕족의 수가 엄청나게 줄어든 것이다. 더욱이 내분 이후로 왕들은 근친을 시기하고 경계해 왔다. 이따금 의심의 눈초리를 받은 왕족들이 움바르로 달아나 반군에 가담하는 일이 심심찮게 있었다. 다른 한편에서는 더 이상 혈통을 지키지 못하고 누메노르 혈통이 아닌 여인을 아내로 맞는 이들도 있었다.

그리하여 순수한 혈통을 지녔거나 모두가 인정할 만한 왕위 주창자는 더 이상 찾아볼 수 없었다. 게다가 모든 사람들이 친족분쟁을 유념하며 노심초사했다. 그와 같은 분쟁이 다시 일어난다면 곤도르가 멸망할 것이란 걸 알고 있었던 것이다. 그 결과 오랜 세월이 흘렀음에도 불구하고 섭정이 계속 곤도르를 통치했으며, 엘렌딜의 왕관은 에아르누르가 남겨 놓은 그대로 사자(死者)의 집에 누운 에아르닐 왕의 무릎 위에 놓여 있었다.

섭정들

섭정의 가문은 후린가로 불렸다. 그들은 미나르딜 왕(1621~1634)의 섭정이자 누메노르 귀족 혈통을 지닌 에뮌 아르넨의 후린의 후손들이기 때문이다. 후린 이후 왕들은 언제나 그의 후손 가운데서 섭정을 선택했다. 그리고 펠렌두르의 시대 이후로 섭정권 또한 왕권과 마찬가지로 아버지에게서 아들로, 또는 가장 가까운 친족에게로 세습되었다.

실제로 새로 섭정이 되는 이들은 저마다 "국왕이 귀환할 때까지 그의 이름을 빌려 나라를 다스린다."라는 서약을 하고서 취임했다. 그러나 이러한 서약은 곧 유명무실한 요식 행위가 되고 말았다. 섭정들은 왕으로서의 전권을 행사한 것이다. 그렇지만 많은 곤도르인들은 왕이 언젠가 돌아올 것이라고 여전히 믿었다. 일부는 아직도 어둠 속에 살아 있다는 풍문이 도는 북왕국의 고대 혈통을 기억하기도 했다. 그러나 통치 섭정들은 그와 같은 생각들을 못마땅하게 여겼다.

그럼에도 불구하고 섭정들은 고대의 왕좌에 앉지 않았고 왕관을 쓰거나 홀을 들지도 않았다. 그들은 직권의 표시로 하얀 막대기만 지녔고, 깃발은 아무 문장도 없이 그냥 하얀색이었다. 반면에 왕의 깃발은 검은 바탕에 일곱 개의 별 아래 꽃이 만개한 하얀 나무가 그려져 있었다.

통치 섭정 혈통의 시조로 여겨지는 마르딜 보론웨 이후 곤도르에는 26대이자 마지막 섭정이던 데네소르 2세 때까지 스물네 명의 통치 섭정이 있었다. 처음에 그들은 별다른 일없이 조용히 다스렸다. 왜냐하면 당시는 사우론이 백색회의의 권세 앞에서 움츠러들고, 반지악령들도 모르굴 계곡에 숨어 있던 불안한 평화의 시절이었기 때문이다. 그러나 데네소르 1세 이후 다시는 완전한 평화가 없었고, 곤도르가 크고 공공연한 전쟁을 치르지 않을 때도 그 국경은 끊임없는 위협 속에 있었다.

데네소르 1세의 만년에 검고 힘센 오르크들인 우루크들이 처음 모르도르에서 출몰하더니, 2475년에는 이실리엔을 휩쓸고 오스길리아스를 점령했다. 당시 데네소르의 아들 보로미르(반지 원정대의 일원인 보로미르는 그에게서 이름을 딴 것이다)가 그들을 격파하고 이실리엔을 수복했다. 그러나 오스길리아스는 돌이킬 수 없이 파괴되었고, 그 거대한 석교도 부서졌다. 이후 그곳에는 아무도 살지 않게 되었다. 보로미르는 위대한 장수여서 마술사왕조차도 그를 두려워했다. 그는 고귀하고 준수한 용모에 신체와 의지가 강한 인물이었으나, 그 전쟁에서 모르굴로부터 입은 상처 때문에 명대로 살지 못하고 고통으로 쇠해져 부친 사후 열두 해 만에 세상을 떠나고 말았다.

보로미르 이후 키리온의 오랜 통치가 시작되었다. 그는 경계심이 많고 신중했다. 그러나 그의 재위 기간 중 곤도르의 힘이 미치는 범위가 현격하게 줄어들어, 그는 자국 국경을 방비하는 것 외에 다른 일을 할 여력이 없었다. 반면 적들은(또는 그들을 움직이는 힘은) 그를 칠 준비를 했는데, 그로서는 막을 도리가 없었다. 해적들이 해안을 습격했지만 정작 큰 위험은 북쪽에 있었다. 그 당시 어둠숲과 달리는강 사이의 드넓은 로바니온 땅에는 돌 굴두르의 전적인 후원을 받는 사나운 족속이 살고 있었다. 그들이 종종 숲을 지나 침략해 오자 급기야는 창포강 남쪽의 안두인 유역에 인적이 드물어졌다. 이들 발크호스는 동부에서 들어온 유사한 무리의 합세로 그 수가 끊임없이 불어났지만, 칼레나르돈에 살고 있던 백성들의 수는 줄어들었다. 키리온은 안두인대하의 경계를 지키기도 버거웠다.

〔키리온은 적의 습격을 내다보고 북으로 원병을 청했지만 이미 때는 늦었다. 그해(2510년) 안두인대하 동쪽 해안에 수많은 함선과 뗏목을 건조해 놓은 발크호스가 벌 떼처럼 대하를 건너 수비대를 휩쓸어 버린 것이다. 남쪽에서 진군해 온 지원 부대는 진로를 차단당한 채 맑은림강 너머 북으로 밀려났다가, 갑자기 산맥에서 쏟아져 나온 오르크 무리로부터 급습을 받고 안두인대하 쪽으로 쫓겨났다. 그때 북쪽에서 전혀 기대치 않던 원군이 도착했다. 곤도르 땅에 로한인의 나팔 소리가 처음으로 울려 퍼졌다. 청년왕 에오를이 기병들을 이끌고 와서 적을 쓸어 버리고 칼레나르돈평원 위로 발크호스를 추격하여 몰살시켰다. 키리온은 에오를에게 그 땅을 거주지로 내주었고, 에오를은 키리온에게 곤도르 영주들이 곤경에 처할 때면 우정의 도움을 주겠노라고 서약했다.〕

19대 섭정 베렌의 시절에 한층 큰 위기가 곤도르에 닥쳤다. 오랫동안 준비한 막강한 세 함대가 움바르와 하라드로부터 쳐들어와 곤도르 해안을 급습했다. 적은 북으로 아이센강 하구에 이르기까지 수많은 곳에 상륙했다. 동시에 로한도 서쪽과 동쪽에서 공격을 받아 영토가 유린되고 그들은 백색산맥의 계곡으로 쫓겨났다. 그해(2758년) 북쪽과 동쪽에서 불어닥친 추위와 폭설과 함께 '긴겨울'이 시작되어 거의 다섯 달이나 지속되었다. 로한의 헬름 왕과 그 아들들이 그 전쟁에서 사망했다. 에리아도르와 로한은 재난과 죽음으로 뒤덮였다. 그러나 산맥 이남의 곤도르는 상황이 그렇게 처참하지는 않아 봄이 오기 전 베렌의 아들 베레곤드가 침략자들을 물리쳤다. 그는 즉각 로한에 원군을 보냈다. 그는 보로미르 이래 곤도르가 낳은 가장 위대한 장수였다. 그가 아버지를 계승하자(2763년) 곤도르는 예전의 위세를 되찾기 시작했다. 하지만 로한은 전쟁의 상처에서 쉽게 회복되지 못했다. 바로 그런 이유 때문에 베렌은 사루만을 흔쾌히 받아들여 그에게 오르상크의 열쇠를 주었다. 그해(2759년)부터 사루만은 아이센가드에 살게 되었다.

안개산맥에서 난쟁이와 오르크 사이의 전쟁(2793~2799년)이 벌어진 것은 바로 베레곤드가 재위할 때였다. 남쪽으로는 전쟁에 대한 소문만 전해졌는데, 이윽고 난두히리온에서 도주한 오르크들이 로한을 가로질러 백색산맥에 터를 잡으려고 했다. 그 위험을 제거하기까지 오랜 세월 동안 그 계곡에서 전투를 벌여야 했다.

21대 섭정 벨렉소르 2세가 죽자 미나스 티리스에 있던 백색성수도 죽었다. 그러나 아무 데서도 묘목을 구할 수가 없었기에 그 나무는 '국왕이 귀환할 때'까지 죽은 채 그대로 서 있었다.

투린 2세 때 곤도르의 적들이 다시 움직이기 시작했다. 다시 강성해진 사우론이 떨치고 일어날 때가 다가오고 있었던 것이다. 모르도르의 오르크들이 창궐하기 시작했기 때문에, 가장 대담한 이들을 빼고는 모든 백성들이 이실리엔을 버리고 안두인대하 너머 서쪽으로 이주했다. 투린은 이실리엔에 병사들을 위한 비밀 은거지를 만들었는데, 그중에서 헨네스 안눈이 가장 오랫동안 병사들이 남아 지키던 곳이었다. 그는 또한 아노리엔을 방어하기 위해 카이르 안드로스섬[30]을 다시 요새화했다. 그러나 곤도르의 진짜 위험은 남쪽에 있었다. 그쪽에서는 하라드인들이 남곤도르를 점령한 데다 포로스강을 따라 수많은 전투가 벌어졌다. 이실리엔이 대규모 병력의 침공을 받자 로한의 폴크위네 왕은 많은 병사를 보내 에오를의 서약을 이행하고, 아울러 과거 베레곤드에게서 받은 원조에 대한 빚을 갚았다. 그 도움에 힘입어 투린은 포로스강의 여울목에서 승리를 거두었으나, 폴크위네의 두 아들은 모두 그 전투에서 전사했다. 기병들은 자기네 방식대로 그들을 묻었다. 두 왕자는 쌍둥이였기에 하나의 무덤에 같이 뉘였다. 그 무덤 '하우드 인 과누르'는 오래도록 강변 위에 우뚝 솟아 곤도르의 적들은 그곳을 지나치기를 두려워했다.

투르곤이 투린의 뒤를 이었다. 그의 재위 기간에 기억할 만한 주요 사건은, 그가 죽기 이태 전 사우론이 다시 떨치고 일어서 공개적으로 자신의 존재를 선언하고, 오랫동안 자신을 기다리고 있던 모르도르로 재입성했다는 것이다. 그 후 바랏두르는 다시 한번 일어섰고, '운명의 산'은 화염을 내뿜었다. 이실리엔에 마지막으로 남아 있던 이들도 모두 멀리 달아났다. 투르곤이 죽자 사루만은 아이센가드를 자기 것으로 차지하여 요새로 만들었다.

〔투르곤의 아들 엑셀리온 2세는 현명한 인물이었다. 그는 아직 남아 있는 병력으로 모르도르의 공격에 대비하여 영토의 수비를 강화했다. 그는 원근에서 모든 인재를 끌어 모아 휘하에 두었고, 신뢰할 만한 이들에게는 걸맞은 지위와 보상을 해 주었다. 그는 국사의 많은 부분에 있어 자신이 누구보다도 아끼는 한 위대한 장수의 도움과 조언을 얻었다. 곤도르인들은 그를 소롱길, 즉 '별의 독수리'라고 불렀다. 그는 민첩하고 눈이 날카로운 데다 망토에 은빛 별 하나를 달고 다녔기 때문이다. 그러나 그의 본명과 출생지를 아는 이는 아무도 없었다. 그는 로한의 셍겔 왕 아래에서 일하다가 엑셀리온에게 왔지만 그렇다고 로한인도 아니었다. 그는 육지에서든 바다에서든 위대한 지휘자였다. 하지만 그는 엑셀리온의 시대가 끝나기도 전에 자신이 온 어둠 속으로 떠나 버렸다.

소롱길은 종종 엑셀리온에게 움바르 반란군의 세력이 곤도르에 크나큰 위험이며 만일 사우론이 전쟁을 벌이고 나선다면 남부의 영지에도 치명적인 위협이 될 것이라고 조언했다. 마침내 그는 섭정의 허락을 얻어 소규모 함대를 준비한 뒤에 적이 예기치 못한 야간에 움바르에 잠입해 해적들의 함선 대부분을 불태웠다. 그는 부두에서 벌어진 전투에서 항구의 대장을 죽인 후 경미한 손실만 입고 함대를 이끌고 귀환했다. 그러나 펠라르기르로 돌아온 그는 슬프고 놀랍게도 크나큰 영예가 기다리고 있는 미나스 티리스로 돌아가지 않으려 했다.

그는 엑셀리온에게 다음과 같은 작별의 말을 전했다. "영주시여, 이제 제게는 해야 할 다른 일들이 있습니다. 제가 운명에 따라 다시 곤도르에 오기까지 앞으로 오랜 세월이 흐를 것이고, 곤도르에는 많은 위험이 닥칠 것입니다." 그가 해야 할 일들이 무엇인지 또 그가 누구의 부름을 받았는지에 대해 그 누구도 헤아릴 길이 없었지만 그가 어느 쪽으로 갔는지는 전해졌다. 그는 배를 타고 안두인

---

30 이 이름은 '긴 거품의 배'를 뜻한다. 그 섬은 높다란 뱃머리가 북쪽을 가리키는 거대한 함선처럼 생겼고, 뱃머리에 해당하는 날카로운 바위에 안두인대하의 물결이 하얀 거품을 일으키며 부서졌다.

대하를 건넌 다음 거기서 동지들과 작별하고 혼자 길을 나선 것이다. 그를 마지막으로 보았을 때 그는 어둠산맥을 향하고 있었다.

소롱길이 떠났다는 소식은 도성 안 사람들에게 큰 실망감을 안겨 주었다. 엑셀리온의 아들 데네소르에게는 그렇지 않았을지 모르나, 그것은 도성의 모든 백성에게는 큰 손실로 여겨졌다. 이제 섭정 자리에 올라도 될 만큼 장성한 데네소르는 4년 후 아버지가 죽자 섭정직을 물려받았다.

데네소르 2세는 장신에 용맹하고 의기 높은 인물로 곤도르가 지난 여러 세대 동안 겪은 그 어떤 이보다 왕다운 풍모를 지녔다. 또 그는 지혜롭고 선견지명이 있으며 높은 학식을 갖추었다. 사실 그는 가장 가까운 친족에 못지않게 소롱길과 흡사했으나, 백성들의 사랑과 부친의 평가에서는 언제나 그 이방인의 아래에 놓였다. 실제로 소롱길은 데네소르와 우열을 겨룬 적이 없고, 그 부친의 신하 이상으로 스스로를 높게 여긴 적이 없음에도 불구하고 많은 사람들은 소롱길이 경쟁자가 영주가 되기 전에 떠난 것이라고 생각했다. 그들 두 사람이 섭정에게 드린 조언 중 서로 어긋난 것은 딱 한 가지뿐이었다. 소롱길은 종종 엑셀리온에게 아이센가드의 백색의 사루만을 믿지 말고 대신 회색의 간달프를 맞아들여야 한다고 조언했다. 그러나 데네소르와 간달프는 그다지 사이가 좋지 않아서 엑셀리온의 시대가 끝나자 미나스 티리스에서는 회색의 순례자를 별로 반기지 않았다. 따라서 모든 일이 명료하게 드러난 훗날에 많은 이들은, 예민하고 선견이 있으며 그 시대의 누구보다도 통찰이 깊던 데네소르가 이방인 소롱길의 정체를 알아내고 그와 미스란디르가 자신의 지위를 찬탈하려고 작당했다고 의심을 품은 것이라고 여겼다.

데네소르는 섭정이 되자(2984년) 모든 지배권을 한 손에 장악하는 강력한 군주가 되었다. 그는 말수가 적었고 간언에는 귀를 기울였지만 결정은 자기 생각대로 내렸다. 그는 늦게 결혼해(2976년) 돌 암로스의 아드라힐의 딸 핀두일라스를 아내로 맞이했다. 그녀는 빼어난 미모와 부드러운 심성을 지녔으나 결혼한 지 채 12년이 안 되어 세상을 뜨고 말았다. 데네소르는 자기 나름의 방식대로이긴 하지만 그녀가 낳아 준 장남을 제외하고는 다른 어느 누구보다도 그녀를 애틋하게 사랑했다. 세인들이 보기에 그녀는, 바다를 내다보는 계곡의 한 송이 꽃이 불모의 바위 위로 옮겨진 것처럼 견고하게 방비된 도성에서 시들어 죽은 것 같았다. 동쪽 어둠이 그녀의 마음을 공포에 떨게 했고, 그녀는 바다가 그리워 언제나 남쪽으로 시선을 보내곤 했다.

아내가 죽은 후 데네소르는 예전보다 더 음울하고 과묵해졌으며, 자기 시대에 모르도르의 공격이 닥칠 것을 예견하며 깊은 상념에 잠겨 탑 속에 오래도록 홀로 앉아 있는 시간이 많아졌다. 훗날 세인들은 그가 비록 지식이 필요했지만, 자만과 스스로의 의지에 대한 과신으로 인해 무모하게도 백색탑의 팔란티르를 들여다본 것이라고 믿었다. 미나스 이실이 함락되고 이실두르의 팔란티르가 적의 수중에 들어간 후로 그때까지 그 어떤 섭정이나 에아르닐과 에아르누르 왕조차 감히 이 돌을 사용하려고 한 적은 없었다. 왜냐하면 미나스 티리스의 돌은 곧 아나리온의 팔란티르로, 사우론이 차지한 것과 매우 긴밀하게 연결되어 있기 때문이었다.

이런 방법으로 데네소르는 자신의 영토 안과 멀리 국경 너머에서 일어난 일들을 소상하게 알고 있었기에, 많은 이들이 놀라움을 금치 못했다. 그러나 그는 그 지식의 대가를 톡톡히 치러야 했다. 즉 그는 사우론과 의지력을 겨루느라 때 이르게 노쇠했다. 그 결과 데네소르의 마음속에는 절망감과 더불어 자만심이 점차 커져 갔다. 마침내 당대의 모든 일 가운데 백색탑의 영주와 바랏두르의 영주 사이의 투쟁만을 유일한 것으로 여기고, 자신을 섬기지 않으면 사우론에 대적하는 다른 모든 세력들까지도 불신했다.

이런 가운데 반지전쟁이 임박하면서 데네소르의 아들들도 장성해 갔다. 동생보다 다섯 살 위로 아버지의 사랑을 한 몸에 받은 보로미르는 용모와 자존심에서는 아버지를 닮았으나 다른 면에서는 그렇지 않았다. 오히려 그는 과거의 에아르누르 왕처럼 아내를 들이지 않고 오로지 무예에만 탐닉하는 부류의 인물이었다. 그는 두려움을 모르고 강건했으나, 옛 전투담을 빼고는 학문에 관심이 없었다. 아우 파라미르는 용모는 형과 흡사했지만 심성은 전혀 달랐다. 그는 부친과 마찬가지로 사람들의 마음을 날카롭게 읽어 냈다. 하지만 그것으로 그들을 경멸하기보다는 측은하게 여겼다. 그는 행동거지가 온화했고 학문과 음악을 사랑했다. 그래서 당대에는 그의 용맹이 형만 못하다고 여기는 사람들이 많았다. 그러나 실상은 그렇지 않았다. 그는 쓸데없이 위험에 몸을 내맡기면서까지 영광을 추구하는 행동을 하지 않았을 뿐이었다. 그는 간달프가 도성에 올 때면 크게 반기고 그의 지혜에서 많은 것을 배웠다. 다른 많은 일이 그랬듯이 이 일도 부친의 심기를 거슬렀다.

그러나 형제 사이의 우애는 매우 돈독했다. 보로미르가 늘 파라미르를 도와주고 돌보아 준 어린 시절 이래로 둘의 우애는 내내 그러했다. 아버지의 총애나 사람들의 평가에도 불구하고 둘 사이에는 시기나 경쟁심이 생기지 않았다. 파라미르가 보기에 곤도르의 어느 누구도 데네소르의 후계자이자 백색탑의 대장인 보로미르와 겨룰 자가 없었고, 보로미르 또한 마찬가지로 생각했다. 그러나 막상 시험에 닥치자 그렇지 않다는 것이 드러났다. 반지전쟁에서 이 세 인물에게 일어난 일들에 대해서는 다른 곳에서 소상하게 기술되어 있다. 어쨌든 반지전쟁 이후 통치 섭정들의 시대는 종말을 고했다. 이실두르와 아나리온의 후계자가 돌아와 새로이 왕권을 확립하고, 엑셀리온 탑에서 다시금 백색성수의 깃발이 휘날리게 된 것이다.〕

아라고른과 아르웬의 이야기 한 토막

〔아라도르는 왕의 조부다. 그의 아들 아라소른은 아라나르스의 후손 디르하엘의 딸인 가인(佳人) 길라엔과 결혼하고자 했다. 그러나 디르하엘이 이 결혼에 반대했다. 길라엔이 아직 어린 나이여서 두네다인 여인들의 결혼 적령기에 이르지 못했다는 것이 그 이유였다. 디르하엘은 이렇게 말했다.

"더군다나, 아라소른은 나이가 찬 준엄한 인물이고 예상보다 빨리 지도자가 될 테지만, 내 생각엔 아무래도 단명할 것 같소."

그러자 그에 못지않은 선견지명을 지닌 그의 아내 이보르웬은 이렇게 대꾸했다.

"그러니 더 서둘러야죠! 폭풍 전의 어둠이 다가오고 있고 엄청난 일들이 벌어질 거예요. 만일 이 두 사람이 지금 결혼한다면 우리 백성들에게 희망이 생겨날 수 있어요. 그렇지만 결혼을 미룬다면 이 시대가 다하도록 희망이 없을 거예요."

아라소른과 길라엔이 결혼한 지 겨우 1년이 지났을 때 아라도르가 깊은골 북쪽 얼어붙은벌판에서 산악 트롤들에게 사로잡혀 살해되었다. 그리하여 아라소른이 두네다인의 지도자가 되었다. 이듬해 길라엔이 아들을 낳았는데 그 이름을 아라고른이라 했다. 그런데 아라고른이 겨우 두 살이 됐을 때 아라소른은 엘론드의 아들들과 함께 오르크들과의 싸움에 나섰다가 오르크의 화살이 눈을 관통하여 전사했다. 그때 그의 나이가 예순이었는데, 그 일족의 수명에 비할 때 단명한 것이었다.

이제 이실두르의 후계자가 된 아라고른은 어머니와 함께 엘론드의 궁전에서 살았다. 엘론드는 아버지 역할을 맡아 그를 친아들처럼 사랑해 주었다. 그러나 엘론드의 지시에 따라 그는 '희망'이라는 뜻의 에스텔이라는 이름으로 불렸고, 본명과 가계는 일체 비밀에 부쳐졌다. 당시 '현자들'은 이 땅에 혹시라도 남아 있을 이실두르의 후예를 색출하려고 대적이 눈에 불을 켜고 있다는 걸 알고 있었기 때문이다.

에스텔은 갓 스물이었을 때 엘론드의 아들들과 더불어 큰 공을 세우고 깊은골로 돌아왔다. 엘론드는 그를 보고 매우 기뻐했다. 그는 아라고른이 비록 육체와 정신 양면에서 완전히 성숙하지는 못했지만, 이미 아름답고 고귀한 성인으로 자란 것을 깨달았다. 그리하여 그날 엘론드는 그를 다시 본명으로 부르며, 그가 누구이며 누구의 아들인가를 일러 준 다음 가문의 가보들을 전해 주었다.

"여기 바라히르의 반지가 있다. 예로부터 내려온 우리 친족의 징표지. 또 이것은 나르실의 조각들이다. 이것들을 가지고 너는 위대한 공적을 이루게 될 것이다. 너에게 화가 닥치지 않고 시험을 만나 극복한다면 너는 인간들보다 훨씬 긴 수명을 누릴 것이다. 그러나 시험은 길고도 힘들 것이다. 네가 차지할 수 있는 자격을 갖출 때까지 안누미나스의 홀은 내가 보관하겠다."

이튿날 해 질 무렵 아라고른은 숲속을 홀로 거닐고 있었다. 그는 더할 나위 없이 기분이 좋았다. 가슴은 희망으로 가득 찼고 온 세상이 아름다웠기에 노래를 흥얼거렸다. 그런데 노래를 부르던 중 그는 갑자기 자작나무의 하얀 줄기들 사이로 풀밭을 거니는 한 여인을 보았다. 그는 자신이 꿈의 세계로 들어섰거나, 아니면 노래하는 이의 눈앞에 노래 속의 내용을 현실로 만들 수 있다는 요정 시인의 재능을 선물 받은 게 아닐까 생각하며 놀라 걸음을 멈추었다.

그도 그럴 것이 아라고른은 그때 루시엔과 베렌이 넬도레스의 숲에서 만나는 장면을 묘사한 루시엔의 노래를 부르고 있었던 것이다. 그런데 놀랍게도 깊은골에 있는 그의 눈앞에 은청색 망토를 두르고 요정 나라의 황혼처럼 아름다운 모습으로 루시엔이 거닐고 있는 것이 아닌가! 그녀의 검은 머리칼은 갑자기 불어온 바람에 휘날리고 이마에는 별처럼 반짝이는 보석들이 달려 있었다.

아라고른은 잠시 동안 말없이 그녀를 응시했다. 그러다가 그녀가 그대로 사라져 다시는 보지 못하게 될까 봐 두려운 나머지 "티누비엘, 티누비엘!" 하고 불렀다. 먼 옛날 상고대에 베렌 역시 그렇게 소리쳤었다.

그러자 그 처녀가 그에게로 돌아서 미소를 지으며 말했다.

"당신은 누구세요? 그리고 왜 절 그런 이름으로 부르시나요?"

그 말에 아라고른이 이렇게 대답했다.

"난 그대가 내가 부르고 있던 노래의 루시엔 티누비엘이라고 믿었어요. 하지만 그렇지 않다 해도 그대의 걸음걸이는 그녀와 참으로 흡사하군요."

"많은 분들이 그렇게 말씀하시지요."

그녀가 차분하게 말했다.

"하지만 그건 제 이름이 아니에요. 제 운명이 그녀와 다르지 않을지 모르지만 말이에요. 그런데 당신은 누구신가요?"

"지금까지 에스텔이라고 불렸지만 본명은 아라고른입니다. 이실두르의 후계자이자 아라소른의 아들이고 두네다인의 영주이지요."

그러나 이렇게 말하는 순간 그는 그토록 자랑스러웠던 자신의 고귀한 혈통이 이젠 하찮기 그지없고, 위엄 있고 아름다운 그녀에 비해 아무것도 아니라는 느낌이 들었다.

그러자 그녀는 명랑하게 웃으며 말했다.

"그럼 우린 먼 친척이군요. 전 엘론드의 딸 아르웬인데 운도미엘이라고도 불리지요."

"위험한 시절에는 가장 귀한 보물을 숨겨 두는 일이 흔히 있지요. 그렇더라도 엘론드 님과 그대의 오라버니들은 놀라운 분들이군요. 제가 어릴 적부터 이 집에서 살아왔지만, 그대에 관한 말을 단 한 마디도 들어 본 적이 없으니까요. 어떻게 지금껏 그대를 한 번도 만나지 못했을까요? 부친께서 그대를 보고(寶庫) 속에 가둬 놓지는 않으셨을 텐데."

"그건 아니에요."

그녀는 이렇게 말하며 동쪽에 솟아 있는 산맥을 올려다보았다.

"전 한동안 어머니의 친척이 계시는 저 먼 로슬로리엔에서 살았어요. 최근에 아버님을 뵈러 다시 온 거죠. 임라드리스의 땅을 거닐어 본 지 참으로 오랜만이군요."

이 말을 듣고 아라고른은 의아한 심정이 들었다. 그녀는 이제 가운데땅에서 스무 해밖에 살지 않은 자기보다 더 나이 들어 보이지 않았기 때문이다. 그러자 아르웬이 아라고른의 눈을 들여다보며 말했다.

"이상하게 생각하실 건 없어요! 엘론드의 자식들은 엘다르의 수명을 누리니까요."

아라고른은 겸연쩍었다. 그는 그녀의 두 눈에서 요정의 빛과 함께 오랜 세월의 지혜를 본 것이다. 그러나 바로 그 순간부터 그는 엘론드의 딸 아르웬 운도미엘을 사랑하게 되었다.

그로부터 며칠 동안 아라고른은 말이 없었다. 그의 어머니는 그에게 무언가 이상한 일이 생겼다는 것을 알아챘다. 마침내 그는 어머니의 집요한 물음에 굴복해 석양이 비치는 숲속에서 만난 여인에 대해 털어놓았다. 그러자 길라엔이 말했다.

"아들아, 네가 아무리 열왕의 후손이라 하더라도 그건 너무 높은 목표로구나. 그녀는 이 세상에 살아 있는 이들 중 가장 아름답고 고귀한 여인이란다. 그리고 죽음을 피할 수 없는 인간이 요정과 결혼하는 것도 어울리지 않는 일이야."

"그렇지만 우린 어느 정도 요정의 피를 갖고 있지 않습니까. 제가 들은 저의 조상들의 이야기가 사실이라면 말입니다."

"그건 사실이다. 하지만 그건 우리 종족이 쇠퇴하기 전 다른 시대 때의 일이란다. 그래서 걱정이 되는구나. 엘론드 님의 호의가 없다면 이실두르의 후계자는 이내 종말을 맞을 테니 말이야. 그런데 이 문제에 있어선 엘론드 님의 호의를 얻지 못할 것 같구나."

"그렇다면 제 인생은 쓰라린 것이 될 겁니다. 홀로 황야를 떠돌아다니겠지요."

"사실은 그게 네 운명일 것이다."

길라엔은 이렇게 말했다. 그녀는 자기 핏줄 특유의 선견지명을 갖고 있었지만, 아들에게 자신의 예감에 대해선 더 이상 말하지 않았다. 또 아들에게서 들은 말을 다른 이에게 하지도 않았다.

그러나 엘론드는 많은 일들을 알고 있었고, 사람들의 마음을 읽을 수 있었다. 그래서 가을이 되기 전 어느 날, 아라고른을 자기 방으로 불렀다.

"아라소른의 아들이며 두네다인의 영주인 아라고른이여, 내 말을 잘 듣게! 거대한 운명이 자네 앞에 놓여 있네. 엘렌딜의 시대 이후 그대 조상들의 그 모든 영화를 능가하느냐 아니면 남아 있는 자네 동족 모두와 암흑 속으로 떨어지느냐 하는 걸세. 자네 앞에는 시련의 세월이 가로놓여 있네. 자네의 시대가 오고, 그 시대를 이끌 만한 자네의 역량이 입증될 때까지 자네는 아내를 얻어서도 안 되며, 또 어떤 여인과도 서약을 맺을 수 없네."

그 말에 난감해진 아라고른이 이렇게 물었다.

"제 어머니께서 이 일에 대해 말씀하셨나요?"

"그런 게 아니야. 자네 눈에 다 쓰여 있네. 그렇지만 난 내 딸만 놓고 말하는 게 아닐세. 자네는 아직 그 어떤 이의 자녀와도 혼약을 맺어선 안 되네. 한편 임라드리스와 로리엔의 공주이자 우리 동족의 저녁별인 가인(佳人) 아르웬에 대해 말하자면, 그 애는 자네보다 훨씬 고귀한 혈통인 데다 이미 오랫동안 세상을 살았다네. 그 애에 비하면 자네는 여러 차례의 여름을 넘긴 젊은 자작나무 곁으로 삐져나온 1년생 어린 가지에 지나지 않는다네. 그 애는 자네보다 격이 한참이나 높지. 그 애도 아마 그렇게 여길 거야. 그렇지만 설사 그 애가 그렇게 생각하지 않고 자네에게 마음이 기울어졌다 하더라도 나로서는 비탄을 금할 수 없을 걸세. 그건 우리 앞에 가로놓인 운명 때문이라네."

"그건 어떤 운명입니까?"

"내가 여기 머무는 한 그 애는 엘다르의 젊음을 누릴 것이라는 거지. 그리고 내가 여기를 떠날 때 그 애는 나와 함께 갈 걸세. 그렇게 선택한다면 말이야."

"알겠습니다. 제가 저 옛날 베렌이 갈구하던 싱골의 보물만큼이나 소중한 보물에 눈길을 돌린 모양이군요. 그게 제 운명인가 봅니다."

아라고른은 다음 순간 돌연 그의 핏줄 특유의 예지가 솟아나 이렇게 말했다.

"하지만 엘론드 님! 당신이 여기에 계실 날도 얼마 남지 않았으니 이제 곧 당신의 자녀분들도 선택해야겠군요. 당신과 함께 떠날지 아니면 가운데땅에 남을지 말입니다."

"그렇다네. 아마 인간의 시간으로 볼 때는 긴 세월일지 모르나 우리 생각에는 곧 그날이 올 걸세. 그러나 만일 자네, 아라소른의 아들 아라고른이 우리 둘 사이에 끼어들어 자네나 나 둘 중 하나로 하여금 세상 끝 너머의 쓰라린 이별을 하도록 하지 않는다면, 내 사랑하는 아르웬에게는 선택의 여지가 없을 것이네. 자네는 아직 자네가 내게서 뭘 바라는 건지도 모르고 있어."

그는 한숨짓더니 잠시 후 그 젊은이를 근엄하게 바라보며 다시 말을 이었다.

"세월의 흐름을 지켜볼밖에. 오랜 시간이 지날 때까지는 이 문제를 더 이상 거론하지 말도록 하세. 시절이 암울해져 가고 있으며, 앞으로 많은 재앙이 다가올 것이네."

그리하여 아라고른은 엘론드와 정겹게 작별을 나누었다. 이튿날 그는 어머니와 엘론드의 가속들, 그리고 아르웬에게 작별을 고하고 황야로 나섰다. 그로부터 그는 거의 30년 동안이나 사우론에 대항하여 분투했다. 또 그는 현자 간달프와 친분을 맺고 그에게서 많은 지혜를 배웠다. 그는 간달프와 함께 많은 모험에 나섰으나 세월이 흐르면서 점차 혼자 돌아다니게 되었다. 그의 길은 멀고도 험했으며, 그의 얼굴은 어쩌다 웃는 경우를 제외하고는 좀 험상궂어 보였다. 그렇지만 그가 자신의 참된 모습을 숨기지 않을 때는 망명 중인 왕으로서의 위엄이 드러났다. 그는 여러 모습으로 변장하고 다녔고, 또한 여러 이름으로 명성을 얻었다. 그는 로한의 기사들과 함께 말을 달리기도 했고, 곤도르의 영주를 위해 바다와 육지에서 싸우기도 했다. 그러다가 승리의 순간이 되면 서부인들 모르게 사라져 홀로 멀리 동쪽과 남쪽 땅 깊숙이 들어가서 악인과 선인들을 만나고, 사우론 부하들의 음모와 술책을 적발하기도 했다.

이렇게 해서 그는 마침내 기예와 학식에 통달하여 살아 있는 인간들 가운데서 가장 강인한 자가 되었고, 어느 인간도 그에게 필적할 수 없었다. 그는 요정의 지혜를 지녔을 뿐 아니라 두 눈에서는 범인이 똑바로 쳐다볼 수 없는 빛이 감돌았다. 그에게 주어진 운명으로 인해 그의 얼굴은 비장하고 준엄해 보였다. 그러나 그의 마음 깊숙한 곳에는 내내 희망이 자리하고 있었고, 바위에서 샘물이 솟듯 그 희망에서 때때로 환희의 감정이 일곤 했다.

사우론이 다시 돌아와 해악을 꾸미느라 분주한 모르도르의 음산하고 위험한 국경에서 아라고른이 돌아왔을 때, 그의 나이는 마흔아홉이었다. 그는 지쳤기에 다시 먼 나라로 여행을 떠나기 전에 깊은골로 돌아가 잠시 쉬고 싶었다. 돌아가는 길에 로리엔의 경계에 이른 그는 갈라드리엘에게 금단의 땅으로 들어와도 좋다는 허락을 받았다.

그는 알지 못했지만 그 무렵 아르웬 운도미엘도 어머니의 친척과 한동안 지내려고 그곳에 와 있었다. 인간의 세월은 그녀에게 아무런 영향을 주지 못하기에 그녀는 거의 변하지 않았다. 그렇지만 그녀의 얼굴은 더 엄숙해졌고, 이제 여간해서는 웃음소리를 듣기도 어려웠다. 그러나 아라고른은 이제 정신과 육체가 완전히 성숙했다. 갈라드리엘은 여행으로 해진 그의 옷을 은색과 하얀색 의복으로 갈아입히고 회색의 요정 망토를 둘러 준 다음 이마에 빛나는 보석을 달아 주었다. 그러자 어떤 인간 왕보다 빼어난 모습이 드러났고 흡사 서쪽 섬나라에서 온 요정 영주처럼 보였다. 이렇게 해서 아르웬은 오래전 이별한 후 처음으로 아라고른의 모습을 대하게 되었다. 그가 황금빛 꽃이 만발한 카라스 갈라돈의 숲 아래 서 있는 그녀에게로 걸어갈 때, 그녀의 마음은 정해졌고 아울러 그녀의 운명도 결정되었다.

그들은 그가 떠날 때까지 로슬로리엔의 숲속 오솔길을 거닐며 한 계절을 보냈다. 하짓날 저녁 아라소른의 아들 아라고른과 엘론드의 딸 아르웬은 로슬로리엔 한가운데의 아름다운 언덕 케린 암로스에 올라 엘라노르와 니프레딜이 피어 있는 불멸의 풀밭을 맨발로 거닐었다. 그들은 언덕 위에 서서 어둠에 잠긴 동쪽과 황혼이 지는 서쪽을 바라보며 기쁜 마음으로 혼인을 언약했다.

아르웬이 말했다.

"저기 음험한 어둠이 깔려 있지만 제 마음은 기쁨으로 넘쳐요. 에스텔, 당신이 저 어둠을 깨뜨릴 위대한 용사 중 한 분이니까요."

그러나 아라고른이 답했다.

"아! 저는 앞날을 볼 수 없습니다. 앞으로 어떻게 될는지 내게는 가려져 있어요. 하지만 그대의 희망으로 나도 희망을 품을 겁니다. 그리고 저는 저 어둠을 철저히 거부할 것입니다. 하지만 내겐 저 황혼도 마찬가집니다. 난 죽음을 피할 수 없는 인간이니까요. 저녁별, 그대가 나와 함께하겠다면, 그대가 저 황혼도 단념해야겠지요."

그러자 그녀는 흰 나무처럼 고요히 서서 서쪽을 응시하더니 이윽고 이렇게 말했다.

"전 당신에게 충실하겠어요, 두나단. 그리고 저 황혼에서 돌아서겠어요. 하지만 저기에 내 동족의 땅이 있고, 내 모든 친척들의 오랜 고향이 있죠."

그녀는 아버지를 지극히 사랑한 것이다.

딸의 선택을 알게 된 엘론드는 무척 상심했으나 아무 말도 하지 않았다. 오랫동안 우려해 온, 그 누구도 쉽게 견딜 수 없는 운명이 닥쳤음을 안 것이다. 아라고른이 깊은골로 돌아왔을 때 엘론드는 그를 불러 이렇게 말했다.

"내 아들이여, 희망이 사라지는 시절이 올 것이야. 그 이상은 나로서도 잘 알 수가 없어. 이제 우리 사이에는 그림자가 가로놓였네. 어쩌면 나의 상실을 통해서 인간의 왕권이 회복되도록 정해진 건지도 몰라. 따라서 자네를 사랑하지만 이 말은 해야겠네. 아르웬 운도미엘이 보잘것없는 명분 때문에 삶의 품위가 손상되는 일이 있어선 안 되네. 인간이 그녀를 신부로 맞으려면 곤도르와 아르노르 양국의 왕 정도는 되어야 해. 그렇다고 해도 우리의 승리는 나에게 단지 슬픔과 이별을 가져다줄 뿐이야. 자네에겐 잠시나마 기쁨의 희망을 안겨 줄 테지만. 아, 내 아들이여! 종국에 아르웬에게 인간의 운명이 너무도 가혹한 일이 될 것 같아 두렵네."

이 일은 엘론드와 아라고른 사이를 가로막는 장벽이 되어 그들은 더 이상 이에 대해 거론하지 않았다. 아라고른은 다시 위험과 고역의 여행길에 나섰다. 사우론의 힘이 커 가고 바랏두르가 한결 강대해지면서 세상이 어두워지고 가운데땅에 공포가 깔리는 동안, 아르웬은 깊은골에 머물렀다. 아라고른이 떠나고 없을 때 그녀는 멀리서나마 마음속으로 그를 지켜보았다. 또한 그녀는 희망을 잃지 않고 그를 위해 누메노르인의 왕권을 이은 엘렌딜의 후계자만이 휘두를 수 있을 거대한 왕의 깃발을 만들었다.

몇 년 후 길라엔은 엘론드와 작별하고, 에리아도르의 동족에게로 돌아가 그곳에서 혼자 살았다. 아라고른이 오랜 세월 동안 먼 나라에서 지냈기에 그녀는 아들을 거의 볼 수 없었다. 그러나 언젠가 한 번 북방으로 온 아라고른이 어머니를 찾아왔을 때, 그녀는 아들이 떠나기 전에 이렇게 말했다.

"내 아들 에스텔아, 이것이 우리의 마지막 이별이구나. 난 근심으로 하등한 인간들만큼이나 늙고 말았다. 게다가 이제 난 가운데땅에 밀려드는 어둠을 더 이상 견딜 수가 없구나. 이제 곧 세상을 떠나게 될 것 같아."

아라고른이 어머니를 위로하려고 애쓰면서 말했다.

"그렇지만 어둠 너머에는 빛이 있을지도 모릅니다. 정말 그렇다면 어머니께서 그 빛을 보고 기뻐하도록 해 드리겠습니다."

그러나 길라엔은 이런 린노드로 답할 뿐이었다.

"오넨 이-에스텔 에다인, 우-케빈 에스텔 아님."[31]

아라고른은 무거운 마음으로 어머니와 작별했다. 길라엔은 이듬해 봄이 되기 전에 세상을 떠나고 말았다.

세월이 흘러 드디어 반지전쟁이 닥쳐왔다. 어떻게 예기치 못한 방법으로 사우론이 타도되었고, 어떻게 희망을 걸 수 없는 상황에서 희망이 달성되었는가에 대해서는 다른 곳에 좀 더 자세히 서술되어 있다. 패배가 임박했을 때 아라고른은 바다에서 나와 펠렌노르평원의 전투에서 아르웬이 만든 깃발을 펼쳤고, 그날 처음으로 백성들이 그를 왕이라 부르며 맞아들였다. 마침내 모든 일이 끝났을 때 그는 선조의 유산을 승계하여 곤도르의 왕관과 아르노르의 홀을 얻게 되었다. 그리고 사우론이 몰락한 그해 하짓날 그는 아르웬 운도미엘의 손을 잡고 열왕의 도성에서 결혼식을 치렀다.

제3시대는 이렇게 승리와 희망 속에서 막을 내렸다. 그러나 그 시대의 많은 비애 가운데서도 참으로 가슴 아픈 것은 엘론드와 아르웬의 이별이었다. 그들은 세상의 끝 너머로 운명과 대해에 의해 갈라진 것이다. 절대반지가 무로 돌아가 세 반지가 힘을 잃게 되자, 엘론드는 마침내 지쳐 가운데땅을 떠나 다시는 돌아오지 않았다. 그러나 아르웬은 죽음을 피할 수 없는 여인이 되었을 뿐 아니라, 자신이 얻은 것을 모두 잃고 나서야 죽을 수 있는 운명이었다.

요정들과 인간들의 왕비로서 그녀는 아라고른과 함께 120년간 크나큰 영광과 축복 속에서 살았다. 마침내 아라고른은 말년이 다가오고 있음을 깨달았다. 여느 인간들보다 훨씬 긴 생애였지만 자신이 살아 있을 날이 끝나 가고 있음을 안 것이다. 아라고른은 아르웬에게 말했다.

"이 세상에서 가장 아름답고 가장 사랑스러운 저녁별이시여. 마침내 내 삶도 저물고 있어요. 보시오! 우리가 만나 함께 시간을 보냈으니 이제 되갚을 때가 가까워졌군요."

31 난 두네다인에게 '희망'을 주었으나, 나에게는 아무 희망도 남기지 않았네.

아르웬은 그에 말에 담긴 뜻을 잘 알고 있었고, 오랫동안 예견해 왔었다. 그럼에도 불구하고 그녀는 슬픔을 이길 수 없었다.

"그렇다면 왕이시여, 당신은 때가 되기도 전에 당신의 말에 의지해 사는 백성들 곁을 떠나시려는 건가요?"

"때가 되기 전이 아니라오. 지금 가지 않는다면 틀림없이 조만간 떠밀려서 갈 테니까요. 우리의 아들 엘다리온은 왕위에 오를 만큼 원숙한 장부가 되었어요."

그런 다음 아라고른은 적막의 거리[32]에 있는 열왕의 묘역으로 가서 자신을 위해 마련해 둔 긴 침상에 몸을 눕혔다. 그곳에서 그는 엘다리온에게 작별을 고하고, 날개 달린 곤도르의 왕관과 아르노르의 홀을 그에게 건네주었다. 그러자 아르웬을 제외한 모든 이들이 물러났다. 아르웬 홀로 그의 침상 곁에 서 있었다. 그녀는 고귀한 혈통으로 태어나 온갖 지혜를 갖고 있음에도 그에게 좀 더 머물러 달라고 간청하지 않을 수 없었다. 그녀의 나날에는 아직 삶의 권태가 드리우지는 않았으나, 자기가 받아들인 유한한 생명의 쓰라림을 이렇게 맛보게 된 것이었다.

"운도미엘이여, 정녕 괴로운 시간이오. 그렇지만 그건, 지금은 아무도 거닐지 않는 엘론드의 정원 하얀 자작나무들 아래서 우리가 만났을 때 이미 정해진 것이었지요. 그리고 케린 암로스의 언덕에서 어둠과 황혼을 모두 거부했을 때 우리는 이 운명을 받아들였어요. 사랑하는 이여, 잘 생각해 보시오. 내가 노쇠하여 무기력하고 노망난 채 왕좌에서 쓰러질 때까지 머물러 있기를 정녕 원하는지, 신중히 생각해 보시오. 아니요, 부인. 나는 마지막 누메노르인이자 상고대의 마지막 왕이오.[33] 내게는 가운데땅의 여느 사람들보다 세 배나 긴 수명뿐 아니라, 내 뜻대로 이 세상을 떠나 그 선물을 되돌릴 수 있는 은총도 주어졌어요. 그러니 이제 난 잠을 청하여야 하오.

그대에게 위로의 말은 하지 않겠어요. 그런 고통에 위안이 될 것은 이 세상의 둘레 안에는 없으니 말이지요. 이제 그대에게는 궁극적인 선택이 남아 있군요. 지난 선택을 후회하고 항구로 가서 우리가 함께 지낸 날들의 기억을 안고 서녘으로 갈 것인지, 아니면 인간의 운명을 감수할 것인지 말이오. 그 기억은 늘 푸르겠지만 한낱 기억에 머물고 말겠지요."

"아닙니다, 사랑하는 왕이시여. 그 선택은 이미 오래전에 끝났어요. 이젠 나를 태우고 갈 배도 없으니 좋든 싫든 인간의 운명을 감수해야지요. 상실과 적막감을. 그러나 누메노르인의 왕이시여, 전 지금까지 당신의 일족과 그들의 몰락에 대한 이야기를 이해하지 못했습니다. 그들을 어리석은 바보라고 조롱했지만, 마침내 그들을 동정하게 되었어요. 엘다르가 말하듯 이것이 진정 유일자께서 인간에게 주는 선물이라면, 실로 받아들이기 쓰라린 선물이니까요."

"그런 것 같소. 그러나 오래전에 어둠과 반지를 거부한 우리인 만큼 최후의 시험에 넘어가지 않도록 합시다. 우리는 슬픔 속에서 헤어지지만 결코 절망은 아니오. 보시오! 우리는 이 세상의 둘레 안에 영원토록 묶여 있지 않아요. 이 세상 너머에 기억 이상의 것이 있으니. 그럼 안녕히!"

---

32 BOOK5 888쪽 참조.

33 저자의 시대 구분에 따르면 상고대(Elder Days)는 대개 제1시대까지를 지칭하지만, 드물게 제4시대의 시점에서 제3시대까지 이전의 모든 시대를 가리킬 때가 있음. 이 대목의 상고대는 바로 후자에 해당한다.—역자 주

"에스텔, 에스텔!"

아르웬이 울음을 터뜨렸다. 그는 그녀의 손을 잡고 입을 맞추고는 이내 잠에 빠져들었다. 그러자 그에게서 위대한 아름다움이 드러났다. 후에 조문하러 온 사람들은 그 모습을 보고 모두 경이롭게 여겼다. 젊음의 우아함과 성년의 용맹함과 함께 노년의 지혜와 위엄이 한데 결합된 모습을 본 것이다. 그는 이 세상이 허물어지기 전에는 희미해지지 않을 영광에 싸인 인간 왕의 찬란한 모습으로 오랫동안 거기에 누워 있었다.

그러나 왕의 묘역에서 나온 아르웬의 눈에서 빛이 사라졌다. 백성들의 눈에 그녀는 별 하나 없는 겨울의 해 질 녘처럼 차갑고 늙어 보였다. 이윽고 그녀는 엘다리온과 딸들 그리고 사랑하는 모든 이에게 작별을 고하고, 미나스 티리스의 도성을 떠나 로리엔의 땅으로 가서 겨울이 올 때까지 시들어가는 나무들 아래서 홀로 지냈다. 갈라드리엘과 켈레보른이 떠나 버린 그 땅은 고적하기만 했다.

마침내 말로른 잎이 지고 봄이 아직 오지 않았을 때[34] 그녀는 케린 암로스 언덕 위에 누웠다. 그녀의 푸른 무덤은 세상이 변할 때까지 거기에 있었다. 후세의 사람들은 그녀의 삶을 완전히 잊었고, 바다 동쪽에서는 엘라노르와 니프레딜이 더 이상 꽃을 피우지 않았다.

남부에서 우리에게 전해진 이 이야기는 여기서 끝난다. 저녁별의 죽음과 함께 이 책에서는 더 이상 옛 시대의 이야기가 나오지 않는다.〕

---

34 BOOK2 367쪽 참조.

Ⅱ
에오를 왕가

〔청년왕 에오를은 에오세오드 인간들의 군주였다. 그들의 땅은 안두인대하의 수원에 인접한 곳으로 안개산맥의 먼 쪽 끝과 어둠숲 북단 사이에 있었다. 에오세오드족은 에아르닐 2세 때 바우바위와 창포강 사이의 안두인계곡을 떠나 이 지역으로 이주했는데, 그 혈통은 베오른족 및 숲 서편에 사는 인간들과 가까웠다. 에오를의 조상들은 자신들이 전차몰이족 침공 이전에 어둠숲 저편에 자리했던 로바니온 왕가의 후손이라고 주장했다. 따라서 그들은 스스로를 엘다카르의 후손이자 곤도르 왕들의 친족이라 여겼다. 그들은 무엇보다 평원을 사랑했고 말타기와 온갖 마상 무용을 즐겼다. 그러나 그 시절 안두인계곡 중부에는 많은 인간들이 살았고, 돌 굴두르의 어둠이 점점 확산되고 있었다. 그들은 마술사왕이 패배했다는 소식을 접하자 북방에서 더 넓은 영토를 확보하기 위해 산맥 동쪽에 있던 앙마르의 잔당들을 축출했다. 그러나 에오를의 아버지인 레오드의 시대에 이르러 인구가 크게 불어나 그 영토만으로는 옹색함을 면할 수 없었다.

제3시대 2510년에 새로운 위험이 곤도르를 위협했다. 거대한 무리의 야만인들이 동북쪽에서 로바니온을 휩쓸고 갈색평원에서 내려와 뗏목을 타고 안두인대하를 건너온 것이다. 우연인지 계획적인지 모르나 그와 동시에 오르크들(당시는 오르크들이 난쟁이들과 전쟁을 벌이기 전이어서 아주 막강한 세력을 갖추고 있었다)이 산맥에서 밀고 내려왔다. 침략자들이 칼레나르돈을 유린하자 곤도르의 섭정 키리온은 북쪽으로 원군을 요청했다. 안두인계곡의 인간들과 곤도르인들은 오랜 우의를 유지해 왔다. 그러나 계곡의 사람들은 이제 수가 얼마 되지 않는 데다 뿔뿔이 흩어져 있었기에 원군을 보내는 일은 더딜 수밖에 없었다. 마침내 에오를에게 곤도르의 위급함이 전해졌을 때, 그는 때가 이미 늦었지만 대병력의 기마대를 이끌고 출병했다.

이렇게 해서 그는 켈레브란트평원의 전투로 달려갔다. 당시 은물길강과 맑은림강 사이의 푸른 땅을 켈레브란트라고 불렀다. 거기에 곤도르 북부군이 위험에 처해 있었다. 이미 로한고원에서 패하고 남쪽으로 길이 차단된 상태에서 그들은 쫓겨서 맑은림강을 건넜는데, 갑자기 오르크 무리의 습격을 받아 안두인대하 쪽으로 밀리게 되었다. 모든 희망이 사라졌을 때 뜻밖에도 북쪽에서 기병들이 달려와 적의 후미를 덮쳤다. 당장 전세가 역전되었고 적군은 대거 살육당하며 맑은림강 너머로 퇴각했다. 에오를은 병사들을 이끌어 추격에 나섰다. 북부 기병들의 위세가 워낙 살기등등했기에 로한고원의 침략자들은 겁에 질려 우왕좌왕했다. 기병들은 칼레나르돈평원에서 적들을 몰아냈다.〕

그 지역은 역병이 돈 이후 주민 수가 크게 준 데다 남아 있던 주민들마저 대부분이 야만적인 동부인들에게 학살당했다. 따라서 키리온은 원조에 대한 보답으로 안두인강과 아이센강 사이의 칼레나르돈평원을 에오를과 그 백성들에게 주었다. 그들은 처자와 살림살이를 옮겨 와 그 땅에 정착했다. 그들은 그곳을 새로 기병들의 마크라고 이름 짓고, 스스로를 에오를족이라 칭했다. 그러나 곤도르에서는 그 땅을 로한이라 부르고, 백성들을 로히림(말의 명인들)이라 불렀다. 이렇게 해서 에오를은 마크의 첫 번째 왕이 되었으며, 영토의 남쪽 장벽인 백색산맥 발치의 푸른 언덕을 처소로 삼았다. 그 후로 로한인들은 그곳에서 독자적인 왕과 법도를 갖춘 자유민으로 살았으며 곤도르와는 영원한 동맹을 맺었다.

〔아직도 북방을 기리는 로한의 노래에는 수많은 영주와 전사, 아름답고 용감한 여인들이 등장한다. 백성을 에오세오드로 이끈 족장의 이름은 프룸가르였다고 한다. 그의 아들 프람은 에레드 미스린의 거대한 용 샤다를 죽였고, 그 후로 백성들은 용들의 위협에서 벗어나 평화를 누렸다고 한다. 그 결과 프람은 막대한 부를 얻었으나, 샤다의 보고를 자기 것이라 주장하는 난쟁이들과는 반목하게 되었다. 프람은 그들에게 한 푼도 내주려 하지 않았다. 그는 대신 샤다의 이빨을 목걸이로 만들어 보내면서 이렇게 말했다.

"이런 보석은 쉽게 구할 수 없는 것이니, 그대들의 보고에 이에 필적할 만한 것은 없으리라."

일부에서는 이 모욕 때문에 난쟁이들이 프람을 살해했다고 한다. 어쨌든 에오세오드족과 난쟁이들은 사이가 좋지 않았다.

레오드는 에오를의 아버지였다. 그는 야생마 조련사였는데, 당시만 해도 그 땅에는 야생마가 많았다. 그는 흰 망아지 한 마리를 포획했는데, 망아지는 강하고 아름답고 의기 높은 말로 성장했다. 그러나 아무도 그 말을 길들일 수가 없었다. 레오드가 백마에 올라타자 말은 그를 태우고 질주하다 마침내 내팽개쳐 버렸다. 레오드는 바위에 머리를 부딪히고 죽고 말았다. 그때 그는 마흔두 살에 불과했고, 그의 아들은 열여섯 살이었다.

에오를은 아버지의 원수를 갚겠다고 맹세했다. 그는 오랫동안 그 말을 좇아다니다가 마침내 백마를 발견했다. 그의 수행원들은 백마가 사거리 내에 들어오면 그가 활을 쏘아 죽일 것이라고 예상했다. 그러나 둘 사이의 거리가 가까워졌을 때 에오를은 벌떡 일어서 큰 소리로 외쳤다.

"인간의 재앙이여, 이리 와서 새 이름을 받으라!"

그러자 놀랍게도 말이 에오를 쪽을 쳐다보더니 다가와 그 앞에 섰다. 에오를이 다시 말했다.

"너를 펠라로프라 부르겠노라. 너는 네 자유를 사랑한 것이니 그걸 탓하진 않겠다. 그러나 이제 너는 내게 큰 빚을 졌으니 생명이 다할 때까지 네 자유를 내게 바쳐야 한다."

그런 다음 에오를이 올라타자 펠라로프는 순종했다. 에오를은 재갈도 고삐도 없이 말을 타고 집으로 돌아왔으며, 그 후에도 늘 마구를 갖추지 않고 타고 다녔다. 그 말은 인간이 말하는 모든 걸 이해했지만 에오를 외에는 누구도 태우려 하지 않았다. 에오를이 켈레브란트평원으로 타고 간 것도 펠라로프였다. 그 말은 인간만큼이나 오래 살았고, 그 후손들도 마찬가지였다. 그 말들이 바로 메아르종(種)으로 그들은 샤두팍스의 시대가 올 때까지 마크의 왕과 그 아들들을 빼고는 누구도 태우려 하지 않았다. 사람들은 베마(엘다르는 그를 오로메라 부른다)가 대해 너머 서녘에서 그 말들의 선조를 데려온 것이라고 했다.

에오를에서 세오덴에 이르기까지 마크의 왕들 중에서 가장 명망 높은 이는 무쇠주먹 헬름 왕이었다. 그는 아주 강인하고 단호한 인물이었다. 그 당시 던랜드인의 피가 많이 섞이고 머리칼이 검었음에도 불구하고, 스스로를 프레아위네 왕의 후예라고 주장하던 프레카라는 인물이 있었다. 그는 아도른강[35] 양안에 드넓은 땅을 소유한 부호로 권세가 대단했다. 그는 강의 수원 부근에 요새를 짓고 왕을 우습게 여겼다. 헬름은 그를 신임하지 않았지만 어전 회의에는 불렀는데, 그는 내킬 때만 참석하곤 했다.

한번은 프레카가 많은 수행원을 거느리고 회의에 참석하러 와서는 자기 아들 울프에게 헬름 왕의 딸을 달라고 요청했다. 그 말에 헬름은 이렇게 말했다.

"그대는 지난번에 왔을 때보다 배포가 많이 커졌군그래. 하지만 짐작건대 대부분 뱃살만 는 것 같군."

그 말을 듣고 사람들이 웃음을 터뜨렸다. 프레카는 허리춤이 원체 넓었던 것이다. 그러자 격노한 프레카는 왕에게 욕설을 퍼붓고는 이런 말까지 했다.

"지팡이를 주겠다는데도 거절하는 늙은 왕은 나중에 무릎으로 기게 될 것이오."

그 말에 헬름이 응수했다.

"자, 그대 아들의 결혼은 사소한 일이야. 그 문제는 차후에 나와 담판을 짓도록 하지. 당장 어전 회의에서 다루어야 할 중요한 일들이 있으니 말이야."

회의가 끝나자 헬름은 자리에서 일어나 프레카의 어깨에 큼직한 손을 얹고 말했다.

"왕은 궁전에서 소란 피우는 것을 용납하지 않는다. 그러나 밖에서라면 얘기가 다르지."

그러고는 프레카를 앞세워 에도라스를 나와 들판으로 갔다. 왕은 따라오려는 프레카의 수하들에게 말했다.

"물러서라! 우리는 청중이 필요치 않다. 우린 단둘이서 사적인 일을 의논할 것이다. 가서 내 수하들에게도 그렇게 전하라!"

프레카의 수하들은 왕의 수하들과 심복들의 수가 자신들보다 훨씬 많은 것을 보고 물러섰다.

"자, 던랜드인이여, 이제 자네는 무장하지 않은 헬름 한 사람만 상대하면 된다. 그렇지만 자네는 벌써 많이 떠벌렸으니 이번엔 내가 말할 차례야. 프레카, 네 우둔함은 네 뱃살과 더불어 두둑해졌구나. 네가 지팡이 운운했겠다! 헬름은 떠밀려 받는 비뚤어진 지팡이가 마음에 들지 않으면 그냥 부러뜨리지. 이렇게 말이야!"

그 말과 함께 그는 주먹으로 프레카를 한 대 후려쳤는데, 그 주먹이 너무도 강해 프레카는 혼절해 뒤로 넘어지더니 곧 죽고 말았다.

그다음 헬름이 프레카의 아들과 친족을 왕의 적으로 선언하고 곧바로 많은 군사를 서쪽 변경으로 진군시키자 그들은 모두 달아나 버렸다.〕

그로부터 4년 후(2758년) 로한에 큰 우환이 닥쳤다. 곤도르에서는 원군을 보낼 수가 없었다. 해적

35 이 강은 에레드 님라이스의 서쪽에서 아이센강으로 흘러든다.

들의 세 함대가 곤도르를 공격해 해안 전역에서 전쟁이 벌어졌기 때문이다. 같은 무렵 로한은 동쪽으로부터 침공당했고, 기회를 노리던 던랜드인들이 아이센강을 넘어 아이센가드에서부터 밀고 내려왔다. 그들의 지휘자가 울프라는 사실이 곧 밝혀졌다. 그들은 레브누이강과 아이센강 하구에 상륙한 곤도르의 적들과 합세했기에 대단히 막강한 군세였다.

로한인들은 패배했고 영토는 유린되었다. 살해되거나 포획되지 않은 자들은 산맥 골짜기로 몸을 피했다. 헬름은 아이센여울목에서 막대한 손실을 입고 퇴각하여 나팔산성과 그 뒤편 골짜기(이곳이 훗날 헬름협곡으로 알려진 곳이다)에 은신했다. 그곳에서 왕은 포위 공격을 당했다. 울프는 에도라스를 점령하고 메두셀드궁에 앉아 스스로를 왕이라 칭했다. 헬름의 아들 할레스는 그곳에서 최후까지 성문을 사수하다 쓰러지고 말았다.

〔곧이어 '긴겨울'이 시작되었고, 로한은 근 다섯 달 동안(2758년 11월부터 이듬해 3월까지)이나 눈에 덮여 있었다. 로한인들과 적들 모두 추위와 그보다 훨씬 더 긴 기근으로 막심한 고통을 겪었다. 율(연말) 이후 헬름협곡에는 기아가 극심했다. 둘째 왕자 하마가 자포자기에 빠져 부왕의 충고를 무시하고 병사들을 이끌고 기습 출격에 나섰다가 눈 속에서 실종되었다. 헬름은 기근과 비통함 때문에 흉포해지고 섬뜩하도록 수척해졌다. 헬름 왕에 대한 두려움은 그것만으로도 나팔산성을 지키는 데 많은 병사들 몫을 했다. 그는 새하얀 차림을 하고 단신으로 밖으로 나가, 눈(雪) 트롤처럼 적의 진지로 성큼성큼 들어가 많은 적을 맨손으로 죽이곤 했다. 그가 무기를 갖지 않으면 어떤 무기도 그의 몸에 상처를 입힐 수 없다고 사람들은 믿었다. 던랜드인들은 그가 먹을 것이 없을 때는 인육을 먹는다고 말했다. 그 이야기는 오랫동안 던랜드에 전해 내려왔다. 헬름은 커다란 뿔나팔을 가지고 있었는데, 그가 출격할 때마다 뿔나팔을 세차게 불어 협곡 전체를 진동시켰기에, 얼마 지나지 않아 그게 왕의 출정 신호로 알려지게 되었다. 그럴 때면 적들은 엄청난 공포에 휩싸여 세력을 모아 그를 붙잡거나 죽일 생각을 못 하고 험준한 골짜기 아래로 달아나기 바빴다.

어느 날 밤, 뿔나팔 소리는 들렸지만 헬름은 돌아오지 않았다. 아침이 되자 오랜만에 처음으로 밝은 햇빛이 비쳤다. 병사들은 방죽 위에 꼼짝 않고 홀로 서 있는 하얀 형체 하나를 보았다. 던랜드인들은 감히 접근하지 못했다. 그것은 돌처럼 죽어 있는 헬름이었는데, 그의 무릎은 구부러지지 않은 채 뻣뻣했다. 그러나 사람들은 아직도 협곡에서 뿔나팔 소리가 들리며, 그럴 때마다 헬름의 유령이 로한의 적군 사이를 누비며 그들을 두려움에 질려 죽게 만든다고 여겼다.

얼마 후 겨울이 끝났다. 그러자 헬름의 누이 힐드의 아들인 프레알라프가 많은 사람이 피신해 있던 검산오름에서 내려왔다. 그는 소규모 결사대를 이끌고 메두셀드의 울프를 급습해 살해하고는 에도라스를 되찾았다. 눈이 녹으면서 큰 홍수가 지자 엔트강의 계곡은 거대한 늪이 되었다. 동부의 침략자들은 죽거나 철수했다. 그즈음 마침내 곤도르로부터 산맥의 동서 양쪽 길을 통해 원병이 당도했다. 그해(2759년)가 지나기 전에 던랜드인들은 심지어 아이센가드에서도 축출되었다. 그런 다음 프레알라프가 왕이 되었다.

헬름의 시신은 나팔산성에서 옮겨져 아홉 번째 능에 묻혔다. 그 뒤로 내내 그의 능에는 하얀 심벨뮈네가 무성하게 피어나 흡사 눈으로 뒤덮인 것 같았다. 프레알라프가 죽자 새로운 능들이 줄지어

들어섰다.〕

로한인은 전쟁과 기근, 소와 말의 손실로 인해 그 수가 크게 줄어들었다. 몇 년 동안 그들에게 큰 위험이 닥치지 않은 것은 다행스러운 일이었다. 그들이 예전의 위세를 회복한 것은 폴크위네 왕에 이르러서였다.

사루만이 선물을 가지고 나타나 로한인들의 용맹을 극구 찬양한 것은 프레알라프의 대관식 때였다. 모든 이들이 그를 반가운 손님으로 생각했다. 곧이어 그는 아이센가드를 거처로 삼았다. 이는 곤도르의 섭정 베렌이 허락한 것이었다. 곤도르는 당시까지도 아이센가드를 로한의 일부가 아니라 자기 영토의 요새로 간주했다. 베렌은 또한 사루만에게 오르상크의 열쇠를 맡겼다. 그 탑은 여태껏 어떤 적도 부수거나 침입할 수 없는 난공불락의 요새였다.

이런 식으로 사루만은 인간들의 영주로 행세하기 시작했다. 처음에 그는 섭정의 대리인이자 탑의 감독자로 아이센가드를 차지했다. 그런데 프레알라프 또한 베렌 못지않게 그 일을 기껍게 받아들였고, 아이센가드가 강력한 친구의 손에 맡겨져 있다고 믿고 마음 든든히 여겼다. 사루만은 오랫동안 친구처럼 보였고, 아마 처음에는 진짜 친구였을 수도 있었다. 물론 나중에 가서는 사루만이 아이센가드에 간 것이, 아직 그곳에 있을 팔란티르 돌을 찾고 자신의 세력을 구축할 속셈 때문이었다는 것을 사람들이 알게 되었지만 말이다. 마지막 백색회의(2953년) 이후 지금까지 숨겨 온 로한에 대한 그의 의도가 사악한 것이었음이 분명해졌다. 그 후 그는 아이센가드를 자기 것으로 여겨, 바랏두르와 겨루기라도 하듯 잘 방비된 힘과 공포의 요새로 만들기 시작했다. 그는 인간이든 또는 훨씬 사악한 족속이든 가리지 않고 곤도르와 로한을 증오하는 자는 모두 자신의 친구와 수하로 끌어들였다.

마크의 왕들[36]

제1왕가

2485~2545 제1대 청년왕 에오를. 그에게 이런 별칭이 붙은 것은 그가 젊어서 부친의 뒤를 이었을 뿐 아니라, 말년까지도 노란 머리칼에 혈색이 불그레했기 때문이다. 그의 수명은 동부인들의 새로운 공격에 의해 단축되었다. 에오를이 로한고원 전투에서 쓰러지자 최초의 왕릉이 세워졌다. 펠라로프도 거기에 같이 묻혔다.

2512~2570 제2대 브레고. 그가 로한고원에서 적을 몰아낸 후 로한은 오랫동안 다시는 공격당하

---

36 연도는 제3시대 곤도르력에 따른 것이다. 표시된 숫자는 생몰 연도를 나타낸다.

지 않았다. 2569년 그는 거대한 메두셀드궁을 완공했다. 그 축연에서 그의 아들 발도르가 '사자의 길'을 밟고 지나가겠다고 맹세했으나 돌아오지 못했다.[37] 브레고는 이듬해 비통함을 이기지 못하고 세상을 떠났다.

2544~2645 제3대 노왕(老王) 알도르. 그는 브레고의 차남이었다. 그가 노왕으로 불린 것은 장수한 데다 재위 기간이 75년이나 되었기 때문이다. 그의 시대에 로한인은 그 수가 불어나 아이센강 동쪽에 아직도 남아 있던 던랜드인들을 축출하거나 복속시켰다. 검산계곡과 여타 계곡들에도 백성들이 정착했다. 그다음 세 왕에 대해서는 로한이 평화와 번영을 구가했기에 언급할 만한 사건이 거의 없다.

2570~2659 제4대 프레아. 알도르의 네 번째 자식으로 장남이었다. 즉위했을 때 그는 이미 노년이었다.

2594~2680 제5대 프레아위네.

2619~2699 제6대 골드위네.

2644~2718 제7대 데오르. 그의 시대에 던랜드인들이 아이센강을 넘어 침략하곤 했다. 2710년 그들이 인적 없는 원형 요새 아이센가드를 점령했는데 몰아내지 못했다.

2668~2741 제8대 그람.

2691~2759 제9대 무쇠주먹 헬름. 그의 통치 말기에 로한은 침략과 '긴겨울'로 막대한 손실을 입었다. 헬름과 그의 두 아들 할레스와 하마가 모두 죽자 헬름 누이의 아들 프레알라프가 왕이 되었다.

제2왕가

2726~2798 제10대 프레알라프 힐데손. 그의 시대에 던랜드인들이 축출된 아이센가드에 사루만이 들어와서 자리를 잡았다. 처음에 로한인들은 기근과 뒤이은 쇠퇴기에 사루만의 우정에서 도움을 얻었다.

2752~2842 제11대 브뤼타. 백성들은 그를 레오바라고 불렀는데, 그것은 그가 온 백성들로부터 사랑받았기 때문이다. 그는 관대하여 모든 궁핍한 이에게 도움을 베풀었다. 그의 재위 시에 북방에

---

37 BOOK5 858쪽 참조.

서 쫓겨나 백색산맥에서 피난처를 구하려는 오르크들과 전쟁이 벌어졌다.[38] 왕이 사망했을 때 사람들은 오르크들이 모조리 소탕되었으리라 생각했지만 실상은 그렇지 않았다.

2780~2851 제12대 왈다. 그가 왕위에 있던 기간은 9년밖에 되지 않았다. 그는 검산오름에서 산길을 따라 달려오다가 오르크들의 함정에 빠져 수행원 전원과 함께 살해되었다.

2804~2864 제13대 폴카. 그는 뛰어난 사냥꾼이었으나 로한에 오르크가 하나라도 남아 있는 한 멧수를 쫓지 않겠다고 맹세했다. 마지막 오르크의 요새를 발견해 파괴해 버린 뒤에 그는 피리엔숲 속으로 에버홀트의 거대한 멧돼지를 사냥하러 갔다. 그는 멧돼지를 죽였으나 멧돼지 어금니에 받힌 상처 때문에 세상을 떠나고 말았다.

2830~2903 제14대 폴크위네. 그가 왕이 되었을 때 로한은 국력을 회복했다. 그는 던랜드인들이 점거한 서쪽 변경(아도른강과 아이센강 사이)을 재정복했다. 로한은 어렵던 시절 곤도르로부터 막대한 도움을 받았다. 따라서 하라드인들이 엄청난 군세로 곤도르를 침공한다는 소식을 듣자 그는 섭정을 돕기 위해 많은 군사를 보냈다. 그는 친히 군사들을 이끌고 싶었으나 주위의 만류로 단념하고, 쌍둥이 아들 폴크레드와 파스트레드(2858년생)를 대신 출정시켰다. 그들은 이실리엔 전투에서 나란히 전사했다(2885년). 곤도르의 투린 2세는 그 피에 대한 보상으로 폴크위네에게 막대한 황금을 보냈다.

2870~2953 제15대 펭겔. 그는 폴크위네의 네 번째 자식이자 셋째 아들이었다. 그는 사람들의 기억에 영예롭게 남지 못했다. 그는 음식과 황금을 탐했고, 대장들은 물론 자식들과도 끊임없이 불화를 일으켰다. 그의 셋째 자식이자 외아들인 셍겔은 성인이 되자 로한을 떠나 곤도르에 오랫동안 머물렀으며, 투르곤을 받들어 명성을 떨쳤다.

2905~2980 제16대 셍겔. 그는 늦게까지 아내를 들이지 않다가 2943년 17세 연하인 곤도르 롯사르나크땅의 모르웬과 결혼했다. 그녀는 곤도르에서 세 자녀를 낳았는데, 그중 둘째가 외아들 세오덴이었다. 펭겔이 죽자 로한인들은 그를 불러들였고, 그는 마지못해 돌아왔다. 그는 훌륭하고 지혜로운 왕이었다. 그러나 궁정에서 곤도르어가 사용되었는데, 모든 신하들이 그것을 좋게만 보지는 않았다. 모르웬은 로한에서 두 딸을 더 낳았다. 그중 노년에 얻은(2963년) 막내 세오드윈이 가장 아름다웠다. 그녀의 오빠는 그녀를 지극히 사랑했다.

셍겔이 귀국한 지 얼마 되지 않았을 무렵부터 사루만은 스스로를 아이센가드의 영주로 선언했다. 그는 로한의 국경을 침범하고 그 적들을 지원하는 등 로한에 근심을 끼치기 시작했다.

38 해설 A 1121쪽 참조.

2948~3019 제17대 세오덴. 그는 로한의 구전에 부활한 세오덴이라 불렸는데, 그것은 그가 사루만의 마법에 걸려 쇠약해졌다가 간달프에 의해 치유되었기 때문이다. 또한 생의 마지막 해에 떨치고 일어나 군사를 이끌고 나팔산성에서 승리를 거두었고, 그 직후에는 제3시대 최대의 전투인 펠렌노르평원으로 달려갔기 때문이다. 그는 성널오름 성문 앞에서 전사했다. 한동안 그의 시신은 자신이 태어난 나라인 곤도르의 선왕들 사이에 안치되었다가 에도라스로 이장되어 제2왕가의 여덟 번째 능에 묻혔다. 그 뒤로 새로운 왕가가 시작되었다.

제3왕가

2989년 세오드윈은 마크의 대원수인 이스트폴드의 에오문드와 결혼했다. 그녀의 아들 에오메르는 2991년에, 딸 에오윈은 2995년에 태어났다. 그 무렵 사우론이 다시 발호하면서 모르도르의 어둠이 로한땅까지 미쳤다. 오르크들이 동부 지역으로 침략하여 말들을 죽이거나 훔쳐 가기 시작했다. 안개산맥에서 다른 적들도 내려왔는데, 그중 다수가 오래전부터 수상쩍게 여긴 사루만 휘하의 거대한 우루크족이었다. 에오문드의 주된 관할 구역은 동쪽 변경이었다. 그는 말을 매우 사랑하고 오르크를 증오했다. 오르크들이 침략했다는 소식이 들리면, 그는 분격한 나머지 충분히 경계하지도 않고 소수의 부하만 대동하고 맞서 싸우러 달려 나가곤 했다. 3002년 그가 전사했을 때도 그런 경우였다. 그는 적의 소부대를 에뮌 무일의 경계까지 추격하다가 바위 뒤에 매복하고 있던 대부대의 급습을 받은 것이다.

그로부터 얼마 되지 않아 세오드윈이 병들어 죽자 왕은 더할 나위 없는 슬픔에 잠겼다. 그는 누이의 아이들을 궁전으로 데려와 친아들딸처럼 키웠다. 그에게는 자식이 하나밖에 없었는데, 아들 세오드레드는 당시 스물네 살이었다. 왕비 엘프힐드가 출산 중에 세상을 떠난 이후 왕은 재혼하지 않았다. 에오메르와 에오윈은 에도라스에서 성장하며 세오덴의 궁정에 어두운 그림자가 덮이는 것을 보았다. 에오메르는 선조들을 닮았으나 에오윈은 가냘프고 키가 컸다. 그녀는 로한인들이 강철의 빛이라 부른 롯사르나크땅의 모르웬에게서 이어받은 남부의 기품과 당당함을 갖추고 있었다.

2991~제4시대 63년(3084년) 에오메르 에아디그. 그는 젊은 나이에 마크의 원수가 되어(3017년) 부친이 맡던 동쪽 변경을 수비했다. 세오드레드는 반지전쟁 때 아이센여울목에서 사루만과 싸우다 전사했다. 그래서 세오덴은 펠렌노르평원에서 죽기 전에 에오메르를 후계자로 삼아 그를 왕이라 칭했다. 바로 그날 에오윈 역시 변장하고 그 전투에 참가하여 명성을 얻었다. 후일 그녀는 마크에서 '방패팔의 여인'이라 불렸다.[39]

39 〔방패를 들고 있던 그녀의 팔이 마술사왕의 철퇴를 맞아 부러졌기 때문이다. 그러나 마술사왕은 그 싸움에서 결국 무(無)로 돌아갔다. 그리하여 오래전 글로르핀델이 에아르누르 왕에게 말한 대로 실현되었다. 마술사왕은 인간 남자의 손에 쓰러지지 않는다는 말이 적중한 것이다. 마크의 노래에 따르면, 에오윈은 이 무공에서 세오덴 왕의 시종에게 도움을 받았다고 하는데, 그 또한 인간이 아닌 먼 나라에서 온 반인족이었다고 한다. 에오메르는 그에게 마크의 영예와 홀드위네라는 이름을 하사했다. 「이 홀드위네가 바로 노룻골의 영주, 위대한 메리아독이다.」〕

에오메르는 위대한 왕이 되었고 세오덴을 승계했을 때 아직 젊은 나이였기에 65년 동안이나 통치했다. 그것은 노왕 알도르를 제외하고는 어떤 선왕보다도 긴 재위 기간이었다. 반지전쟁에서 그는 엘렛사르 왕 및 돌 암로스의 임라힐과 깊은 우정을 맺어 자주 곤도르를 방문했다. 제3시대 마지막 해에 그는 임라힐의 딸 로시리엘과 결혼했다. 그들의 아들 가인(佳人) 엘프위네가 그 뒤를 이어 나라를 다스렸다.

에오메르 시대에 마크의 백성들은 소망하던 평화를 누렸기에 계곡과 평원 모두에서 인구가 증가했고 말의 숫자도 크게 불어났다. 곤도르는 이제 엘렛사르 왕이 다스렸는데, 그는 아르노르땅도 통치했다. 그는 로한을 제외한 과거의 모든 영토에서 왕권을 행사했다. 그는 키리온 섭정이 로한을 양여한 사실을 새로이 인정했고, 에오메르 또한 에오를의 맹세를 다시금 확인했다. 그는 때때로 그 맹세를 이행했다. 비록 사우론은 사라졌지만 그가 심어 놓은 증오와 악은 완전히 사라지지 않았으며, 백색성수가 평화롭게 자랄 때까지 서부의 왕은 아직 많은 적들을 정복해야 했다. 엘렛사르 왕이 전쟁을 치르러 가는 곳이면 어디에나 에오메르 왕도 함께 갔다. 룬 대해 너머와 남부의 먼 들판에서도 마크 기병대의 우레와 같은 함성이 울려 퍼졌고, 에오메르가 늙을 때까지 녹색 배경에 흰말이 그려진 그들의 깃발이 곳곳에서 바람에 나부꼈다.

Ⅲ
두린 일족

난쟁이들의 시초에 대해서는 엘다르와 난쟁이들 자신의 입에서 나온 기이한 이야기들이 전해진다. 그러나 그 이야기들은 우리 시대로부터 까마득히 먼 옛날 일이기에 여기서는 언급되지 않는다. 두린이란 난쟁이들이 자기 종족의 일곱 선조들 중 최연장자를 일컫는 이름으로, 그는 모든 긴수염 왕들의 선조였다.[40] 그는 시간의 심연 속에서 홀로 잠들어 있다가, 그 종족이 깨어날 때가 되자 아자눌비자르로 와서 안개산맥 동편의 크헬레드자람 위의 동굴을 거처로 삼았다. 그곳이 바로 후일 노래 속에서 모리아광산으로 유명해진 곳이다.

그가 그곳에서 아주 오래 살았기에 그는 불사의 두린으로 널리 알려졌다. 그러나 결국 그도 상고대가 끝나기 전에 죽었고, 그의 무덤은 크하잣둠에 있었다. 하지만 그의 혈통은 끊어지지 않았다. 그의 가문에서 다섯 차례나 그 선조를 쏙 빼닮은 후계자가 태어나 두린이라는 이름을 받았다. 난쟁이들은 불사의 두린이 환생한 것으로 여겼다. 그들은 이 세상에서의 자신들과 자신들의 운명에 대해 많은 기이한 이야기와 믿음을 간직하고 있던 것이다.

제1시대가 끝난 후 크하잣둠의 권세와 부가 크게 늘어났다. 청색산맥의 노그로드와 벨레고스트에 있던 고대 도시들이 상고로드림의 붕괴로 폐허가 되었을 때에도, 그곳은 많은 백성과 풍부한 학식과 기예로 번성했다. 모리아의 권세는 암흑기와 사우론의 위세가 대단하던 시절에도 지속되었다. 에레기온이 파괴되고 모리아의 성문이 굳게 닫혔어도 크하잣둠의 궁성은 너무도 깊고 강고하였다. 그리고 백성의 수가 많고 용맹하여 사우론이 외부에서 정복할 수 없었던 것이다. 그래서 백성의 수가 감소하기 시작했을 때도 그곳의 부는 오랫동안 약탈되지 않은 채 남아 있었다.

제3시대 중반에 여섯 번째로 두린이라는 이름을 사용하는 이가 왕이 되었다. 모리아 쪽을 향한 숲에 깔린 어둠은 아직 그 정체가 드러나지 않았지만, 모르고스의 수하 사우론의 권세는 다시 강성해지고 있었다. 온갖 사악한 것들이 꿈틀대기 시작했다. 그 무렵 난쟁이들은 해가 갈수록 구하기 어려워지는, 값을 헤아릴 수 없을 만큼 귀한 금속 미스릴을 찾아 바라진바르의 땅 밑을 깊숙이 파고 있었다.[41]

그러던 중에 그들은 서부의 대군이 몰려온 이후 상고로드림에서 날아와 대지의 밑바닥에 숨어 있던 공포의 존재를 잠에서 깨우고 말았다.[42] 그것은 다름 아닌 모르고스의 발로그였다. 두린이 그것의 손에 살해되었고, 이듬해에는 그의 아들 나인 1세도 희생되었다. 그 후 모리아의 영광은 사라졌고, 그 백성들은 궤멸되거나 멀리 달아났다.

40 『호빗』 Chapter 3 참조.

41 BOOK2 347~348쪽 참조.

42 또는 감옥에서 풀어놓았다고도 할 수 있다. 아마 그것은 사우론의 악의 때문에 이미 깨어나 있었을 것이다.

모리아에서 탈출한 난쟁이들 대부분은 북쪽으로 길을 잡았고, 나인의 아들 스라인 1세는 어둠숲 동쪽 기슭 인근의 외로운산 에레보르에 와서 새 역사를 시작하여 산아래의 왕이 되었다. 그는 에레보르에서 '산의 심장'이며 진귀한 보석인 아르켄스톤을 발견했다.[43] 그러나 그의 아들 소린 1세가 북쪽 먼 곳의 회색산맥으로 터전을 옮기자, 두린의 일족 대부분이 그를 따라 모여들었다. 그 산맥은 광물이 풍부한 데다 거의 손길이 닿지 않은 상태였다. 하지만 그 너머 황무지에는 용들이 살고 있었다. 오랜 세월이 지나면서 다시 강력해지고 수가 불어난 용들은, 난쟁이들과 전쟁을 벌이고 그들의 노고 어린 재물을 약탈했다. 결국 다인 1세는 차남 프로르와 함께 자신의 궁전 문가에서 거대한 냉룡(冷龍)에게 희생되었다.

그로부터 얼마 지나지 않아 두린의 일족은 회색산맥을 버리고 떠났다. 다인의 아들 그로르는 많은 추종자들과 함께 철산으로 갔다. 그러나 다인의 후계자 스로르는 숙부 보린을 비롯해 살아남은 백성을 이끌고 에레보르로 돌아왔다. 스로르는 아르켄스톤을 스라인 왕의 대궁전으로 가져왔고, 그와 그의 백성들은 번성하여 부유해졌다. 그들은 인근의 모든 인간들과 우의를 나누었다. 그들은 경이롭고 아름다운 물건뿐만 아니라 대단히 값진 무기와 갑옷과 투구를 만들 수 있었다. 또한 그들은 철산에 자리 잡은 친족들과도 왕성하게 광석을 거래했다. 그리하여 켈두인(달리는강)과 카르넨(붉은강) 사이에 살던 북부인들이 강성해져 동방의 모든 적을 몰아내게 되었다. 난쟁이들은 풍요롭게 살았고, 에레보르의 궁전에서는 연회와 노랫가락이 끊이지 않았다.[44]

에레보르의 막대한 부에 대한 소문은 널리 퍼져 나가 용들의 귀에까지 들어가게 되었다. 마침내 당대 최고라는 황금빛 스마우그가 떨치고 일어나 불시에 스로르 왕을 덮치고 온 산을 불태웠다. 얼마 지나지 않아 모든 영토가 파괴되고 부근의 너른골도 폐허가 되어 버렸다. 스마우그는 대궁전으로 들어가 황금 침대 위에 누웠다.

스로르의 친족들은 대부분 약탈과 화재에서 무사히 빠져나왔다. 스로르와 그의 아들 스라인 2세가 비밀 문을 통해 궁전에서 맨 마지막으로 나왔다. 그들은 남쪽으로 가솔을 이끌고 길고도 정처 없는 유랑길에 올랐다.[45] 그들의 친족과 충직한 추종자가 그들과 동행했다.

몇 년 후 이제 늙고 가난하며 절망에 빠진 스로르는 그때까지 간직하고 있던 유일한 보물인 일곱 반지 중 마지막 반지를 아들 스라인에게 건네주고는 나르라는 이름의 늙은이 하나만을 벗 삼아 어디론가 떠났다. 그는 헤어질 때 스라인에게 그 반지에 대해 이렇게 말했다.

"비록 하찮게 보일지 몰라도 이 반지는 언젠가 새로운 부귀의 기반이 될 것이다. 하지만 황금을 늘리려면 밑천이 될 황금이 필요한 법이지."

"아버님께서는 설마 에레보르로 돌아가시려는 건 아니겠지요?"

---

43 『호빗』 Chapter 12 참조.

44 『호빗』 Chapter 1 참조.

45 그중에는 스라인 2세의 자식들인 소린(참나무방패)과 프레린, 디스가 있었다. 소린은 당시 난쟁이들의 기준으로 볼 때 어린애였다. 후에 알게 된 것이지만, 처음 생각한 것보다 더 많은 종족들이 산 밑에서 무사히 빠져나왔다. 그러나 그들 대부분은 철산으로 갔다.

"내 시대에서는 그럴 수 없지. 스마우그에 대한 복수는 너와 네 아들들에게 남기겠다. 그러나 난 가난과 인간들의 조소에 넌더리가 났다. 가서 뭘 찾을 수 있을지 살펴봐야지."

그는 어디로 가는지 끝내 말하지 않았다. 어쩌면 그는 노령과 불행, 그리고 선조들이 모리아에서 누린 영화롭던 시절을 지나치게 생각하느라 정신이 좀 오락가락한 건지도 몰랐다. 아니면 주인이 잠을 깬 이때 반지가 행악에 착수하여, 그를 어리석음과 파멸의 길로 몰아간 것일 수도 있다. 그는 당시 거하고 있던 던랜드를 떠나 나르와 함께 북쪽으로 갔다. 그들은 붉은뿔고개를 지나 아자눌비자르로 내려갔다.

스로르가 모리아에 도착해 보니 성문이 열려 있었다. 나르가 조심해야 한다고 간청하다시피 했지만, 그는 전혀 귀를 기울이지 않고 돌아온 후계자답게 당당하게 걸어 들어갔다. 그러나 그는 그 문을 살아서 나오지 못했다. 나르는 몇 날 며칠이고 가까운 곳에 숨어 그를 기다렸다. 어느 날 요란한 고함과 함께 나팔 소리가 울리더니 계단 아래로 시체 하나가 굴러떨어졌다. 그는 혹시 스로르가 아닐까 두려워하며 가까이 기어갔다. 그때 성문 안에서 누군가의 목소리가 들려왔다.

"어서 오너라, 이 수염쟁이야! 우린 네놈을 다 볼 수 있어. 하지만 오늘은 두려워할 것 없다. 네놈을 전령으로 쓸 테니까."

나르가 다가가 보니 그건 정말 스로르의 시체였다. 그러나 목이 잘려 얼굴이 땅을 보고 누워 있었다. 나르가 무릎을 꿇자 어둠 속에서 오르크의 웃음소리가 터져 나오고, 좀 전의 목소리가 다시 들려왔다.

"거지가 문간에서 기다리지 않고 몰래 기어들어서 훔치려 한다면 이런 꼴이 된다고. 네 족속 중 누구라도 그 더러운 수염을 여기 다시 들이민다면 똑같은 꼴을 당할 거야. 어서 가서 그렇게 일러라! 저놈의 가족이 지금 이곳의 임자가 누구인지를 알고 싶어 한다면 그놈 얼굴을 보면 된다. 내가 거기에 이름을 써 놓았어! 내가 그놈을 죽였다! 내가 이곳의 주인이야!"

나르가 잘린 머리를 돌려 보니 이마에 난쟁이들의 룬 문자로 아조그라는 낙인이 찍혀 있었다. 그 이름은 나르의 가슴에, 그리고 후에 모든 난쟁이의 가슴에 깊이 각인되었다. 나르가 몸을 굽혀 머리를 안아 들려고 하자 아조그의 목소리가 들려왔다.[46]

"그건 거기 놔두고 꺼져 버려! 네 수고비는 여기 있다, 수염 거지야."

그 소리와 함께 작은 꾸러미가 그에게 던져졌다. 그 안에는 아무 짝에도 쓸모없는 동전 몇 닢이 들어 있었다.

나르는 울면서 은물길강 변을 달려 내려왔다. 도중에 한번 돌아보니 오르크들이 성문에서 나와 도끼로 시체를 난도질하여 그 조각들을 시커먼 까마귀들에게 던져 주고 있었다.

나르는 스라인에게 이 이야기를 전했다. 스라인은 수염을 잡아뜯으며 울부짖더니 이윽고 잠잠해졌다. 이레 동안 그는 꼼짝 않고 앉아 아무 말도 하지 않았다. 마침내 그는 벌떡 일어나 부르짖었다.

46 아조그는 볼그의 아버지였다. 『호빗』 Chapter 1 참조.

"이건 도저히 참을 수 없는 일이다!"

이것이 난쟁이와 오르크 간의 그 길고도 무시무시한 전쟁의 시초였다. 그 전쟁은 대부분 땅 밑 깊은 곳에서 치러졌다.

스라인은 곧장 북쪽과 동쪽과 서쪽으로 전령들을 보내 그 이야기를 전했다. 그러나 난쟁이들이 군세를 결집하는 데는 3년이 걸렸다. 두린 일족은 가능한 모든 무리를 끌어모았고, 다른 선조들의 가문들에서도 대규모 부대를 보내 주었다. 자기네 종족 최연장자의 후계자가 당한 그런 치욕에 난쟁이들은 몸을 떨며 격분했다. 모든 준비가 갖추어지자 그들은 공격을 개시해 군다바드에서 창포강까지 발견된 오르크의 모든 요새들을 하나하나 파괴해 나갔다. 양쪽 모두 무자비했고, 밤낮없이 죽음과 잔혹한 행위가 벌어졌다. 그러나 결국 강한 전력과 무적의 병기, 그리고 타오르는 분노로 무장한 난쟁이들이 승리를 거두었다. 그들은 산아래의 모든 동굴을 뒤지며 아조그를 찾았다.

마침내 난쟁이들에게 쫓긴 모든 오르크들이 모리아에 몰려들었고, 난쟁이들의 대군도 그들을 쫓아 아자눌비자르에 당도했다. 그곳은 크헬레드자람 호수에 인접한 산맥들 사이에 자리 잡은 거대한 계곡으로, 옛날에는 크하잣둠 왕국의 일부였다. 언덕 중턱에 위치한 옛 궁전의 성문을 보자 난쟁이들은 천둥 같은 함성을 질렀다. 그 소리는 계곡에 울려 퍼졌다. 그러나 엄청난 규모의 적군이 그들 머리 위의 경사지에 포진해 있었고, 아조그가 최후의 결전을 위해 아껴 둔 수많은 오르크들이 성문 밖으로 쏟아져 나왔다.

처음에는 전황이 난쟁이들에게 불리했다. 해도 없는 음침한 겨울이어서 오르크들은 주저하지 않은 데다 수적으로도 난쟁이들을 압도했고, 고지를 점하고 있었던 것이다. 이렇게 해서 아자눌비자르 전투(요정어로는 난두히리온 전투라고 한다)가 시작됐는데, 지금도 그때의 이야기가 나오면 오르크들은 몸을 떨고 난쟁이들은 흐느껴 운다. 첫 공격에 나선 스라인의 선두 부대는 손실을 입고 퇴각했고, 스라인은 크헬레드자람에서 멀지 않은 거대한 숲으로 쫓겨났다. 거기서 그의 아들 프레린이 전사했고, 친척 푼딘과 많은 병사들 그리고 스라인과 소린 둘 다 부상을 당했다.[47] 다른 곳에서도 전투는 밀고 밀리며 계속되어 엄청난 사상자를 냈다. 그러던 중 마침내 철산에서 달려온 난쟁이들이 전세를 결정지었다. 전투에 막 참가해 힘이 넘치는 갑옷의 전사들은 그로르의 아들 나인의 선도하에 적진을 마구 헤집어 오르크들을 모리아의 문턱까지 몰아붙였다. 그들은 "아조그! 아조그!"를 외치며 거치적거리는 자들은 모조리 자귀로 내려쳤다.

이윽고 나인이 성문 앞에 서서 우렁찬 소리로 외쳤다.

"아조그! 안에 있거든 썩 나오너라! 계곡에서의 싸움을 보니 겁이 난단 말이냐?"

그 말에 즉시 아조그가 나타났다. 그는 머리에 엄청나게 큰 무쇠 투구를 쓴 오르크로, 몸집이 거대하면서도 민첩하고 강인했다. 그와 함께 비슷하게 생긴 다수의 호위병들이 나와 나인의 부하들과 교전을 벌였다. 그때 아조그가 나인에게로 몸을 돌려 이렇게 말했다.

"뭐야? 또 다른 거지가 문간에 와 있어? 네놈에게도 낙인을 찍어 줄까?"

---

47 〔전설에 의하면, 소린은 방패가 깨지자 내던지고 도끼로 참나무 가지를 베어 왼손에 들고 적의 공격을 막기도 하고 곤봉처럼 휘두르기도 했다고 한다. 그래서 그에게 참나무방패라는 별칭이 붙었다.〕

그 말과 함께 그가 나인에게 돌진하여 격전이 벌어졌다. 그런데 나인은 분노로 반쯤 제정신이 아닌 데다가 연이은 전투로 지쳐 있던 반면, 아조그는 팔팔할 뿐 아니라 사납고 아주 교활했다. 나인은 남은 힘을 다해 크게 칼을 휘둘렀지만, 아조그는 날렵하게 옆으로 비키며 나인의 다리를 걷어찼다. 자귀는 아조그가 서 있던 바위에 부딪혀 산산조각이 났고 나인은 앞으로 비틀거렸다. 그러자 아조그가 재빨리 칼을 휘둘러 그의 목을 베었다. 나인의 목을 둘러싼 철갑이 칼날을 막아 내긴 했으나 워낙 강력한 타격이어서 나인은 목이 부러져 죽고 말았다.

그걸 보고 아조그는 통쾌한 웃음을 터뜨리며 고개를 쳐들고 승리의 우렁찬 함성을 내지르려 했다. 그러나 그 함성은 목구멍 밖으로 나오지 못했다. 자신의 전 부대가 계곡에서 패주하는 광경을 본 것이다. 난쟁이들은 산지사방으로 추격하여 닥치는 대로 내리쳤고, 간신히 살아남은 오르크들은 비명을 지르며 남쪽으로 부리나케 달아나고 있었다. 바로 곁에는 그의 호위병들이 전부 죽어 널브러져 있었다. 그는 몸을 돌려 성문을 향해 달아났다.

그 뒤를 좇아 난쟁이 하나가 붉은 도끼를 들고 계단을 뛰어올랐다. 바로 나인의 아들 무쇠발 다인이었다. 그는 성문 바로 앞에서 아조그를 따라잡아 단칼에 그의 머리를 베어 버렸다. 실로 대단한 무훈(武勳)이었다. 다인은 난쟁이들의 기준으로 볼 때 아직 풋내기에 불과했다. 그는 그 후로 장수를 누리며 수많은 전투를 치렀다. 마침내 반지전쟁에서 노령에도 불구하고 끝까지 굴하지 않고 싸우다가 전사했다. 그런데 그는 강인하고 분기충천해 있었음에도 불구하고 성문에서 내려올 때 그의 얼굴은 엄청난 공포에 휩싸인 사람처럼 잿빛이었다고 한다.

마침내 전투를 승리로 장식하고 살아남은 난쟁이들은 아자눌비자르에 집결했다. 그들은 아조그의 머리를 가져와 입속에 푼돈이 든 꾸러미를 처박은 다음 말뚝에 꽂았다. 그러나 그날 밤에는 어떤 연회나 노래도 없었다. 슬퍼할 수조차 없을 만큼 전사자의 수가 너무 많았던 것이다. 전하는 바에 의하면, 전군의 겨우 절반 정도가 겨우 설 수 있거나 치유의 희망이 있는 부상자였다고 한다.

그렇지만 이튿날 아침이 밝자 스라인이 그들 앞에 나섰다. 그는 한쪽 눈이 영영 멀어 버렸고, 다리에 입은 부상으로 절뚝거렸다. 그가 말문을 열었다.

"훌륭했어! 우린 승리했다. 크하잣둠은 우리 것이다!"

그러나 난쟁이들은 이렇게 대답했다.

"당신이 두린의 후계자일지는 모르나, 아무리 한쪽 눈밖에 남지 않았다 하더라도 사태를 좀 더 또렷하게 봐야 할 거요. 우리는 복수를 위해 이 전쟁을 치렀고, 결국 원수를 갚았소. 그러나 결과는 유쾌하지 못하오. 만일 이런 것이 승리라면 우린 어떻게 받아들여야 할지 난감할 따름이오."

두린 일족이 아닌 난쟁이들도 이렇게 말했다.

"크하잣둠은 우리 선조의 터전이 아니었소. 보물이 있으리라는 희망이 아니라면 그게 우리에게 무슨 의미가 있겠소? 이제 우리가 아무런 보상이나 대가도 없이 떠나야 한다면, 되도록 빨리 우리 땅으로 돌아가는 것이 좋을 것 같소."

그러자 스라인이 다인을 보고 말했다.

"설마 친족인 자네마저 날 저버리진 않겠지?"

"그럼요. 당신은 우리 일족의 큰 어른이시고, 우리는 당신을 위해 피를 흘렸으며 앞으로도 그럴 것입니다. 그러나 우린 크하잣둠에 들어가지 않겠습니다. 당신도 들어가서는 안 됩니다. 성문 안으로 어둠만이 보일 뿐입니다. 오직 저만이 문 너머의 어둠을 보았습니다. 그 어둠 너머에서 아직도 당신을 기다리고 있는 게 있습니다. 바로 두린의 재앙입니다. 세상이 바뀌고 우리가 아닌 다른 힘이 나와야만 비로소 두린 일족이 다시 모리아를 거닐 수 있을 겁니다."

이렇게 해서 난쟁이들은 아자눌비자르에서 다시 흩어졌다. 그러나 떠나기 전에 그들은 고된 작업이지만 오르크들이 와서 가져가지 못하도록 전사자들의 많은 무기와 갑옷을 회수했다. 그 전쟁터에서 돌아온 모든 난쟁이는 무거운 짐으로 허리가 휠 정도였다고 한다. 그다음 그들은 곳곳에 장작을 쌓아 동지들의 시신을 화장했다. 그 때문에 계곡에 있던 나무를 무수히 베어 그 후로도 오랫동안 그 숲은 헐벗은 채로 남아 있었다. 시신을 태우는 연기는 저 멀리 로리엔에서도 보일 정도였다.[48]

무시무시한 불길이 사그라들어 잿더미만 남자 동맹군은 제각기 자신의 나라로 돌아갔다. 무쇠발 다인은 부친의 일족을 이끌고 철산으로 돌아갔다. 그때 아조그의 머리가 꽂힌 거대한 말뚝 곁에 서 있던 스라인이 참나무방패 소린에게 말했다.

"이 머리통 하나를 얻고자 값비싼 대가를 치렀다고 생각하는 자들도 있을 것이야! 적어도 우린 이것 때문에 왕국을 내던진 셈이니까. 너는 나와 함께 대장간으로 돌아가겠느냐, 아니면 부잣집 문간에서 빵을 구걸하겠느냐?"

"대장간으로 가겠습니다. 연장을 만드느라 망치를 두드리다 보면 팔뚝이라도 튼튼해질 테고, 그러면 다시 더 날카로운 연장을 휘두를 수 있겠지요."

스라인과 소린은 살아남은 추종자들(그중에는 발린과 글로인이 있었다)을 데리고 던랜드로 돌아갔다. 그들은 얼마 후 그곳을 떠나 에리아도르를 방랑하던 중 드디어 룬강 건너편 에레드 루인의 동쪽에 망명 왕국을 세웠다. 당시 그들이 벼려 낸 광물은 대부분 철이었으나 그럭저럭 번성했고, 인구도 조금씩 불어났다.[49] 그러나 스로르가 말한 대로 반지가 황금을 늘리려면 먼저 황금이 필요했다. 그렇지만 그들에게는 황금은커녕 다른 귀금속도 거의 없었다.

여기서 이 반지에 대해 밝혀 두어야 할 것이 몇 가지 있다. 두린 일족의 난쟁이들은 그것이 일곱 반지 가운데서 맨 처음 벼려진 것이라 믿었다. 또한 그들은 사우론이 아니라 보석세공요정들이 그것을 크하잣둠의 왕 두린 3세에게 준 것이라고 말한다. 일곱 반지 모두를 벼리는 데 사우론이 한몫

48 〔죽은 이들을 이런 식으로 처리한 것에 대해 난쟁이들은 비통해했을 것이다. 화장은 그들의 장례 방식이 아니었다. 그러나 그들의 관습에 따라 무덤을 만들었다면(그들은 시신을 땅에 묻지 않고 돌집을 세워 안치한다) 여러 해가 걸렸을 것이다. 따라서 그들은 동족의 시신들을 야수나 새 또는 썩은 고기를 먹는 오르크의 먹이가 되도록 방치하느니 차라리 화장하기로 했던 것이다. 하지만 아자눌비자르에서 전사한 자들은 영예롭게 기억되어 오늘날까지도 난쟁이들은 그런 자신의 선조를 두고 '화장되신 분'이라고 자랑스럽게 말하곤 한다. 그 한마디로 족한 것이다.〕

49 그들에게는 여자가 아주 적었다. 스라인의 딸 디스도 거기 있었는데, 그녀는 에레드 루인에서 필리와 킬리를 낳았다. 소린에게는 아내가 없었다.

했으므로, 그 반지에도 분명 사우론의 사악한 힘이 들어 있었다. 그러나 그 반지를 가진 자가 그것을 드러내 보이거나 그것에 대해 말하는 법이 없었고, 죽음이 임박하기 전에는 누구에게 넘겨주는 법도 좀체 없었기에, 다른 이들은 그것이 누구에게 증여되었는지 확실히 알지 못했다. 만일 발견되어 약탈되지 않았다면 크하잣둠의 비밀스러운 왕릉에 그대로 남아 있으리라고 생각하는 이들도 있었다. 두린 후계자의 친족들 중에는 스로르가 경솔하게 크하잣둠으로 돌아갔을 때 반지를 꼈다고 믿었는데, 그것은 사실이 아니었다. 그다음에 반지가 어떻게 되었는지는 아무도 알지 못했다. 아조그의 몸에서는 반지가 나오지 않은 것이다.[50]

그럼에도 불구하고 난쟁이들이 오늘날 믿고 있는 것처럼 사우론이 술수를 부려 소재가 파악되지 않던 이 마지막 반지를 누가 갖고 있는지 알아냈으며, 두린의 후계자들에게 닥친 불행도 주로 사우론이 품은 앙심 때문이었을 수 있다. 난쟁이들은 반지라는 수단을 통해서도 길들여지지 않은 것이다. 반지가 난쟁이들에게 발휘하는 유일한 힘은 그들의 가슴에 황금과 귀금속에 대한 탐욕을 불러일으켰다는 것뿐이다. 그래서 만일 그들에게 그런 것들이 없으면 다른 모든 유익한 것들이 무익하게 보이고, 그것들을 빼앗아 간 모든 자들에 대한 분노와 복수심이 가슴에 꽉 차도록 만들었다. 그러나 그들은 천성적으로 어떠한 압제에도 아주 완강하게 저항하도록 창조된 종족이었다. 비록 난쟁이들을 살해하거나 패배시킬 수는 있어도, 다른 의지에 굴복하는 그림자들로 만들 수는 없었다. 같은 이유로 그들의 생명은 어떤 반지에 의해서도 영향을 받지 않았다. 그것 때문에 수명이 연장되거나 단축되는 일이 없었던 것이다. 그렇기에 사우론은 더더욱 반지 소유자들을 증오하고 그들에게서 반지를 빼앗고 싶어했다.

그러므로 몇 년 후에 스라인이 안절부절못하고 불만에 싸이게 된 것은 부분적으로는 반지의 악의 때문이라 할 수 있을 것이다. 그의 가슴속에는 내내 황금에 대한 갈망이 자리하고 있었다. 마침내 더 이상 갈망을 견딜 수 없게 되자 그는 에레보르로 돌아가기로 결심했다. 그는 소린에게 자신의 심중을 전혀 알리지 않은 채, 발린과 드왈린을 비롯하여 몇몇 난쟁이들을 데리고 작별 인사를 하고 떠났다.

그 후 그가 어떻게 되었는가에 대해서는 거의 알려진 바가 없다. 이제야 추정컨대 그가 몇몇 동료들과 길을 떠나자마자 사우론의 밀사들에게 쫓긴 것 같다. 늑대들의 추격을 받고 오르크들에게 습격당하고 기분 나쁜 새들이 앞길에 그림자를 드리웠을 것이다. 그리고 북으로 가려고 애쓸수록 더 많은 불행이 그를 가로막았을 것이다. 그와 동료들이 안두인대하 너머의 땅에서 방황하고 있을 때 어두운 밤이 닥쳤고, 그들은 검은 비에 쫓겨 어둠숲의 처마 밑으로 몸을 피했다. 아침이 됐을 때 야영지에서 스라인이 없어졌다. 동료들이 찾아 보았지만 허사였다. 그들은 몇 날 며칠을 찾다가 결국 포기하고 그곳을 떠나 소린에게 돌아왔다. 오랜 뒤에야 스라인이 생포되어 돌 굴두르의 구덩이로 끌려갔다는 사실이 알려졌다. 그는 그곳에서 고문 끝에 반지를 빼앗기고 목숨을 잃고 말았다.

---

50 BOOK2 296쪽 참조.

이렇게 하여 참나무방패 소린이 두린의 후계자가 되었지만, 그에겐 아무 희망도 없었다. 스라인이 실종되었을 때 소린은 아흔다섯으로 위풍당당한 위대한 난쟁이였다. 그럼에도 그는 에리아도르에 머무는 데 만족한 듯 보였다. 그는 그곳에서 오랫동안 힘들여 일하고 교역을 해서 웬만큼 부를 이루었다. 그가 서쪽에 터전을 마련했다는 소식을 듣고 방랑하던 두린 일족이 찾아와 백성의 수도 크게 늘었다. 이제 그들은 산중에 아름다운 집을 짓고 많은 재화를 모았다. 그들의 삶은 그리 고달파 보이지 않았지만, 그들은 노래 속에서 내내 저 멀리 있는 외로운산을 그리워했다.

세월이 많이 흘렀다. 자기 가문에 가해진 행악들과 과업으로 물려받은 용에 대한 복수를 곰곰이 생각하면서 소린의 가슴에 묻혀 있던 불씨가 다시 뜨겁게 달아오르기 시작했다. 그는 대장간에서 커다란 망치를 두드리면서 무기와 군대와 동맹에 대해 생각했다. 그러나 군대는 흩어져 버렸고, 동맹은 깨졌으며, 백성들의 무기도 얼마 되지 않았다. 모루 위에 벌겋게 단 쇠를 내려치는 그의 가슴 속에는 아무 희망도 없는 거대한 분노가 이글거렸다.

그러다 두린 가문의 모든 운명을 바꾸어 놓을 뿐만 아니라 더욱 중대한 결과를 초래한 사건이 우연히 벌어졌다. 그것은 바로 간달프와 소린의 만남이었다. 언젠가[51] 소린은 여행을 떠났다가 서쪽으로 돌아오던 중 브리에서 하룻밤을 묵게 되었다. 그곳에는 간달프도 있었다. 간달프는 거의 스무 해 동안이나 찾지 못한 샤이어로 가는 길이었다. 그는 지쳤기에 거기서 잠시 휴식을 취할 생각이었다.

많은 근심거리 가운데서도 그는 북방의 위태로운 형세가 걱정이었다. 그는 사우론이 전쟁을 획책하고 있으며, 힘을 충분히 모았다고 생각하면 즉시 깊은골을 공격할 것이라는 사실을 이미 알고 있었기 때문이다. 그런데 앙마르의 땅과 산맥의 북쪽 고개들을 되찾으려는 동부의 시도를 저지할 수 있는 것은 이제 철산의 난쟁이들뿐이었다. 그리고 철산 너머에는 용이 사는 황무지가 있었다. 사우론은 용을 무시무시한 용도로 쓸 수 있을 것이었다. 그렇다면 스마우그를 어떻게 처치할 수 있을 것인가?

마침 간달프가 자리에 앉아 이 일을 궁리하고 있을 때 소린이 그의 앞에 다가와 이렇게 말했다.

"간달프 선생, 척 보고도 당신인 것을 알겠소. 이렇게 당신과 이야기를 나누게 되어 정말 반갑구려. 이상하게도 당신을 꼭 만나야 할 것처럼 요즘 들어 당신 생각이 자주 났소. 사실 당신이 어디 계신지만 알았더라면 벌써 당신을 찾아갔을 것이요."

간달프는 놀란 눈길로 그를 쳐다보았다.

"이것 참 이상한 일이오, 참나무방패 소린. 나 역시 당신을 생각했으니 말이오. 지금 난 샤이어로 가는 길이지만, 그 길이 또한 당신의 궁전으로 통한다는 것도 염두에 두고 있었소."

"궁전이라고 부르고 싶다면 그러시지요. 망명지의 누추한 처소에 불과하지만 말이오. 그렇지만 당신이 오신다면 크게 반길 것이오. 사람들이 말하기를 당신은 현자이시고 세상일에 대해 어느 누구보다 많은 것을 알고 계신다니 말이오. 나는 생각하는 것이 많아서 당신의 조언을 꼭 듣고 싶소이다."

---

51 2941년 3월 15일.

"찾아가겠소. 짐작건대 우린 적어도 한 가지 고민을 공유하고 있으니까 말이오. 에레보르의 용이 늘 마음에 걸린다오. 내 생각인데 스로르의 손자도 그 용을 잊을 순 없을 거요."

그 만남의 성과에 대해서는 다른 곳에 기술되어 있다. 즉 간달프가 소린을 돕기 위해 세운 이상한 계획과, 소린과 그 동지들이 샤이어로부터 예측치 못한 위대한 결과를 낳은 외로운산으로의 원정에 나서게 된 사연은 다른 곳에서 알 수 있다. 여기서는 단지 두린 일족과 직접 관련된 일만 되새겨 본다.

용은 에스가로스의 바르드에 의해 처치되었지만, 너른골에서는 전투가 벌어졌다. 난쟁이들이 돌아왔다는 소식을 듣자마자 오르크들이 에레보르를 습격한 것이다. 그들의 지휘자는 볼그였는데, 그는 다인이 젊은 시절에 쓰러뜨린 아조그의 아들이었다. 그 첫 너른골 전투에서 참나무방패 소린은 치명상을 입고 전사했다. 그는 가슴에 아르켄스톤을 올려놓은 채 산 아래 무덤에 안치되었다. 그의 조카 필리와 킬리도 그 전투에서 쓰러졌다. 그러나 그의 또 다른 조카로서 소린을 돕고자 철산에서 온 정당한 후계자 중 하나인 무쇠발 다인이 다인 2세로 즉위하여 산아래 왕국은 재건되었다. 그것은 간달프가 원하던 바였다. 다인은 위대하고 현명한 왕이어서 난쟁이들은 그의 시대에 다시 번성을 누리고 강성해졌다.

그해(2941년) 늦여름 간달프가 마침내 사루만과 백색회의를 납득시켜 돌 굴두르를 공격토록 하자, 사우론은 퇴각하여 모든 적들로부터 안전하리라고 생각한 모르도르로 갔다. 이렇게 하여 드디어 전쟁이 시작되자 공격은 남쪽으로 집중되었다. 그렇다 하더라도 만일 다인 왕과 브란드 왕이 진로를 막지 않았더라면, 사우론은 오른팔을 길게 뻗어 북방에 크나큰 해악을 끼쳤을 것이다. 훗날 미나스 티리스에 한동안 함께 머물면서 간달프가 프로도와 김리에게 말했듯이 말이다. 그것은 먼 곳의 소식이 곤도르에 당도한 지 얼마 되지 않았을 때였다.

"난 소린의 죽음이 무척 가슴 아팠다네. 그런데 이제 우리가 여기서 싸우고 있는 사이에 너른골에서도 다시 전투가 벌어져 다인이 쓰러졌다는 소식을 듣게 되는군. 그건 정말 막대한 손실이야. 그런 노령에도 어둠이 닥칠 때까지 여전히 에레보르의 성문 앞에서 브란드 왕의 시신을 지키고 선 채 그처럼 힘차게 도끼를 휘두를 수 있었으니 말이야.

하지만 사태는 전혀 다르게 그리고 훨씬 나쁘게 진전될 수도 있었어. 펠렌노르평원의 대전투를 생각할 때 너른골에서의 전투와 용맹한 두린 일족을 잊어선 안 돼. 그들이 없었다면 일이 어떻게 됐을지 생각해 보라고. 용의 화염과 에리아도르 야만인들의 칼날들, 깊은골의 밤을 말이야. 그랬더라면 곤도르에 왕비도 없었을 거야. 우린 지금 여기서 승리를 거두긴 했지만 돌아갈 곳은 폐허와 잿더미밖에 없을 것이고 말이야. 그러나 실제론 그런 사태를 면했지. 내가 어느 봄날 브리에서 참나무방패 소린을 만났기 때문이지. 그건 가운데땅에서 흔히 말하듯 우연한 만남이었다네."

디스는 스라인 2세의 딸이었다. 그녀는 여기에서 기술되는 역사에 거명되는 유일한 여자 난쟁이다. 김리의 말에 따르면 여자 난쟁이는 수가 아주 적어서 아마 전 인구의 3분의 1밖에 되지 않을 것이라 한다. 그들은 아주 급한 용무가 아니면 좀체 밖으로 나가지 않는다. 그들은 목소리와 용모, 그리고 여행을 떠나야 할 경우에는 옷차림까지 남자들과 너무나 흡사하기에 다른 종족들의 눈과 귀로는 남녀를 구별할 수가 없다. 이 때문에 인간들 사이에서는 여자 난쟁이는 없으며 '난쟁이는 돌에서 태어난다.'라는 바보 같은 생각도 나돈다.

난쟁이들의 인구가 더디게 증가하며, 안정된 거처가 없을 때는 멸족의 위기에 처하기도 하는 것은 이처럼 여자의 수가 적기 때문이다. 난쟁이들은 평생 한 명의 아내나 남편만을 취하는데, 다른 모든 일에서와 마찬가지로 이 일에서도 질투심이 많다. 실제로 결혼하는 남자의 수는 전체의 3분의 1이 채 안 된다. 또한 모든 여자가 남편을 취하는 것도 아니다. 그중에는 아예 남편을 원치 않는 여자도 있고, 얻을 수 없는 남자를 남편으로 취하고 싶어 해서 다른 남자들은 원치 않는 여자도 있다. 남자들의 경우에도 아주 많은 수가 기예에 푹 빠져 결혼을 원치 않는다.

글로인의 아들 김리는 반지와 함께 길을 떠난 아홉 원정대원의 일원으로 유명한데, 그는 반지전쟁 내내 엘렛사르 왕의 무리와 함께 있었다. 그는 스란두일 왕의 아들 레골라스와 나눈 깊은 우정과 갈라드리엘 귀부인에 대한 존경 때문에 요정의 친구라고 불렸다.

사우론의 몰락 후 김리는 에레보르의 난쟁이들 일부를 남쪽으로 데리고 가서 찬란한 동굴의 영주가 되었다. 그와 그의 백성들은 곤도르와 로한에서 위업을 이루었다. 그들은 마술사왕이 파괴해버린 미나스 티리스의 성문을 미스릴과 강철로 다시 주조한 것이다. 그의 친구인 레골라스 역시 초록숲에서 요정들을 데리고 남하하여 이실리엔에 정착했다. 덕분에 그곳은 서부의 모든 숲 가운데서 가장 아름다운 곳이 되었다.

그러나 엘렛사르 왕이 세상을 뜨자 레골라스는 마침내 마음속의 염원을 좇아 대해 너머로 항해했다.

이제 『붉은책』의 마지막 기록들 중 하나가 이어진다.

전해지는 바에 의하면, 레골라스가 글로인의 아들 김리를 그 항해에 동반한 것은 일찍이 난쟁이와 요정 사이에 맺어진 바 있는 그 어떤 우정보다도 더 두터운 우정 때문이었다고 한다. 만일 이것이 사실이라면 정녕 기이한 일이다. 난쟁이가 어떤 사랑 때문에 기꺼이 가운데땅을 떠나려고 한다거나, 엘다르가 그런 그를 받아들인다거나, 또는 서녘의 군주들이 그것을 허락한다는 것이 모두 쉽게 납득이 되지 않기 때문이다. 그러나 혹자는 김리는 아름다운 갈라드리엘을 다시 보고자 떠난 것이라고 한다. 따라서 엘다르 중에서도 영향력이 큰 갈라드리엘이 그를 위해 이런 은총을 얻어 준 것일 수도 있다. 이 일에 대해서는 더 이상 알려진 바가 없다.

글로인의 아들 김리가 엘렛사르 왕에게 설명한

에레보르 난쟁이 왕들의 가계

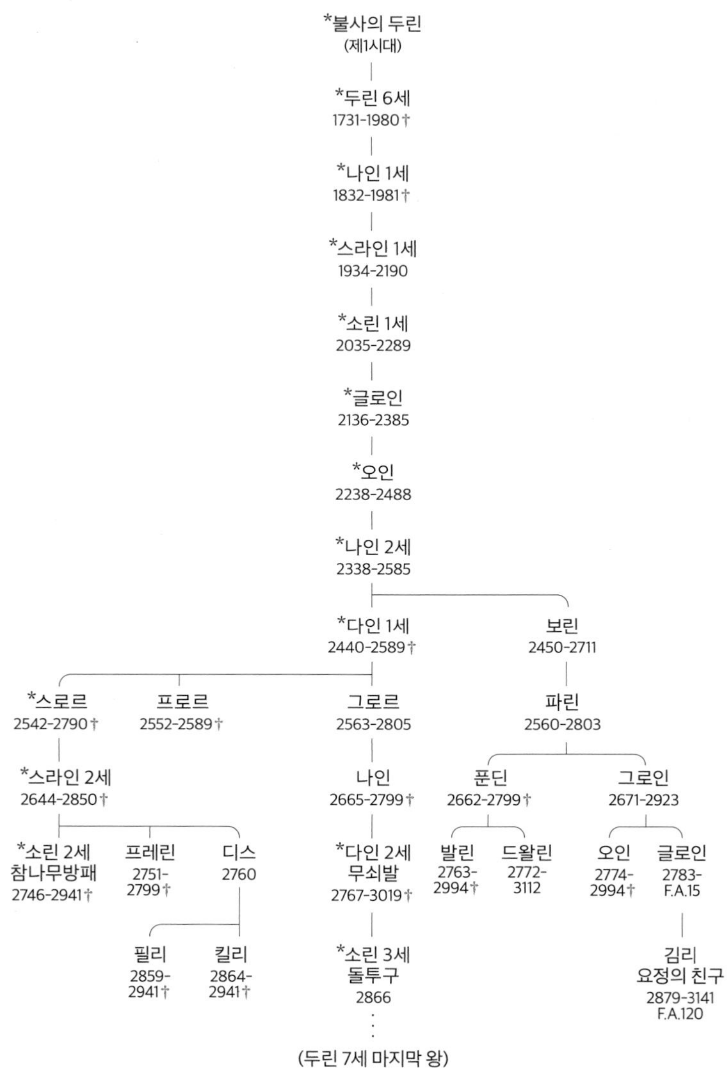

망명 중이든 아니든 두린 일족의 왕으로 간주된 이들의 이름에는 *표시가 되어 있다. 에레보르로의 여행에 나선 참나무방패 소린의 다른 동료들 가운데 오리와 노리와 도리 역시 두린 가계의 일원이었다. 소린과는 거리가 더 먼 친척들이었던 비푸르, 보푸르, 봄부르는 모리아 난쟁이들의 후손들이지만, 두린 가계에 속하지는 않았다. †표시에 대해서는 해설 A의 첫머리 설명을 참조하라.

연표

1999	에레보르 창건
2589	다인 1세, 용에게 살해됨
2590	에레보르로 귀환
2770	스마우그의 에레보르 약탈
2790	스로르, 아조그에게 살해됨
2790~2793	난쟁이족 대집결
2793~2799	난쟁이족과 오르크족의 전쟁
2799	난두히리온 전투
2841	스라인, 유랑길에 오름
2850	스라인의 죽음과 반지 실종
2941	다섯군대 전투와 소린 2세의 죽음
2989	발린, 모리아로 가다

제1시대는 발리노르의 대군이 상고로드림을 파괴하고[52] 모르고스를 타도한 대전투와 더불어 끝났다. 그리고 놀도르 요정 대부분은 먼 서녘으로 돌아와[53] 발리노르가 눈에 보이는 에렛세아에 터를 잡았으며, 다수의 신다르 요정도 대해를 건넜다.

제2시대는 모르고스의 수하인 사우론을 처음으로 격파하고 절대반지를 탈취하면서 끝났다.

제3시대는 반지전쟁으로 막을 내렸다. 그러나 제4시대는 엘론드가 떠나고 가운데땅에서 인간들의 지배가 시작되고 '말하는 민족들'은 쇠퇴하면서 비로소 시작된 것으로 간주된다.[54]

제4시대에 이전의 시대들은 흔히 상고대라 불렸지만, 본래 이 명칭은 모르고스 축출 이전의 시기만 가리켰다. 그 시대의 이야기는 여기에 기록되어 있지 않다.

52 BOOK2 270쪽 참조.
53 BOOK3 643쪽 참조.
54 BOOK6 1036쪽 참조.

제2시대

이 시대는 가운데땅의 인간들에게는 암흑의 세월이었으나 누메노르에게는 영광의 시대였다. 이 시대에 가운데땅에서 일어난 사건들에 대해서는 기록이 미미하고 간략한 데다 일시도 불분명하다.

이 시대 초기에는 여전히 많은 높은요정들이 남아 있었다. 이들 대부분은 에레드 루인 서쪽의 린돈에 거주했다. 그러나 바랏두르가 건설되기 전에 다수의 신다르가 동쪽으로 이동했고 일부는 멀리 떨어진, 숲요정들이 사는 삼림에 터전을 잡았다. 초록큰숲 북방의 스란두일 왕도 그중 하나였다. 룬만 북쪽 린돈에는 망명한 놀도르 열왕의 마지막 후계자인 길갈라드가 거했다. 그는 서부요정들의 대왕으로 인정받는 인물이었다. 룬만 남쪽 린돈에는 싱골의 친족 켈레보른이 한동안 자리 잡았다. 그의 아내가 요정 여인들 가운데 가장 위대한 갈라드리엘이었다. 그녀는 한때 나르고스론드의 왕이었던 핀로드 펠라군드의 누이였는데, 그는 인간의 친구로서 바라히르의 아들 베렌을 구하기 위해 목숨을 바쳤다.

후일 놀도르의 일부는 안개산맥 서편, 모리아 서문에 인접한 에레기온으로 갔다. 그들이 거기로 이주한 것은 모리아에서 미스릴이 발견되었다는 것을 알았기 때문이다.[55]

놀도르는 뛰어난 장인(匠人)들로 신다르보다는 난쟁이들에게 우호적이었다. 그럼에도 불구하고 두린 일족과 에레기온의 보석세공요정들 사이에 자라난 우정은 두 종족 간의 역사에서 전대미문의 것이었다. 켈레브림보르가 에레기온의 영주이자 가장 위대한 장인이었다. 그는 페아노르의 후손이었다.

연표

1년	회색항구와 린돈의 창건.
32년	에다인, 누메노르에 도착하다.
40년경	많은 난쟁이들이 에레드 루인의 옛 도시들을 떠나 모리아로 이주하고 인구가 불어나다.
442년	엘로스 타르미냐투르가 죽다.
500년경	가운데땅에서 사우론이 다시 준동하기 시작하다.
521년	누메노르에서 실마리엔 탄생.
600년	누메노르인들의 배가 처음으로 연안에 나타나다.
750년	놀도르, 에레기온을 창건하다.
1000년경	누메노르인들의 증대하는 세력에 놀란 사우론이 자신의 요새를 만들 곳으로 모르도르를 택하고 바랏두르를 건설하기 시작하다.
1075년	타르앙칼리메, 누메노르 최초의 통치 여왕으로 등극하다.

55 BOOK2 347~348쪽 참조.

1200년	사우론이 엘다르 요정들을 유혹하려고 하나 길갈라드는 그와 거래하기를 거부하다. 에레기온의 대장장이들이 그의 유혹에 넘어가다. 누메노르인들, 영구적인 항구를 건설하기 시작하다.
1500년경	사우론의 가르침을 받은 보석세공요정들의 기예가 최고조에 달해 힘의 반지들을 주조하기 시작하다.
1590년경	에레기온에서 세 반지가 완성되다.
1600년경	사우론이 오로드루인에서 절대반지를 주조하고 다른 한편으로 바랏두르를 완성하다. 켈레브림보르, 사우론의 계략을 간파하다.
1693년	요정들과 사우론의 전쟁이 시작되다. 세 반지는 숨겨지다.
1695년	사우론의 군대가 에리아도르를 침공하다. 길갈라드가 엘론드를 에레기온으로 파견하다.
1697년	에레기온이 황폐화되다. 켈레브림보르 사망. 모리아의 성문이 닫히다. 엘론드가 생존한 놀도르를 이끌고 임라드리스에 피난처를 건설하다.
1699년	사우론이 에리아도르를 장악하다.
1700년	타르미나스티르가 누메노르에서 린돈으로 대규모 함대를 파견하다. 사우론, 패배하다.
1701년	사우론, 에리아도르에서 축출되다. 서부에 오랫동안 평화가 깃들다.
1800년경	이 무렵부터 누메노르인들이 해안의 지배권을 장악하기 시작하다. 사우론, 동쪽으로 세력을 확장하다. 누메노르에 어둠이 덮이다.
2251년	타르아타나미르의 사망. 타르앙칼리몬이 왕홀을 승계받다. 누메노르인들 사이에 모반과 분열이 시작되다. 이 무렵 아홉 반지의 노예인 나즈굴 또는 반지악령들이 처음으로 모습을 드러내다.
2280년	움바르, 누메노르의 강력한 요새로 화하다.
2350년	펠라르기르가 건설되어 충직한 누메노르인들의 주요 항구가 되다.
2899년	아르아두나코르가 왕홀을 계승하다.
3175년	타르팔란티르의 회한. 누메노르에 내전이 발발하다.
3255년	황금왕 아르파라존의 즉위.
3261년	아르파라존, 항해하여 움바르에 상륙하다.
3262년	사우론, 포로가 되어 누메노르에 끌려오다. 3262년에서 3310년 사이에 사우론이 왕을 유혹하고 누메노르인들을 타락시키다.
3310년	아르파라존, 대군 양성을 시작하다.
3319년	아르파라존, 발리노르를 공격하다.

누메노르의 멸망. 엘렌딜과 그의 아들들이 탈출하다.

3320년 망명 왕국 아르노르와 곤도르의 창건.

팔란티르 돌들이 분산되다(BOOK3 339~340쪽).

사우론, 모르도르로 돌아오다.

3429년 사우론, 곤도르를 공격하여 미나스 이실을 점령하고 백색성수를 불태우다.

이실두르, 안두인대하를 타고 탈출하여 북방의 엘렌딜에게로 가다. 아나리온, 미나스 아노르와 오스길리아스를 지켜 내다.

3430년 요정들과 인간들의 최후의 동맹이 맺어지다.

3431년 길갈라드와 엘렌딜이 임라드리스로 동진하다.

3434년 동맹군, 안개산맥을 넘다.

다고를라드 전투와 사우론의 패배.

바랏두르 공성(攻城)이 시작되다.

3440년 아나리온의 피살.

3441년 엘렌딜과 길갈라드가 사우론을 타도하나 그들은 사우론의 손에 죽다.

이실두르, 절대반지를 탈취하다.

사우론은 사라지고 반지악령들은 어둠 속에 묻히다.

이로써 제2시대가 끝나다.

제3시대

이 시대는 엘다르가 점점 쇠미해지는 시기였다. 사우론이 잠들고 절대반지가 실종된 사이에 그들은 세 반지를 활용하며 오랫동안 평화를 누렸다. 그러나 그들은 과거의 기억 속에 잠긴 채 어떤 새로운 일도 시도하지 않았다. 난쟁이들은 자신들의 보고(寶庫)를 지키며 깊은 곳에 은거했다. 그러나 악이 다시 준동하기 시작하고 용들이 다시 나타나자, 난쟁이들은 고래의 보물을 하나하나 약탈당하고는 방랑족이 되었다.

모리아는 오랫동안 안전했으나 백성은 나날이 수가 줄어들어 많은 대저택이 어둡고 텅 비어 버렸다. 누메노르인들의 지혜와 긴 수명도 범상한 인간들과 섞이게 되면서 이울어갔다.

거의 천 년의 세월이 지나고 초록큰숲에 첫 어둠이 드리웠을 때 이스타리 또는 마법사들이 가운데땅에 나타났다. 후에 알려지기로는 그들은 사우론의 힘을 견제하고 그에게 저항하려는 모든 세력을 규합하도록 먼 서녘에서 파견된 사자(使者)들이었다고 한다. 그러나 그들은 사우론의 힘에 힘으로 맞서거나 강제와 위협으로 요정들과 인간들을 지배하는 것은 금지되어 있었다.

따라서 그들은 인간의 형체를 띠고 왔다. 하지만 그들은 결코 젊지 않고 아주 천천히 늙어 가며 정신과 육체적으로 많은 권능을 지니고 있었다. 그들이 본명을 밝히는 경우는 아주 드물었으며[56] 그냥 다른 이들이 붙여 준 이름을 썼다. 이 집단(모두 다섯 명으로 이루어졌다고 한다)에서 가장 서열이 높은 두 마법사를 엘다르 요정들은 '장인(匠人)' 쿠루니르와 '회색 순례자' 미스란디르라 불렀지만 북부인들은 이들을 각각 사루만과 간달프라 불렀다. 쿠루니르는 자주 동쪽으로 여행했지만 결국에는 아이센가드에 자리를 잡았다. 미스란디르는 엘다르와 깊은 친분을 맺고 주로 서부를 방랑할 뿐 결코 영구적인 거처를 마련하지는 않았다.

제3시대를 통틀어 세 반지의 소재는 오직 그 소지자들만 알고 있었다. 그러나 결국 세 명의 가장 위대한 요정, 즉 길갈라드, 갈라드리엘과 키르단이 처음 세 반지를 소지했다는 것이 알려졌다. 길갈라드는 죽기 전에 반지를 엘론드에게 주었다. 키르단은 후에 자신의 반지를 미스란디르에게 넘겨주었다. 키르단은 가운데땅의 어느 누구보다도 더 멀고 깊게 사태를 내다보았던 것이다. 그가 어디에서 왔으며 어디로 돌아갈지 아는 키르단은 회색항구에서 미스란디르를 반가이 맞이했다.

"이 반지를 받으십시오. 그대는 이제 버거운 노고를 치러야 할 테니 말입니다. 이 반지가 그대가 떠맡은 어려움에 도움을 줄 것입니다. 이 반지는 불의 반지이니, 이 반지를 통해 그대가 세상의 싸늘하게 식은 마음에 다시 불을 지필 수 있을지도 모릅니다. 하지만 제 마음은 대해와 함께 있습니다. 그러니 저는 마지막 배가 떠날 때까지 이 회색 해안에 머물 것입니다. 그대를 기다리겠습니다."

연표

2년	이실두르, 미나스 아노르에 백색성수 묘목을 심고 메넬딜에게 남왕국을 넘겨 주다.
	창포벌판의 참화. 이실두르와 그의 장남, 차남, 삼남이 살해되다.
3년	오흐타르가 나르실의 조각을 임라드리스로 가져오다.
10년	발란딜이 아르노르의 왕이 되다.
109년	엘론드가 켈레보른의 딸 켈레브리안과 결혼하다.
130년	엘론드의 아들 엘라단과 엘로히르 탄생.
241년	아르웬 운도미엘 탄생.
420년	오스토헤르 왕이 미나스 아노르를 재건하다.
490년	동부인의 최초 침공.
500년	로멘다킬 1세, 동부인을 격파하다.
541년	로멘다킬의 전사.
830년	팔라스투르가 곤도르의 선박왕 시대를 열다.
861년	에아렌두르의 죽음과 아르노르의 분열.
933년	에아르닐 1세, 움바르를 점령하여 곤도르의 요새로 삼다.

56 BOOK4 721쪽 참조.

936년 에아르닐, 바다에서 실종되다.

1015년 키랸딜 왕이 움바르 공성에서 전사하다.

1050년 햐르멘다킬, 하라드를 정복하다.

곤도르가 전성기에 달하다. 이 무렵 초록숲에 어둠이 덮여 사람들이 그곳을 어둠숲이라 부르기 시작하다.

에리아도르에 털발 혈통이 도래하면서 페리안나스(호빗)가 처음 기록에 언급되다.

1100년경 현자들(이스타리와 유력 엘다르), 사악한 세력이 돌 굴두르에 요새를 만들었음을 알다. 나즈굴 중 하나의 소행으로 추정되다.

1149년 아타나타르 알카린의 통치가 시작되다.

1150년경 하얀금발 혈통, 에리아도르에 들어가다.

풍채 혈통, 붉은뿔고개를 넘어 두물머리 또는 던랜드로 이주하다.

1300년경 사악한 세력이 다시 증식하기 시작하다.

수가 불어난 안개산맥의 오르크들이 난쟁이들을 공격하다.

나즈굴이 다시 나타나다.

나즈굴의 우두머리가 북쪽 앙마르로 가다.

페리안나스는 서부로 이동하고 그중 다수가 브리에 정착하다.

1356년 아르겔레브 1세, 루다우르와의 전투에서 전사하다.

이 무렵 풍채 혈통은 두물머리를 떠나고 일부는 야생지대로 돌아가다.

1409년 앙마르의 마술사왕, 아르노르를 침공하다.

아르벨레그 1세, 전사하다.

포르노스트와 튀른 고르사드는 방어되다. 아몬 술의 탑이 붕괴되다.

1432년 곤도르의 발라카르 왕이 서거하면서 친족분쟁이 시작되다.

1437년 오스길리아스가 불타고 팔란티르가 실종되다.

엘다카르가 로바니온으로 달아나고 그의 아들 오르넨딜이 살해되다.

1447년 엘다카르가 귀환해 찬탈자 카스타미르를 축출하다.

에루이여울목 전투가 벌어지다. 펠라르기르 공성.

1448년 반란군이 탈주하여 움바르를 강탈하다.

1540년 알다미르 왕이 하라드인 및 움바르 해적들과의 전쟁에서 전사하다.

1551년 햐르멘다킬 2세, 하라드인들을 격멸하다.

1601년 페리안나스 다수가 브리에서 이주해 아르겔레브 2세로부터 바란두인 너머의 땅을 양여받다.

1630년경 던랜드에서 온 풍채 혈통이 그들과 합류하다.

1634년 해적들이 펠라르기르를 약탈하고 미나르딜 왕을 살해하다.

1636년 대역병이 곤도르를 휩쓸다.

텔렘나르 왕과 그 자녀들이 사망하다.

	미나스 아노르의 백색성수가 죽다.
	역병이 북쪽과 서쪽으로 퍼져 에리아도르의 많은 지역이 버려지다.
	바란두인 너머의 페리안나스는 살아남았지만 막대한 손실을 입다.
1640년	타론도르 왕이 왕궁을 미나스 아노르로 옮기고 백색성수 묘목을 심다.
	오스길리아스는 폐허가 되기 시작하다.
	모르도르는 방비되지 않은 채 방치되다.
1810년	텔루메흐타르 움바르다킬 왕이 움바르를 탈환하고 해적들을 몰아내다.
1851년	전차몰이족의 곤도르 공격이 시작되다.
1856년	곤도르가 동쪽 영토를 잃고 나르마킬 2세는 전사하다.
1899년	칼리메흐타르 왕, 다고를라드에서 전차몰이족을 격파하다.
1900년	칼리메흐타르 왕이 미나스 아노르에 백색탑을 건설하다.
1940년	곤도르와 아르노르가 교섭을 재개하면서 동맹을 맺다.
	아르베두이, 곤도르 온도헤르의 딸 피리엘과 결혼하다.
1944년	온도헤르, 전사하다.
	에아르닐, 남이실리엔에서 적을 격파하다. 그다음 그는 진지의 전투에서 승리하고 전차몰이족을 죽음늪으로 몰아내다.
	아르베두이, 곤도르의 왕권을 주장하다.
1945년	에아르닐 2세 즉위.
1974년	북왕국의 종말.
	마술사왕이 아르세다인을 쳐부수고 포르노스트를 점령하다.
1975년	아르베두이, 포로켈만에서 익사하다.
	안누미나스와 아몬 술의 팔란티르들이 소실되다.
	에아르누르, 린돈으로 함대를 이끌고 오다.
	마술사왕이 포르노스트 전투에서 패배하고 에튼황야까지 쫓긴 후 북방에서 사라지다.
1976년	아라나르스, 두네다인의 지도자 칭호를 받다.
	아르노르의 전래 가보는 엘론드가 보관하다.
1977년	프룸가르, 에오세오드족을 북방으로 이끌고 가다.
1979년	구렛들의 부카, 샤이어의 초대 사인이 되다.
1980년	마술사왕이 모르도르에 와서 나즈굴을 끌어모으다.
	모리아에 발로그가 출현해 두린 6세를 살해하다.
1981년	나인 1세 살해되다.
	난쟁이들이 모리아에서 달아나다.
	로리엔의 많은 숲요정들이 남쪽으로 달아나다.
	암로스와 님로델이 실종되다.

1999년	스라인 1세, 에레보르에 와서 '산아래'의 난쟁이 왕국을 창건하다.
2000년	나즈굴, 모르도르에서 출정하여 미나스 이실을 포위 공격하다.
2002년	미나스 이실이 함락되고 그 후 미나스 모르굴로 알려지다.
	팔란티르, 적의 수중에 들어가다.
2043년	에아르누르, 곤도르의 왕이 되고 마술사왕의 도전을 받다.
2050년	에아르누르, 재차 도전을 받고 미나스 모르굴로 달려간 뒤 실종되다. 마르딜, 최초의 통치 섭정이 되다.
2060년	돌 굴두르의 힘이 강성해지다.
	'현자들'은 사우론이 다시 모습을 드러낸 것이 아닌가 우려하다.
2063년	간달프, 돌 굴두르로 가다.
	사우론, 후퇴하여 동부에 은신하다. 불안한 평화가 시작되다.
	나즈굴, 미나스 모르굴에서 조용히 머물다.
2210년	소린 1세, 에레보르를 떠나 북쪽의 회색산맥으로 가다.
	그곳에 두린족의 잔존자 대부분이 집결하다.
2340년	이섬브라스 1세, 13대 사인에 오르고 툭 혈통으로는 첫 사인이 되다.
	노루아재 집안이 노릇골을 점유하다.
2460년	불안한 평화가 끝나다.
	사우론, 증강된 세력을 이끌고 돌 굴두르에 귀환하다.
2463년	백색회의가 구성되다. 이 무렵 풍채 혈통 데아골이 절대반지를 발견하고 스메아골에게 살해되다.
2470년	이 무렵 스메아골-골룸이 안개산맥으로 은신하다.
2475년	곤도르에 대한 공격이 재개되다.
	오스길리아스가 완전히 폐허가 되고 석교(石橋)가 무너지다.
2480년경	오르크들이 에리아도르로 이르는 모든 관문을 차단하기 위해 안개산맥에 비밀 요새들을 만들기 시작하다.
	사우론, 모리아를 그의 종복들로 가득 채우다.
2509년	로리엔으로 여행하던 켈레브리안이 붉은뿔고개에서 습격받아 독상(毒傷)을 입다.
2510년	켈레브리안, 바다 너머로 떠나다.
	오르크와 동부인들이 칼레나르돈에 발호하다.
	청년왕 에오를이 켈레브란트평원 전투에서 승리를 거두다.
	로한인들이 칼레나르돈에 정착하다.
2545년	에오를이 로한고원 전투에서 쓰러지다.
2569년	에오를의 아들 브레고가 황금궁전을 완공하다.
2570년	브레고의 아들 발도르가 금단의 문으로 들어가 실종되다.
	용들이 북방 끝에 다시 나타나 난쟁이들을 괴롭히기 시작하다.

2589년	다인 1세, 용에게 살해되다.
2590년	스로르, 에레보르에 돌아오다. 그의 아우 그로르가 철산으로 가다.
2670년경	토볼드가 남둘레에서 '연초'를 심다.
2683년	아이센그림 2세가 10대 사인이 되어 큰스미알의 굴착 공사를 시작하다.
2698년	엑셀리온 1세가 미나스 티리스에 백색탑을 재건하다.
2740년	오르크들이 에리아도르에 대한 침공을 재개하다.
2747년	툭 집안 반도브라스가 북둘레에서 오르크들을 격퇴하다.
2758년	로한이 서쪽과 동쪽에서 공격받고 유린당하다. 곤도르는 해적 선단의 공격을 받다. 로한의 헬름이 헬름협곡에 피신하다. 울프가 에도라스를 강점하다. 2758~2759년에 걸쳐 '긴겨울'이 이어지다. 에리아도르와 로한이 막심한 고통과 인명 손실을 입다. 간달프, 샤이어 주민들을 도우러 오다.
2759년	헬름의 죽음. 프레알라프, 울프를 격퇴하고 마크의 제2왕가 혈통을 열다. 사루만, 아이센가드에 터전을 잡다.
2770년	용 스마우그, 에레보르를 습격하다. 너른골이 파괴되다. 스로르가 스라인 2세, 소린 2세와 더불어 탈출하다.
2790년	스로르, 모리아에서 오르크에게 살해되다. 난쟁이들이 복수의 전쟁을 위해 집결하다. 훗날 툭 노인으로 알려진 제론티우스가 태어나다.
2793년	난쟁이와 오르크의 전쟁이 시작되다.
2799년	모리아의 동문 앞에서 난두히리온 전투가 벌어지다. 무쇠발 다인, 철산으로 돌아가다. 스라인 2세와 그의 아들 소린은 서쪽으로 방랑하다. 그들은 샤이어 너머 에레드 루인 남쪽에 정착하다(2802년).
2800~2864년	북방 오르크들이 로한을 괴롭히다. 왈다 왕이 그들에게 살해되다(2861년).
2841년	스라인 2세, 에레보르를 다시 방문하기 위해 출발했다가 사우론의 수하들에게 추격당하다.
2845년	난쟁이 스라인이 돌 굴두르에 감금되고 일곱 반지 중 마지막 반지를 빼앗기다.
2850년	간달프, 다시 돌 굴두르에 들어가 그 지배자가 정말로 사우론이며, 모든 반지를 모으고 절대반지와 이실두르의 후계자에 대한 소식을 찾고 있다는 걸 알아내다. 간달프, 스라인을 발견하고 에레보르의 열쇠를 받다.

스라인, 돌 굴두르에서 죽다.

2851년 백색회의가 열리다. 간달프는 돌 굴두르 공격을 주장하였으나 사루만이 그 주장을 파기하다.[57]

사루만, 창포벌판 근방을 수색하기 시작하다.

2872년 곤도르의 벨렉소르 2세의 죽음.

백색성수가 죽지만 묘목을 구하지 못하다. 죽은 나무는 그 자리에 그대로 방치되다.

2885년 사우론의 밀사에게 부추김을 받아 하라드인들이 포로스강을 건너 곤도르를 공격하다.

로한의 폴크위네의 아들들이 곤도르를 위해 싸우다 전사하다.

2890년 샤이어에서 빌보가 태어나다.

2901년 모르도르 우루크들의 공격으로 이실리엔에 남아 있던 주민 대부분이 이실리엔을 버리고 떠나다.

헨네스 안눈의 은거지가 구축되다.

2907년 아라고른 2세의 어머니 길라엔 출생.

2911년 혹한의 겨울. 바란두인 및 다른 강들이 얼어붙다.

흰 늑대들이 북방에서 에리아도르를 침범하다.

2912년 대홍수가 에네드와이스와 민히리아스를 휩쓸다.

사르바드가 폐허화되어 버려지다.

2920년 툭 노인이 사망하다.

2929년 두네다인 아라도르의 아들 아라소른이 길라엔과 결혼하다.

2930년 아라도르, 트롤들에게 살해되다.

엑셀리온 2세의 아들 데네소르 2세가 미나스 티리스에서 태어나다.

2931년 아라소른 2세의 아들 아라고른 3월 1일 출생.

2933년 아라소른 2세가 살해되다.

길라엔, 아라고른을 임라드리스로 데려가다.

엘론드, 아라고른을 양자로 받아들여 에스텔(희망)이라는 이름을 지어 주다. 그의 혈통은 비밀에 부쳐지다.

2939년 사루만, 사우론의 부하들이 창포벌판 근처 안두인대하를 수색하고 있으며, 따라서 사우론이 이실두르의 최후에 대해 알고 있다는 것을 깨닫다. 그는 몹시 놀랐으나 백색회의에 일절 알리지 않다.

2941년 참나무방패 소린과 간달프가 샤이어의 빌보를 방문하다.

빌보, 스메아골-골룸을 만나 반지를 발견하다.

백색회의가 열리다.

사루만, 이제 사우론의 대하 수색을 막고 싶어 돌 굴두르 공격에 찬성하다. 사우론, 이미 계획을 세워 놓았기에 돌 굴두르를 포기하다.

너른골에서 다섯군대 전투가 벌어지다. 소린 2세의 사망.

57 나중에 밝혀진 대로 사루만은 이때쯤 절대반지를 소유하고 싶은 욕망을 갖기 시작했고, 한동안 사우론을 그냥 내버려 두면 반지가 주인을 찾아 모습을 드러낼 것이라고 기대했다.

	에스가로스의 바르드가 스마우그를 죽이다.
	철산의 다인이 산아래 왕국의 왕이 되다(다인 2세).
2942년	빌보가 반지를 가지고 샤이어로 돌아오다.
	사우론, 비밀리에 모르도르로 돌아가다.
2944년	바르드, 너른골을 재건하고 왕이 되다.
	골룸, 산맥을 떠나 반지 '도둑' 수색에 나서다.
2948년	로한 왕 셍겔의 아들 세오덴 출생.
2949년	간달프와 발린이 샤이어의 빌보를 방문하다.
2950년	돌 암로스 아드라힐의 딸 핀두일라스 출생.
2951년	사우론, 공공연히 자기 존재를 드러내고 모르도르에 세력을 집결시키다. 아울러 바랏두르 재건에 착수하다. 골룸, 모르도르로 향하다.
	사우론, 나즈굴 셋을 보내 돌 굴두르를 다시 장악하다.
2952년	엘론드, '에스텔'에게 본명과 가계를 알려 주고 나르실의 남은 조각을 건네다. 로리엔에서 갓 돌아온 아르웬이 임라드리스의 숲에서 아라고른을 만나다.
	아라고른, 황야로 나서다.
2953년	백색회의의 마지막 회합. 반지들에 대해 논의하다. 사루만, 절대반지가 안두인대하를 타고 대해로 흘러든 것을 알아낸 것처럼 가장하다.
	사루만, 자기 터전으로 삼은 아이센가드로 물러나 그곳을 요새화하다.
	그는 간달프를 시기하고 두려워하여 그의 일거수 일투족을 감시하도록 첩자들을 붙이고, 그가 샤이어에 관심을 갖는 것에 주목한다.
	사루만은 곧 브리와 남둘레에 앞잡이들을 두기 시작한다.
2954년	운명의 산이 다시 불꽃을 내뿜다.
	이실리엔에 최후까지 거주하던 이들이 안두인대하를 넘어 도망가다.
2956년	아라고른이 간달프를 만나고 그들의 우정이 시작되다.
2957~2980년	아라고른, 대장정과 무사 수업 편력에 나서다. 소롱길이라는 이름으로 신분을 숨기고 로한의 셍겔과 곤도르의 엑셀리온 2세를 섬기다.
2968년	프로도 출생.
2976년	데네소르, 돌 암로스의 핀두일라스와 결혼하다.
2977년	바르드의 아들 바인이 너른골의 왕이 되다.
2978년	데네소르 2세의 아들 보로미르 출생.
2980년	아라고른, 로리엔에 들어가 아르웬 운도미엘을 다시 만나다. 그는 그녀에게 바라히르의 반지를 주었고 둘은 케린 암로스 언덕에서 부부의 연을 맺기로 약속을 하다. 이 무렵 골룸은 모르도르의 경계에 이르러 쉴로브와 알게 되다.
	세오덴이 로한의 왕이 되다.

샘와이즈 출생.

2983년 데네소르의 아들 파라미르 출생.

2984년 엑셀리온 2세의 죽음. 데네소르 2세가 곤도르의 섭정이 되다.

2988년 핀두일라스 요절하다.

2989년 발린, 에레보르를 떠나 모리아로 들어가다.

2991년 에오문드의 아들 에오메르 로한에서 출생.

2994년 발린이 죽고 난쟁이들의 거류지가 파괴되다.

2995년 에오메르의 누이 에오윈 탄생.

3000년경 모르도르의 어둠이 길게 뻗치다.

사루만, 감연히 오르상크의 팔란티르를 사용했다가 이실에 있던 돌을 가진 사우론의 함정에 빠지다. 그는 백색회의의 배신자가 된다. 그의 첩자들은 샤이어가 순찰자들에 의해 엄중하게 방비되어 있다고 보고하다.

3001년 빌보의 송별연.

간달프, 빌보의 반지가 절대반지가 아닌가 의심하다.

샤이어에 대한 방비가 배가되다.

간달프, 골룸에 대한 소식을 구하며 아라고른에게 도움을 청하다.

3002년 빌보, 엘론드의 손님이 되어 깊은골에 정착하다.

3004년 간달프, 샤이어의 프로도를 방문하다.

그 후 4년 동안 이따금씩 그를 방문하다.

3007년 바인의 아들 브란드가 너른골의 왕이 되다.

길라엔의 죽음.

3008년 가을에 간달프가 프로도를 마지막으로 방문하다.

3009년 간달프와 아라고른, 이후 8년 동안 수시로 안두인계곡, 어둠숲, 로바니온을 거쳐 모르도르의 경계까지 골룸 추적을 재개하다. 그사이 언젠가 골룸은 대담하게도 모르도르로 들어갔다가 사우론에게 붙잡혔다.

3016년 산맥과 모든 대지가 위험해지고 있던 까닭에 엘론드는 아르웬을 임라드리스로 불러들이다.

3017년 골룸, 모르도르에서 풀려나다. 그는 죽음늪에서 아라고른에게 붙잡혀 어둠숲의 스란두일에게 이송된다.

간달프, 미나스 티리스를 방문해 이실두르의 두루마리를 읽다.

위대한 해들

3018년

4월

12일 간달프, 호빗골에 도착하다.

6월

20일 사우론, 오스길리아스를 공격하다. 거의 동시에 스란두일이 공격을 받고 골룸이 달아나다.

한가운뎃날

간달프가 라다가스트를 만나다.

7월

4일 보로미르, 미나스 티리스에서 출발하다.

10일 간달프, 오르상크에 감금되다.

8월

골룸의 종적이 묘연해지다. 이 무렵 요정들과 사우론 부하들의 추격을 받던 그는 모리아에 은신한 것으로 생각된다. 그는 마침내 서문으로 이르는 길을 발견했지만 빠져나오지는 못하다.

9월

18일 간달프, 이른 시간에 오르상크를 탈출하다. 암흑의 기사들이 아이센강의 여울목을 건너다.

19일 간달프, 거지 행색으로 에도라스에 와서 입성을 거부당하다.

20일 간달프, 에도라스에 입성하다. 세오덴이 그에게 떠날 것을 명하다. "아무 말이든 타고 내일이 오기 전에 사라져라!"라는 명령이 떨어지다.

21일 간달프, 샤두팍스와 마주쳤으나 말이 접근을 허용치 않다. 그는 샤두팍스를 쫓아 들판 너머 멀리 나간다.

22일 암흑의 기사들, 저녁에 사른여울에 이르러 순찰자들의 방비를 격퇴시키다. 간달프, 샤두팍스를 따라잡다.

23일 네 명의 암흑기사가 동트기 전 샤이어에 들어가다. 나머지 기사들은 동쪽으로 순찰자들을 추적한 다음 돌아와 초록길을 감시하다. 황혼 녘에 암흑의 기사 하나가 호빗골에 이르다. 프로도, 골목쟁이집을 떠나다. 간달프, 샤두팍스를 길들여 타고 로한을 떠나다.

24일 간달프, 아이센강을 건너다.

26일 묵은숲. 프로도, 봄바딜을 만나다.

27일 간달프, 회색강을 건너다. 프로도, 봄바딜과 이틀째 밤을 보내다.

28일 호빗들, 고분구릉에서 고분악령에게 사로잡히다. 간달프, 사른여울에 이르다.

29일 프로도, 밤중에 브리에 도착하다. 간달프, 감지 영감을 방문하다.

30일 이른 시간에 크릭구렁과 브리의 여관이 습격당하다. 프로도, 브리를 떠나다. 간달프, 크릭구렁을 지나 밤에 브리에 도착하다.

10월

1일 간달프, 브리를 떠나다.

3일 간달프, 밤중에 바람마루에서 공격을 받다.

6일 바람마루 아래 야영지가 한밤에 공격받아 프로도가 부상을 당하다.

9일 글로르핀델, 깊은골을 떠나다.

11일 글로르핀델, 미세이셀다리에서 암흑의 기사들을 물리치다.

13일 프로도, 다리를 건너다.

18일 글로르핀델, 어스름 무렵 프로도를 발견하다. 간달프, 깊은골에 도착하다.

20일 브루이넨여울을 건너 달아나다.

24일 프로도, 회복되어 깨어나다. 보로미르, 밤중에 깊은골에 당도하다.

25일 엘론드의 회의.

12월

25일 반지 원정대, 어스름에 깊은골을 떠나다.

3019년

1월

8일 원정대, 호랑가시나무땅에 도착하다.

11~12일 카라드라스에 눈이 내리다.

13일 이른 시간에 늑대들의 습격을 받다. 원정대, 해 질 녘에 모리아의 서문에 이르다. 골룸, 반지 사자의 뒤를 밟기 시작하다.

14일 21호실에서의 밤.

15일 크하잣둠 다리에서 간달프가 추락하다. 원정대, 밤늦게 님로델에 당도하다.

17일 원정대, 저녁에 카라스 갈라돈에 이르다.

23일 간달프, 지락지길 봉우리까지 발로그를 추격하다.

25일 간달프, 발로그를 내던지고 죽다. 그의 시신이 산꼭대기에 방치되다.

2월

15일 갈라드리엘의 거울. 간달프, 소생하여 혼수상태로 누워 있다.

16일 로리엔에 작별을 고하다. 골룸, 서쪽 제방에 숨어 출발을 지켜보다.

17일 과이히르, 간달프를 로리엔으로 실어 가다.

23일 사른 게비르 부근에서 밤중에 배들이 공격받다.

25일 원정대, 아르고나스를 통과하여 파르스 갈렌에서 야영하다. 아이센여울목의 1차 전투. 세오덴의 아들 세오드레드가 전사하다.

26일 원정대의 붕괴. 보로미르의 죽음. 그의 뿔나팔 소리가 미나스 티리스에 들리다. 메리아독과 페레그린이 포로가 되다. 프로도와 샘와이즈, 동쪽 에뮌 무일로 들어서다. 아라고른, 저녁 무렵 오르크들 추적에 나서다. 에오메르, 오르크 무리가 에뮌 무일에서 내려왔다는 소식을 접하다.

27일 아라고른, 해 뜰 녘 서쪽 벼랑에 이르다. 에오메르, 세오덴의 명령을 거슬러 한밤중에 이스트폴드를 떠나 오르크 추격에 나서다.

28일 에오메르, 팡고른숲 바로 바깥에서 오르크들을 따라잡다.

29일 메리아독과 피핀, 탈출해 나무수염을 만나다. 로한인들, 동틀 무렵 오르크들을 공격하여 궤멸시키다. 프로도, 에뮌 무일에서 내려와 골룸을 만나다. 파라미르, 보로미르의 시신을 실은 배를 보다.

30일 엔트뭇이 시작되다. 에오메르, 에도라스로 돌아가던 중 아라고른을 만나다.

3월

1일 프로도, 새벽에 죽음늪 횡단을 시작하다. 엔트뭇이 계속되다. 아라고른, 백색의 간달프를 만나다. 그들은 에도라스로 출발하다. 파라미르, 사명을 띠고 미나스 티리스를 떠나 이실리엔으로 가다.

2일 프로도, 늪을 통과하다. 간달프, 에도라스에 이르러 세오덴을 치유하다. 로한의 기사들, 사루만과 싸우기 위해 서쪽으로 달려가다. 2차 아이센여울목 전투. 에르켄브란드, 패배하다. 엔트뭇이 오후에 끝나다. 엔트들이 아이센가드로 행군해 밤중에 도착하다.

3일 세오덴, 헬름협곡으로 퇴각하다. 나팔산성 전투가 시작되다. 엔트들이 아이센가드를 철저하게 파괴하다.

4일 세오덴과 간달프, 헬름협곡을 출발해 아이센가드로 향하다. 프로도, 모란논의 폐허 언저리의 화산재언덕에 도달하다.

5일 세오덴, 정오에 아이센가드에 도착하다. 오르상크에서 사루만과 화평 교섭을 벌이다. 날개 달린 나즈굴이 돌바란의 야영지 위를 지나가다. 간달프, 페레그린을 대동하고 미나스 티리스로 출발하다. 프로도, 모란논의 시야로부터 숨어 있다가 어스름 녘에 떠나다.

6일 아라고른, 이른 시간에 두네다인과 조우하다. 세오덴은 나팔산성에서 검산계곡을 향해 출발하다. 아라고른은 나중에 출발하다.

7일 프로도, 파라미르에 의해 헨네스 안눈으로 끌려가다. 아라고른, 저녁 무렵 검산오름에 도착하다.

8일 아라고른, 동틀 녘에 사자의 길로 들어서 한밤중에 에레크에 도착하다. 프로도, 헨네스 안눈을 떠나다.

9일 간달프, 미나스 티리스에 당도하다. 파라미르, 헨네스 안눈을 떠나다. 아라고른, 에레크를 출발해 칼렘벨에 이르다. 프로도, 어스름 녘에 모르굴도로에 이르다. 세오덴, 검산오름에 당도하다. 모르도르에서 어둠이 퍼져 나오기 시작하다.

10일 '새벽없는 날'. 로한군의 소집. 로한의 기사들이 검산계곡에서 출격하다. 파라미르, 도성 성문 밖에서 간달프에게 구조되다. 아라고른, 링글로를 건너다. 모란논에서 나온 적군이 카이르 안드로스를 점령하고 아노리엔으로 진입하다. 프로도, 십자로를 지나 모르굴의 대군이 출격하는 광경을 목격하다.

11일 골룸, 쉴로브를 찾아갔으나 프로도의 잠든 모습을 보고 마음을 돌이킬 뻔하다. 데네소르, 파라미르를 오스길리아스로 보내다. 아라고른, 린히르에 도착해 레벤닌으로 건너가다. 동로한이 북쪽으로부터 침공당하다. 로리엔에 대한 첫 번째 공격.

12일 골룸, 프로도를 쉴로브의 소굴로 인도하다. 파라미르, 방벽대로의 요새로 퇴각하다. 세오덴, 민림몬 아래서 야영하다. 아라고른, 적을 펠라르기르로 몰아내다. 엔트들이 로한을 침공한 무리를 격퇴하다.

13일 프로도, 키리스 웅골의 오르크들에게 사로잡히다. 펠렌노르평원을 장악당하다. 파라미르, 부상당하다. 아라고른, 펠라르기르에 도착해 적의 함대를 노획하다. 세오덴, 드루아단숲에 거하다.

14일 샘와이즈, 탑에서 프로도를 찾아내다. 미나스 티리스가 포위 공격을 받다. 로한인들이 야인들의 인도를 받아 회색숲으로 오다.

15일 이른 시각에 마술사왕이 미나스 티리스의 성문을 부수다. 데네소르, 장작더미에 올라 스스로를 화장시키다. 첫 새벽에 로한인들의 뿔나팔 소리가 들리다. 펠렌노르평원의 전투. 세오덴이 살해되다. 아라고른, 아르웬이 만든 깃발을 치켜올리다. 프로도와 샘와이즈, 탈출해 모르가이를 따라 북으로의 행군을 시작하다. 어둠숲에서의 전투. 스란두일, 돌 굴두르의 적군을 물리치다. 로리엔에 대한 두 번째 공격.

16일 지휘관들의 토론. 프로도, 모르가이에서 적진 너머로 운명의 산을 내다보다.

17일 너른골 전투. 브란드 왕과 무쇠발 다인 왕이 쓰러지다. 많은 난쟁이들과 인간들이 에레보르에 피신하나 포위당하다. 샤그랏, 프로도의 망토, 갑옷 그리고 칼을 바랏두르로 가져가다.

18일 서부대군이 미나스 티리스에서 출정하다. 프로도, 아이센마우스가 보이는 곳에 다다르나, 두르상에서 우둔으로 가는 길에서 오르크들에게 따라잡히다.

19일 서부대군, 모르굴 계곡에 이르다. 프로도와 샘와이즈, 탈출하여 바랏두르를 향한 행군을 재개하다.

22일 무시무시한 밤. 프로도와 샘와이즈, 길을 벗어나 운명의 산이 있는 남쪽으로 방향을 돌리다. 로리엔에 대한 세 번째 공격.

23일 서부대군, 이실리엔을 통과하다. 아라고른, 심약한 병사들을 돌려보내다. 프로도와 샘와이즈, 무기와 장구를 벗어 던지다.

24일 프로도와 샘와이즈, 운명의 산 기슭까지 마지막 행군을 하다. 서부대군, 모란논의 폐허에서 야영하다.

25일 서부대군, 화산재언덕에서 포위되다. 프로도와 샘와이즈, 삼마스 나우르에 도착하다. 골룸, 반지를 부여잡고 운명의 틈 속으로 추락하다. 바랏두르의 붕괴와 사우론의 소멸.

암흑의 탑이 붕괴되고 사우론이 사라진 후 그에게 대적했던 모든 이들의 가슴을 누르던 어둠은 걷혔지만, 그의 부하들과 동맹자들에게는 공포와 절망이 엄습했다. 로리엔은 세 번이나 돌 굴두르의 공격을 받았다. 그러나 그 땅 요정들의 용맹은 차치하더라도 그 땅에 깃든 권능이 너무도 막강하여, 사우론이 직접 공격해 오지 않는 한 어느 누구도 범할 수 없었다. 변경의 아름다운 숲들이 통탄할 만한 손상을 입기는 했지만 적의 공격은 매번 격퇴되었다. 어둠이 물러가자 켈레보른이 로리엔의 대군을 이끌고 많은 배에 태워 안두인대하를 건너갔다. 그들이 돌 굴두르를 점령했고, 갈라드리엘이 그 성벽을 부수고 지하 요새를 파헤치니 숲이 깨끗하게 정화되었다.

북방에서도 전쟁과 재앙이 있었다. 스란두일의 영토가 침공당했고 숲은 긴 전쟁에 따른 전화(戰火)들로 인해 크게 황폐해졌다. 그러나 결국에는 스란두일이 승리를 거두었다. 요정들의 새해 첫날에 켈레보른과 스란두일은 숲 한가운데서 만나 어둠숲을 개명하여 에륀 라스갈렌 즉 '초록잎의 숲'이라고 했다. 스란두일은 숲속에 우뚝 솟은 산맥에 이르기까지 북부 지역 전체를 자기 영토로 삼았고, 켈레보른은 숲 허리 아래의 남쪽 숲 전체를 차지하고 그곳을 동로리엔이라 불렀다. 두 영토 사이의 광대한 모든 숲이 베오른족과 숲속사람들에게 주어졌다. 그러나 몇 해 뒤 갈라드리엘이 떠나고 난 뒤 켈레보른은 자신의 왕국에 싫증을 느끼고는 임라드리스로 가서 엘론드의 아들들과 함께 살았다. 숲요정들은 초록숲에서 평화롭게 살았지만, 로리엔에서는 예전의 주민들 가운데 얼마 안 되는 이들만이 처량하게 남아 살고 있었고 카라스 갈라돈에는 더 이상 불빛과 노래를 찾아볼 수 없었다.

적의 대군이 미나스 티리스를 포위했을 무렵과 동시에 오랫동안 브란드 왕의 국경을 위협해 왔던 사우론의 동맹군이 카르넨강을 건너자 브란드 왕은 너른골로 쫓겨났다. 거기에서 그는 에레보르 난쟁이들의 도움을 받았다. 그리하여 산기슭에서 일대 격전이 벌어졌다. 전투는 사흘간 계속되었으나, 결국 브란드 왕과 무쇠발 다인 왕이 전사하고 동부인들이 승리를 거두었다. 하지만 그들은 성문을 탈취할 수는 없었다. 수많은 난쟁이들과 인간들이 에레보르에 피신하여 거기에서 공격에 저항했다.

남쪽에서의 대승 소식이 전해지자 사우론의 북군은 온통 당혹감에 휩싸였다. 포위되었던 이들이 몰려나와 그들을 무찌르자 잔존 병력이 동쪽으로 달아나 더 이상 너른골을 괴롭히지 못했다. 브란드의 아들 바르드 2세가 너른골의 왕이 되었고, 다인의 아들 돌투구 소린 3세가 산아래 왕국을 다스렸다. 그들은 엘렛사르 왕의 대관식에 사절을 보냈으며, 이후 두 왕국과 곤도르의 우호 관계는 그들이 존속하는 한 영원히 지속되었다. 그들은 서부 왕의 왕권과 보호 아래로 들어갔던 것이다.

바랏두르의 붕괴에서 제3시대 종말까지의 주요 일지[58]

3019년—샤이어력 1419년

3월 27일	바르드 2세와 돌투구 소린 3세, 너른골에서 적을 몰아내다.
3월 28일	켈레보른, 안두인대하를 건너 돌 굴두르 파괴에 착수하다.
4월 6일	켈레보른과 스란두일의 만남.
4월 8일	반지의 사자들, 코르말렌평원에서 영예로운 찬양을 받다.
5월 1일	엘렛사르 왕의 대관식. 엘론드와 아르웬, 깊은골을 출발하다.
5월 8일	에오메르와 에오윈, 엘론드의 아들들과 함께 로한으로 떠나다.
5월 20일	엘론드와 아르웬, 로리엔에 당도하다.
5월 27일	아르웬 일행이 로리엔을 떠나다.
6월 14일	엘론드의 아들들, 아르웬 일행을 만나 아르웬을 에도라스로 안내하다.
6월 16일	곤도르를 향해 출발하다.
6월 25일	엘렛사르 왕, 백색성수 묘목을 발견하다.
리세 1일	아르웬, 도성에 도착하다.
한가운뎃날	엘렛사르와 아르웬이 혼인하다.
7월 18일	에오메르, 미나스 티리스로 돌아오다.
7월 22일	세오덴 왕의 장례 행렬이 출발하다.
8월 7일	장례 행렬이 에도라스에 당도하다.
8월 10일	세오덴 왕의 장례식.
8월 14일	조문객들이 에오메르 왕과 작별하다.
8월 15일	나무수염이 사루만을 풀어 주다.
8월 18일	일행, 헬름협곡에 이르다.
8월 22일	일행, 아이센가드에 도착하여 해 질 녘 서쪽나라의 왕과 작별하다.
8월 28일	일행, 사루만과 조우하다. 사루만은 샤이어로 향하다.
9월 6일	일행, 모리아의 산맥이 보이는 곳에 멈추다.
9월 13일	켈레보른과 갈라드리엘이 떠나고 나머지는 깊은골로 출발하다.
9월 21일	일행, 깊은골에 돌아오다.
9월 22일	빌보의 129번째 생일. 사루만, 샤이어에 당도하다.
10월 5일	간달프와 호빗들, 깊은골을 떠나다.
10월 6일	일행, 브루이넨여울목을 건너다. 프로도, 통증 재발을 처음으로 느끼다.

58 여기에 제시된 일자는 샤이어력에 따른 것이다.

10월 28일	일행, 저녁 무렵 브리에 도착하다.
10월 30일	일행, 브리를 떠나다. '여행자들', 어둠이 깔릴 때 브랜디와인다리에 당도하다.
11월 1일	일행, 개구리늪에서 체포되다.
11월 2일	일행, 강변마을에 도착해 샤이어 주민들을 봉기시키다.
11월 3일	강변마을 전투. 사루만의 사멸. 이로써 반지전쟁이 끝나다.

3020년—샤이어력 1420년, 풍요의 해

3월 13일	프로도, 앓다(쉴로브에게 독침을 맞은 날).
4월 6일	잔치 마당에 말로른 나무가 꽃을 피우다.
5월 1일	샘와이즈, 로즈와 결혼하다.
한가운뎃날	프로도, 시장 자리를 사임하고 하얀발 윌이 다시 시장이 되다.
9월 22일	빌보의 130번째 생일.
10월 6일	프로도, 다시 앓다.

3021년—샤이어력 1421년, 제3시대 마지막 해

3월 13일	프로도, 다시 앓다.
3월 25일	샘와이즈의 딸, 가인(佳人) 엘라노르 출생.[59] 곤도르력으로는 이날부터 제4시대가 시작되었다.
9월 21일	프로도와 샘와이즈, 호빗골을 떠나다.
9월 22일	둘은 끝숲에서 마지막 여행길에 오른 반지 수호자들과 해후하다.
9월 29일	일행, 회색항구에 도착하다. 프로도와 빌보, 세 반지 수호자들과 함께 대해 건너로 떠나다. 제3시대의 종막.
10월 6일	샘와이즈, 골목쟁이집으로 돌아오다.

59 그녀가 '가인'으로 알려진 것은 그 아름다움 때문이었다. 많은 이들이 말하기를, 그녀는 호빗이라기보다는 요정 처녀처럼 보인다고 했다. 그녀는 금발이었는데, 금발은 샤이어에서 아주 희귀했다. 샘의 다른 두 딸 역시 금발이었으며 이 무렵에 태어난 많은 아이들이 금발이었다.

반지 원정대원에 관한 이후의 사건들

샤이어력

1422년 이해부터 샤이어에서도 제4시대가 시작되지만 샤이어력의 연도는 계속 쓰였다.

1427년 하얀발 윌, 시장직을 사임하다. 샘와이즈, 샤이어의 시장으로 선출되다. 툭 집안 페레그린, 칼벼랑 출신의 다이아몬드와 결혼하다. 엘렛사르 왕, 인간들은 샤이어에 들어가서는 안 된다는 칙령을 공표하고 샤이어를 '북부의 홀'의 보호 아래 자유의 땅으로 삼다.

1430년 페레그린의 아들 파라미르 출생.

1431년 샘와이즈의 딸 골디락스 출생.

1432년 위대한 메리아독이 노룻골의 수장이 되다. 에오메르 왕과 이실리엔의 에오윈 왕녀가 풍성한 선물을 보내다.

1434년 페레그린, 툭 집안의 장(長)이자 사인이 되다. 엘렛사르 왕은 사인, 노룻골 수장 및 시장을 북왕국의 고문으로 삼다.

샘와이즈, 시장에 재선되다.

1436년 엘렛사르 왕, 북쪽으로 가서 잠시 저녁어스름호수 근처에 머물다. 브랜디와인다리로 가서 친구들을 만나다. 샘와이즈 시장에게 두네다인의 별을 수여하고 그의 딸 엘라노르를 아르웬 왕비의 명예로운 시녀로 삼다.

1441년 샘와이즈, 세 번째로 시장이 되다.

1442년 샘와이즈와 그의 아내, 그리고 엘라노르가 곤도르로 가서 1년 동안 체류하다. 초막골 집안 톨만이 시장 대리를 맡다.

1448년 샘와이즈, 네 번째로 시장이 되다.

1451년 가인 엘라노르, 먼구릉에 있는 초록섬 마을의 파스트레드와 결혼하다.

1452년 왕의 선물로 먼구릉에서 탑언덕(에뮌 베라이드)에 이르는 서끝말이 샤이어 영토에 추가되다.[60] 많은 호빗들이 그곳으로 이주하다.

1454년 파스트레드와 엘라노르의 아들 이쁘동이 집안 엘프스탄 출생.

1455년 샘와이즈, 다섯 번째로 시장이 되다.

1462년 샘와이즈, 여섯 번째로 시장이 되다. 그의 요청에 따라 사인이 파스트레드를 서끝말의 읍장으로 삼다. 파스트레드와 엘라노르, 탑언덕의 탑아래 지역에 거처를 마련하고 거기서 탑마을 이쁘동이 집안이 대대로 살다.

1463년 툭 집안 파라미르, 샘와이즈의 딸 골디락스와 결혼하다.

1469년 샘와이즈, 일곱 번째이자 마지막으로 시장이 되며 1476년 아흔여섯의 나이에 은퇴하다.

---

60 프롤로그 26, 28쪽 참조.

1482년 샘와이즈 시장의 부인 로즈 여사가 한가운뎃날 사망하다. 9월 22일 샘와이즈, 골목쟁이집을 떠나다. 탑언덕으로 가서 마지막으로 엘라노르를 만나 『붉은책』을 주었고, 그 책은 이후 이쁘동이 집안 후손들에 의해 보존된다. 엘라노르의 입을 통해 후손들 사이에서는 샘와이즈가 탑들을 지나 회색항구로 가서 반지의 사자로서는 마지막으로 대해를 건너갔다고 전해진다.

1484년 이해 봄, 에오메르 왕이 홀드위네를 다시 한번 보길 원한다는 전갈이 로한에서 노릇골에 당도하다. 메리아독은 당시 늙었지만(102세) 여전히 정정했다. 그는 친구인 사인과 의논한 후 자신들의 재산과 직위를 아들에게 물려주고 사른여울을 건넜으며, 다시는 샤이어에서 볼 수 없었다. 후에 전해지기론 메리아독은 에도라스에 당도해 이해 가을 에오메르 왕이 죽기 전에 왕과 함께 지냈다고 한다. 그 후 그와 사인 페레그린은 곤도르로 가서 얼마 안 되는 여생을 보낸 다음, 곤도르의 위인들이 잠들어 있는 라스디넨에 안치되었다.

1541년 이해[61] 3월 1일 마침내 엘렛사르 왕이 사망하다. 위대한 왕의 시신이 메리아독과 페레그린의 자리 곁에 안치되었다고 한다. 그러자 레골라스는 이실리엔에서 회색 배를 건조하여 안두인대하를 타고 내려가 대해를 건너갔다. 그와 함께 난쟁이 김리도 떠났다고 한다. 그리고 그 배가 사라지면서 가운데땅에서의 반지의 우정도 끝이 났다.

61 제4시대(곤도르력) 120년.

C. 가계도

다음의 가계도에 나오는 이름들은 많은 것 가운데서 선별된 일부에 불과하다. 그 대부분이 빌보의 송별연에 참석했던 하객이거나 그 직계 조상이다. 잔치에 하객으로 참석한 이들은 이름 밑에 밑줄이 그어져 있다. 언급된 사건에 관련된 몇몇 인사들의 이름도 제시되어 있다. 아울러 훗날 영향력 있는 명사가 된 정원사네 가문의 비조 샘와이즈에 관한 계보적 정보도 얼마간 제공된다.

이름 밑의 숫자는 출생 연도를 나타낸다(사망 연도도 일부 표시되어 있다). 주어진 모든 연도는 샤이어력 1년(제3시대 1601년) 마르초와 블랑코 형제가 브랜디와인강을 건넜을 때를 기점으로 산정된 샤이어력에 따른 것이다.

호빗골의 골목쟁이 집안

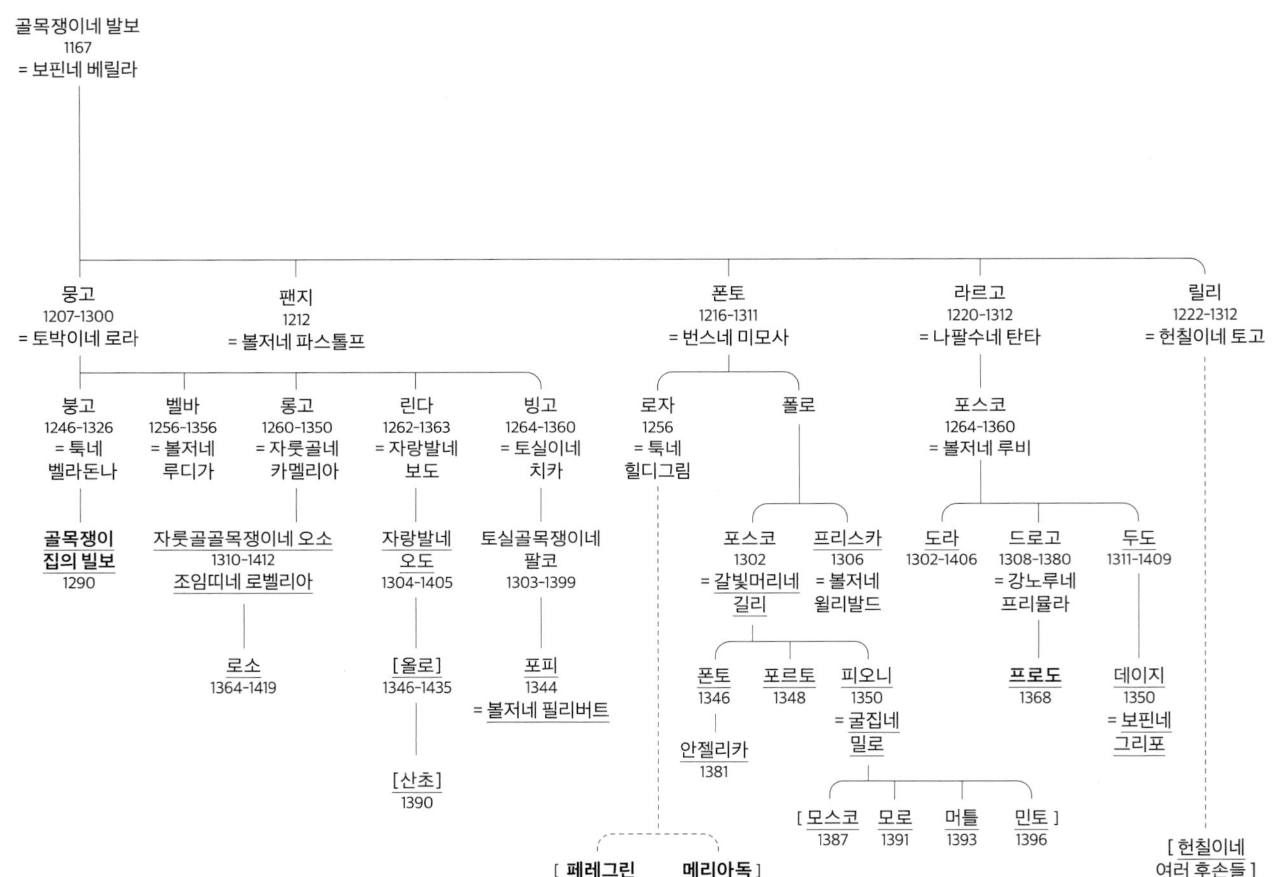

골목쟁이네 발보
1167
= 보핀네 베릴라
뭉고
1207-1300
= 토박이네 로라
팬지
1212
= 볼저네 파스톨프
폰토
1216-1311
= 번스네 미모사
라르고
1220-1312
= 나팔수네 탄타
릴리
1222-1312
= 헌칠이네 토고
붕고
1246-1326
= 툭네
벨라돈나
벨바
1256-1356
= 볼저네
루디가
롱고
1260-1350
= 자룻골네
카멜리아
린다
1262-1363
= 자랑발네
보도
빙고
1264-1360
= 토실이네
치카
로자
1256
= 툭네
힐디그림
폴로
포스코
1264-1360
= 볼저네 루비
골목쟁이
집의 빌보
1290
자룻골골목쟁이네 오소
1310-1412
조임띠네 로벨리아
자랑발네
오도
1304-1405
토실골목쟁이네
팔코
1303-1399
포스코
1302
= 갈빛머리네
길리
프리스카
1306
= 볼저네
윌리발드
도라
1302-1406
드로고
1308-1380
= 강노루네
프리뮬라
두도
1311-1409
로소
1364-1419
[올로]
1346-1435
포피
1344
= 볼저네 필리버트
폰토
1346
포르토
1348
피오니
1350
= 굴집네
밀로
프로도
1368
데이지
1350
= 보핀네
그리포
[산초]
1390
안젤리카
1381
[모스코
1387
모로
1391
머틀
1393
민토]
1396
[페레그린
메리아독]
[헌칠이네
여러 후손들]

벗지여울의 볼저 집안

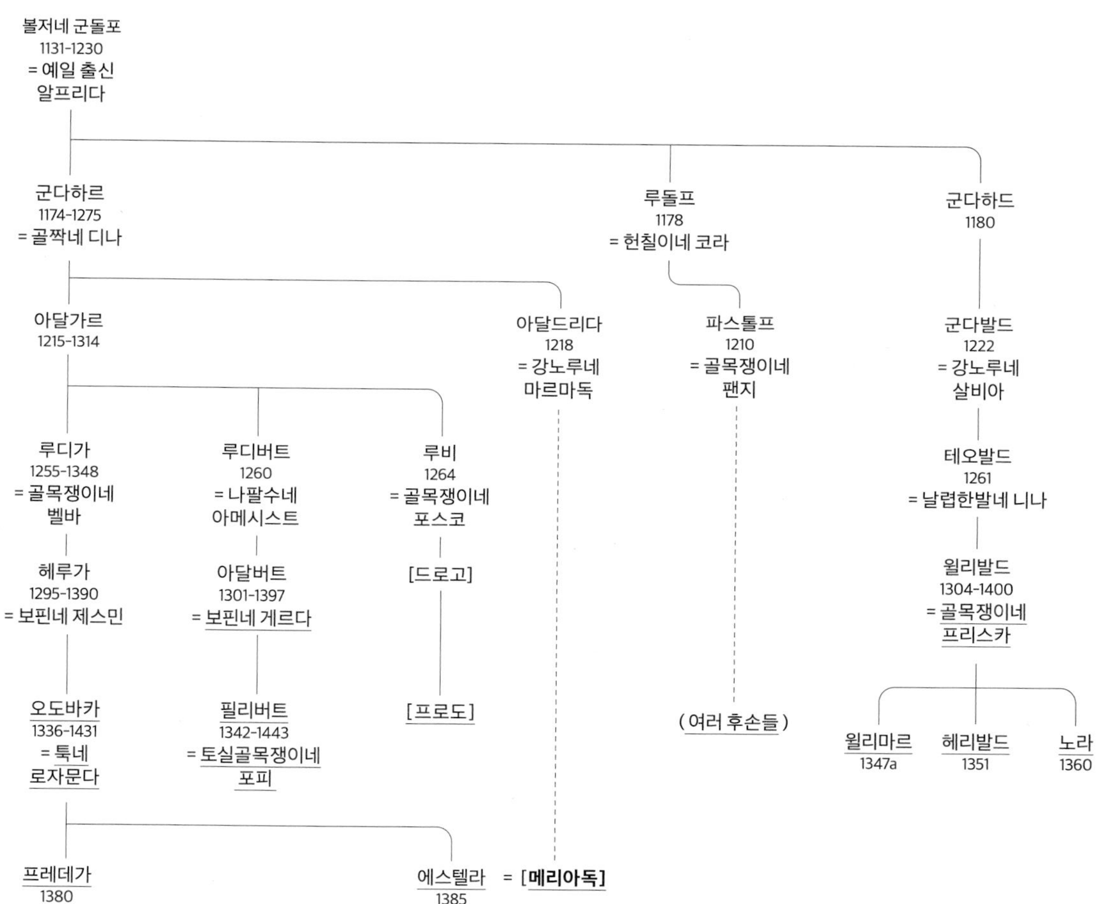

볼저네 군돌포
1131-1230
= 예일 출신
알프리다
군다하르
1174-1275
= 골짝네 디나
루돌프
1178
= 헌칠이네 코라
군다하드
1180
아달가르
1215-1314
아달드리다
1218
= 강노루네
마르마독
파스톨프
1210
= 골목쟁이네
팬지
군다발드
1222
= 강노루네
살비아
루디가
1255-1348
= 골목쟁이네
벨바
루디버트
1260
= 나팔수네
아메시스트
루비
1264
= 골목쟁이네
포스코
테오발드
1261
= 날렵한발네 니나
헤루가
1295-1390
= 보핀네 제스민
아달버트
1301-1397
= 보핀네 게르다
[드로고]
윌리발드
1304-1400
= 골목쟁이네
프리스카
오도바카
1336-1431
= 툭네
로자문다
필리버트
1342-1443
= 토실골목쟁이네
포피
[프로도]
(여러 후손들)
윌리마르
1347a
헤리발드
1351
노라
1360
프레데가
1380
에스텔라
1385
= [메리아독]

예일의 보핀 집안

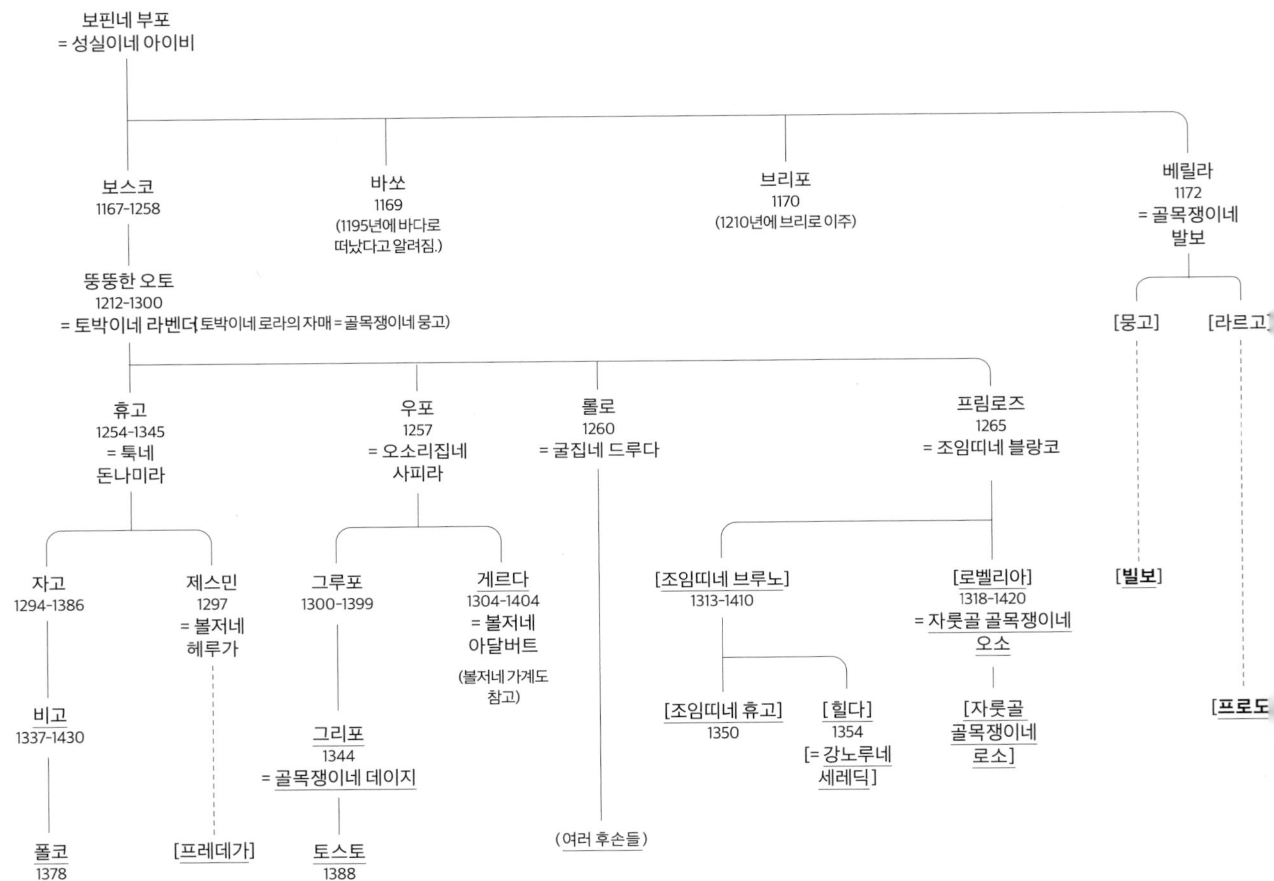

보핀네 부포
= 성실이네 아이비
보스코
1167-1258
바쏘
1169
(1195년에 바다로 떠났다고 알려짐.)
브리포
1170
(1210년에 브리로 이주)
베릴라
1172
= 골목쟁이네 발보
뚱뚱한 오토
1212-1300
= 토박이네 라벤더(토박이네 로라의 자매 = 골목쟁이네 뭉고)
[뭉고]
[라르고]
휴고
1254-1345
= 툭네 돈나미라
우포
1257
= 오소리집네 사피라
롤로
1260
= 굴집네 드루다
프림로즈
1265
= 조임띠네 블랑코
자고
1294-1386
제스민
1297
= 볼저네 헤루가
그루포
1300-1399
게르다
1304-1404
= 볼저네 아달버트
(볼저네 가계도 참고)
[조임띠네 브루노]
1313-1410
[로벨리아]
1318-1420
= 자룻골 골목쟁이네 오소
[빌보]
비고
1337-1430
그리포
1344
= 골목쟁이네 데이지
[조임띠네 휴고]
1350
[힐다]
1354
[= 강노루네 세레딕]
[자룻골 골목쟁이네 로소]
[프로도
폴코
1378
[프레데가]
토스토
1388
(여러 후손들)

큰스미알의 툭 집안

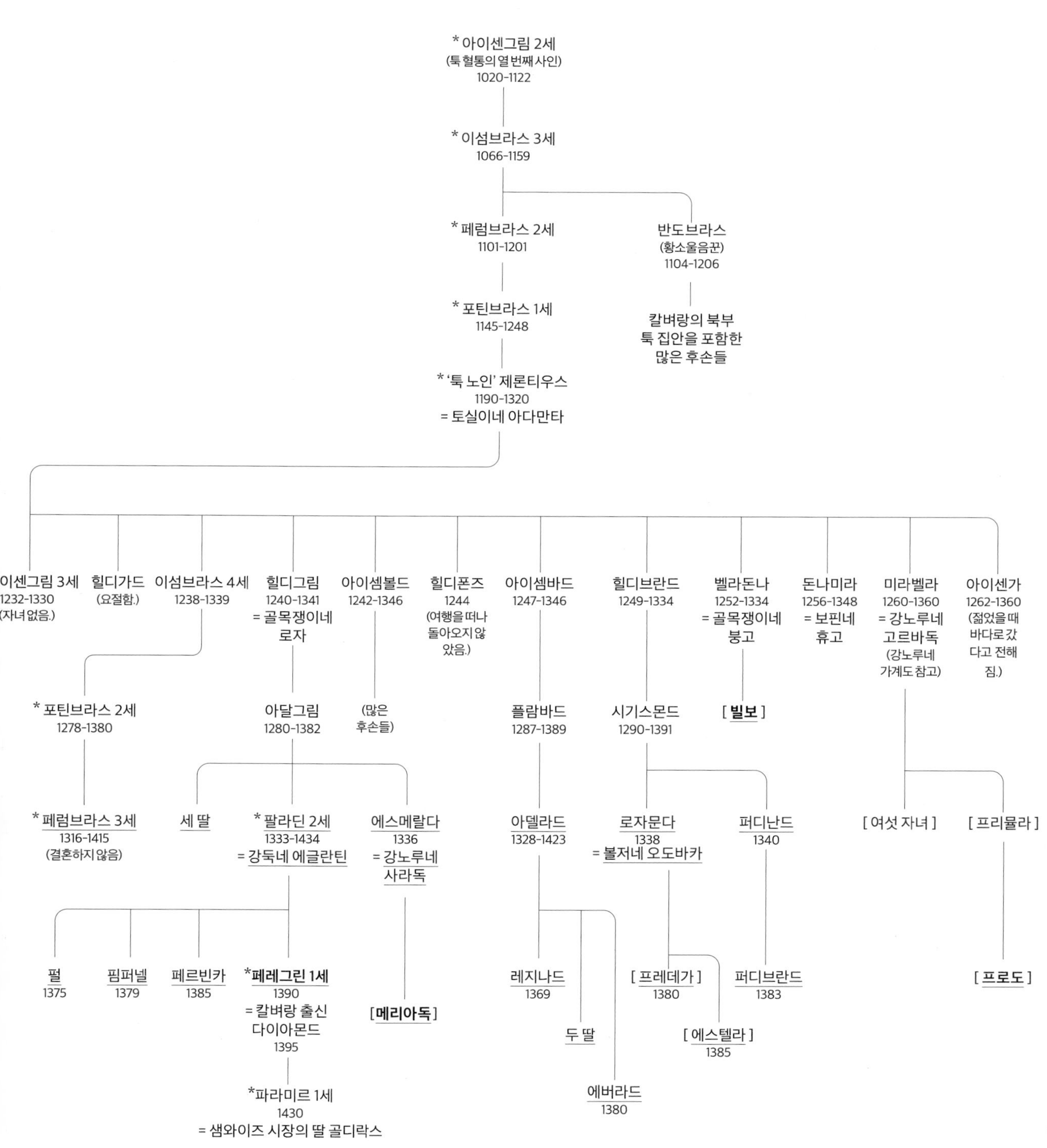

* 아이센그림 2세
(툭 혈통의 열 번째 사인)
1020-1122
* 이섬브라스 3세
1066-1159
* 페럼브라스 2세
1101-1201
반도브라스
(황소울음꾼)
1104-1206
* 포틴브라스 1세
1145-1248
칼벼랑의 북부
툭 집안을 포함한
많은 후손들
* '툭 노인' 제론티우스
1190-1320
= 토실이네 아다만타
이센그림 3세
1232-1330
(자녀 없음.)
힐디가드
(요절함.)
이섬브라스 4세
1238-1339
힐디그림
1240-1341
= 골목쟁이네
로자
아이셈볼드
1242-1346
힐디폰즈
1244
(여행을 떠나
돌아오지 않
았음.)
아이셈바드
1247-1346
힐디브란드
1249-1334
벨라돈나
1252-1334
= 골목쟁이네
붕고
돈나미라
1256-1348
= 보핀네
휴고
미라벨라
1260-1360
= 강노루네
고르바독
(강노루네
가계도 참고)
아이센가
1262-1360
(젊었을 때
바다로 갔
다고 전해
짐.)
* 포틴브라스 2세
1278-1380
아달그림
1280-1382
(많은
후손들)
플람바드
1287-1389
시기스몬드
1290-1391
[빌보]
* 페럼브라스 3세
1316-1415
(결혼하지 않음)
세 딸
* 팔라딘 2세
1333-1434
= 강둑네 에글란틴
에스메랄다
1336
= 강노루네
사라독
아델라드
1328-1423
로자문다
1338
= 볼저네 오도바카
퍼디난드
1340
[여섯 자녀]
[프리뮬라]
펄
1375
핌퍼넬
1379
페르빈카
1385
* 페레그린 1세
1390
= 칼벼랑 출신
다이아몬드
1395
[메리아독]
레지나드
1369
두 딸
에버라드
1380
[프레데가]
1380
[에스텔라]
1385
퍼디브란드
1383
[프로도]
* 파라미르 1세
1430
= 샘와이즈 시장의 딸 골디락스

노릇골의 강노루 집안

740년경 구렛들의 노루아재 집안 고르헨다드가 강노루 저택
건축을 시작하고 성을 강노루로 고침.

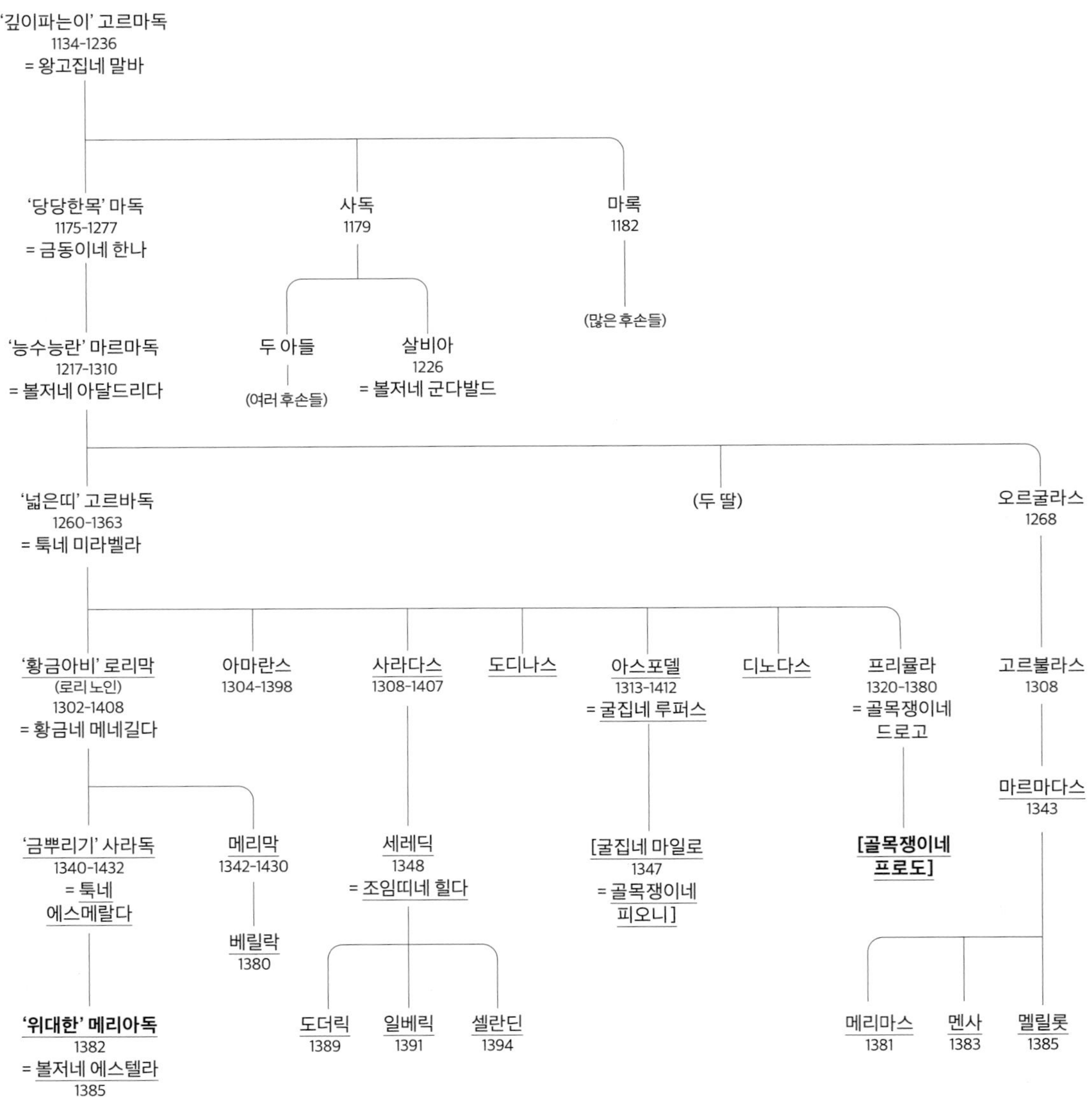

샘와이즈 시장 집안의 대계보

(언덕의 정원사 집안과 탑마을 이쁘동이 집안의 발흥도 함께 보여 줌.)

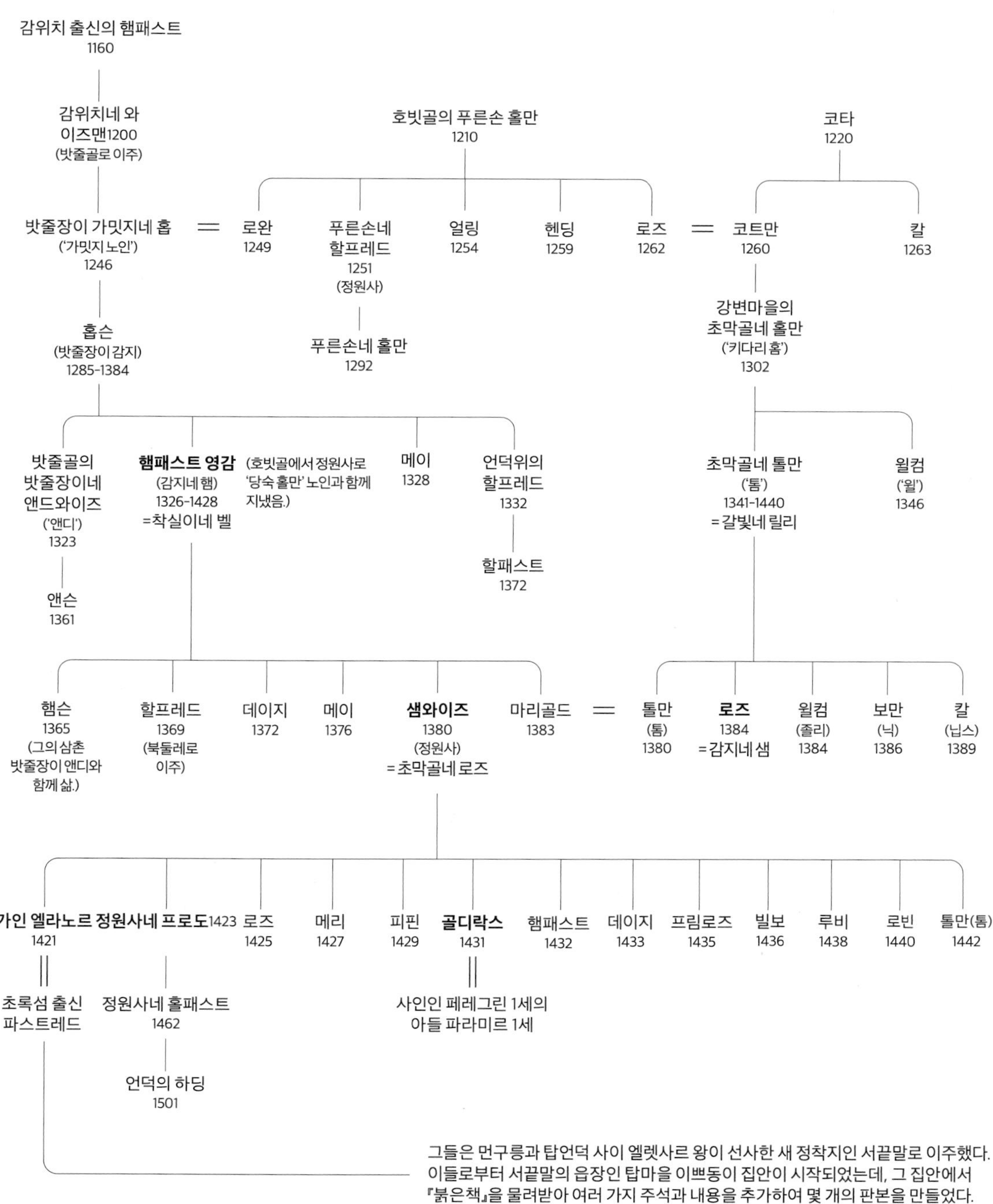

D. 책력(샤이어력)

한 해는 한 주의 첫째 날인 토요일에 시작되어 마지막 날인 금요일에 끝났다. 1년의 한가운뎃날과 윤년마다 돌아오는 리세우수릿날에는 별도의 요일명이 없었다. 한가운뎃날 전의 리세는 리세 1일로, 후의 리세는 리세 2일로 불렀다. 한 해를 마감하는 날인 율은 율 1일, 한 해의 시작은 율 2일로 불렀다. 리세우수릿날은 특별한 축제일이었으나, 위대한 반지의 역사상 중요한 해에는 리세우수릿날이 들어 있지 않았다. 1420년에 리세우수릿날이 있었는데 그해는 풍성한 수확과 아름다운 여름으로 유명하며, 그 해의 잔치는 역사상 가장 성대했다고 전해진다.

(1)율다음달				
율	7	14	21	28
1	8	15	22	29
2	9	16	23	30
3	10	17	24	—
4	11	18	25	—
5	12	19	26	—
6	13	20	27	—

(4)아스트론				
1	8	15	22	29
2	9	16	23	30
3	10	17	24	—
4	11	18	25	—
5	12	19	26	—
6	13	20	27	—
7	14	21	28	—

(7)리세다음달				
리세	7	14	21	28
1	8	15	22	29
2	9	16	23	30
3	10	17	24	—
4	11	18	25	—
5	12	19	26	—
6	13	20	27	—

(10)윈터필스				
1	8	15	22	29
2	9	16	23	30
3	10	17	24	—
4	11	18	25	—
5	12	19	26	—
6	13	20	27	—
7	14	21	28	—

(2)솔마스				
—	5	12	19	26
—	6	13	20	27
—	7	14	21	28
1	8	15	22	29
2	9	16	23	30
3	10	17	24	—
4	11	18	25	—

(5)스리밋지				
—	6	13	20	27
—	7	14	21	28
1	8	15	22	29
2	9	16	23	30
3	10	17	24	—
4	11	18	25	—
5	12	19	26	—

(8)웨드마스				
—	5	12	19	26
—	6	13	20	27
—	7	14	21	28
1	8	15	22	29
2	9	16	23	30
3	10	17	24	—
4	11	18	25	—

(11)블롯마스				
—	6	13	20	27
—	7	14	21	28
1	8	15	22	29
2	9	16	23	30
3	10	17	24	—
4	11	18	25	—
5	12	19	26	—

(3)레세				
—	3	10	17	24
—	4	11	18	25
—	5	12	19	26
—	6	13	20	27
—	7	14	21	28
1	8	15	22	29
2	9	16	23	30

(6)리세전달				
—	4	11	18	25
—	5	12	19	26
—	6	13	20	27
—	7	14	21	28
1	8	15	22	29
2	9	16	23	30
3	10	17	24	리세

한가운뎃날
(리세우수릿날)

(9)할리마스				
—	3	10	17	24
—	4	11	18	25
—	5	12	19	26
—	6	13	20	27
—	7	14	21	28
1	8	15	22	29
2	9	16	23	30

(12)율전달				
—	4	11	18	25
—	5	12	19	26
—	6	13	20	27
—	7	14	21	28
1	8	15	22	29
2	9	16	23	30
3	10	17	24	율

달력

샤이어의 달력은 여러 면에서 우리의 달력과는 판이했다. 물론 한 해의 길이는 지금과 같았다.[62] 이제 인간의 연도와 삶으로 계산해 보면 그 시대가 먼 옛날처럼 보일지 몰라도, 대지의 기억에 따르면 그 시절도 그다지 오래된 옛날은 아니었던 것이다. 호빗들의 기록에 의하면 그들은 유랑족이었을 때 주(週)를 사용하지 않았고, 달에 영향받은 월(月)을 사용하고 있었다. 하지만 날짜와 시간 계산은 모호하고 부정확했다. 호빗은 에리아도르의 서쪽 땅에 정착하게 되면서 처음으로 두네다인 제왕력을 썼으며, 그것은 엘다르 책력에 기원을 두고 있는 것이었다. 그러나 샤이어의 호빗들은 몇 가지 사소한 점을 수정하여 사용했다. 소위 '샤이어력'이라 불리는 이 달력은 나중에는 브리에서도 사용되었고, 샤이어로 이주한 해를 원년으로 지정한 것을 제외하고는 동일했다.

옛날이야기와 전통적인 설화에서 당대 사람들이 잘 알고 있었으며 당연하게 여긴 일들(예컨대 문자의 이름이라든가 요일명, 월(月)의 길이와 이름 등)에 대한 정확한 정보를 알아내기란 쉬운 일이 아니다. 그러나 호빗들은 대체로 계보학에 대해 관심을 가지고 있었고, 반지전쟁 이후 식자층이 고대 역사에 대한 관심을 갖게 된 덕분에, 샤이어의 호빗들은 정확한 날짜에 관심을 쏟게 된 듯하다. 그들은 심지어 자기들의 달력 체계와 다른 종족의 체계 간의 관계를 보여 주는 복잡한 도표를 만들기도 했다. 나는 이런 문제에는 전문가가 아니기 때문에 적지 않은 오류를 범했을지도 모른다. 그러나 어쨌든 역사적으로 결정적인 해인 샤이어력 1418년과 1419년의 연대기는 『붉은책』에 아주 자세히 기록되어 있으므로, 그 당시의 날짜와 시간에 대해서는 의심할 바가 없을 것이다.

샘와이즈의 말처럼 가운데땅에서 '한가한 시간이 많던' 엘다르는 보다 긴 단위로 시간을 나누었음이 분명하다. 종종 '해'로 번역되는 퀘냐 '옌'(BOOK2 412쪽)은 실제로는 오늘날의 144년에 달하는 긴 기간을 의미한다. 엘다르는 가능한 한 6과 12를 단위로 하여 계산하기를 좋아했다. 그들은 태양의 '하루'를 '레'라고 불렀으며, 일몰부터 다음 일몰까지의 시간을 의미했다. '옌'은 52,596일을 뜻한다. 엘다르는 6일을 한 주일로 정하고 그것을 '엥퀴에'라고 불렀는데, 실제적인 목적이 있어서라기보다는 의식용으로 지켜 나갔다. 따라서 옌을 처음부터 끝까지 연속적으로 계산할 경우 모두 8,766번의 엥퀴에가 있던 셈이다.

가운데땅에서 엘다르는 옌보다 짧은 주기 혹은 태양년을 관측하기도 했다. 그것을 다소 천문학적 개념으로 고려할 때는 '코라나르' 또는 '태양주회'라고 불렀다. 그러나 일반적으로 요정들이 그러했듯이 식생의 계절적 변화를 우선적으로 고려할 때는 '성장'이라는 의미에서 '로아'라고 불렀고, 이 용어는 특히 서북쪽의 나라들에서 많이 쓰였다. 로아는 다시 달보다는 길고 계절보다는 짧은 기간으로 세분되었다. 이 기간은 물론 지역에 따라 달랐을 것이다. 그런데 호빗들이 제공하고 있는 정보는 오로지 임라드리스 책력에 관련된 것이다. 그 책력에 의하면 이런 '계절'은 모두 여섯 개

62 365일 5시간 48분 46초.

가 있었는데, 퀘냐로는 각각 투일레, 라이레, 야비에, 퀠레, 리베, 코이레였고 각기 봄, 여름, 가을, 쇠퇴기, 겨울, 활동기로 해석된다. 신다린으로는 에수일, 라에르, 야바스, 피리스, 리우, 에쿠이르였다. 쇠퇴기는 낙엽을 뜻하는 '랏세란타'로 불리기도 했으며, 신다린으로는 태양이 이운다는 의미로 '나르벨레스'라고 불리기도 했다.

라이레와 리베는 각각 72일이었고, 나머지 계절은 각각 54일씩이었다. 로아는 투일레 바로 전날인 '예스타레'에 시작되어 코이레 다음 날인 '멧타레'에 끝났다. 야비에와 퀠레 사이에는 3일의 '엔데레'들, 즉 가운뎃날이 끼어 있었다. 그렇게 해서 한 해는 365일이 되고 여기에 12년마다 엔데레를 두 배로 늘림으로써(3일을 더 보태서) 보완했다.

이런 계산에서 비롯되는 부정확함을 어떻게 처리했는지는 확실치 않다. 만약 그 당시의 한 해가 지금과 같은 길이였다면, 옌은 하루 이상 길어졌을 것이다. 계산에 부정확한 점이 있다는 사실은 『붉은책』의 책력에 관한 주석에서, '깊은골의 책력'에서 세 번째 옌마다 마지막 해에서 3일씩을 감했다는 기록이 남아 있는 것으로 미루어 알 수가 있다. 그해에는 3일의 엔데레를 두 배로 늘리는 일이 생략되었는데, 기록에는 "그러나 우리 시대에는 그럴 일이 없었다."라는 것이다. 이것 말고 다른 부정확함을 어떻게 조정했는지에 관한 기록은 남아 있지 않다.

누메노르인들은 이 방법을 개선했다. 그들은 로아를 보다 짧고 규칙적인 단위의 기간으로 세분했으며, 한겨울에 한 해를 시작하는 관습을 고수했다. 그것은 자신들의 선조인 제1시대 서북부의 인간들이 사용하던 관습이었다. 훗날 누메노르인들도 1주를 7일로 계산했고, 일출(동쪽 바다의 일출)에서 다음 일출까지의 시간을 하루로 삼았다.

누메노르에서 사용되었고 제왕의 시대가 끝날 때까지 아르노르와 곤도르에서도 사용되었던 누메노르 체계는 '제왕력'이라고 불렸다. 보통의 한 해는 365일이었다. 한 해는 12개의 '아스타르(달)'로 세분되었으며, 아스타르 중 10개는 30일이고 나머지 2개는 31일이었다. 긴 아스타르는 1년 한가운데에 위치한 달들로 대략 지금의 6월과 7월에 해당된다. 한 해의 첫날은 '예스타레', 한가운뎃날(183번째 날)은 '로엔데', 마지막 날은 '멧타레'라 불리었는데, 이 3일은 어느 달에도 속하지 않았다. 한 세기의 마지막 해('하라녜')를 제외하고는 4년마다 로엔데 대신 이틀간의 엔데레, 즉 가운뎃날을 넣었다.

누메노르 책력은 제2시대 1년부터 시작되었다. 한 세기의 마지막 해에서 하루를 감함으로써 야기되는 부족분으로 인해서 천 년의 마지막 해가 될 때쯤에는 4시간 46분 40초의 '천 년 부족분'이 생겨났다. 이 부족분은 제2시대 1000년, 2000년, 3000년에 각기 보완되었다. 제2시대 3319년의 멸망 이후 망명자들은 계속해서 그 체제를 따랐으나, 제3시대에 새 계산법이 실시되면서 대부분 혼란을 겪게 되었다. 제2시대 3442년이 제3시대 1년이 된 것이다. 제3시대 3년(제2시대 3444년)이 아니라 제3시대 4년을 윤년으로 삼게 되면서, 한 해의 길이가 365일인 짧은 해가 1년 더 끼어들고 그에 따라 5시간 48분 46초라는 부족분이 생겨났다. 천 년마다 시간을 보태던 일은 441년 늦게, 다시 말해서 제3시대 1000년(제2시대 4441년)과 제3시대 2000년(제2시대 5441년)에 이루어졌다. 그 결과 발생한 착오와 천 년 부족분의 누적 오차를 줄이기 위해 섭정 마르딜은 제3시대 2059년(제2시대 5500년)에 별도로 이틀을 더하고 난 뒤 누메노르 체제가 시작된 이후의 5,500년을 종결짓고 제3시대 2060년부터 발효된 개정 책력을 발표했다. 그러나 이렇게 하고도 여전히 8시간가량이 부족했다. 하도르는 2360년에 다시 하루를 더했으나 이때는 부족분이 채 하루가 되지 않았다. 그 이후로는 더 이상 조정이 이루어지지 않았다(제3시대 3000년에는 임박한 전쟁에 대한 위협으로 이런 일에 신경을 쓸 여유가 없었다). 그로부터 다시 660년이 더 지나 제3시대가 끝날 때까지도 부족분은 아직 하루에 미치지 못했다.

마르딜이 도입한 개정 책력은 섭정력이라 불렸는데, 결국에는 서부어를 사용하는 이들 가운데 호빗을 제외하고 거의 대부분이 이 책력을 채택했다. 모든 달은 30일로 이루어졌고 어느 달에도 속하지 않은 이틀이 별도로 끼어들었는데 하루는 세 번째와 네 번째 달(3월과 4월) 사이에, 하루는 아홉 번째 달과 열 번째 달(9월과 10월) 사이에 들어갔다. 그리하여 어느 달에도 속하지 않는 다섯 날, 즉 예스타레, 투일레레, 로엔데, 야비에레, 멧타레는 공휴일이었다.

호빗들은 보수적이었으며 자기들의 관습에 맞도록 제왕력을 수정하여 계속 사용했다. 그들의 경우에도 달의 길이는 모두 같으며 각각 30일씩이다. 그렇지만 샤이어에서는 6월과 7월 사이에 리세 또는 리세날이라고 불리는 여름날이 3일 있었다. 한 해의 마지막 날과 다음 해의 첫날은 율날이라 불렸다. 율날과 리세날은 어느 달에도 속하지 않았기 때문에 1월 1일은 한 해의 첫째 날이 아니고 둘째 날이 되었다. 세기의 마지막 해를 제외하고[63] 4년마다 리세날을 나흘로 늘려 잡았다. 리세날과 율날은 중요한 축제일이어서 성대한 잔치를 벌이곤 했다. 추가되는 리세날은 한가운뎃날 바로 뒤에 놓였다. 그리하여, 윤년의 184번째 날은 리세우수릿날이라 부르고 특별히 흥겨운 잔치를 벌였다. 율 축제는 매년 마지막 3일과 처음 3일이 포함되어 6일 동안 계속되었다.

샤이어 주민들은 그들 나름대로 책력의 일부를 약간 수정하여 샤이어 개정판이라 불렀다(이것이 나중에는 브리에서도 채택되었다). 그들은 매년 날짜에 따라 요일 이름을 바꾸는 것이 어수선할 뿐 아니라 불편하다는 것을 깨달았다. 그래서 아이센그림 2세 때 연속성에 어긋나는 날들에는 요일명을 부여하지 않기로 했다. 그 이후로 한가운뎃날과 리세우수릿날은 그 이름으로만 불렸으며 주일에 속하지 않게 되었다.[64] 이렇게 개정한 결과 한 해는 언제나 주의 첫 번째 날에 시작되어 주의 마지막 날에 끝나게 되었다. 또한 연도가 달라지더라도 특정한 날짜의 요일명은 동일했으므로 샤이어 주민들은 더 이상 편지나 일기에 요일명을 써 넣는 수고를 하지 않아도 되었다.[65] 이런 책력은 고향에서 쓰기에는 매우 편했지만, 브리보다 먼 곳으로 여행할 때는 다소 불편했다.

63 샤이어에서의 원년은 제3시대 1601년에 해당하는 반면, 브리에서는 원년이 제3시대 1300년이었다. 각각은 그 세기의 첫해였다.

64 BOOK1 195쪽 참조.

65 샤이어 달력을 보면 금요일에 시작하는 달이 없다는 것을 알 수 있을 것이다. 그리하여 샤이어에서는 '1일 금요일에'라는 말이 일종의 농담이 되었다. 그 말은 존재하지 않는 날을 의미하거나, 돼지들이 날아다닌다거나, (샤이어에서) 나무들이 걸어 다니는 등 거의 있을 수 없는 사건을 지칭하게 되었다. 그 표현을 자세히 기록하자면 '서머필스달의 1일 금요일에'였다.

본문에서와 마찬가지로 앞에 나온 주에서도 나는 달과 요일을 가리키는 데 현대에 통용되는 명칭을 사용했다. 물론 엘다르나 두네다인, 호빗들이 실제로 그 명칭들을 사용한 것은 아니다. 혼란을 피하기 위해서 서부어 명칭을 번역해야만 했는데, 우리가 사용하는 명칭들의 계절적 함의는 그 무렵과 대체로 동일하다. 적어도 샤이어에서는 그러했다. 그런데 한가운뎃날은 가능한 한 하지에 일치하도록 맞춰진 것으로 보인다. 그 경우 샤이어의 날짜는 실제로는 우리보다 약 열흘가량 앞섰고, 우리의 새해 첫날은 샤이어에서는 1월 9일쯤에 해당된다.

서부어에서는 퀘냐의 월명(月名)이 여전히 통상적으로 쓰이고 있었는데, 그것은 오늘날 라틴어로 된 명칭들이 외국어로서 폭넓게 통용되고 있는 것과 마찬가지다. 그 월명은 나르비녜, 네니메, 술리메, 비렛세, 로텟세, 나리에, 케르미에, 우리메, 야반니에, 나르퀠리에, 히시메, 링가레였다. 두네다인만 사용했던 신다르식 이름은 나르와인, 니누이, 과에론, 귀리스, 로스론, 노루이 , 케르베스, 우루이, 이반네스, 나르벨레스, 히수이, 기리스론이라 불렸다.

그러나 이 명명법에 있어서 샤이어와 브리의 호빗들은 서부인들의 관용적 어법에서 벗어나 자기들의 구식 방언을 고수했는데, 그것은 저 아득한 옛날 안두인계곡의 인간들에게서 유래된 것인 듯하다. 어떻든 유사한 명칭들이 너른골과 로한에서도 발견되었다. 그런데 호빗들은 인간들이 창안한 이 명칭들의 의미를, 처음에 알고 있었든 몰랐든, 이미 오래전에 잊었다. 그 결과 명칭의 형태가 모호해지고 말았다. 예를 들면 몇몇 달의 이름에 붙은 '마스(math)'란 실제로는 '먼스(month)'의 축약된 형태인 것이다.

샤이어에서 쓰던 월명은 책력에 표시되어 있다. '솔마스'는 보통 '소마스'로 발음되었고 때로 그렇게 표기되기도 했다. '스리밋지'는 종종 '스리미치'(좀 더 고어체로는 '스리밀치')로 표기되었다. '블롯마스'는 '블로드마스'나 '블롬마스'라고 발음되었다. 브리에서 통용되는 월명들은 이와 달라서 프레리, 솔마스, 레세, 치싱, 스리밋지, 리드, 여름날, 미드, 웨드마스, 추숫달, 윈트링, 블로팅, 율달이라고 했다. 프레리, 치싱, 율달이라는 명칭은 동둘레에서도 쓰였다.[66]

호빗들의 요일명은 두네다인에게서 유래한 것인데, 그것은 옛날 북왕국 시대에 쓰인 요일명(궁극적으로는 엘다르에서 유래한 것)을 번역한 것이었다. 엘다르의 여섯 요일은 각기 순서대로 별, 해, 달, 두 그루의 나무, 하늘, 발라(또는 권능들)에게 바쳐지거나 그 이름을 따서 붙여졌으며, 마지막 요일이 한 주의 가장 중요한 날이었다. 퀘냐로 그 이름은 각각 엘레냐, 아나랴, 이실랴, 알두야, 메넬랴, 발라냐(또는 타리온)이었다. 신다린으로는 오르길리온, 오라노르, 오리실, 오르갈라다드, 오르메넬, 오르벨라인(또는 로뒨)이었다.

66 브리에서는 농담으로 '(진흙투성이) 샤이어의 윈터필스'라고 말하곤 했다. 그러나 샤이어 주민들에 따르면 브리에서 쓰던 윈트링이란 말은 옛 표현이 브리식으로 바뀐 것으로, 본래 단어는 겨울이 오기 전에 한 해를 '채우는' 혹은 완결 짓는다는 의미를 가지고 있었다. 이것은 제왕력을 완전히 받아들이기 전, 추수가 끝난 다음을 한 해의 시작으로 여겼던 시절로부터 전해져 온 것이다. (브리의 농담은 윈터필스(Winterfilth)의 filth를 현대적 의미, 즉 '더러움, 오물'로 해석한 결과이다. 반면 샤이어에서는 filth를 fill(채우다, 완성하다)의 명사형으로 해석하고 있다.—역자 주)

누메노르인들은 요일명의 의미와 순서를 유지했지만 네 번째 날은 백색성수만을 뜻하는 알데아(오르갈라드)로 바꾸었다. 누메노르의 궁정에서 자라던 님로스는 바로 그 백색성수의 후손으로 여겨졌다. 또한 일곱 번째 요일을 만들고 싶어 했으므로 위대한 선원이던 그들은 하늘의 날 다음에 '바닷날', 에아레냐(오라에아론)를 끼워 넣었다.

호빗들은 이 요일명을 그대로 받아들였으나 그 번역된 의미는 곧 잊혔든가 아니면 더 이상 관심을 끌지 못했다. 그리고 그 형태는 특히 일상적인 발음에 있어서 상당히 축소되었다. 누메노르의 명칭이 처음 번역된 것은 아마도 제3시대가 끝나기 2천 년 전쯤 북부의 인간들이 두네다인의 요일명을 받아들였을 때일 것이다(이방인들이 두네다인의 책력에서 가장 먼저 채택한 것이 요일명이었다). 당시 서부어가 쓰이던 다른 지역에서는 퀘냐 명칭이 쓰이고 있었지만, 호빗들은 월명에 있어서와 마찬가지로 요일명도 누메노르의 번역어를 고수했다.

샤이어에 보존된 고문서의 수는 그리 많지 않았다. 제3시대가 끝날 무렵 가장 눈에 띄는 고문서는 툭지구의 연감인 『노란책』[67]이다.

그 최초의 항목은 프로도 시대보다 9백 년 이전쯤에 기입된 것으로 추정되며, 『붉은책』의 연표와 계보에서 여러 번 인용되고 있다. 이 연감을 보면 고대 형태의 요일명을 알 수 있는데, 그중 가장 오래된 것은 다음과 같다. (1)스테렌데이, (2)순넨데이, (3)모넨데이, (4) 트레웨스데이, (5)헤베네스데이, (6)메레스데이, (7)히흐데이. 반지전쟁 시대에는 이 요일명이 스터데이, 선데이, 먼데이, 트류스데이, 헤벤스데이(헨스데이), 머스데이, 하이데이로 바뀌었다.

나는 이 명칭들을 일요일과 월요일(선데이와 먼데이, 이 두 요일은 샤이어에서도 현재와 같은 명칭이 쓰였다)을 선두로 하여 나머지 요일을 배열하고 이름을 번역했다. 그런데 이런 요일명이 연상시키는 의미가 샤이어에서는 전혀 달랐다는 사실에 주목할 필요가 있다. 한 주의 마지막 날인 금요일(하이데이)은 가장 중요한 날로 휴일(정오 이후)이었고 저녁에는 잔치를 벌였다. 따라서 토요일은 오늘날의 월요일에 더 가깝고, 목요일은 오늘날의 토요일에 해당되었다.[68]

정밀한 책력에서는 사용되지 않았지만 시간을 지칭하는 명칭들로 다음과 같은 몇 가지를 언급할 수 있을 것이다. 보통 사용되는 계절명은 투일레(봄), 라이레(여름), 야비에(가을 또는 수확기), 리베(겨울)였다. 하지만 이 명칭들은 각각 뚜렷이 구분되는 것은 아니었으며, 퀠레 또는 랏셀란타는 늦가을과 초겨울을 지칭하는 용어로 쓰였다.

북쪽 지역의 엘다르는 주로 별이 지거나 뜨는 시간, 즉 박명에 특별히 관심을 두었다. 따라서 이 시간대를 지칭하는 용어가 여럿 있었는데, 틴도메와 운도메가 가장 많이 쓰였다. 틴도메는 새벽 무렵을, 운도메는 저녁 무렵을 지칭했다. 신다린으로는 우이알이라고 했는데 각각 미누이알과 아두이알로 규정될 수도 있었다. 샤이어에서는 각각 그것들을 모로우딤(아침 미명)과 이븐딤(저녁어스름)이라 불렀다. 예를 들어 저녁어스름호수는 네누이알의 번역어이다.

67 툭 집안의 출생과 결혼, 사망을 기록해 놓았을 뿐 아니라 토지 매매와 같은 샤이어의 다양한 사건들도 기록되어 있다.
68 그러므로 나는 빌보의 노래(BOOK1 182~184쪽)에서 목요일과 금요일 대신에 토요일과 일요일을 사용했다.

반지전쟁의 이야기에서는 오로지 샤이어의 책력과 날짜만이 중요한 의미를 지닌다. 『붉은책』에서는 모든 요일명이나 월명, 그리고 날짜가 샤이어 용어로 번역되었거나 각주에서 샤이어식으로 표기되어 있다. 따라서 이 책 전반에 걸쳐서 거론되는 달과 요일은 샤이어 책력을 따른 것이다. 우리들의 달력과 샤이어 책력 간의 차이는 이 이야기의 결정적 시기에서 중요해진다. 바로 3018년 말과 3019년 초(샤이어력 1418년, 1419년)이다. 그 중요한 차이란 다음과 같다. 1418년 10월은 30일밖에 없고, 1월 1일은 1419년의 둘째 날이며, 2월 역시 30일이다. 따라서 우리의 연도가 같은 계절적 주기에서 시작했다면, 바랏두르가 몰락한 3월 25일은 오늘날의 3월 27일에 해당되리라는 점이다. 그러나 제왕력과 섭정력에서는 그 날짜가 3월 25일이었다.

신책력은 왕국이 복원된 제3시대 3019년부터 시작되었다. 그것은 엘다르의 로아와 마찬가지로 봄의 시작에 맞춰 개정된 제왕력으로 돌아갔음을 의미했다.[69]

신책력에서는 사우론의 몰락과 반지 사자들의 업적을 기리는 뜻에서 구력 3월 25일에 한 해가 시작되었다. 과거에 쓰이던 월명은 그대로 쓰였으나 1년의 시작은 비렛세(4월)부터가 되었으며, 각 달은 이전보다 닷새가량 빨라진 기간을 지칭하게 되었다. 모든 달은 30일이었다. 야반니에(9월)와 나르퀠리에(10월) 사이에는 사흘간의 엔데레 또는 가운뎃날(그중 둘째 날은 '로엔데'라고 했다)이 끼어 있었으며, 그것은 구력으로 9월 23, 24, 25일에 해당됐다. 그러나 프로도를 기리기 위해 그의 생일인 9월 22일(구책력)에 해당하는 야반니에 30일이 축제일로 정해졌고, 윤년의 경우 이 잔칫날을 두 배로 연장하여 '코르마레', 즉 반지의 날이라 불렀다.

제4시대는 원래 3021년 9월 엘론드가 가운데땅을 떠난 사건과 더불어 시작되었지만, 왕국의 기록을 위해 신책력에서 제4시대의 원년은 구책력 3021년 3월 25일에 해당하는 날짜에 맞추어 시작되었다.

이 책력은 엘렛사르 왕의 재위기에 걸쳐 그의 영토 어느 곳에서나 채택되었다. 그러나 아직 구책력이 존속하고 샤이어력이 계속 쓰이던 샤이어는 예외였다. 따라서 제4시대의 원년은 1422년이 되었다. 호빗들이 시대의 변화를 설명할 필요가 있을 때에는 전해 3월이 아니라 1422년 율2일을 새 시대의 시작으로 삼았다.

샤이어 주민들이 3월 25일이나 9월 22일을 기념했다는 기록은 남아 있지 않다. 그러나 서둘레, 그중에서도 호빗골 언덕 주변 지역에서는 날씨가 좋을 경우 4월 6일 잔치 마당에서 축제를 열고 춤을 추는 것이 관례가 되었다. 어떤 이는 그날이 정원사 샘의 생일이라고 하고, 또 어떤 이들은 1420년 황금나무가 처음 꽃을 피운 날이라고 하고, 혹은 요정의 새해 첫날이라고 했다. 노릇골에서는 매년 11월 2일 해 질 무렵 마크의 뿔나팔 소리가 울려 퍼지면 큰 화톳불을 피우고 잔치를 열었다.[70]

69 하지만 실제로 신책력의 예스타레는 임라드리스 책력보다 일찍 시작되었다. 후자는 샤이어 책력으로 4월 6일경에 해당된다.

70 그것은 3019년 샤이어에 처음으로 뿔나팔 소리가 울려 퍼진 사건을 기념하는 축제였다.

APPENDIX

E. 글쓰기와 철자

I
단어와 이름의 발음

서부어 또는 공용어는 모두 그에 상응하는 영어로 번역되었다. 호빗의 이름들과 특별한 낱말들도 모두 그에 따라 발음이 되도록 표기했다. 예를 들어 볼저(Bolger)의 g는 bulge에서와 같은 음가를 가지며, 매돔(mathom)은 패돔(fathom)과 운이 같다.

고대 문서를 옮겨 쓰는 과정에서 나는 되도록 원음(확인할 수 있는 한)을 아주 정확하게 나타내려고 했으며, 동시에 현대의 글자로도 조야하게 보이지 않도록 단어와 이름들을 만들었다. 높은요정들이 사용한 퀘냐는 음가가 허용하는 한 되도록 라틴어처럼 표기되었다. 이런 이유로 해서 엘다르의 두 언어 모두에서 k보다는 c를 선호했다.

이러한 세부적인 사항에 관심이 있는 이들이라면 다음에 나오는 점들을 살펴보기 바란다.

자음

C e와 i 앞에 오는 경우에도 언제나 〔k〕 음가를 지닌다. 따라서 celeb는 '켈레브'로 발음되어야 한다.

CH 영어의 church가 아니라 독일어 또는 웨일스어의 바흐(bach)와 비슷한 소리를 표기하는 데만 사용되었다. 단어의 끝과 t의 앞에 오는 경우를 제외하면 곤도르의 언어에서 이 소리는 〔h〕로 약화되었는데, '로한(Rohan)'과 '로히림(Rohirrim)' 같은 몇몇 단어에서 이러한 변화를 찾아볼 수 있다. 〔'임라힐(imrahill)'은 누메노르식 이름이다.〕

DH 영어의 these 나 clothes의 유성음(연음) th를 나타낸다. 대개 이 철자는 d와 관련되는데, 예를 들어 신다린의 '갈라드(galadh, 나무)'는 퀘냐의 '알다(alda)'에 해당된다. 그러나 때로는 n+r 로부터 파생되는 경우도 있다. '카라드라스(Caradhras, 붉은뿔)'는 카란-라스(caran-rass)에서 파생된 단어이다.

F 단어 끝에 오는 경우를 제외하면 〔f〕 음가를 표시한다. 단어 끝에서는 영어의 of처럼 〔v〕 음가를 갖는다. '닌달브(Nindalf)'와 '플라드리브(Fladrif)' 등이 그 예이다.

G 이것은 give, get의 〔g〕 음가를 나타낸다. '길도르(Gildor)', '길라엔(Gilraen)', 오스길리아스

(Osgiliath)의 '길(gill, 별)'은 영어의 gild와 같은 음으로 시작된다.

H 다른 자음과 같이 쓰이지 않을 경우에는 house, behold의 h와 같은 음가를 갖는다. 퀘냐에서 ht는 독일어의 echt, acht와 같이 cht의 음가를 가진다. 예를 들어 오리온자리를 가리키는 '텔루메흐타르(Telumehtar)'와 같은 단어가 있다.[71] 더 자세한 설명은 CH, DH, L, R, TH, W, Y 항목을 참조하라.

I 신다린의 경우 다른 모음 앞에 첫 글자로 쓰였을 때 you, yore의 y와 같은 자음 음가를 갖는다. 예를 들어 '요레스(Ioreth)', '야르와인(Iarwain)' 등이 있다. Y 항목을 참조하라.

K 이 철자는 요정어가 아닌 다른 언어에서 파생된 이름에 쓰였으며 c와 같은 음가를 갖는다. 따라서 kh는 오르크어의 '그리슈나크(Grishnákh)'나 아둔어(누메노르어)의 '아두나코르(Adûnakhôr)'의 ch처럼 발음된다. 난쟁이들의 언어(크후즈둘)는 해설 E를 참조하라.

L 이것은 let의 경우처럼 영어에서 첫 글자로 쓰이는 l과 다소 비슷한 소리를 나타낸다. 그러나 e, i와 자음 사이, 또는 e, i 다음에 마지막으로 쓰일 때는 어느 정도 구개음화되었다(엘다르족이라면 영어의 bell, fill을 아마도 beol, fiol로 적었을 것이다). 무성음일 경우(보통 첫 글자 sl-에서 파생된 경우)에는 LH로 이 음가를 표시한다. 퀘냐의 고어에서 이 음의 철자는 hl이었지만, 제3시대에는 보통 l로 발음되었다.

NG finger의 ng에 해당하는 음가를 갖는다. 다만 단어 끝에서는 영어의 sing과 같이 발음된다. 후자의 발음은 퀘냐 어두에서도 나타났으나 표기할 때는 제3시대의 발음에 따라 n으로 쓰였다. 예를 들어 놀도(Noldo)의 경우가 그렇다.

PH 이것은 f와 같은 음가를 갖는다. 이 철자가 사용되는 경우는 (1) '알프(alph, 백조)'에서처럼 단어 끝에 f 음이 붙을 때, (2) f 음가가 p와 관련되거나 p에서 파생된 경우(예를 들면 반인족을 의미하는 단수형 페리안perian의 군집복수형 이페리안나스i-Pheriannath)일 때, (3) 에펠(Ephel, 외곽 벽)처럼 일부 단어의 중간에서 장음 ff를 표시하기 위한 경우일 때, (4) 아르파라존(Ar-Pharazôn, 황금을 뜻하는 pharaz의 파생어) 같은 아둔어와 서부어에서 볼 수 있다.

QU 이 철자는 cw의 대용으로 사용되었는데, 신다린에서는 찾아볼 수 없지만 퀘냐에서는 빈번하게 나타난다.

71 보통 신다린으로는 메넬바고르(BOOK1 103쪽 참조), 퀘냐로는 메넬마카르라 했다.

R　이 철자는 어느 위치에 쓰이든 간에 전동음 r을 표시한다. 즉, 영어의 part와는 달리 자음 앞에 올 때도 그 소리는 소실되지 않는다. 오르크족과 일부 난쟁이들은 r을 혀뿌리나 목젖에서 발음했다고 하는데, 엘다르는 그 소리를 불쾌하게 여겼다. RH는 무성음 r을 표시하며 보통 예전의 첫 글자 sr-에서 파생되었다. 퀘냐에서는 hr로 표기되었다. L 항목을 참조하라.

S　이것은 영어의 so, geese처럼 언제나 무성음이다. z 음은 당대의 퀘냐와 신다린에는 존재하지 않았다. 서부어와 난쟁이어, 오르크어에 쓰인 SH는 영어의 sh와 비슷한 음가를 나타낸다.

TH　이 철자는 영어의 thin이나 cloth에서처럼 무성음 th와 같은 음가를 표시한다. 구어 퀘냐에서는 s의 음가를 가졌으나 필기할 때는 여전히 s와 다른 글자로 쓰였다. 달을 뜻하는 퀘냐는 이실(Isil)이고 신다린으로는 이실(Ithil)이다.

TY　이 철자는 영어의 tune에 나오는 t와 유사한 음가를 표시한다. 이 철자는 주로 c+y 또는 t+y에서 파생된 것이다. 서부어에서 흔히 발견되는 영어의 ch 음가는 주로 이 음가가 변한 결과이다. Y 항목의 HY를 참조하라.

V　이것은 영어의 v 음가를 가지지만 단어 끝에서는 쓰이지 않았다. F 항목을 참조하라.

W　영어의 w 음가를 갖는다. HW는 영어의 (영국 북부 발음에서) white처럼 무성음 w이다. 이 책에는 그 예가 나오지 않지만 퀘냐에서 이 음가가 단어 처음에 쓰이는 경우는 드물지 않다. 퀘냐의 철자가 라틴어와 유사하지만 퀘냐를 표기할 때는 라틴어와 달리 v와 w 둘 다 사용되었다. 그 두 음은 비록 기원은 다르지만 퀘냐에서 모두 사용되었기 때문이다.

Y　영어의 you처럼 퀘냐에서도 자음 y로 쓰인다. 신다린에서 y는 모음이다. (다음 페이지의 모음 설명 참조) HY와 y의 관계는 HW와 w의 관계와 같으며, HY는 영어의 hew, huge에서 종종 들을 수 있는 음가를 표시한다. 퀘냐의 eht, iht의 h는 같은 음가를 가진다. 이 hy는 서부어에서 영어의 sh 음가로 바뀌었다. 위의 TY 항목을 참조하라. HY는 보통 sy-와 khy-에서 파생된 것인데, 어느 쪽이든 이와 관련된 신다린 단어는 첫 글자가 h이다. 퀘냐 '햐르멘(Hyarmen, 남쪽)', 신다린 '하라드(Harad)'의 경우가 그러하다.

tt, ll, ss, nn처럼 자음을 중첩시키는 경우는 긴 두 개의 자음을 표시한다. 음절의 수가 둘 이상인 낱말 끝에서 같은 자음이 중첩되었을 때는 대개 축약되었다. 예를 들어 Rochann(고대의 형태는 Rochand)은 Rohan으로 축약되었다.

엘다르 언어의 초기 단계에서 특히 선호된 ng, nd, mb 같은 자음의 조합은 신다린에서 다양한 변화를 겪었다. mb는 어느 경우에나 m으로 바뀌었지만 강세를 위해 긴 자음으로 간주되었다. (아래의 모음 설명 참조) 그에 따라 강세가 분명하게 보이지 않을 경우 mm[72]으로 표기했다.

ng는 단어의 처음과 마지막에서 단순한 콧소리(영어의 sing에서처럼)로 바뀐 경우를 제외하면 변하지 않았다. 엔노르(Ennor, 가운데땅), 즉 퀘냐의 엔도레(Endóre)에서 볼 수 있는 것처럼 nd는 대체로 nn으로 바뀌었으나, 손드〔Thond, 뿌리. 모르손드(Morthond, 검은 뿌리)를 참조하라〕처럼 단음절로 충분히 강세가 주어지는 단어의 끝이나, 안드로스(Andros, 긴 거품)처럼 r 앞에서는 그대로 쓰였다. 이 nd는 나르고스론드(Nargothrond), 곤돌린(Gondolin), 벨레리안드(Beleriand)의 예에서 볼 수 있듯이 그 이전 시대에서 비롯된 옛 명칭에서도 찾아볼 수 있다.

제3시대에 이르러 긴 단어 끝의 nd는 nn에서 n으로 바뀌었다. 이실리엔(Ithilien), 로한(Rohan), 아노리엔(Anórien)에서 그 예를 찾아볼 수 있다.

모음

모음으로는 i, e, a, o, u가 쓰였으며, 신다린에서만 y도 모음으로 쓰였다. 물론 지역에 따른 다양한 변이는 탐지할 수 없지만, 확인할 수 있는 바에 의하면 이 글자들이 나타내는 소리(y를 제외하고)는 통상적으로 쓰인 음이었다. 즉 그 소리들은 음절의 장단과 상관없이 영어 단어 machine, were, father, for, brute 각각에 나오는 i, e, a, o, u의 음과 대략 비슷했다.

신다린의 경우 장모음 e, a, o는 단모음에서 비교적 나중에 파생되었으므로 같은 음가를 가졌다(반대로 옛 é, á, ó는 다른 발음으로 변했다). 퀘냐의 경우 장모음 é와 ó는 엘다르족이 정확하게 발음할 경우[73] 단모음보다 좀 더 혀끝을 긴장시켜서 내는 폐모음으로 소리 났다.

당대의 언어 가운데 유독 신다린만이 프랑스어 륀(lune)의 u와 다소 비슷하게 '움라우트 현상으로 변이된' 전설음 u를 갖고 있었다. 그것은 일부는 o와 u가 음운 변화를 일으킨 것이었으며 부분적으로는 예전의 이중모음 eu, iu에서 파생된 것이었다. 이 음을 표시하기 위해 고대 영어에서처럼 y가 쓰였다. 뤼그(lyg 뱀. 퀘냐는 레우카leuca) 또는 에뮌(emyn 언덕들. 아몬amon의 복수형)에서 볼 수 있다. 곤도르에서는 이 위(y) 발음이 보통 이(i)로 발음되었다.

72 가령 갈라드렘민 엔노라스(galadhremmin ennorath, BOOK2 265쪽 참조) '가운데땅의 나무들로 뒤얽힌 땅'에서 그러했다. 렘미라스(Remmirath, BOOK1 103쪽 참조)는 rem '그물'을 포함하며 퀘냐로는 rembe + mîr '보석'을 조합한 말이다.

73 서부어에서 그리고 서부어 화자가 퀘냐의 명칭을 발음할 경우 장모음 é와 ó는 영어의 say, no처럼 '에이'와 '오우'로 발음하는 것이 널리 퍼져 있었으며, 이 발음은 'ei'와 'ou'(또는 당대의 필사본에서 그에 해당하는 철자)로 표기되었다. 이것은 부정확하거나 촌스럽다고 여겨졌으나, 샤이어에서는 그러한 발음이 통상적으로 쓰였다. 그러므로 yéni únótime(무수히 긴 세월)를 영어식으로, 즉 '예이니 우노우티미'라고 발음한다면 빌보와 메리아독, 페레그린보다 뒤떨어지는 발음은 아닐 것이다. 프로도는 '외국어 발음에 뛰어난 재주'가 있었다고 전해진다.

장모음은 보통 양음 부호(´)로 표시되었으며, 이것은 페아노르식 표기법 중 일부에서 볼 수 있다. 신다린에서 강세가 붙은 단음절의 장음은 곡절 부호(^)가 붙는데, 이런 경우에는 특별히 길게 발음되는 경향이 있었기 때문이다.[74] Dúnadan과 비교해 볼 때 dûn은 특히 길게 발음된다. 아둔어나 난쟁이어와 같이 다른 언어에서 곡절 부호를 사용하는 것은 별다른 의미가 없었으며, k를 쓰는 것과 마찬가지로 단지 그 낱말이 외래어라는 사실을 나타내는 데 지나지 않는다.

단어 끝에 쓰인 e는 영어의 경우처럼 묵음이 되거나 단순히 장음을 표시하는 것이 아니다. 이 마지막 e를 표시하기 위해 종종 ë 가 쓰였는데 일관된 것은 아니었다.

단어 끝이나 자음 앞에 나오는 er, ir, ur 들은 영어의 fern, fir, fur 처럼 발음되는 것이 아니라 영어의 air, eer, oor 쪽에 가깝게 발음되었다.

퀘냐의 ui, oi, ai와 iu, eu, au는 한 음절로 발음되는 이중 모음이었다. 나머지 모음쌍들은 모두 음절이 분리되었다. 이럴 경우에는 종종 ëa(Eä), ëo, oë로 표기되곤 했다.

신다린에서 이중 모음은 ae, ai, ei, oe, ui, au로 기록되었다. 다른 조합은 이중 모음이 아니다. 단어 맨 끝에 au 대신에 aw를 쓰는 것은 영어의 관례에 일치하는데, 실제로 페아노르식 철자에서 드문 것이 아니었다.

이 모든 이중 모음은 첫 음에 강세가 붙고 이어서 단모음이 나오는, 하강하는 이중 모음이었다.[75] 따라서 ai, ei, oi, ui는 영어의 rye(ray가 아니라), grey, boy, ruin처럼 발음이 되었다. au(aw)는 laud나 haw가 아니라 loud, how 에서와 같이 발음된다.

영어에는 ae, oe, eu에 근접하는 모음이 없으며, ae와 oe는 대략 ai, oi처럼 발음될 것이다.

강세

엘다르어에서는 악센트나 강세의 위치가 단어의 형태에 따라 결정되기 때문에 그 위치는 표시되지 않았다. 두 음절어에서 강세는 거의 모든 경우 첫 번째 음절에 주어진다. 그보다 긴 단어에서는 끝에서 두 번째 음절에 강세가 주어진다. 이때 해당 음절의 모음은 장모음 또는 이중 모음이거나, 두 개 이상의 자음 앞에 있어야 한다. 끝에서 두 번째 음절이 짧은 모음 다음에 자음이 없거나 한 개만 나오는 경우(종종 그렇다) 강세는 그 앞 위치인 끝에서 세 번째 음절에 주어진다. 이런 형태의 단어는 엘다르어 특히 퀘냐에서 많이 쓰였다.

다음에 나오는 예에서 강세가 주어진 모음은 대문자로 표시해 놓았다.

74 안눈(Annûn, 일몰)과 암룬(Amrûn, 일출)도 관련된 단어 둔(dûn, 서쪽)과 룬(rhûn, 동쪽)의 영향을 받아 아주 길게 발음되었다.

75 원래는 그러했다. 그러나 제3시대에 이르러 퀘냐의 iu는 영어 yule의 yu처럼 보통 상승 이중 모음으로 발음되었다.

이실두르(isIldur), 오로메(Orome), 에렛세아(erEssëa),

페아노르(fËanor), 앙칼리메(ancAlime), 엘렌타리(elentÁri),

데네소르(dEnethor), 페리안나스(periAnnath),

엑셀리온(ecthElion), 펠라르기르(pelArgir), 실리브렌(silIvren).

엘렌타리(elentÁri, 별의 여왕)처럼 복합어가 아니라면, 퀘냐에서는 é, á, ó에 강세가 오는 경우는 드물다. 오히려 안두네(andÚne, 일몰, 서쪽)처럼 í, ú에 강세가 오는 경우가 훨씬 많다.

신다린에서는 복합어가 아닐 경우 이런 유형의 단어가 나오지 않는다. 신다린의 dh, th, ch가 단자음이며 원래의 문자 표기법에서는 단일 철자임을 주목하라.

주

엘다르어가 아닌 다른 언어에서 유래한 명칭에서, 위에서 특별히 언급된 경우가 아니라면, 각 문자에 대해 같은 음가가 주어지도록 의도되었다. 난쟁이어는 예외인데, 난쟁이어는 위에서 언급한 th와 ch(kh)로 표시되는 소리가 없었다. th와 kh는 기식음, 즉 backhand, outhouse의 경우처럼 t나 k 다음에 h가 따라오는 소리였다.

z로 나타내려는 음가는 영어의 z와 같다. 암흑어와 오르크어에서 gh는 '후설 마찰음'을 표시하며 이 음은 dh와 d의 관계처럼 g와 관련이 있다. 예를 들어 '가쉬(ghâsh)'와 '아그(agh)'와 같은 단어가 있다.

난쟁이들의 외래적 또는 인간어 이름은 북부의 형태를 띠고 있지만, 그 문자의 음가는 위에서 말한 바와 동일하다. 또한 현대식으로 바뀌지 않은 로한의 인명 및 지명의 경우에도 마찬가지이다. 다만 여기서 éa와 éo는 이중 모음이었으며, ea는 영어의 bear, eo는 Theobald의 음가를 의미한다고 볼 수 있고, y는 u의 변이된 형태이다. 현대식으로 바뀐 형태는 쉽게 알아볼 수 있으며 영어에서와 동일하게 발음된다. 그런 단어는 대부분 지명이며 Dúnharg에서 발전한 검산오름(Dunharrow)의 경우에서 찾아볼 수 있다. 샤두팍스(Shadowfax)와 뱀혓바닥(Wormtongue)은 예외이다.

II
문자 기록

제3시대의 문자 표기법과 글자는 모두 궁극적으로는 엘다르 문자에 그 기원을 두고 있으며, 그 당시에도 이미 상당히 오래된 것이었다. 글자는 완전히 발달한 단계에 도달했지만, 오직 자음만 완전한 문자로 나타내던 과거의 표기법이 아직도 사용되고 있었다.

알파벳은 기원이 서로 다른 두 종류가 있었다. 하나는 '텡과르' 또는 '티우'라고 불리며 여기서 '문자'로 번역된다. 다른 하나는 '케르타르' 또는 '키르스'로서 그것은 '룬 문자'로 번역된다. 텡과르는 붓이나 펜으로 쓸 수 있게끔 고안된 글자로서, 네모진 서체의 경우에는 필기 형식에서 파생된 것이다. 케르타르는 대부분 긁거나 조각하여 새기는 경우를 위해 고안되고 사용되었다.

그중 텡과르가 더 오래된 것이었다. 그 문자는 이런 일에 가장 재주 있던 엘다르의 혈족 놀도르가 망명하기 오래전에 개발한 것이기 때문이다. 가장 오래된 엘다르 문자인 '루밀의 텡과르'는 가운데땅에서는 사용되지 않았다. 후기의 문자인 '페아노르의 텡과르'는 어느 정도 루밀 문자에 바탕을 두고 있긴 했지만 대체로 새로 고안된 것이었다. 그 문자는 망명한 놀도르에 의해 가운데땅에 도입되어 에다인과 누메노르인들에게 알려지게 되었다. 제3시대에 이르러 그 문자는 공용어가 쓰이던 전 지역에 전파되고 사용되었다.

키르스 문자는 원래 벨레리안드에서 신다르 요정들이 창안한 것으로서, 오랫동안 나무나 돌 위에 이름이나 간단한 기념문을 새기는 경우에만 사용되었다. 이러한 이유로 그 문자는 각진 형태가 되었고, 오늘날의 룬 문자와 흡사해 보인다. 하지만 세부적인 사항에서는 차이가 있었고 배열에 있어서는 전혀 달랐다. 제2시대에 보다 오래되고 단순한 키르스 문자의 형태가 동쪽으로 전파되어 인간과 난쟁이, 오르크 들에게도 알려지게 되었다. 그들은 저마다의 목적과 나름대로의 재주에 따라서 그 문자를 변화시켜 사용했다. 너른골의 인간들은 이런 단순한 형태를 계속 사용했고, 로한인들도 이와 비슷한 문자 형태를 썼다.

그러나 제1시대가 채 끝나기 전에 벨레리안드에서 키르스 문자는 어느 정도 놀도르의 텡과르 문자의 영향을 받게 되면서 재배열되고 보다 발전하게 되었다. 키르스 문자의 가장 풍부하고 규칙적인 형태는 '다에론 알파벳'이라 불렸다. 요정들에게 구전되는 이야기에 따르자면 도리아스의 싱골 왕 시대의 음유시인이자 전승학자인 다에론이 그 문자를 고안했기 때문에 이렇게 불렀다고 한다. 엘다르 사이에서는 다에론 알파벳이 필기체로 발전되지 못했는데, 요정들이 글을 쓸 때 페아노르 문자를 채택했기 때문이다. 사실상 서부의 요정들은 대개의 경우 룬 문자를 전혀 쓰지 않았다. 그러나 에레기온 지역에서는 다에론 알파벳이 계속 사용되었고 그곳에서 모리아로 전파되면서 난쟁이들이 가장 선호하는 문자가 되었다. 다에론 알파벳은 그 후에도 난쟁이들 가운데서 계속 사용되었으며 그들과 함께 북쪽으로 이동했다. 후세에 그 문자는 종종 '앙게르사스 모리아' 또는 '모리아의 긴 룬 배열'이라고 불리게 되었다. 난쟁이들은 말할 때와 마찬가지로 글씨를 쓸 때에도 당대 널리 쓰이던 문자 표기법을 사용했으며 페아노르 문자를 능숙하게 쓸 수 있는 난쟁이들도 상당수가 있었다. 그러나 자신들의 언어에 관한 한 난쟁이들은 키르스 문자를 고수하여 펜으로 쓰는 키르스 서체를 개발했다.

페아노르 문자

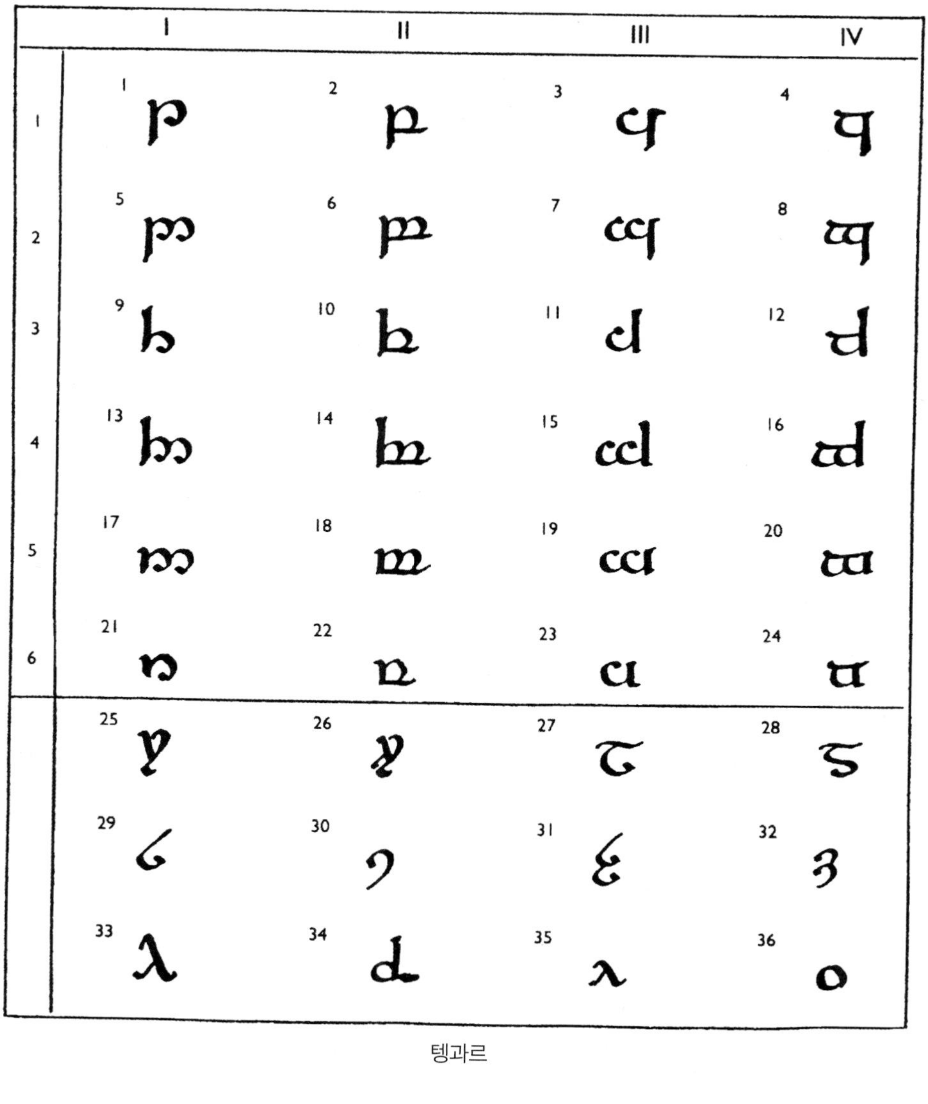

	I	II	III	IV
1	1	2	3	4
2	5	6	7	8
3	9	10	11	12
4	13	14	15	16
5	17	18	19	20
6	21	22	23	24
	25	26	27	28
	29	30	31	32
	33	34	35	36

텡과르

앞의 표에는 제3시대 서부 지역에서 공통적으로 사용된 모든 문자의 공식적인 서체 형태가 제시되어 있다. 이러한 배열이 그 당대에 가장 보편적인 것이었고 각 글자의 이름도 당시에는 보통 이 순서로 열거되었다.

이 문자는 원래 '알파벳', 즉 독자적인 음가를 가진 문자들을 그 형태나 기능과 상관없이 전통적인 순서에 따라서 임의로 열거해 놓은 문자들의 연속 체계가 아니었다.[76] 그것은 오히려 유사한 모양과 형식을 가진 자음 기호 체계였으며, 엘다르족이 사용하거나 창안한 자음의 음가를 나타내기 위해 편의에 따라 선택적으로 적용할 수 있었다. 이 글자들 중에 어느 것도 그 자체가 고정된 음가를 갖고 있지 않았다. 그렇지만 그 문자들 사이의 일정한 관계가 순차적으로 인식되었다.

이 체계에는 24개의 기본 문자 1~24까지 4개의 테마(열)에 따라 배열되고, 그 각각의 열은 다시 6개의 텔레(급)를 가지고 있었다. 또한 추가 문자가 있었는데, 25부터 36까지가 그 예이다. 그중에서 27과 29만 엄밀하게 독립적인 문자이고 나머지는 다른 문자의 변형이다. 또한 다양한 용도로 쓰이는 테흐타(부호)도 많이 있었다. 그것들은 이 표에는 나와 있지 않다.[77]

기본 문자는 각각 텔코(줄기)와 루바(활)로 구성된다. 1~4에서 볼 수 있는 형태가 표준적인 것이었다. 줄기는 9~16에서 볼 수 있듯이 위로 뻗을 수도 있고, 17~24에서 볼 수 있듯이 줄어들 수도 있었다. 활은 I열과 III열에서처럼 열린 상태일 수도 있고, II열과 IV열에서처럼 닫힌 형태를 취할 수도 있었다. 어느 경우에든 5~8에서처럼 활을 두 번 겹쳐 쓸 수도 있었다.

이 문자를 적용하는 방식은 이론적으로는 자유였으나, 제3시대에 이르러서는 I 열은 일반적으로 치음(齒音) 또는 t 계열(팅코테마)에 적용되었고, II 열은 순음(脣音) 또는 p 계열(파르마테마)에 적용하는 것이 일반적이었다. III 열과 IV 열은 상이한 언어들의 필요 조건에 따라 다양하게 적용되었다.

오늘날의 ch, j, sh과 같은 자음을 대단히 많이 사용한 서부어 같은 언어에서는[78] III 열이 대개의 경우 그 발음들에 적용되었으며, 그런 경우에 IV 열은 표준적인 k 계열(칼마테마)에 적용되었다. 퀘냐는 칼마테마 이외에도 구개음 계열(텔페테마)과 순음화 계열(퀫세테마)이 있었으며, 구개음은 '따라오는 y'를 의미하는 페아노르식 구분 부호(보통 아래쪽에 점 두 개를 찍는다)로 나타냈다. 반면에 IV 열은 kw 계열을 의미했다.

일반적으로 이와 같이 적용될 때 다음과 같은 관계를 관찰할 수 있었다. 1급에 속하는 표준 문자는 무성 폐쇄음 t, p, k 등에 적용되었다. 겹쳐 쓴 활은 유성음화를 나타낸다. 따라서 1, 2, 3, 4가 t, p, ch, k(또는 t, p, k, kw)라면 5, 6, 7, 8은 d, b, j, g(또는 d, b, g, gw)가 된다. 위로 솟은 줄기는 자음을 개방하여 마찰음으로 발음할 것을 지시한다. 그리하여 1급의 음가가 위와 같다면 3급(9~12)의 음가는 th, f, sh, ch, 4급(13~16)의 음가는 dh, v, zh, gh(아니면 dh, v, gh, ghw/w)가 된다.

76 현대 영어 알파벳에서 엘다르 요정들이 이해할 수 있을 유일한 연관 관계는 P와 B의 관계이다. 그런데 그 두 문자가 서로 떨어져 있고 F, M, V와도 떨어져 있다는 것이 그들에게는 불합리하게 보였을 것이다.

77 테흐타들 가운데 많은 예를 속표지와 반지에 새겨진 글(BOOK1 71쪽, 독음은 BOOK2 281쪽)에서 찾아볼 수 있다. 테흐타들은 주로 모음을 표기하기 위해 쓰였는데, 퀘냐에서는 보통 모음은 자음을 꾸며 주는 것으로서 인식했다. 또한, 가장 빈번하게 쓰이는 자음의 조합 몇 가지를 보다 간단하게 표현하는 데에도 쓰였다.

78 여기서 음가의 표시는 소리를 옮기는 데 사용되었고 위에서 설명한 것과 동일하다. 다만 여기서 ch는 영어의 church의 ch 음가를 나타내며, j는 영어의 j 음가를, zh는 azure와 occasion에 나타나는 음가를 각각 표시한다.

원래의 페아노르식 체계에는 위아래 양쪽으로 줄기가 확장된 급도 있었다. 이것들은 대개의 경우 기식 자음(예를 들어 t+h, p+h, k+h)을 나타냈지만, 경우에 따라 자음의 또 다른 변용을 표시한 것일 수도 있다. 이 문자 체계를 사용한 제3시대의 언어에서 이러한 것들은 필요하지 않았다. 그러나 이와 같은 확장된 형태는 3급과 4급의 변형체(1급과 명확히 구별되는)에 많이 쓰였다.

5급(17~20)은 보통 비음에 적용되었다. 따라서 17과 18은 n과 m을 나타내는 기호로 가장 흔하게 쓰였다. 위에서 관찰된 원칙에 따르면 6급(21~24)은 무성 비음을 표시하는 데 쓰였어야 한다. 하지만 이런 소리(웨일스어의 nb나 고대 영어의 hn이 예시하는 바)는 관련 언어에서 거의 쓰이지 않았기 때문에, 6급은 대개 각 열에서 가장 약하거나 반모음적 자음을 나타내는 데에 쓰였다. 그것은 기본 문자 가운데 가장 작고 단순한 형태의 문자들로 구성되었다. 따라서 21은 종종 약음의(떨리지 않는) r을 표시하는 데 쓰였다. 그 음은 원래 퀘냐에서 사용되는 음으로 그 언어 체계에서는 팅코테마의 가장 약한 자음으로 간주되었다. 22는 w의 음을 나타내는 데 널리 사용되었다. III열이 구개음 계열로 사용되는 경우에 23은 보통 자음의 y로 이용되었다.[79]

4급의 자음 가운데 몇 가지는 발음할 때 약화되면서 (위에서 묘사된 대로) 6급의 자음에 근접하거나 융합되는 경향이 있었다. 그래서 6급의 문자 가운데 많은 것들은 엘다르어에서 명확한 기능을 갖지 않게 되었고, 이런 글자들에서 모음을 표시하는 글자들이 생겨나게 되었다.

주

퀘냐의 표준 철자법은 위에서 언급한 것과는 다른 방식으로 갈라졌다. 2급 문자는 nd, mb, ng, ngw에 쓰였고 이들 모두는 빈번히 쓰이는 발음들이었는데 그것은 b, g, gw가 이들 조합에서만 나타났기 때문이다. rd, ld의 경우에는 별도로 26, 28의 특별한 문자가 사용되었다(lw가 아닌 lv의 경우 많은 화자들, 특히 요정들은 lb를 사용했다. 이 음가는 27+6으로 표시되었는데, lmb는 있을 수 없기 때문이었다). 이와 유사하게 4급의 문자는 극히 빈번하게 사용되는 조합인 nt, mp, nk, nqu에 사용되었다. 그것은 퀘냐에 dh, gh, ghw가 없고 또 v에 대해서는 22번 문자를 썼기 때문이다. 해설 1201~1202쪽의 '글자의 이름'을 참조하라.

추가 문자

27번 문자는 언제나 l을 표시하는 데 널리 쓰였다. 25번(그 기원에 있어서 21번의 변형)은 완전한 떨림음 r을 표시하는 데 쓰였다. 26번과 28번은 이 두 문자의 변이된 형태이다. 그것들은 각각 무성음

79 모리아 서문에 새겨진 글은 '표기법'의 한 예시이다. 이 표기법은 신다린을 표기하던 것으로, 6급이 기본 비음을 나타내고 5급은 '두 배가 된', 즉 장음이 된 비음을 나타낸다(17=nn, 21=n). 이는 신다린에서 많이 사용하던 방식이었다.

r(rh)과 l(lh)에 사용되었다. 그러나 퀘냐에서 이 문자들은 rd와 ld에 쓰였다. 언어에 따라서 필요한 경우에 29번은 s를, 31번(29번 문자를 두 번 쓴)은 z를 나타냈다. 29번과 31번을 뒤집어 놓은 형태인 30번과 32번은 개별적인 기호로 사용될 수 있었음에도 불구하고 대개의 경우 글쓰기를 편리하게 하기 위해서 29번과 31번의 단순한 변형으로 쓰였다. 그것들은 위에 얹힌 테흐타가 있는 경우에 쓰이곤 했다.

33번은 본래 11번의 (약화된) 변이를 나타내는 변형체였다. 제3시대에 그것은 h를 나타내는 문자로 가장 많이 사용되었다. 34번은 쓰이는 경우가 거의 없었지만 쓰일 경우에는 대개 무성음 w(hw)로 사용되었다. 35번과 36번은 자음으로 쓰일 때는 대부분 각각 y와 w에 적용되었다.

모음

모음은 여러 표기법에서 보통 자음 위에 붙는 테흐타로 표시되었다. 대부분의 낱말이 모음으로 끝나는 퀘냐 같은 언어에서 테흐타는 선행 자음 위에 위치했다. 하지만 대부분의 낱말이 자음으로 끝나는 신다린 같은 언어에서는 테흐타를 후속 자음 위에 표시했다. 필요한 위치에 자음이 없을 때 테흐타는 보통 위에 점이 없는 ı 자 형태의 '짧은 받침' 위에 위치했다. 언어에 따라 모음 부호로 쓰이는 테흐타는 수없이 많았다. 보통 e, i, a, o, u(또는 이것들의 변형)에 가장 통상적으로 적용되는 부호는 주어진 보기에 예시되어 있다. a 발음을 나타내는 데 가장 많이, 정석으로 쓰이던 점 세 개(∴)는 필기체에서는 다양하게 변형되었으며 종종 곡절 부호(^)와 같은 형태를 사용하기도 했다.[80] 점 한 개(·)와 '예음 부호'(´)는 흔히 i와 e에 대응해 쓰였으며 어떤 경우에는 e와 i에 대응해 쓰이기도 했다. 예음 부호가 굽은 형태는 o와 u에 해당했다. 반지에 새겨진 글에서 오른쪽으로 트인 굽은 부호는 u를 나타내는 데 사용되었다. 그러나 속표지에서는 같은 부호가 o를 나타내고, 왼쪽으로 트인 굽은 부호가 u에 사용되었다. 우측 방향의 굽은 부호가 선호되었으나 그 적용 방식은 관련 언어에 따라 달랐다. 암흑어에서는 o가 거의 쓰이지 않았다.

장모음은 대개 '긴 받침' 위에 테흐타를 쓰는 것으로 표시되었는데, 가장 흔히 쓰인 모양은 점이 없는 ȷ와 비슷했다. 테흐타를 중복해서 쓸 수도 있었다. 그러나 이 방법은 굽은 부호의 경우에만 자주 쓰였고, 예음 부호는 이따금씩 그렇게 썼다. 점 두 개는 장모음보다는 y가 뒤따른다는 것을 나타내는 부호로 자주 이용되었다.

서문에 새겨져 있던 글은 모음을 별도의 글자들로 표시하는 '모두쓰기' 표기법의 예시이다. 신다린에서 사용된 모든 모음 글자가 거기에 나와 있다. 30번을 모음 y의 기호로 사용한 사실은 주목할 만하다. 또한 뒤따르는 y를 표시하는 테흐타를 모음 글자 위에 놓음으로써 이중 모음을 표현한 것 역시 주의 깊게 살펴봐야 한다. au, aw의 표현을 위해서 필요한, 뒤따르는 w를 뜻하는 부호는 이 표

80 퀘냐에서 a가 아주 빈번하게 사용되었으므로, a 모음 부호는 종종 완전히 생략되기도 했다. 따라서 'calma' 대신 'clm'이라고 쓸 수도 있었다. 왜냐하면 퀘냐에서는 첫 글자 조합으로 cl은 가능하지 않았고, m이 단어 끝에 나오는 경우도 없었으므로 이 단어는 자연히 칼마라고 읽혔을 것이다. '칼라마(calama)'라고 읽는 것도 가능하겠지만 이런 단어는 존재하지 않았다.

기법에서는 u 굽은 부호 또는 그것의 변형인 ~였다. 그러나 이중 모음은 예시처럼 모두쓰기가 된 경우가 많았다. 이 표기법에서 모음의 길이는 보통 예음 부호에 의해 표시되었으며, 이 경우 그것을 '안다이스(장음 부호)'라 불렀다.

이미 언급된 것들 외에도 다른 테흐타들이 많았는데 주로 글쓰기를 단축하는 데 이용되었으며, 특히 자주 쓰이는 자음 조합을 생략하여 표현하는 경우에 잘 쓰였다. 그중에서 자음 위에 막대(또는 스페인어에서 쓰이는 '틸데', 즉 '~' 모양의 부호)를 덧붙임으로써 그 앞에 동일 계열의 비음이 선행한다는(nt, mp나 nk에서처럼) 사실을 알려 주는 경우가 많았다. 그러나 비슷한 부호를 문자 밑에 덧붙이면 그 자음이 길거나 이중 자음이라는 사실을 보여 주는 것이다. 활에 붙은, 아래로 향한 고리 모양(속표지의 마지막 단어인 hobbits의 경우처럼)은 특히 퀘냐에 종종 쓰이는 ts, ps, ks(x)의 조합에서 뒤따르는 s를 지시하는 데 사용되었다.

물론 영어를 표현하기 위한 표기법은 존재하지 않았다. 음성학적으로 적절한 표기법을 페아노르 체계로부터 고안해 낼 수는 있었을 것이다. 원서의 속표지에 주어진 짤막한 예는 그것을 보여 주려는 시도는 아니다. 그것은 오히려 곤도르인이 자신의 표기법에서 친숙한 문자의 음가와 전통적인 영어식 철자 사이에서 머뭇거리면서 만들어 낼 수도 있었을 어떤 것의 예시에 불과하다. 아랫점(그 용도 중의 한 가지는 약하고 분명치 않은 모음을 표시하는 것이었다)은 여기서 강세가 없는 and를 나타내는 데 사용되고 있지만, 또한 here라는 단어 끝의 묵음 e를 표시하는 데도 쓰이고 있다는 사실을 주목할 수 있을 것이다. the와 of, 그리고 of the는 생략어(각각 확장된 dh와 확장된 v, 그리고 아래에 줄이 그어진 v)로 표시되어 있다.

글자의 이름

어느 표기법에서나 각각의 문자와 부호는 이름을 갖고 있었다. 그러나 이 이름들은 각각의 특정한 표기법에서 음성학적 용법에 적합하게, 또는 그 용법을 묘사하기 위해서 고안된 것이다. 하지만 다른 표기법에서 쓰이는 글자들의 용도를 기술할 때는 각 글자 모양 자체에 붙은 이름이 필요하다고 여겨졌다. 이런 목적에서 퀘냐의 '완전한 이름'들이 종종 사용되었는데, 그 이름들은 퀘냐의 고유한 용법을 지칭하는 경우에도 쓰였다. 각각의 '완전한 이름'은 해당 글자를 포함하고 있는 퀘냐의 실제 단어였다. 가능한 경우, 해당 단어의 첫 음이 그 글자가 되었다. 글자가 나타내는 음 또는 음의 조합이 첫 번째 위치에 나오지 않을 경우에는 첫 번째 모음의 바로 다음에 오는 단어를 그 글자의 이름으로 선택했다. 텡과르 문자표에 나오는 문자의 이름들은 다음과 같다.

제1급 팅코(금속), 파르마(책), 칼마(등불), 퀫세(깃털); 제2급 안도(문), 움바르(운명), 앙가(쇠), 웅궤(거미줄); 제3급 쑬레 또는 술레(영혼), 포르멘(북쪽), 하르마(보물) 또는 아하(분노), 훼스타(미풍); 제4급 안토(입), 암파(갈고리), 앙카(턱), 웅퀘(구멍); 제5급 누멘(서쪽), 말타(금), 놀도 또는 그 구형태인 응올도(놀도르 한 명), 놀메 또는 그 구형태인 응왈메(고문); 제6급 오레(마음), 발라(천사의 힘), 안나(선물), 빌랴(공기, 하늘. 구형태로는 윌랴); 로멘(동쪽), 아르다(지역), 람베(혀), 알다(나무); 실메(별빛), 실메 누퀘르나(뒤집어진 s), 아레(햇빛) 또는 엣세(이름), 아레 누퀘르나; 햐르멘(남쪽), 훼스타 신다린와, 얀타(다리), 우레(열기). 이름이 달라진 경우는 망명 요정들이 사용하던 퀘냐에 영향을 미친 어떤 변화들이 일어나기 전에 이 이름들이 주어졌기 때문이다. 그 결과 11번은 어느 위치에서나 마찰음 ch를 표시하던 때에는 하르마라 불렸지만, (비록 단어 중간에 오는 경우 ch 발음이 남아 있었을 때였음에도) 어두의 ch가 h로 바뀌면서 '아하'라는 이름이 고안되었다.[81]

아레는 원래 아제였으나, 이 z가 21번 글자와 합쳐지게 되자, 그 기호는 퀘냐의 아주 흔한 음가인 ss를 나타내는 데 쓰이게 되었고 거기에 엣세라는 이름이 붙었다. '훼스타 신다린와' 또는 '회색요정의 hw'에 그런 이름이 붙은 것은 퀘냐의 12번 문자가 hw의 음을 가지고 있었고, chw와 hw를 나타내는 다른 기호가 필요하지 않았기 때문이다. 가장 널리 알려지고 쓰인 글자들은 17번의 n, 33번의 hy, 25번의 r, 10번의 f 였다. 다시 말해서 누멘, 햐르멘, 로멘, 포르멘(서, 남, 동, 북)이었다(신다린으로는 둔 또는 안눈, 하라드, 룬 또는 암룬, 포로드였다). 이 글자들은 보통 전혀 다른 용어를 사용하는 언어들에서도 각기 서, 남, 동, 북의 방위점을 나타냈다. 서부 지역에서는 방위가 서쪽으로부터 시작하여 돌아가는 순서로 붙여졌다. 따라서 인간의 언어에서 쓰이는 배열과 반대로, 햐르멘과 포르멘은 사실 왼쪽 지역과 오른쪽 지역을 의미했다.

키르스 문자

'케르사스 다에론'은 원래 신다린의 음가만을 표시하기 위해 만들어진 것이었다. 가장 오래된 키르스 문자는 1, 2, 5, 6; 8, 9, 12; 18, 19, 22; 29, 31; 35, 36; 39, 42, 46, 50번이었으며 13번과 15번 사이에서 변하는 케르스가 하나 있었다. 음가의 지정은 체계적이지 못했다. 39, 42, 46, 50번 문자는 모음이었으며, 그 이후에도 계속해서 모음으로 발달했다. 13, 15번은 35번이 s나 h로 쓰임에 따라 각기 h 또는 s로 쓰였다. 이런 식으로 s와 h의 음가를 지정하는 데 주저하는 경향은 그 이후의 배열에서도 계속 이어졌다. '줄기'와 '가지'로 구성되는 글자들, 즉 1~31번까지의 글자들에서 '가지'는 한쪽 방향에만 붙을 경우 보통 오른쪽에 붙었다. 반대의 경우도 희귀하지는 않았지만 음성학적 의미가 없었다.

이 케르사스를 확장하고 정교하게 다듬은 옛 형태를 '앙게르사스 다에론'이라 불렀다. 그것은 다에론이 과거의 키르스 문자에 문자를 첨가하여 재조직했다고 인정되기 때문이다. 그러나 두 가지 새로운 문자군, 즉 13~17번과 23~28번을 도입하고 첨가한 중요한 업적은 실제로는 에레기온의 놀도르에 의해 이루어졌을 가능성이 높은데, 그 이유는 그것들이 신다린에서 발견되지 않는 소리를

81 무성음 h를 표기하기 위해 퀘냐는 원래 옆에 활이 달리지 않고 단순히 솟아오른 줄기 모양의 기호를 사용했으며 그것을 할라(높은)라고 불렀다. 이것이 자음 앞에 놓이면 그 자음이 무성음이며 기음이라는 사실을 가리켰다. 무성음 r과 l이 보통 이런 식으로 표현되었으며 hr과 hl로 옮겨 표기되었다. 후에 33번 문자는 독자적인 h를 표기하는 데 사용되었고, hy의 (예전) 음가는 후속 y를 표기하는 테흐타를 덧붙임으로써 나타낼 수 있었다.

표시하는 데 쓰였기 때문이다.

앙게르사스의 재배열에 있어서 다음과 같은 몇 가지 원칙들을 관찰할 수 있다(그것은 분명 페아노르식 체계의 영향을 받은 것이다). (1) 가지에 획을 더하여 유성음을 표시함, (2) 케르스를 반전시킴으로써 마찰음으로서 개구음을 나타냄, (3) 줄기의 양쪽에 가지를 달아서 유성 비음을 나타냄. 이러한 원칙은 한 가지 점만 예외로 하고 일정하게 시행되었다. (고대) 신다린의 경우 마찰음 m(또는 비음 v)의 기호가 필요했으며, 이 경우 가장 좋은 방법은 m의 기호를 반전시키는 것이기 때문에 반전시킬 수 있는 6번 문자로 m의 음가를 표시했으나, 5번 문자에는 hw의 음가가 주어졌다.

이론상으로 z의 음가를 가진 36번 문자는 신다린 또는 퀘냐의 철자에서는 ss에 대응해 쓰였다. 페아노르 문자 31번을 참조하라. 39번은 i 또는 (자음) y 중의 하나에 쓰였으며, 34번과 35번은 어느 쪽이든 s에 쓰였다. 38번 문자는 자주 사용되던 연속음 nd에 쓰였지만, 그 형태상 명백히 치음과 관련된 것은 아니었다.

음가표에서 음가가 —로 나뉘어 있을 경우 왼쪽이 고대 앙게르사스 음가를 의미한다. 오른쪽에 있는 것이 난쟁이들의 '앙게르사스 모리아'의 음가이다.[82]

여기에서 볼 수 있듯이 모리아의 난쟁이들은 37, 40, 41, 53, 55, 56번 같은 몇 가지 새로운 키르스를 추가했을 뿐 아니라 음가의 비체계적인 변화를 상당수 도입했다. 음가의 혼란은 주로 다음 두 가지 원인에 기인한다. (1) 34, 35, 54번의 음가를 각각 h와 '(크후즈둘에서 모음으로 시작하는 단어의 '명료한' 혹은 성문음 두음) 그리고 s로 변경시킨 것, (2) 14번과 16번을 버리고 29번과 30번으로 대체한 것이 그것이다. 그에 따라서 r 대신에 12번을 사용하고, n에 대해서 53번을 새로 만들어 내고(그리하여 22번과 혼란을 일으키고), s 음가를 가진 54번과 어울리도록 17번을 z의 용도로 쓰고, 그에 따라 36번을 ŋ으로 쓰고, ng에 대해서 새로운 키르스 37번을 만들어 냈다는 것 또한 관찰될 수 있을 것이다. 새로 도입된 55, 56번은 원래 46번을 반으로 나눈 형태였으며, 난쟁이어와 서부어에 빈번히 나타나는 영어의 butter에 나오는 모음을 표시하는 데 사용했다. 소리가 약화되거나 사라지는 경우 그 모음들은 종종 줄기가 없이 단순한 획 하나로 축소되어 쓰이곤 했다. 이 앙게르사스 모리아는 묘비의 비문에 쓰였다.

에레보르의 난쟁이들은 이 체계를 더욱 변화시켜 사용했고, 그것은 에레보르 표기법이라고 알려져 있으며 마자르불의 책에 예시되어 있다. 그 주된 특징은 43번을 z로 사용하며, 17번을 ks(x)로 쓰고, 두 개의 새로운 키르스 57번과 58번을 ps와 ts에 대응시킨 것이다. 또한 j, zh의 음가에 대해 14번과 16번을 다시 도입했지만, 29번과 30번은 g, gh의 대용으로 또는 19번과 21번의 단순한 변형으로 사용했다. 이러한 특이 사항은 에레보르의 키르스인 57, 58번을 제외하면 앞의 표에 포함시키지 않았다.

82 괄호 안에 있는 것은 요정어에서만 발견되는 음가이다(해설 670쪽 참조). ★ 기호는 난쟁이족만 사용한 키르스를 표시한다.

No.		No.		No.		No.	
1		16		31		46	
2		17		32		47	
3		18		33		48	
4		19		34		49	
5		20		35		50	
6		21		36		51	
7		22		37		52	
8		23		38		53	
9		24		39		54	
10		25		40		55	
11		26		41		56	
12		27		42		57	
13		28		43		58	
14		29		44			
15		30		45		&	

앙게르사스

No.		No.		No.		No.	
1	p	16	zh	31	l	46	e
2	b	17	nj—z	32	lh	47	ē
3	f	18	k	33	ng—nd	48	a
4	v	19	g	34	s—h	49	ā
5	hw	20	kh	35	s—’	50	o
6	m	21	gh	36	z—ŋ	51	ō
7	(mh) mb	22	ŋ—n	37	ng*	52	ö
8	t	23	kw	38	nd—nj	53	n*
9	d	24	gw	39	i (y)	54	h—s
10	th	25	khw	40	y*	55	*
11	dh	26	ghw,w	41	hy*	56	*
12	n—r	27	ngw	42	u	57	ps*
13	ch	28	nw	43	ū	58	ts*
14	j	29	r—j	44	w		+h
15	sh	30	rh—zh	45	ü		&

앙게르사스

APPENDIX

F.

I
제3시대의 언어와 종족

이 이야기에서 영어로 옮겨진 언어는 제3시대 가운데땅의 서쪽 땅에서 쓰이던 '서부어' 또는 '공용어'였다. 이 시대가 진행되는 동안 그 언어는 옛 아르노르와 곤도르 왕국의 국경 내에 거주하던 거의 모든 사람들(요정을 제외하고)의 자국어가 되었다. 그 언어는 움바르에서 해안선을 따라 북쪽으로 포로켈만에 이르기까지, 그리고 내지로 들어가서는 멀리 안개산맥과 에펠 두아스까지 퍼져 나갔다. 또한 안두인대하의 북쪽으로 퍼져 나가서 대하의 서쪽 지대와 창포벌판에 이르는 안개산맥의 동쪽지방에서도 사용되었다.

제3시대 말 반지전쟁이 일어날 무렵 에리아도르 지방은 버려져 있었고, 창포강과 라우로스 폭포 사이의 안두인유역에는 사람이 거의 살지 않았지만 이 언어는 여전히 이 지역들을 언어적 경계로 하여 그 안에서 사용되었다.

아노리엔의 드루아단숲에서는 아직도 고대 야인들이 일부 숨어 지냈고, 던랜드의 구릉에는 예전에 곤도르에 널리 퍼져 거주하던 옛 부족의 후손들이 남아 있었다. 이들은 자신들의 언어를 고수했다. 한편 로한의 평원에는 약 5백 년 전에 그곳으로 옮겨 온 북부인들, 즉 로한인들이 거주하고 있었다. 그러나 그럼에도 서부어는 요정들을 포함하여 자신들의 언어를 여전히 가지고 있는 모든 종족들이 교류할 때 쓰는 제2의 언어로 사용되었다. 그것은 아르노르와 곤도르 지역뿐만 아니라 안두인계곡 전역과 동쪽으로 어둠숲의 언저리에 이르기까지 퍼져 있었다. 다른 종족을 멀리한 야인들과 던랜드인들 중에서도 서부어를 어설프게나마 말할 줄 아는 자들이 있었다.

요정

요정은 상고대(Elder Days)에 크게 두 갈래로 나뉘었는데, 하나는 서부 요정(엘다르)이며 다른 하나는 동부 요정이다. 어둠숲과 로리엔의 요정들 대부분이 동부 요정에 속해 있었다. 그러나 이 이야기에는 동부 요정들의 언어가 등장하지 않으며, 모든 요정의 명칭과 단어는 엘다르어의 형태를 따른다.[83]

엘다르의 언어 중에서 이 책에서 쓰인 것은 두 가지이다. 하나는 높은요정어인 퀘냐이며, 다른 하나는 회색요정어인 신다린이다. 높은요정어는 대해 건너 엘다마르의 고대어로서 문자로 기록된 최

83 그 당시 로리엔에서는 비록 독특한 억양이 있기는 했지만 신다린을 사용했다. 그곳 거주민 대부분이 숲요정에 기원을 두고 있었기 때문이다. (곤도르의 어떤 주석가가 『사인의 책』에서 지적하고 있는 바와 같이) 프로도는 이 억양과, 신다린에 대한 자신의 제한적 지식 때문에 판단을 그르치기도 했다. BOOK2의 Chapter 6, 7, 8에서 인용되는 요정어는 모두 실제로는 신다린이며, 지명과 인명도 대부분 그러하다. 그러나 로리엔, 카라스 갈라돈, 암로스, 님로델 같은 말은 아마도 숲요정어에 기원을 두고 있는 이름들로서, 신다린에 맞게 고쳐졌을 것이다.

초의 언어였다. 그 언어는 이제 더 이상 어느 누구에게도 모국어가 아니었으나 사실상 일종의 '요정 라틴어'로서, 제1시대 말 가운데땅으로 망명해 온 높은요정들에 의해 제식이나 학문과 노래 같은 곳에 사용되었다.

회색요정어는 그 기원으로 볼 때 퀘냐와 동족어이다. 그것은 가운데땅의 해안에 당도했을 때 대해를 건너지 않고 벨레리안드의 해안 지방에 머무른 엘다르의 언어였기 때문이다. 그곳에서는 도리아스의 회색망토 싱골이 그들의 왕이었고, 오랜 여명기를 거치면서 그들의 언어는 필멸의 땅의 변화무쌍함에 영향을 받아 변화하여 바다 건너편의 엘다르어와는 동떨어진 것이 되었다.

망명 요정들은 수적으로 우세한 회색요정들 사이에 끼어 살면서 신다린을 일상어로 사용했으며, 그 이후로 그 언어가 이 이야기에 등장하는 모든 요정 및 요정 군주들의 언어가 되었다. 그것은 이들이 모두 엘다르 종족이었기 때문이다. 그들이 보다 열등한 친족을 통치하고 있을 때도 마찬가지였다. 그중에서도 가장 고귀한 요정은 피나르핀 왕가의 후예이며 나르고스론드의 왕인 핀로드 펠라군드의 누이인 갈라드리엘이었다. 망명 요정들의 마음에 자리한 대해에 대한 그리움은 결코 진정되지 않는 설렘과도 같았다. 회색요정들의 가슴속에서 그 설렘은 잠들어 있었으나 일단 일깨워지면 두 번 다시 가라앉힐 수 없었다.

인간

서부어는 비록 요정어의 영향을 받아 풍부해지고 부드러워지긴 했지만 원래 인간의 언어였다. 그것은 그 기원에 있어서 엘다르족이 '아타니' 또는 '에다인', 즉 '인간의 조상'이라 일컬은 민족의 언어였다. 그 명칭은 특히 제1시대에 서쪽 벨레리안드로 이주한 '요정의 친구들'인 세 가문을 의미했는데, 그들은 북부의 암흑의 권능에 대항하여 치른 '위대한 보석 전쟁'에서 엘다르를 도와주었다.

암흑의 권능이 전복되고 난 후 벨레리안드는 대부분 물에 잠기거나 파괴되어 버렸다. 이 요정의 친구들에 대한 보답으로서 그들 역시 엘다르와 함께 대해 건너 서쪽으로 가도록 허용되었다. 그러나 '불사의 땅'은 인간들에게는 금지된 곳이었기 때문에 그들에게는 필멸의 땅 중에서 최서단에 위치한 거대한 섬이 주어졌다. 그 섬의 이름은 '누메노르(서쪽나라)'였다. 그리하여 요정의 친구들은 대부분 누메노르에 정착하게 되었으며, 그곳에서 위대하고 강대한 세력을 형성했고 명성이 자자한 뱃사람들로서 많은 배를 소유했다. 그들은 아름다운 얼굴에 장신이었으며, 수명이 가운데땅 인간의 세 배에 달했다. 바로 이들이 요정들이 '두네다인'이라 일컬은 인간들의 왕 누메노르인이었다.

인간의 모든 민족들 가운데 두네다인만이 요정어를 이해하고 말할 줄 알았다. 그들의 조상이 신다린을 배웠고, 그들은 그 언어를 자식들에게 전승했으며, 오랜 세월이 지나도 그 언어를 변화시키지 않았기 때문이다. 그중에서 학식이 깊은 자들은 높은요정들의 말인 퀘냐도 익혔으며, 다른 언어들을 능가하는 최고의 언어로 그것을 존중했다. 그들은 숭배할 만한 유명한 곳들과 왕족 및 위대한

명성을 떨친 사람들의 이름을 퀘냐로 지었다.[84]

그러나 누메노르인의 모국어는 대체로 선조들이 사용하던 인간들의 언어, 즉 아둔어였다. 그 전성기의 후반부에 인간의 왕들과 영주들은 엘다르와의 오랜 친분을 여전히 유지하고 있던 극소수를 제외하고는 모두 요정어를 버리고 아둔어로 돌아갔다. 누메노르인들은 강성하던 시절에 선박의 운항을 돕기 위해 가운데땅 서부 연안에 요새와 항구를 많이 건설하고 유지했다. 그 가운데 중요한 요새지가 안두인강 어귀에 가까운 펠라르기르에 있었다. 그곳에서는 아둔어가 통용되었는데, 저급한 인간들의 다른 여러 언어와 뒤섞이면서 공용어가 되었다. 그 이후 그곳으로부터 연안 지방을 따라서 서부인들과 교섭하던 모든 사람들에게 퍼져 나갔다.

누메노르가 몰락한 후에 엘렌딜은 '요정의 친구들'의 잔존 세력을 이끌고 가운데땅의 서북부 연안으로 돌아갔다. 그곳에는 누메노르의 혈통을 완전히 또는 부분적으로 이어받은 이들이 이미 상당수 거주하고 있었지만 그들 중에 요정어를 기억하는 이는 거의 없었다. 따라서 전체적으로 볼 때 두네다인은 장수를 누리며 막강한 힘과 지혜를 갖춘 지배자였지만 그들이 함께 살며 통치하던 저급한 인간들에 비해 처음부터 수적으로 열세였다. 그러므로 그들은 다른 종족들과 교류하고 넓은 영토를 통치하면서 공용어를 사용했으며, 요정어에서 유래한 많은 어휘들로 공용어를 확대하고 풍부하게 만들었다.

그 덕분에 누메노르 왕들이 통치하던 시절에는 품위를 갖춘 이 서부어가 널리 퍼져 심지어 그들의 적들 사이에서도 쓰이게 되었다. 서부어는 두네다인 자신들에 의해서도 점점 더 많이 쓰여 반지전쟁 때는 곤도르인들 가운데 소수만이 요정어를 알고 있었고, 그것을 일상어로 상용하는 이는 그보다 더 적었다. 그러한 사람들은 주로 미나스 티리스 및 인접 마을에 살았으며, 또한 두네다인 피가 섞여 있는 돌 암로스의 귀족들도 해당되었다. 그러나 곤도르 영토 안의 거의 모든 지명과 인명은 요정어의 형태와 의미를 가지고 있었다. 그중 몇 가지는 그 기원이 잊혔는데, 그것들은 틀림없이 누메노르의 선박이 대해를 항해하기 이전 시대부터 내려온 것이다. 이런 단어들 가운데 움바르, 아르나크, 에레크 같은 말도 있고, 에일레나크, 림몬 같은 산 이름도 있다. 포를롱 역시 같은 종류의 이름이었다.

서부의 북쪽 지역에 거주하는 인간들 대부분은 제1시대의 에다인 또는 그 가까운 혈족의 후예들이었다. 그러므로 그들의 언어는 아둔어와 관계가 있었고, 어떤 언어는 공용어와 유사한 형태를 보존하고 있었다. 그런 부류 중에는 안두인강의 상류 계곡에 사는 민족, 즉 베오른족과 서부 어둠숲의 숲속사람들이 있었고, 그보다 동북쪽으로 더 먼 지역에는 긴호수와 너른골의 인간들도 있었다. 창포강과 바우바위 사이의 땅에서 곤도르인들이 로히림(로한인), 즉 '말의 명인들'이라고 부른 민족이 등장했다. 그들은 여전히 자신 조상의 언어를 쓰고 있었으며, 새 왕국의 거의 모든 지명에 그들의 언어로 새 이름을 붙여 주었다. 그들은 스스로를 에오를족(Eorlingas), 또는 리더마크의 인간이라 불

84 예를 들어 누메노르(생략되지 않은 형태는 '누메노레'), 엘렌딜, 이실두르, 아나리온 같은 이름들과 엘렛사르(요정석)를 포함한 곤도르 왕가의 이름들은 모두 퀘냐이다. 아라고른, 데네소르, 길라엔과 같이 두네다인의 다른 남녀의 이름들은 대부분 신다린 형태를 가지고 있으며, 베렌, 후린과 같은 제1시대의 노래와 이야기에서 기억되는 요정들과 인간들의 이름들도 종종 신다린이었다. '보로미르'처럼 혼합된 형태의 이름도 있었다.

렀다. 그러나 그 민족의 영주들은 공용어를 유창하게 구사했으며, 동맹국 곤도르의 예법에 따라 고상하게 말했다. 공용어의 발상지인 곤도르에서 서부인들은 여전히 우아하고 고풍스러운 방식을 고수하고 있었기 때문이다.

드루아단 삼림지에 사는 야인의 언어는 완전히 이질적인 것이었다. 던랜드인의 언어 역시 이질적이거나 아주 희미한 유사성밖에 없었다. 이들은 과거에 백색산맥의 계곡에 살던 민족의 잔류민이었다. 검산오름의 사자(死者)들이 바로 그들의 혈족이다. 그러나 암흑의 시대에 나머지 사람들은 안개산맥의 남쪽 계곡으로 이주했으며, 이후 그중 일부가 고분구릉이 있는 먼 북쪽의 아무도 살지 않는 지역으로 옮겨 갔다. 브리 사람들은 그들에게서 유래했다. 그러나 이들은 오래전 북왕국 아르노르의 백성이 되면서 서부어를 받아들였다. 오직 던랜드의 이 부족만이 자신의 고대 언어와 풍습을 고수했는데, 이들은 두네다인에 대해 비우호적이었고 로한인을 증오하는 비밀스러운 부족이었다.

이 책에는 그들이 로한인에게 붙인 이름인 '포르고일('밀짚 머리'를 뜻한다고 한다)'만이 언급되고, 그들의 언어에 대해서는 아무것도 나오지 않는다.

'던랜드'와 '던랜드인(Dunlending)'이란 명칭은 로한인이 그들에게 붙인 이름인데, 그것은 그들의 피부가 까무잡잡하고 머리카락이 검은색이었기 때문이다. 따라서 서쪽을 의미하는 회색요정어 '둔(서쪽)'과 이 말은 아무런 관련이 없다.

호빗

샤이어와 브리의 호빗들은 이 당시 아마도 천여 년 이전부터 공용어를 채택해 사용해 왔다. 그들은 자신들 나름의 방식대로 공용어를 임의로 자유롭게 바꾸어 가면서 사용했다. 하지만 그들 가운데 학식이 깊은 이들은 아직도 필요한 경우가 생기면 공식적인 언어를 유창하게 구사할 수 있었다.

호빗들에게 고유 언어가 있었다는 기록은 어디에도 나와 있지 않다. 고대에 그들은 인접한 지역에서 또는 함께 어울려서 살던 인간의 언어를 언제나 사용한 것처럼 보인다. 그리하여 그들이 에리아도르에 이주한 후에는 재빨리 공용어를 채택했고, 브리에 정착할 무렵에는 이미 과거의 언어를 잊어버리기 시작한 듯하다. 이것은 분명 안두인강 상류의 인간들이 사용한 언어로서 로한인들의 언어와 유사했다. 그러나 남쪽의 풍채 혈통은 북쪽 샤이어로 오기 전에 던랜드어와 유사한 언어를 쓰고 있던 것처럼 보인다.[85]

프로도 시대에는 이런 언어들의 흔적이 아직도 남아 있었는데, 지방의 사투리와 명칭들 가운데 많은 것들은 너른골이나 로한에서 쓰이는 이름들과 대단히 유사했다. 가장 주목할 만한 것은 요일, 달, 계절의 명칭이었다. 같은 종류의 다른 단어들('매돔'과 '스미알'과 같은)도 역시 공통적으로 사용

85 야생지대로 돌아간 두물머리의 풍채 혈통은 이미 공용어를 채택했다. 그러나 '데아골'과 '스메아골'은 창포강 근방에 살던 인간의 언어에 나오는 명칭이다.

되었으며, 브리와 샤이어의 지명에는 훨씬 많은 흔적이 남아 있었다. 호빗의 이름들 또한 독특했는데, 그 대부분은 고대로부터 유래한 것이었다.

'호빗'이란 샤이어 주민들이 보통 자신의 종족을 총칭하여 붙인 명칭이었다. 인간은 그들을 '반인족'이라 했고, 요정들은 '페리안나스'라고 불렀다. '호빗'이라는 단어의 기원을 기억하고 있는 사람은 거의 없다. 그러나 그것은 원래 하얀금발 혈통과 풍채 혈통이 털발 혈통에 붙여 준 이름에서 시작하여 더 잘 보존된 형태의 로한어 단어 '홀뷔틀라'를 거쳐 마모된 결과인 것 같다.

다른 종족들

엔트

제3시대에 살아남은 종족들 가운데 가장 오래된 종족은 '오노드림' 또는 '에뉘드'라 불린 종족이다. '엔트'라는 말은 그들의 이름을 로한어로 옮긴 것이다. 고대에 엘다르는 그들의 존재를 알고 있었으며, 엔트들은 실제로 엘다르에게서 그들의 언어를 배워 오지는 않았지만 말에 대한 욕구를 얻게 되었다. 그들이 만든 언어는 어떤 언어들과도 전혀 달랐다. 느리고 울림이 있으며 한 덩어리로 뭉치고 반복적이며 호흡이 매우 길었다. 또한 미세한 차이를 지니는 다양한 모음들과 독특한 음조 및 음질로 구성되어 있었기 때문에 엘다르의 전승학자들도 엔트어를 글로 써 보려는 시도조차 하지 않았다. 엔트들은 자기들 사이에서만 엔트어를 사용했다. 그들은 그 언어를 비밀로 유지할 필요조차 없었는데, 다른 종족은 그 언어를 배울 수도 없었기 때문이다.

그러나 엔트들 자신은 언어에 대한 재능이 있었기 때문에 다른 언어를 쉽게 배웠고 결코 잊어버리지 않았다. 그들은 무엇보다도 엘다르의 언어를 좋아했으며, 특히 고대의 높은요정어를 가장 좋아했다. 따라서 나무수염과 다른 엔트들이 사용한 것으로 호빗들이 기록해 놓은 이상한 어휘와 이름들은 사실은 요정어였으며, 그렇지 않으면 요정어의 단편들을 엔트식으로 엮어 놓은 것들이다.[86] 어떤 말들은 퀘냐도 있었는데, '타우렐릴로메아-툼발레모르나 툼발레타우레아 로메아노르'는 '그늘진숲깊고검은골짜기 깊은골짜기숲 어두운땅' 정도로 옮길 수 있다. 나무수염이 이 말로써 전하려 한 의미는 '숲이 우거진 깊은 골짜기에 검은 그림자가 덮여 있었다.'라는 것이다. 또한 신다린도 있었는데, '팡고른(나무의 수염)', '핌브레실(가느다란 너도밤나무)' 등이 그것들이다.

86 이런 경우를 제외하고 호빗들은 엔트들의 짧은 중얼거림이나 상대방을 부르는 소리를 표기하려고 시도한 듯이 보인다. 예를 들어 '아-랄라-랄라-룸바-카만다-린드-오르-부루메'는 요정어가 아니며, 실제 엔트어를 단편적으로 표기하려는 (아마도 매우 부정확한) 시도로 유일하게 남아 있는 것이다.

오르크와 암흑어

'오르크'라는 말은 다른 종족들이 로한어로 이 사악한 족속을 부른 이름이다. 신다린으로는 '오르크(orch)'였다. 이 말은 틀림없이 암흑어의 '우루크'와 관련이 있었지만, 우루크는 대개의 경우 이 무렵 모르도르와 아이센가드에서 배출된 몸집이 큰 오르크 병사들에게만 적용되는 명칭이었다. 특히 우루크하이들은 그보다 작은 족속들을 '스나가(노예)'라고 불렀다.

오르크족은 원래 상고대에 북쪽의 암흑의 권능에 의해 번식되었다. 그들에겐 원래 독자적인 언어가 없었으며, 다른 종족의 언어에서 택할 수 있는 것을 취하여 자기들 좋을 대로 변형시켜 사용했다고 한다. 하지만 그들은 저주의 말과 욕설은 빼더라도 야만적인 용어를 만들어 썼는데, 저희들의 필요에 따라 사용하기에도 충분치 않았다. 그리고 악의로 가득한 이 피조물들은 자신들의 종족에 대해서도 증오심을 가졌으며, 그들 무리나 소굴 수만큼이나 다양한 야만적 사투리를 발전시켰다. 그래서 다른 부족들이 모여 교섭할 경우에는 오르크어가 사용되는 일이 거의 없었다.

따라서 제3시대에 이르러 오르크족은 부족들 간의 의사소통을 위해서 서부어를 쓰지 않을 수 없었다. 그리고 북부와 안개산맥에 여전히 남아 있던 족속처럼 매우 오래된 부족의 상당수는 오랫동안 서부어를 모국어처럼 사용해 왔다. 물론 그 경우에도 오르크어에 못지않게 불쾌한 방식으로 바꾸어 썼다. 이들의 용어에서 '타르크(곤도르인)'는 원래 서부어로 누메노르인의 후예를 의미하는 퀘냐 '타르킬'의 타락한 형태였다.[87]

암흑어는 암흑시대에 사우론이 만든 것으로서, 원래 자신에게 봉사하는 모든 족속들의 언어로 만들려고 했다고 한다. 그러나 그는 이러한 목적에서 실패했다. 하지만 암흑어에서 많은 말들이 파생되어 왔으며 '가쉬(불)'와 같이 제3시대에 오르크들 사이에 널리 퍼진 말들도 있었다. 하지만 사우론이 첫 번째 멸망한 이후로 이 언어의 고대 형태는 나즈굴을 제외하고는 어느 누구도 기억하지 못했다. 사우론이 다시 세력을 얻게 되자 암흑어는 다시 바랏두르와 모르도르 대장들의 언어가 되었다. 반지에 새겨진 글은 고대의 암흑어로 쓰여 있으며, 반면 모르도르 오르크의 욕설[88]은 그리슈나크 대장이 지휘하는 암흑탑 병사들이 사용하던 보다 타락한 형태의 오르크어이다. 이 언어에서 '샤르쿠'는 늙은이를 의미했다.

트롤

'트롤'은 원래 신다린의 '토로그'를 옮긴 단어였다. 상고대의 여명기에도 존재한 이 종족은 처음에 둔감하고 육중한 존재로서 언어에 대해서는 짐승과 마찬가지로 아는 바가 없었다. 그러나 사우론이 그들을 이용하기 위해 그들이 배울 수 있는 얼마 되지 않는 것을 가르치고 사악한 술수로 그들을 더 영리하게 만들었다. 그리하여 트롤은 오르크들에게서 그들이 구사할 수 있는 언어를 습득했고, 서

87 BOOK6 968쪽 참조.
88 BOOK3 482쪽 참조.

부의 돌트롤들은 타락한 형태의 공용어를 구사했다.

그러나 제3시대가 끝날 무렵에 이전에는 본 적이 없는 트롤족이 어둠숲 남부와 모르도르의 산맥 경계선에 등장했다. 그들은 암흑어로 '올로그하이'라고 불렸다. 그들이 어떤 계통에서 나온 것인지는 알 수 없지만 사우론이 그들을 양성했다는 사실은 의심할 여지가 없다. 그들이 원래 트롤이 아니라 덩치 큰 오르크라고 주장하는 이들도 있지만, 올로그하이는 신체의 생김새나 마음에 있어서 가장 큰 오르크 분파와도 전혀 달랐으며, 그들보다 크기와 힘에서 월등했다. 그들은 트롤이었으나 그들의 주인이 심어 준 사악한 의지로 가득 차 있었다. 그들은 강하고 민첩하며 사납고 교활하면서도 돌보다 더 단단한 잔인한 종족이었다. 여명기의 다른 오래된 종족들과 달리 그들은 사우론의 의지가 그들을 지배하는 한 햇빛도 견딜 수 있었다. 그들은 거의 말을 하지 않았으며, 그들이 알고 있는 유일한 말은 바랏두르의 암흑어뿐이었다.

난쟁이

난쟁이는 별개의 종족이다. 그들의 이상한 기원과, 그들이 요정 및 인간과 닮았으면서도 전혀 다른 이유에 대해서는 『실마릴리온』에 나와 있다. 그러나 가운데땅의 예사 요정들은 이 이야기에 대해서 아는 바가 없었고, 훗날 인간의 이야기에서는 다른 종족들에 대한 기억과 혼동되고 있다.

그들은 대부분 강인하고 괴팍한 종족으로 비밀스럽고 근면하며 손해를 (또는 은혜를) 입은 일을 잘 기억했다. 그들은 돌과 보석을 사랑했고, 살아 있는 생명체보다는 장인들의 손으로 형체를 갖출 수 있는 것들을 사랑했다. 그들은 천성적으로 악하지 않으며, 인간들의 이야기에서 뭐라고 주장하든지 간에, 자유 의지를 억압하는 적에게 봉사한 난쟁이들은 거의 없었다. 과거의 인간은 난쟁이의 부와 그들이 만들어 낸 물건들을 탐냈기 때문에 서로의 사이에는 반목과 불화가 있던 것이다.

그러나 제3시대에 인간과 난쟁이 사이에는 여러 지역에서 친밀한 관계가 맺어졌다. 난쟁이들이 그들의 옛 저택들이 파괴된 후에 여러 나라를 돌아다니며 일하고 교역하면서 어울려 살던 인간들의 언어를 사용한 것은 그들의 성격에 맞는 일이었다. 하지만 그들은 은밀하게(난쟁이들은 요정들과는 달리 친구들에게조차 그 비밀을 기꺼이 드러내려 하지 않았다) 자기들만의 이상한 언어를 사용했으며, 그 언어는 세월이 흘러도 거의 변화를 겪지 않았다. 그 언어는 태어나면서부터 배우는 언어가 아니라 전승된 지식이 되었기 때문이며, 그들은 그 언어를 과거의 보물로 여기고 소중하게 가꾸고 지켜 왔다. 다른 종족들은 아무도 난쟁이들의 언어를 배우지 못했다. 이 이야기에서 그 언어는 김리가 동료들에게 드러내 밝혀 주는 지명들과, 나팔산성의 포위 공격에서 외친 전투의 고함 소리에 잠깐 나올 뿐이다. 적어도 그 말은 비밀이 아니었으며, 세상이 아직 젊었던 때 이래로 수많은 전쟁터에서 들을 수 있던 말이었다. "바룩 크하자드! 크하자드 아이메누!(난쟁이의 도끼를 받아라! 난쟁이가 나가신다!)"

하지만 김리와 그의 친척들의 이름은 모두 북쪽(인간들)의 언어에 그 기원을 두고 있다. 난쟁이들은 그들 자신이 은밀하게 사용하는 내부 이름, 즉 진짜 이름을 다른 종족에게는 절대로 밝히지 않았다. 심지어는 무덤에도 그 이름을 새겨 넣지 않았다.

II
번역에 관하여

『붉은책』의 내용을 오늘날의 독자가 읽을 만한 역사로 제시하는 데 있어서, 언어적 설정 자체를 가능한 한 우리 시대의 용어로 번역했다. 다만 공용어에 이질적인 언어들은 원래의 형태로 남겨 두었으며 그것들은 대체로 인명과 지명에 나타난다.

호빗의 언어이자 그들의 서사를 기록한 언어로서 공용어는 불가피하게 현대 영어로 바꾸어 놓았다. 그 과정에서 서부어에서 관찰할 수 있는 여러 다양한 용법들 간의 차이가 줄어들게 되었다. 그래서 그 다양성을 표현하기 위해 영어를 다양하게 변형시켜 사용하려고 어느 정도 시도하기도 했다. 하지만 발음과 어법상에 있어서, 샤이어에서 사용된 서부어와 요정이나 곤도르의 고관들이 사용한 서부어 사이에는 이 책에서 보여 주는 것보다 훨씬 더 큰 차이점이 있었다. 실제로 호빗들은 대부분 거친 사투리를 구사한 반면 곤도르와 로한에서는 보다 고풍스러운 언어를 훨씬 격식에 맞고 간결하게 사용한 것이다.

그러한 차이점 가운데 한 가지를 여기서 언급하는 것이 좋을 것이다. 중요한 사항이긴 하지만 도저히 이야기 속에서는 표현할 수 없었기 때문이다. 그것은 서부어의 2인칭 대명사에서 (때로 3인칭 대명사에도) 수와 상관없이 예사말 형태와 높임말 형태가 구별되어 있었다는 점이다. 그런데 샤이어의 어법 가운데 한 가지 특징은 이러한 경어 형식이 구어체 용법에서 사라져 버렸다는 점이다. 경어 형식은 촌사람들, 특히 서둘레의 마을 사람들 사이에만 남아 있었고, 그들은 이 형식을 친근감의 표시로 사용했다. 이것은 곤도르인들이 말하던 여러 가지 호빗 말의 기이한 점들 중 하나였다. 예를 들어 툭 집안 페레그린은 미나스 티리스에 체류하는 처음 며칠 동안 데네소르 공을 포함하여 모든 서열의 사람들에게 예사말 형식을 구사했다. 연로한 섭정은 이것을 재미있게 여겼을지 몰라도 섭정의 신하들은 무척 놀랐을 것이다. 페레그린이 자기 나라에서 대단히 높은 신분을 지닌 인물일 거라는 소문이 퍼져 나간 데에는 의심할 바 없이 그가 이처럼 예사말을 거리낌 없이 구사했다는 사실도 일조했을 것이다.[89]

프로도 같은 호빗과 간달프와 아라고른 같은 다른 이들이 언제나 같은 말투를 쓰지 않는다는 점은 주목할 필요가 있다. 이것은 의도적인 것이다. 호빗들 가운데 보다 학식이 높고 유능한 인물은 샤이어에서 말하는 식으로 하자면 '책 말'을 어느 정도 구사할 줄 알았다. 그들은 자신들이 만나는 사람들의 말투를 재빨리 파악하여 채택하곤 했다. 어쨌든 여행을 자주 하는 사람들이 자신들이 마주친 자들의 말투를 따른다는 것은 어느 정도 자연스러운 일이다. 특히 아라고른처럼 자신의 정체와

89 한두 군데에서 일정하지는 않지만 'thou'를 씀으로써 예사말과 높임말의 차이를 암시하려는 시도가 이루어졌다. 지금은 이 인칭 대명사는 흔치 않고 고풍스럽기 때문에 주로 격식 차린 언어 사용을 나타내는 데 사용된다. 그러나 you에서 thou/thee로 전환되는 것은 격식(혹은 일반적인 남녀 사이)에서 비격식으로 형식이 바뀌었음을 보여 주려는 의도를 가지고 있다. 다른 방식으로는 이러한 중요한 변화를 나타낼 수 없었다. (과거에는 영어에서 you는 높임말을, thou는 낮춤말에 해당했으나, 현대에 이르러 thou는 탈락했다.—편집자 주)

임무를 감추려는 이들의 경우에는 더욱 그러했다. 그러나 그 당시에 적과 대립하는 모든 세력들은 다른 문제뿐 아니라 언어에서도 옛것을 흠모했기에 자신들의 지식이 미치는 한 예스러운 말투를 구사하기를 즐겼다. 엘다르는 특히 언어에 재능을 갖추고 있었으므로 여러 가지 말투를 구사할 줄 알았지만, 자신들의 언어에 가장 근접한 말투로 말할 때 가장 자연스러웠고 그것은 곤도르의 언어보다 훨씬 더 고풍스러웠다. 난쟁이족 역시 재주가 뛰어나 일행의 말투를 쉽게 받아들여 쓰곤 했지만, 그들의 발성은 어떤 사람들에게는 거칠고 후음이 많이 섞인 듯이 들렸다. 그러나 오르크족과 트롤족은 말이나 사물에 대한 애정이 없이 자기들 내키는 대로 말했고, 그들의 언어는 실제로는 이 책에 제시해 놓은 것보다 훨씬 더 타락하고 더러운 것이었다. 그 어휘의 예를 찾기는 쉬운 일이지만, 그들의 언어를 좀 더 세밀하게 묘사해 주기를 바라는 사람은 없을 것이다. 지금도 오르크의 마음을 가진 자들에게서 똑같은 종류의 말투를 얼마든지 들을 수 있다. 불쾌하고 반복적이며 증오와 경멸에 차 있고, 너무나 오랫동안 선과 격리되어 있던 나머지 어떠한 언어의 활력도 찾아볼 수 없다. 물론 더러운 소리들만 잘 듣는 귀에는 그렇지 않겠지만 말이다.

이런 식으로 번역하는 것은 물론 통상적인 것이다. 과거를 다룬 서사에 있어서는 불가피하기 때문이다. 그리고 그 이상으로 나아가는 경우는 드물다. 하지만 나는 그 범위를 넘어섰다. 서부어의 고유 명사들을 그 의미에 따라서 모두 번역해 놓은 것이다. 이 책에 영어식 명칭이나 직함이 나올 경우 그것은 공용어의 명칭들이 그 당시 외래어(대개 요정어)와 나란히 또는 그 외래어 대신에 통용되었음을 의미한다.

서부어의 명칭들은 대체로 과거의 명칭들을 번역해 놓은 것으로서, 깊은골, 흰샘강, 은물길강, 긴해안, 대적, 암흑탑 등이 있다. 어떤 명칭은 의미상 번역어를 달리한 경우도 있다. 예를 들어 '오로드루인(Orodruin, 불타는 산)' 대신에 '운명의 산'을 쓰거나 '타우르 엔다에델로스(Taur e-Ndaedelos, 엄청난 공포의 숲)' 대신 '어둠숲'이라고 쓴 것이다. 요정의 명칭을 변형한 것도 몇 가지 있다. '룬강(Lune)'과 '브랜디와인강(Brandywine)'은 룬(Lhûn)과 바란두인(Baranduin)에서 파생한 단어들이다.

이런 식으로 진행한 것에 대해서는 아마도 어느 정도 해명이 필요할 것이다. 모든 명칭을 원래의 형태로 제시한다면 호빗의 시선으로 인지한 (나는 호빗의 관점을 보존하려고 애썼는데) 당대의 본질적인 특징을 불명료하게 만들어 버릴 것이라고 생각했다. 즉 오늘날 영어가 우리에게 그렇듯이 그들에게 일상적이고 습관적으로 쓰이며 널리 퍼져 있는 언어와 훨씬 오래되고 존경스러운 언어의 유산 사이에 빚어진 대조를 흐려 놓을 것이라 본 것이다. 모든 명칭들을 단순히 소리 나는 대로 옮겨 적는다면 현대의 독자들에게는 똑같이 낯설게 여겨질 것이다. 예를 들어 요정어 명칭인 '임라드리스(Imladris)'와 그것의 서부어 번역인 '카르닝굴(Karningul)'을 모두 바꾸지 않고 그대로 두었다면 독자들에게 둘 다 생경하게 여겨질 것이다. 그렇지만 두 지명이 같은 곳을 가리킨다 하더라도, 깊은골을 임라드리스라고 하는 것은 윈체스터를 지금 카멜롯이라고 하는 것과 (같은 곳인지는 확실치 않지만) 마찬가지이다. 하지만 깊은골에는 아서왕이 지금 윈체스터에 살아 있다고 할 때의 나이보다 훨씬 나이가 많고 명망 있는 영주가 살고 있었다.

그리하여 샤이어(Sûza, 수자)라는 이름과 호빗의 다른 지명들은 모두 영어화되었다. 이것은 별로 어렵지 않은 일이었다. 왜냐하면 이 지명들은 더욱 소박한 영어 지명에 쓰인 것과 비슷한 요소로 구성되었기 때문이다. 언덕(hill)이나 들판(field)같이 그 당시에도 통용된 단어들이 있었으며, 고을(town)에서 나온 골(ton)처럼 약간 마모된 단어도 있었다. 그러나 앞에서 지적했듯이 더 이상 쓰이지 않는 과거의 호빗어에서 파생된 것도 있었는데, 그것들은 유사한 옛 영어로 표현되었다. 위치(wich)나 보틀(bottle)은 '주거지'로 또 미첼(michel)은 '크다'는 단어로 나타냈다.

그러나 인명의 경우 샤이어와 브리의 호빗들은 그 당시 특이한 이름을 쓰고 있었다. 그것은 무엇보다도 수백 년 전부터 대대로 이어져 온 가문의 이름을 물려받았기 때문이다. 대부분의 성은 명확한 의미(당대의 언어로 우스꽝스러운 별명이나 지명, 또는 특히 브리의 경우 식물과 나무의 이름에서 유래하는)를 가지고 있었다. 이런 이름들의 번역은 어렵지 않은 일이었다. 하지만 그 의미가 잊힌 옛날 이름도 한두 가지 있었으며, 그것들에 대해서는 철자를 영어화하는 데 만족해야 했다. 예컨대 Tûk은 Took으로, Bophîn은 Boffin으로 고쳐 썼다.

호빗의 이름에 대해서도 되도록 같은 방식으로 다루었다. 호빗들은 여자아이에게 흔히 꽃이나 보석의 이름을 달아 주었다. 사내아이들에게는 대개 일상 용어로 볼 때 아무 의미도 없는 이름을 달아 주곤 했으며, 몇몇 여자 이름들도 그와 비슷했다. 빌보, 붕고, 폴로, 로소, 탄타, 니나 등은 이런 종류의 이름에 속한다. 또한 오늘날 우리가 쓰고 있거나 알고 있는 이름과 유사한 이름들도 적지 않았다. 그 유사성은 필연적이겠지만 우연적이기도 한 것으로, 이러한 이름에는 오소, 오도, 드로고, 도라, 코라 등이 있었다. 이런 이름들은 그대로 두었다. 다만 호빗의 이름에서 아(a)는 남성형 어미이고, 오(o)와 에(e)는 여성형이기 때문에 보통 이 이름들의 어미를 바꾸어 영어식으로 철자를 고쳤다.

그런데 오랜 전통을 지닌 집안, 특히 툭 집안과 볼저 집안처럼 하얀금발 혈통에 기원을 둔 집안에서는 거창하게 들리는 이름을 붙이는 관습이 있었다. 이런 이름들 대부분은 호빗들은 물론 인간의 옛 전설로부터 끌어온 듯이 보이고, 이 이름들 대다수가 당대의 호빗들에게는 아무 의미도 없었지만 안두인계곡이나 너른골 또는 마크의 인간들의 이름과 아주 흡사했기 때문에 나는 그 이름들을 대체로 프랑크족과 고트족에 기원을 둔 옛 이름(현재에도 쓰이고 있거나 역사에도 종종 등장하는 이름들)으로 바꾸어 놓았다. 아무튼 이렇게 해서 호빗들도 충분히 의식하고 있던 이름과 성의 익살스러운 대조를 그대로 보존할 수 있었다. 고전에 기원을 둔 이름은 거의 사용되지 않았다. 샤이어에 전승된 전통적 지식에서 라틴어와 그리스어에 가장 버금가는 것은 요정어일 텐데, 호빗들은 이름을 지을 때는 요정어를 거의 사용하지 않았다. 어느 시대에도 그들 표현으로 '왕들의 언어'를 알고 있는 호빗은 거의 없던 것이다.

노릇골 주민들의 이름은 샤이어의 다른 호빗들의 이름과 달랐다. 전해지는 바에 따르면 구렛들 사람들과 브랜디와인강 건너에 사는 그들의 분파는 여러 가지 면에서 특이했다고 한다. 그들은 자신들의 대단히 기묘한 이름들을 남쪽의 풍채 혈통의 옛 언어에서 물려받은 것이다. 나는 이 이름들을 손대지 않고 그대로 놔두었는데, 오늘날에도 그 이름들이 기묘하게 보인다면 그 당시에도 역시 그렇게 여겨졌을 것이기 때문이다. 그 이름들은 우리들이 막연히 '켈트어' 같다고 느끼는 그런 형태를 갖고 있었다.

풍채 혈통과 브리인들이 사용하던 옛 언어의 흔적이 남은 것은 영국에서 켈트어의 흔적이 남게 된 것과 비슷하기 때문에, 나는 종종 켈트어를 모방하여 번역했다. 따라서 브리(Bree), 우묵골(Combe), 골짜기(Coomb), 아첼(Archet), 쳇숲(Chetwood)은 각각의 의미에 따라 켈트어를 선택한 영국식 명명법의 흔적에 기반을 두고 있다. 즉 둔덕이라는 의미의 '브리'와 숲이라는 의미의 '쳇(chet)'을 선택하여 만든 것이다. 하지만 인명 중에서 이런 식으로 바꾼 것은 하나밖에 없다. 메리아독이란 이름은 본래 그 인물의 축약된 이름 '칼리'가 서부어로 '명랑하고 쾌활하다'를 뜻하기 때문에 그것에 맞도록 선택되었다. 실제로 '칼리(Kali)'는 이미 의미를 상실한 노룻골식 이름 '칼리막(Kalimac)'의 축약형이었다.

나는 이름을 번역할 때 히브리어나 그와 비슷한 기원을 가진 이름을 쓰지 않았다. 호빗의 이름들 중에는 오늘날의 이런 이름들의 그러한 요소들과 상응하는 것이 없다. 샘, 톰, 팀, 맷 같은 짤막한 이름들은 톰바, 톨마, 맛타 등의 실제 호빗 이름들의 축약형으로 흔히 쓰였다. 그런데 샘과 그의 부친 햄은 실제로는 '반'과 '란'이라고 불렸다. 이 이름들은 원래 별명이던 바나지르(Banazîr, 아둔하고 단순한 이)와 라누가드(Ranugad, 집구석에서 뭉개는 이)를 줄인 말인데, 구어체에서 쓰이지 않게 되면서 어떤 집안에서는 전통적인 이름으로 남게 되었다. 그러므로 나는 의미가 가깝게 일치하는 고대 영어 삼위스(samwís)와 햄패스트(hámfæst)를 현대화하여 샘와이즈(Samwise)와 햄패스트(Hamfast)를 씀으로써 이러한 특징들을 살리려 했다.

호빗의 언어와 이름을 현대화하고 친숙한 것으로 바꾸는 과정에서 나는 한 단계 더 나아가게 되었다. 서부어와 관련된 인간들의 언어는 영어와 관련된 형태로 바뀌어야 할 것 같았다. 따라서 나는 로한어를 고대 영어와 흡사한 것으로 바꾸었다. 로한어가 좀 더 멀게는 공용어와, 아주 가깝게는 북부 호빗들의 옛 언어와 관련되어 있었고, 서부어와 비교해 보면 고풍스러웠기 때문이다. 『붉은 책』에서 호빗들이 로한의 말을 들을 때 그 단어들을 상당 부분 알아들으며 그 언어가 자기들의 언어와 비슷하다는 느낌을 받는다고 여러 군데서 기록하고 있으므로, 로한어로 기록된 이름과 단어를 완전히 이질적인 형태로 내버려 둔다면 불합리할 것 같았다.

몇몇 경우에 나는 로한어로 된 지명의 형태와 철자를 현대화했다. '검산오름(Dunharrow)'이나 '눈내(Snowbourn)'가 그러한 경우이다. 하지만 일관되게 하지는 않았는데 그것은 호빗들의 선례를 따랐기 때문이다. 호빗들은 자기들이 들은 이름이 알아들을 수 있는 요소로 구성되어 있거나 샤이어의 지명과 비슷한 이름일 경우에 이와 같은 방식으로 로한의 지명을 바꾸었다. 그러나 에도라스(궁정)처럼 많은 이름들은 바꾸지 않고 그대로 두었으며, 나도 그에 따라서 그렇게 했다. 같은 이유로 샤두팍스(Shadowfax)나 뱀혓바닥(Wormtongue) 같은 몇몇 인명도 현대화했다.[90]

이런 식으로 동화시키고 나자 북쪽에서 유래한 호빗 특유의 사투리를 표현하기가 편리해졌다. 그 단어들은 만약 그것들이 오늘날까지 이어져 왔다고 가정할 경우 과거의 영어 단어가 취했을 형

90 이러한 언어의 처리 과정은 로한인들이 고대 영국인들과 밀접하게 닮았다는 것을 암시하는 것은 아니다. 굳이 유사성을 찾자면 문화와 예술, 무기나 전투 방식 등 다른 면에서가 아니라, 더 단순하고 원시적인 종족이 더욱 수준 높고 훌륭한 문명과 접촉한다든가 또는 한때 그 문명의 영토이던 지역을 점유하고 있다는 상황의 일반적 유사성을 찾을 수 있을 것이다.

태를 띠었다. 이렇게 해서 매돔(mathom)은 고대 영어 마듬(máthm)을 연상시키도록 만들어졌고, 그 단어에 해당하는 실제의 호빗어 카스트(kast)는 로한어 카스투(kastu)와의 관계를 보여 주게 되었다. 이와 유사하게 굴을 뜻하는 스미알(smial) 또는 스마일(smile)은 고대 영어 스뮈겔(smygel)이 전해져 내려왔다면 취했을 법한 형태이며, 실제 호빗어 트란(trân)과 로한어 트라한(trahan) 사이의 관계를 잘 드러낸다. 같은 방식으로 스메아골(Sméagol)과 데아골(Déagol)은 북부어의 트라할드(Trahald, 굴 파기, 파고 들어가기)와 나할드(Nahald, 비밀) 같은 이름에 대응하여 만들어진 것이다.

좀 더 북쪽에 위치한 너른골의 언어는 이 책에서는 난쟁이들의 명칭에서만 찾아볼 수 있다. 난쟁이들은 그 지역 출신으로서 그곳의 인간들 언어를 사용하면서 그 언어의 '외래어' 명칭을 받아들인 것이다. 비록 사전에 따르면 난쟁이(dwarf)의 복수형은 dwarfs이지만, 『호빗』에서와 마찬가지로 이 책에서도 dwarves가 쓰였다는 사실을 알아차릴 수 있을 것이다. 만약 단수형과 복수형이 각각 변천을 겪었다면 man과 men, goose와 geese가 그렇듯이 그 형태는 dwarrows(또는 dwerrows)가 되어야 한다. 그러나 오늘날 우리는 사람들이나 심지어 거위에 대해서 이야기하는 정도로도 난쟁이에 대한 이야기를 하지 않는다. 그리고 지금은 (최소한 일말의 진실이 보존되어 있는) 민담이나, 아니면 마침내 (난쟁이들이 그저 웃기는 인물들로 등장하는) 허튼 이야기에나 남게 된 그 종족의 특수한 복수형을 기억할 만큼 인간들의 기억이 생생한 것도 아니다. 그러나 제3시대는 이미 약간 퇴색하기는 했으나 그들의 고유한 특성과 힘을 아직은 어느 정도 엿볼 수 있던 시절이었다. 그들은 상고대 나우그림의 후예였으며, 그들의 가슴속에서는 아직도 대장장이 아울레의 태곳적 불길이 타오르고 있었고, 요정에 대한 해묵은 원한이 잔불로 타고 있었다. 또한 그들의 손에는 어느 누구와도 견줄 수 없는 석공술이 살아 있었다.

이러한 사실에 주목하기 위해서 나는 과감하게 dwarves의 형태를 사용했으며, 난쟁이들을 후세의 어리석은 이야기들로부터 조금이나마 떼어 놓으려고 했다. 어쩌면 dwarrows가 더 나았을지도 모르지만, 나는 이 형태를 난쟁이들의 저택(Dwarrowdelf)이라는 이름에서만 썼다. 그것은 모리아의 공용어 이름, '푸루나르기안(Phurunargian)'을 나타내기 위한 것이었고, '난쟁이굴(Dwarfdelving)'이라는 의미를 가진 그 단어는 이미 고어 형태를 띠고 있었기 때문이다. 하지만 '모리아'는 요정어 명칭이며 애정이 깃들인 이름이 아니다. 왜냐하면 엘다르는 비록 암흑의 권능과 그 하수인들과의 치열한 전쟁을 치르면서 필요에 의해 지하 요새를 만들긴 했지만 선택을 할 수 있다면 그런 지하에 살 이들이 아니었기 때문이다. 그들은 푸른 땅과 하늘의 빛을 사랑하는 종족이었다. 그들의 언어로 '모리아'는 '검은 갈라진 틈'을 뜻한다. 그러나 난쟁이들은 그곳을 '크하잣둠(크하자드의 저택)'이라 불렀고 최소한 이 이름은 비밀에 부치지 않았다. 그것이 바로 난쟁이들이 자기 종족을 가리키는 명칭이었다. 아득한 태곳적 난쟁이족이 형성되어 가던 시절에 아울레가 그 이름으로 자신들의 종족을 지칭한 이후로 지속된 것이다.

요정(elves)이라는 말은 높은요정어로 그들 종족 모두를 아우르는 명칭이던 '퀜디(말하는 자)'와, 불사의 영토를 찾아서 탐색한 끝에 결국 태초에 그곳에 이른 (신다르만 제외하고) 세 민족의 명칭이던

'엘다르', 이 두 가지를 번역하기 위해 사용되었다. 이 옛 단어는 실제 적용할 수 있는 유일한 어휘였으며, 한때는 인간들이 요정에 대해 간직하고 있는 기억에 적용하기에 딱 들어맞았고, 또한 당시 인간들이 요정에게 가졌던 생각과 유사한 인상을 불러일으키는 데에도 적합한 명칭이었다. 그러나 그 어휘는 점점 위축되어서 지금은 많은 사람들에게 귀엽거나 어리석은 환상을 의미하게 되었다. 이런 의미와 옛날의 퀜디 사이에는 나비와 날랜 매만큼이나 엄청난 차이가 있다. 그렇다고 해서 퀜디에게 날개가 있었다는 말은 아니다. 그들에게 날개가 있었다면 사람에게와 마찬가지로 부자연스러웠을 것이다. 그들은 고귀하고 아름다운 종족이었으며, 이 세상의 다른 종족들보다 더 오래전부터 살던 자들이다. 그들 가운데 왕족과도 같았던 엘다르는 이제 모두 떠나갔다. 그들은 위대한 원정의 종족이었고 별의 종족이었다. 그들은 키가 크고 피부가 희며 회색 눈을 가졌고, 피나르핀의 황금빛 궁전에 살던 이들을 제외하면 머리카락은 모두 검었다.[91] 그들의 목소리는 오늘날 들을 수 있는 어떤 인간의 목소리보다도 더 풍부한 선율을 가지고 있었다. 그들은 용맹했지만 가운데땅으로 망명한 이들의 역사는 비극적이었다. 또한 아득한 과거에 선조들의 운명과 서로 마주친 적이 있기는 해도, 그들의 운명은 인간들의 운명과는 다른 것이었다. 그들의 통치 시대는 이미 오래전에 지나갔고 현재 그들은 세상의 둘레 너머에 살면서 세상으로 돌아오지 않고 있다.

호빗, 감지, 브랜디와인에 관한 주

호빗

'호빗'은 만든 말이다. 서부어에서는 이 종족을 언급할 때 '바나킬(banakil, 반인족)'이란 단어를 사용했다. 그러나 당시 샤이어와 브리의 주민들은 '쿠둑(kuduk)'이라는 말을 썼는데, 그 단어는 다른 곳에서는 찾아볼 수 없는 말이다. 그러나 메리아독은 로한의 왕이 '쿳두칸 (kûd-dûkan, 굴 속에 사는 자)'이라는 말을 썼다고 기록하고 있다. 이미 살펴보았듯이 호빗들은 한때 로한인들과 밀접하게 관련된 언어를 사용했기 때문에 '쿠둑'은 '쿳두칸'의 마모된 형태일 가능성이 높다. 앞서 설명한 이유로 나는 후자의 단어를 '홀뷔틀라'로 번역했다. '호빗'이라는 말은 '홀뷔틀라'가 우리의 고대 언어에 있는 단어였다면 그것이 마모되어 줄어든 형태였을 법한 단어이다.

감지

『붉은책』에 서술된 가족 계보에 따르면 '갈바시(Galbasi)' 또는 그 축소된 형태인 '갈프시(Galpsi)'라는

91 이런 표현은 사실 놀도르의 얼굴과 머리칼을 묘사할 때만 사용된 말들이다. 『The Book of Lost Tales, Part One』 참조.

성은 '갈라바스(Galabas)'라는 마을 이름에서 유래했다. 그 이름은 사냥감을 뜻하는 '갈라브(galab)'와 영어의 wick, wich와 동등한 옛 요소인 '바스(bas)'에서 파생되었을 것으로 짐작된다. 따라서 '감위치'라고 발음되는 Gamwich는 상당히 괜찮은 번역으로 보인다. 그러나 '갈프시'를 표시하기 위해 '감위치'를 '감지(Gamgee)'로 줄이는 과정에서 샘와이즈와 초막골 집안과의 관계를 언급하려는 의도가 있던 것은 아니다.[92]

하지만 그들의 언어에서 어떤 근거라도 찾을 수 있다면 그런 종류의 농담은 호빗들에게는 충분히 가능한 일이다.

실제로 초막골은 샤이어에서 아주 흔한 마을 이름으로서, '로스(hloth, 방 두 개짜리 집이나 굴)'와 '란(ran)' 또는 '라누(ranu, 언덕 비탈에 자리 잡은 이런 집들의 군락)'에서 파생된 '로스란(Hlothran)'을 나타낸다. 성으로서 그것은 촌락 사람을 뜻하는 '로스람(Hlothram)' 또는 '로스라마(Hlothrama)'의 변형일 가능성이 있다. 이 책에서 코트만으로 번역한 '로스람'은 농부 초막골네의 할아버지의 이름이었다.

브랜디와인

이 강의 호빗 이름은 요정어 '바란두인('란'에 강세가 있음)'의 변형이며, 바란두인은 '금갈색'을 의미하는 '바란'과 '큰 강'을 뜻하는 '두인'에서 온 것이다. 브랜디와인은 바란두인이 자연스럽게 변형된 현대적 형태로 보였다. 실제로 더 오래된 호빗어에서는 그 강을 '브란다닌(경계를 이루는 강)'이라고 불렀는데, 그것을 '끝말강(Marchbourn)'이라고 옮겼으면 더욱 정확했을 것이다. 하지만 호빗들은 그 색깔 때문에 이 강을 가리켜 흔히 '브랄다힘(취기를 오르게 하는 맥주)'라고 불렀으며, 이러한 농담은 관습적이 되었다.

하지만 노루아재(자라감바) 일족이 그들의 이름을 강노루네(브란다감바)로 바꾸었을 때 그 단어의 첫 부분은 '경계지'라는 의미였고, 아마도 '끝말노루(Marchbuck)'가 거기에 더 가까웠을 것이라는 사실은 분명히 인식되어야 한다. 아주 대담한 호빗이 아니라면 노룻골의 수장이 듣는 곳에서 그를 감히 '브랄다감바'라고 부를 수는 없었을 것이다.

(끝)

92 감지(Gamgee)는 톨킨의 어린 시절에 유명했던 솜을 만드는 회사 이름이었다. 회사 이름이 상품을 대표하게 된 호치키스(스테이플러)의 사례처럼, 감지는 솜(Cotton-wool)을 뜻했다. 재미있게도 감지네 샘은 초막골(Cotton, 오두막 마을이란 뜻)네 로즈와 결혼하게 되었으나, 이와는 관계없다는 설명이다. —편집자 주

INDEXES

반지의 제왕: 찾아보기

이 목록은 낸시 스미스가 초안을 마련하고 J.R.R. 톨킨이 수정하여 『반지의 제왕』 제2판(1965)에 삽입되고 이후 쇄에서 보강된 찾아보기 목록과 별개로 정리되었다. 하지만 최종 편집하는 과정에서 이전 찾아보기를 참조하여 내용상의 의문을 해소하고 톨킨이 일부 항목에 남긴 설명 및 '번역'을 보존하였다[여기서는 대괄호 안에 제시하였다]. 또한 1954년부터 톨킨이 직접 작성하기 시작했으나 지명만 다루고 미완성으로 남겨둔 찾아보기도 참조하였다. 톨킨은 『반지의 제왕』 초판 서문에서 밝혔듯이, '설명을 곁들인 이름 및 이상한 단어들의 찾아보기 목록'을 제시하고자 했다. 하지만 곧 그 작업이 그 자체로 얇은 책 한 권이 될 만큼 너무 많은 시간과 비용을 소모한다는 것을 명확히 알게 되었다. (톨킨이 수기로 정리한 지명 목록은 그의 아들 크리스토퍼가 『실마릴리온』과 『끝나지 않은 이야기』의 찾아보기를 정리할 때 참고되었으며, 필자들의 『반지의 제왕: 독자 길잡이(The Lord of the Rings: A Reader's Companion)』에도 언급되었다.)

독자들은 오랫동안 기존의 찾아보기가 너무 간략하고 파편화되어 있어 진지한 용도로는 부적절하다고 불평해왔다. 이 책에서는 본문 및 해설에 언급되었거나 암시된 인명, 지명, 사물의 이름과 (만들어졌으나) 잘 쓰이지 않는 단어들에 대한 쪽수를 (지도 등을 제외하고는) 보다 철저히 표기하려 했다. 그리고 첫 행으로 나열된 시와 노래 목록, 영어(공용어) 이외의 언어로 쓴 시와 어구 목록 다음에 핵심이 되는 찾아보기 목록을 정리하였다. 이 새로운 찾아보기는 기존의 찾아보기와 비교할 때 분량이 무척이나 늘었으나 그럼에도 해설 뒤에 싣기 위해서는 분량상의 제약을 피할 수 없었다. 따라서 (수천 개에 이르는) 『반지의 제왕』에 나오는 모든 이름의 모든 형태를 개별 항목으로 배열하거나 교차 언급하기란 불가능했고, 해설 D에서 F까지를 정리할 때 본문에 등장하는 이름이나 용어 위주로 특별히 선취해야 했다. 세부 특성에 따라 분류할 때도 마찬가지의 과정을 거쳤다.

같은 대상을 가리키는 표제어들을 묶은 중점 항목들은 주로 『반지의 제왕』에 자주 등장하는 것들 위주로 선정했지만 경우에 따라 보다 익숙한 것이나 찾아보기 쉬운 것을 택하기도 했다. 즉, (예를 들면) '반지악령(Ringwraiths)'이나 잘 나오지 않는 '암흑의 기사(Black Riders)' 대신 자주 나오는 '나즈굴(Nazgûl)'을, '팡고른(Fangorn)' 대신 더 자주 나오고 친숙한 '나무수염(Treebeard)'을 택했다. 이런 용어들은 각각 (우리가 보기에) 중요한 대체 표현들과 서로 교차 언급되었다. '만(Bay)', '다리(Bridge)', '여울(Ford)', '문(Gate)', '탑(Tower)', '계곡(Vale)' 등을 포함하는 이름 등도 대체로 주요 단어가 먼저 나오도록 정리하였다. (이에 맞춰 '대장장이 아울레', '흑룡 앙칼라곤' 등도 '아울레, 대장장이', '앙칼라곤, 흑룡'으로 정리하였다.—편집자 주) 전투나 산 이름은 '강변마을 전투(Battle of Bywater)', '운명의 산(Mount

Doom)'처럼 그대로 정리하였다. 한 가지(초막골네 로즈〔Rose Cotton〕)를 제외하고는 결혼한 여성 호빗들은 남편 성씨 아래에 정리하였는데, 결혼 전 성씨에 대해서는 부차적으로 언급하였다. ('찾아보기'는 원래 ABC순으로 나열된 것을 한국어 어순에 따라 가나다순으로 재배열하였으며, 한국 독자들이 찾아보기를 활용할 때 가장 유익하리라 판단되는 방향으로 소소한 수정을 가했다.—편집자 주)

크리스티나 스컬 & 웨인 G. 해먼드 엮음

I. 시와 노래

II. 공용어 이외의 언어로 쓴 시와 어구

III. 인명, 지명, 사물

역자 후기

21세기 초에 나온 피터 잭슨 감독의 블록버스터 〈반지의 제왕〉은 불가능하게만 여겨져 온 『반지의 제왕』의 영화화를 가능성의 영역으로 옮겨 놓으며, J.R.R. 톨킨과 『반지의 제왕』이란 이름을 명실공히 세계인의 뇌리에 각인시켰다. 이후 국내에서는 『호빗』과 『실마릴리온』 등 톨킨의 다른 작품으로까지 독자들의 관심이 급속히 확대되었고, 국제적으로는 영화, 드라마, 게임, 관광 등 다양한 문화 활동 분야에서 톨킨의 작품들을 활용한 창조적 활동이 활발히 전개되었다. 2022년 9월 아마존 프라임에서 출시된 새로운 드라마 〈반지의 제왕: 힘의 반지〉는 가장 대표적인 최근의 성과라 할 수 있으며, 이는 또 한 번 전 세계적인 『반지의 제왕』과 톨킨 신드롬을 불러일으킬 것으로 예상된다.

이 작품의 의의를 처음 발견하고 또 국내 초역(1991년)으로 한국 독자들에게 소개한 역자들로서는 솔직히 말해 이와 같은 관심과 열기에 나름의 자부심—물론 책임감도 함께—을 감출 수 없다. 하지만 21세기의 문화 활동이 필연적으로 영상화를 비롯한 산업적 측면(혹은 그 결과물)에 보다 초점이 맞추어지면서, 문학작품 곧 판타지소설로서의 원작 그 자체에 대한 관심이 상대적으로 축소되는 것 역시 사실이라는 점을 감안하면 안타까움 또한 없지 않다.

그런 점에서 이번에 톨킨이 직접 그린 일러스트, 지도, 스케치 등과 함께 최고급 장정으로 새롭게 펴내는 『반지의 제왕 일러스트 특별판(THE LORD OF THE RINGS Illustrated by the author)』은 소설이자 책으로서 이 작품이 갖는 고유한 가치를 인식하고 아끼는 한국의 톨킨 애독자들의 아쉬움을 달랠 만한 의의를 지닌다. 지금까지 『반지의 제왕』의 한국어 역본은 편의상 3권 혹은 6권(혹은 7권)으로 나뉘어 발행되었지만, 본래 이 작품은 단일한 대하 장편소설로 보는 것이 옳다. 이에 따라 영어권에서는 진작부터 단권의 책으로 『반지의 제왕』이 출판된 바 있고(1968년), 이제 한국의 독자들도 그 정도의 '호사'를 누릴 만한 때가 된 것이다.

이번 역본의 본문은 2021년에 펴낸 전면개정판(아르테) 원고를 대부분 따르고 있으나 그와는 별도로 톨킨이 초판본을 위해 직접 그린 일러스트를 포함하여 그가 구상한 세 권의 표지 재킷, 『마자르불의 책』 페이지도 함께 실었다. 이번 역본 역시 톨킨을 사랑하는 한국 독자들의 관심을 다시 한번 받을 수 있기를 기대하며, 어려운 출판 여건 속에서도 뚝심으로 이번 기획을 추진한 북이십일 아르테 및 김영곤 사장님께 진심으로 감사를 드린다.

역자 일동

지은이 소개

존 로널드 루엘 톨킨(John Ronald Reuel Tolkien)

1892년에 남아프리카공화국에서 태어났고 네 살 때 영국으로 건너갔다. 어려서부터 언어학과 고전문학에 뛰어난 재능을 보였고, 옥스퍼드대학교 교수로 재직하며 C.S. 루이스 등과 깊은 우정을 나누었다. 현대 판타지 문학의 걸작이자 고전으로 꼽히는 『호빗』과 『반지의 제왕』으로 세계적인 명성을 얻었고, 이후 가운데땅의 신화와 세계관을 바탕으로 다양한 이야기를 남겼다. 1973년 사망 후 아들 크리스토퍼 톨킨에 의해 『실마릴리온』 『후린의 아이들』 『끝나지 않은 이야기』 『가운데땅의 역사서』 『곤돌린의 몰락』 『베렌과 루시엔』 등이 출간되었다.

옮긴이 소개

김보원

서울대학교 인문대학 영어영문학과를 졸업하고 동 대학원에서 문학박사 학위를 받았다. 현재 한국방송통신대학교 영어영문학과 교수로 재직 중이다. 옮긴 책으로 톨킨의 작품 『반지의 제왕』 『실마릴리온』 『후린의 아이들』 및 데이빗 데이의 연구서 『톨킨 백과사전』이 있고, 『번역 문장 만들기』 『영국소설의 이해』 『영어권 국가의 이해』 등을 썼다.

김번

서울대학교 인문대학 영어영문학과를 졸업하고 18세기 영국소설 연구로 동 대학원에서 문학박사 학위를 받았다. 현재 한림대학교 영어영문학과 교수로 재직 중이다. 옮긴 책으로 『반지의 제왕』 『위대한 책들과의 만남』 『미국 대통령 취임사』 등이 있다.

이미애

현대 영국소설 전공으로 서울대학교 영문학과에서 박사 학위를 받았고 동 대학교에서 강사와 연구원으로 활동했다. 조지프 콘래드, 존 파울즈, 제인 오스틴, 카리브 지역의 영어권 작가들에 대한 논문을 썼다. 옮긴 책으로 버지니아 울프의 『자기만의 방』 『등대로』, 제인 오스틴의 『엠마』 『설득』, 조지 엘리엇의 『아담 비드』, J.R.R. 톨킨의 『호빗』 『반지의 제왕』 『위험천만 왕국 이야기』 『톨킨의 그림들』, 토머스 모어의 서한집 『영원과 하루』, 리처드 앨틱의 『빅토리아 시대의 사람들과 사상』 등이 있다.

반지의 제왕

THE LORD OF THE RINGS
ILLUSTRATED BY THE AUTHOR

1판 1쇄 인쇄 2023년 1월 4일
1판 1쇄 발행 2023년 3월 20일

지은이 | J.R.R. 톨킨
옮긴이 | 김보원 김번 이미애
펴낸이 | 김영곤
펴낸곳 | (주)북이십일 아르테

책임편집 | 김지연
편집진행 | 장현주
교정교열 | 쟁이LAP, 하명란, 김민기
편집지원 | 권구훈, 김근우, 김원종, 김재연, 박현묵, 정가은
표지 및 본문 디자인 | (주)여백커뮤니케이션

아르테본부 문학팀 | 김지연 임정우 원보람
해외기획실 | 최연순 이윤경
출판마케팅영업본부장 | 민안기
출판영업팀 | 최명열 김다운
마케팅2팀 | 나은경 정유진 박보미 백다희
제작팀 | 이영민 권경민

출판등록 | 2000년 5월 6일 제406-2003-061호
주소 | (우 10881) 경기도 파주시 회동길 201(문발동)
대표전화 | 031-955-2100 팩스 | 031-955-2151
이메일 | book21@book21.co.kr

ISBN 978-89-509-2238-2 03840